BRANDON SANDERSON (Lincoln, Nebraska, 1975) es el gran autor de fantasía del siglo XXI. Debutó en 2005 con la novela *Elantris* y desde entonces ha deslumbrado a cincuenta millones de lectores en treinta y cinco lenguas con el Cosmere, el fascinante universo de magia que comparten la mayoría de sus obras. Sus best sellers son considerados clásicos modernos, entre ellos la saga Mistborn, la decalogía El Archivo de las Tormentas, la serie Escuadrón y las cuatro novelas secretas con las que, en 2022, protagonizó la mayor campaña de financiación de Kickstarter. Con un plan de publicación de más de veinte futuras obras (que contempla la interconexión de todas ellas), el Cosmere se convertirá en el universo más extenso e impresionante jamás escrito en el ámbito de la fantasía. Sanderson vive en Utah con su esposa e hijos y enseña escritura creativa en la Universidad Brigham Young. *Curso de escritura creativa* es el libro que recoge sus valiosos consejos.

www.brandonsanderson.com

MAXI

Papel certificado por el Forest Stewardship Council®

MIXTO
Papel | Apoyando la
silvicultura responsable
FSC
www.fsc.org
FSC® C117695

Penguin
Random House
Grupo Editorial

Título original: *Wind and Truth. The Stormlight Archive 5*

Primera edición en B de Bolsillo: marzo de 2026

Viento y verdad
El Archivo de las Tormentas - Libro 5

Brandon Sanderson

Traducción de Manu Viciano y David Tejera Expósito
Galeradas revisadas por Antonio Torrubia, Tamara Tonetti
y Ángel Lorenzo

MAXI

INTRODUCCIÓN Y AGRADECIMIENTOS

Os doy la bienvenida a *Viento y verdad*, la quinta novela de El Archivo de las Tormentas. Este es el punto intermedio de la serie y la conclusión de su primer arco principal. Como tal, este libro me ha costado más que la mayoría, y le he dedicado buena parte de mis pensamientos, mi pasión y mi esfuerzo estos últimos cuatro años. Es, hasta la fecha, el libro más largo que he escrito, y también está entre las mayores cantidades de tiempo que he invertido jamás en una novela. (Posiblemente, la que más, sin contar los proyectos que aparco para volver a ellos años después). ¡Espero que consideréis que el esfuerzo ha merecido la pena!

Más abajo tenéis la lista de todas las personas que han trabajado para esta novela entre bambalinas, en distintos roles. Esto se parece cada vez más a los títulos de crédito de una película, con la cantidad de gente que colabora. Soy yo quien escribe todas las palabras y el único autor de los libros, pero... caramba, Dragonsteel como empresa se ha convertido en algo espectacular. Para la mayoría de las novelas mantenemos unos turnos de trabajo bastante normales, pero los libros del Archivo suelen ser un caso de todo el mundo arrimando el hombro, con gente echando horas extras para llegar a las fechas de entrega y otras personas dedicando la mayor parte de su jornada laboral a que el libro se revise, publicite y distribuya. Así que, si alguna vez os los encontráis, dadles un apretón de manos y la enhorabuena.

Y ahora, por favor, sentaos y disfrutad del espectáculo. Se avecina una alta tormenta.

Artistas gráficos que han trabajado en este libro: Michael Whelan, Donato Giancola, Miranda Meeks, Dan dos Santos, Audrey Hotte, Kelley King, Petar Penev, Howard Lyon, Greg Call, Isaac Stewart, Ben McSweeney, Anna Earley y Hayley Lazo.

En Tor Books: Devi Pillai, Stephanie Stein, Tessa Villanueva, Sanaa Ali-Virani, Rafal Gibek, Peter Lutjen, Alexis Saarela, Lucille Rettino y Emily Mlynek.

En Gollancz: Gillian Redfearn, Brendan Durkin, Emad Akhtar, Cait Davies y Javerya Iqbal.

Revisión de estilo y ortotipográfica: Terry McGarry, Christina MacDonald y Hayley Jozwiak.

Narración del audiolibro: Michael Kramer y Kate Reading. En Macmillan Audio: Steve Wagner.

En la agencia literaria JABberwocky: Joshua Bilmes, Susan Velasquez, Christina Zobel, Valentina Sainato y Brady McReynolds. En la agencia literaria Zeno: John Berlyne.

En Dragonsteel, la directora ejecutiva es Emily Sanderson. Operaciones y Recursos Humanos: Matt «¿Por qué escribes mi nombre así, Brandon?» Hatch (vicepresidente), Jane Horne (directora de operaciones), Kathleen Dorsey Sanderson, Jerrod Walker, Braydonn Moore, Makena Saluone, Christian Fairbanks, Becky Wilson, Ethan Skarstedt, Emma Tan-Stoker (directora financiera) y Matt Hampton.

Departamento de Desarrollo Creativo: Isaac Stewart (vicepresidente), Shawn Boyles y Ben McSweeney (directores artísticos), Jennifer Neal, Rachael Lynn Buchanan, Anna Earley, Hayley Lazo y Priscilla Spencer.

Departamento Editorial: El invitador Peter Ahlstrom (vicepresidente), Kristy S. Gilbert (directora editorial), Karen Ahlstrom (directora de continuidad), Jennie Stevens, Betsey Ahlstrom y Emily Shaw-Higham.

Departamento de Productos, Acontecimientos y Suéteres Molones: Kara Stewart (vicepresidenta), Christi Jacobsen (directora de productos), Kellyn Neumann (directora de acontecimientos y apoyo), Lex Willhite, Richard Rubert, Dallin Holden, Ally Reep, Mem Grange, Brett Moore, Katy Ives, Joy Allen, Daniel Phipps, Michael Bateman, Alex Lyon, Jacob Chrisman, Camilla Waite, Quinton Martin, Hollie Rubert, Gwen Hickman, Isabel Chrisman, Amanda Butterfield, Logan Reep y Pablo Mooney.

Departamento de Publicidad y Márketing: Adam Horne, alias Aquel A Quien Va Dedicado El Libro (¡yuju!), es el vicepresidente. También lo componen Jeremy Palmer (director de márketing), Octavia Escamilla-Spiker, Taylor Hatch, Tayan Hatch y Donald George Mustard III.

Departamento Narrativo: Dan Wells (vicepresidente) es el único miembro del Departamento Narrativo, a excepción de su amigo imaginario Bob el Banjista.

Mi grupo de escritura, Aquí Hay Dragones: Kaylynn ZoBell, Kathleen Dorsey Sanderson, Eric James Stone, Darci Stone, Alan Layton, ¿Qué tal, Ben? (Olsen), Ethan Skarstedt, Karen Ahlstrom, Peter Ahlstrom y Emily Sanderson.

Experta en trastorno de identidad disociativo: Britt Martin. Expertos militares: Carl Fisk, John Fahey. Experto en amputaciones y prótesis: Matthew Fox.

Arcanistas: Eric Lake, Evgeni «Argent» Kirilov, Joshua «Jofwu» Harkey, David Behrens, Ian McNatt y Ben Marrow.

Lectores beta: Aaron Ford, Alexis Horizon, Alice Arneson, Alyx Hoge, Amit Shteinheart, Aubree Pham, Austin Hussey, Bao Pham, Becca Reppert, Ben Marrow, Billy Todd, Bob Kluttz, Brandon Cole, Brian T. Hill, Britton Roney, Chana Oshira Block, Chris Kluwe, Chris McGrath, Christina Goodman, Christopher «chaplainchris» Cottingham, Craig Hanks, Darci Cole, David Behrens, Deane Covel Whitney, Donita Orders, Drew McCaffrey, Eliyahu Berelowitz Levin, Eric Lake, Erika Kuta Marler, Evgeni «Argent» Kirilov, Gary Singer, Giulia Costantini, Glen Vogelaar, Ian McNatt, Jayden King, Jennifer Pugh, Jessica Ashcraft, Jessie Lake, João Menezes Morais, Joe Skeedlebop Deardeuff, Joelle Ruth Philips, Jory «Jor el Portero» Phillips, Joshua Harkey, Kadie «Ene» Nytch, Kalyani Poluri, Kathleen Barlow, Dr. Kathleen Holland, Kendra Wilson, Krystl Allred, Kyle «Dorksider» Wilson, Laura Heinis, Lauren McCaffrey, Lauren «Mamá de Biz» Strach, Liliana Klein, Linnea Lindstrom, Lyndsey Luther, Max Salzman, Marnie Peterson, Matt Weins, Megan Kanne, Mi'chelle Walker, Paige Phillips, Paige Vest, Poonam Desai, Rachel Rada, Rahkeem Ball, Rahul Pantula, Richard Fife, Rob West, Rosemary Williams, Ross Newberry, Ryan Scott, Sam Baskin, Sarah Herr, Sarah Kane, Scott «Spydr» Webb, Sean VanBlack, Shannon Nelson, Shivam Bhatt, Siena «Lotus» Buchanan, Suzanne Musin, Taylor Cole, Ted Herman, Tim Challener, TJ McGrath, Trae Cooper y Zenef Mark Lindberg.

Lectores gamma: gran parte de los lectores beta, además de Ari Kufer, Brian Magnant, Collin Abeln, Dale Wiens, Ellie Frato-Sweeney, Lingting «Botanica» Xu, Nisarg «Viva el conflicto» Shah, Philip Vorwaller, Ram Shoham, Spencer White, Valencia Kumley y William Juan.

LIBRO

QUINTO

⁘

VIENTO
Y VERDAD

ROSHAR

Océano Sin Fin

Roll Elorim

ISLAS

Kasitor

Kurth

IRI

RIRA

Mar

o Eila

Montañas Brumosas

BABAZARNAM

Panazam

MARABEZIA

SHINOVAR

El Lagopuro

Mar Aimiano

DESH

YULAY

Fu Namir

AZIR

Urithiru

ALM

UEZIER

Azimir

El Valle

AIMIA

Yeddaw o

GRA

HE

STEEN

LIAFOR

TASHIKK

EMUL

Sesemalex Dar

Agua Helada

TUKAR

MARAT

N

SOTAVENTO

HACIA LA TORMENTA

Profundidades
meridionales

S

Océano de las Aguas Hirvientes

RESHI

Reshi

Tenaza
del Norte   HERDAZ   Cripta de
la Peña

AKAK

Varikev

Ru Parat

Elanar

Ru Parat

TU

BAYLA

JAH KEVED   Kholinar

Valath   Shulin

PICOS COMECUERNOS

BAVLANDIA

ALENKAR

MONTAÑAS IRRECLAMADAS

Silnasen   Ratholas

Sombra del
Amanecer

TU TRIAX

Vedenar   Damadari

TU
FACHL

Mar de Tarat

Karanak

Llanura
Quebradas

Kharbranth   TIERRAS HELADAS   Nueva
Natanan

Estrechos de Cabo Largo

Ciudad Thaylen   Klna   Las Criptas Huecas

THAYLENAH

Océano de los Orígenes

POR SU REAL MAJESTAD, EL REY GAVILAR KHOLIN
LASIK SHULIN
1167

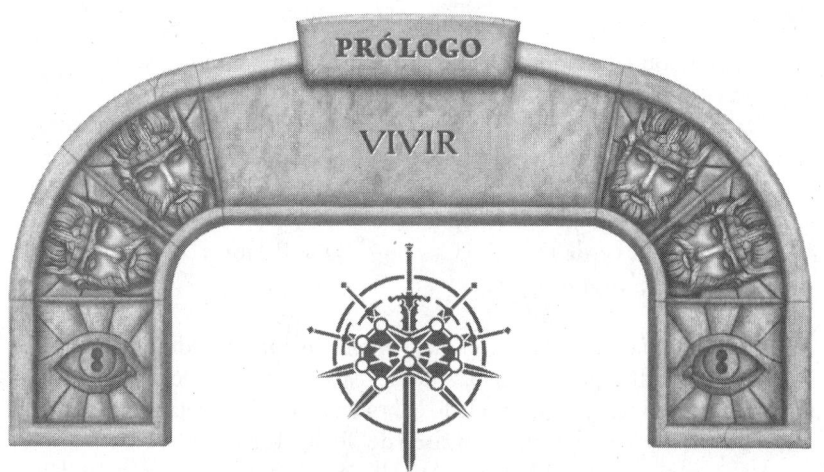

PRÓLOGO

VIVIR

SIETE AÑOS Y MEDIO ANTES

Gavilar Kholin estaba al borde de la inmortalidad.

Solo tenía que hallar las Palabras correctas.

Caminó en círculo bordeando las nueve hojas de Honor, clavadas por la punta en el suelo de piedra. El aire apestaba a carne quemada, y Gavilar había estado en las suficientes piras funerarias para conocer a fondo ese olor, aunque aquellos cuerpos no se habían quemado tras la batalla, sino durante.

—Lo llaman el Aharietiam —dijo, pasando junto a las hojas, dejando que su mano permaneciera un momento sobre cada una. Cuando se convirtiera en Heraldo, ¿su hoja esquirlada sería como aquellas, imbuidas de poder y conocimiento?—. El fin del mundo. ¿Era mentira?

Muchos de quienes lo llamaron así creían lo que estaban diciendo, respondió el Padre Tormenta.

—¿Y los propietarios de estas? —preguntó Gavilar, señalando las hojas—. ¿Qué creían los Heraldos?

Si hubieran sido sinceros por completo, dijo el Padre Tormenta, *no estaría buscando un nuevo campeón*.

Gavilar asintió.

—Juro servir a Honor y a Roshar como su Heraldo. Mejor que como lo hicieron ellos.

Esas palabras no son aceptadas, repuso el Padre Tormenta. *No vas a encontrarlas haciendo intentos aleatorios, Gavilar*.

Pensaba seguir probando, de todos modos. Durante el proceso de convertirse en el hombre más poderoso del mundo, Gavilar había logrado a menudo lo que otros consideraban imposible. Rodeó de nuevo el círculo de hojas, solo con ellas a la sombra de los monolitos. Después de visitar decenas de veces aquella visión, podía nombrar todas y cada una de las hojas por su Heraldo asociado. El Padre Tormenta, sin embargo, seguía siendo reacio a compartir información.

Daba igual. Gavilar obtendría su recompensa. Arrancó de la piedra la hoja esquirlada larga y curvada de Jezrien y la blandió, hendiendo el aire.

—Nohadon coincidió con los Heraldos y llegó a conocerlos bien.

Sí, reconoció el Padre Tormenta.

—Están ahí, ¿verdad? —dijo Gavilar—. ¿Las Palabras correctas están en algún lugar de *El camino de los reyes*?

Sí.

Gavilar tenía memorizado el libro entero; había aprendido a leer por sí mismo años antes, para ser capaz de buscar secretos sin revelárselos a las mujeres de su vida. Arrojó a un lado la hoja del Heraldo, dejando que tañera contra la piedra y provocando un siseo del Padre Tormenta.

Se regañó para sus adentros. Aquello era solo una visión, y las falsas hojas de Honor no significaban nada para él, pero necesitaba que el Padre Tormenta lo considerase devoto y digno, al menos por el momento. Empuñó la hoja de Chana. El diseño de esa le gustaba mucho, bifurcado, con una ranura abierta a lo largo del centro. Ese hueco sería muy poco práctico en una espada normal. Allí, simbolizaba que aquella hoja era algo increíble.

—Chanarach era militar —dijo—, y esta es la hoja de una soldado. Sólida y recta, pero con esa pequeña imposibilidad ausente en su centro. —Alzó la hoja esquirlada ante él y examinó su filo—. Tengo la sensación de conocerlos a todos muy bien. Son mis compañeros y, sin embargo, no podría distinguirlos en una multitud.

¿Tus compañeros? No te precipites, Gavilar. Encuentra las Palabras.

Esas tormentosas Palabras. Las más importantes que Gavilar pronunciaría en la vida. Con ellas, se convertiría en el campeón del Padre Tormenta… y, según había deducido, en algo más. Gavilar sospechaba que sería aceptado en el Juramento y ascendería más allá de la mortalidad. No había preguntado a qué Heraldo iba a reemplazar. Le parecía de mal gusto, y no quería quedar como un grosero ante el Padre Tormenta. No obstante, sospechaba que reemplazaría a Talenelat, el único que no había abandonado su hoja esquirlada.

Gavilar clavó la espada de nuevo en la piedra.

—Regresemos.

La visión terminó de inmediato y Gavilar se encontró en el estudio de la primera planta del palacio. Estantes con libros en la pared, un escritorio tranquilo donde leer, tapices y alfombras para amortiguar las voces. Llevaba sus mejores galas para el banquete de esa noche, una regia túnica, más arcaica que a la moda. Como su barba, la ropa destacaba entre los ojos claros alezi. Quería que lo considerasen como un ser antiguo, por encima de sus mezquinos jueguecitos.

En teoría aquel estudio estaba asignado a Navani, pero el palacio le pertenecía a él. La gente rara vez iba a buscarlo allí, y necesitaba un descanso de la gente pequeña y sus pequeñas preocupaciones. Tenía tiempo antes de sus reuniones, de modo que Gavilar seleccionó un libro pequeño que enumeraba las últimas exploraciones de la región que circundaba las Llanuras Quebradas. Estaba cada vez más convencido de que en ese lugar había una antigua Puerta Jurada sin bloquear. A través de ella, Gavilar podría encontrar la mítica Urithiru, y allí, los antiguos registros. Nada le impediría encontrar las Palabras correctas. Ya estaba cerca. Tenía casi al alcance de la mano aquello que todo ser humano deseaba en secreto, pero que solo diez de ellos habían logrado jamás. La vida eterna, y un legado que abarcara milenios... porque uno mismo estaría presente para darle forma.

No es una cosa tan grandiosa como crees, dijo el spren. Y eso hizo pensar a Gavilar. El Padre Tormenta no podía leerle la mente, ¿verdad? No. No, ya había hecho experimentos al respecto. El spren no conocía sus pensamientos más íntimos, sus planes más profundos. Porque si supiera las intenciones de Gavilar, no se prestaría a colaborar con él.

—¿El qué? —preguntó Gavilar, devolviendo el libro a su sitio.

La inmortalidad, dijo el Padre Tormenta. *Desgasta a hombres y mujeres, erosiona mentes y almas. Los Heraldos han perdido el juicio, por dolencias antinaturales de la psique exclusivas de entidades tan antiguas como ellos.*

—¿Cuánto tiempo tardó en ocurrir? —preguntó Gavilar—. ¿Cuánto tardaron en aparecer los síntomas?

Cuesta saberlo. Mil años, tal vez dos mil.

—Entonces, tengo ese tiempo para encontrar una solución —replicó Gavilar—. Un plazo mucho más razonable que el siglo, con suerte, del que dispone un mortal, ¿no te parece?

No te he prometido ese don. Supones que es lo que te ofrezco, pero tan solo busco un campeón. De todos modos, dime, ¿aceptarías pagar el precio de convertirte en Heraldo? Todos aquellos a quienes conoces serían polvo cuando regresaras.

Y allá iba la mentira.

—El deber de un rey es para con su pueblo —dijo—. Al convertirme en Heraldo, podré salvaguardar Alezkar de un modo que jamás lo ha hecho ningún monarca anterior. Soportaré los sufrimientos personales que ello entrañe. Y si muero —añadió Gavilar, citando *El camino de los reyes*—, lo haré habiendo vivido bien mi vida. No es el destino lo que importa, sino cómo se llega a él.

Esas palabras no son aceptadas, dijo el spren. *Intentar adivinarlas no te llevará a las Palabras, Gavilar.*

Bueno, pero las Palabras estaban en algún lugar de ese volumen. Resguardadas entre la moralina mojigata como un espinablanca en los zarzales. Gavilar Kholin no era un hombre acostumbrado a perder. La gente recibía lo que esperaba. Y él no esperaba solo la victoria, sino la divinidad.

El guardia llamó a la puerta con delicadeza. ¿Ya era la hora? Gavilar le dijo a Tearim que pasara y el guardia lo hizo. Esa noche llevaba la armadura esquirlada del propio Gavilar.

—Mi señor —dijo Tearim—, vuestro hermano está aquí.

—¿Qué? ¿No traes a Restares? ¿Cómo me ha encontrado Dalinar?

—Sospecho que nos ha visto montando guardia, majestad.

Vaya, hombre.

—Que pase —dijo Gavilar.

El guardia se retiró. Un segundo después, Dalinar irrumpió desde el pasillo con la elegancia de un chull de tres patas. Dio un portazo y bramó:

—¡Gavilar! Quiero ir a hablar con los parshendi.

Gavilar inhaló una bocanada lenta y profunda.

—Hermano, la situación es muy delicada y no nos interesa ofenderlos.

—No los ofenderé —masculló Dalinar.

Llevaba puesta su takama, con la túnica del anticuado atavío de guerrero abierta y dejando ver su poderoso pecho, que ya lucía algunas canas. Dalinar apartó a Gavilar y se dejó caer en la silla del escritorio.

Pobre silla.

—¿Por qué te importan siquiera, Dalinar? —preguntó Gavilar llevándose la mano derecha a la frente.

—¿Por qué te importan a ti? —replicó su hermano—. Este tratado, este repentino interés por sus tierras… ¿Qué estás planeando? Dímelo.

«Mi querido y directo Dalinar. Tan sutil como una jarra de blanco comecuernos. E igual de listo».

—Dímelo a las claras —prosiguió Dalinar—. ¿Pretendes conquistarlos?

—¿Por qué iba a firmar un tratado si fuera esa mi intención?

—No lo sé —dijo Dalinar—. Es que… no quiero que les pase nada. Me caen bien.

—Son parshmenios.

—Me caen bien los parshmenios.

—Ni siquiera te has fijado nunca en un parshmenio a menos que tardara demasiado en traerte la bebida.

—Estos tienen algo —dijo Dalinar—. Me provocan… una afinidad.

—Bobadas. —Gavilar fue a la mesa y se inclinó junto a su hermano—. Dalinar, ¿qué te está pasando? ¿Dónde está el Espina Negra?

—Quizá esté cansado —respondió Dalinar—. O cegado. Por el hollín y las cenizas de los muertos, siempre en la cara…

¿Ya estaba otra vez Dalinar lloriqueando por la Grieta? Menudo incordio. Restares llegaría en cualquier momento, y luego… luego estaba Thaidakar. Cuántos cuchillos que mantener perfectamente equilibrados sobre la punta, para evitar que resbalaran y cortaran a Gavilar. No podía ocuparse de Dalinar y sus crisis de conciencia en ese momento.

—Hermano —dijo Gavilar—, ¿qué diría Evi si te viera así?

Era una lanza afilada con esmero y clavada por su mano experta en las tripas de Dalinar. Los dedos de su hermano aferraron la mesa y se encogió al oír el nombre.

—Ella querría que te alzaras como un guerrero —dijo Gavilar suavemente—. Y que protegieras Alezkar.

—Eh... —susurró Dalinar—. Ella...

Gavilar le tendió la mano y tiró de su hermano para levantarlo antes de acompañarlo a la puerta.

—Mantente firme.

Dalinar asintió, con la mano en el pomo.

—Ah —dijo Gavilar—. Otra cosa, hermano. Sigue los Códigos esta noche. Hay algo extraño en los vientos.

Los Códigos prohibían beber cuando la batalla pudiera ser inminente. Era solo un empujoncito para recordarle a Dalinar que era un banquete, y que tendría a mano cantidades ingentes de vino. Aunque Dalinar seguía pensando que nadie sabía que había matado a Evi, Gavilar había descubierto la verdad, lo que le permitía llevar a la práctica aquellas sutiles manipulaciones.

Dalinar había salido por la puerta un momento después, su lento y maleable cerebro centrado, con toda probabilidad, solo en dos cosas. La primera, lo que había hecho a Evi. La segunda, buscar algo lo bastante fuerte como para olvidar la primera.

Cuando Dalinar se hubo alejado pasillo abajo, Gavilar le hizo un gesto a Tearim para que se acercara. El guardia era miembro de los Hijos de Honor, un grupo que constituía un cuchillo más entre los que Gavilar mantenía en equilibrio, pues era imperativo evitar que supieran que sus planes se le habían quedado pequeños.

—Sigue a mi hermano —dijo Gavilar—. Que sea sutil, pero asegúrate de que tenga algo de beber. Podrías llevarlo a las reservas secretas que guarda mi esposa, por ejemplo.

—Ya me ordenasteis hacerlo hace unos meses, mi señor —respondió Tearim con un susurro—. Me temo que allí ya no queda mucho. Le gusta compartir con sus soldados.

—Bueno, búscale algo —insistió Gavilar—. Ya les abriré yo la puerta a Restares y los demás cuando lleguen. Vete.

El soldado hizo una inclinación y se marchó en la misma dirección que Dalinar, estruendoso en su armadura esquirlada. Gavilar cerró la puerta con firmeza. No se sorprendió al sentir la voz del Padre Tormenta entrando en su mente.

Ese hombre tiene un potencial que no alcanzas a ver.

—¿Dalinar? Por supuesto que lo tiene. Si me las ingenio para mantenerlo apuntado en la dirección correcta, quemará naciones enteras.

Gavilar solo tenía que hincharlo a alcohol el resto del tiempo, para que no quemara la suya.

Podría ser más de lo que crees.

—Dalinar es un instrumento grandote, romo y estúpido que aplicar a los problemas hasta romperlos —afirmó Gavilar.

Se estremeció al recordar la vez que vio acercarse a su hermano por un campo de batalla. Empapado en sangre. Con unos ojos que parecían resplandecer rojizos dentro del yelmo, anhelando la vida que tenía Gavilar...

Ese fantasma lo acosaba. Por suerte, el hombre era un borrachín amable, tanto el dolor de su hermano como su adicción lo hacían bastante fácil de controlar.

Al poco tiempo Gavilar se vio interrumpido por otra llamada a la puerta. La abrió él mismo y no encontró a nadie fuera. Entonces el Padre Tormenta le siseó una advertencia en la mente que le heló la sangre.

Cuando se volvió de nuevo hacia el interior, el viejo Thaidakar estaba allí. El Señor de las Cicatrices en persona, una figura embozada en una capa con capucha, raída por la parte de abajo. Tormentas.

—Se me hicieron promesas —dijo Thaidakar, su rostro oculto por la capucha—. Te he proporcionado información, Gavilar, de la más valiosa que existe. Como pago, te solicité a un solo hombre. ¿Cuándo vas a entregarme a Restares?

—Pronto —respondió Gavilar—. Necesito ganarme su confianza antes.

—A mí me da la impresión —dijo Thaidakar— de que estás menos interesado en nuestro trato que en tus propios motivos. Me da la impresión de que te dirigí hacia algo de gran valor que has decidido quedarte para ti solo. Me da la impresión de que estás jugando a algo.

—Pues a mí me da la impresión —replicó Gavilar, dando un paso hacia la figura encapuchada— de que no estás en posición de exigir nada. Me necesitas. Así que ¿por qué no... seguimos jugando?

Thaidakar se quedó quieto un momento. Luego, con un suspiro, levantó las manos enguantadas y se quitó la capucha. Gavilar se quedó petrificado, pues, aunque habían hablado en varias ocasiones, nunca había visto el rostro de ese hombre.

Thaidakar estaba hecho por completo de una tenue luz blanquiazul. Era más joven de lo que Gavilar había supuesto, de mediana edad, no el viejo decrépito por el que lo había tomado. Tenía un gran clavo, también azul, atravesándole un ojo. La punta asomaba por la parte trasera del cráneo. ¿Sería alguna clase de spren?

—Gavilar —dijo Thaidakar—, ve con cuidado. No eres inmortal todavía, pero has empezado a jugar con fuerzas que despedazan a los mortales por sus mismos ejes.

—¿Sabes cuáles son? —preguntó Gavilar, ansioso—. ¿Las palabras más importantes que pronunciaré jamás?

—No —respondió Thaidakar—. Pero escucha: nada de esto es lo que tú crees. Entrega a Restares a mis agentes y yo te ayudaré a recuperar los antiguos poderes.

—Eso ya lo tengo superado —afirmó Gavilar.

—No se puede «superar» la marea, Gavilar —replicó Thaidakar—. O nadas a su favor o se te lleva. Nuestros planes ya están en marcha. Aunque, siendo sincero, tampoco estoy seguro de que hiciéramos gran cosa. Esa marea iba a llegar de todos modos.

Gavilar dio un gruñido.

—Bueno, pues yo pretendo...

Lo interrumpió la transformación de Thaidakar. Su cara se derritió, dejando solo una simple esfera que flotaba en el aire, con una especie de runa arcana en el centro. La capa, el cuerpo y los guantes se esfumaron por completo en volutas de humo que terminaron evaporándose.

Gavilar no podía apartar la mirada. Aquello... aquello se parecía mucho a lo que había leído sobre los poderes de los Tejedores de Luz. Caballeros Radiantes. ¿Sería Thaidakar...?

—Sé que hoy vas a reunirte con Restares —dijo la esfera, vibrando, ya que no tenía boca—. Prepáralo y entrégaselo a mis agentes para que lo interroguen. O atente a las consecuencias. Te estoy dando un ultimátum, Gavilar. No te interesa ser mi enemigo.

La esfera de luz se encogió y se volvió casi transparente mientras se desplazaba hacia la puerta, y entonces descendió y salió por el hueco entre ella y el suelo.

—¿Qué era eso? —preguntó Gavilar con brusquedad al Padre Tormenta, enervado.

Algo peligroso, respondió el spren en su mente.

—¿Radiante?

No. Similar, pero no.

Gavilar se descubrió temblando. Lo cual era estúpido. Era un tormentoso rey, que pronto se transformaría en semidiós. Tenía un destino; no iba a permitir que lo pusieran nervioso unos trucos baratos y unas amenazas vagas. Aun así, apoyó la mano en la mesa, respiró hondo y sus dedos perturbaron unas cuantas notas y diagramas de la última obsesión mecánica de su esposa. No por primera vez, se preguntó si Navani podría resolver aquel interrogante. Añoraba cómo conspiraban en el pasado. ¿Cuánto tiempo hacía desde la última vez que rieron todos juntos, Ialai, Navani, Sadeas y él?

Por desgracia, aquel secreto no era de los que se compartían. Tanto Ialai como Sadeas le arrebatarían el premio si pudieran, y Gavilar no se lo reprocharía. Navani, en cambio... ¿Trataría ella de tomar la inmortalidad para sí misma? ¿Comprendería siquiera su valor? Era muy inteligente, muy astuta para ciertas cosas. Y, sin embargo, cuando Gavilar le hablaba de su aspiración a un legado más grandioso, Navani se perdía en los detalles. Rechazaba pensar en la montaña porque se preocupaba de dónde situar las estribaciones.

Gavilar lamentaba la distancia entre ellos. Aquella frialdad que crecía como... bueno, mejor dicho, que ya había crecido como una mala hierba sobre su matrimonio. Pensarlo le provocó una punzada de dolor en el corazón. Debería…

«Todos aquellos a quienes conoces serían polvo cuando regresaras».

Tal vez fuese mejor así.

Tenía planes para mitigar la longitud de su ausencia de aquel mundo, pero quizá requirieran varios intentos para perfeccionarlos. Por tanto… tal vez cuantos menos apegos tuviera, mejor. Así el corte sería más limpio. Como hecho por una hoja esquirlada.

Se obligó a volver a sus planes, y estaba bien preparado cuando llegó Restares. El hombre, de pelo ralo, no llamó a la puerta. Se limitó a asomar la cabeza para comprobar nervioso todas las esquinas antes de pasar al interior. Entró seguido por una sombra: un makabaki alto e imperioso, con una marca de nacimiento en una mejilla. Gavilar había dado instrucciones a los sirvientes de que los trataran a ambos como a «embajadores», pero aún no había tenido ocasión de hablar con aquel segundo hombre, a quien no conocía.

Caminaba con una cierta… firmeza. Rigidez. No era un hombre de los que cedían terreno. Ni al viento, ni a la tormenta, ni muchísimo menos a otras personas.

—Gavilar Kholin —dijo el hombre.

Ni le tendió la mano ni se inclinó ante él. Trabaron la mirada. Impresionante. Gavilar había esperado… bueno, a alguien más parecido a Restares.

—¿Una copa? —ofreció Gavilar, señalando hacia el aparador.

—No —dijo el hombre, sin agradecimientos ni cumplidos. Interesante. Intrigante.

Restares correteó hacia las botellas como un niño hacia unos dulces. Incluso a aquellas alturas, después de unirse a aquella nueva encarnación de los Hijos de Honor, Gavilar encontraba a Restares… extraño. El hombre bajito y medio calvo olisqueó todos los vinos. Jamás había confiado en bebida alguna estando en presencia de Gavilar, pero las comprobaba siempre de todos modos. Como si quisiera encontrar veneno, para demostrarse a sí mismo que su paranoia estaba justificada.

—Lo siento —dijo Restares, estrujándose las manos, sin separarse de las botellas—. Lo siento. Hoy no… no tengo sed, Gavilar. Lo siento.

Gavilar ya estaba cerca de descartarlo y tomar el control de los Hijos de Honor. Solo que algunos de los demás, como Amaram, lo respetaban. Y además… ¿por qué estaba Thaidakar tan interesado en Restares? Sin duda, no podía ser alguien importante de verdad. Tal vez su amigo alto fuese el verdadero poder. ¿Era posible que hubieran logrado mantener engañado a Gavilar durante dos años sobre algo tan crucial?

—Me alegro de que aceptaras que nos reunamos —dijo Restares—. Sí, hum. Porque… hum. Bueno… anuncio. Tengo un anuncio que hacer.

Gavilar frunció el ceño.

—¿Qué sucede?

—He oído —dijo Restares— que pretendes, hum, ¿restaurar a los Portadores del Vacío?

—Tú fundaste los Hijos de Honor, Restares —repuso Gavilar—, para recuperar los antiguos juramentos y restaurar los Caballeros Radiantes. Bueno, desaparecieron a la vez que los Portadores del Vacío. Por tanto, si traemos de vuelta a los Portadores del Vacío, los poderes deberían regresar.

«Y lo más importante de todo —pensó—, los Heraldos volverán desde la tierra de los muertos para capitanearnos de nuevo. Lo que me permitirá usurpar el puesto de uno de ellos».

—No, no, no —dijo Restares, con una firmeza muy poco propia de él—. ¡Yo quería que regresara el *honor* de la humanidad! Quería que explorásemos lo que había hecho tan grandiosos a esos Radiantes. Antes de que las cosas se torcieran. —Se pasó la mano por el ralo cabello, sin cruzar la mirada con Gavilar—. Antes de que... yo... las torciera...

»Deberíamos... dejar de intentar restaurar los poderes —prosiguió Restares, pero su voz iba languideciendo, y miró a su adusto amigo como en busca de apoyo—. No podemos... permitirnos otro Retorno...

—Restares —dijo Gavilar, avanzando hacia el hombrecillo—. ¿Qué te pasa? ¿Hablas de traicionar todo en lo que creemos? —«O al menos, en lo que fingimos creer». Gavilar se situó con sutileza para cernirse sobre Restares—. ¿Has oído hablar de un hombre llamado Thaidakar?

Restares alzó la mirada y se le ensancharon los ojos.

—Está buscándote —dijo Gavilar—. Hasta ahora te he protegido. ¿Qué es lo que quiere de ti, Restares?

—Secretos —susurró Restares—. Ese hombre... no soporta... que nadie guarde secretos.

—¿Qué secretos? —preguntó Gavilar con firmeza, haciendo que Restares se encogiera—. Ya he soportado tus mentiras bastante tiempo. ¿Qué está pasando? ¿Qué pretende Thaidakar?

—Sé dónde está escondida —susurró Restares—. Dónde está su alma. Ba-Ado-Mishram. La Otorgadora de Formas. La que podría rivalizar con él. Aquella a la que... traicionamos.

¿Ba-Ado-Mishram? ¿Qué importancia podía tener para Thaidakar una Deshecha? Como pieza del rompecabezas, tenía una forma muy rara. Gavilar abrió la boca para hablar, pero entonces una mano lo agarró por el hombro, con dedos como tenazas. Se volvió y encontró al amigo makabaki de Restares detrás de él.

—¿Qué has hecho? —preguntó el hombre, con una voz gélida—. Gavilar Kholin, ¿qué actos has emprendido para lograr ese objetivo tuyo, hacia el que mi amigo cometió el error de encaminarte?

—No te haces una idea —dijo Gavilar, mirando al desconocido a los ojos hasta que por fin le soltó el hombro. Se sacó un saquito del bolsillo y, con gesto casual, dejó caer una selección de esferas y gemas a la mesa—. Estoy cerca. ¡Restares, no te vengas abajo ahora!

El desconocido las miró mientras se le separaban los labios. Extendió la mano hacia una de las esferas que brillaban con una luz oscura, casi invertida, de color violeta. Una luz imposible, un color que no debería existir. Cuando el desconocido tuvo cerca los dedos, los retiró de sopetón y miró a Gavilar con los ojos muy abiertos.

—Eres un necio —dijo el hombre—. Un necio de remate que embiste hacia la alta tormenta con un palo, pretendiendo combatirla. ¿Qué has hecho? ¿De dónde has sacado *luz del vacío*?

Gavilar sonrió. Ninguno de ellos sabía nada sobre el erudito secreto que mantenía en reserva. Un maestro de todo lo científico. Un hombre que no pertenecía ni a los Sangre Espectral ni a los Hijos de Honor.

Un hombre de otro mundo.

—Ya está en marcha —dijo Gavilar, lanzando una mirada hacia Restares—. Y el proyecto ha sido un éxito.

A Restares se le iluminó el semblante.

—¿Lo… lo ha sido? ¿Esa luz es…? —Se volvió en dirección a su amigo—. ¡Podría funcionar, Nale! Podríamos traerlos de vuelta y entonces destruirlos. Podría funcionar.

«Nale». Ay, tormentas. Gavilar sabía, aunque trataba de no pensar en ello, que Restares fingía ser un Heraldo para impresionar a los demás. El hombrecillo no sabía que Gavilar había entablado relación con el Padre Tormenta, quien le había dicho la verdad: que todos los Heraldos habían muerto hacía mucho tiempo y habían ido a Braize.

¿Así que aquel desconocido se hacía pasar por Nalan, Heraldo de la Justicia? Lo cierto era que… el aspecto sí que lo tenía. En muchas representaciones, Nalan aparecía como un imperioso makabaki. Y aquella marca de nacimiento… guardaba un sorprendente parecido con la que Gavilar había visto en varios de los cuadros más antiguos.

Pero no. Era absurdo. Si creyera aquello, tendría que creer también que Restares, nada menos, era un Heraldo.

El desconocido aún le sostenía la mirada a Gavilar. Inmóvil, con la expresión gélida. Un monolito en vez de un hombre.

—Esto es demasiado peligroso —dijo.

Gavilar no dejó de mirarlo. El mundo se plegaría a sus deseos. Siempre lo había hecho hasta entonces.

—Pero tú eres —terminó diciendo el hombre con un paso atrás— el rey. Tu voluntad… es la ley… en este territorio.

—Sí —respondió Gavilar—. Correcto. Restares, tengo más buenas noticias. Podemos transportar luz del vacío procedente de la tormenta al Reino Físico. Incluso podemos trasladarla de aquí a Condenación, como tú querías.

—Es una manera —dijo Restares, mirando a Nale—. Una forma… de escapar, quizá…

Nale hizo un gesto hacia los objetos de la mesa.

—Pero poder llevarlos y traerlos desde Braize no significa nada. Está demasiado próximo para suponer una distancia relevante.

—Era impensable hace solo unos pocos años —dijo Gavilar—. Esto demuestra que es posible. La Conexión no está cercenada y la caja permite los desplazamientos. Todavía no tan lejos como querríais, pero en algún punto debemos empezar el trayecto.

No estaba seguro de por qué Restares anhelaba tanto ser capaz de trasladar la luz por Shadesmar. Thaidakar también quería esa información. Una forma de transportar luz tormentosa, y también aquella nueva luz del vacío, a largas distancias. Mientras reflexionaba sobre eso, Gavilar vio algo. La puerta estaba entreabierta. Había un ojo observando desde fuera.

Condenación. Era Navani. ¿Cuánto había oído?

—Marido mío —dijo ella, entrando de inmediato en el estudio—, hay invitados esperándote en el recibidor. Parece que has perdido la noción del tiempo.

Gavilar contuvo su furia por descubrir que Navani lo espiaba y se volvió hacia Restares y su amigo.

—Caballeros, voy a tener que ausentarme.

Restares volvió a pasarse la mano por el ralo cabello.

—Quiero saber más sobre el proyecto, Gavilar. Y deberías saber que hay otra de los nuestros aquí esta noche. Antes he distinguido su obra.

¿Otra qué? Otra Hija de Honor.

No, Restares se refería a otra Heraldo. Cada vez deliraba más.

—Tengo que reunirme en breve con Meridas y los demás —dijo Gavilar con calma, tranquilizando a Restares—. Deberían tener más información que proporcionarme. Podemos volver a hablar después de eso.

—No —gruñó el makabaki—. Dudo que lo hagamos.

—¡Aquí hay más, Nale! —exclamó Restares, aunque fue tras su amigo cuando Gavilar los llevó hacia la puerta—. ¡Esto es importante! Quiero dejarlo. Es la única forma de…

Gavilar cerró la puerta. Entonces se volvió hacia su esposa. Condenación, ya debería saber que no había que interrumpirlo. Ya debería…

Tormentas. El vestido era hermoso, su cara aún más, incluso enfadada. Incluso mirándolo con aquellos ojos chispeantes, cuando casi parecía rodeada de un halo ígneo.

De nuevo, se lo planteó.

De nuevo rechazó la idea.

Si iba a ser un dios, lo mejor era romper lazos. El sol podía amar a las estrellas. Pero jamás como sus iguales.

Un poco más tarde, tras ocuparse de Navani, Gavilar se escabulló de nuevo. A sus aposentos esa vez, donde podría afrontar lo que había descubierto.

—Cuéntame —dijo, cruzando la mullida alfombra hasta el mapa de Roshar extendido en la mesa—. ¿Por qué está Thaidakar tan interesado en Ba-Ado-Mishram?

El Padre Tormenta creó una ondulación en el aire al lado de Gavilar, con la forma aproximada de una persona, pero imprecisa. Como el aire que titilaba sobre las piedras cuando hacía mucho calor.

Ella creó a vuestros parshmenios sin pretenderlo, respondió el spren. *Hace mucho tiempo, justo antes de la Traición, Mishram intentó alzarse y reemplazar a Odium, otorgando poderes a los Portadores del Vacío.*

—Qué curioso —dijo Gavilar—. ¿Y luego?

Y luego... cayó. Era una entidad demasiado pequeña para sostener a un pueblo entero. Todo se derrumbó, de modo que algunos Radiantes valerosos atraparon a Mishram en una gema para impedirle destruir todo Roshar. Un efecto secundario de ello creó a los parshmenios.

Los sencillos parshmenios. Eran los Portadores del Vacío. Un delicioso secreto que le había sonsacado al Padre Tormenta unas semanas antes. Gavilar fue paseando hasta la librería, donde el fervoroso Rushur Kris le había dejado uno de aquellos nuevos fabriales calentadores. Lo sacó de su envoltorio de tela y lo sopesó.

Gavilar había encontrado un modo de traer a vacíospren a través de Shadesmar hasta ese mundo, utilizando gemas y cajas de aluminio. ¿Quién iba a pensar que el campo de estudio al que se había aficionado Navani resultaría tan útil? Y si esa conspiradora de Axindweth se le escapaba de entre los dedos, tendría que hacer la siguiente parte sin ella. Contaba con su erudito, aunque, en realidad, Gavilar estaba perplejo por esa luz que estaba creando... ¿Una luz que de algún modo podía matar a los Portadores del Vacío? ¿Cómo había logrado Vasher hacer...?

Le pareció oír un tenue crepitar procedente del Padre Tormenta. ¿Relámpago? Qué mono.

—Nunca te has opuesto a lo que estoy haciendo —dijo Gavilar—. Cualquiera habría pensado que devolver a los Portadores del Vacío chocaría de frente con tu misma naturaleza.

En ocasiones la oposición es necesaria, respondió el Padre Tormenta. *Necesitarás a alguien contra quien luchar, si te conviertes en campeón.*

—Dámelo —dijo Gavilar—. Ya. Hazme Heraldo. Lo necesito.

El Padre Tormenta volvió una cabeza resplandeciente en su dirección. *Casi las tenías.*

—¿Cuáles, esas? —preguntó Gavilar—. ¿Una exigencia?

Qué cerca. Y qué lejos.

Gavilar sonrió, todavía sopesando el fabrial y pensando en el llamaspren atrapado dentro. El Padre Tormenta estaba cada vez más suspicaz, más hostil. Si todo salía mal... ¿podría atrapar al propio Padre Tormenta en uno de esos?

Al poco tiempo llegó Amaram con un grupo reducido de personas: dos hombres, dos mujeres. Uno era el lugarteniente de Amaram. Los otros tres serían incorporaciones recientes e importantes a los Hijos de Honor, gente invitada al banquete y a la que se había concedido una audiencia exclusiva con el rey después. Era una molestia, pero merecía la pena. Gavilar identificó a las dos mujeres por las notas que tenía, pero no al hombre más mayor, que vestía con túnica. ¿Quién sería? ¿Un predicetormentas? A Amaram le gustaba tenerlos cerca para que le enseñaran su escritura, que le permitía conservar cierta fachada de devoción vorin. Era importante para él.

Gavilar saludó a los invitados uno por uno y, al llegar al anciano, algo encajó en su mente. Era Taravangian, el rey de Kharbranth, conocido como un hombre de escasa importancia y aptitud. Gavilar le lanzó una mirada a Amaram. Sin duda, no invitarían a aquel hombre a su círculo de confianza; debían buscar al poder que gobernaba Kharbranth en secreto. Lo más probable era que fuese una de entre dos mujeres, según informaban los espías de Gavilar.

Amaram asintió. De modo que Gavilar les dio su discurso acerca de juramentos del pasado y Radiantes, de glorias pasadas y brillantes futuros. Era un buen discurso, pero empezaba a rechinarle. Antaño, sus palabras habían inspirado a las tropas; de un tiempo a esa parte, se pasaba la vida de reunión en reunión. Al terminar, dejó que la gente se sirviera algo de beber.

—Meridas —susurró Gavilar, llevándose a Amaram a un lado—, estas reuniones se me están haciendo pesadas. Mi experimento ha sido un éxito. Dispongo del arma.

Amaram se sobresaltó y luego habló en voz baja.

—Queréis decir…

—Sí. En cuanto traigamos de vuelta a los Portadores del Vacío, tendremos una nueva forma de combatirlos.

—O una nueva forma de controlarlos —susurró Amaram.

Vaya, eso sí que era una novedad. Gavilar estudió a su amigo, consideró la ambición que sugerían esas palabras. «Así me gusta, Amaram».

—Debemos restaurar las Desolaciones —dijo Gavilar—. Cueste lo que cueste. Es la única manera.

—Coincido —respondió Amaram—. Ahora más que nunca. —Titubeó un momento—. Mis esfuerzos con vuestra hija no han dado fruto antes. Creía que teníamos un acuerdo.

—Solo necesitas más tiempo, amigo mío. Para ganártela.

Amaram anhelaba el trono igual que Gavilar anhelaba la inmortalidad. Y quizá Gavilar lo recompensara con él. Elhokar, desde luego, no merecía ser rey. Era precisamente lo contrario al legado que Gavilar quería dejar.

Envió a Amaram a hablar con los demás. Cuando hubieran disfrutado de las bebidas, Gavilar les daría otro discurso breve. Y luego podría pasar a otros… Frunció el ceño, reparando en que uno de los recién reclutados no conversaba con los demás. El anciano, Taravangian, estaba contemplando el mapa de Roshar. Los otros se rieron con algo que dijo Amaram. Taravangian ni siquiera desvió la mirada hacia el sonido.

Gavilar fue hacia él con paso firme, pero, antes de poder hablar, Taravangian susurró:

—¿No dudáis nunca sobre la vida que estamos dándoles? ¿A nuestros súbditos?

Gavilar no estaba acostumbrado a que la gente, y mucho menos un desconocido, se dirigiera a él con tanta familiaridad. Pero, por otra parte, el tal Taravangian se consideraba un rey, y quizá el igual de Gavilar. Era una noción ridícula, teniendo en cuenta que Taravangian gobernaba solo una pequeña ciudad.

—Ahora mismo me preocupan menos sus vidas —repuso Gavilar— que lo que está por venir.

Taravangian asintió, con expresión pensativa.

—Ha sido un discurso inspirador —dijo—. ¿De verdad creéis en ello?

—¿Lo habría pronunciado de no ser así?

—Por supuesto que lo haríais. Un rey dice aquello que necesite decirse. ¿No sería estupendo que siempre fuese lo que de verdad cree? —Miró a Gavilar, sonriente—. ¿De veras creéis que los Radiantes pueden volver?

—Sí —respondió Gavilar—. Lo creo.

—Y no sois ningún idiota —dijo Taravangian, meditabundo—. Por tanto, tendréis un buen motivo.

Gavilar se descubrió revisando su opinión anterior. Un rey pequeño seguía siendo rey. Quizá, de entre todos los dignatarios que había en la ciudad esa noche, tenía delante a uno que, por poco que fuese, comprendía lo que se exigía de un hombre estrujado entre la corona y el trono.

—Se avecina un peligro —dijo Gavilar en voz baja, sorprendido por su propia sinceridad—. Para esta tierra. Este mundo. Un peligro de tiempos antiguos.

Taravangian entornó los ojos.

—No es solo una Desolación lo que debemos temer —prosiguió Gavilar—. Vienen ellos. La tormenta eterna. La Noche de las Penas.

Taravangian lo sorprendió al palidecer.

Ese hombre creía. Gavilar acostumbraba a sentirse un poco tonto cuando intentaba explicar los peligros verdaderos que le había revelado el Padre Tormenta, como el duelo de campeones por el destino de Roshar. Temía que la gente lo tomara por loco. Y, sin embargo, aquel hombre… ¿le creía?

—¿Dónde habéis oído esas palabras? —preguntó Taravangian.

—Me parece que no os lo creeríais si os lo dijera.

—¿Me creeréis vos a mí? —dijo Taravangian—. Hace diez años, mi madre falleció por sus tumores. Frágil, tendida en su cama, con demasiados perfumes esforzándose en ahogar el hedor de la muerte. Me miró en sus últimos momentos… —Alzó los ojos hacia Gavilar—. Y me susurró: «Me hallo ante él, sobre el mismísimo mundo, y dice la verdad. La desolación está cerca… La tormenta eterna. La Noche de las Penas». A los pocos segundos, había muerto.

—He… oído hablar de eso —reconoció Gavilar—. Las palabras proféticas de los moribundos.

—¿Dónde oísteis vos esas palabras? —preguntó Taravangian, casi suplicando—. Por favor.

—Tengo visiones —dijo Gavilar, sincero—. Me las envía el Todopoderoso. Para que nos preparemos. —Miró hacia el mapa—. Por los Heraldos, ojalá pueda convertirme en la persona que debo ser para impedir lo que se aproxima…

Que el Padre Tormenta viese la franqueza de Gavilar. Tormentas… de pronto, él mismo la sintió. Allí de pie con aquel pequeño rey, de verdad la sintió. Nunca antes, desde que empezara todo aquello, se le había pasado por la cabeza la posibilidad de no estar a la altura de la tarea.

«Quizá —pensó— debería animar a Dalinar para que retome su entrenamiento. Recordarle que es un soldado». Tenía el claro presentimiento de que, más pronto que tarde, iba a necesitar de nuevo al Espina Negra.

Se acerca alguien a tu puerta, le advirtió el Padre Tormenta. *Una de los oyentes. Eshonai. Hay algo en ella que…*

¿Una parshendi? Gavilar recobró la compostura. Hizo salir a Taravangian, Amaram y los demás, feliz por librarse de aquel viejo extraño y sus ojos inquisitivos. Si en teoría era un tipo mediocre, ¿por qué ponía tan nervioso a Gavilar?

Eshonai entró, invitada por Amaram en nombre del rey. La conversación con la parshmenia fue como la seda. Gavilar la manipuló, a ella y en consecuencia también a su gente. Preparándolos a todos para el papel que deberían desempeñar.

Gavilar se notó cansado en el banquete, después de que se firmara el tratado, y se retiró a sus aposentos. Se hundió en una mullida butaca junto al balcón y dio un largo suspiro. En sus primeros tiempos como caudillo, nunca se habría permitido el lujo de la blandura. Por aquel entonces cometía el error de pensar que apreciar algo blando lo ablandaría también a él.

Era un defecto común entre los hombres que deseaban mostrarse fuertes. No era una debilidad relajarse. Al temerlo tanto, estaban concediendo poder sobre ellos a cosas sencillas.

El aire titiló ante él.

—Un día ocupado —dijo Gavilar.

Sí.

—El primero de muchos. Pronto organizaré otra expedición a las Llanuras Quebradas. Sacaremos partido a este tratado para obtener guías y que nos lleven hacia el centro. Hacia Urithiru.

El Padre Tormenta no respondió. Gavilar no estaba seguro de si podría decirse que el spren tenía maneras humanas. Pero ese día... con esa postura medio vuelta para darle la espalda, insinuada en la deformación del aire... con ese silencio...

—¿Te arrepientes de haberme escogido? —preguntó Gavilar.

Me arrepiento de cómo te he tratado, dijo el Padre Tormenta. *No debí ser tan complaciente. Eso te ha vuelto perezoso.*

—¿Esto es ser perezoso? —replicó Gavilar, obligándose a sonar divertido para ocultar su irritación.

No reverencias el puesto que ansías, afirmó el Padre Tormenta. *Siento... que no eres el campeón que necesito. Tal vez... lleve todo este tiempo equivocado.*

—Decías que esa tarea de hallar un campeón te fue encomendada —dijo Gavilar—. Por Honor.

Es cierto. No hablo a la manera humana. Pero, de todos modos, si te conviertes en Heraldo, sufrirás la tortura entre Retornos. ¿Cómo es que eso no te perturba?

Gavilar se encogió de hombros.

—Me rendiré y ya está.

¿Qué?

—Me rendiré —repitió Gavilar, levantándose de la butaca—. ¿Por qué quedarme a que me torturen y quizá perder la cordura? Me rendiré cada vez y regresaré de inmediato.

Los Heraldos permanecen en Condenación para mantener retenidos a los Portadores del Vacío. Para impedir que arrasen el mundo. Para...

—En ese caso, los Heraldos son los diez locos —lo interrumpió Gavilar, mientras se servía una copa de la redoma que tenía cerca del balcón—. Si no puedo morir, seré el rey más grandioso que jamás haya conocido este mundo. ¿Por qué apresar mis conocimientos y mi liderazgo?

Para detener la guerra.

—¿Por qué querría detener una guerra? —preguntó Gavilar, divertido de verdad—. La guerra es el camino a la gloria, a que nuestros soldados entrenen para recuperar los Salones Tranquilos. Mis tropas deberían ganar experiencia, ¿no te parece? —Se volvió de nuevo hacia el resplandor, dando un sorbo de vino naranja—. No temo a esos Portadores del Vacío. Que se queden aquí y luchen. Y si renacen, nunca se nos terminarán los enemigos a los que matar.

El Padre Tormenta no respondió. Y Gavilar volvió a tratar de sacar conclusiones a partir de su postura. ¿El Padre Tormenta estaba orgulloso de él? En opinión de Gavilar, aquella era una solución elegante; no comprendía cómo no se les había ocurrido nunca a los Heraldos. Quizá fueran unos cobardes.

Ah, Gavilar, dijo el Padre Tormenta. *Ahora comprendo mi error de cálculo. Toda tu educación religiosa... creada a partir de las mentiras sobre el Aharietiam y los fracasos del propio Honor... te ha llevado a esa conclusión.*

Condenación. El Padre Tormenta no estaba satisfecho. De pronto, aquello le pareció horriblemente injusto. Allí estaba, bebiéndose aquel espantoso líquido que pasaba por vino con tal de cumplir los ridículos Códigos, haciendo toda muestra posible de devoción, ¿y aun así no bastaba?

—¿Qué debo hacer para servir? —preguntó Gavilar.

No lo entiendes, dijo el Padre Tormenta. *Esas no son las Palabras, Gavilar.*

—Entonces, ¿cuáles son las tormentosas Palabras? —exclamó, estrellando la copa contra la mesa, haciéndola añicos, salpicando de vino la pared—. ¿Quieres que salve este planeta? ¡Pues ayúdame! ¡Explícame lo que estoy diciendo mal!

No es por lo que dices.

—Pero...

De pronto, el Padre Tormenta flaqueó. El relámpago palpitó a través de su forma titilante, iluminando la habitación de Gavilar con un resplandor eléctrico. Escarcha azul en las alfombras, pura luz reflejada en el cristal de las puertas del balcón.

Entonces el Padre Tormenta gritó. Un sonido parecido a un trueno, agónico.

—¿Qué es esto? —preguntó Gavilar, retrocediendo—. ¿Qué ha pasado?

Alguien de entre los Heraldos... ha muerto... No. No estoy preparado... El Juramento... ¡No! No deben verlo. No deben saberlo...

—¿Ha muerto? —repitió Gavilar—. Ha muerto. ¡Dijiste que ya estaban muertos! ¡Dijiste que estaban en Condenación!

El Padre Tormenta se onduló y entonces un *rostro* emergió del fulgor. Dos ojos, como agujeros en una tormenta, con nubes trazando espirales a su alrededor y hundiéndose en sus profundidades.

—Mentiste —dijo Gavilar—. *¿Mentiste?*

Ay, Gavilar. Hay muchísimo que no sabes. Muchísimo que asumes. Y los dos nunca acaban de coincidir. Como caminos a ciudades opuestas.

Aquellos ojos parecían tirar de Gavilar hacia delante, abrumarlo, consumirlo. Vio... vio tormentas, tormentas inacabables, y qué frágil era el mundo. Una diminuta mota azul sobre un lienzo infinito de negro.

¿El Padre Tormenta podía *mentir*?

—Restares —susurró Gavilar—. ¿Es... un Heraldo de verdad?

Sí.

Gavilar se notó helado, como si estuviera en la alta tormenta, con el hielo filtrándose a través de su piel. Buscando su corazón. Aquellos ojos...

—¿Qué eres? —susurró con voz susurrante, rasposa.

El más necio de todos, dijo el Padre Tormenta. ADIÓS, GAVILAR. HE VISTO UN ATISBO DE LO QUE VIENE. NO VOY A IMPEDIRLO.

—¿Qué es? —exigió saber Gavilar—. ¿Qué viene?

TU LEGADO.

La puerta se abrió de golpe. Era Sadeas, con la cara roja del esfuerzo.

—Asesino —dijo mientras le hacía un gesto a Tearim para que entrara con la armadura esquirlada puesta—. Viene hacia aquí, matando guardias. Necesitamos que te pongas tu armadura. Tearim, quítatela. Debemos proteger al rey.

Gavilar se lo quedó mirando, aturdido.

Entonces una palabra caló en su mente.

Asesino.

«Me han traicionado», pensó, y descubrió que no estaba sorprendido. Tarde o temprano, alguno de ellos iba a terminar atentando contra su vida.

Pero ¿quién estaba haciéndolo?

—¡Gavilar! —gritó Sadeas—. ¡Tienes que ponerte la armadura! El asesino viene hacia aquí.

—Tearim puede enfrentarse a él, Torol —respondió Gavilar—. ¿Qué es un asesino?

—Este ya ha matado a decenas de personas —dijo Sadeas—. Creo que deberías llevar una armadura esquirlada por si acaso. Podrías ponerte la mía, pero mis armeros aún están trayéndola.

—¿Te has traído la armadura al banquete?

—Pues claro que sí —respondió Sadeas—. No me fío de esos parshendi. Y tú harías bien en imitarme. Confiar demasiado terminará matándote algún día.

Sonaron chillidos en la lejanía. Tearim, leal como siempre, empezó a quitarse la armadura para que Gavilar se la pusiera.

—Demasiado lento —dijo Sadeas—. Necesitamos ganar tiempo. Dame tu túnica.

Gavilar vaciló un momento antes de mirar a su amigo a los ojos.

—¿Harías eso?

—Invertí demasiado esfuerzo en subirte a ese trono, Gavilar —respondió Sadeas, adusto—. No dejaré que se eche a perder.

—Gracias —dijo Gavilar.

Sadeas se encogió de hombros y se echó la túnica encima mientras Tearim ayudaba a Gavilar a ponerse la armadura. Quienquiera que fuese aquel asesino iba a verse superado por un portador de esquirlada.

Gavilar miró hacia el lugar donde había estado el Padre Tormenta, pero el resplandor se había esfumado.

Los spren no podían mentir. No podían. Eso lo sabía gracias… al Padre Tormenta.

«Sangre de mis ancestros —pensó Gavilar mientras la armadura esquirlada le ceñía las piernas—. ¿Sobre qué más me habrá mentido?».

Gavilar cayó.

Y supo, incluso antes de dar contra el suelo, que se había acabado. Era su final.

Un legado interrumpido. Un asesino que se movía con una elegancia ultraterrena, pisando sobre pared y techo, dominando una luz que sangraba de las mismas tormentas.

Gavilar impactó contra el suelo, rodeado por los escombros de su balcón, y vio un destello de blanco. El cuerpo no le dolía. Eso era muy mala señal.

«Thaidakar —pensó al ver una figura alzándose ante él, sombría en el aire nocturno—. Solo Thaidakar podría enviar a un asesino capaz de tales gestas».

Tosió mientras la figura se cernía sobre él.

—Yo... esperaba que... vinieras —se obligó a decir Gavilar.

El asesino se arrodilló a su lado, aunque Gavilar no distinguió más que sombras. Entonces... el asesino, haciendo algo que Gavilar no llegó a ver bien, empezó a brillar de nuevo como una esfera.

—Puedes decirle... a Thaidakar... que llega demasiado tarde —susurró Gavilar.

—No sé quién es ese —respondió el asesino, sus palabras apenas inteligibles.

El hombre extendió la mano a un lado. Invocaba una hoja esquirlada.

Se había acabado. Tras el asesino, un halo, una aureola de rutilante luz. El Padre Tormenta.

Esto no lo he provocado yo, dijo el Padre Tormenta en su mente. *No sé si saberlo te trae paz o no en tus últimos momentos, Gavilar.*

Pero...

—Entonces ¿quién...? —se obligó a preguntar Gavilar—. ¿Restares? ¿Sadeas? Nunca pensé...

—Mis amos son los parshendi —dijo el asesino.

Gavilar parpadeó, enfocó de nuevo la mirada en el hombre mientras su hoja esquirlada cobraba forma. Tormentas, era nada menos que la hoja de Honor de Jezrien, ¿verdad? ¿Qué estaba sucediendo?

—¿Los parshendi? Eso no tiene sentido.

Esto es mi fracaso tanto como el tuyo, dijo el Padre Tormenta. *Si lo intento otra vez, obraré de forma distinta. Creía que... tu familia...*

Su familia. En ese instante, Gavilar vio su legado desmoronarse. Estaba muriendo.

Tormentas. Estaba *muriendo*. ¿Qué importancia tenía nada ya? No podía. No podía...

Se suponía que iba a ser eterno...

«He invitado al enemigo a regresar —comprendió—. El fin se avecina. Y mi familia, mi reino, terminará destruido, sin forma de combatir. A menos que...».

Con una mano temblorosa, sacó una esfera del bolsillo. El arma. La necesitaban. Su hijo... No, su hijo no podía dominar tanto poder... Necesitaban un guerrero. Un verdadero guerrero. Uno a quien Gavilar había puesto todo su empeño en reprimir, por un miedo que apenas osaba reconocer, ni siquiera mientras inhalaba sus últimos y entrecortados alientos.

Dalinar. Que las tormentas los asistieran a todos, iban a depender de Dalinar.

Ofreció la esfera al Padre Tormenta, con la visión borrosa. Pensar... era... difícil.

—Debes coger esto —susurró Gavilar al Padre Tormenta—. No debe ser suyo. Dile... dile a mi hermano... que tiene que encontrar las palabras más importantes que puede pronunciar un hombre...

No, dijo el Padre Tormenta, aunque una mano tomó la esfera. *Él no. Lo siento, Gavilar. Ya cometí ese error una vez. No volveré a confiar jamás en tu familia.*

Gavilar exhaló un gemido de dolor, no desde el cuerpo, sino desde el alma. Había fracasado. Los había llevado a todos a la ruina. Ese, comprendió lleno de horror, iba a ser su legado.

Al final, Gavilar Kholin, heredero de los Heraldos, murió. Como todo hombre debía hacerlo, al llegar su hora.

Solo.

PRIMER DÍA

KALADIN ♦ SHALLAN

Parecía adoptar una pose muy particular mientras
lo dibujaba. ¿Era por mí? ¿Cómo podía saber que
lo observaba?

Un momento perfecto que atesorar para siempre.

I

TERRENO DESCONOCIDO

Debería haber sabido que alguien me observaba. Durante toda mi vida, las señales estaban ahí.

De *Caballeros de viento y verdad*, página 1

K aladin se sentía bien.

No de maravilla. No después de haber pasado semanas escondiéndose en una ciudad ocupada. No después de llevarse a sí mismo hasta el agotamiento físico y emocional. No después de lo que le había pasado a Teft.

Estaba de pie junto a su ventana en la primera mañana del mes. La luz del sol entraba a raudales en la estancia a su alrededor, el viento le revolvía el pelo. No debería sentirse bien. Sí, había ayudado a proteger Urithiru, pero esa victoria había tenido un coste atroz. Y, además de eso, Dalinar había llegado a un acuerdo con el enemigo: al cabo de solo diez días, el campeón de Honor y el campeón de Odium decidirían el destino de todo Roshar.

La magnitud de aquello era aterradora y, sin embargo, Kaladin había renunciado a seguir siendo el líder de los Corredores del Viento. Había pronunciado las Palabras adecuadas, pero había comprendido que las Palabras por sí mismas no eran suficientes. Aunque la luz tormentosa pudiera sanarle el cuerpo al instante, su alma necesitaba tiempo. De modo que, si había batalla, sus amigos lucharían sin él. Y cuando los campeones se enfrentasen en la cima de Urithiru al cabo de diez días —o de nueve, ya que el primero había comenzado—, Kaladin no participaría.

Eso debería estar convirtiéndolo en una ansiosa y bullente cacerola de nervios. Pero, en cambio, echó la cabeza atrás, sintiendo el cálido sol en la piel, y aceptó que, aunque no se sentía de maravilla, algún día volvería a sentirse así.

Por el momento, era suficiente.

Se volvió y fue con paso firme hasta su armario, donde rebuscó entre las pilas de ropa civil recién lavada que le habían traído esa misma mañana. La ciudad solo llevaba dos días liberada de la ocupación, y el destino del mundo se decidiría en breve, pero las lavanderas de Urithiru nunca aflojaban. Ninguna prenda lo atraía mucho, y al poco tiempo su mirada se desvió hacia una alternativa: un uniforme, enviado por el departamento de intendencia para sustituir el que Kaladin había destrozado durante el combate. Leyten siempre tenía una repisa entera de su talla.

Kaladin había dejado el uniforme adherido a la pared con un enlace la noche anterior, después del funeral de Teft, a modo de experimento. Urithiru había despertado y tenía a su propia Forjadora de Vínculos, y eso lo volvía todo... diferente. Lo normal era que sus enlaces durasen como mucho unos minutos, y allí estaba aquel, diez horas más tarde, todavía bien fuerte.

Syl asomó la cabeza a la habitación atravesando la tela colgada a modo de puerta, sin el menor reparo por la privacidad. Ese día su apariencia era a tamaño humano completo, y llevaba una havah en vez de su habitual vestido más de niña. Había aprendido hacía poco a colorear la ropa, en ese caso con tonos oscuros de azul y unos bordados de brillante color violeta en las mangas.

Mientras Kaladin se abrochaba los últimos botones del cuello alto de la chaqueta de uniforme, Syl llegó junto a él. Se elevó en el aire y flotó a palmo y medio del suelo para mirar sobre su hombro y examinarlo en el espejo.

—¿No podías hacerte de cualquier tamaño? —preguntó Kaladin, comprobando los puños de la chaqueta.

—Dentro de lo razonable.

—¿De lo razonable para quién?

—Ni idea —respondió ella—. Una vez probé a hacerme enorme como una montaña. Tuve que gruñir un montón y pensar como las piedras. Como unas piedras gigantescas. Lo más grande que pude volverme fue como una montaña pequeña, tanto que cabría en esta habitación, con la punta rozando el techo.

—Entonces, podrías hacerte bastante más alta que yo —dijo Kaladin—. ¿Por qué sueles ser más bajita?

—Parece lo adecuado y ya está —respondió ella.

—Esa viene a ser tu explicación para todo.

—¡Ajá! —Syl le dio un puñetazo amistoso, que Kaladin apenas sintió. Incluso con aquel tamaño, Syl era insustancial en el Reino Físico—. ¿Uniforme? Pensaba que ya no ibas a ponértelo más.

Kaladin vaciló, y luego se tiró de la chaqueta por abajo para alisarle las arrugas de los lados.

—Parece lo adecuado y ya está —reconoció, mirándola a los ojos en el espejo.

Ella sonrió. Y tormentas, Kaladin no pudo resistirse a devolverle la sonrisa.

—Alguien está teniendo un buen día —dijo Syl, dándole otro puñetazo en el hombro.

—Por raro que parezca, teniéndolo todo en cuenta, sí —admitió él.

—Al menos, la guerra ya casi ha terminado —dijo Syl—. Solo un combate más. Nueve días.

Era cierto. Si Dalinar ganaba, Odium había aceptado retirarse de Alezkar y Herdaz, aunque conservaría cualesquiera otros territorios que controlase, como Iri o Jah Keved. Si ganaba Odium, estarían obligados a ceder Alezkar al enemigo. Y habría un coste mayor que ese. Si Dalinar perdía, debería unirse a Odium, transformarse en Fusionado y ayudarlo a conquistar el Cosmere. Kaladin quería creer que, en ese caso, los Radiantes no lo seguirían, pero no estaba seguro. Había mucha gente que anhelaba la guerra, incluso sin la influencia de un Deshecho. Tormentas, él también lo había sentido.

—Syl —dijo, dejando de sonreír—, estoy seguro de que va a morir más gente. Quizá personas que me importan, pero no podré estar allí para ayudarlas. Dalinar tendrá que elegir a otro como campeón, y…

—Kaladin Bendito por la Tormenta —dijo ella, elevándose más en el aire, cruzada de brazos. Aunque llevaba una havah a la moda, se había dejado el pelo de un color blanco azulado, suelto, ondulándose y meciéndose al viento. Al… inexistente viento—. No te atrevas a convencerte a ti mismo de estar abatido.

—¿O qué?

—O me dedicaré —repuso ella con voz atronadora— a ponerte caras graciosas. Como solo yo sé hacer.

—No son graciosas —dijo él, estremeciéndose.

—Son hilarantes.

—La última vez hiciste que te saliera un tentáculo de la frente.

—Humor sesudo.

—Y entonces me dio un bofetón.

—El remate. Obviamente. Con la de humanos que hay en el mundo, y voy yo y escojo al único que no tiene gusto para la comedia refinada.

Kaladin la miró a los ojos, y la sonrisa de Syl seguía siendo tormentosamente contagiosa.

—Sí que sienta bien —dijo— haber resuelto por fin algunas cosas. Liberarme del peso y salir de la sombra. Sé que la oscuridad regresará, pero creo… creo que seré capaz de recordarlo mejor que antes.

—¿Recordar qué?

Kaladin se enlazó hacia arriba y ascendió flotando hasta poner sus ojos a la misma altura.

—Que también existen días como este.

Ella asintió con firmeza.

—Ojalá pudiera enseñárselo a Teft —dijo Kaladin—. Siento su pérdida como un agujero en mi propia carne, Syl.

—Lo sé —dijo ella suavemente.

Si fuese una amiga humana, quizá Syl le habría ofrecido un abrazo. La spren no parecía comprender lo físico igual que los seres humanos, aunque en su lugar de nacimiento, Shadesmar, el Reino Cognitivo, tenía un cuerpo material. A Kaladin le daba la impresión de que Syl no había pasado mucho tiempo al otro lado. Aquel dominio le encajaba mejor.

Se dejó caer al suelo y regresó a la ventana, buscando sentir otra vez el sol. Fuera vio la cima de las montañas, coronadas de nieve. El viento sopló a su alrededor, trayendo consigo los frescos olores del aire limpio y vigorizante y una bandada de vientospren. Entre ellos estaban los que componían la armadura de Kaladin, que entraron volando a su alrededor. Nunca se alejaban demasiado, por si hacían falta.

Tormentas, cuántas cosas le habían pasado, y qué deprisa. Sentía los ecos de una ira que había estado a punto de consumirlo por completo cuando murió Teft. Y algo peor, los sentimientos de no ser nada mientras caía…

Días oscuros.

Pero también existían días como aquel.

Y Kaladin de verdad iba a recordarlo.

Los spren de su armadura rieron y salieron danzando por la ventana, pero el viento permaneció, jugando con su pelo. Luego se calmó, todavía soplando en torno a él, pero ya no juguetón, sino más… contemplativo. Durante toda su vida, el viento había estado presente. Kaladin lo conocía casi igual que conocía su pueblo natal, o a sus parientes. Era familiar como…

Kaladin…

Se sobresaltó y miró a Syl, que estaba recorriendo la habitación a un paso que era medio baile, medio zancada, con los ojos cerrados, como siguiendo un ritmo inaudible.

—Syl, ¿me has llamado?

—¿Eh? —dijo ella, abriendo los ojos.

Kaladin…

Tormentas, ahí estaba otra vez.

Necesito tu ayuda. Siento muchísimo… pedirte más…

—Dime que oyes eso —le pidió Kaladin a Syl.

—Siento… —Syl ladeó la cabeza—. Siento algo. En el viento.

—Está hablándome —dijo él, llevándose una mano a la cabeza.

Viene una tormenta, Kaladin, susurró el viento. *La peor tormenta… Lo siento…*

Y ya no estaba.

—¿Qué has oído? —preguntó Syl.

—Una advertencia —dijo él, frunciendo el ceño—. Syl, ¿el viento está… vivo?

—Todo está vivo.

Kaladin miró por la ventana, esperando a que la voz regresara. No lo hizo. Solo aquel viento vigorizante… aunque ya no parecía calmado. Parecía estar aguardando algo.

Shallan se quedó un poco más de tiempo encima de Integridad Duradera, la gran fortaleza de los honorspren, meditando sobre todas las personas que había sido. Sobre cómo cambiaba, según la perspectiva.

En efecto, la vida consistía a grandes rasgos en la perspectiva.

Como aquella extraña estructura, un bloque hueco y rectangular de decenas de metros de altura, que dominaba el paisaje de Shadesmar. La gente, los spren, vivía nada menos que en las paredes interiores, recorriéndolas arriba y abajo, sin respetar en absoluto las convenciones de la gravedad. Mirar hacia abajo a lo largo de esas paredes interiores podía revolverte el estómago, a menos que cambiases tu perspectiva. A menos que te convencieras a ti misma de que caminar por esa pared era lo normal. Que una persona fuese fuerte o no era una cuestión que no solía debatirse, pero, si la gravedad podía ser un asunto opinable…

Shallan dejó de mirar hacia el centro de Integridad Duradera y anduvo por la parte superior de la pared. Sus ojos se desviaron hacia fuera y contemplaron Shadesmar, el ondulante océano de cuentas en una dirección, la serrada cordillera de obsidiana salpicada de árboles cristalinos en la otra. Sobre la pared con ella había una visión incluso más abrumadora: dos spren cuyas cabezas estaban compuestas de líneas geométricas, ataviados con sendas túnicas de un tejido negro brillante y demasiado rígido.

Dos spren.

Shallan había vinculado a dos. Una en su infancia. Uno de adulta. Le había hecho daño a la primera, y había reprimido el recuerdo.

Se arrodilló junto a Testimonio, su spren original. La críptica estaba sentada con la espalda apoyada en el antepecho de piedra. Las líneas que componían su cabeza parecían retorcidas, como ramitas rotas. Las del centro estaban arañadas e irregulares, como si alguien las hubiera pasado a cuchillo. Y, lo más revelador de todo, su patrón estaba casi estático.

Cerca de ellas, la cabeza de Patrón palpitaba a un ritmo vibrante, siempre en movimiento, siempre componiendo alguna nueva forma geométrica. Compararlos entre ellos le partió el corazón a Shallan. Era ella quien le había hecho aquello a Testimonio, al rechazar el vínculo después de haber utilizado su hoja esquirlada para matar a su madre.

Testimonio extendió una mano de largos dedos y Shallan, afligida, la tomó. Notó que los dedos la agarraban un poco, pero intuyó que esa era toda la fuerza que tenía Testimonio. La spren reaccionaba a ser una ojomuerta de un modo distinto a Maya, que estaba allí cerca con Adolin y Kelek. Maya siempre había parecido tener el cuerpo fuerte, a pesar de ser una ojomuerta. Los spren se quebraban de maneras distintas, al parecer. Igual que las personas.

Testimonio le apretó la mano a Shallan, sin más expresión que aquel letárgico movimiento de líneas.

—¿Por qué? —preguntó Shallan—. ¿Por qué no me odias?

Patrón apoyó la mano en el hombro de Shallan.

—Los dos conocíamos el peligro, el sacrificio, que entrañaba vincularnos de nuevo con los humanos.

—Le hice daño.

—Pero aquí estás —dijo Patrón—. Capaz de alzarte orgullosa. Capaz de controlar las potencias. Capaz de proteger este mundo.

—Testimonio debería odiarme —susurró Shallan—. Pero no hay veneno en su forma de cogerme la mano. No hay juicio en su forma de permanecer con nosotros.

—Porque su sacrificio mereció la pena, Shallan —dijo Patrón, con una contención muy poco propia de él—. Funcionó. Al final te recuperaste, y lo hiciste mejor. Yo aún estoy aquí. ¡Y, lo más extraordinario de todo, ni siquiera un poquito muerto! ¡No creo que vayas a matarme en absoluto, Shallan! Eso me alegra.

—¿Puedo curarla? —preguntó Shallan—. ¿Quizá si... si la vinculo otra vez?

—Después de hablar con Kelek, creo... —dijo Patrón—. Creo que aún estás vinculada a ella.

—Pero... —Shallan volvió la mirada hacia él—. Rompí el vínculo. Es lo que provocó esto.

—Algunas rupturas son complicadas —respondió Patrón—. El corte de un cuchillo afilado es limpio, el de uno romo, desigual. Tu ruptura, hecha por una niña sin plena Intención, es desigual. En cierto modo, eso lo empeora todo, pero también significa que persiste algo de Conexión entre vosotras dos.

—Así que...

—Así que no —dijo Patrón—. No creo que baste con pronunciar las Palabras otra vez para sanarla. —El patrón de su cabeza giró un poco más despacio, como si estuviera considerando algo profundo—. Estos números son... desconcertantes, Shallan. Extrañamente irracionales, en una secuencia que no comprendo. Me refiero a que... a que estamos pisando terreno desconocido. Mejor metáfora para ti. Sí. Terreno desconocido. En el pasado remoto, los ojomuertos no existían.

Era una cosa que habían averiguado, en parte gracias a los honorspren y a Maya. Los ojomuertos, todos salvo Testimonio, habían estado vinculados a antiguos Radiantes antes de la Traición. Habían rechazado sus juramentos al unísono, humanos y spren en conjunto. Habían pensado que hacerlo provocaría una brecha dolorosa, pero a la que se podía sobrevivir. En vez de eso, algo había salido terriblemente mal.

El resultado habían sido los ojomuertos. La explicación quizá residiera en Kelek, justo la persona a la que habían enviado a Shallan a que matara en Integridad Duradera. Apretó la mano de Testimonio.

—Voy a ayudarte —susurró Shallan—. Cueste lo que cueste.

Testimonio no respondió, pero Shallan se inclinó hacia ella y envolvió a la críptica con sus brazos. La túnica de Patrón siempre le parecía sólida, pero la de Testimonio se plegaba como la tela.

—Gracias —dijo Shallan—. Por venir a mí cuando era pequeña. Gracias por protegerme. Todavía no lo recuerdo todo, pero gracias.

La críptica, lenta pero deliberadamente, puso los brazos alrededor de Shallan y apretó también.

—Ahora descansa —dijo Shallan, secándose los ojos y poniéndose en pie—. Voy a resolver esto.

2

DAR EL
SIGUIENTE PASO

Al Viento la conocí por primera vez en mi infancia, durante la época anterior a los sueños. ¿Qué necesidad tienen los niños de sueños o aspiraciones? Ellos viven, y adoran, la vida que existe.

De **Caballeros de viento y verdad**, página 3

Al cabo de un tiempo, Syl salió de la habitación de Kaladin y fue a los aposentos de su familia. Él se quedó un poco más al sol y al viento, flotando, porque ¿por qué no? Allí la luz se reponía sin cesar, y retener en su cuerpo aquella nueva luz de la torre no parecía impulsarlo a la acción como sucedía con la luz tormentosa. En vez de eso, llevarla dentro era... tranquilizador.

Aun así, saltó al oír un ruido fuerte desde más adentro, y un grupo de sorpresaspren apareció de golpe a su alrededor, como triángulos amarillos que se rompían. Cuando llegó a la puerta, descubrió que el ruido era solo su hermano pequeño, Oroden, dando palmadas. Kaladin calmó su corazón desbocado. En los últimos tiempos se había vuelto más propenso a reaccionar en exceso a los ruidos fuertes, incluso a los que, pensándolo un poco, era evidente que no entrañaban peligro alguno.

No llegaron más palabras procedentes del viento, así que Kaladin salió flotando a la sala principal, donde Oroden jugaba con sus bloques. Syl estaba con él. Aunque la spren podía hacerse invisible, rara vez elegía hacerlo estando con la familia de Kaladin. De hecho, la noche anterior habían establecido un nuevo protocolo: cuando Syl apareciera con color en la ropa, como el violeta de sus mangas, significaba que era visible para otras personas. Si mostraba un tono azul claro uniforme, solo él podía verla.

—¡Gagadin! —exclamó el pequeño, señalando—. ¡Tú quiede boques!

«Tú», en ese caso, significaba el propio Oroden, que había reparado en que todos lo llamaban «tú». Kaladin sonrió y utilizó su luz para hacer flotar los bloques. Syl se encogió y saltó de un bloque a otro en el aire mientras Oroden los movía a manotazos.

«¿Qué estoy haciendo? —pensó Kaladin—. Se avecina un combate por el destino del mundo, mi mejor amigo ha muerto, ¿y yo me dedico a jugar a los bloques con mi hermano pequeño?».

Entonces, en respuesta, una voz conocida le habló desde lo más profundo. «Aférrate a esto, Kal. Abrázalo. No morí para que pudieras ir por ahí mustio y cabizbajo, como un comecuernos mojado sin su cuchilla». Al contrario que lo del viento, aquello no parecía ser nada místico. Era solo que... bueno, que Kaladin había conocido a Teft el tiempo suficiente como para predecir lo que le habría dicho. Incluso en la muerte, un buen sargento conocía bien su trabajo: mantener a los oficiales encarados hacia donde debían.

—¡Fyl! —exclamó Oroden, señalando a Syl—. ¡Fyl, amos!

Empezó a dar vueltas sobre sí mismo y Syl se unió a la danza, girando a su alrededor. Aparecieron risaspren, como piscardos plateados, en el aire. Era otra cosa que había cambiado en la torre últimamente: había spren por todas partes y se revelaban con mucha más frecuencia.

Kaladin se sentó en el suelo entre los bloques flotantes, y no tuvo más remedio que pensar en el lugar que le correspondía. No iba a ser el campeón de Dalinar, y ya no era el líder del Puente Cuatro. Sigzil acudía a las reuniones importantes en lugar de Kaladin.

Por tanto, ¿quién era él? ¿Qué era?

Eres..., dijo con suavidad la voz del viento. *Eres lo que necesito...*

Se puso en alerta. No, no eran imaginaciones suyas.

Entró su madre, con el pelo recogido en un pañuelo, como lo había llevado siempre cuando trabajaba en Piedralar. Se sentó a su lado, le dio un codazo en las costillas y le pasó un cuenco con un poco de grano de lavis cocido y carne de cangrejo especiada encima. Kaladin, obediente, empezó a comer. Si había un colectivo más exigente que el de los sargentos, eran las madres. Siendo más joven, esa clase de cuidados lo habían avergonzado. Después de haber pasado años sin ellos, había descubierto que no le importaba que Hesina le hiciese un poco de madre.

—¿Cómo estás? —preguntó ella.

—Bien —dijo él, con la boca llena de lavis.

Hesina lo observó.

—Lo digo de verdad —insistió Kaladin—. No de maravilla. Bien. Preocupado por lo que viene.

Un bloque pasó flotando, dejando una estela de luz de torre. Hesina le dio un golpecito con un dedo reticente, que lo envió rodando por la estancia.

—¿No deberían... caer?

—Con el tiempo, supongo. —Kaladin se encogió de hombros—. Navani le ha hecho algo raro a este lugar. Ahora hace calor, y la presión está equilibrada, y la ciudad entera está... infusa. Como una esfera.

El agua fluía a voluntad de agujeros en las paredes, y podía controlarse su temperatura con un mero gesto. De pronto, muchas de las extrañas jofainas y los estanques vacíos de la torre habían cobrado sentido. No tenían controles porque se activaban hablando o tocando la piedra.

Syl hizo que Oroden girase más rápido y lo dejó allí, mareado y con unos cuantos bloques para distraerse. Recobró el tamaño humano y se dejó caer al suelo de espaldas junto a Kaladin y Hesina, con la cara cubierta de algo parecido al sudor. Kaladin reparó en otro detalle: la havah de Syl no tenía la larga manga que debería cubrir la mano segura, y en lugar de eso llevaba un guante, o más bien había pintado su mano segura de blanco y le había dado textura de tela. Tampoco era raro: Navani siempre llevaba guante en los últimos tiempos, para tener las dos manos disponibles. Aun así, lo sorprendió que Syl llevase guante. Nunca antes se había molestado.

—¿Cómo puede ser que los humanos pequeños no paren nunca? —preguntó Syl—. ¿De dónde sacan la energía?

—Es uno de los grandes misterios del Cosmere —dijo Hesina—. Si esto te impresiona, tendrías que haber visto a Kal.

—Uuuh —dijo Syl, poniéndose bocabajo y mirando a Hesina con los ojos muy abiertos, mientras su larga melena blanquiazul le caía alrededor de la cara.

Ninguna mujer humana se habría comportado con tanta... relajación llevando puesta una havah. Los ajustados vestidos, aunque no fuesen estrictamente formales, no estaban diseñados para dar vueltas sobre una misma en el suelo, descalza. Pero Syl siempre sería Syl.

—¿Historias vergonzosas de la infancia? —dijo la spren—. ¡Corre! ¡Habla mientras tiene la boca llena, y así no podrá interrumpirte!

—No dejaba de moverse —rio Hesina, inclinándose hacia delante—. Menos cuando por fin caía redondo para dormir, dándonos unas breves horas de alivio. Todas las noches Kal me obligaba a cantarle su canción favorita, y a Lirin a perseguirlo de un lado a otro. Y se daba cuenta si Lirin no ponía todo su empeño en la persecución, y lo regañaba. De verdad que era una monada ver a Lirin abroncado por un niño de tres años.

—Debería haberme imaginado que Kaladin era un tirano de pequeño —dijo Syl.

—Los niños suelen ser así, Syl —respondió su madre—. Aceptan solo una respuesta a toda pregunta, porque los matices son difíciles y confusos.

—Sí —dijo Kaladin, raspando el último lavis del cuenco—, los niños. Porque está clarísimo que esa manera de pensar solo afecta a los niños, nunca al resto de nosotros.

Su madre le dio medio abrazo, con un brazo en torno a sus hombros. Era el tipo de gesto que parecía admitir a regañadientes que Kaladin ya no era un niño pequeño.

—¿A veces no querrías que el mundo fuese un sitio más sencillo? —le preguntó Hesina—. ¿Que las respuestas fáciles de la infancia fueran, en realidad, las respuestas verdaderas?

—Ahora ya no —dijo él—. Porque creo que las respuestas fáciles me condenarían. Nos condenarían a todos, de hecho.

Eso hizo sonreír a su madre, aunque tampoco hubiera dicho nada demasiado profundo. Entonces los ojos de Hesina adoptaron un brillo travieso. Ay, tormentas, ¿con qué iba a salirle ahora?

—Bueno, ahora tienes una amiga spren —dijo su madre—. ¿No le has hecho nunca esa pregunta tan importante que hacías siempre de pequeño?

Kaladin suspiró, preparándose para lo peor.

—¿Y qué pregunta era esa, madre?

—Cacaspren —dijo ella, dándole un golpecito en el costado—. Esa idea nunca dejaba de fascinarte.

—¡Eso era Tien, no yo! —exclamó Kaladin.

Hesina le lanzó una mirada significativa. Madres. Se acordaban demasiado bien de las cosas. Aparecieron vergüenzaspren a su alrededor, con forma de pétalos rojos y blancos. Solo unos pocos, pero aparecieron.

—Muy bien —dijo—. Puede que estuviera... intrigado. —Miró hacia Syl, que estaba observando la conversación con los ojos como platos—. ¿Alguna vez... conociste a alguno?

—Cacaspren —repuso ella, inexpresiva—. ¿Vas a hacerle a la única Hija de las Tormentas viva, a alguien que viene a ser una princesa en términos humanos, *esa* pregunta? ¿La de a cuánto popó conozco?

—Por favor, ¿podemos dejar el tema? —pidió Kaladin.

Por desgracia, Oroden había tenido la oreja puesta. Le dio una palmadita a Kaladin en la rodilla.

—No pasa nada, Gagadin —dijo con voz tranquilizadora—. Popó va en orinal. ¡Toma chuchería!

Lo cual le provocó a Syl un ataque de risa atronadora que la volteó de espaldas otra vez. Kaladin le lanzó a Hesina su mirada de capitán, la que podía hacer palidecer a cualquier soldado. Las madres, no obstante, se saltaban la cadena de mando. Así que lo único que salvó a Kaladin fue que su padre apareciese en el umbral, con un gran fajo de papeles bajo el brazo. Hesina fue hacia él para ayudarlo.

—Son los diagramas de las tiendas del cuerpo médico de Dalinar y los procedimientos operativos actuales —explicó Lirin.

—Conque Dalinar, ¿eh? —dijo ella—. ¿Cuatro reuniones de nada y ya te tuteas con el hombre más poderoso del mundo?

—La actitud de ese chico es contagiosa —afirmó Lirin.

—Y seguro que eso no tiene naaada que ver con su crianza —replicó Hesina—. Mejor demos por hecho que fueron sus cuatro años en el ejército los que lo condicionaron para respetar poco a los ojos claros.

—Bueno, es que...

Lirin y Hesina miraron a su hijo. Los ojos de Kaladin habían pasado a ser de un color azul claro y ya nunca regresaban a su tono castaño oscuro original. Tampoco ayudaba en nada que, pese a estar sentado, flotara un par de centímetros por encima del suelo. El aire era más cómodo que la piedra.

Los dos extendieron los papeles sobre la repisa que recorría una pared de la estancia.

—Es un desastre —dijo Lirin—. Hay que reconstruir de cero su sistema médico al completo, y formar al personal sobre higienizar como es debido. Por lo visto, muchos de sus mejores médicos de campo han caído.

—Muchos de sus mejores de todo han caído —matizó Hesina, hojeando las páginas.

«No te haces una idea», pensó Kaladin. Lanzó una mirada hacia Syl, que se había enderezado para sentarse más cerca de él, todavía a tamaño humano. Oroden estaba persiguiendo bloques de nuevo, y Kaladin...

Bueno, a pesar de su tensión, Kaladin se permitió disfrutarlo. Gozar de la familia. De la paz. De Syl. Llevaba tantísimo tiempo corriendo de hecatombe en hecatombe que había olvidado por completo aquella alegría. Incluso cenar estofado con el Puente Cuatro, en sus valiosos momentos de respiro, le había dado la sensación de ser como una brusca bocanada de aire para no ahogarse. Y, sin embargo, allí estaba. Retirado. Viendo jugar a su hermano, sentado al lado de Syl, oyendo cómo charlaban sus padres. Tormentas, menudo viaje había sido. Kaladin se las había ingeniado para sobrevivir.

Y no era culpa suya haberlo hecho.

Syl le apoyó la mano en el hombro, aunque fuese insustancial, mientras miraba los bloques flotantes. Era un comportamiento raro en ella, pero también lo era que adoptase tamaño humano.

—¿Por qué te haces tan grande? —le preguntó.

—Cuando estábamos en Shadesmar —dijo ella—, todo el mundo me trataba distinto. Me sentía... más una persona. Menos una fuerza de la naturaleza. Resulta que lo echaba de menos.

—¿Yo te... trato distinto cuando eres pequeña?

—Un poco.

—¿Quieres que cambie?

—Quiero que las cosas cambien y que sigan iguales a la vez. —Syl lo miró, y debió de ver que Kaladin encontraba aquello absolutamente desconcertante. Sonrió de oreja a oreja—. Dejémoslo en que quiero que a cierta gente le resulte más difícil pasarme por alto.

—¿Para ti es más difícil tener este tamaño?

—Ajá —dijo ella—. Pero he decidido que quiero hacer el esfuerzo. —Negó con la cabeza, haciendo que el pelo se le arremolinara—. No cuestiones la voluntad de la poderosa princesa spren, Kaladin Bendito por la Tormenta. Mis caprichos son tan inescrutables como magnánimos.

—¡Pero si acabas de decir que quieres que te traten como a una persona! —exclamó él—. No como una fuerza de la naturaleza.

—No —repuso ella—. Quiero *decidir* cuándo se me trata como a una persona. Eso no excluye que también quiera ser venerada como es debido. —Puso una sonrisa taimada—. He estado pensando en un montón de cosas que obligar a Lunamor a que haga. Si volvemos a verlo alguna vez.

Kaladin quiso ofrecerle algún consuelo, pero lo cierto era que no tenía ni idea de si volverían a ver a Roca jamás. Aquello era otra tonalidad de dolor, distinta a la pérdida de Teft, distinta de la pérdida de Moash... o del hombre que habían creído que era Moash.

Eso le devolvió a la mente la realidad de la situación, junto con las extrañas advertencias que el viento le había susurrado. Se descubrió a sí mismo diciendo:

—Padre, ¿qué pinta tiene ahora la batalla? Hay un plazo de diez días. Supongo que todo el mundo estará descansando y dejándolos pasar, ¿verdad?

—Por desgracia, no —dijo Lirin—. Me han advertido que espere bajas considerables los próximos días, porque Dalinar prevé que el combate se prolongará hasta la misma fecha límite. De hecho, teme que el enemigo redoble sus esfuerzos por conquistar terreno en las Montañas Irreclamadas y las Tierras Heladas. Parece ser que, según el acuerdo, el territorio que tenga cada bando cuando llegue el momento... es el territorio que conservará.

Tormentas. Kaladin podía imaginárselo: batallas feroces por tierras poco importantes y deshabitadas, pero que ambos bandos querían anexionarse de todos modos. Se compadeció de los soldados que iban a morir en los nueve días que faltaban para que aquello terminase.

—¿Esto es la tormenta? —susurró.

Syl lo miró extrañada. Pero Kaladin no hablaba con ella.

No..., respondió aquella voz. *Peor...*

Peor. Se estremeció.

Por favor..., dijo el viento. *Ayuda...*

—No sé si puedo ayudar —susurró Kaladin, agachando la cabeza—. No... no sé lo que me queda para ofrecer.

Lo entiendo, dijo la voz. *Si puedes, ven a mí.*

—¿Dónde?

Escucha al Forjador de Vínculos...

Kaladin frunció el ceño. El día anterior Dalinar había mencionado tener una misión para Kaladin en Shinovar, relacionada con el Heraldo Ishi y en «extraña compañía». Kaladin ya había decidido ir. Así que quizá sí que pudiese ayudar.

Ven a mí..., repitió el viento. *Por favor...*

Había alta tormenta esa noche, y Kaladin se había propuesto utilizarla, junto con la luz tormentosa que le ofrecería, para llegar hasta Shinovar. Pero Dalinar le había prometido darle más detalles antes de marcharse. De modo que, después de respirar hondo, Kaladin se levantó y se desperezó.

Había sido maravilloso pasar tiempo con su familia. Recordar esa paz. Pero, por muy exhausto que estuviera, aún tenía trabajo pendiente.

—Lo siento —les dijo a sus padres—, pero tengo que irme. Dalinar quiere que busque a Ishi, que por lo visto se ha vuelto loco. Tampoco es de extrañar, teniendo en cuenta cómo les va a Taln y a Ash.

Su madre lo miró con una expresión rara y Kaladin tardó un momento en comprender que era por la familiaridad con que hablaba de los Heraldos, figuras del acervo popular y religioso adoradas a lo largo y ancho del mundo. Kaladin no conocía bien a ninguno de ellos, pero le resultaba natural nombrarlos de ese modo. Había dejado de venerar a gente que no conocía el día en que Amaram lo marcó a fuego.

Dios o rey, si alguien quería su respeto, que se lo ganara.

—Hijo mío —dijo Lirin alzando la mirada de sus muchos papeles.

Por el tono con que pronunció las palabras, Kaladin hizo acopio de valor para recibir algún tipo de sermón. Para lo que no estaba preparado fue para que su padre se acercara a darle un abrazo. Incómodo, porque no estaba en la naturaleza de Lirin prestar esa clase de afecto. Aun así, el gesto transmitió unas emociones que a Lirin le costaba verbalizar. Que se había equivocado. Que tal vez Kaladin necesitaba encontrar su propio camino.

Así que Kaladin lo abrazó también, dejando que los alegrespren con forma de hojas azules se arremolinaran en torno a ellos.

—Ojalá tuviera consejos paternos que darte —dijo Lirin—, pero ya hace mucho que superaste mi comprensión de la vida. Así que supongo que ve y sé tú mismo. Protege. Te… te quiero.

—Ten cuidado —añadió su madre, dándole otro abrazo lateral—. Vuelve con nosotros.

Kaladin asintió y miró a Syl. Había reemplazado la havah por un uniforme del Puente Cuatro, en blanco y azul oscuro, y llevaba el pelo recogido en una coleta como solía hacer Lyn. A Syl le quedaba extraña, la hacía parecer mayor. No era que hubiese sido infantil nunca, a pesar de su carácter a veces travieso, y su figura elegida siempre había sido la de una mujer joven, pero adulta. Aniñada a veces, pero jamás una niña. De uniforme, con el pelo recogido y la mano segura cubierta por aquel guante, parecía más madura.

Era hora de irse. Con un último abrazo para su hermano, Kaladin salió a afrontar su destino, sintiendo que ostentaba el control por primera vez en años. Decidiendo dar el siguiente paso, en vez de verse arrojado a él por la inercia o por una crisis.

Y, aunque había despertado sintiéndose bien, ese conocimiento, esa noción de voluntad, le sentó de maravilla.

El Viento me dijo, antes de desaparecer, que fue el cambio en el recipiente de Odium lo que restauró su voz. Eso me provoca dudas. Quizá sea la nueva tormenta, que hace que la gente empiece a replantearse que el viento sea su enemigo.

De *Caballeros de viento y verdad*, página 3

Shallan y Patrón dejaron a Testimonio descansando y recorrieron la pared de Integridad Duradera para reunirse con Adolin, Maya y el Heraldo Kelek, que estaban hablando con una especie de spren a la que Kelek llamaba una «seon». Aquella seon se manifestaba como una bola de luz flotante, del tamaño aproximado de una cabeza, con un extraño símbolo en el centro. Aparte de ellos, la zona superior de la pared estaba desierta ese día.

—¿No te acuerdas? —preguntó Patrón en voz baja mientras Shallan y él caminaban—. ¿De los acontecimientos con Testimonio? Creía que sí. Creía que, desde que Velo desapareció...

—Velo no ha desaparecido —dijo Shallan—. Forma parte de mí, como la ha formado siempre.

—No... no lo entiendo.

—Es difícil de explicar —respondió ella—. Y... tampoco estoy segura de entenderlo yo del todo. La curación no es un acontecimiento, Patrón, sino un proceso. He incorporado a Velo en mí misma, de modo que ya no toma el control, pero no ha desaparecido. Velo es yo, pero Velo no siempre es Shallan.

—Pero... tú eres Shallan...

—Imagínatelo como que Velo se ha trasladado a la parte de atrás del carromato mientras vamos hacia el futuro. Aún está ahí, aconsejándome, y las dos somos conscientes del mundo.

Era más complejo que eso, por supuesto. Shallan había proyectado algunos aspectos incómodos de sí misma en Velo. Ahora se veía obligada a afrontarlos. Había temido que Adolin lo encontrase difícil, pero… en fin, Adolin Kholin era tormentosamente maravilloso. Tras la conversación que mantuvieron la noche anterior, parecía comprenderlo. Ambos sabían que quedaba trabajo por hacer, pero también que Shallan había dado un paso enorme hacia la curación… y, con él, había reconocido algo importante.

No merecía odio, sino comprensión. Era difícil de creer, pero Velo insistía en que lo intentaran de todos modos.

—Pero… —dijo Patrón—. ¿Radiante aún está… separada?

—Más separada —asintió Shallan.

—Mmmmm. Entonces… sigue en el pescante del carromato.

—Sí. Eso podría cambiar. O podría no ser necesario que cambie. Estoy resolviendo las cosas sobre la marcha, Patrón, pero sí que me siento mejor. Y lo más importante es que ya no necesito que Velo se interponga entre los recuerdos y yo.

—Entonces, sí que recuerdas.

—Sí y no —dijo Shallan—. Es un embrollo. Era pequeña, los acontecimientos son traumáticos y hay muchísimo dolor asociado a los recuerdos de mi madre. Necesito tiempo para asimilarlo.

—Mmmm. Los humanos sois… pringosos. No solo el cuerpo. La mente también. Los recuerdos también. Las ideas también. Mmmm… —vibró, y sonaba complacido.

De niña, Shallan había vinculado a una spren, cosa que a su madre… no le había gustado. Había venido un hombre, o bien para hacerle daño a Shallan, o bien para separarla de Testimonio. Su padre había luchado contra él y, durante el enfrentamiento, la madre de Shallan había ido hacia ella con un cuchillo. En defensa propia, Shallan había matado a su madre con una manifestación temprana de Testimonio como hoja esquirlada.

Shallan, traumatizada, había rechazado sus incipientes juramentos y enterrado esos recuerdos. Pero si su vínculo con Testimonio nunca se había roto del todo… ¿qué significaba? Y de los recuerdos del tiempo entre la muerte de su madre y la llegada de Patrón… ¿en cuáles estaba involucrada Testimonio?

«Sabía que tenía una hoja esquirlada… mucho antes de vincular a Patrón». Se había convencido a sí misma de que el arma pertenecía a su padre, de que estaba guardada en su caja fuerte. Había ido allí antes de marcharse de casa y la había sacado para descartarla, ignorando que la estaba invocando en ese mismo instante, al meter la mano, fingiendo que era una hoja esquirlada normal, fingiendo que necesitaba diez latidos para que apareciera. Sin embargo, una parte de ella había sabido, incluso entonces, que era Testimonio, una amiga a la que Shallan había hecho muchísimo daño. Eso era lo único que Shallan recordaba con claridad. Testimonio era su *amiga*. Una forma en relieve sobre la pared que había deleitado, y luego se había dado a conocer, y luego había protegido a una niña pequeña.

Testimonio nunca había sido tan habladora como Patrón. De hecho, Shallan solo recordaba infrecuentes fragmentos con voz suave, animándola a resistir contra la oscuridad de su familia. Shallan había querido mucho a su misteriosa spren; aunque los recuerdos eran un revoltijo, las emociones brillaban a través del dolor. La fuerza podía depender de la percepción a veces. Y ese día, Shallan descubrió que podía elegir la fuerza.

Llegaron junto a Adolin, Maya y Kelek. A Shallan todavía le parecía increíble que aquel hombre fuese un Heraldo del Todopoderoso. El tipo bajito y calvo no dejaba de frotarse las manos, como lavándoselas con agua y jabón invisibles. Adolin y Maya casi eran unos gigantes a su lado, mientras hablaban con la bola de luz.

Era evidente que Maya prestaba atención. No estaba curada del todo —sus ojos seguían raspados y su color era un marrón tenue en vez del vibrante verde de otros spren de su tipo—, pero iba mejorando. Ya no se marchaba sin más ni se limitaba a mirar inexpresiva durante las conversaciones. También empezaba a hablar cada vez más.

—Me preocupa lo que está por venir —estaba diciendo la bola de luz. Se había transformado en una aproximación de la cara de Sagaz, hecha de un suave resplandor azul claro, y hablaba con su voz. La spren era una forma de contactar con él, como habían descubierto unos días antes—. La guerra va a intensificarse sin remedio, y todo dependerá del duelo de campeones. El guerrero elegido de Odium contra quienquiera que escoja el viejo Dalinar.

—Mi padre se escogerá a sí mismo —dijo Adolin—. Cuando el Espina Negra quiere asegurarse de que algo se hace bien, lo hace en persona. —Adolin calló un momento y miró a Maya—. A la tormenta con él. Pero lo más probable es que sí que sea nuestra mejor opción.

—Sagaz —intervino Shallan—, ¿va a ocurrir de verdad?

—Ya lo creo —respondió él—. El duelo está pactado, los contratos aceptados. Shallan, lo han acordado para dentro de nueve días.

—¿Tan pronto? —preguntó Shallan. Tormentas—. ¿Dónde?

—Urithiru —le dijo Adolin, cruzado de brazos—. Ya han enviado a Corredores del Viento para recogernos. Deberían llegar hoy mismo.

Shallan meditó sobre aquello, tratando de no sentir un latigazo emocional. Les había costado semanas llegar a Integridad Duradera, pero los Corredores del Viento podían llevarlos volando de regreso a Urithiru antes de que terminase el día, dependiendo de cuánta luz tormentosa trajeran consigo.

Se descubrió ansiosa por regresar. Estaba harta de los honorspren y su elitismo. Echaba de menos el cielo azul y las plantas que no se arrugaban al tocarlas. Shadesmar tenía un sol, pero era lejano y frío. Ella nunca podría prosperar allí.

Además, como le había señalado a Testimonio, tenía trabajo por delante.

—Sagaz —dijo Shallan, acercándose más. La versión resplandeciente de la cara del hombre se concentró en ella—. ¿Mis hermanos están a salvo? ¿Estás seguro?

—Muy seguro, brillante —respondió él, con voz suave—. ¿Tú estás segura de que los Sangre Espectral actuarán contra ti?

—Sí —dijo ella. Después de año y medio flirteando con los Sangre Espectral, por fin había dado el paso de rechazarlos. Al hacerlo, a grandes rasgos les había declarado la guerra. Encontró apoyo en la mano de Adolin, que a esas alturas ya conocía la historia entera—. Sagaz, conozco sus caras, sus planes... Es muy posible que sea la mayor amenaza en el planeta para su organización, y a Jasnah intentaron asesinarla por menos. Todos mis seres queridos corren peligro.

—Yo tengo que ocuparme de Dalinar e intentar prepararlo —dijo Sagaz—, pero creo que puedo ayudarte a ti también. He estado observando al grupito de Mraize. Haré llegar a tu gente mis dibujos de sus miembros. Pero ten cuidado, Shallan. Conozco a este grupo y a su líder. Pueden ser despiadados.

—Yo también —susurró Shallan. Le lanzó una mirada a Kelek, que estaba contemplando el océano de cuentas y a los spren ojomuertos que seguían en la costa. A pesar de él, se sentía segura allí con Patrón, Adolin y Maya. Lo bastante segura para decirlo en voz alta—. Sagaz, me preocupa una cosa. ¿Estoy preparada?

—Yo mismo me hago esa pregunta de vez en cuando —dijo él—. Y Shallan... tengo diez mil años de edad.

—Durante el viaje —explicó Shallan—, empecé a crear una nueva personalidad. Sinforma. Una... versión de mí, pero... —¿Cómo puedo explicarlo?—. Una versión de mí sin rostro. Una versión capaz de hacer cosas terribles. La aparté de mí, Sagaz, pero esa capacidad sigue estando en mi interior.

—Shallan —dijo Sagaz, y ella alzó la mirada hacia sus ojos—. De no ser por esa capacidad, ¿de qué servirían las decisiones? Si no tuviésemos el poder de hacer cosas terribles, ¿qué heroísmo sería resistirnos?

—Pero...

—¿Renunciaste a ella? —preguntó Sagaz mientras Adolin le apretaba el hombro a Shallan.

—Sí.

—Pues eso es heroísmo, Shallan.

—Estoy recordando lo que le hice a mi madre —dijo ella—. Y a mi padre. En menor medida, también a Tyn. Y ahora... voy a tener que matar a Mraize, Sagaz. ¿Es ese mi destino? ¿Matar a todas las personas que me han guiado en la vida?

Y así, por fin, sus miedos cobraron voz. ¿Sonaba tonto, ingenuo, ridículo, ese patrón que había descubierto en su existencia? Pero Sagaz no se rio, y el hombre se consideraba a sí mismo un experto en lo ridículo.

—Ojalá cualquiera de nosotros —respondió— pudiera protegerse de los costes que suele requerir el heroísmo. Pero, de nuevo, si no hubiera un coste, un sacrificio, ¿sería heroísmo en absoluto? No puedo prometerte que vaya a ser fácil, Shallan, pero estoy orgulloso de ti.

Estoy orgullosa de ti, susurró Radiante.

Estoy orgullosa de ti, susurró Velo, la parte de ella que era Velo.

—Gracias —dijo Shallan.

—Tengo que irme —dijo Sagaz—, pero una última cosa antes. Los Sangre Espectral buscan algo extremadamente valioso, y tú tienes la clave para llegar a ello, ahí contigo, ahora mismo. Si quieres destruirlos, quizá no haga falta matarlos del primero al último. A lo mejor, lo único que necesitas es algo poderoso con lo que coaccionarlos para...

La resplandeciente spren dejó de representar su cara y volvió a ser una esfera.

—Se ha ido —dijo—. Lo siento.

Las últimas palabras de Sagaz permanecieron en la mente de Shallan, reforzando una cosa que ya se había planteado. Una manera de proteger Roshar de ellos... porque, de hecho, ya sabía cuál era el nuevo objetivo más probable de los Sangre Espectral. Habían enviado a Shallan a Integridad Duradera en busca del Heraldo que estaba de pie a su lado, y Kelek creía que el secreto que anhelaban era en realidad su conocimiento sobre una de los Deshechos.

—Necesito —dijo a Kelek— que me cuentes todo lo que sabes sobre Ba-Ado-Mishram.

El Heraldo se retorció las manos y luego miró de lado, como buscando una escapatoria.

—No vamos a hacerte daño —le aseguró Adolin en tono calmado—. A estas alturas, ya lo sabes.

—Lo sé —dijo Kelek—. Es solo que... se supone que no debo involucrarme. Ninguno de nosotros debería.

—No creo que los otros Heraldos estén cumpliendo esa norma —comentó Shallan, cruzándose de brazos—. ¿Qué hiciste, Kelek?

—No mucho —dijo él, poniéndose una mano en la cabeza—. No... no puedo hacer mucho, últimamente. No sé por qué. No puedo decidir. No... no... —Alzó la mirada hacia ellos y luego cerró los puños y se los llevó hasta el pecho—. Estaba en Urithiru cuando se concibió el plan para capturar a Mishram. Después... me uní a ellos en su misión. Soy... Supongo que soy el único ser vivo que de verdad sabe lo que le pasó a Mishram. Por eso los Sangre Espectral, y su condenado Señor de las Cicatrices, me buscan.

—Cuéntanoslo —dijo Shallan.

—Algunos de nosotros averiguamos que es posible capturar a spren dentro de gemas —explicó él—. Y Mishram, por mucho poder que tenga, es una spren. Los Radiantes prepararon un heliodoro perfecto, del color de la luz del sol, y la atraparon dentro, y luego ocultaron su prisión. No en el Reino Físico, ni tampoco en Shadesmar. —Se mordió el labio un momento y se obligó a seguir hablando—. Está en el Reino Espiritual. Melishi la escondió allí.

—¿Cómo lo hizo? —preguntó Shallan, cruzando la mirada con Adolin.

—No lo sé. —Kelek había empezado a retroceder—. Te prometo que no lo sé. Pero ahora... ahora enviarán a más gente a por mí, ¿verdad? Me atraparán a mí en una gema, o creen que serán capaces de hacerlo...

Los miró a los dos, con los ojos desorbitados, y huyó hacia abajo. Ninguno de ellos salió tras él. Por desgracia, ese comportamiento era el habitual en Kelek.

Maya dio un suave gruñido, viendo cómo se iba.

—Ha empeorado mucho —dijo.

Shallan se sorprendió.

—¿Lo conocías?

—Nos cruzamos unas cuantas veces —respondió Maya, y respiró hondo—. Nunca... nunca tuve muy buen concepto de él, ni siquiera entonces.

—Bueno —dijo Shallan—, por lo menos ahora sabemos algo más sobre Mishram. Sospecho que su prisión forma parte de lo que Mraize lleva buscando ya mucho tiempo. Es muy posible que deba encontrarla yo, antes de que él tenga ocasión.

—Ba-Ado-Mishram. —Adolin, pensativo, apoyó la espalda en las almenas de la pared—. La más poderosa de los Deshechos. ¿Qué pueden querer de ella los Sangre Espectral?

—Mmmm —dijo Patrón—. Poder. Un poder inmenso. Era casi una diosa. Vinculó a los cantores una vez. ¿Es posible que Mraize pretenda hacer algo similar de nuevo?

Shallan se estremeció al imaginarse a Mraize y a su maestra, Iyatil, de algún modo al mando del ejército enemigo al completo. ¿Sería posible?

—Sea cual sea el motivo —dijo Shallan—, tengo que impedírselo.

—Pero la prisión de Mishram está en el Reino Espiritual, ¿no? —preguntó Adolin, frunciendo el ceño—. ¿Qué significa eso siquiera?

—Mmm... —dijo Patrón—. Significa que nunca seremos capaces de encontrarla.

—Seguro que es posible —repuso Shallan—. Si los antiguos Radiantes la pusieron allí, nosotros deberíamos poder sacarla.

—No lo entiendes —dijo Patrón, separando las manos y gesticulando de aquella manera tan suya—. Crees que Shadesmar es extraño, ¿sí? Cielo negro. Sol pequeño. ¡Patrón, con brazos y piernas para ambular! —El patrón de su cabeza giró más rápido—. El Reino Espiritual es órdenes de magnitud más extraño. Es un lugar donde el futuro se mezcla con el presente, donde el pasado resuena como un reloj al dar la hora. El tiempo y la distancia se extienden, como números repitiéndose infinitamente. Es donde viven los dioses, e incluso a algunos de ellos los deja perplejos.

Shallan absorbió todo aquello y entonces miró a Testimonio, acurrucada a la sombra de la muralla más atrás en el adarve.

—Estamos suponiendo —dijo— que los ojomuertos se crearon porque Mishram fue encerrada, ¿verdad?

—Eso es —respondió Patrón—. Mishram se convirtió en una especie de diosa para los cantores, los parshmenios. ¡Estableció una Conexión con Roshar, y los ecos de eso se filtraron hasta los spren! Ah, qué maravillosamente extraño. Su reclusión es el motivo de que ahora los vínculos rotos tengan tanto efecto sobre los spren.

—Es porque... —dijo Maya—. Porque los humanos carecen de Honor. Del dios, me refiero. Oí... Oí que Mishram estaba capturada. Oí que... que los Radiantes destruirían el mundo. Por eso decidí. Decidí que no quería seguir. —Negó con la cabeza—. No lo sé todo. Me gustaría. Teniendo en cuenta lo que romper... romper el vínculo me hizo.

Ese día, el día en que capturaron a Mishram, ocurrió algo más profundo. Un acontecimiento relacionado con la humanidad, con Honor, con los spren y con los vínculos.

—Pues tenemos que averiguar de qué modo Mishram, o su reclusión, tiene poder sobre nuestros vínculos —dijo Shallan, mirando a Patrón—. Tenemos que ir al Reino Espiritual y encontrar esa prisión, por muy difícil que sea.

El patrón del spren se ralentizó, y después Patrón entrelazó los dedos.

—Muy bien. Pero... ¿recuerdas cuando he dicho que no creía que fueses a matarme?

—¿Sí?

—Me gustaría retractarme —proclamó él.

4

ESCUCHAR

He leído que en los tiempos antiguos el Viento hablaba a menudo tanto con humanos como con cantores. Eso implicaría que el Viento no dejó de hablar por culpa de Odium, sino porque la gente empezó a temerla a ella...

O a venerar a la Tormenta en su lugar.

De *Caballeros de viento y verdad*, página 4

Kaladin se elevó por la columna central de Urithiru, con Syl a su lado. En al atrio aún se veían señales de la batalla que había tenido lugar dos días antes. Sangre que no habían terminado de limpiar del todo. Barandillas rotas en las galerías. Eso le recordó otra ocasión en la que había volado hacia arriba por aquel espacio... justo después del asesinato de Teft. Con una furia oscura y envenenada creciendo en su interior, un sentimiento que era mellizo de la emoción normal que provocaba contener luz tormentosa en el cuerpo.

El hombre en el que se había convertido después de matar al Perseguidor... ese hombre asustaba a Kaladin. Lo asustaba incluso en esos momentos, a la tranquilizadora luz del sol. Recordar a ese hombre era como recordar una pesadilla, e hizo que en las galerías que iba dejando atrás aparecieran dolorspren, como pequeñas manos cercenadas que saltaban hacia él.

Desterró esos sentimientos mientras aterrizaba en una planta cercana a la cima de Urithiru. Al posar los pies en la cámara central donde los elevadores dejaban a la gente, reparó en un brillo azul que salía de una sala cercana.

—Navani —susurró Syl, con los ojos muy abiertos.

Se hizo de color azul claro, se encogió a tamaño de spren y salió disparada en esa dirección. Había algo casi embriagador en Navani, y en su vínculo con el Hermano, para los spren de la ciudad-torre. Syl regresaría pronto.

Kaladin se obligó a caminar, no flotar, hasta el salón de reuniones. En el momento en que saliera de Urithiru, tendría que volver a utilizar la luz tormentosa solo cuando fuese necesario. Mejor ir acostumbrándose ya. Mientras andaba, el viento sopló a su espalda, de algún modo presente por todo el interior de la estructura, llevando consigo los spren de su armadura como cintas de luz. Kaladin no oyó la voz del viento, pero sintió que lo urgía a avanzar, y sus advertencias resonaron en su mente.

Había una pequeña sala de espera fuera del salón de reuniones de Dalinar. Urithiru tenía cada vez más muebles en los últimos tiempos, entre ellos el diván que había allí. Por desgracia, ese diván lo ocupaba por completo Sagaz, tumbado bocarriba, llenando un espacio que podría haber albergado a tres personas, con los pies subidos al reposabrazos, leyendo un libro y soltando risitas mientras un gran orbe de luz flotaba a su lado. ¿Algún tipo extraño de spren?

—Ay, Wema —murmuró Sagaz, pasando la página—. Por fin te has dado cuenta de lo buen partido que es Vadam, ¿eh? A ver cómo la fastidias ahora.

—¿Sagaz? —dijo Kaladin—. No sabía que habías vuelto a la torre.

Supuso que era una bobada decir aquello. Jasnah estaba en Urithiru, así que tenía sentido que él la hubiera acompañado.

Sagaz, siendo Sagaz, terminó de leer la página antes de alzar la mirada hacia Kaladin. Luego el hombre larguirucho cerró el libro de golpe, se incorporó y permaneció apoltronado en el diván, solo que en distinta postura, con los brazos estirados sobre el respaldo y una pierna cruzada encima de la otra, sin aparentar ser menos que un rey en su trono. Un rey muy relajado en un trono más bien mullido.

—Vaya —dijo Sagaz, con los ojos iluminados de diversión—, pero si es mi ladrón de flautas favorito.

—Esa flauta me la diste tú, Sagaz —repuso Kaladin, y suspiró mientras se apoyaba en el marco de la puerta.

—Y luego la perdiste.

—La encontré de nuevo.

—Aun así, la perdiste.

—Eso no es lo mismo que robar.

—Soy un narrador —dijo Sagaz, haciendo girar los dedos en el aire—. Estoy en mi derecho de redefinir las palabras.

—Eso es una tontería.

—Eso es literatura.

—Es confuso.

—Cuanto más confuso, mejor literatura es.

—Eso podría ser lo más pretencioso que he oído en la vida.

—¡Ajá! —exclamó Sagaz, señalándolo—. Veo que lo captas.

Kaladin titubeó. A veces, durante las conversaciones con Sagaz, desearía tener a alguien que tomara notas para él.

—Entonces... —dijo Kaladin—, ¿quieres que te devuelva la flauta?

—¡Qué va! Esa flauta fue un regalo, muchacho del puente. ¡Devolvérmela sería casi tan insultante como perderla!

—¿Y qué quieres que haga con ella?

—Hum… —dijo Sagaz, metiendo la mano en una bolsa que tenía a los pies para sacar otra flauta distinta, esa pintada con un brillante barniz rojo. La hizo rodar en la mano—. Ojalá hubiera algo que pudiera hacerse con estos pedazos de madera tan curiosos, ¿no te parece? Tienen unos agujeros que parecen tener algún propósito arcano, más allá del entendimiento de los meros mortales.

Kaladin puso los ojos en blanco.

—Ojalá —continuó Sagaz— hubiera una manera de aprender a hacer algo productivo con este objeto. Tiene toda la pinta de ser una herramienta. ¡No, un instrumento! De mítico diseño. ¡Ay! Mi pobre y limitada mente es incapaz de aprehender la…

—Si no te interrumpo —dijo Kaladin—, ¿hasta cuándo vas a seguir?

—Hasta mucho, muchísimo, después de que deje de ser gracioso.

—Ah, ¿era gracioso?

—¿Las palabras, dices? —replicó Sagaz—. Claro que no. ¿Tu cara mientras las decía, en cambio? En fin, he oído decir que soy un artista. Por desgracia, los principales sujetos de mi arte jamás pueden experimentar mis creaciones, ya que son sus propios rasgos los que las exhiben. —Le dio la vuelta a la flauta y se la ofreció a Kaladin—. Ten, pruébala. Tiene la misma digitación que la que perdiste y recuperaste, aunque no la misma… capacidad.

—Sagaz, no sé tocar esta flauta más de lo que sabía tocar la otra que me diste —protestó Kaladin—. No tengo ni idea de cómo se hace.

—Entonces… —Sagaz le dio otra vuelta completa a la flauta y la acercó más hacia Kaladin—. Ahora solo te falta pedirle a…

—Bueno, supongo que de todos modos tengo que esperar a Dalinar —dijo Kaladin.

Miró anhelante hacia la puerta cerrada. Las reuniones de Dalinar solían pasarse de hora, a pesar de los muchos relojes que Navani le había dado. Kaladin sentía un apremio por llegar a Shinovar, pero, si quería volar hasta allí sin tener que agotar un saco enorme de gemas, que harían falta en la batalla venidera, le convendría aprovechar la alta tormenta, para la que aún faltaban horas. Así que tenía tiempo. Y además… bueno, Kaladin se sentía en deuda con Sagaz. Por mucho que pudiera cabrearlo ese hombre, o lo que quiera que fuese, cuando Kaladin había estado en la peor oscuridad de la tormenta, Sagaz había recorrido una pesadilla para liberarlo.

Era un amigo. Kaladin lo apreciaba, rarezas incluidas. Así que interpretó el papel que Sagaz a todas luces quería de él.

—¿Me enseñarías? —pidió, aceptando la flauta—. No tengo mucho tiempo, pero…

Sagaz ya estaba en movimiento, sacando unos papeles de la bolsa del suelo. Ahuyentó con un gesto a su extraño spren esférico y los vientospren de Kaladin lo siguieron, revoloteando fuera de la sala mientras Kaladin miraba las hojas. Tenían unos símbolos extraños, que lo pusieron nervioso, pero Sagaz le aseguró que no eran escritura propiamente dicha. Solo marcas en un papel que representaban sonidos. A Kaladin le costó unos minutos pillar el chiste.

Aun así, durante la siguiente hora —Dalinar de verdad estaba tomándoselo con calma— Kaladin siguió las instrucciones de Sagaz. Aprendió lo básico sobre digitación, leer las notas y, lo más difícil de todo, cómo sostener aquel trasto y soplar por él como era debido.

Hacia el final de aquella hora, Kaladin ya era capaz de sacar de sus pulmones una trastabillante interpretación de la primera línea de música, con notas que sonaban ásperas y débiles comparadas con las que tocaba Sagaz. Fue un logro increíblemente sencillo, y no atrajo ni un solo musispren, pero Kaladin tenía la sensación de haber escalado una montaña. Estaba sonriendo como un idiota cuando Syl, a tamaño completo y llevando una havah con bordados violetas, asomó la cabeza para investigar.

«Por los sonidos que estoy haciendo, seguro que viene a ver quién ha pisado una rata», pensó Kaladin.

—Buen trabajo —dijo Sagaz—. En tu próxima pelea, ponte a hacer eso. Seguro que el enemigo soltará las armas… aunque sea solo para taparse los oídos.

—Si alguien cuestiona mi habilidad, me aseguraré de decirle quién fue mi maestro.

Sagaz sonrió de oreja a oreja.

—Esa canción la conozco —dijo Syl, cruzándose de brazos.

—Sagaz la tocó en las Llanuras Quebradas —respondió Kaladin—. El día que lo conocimos. Con la historia del *Vela Errante*.

—Pero la conozco mejor que eso… —dijo ella.

—Hace mucho tiempo —explicó Sagaz en voz baja—, ese ritmo guio a los humanos a través del vacío desde un planeta al otro. Lo siguieron para llegar a vuestro mundo.

—Es uno de los ritmos de Roshar —dijo Syl, asintiendo—. Hecho canción, con los tonos de los dioses.

—De dioses más antiguos que los vuestros —añadió Sagaz, sentado junto a Kaladin en el diván.

—Cuando la tocaste para nosotros por primera vez —dijo Kaladin, recordando aquella noche solitaria en las mesetas, siendo todavía un hombre del puente—, habría jurado que el sonido… regresaba. Tocabas, y luego hablabas, y la canción seguía resonando. ¿Cómo lo hiciste?

—No lo hice —respondió Sagaz.

—Pero…

—Pregúntate quién escuchaba esa noche.

—Yo. Syl. Tú, supongo.

—¿Y?

—¿Y… algunos guardias, desde lejos?

Sagaz negó con la cabeza.

—Tormentas, ¿cómo puedes ser de esta tierra y, aun así, tan espeso? Es…

—El viento —adivinó Kaladin—. El viento escuchaba.

Sagaz sonrió.

—Igual aún tienes remedio y todo.

—¿El viento es un dios? —preguntó Kaladin.

—Cuando se creó este mundo —dijo Sagaz—, mucho antes de que llegaran Honor, Cultivación u Odium, Adonalsium dejó algo atrás en él. A veces lo llaman la Antigua Magia. Esa nomenclatura se aplica a menudo a la Vigilante Nocturna, que procede, gracias a los esfuerzos de Cultivación, de uno de esos viejos spren. Escucha al Viento cuando habla, Kaladin. Es más débil que antes, pero ha visto muchísimo.

—Me… me ha dicho que viene una tormenta —respondió Kaladin—. Y me ha pedido ayuda.

—Pues haz caso —dijo Sagaz—. Y el Viento… ella te hará caso a ti, a su vez. —Le guiñó un ojo—. Es todo lo que voy a decir al respecto. No soy de los que revelan secretos ajenos.

Maravilloso. Bueno, Kaladin ya había cumplido los deseos de Sagaz, así que le devolvió la flauta. ¿Dalinar iba a terminar su anterior reunión en algún momento de ese siglo?

—Ha sido una forma divertida de pasar el rato, Sagaz, pero tengo que preguntártelo. ¿Música? ¿Qué relevancia tiene para alguien como yo?

—Ah, ahí está la pregunta eterna —dijo Sagaz, reclinándose—. ¿Para qué sirve el arte? ¿Por qué contiene tanto significado y potencia? No puedo revelártelo, porque la respuesta corta es poco atractiva y la larga requiere meses. En lugar de eso, te diré lo siguiente: *toda* sociedad de *toda* región de *todo* planeta que he visitado, y he estado en una cantidad considerable, ha creado arte.

Kaladin asintió, pensativo. Sagaz no había contestado su pregunta, pero a eso estaba acostumbrado. Protestar solo le ganaría burlas.

—Quizá la cuestión no sea para qué sirve el arte —caviló Sagaz—. Quizá incluso esa pregunta tan simple carezca de sentido. Es como preguntar para qué sirve tener manos, o caminar erguido, o que te crezca pelo. El arte forma parte de nosotros, Kaladin. Para eso sirve, esa es su razón de ser. Existe porque, a cierto nivel fundamental, lo necesitamos. El arte existe para ser creado.

Cuando Kaladin no respondió, Sagaz clavó la mirada en él.

—Puedo aceptar eso —dijo Kaladin al cabo—, como explicación.

—Es una tautología.

—Cuanto más confuso, mejor, ¿no?

Sagaz sonrió, y entonces su expresión fue marchitándose. Lanzó una mirada hacia la puerta.

—Sagaz —dijo Kaladin—, el Viento me ha pedido ayuda y Dalinar está preocupado por la batalla que se avecina. Tengo la sensación de que esta siguiente parte va a ser difícil.

—Sí —contestó Sagaz en voz baja—. A mí también me lo parece.

Una respuesta directa. Esas siempre eran perturbadoras.

—¿Tienes algún… consejo sabio? —preguntó Kaladin—. ¿Una historia, a lo mejor?

—Escucha —dijo Sagaz—. Todo lo que has hecho… Kal, todo lo que has sido te ha preparado para lo que viene. Será difícil, sí. Por suerte, la vida ha sido difícil, así que operas bajo restricciones conocidas.

Kaladin miró de soslayo hacia Sagaz, que tenía la mirada perdida y daba distraídas vueltas a la flauta roja entre los dedos. Había algo en su voz… en su cara…

—Hablas —dijo Kaladin con un hilo de voz— como si uno de nosotros no fuera a sobrevivir.

—Ojalá fuese tan optimista como para creer que uno de nosotros sobrevivirá.

—Sagaz, estoy bastante seguro de haberte oído decir que eres inmortal.

—La inmortalidad no parece dar para tanto como lo hacía antes, muchacho. —Sagaz miró a Kaladin—. Escucha, si el Viento quiere tu ayuda… bueno, creo que podrás estar a la altura de lo que viene. Probablemente. Por muy difícil que vaya a ser.

—Tormentas —dijo Syl, caminando hacia ellos—. No… no sé si me hace mucha gracia cuando se pone serio, Kaladin.

—Dalinar va a enviarte a Shinovar —continuó Sagaz— porque espera que Ishar pueda ayudar con el duelo de campeones. Ishar no puede ayudar, no así, pero de todos modos tienes que ir.

—¿Por qué? —preguntó Kaladin—. ¿Para qué ir, si no puedo hacer lo que se me envía a que haga?

—Porque este es el viaje, Kaladin —repuso Sagaz con suavidad—. Su última parte. Escúchame: quiero que practiques con esa flauta hasta que hagas que el sonido vuelva a ti. Porque eso significará que Roshar está escuchando.

¿Qué significaba eso?

—Creo que has estado leyendo demasiadas historias, Sagaz. En realidad, los acertijos no ayudan en nada.

Sagaz se levantó de un salto y cruzó la sala dando zancadas con unas piernas que de pronto parecían muy largas.

—El problema es que no sé a ciencia cierta lo que supondrá esta próxima parte. Tengo indicios e ideas, pero más que nada solo preocupaciones. Lo único que puedo hacer es señalarte el que podría ser el camino correcto. Eso y mantener fuerte tu esperanza.

—Jasnah no cree en la esperanza —susurró Syl, llegando junto a Kaladin—. La oí quejarse de ella una vez.

—Jasnah sería una Sagaz excelente —dijo Sagaz, señalando a Syl—. Es la combinación adecuada de lista y estúpida a la vez.

Sonrió con cariño, y Kaladin pensó que los rumores sobre ellos debían de ser ciertos.

—Estoy confundido —dijo—. ¿Qué es lo que estás diciendo, Sagaz?

—Que algo anda mal. —Sagaz volvió sobre sus pasos y lanzó las manos al aire—. Algo va horriblemente mal, y lleva así varios días ya, ¡y no consigo averiguar qué es! He estado esperando a que la verdad me caiga encima. No sé qué hacer ni a quién rezar, porque el único Dios verdadero que he conocido es al que en su momento rechazamos y matamos. Así que voy a enviarte a ti, Kaladin. Confiando en que, si el Viento te ha hablado, es que alguna parte de esa antigua deidad está observando. Porque, cuando todo da la sensación de estar mal, lo único que puedo hacer es mantener la esperanza.

—Las Pasiones —susurró Syl.

—¿Eso no era una antigua religión thayleña? —preguntó Kaladin—. ¿No sé qué sobre la emoción?

—Derivada, en tiempos remotos, de las enseñanzas de Odium —dijo Sagaz—. Aunque es de mala educación señalárselo a los devotos de las Pasiones. A la gente no le gusta oír que su religión fue mitificada, como si los mitos no pudieran ser ciertos. En todo caso, Antigua Hija, esperaba más de ti que sacar a colación las Pasiones.

—¿Por qué? —replicó ella—. Las religiones humanas son todas un poco ridículas, ¿no?

—Sí —dijo Sagaz—, pero las Pasiones predican que, si eres lo bastante devoto, si te implicas lo suficiente, tu emoción influirá en tu éxito. Que, si deseas algo con la suficiente fuerza, el Cosmere te lo proporcionará.

Kaladin asintió despacio.

—Igual no les falta razón del todo.

—Chaval —dijo Sagaz inclinándose sobre Kaladin en el diván—, las Pasiones son una absoluta gilipollez.

—¿Cómo? ¡La esperanza es buena! Las Pasiones suenan bien.

—La gente equivocada puede sacar muchísimo provecho de las cosas que tienen buena pinta —dijo Sagaz—. Créete lo que te dice un tipo demasiado diestro con la mentira: no hay *nada* que sea más fácil colarle a alguien que la historia que quiere escuchar. Las Pasiones son profundamente ofensivas, si te paras a pensarlo aunque sea un momento. Una vez le di caldo a cucharadas a una niña temblorosa, en un reino que ya no existe. La encontré en un camino que salía de un campo de batalla, después de que sus padres, unos simples campesinos, cayeran masacrados. Su hermano mayor yacía muerto un kilómetro más atrás, de hambre.

»¿Crees que ese chico que murió de hambre no *quería* comer? ¿Crees que sus padres no ansiaban lo *suficiente* huir de los estragos de la guerra? ¿Crees que, si hubieran tenido más *Pasión*, el Cosmere los habría salvado? Qué conveniente es pensar que la gente es pobre porque no pone el suficiente *empeño* en ser rica. Porque no reza lo suficiente. Qué conveniente es atribuirle su propia culpa a quien sufre, en vez de señalar que la vida es injusta y que la cuna importa más que la aptitud. O que la tormentosa Pasión.

Levantó el índice al decir la última palabra y por debajo de él estallaron furiaspren, con aspecto de charcos de sangre hirviendo, como si les hubiera dado pie. Kaladin no creía haber visto nunca a Sagaz tan encendido, y menos por algo que no tenía nada que ver con la conversación que mantenían. Aunque con Sagaz nunca se sabía. Los sinsentidos que terminaban siendo relevantes eran las dagas que llevaba sujetas a las botas, para utilizarlas cuando sus objetivos estaban distraídos.

—Necesitamos la esperanza, Kaladin —dijo Sagaz, inclinándose más hacia delante—. Vamos de cabeza hacia el que bien puede ser el momento más difícil de nuestra vida. Así que recuerda: la esperanza es maravillosa. Consérvala, atesórala. La esperanza es una virtud... pero la definición de esa palabra es crucial. ¿Quieres saber lo que es de verdad una virtud? No es tan difícil.

—Si esta conversación es mi forma de aprender —repuso Kaladin—, niego la idea de que no sea difícil.

Sagaz soltó una risita, y luego dio un paso atrás y alzó los brazos mientras los furiaspren desaparecían y unos glorispren, diminutas esferas de luz dorada, estallaban a su alrededor.

—Una virtud es algo que es valioso incluso aunque no te dé nada. Una virtud persiste sin pago ni compensación. El pensamiento positivo está muy bien. Es importante. Útil. Pero debe seguir siéndolo aunque no te consiga nada. La creencia, la verdad, el honor... Si esas cosas existen únicamente para proporcionarte algo, se te está escapando su tormentoso sentido. —Lanzó una mirada hacia Syl.

»Ahí es donde Jasnah se equivoca acerca de la esperanza, con lo lista que es en tantos otros aspectos. Si la esperanza no significa nada para ti cuando pierdes, entonces ya no era una virtud en un principio. A mí me costó mucho aprenderlo, y al final lo hice gracias a los escritos de un hombre que perdió toda fe que creía tener y empezó de cero.

—Suena a persona sabia —dijo Syl.

—Ah, Sazed es de los mejores. Espero conocerlo algún día.

—Cuando lo hagas —terció Kaladin—, igual se te pega un poco de su sabiduría.

Sagaz lanzó su flauta al aire girando, la atrapó y señaló con ella a Kaladin.

—Enhorabuena. Has aprendido música, has escuchado una diatriba engreída y, para colmo, has hecho comentarios jocosos en momentos inadecuados. Quedas graduado por la Escuela Sagaz de Impracticabilidad Práctica.

Syl se sentó en el diván, aunque no dejó marca en sus cojines. Parecía absolutamente perpleja.

—Un momento —dijo Kaladin—, ¿eso me convierte en... tu aprendiz?

Sagaz soltó una fuerte y sincera risotada, desde el estómago, lo bastante larga para hacerse embarazosa.

—Kal —dijo, falto de aliento—, sigues siendo un ser humano demasiado útil, con mucho, para ser aprendiz mío. ¡Acabarías sirviéndole de algo a la gente! No, ya he tenido a un muchacho del puente como aprendiz y, graduado o no, es lo bastante incompetente para conservar el puesto.

—Debes saber —replicó Kaladin— que Sig lo está haciendo muy bien como líder de los Corredores del Viento.

—Lo has corrompido —dijo Sagaz—. No, tú no eres mi aprendiz, pero eso no significa que no puedas aprender alguna cosa que otra. Una especie de… entrenamiento cruzado en inutilidad —concluyó, lanzando otra vez la flauta al aire.

—Cómo te gusta el tormentoso teatro —comentó Kaladin.

—Solo quería darte una despedida como debe ser —afirmó Sagaz—. Hemos llegado al final, Kaladin, y se te necesita. Quiero que partas hacia tu divino destino con brío en el paso.

—El caso es que no sé qué voy a hacer —dijo Kaladin—. Se avecina guerra, pero no estoy involucrado. Solo voy a ayudar a un maniaco a recobrar el buen juicio.

—Nada más, ¿eh? Solo vas a convertirte en el primer terapeuta de tu mundo.

Kaladin miró a Syl, que negó con la cabeza.

—No tenemos ni idea de lo que es eso, Sagaz.

—Porque aún no habéis terminado de inventarlo. —Sagaz se inclinó hacia él—. Ya era hora de que a alguien se le ocurriera un método para contrarrestar lo que he estado haciendo. Bueno, tú practica con esa flauta. Haz que Roshar escuche. Ayuda a Ishar. Pero debes saber que no regresarás para echarle una mano a Dalinar, opine lo que opine él.

—Practicar con la flauta —dijo Syl—. Hacer que Roshar nos escuche. Ayudar a Ishar. No volver.

—Exacto —asintió Sagaz—. Y ahora, andando. El mundo os necesita a los dos, más de lo que vosotros, o él, o cualquiera aparte de vuestro humilde Sagaz sois conscientes todavía. La pelea que os espera va a ser legendaria. Por desgracia, no podréis librarla con la fuerza del músculo. Tendréis que empuñar la lanza de otra manera. Que haya suerte.

Con un suspiro, Kaladin se levantó. Entonces sucedió algo de lo más extraordinario. Sagaz le tendió la mano, y no la retiró de golpe cuando Kaladin hizo un reticente ademán de tomarla, sino que le dio un firme apretón.

—¿Sabes qué fue lo primero que me atrajo de ti, Kaladin? —preguntó Sagaz—. Hiciste una de las cosas más difíciles que puede hacer nadie: darte una segunda oportunidad a ti mismo.

—Acepté esa segunda oportunidad… y puede que una tercera —reconoció Kaladin—. Pero ¿ahora, qué? ¿Quién soy sin la lanza?

—¿No será emocionante averiguarlo? —dijo Sagaz—. ¿Nunca te has preguntado quién serías si no hubiera nadie a quien tuvieras que salvar, nadie a quien tuvieras que matar? Llevas mucho tiempo viviendo para los demás, Kaladin. ¿Qué pasa cuando intentas vivir para ti? —Sagaz levantó un dedo—. Sé que aún no puedes contestar. Vete y averígualo. —Y, dicho eso, Sagaz le hizo una inclinación—. Gracias.

—¿Por qué? —preguntó Kaladin.

—Por la inspiración.

Sagaz se enderezó, miró a Kaladin, luego a Syl y entonces sonrió con aprecio... y también con una especie de arrepentimiento. Kaladin tuvo un escalofrío.

—No voy... a volver a verte nunca, ¿verdad, Sagaz?

—Nadie conoce el futuro, Kal —respondió él—. Ni siquiera yo. Así que, en vez de decirnos adiós, llamemos a esto... un periodo prolongado de necesaria separación, requerido para darme tiempo a pensar en el insulto más perfecto y exquisito. Si al final nunca llego a dártelo en persona... bueno, hazme el favor de imaginarte lo maravilloso que fue. ¿De acuerdo?

—De acuerdo.

Sagaz le guiñó el ojo, fue hasta la puerta y llamó con los nudillos.

Dalinar la abrió al momento.

—¿Por fin has terminado con él, Sagaz? —preguntó—. Llevo esperando una tormentosa hora.

—Todo tuyo. —Sagaz echó a andar a zancadas—. Recuerda lo que te he dicho.

—Lo haré —dijeron Kaladin y Dalinar a la vez, y se miraron entre ellos.

—Sagaz —lo llamó Kaladin antes de que desapareciera—. ¿Qué hay de mi historia?

—¡Esta vez contarás tu propia historia, Kaladin! —exclamó Sagaz—. Y, si tienes suerte, el Viento la acompañará.

Y su último silbido fue desvaneciéndose mientras se marchaba. Kaladin miró a Dalinar.

—¿Alguna vez pensaste que terminarías bailando al ritmo que te marcaran los caprichos de ese hombre? —le preguntó.

—Sospecho —dijo Dalinar, dando un paso atrás e indicándole a Kaladin que entrara— que llevamos años bailando a ese ritmo sin saberlo. Pasa. Tengo unas cuantas cosas que deciros a los dos antes de que os vayáis.

5

LO QUE AÚN PODRÍA SER

Al dedicarme a la historia, tales matices me resultan relevantes. Al dedicarme a la filosofía, me resultan deliciosos.

De *Caballeros de viento y verdad*, página 4

A Shallan le resultó agradable tomarse unas horas para ella misma y pensar, por una vez. Llevaba puesta una havah de color azul claro en vez de la ropa de viaje, sentada en la fila superior del pétreo foro abierto de Integridad Duradera, dibujando. ¿Cuánto tiempo había pasado desde la última vez que, sencillamente, se permitió dibujar? Había podido bosquejar un poco durante el viaje, pero le daba la impresión de que ya hacía muchísimo tiempo de eso.

Se relajó y fluyó con el boceto, que representaba el vértigo que había sentido al mirar a lo largo de una pared interior de Integridad Duradera. Una ilustración surrealista al estilo de uno de los viejos movimientos artísticos, en el que la perspectiva era intencionadamente extraña y desconcertante. A Shallan le gustaba pensar que los antiguos surrealistas habían establecido contacto con los spren y Shadesmar, y eso había retorcido sus mentes hacia nuevas formas de ver las cosas.

Aunque nunca se le habían dado tan bien los paisajes como las personas, Shallan se enorgulleció de la sensación de caída que transmitía su boceto, aunque no se veía hacia qué, porque la perspectiva antinatural atraía la mirada hacia arriba.

Al igual que le había pasado otras veces ese día, sin embargo, no dejaban de colársele unos rostros extraños en el dibujo.

En ese caso, había deformado sin darse cuenta los sombreados de una pared para que formasen una cara. Femenina, la de una cantora con el caparazón en forma de corona, con las sombras y las curvas componiendo un diseño que recordaba a los estratos. Shallan hojeó su cuaderno de bocetos. Todos los dibujos que había hecho a lo largo del día tenían ese rostro de cantora oculto en alguna parte, y ella no recordaba haberlo trazado.

Le había pasado algo parecido en Urithiru, donde la presencia de una Deshecha había deformado sus bocetos. Shallan intentó no permitir que esa vez la afectara tanto. En Urithiru había sido un mensaje. ¿Recibiría uno similar en esa ocasión?

Miró hacia Adolin, que paseaba de un lado a otro por el centro del foro, el mismo lugar donde unos días antes lo habían sometido a juicio. Lo acompañaba Godeke, un desgarbado Danzante del Filo. Shallan vio que también estaban allí sus agentes, Ishnah, Vathah y Berila, junto con sus respectivos crípticos. Esperaban a los Corredores del Viento, y también a que llegaran los frutos de sus últimos esfuerzos en Integridad Duradera. Shallan empezó otro dibujo mientras lo hacían.

Al final, llegaron doce.

Doce honorspren, de una población de centenares. Esa era la cantidad que había respondido a la llamada a las armas de Adolin. Godeke y él los recibieron a todos con una sonrisa, pero Shallan sabía que su marido había esperado que fuesen más. Sí que apareció otro honorspren, Notum. El excapitán de barco aún llevaba su singular vello facial, pero caminaba tambaleándose un poco. Seguían sin saber por qué lo atacaron aquellos tukari de los que Adolin lo había salvado.

Notum no se reunió con Godeke y Adolin, sino que bajó los peldaños hacia Shallan.

—Radiante Kholin —dijo.

A ella aún se le hacía raro oírlo, incluso habiendo transcurrido un año desde la boda. La tradición no dictaba que debiese adoptar el apellido de Adolin: entre los ojos claros alezi, era tan probable que cualquiera de las dos personas conservase su apellido como que lo cambiara. Sin embargo, en el caso de Shallan, la necesitaban en la línea sucesoria Kholin. Dudaba mucho que fuese a ocupar un trono que Adolin había rechazado, pero Dalinar quería a gente de su confianza como posibles candidatos. La adopción de Shallan en la casa Kholin reforzaría esa candidatura, si se daba el caso.

Dalinar y Navani se lo habían explicado con cierto pragmatismo, pero no era eso lo que más recordaba Shallan de aquel día. Para ella, fue el día en que unos padres, por primera vez, la habían hecho sentirse querida.

Notum se sentó a su lado.

—Vuestra misión ha sido un éxito. Doce nuevos Radiantes.

—Pero esperábamos más —dijo Radiante, emergiendo a la superficie—. Después del apoyo que obtuvo Adolin en el juicio, anticipaba un gran resultado para el reclutamiento.

—Es verdad que una buena cantidad de honorspren lo apoyan —dijo Notum—, pero eso no significa que quieran vincularse. Es posible estar encolerizado con los líderes de los honorspren y creer que los humanos merecen apoyo, pero no querer dar uno mismo ese paso.

Por debajo de ellos, los doce honorspren empezaron a desvanecerse.

—Esto no lo había visto nunca —comentó Notum—. Pensaba que desaparecerían de golpe. Pero resulta que se disipan en la nada...

—No es en la nada —dijo Radiante—. Aparecerán en el otro lado.

—He oído que es un proceso traumático. —Notum tenía una forma de hablar rígida, envarada, incluso cuando su discurso era informal. Marcaba cada palabra como si estuviera anunciando algo desde el alcázar de su barco—. Los spren se olvidan de sí mismos al llegar al otro lado.

—Solo por un tiempo —dijo Radiante—. Lo más probable es que estos permanezcan en grupo, cosa que ayuda, y partan de inmediato en dirección a Urithiru, atraídos por los escuderos que entrenan allí.

—Pero ¿aún los necesitáis, a estas alturas? —preguntó Notum—. ¿La guerra no va a terminar pronto?

—Los Corredores del Viento son nuestro método principal para recorrer largas distancias, y sospecho que seguirán siendo útiles en tiempos de paz. Además de eso... incluso si Dalinar gana el duelo, me preocupa lo que vendrá después. Cuantos más Radiantes tengamos, más estable será nuestra posición.

—Entonces, debería darme prisa —dijo Notum, levantándose—. Unirme a ellos, para no quedarme solo.

Radiante estaba de acuerdo. Pero Shallan... Shallan reparó en algo.

—Suenas reticente —dijo, retomando el control.

Notum la miró, resplandeciendo en el mismo tono azul claro que todos los honorspren. Su uniforme, su pelo, todo en él estaba hecho de la misma luz, sólida, no transparente, pero a la vez tampoco real del todo en el sentido en que Shallan comprendía la realidad.

—Aquí ya no queda nada para mí —dijo Notum—. Los míos me han rechazado, y he visto su mezquindad. Querría ser de ayuda. Pero... reconozco que no deseo vincular a un humano. Aborrezco la idea. ¿Es eso mezquino también, por mi parte?

—No lo es en absoluto —le aseguró Shallan—. Yo tengo dos vínculos, Notum, y comprendo el coste mejor que muchos. No es mezquindad, ni cobardía tampoco, dudar al respecto. Igual que no es mezquino ni cobarde rechazar ninguna relación.

—Tendrás que disculparme —dijo Notum—, pero los otros tipos de relaciones no resultan en soldados con poderes extraordinarios.

Era cierto que aquello complicaba el asunto. Pero, desde que había descubierto lo que ella misma le había hecho a Testimonio, sentada unas filas más abajo con Patrón, Shallan no podía evitar cuestionarse sus objetivos. Necesitaban Corredores del Viento, sí, pero cada vez se le hacía más incómodo *exigir* a un spren que se vinculase. No era un proceso íntimo en el sentido tradicional humano de la palabra, pero sí que daba la impresión de ser profundamente personal.

—Es verdad que nos vendría bien tener más Corredores del Viento —dijo—, pero no creo que debas obligarte a vincular a un humano si no te hace gracia la idea. Puedes decir que no y aun así ser buena persona, Notum. Eso lo he aprendido.

—Quizá me quede un poco aquí, entonces —respondió él—. Si me esfuerzo, tal vez logre convencer a otros de los míos para que os apoyen.

Señaló hacia un grupo de honorspren que pasaban caminando, con ropa de viaje y cargados con pertrechos. Como si se marcharan a dar una larga caminata. Saludaron a Shallan y a Adolin, pero no se unieron a los que desaparecían.

—¿Objetores? —preguntó Shallan mientras Adolin les devolvía el saludo—. ¿Son esos de los que me hablabas?

—Sí —dijo Notum—. No están de acuerdo con la forma en que se os trató, pero tampoco quieren ir a la guerra. Abandonan Integridad Duradera para seguir su propio camino.

Shallan asintió.

—Bueno, el Radiante Godeke va a quedarse aquí para seguir normalizando las relaciones con los honorspren, y es posible que también deje a uno de mis agentes. Nos convendría que también estuvieses tú, y tener aquí a un aliado sólido.

—Soy vuestro aliado —asintió él—, pero ya te advertí que los líderes de los honorspren me rechazan, aunque no hayan tenido más remedio que retractarse de mi exilio. —Su expresión se volvió distante—. Tenemos toda una flota que antaño surcó el océano de cuentas, y es una lástima ver todos esos barcos abandonados en los astilleros. Estamos concediéndole al enemigo el control pleno de los mares de Shadesmar. Quizá podría navegar de nuevo bajo autoridad honorspren...

Tormentas, si Shallan no hubiera dicho nada, quizá Notum se habría convertido en un spren Radiante, y eso significaba que acababa de contravenir directamente las órdenes con que la habían enviado allí. Quizá sería mejor no mencionarlo en su informe para Dalinar.

No llegaron más spren. Lusintia, que había sido la guía de Shallan desde su llegada a Integridad Duradera, no hizo acto de presencia. Shallan había confiado en que la spren cambiaría de opinión, a pesar de sus ocasionales encontronazos.

—Notum, gracias —dijo Shallan—. Por cómo nos apoyaste en el juicio.

—Soy una persona que no da más de sí, Radiante Kholin —repuso él, levantándose con las manos sujetas a la espalda—. Como colores en el mástil que llevan demasiado tiempo ondeando al viento. Ya no sé en qué creo, ni en qué confío, pero lo que se os hizo no estuvo bien. No podía interpretar el papel de farsante que me exigían. Te suplico perdón por planteármelo siquiera.

—Es normal que quisieras recuperar tu antigua vida, Notum.

El spren se volvió hacia ella y la miró a los ojos con los suyos azules.

—Yacía en el suelo, atacado y apaleado, y vi cómo tu marido se alzaba en mi defensa contra unas fuerzas abrumadoras. Me salvó sin esperar ninguna recompensa. En ese momento supe que Honor *vivía*.

Le hizo un firme asentimiento a Shallan y echó a andar escalera abajo para hablar con Adolin. Shallan devolvió poco a poco la atención a su boceto, y al rato descubrió que había dibujado otra cara más. En la sombra de Adolin. Tormentas.

«No te pongas nerviosa —pensó—. Te preocupaste mucho cuando dibujaste a Patrón por primera vez, allá en Kharbranth. Y luego, mira cómo ha salido».

No iba a asustarse de su propio arte. Apretó los dientes y se obligó a pasar a la siguiente página y ponerse a dibujar de nuevo. Lo hizo hasta que otra persona se sentó a su lado. Kelek se inclinó hacia delante, con las manos entrelazadas y un aspecto pequeño y frágil.

—No iré con vosotros —dijo en voz baja—. No... no puedo.

—Aquí no estás a salvo —respondió Shallan, dibujando todavía, viendo moverse sus propios dedos como por iniciativa propia—. Si yo te encontré, los otros asesinos de Mraize también pueden hacerlo.

—Me... esconderé. Mejor. Pero no puedo abandonar a la seon, y ahora mismo no está en condiciones de viajar. No sería bueno para ella.

Shallan no discutió. Hacerlo nunca servía de mucho con Kelek. En vez de ello, se perdió en un boceto de él. Un Heraldo que añadir a su colección. Podría haber dicho que era la más elusiva de las gemas, pero, en realidad, ¿un Heraldo era más infrecuente que cualquier otra persona? Podría argumentarse que, por su inmortalidad, lo eran menos.

—Estamos quebrados, Shallan —dijo Kelek al cabo de un tiempo—. No somos los héroes que desearías que fuéramos. Ahora ya no.

—Sé lo que se siente.

—No creo que lo sepas —dijo él, rodeándose a sí mismo con los brazos—. No creo que nadie lo sepa. —Miró hacia Adolin, que charlaba con Notum y Godeke—. ¿De verdad intentarás encontrar a Mishram?

—Si no lo hago —dijo Shallan—, lo harán mis enemigos.

—Y luego, ¿qué? —preguntó Kelek—. ¿La liberaréis? No... no logro decidirme. Nunca puedo decidirme. He defendido su libertad en el pasado, pero ahora me preocupa. Podría unirse a Odium, reforzarlo. Ella... odia a los humanos. —Se llevó la mano a la cabeza—. Ishar dice que todos los Deshechos deberían estar recluidos, pero lo que les hicimos a los cantores al apresarla a ella...

—Me preocuparé de eso cuando encuentre su gema —dijo Shallan—. ¿La verdad? Seguramente la llevaré con el Forjador de Vínculos y dejaré que esa decisión se tome en común.

Kelek no respondió, así que ella siguió esbozando. El familiar sonido del carboncillo o del lápiz de color sobre el papel, la atención destilada del proceso creativo, como en el más potente de los alcoholes. Shallan atrajo unos pocos creacionspren, con forma de lucecitas arremolinadas. Aquellos, sin embargo, actuaron de un modo extraño: allí nunca los había visto cambiar de forma como hacían en el Reino Físico, pero esos creacionspren empezaron adoptar la apariencia de su lápiz o de la navaja de borrar.

Siguió dibujando. Líneas que imitaban la vida. Que la congelaban. Pero que la alteraban al mismo tiempo, pues era imposible crear una copia exacta. Ni era lo que se pretendía tampoco. Todo boceto era también un dibujo que representaba al artista: su perspectiva, su énfasis, su instinto para reclamar un instante que de otro modo se perdería...

Al llegar al final... era sublime.

Ese momento en que una se deleitaba con lo que había creado, esa sensación de asombro combinada con la incredulidad de que aquello tan hermoso hubiera salido de ti. Además de una levísima preocupación, porque, dado que no comprendías cómo lo habías hecho, quizá no merecieses haber formado parte de la creación. A Shallan le encantaba sentir todo ello, incertidumbre incluida.

—Radiante —dijo Kelek, con las manos entrelazadas y la mirada fija en el suelo de piedra del anfiteatro—, ¿a qué le tienes miedo?

¿Qué clase de pregunta era esa?

—No lo sé —mintió Shallan.

—Yo temo las opciones —dijo él—. Veo cada decisión que tomo, y veo las terribles consecuencias que podrían derivarse de ella. Si me quedo aquí, te veo fracasando sin mí. Si te acompaño, veo mi presencia, la de un ser quebrado como yo, provocando tu fracaso. No puedo continuar. No... no puedo...

Shallan apoyó la mano en la suya y le entregó el boceto. Kelek cogió la hoja, frunciendo el ceño, y entonces se le ensancharon los ojos al verse representado a sí mismo bien erguido, ataviado con una túnica y saliendo a zancadas de una bella ciudad que tenía una vistosa muralla y unos árboles extraños de largas frondas que Shallan se había inventado. Kelek llevaba un cayado con una extraña forma en la punta, avanzaba hacia una brillante luz que había en el horizonte y en el dibujo miraba atrás con el semblante decidido. Resuelto.

—¿Haces esto a menudo? —preguntó.

—¿Dibujar a gente? —dijo ella, y se sonrojó—. Sí, tiendo a hacerlo a todas horas. Cuando me siento yo misma, al menos.

—No solo dibujar, niña. ¿Sueles extraer Fortuna? ¿Atisbar los posibles yoes de alguien y convocar uno? ¿Rozar, en cierto pequeño modo, lo que podría haber sido? Lo que aún podría ser. —Kelek la miró, y debió de ver una confusión absoluta en sus ojos, porque dio un suspiro—. ¿Es una habilidad que suelan emplear los Tejedores de Luz en tu época?

—No que yo sepa —respondió ella—. Pero tampoco comprendo del todo lo que dices.

Kelek miró un instante hacia Patrón y Testimonio.

—Dos spren. Por supuesto... Has vinculado a dos. Suceden cosas extrañas cuando el vínculo Nahel se solapa. Antaño había reglas contra ello, creo. ¿Cuánto hace que los tienes a los dos?

—Un tiempo —respondió Shallan—, aunque no lo he sabido... no lo he *recordado* hasta hace poco.

Kelek levantó el papel.

—¿Y con qué frecuencia atisbas el Reino Espiritual y lo manifiestas en tu arte?

—Eh...

Shallan recordó algunos bocetos que había hecho, como el que estaba en el bolsillo de un muerto. Como los dibujos de la Deshecha acechando en Urithiru... o los rostros que aparecían en sus ilustraciones sin que ella hubiera pretendido trazarlos. Empezó a sentirse tonta por haberle puesto objeciones enseguida a alguien que evidentemente sabía mucho más que ella sobre aquellas cosas.

—Es posible que pase de vez en cuando —respondió—. Había una Deshecha en Urithiru, y apareció en mis dibujos. Y ahora, estas caras...

Volvió otro dibujo hacia él, que asintió.

—Porque has estado pensando en viajar al Reino Espiritual y encontrar a Ba-Ado-Mishram.

—¿Es ella?

—Una interpretación de ella, sí —dijo Kelek—. Si fueras otra persona, supondría que has estado viendo arte antiguo y te ha influido de manera inconsciente. Siendo tú... —Se encogió de hombros—. La Fortuna puede hacer cosas impensadas, fantódicas.

—Disculpa, ¿fantódicas?

—Significa... ¿inquietantes? Perdona, no estoy al día con los cambios del lenguaje, ni tampoco soy ningún experto en la Fortuna. Sería mejor que hablaras con Midius, tu Sagaz, sobre eso. Un hombre también fantódico, por cierto...

Kelek cogió la hoja y la dobló con cuidado para guardársela en el bolsillo. Shallan se encogió al verlo, porque no la había barnizado para evitar que se emborronara, pero entonces se distrajo por algo que ocurría más arriba, al otro lado de la muralla de Integridad Duradera. Un grupo de figuras brillantes estaban descendiendo, seguidas por varios tipos de spren capaces de volar, atraídos por el uso de la luz tormentosa que hacían. Los Corredores del Viento habían llegado.

Unos segundos después, Drehy, su spren y varios de sus escuderos aterrizaron cerca, empuñando lanzas comunes, ya que las hojas esquirladas no podían entrar en Shadesmar. Al menos, no en forma de hoja esquirlada.

—Tengo entendido —dijo Drehy— que una dama ojos claros ha encargado un palanquín que la lleve a Urithiru, ¿puede ser?

—Vaya palanquín más raro traes, Drehy —respondió Shallan, levantándose.

—Menuda grosería, brillante —dijo Drehy, señalando con el pulgar sobre el hombro a un escudero—. Puede que Shiosak se cayera mucho al suelo de niño, pero no es raro. Es especial.

Shiosak, que en realidad era un hombre veden afable y más bien guapo, puso los ojos en blanco.

Cinco Corredores del Viento. No bastarían para llevar a todo el mundo, así que los soldados de Adolin, y seguramente algunos agentes de Shallan, tendrían que hacer el viaje de vuelta en barco, más lento y aburrido. A la mayoría no iba a importarles. El principal problema sería Adolin, que tendría que dejar atrás su caballo y sus espadas. Shallan vio cómo su marido llegaba al trote por la escalera, sonriendo de oreja a oreja. Conocía a Drehy, cómo no. Adolin conocía a todo el mundo. Shallan lo observó mientras contaba a los Corredores del Viento, hacía los cálculos mentales y llegaba a la misma conclusión.

O casi.

—¿Cuántos hacéis falta para llevar volando a mi caballo? —preguntó Adolin.

En cualquier caso, los acontecimientos que rodearon la purga de Shinovar poseen una relevancia específica, y estoy haciendo todo lo posible por registrar lo que logro descubrir acerca de las palabras de la propia Viento sobre ellos. Sin embargo, ahora que el Viento y los Heraldos han desaparecido, solo dispongo de dos fuentes capaces de relatar esos acontecimientos.

Mis dos testigos.

De **Caballeros de viento y verdad**, página 5

D alinar estaba mirando por una ventana los picos helados de la cordillera de Ur. Kaladin sabía que aquellas tierras debían de estar reclamadas por algún reino, pero le costaba imaginárselo. Poseer campos era una cosa, pero ¿montañas?

Pero, si alguien podía reclamarlas, sería la montaña de un hombre que se alzaba junto a la ventana. Dalinar no se apoyaba en el marco de piedra para relajarse como podría haber hecho otro. Tenía las manos entrelazadas tras los riñones, la espalda recta. Llevaba un uniforme de color azul Kholin con sus glifos bordados en la parte trasera, la torre y la corona.

Szeth estaba sentado en el suelo cerca de la esquina del fondo. Volvía a vestir de blanco y se había afeitado la cabeza. Tenía los ojos cerrados y su larga hoja esquirlada en su vaina de plata sobre el regazo. A Kaladin el arma siempre le había dado una impresión de ferocidad, con esos gavilanes en garfio y la empuñadura negra como el carbón. Szeth parecía estar meditando. Respiración calmada, rítmica. Tormentas, incluso estando relajado, ese hombre era perturbador.

Syl mantuvo el tamaño humano y los colores de su havah mientras iba hasta Szeth para ponerle la cara delante y comprobar si estaba mirando a hurtadillas.

—¿Cómo te sientes sobre tu próxima tarea? —le preguntó Dalinar a Kaladin.

—Bien, señor —dijo él—. El mundo va a ser un lugar distinto, ocurra lo que ocurra dentro de diez días. Sagaz dice que debo encontrar un sitio nuevo en él, así que probaré con esto. Me pediste que fuese cirujano, no soldado. Estoy dispuesto a ello.

Un cirujano para la mente, que no cortaría con bisturí, sino con palabras calmadas y comprensión. Tormentas, parecía muchísimo más difícil.

—Excelente —dijo Dalinar—. He recibido informes sobre los hombres a los que ayudaste con la conmoción de batalla. Es extraordinario.

—Hay que sacar a la gente de la oscuridad y mostrarle que la luz todavía existe. No lo arregla todo, pero sí que supone una diferencia.

—La luz —dijo Dalinar, contemplando los campos nevados que reflejaban la luz solar como diamantes líquidos—. Ishar mencionó algo sobre la luz, cuando me dijo que quería refundar el Juramento. Pronunciar las Palabras, ese momento en el que se alcanza un Ideal, aunque lo haga otra persona cerca, trae una claridad… y debería restaurarlo, aunque sea solo durante un tiempo breve.

Lanzó una mirada hacia Szeth.

—¿Señor? —preguntó Kaladin.

—Voy a enviar a Szeth contigo.

—¿Él es el compañero que me prometiste? —casi exclamó Kaladin.

—Regreso a mi tierra natal —dijo Szeth en voz baja— para enderezar lo que está torcido. Para purgar una maldad. Si un Rompedor del Cielo quiere alcanzar el Cuarto Ideal, debe emprender una cruzada por una causa justa. Después de completarla, estaré preparado para dar el último paso, en el que una persona se convierte en la mismísima ley. Deseaba ir solo, pero Dalinar ha insistido en que me acompañes.

Kaladin asimiló todo aquello y luego avanzó un paso hacia Dalinar, dándole la espalda a Szeth, lo cual parecía una enorme imprudencia.

—Señor —susurró—, ese hombre no es estable. No habría que enviarlo a una misión. Necesita tiempo, atención y la ayuda de alguien que…

Dejó la frase en el aire al ver la expresión de Dalinar.

—Tormentas —añadió Kaladin—, ¿crees que puedo hacer algo para ayudar a Szeth mientras él intenta «purgar una maldad» en su tierra natal?

—Sí —respondió Dalinar, firme—. ¿Te ves capaz, soldado?

Kaladin volvió la mirada hacia Szeth.

—Señor, con el debido respeto, he conseguido ayudar a un grupo de hombres que sufrían una carga mental que comprendo por experiencia propia. No puedes esperar que repita esa clase de éxito con un caso extremo como Szeth. ¡Necesitaría meses enteros para concebir un tratamiento!

—Deberíamos… hablar en privado. Además, creo que necesito un poco de perspectiva. ¿Qué hay de ti, soldado?

—Siempre, señor —dijo Kaladin mientras Syl llegaba junto a ellos, con la cabeza ladeada, mirando a Dalinar.

—Excelente —dijo el Forjador de Vínculos, dándose la vuelta para caminar hacia la puerta. Cogió una cajita de madera de una mesa que había junto a la pared y se la guardó bajo el brazo—. Szeth, ¿estarás bien aquí tú solo un rato?

—Nunca estoy solo —respondió el hombre con su leve acento—. Incluso sin spren ni espada, tendría las voces.

Fijó la mirada en Kaladin con toda la expresividad de un cadáver. Tormentas. ¿Y Dalinar quería que ayudase a ese hombre? ¿Al asesino que había matado al hermano del propio Dalinar?

Kaladin siguió a Dalinar fuera de la estancia, esperando que siguieran hablando en la sala contigua, pero Dalinar abrió el paso por la escalera hacia la cima de Urithiru. Kaladin no había estado allí arriba desde…

Bueno, desde que se había arrojado al vacío.

—He descubierto que estas vistas me ayudan a pensar —dijo Dalinar, volviéndose para mirar hacia las montañas—. Qué lejos alcanza uno a ver, cuando no hay paredes de por medio.

Puso una expresión meditabunda y daba la impresión de que le vendría bien un minuto de paz, así que Kaladin se lo concedió y fue hasta el borde de la torre.

—Tormentas —le dijo a Syl mientras llegaba al antepecho—. Es surrealista estar aquí otra vez. Y qué calor hace.

—Es por la brillante Navani —respondió Syl, asomándose para mirar hacia abajo—. Y su vínculo con la torre. Esta ciudad una vez floreció llena de vida. Volverá a hacerlo.

—Me recuerda a mi hogar —dijo Kaladin—. Hay más humedad aquí que en las llanuras.

—Hogar… —susurró Syl, y lanzó una mirada hacia el cielo, donde jugaban los spren de la armadura de Kaladin. La coleta se le soltó, permitiendo que su pelo volara libre, blanquiazul, ondeando al viento real. Le sonrió—. Nunca había sentido que tuviera un hogar hasta que encontré esto.

—¿Urithiru? —preguntó él.

—Por asociación, sí.

—¿Sagaz te ha estado dando clases de hablar en plan enigmático?

—Qué va —dijo ella, apoyándose en el antepecho de piedra—. Ahora tu familia está aquí, Kaladin. ¿Eso no lo convierte en tu hogar?

—Supongo que sí, qué remedio. Mi otro hogar está en manos del enemigo.

—No solo del enemigo —dijo Syl—. De los cantores.

Era una corrección pertinente, y difícil de recordar. También era el hogar de ellos. Los parshmenios alezi habían vivido esclavizados, pero luego habían conquistado su tierra natal para sí mismos. En otras circunstancias, Kaladin habría apoyado su lucha: sabía exactamente lo que era que a uno lo despojasen de su dignidad, que lo apalearan hasta robarle su manera de ser y su albedrío, que lo convirtieran en cosa.

Miró de nuevo hacia Dalinar, cuyo duelo contra Odium en teoría les proporcionaba una salida de aquel desastre. Fue en dirección a él, sintiendo el viento en la cara, cosa que siempre lo animaba.

—No paro de desear —dijo Dalinar en voz baja— que haya respuestas en alguna parte.

—¿Señor?

—Nos he puesto a todos en una trayectoria de colisión con el destino —explicó Dalinar—. Si pierdo, es muy posible que esté arrastrándonos a todos a una guerra mucho mayor de lo que creíamos posible.

—Por tanto, tienes que ganar.

—Así es —dijo Dalinar—. Pero no logro imaginar cómo va a ser el duelo. Me da la sensación de que no será un choque de espadas, pero ¿qué, entonces? ¿Qué estoy pasando por alto? ¿Nos he condenado, Kaladin? —Respiró hondo y, con el brazo bajo el que llevaba la cajita de madera, señaló hacia la extensión de cumbres nevadas—. ¿Puedes llevarnos a ese pico? ¿El grande, el que parece la punta más alta de una corona?

—Señor —dijo Kaladin—, el calor de la torre no llega hasta tan lejos.

—Justo por eso, Kaladin. —Dalinar extendió la mano hacia él—. Si no te importa.

Kaladin inhaló para absorber fuerza, luz, de la torre. Los enlazó a ambos hacia arriba y Syl encogió y salió disparada tras ellos mientras Kaladin volaba con Dalinar hasta esa cima concreta, con los spren de su armadura dando vueltas alrededor. La transición al aire más frío fue gradual, ya que el círculo de calidez en torno a Urithiru era más un halo que una burbuja. La piedra desnuda dejó paso a pequeños arroyos de nieve derretida, que a su vez dejaron paso a gélida aguanieve y por último entraron en los dominios de la verdadera nieve densa.

A medida que se acercaban, la luz de torre que había absorbido le falló y tuvo que recurrir a la luz tormentosa que llevaba en el bolsillo. Parecía que el cuerpo humano no podía retener la luz de torre a menos que estuviera muy cerca de Urithiru. Cuando hubo absorbido luz de reemplazo y estabilizado el vuelo, Kaladin incrementó la presión del aire. Las protecciones de la torre ofrecían algo más que calor. Roca podía pasarse el día hablando de que el aire de los Picos Comecuernos era más sano, pero Kaladin había visto con sus propios ojos que a la gente le costaba respirar a tanta altura. Por suerte, sus poderes incluían una capacidad más nebulosa que los enlaces de esculpir la presión y el aire.

De modo que mantuvo una pequeña burbuja invisible de aire más denso en torno a ellos. Era algo que ya había estado haciendo por instinto, pero de lo que quería ser más consciente. Syl recobró su tamaño humano mientras Kaladin se posaba con Dalinar en la nieve, con un crujido. Qué cosa más rara. ¿Por qué crujía? Era solo agua muy helada, ¿verdad? ¿No debería agrietarse?

Les salía vaho de la boca, excepto a Syl, por supuesto. Pero ella sí que estaba imitando el acto de respirar, y su pecho ascendía y descendía con sutileza. ¿Lo había hecho siempre?

Empezaron a crecer friospren alrededor de los pies de Kaladin, como pequeñas estacas de cristal. Dalinar recogió un puñado de nieve y lo dejó deshacerse entre sus dedos.

—Navani dice que lo más probable es que la nieve más profunda de aquí sea muy antigua. Caminamos sobre estratos de hielo como los de piedra, porque aquí arriba nunca hace el calor suficiente como para que se derrita. Permanece congelada. Durante eones.

—¿Señor? —dijo Kaladin—. ¿Por qué hemos salido al frío?

—Quería mirar la torre desde fuera —dijo Dalinar, volviéndose para contemplar Urithiru—. Nunca puedo verla en todo su esplendor desde las Puertas Juradas. Es demasiado inmensa.

Kaladin se puso a su lado y observó también la torre entre el vaho que exhalaban.

—Roshar ha presenciado muchísimas versiones de esta guerra, Kaladin —dijo Dalinar en voz baja—. Llevamos combatiendo a los cantores desde nuestras primeras generaciones en este planeta, una época que se extiende mucho más atrás de nuestra historia escrita. A lo largo de múltiples calamidades, y casi de la pérdida más absoluta de la civilización. Quiero que ese ciclo termine.

—Todos lo queremos, señor —intervino Syl.

—Lo sé. Y aun así, no puedo evitar preguntarme: ¿debería tener alguien tanto poder y autoridad como ostento yo? —Dalinar negó con la cabeza—. Jasnah me mete ideas en la cabeza como cremlinos que hibernan en el corazón de una planta, devorándola desde dentro hasta que cambia el tiempo. El mundo no tomó la decisión de librar este duelo. Fui yo. ¿Había alguna manera mejor?

—No lo sé, señor —respondió Kaladin—. De verdad que no.

—Bueno —dijo Dalinar—, no eres el único que va a meterse a ciegas en una situación, soldado. Respeto tus quejas acerca de Szeth. Las comprendo. Es un caso difícil, y apenas habías empezado a aprender cómo ayudar a quienes padecen heridas mentales. —Dalinar se volvió y contempló la extensión nevada. Desde allí, la cumbre de la montaña no parecía puntiaguda en absoluto, sino la suave cima de una colina cubierta de blanco—. Y, sin embargo, tantos eones... tantas muertes, como estratos bajo nuestros pies... Debemos cambiar, Kaladin. Hacer las cosas de un modo distinto. Creo que una forma de empezar a hacerlo es no tirar a la basura a la gente cuando tememos que pueda ser defectuosa.

—Szeth ha asesinado a docenas.

—Cumpliendo órdenes de la persona que a todos los efectos era su dueña —replicó Dalinar—, y en un estado mental dañado. Ahora intenta encontrar un camino mejor. Kaladin, cuando te pedí que renunciaras a tu puesto, ¿cómo te sentiste?

—Inútil.

Al responder, Kaladin recordó lo que le había dicho Sagaz: «¿Quién serías si no hubiera nadie a quien tuvieras que salvar, nadie a quien tuvieras que matar?».

—En una ocasión me protegiste de Szeth —dijo Dalinar—. Ahora te estoy pidiendo una clase distinta de rescate. Sálvalo a él, y salva al Heraldo Ishar. Es difícil, lo sé, pero quiero que lo intentes de todos modos. Porque esto es el final, y no tengo más opciones.

Kaladin lanzó una mirada a Syl, que asintió. Y tormentas, Dalinar tenía razón. Otra vez.

—Intentaré ayudarlos —prometió Kaladin—. Haré lo que pueda. Pero, señor... deberías saberlo. Sagaz me ha dicho que no regresaré a tiempo de ayudarte a ti.

—Conque eso te ha dicho, ¿eh? Bueno, Szeth sabe escribir, así que podéis llevaros una vinculacaña e ir informando por medio de ella, por si de verdad no conseguís volver a tiempo.

—Supongo que sí —respondió Kaladin—. Pero... bueno, Sagaz también dice que Ishar no podrá ayudarte, señor. No del modo que quieres.

Dalinar gruñó.

—¿Qué más?

—Más o menos eso es todo... además de que debería escuchar al Viento, y a Roshar. —Kaladin respiró hondo—. Creo que el Viento ha estado hablándome, señor. ¿Una... versión de él que es una spren? No lo entiendo del todo. Me ha dicho que te haga caso, eso sí.

—Bueno, se lo agradezco. Los Heraldos son importantes; están muy involucrados en todo esto. No sé explicar por qué, todavía, pero tengo esa sensación visceral desde hace semanas. Puede que más. —Dalinar puso una mano firme en el hombro de Kaladin, húmedo por la nieve, y su bota crujió al moverse—. Ishar... no es como Ash o Taln. Está activo, y planea interferir con lo que estamos haciendo. Es peligroso. Excepcionalmente peligroso. —Miró a los ojos a Kaladin—. Está en Shinovar, lo que significa que tiene las hojas de Honor.

Syl dio un suave silbido.

—Cada arma —prosiguió Dalinar— es tan peligrosa como la que Szeth utilizó para sembrar el pánico por todo Roshar. Ishar cree que él es el verdadero campeón, no yo. O eso, o cree que es el mismísimo Todopoderoso. O quizá alguna enloquecida mezcla de ambas cosas. Fue capaz de reclutar un ejército en Tukar. Ahora está en Shinovar, un territorio del que no sabemos nada, y que lleva toda la guerra sospechosamente tranquilo. Estoy preocupado.

»Szeth va a viajar hasta allí de todos modos, pero no puedo confiar en él para nada que requiera sutileza ni una toma de decisiones fundada. En ti sí que puedo confiar para ambas cosas. Necesito a alguien que me vigile las espaldas, soldado. No quiero verme flanqueado por un demente en el último momento. Quizá, con un poco de suerte, conseguirás llegar a la cordura de Ishar y traerme ayuda, a pesar de lo que tema Sagaz. Pero, incluso si no, necesito ojos en esa tierra. Llevamos demasiado tiempo haciéndole caso omiso.

Tormentas. Así que aquella era su verdadera tarea: ayudar a un semidiós a superar su megalomanía. Según los informes de Sigzil, Ishar había estado dedicándose a secuestrar a spren en Shadesmar y llevarlos físicamente al Reino Físico, matándolos a perpetuidad en el proceso. Creando unos retorcidos cuerpos medio hechos de carne para ellos, incapaces de sobrevivir.

Cada uno de los Heraldos padecía algún tipo de trauma mental grave. Peor que eso: Kaladin temía que sus problemas fueran, en parte, de naturaleza sobrenatural. ¿Quién era él para intentar resolver las patologías de dioses?

No dijo nada de todo aquello, porque conocía la respuesta.

¿Quién era Kaladin para hacer aquello?

La única persona disponible. Que el Padre Tormenta los asistiera a todos.

—Lo haremos, señor —dijo Syl—. Bueno, Kaladin hará la parte de la curación mental. Y yo haré todo lo que pueda.

Eso provocó una mirada de extrañeza en Dalinar. No estaba acostumbrado a que los honorspren fuesen visibles para nadie a excepción de su Radiante, y mucho menos a que se pasearan por ahí a tamaño completo y comportándose como soldados. En cambio, a Kaladin le parecía apropiado. En cierto modo, todo aquello lo había puesto en marcha Syl al decidir vincularse a él. ¿Por qué no debería tener voz a la hora de aceptar la siguiente misión de ambos?

—Bien —les dijo Dalinar a los dos—. Hay... otra cosa, Kaladin. ¿Aún tienes aquella capa que te di cuando te uniste a mi ejército?

—La tengo —contestó él—. La conservo como un símbolo de orgullo, señor, aunque no me la ponga a menudo. No hace juego con el uniforme y... bueno, tiene los glifos de tu casa en la espalda. Ornamentados para simbolizar a un miembro de la familia real.

—Es comprensible —dijo Dalinar—. La casa de ojos claros Bendito por la Tormenta está recién creada, y sin duda inaugurará sus propias grandes tradiciones. En general, no sería adecuado que vistieras los glifos de otra casa.

—¿Solo que...? —preguntó Kaladin.

Dalinar recuperó la cajita de madera de debajo del brazo, la abrió, sacó de ella un papel y lo desdobló. Estaba cubierto de escritura, que Dalinar recorrió con los ojos. El instinto de Kaladin fue apartar la mirada, ya que un hombre leyendo era... bueno, vergonzoso, incluso después de todo lo que había pasado. Pero los tiempos estaban cambiando, y el propio Kaladin había reclutado a mujeres para el ejército. Así que no miró hacia otro lado.

—Solo que mis dos hijos —respondió Dalinar con voz suave— se han negado a que los proclame herederos de ningún trono que pueda ocupar.

—Lo sé, señor —dijo Kaladin—. Por eso se eligió a Jasnah como reina.

—Reina de Alezkar —matizó Dalinar—. En el exilio. Ahora tengo un segundo trono, compartido con Navani, aquí en Urithiru. Pero los dos somos mayores, y nuestros hijos o bien se niegan, o bien ya están comprometidos. Jasnah está decidida a restaurar Alezkar, y desea seguir concentrándose en ello. Gavinor debe permanecer como su heredero, en la sucesión al trono alezi. Lo ocupará si ella muere.

—¿A su edad? —preguntó Kaladin.

—Un niño puede, y debe, heredar con objeto de preservar el trono —afirmó Dalinar—. Eso resuelve el problema de Alezkar, que es independiente de Urithiru y de los Caballeros Radiantes. Este reino no tiene un heredero que tome el mando si nos pasara algo a Navani y a mí.

Dalinar se volvió, sosteniendo en alto el papel, y miró a Kaladin. Syl dio un respingo. Alrededor de Kaladin estallaron sorpresaspren de color amarillo claro, y él sintió que sus entrañas se desmoronaban.

—Señor —dijo, envarándose—. Por favor, no. Yo estoy roto.

—La vida nos rompe —repuso Dalinar—. Y entonces rellenamos las grietas con algo más fuerte.

—Renarin. Él es Radiante.

—Puede vislumbrar el futuro, y lo que ha visto lo lleva a rechazar este cargo. Lo apoyo en esa decisión. Soldado, Renarin está vinculado a un spren corrompido, y aún no sabemos los efectos que puede tener eso. Adolin se niega en redondo. Yo... espero que podamos resolver nuestros problemas, porque me temo que soy el motivo de que no quiera ocupar el trono de Alezkar. Pero, aunque lo hiciéramos, Urithiru debería tener a un Radiante al mando. —Dalinar le tendió el papel a Kaladin—. No voy a obligarte a esto, Kaladin. Pero sí que voy a pedírtelo, porque debo hacerlo. ¿Querrás ser nuestro heredero?

Fue como un cubo de agua de lluvia fría arrojado sobre él. No pudo responder. Ser un oficial ya era difícil, y ser un ojos claros incluso peor, pero ¿ser de la *realeza*?

—Hijo —añadió Dalinar en voz baja—, aún veo tu odio. Confío en que no sea hacia nadie concreto, sino hacia lo que se te hizo. En estos últimos años, no he tenido otro remedio que aceptar que la distinción entre ojos claros y oscuros es un mero constructo social. La nobleza no reside en la sangre, sino en el corazón. Pero eso también debe funcionar a la inversa. No te gusta lo que representamos, pero, si continúas sintiéndote como te sientes... acabará devorándote por dentro.

—Lo sé —se obligó a responder Kaladin—. Pero... ¿esto?

—No es más que un deber que cumplir —dijo Dalinar, entregándole el documento—. Navani y yo somos Forjadores de Vínculos. Si caigo en este duelo, ella ocupará el trono. Pero ella también será un objetivo, y es perfectamente posible que ninguno de los dos sobrevivamos.

»Si sucede lo peor, presenta esa carta en Urithiru. Está ratificada por varios fervorosos. Ya he hablado de esto con Jasnah, con los altos príncipes y con los otros monarcas, y todos coinciden en que un Radiante es la persona más adecuada para el cargo. Por desgracia, la mayoría de ellos son demasiado novatos. La decisión, por supuesto, te corresponde a ti. Si no aceptas el trono, lo he dispuesto todo para que Dami lo ocupe.

Dami. Era un Custodio de la Piedra rirano, con quien Kaladin no se había relacionado mucho. Gozaba de buena fama, sin embargo, y al parecer había pronunciado el cuarto juramento el día anterior, tras la campaña en Emul, convirtiéndose en el tercero en hacerlo después de Jasnah y Kaladin.

—Si él también se niega —añadió Dalinar—, el trono recaerá en los altos príncipes de Alezkar. Aladar primero y, que el Dios del Más Allá nos asista, Sebarial después de él.

—Será broma.

—Se le da bien el dinero.

—Tan bien que la mitad acaba en su bolsillo.

—Es mejor persona de lo que él mismo cree. Navani opina que el estado de sus cuentas es una pantalla para ocultar su aptitud. En todo caso, confío en que sobrevivamos todos y podamos situar en la línea sucesoria a otros Radiantes con el entrenamiento adecuado en liderazgo. O quizá algo parecido a lo que siempre ha soñado Jasnah, una forma de gobierno más… representativa. Deberías leer sus ensayos sobre la materia.

—Eh…

Kaladin miró a Syl buscando apoyo. Ella le sonrió de oreja a oreja.

—No me estás ayudando —dijo Kaladin.

—Yo ya soy más o menos de la realeza —replicó ella—. No está tan mal. Créeme.

—No es lo mismo. —Kaladin bajó la mirada al papel—. Haré lo que pueda por Ishar y Szeth, señor, y te enviaré información sobre Shinovar. Pero esta carta… es demasiado.

—Aceptaré tu decisión —dijo Dalinar—. Lo único que te pido es que, en vez de tomarla ahora a conciencia, te lo plantees un tiempo. Como favor a mí. ¿Por respeto?

¡El muy tormentoso! Pero estaba en lo cierto: aquello era algo a lo que debería concederle algo de tiempo. Kaladin se obligó a doblar la hoja y guardársela en el bolsillo. En términos lógicos, no había ninguna diferencia entre un ojos oscuros y un ojos claros, y de todas formas Kaladin era ojos claros desde hacía un tiempo ya. El gobernante de un pequeño territorio de Alezkar que, con toda probabilidad, no visitaría jamás. Aun así, aquello le parecía una traición.

—Me lo plantearé —dijo de todos modos.

No obstante, el Viento no pensaba igual que una persona. Ese hecho no debería sorprender a nadie que tenga familiaridad con un spren, aunque tales cosas sean menos comunes ahora que en otro tiempo.

De *Caballeros de viento y verdad*, página 5

I ban a llevar el caballo.

De verdad iban a llevar el tormentoso caballo.

Con Adolin montado en él.

Shallan estaba sobre el suelo de obsidiana fuera de Integridad Duradera, con los brazos en jarras. Los soldados de Adolin levantaban el campamento a su alrededor. El grupo de honorspren que había salido antes estaba congregado un poco más allá, decidiendo qué haría a continuación.

Galante, el ryshadio de Adolin, tenía un cierto resplandor propio además del que le otorgaban los enlaces. Cuando movía la cabeza, dejaba una extraña imagen residual. Shallan nunca había entendido por qué. Imbuido de luz tormentosa, brillaba incluso más. Shallan había esperado que el enorme caballo negro se asustara al levitar unos palmos por encima del suelo, pero, aunque Galante movía las patas como si corriera muy despacio, por lo demás parecía tranquilo.

Adolin sonrió a Shallan, a lomos del caballo.

—Podrías dejar atrás el equipo —dijo ella, cruzándose de brazos—. No te hace falta todo ese material, ¿verdad?

—Shallan, ¡pero si ya viajo ligero! —respondió él, ofendido—. Me dejé el noventa por ciento de la ropa en casa.

—Y te trajiste todas las espadas.

—Las necesito.

La mayoría de las armas estaban guardadas en unas cajas especiales que colgaban a los costados de Galante, aunque unas pocas, como el espadón favorito de Adolin, iban en sus propias vainas sujetas a la silla. Shallan fue hasta allí y le dio unos golpecitos a la gigantesca arma a dos manos.

—¿Necesitas esto? Adolin, pesa casi tanto como una persona.

—Pesa poco más de tres kilos —replicó Adolin—. ¿Alguna vez has empuñado algo que no sea una hoja esquirlada?

—Mi afilado ingenio. —Shallan titubeó—. Vale, más bien mi contundente y romo ingenio, aplicado a discreción y sin miramientos por los daños colaterales.

Le dio unas palmaditas a Galante en el costado y pasó por delante de sus patas en movimiento, que terminaban en unos anchos cascos de piedra, más planos y duros que los de un caballo normal. El ryshadio cruzó con Shallan su mirada de ojos azules y cristalinos y luego alzó la cabeza hacia el cielo. Casi como con aspiraciones. Como si hubiera estado esperando a tener una oportunidad de volar.

Bueno, Shallan supuso que, si al animal no iba a entrarle pánico... Aunque, por otra parte, no lograba decidir si Adolin, sujeto con correas, resplandeciendo también un poco por un enlace, resultaba inspirador o solo cómico. Miró hacia Maya, que se cruzó de brazos sonriente, meneando la cabeza a los lados. Tormentas, cuánto estaba progresando, y qué rápido. A Shallan le daba esperanzas para Testimonio.

Pensarlo hizo que se volviera hacia la costa rocosa que se extendía entre la tierra y el océano de cuentas de cristal. Allí había varias decenas de figuras, hundidas hasta la cintura: spren de distintos tipos, todos con los ojos raspados.

—En un momento dado, había centenares de ojomuertos en esa costa —dijo Adolin en voz baja—. ¿Crees que, de algún modo, sabían lo del juicio? ¿Y lo que iba a decir Maya?

—Tenían que saberlo —asintió Shallan.

—Pero ¿quién se lo contó?

Ella pensó en sus bocetos y en las cosas extrañas que sus dedos sabían a veces.

—Nadie.

Mientras miraban, un cultivacispren como Maya dio media vuelta y se internó caminando en el océano.

—Regresan —dijo Maya con su voz áspera—. Regresan. Al lugar... donde se perdieron.

—¿Te refieres a que vuelven con los portadores de sus hojas esquirladas? —preguntó Adolin.

Una hoja esquirlada viva como Patrón nunca regresaba del todo a Shadesmar mientras su Radiante estuviera en el Reino Físico. Cuando ella lo invocaba como hoja, el pequeño patrón desaparecía de su falda o de donde estuviera y viajaba instantáneamente a ella en forma de arma. Cuando Shallan descartaba esa hoja esquirlada, reaparecía como pequeño patrón. En esos momentos tenía forma física en Shadesmar solo porque ella había viajado hasta allí a través de una Puerta Jurada.

Los ojomuertos eran distintos. Cuando los descartaban como hojas esquirladas, regresaban a Shadesmar y vagaban de un lado a otro. Notum le había dicho una vez que tendían a quedarse cerca del lugar donde estaba el portador de su hoja esquirlada en el Reino Físico. Eran muchísimos. Cientos, presos de aquella terrible media vida.

—Los ayudaremos, Maya —dijo Shallan—. En cuanto descubramos cómo reproducir el progreso que has hecho tú.

La spren asintió. Detrás de ellos, los Corredores del Viento hicieron descender de nuevo a Galante. El caballo bufó, molesto. O quizá... ¿De verdad podía afirmar Shallan que sintiera esas emociones? Quizá estaba dejándose influir demasiado por Adolin, quien aseguraba que los ryshadios tenían niveles de inteligencia casi humanos. Seguro que no estaba molesto y solo resoplaba como lo hacían los caballos.

Maya siguió mirando mientras otro ojomuerto se metía en el estrambótico mar.

—Perdidas —susurró—. Son hojas perdidas, Adolin.

Adolin desmontó.

—¿Hojas perdidas?

—Espadas —dijo ella. A veces aún le costaba esfuerzo hablar—. En la piedra. En el agua. Perdidas. Durante muchísimos años...

—¿Qué le pasa a una hoja esquirlada si la abandonan? —preguntó Shallan—. ¿Si un barco en el que viaja un portador de esquirlada se hunde, por ejemplo?

—Se queda allí para siempre —dijo Adolin—. Maya, no estarían aquí si se hubieran perdido. Estarían manifestados como hojas esquirladas en el mundo real.

—No —insistió ella—. La gente deja de pensar en ellos. Cuando pasan siglos, se desvanecen... para estar perdidos. La espada desaparece de tu mundo y ellos vagan por siempre.

—Pobrecillos —dijo Shallan mientras los últimos que quedaban se volvían y echaban a andar entre las cuentas—. De verdad que vamos a ayudarlos, Maya. Adolin y yo sacaremos tiempo, cuando todo esto termine. Los encontraremos a todos, del primero al último.

Adolin frunció el ceño, quizá planteándose la logística de aquello.

—A lo mejor mi tía Navani puede diseñar un fabrial que ayude a localizarlos. Y también podríamos intentar hacer que estén más a gusto en este lado.

Maya sonrió al oírlo.

—Creo... que eso sería maravilloso.

Adolin fue con sus soldados para ultimar los detalles de su partida. Shallan, imitándolo, fue hacia Vathah. El Tejedor de Luz estaba arrodillado junto a su spren a la orilla del océano, practicando para dominar las cuentas. Shallan vio cómo esculpía una silla a partir de ellas, vio las cuentas acoplarse entre sí como si fuesen magnéticas. A Vathah se le daba mejor que a ella, aunque todavía necesitaba una cuenta que utilizar como modelo. Tenía una aferrada en la mano, el alma de una silla en Reino Físico.

Era una habilidad inferior y más fácil que el siguiente paso: utilizar luz tormentosa para recrear el objeto entero en ese lado, lo que llamaban «manifestar». Vathah se había tomado muy a pecho practicar ambas destrezas, igual que había empezado a hacer con sus ilustraciones. Shallan todavía se sentía tentada de describirlo como el «exdesertor», pero sería una equivocación. Tenía que preocuparse de cambiar su perspectiva, porque Vathah había mejorado mucho desde el día que lo reclutó. Por muy gruñón que pudiera mostrarse, ya era un Tejedor de Luz consumado.

—Parece que solo iremos Adolin y yo con los Corredores del Viento —les dijo Shallan a él y a Mosaico, su spren—. Y el caballo.

—¿Os lleváis a vuestras spren o las dejáis? —preguntó él, levantándose y permitiendo que la silla se deshiciera de nuevo en cuentas.

Era una buena pregunta. Podían dejarlos allí e invocarlos desde el Reino Físico cuando llegaran. Pero Maya parecía preocupada al respecto, y Shallan había percibido la misma sensación en Testimonio. No quería que se sintieran abandonadas.

—Nos las llevaremos —dijo—. Y a Patrón también.

—Tiene sentido —contestó Vathah—. Si pasa algo inesperado, mejor que estéis juntos.

—¿No os aburriréis demasiado volviendo a casa por el camino largo?

—¿Aburrirnos? —preguntó Mosaico, de pie junto a Vathah—. Aburrirse es bueno.

Vathah se echó a reír.

—Tiene razón, brillante. Mientras estabas dentro de esa caja gigantesca, Mosaico y yo nos lo hemos pasado de maravilla jugando a las cartas sin nada importante que hacer.

Shallan lo miró. Se habría creído algo así de Gaz o de Rojo. Pero ¿de Vathah? Ese hombre se marchitaba si lo dejabas cinco minutos sin atención.

—Me gusta estar aquí —reconoció él, con la mirada perdida en el revuelto océano de cuentas—. Me gusta crear cosas a partir de esas cuentas, y me siento… más en contacto con mis poderes. Mis tejidos de luz funcionan cada vez mejor y, ahora que tenemos más luz tormentosa gracias a esos Corredores del Viento… bueno, no me molesta nada regresar por la ruta lenta, brillante. A Ishnah, en cambio, va a darle un ataque. Está harta del resto de nosotros.

—Sobrevivirá —dijo Shallan—. Seguro que puede entretenerse un poco más flirteando con los soldados.

—La actitud de ellos no está bien —replicó Vathah—. Ojalá no la animaran.

Apartó la mirada. Hacia Ishnah. Y entonces se sonrojó. Mosaico tarareó contenta.

«Vathah acaba de ruborizarse de verdad». Y por Ishnah. No por Berila, que era tan sensual como para que la confundieran con algún tipo de pasionspren. Por Ishnah, bajita, no muy curvilínea y proclive a usar sus tejidos de luz para pintarse tatuajes agitadores y uñas negras. Vaya. Bueno, Shallan se alegró por él. Y esperó que no la fastidiara.

Volvió con los soldados de la caravana y Felt se despidió de ella saludándola con la mano. Era un soldado de Adolin, un hombre bajo y extranjero de bigote lacio y sombrero de ala ancha. Ya había viajado antes por Shadesmar, y Shallan tenía la impresión de que ni siquiera era oriundo de Roshar. Pero, si tenía que dejar la caravana en manos de alguien, Felt, como miembro de la élite de Dalinar, sería más que capaz de cumplir el encargo.

Al poco tiempo una pequeña comitiva de líderes de los honorspren salió de Integridad Duradera. Shallan fue hacia ellos y sus botas resbalaron en la obsidiana cuando bajó saltando de una ligera elevación del terreno. Se había puesto ropa de viaje, pantalones bajo un largo chaquetón acampanado. Radiante habría preferido algo más apropiado para el combate, pero el atuendo lo había elegido Shallan. Eso sí, se había recogido el pelo en un apretado moño. Ya cometió una vez el error de dejárselo suelto para viajar con Corredores del Viento.

Kelek estaba al frente del grupito de honorspren.

—¿Sigues sin querer venir? —le preguntó Shallan—. Podríamos subirte al caballo con Adolin.

El Heraldo se limitó a retorcerse las manos y bajar la mirada al suelo, de modo que Shallan saludó con la mano a los honorspren que habían salido a despedirlos y, ya puestos, les dedicó una sonrisa animada, porque supuso que los chincharía. Luego se volvió para marcharse.

—Ten cuidado con tus dos vínculos, niña —le dijo Kelek—. Puedes ver cosas que no son buenas para una mente mortal sana.

—Por suerte, ya hace años que no tengo una de esas —repuso ella, mirando atrás—. Voy apañándome con la mía y ya está.

—Lo lamento. Sé lo que se siente.

—Ser una artista implica entrenarte para ver el mundo desde muchas perspectivas diferentes. —Shallan se encogió de hombros—. Mi camino tiene sus dificultades, pero de vez en cuando veo alguna luz que nadie más parece divisar. Luz que se refleja en las olas, que se divide al salpicar sobre el océano y hace aparecer formas durante un latido. Luz que se refleja en los ojos de alguien con quien hablo, como si destellara desde su alma. En esos momentos, sé que lo que soy me permite ver lo que otros no pueden. En esos momentos me siento… si no agradecida, por lo menos admirada.

Kelek ladeó la cabeza.

—Luz… Sí. Luz, energía, materia, Investidura. Son todas variaciones sobre un tema, la misma esencia en formas diferentes. Y eso es especialmente importante que lo entiendas tú, con tus ilusiones.

Shallan frunció el ceño.

—Pero... las ilusiones no pueden cambiar nada, Kelek. Solo son fantasías hechas de luz tormentosa.

—¿Ah, sí? —dijo Kelek, y señaló hacia los honorspren—. ¿Y qué crees que son ellos? Investidura. Una forma de luz. En otro tiempo había Tejedores de Luz capaces de conferir cierta sustancia, durante un breve periodo de tiempo, a las cosas que creaban.

—¿De verdad? —preguntó Shallan.

Pero entonces recordó que, durante la batalla de la Explanada Thayleña, habría jurado que *sentía* las versiones ilusorias de Radiante y Velo, como si por un instante fuesen reales. Y no había sido la única vez en que una ilusión suya daba la sensación de ser un poco demasiado sólida, ¿verdad?

Luz... materia... energía. Eran lo mismo: al manifestar un objeto en Shadesmar, se utilizaba la luz tormentosa para conjurar una recreación física. Y los spren podían ser físicos, aunque estuvieran hechos de luz.

Shallan tenía que cambiar su perspectiva.

—Si voy a despedirme con un consejo sabio —dijo el Heraldo—, que sea este: solo porque algo sea efímero, no lo consideres nimio. —Titubeó un momento antes de seguir—. Y, del mismo modo, solo porque algo sea eterno, no lo consideres... relevante. —Se rodeó el cuerpo con los brazos y apretó—. Siento no ser lo que queríais que fuese. Pero gracias. Por no hacerme daño. Por escuchar.

Otro cambio de perspectiva, entonces. Shallan asintió. Había empezado a tener la sensación de que el viaje había sido un fracaso, pero no era cierto. Adolin había hecho progresos con los honorspren. Habían dejado a un embajador Radiante. Y ella... bueno, ella había desterrado a Sinforma, incorporado a Velo y hallado el valor para explicarle muchas cosas a Adolin.

Y además, era muy posible que hubiera ayudado a Kelek. Un antiguo héroe solitario, erosionado por el tiempo y por alzarse ante el viento durante demasiados años.

Así que lo abrazó.

Los honorspren que había cerca ahogaron un grito. Shallan supuso que era la reacción adecuada a que alguien agarrase de pronto a un Heraldo, a un semidiós mitológico. Pero Kelek la rodeó también con los brazos y la retuvo allí.

—Quiero estar mejor —susurró.

—Todos lo queremos —dijo ella.

Era la única conversación que necesitaban. Shallan se apartó y Kelek asintió, con los ojos llorosos. Luego ella se volvió y fue junto a Adolin, Maya, los crípticos y los Corredores del Viento.

—¿Preparada? —preguntó Drehy, con su spren al lado, manifestada como una honorspren alta y vestida a la moda.

Shallan asintió. Como equipaje llevaba solo su cartera, en la que no había guardado más que cuatro cosas indispensables. Después de pasar meses persiguiendo a Jasnah y luego perderlo todo y apenas lograr sobrevivir hasta las Llanuras Quebradas, había aprendido a viajar ligera. Con una definición de la palabra más estricta que la de Adolin.

—Estupendo —dijo Drehy, levantando un fabrial construido en torno a un resplandeciente heliodoro amarillo. Señaló sobre el océano de cuentas—. Nos dirigiremos a la Puerta Jurada de Azimir.

—¿Esa permite ahora que la gente se traslade a Shadesmar? —preguntó Shallan.

—El despertar de la torre persuadió a la mayoría de los spren de las puertas —explicó Drehy—. Los dos de Azimir son de los más ariscos, pero deberían dejarnos pasar. —Señaló con su fabrial—. Volar hasta aquí nos ha costado poco más de cuatro horas. Mientras nos mantengamos a cuarenta y ocho grados del punto de referencia, deberíamos llegar sin problemas.

—Un momento —dijo ella, intentando no perderse—. ¿El despertar de la torre? ¿Y qué es ese fabrial?

—Lo llaman «brújula» —respondió Drehy—. Un antiguo dispositivo que indica el camino en Shadesmar. Encontramos unas cuantas en los almacenes ocultos de Urithiru, cortesía de la Forjadora de Vínculos Navani y del Hermano.

Shallan parpadeó, sorprendida. ¿La *Forjadora de Vínculos* Navani? ¿El Hermano? Seguro que Sagaz estaba partiéndose de risa en algún sitio por todas las cosas que había omitido en sus conversaciones, por breves que hubieran sido.

—Os pondremos al día mientras volamos —dijo Drehy con una sonrisa—. Vayamos despegando.

Los Corredores del Viento les repartieron máscaras de cristal para protegerse del viento y los elevaron al cielo con un enlace. Galante dio un relincho emocionado y encabezó ansioso el vuelo, como si galopase en el aire, con Adolin en la silla de montar.

Integridad Duradera, los honorspren y la caravana fueron menguando a su espalda. Se encogieron. Y luego se esfumaron.

Al poco tiempo, Radiante se descubrió deseando que los Corredores del Viento hubieran traído la esfera de viaje de Navani. Incluso con la máscara puesta, volar de cara al viento no era una experiencia demasiado agradable. Como mucho, levemente horrible. Yendo en la esfera, Shallan podría haber dedicado el tiempo a dibujar.

A Galante y Adolin, por supuesto, les encantaba. Volaban juntos, Adolin de pie sobre los estribos y sosteniendo las riendas, que en un ryshadio servían más para estabilizar al jinete que para dirigir a la montura, ya que las órdenes solían darse con las rodillas. En los arreos que llevaba puestos Galante, las riendas no estaban unidas a la cara, sino a un arnés que le rodeaba el cuello.

Adolin sonreía como un niño jugando bajo la lluvia. Y Galante galopaba entusiasmado, con el viento echándole atrás los labios y dejando sus dientes al descubierto, lo que hacía parecer que sonreía también de oreja a oreja. Adolin Kholin, alto príncipe, hijo del hombre más poderoso del planeta, renombrado espadachín, era en secreto una de las personas más tontorronas que había conocido jamás. Shallan emergió de nuevo y parpadeó, tomando una Memoria de los dos: Adolin con las gafas protectoras puestas y el pelo revuelto de un lado a otro, y Galante cargando.

Él la vio mirar, la saludó con un gesto alegre y luego señaló a Galante como diciendo: «¡Eh, Shallan! ¿Puedes creerte que vaya a lomos de un caballo volador?».

Eso hizo que su corazón se fundiera en un charco de gelatina burbujeante. Quizá el mayor milagro de la vida fuese que Adolin se las hubiera ingeniado de algún modo para seguir soltero hasta que llegó ella. Shallan pasó la siguiente hora admirándolo a ratos.

Justo hasta el momento en que los atacaron.

*Su memoria era certera, pero su interpretación y su explicación de
esa memoria podía ser caprichosa. En esos días, sin embargo, creo
que estaba reflexiva, preocupada y concentrada.*

No veía el futuro.

Pero, de algún modo, lo conocía igualmente.

De *Caballeros de viento y verdad*, página 5

Kaladin encontró a Szeth de pie en la antecámara, con su extraña hoja esquirlada enfundada y sujeta a la espalda. Parecía estar observando la pared.

—Muy bien —dijo Kaladin—. La forma más fácil de que lleguemos a Shinovar es volar con la alta tormenta después de que pase por Azimir esta misma noche.

—Como desees —respondió Szeth.

—Voy a recoger mi macuto. ¿Tú necesitas algo?

—No.

¡Oh!, exclamó una voz en la mente de Kaladin. Siempre le daba la sensación de ser masculina a grandes rasgos. *¿Vamos a alguna parte?*

—¿No prestabas atención, espada-nimi? —preguntó Szeth en tono calmado, todavía contemplando la pared.

¡Pues claro que sí!, respondió la extraña hoja esquirlada. *Pero ¿dónde vamos?*

—A Shinovar —dijo Kaladin.

¿Habrá algo de picar?, preguntó la espada. *Se supone que debo enterarme de si habrá aperitivos siempre que vayamos a algún sitio.*

—¿Eso quién te lo ha dicho? —preguntó Szeth.

Lift. Dice que es importante. No creo que yo pueda tomar ningún aperi-

tivo, pero ¿cortarlos, tal vez? En todo caso, si de verdad es importante que estén, quiero saberlo.

—Ya llevaré yo algo de picar —prometió Kaladin—. Szeth, quedamos en la Puerta Jurada dentro de dos horas, ¿te parece bien?

Szeth asintió.

Kaladin recogió a Syl y los spren de su armadura, que estaban revoloteando de nuevo en la sala donde Navani recibía a la gente. Luego saltó sobre la barandilla y se dejó caer casi toda la altura de la torre antes de meterse volando en un pasillo por el que la gente estaba acostumbrada a que los Radiantes pasaran zumbando sobre sus cabezas. El Viento fue con él.

Aterrizaron delante de los barracones de los Corredores del Viento en la torre y llegaron a la oficina de intendencia. Leyten, un hombre robusto de pelo corto castaño y rizado, pasaba el rato como siempre con sus libros de cuentas. Le gustaban demasiado los números, por muy hábil que fuese como armero.

—¡Ah! —exclamó Leyten, enderezándose para hacerle el saludo del Puente Cuatro—. Tengo tus cosas aquí mismo.

Desapareció en una trastienda y regresó con un macuto de viaje que llevaba no menos de tres cantimploras enganchadas.

—Esterilla —dijo Leyten—, raciones, botiquín, equipo de cocina. Y no uno, sino dos uniformes adicionales —añadió guiñándole el ojo a Kaladin.

—Gracias, Leyten.

Kaladin le dio la vuelta al macuto sobre el mostrador y reparó en el bolsillo lateral para objetos personales. Abrió la cremallera y encontró dentro la flauta de Sagaz, tallada en madera oscura, con extraños nudos que la dividían en secciones. Kaladin la había enviado allí abajo junto con sus otras posesiones, porque nadie sabía empacar un macuto como Leyten. Kaladin nunca se quedaba tranquilo cuando lo abría por la noche, porque no sabía si luego sería capaz de volver a guardarlo todo por arte de magia de un modo tan compacto y eficiente. En ese mismo bolsillo estaban el pequeño caballo de juguete de Tien y... ¿y una piedra?

Sí, una piedra. De un apagado tono marrón. Vaya.

—¡Huy, perdona! —exclamó Leyten—. Eso no lo he puesto yo.

Extendió la mano hacia la piedra, pero Kaladin volvió a guardarla.

Mientras Leyten le enseñaba cómo separar y volver a ensamblar el nuevo diseño del equipo de cocina, Dabbid salió de la trastienda cargado con material. Le dio a Kaladin un abrazo de despedida y siguió su camino silbando. Tras él, moviéndose veloz con aire furtivo, había... ¿un pequeño vientospren?

No, era una honorspren. Kaladin se quedó de piedra.

—Sí —dijo Leyten, sonriendo—. Dabbid no se ha fijado todavía en ella.

—Pensaba que ya no iban a venir más honorspren con nosotros.

—Será por el viaje del príncipe Adolin —dijo Leyten, encogiéndose de hombros—. La spren apareció ayer, sola, y lleva desde entonces siguiendo a Dabbid.

Syl frunció el ceño, aún a tamaño humano y visible para todos. A Kaladin le pareció oír que daba un bufido.

—¿Qué pasa? —le preguntó.

—Lusintia —dijo Syl— es un tremendo peñazo. Nada divertida. No esperaba que precisamente ella se uniese a nosotros.

—A Ethenia le cae bien —comentó Leyten.

—Es que Ethenia también es un peñazo —replicó Syl—. ¡Pero si le gustan los números casi tanto como a Vienta! Y es casi una críptica. —Entonces Syl ladeó la cabeza—. Igual tengo que repensarme algunas cosas. ¿Puedo señalar lo injustísimo que es que estos spren nuevos hagan la transición tan rápido? Yo me pasé años siendo más o menos una idiota babeante.

—Los vínculos se forman más deprisa —dijo Leyten— porque allanó el camino una pionera spren brillante y muy valerosa.

Syl palpitó y su color se hizo más azul, el violeta de sus mangas más vivo.

—Siempre me has caído bien, Leyten. Hasta cuando hacías armaduras a partir de cráneos.

—Usaba más costillas que cráneos —respondió Leyten, alzando la mirada a algo que colgaba encima de la entrada a la oficina de intendencia.

Era un peto, que parecía hecho a partir de pedazos de caparazón y hueso. Por respeto hacia Rlain, para ese habían utilizado madera y lo habían pintado de rojo anaranjado. Kaladin recordaba correr con el Puente Cuatro hacia el enemigo llevando aquella protección improvisada, y que en el campamento la gente susurrara llamándolos idioteces como la Orden del Hueso.

—Rlain y ahora Dabbid —dijo Kaladin—. ¿Algún otro escudero ha conseguido un spren mientras yo no miraba?

—Eso quizá tendrías que preguntárselo a Cikatriz —dijo Leyten, sacando una bolsa de gemas para Kaladin. Hizo un gesto hacia la sala contigua—. Lleva un tiempo trabajando con los nuevos reclutas.

Kaladin debería haber seguido su camino. Sigzil estaba al mando de los Corredores del Viento y podía preocuparse de esas cuestiones. Pero Kaladin se sentía responsable, aunque ya no lo fuese. Además, había algo en el aire. Ese Viento que soplaba desde detrás de él, esa advertencia fantasmal que resonaba en su mente. Quiso comprobar, una última vez, que todo fuese bien con sus tropas.

Porque llegaba tormenta.

Shallan chilló y se retorció en el aire, todavía volando, pero indefensa mientras los Corredores del Viento chocaban contra un grupo de Celestiales. En un instante, su pacífica travesía se volvió caótica. Los uniformes azules pasaban como flechas, entremezclándose con los crudos colores blancos, negros y rojos de la ropa suelta que llevaban los Fusionados.

Lo único que podía hacer Shallan era aguantar allí. Movió los brazos, hizo aspavientos, pero no conseguía nada más que ponerse bocarriba. No tenía nada a lo que agarrarse ni contra lo que empujar. Adolin estaba un poco mejor que ella. Lo habían enlazado de modo que pudiera ir sentado en la silla, flotando, pero no ingrávido del todo. Podía dar espadazos y levantarse en los estribos para atacar a un Celestial que pasó cerca.

Shallan contó a ocho Celestiales, demasiados para cinco Corredores del Viento que además tenían que proteger a sus pasajeros. No tenía ni la menor idea de por qué los Celestiales estaban patrullando aquel océano, si allí no se veía nada más que cuentas ondulándose unos diez metros por debajo de ellos y una pequeña franja de tierra árida que representaba un río en el Reino Físico.

En cualquier caso, estaban en apuros. Una Celestial que empuñaba una larga lanza empaló con ella a una escudera de Drehy, salpicando a Shallan con un chorretón de sangre. Un dolorspren aulló a lo lejos y la escudera dio un respingo, soltó su lanza y extendió los brazos a los lados mientras el arma de la Celestial empezaba a drenarle la luz tormentosa a la fuerza.

Shallan inhaló luz tormentosa, desesperada por ayudar de algún modo, e intentó crear una ilusión bien hecha. Un segundo más tarde, un cuchillo arrojado le hizo un corte a la Celestial en la cara. Luego una maza alcanzó a la criatura en toda la frente. Shallan lanzó una mirada hacia Adolin, que había abierto una de sus cajas de armas y estaba sacando una espada corta. Fue lo siguiente que arrojó. Tormentas, ¿había tenido una maza ahí dentro todo ese tiempo?

Las armas no estaban diseñadas para arrojarlas, pero, después de recibir otro cuchillazo, la Celestial no tuvo más remedio que desalojar su lanza de la desafortunada escudera e ir a por él.

—¡Adolin! —chilló Shallan mientras su marido se revolvía en la silla para atacar a la enemiga que había atraído.

La Celestial dio una vuelta rápida alrededor de él y entonces embistió, haciendo que su lanza atravesara la versión ilusoria de Adolin que Shallan había creado como señuelo. No era perfecta. Shallan no tenía muchos bocetos de Galante, así que al caballo se le veían fallos, pero su doble de Adolin estaba clavadito. La Celestial le había perdido la pista a su verdadero objetivo mientras se giraba. Lanzó un vistazo hacia Shallan, identificó al Adolin correcto y voló por debajo de su montura.

Para alzarse al otro lado y embestir contra Adolin.

Este se precipitó hacia el océano, rodeado de espadas que caían de la silla torcida. Descendió despacio a consecuencia de su enlace. El siguiente tejido de luz que hizo Shallan, de un Corredor del Viento que se abalanzaba contra la Celestial, distrajo a la atacante de ir tras Adolin. Pero los ojos de Shallan siguieron a su esposo mientras caía diez metros y se hundía en las cuentas. Ahí abajo se asfixiaría.

Shallan chilló, retorciéndose mientras su propio enlace la alejaba de él.

No. No. ¡No!

Shallan… Shallan estaba enlazada por Drehy.

«Sé. Drehy».

Absorbió la luz tormentosa que la tenía enlazada en su sitio. Y entonces, sin nada que la sostuviera, cayó a las cuentas tras Adolin.

Todo el mundo coincide en que el primer momento clave tuvo lugar cuando Kaladin Bendito por la Tormenta escuchó. Aunque no era un Danzante del Filo, hizo una buena representación de sus juramentos.

De *Caballeros de viento y verdad*, página 8

Kaladin titubeó. Escuchó. ¿Qué era esa sensación?

Un apremio. Tenía que seguir moviéndose. Syl y él fueron deprisa a la siguiente sala del cuartel de los Corredores del Viento. Allí encontraron a Cikatriz, uno de los dos capitanes de compañía de la orden de Caballeros Radiantes. Lopen y él estaban por debajo de Sigzil, que era el jefe de compañía.

Kaladin había recomendado que Cikatriz ocupara el puesto de segundo de compañía, pero él lo había rechazado porque quería concentrarse en el entrenamiento. Ese día estaba enseñándoles a los nuevos reclutas una de sus lecciones favoritas, la de montar y desmontar a toda prisa un campamento defendible.

El grupo nuevo tenía miembros de casi todas las edades, y estaba compuesto más o menos a partes iguales por hombres y mujeres. Más ojos oscuros que claros. ¿Qué podría llevar a una mujer de cincuenta y tantos años a abandonar su hogar y empuñar la lanza? Pero, pensándolo un poco, Kaladin supuso que las motivaciones de esa mujer quizá no difiriesen tanto de las suyas. Proteger a quienes no podían protegerse a sí mismos.

Aquella cámara era muy amplia, lo bastante grande para que pudieran practicar cuatro equipos distintos de ocho personas. Kaladin pasó entre ellos mientras se apresuraban a colocar esterillas y redes de camuflaje que los ocultasen de patrullas aéreas, fingiendo que aquella enorme sala de piedra estaba fuera, sobre el terreno. Cikatriz estaba recorriendo el perímetro y dedicándose a tirar lanzas por la ventana, inadvertido del todo por los equipos de reclutas que se afanaban en lo suyo.

Kaladin sonrió y llegó trotando junto al Corredor del Viento más bajito. Cikatriz siempre le recordaba a Teft, por ese aire que tenía de soldado de carrera y por su forma de vestir el uniforme como si fuese una segunda piel. Al igual que muchos miembros originales del Puente Cuatro, Cikatriz tenía ascendencia extranjera.

Mientras Kaladin lo saludaba, Cikatriz cogió otra lanza apoyada en la pared y la arrojó por la ventana. Estaban en la segunda planta de la torre, no muy altos para tratarse de Urithiru, pero aun así había una buena caída. Cabía suponer que Cikatriz habría avisado a los trabajadores de fuera: siempre les hacía gracia ver salir las lanzas por la ventana, y se asegurarían de que nadie se hiciera daño.

—Tormentas —dijo Kaladin mirando a los escuderos, que, con las prisas por montar sus campamentos, aún no eran conscientes de que Cikatriz estaba robándoles las armas—. Este grupo es de los más despistados, ¿no?

—Se lo he advertido cuatro veces —respondió Cikatriz, echando a andar hacia otro grupo de lanzas apoyadas contra la pared.

—¿Qué haces? —preguntó Syl, mirando sorprendida cómo Cikatriz se ponía a tirar las lanzas por la ventana.

—Estos reclutas tienen que aprender a pensar como soldados —dijo Cikatriz—. Estoy dándoles una pequeña lección.

—Tienes que llevar la lanza contigo a todas horas —explicó Kaladin—. Es de las primeras cosas con las que te machaca un sargento instructor. Las armas no pueden estar tiradas por ahí, haciendo que se tropiece todo el mundo. Y además, podrías recibir un ataque en cualquier momento.

—Pero, sobre todo, la lección es sobre responsabilidad —añadió Cikatriz, tirando otra lanza. Kaladin oyó un lejano traqueteo cuando cayó a la piedra del campo de fuera—. Y sobre obedecer órdenes. —Negó con la cabeza, molesto—. Bueno, ¿querías algo, Kal?

—¿Han venido más honorspren junto con esa que está siguiendo a Dabbid? —preguntó él, recorriendo con la mirada la amplia estancia. No distinguió a ninguno entre aquellos reclutas, pero a menudo permanecían invisibles.

—No —dijo Cikatriz—. Lo siento.

—¿Solo una? —preguntó Syl—. Hay cientos de spren en Integridad Duradera.

—Según ella, deberían estar viniendo más —dijo Cikatriz.

Tormentas, eso esperaba Kaladin.

—Entonces, ¿has visto a Dabbid? —le preguntó Cikatriz, dándole un codazo.

—Pues sí —dijo Kaladin con una sonrisa.

—¿Alguna idea sobre lo que pasará con su... dolencia, una vez esté vinculado?

—La verdad es que no —respondió Kaladin—. Pero, pase lo que pase, o lo que no pase, sospecho que Dabbid podrá meter baza.

Miró de nuevo hacia los reclutas, sintiendo... no tristeza, pero sí una cierta añoranza. Un solemnespren, una variedad muy poco común, ascendió en espiral a su alrededor como una serpiente gris azulada, casi invisible.

—Oye —dijo, comprendiendo el verdadero motivo por el que había entrado allí—. Cuida bien de Sigzil. Va a necesitar a un buen sargento detrás, Cikatriz. Sé que tú no lo eres, pero...

—Entendido —dijo Cikatriz—. Y estoy de acuerdo. Sig hará un buen trabajo, señor. Y además, también tiene a Lopen para echarle una mano.

—Eso es en parte lo que me preocupa...

Cikatriz sonrió.

—Lopen te sorprendería, Kal. Está cambiando. Supongo que como todos, ahora que no te tenemos a ti para cuidarnos. Los niños tienen que crecer en algún momento. —Miró a Kaladin a los ojos, inquisitivo—. ¿Vas a algún sitio?

—Sí —respondió él.

—¿Peligroso?

—En teoría, no —dijo Kaladin—. Pero tengo razones para preocuparme, y Sagaz ha insinuado algo que... Tormentas, como si fuese posible que no vaya a...

—Volverás —lo interrumpió Cikatriz.

—No sé si lo haré, Cikatriz. Esta vez no.

—Yo estaba allí cuando las tormentas intentaron llevársete. Salimos a descolgar un cadáver y te encontramos vivo. Hay más que un poco del viento en ti, Kal, y el viento del este ve el mañana antes que nadie. Volverás.

—No puedes ver el futuro, Cikatriz.

El capitán se limitó a encogerse de hombros mientras se dirigía al último montón de lanzas que había junto a la pared. Empezó a arrojarlas por la ventana.

—¿Les has dicho a los demás que te marchas? Te habrás despedido, ¿verdad?

—Eh... Aún no. Puede que tenga que irme antes de...

Kaladin dejó la frase sin terminar cuando Cikatriz clavó en él una mirada dura. Casi tan buena como la que podría haberle lanzado Teft. La clase de mirada que decía: «Si quieres hacer algo tormentosamente estúpido, señor, no voy a llamarlo estúpido. No a tu cara».

—Iré a despedirme —dijo Kaladin con un suspiro—. Por si acaso.

—Me alegro, señor —respondió Cikatriz, tirando otra lanza—. Han organizado una fiesta para celebrar que Rlain tiene a su spren. Podrías pasarte. Y Drehy traerá desde Shadesmar al alto príncipe Adolin y a la radiante Shallan hoy mismo, más tarde.

—¿Cuándo llegan?

—Deberían estar en Azimir más o menos una hora antes de la medianoche.

Habría tiempo, entonces, si Kaladin estaba en Azimir esperando a que pasara la alta tormenta. Mientras echaba las cuentas, el grupo más cercano de escuderos por fin se dio cuenta de lo que estaba haciendo Cikatriz. Varios de ellos gritaron al reparar en que había logrado deshacerse de todas las lanzas del lugar excepto tres.

Cikatriz redobló la marcha y arrojó otras dos lanzas por la ventana antes de que, por fin, uno de los nuevos reclutas consiguiera agarrar su arma y retenerla. Como una madre sujetando a un recién nacido, con los ojos como platos. Los demás se limitaron a mirar boquiabiertos por la ventana.

Su entrenador sonrió. Todo aquello le gustaba un poquito demasiado. Kaladin había liderado, pero Cikatriz... Cikatriz había nacido para enseñar. Ser un buen soldado requería talento, pero *crear* buenos soldados requería una clase de talento distinta del todo.

—¡Nos atacan! —bramó Cikatriz—. ¡Escuderos, a las armas y formad filas!

Un silencio aturdido.

Luego un caos masivo.

Cikatriz le guiñó el ojo a Kaladin mientras Syl y él bordeaban la sala, esquivando el tropel de escuderos que, para su horror, estaban descubriendo que sus armas habían desaparecido.

—¡Señor! —exclamó una de ellos—. ¡Nuestras lanzas!

—¡Robadas por el enemigo mientras no mirabais, montón de esferas opacas! —rugió Cikatriz—. ¡Tal vez las hayan tirado por las ventanas!

—¿Y qué hacemos? —preguntó otra.

Cikatriz le dedicó su mirada más fulminante.

—¿Tú qué crees? ¡Pues ir a recogerlas!

Kaladin lanzó una mirada hacia Syl y los dos se elevaron del suelo y volaron de vuelta a la oficina de intendencia, donde Kaladin le dio un abrazo a Leyten y recogió su macuto. Luego se apartó cuando los reclutas pasaron corriendo hacia los niveles inferiores. A Kaladin casi le habrían dado lástima, de no ser porque esa lección de tener localizadas sus armas les salvaría la vida a unos cuantos casi con toda certeza.

Syl señaló con la cabeza hacia otro pasillo.

—¿Tenemos tiempo? —preguntó.

—Sí —respondió él—. Me pasaré luego a despedirme del resto en la celebración de Rlain, que es dentro de una hora o así. Para entonces, todo el mundo excepto Drehy debería haber vuelto ya de sus patrullas.

—Bueno, ya hemos recogido tus cosas —dijo ella. Su havah se emborronó y se transformó de nuevo en un uniforme del Puente Cuatro—. Ahora hay que recoger las mías.

—¿Tú tienes... cosas? —preguntó Kaladin.

Syl sonrió encantada y salió volando pasillo abajo.

Shallan cayó de golpe al océano.

Como siempre, las cuentas se vieron atraídas por su luz tormentosa. Eran pequeñas, más que las esferas, pero no diminutas. Como los abalorios de un collar. Chasquearon y traquetearon al apelotonarse contra ella, sofocándola. El movimiento creó una corriente de resaca, que daba la sensación de estar tirando de ella hacia abajo. Shallan *debería* haber sido capaz de hacer algo para impedirlo. Se suponía que sus poderes le conferían una afinidad particular con las cuentas.

Siempre le había tenido miedo a aquel lugar. Las primeras visiones que había tenido de él, siendo niña, la habían aterrorizado. Peor incluso: esos recuerdos estaban ligados a lo que le había hecho a su madre, y a los acontecimientos que rodearon la muerte de Testimonio.

Las emociones y los recuerdos crearon un enmarañado batiburrillo en el interior de Shallan. Como enredaderas entremezcladas y revueltas sobre sí mismas hasta formar un embrollo impenetrable.

Por suerte, tenía a Radiante.

Mientras Shallan entraba en pánico, Radiante afloró. Tanteó entre las cuentas, escuchando sus susurros, las impresiones que le ofrecían de lo que representaban en el Reino Físico. Un momento después, haciendo acopio de luz tormentosa, Radiante utilizó la impresión de un edificio para otorgarles organización a las cuentas. Se alzó de la superficie del océano en el tejado del edificio. Daba la impresión de que el verdadero era metálico, pero aquel estaba creado a partir de cuentas unidas entre sí formando una especie de malla.

Radiante escupió unas pocas cuentas y se levantó. Tenía que encontrar a Adolin, que se ahogaría sin...

Drehy llegó volando, con Adolin en brazos. Radiante dejó escapar un suspiro de alivio mientras el Corredor del Viento dejaba caer al marido de Shallan sobre el edificio. Adolin tosió y gimió, pero por lo demás parecía estar bien.

Shallan emergió mientras llegaba corriendo hasta él, lo envolvió en un abrazo y lo besó sin reparos allí mismo. ¿Qué más daba quién lo viera?

—Esto no me gusta nada, Shallan —dijo Drehy, aterrizando de golpe en el techo de cuentas y haciéndolo temblar—. Los Celestiales suelen ser cuidadosos, y entablan combate y se retiran rápido. Esto es un ataque en toda regla con intención de matarnos.

Radiante tomó el mando otra vez y escrutó el cielo, pero la batalla se había alejado.

—¿Y cuál es tu valoración de nuestro siguiente paso táctico?

—Eh... ¿Radiante? —preguntó Drehy.

Radiante hizo un asentimiento brusco.

—He dejado caer a los spren a las cuentas —informó Drehy, señalando hacia una parte del océano como cualquier otra—. No necesitan respirar y he pensado que eso los ocultará del enemigo y evitará que tomen rehenes.

—¿Y Galante? —preguntó Adolin, alzándose de rodillas.

—Lo he dejado atrás —dijo Drehy—. Su enlace aún durará un rato, y dudo mucho que el enemigo se preocupe por un caballo.

A Adolin no pareció gustarle, pero asintió.

—He ordenado a mis escuderos que se aparten y se separen —añadió Drehy—. Hay un istmo en el río a nuestra derecha que nos servirá de punto de reunión. Otras veces hemos visto que los Celestiales dejan de insistir cuando hacemos una retirada evidente.

—Bien pensado —dijo Radiante—. Actos que proclaman que no buscáis pelea ahora mismo. Sí que es posible que funcione con unos Celestiales.

En general a los Celestiales los enviaban como exploradores, y no solía gustarles comprometerse en enfrentamientos a muerte. Solo que aquellos habían emboscado al grupo de Shallan desde atrás y luego habían luchado poniendo toda la carne en el asador. O bien aquel grupo estaba liderado por un Celestial muy militarista, o bien...

O bien estaba pasando algo raro. Radiante buscó por todo alrededor y entonces señaló.

—Esas luces del horizonte. ¿Qué creéis que...?

La interrumpieron dos Celestiales que rompieron la superficie de cuentas cerca de ellos, después de haber utilizado el océano como cobertura para aproximarse. Radiante rechazó a uno a puñetazos, pero el segundo Celestial le agarró el chaquetón por detrás y la arrojó a las cuentas, una maniobra más efectiva que hacerle un corte del que sanaría. Las cuentas se arremolinaron en torno a ella y la cegaron. Oyó que Adolin gritaba entre el sonido de miles de cuentas y se esforzó en asomar la cabeza sobre la superficie, pero su edificio estaba desintegrándose al perder el contacto con ella, y Adolin caía otra vez al océano mientras un Celestial embestía contra Drehy.

Radiante sintió de nuevo que las cuentas tiraban de ella hacia abajo. Su mundo se volvió oscuro, iluminado solo por los ojos brillantes de un Fusionado que nadaba entre las cuentas cerca, su luz roja reflejada un millar de veces en el cristal. El Celestial se estrelló contra ella y Radiante aporreó el brazo de aquel ser, intentando zafarse de él mientras se hundían.

Al poco tiempo, su espalda dio contra algo duro. Las cuentas se separaron, apartándose de las dos figuras, dejando a Radiante y al Celestial solos en una especie de cueva cuyas paredes y suelo estaban hechos de cuentas. El Celestial retenía a Radiante por los hombros con las dos manos. Tenía la mayoría de la cara cubierta por una pauta que casi parecía un glifo blanco y solo dejaba asomar unas motas negras.

—Las cuentas odian nuestra luz —susurró en alezi con mucho acento—. Pero obedecen cuando la utilizamos, igual que con la luz tormentosa. —Se inclinó hacia delante y dejó su cara jaspeada de blanco a un centímetro de la de Radiante—. Tejedora de Luz, yo odio a los tuyos. Siempre mentiras. Siempre sombras. Nunca obedecéis a vuestros superiores. Cuentas. Uniéndose para formar paredes. Radiante sabía que no era necesario un modelo para controlarlas. Shallan lo había visto, pero la opción más fácil, emplear una cuenta como diagrama, era lo único que podía confiar en hacer consistentemente.

Se supone…, pensó Shallan, oculta muy al fondo. *Se supone que domino este lugar.*

Radiante se retorció, intentando liberarse. Pero, a pesar de su mente militar, no tenía el cuerpo más fuerte que Shallan. Por dentro era una chica de apenas diecinueve años, complexión ligera y desarmada del todo sin su hoja esquirlada.

Mi arma… nunca ha sido una hoja, Radiante…

—¿Cuánta luz tormentosa te queda? —preguntó el Celestial, conteniéndola a pesar de sus forcejeos. Separó una mano de ella y sacó un cuchillo de una vaina que llevaba al cinto—. ¿Comprobamos cuántas veces puedes sanar antes de que se te acabe? Mis hermanos y hermanas enloquecen por haber vivido tanto, pero yo estoy cuerdo porque me baño en la sangre de Radiantes, que me renueva.

La apuñaló en el hombro, y ella gruñó de dolor.

—¿Estás asustada, Tejedora de Luz? —preguntó el Celestial con voz ronca.

Sí, dijo Shallan desde dentro. *Lo estoy.*

—¿Seguro que estás preparada? —susurró Radiante.

—Sí —dijo Shallan—. Estoy preparada desde que me enfrenté a Velo, y a mis recuerdos.

¿Cuáles son las Palabras?, preguntó Radiante.

—Ya las he pronunciado —respondió Shallan mientras el Celestial retorcía el cuchillo.

Pronúncialas otra vez.

—Estoy asustada —dijo Shallan.

El Celestial sonrió, iluminado por una luz oscura que emanaba de la gema que llevaba al cuello y por el rojo de sus ojos.

—Asustada por todo —prosiguió ella—. Temerosa. Del mundo. De lo que podría pasarle a mi familia. Sobre todo, de mí misma. Siempre lo he estado.

Se sorprendió al ver que algunas cuentas a su alrededor temblaron cuando lo dijo. Solo algunas. Meneándose, como si estuvieran vivas.

—Deberías temerme a mí más que a nada —dijo el Celestial—. Soy Abidi el Monarca. Gobernaré este mundo, y conservaré a los Tejedores de Luz. Para hacerlos sangrar cuando…

Frunció el ceño cuando la pequeña caverna empezó a resplandecer. La luz se reflejó en cada cuenta.

La luz que brillaba desde los ojos de Shallan.

Radiante cobró forma detrás del Celestial, hecha de luz tormentosa, con la cabeza casi rozando el techo. Tal y como Shallan la imaginaba. Más alta que ella, más fuerte, con poderosos bíceps y el cuello grueso de tanto entrenar. Pelo recogido en una trenza, y no en el revuelto y deshilachado moño de Shallan. Haciendo gala de una fuerza de un género distinto a la de Shallan con una hoja esquirlada en la mano.

Abidi el Monarca se echó a reír.

—¿Una ilusión? —dijo—. ¿Crees que me dejaré distraer por algo irreal?

Siguió carcajeándose hasta que la hoja esquirlada lo atravesó desde atrás, derramando sangre anaranjada por su elegante atuendo blanco.

Sangre real. De una herida real. El Celestial dio un respingo, mirando abajo.

—La realidad —susurró Shallan— es lo que yo decida que es.

El segundo momento ya había ocurrido. Fue cuando el propio Szeth decidió afrontar esa misión. La que daría forma a todos nuestros futuros.

De ***Caballeros de viento y verdad***, página 8

K aladin siguió a Syl a una parte de la torre que tenía los techos más bajos. Tuvieron que dejar de volar y, caminando, al poco tiempo entraron en el... ¿almacén de suministros de las escribas?

No era como lo llamaban ellas, pero Kaladin, por supuesto, no sabía leer el letrero. Las escribas no tenían una intendente. Tormentas, ¿cómo llamaban a ese sitio? Era una estancia larga y de techo bajo, llena de librerías y de fervorosos holgazaneando, de calvas que reflejaban las brillantes luces incrustadas en la piedra. El olor a papel y a piel de cerdo curtida llenaba el aire.

Kaladin atrajo no pocas miradas de las mujeres y los fervorosos que iban dejando atrás, pero Syl avanzaba entre ellos en línea recta con la barbilla bien alta, visible por completo. Lo guio por un laberinto de altas estanterías llenas de libros hasta un mostrador que había al fondo.

Tras él estaba una mujer, cruzada de brazos. Pintalabios de un marcado color rojo en una cara por lo demás blanquecina, como sangre sobre un cadáver. Las arrugas que surgían de su nariz y le recorrían las mejillas daban la impresión de que podía fruncir el ceño dos veces a la vez. Cuando vio venir a Syl, ambos ceños se volvieron más pronunciados.

Syl no aflojó el paso hasta llegar al mismo mostrador.

—¿Tienes mis cosas? —Señaló a Kaladin—. Traigo un humano de carga.

—¿Un qué? —dijo él.

—Puedes llevar cosas. Yo no. Por tanto...

La mujer madura del mostrador lo miró de arriba abajo y se sorbió la nariz.

—Supongo que debo acceder.

—Sí, eso debes hacer —dijo Syl—. Lo ordena la reina Navani. Sé que lo has comprobado.

El suspiro de la mujer podría haber hecho ondear un estandarte de batalla, pero metió la mano bajo el mostrador y sacó un libro, que dejó en la superficie con un golpetazo.

—Te he encontrado un ejemplar prescindible.

Syl hizo unos gestos ansiosos, así que Kaladin lo levantó por ella. Pasó unas páginas, pero no vio ilustraciones ni glifos. Solo línea tras línea de escritura femenina.

—¡Las palabras están todas partidas! —exclamó Syl—. ¡No están escritas con líneas fluidas en absoluto!

—Hechas con tipos móviles, procedentes de Jah Keved —dijo la mujer—. No voy a darte un ejemplar manuscrito para que lo utilices sobre el terreno. —Miró a Kaladin entornando los ojos—. No irás a enseñarle a él a leer, ¿verdad?

—¿Y qué si lo hiciera? —replicó Syl, poniéndose de puntillas y proyectando confianza—. Dalinar lee.

—El brillante señor Dalinar es un hombre sagrado.

—Kaladin es sagrado —repuso Syl—. Díselo.

—Estoy vinculado a un pedazo de un dios —afirmó él—. Y nunca me deja olvidarlo.

—¿Lo ves? —dijo Syl.

La mujer suspiró de nuevo.

—Sigue sin justificar que te lleves un libro mío ahí fuera.

—¿Cuál es? —preguntó Kaladin, hojeándolo.

—*El camino de los reyes* —dijo Syl—. ¡Tu propio ejemplar! Te lo he conseguido, dado que soy tu escriba.

Kaladin abrió la boca para protestar por el peso y porque ya tenía el macuto hecho, pero entonces vio el entusiasmo en la expresión de Syl. Llevaba dándole vueltas a esa idea, la de hacerle de escriba, desde antes del ataque a Urithiru. Cara a cara con la sonrisa emocionada de Syl, sus pensamientos dieron media vuelta y marcharon en sentido contrario sin perder el paso.

—Qué maravilla —dijo—. Gracias.

—También quiero las otras cosas —le exigió Syl a la mujer del mostrador—. Venga.

La mujer envió a una mensajera, lo cual los dejó allí a los tres de pie, al fondo de una sala llena de gente que cambiaba de postura y susurraba, de logispren que flotaban como pequeñas tormentas. No era un lugar silencioso, pero tenía una atmósfera de silencio. Era raro que aquel lugar, con tantos libros encuadernados en cuero, pudiera oler tan parecido a la oficina de intendencia con sus armaduras.

Una mujer llegó al mostrador y la atendieron enseguida, con actitud casi deferente. Kaladin miró molesto. ¿Trataban diferente a Syl porque era una spren? Luego pasó otra mujer con paso firme, vestida con una larga falda plisada y una casaca militar. Kaladin no reconoció a la mujer, pero aquella era una chaqueta de uniforme alezi, algo más ceñida que como solían preferirlas las mujeres del Puente Cuatro.

A Syl se le pusieron los ojos como platos y se le escapó un suave: «Uuuh...».

—Estilo nuevo —dijo la mujer de detrás del mostrador—. Basado en una antigua ko-takama. —Al ver sus expresiones perplejas, añadió—: Ropa de mujer guerrera, muy vieja, de nuestra época más salvaje. No usaban la casaca de uniforme, claro, y la cintura era más alta, a veces con un lazo. Puede que tenga una ilustración en algún...

Dejó la frase inacabada cuando la ropa de Syl vibró y, al instante, llevaba puesto algo similar. Syl se elevó un poco y su falda, más larga que la de antes, titiló unos instantes. Fina, plisada, a juego con la chaqueta ceñida. Seguía llevando el pelo suelto, aunque fuese de las pocas mujeres en la sala que no se lo recogía.

—Es bonito —dijo Kaladin—. Te queda bien.

Syl sonrió.

—Sugeriría —intervino la mujer— un buen par de mallas o de pantalones por debajo de la ko-takama, en una Corredora del Viento o lo que seas, para que...

—¿Para que qué? —preguntó Syl, toda inocencia.

—Cuando vuelas —dijo la mujer—. Para que... ya sabes...

Syl ladeó la cabeza y luego inhaló de golpe.

—¡Ah! Para que no se me vea el chull.

—¿El... chull? —preguntó la mujer.

Syl se inclinó sobre el mostrador en actitud conspiradora.

—¡No conseguía entender por qué estos humanos son tan tímidos con lo que tienen entre las piernas! A mi inculta mente spren se le hacía raro. ¡Pero entonces lo adiviné! ¡Ahí abajo tiene que haber algo bastante horrible, si a todo el mundo le da tanto miedo enseñarlo! Y lo más horrible que conozco es una cabeza de chull. Así que, cuando hice este cuerpo, puse una ahí.

La mujer se quedó mirando a Syl, y parecía estar intentando con todas sus fuerzas no bajar los ojos.

—Una cabeza de chull —dijo por fin.

—Una cabeza de chull —repitió Syl.

—Ahí... abajo.

—Ahí abajo. —Syl le sostuvo la mirada a la mujer sin parpadear un rato, antes de añadir—: A veces le doy hierba.

La mujer liberó un sorpresaspren e hizo un ruido no muy distinto al que Kaladin había oído hacer a soldados cuando los estrangulaban.

—Iré a ver cómo va tu material —dijo la mujer mientras se marchaba a toda prisa, sonrojándose y poniendo cara de quizá estar teniendo una pequeña arcada.

Syl miró a Kaladin y sonrió con dulzura.

—¿Una cabeza de chull? —preguntó él.

—¡Ya sabes cómo somos los spren! —exclamó ella—. Veleidosos y extraños. ¡No se nos puede confiar ni un tormentoso libro! Podríamos... yo qué sé, leerlo y dañar alguna de sus valiosísimas páginas.

Kaladin bufó.

—No será... verdad que... ya sabes...

—Kaladin, no digas bobadas —dijo Syl, flotando a un palmo del suelo, con su falda nueva ondeando—. Piensa en lo incómodo que sería.

—Pero ¿existes siquiera? —preguntó él, soltándolo antes de pensar bien las palabras—. ¿Bajo la ropa? O sea, ¿la ropa es tu piel o...?

Syl se inclinó hacia él.

—¿Quieres verlo?

—Oh, tormentas, no —respondió Kaladin.

Por un terrible momento, se la imaginó haciendo desaparecer la ropa allí mismo, en medio de aquella especie de almacén de intendencia de libros, completamente visible para todo el mundo. O, quizá peor, visible solo para él, con objeto de sonrojarlo. Tormentas, podría hacerlo en cualquier momento, incluso en plena reunión con Dalinar. Seguro que lo encontraría tan gracioso como pegarle los pies al suelo. Cualquiera habría dicho que, después de tanto tiempo, Kaladin habría aprendido a tener la tormentosa boca cerrada.

—Esto —dijo Syl señalando su ropa— forma parte de mí, igual que tu pelo, a lo mejor, o tus uñas. Solo que tú no puedes controlar esas cosas y yo sí.

—Con eso no lo explicas —repuso Kaladin—. O sea, seamos sinceros: si fuese yo, creo que no terminaría las partes que no iba a ver nadie. ¿Para qué esforzarme?

—No es un esfuerzo —dijo ella—. Lo que requiere esfuerzo es cambiar. —Se señaló a sí misma—. Esto soy yo, mi forma, mi cara. Es lo que soy. Puedo transformarme en otras cosas; las naturales son las más fáciles. Pero al final termino volviendo a esta forma. La misma que tengo en Shadesmar. Eso cambia solo en circunstancias excepcionales.

Vaya. Seguía sin responder del todo a su pregunta, pero era interesante.

—Sigues preguntándote cuánto detalle tengo, ¿verdad? —preguntó Syl, dándole un golpecito con el hombro.

—No —dijo él, contundente—. Vas a buscar una forma de avergonzarme. Así que no.

Syl puso los ojos en blanco.

—Somos como se nos imaginó, Kaladin —dijo—. Más o menos humanos, aunque con ciertas mejoras envidiables. Puedes dar por sentado que, si una humana tiene algo, yo también lo tengo, a no ser que dé asquito.

Lo cual, de nuevo, no explicaba nada, teniendo en cuenta lo errática que podía ser la definición que le daba Syl a la palabra «asquito». Pero, por suerte, la spren dejó estar el tema cuando la escriba regresó por fin con una cajita. Sacó de ella papel, tinta y varias plumas muy finas y ligeras, de las exóticas, que Kaladin había oído que de algún modo se hacían con partes de pollos.

Syl dio unos saltitos entusiasmados, haciendo caso omiso a la intendente de libros y su mirada severa. Cohibida al principio, extendió el brazo y, con esfuerzo, levantó una pluma. Antes de entonces, lo más pesado que Kaladin había visto llevar a Syl por sí misma era una sola hoja. Ese día, a tamaño humano, tensó la cara, se concentró... y alzó a propósito la pluma en el aire, como si estuviera levantando una pesa de entrenamiento.

«Tormentas», pensó Kaladin, impresionado mientras Syl mojaba la pluma en tinta, con movimientos lentos y cuidadosos. La llevó hasta el papel y creó una única letra. Luego volvió a dejar la pluma en el mostrador.

—Enhorabuena —dijo la intendente de libros—. Acabas de mostrar la destreza de un niño de cuatro años.

Syl languideció, y Kaladin sintió una sacudida inmediata. Su irritación por aquella mujer bulló convertida en algo más ardiente. Abrió la boca mientras le venía a la mente una docena de opciones. ¿Quería una escenita? Pues desde luego que la iba a tener.

Esas palabras sí que se las pensó; no quería fastidiarse el día por culpa de una abusona. Así que suspiró y apoyó los brazos en el mostrador.

—¿De qué tienes miedo? —le preguntó.

—¿Brillante señor? —dijo ella.

—Conocía a otro abusón —explicó Kaladin—. Un hombre bajito. Tuerto. Trataba a todo el mundo como si fuesen crem. Nos exigía mucho, demasiado. Por su culpa murió gente, y no tenía ni una pizca de empatía. Resultó que estaba muy endeudado. Siempre estaba aterrorizado por no llegar a los pagos, así que castigaba a toda la gente de alrededor. Por eso me preguntaba si tú eras igual, si había algún motivo por el que estés tan enfadada y seas tan desagradable.

—Creo que no sé a qué te refieres, brillante señor —dijo ella.

—Espero que estés mintiendo —replicó Kaladin—, porque, si no hay un motivo, si eres insufrible porque sí, entonces me das aún más lástima. Así que supondré que muy en el fondo, dentro de ti, hay una persona capaz de comprender esto que voy a decirte.

»¿Esa actitud que muestras? Crees que te hace parecer fuerte, pero no es verdad. Lo que hace es dejar clarísimo que te pasa algo. Mira el esfuerzo que ha hecho Syl. ¡Tendrías que estar emocionada! ¿Quién regaña a una persona por intentar mejorar? ¿Quién reparte libros y material de escritura y, sin embargo, siente la necesidad de socavar a quien supera unas limitaciones físicas enormes para utilizarlos?

Kaladin sostuvo la mirada a la mujer, y le pareció ver algo en sus ojos.

Una chispa de bochorno. Y atrajo un solo vergüenzaspren, un pétalo blanco que aleteó detrás de ella.

—Escucha —dijo Kaladin—, tienes que hablar con alguien de tus problemas. Conmigo no; yo solo soy un desconocido. Pero busca a alguien. Habla. Madura. El esfuerzo merece la pena, ¿de acuerdo?

La mujer apartó la mirada, pero entonces hizo la más leve insinuación de un asentimiento.

Kaladin cogió el papel donde Syl había escrito, lo dobló y se lo guardó en el bolsillo de la chaqueta.

—Esto me lo quedo —dijo—. Es una maravilla.

—Ahora sí que puedo ser tu escriba de verdad —afirmó Syl, y miró el papel—. Siempre que lleves tú el material, claro.

Kaladin sonrió y lo guardó todo, además del libro, en su macuto. Se lo echó a la espalda cargado en los dos hombros y se marcharon.

—Doy por hecho —dijo Kaladin en voz baja— que la mayoría de las intendentes de libros no son tan espantosas.

—Espera, espera, ¿cómo la has llamado?

—Esto... ¿Intendente de libros? ¿Responsable del almacén de suministros de las escribas?

—¿La bibliotecaria jefe? —dijo ella—. ¿Responsable de la biblioteca?

—Ah, muy bien. Sí, esa era la palabra.

—A veces eres de lo más adorable.

Salieron de nuevo al laberinto de estrechos pasillos de Urithiru. Kaladin señaló con el mentón hacia la derecha, donde se veía luz natural al fondo de un corredor. Allí había un tragaluz y ventanas abiertas a ambos lados.

—¿Cansada de tanto pasillo? —preguntó.

—Agotada.

Sonriendo, buscaron juntos el cielo.

MUSISPREN

Pues, aunque el duelo de campeones debía celebrarse en el este, un duelo distinto iba a librarse en Shinovar. Uno que, según aseveraba el Viento, era tan crucial como el primero. Quizá más.

De *Caballeros de viento y verdad*, página 8

Abidi el Fusionado se alzaba sobre Shallan, mirando boquiabierto la espada que le atravesaba el pecho. Radiante la liberó de un tirón y dio un tajo hacia su cabeza. A pesar de la herida, Abidi tuvo el aplomo de esquivar echándose hacia delante. Tropezó con Shallan, resbaló hasta detenerse y se volvió mientras la herida se cerraba. Por desgracia, Radiante no había logrado alcanzar su gema corazón ni partirle la columna vertebral, que eran las dos maneras más limpias de matar a un Fusionado.

El Celestial la observó y luego echó un vistazo hacia Radiante, encarnada, y sus ojos se entornaron mientras canturreaba a un ritmo discordante.

—¿Has aprendido la sustanciación? Creía que los tuyos habían prohibido esa habilidad. Odium debe saberlo.

Se lanzó de cabeza a través de la pared de cuentas y desapareció.

La caverna se vino abajo de inmediato. Una inundación de cuentas envolvió a Shallan mientras la ilusión de Radiante se desvanecía en volutas de luz tormentosa. Shallan se aferró a la cartera que llevaba bajo el brazo, absorbió más luz tormentosa y tanteó con su mano libre sin enguantar. Buscando entre las cuentas.

Necesitaba una a modo de plano. Ya lo había hecho antes, y había practicado durante ese viaje. En esos momentos le hacía falta una habitación. Una cuenta que fuese el alma de una habitación...

Encontró una casi al instante. Una estancia vacía. Una parte de ella supo que era conveniente en un grado increíble, sobrenatural incluso, hallar tan deprisa la cuenta exacta que necesitaba.

¡Shallan!, exclamó una voz en su mente. Tuvo una clara impresión de Adolin por debajo de ella y a la izquierda. Siguió esa impresión, utilizando luz tormentosa para hacer que las cuentas la impulsaran poco a poco hacia allí. Conservó el diagrama en la mano hasta alcanzar el fondo del océano, un suelo de lisa obsidiana. Allí ordenó a las cuentas que se retirasen, formando una gran sala cuadrada y vacía. El retroceso de las cuentas dejó a la vista a Adolin en el suelo, hecho un ovillo, con las manos ahuecadas alrededor de la boca para crear un espacio y poder respirar.

Adolin parpadeó por la repentina luz, procedente en su totalidad de Shallan, y se incorporó. Había unas cuantas espadas esparcidas por allí cerca, que habían caído junto con él. Sintiéndose abrumada, Shallan fue hasta él, aún sin soltar la cuenta. La sintió… ansiosa por ayudar.

¿Cómo? Nunca antes había captado una sensación como aquella de una cuenta. ¿Y qué era esa voz que la había guiado hacia Adolin? Frunciendo el ceño, extendió el brazo hacia él, pero entonces tropezó. La sala dio vueltas alrededor de ella y, al cabo de un segundo, Shallan estaba en el suelo y todo estaba hecho un revoltijo.

—¿Shallan? —dijo Adolin, acunándola.

—¿Eres… real? —preguntó ella.

—¿Qué? Pues claro que sí.

—He creado a Radiante —susurró Shallan—. Podría haberte creado a ti. A lo mejor por eso eres tan maravilloso. He dicho que la realidad puede ser como yo la imagine, pero la verdad es que no es lo que quiero. Eso sería… aterrador…

Adolin le apretó la mano y la ayudó a enderezar la espalda. El mundo dejó de dar vueltas y… sí que era él, ¿verdad? No era una ilusión. Había sido una sensación estupenda manifestar a Radiante, que una parte de ella saliera de su interior y se hiciera real, pero la idea de poder tocar sus ilusiones… ¿Cómo podría saber jamás en qué confiar?

«Confía en él. En él puedes confiar».

—Lo siento —dijo, y respiró hondo mientras se llevaba una mano a la cara—. Estos últimos días he estado exigiéndome mucho, con lo de Sinforma y demás…

—Todos hemos hecho demasiados esfuerzos —dijo él, tocando el hombro de Shallan donde se había hecho la herida. Chasqueó la lengua, con toda probabilidad molesto por el desgarrón en la tela, ya que se veía que la herida había sanado—. Después de esto, necesitaremos un descanso largo y sin sobresaltos.

—Suena encantador —respondió ella.

Le indicó por señas que la ayudara a levantarse. Era humillante haber pasado de un momento de tanta fuerza, cuando había atacado a un Fusionado, a aquello. Conservó aquella cuenta en la mano libre, porque había algo muy extraño en ella.

Adolin confirmó que era capaz de mantenerse en pie antes de recoger del suelo una espada de las que se empuñaban con una sola mano.

—Drehy y sus escuderos siguen luchando ahí arriba. ¿Puedes ayudarme a llegar a ellos? Sé que necesitas descansar, pero no podemos abandonarlos.

Shallan fue hasta el límite de la estancia y palpó las cuentas de la pared. Habían encajado entre ellas, alineándose a la perfección para formar una superficie más o menos lisa.

—Necesitaré algo que pueda crear una plataforma y elevarnos. ¿O quizá podría levantar esta habitación y ya está? ¿Fingir que...?

Su visión empezó a dar vueltas otra vez. Solo durante un momento. Las cuentas temblaron. Adolin retrocedió de un salto mientras una cara cobraba forma en las cuentas de la pared, la forma de una cantora coronada. La misma mujeren que Shallan había estado dibujando y que Kelek había identificado como Ba-Ado-Mishram. Su visión empezó a ennegrecerse por los bordes y oyó un fragor, acompañado de...

... de una voz femenina que le hablaba a la mente siguiendo los ritmos. *Te mataré. Quemaré todo lo que aprecias. ¡Me cobraré mi venganza con un río de sangre!*

La voz de Adolin era un sonido temeroso pero distante. La oscuridad formó un túnel alrededor de Shallan.

Arrasaré este mundo hasta que no quede ni un solo humano respirando. ¡Traidores, ladrones, monstruos! ¡Os enviaré de vuelta a las llamas de las que...!

Adolin incrustó un gigantesco, exagerado espadón en aquel rostro. Estalló en una lluvia de cuentas, como un manantial de agua. La estancia entera se desintegró.

Shallan necesitaba una cúpula. No, una esfera. Como la que utilizaba Navani para viajar. Debería haber sido capaz de crear una sin contar con un diagrama, pero aún no podía. Sin embargo, al extender la mano encontró una cuenta que representaba esa figura. Aquello era una coincidencia incluso más ridícula que la anterior, pero Shallan usó la cuenta y creó una esfera en torno a Adolin y ella, y la hizo volar hacia arriba hasta que...

Emergieron del océano de cuentas y la puerta del vehículo improvisado de Shallan se abrió a una orden suya. Se quedaron allí oscilando, y Adolin le puso una mano en el hombro.

—Shallan, en nombre de Condenación, ¿qué está pasando?

Ella negó con la cabeza y señaló hacia el lugar donde los Corredores del Viento se enfrentaban todavía a los Celestiales. Mientras lo hacía, una escudera de Drehy, la misma mujer a la que habían apuñalado antes, llegó precipitándose desde arriba. Parecía estar apuntando hacia el vehículo con forma de semiesfera, pero terminó estrellándose contra las cuentas cerca de allí y su luz tormentosa se apagó.

Adolin, maravilloso como siempre, hizo ademán de saltar para agarrarla, pero nadar en aquellas cuentas era casi imposible. A Shallan siempre le daba la impresión de que debería ser fácil, teniendo en cuenta lo sólidas que eran, pero la forma en que se movían siempre absorbía a la gente hacia abajo o la zarandeaba. Así que Shallan le puso una mano en la pierna para detenerlo, y entonces inhaló una larga y profunda bocanada de luz tormentosa, agradecida a los Corredores del Viento por habérsela dado.

No tenía ni idea de lo que ocurría, y estaba asustada. En lo más profundo de su ser, seguía aterrorizada. *Pero eso*, susurró Velo, *es un paso adelante*. Durante años, Shallan se había odiado a sí misma. Ahora ya solo se temía. Desde luego, era un progreso.

Logró solidificar las cuentas de alrededor de su vehículo para formar un anillo estable de unos seis metros de diámetro. Al hacerlo, elevó a la Corredora del Viento herida y Adolin, con su inmensa espada en la mano, corrió para ver cómo estaba. En lo alto, el asalto era implacable, y Shallan se fijó en que había un Fusionado concreto que lideraba a los demás: Abidi el Monarca, con su cara jaspeada casi toda en blanco. El Fusionado la vio y se lanzó hacia abajo para atacar.

Shallan había empezado a considerar a los Celestiales los menos dogmáticos de los Fusionados, pero, como todo el mundo, no dejaban de ser individuos. Debería haber sabido que estaba cometiendo un error al generalizar a un grupo entero.

Mientras Abidi aterrizaba en la plataforma, Shallan intentó dar forma de nuevo a Radiante, pero el esfuerzo la mareó tanto que cayó de rodillas. Por suerte, Abidi cometió un error táctico garrafal: subestimar a Adolin. Lo apartó de un distraído empujón y alzó una espada para acabar con la Corredora del Viento caída. Adolin se interpuso de un salto y desvió el golpe con su enorme espada, que sostenía de un modo extraño, con una mano en la empuñadura y otra en la parte sin afilar justo por encima de la guarnición.

Con evidente sorpresa por verse desafiado, Abidi descargó un tajo hacia Adolin, que esquivó por dentro del ataque y, con un movimiento experto, clavó la punta de su espada entre dos placas de caparazón en el costado del Fusionado. Se oyó un crujido cuando Adolin hundió la hoja.

El Fusionado ahogó un grito y la luz roja de sus ojos flaqueó. Dio un paso para desclavarse de la espada, logró esquivar el siguiente ataque de Adolin y trató de huir hacia el cielo. Ascendió unos tres metros antes de que su luz del vacío se agotara, y entonces se precipitó a las cuentas y desapareció bajo la superficie.

Otro Fusionado voló en su ayuda, y llegaban unos pocos más desde arriba.

—Tormentas, qué bueno es Adolin —dijo Radiante, que por fin había cobrado forma a partir de luz tormentosa al lado de Shallan.

Miró hacia arriba, alzó un gigantesco arco esquirlado y, en un solo movimiento fluido, disparó una flecha que era casi tan gruesa como una lanza. Luego otra. Los Fusionados que tenían encima se dispersaron.

Shallan se sentó y respiró hondo, concentrándose en su tejido de luz y en permanecer consciente. Drehy y sus escuderos se reagruparon en la plataforma y adoptaron una formación defensiva alrededor de su compañera caída, con las lanzas hacia arriba. Después de hacer un recuento rápido y concluir que estaban todos allí excepto los spren, Shallan utilizó la cuenta que representaba una habitación para construir una enorme caja alrededor de todos. Antes de que los Fusionados pudieran volver a por ellos, los sumergió bajo la superficie.

Drehy sacó un zafiro para iluminarse y se arrodilló junto a su escudera. A juzgar por cómo la mujer absorbió de inmediato la luz tormentosa, sumiéndolos de nuevo en la oscuridad, iba a ponerse bien. Las siguientes gemas que le acercaron ya no se consumieron.

Shallan se dejó caer hacia atrás, con su luz casi agotada por completo. Al momento, Drehy se acercó.

—¿Esto es cosa tuya, Shallan? —preguntó, golpeando con los nudillos la pared de la estancia.

—Sí.

—Esos Fusionados han visto dónde nos hundíamos. Vendrán a por nosotros.

Condenación. Era cierto. Bueno, Jasnah tenía dominio sobre sus objetos creados a partir de cuentas; le había hecho una demostración a Shallan flotando sobre una plataforma. Y la propia Shallan había estado ejercitando esos músculos cada vez más, últimamente. Así que tal vez…

Utilizando más luz tormentosa procedente de Drehy, logró sumergir la habitación hasta el fondo del océano de cuentas. Entonces la hizo avanzar, como una pequeña barca bajo el agua.

Faltaba encontrar a los spren. Shallan podía captar la presencia de Patrón si se concentraba. Sentir sus emociones. Así que lo supo cuando la estancia subcuentina llegó cerca de él.

—¿Me ayudáis un poco? —pidió, con la cabeza palpitando—. Buscad al otro lado de esa pared, por favor.

Drehy y sus escuderos metieron la mano a través de las cuentas y metieron a Patrón, y luego a Testimonio, Maya y la spren de Drehy en la barca, tirando de ellos desde el fondo del mar. Luego Shallan se los llevó a todos de allí. No creía estar moviendo ella misma aquella especie de habitación convertida en barca. Era más bien que las cuentas de fuera la movían por ella, como en una corriente. Cuando hubieron recorrido la suficiente distancia para que el enemigo no pudiera encontrarlos sin muchísima suerte, paró y se permitió descansar. Respiró hondo mientras Adolin le iba acercando esferas del saco de Drehy, ya casi vacío, para que absorbiese su luz.

—Esto ha sido movidito, ¿eh? —dijo Drehy, dejándose caer junto a ella.

—¿Qué pasa con Galante? —preguntó Adolin, con sufrimiento en la voz—. ¿Su enlace todavía aguantará?

—Debería. —Drehy sacó su pequeño fabrial—. Es por ahí, en dirección a Azimir. Hum… creo.

—¿Crees? —preguntó Shallan.

—Este aparato apunta hacia algo que está muy lejos. Algo que el Hermano llamó «el Gran Redoble, el origen de la Corriente, la muerte de una deidad».

—No suena nada siniestro —dijo Shallan, incorporándose.

—Pero nos proporciona una dirección —explicó Drehy—. Esto siempre apunta hacia el Redoble. Sé qué ángulo debíamos tomar desde Integridad Duradera, y no creo que nos hayamos desviado mucho...

Adolin empezó a caminar de un lado a otro. Se ponía igual que su padre cuando le entraba la ansiedad.

—¿Podemos ascender y enviar a alguien a buscar?

Shallan lanzó una mirada a Drehy, que asintió, así que los llevó hasta la superficie y abrió una pequeña sección del techo. Salió el propio Drehy, volando con un enlace, aunque les dejó la «brújula» aquella por si acaso.

Regresó antes de que pasaran cinco minutos, aterrizó en el techo de la barca improvisada y metió la cabeza por el agujero que Shallan había hecho en la parte de arriba.

—Tenéis que ver esto los dos.

Había una isla cerca, el reflejo de un pequeño lago en el mundo real. Shallan se alegró muchísimo de ver a Galante trotando por ella, sano y salvo, tal y como Drehy les había dicho.

Estaba rodeado por una manada entera de caballos resplandecientes.

Shallan ya había visto a uno como ellos, el que Notum había utilizado como montura. No eran auténticos caballos, sino algo que evocaba su misma impresión, con un largo cuello liso y ondeantes mechones de pelo. Brillantes, cimbreños, etéreos. Cuando Galante vio que Adolin se acercaba, volando gracias a un enlace de Drehy, dio un relincho gozoso y galopó hacia él, seguido por la manada.

Cuando los caballos llegaron al mar, siguieron adelante sin más, galopando por los aires, Galante incluido, dejando marcas refulgentes con los cascos y levantando chispas. Igual que antes, el ryshadio parecía totalmente impasible al hecho de estar volando. De hecho, daba la impresión de que había esperado que el enlace funcionase como aquello. Era como si... como si para él fuese habitual salir a cabalgar por el cielo con una manada fantasmal.

Adolin se reunió con él dando un grito de pura alegría mientras le agarraba el cuello. Los caballos etéreos —musispren, le habían dicho, aunque ella no les veía el parecido— galoparon en torno a ellos por el aire. Y Shallan se fijó en algo que quizá debería haber deducido mucho tiempo antes. Al llegar a Shadesmar había reparado en que Galante dejaba una especie de imagen residual brillante. Una silueta que lo seguía, que se movía a la vez.

¿Había un musispren vinculado a él? ¿Superpuesto a él?

Al cabo de un tiempo la manada frotó el hocico con Galante antes de marcharse. Todos excepto uno, que se quedó un momento más, mirando atrás hacia Adolin.

En un instante cargado de extraña intimidad, aquel spren que recordaba a un caballo regresó trotando y acercó su hocico hacia Adolin, que levantó la mano para tocarlo. La interacción duró apenas un momento y luego el spren volvió grupas de nuevo y galopó volando tras los otros.

—¿Qué ha sido eso? —preguntó Shallan.

—Ese spren... —dijo Adolin—. Me ha dado la impresión de que lo conozco de algo. Sus ojos... los he visto antes en algún sitio...

Se interrumpió cuando Galante empezó a descender. Su enlace, o lo que fuese que le habían aplicado los musispren, estaba agotándose. Drehy tuvo que acercarse volando y enlazar otra vez a Galante, que se lo tomó con extraordinaria calma.

—Bueno, me alegro de que el animal esté bien —dijo Drehy—. Pero esto no es lo único que teníais que ver. —Señaló en dirección contraria—. He visto a los caballos y he venido desde ahí. Entonces he visto otra cosa.

—Luces —confirmó Shallan, mirando a lo lejos hacia donde le indicaba el Corredor del Viento—. Las he visto antes.

—Esos Fusionados no eran una patrulla aleatoria —dijo Drehy—. Estaban protegiendo algo. Es peligroso estar tan cerca, pero creo que deberíamos investigarlo.

—Un momento —pidió Shallan.

Creó un tejido de luz. Sin tener que bosquejarlo antes siquiera. Era cierto que acababa de ver a las criaturas, pero aun así se enorgulleció de estar proyectando ilusiones de musispren en torno a sí misma y los demás. Si volaban tumbados bocabajo, apenas se los vería. Quizá resultaría convincente desde cierta distancia. Quizá parecerían solo una extraña manada de spren galopando por los aires, no un grupo de espías.

—Vamos —dijo.

Cuando se aproximaron, pudo distinguir mejor lo que eran aquellas luces. Barcos. Cientos de barcos que transportaban a guerreros cantores, navegando por el océano de cuentas sujetos a mandras voladores que tiraban de ellos y seguidos por spren emotivos de muchas variedades distintas que surcaban las olas como vivanderos. Shallan se quedó boquiabierta.

—Eso son miles de soldados de asalto —susurró Adolin desde dentro de su ilusión.

Enderezó la silla de Galante después de entregarle su espadón a un escudero de Drehy. La vaina ya no estaba y las cajas de material se habían caído. Adolin hizo una mueca, con la mano todavía apoyada en los ganchos vacíos de la silla.

—Tienen patrullas vigilando para asegurarse de que no los ve nadie —dijo Shallan—. Es una fuerza de ataque secreta.

—Navegan directos hacia Azimir —señaló Drehy—. Tormentas... lo más probable es que vengan desde los Picos Comecuernos, desde la perpendicularidad que hay allí. Deben de llevar meses planificando esto.

—Estoy de acuerdo —dijo Adolin—. Drehy, tienes que llevarnos a Azimir tan rápido como sea posible.

Notum dice que no a todos los spren los imaginó la humanidad...

Igual que sucede con los verdaderos spren, no hay dos que tengan exactamente el mismo aspecto.

Adolin parecía tener una conexión especial con este...

12

SUPERAR LAS MARCAS

Yo no estaba con ellos. No sabía de su misión.

De *Caballeros de viento y verdad*, página 10

Kaladin y Syl se elevaron muy por encima de Urithiru y él, con el macuto a la espalda, listo para partir, se encaró hacia el oeste, hacia el sol poniente.

Flotó allí, con el viento en el pelo, mientras los spren de su armadura se posaban en sus hombros y su cabeza y destellaban como puntitos de luz, la forma que adoptaban siempre de un tiempo a esa parte. Llegaba el momento. Casi era hora de partir. La alta tormenta estaba pasando por debajo de Urithiru y los negros nubarrones retumbaban con relámpagos. Le dieron prisas por estar en Azimir antes de que llegara la tormenta, para unirse a ella y partir hacia su destino.

Pero antes, tenía que despedirse del Puente Cuatro.

Se quedó levitando. Posponiéndolo. Quizá llevase todo el día retrasando aquello. Se había visto obligado a despedirse de Teft y de Roca, los dos primeros que habían creído en él. El siguiente en creer había sido Dunny, muerto hacía ya casi dos años. ¿De verdad debía Kaladin despedirse del resto?

Pensó de nuevo en la conversación que había mantenido con Sagaz. En lo que el Viento seguía animándolo a hacer. Syl pasó flotando y lo observó mientras la mirada de Kaladin se perdía más allá de la cordillera hacia el oeste, en dirección a Shinovar, una tierra que pocos orientales habían hollado jamás.

Kaladin asintió y juntos se desviaron un momento para preparar una cosa. Luego visitaron la estatua de Teft antes de seguir hacia la taberna donde se celebraba la fiesta. Kaladin llegó al umbral y vio que, como esperaba, había acudido la mayoría del Puente Cuatro. Solo faltaba Drehy, que había

— 115 —

ido a recoger a Adolin y Shallan. Había hasta un dibujo enmarcado de Teft en la pared, con una taza de leche de cerda delante.

Estaban todos vitoreando a Rlain, que se levantó sosteniendo un pedazo de pan ácimo relleno de pasta salada, lo que solía comerse en las celebraciones. Parecía incómodo, pero sonreía de todas formas. Por fin tenía su spren. No era el que habían esperado y Rlain era un Vigilante de la Verdad, no un Corredor del Viento, pero lo celebraban de todos modos, y los risaspren zumbaban por toda la sala. Kaladin se detuvo un rato en la puerta y se permitió apreciar lo lejos que habían llegado. Que los Corredores del Viento aceptaran a un cantor entre los suyos no lo cambiaba todo, y Kaladin sabía por sus charlas con Rlain que temía que no aceptasen a su pueblo, sino solo a él. Pero era un progreso.

La gente no tardó en reparar en su presencia y Kaladin entró, provocando un tipo distinto de celebración, ya que todo el mundo quería abrazarlo o darle una palmada en el brazo. Kaladin lo aceptó, en parte porque sabía que lo necesitaban. Mientras algunos asistentes empezaban a repartir jarras de un vino poco alcohólico, Kaladin encontró la ocasión de acercarse a Rlain y hacerle el saludo marcial.

—Enhorabuena —le dijo.

—Me siento aún más fuera de lugar, señor —repuso Rlain en voz baja, teñida de la rítmica forma de hablar de los cantores—. No soy un Corredor del Viento. Y, aun así, me homenajean.

—No eres Corredor del Viento —dijo Kaladin—, pero sigues siendo del Puente Cuatro. Ahora y siempre, Rlain.

—No sabemos qué efecto tendrá el toque de Sja-anat —objetó Rlain—. Me… me gusta mi spren, pero…

—Renarin y tú lo resolveréis —lo interrumpió Kaladin—. Confío en los dos. —Calló un momento—. Y gracias.

—¿Señor?

—Por quedarte con nosotros —dijo Kaladin—. Seguro que te tentó volver con los tuyos, ahora que han aparecido más oyentes. Y nadie te lo reprocharía, yo el que menos. Pero estoy orgulloso de conocerte, y contento de haber servido contigo.

—Te lo… agradezco mucho, señor —respondió Rlain—. De veras.

Al poco tiempo casi todo el mundo tenía ya sus bebidas, y muchos se volvieron hacia Kaladin. ¿Lo sospecharían? Vio a Syl revoloteando de un lado a otro, susurrándoles a ellos y a sus spren. Seguro que insinuándoles que Kaladin quería decirles algo a todos. Le daba vergüenza acaparar el protagonismo en la celebración de Rlain, pero de verdad era el mejor momento.

Se hizo el silencio. Kaladin los miró a todos y, aunque encontró muchas caras familiares, también sintió la dolorosa ausencia de otras. Teft, Mapas, Dunny, Roca…

Moash no. Kaladin ya no echaba de menos a Moash. Su odio se había suavizado, al aceptar que siempre habría gente a la que no podría proteger, pero desde luego no había renunciado a su derecho a hacerle pagar sus actos. Kaladin se encargaría de que Teft tuviera ocasión de escupir a Moash en el más allá, si es que tal cosa existía.

—¿Señor? —preguntó Hobber por fin—. ¿Estás bien?

—Ya no le gusta que lo llamen señor —dijo Lopen, dándole un codazo—. ¡Haz el favor de no olvidar sus órdenes, Hobber, aunque él no las llame órdenes!

—Ah, es verdad —respondió Hobber, con una sonrisa mellada.

Kaladin sonrió también, recordando el puro gozo en las facciones de Hobber cuando la luz tormentosa le curó las piernas.

—No pasa nada, Hobber —dijo, bañado en una cálida luz de diamante y rodeado de amigos—. Estoy bien. Solo... quería que todos supierais lo orgulloso que estoy de vosotros.

Se pusieron más solemnes al oírlo. Sería algo en su tono, tal vez.

—Estoy orgulloso —repitió Kaladin, atrayendo glorispren—. Orgulloso de quienes sois, de en lo que os habéis transformado. No creo que haya ningún capitán en el mundo que pueda estar más contento que yo ahora mismo, viéndoos a todos. Empecé esto hace dos años, intentando conseguir que un puñado de hombres tristes mirasen arriba, para variar. ¿Quién iba a decirme que terminarían alzándose a los cielos?

Un mar de caras sonrió al oírlo. Viejos amigos como Lopen, nuevos como Lyn, y hasta Renarin, quien, al igual que Rlain, seguía perteneciendo al Puente Cuatro a pesar de su senda divergente.

—Dalinar me ha dado órdenes —prosiguió Kaladin—. Debo viajar al oeste, a Shinovar, de modo que no estaré aquí para lo que sea que se avecina. Pero... por favor, recordad esto: ahora el enemigo es capaz de matar a spren. No quiero que ninguno más de vuestros amigos vinculados caigan bajo esas armas nuevas.

—Nada de morir —dijo Bisig—. ¿Es una orden, señor?

—Claro que es una tormentosa orden —respondió Kaladin, sonriendo—. Solo quiero decir... Solo quiero decir que confío en todos vosotros. Si tenéis ocasión de hacerlo hoy, parad un momento, miraos a un espejo y reconoced en qué os habéis convertido. Me traen sin cuidado la tradición y el legado. Lo que me importa es lo que somos. Los Corredores del Viento somos, y seguiremos siendo, una fuerza para el bien. Recordad que ese es nuestro propósito. Proteger a quienes no pueden protegerse. *Eso* es lo que sois. Que vuestras filas sigan abiertas a cualquiera que comparta ese ideal.

—¿Señor? —dijo Laran, ganándose un cachete de Lopen en la coronilla—. O sea, hum, ¿Kal? Suena a que estás diciendo adiós. Como... un adiós muy largo.

—Podría ser —reconoció él—. Sagaz dice... Bueno, da lo mismo. Quedan menos de nueve días, y no creo que ninguno de nosotros sepa seguro lo que pasará entonces. Por eso quería deciros unas palabras antes de irme... por si tardamos en vernos.

Los congregados empezaron a asentir en silencio, como si lo comprendieran. Luego, uno tras otro, se fueron alzando brazos para chocar con muñecas. El saludo del Puente Cuatro. Solemne, sin vítores. Kaladin se lo devolvió. Y tormentas, mirándolos a todos, ya no pudo seguir conteniendo las lágrimas.

Volvió la cabeza hacia el umbral y vio allí a la persona con quien había ido a hablar poco antes, un tatuador, al que Kaladin había pagado para que acudiese allí con sus herramientas. Los demás le abrieron paso y entonces guardaron silencio, comprendiendo lo que debía de significar. Mucho tiempo antes, todos se habían hecho tatuajes en la frente. Varios de ellos para cubrir marcas de esclavo, el resto por solidaridad con ellos. Kaladin no había podido hacérselo entonces, porque su cuerpo había rechazado la tinta.

Aún no había estado listo para superar las marcas. Pero desde entonces habían sanado y, mientras Kaladin se sentaba en una silla, el resto se congregó y jaleó al ver que el tatuador empezaba a trazarle los glifos en la frente.

Puente Cuatro.

Esa vez, el tatuaje permaneció.

Al terminar, Kaladin se levantó y aceptó los vítores, con lágrimas en los ojos. De algún modo, lo había hecho bien con ese grupo. En otro tiempo, reconocer aquello lo habría preocupado, habría hecho que temiera que ver la parte buena provocaría que algún sino terrible llegara volando a castigarlos a todos.

Ese día pudo admitirlo sin miedo. Había hecho un buen trabajo. Había dado la espalda al Abismo de Honor bajo la lluvia, decidido a salvarlos... y lo había hecho.

Tormentas, lo había hecho.

Los adoró por estar dispuestos a permitírselo.

Llegaron abrazos y apretones de mano.

—Cuídate —le susurró Lyn al oído—, y no seas demasiado estúpido.

—Lo intentaré —dijo él.

Después, Kaladin los envió de vuelta a disfrutar de sus bebidas y darle la enhorabuena a Rlain. Los demás obedecieron, volviendo hacia la barra en busca de comida y canciones, hasta que solo quedaron Kaladin, Sigzil, Cikatriz y Lopen.

—Ha sido un buen discurso, Kal —le dijo Sigzil.

—¿Te acuerdas de cuando eras uno de mis mayores detractores? —le preguntó Kaladin con una sonrisa.

—Lo que recuerdo —dijo Sigzil— es ser la voz de la razón y la lógica cuando un demente empezó a decirnos que deberíamos practicar a cargar puentes en nuestro tiempo libre.

—Odiábamos tanto los puentes que no podíamos dejarlos en paz, ¿eh, gancho? —dijo Lopen entre risas—. Había que enseñarles cuatro cosas. ¡Ponerlos a dar el callo!

—Tú ni siquiera estabas, entonces —replicó Sigzil.

—Estaba en espíritu —afirmó Lopen, solemne—. Soñaba para mis adentros: «Algún día, Lopen, cargarás con puentes. O igual solo con agua, mientras otros llevan puentes, pero en todo caso será grandioso. Porque podrás incordiar a Sigzil durante todo el día. Aún no lo conoces, pero se lo merece».

Sigzil lanzó a Kaladin una mirada que parecía decir: «Eres consciente de con qué me dejas, ¿verdad?».

—Vosotros tres —dijo Kaladin— sois lo único que queda de nuestra estructura de mando original. Sois... bueno, sois de los mejores amigos que tengo. Quería daros las gracias. A Lopen, por tu entusiasmo. A Cikatriz, por tu apoyo. A Sigzil, por tu preocupación.

—Siempre, Kal —respondió Sigzil.

Cikatriz le hizo el saludo militar.

Kaladin los abrazó y, al apartarse, Sigzil estaba llorando.

—Señor —dijo Sigzil—. Kal. No... no creo que pueda hacer esto. Liderarlos.

—Llevas semanas haciéndolo.

—Temporalmente —repuso Sigzil—. Tú ibas a volver. Era lo que... lo que suponía hasta justo ahora mismo. ¿Es verdad? ¿Lo dejas del todo?

—No lo sé —dijo Kaladin—. Pero, si regreso, tengo la sensación de que será diferente. Ahora son tuyos, Sig. Lidéralos bien.

—No puedo —insistió Sigzil—. No soy tú. Este no es mi sitio, y no me refiero solo al cargo. No sé si debería ser un Radiante, porque... porque...

Kaladin agarró a Sigzil del hombro, agradeciendo que por una vez Lopen no interviniera con algún comentario jocoso. Tal vez sí que estuviera aprendiendo.

Sigzil alzó la mirada hacia Kaladin. Era más bajito que la mayoría de los hombres del puente, y también parecía más joven. No solo por la altura, sino por algo en aquella cara redonda, en aquellos ojos entusiastas, en aquella increíble sinceridad. Enterrada muy profunda bajo una veta de cinismo, bajo aquella costra que le salía a cualquiera que terminase formando parte de una cuadrilla de puente.

—Sig —dijo Kaladin—, ¿recuerdas lo que me contestaste cuando estábamos descubriendo nuestros poderes y yo me preguntaba si estarías mejor como escribano?

—Te dije que quería volar —asintió Sigzil—. Pero ¿y si me equivoco, Kal? Las tareas de escriba son las que mejor se me dan. Como líder, no paro de decir lo que no debo. Me dedico a hablar de ensayos que he leído cuando las tropas necesitan que las inspiren.

—Seguro que los discursos puede darlos Lopen.

—Aquí sigo esperando —dijo Lopen desde atrás—, con el ingenio bien afilado y listo. Les encantará el chiste del chull que sabía hablar, o el del exjefe de puente con el peinado feo. Ah, no, espera, que son los dos el mismo chiste, ¿verdad?

Kaladin suspiró y miró de nuevo a Sigzil.

—¿Quieres renunciar al cielo, Sig?

—No —respondió él, ferviente—. Pero eso no significa que deba ponerme al mando. Tendrías que dárselo a Cikatriz.

—Yo tengo que estar con los reclutas nuevos —dijo Cikatriz—. Sabes que debo supervisar el entrenamiento.

—Tú eres el adecuado, Sig —insistió Kaladin—. Necesito a la persona que más a salvo vaya a mantenerlos. Y en este caso, esa persona es quien más se preocupa, quien más sabe y cuyo juicio más respeto. Tú. Si no confías en ti mismo, confía en mí.

»Te he visto hablar en reuniones con reinas y emperadores, y has defendido lo que era correcto. Escuchas cuando te hacen ver que te equivocas. Tus planes de batalla son inmaculados, y dominas los informes como nadie más de la compañía. Hasta Ka se queja de que no puede seguirte el ritmo. Pero, sobre todo, es que sé lo mucho que te preocupas por cada soldado. Eres la persona perfecta para el puesto. Y vas a hacer un trabajo tormentosamente bueno. Sigzil. Comandante de los Corredores del Viento.

Al decirlo así, Kaladin sintió la separación definitiva y encontró una paz en ella. Siempre pertenecería al Puente Cuatro. Pero ya no era su líder. El futuro había dejado de ser un aliento contenido esperando su posible regreso. Necesitaban aquello para pasar página.

—Gracias —dijo Sigzil—. Lo… intentaré.

—Yo te ayudo, Sig —exclamó Cikatriz—. No será tan horrible.

—Y yo —dijo Lopen, poniéndoles a los dos la mano en el hombro— estaré disponible para ti como recurso a utilizar en varias funciones importantes, incluyendo pero no limitadas a: humor cuando se requiere seriedad, lo contrario, proveer de comida y agua a hombres del puente hambrientos en sus descansos, proveer de lanzas en las partes bajas a enemigos hambrientos, cualquier tarea que requiera dos brazos, cualquier tarea que requiera un brazo y cualquier tarea que no requiera brazos pero sí una siesta como debe ser.

—¿Cuánto tiempo llevabas preparando eso? —preguntó Kaladin.

—Solo mientras hablabais, gancho —respondió Lopen—. En realidad había otras doce cosas en la lista, pero, gracias a mis meditaciones y revelaciones personales, y gracias a que el tormentoso Huio no para de incordiarme ni bajo el agua, estoy aprendiendo contención y responsabilidad. Estoy seguro de que esos rasgos maduros me harán irresistible para todas las mujeres que, por sorprendente que parezca, se han refrenado hasta la fecha.

—Seguro que llegarán en cualquier momento —dijo Cikatriz.

—En cualquieeer momento —repitió Lopen.

Sigzil, con expresión decidida, se marchó el primero, seguido al instante por Cikatriz. Antes de ir tras ellos, Lopen se elevó un poco en el aire.

—Oye —dijo—. Quería decirte que nunca he tenido a un gancho como tú, Kal.

—¿Uno con, al parecer, un peinado feo? —preguntó Kaladin.

—Qué va —dijo Lopen—. Uno lo bastante inspirador para hacer de mí, nada menos, un gancho.

Le hizo un último saludo, con un solo brazo, un asentimiento y una sonrisa, y luego se fue. Estaba hecho.

Kaladin y Syl salieron volando de Urithiru a la meseta. Su borde era un abrupto acantilado de piedra del que sobresalían diez plataformas separadas, cada una de ellas albergando un portal que llevaba a una ciudad distinta de Roshar. Habían levantado pabellones en la base de cada una de aquellas Puertas Juradas, y dentro de uno Kaladin encontró a Szeth y obtuvo autorización para la transferencia. Los tres cruzaron la oscuridad hasta llegar al centro de la plataforma, donde estaba el pequeño edificio desde el que se controlaban los traslados.

—¿Es ya la hora? —preguntó Szeth, aterrizando en la entrada—. ¿No tienes más recados que hacer?

—No —dijo Kaladin—. Shallan, Adolin y Drehy regresarán por la puerta de Azimir. Podré verlos antes de que pase la alta tormenta. Estoy listo para partir.

—Por fin —susurró Szeth—. Regreso a mi tierra natal. Antaño rechazado y convencido de carecer de la Verdad, vuelvo con el conocimiento de que tenía razón desde el principio. Hemos alcanzado el final de los tiempos, y me embarga un hambre por algo que no sé describir.

¿Tortitas?, proyectó a la mente de todos la espada negra que Szeth llevaba sujeta a la espalda. *Szeth, creo que podrían ser tortitas.*

—Justicia o reconciliación —dijo él—. Condena o salvación. No lo sé todavía.

Aaah, hambre metafórica. Ahora lo entiendo. La espada calló un momento. *Entonces, ¿puedo quedarme yo las tortitas?*

Kaladin sonrió y entonces, utilizando su hoja esquirlada, activó la transferencia. Y dejó Urithiru atrás.

13

PROMESA

Pero haré todo lo posible por narrar su historia, y la del Viento. Porque ellos fueron sus campeones.

De *Caballeros de viento y verdad*, página 11

Shallan dio un suspiro de alivio cuando, tras varias horas de tenso vuelo, temiendo encontrar más patrullas enemigas, vio por fin la plataforma de la Puerta Jurada asomando entre las cuentas por delante. Los dos enormes spren, uno negro como el carbón, otro blanco como el hueso. Se alzaban sobre un disco de piedra que tendría casi ocho metros de anchura, en el que un grupo de guardias sostenían lámparas y gesticulaban.

Adolin y Galante descendieron hacia ellos, guiados por Shiosak el Corredor del Viento. El caballo, negro como la medianoche, se posó con un ágil trote, y procedió a cabriolear por la plataforma de la Puerta Jurada como si estuviera en un desfile. ¿Shallan había visto alguna vez a un ryshadio, un inmenso corcel de guerra con cascos que parecían martillos de herrero, hacer *cabriolas*?

Shallan aterrizó dirigida por Drehy y notó como su peso se asentaba de nuevo en ella, como la ropa le caía recta y sus botas se plantaban firmes en la piedra. Se deshizo el revuelto moño y unas pocas cuentas le cayeron de la ropa y chasquearon al golpear la plataforma. Qué raro. Lo normal sería que se le hubieran soltado todas durante las dos horas de vuelo, con el viento azotándola.

Se volvió para caminar hacia los guardias y las cuentas la siguieron.

Shallan se detuvo y el grupito de cuentas, al percibir que las inspeccionaba, se pusieron a dar *saltitos*. ¿Aquello era… una ilusión? Tormentas, qué poco le gustaba tener que preguntárselo, pero en el pasado había… hecho cosas sin darse cuenta de que las hacía.

Adolin desmontó y miró ceñudo las cuentas.

—¿Se puede saber qué les pasa?

Shallan se arrodilló, recogió una y captó la impresión de un tejado. No, una caverna con el techo en cúpula. No, una habitación larga y estrecha. No, un cáliz, una mesa... Cambiaba muy deprisa.

Entonces dejó de ser una cuenta y se convirtió en un color arremolinado. ¿Sería un creacionspren? Llevaba todo el viaje por Shadesmar encontrándolos en su cartera. ¿Qué estarían haciendo ahora?

Patrón aterrizó cerca trastabillando. Se irguió, entrelazó sus largos dedos y examinó las cuentas mientras su cabeza se movía y se transformaba. Testimonio llegó caminando desde detrás de él, aunque no parecía interesarle en concreto lo que estaban haciendo. Se limitaba a seguir al grupo, como había hecho Maya al principio.

—¿A qué nos dedicamos? —preguntó Patrón—. ¿A mirar fijamente a los creacionspren? Mirar me gusta. Me hace sentir como si tuviera ojos.

—Un momento —dijo Shallan—. ¿Los creacionspren pueden tener aspecto de cuentas?

—Sí, son unos granujas —respondió Patrón—. Siempre fingiendo ser otras cosas. Mmmm... muy granujas. Buenos mentirosos. Aquí dentro, de todas formas, casi todas las cosas de tu dominio parecen cuentas. Los creacionspren intentan convertirse en esos objetos, así que se confunden y se hacen luz arremolinada. O bien se... convierten en cuentas y ya está.

Shallan recogió otra y vio cómo se ponía a dar saltitos en la palma de su mano, como un niño emocionado. Juraría que estaba oyendo, en su mente, una vocecita que exclamaba:

¡Shallan!

¡Shallan!

¡Shallan!

A sus pies, las otras cuentas saltaban también, y algunas se transformaban en remolinos de color. ¿Significaba eso que...?

Drehy llegó trotando.

—Tenemos un problema.

—¿Un problema más grave que el ejército que se dirige hacia aquí? —preguntó Adolin.

—Relacionado con él, quizá.

Fueron con los guardias, comandados por un hombre azishiano ataviado con uniforme militar completo, incluyendo un fajín de intrincado y colorido diseño. No les hizo el saludo marcial, porque los azishianos no se lo hacían a nadie fuera de su cadena de mando, pero sí que inclinó la cabeza con respeto hacia Adolin y Shallan.

—Son los spren —explicó el soldado azishiano, con un gesto hacia los dos inmensos seres que flotaban en el aire sobre sus cabezas—. Antes nos han traído a Shadesmar, pero ahora se niegan a hablar conmigo.

Los gigantescos spren eran las almas de la Puerta Jurada, el mecanismo mediante el cual funcionaba la máquina, el que posibilitaba trasladar a la gente dentro y fuera de Shadesmar, o entre lugares distintos del planeta. Todas las Puertas Juradas los tenían, y habían demostrado ser colaborativos en distintos grados.

—¡Spren! —los llamó Shallan a voz en grito mientras se dirigía al centro de la plataforma mirando hacia arriba—. ¿Spren? Estoy aquí bajo la autoridad del Forjador de Vínculos.

—¿De cuál? —preguntó el spren negro con una voz que resonó como un trueno.

¿Cómo que de…? Ah, claro. Navani.

—De ambos —exclamó Shallan—. Necesitamos trasladarnos al Reino Físico.

—Os trasladaremos —dijo el spren—. Por ahora.

—¿Por ahora? —gritó ella—. ¿Por qué solo por ahora?

—Cambiamos —respondió el spren—. Decidimos.

¿Cambiaban? Shallan se alarmó.

—Drehy, necesito subir ahí.

Al momento, Drehy y ella ascendieron a la altura de los ojos del spren negro como el carbón. El chaquetón de Shallan ondeó en el aire mientras flotaba, con los dedos de los pies apuntando hacia abajo, más pequeña que la cabeza de aquel spren gigantesco. Detrás de ella, el blanco tenía la mirada perdida sobre las cuentas. En dirección al ejército.

Por lo que habían podido averiguar, ambos eran tintaspren transformados. Y, al igual que los tintaspren más pequeños que Shallan había visto, el de delante tenía como una tenue pátina, una luminiscencia nacarada, como de aceite sobre agua. Por debajo de esa página, algunas partes del rostro del spren estaban dejando de ser negras y adoptando un tono rojo oscuro, sangriento, como impurezas en una gema.

Sja-anat había estado allí.

—Os han corrompido —susurró Shallan—. Se suponía que los guardias debían impedirlo. Protegeros, o dar el aviso, o…

—No había aviso que dar —dijo el spren, bajando la voz para no abrumarla, aunque de todos modos hizo vibrar el cuerpo de Shallan—. He tomado mi decisión. Como ha hecho mi acompañante. Estamos preparados para la libertad.

—¿Libertad? —preguntó Shallan.

—Nos convertimos en otra cosa. No de Odium. No de Honor. Libres.

Con una sensación de creciente pavor, una pieza encajó para Shallan. Un gran ejército que avanzase por Shadesmar sería inútil si no podía llegar al Reino Físico. El verdadero peligro sería que cruzara el portal para invadir Azimir, el corazón de una de las naciones más poderosas de la coalición.

—¿Dejaríais pasar a los cantores? —preguntó Shallan.

—Os dejamos pasar a vosotros.

—Nosotros somos vuestros amigos.

—No os conozco —replicó el spren—. No sois mis amigos; sois mis opresores. Ahora encuentro la liberación. Marchaos. Os trasladaremos, y seguiremos haciéndolo por ahora. Cuando lleguen los cantores, los trasladaremos. Esto es liberación.

Tormentas. Shallan no sabía cómo reaccionar. Si aquel spren de verdad estaba corrompiéndose... Pero al spren de Renarin le había pasado lo mismo, y él continuaba ayudándolos, ¿verdad? Además, Shallan no podía evitar una punzada de comprensión hacia un spren que se sentía atrapado. Conocía bien la sensación.

—Lamento mucho —dijo Shallan— lo que se os hizo.

—Acepté —repuso el spren—. Primero la servidumbre, y ahora la liberación. He terminado con lo que era. —Titubeó un momento—. Esto es bueno para todos nosotros. Id al otro lado. Dejadme.

Shallan se planteó intentar convencer al spren, pero comprendió que la tarea la superaba. Tenía que hablar con Dalinar, Navani y Jasnah. Ellos sabrían mejor cómo lidiar con los caprichos de unos spren inesperadamente hostiles. Además, todo momento que pasaran en Shadesmar parecía ser un riesgo: si su grupo terminaba capturado o muerto, la información nunca llegaría a su destino.

Asintió mirando a Drehy, que los llevó de vuelta abajo.

—Sja-anat ha tocado a estos dos —le susurró a Adolin—. Tenemos que pasar al otro lado ya, mientras aún estén dispuestos.

Se reunieron todos, incluidos los guardias azishianos, a los que Adolin ya había hablado sobre el ejército que se aproximaba. Shallan se aseguró de que todos los Corredores del Viento estuvieran tocando la piedra y entonces pidió la transferencia. Sucedió con un fogonazo de luz, y al instante aparecieron en una cámara pequeña y oscura. Las sensaciones del mundo real entraron en tropel. El embriagador aroma a especias que había añorado mientras comía raciones de viaje. La súbita ausencia de las omnipresentes cuentas chasqueando unas contra otras. En lugar de eso, el crujir de unos pasillos de madera, el pisar de unos pies y, más allá, el viento. El ruido de una alta tormenta llegando, de la lluvia al caer. Le resultó de una belleza cautivadora. Como una melodía antigua y conocida.

Todo aquello le recordó lo ajeno que había sido Shadesmar. Y lo extraña que era la mente humana, capaz de encontrarlo natural aunque fuese por un momento. Alzó los brazos a los lados, inhalando aquello... y, como salida de la nada, una armadura de color rojo se cerró en torno a ella, cobrando forma a partir de una neblina. Arrugó, e incluso rasgó en algunos sitios su largo chaquetón. Le envolvió los brazos, le incrustó la cartera en las costillas hasta que le dolió y le encerró la cabeza dentro de un yelmo, apretándole el pelo contra el cuero cabelludo y tirándole de varios mechones.

Shallan dio un respingo, de repente constreñida por la ajustada armadura, y una parte de su mente entró en pánico, malinterpretando aquello como alguna clase de ataque. Oyó la tenue voz de las piezas.

¡Shallan!

¡Shallan!

¡Shallan!

Voces alegres, emocionadas. Por tanto, una de las verdades que había pronunciado allí dentro había funcionado. Shallan había alcanzado el Cuarto Ideal, con toda probabilidad cuando se había enfrentado a Velo... o cuando había dicho las Palabras un rato antes, en acompañamiento a aquellas revelaciones. Los ojos de Adolin se ensancharon y sonrió como un colegial mientras aparecían alegrespren a su alrededor en un remolino de hojas azules. Estupendo. Pues claro que aquello le encantaba.

Menos mal que Radiante acudió en su auxilio.

—¿Podéis hacer algo respecto al pelo y la cartera? —preguntó Radiante a la armadura.

La armadura envió consternación en respuesta. Era... nueva. Aquellos spren nunca habían sido armadura antes, y solo tenían impresiones vagas de cómo proceder. Radiante no tuvo más remedio que hacerles llegar una imagen mental nítida, que hizo que el gorjal se aflojara y el yelmo desapareciese, de forma que Radiante pudo sacar el pelo y dejarlo suelto sobre los hombros. La armadura no era tan inteligente como Patrón, pero anhelaba complacerla, de modo que, tras enviarle la visualización adecuada, Radiante logró que desapareciera y volviera a formarse dejando la cartera en el exterior.

Por desgracia, la correa se partió al instante. Mientras Radiante la agarraba, la armadura dio la impresión de estar pensativa. Entonces una sección vibró de nuevo y creó una especie de funda metálica a un lado que podría sostener la cartera.

¡Shallan!, exclamó la armadura, en una superposición de voces de sus piezas, sonando orgullosa de sí misma.

Bueno, tendría que bastar. Ojalá Shallan llevara el pelo recogido en una práctica trenza, por mucho que costase hacérsela por las mañanas. O quizá aceptaría cortárselo hasta dejar solo uno o dos dedos y...

El horror inmediato procedente de Shallan hizo que Radiante abandonase la idea.

—Esto está bien —dijo Radiante, mirando a Adolin—. Aunque necesitaré entrenamiento en su uso, me parece.

—Sí —respondió Adolin—. Esto... ¿Radiante?

Ella asintió

—No le estreches la mano a nadie llevando eso puesto. Ni cojas nada. Ni... Bueno, tú ten cuidado.

Radiante descartó la armadura y cayó un par de centímetros hasta el suelo. Luego volvió a invocarla para practicar, lo que desgarró aún más el chaquetón e hizo que Shallan se encogiera. Tal vez podrían entrenar a los spren para evitarlo. El yelmo apareció y encajó en su sitio, dejando un espacio en el cuello para que el pelo saliera por detrás, lo cual... no era la imagen más intimidante del mundo.

Pero el yelmo en sí era una maravilla. Tenía una extraña transparencia desde el interior, que le confería una visión completa. Además, el resplandeciente símbolo de los Tejedores de Luz que engalanaba el peto quedaba impresionante. Los creacionspren estaban ansiosos por saber si estaban haciéndolo bien, así que Radiante les envió una confirmación mental.

En su interior, Shallan soltó una risita al imaginarlas invocando la armadura en batalla y acabando con una maceta en la cabeza, un tonel rodeándoles el torso y varios objetos de cuarto de baño pegados a los brazos. Y esa fue una imagen con la que Radiante iba a tener que vivir. Qué imaginación tenía esa chica, de verdad.

—Debemos transferirnos deprisa a Urithiru —dijo Radiante, fijándose en que los guardias azishianos ya corrían a informar de las novedades a su emperador.

La Puerta Jurada a la que habían llegado, la de Azimir, se distinguía del resto en que estaba defendida de una manera muy particular. En otro tiempo aquello había sido un mercado y el espacio estaba cubierto por una gran cúpula. Al saber que los Alezi tenían acceso a las Puertas Juradas, los azishianos habían trasladado el mercado y habían convertido aquello en una extraña especie de fortificación orientada hacia dentro.

Radiante supuso que, puestos a que una Puerta Jurada recibiera un ataque, quizá aquella fuese el objetivo que más les convenía. La enorme cúpula estaba hecha sobre todo de metal y tenía cientos de metros de diámetro, con una galería elevada ideal para desplegar arqueros que disparasen hacia abajo. Solo que... ¿podían afirmar que aquella fuese la única Puerta Jurada hacia la que se dirigía un contingente enemigo? ¿O había fuerzas invasoras ocultas marchando hacia otros lugares también?

Los azishianos les ordenaron despejar el edificio de control primero, pese a su deseo de partir inmediatamente. Había papeleo que hacer, por supuesto, porque aquello era Azir. Tampoco nada demasiado atroz: solo un registro de quién utilizaba la Puerta Jurada y para qué. Tendrían que esperar a que llegara el visto bueno por vinculacaña.

Radiante lo soportó como pudo. Quizá podría haberlos obligado a darse más prisa, pero, si la noticia del ejército que avanzaba estaba en manos del emperador, ya corría la voz. Lo más probable era que la información llegase a Dalinar y Navani por vinculacaña antes de que Adolin y ella pudieran estar en presencia del rey y la reina.

Aunque... tormentas, ¿qué hora era ya? En Shadesmar le habían perdido la pista al horario del mundo físico. Hablando con un guardia, se enteró de que era casi medianoche, y estaban en plena alta tormenta.

Mientras pensaba en eso, llegó alguien a la pequeña tienda donde estaban esperando, al borde de la cúpula. Kaladin, con su uniforme azul y su pelo hasta los hombros, un poco rizado. A Shallan siempre le había gustado que no se lo cortara, porque le quedaba propio así, pero Radiante no acababa de comprenderlo. ¿No estaba concediéndoles a sus enemigos algo que agarrar? *Eh*, pensó Shallan dirigiéndose a Radiante, *no pienso afeitarme la cabeza. Sería mucho más efectivo*, objetó Radiante. *Y podrías rehacer el pelo con una ilusión.*

Shallan tomó el mando, cruzó la estancia a la carrera y saltó a los brazos de Kaladin. Tormentosos gigantes alezi. Syl entró al cabo de un segundo, por algún motivo con tamaño humano, tal y como se la veía en Shadesmar. Además, llevaba algún tipo de uniforme.

Siendo así... bueno, Shallan soltó a Kaladin, que como siempre había soportado el abrazo a la manera de un tronco, y envolvió también a Syl con sus brazos. No había mucho que envolver. En el Reino Físico, los honorspren eran casi incorpóreos del todo. Las manos de Shallan entraron en contacto con *algo*, pero podrían haber atravesado el borde de la sustancia de Syl. No era tanto la sensación de abrazar a un ser corpóreo como la resistencia que se sentía al acercar dos imanes de la misma polaridad.

Syl se rio e intentó devolverle el abrazo.

—¡Vaya, Syl! —exclamó Adolin mientras se acercaba y le daba a Kaladin una palmada en la espalda—. Bonito uniforme.

—¡Gracias! —respondió Syl—. ¡Lo he hecho yo misma! ¡A partir de mí misma!

—Me gusta el corte —dijo Adolin—. No se ven muchas ko-takamas por ahí, aparte de en cuadros antiguos.

—Dejad de parlotear sobre ropa —terció Shallan, y miró a Kaladin—. ¿Tenéis noticias? Nosotros tenemos noticias.

—Hay un ejército congregándose en Shadesmar —dijo Adolin—. Avanza en dirección a Azimir.

—Tenemos que explorar desde las otras Puertas Juradas —añadió Shallan—. ¿Puedes llevarnos volando? Después de que hablemos con Dalinar.

Kaladin sonrió.

—Seguro que asignarán a Corredores del Viento para que lo hagan. Yo... ya no participaré en batalla. Tu padre tiene otra misión para mí.

—¿Otra misión? —preguntó Adolin—. ¡Tendrá que esperar! Van a concertar una reunión. Tenemos que prepararnos para este ataque.

—Seguro que os ocuparéis bien de él —dijo Kaladin. Miró a Syl, que asintió—. Nosotros vamos a Shinovar con Szeth para averiguar qué ha estado pasando allí y buscar a Ishar el Heraldo.

—Kal —dijo Shallan—, puede que haya una batalla pronto. Mayor que ninguna otra que hayamos visto, a juzgar por la movilización de tropas. Necesitaremos a todos los soldados disponibles. Seguro que, si hablamos con Dalinar, cancelará tu permiso obligatorio.

—Ya se ha ofrecido a hacerlo —respondió Kaladin—. Pero creo... que se me necesita más en otro lugar. O quizá Sagaz diría que yo necesito estar haciendo otra cosa. Ha llegado el momento de que busque otro camino, Shallan.

Adolin lo miró, pensativo.

—No pasa nada —añadió Kaladin, mirándola a ella a los ojos y luego a Adolin—. No sé explicarlo, pero esto es lo que debo hacer.

Tormentas.

—¿Eso que oigo en tu voz es optimismo? —preguntó Shallan.

Quería hacer alguna broma, pero descubrió que las palabras se negaban a fluir. Topaban contra la expresión del rostro de Kaladin. Confiado, sí. Y optimista también.

Pero además... ¿pesaroso? ¿Solemne?

—Yo creo que siempre ha sido optimista —dijo Adolin—. Uno no salta para salvar a un hombre condenado a menos que sea optimista.

—El honor ha muerto... —susurró Kaladin.

—En eso te equivocabas —lo interrumpió Adolin—. El honor no ha muerto.

—Pero... —empezó a decir Kaladin.

—El honor no está muerto —insistió Adolin—, mientras él... mientras ello viva en nosotros. Iremos a la reunión sin ti, pero ¿nos vemos luego en El Deber de Jez para tomar algo?

—En Shadesmar también hemos encontrado a un Heraldo —añadió Shallan, y le enseñó un dibujo explicándole que era de Kelek—. Podrás retrasar el viaje unas horas para que te lo contemos, ¿verdad?

—Pues... no creo que pueda —dijo Kaladin—. Szeth, Syl y yo tenemos que aprovechar esa alta tormenta de fuera. Ya tendríamos que haber salido y...

—¿Kal? —Shallan alzó la barbilla—. ¿Qué es ese tono en tu voz? Suéltalo.

—Tal y como hablaba Sagaz... bueno, me hizo pensar que debería ver a la gente que me importa antes de partir. Nunca se sabe lo que pasará mañana.

Y entonces, para sorpresa de Shallan, y pese a que ella le había dado ya un abrazo, Kaladin se agachó con gesto envarado y la abrazó de nuevo. A continuación abrazó a Adolin y, si Shallan fuese una persona celosa, se habría fijado en que el abrazo de Adolin duraba más que el de ella.

—¿Estarás bien? —preguntó Adolin mientras Kaladin se separaba.

—Ni idea —respondió Kaladin—. Pero sí que me siento bien, Adolin. Es lo único en lo que puedo concentrarme por el momento.

—Eh —dijo Shallan, inclinándose hacia él—. Tenle un ojo echado a Szeth, ¿eh? No confío en él.

—Podemos ocuparnos de él —respondió Syl—. Ya lo hicimos una vez.

—Si vas a dejarnos tirados, Kal —dijo Adolin—, me lo tomaré como una promesa para más adelante. Nosotros cuatro. —Asintió mirando a Syl—. Unas copas, cuando esto acabe.

—Deberíais iros ya —respondió Kaladin—. Si tenéis razón sobre ese ejército, Dalinar querrá convocar una reunión ya mismo.

Adolin asintió y, al llegar el visto bueno, le dio a Kaladin otra palmada en el hombro antes de llevarse a Galante de vuelta por el pasadizo hacia la Puerta Jurada. Shallan se quedó un momento más y le soltó un codazo a Kaladin en las costillas.

—Me niego —dijo— a decir adiós.

—Voy a... marcharme de todos modos, Shallan.

—Pues márchate —replicó ella—. Pero esto lo empezamos nosotros. Tú y yo. Radiantes antes que nadie.

—Excepto Jasnah. Y puede que Lift. Y a lo mejor...

—Tú y yo —lo interrumpió Shallan— estábamos ahí al principio. Nos reuniremos al final, como ha propuesto Adolin. Cuando el mundo esté a salvo y Dalinar haya hecho lo que tenga que hacer, quedaremos para reírnos y bromear de nuevo.

—Shallan, tienes que...

—Promételo.

Kaladin suspiró.

—No puedo prometer cómo va a ser el futuro.

—La realidad se deforma a tu alrededor, Kaladin. Siempre lo ha hecho. *Prométemelo*. Si hay una promesa, entonces podremos hacer que ocurra.

Él la miró a los ojos y asintió.

—Copas. Bromas. Risas. Al final. Lo prometo.

Shallan le hizo un último asentimiento y luego siguió a Adolin mientras Kaladin le decía un adiós rápido a Drehy. Después de eso, el Corredor del Viento y sus escuderos alzaron el vuelo y llegaron antes que Shallan y Adolin al edificio de control en el centro de la cúpula.

Una vez allí, Shallan invocó su hoja esquirlada y...

... y era Testimonio.

Se quedó paralizada, sintiendo ecos de pérdida... pero luego, de reconciliación. Ya había afrontado aquello. Podía afrontarlo. Oyó un tenue zumbido desde su chaquetón. Patrón, con su vibración característica. Dos hojas esquirladas.

—Adolin —dijo Radiante, sosteniendo el arma ornamentada—, ¿hay formas para empuñar dos hojas esquirladas a la vez?

—Por supuesto que sí —respondió él—. Pero son todas prácticamente inútiles.

—¿Ah, sí? —dijo ella.

—Luchar con espada y daga puede ser práctico —explicó Adolin—. Y he oído argumentos a favor de dos espadas de armas, aunque en mi opinión es más vistoso que efectivo. El caso es que una segunda espada no ofrece mucha ventaja respecto a un escudo, o ni siquiera respecto a usar una sola espada de doble puño. Además, dados el tamaño y la longitud de las hojas esquirladas... En fin, Radiante, creo que aún nos queda trabajo para conseguir que luches como es debido con una.

Ella asintió. Pero... ¿qué era eso que había oído de espada y escudo?

Decidió darle un par de vueltas cuando hubieran terminado con aquello. De momento, hoja-Testimonio en mano, dio un paso adelante e introdujo el arma en la cerradura de la pared del pequeño edificio de control. Tras un asentimiento de Drehy, que había cambiado sus esferas opacas por más reservas de luz tormentosa, Radiante hizo rotar la pared interior de la cámara circular, lo que activaba el dispositivo. Aparecieron con un anillo de luz en la fría...

Hum, ¿sorprendentemente cálida?

... meseta fuera de Urithiru. Radiante frunció el ceño mientras salía al aire húmedo y tibio de la montaña. No se le destaponaron los oídos al tragar, como solía ocurrir siempre que llegaba a Urithiru. Shallan había emergido al cabo de un instante. ¿Qué le había pasado a la presión? ¿Y al frío? Era de noche en Urithiru, pero la torre brillaba. Había una luz resplandeciente en las ventanas a lo largo de toda la estructura. Una luz pura, uniforme. Del color equivocado. Un tono demasiado verde para ser luz tormentosa.

Había más luces que se alzaban del suelo, señalando el camino por la meseta principal hacia la torre, cuya inmensa entrada destellaba como los mismísimos Salones Tranquilos. Hasta la mampostería parecía más... colorida. La ciudad que había dejado daba la sensación de ser el caparazón descartado de un animal. Desde entonces, ese animal había regresado y Urithiru vivía de nuevo.

Los Corredores del Viento se elevaron hacia el cielo, dejando un rastro de luz tormentosa. Llevarían la noticia a los Forjadores de Vínculos y los generales. Adolin se acercó a ella, llevando a Galante de las riendas.

—Sin duda convocarán una reunión de los monarcas para dentro de unas horas.

—¿Unas horas? —dijo ella, sorprendida—. Pensaba que sería inmediato.

—Eso es inmediato —respondió Adolin con una risita—, si tienes que sacar a todo el mundo de la cama. Debería darnos tiempo de hacer un cambio rápido de ropa, cenar y quizá hasta dormir un poco.

Shallan asintió, se puso al paso de Adolin y cruzó con él aquella ancha plataforma circular que formaba parte de la Puerta Jurada. Preparándose. Los monarcas y los Forjadores de Vínculos se ocuparían del ejército que se aproximaba. Ella tenía que reunir a los Tejedores de Luz que había dejado allí y urdir un plan para encargarse de Mraize.

Kaladin vio desde un lado de la cúpula de la Puerta Jurada de Azimir cómo Shallan y Adolin la cruzaban, cogidos de la mano.

¿Quién habría pensado que acabaría entristeciéndose por la idea de separarse de un par de ojos claros? Una había rechazado sus insinuaciones, el otro era hijo del rey. Los vio marcharse y se descubrió...

¿Aliviado?

Tormentas, ¿así era como funcionaban sus emociones cuando el cerebro no lo traicionaba?

—¿Qué pasa? —preguntó Syl.

—Nada, estaba pensando en lo colado que estaba por Shallan, antes de que se casara.

—¿Te duele verlos juntos?

—Hay un poco de dolor latente —reconoció él—. Más por el rechazo que otra cosa; a nadie le gusta que le digan que no. Pero, tormentas... la verdad es que me alegro de que haya resultado así.

—¿Porque esos dos se quieren? —preguntó Syl.

—Sí. Son mis amigos y quiero que sean felices. Pero es más que eso. Intento imaginarme con Shallan y no puedo evitar pensar que nuestras neurosis individuales se retroalimentarían de maneras peligrosas. Mi tristeza aventaría sus sentimientos de abandono cuando me retraigo. Su autodestrucción dispararía mi pánico a ser incapaz de ayudar y... —Miró a Syl y sonrió.

»No tendría por qué ser así, claro. También he visto que a veces ayuda estar en compañía de gente que comprende por experiencia propia lo que es que te traicione tu propia mente. A lo mejor lo habríamos resuelto juntos. Pero ahora mismo... me alegro de no haber tenido que intentarlo. Me alegro de que ella tenga a Adolin. Es lo que necesita.

—¿Y qué necesitas tú? —preguntó Syl con suavidad.

—Siempre cuidando de mí, ¿eh?

—Viene a ser mi único trabajo.

Kaladin respiró hondo.

—Bueno, supongo que parte de la razón de este viaje es que lo descubramos.

La Puerta Jurada destelló. Shallan y Adolin se marcharon, acompañados de Drehy y sus escuderos.

«Dalinar me quiere en la línea sucesoria —pensó Kaladin, distraído—. ¿En qué nos convertiría eso a Adolin, a Renarin y a mí? ¿En hermanos?». Tormentas, por lo que sabía de la sucesión y la genealogía de los ojos claros... sí, serían hermanos. Los alezi, siempre prácticos para esas cosas, no hacían distinción alguna entre los herederos adoptados y los natos, del mismo modo que tanto la conquista como la inmigración convertían a la gente en súbditos alezi, fuese cual fuese su ascendencia.

Kaladin había entrado en una espiral descendente hacia la muerte después de perder a su único hermano. Entonces había encontrado al Puente Cuatro y a la gente de los campamentos de guerra. Desde entonces, al parecer tenía más hermanos y hermanas de los que era capaz de contar.

Syl y él salieron por un pasillo sorprendentemente largo, que cruzaba la gruesa base de piedra que tenía la cúpula por todo su borde, y se reunieron con Szeth en una sala de espera lateral. Entonces los tres se elevaron muy por encima de la tormenta. Volarían rozando su parte superior, donde la luz tormentosa se renovaría sin cesar pero el viento no sería demasiado fuerte para soportarlo.

Kaladin absorbió el poder de la tormenta, se encendió de luz tormentosa y sintió...

Satisfacción.

—Lo hemos hecho bien, Syl —dijo—. Estoy orgulloso de lo que hemos ayudado a construir, y a proteger. Nunca me desprenderé por completo de Tien ni de Teft... pero estoy orgulloso de cómo he madurado.

—Qué definitivo suenas —respondió ella, flotando a su lado—. Llevas todo el día dando esa sensación, hasta antes de hablar con Sagaz. —Se acercó a él—. ¿Es el Viento?

—En parte. Pero... Syl... el caso es que no estoy preocupado. Vamos a sobrevivir a esto. Me da igual lo que diga Sagaz. —Kaladin asintió con firmeza—. Vamos a tomarnos esa copa con Adolin y Shallan.

Extendió la mano hacia ella y Syl, tras un momento, la tomó. Juntos, seguidos por Szeth, se lanzaron volando hacia delante, hacia el frente de la muralla de tormenta, y se unieron a los vientos que iban al oeste.

FIN

del primer día

Arriba está representada la tradicional
takama alezi. A la derecha tenemos
el estilo moderno, popular en la actualidad
para eventos formales como las bodas.

INTERLUDIOS

KALAK ♦ ODIUM

KALAK

Kalak se encerró en su edificio seguro de Integridad Duradera. Comprobó las cerraduras tres veces y luego suspiró y cerró los ojos. Los Radiantes se habían ido.

Había sobrevivido a muchas cosas, muchísimas, pero aquella última escapada le había parecido más por los pelos que las anteriores. No podía evitar pensar que el pago por su aterradoramente larga vida estaba a punto de vencer.

Incluso después de tanto tiempo, no quería morir.

Apoyó la espalda en la puerta, jadeando. ¿Debería haber ido con ellos? Cerró los ojos y trató de recordar al hombre que fue una vez, al héroe que había luchado durante miles de años. Su vida parecía una neblina, una mancha gris y marrón, un cuadro recién pintado dejado fuera a la tormenta. En los últimos tiempos solo sentía pánico, indecisión y una aplastante oscuridad. Siempre cerca, siempre amenazándolo. Sin Ishar conteniendo una parte de ella… habría destruido a Kalak hacía mucho tiempo.

Pero había sobrevivido. Había *sobrevivido*.

¿Y si los Sangre Espectral habían enviado a más gente? Thaidakar lo buscaba. Thaidakar, un Heraldo de otro mundo, una criatura capaz y despiadada.

«Tengo que esconderme en otro sitio —pensó Kalak—. Sí, recogeré mis cosas y… y me iré». Fue a toda prisa hacia su estudio, abrió la puerta y entró.

Al instante, las cortinas de la ventana que había junto a la puerta lo aferraron, envolviéndolo como dos manos, apresándolo con firmeza. Estaban cortadas en formas extrañas. ¿Qué era aquello, algún arte de los Custodios de la Piedra? Le entró el pánico, pero la tela, moviéndose por iniciativa propia, le llenó la boca. Como una constrictor del antiguo mundo, lo inmovilizó, lo rodeó por completo y luego lo estampó contra la pared y lo retuvo allí.

Kalak gimoteó.

—Vaya, hola, Heraldo —dijo un hombre sentado al escritorio de Kalak—. Si no te importa, tengo unas cuantas preguntas.

Era extranjero, de largo bigote y corta estatura. Piel pálida, manos entrelazadas por delante. Un sombrero de ala ancha reposaba en la mesa. A Kalak le pareció reconocerlo. ¿Era un miembro de la caravana? ¿Un soldado del príncipe Adolin?

«Oh... Oh, no...».

Al lado del sombrero había una daga con una gema sujeta a la guarnición. El extranjero le lanzó una mirada y luego sonrió.

—Ah, no te obsesiones con eso. No va a hacernos falta, ¿a que no?

Kalak gimoteó otra vez.

El desconocido levantó la caja que Shallan le había dejado a Kalak, la que contenía a la seon. A la criatura le gustaba esconderse dentro, tímida y...

El hombre dio unos golpes con los nudillos en la caja y la bola de luz salió de un salto.

—¿Todo en orden, Felt? —preguntó con voz femenina.

—Creo que sí —respondió él.

—¡Ya era hora! —exclamó la spren—. No tienes ni idea de lo fastidiosa que ha sido esa experiencia.

—Lo has hecho bien —dijo Felt, reclinándose en la silla de Kalak—. He oído a Shallan y Adolin hablar preocupados del trauma que habías experimentado al estar «en la cárcel».

—¡Domi! —exclamó la spren—. Si hubiera tenido que escuchar otra pelea de enamorados entre esos dos, y no digamos ya una reconciliación más, habría creado un estómago para poder vomitar.

La bola de luz flotó rauda hasta donde Kalak estaba retenido contra la pared. La impresión general que daba la spren había pasado de ser la de una criatura asustada y maltratada, con escasa luz y un símbolo que titilaba en el centro, a la de una esfera refulgente y confiada.

Tormentas, y aquello era lo que habían utilizado para comunicarse. Sabía todo aquello de lo que habían hablado. La verdadera espía no había sido Shallan. Qué tonto se sintió. Él, más que nadie, debería haber comprendido el potencial de los spren para volverse en contra de uno. Hizo unos débiles forcejeos contra aquellas extrañas ataduras.

—Estaba a punto de interrogarlo, Ala —dijo Felt.

—Puede que no sea necesario —respondió la spren—. Ya he transmitido a Iyatil la información de dónde está Mishram.

—¿Y a lord Kelsier? —preguntó Felt—. No trabajo para esa bruja enmascarada.

—A él también —dijo Ala—, evidentemente. —La spren flotó cerca de la cabeza de Kalak—. ¿Vamos a usar la daga?

Felt se lo planteó, vio la angustia de Kalak y frunció el ceño.

—No. No confío en ella. Nos la dio Iyatil, y lord Kelsier dijo que tuviéramos cuidado. Creo que esperaremos para confirmar que la misión va según lo planeado. Es posible que Iyatil y Mraize contacten con nosotros para pedirnos más explicaciones. Así que nos quedaremos aquí, le haremos compañía a este y esperaremos nuestro momento.

—Tengo ganas de irme de este mundo.

—Tampoco está tan mal —dijo Felt, jugueteando distraído con la daga que, si se utilizaba como era debido, podía acabar con Kalak para siempre—. Cuando te acostumbras a que todo el mundo mida palmo y medio más que tú. Ten paciencia, Ala. Solo un necio supone que lo sabe todo, y es posible que Kalak aún tenga un papel que interpretar.

Kalak cerró los ojos con fuerza, temblando, notando el pulso acelerado. Pero una parte de él... una parte de él sentía alivio. Parecía que, de un modo u otro, ya no había más decisiones en su mano.

EL DIOS DIVIDIDO

O dium estaba arrodillado, sosteniendo a un niño moribundo.
Aquello era Tu Bayla, considerada por otras naciones una tierra atrasada, un lugar donde los ejércitos extranjeros chocaban en vez de arrasar sus propios territorios. Azir había combatido contra Jah Keved, o contra Alezkar cuando dominaba Jah Keved, docenas de veces allí.

Poca gente pensaba en Tu Bayla. Cuando era mortal, Odium no lo había hecho nunca. Y, sin embargo, tenía unas maravillosas tradiciones propias. Allí criaban una raza de visón domesticado como compañero de caza, y casi todo el mundo los tenía también como mascotas. Ponían a sus hijas el nombre de estrellas y a sus hijos el de flores. Adoraban cantar y tenían la mayor variedad de instrumentos de todo Roshar, aunque pocos forasteros llegaban jamás a escuchar su bella música.

Y estaban muriendo. Una hambruna azotaba el territorio, iniciada por la tormenta eterna al destruir cultivos a su paso y empeorada por el cese del comercio entre Azir y Jah Keved, que estaban en bandos opuestos de la guerra. Pero lo peor de todo era que, en el caos resultante, el gobierno se había derrumbado y los caudillos se habían hecho con todas las provisiones y las acaparaban para mantener el poder.

Cuántos niños estaban muriendo allí, sin que nadie los viese. Y Odium…

«No me llamaba así —pensó—. No puedo perderme a mí mismo en la divinidad».

Odium lloraba por ellos, y, habiendo creado un cuerpo a partir de su inagotable esencia, acunaba a un niño pequeño. Cultivación apareció ante él, vestida con ropa que evocaba el bosque, de color verde y vibrante marrón, con el pelo oscuro muy rizado.

—Tengo una capacidad infinita —susurró Odium, con la voz quebrada—. Alcanzo a ver hasta los confines del Cosmere. Veo la vida de la gente grande y pequeña. Había pensado que sería maravilloso tener tantísimo que experimentar, pero ahora solo hallo sufrimiento. Capacidad infinita de ver. Capacidad infinita de sentir. Capacidad infinita de sufrir.

—Sí —dijo Cultivación con suavidad.

Odium era una persona dividida. Una parte pensaba, la otra sentía. La primera alcanzaba a entender que, junto con su inmenso poder y su conocimiento, por supuesto que iba a tener que aceptar ciertos inconvenientes o complicaciones.

La segunda solo quería sollozar.

—Esto es una maldición —dijo, abrazando al niño moribundo—. Debería ser capaz de ayudarlos. ¡De salvarlos!

—Tienes prohibido —repuso Cultivación— emprender toda acción directa contra nadie que no se haya entregado a ti por completo.

—Por el pacto que hizo mi predecesor —escupió él—. Yo puedo incumplirlo.

—Y al hacerlo, te volverías vulnerable a ataques desde fuera —dijo ella—. El poder nos ata a nuestras promesas, sobre todo a aquellas hechas y selladas con un juramento formal.

Cultivación se agachó a su lado.

—Prometiste enseñarme lo que es ser un dios —susurró él.

—Y eso hago —respondió Cultivación—. Conozco el dolor, Odium, y sé por qué debe existir. Dime que tú no. Dime que no eres capaz de comprenderlo.

La parte lógica de él asumió el control, conteniendo a la parte que solo quería rabiar.

—Lo comprendo —reconoció—. Incluso suponiendo que esta gente fuese mía por completo y que lo tuviera permitido, no sería suficiente. Podría sanar el cuerpo de este niño con un gesto, pero luego regresaría al cabo de unas semanas y lo encontraría muriendo de hambre otra vez, porque los sistemas que provocaron este sufrimiento siguen vigentes.

—Sí.

—Supongamos que cambio los sistemas —continuó él—. ¡Supongamos que derribo a los caudillos que acaparan los recursos! Los obligo a compartir, a no atacarse entre ellos. Hago el dolor imposible.

—Y con ello…

—Estoy creando un país en el que no existen las consecuencias. ¿Tan malo sería?

—Dímelo tú —replicó ella, con aquella calma tan irritante.

Sí, sería malo. Odium podía ver todas las permutaciones del tiempo, además de los intentos que habían hecho otras Esquirlas como él de hacer aquello mismo. Al intervenir directamente a una escala tan granular, se arriesgaba a crear una sociedad en la que nadie aprendía, una civilización que no progresaba. Al imposibilitar por medios sobrenaturales la existencia de caudillos, también reprimiría las ciencias y las artes. Al eliminar la capacidad de violencia, también acabaría con la capacidad de compasión.

El niño murió. Vio su alma durante unos instantes antes de que se desvaneciera hacia un lugar fuera de su alcance.

—¿Y qué hacemos en vez de eso? —preguntó Cultivación.

—Quieres que te responda —susurró él— que creamos sistemas, enseñanzas, incentivos, que favorezcan las decisiones correctas. Que impedimos la guerra construyendo sociedades en las que la gente elija la paz. Que impedimos la codicia promoviendo gobiernos en los que los codiciosos respondan de sus actos. Que nos tomamos nuestro tiempo y guiamos, pero no dominamos.

—Sí.

Depositó el cadáver del niño con delicadeza en el suelo y luego se levantó y se encaró hacia Cultivación, que también se irguió para mirarlo a los ojos. La ira lo estaba haciendo temblar. Aquella divinidad que ostentaba tenía tantísima emoción que apenas era capaz de dirigirla.

—Te culpo —susurró.

—¿De la muerte del chico? —dijo Cultivación—. Pero acabo de mostrarte que...

—Te culpo —repitió él— porque debiste hacerlo mejor. En ocho mil años, deberíais haber arreglado esto. Los tres.

—Puedes ver las circunstancias que lo impidieron.

—Sigue siendo culpa vuestra. Yo puedo hacerlo mejor.

—Odium... no cometas ese error.

—El problema no es esta gente —afirmó él—. Les echáis la culpa a ellos con argumentos teológicos elementales.

—Elementales —replicó ella— del mismo modo que la gravedad es elemental. Básicos, porque son los cimientos. A la gente se le debe permitir que elija.

—Hay un espectro de elección que puede permitirse, sí —convino él—. Pero ninguna sociedad puede persistir con libertad *completa*, y el crecimiento puede tener lugar dentro de unos límites. Puedo conseguir que exista el libre albedrío en un grado aceptable y, al mismo tiempo, impedir las hambrunas.

—Podrías hacerlo ahora mismo —repuso ella—. Calma la tormenta eterna. Firma la paz entre naciones. Restaura el comercio.

—¿Y con ello, los condeno a que estalle otra guerra dentro de unos pocos años? Aplícate tu propio cuento, Cultivación. Esta gente no va a llevarse bien porque tiene a distintas fuerzas manipulándolos. El toque de Honor permanece, y tus propias intromisiones, invisibles para la mayoría, crean demasiada tensión y conflicto. Y en el Cosmere más amplio, es aún peor. Hay demasiados dioses que son unos cobardes.

—¿Porque damos elección a la gente?

—Porque matasteis a vuestro padre y ahora teméis que os pase lo mismo a vosotros. Igual que los caudillos de aquí, consolidáis el poder para que nadie pueda acabar con vosotros. —Dio un paso hacia ella, levantando el puño, sintiendo que las emociones creaban una tempestad de ira en su interior—. Yo soy la mismísima sustancia de la pasión, y allá donde una persona sufra, en cualquier lugar de esta miserable galaxia, yo lo siento. Esa es la carga de este poder.

—Por eso —respondió ella— he dicho que el tuyo es el más peligroso y difícil de todos. Puedes ser tú quien...

—Conozco su rabia, Cultivación. No me des lecciones. Sí, la saboreo. A cada momento. Y también sé que no habrá ningún modo de mitigar ese sufrimiento, no hasta...

Ella le sostuvo la mirada. Él vio en sus ojos las profundidades de la eternidad, como estaba seguro de que ella percibía en los suyos, pues aquellas formas que vestían no eran sino capas que encubrían una esencia inmensa que era, en sí misma, infinita.

—¿No hasta *qué*? —preguntó ella con brusquedad.

—No hasta que haya un solo dios —susurró Odium.

—No emprendas ese camino. Destruyó a tu predecesor.

—A mi predecesor lo destruí yo —replicó él—. Márchate. Estoy harto de tus «lecciones».

Cultivación lo hizo, apartándose y esfumándose, dejándolo con el conocimiento de que se opondría a él. Ya había estado planeando hacerlo, tirando de hilos durante milenios para obtener lo que deseaba. Lo había elevado a él porque el antiguo Odium estaba volviéndose demasiado violento, demasiado dispuesto a destruirlo todo a medida que las emociones bullían libres. Aquella había sido su única opción para impedir un cataclismo mucho mayor.

El dividido se arrodilló, y se permitió sentir. Él no era Odium. Él ostentaba a Odium. No iba a permitirle que lo dominara.

Él no era Odium.

Era Taravangian.

Y tenía una misión importante, la misma que se había asignado a sí mismo años antes, cuando había visto la amenaza a Kharbranth y había actuado para salvar la ciudad. Era quien podía ver el peligro que se avecinaba y, al mismo tiempo, estar dispuesto a detenerlo.

Él era Taravangian, el dividido... y podía salvarlos. A todos.

SEGUNDO DÍA

DALINAR ♦ JASNAH ♦ NAVANI ♦ FEN ♦
YANAGAWN ♦ ADOLIN ♦ SHALLAN ♦ SZETH ♦
SIGZIL ♦ KALADIN ♦ LIFT ♦ RENARIN ♦
RLAIN ♦ LOPEN

14

SIN DORMIR

*Al aproximarme a la primera encrucijada, encontré a una familia
que buscaba una nueva vida.*

De **El camino de los reyes**, cuarta parábola

Dalinar no dormía.

Estaba de pie en su balcón, contemplando la noche, sintiéndose solo. En los últimos tiempos nunca estaba solo de verdad, no con el Padre Tormenta cada vez más presente al fondo de su consciencia. Aun así, la sensación persistía. Dalinar. Solo. Contra un dios.

Tenía ocho días para hallar una manera de derrotar a Odium. De joven había visto a Gavilar en esa misma postura, estudiando un campo de batalla, planeando, mientras el propio Dalinar solo trastabillaba de pelea en pelea, pisando pies ajenos y derribando vallas. ¿Cómo de mejor habría ido todo aquello si hubiera muerto Dalinar en vez de su hermano, aquella fatídica noche? Quizá la guerra ya estaría ganada.

Pero Gavilar había muerto. Así que era Dalinar quien observaba las frías cumbres, intentando ver mejor que como lo había hecho en el pasado. Al cabo de un tiempo sacudió la cabeza y entró a sus aposentos. Por lo menos, aquel sitio empezaba a darle la sensación de ser su hogar. Navani sabía lo mucho que Dalinar detestaba tenerlo todo lleno de cosas y ya estaba reorganizando las habitaciones con su habitual destreza, para satisfacer tanto su propio deseo de decorarlas como las preferencias austeras de su marido. El resultado era un espacio hogareño, adornado con objetos como la takama del abuelo de Dalinar, colgada en la pared entre dos estandartes, con el cinturón de tela rodeándola. Dos veces.

Se sentía tan tenso como una cuerda de arco. Una parte subconsciente de su mente lo sabía cuando una batalla empezaba a escapar de su control: el momento en que una línea amenazaba con romperse, o una formación con que la flanquearan. Estaba sintiéndolo ese día, como si fuese una correa de cuero a punto de partirse.

Así que, cuando llamaron a sus puertas —con golpes frenéticos, rápidos, apremiantes—, lo supo. La tormenta había llegado.

Llegó a la puerta mientras Pabolon, uno de sus guardias, la abría. Fuera había una escudera Corredora del Viento con los ojos como platos y luz tormentosa emanando de ella.

—¿Qué ha pasado? —preguntó Dalinar.

Jasnah no dormía.

En parte era por culpa de la dichosa cama. A Sagaz le encantaba la blandura. Quería que el colchón se tragase a quien lo usaba, y había encontrado el de ella rígido, más que inadecuado.

A Jasnah le gustaba probar cosas nuevas; aquella relación en sí misma era, en cierto modo, un experimento. Había disfrutado de ella por muchos motivos: conspirar juntos, compartir planes increíbles, la posibilidad de conectar con alguien dotado de un intelecto tan estimulante. Las relaciones se basaban en llegar a acuerdos, había leído, de modo que se hizo con una cama nueva.

Y la odiaba. Estaba sumergida en relleno, con irritaspren oscilando a su alrededor como motitas de color rosa, mientras escuchaba la respiración de Sagaz. No roncaba, pero de vez en cuando sí que daba algún silbido.

Se volvió hacia el otro lado, lo cual, dado que ambos tendían a hundirse hacia el centro de aquel espantoso colchón, debería haber sacudido a Sagaz. Pero solo se quedó tumbado bocarriba, haciendo una suave exhalación sibilante. ¿Estaba dormido de verdad? Había insinuado que de noche visitaba otros lugares. Otros mundos. Que se implicaba en unas maquinaciones políticas de las que ella aún no tenía ni la menor idea.

Sí, la relación había tenido cosas estupendas. Muchas otras, sin embargo, eran como aquella cama.

—Me mientes a veces —susurró Jasnah, encarada hacia él en la oscuridad—. ¿Comprendes que eso significa que no puede ser una verdadera relación? Soy capaz de confiar en alguien que guarda secretos, pero no en alguien que miente.

Si Sagaz se había enterado, no dijo nada, aunque Diseño palpitó y rotó en la pared de detrás de él. Hasta el momento, Jasnah solo le había pillado las mentirijillas más ínfimas. A veces Sagaz se ponía a hacerle juegos de palabras, o a pincharla retorciendo el lenguaje, y ella le pedía que parara. Él prometía hacerlo, y parecía cumplir esa promesa. Pero entonces Jasnah se daba cuenta de que los jueguecitos no habían cesado. Solo se habían vuelto más sutiles, con Sagaz llevando sus trucos a una capa más esotérica, más difícil de captar.

Parecía pensar que así la involucraba, la hacía esforzarse. Pero a ella le indicaba otra cosa: que Sagaz hacía lo que él pensaba que era mejor para una persona, no lo que esa persona quería.

Pese a sus esfuerzos, Jasnah sabía que no estaba teniendo con él la conexión física que Sagaz quería. Incluso durante el sexo, se notaba distante. Quizá más distante que nunca. Y eso lo ponía ansioso a él, como si estuviera haciendo algo mal, y Sagaz pensaba que, si lo intentaba con más ahínco, haría alguna cosa extraordinaria que cambiaría su manera de sentirlo.

Por su parte, Sagaz no estaba teniendo con ella la conexión emocional que ella quería. Si tan solo fuera sincero con ella...

Se revolvió de nuevo. La almohada rígida servía de poco para compensar aquel extraño relleno, hecho de plumas de pollo bebé. ¿O eran las plumas más pequeñas de pollos adultos? No había terminado de asimilar la descripción que le hizo Sagaz, pero, en todo caso, un colchón de cáscara de lavis era muy superior a aquello. Triturada, para que no hubiera incómodos bultos.

Jasnah había encargado otro colchón nuevo para ponerlo en la habitación contigua. Valoraba el experimento de probar las cosas a la manera de él, pero no iba a seguir estando incómoda solo por complacerlo. Una relación requería sacrificio por parte de todos sus integrantes, pero no debería cimentarse en el sacrificio. Y...

Y tormentas. Por eso era mejor evitar los enredos como aquel. Faltaban ocho días para que Dalinar se enfrentara a Odium y ella estaba preocupándose por una relación.

Quizá fuese una forma de distraerse. Porque, a pesar de todo su entrenamiento, de todo su aprendizaje, de toda su preparación... la decisión final iba a corresponderle a otra persona. Dalinar iba a enfrentarse él mismo al campeón de Odium.

Jasnah no le debatía esa elección. Dalinar era un Forjador de Vínculos y un guerrero feroz. Había tratado con Odium y quizá comprendía a aquella criatura mejor que ningún otro mortal. Jasnah había hecho una lista de los motivos por los que su tío era la mejor opción. Y, sin embargo... ¿podría haber sido ella? ¿Y si, en vez de ocultar sus poderes, hubiera revelado a los demás lo que podía hacer y lo que temía?

Su vida y la vida de Dalinar parecían muy diferentes. Él había quemado una ciudad y la gente se lo perdonaba. Había proclamado que el Todopoderoso estaba muerto y la mitad de los fervorosos se habían unido a él. En cambio, cuando Jasnah era sincera sobre su ateísmo, sus opiniones acerca del gobierno o su desagrado por tradiciones como la de la mano segura... bueno, la repulsa y la condena la perseguían como verdugos gemelos, pugnando por colarle un latigazo antes de la ejecución.

Cuando Jasnah Kholin daba su opinión, la gente la odiaba. Quizá hubiera sacado las lecciones erróneas de aquello, pero ¿se le podía reprochar?

Se acurrucó y escuchó los leves sonidos de Urithiru. El agua al moverse en las cañerías por iniciativa propia. Los susurros del aire bombeado por los conductos de ventilación. Allí temblando, Jasnah al fin comprendió por qué aborrecía tanto aquel colchón. Le recordaba a las ataduras blandas que le habían puesto de pequeña. Cuando las personas que la querían la habían encerrado durante unos meses terribles que luego casi todo el mundo había olvidado por completo.

Todo el mundo excepto Jasnah.

Que nunca los olvidaría.

Sagaz se incorporó de sopetón.

—Oh, demonios —susurró.

Jasnah se puso en alerta e invocó a Marfil como hoja esquirlada, una daga corta y robusta, mientras advertía a los spren de su armadura que estuvieran preparados. Extendió el brazo hacia el cuenco de esferas cubierto que había junto a la cama, pero no le quitó la tela negra ni absorbió luz tormentosa, porque el brillo sobre su piel haría de ella un blanco en la oscuridad.

Sagaz se quedó allí sentado, apenas visible a la tenue luz que escapaba del cuenco a través de la tela. Llevaba un pijama de seda y tenía el pelo, como siempre, perfecto a pesar de haber estado durmiendo sobre él. ¿Cómo lo hacía?

—¿Qué está pasando? —le siseó Jasnah.

—Oh, *cojones* —susurró él, y se levantó de un salto mientras unos sorpresaspren estallaban a su alrededor y Diseño se apresuraba a bajar por la pared y recorrer el suelo hacia él—. Los cojones más oscuros, peludos y grasientos en las ingles más descuidadas del demonio más procaz del infierno más maldito de la religión más hermética.

—¿Sagaz? —dijo Jasnah, viéndolo correr hacia la repisa—. ¡Sagaz!

Él la miró con los ojos desorbitados. Luego retiró la tela que cubría unas esferas y bañó la alcoba de luz. Jasnah parpadeó mientras descartaba su hoja. Si Sagaz no estaba preocupado por cegarlos, aquello no era un peligro físico. Quizá fuese solo otra de sus extrañas diatribas.

Excepto por cómo estaba mirándola, con los ojos como esferas brillantes. Con los labios retraídos pero sin el menor atisbo de sonrisa. Con la mandíbula tensa, los puños apretados. Respirando deprisa.

Verdadero pánico.

—Sagaz —dijo—, por favor, ¿qué está pasando?

—Dame un momento —farfulló él, volviéndose de nuevo hacia la repisa cubierta de documentos—. Necesito... necesito un momento...

Sacó un cuaderno y empezó a escribir. Jasnah se levantó y, aunque el aire era cálido gracias a los cambios que había hecho su madre, sintió frío solo con el camisón. Se echó encima un batín y se inclinó para mirar sobre el hombro de Sagaz.

Los símbolos que escribía eran desconocidos para ella, pertenecientes a alguno de los muchos idiomas que dominaba de mundos más allá del suyo. Pero daba la impresión de que estaba componiendo una tabla. Y esas anotaciones a la izquierda de cada fila, los puntos y las líneas... ¿eran números? Se repetían mucho más a menudo que los demás símbolos.

Sagaz escribía furioso, cada vez con peor letra. Y había sacado un poco de aquella extraña arena que cambiaba de color, la que utilizaba en sus experimentos. Su expresión se volvió más intensa.

Las puertas se agitaron. Jasnah tenía una daga en la mano al momento, pero entonces cayó en la cuenta de que era él. No había nadie al otro lado. Sagaz estaba ejerciendo algún tipo de presión que hacía vibrar las puertas. Los anillos de su joyero empezaron a caer al suelo y sus zapatos a alejarse, arrastrados por sus hebillas. Todo el metal de la habitación, exceptuando la hoja esquirlada de Jasnah, estaba reaccionando a él, incluidos sus fabriales de alarma, que se volvieron locos y destellaron a toda velocidad.

Entonces la arena se iluminó de golpe con una iridiscencia nacarada y flotó por encima de la mesa. La sedosa ropa nocturna de Sagaz empezó a retorcerse y contorsionarse, como si estuviese viva. Sus gestos se volvieron cada vez más frenéticos y unos miedospren burbujearon a través del suelo en torno a ellos. Luego, con un fogonazo y un cambio físico de su forma corporal, que se fundió como la cera, Sagaz se transformó en otra persona. En un hombre de menor estatura, con el pelo muy blanco y sutiles diferencias en los rasgos.

«Este es su verdadero yo», comprendió Jasnah. Un hombre que no era nativo de su mundo y se hacía pasar por Sagaz. Pero... el cambio había sido físico, no ilusorio.

Se volvió hacia ella y el lápiz se partió bajo la presión de sus dedos.

—Me han engañado —dijo.

—¿C-cómo? —preguntó ella.

La arena se volvió negra y cayó de nuevo a la repisa. La forma de Sagaz regresó a su aspecto acostumbrado en cuestión de segundos y la alcoba quedó en calma como a una orden suya, a excepción de los fabriales de alarma de Jasnah, que aún teñían la estancia de blanco y rojo. Sagaz se irguió, de nuevo más alto que ella, y levantó su cuaderno.

—Me faltan —dijo— tres minutos y veintisiete segundos.

—No te entiendo —repuso ella—. Lo siento, Sagaz. De verdad que intento seguirte, pero... tormentas, ¿qué ocurre?

—Perdona, perdona —dijo él, dejándose caer en el asiento que había junto a la repisa de piedra, una característica natural de la estancia que sobresalía de la pared—. He vivido muchísimo tiempo, Jasnah. Más del que puede registrar una mente mortal, así que almaceno recuerdos en una cosa llamada aliento, una forma de Investidura de acceso fácil, aunque costosa, que una persona puede adoptar y, con el entrenamiento adecuado, utilizar para expandir su alma. Cada cierto tiempo repaso mis recuerdos y decido lo que puede descartarse. En la revisión que estaba haciendo ahora mismo, he encontrado algo inesperado, algo aterrador.

—Tres minutos y veintisiete segundos —susurró ella, escrutando las anotaciones del cuaderno. Como si pudiera descifrarlas a base de pura fuerza de voluntad—. Desaparecidos. ¿Cuándo?

—Hace poco más de un día —dijo él.

—¿Y… qué estabas haciendo en ese momento?

Sagaz dejó escapar una larga exhalación y la miró a los ojos.

—Estaba teniendo una charla con Odium.

—Una charla —dijo ella, notando el corazón tembloroso—. ¿Con el enemigo más antiguo de la humanidad? ¿Con el ser que pretende aniquilarnos, destruir a mi familia, convertir en arma a todo Roshar para sus propios fines? ¿Una *charla*?

—Tenemos un pasado en común —explicó Sagaz—. Como creo que ya te dije.

Jasnah desactivó sus alarmas, acercó una silla y se hundió en ella, notando el estómago revuelto.

—Te lo pedí, Sagaz —susurró—. Te pedí que me involucraras en cualquier trato que tuvieses con él.

—Te lo estoy contando ahora, Jasnah —replicó él—. Por definición, eso es involucrarte.

Jasnah le sostuvo la mirada y lo supo. Jamás habría un sitio para ella en su yo más profundo, ¿verdad? Siempre estaría en el exterior, mantenida como parte de su colección. Disfrutada, quizá incluso amada, pero nunca receptora de su confianza.

Tenía que replegarse, por su propio bien. Los congojaspren, con forma de cruces negras retorcidas, se esfumaron mientras Jasnah contenía los sentimientos de traición. Ya había sabido en qué se metía al empezar con él. Una no cortejaba a un inmortal a la ligera.

—¿Qué le estabas diciendo a Odium? —preguntó.

—Tenía que… —Sagaz se encogió de hombros—. Tenía que regodearme un poco. Era obligatorio, teniendo en cuenta nuestro pasado. —Su mirada se volvió distante—. Recuerdo… salir del encuentro notando algo raro. Una sensación de repetición. Ocurrió algo en esos minutos perdidos. Me venció, y entonces extirpó el recuerdo de mi mente, permitiéndome creer que había salido ganando yo en la conversación. Ahora que miro, puedo localizar los restos. Se hizo con prisas.

—Esto es malo, ¿verdad? —dijo ella.

—Increíblemente malo. Rayse es un megalómano, Jasnah. Por muy astuto que sea, le dolería horrores dejarme ir creyendo que lo había derrotado. Sin embargo, esa vez favoreció que sucediera. —Sagaz se inclinó hacia delante y tomó la mano de Jasnah—. Ha progresado. Después de diez mil años, Rayse por fin ha *aprendido* algo. Eso me aterroriza. Porque, si no soy capaz de predecir lo que va a hacer…

—¿Qué sucede entonces?

—Tenemos que releer el acuerdo entre Dalinar y él —dijo Sagaz—. Ya. Jasnah tenía una copia. Después de que Dalinar y Odium convinieran los términos, el Hermano había sido capaz de citar las palabras exactas. Les había indicado que un acuerdo entre dioses no era del todo un contrato, pero podía transcribirse como tal.

Sagaz empezó a repasarlo.

—Sagaz —dijo ella, sintiéndose nerviosa de verdad—. Odium dijo que cumpliría el espíritu del acuerdo, sin aprovechar ningún tecnicismo. Y tú mismo confirmaste que, en efecto, así sería, ¿me equivoco?

—Eso creía yo —murmuró Sagaz, aún leyendo—. Pero también creía conocer a Rayse. Ya no hay nada seguro...

Sonó una llamada en la entrada a sus aposentos. Jasnah apretó la mano contra la pared y le pidió al Hermano que encendiera las luces antes de salir del dormitorio y cruzar la sala de estar hasta puerta. Golpeó una pauta con los nudillos, escuchó la pauta correcta en respuesta y entonces entreabrió la puerta y vio a Hendit, de la Guardia de Cobalto. Un hombre cuya discreción rivalizaba con su aplomo. Jasnah confiaba en él hasta el punto en que llegaba a confiar en nadie, así que no se preocupó al ver que Sagaz salía de la alcoba.

—¿Qué ocurre? —preguntó Jasnah a Hendit.

—La radiante Shallan y el alto príncipe Adolin han regresado, majestad —dijo él en voz baja—. Hay ejércitos avanzando por Shadesmar en dirección a Azimir, y los recién llegados informan de que la Puerta Jurada los dejará pasar. Vuestro tío ha convocado una reunión a la primera campana.

—Allí estaré —respondió ella.

Cerró la puerta y volvió la mirada a través de la salita hacia Sagaz. Una fuerza invasora cerniéndose sobre Azimir. Tanto ella como Dalinar habían previsto que se producirían ataques hasta el mismo instante del duelo, pero habían esperado escaramuzas fronterizas. A fin de cuentas, ¿qué clase de ofensiva relevante podía movilizarse y ejecutarse en solo diez días?

—Sabía que perder la Perpendicularidad de Cultivación iba a terminar mordiéndonos —dijo Sagaz—. Tendríamos que haber luchado por ella.

—No teníamos los recursos necesarios para defender los mares de Shadesmar —respondió Jasnah—. Podemos defendernos de este ataque. Suponiendo...

—Suponiendo que no vengan más ataques —terminó Sagaz por ella—. Lo cual parece una suposición peligrosa. Hay algo en esto que me da muy muy mala sensación. ¿Qué más he pasado por alto?

—Si pasaste algo por alto, ¿es posible que vuelvas a hacerlo ahora?

—Tienes razón —dijo Sagaz. Respiró hondo—. Tienes... tienes razón. Necesitamos a alguien con experiencia, alguien que supere incluso mis considerables conocimientos.

—¿Conoces a algún experto?

—¿En tu mundo? —preguntó él—. Solo a una, pero ahora mismo no nos hablamos. Veré si puedo contactar con un viejo amigo...

Navani no dormía.

Ascendía por las entrañas de Urithiru, recorriendo un antiguo túnel que, hasta su vinculación con el Hermano, había sido inaccesible. Los vidaspren rebotaban en torno a ella como pequeñas y brillantes motitas verdes. Todos los que llegaban a la torre, atraídos por la repentina transformación, primero buscaban a Navani y giraban a su alrededor durante unas horas antes de dirigirse a los campos.

Había intentado dormir. No había funcionado, de modo que Navani había sucumbido a su anhelo de explorar. El túnel terminó desembocando en una amplia cámara con la pared llena de fabriales, centenares de gemas resplandecientes en armazones de alambre que emergían de la piedra como rocabrotes.

Navani se sentía guiada hasta allí, ya que podía percibir el funcionamiento de la torre. Mil fabriales diferentes latían en su mente, arriba y abajo, por toda la estructura. Atractores que extraían agua hacia las bombas de las profundidades, que a su vez la repartían a los miles de grifos repartidos por todo el enorme edificio. Fabriales calentadores que regulaban la temperatura del aire. Y los de esa pared... recogían aire y lo empujaban a través de Urithiru, ventilando la ciudad completa. ¿Cuánto podía aprender Navani de aquello? ¿Qué maravillas podía construir con ese conocimiento?

Cerró los ojos y sintió los fabriales de la pared con más intensidad, al tenerlos cerca. Su aire era como el aliento en sus pulmones, el agua como el pulso en sus venas. Siempre que hacía una pausa, captaba esas cosas... y un sinfín de otras interacciones. Luces que resplandecían desde el interior de la piedra. Los elevadores en movimiento casi continuo. La poderosa fuerza de la luz de torre, que infundía a todos los Radiantes que entraban.

Con ello, confiaba en que su hogar —ahora una extensión de su mismo yo— estaría a salvo de cualquier otro ataque enemigo.

Debería estarlo, dijo el Hermano en su mente. *Muy pocas veces se atrevieron a invadirme antes. Mi luz no solo deja inconscientes a los Fusionados, sino que vuelve a los Radiantes de aquí prácticamente invencibles.*

Tenemos que descubrir cómo enviar esa luz fuera con ellos, respondió Navani, recorriendo la cámara, dejando reposar los dedos en todos los fabriales que tenía a su alcance. La seguían spren de media docena de variedades, como una capa hecha de luz.

No puede hacerse, dijo el Hermano. *Los humanos no pueden retener mi luz; están demasiado llenos de agujeros.*

Al hablar antes con Dalinar había averiguado que, al marcharse, un Radiante perdía la luz de torre casi de inmediato. Si se transportaba en una gema, esa luz se disipaba más deprisa que la luz tormentosa. La luz de torre era un don, pero solo en Urithiru.

No obstante, mientras estuviesen allí, era omnipresente. Como los ritmos que Navani había pasado a sentir por medio de su vínculo. Cerró los ojos y se permitió experimentarlo todo. Los latidos del planeta. Los mecanismos de la torre. Los spren cantándole al Hermano.

Esa consciencia tan extraordinaria le resultaba imposible de ignorar. De modo que no, Navani no dormía. No lo había hecho en los últimos dos días, y ni se notaba cansada ni había atraído un solo agotaspren.

¿Preferirías que silencie el ruido?, preguntó el Hermano.

Quizá, respondió ella. *Tarde o temprano necesitaré dormir.*

No, dijo el Hermano. *Formas parte de mí, y yo formo parte de ti. La torre no necesita dormir. Tú tampoco lo necesitarás.*

Nada de dormir...

Debería haber preguntado, pero había muchísimo por averiguar. No había sabido hasta el día anterior que no podía ausentarse de la torre durante un intervalo prolongado de tiempo, o el vínculo se debilitaría. Unas pocas semanas era lo máximo a lo que podía arriesgarse.

Trató de no sentirse inhibida por ello. Poseía grandes dones, y la contrapartida era razonable. Además, ¿cuánto lograría avanzar con las horas adicionales que no dedicaría al sueño? Abrió los ojos, echó la cabeza atrás y contempló los diez metros de pared que se extendían hacia arriba, moteados de gemas y filigrana. Todo era fenomenalmente abrumador. No solo el vínculo con la torre, sino su periplo emocional. Reconocer su propia valía. Convertirse en Radiante, cuando había estado convencida de que no le correspondía hacerlo.

Un sagacispren solitario, con forma de maravilloso gradiente tridimensional de color, apareció encima de ella. Navani dio un respingo: era el primero que veía en toda su vida.

Tienen miedo, dijo el Hermano. *De que los capturéis. Por eso no acuden con frecuencia a los humanos.*

Una cosa aún dividía a Navani y al Hermano, que desaprobaba los fabriales modernos. Temía que Navani utilizara lo que estaba aprendiendo para crear más abominaciones. Los fabriales modernos requerían atrapar a spren en contra de su voluntad. Las versiones arcaicas, como los que mantenían en funcionamiento la torre, empleaban a spren voluntarios, pero eran ineficaces en muchísimos aspectos y...

Y tormentas, había mucho por aprender. Mucho por hacer. Navani apenas sabía por dónde empezar. ¿Quizá debería hablar de ello con Dalinar? Deseó que estuviera durmiendo ya.

Está abriendo la puerta de tus habitaciones, dijo el Hermano. *¿Te gustaría escuchar lo que dice?*

Tenemos que hablar de que te dediques a espiar a todo el mundo en la torre, replicó Navani.

¿Por qué?

No está bien. La gente necesita intimidad.

Están dentro de mí, Navani. No pueden esperar intimidad cuando están reptando por dentro de alguien. De todos modos, no lo oigo todo. Solo aquello a lo que presto atención.

Aun así, insistió Navani, *parece…*

Navani. NAVANI.

Se quedó muy quieta, con la mano sobre un fabrial y los vidaspren arremolinados alrededor al captar su estado de ánimo.

¿Qué?

De verdad que tienes que oír lo que dice esta Corredora del Viento.

La reina Fen no dormía.

La culpa era del príncipe consorte. Allí estaban, en el yate real, porque él anhelaba «el sonido de la cubierta crujiendo para arrullar el ondulante ritmo de las olas en el casco». A veces bajaban al barco, incluso amarrado como estaba, para pasar allí unas cuantas noches. Una escapadita que no implicaba escapar demasiado, porque Fen tenía asuntos que atender.

Pero no estaban en la suite real del yate. Estaban bajo cubierta, en el camarote de los alféreces de fragata, embutidos en una hamaca. Fen no se quejaba; era ella quien se había casado con un marinero. Además, lo cierto era que se estaba a gusto y calentita. Pero aun así…

—¿No estamos un poco mayores para esto, gema corazón? —dijo, meciéndose en la oscura sala.

—Se lo consultaré al consejo, mi amor —respondió él, y Fen notó el pinchazo de los pelos de su bigote—. La reina querría conocer la opinión de sus consejeros más brillantes: ¿es demasiado mayor para pasar algo de tiempo de calidad con su marido? ¿Es acaso demasiado distinguida para darse un chapuzón de vez en cuando?

—No me refería a eso —replicó Fen—. Solo a la parte de escabullirnos de los guardias y buscarnos una hamaca. Tienes casi setenta años, ¿sabes?

—Y entonces, tú tienes…

—Casi setenta.

—Bastante joven —dijo él—, según algunas cuentas.

—¿Con qué clase de cuentas se es joven a los setenta?

—A los *casi* setenta.

—¿Y?

—Y la edad media de tu consejo mercantil debe de ser de ochenta y tantos —contestó Kmakl—. Teniendo eso en cuenta, venimos a ser una goleta recién botada. Y ahora, para de distraerme de distraerte.

Fen suspiró, pero se relajó en la oscilante hamaca, notando el roce de la lona en su piel desnuda. Las olas mecían el barco y sus preocupaciones huyeron de aquella perfecta calidez. Hasta que una cegadora luz blanca inundó el camarote. Condenación.

Se incorporó, como también hizo Kmakl en el otro lado de la hamaca. Los dos fulminaron con la mirada al joven teniente que se había quedado muy quieto en la escalerilla, sosteniendo una lámpara de esferas de diamante. Sus ojos se posaron en Fen, desnuda en la hamaca, y soltó la lámpara conmocionado. Se rompió, esparciendo diamantes en una cascada de rutilante luz.

—Vaya, hombre —dijo Kmakl—. Pensaba que sabían que no debían venir a buscarnos. Me he preocupado de dejar pistas que...

—Perdón, perdón, perdón. —El teniente se apresuró a terminar de bajar al camarote y los vergüenzaspren lo rodearon por todas partes mientras se ponía a recoger los diamantes—. ¡Perdón! ¡No os he visto! ¡O sea, siento haberos visto, majestad! ¡Ah!

—No pasa nada —dijo ella, reclinándose—. ¿Sabíais que a las antiguas reinas a veces las pintaban con un pecho al aire?

—Eso nunca lo he entendido —respondió Kmakl.

—No sé qué idiotez sobre amamantar a una nación —explicó Fen—. Como si estos dos vejestorios fuesen a dar algo más que serrín.

El teniente siguió buscando diamantes aturullado, aunque, si hubiera tenido medio dedo de frente, se habría vuelto para arriba sin más.

—En realidad es culpa nuestra por escaparnos —dijo Kmakl—. No puedo creer que me haya dejado convencer, Fen. Pensaba que eras más responsable.

Ella alzó los ojos al techo y se puso un guante en la mano segura.

—Mira —dijo, moviendo los dedos—. Ya está. ¿Mejor así, teniente?

—¡No! —exclamó el joven con voz aguda—. ¡Así no está mejor en absoluto!

Fen sonrió a Kmakl, con un malvado deleite por el desasosiego del joven oficial. Le estaba bien empleado. Aunque Fen y su consorte fingían ser escurridizos, el barco entero sabía que debía hacer la vista gorda y permitirles imaginarse que estaban teniendo una conducta escandalosa.

—Venga, deja en paz al chico, Fen —dijo Kmakl.

—Largo de aquí, chaval —ordenó Fen—. Ya recogeremos nosotros las esferas. Tú finge que no has bajado aquí y nosotros haremos lo mismo. Fuera. Aire.

El joven se enderezó, con las cejas blancas almidonadas al estilo naval. Cerró los párpados con fuerza e hizo el saludo militar.

—¡Majestad! ¡Príncipe consorte! ¡Me envían a buscaros! ¡Hay noticias de Urithiru! ¡Ejércitos enemigos en posición de invadir Azir!

—¿Qué? —exclamó Fen, poniéndose en alerta. Estiró la mano hacia su ropa, que estaba en el suelo, y al hacerlo casi los volcó a los dos de la hamaca sobre sus desnudos traseros—. ¿Y por qué no has dicho nada?

—Perdón. ¡Perdón perdón perdón!

El oficial saludó de nuevo, con los ojos todavía cerrados.

—Pensaba que ya habían invadido Azir —dijo Kmakl.

—Eso fue Emul —lo corrigió ella—. Es imposible que lleguen a Azir antes de la fecha límite. El grueso de nuestros ejércitos está en medio.

—¡Avanzan por Shadesmar! —exclamó el teniente.

—¿Y el Consejo Thayleño lo sabe, chico? —preguntó Kmakl.

—Están sacándolos de la cama. Es…

Se interrumpió y se apartó trastabillando al oír que alguien más bajaba deslizándose por la escalerilla. Era un tormentoso almirante. Fladrn, para ser exactos, un hombre de pelo gris como una nube de tormenta y cejas en punta. Reparó en la desnudez de su reina y ni se inmutó.

—Majestad, esto es urgente.

—¿Tan mala es la noticia sobre Shadesmar? —preguntó Fen, vistiéndose a toda prisa. Si Fladrn había acudido en persona…

—No, no es eso —dijo Fladrn—. Es por algo distinto.

Fen se quedó quieta. Notó un vacío en lo más hondo de su estómago, y unos expectaspren se alzaron a través de los tablones del suelo con forma de gallardetes. Quizá fue por haber pasado toda una vida esperándose lo peor, pero de algún modo supo lo que iba a decirle el almirante.

—Una segunda ofensiva —adivinó.

—Sí, majestad —dijo él—. Han quebrantado nuestro bloqueo sobre Jah Keved. Acabamos de recibir el informe.

—¿El bloqueo veden? —preguntó Kmakl—. Se suponía que lo teníamos bien asegurado, a menos que…

—Que recibieran un apoyo aéreo considerable —terminó la frase Fen, cerrando los ojos—. ¿Celestiales?

—No, majestad —repuso el almirante—. Rompedores del Cielo. Sus fuerzas al completo, centenares de Radiantes. Han hecho retroceder a los Corredores del Viento apostados para proteger nuestros barcos y luego han enviado a pique media flota. La otra mitad de nuestra armada se ha dispersado, pero ahora una fuerza de asalto se dirige derecha hacia Ciudad Thaylen.

Fen trató de contener su ansiedad. Habían pensado que el enemigo reñiría un poco para mover fronteras, pero al parecer tenía planeado algo a mayor escala: un ataque al corazón de las capitales de la coalición.

—Tormentas —susurró Kmakl.

—Hay que moverse —dijo ella, abriendo los ojos para lanzarle sus pantalones—. Nuestra ciudad corre peligro y, con el bloqueo roto, no podemos detener un asalto. Es hora de ver cuánto apoyo está dispuesta a prestarnos esta coalición.

Yanagawn I, Aqasix Supremo, emperador de toda Makabak, dormía.

Tenía que estar durmiendo. Porque el horario decía que le tocaba dormir, y él cumplía su horario. Más o menos era lo único que se requería de él. Seguir las indicaciones, proporcionarle un modelo de estabilidad a un imperio.

El emperador no yacía despierto, contemplando el techo. El emperador comprendía que, a base de pura fuerza de voluntad, podía llevar la paz y la armonía a su pueblo. De modo que, a base de fuerza de voluntad, era evidente que el emperador podía obligarse a caer dormido. Por tanto, estaba dormido. En esos precisos momentos. Tenía que estarlo.

En consecuencia, todos los pensamientos que abarrotaban su mente... bueno, eran los pensamientos de un hombre que soñaba.

No se sacudió ni dio vueltas. Hacerlo se interpretaría como nerviosismo por parte de las diez ciudadanas bendecidas a las que se había concedido el privilegio de velar su sueño. Un gran honor, que esa noche les correspondía a las mujeres que habían trabajado con esmero para alimentar a los ejércitos imperiales que combatían cerca de Emul. Sucedía durante toda la noche, todas las noches. Con el paso de cada hora, diez personas nuevas acudían a regodearse en la presencia imperial.

No en la presencia de Yanagawn, ojo. No era el hombre quien bendecía a aquella nación, sino el cargo en sí. Yanagawn era, poco más o menos, como el perchero que sostenía su ropa, lo que le daba forma para que quienes pasaran al lado pudiesen verla y sentirse inspirados.

Cómo desearía poder hacer más que estar de pie y dejarse ver.

Menos mal que estaba dormido, porque esos pensamientos eran de lo más impropios. Yanagawn no se parecía, en concreto, a alguien como Dalinar Kholin, que tomaba decisiones y luego actuaba. A un hombre que había cargado a la batalla con hoja y armadura esquirladas, que había forjado una nación. Los hombres de esa clase eran peligrosos.

Solo que, en sueños, Yanagawn desearía ser peligroso.

En teoría, era el propietario de todas las esquirlas del imperio extendido. En realidad, muchas de ellas pertenecían a otros reinos que, aunque de boquilla rindieran pleitesía a la sede imperial de Azir, ni siquiera se plantearían entregar sus artefactos en la vida. Y él sería un necio si desvelara la impotencia imperial al exigirles algo como eso.

Azir también poseía esquirlas, en manos de soldados distinguidos con una concesión imperial de derechos que les permitía ofrecer ayuda a los grandes mercaderes y las grandes casas del reino a cambio de dinero, gran parte del cual iba a la corona. La mayor parte del trabajo que hacían era civil: abrir nuevas zanjas y demás. Quienes llevaban las esquirlas eran leales, y su posición muy respetada. Exigirles que las devolvieran sería una gran deshonra para ellos. Además de que implicaría una cantidad considerable de papeleo.

Incluso si devolviesen las esquirlas, Yanagawn no podría utilizarlas en persona. Era demasiado importante. Era necesario. No para administrar el reino, claro: esa no era su función, como especificaban un montón de códigos legales. Su trabajo era yacer en la cama, durmiendo mientras su mente correteaba de acá para allá, observado por devotos ciudadanos.

«Yaezir, dios de las alturas, en los Salones prístinos —pensó—, ¿de verdad esto es todo lo que quieres de mí?».

Tampoco querría volver a sus tiempos de ladrón con su tío. Esa vida no le había gustado nada. ¿Vivir cada día para el próximo golpe? ¿Poner patas arriba el orden de la nación, ser un parásito que se alimentaba del duro trabajo de otros? No, no quería eso. Pero cuanto más aprendía, más se daba cuenta de lo grande que era el mundo. Y de lo poco que podía lograrse estando tendido en una cama mirándose sus propios párpados.

Por eso se emocionó al oír que alguien incumplía el protocolo. Guardias que llegaban a la puerta, disculpas susurradas a las honorables invitadas que habían alimentado a ejércitos. Inclinaciones ante ellas, ya que esa noche se contaban entre las personas más importantes del imperio. Luego, inclinaciones más profundas hacia él.

Yanagawn abrió los ojos y se incorporó con calma. Las cocineras susurraron entre ellas, con los ojos como platos. Había cinco guardias y Yanagawn se alegró de recordar todos sus nombres, aunque jamás les dirigiría la palabra, para no incomodarlos. Dirigió la mirada detrás de ellos, hacia el lugar donde Noura se había arrodillado. Era la visir jefa de su corte. Erudita, estratega, maestra.

Lo que fuese que había sucedido era importante de verdad. Sin mediar palabra, Yanagawn se levantó de la cama y separó los brazos para que lo pudieran vestir.

El emperador estaba despierto.

15

PASIONSPREN

Esa familia no hablaba mi idioma, pero tanto ellos como yo sabía-mos escribir glifos, lo cual posibilitó que conversáramos. Mientras te-nían a bien compartir conmigo su fuego de campamento, me contaron parte de su historia.

De *El camino de los reyes,* cuarta parábola

Aunque Shallan había insistido en salir para convocar a sus Tejedores de Luz y hablar con ellos, Adolin consiguió dormir unas horas. Se levantó con la idea de llegar pronto a la reunión para que lo pusieran al día sobre las actuales posiciones de las tropas. Por desgracia, algo frustró sus planes. Algo llamado «ducha».

Caía agua por unos agujeros que había en el techo de una pequeña estancia contigua a su dormitorio. Una luz detrás de las piernas indicaba el nivel de calor y, si ponía la mano allí y le daba la vuelta, hacía que el agua saliera más caliente o más fría. Otro dial parecido le permitía controlar la presión y el flujo.

Adolin era un alto príncipe. Un portador de esquirlada. Y aquel era el momento de mayor lujo que había conocido en toda su vida. El vapor se acumulaba como en una sauna thayleña mientras el agua tibia derretía su fatiga, su ansiedad. Ambas cosas habían parecido sólidas como piedras, pero incluso la piedra cedía, con el tiempo, ante el agua de lluvia.

Tormentas, podría quedarse allí dentro horas y horas. Incrementó la presión y dejó que el agua le masajeara la espalda. ¿Cómo sentaría aquello después de una sesión de entrenamiento intenso? Dejó escapar un enorme suspiro, mientras atraía no pocos alegrespren. Tormentas, sí que había muchos más spren en la torre que antes, ¿verdad?

Shallan asomó la cabeza, una pincelada de rojo caoba sobre los estratos marrones y amarillos. Sus reuniones debían de haber terminado.

—Pero ¿qué es eso? —preguntó mientras se le ensanchaban los ojos.

—Hakindar lo llama una «ducha» —dijo Adolin, refiriéndose al ayuda de cámara del matrimonio.

Shallan tenía la mirada fija, con sus ojos de aguamarina brillantes como esferas.

—Eso tengo que probarlo. —Al cabo de un momento ya estaba dentro, despampanante, apartándolo a un lado—. ¿Hace falta que parezca una alta tormenta?

—La presión se ajusta con esto —respondió él.

Se obligó a dejar de mirarla para mostrárselo y bajó la intensidad, reduciendo el flujo de un azote frenético a una suave salpicadura.

—Aaah —dijo ella—. Pero no está lo bastante caliente.

—¿Es que quieres echarme? —preguntó Adolin mientras subía la temperatura a unos niveles molestos.

—Es como la lluvia —dijo Shallan, con la cabeza hacia atrás para que el agua le cayera en la cara—, si la lluvia estuviese templada.

—Hirviendo.

—El calor es vida. Me recuerda que estoy viva.

—¿Eso... se te olvida?

—De vez en cuando —susurró ella, y entonces se apoyó en él, su pelo mojado contra el pecho—. Tú también estás templado.

—Hakindar me ha traído seis jabones distintos —dijo Adolin—. ¡Y una mezcla de arenas ásperas de Marat, para exfoliar la piel! Hay un jabón que usan para las cejas en Thaylenah que lava el pelo de maravilla.

Shallan asintió distraída, con los ojos cerrados. Así que Adolin la abrazó, piel contra piel, resbaladizos y calentitos. Aquello era perfecto. Era lo que siempre había querido y nunca había podido encontrar, hasta que la conoció a ella. No solo piel con piel. Alma con alma. Le pasó los dedos entre el pelo mojado y le masajeó el cuerpo cabelludo, sintiendo la mejilla de Shallan contra el pecho.

—Te quiero —susurró.

Ella le devolvió la sonrisa y Adolin la levantó un poco del suelo, ambos rodeados de alegrespren, agarrándola fuerte.

—Aún... —dijo Shallan en voz baja—. Aún tengo que ocuparme de los Sangre Espectral. Puede que tenga que perderme la reunión de Dalinar. ¿Podrás... decirles a él y a Navani... lo de Mraize, y lo que hice? No creo que vaya a tener tiempo de hacerlo yo.

—Claro —respondió Adolin, impresionado por lo dispuesta que estaba Shallan a sincerarse sobre aquellos asuntos. Y si no quería, o quizá no podía, darle explicaciones ella misma a Dalinar en ese preciso momento, era comprensible—. Es normal que prefieras que alguien te prepare un poco a mi padre antes de hablar con él. Puede ponerse muy... severo con quienes lo decepcionan.

Quizá Shallan captó la amargura en su tono, reparó en que unos cuantos alegrespren desaparecían. Había pasado un año desde que Adolin descubrió que Dalinar había matado a su madre, y no podía quitárselo de la cabeza. Bajó a Shallan al suelo y ella le llevó las manos a la cara.

—¿Te ayudaría hablar? —preguntó.

—No lo sé, Shallan —dijo él—. De verdad, no quiero pensar en él. Ni hablar con él. No quiero arreglar las cosas entre nosotros. Es solo... que...

Había pensado que el tiempo apagaría el dolor. En vez de eso, se había enconado. Adolin estaba más furioso, no menos, que cuando lo había descubierto.

—En otro momento —le dijo a Shallan—. Te lo prometo. ¿De verdad vas a perderte la reunión? ¿Te has enterado de lo de Ciudad Thaylen? Hay un segundo ataque. Puede que más. Lo sabremos cuando lleguen los informes de los exploradores.

—Podrás ocuparte —contestó ella—. Mraize está aquí en algún sitio, dentro de la torre, y no tardará en actuar contra mí. Así que tengo que actuar yo antes. Me vendría bien que hablaras con los Forjadores de Vínculos y me consiguieras una autorización para desplegar tropas Radiantes y hacer un ataque preventivo, si logro encontrar la madriguera actual de los Sangre Espectral.

Adolin suspiró y la envolvió de nuevo con los brazos.

—¿Esto terminará alguna vez? Tú y yo nos conocimos poco antes de la tormenta eterna, y nos casamos en plena guerra. Estoy hasta las narices de ponerme uniforme todos los días. De ver caer ciudades. De sentir que necesito aferrarme cada vez que te tengo entre mis brazos, porque no sé cuándo volveremos a tener ocasión.

—Lo sé —susurró ella, poniéndole la cabeza de nuevo contra el pecho—. Quiero besarte hasta que te quedes sin aliento y pasar una semana entera sin que salgamos de nuestras habitaciones. Pero no puede ser. Todavía no. Mraize intentará hacerme daño, amor. Demostrar que ha sido una necedad oponerme a él. Y, para vengarse, te capturará o te matará si puede. De verdad que tengo que actuar antes que él.

Adolin la miró a los ojos, todo lo bien que pudo mientras los dos parpadeaban por el agua. Shallan levantó la mano para quitarse una catarata de pelo rojo empapado de la cara. Quizá no fuese el mejor lugar para trabar una mirada significativa, pero ninguno de los dos se movió, y al cabo de un momento a los alegrespren se sumaron unos pasionspren, con forma de copos de nieve pero más cristalinos.

—Gracias —dijo él.

—¿Por entenderlo?

—Por confiar en que yo lo entienda —respondió Adolin—. Nunca te reproché que tuvieras secretos, Shallan, pero, ahora que los compartes conmigo, para mí son valiosísimos.

Ella ladeó la cabeza.

—Sí que... los he compartido, ¿verdad? Lo sabes todo. Todo sobre Mraize, los Sangre Espectral, Sinforma… —Le agarró los brazos con fuerza, apretó el cuerpo entero contra él y sonrió, mientras le goteaba agua de la nariz—. ¡Lo sabes todo y no me odias! ¿A que no?

—Pues claro que no.

—Casi parece que esto vaya más o menos bien —dijo ella—. Que a lo mejor hasta pueda funcionar… si detengo a Mraize. No sé por qué quiere encontrar la prisión de la más poderosa de los Deshechos, pero…

Adolin asintió.

—Hablaré por ti en la reunión.

Shallan hizo ademán de salir, sin acondicionarse el pelo siquiera. Adolin tiró de ella. Aunque no por el pelo.

—Digo yo que tendremos unos minutos antes de salir corriendo hacia la siguiente crisis, ¿no te parece? —preguntó—. Además, ¿tú no te has preguntado siempre cómo sería, ahí fuera, bajo la lluvia…?

Shallan se detuvo, cogiéndole la mano.

—Porras —dijo.

—¿Qué pasa?

—Estaba esforzándome mucho en mantenerme centrada, Adolin Kholin —respondió ella—, y fingir que no eres la escultura de hombre más espléndida que haya agraciado jamás el mundo.

—¿Incluso empapado? —preguntó él.

—Hum, sobre todo empapado, amor mío.

Shallan volvió hacia él, se puso de puntillas y lo besó, mientras el agua caía en torno a ambos como un aplauso. El calor que Adolin había estado reprimiendo se alzó en su interior, superando al del chorro que caía desde arriba, y la lluvia de pasionspren arreció. Parecía que, tuviera o no tiempo Shallan, de alguna parte iban a sacarlo.

Dalinar echó a andar con paso firme por los pasillos de Urithiru, poniéndose la casaca. Se unió a él Colot, el segundo al mando de la Guardia de Cobalto. Era alto, de ojos claros y tenía el pelo negro con pequeños mechones rojizos entremezclados, tan oscuros que solo se distinguían si les daba la luz directa.

No era que Dalinar necesitara guardias de un tiempo a esa parte, pero no dijo nada cuando el hombre empezó a seguirlo. Colot llevaba unos años rebotando de un puesto a otro y lo último que necesitaba era que lo hicieran sentirse inútil o rechazado. Otra vez. Kelen, la escudera Corredora del Viento que había ido a recoger a Dalinar, avanzaba flotando junto a ellos. Solo habían pasado tres días desde que Navani volviera a energizar la torre, pero los Corredores del Viento ya parecían más que cómodos volando a todas horas.

Incluso a aquellas horas de la noche, Urithiru solía estar activa, pero ese día la avenida principal estaba menos congestionada que de costumbre. La invasión y los toques de queda habían tenido un efecto remanente. La gente seguía traumatizada, escondiéndose en sus habitaciones, recuperándose de la tensión. Dalinar embestía hacia delante, manteniendo el impulso, como siempre había hecho. La gente que lo veía venir daba un gañido y se apartaba de un salto, pero él apenas hacía caso a nadie.

Cuando ya se aproximaban al atrio, desde donde podrían desplazarse a las salas de reuniones en la cima de la torre, Sigzil el Corredor del Viento llegó volando por el pasillo y aterrizó cerca.

—Tengo los informes iniciales de los exploradores, señor.

—¿Y?

—Y tenías razón, señor —respondió Sigzil, levantando un fajo de papeles mientras caminaban—. No son solo Azimir y Ciudad Thaylen: hay una tercera ofensiva. Una gran fuerza de Fusionados marcha hacia las Llanuras Quebradas.

Condenación. Dos ataques ya eran bastante malos, sobre todo si uno era contra Ciudad Thaylen, que apenas se había recuperado de la batalla de la Explanada Thayleña, librada un año antes. No le quedaba gran cosa con la que defenderse, y los pocos barcos que aún componían la Armada Real estaban destinados al bloqueo veden. Dalinar iba a tener que enviarle apoyo a Fen. En grandes cantidades.

—¿Qué sabemos sobre los Fusionados? —preguntó Dalinar.

—Hemos enviado a dos Corredores del Viento —dijo Sigzil—, que estaban destinados en un puesto de exploradores de las Tierras Heladas. Señor, según su estimación, son casi un millar de Fusionados, y como mínimo lo acompaña un tronador, si no ambos.

—Tormentas —renegó Dalinar. ¿Mil Fusionados? Nunca se había enfrentado en batalla contra más de doscientos. No había tantos Radiantes en todo Roshar, ni por asomo—. ¿Por qué las Llanuras Quebradas? ¿Se han enterado del plan de Jasnah de fundar allí un segundo reino alezi?

Los Corredores del Viento no tenían respuestas que darle, aunque lo cierto era que enviar Fusionados tenía sentido. Odium no podía llevar muchas tropas a las Llanuras Quebradas antes de que concluyera el plazo, así que debería confiar en la calidad más que en la cantidad. Además, los Fusionados se desplazaban mucho más rápido que las tropas convencionales, en particular si tenían a Celestiales que los llevaran volando al menos una parte del recorrido.

—Un asalto en tres frentes —dijo Kelen, flotando a su izquierda—. Ataques a nuestros tres baluartes más poderosos, aparte de Urithiru.

—Suponiendo —matizó Sigzil— que no planeen atacar aquí también.

—El Hermano —dijo Dalinar— confía en que ningún Fusionado se atreverá ya a poner un pie aquí, y en que los poderes de los regios no funcionarán. Tendrían que recurrir a las tropas convencionales, que caerían masacradas por nuestros Radiantes.

Pero aquello sí que parecía ser un mensaje. Ataques contra la coalición de Dalinar: Azimir, Ciudad Thaylen y las Llanuras Quebradas, que estaban convirtiéndose en una Alezkar en el exilio. Cuando se celebrara el duelo al cabo de ocho días, los confines se paralizarían y, aunque era probable que el enemigo pudiese conquistar más terreno apretando en las fronteras, aquello era mucho más intimidante. Les advertía que Odium era capaz de arrancarles el mismísimo corazón a sus enemigos si lo deseaba.

Bueno, que lo intentase. Llegaron al atrio y salieron a una galería desde la que se dominaba el centro de la torre. Un inmenso ventanal ascendía por toda la pared opuesta, extendiéndose cien plantas hacia el cielo, mostrando la oscuridad de fuera.

—Solo por si acaso —dijo Dalinar—, despertad a todos los soldados. Enviad patrullas a las montañas cercanas y a Shadesmar. Apostad una guardia cuádruple en todos los posibles puntos de incursión a Urithiru, incluidas las Puertas Juradas y las cavernas. ¿Alguna noticia sobre los otros monarcas?

—Han confirmado su asistencia a la reunión, señor —respondió Sigzil, y levantó sus papeles—. Teshav me ha pedido que te entregue esto. Son cartas enviadas desde Azir y Thaylenah. Ambas suenan bastante alarmadas, pero coinciden en que es sensato que os reunáis.

Dalinar había concedido autoridad a Sigzil, como líder de los Corredores del Viento, para leer cartas como aquellas. Era estupendo tener a otro hombre cerca que no se avergonzara si lo veían leyendo. En el pasado, Sigzil siempre había sido bastante reservado sobre su formación en Azir, en particular sobre si incluía la capacidad de leer la escritura alezi. Después de las decisiones que había tomado Dalinar, su necesidad de subterfugio se había evaporado.

—¿Alguien sabe dónde anda Sagaz? —preguntó Dalinar.

—Está ahí —dijo Sigzil, señalando hacia un elevador que ya ascendía hacia las plantas superiores—. Los he visto a él y a la reina de camino.

—Bien. —Dalinar extendió la mano—. Si me aplicas un enlace, igual llego antes que ellos. Y luego...

Calló al ver que venía alguien por el pasillo. La niñera, llevando en brazos al pequeño Gavinor vestido con su uniforme de colegial: pantalones cortos y camisa.

—Mararin —le dijo Dalinar—, ¿hay algún problema?

—Estoy llevándolo a la sala jardín —explicó ella—. Lo reconforta, brillante señor. Mis disculpas; no esperaba encontraros aquí.

—Es noche cerrada.

Gav tenía la cara apretada contra la havah de Mararin, pero lanzó una mirada hacia Dalinar. Los ojos del chico estaban rojos de llorar.

—¿Pesadillas? —preguntó Dalinar a la niñera.

Ella asintió. Mararin podía ser una mujer severa, pero les profesaba un profundo cariño a los niños que tenía a su cargo.

—¿Yayo? —susurró Gav, y bostezó—. Prometiste que jugarías a las espadas conmigo.

—Necesitas dormir, Gav —dijo Dalinar con voz suave, dando un paso hacia él—. Y el yayo tiene cosas importantes que hacer. Jugaremos mañana.

Gavinor asintió y se frotó los ojos en el vestido de Mararin.

—Dale algo de comer —dijo Dalinar—, y luego súbelo a la cima de la torre. Quizá después de la reunión pueda...

—¿Dalinar Kholin? —llamó una voz.

Dalinar dio media vuelta, pero vio que Colot el guardia ya se había interpuesto entre él y la mujer que había hablado. Era bajita, makabaki, vestida de marrón. Cabello negro muy rizado, corpulenta. Ojos castaños oscuros, titilantes con algo que Dalinar no supo definir.

—¿Te conozco? —le preguntó.

—Hemos hablado —dijo ella.

Se volvió y echó a andar junto a la barandilla de la terraza. Le hizo una seña para que la siguiera.

—¿Osas darle órdenes al rey de Urithiru? —exclamó Colot—. ¿Qué clase de...?

—Atrás —ordenó Dalinar, haciéndoles un gesto a todos.

Corrió para alcanzar a la mujer. Sus modos, su actitud y su aspecto estaban desenterrando unos recuerdos muy profundos. Unos recuerdos que Dalinar había olvidado tiempo atrás por obra de esa misma mujer.

No. No podía ser. ¿O sí?

Cultivación. La tercera deidad.

16

PROMESAS
Y PISTAS VAGAS

*Habían dejado atrás a sus parientes y su hogar hereditario, algo
que muchos hallarían inadmisible.*

De *El camino de los reyes*, cuarta parábola

Shallan estaba tumbada bocarriba en el suelo bajo la ducha, dejando que el agua le cayera por el cuerpo. Había reducido la intensidad a un goteo, como los coletazos de una tormenta, dejando que lloviera sobre su piel desnuda y tabaleara en la piedra a su alrededor. El aire estaba húmedo por el vapor y Shallan lo respiraba a grandes bocanadas.

Podría haberse quedado allí para siempre, gozando de una satisfacción y una plenitud que jamás habría podido capturar en un dibujo. Aquel fragmento de tiempo era para sentirlo, más que para describirlo. Saber que por fin le había abierto su alma a Adolin y él la había aceptado, con sus defectos, sus problemas y sus sueños, todo junto.

Agua, piedra y vapor...

... la satisfacción de saber que todo, por un fugaz instante, iba bien...

... perezosos alegrespren, arremolinados a su alrededor como hojas azules...

Aquello era su recompensa. Shallan la dejó durar mientras Adolin cerraba un arcón en el dormitorio contiguo y se despedía de ella en voz alta.

Con un suspiro, Shallan rodó bocabajo, sintió el agua cayéndole en la espalda y vio frente a ella una colección de pastillas de jabón, piedras de limpiarse y otros artículos de baño. Una docena, todos apelotonados, emitiendo un leve resplandor plateado, dando saltitos y saltitos.

—¡Shallan! ¡Shallan! ¡Shallan!

—¿Estabais... mirando? —les preguntó a los creacionspren.

—¡Shallan! ¡Shallan! ¡Shallan!

Bueno, estaba bien tener un grupo de animación, supuso. Buscó y encontró a Patrón, que formaba un relieve en la piedra de la pared.

—No lo digas —le pidió, poniéndose de pie.

—¿El qué? —preguntó él—. Ahora lo tenéis permitido, recomendado incluso.

Shallan sonrió, terminó de enjuagarse antes de apagar el agua y le susurró un breve agradecimiento a la torre mientras se secaba con la toalla. Luego escrutó la pared cerca de Patrón en busca de alguna señal de Testimonio.

Nada. Quizá todavía estuviesen vinculadas, pero no era suficiente para traer a Testimonio a ese lado. El buen humor de Shallan se esfumó mientras se imaginaba a su pobre spren toda sola en Shadesmar. «Lo arreglaré —pensó—. Encontraré una manera».

Antes tenía trabajo que hacer. Se puso un conjunto de Velo y cruzó la sala de estar principal. Adolin y ella disfrutaban de unos aposentos de primera categoría, con una gran terraza adornada con tiestos, a la que Shallan salió después de que Patrón ocupara su sitio habitual en su largo abrigo blanco.

—¿Y bien? —preguntó Shallan.

Una de las macetas se puso en pie, exudando luz tormentosa al desvanecerse el tejido de luz y revelar a un hombre bajito y barbudo. Gaz ya no llevaba parche en el ojo: había sanado de esa herida, pero aún se lo frotaba a menudo.

—Tengo el cuello torcido —gruñó Gaz, estirándose—, pero no he visto nada raro. Rojo, ¿tú qué dices?

Se levantó otro tiesto, que resultó ser un hombre larguirucho con brillantes tirantes rojos.

—Nada. Si van a atacar, son lo bastante listos como para no hacerlo muy evidente.

Shallan apoyó la espalda en la pared y se cruzó de brazos. Asintió mirando a Rojo, que sacó una vinculacaña, hizo girar la gema y la devolvió a su posición original. No se molestaban en escribir con el aparato, sino que utilizaban los destellos del rubí, con los que se indicaba que una había terminado de redactar un mensaje, como la verdadera comunicación. Los Corredores del Viento habían empezado a desarrollar un código para ese método.

La puerta de sus aposentos se abrió y otros dos miembros de su equipo entraron desde el pasillo, donde habían estado escondidos. Sidéreo, un hombre alto y apuesto de sonrisa fácil, negó con la cabeza. Tras él entró Darcira, una de las incorporaciones más recientes a la Corte Inadvertida. Nadie había reconocido siquiera el terreno próximo a las habitaciones de Shallan, que ellos supieran. Los cinco se congregaron en torno a la mesa de la sala de estar.

—Sagaz te envía un mensaje —dijo Gaz, sacando una silla. Shallan se fijó en la críptica que llevaba al hombro. Todos sus agentes eran Tejedores de Luz de pleno derecho, después de haber pronunciado el Primer Ideal y al menos una verdad. Ninguno de los presentes era portador de esquirlada todavía, pero Gaz y Rojo estaban cerca—. Tus hermanos están a salvo, pero Sagaz se niega a decir dónde se los llevó, ni siquiera a mí.

—Sagaz es de fiar —respondió Shallan.

—No quiere unirse a nosotros —protestó Sidéreo, extendiendo unos bocetos sobre la mesa—, aunque ahora es Tejedor de Luz. Pero nos ha dado esto.

—Ningún Tejedor de Luz está obligado a unirse a nosotros —dijo Rojo—. De hecho, más o menos estamos llenos, ¿verdad, Velo?

Shallan asintió, sin muchas ganas de explicar los detalles relativos a Velo en ese momento. De todos modos, Rojo tenía razón. Habría más Tejedores de Luz, pero deberían formar su propia familia. Aquel grupo, la Corte Inadvertida, pertenecía a Shallan, y no pensaba permitir que creciera hasta volverse ingobernable. Kaladin no sabía ni cómo se llamaba la mitad de los Corredores del Viento, últimamente.

En la mesa había doce retratos, bocetos de los Sangre Espectral a los que Sagaz había identificado. Shallan conocía la mayoría de aquellos rostros, aunque había algunos nuevos. Prestó atención a dos en concreto, una mujer y un hombre que llevaban capucha y máscara. Gente de corta estatura, con ropa de aspecto extranjero. Iyatil, la líder de aquella célula de los Sangre Espectral, no era oriunda de Roshar y siempre llevaba una extraña máscara de madera. Ninguno de aquellos retratos era de ella.

Una nota escrita debajo rezaba: «Parece que Iyatil se ha traído refuerzos de fuera del mundo. Ojo con ellos. Son peligrosos».

—He explorado la torre, como querías —dijo Sidéreo a Shallan—. He visto a estos dos en el atrio, pero me han pillado observándolos. Nadie ha actuado contra los otros, y he percibido una tensión en su forma de retirarse. Es como si... todos estuviéramos esperando la chispa que desatará el incendio.

Los ojos de Shallan permanecieron en el dibujo de Mraize, con el rostro cubierto de viejas cicatrices y vestido con un traje refinado. Había sido el maestro de Shallan. Un mentor cruel y manipulador, pero que había visto en ella cosas que Shallan no había identificado en sí misma. La había presionado, sí, pero también la había motivado. Y allí estaban, por fin, como verdaderos enemigos. Shallan había sabido que llegaría el momento, y aborrecía parte de lo que Mraize representaba, como aquello de encerrar a Lift en una jaula que le había contado Rojo.

Shallan había escogido bando, pero la perturbaba que, al parecer de modo inevitable, de nuevo se opusiera a su mentor. Su madre, su padre, Testimonio, Tyn y ahora Mraize. ¿A cuánta gente que se preocupaba por ella iba a tener que matar? Dejó que Radiante tomara el mando, se quitó el sombrero y tiñó su pelo de rubio para que los demás percibiesen la transformación.

—Que nosotros sepamos —dijo Radiante—, yo tengo el secreto que buscaban de Kelek y ellos no. Intentarán extraerme esa información a mí. Eso nos expone al peligro, pero los expone a ellos también, porque sabemos cuál es su siguiente jugada.

—Atacarnos a nosotros —adivinó Gaz—. O a tu familia.

—Vosotros sois mi familia, Gaz —repuso Radiante. Entornó los ojos mirando los papeles—. Por suerte, Shallan tiene un plan. Vamos a formar un grupo de asalto.

—¿Un grupo de asalto para hacer qué? —preguntó Gaz—. Radiante, no me da miedo luchar, pero ellos tienen recursos de otro tormentoso planeta, y su líder es una especie de espíritu inmortal. No sé cómo vamos a enfrentarnos a ellos.

Shallan emergió un momento y miró a Gaz a los ojos.

—Como te decía, Gaz, jugamos con ventaja. Ellos necesitan la prisión de Mishram, por algún motivo, pero nosotros sabemos dónde está. Si llegamos antes que ellos, podemos utilizarla como baza para garantizar nuestra seguridad.

—Y hay más —dijo Rojo—. Somos Radiantes. Tenemos algo que ellos nunca tendrán: nos hemos pronunciado verdades a nosotros mismos.

Gaz se frotó la barbilla un momento y asintió.

—Antes has mencionado la armadura. ¿Es verdad? ¿Has alcanzado el siguiente Ideal?

—Sí —respondió ella, e hizo que la armadura cobrara forma a su alrededor, levantándola un centímetro del suelo cuando las botas rodearon sus pies.

—Genial —dijo Rojo—. Tienes armadura, así que ahora todos tenemos armadura.

—No funciona así, Rojo —intervino Darcira, meneando un lápiz de bosquejar en su dirección—. No obtenemos sus poderes. Tormentas, si ya ni siquiera eres escudero suyo. ¡Tienes tu propio spren!

—Sí, pero ya sabes lo que hizo Bendito por la Tormenta. —Rojo se levantó y separó los brazos—. ¡Él puede compartir su armadura! ¡Hacer que vuele hacia la gente y la proteja! Siempre he querido llevar armadura esquirlada. ¿Me la prestas, Shallan?

Ella titubeó. Hacía... muy poco que se la había ganado. Darcira dio unos golpecitos con el lápiz en su cuaderno.

—Nos convendría saber si puede hacerse, brillante.

Un argumento razonable. Tormentosa exfervorosa de mente científica.

—Bien —dijo Shallan—. ¿Cómo lo hago?

—A Kaladin parecía que le funcionó y ya está —respondió Rojo.

—La gente no habla de otra cosa —dijo Darcira—. Kaladin iba volando de un lado a otro, ya sabes, como hacen siempre. Y su armadura, hecha de vientospren, iba moviéndose y envolviendo a otros soldados cuando la necesitaban.

—Tormentoso señorito del puente —masculló Gaz— y su tormentoso heroísmo.

Todos lo miraron.

—Lo hace solo para que me sienta mal —añadió él.

—Se comporta como un héroe —replicó Rojo, divertido— porque a ti te molesta. Ajá.

—Pues sí —dijo Gaz—. Deberíais darme las gracias todo el mundo. Si yo no hubiera tenido mano dura con esos hombres del puente, nunca habrían llegado a ser esos nauseabundos dechados de rectitud.

—Pero —objetó Rojo— ¿el mes pasado no estabas llorando por lo que les hiciste?

—Iba borracho —respondió Gaz—. No puedes fiarte de un hombre cuando va borracho. Siempre termina diciendo sin querer cosas que aún no está preparado para decir. En todo caso, ¿no íbamos a probar esa armadura?

Shallan se planteó cómo hacerlo, visualizó la escena. Kaladin con luz emanando del cuerpo, enviando su armadura a otros para protegerlos.

Lástima que nos perdiéramos la invasión, comentó Velo.

La gente dice que fue un horror, respondió Shallan.

Sí, pero ¿y lo estupendo que habría sido merodear por la torre mientras estaba bajo control enemigo?

Oír su voz, aunque fuese solo al fondo de la mente de Shallan, fue reconfortante. Había parecido que Velo, al reintegrarse, iba a desaparecer por completo, pero ¿de qué serviría sanar si implicaba perder para siempre una parte de sí misma, una parte que adoraba? Le daba cada vez más la impresión de que reintegrarse no consistía en rechazar a Velo o a Radiante, sino en aceptarlas, en reconocer de una forma sana que distintas partes de ella tenían necesidades distintas, objetivos distintos, ideas distintas.

Para ella, eso significaba sanar. Dejar de perder el control a manos de sus personalidades, sí, pero también convertir sus fuerzas en parte de ella. En fin, a lo que iban. Shallan movió las dos manos en dirección a Rojo y ordenó a la armadura: *Ve con él.*

¡Shallan!, fue la predecible respuesta.

Con él. Ve a protegerlo. A ese tipo de ahí.

Solo recibió confusión. Así que tomó a Rojo del brazo y visualizó la armadura cobrando forma a su alrededor.

Haz eso.

¡Shallan!

La armadura emergió en torno a Rojo, y a Shallan no se le escapó que aparecía tal y como ella la había imaginado: con espirales de color como cintas de pintura mojada, dejada caer toda junta, en tonos de rojo metálico. Su forma también fue un poco distinta, más fina, para poder llevarla bajo un abrigo, en vez del armatoste que era la armadura esquirlada de Adolin.

Rojo se echó a reír emocionado, con el estallido de un asombrospren, y su voz resonó dentro del yelmo. Shallan dio un paso atrás. Y Rojo se quedó allí plantado. Inmóvil. Con los brazos extendidos.

—Esto… —llegó su voz—. No puedo moverme…

—¿Ah, no? —dijo Gaz.

Muévete, ordenó Shallan a la armadura, que se partió en pedazos y desapareció.

Lo intentaron otra vez. De nuevo, cuando Shallan se apartó, Rojo se quedaba clavado en el sitio. No podía ni doblar un dedo.

—La armadura esquirlada necesita energía para moverse —dijo Darcira—. ¿Es posible que... que no la tenga?

—¿Y por qué a los Corredores del Viento sí que les funciona? —preguntó Rojo con voz amortiguada—. No me parece nada justo.

—Yo creo que es una genialidad —dijo Gaz—. Shallan, si lo derribamos, ¿crees que se quedará ahí tumbado hasta que volvamos del desayuno?

Shallan descartó la armadura, sonriendo. *¿Shallan?*, preguntaron las voces. Sonaban... avergonzadas.

No pasa nada, proyectó Shallan. *Sois nuevos en esto.*

Quizá podría buscarles algún tipo de adiestramiento con... esto... ¿otros pedazos de armadura?

—Bueno, pues supongo que no recibiré armadura gratis —dijo Rojo—. Tendré que volver a gimotear de noche por mis oscuros secretos hasta que encuentre la forma de superarlos.

—¿Tu oscuro secreto es que tienes un sentido del humor espantoso? —preguntó Gaz.

—Qué va, eso lo sabe todo el mundo. —Rojo se sentó a la mesa—. ¿Así que... de verdad vamos a atacar a los Sangre Espectral? ¿Directamente?

Shallan miró a los demás. Asintieron todos. Gaz incluido.

—¿Cómo empezamos? —preguntó Darcira.

—Mraize siempre piensa que cuenta con ventaja —dijo Radiante—. Se aprovecha de mantener a la gente desequilibrada ofreciéndole información como cebo. La mejor forma de anular esa ventaja es descubrir sus secretos. Hay muchas cosas que desconocemos. ¿Por qué quieren la prisión de Mishram? ¿Por qué se han involucrado tanto en nuestra política? Así que vamos a buscar esas respuestas. —Bajó la mirada a la mesa, a la cara sonriente y cicatrizada de Mraize—. Vamos a hacer una cosa que no creen posible. Vamos a robar esos secretos.

—Muy bien —respondió Gaz—. Pero ¿cómo?

—Antes que nada —dijo ella—, tenemos que encontrar su base...

—¿Qué estás haciendo aquí? —preguntó Dalinar con brusquedad mientras alcanzaba a la mujer... a la diosa.

Condenación, sí que era ella. Dalinar la había visto por última vez en una arboleda a oscuras, pero su cara era idéntica.

—Voy allá donde me place —dijo ella, en tono divertido, con unos pocos vidaspren flotando a su alrededor—. ¿No debería?

Como en la ocasión anterior, había un levísimo matiz del sonido de piedras derrumbándose en su voz. La ropa se le fundía con la piel en algunos sitios, como si hubiera hecho crecer el vestido a partir de unas delicadas redes de algo fino y terrenal. Ninguno de ambos efectos era tan pronunciado como en el valle, quizá por no llamar la atención. Pero Dalinar se sobresaltó de todos modos. ¿Sería un truco de Fusionado? ¿Podría ser...?

No. Los poderes de los Fusionados no funcionarían en la torre. Aquella mujer era Cultivación en persona. Se detuvo junto a la barandilla de metal, se agarró para no caer.

—Te recuerdo —dijo.

—Lo sé. Lo escribiste en tu libro. Me esfuerzo mucho por mantenerme en secreto, Dalinar, y tú fuiste y lo vomitaste todo en una página.

Cultivación negó con la cabeza.

—¿Has venido a ayudar? —preguntó él—. ¿Puedes decirme cómo derrotar a Odium? ¿Debo utilizar mis poderes de Forjador de Vínculos?

—No puedo decírtelo —respondió Cultivación mientras la gente pasaba por la galería y hacía reverencias o saludaba a Dalinar, sin hacerle ningún caso a ella, que era la más grandiosa de los dos.

—¿Por qué no? —preguntó Dalinar—. ¿Por qué no explicármelo?

—¿No lo has aprendido aún? Debes hallar las respuestas por ti mismo para respetar su significado.

—Discúlpame —dijo él—, pero eso es una cremez como una casa. Si me das las respuestas, te prometo por lo que más quieras que las respetaré.

Ella sonrió.

—¿Te has preguntado por qué eres un Forjador de Vínculos?

—Para unirlos —respondió Dalinar.

—Sí. ¿Y qué significa eso?

—Muchas cosas, según la interpretación —dijo él, y suspiró—. Por favor, solo dame una respuesta.

Cultivación perdió el tiempo junto a la barandilla, dándole golpecitos, mirando a la gente de Urithiru que pasaba por debajo.

—¿Alguna vez has sabido que Odium estuviera asustado?

¿Lo había sabido?

Sí. En una ocasión, durante un choque de poder trascendente. Una ocasión en la que habría jurado oír la voz de Evi, en la que pasó a ser dueño de sí mismo, libre de su pasado. Una ocasión en la que miró a un dios a los ojos, y dio una fuerte palmada, y combinó tres reinos en uno.

«Soy Unidad».

—Una vez —dijo Dalinar en voz baja.

—Yo una vez también —respondió ella—. Aparte de cuando te enfrentaste a él. Fue muy en el pasado. —Alzó la mano distraída y los vidaspren se arremolinaron juguetones a su alrededor—. Tienes que emprender un viaje, Dalinar Kholin. Un viaje peligroso, pero el camino hacia la derrota de Odium no pasa solo por tus poderes. Pasa por la comprensión. Necesitas ver la historia de este mundo, vivirla.

—¿Visiones? —preguntó Dalinar—. ¿Como las que tenía antes?

—Mayores —dijo ella—. ¿Dónde está Honor?

—Muerto.

—Tanavast, el recipiente que una vez contuvo a Honor, está muerto, pero el poder permanece. En algún lugar. Es un enigma que pocos estudiosos saben siquiera que pueden plantearse. Nadie sabe qué fue del poder de Honor. ¿Se te ocurre alguna idea?

—Está en los spren, tal vez —dijo Dalinar.

—Hay quienes afirman que Honor fue Astillado por Odium cuando este mató a Tanavast, como ya había hecho antes a otras, y que Honor se convirtió en los spren, ya que, si se deja el poder de una deidad a la suya, empezará a pensar. —Cultivación negó con la cabeza—. Pero se equivocan. Los spren ya existían antes de la muerte de Tanavast. Son de él, pero no son el núcleo de su poder. Eso todavía existe. —Miró a Dalinar a los ojos—. Es la energía y la sustancia de las visiones que se te mostraron, empezando hace años. Desea que las personas vean su acervo, en su búsqueda de un nuevo recipiente que lo contenga.

—Un momento —susurró Dalinar, mientras un escalofrío se extendía desde la base de su cráneo y lo inundaba por completo, obligándolo a aferrarse a la barandilla—. Un momento. ¿Qué estás diciendo? ¿Que… alguien podría…?

—El poder de Honor necesita un anfitrión —dijo ella—. Está por ver que seas tú o no, que resuelva o no vuestros problemas. Sin embargo, he venido a decirte que hace años iniciaste un camino, y tocabas el poder de Honor con cada alta tormenta, al recibir una visión. El camino para derrotar a Odium es el mismo que recorres. Solo necesitas ver mejor, más lejos, más profundo en el pasado.

—¿No puedes combatirlo tú?

—Tengo mis propias batallas —contestó ella, volviéndose para marcharse—. No puedo librar las tuyas, pero ahora ya sabes dónde se oculta el poder. Busca el Reino Espiritual, donde moran los dioses. Tienes la capacidad de llegar allí, quizá incluso la capacidad de regresar. Es en ese lugar donde se te otorgarán las verdades definitivas sobre los Heraldos, los Radiantes y el mismísimo Honor. Ve y búscalo, Dalinar Kholin, si pretendes concluir este viaje.

Cultivación recorrió un corto trecho, hasta que la oscuridad se la tragó, y entonces desapareció en un estallido de vidaspren.

Dalinar regresó con los demás y los encontró rodeados de sorpresaspren. Sin abrir la boca, señaló hacia arriba. Sigzil lo enlazó y Dalinar echó a volar, acompañado por los dos Corredores del Viento. Solo cuando ya estaba en el aire cayó en la cuenta de que había dejado atrás a su guardaespaldas una vez más. Bueno, Colot podía coger el elevador.

El Reino Espiritual. Los poderes de dioses.

Padre Tormenta, pensó mientras ganaba altura, *¿has captado esa conversación?*

Notó un estruendo al fondo de la mente. Confusión.

Cultivación estaba aquí, dijo Dalinar. *Hace un momento.*

¿Qué?, exclamó el Padre Tormenta, de pronto muy presente en la consciencia de Dalinar, deformando el aire a su alrededor. *Increíble. Casi nunca abandona su escondrijo.*

¿No la has percibido?

Se oculta de Odium, envió el Padre Tormenta, *lo que significa que ninguno de nosotros puede sentir su presencia tampoco. Debe de haber venido para ver qué estaba pasando con el Hermano. Cultivación siempre le ha tenido cariño.*

Cultivación me ha explicado, dijo Dalinar, *que el poder de Honor todavía existe en el Reino Espiritual, que es la sustancia de las visiones que he tenido. Dice que debería buscar respuestas allí.*

El Padre Tormenta atronó con suavidad. Fue una clase de trueno peligrosa, lejana, pero que amenazaba con una violencia inminente.

¿Y darías ese paso, Dalinar?, preguntó el spren. *¿Acaso buscas perderte a ti mismo en el pasado?*

Llegaron a las plantas superiores de Urithiru. Dalinar, que ya había hecho aquello decenas de veces, asió la barandilla y pasó por encima de ella al rellano donde llegaban los elevadores. Se quedó agarrado a la barandilla hasta que Sigzil le retiró el enlace, permitiendo que Dalinar se posara en el suelo.

Tan solo busco proteger a mi pueblo, pensó Dalinar. Aferró el pasamanos y miró decenas y decenas de metros hacia abajo. Un panorama vertiginoso. Se sentía como si llevase años ya al borde de un precipicio, a solo un paso de la destrucción. En otros tiempos, si temblaba antes de una batalla, era siempre de emoción. En esos momentos lo hacía por la abrumadora comprensión de que todo dependía de él. Porque así lo había querido.

Si perdía aquel duelo…

Veo que estás nervioso, dijo el Padre Tormenta. *Bien. La confianza debe tener un límite, en los mortales. ¿Qué más te ha dicho Cultivación?*

Solo que el Reino Espiritual tiene respuestas, contestó Dalinar. *Que puedo llegar allí con mis poderes. Que debería buscar las verdades de la historia, y de Honor.*

El Padre Tormenta reverberó. Sonaba como molesto por aquello.

¿Qué ocurre?, preguntó Dalinar.

Te he mostrado lo que necesitas, dijo el spren. *Mucho más que eso sería peligroso.*

Un momento, pensó Dalinar. *Entonces, ¿de verdad hay más? ¿Podría ver cómo se eligió a los Heraldos? ¿Cómo llegó la gente a Roshar? ¿Podría ver qué provocó la muerte de Honor?*

El Padre Tormenta retumbó con suavidad, y sonaba incluso más enfadado.

Cultivación me ha indicado que debo buscar esas respuestas, dijo Dalinar.

No creía que fuese a interferir excepto a su manera habitual, respondió el Padre Tormenta. La de dar minúsculos empujoncitos que tardan décadas en dar su fruto. Tendré que pensar en ello. Su sugerencia es peligrosa, Dalinar. Demasiado peligrosa. Ten cuidado.

Dicho eso, el Padre Tormenta desvió su atención hacia otro lugar. El titilar del aire se desvaneció y la presencia del spren se retiró hasta ser solo una tenue consciencia al mismo fondo de su mente.

Tormentas. Dalinar estaba harto de promesas y pistas vagas. Estaba harto de que los dioses se movieran inadvertidos entre ellos. Quería *respuestas*.

Fue con paso pesado hacia la sala de reuniones, seguido por los dos Corredores del Viento. Entró y vio que, al final, Jasnah le había ganado la carrera hasta la cima y llegaba temprano al encuentro, igual que él. Sagaz estaba sentado en el suelo al fondo, con un pergamino en una mano y algún tipo de hueso blanco en la otra.

—¿Qué está haciendo? —preguntó Dalinar a Jasnah.

—Algo va mal —explicó ella, observando a Sagaz cruzada de brazos—. Tuvo un encuentro con Odium del que acaba de ser consciente ahora mismo, lo que significa que alteró sus recuerdos. Y eso, por motivos que no me ha revelado, lo lleva a pensar que hay tecnicismos en el contrato que Odium está aprovechando.

—No puede haberlos —dijo Dalinar—. Odium me prometió, y el propio Sagaz me confirmó, que no iba a usar ningún tecnicismo. Que el espíritu del contrato era más importante.

Jasnah negó con la cabeza.

—Obtendremos respuestas de Sagaz, si hay suerte, cuando lo decida él, no nosotros.

Parecía molesta con él en particular.

—Bueno —dijo Dalinar, sacando sus mapas de batalla antes de indicar por señas que entraran a los generales que esperaban fuera—. Será mejor que hagamos un recuento exacto de las posiciones de nuestras tropas, para poder presentárselo a los monarcas. Hay mucho que organizar y planificar…

Por fin he encontrado tiempo
para pensar en esto.

¿Cómo puedo
añadirle una capa?
A Adolin
le encantaría....

¡Ponerme antes
la capa_y formar la
armadura por
debajo!

Hay más cuentas que partes de la coraza,
pero menos que segmentos de armadura.
¿Cómo se correlacionan?

UN AMOR MÁS DURO

Lo que me revelaron sus glifos, garabateados en el polvo, me hizo temblar el alma: fui yo, y las historias que habían oído sobre mis enseñanzas, la razón de que se marcharan.

De *El camino de los reyes*, cuarta parábola

Los primeros atisbos de luz ya se filtraban en el atrio mientras Adolin caminaba hacia los elevadores. Después de estar con Shallan, había dado un rodeo para visitar a Galante, y llegaría al encuentro justo a tiempo.

A mucha gente normal le había tocado hacer cola ante los ascensores hasta que los monarcas estuvieran reunidos. Adolin vio a alguien inesperado entre esa gente.

—¿Colot? —dijo, mirando al miembro de la Guardia Cobalto.

—Adolin —respondió Colot, con cara de vergüenza.

Era ojos claros, en su caso de una tonalidad amarilla verdosa. Exescudero de los Corredores del Viento. Muchos escuderos tenían que esperar durante meses para vincular a un spren, ya que escaseaban, pero la mayoría estaban dispuestos a hacerlo. Adolin no sabía por qué Colot se había rendido y lo había dejado antes de obtener el suyo.

—¿Estás bien? —le preguntó.

—Bien. Tu padre acaba de ingeniárselas para darme esquinazo otra vez.

Adolin dio un suave gemido.

—Creía que estaba mejorando en dejarse acompañar por sus guardias.

—No creo que lo haya hecho a propósito. Es que se ha distraído.

Colot se encogió de hombros.

—Hablaré con él —prometió Adolin.

—Por favor, no lo hagas. Para él los guardaespaldas ahora son solo una molestia. No te... —Colot respiró hondo—. No te preocupes por mí. Ya subiré cuando toda la gente importante esté donde debe.

—De eso nada, tú te vienes conmigo.

Adolin lo sacó de la cola. Vio que estaban cargando un elevador con un grupo de personas ataviadas con colorida ropa azishiana, y a soldados que mantenían a la gente apartada a una distancia segura. Dio una voz y corrió hacia el elevador, tirando de Colot tras él. Antes de que los asistentes pudieran cerrar la puerta, el emperador en persona, envuelto en gruesos ropajes y con un sombrero de varios palmos de anchura, levantó la mano para impedírselo.

Colot y Adolin subieron de un salto a la plataforma, y Adolin le hizo un asentimiento agradecido al emperador. La cabina estaba atestada de dignatarios azishianos. Allí donde fuese el emperador Yanagawn, debía llevar consigo a visires, sirvientes, funcionarios, sirvientes de los funcionarios...

El elevador empezó a ascender despacio por la pared del atrio. Luego ganó velocidad. A los pocos segundos ya iba tan rápido que Adolin notó el viento, algo que no había ocurrido nunca antes del despertar de la torre. A ese ritmo, el ascenso hasta la cima les llevaría solo unos minutos.

—Alto príncipe Adolin —dijo Yanagawn desde el centro de su séquito—. ¿Podemos hablar un momento?

A su alrededor, varios visires se miraron entre ellos, aunque ninguno dijo ni una palabra. Se suponía que el joven emperador no debía hablar con nadie inferior, pero Adolin había tenido algunas interacciones esporádicas con él durante el año transcurrido desde la batalla de la Explanada Thayleña. Yanagawn había empezado a dirigirse a Adolin directamente.

—¿Excelencia? —dijo Adolin, acercándose mientras varios guardias le dejaban espacio a regañadientes.

—Habéis visto los ejércitos que avanzan hacia mi tierra natal —afirmó Yanagawn—. Según los informes, son... ¿numerosos?

—Es una fuerza de invasión bastante decente —reconoció Adolin—. Serán unos quince o veinte mil efectivos.

—En la capital solo tenemos una fracción de eso —dijo el emperador—. Muchos de nuestros ejércitos están fuera, de campaña. —Negó con la cabeza, sentado en su silla entre toda aquella gente. Llevaban un asiento para él a todas partes, y a veces lo llevaban a él sobre el asiento—. Creíamos que estaríamos a salvo después de hacer retroceder al enemigo hasta Emul. ¿Acabará esto alguna vez, incluso después del duelo?

—Ojalá lo supiera, excelencia.

Yanagawn era, en muchos aspectos, desconcertante para Adolin, más un mascarón de proa que un rey. Como una estatua creada por moldeado de almas, poderosa en su quietud, pero de algún modo desvalida en persona. Jasnah opinaba que eso era bueno, y Adolin había intentado seguir sus explicaciones de por qué. Tenía sentido cuando su prima hablaba de controles sobre el poder absoluto, pero claro, Jasnah podía hacer que cualquier cosa sonara razonable. Era uno de sus dones.

—Vos lucháis directamente por vuestro pueblo —le dijo Yanagawn en voz baja—, espada en mano. ¿Nunca tenéis miedo de no ser lo bastante fuerte, alto príncipe?

—Llamadme Adolin, si queréis.

—Yo... no puedo extenderte la misma cortesía.

—Lo comprendo —dijo Adolin—. Y en respuesta a vuestra pregunta, sí. A veces me aterroriza volver a fracasar. Kholinar cayó cuando me enviaron a salvarla. No pasa ni un día sin que piense en ello.

Era un dolor constante, como un músculo distendido que se negara a sanar. La clase de dolor furtivo que no se manifestaba hasta que uno hacía el movimiento equivocado, y entonces de pronto se avivaba como una punta afilada en el costado. Entonces Adolin recordaba activar la Puerta Jurada. Dejar atrás a soldados heridos, una ciudad entera llena de gente a la que se suponía que *él* debía rescatar. Su primo Elhokar muerto sobre la piedra...

Sí, tormentas, eso dolía.

—¿Cómo lo soportas? —preguntó Yanagawn.

—El ejercicio ayuda —dijo Adolin—. Entrenar con la espada, despejar la mente.

—A veces creo que es una bendición que mi puesto no me permita luchar —afirmó Yanagawn. Tormentas, qué bien hablaba en alezi. Tenía acento, sí, pero solo llevaba más o menos un año practicando—. No tomo las decisiones tácticas, de modo que la carga del fracaso no me corresponde. Pero en otros momentos, me considero un cobarde.

—No es cobardía conocer las limitaciones propias, excelencia —repuso Adolin.

—Tal vez —dijo el emperador, y sonrió con aprecio—. ¿Conoces mi pasado, Adolin?

—Creo que erais un ojos oscuros... bueno, o como sea que lo llaméis, antes de vuestro ascenso.

—Un plebeyo, sí. Un ladrón. Y no muy bueno, por cierto.

Más miradas de soslayo entre los visires. Noura, la primera entre ellos, dio un paso adelante.

—Disculpad, excelencia, alteza, pero esa es la senda en la que Yaezir os puso, y es como debíais manifestaros a nosotros por medio de un milagro.

—Eso no cambia lo que era, Noura.

—Cierto, excelencia —dijo ella—. Pero obcecaros en lo que erais, y no en lo que sois, nunca lleva muy lejos a nadie.

Adolin asintió. Él no podría vivir con tantos sirvientes siempre encima, pero Noura... al menos era una persona reflexiva.

—No lo menciono —dijo Yanagawn— por obcecarme con ello, sino por recordar una época durante la que solía verme en situaciones peligrosas. Por aquel entonces, no las llevaba bien. Me pregunto a menudo... cómo las llevaría ahora.

Miró a Noura, y entonces Adolin vio en él al hombre, no al joven. Tenía ya más edad que Adolin cuando ganó su hoja esquirlada.

«Este compañero —pensó Adolin— necesita una buena sesión de entrenamiento con la espada».

No le correspondía a Adolin decirlo, no allí. De modo que se mordió la lengua mientras el elevador llegaba a la cima y salían todos. Había llegado el momento de decidir cómo iban a afrontar aquella amenaza.

Radiante apoyó la espalda en la pared de la planta baja del atrio del elevador. Cortesía de un tejido de luz de Shallan, llevaba la cara de un raspador de crem. Un hombre de rasgos alargados, que le caían como si fuesen de cera.

Adolin subió al ascensor con el contingente azishiano, mientras Isom, el Tejedor de Luz al que había asignado seguirlo, hacía una señal encubierta para indicar que tomaría el siguiente elevador. Shallan se había preocupado cuando Isom informó de que Adolin no iba directo a la reunión. Cómo no, se había desviado para ir a ver a su caballo. Otra vez.

Radiante ya había enviado a Sidéreo arriba con los monarcas, en representación oficial de la Corte Inadvertida, así que Adolin estaría bien protegido. Además, seguro que el enemigo no intentaría nada en medio de una reunión de reyes, reinas y un puñado de Radiantes.

Ya no puedes hacer nada más al respecto, dijo Velo.

Sus planes dependían de que alguno de sus Tejedores de Luz fuese capaz de seguir a un Sangre Espectral hasta su actual escondrijo. Gaz estaba con ella, llevando la cara de una joven que vendía flores de rocabrote en el mercado. Era uno de sus mejores bocetos, y de sus mejores disfraces, ya que aprovechaba su estatura baja.

—No hay informes de Sangre Espectral siguiendo a ninguno de los nuestros hoy —dijo Gaz con suavidad. Sus tejidos de luz habían progresado lo suficiente para que su voz empezara a modularse también, además de su imagen—. Ni siquiera han atacado al caballo. ¿Crees que están esperando a que nos confiemos?

Radiante pensó un momento.

—No. No quieren llamar la atención. Un ataque mezquino contra algún ser querido de Shallan les daría una satisfacción momentánea, pero haría caer todo el peso de la ira de Dalinar sobre ellos. Mraize es demasiado sutil para eso.

Gaz gruñó, un sonido que desde luego no encajaba con la cara que llevaba puesta. Necesitaba practicar más. A ese efecto, como ya había comprobado que Adolin estaba bien, Radiante dio paso a Shallan, que se encorvó aún más, se metió las manos en los bolsillos y empezó a morderse el labio, todos ellos gestos nada propios de ella, para reforzar el disfraz.

—No han hecho amenazas —susurró Shallan con voz de hombre—. No han establecido contacto. Esperaba que pudiéramos impedir un golpe contra alguno de los nuestros y seguir a los atacantes. Este silencio me pone muy nerviosa. Tenemos que averiguar qué traman, Gaz.

—Tenemos a agentes vigilando las entradas de la torre y los pasillos principales —dijo él—. Pero, incluso con nuestros informadores a sueldo, no puedo garantizar que vayamos a encontrar el rastro de algún Sangre Espectral.

Shallan asintió mordiéndose el labio, pensativa.

—Los Sangre Espectral no podrán estar alejados de lo que ocurra hoy. No han interferido con Adolin, pero lo vigilan. Estarán haciendo lo mismo con Dalinar, Navani y cualquier otra persona que crean que puede saber algo. Tarde o temprano, uno de nosotros verá alguien a quien seguir.

Gaz asintió despacio, relajándose contra la pared con aire ocioso. Shob, otro Tejedor de Luz, llegaría al cabo de unos minutos con su informe. Tiempo atrás, Gaz estaría rascándose la barba de unos días y comprobando nervioso una y otra vez su anterior punto ciego. Ambos actos eran mucho menos frecuentes cuando llevaba disfraz, ya que entonces moderaba los ademanes.

—Estás mejorando en esto —comentó Shallan.

—Gracias —dijo él—. Necesitaba algo con lo que entretenerme.

—¿Cómo va lo de apostar?

Gaz se encogió de hombros.

—¿Cuánto te has endeudado esta semana?

—Nada.

—Es una mejora —dijo Shallan.

—Solo porque he conseguido no apostar nada —repuso él—. ¿Sabes el consejo ese que me diste sobre asignarme un presupuesto y no perder nunca más que eso?

—¿Sí? —preguntó ella, expectante.

—Tormentosamente inútil —dijo él—. Lo siento.

—Vaya.

—Si empiezo a apostar, deja de importarme. El problema siempre ha sido ese. Por eso acabé en las cuadrillas de puente, bajo la bota de un par de ojos claros malvados. Por eso acabé desertando. Para mí no hay presupuesto que valga. Lo que necesito es estar haciendo otra cosa.

—¿Y eso es difícil? —preguntó ella, pensando en su hermano, que tenía el mismo problema. Quizá lo que le funcionaba a Gaz ayudaría a Jushu.

—Sí. Antes pasaba el día planeando cómo ganar —dijo Gaz—. Estrategias, la mayoría inútiles. En mi mente fantaseaba con que cada partida era una ráfaga en lo que se convertiría en una tormenta de ganancias, que me sacaría de mis problemas. Y cada victoria me sentaba bien, como si estuviera dando un paso en la dirección de valer algo como persona.

Unos repugnaspren, con forma de sacacorchos girando hacia arriba, aparecieron a su alrededor mientras seguía hablando.

—No eran las apuestas en sí lo que me enganchó. Era el castillo en el aire que me construía de lo que iba a sentir al ganar, que luego siempre se derrumbaba y me dejaba con la idea de haber visto pasar algo que se me *debía*. Y eso me fue embotando a todo lo demás. Hasta que me convertí en un hombre sin corazón, que enviaba a chicos a morir cada día en aquellas carreras de puente.

—Y luego...

—Os encontré a vosotros —dijo él—. A gente a quien le importo.

—Y el poder de ser amado —añadió Shallan con suavidad, notando una sonrisa creciente en los labios— te dio fuerzas para resistir.

—¿Qué? —Gaz soltó una carcajada, medio con su voz, medio con la de la ilusión—. ¿Se puede saber qué clase de tormentoso crem es eso? ¿El poder de ser amado? ¡Ja! Qué va. Sidéreo y Rojo fueron a todos los tugurios de apuestas de toda la tormentosa torre y amenazaron a los dueños. Les dijeron que, como alguien me dejara entrar, Sidéreo les arrancaría las uñas de los pies y se las pondría de collar. ¡Cuando pasaba por allí, el personal ni siquiera me hablaba!

—Bueno —dijo ella—, es que eso es el poder de ser amado. Solo que... hum, en una tonalidad distinta.

—Un amor más duro.

—Un amor con más durezas.

Gaz la miró.

—Durezas —dijo ella—. En el pie. Como las uñas.

Él se limitó a seguirla mirando.

—Eh, me falta práctica, ¿vale? —dijo Shallan—. Tuve un jaleo con otra personalidad que estuvo a punto de manifestarse, y no me dejó mucho tiempo para las ocurrencias ingeniosas. En todo caso, recuérdame que les envíe una nota de agradecimiento a Rojo y a Sidéreo.

—Tormentosos idiotas —masculló Gaz—. Pero funcionó. Al cabo de un tiempo, mi mente encontró otras maneras de pasar el rato. Este trabajo que hacemos tiene una emoción más real: los planes, la vigilancia, seguir a gente. Ahora las estrategias que se me ocurren consiguen algo real. —Bajó la mirada hacia su cinturón, donde una vinculacaña del grupo tenía una luz intermitente—. Condenación. Es Shob. Ha visto a algún Sangre Espectral. Acertaste.

—Siempre acierto. —Shallan calló un momento—. Menos con los consejos sobre el juego.

—Y con los chistes.

—Mis chistes son increíbles. Puede que haya que pulirlos un poco, pero... en fin, hasta un cuchillo romo puede matar a alguien.

Gaz se pasó la mano por el pelo falso.

—Eso explica muchas cosas.

—¿Ah, sí?

—Si empujas lo suficiente con un cuchillo romo...

—Puede doler de todos modos.

—Y si no paras de hacer chistes malos...

—Lo mismo. —Shallan titubeó—. Un momento, no quería decir eso.

Él sonrió de oreja a oreja.

—Vamos a ver qué ha encontrado Shob.

18

UNA EXCEPCIÓN
A LAS REGLAS

Habían partido en busca de una tierra que, según algunos, era mítica.

De *El camino de los reyes*, cuarta parábola

Adolin y el emperador de Azir dejaron a la mayoría de los acompañantes en la antecámara y entraron a la reunión. Cumpliendo la tradición, Yanagawn cogió su propia silla y la llevó al interior, y Adolin hizo lo mismo. A Navani y a Dalinar les gustaba el simbolismo.

Ya dentro, Adolin hizo un conteo rápido de los presentes y comprobó que Yanagawn y él eran los últimos en llegar. Su padre y su tía estaban allí, igual que Jasnah y la reina Fen. Unos pocos enviados Radiantes, entre ellos Sigzil de los Corredores del Viento y Sidéreo de los Tejedores de Luz, estaban colocando sus sillas. También había algunos reyes inferiores —o «supremos», como los llamaban ellos— del Imperio azishiano. Había acudido el Visón, el herdaziano bajito que era el principal estratega de la coalición. Y posiblemente, tras la caída de su reino, el ojos claros con mayor categoría de Herdaz. Aunque en realidad tuviera los ojos oscuros.

Completaban la reunión otros tres altos príncipes alezi, un grupo de escribas y varios generales y líderes importantes, como el príncipe Kmakl y Noura la visir. Y, cómo no, estaba Sagaz, sentado en el rincón con un pergamino en el regazo. La tía Navani hizo un gesto y todos los spren emocionales que había en la sala se marcharon volando, para no distraer a los presentes. Adolin cerró la puerta. Quizá debería haber saludado a su padre, al que llevaba semanas sin ver. Lanzó una mirada hacia Dalinar.

No. Después de cómo se habían separado, ambos iban a hacer lo que era debido: ignorar el asunto y dejar que supurase.

A los pocos segundos de que cerrara la puerta, alguien llamó a ella con los nudillos. Adolin escrutó por una rendija y luego la abrió del todo mientras un guardia señalaba hacia un anciano reshi vestido con una túnica suelta que mostraba su poderoso pecho y su complexión fuerte. A Adolin le sonaba que era el líder de una de las islas Reshi y que había estado visitando la torre aquellos últimos meses.

Nunca lo habían invitado a ninguna de aquellas reuniones. El hombre no pidió entrar: se limitó a coger una silla y quedarse de pie fuera, esperando con su hijo, que a menudo vestía con ropa thayleña.

Adolin lanzó una mirada al interior de la cámara. Aquel hombre solo era rey de unos pocos centenares de personas, en la práctica menos poderoso que cualquier terrateniente alezi. Era Radiante, el único Portador del Polvo que quedaba en la torre, pero no muchos Radiantes tenían un puesto en la reunión solo por serlo.

Se hizo el silencio un momento, y luego el Visón habló.

—En Herdaz tenemos un dicho. Ningún primo es tan lejano que deje de ser familia. El rey de un país pequeño sigue siendo un rey.

—Pasa, por favor —dijo Dalinar, con un asentimiento y un gesto hacia el rey reshi—. Aunque te advierto que buena parte de lo que hablemos puede resultar confuso sin un contexto previo.

El hombre guardó silencio, cargó con su silla y la colocó al fondo de la sala, junto a varios de los supremos azishianos inferiores. Se sentó con gesto regio y, a decir verdad, Adolin dudaba que hablase muy bien el alezi. Su presencia parecía simbólica. Adolin cerró la puerta de nuevo.

—Bueno —dijo Fen—, pues ya estamos todos. ¿Podemos empezar de una vez? Mi reino se enfrenta a una flota entera.

—¡El mío está a punto de que lo invadan! —replicó Yanagawn—. ¡A través de un portal que lleva al corazón de mi ciudad! ¡Y antes que el tuyo!

—La tormenta eterna puede traer los barcos enemigos a mi capital en un solo día —insistió Fen—. ¡Lo vimos la última vez!

—Por favor —intervino Dalinar—. Hablaremos de la defensa de todos a su debido tiempo. Pero antes, establezcamos cuál es la posición actual de nuestras fuerzas.

—Estoy de acuerdo —dijo Fen—. Pero quiero dejar clara una cosa, Dalinar. Esto es culpa tuya. Debiste exigir que las fronteras quedaran fijas en el momento en que se cerró el acuerdo.

Tenía razón, por supuesto, pero así eran las cosas con el padre de Adolin. Dalinar era un gran hombre, sí, pero daba por hecha su grandeza. Y eso lo llevaba a asumir que era capaz de resolver cualquier problema por sí mismo.

—Lo siento, Fen —respondió Dalinar—. Lo hago lo mejor que sé.

—¡Lo mejor que sabes va a hacer que conquisten mi reino mientras tú proteges el tuyo! En la práctica, garantizaste que habría guerra estos diez días.

Silencio. Ojos condenatorios. «Es lo que te mereces, padre —pensó Adolin, sintiendo la sala volverse contra Dalinar como lanzas bajadas hacia un enemigo capturado—. Siempre embistes hacia delante. Haces lo que te viene en gana. Y a la tormenta con las consecuencias. Es lo que pasó hace años, cuando mataste a mi madre. Y ni siquiera te molestaste en decírmelo. Lo hiciste...».

—Lo hiciste bien, Dalinar Kholin —dijo Yanagawn—. Todos convinimos que actuarías en nuestro nombre, y tú nos encontraste una solución. Gracias.

Adolin frunció el ceño, mirando al emperador azishiano. Su país afrontaba una invasión. ¿Por qué estaba tan calmado?

—Gracias a ti —prosiguió Yanagawn—, tenemos una oportunidad. El enemigo puede renacer una y otra vez, pero, con este duelo, la paz de verdad es posible.

—Os he fallado en el corto plazo —respondió Dalinar—. Hay ejércitos avanzando hacia tu territorio.

—Como ya avanzaban hace tres días —dijo Yanagawn—. Y hace semanas. Lo único que ha cambiado es que tú nos has conseguido que haya un final a la vista. Sí, el contrato podría haber sido un poco mejor, pero creo que toda persona azishiana de esta sala coincidirá conmigo en que siempre se pasa algo por alto, incluso en los documentos importantes.

—Tormentas, ya lo creo —asintió Sigzil, riendo.

—Tienes razón, Yanagawn —refunfuñó Fen—. Dalinar, he sido demasiado dura contigo. Es verdad que aceptamos permitir que tomaras tú la decisión, y es verdad que hiciste todo lo que pudiste. No debería protestar por lo que podría haber pasado, pero es que mi tierra natal apenas empezaba a recuperarse del último ataque.

—Solo tenemos que resistir, Fen —dijo Yanagawn—. Otros ocho días. Y luego tendremos la paz.

Tormentas. Y con eso, la atmósfera de la sala cambió de nuevo. O tal vez Adolin no la había interpretado correctamente al principio. La gente asintió. Fen irguió la espalda un poco más en su asiento. Y Dalinar... Dalinar miró a Yanagawn a los ojos e inclinó la cabeza en señal de respeto y agradecimiento.

¿Cuándo se había vuelto tan maduro el joven emperador? O quizá... quizá Adolin debería estar preguntándose por qué él no había madurado del mismo modo.

—Muy bien —dijo Dalinar—. Hablemos de nuestras posiciones. Sidéreo, ¿estás en condiciones de crear un mapa conmigo?

—Sí, señor —respondió el Tejedor de Luz—. Después de practicar estas últimas semanas, creo que podré lograrlo.

—Bien —dijo Dalinar—. Empezaremos por Emul, con...

—Por los santos infiernos —farfulló una voz desde la esquina.

Adolin frunció el ceño, intentando discernir las palabras y luego cómo encajaban juntas. La gente se apartó y dejó a la vista a Sagaz, sentado en el rincón, sosteniendo aquel papel y lo que parecía un hueso.

—No es posible —dijo Sagaz en voz más alta.

Adolin lanzó una mirada hacia Jasnah, que negó con la cabeza, igual de perpleja que él.

—Soy imbécil —afirmó Sagaz.

—Sagaz —dijo Dalinar—, ¿estás…?

Sagaz se levantó de un salto.

—¡Soy tonto de remate! El ejemplo de idiotez más formidable y espectacular a este lado del Cosmere. Tan grandioso que deberían inmortalizarme en una canción. Del tipo que cantan los borrachos antes de vomitar, mezclando el rancio contenido de su estómago envenenado con mi nombre.

—Sagaz —repitió Dalinar en tono firme—. Explícate.

Vaya, eso sí que sonaba como una invitación a la burla. Adolin se preparó para un chaparrón de mofas, pero, cuando Sagaz habló, lo hizo con voz seria.

—Sí que hay resquicios técnicos en este acuerdo —explicó—. Lo siento, os he fallado a todos. Se suponía que iba a guiar el proceso de crear este contrato. Podría haber previsto exactamente dónde íbamos a recibir estos ataques, si me hubiese fijado mejor.

Lo dijo en tono grave y solemne. Sin levantar la voz. ¿Qué podía hacer que Sagaz se comportara tan… normal?

—¿Cómo ibas a adivinar que atacarían Ciudad Thaylen? —preguntó Fen.

—Porque lo pone en este acuerdo —dijo Sagaz—, igual de patente que mi nariz. Como todos sabéis, Dalinar no tuvo más remedio que salirse un poco del guion al acordar esto hace tres días.

—Odium declaró que no podía aceptar el trato tal y como se lo propusimos —explicó Dalinar a los demás—, porque ya no es capaz de mantener recluidos a los Fusionados.

—Encerrarlos ya no es una opción viable —convino Sagaz—, con el Juramento roto y la tormenta eterna aquí. En todo caso, que Dalinar tuviera que improvisar llevó a esta situación, en la que el enemigo tiene una última oportunidad de conquistar tierras.

—Motivo por el que anticipábamos ataques en las fronteras de lugares con valor estratégico —intervino el Visón, poniéndose de pie junto a Dalinar—. Si expandieran el tamaño de Alezkar, por ejemplo, pero luego nosotros recuperásemos el reino… bueno, sería un ataque desperdiciado. De modo que suponíamos algunas incursiones desde Jah Keved a las Tierras Heladas, o tal vez otro intento de adentrarse en Emul o en Tashikk. La clave de todo esto es que Alezkar y Herdaz son nuestros, para siempre, si Dalinar gana.

El herdaziano miró a Dalinar y asintió, mostrándole respeto. Adolin no se había enterado de todos los detalles del contrato, pero le habían contado que Dalinar había señalado Herdaz en particular para su liberación. Cumpliendo así su promesa.

Dalinar asintió también. El padre de Adolin estaba de pie, porque, por supuesto, había olvidado traer su silla desde fuera. A pesar de las grandiosas filosofías que propugnaba, Dalinar siempre era una excepción a las reglas. Incluso a las dictadas por él mismo.

«Tormentas —preguntó Adolin, consciente de la amargura que teñía sus pensamientos—. De verdad que estoy dejando que esto se desmadre demasiado».

Lo sabía. Pero no podía impedirlo.

—El Visón está en lo cierto —dijo Dalinar—. Pase lo que pase, Odium conservará los territorios que se rindieron a él, como Iri, Jah Keved o Marat. Nosotros nos quedaremos con todo lo que esté en nuestro poder cuando termine el plazo. Atacar Ciudad Thaylen y Azimir no es absurdo del todo… pero tampoco parece una opción inteligente. ¿Por qué arriesgarlo todo intentando conquistar nuestros baluartes, cuando es mucho más fácil obtener territorio en el perímetro?

—Porque —susurró Sagaz— si toma las capitales, se queda con los reinos. En su totalidad.

—Un momento —dijo Yanagawn—. ¿Puedes repetir eso?

—Antes me he dado cuenta de que podría haber pasado algo por alto —explicó Sagaz—, así que le he enviado una petición a uno de los mejores negociadores de contratos que conozco. Escarcha. Un tipo alto. Grande como una casa, de hecho. Dientes afilados. Aficionado a sermonearme, lo cual demuestra que tiene buen criterio. Se ha negado a ayudar, porque insiste en que no intervendrá, pero su hermana es igual de lista que él y ella sí que me ha hecho caso. Le he leído el contrato y me ha pedido acceso al código legal alezi. Es lo que he estado haciendo estas últimas horas, leerle volúmenes de leyes, orientarla por ellos y pedirle sus interpretaciones.

—¿Y eso lo has hecho… aquí mismo? —preguntó Navani—. ¿Cómo?

Sagaz levantó el pequeño hueso, como si aquello lo explicase todo.

—La idea general es la siguiente: al negociar, Dalinar pidió la devolución de Alezkar y Herdaz. Reinos enteros. Luego aceptó la solicitud de que Odium pudiera intentar conquistar también reinos enteros con sus ataques. Según la ley alezi, eso significa que debe tomar su sede de poder. De modo que…

—De modo que lanza todas sus tropas sobre Azimir —susurró Yanagawn—, porque, si conquista la capital, se queda con el reino. ¿Es lo que estás diciendo?

—Por desgracia, sí —confirmó Sagaz.

«Ay, Condenación», pensó Adolin. En la sala se hizo el silencio.

—Me prometió —dijo Dalinar en voz baja— que no habría juego sucio con los tecnicismos. Que nos atendríamos al espíritu del duelo. Has tenido que hurgar en el código legal alezi durante horas para encontrar esto, Sagaz. A mí me suena mucho a tecnicismo.

—Sí —dijo Sagaz—. Y es por eso por lo que soy imbécil. No por haber pasado por alto las complejidades del código legal, sino porque esto es algo que Rayse no podría hacer jamás. Aparte de que va contra su naturaleza, es una cosa que prometió que no haría. Incluso sin un compromiso formal, un dios no puede incumplir esa clase de promesa sin consecuencias nefastas.

—Entonces... ¿qué pasa? —preguntó Dalinar—. Se me escapa algo.

—A ti y a todos —dijo Sagaz, y suspiró—. Odium está explotando un tecnicismo de vuestro acuerdo. Rayse no lo haría. Rayse no *podría* hacerlo. Por tanto... —Paseó la mirada por la sala, fijándola en los ojos de todos—. Por tanto, *no* estamos enfrentándonos a Rayse. Mi viejo enemigo debe de estar muerto, y otra persona ha tomado la Esquirla de Odium. Debí darme cuenta en el instante en que empezó a comportarse tan raro, pero ahora lo he confirmado sintiendo los ritmos de Roshar. Amigos míos, nos enfrentamos a un enemigo al que no conocemos ni podemos anticiparnos. Y, sea quien sea, es un genio... un genio que ha urdido una estratagema para conquistar todo Roshar en diez días.

—Muy bien —dijo Shob, apiñado con Shallan y Gaz en un rincón del segundo piso—. Atentos a esto.

Shallan y Gaz habían cambiado de cara y los tres tenían aspecto de trabajadores herdazianos. Gaz llevaba un auténtico chispero en el dedo, y un poco de pedernal para fingir que trabajaba con él. Shob se sonó la nariz y después extendió unos papeles por el suelo. Allí se estaba más tranquilo y había menos tráfico, aunque el sonido aún llegaba resonando a través del cercano atrio.

—El caso es que estaba vigilando la zona del atrio —dijo Shob—, como me has pedido. He visto que alguien observaba a Dalinar hablando con una mujer makabaki. La Sangre Espectral era esta tipa de aquí.

Shallan levantó el boceto, que representaba a una mujer bajita alezi o veden que Sagaz había identificado como miembro de los Sangre Espectral, aunque Shallan nunca había tenido contacto con ella. Hoid había escrito debajo: «Antes era actriz, reclutada hace poco».

Conque actriz, ¿eh? Shallan supuso que tampoco era una elección de nuevo miembro muy sorprendente, para una organización secreta.

—¿Has puesto a alguien a seguirla? —preguntó Shallan.

—Darcira va tras ella ahora mismo —dijo Shob, frotándose la nariz otra vez.

Ese hombre siempre estaba quejándose de una enfermedad u otra, ninguna de las cuales era nunca tan grave como él creía. Pero era bueno en su trabajo, eso sí. Aquella era una pista estupenda.

Los Sangre Espectral establecían y abandonaban bases de operaciones con regularidad. También se les daba de maravilla quitarse de encima a quienes los seguían, pero ¿una recluta reciente? Eso parecía un punto débil.

Shob se echó hacia atrás, quejándose del estómago, mientras Shallan estudiaba otra vez el dibujo y se fijaba en el tatuaje que asomaba por la manga de la mano libre de la mujer. Los retratos de Sagaz eran una maravilla.

Shallan se frotó la muñeca, donde se había negado a hacerse ese mismo tatuaje. Buscó entre los bocetos y sacó el retrato de Mraize, alto y distinguido, con cicatrices y orgulloso de ellas. Shallan no... no lo odiaba. Por mucho que amenazara y manipulara, era un hombre demasiado completo para odiarlo. Sentía frustración mezclada con envidia, acompañada de una amarga tristeza por lo que quizá podría haber sido.

Iba a tener que matarlo. Igual que había matado a Tyn. Igual que había matado a su padre. Pero no lo disfrutaría.

El siguiente dibujo era de Iyatil con su máscara. Incluso su boceto estaba sumido en las sombras, y Sagaz había apuntado que no la avistaba con frecuencia. A continuación estaban los retratos de los recién llegados, asesinos traídos desde la tierra natal de Iyatil, que llevaban unas máscaras de madera pintadas de un modo que daba la sensación de que... no tuvieran rasgos. De ser solo formas y líneas, no personas, salvo por aquellos ojos que miraban fijos y por las bocas que se entreveían debajo.

Mientras Shallan observaba esos dibujos, un soldado pasó por allí con andares tranquilos y lanzó una mirada al grupo. Gaz levantó un papel con gesto distraído para hacerlo más visible, pero de pronto en el papel se veía a una mujer de abundante pecho en estado de completa desnudez. Shallan se ruborizó y atrajo un vergüenzaspren, muy a su pesar. El soldado soltó una risita y siguió caminando.

—Gaz —susurró ella.

—¿Qué pasa? —dijo Gaz—. ¿Se te ocurre alguna forma mejor de justificar que unos barrenderos estén agachados mirando unos papeles?

—¿Se puede saber de dónde has sacado esa imagen?

—La dibujé yo mismo —gruñó él—. Dijiste que deberíamos apuntarnos a clases de dibujo. Hay que tener controlada la musculatura para aprender a hacer buenos tejidos de luz.

—¡Ya lo sé! —exclamó ella, recordando algunas experiencias de su juventud. Ahuyentó aquel vergüenzaspren con forma de pétalo de flor roja—. Pero... mis modelos nunca eran tan... hum...

—Creo que le pasa algo a mi corazón —dijo Shob desde el lado, tumbado ya bocarriba, con los ojos cerrados—. Creo que ha parado de latir. No lo noto. ¿Eso es normal?

Shallan no le dio mucha importancia. Shob solo estaba pasándose de dramático, como de costumbre. Gaz sacudió el papel y la imagen se desvaneció, transformada de nuevo en el retrato de un Sangre Espectral.

—¿Quieres que te invite la próxima vez que hagamos una sesión de dibujo?

—Tormentas, no —dijo Shallan, todavía sonrojada—. Se supone que no hay que quedarse mirando a la persona que hace de modelo. Es poco profesional.

—No creo que a estas damas y caballeros les importe —apuntó Shob—. Por los otros trabajos que tienen, digo.

Tormentas. Bueno, Shallan sí que necesitaba practicar la anatomía. Se lo quitó de la cabeza mientras Shob gemía, se incorporaba y meneaba una vinculacaña que estaba iluminándose con un mensaje intermitente de Darcira. Contaron los destellos en silencio para interpretarlo. «Nuevo escondrijo Sangre Espectral localizado. Narak. Vigilo».

—¿Narak? —preguntó Gaz en voz baja—. ¿Por qué tan lejos?

—Ahora la torre está despierta —dijo Shallan—. A lo mejor el Hermano podría ayudarnos a localizarlos si estuvieran más cerca.

—¿Atacamos con un equipo de asalto, entonces? —propuso Gaz—. ¿Reunimos tropas y les damos buen uso a unos cuantos Corredores del Viento, por una vez?

—Sí que deberíamos reunirlas —respondió Shallan—. Adolin nos habrá conseguido el permiso. Pero atacar no servirá de mucho a menos que sepamos que Mraize e Iyatil están dentro. Además, como os decía, tenemos que descubrir qué planean.

—Lo que significa… —dijo Gaz.

—Que usaremos el equipo de asalto, sí —afirmó Shallan—. Pero antes vamos a colarnos en su base.

Gaz asintió, recogió los retratos y se marchó. Shob había vuelto a tenderse en el suelo. Shallan siempre había encontrado ridículas sus excentricidades, pero ese día… ese día titubeó y luego le dio unos golpecitos en el pie mientras el hombre miraba hacia el techo.

—Eh —dijo Shallan con suavidad—. Oye, ¿estás bien?

—Sé que lo más probable es que sí —respondió él—. Sé que todas estas cosas que siento están solo en mi cabeza. Así que supongo que sí. No son reales.

De pronto Shallan se sintió culpable. Antes le había quitado importancia a la actitud de Shob, la había considerado una bobada. ¿Cuánta gente llamaría «bobadas» a lo que le pasaba a ella?

—Eh —dijo—. Que lo sientas como real es suficiente. Las cosas que tenemos en la cabeza pueden ser de las más importantes de nuestra vida. El amor está en nuestra cabeza. La confianza. La integridad. Son todo cosas que nos inventamos, pero no dejan de tener mucha importancia.

Él se incorporó.

—¿Y que yo me note enfermo a todas horas? ¿Eso es bueno, como el amor o la integridad?

—Probablemente no —dijo ella—. Pero que esté en tu mente no significa que debamos hacer como si no existiera. ¿Necesitas ayuda?

Shob ladeó la cabeza, con la ilusión todavía cubriéndole la cara, pero sus ojos, y sus expresiones, mostraban su verdadero yo.

—No me lo había preguntado nadie nunca, ¿sabes? Llevo años así y nadie me lo ha preguntado. Sí. Sí, creo que me vendría bien un poco de ayuda.

—Vaciló—. Pero espera, no sé. A veces... cuando la gente me escucha... empeoro. Empiezo a pensar en más cosas que van mal y a pedir más y más comprensión. Hasta que me odio a mí mismo y toda la gente me odia también.

—Pero no hacerle caso al problema no es la solución —dijo Shallan—. Créeme. Cuando todo esto acabe, miraremos a ver si encontramos a alguien que te pueda ayudar. Tiene que haber un fervoroso, o un cirujano, o alguien.

—Muy bien —dijo él, levantándose—. Creo que acabo de notar un latido. Así que supongo que sobreviviré el tiempo suficiente. —La miró y se quedó callado un momento—. Suelto exageraciones como esa sobre lo que siento porque son graciosas. Así la gente piensa que estoy de cachondeo. Para que no me odien, ¿sabes?

Ella le cogió la mano, apretó y asintió.

—¿Quieres que siga vigilando aquí, en la torre? —preguntó Shob.

Shallan asintió de nuevo.

—Gracias por pillar a esa Sangre Espectral, pero ahora necesito otro par de ojos en esa reunión de arriba. Fuera, en la sala de los guardias, escuchando sobre qué charlan.

Shob era excelente recogiendo esa clase de información, pero sus habilidades no se correspondían con atacar a enemigos, que era lo siguiente que Shallan planeaba hacer.

—Pues más vale que coja un elevador para arriba —dijo él. Entonces la miró—. Ahora... prestas más atención. ¿Qué pasó en ese viaje?

—Que encontré unas cuantas partes de mí misma —respondió ella— que había perdido.

Una tierra donde el rey era un hombre santo, preocupado por los aprietos del granjero más allá de la recaudación de tributos.

De *El camino de los reyes*, cuarta parábola

Szeth-hijo-Honor seguía poniéndose ropa blanca.

Ya no estaba obligado a ello. Dalinar le había dicho que podía vestir como quisiera y, aunque Szeth era un Rompedor del Cielo, no tenía uniforme. Durante el entrenamiento y los cometidos oficiales, se ponían el uniforme de la guardia o los alguaciles del lugar donde estuvieran.

Aun así, Szeth llevaba una ropa blanca y fina que el viento le agitaba al volar. Aun así, Szeth se afeitaba la cabeza todos los días, y encontraba molesto el más leve pinchazo de pelo recién salido en el cuero cabelludo. ¿Hacía esas cosas porque quería o porque se habían convertido en tradición? La vida estaba llena de pequeñas decisiones absurdas y sin sentido, mientras que las grandes, como determinar cuál era su deber hacia su pueblo, resultaban dificilísimas.

Así que Szeth fingía que lo correcto era mantener sus rutinas. Si no lo era, si en realidad debería mostrar una preferencia entre un sinfín de opciones minúsculas… bueno, eso lo hacía estremecerse hasta la médula.

Volar sí que le gustaba. En su juventud, cuando entrenaba con las hojas de Honor, lanzarse al cielo era lo que más atractivo le resultaba de entre todos los poderes. Kaladin-hijo-Lirin y él habían volado lejos con la tormenta antes de dormir en un campamento de la coalición cerca de la base de la cordillera.

Y en esos momentos por fin se aproximaban a las montañas Brumosas, en el límite de Shinovar. Habían evitado cruzar la frontera por el norte, donde los shin disparaban flechas a cualquiera que se acercase demasiado.

Szeth suponía que aquellas tierras de labranza meridionales serían mejores. También estaban cerca del lugar donde se había criado, así que conocía la región.

Entre el fragor del viento y el aleteo de la ropa al volar, Szeth no oía las voces que le susurraban o le chillaban desde las sombras. Habían guardado silencio durante un tiempo, tanto que creyó haber escapado de ellas. Al final resultó que solo habían estado aguardando.

—¿Eso es el paso? —le llegó la voz de Kaladin, imponiéndose al ruido, perfectamente audible.

Los Corredores del Viento podían esculpir el flujo del aire. Esa clase de ventajas ya no estaban disponibles para Szeth. Tenía permiso de Nale para utilizar la División, desde que había alcanzado el Tercer Ideal. Por desgracia, su spren le había prohibido ese arte por el momento, aunque Szeth dominase la habilidad. Decía que aún no había llegado la hora.

En todo caso, sí, era el paso correcto, y verlo hizo que Szeth temblara. Kaladin y él descendieron a una altura de unos seis metros antes de avanzar, con montañas a ambos lados. Las plantas que dejaban atrás aún eran de los caminapiedras, árboles bajos y recios con las hojas retraídas para protegerse del viento. Hierba en matojos detrás de rocas o a cubierto dentro de surcos.

Pero pronto… pronto verían…

Tierra. Verdadero suelo asomando entre la piedra. Fango que fluía pendiente abajo, sedimentos que llenaban el fondo de las grietas. Allí era donde las altas tormentas por fin se rendían, donde Shinovar obligaba al gran tirano oriental de los cielos a arrodillarse. Un lugar donde la perezosa lluvia, como un cadáver desangrado, ya no contenía los minerales que luego se endurecían para formar la piedracrem.

Allí la vida de verdad podía florecer. Szeth se quedó sin aliento y dos glorispren aparecieron sobre él cuando vio musgo que crecía en las rocas, en dirección a unas pocas hierbas ralas que flanqueaban el curso del agua. Szeth dio un grito sin pretenderlo, canceló sus enlaces y cayó de golpe a aquella zona de tierra. Después de tantos, tantísimos años, su bota holló algo que no era la blasfema piedra.

No había previsto lo abrumado que iba a sentirse. Cayó de rodillas ante los dientes de león y los contempló.

Kaladin aterrizó en una roca cercana mientras unos confundispren, como franjas violetas que se extendían desde un punto central, aparecían a su espalda. Era imposible que supiera lo hermosa que era aquella diminuta planta. Szeth alargó unos dedos temblorosos y tocó hojas que no se retrajeron.

—¿Qué le pasa a esa planta? —preguntó Kaladin—. ¿Es señal de los problemas que hay en tu país?

—No —susurró Szeth—. Es solo una hierba. La más hermosa de las hierbas.

Kaladin volvió la cabeza mientras su spren aterrizaba junto a él con forma humana a tamaño completo, vestida con un uniforme del Puente Cuatro, aunque su parte inferior consistía en una falda y unas polainas ajustadas hasta medio muslo. Szeth no había preguntado por qué la spren escogía esa forma. No le correspondía a él cuestionarlo.

—Szeth —dijo una voz.

Su spren. Un altospren.

Szeth aún no conocía su nombre. El spren no se lo había revelado. No era un honor que los altospren concediesen a la ligera, aunque algunos otros Rompedores del Cielo sí que habían recibido el nombre del suyo.

—Esta emoción es inapropiada para tu cargo —dijo su spren, audible y visible solo para él—. No mancilles tu dignidad con vulgares sentimentalismos. Sirves a la ley.

Szeth, con esfuerzo, se obligó a apartar la mano de la planta. Se levantó. Voces. ¿Hubo algún momento en que su vida no estuviera gobernada por voces? ¿Sabría qué hacer si se detuviesen, siquiera?

—¿Estás bien? —preguntó Kaladin, saltando desde su roca.

¡Ah, sí, sí, muy bien!, exclamó la espada que Szeth llevaba sujeta a la espalda. *Gracias. Hoy no me está prestando atención nadie, pero soy célebre por mi paciencia. Proviene de ser una espada.*

Kaladin hizo caso omiso a aquello y fue hacia Szeth.

—Mi spren —dijo Szeth— desea que muestre más compostura. Yo obedezco.

Szeth no le pidió explicaciones al spren. Ya no era Sinverdad, pero seguía haciendo lo que sus amos le exigían. Se limitaba a confiar en que, al haber elegido al altospren y a Dalinar, tenía mejores amos que antes.

Dio un paso atrás mientras Kaladin se arrodillaba junto a la planta y Syl se agachaba a su lado. El sol naciente enviaba franjas de luz a través de aquel valle al interior de Shinovar, la tierra que se tragaba ese sol cada noche. La luz proyectaba sombras a sotavento de las piedras, en las hendiduras y bajo las mismas briznas de hierba. En el instante en que Szeth lo vio, los susurros comenzaron de nuevo.

Las voces de las personas que había matado. Condenándolo.

Kaladin tocó la planta con la punta de la bota. Luego otra vez.

—Ya sabía que existían —le dijo a su spren—. Todo el mundo las menciona. Pero es muy rara. ¿No la deberían haber devorado?

—A lo mejor es que tiene muy mal sabor —respondió Syl—. Igual por eso en Shinovar hay menos plantas como deben ser. A las nuestras se las comen antes, porque son deliciosas.

Se inclinó más y tocó la planta, demostrando ser lo bastante sólida para hacerla temblar.

—Es como un cuadro —susurró Kaladin.

—O una estatua —dijo Syl—. ¿Crees que estará creada por moldeado de almas? ¿Que en otro tiempo fue una planta real y alguien la convirtió en esto?

Kaladin meneó la cabeza a los lados y levantó la bota. A Szeth le pareció gracioso que hundiera rápido el pie para luego detenerlo de sopetón a una fracción de centímetro de la planta. Intentando hacer que se encogiera.

«Aquí tengo a un hombre —pensó Szeth— que se contiene para no aplastar una mala hierba».

—No me extraña que te vinieras abajo y renunciaras a la lanza —dijo en voz alta—, abandonando a tus amigos para que combatan sin ti. ¿Te has convertido en un cobarde, entonces?

Kaladin se irguió de golpe.

—No deberías decir esas cosas.

—¿No debería decir la verdad? —preguntó Szeth, con auténtica curiosidad—. ¿O te refieres a que no me corresponde a mí decirte esas cosas, ya que no tengo autoridad sobre ti? Interesante.

—No estoy diciendo eso, Szeth —contestó Kaladin.

—Pues deberías dejar de hablar —replicó Szeth—. Porque, si no puedes explicar a qué te refieres, ¿para qué dar voz a ideas estúpidas?

Szeth siguió caminando y se recordó a sí mismo que no debía subestimar la habilidad de ese hombre. Kaladin se merecía al menos parte de su temible reputación. Antes de su primera muerte, Szeth se había enfrentado a aquel hombre, había luchado contra él entre escombros y mesetas rompiéndose, mientras el relámpago rojo se estrellaba con el blanco. A consecuencia de ese día, el alma de Szeth solo estaba vagamente conectada a su cuerpo, aunque la imagen residual que dejaba ya era menos pronunciada. Como si estuviese sanando poco a poco de aquella resurrección.

—Pues a mí estas plantas me gustan —afirmó Syl.

Al parecer la spren intentaba distraer a Kaladin de su enfado con Szeth, una emoción extraña que mostrar ante afirmaciones verídicas expresadas con claridad.

—Supongo que nos acostumbraremos a ellas —dijo Kaladin por fin, y echó a volar hacia delante sin pisar ninguna planta—. Se supone que están por todo Shinovar, escondidas entre las plantas normales.

Szeth titubeó. No pudo contenerse de preguntar:

—¿Escondidas entre las plantas normales?

—¿Qué? —dijo Kaladin, volviéndose en el aire—. Ah, ¿que no pueden esconderse porque no se mueven? Sigue pareciéndome raro que pueden sobrevivir. Sé que aquí las tormentas no son fuertes, pero la gente y los animales tienen que pisarlas.

—Son más resistentes de lo que crees —repuso Szeth.

—Sí, pero, cuando las plantas de verdad se retraigan —dijo Kaladin—, estas se quedarán expuestas en campo abierto. Como el único soldado de una compañía que no lleva armadura.

Szeth contuvo su diversión, porque a su spren no le gustaría verlo emocionarse de ese modo, y siguió a Kaladin volando a través del paso. Al poco tiempo llegaron a un lugar donde el camino empezaba a descender en marcada pendiente, permitiéndoles contemplar por primera vez el país de Shinovar en sí.

El terreno estaba cubierto de verdor. Enredaderas en las paredes del valle, hierba ondeando en el camino. Árboles más abajo, en un extenso bosque que cubría la cuesta y, más allá, las amplias praderas abiertas de las tierras bajas. Kaladin y Syl aterrizaron al lado de Szeth.

—Aquí —dijo Szeth— estas son las plantas normales. No hay ninguna como las que estáis acostumbrados a ver.

—Eh... ¿Todas son así? —preguntó Kaladin.

—Todas son así.

Un asombrospren estalló alrededor de Kaladin y luego el Corredor del Viento echó a andar camino abajo, a todas luces emocionado. Szeth fue tras él, aunque no porque estuviera emocionado. Allí era donde debía estar, sin más.

Los susurros lo siguieron.

Los dejé marchar con dos mentiras.

De *El camino de los reyes*, cuarta parábola

L a pequeña sala de reuniones, llena de monarcas sentados en círculo con un anillo exterior de altos príncipes, visires y supremos inferiores, quedó en completo silencio tras las palabras de Sagaz.

Navani contuvo el aliento. ¿Aquello era posible? ¿Y qué significaba? ¿Odium era... una persona distinta a la de antes?

Dos voces invadieron su mente, la del Hermano y la del Padre Tormenta, que Navani solo había oído en dos ocasiones, resonante y atronadora.

¿Es posible?, preguntó el Hermano.

Lo... averiguaré, dijo el Padre Tormenta. *Debo saberlo. Rayse... no puede estar...*

Muerto, terminó la frase el Hermano. *Si Odium tiene un nuevo recipiente, Rayse debe de estar muerto.*

Navani miró hacia Dalinar, que asintió. Él también los había oído a los dos.

—Sagaz —dijo Navani, inclinándose hacia delante—, ¿cómo de seguro estás?

—No estoy seguro de nada —respondió Sagaz desde su lugar junto a la pared—. Pero esto... esto es casi una certeza.

Es verdad, dijo el Padre Tormenta. *Odium ya no es Rayse.*

—¿Puedes distinguirlo? —susurró Dalinar, para que Navani también lo oyera—. ¿Así de fácil?

Sí. El tono ha cambiado, de forma imperceptible hasta que le he prestado atención.

Es... es verdad, dijo el Hermano. *Lo percibo. Qué sutil es...*

No logro identificar al nuevo recipiente, añadió el Padre Tormenta. *Tened cuidado. Y Rayse... Rayse ha muerto, después de tanto tiempo.*

—Pareces lamentarlo —susurró Navani.

Solo lamento que mi relámpago no alcanzara su cadáver, escupió el Padre Tormenta. *Y que mi viento no lo arrojara contra las rocas hasta quebrarlo.*

Su retumbar cesó.

Echo de menos cómo era el Padre Tormenta, dijo el Hermano. *Antes era mucho más feliz. No estaba tan enfadado a todas horas...*

—El Padre Tormenta —dijo en voz alta Dalinar— ha confirmado la intuición de Sagaz. Odium existe, pero ha cambiado de manos. Es como... como cuando un spren se vincula a un nuevo Radiante.

—Entonces... —intervino Fen, y paseó la mirada por el círculo, sacudiendo las cejas rizadas junto a su rostro—. ¿Qué más da?

—¿Cómo que qué más da? —exclamó Yanagawn—. ¡Hablamos de nuestro mayor enemigo!

—Que sigue empeñado en destruirnos —dijo ella—, como demuestra esta invasión inminente. No conocía al viejo Odium, así que en realidad viene a ser lo mismo.

—No —replicó Sagaz—. Es diferente.

De nuevo, todos los ojos se volvieron hacia él mientras se levantaba y caminaba hasta el centro del círculo. Incluso en un momento de tensión como aquel, había una cierta teatralidad en Sagaz.

—Yo sí que conocía al viejo Odium —dijo, volviéndose para mirarlos a todos—. Nuestro plan entero, el contrato, el duelo, todo estaba parcialmente basado en esa familiaridad. Ahora... tengo miedo. El antiguo Odium estaba muy calcificado en su posición como dios, y era muy improbable que ningún acto suyo pusiera en peligro esa posición. Lo más probable es que el nuevo fuese un mortal antes de Ascender. Será más audaz, más proclive a arriesgarse.

»Y lo peor de todo es que no tendrá del todo las mismas limitaciones. Sí, deberá cumplir este acuerdo y someterse al duelo de campeones, porque un trato formal como ese obliga al poder, no solo al individuo, cosa que el propio Rayse descubrió hace mucho tiempo. Pero las promesas menores, como la que le hizo a Dalinar sobre no aprovechar tecnicismos, son un asunto muy distinto. Esa la está incumpliendo, y con toda la facilidad del mundo, porque no la hizo él.

—Un momento —lo interrumpió Navani, deseosa de comprender los detalles—. ¿Un dios puede quebrantar un contrato o no?

—Por poder, cualquiera puede, en cualquier lugar —explicó Sagaz—. Sea dios, humano o spren. Sin embargo, las consecuencias varían. A una deidad, incumplir una promesa la expone a las fuerzas destructivas de las otras, y la magnitud de esa promesa rota a menudo determina la gravedad de la consecuencia.

—Entonces —dijo Fen—, ¿podemos suspender el duelo? No me hace gracia que permita conquistar mi isla entera solo con que caiga una ciudad.

—Sí, tenéis esa opción —asintió Sagaz—. Siempre la habéis tenido. Pero si renunciáis al contrato, Odium podrá vengarse en persona. Podrá aplicar toda la fuerza de sus poderes contra vosotros sin arriesgarse a la represalia de otros dioses. Fen, podría matar a todas las personas de este planeta solo con girar la muñeca, si quisiera.

—Bueno —respondió ella, reclinándose—, pues ahí está mi respuesta.

—Nada de romper contratos con dioses —dijo Kmakl desde detrás de Fen—. Tomo nota.

—¿Y su promesa incumplida de no aprovechar tecnicismos? —preguntó Dalinar—. ¿Eso no podemos usarlo nosotros?

—En eso, se sale con la suya —dijo Sagaz—. Nosotros también podemos explotar tecnicismos, si los encontramos. Pero la promesa que hizo no era un acuerdo formal, certificado mediante juramentos. Es la mano que nos han repartido, lo siento. No estoy mostrándome a la altura de mi nombre. Debería haber previsto esta situación.

«Tormentas, qué desastre», pensó Navani.

—Entonces —dijo, intentando expresarlo con claridad—, si el enemigo logra conquistar la capital de Azir, la de Thaylenah o la de las Llanuras Quebradas durante los próximos ocho días, ¿se apoderará del reino en su totalidad, suceda lo que suceda en el duelo?

—Exacto —confirmó Sagaz—. Según la ley alezi.

—¿Podemos cambiar las capitales? —propuso Navani.

—Una idea muy inteligente —le dijo Sagaz—, que solo se le ocurriría a una persona muy inteligente.

—Gracias, es… —Navani dejó la frase sin terminar—. Ya se te había ocurrido a ti, ¿verdad?

—Sí —reconoció él—. Se lo he consultado a mi draconiana amiga y me ha dado una respuesta negativa. A ver cómo lo explico. —Pensó un momento—. Aquí se aplican los códigos legales alezi, y son un absoluto desbarajuste. Una maraña de afirmaciones autocontradictorias, precedentes dudosos y leyes demenciales que todavía están en los libros porque a algún alto príncipe borracho le parecieron graciosas. No les enseñéis esos códigos a los azishianos, o tendrán pesadillas durante semanas.

—Demasiado tarde —dijo Noura—. Empecé a estudiarlos en el momento en que fundamos esta coalición.

—Resumiendo, pasa lo siguiente —continuó Sagaz, y sostuvo en alto la versión escrita del acuerdo de Dalinar con Odium—. Esto es inmutable. Esto hay que cumplirlo. Lo que está haciendo Odium es jugar sucio, pero no incumple estas normas. Y nosotros podemos probar a hacer cosas parecidas, pero cambiar de capital, u otra docena de ideas muy inteligentes que también se me han ocurrido, romperían este trato.

—Y no deberíamos romper tratos con dioses —dijo Kmakl—. Acabo de tomar nota de eso.

Compuso una sonrisa tenue. Navani respiró hondo.

—Pues, en ese caso, estamos en el mismo lugar que al principio, solo que comprendiéndolo todo mejor. Tenemos tres ejércitos avanzando hacia tres capitales. Debemos defender las tres durante ocho días y confiar en que no haya ninguna otra gran sorpresa dentro de ese contrato.

—Hablaré con mi amiga —dijo Sagaz—. No creo que haya nada más, pero, si lo hay, lo encontraré. En realidad, la mayoría de sus comentarios han sido elogiosos. El acuerdo se hizo bien, a pesar de este pequeño asuntillo.

—Lo importante es qué vamos a hacer ahora —terció Jasnah.

—Resistir unidos —dijo Dalinar, mirando alrededor—. Y no cederle ni un solo centímetro de piedra. Sidéreo, hagamos ese mapa.

El Tejedor de Luz dio un paso adelante y un resplandeciente y titilante mapa de Roshar apareció en el centro de la cámara.

¿Qué es esto?, preguntó el Hermano en la mente de Navani. *Es… es increíble.*

Como si fuese la obra de una maestra escultora, el mapa tenía una gran precisión topográfica. Podía ampliarse hasta distinguir ciudades, y reducirse hasta que parecía que se estuviera mirando hacia abajo desde las lunas hacia un minúsculo continente rodeado de agua azul.

Navani se levantó y fue con Dalinar y Sidéreo a un lado del mapa. El Tejedor de Luz había mejorado muchísimo; unas semanas antes, solo Shallan era capaz de aquella gesta. En el otro extremo del etéreo continente, Noura estaba acercando un taburete más alto para su emperador. Como de costumbre, el Visón se puso en pie y echó a andar a través del mapa, haciendo que se desdibujara en luz tormentosa y se revolviera, como torbellinos en un arroyo, para estabilizarse de nuevo al poco tiempo.

No era una representación precisa del momento, sino del mundo tal y como había sido al pasar la alta tormenta por última vez. Aun así, su majestuosidad dejaba a Navani sin aliento en cada ocasión, y se alegró al constatar que el Hermano también lo apreciaba.

No había encontrado jamás nada como esto, dijo en su mente. *¿Cómo? ¿Cómo es que sois capaces de cosas que los antiguos Radiantes nunca hicieron?*

La ciencia suele ser el producto de avances graduales, compartidos a lo largo y ancho de un conjunto de personas que colaboran, respondió Navani. *Pero a veces ese grupo te limita, porque da cosas por sentadas. Sé que hemos perdido muchas cosas que los antiguos Radiantes hacían mejor, pero, a la vez, no nos limitan sus expectativas.*

—Muy bien —dijo el Visón. Era un herdaziano de corta estatura, complexión delgada, un fino bigote y una sonrisa amplia y amistosa, aunque el diente que le faltaba y las cicatrices de las muñecas atestiguaban las adversidades que había sufrido—. Empecemos por el principio. Estos son los emplazamientos actuales de nuestras tropas. —Señaló hacia Emul, al sur de Azir.

»El mayor grupo de fuerzas de la coalición, que incluye a muchos de nuestros Custodios de la Piedra y Danzantes del Filo, está aquí. Combatían cerca de la frontera con Tukar y Marat y llevan ya tres días regresando hacia casa. La retaguardia, compuesta de cuarenta mil efectivos, está a seis días de marcha de Azimir.

—Demasiado lejos —dijo Yanagawn—. Para entonces ya habrá llegado el enemigo, y mis fuerzas se reducen a unos pocos millares. Vamos a necesitar refuerzos.

—Sí —convino Dalinar, pasando por delante de Navani hacia la parte oriental de Roshar—. Pero ¿desde dónde? El resto del grueso de nuestras tropas está aquí, defendiendo las fronteras de Alezkar en las Tierras Heladas.

Llevaban tiempo librando una guerra prolongada contra el enemigo, y la mayoría de los enfrentamientos se habían producido en aquellos frentes. Por tanto, era donde estaban sus ejércitos. Urithiru tenía unidades de reserva y soldados fuera de servicio, pero gran parte había terminado masacrada durante la invasión enemiga y la ocupación. Navani había estado junto a ellos, intentando resistir, y la pesadilla de ver a tantos soldados entregar su vida todavía era una herida reciente. Una que tendría que afrontar en algún momento, cuando terminara la crisis.

Si la crisis terminaba alguna vez.

—No tenemos muchas tropas que puedan llegar a tiempo a una Puerta Jurada —dijo Dalinar—. Estamos demasiado extendidos y no podemos desplazar grandes contingentes rápidamente. Sobre todo, teniendo en cuenta que necesitaremos a los Corredores del Viento para prestar apoyo aéreo.

—Hemos enviado exploradores para investigar los ejércitos enemigos —prosiguió el Visón—. La flota que navega hacia Thaylenah la componen más de doscientos barcos. La mayoría son transportes de tropas, inútiles en combate naval, que es por lo que el bloqueo funcionó tanto tiempo. Pero, ahora que está roto, podrían llevar hasta cuarenta mil soldados a Ciudad Thaylen.

—Tormentas —susurró Fen.

—La fuerza que avanza hacia Azimir, por suerte, es más pequeña —dijo el Visón—. Unos quince mil soldados, y muy pocos Fusionados. Parece que querían pillarnos por sorpresa. Por último, el ejército que se dirige a las Llanuras Quebradas se compone casi en exclusiva de Fusionados y es el más temible con diferencia, aunque sean solo mil individuos.

—Pero atacará una región yerma a grandes rasgos —dijo Fen.

—No es yerma —respondió Jasnah—. Es el único territorio que tiene mi pueblo en el exilio. Son nuestras serrerías, nuestros campos, nuestra incipiente ciudad nueva en los campamentos de guerra. Es todo lo que tenemos.

—Aun así… —empezó a insistir Fen.

—Centrémonos primero en la defensa de Azir —la interrumpió el Visón, levantando la mano, paseando a través de las montañas hacia el oeste—. El enemigo llegará a mediodía de mañana, según nuestras estimaciones. Decís que tenéis… ¿cuántos, tres mil defensores en la ciudad?

Kzal, uno de los visires, respondió:

—Sí, general.

El Visón asintió mirando a Dalinar y señaló. Navani se aproximó mientras Dalinar ampliaba el mapa hasta que casi pudieron distinguir signos de los campamentos de guerra que había en las llanuras al sur de Azimir.

—Este gran ejército nuestro está a cinco o seis días de distancia —meditó el Visón en voz alta—. Si vuestras fuerzas de Azimir aguantan hasta entonces, saldréis victoriosos con toda seguridad. Incluso si perdierais la ciudad, un ejército tan numeroso quizá podría reconquistarla a su regreso y…

—Pero no podemos arriesgarnos a eso —intervino Adolin, levantándose de su asiento entre los altos príncipes de la segunda fila—. No podemos permitir que conquisten Azimir, que tal vez la incendien.

Echó a andar atravesando el mapa y, por algún motivo, tenía invocada su hoja esquirlada y… ¿estaba susurrándole algo? Navani se acercó hacia él con disimulo y oyó lo que sonaba como una descripción en voz baja de lo que Adolin veía. Qué curioso.

El Visón se agachó para poner sus ojos a la altura del mapa. Navani no entendía muy bien cuál era la ventaja de hacerlo, pero a él le gustaba mirar sobre el terreno, en ese caso desde la perspectiva de Azimir.

—Esto no es una trampa —dijo en voz baja, alisándose el fino y canoso bigote—. Solo explotan una oportunidad. No atrajeron a propósito vuestros ejércitos hacia Emul, o habrían atacado ya. Debieron de enviar esa fuerza a través de Shadesmar hace semanas. Los barcos no se materializan a partir de la nada.

Allí sí, matizó el Hermano. *Aunque hacerlo requiere de luz tormentosa.*

—Aquí tienes una posición fuerte, Yanagawn —dijo Dalinar, señalando—. Quizá no cuentes con muchas tropas, pero el enemigo tiene que pasar por la Puerta Jurada. Los Rompedores del Cielo que combatían en Emul se han retirado para atacar Thaylenah, y hay pocos Fusionados en el ejército invasor, de modo que no tienes enemigos Investidos de los que preocuparte. Además, tu Puerta Jurada está rodeada por esa cúpula metálica, ¿verdad?

—Sí —respondió Yanagawn—. Pero, a pesar de ello, me asusta. ¡Nos superan por cinco a uno!

—Una fortificación como esa puede ser un multiplicador de fuerza excelente —dijo el Visón—. Pero el soldado cantor medio es más fuerte que el humano, con la armadura de su forma de guerra. Será una defensa ajustada.

—En una situación normal, un ataque directo contra Azimir sería un suicidio —añadió Dalinar, colocándose junto al Visón—. Y no significaría nada, estando en el centro del imperio. No puedes esperar triunfar en una campaña prolongada si estás rodeado. Pero esto no es una campaña prolongada. Solo necesitan conquistar Azimir y conservarla unos días.

—Tienes razón —dijo el Visón, con la cabeza asomando del mapa ilusorio, como si nadase—. Esto es un imperio entero. Vosotros. El pueblo azishiano. ¿Qué le ocurriría a vuestro imperio si Azir cae?

Los visires conferenciaron entre sí y luego fueron a hablar con Sagaz. Navani se dio golpecitos en los dedos, pensativa, y reparó en que varias personas de la sala, los representantes de Emul, Yezier y Desh, empezaban a murmurar. Los tres eran reinos menores que formaban parte del complejo estado imperial azishiano. Eran territorios autónomos en todo salvo en nombre: nunca rechazaban abiertamente las declaraciones de dominio de Azir, pero tampoco pagaban tributos al reino central, excepto, de vez en cuando, en apoyo de los ejércitos que mantenían la paz.

Había funcionado durante siglos. Los reinos menores veían incrementada su influencia política y Azir podía fingir que estaba al mando. Los supremos inferiores delegaban en el emperador para los asuntos sociales y los ejércitos azishianos prestaban ayuda en las disputas cercanas.

Nadie expresaba en voz alta la situación: que en realidad no había ningún imperio. Solo un grupo de reinos que tenían la etnia en común y se hacían pasar por uno.

Hasta el momento.

—Por desgracia —dijo Noura, delante de un Sagaz con la expresión amargada—, si Azir cae, caen todos. Un imperio entero, conquistado con una sola jugada atrevida.

—No podemos permitir que ocurra —insistió Adolin, moviéndose al centro de Shinovar.

—Lo que podemos permitir y lo que no —repuso el Visón— depende de las tropas. Dalinar, ¿cuántas es realista que puedas proporcionar a tiempo?

—¿La verdad? —dijo Dalinar—. Quizá unas veinte mil.

—Esas tropas las necesito yo —afirmó Fen—. Ciudad Thaylen caerá sin ellas. —Lanzó una mirada hacia Yanagawn—. Lo siento, excelencia, pero tú tienes refuerzos a unos días de marcha, y una fortificación excelente con la que resistir hasta que lleguen. Mi situación es mucho más grave.

—¿Con qué defensas cuentas exactamente? —preguntó Jasnah, todavía sentada, sin dejar de tomar notas en un cuaderno.

—Nos queda el esqueleto de una armada —explicó Fen—. Nuestras tropas de tierra, las pocas que teníamos, en su mayoría cayeron en la batalla de la Explanada Thayleña. Siendo sincera, ahora dependemos de vosotros para defendernos. Como bien sabéis.

—Intentamos clarificar nuestra situación, no regodearnos —dijo Jasnah.

—Pasemos al tercer punto de ataque —propuso el Visón—, las Llanuras Quebradas. Están bien defendidas, ¿verdad?

—Muy bien defendidas —confirmó Dalinar—. Pero no me gusta nada enfrentar tropas convencionales a Fusionados.

—Si perdemos las Llanuras Quebradas —dijo Jasnah—, perdemos nuestra última posición en el este de Roshar.

—Tres puntos vitales de defensa —resumió el Visón, que parecía diminuto al lado de Dalinar—, con nuestro ejército disperso, cubriendo centenares de kilómetros de tierras fronterizas. No pinta nada bien, Dalinar.

Navani había leído muchos libros sobre estrategia en voz alta a sus maridos, así que trató de adivinar lo que decidirían Dalinar y el Visón. ¿Destinar todo lo que tuvieran a Azir, tal vez? Era la ciudad con menos tropas, y su Puerta Jurada pronto dejaría de funcionar para las fuerzas de la coalición. En Thaylenah, el enemigo tendría que llevar a cabo un asalto marítimo y luego superar la muralla de la ciudad. Habían hecho ambas cosas durante la batalla de la Explanada Thayleña, pero en esa ocasión les costaría mucho más lograrlo, estando la coalición preparada para ellos. Lo mismo sucedía en las Llanuras Quebradas: Navani sabía por experiencia propia lo difícil que era conquistar ese territorio.

Pero ¿Azimir, en cambio? ¿Con enemigos irrumpiendo por la Puerta Jurada, en el centro de la ciudad, a escasos metros del palacio? Navani pensó que Dalinar destinaría allí el grueso de sus tropas.

Dalinar y el Visón cruzaron la mirada. Y, por sus expresiones, Navani supo que se le escapaba algo. ¿Qué era?

—Te veo preocupado, tío —dijo Jasnah desde su asiento, con Sagaz justo detrás de ella, apoyando una mano en su respaldo—. ¿Qué ocurre?

—La cantidad de tropas que podemos movilizar en tan poco tiempo es limitada —respondió Dalinar—. Si intentamos abarcar demasiado, lo perderemos todo.

—Tenemos que suponer que los cuarenta mil soldados que llegan a Azimir serán suficientes —afirmó Jasnah, que parecía orgullosa de haberlo deducido por sí misma—. Porque, si comprometemos más tropas allí, quedarán aisladas tras una Puerta Jurada inoperativa. Un destino que ya sufrirán esas cuarenta mil. Por tanto, enviemos solo unos pocos millares para ayudar a resistir allí y dividamos el grueso de nuestras fuerzas entre los otros dos frentes.

—Sí —dijo el Visón, aunque sonaba reticente—. Es el mejor plan. Una fuerza reducida a Azimir. La mayor parte de nuestras tropas convencionales a Ciudad Thaylen para defender la muralla, que es inútil sin soldados sobre ella.

Yanagawn se levantó de su trono.

—¡Eso nos deja solos a nosotros! ¡Los menos defendidos! ¡Abandonados!

—Excelencia —dijo Dalinar, volviéndose hacia él—, no estamos abandonándoos. No estamos tomando decisiones todavía, sino solo tanteando opciones. Pero lo cierto es que tienes una fortificación excelente en torno a la Puerta Jurada, y cuarenta mil tropas amistosas a tiro de piedra. Junto con todos los Radiantes que estaban combatiendo junto a ellas.

—Mantenemos un equilibrio delicado —añadió el Visón—. Si asignamos demasiadas tropas a Azir, que de todos modos contará pronto con muchas más de las que necesita, perderemos todo lo demás. Debemos hacer todo lo posible por apremiar la fuerza que ya se desplaza en dirección a Azimir, y no dejar todo el resto indefenso. Navani, ¿hasta qué punto confías en las defensas naturales de la torre?

¿Hermano?, preguntó ella.

Las luces de la sala se atenuaron. Una refulgente columna de luz se extendió desde un disco de cristal que había en el techo hasta unirse con otra que surgía del suelo. La voz del spren se dirigió a todos los presentes.

—No vendrán aquí. Los Fusionados caerán inconscientes. A los regios se les arrebatarán sus formas. Incluso los cantores normales y corrientes perderán el acceso a sus ritmos, y los míos pueden volverlos locos. Lo saben. Ahora que he regresado, lo saben bien.

Se hizo el silencio. Bueno, aquello parecía un progreso. Apenas unos días antes, el Hermano ni siquiera quería hablar con Navani.

—Pues eso lo zanja —dijo el Visón—. Por tanto, Dalinar, podemos sacar de Urithiru a tus veinte mil y enviar la mayoría de ellos en apoyo de Thaylenah. No debemos perder la isla. Si lo hacemos, estaremos renunciando por completo a los mares. Las Llanuras Quebradas quizá aguanten por sí solas. Podemos replegar las fuerzas más exteriores y concentrarlas en Narak.

—Disculpad —dijo Sigzil—, pero los informes de los exploradores son muy claros. En las Llanuras Quebradas nos enfrentaremos a tronadores, Celestiales, Profundos y más. Es imposible defenderlas con tropas convencionales sin apoyo.

—Tiene razón —aceptó Dalinar—. Necesitaremos a nuestros Radiantes allí, para compensar sus unidades Investidas.

—¿Y Azir? —preguntó Yanagawn, todavía en pie—. Defenderemos Thaylenah y las Llanuras Quebradas, pero ¿qué hay de mi país? Habéis mencionado por lo menos un pequeño apoyo para ayudarnos a resistir hasta que llegue el ejército, ¿verdad?

—Sí —dijo Dalinar, frotándose la barbilla—. Creo que tu batalla es la más fácil de ganar. Esa cúpula fortificada es impresionante.

—No estoy de acuerdo —replicó el Visón—. La defensa será más difícil de lo que crees, Dalinar. La cúpula ofrece líneas de disparo despejadas, pero las fuerzas cantoras están bien acorazadas, protegidas de las flechas. Si estuvieras defendiendo la ciudad de tropas humanas, sería fácil. ¿Contra cantores?

Negó con la cabeza.

—Bien, pero un número pequeño de efectivos debería ser capaz de resistir unos días —dijo Dalinar, señalando hacia Azimir en el mapa—. Debemos enviar el grueso de nuestras tropas a Ciudad Thaylen para defender la muralla, pero ¿y si enviamos nuestras mejores unidades a esa cúpula?

—No sé yo —murmuró el Visón—. Un tropezón y esa cúpula se llenará de enemigos como un grano en el dedo, esperando a explotar… y entonces irrumpirán en el mismo corazón de la ciudad. No, eso no me gustaría tener que contenerlo… Podría ser un desperdicio. Quizá deberíamos no enviar refuerzos, evacuar y dejar que el ejército de cuarenta mil soldados que va de camino reconquiste Azimir cuando llegue.

—Es demasiado riesgo —dijo Yanagawn—. ¿Qué pasaría si fuese tu país, Dieno?

El Visón alzó la mirada. Entonces respiró hondo y asintió.

—Sí, tenéis razón. Por supuesto que la tenéis. Lo siento; a veces el fervor por la estrategia eclipsa el corazón. Debemos hacer lo que podamos, en la medida de nuestras posibilidades. Nuestras mejores tropas, por tanto, a Azir. Las suficientes para resistir, pero no tantas como para debilitar otros frentes. Pero ¿quién las comandará?

Un latido, la sala en silencio. Navani contuvo el aliento.

—Iré yo —dijo Adolin, internándose en la ilusión—. Padre, déjame reclutar a dos mil efectivos. Pediré voluntarios para lo que podría ser una batalla difícil y reuniré a los mejores. Con ellos y la Guardia de Cobalto, iré a Azir y defenderé la ciudad hasta que lleguen los refuerzos.

Dalinar lanzó una mirada hacia Navani. Las palabras del Visón parecían haberlo perturbado.

—¿Y qué hay de los otros dos frentes? —preguntó al cabo de un tiempo—. ¿Quién dirigirá esos ejércitos? Yo tendré que prepararme para el duelo, así que sospecho que no estaré disponible.

—Yo no soy militar —dijo Fen—. Y Kmakl es un hombre de la armada. Querría tener a generales con experiencia en combate sobre tierra.

—¿Qué tal yo? —propuso Jasnah, levantándose por fin—. Ya he luchado en Ciudad Thaylen. Podría ir, llevar a generales para determinar nuestra estrategia y tomar el mando de nuestras veinte mil tropas allí.

Navani se mordió la lengua. Jasnah había anhelado la oportunidad de demostrar su valía en el terreno táctico, como si no tuviera ya suficiente con lo que ocupar su cerebro. Aun así, posiblemente fuese también la Radiante más peligrosa que tenían.

—Buena elección —dijo Dalinar—. Fen, ¿tú qué opinas?

—Recibiríamos encantados a la reina —respondió Fen—. Sobre todo si nos enviáis también a unos cuantos Custodios de la Piedra para sellar brechas en la muralla, si vuelven a derribarla.

—Los tenemos —asintió Dalinar, seguro que haciendo los cálculos mentales. No disponían de tantos Custodios de la Piedra como Danzantes del Filo o Corredores del Viento, y la mayoría estaban en el grupo que marchaba hacia Azimir—. Puedo enviártelos, junto con unos pocos Danzantes del Filo para curar a los heridos.

—Excelente —respondió Jasnah, sentándose de nuevo—. Empezaré a tramar una estrategia y se la planteará a nuestros generales.

—Corredor del Viento Sigzil —dijo Dalinar—, tú asumirás el mando en las Llanuras Quebradas.

—¿Señor? —se sorprendió Sigzil.

—Nos interesa tener a un Radiante al mando allí. Te enviaré a la Muralla de Tormenta para apoyarte, y contarás con nuestros generales para la táctica. Pero los Corredores del Viento son nuestro mayor y más condecorado grupo de soldados Radiantes. Deberías liderar la batalla.

—Sí, señor —dijo Sigzil, e hizo el saludo militar.

—¿Y yo, padre? —preguntó Adolin, acercándose—. ¿Por qué dudas?

—Solo estoy pensando —dijo Dalinar, y Navani se dio cuenta de que no quería tratar el tema delante de todo el mundo.

—¿Es que te he fallado demasiadas veces? —preguntó Adolin.

—Yo no he dicho... —empezó a responder Dalinar, y entonces respiró hondo.

—Majestad —le dijo Yanagawn a Dalinar, en tono feroz—, tu hijo es el espadachín más consumado de Alezkar, quizá del mundo. Lo entrenó en las artes de la guerra el Espina Negra en persona. Estoy convencido de que mis generales aceptarán de mil amores su ayuda.

Navani no estaba tan segura. Había visto lo recelosos que podían ponerse los soldados cuando llegaba alguien ajeno a su estructura de mando y asumía el control, pero mantuvo la boca cerrada.

—Padre —dijo Adolin—, el enemigo no traerá muchos Fusionados a Azimir. En Shadesmar vi a unos pocos Celestiales, pero sobre todo barcos cargados con tropas corrientes. Podemos contenerlos. Déjame ir.

Dalinar se irguió cuan largo era en el centro del mapa. Al cabo de un momento, asintió.

—Es buen plan. Puedes ir, hijo. Y puedes reclutar hasta dos mil de nuestros mejores efectivos, tal y como deseas.

—Excelente —dijo Adolin.

—Gracias —dijo Yanagawn—. ¡Deberíamos ir empezando! ¡No podemos perder tiempo!

—Las próximas horas serán cruciales —afirmó Dalinar—. Con la venia de los monarcas, demos por terminada ya esta reunión, pero haced entrar a vuestros generales para que hablen con el Visón y conmigo. Dedicaremos un tiempo a abordar con detalle la estrategia de cada campo de batalla.

La delegación azishiana comenzó a moverse de inmediato y a recoger sus asientos. Adolin hizo ademán de unirse a ellos, pero titubeó, en el borde del mapa.

Dalinar y él cruzaron la mirada. «Ve a darle un abrazo —pensó Navani, llegando junto a Dalinar y poniéndole la mano en los riñones—. Deséale lo mejor. Dile que crees en él».

Ninguno de los dos habló. Al momento, Adolin dio media vuelta y se dirigió a buen paso hacia la puerta. Navani exhaló un suspiro.

—¿Qué? —le dijo Dalinar—. Últimamente no quiere saber nada de mí, Navani. Es mejor que lo deje ir.

—Necesita a su padre —replicó ella—. Da igual lo que quiera. ¿Vas a dejar que se marche sin más?

—No tenemos tiempo para sus dramas, Navani —dijo Dalinar—. Haga lo que haga, nunca es suficiente para él. Temo que, si le pido algo, haga lo contrario. No es…

Dejó de hablar al darse cuenta de que Adolin se había detenido junto a la puerta. Para gran alegría de Navani, se volvió y regresó hacia ellos.

—Padre —dijo a regañadientes—, Shallan me envía con un mensaje que tienes que oír.

Navani notó cómo se le ensanchaban los ojos mientras Adolin les hacía un breve resumen, demasiado breve en su opinión, de algunas cosas que le había contado Shallan. ¿Un grupo de espías extranjeros, trabajando para intereses de fuera del mundo, en Urithiru? ¿Que reclutó a Shallan mientras aún era una persona nueva, y aislada, en las llanuras?

¡Esa chica…! ¡Esa tormentosa chica…! Debería haber acudido a ellos y contárselo. Navani se obligó a reprimir la rabia. Para bien o para mal, Shallan había recibido entrenamiento de Jasnah, quien guardaba esa clase de secretos como si nada.

—Ahora está actuando contra ellos —dijo Adolin—. Necesita permiso para llevar a cabo una operación y disponer de una fuerza de ataque Radiante.

—No me gusta la idea —repuso Dalinar— de autorizar un golpe contra un grupo del que apenas sé nada. Significa poner mucha confianza en alguien que, por lo visto, nos ha estado mintiendo a todos.

—Cosa —dijo Adolin— que tú no has hecho jamás en la vida.

Navani gimió para sus adentros. Padre e hijo trabaron la mirada, y ella se planteó intervenir. Pero… tormentas, en algún momento terminarían resolviéndolo, ellos solos.

—No deberías rebajarte a pullas como esa, hijo —dijo Dalinar en voz baja—. Te crie para estar por encima de eso.

—¿Que me criaste? —exclamó Adolin. Se acumularon furiaspren como charcos de sangre a sus pies, una de las pocas variedades de spren que desobedecían las órdenes de Navani—. Tú a mí no me criaste, padre. Mataste a la mujer que lo hizo.

Dalinar hizo una mueca.

—Este no es momento.

—Podría serlo —dijo Navani, con ganas de agarrarlos a los dos del brazo y llevárselos fuera a que hablaran hasta resolverlo.

—No —convino Adolin—. Ahora mismo no. Padre, quiero que autorices el ataque de Shallan. El tiempo es un factor esencial. Por favor.

Dalinar suspiró y luego asintió.

—Enviaremos a alguien a preguntarle qué necesita.

Tormentas, qué cerca parecían estar. Dalinar abrió de nuevo la boca, por fin. El corazón de Navani se desbocó, esperando la disculpa. Pero lo que llegó fueron dos frases ásperas.

—Podrías necesitar ayuda con los azishianos. No hablas su idioma.

—Buscaré una intérprete.

—Tengo algo mejor —dijo Dalinar, cogiéndole el hombro. Fluyó luz tormentosa de él—. Puedo forjarte un vínculo. No funcionará en ningún lugar aparte de Azir, pero, mientras estés allí, te permitirá entenderlos. Debería durar unas semanas.

Adolin gruñó. Se miraron a los ojos. Entonces Adolin asintió y se marchó sin decir nada más.

Navani suspiró, sufriendo por ellos.

—¿Por qué? —le preguntó a Dalinar—. ¿Por qué no dices nada más?

—Siempre me lo tira a la cara —respondió Dalinar, masajeándose la frente con el pulgar y el índice—. Y, en cierto modo, tiene razón. Navani, yo no lo crie. Adolin ya era... perfecto del todo, por su cuenta. O con la ayuda de Evi, supongo. Ahora soy consciente de que nunca hice más que darle órdenes.

—¿Y dejar que se enquiste lo mejorará?

—No lo sé —reconoció él—. Pero es verdad que no es el momento. Tengo una reunión de estrategia que presidir. Y después de eso, necesitaré contarte una cosa incluso más importante. —Parecía preocupado—. Me hace falta tu consejo. También el de Jasnah y el de Sagaz, y quizá el de Fen.

Navani frunció el ceño.

—¿Qué ha ocurrido?

—De camino a esta reunión —dijo Dalinar con expresión distante—, me he encontrado a una diosa.

La primera fue que no osé decirles que el viajero polvoriento con quien habían compartido una comida era, en efecto, ese mismo rey del que habían oído hablar. La segunda fue no explicarles que ese rey había abdicado de su trono y había abandonado su reino.

De El camino de los reyes, cuarta parábola

Shallan y su equipo —los mejores que tenía aparte de Ishnah y Vathah, que seguían en Shadesmar— pasaron las siguientes horas planificando. Y luego, por fin llegó el momento.

Los cinco llegaron a una Puerta Jurada fuera de Urithiru, ocultos entre un grupo de soldados que iban a trasladarse a Narak para reforzarla. Shallan dirigía a su gente proyectando confianza, aunque por dentro reconocía que estaba aterrorizada. Mraize e Iyatil la habían manipulado otras veces. Tenían una comprensión casi sobrenatural sobre la política de Roshar, incluyendo la política entre dioses.

Mientras otros grupos trataban de dominar reinos, los Sangre Espectral trataban de dominar mundos, o de controlar unas fuerzas económicas tan enormes como esos mundos. Eso era lo que aterrorizaba a Shallan: no las cosas que temía que hiciesen, sino las cosas que era demasiado ignorante para temer que hiciesen.

Esos pensamientos la acosaban, junto con unos cuantos congojaspren, mientras la luz destellaba a su alrededor y su grupo se trasladaba a Narak, la ciudad que ocupaba el centro de las Llanuras Quebradas. Había pasado un año y medio desde la trascendental expedición de Dalinar y los acontecimientos que habían invocado la tormenta eterna. Desde entonces, Narak se había convertido en una fortaleza. Los Custodios de la Piedra habían expandido la plataforma de la Puerta Jurada en más de tres metros de radio.

Luego, tanto esa plataforma como cada meseta del grupo central se habían transformado en bastiones defensivos, rodeados por murallas creadas por moldeado de almas y protegidos por soldados en torres.

Un capitán ojos claros les gritó que se movieran, percibiendo a Shallan y sus cuatro acompañantes como un pelotón de lanceros normal y corriente. Salieron de la plataforma de la Puerta Jurada junto con el resto y llegaron al nuevo anillo de terreno que la rodeaba, donde la gente esperaba a que la transfiriesen. Allí fue donde Shallan y su equipo se marcharon por su cuenta, con la frente bien alta, comportándose como si aquel fuese su lugar. Cruzaron el puente hacia Narak Cuatro, una meseta cercana rodeada por su propia muralla circular.

—Parecen rollos de chouta —dijo Rojo desde detrás de ella.

—¿Se puede saber de qué hablas? —preguntó Gaz.

—De las murallas que rodean las mesetas —explicó Rojo—. Hacen que parezcan un puñado de rollos de chouta. Ya sabes, abiertos por arriba. Rellenos de carne.

—¿Y nosotros somos la carne? —preguntó Darcira, con su voz enmascarada por un tejido de luz para sonar masculina.

—Claro —dijo Rojo.

—Son demasiado achaparradas para parecerse a choutas —opinó Darcira—. Son más como formaciones de cortezapizarra. ¡Ah! Como tocones de árbol, con el centro podrido.

—O a lo mejor —gruñó Gaz— son como los campamentos de guerra. Ya sabéis, esos sitios donde vivimos durante años.

—¡Anda, pues sí! —exclamó Rojo.

—¿Murallas circulares, soldados por todas partes...? —dijo Darcira—. Qué va, no me encaja mucho.

—Menudos payasos estáis hechos los dos —refunfuñó Gaz—. Tendría que haber seguido siendo un tormentoso desertor. Por lo menos, allá en el monte, la gente estaba demasiado deprimida para soltar bobadas.

Shallan los hizo callar mientras llegaban al final del puente, donde presentaron unas órdenes falsificadas al sargento y a la escriba que estaban de guardia frente al portón. Darcira las había creado con un gesto sobre un papel, y eran una réplica perfecta. Aunque Shallan, por mediación de Adolin, tenía permiso de los Forjadores de Vínculos, prefería no confiar en más gente de la necesaria. Allí cualquiera podría estar a sueldo de los Sangre Espectral.

El sargento hizo pasar a Shallan y a su grupo, que entraron en Narak Cuatro, una meseta muy característica, cubierta de antiguos edificios que habían estado tan envueltos en crem que parecían suaves montículos. Una pequeña aplicación creativa de hojas esquirladas había desenterrado las construcciones de piedra originales, proveyendo a los alezi de barracones y un pequeño mercado, regulado con gran minuciosidad por Navani y el ejército.

Shallan y su equipo hicieron el teatrillo, para el sargento que miraba distraído desde el portón, de entrar en su barracón asignado. Salieron por la parte de atrás llevando las caras y la ropa de unos raspadores de crem, los modestos y desapercibidos trabajadores que mantenían limpios los lugares como aquel. Mientras adoptaban sus posiciones, se unió a ellos Jayn, una mujer rirana a la que Shallan había reclutado para la Corte Inadvertida ocho meses antes. La habían enviado como avanzadilla para vigilar el escondrijo de los Sangre Espectral.

—Siguen congregándose, brillante —dijo Jayn en voz baja, disfrazada también de raspador de crem—. Esta última media hora he visto a cinco o seis personas entrar en el edificio.

Shallan asintió. Según los informes, había alguien en el portal, utilizando arena negra para revisar a toda la gente que entraba. Eso complicaría valerse de tejidos de luz, ya que la arena revelaba el uso de poderes Radiantes.

Para mantener los disfraces, su equipo empezó a nivelar una sección de calle cerca del escondrijo, utilizando cinceles para quitar el crem, las plantas y los líquenes que crecían en la piedra. Gaz colocó unos postes unidos por cordel para cerrar al tráfico su zona de trabajo, desviando a los peatones y permitiéndoles hablar sin preocuparse de que los oyera nadie.

Shallan adoptó el papel de capataz, paseándose por allí y comprobando el trabajo de los otros cinco. En realidad estaba observando la madriguera, un supuesto almacén sin importancia. Llegaron dos hombres, uno de ellos un alezi bajito y uniformado al que reconoció por los dibujos de Sagaz. El otro pertenecía al séquito del supremo azishiano, un visir, aunque no era ninguno de los importantes, como Noura. Shallan tomó una Memoria de ella, para poder añadirlo más tarde a su colección.

Mraize rara vez había dejado que Shallan conociera a nadie aparte de él, aislándola de lo que estaba resultando ser una red inquietantemente extensa, que incluía a personas de la mayoría de las principales organizaciones políticas de Roshar. Que ella supiera, su objetivo principal era hallar la forma de empezar a enviar luz tormentosa fuera del planeta, pero aquello, aunque con toda probabilidad fuese una fuente potencial de grandes riquezas, parecía demasiado poco ambicioso para Mraize e Iyatil.

La puerta del escondrijo tenía un porche cubierto, con una sombra oscura justo en el interior. Cuando llegaba cada nuevo miembro de los Sangre Espectral, una figura bajita y embozada en una capa salía de la sombra para inspeccionarlo. Shallan captó un atisbo de una máscara de madera pintada, y el contorno de la figura parecía femenino. Eso confirmaba las observaciones de Darcira: o bien se trataba de Iyatil o, más probablemente, de la mujer recién llegada.

La guardia de la puerta inspeccionó a ambos recién llegados tocándoles la cara para comprobar que no hubiera discrepancias en sus rasgos. Luego hizo que sostuvieran un frasco de arena negra.

Shallan se acuclilló junto a Darcira, Gaz, Rojo y Jayn mientras trabajaban. Fingieron estar ocupándose juntos de una parte del suelo muy complicada mientras Jeneh montaba guardia. Sus spren tenían instrucciones de quedarse en la parte interior de la ropa, para mantenerse ocultos.

—Muy bien —dijo Shallan—. Es nuestra última oportunidad de echarnos atrás.

—Esto no va a ser como infiltrarnos en los Hijos de Honor —añadió Gaz—. Aquel grupo ya estaba moribundo cuando acabamos con ellos. Esta podría ser la organización más peligrosa del planeta. No sé... si deberíamos agachar la cabeza, escondernos de ellos. Dejar que pase la tormenta. No tengo claro que estemos preparados.

—¿Qué opináis los demás? —preguntó Shallan.

—Yo opino —dijo Rojo— que nadie se cree preparado nunca para una operación importante. Tormentas, ¿creéis que esos chicos de la muralla se creen preparados para luchar en una guerra? La cuestión no es si estamos preparados, sino si debe hacerse.

Gaz gruñó.

—Es verdad, supongo. Rojo, tienes que dejar de decir cosas inteligentes. Vas a poner patas arriba mi opinión sobre ti.

Rojo sonrió y siguió trabajando con su cincel, raspando crem. Tenía experiencia con utensilios como aquel, ya que había sido aprendiz de artesano en su juventud.

—Yo creo que nuestro plan es bueno —dijo Darcira—. Voto por seguir adelante.

Era una persona inusual, una científica que había mostrado talento para el tejido de luz y había abandonado a los fervorosos para unirse a Shallan. Era la única de la Corte Inadvertida que tendía a atraer logispren con tanta frecuencia como creacionspren.

—Me preocupa la cantidad de gente que hay ahí dentro —dijo Jayn—. Shallan, vas a estar superadísima en número. ¿De verdad es necesario hacer esto?

—Dentro de poco más de ocho días —respondió Shallan en voz baja—, Dalinar Kholin se batirá en duelo contra el campeón de Odium para decidir el destino del mundo. Los Sangre Espectral, por lo que sabemos, son la fuerza política secreta más peligrosa del planeta. Por tanto...

—Van a implicarse de algún modo —concluyó Rojo—. Tendrán algún plan para poner en peligro el duelo. Yo me apunto.

Su spren tarareó desde el interior de la chaqueta de Rojo. Matriz no solía hablar mucho y, por lo que Shallan había deducido, no tarareaba al saborear mentiras: parecían gustarle las aliteraciones, nada menos.

—Iyatil y Mraize están acostumbrados al lujo de la oscuridad y la sombra —dijo Shallan—. Tenemos que sacarlos a la luz, desnudos ante el mundo entero. Mientras tengan el monopolio de la información, van a controlarnos. Y si siempre estamos reaccionando a ellos, nunca atacando, van a derrotarnos. —Calló un momento mientras las palabras del propio Mraize le volvían a la mente—. Una presa solo es capaz de huir. Puede sobrevivir, pero nunca ganar. No mientras viva el depredador.

—Claro —dijo Gaz—, pero también podríamos enviar el equipo de ataque Radiante ahí dentro y listos. Mira que no me gusta depender de los Corredores del Viento para nada que no sea el transporte, y hasta en ese caso suelen apañárselas para colarte una lección o dos, pero... igual esta vez podríamos dejarles la iniciativa, Shallan.

—Los utilizaremos —le aseguró ella—. Pero Gaz, si hacemos entrar primero a los soldados, tengo la sensación visceral de que Mraize e Iyatil encontrarán la forma de escapar. Y aunque no, tendrán la boca cerrada. Podríamos meterlos en la cárcel una década y esos dos guardarían silencio. Necesito saber lo que planean. Necesito entrar en esa reunión.

Ya había descubierto algunas cosas de las que anhelaba, sí. Kelek y sus propios recuerdos recuperados eran algunas piezas, pero había muchísimas más. Piezas que abarcaban mundos. Se moría de ganas de tener al menos una ocasión de oírlos hablar con libertad.

Y además de eso... de verdad estaban planeando algo. ¿Por qué estaba espiando a Dalinar esa mujer? ¿Para qué querían a Ba-Ado-Mishram? ¿Irrumpir allí con la espada desenvainada y los poderes destellando frustraría sus planes? Tal vez. Tal vez no. Dependería de qué partes estuviesen ya en marcha.

—A la tormenta con todo —dijo Gaz—. Tienes razón. Me apunto.

Gaz y Rojo se contaban entre sus amigos más antiguos, y entre los Tejedores de Luz más expertos que tenían. Shallan conocía a Gaz lo bastante bien para saber que sus reparos eran reales: de verdad estaba preocupado por aquella misión. Pero sabía que, en parte, también objetaba para que esos reparos se dijeran en voz alta y se superasen.

—Yo también voto sí —dijo Jayn—. Aunque quien correrá verdadero peligro eres tú, brillante.

—Estaré bien —respondió Radiante—. Seguimos, entonces. Con un poco de suerte, aún no habrán empezado a tratar ningún tema importante.

Su equipo ya había hablado de aquello. Los Sangre Espectral no podían llevar hasta allí a todo el mundo a la vez por las Puertas Juradas. Un grupo numeroso llamaría demasiado la atención y, dado que seguían llegando invitados con cuentagotas, Shallan confiaba en que Mraize aún estuviera esperando.

Darcira consultó con disimulo su reloj, que, como muchos eruditos, llevaba integrado en un brazalete fabrial de los que construía Navani.

—La siguiente transferencia por Puerta Jurada será dentro de poco más de media hora, y nuestro equipo de vigilancia ha identificado a unos cuantos miembros de los Sangre Espectral importantes, al menos según Sagaz, merodeando por la gran entrada de Urithiru, como esperando a que les llegue el turno. Es muy probable que vengan en esa próxima transferencia, lo que nos deja el tiempo suficiente para organizar la fase dos.

—Trabajemos unos minutos más —sugirió Gaz—. Si no, será sospechoso que nos hayamos colocado aquí.

Shallan asintió, de acuerdo con él, y se puso a raspar de verdad. Era un trabajo sorprendentemente duro, aunque logró soltar un rocabrote de lo más desafiante, metiendo su cincel debajo y haciendo fuerza hasta sacarlo por fin. Una lluvia muy tenue había empezado a teñir el aire, aunque, tras la alta tormenta de la noche anterior, la siguiente no debería llegar hasta unos días más tarde. El tiempo había estado raro desde la llegada de la tormenta eterna, y las lluvias como aquella eran más frecuentes.

Patrón canturreó con suavidad desde el interior de su chaqueta, aunque Shallan no habría sabido decir por qué. Aquella siguiente parte iba a ser difícil. Nunca había oído hablar de aquella extraña arena negra antes de su reunión para planificar, ese mismo día, pero al parecer la habían utilizado para detectar a spren ocultos hacia el final de la ocupación de Urithiru.

Ya fuese dentro de frascos en manos de guardias o espolvoreada por el interior de los alféizares, aquella arena cambiaba de color si se le aproximaba algún spren inteligente. Los spren inferiores no parecían ser detectables, pero sin duda los crípticos lo serían. Y lo peor de todo era que también revelaba tejidos de luz.

Tampoco era que Shallan estuviese muy sorprendida: había visto a Sagaz utilizar algo parecido una vez, y siempre se había preguntado por la mecánica. Por desgracia, la arena significaba que tendría que hacer la parte más difícil sin sus poderes y sin su spren.

—Ya es hora de moverse —dijo Shallan, levantándose—. Vamos.

Sigzil hacía todo lo posible por fingir que era Kaladin.

Mantuvo la espalda erguida durante la larga reunión de estrategia que siguió a la primera conversación de los monarcas, y trató de aparentar que comprendía más de lo que captaba en realidad. Kaladin siempre estaba muy seguro de sí mismo. Siempre sabía cuál era el siguiente paso a dar.

Sigzil no era capaz de eso, pero sí que podía fingir lo suficiente para mantener apartados a los congojaspren. Comportarse como si su sitio estuviera entre los monarcas, los generales y el tormentoso Aqasix Supremo del Imperio azishiano.

La madre de Sigzil estaría riéndose de él; leía entre líneas la diversión en las cartas que recibía de ella. ¿Él, un militar? ¿Su estudioso pequeñín, tan sensible y refinado? Incluso en Azir, se habían reído de él por lo tiquismiquis que era. Y, sin embargo, allí estaba, codeándose con un grupo de generales.

—Alguien —susurró para sus adentros— terminará descubriendo que soy un fraude, ¿verdad?

—No eres un fraude —le susurró en respuesta Vienta, su spren, manteniéndose invisible como solía hacer.

—Soy un erudito fracasado, un cantamundos mediocre y un perfeccionista quisquilloso que pone a todo el mundo de los nervios. Soy…

—¿Sobreviviste al Puente Cuatro? —le preguntó ella.

—Sí —susurró Sigzil—. A través del dolor y la tormenta, sobreviví.

—Entonces puedes sobrevivir a esto.

—Pero ¿y liderarlos? —preguntó él.

—¿Tú cuál crees que fue el resultado de ese dolor y esa tormenta? —replicó ella en voz baja—. Ahora eres un líder, Sigzil. Eres un héroe. Vive esa verdad.

Hicieron un descanso en la reunión y Sigzil terminó al lado de Kmakl, el príncipe consorte thayleño, al borde del enorme mapa resplandeciente.

—Lo que no entiendo —estaba diciéndole Kmakl a Ka, la escribana Corredora del Viento— es de dónde salen sus tropas.

Al otro lado de la sala, el brillante señor Dalinar, la brillante Navani, la reina Jasnah y la reina Fen se retiraron a una cámara más pequeña para hablar de alguna cosa delicada. El supremo azishiano se había marchado un poco antes, para regresar a su ciudad. No solía involucrarse en los planes de batalla detallados.

—Sus tropas renacen —respondió Ka mientras repasaba los informes de los exploradores.

Hizo algunas anotaciones con su pluma plateada, uno de los usos más interesantes de una hoja esquirlada entre los Corredores del Viento hasta la fecha. Tenía un cartucho rellenable de tinta y todo. Ka elegía vestir una havah azul con el símbolo del Puente Cuatro bordado en el hombro, uno de los uniformes nuevos que Kaladin había autorizado.

También había uno de inspiración azishiana, que Sigzil podría ponerse. Sus reclutas más recientes procedían de todas partes de Roshar, y el propio Sigzil había argumentado que los Corredores del Viento no deberían percibirse como un grupo alezi. Entonces, ¿por qué no se ponía ese uniforme en vez del que le habían dado hacía ya tantos meses? ¿Era por el tatuaje de su frente?

«El Puente Cuatro ha sido el único sitio donde me he sentido jamás una persona y no una casualidad», pensó. Pero sin Kaladin, sin Roca, sin Teft, sin Moash... ¿seguía siendo de verdad el Puente Cuatro? Lo único que quería Sigzil era volver a sentarse junto a aquel fuego, con sus amigos, aguantando las amables burlas de Roca por contar los pedazos de carne en cada cuenco de estofado para asegurarse de que todo el mundo recibía la nutrición adecuada.

—Brillante señor —le dijo Kmakl—, ¿va todo bien?

—Sí —respondió Sigzil, cogiéndose las manos a la espalda y obligándose a prestar atención a la logística—. ¿Decís que tienen demasiadas tropas? Creo que Ka está en lo cierto. Sus Fusionados renacen, por lo que siempre van a tener más tropas que nosotros.

—Cierto, cierto —reconoció Kmakl—. Pero, teniendo en cuenta la cantidad de Fusionados que avanzan hacia las Llanuras Quebradas, esos transportes de tropas que navegan hacia Ciudad Thaylen... deberían estar llenos de cantores normales. Van a arrojarlos contra nuestras líneas como cebo, para que caigan en nuestras redes. Pobrecillos. Tienen que estar quedándose sin soldados para el frente, ¿verdad?

—Por lo visto, no —dijo Ka—. ¿Cómo vamos a distribuir a los Corredores del Viento, Sigzil?

—Ciudad Thaylen necesitará al menos un pelotón, quizá una compañía entera —respondió Sigzil—. Supongo que el enemigo desplazará por lo menos algunos Rompedores del Cielo a las Llanuras Quebradas, ahora que el bloqueo está roto, pero es seguro que habrá una fuerza aérea protegiendo esos transportes de tropas durante el cruce. Así que deberíamos estar preparados para enfrentarnos a ellos cuando lleguen a Ciudad Thaylen y no renunciar a la superioridad aérea.

Deseó que tuvieran más variedad en sus fuerzas Radiantes. Sí, contaban con Corredores del Viento y Danzantes del Filo en abundancia, y con cifras crecientes de Custodios de la Piedra y Tejedores de Luz. Pero las filas del resto de órdenes estaban casi vacías.

—El enemigo tendrá difícil desembarcar en nuestra capital —afirmó Kmakl—. Ahí es cuando serán más vulnerables. Quemaremos los muelles y tenderemos rompecascos en los bajíos. Cuando atraquen, nos replegaremos a la muralla.

—La última vez la destrozaron con tronadores —señaló Ka—. Pero tengo una idea. Podríamos asignar nuestros Corredores del Viento a otro campo de batalla hasta que el enemigo llegue al vuestro, haciendo que desperdicien a los Rompedores del Cielo en proteger sus barcos durante días.

—Muy buena idea —dijo Kmakl—. Teniendo Puertas Juradas tanto en las Llanuras Quebradas como en Ciudad Thaylen, podemos transferir tropas entre campos de batalla según las necesitemos.

El príncipe consorte alzó la mirada hacia donde había estado antes la delegación azishiana. «Quizá recordando —pensó Sigzil— lo que ha dicho el Visón. Sobre que la defensa de Azimir será más difícil de lo que parece». Iba a ser la única ciudad de las tres que no podría recibir apoyo desde los demás campos de batalla, dado que su Puerta Jurada dejaría de funcionar pronto. Pero, al menos, esperaba la llegada de todo un ejército en su ayuda al cabo de unos días.

Sigzil tenía que preocuparse por querer abarcar demasiado con sus Corredores del Viento. La batalla de las Llanuras Quebradas iba a ser extraña, con tanto Fusionado. Y, de algún modo, él debía liderar esa defensa.

—Podemos utilizar las Puertas Juradas, de acuerdo —dijo Ka—, pero habría que tener muchísimo cuidado con ellas. Ya van demasiados casos de: «Un momento, ¿qué hacen esas fuerzas enemigas tocando las narices en la parte blandita de mi retaguardia?». Creo que deberíamos asignar a gente para que no pare de hablar con todos los spren de las Puertas Juradas, a ver si conseguimos evitar más deserciones. ¿Qué te parece, Sigzil?

¿Qué le parecía? Sigzil la miró, y entonces oyó las palabras de su spren resonando en su mente.

«Vive esa verdad».

A la tormenta con él, ya era hora de parar de dudar de sí mismo, ¿verdad? Ya era hora de parar de estar nervioso. Lo habían nombrado comandante.

Debía comportarse como tal.

—Me parece que tienes razón —contestó—. Y además… Ka, tengo una idea para la defensa de Narak. Donde estoy yo al mando. Es una idea rara, pero creo que puede funcionar.

—Excelente —dijo ella—. Si es así, deberíamos consultarla con el Visón.

Kmakl paseó la mirada por toda la sala.

—Yo también tengo unas preguntas que hacerle. Pero… ¿lo ha visto alguien?

Tormentas. El hombrecillo se había esfumado una vez más.

Jasnah, acompañada de Dalinar, Navani y Fen, entró en una habitación llena de plantas y oscilantes vidaspren.

Antes era una estancia normal, pero, con el despertar del Hermano, se había transformado. La piedra del techo parecía transparente y mostraba una réplica del sol, dando la sensación de estar bajo una claraboya. Pero ese sol no se movía ni coincidía con la verdadera posición del de fuera.

Unas partes de brillante luz blanca incrustadas en la piedra hacían chispear las paredes y el techo, y habían empezado a brotar plantas desde la mampostería: enredaderas y rocabrotes, musgo e incluso hierba en algunos sitios. Todo ganando tamaño a una velocidad increíble.

—Había oído hablar de este sitio, hace tiempo —dijo Marfil, con voz suave pero audible desde donde estaba, reducido a un tamaño diminuto en el pendiente de Jasnah—. A la torre le gusta experimentar con lo que debería ser una habitación, construyendo extraños paisajes. Creía que las historias eran inventadas.

—Esto está desmadrándose un poco —dijo Dalinar desde el centro de la estancia, con enredaderas rodeándole las piernas—. ¿Podemos pedirle al Hermano que lo atempere?

—Prefiere no hacerlo —respondió Navani.

La sala vibró y una voz suave resonó desde los conductos de ventilación que había cerca del suelo:

—Es una estancia para mi hermana, si viene de visita. Una estancia para la Vigilante Nocturna.

—Muy bien —repuso Dalinar con su voz más firme. Su voz de «En realidad deberías escucharme y obedecerme, pero fingiré que no me molesta que no lo hagas»—. Agradecemos tu disposición a hacer que la torre funcione.

—No tuve mucha elección en el asunto —dijo el Hermano—, pero alguna sí que tuve. Así que de nada.

La reina Fen cogió una silla de las que estaban apiladas cerca de unas mesas al fondo y la liberó del follaje. Habían utilizado aquella sala más pequeña, contigua a la de reuniones, para guardar cosas. Jasnah pisó con suavidad, intentando imaginarse a la Vigilante Nocturna de visita, disfrutando de la abundancia de vida. ¿Había sucedido alguna vez? El Hermano y la torre se habían apagado justo antes de la Traición, hacía más de dos mil años.

—¿Cuándo se creó la Vigilante Nocturna? —preguntó Jasnah a Marfil—. La llamamos la Antigua Magia, pero ¿cuánto tiempo lleva presente? ¿Cuándo le dio forma Cultivación?

Antes de que Marfil pudiera responder, una voz susurró desde un conducto cercano:

—La Vigilante Nocturna surgió de la Noche, igual que el Padre Tormenta surgió del Viento. Aunque, cuando yo era joven, el Viento era diferente. Muy diferente.

—¿Cuándo se te creó a ti, Hermano? —preguntó Jasnah.

—Hace unos seis mil años, cuando las Piedras quisieron legado en forma de un vástago de Honor y Cultivación. En la época durante la que los Forjadores de Vínculos no se vinculaban con spren, sino con las fuerzas antiguas, dejadas atrás por dioses.

—¿Y al Padre Tormenta?

—Poco antes que a mí.

—Pero eso es inexacto —dijo Jasnah—. Según Dalinar, el Padre Tormenta ya existía cuando los humanos llegaron a Roshar, hace ocho mil años. El Padre Tormenta recuerda el suceso y concretó el momento.

—Ha sido confuso —respondió el Hermano— enterarme de todo lo que sucedió mientras dormía. Conocí al Padre Tormenta cuando él era joven. Yo, a quien dio forma la Piedra, que tenía por hermanos a Viento y Noche. La Noche se marchó. Pocos la querían, o hablaban de ella siquiera, y parece que nuestra madre la reemplazó por un ser con parte de la misma esencia. Una nueva criatura, no conectada a la percepción de nadie.

»Ahora, el Padre Tormenta ha cambiado y la Vigilante Nocturna no me ha hablado como solía. Mis hermanos ya no son como los recuerdo. Eso no me gusta nada.

Había algo en esa línea temporal que no le encajaba a Jasnah. Algo que le daba ganas de reunir a los demás veristitalianos y ponerlos a trabajar en la búsqueda de fuentes primarias. Pero antes, su tío tenía algo que quería decirles. Navani y ella se volvieron hacia Dalinar, en el centro de la sala, con los ojos cerrados. Parecía como si estuviera flotando bajo un mar de luces, con la hierba ondeando en torno a sus pies.

—¿Tío? —lo llamó Jasnah.

—No estoy preparado —dijo él abriendo los ojos— para combatir a Odium.

—No sé qué preparación podemos tener, dado el plazo —repuso Navani—. Un plazo que tú mismo aceptaste.

—Sí. Lo hice.

Dalinar agarró una silla de una pila que había detrás de unas mesas con mantel, haciendo que todo el conjunto se moviera al separarla del resto, y Jasnah oyó un claro gañido procedente de allí. No estaban solos.

Por supuesto que no lo estaban. Esa chica parecía capaz de colarse en cualquier sitio. Jasnah echó un vistazo en Shadesmar y vio a Lift allí, manifestada como una luz que brillaba como la llama de una vela. Junto a ella había alguien más. Qué curioso.

—Incluso mientras aceptaba el contrato —dijo Dalinar, colocando la silla para Navani y yendo a por otra—, no estaba seguro del todo, pero la oportunidad era demasiado valiosa para dejarla escapar. Ahora que veo la consecuencia de un error mío, no haber evitado este ataque, temo que haya más, diga lo que diga Sagaz.

—¿Qué es eso que digo? —Sagaz acababa de regresar a la sala, cargado con aperitivos. ¿Para eso había salido, retrasándolos a todos? ¿En serio? Ofreció a Jasnah un plato de fruta—. Espero que, sea lo que sea lo que dices que he dicho, fuese o bien desagradable, o bien inteligente. O las dos. La verdad es que prefiero las dos.

—Me preocupa que Odium vaya a sorprenderme —respondió Dalinar.

Miró a Jasnah y movió la cabeza hacia las sillas, con una mirada interrogativa. Ella respondió asintiendo, así que su tío le trajo una. Era curioso lo mucho que había cambiado. Jasnah había leído acerca de unos tiempos en los que no se habría preocupado por nadie más. Ella lo había conocido, a lo largo de su etapa adulta, como un hombre dispuesto a cuidar de la gente incluso cuando la gente no quería. Y en ese momento, por primera vez que Jasnah recordase, acababa de preguntarle si quería su ayuda. Porque Dalinar sabía que, a veces, a Jasnah no le gustaba que la gente hiciera cosas por ella que preferiría haber hecho ella misma.

Se sentó. Fen acercó su propia silla y Sagaz dispuso una mesa pequeña y colocó la comida sobre ella de un modo artístico, porque cómo no iba a hacerlo. Jasnah cayó en la cuenta, distraída, de que sí que tenía hambre. Lo más probable era que todos hubieran olvidado desayunar con tanto caos.

De vez en cuando, estaba bien tener a alguien que cuidara de ti. Jasnah no culpaba a los demás por confundirse respecto a lo que ella quería: se confundía a sí misma con bastante regularidad. De modo que ese día se limitó a disfrutar del plato de fruta.

Sagaz llevó una silla y la puso al revés antes de sentarse junto a ellos. Cuando estaban en público adoptaba el comportamiento propio de un Sagaz, quedándose de pie tras la silla de Jasnah, mostrándole la debida deferencia. En cambio, en un entorno como aquel... bueno, fuera lo que fuera ese hombre, estaba por encima de una reina o un alto príncipe. Sagaz no necesitaba decirlo: podía sentarse entre ellos. A esas alturas ya lo sabían todos, incluso Fen, que lo miraba como a una anguila que pudiera atacar en cualquier momento.

—Haces bien en preocuparte —le dijo Sagaz a Dalinar—. A mí me inquieta este nuevo Odium. El poder me recordará y me odiará vaya quien vaya al timón, pero el nuevo recipiente me robó varios recuerdos y luego me dejó ir creyéndome que había sido más listo que él o ella. Eso nos dice algo sobre su personalidad. No es alguien que se regodee, aunque seguro que al poder le habría gustado hacerlo.

—¿El poder... puede pensar? —preguntó Jasnah.

—Sí —dijo Sagaz—. Pregúntale a tu spren qué es lo que pasa cuando se deja a los fragmentos de un dios demasiado tiempo a la suya. Se levantan, caminan por ahí y empiezan a ir de un lado a otro en los pendientes de las personas. Empiezan a involucrarse.

»Cada *dios* es una rodaja de una entidad mayor asesinada hace unos diez mil años. Su poder se dividió y esos fragmentos tienen Identidades, Intenciones. Honor, el instinto de crear vínculos y mantenerlos. Odium, la ira divina, desligada de factores de moderación esenciales como la clemencia y el amor.

—Antes he hablado con otra —dijo Dalinar—. Subiendo hacia aquí, Cultivación se me ha aparecido en forma de mujer.

Jasnah se puso en alerta, con un trozo de palafruta a medio camino de la boca.

—¿Cultivación te ha hablado? —preguntó—. ¿Por eso me has hecho entrar aquí?

—Creo que sí —dijo Dalinar—. Tenía el mismo aspecto. Sonaba igual. Daba la misma sensación. Podría ser alguna clase de truco, lo reconozco, pero... había algo en el encuentro que...

—Y te ha dicho... —lo espoleó Sagaz.

—Me ha dicho que debo buscar el Reino Espiritual —reveló Dalinar—. Que no necesito expandir mis poderes como Forjador de Vínculos en la misma medida que expandir mi comprensión, en particular del pasado. No puedo viajar en el tiempo, pero sí puedo recorrer las visiones. Puedo presenciar cómo los Heraldos y los Radiantes se ocuparon de Odium otras veces. Cultivación ha insinuado que ya llevo años en este camino sin darme cuenta y que, si averiguo lo que debo, sabré cómo derrotar a Odium.

Tormentas. Jasnah pensó en lo maravilloso que sería poder viajar a otras épocas. Ella había dedicado toda su vida a estudiar el pasado como una manera de comprender el futuro. Sus esfuerzos, aunque triunfales a veces, siempre habían sido imprecisos. Similares a escrutar las sombras en busca de formas que interpretar.

Por medio de las visiones de Dalinar, podía saber qué había creado esas formas. No era un auténtico viaje al pasado, pero las posibilidades que ofrecía...

—Pero ¿puedes visitar cualquier otra época? Creía que las visiones eran más rígidas.

—Yo también lo pensaba —dijo Dalinar—. Pero, en los últimos tiempos, he descubierto que las palabras del Padre Tormenta sobre ellas estaban llenas de... bueno, tampoco de contradicciones. De verdades incompletas. Cultivación sugiere que hay mucho más que ver y descubrir.

—Todo existe en tres dominios —explicó Sagaz—. Está el Reino Físico, donde vivimos ahora mismo. Está Shadesmar, el Reino Cognitivo, donde las mentes proyectan sus impresiones. Y, por último, está el Reino Espiritual. El dominio de nuestras almas, de nuestros vínculos con nuestro pasado y con otras personas.

»El Reino Espiritual es un lugar peligroso, confuso. Todos los acontecimientos del pasado aún tienen sus ecos en ese lugar, sí, igual que las cicatrices del cuerpo son un registro de las heridas recibidas. Sin embargo, cuando recorres las visiones con el Padre Tormenta, Dalinar, lo haces de un modo cuidadosamente prescrito. Desviarte de ese rumbo supone el riesgo de perderte en un lugar donde no hay direcciones, no hay salvavidas. Un lugar donde incluso yo, uno de los seres antiguos, piso con cautela.

—Pero ¿de veras serviría de algo? —preguntó Navani—. Dalinar, ¿el Padre Tormenta no insinuó que las visiones no pueden mostrarte nada que él no sepa? Si es así, ¿qué podrías descubrir?

—Sí que parece demasiado riesgo —convino Fen— para algo tan nebuloso.

—Hay… más. —Dalinar entrelazó las manos por delante—. Otra cosa que me ha dicho Cultivación. ¿Qué le pasó a Honor, Sagaz? ¿Qué ocurrió de verdad en el momento de su muerte?

—No lo sé —reconoció Sagaz, su voz suave, sus brazos cruzados ante él sobre el respaldo de la silla—. Estaba fuera del planeta cuando sucedió, para mi eterna desgracia. Otros asuntos atrajeron mi atención y dejé que se me escurrieran los siglos entre los dedos. Honor estaba errático cuando me fui. Al volver… —Se encogió de hombros—. Desaparecido. Los Radiantes, quebrados. El mundo, agitado después de la Traición. Llevo desde entonces intentando ponerme al día.

—¿Y… sabes dónde se encuentra su poder? —preguntó Dalinar.

Sagaz no respondió de inmediato. Respiró hondo y compuso una sonrisa en las comisuras de los labios.

—Conque te ha dado un codazo en esa dirección, ¿eh?

—Así es —dijo Dalinar—. Si vamos a combatir contra un dios, ¿no nos convendría tener a uno de nuestro lado?

«Un momento —pensó Jasnah—. ¿Qué está diciendo?».

—Aún estoy por conocer a una persona —replicó Sagaz— que haya tomado una de esas Esquirlas y no lo haya lamentado, amigo mío.

—Igual que con cualquier otra carga de responsabilidad.

—Sí —dijo Sagaz—, solo que peor por órdenes de magnitud.

Sagaz miró a su alrededor y Jasnah se fijó en que Fen lo observaba con los ojos como platos. Sin cuestionarlo, pero a todas luces sintiéndose muy superada.

Estaban hablando de que Dalinar Ascendiera a Esquirla de Honor. Tormentas.

—Me parece un salto muy grande —dijo Jasnah—. Demasiado grande.

—No se me ocurre qué más intentar —susurró Dalinar.

—¿Y si renegociamos el contrato? —propuso ella.

Todos la miraron.

—Si hay un nuevo Odium —añadió Jasnah—, quizá acepte unos términos diferentes. Tal vez detenga la guerra por completo si le hacemos una buena oferta. —No miró a Sagaz—. ¿Y si permitimos que se marche?

—Jasnah —dijo Sagaz con cara de dolor—, no podemos liberarlo en el Cosmere.

—Como mínimo, debemos considerar todas las opciones —insistió ella—. Tú mismo dices que los otros mundos, y los seres que los gobiernan, están satisfechos de dejarnos a Odium a nosotros. No nos ofrecen ayuda ni auxilio, y a veces una tiene que pensar primero en sí misma. ¿Y si renegociáramos?

—No —dijo Dalinar en voz baja—. Ya se aprovechó de nosotros una vez, y solo renegociaría si le conviniera. No lo haría si no pudiera obtener más ventaja. Creo que tenemos que explorar otras opciones fuera del contrato, opciones como el poder de Honor.

Callaron todos un momento, y Jasnah tuvo que admitir que negociar no les había salido demasiado bien que digamos la primera vez. Miró a Sagaz, que se hundió en su silla, ofendido, al cruzar la mirada con ella. Impedir que Odium destruyera más mundos era uno de sus principales objetivos.

—Paz —dijo Jasnah, apoyándole una mano en el brazo—. Solo estoy haciendo preguntas, como es mi obligación.

—Lo entiendo —dijo él con un asentimiento, y de verdad parecía entenderlo—. Y la carga que se os ha endosado a todos es injusta. Tenéis todo el derecho del mundo a estar cabreados con las otras Esquirlas. Yo desde luego lo estoy. Dalinar, creo que no vas desencaminado con eso que te planteas.

Dalinar asintió.

—Me preocupa que necesite mucho más que lo que pueda ofrecer este duelo, sea en los términos que sea. Si llevas un ejército de seis hombres contra un ejército de decenas de miles, perderás. Eso es lo que estoy haciendo yo al enfrentarme a Odium. ¿Y si hay una manera mejor? ¿Y si existe una forma de luchar contra Odium? De derrotarlo, destruirlo, exiliarlo. Utilizando el poder de un dios.

Jasnah se estremeció y se obligó a planteárselo. Ya había sabido, incluso cuando nadie más quería reconocerlo, que no había nada observándolos ni protegiéndolos. Todos los aforismos, los rituales y las escrituras estaban ahí para consolar a la gente en el mejor de los casos, para controlarla en el peor. Ella lo había aceptado, aunque en ocasiones deseara con todas sus fuerzas tener ese consuelo.

En tiempos más recientes, hablando con Sagaz, había descubierto hasta qué punto había estado en lo cierto. Había algo allí arriba, solo que no era Dios. Era un grupo de personas normales y corrientes. Jasnah no sabía qué le daba más miedo, la idea de una deidad poderosa y omnisciente controlándolo todo —destruyendo su libre albedrío y a la vez, por algún motivo, sumiendo en tanto dolor al mundo entero— o la certeza de que existían unos seres que gobernaban el Cosmere con inmenso poder, pero tenían todas las rarezas, los defectos y la moralidad limitada de cualquier otra persona.

Después de meditarlo, de plantarse la idea de Dalinar como era debido, Jasnah se descubrió todavía opuesta a ello. Los reyes ya eran bastante malos. Aquello era mucho peor.

—Dalinar —dijo—, no estoy nada cómoda con esta línea de razonamiento.

—Yo tampoco —respondió él—. Tormentas, Jasnah, yo tampoco. Pero nos enfrentamos a un ser de inmensa fuerza e inteligencia. Cuando llegue al duelo dentro de ocho días, sin duda va a poder flanquearme. Estoy cada vez más convencido de que sucederá.

—Así que estás diciendo —dijo Fen— que la única forma de ganar... ¿es enfrentarte a ese ser como su igual? ¿Con el poder de Honor?

—¿Tú lo sabes, Sagaz? —preguntó Dalinar—. ¿Qué le pasa al poder de una deidad cuando la deidad muere?

—Es diferente en cada mundo —dijo Sagaz—. En uno, estaba por todas partes y no nos dábamos cuenta. En otro, el poder de la deidad estaba guardado en un metafórico armario, embutido en Shadesmar, dejado allí para pudrirse. Aquí, si al final resulta que no se Astilló, entonces está en el Reino Espiritual. Creo que podría ser la misma sustancia de tus visiones, con su interesante comportamiento.

—Lo mismo opina Cultivación —respondió Dalinar—. Dice que, si recorro el Reino Espiritual, estará por todo mi alrededor.

—Pero... ¿no está ya por todo nuestro alrededor? —preguntó Navani a Sagaz—. ¿En los spren, la luz tormentosa, el poder de los Radiantes?

—Sí y no. Es complicado. Una Esquirla, un dios, lo permea todo. Hasta el último eje del mundo está, en cierto modo, Conectado a ella. Sin embargo, el Reino Espiritual debe contener un núcleo de lo que Honor era antes. Un pozo de energía, podría decirse. Si alguien Conectase con él del modo correcto, ascendería al puesto de Honor. Y entonces, todo el poder ambiental del mundo formaría parte de ese alguien. Debería encontrar la forma de persuadir al poder de que lo aceptara.

—Y si yo quisiera hacer eso... —dijo Dalinar.

Sagaz lo miró a los ojos.

—Entonces sí, el Reino Espiritual es donde tendrías que empezar. —Haciendo gala de una contención muy poco propia, apoyó la cabeza en los brazos cruzados—. Navani, ¿el Hermano ha reparado en la visita de una diosa a su torre?

Navani miró arriba un momento y luego negó con la cabeza.

—No, pero dice que, de todos modos, su madre es... silenciosa. Escurridiza.

—Los suyos tienden a serlo —murmuró Sagaz—, pese a su enorme tamaño. Lagartos taimados que se esconden donde menos te los esperas. Como otra que yo me sé.

Cogió un cuenco vacío y lo arrojó al fondo de la sala, hacia las mesas amontonadas. Rebotó en el mantel que cubría una y se estrelló contra algo, que dio un chillido.

Dalinar se levantó derribando la silla y se volvió, alerta, con sorprasapren amarillos estallando a su alrededor. Una fracción de segundo más tarde se dio cuenta de quién era.

—¿Lift? —dijo—. ¿Otra vez?

Apareció la cabeza de una chica adolescente, de rasgos redondos y largo cabello oscuro cayendo lacio a ambos lados de la cara. Una segunda cabeza emergió junto a la suya, de muchos más años y bigote entrecano.

—¿Dieno? —dijo Dalinar, enderezando su silla y volviéndose a sentar.

El Visón parecía avergonzado de que lo hubieran descubierto, mientras que a Lift, como de costumbre, le traía sin cuidado. Se aproximó correteando y echó mano al refrigerio. El Visón se levantó y se alisó la ropa.

—Podrías haber pedido venir en vez de espiar —añadió Dalinar—. ¿Cómo has entrado, por cierto?

—Conductos de ventilación —dijo el herdaziano—. Y discúlpame, Espina Negra, pero el horrible problema que tiene pedir cosas es que la gente puede negarse, y de hecho lo hace.

—¿Sabíais que es más fácil pasar por un agujero si te rompes el hombro? —preguntó Lift con la boca llena de fruta.

—Dislocar, niña —la corrigió el Visón—. Si te dislocas el hombro.

La joven se encogió de hombros. Jasnah los observó a los dos, pensativa. Lift tenía un potencial considerable como espía, y Jasnah ya se había planteado animarla a tomar ese camino. El Visón, en cambio... era demasiado peligroso. Se fingía apocado, modesto, pero no era leal a la familia de Jasnah, y tampoco se le podía reprochar. En su lugar, ella tampoco lo sería.

—Reconozco —dijo el Visón llegando junto a ellos— que no había esperado que hablarais sobre deificación. Es... ¿*puelo arandan*? En alezi sería...

—Blasfemo —tradujo Jasnah.

—Ah, sí —dijo el Visón—. Eso.

—¿Y qué esperabas oír? —preguntó Jasnah, juguateando con una pequeña palafruta verde, pero sin morderla.

—Una conversación sobre si atacar Alezkar o no —respondió el Visón, levantando los hombros.

—¿Alezkar? —dijo Navani—. ¿Por qué? Si ganamos, la recuperaremos, igual que tu país.

—¿Y si perdéis? —preguntó el Visón mirando a Dalinar.

—Se quedan con los dos reinos —dijo él.

—Si es que los controlan —matizó el Visón—. El tecnicismo del contrato funciona en los dos sentidos, ¿no?

Sagaz ladeó la cabeza.

—Supongo que… sí. Si atacáramos y conquistáramos Alezkar antes de que se cumpla el plazo, sería nuestra, independientemente del resultado del duelo.

—Cuando os habéis largado todos —dijo el Visón—, he supuesto que os habías dado cuenta de eso y queríais hablarlo entre vosotros sin darle esperanzas a nadie más.

¿Reconquistar Alezkar? Jasnah podría ayudar a su pueblo a ser de nuevo una nación, no un grupo de refugiados. Irguió la espalda y miró hacia Dalinar, que se había encorvado hacia delante. Su tío cruzó la mirada con ella y Jasnah vio la verdad en sus ojos. Incluso antes de que su propia mente, apresurándose a calcular la logística, llegara a la misma conclusión.

Era imposible.

Kholinar estaba en el mismo centro de Alezkar, fortificada, hogar de miles de Fusionados y varios Deshechos. De algún modo, tendrían que llevar las suficientes tropas para llevar a cabo el asalto, retirándolas de todas sus otras plazas fuertes, y las distancias que eso implicaba…

Los ataques del enemigo iban a llegar a lugares que podía alcanzar con rapidez: Thaylenah en barcos, Azimir a través de Shadesmar y las Llanuras Quebradas por medio de un número menor de Fusionados que se aproximarían volando. Llegar a Alezkar con tan poco tiempo sería…

En fin, era imposible y punto. A menos que destinaran todos sus Corredores del Viento a esa misión y lo apostaran todo a esa única jugada.

—La logística es inviable, me temo —dijo Dalinar—. Kholinar está demasiado lejos y demasiado bien fortificada.

—¿Y Herdaz? —preguntó el Visón—. Allí apenas hay Fusionados. Según los informes de nuestros espías, han retirado de allí casi todo su ejército, tras la caída de mi rebelión. —Dio un paso hacia Dalinar—. Yo podría reconquistarla.

—Y vamos a reconquistarla —dijo Dalinar—. Cuando gane el duelo.

—Disculpa, gancho —replicó el Visón—, pero acabo de escuchar tus reservas sobre la probabilidad de esa victoria. Y, aunque estuvieras confiado, prefiero no confiar nuestra libertad a la espada de otro hombre. Aunque dicha espada sea enorme hasta rayar en lo ridículo. —Se acercó más, con algo en la mano. El raído retal de un estandarte, que Jasnah sabía que llevaba siempre en el bolsillo—. Es digno de elogio que te acordaras de Herdaz para el contrato, Espina Negra. Ya no creo que vayas a olvidarnos, como tan a menudo os pasa a los alezi.

»Pero me hiciste una promesa. Y ahora voy a reclamártela. Primero Alezkar, luego Herdaz. Si no puedes enviar tropas a tu tierra natal, entonces llega el momento de que cumplas conmigo. Me gustaría intentarlo, y para eso necesito que tu palabra no sea en balde. Tropas. Apoyo.

—¿En ocho días? —preguntó Navani—. ¿Quieres que enviemos tropas en ocho días a una nación que está a cientos de kilómetros?

—El *Cuarto Puente* —dijo el Visón—. Vuestra máquina voladora.

—Necesitaría semanas enteras para cubrir esa distancia —replicó Navani.

—Corredores del Viento, entonces. Pueden llevar a una persona de punta a punta del continente en menos de un día.

—Pero ¿un ejército entero? —objetó Navani.

—Necesitaríamos como mucho unos pocos centenares —dijo el Visón—. Los miembros de mi ejército personal, a los que rescatamos en su momento. Si nos dejáis en la frontera oeste, solo tendremos que internarnos un poco para asaltar la capital y reconquistar así mi país. —Puso el deshilachado fragmento ante Dalinar en la mesa de la comida—. Tu juramento, Espina Negra.

Dalinar se lo quedó mirando. Condenación. Iba a decir que sí.

—Dalinar —dijo Jasnah—, mírame.

Él apartó los ojos de la tela y los clavó en ella.

—Incluso una fuerza de ataque de doscientos efectivos requeriría unos cincuenta Corredores del Viento. Radiantes que *necesitamos* para proteger lo que tenemos ahora mismo. ¡Apenas contamos con trescientos! No puedes enviar a tantos en una misión como esta. Sin ánimo de ofender al general Dieno, ¡serías uno de los diez locos!

—Hice un juramento, Jasnah —replicó Dalinar.

—Pero…

—¿Qué somos, si no tenemos palabra? —dijo Dalinar—. Dieno, me encantaría tener tus conocimientos en las batallas que se avecinan. ¿Estás seguro de que debes abandonarnos?

—Sí —respondió él—. Gané para ti la campaña de Emul. Ahora demuéstrame que ya no eres el hombre que de joven incendió mi tierra, Dalinar. Cumple tu palabra.

Dalinar asintió.

—Asignaré cincuenta Corredores del Viento a esa tarea. Ve, con mi bendición.

El Visón recogió su trozo de estandarte, cerró el puño alrededor de él y agarró el hombro de Dalinar en señal de agradecimiento. Salió deprisa, sin mirar a Jasnah de camino. Condenación. Le gustaba el hombre en el que se había convertido Dalinar con los años, desde que habían conectado leyendo *El camino de los reyes* tras la muerte del padre de Jasnah. Pero aquella versión de él podía ser un tormentoso incordio a veces. Jasnah respiró hondo varias veces para contener los furiaspren que brotaban a sus pies.

—Esto es lo correcto, Jasnah —dijo Dalinar, tomando asiento—. Debemos hacer siempre lo correcto. Esos Corredores del Viento regresarán antes de la fecha límite y se unirán a la batalla. Entretanto, habremos cumplido nuestro juramento.

—Lo correcto —replicó ella— no es tan sencillo como hacer un juramento, tío. Es lo que hace el mayor bien a la mayor cantidad de gente, y lograrlo requiere a veces tomar decisiones difíciles.

—¿Y crees que esta no ha sido una decisión difícil? —preguntó él.

Siguieron con la mirada trabada, la voluntad de Jasnah contra la de su tío, hasta que un ruido de succión la distrajo y se volvió para encontrar a Lift de pie a su lado, observándolos a ambos como si fuesen un espectáculo de títeres, con una docena de corazones de palafruta a sus pies y otro oscilando entre sus labios. Por las tormentas en las alturas, ¿cómo podía esa chica tragar tanto tan deprisa? ¿Y estar tan flacucha que daba miedo a la vez?

—Entonces… —dijo la joven—. ¿Va en serio lo de antes? ¿Vas a convertirte en un dios, Dalinar? Guajudo. Muy guajudo. Cuando lo hagas, ¿puedo pedirte un par de cosas? No me gusta nada la sensación de tener dedos de los pies. Ya sabes, como cuando te acuerdas de que los tienes y te pones a pensar en ellos. ¿Podrías arreglarlo? Y además, haz que las gachas sepan a carne y viceversa.

—Espera —dijo Fen—. ¿Qué?

—Las gachas. Deberían saber a carne.

—¿Por qué?

—Porque son un pringue asqueroso. La carne sale de los cuerpos. Es lo que debería ser un pringue asqueroso. Entrañas y sangre y tripas y tal. La carne debería saber a gachas. —Escupió el último corazón y Jasnah se fijó en que, por extraño que pareciese, ya no quedaba nada de los aperitivos que había llevado Sagaz—. Así que… bueno, arréglalo. Ah, y también la guerra y la muerte y todo eso. En realidad, hay un montonazo de cosas que el Todopoderoso tendría que haber arreglado y no lo ha hecho. Igual es que lo distraen tantas oraciones.

—El hecho de que está muerto —dijo Navani en tono seco— quizá sea la mayor distracción de todas.

Dalinar se enderezó de sopetón en su asiento. Luego se puso en pie de nuevo y miró hacia el cielo.

—El Padre Tormenta —susurró Marfil al oído de Jasnah—. Siento que está cerca.

—¿Qué pasa? —preguntó Fen.

—El Padre Tormenta ha oído nuestra conversación —dijo Dalinar—. Y no está nada contento. Es posible que… necesite unos minutos.

Tras despedirnos con afecto al día siguiente, vi cómo su carreta se perdía en la distancia, tirada por el padre, cargando a los dos niños, la madre caminando detrás con su morral a la espalda. Una ráfaga de polvo los acompañaba, pues el polvo va allá donde lo desea, haciendo caso omiso a toda frontera.

De *El camino de los reyes*, cuarta parábola

Kaladin había entrado en un mundo congelado en el tiempo.

La parte más exterior de Shinovar, en la pendiente que descendía desde el paso, era boscosa. Kaladin anduvo, silencioso, con Syl. Junto a árboles que ni siquiera se estremecieron. Sobre enredaderas que le permitieron pisarlas. Hierba que permanecía tendida como cadáveres.

Pero no daba la sensación de estar muerta. Era vibrante, verde. Pero dócil. Kaladin se agachó para tocar un matojo de hierba, que se lo permitió con toda la confianza. Se levantó y pasó las manos por una rama, que no tembló. Dio golpecitos en varias hojas con forma de diamante, rellenas de agua.

Todo parecía… congelado. Como si Kaladin tuviera acceso a alguna extraña potencia que le permitiera detener un momento en el tiempo y vagar por él. Le daba la impresión de que, cuando se diera la vuelta, todo volvería a moverse de golpe y se apartaría de él al instante, como unos soldados apoltronados poniéndose en posición de firmes al ver llegar a Dalinar.

Además, no había vidaspren, a pesar de las muchas plantas. Qué lugar tan estrambótico. Estrambótico y, de algún modo… ¿maravilloso?

Kaladin debería estar desconcertado. ¿Un país donde las plantas no te tenían miedo? ¿Donde las tormentas no atronaban? ¿Donde uno caminaba sobre un terreno mullido en el que las pisadas sonaban como golpes sordos, en vez de rasposas o a leve bofetada?

Lo encontró extrañamente pacífico. Tranquilizador. ¿Quizá alguna parte profunda de sí mismo sabía que los humanos habían vivido en un mundo lleno de aquellas plantas? O quizá... quizá la vegetación no fuese apocada ni estúpida. Quizá aquellas plantas fuesen valientes. Como mínimo, jamás habían conocido la tiranía de la tormenta, por lo que no habían tenido que esconderse. Kaladin encontró belleza en eso.

También ayudaba que Syl estuviera encantada con aquel lugar.

Revoloteaba de árbol a junco, a enredadera, a hierba, a arbusto, como cinta de luz, haciendo giros y piruetas mientras reía. Siempre que era una cinta de luz, se reducía de nuevo a su tamaño minúsculo, pero titilaba con una gran variedad de colores.

Szeth se puso al lado de Kaladin mientras caminaban, conservando la luz tormentosa. Aún faltaban días para la siguiente alta tormenta, y Kaladin no confiaba en las promesas de Szeth de que en Shinovar las esferas se recargarían como en cualquier otro sitio. A fin de cuentas, había reconocido que su gente apenas las usaba cuando él era joven, sino que se valían de objetos peligrosos como velas.

¿Cómo era posible que Shinovar no hubiera ardido? Con tantas plantas, habría leña de sobra para que lo hiciera. La gente de Kaladin solo usaba velas durante el Llanto.

Syl pasó rauda junto a ellos y trazó una sucesión de bucles antes de internarse entre unas hojas centelleantes. Allí los árboles eran de color blanco hueso con nudos marrones oscuros, y a Szeth pareció divertirle que Kaladin le preguntase cuántos árboles de aquella tierra eran de colores tan extraños. Al parecer, la mayoría tenían los habituales tonos marrones y verdes.

—Lo normal —comentó Szeth mientras Syl pasaba volando en sentido opuesto— sería que este sitio la aburriera. ¿No es menos entretenido inspeccionar plantas que no reaccionan?

—A Syl le encantan las novedades —explicó Kaladin—. Y seguro que está gozando de lo lindo con plantas demasiado lentas para esquivar sus bromas.

—Qué curioso —dijo Szeth—. Aquí no atribuimos voluntad a las plantas, ni pensamientos, ni intenciones, como es tan frecuente que hagáis vosotros. Acabo de acordarme de lo raro que fue viajar al este y oír que la gente hablaba de las plantas como si fuesen objetos animados con sentimientos.

Creo que debería sentirme ofendido, respondió la espada que Szeth llevaba a la espalda, *como objeto inanimado con sentimientos.*

—No pretendía ofenderte, espada-nimi —le aseguró Szeth.

¡Ah, bien! En ese caso, no te mataré. Ja, ja.

Los dos se detuvieron, escuchando cómo la espada reía para sus adentros. Luego echaron a andar de nuevo, siguiendo un sendero por el bosque. No había demasiadas malezas, por suerte. Kaladin intentó imaginar lo difícil que sería cruzar aquel terreno si las plantas crecieran todas juntas y se negaran a apartarse al tocarlas.

Hasta el momento no había tenido mucha ocasión de hablar con Szeth, con tanto vuelo. O tal vez era lo que Kaladin se decía a sí mismo para posponer la incomodidad. ¿Cuál sería la mejor forma de entablar conversación? «Oye, siento mucho que estés majara» no parecía una frase muy apropiada. Así que probó con:

—Dalinar dice que has tenido una mala época últimamente.

—No sabría decirte —respondió Szeth.

—¿Cómo que no?

—No considero las épocas «malas» o «no malas». Me limito a hacer lo que mi amo ordena.

—¿Y… no desearías que fuese de otro modo?

Szeth clavó la mirada en él. Kaladin llegó a una rama de árbol que pendía baja sobre el camino, le dio un golpecito con los nudillos y se avergonzó al ver que no se retraía. Se agachó y pasó por debajo.

—Estoy aquí —dijo Szeth— porque este es el siguiente paso en mi progreso como Rompedor del Cielo. Mi pueblo y mi tierra me necesitan.

—Así que estás tomando una decisión, no solo haciendo lo que te ordenan. Eso es bueno.

—Se me había ordenado buscar una misión relevante —contestó Szeth—, y esta fue la que se presentó.

Siguió a Kaladin por debajo de la rama, sin tener que agacharse tanto por su menor estatura. Luego se adelantó, como si diese por zanjada la conversación, el muy tormentoso. Kaladin apretó el paso.

—Entonces, ¿quieres hablar de ello?

—¿De ello?

—De la vida. —Tormentas, ¿no debería ser más fácil?—. Dalinar dice que las cosas que has hecho te dejaron cicatrices. No solo físicas, sino mentales.

—Las cicatrices existen —replicó Szeth—. Una vez cargas con ellas, son permanentes. Así que debes tener resistencia. No solo física, sino mental.

—Pero ¿y si no son permanentes? La luz tormentosa puede curar las cicatrices físicas. ¿Y si las mentales sanaran también? O, aunque no desaparezcan del todo, volverse más flexibles, más fáciles de llevar.

—Eso es irrelevante —dijo Szeth—. No necesito sanar, ya que no merezco nada parecido a ello. He matado, y soporto el peso de esos asesinatos. Desear otra cosa supondría minimizar el daño que he hecho, insultar a quienes me susurran desde las sombras, clamando para que mi alma arda en castigo por la sangre que derramé.

Tormentas.

—Szeth —dijo Kaladin—, no puedes vivir así.

—Existo. Hago lo que se requiere. En algún momento, dejaré de existir. Es suficiente con eso.

—Pero…

—No seguiré hablando de esto —afirmó Szeth, con la mirada al frente—. Sé lo que Dalinar pretende que hagas conmigo, ya que no estoy sordo. No es necesario.

—Pero quiere que me escuches.

—Lo único que me pidió fue traerte conmigo —dijo Szeth—. Y, en consecuencia, aquí estás. Tú. Quien casi me mató. Aquí. En mi tierra, en mi misión. —Miró a Kaladin en el bosque nublado, y aquellos ojos de forma rara parecían encajar con la luz más tenue—. Confío en Dalinar porque debo hacerlo, así que no tengo permitido guardarte rencor. Sin embargo, no des por hecho que soportaré que intentes «salvarme», Kaladin Bendito por la Tormenta. No todos los blancos de tu mirada condenatoria necesitan que los protejas. Mantén la atención en encontrar al Heraldo.

Szeth se volvió y siguió caminando, decidido.

Syl aterrizó al lado de Kaladin y dio un suave silbido mientras crecía a tamaño completo.

—Vaya, menudo elemento —susurró.

Kaladin apretó los dientes y avanzó enfurruñado, y Syl echó a andar también junto a él en vez de volar, imitando su postura. Parecía pensar que Kaladin debería probar a hablar más con Szeth, pero tormentas, él comprendía muy bien lo frustrante que era que alguien intentara obligarte a sentirte mejor. La única persona que lo había logrado con él hasta la fecha era Adolin, y lo había hecho sin mostrarse indulgente con él ni intentar animarlo. Vete a saber cómo. Quizá a esa misión debería haber ido Adolin. El muy tormentoso.

En todo caso, Kaladin necesitaba otra táctica. Se negaba a manipular a Szeth para hacer que aceptase su ayuda.

—Muy bien —dijo Kaladin, llegando a la altura del otro hombre—. Dalinar quiere que reclute a Ishar el Heraldo. ¿Alguna idea sobre cómo hacerlo?

—Es una misión sabia, asignada por un hombre sabio —respondió Szeth—. Pero no sabemos dónde se oculta Ishar, o Ishu-hijo-Dios, como lo llamamos nosotros. Además, hay algo peligroso en esta tierra. Mi misión aquí supone una… purga, y una venganza que se le debe al pueblo de Shinovar.

—¿Puedes explicarme a qué te refieres con eso?

—Uno de los Deshechos está aquí —dijo Szeth—. Despertado años antes de que te convirtieras en Radiante, antes de que se juraran los primeros Ideales. Mi pueblo lo aceptó, por algún motivo, y abrazó su oscuridad y sus manipulaciones.

—¿Cómo estás tan seguro de que es un Deshecho? —preguntó Kaladin—. A Dalinar le costó una eternidad reconocer la Emoción como un Deshecho.

—Porque antes de mi exilio, lo conocí —dijo Szeth, y entonces calló un momento—. Empezó en mi juventud. Con… una piedra.

Los demás se marcharon, dejando que Dalinar se enfrentara en solitario al Padre Tormenta en aquella sala ajardinada.

Se había ido acostumbrando a tener al Padre Tormenta al fondo de su mente. Era como un pensamiento, de esa clase fastidiosa y persistente que se queda flotando en el perímetro de la consciencia. La sensación horrible de estar esperando un informe de batalla mientras uno ya se daba cuenta de que a su bando le iba mal.

Dalinar habría deseado que su símil para aquella sensación no fuese tan negativo, que su relación con su spren se pareciera más a la de otros Radiantes. En parte era culpa del propio Dalinar, por acontecimientos como cuando había obligado al Padre Tormenta a hacer funcionar una Puerta Jurada como si fuese una hoja esquirlada normal y corriente. En parte era culpa del spren, por cosas como que el Padre Tormenta se negase a ayudar a Kaladin en Urithiru unas semanas antes, obligando a Dalinar a intervenir.

Tenían sus momentos pacíficos, pero el mismo número de desavenencias. Más, en realidad. Y era frecuente que Dalinar sintiera la ira del Padre Tormenta fluyendo a través de él, como si fuese un abismo durante una crecida. Ese día, por ejemplo. Cuando el Padre Tormenta habló, fue con una fuerza que hizo que a Dalinar le temblaran los dedos.

¿QUÉ ESTÁS HACIENDO?, preguntó el spren con brusquedad, su voz como nubarrones estrellándose entre ellos. ¿QUÉ TE ESTÁS PLANTEANDO?

—Exploro todas las opciones que tengo —dijo Dalinar, manteniendo la calma entre las plantas que se retorcían—. Como todo buen general.

TE HE OÍDO HABLAR DEL PODER DE HONOR, atronó el Padre Tormenta. ¿POR QUÉ, DALINAR? ¿ES NECESARIO QUE TENGAS TAN ALTO CONCEPTO DE TI MISMO? ¡LO ESTÁS ECHANDO TODO A PERDER!

Dalinar tuvo que plantar los pies para resistir la fuerza de las palabras.

—Cultivación ha sugerido que ese es mi siguiente paso —dijo—. Y estoy de acuerdo. Temo que, por mis propios medios, no sea capaz de derrotar a Odium.

Una súbita ráfaga lo envolvió, un viento imposible por completo, teniendo en cuenta que estaba en un pequeño espacio cerrado. El viento pareció llevarse por delante la estancia, convertirla en luz tormentosa, y las paredes, las plantas y las mesas de repuesto se dispersaron como arena revuelta por una tempestad.

Al instante Dalinar se vio en un espacio azul, vacío y despejado, como si levitara en el aire muy por encima del mundo. Era… era una visión. Como las que lo habían impulsado por aquel rumbo en la vida. Su cuerpo aún estaría en aquella sala de la torre, quizá derrumbado en el suelo, mientras su mente veía lo que el Padre Tormenta quisiera.

Un cielo abierto, y una figura cobrando forma delante de él en forma de oscuras nubes que se extendían en ambas direcciones hasta el horizonte. Un rostro manifestándose en las siluetas naturales de las infladas nubes, unos rasgos que Dalinar conocía como los del Padre Tormenta. Una barba, aunque el pelo se desvanecía en las nubes que se fundían revueltas. Unos ojos inhumanos que destellaban con crepitante relámpago. Una visión sobrecogedora y opresiva para quien la contemplara flotando diminuto ante ella.

Pero Dalinar había sido el general imperioso que miraba altivo a un subordinado. Se conocía esos trucos.

—¿Es posible que yo asuma el poder de Honor? —exigió saber.

No.

—Sagaz dice lo contrario.

SAGAZ ES UN MENTIROSO.

—Nos ha ofrecido más ayuda que tú.

SOLO LE IMPORTAN SUS PROPIOS PLANES, DALINAR. NO ESTA TIERRA NI SU GENTE.

Por desgracia, Sagaz le había dicho eso mismo a Dalinar en el pasado. Así que Dalinar se detuvo un momento a pensar y a intentar moderar su tono.

—¿Cómo es que el poder de Honor no ha tomado otro recipiente en todo este tiempo? —preguntó al cabo.

NO TE DARÉ RESPUESTAS, DALINAR. La voz del Padre Tormenta se hizo más suave, más pequeña. *Se suponía que eras mejor que esto. Se suponía que eras mejor que tu hermano.*

—¿Mi hermano? —dijo Dalinar, frunciendo el ceño.

Era arrogante. Yo lo sabía. Os he observado a los dos durante mucho tiempo. Pero Gavilar no aspiró a la divinidad ni siquiera en sus peores momentos. ¿Por qué, Dalinar? ¿Por qué tienes que buscar esto?

—Porque estoy superado, Padre Tormenta —respondió Dalinar, dejando que se le viera el agotamiento—. Porque de algún modo debo salvar a todo el mundo, pero soy solo un hombre, confuso y abrumado. Porque la única vez que he sentido jamás que tenía la menor pizca de control fue cuando me alcé frente a Odium y toqué el Reino Espiritual.

Unidad, dijo el Padre Tormenta.

—Sí.

Eso no te corresponde a ti buscarlo ni decidirlo. El poder no puede ir a alguien que lo desee, Dalinar.

—Hace un momento has dicho que era imposible —recordó Dalinar.

Imposible tal y como tú quieres que suceda.

—¿Y Cultivación, que es quien me ha traído este plan en un principio?

Traidora. Debería saber lo improbable que es lo que sugiere.

—¿En qué quedamos, Padre Tormenta? —subió la voz Dalinar—. ¿Es imposible o solo improbable? ¿Está mal o es la única manera de unir a la gente, como llevo intentando todo este tiempo?

No... no es mi plan.

—¿Tu plan? —insistió Dalinar—. Creía que esto era el plan de Honor. Me contaste que te encargó encontrar a gente a la que enviar las visiones, a la que preparar para los peligros venideros. Estás cumpliendo un papel, igual que yo.

No tienes ni idea de lo que dices.

—Solo sé lo que tú me has explicado —repuso Dalinar, sintiendo crecer su ira—. ¡Sé que he encontrado obstáculos e impedimentos cada vez que he intentado hacer progresos! ¡He tenido que luchar contra ti casi tanto como contra nuestro enemigo!

El plan de Honor...

—¡Honor nos abandonó! —gritó Dalinar—. ¡Ni siquiera sabemos por qué ni cómo! Y lo único que te dignas a decir tú es que murió, que se disipó, que nos dejó visiones y no sé qué plan para que obliguemos a Odium a librar un duelo de campeones. Un plan vago, sin ninguna instrucción real.

Pero está funcionando.

—¿Ah, sí? —Dalinar señaló hacia el continente, muy por debajo de ellos—. ¿Has visto lo que está haciendo el enemigo?

Ahora... lo sé.

—Ya nos ha superado en astucia —dijo Dalinar—. ¡Y volverá a hacerlo! —Oyó un estruendo y descubrió que estaba creciendo. Cuando hablaba, sus propias palabras estaban puntuadas por truenos—. El enemigo ha cambiado, Padre Tormenta, pero, quienquiera que sea, es una deidad... ¡y estará a la altura de cualquier cosa que yo intente! ¿No crees que pueda hacerlo? ¿Y si trae un Fusionado para que luche contra mí? ¿Un Deshecho? ¿Un tronador? ¿Algún ser de fuera del mundo con el poder de arrasar ciudades y masacrar soldados a miles?

»¿Crees que podré derrotar a nada de eso en un duelo? ¡Voy a perder, a menos que encuentre alguna clase de ventaja! ¡Estábamos tan concentrados en conseguir que aceptara el duelo que no hemos pensado en cómo ganarlo! ¿De verdad te sorprende que esté buscando una *tercera opción*? Y teniendo eso en cuenta, ¿vas a ayudarme por una vez o SEGUIRÁS INTERPONIÉNDOTE EN MI TORMENTOSO CAMINO?

Se interrumpió, con otro centenar de pensamientos corriéndole por la cabeza, todos ellos acompañados de su propia frustración. Contuvo la marea, jadeando, y se sorprendió al descubrir que tenía el mismo tamaño que el Padre Tormenta. Lo cual era una imposibilidad, porque el Padre Tormenta se extendía hasta el infinito. Pero en aquel lugar la realidad se combaba, y Dalinar podía mirar al spren a los ojos.

Lo que quieres... es peligroso.

—No es lo que quiero, Padre Tormenta —dijo Dalinar—. Pero podría ser la única manera.

El Padre Tormenta atronó con suavidad y entonces apartó la mirada de Dalinar, hacia abajo.

¿Qué hay de los Heraldos? Tal vez los Heraldos puedan ayudar.

—He enviado a Szeth y a Kaladin a que intenten traerme a uno —dijo Dalinar—. Pero ¿qué crees tú? ¿Ellos podrán resolver esto?

Quizá. Pero… ya no son fiables, ¿verdad? El tiempo los ha quebrado… Yo los he quebrado. Miró de nuevo a Dalinar. *No sabría decir si el poder aceptaría como anfitrión a alguien como tú, después de lo que pasó con Tanavast.*

—¿Y qué pasó con Tanavast? —preguntó Dalinar.

Es… peor que lo que te conté, Dalinar.

—Así que mentiste.

Sí. ¿Eso te sorprende? ¿Te enfurece?

Dalinar respiró hondo y descubrió que era un alivio que el spren lo admitiese por fin.

—Sí —dijo—. Pero puedo superarlo.

El Padre Tormenta retumbó y las oscuras nubes se calmaron.

Se supone que estoy por encima de mentir, Dalinar. Debería ser constante. Soy los vientos. No digo mentiras.

—Eres una persona —replicó Dalinar—, capaz de evolucionar. Capaz de aprender. Si ese es el caso, también eres capaz de cometer errores.

El Padre Tormenta por fin lo miró a los ojos de nuevo.

No sé lo que sucedería si te convirtieras en Honor antes del duelo. No me gusta ni siquiera pensar en ello. Sin embargo, quizá halles respuestas que… cambiarían tu perspectiva. En el Reino Espiritual, como te ha dicho Cultivación. Puedes hacer eso, y ver el pasado, pero no busques conseguir el poder de Honor.

Te lo advierto. No seré capaz de controlar lo que te ocurra, ni el lugar al que serás llevado. Es un proceso que resulta confuso para cualquiera que no sea una Esquirla de Adonalsium. Incluso tu Sagaz, por mucho que alardee y se dé aires, apenas es capaz de desentrañar el Reino Espiritual. En todo caso, si miras allí… la verás. Quizá la verás.

—¿Qué es lo que veré?

Nuestra vergüenza.

La visión se esfumó en un abrir y cerrar de ojos y Dalinar se encontró de vuelta en la torre. De pie, para su sorpresa, en vez de haberse derrumbado.

Sagaz estaba allí. Sentado en una mesa con una pierna encima, al lado de un helecho que crecía del suelo.

—¿Has visto eso? —le preguntó Dalinar.

—He podido oírlo —dijo Sagaz—. Tiene razón y se equivoca a la vez. Todos vosotros sí que me importáis, Dalinar.

—Pero que Odium permanezca cautivo en nuestro planeta es más crucial para ti que cualquiera de nuestras vidas.

Sagaz asintió.

—Lo siento.

—No te disculpes. —Dalinar se estiró y unos agotaspren zumbaron a su alrededor como insectos—. Agradezco la sinceridad.

—La gente cree que detesto la sinceridad —respondió Sagaz—, porque no suele gustarles oír lo que tengo que decir, de modo que dan por sentado que solo digo mentiras.

—Es posible que les gustase más si no presentases tanto la verdad como las mentiras de un modo que menosprecia al oyente.

—Ahí llevas razón. —Sagaz bajó de la mesa de un salto—. Supongo que has decidido seguir adelante con ese plan, ¿verdad?

—Sí —dijo Dalinar, comprendiendo que era verdad—. Quiero empezar cuanto antes.

—Necesitarás una forma de llevar la cuenta del tiempo ahí dentro. Aunque hagamos esto con inteligencia, es decir, enviando tu mente pero no tu cuerpo, sería fácil que se te escaparan los meses. Y es evidente que eso no puede ser. Tienes una cita a la que acudir, al fin y al cabo.

—¿Meses? —preguntó Dalinar.

—Si no años. O décadas. El tiempo funciona de un modo completamente distinto en el Reino Espiritual. Tormentas, en algunos casos límite, podrías desaparecer durante lo que a ti te parecen unas horas y que transcurran décadas enteras aquí fuera. Las visiones que has tenido hasta ahora estaban seleccionadas y vigiladas de cerca por tu spren, impidiendo que te perdieras.

—¿Hay alguna forma de que vigiles tú ahora?

Sagaz hurgó en su bolsillo. Sacó un pequeño reloj, con dos correas a los lados. Los símbolos de la esfera eran desconocidos para Dalinar.

—Mercantil Luzdeplata —dijo Sagaz en respuesta a su mirada interrogativa—. Ajustable al tiempo local de distintos planetas, con solo cambiarle la esfera. Ven, déjame que vea ese trasto que llevas en el antebrazo.

Dalinar levantó el brazo donde aún llevaba el fabrial de Navani, que tenía un mecanismo que le informaba de la fecha y la hora.

—Muy bien —asintió Sagaz—, esto debería funcionar. ¿Sabes eso que haces de enseñarte idiomas a ti mismo vinculándote con una región? Pues haz lo mismo, pero con los relojes.

—¿Puedes aclarármelo? «Haz lo mismo» no me sirve de mucho.

—Toma el alma de mi reloj —respondió Sagaz, levantándolo— y Conéctala mediante un hilo de poder al tuyo, con lo que lo fijarás al Reino Físico mientras viajas. —Miró a Dalinar—. Pincha esto con luz tormentosa y luego pincha eso otro. Tú prueba.

Dalinar absorbió luz tormentosa y tocó el reloj de Sagaz, infundiéndolo de poder. Cuando apartó el dedo, lo siguió una línea de luz. Tocó su propio reloj y algo pareció encajar. El dial se estremeció un momento y luego continuó como si no hubiera pasado nada.

—Excelente —dijo Sagaz.

—¿Y ahora…?

—Y ahora el reloj de tu brazo dará la misma hora que el mío. Y la misma fecha. Sin esto, tu reloj quizá se adaptaría a tu percepción del tiempo en el Reino Espiritual. Y entonces, a lo mejor sentirías y verías que ha pasado una hora, pero en realidad al volver aquí nos encontrarías a todos muertos hace mucho. Bueno, a todos los demás. Yo tiendo a perdurar. Como una tos de invierno.

—¿Qué tiene el invierno que te haga toser?

—Ah, es verdad —dijo Sagaz—. Roshar. No hay resfriado común. No tenéis ni idea de lo maravillosa que es la vida aquí, ¿verdad?

—¿Existen lugares peores que uno amenazado con la dominación total por un dios oscuro y destructivo?

—Te sorprenderías. En unos cuantos tienen cenas de gala políticas para recaudar fondos. —Sagaz se puso su reloj—. Hagamos una pequeña prueba. Siempre que te mantengamos atado, el tiempo no debería pasar demasiado a lo bestia para ti en comparación con nosotros, y deberías ser capaz de enviar tu mente a una visión y regresar a voluntad.

—¿*Debería* ser capaz?

—Deberías ser capaz —reconoció Sagaz.

Sin ocurrencias. Eso siempre era mala señal.

—Tendrás que abrir una perpendicularidad —añadió Sagaz—, entrar en ella y dejar que la luz te lleve. Pero no a todo tu ser. Empuja hasta el final, aunque solo con tu mente, o de lo contrario terminarás en Shadesmar.

Tormentas. Sonaba difícil. Y confuso.

Pero ¿qué otra cosa iba a hacer?

—Traigamos a Navani y Jasnah aquí dentro para vigilarme y entonces lo intentaremos.

23

ACUERDO

Ojalá el hombre pudiera hacer lo mismo siempre. Si tuviera el po-
der de consagrar una ley en todos los códigos legales futuros, sería
esa. Dejad que la gente se marche, si así lo desea.

De *El camino de los reyes*, cuarta parábola

Las cuatro gotas cayendo ya se habían comprometido del todo como lluvia cuando el equipo de Radiante se situó en posición. Si aquellos últimos Sangre Espectral que faltaban iban a acudir a la reunión, llegarían pronto. Y si no tenía que venir nadie más... bueno, en ese caso era probable que hubiera una conferencia enemiga en marcha, lo que hacía incluso más importante que Radiante entrara en ese escondrijo.

Así que ayudó a Rojo a empujar un carrito de herramientas por la calle, entre lluviaspren que eran como velas con un ojo encima. Llegaron a una intersección justo delante de la guarida de los Sangre Espectral. A Radiante le parecía un descaro tremendo que la organización se hubiera instalado allí arriba. Mientras otros intentarían ocultarse en los rincones mugrientos de las peores partes de la ciudad, ellos habían escogido el centro de un tormentoso campamento militar. Mraize debía de tener en el bolsillo a unos cuantos altos cargos del ejército alezi. A Radiante le costaría trabajo sacarlos a todos a la luz.

Cuando estuvieron en posición, Rojo y ella empezaron a montar un pequeño toldo bajo la lluvia. Habían renunciado a sus tejidos de luz y confiaban en que las capas con capucha ocultasen su cara, por si aquella arena los delataba. Al poco tiempo, como esperaban, alguien de los Sangre Espectral se acercó a ver qué pasaba.

No era la vigilante enmascarada. Condenación. Radiante mantuvo la calma y dejó que Rojo se ocupara mientras ella esperaba, trasteando con las herramientas. La guardia que les interesaba, la de la máscara, asomó de entre las sombras del porche, pero no fue hacia ellos.

—Eh —dijo el otro Sangre Espectral al llegar—. ¿Qué es esto?

Se llamaba Umbra y tenía sangre comecuernos, aunque parecía más bien alezi a pesar de la barba bifurcada. Radiante pensó que la mujer enmascarada debía de haber ido a buscarlo mientras montaban el toldo.

—Nos han mandado aplanar esta intersección —respondió Rojo. Reparó en el uniforme alezi de Umbra—. Tengo la orden en algún sitio, sargento.

—¿Y se supone que trabajáis con lluvia? —espetó Umbra.

—Sí. Tormentosamente injusto. —Rojo señaló con el pulgar hacia el pequeño toldo—. Por lo menos, tenemos eso. Si quieres protestarle al comandante de operaciones del campamento, yo encantado de tomarme el día libre.

Umbra revolvió las herramientas y husmeó un poco bajo el toldo, mientras la guardia enmascarada merodeaba junto al edificio. Las sesiones con Adolin permitieron a Radiante distinguir en ella la presteza de una soldado competente: la pose, la atención despierta.

Con calma y meticulosidad, Radiante recolocó los utensilios después de que Umbra terminara de moverlos. Ese hombre tenía la complexión de un peñasco, por lo que sería fácil dar por hecho que era el más peligroso de los dos, pero no mostraba la desenvoltura relajada de la mujer de la máscara. Umbra dio un paso atrás, pensativo, con la lluvia goteándole de la barba. No le convendría llamar la atención, pero tampoco querría tener a unos trabajadores fortuitos tan cerca de su base, quizá oyendo cosas que no deberían.

—Recoged y marchaos a trabajar a otro sitio —le dijo a Rojo—, durante al menos un par de horas. No necesitáis autorización. Si alguien os pregunta, decidle que lo he ordenado yo.

Rojo lanzó una mirada a Radiante, que, con la capucha bien bajada, asintió.

—Muy bien, sargento —respondió Rojo con un suspiro.

Él y Radiante empezaron a desmontar el toldo despacio. Umbra regresó con la guardia enmascarada e intercambiaron unos susurros. Luego la centinela se quedó en posición junto a la puerta mientras Umbra pasaba dentro, llevándose un gran frasco de arena negra de los que estaban colgados fuera.

—Eso será un problema —bisbiseó Rojo entre el sonido de la lluvia al caer—. ¿Alguien ha oído la conversación?

—Mmm… —respondió Patrón desde el abrigo de Radiante—. Él ha dicho: «No quiero que estén ahí cuando lleguen Aika y Jezinor». Y la mujer ha dicho: «Se van ya, ¿sí?».

—Se supone que teníamos que hacer salir a la mujer bajita —dijo Rojo—. Necesitamos esa máscara.

—Voy yo a ocuparme de ella —respondió Radiante.

—¿Seguro? ¿Y si hace ruido?

—Seré rápida —le aseguró Radiante, viendo que Gaz llegaba al trote.

—Mi parte está hecha —informó Gaz—. ¿Por qué desmontamos el toldo?

—Enfádate por ello —le dijo Radiante, a sugerencia de Velo—. Exige saber quién ha dado esa orden. Finge que eres nuestro capataz.

Gaz se lanzó a ello con ganas, quejándose en voz muy alta de que no tenían autorización para trabajar en ningún otro sitio. Lo hizo tan bien que hasta atrajo unos pocos furiaspren. Perfecto. Shallan y Rojo instalaron de nuevo el toldo —apenas habían empezado a desmontarlo— mientras Gaz exigía hablar con el sargento que les había cambiado las instrucciones. Usando eso como excusa, Radiante le pidió a Patrón que se quedara atrás y fue hasta el edificio. Se metió en el porche, al resguardo de la lluvia, y titubeó ante la puerta.

La guardia salió de las sombras, con la máscara asomando de su capucha. Al igual que pasaba con Iyatil, la máscara hacía que aquella mujer pareciese... inhumana. Era de madera pintada, sin tallas ni rasgos faciales, y lo ocultaba todo salvo esos ojos. Fijos en ella.

—¡Ah! —exclamó Radiante—. Perdón. Pero, hum, nuestro capataz quiere hablar contigo. Hum. Es... Hum. Lo siento...

La centinela le cogió el brazo. Radiante se retorció y alzó la otra mano, llevando un estilete hacia el cuello de la mujer. La guardia le atrapó la muñeca, entornando los ojos, y entonces gruñó y empujó a Radiante hacia atrás, intentando derribarla.

Pero un año entrenando con Adolin había proporcionado a Radiante una firmeza inesperada. Resistió el empujón y mantuvo la postura, trabando la mirada con la mujer de la máscara.

Ahora, ordenó a su armadura.

Al instante la armadura cobró forma. No alrededor de Radiante, sino de la guardia, paralizándola donde estaba como había hecho con Rojo. Radiante captó el atisbo de unos ojos sorprendidos mientras el yelmo recubría el rostro de la mujer.

¡Shallan!, exclamaron los creacionspren, ansiosos.

—Que no pueda abrir la boca —dijo Radiante—. Como en el dibujo que os ha hecho Shallan, ¿entendido?

¡Shallan!, corearon ellos.

El único ruido que llegaba de la guardia eran sus amortiguados esfuerzos, por lo que, con un poco de suerte, el plan del yelmo estaba funcionando. Radiante pensaba que se lo habían explicado bastante bien a los creacionspren: necesitaban un mecanismo que mantuviese la mandíbula cerrada, haciendo que el yelmo se ajustara más en la parte inferior, por debajo de la máscara.

Comprobó la arena del frasco que colgaba del techo. Seguía negra, como había esperado. Se decía que era necesario un spren inteligente para activar aquella sustancia, y tenía sentido, o sería inútil que se volviera blanca en señal de alarma cada vez que a alguien le entraba ansiedad. Los spren de su armadura esquirlada no la habían afectado ni siquiera al obtener forma física.

Rojo y Gaz llegaron correteando.

—Ha funcionado —susurró Radiante, con el corazón aporreando.

Gaz señaló con el mentón hacia la mano izquierda de la mujer, inmovilizada en el acto de alzar un cuchillo hacia Radiante. El guantelete se había formado alrededor sin más, dejando sobresalir la hoja. Radiante ni se había dado cuenta de que había un cuchillo. Buena advertencia. Un año de práctica le había proporcionado cierta habilidad, pero eso no reemplazaba toda una vida de experiencia en batalla.

—Bueno —susurró Rojo, que traía el carrito—, eso podría habérselo curado.

—¿Y qué habría pasado entonces con la arena? —murmuró Gaz, señalando hacia el frasco de cristal—. No sabemos seguro si la sanación la activa o no. Si es que sí, la siguiente persona que cruzara esa puerta sabría que aquí ha estado algún Radiante. —Inspeccionó la armadura más de cerca, bloqueada como estaba—. Pero es verdad que ha funcionado. Apenas oigo a esa mujer.

La armadura ni siquiera temblaba con los esfuerzos de su cautiva por escapar. Juntos, lograron subirla al carrito de dos ruedas, la taparon con una lona y se la llevaron a su pequeño toldo. ¿Los habría visto algún guardia de la muralla? Darcira y el equipo de asalto estaban desplegados para interceptar a cualquiera que viniese corriendo, pero aun así Radiante se preocupaba.

Venga, deprisa, pensó Shallan, y tomó el control. No quería que los últimos Sangre Espectral que faltaban llegaran a la puerta y la encontraran sin vigilancia.

Gaz se situó en posición con los brazos alrededor de la cabeza de la mujer. Asintió.

Shallan tocó la armadura. *¿Puedes descartar solo el yelmo, por favor?*, pidió.

¡Shallan!, exclamó la armadura, y el yelmo desapareció con una humarada de luz tormentosa. Gaz atenazó el cuello de la mujer con los brazos, ejecutando una presa de estrangulamiento perfecta. Shallan necesitó otra vez a Radiante durante un momento mientras veía asfixiarse a la mujer, con los ojos desorbitados y la piel poniéndose muy roja alrededor de la máscara.

Gaz no la mató, aunque sí la retuvo más tiempo del que Radiante consideraba necesario. Le había explicado antes por qué: suponiendo que tu atacante no quisiera matarte, la mejor forma de escapar de una presa estranguladora era fingir que caías inconsciente antes de tiempo. Así que Gaz no hizo caso a los forcejeos, ni a los dolorspren, ni a los ojos frenéticos, ni a la repentina flacidez, y siguió contando en voz baja.

Radiante nunca le había preguntado cómo era que sabía tanto del tema.

Gaz asintió y Shallan descartó la armadura y se desvistió hasta quedar en ropa interior mientras los otros dos Tejedores de Luz desnudaban, ataban y amordazaban a la guardia con eficacia. Gaz había advertido a Shallan que la gente no solía seguir desmayada mucho rato después de que la asfixiaran y, en efecto, la mujer ya empezaba a moverse un poco mientras Shallan terminaba de ponerse su ropa. Práctico cuero marrón, no muy entallado, además de una capa con capucha y una inquietante cantidad de cuchillos sujetos al cuerpo.

Aunque Shallan estaba acostumbrada a ser de menor estatura que los alezi, era un poco más alta que aquella mujer de fuera del mundo. Confió en que la diferencia no fuese muy perceptible. Llevaba el pelo recogido bajo una peluca, pero no había tenido muchas opciones, así que se angustió al ver que el pelo de la centinela era menos largo que en los retratos. Tormentas. Se lo había cortado, lo cual significaba que Shallan tendría que llevar la capucha puesta bajo techo. ¿Resultaría extraño?

Rojo se arrodilló junto a la mujer todavía inconsciente y, pareciendo más perturbado por aquello que por desvestir a una prisionera, trató de averiguar cómo se quitaba la máscara. Descubrieron que estaba sujeta por dos cordeles, que Rojo desató antes de separar la madera, pintada de rojo y naranja. Shallan había esperado que la tuviera pegada a la cara, porque siempre le había dado la impresión de que Iyatil llevaba la suya desde hacía tanto tiempo que la piel tenía que haber crecido por encima. Pero la suposición resultó errónea: era evidente que la máscara se retiraba y se limpiaba a menudo, pero sí que se llevaba puesta durante periodos largos, tanto que había dejado marcas en la cara de la guardia.

La mujer tenía la piel tan pálida como la de Shallan, y sin la máscara parecía mucho menos peligrosa. Aunque debía de estar en plena madurez, su rostro era suave, casi infantil.

«Para ya —pensó Shallan mientras Rojo le daba la máscara—. Tienes que dejar de comparar a toda la gente shin con niños». Era una mala costumbre. Además, aquella mujer ni siquiera era shin, sino alguien de fuera del mundo que casualmente parecía shin.

Shallan se ató la máscara y se puso la capucha. La máscara le cubría toda la cara y tenía un pequeño pico en el centro, inclinada por los lados. Era lo bastante ancha para que apenas se le viesen las orejas. Aparte de los agujeros de los ojos, tenía otros dos a la altura de la nariz para respirar y le faltaba una pequeña porción cerca de la boca, como si hubieran arrancado un mordisco de madera en la barbilla.

Rojo asintió.

—Queda bastante bien.

—Yo no lo veo tan claro —replicó Gaz, rascándose la mejilla—. Engañaría a un observador casual, pero ¿a los Sangre Espectral?

Shallan empezó a imitar la pose de la mujer. Peligrosa, preparada. Dio unos pasos con ese tipo de gracilidad descuidada que costaba años perfeccionar. Entornó los ojos tras la máscara, imitando la expresión de la mujer, transmitiéndola mediante la postura.

Bien hecho, pensó Velo.

Rojo le lanzó una mirada a Gaz, enarcando una ceja.

—Muy bien, sí —dijo Gaz—. Aún me pone los pelos de punta que pueda hacer cosas como esa. Pero no te quites la capucha, ¿eh? El pelo está mal.

Un momento después, Darcira entró bajo el toldo.

—¿Aún no estás en posición?

—Ya voy —respondió Shallan con un susurro, ya que era más fácil disimular la voz así.

—¿Has encontrado tu puesto de vigilancia? —preguntó Darcira a Gaz.

—Sí —dijo él—, y lo he neutralizado lo bastante rápido como para venir aquí a ayudar. ¿Por qué has tardado tanto tú?

—Tenía que ir a desplegar el equipo de asalto, por si no lo recuerdas —replicó Darcira—. ¿Qué hacemos si había más de dos puestos de observación vigilando la base?

Nadie tenía respuesta para eso, pero solo habían detectado dos al barrer la zona. Tendrían que confiar en sus habilidades. Shallan se guardó en la manga una de las vinculacañas del grupo, lanzó una mirada a Patrón, que abultaba la madera del carrito tarareando nervioso para sí mismo, y se despidió con la mano. Los dejó y se situó en el hueco del porche. Mantuvo la pose y la actitud que había tenido la mujer. Ciñéndose a las sombras. Callada.

Tú puedes con esto, le susurró Velo.

Aun así, el corazón le palpitaba como unos tambores de guerra de los oyentes. Iba a internarse ella sola en el baluarte enemigo, y no podía usar sus poderes. Pero era la única manera. ¿Qué hacías cuando había un guardia vigilando por si aparecías?

Convertirte en el guardia.

No habían pasado ni cinco minutos cuando Shallan vio a dos personas que llegaban deprisa a la madriguera de los Sangre Espectral. Aika y Jezinor, una pareja de mercaderes thayleños. Habían llegado con el séquito de la reina Fen, lo que explicaba que estuvieran entre los últimos. Habrían tenido que buscar una excusa para desplazarse a las Llanuras Quebradas.

El nerviosismo de Shallan fue desapareciendo mientras hacía ver que revisaba sus rasgos con las manos y luego sostenía el frasco de arena junto a cada uno de ellos. Ninguno pareció darse cuenta de que hubiera nada raro. Shallan llamó a la puerta con los nudillos, como le había visto hacer a la centinela. Umbra la abrió e indicó a los otros dos que pasaran. Shallan entró también tras ellos, y Umbra le sostuvo la puerta abierta. Confiarían en que sus puestos de guardia enviaran avisos por vinculacaña si se acercaba alguien al escondrijo. Tener un guardia apostado fuera demasiado tiempo era arriesgarse a llamar la atención.

Había llegado el momento. Velo tenía razón: Shallan podía con aquello. A no ser que tuviese que hablar demasiado. A no ser que hubiera un tercer puesto de guardia que no habían encontrado. A no ser que su disfraz fallara.

Demasiado tarde. Shallan se había metido de cabeza en la madriguera, llena de confianza. Ya solo le quedaba demostrar que era una depredadora o ver cómo la devoraban.

Navani dejó solo a Dalinar en la sala de las plantas para que hablara con el Padre Tormenta y salió con los demás, sabiendo que después la pondría al día.

Entró en un mundo de caos. Estrategas planificando, mensajeros transmitiendo órdenes, todo puesto patas arriba para lidiar con otra crisis. Era el momento de hacer de reina. Lo cual, lamentablemente, implicaba ocuparse de todos los asuntos diversos que no le correspondían a nadie más. En el perímetro de la estancia había por lo menos una docena de personas esperando su atención.

Durante la ocupación se habían desmoronado muchísimos sistemas. La escolarización había dejado de funcionar. El comercio de bienes secundarios, desde botones hasta comida para los sabuesos-hacha mascota, se había interrumpido. El despertar de la torre había significado que muchos de esos problemas estaban resolviéndose, mientras que otros, como quién podía usar qué servicios cuándo, apenas habían empezado.

Los demás podían ocuparse de todo sin ella, solo que no lo sabían. Y... quizá Navani no debería pensar así. Ella era importante para la administración de aquella torre, de aquel reino. Crucial, incluso.

Así que pasó a la acción, asignando distintos problemas a varios miembros de su personal. Makal se ocuparía de reubicar a la gente cuyos aposentos hubieran resultado ser importantes por otros motivos. Venan de organizar un refrigerio para todos los presentes en la reunión, y de apuntar con disimulo quién enviaba qué mensajes dónde, por si acaso.

Luego encontró al alto príncipe Sebarial y a Palona esperándola. Habían aprendido una triste lección: que a veces había que ponerse donde Navani pudiera verte si querías que te dedicara tiempo. Tenían dudas sobre cómo iban a llegar los suministros a la ciudad si había guerra en las Llanuras Quebradas.

—No podemos seguir dependiendo de las Puertas Juradas —dijo Sebarial, frotándose la frente. El grueso alto príncipe volvía a vestir con takama abierta desde que el clima de la torre era veraniego, y su barriga asomaba de un modo que, al parecer, consideraba distinguido—. Pero organizar envíos desde Azir por estas montañas va a ser un engorro monumental. Traer los suministros por aire será prohibitivo en luz tormentosa, a menos que construyamos más naves voladoras. Sí, podemos cultivar comida, pero todo lo demás...

—Traedme propuestas —dijo Navani, repasando por encima los libros de cuentas de Palona.

—¡Se suponía que esto iba a hacerme rico! —exclamó Sebarial—. ¡Era el Alto Príncipe de Comercio! ¡Podría forrarme desfalcando miles de esferas!

Pero casi no puedo hacer ni que cuadren estas cuentas. ¡No hay nada que desfalcar!

—No le hagas caso, brillante —dijo Palona—. Le cuesta aceptar lo responsable que está volviéndose.

—Se te da bien ser útil, Sebarial —asintió Navani—. Ahí está el problema, ¿verdad?

—Es mi secreto más oscuro —refunfuñó él—. Pero aún pago a mi servicio doméstico, mis vacaciones y mis masajes con fondos públicos, que lo sepas. Es un escándalo intolerable.

—Seguro que la brillante Navani sabe lo canalla que eres, gema corazón —le dijo Palona, dándole palmaditas en el brazo.

Sebarial suspiró.

—Vamos a movilizar tropas a Thaylenah y las Llanuras Quebradas. ¿Autorizarás la paga de batalla activa, entonces? ¿Eres consciente de que eso tiene que salir de lo poco que nos queda? Quizá podríamos ofrecer raciones adicionales en vez de paga de batalla, en según qué casos.

—Gracias al Todopoderoso por las esmeraldas que obtuvimos en las Llanuras Quebradas —dijo Palona—. Es la única forma que tenemos de producir suficiente comida para todos ahora mismo.

—Veré si puedo conseguir más tiempo con los moldeadores de almas Radiantes —propuso Navani—. Dada la forma en que funciona la torre, podemos tenerlos trabajando a mayor velocidad.

—Rompen las gemas al usarlas, brillante —dijo Sebarial—. Incluso los moldeadores de almas Radiantes necesitan gemas como foco, lo cual significa que no podemos seguir así para siempre. Necesitaríamos un criadero de gemas corazón aquí arriba, pero tampoco hay mucho espacio, así que no podemos perder las Llanuras Quebradas.

Navani hizo lo posible por tranquilizarlo y luego fue a hablar con el alto príncipe Aladar sobre el estatus de los ojos claros. Se había desatado el pánico por la iniciativa de Jasnah de liberar a los esclavos alezi, una decisión que Dalinar había terminado dejándose convencer para imitar en Urithiru. Sería un proceso lento, pensado para ir cobrando efecto con el tiempo, facilitado por sistemas de protección social. Jasnah, como de costumbre, se había documentado bien.

Pero los ojos claros estaban resistiéndose.

—La tradición se irá al garete —protestó Aladar—. El orden recto y natural de las cosas, pisoteado. ¿Cómo van a mantenerse las familias de ojos claros sin tierras ni tributos? ¿Qué significa, siquiera, ser un ojos claros en estos tiempos?

—Significa lo mismo que ha significado siempre —dijo Navani.

—¿Y qué es eso? —preguntó Aladar—. Brillante, tras el ascenso del apellido Bendito por la Tormenta a casa de pleno derecho, y ahora nada menos que al tercer dahn, ¿qué ocurrirá con los otros Radiantes? Más de tres cuartas partes de ellos eran ojos oscuros y ahora son ojos claros. ¡Es un caos!

—Ya nos preocuparemos por eso después del duelo, Aladar —dijo Navani—. Cuando no estemos concentrados en una invasión masiva. De momento, necesito que hagas trabajo logístico. Ocuparte de que los suministros se transfieran según las solicitudes de los generales. Fen podrá aprovisionar a los soldados que le enviemos, pero, si desplazamos batallones a Narak, tardarán poco en quedarse sin agua a menos que nos preparemos. Recuerda hablar también con Adolin y conseguirle lo que necesite.

El hombre calvo y señorial negó con la cabeza y suspiró.

—Como desees, pero mis preocupaciones no van a esfumarse, brillante. Este problema es un caldero bullente. Terminará desbordándose. Lo único que lo ha impedido hasta ahora son las invasiones.

—Lo sé —dijo ella—. Pero ocupémonos primero de la crisis que afrontamos ahora mismo, Aladar.

El alto príncipe hizo una inclinación y se fue a cumplir las órdenes de Navani. Ella procuró no enfadarse e hizo que se esfumaran los irritaspren que estaban apareciendo. Aladar era un hombre razonable, para ser un alto señor, y solo estaba comunicándole lo que pensaban los altos señores menos razonables que él. Eran un contingente poderoso y no se les había pasado por alto que, tras años de politiqueos, casi todo aquel que se había opuesto a Dalinar estaba muerto. Corrían rumores sobre lo que le había sucedido de verdad a Sadeas, por mucho que Jasnah se esforzara entre bambalinas por aplastarlos.

Sí, era cierto que las categorías superiores de ojos claros eran un caldero burbujeante. Por desgracia para ellos, los ojos oscuros llevaban mucho más tiempo hirviendo, y de pronto tenían a unos defensores capaces de doblegar las leyes de la realidad. Navani sospechaba que, si las cosas estallaban, los ojos claros iban a descubrir lo poco que valía la «tradición» frente a siglos de ira contenida.

Apartó el problema de su cabeza por el momento. Era peligroso hacerlo, pero no le quedaba más remedio que imponer un triaje mental. Tenían la guerra encima y, durante ocho días más, Navani debía mantener a todo el mundo encarado en la misma dirección. Resolvió otra docena de problemas, a medida que funcionarios y ayudantes iban interceptándola. Cuando se volvía, no dejaba de encontrar vidaspren arremolinándose a su alrededor, o glorispren merodeando cerca del techo, u otros de distintos tipos revoloteando de acá para allá. Era como si fuese la tormentosa heroína de un cuento, de esos tan tontos en los que una chica joven e inocente siempre tenía mil vidaspren o lo que fuese flotando en torno a ella.

Mientras trabajaba, no dejaba de mirar hacia la sala donde Dalinar hablaba con el Padre Tormenta. Su marido siempre había sido ambicioso, pero aquello...

¿Está bien lo que se plantea?, le preguntó al Hermano. *¿Ascender a Honor?*

Alguien tendrá que hacerlo en algún momento, dijo la entidad. *El poder no puede dejarse a su libre albedrío, o terminará despertando.*

¿Por qué no lo ha hecho hasta ahora? Han pasado miles de años.

Sea cual sea el motivo, alégrate. Estos poderes no son como las partes diminutas que se convierten en spren. El poder de una Esquirla necesita un acompañante, un recipiente. Si no lo tiene...

¿Qué?, preguntó Navani.

Un gran peligro. No pensamos como los humanos. Separar el poder de quienes están sujetos al Reino Físico... debería darte miedo. Que una parte de mí os desprecie no es algo tan terrible. Pero ¿que lo haga el poder de un dios? Peligroso. Para todos nosotros.

Navani se estremeció por el tono del Hermano, pero tenía que seguir trabajando. Fue a ver a sus eruditos, que la esperaban pacientes en la sala contigua, una de las pequeñas que formaban un círculo alrededor de los elevadores. En ella, siete fervorosos habían montado una exposición. A Navani no le gustaba que tuvieran que llevarlo todo allí arriba, pero, a pesar de los elevadores más rápidos, sencillamente no había tiempo para que ella se desplazara a ningún otro sitio. La gente tenía que ir a buscarla para reunirse con ella.

Rushu la recibió en la puerta, vistiendo su habitual túnica gris de fervorosa, con el sudor goteándole por la frente. Sí, en aquella sala hacía demasiado calor. Rushu era una mujer hermosa y, como de costumbre, la seguían varios fervorosos varones que anhelaban su atención. En ese caso, se habían presentado voluntarios para preparar el material de su presentación. Incluso después de tantos años, Navani no habría sabido decir si la forma en que Rushu hacía caso omiso al interés masculino era inconsciente o deliberada.

—¡Brillante! —exclamó la fervorosa, inclinándose mientras Navani entraba—. Gracias por encontrar el tiempo.

—No tengo mucho, me temo —respondió Navani—. Dalinar está contrariando al Padre Tormenta otra vez y tendré que marcharme en cuanto esté dispuesto a hablar.

—Entendido, brillante —dijo Rushu.

La joven fervorosa fue a un banco de trabajo en el que habían puesto varios fabriales y un pequeño horno en el que Navani se sorprendió de ver que ardía carbón creado por moldeado de almas. Un fabrial atractor situado encima recogía el humo y los gases mortíferos invisibles en una esfera de arremolinada negrura, permitiendo que el horno ardiera sin olores ni la necesidad de una chimenea. Había llamaspren jugando dentro, con formas iridiscentes que imitaban la forma del fuego y tenían el color rojo derretido del corazón de las brasas.

Junto al horno había un dispositivo calentador más moderno, un gran fabrial de rubí como los que habían instalado en muchas habitaciones. Estaban demostrando ser, para irritación del Hermano, más efectivos que el método antiguo de la torre, consistente en calentar el aire en una caldera situada en el centro de cada planta y luego enviarlo a cada habitación concreta que lo solicitaba. Aunque aquello era impresionante, un sencillo fabrial calentador de rubí no desperdiciaba la energía de mantener unas calderas inmensas encendidas a todas horas. Por desgracia, los fabriales modernos tenían otros problemas, al menos a ojos del Hermano.

—Solo hemos tenido un día o así para trabajar —dijo Rushu—, pero quería mostrarte nuestros progresos. Fue una idea muy sabia la que tuviste, ¡y podría revolucionar el arte fabrial! Brillante, este podría ser tu legado.

—Nuestro legado, Rushu —repuso Navani—. El trabajo lo estás haciendo tú.

—Discúlpame, brillante, pero es tu idea. Tu ingenio.

Navani se dispuso a protestar de nuevo, pero... pero se mordió la lengua. Tormentas, quizá sí que estaba aprendiendo.

—Gracias, Rushu. Pero no supongamos que hemos cambiado el mundo después de un día de trabajo. Enséñame lo que has hecho.

Rushu abrió la portezuela de cristal del pequeño horno. Los llamaspren que había dentro temblaron con la entrada de aire fresco y luego siguieron retozando, adoptando la forma de pequeños visones que hacían cabriolas por la superficie del carbón en llamas.

La fervorosa sacó un ascua con unas tenazas y asintió en dirección a un asistente. El fabrial calentador que había al lado del horno tenía una válvula de escape, un agujero taladrado en la gema que mantenían cerrado con un tapón de aluminio. El asistente desenroscó el tapón y abrió la válvula, acto que solía ser bastante desaconsejable. Porque al hacerlo, el llamaspren del fabrial calentador, una parte vital de su funcionamiento, escaparía.

El de aquel fabrial salió a toda prisa por la válvula y, de inmediato, empezó a esfumarse de vuelta al Reino Cognitivo. Pero entonces Rushu le acercó su ascua. Otro fervoroso utilizó unos diapasones para interpretar lo que esperaban que fuese una melodía reconfortante para los spren. En vez de desvanecerse, el llamaspren saltó al ascua que Rushu llevaba con su tenaza y le permitió depositarlo en el horno. La fervorosa entonces sacó otra brasa con un llamaspren distinto, que parpadeó sobre sus refulgentes ojillos rojos, con una especie de «pelo» también rojo ardiendo a lo largo de su forma.

Calmado por la melodía, el spren dejó que Rushu lo llevara hasta el fabrial. Lo atraparon dentro mediante técnicas modernas de difusión de luz tormentosa. Después, con la gema ya tapada y un spren nuevo en su interior, recargaron el fabrial con la ayuda de una Radiante y volvieron a encenderlo para que calentara de nuevo.

¿Qué abominación estáis creando ahora?, preguntó el Hermano en la mente de Navani.

¿Abominación?, replicó ella. *¿No has visto lo que acabamos de hacer?*

Esclavizar spren, dijo el Hermano. *Torturarlos en su cautiverio.*

Navani se inclinó hacia la puerta de cristal del horno, donde los spren correteaban sobre el carbón.

¿Torturarlos, dices? Señálame, Hermano, cuál de esos spren era el que estaba cautivo. Si ha sido una tortura, no veo ningún efecto duradero.

Sigue estando mal retener a los spren en unas prisiones tan pequeñas, insistió el Hermano.

—Brillante —dijo Rushu, agachándose junto a ella para mirar a los spren del horno—, esto es posible de verdad. ¿Leíste los escritos de Geranid y Ashir que te di?

—Algunos —respondió Navani—, antes de la invasión. Sé que fueron capaces de mantener a los mismos llamaspren durante meses seguidos, sin que escaparan al Reino Cognitivo. Requiere el mantenimiento de un fuego.

—¡Sí, pero hay más! —exclamó Rushu—. Su investigación me reveló algo asombroso: los llamaspren se quedan más tiempo si les das cosas que les gustan.

—¿Y qué cosas les gustan a los llamaspren? —preguntó Navani—. ¿Más carbón?

—Nombres —dijo Rushu—. Nombres y halagos. Brillante, con solo que pienses en los spren, se amoldan a tus pensamientos.

—Ya había leído sobre el proceso de amoldamiento —convino Navani—. Si los mides, se ciñen a esas medidas. Pero… ¿halagos?

—Este de aquí se llama Bipi —dijo Rushu, señalando a un spren—. ¿Ves el mechoncito que tiene en la coronilla?

Bipi miró hacia ellas al notar su atención y entonces saltó hasta el borde del horno para mirarlas con unos ojos demasiado grandes. Un pedacito del mismo fuego, reaccionando a la mera mención de su nombre por parte de Rushu.

—Fascinante —dijo Navani mientras algunos glorispren de los que la seguían empezaban a girar alrededor de las dos.

—Podemos adiestrarlos con el tiempo —dijo Rushu—. Tener todo un… ¿rebaño? ¿Manada?

—Yo voto por «fulgor» —dijo otro fervoroso—. Un fulgor de llamaspren.

—Tener todo un fulgor, pues —aceptó Rushu—, de llamaspren domesticados. Aún es pronto para saberlo, brillante, pero podrías tener razón. Si es posible entrenarlos… quizá puedan aprender a entrar y salir de los fabriales con solo darles una orden.

¿Llamaspren domesticados?, dijo el Hermano. *Sandeces.*

¿Tú crees?, replicó Navani, todavía observando a Bipi. Rushu movió el dedo de un lado a otro por el cristal y Bipi corrió siguiéndolo. Cuando la fervorosa felicitó al spren por haber hecho bien el truco, Navani habría jurado que Bipi ardió más brillante. *Los spren inteligentes establecen vínculos con personas. ¿Por qué no iban a hacerlo los spren inferiores?*

No es… no es natural, dijo el Hermano.

Disculpa, Hermano, pero tampoco lo es vivir en torres con las condiciones climáticas controladas. Si nos limitásemos solo a lo que es natural, mi gente viviría desnuda en la naturaleza y defecaría en el suelo.

El Hermano humeó al fondo de su mente, como si fuese también un ascua ardiente.

Dices que nuestras prácticas son crueles, añadió Navani, intentando suavizar el tono. *Estoy intentando hacer algo al respecto. Tenemos a chulls como bestias de carga. ¿No podemos hacer lo mismo con los spren? Si estar en un fabrial es incómodo para ellos... bueno, también lo es tirar de un carro para un chull. Pero, suponiendo que no sea demasiado horrible, deberíamos ser capaces de entrenarlos para que lo hagan por voluntad propia, con recompensas. Podemos... adiestrarlos, Hermano. ¿No es mejor así? ¿No es mejor que los spren hagan turnos en los fabriales, entrenados para entrar y salir voluntariamente?*

Contuvo el aliento, esperando. El Hermano siempre se había cerrado en banda sobre ese asunto.

Mira mi corazón, Hermano, le envió Navani. *Ve que estoy intentándolo.*

Lo veo, respondió el spren. Rushu se sobresaltó y miró alrededor, igual que los demás fervorosos, dando a entender que el Hermano había decidido hacerse audible para ellos también. *Esto que intentas es algo bueno. Sería preferible que todos los spren fuesen libres. Pero... si esto funciona... quizá sea posible llegar a un acuerdo. Gracias. Por escuchar y cambiar. Había olvidado que la gente era capaz de hacerlo.*

Navani liberó el aliento contenido, y con él una montaña de tensión. Rushu tenía los ojos como platos, y rebuscó en su bolsillo hasta sacar un cuaderno.

—¿Hermano? —dijo con un hilo de voz mientras estallaban asombrospren a su alrededor—. Gracias por hablarme. ¡Muchísimas gracias!

¿Qué sucede aquí?, le preguntó el Hermano a Navani.

Rushu ha pedido hablar contigo una y otra vez desde que nos vinculamos, pensó Navani. *¿No te habías enterado?*

Como te he dicho, no presto atención a todas las palabras que se pronuncian en mis salones, respondió el Hermano. *Solo a lo que es relevante.* Y luego, tras una pausa, añadió: *¿Esto es relevante?*

Para Rushu, sí, dijo Navani.

Con el cuaderno en la mano, Rushu se mordió el labio y miró suplicante a Navani.

—Rushu agradecería tener la ocasión de hablar contigo —dijo Navani en voz alta—. Creo que quiere hacerte preguntas sobre fabriales.

—*Muy bien* —dijo el Hermano, y Rushu dio un leve respingo—. *Deberías marcharte, Navani. Creo que la conversación de tu marido con mi hermano ha concluido. Habrá consecuencias.*

Navani asintió. Mientras se marchaba, sin embargo, oyó la primera pregunta de Rushu... y la sorprendió que no tuviera absolutamente nada que ver con los fabriales.

—Según Navani —dijo Rushu—, no eres una entidad masculina ni femenina.

—Así es.

—¿Podrías hablarme más de eso? —pidió Rushu.

—A oídos humanos, debe de sonar muy extraño.

—En realidad, no —dijo Rushu en voz baja—. Para nada. Pero habla, por favor. Quiero saber lo que se siente al ser tú.

Navani dejó que siguieran con lo suyo, satisfecha. Aquel experimento con el fabrial prometía mucho, pero, además de eso, si Navani conseguía que el Hermano hablara con otros eruditos, sospechaba que ayudaría con la reintegración del spren. Hasta el momento, el Hermano los ayudaba solo porque, en esencia, Navani le había impuesto un nuevo vínculo casi por la fuerza. Cuantos más amigos tuviese el Hermano, o conocidos al menos, mejor.

Por el momento, sin embargo, Navani iba a tener que lidiar con otro spren. Y con un marido que había decidido convertirse en un dios.

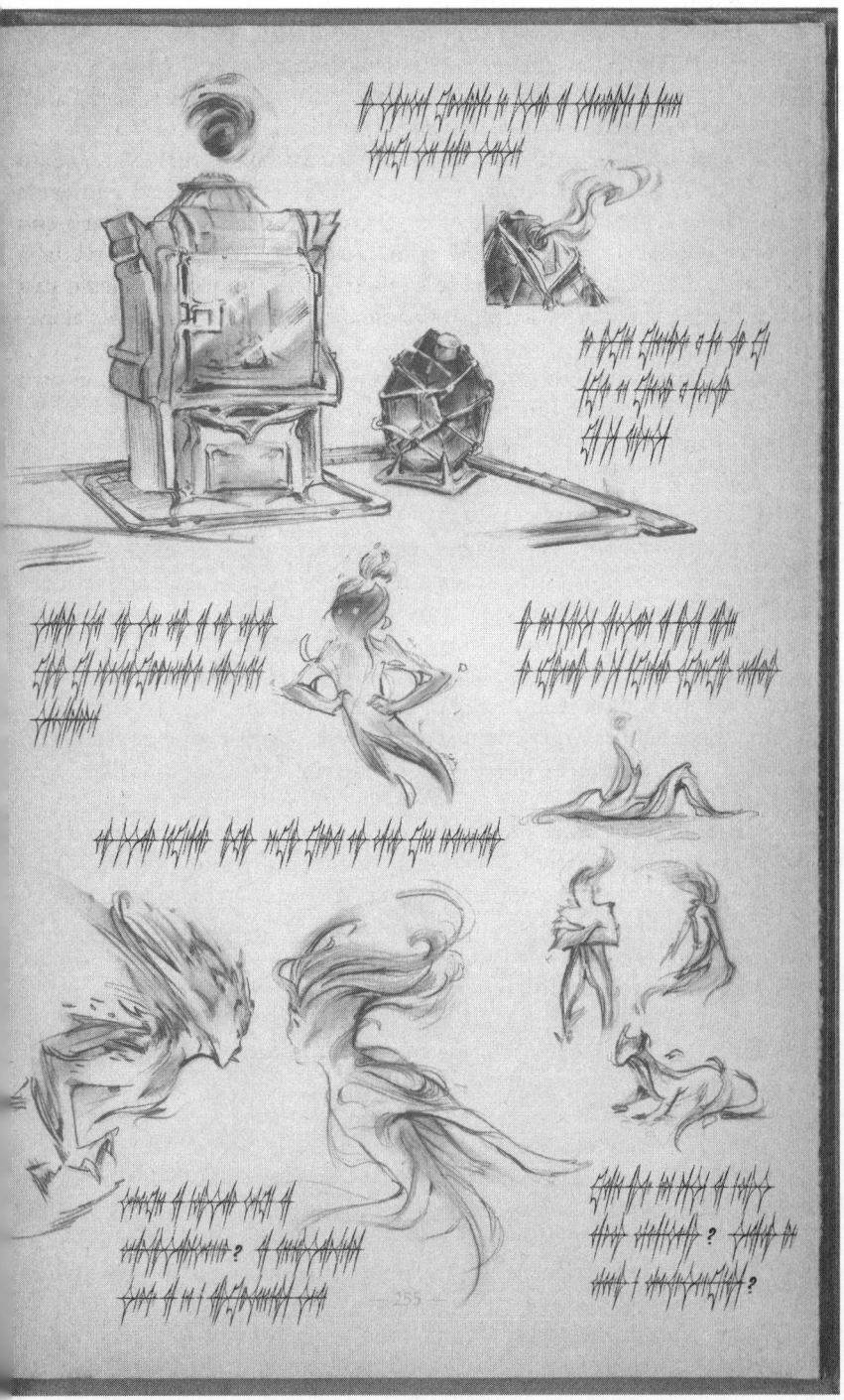

VEINTISÉIS AÑOS ANTES

Szeth-hijo-Neturo halló magia en el viento, de modo que danzó con él. Movimientos estrictos, metódicos al principio, siguiendo las pautas que había memorizado. Pasos y giros, bailando en un amplio círculo alrededor del gran peñasco. Szeth era como las ramas del roble, rígido pero dispuesto. Cuando esas ramas tiritaban con el viento, a Szeth le parecía oír sus almas intentando escapar, queriendo soltar corteza como si fuese un caparazón y emerger con una piel renovada, sufriendo por el aire frío y aun así ruborizadas de gozo. Dolor y deleite, como en todas las cosas nuevas.

Szeth sintió cómo sus pies descalzos raspaban la tierra compacta al bailar, cómo se le metía entre los dedos, cómo adoraba la sensación de pisar el suelo. Fue hasta el mismo borde y sus pies besaron la hierba, y entonces regresó danzando, rodando en acompañamiento a la flauta de su hermana. La música era su compañera de baile, el viento animado por medio del sonido. La flauta era la voz del mismo aire.

El tiempo se volvía denso cuando bailaba. Minutos de melaza y segundos de sirope. Y aun así el viento se entretejía con ellos, visitando cada momento, persistente, y luego huyendo raudo. Szeth lo seguía. Lo emulaba. Se convertía en él.

Se volvió más y más fluido mientras rodeaba la piedra. Adiós a la rigidez, adiós a los pasos planificados. El sudor volaba de su ceño en busca del cielo y él era el aire. Revuelto, arremolinado, violento. Dio vueltas y vueltas, su baile una veneración de la roca que ocupaba el centro del terreno desnudo. Con su metro y medio de largo y su metro de altura, o al menos eso medía la parte que asomaba del suelo, era la roca más grande de la región.

Cuando Szeth era el viento, tenía la sensación de que podría tocar aquella piedra sagrada, que nunca había conocido la mano del hombre. Imaginaba lo que se sentiría. La piedra de su familia. La piedra de su pasado. La piedra a la que entregaba su danza. Por fin se detuvo, jadeante. La música de su hermana se interrumpió, dejándole como único aplauso los balidos de las ovejas. Moli se había colado otra vez en la zona de baile y, pobrecilla, estaba intentando comerse la roca sagrada. Nunca había sido la más lista del rebaño.

Szeth respiró hondo, chorreando sudor de la cara, mojando la tierra compacta de manchas como estrellas.

—Practicas demasiado —le dijo su hermana, Elid-hija-Zeenid—. En serio, Szeth, ¿no puedes relajarte nunca?

Elid se levantó de la hierba y se estiró. Tenía catorce años, tres más que él. Y como él, era más bien bajita, aunque tirando a achaparrada mientras que Szeth era cenceño. Tronco y rama, los llamaba Dolk-hijo-Dolk. Y era acertado, por mucho que ambos Dolks fuesen idiotas.

La hermana de Szeth vestía naranja como su toque, la prenda de color vivo que los marcaba como gente que añadía. Un artículo por persona, del color que ella quisiera. En el caso de Elid, un delantal de brillante naranja sobre un vestido gris y unas enaguas muy blancas. Hizo rodar la flauta entre los dedos, sin preocuparse de haber roto la anterior haciendo justo eso.

Szeth inclinó la cabeza y fue a sacar agua del pozo de barro. Allí cerca estaba su casa, una recia construcción de tablones sujetos con tarugos de madera. Nada de metal, por supuesto. El padre de Szeth trabajaba en el tejado, tapando un agujero. Lo normal era que estuviera supervisando a los demás pastores, visitándolos para prestarles ayuda. Había también algún tipo de entrenamiento, cosa que Szeth no comprendía. ¿Qué entrenamiento necesitaban los pastores? Solo tenían que escuchar a las ovejas, y seguirlas, y protegerlas.

Neturo estaba entre encargos, trabajando en la casa que habían construido él y sus hermanos. En un prado que había enfrente de la casa, lejano pero visible, pastaban la mayoría de las ovejas de la familia. Unas pocas, como Moli, preferían estar más cerca. A Szeth le gustaba cuando era posible quedarse en los campos cercanos a la casa, porque así estaba cerca de la piedra y podía bailar para ella.

Metió un cucharón en el bebedero y sorbió agua de lluvia, pura y limpia. Miró a través de ella hasta el fondo de arcilla; le encantaba ver cosas que no podían verse, como el aire y el agua.

—¿Se puede saber por qué practicas tanto? —preguntó Elid—. Aquí no hay nadie más que un par de ovejas.

—A Moli le gusta ver cómo bailo —dijo Szeth en voz baja.

—Moli está ciega —replicó Elid—. Está lamiendo la tierra.

—A Moli le gusta probar experiencias nuevas —dijo él, sonriendo y mirando hacia la anciana oveja.

—Lo que tú digas. —Elid se dejó caer a la hierba y contempló el cielo—. Ojalá hubiera más cosas que hacer aquí fuera.

—Bailar es algo que hacer. La flauta es algo que hacer. Debemos aprender a añadir para que...

Elid le arrojó un terrón. Szeth lo esquivó con facilidad, sus pies ligeros en el suelo. Tendría solo once años, pero en el pueblo ya había quienes susurraban que era el mejor bailarín de entre ellos. A él le daba lo mismo ser el mejor. Solo le importaba hacerlo bien. Si lo hacía mal, era que tenía que practicar más.

Elid no pensaba del mismo modo. A Szeth lo molestaba lo apática que se había vuelto con la práctica a medida que crecía. En los últimos tiempos, parecía una persona distinta.

Szeth se ató de nuevo su toque, un pañuelo rojo que llevaba al cuello, e hizo un conteo rápido de las ovejas. Elid siguió mirando el cielo.

—¿Tú te crees las historias que cuentan sobre las tierras al otro lado de las montañas? —preguntó al cabo de un rato.

—¿Las tierras de los caminapiedras? ¿Por qué no iba a creérmelas?

—Es que suenan muy extrañas.

—Elid, ¿tú te oyes a ti misma? Pues claro que las historias sobre tierras extrañas suenan extrañas.

—Pero ¿una tierra en la que todo el mundo camina siempre sobre piedra? ¿Cómo lo hacen? ¿Van dando saltitos de piedra en piedra para evitar el suelo?

Szeth lanzó una mirada hacia la piedra de su familia. Asomaba de la tierra como el globo ocular de un spren, mirando al cielo sin parpadear, de un vibrante rojo anaranjado. Un toque para Roshar.

—Yo creo —le dijo a Elid— que ahí fuera debe de haber mucha más roca. Creo que será difícil caminar sin pisar piedra. Por eso se insensibilizan.

—¿Y dónde crecen las plantas, entonces? —preguntó ella—. La gente siempre está diciendo que el exterior está lleno de plantas peligrosas que se comen a la gente. Tendrá que haber terreno fértil.

Cierto. Quizá las terroríficas enredaderas de las que Szeth había oído hablar se extendían y se extendían, como los tentáculos que se veían en el mercado, o en los animales que vivían en las pozas de marea a poca distancia costa abajo.

—He oído —dijo Elid— que ahí fuera está siempre todo el mundo matándose entre sí. Que nadie añade, solo sustraen.

—¿Y quién hace la comida, entonces? —preguntó él.

—Seguro que se comen unos a otros. O igual están todo el día pasando hambre, ¿no? Ya sabes cómo son los hombres de los barcos...

Szeth miró nervioso hacia el océano, aunque solo alcanzaba a verse en los días más soleados. Oficialmente, su familia formaba parte del pueblo granjero de Monteclaro, que estaba en el mismo borde de una extensa llanura, excelente para pastar. Esa parte de Shinovar no estaba muy habitada; se tardaba una jornada o dos en llegar de un pueblo al siguiente. Szeth había oído que en el norte había localidades por todas partes.

La pradera lindaba con la costa sudoriental de Shinovar. Monteclaro y la casa de la familia de Szeth ocupaban una posición de honor cerca del Monasterio del Custodio de la Piedra, que estaba en lo alto de la cordillera. En opinión de Szeth, era el lugar perfecto para vivir. Se veían las montañas y, a la vez, se podía visitar el océano. Se podía caminar durante días por la brillante pradera verde sin ver a ninguna otra persona. En los primeros meses del año llevaban a sus animales a pastar allí, cerca de su hogar. Luego, en los intermedios, subirían con las ovejas montaña arriba, en busca de la hierba intacta y crecida de allí.

Se agachó al lado de la vieja Moli y le rascó las orejas mientras ella frotaba la cabeza contra él. Quizá lamiera rocas y comiera tierra, pero siempre estaba dispuesta a un abrazo. A Szeth le encantaba su calor, y el picor de la lana en su mejilla, y la forma en que le hacía compañía cuando el resto se marchaba.

Moli baló con suavidad cuando Szeth terminó de abrazarla. Él se quitó el sudor salado y medio seco de la cabeza. Tal vez no debería practicar la danza con tanto ahínco, pero sabía que había dado unos pocos pasos en falso. Su padre decía que estaban bendecidos por ser personas que podían añadir bajo la mirada del granjero. La situación perfecta. No tenían que bregar en el campo, no estaban obligados a matar y sustraer: podían cuidar de las ovejas y desarrollar sus talentos.

El tiempo libre era la mayor bendición del mundo. Quizá por eso los hombres de los océanos pretendían matarlos y robarles las ovejas. Debía de enfurecerlos contemplar un lugar tan perfecto como aquel. Aquellos hombres terribles, como niños gruñones, destruían lo que no podían tener.

Elid susurró:

—¿Tú crees que los siervos de los monasterios saldrán alguna vez a luchar por nosotros? ¿A usar las espadas durante alguna incursión?

—¡Elid! —exclamó él, irguiéndose—. Los chamanes jamás sustraerían.

—Madre dice que entrenan con las hojas. Eso me gustaría verlo, y empuñar una. ¿Por qué entrenan, si no es para…?

—Lucharán contra los Portadores del Vacío cuando vengan —espetó Szeth—. Esa es la razón. —Miró hacia el océano—. No hables de las espadas. Si los forasteros supieran los tesoros que hay en los monasterios…

—Ja —dijo ella—. Ya me gustaría a mí verlos intentando atacar un monasterio. Una vez vi a una portadora de Honor. Podía volar. Hizo…

—No hables de eso —la interrumpió Szeth—. No aquí fuera.

Elid puso los ojos en blanco, aún tumbada en la hierba. ¿Qué había hecho con su flauta? Como padre tuviera que tallarle otra… A Elid no le gustaba nada que le sacaran ese tema, así que Szeth se obligó a guardar silencio. Se apartó de Moli y bajó la mirada a la tierra que había estado lamiendo.

Y encontró otra roca.

Szeth reculó, medio sorprendido y medio aterrorizado. Era pequeña, de solo un palmo de ancho. Surgía de la tierra, quizá revelada por la lluvia de la noche anterior. Szeth se llevó los dedos a los labios, apartándose. ¿La habría pisado mientras bailaba? Estaba en la tierra compacta del círculo de danza.

¿Qué… qué debería hacer? Era la primera piedra que había visto emerger en la vida. Las que había en los otros pueblos y campos, señaladas con gran cuidado y reverenciadas como era debido, llevaban años allí.

—¿Qué te pasa? —preguntó Elid.

Szeth se limitó a señalar. Su hermana, quizá percibiendo lo preocupado que estaba, se levantó y fue hacia él. En el instante en que se dio cuenta de lo que era, ahogó un grito.

Se miraron.

—Voy a buscar a padre —dijo Szeth, y echó a correr.

*El Todopoderoso nos ha dado las extremidades para movernos y las
mentes para decidir. Que ningún monarca retire lo que fue una concesión divina. Los Heraldos nos enseñaron también que todos deberían poseer el sagrado derecho a la libertad de movimiento, a escapar de una
mala situación. O, sencillamente, a buscar un amanecer más brillante.*

De *El camino de los reyes,* cuarta parábola

E ntrar en aquella base secreta fue como internarse en un recuerdo, el del
primer encuentro de Shallan con Mraize. En aquella ocasión había bajado al sótano de un edificio que no debería haberlo tenido. En esa, después de seguir a Umbra por el recibidor, descendió por otro tramo de peldaños
tallados en la piedra.

Eran lisos y bien formados, oscuros por el liquen, con algo de crem acumulado en las esquinas, indicando que se había filtrado agua de vez en cuando durante los muchos años que el sitio había estado sin ocupar. Usando un
diamante para iluminarse, Umbra los llevó hacia abajo mientras Shallan se
preguntaba qué gente antigua habría creado aquella escalera. ¿Por qué construir hacia abajo, arriesgándose a inundaciones?

El aire era húmedo allí dentro, aunque la piedra no estaba mojada, y al
poco tiempo empezó a oler a incienso. Al llegar al final de la escalera, Shallan encontró a la mujer alezi que habían enviado a espiar a Dalinar. La actriz,
una acólita Sangre Espectral a la que sin duda habrían tentado con hacerla
miembro de la organización, igual que a la propia Shallan.

La mujer estaba observando los trofeos de Mraize. Alojados en una pequeña sala llena de vitrinas, cada artefacto sin etiquetar ocupaba su propio
estante, iluminado por un puñado de chips. Un cuerno o garra de color plateado, procedente de alguna bestia enorme. Un trozo de cristal rojo claro,

como sal rosada, aunque de un color más profundo y vivo. Un huevo de piedra violeta, cristalino en parte, con filigranas plateadas rodeando la cáscara. Una hoja gruesa y suculenta que palpitaba en rojo y parecía irradiar calor. Un frasquito de arena pálida que Shallan ya sabía que tenía una aplicación muy práctica.

Secretos, que avivaban su hambre. La habían incitado con la promesa de un festín de respuestas, ideas, incluso sueños. Mundos llenos de gente para su colección de bocetos. Umbra dejó que los recién llegados estuvieran un rato mirando los trofeos, pero Shallan fingió indiferencia, apoyándose en la pared y mirando a través de la máscara hacia la vitrina que tenía al lado.

Ahí, en el reflejo del cristal, atisbó una figura sombría con agujeros blancos en vez de ojos. Sja-anat, una de los Deshechos, estaba allí. Aquel ser, existente en aquel dominio solo como un reflejo, observó también a Shallan y después compuso una sonrisa astuta y desapareció.

Tormentas. ¿Sabría Sja-anat quién era ella en realidad? No tuvo tiempo de darle muchas vueltas, porque Umbra les hizo una seña a los dos Sangre Espectral recién llegados para que pasaran a la sala contigua. Shallan se arriesgó a seguirlos, aunque Umbra se quedó atrás con la actriz, y cerró la puerta después de cruzarla.

La estancia que había al otro lado resultó ser grande, más que el edificio de arriba, aunque tenía el techo relativamente bajo. Era piedra casi por completo, con pocos muebles, y la puerta por la que acababan de entrar estaba en la esquina nordeste. La pared sur, unos quince metros a la izquierda de Shallan, estaba cubierta de balas de paja, con dianas en cada pila. Por delante de ella, quizá a cinco metros de distancia, había siete personas apiñadas en torno a un estrado solitario. Charlaban en voz baja, y a Shallan se le trabó el aliento al ver a Mraize en ese grupo, manipulando un artilugio.

La mera silueta de ese hombre todavía la intimidaba. Tenía una fuerza fibrosa que nunca terminaba de encajar con lo lujoso de sus prendas, que ese día consistían en chaquetón, camisa y pantalones, con los volantes de la camisa asomando bajo el cuello. De color rojo brillante, como sangre manando de una garganta rajada.

Recuerda la respiración, le susurró Velo. *Vas bien, chica.*

Shallan asintió distraída e hizo sus ejercicios de respiración para calmar las emociones. La mitad de un acto de imitar como el que estaba haciendo se basaba en las emociones, y en no atraer a los spren equivocados. Era capaz de hacerlo. No había por qué ponerse ansiosa.

Mraize apenas alzó la mirada mientras los dos recién llegados se unían a sus seis acompañantes. Shallan, sin apartarse de la pared, respiró con calma y escrutó la sala, notando extraña la máscara sobre la cara, obstruido parte de su campo de visión. ¿Dónde estaba Iyatil?

«Ahí». Vio a la mujer observando el grupo desde la pared norte, una posición que le permitía dominar la estancia entera. Bajita y enmascarada, Iyatil se había acuclillado en el suelo de piedra. Quizá habría sido fácil confundirla con una guardia, en particular para quienes provinieran de la cultura Alezi, pero aquella mujer era la líder y Mraize su segundo al mando.

Tormentas. Si Mraize se mostraba amenazador de un modo abierto y patente, siempre empuñando algún tipo de arma, hablando de caza y muerte, Iyatil era de las sutiles. De las que vigilaban desde las sombras, reflexionando sobre los sonidos que harías cuando te apuñalara.

Shallan avanzó, porque permanecer en la puerta llamaría la atención. Se obligó a adoptar el paso correcto y localizó a su supuesto compañero, el tercer alienígena enmascarado, vigilando desde el otro lado de la cámara, en la pared oeste. Vio que se adelantaba, dejando atrás un soporte en el que ardía incienso, hacia los dos recién llegados, y entreoyó que les ofrecía una copa.

Luego el guardia fue a una barra montada contra la pared oriental, cerca de Shallan, y empezó a mezclar las bebidas. Ese hombre era un asesino entrenado, y Mraize lo tenía... ¿sirviendo copas? ¿Era una forma de intimidar a los demás?

No. No, los Sangre Espectral estaban relajados. Era solo que querían tomarse una copa y el asesino era quien estaba disponible para servírsela.

—Ah —dijo Mraize mientras el gran aparato que tenía en las manos daba un chasquido—. Ya está.

Lo alzó y metió en él una saeta pequeña y pesada. Aquel artilugio era una especie de ballesta, aunque más grande y aparatosa que las que había visto Shallan.

Intrigada, se acercó un poco más. Entonces miró hacia Iyatil y el otro enmascarado de fuera del mundo. No estaban observando el aparato, sino a la gente. Claro. Shallan intentó hacer lo mismo, siguiendo la pared norte, tras el grupo de personas encaradas hacia las dianas.

—¡Mraize! —lo llamó Aika, la comerciante thayleña vestida con falda y chaleco—. Dijiste que esta reunión era urgente. ¿Qué haces jugando con tu aparatito nuevo mientras nosotros tomamos copas?

—Había que esperar a los rezagados, Bolso Robado —respondió él con una sonrisa—. Y una buena copa, bien elaborada, es un inicio excelente para toda conversación difícil.

—Se me hace raro —dijo el otro thayleño— que estemos juntos tantos de nosotros. ¿Cuánto tiempo hacía?

—Desde la reunión sobre la tormenta eterna —dijo el hombre que vestía los ropajes estampados de un visir azishiano—. El año anterior a su llegada. La verdad es que os echaba de menos a todos. Mraize, ahora tenemos Puertas Juradas. Deberíamos juntarnos más a menudo.

—Juntarnos es peligroso —señaló Mraize, alzando la ballesta para apuntar hacia una diana.

—Mraize, querido —dijo una mujer, veden como Shallan a juzgar por su acento—, a ti te gusta el peligro, ¿no es así?

Shallan tomó una Memoria de ella. Aparte del visir, era la única del grupo que no aparecía en el fajo de retratos de Sagaz.

—Me gusta el peligro con propósito, Lengua Gélida —respondió Maraize. Shallan sabía que le ponía mote a todo el mundo. No eran nombres en código, sino solo una manía suya—. El peligro que aporta valor y lecciones. En cambio, el peligro temerario, sin finalidad, es un desperdicio. Un burdel para las emociones.

Disparó la ballesta y la saeta, mayor que lo normal, se clavó en una bala de paja.

—No has hecho diana, Maraize —dijo uno de los otros.

—De ahí que practique —replicó él, y recargó el aparato.

Mientras el asesino les llevaba copas, Shallan se preocupó por lo que esperaban que hiciese ella. Confió en que no fuese traerles bebidas también. Si tenía que preguntarle a alguien qué quería tomar, no le gustaban nada sus probabilidades de imitar bien el acento de Iyatil, que solo había oído unas pocas veces.

Mejor no abrir la boca. Recorrió la pared con paso amenazante, dejando atrás una estela de humo de un quemador de incienso.

Iyatil lanzó una mirada hacia ella.

El pánico brotó en el pecho de Shallan, como dagas clavadas de pronto entre las costillas.

Calma, le recordó Velo.

Hizo lo que pudo, manteniendo la pose, y buscó un sitio en el que acuclillarse, imitando a Iyatil. Al moverse había llamado la atención, así que decidió quedarse quieta. Por suerte, parecía ser la jugada correcta. La atención de Iyatil regresó de inmediato al grupo, y el otro asesino apoyó la espalda en la pared occidental y se puso a vigilar cruzado de brazos.

—¿Y ese artefacto es el motivo de que estemos todos aquí, Maraize, arriesgándonos a que nos descubran? —preguntó Lengua Gélida, y dio un sorbo a su copa.

—No —dijo él, alzando de nuevo el arma—. Esto es un mero entretenimiento. —Disparó y dio en la diana, aunque no en su centro—. ¿Alguno de vosotros las ha usado alguna vez?

—Es una ballesta —dijo el azishiano—. Típica arma de guardias.

—No —replicó Lengua Gélida—. Eso es una balista de mano thayleña. Es más pesada que una ballesta normal y se usa para propulsar una carga.

—Exacto —dijo Maraize, asintiendo en dirección a la mujer—. Las inventaron para disparar aceite ardiendo o un hierro al rojo y pegar fuego a las velas enemigas. Nunca han tenido una efectividad exagerada, por desgracia, pero a algunos entusiastas les encantan. Mi padre tenía unas pocas, en mi juventud. —Alzó el aparato y lo miró de cerca—. Un arma moderna, basada en la fuerza mecánica y no en la del brazo.

—Salta a la vista que es difícil de apuntar —objetó alguien—. Me cuesta entender por qué te interesa tanto.

Maraize cargó otra saeta con gesto distraído. Shallan lo observó, agachada junto a la pared. Sus actos siempre tenían un propósito. ¿Cuál era la lección de aquello?

Tormentas, incluso cuando Mraize no le prestaba atención, Shallan se sentía intimidada por él. Peor que eso: tuvo un escalofrío en la nuca y, aunque intentó no hacerlo, miró hacia Iyatil. Y vio que la mujer tenía la cabeza vuelta hacia ella.

Shallan apartó la mirada al instante y tranquilizó la respiración tanto como pudo. De todos modos apareció un congojaspren, con forma de cruz negra retorcida. ¿Sospecharía algo Iyatil? El spren no era una revelación automática, ya que podían acudir a quien se preocupara más o menos por cualquier cosa, pero...

Tormentas. Tormentas, tormentas, *tormentas*. Aquella gente era experta justo en las mismas artes que Shallan, como Velo, había fingido que dominaba. Le chorreaba sudor por la cara y, de pronto, notó la máscara pesada y sofocante. Atrapaba su aliento, y el calor le soplaba en las mejillas y le humedecía la piel. Tuvo unas ganas enormes de arrancarse esa máscara.

Vaya, fíjate, dijo Velo. *¿Has visto que se ha dejado una pernera metida en el calcetín?*

Shallan miró otra vez a Mraize y comprobó que era verdad. Al vestirse, su calcetín derecho había atrapado la parte de atrás de la pernera. En contraste con el pánico de Shallan, era un detalle casi cómico.

Velo soltó una risita. *Solo es una persona, Shallan. Todos lo son. ¿Cómo intenta controlarte Mraize?*

—Mediante la intimidación —susurró ella—. Intimidación, secretos y un aire de misterio.

¿Y si te niegas a concederle ninguna de esas ventajas?

Entonces...

... solo era una persona. Iyatil también. Personas, y de las más confiadas, que podían cometer errores. Jamás esperarían que Shallan estuviese allí, nunca la tomarían por alguien capaz de hacerse pasar por una de los mejores de entre ellos.

Hasta la espadachina más habilidosa, dijo Radiante, *puede perder un duelo. Quizá sean buenos, pero, si sospecharan de ti, ya habrían hecho algo a estas alturas. Estás consiguiéndolo.*

Estás consiguiéndolo, convino Velo. *En fin, mira lo ridículo que está Mraize.*

En realidad no lo estaba. Era solo un pequeño error, que podría haber cometido cualquiera. Y era cierto que a Shallan aquello le quedaba grande, y lo sabía. Pero había que hacerlo, y ese pequeño error que había cometido Mraize de verdad indicaba que era una persona falible.

Shallan rio con suavidad y el congojaspren se desvaneció.

—¿Sabéis? —dijo Mraize a los demás—. En algunos mundos, la ballesta se convirtió en la primera opción para toda una era de conflicto armado. Aunque en general cuesta más de recargar que un arco, requiere menos entrenamiento para utilizarla. Con el diseño adecuado, puede perforar el acero, así que, en lugar de arqueros que practican durante toda su vida, o majestuosos ojos claros con armadura de placas, esos campos de batalla están dominados por granjeros que han entrenado durante dos meses y cuentan con una ventaja tecnológica.

—Hasta que un portador de esquirlada atraviese sus filas y los masacre a todos —dijo el hombre del uniforme alezi—. ¿Sabíais que Aladar probó una vez a desplegar filas de ballesteros? Sí, son unidades poderosas, pero lentas. Lo mejor es apoyarlas con bloques de picas. Pero, de todos modos, si hay alguien con armadura esquirlada en el otro bando, esos ballesteros lo atraerán igual que la lluvia a las enredaderas.

—Interesantes palabras, Cadena —dijo Mraize, apuntando con su balista de mano para disparar de nuevo—. Palabras pronunciadas con la sabiduría del pasado, excelentes para enseñarnos a afrontar el mundo tal y como ha existido. Y solo tal y como ha existido.

Miró hacia Iyatil, que le indicó que continuara. Mraize dejó la balista y abrió la parte delantera del estrado. Salió flotando un spren con forma de esfera brillante, muy parecido a la seon que Shallan había encontrado en su caja de comunicación.

El spren cambió de forma y adoptó la del rostro de un hombre mayor, con bigote. Un momento… ¿Shallan no lo conocía?

—Díselo a todos —le ordenó Mraize.

—Hemos encontrado a Restares —dijo la resplandeciente cabeza que levitaba en el aire—. Nos ha revelado los detalles, como también a Shallan. La prisión de Mishram está oculta en el Reino Espiritual.

Tormentas. Era Felt, un soldado de Adolin.

El frío envolvió a Shallan, acompañado de una abrumadora desconexión. Felt era un espía.

Felt era un Sangre Espectral.

Menos mal que en esos momentos no la miraba nadie, porque no pudo evitar que aparecieran unos pequeños sorpresaspren. Había pasado muchísimo tiempo buscando al espía, todo el viaje por Shadesmar, para al final decidir que la espía era ella misma. Y, entretanto, Mraize había enviado a otro de reserva. Por supuesto que lo había hecho. Tormentas, de pronto se sintió violentada, sabiendo que ese hombre la había estado vigilando desde el principio.

—Esa era la parte importante —continuó Felt—. Ala ha estado hablando con Restares, que tiene muchísimo que decir si lo aprietas un poco. Está bastante harta de él, porque poco de lo que dice parece relevante, pero yo tomo notas de todos modos.

¿Ala? ¿La seon?

Un momento…

—Gracias —dijo Mraize—. Ala y tú lo habéis hecho bien. Seréis recompensados.

¿Ala también era una Sangre Espectral? Sonaba a que sí, eso desde luego. Por una parte, Shallan se sintió aún más traicionada, pero, por otra, también fue un alivio. La spren se había hecho pasar bastante bien por una prisionera asustada, pero, si aquello no era cierto, quizá Shallan no debiera tenerle tanta lástima.

—No quiero tu herrumbroso dinero, Mraize —respondió Felt—. Nunca quise saber nada de todo esto. Pero Ala me ha pedido específicamente que te diga que quiere un poni. Creo... creo que podría ser en broma.

Mraize sonrió.

—Mantened cautivo al Heraldo. Recibiréis más instrucciones.

Hizo un gesto y la cara se desdibujó hasta dejar solo una esfera brillante, que volvió a ocultarse en el estrado.

—Así que la prisión está en el Reino Espiritual —dijo alguien del grupo—. Por tanto, es imposible llegar a ella.

—Nada más lejos de la realidad —replicó Mraize—. Iyatil y yo recibimos ayer información de un contacto muy especial, que nos indicó que vigilando a Dalinar tendríamos una oportunidad de entrar en el Reino Espiritual. Creímos que sería necesario que nuestra última incorporación lo animara a hacerlo, pero no ha hecho falta. Dalinar ha hablado con la mismísima Cultivación, que lo ha instado a buscar el poder de Honor. Entrará pronto en el Reino Espiritual, y entonces Iyatil y yo lo seguiremos. Hasta nuestro regreso, Zora, quedas al mando de esta célula. Te llevarás el seon e informarás directamente al maestro Thaidakar.

El visir azishiano asintió. La mujer thayleña a la que Mraize había llamado Bolso Robado se cruzó de brazos.

—Nunca antes habías dejado a nadie en concreto al mando.

—Cierto —dijo Mraize, recargando con tranquilidad su balista de mano.

—Entonces... ¿crees que esto es peligroso? —preguntó la mujer.

—Sé que lo es —respondió él—. Quizá no regresemos. O, si lo hacemos, es posible que aquí hayan transcurrido siglos enteros. Pero vamos a encontrar la prisión de Mishram.

—Un momento —intervino Lengua Gélida—. Mraize, ¿en qué favorece esto los planes del maestro Thaidakar?

En lugar de responder, Mraize apuntó a la diana y disparó. Por fin dio en el círculo rojo central.

—Deberíamos estar trabajando en nuestro plan —añadió Lengua Gélida— de transportar luz tormentosa fuera del mundo, ahora que sabemos que es posible desproveerla de Identidad y transferirla entre reinos. ¿De qué sirve localizar a una antigua spren para cumplir la orden del maestro Thaidakar de proporcionarle una fuente renovable de Investidura?

Shallan se inclinó hacia delante. Ya sabía que los Sangre Espectral querían el poder de los Radiantes y la versatilidad de la luz tormentosa. Eso explicaba muchas cosas, como por ejemplo que reclutasen a la propia Shallan. Pero había más. ¿Por qué estaba Mraize tan interesado en Mishram?

Shallan metió la mano en la manga y palpó la vinculacaña que había escondido allí, sujeta al brazo. Envió tres destellos rápidos, un aviso a los demás para que estuviesen preparados pero no entraran todavía. Shallan estaba cerca.

Mraize no respondió. Preparó su arma para hacer otro disparo, aunque en esa ocasión eligió una saeta que tenía una gema incrustada, cerca de la punta. ¿Qué era lo que habían dicho? Que aquellas balistas de mano estaban diseñadas para propulsar una carga mayor de lo normal, ¿verdad?

Ay, tormentas. La gema por sí misma no significaba nada. Pero si Mraize lograba hacerse con la antiluz tormentosa que Navani había desarrollado en ausencia de Shallan…

Mraize disparó e hizo diana.

«Palabras pronunciadas con la sabiduría del pasado, excelentes para enseñarnos a afrontar el mundo tal y como ha existido. Y solo tal y como ha existido».

Ese hombre no estaba mostrando cariño por una tecnología antigua y obsoleta. Estaba practicando con un arma que, de pronto, podía utilizarse para matar a Radiantes… y a sus spren.

—Cuando estemos en el Reino Espiritual —dijo Mraize—, Iyatil y yo vigilaremos a Dalinar. Si seguimos sus pasos de cerca, es muy probable que nos lleve hasta la prisión.

—¿Cómo sabes eso? —preguntó Lengua Gélida.

—Porque lo sé —dijo él—. El maestro Thaidakar ha aprobado este procedimiento, y vosotros ocho dirigiréis la organización en nuestra ausencia. Es todo lo que necesitáis saber.

—Disculpa —insistió Lengua Gélida—, pero somos Sangre Espectral. Sin secretos, Mraize. Esas son las normas.

—Los actos del maestro Thaidakar —contestó Mraize— demuestran que no cree en esa norma. A veces la información es peligrosa y debe mantenerse envainada como una buena hoja.

Shallan se inclinó más hacia delante, pero entonces captó algo con el rabillo del ojo. Iyatil estaba moviéndose. La mujer más bajita cruzó la cámara y llegó al lado de Shallan para susurrarle algo.

En un idioma que Shallan no reconoció.

Dalinar estaba sentado con Navani en la sala del jardín, ambos en sillas en el centro, encarados uno hacia el otro. Tenía las manos de Navani entre las suyas, y las enredaderas se movían alrededor de ellos sin viento y sin nadie que las tocara. Navani decía que bailaban a unos ritmos que Dalinar no podía oír.

—¿Y bien? —preguntó él—. ¿Qué opinas?

—No lo sé, Dalinar —dijo ella, apretándole las manos—. ¿Qué pasará si esto funciona? ¿Te perderé?

—Si terminara ascendiendo a Honor, no creo que fueses a perderme.

Cultivación ha hablado conmigo hace un rato y, según Ash, Honor se relacionaba a menudo con los Heraldos.

—No me refiero a perder tu presencia —dijo Navani—. Me refiero a perderte a ti, tu amor, tu humanidad. No quiero ser egoísta, y haremos lo que el mundo necesite, pero debo preguntarlo. ¿Qué significará, Dalinar? ¿Y es necesario que lo hagas tú?

Dalinar no sabía cómo responder a ninguna de esas preguntas. Los dos se echaron hacia delante y él apoyó la frente en la de ella. Meditando. Decidiendo. Unos miedospren brotaron de las piedras a sus pies.

—Todo este tiempo —susurró Dalinar— he estado intentando convertirme en mejor persona, Navani. Mientras lo hacía, he descubierto unas verdades aterradoras y las he compartido con el mundo. Que nuestro dios murió hace milenios, que la humanidad les robó este mundo a quienes lo poseían. Las respuestas que una vez fueron fáciles ahora se demuestran complicadas.

»Me asusta dar este paso, pero quiero proporcionar respuestas otra vez, de todos modos. Tengo la sensación de que algo me ha estado guiando todo este tiempo. Algo que no sé explicar, algo que hay más allá de Honor. Sé que alguien tiene que dar un paso adelante y hacer esto. El duelo no es suficiente. Hay más, y creo que soy el único que puede averiguar qué es. Pasé mucho tiempo buscando la forma de ser un Forjador de Vínculos más fuerte, y ahora creo que eso fue un paso hacia una verdad mayor sobre aquello en lo que de verdad necesito transformarme.

Navani le cogió las manos, y Dalinar la amó por la manera en que se paró a pensar en sus palabras, en vez de contradecirlo al instante. Pero también la amó por la manera en que no las aceptó de inmediato.

Sagaz por fin regresó a la sala. Dalinar y Navani se apartaron uno del otro, y él distinguió la preocupación en los ojos de su esposa.

—Amor —le dijo—, no sabemos si esto funcionará. No tenemos por qué tomar ya todas las decisiones.

—A veces —respondió ella— es bueno hacer las preguntas mucho antes de necesitar las respuestas. No puedo evitar pensar que estamos metiéndonos en algo que supera con mucho nuestra capacidad, Dalinar. ¿Los poderes de dioses? Unos cuantos de mis eruditos se *detonaron* a sí mismos sin querer el mes pasado, trabajando en la antiluz. Y ahora te planteas ir a un sitio que asusta incluso a Sagaz.

—Debo decir —terció Sagaz, apoyado en la pared al lado de la puerta— que hay un montón de cosas que me aterrorizan. No sé, ¿le habéis dado un par de vueltas a lo demencial que es que la sociedad os confíe a los mortales el cuidado de niños? ¿Después de… cuánto, apenas dos décadas de vida, la mitad de las cuales os pasáis en pañales?

—Sagaz —respondió Navani—, la gente no se pasa diez años llevando pañales.

—¿Lo veis? —dijo él—. Tengo unos diez mil años de edad, y ni siquiera yo estoy tranquilo con mis conocimientos sobre cómo cuidar de un niño pequeño. Me parece increíble que ninguno de vosotros llegue a la adolescencia, porque...

—Concéntrate, Sagaz —lo interrumpió Dalinar—. El plan. El Reino Espiritual.

—Estamos superados por esto —dijo Navani—, como un ejército que se las ve y se las desea contra un enemigo con equipamiento mucho más moderno.

—O una erudita que intenta leer ideas complejas en un idioma que apenas ha estudiado —añadió Dalinar—. Pero solo nos quedan ocho días antes de que tenga que enfrentarme a Odium, y estoy convencido de que el Padre Tormenta está ocultándome cosas.

—El Hermano está de acuerdo —dijo Navani—. No deja de señalar las inexactitudes del Padre Tormenta y nuestra comprensión incorrecta de acontecimientos históricos.

—El objetivo —afirmó Sagaz— es que presenciéis esos acontecimientos. Para que podáis encontrar la verdad sobre la muerte de Honor y descubrir secretos que ni siquiera yo conozco. —Frunció el ceño—. Pero no sé qué interés puede tener el Padre Tormenta en mentiros.

—Creo que... no esperaba que hubiera nadie capaz de refutarlo —dijo Dalinar—. No creía que el Hermano fuese a despertar otra vez. —Cruzó la mirada con Navani—. Por lo que, mientras los Heraldos estuvieran locos y Sagaz fuese inútil...

—¡Oye!

—... el Padre Tormenta sería quien iba a proporcionarnos la única narrativa. Tenemos que hallar la verdad, Navani. Tenemos que averiguar lo que le sucedió a Honor.

—Lo cual nos lleva de vuelta a la cuestión principal —dijo ella en voz baja—. ¿Qué significaría reemplazarlo?

—Que Dalinar ascendería —contestó Sagaz—. Su mente se expandiría hasta percibirlo todo con los ojos de una deidad. Las Esquirlas no son omniscientes; de hecho, es relativamente fácil ocultarles cosas. Pero están... bendecidas con una capacidad casi infinita de comprender. De escrutar el futuro, en sus numerosas permutaciones, y entender lo que eso significa.

—Suena —dijo Navani— a que ya no serías humano.

—Suena —dijo Dalinar— a una versión de lo que ya te ha pasado a ti, al vincularte con la torre. Y estamos adaptándonos a eso. Podríamos adaptarnos a lo otro.

Ella asintió, reacia.

—Pero vuelvo a preguntártelo: ¿tienes que hacerlo tú, Dalinar? ¿Por qué siempre tienes que ser tú?

Si vinieran de Jasnah o de Adolin, quizá esas palabras habrían sido un desafío. Un cuestionamiento de por qué siempre tenía que ponerse él en el centro de todos los asuntos. A Dalinar esas dudas le parecían ridículas: ¿a quién si no iba a confiarle un problema de esa magnitud? Alguien tenía que recorrer los caminos difíciles y, como gobernante, el deber le correspondía a él. Era lo que enseñaba *El camino de los reyes*.

Viniendo de Navani, las palabras no eran un desafío, sino una súplica. Si debía sacrificarse alguien, ¿no podría Dalinar asignarle la carga a otro, solo por esa vez?

—No le pediré a nadie más que haga esto —dijo Dalinar—. Como general, uno aprende cuándo debe enviar a su mejor lugarteniente... y cuándo ir él mismo. —Le apretó las manos—. Navani, si salgo derrotado del duelo de campeones... me perderemos a *mí*. Perteneceré a Odium, y él hará salir al Espina Negra. Cualquier cosa que podamos hacer para impedir eso... quiero intentarla, aunque signifique la Ascensión esa, como Sagaz la llama. Después del duelo, si vemos que el poder está cambiándome demasiado, buscaré a otra persona a quien entregárselo.

—¿Eso está permitido? —preguntó Navani, mirando a Sagaz.

—En teoría, sí —dijo él—. Pero es complicadísimo. Una vez eres un dios, Dalinar, es casi imposible dejarlo ir.

—Alguna vez se habrá hecho —aventuró Dalinar.

La mirada de Sagaz se perdió en la lejanía, mientras una tenue sonrisa asomaba a sus labios.

—Una vez. No era una Ascensión plena, pero una mortal sí que renunció al poder una vez. Resultó ser la opción errónea, pero creo que nunca he presenciado un acto más altruista que ese. De modo que sí, Dalinar, es posible. Pero no fácil.

—Nada lo es nunca —dijo él—. No para nosotros.

Navani miró a Dalinar y asintió.

—Muy bien. Hagámoslo, entonces. Juntos.

—Esto... ¿Juntos?

—No dejaré que vayas tú solo al dominio de los dioses —dijo ella—. Necesitarás a una erudita que te ayude a interpretar lo que veas en el pasado.

Condenación. En eso tenía razón. Ya habían entrado juntos en algunas visiones; posible sí que era. Pero si aquello iba a ser tan peligroso como Sagaz estaba dándoles a entender...

No. Por la expresión de Navani supo que, como se le ocurriese proponer que lo acompañara otra erudita en vez de ella, provocaría una furia que dejaría al Padre Tormenta a la altura de un chaparrón primaveral. Y con buen motivo. Los argumentos que él mismo había empleado a favor de hacer aquello en persona implicaban que necesitaba a la mejor a su lado. Y esa era Navani.

—Eres sabia —dijo—. No me hace ninguna gracia, pero tienes razón. Lo intentaremos juntos. Pero tendremos que preparar a los demás para que gobiernen Urithiru mientras no estamos. Sagaz cree que nos llevará días conseguir nuestro objetivo.

—Yo puedo tenerles un ojo echado a las cosas aquí —se ofreció Sagaz—.

Primero, tendréis que echar un vistazo a Reino Espiritual para confirmar que esto puede funcionar siquiera. Si dejáis vuestro cuerpo atrás, como confío en que suceda, debería ser capaz de traeros de vuelta si hacéis falta aquí.

—Excelente —dijo Navani—. ¿Cómo procedemos?

—Bueno, antes teníais que usar una alta tormenta y los poderes del Padre Tormenta… pero ahora sois Forjadores de Vínculos. Podéis abrir una perpendicularidad y meteros en el Reino Espiritual. Una vez allí, os sugiero utilizar la Conexión para guiaros a un fragmento específico del pasado. Con eso os ayudaré yo. Podéis visitar un acontecimiento en el que yo estuve presente, experimentarlo y regresar para que comparemos notas. Si funciona, os enviaremos a un viaje más largo, a unas épocas que yo no estaba aquí para presenciar.

Dalinar y Navani se miraron a los ojos y asintieron.

—Estupendo —dijo Sagaz—. Bajemos por el elevador y busquemos un buen lugar para probar el experimento.

—¿Por qué no aquí? —preguntó Dalinar.

—Estáis a punto de perforar los tres dominios e intentar arrojaros al Reino Espiritual —respondió Sagaz—. Si sale mal, terminaréis en Shadesmar, pero, con la fuerza que estaréis haciendo, no me extrañaría nada que os proyectaseis fuera de la torre. Yo, por lo menos, me quedaría más tranquilo si lo hiciéramos en algún lugar más bajo, para que no caigáis tanta distancia si la cosa se tuerce.

—Muy bien —dijo Dalinar, levantándose—. Expliquémosles a Aladar y Sebarial lo que planeamos hacer, por si acaso, y luego busquemos algún sitio para hacer el experimento.

CAZAR
AL CAZADOR

Seguí mi camino, contemplando el polvo y la naturaleza de la deserción. Pues yo mismo, como rey, había abandonado mis deberes, y era distinto para mí. ¿Acaso no había renunciado a un trono concedido por el Todopoderoso y, al hacerlo, socavado mis propias palabras? ¿Estaba dejando aquello que se me había concedido de un modo divino?

De *El camino de los reyes*, cuarta parábola

S hallan miró a Iyatil. Los ojos de la mujer parecían lejanos tras aquella máscara, y extrañamente humanos, como si la máscara fuese algún monstruo que se hubiera tragado a una persona.

Iyatil repitió su frase en lo que cabía suponer que era la lengua natal de ambas mujeres. Presa del pánico, Shallan llevó la mano a la vinculacaña de su manga, dispuesta a llamar a los demás. Solo que… aún no había averiguado nada, en realidad.

¿Cómo iban a colarse los Sangre Espectral en el Reino Espiritual con Dalinar? ¿Por qué estaban tan interesados en una Deshecha? Ya habían establecido contacto con Sja-anat. ¿No les bastaba?

No había más remedio. Si Iyatil no había sospechado antes, lo haría cuando no obtuviera respuesta. Shallan agarró la vinculacaña.

Pero Velo le susurró: *Puedes hacerlo, Shallan. Inténtalo.*

Shallan no comprendía lo que le había dicho Iyatil, pero ¿qué le revelaba su lenguaje corporal? Iyatil señaló con la cabeza a un lado, hacia el tercer enmascarado foráneo. Sus palabras habían sido breves y tensas, quizá interrogativas, con más probabilidad exhortativas. Así que Shallan se arriesgó a responder con un brusco asentimiento.

Funcionó e Iyatil echó a andar deprisa hacia la puerta de la pared oriental, seguida por Shallan. El tercer asesino se reunió con ellas, hicieron corrillo y entonces Iyatil se puso a hablar deprisa en el idioma de ambos. En el centro de la estancia, Mraize insinuaba a los demás lo que Shallan ya había deducido: que, con solo unas pocas modificaciones menores, aquella balista de mano iba a ser de lo más útil en los próximos años.

Shallan no podía hacerle caso, porque acababa de meterse en una conversación con no solo una persona que hablaba otro idioma, sino con dos. Iban a esperar de ella que respondiera con algo más que un asentimiento. Tenía que escabullirse de esos dos sin montar el numerito.

Busca una excusa, le susurró Velo, *para no estar prestando atención.*

Sí, el despiste era una debilidad humana universal. Por desgracia, en la cámara no había gran cosa que pudiera distraerla. Solo estaban las dianas, Mraize y su grupo, cuatro lúgubres paredes de piedra y…

Un momento. El pomo de la puerta. Plateado, pulido, reflectante. Casi a la altura de sus ojos, agachados juntos como estaban. Shallan fijó la mirada en él y esperó a que los demás reparasen en su distracción.

—*Aleen?* —dijo Iyatil a Shallan—. *Aleen, vat ist erest missen?*

Shallan señaló el pomo y habló por fin, susurrando una palabra que sería igual en cualquier idioma:

—Sja-anat.

Confió en que hablar tan bajo enmascararía su voz. Iyatil siseó y apartó a Shallan para escrutar el pomo de la puerta. Cuando no vio nada, gruñó y, al parecer olvidando la conversación que había mantenido, fue deprisa en dirección a Mraize. El otro extranjero lanzó una mirada hacia Shallan, así que ella se encogió de hombros y se agachó para inspeccionar el pomo. El hombre fue tras Iyatil.

Shallan calmó los nervios, evitando en esa ocasión atraer un spren. Iyatil había picado el anzuelo y no parecía haber encontrado nada demasiado irregular en ella. A menos que estuviera diciéndole a Mraize que era una impostora en ese preciso instante. Quizá sí que fuese el momento de llamar a los otros. Shallan volvió a llevar la mano hacia la vinculacaña, pero entonces una sombra recorrió el pomo de la puerta y Sja-anat apareció igual que antes, como una figura muy negra con agujeros blancos en vez de ojos.

Estaba preguntándome, dijo la Deshecha en su mente, *cómo ibas a ingeniártelas sin hablar su idioma, Shallan. Muy bien pensado.*

—Conque sí que sabes que soy yo —susurró Shallan.

Para los mortales es difícil distinguir la llama de un alma de la de otra, pero yo no soy mortal.

—¿Vas a delatarme?

¿Igual que tú acabas de delatarme a mí? Tal vez.

—¿En qué bando estás, Sja-anat? —susurró Shallan—. Dime la verdad. ¿A qué juegas?

¿Jugar, Shallan? Lo que hago es luchar por la supervivencia. Odium destrozará a quien sea, lo que sea, para conseguir lo que quiere. Los milenios me demuestran que no le importamos nada ni yo ni mis niños. Honor es un co-

barde que siempre nos odió. Nos destruyó. Nos traicionó. Y lo único que hace Cultivación es mirar.

Estoy en el bando de preservar un mundo para mis niños. No deberías temer «mi bando», Shallan. Deberías abrazarlo. Si hay un lugar para mis niños, habrá un lugar para los tuyos.

Iyatil regresó, seguida de Mraize. De nuevo, Shallan agarró la vinculacaña, pero contuvo los nervios. Sja-anat permaneció allí sin ocultarse, pequeña pero distinguible como un reflejo en el pomo, alzando la mirada hacia Iyatil.

—Lieke, quédate aquí —dijo Iyatil en alezi—. Entretén a los demás.

Abrió la puerta agarrando el pomo, a pesar del reflejo que había en él. Mraize la siguió y lo mismo hizo Shallan, suponiendo que Lieke era el tercer enmascarado.

Umbra y la actriz habían salido de aquella pequeña cámara. Estaba más oscura, iluminada solo por los chips que había a un lado, para que brillasen únicamente sobre los objetos valiosos de Mraize.

—Ahí —dijo Iyatil—. En mi vitrina de trofeos. Veo su reflejo.

Un momento, ¿la vitrina era de ella y no de Mraize?

Iyatil sacó un espejo sobre ruedas de detrás de un armario. Shallan cerró con suavidad la puerta que daba a la otra estancia y se quedó atrás, intentando no llamar la atención.

Sja-anat apareció en el espejo, toda ella esbelto humo y ojos magnéticos.

—¿Por qué estás aquí? —exigió saber Iyatil—. Se suponía que ibas a vigilar a los Forjadores de Vínculos. ¿Han iniciado el proceso?

—Mis niños los observan —dijo Sja-anat con una vocecilla metálica, como si estuviera hablando desde el otro lado de un pasillo largo—. El Hermano ya no duerme. No es fácil de engañar, ni siquiera para mí. Estar yo llamaría su atención.

—Eso no es lo que nos dijiste —replicó Iyatil—. Iremos muy justos de tiempo. Tenemos que entrar en Shadesmar y estar preparados para colarnos en la perpendicularidad de Dalinar en el instante en que se abra.

—No perderéis vuestra oportunidad —le aseguró Sja-anat—. Aunque cuestiono ese afán vuestro por perderos en ese lugar.

—Dijiste que nuestros spren podrían guiarnos —repuso Mraize, dando un paso hacia el espejo—. Dijiste que comprendían ese reino.

¿Nuestros spren?

¿Nuestros spren?

Shallan retrocedió y apretó la espalda contra la fría pared de piedra. ¿Iyatil y Mraize tenían spren? ¿Eran Radiantes?

¡Por eso anhelaban tanto reunirse con Sja-anat!, exclamó Velo. Los requisitos de Sja-anat para quienes vinculaban a sus hijos eran distintos a los de los Radiantes normales.

Tormentas. Shallan había tenido un papel importante en que Sja-anat contactara con los Sangre Espectral. Había sabido desde el principio que sus coqueteos medio comprometidos con los Sangre Espectral eran peligrosos. Ahí tenía la prueba. ¿Por qué había dejado que aquella situación se prolongase tanto tiempo?

Estabas confundida, dijo Radiante, *lejos de casa, y creías que Jasnah había muerto. Necesitabas sentir que formabas parte de algo. No seas muy dura contigo misma.*

Shallan había cometido muchos errores, sí, pero esperaba estar aprendiendo de ellos. Ese día dio un paso adelante, acercándose a Iyatil y Mraize, confiando en captar algún atisbo de sus spren, para determinar a qué órdenes se habían unido. Aunque… si habían vinculado a los niños de Sja-anat, ¿eran verdaderos Radiantes? Renarin lo era, pero había elegido él mismo adoptar ese título.

La conmoción había hecho que se perdiera parte de lo que decía Sja-anat. Parecía estar asegurándoles que sus hijos podrían guiarlos en el Reino Espiritual.

—No hay mucho que pueda hacer allí por los mortales —prosiguió la Deshecha—. Seréis como peces sacados de golpe a tierra, en un lugar que es hostil a vuestra existencia. Mis niños os guiarán, pero aun así es posible que no regreséis.

—Iremos de todos modos —dijo Mraize con suavidad.

—Y yo me alegro —respondió Sja-anat—. Pero os haré una última advertencia. No creo que vayáis a encontrar una aliada en mi hermana. Mishram no… no os tiene cariño a los humanos.

—No buscamos una aliada —dijo Iyatil—. Avísanos cuando Dalinar empieza a prepararse, para que hagamos lo mismo.

—Como desees —respondió Sja-anat—. Mis niños dicen que está hablando con sus consejeros. Pero ya no le falta mucho.

—¿Qué hay de Shallan? —preguntó Mraize—. ¿Está dándonos caza?

—Así es —dijo Sja-anat, y no miró hacia Shallan, de pie tras ellos.

Shallan no distinguía ningún spren en la ropa ni en el hombro de Mraize, pero sí que reparó en el carcaj de saetas de ballesta que tenía al lado. En concreto, se fijó en que una tenía sujeta una gema que resplandecía con una luz blanca azulada que distorsionaba el aire a su alrededor. Shallan no había visto nunca la antiluz, pero Sagaz le había hablado de ella y la identificó por la descripción.

Mraize, como de costumbre, había trabajado con rapidez y eficacia. Que Shallan supiera, apenas había una pizca de aquella sustancia en Urithiru, bien guardada bajo llave. Y aun así, Mraize había conseguido robar un poco. No pudo evitar quedarse impresionada.

—Me preocupa que Shallan interfiera —dijo Mraize.

—Esa chica está distraída —respondió Iyatil—. Te obsesionas demasiado con ella, acólito. Hemos hecho las amenazas adecuadas, de modo que su atención se centrará en proteger y vigilar a sus seres queridos.

—Sí, *babsk* —dijo Mraize.

Son humanos, susurró Velo. *Falibles. Recuérdalo.*

Iyatil le hizo un gesto a Mraize para que se marchara y él se inclinó ante ella. Era raro verlo en posición servil, con lo al mando de todo que parecía siempre. Aunque también había una cierta medida de autocontrol en su obediencia. Mraize no protestó ni pareció molestarse de que lo despidieran. Caminó con la cabeza bien alta y abrió la puerta, al otro lado de la cual los Sangre Espectral practicaban con su descomunal ballesta.

Sja-anat se desvaneció y Shallan fue tras Mraize, procurando no quedarse atrapada con Iyatil. Por desgracia, la mujer levantó la mano para detenerla.

—Pasa algo con él —dijo Iyatil en voz baja—. No creo que lo hayan reemplazado por un doble, pero sí que cuestiono su lealtad a nuestra causa.

Por suerte, las palabras eran en alezi. Quizá porque Iyatil acababa de hablar con Sja-anat en ese idioma y siguió haciéndolo por impulso. Quizá porque en esa sala, apartada del resto, no temía que nadie oyera la conversación. O quizá porque, teniendo allí cerca a Sja-anat... ¿sí que quería que la oyeran? En cualquier caso, Iyatil seguía concentrada en Mraize, pensativa.

—He pasado mucho tiempo entrenándolo. Es natural que quiera tener sus propios acólitos. Pero piensa solo en su propio avance, y no en el propósito mayor.

Shallan tenía que apretar un poco. Necesitaba respuestas. Se descubrió hablando en un susurro.

—El propósito de Thaidakar.

—El maestro Thaidakar terminará aceptándolo —dijo Iyatil—. Es más listo de lo que le concedes. Se esfuerza en proteger su tierra natal por encima de todo lo demás, pero, cuando hayamos encontrado a Mishram para mis propósitos, lo entenderá. El maestro Thaidakar solo puede proteger su tierra si es posible controlar a las Esquirlas. ¿Eso encajará con tus planes también?

¿Se quedaba callada Shallan o hablaba? ¿Qué sería más sospechoso?

Iyatil la miró, esperando. Shallan se devanó los sesos un momento y probó a asentir de nuevo.

—¿Solo eso? —se sorprendió Iyatil—. Estás muy...

Iyatil se fijó mejor en ella y sus ojos se ensancharon tras la máscara. Explotaron sorpresaspren a su alrededor. Condenación. Se había acabado.

La mujer se abalanzó sobre ella y Shallan le atrapó la mano, esperando un cuchillo, pero Iyatil no estaba atacando. Estaba intentando quitarle la capucha a Shallan, y al bloquearle el brazo se la había apartado ella misma, revelando su peluca.

Iyatil siseó y luego, mientras retrocedía a toda prisa, gritó:

—¡Radiantes! ¡Nos han descubierto!

VEINTISÉIS AÑOS ANTES

El padre de Szeth, Neturo-hijo-Vallano, se arrodilló al lado de la nueva piedra. La madre de Szeth, Zeenid-hija-Beth, estaba supervisando las lecciones de pintura en el pueblo, así que le habían enviado un mensaje por medio de Tek, uno de sus loros portadores. El viento les traía el penetrante aroma de las ovejas, congregadas en el cercano pasto.

Szeth estaba escondido detrás de su padre, asomando un ojo por un lado. No sabía muy bien por qué le daba tanto miedo aquella piedra nueva. Adoraba la roca que ya tenían, y dar con una nueva era sin duda motivo de celebración, pero, para su vergüenza... desearía no haberla encontrado. Las novedades significaban posibles celebraciones, posible atención, posible cambio. Él prefería los días tranquilos llenos de viento lánguido y balidos de ovejas. Las noches junto a la chimenea o la hoguera, escuchando las historias que contaba su madre. No quería nada nuevo y grandioso. Szeth ya tenía lo que le gustaba.

—¿Qué hacemos, padre? —preguntó Elid—. ¿Llamamos a los chamanes de piedra?

—Depende —dijo él—. Depende.

Su padre era un hombre calmado, con una larga barba que le gustaba llevar atada por abajo con una cinta verde a juego con las de los brazos, que formaban entre todas su toque de color. Tenía permitido llevar tres por su posición elevada como instructor de otros pastores. Llevaba la cabeza cubierta por su habitual sombrero alto de junco con el ala ancha, y lucía un poquito de barriga que revelaba su talento como cocinero. Tenía todas las respuestas. Siempre.

—¿Qué duda hay en esto, padre? —preguntó Szeth, mirando desde detrás de él hacia la pequeña piedra—. Tenemos que hacer lo correcto.

Su padre miró hacia su piedra de mayor tamaño y luego hacia la nueva.

—Una sola roca es una bendita anomalía. Dos... podrían significar más. Podrían significar que los spren han elegido esta región.

—¿A qué te refieres? —dijo Elid, con los brazos en jarras.

—Me refiero a que podría haber más rocas ocultas bajo la superficie —respondió su padre—. Los chamanes de piedra querrán aislar la región entera, preservarla y vigilarla durante unos años para ver si emerge alguna cosa más.

—¿Y... nosotros? —preguntó Szeth.

—Bueno, tendríamos que mudarnos —dijo su padre—. Derruir la casa, por si da la casualidad de que está en terreno sagrado. Instalarnos allá donde el granjero encuentre tierra para nosotros. Quizá en el pueblo.

¿En el pueblo? Szeth se volvió y miró hacia el horizonte, aunque las onduladas colinas le tapaban Monteclaro a menos que subiera a una de ellas. Estaba cerca, más o menos a una hora andando, pero era un sitio que le parecía ruidoso, atestado. En el pueblo no daba la impresión de que las montañas estuviesen a tiro de piedra, porque los edificios impedían verlas. Era como si las praderas se hubieran vuelto marrones, reemplazadas por apagadas calles. No se olía la brisa marina.

No era que Szeth odiara el pueblo. Pero le daba la sensación de que el pueblo odiaba las cosas que él adoraba.

—¡Yo no quiero mudarme! —gritó Elid—. ¡Hemos encontrado una piedra! No deberían castigarnos por eso.

—Pero, si es lo correcto —dijo Szeth—, tenemos que hacerlo. ¿Verdad que sí, padre?

Neturo se levantó, tirándose de los pantalones, y esperó. Al poco tiempo Szeth distinguió a su madre recorriendo con prisa el camino entre las colinas hacia su casa. Llevaba una larga falda verde como su toque y, aunque solo era una prenda, el tamaño... bueno, era una cantidad de color audaz para su categoría. Llevaba un delantal blanco, y el pelo castaño claro se le rizaba alrededor de la cabeza como una nube.

Llevaba una de las palas del pueblo, una reliquia hecha a partir de metal que jamás había visto la piedra, por moldeado de almas, creada por un portador de Honor y entregada como regalo.

Szeth se quedó boquiabierto. Aquello no podía significar que...

Su madre llegó junto a ellos con la pala al hombro. El padre de Szeth señaló la piedra nueva con el mentón y su madre dejó escapar un suspiro de alivio.

—¿Tan pequeña? Tu mensaje me había preocupado, Neturo.

—Madre —dijo Szeth—, ¿qué estás haciendo?

—Solo un cambio rápido de posición —respondió ella—. He tomado prestada una pala, pero no le he explicado a nadie para qué. Sacaremos la piedra y la moveremos unos pocos cientos de metros. Dejaremos que llueva un poco y, cuando parezca que ha asomado por sí misma, se lo diremos a todo el mundo.

Szeth dio un respingo.

—¡No podemos tocarla!

Su madre sacó unos guantes.

—Claro que no. Por eso traigo esto, cariño.

—¡Es lo mismo! —exclamó Szeth, horrorizado. Miró a su padre—. No podemos hacer eso, ¿verdad?

Su padre se rascó la barba.

—Supongo que depende de lo que opines tú, hijo.

—¿Yo?

—Tú has encontrado la piedra —dijo su padre, y lanzó una mirada hacia su madre, que asintió—. Así que tú decides.

—Decido lo que sea que es correcto —respondió Szeth al instante.

—¿Es correcto que perdamos nuestro hogar? —preguntó su padre.

—Eh…

Szeth miró hacia la casa.

—Puede que aquí abajo haya docenas de piedras —dijo su padre—. Si es el caso, por supuesto que deberíamos mudarnos. Pero a lo largo de los siglos que lleva lloviendo en esta región, solo han aparecido dos. Así que lo veo improbable. Mover la piedra unos centenares de metros hará que los chamanes vigilen esta zona, pero, estando las rocas tan apartadas, se preocuparán menos. Solo que eso exigiría que la trasladáramos nosotros. En secreto.

—Odiamos a los caminapiedras —dijo Szeth— por su forma de tratar la roca.

Su padre se arrodilló y le puso una mano en el hombro.

—No los odiamos. Es solo que no conocen la manera correcta de actuar.

—Vienen a saquearnos, padre —dijo Elid, cruzándose de brazos.

—Ya, bueno —dijo él—. Esos hombres sí que son malvados, pero no es porque vivan en un lugar con demasiada piedra. Es por las decisiones que toman. —Sonrió a Szeth—. No pasa nada, hijo. Si quieres que informemos de esto, en fin, lo haremos.

—¿No podéis… decirme qué hacer? —pidió Szeth.

—No, me parece que no —dijo su padre—. Es injusto ponerte en ese brete, lo sé, pero los spren te concedieron a ti la primera visión. Debes decidir tú. Podemos mover la piedra o podemos mover nuestra casa. Aceptaré cualquiera de las dos cosas.

—¿Dejamos que lo consulte con la almohada? —propuso su madre.

—No —dijo Szeth—. No. Podemos… mover la piedra.

Los tres se relajaron al oírlo, y Szeth sintió un repentino y vergonzoso resentimiento. Su padre había dicho que Szeth podía elegir, pero era evidente que todos preferían una de las opciones. Y él no la había escogido porque fuese la correcta, sino porque había intuido sus deseos.

Pero ¿cómo podían querer aquello todos si no era lo correcto? A lo mejor estaban viendo algo que él no, a lo mejor Szeth no estaba a la altura. Pero, si fuera así, se habrían limitado a decirle lo que pretendían hacer y lo habrían hecho. Y él no habría tenido problemas con ello. ¿Por qué darle a elegir? ¿No entendían que así convertían aquello en culpa suya?

Su madre se puso los guantes y empezó a cavar. Szeth se encogió cada vez que la pala raspaba la piedra. Ese sonido metálico no era natural. Deseó que descubriesen que la roca era gigantesca, para que no les quedara más remedio que renunciar al plan. Pero resultó ser pequeña. De unos veinte centímetros y un apagado color gris. Szeth podría haberla sostenido con una mano, si hubiera querido.

Moli la oveja se frotó contra él, al parecer percibiendo su tensión, y Szeth se aferró a su lana, a su calor. Hasta su madre parecía un poco dubitativa, después de haber sacado la piedra. Dio un paso atrás, dejándola en el agujero.

—La has arañado —dijo Elid—. Parecerá… un poco evidente.

—Cuando esté enterrada otra vez —respondió su madre—, nadie verá los arañazos.

—¿Nos meteríamos en un lío muy gordo si alguien lo descubriera? —preguntó Elid.

—Sospecho que al granjero no le haría gracia —dijo su padre. Entonces rio, y parecía una risa sincera—. Haría falta bastante tarta para compensárselo. No me mires así, Szeth. Mostramos devoción porque elegimos hacerlo. Por tanto, la clase de devoción que tengamos nos corresponde decidirla a nosotros.

—No… no lo entiendo —dijo él—. ¿Los chamanes de piedra no nos dicen lo que hacer?

—Ellos comparten las enseñanzas de los spren —explicó su madre mientras se ponía la pala al hombro—. Pero nosotros interpretamos esas enseñanzas. Lo que estamos haciendo hoy es lo bastante reverente para mí.

Szeth meditó sobre aquello y se preguntó, dado que aquella no era la primera pista que veía en su vida, si no sería ese el motivo de que eligieran vivir fuera del pueblo. Muchas familias de pastores vivían por lo menos parte del año en él. La familia de Szeth iba de visita cada mes para sus devociones, así que tampoco se atrevía a pensar que su familia no fuese religiosa. Pero, cuanto más crecía, más preguntas le entraban.

¿Cómo le hacía sentir que sus padres estuvieran haciendo una cosa que Szeth sabía que los chamanes no aprobarían?

Seguían todos allí de pie, contemplando la piedra, cuando sonaron los cuernos. Su padre alzó la mirada y entonces susurró una plegaria a los spren de su roca. El cuerno significaba que había incursores en la costa meridional. Caminapiedras.

Szeth sintió una punzada de pánico.

—¿Qué hacemos?

—Reunir a las ovejas —dijo su padre—. Y rápido. Tenemos que llevarlas al valle de Dison, al otro lado del pueblo. El granjero tiene tropas en esa zona. Más hacia el interior, estaremos a salvo.

—Pero ¿y esto? —preguntó Szeth, señalando la piedra—. ¿Y esto?

Su madre, con repentina determinación, se agachó y la agarró con las manos enguantadas. Se quedaron los cuatro muy quietos, mirando hacia su roca familiar. Que permanecía allí, inmóvil. Sin fulminarlos a ninguno. A Szeth le pareció, por la forma en que sus padres se relajaron poco a poco, que no habían estado seguros.

Al menos, aquello indicaba que sus padres no habían estado moviendo piedras en secreto desde que Szeth era pequeño. Su madre fue hasta un árbol que había más cerca de la casa, dejó con cuidado la piedra en un recoveco nudoso entre las raíces y la escondió con hojas.

—Bastará de momento —dijo—. Si los incursores acaban viniendo aquí, no le darán importancia a una roca. No veneran la piedra ni a los spren que viven dentro de ellas. Vosotros reunid las ovejas y yo devolveré la pala.

Su padre y Elid fueron a hacerlo. Szeth abrazó a Moli, deseando que ese día no hubiera empezado nunca.

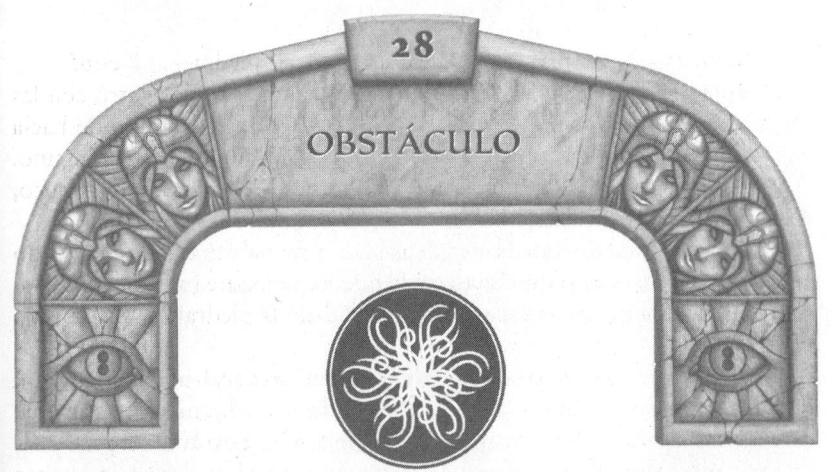

> *No tengo las respuestas, y siempre habrá quienes me censuren por esa decisión que tomé. Pero permitidme enseñaros con esto una verdad que a menudo se malinterpreta: en ocasiones, ponerse en pie y marcharse no es debilidad, sino fuerza.*

De *El camino de los reyes*, cuarta parábola

Iyatil echó a correr hacia la cámara principal, dándole tiempo a Shallan para que metiera la mano en la manga y activara la vinculacaña que llevaba sujeta al brazo. Una pulsación larga, mantenida, que haría que el rubí de la otra vinculacaña brillara de forma intermitente, señalando una emergencia.

Shallan se volvió para subir la escalera corriendo.

Radiante la detuvo. Había engañado a Mraize e Iyatil. Lo había conseguido. Eran solo personas. Mortíferas, capaces, manipuladoras. Pero personas. En algunos aspectos, menos competentes que Shallan, pues, si de verdad tenían spren, eran muy novatos con ellos. Llevarían como mucho unos días vinculados.

En vez de huir, Radiante se arrancó aquella ridícula peluca y la máscara.

—Armadura —ordenó.

¡Shallan!

La recubrió en un latido, y un intenso brillo que salía de la parte delantera del yelmo iluminó la estancia. Patrón llegó a continuación, invocado por ella, como una resplandeciente espada plateada. ¿Y Testimonio?

No iba a pedirle a Testimonio que matara de nuevo. Shallan extendió el brazo izquierdo y Testimonio apareció como un poderoso escudo, sujeto al antebrazo, ligero como una glifoguarda de tela.

Shallan ya no era una niña, confusa, aterrorizada, obligada a matar con un collar regalado. Habría pronunciado la verdad. Y ese día era la Radiante que en otro tiempo solo había podido imaginar.

En la cámara principal de las balas de paja, Iyatil gritó a los demás:

—¡La Tejedora de Luz está aquí! ¡Se hacía pasar por Aleen!

Radiante cruzó el umbral y comprobó las esquinas. Bajó la punta de su arma en dirección a Lieke, que estaba cerca. El hombre enmascarado huyó hacia atrás, pisando miedospren violetas. Radiante no se lo podía reprochar. Enfrentarse a una portadora de esquirlada sin esquirlas no era un acto nada sabio. A menos que fueses un hombre del puente con cara de tormenta, claro.

Al otro lado de la cámara, Mraize se percató de su presencia y sonrió. El muy tormentoso se enorgullecía de ella. Levantó con calma su balista de mano y disparó una saeta normal, sin iluminar. Radiante la desvió sin problemas con su escudo, y entonces la asaltó un nuevo miedo: ¿qué pasaría si la antiluz entraba en contacto con un arma esquirlada?

Tormentas, estaban en territorio desconocido.

Iyatil le arrancó la balista a Mraize de las manos. Cerca, los demás Sangre Espectral estaban ganándose el respeto de Shallan. Cuando había llevado a cabo operaciones similares contra grupos como los Hijos de Honor, había desatado una confusión masiva. En cambio, los Sangre Espectral se movían con deliberada coordinación, desplegándose, dos de ellos invocando hojas esquirladas, los otros desenvainando armas convencionales.

El rápido movimiento de Iyatil hizo evidente por qué se había retirado en vez de enfrentarse a Shallan. Apuñalar a una Caballera Radiante venía a ser inútil, así que necesitaba algo más potente. Sacó una saeta del carcaj de Mraize y alzó la balista ya cargada con ella, refulgiendo. Mraize había elegido un proyectil convencional, pero Iyatil iba a dispararle antiluz tormentosa.

Shallan retrocedió a la sala de los trofeos. Echó una mirada por encima del hombro y vio a los Sangre Espectral replegándose hacia el lado oeste de la gran cámara. Tormentas, pues claro que tenían otra salida. Por los fríos vientos de Condenación que no iban a atraparse a sí mismos, lo cual implicaba que Shallan no podía limitarse a defender aquella sala y esperar a los demás.

Se situó en el umbral y gritó:

—¡Mraize!

Su yelmo amplificó el sonido, como si hubiera pronunciado el nombre con diez veces la fuerza original. «Caray».

¡*Shallan!*, exclamó la armadura, de algún modo transmitiéndole un «de nada».

Mraize dejó de retirarse y se volvió hacia ella.

—¿Vas a convertirte en la presa? —preguntó Shallan en tono imperioso—. ¿Vas a huir ante la sabuesa-hacha?

—Hasta un maestro cazador se oculta de la tormenta —replicó él—. Me enfrentaré a ti cuando llegue el momento, Pequeña Daga.

—¿Por qué no ahora? —preguntó ella, avanzando.

Iyatil estaba tirando del brazo de Mraize para llevárselo, con la balista baja a un lado. Lieke abrió una puerta oculta en la pared occidental. Los otros salieron por ella, uno tras otro, sin empujarse.

Shallan extendió los brazos a los lados y descartó tanto a Patrón como a Testimonio.

—Id a buscar a los demás, a ver por qué tardan tanto —susurró a los spren.

Podía volver a invocarlos, pero no quería ponerlos en peligro si se disparaba aquella saeta. Iyatil apuntó hacia ella con su balista, pero no apretó el gatillo. Sabía que no podría hacer más de un disparo. Los demás estaban escapando, pero, mientras Iyatil y Mraize siguieran concentrados en Shallan, estaría ganando tiempo para que llegase la fuerza de asalto.

—He visto a Mishram —dijo Shallan—. Relámpago en sus ojos. Pelo como la medianoche. La he visto.

Funcionó. Los dos se fijaron en ella incluso con más atención.

—Mishram está presa —replicó Iyatil.

—¿Alguna prisión puede retener de verdad a una diosa? —preguntó Shallan, dando un paso adelante—. Sea cual sea la ventaja que esperáis obtener de ella, estáis equivocados. Es malévola y horrible, la esencia del odio, encarcelada durante dos mil años. Te destruirá, Mraize. Planees lo que planees, el riesgo no merece la pena.

Mraize entrelazó las manos a su espalda y la observó. El argumento no era ninguna maravilla, porque Mraize siempre estaba dispuesto a hacer grandes apuestas y no lo movía el miedo, pero no se le había ocurrido nada mejor en el momento.

Aun así, tenía la mirada fija en Radiante. ¿Estaba pensando en lo que había dicho o...?

No, aportó Velo. Está pensando en cómo lo hemos sorprendido al colarnos aquí. Y en lo atrevidas que somos quedándonos plantadas delante de esa arma.

—No tenemos por qué ser enemigos —le dijo a Mraize.

—No eres mi enemiga —respondió él—. Eres mi obstáculo.

Iyatil se movió.

Va a disparar.

Shallan se arrojó a un lado mientras espiraba y expulsaba toda su luz tormentosa a propósito. Utilizó parte de ella para crear dos ilusiones de sí misma, una saltando en sentido opuesto y la otra estática.

Iyatil localizó a la Shallan correcta y disparó.

¡Vete!, ordenó Shallan a la armadura.

¿Shallan?, enviaron los spren, pero obedecieron y se esfumaron justo en el instante en que la saeta de ballesta se le clavaba en las costillas. Shallan rodó mientras caía, con un gruñido por la repentina sacudida de dolor. Estuvo a punto de absorber luz tormentosa, pero se contuvo a la fuerza. No. *No.*

El proyectil tenía la punta metálica y una gema enganchada en el asta. Esa punta… estaba diseñada, como las armas de los Fusionados, para desplazar luz. En ese caso, inyectaba la antiluz, haciendo que le recorriera el cuerpo. No dolía, al menos no en comparación con la herida en sí, pero estaba *mal*. Era un frío que le merodeaba por las venas, transportado de un lado a otro de su cuerpo con cada latido del corazón.

Unos dolorspren treparon desde el suelo de piedra a su alrededor. Aquella sensación era antinatural, contraria a su misma esencia, pero… Shallan sintió que podría haberla absorbido, como si fuese luz tormentosa normal. Decidió no intentarlo, ya que no parecía capaz de hacerle daño mientras apretase la mandíbula para aguantar el suplicio y se negara a usar la luz tormentosa que la sanaría. Porque si las dos se juntaban…

Entre lágrimas de dolor, vio que Mraize cogía a Iyatil por el brazo y señalaba hacia la salida. Pero ella sacó un cuchillo de la vaina que llevaba al cinto y avanzó en dirección a Shallan.

Entonces, por suerte, algo los distrajo. ¿Gritos procedentes del pasillo oculto?

El techo del centro de la cámara, entre Shallan y ellos dos, se fundió.

Cayó piedra derramada de un agujero que tendría unos dos metros y medio de diámetro, como si de pronto se hubiera transformado en barro. Salpicó en el suelo de la caverna, fallándole al estrado por escasos centímetros y sin alcanzar a ninguna persona, y al instante se endureció. Por el hueco entró una docena de Corredores del Viento, uno tras otro, y Shallan vio que el último transportaba a Erinor, el marido de Darcira, un Custodio de la Piedra. Eso explicaba lo del barro.

Con la mano en la herida y los dedos ensangrentados alrededor de la saeta de ballesta, Shallan miró a Mraize a los ojos.

Entonces Lieke, que se había quedado atrás, Iyatil y él desaparecieron. El aire a su alrededor se distorsionó con un leve tinte entre negro y violeta y los tres se esfumaron.

Szeth calló después de haberle hablado a Kaladin un poco sobre su familia, cuando ya llevaban unas horas cruzando el bosque. Una historia sobre el descubrimiento de una piedra, contada un poco a trompicones. Kaladin no había interrumpido la narración, contento de que el otro hombre por fin se sincerara un poco. Además, aprender sobre los shin era interesante por sí mismo.

Esa vez, cuando Szeth dejó de hablar, ya no continuó.

—¿Oíste un cuerno? —lo animó Kaladin al cabo de un tiempo—. ¿Qué significaba?

—He terminado por ahora —dijo Szeth.

Kaladin suspiró, pero no dio más signos de estar molesto. Por lo menos, aquella historia había sido algo. No tardaron en llegar a un despeñadero.

Allí el camino descendía en una serie de escarpados serpenteos, así que tomaron un pequeño atajo aéreo. Kaladin se sintió vigorizado, bañándose en la luz de un sol que había superado su cénit y descendía ya hacia el horizonte.

—¿Tenéis bosques cerca de tu hogar? —preguntó Szeth mientras descendían con parsimonia, rozando la punta del follaje.

—No como este —dijo Kaladin—. No había visto nunca un verdadero bosque hasta que llegué a las Llanuras Quebradas e hice una excursión a la zona de cosecha, a medio día de marcha al norte.

—Yo pensaba que no podían existir árboles fuera de Shinovar. —La luz tormentosa escapó de entre los labios de Szeth—. ¿Cómo iban a crecer sin tierra fértil?

—Pues yo —dijo Kaladin— no me imaginaba que los tuvierais aquí. Sin nada a lo que pudieran agarrarse sus raíces.

Szeth gruñó al oírlo y se enlazó en un descenso constante por la ladera. Kaladin lo siguió mientras los árboles menguaban y Szeth y él iban aproximándose al verdadero Shinovar, una extensa llanura de vibrante verde. Kaladin había estado en muchos campos, pero se dio cuenta de que nunca había visto un lugar tan vivo como aquel prado. Aunque, de nuevo, no había ningún vidaspren, cosa que le pareció rara.

En todo caso, los campos de casa tenían hierba, pero las briznas estaban más espaciadas y dejaban ver la piedracrem marrón de debajo. Allí la hierba crecía como el musgo, alcanzando una densidad agresiva. Como si las briznas individuales hubieran formado turbas, ejércitos, bloques de picas.

Siguiendo a Szeth, Kaladin aterrizó en un saliente de la ladera. Mientras Szeth se sentaba para examinar el terreno que se extendía ante ellos, Kaladin anduvo hasta el borde, sintiendo cómo se le agotaba la luz tormentosa y su peso completo se asentaba en él, cómo sus pies se hundían más de lo acostumbrado en el blando suelo. El paisaje, con sus suaves colinas verdes y su grueso manto de hierba, le recordaba a un océano. Cada pendiente una ola, cada árbol un barco. Había hasta lo que creyó que podría ser una manada de caballos salvajes en la lejanía. Increíble.

—Ahora lo entiendo —susurró.

—¿El qué? —preguntó Szeth.

—Veo cómo sobrevive tu tierra. Esa hierba… no se mueve, no reacciona. Pero da la impresión de que podría tragárselo todo. De que quiere consumirme.

—Y lo hará, cuando mueras —respondió Szeth en voz baja—. Nos tomará a todos. Sin duda, más tarde de lo que merecemos.

Qué forma de pensar tan maravillosa. Syl aterrizó al lado de Kaladin mientras adoptaba su forma a tamaño humano y con matices violetas. Sonreía de oreja a oreja, por supuesto.

—¡Mira esos árboles solitarios! —exclamó, señalando—. Míralos ahí plantados, todos solos, sin preocuparse de nada en el mundo.

Allí los árboles no necesitaban compañeros con los que entrelazar las raíces. Pero lo que más raro le resultó a Kaladin, cuando por fin se le ocurrió prestarles más atención, fueron los edificios. Aquella región no estaba demasiado poblada, pero se distinguía un pueblo, quizá del tamaño de Piedralar, además de varias granjas apartadas.

Esas construcciones no parecían nada bien protegidas, casi como si les gritasen a las tormentas que se las llevaran. Estaban lejos, pero le dio la sensación de que eran de madera, y parecían endebles. Con paredes verticales en el lado este, y nada menos que ventanas también en esa parte. Kaladin sabía que la gente de allí no tenía que combatir las tormentas, pero aquellas casas lo ponían nervioso. Le hacían pensar que la gente debía de ser débil, inocente, necesitada de protección. Como niños perdidos vagando por un campo de batalla.

—Esto está mal —dijo Szeth.

—Sí —convino Kaladin, arrodillándose junto a él en la hierba, que les llegaba a la pantorrilla—. ¿Cómo vive aquí la gente?

—En paz, cuando los tuyos se lo permiten —respondió Szeth, con los ojos entornados.

Estaba sentado en una postura algo incómoda, con su extraña espada negra sujeta a la espalda. Era un buen ejemplo de por qué la gente solía invocar las hojas esquirladas, en vez de llevarlas. Aquella arma tenía un tamaño poco manejable: demasiado larga para envainarla a la cintura, pero difícil de desenfundar cuando se llevaba así a la espalda.

Szeth le lanzó una mirada y negó con la cabeza.

—Hay algo que está mal aquí. No las cosas que ves tú con la perspectiva de un caminapiedras, Kaladin. Fíjate. ¿La región no te parece más... oscura de lo que debería?

Kaladin siguió el dedo con el que Szeth señalaba hacia una elevación a su derecha, siguiendo los acantilados de la montaña. Sí que estaba más oscura que las piedras y la tierra de alrededor. Pero... no había ninguna nube visible que proyectara esa sombra. Kaladin entornó los ojos y le pareció entrever unas volutas de negrura elevándose del suelo.

—¿Qué hay ahí? —preguntó.

—El monasterio —dijo Szeth—. Tenemos diez. La mayoría albergan las hojas de Honor.

Las legendarias armas de los Heraldos. Szeth había empuñado una cuando mató al rey Gavilar. Luego, por desgracia, había caído en otras manos... en las de un hombre que debería haber sido el hermano de Kaladin.

—¿Guardáis las hojas de Honor en monasterios? —preguntó Kaladin.

—Uno por cada orden Radiante, aunque la hoja de Talmut no está, claro, como tampoco la de Nin. Ahora Ishar también ha reclamado la suya. En todo caso, cuando alguien recibe el mismo honor que se me concedió a mí en mi juventud, viaja de un monasterio a otro en peregrinaje, para entrenar en los que tienen una hoja de Honor y dominar todas las potencias. Ese de ahí delante es el primero en el que viví, pero no tiene hoja.

—¿Cuál es? —preguntó Syl desde el borde del saliente, con la mirada fija en paralelo a la falda, hacia aquella lejana fortaleza de la cumbre—. ¿Qué hoja debería haber en él?

—La de Talmut. Vosotros lo llamáis Talenelat, o Taln, el Portador de las Agonías.

—Esa oscuridad —dijo Kaladin— me recuerda a la que rodeaba el palacio de Kholinar. Allí vivía un Deshecho. ¿De verdad conociste a uno aquí, en Shinovar?

—Sí —respondió Szeth con suavidad.

—¿Cuándo fue eso? —preguntó Kaladin y, esperando animar a Szeth a contarle más, añadió—: ¿Después de que descubrieras una piedra en el terreno de tu familia?

—La reunión fue muy posterior —dijo Szeth—, pero ese día, el de la piedra y la incursión… ese día fue el principio.

—¿Quieres seguir contándomelo? —preguntó Kaladin.

—Nada de eso importa. Lo único relevante es la misión.

—¿Y la gente, tu familia, el…?

—Nada de eso importa —repitió Szeth—. Deberíamos hacer noche aquí y visitar el monasterio por la mañana. A no ser que quieras investigarlo ya.

Kaladin contuvo su enfado con Szeth y miró de nuevo aquella zona de oscuridad. Luego echó un vistazo hacia el sol, que ya estaba próximo al ocaso. No estaba seguro de cómo se relacionaba todo aquello: Ishar, lo que le había encargado Dalinar y la historia de Szeth. Pero, si de verdad había un Deshecho, prefería no arriesgarse a encontrarlo de noche. Kaladin se había enfrentado a aquellos seres en Kholinar, y no había logrado proteger a la gente. Incluso el Deshecho al que había derrotado más adelante, el que había ocupado el cuerpo de Amaram, había sido peligrosísimo.

—Acampar suena bien —dijo Kaladin—. Pero retrocedamos un poco, detrás de ese recodo, para resguardar la hoguera y cocinar a gusto.

—No necesitamos cocinar nada —protestó Szeth—. Traemos raciones de viaje.

Pero Kaladin insistió. Y Szeth fue tras él y no puso más objeciones a encender un fuego, por suerte. Porque Kaladin necesitaba que ese hombre se sincerase.

Y se le había ocurrido probar un viejo truco.

> *Quienes hacen una condena general son unos necios, pues cada*
> *situación merece su propio estudio y rara vez se le puede aplicar sin*
> *más una máxima, ni siquiera una de las mías, sin sopesar con deteni-*
> *miento el contexto.*

De *El camino de los reyes*, cuarta parábola

Shallan se quedó boquiabierta, tumbada en el suelo del escondrijo de los Sangre Espectral. Miró como una anguila asfixiada hacia el lugar donde habían desaparecido Mraize y los demás. ¿Cómo? La estrambótica imposibilidad de que hubiera sucedido hizo que el dolor de la herida remitiera por el momento. Eso había sido…

… trasladarse a Shadesmar. Igual que podía hacer Jasnah. ¿Los habría salvado Sja-anat? No. Uno de ellos era un Nominador de lo Otro, o quizá un Escultor de Voluntad. La versión corrompida de un Radiante.

«A Renarin no le gusta que los consideremos corrompidos», pensó con una mueca, recordando el dolor.

Bueno, por lo visto se había equivocado al pensar que los Sangre Espectral no tenían experiencia con sus capacidades. ¿Era posible que Iyatil hubiera vinculado un spren antes de lo que Shallan había supuesto? Tendría que preguntárselo a Sja-anat. Pero antes, se agarró el costado ensangrentado mientras los Corredores del Viento se desplegaban por la cámara y unos cuantos salían en persecución de los Sangre Espectral huidos.

—¡Shallan! —exclamó Darcira, arrodillándose a su lado. Shallan no había visto entrar a la otra Tejedora de Luz—. ¡Estás herida! ¿Cómo es posible? ¿No has invocado tu armadura?

—Antiluz —gruñó ella—. No podía permitir que impactara en la armadura. No sé lo que les habría hecho a los spren. —Torció el gesto—. La saeta ha entrado demasiado baja para perforarme el pulmón, o estaría tosiendo sangre por todo el suelo. Ha raspado entre las costillas, eso sí. La noto. —Shallan hizo acopio de valor—. Sácala. Está inyectándome antiluz tormentosa.

La otra mujer se la arrancó, y Shallan apretó los párpados con fuerza para resistir el dolor atroz. Respiró con inhalaciones someras para controlar el suplicio y continuó sintiendo aquel frío en las venas. La antiluz palpitaba con un sonido extraño, desafinado. Como el chirriar de hueso contra piedra. Fue remitiendo poco a poco.

Abrió los ojos y vio cómo se evaporaba desde su piel, además de unos cuantos dolorspren que reptaban a su alrededor, varios de ellos de un color distinto. Los zarcillos de antiluz terminaron desapareciendo. Shallan aún esperó un poco más, pero estaba empezando a marearse. Así que, por fin, respiró hondo y se llenó de luz tormentosa. El poder se puso manos a la obra de inmediato, y Shallan no explotó, cosa que siempre estaba bien.

—No deberíamos haberte enviado a ti sola —dijo Darcira.

—¿Sola? Darcira, las dos sabemos que mi ego es lo bastante grande para valer por entre dos y cuatro personas, según el día y mi estado de ánimo.

Shallan tomó un largo aliento entrecortado y, cuando exhaló, salió de ella menos luz tormentosa que de costumbre. Un juramento elevado significaba que todo lo que hacía era más efectivo: sanaba mejor, conservaba la luz tormentosa más tiempo y era menos… porosa a su fuga.

Darcira quitó su pañuelo sanguinolento de la herida.

—Por lo menos, llevabas una buena armadura convencional, para ser de cuero. Parece haber absorbido buena parte del impacto. Disparada de tan cerca, habría esperado que la saeta te atravesara del todo, pero apenas te ha hecho un pinchazo en el espaldar.

—Igual se ha perdido —dijo Shallan—. Fíate de alguien que vive aquí dentro: mi interior puede ser un lugar confuso.

—No, hablo en serio —insistió Darcira—. No creo que esto sea piel de puerco. Es otra cosa. Supongo que procedente de… ya sabes…

Ya. Shallan estaba llevando el pellejo de algún animal de otro planeta, que tenía la piel más lisa y gruesa que el cerdo. Tormentas. Qué revelación más surrealista. Shallan consiguió ponerse en pie y se limpió las manos con un paño que le dio Jayn, recién llegada con los demás Tejedores de Luz desde la sala de los trofeos.

—¿Por qué habéis tardado tanto? —les preguntó—. Hace una eternidad que he dado la señal.

—Erinor había hablado con las piedras —dijo Darcira—. Le habían dado la impresión de que había una salida secreta que bajaba hasta los abismos. Justo estábamos explorándola cuando has hecho la señal, y de pronto la gente ha empezado a huir por ahí.

—Se nos ha ocurrido atraparlos cuando salieran, pero enviarte apoyo de todos modos —añadió Jayn—. Debes de haberlos asustado cosa mala, brillante. ¡Han salido corriendo sin mirar primero! —Hizo una mueca—. Siento que te hayan dado…

—Me he dejado alcanzar aposta.

Shallan se sentía fuerte, incluso emocionada, desde que tenía luz tormentosa en las venas. Jayn le ofreció su cartera, con la correa atada de cualquier manera y el cuero en relieve con Patrón, que al parecer había seguido sus instrucciones y buscado a los demás. Shallan se echó la cartera al hombro.

—Mmm… —dijo Patrón, pasando a su ropa—. Me alegro mucho de que no te hayas dejado matar mientras yo no estaba. Me gustaría estar presente cuando mueras. Es una cosa que los amigos hacen por sus amigos.

Shallan fue al lugar del que habían desaparecido Mraize y los demás. ¿Podría seguirlos? Sus poderes tenían una relación extraña con Shadesmar. Siempre había tenido problemas con aquello, desde la primera vez que había experimentado en Kharbranth.

O más bien… no… esa no había sido la primera vez…

Mientras los otros Radiantes seguían explorando, y mientras se alegraba en particular de haber capturado aquellos trofeos para su estudio, recurrió a la luz tormentosa para echar un vistazo en aquel otro mundo, lleno de esferas arremolinadas bajo un frío sol. Se contuvo y se limitó a mirar, buscando.

Tres personas en una barca pequeña tirada por mandras, que se dirigían a una plataforma próxima con unos spren inmensos encima. Mraize, Iyatil y Lieke. Una figura alta, dos más bajas. Tenían planeada aquella vía especial de escape e iban en dirección a Urithiru. Su célula de allí había recibido un golpe terrible, pero ya habían puesto algo en marcha relacionado con Dalinar. Una estratagema para encontrar a Ba-Ado-Mishram, la Deshecha.

Casi trató de meterse del todo en Shadesmar, cosa de la que no debería ser capaz con sus poderes, pero que ya había hecho de todos modos. Dos vínculos. Dos spren. Tormentas, eso explicaba algunos acontecimientos curiosos de su pasado: en vez de que Shallan los atrajera a ellos a su propio dominio, eran ellos quienes tiraban un poco de ella hacia el suyo.

Parpadeó, echando a un lado esa visión. No debería enfrentarse sola a los Sangre Espectral, pero tenía una idea sobre a quién acudir en busca de ayuda.

—Y así —dijo Lift, que estaba royendo los últimos restos de carne de un hueso— es como se construye un orinal explosivo.

Gavinor, actual heredero de Alezkar, el hijo de cinco años del rey Elhokar, asintió con gesto solemne. Era menudo para su edad, y la gente siempre lo tomaba por un niño mucho más pequeño. Lift no, porque había conocido a niños como él en los orfanatos. Niños que habían visto demasiado.

Estaban los dos sentados sobre una mesa fuera de la sala donde Dalinar,

Navani y Sagaz estaban explicándoles algo a Sebarial y Aladar. Al pasar, Dalinar había sido muy específico diciéndole que no intentara colarse.

Tormentoso Dalinar. Tormentoso Sagaz y su tormentoso y estúpido secretismo. Lift sabía cosas. Podría haber estado allí dentro, escuchando las conversaciones importantes.

Pero en fin, por lo menos nadie allí, en la sala de conferencias donde planificaban las próximas batallas, la había echado. Era Radiante, y la primera Danzante del Filo que habían encontrado, nada menos. Pero no lideraba su orden. Eso lo hacía la famélica Baramaz con sus famélicos dientes perfectos y su pelo moreno corto que tenía justo la cantidad perfecta de rizo. Sonreía demasiado. De acuerdo, sí, Baramaz no se caía tanto al suelo cuando usaba sus poderes. Pero últimamente Lift apenas se caía ya tampoco cuando lo hacía.

Fue un golpe de suerte que Sigzil pasara por delante. Los ojos de Lift lo siguieron mientras, distraída, bajaba el hueso desde los labios.

—A ese te lo quedas mirando mucho, ama —dijo Wyndle, cobrando forma a su lado como un montón de enredaderas.

A Wyndle le gustaban los cambios en la torre, porque le permitían hacerse visible para cualquiera. En los últimos tiempos solía crear una cara graciosa para relacionarse con la gente, parecida a la que tenía en el otro lado. Regordeta y redonda, con bigotito y unos ojos de gema que parecían anteojos. A él no le parecía graciosa, claro. Ni los cerdos sabían que apestaban, tampoco.

—No me lo quedo mirando —dijo Lift mientras veía cómo el Corredor del Viento azishiano daba órdenes a unos subordinados.

Qué seguro de sí mismo, y a la vez qué diligente. No era un bruto, como muchos alezi. Sigzil pensaba. Era listo. No tan alto como para resultar intimidante, pero sí lo suficiente para ser imponente.

—Disculpa —dijo Wyndle—, pero estás mirándolo ahora mismo.

—¿Tú crees que le gustará la poesía? —preguntó Lift.

—¿Y a quién no? —dijo Wyndle—. ¡Eh, yo he escrito diecisiete poemas sobre la deliciosa naturaleza de los taburetes iriali!

—Cállate —le espetó Lift—. Gav, ¿tú crees que le gusta la poesía?

—No... no sé lo que es —dijo Gav.

—Ya. —Lift seguía mirando a Sigzil—. Yo tampoco.

—¿Qué? —exclamó Wyndle.

—Solo es una palabra que les oigo decir a las chicas. Es algo sobre palabras y mierdas del estilo, ¿verdad?

Wyndle suspiró.

—Ama, por favor, no emplees una terminología tan soez.

—Ese fervoroso de la espada lo hace.

—Zahel no es ningún buen ejemplo de conducta. —Wyndle se irguió—. Eres una Caballera Radiante. Un faro de esperanza para todo el mundo. No deberías decir vulgaridades, y además, ni siquiera has usado bien la palabra. No tiene sentido en el contexto lingüístico que le dabas.

—Pues es como la usa él —murmuró Lift.

Ese hombre hablaba raro a veces. Raro e interesante. Pero nadie lo había visto desde el ataque a la torre. Seguro que estaría en algún sitio durmiendo. Era un tipo listo. Siempre parecía saber cuándo iban a intentar obligarlo a hacer algo, y se marchaba de allí bien rápido.

Aun así, quizá fuese cierto que Lift debiera dar mejor ejemplo.

—Gav —le dijo al príncipe—, olvida que me has oído decir esa palabra.

—¿Poesía? —preguntó él.

—Sí. Exacto. Esa misma. Es una palabra muy fea.

Gav asintió con solemnidad. Sí, ese chico era demasiado serio, desde luego. Lift se había esforzado en trabar amistad con él durante el último año, después de su rescate de Kholinar. Por suerte, no había estado en la torre durante la invasión, sino con su abuelo de campaña.

El chico no hablaba mucho. Lift había aprendido que a veces para escuchar, y para oír de verdad a la gente, también había que estar presente cuando no hablaban.

Ese día, sin embargo, se abrió más que de costumbre.

—Lift, ¿tú crees que mi yayo y mi yayi… me quieren? ¿O están tristes porque tienen que cuidar de mí?

Lift no rodeó al niño con el brazo, aunque quería hacerlo. Gav siempre se encogía cuando lo tocaba alguien que no era de su familia, y había que aprender a ver esa clase de cosas. Los abrazos no siempre valían para todo el mundo.

Pero sí que le dio un codazo en las costillas.

—Te quieren. La gente mayor siempre está ocupada y a veces se olvida de que somos personas y nos gusta tomar decisiones también.

Gav asintió y miró hacia la puerta cerrada, al otro lado de la sala.

—Tú te cuelas donde no debes.

—¡Ajá!

—Está mal. No tendrías que hacerlo.

—Gav —dijo ella—, a veces hay que hacer las cosas que no deberías hacer.

—¿Por qué?

—Este mundo —respondió Lift— está lleno de cosas que la gente cree que no debes hacer, pero que en realidad están bien. También está lleno de cosas que es verdad que no deberías hacer jamás de los jamases. Y nadie te dice cuáles son cuáles, así que tienes que aprender a distinguirlas tú.

—Qué difícil.

—Ya lo creo —dijo ella, mirando los respiraderos de la pared.

—¿Vas a intentarlo otra vez? —preguntó Gav—. ¿Aunque él te haya dicho que no?

—Puede —reconoció Lift—. Con Dalinar hay que tener cuidado. Es viejísimo, viejo en plan las montañas y mier… hum… y cosas por el estilo. Pero, no sé por qué, no sabe que hay cosas que la gente debería hacer aunque todo el mundo diga que no están bien, ¿sabes?

Gav se limitó a mirarla, patidifuso.

—Tú confía en mí —dijo Lift—. ¡Huy! Ahora que me acuerdo. Torre, ¿estás ahí?

El spren de la torre apareció al lado de Lift como una columna de luz que se extendía entre sendos discos que había en el suelo y el techo. Lift le caía bien, por lo maravillosa que era. Qué raro que no opinara lo mismo más gente.

—¿Qué? —dijo el Hermano.

—¿Has encontrado ya a mi pollo? —preguntó Lift.

—No hay ningún pollo en mis salones que encaje con tu descripción.

—¡Está aquí! —insistió ella—. Busca otra vez. Es rojo, y tiene pico y plumas. Y dice cosas. Como si fuera una persona.

—Me lo has descrito muchas veces, Lift.

—Estaba herido y asustado. Se lo llevaron cuando yo estaba enjaulada. Tienes que encontrarlo, para que pueda ayudarlo.

El Hermano guardó silencio. Aquella gente espantosa debía de haberse llevado el pollo a algún sitio, con el tipo de la cicatriz y las muchas sonrisas. Lift iba a encontrarlo. A su lado, Wyndle creó una enredadera y le dio unas palmaditas en la espalda, cosa que estuvo bien.

Y aún estuvo mejor que al poco tiempo llegara Drehy volando para informar. Y Condenación, ¿de verdad tenía que llevar el uniforme tan ajustado? Lift se inclinó de lado para ver mejor cuando el Corredor del Viento se inclinó sobre la mesa de los mapas. «Condenación».

—¿Ese de ahí? —se sorprendió Wyndle—. Pero si es justo lo contrario de Sigzil. ¿Por qué miras a ese?

—Si lo preguntas —dijo Lift—, es porque ni tienes criterio ni lo conoces.

—Está casado, ¿sabes?

—Sí —respondió ella, inclinándose más de lado—. Y su marido también está que no veas. No me parece nada justo. ¿Es así de guapo, puede volar y, para colmo, tiene un marido que también está de muerte? Es cosa de los Corredores del Viento, Wyndle, créeme. Pasa algo con ellos. ¿Sabes que no he visto nunca a ninguno de ellos estamparse en una pared? Ni en una pequeñita.

—Wyndle —dijo Gav en voz baja—, ¿los spren tenéis familia?

—¡Vaya, por supuesto que sí, alteza! —exclamó Wyndle—. Aunque solo necesitamos un progenitor, por lo que muchos spren no se vinculan en pareja. ¡Pero tampoco es raro que lo hagamos! Caray, si hasta tenemos casos de matrimonios formales. Yo tengo una madre, un alma querida y amable que dedica su tiempo a cuidar de su huerto de zapatos.

Gav asintió, con las rodillas contra el pecho y la mirada fija en el suelo.

—Mi madre me entregó a los Portadores del Vacío —dijo con un hilo de voz— para que me torturaran y me mataran.

Lift hizo una mueca.

—Creo que ahora está muerta —añadió Gav, todavía con menos voz—.

No quieren decírmelo. Soy demasiado pequeño. Pero mi padre sí que está muerto. Lo mataron cuando intentaba rescatarme.

—Eso es… —dijo Wyndle—. O sea… lo siento.

—Fue muy valiente —susurró Gav—. No me acuerdo bien de su cara, pero era muy valiente. Él sí que me quería. Él vino a salvarme. Y entonces… entonces lo mató el traidor, Vyre.

—Eh —dijo Lift, dándole un suave codazo—. Eh.

Gav la miró.

Lift acercó la mano hacia él, con dos dedos estirados. Despacio, el chico la imitó, hasta entrelazar los dedos con los suyos. Era su saludo secreto. El secreto era que los saludos secretos eran una idiotez, pero a veces los usabas de todos modos. Sobre todo, para reconfortar a tus amigos asustados.

—Ahora tienes un sitio —le dijo—. Recuérdalo.

Gav asintió. Necesitaría más recordatorios. Igual que ella a veces.

—¡Ya lo creo que sí! —añadió Wyndle—. ¡Tienes unos abuelos que te adoran!

—El yayo iba a jugar conmigo a las espadas hoy —dijo Gav, secándose la nariz.

—Ya, bueno —respondió Wyndle—, pero es que el mundo está como en pleno final o así. Eso tiene preferencia, diría yo.

—Voy a aprender —dijo Gav mientras un pequeño furiaspren se acumulaba debajo de él, como sangre burbujeante—. Aprenderé a usar una hoja esquirlada. A luchar. Y entonces buscaré a todos los que le hicieron daño a mi padre y los mataré. Haré que sus ojos ardan y luego, cuando estén muertos, trocearé sus cadáveres.

Miró hacia Lift y luego volvió a bajar los ojos, avergonzado.

—Vale, bien —respondió ella—. Y yo te los sujetaré. ¿Trato hecho?

Gav volvió a mirarla y por fin, por primera vez en todo el día, sonrió. En fin, la venganza no iba a ser tan divertida como él creía, y lo más probable era que debiese renunciar a ella. Pero tenía solo cinco años. Lo que necesitaba en esos momentos era una amiga, no otra persona más diciéndole que madurase.

Además, la madurez era un asco. Lift resistió el impulso de rascarse por debajo del chal, que llevaba apretado en torno al pecho. Entonces Sigzil pasó por delante otra vez y ella, distraída, sacó otra costilla del bolsillo y empezó a darle mordiscos mientras lo miraba.

—No me lo explico —dijo Wyndle—. ¿Cómo es que no quieres crecer y, a la vez, te pasas la mitad del tiempo babeando por los hombres? ¿No ves la contradicción?

—No —replicó ella—. No seas idiota.

—Pero tu interés por los hombres es una prueba evidente de tu avance hacia la madurez. Eso no parece molestarte, pero en cambio aborreces que se manifiesten tus características sexuales secundarias y…

—Oye, torre —lo interrumpió Lift.

De nuevo apareció la pequeña columna danzante de luz, aunque Lift era consciente de que sería invisible para otros humanos. Lift veía un poco en el otro reino. Era algo relacionado con lo que le había sucedido cuando fue a ver a la Vigilante Nocturna, esa mentirosa embustera que no cumplía sus promesas.

—¿Sí? —dijo el Hermano.

—¿Todos los cultivacispren son así? —preguntó Lift—. ¿O es que a mí me tocó la coria?

—¿Qué es una coria?

—Él.

—Existe una gran variedad de personalidades entre todos los spren, Lift, —dijo el Hermano—. Por tanto, cabría afirmar que a ti te tocó la coria. Sea lo que sea.

Ella gruñó, lanzándole una mirada a Wyndle.

—Me gusta ser una coria —dijo él, con la barbilla hacia fuera, aunque en realidad no tenía cuerpo, sino solo enredaderas y cabeza—. Tienes suerte. ¿Crees que cualquier spren de por ahí aguantaría tus insultos?

—No son insultos —murmuró Lift—. Son guasas.

—Deberías estar agradecida —dijo la torre—. Wyndle tiene razón. Sois relativamente pocos los humanos elegidos para el privilegio de un vínculo Radiante.

—Pero ¿qué sabrás tú? —replicó ella—. Solo eres un edificio.

—¿Y? —preguntó la torre.

—Y la gente se tira pedos dentro de ti. A todas horas o así. Seguro que la mitad de la gente de esta sala está haciéndolo ahora mismo.

—Eres consciente —respondió la torre— de que tú albergas millones de formas de vida, ¿verdad? Existen en tus tripas, en tu piel, por todas partes.

—¿Qué? —exclamó Lift.

—¡Ah! —intervino Wyndle—. Eso ya lo había oído. ¡Gérmenes, sí! Sabiduría de los Heraldos. ¡La gente con un sentido vital muy detallado y específico puede sentirlos, dicen! Millones y millones de criaturas minúsculas que viven en la piel de los humanos.

—Les gustan en particular los folículos pilosos —dijo la torre—. Los percibo en ti, Lift.

Lift se miró las manos, horrorizada.

—Y sí —añadió el Hermano—, pasan ahí la vida entera. Comiéndose los pedacitos de piel muerta que se descascarillan. Defecando sobre ti. Eres una torre igual que yo, Lift. Todos los humanos lo sois.

—Eso es lo más asqueroso que he oído en la vida. —Lift miró a Gav—. Eh, Gav, ¿tú sabías que tenemos a millones de criaturas diminutas viviendo en nosotros?

—¡Qué asco!

—¿Verdad? Genial.

—Pero si hace un momento —le envió la torre— ¡estabas diciendo que no merece la pena escucharme porque tengo dentro a cosas que se tiran pedos!

—¿Y? —dijo Lift.

—¡Pues que tú también! ¡Así que nadie debería escucharte tampoco!

—Gav —dijo ella—, ¿la gente debería escucharnos cuando hablamos? Sobre cosas importantes, me refiero.

—Claro que no —respondió Gav—. Somos niños.

Lift miró hacia la refulgente columna de luz y se encogió de hombros.

—De verdad que no tengo ni idea de por qué empecé a hablar contigo —dijo la torre.

—Es porque percibiste el toque de Cultivación en ella —aportó Wyndle, ajeno por completo al contexto de la queja de la torre. Como de costumbre. Menuda coria.

Pero… en fin…

La verdad era que Wyndle sí que la soportaba. Bien sabían las tormentas que a ella no le gustaría tener que hacer lo mismo.

—Oye —le dijo al spren—. Gracias.

—¿Por qué? —preguntó él, frunciéndole el ceño.

Ella alargó la mano, con dos dedos estirados y en gancho, como una garra. Wyndle la contempló y entonces puso los ojos como platos, anonadado. Temblando, formó una mano a partir de enredaderas y la juntó con la de ella.

—¿Puedo hacer el saludo secreto? —susurró.

—Pero no se lo expliques a nadie —dijo ella.

—Tiene que seguir siendo especial —añadió Gav.

—Es… es un honor —dijo Wyndle.

Por fin, después de una eternidad, se abrió la puerta que daba a la otra sala. Sagaz, Dalinar y Navani salieron dando zancadas y fueron derechos hacia los elevadores, con el rostro decidido. Detrás de ellos, Aladar y Sebarial parecían pero que muy desencajados.

Condenación. Habían decidido alguna cosa importante.

—¿Yayo? —dijo Gav, poniéndose de pie encima de la mesa—. ¿Jugamos a las espadas?

Dalinar se detuvo entre sus generales y eruditos.

—Aún tengo otra cosa más que hacer, hijo. Lo siento.

Gav se marchitó como una planta sin agua. Se hundió en la mesa, atrayendo el largo banderín gris de un melancospren, y con la clase de expresión en la cara que ningún saludo secreto podría arreglar.

—Puedes bajar en el elevador con nosotros, Gav —dijo Navani—. Así estamos juntos un ratito. Venga, ven.

Ansioso, el chico bajó de un salto y corrió hacia ellos. La niñera se les unió después de haber estado en la mesa de los aperitivos, bajo la errónea suposición de que podía confiarle a Gav a una Radiante. Lift sacó la última costilla de cerdo del bolsillo mientras veía alejarse al grupo.

—Yayi —dijo Gav mientras caminaban—, ¿qué significa «mierda»?

Lift hizo una mueca. Quizá… quizá enseñarle palabrotas al príncipe heredero no había sido su jugada más hábil. En el fondo, y que nadie se enterase, ella también era un poquito coria, ¿verdad?

—Me impresionas, ama —dijo Wyndle—. ¡No has exigido acompañarlos!

—Hoy me siento así como un poco madura —respondió Lift—. Por lo de tener buena educación y el estómago lleno. .

Wyndle asintió, satisfecho. Le lanzó una mirada. Entonces frunció el ceño.

—Vas... vas a seguirlos, ¿verdad?

—Tormentas, pues claro que sí —dijo Lift, y bajó de un salto—. O sea, necesito más tentempiés, así que ya pensaba levantarme de todos modos.

Igual que no temo a un niño con un arma que no puede levantar, nunca temeré la mente de un hombre que no piensa.

De *El camino de los reyes*, cuarta parábola

Una parte de Renarin echaba de menos la torre tal y como estaba antes. Era una emoción tonta, pero parecía sentir muchas de esas. Más que el resto de la gente.

La torre estaba mucho mejor. En cambio, allí fuera en los campos, situados sobre extensas obleas de piedra que brotaban de la ladera en torno a la base de la torre, no se notaba a gusto. El aire era húmedo, suave, bochornoso, cuando antes había sido gélido y seco. Renarin pasó por hileras y más hileras de pólipos de lavis. Incluso después de solo unos días, la transformación era visible. Esa fila en concreto había crecido casi dos centímetros desde la víspera.

Se acuclilló. A ese ritmo, los granjeros decían que podrían cosechar cada dos meses. De pronto, se había hecho evidente cómo era posible que la enorme torre alimentase a sus posibles centenares de miles de ocupantes. Había tanta humedad en el aire que le parecía que nadaba, y notaba incómoda la chaqueta del uniforme. Sin embargo, a diez metros de distancia en dirección a la torre, había una temperatura constante y agradable.

Todo daba la impresión de ser… demasiado fácil.

«Pensamientos tontos —se dijo de nuevo, enderezándose—. Para un hombre tonto». Alzó la mirada por los campos hacia Rlain, que estaba charlando con unos granjeros humanos. Rlain había pasado meses esforzándose en enseñar a los humanos a utilizar la luz tormentosa y las canciones para cultivar plantas. De repente, todo ese trabajo era innecesario.

Tres días después de haber defendido la torre, y a los humanos de su interior, contra su propia especie, Rlain había vuelto allí para ver cómo iban los cultivos. Le había dicho a Renarin que, desde el despertar del Hermano, los ritmos se volvían más difíciles de oír para él a medida que pasaba tiempo en el interior de la torre, así que prefería estar allí fuera. Aunque lo mirasen mal, aunque lo hubieran llamado cabeza de caparazón, allí estaba, asegurándose de que la misma gente que desconfiaba de él no se muriera de hambre.

Era alto, casi tanto como Kaladin y varios centímetros más que Renarin, con la piel negra jaspeada de rojo. Tenía el cuello grueso y la mandíbula fuerte, contorneada por una barba corta roja y negra. Estaba señalando y recomendándoles a los jardineros que plantasen una línea de cortezúcar entre el lavis y los tubérculos, que necesitaban agua por la que crecer hacia abajo. Harían un poco de dique natural por si los estanques se desbordaban, y también tenía algo que ver con la forma en que los cremlinos polinizaban las distintas plantas. Aquellas eran cepas de los oyentes, las que se cultivaban en las Llanuras Quebradas, y Rlain conocía sus intríngulis.

De pronto Rlain se volvió y alzó el brazo hacia el cielo. Renarin siguió el gesto y vio a un Corredor del Viento acercándose. El larguirucho Drehy aterrizó cerca y le devolvió el saludo a Rlain, aunque trotó en dirección a Renarin.

—Hola —dijo—. Han hecho un receso en la reunión. Tu tía me ha pedido que venga a informarte.

—Gracias —contestó Renarin en voz baja.

Por supuesto que Navani le enviaba un informe. Todavía esperaba, como Dalinar, que Renarin cambiara de opinión y aceptara ser el rey de Urithiru en caso de que su padre cayera. O, como segunda opción, que se convirtiese en el heredero de Jasnah hasta que Gav alcanzara la mayoría de edad. Aunque Jasnah pretendía que su lugar lo ocupara un cargo electo, opinaban que Alezkar debía tener monarca, aunque no ostentara el poder absoluto.

Drehy le hizo un resumen rápido y afable de las reuniones. Renarin descubrió que se distraía, que su mirada no dejaba de irse hacia Rlain.

Necesitarás esta información, dijo Glys en su mente. *¿Prestarás atención?*

Lo haré, envió Renarin.

Aunque no todos los spren y sus Radiantes podían establecer una comunicación mental directa, Glys y él estaban cada vez más entrelazados. A Renarin no le importaba que Glys sintiera lo que él. A veces era un reto averiguar a qué se refería la gente al hablar o qué querían de él, y tener otra perspectiva, por ajena que fuese, le resultaba útil.

Tras informarle, Drehy se quedó con él y Renarin empezó a sudar aún más en su chaqueta. Esa era la parte de las conversaciones que siempre le daba problemas. Ya había dicho gracias. ¿Debería probar a charlar de cosas sin importancia? ¿Cómo debía terminar aquello? Las demás personas parecían saber qué hacer, fluían dentro y fuera de las conversaciones como anguilas en una corriente común.

Renarin era la piedra en esa corriente.

—Bueno —dijo Drehy, apoyando la espalda en una de las casetas de piedra repartidas por los campos—, ¿quieres hablar de ello?

¿Ello? El pánico de Renarin se incrementó. ¿Qué «ello»? ¿Debería saber qué era aquel «ello» en particular?

No lo sé, digo Glys, tan preocupado como él. *¿Seremos nosotros, tal vez? Siempre les daremos miedo, me temo.*

—Tu forma de mirar a Rlain —dijo Drehy en respuesta a la aparente confusión de Renarin.

—Ah, eso —respondió él, relajándose. Era un tema incómodo, pero al menos por fin sabía cuál era—. ¿Es… hum… muy evidente?

—Al final, aprendes a fijarte en los hombres que miran a otros hombres —dijo Drehy, encogiéndose de hombros—. No pretendo entrometerme. No es asunto de nadie. Solo quiero que sepas que estoy aquí, si en algún momento te apetece hablar.

—Es una bobada. —Renarin bajó la mirada y se sonrojó—. Él ni siquiera es humano.

—Yo siempre digo que es mejor considerar a todo el mundo como personas. Humanos. Oyentes. Spren. Todos somos personas. Aunque algunas brillen y sean un incordio.

—Argumento —intervino Tala, la spren de Drehy, apareciendo entre ellos. Siempre adoptaba la forma aleteante de un pollo azul—. No soy un incordio. Es solo que tengo razón con mucha frecuencia. Es un problema grave que asocies una cosa con la otra, Drehy.

—Argumento —repuso Drehy—. Tener razón puede ser un incordio. Sea frecuente o no. Ambas cosas no son mutuamente excluyentes.

Renarin se permitió sonreír, reticente. Drehy, igual que los demás miembros del Puente Cuatro, lo trataba como a uno de ellos, fuese un bicho raro o no. Para ellos, era… bueno, era una persona.

—Es que… no sé qué hacer —dijo—. Con Rlain. Con nada de esto. Mi tía Navani va a llevarse un disgusto. Quiere nietos. Y, hum… le gusta que la gente sea normal.

—Tú eres normal —respondió Drehy—. O, mejor dicho, nadie es normal. Lo normal no existe. Así que, si intentamos esclavizarnos a ello, disfrazarnos para imitarlo, en realidad solo estamos pasando a ser otra clase de anormalidad, y una clase muy desgraciada.

Renarin bajó la mirada.

—¿Qué es lo que quieres, Renarin? —le preguntó el Corredor del Viento—. No qué quiere tu tía, ni tu padre, ni nadie más. ¿Qué quieres tú?

—A lo mejor, lo que quiero —dijo él— es que mi tía, mi padre y todos los demás estén contentos.

Drehy levantó los hombros.

Tormentas. ¿Cómo se interpretaba eso?

—¿Podrías, hum…? —pidió Renarin—. ¿Podrías decirme a qué te refieres, por favor? Estoy confundido.

—Perdona —dijo Drehy—. A veces se me olvida. Renarin, no voy a decirte lo que debes ser. No voy a decirte cuándo, o ni siquiera si debes contárselo a alguien. Lleva tu vida como tú quieras. Sé de gente que prefiere fingir que no es distinta. No parece funcionar muy a menudo, pero están en su derecho. Lo único que te digo es que, si tienes preguntas, quizá yo tenga respuestas. No respuestas definitivas. A lo mejor, ni siquiera respuestas correctas. Solo las respuestas de un hombre que ha pasado por lo que tú.

Renarin sintió una extraña paz al oírlo, extraña porque su ansiedad no desapareció. Nunca se iba del todo, pero era agradable tener una sensación de paz que la acompañara. De vez en cuando.

Así que... ¿se atrevería a preguntarlo?

—Hum... —dijo—. ¿Y si...? Ya sabes, ¿y si él...?

—¿Prefiere a las mujeres?

Renarin asintió.

—Pues tendrás que superarlo —dijo Drehy—. Escucha, voy a serte sincero. A veces pasa. Nadie tiene una intuición infalible para estas cosas y, si lo preguntas, a veces la gente se avergüenza. Pero créeme, a largo plazo es mejor preguntar y luego afrontarlo si te equivocas.

—No creo que yo pueda hacerlo —admitió Renarin, sonrojándose.

Drehy inhaló una bocanada larga y profunda, pero no lo contradijo. Parecía decidido a cumplir lo que había dicho y no dar lecciones.

—Es una bobada —dijo Renarin—. Los oyentes ni siquiera cortejan como nosotros.

—Suelen vincularse dos personas para toda la vida. Lo hacen de otra manera, pero ¿qué te he dicho hace un momento?

—Que lo normal no existe.

—Cada cual tiene que descubrir lo que se le ajusta —afirmó Drehy—. Pero una cosa sí que voy a contarte: Rlain dijo cosas una noche, con el estofado, sobre estar en forma carnal y sufrir una vergüenza espantosa. Creo que saldrá bien, Renarin, si estás dispuesto a intentarlo.

—No puedo —dijo Renarin, todavía con la cabeza gacha—. De verdad que no puedo.

Drehy hizo ademán de darle a Renarin una palmada en el hombro, gesto que habría sido reconfortante para otra persona. Pero se detuvo y entonces le hizo un gesto de ánimo. Renarin agradeció que el Corredor del Viento escuchara. Sabía que a Renarin no le gustaba que lo tocaran. Le habría parecido bien en ese caso, porque sí que apreciaba cierto contacto físico, bajo sus condiciones, aunque no que lo sorprendieran, pero lo importante allí era que Drehy lo había escuchado. Renarin de verdad le importaba. Se descubrió sonriendo.

—Sí que puedes hacerlo —dijo Drehy—. Pero, si no quieres, no hay ningún problema. Renarin, sé que te metiste en un campo de batalla en la Explanada Thayleña decidido a resistir tú solo contra un enemigo abrumador. Sé que luchaste con unas visiones del futuro y te impusiste a ellas para llevarle mensajes a tu padre. Sé que puedes cargar con un gran peso, amigo mío. Ya lo has hecho. —Sonrió, absorbió luz tormentosa y se alzó en el aire—. Como te decía, son solo las experiencias de un hombre. Esta noche hay estofado del Puente Cuatro. ¿Te apuntas?

—¿Quién cocina?

—¿Importa mucho?

—Determina si ceno antes —dijo Renarin, sonriendo.

—Cocino yo.

—Entonces iré con hambre. Gracias, Drehy.

—Cuando tengas preguntas, hazlas —dijo el Corredor del Viento, y se marchó volando de vuelta hacia la reunión.

Renarin se volvió hacia Rlain. Pero entonces el cielo se oscureció y el aire se ennegreció mientras el mundo se transformaba en cristal tintado. Glys palpitó en su interior.

Habían entrado en una visión de lo que quizá podría suceder. Y no parecía de las agradables.

Rlain había encontrado su forma perfecta. O, más bien, ahora todas las formas podían ser perfectas para él.

La forma de trabajo había sido su preferida, por su versatilidad. También era la que más clara le dejaba la mente, la que más lo hacía sentir él mismo. Pero no tenía la altura que había llegado a apreciar en la forma de guerra, ni tampoco la fuerza en los brazos ni el caparazón blindado. A Rlain le gustaba su aspecto en forma de guerra, y era la que más lo hacía sentir él mismo de cara al exterior. Por desgracia, lo volvía un poco demasiado… ansioso por luchar y obedecer. Era capaz de contrarrestar ambos impulsos, ya que las formas no lo controlaban a uno. Pero sí que te cambiaban de un modo sutil la forma de pensar.

Resultaba que ser Radiante le permitía ejercer un control incluso más pleno. Levantó un dedo mientras un asombrospren, una bola azul flotante, se posaba en él. Ese spren era invisible para los granjeros humanos que estaban comentando sus consejos. Vinculado a Tumi, Rlain se sentía él mismo llevara la forma que llevara.

Tumi vibró al Ritmo de la Alegría en su interior, y Rlain lo complementó con una melodía, armonizada pero diferente. Tumi rara vez hablaba, pero no hacían falta palabras para que Rlain comprendiera a su spren. Con los ritmos bastaba.

Tumi armonizó a Ansiedad. Rlain se volvió hacia Renarin. No había visto acercarse al joven hasta la llegada de Drehy, y luego parecía que los dos tenían cosas de las que hablar, quizá asuntos políticos procedentes de arriba. Rlain los había dejado a solas.

Pero en ese momento vio que Renarin estaba envuelto en una titilante distorsión del aire. ¿Le pasaría algo?

Curiosidad por parte de Tumi. Rlain armonizó a lo mismo, vacilante, y supo que Tumi creía que los humanos no iban a ver lo que le estaba ocurriendo a Renarin. Hacía falta una Conexión más fuerte con los reinos.

—Una visión —dijo Rlain—. ¿Es una visión de las suyas?

El asombrospren se infló y atrajo la atención de los granjeros, que lo verían como un anillo de humo en expansión. Rlain dejó que el asombrospren se marchara dando saltos y luego se disculpó y recorrió la hilera de plantas hasta Renarin, que parecía estar mirando la nada. ¿Se atrevería a intervenir?

Tumi le aconsejó audacia, de modo que Rlain dio otro paso adelante. Y de repente, como con un súbito golpe de tambor, estaba dentro de la visión. El cielo era negro y la oscuridad los rodeaba como si alguien hubiera atenuado las otras luces de una sala para inspeccionar una sola y brillante gema. Del suelo se alzaban unas exquisitas ventanas hechas como de colorido cristal.

—Qué bonitas son —comentó Rlain—. Pero parecen una manifestación muy humana. Me pregunto por qué Tumi y Glys nos las muestran de este modo. ¿Es cosa de ellos, nuestra o una combinación de ambas?

Renarin se volvió hacia él con aspecto sorprendido, y luego emocionado.

—¡Rlain! —exclamó—. ¿Puedes verlas?

Rlain asintió.

—Esperaba ser capaz de ver tus visiones, ahora que tengo mi propio spren. ¿Está...?

Se interrumpió. Renarin estaba llorando.

—¿Renarin? —dijo a Desespero—. ¿Qué ocurre? ¿Me he entrometido? ¿Debería irme?

Dio media vuelta para hacerlo, pero Renarin le agarró la mano. Lo cual era sorprendente, viniendo de él.

—He pasado —susurró Renarin— lo que parece una eternidad yo solo con estas visiones. Desde los tiempos en que me arrastraba por el suelo y garabateaba números hasta el momento en que comprendí que el amor de mi familia podía vencer a un futuro oscuro. Y hasta hace unos días, cuando me enteré de que habías vinculado a un spren. Ahora... no estoy solo.

Renarin tiró de él a lo largo de la hilera de ventanas de cristal tintado, que se alzaban erguidas sin nada que las sostuviera. Rlain fue tras él, por verdadera curiosidad, pero también por lo mucho que Renarin procuraba siempre que Rlain se sintiera incluido. Rlain respetaba a los otros miembros del Puente Cuatro, a Kaladin en particular, pero había algo especial en Renarin. Cuando Rlain estuvo solo, rechazado por los spren, Renarin había sido quien lo consoló.

Ese momento había convencido a Rlain de que, por difícil que resultase, podía haber un lugar para él entre los humanos. Nunca había encajado en ningún sitio hasta que encontró al Puente Cuatro. Sus miembros no siempre habían sido perfectos, ni por asomo, pero sí que se habían mostrado dispuestos a esforzarse en hacerle sitio a Rlain, y Renarin era quien más se había esforzado de todos.

—¿Y qué hacemos ahora? —preguntó Rlain, llegando junto a Renarin frente a la que parecía la primera ventana.

—No lo sé —dijo Renarin—, pero recuerda. Recuerda que pueden ser mentiras.

—¿Por qué hacerles caso, si pueden ser todo mentiras?

—Porque la verdad es solo la mentira que sucedió —respondió Renarin.

Rlain armonizó a Escepticismo.

—Eso... no tiene sentido.

Renarin se aproximó a la ventana y Glys, su spren, se separó de él y flotó en el aire junto a su cabeza con la forma de un resplandeciente entramado rojo, con cuentas de luz que «goteaban» desde la parte de arriba y desaparecían hacia el cielo. La ventana mostraba a Renarin sentado en un trono. Vestía algún tipo de ropa arcaica, que recordaba un poco al atuendo de esgrima con faldón que llevaba la gente en los campos de entrenamiento alezi.

—Eso es Kholinar —dijo Renarin—, pero no es la sala del trono. Parece mi habitación. ¿Ves esas miniaturas del estante?

—¿Miniaturas?

—Tallas en madera de criaturas vivas —explicó Renarin—. Se pintan para asemejarlas a la realidad. —Se ruborizó—. Yo compraba sobre todo caballeros, en vez de animales. En algo tenía que pasar el rato, mientras Adolin entrenaba. Y mira, esos de ahí son mis libros. Cada día dedicaba unas horas a que me los leyeran.

—Cuánto conocimiento —dijo Rlain— tenías al alcance de la mano. Normal que sepas tantas cosas.

Renarin se ruborizó otra vez.

—¿Qué pasa? —preguntó Rlain a Reconciliación. ¿Había dicho algo malo?

—No son libros llenos de datos y cosas que aprender —reconoció Renarin—. Son historias de aventuras, de las que se escriben para las mujeres jóvenes. Tenía toda una colección, para enorme vergüenza de mi padre.

—Renarin —dijo Rlain—, he visto cómo te trata tu padre. No se avergüenza de ti.

—Antes sí se avergonzaba. Pero hacía mal, ¿verdad?

Estudiaron la imagen un poco más antes de que Rlain por fin situara el detalle que no terminaba de encajarle.

—Renarin, creo que las prendas que llevas son de cantor.

Señaló hacia los pliegues de tela, fijándose en cómo envolvían el cuerpo. La coloración... los patrones...

—¿Estás seguro? —preguntó Renarin.

—No —dijo Rlain—, pero vi mucha ropa suya en la torre estas últimas semanas. Tiene el mismo aspecto.

—Mentiras —murmuró Renarin—. Lo único que muestran estas imágenes es uno de varios resultados probables. Pregunté a Sagaz y dice que así son las cosas, que nadie conoce de verdad el futuro, ni siquiera los dioses.

—Pero una posibilidad sí que se cumplirá —dijo Rlain—. A eso te referías antes.

Renarin asintió, siempre tan adusto. Tan pensativo.

—Deberíamos mirar las otras ventanas antes de que se esfumen.

—¿Sabemos por qué aparecen? —preguntó Rlain—. ¿Qué es lo que determina cuándo vemos una de estas y qué… posibilidad es la que representa?

—Eso no he podido averiguarlo. No del todo. Pero Glys cree que…

—Ondulaciones —dijo Glys—. Son ondulaciones en los ritmos de Roshar. Las corrientes, y los dioses antiguos, observarán.

—Los dioses antiguos —repitió Rlain mientras Tumi, en su gema corazón, cambiaba al Ritmo de lo Perdido—. ¿Los Deshechos?

—Más antiguos —respondió Glys—. Más antiguos incluso que Honor, Cultivación y Odium.

—¿Qué hay más antiguo que ellos? —preguntó Rlain, mirando a Renarin—. Hasta la Antigua Magia, como vosotros la llamáis, es una spren de Cultivación.

—Cuando Honor y Cultivación vinieron a Roshar —dijo Glys—, en la profundidad de los días más allá del recuerdo, en unos tiempos tan oscuros para la historia como el fondo del océano lo es para la luz, vosotros, Rlain, ya estabais aquí. Tu pueblo.

Rlain armonizó al Ritmo del Viento para algo tan antiguo como aquellos años lejanos. Los humanos habían llegado a Roshar hacía mucho tiempo… y habían traído a Odium con ellos. Había sido su dios, y luego había aceptado la lealtad de los antiguos cantores después de que Honor los traicionase. Rlain no había asimilado hasta entonces la verdad subyacente: que incluso Honor y Cultivación habían *llegado* a Roshar y encontrado allí a los cantores.

—Hace mucho tiempo, antes de que llegara ninguno de ellos, ¿teníamos formas? —preguntó—. ¿Había spren?

—No lo sé —dijo Glys—. Veo hacia delante, no hacia atrás. Buscaréis respuestas de aquellos más vetustos que yo. El Forjador de Vínculos ve hacia atrás. Siempre, sus ojos van hacia lo que ocurrió.

—Jasnah también —dijo Renarin en voz baja—. Conoce el pasado mejor que nadie. —Se volvió hacia el pasillo de ventanas—. Pero nosotros miramos hacia delante…

Rlain fue con él y los pasos de ambos crujieron como si hubiera cristal negro a sus pies, mientras recorrían las ventanas de cristal tintado que se alzaban a ambos lados creando un túnel de luz. Las ventanas eran las mismas a derecha y a izquierda: la primera mostraba a Renarin sentado en un trono, seguida por una oscura y creciente tormenta. Rlain la conocía. La tormenta eterna, que pasaba cada nueve días. Era fácil olvidarla en Urithiru, que en general se alzaba sobre ambas tormentas, pero llegaban informes. Impactos de relámpago. Trueno. En general, una destrucción menor que la provocada por la alta tormenta, pero acompañada de una sensación malévola y de algo que vigilaba, que esperaba su momento. Que se preparaba.

¿Por qué había una ventana que mostraba la tormenta, si ya había llegado? Rlain canturreó a Confusión. Y Renarin, para su sorpresa... ¿hizo lo mismo? O al menos lo intentó. Miró a Rlain y trató de imitar su tarareo. El intento de Renarin estaba fuera de ritmo y sonaba demasiado fuerte, como si fuese un niño probando una palabra demasiado grande para él. Pero... hasta entonces Rlain nunca había oído a ningún humano intentarlo siquiera.

—¿Se te ocurre por qué está eso aquí? —preguntó Rlain.

—No —dijo Renarin—. A veces las ventanas son como las de hoy, sin nada relevante que se distinga en absoluto.

La siguiente mostraba una especie de mirador sobre un risco, en el que Dalinar se alzaba ante una brillante figura dorada. En la lejanía, una ciudad se derrumbaba y se hundía en un agujero en expansión. Aunque la imagen era estática, Rlain sintió una especie de movimiento en ella. Como si la ciudad estuviera derruyéndose constantemente en ese hoyo.

—Esto lo identifico —dijo Renarin—. Por las notas de mi tía, de cuando transcribía las visiones de mi padre. Esta fue... ¿su primera visión? ¿O la última? Estaba en un acantilado y veía la destrucción de nuestra tierra natal.

—Lo cual... también ha sucedido ya —respondió Rlain a Consideración—. ¿Estamos seguros de que las ventanas nos enseñan el futuro?

—Lo harán —aseguró Glys—. Lo harán.

Quizá, añadió Tumi mediante una vibración en su interior. *Solo quizá*.

La cuarta ventana era un sorprendente y brillante campo verde, con unas figuras lejanas en él. La hierba no huía de ellas, así que quizá llevaran mucho tiempo allí de pie. Contó... ¿doce? Miró a Renarin, que alzó el brazo y apoyó una mano al lado de la ventana.

—Paz —dijo Renarin—. Esta me transmite una sensación de paz. ¿Quiénes crees que son?

Trató de canturrear a Confusión, muy mal, pero Rlain más o menos alcanzó a captar el sentido.

—Humanos —respondió Rlain—. Son todos humanos, creo. Esa podría ser una comecuernos, y ese otro un makabaki. Y esa de ahí... ¿Cómo se llaman esos humanos que tienen la piel azul?

—Los natanos —dijo Renarin—. A no ser que te refieras a los aimianos, que no son humanos, pero tampoco tan azules como la mujer de la imagen. —Titubeó, escrutando a la lejana mujer ataviada con una vistosa falda azulada, con el pelo blanco y la piel azul—. ¿A ti esto te dice algo?

—No. Lo siento.

Renarin suspiró.

—Parecen estar volviéndose más imprecisas. —Cerró los ojos—. ¿Esa última aún sigue ahí, al final?

Rlain miró más allá de Renarin hacia el «fondo» de aquel pasillo, y se sorprendió al encontrar allí una ventana, ensombrecida en la penumbra. No llegaba luz a través de ella, de modo que la había pasado por alto.

—¿Qué es eso? —preguntó Rlain, acercándose.

Mostraba solo un rostro. Una simple cara con intrincados patrones, de negro y rojo arremolinados. Una cantora, mujeren, sobre fondo negro, grabada en vidrio. Mirándolo.

Entonces se movió.

Rlain dio un salto. A trompicones, la imagen se dividió y múltiples versiones de aquella cara se movieron, furiosas, ensanchando los ojos, mientras el Ritmo de la Agonía sacudía el marco. Las ventanas de alrededor se agrietaron, pero la del centro siguió vibrando. La cara de la mujeren vibró con violencia, y entonces sus manos asieron los bordes de la ventana, se cerraron sobre ellos, asomando, como si intentara liberarse.

Renarin chilló mientras las ventanas a izquierda y derecha se hacían añicos, revelando un oscuro páramo. Crecieron nuevas ventanas como enredaderas, cristalizaron y estallaron, dejaron toconos irregulares… pero, antes de romperse, Rlain alcanzó a distinguir imágenes. Ciudades en llamas. Cuerpos rotos.

Sobre todo ello se alzaba el Ritmo de la Agonía, y las palabras de la cantora resonaban con el ruido. *Lo romperé. Lo romperé TODO.*

Renarin agarró a Rlain y, de algún modo, lo sacó de la oscuridad. Dio un solo paso y había desaparecido. Estaban de nuevo en los campos, rodeados de aire caliente y granjeros perplejos.

Rlain cayó a cuatro patas y sus rótulas de caparazón rasparon la piedra mientras el sudor se le acumulaba bajo el cuello en los bordes del cráneo y le caía a chorro por la cara. Renarin se derrumbó junto a él, tiritando.

—¿Esto es… lo que suele pasar? —preguntó Rlain.

—Esto ha sido nuevo. ¿Has identificado esa cara?

—No, pero el ritmo era Agonía —dijo Rlain. Respiró hondo—. Es de los ritmos nuevos. De los que solo están disponibles para quienes son regios o Fusionados.

Renarin cerró los ojos.

—Bienvenido a la fiesta, supongo.

—¡Pero acabas de decir que esto es nuevo! —exclamó Rlain a Traición—. ¡Dando a entender que no sucede todas las veces!

—Ya, pero es que siempre pasa algo nuevo. Así que te acostumbras a no acostumbrarte a nada. Nunca jamás.

—Maravilloso.

Rlain se dejó caer bocarriba, obligándose a armonizar a Paz y contando los movimientos del ritmo para tranquilizarse.

—Lo siento —dijo Renarin al cabo de un tiempo, incorporándose—. Por meterte en esto.

—Quería un spren —respondió Rlain—. Me lo he buscado yo solito.

—Querías volar —dijo Renarin—, como los demás.

—Soy un oyente, Renarin. Nunca hago las cosas igual que todos los demás. —Volvió a respirar hondo—. Esto parece más útil que volar. Suponiendo que logremos encontrarle algún sentido.

Renarin asintió y, al poco, sonrió. Los humanos tendían a ser demasiado expresivos con el rostro, así que tal vez no fuese nada. Pero Rlain preguntó de todos modos.

—¿Pasa algo gracioso?

—Es solo que sigo contento —dijo Renarin— de no ser el único.

Rlain canturreó a Apreciación antes de recordar que no significaría nada para un humano. Siempre se le olvidaba, aunque ya llevase más de dos años entre ellos. Pero antes de poder explicarse, una sombra cayó sobre él. Echó atrás la cabeza y vio a Shallan, con los brazos en jarras, vestida con un atuendo de cuero que recordaba a una armadura, abrigo blanco y sombrero a juego.

—¿Descansando? —dijo la recién llegada—. ¿Faltan ocho días para que se decida el destino del mundo y vosotros dos os echáis una siestecita en el campo?

Rlain canturreó a Irritación. A veces era conveniente que los humanos no lo entendiesen, porque, en compañía de cantores, habría sido una grosería.

—Venid —añadió Shallan—. De verdad que necesito vuestra ayuda.

—¿Qué problema hay? —preguntó Renarin, levantándose.

—Está relacionado con tu padre —dijo ella—, el Reino Espiritual y un grupo de personas que están buscando la prisión de una spren antigua y malvada. Ba-Ado-Mishram. ¿La conocéis?

Mishram.

Sí, Rlain conocía ese nombre. Había gobernado a los cantores mucho tiempo atrás. Era la spren que había querido perpetuar la lucha después de que los Fusionados desaparecieran. La que estaba decidida a exterminar a la humanidad y agravar la guerra.

Esa spren era la razón de que el pueblo de Rlain hubiera abandonado sus formas y se marchara. Era la reina de los dioses a los que habían renunciado.

Y Rlain sospechaba que acababa de toparse con su cara en la visión.

La torre viva parece
estructuralmente idéntica
en Shadesmar, pero hecha
de un cristal infundido
que resplandece de luz.

A pesar de su aspecto
etéreo, las superficies
dan una sensación sólida
por completo al tacto.

La presencia de tantas
llamas de alma
y emociones ha atraído
a una gran variedad
de spren salvajes.

No hay dos spren de las
puertas que sean iguales
del todo. ¿Coinciden
con sus homólogos en
cada posición?

De modo que piensa, mi querido lector. Como un soldado al retirarse de una batalla que no puede ganar. Como una mujer al rechazar un hogar que le muestra solo violencia. Como una familia al hallar la esperanza en alejarse de unos campos moribundos durante una temporada con demasiadas lluvias.

De El camino de los reyes, cuarta parábola

Shallan iba acompañada por algunos Corredores del Viento del equipo de asalto, así que Renarin, Rlain y ella llegaron enseguida a las Puertas Juradas. Desde allí, envió a una Corredora del Viento a buscar a Dalinar y Navani para explicárselo todo, porque temía que no hubieran recibido su mensaje de vinculacaña.

Luego llevó al grupo a Shadesmar por medio de una Puerta Jurada. Mraize e Iyatil habían pasado a la acción, de modo que ella necesitaba hacerlo también.

Al llegar al otro lado, mientras Testimonio y Patrón aparecían con su forma a tamaño humano junto a ella, Shallan contempló por primera vez la torre allí tras su despertar.

Era brillante.

Antes la torre se había manifestado como una luz titilante, pero desde entonces la luz se había solidificado, como un falso amanecer convertido en auténtica luz solar. Formaba una torre que era idéntica a la del Reino Físico, pero creada como a partir de cristal resplandeciente. Una esfera infusa, solo que del tamaño de una montaña.

Aunque la luz no la abrumó, sí que le lloraron los ojos al intentar abarcar la estructura entera. Brillaba con la fracturada variedad de mil colores, como el botín de una artista, una plétora de tintes refulgentes. Cambiando, cada momento una tonalidad diferente, como si la torre fuese demasiado exuberante, demasiado jubilosa y viva para confinarse al mero color.

Era un efecto magnético, que no solo se apoderaba de su aliento y su atención, sino también de su alma y su mente, que anhelaba crear algo tan hermoso aunque fuese una sola vez. Era la cumbre de todo empeño artístico. La cúspide de toda creación. Era lo más que se podía... que se podía...

¿Necesitas que tome el control?, preguntó Radiante.

¡Sí, por favor!, pensó Shallan con lágrimas en los ojos.

Radiante respiró hondo, echó un vistazo hacia la bonita torre y siguió adelante. Allí los estaban esperando dos Corredores del Viento, Isasik y Breteh, junto con sus spren y sus escuderos. El grupo estaba charlando con los guardias apostados en Shadesmar. Aunque Shallan había dejado a casi todo su equipo de asalto vigilando a los prisioneros, había enviado a esos Corredores del Viento por delante para ver si daban con Mraize e Iyatil mientras ella iba a recoger a Renarin.

No parecían haber averiguado nada, a juzgar por su postura mientras hablaban con los tres guardias destinados en aquel lado por si acaso. Radiante miró alrededor, esperando ver alguna señal de los Sangre Espectral. Allí, cerca de la torre, las diez Puertas Juradas se manifestaban como altísimas columnas, cada una con su propio par de arrogantes tintaspren. Había rampas que trazaban espirales alrededor de cada columna, descendiendo hacia las cuentas muy por debajo. Con la restauración del Hermano, habían aparecido unas pasarelas resplandecientes que unían las columnas y llevaban también a la torre en sí, que ahora se alzaba sobre una enorme y brillante plataforma propia.

Al no ver nada extraño, Radiante trotó hacia los Corredores del Viento, que estaban en una pasarela.

—Brillante —la saludó Isasik el Corredor del Viento.

No era el cartógrafo, sino el otro Isasik, un hombre más bajito y nervioso. Tanto él como Breteh habían sido hombres del Puente Trece, el grupo que luego había pasado a ser los escuderos de Teft. Radiante creía que por eso llevaban glifoguardas rojas en el brazo, por algo sobre un pacto relacionado con Moash y la venganza.

Le pareció bien el aprecio que mostraban por un compañero caído. Con el tiempo, los soldados de la torre habían dejado de vestir de azul Kholin y habían adoptado un uniforme que representaba su nuevo reino. Al parecer, al final se habían decidido por tela blanca con ribetes dorados, ya que era una de las pocas combinaciones vistosas de colores que no estaban asociadas con ningún principado alezi o veden.

—Hemos peinado la zona y no hay ni rastro de los fugitivos —informó Breteh, flotando unos palmos por encima del suelo—. Los guardias no los han visto tampoco.

—Llevamos todo el día apostados aquí —añadió un guardia con un leve acento bavlandés que era evidente que intentaba ocultar—. No se ha trasladado nadie a este lado hasta que han llegado los Corredores del Viento.

Radiante se cruzó de brazos, pensativa. Alrededor de sus pies, un grupo de cuentas se congregaron y empezaron a dar saltitos.

—¡Otra Shallan! —exclamaron, y los Corredores del Viento parecieron encontrarlo bastante gracioso.

¿Se habría equivocado? ¿Era posible que Iyatil y Mraize huyeran, en vez de intentar llevar adelante su plan?

—Han entrado en Shadesmar desde las Llanuras Quebradas, a miles de kilómetros de distancia —dijo—. Tendrían que haber venido hasta aquí mediante Puertas Juradas.

¿Quizá estarían esperando a cierta distancia? ¿Preparados para saltar en el momento en que Dalinar abriera su portal? ¿Para echar a correr de repente?

Renarin y Rlain llegaron junto a ella, después de superar su asombro.

—Radiante —dijo Renarin—, ¿puedes explicarnos mejor lo que está pasando? Sigo sin entenderlo.

—Perdona —respondió Radiante—. Shallan es ineficaz con las palabras a veces. Hay un grupo secreto conocido como los Sangre Espectral que busca controlar el equilibrio de poder en Roshar.

—¿Otra vez? —se sorprendió Rlain—. ¿No los habíais detenido justo antes de la invasión?

—Esos eran los Hijos de Honor —explicó Renarin—. Los antiguos secuaces de Amaram. ¿Sabéis? A veces me pregunto si estas cosas nos las buscamos nosotros solitos. Creamos esa atmósfera de corrección alezi, prometiendo que somos abiertos y honestos. Nadie puede decir lo que piensa de verdad, porque sería «muy poco alezi». Pero luego nuestra sinceridad se convierte en mentira cuando empezamos a conspirar.

—Viene a ser como acabasteis teniendo un reino, desde un principio —convino Radiante—. Dalinar, Gavilar, Navani, Sadeas y Ialai, hartos de que los tratasen como a unos forasteros pueblerinos, conspiraron para fundar un imperio. Por desgracia para nosotros, los Sangre Espectral cuentan con el apoyo de unos individuos muy poderosos de fuera del mundo.

—¿Te refieres a los Fusionados? —preguntó Rlain.

—De más fuera del mundo —dijo Radiante—. Reclutaron a Shallan cuando acababa de adquirir sus poderes. Ella fingió pertenecer a la organización, esperando averiguar más sobre ella. Hace poco la situación se desbocó y Shallan comprendió que tenía que impedirles cumplir sus objetivos.

—Vaya, menudo tormentoso secreto más enorme —comentó Rlain, hablando con un ritmo muy pronunciado que Radiante no logró identificar.

Renarin se limitó a mirarla a los ojos y asentir. Condenación. Lo entendía. Radiante tuvo muchísimos más remordimientos por haberlo encontrado raro cuando se conocieron.

—Tienen muchísimo interés por los Deshechos —dijo—. Han conocido a Sja-anat y… Renarin, creo que ella les ha dado spren a los que vincularse. Como hizo contigo y con Rlain.

Por cierto, ¿dónde estaban los spren de esos dos? ¿No deberían haber aparecido cuando lo hicieron Patrón, Testimonio y su armadura?

—Sja-anat… maniobra en ambos bandos —reconoció Renarin—. Me lo contó ella misma.

—Su spren me aceptó —dijo Rlain— cuando ningún honorspren estaba dispuesto a hacerlo.

—Eso no es justo —intervino la honorspren de Breteh, azul brillante con las manos en las caderas—. Hay muchos humanos a los que tampoco hemos elegido, Rlain. Todo se reduce a decisiones individuales.

—Y sin embargo —replicó Rlain—, todos los miembros del Puente Cuatro tienen un honorspren… excepto yo. Qué curioso, ¿no?, que las decisiones de la gente sean asuntos individuales cuando alguien se las echa en cara y, aun así, formen unas pautas tan evidentes.

—Sja-anat no es de fiar —dijo Radiante, tratando de devolver la atención de todos al tema en cuestión—, pero tampoco es nuestra enemiga. Dice que sus spren tienen una afinidad por el Reino Espiritual. Creo que los Sangre Espectral planean utilizar a esos spren para que los ayuden a orientarse una vez lleguen allí. Así que he decidido que será mucho más probable que descubra cómo pretenden hacerlo, o qué planean hacer los Sangre Espectral siquiera, con vuestra ayuda.

—El Reino Espiritual —contesto Renarin—, que es donde dices…

—Que hay cierta cosa escondida —lo interrumpió Radiante, que no quería revelar demasiado delante de los guardias y sabía que Shallan ya lo había explicado antes.

Renarin asintió.

—Así que… ¿vuestros spren tienen algo que aportar? —preguntó Radiante—. Estoy segura de que los Sangre Espectral se presentarán aquí, seguramente justo cuando Dalinar abra el portal. Es posible que los fugitivos intenten llegar a él a la carrera.

—Nos vendría muy bien —manifestó Renarin— saber dónde estará ese portal.

Entornó los ojos un momento y entonces señaló hacia la torre. Radiante tuvo una impresión muy extraña mientras lo hacía, la de que su brazo y su mano estaban silueteados por un suave resplandor rojizo al moverse, como si tuviera superpuesta una especie de segunda versión de sí mismo. Aquella luz, que posiblemente fuera su spren, se movía un instante antes que él. Una imagen residual, pero a la inversa.

—Ahí —dijo Renarin—. ¿Los ves?

—Los veo. —Rlain señaló también y su cuerpo tenía exactamente la misma imagen precursora—. Están en la torre. Ambos Forjadores de Vínculos. Sus almas tienen un brillo poderoso.

—Los spren se arremolinan alrededor de mi tía Navani —dijo Renarin—, igual que los vientos se mueven por un abismo, esculpidos por él. Están bajando en un ascensor.

—Pues vayamos con ellos —propuso Radiante—. Porque ahí es donde querrán estar Mraize y su gente cuando se abra el portal.

Fuera ya empezaba a oscurecer cuando Navani por fin llevó al grupo hacia abajo en elevador, recorriendo Urithiru, para buscar algún lugar adecuado en el que llevar a cabo su experimento. Tormentas. ¿Tan rápido había transcurrido el segundo día entero? No se notaba cansada, lo cual era una bendición del Hermano, pero sí que veía signos de fatiga en Dalinar. Su forma de agarrarse las manos a la espalda, obligándose a mantenerse erguido.

Llegaron a la planta baja mientras la luz menguaba en el cielo fuera del inmenso ventanal del atrio, al ponerse el sol al otro lado de Urithiru. Navani guio al grupo a través de un enjambre de glorispren hasta una escalera, llevando a Gav de la mano todo el tiempo. El chico necesitaba más atención de los dos y, por suerte, había podido dormirse un rato durante las muchas reuniones. Bajaron la escalera, tomaron un largo pasillo y Navani pasó la otra mano por la pared, que mostraba capas de estratos formando líneas y pautas.

Sentía vibrar la torre. Mil mecanismos distintos funcionando en sintonía, como los órganos de un cuerpo humano. Dalinar y Sagaz caminaban con paso firme tras ella. Y detrás de ellos venía la habitual hueste de ayudantes y guardias. Navani casi podía hacerles caso omiso mientras caminaba.

—Yayi —dijo Gav en voz baja—, tengo miedo.

Navani paró y se arrodilló, dejando que la adelantaran varias personas.

—¿Por qué, Gav?

El niño alzó la mirada hacia los glorispren que se mecían alrededor de ella. Entonces se encogió.

—¿Podéis apartaros, por favor? —les pidió Navani a los spren, levantando la cabeza para dirigirse a ellos.

Lo hicieron, muchos de ellos desapareciendo y los otros desplazándose hasta el mismo techo del pasillo. Gav se relajó. Los spren que lo habían atormentado en el palacio de Kholinar habían sido de una variedad diferente por completo, pero eso no importaba para una persona traumatizada.

—¿Era eso? —le preguntó Navani.

—No solo eso —susurró el pequeño—. La torre… la he visto antes… y, yayi, ¿es un spren? ¿Toda entera?

—La torre es buena, Gav —dijo ella—. Nos cuida.

Él asintió, pero no parecía convencido. Así que Navani, con delicadeza, le cogió la mano y la llevó hasta la pared.

—¿Sientes eso? —le preguntó.

—No estoy seguro —dijo él, crispando la cara.

—Cierra los ojos y escucha.

Gav lo hizo.

—¿Es un… zumbido?

—Exacto —respondió Navani—. Hay un túnel cerca por el que pasan cajas encima de una cinta. Traen hasta aquí abajo la ropa sucia de toda la torre, para lavarla. Aún no lo tenemos bien organizado del todo, porque necesitamos muchísimas más cajas, pero es una de las cosas que nos dicen que la torre es buena.

—¿Porque… tiene cajas?

—Porque mejora la vida de la gente —dijo ella—. Gracias a este mecanismo, nadie tiene que bajar escaleras cargando con pesadas bolsas de la colada. Al final de esa cinta hay unas salas enormes donde el agua fresca corre y se limpia, para que nadie tenga que acarrearla. La torre hace eso para todos nosotros, no solo para los reyes y las reinas. Es buena, Gav, te lo prometo.

—¡Estoy sintiéndolo, yayi! —exclamó Gav, con su manita al lado de la de Navani—. Sí que lo noto. La torre está viva…

—Todo lo está —respondió ella—. Ya sea el vaso del que bebes, la casa donde vives o el aire que respiras. Todo forma parte de este mundo que nos concedió el Todopoderoso, y todo en este mundo está vivo. Es una de las cosas por las que sabemos que Dios nos quiere.

Y sin duda así era. Incluso si la persona que había ostentado el poder estaba muerta, esa persona había sido solo un avatar, un recipiente, no Dios. Era el recipiente al que Dalinar pretendía reemplazar. Si lo lograba, ¿volvería entonces a la fe convencional, como ella deseaba? Sus nuevas maneras, sus nuevas enseñanzas, no eran blasfemas en el sentido estricto de la palabra, pero sí que tenían cosas que incomodaban a Navani.

Dalinar y Sagaz habían llegado a la puerta del final del pasillo. La cruzaron y, un momento después, Dalinar miró atrás y le hizo una seña. Navani se levantó para seguirlo, cogió a Gav en brazos y se lo pasó a su niñera, que estaba con los guardias.

—Que no entre nadie —ordenó Dalinar.

—Disculpad, brillante señor —dijo un guardia—, pero ¿a qué hemos venido? ¿Qué vais a hacer?

—Un experimento que podría ser peligroso —respondió Dalinar—. Quizá nos cueste alrededor de una hora.

Asintieron. Dalinar hizo pasar a Navani y cerró la gruesa puerta de una de las cisternas de la torre. Sagaz se dio un paseo por el perímetro de la cámara, observando el agua que derramaban las tuberías de las paredes y caía salpicando a la cisterna del centro. Dijo algo, pero Navani no lo oyó bien entre el fragor del agua.

—¿Disculpa? —dijo Navani.

—¿No te has enterado? —Sagaz fue hacia ellos—. Excelente. Así será improbable que nadie escuche lo que decimos, y este lugar es aceptablemente remoto y seguro.

—Sí, pero ¿qué has dicho? —insistió ella.

Sagaz sonrió y se volvió hacia Dalinar.

—¿Estás convencido de que quieres intentar esto?

—Lo estoy —afirmó Dalinar.

Sagaz miró a Navani.

—Yo también —dijo ella.

—De acuerdo. —Sagaz hurgó en su bolsillo—. He pensado en cuál sería la visión perfecta para vuestro experimento.

Lanzó hacia Navani una piedra pequeña, que ella atrapó en el aire, frunciendo el ceño. No era piedracrem, sino quizá algún tipo de granito. La clase de material que había que extraer de canteras o crear por moldeado de almas. Alzó la piedra para entregársela a Dalinar.

—¿Y esto es...? —preguntó él.

—Piedra de Ashyn —dijo Sagaz en tono alegre—. Como las que trajeron vuestros antepasados a este mundo al emigrar. Eran fragmentos de un lugar sagrado en vuestro planeta natal, pero luego se atribuyó una especie de misticismo a las mismas piedras por asociación. Es lo que pasa cuando el mundo sufre repetidos cataclismos y la sociedad cae derribada de vuelta a la edad de piedra unas pocas docenas de veces. Que unos siete mil años después, todo el mundo en Shinovar venera las piedras y no tiene ni idea de por qué.

Navani lo miró boquiabierta.

—¿Qué pasa? —dijo él.

—¿Se lo has dicho a ellos? —preguntó Navani—. ¿Les has revelado su acervo, su historia? ¿Has *escrito* estas cosas?

—Siempre lo dejo para más adelante, y luego... —dijo Sagaz, encogiéndose de hombros.

Dalinar le dio vueltas a la piedra entre los dedos.

—¿Y da la casualidad de que tienes una de estas? ¿La robaste?

—¿Mmm? —dijo Sagaz—. Qué va, la recogí yo mismo, justo antes de la migración.

—De la migración a Roshar —dijo Navani.

—Sí.

—¿Estuviste allí?

Sagaz se encogió de hombros otra vez.

—Escuchad, no podéis esperar que os cuente todo lo que ha ocurrido en los últimos diez milenios, ¿vale? Sí, estuve allí. ¿Podemos concentrarnos en el experimento? —Señaló la piedra—. Nos interesa tener una visión fácil, a modo de prueba. Un acontecimiento particular elegido por nosotros, no preseleccionado por Honor o el Padre Tormenta.

—Sí —respondió Navani—. Es correcto. Queremos observar los acontecimientos históricos tal y como acontecieron en realidad.

—En concreto —dijo Sagaz—, vais a querer ser capaces de encontrar la historia que yo me perdí, para determinar qué fue lo que llevó al deceso de Honor. Eso y ver si podéis descubrir por qué ahora el poder rechaza a los recipientes. Pero deberíamos empezar por algo conocido para mí. De ahí la piedra.

—La... piedra —repitió Dalinar—. Sagaz, sigo sin comprenderlo.

—Ya te lo he explicado —dijo él—. Si entras en el Reino Espiritual sin algún tipo de ancla o guía, no hay forma de saber lo que verás. Lo más probable son acontecimientos en los que pensáis mucho, que sean un foco de trauma o pasión individual o colectiva, pero lo cierto es que podría ser cualquier cosa. Podrías meter un dedo del pie y acabar presenciando una larga visión de un anciano amable dando de comer a sus sabuesos-hacha. Durante horas.

Sagaz señaló la piedra de nuevo.

—Entonces... —Navani trató de catalogar el torrente de información que le había dado Sagaz—. ¿Esta piedra es un ancla para Conectarnos a un momento concreto, para que nos atraiga a esa visión específica?

—Exacto —respondió Sagaz—. Y ese momento es la llegada de la humanidad a Roshar.

—¿*Eso* es lo que vamos a ver? —preguntó Dalinar en voz baja—. Tormentas.

—Si sale bien, sí. En el mejor de los casos, solo se trasladarán vuestras mentes mientras los cuerpos permanecen aquí. Presenciaréis la migración y luego volveréis y me lo contaréis todo. Como estuve allí, podré confirmar que esto ha funcionado.

—Eres el control del experimento —dijo Navani.

—Eso es —respondió Sagaz—. Y, como el reloj de Dalinar ya está sintonizado, no debería afectaros demasiado la dilatación temporal. Lo normal será que no volváis habiendo envejecido veinte años, pero tened cuidado, porque, aun así, igual es fácil que perdáis la cuenta de los días. Con ese aparato sabréis cuánto tiempo está transcurriendo aquí, así que tenedle un ojo echado. Quedaos más o menos una hora disfrutando de la visión y luego os llamaré aquí.

Dalinar asintió con firmeza.

—Un momento —dijo Navani—. ¿Cómo regresamos? ¿Cómo iniciamos el proceso, siquiera? ¿Cuál es la mecánica?

—Vais a amarraros aquí mediante una línea de poder —dijo Sagaz—. Dalinar, esto ya lo has hecho.

Navani observó mientras su marido inspiraba luz tormentosa, se arrodillaba e infundía el suelo con ella. Al levantarse, había una línea de luz anclándolo allí. Siguiendo sus instrucciones, Navani fue capaz de absorber fuerza de la torre y apretarla contra el suelo. Era como un experimento sobre ósmosis y difusión.

—Esa línea de luz actuará como una cuerda —explicó Sagaz—. Para poder sacaros si os metéis demasiado hacia dentro. Deberíais poder ver esas líneas de luz en la visión, y tirar de ellas para regresar a vosotros mismos. En caso de emergencia, contactaré con vosotros a través de ellas.

—Muy bien —dijo Navani, sintiendo un escalofrío—. ¿Y ahora?

—Ahora —contestó Sagaz— abriréis una perpendicularidad y combinaréis los tres reinos en un único punto. Lo cruzaréis, enviando solo vuestra mente.

—Pero ¿cómo? —preguntó Dalinar.

Sagaz se cruzó de brazos, de pie en el borde del ondeante embalse. La luz danzaba en el techo, reflejada de las brillantes gemas incrustadas en las paredes, justo por debajo de la superficie. Mirándolo, Navani sintió algo primordial en aquel hombre. La sonrisa de Sagaz se difuminó y sus ojos cobraron profundidad, como si contuviesen la oscuridad del mismo Cosmere antes de que chispeara la luz.

—No lo sé —dijo Sagaz en voz baja.

—¿No lo sabes? —exclamó Dalinar—. Pero si has dicho…

Navani le puso una mano en el brazo para silenciarlo y miró a Sagaz. A la deidad que insistía en que no lo era.

—Siempre que he hecho esto —dijo Sagaz—, estaba en alguno de los estanques. Pozos de energía que crecen alrededor de la presencia de dioses, una especie de… manantial natural, nacido de su poder. Cuando entras en un pozo de esos, alcanzas a *sentir* el vínculo que los dioses tienen con el Reino Espiritual. Puedes ver un poco el plano donde ellos existen, donde sus pensamientos se mueven a muchas veces la velocidad mental de los mortales. Noto que ese lugar me llama. Quizá sabe que una vez lo rechacé, que soy el pez que escapó del anzuelo.

»Puedo compartir ese sensación, pero no darte una lista específica de instrucciones, Dalinar. Algunas veces he entrado en ese poder siguiendo la llamada, y he emergido en un dominio donde moran los dioses. Lo hago por instinto, y también debería funcionaros a vosotros. No es mucho, pero me habéis pedido ayuda y os doy lo que tengo. —Los miró a los ojos—. Ya os he advertido del peligro. Hay pocos senderos en este universo que tema recorrer. Este es uno de ellos.

Navani cruzó la mirada con Dalinar. Su marido suspiró, pero entonces asintió con la cabeza.

—Abramos la perpendicularidad —dijo— y tanteemos.

Urgido por Radiante, el grupo voló hacia los Forjadores de Vínculos. Dejaron atrás a los tres escuderos de Breteh para que vigilaran y los avisaran si alguien cruzaba cualquiera de los portales.

Volaron por los corredores de Urithiru y, mientras lo hacían, Radiante estiró el brazo para rozar la pared. Parecía sólida. Aquel pasillo estaba poblado por centenares de minúsculas llamas de vela que flotaban en el aire, las almas de las personas que vivían y trabajaban en la torre. También había una gran cantidad de spren, que en ese lado eran como vida salvaje, la fauna que habitaba Shadesmar, atraída, y quizá nutrida, por las emociones y las experiencias de los humanos. En el Reino Físico solo eran visibles cuando algo intenso les permitía manifestarse.

Quizá fuese el vínculo lo que los atraía. Un vínculo con las personas, como el de los spren Radiantes, o los de su armadura, que les mantenían el ritmo de algún modo, rodando por el suelo y a veces volando a través de huecos. Había algo en ese vínculo que llamaba a los spren, que los estimulaba. «Como cremlinos escondidos en la cortezapizarra», pensó Shallan, sonriendo, recordando unos dibujos que había hecho en tiempos más inocentes.

Había mucho que estudiar sobre la simbiosis entre spren y humanos. Algún día, cuando todo aquello terminaba, ese iba a ser su proyecto. Jasnah la consideraba una artista caprichosa, y eso formaba parte de ella. Pero también lo hacía la científica. Ella soñaba con crear un gran volumen ilustrado que explicara los complejos detalles del vínculo. Sería el triunfo definitivo de Shallan en demostrar que el arte y la ciencia eran, en realidad, una sola cosa.

Los Corredores del Viento hicieron que el grupo aterrizara en una escalera descendente. Los Forjadores de Vínculos habían ido por allí; de hecho, brillaban a través del suelo de cristal más adelante. Los tres guardias y un Corredor del Viento se adelantaron para confirmar que el camino estuviera despejado mientras Renarin se acercaba a ella y le susurraba:

—He tenido una visión, justo antes de que llegaras. Rlain cree que es Ba-Ado-Mishram. Lo que estamos haciendo aquí es peligroso y necesito hablar de ello con Shallan.

De modo que, reacia, Radiante se retiró. Deseando que no se distrajeran demasiado por lo que fuese que quería decirles Renarin.

La torre resultaba abrumadora en ese lado para Renarin. Mientras Rlain canturreaba a la belleza del lugar, Renarin no dejaba de fijarse en las muchas cosas que estaban moviéndose a la vez. Las paredes de centelleante cristal, cuyas esquinas reflejaban la luz como en un prisma. Y luego estaban los spren. Había bandadas de ellos, muchos del tamaño de visones o incluso de sabuesos-hacha, correteando por todos los pasillos, colgando del techo, creando sombras que se reflejaban a través de las paredes y se sumaban a la cacofonía visual.

Aunque los spren tenían un aspecto distinto en ese lado, Renarin estaba bastante seguro de ver a unos cuantos miedospren, como anguilas con muchas patas y un gran ojo abultado en la parte de delante. Los glorispren aleteaban por ahí con resplandecientes esferas por cabezas. Pero ¿qué eran aquellos de seis brazos que se aferraban a las paredes y observaban con una enorme boca caída que parecía tener ojos dentro? ¿Y las cosas con forma de anémona? ¿Y las sombras más oscuras, voluminosas y amenazadoras, que no dejaba de entrever a través de las paredes de cristal?

Tormentas. Mientras se llevaba a Shallan a un lado, hurgó en los bolsillos en busca de algo que manipular. Sacó un par de esferas, que hizo rodar en la palma de la mano mientras intentaba concentrarse en los chasquidos que hacía el cristal.

Shallan se quitó el coletero y se revolvió un poco el pelo antes de volver a ponerse el sombrero. Separó los labios mientras miraba a un lado y luego al otro. Estaba bien saber que Renarin no era el único que encontraba aquello terrible, abrumador y…

Vio que Shallan sonreía como una loca.

—Esto es asombroso —dijo—. ¡No puedo creer que no haya venido antes!

—¿No volviste ayer mismo?

—Tendría que haber sacado tiempo de alguna parte —respondió ella, y señaló—. ¡Tormentas! ¿Qué son esos de ahí? Tendría que bosquejarlos. A los del espinazo. No se parecen a ningún spren de nuestro lado. Lo normal es que haya alguna pista física para adivinar lo que son.

Pese a sus palabras, no sacó ningún cuaderno. Empezaron a bajar la escalera, con un Corredor del Viento y Rlain encabezando la marcha. Renarin se quedó las esferas en la mano y las hizo chasquear mientras repasaba lo que quería decir. Mientras lo ensayaba en su mente.

—Bueno, ¿querías que habláramos? —preguntó Shallan, observando a otro spren que tenían encima, al otro lado del techo transparente.

—Sí —dijo él, con tono deliberado—. Ba-Ado-Mishram. Rlain cree que nos la hemos encontrado en una visión.

—Creo que yo también —respondió Shallan.

—¿Qué?

—Cuando tejes luz, pasan cosas raras —explicó ella—. Sobre todo si estás vinculada a dos spren a la vez.

Dos spren.

—Un momento. ¿Esa no es solo una… amiga de Patrón?

—¿La ojomuerta?

¿Ojomuerta? Renarin observó a la otra críptica, que caminaba por delante. ¿Era eso lo que significaban las líneas torcidas de la cabeza? No se había fijado mucho, dado que… bueno… dado que aquel lugar ya era bastante exigente y agotador. Renarin no podía evitar verlo todo.

—Dos spren —dijo, centrándose en eso—. Tienes dos spren. Ni siquiera sabía que fuera posible. ¿Por qué vinculaste a la segunda durante vuestro viaje?

—Es una larga historia —contestó Shallan.

Aquello parecía una promesa, pero entonces Shallan no siguió hablando.

—En fin —dijo Renarin al cabo de un tiempo, organizando y centrando sus pensamientos de nuevo mientras un grupo de extraños spren violetas bajaban rodando los peldaños junto a ellos—. Dices que esa Deshecha está en el Reino Espiritual. Y dices que mi padre va a abrir una perpendicularidad para ir hasta allí.

—Cosa que los Sangre Espectral saben —añadió Shallan.

—¡Pues digámosle que no lo haga!

—Ya he enviado mensajes —dijo ella—, pero es un día ajetreado y tu padre no ha parado quieto. Además, Renarin, ¿cuándo se ha replanteado algo Dalinar porque cualquiera de nosotros le ponga un pero? —Shallan miró hacia las luces de delante. Parecía que el padre de Renarin y su tía Navani habían entrado en una gran cámara al final del pasillo—. Por fin puedo detener a Mraize; por una vez, sé exactamente dónde va a estar. Solo tengo que estar allí vigilando.

—Pero esa spren… —repuso él—. Shallan, creo que es un ser terrible. Peor que el Deshecho que estuvo siglos provocando que los alezi ansiaran matarse unos a otros en batalla. Peor que el que mató a Aesudan y consumió a Amaram. Peor que… que cualquier cosa.

—Pues entonces tenemos que asegurarnos de impedir que los Sangre Espectral lleguen a ella.

—O quizá no deberíamos involucrarnos en absoluto —dijo Renarin—. ¿Y si, por entrometernos, hacemos que termine liberándose? ¿Sabes todo el esfuerzo que hicimos para encerrar la Emoción? Pues alguien se tomó las mismas molestias y más para impedir que Mishram campara a sus anchas. Si está en el Reino Espiritual… a lo mejor tus enemigos no logran encontrarla, Shallan. Puede que la prisión sea lo bastante fuerte.

—No puedo quedarme de brazos cruzados mientras Mraize hace lo que le dé la gana, Renarin.

—¿Y yo? —preguntó él, sintiendo que Glys vibraba en su interior—. Shallan, has venido a buscarme a mí en particular.

—Porque podrías ser capaz de distinguir a otros que han vinculado a spren… ¿corruptos? Esto… ¿renacidos? ¿Rehechos? A spren de Sja-anat.

—Creo que eso puedes hacerlo tú igual de bien que cualquiera —respondió Renarin—. Dices que Mraize ha vinculado a un spren iluminado de Sja-anat porque será capaz de guiarlo en el Reino Espiritual. Y entonces, has venido a buscarme. ¿Por qué, Shallan? ¿Cuál es la verdadera razón?

Shallan mantuvo la mirada al frente.

—La prisión de Mishram no es segura. Los Sangre Espectral sabían exactamente dónde enviar agentes para obtener la información, y saben cómo acceder al Reino Espiritual. Y sus spren, sus spren iluminados, pueden orientarlos para recorrer ese reino.

—Así que vas a intentar hallar la prisión tú también —dijo Renarin—. Por eso estoy aquí. ¡Esperas que Glys te guíe!

—No creo que lo tuviera tan planificado —respondió Shallan—. Estoy funcionando por instinto. Escucha, deberíamos alcanzar a los demás.

Aceleró el paso. Renarin se obligó a seguir recorriendo el corto pasillo, esforzándose en pasar por alto tantas luces, tanto movimiento. Era… era estridente. No estridente para los oídos, sino estridente para todos los sentidos. Le daba ganas de taparse los ojos y bloquear la mayor parte de los estímulos, de recortar la cantidad que llegaba hasta él.

¿Ayudaré?, propuso Glys. *¿Lo intentaré?*

El spren… oscureció las cosas. Amortiguó las luces en el perímetro de la vista de Renarin, como lo que ocurría en las visiones, cuando todo se volvía negro.

Sí que le sirvió de ayuda, y Renarin logró recobrar la compostura y seguir caminando tras Shallan y los demás. Pero... tormentas. ¿En qué estaba dejando que lo metiera su cuñada? Shallan podía ser un poco... como un río aparecido de repente tras una alta tormenta. Una inundación que te arrastraba hasta agotar sus fuerzas y entonces te abandonaba vete a saber dónde. Adolin se limitaba a dejarse llevar.

¿Tiene razón?, preguntó Renarin a Glys. *¿Podrías ayudarnos en el otro lado, en el Reino Espiritual?*

Eh... Sí, dijo Glys, sonando titubeante al palpitar. *Sí. Creo que podría. Lo haré.*

Era un pequeño alivio, pero Shallan parecía muy asustada de aquellos Sangre Espectral. Renarin no creía que pudieran hacerle nada a su padre: las almas humanas aparecían como llamas brillantes en ese lado, pero no había forma de interactuar con ellas. Sin embargo, no conocían todas las permutaciones de lo que podía hacer la antiluz, y...

... y Renarin siguió adelante, a pesar de saber que estaba atrapado en una inundación de Shallan. Porque, si daba media vuelta, lo más probable sería que Rlain lo hiciera también, y entonces estarían dejando a Shallan completamente desprovista de acceso al sentido común.

«No seas injusto —se dijo—. Shallan le ha hecho mucho bien a tu familia». Un año teniéndola como cuñada le había mostrado a Renarin que podía ser una mujer muy sensible y solícita, y amaba a Adolin con un entusiasmo que nunca había mostrado ninguna de las otras mujeres. Además de eso, tenía una actitud extraordinaria hacia la vida, considerando los retos que le planteaba a veces su mente fragmentada.

En pocas palabras, pese a las primeras impresiones, Renarin le había cogido cariño. Pero eso no significaba que le gustase la forma en que Shallan funcionaba por instinto. ¿Unirse casi sin querer a una organización secreta que pretendía dominar Roshar, y luego no encontrar nunca el momento de mencionárselo a nadie hasta que se desataba la crisis? En opinión de Renarin, era lo más propio de Shallan que podría haber hecho en la vida.

Por desgracia, un resplandor estaba intensificándose por delante de ellos, al final del pasillo. Su padre ya preparaba la perpendicularidad. Pero... allí no había nadie más. La sala a la que llegaron era una réplica exacta de la que había en el Reino Físico, solo que hecha del mismo cristal brillante que todo lo demás. Renarin distinguía el alma de su tía Navani y la de su padre, refulgentes por sus Conexiones a spren poderosos, y luego otra alma, que debía de ser la de Sagaz, centelleando con una enorme cantidad de extraños colores. Glys lo confirmó.

Por lo demás, la sala estaba vacía y... Un momento. ¿Qué eran esas dos almas que había a un lado, en la pared?

Shallan dejó a los tres guardias en la puerta y entró con los spren, Rlain y los Corredores del Viento. Una vez dentro, se quedó plantada con los brazos en jarras.

—Esto parece inexpugnable. ¿Solo un pasillo que da a la habitación? ¿Paredes a través de las que podemos ver y ningún otro humano a la vista? ¿Se me escapa algo?

—Esas dos almas de ahí podrían estar espiando a mi padre y a Navani —dijo Renarin—. ¿Es posible que sean tus enemigos?

Shallan se volvió de sopetón y miró hacia donde señalaba.

—Tormentas, ¿puede ser que los Sangre Espectral se nos hayan colado en el Reino Físico? Podrían haberse trasladado con algún grupo de militares desde las Llanuras Quebradas.

—¿Qué aspecto tienen esos Sangre Espectral? —preguntó Rlain, inspeccionando las almas—. Quizá consigamos identificarlos.

—Esperamos a tres personas —dijo Shallan—. Dos bajitas, una alta. Una mujer, dos hombres. Dos de ellos llevan unas máscaras extrañas casi todo el tiempo, y son extranjeros. El tercero es thayleño, aunque se tiñe las cejas y las lleva cortas. Tiene cicatrices en la cara y... —Calló un momento y miró a Renarin—. Llevarán a spren con ellos. Quizá escondidos dentro de sus anfitriones, como los vuestros.

—Tumi dice que es probable —confirmó Rlain—. Cualquier spren puede aprender a hacerlo, incluso en este lado.

—¿Y sus poderes? —preguntó Renarin con brusquedad—. Sja-anat puede crear cualquier orden de Radiantes salvo un Forjador de Vínculos, suponiendo que los spren estén dispuestos. Y muchos de ellos lo están, Shallan. Sja-anat les ofrece una elección distinta, una tercera opción. Por tanto, ¿a qué poderes deberíamos estar atentos?

—Bueno, uno de ellos puede trasladarse entre Shadesmar y el Reino Físico —dijo Shallan—. Así que quizá estén esperando al otro lado a que se abra la perpendicularidad y tengan pensado aparecer aquí y entrar en ella desde este lado.

—Bien. Es algo ante lo que prepararnos. —Rlain se arrodilló junto a la pared—. Esas dos almas... parecen haberse escondido en un conducto de ventilación. ¿Y qué es ese punto verde que...?

—Mmm... —dijo Patrón—. Cultivacispren. Esa es Lift.

—Espiando, como de costumbre. —Shallan se cruzó de brazos—. Puede que no sean nuestros enemigos.

—¿Qué otra cosa podría delatarlos? —preguntó Renarin—. ¿Es posible que alguno sea un Tejedor de Luz? ¿Que se hayan disfrazado?

Shallan lo miró y entonces sus ojos se ensancharon y miró atrás a través de la puerta cristalina, transparente. Hacia los tres soldados, dos bajitos y uno alto, que ellos mismos habían traído hasta allí y apostado en la puerta.

32

CORDELES DE LUZ

Como un rey al dejar a un pueblo con el don de su ausencia, para que pueda crecer y resolver sus propios problemas sin tener siempre la mano del monarca guiándolo.

De **El camino de los reyes**, cuarta parábola

Una fulgurante grieta rasgó la realidad ante Dalinar, una fusión de tres reinos.

Adoptó la forma de una columna de luz que emergía de sus manos entrelazadas, mientras unos glorispren estallaban cobrando existencia a su alrededor. La luz pronto lo inundó todo, y el poder fluyó como el agua en un caudaloso río, creando una perforación en la realidad que desafiaba las leyes naturales. O no, en realidad: aquello también era una expresión de las leyes de la naturaleza. Solo que de unas más elevadas, más fundamentales.

—Muy bien —dijo Dalinar—, está abierta.

—Entrad —llegó la voz de Sagaz, aunque Dalinar le había perdido la pista en aquella luz omnipresente—. Los dos. Dejad que la luz os bañe y entonces buscad el Reino Espiritual.

Dalinar avanzó, manteniendo abierto el portal como si separase las cortinas de una ventana.

—Dalinar —dijo Navani, a su lado—, oigo los tonos de Roshar. Ahora me son conocidos. Este lugar… lleva semanas llamándome.

Tomó la mano de Dalinar en su mano segura y extendió los dedos de la otra hacia el sonido, que él veía creando franjas en la luz. También él alcanzaba a percibir aquel dominio. Sintió cómo ella le daba la bienvenida… mientras se estiraban hacia otro lugar.

El miedo atenazó a Shallan. Esa gente de fuera...

Oh, no, pensó Velo. *Recuérdamelo, ¿qué haces cuando hay un guardia vigilando por si apareces?*

Tormentas. Te convertías en el guardia.

Por desgracia, Mraize la vio mirando hacia él a través de la pared y supo que los habían descubierto. Un segundo después, los tres Sangre Espectral irrumpieron por la puerta, todavía llevando sus rostros falsos, aunque Mraize había desenfundado una daga. Una que brillaba y distorsionaba el aire.

—¡Proteged a los spren! —gritó Shallan, señalando—. ¡Esos tres guardias son el enemigo!

En la cámara estalló el caos. Tres miembros de los Sangre Espectral que fingían ser guardias alezi normales y corrientes se enfrentaban a dos Corredores del Viento con sus spren, además de a Renarin, Rlain, Radiante, Patrón y Testimonio. Demasiadas figuras moviéndose de pronto, reaccionando o entrando en pánico.

Mraize alzó su daga y se quedó atrás, aunque, cuando el arma se aproximaba a su costado, provocaba que su tejido de luz chispeara y se hiciera jirones. Iyatil y Lieke se abalanzaron contra Breteh, quizá identificando al Corredor del Viento como el más fuerte del grupo.

Radiante se movió, pasando junto a Patrón e intentando llegar a Breteh, que recibió el embate de Lieke y agarró el brazo con el que empuñaba otra daga. Cerca de ellos, Isasik, el otro Corredor del Viento, embistió contra Iyatil.

«Tormentas, no», pensó Radiante, deteniéndose de golpe. Era imposible que Isasik pudiera ocuparse de Iyatil. Y en efecto, la mujer hizo un giro experto y aferró al Corredor del Viento más joven por el brazo mientras le daba un tajo, con un solo movimiento fluido. Lo arrojó a un lado, con sangre salpicando de un corte que le cruzaba el cuello.

Justo en ese instante, se abrió la perpendicularidad de Dalinar.

El poder vibró por toda la estancia, palpitando con la energía de las tormentas, y Shallan sintió que le recorría el cuerpo entero como agua caliente en las venas. Dio un respingo asombrado mientras, fuera de la sala, los spren empezaban a amontonarse y rascar la puerta.

Iyatil saltó hacia ella mientras alzaba su cuchillo ensangrentado, que por suerte era un arma convencional. Entonces Radiante se separó de Shallan, con armadura completa a pesar de estar en Shadesmar, creada a partir de un tejido de luz dotado de peso físico. Radiante interceptó a Iyatil en pleno salto y la estampó contra el brillante suelo cristalino.

La mujer gruñó y atacó a Radiante, pero su arma rebotó inofensiva en la armadura esquirlada. La coraza no era real, pero ¿acaso había algo real en aquel lado? ¿Qué había creado aquella torre entera, si no la Investidura en crudo del Hermano?

Radiante retuvo a Iyatil asiéndola de un brazo, pero la Sangre Espectral se zafó de la presa con un practicado movimiento de lucha cuerpo a cuerpo. Giró alrededor de Radiante, que intentó en vano agarrarla de nuevo. El tejido de luz de la mujer empezó a evaporarse, dejando ver su máscara, y sus ojos rodeados de madera se clavaron en Shallan.

«Si tiene una daga de antiluz tormentosa —comprendió Shallan mientras danzaba hacia atrás por instinto—, la utilizará contra mí. Así nos mataría tanto a mí como a Radiante, y posiblemente inutilizaría a Patrón y Testimonio». Tampoco era que los crípticos estuvieran sirviendo de mucho. Testimonio se escondía detrás de Patrón, que se había llevado una mano al pecho mientras el patrón de su cabeza daba vueltas, como la anfitriona de una fiesta al aire libre echada a perder por una lluvia inesperada.

Iyatil acometió y Shallan esquivó hacia atrás, agradeciendo que Adolin hubiera insistido tanto en entrenarla en el combate a cuchillo. Como había esperado, el ataque era una finta. Iyatil desenfundó otra daga y mantuvo la mano atrás, como intentando ocultarla. Esa daga distorsionaba el aire.

Shallan se había equivocado al pensar que solo tendrían un poco de antiluz. Una sola saeta, sí, pero dos dagas ya como mínimo. Siguió esquivando y pasó junto a Isasik, a quien Renarin estaba ayudando a incorporarse después de sanarlo. Un segundo después, Breteh, escorado en un enlace fuera de control, se estrelló a su lado. Iyatil se apartó y Shallan vio su oportunidad e hizo que Radiante cargara contra la mujer, obligándola a soltar la daga, que se alejó resbalando por el suelo.

Mientras Iyatil volvía a escabullirse veloz de la presa de Radiante, Shallan logró recoger la daga. Alzó la mirada hacia los ojos furiosos de Iyatil y sonrió triunfante.

Al momento se le clavó un dardo de cerbatana en el ojo. Retrocedió trastabillando y, dolorida, apenas logró evitar los otros dardos que Iyatil estaba disparándole. ¿Cuándo había sacado la cerbatana aquella mujer? Shallan se alejó a toda prisa, creando ilusiones de sí misma para distraer a su adversaria, y se arrancó el dardo del ojo.

Bufando, evaluó la situación. Isasik estaba curado, pero seguía sentado en el suelo, con la mano derecha apretada contra el cuello ensangrentado. Lieke se enfrentaba a Rlain y a una spren de los Corredores del Viento. Era la misma spren que había hablado antes con Rlain, vestida de uniforme y empuñando una espada ligera de duelos, que manejaba con eficacia para hacer retroceder al forastero contra la pared, donde lo atravesó con ella.

Shallan asintió, agradecida: hasta el momento, Maya y Notum eran los únicos spren que había conocido con aire de soldados. Pero tenía sentido que hubiera más, sobre todo entre los honorspren que habían elegido acudir y formar vínculos en vez de esconderse en Integridad Duradera.

Los Sangre Espectral estaban perdiendo aquel combate. Quizá fueran mejores guerreros individuales, pero se enfrentaban a cinco Radiantes, además de los spren y las ilusiones de Shallan. Radiante obligó a Iyatil a recular hacia una esquina mientras Lieke, quien no parecía tener ningún spren, moría por el ataque de su adversaria, flácido y cubierto de sangre. El alboroto cesó tan de repente como había comenzado.

Tal y como Adolin le había advertido hacía ya tantos meses, a menudo el combate era rápido, brutal y abrumador. Años de entrenamiento que desembocaban en unos pocos encontronazos cruciales. Shallan incluso se había perdido partes importantes de la pelea, teniendo la atención centrada solo en Iyatil. Hasta ese instante no se había fijado en que Mraize estaba en el techo, al parecer enlazado allí por Breteh. Los honorspren y Rlain se sumaron a Radiante en el acoso a Iyatil, mientras Shallan e Isasik, que volvía a estar en pie, volvieron sus armas hacia Mraize, atrapado contra el techo.

—Un momento —dijo Isasik—, ¿de dónde ha salido esa otra Caballera Radiante? ¿Y cómo es que lleva armadura esquirlada en Shadesmar?

Breteh miró a Radiante y frunció el ceño.

—¿Otra Tejedora de Luz? —aventuró—. ¿Shallan?

—Bueno —dijo ella—, es así como complicado…

—No nos habéis preguntado —susurró Iyatil desde la esquina— qué ha sido de los guardias a los que hemos reemplazado.

Isasik se volvió hacia ella.

—¿Qué les habéis hecho?

—Están retenidos en la base de la columna por la que habéis llegado —respondió ella—. Son nuestros rehenes. Los ejecutarán a menos que dé una señal. O que lleguéis a ellos antes.

—Está jugando contigo, Isasik —dijo Shallan—. No dejes que se te meta en la cabeza.

—Es verdad —dijo Mraize desde el techo—. Sabes que no mentiría en esto, Pequeña Daga. Podéis salvarlos, pero solo tenéis unos minutos.

—¿Mienten? —preguntó Isasik con brusquedad—. ¿Shallan?

Shallan alzó la mirada hacia Mraize. Quien sonrió. Confiado.

Condenación.

—Es probable que no —reconoció Shallan—, pero…

Los dos Corredores del Viento salieron corriendo, seguidos por sus spren.

—Cómo son los Corredores del Viento —dijo Iyatil, despectiva—. Qué fáciles de manipular.

—Seguimos teniéndoos a todos —replicó Shallan. Mraize en el techo, Lieke muerto, Iyatil atrapada en la esquina, sosteniendo su cerbatana pero al parecer sin dardos ya—. Estáis capturados. Nosotros ganamos.

—Ah —dijo Iyatil en voz baja—, pero Mraize aún tiene su daga.

Shallan miró de nuevo hacia él y sus ojos se clavaron en la daga. Era difícil distinguir nada con la perpendicularidad bullendo, inundando la estancia de brillante luz blanca. En la lejanía, los spren estaban descontrolándose, un millar de sombras que danzaban en la planta baja. Pero Shallan alcanzaba a entrever aquella distorsión. El extraño resplandor de la daga repelía de algún modo la luz natural, incluida la de la perpendicularidad, en una burbuja alrededor de la mano de Mraize. Destacaba como un único punto en un lienzo por lo demás blanco.

—Mraize —dijo Shallan, de pronto temerosa—. Mraize, ¿qué estás haciendo?

—¿Alguna vez has visto una perpendicularidad colapsar sobre sí misma, Pequeña Daga? —preguntó él.

—Mraize…

—Yo tampoco —dijo Mraize desde el techo—. Pero dicen que es espectacular.

Arrojó la daga. Shallan saltó hacia ella, pero estaba en mala posición. La antiluz impactó en el centro del portal.

Una explosión sacudió la cámara.

Estaba funcionando.

Dalinar sentía cómo empezaba a formarse la visión, despacio al principio, como si el Reino Espiritual se resistiera. Navani y él se esforzaron en avanzar, como a través de una densa brea, cogidos de la mano, arrastrando cordeles de luz que los Conectaban con el Reino Físico.

Las imágenes cobraron forma a su alrededor a partir de la luz arremolinada. Visiones de lugares, de personas, efímeras, desparecidas al cabo de segundos. Los tonos vibraban a través de él.

Estaba *funcionando*.

Miró a Navani, sonriente. Entonces, detrás de ellos, algo se partió.

La Conexión de ambos con el Reino Físico dejó de existir, y algo llegó en tropel hacia ellos: poder, viento y chillidos.

33

LA CONFLUENCIA
DE TODA OSCURIDAD
Y TODA PENA

Ojalá tengas el coraje, algún día, de marcharte. Y la sabiduría para reconocer ese día cuando llegue.

De *El camino de los reyes*, **cuarta parábola**

Lift dio un respingo por la repentina inundación de luz.

Ya había estado cerca de la perpendicularidad de Dalinar, pero seguía maravillándose todas las veces. Aquella poderosa iluminación refulgía a través de ella, volviéndola transparente. Hasta escondida en los pequeños túneles del aire como estaba, era imponente.

Ese día, dentro de aquella luz, se vio a sí misma como podría haber sido. Alzándose orgullosa, sin miedo al futuro, porque tenía apoyada en el hombro la mano de alguien que la quería. En la visión iba vestida con la ropa de su infancia, iriali, del lugar al que su familia se había mudado siendo Lift muy pequeña.

¿Y si se hubiera quedado allí, en Rall Elorim, en vez de ir… allá donde el viento la llevase? ¿Se habría transformado en esa chica, en esa joven llena de confianza del pelo brillante y la falda corta iriali, con los hombros y el abdomen descubiertos? ¿Como si no le importara que la gente viese que estaba creciendo?

Esa versión de ella no parecía temerle a nada.

Lift estiró el brazo hacia aquella imagen de sí misma, sus dedos apenas visibles en la luz, y le pareció sentir que una canción reconfortante fluía a través de ella. Y esa mano… en el hombro, de piel morena y uñas pintadas… qué familiar le resultaba. Aunque el resto de la figura no se veía, Lift conocía esa mano, tan suave a pesar de los callos.

Si tan solo pudiera estrecharla una vez más…

Pero la visión no tenía sustancia. Y Lift supo, obligada a afrontarlo por fin, algo sobre lo que había estado mintiéndose a sí misma. No creía que su madre estuviera muerta. Sí, lo decía. Lo decía una y otra vez, igual que su tío abuelo había jurado siempre las cosas en nombre del dios al que odiaba. Por si ese dios estaba mirando, por si el destino iba a ver qué tal estaba ella, porque, diciéndolo así, nadie te preguntaba qué había de verdad en tu corazón.

Lift no lo creía; le era físicamente imposible. Su madre iba a abrazarla otra vez, y la vida sería cálida. Pero Lift… no podía cambiar. ¿Y si su madre regresaba y no la reconocía? ¿Y si su madre llegaba a por ella y, al no verla, se buscaba otra niña pequeña a la que querer?

La vida había sido perfecta durante unos pocos meses. ¿Por qué no había podido quedarse así?

—¿Lift? —dijo una voz temblorosa desde detrás de ella, en el conducto. La visión desapareció—. Tengo miedo.

¿Wyndle? No, no. Era…

Se volvió de golpe y vio a Gavinor en su sombra, mirando más allá de ella hacia la sala en la que Navani y Dalinar estaban abriendo su perpendicularidad.

Desde la pared lateral, la enredadera de Wyndle compuso una boca.

—Ay, madre. ¿Tú sabías que nos estaba siguiendo?

—Pues claro que no —siseó Lift—. ¡Gav! ¿Se puede saber qué haces?

—Has dicho —susurró el niño— que tenemos que aprender cuándo obedecer y cuándo desobedecer. Te he visto colarte aquí. ¿Es momento de no obedecer?

El pobre se encogió más ante aquella luz. Tormentas. Una cosa era que la pillaran escuchando a hurtadillas en las reuniones importantes. Y otra muy distinta que la pillaran corrompiendo al famélico príncipe heredero, al nieto de los famélicos Forjadores de Vínculos. Iban a ahorcarla. Peor, iban a dejar de permitir que les robase los postres.

Intentó ahuyentar a Gav de vuelta por el pequeño túnel, pero el chico estaba paralizado. Con un suspiro, Lift se volvió para poder empujarlo por delante de ella. Se perdería la genialidad que Dalinar y Navani estuvieran haciendo, pero en fin. Al arrastrarse ahuyentó a un extraño cremlino púrpura. Esos bichos estaban por todos los tubos de ventilación. Lift se preguntó a qué sabrían cocidos, pero nunca había conseguido atrapar ninguno. También se preguntó si alguien más sospechaba lo que eran en realidad.

Por fin puso a Gav en movimiento, y todo fue bien hasta que Navani dio un grito… y la luz empezó a tirar de ellos hacia la perpendicularidad. Lift chilló mientras resbalaba hacia atrás por el túnel, empujando fuerte contra las paredes para detenerse, pero entonces Gav chocó contra ella y los hizo salir a ambos a la cámara.

—¡Ama! —gritó Wyndle—. ¡Ay, ay, ay! ¡Ama!

El aire rugió alrededor de ellos, rivalizando con el ruido del agua cayendo en cataratas que tanto le había dificultado a Lift escuchar lo que pasaba. Con aquella potente luz cegándola, perdió la pista de dónde estaba… y Gav se le escapó de la mano.

Estaban… los dos estaban siendo absorbidos hacia aquella grieta. Lift resbalaba por el rugoso suelo, se sacudía al pasar sobre piedras. Presa del pánico, intentó algo que nunca le había salido bien antes.

Se volvió *anti*maravillosa. En vez de resbalar libre, trató de hacerse raspar contra el suelo, quizá quedarse pegada. Por desgracia, la fricción solo consiguió que se diera la vuelta hacia arriba. Voló por el aire demasiado brillante, directa hacia la grieta…

… hasta que alguien la agarró por el brazo y la retuvo, una figura que proyectaba sombra en la dirección errónea. Un hombre vestido todo de negro, que gruñó, que forcejeó contra la poderosa abertura hasta que, por fin, la perpendicularidad se desvaneció.

Lift se derrumbó al suelo, cayendo como una cometa sin viento. Apenas distinguía nada, solo formas y sombras, aunque enseguida empezó a recobrar la vista.

—Gracias —murmuró.

—Tienes suerte de que te percibiera fisgoneando otra vez —dijo Sagaz—. Casi no consigo atraparte en el aire. Estáis en deuda conmigo los dos.

Lift se relajó mientras Wyndle llegaba a toda prisa.

—¡Oh! ¿Qué ha sido eso? —exclamó el spren—. Maese Sagaz, ¿qué ha pasado?

—Ojalá lo supiera —dijo Sagaz—. Sus anclas han desaparecido. Y… bueno, ellos también.

—Un momento. —Lift abrió los ojos—. ¿Se han metido ahí dentro del todo? ¿Con los cuerpos incluidos?

Siempre que ella se había colado en las visiones de Dalinar, había dejado atrás el suyo.

—Sí —respondió Sagaz—. ¿Y tú no me das las gracias por rescatarte? Qué cosas.

Lift frunció el ceño, confusa hasta que vio el cremlino de antes alejarse revoloteando con unas alas que apenas podían mantenerlo en el aire. Así que cuando Sagaz había dicho «los dos», se refería a…

Se incorporó de sopetón.

—¡Gav!

—¿Qué pasa? —preguntó Sagaz.

—¿Has atrapado a Gavinor? ¡Estaba colándose por los túneles detrás de mí! —Se levantó de un salto y buscó alrededor—. Lo has salvado, ¿verdad?

—No lo he visto —reconoció Sagaz.

—¿Cómo que no? —gritó ella—. ¡A mí sí que me has visto!

—Lift, estás tan Investida que me sorprende que la gente normal no lo note. Brillas tanto para mi sentido vital que eclipsas a todo el que está cerca. ¿Estás segura de que Gavinor estaba aquí?

Ella asintió, y entonces los dos desviaron la mirada, despacio, hacia la sección desnuda de piedra donde había estado el portal.

—Mierda —dijo Lift.

—Eso se lo has oído a Zahel, ¿verdad? —preguntó Sagaz mientras sus ojos se volvían distantes.

—¿Por qué decís todos lo mismo?

—Los rosharianos no usáis esa palabra como interjección —dijo Sagaz, con la expresión todavía extraña mientras daba una lenta vuelta sobre sí mismo—. Así vas a confundir a la gente.

—Las mejores palabras son las que no entiende casi nadie.

—Eso es justo lo contrario a cómo debería funcionar el lenguaje.

—Claro, porque a ti se te entiende todo lo que dices. En todo caso, ¿qué estás haciendo? ¿Deberíamos entrar en pánico?

—Diseño y yo estamos escrutando en el Reino Cognitivo —respondió Sagaz—. Por si tenemos suerte y los Forjadores de Vínculos han terminado en Shadesmar.

—¿Y? —preguntó ella.

—Veo los restos de un cadáver, malwish, a juzgar por esa máscara rota, y una sala destruida. Eso es curioso. Pero no hay rastro de Gav, Dalinar ni Navani. Por desgracia, parece que sí que han entrado en el Reino Espiritual.

—Lo cual significa...

Sagaz centró la mirada en ella y entonces apretó los labios formando una línea.

—Solo nos queda esperar que Dalinar logre volver en los próximos ocho días.

—¿Y si no lo hace?

Lift miró a Wyndle, que se había encogido formando un pequeño montón de enredaderas y daba suaves gemidos. Tormentas. Gav estaría aterrorizado. ¿Podía ella hacer algo?

—Esto lo complica todo —dijo Sagaz—. El contrato prevé que Dalinar muera antes de la hora límite, que intente ganar tiempo y que otra entidad impida su llegada. Pero si no se presenta a consecuencia de sus propias decisiones... creo que se consideraría una renuncia.

—O sea, perdemos.

—Peor —repuso Sagaz—. Sería como si Dalinar hubiera incumplido el contrato, rompiendo su juramento. Dado que Dalinar representa a Honor, cuyo poder es lo que mantiene a Odium atado a este planeta... si Dalinar no aparece, Odium quedará suelto por completo. Será libre para arrasar el Cosmere otra vez.

Tormentas. A lo mejor Gav no era el único que estaba en apuros. Solo que...

—¿Y no queremos que Odium se marche?

—Odium desatado sería algo terrible —dijo Sagaz, yendo al lugar donde se había abierto el portal. Se arrodilló y apretó los dedos contra la piedra—. Si no lo refrenara su miedo a las otras Esquirlas, no te haces una idea de la destrucción que provocaría.

—Ya, claro —respondió Lift—. Pero nosotros ya lo hemos tenido encima desde… bueno, desde siempre. Igual ahora les toca a otros.

Sagaz no respondió.

—¿Puedes hacer algo? —preguntó ella, acercándose a Sagaz y acuclillándose—. ¿Traerlos aquí? Siempre que yo me colaba, tenía a Dalinar para guiarme.

—No lo sé —casi susurró Sagaz—. Se lo he advertido. Voy a… tratar de pensar en algo que nos ayude. Puede que me lleve un tiempo. —Miró hacia la puerta—. Eso es que alguien llama.

—¿Llegas a oírlo, con tanto ruido que hace el agua?

Él asintió, levantándose.

—¿Se lo… decimos? —preguntó Lift.

—Depende. ¿Cuántas ganas tienes de desatar unos disturbios masivos por toda la torre? Dalinar y Navani son el pegamento que mantiene unida la nación y a los Radiantes. Creo que lo único que impide que cunda el pánico es que la gente cree que, de algún modo, el Espina Negra ganará el duelo dentro de unos días. Como descubran que ha desaparecido…

—Ya —dijo ella mientras sonaban golpes en la puerta otra vez, más ruidosos—. ¿Qué hacemos entonces?

—Haremos lo más inteligente, por supuesto —respondió Sagaz, empezando a brillar mientras absorbía luz tormentosa—. Mentir.

Mientras la noche se apoderaba por completo del territorio, Kaladin tuvo que admitir la derrota. Su estofado era un desastre. Sabía a crem.

Kaladin había ayudado a Roca docenas de veces, aunque Huio, Lopen y Dabbid habían demostrado ser los más capaces. Pero, aun así, no debería resultarle tan difícil. Solo había que cortarlo todo y echarlo dentro. Parte de la razón de que llevase un macuto tan grande era que había pedido especias y verduras en intendencia.

Estaba en cuclillas junto a su pequeña cacerola, una pobre sustituta del gran caldero de Roca, frustrado. ¿Quizá más pimienta? La espolvoreó y probó aquella bazofia, que ahora sabía a crem un poquito más especiado. Gimió desesperado y se dejó caer a su roca. La primera luna había salido e iluminaba a Szeth, tendido bocarriba en la hierba, sin esterilla, con solo una manta como almohada. Estaba dándole bocados a una ración de viaje.

—¿No sale bueno? —susurró Syl, sentada cerca en una roca, a tamaño completo, con su falda de ko-takama de dobladillo violeta ondeando al viento.

—Tiene que cocer a fuego lento —mintió Kaladin.

—¿Le has puesto… pedazos de raciones de viaje?

—Necesitaba carne. Las barritas vienen a ser cecina.

Tal vez no había sido la mejor elección. Pero… bueno, tal vez… ¿dejándolo cocinarse más? Sin muchas esperanzas, añadió otro pellizco de especias a la cacerola burbujeante. Pero, tormentas, había tardado tanto que Szeth ya estaba cenando por su cuenta. Si se hacía un estofado nocturno, era sobre todo para atraer a la gente, para animarla a relacionarse mientras comía algo inesperadamente bueno.

Solo que a Szeth no parecía importarle que las cosas supieran bien.

«Prueba de todas formas —se dijo Kaladin—. Dalinar te lo pidió».

—Bueno —dijo, dejando de mirar la cacerola para encararse hacia Szeth—, así que esta es tu tierra natal.

—Como es obvio —replicó Szeth.

—¿Tu casa está por aquí?

—Cerca.

—¿Quieres ir a verla?

Szeth se encogió de hombros, ya con los ojos cerrados.

—Allí no hay nada para mí.

—Podría ayudar, de todos modos.

—Te he dicho que no necesito ayuda.

Kaladin se volvió y removió el estofado, más que nada por estar haciendo algo.

—Yo antes también lo pensaba —respondió, subiendo la voz para que Szeth lo oyera desde atrás—. Bueno, en realidad antes lo decía. Siempre supe que necesitaba ayuda. Y una parte de ti lo sabe también, Szeth. Reconocerlo no es mostrar debilidad. De verdad que podemos silenciar esas voces.

—Me malinterpretas —repuso Szeth—. Cuando digo que no necesito ayuda, no es porque carezca de la capacidad de identificar mis taras. No es normal que me persigan las voces de los muertos. Del mismo modo, sé reconocer que otras personas no se sienten tan intimidadas por las decisiones como yo.

»Cuando digo que no necesito ayuda, es porque así es como debo estar. He asesinado a muchos inocentes. Elegí seguir las tradiciones rotas de un pueblo tan asustado por la Verdad que me exilió antes de tener que afrontarla. Y por ello, merezco sufrir. Es lo correcto. Si ahora tú lo sanaras, estarías haciendo algo inmoral. Es por eso por lo que te digo que no quiero tu «ayuda». Déjame en paz.

—No es inmoral dejar de padecer, Szeth —dijo Kaladin, mirándolo de nuevo.

Szeth solo cerró los ojos, sin responder.

Condenación. Kaladin apretó los dientes. Entonces se obligó a sacar la flauta y extender por delante de él los papeles que Sagaz le había dado con sus explicaciones. Necesitaba algo que lo relajara, y quizá aquello serviría.

Se equivocaba.

Apenas había pasado un día desde que Sagaz le enseñara la posición de los dedos, pero a Kaladin le costaba horrores reproducirla. Al principio no consiguió hacer ni un solo sonido. Lo que vino después fue un ruido rasposo, débil, nada parecido a la bella y ligera música que había tocado Sagaz.

Después de una tozuda media hora intentando tocar, Kaladin arrojó la flauta hacia abajo... y vio cómo se clavaba en el blando suelo igual que un cuchillo en la madera. Se levantó de la roca junto al fuego y se perdió enfurruñado en la noche, dando patadas a aquella estúpida hierba que se negaba a apartarse de su camino.

Syl lo alcanzó en la penumbra iluminada por la luna. Se le daba mejor ayudar que a él, porque supo que debía quedarse callada mientras Kaladin respiraba y respiraba, intentando exhalar sus frustraciones.

—No puedo hacerlo, Syl —dijo al cabo—. Lo único que se me ha dado bien en esta vida es la guerra. Hasta cuando me obligaron a estar de permiso, encontré la forma de luchar por la torre. Soy un inútil a menos que esté matando algo.

—Sabes que eso no es verdad.

—¿Qué voy a saberlo? —restalló Kaladin—. Siempre he sido demasiado bueno matando. Eso tienes que reconocerlo, porque es lo que te atrajo hacia mí.

—Lo que me atrajo —dijo ella— fue una fuerza de voluntad, una determinación y un deseo de proteger. Sí, me gusta la forma que tienes de bailar con el viento cuando empuñas una lanza, pero no es el acto de matar, Kaladin. Nunca lo ha sido.

Él no respondió. Mantuvo la mirada perdida en la oscuridad.

—Esto es tu cerebro oscuro hablando —añadió Syl—. No estabas matando cuando rescataste al Puente Cuatro. Sacaste a treinta hombres de la oscuridad y los abismos y forjaste con ellos algo maravilloso.

—Claro —dijo él—. Forjé un grupo de asesinos.

—Una familia —lo corrigió ella—. No intentes distorsionarlo. Yo estaba allí, Kaladin. Lo hiciste porque no podías soportar quedarte de brazos cruzados mientras seguían muriendo. Lo hiciste por amor.

Él desvió los ojos un momento y vio que ella estaba mirándolo indignada, a tamaño humano, imposible de pasar por alto. Tormentosa mujer. Tenía razón.

—Szeth —dijo Syl— no es un caso más desesperado que aquellos hombres. ¿Te acuerdas de lo reacio que estaba Roca al principio?

—Sí —admitió Kaladin.

Recordó una época que en su momento fue atroz, pero a la que le había cogido cariño. Escabullirse de noche con Roca y Teft para recoger fardos de matopomo. Oír la risa de Roca por primera vez, mientras describía lo que le había hecho a la comida de Sadeas.

Los dos habían desaparecido. Teft muerto. Roca quizá ejecutado por su gente. Aun así, Kaladin se forzó a dejar atrás los pensamientos oscuros y apostó otros pensamientos buenos, como soldados con lanzas, para mantener a raya a los primeros. Syl tenía razón. Kaladin podía afirmar muchas cosas sobre sí mismo, pero no justificar el argumento de que solo era un asesino. Y la vida era buena. Eso lo había sentido antes.

Hacer todo aquello no desterró la oscuridad, pero contrarrestarla con pensamientos activos sí que ayudaba.

—Es solo que ya no sé lo que soy —dijo Kaladin en voz baja, con más sinceridad—. O quién. Si no soy un soldado, ¿qué me queda? Sagaz me dijo que lo descubriera, pero eso me aterroriza, Syl. No puedo ser cirujano como quiere mi padre. Lo mío no es una vida tranquila atendiendo a pacientes que traen brazos magullados y toses raras.

—¿Y si son mentes magulladas e ideas raras? —preguntó Syl, y miró atrás hacia la pequeña hoguera.

Kaladin se sorprendió al ver que Szeth había decidido probar el estofado. Ay, tormentas. Echó a correr hacia allí con una excusa preparada, pero Szeth ya se había terminado el cuenco cuando llegó.

—Volvería a comer esto, si lo preparas.

Kaladin frunció el ceño. ¿Entonces... cocerlo a fuego lento había funcionado? Probó una cucharada y sabía justo tan mal como antes. Solo que... en fin, seguro que sí que estaba más bueno que las raciones de viaje. La cecina con katfruta machacada y seca tampoco era la comida más apetitosa del mundo.

Había estado comparando su estofado con las obras maestras que preparaba Roca. Un listón imposible. Pero si la única competencia eran las raciones militares...

Szeth se levantó y señaló con la cabeza hacia la negrura que era la cuenca de Shinovar.

—Esto está mal.

—¿Mal? Yo no veo nada.

—Debería haber luz de velas —explicó Szeth—. Fuegos en las granjas y los pueblos. Solo veo oscuridad. Es como si todo el mundo hubiera desaparecido sin más.

Kaladin llegó junto a él y contempló aquel océano de negrura.

—Antes... te he mentido —reconoció Szeth—. Sí que amo a mi pueblo, Kaladin. Mi exilio da la impresión de que no hay nada que me importe, y a veces me convenzo a mí mismo de que no merezco sentir nada. Pero... durante mucho tiempo, el exilio fue lo que me demostraba a mí que los quiero. Y quiero ayudar a mi pueblo. Eso es... más importante para mí que la misión, aunque sea por ello un mal Rompedor del Cielo.

—Los ayudaremos, Szeth —prometió Kaladin.

—Quizá sí que empecemos por visitar la granja de mi familia. Para... ver si nos revela algo.

Szeth le devolvió el cuenco a Kaladin y fue a tumbarse, se tapó con su manta y rodó de espaldas a él. Bueno, aquello no habían sido las risas alrededor de un caldero de estofado que Kaladin pretendía, pero sí que era algo. Se sentó y se comió un cuenco él también, terminándose lo que quedaba en la cacerola. Procuró no compararlo con el estofado de Roca y eso ayudó.

Kaladin no quería habituarse a rebajar sus expectativas, pero, al mismo tiempo, no estar dispuesto nunca a reevaluar una situación era igual de malo. Quizá estaba esperando demasiado de Szeth, demasiado deprisa. Kaladin había tenido paciencia con el Puente Cuatro. Podía mostrar allí esa misma paciencia, pese a la tensión de un mundo a punto de partirse.

Teniendo eso en mente, decidió recoger la flauta y hacer otro intento. Se alejó un poco para no molestar a Szeth y se obligó a practicar, y sintió que el viento soplaba mientras lo hacía. Un viento pacífico, propio de aquel lugar, donde la hierba no tenía miedo. Un viento que encontró reconfortante.

—¿Eres tú? —preguntó, bajando la flauta.

Sí, le susurró el Viento al oído, haciendo que Syl levantara la cabeza, sentada cerca en el suelo. *La música que te enseñó el antiguo... me llama...*

—He hecho lo que me pediste —dijo Kaladin—. Estoy aquí. Aún no sé muy bien por qué, pero estoy aquí. ¿Puedes explicármelo?

Odium cambia. Sus objetivos cambian. Ahora... puedo hablar... cuando tanto me costó durante años...

—¿Y eso tiene algo que ver con Odium? —preguntó Syl.

Él cambia. Su atención no está en mí, dijo el Viento. *Las Piedras siempre han tenido la capacidad de hablar, pero no han empezado a hacerlo hasta ahora. Yo siempre estoy aquí... Y ahora advierto. Odium está renovado. Esto es peligroso.*

Quédate... Vigila. Yo vigilaré también. Aún no tengo las respuestas, pero me siento mejor desde que estás aquí. Juntos debemos preservar un remanente de Honor. De algún modo...

Kaladin meditó sobre aquello mientras el Viento se retiraba. Se descubrió pensando de nuevo en sus amigos, que combatían sin él. Recordando el trauma de la muerte de Teft. Era una herida reciente. No podía obsesionarse con ella, lo sabía. No si quería convertirse en una persona nueva, como le había dicho Sagaz.

Al cabo de un rato, regresó a la flauta. El Viento no volvió, y sus intentos musicales fueron igual de penosos que los anteriores. Pero a la tormenta con ello, había una cosa que sí que era siempre verdadera acerca de Kaladin Bendito por la Tormenta. Sin importar su empleo ni dónde estuviera, incluso después de retirarle su capacidad de pelear... seguía siendo el idiota más tozudo que había existido jamás.

Así que siguió arrancándole notas espantosas a aquella flauta. Hasta el preciso instante en que alzó la mirada y encontró a Ishar el Heraldo de pie delante de él.

La torre era rara en el otro lado. Pero extrañísima. Y Lopen, claro, era un experto en cosas raras. Tenía un montón de primos raros. Los coleccionaba.

Por tanto, podía decir con autoridad que aquel sitio era raro. Los sitios no-raros no resplandecían. Era como si un edificio entero se hubiera hecho

Radiante, hubiera absorbido luz tormentosa y estuviera amenazando con dejar a Huio pegado a la pared.

Unos expectaspren lo siguieron como una panda de maleantes mientras los otros dos Corredores del Viento y él llegaban al lugar de la explosión. Aquel lugar era una réplica perfecta de la torre, solo que hecha de una especie de cristal brillante. La torre decía que despertarla la había restaurado a su estado natural. Y eso hacía que Lopen se preguntara por qué su brazo no estaba hecho de cristal brillante en ese lado. Habría sido mucho mejor que el que tenía de carne. Tampoco era que se quejara, ¿eh? Le gustaba volver a tener dos brazos, porque así podía comer chouta y señalar cosas a la vez.

Pero un brazo de cristal sería bastante guajudo.

—¿Crees que, si pienso mucho en ello, mi brazo se volverá de cristal?

Rua, su spren, se encogió de hombros. En ese lado, Rua medía poco más de un metro y tenía el pelo revuelto, una energía interminable y las proporciones de un niño. Le gustaba resbalar en vez de caminar, y Lopen había oído que, en su ciudad natal, Rua podía flotar de un lado a otro todo el tiempo. Huio lo encontraba fascinante y no dejaba de hablar de ello.

Los pensamientos sobre spren flotantes y brazos de cristal se evaporaron cuando Lopen llegó al lugar de la explosión.

—Es aquí, señor —dijo Isasik—. Estábamos aquí dentro.

Una cámara destrozada, humeante. Todas sus paredes estaban agrietadas, y la que daba al pasillo había quedado destruida por completo. El suelo cristalino tenía un boquete abierto y el techo era una telaraña fracturada.

Un cadáver maltrecho yacía entre tanta destrucción.

—¿Estáis seguros? —preguntó Lopen.

—Sí, señor. Cuando he vuelto para ayudar después de rescatar a los guardias, esto es lo que he encontrado. Y al ver a ese hombre muerto, tan aniquilado, me he temido…

—¿Qué? —dijo Lopen—. ¿Que los otros hayan terminado como papilla de persona?

Isasik puso cara de estar teniendo náuseas, pero asintió.

—Aquí no hay papilla de persona —afirmó Lopen—. La explosión ha sido gorda, pero no tan gorda, ¿sabes?, como para que no quede ningún rastro de nadie. La verdad es que esperaba que hubiera pedacitos de Shallan mientras veníamos por el pasillo. Me alegro de no haber encontrado ninguno.

—Entonces… —dijo Isasik.

—Entonces tenemos que suponer que han cruzado la perpendicularidad. O escapado de algún otro modo.

—Pero eso los habría devuelto al Reino Físico, ¿no? —objetó Isasik—. Y ninguno de ellos está allí.

Lopen no respondió. Estaba claro que allí pasaba algo. Navani no decía nada, así que el Hermano tampoco decía nada, pero él se lo olía cuando habían sucedido cosas raras. Era experto en lo raro. Las paredes guardaban secretos, literalmente. Unos secretos importantes y terribles.

Cosa que a Lopen le parecía de rechupete. ¡Si la gente importante se ocupaba de las cosas, él no tendría que preocuparse por nada!

—Voy a dar por hecho que se encargan otros —le dijo a Isasik—. Vámonos. Tenemos que llevar volando a Herdaz a la gente del Visón.

—Pero...

—Si están muertos, ¿podemos hacer algo por ellos?

—Bueno, no —dijo Isasik, que descendió por el aire para observar al muerto, que estaba muy muy muerto. Quedaba apenas lo suficiente para confirmar que no era ninguno de sus amigos.

—Si han escapado —prosiguió Lopen— y no quieren que nadie lo sepa, ¿estaremos ayudándolos si lo contamos por ahí?

—No —respondió Isasik—. Ya sabes cómo son los Tejedores de Luz.

—Si hubieran desaparecido en otro reino, dimensión o lugar, ¿hay algo que tú y yo podamos hacer al respecto?

—No —dijo Isasik, elevándose de nuevo—. Para eso haría falta un Forjador de Vínculos.

—Pues solo nos queda informar —concluyó Lopen—. Hemos investigado para asegurarnos de que no los tienen prisioneros. Ahora nos toca suponer que todo saldrá bien, porque, sea lo que sea que pase, es más grande que nosotros.

Y dicho eso, echó a andar hacia las Puertas Juradas. Rua corrió para no quedarse atrás, y Lopen vio que el tormentoso spren ahora tenía un brillante brazo de cristal.

—Presumido —le dijo Lopen, y entonces vaciló y habló en voz más baja—. ¿Tú qué crees que les ha pasado, naco? ¿Cómo es que Navani no está más preocupada? Renarin es pariente suyo, y Shallan también. Y, al enterarse, ha levantado los hombros y ni ha soltado el chouta que estaba comiéndose. ¿Tú la habías visto encogerse de hombros alguna vez? —Calló un momento—. ¿Tú la habías visto comer *chouta* alguna vez?

Rua señaló hacia el lejano sol, visible por los pelos a través del cristal refractante que eran las paredes de la torre en ese lado.

—¿El sol? —preguntó Lopen—. No... el reino de más allá, donde viven los dioses. ¿De verdad crees que han ido allí?

Rua asintió con entusiasmo.

—Vaya, condenación —dijo Lopen—. Supongo que al menos están en el barrio adecuado, ¿sabes?, para buscar ayuda divina.

Sí que era él. Ishar, plantado allí mismo en plena noche, sobre la herbosa ladera. Kaladin no lo había visto acercarse, ni había oído nada, pero estaba allí.

Syl dio un respingo y se levantó. Ishar desvió la mirada de la luna para observarlos. Kaladin había memorizado las descripciones de Dalinar y Sigzil, pero no le hacían falta. De aquel hombre emanaba una fuerza, una sensación. Sí, aparentaba ser una persona normal, con aquella barba de fervoroso y aquella cabeza afeitada. Casi como si... como si fuese un prototipo para la orden religiosa que había venido después. Túnica azul. Fajín dorado. Gruesos brazaletes.

Pero había más, inadvertido. La forma en que los pelillos de los brazos de Kaladin se erizaron. La forma en que los últimos vestigios de viento habían amainado de pronto. La forma en que ese hombre podía mirar a Kaladin y parecer que veía demasiado. Ese aire... y la pose con que se alzaba... recordaban a Kaladin a Ash, una de los otros Heraldos.

Ishar dio un paso hacia Syl, entornando los ojos. Ella alzó el mentón y no se hizo pequeña, aunque Kaladin sospechó que anhelaba huir. Una parte de él también lo deseaba, también quería alejarse de la mirada de aquel ser que no era del todo humano.

Pero para eso había ido hasta allí.

—No te... conozco —dijo Ishar, volviéndose hacia Kaladin—. Sé cuáles son todas las otras piezas que se mueven por este tablero. Pero tú... tú me habías parecido insignificante. Y ahora aquí estás con el Sinverdad, vinculado a la Antigua Hija. ¿Cómo te llamas?

—Kaladin —respondió él—. A veces llamado el Bendito por la Tormenta.

—Bendito por la Tormenta. No recuerdo haberte bendecido. —Ishar frunció el ceño—. Estás Conectado con Dalinar, el falso campeón. Y con Szeth, mi siervo. ¿Cómo?

Kaladin hizo acopio de valor.

—Me envían para ayudarte.

—¿Qué ayuda necesita un dios? —preguntó Ishar.

—Todos necesitamos ayuda a veces —dijo Kaladin—. ¿Nunca te... sientes abrumado? ¿Como si no pudieras fiarte de tus pensamientos?

Tormentas. ¿Había sonado muy ridículo?

—Te envía Dalinar —dijo Ishar—. Ahora lo veo. Quiere confundirme, convencerme de que no soy un dios. No necesito tu ayuda, niño. Tu amo ya ha hecho bastante daño.

—¿Daño? —preguntó Syl.

—Daño —repitió Ishar, volviéndose para contemplar las oscuras y suaves colinas shin—. Vuestro farsante Forjador de Vínculos me atacó. Me cambió. Me... hizo ver cosas que creía olvidadas. En ese momento, Tezim murió, pero ya no necesito ese nombre. Puedo ser Ishar, quien ascendió al puesto del Todopoderoso.

Dalinar ya se lo había mencionado. En el instante en que Navani se había convertido en Forjadora de Vínculos, Ishar había visto el Reino Espiritual y había recobrado la lucidez durante un breve intervalo. Por tanto... ¿le habían quedado secuelas de aquello? ¿Estaba mejor que antes?

Dalinar también había mencionado los juramentos. Si se hacía otro cerca de Ishar... quizá regresaría a sí mismo. Era un método de terapia nada convencional, pero tal vez...

Tal vez Kaladin tuviera que apelar al Heraldo, en vez de al hombre. Al Heraldo que durante tanto tiempo había defendido a la humanidad.

—Ishar —dijo—, necesitamos tu ayuda.

—Sí —repuso él—. Vuestros enemigos os aplastan y os aventajan porque no habéis acudido a mí. Tengo planes para encargarme de ellos, y de las amenazas mayores que nos esperan más allá. Pasa a ser mi discípulo y te lo mostraré.

—Podemos… hablar de eso —dijo Kaladin, lanzando una mirada hacia Syl en busca de apoyo—. Tenemos a Ash y Taln con nosotros, en Urithiru. A tus amigos.

Ishar dio un bufido.

—Inútiles. Los dos. —Miró a Kaladin a los ojos—. ¿Sabes lo que hago por ellos, niño? Yo fundé el Juramento, así que puedo absorber parte de su dolor en mí mismo. *Yo soporto su oscuridad.* Esa oscuridad los aplastaría a todos, de no ser por mí. ¿Has visto a Taln? ¿Está irracional, muy gobernado por la oscuridad?

—Sí —respondió Syl.

—Es porque no soporto su oscuridad como cargo con la de los demás —dijo Ishar—. Estarían todos igual de indefensos de no ser por mí. Yo soy la confluencia de toda oscuridad y toda pena. Sus dolores pesan sobre mí. Y aun así, me alzo ante vosotros. Soy un dios.

—Solo quiero… —empezó Kaladin.

—A ti no te había previsto, pero quizá debí hacerlo, teniendo en cuenta tu redespíritu y tus Conexiones. —Hizo un gesto con la cabeza hacia Szeth, en la distancia—. Szeth ha venido a cumplir la tarea que le encomendé hace muchos años. Su senda será difícil. Si pretendes que te escuche, demuéstrame que puedes prestar un servicio.

—¿En qué sentido? —preguntó Syl.

—En el de ayudarme a preparar el final —dijo Ishar en voz baja—. El Sinverdad ha regresado por fin. Esta tierra lo necesita.

—Ishar —insistió Kaladin—, quiero que hablemos de cómo te sientes. Hum… quiero…

—Hablaré contigo —le aseguró el Heraldo— cuando el peregrinaje haya concluido. Cuando la tarea esté hecha.

—Pero…

Los ojos de Ishar se iluminaron, refulgentes como por la luz tormentosa, pero con un brillo muchas veces más intenso. Los haces de luz cegaron a Kaladin mientras el Heraldo rugía:

—¡SI DESEAS OBTENER OTRA AUDIENCIA CON TU DIOS, DEBERÁS HACER ESTO, NIÑO! TAL ES EL PRIVILEGIO DE CUALQUIER DISCÍPULO.

La luz se desvaneció e Ishar ya no estaba.

Tormentas.

—Estupendo —dijo Syl—. Ha ido bien.

—¿Bien? —preguntó Kaladin—. Me ha soltado un montón de sinsentidos, se ha negado a escucharme y luego ha desaparecido.

—Pero no nos ha vaporizado ni nada de eso. —Syl ascendió flotando algo más de un palmo en el aire, emitiendo un leve resplandor en la oscuridad, con el pelo ondeando de nuevo al regresar el vientecillo—. Y está loco, así que… bueno, era de esperar que soltara sinsentidos. Se ha fijado en ti y te ha ofrecido la oportunidad de volver a hablar con él.

—Hablará con nosotros —dijo Kaladin—, siempre que ayudemos a Szeth a hacer… lo que sea que debe hacer. ¡No tenemos ni idea de lo que es! —Se pasó una mano por el pelo, pero entonces se calmó—. Dicho eso, sí que parecía… estar un poquito mejor que como lo describían Sigzil y Dalinar. Creo.

—Podemos ayudarlo, Kaladin —le aseguró ella, apoyándole unas manos incorpóreas en el brazo—. Podemos intentar ayudarlos a todos.

—No a tiempo para que le sirvan de algo a Dalinar —repuso Kaladin—. ¿Quién sabe cuánto tiempo llevará esta misión de Szeth aquí? Si Ishar se niega a hablar conmigo hasta después…

Pero en fin, Sagaz ya se lo había advertido. Allí había una tarea que era más crucial que llevar a Ishar con Dalinar, una tarea que el Viento necesitaba que Kaladin llevase a cabo.

«Preservar un remanente de Honor…».

—¿A qué se refería? —preguntó Syl—. Ha dicho que Szeth era su siervo. ¿En qué sentido?

—Vete a saber —dijo Kaladin—. Me ha llamado a mí su discípulo y cree ser el Todopoderoso. —Respiró hondo y recogió la flauta, los papeles de música y la gema con la que había estado iluminándose—. Pero… supongo que tienes razón. Esto podría haber ido mucho peor, y mañana podemos preguntarle a Szeth qué opina del asunto. De momento, creo que necesito dormir.

Regresaron a la hoguera, junto a la que Szeth daba suaves ronquidos. Kaladin guardó las cosas de la cena y cubrió el fuego, absorto en sus pensamientos. Intentaron volverse oscuros, pero él no cejó en su empeño de hacerlos retroceder a golpes con pensamientos positivos, como soldados que lucharan en su nombre. Recordatorios de que había tenido éxito en el pasado y podía volver a tenerlo. Recordatorios de que una idea no era cierta solo porque se le hubiera metido en la cabeza.

La oscuridad aún estaba allí y quería hacer que Kaladin creyese que las cosas no cambiarían nunca, pero aquella pequeña victoria demostraba lo contrario. Porque, aunque quizá nunca se librara para siempre de aquellos pensamientos, se había terminado eso de dejar que ganaran.

FIN

del segundo día

INTERLUDIOS

EL ♦ ODIUM

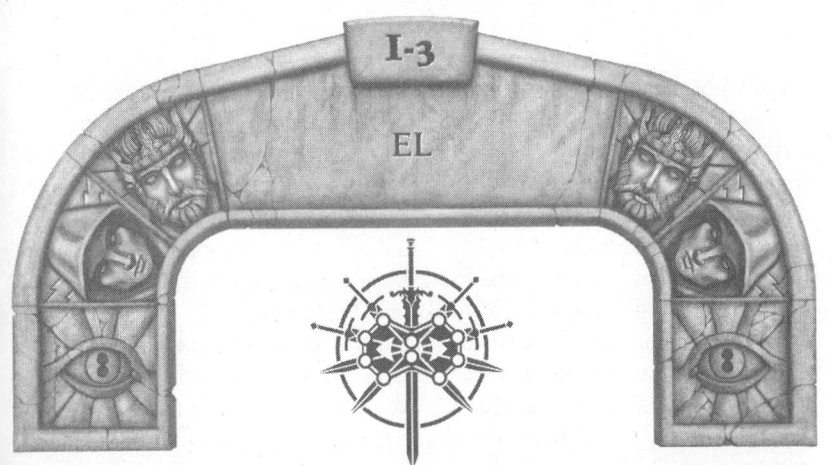

EL

El, quien no tenía título, llegó a la cámara acorazada del palacio de Kholinar. Habían situado allí a cuatro cantores regios como guardias, un puesto de honor. Con un poco de suerte, no caerían demasiado bajo después de aquello.

—Vais a abrir la cámara para mí —dijo El a ningún ritmo.

No cuestionaron la orden. Eso lo complació, ya que nunca le había gustado matar a mortales que servían bien. Sus emociones los honraban. Aun así, había dado por hecho que no cumplirían sus órdenes. Había supuesto que los Nueve se lo habrían dejado claro en el instante en que El renació, pero estaban distraídos con su guerra.

De modo que, ilusos de ellos, los cuatro regios canturrearon a Sumisión, quitaron los cerrojos, le abrieron las puertas y se inclinaron. Cuando El entró, el líder de los guardias, un regio en forma emisaria, corrió tras él.

—Debo acompañar a todo aquel que entre, grandioso —dijo el regio, inclinándose de nuevo—. Disculpad mi intromisión.

—¿Cómo te llamas? —preguntó El.

—Heshual.

—Uno de nuestros nombres. —El cruzó con paso tranquilo la pequeña cámara, que alguien había empezado a recubrir con láminas de aluminio—. ¿Cómo te llamabas antes?

—Me llamaba… Govi, grandioso.

—¿Echas de menos tu antiguo nombre?

—Eh… ¿no? —dijo el regio.

—Qué cohibido —dijo El a ningún ritmo—. ¿Fuiste lo bastante apasionado para convertirte en regio este Retorno?

—Eh…

Heshual canturreó a Tributo, que era un ritmo absurdo para aquella conversación. El se internó en la estancia, haciendo caso omiso a las enormes reservas de gemas, buscando un objeto en particular. Avivó su irritación, preciada como debían serlo todas las emociones. Sin embargo, no la canalizó hacia aquel regio, pues El comprendía el motivo de su timidez.

—No pasa nada —dijo—. Supongo que algún Fusionado reparó en tu pasión y te propuso para el ascenso, pero desde entonces otros te han reprendido por plantar cara. Y ahora no sabes qué es lo correcto, porque la sociedad está hecha un desastre y los míos se niegan a ser unos modelos adecuados de conducta.

El regio canturreó a Ansia. Indicaba acuerdo, y un deseo de seguir recibiendo el mismo trato. Ese ritmo sí que lo había acertado.

—Los míos se desgastan —dijo El en voz baja—, como zapatos llevados para recorrer demasiado camino. En parte, me despojaron de mi honor porque advertí de las señales. No podremos gobernar mucho más tiempo.

Por fin encontró lo que buscaba, en un estante cerca del fondo de la cámara acorazada. Era una gema específica, todavía sujeta a su daga. La prisión de Jezrien. El la sacó del estante con reverencia.

—Tened cuidado, grandioso —dijo el regio—. Esa es un arma peligrosa.

—Ah, lo sé.

El se sacó del bolsillo una de las nuevas gemas de antiluz tormentosa. La sostuvo en alto y apreció la obra de Rabeniel. Entonces tocó con ella la punta de la daga, que absorbió la antiluz y la envió a la gema que hacía de prisión.

—¡Grandioso! —exclamó el regio—. ¡Así vais a...! ¡Vais a...!

El levantó la daga, en cuya gema se había atrapado el alma de un Heraldo. Destelló cuando la antiluz entró en contacto con la luz, y Jezrien por fin quedó destruido. La explosión no fue muy grande; apenas agrietó la gema siquiera. No quedaba demasiado de Jezrien.

Y ya ni siquiera eso existía. Había desaparecido para siempre.

—Adiós, viejo amigo —susurró El a ningún ritmo.

Miró al regio, que se había quedado boquiabierto, horrorizado, mientras aparecían miedospren a sus pies.

—Esa reclusión —dijo El, tirando la daga a un lado— es un castigo que no merece nadie. Nos avergonzamos a nosotros mismos al atrapar, en vez de destruir, a un Heraldo. —Sostuvo en alto su gema de antiluz, todavía casi llena—. Sí, ya estabas casi muerto, ¿verdad, viejo amigo? Esas prisiones no funcionan en los humanos tan bien como se creía.

El pobre regio estaba pasando de un ritmo a otro como una persona asediada por la locura. El alma del Heraldo atrapado había sido con mucho lo más valioso que contenía la cámara acorazada.

—Deberías ir corriendo a buscar a los Nueve —sugirió El—. Si te das prisa, quizá no te castiguen. La culpa es suya por no advertiros acerca de mí. Y quizá alguna culpa también recaiga sobre mí. Por ser yo. Naturalmente.

El regio se fue corriendo mientras les gritaba a los otros tres que vigilaran a El y le impidieran huir. Por suerte para ellos, no tenía ninguna intención de marcharse. Se sentó en un banco que había a un lado de la cámara y meditó acerca de los muchos cantores que habían cambiado de nombre. ¿Era una gloriosa recuperación de sus antiguas raíces o una traición a la cultura que habían poseído en ausencia de los ancianos?

Antes de que llegaran más guardias, sintió que una presencia lo ensombrecía. Odium.

¿Qué has hecho, siervo?, dijo aquella voz familiar, vibrando en El a través de su gema corazón. *¿Un acto de traición, a manos de un Fusionado?*

El no respondió. Pensó en aquella voz. Era casi correcta.

¿Y bien?, insistió Odium.

—Os veo —repuso El con suavidad y a ningún ritmo—. Os veo por lo que sois. Y por lo que no sois.

El antiguo Odium había llegado a aborrecer que lo desafiaran. Quizá por eso los Fusionados eran tan erráticos, porque, tras pasar miles de años atrapado en Braize, incapaz de cumplir sus planes, su dios se había vuelto errático en primer lugar.

El nuevo Odium se detuvo a reflexionar.

¿Quién eres? Ah... ya veo. Sí, qué curioso. No te había prestado la suficiente atención, El.

—¿Tenéis sus recuerdos, entonces?

Puedo verlos si así lo deseo, pero no comprendo cómo es que llamas amigo a Jezrien y, no obstante, destruyes su espíritu.

—¿Con toda vuestra divina sabiduría, no concebís una situación en la que un amigo merezca morir? —replicó El.

El nuevo Odium se echó a reír, nada menos. Unas suaves carcajadas que de verdad sonaban gozosas. Eso sí que era curioso. En un instante se materializó al lado de El y, con un gesto de la mano, cerró de golpe la puerta de la cámara, dejando fuera a los guardias que ya se acercaban. Aquel Odium era humano, muy mayor, y no se había molestado en manifestarse más grande que El para intimidarlo.

Eso era más que curioso. Era impresionante.

—Tengo un problema —dijo Odium—. ¿Me ayudarías a solucionarlo?

—¿A modo de prueba? —preguntó El—. ¿O es una necesidad legítima?

—Que sea ambas cosas.

Odium anduvo por la cámara y se puso a examinar un objeto tras otro. Iba vestido con la clase de ropa envolvente que preferían muchos humanos, la que cubría la mayor parte del cuerpo y apenas dejaba a la vista nada de piel o caparazón. Era una forma de exhibir la ornamentación de un trabajo habilidoso.

—Canturrearía a Sumisión —dijo El—, si aún tuviera ritmos.

—Lo acepto —repuso Odium—. Tengo un plan para conquistar el mundo entero, y confío en mi capacidad de tomar Thaylenah y Shinovar. En cuanto a Azir, mi predecesor dejó un ejército que se dirigía a Integridad Duradera, y que he sido capaz de redirigir. Carece de Fusionados, y ahora carece del factor sorpresa, pero creo que debería ser suficiente para conquistar Azimir. Sin embargo, las Llanuras Quebradas me preocupan.

—Creo que habéis enviado hacia allí una gran hueste de Fusionados.

—¿Te resulta raro viniendo de mí? —preguntó Odium, deteniéndose junto a una pila de gemas, cada una tan grande como un puño, que descansaban en un estante.

—Tengo entendido que la palabra correcta, tratándose de una divinidad, no es «raro», sino «inescrutable».

Odium sonrió de nuevo. Tocó las gemas una por una y todas resplandecieron con luz del vacío, de un suave púrpura sobre negro.

—Si habéis enviado a tantos Fusionados —prosiguió El— y todavía os preocupáis, debería preguntar por qué es tan importante esa tierra baldía. Thaylenah es un núcleo comercial, relevante para controlar los mares. Azimir es la capital de un imperio y la sede de un gran desarrollo cultural y científico en esta era. Ambos son premios mayores. En ambos os enfrentáis a ejércitos inferiores.

»Cabría suponer que la clave es la proximidad. Por ejemplo, llevar esos Fusionados a Azimir a tiempo podría ser imposible. Y decís que confiáis en vuestro plan para Thaylenah. Por tanto, una persona razonable podría inferir que habéis enviado los Fusionados a la única otra posición destacable.

—¿Tú eres razonable, El?

—Rara vez.

De nuevo, Odium sonrió.

—Querría destinar más fuerzas a la conquista de las Llanuras Quebradas. ¿Cómo lo harías?

—¿Qué coste debo asumir que estaría dispuesto a pagar?

—Uno elevado.

—En ese caso, ya conocéis la respuesta —afirmó El—. Dado que la solución es una parte de vos.

—Es peligroso liberar a Dai-gonarthis —objetó Odium.

—Y, sin embargo —dijo El—, si necesitáis una Puerta de lo Otro, ella es la única opción, a menos que dispongáis de Nominadores de lo Otro corrompidos o de una hoja de Honor adecuada.

—Aún no tengo ni lo uno ni lo otro. —Odium anduvo de vuelta a El—. Tú ya has viajado con la Pescadora Negra.

—Sí —respondió El—. La mayoría de las tierras que podrían interesaros siguen protegidas de su toque, pero Natanatan… quizá. Necesitaríais una fuente poderosa de Investidura en ambos lados. Y alguien que comande vuestros ejércitos.

Odium lo observó.

—Te veo, El, por lo que no eres. Y por lo que eres.

El inclinó la cabeza.

—Si vas a servirme —dijo Odium—, es posible que tengas que matar a más de tus… antiguos amigos.

—Mis amigos tuvieron su oportunidad. Cuando se los dejó en este mundo, esclavizaron a mi pueblo. Los Heraldos merecen la aniquilación. Es… un acto piadoso.

Odium asintió.

—Yo te nombro…

—Sin títulos. Por favor.

Odium vaciló, y El vio peligro en su expresión. Así que no era inmune a la ira, y que lo interrumpiera un ser muy inferior a él era pasarse de la raya. El experimento había merecido la pena.

—Muy bien —dijo Odium—. Te nombro líder, sin título. Tomarás el mando de mis ejércitos para atacar las Llanuras Quebradas. Viaja a los Picos mediante *shanay-im* y yo te enviaré a Dai-gonarthis. Utiliza sus… particulares talentos para tomar la guarnición de los Picos y conquista las Llanuras Quebradas en mi nombre. Pagaré el precio de Dai-gonarthis en otro momento.

Quedaban muchas cosas sin decir. Por qué estaba Odium tan interesado en las Llanuras Quebradas. Cómo sabía que habría el suficiente poder para Conectarlos al pozo de los Picos Comecuernos.

La respuesta a ambas preguntas tácitas era, con toda probabilidad, la misma. El agachó de nuevo la cabeza.

—A los Nueve no les hará gracia mi ascenso.

—¿Y qué opinión te merecen a ti los Nueve?

—Pienso poco en ellos y, cuando lo hago, pienso poco de ellos. Amo.

—En ese caso, ellos responden ante ti, El. Ayúdame a conquistar este mundo.

—Si lo hago, ¿podré gobernar tierras humanas en vuestro nombre?

—Si es lo que deseas, te lo concederé.

Excelente. El hizo una reverencia.

—No fracasaré, a menos que se me destruya.

—El, yo no prescindo de nadie por el fracaso, a menos que lo haya provocado su negligencia. Adopta esa política. Incluso en el fracaso, a menudo la culpa no es del utensilio, sino de quien lo empuña. —El dios empezó a desaparecer, evaporándose en una neblina oscura. Su voz permaneció—. Tenemos mucho trabajo por delante. No solo en un mundo, sino en muchos.

Fascinante. El había entrado allí esperando que lo encarcelaran, y con toda probabilidad la ejecución y el renacimiento forzoso. En vez de eso, parecía que iba a salir con un ejército, una promesa y un nuevo dios que podría, por fin, ser capaz de conquistar el Cosmere en su totalidad.

Qué día tan encantador. En su mente, empezó a componer un poema para homenajear a aquel nuevo dios al que tan deleitado estaba de venerar. A alguien que, según sospechaba, conocería el valor de lo que tenía… y que permitiría a El que ayudara a la humanidad a comprender por fin sus verdaderas pasiones.

Dejó la cárcel donde había estado preso Jezrien de nuevo en su estante, lanzó su gema de antiluz tormentosa hacia arriba y la atrapó en el aire mientras caminaba hacia la puerta, imaginando embelesado cómo iban a reaccionar los Nueve.

LA LECCIÓN EQUIVOCADA

Taravangian podía salvarlos. A todos.

Inadvertido, recorría a zancadas Kholinar, que había pasado a ser la capital de una floreciente civilización cantora. Alcanzaba a ver toda aquella tierra y sabía que sus líderes no eran perfectos. En eso, no eran ni mejores ni peores que los humanos y, aunque muchas de sus políticas eran más igualitarias, se trataba de un pueblo que había sido esclavizado. Taravangian sentía sus complejas emociones, entre las que se contaban un anhelo de ser mejores que sus esclavistas y, al mismo tiempo, una tremenda furia por lo que se les había hecho, que a veces los llevaba a estallidos violentos.

Esa furia era el mayor recurso de Taravangian. Con ella, llevaría el orden a todo el Cosmere. Extendió las manos a los lados, sintiendo los ritmos de las multitudes entre las que pasaba, incapaces de ver a su dios. Seguía siendo el dios dividido: una mente que quería planear, un corazón que se revolvía contra esa calculadora frialdad. En esos momentos, el corazón deseaba aceptar la paz, sin más complicaciones. Pero no podía abandonar Alezkar, no después de todo lo que aquellos cantores se habían esforzado por conquistarla y construir allí un hogar.

Era suya. La merecían.

Eso era solo el discurso lógico. La gente sufría. Taravangian podría retirar a sus cantores a Jah Keved, y quedar satisfecho allí.

Jah Keved, a grandes rasgos, no tenía ejércitos. ¿Cómo iba a llevar el orden al Cosmere sin ejércitos?

¿Tenía que hacerlo?

Sí. Tenía que hacerlo.

Que sí, que no, que sí, que no. En parte se preguntaba si aquel sería el motivo de que Cultivación lo hubiera situado en posición de elevarse, al concederle su maldición y su don. Al crear una persona capaz de establecer una Conexión legítima con el poder de Odium y tomarlo, pero siendo alguien que entonces quedaría impedido por los dos bandos que libraban una guerra en su interior.

Pensó en ella y ella apareció. Cultivación no se había rendido con él, y no sería fácil que lo hiciera. Estaban juntos en el centro de una avenida principal por la que circulaban palanquines, por la que se apresuraban trabajadores formando cuadrillas, por la que los comerciantes anunciaban sus mercancías a voz en grito. Humanos y cantores viviendo en delicado equilibro. Inestable, como el de su interior.

—¿Te gustaría ver lo que puedo mostrarte? —preguntó Cultivación.

Él calmó su ira hacia ella. La sabiduría dictaba que, si Cultivación deseaba entregarle algo, debía como mínimo echarle un vistazo. Asintió.

Cultivación hizo que mirase hacia arriba, en dirección a unas estrellas incontables para quien no fuese como ellos. Taravangian seguía arraigado en Roshar y no podía visitar esos lugares, pero sí que era capaz de verlos. Con la ayuda de ella, obtuvo una nueva perspectiva sobre cómo Cultivación pensaba que debían ser las cosas: cada Esquirla en su dominio de influencia, gobernando sus propias tierras.

—No tiene por qué haber un solo dios —dijo Cultivación—. Una solución jamás funcionará para todos. En parte, por eso tuvimos que hacer lo que hicimos, hace diez mil años. Déjalos estar, Odium.

Él vio una cosa distinta a la que ella quería hacerle ver. Vio que los dioses podían sentir auténtico miedo. Miedo a él. El poder de Odium, con su predecesor, había matado a varios de ellos. Esa versión de él había sido demasiado impulsiva, y había terminado herida en un enfrentamiento. Taravangian sin duda podría hacerlo mejor.

—Taravangian —dijo ella—, no aprendas la lección equivocada. Observa.

Él observó. Dioses que le daban la espalda, satisfechos de dejar que el peligro permaneciera atrapado. Lo más interesante era que consideraban que los tres dioses de Roshar eran un problema, no solo él, y estaban encantados de abandonarlos allí con su conflicto.

Aquello era perfecto.

Aislados como estaban los demás, podía estudiarlos y preparar la manera exacta de derrotar a cada uno de ellos. Solo uno ostentaba dos Esquirlas de poder, pero ese era incapaz de funcionar como era debido. El antecesor de Odium nunca había tomado una segunda Esquirla de poder por ese preciso motivo.

«Se los puede derrotar —pensó, mirando las permutaciones de posibilidad—. Lamentarán no haberme prestado atención».

Ocultó sus pensamientos de Cultivación mientras ella le mostraba una sucesión de naciones pacíficas en muchos planetas. Él, en cambio, sentía curiosidad por el hecho de que dos Esquirlas parecían haber desaparecido, abandonando por completo su interacción con las demás. Ocultas. Una la comprendió, con cierto esfuerzo. Pero Valentía… ¿Dónde había ido, y cómo era que se escondía incluso de los ojos de Odium?

Concluida la gira, Cultivación y él devolvieron su atención a Roshar. El amplio Cosmere formaba parte de los planes de Taravangian, y así debía ser. Pero, por el momento, la gente de allí, de ese mundo, debía ser su prioridad absoluta.

—Me preocupas, Taravangian —dijo Cultivación, de pie con él, invisibles ambos para los habitantes de Kholinar—. Si me permites reconocerlo, siempre me has preocupado. Sabía lo que tenía que hacer, pero desearía que pudiera haber sido cualquier otra persona.

—Si no hubiera algo que temer en quien escogieras —repuso él—, esa persona no podría haber tomado a Odium.

—Existe una posibilidad, y nada despreciable —dijo ella—, de que hagas lo correcto. No habría dado este paso de otro modo.

—Tienes razón —convino él—. Haré lo correcto.

—No seas tan engreído —replicó Cultivación—. Una parte de ti sabe que este camino que has emprendido es espantoso. Escucha a esa parte de ti. Dale una oportunidad.

Y...

Muy a su pesar, sí que lo sintió. Era la parte de Taravangian que adoraba a su hija y a sus nietas. La parte de él que había lamentado verse obligado a manipular a Dalinar, cuando intentaba dividir la coalición. Era la parte de Taravangian que recordaba ser joven, inseguro, necio... ansiando solo poder hacer más por ayudar a su pueblo.

Ese era el Taravangian a quien se le había otorgado la oportunidad de tener cualquier cosa que quisiera, y había deseado la capacidad de detener la inminente calamidad. Por un instante, Taravangian se sintió como... como si volviera a ser ese hombre de hacía tanto tiempo.

—Muy bien —dijo, dándole la espalda a Cultivación. No por vergüenza, dado que no iba a aceptar esa emoción nunca más, sino... transigiendo—. Lo intentaré.

Era un dios dividido. ¿Y si dejaba que ambos lados se turnaran para gobernar?

TERCER DÍA

ADOLIN ◆ SZETH ◆ KALADIN

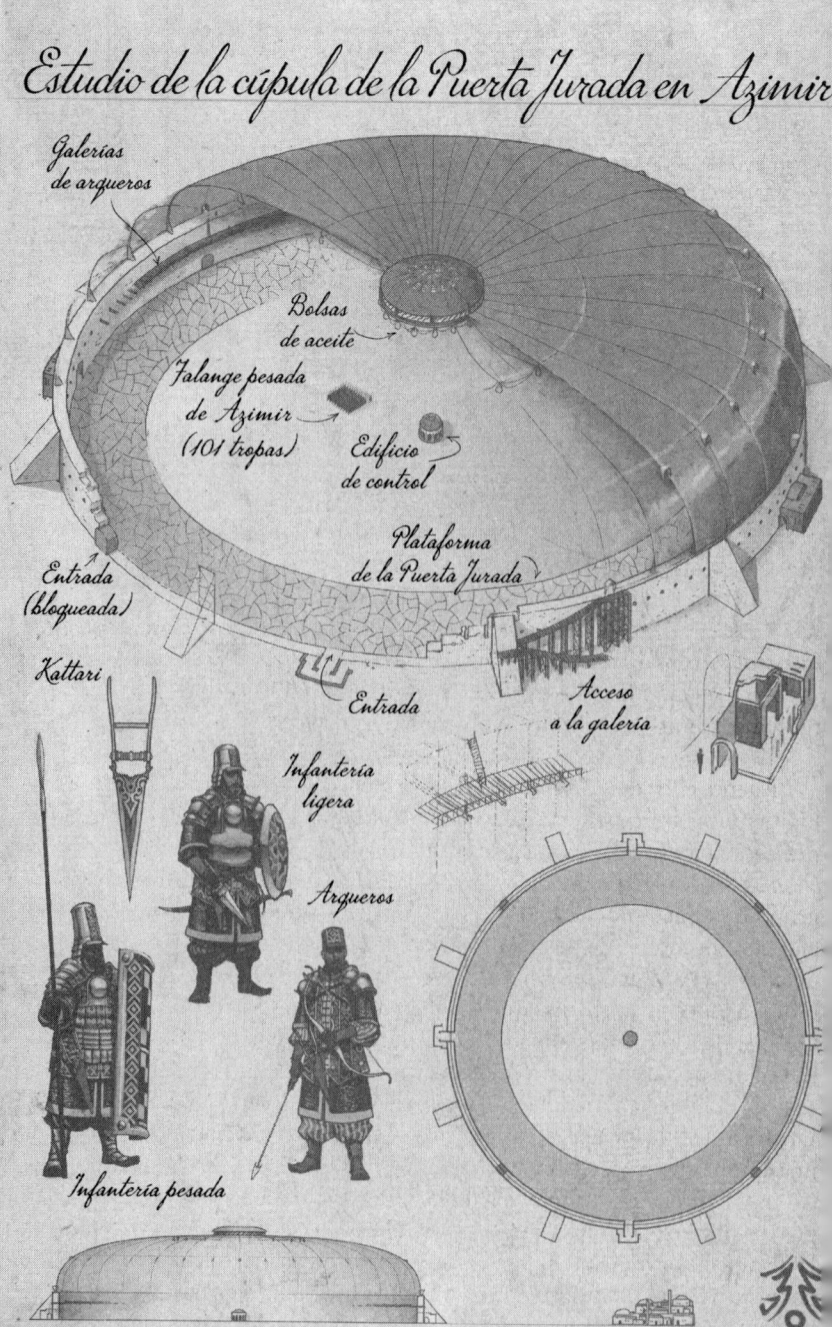

Estudio de la cúpula de la Puerta Jurada en Azimir

Galerías
de arqueros

Bolsas
de aceite

Falange pesada
de Azimir
(101 tropas)

Edificio
de control

Plataforma
de la Puerta Jurada

Entrada
(bloqueada)

Kattari

Entrada

Acceso
a la galería

Infantería
ligera

Arqueros

Infantería pesada

34

POR EL BIEN DE TODO ROSHAR

Por fin llega el momento de que concluya nuestra supervisión.

Mientras Adolin se trasladaba a Azimir, oyó las voces superpuestas y resonantes de los spren de la Puerta Jurada.

Aprovecha bien este tiempo, humano, dijeron. *Cuando lleguen nuestros nuevos aliados, dejaremos de ayudaros a vosotros.*

—¿Y cuando mi padre gane el duelo? —preguntó Adolin mientras aparecía en Azimir—. ¿Entonces volveréis a ayudarnos?

Ya veremos. De momento, nuestra transformación se avecina.

Bueno, el enemigo aún estaba más o menos a una hora de distancia. Había tiempo para transferir a Azimir el resto de las tropas de Adolin. Después, quedarían aislados allí hasta que llegaran los refuerzos.

Salió a la plataforma de la Puerta Jurada acompañado por un pequeño grupo de oficiales de la Guardia de Cobalto, entre ellos Colot, el hombre alto con mechones de pelo rojo que había sido escudero de los Corredores del Viento. Adolin respiró hondo, recordando lo mucho que le gustaban los olores a especias azishianas que llegaban del cercano mercado. Tranquilizó a Galante dándole unas palmaditas e inspeccionó su entorno: una enorme cúpula con huecos en el techo de bronce para dejar entrar la luz. La Puerta Jurada de Azimir había sido un mercado cubierto antes del descubrimiento de Urithiru. Desde entonces, los puestos se habían desmontado, dejando solo una amplia superficie de piedra.

Ese iba a ser su campo de batalla. Un espacio de doscientos metros largos de diámetro, con un edificio de control en el centro. La gigantesca cúpula de bronce terminaba un poco fuera de la plataforma, lo cual era necesario para que no se transfiriese junto con la gente. Había una enorme galería de madera a media altura de la cúpula, quizá a unos diez metros del suelo, que recorría la circunferencia entera. Adolin entornó los ojos y lo satisfizo ver a arqueros azishianos apostados allí arriba. Por desgracia, los cantores tendían a resistir las flechas mejor que los humanos gracias a su armadura natural de caparazón.

Adolin estudió el redondo edificio de control. Tendría algo menos de ocho metros de diámetro, y era el único punto de incursión desde Shadesmar. Para viajar desde Urithiru a otra ciudad, se podía utilizar la plataforma entera, pero los desplazamientos desde o hacia Shadesmar solo eran posibles dentro del edificio de control, hecho que había resultado una sorpresa horrible para Adolin en Kholinar. Había esperado poder salvar a los soldados a su cargo transfiriéndolos a todos, pero, después de entrar en el edificio de control, había desaparecido dejándolos allí.

Todo aquel lugar daba la sensación de ser un búnker. Adolin giró sobre sí mismo, examinando la cúpula, y reparó con interés en unos sacos que estaban colgados bien altos en el aire a lo largo de su interior. Aceite, supuso, para dejarlo caer y quemar a cualquier enemigo que pudiera trasladarse allí. Otra precaución razonable, pero también otra que tal vez no funcionase tan bien contra los cantores como deseaban los azishianos.

«Nuestra tarea más importante —pensó Adolin— es impedirles que ganen terreno dentro de esta cúpula».

Si el enemigo conseguía tomar el antiguo mercado cubierto, tendría una enorme y fortificada zona de despliegue en Azimir. Los defensores iban a necesitar algo más que arqueros y aceite: necesitarían botas en el suelo dentro de la cúpula, que evitaran que el enemigo la conquistara por completo desde dentro.

Interesante, dijo Maya en su mente.

La spren había estado cambiando muy deprisa, desde que ambos visitaran la torre. Una Urithiru viva parecía haberla vigorizado, y de algún modo también había reforzado lo que fuese que sucedía entre ellos. Maya decía que la luz de la torre la hacía sentirse renovada, y Adolin percibía con más intensidad su presencia mental. La spren podía ver en el Reino Físico a través de los ojos de Adolin, incluso sin que él la hubiera invocado como hoja, y había estado respondiendo cada vez más, incluso haciendo comentarios por iniciativa propia.

Vuestro general herdaziano, añadió Maya, *estaba preocupado por esta defensa*.

—El Visón, sí —susurró Adolin—. Y entiendo por qué, pero hace falta fijarse bien. A primera vista, esto parece fácil. Un buen campo de matanza, el enemigo atrapado en esta cúpula, solo un pequeño punto de incursión. Podríamos apostar guardias en las puertas de ese edificio de control y limitarnos a ir masacrando a los cantores a medida que aparezcan, y después incendiar el sitio entero con aceite si consiguen salir del centro.

Entonces, ¿cuál es el problema?

—Que los cantores atacan mediante la agresividad y el impulso —explicó él—. No combaten en formación, sino que suelen cruzar el campo de batalla en tropel, luchando en parejas bien entrenadas cuyos miembros son expertos en defenderse entre sí. Nuestra táctica suele ser superior, pero sus soldados individuales son más fuertes, más duros y más difíciles de matar que un humano.

»Nuestra fuerza radica en las formaciones de tropas a gran escala. Si intentamos rodear el edificio de control y resistir en un círculo pequeño mientras van viniendo hacia nosotros, tengo la sensación visceral de que lograrán romper el cerco, porque estaremos combatiendo a su manera y no a la nuestra, enfrentando la agresividad de unos pocos cantores contra la de unos pocos humanos.

La mejor manera de derrotar a los cantores era formando grandes bloques de picas y murallas de escudos. Y, aunque apenas habría espacio para hacerlo, a Adolin le parecía factible. Sobre todo si lo llenaban todo de escombros para ralentizar los avances enemigos. Eso les proporcionaría a sus hombres una especie de barricada.

Volvió a mirar hacia el edificio de control. El de Azimir tenía once aberturas en su pared redonda, que recordaba a un templete. Si él fuese el enemigo, enviaría en primer lugar a sus Fusionados y sus regios para abrumar al pequeño anillo de defensores y abrir un espacio al que los siguientes grupos de tropas pudieran trasladarse rápido, arrolladores. Si no planificaban bien aquella defensa, los humanos podían perder aquella cúpula entera el primer día.

Pero tenemos el fuego, envió Maya. *Desde arriba.*

—Aceite —confirmó Adolin—. Pero, si cae, perdemos la cúpula. ¿Te acuerdas del año pasado, cuando incendiamos los campos a lo largo de la frontera alezi, intentando salir de las Montañas Irreclamadas? Es una táctica alezi habitual, pero los cantores se limitaron a correr a través del fuego. No son inmunes al calor, pero sí que lo resisten mejor que los humanos.

»Supongo que dejar caer el aceite convertiría este lugar en un horno, y posiblemente mataría a una oleada de cantores. Pero luego podrían enviar su siguiente oleada mucho antes del momento en que los humanos podrían volver a apostar defensores. Y además, es muy probable que el fuego destruya esas galerías de arqueros. Podemos incendiar esto una vez, sí, pero hacerlo significa renunciar a la cúpula para siempre, y entonces los cantores la utilizarán para acumular fuerzas y atacar la ciudad.

Asintió para sus adentros. La clave estaba en mantenerlos contenidos y luchando por cada palmo de espacio en la cúpula hasta que llegasen los refuerzos humanos. El enemigo contaba con una fuerza mucho mayor, pero Adolin podía ganar tiempo, hacerlos sangrar por cada paso. Ese aceite debía ser estrictamente un último recurso. Las tácticas defensivas habituales en un asedio iban a fracasar si los humanos intentaban ponerlas en práctica allí. Necesitaban tácticas de campo de batalla, con tropas sobre el terreno. No podían permitir que el enemigo llenara aquella cúpula como una ampolla a punto de estallar, porque entonces hallarían la forma de romperla y, con tan pocos defensores, la ciudad estaría perdida sin remedio.

Creo que estás en lo cierto. Los cantores... los cantores usan la intimidación, la velocidad y la fuerza. Son como caballería pesada, pero en forma de infantería. Necesitas una línea firme para... para romperlos.

—Maya —susurró él—, ¡creo que nunca te había oído hablar tanto de una tacada!

Táctica. Estrategia. Pensar en eso me ayuda a concentrarme.

Cuando sus oficiales hubieron inspeccionado el campo de batalla a su satisfacción, Adolin los llevó hacia las salidas. Sin necesidad de riendas para guiarlo, Galante trotaba a su lado.

—¿Qué te parece? —preguntó Colot en voz baja, acelerando para ponerse a la altura de Adolin—. Tenemos un buen campo de matanza aquí dentro.

—¿A qué distancia crees que esos arqueros azishianos podrán disparar con precisión hacia la batalla?

—¿Aquí, con esta luz? —dijo Colot—. Los azishianos usan arcos cortos al estilo iriali, que tienen potencia de tiro pero no el alcance de algo como un arco largo Vieja Sangre. Yo diría que unos noventa metros. Quizá un poco más, pero no contaría con que fuesen demasiado certeros más allá de eso.

Por tanto, si Adolin situaba sus tropas alrededor del edificio de control en el centro, no tendrían apoyo de proyectiles. Otra buena información que tener en cuenta. En el borde, una pared de piedra de tres metros de grosor sostenía la cúpula de bronce, y en esa pared estaban las amplias salidas, pensadas para carretas y carros. Los azishianos habían reforzado los accesos y, en vez de una simple puerta, había que recorrer pasillos de piedra de unos diez metros de largo, con una curva en el centro —en algunos casos, algo tan nimio como un pequeño recoveco inesperado— para retrasar y confundir momentáneamente a los atacantes. Adolin veía entrar la luz al corredor de piedra por aspilleras talladas en la piedra. La salida a la que se dirigían no era un verdadero laberinto, no con una sola esquina, pero los pasillos como aquel eran habituales para proteger castillos.

—¿Qué opinas? —preguntó Adolin a Colot mientras seguían a unos guardias azishianos por el pasillo.

—Esta fortificación es sólida —dijo Colot—, y vamos cortos de efectivos. Opino que tendríamos que dejar que se estampen contra estos muros mientras les llueven flechas de arriba. Podría defender estos corredores de una fuerza superior durante meses, si hiciera falta.

—¿Contra cantores? —repuso Adolin—. ¿Con Fusionados que pueden llegar volando a la galería? ¿O qué pasa si construyen rampas hasta esa media altura y salen al exterior por allí? ¿O si tienen a Aumentados que puedan abrir agujeros en la cúpula, o se han hecho con una hoja esquirlada y cortan aberturas nuevas?

—Tormentas —dijo Colot—. Tormentas, tienes razón. No podemos dejar que tomen el interior de la cúpula. Pero ¿qué hacemos, entonces?

—A ver qué se les ocurre a los comandantes azishianos.

—Tendrías que ponerte tú al mando —afirmó Colot—. Eres quien más experiencia tiene combatiendo a cantores.

Adolin negó con la cabeza mientras llegaban al final del pasillo.

—Aquí no mandamos nosotros, Colot. Hemos venido a ayudar, no a controlar.

Salió con sus oficiales a la luz del sol y su capa ondeó al viento.

Sí. Adolin llevaba capa. No pertenecía a la vestimenta oficial. Era un poquito ostentosa. Pero condenación, qué bien quedaba con aquel uniforme, y Adolin llevaba una década literal con ganas de ponerse una capa formal de uniforme. A Dalinar le parecía que no casaban con el uniforme normal, que estaban demasiado pasadas de moda. Se equivocaban. La capa era una prenda clásica, distinguida, no anticuada.

El padre de Adolin ya consideraba a su hijo una absoluta vergüenza de todos modos, así que ¿por qué no tirar la toalla en esa pelea y tomar unas pocas decisiones por sí mismo?

Esto está bien, dijo Maya en su mente. *Da buena sensación.*

—Eres igual de anticuada que las capas —le susurró Adolin, con una sonrisa en la boca.

Soy una soldado. Sé qué cosas inspiran a los soldados. Tienes buen aspecto. Esto es bueno.

Las frases todavía daban la impresión de estar costándole esfuerzo, pero Maya hacía ese esfuerzo, y Adolin la notaba decidida a seguir haciéndolo. Igual que una soldado herida aprendiendo a caminar de nuevo.

Me preocupa que Colot tenga razón, añadió Maya. *Los instintos de tus amigos azishianos van a jugarles una mala pasada aquí. Puede que tengas que ponerte al mando.*

No, envió Adolin, para probar su capacidad de dirigirse a Maya solo con el pensamiento. *Habrá alguna manera mejor.*

Confiemos, repuso ella, *en que nuestra información sea exacta y el enemigo no traiga a muchos Fusionados.*

Un funcionario con un sombrero cónico estampado lo recibió a la salida del pasillo, junto con la Guardia Imperial de Azimir. Miles de soldados alineados en hileras, ataviados con su equipamiento completo. Imponente armadura de bronce, creada mediante el moldeador de almas imperial azishiano. Buen acero: lanzas, espadas y también kattaris como segunda arma. Los gruesos y afilados triángulos, a medio camino entre una daga grande y una espada pequeña, eran excelentes en espacios reducidos.

Los soldados eran una visión espectacular con su armadura pulida reflejando la luz del sol, con su banda al hombro y otra similar sobre el escudo en las que los patrones geométricos azishianos indicaban el batallón al que pertenecían. Sus yelmos también mostraban distintos símbolos. Parecían reflejar filiaciones familiares, a juzgar por lo distintos que eran entre ellos, pero... conociendo a los azishianos, también podrían indicar lo bien que lo hizo su portador en los distintos exámenes y ensayos entregados que eran necesarios para entrar en el ejército. Eran un pueblo extraño.

Pero efectivo en lo militar, eso sí. A lo largo de la historia, Azir había caído a menudo ante incursiones del este, pero también las había resistido con igual frecuencia. Incluso la del Hacedor de Soles. Sadees había saqueado Azimir, pero luego su ejército había tenido que retirarse, incapaz de dominar el país entero.

—Informan de que tienen cerca de tres mil soldados —susurró Colot a Adolin.

No eran una gran cifra en absoluto. Tormentas, aquel iba a ser un asedio bien extraño. Adolin nunca había participado en una batalla donde su trabajo consistiera en mantener al enemigo dentro de algo, no fuera. Pero las Llanuras Quebradas también habían sido un asedio raro. Podía tomar algunas de las lecciones aprendidas durante cinco años y medio de dura lucha y aplicarlas allí.

Adolin saludó a los soldados azishianos llevándose la mano al hombro, con los nudillos hacia fuera, a la manera alezi. Ellos, a su vez, alzaron sus lanzas. No era un saludo marcial; la Guardia Imperial lo reservaba para el emperador, había oído. ¿O quizá era que tenían un saludo especial solo para él? Hacían las cosas de formas muy raras. Pero, por otra parte, ¿quién era él para juzgarlos? Los azishianos tenían el código legal más antiguo de todo Roshar, y ya estaban levantando un imperio cuando los alezi primigenios aún eran un pueblo nómada, según Jasnah.

El líder de la Guardia Imperial de la ciudad, el comandante supremo Kushkam, llegó a lomos de un lustroso caballo blanco cubierto con una lujosa guarnición. Tenía borlas adornándole la cabeza y los flancos, además de un patrón azishiano en espiral que le bajaba por las patas. Era el atuendo equino más extravagante que Adolin había visto en la vida, sobre todo añadido al brillante acero de la loriga. Tormentas. Ese animal podría haber acudido a un baile real y ser el mejor vestido de la pista.

Galante bufó. Adolin le dio unas palmaditas.

—Te conseguiré una igual si quieres.

El comandante Kushkam era un hombre bajito, pero de cuello grueso y brazos fuertes. Adolin se había informado un poco y había descubierto que Kushkam estaba considerado un gran jugador de torres, el juego de naipes, en particular de la versión más compleja que solían preferir los generales. Le faltaba un ojo y no llevaba parche, aunque la herida estaba rodeada de tatuajes como rayos de sol que parecían componer palabras en azishiano.

Kushkam miró a Adolin de arriba abajo desde su caballo.

—He oído —dijo en perfecto alezi— que crees que vas a liderar la defensa de mi ciudad.

—Solo vengo a ayudar —respondió Adolin también en alezi, y le tendió una mano que el comandante no estrechó.

—Me vendrán bien las tropas —dijo Kushkam—. ¿Cuántas traes?

—Unas dos mil.

—¿Solo dos mil? Esperaba más.

—Muchos son veteranos de infantería —explicó Adolin—. Los he reclutado yo mismo entre los mejores de los nuestros. Son soldados de élite, comandante. Creo que te impresionarán.

—Mis hombres luchan por su patria —replicó él, agachándose a lomos de su caballo—. ¿Por qué luchan los tuyos, alezi?

—Por el bien de todo Roshar.

—¿Y puedes decirlo con la cara seria? —preguntó Kushkam—. Supongo que es impresionante. Aceptaré tus espadas, porque no estoy en posición de rechazarlas, pero... bueno, ya veremos. Sigo pensando que no te juegas nada aquí. O bien huirás cuando la lucha se complique o...

—¿O qué? —lo animó Adolin.

El hombre se reclinó en su silla.

—O acabaremos en deuda con los alezi. —Titubeó—. Siempre que los orientales luchan en esta ciudad, Azimir termina saqueada. No creo que vengas buscando botín; no soy idiota y he leído los informes sobre la ayuda alezi en las batallas por Emul. Pero no me gusta que estés aquí. —Hizo avanzar su caballo—. No des por sentado que bailaré cada vez que cantes.

Qué desabrido, pensó Maya. *No duraremos mucho en la defensa si nuestros ejércitos no pueden colaborar.*

Los bloques de tropas se volvieron como un solo hombre y saludaron de repente, con la mano en la frente. Solo podía haber un motivo para que lo hicieran, de modo que Adolin subió a la silla de Galante para ganar algo de altura y distinguió el palanquín del emperador, increíblemente ornamentado, bajando por una calle. Yanagawn hacía acto de presencia.

Mientras los ejércitos esperaban su llegada, Adolin le susurró a Colot que se quedara atrás y rodeó al trote el perímetro de la gran cúpula. Le gustó lo que vio. La cúpula ocupaba el centro de una extensa zona despejada. Un espacio amplio, llano y adoquinado que se extendía en todas las direcciones. Al parecer, el mercado abría allí fuera casi todos los días, pero lo habían desmantelado en previsión de la batalla. Azimir era una ciudad espectacular, con imponentes bóvedas de bronce coronando las construcciones más importantes. Calles rectas y anchas. Muchos edificios apiñados para viviendas, altos y finos, a los que llamaban «apartamentos». Estaban bien mantenidos y eran robustos.

Estaba todo organizadísimo, como si el lugar entero lo hubiese diseñado su tía Navani. Y la cantidad de estatuas y fuentes que vio, junto con los frontispicios de bronce que tenían muchos edificios... bueno, hacían que el lugar fuese una preciosidad. Allí había un acervo revelado en cada estructura. Y estaba lleno de gente que observaba desde las casas o las calles. Una gran cantidad de civiles, en su mayoría mujeres y niños, dado que la mayoría de los hombres en edad de batallar estaban reclutados ya.

Habían llegado a la ciudad desde el sur en oleadas, huyendo de la guerra allí, buscando refugio en la capital. Y la batalla iba a alcanzarlos de todos modos. Tormentas, Adolin no pudo evitar recordar otra gran ciudad llena de historia y belleza. Una que había visto por última vez desde la plataforma de su Puerta Jurada, mientras el palacio caía, la muralla se derrumbaba y la gente le pedía ayuda a chillidos. Aún oía a los soldados gritar mientras llevaban a sus heridos en dirección a Adolin...

Había abandonado a sus propias tropas.

Vio que dejaba atrás unos vergüenzaspren con forma de pétalos rojos y blancos. Aún tenía pesadillas sobre ese día. Se imaginaba a aquellos soldados heridos, trastabillando hacia la única salida mientras una fuerza insuperable de enemigos los acosaba desde atrás. Entre ellos había unos cuantos hombres leales de la Guardia de Palacio que se habían resistido a Aesudan, a los que Adolin había liberado hacía menos de una hora. Visualizó a su capitán, Sidin, mirando mientras su príncipe, su líder, su amigo... desaparecía hacia un lugar seguro, dejándolo morir.

Asió las riendas de Galante más fuerte y completó su recorrido. Como había supuesto, la procesión de Yanagawn se lo había tomado con calma y apenas empezaba a detenerse. Los dos mil soldados de Adolin comenzaban a salir de la cúpula, llegando después de que los oficiales y él hubieran evaluado el campo de batalla. Adolin iba a hacerlo mejor allí que en otras ocasiones. No era la victoria lo único que buscaba, sino la redención también. Era erróneo pensar así, y tanto Kadash como su padre le habrían regañado por tener la actitud equivocada antes de entrar en combate, pero Adolin sabía que necesitaba al menos reconocerlo.

Su madre, en cambio... habría estado de acuerdo con él.

Pensar en su madre le dolía en los últimos tiempos, y aborrecía que sus buenos recuerdos de ella estuvieran invadidos por los pensamientos sobre lo que había hecho su padre. Así que, en vez de eso, trató de imaginar su pelo rubio al abrazarlo durante una de las primeras campañas acompañando a su padre, alguna disputa fronteriza con los veden. ¿Qué le habría dicho su madre si estuviera allí con él, en Azimir?

«Haz que te importe —pensó—. Lucha por algo, no solo porque un monarca te ha puesto apuntando en esa dirección, por muy querido que sea ese monarca».

Era algo que su madre le había susurrado siempre, incluso cuando aún entrenaba, incluso antes, cuando Dalinar insistía en que Adolin se hiciera soldado. No tenía que luchar sin más. Tenía que luchar *por* algo, por algo que mereciera la pena. Adolin asintió para sí mismo. Ya no podía salvar a los hombres que había dejado atrás. Pero, tormentas, sí que podía hacerlo mejor esa vez. Iba a proteger Azimir, costara lo que costara.

35
RECUERDOS COMO EL VINO

Obviamente, la transmisión de la Esquirla del Amanecer fue la primera indicación de que se avecinaba este acontecimiento. Sin embargo, existen muchas otras señales.

Era una vergüenza, pero Szeth estaba teniendo problemas para encontrar la granja de su familia.

Después de madrugar y levantar el campamento, Szeth había encabezado la marcha, volando hasta la pradera cercana al océano donde se había criado. Los olores eran los correctos: a marga y polen, con un matiz del agua salada del océano. Las vistas eran las correctas: sendas en la hierba y unos pocos caminos de tierra, edificios de madera o barro, extrañamente vacíos, pero aún erguidos de todos modos.

Le parecía evidente, visto con perspectiva, que buena parte de su pueblo se hubiera hecho pacifista. No era muy difícil hacer un mazo a partir de madera y cuerda con el que construir casas, pero sí era casi imposible crear una espada sin piedra ni acero. De acuerdo, había armas antiguas, de la edad de piedra, que Szeth había visto mientras entrenaba en los monasterios. Armas similares a hachas, con puntas afiladas hechas a partir de los dientes y los caparazones de criaturas marinas muertas. Esas armas podían matar, pero llevarlas a la batalla contra caballeros equipados con armaduras y hojas de acero sería como presentarse a una carrera de caballos con una cabra de tres patas.

De modo que su pueblo se había dividido. Los soldados mataban, trabajaban el metal, cortaban madera y caminaban sobre piedra. Los granjeros y pastores… llevaban una vida normal. Ni siquiera la gente de las ciudades, más laxa con sus prácticas, empuñaba armas. La guerra no era algo que debiera emprender nadie con moralidad. No se podía matar a un hombre y luego negarse a hollar la piedra. El truco estaba en buscar a los asesinos que había entre la gente, a quienes sustraían, y mantenerlos contenidos y canalizados de una manera adecuada.

Se dijo a sí mismo que aquello era lo lógico. Necesitaba que lo fuese. De lo contrario, quizá recayera como lo había hecho en su juventud... y empezara a cuestionar cosas. Szeth había intentado olvidar aquellos tiempos. Pero estaba volviendo a hacerse preguntas. Si nunca hubiera sido Sinverdad, ¿qué significaría... en relación con todo lo que había hecho?

Y... ¿dónde estaba la granja? Se había detenido en un cruce, presa de una turbación irracional. Eligió el que creía que era el camino correcto, incrementó su enlace y guio a Kaladin sobre la hierba, haciéndola ondear a su paso.

¿Tanto tiempo llevaba fuera que había olvidado su propio hogar?

«¿Por qué no? —le susurraron las sombras—. Olvidas todo lo demás acerca de la persona que eras».

—Spren —dijo—, ¿sabes qué camino debo tomar?

—Lo sé, Szeth —respondió su spren—. Pero debes hallarlo por ti mismo. Esas son las normas de tu misión.

Parecía que quizá estuvieran hablando de cosas distintas.

—¿Puedes decirme algo sobre lo que conlleva mi misión?

—Solo que debes hacer lo que juraste y purgar esta tierra. La definición de eso te corresponde a ti. —El spren calló un momento, manteniéndose invisible—. Se requerirá que luches, Szeth. Que muestres lo habilidoso que te has vuelto.

—Si es una pelea difícil —dijo Szeth—, ¿podré utilizar mi segunda potencia? Nin-hijo-Dios prometió entrenarme, pero ya soy diestro en ella desde mi juventud.

El poder de la División podía encender en llamas el mismo cielo. Su spren le había prohibido utilizarla a menos que recibiera permiso explícito. Los Rompedores del Cielo temían la potencia de la División. Estaba relacionada con el destino del planeta natal humano, que había ardido.

—Ya veremos —dijo su spren—. Tengo instrucciones de ponerte a prueba.

—¿Y cómo supero esa prueba?

—Cuando yo decida que lo has hecho. De momento, deberías conservar la luz tormentosa.

Szeth obedeció aterrizando en otro cruce. Allí por fin encontró puntos de referencia y dejó escapar un suspiro irritado. Pues claro.

—Por aquí —dijo, guiando a Kaladin a pie—. No lo encontraba porque no estoy acostumbrado a ver todo esto desde el aire.

—A mí me resulta más fácil desde arriba —repuso Kaladin—. Se ve mucho más terreno.

—Es mejor conservar la luz tormentosa, de todos modos.

—Cierto. —Kaladin aterrizó—. Pero tampoco podemos permitirnos ir andando a todas partes. Es un país muy grande.

Lanzó a Szeth una sonrisa animada, esforzándose demasiado en mostrarse amistoso, cosa que Szeth encontraba nauseabunda.

—He estado pensando en lo que dijiste anoche —prosiguió Kaladin—. Sobre tu castigo. Sobre que creas que tu... estado mental... es algo que mereces.

—Es un rasgo de mi exilio: se requiere de mí que mate injustamente, aun sabiendo que mis actos son incorrectos. Cargo con el pecado del asesinato. Tal es el sino del Sinverdad.

—Cosa que tú no eres —replicó Kaladin—. Me dijiste que jamás habías sido Sinverdad.

—¿Así que el pecado de matar sigue perteneciéndome, dado que debería haberlo evitado?

Szeth se sentía aún peor. Recorrer aquel camino le sentaba mal, tan cerca de casa. Le hacía pensar en una vida que podía haber llevado. Una vida en la que nunca hubiera empuñado un arma.

—No —dijo Kaladin—. O sea... Szeth, todo esto es un desastre. Lo que te hizo tu gente estuvo mal. Estuvo fatal. No deberías haber matado, pero tenemos que concentrarnos en el presente. Llevarte hasta un lugar sano. Luego ya nos preocuparemos del pasado.

—Tiene razón —dijo el spren al oído de Szeth, invisible—. Pero es más complicado que como él finge que es. No deberías cargar con este dolor, Szeth. La emoción es de Odium, mientras que Honor es la senda de la calmada comprensión y las decisiones lógicas. Las promesas mantenidas y las palabras seguidas con exactitud.

Szeth encontró algo erróneo en eso, pero no lo dijo.

—Mi spren coincide contigo —señaló, recorriendo el polvoriento camino.

—Conque sí, ¿eh? —dijo Kaladin—. A Syl le encantaría oírlo. No cree que los altospren estén nunca de acuerdo con nada razonable.

Miró hacia el cielo, donde la honorspren, siempre veleidosa e informal, seguía las corrientes de aire como una cinta de luz, junto con una bandada de vientospren que debían de ser la sustancia de la armadura de Kaladin.

—Debería haber llevado a cabo esas muertes con una comprensión fría y desapasionada —dijo Szeth, intentando hallarle sentido a lo que había dicho su spren—. Quizá por eso me siguen los susurros en las sombras. Cuando maté a esa gente, me importaba demasiado. Trataré de cumplir mi deber con menos implicación personal.

Kaladin cerró los ojos y soltó el aire de los pulmones.

—Szeth, sigues comportándote como si fueses un objeto que llevar de un lado a otro y usar a modo de cachiporra.

—Lo soy.

—No. Eres una persona.

Szeth se quedó callado, temiendo que cualquier respuesta diera pie a más lecciones. Por desgracia, Kaladin siguió hablando de todos modos.

—Posiblemente sea lo primero en lo que tenemos que trabajar —afirmó el Corredor del Viento—. La voluntad. No eres un objeto, Szeth. Tienes elección. Estás aquí por tus elecciones.

—Como te dije, no tenemos que trabajar en nada que no sea la misión. Mi pueblo ha elegido la cobardía y renunciado al coraje. Declararon que era yo quien me equivocaba, y al hacerlo pervirtieron la ley. Debe administrarse una represalia.

—¿Y si, en vez de eso, hubieran dictado una nueva ley que les permitiera hacer lo que te hicieron?

—Bueno, entonces estaría bien —dijo Szeth—. Todo estaría bien.

—¿Y no ves ningún problema con eso? —preguntó Kaladin.

En su interior, sí. Pero esa forma de pensar llevaba a la anarquía. Szeth sabía a ciencia cierta que no se le podían confiar decisiones.

—No veo ningún problema con eso —respondió.

—Bien —dijo su spren—. Las personas son incongruentes, unas contradicciones andantes. Solo aferrándolas a algo firme, a algo inflexible, se las puede guiar. Tiene que haber una ley. Confiar en la decisión humana es confiar en el mismísimo caos.

Siguieron caminando, y el olor a polvo... a un camino ventoso... procedía de otra vida. Szeth había olvidado ese aroma, igual que había olvidado el sonido de la hierba al viento.

—Muy bien —dijo Kaladin—. ¿Puedes admitir al menos que has tomado decisiones? A partir de ahí, quizá podamos hablar de por qué eres digno de que se te permita elegir. Tú decidiste seguir la ley. No la seguiste solo porque fuese la única opción.

—Son la misma cosa.

—En absoluto —replicó Kaladin, plantándose delante de él—. Szeth, estás desmoronándote por dentro por los asesinatos que cometiste, ¿verdad?

Szeth lo miró a los ojos durante un minuto, y por fin se obligó a asentir.

—Hubo algunos que lo merecían —susurró—, pero muchos que no. Vi su miedo. Tendría que haber preferido morir antes que hacer lo que les hice.

—Por tanto, a menos que averigüemos cómo ayudarte, vas a estar otra vez en esa situación. Vas a matar a gente que no lo merece. Hay un camino mejor.

—¿Tú lo has encontrado? —preguntó Szeth, con genuina curiosidad—. ¿Has matado a gente que no lo merecía?

—Eh... —Kaladin flaqueó. Interrumpió el contacto visual, desvió la mirada al horizonte coronado de montañas—. Lo he hecho. Parshendi, oyentes. Soldados antes de eso. Cantores.

—Y, si no conoces la respuesta para ti mismo —dijo Szeth, rodeándolo para seguir recorriendo el camino—, ¿cómo es que pretendes darme lecciones a mí?

Eso por fin lo hizo callar. Kaladin se rezagó mientras caminaban contra el viento, hacia el sudoeste. Hacia el hogar.

Al cabo de un tiempo, habló otra voz. Suave, preocupada. *¿Y qué hay de mí?* Era la espada.

—¿A qué te refieres, espada-nimi? —preguntó Szeth.

¿De verdad... maté a ese anciano tan majo?

Kaladin recuperó terreno al trote y miró a Szeth, ceñudo.

—¿Qué anciano majo?

El que era amigo de Szeth, dijo la espada. *Le gustaba hablar con Dalinar. Tenía un aire amable.*

—Taravangian —aclaró Szeth—. Sí, lo mataste, espada-nimi. Él te desenfundó, y tu poder terminó consumiéndolo.

Se supone que solo mata a quienes son malvados.

—Él era muy malvado, espada-nimi —respondió Szeth—. Te lo prometo. Kaladin está de acuerdo, y Dalinar también.

—Tiene razón —convino Kaladin.

Pero, Szeth, insistió la espada, *tú no eres malvado. Y estuve a punto de matarte, ¿verdad?*

Szeth se miró la mano, que tenía la carne un poco levantada. Cicatrices de blanco sobre blanco, en forma de enredaderas, subiéndole por la mano y el brazo. La marca de haber empuñado la espada negra sin tener la suficiente luz tormentosa que entregarle.

—Hay muchos —dijo Szeth en voz baja— que me llamarían malvado.

No lo eres. O yo lo sabría. Te he visto hacer cosas buenas. No puedes ser a la vez bondadoso y malvado.

—Yo creo que sí que se puede ser las dos cosas —susurró Kaladin.

—Estoy de acuerdo —dijo Szeth—. Ahí está el problema. Los humanos no somos capaces de juzgarlo, así que necesitamos un criterio superior.

—¿Leyes creadas por humanos? —replicó Kaladin—. ¿De verdad no ves la contradicción?

—Es lo mejor que tenemos —afirmó Szeth—. Cuando elegí a Dalinar como mi guía, Nin dijo que ojalá hubiera escogido la ley. Tal vez esté empezando a entender que tenía razón.

Pero, si un humano es incapaz de distinguir el bien del mal, dijo Sangre Nocturna, *¿cómo va a hacerlo una espada?*

Era una pregunta válida, para la que Szeth no lograba llegar a una respuesta adecuada.

Sí que maté a ese anciano, dijo la espada. *Y no es el único. Me... me despierto y hay gente muerta. En realidad fui yo quien lo hizo, ¿verdad? Todas esas veces...*

—¿Cuánto tiempo hace que sucede esto? —preguntó Kaladin.

Toda mi vida.

—¿Y eso es... cuánto?

Pues... en realidad no lo sé. ¿Cuánto tiempo vivís los humanos?

—Entre sesenta y ochenta años —dijo Kaladin—. Más si tienes suerte, menos si no.

Bueno, respondió la espada, *Vasher ayudó a hacerme y aún está vivo, así que no soy muy mayor, supongo.*

—¿Vasher? —preguntó Kaladin.

—Vosotros lo llamáis Zahel —dijo Szeth con suavidad—. Una vez me visitó para ver cómo estaba la espada, a la que llamó Sangre Nocturna. Sentí algo en él. El peso de los años.

¿Zahel? Sí, sí que es él. Vasher se cambia el nombre de vez en cuando. ¡Ya nunca se llama a sí mismo Rompeguerras! Me gustaba ese nombre, pero él lo odia. ¿No os parece raro?

—Espada —repuso Kaladin—, creo que Zahel podría tener mucha más edad que un ser humano normal. ¿Dices que él te creó? ¿Igual que un dios creó las hojas de Honor?

¡Ajá! Vino a vuestras tierras, vio las hojas de Honor y se dijo: «Mi espada no puede hablar. Qué idiotez. ¡Yo quiero una espada que hable!». Así que me hizo a mí, junto con Shashara. ¡Cómo se enfadó Yesteel! A Yesteel ya hace tiempo que no lo veo. Unas semanas, como mínimo. Vivenna no estaba allí. Ella y yo no nos conocíamos aún.

—¿Vivenna?

Sí, es estupenda. Pero también es una cascarrabias que no veas. ¿La conoces?

—Me temo que no —dijo Kaladin.

¡Huy! ¡Te caería de maravilla, porque tú también eres un cascarrabias que no veas! ¡Os llevaríais muy bien! Syl dice que necesitas una novia, por varios motivos. No me ha explicado los motivos, pero doy por hecho que son buenos.

—¿Hablas con Syl? —preguntó Kaladin.

—Yo —dijo ella, volando rauda junto a ellos como una cinta de luz azul rojiza, sin duda después de haber estado escuchando un rato— hablo con todo el mundo.

—¡Pero si casi nadie es consciente de que estás cerca, siquiera!

—No me refería a los humanos —respondió Syl.

Adoptó tamaño humano, al parecer solo para poder ponerle los ojos en blanco a Kaladin. Mientras Szeth caminaba junto a ellos, la honorspren lanzó una mirada a Kaladin para asegurarse de que hubiera visto el gesto. Al comprobar que no, esperó a que él la mirara y lo repitió exagerando mucho. Le salió tan forzado, no obstante, que los dos acabaron sonriendo de oreja a oreja.

Szeth se dijo a sí mismo que estaba molesto por aquella forma de interactuar, no envidioso por la amistad que a todas luces compartían. ¿Tendría él un vínculo similar con su spren, si se hubiera hecho Corredor del Viento?

Tendríais que encontrar a Vivenna, dijo Sangre Nocturna. ¡Prometió que vendría a buscarme si me robaban! En todo caso, creo que desde que me hicieron quizá haya estado… dejando gente muerta atrás. Es… solo hace poco que he empezado a pensar en ello.

—Parece razonable —dijo Szeth.

—Hum, no, qué va —replicó Kaladin, volviéndose hacia él—. ¿Cómo es que antes no lo recordabas, Sangre Nocturna?

No soy como una persona carnosa. Mi cerebro, si es que lo tengo, es metá-
lico. Creo que eso hace que... cambie despacio. Su voz se volvió más suave,
con un levísimo temblor. No quiero matar, Szeth. No encaja conmigo.

—Espada-nimi —dijo Szeth—, eres... hum, una espada.

Adolin dice que las espadas no tienen por qué matar. Que pueden ser
hermosas obras de arte.

—Un momento —farfulló Kaladin—. ¿Hablas con Adolin?

Sí, a todas horas. Le gustan las espadas.

—¿Hay alguien o algo con quien no hayas estado manteniendo conferencias secretas? —preguntó Kaladin—. ¿El spren de la torre? ¿El spren de
mi chaqueta, quizá?

—Los dos tienen una conversación bastante interesante, Kal —terció
Syl—. Pero nadie de aquí ha conocido nunca al spren que encarna tu sentido
del humor. No lo ve nadie desde hace siglos.

—Venga, por favor —dijo él.

La spren se inclinó más hacia él mientras andaban.

—Se dice que todo tiene un spren. Pero ¿el spren de tu sentido del humor?
Diminuto. Una mota. Y seguro que, de algún modo, también es cascarrabias.

¿Lo veis? Lo que decía, exclamó Sangre Nocturna. ¡Se llevaría de mara-
villa con Vivenna!

—Espada-nimi —dijo Szeth, decidido a poner todo su empeño en llevar
aquella charla en una sola dirección y no en siete—. Te crearon para destruir.
Ese es tu propósito. No es vergonzoso cumplir tu propósito.

Puede que tengas razón, respondió Sangre Nocturna. Pero ¿no debería
acordarme? Se supone que no tengo que destruir nada que no sea malvado.
Si no presto atención, vete a saber lo que podría pasar.

Kaladin lanzó una mirada significativa a Szeth, como si las palabras de
una espada confusa tuvieran alguna relevancia en la conversación que habían mantenido. Por suerte, Szeth se ahorró más parloteo al distinguir un
edificio blanco que se alzaba solitario en la pradera.

—Es ahí —dijo—. Hemos llegado.

Los tablones de madera protestaron bajo los pies de Kaladin cuando
entró en la vieja granja.

Tuvo una inquietante sensación de familiaridad al pasar los dedos por
una repisa de madera. Syl, a tamaño humano, caminaba junto a él, su suave
resplandor azul más prominente en la tenue luz. Kaladin frotó polvo entre
el índice y el pulgar. En oriente, habría esperado encontrar crem cubriéndo-
lo todo. Allí no sucedía, pero los olores mohosos eran los mismos.

Syl llegó al umbral y miró atrás hacia Szeth, que se había quedado silencioso en el patio.

—Necesita ayuda, Kaladin. Después de oírlo hablar, estoy más preocupada.

—Ya lo intento —dijo él.

—Lo sé.

Syl se volvió y lanzó una mirada vaga a la nada, en dirección este.

—¿Qué pasa? —preguntó Kaladin.

—Vienen cambios —dijo ella, con los ojos entornados—. Puedo sentirlos, aunque no sepa lo que significan. El alma del mundo se... retuerce. Por eso el Viento habla de nuevo.

Tormentas. Qué siniestro sonaba aquello. Kaladin cruzó la estancia para abrir los postigos, derramando luz por todo el suelo. Y se sorprendió al ver algo en la esquina, una única y diminuta brillante mota verde. ¿Un vidaspren?

Era el primer spren nativo que Kaladin veía tan al interior de Shinovar. Se agachó para examinarlo y Syl llegó junto a él y observó mientras la mota ganaba brillo, se oscurecía y luego temblaba. Syl dio un respingo.

—¿Qué pasa? —preguntó Kaladin.

—Tiene... tiene miedo.

Syl extendió la mano, con la palma hacia arriba, y el pequeño spren revoloteó hacia ella y se quedó flotando sobre la mano, temblando todavía. Venía a ser solo una mota de luz verde; Kaladin no había pensado que un spren como ese pudiera asustarse.

—¿De qué tiene miedo? —preguntó.

—No son lo bastante inteligentes para explicarse —dijo Syl—. Pero siento su terror.

El final, susurró el Viento, entrando por la ventana. *Teme... lo que podría ser... el final de todos los spren...*

Kaladin lanzó una mirada a Syl, que asintió. También lo había oído.

—¿Puedes explicarlo? —preguntó Kaladin.

Ojalá... ojalá pudiera...

—Ella siente lo mismo que yo —dijo Syl—. O eso supongo. Todos lo sienten. Se aproxima algo, Kaladin.

El pequeño vidaspren saltó de su mano, descendió flotando y se ocultó de nuevo en la esquina.

—Qué pocos spren hay aquí en Shinovar —dijo Kaladin—. ¿No tendría que haber vidaspren por todas partes?

—Conocí a un par de vientospren que me contaron que aquí vienen ya muy pocos spren. No saben por qué; tampoco es que piensen con tanta lógica. Prefieren mantenerse apartados porque les da mala sensación.

—¿Y hablan de los spren antiguos? —preguntó él—. ¿Como la que acaba de hablarnos?

—Viento, Piedra y Noche —dijo Syl—. De antes de que la humanidad llegara a Roshar. Pocos spren los recuerdan, pero aquí en Shinovar hay cosas antiguas. Más antiguas que los mismos dioses...

Siniestro también. Kaladin miró atrás por la casa de una sola habitación. Tenía un agujero en el suelo para el fuego en vez de un hogar propiamente dicho, supuso que porque tenían que usar tierra en vez de roca. Tormentas, ¿cómo podía existir un pueblo entero que renunciara a la piedra?

Por lo menos dejaban que los soldados trabajasen la madera para ellos, como Szeth le había explicado. Por eso tenían construcciones hechas a partir de tablas, como aquella, que se sostenía sin utilizar ni un solo clavo. El lugar estaba vacío por completo. O bien la familia de Szeth había tenido tiempo de recogerlo todo antes de marcharse, o bien los carroñeros lo habían limpiado con el paso de los años.

Syl se quedó cerca de la puerta, de nuevo mirando hacia Szeth, que estaba fuera. Kaladin fue con ella.

—Eh —le dijo a Syl—. Encontraré la forma de ayudarlo.

Ella asintió, con la mirada perdida.

—¿Estás bien?

—Intento estarlo.

—¿Es por lo que estabas diciendo? —preguntó él—. ¿Lo de que en Shinovar hay cosas antiguas?

—Tal vez —dijo Syl—. Tal vez no.

Kaladin pensó en ello.

—Nunca me has explicado por qué estuviste tan rara aquellas semanas, en la torre. Durante la ocupación.

Los ojos de Syl se volvieron distantes de nuevo.

—Parecemos distintos entre nosotros, ¿verdad? Tú y yo, digo.

—Sí —respondió Kaladin—. Tú eres una parte de un dios.

—Y tú también —dijo ella—. Me refería a la personalidad. Tú eres… bueno, ya sabes.

—¿Sombrío?

—Intenso. Mientras que yo… no lo soy.

—Sí que eres intensa —dijo Kaladin—. Es solo que te emocionas por las cosas, en vez de ponerte…

—¿Cascarrabias?

—No le cuentes a Szeth que lo he reconocido. En todo caso, tu entusiasmo es contagioso. Estimulante. A veces te centras en un tema y no lo sueltas, y eso hace que me pregunte qué es lo que se me escapa. Es interesante.

Syl sonrió.

—Dudo que la mayoría lo viese igual.

—La mayoría no te conoce igual que yo —repuso él—. ¿Qué pasa, Syl? ¿Qué te preocupa?

—Me imaginaba estos últimos días de otra manera. ¿Está feo por mi parte reconocerlo? Quería luchar, salvar el mundo. El alma de Roshar ha gemido y nosotros abandonamos la batalla. —Lo miró, repentinamente alarmada—. No estoy diciendo que no deberíamos haberlo hecho. Es que…

—Te entiendo —dijo él en voz baja—. Una cosa puede ser correcta y difícil a la vez.

—Eso —asintió ella.

—Podríamos… —A Kaladin se le revolvió el estómago—. Podríamos buscarte otro caballero, Syl. Uno digno de ti.

—Kaladin Bendito por la Tormenta —espetó ella, fulminándolo con la mirada, ascendiendo en el aire para nivelar los ojos con los suyos. En su forma a tamaño humano seguía siendo más menuda que él, pero, de algún modo, su capacidad de intimidar no se correspondía con su tamaño—. Ni se te ocurra decir cosas como esa.

—Syl —dijo él—, tú empezaste todo esto. Te enfrentaste a los tuyos, viniste a mi mundo y buscaste a alguien con quien refundar los Corredores del Viento. Te opusiste a la voluntad del Padre Tormenta, te sometiste a casi perder tu identidad, porque sabías que la guerra era inminente y querías que estuviésemos preparados para ella. No es justo que vayas a perderte el final.

—¿Justo? —Syl se cruzó de brazos—. Tu vida sí que no ha sido justa. Además, aquí en Shinovar está sucediendo algo. Y nos han enviado a nosotros para averiguar qué. —Lanzó una mirada hacia Szeth—. Szeth, y este sitio, son nuestro deber ahora. Tenemos que adaptarnos. Tú y yo, juntos.

—¿Y por eso estás tan distinta últimamente? —preguntó Kaladin.

—En parte, sí.

Syl se apoyó en el marco de la puerta, con el pelo suelto y ondeante, la falda meciéndose con un viento fantasmal que Kaladin casi alcanzaba a sentir. Syl ladeó la cabeza, mirando arriba. Había un matiz de travesura en su sonrisa, pero sus ojos tenían tanta profundidad que Kaladin se descubrió preguntándose sobre qué cosas profundas y sustanciosas estaría meditando.

—La gente que cree que somos diferentes —dijo Syl— no te conoce a ti tampoco. Te miran y ven al soldado perfecto.

—¿Y qué ves tú?

—Defectos —respondió ella—. Unos defectos maravillosos. Nunca he conocido la perfección, Kaladin, pero la encontraría aburrida si la conociera.

—Creo que tú te acercas bastante.

—¿A ser aburrida? —replicó ella.

—No me… refería a eso.

Ella le sonrió enseñando los dientes, pero entonces se inclinó hacia él.

—No soy perfecta, Kaladin. Creo que nuestros defectos son lo que más hace que nos parezcamos. Los dos hemos pasado demasiado tiempo de nuestra vida viviendo para otra gente.

—Yo para los hombres del puente. Y tú… para mí, ¿verdad?

Syl asintió.

—Eso es lo que pasó en la torre —adivinó él—. Que te diste cuenta de eso.

—Estaba esforzándome demasiado, y aprendí algunas lecciones interesantes sobre mí misma en consecuencia.

Vaya. Oírlo retorció las emociones de Kaladin hasta anudarlas, pero supo que era verdad. Sagaz había exigido a Kaladin que explicase quién era, hora que ya no lideraba el Puente Cuatro. ¿Qué era lo que quería Kaladin, que fuese para él?

El mismo desafío se le podía plantear a Syl.

—Supongo —dijo— que, si no pasaras tanto tiempo atada a las exigencias de un humano quisquilloso, tendrías un montón de tiempo más para meter ratas en el cajón de los calcetines de la gente.

—¡Por favor! —replicó ella—. Mis bromas pesadas son muchísimo más sofisticadas. He descubierto cómo engañar a las anguilas aéreas para que se escondan en cajones.

—Tormentas, qué miedo da eso.

Ella sonrió.

—Quiero quedarme contigo, Kaladin, y aprender una forma diferente de ayudar. Quiero ser escriba, pero necesito hacer eso sin vivir *para* ti, si es que tiene sentido. Aún estoy intentando averiguar la diferencia.

—Yo quiero proteger a la gente —dijo Kaladin—, pero... no puedo existir solo para esclavizarme con ese único deber. Liberarme de la muerte de Tien por fin me enseñó esa verdad. Por tanto, ¿cómo protejo, pero sin vivir *para* proteger?

—Exacto.

—Supongo que tendremos que resolverlo. Ya veremos cómo. Suponiendo que dentro de siete días el mundo no se nos acabe encima.

Se asintieron mutuamente y, mientras salían de la casa, Kaladin por fin comprendió a qué le recordaba.

Al hogar.

Lo cual era extraño, porque era muy distinta, pero la sensación sí que era la misma. Formas distintas. Almas similares.

Juntos, Syl y él fueron hacia Szeth, que había desenterrado algo cerca de un árbol. Alzó el objeto y vieron que era una piedra rectangular con más de un palmo de longitud.

—La devolvieron —dijo con suavidad—. Ya pensaba que quizá lo hubieran hecho.

—¿Esa es la piedra? —preguntó Kaladin—. ¿La de tu historia?

—Sí. Es una piedra y ya está. —Szeth la dejó caer al suelo con un golpe apagado—. Otra piedra sin sentido que, de alguna manera, dominó mi vida. Estoy listo para seguir hacia el monasterio. Creía que venir aquí pondría a descansar a algunos espíritus, pero siguen acosándome.

—Los recuerdos son como el vino, Szeth —dijo Kaladin—. Fermentan. Si no los dejas salir nunca, la presión no dejará de aumentar.

Szeth se limitó a mirarlo.

—Yo crecí en un sitio muy parecido a este —continuó Kaladin, señalando con la cabeza a un lado—. Tenías más familia, ¿verdad? ¿Una hermana?

—Sí —dijo Szeth.

—A veces, en el campo de batalla —dijo Kaladin—, me daba por pensar en lo raro que era que hubiese terminado allí. Se suponía que iba a hacerme cirujano. Y tú, pastor, ¿no?

—Sí —susurró Szeth.

—¿Nunca miras atrás y te intimida el fluir del tiempo? ¿No te desconcierta que su corriente te atrapara y se te llevara?

Szeth miró a Kaladin de nuevo.

—Intentas sugerir que somos iguales. Tú y yo.

—Creo que lo somos, Szeth.

—No. Yo no lo creo.

—¿Por qué no?

Quizá Szeth supiera que le estaban poniendo delante un anzuelo, porque titubeó. Pero Kaladin ya había probado a engatusarlo y a ofrecerle ayuda. Estaba probando otro método para hacer que la gente hablara: afirmar algo que su interlocutor considerase incorrecto y esperar a que le explicara por qué.

—Porque... —dijo Szeth, volviéndose para alejarse de la granja, levantando con sus botas el extraño polvo terroso de aquel lugar—. Porque tú elegiste esta vida. A mí me la impusieron. Habría sido feliz como bailarín, si no fuese por los caminapiedras como tú. Por los saqueadores que navegaban aquí cerca.

—¿Atacaron este lugar? —preguntó Kaladin.

—Sí, pero eso no es lo que más me repatea de aquello. Es... lo que sus incursiones nos hicieron. Lo que me hicieron a mí.

Kaladin frunció el ceño, apretando el paso para no quedarse atrás. Syl caminaba a su otro lado, eligiendo conservar el tamaño humano.

Entonces, por fin, Szeth siguió hablando.

—Esa noche, después de que encontrase la piedra, los saqueadores vinieron, pero no es lo que estás pensando. No es que conociera a uno de ellos. Conocí otra cosa. Otra cosa peor...

VEINTISÉIS AÑOS ANTES

Incluso después de que se pusiera el sol, Szeth sentía que de algún modo estaba a la sombra de las montañas de blancos acantilados.

El balido de las ovejas llenaba el aire, emergiendo de la oscuridad a su alrededor con una energía nerviosa. Como si los animales captaran la presencia de un depredador.

Había docenas de familias de pastores apelotonadas en aquel barranco después de abandonar sus casas, demasiado cercanas a la costa y a los peligrosos saqueadores caminapiedras.

Szeth y su hermana tuvieron que esforzarse de lo lindo para impedir que su rebaño, guiado a toda prisa por el inminente crepúsculo, se mezclara con otros. Quizá terminaría resultando imposible, teniendo en cuenta que los pastores seguían apiñándose más y más contra la falda de las montañas, tratando nerviosos de alejarse todo lo posible de los saqueadores.

Allí arriba empezaban a encontrarse piedras en la tierra, guijarros demasiado pequeños para ser objeto de adoración, pero lo bastante grandes para que uno debiera evitar tocarlos en la medida de lo posible. Más abajo no los había tan pequeños. Quizá aquellas piedrecitas formaran parte de la montaña, una hermosa muestra del amor de los spren, que se la proporcionaban a su pueblo como fortificación protectora.

Szeth y Elid por fin consiguieron reunir a las ovejas. Pero esa noche los animales no dormirían bien, pues sentían la preocupación de sus amos. Szeth alzó la vista al cielo, a las nubes que amortajaban la luna y las estrellas. La noche daba una sensación opresiva. Las lámparas de arcilla creaban puntitos de luz por todo el valle a su alrededor, pero casi parecían estar nadando en aquella negrura. Como si fuesen las estrellas y Szeth, de algún modo, flotara sobre ellas...

Dejó a su hermana y encontró a su madre junto a unos hoyos improvisados para encender fuego, hablando de preparar una cena con la esperanza de tranquilizar a todo el mundo. Misir wat, una espesa pasta hecha de lenteja roja que se comía con cuchara o tenedor, usando una tabla de madera como plato. Ese día de la semana no correspondía comer carne.

Su madre puso a trabajar a Szeth, que comprendió que era lo que había pretendido al vagar en aquella dirección. Se afanó en machacar verduras con ahínco. No podían cortarlas, pues, aunque el granjero poseía varios cuchillos de buen acero, creados por un portador de Honor mediante el arte del moldeado de almas, no había ninguno disponible. Así que Szeth utilizó un mortero de arcilla para triturar las cebollas, el ajo y las especias, todo ello levemente cocido ya para ablandarlo.

Habían traído unos pequeños hornos de barro portátiles y los tenían calentándose. Las lentejas especiadas se ponían en el plato superior de arcilla para que hirvieran despacio. El pan, o los panecillos crujientes que comerían esa noche, iban dentro del horno.

Era un buen trabajo, activo. En la distante oscuridad empezaron a sonar unas notas después de que alguien sacara una flauta. Se interrumpieron enseguida, dejando solo los nerviosos balidos. Seguro que el granjero no quería que hubiera música revelando su posición, por si los saqueadores superaban a sus soldados. Por eso tampoco tenían hogueras al descubierto, ni muchas lámparas encendidas. De hecho, Szeth veía su mortero solo gracias a la tenue luz del hoyo para el fuego y el horno.

Le gustaba trabajar en comidas como aquella, aunque la cebolla hiciese que le lloraran los ojos. La cocinera, que se encargaba de vigilar la alimentación de la gente y asegurarse de que nadie pasara hambre jamás, había creado unos interesantes cucharones de madera para medir las cantidades. El que estaba utilizando Szeth tenía el cazo dividido en tres compartimentos, además varias secciones de medidas más pequeñas a lo largo del mango. Lo único que tenía que hacer era llenar la sección más grande de aceite, la intermedia de cebolla y la pequeña de ajo. Luego se utilizaban las tres pequeñas oquedades del mango, que debían contener respectivamente sal, guindilla molida y cilantro. Si volcaba todo aquello en el mortero y empezaba a machacar, siempre tendría las proporciones correctas.

Hecho eso, solo quedaba poner el resultado en el plato de arcilla del horno y añadirle un cucharón de lentejas y dos de agua. El cazo de medida le permitía trabajar sin supervisión, y a Szeth le gustaba en particular porque era imposible equivocarse. ¿Por qué no había más cosas de la vida que tuvieran una herramienta como aquella, para medirlas con exactitud?

No había olvidado la elección que había hecho su familia al mover la piedra, aunque obsesionarse con ella le trajo poca satisfacción. Terminó de preparar el cuenco de misir wat, lo dejó hirviendo y pasó al siguiente, y al poco tiempo la cocinera en persona pasó por allí y comprobó su trabajo. La corpulenta mujer vestía toda de color, con falda roja, fajín azul y blusa amarilla. Su pelo, oscuro y rizado, estaba recogido en dos moños, y su falda se abría por delante para mostrar otro toque amarillo debajo. Era una de las personas que añadían, una homóloga gobernante del granjero.

—Le falta guindilla —declaró sobre el misir wat de Szeth.

¿Cómo? No, lo había hecho perfecto. Szeth contempló horrorizado cómo la mujer añadía más del condimento y se marchaba ajetreada. ¿Por qué... por qué había dicho eso? ¡Si la herramienta de medir la había creado ella misma! La sopa debería tener el sabor adecuado. A menos que...

Szeth debía de haber hecho algo mal. ¿Por qué hacía mal las cosas, incluso teniendo un utensilio?

Al poco tiempo llegó a su fuego otra figura de colorida vestimenta. El granjero llevaba sus túnicas sobre la ropa tradicional de trabajo en el campo, que estaría manchada después de todo el día. La ropa sucia era un símbolo, pero también lo eran los colores, en su caso una túnica exterior violeta y otra de color azul celeste por debajo, hecha de un tejido más fino. El granjero no se limitaba a llevar un mero toque de color. Él *era* el color.

Tenía la piel clara, como la familia de Szeth. No era infrecuente en aquella región, aunque abundara más la gente de piel oscura.

—Ah —dijo al ver a Szeth—, hijo-Neturo. Había esperado encontrar a tu padre junto al fuego.

—Iré a buscarlo, colores-nimi —respondió la madre de Szeth, que estaba cerca repartiendo platos y panecillos.

El granjero inclinó la cabeza y separó las manos, indicando que aceptaría la oferta de servicio. Luego tomó un plato de comida que le ofreció la cocinera al regresar afanosa hacia allí. El plato contenía varios montoncitos de comida y un solo panecillo, pegado a él con pasta de lenteja para evitar que cayera al moverlo. Szeth tuvo la impresión de que el granjero habría preferido rechazar la comida, ya que aún quedaba gente sin plato, pero nadie contradecía a la cocinera cuando repartía el alimento.

El granjero se sentó, con un frufrú de sus túnicas, en un tronco cerca de Szeth, que seguía trabajando en el siguiente gran cuenco de misir wat. La presencia de aquel hombre lo incomodaba. ¿Se suponía que Szeth debía decir algo? ¿Entretenerlo? Empezó a sudar, a pesar del fresco aire nocturno.

—Tu padre me ha hablado de ti, hijo-Neturo —dijo el granjero—. Tal vez algún día quieras venir a bailar para mis granjeros y para mí en los campos.

—No... no sé, colores-nimi —dijo Szeth, ruborizándose—. Entretener a los granjeros suele ser trabajo de los músicos, ¿no?

—Es trabajo de quien desee hacerlo —repuso el granjero.

—Pero... ¿es un trabajo que añade? —preguntó él—. Bailar no crea nada ni alimenta a nadie.

—Ah, todavía eres joven —respondió el hombre—, si crees que endulzar la vida de una persona no es una forma de alimentarla.

Sonrió. El granjero tenía una cara amable, ovalada, como un grano de trigo coronado por pelo rubio. En sus manos había callosidades y suciedad bajo las uñas, un verdadero signo de nobleza.

—Colores-nimi —se sorprendió Szeth diciendo—, ¿cómo... cómo sabes lo que hacer?

—No sé si te entiendo, niño.

—Las decisiones correctas. ¿Cómo sabes cuáles son?

El granjero se quedó callado un tiempo, removiendo la comida, dando una cucharada de vez en cuando.

—¿Sabes qué distingue a las personas de los animales, hijo-Neturo?

Szeth frunció el ceño. Parecía una pregunta con una gran cantidad de respuestas posibles, pero no quería darle la incorrecta a aquel hombre.

—Las personas —dijo el granjero— actúan.

—Los animales... también actúan, colores-nimi.

—Puede parecer que lo hacen, sí. Pero, si te paras a pensarlo, comprenderás que no. ¿Acaso la lluvia actúa cuando cae? ¿Acaso la piedra actúa cuando rueda montaña abajo? No, esas cosas las mueven los spren.

¿Estaba el granjero poniéndolo a prueba? Porque la experiencia del propio Szeth contradecía sus palabras.

—Tengo una oveja —dijo Szeth—. Moli. Siempre viene conmigo cuando estoy triste, y me lame la cara. Ella elige, colores-nimi.

—¿Ah, sí? —El granjero sonaba divertido—. Yo creo que no. Aunque imagino que es sabio en cierto modo, hijo-Neturo, que tengas tus propias ideas.

Quizá no... no fuese una prueba.

—Bueno, en todo caso —añadió el granjero—, me has preguntado cómo sé qué hacer, ¿verdad? Pues no lo sé. Esa es la sencilla respuesta. Pruebo. Miro. Actúo. Los spren mueven la mayoría de las cosas del mundo, niño, pero no mueven a la gente. Hay un motivo para eso, uno que enseñan los chamanes de piedra, y que yo rumio mientras trabajo.

—Entonces... uno averigua lo que debe hacer...

—Probando —dijo el granjero.

—No es lo bastante específico —protestó Szeth, machacando cebollas y especias con su macillo de barro—. Dos personas pueden probar y acabar obteniendo respuestas distintas. Sin duda los spren tendrán la verdad para nosotros. Sin duda ellos nos dirán qué hacer.

—Si lo hiciesen —contestó el granjero—, ¿no sería lo mismo que movernos? Hacer de nosotros lluvia, o rocas, u... otras cosas que no se mueven por sí mismas.

Había estado a punto de decir «ovejas», pensó Szeth.

El granjero se terminó el plato y alzó la mirada hacia el cielo.

—En otras tierras, los gobernantes no actúan —dijo con calma—. Deciden, pero no actúan. Por eso yo debo ir cada día y extraerle vida a la tierra, hijo-Neturo. Por eso debo añadir, y no sustraer.

Tenía sentido, pero a Szeth le parecía que aquella conversación le había proporcionado menos respuestas de las que buscaba. Si ni siquiera el granjero sabía qué era lo correcto al instante, ¿qué esperanza le quedaba a él?

«Quizá pueda encontrar a los spren —pensó— y preguntárselo». Vivían dentro de todas las cosas, sobre todo de las piedras, pero eran huidizos. Szeth solo había visto tres spren en toda su vida, y todos los atisbos habían sido fugaces.

El padre de Szeth llegó a la tenue luz del fuego.

—Comprueba tu herramienta de medir, hijo-Neturo —le dijo el granjero a Szeth—. Le pones demasiada guindilla.

Se levantó y fue con el padre de Szeth para hablar con él en voz baja mientras lavaba su plato en la pila.

Szeth acabó de mezclar el cuenco y luego cogió un plato para él y otro para su hermana. Recorrió la oscuridad hasta la axila del valle, donde Elid estaba sentada en la hierba con aspecto pensativo y su pequeña lámpara de cerámica en el regazo.

—Szeth —susurró—, nos faltan tres ovejas.

—Las buscaremos por la mañana —dijo él, dándole un plato—. Estarán con algún otro rebaño.

Elid asintió y, en la oscilante luz, miró a Szeth, luego la comida, luego lejos. Nervioso.

—¿Qué pasa? —preguntó él con brusquedad.

—Una de las que faltan es Moli. Sé que le tienes cariño, Szeth. Pero no pasa nada. Seguro que solo está con algún otro rebaño, como has dicho.

Szeth torció el gesto. A Moli no le gustaban nada las otras ovejas. Estaba casi ciega, sí, pero las olía.

—¿Estás segura?

—Estoy segura. ¿Recuerdas haberla traído?

—Recuerdo juntarla con las demás antes de partir —dijo él—. Pero había mucha confusión.

Miró a su hermana a los ojos y entonces se volvió hacia el sudoeste, hacia el océano y su hogar. Una neblina roja manchaba el aire. Los saqueadores caminapiedras preferían atacar de noche. Sus lámparas metálicas eran más efectivas que las de cerámica, y sus flechas podían incendiar los tejados de los pueblos pesqueros.

«El granjero ha traído a nuestros soldados —pensó—. Estarán defendiendo la costa». Era poco probable que ningún caminapiedras atacase tan al interior como estaba la casa familiar de Szeth.

—Voy a… comprobar los rebaños más cercanos —dijo—. Moli es fácil de distinguir.

Encendió una lámpara, la resguardó con la mano y salió a buscar. Pero, mientras lo hacía, llamando a los pastores vecinos, creció en él un temor. Moli siempre encontraba el camino a casa. Era la única de la que Szeth no tenía que preocuparse si el rebaño se perdía.

Por eso, después de buscar en otros cinco rebaños, los ojos de Szeth se desviaron de nuevo hacia el sudoeste. Hacia ese horizonte en llamas. Tal vez fuese por su conversación con el granjero, que había enfatizado que el rasgo definitorio de los humanos era su capacidad de elegir. Tal vez fuese por cómo su familia había desenterrado la roca. Tal vez fuese por el tono general de aquel día, susurrándole que no había respuestas correctas. Solo opciones.

En ese momento, Szeth tomó una decisión. Una que no era nada propia de él, y que seguro que no habría tomado ninguna otra noche. Apagó la lámpara, confiando en la luz de la luna violeta que se filtraba por las nubes, y echó a andar en plena noche. Hacia su granja. Para encontrar a Moli.

Él solo.

Los inminentes acontecimientos de Iri son otra señal. La era de las transiciones ha llegado.

olot se reunió con Adolin mientras desmontaba de Galante y trotaba hacia el lugar donde el emperador por fin estaba saliendo de su palanquín. Como un único ser, aquel mar de soldados y asistentes azishianos se inclinó, y tormentas, Adolin no creía haber visto nunca tantos asombrospren en un solo lugar, estallando como anillos de humo azul, casi al ritmo exacto de las inclinaciones. Como si los mismos spren le mostrasen deferencia al emperador.

Adolin le dio un codazo a Colot y también ellos dos se inclinaron. Los soldados que traían detrás los imitaron.

—¿Reverencias ante un monarca extranjero? —susurró Colot.

—Al venir aquí, nos hemos insertado en su estructura de mando. Mostrémosle un poco de respeto.

Por tradición, se inclinaron durante diez segundos hasta que Noura, la visir jefa, dio una palmada. Tanta formalidad rechinaba contra las sensibilidades alezi de Adolin. No era que no tuvieran sus propios momentos de decoro, sino solo que eran mucho menos absurdos.

Mientras Adolin se enderezaba, Yanagawn descendió por una pequeña rampa, vestido con una túnica carmesí y dorada que parecía tener como mínimo diez capas de grosor y con un sombrero más ancho que sus hombros, y separó las manos para darle la bienvenida a Adolin.

—Gracias —dijo en alezi, y provocó respingos a diestro y siniestro al cogerle la mano.

—Siempre estoy dispuesto a luchar, excelencia.

—Parece que aquí tendrás oportunidades más que de sobra, por desgracia.

Yanagawn hizo un gesto hacia un lado para indicarle al comandante

Kushkam que se acercara. El hombre lo hizo, con otra reverencia. Noura, que a menudo hablaba en nombre de Yanagawn en las reuniones, también se aproximó hacia ellos. Era una mujer mayor con el pelo recogido en una trenza entrecana, sobre la que lucía un gorro con un intrincado diseño rojo y amarillo.

—Adolin, ¿has examinado nuestras defensas? —preguntó Yanagawn—. ¿Qué te parecen?

—Son sólidas —dijo Adolin—. El enemigo no puede traer muchas tropas a la vez, ya que el funcionamiento de las Puertas Juradas implica que las transferencias desde Shadesmar se hacen solo usando el mismo centro de la plataforma, de modo que...

—Sí —lo interrumpió Kushkam en alezi, dando un paso adelante para recalcar que se dirigía a Adolin, no al emperador—, nuestras defensas son sólidas. En el momento en que tus hombres abandonen la plataforma, mis tropas rodearán el edificio de control. No solo eso, sino que también tendremos a uno de los moldeadores de almas reales listo para ayudar.

Moldeadores de almas. Claro.

—¿Podéis transformar todo el aire dentro del edificio de control en bronce? —preguntó Adolin.

—Lamentablemente —dijo Noura—, nuestros moldeadores no son capaces de tales gestas. Podemos transformar objetos en bronce, pero ¿el aire? No, por desgracia.

Adolin asintió. Pero, pensándolo bien, no estaba tan seguro de que les hubiera servido de mucho. Los moldeadores de almas alezi estaban limitados a crear formas específicas, y llenar una estancia quizá también hubiera sido imposible para ellos. Pero, aunque pudieran, resultaría casi inútil. El enemigo siempre podía transferir el metal a Shadesmar y quitarlo de en medio allí.

—Llenaremos el edificio de tanta agua como podamos —dijo Kushkam— y la transformaremos en bronce. Desplegaremos soldados en formación cerrada por todo su exterior, de forma que, si los enemigos logran salir, podamos matarlos al por mayor. E, incluso si superan eso, podemos soltar el aceite y freírlos vivos.

—No. —Adolin meneó la cabeza a los lados—. Incendiar ese edificio debe ser solo un último recurso. Y dime, ¿con qué frecuencia han combatido tus soldados?

—Son veteranos de gran experiencia —dijo Kushkam—. Han librado las campañas contra Marat y también la crisis sucesoria de Yezier.

—Me refería contra cantores.

—Somos la Guardia Imperial —afirmó el comandante—. Hemos tenido el honor de proteger al emperador, y la ciudad, este último año.

—Por tanto, tus soldados no han afrontado nunca una carga cantora —dijo Adolin, pensativo—. Creo que deberíamos probar una táctica distinta. El moldeado de almas no servirá si les basta con trasladar el bronce a otro lado, y tu infantería necesitará apoyo de los arqueros. Deberíamos llenar el campo de escombros: muebles, chatarra, cualquier cosa que tengáis. Y apostar soldados detrás de esos escombros en un círculo amplio, con picas y barricadas.

—¿Qué? —exclamó Kushkam, y se dirigió a Noura en vez de al emperador, cambiando a su idioma—. ¡Excelencia, es una locura! El enemigo aprovechará al instante cualquier escombro para cubrirse. ¡Tenemos el campo de matanza perfecto dentro de la cúpula! ¿Por qué echarlo a perder?

Adolin parpadeó sorprendido mientras las palabras se distorsionaban, parecían cambiar de golpe y entraban en su mente como si se hubieran pronunciado con toda claridad en alezi. No, mejor. Comprendía los matices de las inflexiones, como si fuese un hablante nativo del idioma. Tormentas. El poder de su padre era más efectivo de lo que había imaginado.

—Tenemos que ir con cuidado —dijo, haciendo que los demás atrajeran unos pocos sorpresaspren al hablar en perfecto azishiano—. Primero enviarán a regios, quizá hasta a Fusionados, y no confío en vuestras líneas contra ellos. Necesitaréis el apoyo de esos arqueros, así que es mejor tener filas numerosas y blindadas, aunque sea más atrás. Si tus hombres flaquean en el asalto inicial, esto podría convertirse en una desbandada.

—No puedo creerme lo que oigo —replicó Kushkam—. ¿Renunciar a la ventaja perfecta?

—Esto es un tallo de Stuko —dijo Adolin, apostando a una expresión que pensaba que le gustaría a Kushkam—. La obstrucción nos favorece.

—Está clarísimo que no es un tallo de Stuko. Si acaso, es un tallo de Haramed. ¡Insultas a mis tropas!

—Por lo menos, escúchame en lo del fuego —pidió Adolin—. Los cantores resisten mejor el calor que nosotros. Si conviertes esto en un horno, se recuperarán antes y estaremos concediéndoles la cúpula entera.

El comandante titubeó, planteándoselo de verdad. Apretó los dientes, pero no puso objeciones.

Así que no es un necio, envió Maya a Adolin. *Menos mal.*

Estoy de acuerdo, pensó él en respuesta. *Es solo que no ha pasado años en las Llanuras Quebradas viviendo con mentalidad de asedio.*

Aun así, el hombre le lanzó una mirada asesina antes de volverse hacia el emperador. Adolin comprendió su error al instante. Jamás debería haber expresado sus reticencias ante el emperador, avergonzando al comandante en presencia de su autoridad suprema. Tendría que haberse llevado aparte a Kushkam y hacerle sugerencias, no contradecirlo en público. Tormentas, menudo fallo de novato. Se notaba por la postura de Kushkam, erguido con la barbilla alta, que se tomaba aquello como un desafío a su mando.

—Excelencia —dijo Adolin a Yanagawn—, salta a la vista que el comandante es un hombre lleno de pasión y entrega por la defensa de esta ciudad.

Estaba apretando para ver lo que opinaba, pero me he excedido. Cedo ante su experiencia y sabiduría: procedamos como él sugiere.

Kushkam le lanzó una mirada, ceñudo.

—Muy bien —respondió Yanagawn, observando a Adolin—. Noura, por favor, transmítele al comandante que confiamos en sus decisiones.

La visir lo hizo. El hombre de grueso cuello se inclinó ante el emperador, asintió mirando a Adolin y se fue al trote mientras un ayudante le traía su montura para que subiera a la silla y empezara a gritar órdenes.

—Lo habría hecho como pedías tú, si hubieras insistido —le susurró Yanagawn a Adolin en alezi.

—Soy consciente —respondió él—. Pero supongo que es buen oficial, ¿verdad?

—De los mejores que tenemos —dijo Noura, dándose un golpecito con un fajo de papeles contra la otra mano—. Servicio distinguido en la guerra de Yulay cuando era joven. Ha comandado nuestras fuerzas en varias batallas importantes, la más reciente hace dos años.

—Un comandante de campo, ascendido a la defensa de la ciudad. —Adolin asintió—. Preferiría tenerlo de mi lado. Socavar a quien está al mando no es manera de hacer amigos.

—Hay quienes afirmarían que, en los puestos que ostentamos, no necesitamos amigos —repuso Noura.

—Yo afirmaría que los necesitamos más —dijo Adolin, y señaló—. Vuestras tropas son disciplinadas y orgullosas. Si desautorizo a su comandante, la moral se resentirá. Si Kushkam es tan bueno como decís, cambiará de opinión. —Les dedicó una sonrisa—. Tened muebles y chatarra listos para cuando los necesitemos.

—Adolin —intervino el emperador, con las manos entrelazadas. La ropa y el sombrero eran tan regios que a veces era fácil olvidar al joven que los llevaba, un chico más o menos de la edad del propio Adolin cuando libró sus primeros lances como duelista en la clasificación—. ¿De qué estabais hablando hace un momento? ¿Algo sobre tallos?

—¡Ah, sí! Son nombres para referirse a las primeras jugadas del adversario en las torres —explicó Adolin—. Dicen que Kushkam es un experto.

—¿Torres? —preguntó el emperador.

Adolin se sorprendió.

—¿Aquí lo llamáis de otra manera? —preguntó mirando a Noura.

—No —dijo ella—. En azishiano es *gunna ma*, que viene a significar «el juego de las torres».

—No había oído hablar de él —dijo Yanagawn.

—¡Tormentas! —exclamó Adolin—. ¿Un líder que no conoce las torres? Noura, ¿qué le habéis estado enseñando?

—Historia política, estructuras sociales, idiomas, contratos…

—Todo inútil en el campo de batalla —dijo Adolin—. Un comandante sobre el terreno tiene que saber jugar a las torres.

—Disculpad, brillante señor. —Noura sonaba divertida—. Su excelencia no es un comandante sobre el terreno.

—Pues ahora estamos sobre el terreno —afirmó Adolin, señalando alrededor—. Y, en última instancia, es quien está al mando.

Se acercó al emperador, tanto que un guardaespaldas hizo ademán de avanzar hasta que Yanagawn lo detuvo con un gesto.

—Escuchad, excelencia —añadió Adolin—, esto lo remediaremos cuando termine la guerra. Noura puede instruiros sobre qué decir en una reunión, pero, si queréis aprender estrategia, yo os enseñaré lo básico de las torres.

—Me… gustaría mucho —dijo Yanagawn, sonriendo—. Gracias, Adolin. Por todo esto. Por estar aquí cuando no tenías por qué. Cuando esta no es tu lucha.

—¿Habéis oído hablar del combate amañado, excelencia?

—Es como llaman al duelo en el que casi perdiste tus esquirlas —dijo Yanagawn—. Bendito por la Tormenta te salvó.

—Quizá no estaría aquí si alguien no hubiera venido a ayudarme cuando no era su lucha. Estoy aquí para vos y para esta ciudad. Lo prometo.

Yanagawn inclinó la cabeza en agradecimiento. Adolin le devolvió el gesto y se retiró. Mientras lo hacía, Colot, que había estado merodeando por allí cerca, echó a correr para no perderlo.

—Estoy impresionado —dijo en voz baja.

—¿Es por la capa? —preguntó Adolin, disfrutando de cómo fluía a su espalda al caminar—. Es por la capa, ¿a que sí?

Colot sonrió y la luz del sol se reflejó en los mechones rojos oscuros de su pelo.

—Chapurreo un poco el azishiano. No sabía que dominaras el idioma tan bien.

—No lo domino —dijo Adolin—. Mi padre hizo algo que me permite hablarlo, y creo que Noura y el emperador se han dado cuenta al instante. Están acostumbrados a tratar con él. —Asintió—. Pero vamos a tener que ganarnos al comandante. No puedo ser efectivo en la lucha si estoy al lado de alguien que no me quiere ahí.

—Ya —convino Colot mientras cruzaban la plaza adoquinada—. Sé lo que es. Yo mismo probé a hacerlo.

Adolin hizo una mueca, recordándose a sí mismo lo cerca que había estado Colot de llegar a Corredor del Viento de pleno derecho antes de que los spren lo rechazaran. Después de eso, abandonar del todo había sido menos doloroso que seguir como escudero.

—Perdona —dijo Adolin—. No quería despertarte malos recuerdos.

—No pasa nada. La verdad es que todo los despierta. —Colot negó con la cabeza y miró hacia el cielo, por donde pasaba un grupo de vientospren como cintas de luz azul—. Ni siquiera sé si es por algo que hice, Adolin. Eso es lo que más me duele. Los honorspren que nos evaluaban eran los que estaban disgustados con los líderes de Integridad Duradera y se habían marchado antes de que llegarais vosotros. Casi se les caía la baba mirando a Kaladin y al Puente Cuatro. Todos los spren querían a alguien como él. No a alguien como yo.

—Ojos claros, quieres decir.

Colot asintió.

—Las vueltas que da la vida, supongo. Después de siglos y siglos tratando mal a los ojos oscuros, cuando la situación se invierte es difícil quejarse. Nadie va a llorar por mí, el pobre chico de alta cuna que no consiguió lo que quería. Ni tampoco deberían, supongo. —Titubeó, atrayendo a unos pocos dolorspren que reptaron junto a sus pies—. Sigue siendo un puñetazo en la boca del estómago.

Adolin le dio una palmadita en la espalda. Lo que habían perdido los Corredores del Viento lo ganaba él. Podría irle muchísimo peor que teniendo a un lugarteniente con el entrenamiento y la disciplina de Colot. Y, si estaba en lo cierto, el otro hueco en su estructura de mando lo rellenaría alguien de entre la gente que tenían delante. Mientras los oficiales azishianos entrevistaban y asignaban barracones al grueso de las tropas voluntarias de Adolin, había un pequeño grupo aparte: ocho mujeres con coloridos vestidos alezi.

Shallan se había marchado a hacer… bueno, Adolin no sabía muy bien qué. Cosas de Shallan, posiblemente relacionadas con el destino de la mismísima realidad. Sintió una punzada de preocupación por ella, pero sabía que Shallan era lo bastante fuerte para ocuparse de lo que fuera. Y, dado que no tendría a su esposa para hacerle de escribana en aquel campo de batalla, le había pedido prestado al alto príncipe Aladar una parte de su personal.

Aladar se había tomado muy a pecho la petición y había enviado lo mejor que tenía: a su hija, May.

Caray, aquello iba a ser incómodo.

—¿Esa es May Aladar? —preguntó Colot.

—Pedí unas escribas.

—Tormentas —dijo Colot—. Adolin, ¿vosotros dos no…?

—Nunca llegamos al cortejo —respondió Adolin. Entonces, con una mueca, se corrigió—. O yo no creía que estuviéramos cortejándonos. Ella… hum… lo veía de otro modo. —Respiró hondo y fue hasta el grupo de mujeres—. Hola, May.

Tenía el cabello negro, hasta la barbilla por delante, pero más corto por detrás. Cara redonda, de ojos castaños claros. Sus rasgos recordaban a las antiguas obras en piedra de los maestros escultores.

—Adolin —dijo ella, con voz inexpresiva. También como la piedra. No era solo por él, sino su manera de ser habitual—. Será una defensa dura. Los Fusionados van a destrozar esta fortificación como si fuese la capa del año pasado dejada al sol.

—Según los informes, no hay muchos Fusionados —dijo Adolin—. Pero seguro que traen a regios en formas tormenta y funesta. Solo tenemos que contenerlos durante unos días, hasta que llegue la avanzadilla de nuestro ejército desde el sur.

—Incluso unos pocos días serán una eternidad contra enemigos como esos —respondió ella—. En todo caso, me alegro de que hablaras con mi padre. Ya temía quedarme atrapada en la torre sin nada relevante que hacer. ¿Por dónde quieres que empiece?

—Revisa su triaje y sus tiendas médicas —sugirió Adolin—. Confirma que no tengamos que traer ningún suministro antes de que la Puerta Jurada se bloquee.

—Una idea excelente.

Qué fría es, pensó Maya. *No haría buena pareja contigo. Me extraña que te lo plantearas.*

Me planteé a un montón de mujeres, envió Adolin. *No había mucho más que hacer en las Llanuras Quebradas. Cortejé a casi cualquier soltera disponible que estuviera medio interesada.*

Espera, espera, respondió Maya entre risas, cosa que era bueno oír de ella. *Adolin, ¿eras un zorrón?*

Adolin casi se atragantó al oírlo, pero entonces sonrió. Maya lo había dicho en el mismo tono exagerado que usaban algunos de sus amigos soldados al lanzarse afables pullas entre sí por sus respectivos defectos.

No era para nada un zorrón, envió él. *Un chico un poco fácil, como mucho. Además, opino que un comandante sabio debe investigar toda estrategia, para conocer sus opciones.*

Por supuesto, pensó ella. *Tienes razón. Un soldado listo se sabe todas las mejores posiciones.*

Adolin sonrió de nuevo. Hablar con Patrón y con Syl le había dado la sensación de que los spren eran muy inocentes en lo relativo al romance y la intimidad. Maya era distinta. Supongo que era lo que ocurría cuando alguien se pasaba la vida rodeada de soldados.

Devolvió su atención a May al ver que la joven señalaba a una de sus acompañantes y después a él. La chica se quedaría cerca de Adolin por si necesitaba que le leyeran o le escribieran algún mensaje, mientras la propia May se iba a comprobar la infraestructura. Lo más probable era que no tuvieran que preocuparse por los azishianos en ese aspecto, pero nunca estaba de más confirmarlo.

—Mi padre se ha dejado caer por aquí —añadió May—. Tendrías que ir a verlo antes de que se vaya.

Y encabezó la marcha de su grupo de escribas hacia sus homólogos azishianos, que estaban instalándose en un pabellón cercano. Los escribas azishianos serían de distintos géneros, ya que allí hacían las cosas de un modo extraño, pero May hablaba su idioma con fluidez.

Lo cierto era que Adolin no podría haber pedido a nadie mejor como ayudante de campo. May tenía experiencia en gobernar el principado de su padre, y parecía una persona estricta y precisa. Era solo que ojalá no diera la sensación de que la temperatura caía cinco grados cada vez que esa mujer pasaba cerca.

—¿De verdad… la cortejaste? —preguntó Colot en voz baja. ¿Él también?

—Acabo de explicarte que no.

—Pero ¿te lo planteaste?

—Es una arquera experta —dijo Adolin—. Pensé que quizá tendríamos algo en común.

El tiro con arco no era un arte femenino, pero la mayoría de las familias alezi ilustres hacían una excepción a esa norma, como también a un poco de entrenamiento con la daga. Las mujeres iban a la guerra con sus maridos y hermanos, y los campamentos recibían ataques. Llevar la mano segura tapada por decoro era una cosa; quedarte indefensa ante saqueadores enemigos, otra muy distinta. Se consideraba impropio de una mujer que dedicase tanto tiempo como May a practicar con el arco, pero los tiempos ya habían estado cambiando incluso antes de que el padre de Adolin empezara a leer.

Adolin dio media vuelta y buscó con la mirada al alto príncipe Aladar, un hombre calvo que llevaba bigote y una barbita puntiaguda bajo el labio inferior. Se sorprendió por el aprecio que le inspiraba ese hombre en los últimos tiempos. No hacía tanto que todos los demás altos príncipes alezi le daban una considerable repugnancia. Uno había muerto a manos del propio Adolin.

Solo dos altos príncipes originales habían sobrevivido con su poder intacto. Uno era Sebarial, a grandes rasgos el ministro de finanzas de Urithiru. El otro era Aladar, que había pasado a ser un alto administrador y la mano derecha de Navani. Otros dos de ellos, Bethab y Hatham, tenían puestos inferiores, aunque respetados, en el gobierno. Uno estaba en Ciudad Thaylen y el otro viajaba con las tropas que deberían llegar a Azimir al cabo de unos días. Ninguno tenía el mismo poder que había ostentado antaño. Los días en que los altos príncipes casi equivalían a monarcas independientes en Alezkar habían pasado.

El cargo de Aladar lo involucraba en la administración cotidiana de Urithiru. No era glorioso, pero sí lo situaba en medio de todo, y a Aladar parecía gustarle. Adolin llegó con él tendiéndole una mano, que Aladar estrechó con un respetuoso asentimiento.

Detrás de él, cada compañía de las tropas de Adolin estaba asignándose de modo informal a una compañía azishiana. De momento, era conveniente que sus fuerzas tuvieran una contrapartida local para cosas como los turnos de comedor y las rotaciones de guardia.

—Es una misión honorable la que cumples aquí, Kholin —dijo Aladar—. Creo que todos hemos erguido la espalda un poco más cuando has insistido en venir a Azimir en persona para ayudar.

—Ya veremos si de verdad consigo servir de algo.

Adolin vio que pasaban unos caballos tirando de un carro con la gran caja de madera que había ordenado que trajeran, que contenía una cadena gigantesca. Ojalá el Padre Tormenta no quisiera que la necesitaran, pero si algún tronador se unía a la batalla…

Bueno, ya se ocuparían de ello si sucedía.

—Tienes buenas tropas aquí —dijo Aladar, señalando—. Trescientos exmiembros de la Guardia de Cobalto que han vuelto a ponerse el uniforme al saber que los necesitabas. Otros mil setecientos voluntarios de Urithiru, entre ellos muchos extranjeros. He hecho comprobar la competencia de todos ellos y, aunque son un poco batiburrillo, todos están condecorados en batalla. —El alto príncipe sonrió—. Me sorprende que aún quedara gente capaz que no estuviese reclutada, pero, por lo visto, las palabras «El príncipe Adolin os necesita» exprimen jugo incluso de la corteza. Quizá sean irregulares, pero creo que te servirán bien. —Calló un momento—. No hay portadores de esquirlada, me temo. Envié a Mintez a las Llanuras Quebradas con mis esquirlas, a petición de tu padre.

—Los azishianos tienen a otro portador de esquirlada —dijo Adolin—. Se quedaron con uno en la Guardia Imperial de la ciudad cuando enviaron al resto a los campos de batalla del sur.

—No es que los enviaran —matizó Aladar—. ¿Se diría que los compraron? ¿Que los contrataron los generales azishianos? Su sistema no me entra en la cabeza.

—Seguro que implica papeleo.

Aladar asintió antes de volverse y tenderle la mano a Adolin una segunda vez. Él la estrechó, vacilante.

—Estoy orgulloso, Adolin —dijo el alto príncipe—, de lo que tu familia ha hecho por Alezkar. De lo que hemos creado. Si hace tres años me hubieras leído los pensamientos más íntimos sobre qué quería, habrían sido sobre conquistar tierras de mis vecinos y maquinar por el trono logrando que te prometieras en matrimonio con May. De objetivos mezquinos y aspiraciones ruines. Pero, en vez de eso, hemos construido algo. —Sus ojos adoptaron una expresión melancólica—. No sabía lo satisfactorio que sería construir. —Apretó la mano de Adolin—. Ayuda a nuestros aliados, Adolin. Salva esta ciudad. Eso es lo que somos ahora.

—Gente que construye —dijo Adolin en voz baja.

—Y gente cuya vida significa algo —añadió Aladar—. Tu madre también estaría orgullosa de ti. —Sonrió y le soltó la mano—. Por favor, tenle un ojo echado a May. Le han entrado ideas raras desde que Jasnah empezó a ir a la batalla en persona.

—Es muy buena arquera, Aladar —dijo Adolin—. Ganó tres veces la competición femenina, tengo entendido.

—Antes me avergonzaba de ello —respondió él—. Una vez le pregunté si no habría manera de que usara el arco solo con una mano. —Se inclinó hacia Adolin y bajó la voz—. He dejado que practique con nuestra armadura y nuestra hoja esquirlada. Puede que haga alguna estupidez.

—Aladar —dijo Adolin—, nunca salí formalmente con May, pero hasta yo sé que nunca ha atraído ningún estupispren. Me alegro de que la envíes a ella. Me ocuparé de que esté a salvo, o todo lo a salvo que pueda estar cualquiera los próximos siete días. —Señaló la cúpula con el mentón—. Tendrías que irte. Esta será nuestra última oportunidad de usar la Puerta Jurada.

Aladar se apartó y, aunque en realidad no era lo apropiado, ya que tenían el mismo rango, le hizo el saludo marcial a Adolin. La familia de Adolin había tenido sus tropiezos a la hora de construir lo que tenían, y el propio Adolin tenía las manos manchadas de sangre. Pero... sí, las cosas estaban mejor que antes. El reino entero lo estaba. Así que Adolin le devolvió el saludo.

El alto príncipe se marchó a toda prisa al oír la llamada para la última transferencia. Algunos civiles azishianos partirían también hacia Urithiru, pero muchos más permanecieron en la ciudad. No querían abandonar su patria. Sabían que, demasiado a menudo, los refugiados que iban a Urithiru terminaban quedándose.

La mayoría de los azishianos iban a jugársela allí, así que Adolin combatiría para proteger una ciudad que aún tenía su corazón. Teniéndolo en mente, fue a buscar a sus armeros y su armadura esquirlada. La batalla comenzaría antes de que transcurriera una hora.

QUIENES SUSTRAEN

VEINTISÉIS AÑOS ANTES

Szeth vio luz cerca de la granja.

No en la propia casa, que estaba oscura y sumida en la sombra cuando pasó junto a ella. Moli estaría cerca del abrevadero, donde la piedra de la familia. Quedaba cerca, en dirección a la luz.

Casi saltó hasta el firmamento cuando oyó traquetear la cortina de cuentas que cubría la puerta de la casa. Solo era el viento. Temblando, cruzó el prado hacia aquella luz rojiza. Cada vez más preocupado, Szeth se obligó a rebasar con sigilo el árbol, notando la corteza fría y áspera en la palma de las manos.

Justo delante estaba la piedra, rodeada de tierra apisonada, asomando del suelo como un tumor. Había tres hombres sentados en ella.

Estaban sentados en la misma piedra, con un pequeño fuego delante, encendido en tierra. Habían cocinado para cenar, y unos olores desagradables, quemados y horribles, asaltaron a Szeth. Tuvo una espantosa premonición que se negó a aceptar, de modo que no miró con mucha atención hacia el fuego. En vez de eso, observó a los tres hombres. Soldados, con armadura de cuero tachonada de brillante metal. Yelmos de puro acero. Espadas enfundadas en la cintura. Dedos sucios de comer, migajas en las barbas.

Eran shin.

Su pueblo. No extraños saqueadores de más allá de las montañas. No vestían nada de color, por supuesto, solo negro, gris y marrón, pero sus rasgos eran inconfundibles. Szeth había visto a forasteros y se había fijado en sus ojos, su ropa, sus rasgos.

Se relajó. Esos hombres eran una patrulla de soldados del granjero. Habían pasado otros grupos parecidos por las tierras de su familia. Se movió para seguir buscando a Moli, pero partió una ramita al hacerlo y los tres hombres se volvieron en su dirección.

Uno bajó resbalando al suelo desde la piedra junto al fuego y posó la mano derecha en su espada.

—¿Quién va?

Avergonzado, Szeth salió a la luz. Cuando lo vieron, se tranquilizaron al instante.

—Chico —dijo el que estaba de pie—, ¿trabajas en esta región?

—Esta es nuestra granja. Soy pastor. —Szeth frunció el ceño al acercarse, fijándose en un líquido oscuro que manchaba el suelo cerca del fuego, y en unas botellas vacías junto a los hombres—. Ese es el vino de mi padre.

—Teníamos que comprobar la casa —dijo un hombre tendido sobre la piedra, farfullando—. Por si había invasores.

Se llevó una botella a los labios. Tenía la cara rosada de beber, y una expresión perezosa, y el yelmo que se había quitado junto a él. Era calvo, con la cabeza afeitada a conciencia.

—¿Por qué bebéis? —preguntó Szeth en tono brusco—. Estáis de patrulla. ¿Y si os tienden una emboscada? ¿Y si…?

—Los saqueadores no esperaban resistencia —lo interrumpió el que estaba de pie. Tenía los ojos oscuros, demasiado hundidos en el cráneo—. Se han retirado casi al momento de vernos llegar. Esta noche no habrá más lucha, a no ser que se nos hayan colado algunos. Nos han enviado a buscar.

—Ya podrías darnos una propina —dijo el hombre desaliñado, bebiendo más—. Por proteger tu pellejo, pastorcillo.

El tercer hombre tenía una barba rala. Era más joven que los otros dos. Se sentaba encorvado en la punta en ángulo de la piedra, mirando hacia abajo, con una botella de vino a medio beber en las manos. El padre de Szeth las reservaba para las ocasiones especiales.

—¿Tienes hambre, chico? —preguntó el de los ojos hundidos.

Szeth retrocedió.

—Creo… que deberíais iros.

—¿Cómo? ¿No agradeces nuestra ayuda?

—Creo… —Szeth se alejó más y no los miró a los ojos—. Creo que deberíais iros.

El borracho soltó una risita y mordisqueó un pedazo de carne, y Szeth lo sabía. Lo *sabía*. Pero no quería aceptarlo.

—Me saca de quicio, ¿sabes? —dijo Ojos Hundidos—. Entregamos nuestras vidas para protegeros, pero solo nos lo pagáis mirándonos mal. ¿Crees que no nos hartamos de que nos echen de los sitios?

—Sois quienes sustraen —susurró Szeth.

—Somos quienes nos interponemos entre vosotros y eso —replicó el hombre, señalando hacia la luz roja del horizonte—. Han quemado un pueblo entero, ¿lo sabías? Y habrían seguido, si no nos hubieran llamado a nosotros.

Szeth apartó la cara, intentando no oír los sonidos del borracho relamiéndose mientras comía, partiendo huesos entre los dedos. Un sonido nauseabundo, como el que haría algo que reptaba por el suelo al levantar el tronco bajo el que se escondía.

—Queréis que os protejamos —dijo Ojos Hundidos—, pero no queréis tenernos cerca. Piensa en eso, pastorcillo con tu toque de color. Piensa en cómo tratáis a la gente que os defiende.

—El mundo estaría mejor sin vosotros —siseó Szeth—. Sería una bendición que no hubiera personas que sustraen.

El soldado dio un bufido y luego un sorbo a su botella de vino. También había bebido bastante, al parecer, aunque no se le notara tanto.

—¿Sabéis qué es lo que más me cansa? —dijo, mirando hacia sus amigos—. Que mientan. Que finjan. Si un día desapareciéramos, ¿quién pararía a esos hombres de la costa? —Volvió los ojos hacia Szeth y le sostuvo la mirada—. Os coméis la carne que matamos, en vuestros días especiales. Usáis los tablones que cortamos los soldados para construir vuestras casas. Dime una cosa: si pagas a un hombre para que mate, ¿eso te hace a ti menos culpable? Tú sustraes, pastorcillo. Solo que lo haces a la manera cobarde.

Szeth se detuvo cerca del árbol, furioso. Con cuánta confianza hablaba ese hombre. ¿Cómo se atrevía a actuar como si tuviera respuestas? El granjero no las tenía. Su padre no las tenía. ¿Y aquel hombre creía que él sí? ¿Aquella... lamentable imitación de un ser humano? ¿Aquel saco de cieno? ¿Aquella... aquella...?

Se sorbió la nariz y se secó las lágrimas de los ojos. Cerca, el más callado de los tres ayudó al desaliñado a bajar de la piedra. Derribaron una botella de una patada y desaparecieron a trompicones en la noche, dejando atrás la casa. Ojos Hundidos se quedó junto al fuego, con una expresión tozuda en la cara mientras se agachaba para coger comida. Arrancó un pedazo y empezó a morder la carne.

Era Moli. Szeth por fin lo admitió. El «vino derramado» del suelo era sangre, y había sabido lo que estaban cocinando aquellos hombres en el instante en que olió a chamuscado. Cayó de rodillas en la tenue luz y encontró su piel, desollada, en la hierba.

—¿Por qué? —preguntó con voz áspera.

—A veces —dijo Ojos Hundidos, levantándose con torpeza— dejamos recordatorios para que sea más difícil pasarnos por alto. Merece la pena el castigo. Merecen la pena el enfado y los gritos, solo por... vivir durante una noche. Como vivís vosotros.

Echó a andar en la noche, con paso inestable. Szeth se acercó la lana de Moli a la cara, pero lo único que se olía era la sangre.

—Eso sí que no —dijo Ojos Hundidos con voz entrecortada—. No, ya basta... —Se alejó un poco más, a trompicones—. He dicho que no.

Szeth apenas fue consciente del comportamiento errático del hombre, de que estaba hablando solo. Lo único que sentía era una ira creciente. Un calor cegador, terrible. Soltó la piel y corrió hasta embestir contra el soldado, haciéndolo tropezar. Pero Szeth solo era un niño, y menudo para su edad. Aporreó a Ojos Hundidos con los puños, pero el soldado se limitó a quitárselo de encima y arrojarlo lejos, como comida para las gallinas.

Szeth dio contra el suelo y rebotó en las raíces del árbol. El hombre siguió su camino. Dando traspiés, desequilibrado.

—No —repitió—. No, ya van a darme azotes por lo que hemos hecho. Si hiciera eso... me colgarían. Es un niño. ¡Que no!

Szeth se alzó a cuatro patas y notó algo frío y liso en la mano derecha. Una frescura que se extendió por todo su cuerpo, que extinguió la rabia, que la reemplazó por un distintivo, terrible y profundo vacío que pareció tomar toda vida, luz y calor y asfixiarlos.

Se levantó, agarrando la piedra que su familia había desenterrado hacía poco. Daba la sensación de ser... el destino. La voluntad de los spren. ¿Por qué si no iba Szeth a caer allí? ¿Por qué si no iba el hombre a tropezar justo entonces, a irse al suelo cerca del abrevadero? Su voz se convirtió en un murmullo.

Los spren hacían que cayera la lluvia. Los spren hacían que emergieran las rocas. Ese día, los spren movieron a Szeth. Fue hacia el hombre caído, sintiendo que esa frialdad en lo más profundo crecía y crecía y lo consumía hasta...

Hasta que paró, mirando a aquel hombre patético junto al abrevadero. Una persona. Una persona terrible y a la que Szeth odiaba, pero una persona aun así. Él nunca le había hecho daño a nadie a propósito.

Tampoco iba a hacerlo ese día.

Szeth miró la piedra que sostenía blasfemo en la mano. Aquello no era la voluntad de los spren; estaba mintiéndose a sí mismo. Aquello había sido decisión suya. ¿Por qué no lo habían fulminado los spren? ¿No se lo merecía? ¿No se lo...?

Una mano lo agarró por el cuello.

El soldado, rugiendo, se levantó y empujó a Szeth de espaldas contra el suelo. Se puso a horcajadas encima de él, clavándole las uñas en la piel expuesta de la garganta. Tenía un aliento espantoso, con el olor de la muerte en él, y los labios separados en una sonrisa horrible. Su saliva salpicó la cara de Szeth.

Sus ojos... sus ojos resplandecían muy hundidos con una luz roja. Szeth fue presa del pánico y arañó la zarpa que lo apresaba.

El soldado siguió apretando más y más.

—Conque querías robarme, ¿eh?

Los dedos desesperados de Szeth encontraron de nuevo la piedra, caída al suelo a su lado.

—No os basta con quitárnoslo todo —prosiguió el hombre, inclinándose hacia abajo—. No os basta con...

Pam.

El soldado ahogó un grito y se derrumbó contra el abrevadero. Frenético, Szeth lo golpeó de nuevo.

PAM.

Con el corazón aporreando al ritmo de los golpes, con los músculos temerosos mientras daba someras bocanadas de aire, Szeth atacó otra vez. Y otra. Y otra.

Hasta que la calidez regresó. Hasta tenerla encima por todas partes. La calidez de la sangre.

Se levantó mientras la roca resbalaba de sus dedos húmedos, retrocedió trastabillando. Se palpó el cuello dolorido. Pensando, embotado, que había sustraído por primera vez en su vida.

Hasta que una voz suave afloró en su mente.

Vaya, vaya, ¿qué eres tú?

Szeth se sobresaltó y miró alrededor. La voz no regresó, aunque él estuvo esperando por si lo hacía. Esperó hasta la mañana, cuando lo encontraron con la piel de Moli, que aún tenía sujetas las patas, en el regazo. Sentado al lado de un cadáver que antes había sido, sin duda alguna, mucho más humano.

*Creo, con toda sinceridad, que los vientos que soplan desde el futu-
ro indican que esta será la última confrontación entre Honor y Odium.*

Tormentas, qué bien sentaba volver a ponerse su armadura esquirlada.

Adolin la había echado de menos durante todo el viaje por Shadesmar. Se había visto obligado a cabalgar a una pelea muy difícil sin ella,
cuya cicatriz tendría que llevar en el cuerpo a pesar de las atenciones de un
sanador Radiante. Al parecer, Adolin había estado pensando demasiado en
la cicatriz, y eso la había hecho permanente. Los poderes Radiantes eran
muy raros.

En realidad, pensó Maya, *los raros sois los humanos.*

Sonrió. Maya le había explicado cómo aislar sus pensamientos si quería
intimidad, pero Adolin no veía motivos para hacerlo… y, de hecho, estaba
un poco emocionado por aquello. Sabía que incluso algunos vínculos Radiantes no permitían que sus dos miembros se leyeran la mente, y era agradable tener algo que no todos ellos podían hacer.

Estaba en el empedrado ante la gran cúpula, recibiendo un informe de
May Aladar mientras le encajaban cada pieza de su armadura esquirlada.
Escarpes, luego grebas, quijotes, faldar, escarcela…

—Creo que deberíamos tener instalaciones médicas más cerca —dijo
May—. He sugerido esos edificios que hay en el lado oriental de la plaza.
—Hizo un mohín—. Tendremos a una sanadora proporcionando Regene-
ración.

Sorprendido, Adolin la miró mientras los armeros le colocaban el peto
en su sitio.

—Creía que no podían asignarnos a ningún Danzante del Filo.

May dio un paso hacia él y susurró:

—Mi pupila Rahel es una Radiante en ciernes. No ha querido contarlo porque no es Danzante del Filo, sino de la otra orden.

—Vigilante de la Verdad —dijo él.

—Sí. Le ha pedido con disimulo a la Radiante Precilia que la entrene, así que sabe curar. No ha tocado un arma en su vida, y la idea de luchar la aterroriza, pero está dispuesta a ayudar en el hospital.

Adolin asintió.

—Dale mi más sincero agradecimiento.

Una sola Radiante ya era un recurso asombroso. Rahel podría estabilizar a los heridos más graves, dejando el resto para los cirujanos, y eso salvaría una gran cantidad de vidas.

—Se lo transmitiré —dijo May—. La brillante Navani quería enviarte a un Danzante del Filo, así que le propuse esto. Rahel tiene habilidad, y esto le proporcionará experiencia en un auténtico campo de batalla. En todo caso, hay un motivo secundario para utilizar esa primera línea de edificios al este como hospital.

—¿Y es…?

—Tiene un refugio debajo —respondió ella—. Antes era el sótano de un contrabandista, y se me ha informado de que será un escondrijo de emergencia para el emperador. Tener allí un hospital de campaña servirá de excusa para que su excelencia huya hacia ese edificio concreto.

Adolin asintió de nuevo, tomando nota mental de averiguar dónde estaba y cómo acceder a ese refugio. Podría necesitarlo para ocultar allí a sus escribas, si la cúpula caía. Mientras pensaba en eso, vio que se aproximaban varias figuras que reconoció. Amigos de otra época.

Sonrió de oreja a oreja y se separó de los armeros, que estaban trabajando en las hombreras, para recibir a los recién llegados con unas muy cuidadosas palmaditas en el hombro.

—Gerenor, Isalor, Kappak. Tormentas, qué alegría veros. Gracias.

Kappak, un hombre con el pelo corto que tenía tendencia a encresparse, rio.

—Adolin, no pensarías que iba a regresar a las Llanuras Quebradas, ¿verdad? ¡Ya nos tiramos cinco años allí! Estoy harto de ellas.

—Es mejor ir allá donde esté el Kholin —añadió Gerenor con un guiño—. Es donde pasan las cosas divertidas.

—Esperemos que no muy divertidas —respondió Adolin—. Gracias por presentaros voluntarios. Os quiero a cada uno al mando de un batallón. Estad atentos a los mensajes y aceptad la palabra de Colot como si fuese la mía, pero, si creéis que tenéis que actuar, actuad. Confío en vosotros.

En vez de saludos, recibió palmadas en la espalda. Se marcharon los tres, para tomar el mando de sendos bloques de más de seiscientas tropas. Adolin regresó al trote junto a los armeros, arrancando chispas a los adoquines con el metal de los escarpes.

—Perdona, Geb —le dijo al actual armero jefe.

—Ah, ya sabemos que no hay forma de retenerte, Adolin —respondió el hombre de ojos oscuros, riendo—. ¡Pero procura no entrar en combate sin los guanteletes puestos!

Colot sonrió mientras las hombreras de Adolin encajaban en su sitio.

—¿Qué pasa? —preguntó Adolin.

—Solo estaba acordándome de lo que es servir contigo, brillante señor.

—La disciplina militar —dijo May, sosteniendo sus libros de cuentas bajo un brazo— es un animal completamente distinto cuando Adolin Kholin anda cerca.

—Pero si te encanta —replicó Adolin, metiendo una mano en un guantelete para luego sonreír mientras cerraba el puño. Tormentas, qué bien sentaba.

—¿Ah, sí? —dijo May.

—Así tienes algo de lo que protestar.

—Yo no protesto —dijo ella—. Redacto informes sobre principios de eficiencia y estructuras de mando. —Calló un momento—. Eres consciente de que tus métodos no deberían funcionar, ¿verdad?

—¿Qué parte de mis métodos? —preguntó él, metiendo el puño en el guantelete izquierdo.

—Todo el mundo te tutea, desde los oficiales hasta los lanceros. Confraternizas con todas las graduaciones, hasta el punto de que sales a beber con tus armeros.

—¡Geb conoce los mejores sitios! —exclamó Adolin.

—Es un don —dijo Geb.

—No debería funcionar —repitió May.

—Pero funciona.

Adolin aceptó el yelmo que le tendía Dal, el asistente e hijo de Geb, y se lo agradeció con un asentimiento. Se volvió otra vez hacia May.

—Las tropas saben que soy un oficial mediocre —dijo, poniéndose el yelmo bajo el brazo—. Pero también saben que soy un luchador tormentosamente bueno. Una cosa compensa la otra. Deberías ir a por tu arco.

May se sobresaltó.

—¿Cómo, en serio?

—A no ser que incumpla algún principio de eficiencia o estructura de mando. Colot, doy por sentado que andamos cortos de buenos arqueros, ¿verdad?

—Eso me temo —respondió Colot—. Hay algunos entre los voluntarios, y también unos pocos entre mis antiguos compañeros, pero la mayoría de esta gente son infantería pesada. Blindados como ladrillos, entrenados para el combate en ciudad o como apoyo de portador de esquirlada.

—Bien, pues reúne a nuestros mejores veinte arqueros y ponlos bajo el mando de May.

—¿*Mando*? —susurró ella.

—A menos que prefieras no hacerlo —dijo Adolin—. Pero tu padre te ha nombrado su heredera y, si llegas a ser alta princesa, necesitarás experiencia en batalla. Probemos a ver. Suponiendo que tengas algo adecuado que ponerte para luchar.

Todos los comentarios sobre eficiencia se fueron al traste mientras May le arrojaba los libros de cuentas a su pupila de más edad y echaba a correr ajetreada. Adolin sonrió y le hizo una seña a Colot para que se acercara.

—He visto a Beamlin Dorset en el bloque —dijo en voz baja—. Si Beam está aquí, también estará Talig. Esos dos van emparejados, y ambos son buenos con el arco. Además, sirvieron como guardias de Jasnah, y la hermana de Beam es Radiante. No tendrán problemas en aceptar órdenes de una mujer, así que pon a Beam como segundo al mando de May y a Talig como primer sargento. Colócalos en la galería interior con los arqueros azishianos y ya avisaré cuando los necesite.

—Así se hará, Adolin —respondió Colot.

—Estupendo, gracias. —Adolin se volvió hacia la primera pupila de May. Tenía rizos de color castaño claro en el pelo, que revelaban cierta ascendencia extranjera—. Te llamabas Kaminah, ¿verdad?

La joven asintió, al parecer sorprendida de que Adolin recordara su nombre.

—¿Alguna vez has sido ayudante de campo?

—No, brillante señor.

—Te las ingeniarás —dijo él—. Ascenso en el campo de batalla.

—Eh… Brillante señor, ¿estáis seguro?

—Si te ha entrenado May, Kaminah, lo harás de maravilla. —Adolin vio que la chica se animaba al oírlo y señaló hacia la cúpula—. ¿Crees que podrás determinar si la galería de los arqueros, ahí dentro, soporta el peso de un portador de esquirlada?

—¡Seguro que obtendremos la respuesta! —exclamó ella—. Gitora estudia ingeniería. La enviaré a ella.

—Excelente —dijo Adolin—. Mientras está en ello, necesito que apuntes órdenes para Colot y mis señores de batallón.

Le dejó un momento para que enviara a Gitora, regresara y sacara su cuaderno a toda prisa. Kaminah se sentó de rodillas y se lo puso en el regazo para escribir.

—Vamos a dejar que los azishianos actúen a la suya —dijo, observando las hileras de relucientes soldados—. Diles a mis señores de batallón y jefes de compañía que no deben, bajo ningún concepto, socavar la autoridad azishiana, pero diles también que estén atentos. Quiero tres compañías de cada batallón desplegadas aquí fuera, preparadas para entrar a las primeras de cambio y formar un muro de picas clásico, con lanzas y escudos en la primera fila. Solo dos de profundidad, por el momento.

»Que se sitúen a intervalos regulares en torno al perímetro, y que esperen mi orden para irrumpir y formar. Galante se quedará con sus mozos de cuadra, pero consígueme un pelotón de apoyo a portador de esquirlada tipo tres, con orden de cubrir mi retaguardia si entro. Como siempre, en caso de que yo caiga, recuperar la armadura y la hoja esquirlada es la prioridad. ¿Lo tienes todo?

—¡Lo tengo, brillante señor!

—Bien —dijo Adolin—. Todo el mundo a trabajar. Esos cantores llegarán en cualquier momento.

Ya están aquí, dijo Maya, con una voz que solo sonaba un poco esforzada. *Estoy vigilándolos en el otro lado. Los spren de la Puerta Jurada ya están corrompidos del todo y ahora los sirven a ellos.*

Vaya. ¿Podía ver en los dos reinos? Eso podría venirles muy bien.

Sí que podría, convino ella. *La consciencia… es buena, Adolin. Me siento… cada vez mejor. Debo decir que es un placer ver cómo trabajas. Me resulta muy familiar.*

—¿Trabajar? —dijo él, poniéndose el yelmo—. Aún no he empezado a trabajar.

Embustero. Ya has hecho las partes más importantes.

Bueno, quizá tuviese razón. Adolin respiró hondo, acostumbrándose a llevar el yelmo. Era menos sofocante de lo que recordaba, y se sintió revitalizado por llevar la armadura de nuevo. Sus movimientos eran más rápidos, su agarre como un tornillo, su pose como una fortaleza.

—¿Me echabas de menos? —le susurró a la armadura.

La verdad es que sí que te añoraban, dijo Maya. *No les gusta nada esperar.*

Adolin sonrió.

—Maya, si no te importa, dime todo lo que veas sobre los movimientos del enemigo.

Adolin, respondió ella, *hay… muchísimos. Sé que teníamos informes… pero es desalentador.*

—¿Te sería posible contar a los Fusionados y los regios? Los exploradores no han podido ser muy precisos.

Lo intentaré.

Cuando los spren como Syl y Patrón formaban un vínculo, ese vínculo tiraba de ellos y los llevaba por completo al Reino Físico. Maya era diferente, y el vínculo que compartían también. Lo cual presentaba algunas ventajas, aunque Adolin temía que quizá estuviera viéndolas donde no las había para satisfacer su ego. Porque sabía, como había reconocido en muchas ocasiones, que aquella era la era de los Radiantes.

El portador de esquirlada ya no era la cúspide en el campo de batalla. El joven ojos claros capaz de vencer en duelo casi a cualquiera ya no resultaba ni por asomo tan valioso como en otros tiempos, no si se lo comparaba con alguien capaz de volar o de doblegar la piedra a su voluntad. En menos de dos años, Adolin Kholin había empequeñecido muchísimo.

A pesar de eso, no buscaba la Radiancia. Y no solo porque su padre y su tía esperaban que se hiciese Radiante… o eso se decía a sí mismo. No era una persona tan mezquina, ¿verdad?

«Tormentas», pensó, marchando con su pequeño séquito de escribas y guardaespaldas hasta los peldaños que ascendían hacia la cúpula. Allí esperó un momento. «Tormentas, yo solo quiero decidir por mí mismo. Sin la guía de mi padre, ni su nombre, ni sus decisiones por una vez. ¿Tan mal está eso?».

¿Te encuentras bien?, susurró Maya.

Bien. Adolin hizo otra inhalación profunda a través de las ranuras del yelmo. *Estoy bien. Puedo hacer esto sin él. A mi manera.*

No me hace ninguna gracia esa manera de pensar, ¿eh?, le dijo Maya. *Chico, anda que no tienes la cabeza revuelta. Será mejor que aceptes un consejo de alguien que la tiene igual. Está bien necesitar ayuda. Yo necesité la tuya. Puede que aún la necesite.*

Gitora, la joven escriba que estudiaba para ingeniera, llegó apresurada escalera abajo. Llevaba ropa de batalla. No una havah, sino pantalones de seda bajo una larga y colorida túnica abierta por los lados.

—Resistirá vuestro peso, brillante señor —informó con una reverencia.

—Excelente —dijo él—. Veo que sí que tienes buen ojo para la ingeniería.

—Esto... —La chica, que tendría unos quince años, cambió el peso de un pie al otro—. La verdad es que el portador de esquirlada azishiano ya está ahí arriba dando pisotones. Así que, más que ingeniería, ha sido simple observación. Pero sí que he comprobado que la galería pueda sosteneros a los dos, y los azishianos coinciden conmigo en que lo hará.

Adolin sonrió e indicó a su grupo que lo siguiera por los escalones de madera. En su cima había una puerta a la galería interior, que recorría la cúpula entera trazando un amplio círculo. Unas ranuras dejaban entrar luz desde arriba, sin perfilar a los arqueros. También había oficiales reunidos allí, observando la oscura y plana llanura de piedra que se extendía debajo. Lo único destacable en ella era el pequeño edificio de control en el centro, donde cabrían quizá unas treinta personas.

Muy bien, dijo Maya. *Cuento como a unos cien cantores en forma tormenta situándose en posición. Más o menos la misma cantidad en forma funesta. Es posible que sean todos sus regios.*

No había un verdadero equivalente a los regios en los ejércitos humanos. Eran menos peligrosos que los Fusionados, pero poseían unas formas de poder que los convertían en luchadores temibles. Los que estaban en forma tormenta, por ejemplo, podían liberar estallidos de relámpago, como el que había matado a un querido amigo de Adolin en las Llanuras Quebradas. Una ausencia que sentía cada vez que cabalgaba.

¿Los Celestiales aún están ahí?, preguntó a Maya. *¿O se han ido volando cuando el ejército ha llegado a la Puerta Jurada?*

Aún están, dijo la spren. *Los Fusionados han controlado las cuentas cercanas y las han convertido en terreno sólido. Tienen muchísima luz del vacío. Yo estoy nadando en las cuentas más alejadas, a un lado, vigilando. Parece que... ¿están rompiendo algunos barcos?*

Para hacer escudos, a lo mejor, dijo Adolin. En un asedio normal, se derribaban las construcciones de los pueblos cercanos para aprovechar la madera.

Fue hasta la barandilla, se quitó el yelmo y se lo guardó bajo el brazo mientras Kaminah le acercaba un catalejo. Adolin lo utilizó para observar de cerca lo que estaban haciendo los soldados de Kushkam. El ejército azishiano había optado por la sugerencia inicial de Colot y Maya: concentrarse en formación cerrada alrededor del edificio central. Serían mil hombres, aunque el anillo más interno constaba solo de unos treinta, con algunos ballesteros preparados para disparar al interior del edificio tan pronto como apareciese el enemigo. Los expectaspren ondeaban a su alrededor, como gallardetes rojos movidos por el viento.

Habían clavado a toda prisa unas planchas de madera contra la mitad inferior de las entradas al edificio de control, que estaban llenando de agua. Se salía, pero tenían los suficientes cubos para hacer que subiera el nivel, y a un moldeador de almas con un atuendo excepcionalmente ornamentado de pie allí cerca, con el rostro enmascarado para ocultar su dolencia, esperando para transformar el agua en bronce y quizá obstruir así el avance enemigo.

Adolin refirió deprisa a sus escribas lo que Maya había averiguado sobre las cifras de regios, y una joven mensajera llevó la información a los oficiales de Kushkam. Adolin de verdad esperaba equivocarse y que Kushkam y sus fuerzas lograran resistir. No tardaría en comprobarlo, aunque por el momento debía esperar.

Odiaba esa parte.

Su padre hablaba de la agitación previa a la batalla, de la expectativa. Adolin lo comprendía en parte. Había sentido lo mismo muchas veces en las Llanuras Quebradas… pero para él aquello había cambiado desde hacía un tiempo. Quizá fuese al llevar un año en guerra, quizá cuando la captura de la Emoción. Pero él juraría que había empezado mucho antes, quizá en un punto tan lejano en el tiempo como cuando Sadeas los había traicionado a su padre y a él y los había abandonado para que murieran.

Desde ese día, Adolin había empezado a aborrecer la batalla. Le gustaba mostrar su habilidad, le gustaba llevar la armadura esquirlada, pero había empezado a darle náuseas la carnicería. Era… era una bobada, pero tenía la sensación de que el campo de batalla se *burlaba* de sus destrezas como duelista. Él había entrenado con la espada para mejorar su vida y ponerse a prueba contra otros. No para matar.

Por suerte para el ejército, esa forma de pensar no le restaba eficacia. Era capaz de masacrar, y lo haría, por lo que tampoco estaba en condiciones de mirar a nadie por encima del hombro. Con un poco de suerte, su único modo de mirar a la gente desde una posición superior estaría disfrutando de un poco de cereal y no atormentando a sus mozos de cuadra.

Adolin, dijo Maya, *está pasando algo.*

¿Primera oleada?, preguntó él.

Más o menos. Mira.

La luz destelló en un pequeño anillo alrededor del edificio de control. El bronce creado por moldeado desapareció hacia el otro dominio, como Adolin había previsto, donde podrían arrastrarlo a un lado. Emergieron spren del edificio, que surcaron el aire como cintas de luz roja. Una oleada de inquietud y murmullos nerviosos recorrió a los arqueros azishianos a su alrededor, pero Adolin identificaba aquello de otros campos de batalla.

—Están enviando a vacíospren como exploradores —dijo—. Kaminah, mándale un mensaje al comandante. El enemigo sabrá exactamente qué terreno le espera, y nuestra posición precisa. Dile que sugiero que los azishianos se replieguen y formen un círculo más amplio, con más tropas.

—¡Sí, brillante señor! —exclamó ella, y se sentó con su vinculacaña para avisar al centro de escribas azishiano, mientras enviaba también a otra joven como mensajera.

Solo dos minutos después, algunos vacíospren regresaron al edificio de control, que los transportó a Shadesmar con otro destello para que informaran. No llegaron más tropas en la misma transferencia, ni tampoco reapareció el bronce creado por moldeado de almas. El enemigo lo había retirado incluso más deprisa de lo que Adolin había previsto.

La siguiente parte llevaría un poco de tiempo. Tiempo para que May llegara de uniforme con el pelotón de arqueros que Adolin había solicitado. Tiempo para que el propio Adolin se preparase mentalmente para convertirse de nuevo en asesino. Tiempo para reparar en que Kushkam hacía caso omiso a su sugerencia y mantenía sus fuerzas formando filas apretadas en torno al edificio de control.

Aquellos vacíospren siguieron revoloteando de un lado a otro. Quizá algún día la antiluz de su tía Navani sería un método viable para atacar a los spren enemigos, pero de momento Adolin se olvidó de ellos. Partir uno por la mitad con una hoja esquirlada lo enviaría a Shadesmar para recuperarse, pero había docenas de ellos, así que daría lo mismo. Esperó. Sudando. Sintiendo que una extraña y ligera ventilación recorría su armadura, manteniéndolo fresco. Entonces sucedió.

Un tercer destello alrededor del edificio de control.

Empezaba.

Los Heraldos, en esencia, ya no están. Los han rechazado sus hojas.

El monasterio de Talmut reposaba sobre un largo rellano en la ladera de la montaña, lo bastante alto como para dominar el resto del valle de Nirovah. La primera vez que Szeth había subido hasta allí, por el duro camino en zigzag que llevaba al campamento fortificado donde entrenaban los soldados, le había costado más de una hora.

Ese día, Kaladin y él aterrizaron sin más después de un enlace rápido hacia el cielo.

—¿Piedra? —dijo Kaladin, reparando en la ausencia de tierra.

En efecto, aquel saliente recordaba a los lugares fuera de Shinovar. Roca firme, con solo algunas zonas sueltas de tierra polvorienta. Sobre él se alzaba un extenso campamento militar que Szeth recordaba bien incluso después de tantos años. La terraza era más larga que ancha, con un precipicio al final. Había espacio para docenas de edificios, que en su mayoría eran barracones y salas de entrenamiento.

El monasterio en sí estaba más lejos a la izquierda, siguiendo un angosto sendero. De momento, Szeth se quedó observando el campamento militar donde él mismo había vivido.

—Szeth —dijo Kaladin—, esto parece abandonado.

Aunque los edificios estaban en mejor estado que su granja, no había nadie en los caminos. Era como si todos los habitantes de su tierra natal entera se hubieran esfumado sin más.

—Aquí debería haber miles de soldados entrenando —afirmó Szeth.

—Igual se han desplazado al norte —aventuró Kaladin—, donde nuestros Corredores del Viento encontraron resistencia al intentar explorar el terreno. ¿Por qué hay tanta roca en este sitio? Creía que nadie de vosotros podía pisarla.

—Estos son los dominios de soldados —explicó Szeth—. Quienes sustraen tienen permitido caminar sobre la piedra, porque su vida ya es blasfema. Matan. —Titubeó—. ¿Esos de los que te he hablado, los que mataron a la oveja en mi granja? Procedían de aquí.

—¿Cómo puede funcionar vuestra sociedad? —preguntó él, con una mirada a Syl, de pie a su lado—. Si tratáis así a los soldados…

—La mayor tarea en esta vida es crear, añadir —dijo Szeth—. La mayor vergüenza es romper lo que otra persona ha creado, o echar a perder el arte de los dioses: los spren y sus reyes, los Heraldos. La piedra sostiene la tierra y forma los cimientos de Roshar. Los spren la crearon.

Miró hacia Syl y vio que la spren parecía encontrar graciosas sus palabras.

—Sí —dijo—. La creamos vomitándola. Rocas, piedrecitas, peñascos si ese día tenemos muchas náuseas.

—No toda nuestra sabiduría tradicional… encaja con lo que he visto en el exterior —reconoció Szeth—. Pero Roshar sí que es la creación de los dioses. Honor, Cultivación y Odium.

—Más o menos —dijo Syl—. Por lo que sabemos, Roshar es obra del antiguo dios que luego se convirtió en Cultivación y Honor. En Odium también, aunque eso sea más incómodo de reconocer. Porque significa que somos parientes, claro.

—Sin la intercesión de Dios —repuso Szeth—, Roshar se convertiría en polvo y desaparecería en el océano. Para impedirlo, se crearon las altas tormentas que depositan crem. —Señaló—. El último crem de la alta tormenta moribunda cae sobre estas montañas, las mantiene altas, resguarda Shinovar. Prosperamos gracias a un acto divino. Por eso veneramos la piedra.

—A menos que uno sea soldado —dijo Kaladin, observando el campamento vacío con los brazos en jarras, al parecer encontrando desagradable el concepto en sí. Lo cual estaba bien, porque lo era.

—Un soldado debe reverenciar la piedra —lo corrigió Szeth en voz baja—. Es una confusión habitual. No es que la piedra sea prosaica para quienes matan, sino solo que los soldados, al llevar una vida de destrucción, se ven obligados a profanarla. Incrementando su pecado con cada nueva arma que se forja.

—Tormentas, qué estrafalario es este sitio —susurró Kaladin.

—Llevamos vidas pacíficas —dijo Szeth—, en comparación con la guerra casi constante de tus tierras.

—Porque les echáis encima todos los elementos desagradables a unos pocos, a quienes atormentáis.

—¿No es eso lo que somos los Radiantes? —replicó Szeth—. ¿Los vigilantes en el perímetro, como dice Dalinar? Una forma agradable de expresar una idea desagradable: que alguien tiene que matar para que la gente normal y corriente pueda llevar una vida pacífica. Los Radiantes debemos bañarnos en sangre y mancillar nuestras almas para forjar la paz.

—Eso —dijo Kaladin— es una mala interpretación de principio a fin.

Szeth lo dejó estar. ¿Para qué discutir con alguien que estaba acostumbrado a tener siempre razón?

—Vamos. Tiene que haber gente aquí en alguna parte. Los edificios están en mucho mejor estado que los que hemos visto abajo.

Se volvió y contempló el territorio que se extendía ante ellos. Había granjas como la suya salpicando el verdor aquí y allá, y distinguió también algunos pueblos pequeños. Habían visitado uno de camino hacia allí, y estaba abandonado. Tal vez Kaladin estuviera en lo cierto y se hubieran trasladado al norte, en busca de alguna de las ciudades.

Kaladin y Syl no objetaron a que Szeth los guiara hacia un barracón, un lugar que recordaba, aunque no con cariño. Se detuvo delante y, sin entrar, les hizo una seña a Kaladin y Syl para que lo siguiesen mientras paseaba hasta el siguiente edificio.

Como había esperado, hacerlo provocó ruido dentro del barracón, el sonido de gente acercándose deprisa a las ventanas para mirar al oír que se marchaba. Szeth dio media vuelta y regresó corriendo con un movimiento fluido y abrió la puerta de una patada, rompiendo la cerradura.

Las decenas de personas que había dentro se desperdigaron por las sombras. Con los ojos muy abiertos y polvo en la cara, vestidas con harapos. Szeth entrevió algunos toques. Pañuelos descoloridos. Fajines que costaba distinguir de los pantalones con tanta mugre y tan poca luz.

Una parte de él dejó escapar un profundo suspiro. Ver de nuevo a su gente… hizo que le pareciera haber despertado por fin de una pesadilla a algo familiar. Sin embargo, algo andaba mal. Todos lo rehuían, a él y a la luz que entraba por la puerta recién abierta.

—¿Qué les pasa? —preguntó Syl, escrutando desde detrás de Szeth.

—Escuchadme —dijo Szeth en su propio idioma, que le resultaba casi desconocido, extraño en la lengua—. ¿Qué os ocurre? No sois soldados, pero camináis sobre la piedra.

—Debemos hacerlo —susurró alguien desde las sombras—. La tierra se nos tragará.

—Se nos tragará —repitieron varios otros, también susurrando.

—Tonterías —dijo Szeth—. ¿Cómo coméis?

—Cultivamos los campos de noche —respondió otra voz—. Como nos ordenó el chamán. Cuando el suelo no puede vernos.

—Vernos… —susurraron otros.

—¿Qué están diciendo? —preguntó Kaladin.

—Dicen que el suelo se los tragará, por algún motivo —le explicó Syl—, así que trabajan de noche en el campo y, por lo visto, de día se esconden aquí.

—Los soldados —dijo Szeth a la gente, y Syl tradujo para Kaladin—. ¿Dónde están los soldados?

Se retrajeron más en la penumbra, y varios sisearon cuando Szeth dio un paso adelante. Entonces invocó su hoja esquirlada, lo cual los silenció.

—Los soldados se fueron al norte —dijo una de ellos, desde las sombras—. Oían una voz que nosotros no.

—¿Una voz? —preguntó Kaladin—. ¿Era la voz del Viento?

—No. —Szeth miró atrás en dirección a Kaladin—. Debe de ser la voz de uno de los Deshechos.

—Szeth —susurró Syl—, cuando estuvimos en Kholinar, topamos con una extraña secta que adoraba a un Deshecho. Y cuando llegamos a la torre también hubo acontecimientos extraños. El efecto de otra de ellos.

—Si hay uno en Shinovar —dijo Kaladin—, tenemos que encontrarlo y derrotarlo. Quizá sea eso lo que Ishar espera de ti, y por lo que dijo que tengo que ayudarte.

—Quizá —respondió Szeth—. O quizá este castigo sea lo que mi pueblo merece. —Salió del edificio, de regreso a la luz—. Dejaron entrar a uno de los Deshechos, y luego se negaron a expulsarlo cuando se lo advertí.

—Hemos venido a cambiar eso. —Kaladin fue con él—. ¿No es así? Se te ha enviado a purgar este lugar.

—No he decidido qué implicará esa purga —dijo Szeth—. Quizá sea mi pueblo lo que haya que destruir.

Bien, le susurró su spren. *Bien. Miras y evolucionas.*

—Qué locura —dijo Kaladin—. La gente de ese edificio no eligió rechazarte, Szeth. Quizá algunos de sus líderes lo hicieran, pero las personas normales no merecen ese castigo.

Szeth se detuvo. Había sabiduría en esas palabras, ¿verdad? Titubeó.

No debería titubear. La respuesta debería ser evidente. Tenía que aplicar lo que le había enseñado Nin-hijo-Dios, Heraldo y líder de los Rompedores del Cielo. Mucho tiempo antes, en su juventud, Szeth había descubierto que su juicio era defectuoso. Aquello había empezado cuando mató al soldado con la piedra.

Por suerte, desde entonces había encontrado a personas que lo guiaran. Nin, Dalinar. ¿Qué harían ellos en su situación? ¿Cómo afrontarían aquel dilema? Sin decir nada más, Szeth echó a dar zancadas hacia el monasterio. Nin y Dalinar encontrarían respuestas, y entonces harían lo que hubiera que hacer. Según la ley.

Tenía que haber una convención a la que ceñirse. Sin una convención, solo quedaba el caos. Si algún chamán había dado órdenes a aquella gente, quizá en el monasterio hubiera alguna pista.

—Szeth —dijo Kaladin, cogiéndolo del brazo al pasar—, agradecería mucho algunas respuestas.

—Pues presta más atención —replicó Szeth, soltándose para caminar de nuevo.

El monasterio en sí era una fortaleza de gran altura. Los monasterios del este, en particular los de Alezkar, a Szeth siempre le habían parecido muy… modestos. En Shinovar, eran lugares de guerra. O, más exactamente, de preparación para la guerra.

Se sorprendió al darse cuenta de que no soplaba ningún viento en la montaña.

—¿Eso es un monasterio? —preguntó Syl, flotando a su paso mientras seguían ascendiendo por el camino de piedra por la escarpada ladera.

—Todos ellos son atalayas —le explicó Szeth, porque era una spren y, al contrario que con Kaladin, sería impío hacer caso omiso a sus preguntas—. Los fundaron los Heraldos, que nos confirieron la Verdad y nos encomendaron mantenernos vigilantes por si el enemigo regresaba.

—¿Por qué iban a pensar que el enemigo volvería? —preguntó Kaladin desde poco más atrás—. A mí siempre me habían enseñado que los Heraldos terminaron la guerra y el enemigo desapareció para siempre.

—Conque eso te enseñaron, ¿eh? —dijo Szeth.

—Espera, espera —dijo Kaladin, apretando el paso tras él. Entonces, como el camino era demasiado estrecho, se elevó en el aire con Syl por encima del precipicio—. ¿Los shin sabíais todo este tiempo que el enemigo no estaba derrotado? ¿Que los Heraldos caminaban entre nosotros?

—Obviamente —respondió Szeth—. Éramos los guardianes de sus espadas. Se nos había confiado su Verdad Sagrada.

—Tal y como lo dices, suena a algo importante —comentó Syl.

—Es algo de la máxima importancia —dijo Szeth—. La Verdad Sagrada de los Heraldos era el conocimiento de que el enemigo sí que iba a regresar algún día. Si Talmut se venía abajo en algún momento. Ese día, sería necesario que los shin lucháramos. —Llegó a la cima y señaló con el mentón por donde habían venido—. ¿Las tropas que entrenaban en el campamento? Llevaban una vida dura, digna de desprecio. Pero las que entrenaban, como terminé haciendo yo, en los monasterios… eran algo muy diferente. Verdaderos destructores, los más viles y los más gloriosos. Preparados para enfrentarse al enemigo.

—Entonces, ¿qué fue lo que pasó? —preguntó Kaladin—. Ya hace año y medio desde que volvieron los cantores.

—Que no creían. Ese es justo el motivo de que estemos aquí. Insisto en que prestes atención.

Con un raspar de botas sobre piedra, Szeth fue con paso firme a las puertas del monasterio… y las encontró abiertas. ¿Estaría abandonado? Los chamanes nunca deberían haber dejado esas puertas sin cerrar: era un incumplimiento patente de la Verdad.

Entró a la gran nave abovedada, un patio cubierto en el que las tropas podían congregarse y repeler un asalto. Había jaulas llenas de gemas incrustadas en los muros, con aberturas al exterior para recargarse sin necesidad de sacarlas con cada alta tormenta que pasaba. Una cálida luz de color marrón anaranjado moteaba la enorme estancia, revelando el gran fresco que representaba a Talmut en el suelo. Aparecía envuelto en cadenas, retenido en Condenación, como el Portador de las Agonías.

Solo había una persona en aquel inmenso espacio, de pie, y era una de las que lo habían condenado como Sinverdad. Una mujer shin de mediana edad, que vestía la túnica de riguroso gris de una chamana. Sin la menor pizca de color, sin un toque siquiera. Pelo entrecano, que quizá en otro tiempo tuviera algo de rubio.

—¿Rit? —dijo Szeth—. ¿Rit-hija-Clutio?

—Peregrino —saludó ella con un asentimiento, y su voz resonó en el gran espacio vacío.

Kaladin entró, con toda probabilidad dispuesto a exigir respuestas. Szeth lo ahuyentó con un ademán, y por suerte Kaladin se apartó un poco y dejó que Syl interpretara para él a susurros las palabras que cruzaban.

—No soy ningún peregrino —dijo Szeth—. Soy Szeth-hijo…

—Sé quién eres —lo interrumpió ella, apartando su capa—. Estaba allí hace nueve años. ¿Lo recuerdas tú?

—El exilio no es algo que uno olvide —dijo él en voz baja.

—Se me dijo que vendrías antes. Han sido meses de espera.

¿Meses? ¿Cómo lo sabían?

Rit alzó las manos ante ella e invocó una hoja esquirlada. Sin adornos, con la forma de una larga cuña. Un arma brutal, carente de la elegancia de sus compañeras, pero de algún modo también más sincera. Un arma que Szeth había visto representada en cuadros muchas veces.

La hoja de Honor de Talmut.

—No tenías derecho a apropiarte de esa espada —dijo Szeth, invocando su propia hoja esquirlada—. Talmut debería tener su arma.

¡No te hace ninguna falta eso!, exclamó Sangre Nocturna desde su espalda. *Soy mejor que una estúpida hoja esquirlada hecha a partir de un estúpido spren. ¡Utilízame a mí!*

—Talmut se quebró —dijo la mujer—. Trajo la Desolación. Es mejor que su hoja la empuñe alguien digno.

—¿Y por qué no estás combatiendo al enemigo? —exigió saber Szeth—. ¿Qué ha pasado con la Verdad Sagrada?

La mujer sonrió.

—Te envidio. Ay, cómo te envidio, peregrino, por la oportunidad que se concede. Prepárate para demostrar tu valía.

—Ya lo he hecho —respondió él—. Me gané el derecho a empuñar una hoja de Honor.

—¿Y dónde está? —preguntó ella.

Robada. Perdida. En manos de Moash, el traidor, dejándole solo a Szeth la hoja que se había ganado al pronunciar su Tercer Ideal. Era evidente que ella lo sabía, así que no respondió.

—Debes purgar ese pecado antes de que se conceda tu gloriosa oportunidad, peregrino —dijo ella—. Nueve años en las duras tierras de piedra. Veamos qué has aprendido.

Fue hacia él despacio, con paso cauto. Szeth retrocedió, y luego se quitó la vaina de Sangre Nocturna de la espalda y la arrojó hacia Kaladin.

—Sostenla —dijo Szeth—. No la desenfundes. No intervengas.

—¿Qué estás haciendo? —preguntó Kaladin—. ¿Qué es esto?

—Lo que, por lo visto, debo hacer.

Los ballesteros azishianos empezaron a disparar al interior del edificio de control a través de sus entradas. Pero, mientras Adolin miraba a distancia por el catalejo, la respuesta fue un estallido de relámpago rojo. Regios en forma tormenta. Sus poderes liberados iluminaron el edificio de control como una esfera repentinamente infusa.

Adolin parpadeó, tratando de seguir lo que sucedía a continuación. Pero, incluso esperándosela, no vio la carga de los cantores en forma funesta hasta que chocaron contra la línea de infantería azishiana.

Forma funesta. Cantores enormes y feroces, que se contaban entre sus mejores tropas. No estaban al nivel de un humano en armadura esquirlada, pero, con su altura por encima de los dos metros quince y su fuerza y su velocidad mejoradas por aquella increíble forma, serían todo un reto para los lanceros azishianos que aguardaban. Y más si esos lanceros estaban cegados y quizá aturdidos y quemados por los relámpagos.

La línea empezó a flaquear de inmediato.

—Está ocurriendo más deprisa de lo que pensaba —dijo Adolin a su escriba—. Avisa a mi equipo de apoyo y dile a May que se prepare para un ataque de Celestiales. Que mis soldados entren, pero que no interfieran con las reservas azishianas.

—¡Sí, señor! —exclamó Kaminah mientras Adolin le lanzaba el catalejo de vuelta—. ¿Señor? ¿Dónde vais a esperarlos?

—¿Esperarlos? —dijo Adolin mientras se ponía su yelmo, y entonces se arrojó desde la galería.

Una caída de diez metros era peligrosa en armadura esquirlada, pero no pudo evitar sentir una oleada de emoción al aterrizar. Su armadura resistió y a los pocos segundos ya estaba cargando por el suelo de piedra hacia la batalla.

Y… tormentas, cuánto tiempo hacía. Había olvidado el poder que proporcionaba la armadura esquirlada. De hecho, le parecía que iba más rápido de lo que recordaba, con cada zancada proyectándolo hacia delante. El raspar del acero contra la piedra. Embistiendo hacia el conflicto que se desplegaba delante. Donde…

Donde los azishianos resistían.

Sus líneas se combaban y sus soldados chillaban. Pero, contradiciendo los miedos de Adolin, estaban logrando aguantar contra la arremetida de tropas enemigas. Apenas. Se derrumbarían pronto. Relámpago y luego los enormes cantores en forma funesta, seguidos de una avalancha de tropas convencionales en forma de guerra. El edificio de control empezó a destellar a mayor ritmo, y cada fogonazo depositaba allí otro pelotón de soldados que salían corriendo, dejando hueco para que llegaran más.

Incluso él había subestimado lo rápido que serían capaces de desplegarse y, aunque los azishianos estaban haciéndolo mejor de lo que esperaba, los regios en forma funesta intentaban atravesar su formación por un punto concreto. Necesitaban perforar el anillo de defensores azishianos, salir en tropel e intentar una maniobra envolvente.

Ese punto de ruptura era donde hacía falta Adolin. Llegó a una velocidad cegadora, resbalando por la piedra e invocando a Maya en un instante. Un oficial azishiano espabilado que había en la retaguardia gritó a sus atribulados hombres que le dejaran espacio. Retrajeron su fila, ejecutando la orden a la perfección, y Adolin cayó sobre el enemigo como un torrente de acero y hoja esquirlada.

Tumbó a los primeros regios a destellantes espadazos. Los azishianos le dejaron espacio y el anillo entero empezó a replegarse a medida que llegaban reservas desde el perímetro. El Padre Tormenta quisiera que viesen lo que estaban haciendo los hombres de Adolin y adaptasen su táctica.

No tenía tiempo de comprobarlo, ya que cada vez más regios estaban encarándose hacia él. Las esquirlas eran una recompensa muy atractiva. Entabló combate con una enorme cantora en forma funesta, cuyo escudo bloqueó la hoja esquirlada de Adolin. Una semiesquirla veden. Habían empezado a verse en los campos de batalla, junto con escudos recubiertos de aluminio, también capaces de detener las hojas esquirladas.

Adolin esquivó un tajo de la regia, que blandía un hacha gigantesca, demasiado grande para cualquier humano sin armadura esquirlada. Contraatacó con una experta acometida y derribó a su enemiga de una estocada. Tras ella, los cantores en forma tormenta liberaron relámpagos, cuya luz le recordó de nuevo la muerte de Sangre Segura.

En honor a los caídos, mantuvo la calma. Adolin no era su padre, pero ese día el Espina Negra se habría enorgullecido de verlo avanzar, con Maya silbando en el aire mientras se enfrentaba a tres adversarios en forma funesta a la vez. Su ataque sirvió de distracción, apartando la atención enemiga de las filas azishianas para permitirles retirarse y ayudar a sus heridos.

Y tormentas, por mucho que rechazara la parte de la carnicería, era una sensación eléctrica luchar con armadura y hoja esquirlada una vez más. Derribó a otros dos cantores en forma funesta y entonces la armadura absorbió el relámpago que le arrojaron otros en forma tormenta, disipándolo de algún modo, vibrando contra su piel. Deberían haberlo previsto. Pero sus relámpagos no eran demasiado certeros, y a menudo los liberaban cuando se sorprendían.

Siguió destrozando sus filas, encajando algún golpe aquí y allá, derribando a unos cuantos más, pero sobre todo los mantuvo distraídos mientras los gritos a su espalda le indicaban que sus soldados estaban formando. Echó un vistazo rápido y se alegró de ver que los azishianos seguían el ejemplo de sus tropas, replegados a un círculo más amplio de picas y escudos unos treinta metros más atrás en todas las direcciones.

Eso daba al enemigo más espacio para traer soldados, pero también dispersaba a sus regios. Los cantores quizá lo considerasen una primera victoria, pero estaba saliendo según el plan de Adolin. Se preparó para retirarse... hasta que Maya reparó en algo.

Ahí, dijo. *Mira lo que has hecho salir. Tres.*

Vio que tres figuras se alzaban por los aires enfrente de él, justo encima del edificio de control. Harían falta Celestiales para ocuparse de un portador de esquirlada completo. Adolin aprovechó la ocasión para retroceder con cuidado, dejando a media docena de regios en el suelo con los ojos ardientes. Estuvo tentado de recoger sus semiesquirlas, pero habría sido una temeridad.

¿Has visto a mi pelotón de apoyo?, preguntó.

Me temo que solo puedo ver lo que ves tú, dijo Maya. *O, como mínimo, lo que hay en la dirección hacia la que estás encarado.*

Bueno, tendría que confiar en ellos. Se replegó más mientras los tres Celestiales se precipitaban sobre él, todos ellos con escudos capaces de detener su hoja esquirlada.

Empezaron a lloverles flechas.

Adolin sonrió de oreja a oreja. El equipo de May había estado atento, como les había pedido. Aprovechando el mayor alcance de los arcos alezi, la retirada de los azishianos les había dejado espacio de sobra para hostigar a los Celestiales. Al poco tiempo los tres Fusionados comprendieron que no podrían enfrentarse a Adolin mientras los acribillaban a flechazos y se elevaron para ocuparse primero de los arqueros.

Confió en que May y su equipo pudieran ocuparse. Él tenía trabajo de sobra, con más tropas enemigas arremetiendo hacia él. Quizá su distracción estaba funcionando un poco demasiado bien: el enemigo había reparado en que, a grandes rasgos, estaba allí solo, sin apoyo. Por suerte, mientras luchaba, pasando de la posición del viento a la más defensiva de la piedra, oyó unas voces conocidas acercándose por detrás.

Al momento llegó Colot con el pelotón de apoyo de Adolin. Se extendieron a su espalda, dejando la suficiente distancia para que no los alcanzara al blandir la hoja esquirlada pero, a la vez, guardándole los flancos e impidiendo que lo rodearan.

Adolin siguió luchando. Le arrancó el escudo a un cantor en forma funesta agarrándolo con la mano libre, y se arrojó hacia delante con un tajo a una mano, haciendo un cambio fluido a la posición de enredadera, centrada en la flexibilidad. Sorprendió a sus adversarios avanzando durante un momento y, mientras los tenía confundidos, usó su hoja a una mano mientras destrozaba protecciones con su otro poderoso puño.

Antaño, un portador de esquirlada en un campo de batalla había sido la fuerza más dominante, aterradora y destructiva conocida por la humanidad. Un portador de esquirlada bien apoyado por tropas que sabían cómo no entorpecerlo y a la vez evitar que lo derribaran... bueno, seguía siendo una fuerza que incluso los Fusionados tenían que respetar. Adolin barrió a los atacantes enemigos, haciendo arder sus ojos cuando caían muertos. Cada descarga de su hoja era para él como un golpe en nombre de Kholinar, de la ciudad que había perdido, de los soldados que había abandonado.

Al poco tiempo, el enemigo empezó a alejarse de él, temeroso. Y su retirada se aceleró al ver que tres grandes bolas de fuego llegaban volando entre chillidos por los aires, salpicando llameantes gotas de aceite. No era aceite de la trampa que Kushkam había preparado en la cúpula, sino procedente de lo que las fuerzas de Adolin llamaban el Protocolo Celestial. Los tres Fusionados que habían atacado a los arqueros llegaban empapados de aceite, encendido después por flechas incendiarias.

Los Fusionados sanarían de las quemaduras, pero el fuego y la luz los tendrían desorientados un rato. Adolin sonrió mientras apartaba de una patada a un cantor en forma funesta. Los Celestiales dejaban estelas de humo en el aire y aquellos ropajes que llevaban, indignantemente vaporosos, demostraban ser una debilidad mientras se retiraban hacia el edificio de control.

A tu izquierda.

Adolin se volvió hacia algo que apenas había entrevisto con el rabillo del ojo. Atacó por instinto y su hoja se hizo unos centímetros más larga para llegar a empalar a otra Celestial voladora, que no estaba en llamas, mientras la lanza de la Fusionada raspaba su armadura y se desviaba.

Maya cortó la gema corazón de la Celestial, y con eso fue suficiente. Sus ojos ardieron, como los de cualquier otro cantor, y se desplomó al suelo. Renacería, pero no hasta la próxima tormenta eterna. Ese ataque había sido más furtivo que los otros, y la Celestial de algún modo había evitado que la detectaran los arqueros de Adolin. Eso lo puso en alerta, y algo en su interior lo advirtió de que quizá el ataque hubiera sido una distracción intencionada.

Cerca de él, los cantores que habían estado retirándose atacaron otra vez de repente. Adolin gruñó mientras trazaba un amplio arco con su hoja, que derribó a varios. Danzó hacia atrás... un instante demasiado tarde, porque un cantor salió de la formación moviéndose con inesperada velocidad y fluidez, para golpear a Adolin con un par de mazas de aspecto peligroso.

Otro Fusionado. Pero Adolin reconoció a ese.

Alto e imperioso, de cara casi toda blanca, con una pauta que casi formaba un glifo. Era el mismo Celestial contra el que Shallan y él habían combatido en Shadesmar. El que Adolin había herido.

La criatura parecía haberlo reconocido también, y canturreó a un ritmo que sonaba violento. Al parecer, buscaba venganza.

Debemos viajar al Pozo de Control, dentro de la mortaja de los fragmentos de la luna muerta.

S zeth caminó resuelto hacia el monasterio.

—¿Esta es mi senda? —preguntó a su spren.

—Lo es.

—Luchar contra una portadora de Honor sería más fácil usando mis dos potencias.

—Lo sería.

No estaba dándole permiso, de modo que utilizaría solo sus enlaces de vuelo. Por lo menos, un pequeño hecho estaba claro para él: tenía una deuda que saldar con aquella mujer. Si Rit quería pelea, Szeth desde luego iba a concedérsela.

El suelo se volvió líquido.

«Custodia de la Piedra», pensó con una maldición, y se enlazó hacia arriba mientras el suelo intentaba tragárselo. Las losas empezaron a fluir y escurrirse como si las hubieran fundido de pronto, y el fresco de Talmut el Heraldo se deshizo como pintura mojada.

Szeth ascendió. La Custodia de la Piedra sí que podría emplear dos potencias, y él nunca se había enfrentado a esa combinación. En su juventud, no habían estado en posesión de esa hoja. Aun así, podía adivinar cómo lucharía Rit. El fluido control de la piedra sería como el de un Escultor de Voluntad, combinado con un acceso limitado a las extrañas capacidades de un Forjador de Vínculos. Era una combinación peligrosa, pero, por otra parte, todas lo eran.

Buscó el resguardo de la altura. Si aquel duelo se regía por las mismas normas que los que había librado de joven, abandonar la estancia estaría prohibido. Y ella no se permitiría destruir el monasterio deformando las paredes o el techo.

El suelo ondeó como la superficie de un lago y entonces empezó a vibrar. Una columna se alzó rauda como una lanza, un géiser de piedra que elevó a Rit en su cima. Con aquello estaba demostrando un dominio asombroso de aquella potencia, mayor que el de ningún Escultor de Voluntad que Szeth hubiera conocido. Era buena. Y poderosa, excepcionalmente poderosa.

«Debe de estar usando una cantidad increíble de luz tormentosa —pensó—. ¿De dónde saca tanta?».

Rit se abalanzó directa hacia él sobre su columna de piedra líquida y, mientras Szeth esquivaba, el suelo entero se alzó en oleada. Szeth voló por la parte alta de la bóveda, pero no había espacio al que huir. No tuvo más remedio que enfrentarse a ella, montada en el centro de la ola de piedra. Sus hojas esquirladas tañeron al entrechocar varias veces, y la espalda de Szeth topó al retroceder contra la parte superior de la pared de la cámara. La piedra líquida se alzó en torno a Rit, envolviéndola por completo, e intentó caer sobre Szeth.

El estómago le dio un vuelco cuando, al instante, se enlazó hacia abajo y esquivó por los pelos la piedra, que salpicó la pared. Mientras Szeth descendía hacia el suelo, vio una abertura. Rit había solidificado gran parte de la piedra líquida en la parte de arriba para intentar estrellarla contra él, con lo que había dejado huecos en la ola por debajo. Szeth voló por uno de esos huecos y, mientras lo hacía, oyó un leve crujido. La piedra al endurecerse. Recordaba bien ese sonido de su época entrenando con la hoja del Escultor de Voluntad.

Aterrizó cauteloso resbalando en el suelo, sólido de nuevo, pero irregular, con gran parte de la piedra formando una columna extraña, distorsionada y en pendiente que ascendía por la izquierda y se fundía con la pared. Rit descendió por esa cuesta en silencio, pisando la roca con los pies desnudos, dejando huellas, con su hoja esquirlada en la mano.

—Es asombrosa —susurró Szeth.

Tú eres mejor, dijo su spren. *Ve. Destrúyela.*

—Esto es un duelo —objetó Szeth—. No consiste en la destrucción.

Ella te matará si puede, escudero mío. Imagina una muerte lenta recubierto de piedra, con los susurros alrededor...

La imagen fue fría y nítida, como una lanza atravesándole el pecho. Hizo que Szeth temblara, y algo chispeó en su interior.

Contrólalo, le advirtió el spren.

Szeth asintió mientras Rit bajaba de un salto al deformado suelo de piedra. Sintió una... calidez. El spren estaba hablándole más que de costumbre, y su atención parecía aprobadora. Como la de su padre.

Has llegado a un momento importante, Szeth, dijo el spren. *Piensa en esa tumba de piedra. Anticípala.*

Szeth danzó hacia delante, preparándose para el enfrentamiento. Su nueva hoja esquirlada empezaba a resultarle cómoda en la mano, curvada pero sutil, sin una ornamentación apabullante. El arma de Rit era recta. La hoja de Talmut parecía al mismo tiempo menos y más una espada que muchas otras hojas de Honor. Era un dechado de simplicidad.

Obligó a Rit a retroceder con tres amplios tajos. Era mejor espadachín que ella, a juzgar por sus tiempos de reacción y su pose. Trató de aprovecharlo, desequilibrarla para poder tocarla con la otra mano, enlazarla hacia arriba y obtener una ventaja. Por desgracia, el suelo empezó a fluir de nuevo y Szeth tuvo que elevarse en el aire.

La manera adecuada de combatir a alguien como ella era no dejar de moverse, lo cual, por otro lado, era una buena estrategia en cualquier pelea. Recorrió volando toda la longitud de la inmensa nave, dio la vuelta y regresó a menor altura.

Por debajo de él, el suelo vibró. Unas ondas líquidas temblaron y la columna se deshizo en una especie de fango que se fundió con el resto. Las losas cobraron la misma forma que habían tenido antes, la destrucción se deshizo. ¡Qué control! De nuevo, el poder que estaba exhibiendo Rit lo inquietó. Las hojas de Honor utilizaban muchísima más luz tormentosa que un Radiante, ya que los juramentos que pronunciaban estos los alineaban con la voluntad de Honor, convirtiéndolos en mejores recipientes.

A ese ritmo, Szeth debería ser capaz de conseguir que Rit se quedara sin energía, pero su adversaria no daba muestras de preocuparse por ello. Desapareció en el interior de la piedra, sin necesidad de respirar. Szeth vigiló y, de nuevo, el miedo chispeó en su interior. Como le habían ordenado, imaginó que esa piedra lo encerraba, y el pánico que podría provocarle. Se quedaría solo con los susurros hasta que se ahogara.

Sí..., dijo su spren. *¿Estás preparado para demostrar tu valía?*

—Eso no debo decidirlo yo, sino tú.

Excelente respuesta. Empieza a agradarme mucho tenerte como escudero. El spren sonaba más... afable que nunca.

Szeth siguió volando por la enorme cámara, esperando a que su enemiga actuara. Las vibraciones del suelo se incrementaron. Al poco tiempo, la superficie se distorsionó en una extraña onda y partes de la piedra se alzaron creando una pauta simétrica.

Un instante después empezaron a emerger chorros de piedra ascendentes que intentaban atraparlo, salpicaban contra el techo y se endurecían. Szeth serpenteó esquivándolos a duras penas, enlazándose hasta el mismo límite de su habilidad. Cada una de aquellas columnas hacía descender un poco el nivel del suelo, hasta que unos sorprendidos Kaladin y Syl vieron desde el umbral que tenían ante ellos una caída de más de cinco metros.

Rit había drenado la piedra como de un estanque para crear un entramado de columnas. Por suerte, su dominio sobre la piedra no alcanzaba para que elevara todo ese entramado convertido en estacas: debía ejercer el control directo sobre unas pocas columnas cada vez, dejarlas inmóviles y pasar a otro grupo. Eso le daba una oportunidad a Szeth.

Empezó a cortar las columnas junto a las que pasaba, seccionando pedazos de piedra con su hoja esquirlada, pero las columnas se recomponían al instante. Aparecieron más de ellas, intentando atraparlo. Cada vez que fallaban, dejaban otro obstáculo para él. Sudando, Szeth absorbió más luz tormentosa de la bolsa que llevaba al cinto. ¿De dónde estaba sacando Rit tanta fuerza? Cuando él entrenó con la hoja del Esculptor de Voluntad, había podido afectar una zona de piedra de unos tres o cuatro palmos de diámetro.

—¿Tú la ves? —preguntó al spren.

No. Prepárate para que la piedra te capture.

—Eso será el final.

¿Lo será? ¿Con tanta facilidad estás dispuesto a renunciar a tu misión?

—Eh...

Szeth se enlazó a la pared, cambiando la gravedad para correr por ella como si fuese el suelo. Se agachó para esquivar columnas y luego dio un salto mejorado por un enlace sobre una sección de piedra que intentaba obstruir su paso.

—Lucharé hasta que esté muerto —susurró.

No.

—Lucharé... —se corrigió Szeth con un gruñido, restaurando la gravedad para caer a lo largo de una columna de piedra, raspándola con los dedos, hasta el ondulante suelo de la cámara—. Lucharé hasta que tú me digas lo contrario.

Excelente.

Hundió la espada en el suelo y enlazó su cuerpo hacia arriba lo justo para flotar antes de seguir surcando la nave, tallando el suelo en grandes franjas. Rit tendría que estar cerca de la superficie, si quería ver por dónde pasaba él.

Pronto quedó claro que aquel método no sería efectivo. Rit podía estar oculta en cualquier columna, y cada una nueva que creaba significaba más superficie por la que buscar. Además, volar tan bajo sobre el suelo no le daba apenas tiempo para reaccionar a la emergencia de columnas.

Solo había una forma de asegurarse de que saliera. Había llegado el momento de confirmar que su spren estaba guiándolo como era debido. Lanzó una mirada arriba y vio que Kaladin se había asomado para mirar. Entonces Szeth cerró los ojos y aterrizó.

La piedra lo envolvió. Se lo tragó. Las sombras pasaron a ser su mundo entero mientras la piedra líquida se endurecía, capturándolo. Una tumba, creada con su forma exacta. Incluso le mantenía cada dedo cerrado en torno a su hoja esquirlada. No podía inhalar. No solo porque no hubiera aire, sino también porque su pecho no tenía espacio para expandirse.

Piedra. Fría. Apretada contra sus mejillas, atrapándole los párpados cerrados. Así que Szeth contuvo el aliento y oyó unos trémulos chasquidos en la piedra cuando Rit emergió y echó a andar sobre la roca.

La veo justo delante de ti, dijo el spren. *Ha salido, como esperabas.*

Pero el spren seguía sin darle permiso para utilizar la División. Las voces sonaron más fuertes.

Iba a morir allí. Recubierto de piedra. Se le terminaría la luz tormentosa y se asfixiaría en un lugar negro y terrible. La muerte no lo asustaba, pero morir allí... fracasar en su misión...

Eso lo aterrorizaba.

Aguanta, dijo el spren.

Se le estaba acabando la luz tormentosa. La sentía escurrirse, mientras las voces lo condenaban por sus asesinatos. Podía tocar el segundo poder, acceder a él... y hacerlo lo liberaría al instante.

Aguanta, dijo el spren.

Sudando, temblando, casi gimoteando, aguantó.

Algunos decían que no eras diligente o digno, dijo el spren, *porque no elegiste la ley como tu guía. Pero ahora... con esto demuestro que se equivocaban. Bien hecho, Szeth.*

Seguía. Sin ser. El permiso.

Puedes utilizar tu segunda potencia, dijo el spren. *Lucha. Como un Rompedor del Cielo pleno.*

Por fin. Creció en Szeth un poder que le resultó familiar de inmediato. La piedra lo había capturado, lo retenía, pero eso le permitía tocarla. Había llegado el momento de quemar.

Exhaló una fuerte bocanada de luz tormentosa, infundiendo la piedra que lo rodeaba de una creciente destrucción. La columna se carbonizó, la misma piedra encendida en llamas. Szeth se arrancó a sí mismo de ella, dejando una estela de ceniza como una segunda —no, una tercera— sombra mientras caían pedazos de ella de su cara. Se obligó a abrir los ojos y se abalanzó hacia delante, extendiendo la punta de la hoja esquirlada hacia algo que cambiaba de posición enfrente de él. Rit, que se aproximaba para inspeccionar su obra.

Szeth incendió el mismo aire al moverse.

Rompedor del Cielo.

Rit abrió la boca para chillar y Szeth la atravesó con su hoja, que le salió por detrás del cráneo y se clavó en la siguiente columna de piedra.

La espada de Rit cayó de entre sus dedos.

Se desplomó hacia delante por la hoja de Szeth, hasta que su labio superior se trabó en la parte trasera del arma y la detuvo allí. Entonces Szeth ordenó que el recazo de la hoja se volviera afilado también. El cadáver cayó atravesando el arma, que en esa ocasión le dejó un corte porque ya era un cuerpo muerto.

No hubo sangre.

Szeth vaciló, frunciendo el ceño. Se arrodilló junto al cadáver y oyó las más tenues palabras susurradas por lo que deberían haber sido unos labios muertos.

—Tu familia te espera, peregrino.

Retrocedió trastabillando mientras el cuerpo se desintegraba. Convertido en humo negro, dejando atrás solo ropa vacía.

Adolin se encaró hacia el Fusionado que se había llamado a sí mismo Abidi el Monarca. El Celestial había utilizado el movimiento de sus soldados como cobertura para aproximarse, y no voló al abalanzarse sobre Adolin, blandiendo sus feroces mazas.

Él reaccionó con un paso lateral y un contraataque. Por desgracia, el Celestial desvió su hoja esquirlada golpeando la teja con el movimiento experto de una maza y le dio un fuerte golpetazo directo en un lado de la cabeza con la otra.

El yelmo se agrietó, pero resistió. Adolin dio un gruñido y un paso atrás, pero en ese momento un par de cantores en forma de guerra se arrojaron contra sus piernas y lo derribaron. Tormentas, se había esperado algo como aquello, y aun así lo habían pillado. Su equipo había mejorado mucho su técnica contra los Fusionados en los últimos tiempos, pero, del mismo modo, el enemigo había pasado a estar bien preparado para enfrentarse a portadores de esquirlada.

Soltó a Maya y envió a un cantor volando de un puñetazo, rodó y pateó al otro para zafarse de él. Abidi descargó sus mazas y dio con ellas contra la piedra mientras Adolin lograba evitarlas rodando más por el suelo.

Entonces llegó su equipo de apoyo y lo rodeó. Varios de sus miembros llevarían cuerda con gancho para intentar arrastrarlo, a él o al menos la armadura, a un lugar seguro. Pero Adolin esperó que, al ver que se alzaba sobre una rodilla, comprendieran que no sería necesario. En efecto, se enfrentaron al Celestial. Era un acto casi suicida, pero había que preservar al portador de esquirlada. Mientras Adolin se orientaba, distinguió a un hombre en particular que lo protegía, un barbudo al que no reconoció, con largas cejas thayleñas blancas y bigote blanco también. El hombre se alzaba cuan largo era entre el Fusionado y Adolin.

Abidi se preparó para darle un mazazo al hombre, pero Adolin gruñó, invocó a Maya y la arrojó en un destello de metal rodante contra el costado del Celestial. No le acertó en la gema corazón, pero el ataque sí que atrajo la atención de Abidi, que apartó la mirada del soldado y fulminó con ella a Adolin.

Invocó a Maya de vuelta en su mano, un acto que había pasado a ser instantáneo, y terminó de ponerse en pie. El soldado thayleño barbudo le clavó su lanza al Fusionado, pero la criatura se la arrancó del cuerpo y barrió al hombre de un manotazo mientras avanzaba hacia Adolin.

—Sí que eres tú —gruñó Abidi en alezi con mucho acento—. El hijo del Forjador de Vínculos.

Adolin levantó a Maya.

—Creía que te había matado —dijo—. Supongo que tendré que hacerlo otra vez.

—¡No me derrotaste en absoluto! —rugió el Fusionado—. Sobreviviré para el final de todas las cosas. No iré a Braize a esperar el renacimiento ni renunciaré a la gloria de esta conquista. Soy Abidi el Monarca y esta tierra me pertenece. Voy a conquistar esta ciudad.

Tormentas. Menos mal que los Fusionados se empeñaban en anunciar sus títulos y logros, porque así Adolin tuvo tiempo de adoptar su pose. La mayoría de su pelotón de apoyo se separó de él con cautela: ahora que Adolin había vuelto a invocar su hoja, necesitaría espacio. Hizo una señal rápida moviendo la mano izquierda de lado con dos dedos extendidos. El pelotón empezó a reorganizarse, replegándose, mientras Adolin ayudaba al valiente thayleño a levantarse, sin apartar la mirada de aquel Fusionado, y lo enviaba con los demás.

El Celestial, por supuesto, aprovechó para atacar, como Adolin había esperado. Acometió… y tormentas, aquellas mazas estaban recubiertas de aluminio, porque Adolin fracasó en su intento de partir una por la mitad. Cruzó unos golpes más con el Fusionado, pero aquella criatura era diestra. La vez anterior, en Shadesmar, Abidi apenas le había hecho ningún caso, lo que había permitido a Adolin clavarle su espada con facilidad.

Abidi no estaba volando y la luz roja de sus ojos palpitaba, debilitada. Quizá Adolin le hubiera hecho un corte a la gema corazón en Shadesmar, imposibilitando que contuviera la suficiente luz del vacío para crear enlaces. Por desgracia, aquel Fusionado tenía la suficiente pericia como duelista para no necesitar volar, y Adolin, después de aquel breve lance, cayó en la cuenta de que no necesitaba demostrar nada derrotando a aquella criatura.

Retrocedió e hizo la señal de retirada a su equipo. Juntos, empezaron a replegarse.

—¿Huyes de mí? —bramó Abidi—. ¿Me niegas el honor del combate?

—En otro momento tendrá que ser —dijo Adolin, trotando de espaldas.

Abidi se crispó como dispuesto a darle caza, pero entonces miró hacia la hilera de cuerpos que había dejado Adolin, y quizá comprendió que dejarse tentar demasiado hacia delante sin el apoyo de sus tropas sería una muerte segura.

Así que el Celestial dio media vuelta y se marchó entre las filas de cantores que se congregaban. Por tanto, aquel Fusionado no era de los que estaban locos del todo. Era una decepción, pero Adolin tenía una batalla que ganar. Se volvió y fue hacia un amplio círculo de tropas humanas que rodeaban la plataforma a más o menos media distancia. Lanceros en primera línea con grandes escudos, piqueros detrás, capaces de atacar sobre los hombros de los soldados de delante.

Aquel círculo tan amplio dejaba mucho espacio en el centro para que los cantores trajesen tropas, cosa que Adolin sabía que a los defensores les resultaría casi insoportable ver. Aun así, lo complació la velocidad con la que habían reaccionado los azishianos al adoptar aquella formación.

Cruzó las filas y divisó a Kushkam a caballo. El comandante estaba mirando hacia el techo, hacia las bolsas de aceite colgadas en lo alto. Adolin supo de inmediato lo que pensaba: que en esos momentos había un montón de cantores congregándose en el centro de la cúpula. ¿Por qué no retirarse y dejar caer el fuego para matar a miles?

Porque eso le costaría la ciudad. Adolin negó con la cabeza y levantó una mano, suplicante. Kushkam reparó en su presencia. Adolin esperó un momento ansioso y entonces el comandante levantó una lanza con borlas y señaló hacia delante. Eso... parecía una orden de resistir y no retirarse.

Se relajó mientras veía desarrollarse la siguiente parte. Los cantores se alinearon y avanzaron, pero no tenían ni por asomo la habilidad de los humanos en mantener una formación. Cada cantor individual, incluso los que estaban en forma de guerra, era más poderoso que un humano, pero dependían del impulso, de la intimidación y de la fuerza para avasallar a sus rivales.

Aquel ataque les funcionó peor que el primero. Cuando estuvieron lo bastante cerca, empezaron a caer flechas y los azishianos pudieron aprovechar su campo de matanza. Los cantores intentaron detener las flechas con escudos, pero impactaron las suficientes para deshacer sus filas. Adolin identificó el característico «ka-chunk» de las ballestas tensándose en las líneas azishianas. Las pesadas armas thayleñas tardaban en prepararse y cargarse, pero tormentas, menuda pegada tenían. Vio que un virote atravesaba el peto de un cantor y le hacía añicos el caparazón. Los ballesteros, que disparaban desde las hileras de infantería azishiana, tenían a los regios a su alcance y luego podían retirarse antes de que el enemigo llegara.

Las líneas humanas resistieron esa embestida, y la que llegó después. Adolin casi no tuvo ni que apoyarlos con su armadura esquirlada. Media hora más tarde, aquello había terminado. El enemigo no estaba derrotado, ni por asomo, pero era evidente que había esperado ganar aquel embate inicial bien deprisa. El anillo de defensores humanos empezó a avanzar hacia el interior y, desde lejos, se oyó la voz de Abidi ordenando la retirada. Sus fuerzas retrocedieron hasta el edificio de control. Luego, sorprendiendo a Adolin, regresaron a Shadesmar, un grupo tras otro.

¿Se marchan?, preguntó Maya.

No para siempre, eso desde luego, pensó él. *Pero allí estarán a salvo de nuestros arqueros y de cualquier ataque. Supongo que saben que necesitan revisar su plan de ataque.*

Adolin entornó los ojos y distinguió a Abidi el Monarca mirando furibundo en su dirección.

Ese de ahí es peligroso, dijo Maya. *Lo conozco de antes. Es uno de sus mejores duelistas, y a menudo ostenta cargos de liderazgo entre ellos.*

No vuela, envió Adolin a Maya. *¿Es por la estocada que le di en Shadesmar?*

A veces pasa. Una grieta puede interferir con sus poderes. En general mueren y renacen, pero...

Pero, si este muere, comprendió Adolin, *se arriesga a perderse lo que queda de guerra*. Ya solo habría una tormenta eterna antes del duelo de Dalinar, y no todos los Fusionados lograban encontrar anfitrión en todas ellas.

Es peor que eso, pensó Maya. *Tendría que cederle el mando a otro Fusionado, que se llevaría la gloria de conquistar la ciudad.*

Adolin caminó entre dolorspren, protegiendo a los pelotones azishianos que avanzaban para buscar heridos en el campo de batalla. El enemigo no aprovechó la oportunidad para emerger y atacar de nuevo, de modo que, por el momento, la victoria de aquella escaramuza les correspondía a ellos.

El instinto le decía que el enemigo iba a parar para lamerse las heridas y preparar una nueva estrategia, ahora que sabía que no iba a tomar la ciudad en un abrir y cerrar de ojos. Así que Adolin ordenó a su gente que saliera, dejando que los azishianos mantuvieran sus filas en el interior de la cúpula. Mientras se volvía para marcharse también, alzó un puño en agradecimiento a los lejanos arqueros. May estaría observando con su catalejo.

Lo has llevado bien, dijo Maya.

Gracias, respondió él. *Pero aún me queda trabajo por delante. No podemos dejar a los azishianos sintiéndose humillados.*

Necesitaba que aquel ejército estuviera unificado y colaborando. Así que se apresuró a poner en marcha la siguiente parte.

42

CELEBRACIONES

Allí, encontraremos nuestro destino. No podemos impedir que él nos destruya. Es el momento.

so lo he hecho yo? —preguntó Szeth al ver que Rit se volatilizaba en polvo y humo negro, mientras el fuego del aire se apagaba y un fragor lo envolvía.

Su spren no respondió.

—En nombre de Condenación, ¿qué ha sido eso? —exclamó Kaladin, dejándose caer a su lado junto a Syl.

—Portadora de Honor —dijo Szeth—. Custodia de la Piedra.

—¡Me refiero a por qué la has matado! ¿Y desde cuándo puedes portar el polvo?

—Los Rompedores del Cielo hacemos bien en temer la División —respondió Szeth—. Mi spren me lo dice si la tengo permitida. Solo en circunstancias excepcionales.

Ahora tu vida es una circunstancia excepcional, Szeth, le dijo. Puedes utilizar el poder hasta que te diga lo contrario.

Szeth respiró hondo mientras su peso completo descendía sobre él al agotarse sus enlaces. Miró alrededor en la cámara, contempló lo que había sido aquel hermoso fresco consumido por el extraño arte de la Custodia de la Piedra. Unas sesenta columnas se extendían desde el suelo hasta el techo, como tendones. El suelo había descendido metros enteros durante el combate. La nave estaba echada a perder.

—Pasa una cosa rara —dijo Szeth, volviéndose y fijando la mirada en la hoja caída de Talmut, que Syl se había inclinado para inspeccionar.

—¿Solo una? —replicó Kaladin.

—Dalinar mencionó la desaparición de la hoja esquirlada de Talmut, también llamado Taln. —Szeth se acercó, vaciló un momento y la recogió—.

Talmut tuvo que traerla a su regreso desde Condenación. Pero, cuando llegó a las Llanuras Quebradas, habían cambiado su hoja esquirlada por otra.

—Lo había oído —dijo Kaladin—, pero…

—Mi gente debió de recuperarla —lo interrumpió Szeth—. ¿Cómo pudieron encontrarlo tan deprisa? ¿Por qué dejarle una hoja distinta como señuelo?

¿Debía Szeth emprender un peregrinaje completo, visitar cada uno de los monasterios? Echó a andar hacia la puerta, seguido de Kaladin y Syl, y descartó su hoja esquirlada. Con la hoja de Honor de Talmut, arrancó varias gemas de la pared. Kaladin lo imitó, haciendo también acopio de luz tormentosa. Una blasfemia, tal vez, pero su spren no le ordenó parar. Aquel monasterio estaba malogrado de todos modos.

—Sé que te gusta ser misterioso —dijo Kaladin, flotando a su lado—, pero ¿podrías explicarme qué pretendes, por favor?

Ese hombre iba a incordiarlo hasta saberlo todo con pelos y señales, ¿verdad?

—Rit ha hablado de una peregrinación —dijo Szeth—. Es algo procedente de mis años de juventud. Portar una de las hojas de los Heraldos es un… honor. Un honor grandioso y terrible. Entre mi pueblo, ese deber no se le asignaba a nadie salvo a los mejores guerreros.

»Por tanto, la senda, la formación requerida para convertirse en portador de Honor, era ardua. Había que entrenar con todas las hojas, y luego escoger una y derrotar a su portador en combate sin usar poderes. Una vez hecho eso, debía enfrentarse empuñando esa hoja a cada uno de los otros siete portadores de Honor. Lo llamamos un peregrinaje de la Verdad. Si alguien lo completaba, se le permitía unirse a sus filas. Y solo podía intentarse una vez.

—¿Y tú… lo hiciste? —preguntó Syl—. ¿Cuando eras más joven?

—Sí —dijo Szeth—. Primero viajé a cada monasterio para entrenar. Gané la hoja de Jezrien, a quien nosotros llamamos Yesoran. Luego fui con esa hoja para enfrentarme a mis antiguos maestros. Pero terminé exiliado. Con ella. Fue hace años. —Aterrizó en el umbral—. Y ahora, cuando llego a casa, me encuentro con que Rit afirma que vuelvo a estar de peregrinaje.

—Anoche Ishar me aseguró que volvería a hablar conmigo cuando tu peregrinaje hubiera concluido —dijo Kaladin.

Szeth asintió.

—Me topé con Ishu la semana pasada. Yo… no estaba muy fuerte emocionalmente, durante ese encuentro. Ishu dijo que había matado a mi padre, y me advirtió que los shin habían aceptado a los Deshechos. Insinuó que él los había salvado.

—Pues a mí esta gente no me parece muy salvada —contestó Kaladin, aterrizando junto a él para empezar a regresar camino abajo.

—Me preocupa que el Heraldo sea poco fiable —dijo Szeth—. No sé si podemos creer nada de lo que haya dicho.

—Afirma ser el Todopoderoso —dijo Kaladin—. Y perpetuó una guerra durante años en el sur de Makabak. Tienes razón: nada de lo que diga va a ser fiable.

Szeth alzó la hoja de Honor de Talmut mientras recorría el camino.

—Nuestra Verdad Sagrada era que el enemigo regresaría, y que deberíamos combatirlo con las hojas de Honor. Hay una en cada monasterio.

—Entonces… ¿tenemos que rehacer los pasos que diste de joven? —preguntó Syl—. ¿Así es como purgaremos tu tierra natal?

—Es un principio —dijo Szeth—. Una dirección.

—No me hace gracia. —Kaladin se cruzó de brazos, flotando a su paso por encima del precipicio. Cómo no iba a protestar—. Nos estamos dejando manipular… y por alguien que, sin duda, delira.

—¿Y qué harías tú en mi lugar? —replicó Szeth—. Tengo que visitar al menos otro monasterio, para investigar. Quizá los otros chamanes hablen conmigo, o quizá me ataquen. Cualquiera de esos actos nos proporcionará más información.

—Szeth —dijo Kaladin, cogiéndolo del brazo—. ¿Y si vamos derechos al Monasterio del Forjador de Vínculos? ¿Ishar no estará allí?

—¿Qué te parece a ti? —preguntó Szeth—. Acabas de decir que no es de fiar. Si desobedecemos sus instrucciones, ¿crees que aparecerá sin más y responderá a tus preguntas?

Kaladin pensó un momento y luego le dio la contestación que, a todas luces, no le gustaba.

—No —reconoció—. Fue bastante explícito. Quiere que cumplas tu misión, y quiere que yo te ayude. Si vamos a perseguirlo, al menos necesitaremos algo más de información sobre lo que está pasando.

—Has venido aquí para ayudar a que Ishu-hijo-Dios vea con claridad —dijo Szeth—. Creo que mostrar que de verdad tienes buena intención servirá de mucho. Vamos.

Kaladin se quedó flotando en el sitio, estudiando a Szeth. El Corredor del Viento era irritante, pero listo. Tal vez por eso era irritante.

—Estoy preocupado —dijo Kaladin—. Se supone que debo regresar con ayuda para Dalinar, pero… pero Sagaz estaba seguro de que no podría. No a tiempo, al menos. Quizá no en absoluto. —Miró atrás, hacia el monasterio—. Aquí hay poder, de una clase que no había visto nunca…

—¿Y? —preguntó Szeth.

—Y lo más probable es que tengas razón. Ver si algún otro portador de Honor quiere hablar con nosotros es la mejor opción. —Suspiró—. ¿A qué distancia está el siguiente monasterio?

—No muy lejos. Tardaríamos unos días a pie, pero podemos usar un poco de luz tormentosa y llegar mañana mismo.

Kaladin asintió y se unió a Syl y a él para descender por el camino. Al poco tiempo oyeron voces.

La gente del campamento había salido de los edificios y se reunía bajo el sol.

Adolin dio un salto emocionado al salir de la cúpula. Se elevó unos tres metros antes de caer de golpe al suelo e ir con sus soldados, que habían formado fuera después de la batalla.

Su padre les habría dado un gran discurso. Adolin se quitó el yelmo con energía, lo levantó sobre la cabeza en una mano mientras alzaba su hoja esquirlada en la otra y vociferó un vibrante y triunfal bramido mientras explotaban glorispren a su alrededor. Sus soldados rugieron su entusiasmo en griterío, alzando también las armas.

—¡Colot! —llamó Adolin—. ¿A cuántos caídos tenemos que llorar hoy?

—Seis heridos, señor —dijo Colot levantando la voz—. No hay muertos entre nuestras tropas.

¿Ni uno solo? Los azishianos sin duda habían perdido a unos cuantos soldados, pero ¿que sus hombres lucharan sin que muriese nadie? Adolin dio otro grito, que sus hombres imitaron. Qué bien sentaba. Pasó entre ellos, dejando que le dieran golpes en la armadura esquirlada con el puño, como había hecho con otras tropas antes de que la vida se volviese tan complicada y las normas de su padre tan estrictas.

La moral no consistía solo en repartir reconocimientos oficiales, ni siquiera en incrementar las raciones o la paga tras una victoria. Consistía en que los soldados supieran que Adolin, en persona, estaba orgulloso de ellos. ¿Y cómo iban a saberlo si no lo veían?

Yo también estoy orgullosa, dijo Maya. *Quiero participar.*

¿Te apetece dejar que otros te lleven?, preguntó él.

Sí, respondió ella, y sonaba sorprendida. *Como espada. La haré roma. Que la lleven.*

La mayoría de la gente nunca tenía ocasión de empuñar una hoja esquirlada. Así que Adolin localizó al hombre thayleño de antes, invocó a Maya y se la tendió.

El grupo entero guardó silencio y ensanchó los ojos.

—La hoja permanece vinculada a mí —dijo Adolin—, pero desea unirse a las celebraciones. ¡Llevadla bien alta! Yo voy a hablar con el emperador. Volveré a invocar la espada cuando la necesite.

Dejó que el hombre sostuviera a Maya con gran reverencia y luego la alzara mientras daba un grito. Adolin salió de entre ellos. Tuvo que reconocer que sí que lo inquietaba un pelín separarse de Maya, pero parecía un gesto significativo. Colot llegó al trote junto a él mientras se alejaba.

—Nunca había visto a un portador de esquirlada comportarse así —dijo—. ¿No tienes miedo de que alguien te la robe?

—Es casi imposible sin matarme. Además, esos hombres fueron lo bastante valientes para presentarse voluntarios a un destino aislado y peligroso. Son lo mejor que tenemos, Colot. —Puso una mano enguantada en el hombro de su lugarteniente—. Tú eres lo mejor que tenemos, amigo mío. Has ejecutado esas maniobras a la perfección.

—Bueno, me alegro de que alguien me quiera consigo —dijo.

—Esos Corredores del Viento se darán cuenta algún día de lo que dejaron escapar —respondió Adolin, y señaló la multitud con la cabeza—. ¿Quién es ese thayleño?

—Uno de los voluntarios extranjeros más entusiastas. Se llama Hmask. Como tiene habilidad, lo puse cubriendo un hueco en tu guardia personal. Parece leal a ti en particular, por algún motivo, pero no sabe ni una palabra en alezi, así que no he podido preguntarle.

—No me suena de nada —dijo Adolin—. Consíguele un uniforme y hazlo miembro formal de la Guardia de Cobalto. Se ha enfrentado a un Celestial sin pestañear.

—Así se hará. —Colot señaló hacia el emperador, que aún estaba sentado en un estrado que habían erigido junto a su palanquín. Un trono portátil, pero ornamentado de todos modos—. Han intentado llevárselo al empezar la lucha, pero creo que se ha negado. Además, creo que Kushkam te dará problemas. Estaba furioso por cómo han salido las cosas.

Colot señaló al corpulento comandante azishiano, que estaba caminando hacia el emperador con la espalda encorvada en postura de vergüenza.

—Creo que igual te equivocas en eso —dijo Adolin—. Vuelve y asegúrate de que no haya provocado disturbios sin querer al dejar que sostengan la espada. Que los soldados levanten mi tienda en algún sitio cerca de nuestros barracones. Ah, y ocúpate de que la pupila de May que es una Radiante en ciernes cure a los azishianos más malheridos. Yo me ocupo de Kushkam.

—Me alegro de que no me toque a mí —respondió Colot, e hizo un saludo rápido antes de marcharse.

Adolin llevaba un séquito de varias escribas y dos guardaespaldas, pero estaba acostumbrado a esas cosas. Llegó dando sonoras pisadas al estrado de Yanagawn y sus asistentes, con el yelmo bajo el brazo, a tiempo de oír el informe que estaba dando Kushkam.

—… me ocuparé de que el campo interior esté cubierto de escombros, como sugería Kholin. —El comandante se dirigía a Noura, aunque estaba arrodillado ante el emperador con la cabeza gacha, extendiendo en pose penitente una mano alrededor de la que caían vergüenzaspren como pétalos de flor—. Ahora comprendo que nuestra táctica para el asalto era defectuosa. —Miró de reojo a Adolin y agachó aún más la cabeza—. Además, debo presentaros…

—¿Puedo interrumpir? —pidió Adolin, e hizo una inclinación rápida hacia el emperador—. ¿Os parecería bien?

—Por favor —asintió Yanagawn, enderezando la espalda en su trono—. ¿Qué opinas tú, Adolin?

—Estoy impresionado —dijo él—. Tenéis un ejército fantástico, excelencia.

Kushkam le lanzó una mirada, frunciendo el ceño.

—Nuestros informes nos llevan a dudar de esa afirmación —replicó Noura, de pie tras el asiento del supremo, engalanada con túnicas que parecían demasiado calurosas, aunque el sol ya estuviera a punto de ponerse—. Nuestras filas se han combado al instante y no han conseguido anticipar las maniobras enemigas, por lo que han necesitado que las salves.

—Disculpadme, Noura —dijo Adolin—, pero soy portador de esquirlada. Abalanzarme hacia la acción cuando las cosas van mal es mi tormentoso trabajo. —Se volvió y señaló hacia una compañía azishiana que había salido de la cúpula para lamerse las heridas mientras otra la reemplazaba montando guardia—. No sé cuántos enfrentamientos habéis observado en persona, pero cualquier plan puede venirse abajo en cualquier campo de batalla.

»La estrategia del comandante no ha funcionado, cierto, pero nada más se ha dado cuenta, él y sus tropas han reevaluado la situación deprisa. Han adoptado el siguiente mejor plan, y han resistido. Un cambio de táctica así de bien ejecutado está entre las señales más evidentes de que tienes un ejército disciplinado y bien entrenado.

—Pero cabe cuestionar la habilidad del comandante, si ha cometido un error tan garrafal —insistió Noura—. Vos teníais razón y él se equivocaba.

—Y en otros campos de batalla, me he equivocado yo —respondió Adolin—. Escuchad, Kushkam no está acostumbrado a la forma de luchar que tienen los Fusionados y los regios, y eso nos ha dado problemas hoy. Pero se ha adaptado. Es más, todos mis propios oficiales pensaban que el plan de Kushkam funcionaría. No es ni un mal oficial ni un mal estratega. Ha tomado una decisión incorrecta, pero después la ha corregido. Para mí es un honor poder servir con él y con sus tropas.

Para alivio de Adolin, apareció a su lado un sincerispren con forma de frondas azules abriéndose, que atestiguaba que de verdad creía lo que estaba diciendo. Todos lo contemplaron en silencio, y entonces Kushkam se puso en pie despacio.

—Bueno —dijo el emperador—, supongo que deberíamos celebrarlo, aunque no sea con tanto... bullicio como tus tropas, Adolin. Hoy hemos ganado.

—Volverán —afirmó Kushkam, mirando directamente a Noura—. Visir, podrían intentar otro asalto de inmediato, suponiendo que estaremos descansando.

—Kushkam está en lo cierto —convino Adolin—. Tienen todo un ejército de tropas descansadas esperando a batallar. Si su ataque abrumador ha fallado, lo más probable es que comprendan que ahora su mejor jugada es intentar agotarnos.

—Coincido —dijo Kushkam—. Se reorganizarán, darán nuevas órdenes y planearán cómo desgastarnos, cómo hacer que se nos acaben los defensores y pasar. Los próximos días van a ser extenuantes.

—Tengo algunas ideas sobre cómo afrontar eso, comandante —dijo Adolin—, si quieres escucharlas.

—Creo que me gustaría —respondió él con una inclinación hacia el emperador, que le indicó mediante un gesto que podía retirarse.

Antes de ir con él, Adolin se acercó un poco más a Yanagawn.

—Eh —dijo en voz baja—. He oído que no habéis querido iros cuando han intentado que lo hicierais.

—Sí. —Yanagawn enderezó un poco la espalda, como recordando que no debía parecer desgarbado—. Quiero decir, en efecto, me ha parecido conveniente mantener una presencia firme aquí, para manifestar fe en las tropas. —Sonrió a Adolin—. Eso y que... a veces me gusta participar en lo que pasa.

—Voy a acampar aquí fuera, en la plaza, cerca de los barracones de mis hombres. Necesito estar cerca, ya que el enemigo atacará de noche para ponernos a prueba. ¿Queréis hacer lo mismo?

Yanagawn parpadeó.

—¿Estáis... invitándome a salir de acampada?

—En el ejército lo llamamos vivaquear —respondió Adolin con una sonrisa—. Debería haber algo de tiempo entre enfrentamientos. Podría entrenaros un poco. Dejaros blandir una hoja esquirlada, practicar llevando armadura. Tenéis que saber utilizarlas, ya que poseéis varios juegos de esquirlas.

Adolin estaba bastante seguro de que un emperador no debería quedarse así de boquiabierto, con la mandíbula flácida y los ojos iluminados. Yanagawn se recuperó casi al instante y miró a Noura.

—Yo no lo recomendaría —dijo ella con cautela—. Vos no sois como los gobernantes orientales. No se os necesita en el frente. Vuestro papel es inspirar y proporcionar liderazgo.

—No vamos a desplegarlo en el frente, Noura —dijo Adolin—, a menos que se vuelva absolutamente necesario. Pero tiene más o menos la misma edad que yo cuando intenté ganar mi propia hoja esquirlada en un duelo.

—Esto es distinto —respondió ella—. Vos no representabais a todo un imperio. Mientras el emperador permanezca en su trono, Azimir resiste. Sin él, caemos en el caos.

—Ya, pero esto es el tormentoso final. Si el enemigo conquista esta ciudad, ya no existirá ningún imperio. Eso lo entendéis, ¿verdad?

La visir titubeó.

—¿Y de qué sirve un joven más en el frente de batalla? —preguntó por fin.

—Depende —dijo él—. Si ese joven es el mismísimo emperador, que acude a demostrarles a las tropas lo crucial que es su labor defensiva... podría ser lo más importante que haga en su vida. —Miró a Yanagawn—. A veces veía a Gavilar salir al campo de batalla y todos los ojos se volvían hacia él. No necesitaba ni siquiera alzar una hoja esquirlada. Cuando los hombres sabían que estaba allí, que estaba comprometido con su causa, les cambiaba la forma de luchar. Sé que no es vuestra tradición, pero quizá merezca la pena intentarlo.

—Voy a hacerlo —dijo Yanagawn, manteniendo fija la mirada en Adolin mientras Noura daba un suave suspiro—. ¿Me enseñarás ese juego que mencionabas?

—¿Las torres? Por supuesto.

Adolin asintió y se retiró. Fue al trote en dirección a Kushkam, que esperaba cerca. Empezaron a regresar hacia el grueso de las tropas, seguidos por los asistentes de Adolin, que les dejaron la distancia suficiente para que hablaran en privado.

—¿Qué he hecho mal? —preguntó Kushkam en voz baja—. ¿Por qué la línea casi se ha roto? Creía que esa táctica era la más razonable.

—El enemigo tiene, según mis cuentas, a unos doscientos regios —dijo Adolin—. Creo que hoy habré matado a unos diez, además de a una Fusionada entre una decena, que tal vez ya no pueda renacer a tiempo de retomar la lucha. En todo caso, Kushkam, has supuesto que unos pocos soldados tuyos equivalían a unos pocos de los suyos. Formar tan cerca del edificio de control les ha permitido aprovechar sus soldados más fuertes contra un número reducido de los nuestros.

Kushkam dio un leve gemido.

—Sí que era un tallo de Stuko.

—Eso me temo.

—Seré idiota.

—Si te sirve de algo —dijo Adolin—, lo de antes era verdad. Mis oficiales coincidían con tu decisión, y ellos sí que habían combatido a Fusionados. Pero cuesta mucho renunciar a lo que parece una posición ventajosa.

—Entonces, lo que deberíamos hacer es seguir el ejemplo que han dado tus tropas. Desplegar muros de picas sólidos más atrás y obligarlos a venir hasta allí, dispersando a sus regios para que no puedan enfrentar a cien de ellos contra cien humanos. Así, tendrán que lanzar a cien regios y novecientos soldados regulares contra mil de los míos.

—Exacto —respondió Adolin—. Además, tendrás apoyo de arqueros y dispondrás de tiempo, mientras ellos avanzan, para situar a nuestros portadores de esquirlada allí donde el enemigo concentre más sus tropas de élite. Y todo lo que retrase su avance nos da tiempo de intentar abatir a sus regios desde lejos.

—De ahí la sugerencia de llenarlo todo de muebles —dijo Kushkam—. Sigo sintiéndome un fracasado. ¿Has… oído que se han llevado a ese moldeador de almas imperial?

—Tormentas, no —exclamó Adolin—. Estaba distraído luchando.

—Un Fusionado volador lo ha agarrado y se lo ha llevado al portal mientras nos reagrupábamos al principio.

Adolin dio una profunda inhalación.

—Pobre hombre.

—La enfermedad del moldeador de almas ya casi se había apoderado de él —dijo Kushkam—. Pero lamento haber provocado esto. Me… —Suspiró—. Me intimidaba demasiado que los alezi vinierais a apoderaros de mi ciudad. Lo siento mucho.

—Yo también —dijo Adolin—. Antes te he puesto en un apuro al hacer sugerencias delante del emperador, sin darte tiempo a pensártelas. Así te he obligado a decidir al instante. Tendría que haberlo previsto y acudir a ti en privado para explicarte mis preocupaciones.

Kushkam dio un gruñido.

—Ya me advirtieron sobre ti.

—¿Quiénes?

—Algunos de mis hombres —respondió él, deteniéndose para encararse hacia Adolin, que le sacaba unos centímetros de altura pero no era ni de lejos tan corpulento. Kushkam lo miró de arriba abajo con su único ojo, el otro un agujero tatuado—. Decían que terminarías ganándome. Yo les dije que eras un petimetre, un presumido más interesado en la ropa y los duelos que en la guerra.

—Creo que en realidad teníais razón todos —dijo Adolin—. Preferiría con mucho, pero con muchísimo, estar eligiendo el vestuario de mañana que aquí matando. ¿Tú no?

Kushkam esperó un momento incómodamente largo. Entonces sonrió y le tendió la mano.

—Ya lo creo que sí.

Lleno de alivio, Adolin se la estrechó.

—Te gusta llamar a la gente por su nombre de pila —añadió Kushkam—. El mío es Zarb. Adolin, te agradezco lo que has hecho hoy. Has salvado vidas.

—Para eso estoy aquí —dijo Adolin—. Lo prometo.

—Deberías ponerte al mando.

—Con todos mis respetos, no —replicó Adolin—. Tengo más experiencia en luchar contra cantores, pero tú conoces tus tropas y esta ciudad. Además, cuando esto acabe, yo podré volverme a Urithiru. A ti te tocará lidiar con lo que hayamos hecho aquí. Tienes que estar tú al mando, Zarb. Te prometo que haré lo posible por no socavarte más, pero también que te lo dejaré muy claro cuando no esté de acuerdo contigo.

—Extraordinario. —El comandante negó con la cabeza—. ¿De verdad eres hijo del Espina Negra?

Adolin no respondió. Porque, aunque sí, era hijo de Dalinar… no siempre estaba seguro de serlo del Espina Negra. La mirada de Kushkam se volvió distante mientras contemplaba la cúpula.

—Deseaba obtener hoy una victoria decisiva —dijo con voz suave—, matar a centenares de ellos mientras intentaban irrumpir aquí. Ahora entiendo tu estrategia y la comparto… pero Adolin, si tenemos que desplegar muros de picas y resistir…

—Será brutal —convino Adolin, casi en un susurro—. Tendremos ventaja como defensores, pero ellos pueden permitirse perder a cuatro soldados por cada uno que maten.

—Estas tropas son buenos hombres —dijo Kushkam—. Los mejores que tenemos. Lucharán y resistirán, pero… nos esperan muchas bajas antes de que llegue el ejército principal. Desearía que no hubieras tenido razón.

—Yo también, Zarb.

—Mis oficiales y yo vamos a levantar nuestras tiendas en esa zona de ahí. —Kushkam señaló con el dedo—. Quiero estar cerca de la lucha y he rechazado unos aposentos mejores en el interior de la ciudad. ¿Querrás cenar con nosotros esta noche, Adolin? Me gustaría presentarte a mi personal de mando. Si te conocen en persona, quizá ayude a impedir que estén resentidos contigo.

—Será un honor —aceptó Adolin—. Gracias. Déjame confirmar que mis tropas están bien acuarteladas y acudiré en… ¿una hora, pongamos?

—Excelente.

El comandante miró de nuevo hacia la cúpula, con expresión reservada. Luego se marchó hacia los pabellones que estaban erigiendo. Adolin respiró hondo. Congraciarse con la estructura de mando azishiana le debería resultar de lo más satisfactorio, y lo hacía, pero…

Sí que iba a ser brutal. Ese día se habían salvado gracias a él, pero llegaban otros peores. Mucho peores.

Estás triste, dijo Maya. *Dubitativo.*

—Bueno, aún estoy situándome en todo esto. Pero lo resolveré. Pienso proteger esta ciudad.

Me preocupa la forma en que dices cosas como esa, Adolin.

—Es solo confianza.

¿Nada más profundo?

Adolin no estaba seguro. Se sentó al final de la plaza, en el murete de una fuente. Miró por encima de la enorme cúpula de bronce, que reflejaba la luz del sol poniente.

—Quiero ser suficiente —dijo—, pero no soy más que un hombre con espada y armadura. Antes bastaba con eso.

Antes había sido el mejor. Ahora eso ya no importaba.

Tengo la sensación de que eso no es lo que eres, Adolin, dijo ella. *Pero tormentas, tampoco puedo asegurarlo. Te conozco, pero no te conozco.*

Adolin asintió, comprendiendo a qué se refería. Llevaban años juntos, pero no habían podido relacionarse hasta hacía poco.

—Me preocupa lo que ha dicho Kushkam —añadió en voz baja—. Mi estrategia es razonable, pero el enemigo va a atacar una y otra vez. Perderemos a muchísima gente.

Son solo tres días de lucha. Hasta que lleguen los refuerzos.

—¿Y si no llegan? —repuso Adolin—. ¿O si el enemigo trae a más regios?

Puede que… hagas bien en preocuparte por eso, sí. Antes he visto a dos

Celestiales separarse del grupo, dejando aquí a siete, después de que hayas matado a una. Esos dos podrían estar yendo a buscar ayuda, ahora que su ataque inicial ha fracasado.

Adolin respiró hondo otra vez.

Aquello solía ser suficiente. Él solía ser suficiente. Tormentas, ya echaba de menos a Shallan. Su voz siempre lo ayudaba.

Esperó que estuviera a salvo, dondequiera que hubiese ido.

Se levantó y fue hacia los demás, intentando pensar en algo más que pudiera hacer allí. Al aproximarse, vio a soldados sosteniendo su espada en postura reverente. Colot estaba vigilando para que no hubiera disturbios, obligando a las tropas a turnarse. Pero Adolin, viéndolos, no pudo evitar imaginarse qué les pasaría a sus soldados si el enemigo trajera una verdadera fuerza de Fusionados a la batalla. Los regios ya daban bastantes problemas, pero, si hubiera Profundos en el ejército cantor, podrían nadar por la piedra y flanquear a su gente. Una sola Celestial, y luego un solo Cascarón, habían dado problemas al mismísimo Kaladin.

E incluso aunque no hubiera Fusionados... sus fuerzas iban a sufrir una gran cantidad de bajas durante los próximos días. Por eso el Visón estaba tan dubitativo con aquella defensa. Adolin no pudo evitar imaginarse a sus tropas masacradas. No pudo evitar que le volvieran a la mente los gritos de sus soldados en Kholinar, cuando los había abandonado.

Necesitaba alguna ventaja. Alguna ayuda.

—¿Te acuerdas de esos spren que salían de Integridad Duradera a la vez que nosotros?

Cuando aquellos honorspren objetores se habían marchado de la fortaleza, Adolin había cruzado la mirada con unos cuantos de ellos. Estaban entre los que habían respondido a la llamada. «El honor no ha muerto...».

Me acuerdo, dijo Maya.

—Estaba pensando si podríamos... no sé, convencerlos de que vengan y nos presten sus poderes o algo...

Le pareció una tontería cuando lo dijo en voz alta. ¿Qué podrían hacer allí esos spren? Maya, sin embargo, se había emocionado.

Ahora puedo hablar, Adolin. Me encuentro mejor. ¡Los convenceré! Puedo ir a buscarlos.

—¿Lo conseguirías?

Puedo moverme con las cuentas. Todos los ojomuertos lo hacemos. Creo... ¡creo que podría funcionar! ¡Aunque me cueste unos días, quizá regrese a tiempo!

Vaya.

—¿Cómo de segura estás?

Razonablemente segura.

Bueno... era interesante. Ahora que Maya hablaba más, quizá sí que lograra persuadir a aquellos honorspren. Desde luego, a Adolin le vendrían bien unos cuantos Radiantes más.

—No tengo nada claro que vaya a darnos tiempo —dijo, pensando en lo que se tardaba en vincular y entrenar a un Radiante.

Puedo lograrlo. Si confías en mí.

—Siempre —respondió Adolin.

Pero... para hacerlo... tendría que irme.

Irse. Adolin cayó en la cuenta de lo que estaba diciendo. Se marcharía por Shadesmar, internándose en el océano de cuentas. En un campo de batalla como aquel, lo cierto era que no necesitaba una hoja esquirlada. Las hojas eran excelentes para los duelos, pero no había nada como el poder de la armadura esquirlada si se luchaba contra varios enemigos a la vez. Azimir tenía algunos martillos esquirlados, enormes armas convencionales diseñadas para que las blandiera alguien con armadura esquirlada. Podría pedirles uno prestado y ser casi igual de efectivo. Pero, aun así...

Sintió las emociones de Maya, toda entusiasmo, toda convencimiento. Parecía segura por completo de que podía traerle a esos honorspren para que ayudaran contra los Fusionados. Tenía muchísimas ganas de hacerlo, y él se había jurado a sí mismo que Maya no le pertenecía. No iba a decidir por ella.

—Apoyaré —se descubrió diciendo— lo que elijas hacer.

Voy a ir, dijo ella en tono ansioso. *Intenta no invocarme. Si lo haces, tendría que empezar el viaje otra vez. Invócame solo en caso de extrema necesidad.*

—Entendido —respondió él.

Y la espada, que estaba en manos de May Aladar, desapareció por iniciativa propia. «Tormentas», pensó Adolin mientras sentía que, al instante, Maya empezaba a alejarse. ¿Cuánta gente había renunciado así a su hoja esquirlada? Adolin pensaba que Maya regresaría, pero...

«Una vez lo hicieron todos los Radiantes —pensó—. Y hubo otro caso. Mi padre».

Siguió dándole vueltas, lleno de emociones complejas, mientras se apresuraba para pasar revista a sus tropas. Después dedicó la velada a hacer lo posible por ganarse a los oficiales de Kushkam, pero no dejaba de preocuparse por Maya. Ni dejaba tampoco de confiar en que había tomado la decisión correcta, porque era la que le exigía su corazón.

Kaladin echó un vistazo atrás mientras caminaba junto a Szeth de vuelta hacia el campamento.

—Syl —susurró—, ¿tú habías visto a algún Custodio de la Piedra con esa clase de poder?

—No —respondió ella, flotando a su lado—. Pero aún no vivía durante los tiempos de los Heraldos.

—¿De dónde sacaba la energía? —preguntó Kaladin—. No ha drenado ni una sola gema de la pared, y luego, al registrar su ropa después de que Szeth quemara el cadáver, tampoco había esferas ni gemas.

Syl negó con la cabeza, al parecer igual de confusa que él.

—Tormentas —dijo Kaladin, arrancando por fin la mirada del monasterio—. Si eso es lo que puede hacer una Custodia de la Piedra plenamente juramentada, ¿qué se me está escapando a mí sobre nuestros poderes?

A mí no me ha parecido tan impresionante, dijo Sangre Nocturna en su mano.

—Ha hecho fluir la piedra como el agua —respondió Kaladin.

El agua fluye como el agua a todas horas y no veas lo estúpida que es. ¿Has probado a hablar con ella?

—Ahí tiene razón —dijo Syl a Kaladin—. Es verdad que el agua tiende a ser bastante tonta. Incluso para ser un objeto inanimado. Sin ánimo de ofender, espada.

Bueno es saberlo. En todo caso, esa espada no es tan genial. Estoy seguro de que yo podría hacerlo mejor.

—Eso es una hoja de Honor —dijo Kaladin—. Concede a su portador las potencias de un Custodio de la Piedra, capacidades Radiantes pero sin la limitación de los juramentos ni…

Eso podría aprenderlo yo, lo interrumpió la espada. *Se me da que no veas ser una espada. Además, ¿qué es más interesante que hacer que la piedra se comporte como el agua? Destruirla. Eso es lo interesante.*

—Szeth ha hecho bastante buen trabajo con eso también —comentó Kaladin—. Parece que por fin domina la División.

Sangre Nocturna dio un bufido airado.

Siguieron a Szeth mientras llegaba al campamento principal sobre la terraza, donde la gente estaba saliendo de los edificios. Eran más de los que Kaladin había esperado, miles. Debían de haber estado apelotonados dentro de aquellos barracones. Iban desaseados. Su ropa no estaba hecha jirones ni deshilachada, en realidad, pero se veía que llevaba tiempo sin lavarse. Manchas de sudor y de crem. O… bueno, de tierra.

Muchos alzaron la mirada al cielo, parpadeando. Varios se acercaron a Szeth asombrados, susurrando, señalando la hoja de Honor.

—¿Qué dicen? —preguntó Kaladin.

—Están dándole las gracias —explicó Syl—. Creo que la muerte de esa mujer los ha liberado, de algún modo. Mira lo distintos que están ahora.

—Es como si acabaran de despertar —asintió Kaladin.

Estaba congregándose más y más gente alrededor de Szeth, extendiendo los brazos hacia él… lo que hizo que diera un paso atrás, alerta, con la hoja de Honor agarrada como si temiera que se la arrebatasen. Toda la gente tenía una postura reverente, pero los ojos de Szeth empezaron a moverse de un lado a otro. Estaba sintiéndose encajonado.

Kaladin se apresuró a intervenir, entrando desde lejos en su campo visual para no asustarlo.

—Eh —dijo—. Eh, ¿estás bien?

—¿Qué quieren de mí? —preguntó Szeth—. ¿Por qué se comportan así?

—¿Así, agradecidos? —dijo Kaladin—. Los has salvado.

—Yo mato —afirmó Szeth—. Sustraigo. Destruyo. Hay que denigrarme. Soy...

Con suavidad, Kaladin puso una mano en el hombro de Szeth y le señaló a la gente. Algunos de ellos estaban riendo, abrazando a sus parientes, mientras que otros habían caído de rodillas y contemplaban el cielo.

—Está bien, Szeth —dijo Kaladin—. No pasa nada.

Cohibido, Szeth se relajó un poco y dejó que algunas personas le dieran las gracias. Kaladin no comprendía las palabras, pero había visto antes la misma postura, las mismas lágrimas contenidas en los ojos. Le había pasado a él. A Szeth, por lo visto, nunca antes. Estaba tomándose la amabilidad con un aire de atolondramiento.

Syl dio un paso adelante e interpretó para Kaladin.

—El de la ropa que antes era de colores parece ser su líder. Está mostrándole respeto a Szeth.

—No está bien —dijo Szeth en alezi—. Este es el granjero, hijo del hombre con el que traté de joven. No me reconoce, pero tiene mucha más categoría que yo. No... no debería estarme agradecido.

Aun así, Szeth lo soportó. Al terminar, mientras se volvía hacia Kaladin y Syl, se secó lágrimas de la comisura de los ojos.

—No... no sé cómo reaccionar. Perdonadme, por favor.

—Esto es en lo que consiste, Szeth —dijo Kaladin.

—¿El qué?

—Lo que hacemos —respondió él—. ¿Ser los vigilantes en el perímetro? Es por esto. Mi padre nunca lo ha entendido, y sospecho que tu gente tampoco. Tú puedes. Esto es por lo que luchamos. Esas caras. Esas lágrimas. Esa alegría. Nuestro deber tiene un coste, como bien dices, y los dos somos pruebas vivientes de ello. Pero si hay una diferencia entre nosotros, es esta: yo sé el porqué.

—Yo creía saber el porqué —susurró Szeth.

—¿Servir a la ley?

—A un ideal.

—Los ideales son cosas muertas —dijo Kaladin—, a no ser que tengan a gente detrás. Las leyes no existen por sí mismas, sino para las personas a las que sirven.

—Quizá —respondió Szeth, y entonces respiró hondo y se secó los ojos—. ¿Has visto cómo se esfumaba la mujer a la que he matado?

—Sí —dijo Kaladin—. Creía que era cosa tuya.

—No estoy seguro. Era la primera vez que tenía permitido usar la División. Es posible que... me falte práctica con ella, desde la época en que entrené siendo joven. Pero esa mujer, antes de morir, me ha dicho una cosa que me da que pensar.

Syl frunció el ceño.

—¿Qué es lo que te ha dicho?

—Que mi... mi familia me espera. Los otros portadores de Honor, supongo.

Kaladin volvió la vista hacia la gente y sintió que el viento soplaba, cosa que no recordaba notar desde que habían llegado al campamento.

Le susurró: *Te necesitamos.*

—Te... te creo —respondió él, también susurrando—. Aquí hay algo que debo hacer. No igual de importante que la batalla que libran mis amigos, pero relevante aun así.

No, no igual de importante, dijo el Viento. *Más importante. Mucho mucho más importante...*

—Kaladin —lo llamó Szeth—, ¿qué estás diciendo?

—Hablaba con el Viento, Szeth. Ella me quiere aquí. ¿Cuál es el siguiente monasterio?

—Escultor de Voluntad —respondió él, señalando hacia la lejanía—. ¿Vamos para allá?

Kaladin asintió, sintiéndose involucrado por completo en aquella misión por primera vez desde que Dalinar le había dado la orden de cumplirla.

FIN

del tercer día

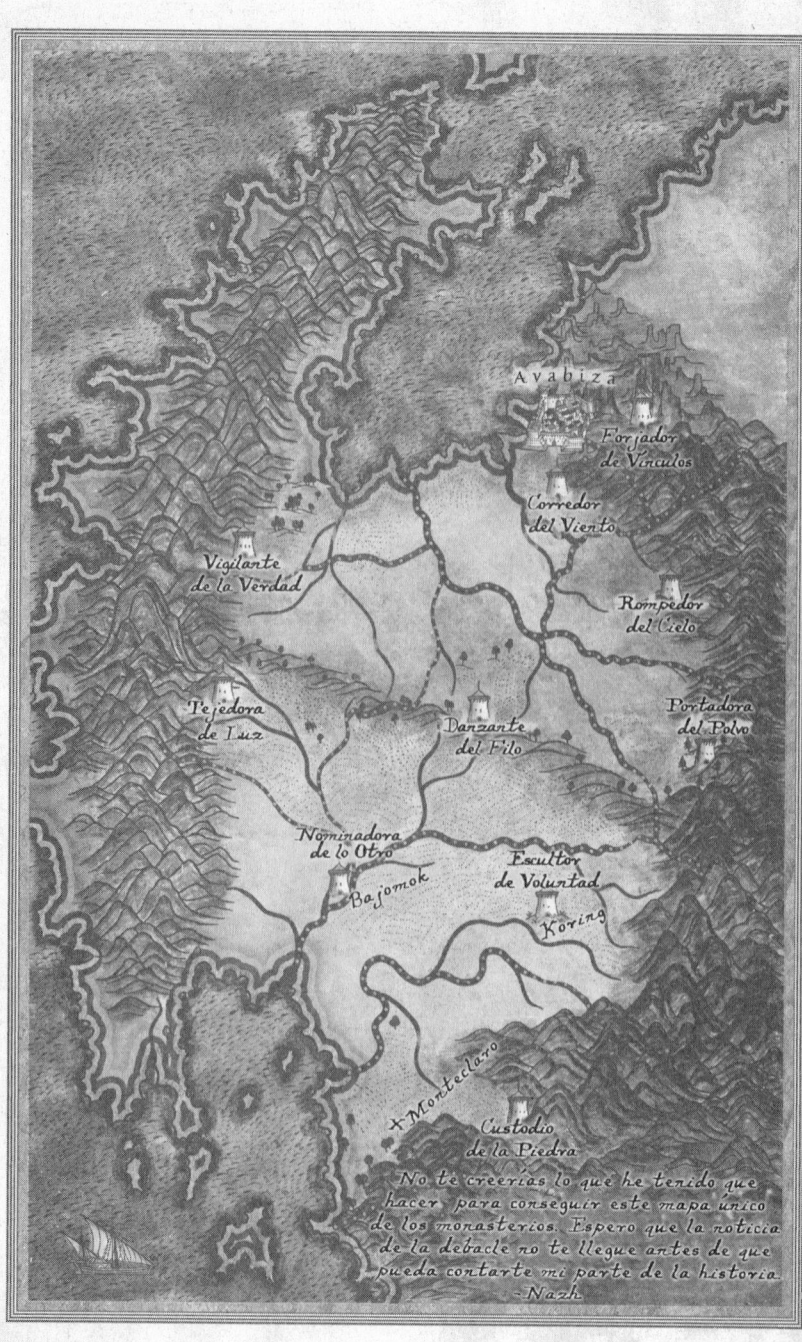

Avabiza

Forjador
de Vínculos

Corredor
del Viento

Vigilante
de la Verdad

Rompedor
del Cielo

Tejedora
de Luz

Portadora
del Polvo

Danzante
del Filo

Nominadora
de lo Otro

Escultor
de Voluntad

Bajomok

Koring

+ Monteclaro

Custodio
de la Piedra

No te creerías lo que he tenido que
hacer para conseguir este mapa único
de los monasterios. Espero que la noticia
de la debacle no te llegue antes de que
pueda contarte mi parte de la historia.
~ Nazh

INTERLUDIOS

BAXIL ♦ ODIUM

BAXIL

Baxil recorría inadvertido las calles de Azimir. Hasta el último centímetro cuadrado de su piel, salvo los ojos, estaba cubierto de prietos vendajes carmesíes, cuyas colas anudadas a veces se le salían de la capa y ondeaban al viento de una Corriente desconocida. Con la mano en su kattari enfundado al cinto, vigilaba por si alguien de la multitud reparaba en su presencia.

Nada de momento. Bien.

Aquella ciudad se había preparado con prisas para la guerra. Baxil paseó por el campamento alezi, erigido en lugar del Gran Mercado. Los soldados acampaban en anillos concéntricos que Baxil estaba seguro de que consideraban espaciados a intervalos regulares en suave curva. Los azishianos habrían trazado con tiza el contorno de las zonas de paso para asegurarse. Se permitió una sonrisa, recordando los días en los que también él había sido así de quisquilloso.

No lo veía ni un alma. De un tiempo a esa parte, la gente solo podía ver a Baxil si estaba buscándolo. Y él solo podía tocarlos si intentaban matarlo.

Abandonó el campamento alezi y, en honor a los viejos tiempos, susurró una plegaria al Primer Kadasix: «Si quisieras ocuparte de que obtengo lo que merezco, sería estupendo. Gracias».

Azimir era conocida por sus teterías, que ocupaban el mismo nicho que las cantinas en oriente. A esas alturas, Baxil ya había visitado una gran variedad de ambas, y tenía sus favoritas. Allí en Azimir, una en concreto era famosa por su discreción. Tenían instrucciones de esperar su llegada, de modo que, al aproximarse, el portero se levantó de un salto.

—Maese Carmesí —dijo—, hemos recibido tu nota.

—Y menos mal —respondió él—, o quizá no podríamos mantener esta conversación. ¿Él ha llegado?

—Está aquí, maese Carmesí —confirmó el portero, haciéndolo pasar más al interior—. Y… es de los raros.

—No lo sabes tú bien, Ulak —dijo Baxil, y le dio unas cuantas esferas de propina, que se hicieron reales cuando las soltó—. Ocúpate de que no nos interrumpan.

Baxil atravesó la cortina de cuentas que separaba el reservado del resto del local y cruzó una invisible nube de incienso hasta llegar a la suntuosa mesa, una de las más exclusivas de toda la ciudad. Allí estaba sentado Axies el coleccionista, que pasaba el rato golpeándose la mano con un pequeño martillo.

—Seguro que, a estas alturas, ya tienes dolorspren —dijo Baxil, sentándose a la mesa enfrente de él.

A Axies le gustaba llevar poca ropa, en parte porque tomaba notas en la piel como tatuajes: un libro entero guardado en un sitio donde nunca iba a perderlo. Como todos los suyos, podía cambiar el color de cualquier parte de su piel a voluntad.

—Tengo dolorspren, sí, cómo no —respondió Axies—. Los tengo desde hace milenios, Recuerdo Carmesí. Pero verás, estamos en el barrio de los albañiles, donde la gente trabaja a menudo con el martillo. Hay un informe curioso, de hace ciento cincuenta y dos años, sobre un spren peculiar que se ve atraído por el dolor de quien se da un martillazo en el dedo intentando acertar a un clavo. Si uno quisiera buscar ese spren en particular, lo haría aquí.

—¿Y confías en ese informe? —preguntó Baxil.

—Más bien poco. Era un chiste, casi sin la menor duda.

Se atizó con el martillo en la mano e hizo una mueca, mientras se le escapaban lágrimas por las comisuras de los ojos.

—Dime la verdad. —Baxil se inclinó hacia delante—. Te gusta la sensación del martillo, ¿verdad?

—¿A qué clase de pervertido iba a gustarle esto? —restalló Axies, y se dio otro martillazo directo al pulgar.

—Entonces, ¿por qué lo haces?

—El dolor es efímero. La emoción del logro es eterna. —¡Plam!—. Sí, casi seguro que era un chiste.

—Si el Primer Kadasix lo quiere —dijo Baxil, relajándose en su banco, subiendo un brazo al respaldo—, algún día me gustaría comprenderte.

—Al menos yo puedo saborear el té —repuso Axies mientras les traían las tazas, y le dio un sorbo a la suya sin dejar de mirar a Baxil sobre el borde.

Baxil suspiró, pero hizo lo que se esperaba de él. Extendió la mano encima de la taza, sintiendo el calor del vapor, y entonces… imaginó. La gente de toda la tetería estaba disfrutando de sus bebidas. Sobre todo del té de jaramón, negro como la noche, el que le habían servido también a él. Amargo, intenso, como beberse el veneno de algo agresivo. Aquella era una infusión que plantaba cara.

Esas cosas tenían una cierta vida. No la taza individual, sino más bien el concepto mismo del té. Con tanta gente allí pensando en él, degustándolo, quejándose de él… Baxil pudo saborearlo, y recordar lo que había sido be-

berlo. Durante un tiempo que le parecía muy lejano, pero también muy familiar a la vez. Antes de su don, y antes de su maldición.

Ese día, que un gran número de personas estuvieran pensando en lo mismo le permitió sentir la amarga infusión en la lengua mientras seguía allí sentado con la mano sobre la taza.

—¿Estás seguro de que no eres un spren? —preguntó Axies—. Voy a mencionarte en el apéndice de todos modos, ¿sabes?

Baxil sonrió.

—¿Traes mis vendas?

Axies las dejó en la mesa. Vendajes rojos, preparados de una manera muy particular, tal y como Baxil necesitaba. La clave de su supervivencia. A cambio, él dejó en la mesa una gema. Baxil no era un spren, pero las criaturas lo encontraban fascinante. El coleccionista cogió la gema y escudriñó el pequeño spren que había en su interior.

—Es mejor encontrarlos en estado salvaje —murmuró—, pero tendrá que bastar así. Amiguito, qué escurridizo has resultado ser.

Baxil cogió las vendas y las guardó en el bolsillo de su capa antes de levantarse del asiento.

—Está aquí, en Azimir, por cierto —comentó Axies.

—¿Quién?

—Tu antigua patrona —dijo él—. La Heraldo.

La Epan Kadasix, la Dama de los Sueños, también llamada Shalash. Él la había conocido solo como «señora», en otra vida. Había estado bastante prendado de ella... y quizá no se le hubiera pasado.

—¿Cómo puede ser? —preguntó—. ¿No estaba en la ciudad-torre?

—No, se fue con el ejército alezi de campaña —dijo Axies, todavía examinando la gema que había obtenido—. Creo que su rey quería entrevistarla, o al menos esa impresión me dio cuando charlé con ella. Se llevaron al otro también, al grandullón, para la lucha por Emul. Pero ahora han vuelto los dos, y los tienen escondidos en el hospital azishiano. Creo que el rey se ha olvidado de ella casi por completo.

¡Allí mismo! ¿En el hospital? Podría... podría ir a verla.

Baxil se arrebujó en su capa. No. No así.

—Será mejor que salgas de la ciudad, Axies —dijo—. Creo que vienen tiempos oscuros para Azimir en los próximos días.

—Sí —repuso Axies—. Coincido.

Axies se quedaría, por supuesto, persiguiendo a los elusivos spren de las pasiones enardecidas durante la guerra. Pero en fin, el aimiano había demostrado que era resistente. Baxil, en cambio... siempre tenía la impresión de que solo haría falta que se girase un vientecillo para disiparlo. Como el humo de un fuego extinguido. Así que, con una mano sobre su kattari, dejó unas esferas en la mesa como pago y retomó su misión.

Esperando volver a ser capaz, algún día, de gozar del sencillo placer de tomarse un té.

UN PESO DE INFORMACIÓN

Taravangian, el dios dividido, decidió que ambos lados de él se turnaran para gobernar durante breves intervalos de tiempo. Primero, el intelecto.

En su condición de dios, se sentía más capaz, más equilibrado en ese aspecto. Recordó que en sus días como mortal había sentido una fría indiferencia hacia las necesidades de la gente, y esa terrible crueldad lo atribulaba. Ser tan implacable no era lógico, en realidad, dado que hacía caso omiso a las consecuencias sociales. Permitir que reinara su intelecto no debía consistir en desterrar por completo la emoción, sino más bien en decidir basándose en el raciocinio, sin dejar de sentirla. Bajo ese prisma, repasó lo que estaba haciendo y descubrió…

… que Cultivación no iba desencaminada del todo al argumentar que debía darle un fin temprano a la guerra. Había una lógica en la posibilidad de negociar con Dalinar y los demás monarcas y aceptar un trato que restaurase Alezkar sin necesidad de un duelo de campeones. Para empezar, no insistir en la guerra era la opción más segura para Odium en persona. Era un dios novato, y los errores podían ser peligrosos, en particular si aquellas poderosas fuerzas exteriores al planeta decidían que era una amenaza demasiado grave.

Disponía de milenos para planificar, para decidir cómo conquistaría el Cosmere a su entera satisfacción. Estudió las permutaciones, y también sus propios razonamientos, y los objetivos que se había propuesto cumplir como mortal, y…

No. Ni considerando el asunto de mil maneras distintas podía justificar el fin de la guerra. Era muy probable que ganara, y muy improbable que intervinieran aquellas fuerzas ajenas al mundo. Además, existía un elemento que Cultivación no había sido capaz de comprender del todo. El poder de Odium *no quería* que acabase la guerra.

Quería luchar, y bullir, y lo indignaba que el antecesor de Taravangian se hubiera dejado atrapar en aquel duelo que acabaría con la pelea. Recorre una senda pacífica tenía su propio y terrorífico peligro, en especial considerando que había otro ser al que el poder de Odium prefería por encima de Taravangian. Se llamaba Ba-Ado-Mishram y, como Taravangian no fuese cauto, quizá el poder lo abandonaría por ella, igual que había abandonado a Rayse por él.

Así que, con cautela, alimentó emoción al poder. Le prometió conquistas en el cielo, mundos que doblegar a su voluntad, pasión, ferocidad, ira y dolor. Unas emociones tan poderosas como las deseara. El poder devoró aquello, calmándose, mientras estudiaba los planes de Taravangian. Eran buenos. Excelentes, incluso. Tenía una posibilidad real, nada despreciable, de unificar el mundo entero bajo su reinado.

Como prueba, le mostró al poder que, si rabiaba demasiado, perdería lo que anhelaba. La extinción de la humanidad detendría la ira, la rabia. Le mostró que tendría que aprender a alimentarse con algo más que furia.

El poder se negó a aceptarlo, a cambiar. Había engendrado la Emoción, el grandioso spren que representaba el ansia de batalla, porque adoraba las emociones de la guerra. No aceptaba que demasiada emoción pudiera ser jamás algo malo.

Qué curioso. El poder no podía cambiar, o no quería. Aunque debería haber englobado todas las emociones, y su predecesor insistía en que tales eran sus dominios, al poder no le gustaban los sentimientos sutiles. Le gustaban los ruidosos. La pasión de una lujuria ardiente, sí. Pero ¿el amor genuino? Las cosas como el amor y la satisfacción parecían corresponderles a otros dioses. Habían tomado algunas porciones de su... portafolios, por así decirlo, durante la Fragmentación.

Al poder le gustaba la ira por encima de todo. La ira podía hervir cuando la pasión remitía. La ira podía gobernar a una persona más tiempo que toda lujuria. La ira era verdadero fuego.

Más información. Bien. Cuanto más exploraba sus nuevas capacidades, más comprendía. Porque Taravangian sí que podía aprender, incluso si el poder se negaba a hacerlo. Siguió meditando, con vastos recursos mentales. Sus facultades eran tales que, a su lado, incluso sus días de mayor inteligencia como mortal parecían...

Bueno, en realidad esos días habían sido como un atisbo de divinidad. Un nivel muy respetable, para un humano.

Pero ahora era mucho más. Sí, necesitaba la guerra, pues la decisión lógica era sin duda aspirar a un Cosmere unificado tras un solo dios. Los riesgos de poner en práctica sus planes no eran demasiado cuantiosos. Había organizado su enfrentamiento con Dalinar de forma que ganaría sucediera lo que sucediera. Tenía confianza en su capacidad de conquistar la inmensa mayoría de Roshar.

Estaría atrapado allí, pero podía seguir dándole al poder promesas de conquista para tenerlo contento. Por tanto, ¿cómo, según dictaba el intelecto, debía prepararse?

Necesitaba personal de mando.

Personas de gran capacidad, y dignas de confianza. O, mejor dicho, predecibles, de modo que supiera qué iba a provocar sus fracasos o sus traiciones. El Fusionado El era un buen primer paso. Taravangian tenía planes para ese cantor en las décadas venideras. Necesitaba a otros. En particular, entre quienes fuesen a vivir lo suficiente para ver ejecutados sus planes.

Por tanto, se materializó en Kharbranth. Había llegado el momento de hablar con Dova.

Permaneciendo invisible, primero anduvo por los hermosos y poco iluminados pasillos del Palaneo. Libros, todo un peso de información reunida con meticulosidad por sus antepasados, cada uno de ellos una obra de arte. Aquello era la humanidad en sus mejores momentos, resistiendo ante las mareas de la oscuridad con tinta y pluma. Lo inhaló y sintió las muchas palabras que había allí dentro. Aunque eran minúsculas comparadas con su conocimiento, representaban algo majestuoso.

¿Era demasiado emocional estar disfrutando de aquello? No, resultaba lógico admitir que él, un dios de las emociones, necesitaba sentir. Insistió para sus adentros en que no era un rechazo de la emoción lo que definía el intelecto, sino el acto de gobernar la emoción con ese intelecto. De modo que ralentizó el tiempo para sí mismo y pasó nueve mil latidos en el intervalo de unos minutos deleitándose con la grandiosa sensación de lugar que le proporcionaba una gran biblioteca.

Hecho eso, apareció en el despacho de Dova, siete plantas más abajo. Dova, que era como se hacía llamar Battah la Heraldo, había sido mayor cuando se unió al Juramento, y había conservado esa edad durante siete mil años ya. Estaba calva, porque le gustaba el hecho de que imitar a una fervorosa hiciera que casi todo el mundo la pasara por alto, y estaba escribiendo sin hacer apenas ruido, sentada ante su escritorio, en una habitación oscura, rodeada por algunos de los objetos más valiosos del mundo entero. Cuadros de valor incalculable, jarrones enjoyados, lingotes de aluminio.

Fue hacia ella y, con su poder divino, absorbió el contenido de sus pilas de papeles sin necesidad de tocarlos siquiera.

—Aunque sea cierto que pretendía que gobernaras en la sombra, vieja amiga —dijo, manifestándose de pie delante de ella—, querría que intentaras dejar a mi hija meter baza de vez en cuando. Necesita aprender a ser reina.

Dova se quedó muy quieta. Hizo rodar su silla y, aunque no era demasiado lógico disfrutar de su expresión de absoluta sorpresa, él lo hizo de todos modos.

—Diablos —dijo la mujer—. Eres el nuevo Odium.

Taravangian separó las manos a los lados, con las palmas hacia arriba.

—¿Te gustaría adorarme?

—Me gustaría que me pagaras, vieja rata —replicó ella, apoyando la espalda en la silla, mirándolo mientras cruzaba un tobillo sobre la otra rodilla—. Si hubiera sabido lo engorroso que sería evitar que tu reino se desmorone, te habría exigido muchísimo más.

—Dova —dijo él—, eres inmortal y ya posees unas riquezas increíbles. ¿Para qué necesitas el dinero?

—¿Te haces la menor idea de lo poderoso que es el interés compuesto? —preguntó Dova—. El sistema se rompe por completo si puedes permitirte esperar a que pasen cien años.

Taravangian sonrió. Dova era, por motivos obvios, la miembro más interesante del Diagrama. ¿Por qué iba una Heraldo del Todopoderoso a… venderse con tanta vulgaridad? La respuesta resultó ser una que jamás había comprendido del todo estando vivo. Cada uno de aquellos Heraldos estaba sufriendo una nebulosidad en la mente y el alma, y aquella era la forma en que se manifestaba la suya. La sabia consejera, conocida durante milenios por su sabiduría, se había corrompido.

Lo cierto era que no estaba seguro de poder llamarla su amiga. Dova no mantenía lealtades permanentes. Era, sin embargo, una verdadera lumbrera… para ser mortal. Y también era sobornable con bastante efectividad. Siempre que uno supiera que podía ofrecerle más que nadie, contaría con su fidelidad. ¿Qué valor entrañaría tener a una Heraldo a su servicio, sobre todo si en algún momento regresaba con los demás? Era algo que el predecesor de Taravangian no había intentado nunca.

—Necesito de tu habilidad —dijo—. En concreto, del arte con las puntas de cristal que has estado practicando. Tengo entendido que puedes restaurar la vista a los ciegos, ¿verdad?

—En cierto modo, y a un gran coste. Nunca volverán a ver de verdad.

—¿Pero sí que percibirán la Investidura?

—Sí. —Dova hizo rodar la pluma en los dedos—. Un dios no necesita nada, y podrías ingeniar mis puntas de cristal por tu cuenta. Lo único que quieres es empezar a integrarme en tu nueva organización, ¿me equivoco?

—¿Para qué iba a querer reproducir lo que tú ya has ideado así de bien? Esto es más que pretender sacarte provecho, Dova. Es que reconozco una herramienta valiosa cuando se me presenta.

—Pues creo que ahora, en teoría, tú eres la encarnación de todo lo que se me creó para combatir. Incluso con el Juramento roto, y con Ishar haciendo lo que narices esté haciendo, soy una Heraldo de Honor. Trabajar para Odium… —Chasqueó la lengua—. ¿Cómo de improcedente sería?

Él le sonrió.

Ella le devolvió la sonrisa.

—¿La paga será excelente? —preguntó Dova.

—Más que excelente. —Taravangian hizo una pausa teatral—. Es muy posible que en algún momento te consiga un planeta. Uno pequeño, como mínimo. Trataré de buscar la forma de sacarte de Roshar para que lo visites.

Ella titubeó, ensanchando los ojos, fijos en él para discernir si hablaba en serio. Así era. Ese día, la levedad era para él más un constructo social que otra cosa. Dova se levantó.

—Voy a recoger mis cosas ahora mismo.

CUARTO DÍA

DALINAR ◆ SHALLAN ◆ KALADIN ◆ SZETH ◆
NAVANI ◆ ADOLIN ◆ SIGZIL

43

EL ORIGEN DE LOS CANTARES

Es de todo punto razonable que entre las distintas órdenes de Radiantes, en gran medida aberradas de una naturaleza común por sus diversos juramentos, surgieran controversias.

De *Palabras radiantes*, capítulo 40, página 1

Dalinar sintió una calidez.

Fue como si se hubiera metido en la bañera, con el agua quemando un poco al principio, pero entonces su propio calor se mezcló con el de ella... y se volvió perfecta. Envolvente. Segura.

Mientras tuvo los ojos cerrados.

Cuando cometió el error de aventurar una mirada, reinó un caos que intentó arrancarlo de la calidez. De pronto era un niño con su abuelo, llevando agua a los terrenos de prácticas en una antigua y polvorienta parte de Alezkar.

Un fogonazo y era su noche de bodas con Evi, en la que no rindió como habría debido, presa de un ebrio estupor.

Entonces fue el hombre que había sido solo un año antes, al recibir el informe de que Elhokar había muerto. Un hijo suyo, tanto como si lo hubiera engendrado, que los Salones le arrebataban.

Cultivación había dicho que tenía que ver el pasado, así que Dalinar viajó por él... pero eran demasiadas versiones de sí mismo que contener. De modo que cerró los ojos.

Y flotó en la calidez.

Tenía el vago recuerdo de haber abierto la perpendicularidad en Urithiru, con Navani. Y algo había... salido mal. Su ancla estaba cercenada y había sido absorbido al interior sin un camino de vuelta a casa.

No pasaba nada. Siempre había estado allí, y allí debería permanecer.

¿Qué eran las preocupaciones, comparadas con esa bella sensación de paz? Allí no había nada en absoluto que importase...

Entreabrió un ojo.

Estaba recorriendo un campo de batalla, ensangrentado, buscando a su hermano. Arrastrando el cadáver de un amigo por una mano porque, entumecido, no era capaz de dejar atrás el cuerpo. La sangre dejaba atrás un rastro como de pintura en una glifoguarda, un largo trazo, utilizando un pincel que antes era humano.

Cerró los ojos otra vez. ¿Todas esas versiones de él eran de veras la misma persona? ¿O eran pinturas creadas sobre un lienzo con embusteros colores, dispuestos para dar una sensación ininterrumpida pero fracturados en realidad?

Mejor flotar.

No. De nuevo abrió los ojos. Era joven, enfadado por recibir las burlas de unos hombres bien vestidos de Kholinar. Reprochándole furioso a su padre que no hubiera defendido el honor de los Kholin, aunque luego descubriría que la senilidad de su padre, creciente pero todavía oculta, estaba haciendo que evitara aparecer en público.

Gavilar, el noble Gavilar, estaba cerca mirando, con las manos entrelazadas a su espalda. Con expresión distante.

Dalinar cerró fuerte los párpados. ¿Por qué seguía abriéndolos?

«Porque sin recordatorios flotaré aquí para siempre. No es para lo que he venido. Tengo un propósito».

No iba a encontrar ningún secreto antiguo por pura casualidad. No iba a salvar a su pueblo optando por el camino fácil. Así que, sintiéndose como si forcejeara contra una terrible corriente, metió la mano en el bolsillo y halló la salvación.

Una piedra.

La que Sagaz le había dado para atarlo al pasado. *¡Muéstramelo!*, pensó, y quizá lo bramara también. *¡Llévame ahí!*

La calidez se resistió. ¿Por qué se resistía?

Por favor, pensó Dalinar. *Tengo que verlo.*

Te destruirá.

¿De verdad lo había oído? ¿Eso era... el poder de Honor?

Por favor, repitió, vocalizando la palabra.

Nos destruirá.

Por favor.

Cayó contra algo duro. Reticente, parpadeó y se encontró arrodillado entre unos pocos cantores. Vestían ropa muy básica: taparrabos, unas pocas correas alrededor del caparazón. La forma que llevaban no parecía muy amenazadora: era más blindada que la forma de trabajo, pero no tanto como la forma de guerra.

—¿Estás bien, Moash? —le preguntó uno.

¿Moash? ¿Estarían viéndolo como...?

No, era solo un nombre antiguo que había sobrevivido hasta el presente. Navani ya le mencionó que lo había encontrado en sus exploraciones del *Canto del alba*. Con su Conexión al Reino Físico cercenada, no podría regresar, pero... ¿había logrado llegar al pasado, al menos?

Aquellos cantores seguían apiñados a su alrededor, así que Dalinar tomó una de las manos que le ofrecían y dejó que lo ayudaran a levantarse.

—Perdón —dijo—, me he tropezado.

Asintieron y siguieron todos adelante, recorriendo un paso de montaña. Como en sus otras visiones, Dalinar había ocupado el lugar de algún personaje del pasado. Los demás lo considerarían esa persona, aunque él se viese tal y como era. La visión también compensaba sus carencias básicas: por ejemplo, aunque Dalinar no hablaba a un ritmo cantor, los demás no se daban cuenta.

Sin pensarlo demasiado, probó a intentar alcanzar sus poderes y abrir un camino a casa. No sucedió nada. Podía acceder a la luz tormentosa, que estaba por todas partes, infundiéndolo todo. Pero cuando intentaba Conectar los reinos mediante una palmada, no daba resultado. ¿Sagaz no le había dicho algo al respecto? Las perpendicularidades no funcionaban en sentido opuesto.

Tormentas. Estaba atrapado allí.

Los demás estaban volviendo la mirada hacia él, así que se apresuró a alcanzarlos. Si se salía demasiado del personaje, la gente de la visión empezaría a quedarse perpleja y el escenario entero podría venirse abajo. Trató de seguirles el ritmo mientras...

Un momento, ¿cuánto tiempo había pasado?

Con creciente horror, se levantó la amplia manga de la chaqueta y dejó a la vista el brazal de cuero que llevaba sujeto sobre la camisa, como soporte para los fabriales de Navani. Entre ellos estaba el reloj que también indicaba la fecha. Tormentas. Había perdido un día entero. Era alarmante, pero una parte de él también sintió alivio. Tal y como había hablado Sagaz... parecía que podrían haber transcurrido semanas, meses o incluso más sin que Dalinar se diera cuenta.

Bueno, aquel reloj estaba enlazado al de Sagaz. Quizá le sirviera de ancla para volver a casa. Probó a usar ese amarre, pero, de nuevo, no sucedió nada. O bien Dalinar era demasiado inexperto, o bien la Conexión era demasiado débil para llevarlo a casa.

—¡No te quedes atrás, Moash! —lo llamó una cantora.

—Lo siento —dijo él.

Jadeó al correr. ¿En tan mala forma estaba? También era cierto que algunas formas cantoras concedían una resistencia enorme, así que quizá no debería compararse con ellos.

El terreno alrededor del grupo tenía alguna arboleda aquí y allá, y albergaba un tipo de rocabrote más robusto que los que estaba acostumbrado a ver, con el caparazón más grueso y las enredaderas más cortas. Los cantores y él coronaron por fin la pendiente y Dalinar vio con alivio que a continuación había un paso llano. El aire era frío mientras el grupo seguía adelante.

«Somos nueve —pensó—. ¿Dónde está Navani?».

¿Sería alguno de aquellos cantores? Cuando Dalinar había logrado llevarla con él a una visión, se habían visto entre ellos como eran en realidad, pero ¿quién sabía si allí se aplicaban las mismas reglas? Sus anteriores experiencias habían estado guiadas por el Padre Tormenta.

Mientras avanzaban a buen ritmo, Dalinar consultó de nuevo su reloj de brazo, preocupado por si había perdido otro día entero de algún modo. Pero descubrió que sucedía lo contrario: aunque tenía la sensación de haber estado caminando una hora o más, su reloj apenas marcaba el paso de unos segundos. Tormentas.

Pero ¿cómo iba a llegar a casa? Recorrió el paso con los demás y vio, muy por debajo, un extenso erial de crem. Una llanura marrón en la que no crecía nada. ¿Dónde estaba? Dalinar no había visto nada parecido a aquello en Roshar. Solo que...

«Si Sagaz estaba en lo cierto —pensó—, esta piedra me ha traído aquí para presenciar la llegada de los humanos a Roshar. Lo que significa que todo ese llano de crem marrón... es Shinovar, ¿verdad?».

—¿Qué es lo que hace que sea así? —preguntó en voz alta.

—¿El campo de fango? —dijo la mujer de antes—. Esa pregunta es para los pequeños dioses, no para mí, Moash.

—¡Los veo! —exclamó otro del grupo—. Los ladrones intentan bordear la base de las montañas.

Dalinar siguió su gesto y distinguió otro grupo de cantores. Eran solo tres, pero llevaban un rebaño de pequeños chulls siguiendo el borde del campo de fango.

—Atajadores de chulls —murmuró—. ¿Tanta carrera, solo para atrapar a unos ladrones de ganado?

Empezaron a descender de inmediato, afrontando la pendiente a una velocidad peligrosa, al menos para un humano. Dalinar volvió a quedarse atrás, y al final siguieron avanzando sin él. Para cuando llegó al final de la cuesta, resollando y sudando, los demás ya habían recuperado sus chulls y los cuatreros huían.

Los chulls, por su parte, apenas parecían haberse dado cuenta de nada. Los enormes crustáceos pastaban por el suelo, buscando rocabrotes que mascar. Parecían ejemplares jóvenes, ya que venían a tener la altura de una persona.

—¿Te encuentras bien, Moash? —preguntó la mujer, yendo al trote hacia él.

—Estoy bien —dijo Dalinar—. Creo que me he hecho daño en el tobillo al caer antes.

Sudando, se sentó en una roca. Si aquella visión era como las otras, no estaba hablando con personas reales, sino con... ecos de ellas. Recreaciones.

Aquello era como una obra de teatro, extraída de las profundidades del tiempo. Absorbió un poco de luz tormentosa, no tanta como para brillar y que se extrañaran al verlo. Su fatiga desapareció y se notó más firme. Sí, en aquel lugar todo estaba hecho de luz tormentosa.

Se levantó y fue hasta el límite de la llanura marrón, que no parecía tener fin. La empujó con la punta del pie y la encontró más firme de lo que había esperado. Sin embargo, no era crem; no daba la misma sensación. ¿Fango? ¿Como en la palabra «enfangado», que significaba pringoso? La gente decía que el terreno era muy raro en Shinovar.

La mujeren llegó junto a él y probó también a empujar con la punta del pie. Tarareó algo que sonaba a curiosidad.

—¿Es más firme de lo que esperabas? —aventuró Dalinar.

—Sí —dijo ella—. He oído historias de grupos de caza enteros tragados por esta cosa. Se supone que no debería endurecerse como el crem, pero creo que podríamos caminar sobre esto.

—A lo mejor se te traga cuando llegas un poco más lejos —dijo él.

—Qué sitio tan horrible. Vamos —lo urgió ella—, tenemos que acampar y prepararnos para la tormenta.

«¿La tormenta? —pensó Dalinar—. Condenación».

Los cantores podían sobrevivir a la intemperie en una alta tormenta. Se suponía que los humanos también, y de hecho el propio Dalinar había afrontado algunas en sus tiempos, sobre todo en su época más temeraria, de joven. Con unos cuantos años más encima, sin embargo, recordaba aquellos tiempos con desazón. Qué insensato había sido.

Quizá la tormenta no sería tan violenta, allí en Shinovar. Los demás encontraron una oquedad de piedra cerca y se pusieron a dar de comer a los chulls y preparar un pequeño campamento. «No tienen metal —se fijó Dalinar mientras un cantor maneaba los chulls, atándoles las patas entre sí con cuerdas de enredadera—. Sí que estoy en el pasado profundo, sí».

Ya que no podía escapar, mejor probar a ver qué averiguaba. Por desgracia, le costaba concentrarse, preocupado como estaba por Navani. ¿Estaría flotando en alguna parte de aquel caos, acosada por fogonazos de su pasado?

«Navani —pensó—, Navani...».

Algo se prendió a él, un vínculo que destelló como un cordel plateado. Tiró de Dalinar, que sintió una fuerza física que lo hizo tropezar. Era ella. Llevándose a sí misma hacia él, igual que él se había movido hacia la piedra que le había dado Sagaz. La piedra había sido su ancla. Él estaba siendo la de ella.

Un momento después, la mujeren se puso rígida y entonces su forma se derritió, cambiando como si fuera un tejido de luz para convertirse en Navani con su brillante havah rojo. Dalinar bendijo a sus ancestros en voz baja y correteó hacia ella para agarrarla del brazo al ver que flaqueaba, mareada. Navani se aferró a él y miró alrededor.

—¿Lo hemos conseguido? —preguntó—. ¿Esto es… el pasado?

Dalinar la llevó al borde del fango, apartados de los demás.

—Creo que ha funcionado, Navani. La piedra que nos dio Sagaz me ha traído aquí, pero hay algo que está mal. No siento ninguna atadura que pueda llevarnos de vuelta al Reino Físico. El reloj funciona, pero dice que ya hemos perdido un día.

Se miró el brazo, presa de un repentino pánico, pero el tiempo parecía consistente desde que había entrado en una visión. Había pasado otra hora aproximada allí dentro, pero, según el reloj, en el Reino Físico eran meros minutos.

—Podría ser peor, supongo —dijo ella, dando una vuelta completa sobre sí misma—. ¿Shinovar?

—Eso creo. He aparecido con este grupo de cantores. —Levantó la piedra de Sagaz—. Hoy debe de ser el día en que vienen los humanos. Llegamos un poco pronto, diría yo. —Se volvió hacia los otros cantores—. Quizá podamos averiguar algo útil de ellos.

—Quizá —asintió Navani, con la mano todavía en su brazo—. Dalinar, he sentido algo mientras estaba flotando. Un… tirón hacia ti que he sido capaz de solidificar, pero también he percibido otros. Es posible que haya alguien más aquí dentro con nosotros.

Dalinar se frotó la barbilla.

—Puede que lo que se nos haya llevado afectara también a Sagaz. O tal vez sea el Padre Tormenta, que existe parcialmente en este lugar. —Señaló de nuevo hacia los cantores con el mentón—. Voy a probar una cosa. Ya puestos, aprovechemos el tiempo que tenemos, ¿no te parece?

Navani asintió y lo siguió hacia los cantores. Al llegar, Dalinar puso los brazos en jarras y preguntó en voz muy alta:

—¿Qué pensáis vosotros de Honor, el dios?

A su lado Navani dio un bufido y, cuando Dalinar miró hacia ella, vio que se había tapado la boca con la mano para ocultar una sonrisa.

—¿Qué pasa? —le preguntó.

—¿Ese es tu sutil plan para recabar información?

—No he dicho que fuera sutil. —Dalinar la miró—. ¿Un chull en una biblioteca? —le preguntó, usando una de las formas en que ella lo llamaba.

—Un chull en una tormentosa cristalería, Dalinar.

Bueno, en todo caso su pregunta había atraído la atención de los cantores. Un hombren se levantó, barbudo, tarareando a un ritmo que Dalinar no supo distinguir.

—¿Y bien? —insistió Dalinar.

—No sabía que te hubieran metido esas ideas en la cabeza a ti también, Moash —dijo el cantor—. Estoy harto de esta discusión.

Dalinar le lanzó una sonrisa a Navani. Ser directo no siempre era la mejor táctica, pero casi siempre resultaba productiva.

—Explícame por qué —intervino Navani—. Querría oírlo con tus palabras.

—Honor es nuestro dios —dijo el barbudo, con un ademán molesto y cambiando de ritmo—. Sus tradiciones son lo bastante buenas para mí.

—Las tradiciones están mal —replicó una mujeren, alta y cimbreña, sin encararse hacia el hombren mientras trabajaba—. Honor no fue quien nos dio los spren, ni las formas. Fueron regalos del Origen de los Cantares, que regresará. Algún día.

—El Origen de los Cantares —repitió Navani en voz baja—. Mi mente traduce las palabras, pero puedo captar algo de la gramática si lo intento. Creo que se refiere a una persona.

—Adonalsium —supuso Dalinar, usando un nombre que le había dicho Sagaz.

—Adonalsium —convino la mujeren cantora, sin dejar de trabajar—. Volverá a por nosotros. Hasta entonces, tenemos el Viento, la Piedra, los spren. La vida de los árboles y la luz del día. Eso es lo que deberíamos adorar.

Los demás canturrearon en lo que parecía desacuerdo. Cuando Dalinar insistió más, nadie hizo caso a sus preguntas.

—Es lo que tiene la brusquedad —le susurró Navani—. Que a veces te cierra posibilidades futuras.

Él respondió con un gruñido y, mientras pensaba qué más podría preguntar, reparó en que el cielo se oscurecía con infladas nubes que se aproximaban. Había olvidado la tormenta, pero, al parecer, los informes sobre Shinovar estaban en lo cierto y, en vez de una muralla de tormenta arrojando peñascos, iba a enfrentarse a un diluvio fuerte pero no letal. Duró solo unos quince o veinte minutos, durante los que los lluviaspren salpicaron el terreno como velas. Después del chaparrón inicial, la lluvia se suavizó, volviéndose casi agradable.

Los cantores se sentaron sobre los tobillos y cantaron juntos. Cada cual elegía sus propias palabras, pero usaban el mismo ritmo y las mismas notas. Eran plegarias, comprendió Dalinar, y de pronto se sintió como un intruso. Navani tomó su mano y entonces algo coronó las montañas, una titilante distorsión que movió las gotas de lluvia y asustó a los rocabrotes. No tenía color ni luz, pero se distinguía por la forma en que hacía ondularse el aire y tiritar la lluvia. Era como una oleada de un río caudaloso, que fluyó pendiente abajo, seguida por miles de vientospren.

Dalinar se puso delante de Navani por instinto, pero la fuerza rompió a su alrededor, partiéndose en dos, de nuevo como la corriente de un río. Trajo consigo una sensación pacífica, y un viento que hizo ondear su ropa empapada. El frío de la lluvia se transformó en una reconfortante calidez, y las gotas cayeron formando un patrón de sonido.

Os vemos, le dijo al oído una voz suave, superpuesta como en un coro. *Hombre de otro tiempo. Mujer de una torre renacida.*

—¿Qué... qué sois? —preguntó Navani.

Somos el Viento, respondieron las voces. *Cuidadoras de esta tierra. ¿Y vosotros sois...?*

—Viajeros —dijo Dalinar—. Testigos.

Venís a ver el cambio, dijo el Viento. *Ah… la llegada.*

—¿Será pronto? —preguntó él.

Muy pronto. Muy pronto. El Viento se arremolinó a su alrededor. *Ah… pero sois de ellos. Los humanos. Así que venís a conocer a vuestros antepasados…*

—Disculpa —dijo Navani—, pero ¿sabes que esto es… solo una visión?

Siempre hemos sido, respondió el Viento. *Pero nada puede permanecer como siempre fue. Este lugar es un pedazo de tiempo, y nosotras lo vemos, lo experimentamos. También vemos el ahora… y en lo que nos hemos convertido. Somos silenciosas, en vuestra época, y perdemos nuestra voz.*

—¿Vientospren? ¿Es en lo que os convertís?

¿Los vientospren?, preguntó el Viento. *No, ellos perduran, a medida que nos debilitamos por la llegada de nuevos dioses. Vemos esto. Lo vemos. Aquellos a quienes enviasteis, Forjadores de Vínculos. El soldado y el asesino. Están donde os halláis ahora, pero en otro tiempo…*

¿Szeth y Kaladin habían llegado a Shinovar? Era buena noticia. Dalinar respiró hondo, preguntándose si habría alguna forma de comunicarse con ellos. Solo que… ¿qué iban a poder hacer para ayudarlos?

La mejor manera de proceder era cumplir su objetivo. Ver el pasado, averiguar las verdades y utilizar ese conocimiento para obtener el poder de Honor. Con él, podría llevarlos a casa.

—Necesito saber por qué el poder de Honor abandonó a la humanidad —dijo Dalinar al Viento—. Debo acceder a él. Ostentarlo.

Al oírlo, el Viento rio.

—¿Sabéis cómo persuadirlo para que me acepte?

Te rodea, pero no puedes persuadirlo. El poder de Honor es testarudo. Ahora, observad. Es el momento de ver.

Fluyó más allá de ellos, por los llanos de fango. Allí, a cierta distancia, una luz quebró el cielo… y se abrió un portal a otro mundo.

Un mundo en llamas.

44

CIERTA SEMBLANZA DE REALIDAD

Diferente a carta cabal, como sin duda atestiguará Vava con su consabida hojarasca, resulta que en el seno de una orden la discordia sea inesperada, no por ello menos vulgar, con una multiplicidad de formas y variedades que a menudo se pasan por alto, mas no dejan de ser merecedoras de estudio.

De *Palabras radiantes*, capítulo 40, página 1

S hallan flotó atravesando colores cambiantes, embelesada por el bello fluir de las cintas.

Era como si la pintura se mezclara por todo su alrededor, a veces componiendo imágenes, formas, atisbos de otros tiempos. Podría haberse quedado allí una eternidad, viendo cómo se fundían los colores, cómo iban y venían los retazos de las personas que había sido.

Entonces, de pronto, empezó a remitir. Shallan quiso esperar, reacia a marcharse, porque en aquella fluida calidez todas las cosas eran posibles, pero ninguna era culpa suya. Allí podía limitarse a existir.

De todos modos, un mundo cobró forma a su alrededor. Shallan se descubrió liberándose de un trance, como saliendo de una ciénaga, y entonces empezó a recordar un apremio. Mraize había colapsado la perpendicularidad y...

... y la perpendicularidad la había absorbido a ella. Shallan se palpó el bolsillo, en la armadura de cuero que aún llevaba puesta, y encontró el cuchillo que les había robado a los Sangre Espectral. Antiluz. Lo aferró parpadeando y miró en torno a ella, súbitamente aterrorizada. ¿Cuánto tiempo había pasado flotando así? ¿Dónde estaba en esos momentos?

Una habitación apareció, creada a partir de la neblina cambiante. Era una alcoba lujosa, con un magnífico lecho y muebles de calidad. ¿Y... juguetes? Había una pequeña fortaleza de madera en el suelo, con soldados de juguete, entre los que destacaban varios portadores de esquirlada hechos de madera.

La luz entraba por las cortinas abiertas de las ventanas, pero había algo mal en los colores. Aquello no parecía real del todo. Y en efecto, al levantar un soldado de la muralla de madera, vio que sus colores se desvanecían en el aire. Se parecía un poco al efecto de un prisma, pero con los colores separados, creando tres soldaditos de juguete un poco desincronizados unos de otros.

«Cian, magenta, amarillo», pensó, recordando sus lecciones sobre teoría cromática. Qué curioso. Aunque ella parecía ser sólida, la luz que emitían todos los demás objetos tenía esa misma división de colores, surrealista, descentrada. Como si estuvieran en el suelo del taller de algún maestro impresor thayleño, descartados por desalineación.

La puerta se abrió y entró por ella Patrón en su forma a tamaño humano, seguido de Testimonio, que tenía una mano apoyada en su hombro. Al igual que Shallan, parecían más sólidos que su entorno.

—¡Ah! —exclamó Patrón—. ¡Está aquí, Renarin! Mmmm. Creo que está jugando con tus juguetes.

—Estaba estudiando los colores —dijo Shallan, moviendo el soldadito hacia Patrón.

—¡Oh! —respondió él—. ¿Puedo jugar con ellos, entonces? ¡Siempre me he preguntado a qué venía tanta afición!

Mientras los demás llegaban desde una sala exterior, Patrón se agachó de un salto y empezó a alinear los soldados de juguete. Dejó a Testimonio junto a la puerta, con la espalda contra la pared. Renarin entró y Shallan pudo ver bien por primera vez a su spren en forma física.

En teoría, Glys era un brumaspren, una variedad que Shallan ya había encontrado en Shadesmar. Su cuerpo estaba hecho de una neblina que era diáfana y amorfa, pero que de algún modo confería forma a la ropa que vestían. Los que ella había visto siempre llevaban guantes, además de una especie de máscara cristalina con delicados rasgos.

El spren de Renarin se había vuelto de un intenso color rojo, como si fuese una niebla ocultando un rubí en algún lugar de su interior. En vez de máscara, Glys tenía una cambiante… nada. Era como un vacío arremolinado, teñido de rojo.

Detrás de Renarin entró Rlain acompañado de su propio spren, que era más grande que el de Renarin pero tenía el mismo tipo de cara. Rlain era con diferencia el más alto de todo el grupo. En esa forma, quizá superase en altura incluso a Kaladin. Intimidaba vestido de uniforme, con el caparazón recubriéndole la cabeza hasta las mejillas y la nariz, sobre aquella barba corta pero espesa. Tenía una musculatura poderosa y unos ojos que a primera vista parecían negros, sin pupilas. Era un error pensarlo, pues los ojos de los cantores se diferenciaban entre ellos si una se fijaba.

Rlain tenía una presencia imponente. Shallan podría haberse asustado de él, si no fuese por cómo miraba a Renarin en busca de apoyo, en un acto notablemente vulnerable. Tormentas. Más le valía a Shallan tener cuidado en cómo juzgaba a la gente. Era muy propio del genio artístico pintar a una persona en el instante en que se la veía, pero el arte se quedaba fijo en el papel, mientras que una persona siempre era mucho más de lo que cualquier imagen podía contener.

Patrón comenzó a canturrear satisfecho, colocando a los soldados unos encima de otros como si estuviesen interpretando un espectáculo.

—Veamos —dijo Renarin—. Hum… creo que hemos acabado en el Reino Espiritual. Por suerte, nuestros spren han conseguido encontraros a todos.

Shallan hizo una mueca.

—Lo siento. Os he metido yo en esto a los dos. —Respiró hondo—. Y teníais razón en lo de que intentaba que me ayudéis a encontrar a Mishram. No esperaba que… Lo siento. De verdad que sí.

—Es lo que hay —respondió Rlain, cruzado de brazos—. Y, si lo que dices sobre esos asesinos es cierto y están buscando la prisión de Mishram, me alegro de que hayamos venido. No quiero que encuentren a una de nuestras antiguas deidades. Odium ya tiene bastante fuerza.

—Esto se lo robé a una de ellas antes del accidente. —Shallan levantó la daga, el metal cuya punta distorsionaba el aire—. Tenemos que suponer que Iyatil y Mraize están aquí dentro también, en alguna parte, y que tienen spren como los vuestros, capaces de guiarlos.

—Ese tal Mraize —dijo Renarin— encaja con la descripción de la persona que capturó a Lift durante la ocupación y la entregó al enemigo como regalo.

Shallan se encogió. ¿Capturar a Lift? ¿Entregarla como regalo?

Sí. Cuadraba con Mraize.

—El caso es que… —dijo Shallan, levantando la vista—. Parece que estamos en… ¿el cuarto de un niño?

—¡El de Renarin! —exclamó Patrón con alegría—. ¡De cuando era pequeño!

—Necesitaré recuerdos —dijo Glys, que estaba detrás de Renarin como una sombra—. Para dar forma. Ayudaré, pero esto no es real. Ni siquiera tan no real como las otras visiones. No es pasado real. Perdón. Intentaré… palabrar… mejor.

—Tranquilo, Glys —dijo Renarin—. Lo hemos entendido.

—¿Ah, sí? —preguntó Shallan.

—Glys puede ayudarnos a conformar cierta semblanza de realidad a partir de este lugar —explicó Renarin—. Pero no va a decirnos nada nuevo ni interesante, porque está alimentándose de mis recuerdos, no de las Conexiones y los tonos del Reino Espiritual.

Muy bien… Aquello… apenas tenía sentido para ella. Tormentas, ¿cuándo había aprendido Renarin tanto sobre aquellas cosas?

Siempre lo has subestimado, le recordó Radiante. *Pero, al menos, es una mala costumbre que empiezas a quitarte a medida que evolucionas.*

—Considéralo una base de operaciones. —Renarin señaló las paredes con estantes que sostenían juguetes—. Desde aquí decidiremos qué hacer a continuación.

—Mraize e Iyatil —dijo Shallan— están buscando la prisión de la Deshecha, Ba-Ado-Mishram. Dalinar también estará aquí, es probable que acompañado de Navani, por otros motivos.

Rlain canturreó algo. Renarin asintió en respuesta.

—Sí que es curioso, sí. Shallan, ¿sabes por qué querría mi padre entrar aquí? Glys dice que es muy arriesgado.

—Es peligroso —asintió Glys—. Y lo será.

—Dalinar está buscando información, creo —dijo Shallan—. Y... quizá el poder del dios Honor, por lo que oí. De modo que quizá... ese poder pueda explotarse.

Renarin y Rlain se miraron.

—Tu padre —dijo Rlain a un ritmo reacio— es una persona de una... ambición impresionante, Renarin.

—Sí, ya me había fijado. —Renarin cerró los puños. Parecía abrumado a ojos de Shallan, que abrió la boca para proponer alguna solución, pero entonces él asintió con firmeza—. Bien. Si de verdad está aquí la prisión de una Deshecha, tenemos que encontrarla nosotros. Antes que ellos.

Tú no eres la única que ha evolucionado, observó Radiante.

—Deberíamos reunirnos con Dalinar y Navani —sugirió Shallan—. Por lo que decían Iyatil y Mraize, esperan que las visiones de los Forjadores de Vínculos los lleven a la prisión de Mishram. Con la ayuda de tu padre, podremos...

—¡No! —exclamó Glys, apremiante.

—¡No! —repitió el spren de Rlain, muy cerca tras él como una sombra—. ¡No, nada de revelarnos!

—Los dioses nos odian —añadió Glys—. Aquí estaremos expuestos a ellos. ¡Nos destruirán!

—El poder de Honor nos odiará —dijo el spren de Rlain.

—Somos sus enemigos —convino Glys—. No piensa del todo, pero lo sabrá. Que quiere matarnos.

—Odium nos destruirá.

—Somos traidores a su visión.

—Cultivación nos destruirá.

—Somos abominaciones —dijo Glys—. Ella nos odiará. Todos nos odiarán. No podemos dejarnos ver.

Los dos se internaron más en la sombra de sus respectivos Radiantes y asomaron un ojo para escrutar, dubitativos.

—Muy bien —asintió Shallan—. Pero... esto nos complica las cosas.

—Hay leyes que rigen lo que los dioses pueden hacer —dijo Renarin—. Sagaz habla del tema a veces. Pero creo... que si entras en sus dominios...

—Si allanas la casa de una persona —explicó Glys en voz baja—, la ley establece menos protecciones para ti. Para nosotros, peor. Nosotros quisimos que ella nos iluminara, lo que nos pone al alcance de todos los dioses. Moriremos si nos revelamos.

—En secreto —dijo el spren de Rlain—. Iremos en secreto. Usando nuestras ilusiones para protegernos. Las ilusiones son disimuladas. Vuestros enemigos llegarán a la misma conclusión. Seguirán a los Forjadores de Vínculos, que están Conectados a los acontecimientos que ellos buscan.

—Así que los asesinos estarán ocultos en las visiones. —La voz de Rlain era profunda y contemplativa—. Interpretando un papel, sin que lo sepan Dalinar ni Navani.

—En realidad no tenemos que encontrar la cárcel de Mishram, ¿sabéis? —dijo Renarin—. Podríamos, hum, localizar a esos Sangre Espectral y limitarnos a... esto...

—¿Limitarnos a qué? —preguntó Shallan.

—¿A asesinarlos? —dijo Patrón, colocando otro soldado. Había construido una pirámide sorprendentemente alta—. ¡Ah, te refieres a asesinarlos! A Shallan se le da bien el asesinato. Sí, mmmmm...

—No lo digas así —pidió ella—, por favor, Patrón.

—A Shallan se le da bien —se corrigió el spren— convertir a la gente viva y amenazadora en gente no viva y no amenazadora. Mmmm. Se le da muy bien.

—Sí, hum... —El antiguo Renarin había vuelto, reacio a mirarla a los ojos—. Digo que si... si *paramos* a esos dos, debería bastar, ¿verdad? No haría falta que encontrásemos la prisión.

—A corto plazo, funcionaría —aceptó Shallan—. ¿Te parece bien matar de esa manera, Renarin?

—Bien —respondió él, alzando la mirada—. Nosotros somos la autoridad en este asunto, investidos de responsabilidad por nuestros juramentos y nuestros cargos. Esos dos no solo se alinearon con el enemigo, sino que atacaron, según dices, a mi prima Jasnah. Haremos lo que debamos para proteger.

Buscó apoyo mirando a Rlain, que canturreó y al momento asintió, como si acabara de caer en la cuenta de que los humanos necesitaban más confirmación que esa.

Nadie le preguntó a ella si estaba dispuesta. Lo daban por hecho, y... bueno, Mraize era su enemigo. La había manipulado. Había amenazado a sus hermanos. No merecía su lealtad, y Shallan le había declarado la guerra sin medias tintas.

Aun así, descubrió en su corazón una traicionera reticencia.

Estás preparada para esto, Shallan, pensó Velo. *Podemos derribarlo.*

Sí, pero es posible que Radiante deba encargarse de matarlo, respondió ella. *Cuando llegue la parte difícil.*

Para eso existo, dijo Radiante.

—Muy bien —zanjó Renarin—. Veamos si consigo localizar a mi padre y mi tía Navani. Glys, necesitaré que me ayudes.

Se sentaron en el suelo y cerraron los ojos. Shallan se puso en pie y decidió echarle un vistazo a la habitación. Era el dormitorio de la infancia de Renarin, ¿verdad? Encontró unos cuantos chulls de peluche, que parecían utilizados de vez en cuando a modo de monturas para los soldados, resultando quizá en la caballería más lenta y dispersa de toda la historia. Se detuvo cerca de Testimonio, que tenía la mano encima de uno de aquellos animales. Su alicaído patrón se retorció, casi inmóvil.

—Está pensando en ti —dijo Patrón con suavidad, llegando junto a la otra spren—. Cuando eras pequeña.

Shallan miró atrás, hacia donde Patrón había dejado una perfecta pirámide tridimensional de soldados, equilibrados gracias a sus peanas de madera y sus yelmos planos.

—Piensa en ti —añadió Patrón, poniendo su mano sobre la de Testimonio— y en cómo eras entonces.

—Dolor —susurró Testimonio.

—Sufrías —dijo Patrón—. Los niños deberían vivir felices. Todos los niños. Tú no lo hiciste.

—Durante un tiempo, sí —respondió ella con un hilo de voz.

—¿Eso es verdad? —preguntó Patrón.

—Quería a mis hermanos, y… —Shallan se secó una lágrima que no se había dado cuenta de que estaba formándose—. Y hubo buenos tiempos. En los jardines. Con ella.

Patrón tomó la mano de Shallan, y entonces Testimonio, en un gesto brusco, puso la suya encima. Ambos apretaron.

—Este lugar se ve afectado por tus pensamientos —le advirtió Patrón—. Ah, sí, y también por tus recuerdos y por tu alma. Tu alma puede hacer que aparezcan cosas sin pensarlo. Quizá sea difícil. Ten cuidado. Estaremos cerca de ti.

Ella asintió.

—No os merezco —susurró—. A ninguno de los dos.

Patrón la abrazó y su ropa demasiado rígida le dio una sensación rara, pero Shallan agradeció el gesto. Cerca de ellos, Renarin se puso en pie.

—Hemos encontrado a mi padre. Está en una visión.

—Bien —dijo Patrón—. ¡Excelente, incluso! ¡Vamos a asesinar a gente!

45

AUTODOMINIO Y CONTROL

*Si bien los Escultores de Voluntad abrazaron ese preciso comporta-
miento conflictual, actitud que no sorprenderá en demasía a nadie
que conozca sus peculiaridades, y cuya ausencia de hecho resultaría
inesperada, hallar tal discrepancia entre los Rompedores del Cielo ori-
gina no poca estupefacción en muchas.*

De *Palabras radiantes*, capítulo 40, página 1

K aladin, Syl y Szeth encontraron un obstáculo inesperado protegiendo
el siguiente monasterio. Un fuerte.
    Aterrizaron juntos sobre la cima de una colina, cubierta de hier-
ba. Kaladin ya casi se había acostumbrado a que el suelo estuviera cubierto
por aquella capa mullida tan antinatural. Como si caminara sobre una alfombra. Al raso. Todo el tiempo.
    Kaladin se pasó de un hombro al otro la nueva hoja de Honor, envuel-
ta en tela y con un cordel atado a cada lado para llevarla bien sujeta. Habían decidido que ninguno de los dos debería intentar vincularla. La lejana
fortificación se veía destartalada, a solo una ráfaga fuerte de derrumbarse.
El monasterio en sí, un altísimo bloque de piedra, se erguía tras el muro de
madera.
    —Parece estar bien —dijo Szeth—. Me alegro.
    —¿Cómo que bien? —se extrañó Kaladin.
    —No hay oscuridad —asintió Syl—. Yo también lo noto.
    —¿Antes estaba rodeado por una muralla? —preguntó Kaladin.
    Szeth negó con la cabeza.
    —No, pero es un monasterio más grande que el anterior, con una pe-
queña ciudad alrededor, no solo un campamento de soldados. Debieron de
levantar la muralla después de que me marchara. Todos los monasterios

costeros estaban construidos para defenderse de las incursiones de los bárbaros.

—Al decir bárbaros, te refieres a la gente como yo —dijo Kaladin—. Porque caminamos sobre piedra.

—Entre otras cosas —respondió Szeth, echando a andar—. Sigamos a pie, para no alarmarlos ni revelar que somos Radiantes.

—Muy bien. —Kaladin fue con él—. ¿Qué otras cosas, aparte de caminar sobre piedra, nos convierten en bárbaros a tus ojos?

—Vuestro uso del color. Para vosotros no significa nada. Además, a menudo coméis con las manos.

—¿Y con qué quieres que comamos? —replicó Kaladin—. ¿Con los pies?

—Tenedores. Cucharas.

—Los tenemos.

—Apenas usáis las cucharas, excepto para comer sopa. En cuanto a los tenedores, la mitad de las veces los sustituís por pan. Un pan plano, seco, sin levadura. Seguro que tenéis tenedores gracias a nosotros. Los orientales nos robáis todo lo bueno a los shin.

—Menuda bobada —repuso Kaladin, buscando apoyo con una mirada hacia Syl, que estaba riéndose entre dientes—. Szeth, eso es una idiotez. ¿Qué os hemos robado?

—Caballos —dijo él—. Puercos. Pollos. Urbanidad. Modales. Filosofía.

—Venga ya, hombre —protestó Kaladin—. Los caballos, puede, pero ¿los modales? En todo caso, ¿no procedemos todos de Shinovar, en un principio? ¿No fue aquí donde terminamos al… llegar desde otro planeta, o lo que sea?

Szeth se limitó a seguir andando.

—Syl —dijo Kaladin—, ayúdame un poco.

—Bueno —respondió ella—, es verdad que os mancháis mucho las manos de comida.

—¡Porque usamos el pan ácimo para recoger el curry! —exclamó Kaladin—. Nos lavamos los dedos en cuencos. Es efectivo. No sois más civilizados, Szeth, porque luego freguéis más tenedores.

Szeth no respondió, pero sí que parecía tener un atisbo de sonrisa en los labios mientras cruzaban la resplandeciente hierba, pasando bajo las ramas de un gran árbol. Después de acostumbrarse a volar, a Kaladin siempre se le olvidaba lo mucho que se tardaba en ir andando a todas partes.

—Dejas que los demás te irriten —dijo Szeth—. Te emocionas y discutes.

—¿Y? —preguntó Kaladin.

—Y no pierdes el control y matas a gente.

—¿Te supone un problema? —preguntó Kaladin, un poco inquieto por tener que hacerlo.

—No —dijo Szeth—. Pero los Rompedores del Cielo enseñan que, si me dejo dominar por las emociones, dejaré cadáveres a mi paso.

—¿No lo has hecho de todos modos? —preguntó Kaladin.

Szeth hizo una mueca. Condenación. Quizá esa no fuese la manera correcta de afrontar la terapia, o como hubiera llamado Sagaz a aquello.

—Yo tenía un sargento —dijo Kaladin—, durante los primeros meses que estuve en el ejército. Siempre decía que prefería que sus hombres se preocuparan, que sintieran emociones, y dolor. Incluso ira. Porque se supone que tenemos que luchar por algo.

—Pero si permites que la emoción gane fuerza, te controlará —repuso Szeth—. Esa es la senda de Odium.

—Bueno, está claro que pasarse es malo. Conozco las historias sobre los primeros tiempos de Dalinar, y he conocido a soldados que eran iguales. Pero tampoco es que gruñir un poco porque me llames bárbaro vaya a llevarme a un frenesí asesino.

—¿Y la parte de la batalla no te gusta? —preguntó Szeth.

—Eh… —¿Le gustaba?—. Sí. Sí, a veces disfruto con la parte de la batalla.

—¿No te asusta?

—Pues sí —reconoció Kaladin—. Supongo que es como todo en la vida. Tienes que encontrar un equilibrio. ¿Puede que eso… forme parte de tu problema? ¿Que creas que, si das el más mínimo paso en una dirección, sea como lanzarte de cabeza hacia ahí sin mirar atrás? —Pensó un momento—. Puede que sea un poco culpa de tu sociedad, donde un niño que defiende su vida se considera enfermo de por vida y hay que enviarlo fuera.

Szeth, como acostumbraba a hacer, no contestó. Pero sí que parecía pensativo. Y Syl, que caminaba junto a Kaladin, le dedicó una sonrisa de ánimo.

Pero había llegado la parte difícil. Kaladin tenía que ser sincero. Tanto con Szeth como consigo mismo.

Tenía que abrir su alma.

—A veces todavía duele —dijo, con la mirada al frente—. Después de todo lo que he pasado, de todo lo que he aprendido, todavía duele. Sé que aún voy a tener días malos, y que aún voy a llorar por los amigos que he perdido. Que aún me sentiré indigno a veces. Pero, Szeth, estoy mejorando. —Respiró hondo para despejar parte de la emoción.

»He afrontado mi vergüenza por ser incapaz de ayudar a otros —prosiguió Kaladin—. He reconocido que tenía unas expectativas imposibles, nada realistas, sobre mí mismo. Estoy averiguando las cosas que mi mente hace mal, y he empezado a practicar la manera de contrarrestarlas. Sé que tus problemas son diferentes a los míos. Pero también son lo bastante similares. Si yo puedo mejorar, tú también puedes.

Syl dio un firme asentimiento al oírlo.

—Lo he visto funcionar, Szeth. No solo para Kaladin, sino también para otros.

Sus palabras, como spren, parecieron influir en Szeth. Syl le hizo un gesto a Kaladin para que siguiera hablando, pero el instinto le decía que esperase. No podía obligar a Szeth a tomar aquel camino. Lo único que podía hacer era compartir, y se maravilló de haber llegado a ser capaz de hacerlo.

Al cabo de más de un cuarto de hora andando, durante el que salieron de la hierba que les llegaba hasta el muslo a un camino que se curvaba hacia la pequeña ciudad amurallada, Szeth habló.

—Supongamos —dijo— que quisiera… probar a pensar de otra manera. ¿Cómo lo haría?

—A mí a veces me da la sensación de que tengo dos mentes —respondió Kaladin—. No sé si es igual para ti. Tengo un cerebro que quiere destruirme, que me susurra que todo lo que aprecio está condenado, así que, ya puestos, ¿por qué no rendirme? No puedo dejarlo en soportar esa clase de pensamientos. Tengo que ser activo. Tengo que ir a la guerra.

—Ir a la guerra —dijo Szeth— contra tu propio cerebro.

—Sí, más o menos. —Kaladin suspiró, buscando las mejores palabras—. Sabes que cuando empiezas a aprender a luchar, no tienes instintos, ¿verdad? ¿Qué haces entonces?

—Entrenar —respondió Szeth—. Repetir y repetir y repetir hasta que la reacción correcta llega en el momento en que la necesitas.

—Es un poco lo mismo —afirmó Kaladin—. Cuando vienen los pensamientos erróneos, tienes que estar preparado. No solo para rechazarlos, sino para sustituirlos por los pensamientos correctos. Pensamientos guerreros, para resistirse a los malos.

—Pero ¿cómo puedes estar seguro de cuáles son los buenos? —preguntó Szeth—. Tu propia mente ha creado tanto los pensamientos «buenos» como los «malos». Necesitas algo externo, algo que no cambie, como la ley, para guiarte. Es lo que enseña mi spren.

—A lo mejor los spren pueden equivocarse —repuso Kaladin.

Szeth agachó la cabeza y apretó el paso.

—¿Por qué te importa esto?

—Hice unos juramentos —dijo Kaladin, trotando para alcanzarlo.

—Yo también hice juramentos —replicó Szeth, con un movimiento casual de los dedos—. Los míos son hacia la ley. ¿Por qué importan más los tuyos?

Eso detuvo a Kaladin, que se quedó quieto en el camino de tierra mientras Szeth seguía adelante. Era cierto. Sus juramentos, sus órdenes, estaban en conflicto. ¿Había algo por encima de un juramento? Costaba imaginar que pudiera haberlo.

—Szeth —llamó Kaladin, levantando la voz—, ¿cómo te sientes?

Szeth paró también en el camino, con polvo en los pantalones blancos. Miró atrás.

—¿Cómo te sientes? —preguntó Kaladin de nuevo.

—Fatal —susurró Szeth, casi inaudible—. Debería ser capaz de aplastar esa emoción, pero no puedo. Me siento fatal. A todas horas. ¿Y tú?

—Mejor —dijo Kaladin—. Últimamente, mejor.

—¿De verdad? ¿Estás siendo sincero?

Kaladin asintió.

—Bueno, supongo que ya es algo —dijo Szeth, volviéndose para continuar—. ¿Pensamientos guerreros, dices? ¿Preparados en la cabeza para contrarrestar a los oscuros cuando atacan? Qué curioso.

Antes de que pasara mucho tiempo, llegaron al portón de madera del fuerte y vieron que un grupo bastante grande de personas se había congregado encima para verlos aproximarse.

A Kaladin le interesó ver que no todos eran shin.

Es bueno para ti oír las palabras del Corredor del Viento, dijo el spren de Szeth en su cabeza. *Al principio, sus enseñanzas... incorrectas me preocupaban. Ahora lo veo. Como una espada al forjarse, debes someterte a golpes. Preguntaré a los demás altospren si han reparado en este importante paso durante la forja de sus propios Rompedores del Cielo.*

—¿Nunca habías hecho esto antes? —susurró Szeth.

Eres mi primero, de modo que no toleraré que te eches a perder, no vaya a ser que nunca se me vuelva a conceder la oportunidad. Ten cuidado. Debes escuchar las necias palabras del Corredor del Viento y rechazarlas. Tiene buenas intenciones, pero se equivoca del todo. Escucha, pero no obedezcas, escudero mío.

Szeth no había sabido que su altospren era nuevo en tener un caballero; no hablaba con el tono de alguien inexperto. Y, sin embargo, por lo menos una parte de lo que había dicho Kaladin era cierto. Szeth estaba pasándolo mal. Quizá no tuviera importancia. Llevaba toda la vida suponiendo que no la tenía, y parecía un poco tarde para cambiar esa forma de pensar.

«Pero, si uno tuviera pensamientos guerreros que destruyeran esos ataques de su propia mente —se preguntó—, ¿qué pasaría entonces?».

Arriba en el adarve, si es que podía llamarse así a la endeble pasarela interior de la empalizada, la gente estaba deliberando. Al poco tiempo alguien habló hacia abajo, en voz alta y en el idioma de la tierra de Szeth.

—¿A qué habéis venido, forasteros?

—Somos de más allá de las montañas —respondió Szeth, también a voz en grito—. Conocí esta ciudad cuando se llamaba Koring y no tenía una muralla como esta.

Su respuesta causó revuelo arriba mientras, detrás de él, Syl traducía para Kaladin. El Corredor del Viento llegó junto a Szeth, con la hoja de Honor sujeta al hombro. Sangre Nocturna, a quien seguía llevando Szeth, había dicho que podía convencer a la hoja de Honor de que no cortara la tela, y de momento estaba funcionando.

—¿Por qué no les dices quién eres? —susurró Kaladin.

—No han preguntado.

—Qué raro eres. —Kaladin señaló hacia la cima de la muralla—. Hay gente ahí que no es shin.

—No puedes saberlo con solo mirar —dijo Szeth—. A lo mejor llevan generaciones viviendo aquí. ¿Distingues siempre a un alezi a primera vista?

—Bueno, no —respondió Kaladin—. Pero nosotros somos...

—¿Qué? —preguntó Szeth.

—Cosmopolitas —dijo Kaladin—. Todo el mundo sabe que Alezkar es el centro de la cultura.

—Vete a explicarles eso a los azishianos —replicó Szeth, divertido.

Dejó a la gente de arriba un tiempo para que hablasen entre ellos y, cuando ya iba a inhalar un poco de luz tormentosa para subir flotando, el portón se abrió.

Dentro había un grupo de personas que portaban armas metálicas, aunque también vestían toques de color. Un sombrero azul aquí, un delantal amarillo allá. Qué curioso. La ciudad que se levantaba tras ellos sí que era más o menos como Szeth la había visualizado, en cambio. Pasarelas de madera alrededor de unos doscientos edificios, todos pintados de colores y distribuidos en un pulcro patrón, con calles rectas y abundantes toldos permanentes, de los que no se veían nunca en el este.

Había añorado esas vistas. Los sencillos signos de una tierra que no estaba dominada por las tormentas. Sin embargo, el metal se usaba en abundancia: alrededor de las ventanas, en las bisagras de las puertas. Cuando Szeth había llegado por primera vez a esa ciudad, lo había encontrado blasfemo, incluso aunque los soldados y los chamanes fuesen los únicos que lo trabajaban y los trabajadores se negaran a tocarlo.

Para tratarse de Shinovar, aquel era un asentamiento de tamaño medio, aunque se habría considerado tirando a pequeño en oriente. La gente de Szeth tenía menos necesidad de apiñarse para resistir las tormentas, con lo que había muchas más poblaciones pequeñas. O al menos, antes era el caso. Todas las que habían dejado atrás Kaladin y Szeth ese día estaban desiertas, como su granja.

Szeth le hizo una seña a Kaladin y entró, pisando los tablones que componían la calle. Quizá en otro lugar se habría preocupado por una emboscada, pero aquella gente no parecía militar, sino simples personas armadas.

—¿Eso es un uniforme alezi? —preguntó un hombre a Szeth, con acento en la voz y unas largas cejas blancas que le colgaban lacias y rectas junto a la cara, señalando hacia Kaladin con el mentón.

—Lo es —dijo Szeth, mirando alrededor mientras la gente se congregaba. Madres con niños en brazos. Trabajadores de todo tipo—. ¿Qué ha pasado aquí? ¿Por qué hay tantos de vosotros que sustraen?

—Han sido... unos años duros —respondió una mujer de ascendencia shin.

—Los demás nos dejan en paz, más o menos —añadió el primer hombre—. Fue duro al principio, antes de la muralla. Antes de que nos reuniéramos todos aquí y nos diéramos cuenta de ser los únicos que no éramos...

—¿Qué? —preguntó Szeth, clavando la mirada en él.

—Diferentes —dijo otra persona.

—Oscuros —dijo otra.

La mayoría estaban manteniendo la distancia con él, como si esperasen violencia inmediata. Sus ojos permanecían más de lo normal en la espada negra sujeta a su espalda. O en la hoja de Honor que llevaba Kaladin, evidentemente un arma a pesar de la tela que la cubría.

—¿De verdad... venís del este? —preguntó el primer hombre—. ¿El paso está abierto? Hemos pensado en huir. Pudimos crear una vida aquí, pero...

—¿Cuánto tiempo? —dijo Szeth.

—Dos años.

Kaladin se adelantó, con Syl al hombro después de haber menguado susurrándole traducciones al oído, sin duda invisible para todos salvo Szeth y él.

—¿Dos años? —dijo Kaladin, y Szeth tradujo—. ¿Atrapados en esta ciudad? ¿A causa de qué? ¿Quién os atacaba?

—Las otras poblaciones —respondió una mujer.

Szeth escrutó la pequeña ciudad. Era evidente que, al llegar el peligro, esa gente había renunciado a su moral y había levantado piedra y acero. Le resultaba... difícil reprochárselo. Después de pasar nueve años en el este, no consideraba el acto tan blasfemo como en otra época.

—¿Por qué las cosas son distintas aquí? —preguntó Kaladin.

Szeth cruzó la mirada con él y entonces ambos se volvieron hacia la fortaleza que se alzaba al final de la ciudad. El Monasterio del Escultor de Voluntad. En el del Custodio de la Piedra, matar a la portadora de Honor parecía haber liberado a la gente. Echaron a andar a la vez.

—¡Esperad! —exclamó la mujer de antes, fornida, bajita y de piel oscura, con el pelo castaño recogido en moño y un delantal verde brillante como toque. También llevaba una porra bien a la vista, atada al cinturón—. ¿Quiénes sois?

—Soy Szeth-hijo...

—Me refiero a qué queréis —lo interrumpió ella—. ¿Sabéis por qué todo el mundo fuera de esta pequeña zona se ha vuelto violento? ¿Por qué se esconden de día y luego intentan derrumbar nuestro muro por la noche?

Los demás empezaron a incordiarlo también a preguntas. La ciudad daba una sensación abarrotada, y debía de albergar a miles de personas si aquellos barracones estaban todos ocupados. Habían dejado entrar a toda la gente de la región circundante, al parecer. Por desgracia, Szeth no tenía tiempo para sus preguntas. Inspiró luz tormentosa y se alzó en el aire. Kaladin, con evidente reticencia, lo imitó.

La gente retrocedió entre respingos.

—La Desolación ha llegado al fin —proclamó Szeth—, como profetizaron los mismísimos Heraldos. Sin duda habréis visto ya la nueva tormenta, la tormenta eterna.

—Sí —susurró uno—. Viene cada cierto tiempo, roja de ira, y sus relámpagos provocan incendios.

—Es una señal —dijo Szeth—. El enemigo está aquí, ese al que en teoría llevamos siglos entrenándonos para enfrentarnos. Le hemos fallado a la Verdad.

Sintió que se le revolvía el estómago. Miles de años desperdiciados. La gente congregada estaba murmurando, pero no porque los sorprendiera mucho que Kaladin y él hubieran echado a volar de repente, ya que en otro tiempo los portadores de Honor habían frecuentado esa ciudad y no eran tímidos con sus capacidades. Eran sus palabras sobre la Verdad lo que los había afectado. Ya lo sabían de antes. Szeth lo notaba en su reacción, en cómo bajaban la mirada. Ya eran conscientes de haber fracasado.

Dejó atrás a la gente y voló con Kaladin hasta el monasterio. Lo encontraron tapiado, con tablones de madera clavados encima de todas las aspilleras y otros más grandes cubriendo las puertas. Fueron al techo, donde Szeth se arrodilló.

—Crearé una abertura. Debo practicar con la División.

—Por favor, procura no incendiar todo el techo —pidió Syl.

—Hasta ahora solo habéis visto a Portadores del Polvo inexpertos —repuso Szeth, apretando una mano contra el tejado de piedra—. Los secuaces de Taravangian apenas tenían ningún entrenamiento. Hacían caso omiso a las antiguas y honorables tradiciones y prácticas de sus antecesores.

—¿Que son…? —preguntó Kaladin.

—Autodominio —susurró Szeth— y control.

Invocó la fuerza de la División. Su gente siempre había afirmado que un portador de Honor era mucho más poderoso que un Radiante juramentado. La experiencia había enseñado a Szeth que el adjetivo «poderoso» tenía muchos matices. De todos modos, extendió su mente atrás en el tiempo hasta alcanzar su entrenamiento, agradeciendo que lo hubieran obligado a aprender todas las potencias, y entonces cerró los ojos.

Y sintió el alma del tejado.

La División no era tan distinta de otras artes. En el moldeado de almas, uno tenía que persuadir, engatusar o, si tenía gran habilidad, comandar. Un Custodio de la Piedra debía conocer la roca, volverse uno con ella.

En la División, el arte de portar el polvo, uno creaba una chispa… y controlaba la reacción. El resultado podía ser explosivo. Pero, procediendo con cuidado, también podía ser preciso. Ese día, los fuegos que desató eran minúsculos, casi invisibles. Convenció al techo de piedra de que, en vez de ser uno, estaba compuesto de una inmensa cantidad de piedras. Piedras diminutas. Apenas conectadas.

Abrió los ojos.

—¿Has… hecho algo? —preguntó Kaladin.

Como respuesta, Szeth dio un puñetazo a través del tejado, haciendo que una sección circular de metro y medio de ancho se desintegrara en polvo y cayera a la cámara oscurecida de abajo. Szeth pasó por el agujero y cayó a la gran nave de aquel monasterio, iluminada por brillantes gemas en las paredes.

No había ningún chamán ni portador de Honor esperando para atacar a Szeth. Pero sí que vio algo al fondo, cerca del altar de madera donde, por tradición, se colocaba una piedra traída de las profundidades del suelo, que albergaba el espíritu de los spren.

Aovillado delante de él había un cadáver. Disecado por el tiempo, sosteniendo la hoja de Honor del Escultor de Voluntad, una hoja esquirlada de filos rectos que se ensanchaban formando una punta acampanada.

El cadáver era el de Sivi-hija-Sivi, una mujer a la que Szeth había conocido muy bien. Se arrodilló a su lado y dio un suave suspiro. La sabiduría de Sivi le habría venido de maravilla ese día.

—¿Qué es eso? —preguntó Kaladin, escudriñando el suelo cerca de ella—. Las marcas en la piedra.

—¿Es escritura? —Syl, todavía a tamaño reducido, le indicó por señas que acercara la luz y luego arrugó la nariz—. No leo muy bien el shin.

—Dice: «No me inclinaré ante él» —susurró Szeth.

Agachó la cabeza en señal de respeto a Sivi. Ese era el aspecto que tenía el honor a veces, el de una cáscara marchita, muerta en el suelo.

—Entonces… —dijo Kaladin—. En el anterior monasterio, la gente estaba maldita hasta que mataste al portador de la hoja de Honor. Aquí encontramos el cadáver de una mujer que dijo que no se inclinaría. Y la gente no está maldecida.

—Parece que esta portadora de Honor —dijo Syl— se negó a lo que fuese que el Deshecho quería de ella y prefirió morir.

—Traed la hoja de Honor —pidió Szeth a Kaladin y Syl, antes de levantarse y caminar hacia el final de la cámara.

¿*Qué planeas, Szeth?*, preguntó su spren.

Como respuesta, Szeth puso las dos manos contra las puertas del monasterio. Cerró los ojos y sintió el peso de esas puertas, que se veían a sí mismas como parte del monasterio. Cercenó esa sensación y quemó los lados, de modo que, cuando abrió los ojos y empujó, las puertas cayeron hacia delante, atronadoras contra el suelo de fuera, llevándose por delante los débiles tablones.

Los lugareños se habían reunido en el exterior. Szeth se elevó en el aire, apenas consciente de que Kaladin y Syl habían ido con él. Mientras la gente se acercaba, habló.

—Soy Szeth-hijo-Neturo —proclamó—, antaño portador de Honor, ahora Caballero Radiante. Fui exiliado como Sinverdad, pero, al padecer en el este, solo yo conservé la Verdad. La Desolación ha llegado, y el mundo exterior lleva ya más de un año combatiéndola.

»Hemos fallado en nuestro antiguo deber, pero yo no os fallaré a vosotros. Mirad a los habitantes de la región de Encilo, cerca del Monasterio del

Custodio de la Piedra. Están liberados de la oscuridad. Viajaré a todos los monasterios, uno tras otro. Si los encuentro corrompidos del mismo modo, combatiré a su portador de Honor y restableceré a la gente.

La mayoría lo miraron boquiabiertos. Unos pocos aplaudieron, aunque sonó flojo, reacio. Bueno, Szeth comprendía que estuvieran confundidos. Cabría imaginar que la salvación se recibiera con un gozo atronador, pero él casi siempre la veía recompensada con agotamiento. A quienes necesitaban ayuda rara vez les quedaba mucho que ofrecer a sus rescatadores.

—Puedes ayudarlos, Szeth —dijo Kaladin, flotando junto a él en el aire—. Pero créeme: les servirás de más si te cuidas tú también.

—Meditaré sobre lo que has dicho —prometió Szeth—, pero debemos llegar a los demás monasterios. Hagamos acopio de luz tormentosa en la nave de ahí atrás y visitemos mañana el Monasterio de la Nominadora de lo Otro y el de la Tejedora de Luz.

—¿Y si nos separamos? —sugirió Kaladin—. Así visitaríamos dos a la vez. Si tienes que ocuparte tú de luchar, yo podría ver si algún otro monasterio carece de combatientes como este. Quizá así ganemos tiempo.

—No te lo impediré, si deseas irte.

—¿Qué quieres tú que haga, Szeth?

—Pues… —Contempló la multitud, que por fin empezaba a celebrarlo con abrazos—. Me encuentro mejor que antes. Debo atribuirle parte del mérito a tu molesta perseverancia.

—Bueno —dijo Kaladin—, después de unos elogios tan sentidos, ¿cómo voy a marcharme?

Szeth asintió.

—De camino, te contaré algo de lo que sé sobre los líderes de los monasterios. Podría ser relevante. Tanto para nuestra misión… como para mí. Para la persona que soy.

¿Se habrían pasado todos al bando del Deshecho? ¿Cómo había permitido Ishu que aquello se desmadrase tanto? La respuesta, supuso Szeth, era sencilla: todos los Heraldos habían enloquecido y no estaban haciendo caso a la gente que antaño juraron proteger. Más o menos igual que el propio pueblo shin había descuidado su deber.

Szeth fue a recoger luz tormentosa. Cuando volvió, Kaladin había aterrizado y, con la ayuda de Syl como intérprete, estaba negociando intercambios para obtener comida fresca. La gente parecía lo bastante bien alimentada como para renunciar a una poca; había tiempo para cultivar durante el día, a juzgar por el estado de los campos cercanos.

Szeth, dijo su spren, *¿estás convencido de esta senda?*

—He venido a purgar Shinovar.

Has venido a hallar la Verdad y administrar justicia. ¿Y si los actos de los portadores de Honor que estás matando son justos?

—Ya me lo he planteado, spren-nimi —dijo Szeth—. El resto de Roshar pertenecía a los cantores antes de nuestra llegada, por lo que tiene sentido que ahora se apliquen allí las leyes cantoras. En virtud de su precedencia, es lo justo. Esto, en cambio, es Shinovar. Según las historias antiguas, Shinovar se nos entregó.

»La ley cantora no se aplica aquí. La ley de esta tierra es la ley de los Heraldos. Y ellos nos dieron este ultimátum: prepararnos para la Desolación y proteger esta tierra cuando llegue. Por tanto, eso es lo que debo hacer.

Es un argumento... convincente, Szeth, reconoció el spren. *Pero no conoces todos los hechos, así que procede con cautela.*

—¿Me los proporcionarás?

Debes ganártelos. Continúa con tu peregrinaje.

Y entonces los susurros de las sombras ganaron intensidad. Llamando a Szeth a morir.

Se enfrentó a ellos, y a las palabras del spren, con un soldado de pensamiento. «Tengo un propósito —afirmó ese soldado de pensamiento—. Estoy aquí porque así lo he elegido, y soy capaz de tomar tales decisiones».

No funcionó tan bien como había deseado. Pero Kaladin le había dicho que iba a requerir tiempo y repetición. Teniendo eso en mente, incluso aquella pequeña rebelión pareció ayudar, y Szeth alzó un poco más la cabeza. Podía hacerlo. Podía decidir. Lo que significaba que el final por fin estaba a la vista.

Podía purgar Shinovar.

Y luego, después de tanto tiempo, podía acabar consigo mismo... y, al hacerlo, concederles la verdadera justicia a las personas que había asesinado. En silencio, bendijo a Kaladin por haberle hecho ese regalo.

Pues, sin el menor género de duda, la presencia de un Heraldo entre ellos debería haber llevado, bajo todo raciocinio y en cumplimiento de toda expectativa, a una estabilidad doctrinal, precisamente en esa orden particular.

De *Palabras radiantes*, capítulo 40, página 1

Un portal abierto desde otro mundo.

Shalash la Heraldo había mencionado aquello, igual que Sagaz. Navani estaba viendo el planeta del que eran originarios los humanos. Un mundo al que llamaban Ashyn, un mundo que la humanidad había destruido con el poder de las potencias.

Navani ya había sabido qué esperar. Pero presenciarlo era una cosa muy distinta. El portal empezó pequeño, un puntito en el cielo, y luego lo ensancharon los esfuerzos de un hombre que estaba al otro lado. O, al menos, ella pensaba que era su origen, porque estaba allí plantado con los brazos extendidos hacia delante y un gesto de concentración en el rostro, como si estuviera abriendo el portal por pura fuerza bruta.

—Ishar —dijo Dalinar—. Ishi, el Heraldo. Es él. Más joven, porque tenía el pelo blanco cuando lo conocí, pero sí que es él.

El hombre llevaba una sencilla túnica azul atada en la cintura, y lucía una barba que apenas había empezado a encanecer. Se esforzaba por mantener abierto el paso mientras miles de refugiados fluían en torno a él, aferrados a sus escasas posesiones. Llevando la correa de escuálidos animales, muchos de ellos desconocidos para Navani.

Por detrás de ellos, su mundo ardía. El mismo cielo parecía estar en llamas, y la gente llegaba cubierta de ceniza y hollín. Navani sintió la repentina necesidad de ir a reconfortarlos. Dalinar la contuvo con suavidad.

—Es solo una visión, Navani —susurró—. Por las auténticas personas ya no puedes hacer nada. Llevan mucho tiempo muertas. Excepto diez. O nueve, supongo, dado que Jezrien ha sido destruido.

Otra figura llegaba hacia el portal desde las llamas del otro lado, un hombre trastabillante, vestido con una extraña túnica que pendía de un hombro, blanca, aunque manchada de negro.

—Rectificación —dijo Navani—. Sí que hay diez personas que estuvieron aquí y todavía viven, Dalinar. Ese es Sagaz.

No parecía ni diez minutos más joven que miles de años más tarde, aunque su pelo era de un blanco puro y parecía más bajito, por algún motivo.

Los cantores que había cerca de Navani y Dalinar habían dejado sus plegarias y estaban murmurando entre ellos. Una mujeren susurró:

—Qué patrones de piel más raros…

Navani titubeó. Esa cantora le resultaba familiar.

Dalinar, por su parte, echó a andar hacia delante. Navani corrió tras él y los demás cantores los llamaron a ambos antes de decidirse a huir, abandonando sus chulls, sin duda aterrorizados por los extraños acontecimientos. Y bien que hacían. Ese día señalaba el primer paso hacia lo que resultarían ser milenios de guerra ininterrumpida.

—Dalinar —dijo Navani mientras cruzaban el campo enlodado—, tenemos que hallar respuestas.

—Estoy de acuerdo —respondió él—. Tenemos que encontrar un camino a casa o…

—¿O?

—Hemos venido aquí para averiguar por qué el poder de Honor se niega a vincularse con nadie —dijo él—. Cultivación sugiere que el secreto radica en comprender la historia de nuestro pueblo, la de los Heraldos y su relación con Dios. —Calló un momento—. Ese poder debería proporcionarnos una salida, si al final lo reclamo.

—Sí que… buscaremos la manera —dijo Navani, atemorizada por la idea—. Pero, ya que estamos aquí… hay otros secretos que podríamos descubrir. Algunas cosas de la historia de los Heraldos siempre me han confundido.

Lanzó una mirada hacia el portal, que ya tenía diez metros de diámetro. Ishar estaba en el centro, con las manos extendidas a ambos lados y el rostro convertido en una máscara de concentración mientras permitía que miles y miles de personas escaparan de aquella tierra ardiente. Vestían con una gran diversidad de estilos y pertenecían a distintas etnias. Debían de haberse juntado al final, buscando refugio del fuego.

—Gracias a nuestras investigaciones previas —continuó—, sabemos que, en este momento, los Heraldos todavía no son Heraldos. No se convertirán en Heraldos hasta que estalle la guerra contra los cantores, y eso sucedió como mínimo una o dos generaciones más tarde. Aún faltan varios milenios para que se funden los Radiantes. Por tanto, ¿cómo están accediendo a esas potencias? ¿Cómo cruzaron el espacio entre mundos?

—Es… buena pregunta. —Dalinar frunció el ceño—. El Padre Tormenta me dijo que Honor estaba preocupado por esos poderes, que temía que los Radiantes destruyesen Roshar. Creo… que antes la gente debía de ser capaz de acceder a los poderes sin estar restringida por vínculos y juramentos.

—Sin ninguna cortapisa a su poder —dijo Navani, mirando a través del túnel hacia aquel horripilante lugar de humo y cielos rojos—. Venga, veamos qué podemos averiguar.

Echó a andar de nuevo, pero enseguida descubrió que era difícil cruzar aquel barrizal, empapado por la lluvia que seguía cayendo. A los refugiados también les estaba costando, cargados como estaban con sus posesiones o llevándolas a lomos unos caballos con un aspecto lamentable o de otras bestias de carga más extrañas.

«No tienen carros —pensó—, ni carretas». A Navani le costaba creer que nadie de aquella gente hubiera logrado hacerse con un vehículo. Debían de proceder de una época anterior a la invención de esas cosas.

Tormentas, se le hacía raro pensar en unos días tan antiguos. Al acercarse, vio que la gente era tan humana como cualquier conocido suyo. Su suplicio parecía real, igual que sus lágrimas de agotamiento, e incluso de gozo, cuando llegaban a la lluvia y se dejaban caer al barro, incapaces de dar ni un paso más. La extrañó que no atrajesen spren. Quizá no estuvieran acostumbrados aún a los humanos.

La lluvia remitió, pero Navani resbalaba cada vez que pisaba el suelo, y su falda tardó bien poco en hacerse harapos. Dalinar lo llevaba mejor, pisando fuerte con sus botas.

—Pobre gente —susurró mirándola—. ¿Y si vamos a buscar un chull de esos para que les eche una mano?

—¿No decías que la gente no era real? —respondió Navani.

—No lo es —admitió él—. Es que… bueno, nunca se me ha dado bien tener eso presente, por muy razonable que sea.

Navani sonrió y aceptó que Dalinar la ayudase a avanzar hasta que llegaron a los primeros refugiados. Traían un espantoso hedor a humo y retrocedieron al verlos. Navani recordó demasiado tarde que estarían viéndola como a una cantora, una temible criatura con la piel jaspeada y caparazón.

Un hombre vestido con túnica azul había estado dirigiendo a la gente hacia las pendientes. Llegó dando zancadas, con sus sandalias resbalando un poco, usando una lanza con punta de obsidiana para estabilizarse. Tenía una barba negra corta y unos ojos penetrantes, y podría haber sido alezi, por sus rasgos. Tormentas. Le pareció reconocerlo. ¿Era posible que algunos cuadros de él fuesen tan exactos?

—¿Jezerezeh? —dijo, y entonces recordó el nombre por el que lo habían llamado Ash y Taln. Su verdadero nombre, antes de que lo hicieran mitológico y lo volvieran simétrico—. ¿Jezrien?

El hombre se detuvo en seco, con los ojos muy abiertos, y les ladró algo en un idioma que Navani no reconoció.

Dalinar se fijó mejor en aquel hombre y dio un respingo.

—¿Tú también lo reconoces? —preguntó Navani.

—Como más de una persona. Lo encontré en una visión, pero, ahora que lo tengo delante con ropa más normal, y agotado... Tormentas, Navani, este hombre es Ahu, un mendigo con el que solía... solía beber a veces, en los jardines de Kholinar.

¿Cómo?

—Será broma.

—No, de verdad que es Ahu —dijo Dalinar—. Me caía bien. Era un borracho amable que compartió su vino conmigo durante algunos días oscuros. ¿Es posible? ¿De verdad?

Navani devolvió su atención a Jezrien. El hombre volvió a hablarles como exigiéndoles algo, y entonces una mujer de brillante pelo rojo, con algunos mechones dorados por debajo, llegó junto a él. Tenía un aire de guerrera, aunque empuñaba una sencilla hacha de piedra. Debía de ser Chanaranach, a quien a veces Ash llamaba Chana.

A instancias de Navani, Dalinar retrocedió un poco junto a ella, para no contrariar más a Jezrien ni a Chana.

—Tres Heraldos —susurró Dalinar—. Pero has dicho que todavía faltan varias generaciones para que los Heraldos obtengan sus poderes.

—Rabeniel obtuvo la inmortalidad cerca del momento en que se estableció el Juramento, lo cual me dijo que tuvo lugar alrededor de dos generaciones después del cruce. Encaja con lo que sabemos por los escritos del *Canto del alba*. Ahí se indica que al principio la humanidad y los cantores se llevaron bien, pero que, con el tiempo, los humanos quisieron expandirse. Estalló la rebelión, y luego la guerra.

—Eso explica por qué Ishar parece más joven que cuando lo conocí —dijo Dalinar—. Y Jezrien... ¿qué tendrá, casi treinta años, a lo mejor? Y... ahí está. —Señaló hacia una chica adolescente, protegida por un pequeño grupo de lanceros—. Ash.

—Y la Ash que conocemos parece que dejó de envejecer a finales de la veintena —asintió Navani—. Parece ser que los Heraldos envejecían despacio, por algún motivo, hasta que los hicieron inmortales dentro de unos sesenta o setenta años. Querría ver ese día. —Navani entornó los ojos—. ¿Dónde está Odium? Llegó con los humanos. Aunque un dios podría no haberse hecho visible, claro.

Miró atrás. En la lejanía, los cantores se habían detenido en la ladera de la montaña. Habían decidido, sabiamente, que deberían ver qué estaban haciendo aquellos invasores.

Jezrien fue hacia ellos y volvió a hablarles en tono de exigencia.

—Hasta ahora —dijo Dalinar frunciendo el ceño— siempre había comprendido el idioma de la gente en las visiones.

—¿El idioma de todo el mundo? —preguntó Navani—. Creo que, como en esta representamos a cantores, el idioma que hablamos es el suyo.

—Tendré que intentar mi truco de la Conexión —dijo Dalinar—. Para lo que necesitaré tocarlo.

Levantó un dedo, del que empezaron a emanar volutas de luz tormentosa. Jezrien gruñó y una poderosa luz empezó a surgir también de él. Tormentas.

«Sí, eso es lo que destruyó Ashyn —pensó Navani, recordando el primer fragmento del *Canto del alba* que habían traducido—. "Poderes peligrosos, de los spren y las potencias. Destruyeron sus tierras y vinieron a nosotros suplicando. Los acogimos, como ordenaban los dioses"».

Las hileras de personas parecían extenderse hasta el infinito. Al otro lado del portal, Navani no vio ni rastro de ningún árbol, aparte de tocones humeantes.

La erudita que había en ella, la erudita que había reconocido y aceptado, anhelaba encontrar respuestas. Pero, de momento, el mejor objetivo de su atención era su marido, porque había vuelto a adelantarse y estaba buscándose una pelea con un rey de la antigüedad. Dalinar intentaba explicar, sin palabras, que lo único que quería era tocar a Jezrien.

Por desgracia, si conocían la potenciación, sabían los peligros que podía plantear un simple contacto. Navani no le reprochó a Jezrien que retrocediese, apuntando con una lanza hacia Dalinar. Su marido había sido inmune al peligro en sus anteriores visiones, pero esa vez estaban allí en carne y hueso. Las reglas quizá fuesen distintas. En todo caso, no quería que Dalinar empezase una tormentosa pelea en aquel lodazal, pero veía una solución. Le puso la mano en el brazo y señaló hacia Sagaz, que por fin había cruzado el portal.

Estaba contemplando el cielo mientras sostenía una pequeña piedra. La misma que le había dado a Dalinar, o que le daría a Dalinar miles de años más tarde. Sagaz los vio y Navani confió en que intervendría. Pero entonces vio que apartaba la mirada y se le hundían los hombros.

—A lo mejor el Sagaz de esta época puede explicarle a Jezrien lo que necesitamos —dijo Navani—. O quizá deje que lo toques a él.

Dalinar y Navani fueron hacia allí. El barro no era demasiado profundo, pero aun así era difícil avanzar. Cerca de ellos un pobre animal, más grueso que un caballo y pesado como un chull, estaba atrapado en una zona más profunda.

Su marido agarró a Sagaz del hombro y entonces tocó a Navani, conectándolos a ambos para que sus idiomas coincidieran con el de él, un truco que ella aún no había tenido tiempo de aprender. Sagaz parecía muy turbado. Ojos vidriosos. Movimientos lentos. Bueno, acababa de ver todo un mundo caer. Navani supuso que tampoco podía exigirle que mostrase una actitud más animada.

Cuando habló, sin embargo, no fue como Navani había esperado en absoluto.

—No soy real, ¿verdad que no? —dijo sin entonación.

—¿Sagaz? —dijo Dalinar—. Hum… ¿cuál era tu otro nombre?

—Tengo muchos —respondió él—. Ninguno de ellos soy yo. Soy... energía... que intenta imitarlo... Pero él sabe demasiado, así que sabría que no es real, y por eso yo debo hacerme a mí mismo saber que no soy real... Pero entonces... Lo sé...

Se llevó las manos a la cabeza mientras se le desorbitaban los ojos y su cara empezaba a distorsionarse. Derritiéndose como pintura en una pared.

Navani dio un salto atrás.

—Sagaz —dijo Dalinar—. Seas lo que seas. Sagaz nos ayudaría.

—Acaba de ver cómo muere Ashyn —repuso el homúnculo—. Fue uno de sus primeros grandes fracasos. No el primero absoluto... pero sí uno de ellos. Pasó las siguientes semanas mirando el cielo. Preocupado por si era demasiado mayor, a sus tres mil años. Por estar perdiéndose a sí mismo.

—Aquella cosa se apartó a trompicones—. Debo hacer eso. Debo hacer eso...

—No creo que vayamos a sonsacarle nada útil —dijo Navani—. Pero al menos hemos aprendido el idioma.

—Me parece que no —respondió Dalinar—. He intentado Conectar con él, pero en vez de eso él ha Conectado conmigo y ha aprendido nuestra lengua. —Dio un fuerte suspiro y entonces señaló hacia un punto a cierta altura en la falda de la montaña—. Puede que haya otra opción. El aire está titilando ahí, y percibo al Padre Tormenta observando. Él podría sacarnos de aquí.

—¿Se mostrará más abierto si vas tú solo?

—Es probable —reconoció Dalinar.

—Entonces —dijo ella—, yo veré qué puedo averiguar de estos refugiados, a pesar de la barrera lingüística.

—Ten cuidado —le pidió Dalinar.

—Dalinar, aquí hay tanta luz tormentosa que sanaría incluso antes de que terminaran de sacarme la lanza del cuerpo.

—Aun así, hazlo por mí. —Su marido le apretó la mano—. Procura tener cuidado.

Y Dalinar fue a enfrentarse al Padre Tormenta.

Irid proclama espurio tal razonamiento: dado el aire riguroso de
los Rompedores del Cielo, afirma que la desavenencia es inevitable, al
hallar oposición sus miembros entre ellos por los detalles de un argu-
mento dado.

De *Palabras radiantes*, capítulo 40, página 2

Adolin apartó a un cantor regio del camino blandiendo un increíble martillo esquirlado, un arma construida como para que la empuñase un dios. No era tan refinado como la hoja esquirlada de Maya, pero cumplía con creces, aplastando caparazón y enviando a sus enemigos al suelo entre chillidos.

Sabía que estaba matando a buenas personas, que luchaban por un mundo en el que los humanos jamás pudieran volver a esclavizarlos. Por suerte, Adolin ya odiaba esa parte de antes, de modo que hacía su trabajo sin más, manteniéndose firme junto con Neziham, el portador de esquirlada azishiano, en el centro de las filas humanas.

Aquella era ya la undécima oleada de enemigos que llegaba después del primer combate, el día anterior. La estrategia cantora había pasado a consistir en aprovechar su superioridad numérica para desgastar a los defensores. Al igual que en los asaltos anteriores, los enemigos salían en tropel del edificio central y avanzaban a través de andanadas de flechas para enfrentarse a los piqueros.

La táctica sí que cambiaba de una batalla a otra. Esa vez habían enviado la horda completa hacia un sector de defensores. Eso les permitía concentrar sus fuerzas, pero concedía esa misma posibilidad a los humanos, que habían situado a sus dos portadores de esquirlada justo en el punto crucial de la defensa. Adolin notaba el agotamiento en los huesos, pero siguió luchando, contrarrestando la fatiga con determinación. Envió de una patada una mesa contra varios cantores, que por fin empezaban a replegarse hacia su fortificación.

Adolin levantó un puño y un cuerno sonó en respuesta: Kushkam estaba de acuerdo en avanzar. Hasta el momento, las fuerzas humanas habían conservado su terreno, manteniendo aquel inmenso círculo de picas y escudos, haciendo rotar los soldados. La reacción del enemigo había sido empezar a construir. Usando la madera de sus barcos desmontados, habían optado por expandir su presencia en la cúpula erigiendo una especie de fuerte con techo, que tendría unos treinta metros de diámetro, alrededor del edificio de control central.

Se había hecho evidente que concederle al enemigo una zona de despliegue ampliada en la cúpula ya no era buena idea. Era el momento de avanzar, destruir el fuerte y obligar a los cantores a retroceder por el portal y empezar de cero. Apoyado por dos compañías enteras de soldados, Adolin inició el asalto. Aunque el suelo estaba sembrado de escombros, según su propia sugerencia, el último avance cantor había despejado buena parte de ellos, abriéndoles camino para un contraataque.

Los cantores se replegaron ante Adolin mientras les llovían flechas desde arriba. Ver a los dos portadores de esquirlada persiguiéndolos puso más nervioso si cabe al enemigo, y algunos no lograron mantener la disciplina. Huyeron, exponiendo la espalda, su vida convertida en la mismísima Condenación. Por lo menos, mientras avanzaban tenían escudos para cubrirse de las flechas.

Adolin y Neziham embistieron y cruzaron los cincuenta metros de terreno seguidos de sus tropas. El enemigo se refugió en su flamante fortaleza, que se parecía menos a una empalizada que a otra cúpula más pequeña. Cuando Adolin se acercó un poco más, sin embargo, dio la orden de detener el avance humano. Unos lanzadores azishianos llegaron al frente y arrojaron bolsas de aceite a lo largo de una distancia impresionante contra la fortificación.

Incendiar todo el interior de aquel lugar era mala idea, pero Adolin no se oponía a encender unos pocos fuegos tácticos. ¿Que el enemigo quería construirse un fuerte allí dentro? Bueno, igual las flechas en llamas tenían algo que decir al respecto. El aceite se encendió con un fogonazo y lo vieron arder. Luego flaquear. Luego apagarse.

¿Qué estaba pasando?

—Tormentas —dijo Neziham desde dentro de su yelmo—. Adolin, creo que eso no es madera. Ya no.

Rodeado de sorpresaspren, Adolin comprendió que era cierto. Algunas partes de la fortaleza se habían quemado, pero su inmensa mayoría... bueno, lo que a distancia habían confundido con madera era en realidad un bronce marrón, sin pulir. El enemigo había dado buen uso a su moldeador de almas robado. Parecía que habían erigido la estructura en madera, la habían sellado con algo maleable —por nauseabundo que sonara, posiblemente heces— y luego habían usado el moldeador para solidificar el conjunto. Adolin dio la orden de cargar, esperando que quizá su martillo y la hoja esquirlada de Neziham podrían destruir la fortificación.

Pero en el instante en que se aproximaron, varias secciones de la fortificación se deslizaron a un lado y los cantores en forma tormenta empezaron a lanzar oleadas de relámpago para electrocutar a las tropas humanas. Los arqueros cantores abrieron fuego por parejas y, mientras el avance humano perdía ímpetu, los soldados rasos de sus reservas salieron en tromba para retomar sus posiciones.

Los soldados de Adolin tuvieron que avanzar más despacio, y luego protegerse, y entonces Adolin ya no pudo seguir avanzando por miedo a que lo rodearan. Esperó, bloqueando cuanto pudo con su propio cuerpo, pero no tardó en comprender que todo aquello era en vano. No podía asaltar la fortaleza. Que lograsen proteger aquella ciudad dependía de que fuesen ellos los defensores, capaces de infligir una gran cantidad de bajas al enemigo. Perdería demasiadas tropas, con mucho, si se empeñaba en atacar una posición fortificada.

Rugió dentro de su armadura esquirlada mientras apartaba de un golpe a un grupo de cantores, antes de ordenar la retirada. Sus tropas ejecutaron un repliegue controlado, con Neziham y él en la retaguardia para bloquear todas las flechas enemigas que pudieran, hasta que por fin alcanzaron las líneas humanas. Allí se encontró con Kushkam. La armadura del hombre fornido estaba ensangrentada, aunque los generales azishianos no solían luchar en el frente. Kushkam miró a Adolin y Neziham, hizo un gesto con la cabeza hacia el lado y los tres se apartaron del resto para hablar en privado.

—Bronce —dijo Adolin, quitándose el yelmo—. Han convertido la tormentosa estructura en bronce por moldeado de almas.

—Es culpa mía —afirmó Kushkam—. Permití que se llevaran ese moldeador de almas y…

—Era un asalto difícil de todos modos, comandante —lo interrumpió Neziham, quitándose también el yelmo para revelar una cabeza afeitada y una boca con varios dientes de bronce—. Incluso sin el moldeador, es posible que la madera no hubiera prendido, si se les hubiera ocurrido encerarla. —Contempló el amplio suelo de la cúpula, que ahora tenía una pequeña fortaleza en el centro—. Tendremos que dejar que conserven la fortificación hasta que lleguen nuestros refuerzos. No podemos permitirnos las vidas que costaría tomarla.

—Por el mismísimo Yaezir —murmuró Kushkam—. ¿Sugerencias?

Adolin dio unos golpecitos con el dedo sobre el yelmo, pensativo.

—¿Tenéis algo más grande que un arco o una ballesta normal? En Alezkar usamos unas ballestas enormes, balistas pequeñas en realidad, para derribar a los portadores de esquirlada.

—¿Y funcionan? —preguntó Kushkam con un gruñido.

—No mucho —reconoció Adolin—. A mi padre le gusta contar la historia de cuántas destruía de joven. Pero sí que podrían valernos para tumbar esa fortaleza.

—No tenemos nada parecido a eso, Adolin —dijo Neziham.

—¿Armas de asedio? —preguntó él—. ¿Catapultas?

—No. La capital no sufre ataques desde hace siglos. Desde las invasiones alezi, de hecho.

En casa tendrían ingenieras capaces de construir ese material, pero desde luego no lo bastante rápido para influir en aquel campo de batalla. Adolin meditó sobre el asunto, pero, tormentas, qué fundido tenía el cerebro.

—¿Y si probamos a subir rocas a la cúpula? —dijo—. Podríamos soltarlas por los tragaluces, a ver cómo de sólida es esa estructura suya.

—Excelente idea —respondió Kushkam, y se marchó para ponerse a dar órdenes de inmediato.

Adolin gruñó y aceptó la bebida que le traía una mensajera. «Cuarto día —pensó—. Solo dos más hasta que empiece a llegar el ejército». De momento habían perdido un soldado por cada cinco del enemigo, pero si sus líneas empezaban a clarear demasiado...

«Aguantaremos», se aseguró a sí mismo, y sintió una oleada de apoyo procedente de Maya, que ya estaba lejos.

Se despidió de Neziham con un asentimiento y casi correteó hasta la salida. Recorrió el pequeño laberinto, que en realidad eran solo tres pequeños pasillos con recodos cerrados, y salió a la luz de media tarde. Allí...

Allí Adolin casi se vino abajo, golpeado por la repentina fatiga como si fuese una muralla de tormenta, rodeado del zumbido de los agotaspren. Esa había sido su tercera vez en la cúpula... y la más extenuante de todas. Aun así, obligó a sus extremidades a moverse, llevando lo que parecía una armadura esquirlada hecha de plomo a pesados pasos hacia sus asistentes, que estaban esperándolo.

Estiró los brazos para dejar que sus armeros empezasen a quitarle la armadura.

—Kaminah —dijo a su joven ayudante de campo—, ¿cómo se define «tomar la ciudad»?

—¿Señor? —preguntó la joven de pelo castaño—. Hum... se refiere a conquistarla, supongo.

—En concreto —dijo él—, me refiero a según los términos del contrato que firmó mi padre. Odium se queda con la totalidad de Azir si toma esta ciudad, pero ¿qué significa tomarla, exactamente?

—No tengo ni idea —respondió ella—. ¿Queréis que escriba a Urithiru solicitando clarificación?

—Hazlo, por favor. Podría no ser relevante. Si salen de esa cúpula, el momento en el que tomen la ciudad será bastante evidente, pero preferiría que no me sorprendiera ningún tecnicismo legal poco conocido.

Ella asintió con la cabeza, ansiosa.

El peto de Adolin se desenganchó y sus armeros lo apartaron, combados de repente bajo su peso, considerable cuando la armadura no estaba energizada y activa. El propio Adolin salió de las botas, y de pronto se sintió como si hubieran cortado las cinchas de su silla de montar para derribarlo al suelo. Dio un traspié y necesitó que Colot, aparecido de la nada en ese instante, lo ayudara a seguir levantado. Adolin le dio las gracias y se secó el sudor de la frente mientras recuperaba el equilibrio.

—Necesitas descansar —dijo Colot.

—Ya lo creo que sí. Pregunta por ahí, a ver si algún soldado nuestro ha hecho de carpintero, y si construyó armas de asedio en algún momento. Además, ¿no teníamos a una escriba con conocimientos de ingeniería? Merece la pena comprobar si podríamos montar unas cuantas catapultas.

—No sé si nos daría tiempo.

—Prueba de todos modos —dijo Adolin.

Aquella fortaleza que habían levantado en el centro de la cúpula iba a permitir que el enemigo desplegara una gran cantidad de tropas y las mantuviera en posición. Y, gracias al moldeador de almas, podían reforzarla constantemente... y quizá expandirla...

Un solo día de lucha y los defensores de Adolin ya estaban al límite.

—Colot —dijo—, haz venir a mi primer suplente de armadura y que esté preparado para la batalla.

—¿A Moore? Está durmiendo después del anterior ataque, Adolin —respondió Colot con una risita—. Le toca a tu segundo suplente, Reep.

Adolin asintió. Conocía a Reep. Era buen soldado, y estaba bien entrenado en el uso de la armadura esquirlada. Durante las siguientes horas haría su turno llevando la armadura de Adolin y enfrentándose a los asaltos enemigos que llegasen. Pero Adolin se extrañó cuando le pareció notar una reticencia por parte de la armadura, mientras se la llevaban. ¿Había sido real?

—Esperad —pidió a los armeros, y extendió una mano para tocar el peto.

Sí, eran imaginaciones suyas. No sintió nada especial ni extraño en el contacto. Aun así, llevaba toda la vida hablándole a su espada y, al final, la espada le había respondido.

—Ve con ellos —susurró—. Sirve a quienes se te pongan igual que me has servido a mí. Protégelos.

Hizo una seña a los armeros, quienes, con expresión divertida, se llevaron la armadura. Bueno, cualquiera que hubiera servido con él un tiempo ya estaba al tanto de su manera de hacer las cosas. Adolin también hablaba con su caballo. Y, si a alguien le parecía raro, podía meterse un chull por el trasero, porque Galante comprendía sus palabras y le gustaba oírlas.

—¿Bajas? —preguntó Adolin.

Colot pareció hacer acopio de valor.

—Veintiún soldados nuestros muertos, y el triple de heridos. No tengo la cifra azishiana.

El fracaso de su asalto había sido costoso. En ese momento, las celebraciones de la víspera le parecieron muy lejanas.

—Consígueme sus nombres. Los escucharé después de ir a ver a mi caballo.

—Señor —dijo Kaminah, colocándose delante de él con la manga cerrada de su mano segura cruzada sobre sus cuadernos, que sostenía con fuerza contra el pecho—. Hum...

Colot asintió mirando a la joven, y pareció que circulaba cierto entendimiento entre ellos. ¿Habrían estado hablando?

—Tendríais que ir a descansar —dijo Kaminah a Adolin—. Hum. ¿Por favor?

—No tienes que suplicarle —la corrigió Colot—. Eres su ayudante de campo, ascendida por él mismo. Puedes decírselo y ya está.

—Es verdad, es verdad —respondió ella—. Hum... sí. ¡Venga, a dormir!

Adolin dio un suave suspiro y luego lanzó a Colot lo que confiaba en que fuese una mirada adecuadamente torva.

—¿Estás obligándola a ella a hacer esto?

—¿Cómo? —exclamó Colot—. ¿En serio no vas a hacerle caso a la brillante Kaminah? ¿En su primera jornada completa, vas a impedirle que haga su trabajo? ¿El que tú mismo le pediste que hiciera?

Adolin miró hacia la joven, que se encogió un poco, pero también señaló con la mano libre hacia los agotaspren que zumbaban alrededor de él.

—A la cama. Habéis luchado toda la noche, durante el paso completo de la tormenta eterna. El brillante señor Colot dice que debo decíroslo cuando tengáis que dormir.

—¿O...? —la animó Colot.

—O el sargento de armas —graznó ella—, hum, os buscará y... bueno, dicen que os atará para que no podáis moveros.

—Y ya sabes lo mucho que se emociona el Larvas cuando tiene ocasión de sacar su cuerda de atar a oficiales —añadió Colot.

Adolin suspiró otra vez.

—Es el primer día de tu ayudante —le recordó Colot—. Querrás darle buen ejemplo, para que en el futuro tenga el valor y la experiencia necesarios para ayudar a tus otros oficiales a que descansen como deben. Aunque, por supuesto, tú seas sobrehumano y puedas pasarte semanas enteras luchando sin descansar.

—Eres un cabronazo, Colot —dijo Adolin, pero sonrió y levantó el brazo.

Colot le dio un golpecito con el suyo, antebrazo contra antebrazo. Una promesa hecha, y una promesa aceptada.

—Se hace lo que se puede, señor —respondió Colot—. Sabes que te despertaré si es necesario.

Adolin asintió y entonces se le ocurrió una cosa.

—¿Cuánto tiempo llevas tú sin dormir?

—Esto... —dijo Colot.

—¡Oh! —exclamó Kaminah—. ¡Vos también! ¡A la cama!

—Cuando él se levante —prometió Colot.

—Asegúrate de que se acuesta, Kaminah —le ordenó Adolin.

Se marchó con paso pesado, aliviado en secreto de que estuvieran obligándolo a hacerlo.

Después de pasar un día preparando la estrategia y organizando a los Corredores del Viento para que llevaran volando al Visón a Herdaz, Sigzil por fin salió de la Puerta Jurada en las Llanuras Quebradas. Allí tomaría el mando oficial de las fuerzas unidas de la coalición que defendían Narak.

Con un plan en mente.

Se lanzó al cielo de inmediato y flotó sobre las Llanuras Quebradas para ver con sus propios ojos lo que mostraban los mapas. «Narak» era el nombre que recibían las mesetas centrales, el núcleo de donde los oyentes habían creado en otro tiempo su hogar en el exilio. Los militares, siempre pragmáticos, habían llamado Narak Principal a la más larga de aquellas mesetas, cuya forma se parecía un poco a una medialuna, con el lado abierto hacia el oeste. Las mesetas que la rodeaban, más pequeñas, se llamaban Narak Dos, Narak Tres, etcétera. De ellas, Narak Dos, la meseta que Sigzil acababa de abandonar, era de vital importancia, ya que contenía la Puerta Jurada.

—¿Ideas? —preguntó, levitando.

—Es lo que temías —dijo Vienta, apareciéndose a él como una pequeña mujer amortajada en tela que se movía y fluía, dejando visibles solo sus ojos—. Veo tropas situadas solo en las dos mesetas centrales.

—No es mala jugada —respondió él—. Defienden nuestras ubicaciones más importantes.

—Sí, pero me has convencido. Es posible establecer una mejor defensa.

Sigzil asintió para sus adentros, sintiéndose seguro de sí mismo por primera vez en meses. Kaladin confiaba en él. Dalinar confiaba en él.

Él, por su parte, confiaría en que hubieran hecho bien al ponerlo al mando.

—¿Tiempo hasta la llegada de la tormenta eterna? —preguntó, con una mirada hacia el oeste, donde acechaba una oscuridad.

Vienta observó un momento.

—A su velocidad actual —dijo—, estimo tres horas.

A la spren no le gustaba revelar a los demás lo bien que se le daban algunas cosas como los cálculos. Le daba vergüenza y, al parecer, otros honorspren se habían burlado de ella por su mente numérica. A Sigzil, en cambio, le parecía una maravilla. Vienta podía resolver problemas matemáticos de cabeza más deprisa que una escriba con un ábaco, y estimar cosas como la distancia y el impulso con solo una mirada.

—Gracias —dijo Sigzil—. Vamos a por los demás y acerquémonos un poco a la tormenta, a ver si distinguimos a Fusionados. Me encantaría que hicieras todas las cuentas que puedas sobre ellos, con esa mente tan excepcional que tienes.

Vienta vibró, emborronándose. Lo hacía siempre que estaba satisfecha.

—Qué bien que aprecies lo que sé hacer —susurró—, aunque no sea... estrictamente propio de una honorspren.

—Lo que voy a proponerles yo tampoco es estrictamente propio de un soldado —dijo él—. Haremos que funcione.

—Sí que... lo haremos, ¿verdad? Podemos conseguirlo.

—Podemos —asintió Sigzil, decidido a proteger Narak y decidido a hacerlo siendo él mismo: un científico.

Descendió volando junto con su personal de mando: Ka, la jefa de escribas de los Corredores del Viento, y Leyten, el robusto intendente general de la orden, que iba a ser el segundo de Sigzil para aquella operación. Se unió a ellos Peet, el marido de Ka, otro miembro original del Puente Cuatro.

Sigzil los guio hacia el oeste para echarle un vistazo más de cerca a la tormenta eterna. A tan poca distancia, se sintió intimidado por ella. El enemigo había movido la tormenta a lo largo de todo el continente la noche anterior, llevándola hasta allí deprisa, para luego frenarla y dejarla casi estática. La defensa de Narak tendría lugar a oscuras, sin importar la hora del día.

—Sigzil —le dijo Vienta al oído—, cuento más relámpagos por minuto de lo normal. Parece furiosa, decidida.

Hizo que los demás redujeran la velocidad para poder observar la tormenta, todavía a distancia, pero lo bastante cerca para encontrarla avasalladora. Parecía estar acumulando fuerza, desbordada de crepitante relámpago rojo y trueno amenazador.

—Tormentas —dijo Leyten—. O sea... tormenta, supongo. Una tormenta. La peor de todas.

—Celestiales —advirtió Peet, señalando.

Ka le cogió el catalejo de la mano, con su propio spren y el de su marido sentados con las piernas cruzadas en su hombro. Peet llevaba un uniforme estándar del Puente Cuatro, pero Ka prefería una havah con los lados abiertos y mallas debajo. Sigzil no había visto nunca que invocara su hoja esquirlada como espada fuera del entrenamiento, pero sí que la usaba a menudo como pluma.

—No solo Celestiales —dijo Ka, pasándole el catalejo a Sigzil.

Sigzil escrutó la acechante tormenta a través de él y distinguió unos reveladores puntos brillantes que flotaban en el aire entre otros más oscuros ataviados con largas colas de tela. Los brillantes eran Rompedores del Cielo. Parecía que su fuerza al completo, compuesta por centenares de Caballeros Radiantes. Habían llegado con la tormenta.

—Son muchos Rompedores del Cielo —dijo Ka—. Ahora veo cómo han conseguido transportar a tantos Fusionados.

Los defensores iban a enfrentarse a nada menos que ochocientos o novecientos Fusionados, a los que habían traído volando los Celestiales y los Rompedores del Cielo con la tormenta, dejando atrás sus tropas convencionales, demasiado lentas.

—Por la información que tenemos de los Heraldos —susurró Vienta, y Sigzil fue repitiéndolo para los demás—, existirán unos cuatro mil Fusionados en total, pero, según estimaciones de nuestros espías, una gran cantidad de ellos están demasiado desgastados o abrumados mentalmente para servir en combate. Los últimos informes de nuestros infiltrados en Kholinar indican que el enemigo tiene alrededor de dos mil Fusionados despiertos, funcionales y útiles en batalla. Así que...

—Así que aquí nos enfrentamos a casi la mitad de todos sus efectivos —terminó Ka—. Increíble.

Si un enemigo que ya había conquistado buena parte de Roshar desplegaba allí la mitad de sus fuerzas Investidas... era que estaba tremendamente decidido a conquistar las Llanuras Quebradas. Y Sigzil tenía que resistir su embate.

Vienta pasó a susurrarle los conteos que había hecho de lo que alcanzaba a ver, y él le transmitió las cifras a Ka para que informase de ellas. Luego regresaron volando juntos a Narak para reunirse con el señor de batallón que supervisaba las defensas, un general alezi con los ojos de color verde claro que no era mucho mayor que el propio Sigzil. Ese hombre, Balivar, era teniente hacía solo año y medio.

—¿Nuestros generales están reunidos? —preguntó Sigzil al aterrizar.

—¡Sí, señor! —exclamó Balivar, y le hizo el saludo marcial.

—Llévanos —dijo Sigzil.

El señor de batallón abrió el paso para sacarlos de la meseta perfectamente circular que era Narak Dos, la Puerta Jurada, en dirección a la parte sudoeste de Narak Principal. Como otras muchas mesetas del centro de las llanuras, aquellas dos tenían unas grandes y gruesas murallas protegiéndolas, construidas por Custodios de la Piedra.

—Menos mal que los oyentes no tenían estos muros —dijo Leyten en voz baja, frotándose la barbilla—. O nunca habríamos conquistado Narak.

El afable intendente llevaba una barba rizada castaña clara, desafiando la tradición. Era miembro original del Puente Cuatro, uno de los que habían estado presentes aquel primer día, cuando Kaladin los había sacado del catre.

—Lo que pasa es que te gusta lo pulcro y ordenado que queda todo con las murallas —dijo Ka, riendo. Era una alezi que llevaba el pelo más corto que la mayoría.

—Un campamento militar bien distribuido es algo hermoso —respondió Leyten—. Cada cosa en su lugar, bien empaquetada como un buen macuto.

Los llevaron a un pequeño edificio de Narak Principal, bien protegido, donde los otros generales de Sigzil esperaban a recibir órdenes. Después de hablar largo y tendido con el Visón, Sigzil tenía claras las órdenes que iba a dar, pero no estaba muy seguro de cómo iban a tomárselas. Cuando entró en la sala, llena de mapas en las mesas y las paredes, se volvió hacia la docena aproximada de generales y escribas que estaban preparando la defensa.

Respiró hondo para calmar los nervios. Había llegado el momento de ser un líder.

—Voy a cambiar la forma que tenéis de operar aquí —declaró mientras señalaba el mapa que había en la mesa de las mesetas circundantes—. Habéis replegado todas nuestras fuerzas en dos mesetas, Narak Principal y Narak Dos, ¿es correcto?

—Sí, señor —dijo Balivar, frunciendo el ceño—. Es lo que más sentido tiene. Son nuestras dos posiciones más importantes, y nuestro número de defensores es limitado. Esta es la mejor forma de apuntalarlos.

—Lo que quiero en vez de eso —replicó Sigzil— es distribuir nuestras tropas en estas *cuatro* mesetas, todas las cuales tienen muralla.

Señaló Narak Principal y Narak Dos, pero luego también Narak Tres y Narak Cuatro.

—¿Señor? —dijo otro general, un hombre mayor con el cabello espeso y canoso, llamado Winn, según recordó Sigzil de los informes previos—. ¿Creéis que es lo más sabio? ¿De verdad tenemos las suficientes tropas para proteger cuatro mesetas?

—No —respondió Sigzil—. Justo esa es la idea.

Todos lo miraron boquiabiertos, sorprendidos.

—Hay un principio en ingeniería —explicó Sigzil— según el cual se deben incluir puntos de fallo en toda construcción. Un puente, por ejemplo. Se hace de forma que ciertas partes de él vayan a romperse en primer lugar.

—¿Por qué construirlo para que se rompa, señor? —preguntó Balivar.

—Porque… —dijo una escriba, asintiendo—. Porque si sabes por dónde va a romperse, puedes anticiparte a ello.

—Exacto —confirmó Sigzil—. Si un puente va a fallar, te interesa saber que está soportando demasiada tensión *antes* de que se parta, para poder arreglarlo. En la mayoría de los casos, se construye un punto de ruptura que no sea crucial, para proteger el que sí lo es. —Bajó el dedo con fuerza contra el mapa—. Lo que debemos proteger es Narak Principal. Si perdemos esa meseta, entonces, según los términos del contrato, perdemos la región entera: los campamentos de guerra, las Montañas Irreclamadas, todo.

»Y necesitamos esta tierra. El enemigo ha destinado una gran cantidad de tropas aquí porque lo sabe. Sin las Llanuras Quebradas, no podemos abastecer Urithiru. El ataque del enemigo aquí es un intento de matar de hambre a la torre, porque sabe que no puede lanzar un asalto directo contra ella ahora que ha despertado. —Sigzil clavó el dedo otra vez en el mapa.

»No podemos permitirnos perder Narak Dos. La Puerta Jurada es absolutamente crucial para recibir suministros de gemas, para proveer de atención médica a nuestras tropas en Urithiru y, en caso de emergencia, para disponer de una vía de retirada segura.

—Por eso hemos defendido estas dos —respondió Balivar.

—Por eso —dijo Sigzil— vamos a defender las cuatro mesetas, pero dejando una un poco menos protegida, para tentar al enemigo y que dedique tiempo a atacar una que podamos perder. Vamos a incluir puntos de fallo, igual que cuando se diseña un puente. Esto no es un asedio normal. No tenemos que resistir meses, ni siquiera semanas. Tenemos que aguantar seis días. Cuando más engañemos al enemigo para que ataque sectores de nuestras defensas que en realidad no importan, mejor.

Esperó, con el corazón acelerado, a que plantearan sus objeciones. Serían las evidentes: que Sigzil jamás había estado antes al mando de un campo de batalla como aquel. Que su forma de pensar científica era digna de burla, extraña y ridícula entre soldados. Sigzil había repasado su plan con el Visón y los demás después de urdirlo, y le habían ayudado a refinarlo. Pero ante aquel personal de mando… ante ellos esperaba…

—Podría funcionar —dijo Winn, el general entrado en años—. Tienes razón, Radiante Sigzil. Si nosotros estábamos enfocando esto como cualquier otro asedio, es posible que el enemigo también lo haga. Quizá busquen puntos débiles y ataquen ahí primero. Por tanto, si añadimos esos puntos débiles a nuestras defensas a propósito… sí que podría funcionar.

—Vaya. —Balivar estaba mirando los nuevos mapas de batalla y las cifras de posicionamiento de tropas que les había repartido Ka—. Es raro. No creo que haya visto nunca a un general pensar de esta manera.

—No es una lógica tan rara como crees —dijo Winn—. Recuerda que, cuando un ejército es menos numeroso que su adversario, suele establecer posiciones de retirada para un repliegue controlado, que obligarán al enemigo a luchar para ganar terreno. Es lo mismo, solo que… con una pincelada de ingeniería.

—Me gusta —dijo una escribana—. Estamos en un mundo nuevo, con Fusionados cuyas acometidas pueden ser tan poderosas que resultan casi imposibles de parar. Las mareas de la batalla cambian muy deprisa con esas fuerzas tan increíbles en juego. Planear unas pérdidas controladas es una forma excelente de mitigar ese efecto.

Empezaron a tratar el plan con más detalle, estudiando los planes de batalla que Sigzil había llevado y cuyos detalles leyeron las escribas. Durante la siguiente hora lo repasaron todo a conciencia e hicieron las preguntas que Sigzil, con la ayuda del Visón, ya había respondido. Al final, dieron las órdenes. Reubicarían tropas en Narak Tres y Cuatro, que albergaban barracones. Dispuestas en concreto para favorecer un primer ataque contra Narak Cuatro.

Sigzil vio cómo ocurría, un poco perplejo, porque ni una sola vez lo cuestionaron a él. Era… un Radiante. Sabían que Dalinar no lo habría puesto al mando si no pudiera cumplir su cometido. De modo que, aunque sí que cuestionaron su estrategia y señalaron defectos en ella, también aceptaron que él era la persona indicada para plantearles ese plan.

Hubo un momento en que le pidieron los cálculos de cuánto iban a durar sus raciones, y Sigzil les soltó la cifra que le acababa de soplar Vienta antes de que las escribas pudieran sacar sus lápices siquiera. Eso hizo que el grupo de mujeres lo mirase con algo que de verdad se parecía mucho al respeto. Por un hombre que comprendía los números. Sí, era Vienta quien había hecho las cuentas, pero la spren prefería que la gente no lo supiera, así que Sigzil se limitó a aceptar el respeto de una gente a la que, al fin y al cabo, estaba guiando

Cuando dieron por terminada la reunión, puso a Balivar al mando de las defensas de tierra. Sigzil continuaría supervisando la estrategia conjunta, pero gran parte de su atención durante el combate se centraría en asegurarse de que el enemigo no se hiciera con el dominio aéreo.

—Tormentas —dijo al salir de la pequeña sala y ver a tropas en movimiento—. Leyten… ha salido bien.

Su afable compañero le dio una palmada en la espalda. Parecía que hubieran pasado siglos desde que Sigzil, al fondo de aquellos mismos abismos, estuvo horas ayudando a Leyten a hacer armaduras para el Puente Cuatro. Y allí estaban los dos, al mando de toda la estructura militar de aquel sitio.

—Lo has hecho bien ahí dentro, Sig —dijo Leyten—. Los has impresionado.

Se marchó a toda prisa para confirmar que la armería contara con las suficientes flechas y demás, mientras Ka se quedaba conferenciando con las escribas del campamento. Eso permitió a Sigzil alzarse por los aires de nuevo, solo en esa ocasión salvo por su spren.

—Me preocupaba no estar preparado —reconoció ante ella.

Vienta apareció en su forma normal, la de una mujer envuelta en tela que oscilaba a su alrededor. Mirando desde su interior con unos ojos agudos.

—Yo también estaba preocupada. Pero… creo que les gusta la lógica con que hemos afrontado la situación. Cuando las cosas se ponen tensas, es bueno saber que alguien tiene un plan.

Por debajo, sus tropas estaban llegando. Sigzil tenía a unos trescientos Radiantes, sobre todo Corredores del Viento y Danzantes del Filo, aunque también una fuerza creciente de Custodios de la Piedra. A eso había que añadir algunos Vigilantes de la Verdad y un puñado de Tejedores de Luz. No había Nominadores de lo Otro, porque la única de todo el ejército era Jasnah, ni tampoco Escultores de Voluntad, dado que los alcanzadores se negaban a vincularse con humanos. Los Rompedores del Cielo servían al enemigo, igual que todos los Portadores del Polvo, pero esos últimos se habían retirado a Jah Keved después de la traición de Taravangian. Eso dejaba a sus trescientos enfrentados a novecientos, pero Sigzil tenía muchas más tropas convencionales y una docena de portadores de esquirlada.

La lucha seguía sin ser justa, muy decantada hacia el enemigo… pero su estrategia podría compensarlo. Suponiendo que funcionara, suponiendo que fuese posible para ellos ganar dentro de aquella terrible tormenta negra con su relámpago carmesí.

Las fuerzas enemigas siempre se fortalecían con la tormenta.

—Yo creo en ti —susurró Vienta—. Creo… en nosotros, Sigzil. Somos lo que ellos quieren, por una vez.

—Vivamos esta verdad —dijo él, levantando los puños hacia Vienta.

Ella le devolvió el gesto, el saludo del Puente Cuatro.

Para Sigzil se habían terminado las dudas. Era el momento de liderar.

¡CUIDADO CON LOS FUSIONADOS!
CELESTIALES
FLUYENTES
¡NO ENFRENTARSE! ¡BUSCAR A UN RADIANTE

VEINTISÉIS AÑOS ANTES

Para Szeth era extraño ser el único que ocupaba la cama.

Lo normal era que la familia entera compartiese la estera. Pero esa vez, la noche siguiente a... los acontecimientos en la piedra... habían enviado a su hermana a pasar unos días con unos primos, y sus padres estaban fuera. Le habían dado de comer, lo habían lavado y lo habían acostado. Su madre estaba tratándolo como si fuese una cosa muy frágil.

Szeth quería algo que abrazar. Le habían... quitado la piel de Moli.

Había padecido los cuidados de sus padres en un profundo abotargamiento, así que no era de extrañar que supusieran que había caído rendido. Pero Szeth los oía fuera. Hablando con el granjero.

—Ha sustraído —dijo su padre, con la voz cargada de emoción. Como caldo con muy poca agua—. Mi hijo... ha sustraído.

—Tenía marcas de uñas en el cuello, Neturo —respondió el granjero con voz amable. Como una flauta—. El soldado le atacó. Además, os habían robado.

—Lo sé —dijo su padre—. Pero... mi niño...

—¿Cómo ha podido pasar esto? —preguntó su madre con voz fuerte, como un árbol altísimo. Firme, inamovible—. Colores-nimi, ¿cómo permitiste que tus soldados camparan a sus anchas de ese modo?

—Están siendo más difíciles de controlar, de un tiempo a esta parte —dijo el granjero—. Debe de ser porque les permito combatir. Le acaban pillando el gusto, y la sustracción... se alimenta de sí misma, Zeenid.

Szeth cerró los párpados con fuerza. Había sustraído. No. Eso era un eufemismo.

Había matado a alguien. Con una piedra en la cabeza.

—¿A qué te refieres? —preguntó su padre—. ¿Qué significa esto para mi hijo?

—Él no ha hecho nada malo —le aseguró el granjero—. Toda la culpa es de los soldados, y mía como su supervisor. Pero, al mismo tiempo, lo que tu hijo ha hecho… cambia a una persona.

—No —replicó su madre—. No toleraré que con un aliento digas que no ha hecho nada malo y con el siguiente des a entender que está destrozado.

—No está destrozado —dijo el granjero—. Necesitamos a gente capaz de actos como ese. Las incursiones son cada vez más frecuentes. Me hacen falta soldados que se criaran como es debido, que tengan moralidad y fuerza, pero que también puedan sustraer cuando sea necesario.

En el silencio que hubo a continuación, Szeth oyó el crujir de las hojas. El gorgotear del lejano arroyo. El raspar de voluntades entre sus padres y el hombre al que obedecían.

—Es un talento —añadió el granjero—. Los chamanes de piedra enseñan que lo es. Habría que enviar a vuestro hijo a que entrene.

—¿A que entrene para matar? —preguntó el padre de Szeth, con la voz resquebrajándose.

—¿Conocéis las historias de los Caballeros Radiantes? —dijo el granjero—. Tenían una filosofía. La llamaban… ser los vigilantes en el perímetro. Ellos iban a luchar, y a dejar que eso los cambiara, para que nosotros pudiésemos vivir.

—¿Y quieres hacerle eso a nuestro hijo? —preguntó su madre.

—Ya ha matado a un hombre, Zeenid, y ha utilizado una piedra para hacerlo. Ha blasfemado. Pero los soldados pueden tocar las rocas, y el hierro forjado a partir de la sangre de la tierra. Enviarlo a entrenar lo protegería de lo que hizo. De lo que aún podría hacer. Si los chamanes descubren que estaba escondiendo esa piedra…

—Esa piedra la encontramos todos —dijo su madre—. Todos la…

—No pasa nada —la interrumpió el granjero—. Afrontemos el problema que tenemos delante, no los del pasado.

Su voz sonaba tan tranquilizadora como si procediese del arroyo o de las hojas. Si alguna vez Szeth recibía la bendición de oír a los spren, imaginó que sus voces serían como esa.

—No —se susurró Szeth a sí mismo—. Tú nunca oirás a los spren, Szeth. No eres digno de ello.

No estés tan seguro, dijo una voz, la misma de antes, en su mente. *Te observamos, Szeth. Tenemos curiosidad.*

Se sobresaltó de repente. ¿Otra vez? ¿Qué significaba aquello?

—Vas a llevártelo —dijo su madre—. Vas a robárnoslo y convertirlo en un asesino.

—Lo siento —confirmó el granjero—. Pero podréis ir a visitarlo.

Más silencio, lleno del sonido de los vientos. Luego el de la madera gimiendo cuando alguien subió a los peldaños de fuera. Y una voz que, de algún modo, era más fuerte que el viento, y que los árboles, y que el río. Una voz como las piedras.

—No —dijo el padre de Szeth—. No iré a visitarlo. Si te llevas a mi hijo, yo iré con él. Aprenderé también a sustraer.

Entonces algo se rompió dentro de Szeth. Fue extraño sentir cómo sus emociones se *quebraban*, igual que un recipiente de arcilla dejado caer al suelo. Un estallido de dolor al oír la exigencia de su padre, seguido de una cálida oleada de alivio.

Szeth no iba a estar solo.

—¡Neturo! —exclamó el granjero—. ¡Eres mi mejor administrador!

—Ahora ya no. Si vais a enseñar a mi hijo a matar, tendréis que enseñarme a mí también, para que nunca tenga que estar solo con lo que debe hacer.

—Entonces Elid y yo iremos también —dijo su madre—. Si no se adapta, dejaremos que se mude al pueblo con sus primos, como tantas veces nos ha pedido.

—Es una locura —respondió el granjero.

—No —dijo el padre de Szeth—. Somos una familia. Mi hijo no entrará solo en la oscuridad. Si necesitas que rompa algo para demostrar lo dispuesto que estoy, indícame el camino hacia los otros dos soldados que me robaron y luego dejaron a mi hijo en manos de un monstruo borracho.

El granjero profirió un largo suspiro.

—Por lo menos, piénsatelo un poco. Quizá cambies de opinión.

—¿Tú vas a cambiar de opinión? —preguntó su padre.

—No —reconoció el granjero.

—Entonces —dijo el padre de Szeth— yo tampoco.

*Yo cuestiono tal afirmación por su perfidia; al haber estudiado en
gran medida sus naturalezas, y al haber hecho un intento específico
de representar sus mentes con exactitud, debo reafirmarme en mis
conclusiones; es de particular pasión y perfección en mí; como tal vez
los habría conocido yo misma, de haber tenido ocasión.*

De *Palabras radiantes*, capítulo 40, página 2

S hallan emergió a algo que daba la impresión de ser el mundo real. Trastabilló hasta detenerse, rodeada de cantores vestidos con un estilo anticuado —sin apenas nada encima, en realidad— en la ladera de una
colina con partes de tierra. Verdadera *tierra*. Dio un respingo, sonrió de
oreja a oreja, se arrodilló y metió las manos en ella. Tormentas. Era tal y
como había leído.

Varios cantores seguían corriendo, pero otros dos pararon también de
golpe cerca de ella. Shallan parecía tener un cuerpo de cantor, incluso a sus
propios ojos. Qué raro, ¿no? Dalinar siempre se veía como él mismo; Shallan había leído las crónicas varias veces.

—¿Shallan? —le preguntó un cantor muy alto con casi toda la piel blanca.

—Ajá.

—Y él debe de ser Renarin —dijo el alto mirando hacia el tercero, un
cantor más bajito cuya piel tenía remolinos de color rojo y negro.

—Esto es… escalofriante —dijo Shallan, palpándose el caparazón de la
cara—. Glys y Tumi decían que llevaríamos un tejido de luz, pero me siento
como si de verdad estuviera en el cuerpo de este cantor.

—Es complicado —respondió Rlain—. Lo cual es… una forma de decir
que no lo entiendo del todo. No podemos permitirnos que nos reconozca
nadie, ni siquiera el brillante señor Dalinar. Al entrar en ella, la propia visión

os asigna gente a la que reemplazar. Y entonces, Glys y Tumi nos dan el
ltimo empujoncito para que de verdad adoptemos su forma.

—¿Dónde están nuestros spren? —preguntó Renarin.

Su voz sonaba extraña. Shallan cayó en la cuenta de que era porque no
enía ritmo. Rlain se encogió: también lo había oído.

—Capto a Tumi —contestó Rlain—. Está fuera de la visión, mirando,
ara no revelar nuestra presencia.

—Ah… —dijo Renarin—. Sí. Más vale. Hum… —Separó las manos y
as inspeccionó—. Shallan, ¿estás bien?

—Me gusta este caparazón —respondió ella, levantándose—. Da gusto
evarlo. ¡Y la tierra también me gusta! Qué ganas tengo de pisar plantas que
o se muevan. ¿Verdad que será surrealista?

—No parece que aquí hayan crecido muchas plantas todavía —dijo Re-
arin, señalando colina abajo hacia una enorme cuenca llana de tierra. Tierra
nojada, a juzgar por los esfuerzos que hacía la gente al caminar por ella.

—Ahí. —Rlain les indicó una figura concreta de abajo—. Ese es tu pare, ¿verdad?

—Y Navani está con él —dijo Shallan—. Así que a ellos sí que los vemos
omo ellos mismos. Pero los dos asesinos Sangre Espectral…

—… estarán ocultos —terminó Renarin la frase en voz baja—. Igual que
osotros. Podrían ser dos personas cualesquiera de ese campo. —Respiró
ondo—. Aun así, la ventaja es nuestra. Oíste a los Sangre Espectral decir
ue iban a observar a mi padre y mi tía, así que tenemos información sobre
os movimientos del enemigo. Eso nos proporciona una ventaja táctica.

Rlain canturreó con suavidad.

—¿Qué? —dijo Renarin.

—Suenas igual que tu padre —respondió Rlain—. Dicho como un ha-
ago.

Renarin bajó la mirada al suelo y Shallan creyó captar un rubor en su
ostura, cosa que encontró muy curiosa, sobre todo teniendo en cuenta
ómo alzó la mirada de nuevo hacia Rlain con admiración. ¿Podía ser que
sos dos…? Qué ganas tenía de preguntarle a Adolin. Quizá él supiera
lgo. De momento, se conformó con abrir el paso pendiente abajo.

—Vosotros dos deberíais procurar no hablar mucho —comentó Rlain.

—No tenemos que engañar a otros cantores, por suerte —dijo Rena-
in—. Solo a unos humanos.

—No sé si podría llegar a engañar a cantores —comentó Shallan, inten-
ando imitar el ritmo de Rlain—. Puede que algún día tenga que hacerlo, en
l mundo real.

Rlain se detuvo de golpe, con los ojos ensanchados, canturreando a un
itmo tenso. Shallan lo igualó.

—¿Cómo es que sabes hacer eso? —exclamó él—. Es un ritmo perfecto.

—Sale natural, con este cuerpo —dijo ella, encogiéndose de hombros—.
Más que otra cosa, estoy imitándote a ti.

—Es increíble. —Rlain retomó el descenso—. Pero ten cuidado. Si solo imitas, a menudo canturrearás a un ritmo que no sea el adecuado para la conversación.

Llegaron juntos al final de la pendiente y buscaron un sitio desde el que observar.

—¿Por qué paramos? —preguntó Renarin—. ¿No queríamos encontrar a los Sangre Espectral?

Tormentas, Shallan estaba tan acostumbrada a trabajar con la Corte Inadvertida que había olvidado que aquellos dos apenas tenían experiencia.

—Nuestro primer objetivo —dijo— es ser tan discretos como podamos. Intentar no llamar nosotros su atención. Que regresemos podría parecer raro, ya que los demás estaban huyendo. Por tanto, debemos actuar como si nos hubieran enviado de vuelta para vigilar.

—Bien —respondió Renarin—. ¿Y cómo vamos a averiguar nada desde aquí?

Shallan entornó los ojos.

—Fijaos en cualquiera que se acerque un poco demasiado a Dalinar o a Navani. Y dadme un minuto.

Estudió la zona, reparando en los grupos de refugiados humanos que se alejaban del portal por el terreno mojado. Exhaustos, quemados, temerosos.

La llegada de los humanos a Roshar. ¡Menudo acontecimiento estaba presenciando! Pero Velo se ocupó de ayudarla en silencio a concentrarse en el trabajo que tenía por delante, recordándole las habilidades que Shallan llevaba practicando desde la infancia. Cuando una tenía un padre maltratador y una madre demente, aprendía a actuar.

Creo, susurró Velo, *que esto siempre se nos ha dado un poquito mejor de lo que reconocíamos.*

Era verdad. Shallan siempre había temido que Velo estuviera comportándose como una experta en espionaje cuando en realidad era solo una niña asustada. Pero, en cierto modo, esa niña asustada era la reina de ocultar su rostro con máscaras. No debería haber tenido que pasar una infancia terrible y dolorosa, pero, ya que lo había hecho, bien podía convertirla en una tormentosa arma.

—Vosotros seguid fingiendo que sois exploradores —susurró—. Retroceded un poco. Adoptad posturas nerviosas. Yo voy a entrar.

—¿Entrar? —preguntó Renarin.

—Esto se me da mejor a mí que a Mraize —dijo Shallan en voz baja—. Es hora de demostrarlo.

Salió de detrás de las rocas con paso bajo, temeroso. No estaba viendo a humanos, sino a extraños y aterradores alienígenas. Se aproximó, asustadiza, aferrando su lanza. Las personas congregadas gritaron, así que buscó refugio detrás de otra roca, más cerca del barro.

Entonces salió, creando dos ilusiones a la vez. Dejó atrás una versión falsa del cantor mientras avanzaba con esfuerzo llevando la cara y el vestido suelto y raído de una refugiada que había visto. Cubierta tanto de ceniza como de aquella sustancia húmeda del suelo. Un sencillo vestido marrón hasta los tobillos. Con algún bordado que otro.

Tormentas, Shallan, pensó Radiante.

¿Qué?

No has necesitado dibujarla antes. Lo has hecho y ya está.

Era… era cierto. Shallan ya había estado yendo en esa dirección, pero ¿alguna vez había creado un tejido de luz completo sin ninguna clase de boceto previo? Era… bueno, ya era hora. Comprobó si iba armada, encontró su daga de antiluz tormentosa enfundada al cinto y la añadió a su disfraz.

«Primero confirma que Mraize está aquí —se dijo—, vigilando a Dalinar y Navani. Intenta averiguar si comete algún fallo que te permita distinguirlo más adelante. Luego retírate y prepara un verdadero plan para eliminarlo».

No estaba siendo débil, ¿verdad? Podía matar a Mraize. Igual que había matado a todos los mentores que había tenido en su vida hasta el momento y…

¿Me necesitas?, preguntó Radiante.

No, dijo Shallan, saliendo a la tierra mojada y encontrándola exactamente tan resbaladiza y pringosa como había deseado que fuera. Empezó a cruzarse con refugiados, intentando dar la impresión de que se había dejado alguna cosa más atrás sin querer. Era solo otra humana huyendo del fuego. Menos mal que tenía mucha práctica, porque ser Shallan llevando un cuerpo de cantor que llevaba un tejido de luz de otra humana diferente eran muchas capas que pelar.

Dejó atrás con un gesto a la poca gente que habló con ella, aunque descubrió alarmada que no comprendía su idioma. Sonrió poniendo cara de agotamiento y señaló, murmurando algo en voz demasiado baja para que la oyeran entre el rumor del gentío.

Siguieron adelante mientras ella seguía acercándose a su objetivo. Dalinar y Navani estaban hablando con… ¿Ese era Sagaz? ¿O un simulacro de Sagaz? Se obligó a no mirar fijamente y avanzó hacia un animal que estaba atrapado en el fango. Sonrió a la gente que había cerca, cogió las cuerdas que el animal llevaba al cuello y empezó a tirar para liberarlo, consiguiendo de paso un motivo para quedarse cerca de Dalinar y Navani.

«¿Y dónde se pondría Mraize? —pensó. El extraño caballo empezaba a desatascarse, pero uno de los que tiraban resbaló y el pobre animal terminó más hundido que antes—. Le interesa estar en algún sitio desde el que oiga…».

Los refugiados pasaban a su lado sin detenerse. Le costó un gran esfuerzo, pero Shallan se impidió a sí misma mirar por el portal hacia ese otro mundo. La bestia similar a un caballo se movió, pero poco. Parecía que…

Que la otra gente que intentaba sacarla estaba esforzándose muy poco. Uno gruñó y ahuyentó a Shallan con un gesto mientras se arrodillaba para escudriñar las patas del animal. ¿Comprobando que no tuviera heridas, tal vez?

Shallan había encontrado al instante la mejor manera de permanecer cerca de Dalinar sin llamar la atención... porque Mraize había provocado aquella situación para hacer lo mismo. Tormentas. La persona arrodillada en el barro delante de ella tenía que ser o bien él, o bien Iyatil. El instinto le decía que era Mraize. No porque estuviera comportándose como acostumbraba, ya que, de hecho, no lo hacía. En vez de confiado, parecía un poco inepto y, cuando se levantó con los brazos en jarras, sonrió a Shallan con aire avergonzado. Solo que esa actitud se parecía mucho a la que había fingido cuando se hizo pasar por soldado en Urithiru.

«Tener una o dos personalidades a las que recurres siempre —pensó Shallan— es casi tan revelador como ser tú misma». Era probable que también ella hubiera cometido ese error alguna vez.

Agarró su daga, pero no la desenfundó. Dalinar pasó por delante en la tierra mojada, diciéndole a Navani que iba a hablar con el Padre Tormenta. Mraize siguió la marcha de Dalinar con la mirada. Shallan no iba a tener mejor oportunidad que aquella.

Pero...

Radiante se puso al mando, desenvainó el cuchillo y atacó mientras Mraize pasaba caminando junto a ella en dirección a Dalinar. Mraize captó el movimiento con el rabillo del ojo y, con una maldición, atrapó el brazo de Radiante justo antes de que le clavara el cuchillo. Radiante vio genuino pánico en sus rasgos mientras lo empujaba contra el costado del animal enfangado, provocando que otros refugiados chillaran y se apartaran.

Mraize le agarró el antebrazo con las dos manos, gruñendo, y entonces la miró a los ojos.

—Es una daga muy peligrosa para que la lleves tú, pequeña mía —dijo, permitiendo que asomara una sonrisita a la comisura de la boca—. No habrás crecido de repente, ¿verdad?

Por desgracia, Mraize era más fuerte que ella. Buscando una ventaja, Radiante trató de invocar su armadura, pero el resultado fue solo que apareciera un puñado de diminutas dagas en la pegajosa tierra mojada, temblando y diciendo: «¡Otra Shallan!».

Así que... nada de armadura en aquel reino. Radiante se apartó de Mraize, zafándose de su agarre. Era un movimiento que él debería haber sido capaz de impedir, pero parecía cauteloso, ansioso por mantenerla a distancia.

—¿Cuánto hace? —preguntó Shallan.

—¿Cuánto hace de qué? —dijo él, secándose la cara, dejando una mancha de tierra.

—¿Cuánto hace desde que me tienes miedo en secreto? —preguntó Shallan en voz baja.

Sorprendiéndola, Mraize sonrió.

—Desde que descubrí que habías matado a Tyn. ¿Por qué iba a reclutar a nadie que no me asustara al menos un poco? ¿Por qué cazar a nadie incapaz de resistirse?

Aquella sonrisa. Tan confiada. Shallan sintió la necesidad visceral de borrársela de la cara. Por suerte, Radiante era más racional. Sabía, gracias a las lecciones de Adolin, lo peligroso y estúpido que era atacar a un oponente más alto y más fuerte con solo un cuchillo. La mano de Mraize había descendido por su costado, casi con toda seguridad en busca de su propia arma. Si Radiante permitía que Mraize la tentara a atacar de cerca, estaría en grave desventaja.

De modo que fintó un ataque y entonces retrocedió, escondiendo su daga. Cuando Mraize sacó su propia arma, Shallan levantó los brazos y retrocedió a trompicones, chillando. Los espectadores, confusos hasta el momento, pasaron de golpe a la acción y atraparon a Mraize. Aunque la primera en atacar había sido ella, era muy probable que no lo hubieran visto, al ser un acto tan inesperado. Varios de ellos también se movieron para impedir que Shallan fuese hacia Mraize, parándola con las manos alzadas, pero era evidente que creían saber quién era el más peligroso de los dos, porque a Mraize lo tenían sujeto mientras que a ella solo la apartaban. No dejaban de dar voces en aquella lengua que Shallan no entendía.

Mraize asumió la situación mientras le lanzaba a ella una mirada asesina. Sabía que no debía agravar el conflicto, así que impidió que le quitaran su cuchillo, pero permitió que lo alejaran de allí mientras se explicaba a su manera tranquila y deliberada. De algún modo, hablaba el idioma.

¿Podía Shallan aprovecharse de aquello? ¿Convencer a los demás de que era un hombre peligroso? Aquellas personas estaban cansadas, sensibles.

—Mátalo —dijo una voz suave a su lado.

La voz de la propia Shallan.

Se volvió de sopetón y vio una figura vestida exactamente como ella, pero cuya cabeza estaba hecha de volutas de humo gris. Revueltas, cambiantes, hipnóticas.

—Es lo que somos, Shallan —dijo la figura—. Es en lo que debemos convertirnos. No puedes rechazarme para siempre. Soy tú.

—¿Sin… Sinforma? —susurró Shallan—. Te desterré.

—Soy tú.

—No —dijo Shallan, retrocediendo—. Te desterré.

—Y sin embargo —repuso la criatura, dando un paso adelante—, vienes a un dominio de posibilidades y futuros. Dime, ¿estás mejor porque hayas tenido un día bueno? ¿Alguna vez estarás «mejor» del todo?

—Puedo estar mejor —siseó ella—. Sí que puedo.

—¿De verdad? —preguntó Sinforma, y todo lo demás pareció difuminarse—. Eres aquello en lo que se te transformó, Shallan. Eres aquello que se te hizo. Eso soy yo. Soy tu futuro.

Shallan chilló y se agachó, con las manos como garras, una abierta, otra aferrando su daga. La visión desapareció. Todo se convirtió en una neblina arremolinada, y Shallan sintió que alguien la abrazaba. Patrón.

—Cálmate, Shallan —dijo el spren—. Cálmate…

Jadeando, Shallan se dejó sostener. No veía bien en aquel lugar de formas y futuros cambiantes, como pintura mezclándose, pero oyó hablar a Rlain desde algún lugar cercano.

—Bueno, eso podría haber ido mejor —dijo, con una voz que vibraba a un ritmo.

—Busquemos algún lugar donde recuperarnos y planificar —propuso Renarin—. Nuestros spren están entrando en pánico. Están convencidos de que, si hubiéramos dejado pasar unos momentos más, los dioses nos habrían descubierto. Tenemos que hacer esto sin montar tanto numerito.

—Asesinar a alguien siempre monta el numerito —farfulló Shallan—. Por lo menos, siempre que lo he hecho yo.

Pero dejó que se la llevaran a las brumas del futuro.

El Padre Tormenta tenía aspecto de ondulación en el aire. Dalinar lo vio de pie en la ladera, mirando desde arriba a los humanos recién llegados.

Dalinar se detuvo ante el spren y lo observó. Ese día le pareció que hasta captaba un atisbo de sombra en la ondulación, una forma que encajaba con la imagen que había visto del dios muerto, Honor, también llamado Tanavast.

El Padre Tormenta era un eco del Todopoderoso. Como cuando los bocetos a carboncillo de Shallan tocaban la siguiente página y dejaban en ella una tenue sombra del dibujo original. Al igual que casi todos los días, Dalinar pudo sentir el estado de ánimo del Padre Tormenta.

Estaba… triste.

—Los perros morirán —dijo en voz baja.

—¿Los qué? —preguntó Dalinar, frunciendo el ceño.

—Esos animales más pequeños que traen los refugiados —explicó el Padre Tormenta—. Los que son amistosos, ¿los ves? Se llaman perros. —Guardó silencio un momento—. Tanavast siempre decía que añoraba a los sabuesos. La población que cruzó no alcanzaba para hacer sostenible la especie. Habrán desaparecido dentro de trescientos años.

—¿Sabuesos? —dijo Dalinar—. ¿Como los sabuesos-hacha?

—Vuestros antepasados criaron a los sabuesos-hacha en sustitución de los perros, ya que ocupan el mismo nicho ecológico. Y tienen las mismas maneras. Es una… curiosidad de la genética y la evolución paralela. Si con el cruzamiento buscas ciertas características, como la obediencia, a veces obtienes también algunos rasgos secundarios en común.

»Los cerdos… sí que medrarán en Roshar, porque se comen cualquier cosa. Esos visones se volverán salvajes. Las ratas consiguen sobrevivir, algo extraordinario teniendo en cuenta las poquísimas que se colaron, pero he aprendido a no sorprenderme nunca de los lugares donde uno encuentra ratas. Y mira. Los pájaros están a punto de venir.

Dalinar se volvió mientras la gente empezaba a dar gritos, a agacharse mientras un enorme grupo de pollos llegaba volando a través del portal. Eran miles.

—Se han juntado al otro lado —dijo el Padre Tormenta—, acorralados y arrinconados por la temperatura creciente y el cielo en llamas. Es un milagro que hayan encontrado el camino hasta aquí, pero deben de haber seguido el repentino aire fresco. O quizá... quizá el Viento los ha buscado. Sobrevivirán. Loros de una docena de variedades, que pueden comer el grano de Roshar hasta que empiecen a crecer otras opciones en Shinovar.

Dalinar calló, limitándose a escuchar. A veces al Padre Tormenta le daba por hablar, y nunca se sabía lo que uno podía descubrir.

—No recuerdo esto —prosiguió el Padre Tormenta—, y sin embargo sí. No estaba vivo, no era consciente.

Dejó de hablar, así que al cabo de un rato Dalinar decidió darle pie.

—Pero Tanavast sí que estaba vivo. Tienes algunos de sus recuerdos.

—Solo ecos —dijo el Padre Tormenta—. Poco que sea relevante. Un aprecio por los perros...

—¿Qué pasó de verdad en Ashyn? —preguntó Dalinar.

—No lo sé.

—Y... ¿el Viento que mencionabas antes? Me ha hablado.

—Una diosa caída.

—Una diosa caída —repitió Dalinar—. ¿Hay dioses aparte de Honor, Cultivación y Odium? ¿Aquí, en Roshar?

—Hay pedazos del dios que creó el planeta —dijo el Padre Tormenta—. Ya tienen poca importancia, porque los humanos, mal adaptados a esta tierra, empezaron a temer la tormenta más que cualquier otra cosa. Así que la tormenta cobró vida... se convirtió en adversaria. En un nuevo semidiós de Roshar.

Dalinar asintió, pensativo. El dios que había creado aquel mundo, quizá el mismo Dios del Más Allá al que Dalinar había empezado a seguir... había dejado cuidadores en los spren. Pero cuando ese dios desapareció, muerto y fragmentado según el testimonio de Sagaz, los spren habían pasado a ser otra cosa. Otra cosa más ligada a Honor, Cultivación y Odium.

—No deberías estar viendo esto —dijo el Padre Tormenta—. Aquí no hay nada útil para ti, Dalinar.

—¿Podrías llevarnos a casa? —preguntó él.

—Quizá. Si os llevo ahora, ¿iréis?

Dalinar se lo pensó, contemplando a los refugiados de abajo. Se sentía... vigorizado por haber presenciado aquel acontecimiento histórico. El verdadero origen de su pueblo, y de todos los humanos, en ese mundo. Consultó su reloj y vio que seguía siendo el cuarto día. Tenía tiempo.

—El poder de Honor está aquí —dijo—, a nuestro alrededor.

—Nunca te aceptará.

—¿Por qué no? —preguntó Dalinar.

—Porque no puede soportar a otro capaz de hacer lo que hizo Honor. Ahí estaba.

Eso parecía relevante.

—¿Qué hizo Honor? —preguntó Dalinar—. Padre Tormenta, ¿qué fue exactamente lo que hizo Honor?

La ondulación en el aire titubeó un momento, como dándose cuenta de que había hablado demasiado.

—Sí que está relacionado —dijo Dalinar—. Lo que le pasó a Honor, cómo murió… y la forma en la que yo podría reclamar el poder. Necesito saber cómo murió el dios anterior antes de poder aspirar siquiera a ocupar ese mismo puesto. ¿Es así?

El Padre Tormenta se distorsionó, ganando tamaño, volviéndose más amenazador, abandonando la forma humana en favor de una más similar a una pequeña tormenta. Se cernió sobre Dalinar.

—¡YA ES SUFICIENTE! Intentaré enviaros de vuelta ahora mismo, si estáis dispuestos a regresar. Pero debes jurar que nunca más volverás a intentar esto.

—No —dijo Dalinar.

Estaba comprendiendo que aquello era lo que debía hacer. Los demás deberían librar sus batallas sin él, por el momento. Dalinar tenía que quedarse allí y encontrar el camino hacia aquellos secretos.

—Te condenas a ti mismo —dijo el Padre Tormenta—. Y a tu esposa. Y a otros. ¡NO DEBERÍAS DESAFIARME!

—Padre Tormenta —repuso Dalinar con calma—, ¿recuerdas que hablamos hace unos días? ¿Recuerdas lo que me dijiste?

Silencio.

—Puedes cambiar —dijo Dalinar—. No tenemos por qué oponernos, como tan a menudo hacemos.

—Lo único que hace falta es una voluntad… —susurró el Padre Tormenta—. Para mí ya es tarde, Dalinar. No… no deberías esforzarte tanto conmigo. Soy solo un spren. —Su voz se hizo más suave—. Por favor, volved y ya está.

Dalinar titubeó un momento, pero entonces negó con la cabeza.

—No. He tenido las visiones tal y como tú querías presentármelas, Padre Tormenta. Ahora veré lo que sucedió en realidad. Descubriré lo que le ocurrió a Honor, y por qué su poder no ha elegido a ningún sucesor.

—Cuánto te pareces a tu hermano —susurró el Padre Tormenta—. Cuánta arrogancia.

—¿Cómo es que tienes una opinión sobre Gavilar? —preguntó Dalinar, confuso—. ¿Acaso te relacionaste con él?

El Padre Tormenta pareció ponerse más alerta entonces, como si hubiera dicho algo que no debía. Como si hubiera revelado algo. Ese momento de

Conexión entre ellos, de entendimiento, como otros que habían compartido alguna que otra vez desde que estaban juntos, se evaporó.

—¡Morirás aquí dentro! —atronó el spren—. ¡Vagarás durante eones, y luego te marchitarás!

—¡A la tormenta contigo, ayúdame entonces! ¡Deja de ocultarme tus secretos!

—No —dijo el Padre Tormenta—. ¿Deseas ver lo que este lugar puede mostrarte? Bien. El estofado es tuyo. Cuécete en él. Yo volveré cuando te canses y seas razonable, y entonces hablaremos.

El Padre Tormenta empezó a desvanecerse.

—¿De qué tienes miedo? —le gritó Dalinar—. ¡Padre Tormenta! ¿Qué mentiras has estado contándome?

Tan solo, dijo el Padre Tormenta en su mente, *las que te mereces*.

Y desapareció. Dalinar suspiró, enfadado consigo mismo por haber perdido los estribos. Con lo bien que iban las cosas entre ellos de vez en cuando, como aquella ocasión en la que el Padre Tormenta le había contado la muerte de Eshonai. Dalinar atesoraba esos momentos de sinceridad y conexión, pero, con demasiada frecuencia, la cosa terminaba como aquel día.

Por confirmarlo, Dalinar probó de nuevo a crear una perpendicularidad. Por desgracia, tampoco funcionó. Usar el poder para salir de aquel lugar era como intentar que el agua fluyera cuesta arriba. Con un suspiro, empezó a descender de nuevo para ver cómo le iba a Navani.

De hecho, me resultan excepcionales las desavenencias entre los
Rompedores del Cielo; mi preferencia se decanta por cada narración,
visto que los argumentos de los grandes argumentadores son de la
variedad más atractiva, tanto como para predisponer a una mujer ha-
cia un bando u otro, según del momento, oscilando de lado a lado,
primero al primero, segundo al segundo, para conceder la victoria a
quienquiera que haya hablado en último lugar.

De *Palabras radiantes*, capítulo 40, página 2

El padre de Navani había sido bueno con ella, pero también había
sido un brillante señor espantoso. Pasaba la mitad del tiempo fuera
cazando y la otra mitad buscando pelea. Había muerto en un duelo
cuando ella tenía diecisiete años y sus últimas palabras habían sido para
pedirle que, cuando Navani escribiera su biografía, incluyese un insulto
particularmente atroz para el hombre que lo había matado de una estocada.

Navani no había llegado a escribir esa biografía. Era solo una de entre
los centenares de tareas desatendidas que la asediaban y, por algún motivo
aquel lugar, aquella excursión por el Reino Espiritual, le recordaba a él. ¿Por
qué sería?

Esa pregunta la persiguió mientras se cruzaba con refugiados al recorre
el fango con paso trabajoso en dirección al portal abierto. Al llegar com
prendió en parte qué era lo que la tenía irritada. Aún se sentía Conectada
algo, a alguien, allí fuera. Era la misma sensación que había tenido al busca
a Dalinar antes.

Había alguien observando desde el Reino Espiritual. Alguien a quie
Navani conocía bien. ¿Sería... su padre? No. Fuera cual fuera esa Conexión

no lograba identificarla, igual que no lograba contactar con el Hermano por mucho que lo intentase.

Quieta sobre el barro, con las manos en las caderas, miró insatisfecha a las personas que fluían a su alrededor, asustadas. No se le había escapado que el rey y sus lanceros tenían toda su atención puesta en ella. De hecho, había cierto alboroto por unos refugiados que estaban peleándose, pero no podía verlo bien porque se lo tapaba una hilera de soldados.

Se cruzó de brazos. Estaba allí para aprender. ¿Qué era, por tanto, lo que más podía enseñarle? El flujo de gente agotada se había reducido a un goteo. Pero no tardó mucho tiempo en empezar a cruzar otro grupo, diferente al resto. La ropa de esas personas no era tan refinada: más pieles cerradas con cordel, menos tela. Avanzaban apiñados y miraban con desconfianza al resto.

«Son los shin —comprendió Navani, entreviendo unos pocos rostros ocultos en las profundidades de sus capuchas—. Estoy presenciando la llegada de los shin».

El portal en sí también le parecía interesante. Había crecido incluso más, quizá hasta los dos metros y medio de diámetro, aunque se aplanaba por debajo en contacto con el suelo. Después de pensarlo un momento, se decidió por una idea. Anduvo derecha hacia el portal, dejando espacio entre ella y los refugiados. Los soldados, que no querían que los tocara, se apartaron y luego fueron tras ella.

Jasnah pensaba que crear cosas como aquella, portales capaces de transportar a la gente de un lado a otro de Roshar, debía ser posible utilizando las capacidades de una Nominadora de lo Otro, pero no tenían ninguna indicación de cómo lograrlo y los experimentos de la propia Jasnah habían sido infructuosos. Por tanto, ¿qué podía aprender Navani sobre aquel portal? ¿Sobre uno tan poderoso para traer a aquella gente desde un mundo distinto del todo? Bueno, observación número uno: el portal requería de un esfuerzo continuado para mantenerse abierto. Ishi'Elin permanecía de pie al otro lado, con los brazos adelantados, las palmas abiertas, como si estuviera empujando físicamente el portal para que no se cerrara. Los bordes ondeaban y fluctuaban, encogiéndose cuando Ishi perdía concentración o fuerza.

«En este momento —pensó Navani— es posible que no sea un Forjador de Vínculos, porque esto parece una nominación de lo otro». Así que algunos de ellos eran duchos en potencias distintas a las que un día ostentarían como Heraldos.

En el interior del portal habría como unos quince centímetros de «túnel» entre ambos mundos. Era de un titilante color plateado. Mientras Navani veía a la gente cruzar desde el otro lado, sus formas parecían emborronarse un instante, y luego emborronarse de nuevo al salir por el lado de Roshar.

«Es como si cayeran dentro por el otro lado —pensó— y después cayeran fuera en este, como si se deslizaran a través del espacio y emergieran. No es tanto una puerta que cruzar como algo en lo que se entra y te transporta recorriendo una distancia».

Navani dudaba que comprendiese lo suficiente aquella clase de física para llegar a las conclusiones correctas. Era mejor memorizar sus observaciones para presentárselas a su equipo cuando regresara. En todo caso, sentaba bien crear un poco de orden a partir del caos. Como de costumbre, unas pocas observaciones claves, unos pocos pensamientos sobre la mecánica de su situación, le conferían cierta pequeña medida de control. O, al menos, hacían que le pareciera tenerlo.

Unas bandadas de pollos irrumpieron por la parte de arriba del portal, a casi dos metros de altura. Navani pensó un momento y luego estiró un dedo hacia el otro lado. A su espalda, alguien dio una voz. Volvió la mirada y vio que el rey aún estaba observándola, con una Shalash adolescente asomando la cabeza desde detrás de él. El rey dio un paso adelante, señalando y hablando con aire autoritario.

—Dice que no deberías cruzar —explicó una voz desde el lado de Navani—, que el otro lado es peligroso.

Miró hacia ahí y encontró a Sagaz sentado en el fango a su izquierda. Su cara se había derretido, dejando una pálida nada en su lugar. De algún modo, hablaba sin rostro. Sonó un trueno distante, pero Navani mantuvo su atención en él.

—Hum, gracias —dijo—. ¿Te... encuentras bien?

—¿Yo? Ah, de maravilla —replicó el Sagaz sin cara—. ¡Solo tengo una crisis existencial de primera categoría! Yo, que no soy yo, sabiendo que me esfumaré de vuelta a la nada en el instante en que esta visión termine. ¡Qué divertido! ¡Es como darte cuenta de que has tragado veneno sin querer!

—Lo siento —dijo ella.

—No pasa nada. ¡No soy real, así que mis emociones no importan! Mi dolor es una ilusión, y soy una marioneta de la Investidura en crudo, que se sostiene en pie y habla como el calcetín en la mano de un crío. —Ladeó la cabeza—. Vaya, ¿es así como se sienten los iriali a todas horas? No me extraña que sean tan tormentosamente raros.

—¿Qué pasa si cruzo el portal? —preguntó Navani.

—Nada —dijo el falso Sagaz—, porque no puedes. Esta visión está sujeta a Roshar. Puedes ver lo que vio el planeta, la luz que cruzaba la Puerta de lo Otro, pero, si intentas pasar al otro lado, no ocurrirá nada.

—El Reino Espiritual es todos los lugares —repuso Navani—. Es lo que nos dijiste... bueno, lo que nos dijo el Sagaz del mundo real.

—Ajá, cierto —dijo él—. Pero no eres una diosa, Navani. Esta visión es el Reino Espiritual intentando con todas sus fuerzas mostraros algo que vuestra mente pueda entender. Si lo estiras demasiado, se deshará. Quien avisa no es traidor.

—Entendido —contestó ella. Señaló con la cabeza hacia Jezrien y su hija—. ¿Puedes explicarles que no soy peligrosa?

—¿Quieres que mienta? —preguntó Sagaz.

—No soy peligrosa.

—¿Es cierto o no que le derretiste los ojos a un hombre en sus cuencas hace unos cinco días?

Navani vaciló.

—No soy peligrosa para ellos.

—Por supuesto que no —dijo él—. No están vivos.

Por las tormentas en las alturas y la luz del Todopoderoso, aquel falso Sagaz era incluso más fastidioso que el verdadero. Navani se irguió, con los brazos en jarras, mirándolo... y Sagaz se desplomó en el fango, con su cara sin rasgos hacia el cielo, murmurando para sus adentros sobre cosas como «recurrencia infinita» y «conciencia sintética».

Navani suspiró y se volvió de nuevo hacia Jezrien y su hija, que aún estaban protegidos por guardias. Sonrió al rey y probó a inclinarse. Él asintió. Así que Navani se acercó despacio, con las manos separadas a los lados para mostrar que no pretendía hacerle daño a nadie.

No se atrevió a aproximarse demasiado y se detuvo a metro y medio de distancia, esperando que Jezrien también avanzara un poco hacia ella. Pero el rey no lo hizo: se quedó estudiándola, pensativo. Su hija, que tenía un tono de piel más oscuro, salió de detrás de él. Ella sí que dio un paso adelante, sin hacer caso a la advertencia de su padre, y extendió la mano para tocar la de Navani, que se agachó poniendo sus ojos más a la altura de los de Shalash y entrelazó los dedos con los suyos. Jezrien se acercó, pero no las separó.

En algún momento del futuro, ellos dos, junto con otras ocho personas, fundarían el Juramento. Uno de los acontecimientos más importantes de la historia.

Parecía que Dalinar había terminado ya de hablar, porque Navani lo vio acercándose por el barro. ¿El trueno de antes habría sido cosa suya?

—La visión terminará pronto —dijo el falso Sagaz—. Habéis venido aquí para ver el cruce, y lo habéis visto. Pronto se os arrojará al remolino siempre agitado de posibilidades y recuerdos.

—Y nos quedaremos sin guía —respondió ella—. Necesitamos una manera de regresar al Reino Físico.

—Suerte con eso. ¡Tu marido acaba de rechazar la oferta del Padre Tormenta de enviaros de vuelta! ¡Ja, ja!

Navani no soltó la mano de Shalash, ni dejó de mirarla a los ojos. El viento sopló entre ellas, y Navani creyó oír que traía una canción. Una canción que le recordaba un poco a algo.

—¿Puedes ayudarnos? —preguntó al Viento.

No lo... no lo sé..., susurró en respuesta. *Tu esposo ha decidido quedarse. Es un hombre... sabio y necio a la vez... Ha comprendido que el único camino adelante es a través del tiempo. Debéis hallar el día que Honor murió...*

Para eso faltaban todavía como mínimo cinco mil años. ¿Cómo iban a poder encontrarlo?

«Tal vez no haga falta —pensó Navani, mirando a Shalash—. Aún no. Cultivación nos dijo que presenciáramos la historia, y para eso hemos venido. ¿Y si primero encuentro la forma de hacernos saltar un poco adelante en el tiempo… y a partir de ahí ya buscaré el siguiente paso?».

—El Juramento —dijo Navani—. Su fundación. Estos dos estarán allí. Necesito una guía, un ancla, que me lleve a ese momento.

Ah…, susurró el Viento. *Su cinta. Llévate la cinta de la chica…*

Navani sonrió a la joven Shalash. Tanto ella como su padre parecían más amigables que antes, quizá por haber comprendido que Navani no era peligrosa. Por desgracia, las montañas lejanas ya empezaban a distorsionarse, a convertirse en luz tormentosa, a evaporarse. Tal y como Sagaz les había advertido, aquella visión estaba terminando.

Señaló su propio pelo y luego el de Ash. La chica se palpó la cabeza y entonces, con expresión interrogativa, se quitó la cinta y la puso en la mano de Navani.

Al momento la visión estalló y todas las personas se deshicieron en luz tormentosa. Pero la cinta permaneció aferrada entre los dedos de Navani.

Adolin se encontraba muchísimo mejor después de haber dormido unas horas. Animado, utilizó los baños, bien equipados pero con demasiado bronce, que les habían asignado a sus oficiales. Se afeitó, se puso un uniforme nuevo y recibió el informe de una asistente de Kaminah. Dos asaltos en cuatro horas. Ningún progreso por parte de ningún bando, lo cual era una victoria para los defensores, aunque la fortaleza de los cantores en el centro había resistido las piedras dejadas caer por los tragaluces.

Colot se había ido a dormir justo antes de que Adolin despertara, y por una vez la cúpula estaba tranquila. El enemigo quizá tuviese más tropas, pero aun así tenía que preocuparse de no agotar sus efectivos. Tal vez hubieran decidido plantarse en su fortaleza, reforzar la posición y replantearse su estrategia. Era lo que él habría hecho después de un día entero perdiendo grandes cifras en una ofensiva que no había dado ningún fruto perceptible.

Adolin salió al exterior y descubrió que ya anochecía. Entretanto, su tímida escriba le estaba susurrando malas noticias: sus peores miedos estaban cumpliéndose. Las fuerzas de reserva azishianas venían con retraso. Habían sufrido el asalto de algún tipo de fuerza enemiga, una tropa misteriosa que tenía perplejos a sus generales. Confiaban en que el retraso fuese breve, porque ya estaban avanzando de nuevo. Según las últimas estimaciones, los refuerzos aún tardarían como mínimo dos días en llegar.

No se sorprendió demasiado, aunque aquello de la tropa misteriosa lo preocupó. ¿Qué estaba pasando allí? Pero en fin, estaba claro que el enemigo intentaría cualquier cosa con tal de retrasar el avance de ese ejército y mantener Azimir aislada todo el tiempo que fuese posible. Terminó de escuchar las novedades, negó con la cabeza y paseó la mirada por la oscurecida plaza. El suplente de armadura de Adolin acababa de equiparse para hacer su turno, lo que le daba a él un poco de tiempo. Así que hizo una cosa que siempre estaba en los primeros puestos de la lista de todo comandante, pero que nunca acababa teniendo la prioridad que debería: fue a visitar a los heridos.

El hospital de campo azishiano era uno de los más pulcros que había visto en la vida. Como May había sugerido, los cirujanos habían ocupado un edificio muy próximo a la cúpula. Adolin se adentró en un mundo de olores estériles, suelos recién fregados, paredes blancas y sábanas más blancas aún. Los azishianos se tomaban muy en serio las antiguas enseñanzas de los Heraldos, según las cuales la suciedad y el desorden atraían a los putrispren, mientras que lavarse las manos y hervir los instrumentos evitaba las infecciones.

Adolin había conocido ejércitos que pasaban por alto esas normas, y entonces era inevitable que hubiera contagios, visibles por los spren que atraían. No hacía falta experimentar demasiado para ver cuál de los dos métodos era el mejor, y lo alegró ver aquel hospital tan bien equipado. Recibió un informe rápido y secreto sobre cómo abrir la sala segura oculta bajo aquella estructura, y luego salió de ella para visitar a los soldados.

Solo podían permitirse que la Vigilante de la Verdad ayudara a los soldados cuyas vidas corriesen peligro. De lo contrario, tanto trabajo la sobrepasaría y la dejaría exhausta. Así que había multitud de dolorspren arrastrándose por el suelo, y una buena cantidad de hombres cuyas heridas les impedirían regresar a la batalla. Adolin se detuvo en una cama tras otra, mientras su escriba se aseguraba con disimulo de confirmar que recordaba los nombres o le proporcionaba los de aquellos a quienes no conocía.

Charló un rato con cada soldado, riendo y bromeando, animándolos y elogiando su servicio. La mayoría solo querían saber que su pelotón estaba bien. Adolin les dio el consuelo que necesitaban, diciéndoles que a veces una herida era el precio a pagar por proteger a sus compañeros. Les aseguró a todos que no estaban dejando en la estacada a nadie por estar fuera de combate y les prometió que, si Rahel se veía con la fuerza suficiente, le permitiría hacer más sanaciones para sacar a soldados de la camilla.

A su paso, los congojaspren empezaron a desaparecer de la sala uno tras otro. Hacia el final de su recorrido, conoció a un hombre al que le faltaba un brazo. Era algo que se veía cada vez menos en los últimos tiempos, dado que los mejores de entre los sanadores Radiantes eran capaces de regenerar miembros. A veces. Dependía de muchos factores nebulosos, como lo antigua que fuese la herida y cómo la percibía la persona.

Rahel no era capaz de una Regeneración tan avanzada. Así que Adolin animó al herido a ver su brazo de menos como un inconveniente pasajero y le prometió que, cuando aquello terminara, lo llevaría a un sanador más experto.

—Bueno, a una mala —dijo el soldado—, ¡lo mismo tengo futuro en una cuadrilla de puente!

Adolin rio, aunque también se preguntó si los miembros del Puente Cuatro y, en menor medida, del Puente Trece sabrían lo famosísimos que eran. Todos ellos, incluidos los muchos que habían muerto antes de unirse al ejército de Dalinar, habían alcanzado un estatus casi mitológico en el ejército alezi.

Dio al soldado un firme apretón en el brazo y un asentimiento agradecido, gestos que, para él, siempre parecían funcionar mejor que el saludo militar. Entonces se levantó y consultó la hora. Seguro que aún tenía tiempo de visitar a unos cuantos heridos azishianos. ¿Les gustaría charlar un rato con un oficial extranjero? Miró por el largo pasillo, hacia la zona que ocupaban…

Adolin dejó el pensamiento en el aire al reconocer a una persona sentada junto a una cama. Era una mujer delgada, con tono de piel azishiano y ojos shin, aunque también mostraba algunos indicios de su ascendencia alezi. Si es que podían aplicarse esas palabras a una mujer que había nacido antes de que Azir, Shinovar o Alezkar existiesen.

Se llamaba Shalash, pero la gente la llamaba Ash. Heraldo del Todopoderoso. Adolin titubeó, y sus guardias y la escriba que tenía asignada ese día se amontonaron detrás de él al darse cuenta de quién estaba allí delante. Ash estaba sentada al lado de una cama que albergaba a una montaña de ser humano: Talenel, el Portador de las Agonías. Aquel a quien habían dejado atrás y quien, al derrumbarse por fin, había dado lugar al regreso del enemigo.

—¿Se puede saber qué miras, principito? —le soltó Ash.

—No sabía que estuvierais aquí —dijo él.

—Somos un añadido de última hora. —Ash se encogió de hombros—. Tu padre nos trajo a Azir para su campaña. Parece que quiere tenernos cerca, porque espera que se le contagie nuestra sabiduría. Menudo idiota está hecho, porque a nosotros no nos queda sabiduría. Solo pena y locura.

Adolin se detuvo ante la cama y miró a Taln, que yacía bocarriba con los ojos cerrados, murmurando para sí mismo.

—¿Está bien? —preguntó Adolin.

La mirada de Ash podría haber fundido hierro.

—¿A ti qué te parece?

Adolin se agachó y oyó que el antiquísimo hombre susurraba las mismas cosas de siempre. Un mantra sobre cómo iba a ayudar a la gente a resistir las maldades que se avecinaban.

—¿Merecéis la pena? —preguntó Ash.

—¿Disculpa? —dijo Adolin.

—Que si merecéis la pena. —Apoyó las manos en el brazo de Taln—. ¿Sabéis el precio que pagó por vuestra paz, en un mundo lejano, un hombre que nunca quiso nada de esto? ¿Un hombre que se habría quedado satisfecho con sus caballos? ¿Merecéis la pena, sí o no?

—No lo sé —respondió Adolin, sincero.

—El tiempo lo dirá.

Afectado, Adolin dejó a los dos Heraldos. Rahel se había unido a su grupo de asistentes; era una joven de unos diecisiete años con un cabello largo que oscilaba entre el castaño oscuro y el castaño claro. Su brumaspren brillaba en la pared, con forma de luz dispersa. Era de la variedad sin corromper, cuyos miembros no acostumbraban a dejar que los viese nadie aparte de su Radiante. Quizá fuese por la presencia de los Heraldos.

—Lo siento, brillante señor —dijo la joven Radiante—. Ella se niega a dejar que intente curarlo a él.

—Tu poder no podría hacer nada por ese hombre —le aseguró Adolin.

—Igual que no puedo sanar los miembros perdidos —dijo ella, atrayendo vergüenzaspren.

—Lo estás haciendo de maravilla. La mitad de esos hombres estarían muertos de no ser por ti. Considérate una médica de campo: tu trabajo no es curarlos a la perfección, sino asegurarte de que sobreviven hasta que puedan atenderlos como es debido.

Rahel asintió y regresó a su puesto, donde tenía una pila de novelas para entretenerse durante el tiempo entre sanaciones. Pobre chica. Seguro que antes del día anterior no había visto nunca lo que podía ser una batalla, y ahora tendría un recordatorio cada pocas horas. Durante los siguientes días, era probable que durmiera incluso menos que él.

Adolin salió y vio que había llegado un mensajero. La escriba que tenía turno con él le leyó el mensaje:

—«El enemigo ha hecho un ataque rápido, pero entonces se ha retirado casi al instante. Estamos lamiéndonos las heridas. Pocas bajas esta vez, porque ningún bando ha puesto mucho empeño. Me da en la nariz que van a intentar un Castillo Abajo. ¿Qué te parece?». —La escribana bajó el papel—. ¿Qué es un Castillo Abajo?

—Una jugada de torres —explicó Adolin—. Al comandante le parece que el enemigo ha seguido una pauta demasiado regular con sus asaltos a propósito, para hacer que esperemos un ritmo. Cree que el próximo ataque se retrasará, porque eso nos daría el tiempo justo para empezar a descansar. —Adolin pensó un momento. Sí, eso podría explicar mejor el comportamiento enemigo que lo que se le había ocurrido a él—. Escríbele diciendo que estoy de acuerdo, y que creo que deberíamos prepararnos para recibir un ataque entre una hora y media y dos horas a partir de ahora.

Comprobó el cielo, donde el sol ya había desaparecido bajo el horizonte. Sí, era una buena estimación. Justo el tiempo suficiente para que los humanos empezaran a relajarse e irse a la cama. Su escriba envió el mensaje por vinculacaña a la sala central de comunicaciones, que se lo haría llegar a Kushkam. No era Kaminah, sino una chica más joven, de unos catorce años, tal vez. Con el pelo encrespado, que se negaba a dejarse atrapar en trenzas. Le había dicho a Adolin cómo se llamaba, pero... avergonzado, cayó en la cuenta de que se le había ido de la cabeza. Qué grosero. Demasiadas cosas que tener presentes a todas horas, y demasiado poco sueño.

Volvió a preguntarle el nombre —Makana— y esa vez lo memorizó. Tenía que cuidarse mejor, y dedicar un tiempo a hacer algo relajante para dejar descansar su mente. Así que, con ese objetivo, dio unas cuantas órdenes en voz baja y cruzó la noche a zancadas en dirección al conjunto más prominente de tiendas.

Tenía un amigo imperial a quien visitar, y una promesa que cumplir.

51

PRUEBA

VEINTISÉIS AÑOS ANTES

El campamento de soldados olía a gente. Para un joven que había pasado toda la vida entre ovejas, los olores humanos eran discordantes. Erróneos, como un toque de color muy vivo, que llamara demasiado la atención.

Szeth se apiñó con su familia en la boca del patio de entrenamiento, que ocupaba un rellano de las tierras altas cerca del Monasterio del Custodio de la Piedra. Un humo negro asaltaba el cielo, azuzado por los fuelles y las forjas que liberaban una luz sanguinolenta. El sonido del metal contra el metal, como gritos de almas condenadas, resonaba en el interior de las fraguas, pero también desde los terrenos de prácticas, donde los soldados blandían armas blasfemas.

La piedra cubría el suelo allí, tan cerca de los grandes aboshi: las cimas de las montañas y los spren que eran sus almas. ¿Y su familia de verdad iba a… pisarla, sin más? Todo era tan abrumador, desde los opresivos olores del sudor hasta los gritos, y las sorprendentes risas, de los luchadores, que Szeth tuvo que apretarse contra el costado de su madre.

En cambio, Elid se alzaba bien erguida, sin duda intentando fingir que, como hermana mayor, era más fuerte que él. Respiró hondo y salió de la tierra a la piedra. Mientras lo hacía, lanzó otra mirada furibunda hacia Szeth. «Esto es culpa tuya», proclamaba esa mirada, repitiendo lo que ya le había dicho la noche anterior. Aunque Elid siempre había parecido resentida con la vida lenta que llevaban, no estaba nada contenta de que se la hubieran arrebatado. Pero lo cierto era que podría haberse ido a vivir con sus primos. Era terrible que te impusieran una decisión como esa, sí, pero tampoco podía decirse que la responsabilidad fuese toda de Szeth. ¿O sí?

Su padre fue el siguiente, uniéndose a Elid sobre la piedra. Mientras Szeth se quedaba atrás, aferrado a su madre, ella sacó algo del morral. Una pequeña oveja hecha de lana. ¿Y olía a… Moli?

Szeth la tocó y alzó la mirada hacia su madre. No cruzaron ni una sola palabra, pero su madre se secó unas lágrimas de los ojos. Szeth pensaba que habían enterrado la piel de Moli, pero era evidente que su madre había guardado un poco de lana. Él era demasiado mayor para tener juguetes, pero aun así agarró aquella lana con fuerza y se la guardó antes de que la viera nadie. Le dio la fuerza que necesitaba para pisar la piedra. La notó firme bajo los pies. Errónea.

Su madre fue con él y, al cabo de poco, un hombre vestido con un jubón de cuero llegó con paso vivo. Era un tipo fornido, de piel y pelo negros. Desenrolló un pergamino y asintió para sí mismo mientras leía.

—¿Neturo-hijo-Vallano? ¿Zeenid-hija-Beth? De acuerdo, bienvenidos. Gracias por alistaros. Siempre nos viene bien tener más gente.

—No nos hemos… —empezó a decir el padre de Szeth, pero dejó la frase inacabada—. Nos obligan a hacer esto.

—Aquí pone que el único obligado es vuestro hijo —repuso el hombre—. Los padres sois voluntarios. No es nada habitual. —Titubeó un momento y luego les tendió la mano a los padres de Szeth—. Betheth-hijo-Vetor, capitán de reclutamiento y disciplina.

El padre de Szeth le estrechó la mano vacilante, mientras la mirada se le perdía por el largo campamento que cubría el rellano, lleno de edificios y de gente ajetreada. Su trabajo siempre había consistido en pastorear a los pastores, igual que ellos pastoreaban las ovejas. Szeth no sabía mucho sobre aquello, pero, si aquellos soldados fuesen ovejas, lo habría considerado un rebaño bastante mal cuidado. Aquel lugar tenía una atmósfera perezosa. Quienes hacían combates de práctica o entrenaban tenían como público al doble de personas holgazaneando. A la izquierda de Szeth había una gran cantidad de hombres congregados alrededor de los fuegos donde las mujeres cocinaban en unas enormes calderas de metal.

Algunos soldados hacían la colada en unos lavaderos, un poco más allá. Betheth les explicó que allí cada cual debía ocuparse de su propia ropa y material. Todos los miembros de su familia recibirían instrucción en la escritura militar, y a todos menos a Szeth se les permitiría, al cabo de un año, solicitar un puesto en el monasterio, si así lo deseaban, y pasar a ser chamanes acólitos, donde las mujeres podían elegir ser guerreras también.

Hasta entonces, Elid y la madre de Szeth podrían elegir entre cocinar, fregar suelos u ocuparse de los animales que enviaban allí para sacrificar. Eran los ejemplares más ancianos o débiles de los rebaños y, en abstracto, a Szeth siempre le había parecido bien el sistema. Así los animales podían añadir también al final de su vida, ya que incluso las personas alimentaban la tierra con su muerte.

—No veo familias —dijo su madre—. Creía que la gente servía en el ejército durante generaciones. ¿Qué ha sido de ellas?

—Lo normal es que les concedan el traslado —explicó Betheth—. Se hacen guardias de las ciudades o trabajan en las serrerías. Es más… cómodo para la gente con más estabilidad. —Había una insinuación en su voz. La de que la familia de Szeth terminaría buscándose también empleos de ese estilo—. En todo caso, dejadme que os indique a vosotros tres dónde vais a alojaros. Tendréis habitación propia, espaciosa para estar aquí arriba. Y luego me llevaré al chico a la evaluación inicial y…

—Yo voy con él —dijo el padre de Szeth, poniéndole una mano en el hombro—. Allá donde vaya.

Betheth dudó un momento y luego se encogió de hombros.

—Como quieras. Zeenid, te explico cómo se va a vuestra habitación.

Le dio instrucciones y un pequeño mapa dibujado en carboncillo. Szeth estaba acostumbrado a que la escritura fuese en tinta, trazada con juncos. Los soldados, al parecer, hacían las cosas de otro modo.

Cuando su madre y Elid se hubieron marchado, Betheth llevó a Szeth y su padre por el perímetro de los terrenos de entrenamiento hasta un lugar donde esperaba un grupito de cuatro jóvenes.

Betheth extendió la mano abierta hacia Szeth.

—Ya no puedes llevar eso puesto, hijo —dijo en tono suave, y señaló el pañuelo de Szeth.

Se había acabado el color. Los uniformes eran de tela marrón oscura, y no había ni una mota ni toque de verdadero color agraciando el campamento. Al quitarse el pañuelo y entregarlo, Szeth sintió como si estuviera renunciando a algo crucial que lo definía.

Esto es bueno, dijo la voz en su cabeza, sobresaltándolo. *Aquí es donde debes estar.* Tenía un tono intermedio, y Szeth no lograba decidir si le sonaba masculina o femenina.

¿Qué eres?, le preguntó Szeth, inquieto. Pero no obtuvo respuesta. La voz lo ponía nervioso, así que cogió la mano de su padre, aunque supuso que debería estar comportándose con más madurez. Pero, de todos modos, era más joven y menudo que los otros jóvenes que estaban formando una hilera ante Betheth. Ninguno de ellos llevaba consigo a su padre.

Betheth hizo un gesto con el mentón para que Szeth se pusiera también en fila. Al ver que no se movía, Betheth habló con un tono más duro que antes.

—Ahora eres soldado, Szeth —dijo—. Debo enseñarte disciplina. No me hagas enseñártela por las malas.

Así que Szeth, a regañadientes, soltó la mano de su padre y se unió a los otros cuatro jóvenes de la fila.

—¿Cómo imponéis la disciplina aquí? —preguntó el padre de Szeth.

—Damos ejemplo con los peores casos —dijo Betheth.

—¿Y los mejores?

—A esos les damos tiempo libre.

—Nos has dicho que los soldados se ocupan de sus propias cosas.

—De la ropa y el equipo, sí.

—¿Y cómo los obligáis a ello? —preguntó el padre de Szeth.

—Igual. Azotes si son descuidados.

Su padre negó con la cabeza.

—Azotar a una oveja rara vez hace que las otras obedezcan. Solo hace que te tengan miedo.

—Pero el miedo crea obediencia, ¿verdad? —dijo Betheth—. Mira, Neturo, aquí la gente no es como la que tú conoces. Viene porque se sale de la norma. Porque es problemática.

—¿Problemática como mi hijo? —replicó su padre.

Betheth no encontró palabras para responder a eso. El padre de Szeth, sin embargo... no era partidario del conflicto. Así que se limitó a dar un paso atrás, entrelazar las manos y contemplar el terreno de entrenamiento.

«El granjero dijo que los humanos elegimos —pensó Szeth—, y que esa elección nos define. ¿Eso sigue siendo cierto aquí, en este lugar de piedra sangrienta y hombres que sustraen?».

Se quedó allí, nervioso, empequeñecido por los jóvenes de más edad. ¿Ellos habrían... hecho lo mismo que él? Le costaba imaginar que pudieran haber... haber matado a alguien.

Era difícil reconocerlo. Era como si esos acontecimientos hubieran sucedido en un sueño, a otra persona. Pero, al mismo tiempo, Szeth aún sentía la piedra bajo sus dedos, lisa pero basta a la vez. Aún sentía la calidez. La sangre.

—Necesito saber —dijo Betheth— con qué estoy trabajando aquí.

Movió una mano de gruesos dedos hacia varios trabajadores que salían de un cobertizo. Empujaban cadáveres, ovejas muertas sobre unos soportes con ruedas en la parte de abajo. Szeth tuvo una arcada.

Betheth entregó una lanza a cada chico.

—Enseñadme de qué sois capaces. Imaginaos que son enemigos en el campo, y tenéis que sustraerlos antes de que lleguen a las granjas.

—Si no lo hacemos —dijo un chico—, ¿podremos... irnos a casa?

—No —respondió Betheth, firme—. Una vez se os ha enviado aquí, ya no regresaréis nunca. Pero no estéis tan tristes. La gente se equivoca: sustraer no es malo. Somos una parte necesaria de la sociedad. Podría argumentarse que la más importante. —Señaló hacia los animales muertos—. Necesito saber qué clase de entrenamiento debería daros. Así que venga, adelante. Demostrad que vais a hacer buen uso de vuestra nueva vida. Os prometo que es mucho más satisfactoria de lo que creéis. Nosotros tenemos el privilegio de expresar lo que de verdad llevamos dentro.

Los otros chicos avanzaron. Entonces, con sorprendente agresividad, empezaron a dar lanzazos a las ovejas. Uno hasta gritó. Cuando hubieron empezado, hasta parecían necesitar aquello. Liberar algo que tenían acumulado en su interior. Sus gritos despertaron algo en Szeth. Se sentía despojado de todo control, frustrado por la aparente inexistencia de respuestas. Todo el mundo hablaba de él, pero no le preguntaban qué quería. Apretó los dientes y dio un paso adelante.

Cuidado, dijo la extraña voz, irrumpiendo en su mente. *Esta prueba es extraña. La encuentro muy curiosa cada vez que la presencio. Intentan evaluar si estáis descontrolados. Si sois capaces o no de contener el deseo de sustraer.*

Szeth vaciló. Aquella Voz sabía mucho.

Es la profecía que provoca su propio cumplimiento, continuó la voz. *Animan a los nuevos reclutas a atacar dejándose llevar, y luego lo utilizan para demostrar que, en realidad, los chicos tenían mal la cabeza desde un principio. Que se puede distinguir a alguien que sustrae, si haces que emerja su verdadero yo. El sistema ya lleva un tiempo siendo defectuoso, pero puedes aprovecharte de ello.*

—¿Cómo? —susurró Szeth.

Haz un solo ataque certero con la lanza en el cuello del cadáver. No finjas enfurecerte; muestra templanza. Eso te distinguirá de los demás.

Con los brazos temblando, Szeth alzó la lanza.

—¿Qué eres? —preguntó con un susurro.

Soy el spren de la piedra que encontraste, dijo la Voz. *Y voy a pedirte que no le hables de mí a nadie, Szeth. He estado cuidando de tu familia. Lamento lo que ha ocurrido, pero hay cosas importantes que debes hacer.*

¿Había… un plan para él?

¿Había respuestas?

¿Había alguien cuidándolo?

Szeth calmó los nervios, empuñó la lanza con fuerza y la descargó una sola vez contra el cuello del animal muerto. Se sorprendió por la facilidad con que la afilada punta de acero se hundió en la carne hasta raspar contra el hueso.

Liberó el arma y dio un paso atrás.

—¿Qué ha sido eso, Szeth? —preguntó Betheth—. ¿No eres capaz de más?

—Has dicho que teníamos que detenerlos —respondió Szeth—. Has dicho que fingiéramos que eran un enemigo. He fingido lo mejor que he podido. Un lanzazo debería ser suficiente, ¿verdad?

—No es lo que pone en el informe que le hiciste al soldado —dijo Betheth—. Era de este campamento, ¿sabes? La gente va a hablar de ti.

Repite mis palabras. Ese hombre estaba enfermo.

—Ese hombre estaba enfermo —dijo Szeth.

Hice lo necesario para impedir que su enfermedad se extendiera.

—Hice lo que era necesario para que su enfermedad no se extendiera, señor.

Nada más. Mi utensilio era inadecuado para la tarea, pero necesitaba defenderme.

—Nada más. Siento haber usado la piedra. Hice mal, pero me estaban atacando.

Betheth asintió al oírlo, y tomó unas notas. Szeth lanzó una mirada hacia su padre, que estaba cruzado de brazos, absorto mirando el campamento. Neturo había encontrado un problema que resolver.

—Ven conmigo —dijo Betheth, rodeando los hombros de Szeth con un brazo para apartarlo de los otros chicos—. Iremos a hablar con el general del campamento, Szeth. Puede que lo más adecuado para ti sea el entrenamiento de oficiales.

52
UN MOMENTO PERFECTO

Es a tal efecto que he identificado y señalado con particular enca-
recimiento la existencia de tres facciones bien diferenciadas de Rom-
pedores del Cielo, incluso durante los tiempos de liderazgo directo por
parte de Nale'Elin, tal y como figura en mi tercera coda.

De *Palabras radiantes*, capítulo 40, página 2

Noura la visir abandonó la tienda en el momento en que llegó Adolin con sus armeros. Le lanzó una mirada fugaz, con los labios curvados hacia abajo, y se esfumó. Adolin tuvo que dar por sentado que había estado dedicando tiempo a tratar de persuadir a Yanagawn de que no siguiera adelante con el entrenamiento de combate. Sin embargo, el joven monarca se levantó, sonrió y se apresuró a indicarle por gestos a Adolin que se acercara.

«No tenían ni idea de cómo iba a salirles el chico —pensó Adolin—. Era una absoluta apuesta a ciegas. Elevar a un pobre al puesto de emperador. Es como las cosas que cuentan en las viejas historias».

—¿De verdad vas a dejar que me la ponga? —preguntó Yanagawn, mirando admirado la armadura.

—Se la presto a mis suplentes a todas horas —dijo Adolin—. Además, no debería hacer falta en la cúpula durante la próxima hora o así.

Yanagawn se frotó las manos, con los ojos muy abiertos y traviesos, y el sombrero de anchas alas se bamboleó al moverse.

—¡Venga, pues!

—Antes habrá que despejar esto un poco —dijo Adolin.

La enorme tienda estaba atestada de enseres, desde alfombras a divanes, pasando por mesas a rebosar de cristal, oro y aluminio. Cuencos y cálices llenos de esferas, retratos del Heraldo Jezrien, a quien en Azir representaban como un majestuoso makabaki.

—Ahí hay sitio —respondió Yanagawn, correteando hacia una parte de alfombra libre.

—Excelencia —dijo Adolin—, eso no es ni de lejos espacio suficiente para alguien que se pone una armadura esquirlada por primera vez. Si apreciáis estos objetos, os recomiendo que hagáis que los retiren. Creedme.

—¡Oh!

Yanagawn dio una palmada, señaló y unos sirvientes aparecieron y se pusieron a llevárselo todo. Adolin habría preferido hacer aquello fuera, en la plaza, pero el instinto le decía que habría sido pasarse. Algunos guardias parecían haber cambiado en el instante en que había llegado él, así que en la tienda solo estarían los escoltas y los sirvientes de más confianza. Los que podían… fingir que no lo veían oponerse tanto a la tradición. Otra cosa muy distinta habría sido exhibirlo delante de todo el ejército y la ciudad entera.

La primera vez que alguien llevaba una armadura esquirlada podía ser un poco ridícula, aunque no estuviera por allí Zahel para obligarlo a tirarse de cabeza desde lo alto de edificios.

—Entonces… —dijo Yanagawn, bajando la mirada a su ornamentada vestimenta.

Estiró los brazos a los lados y había capas de tela extendida como alas entre ellos y el torso. No había una división de la ropa en la cintura, y el tocado tenía… bueno, más o menos el tamaño de una casita de campo.

—Tendrás que cambiarte —dijo Adolin, e hizo una seña a Geb.

El armero jefe le arrojó al emperador un grueso gambesón y unas calzas acolchadas para llevar por debajo de la armadura.

—Debería ser de vuestra talla.

—Excelente —dijo Yanagawn, y entonces los señaló a todos—. Nombro a estos hombres elegidos para el día de hoy, y les concedo permiso de visión, bendecido por mi presencia imperial.

—Esto… ¿gracias? —respondió Adolin.

—Significa —susurró un soldado azishiano— que tenéis permitido estar en presencia del gran supremo durante los momentos íntimos. Es una bendición que se concede a cierta cantidad de plebeyos cada día, para que puedan experimentar su majestuosidad y participar en nuestra gobernanza.

Adolin miró al hombre que había hablado, de pelo negro y corto. Tenía el bigote más impresionante que había visto en mucho tiempo, tupido y abundante. Sobresalía más que descendía.

—Gracias —dijo Adolin, y entonces titubeó mientras los ayudas de cámara empezaban a desvestir a Yanagawn—. Esto… ¿Deberíamos salir?

—¿Es que no me has oído? —replicó el soldado—. Estáis bendecidos. En fin, tiene toda la pinta de que lo ha hecho por conveniencia, pero ¿quién va a cuestionar las decisiones del supremo?

El hombre le guiñó un ojo.

—Ah, sí —dijo Adolin—, creo que mi padre me había hablado de esto. La gente lo mira de noche mientras duerme, ¿verdad?

—Y mientras come. Y mientras se baña. Y todo lo demás. El emperador simboliza la salud de nuestra nación.

Qué pueblo tan extraño. Hablarle directamente a Yanagawn se consideraba insultante, ¿y luego iba y se desnudaba delante de desconocidos?

—Se rumorea que eres bueno en torres —dijo el guardia amistoso.

—Puede que juegue alguna partidilla de vez en cuando —respondió Adolin, apoyándose en un sofá que habían tumbado para hacer espacio.

—¿A qué variedad?

—«Cara llana» —dijo Adolin.

El guardia asintió. Mantenía su pose formal, sosteniendo una impresionante arma de asta ceremonial azishiana.

—La mejor para la planificación estratégica. Pero puede ser un poco prosaica.

—¿Prosaica? —preguntó Adolin—. Pero si es un clásico. ¿Tú prefieres jugar a «Montones»?

—¡Yaezir, no! —exclamó el hombre—. Mi favorita es «Liberador». O esa, o «Aniquilación».

—He oído hablar de las dos. Nunca las he probado.

Adolin no comprendía la necesidad de que hubiera tantas variantes en las reglas de un juego tan sencillo.

—Deberías alguna vez —dijo el guardia—. Las dos son buenas preparaciones para las variedades interesantes de verdad, como «Chull transverso» o «Eructo burbujeante».

Adolin lo miró. Tenía que estar inventándoselas. El guardia mantuvo la postura, con la mirada fija al frente y una sonrisa en los labios. Al poco tiempo Yanagawn estaba preparado y los armeros se acercaron con la coraza. Geb lanzó una mirada hacia Adolin, que asintió, y entonces empezaron a ponerle la armadura esquirlada al emperador.

Yanagawn parecía alguien mucho más corriente vestido con la ropa de entrenar, menos un… arreglo floral en unas honras fúnebres y más una persona. No habían pasado ni dos años desde que era un ladronzuelo común. Y ahora la gente lo veía bañarse, y tenía a sirvientes que lo vestían y le daban la comida.

Todo el mundo necesitaba la oportunidad de alzarse y aprender que podía aguantar un puñetazo. O… bueno, quizá no todo el mundo. Seguro que Renarin le explicaría que había muy pocas cosas que todo el mundo necesitara, dijese lo que dijese la sociedad, y Adolin de verdad procuraba escuchar esa clase de explicaciones.

«Espero que estés bien, Renarin», pensó. Hubo un tiempo en el que siempre podía contar con que su hermano estuviera cerca, pero luego se había hecho Radiante y, aunque no era Corredor del Viento, estaba aprendiendo a volar. Mientras que él seguía haciendo las cosas igual que siempre. Era el mismo viejo Adolin.

—Siempre he oído —dijo Yanagawn, mirándose los pies acorazados— que la armadura esquirlada cambia de tamaño para adaptarse al individuo. Pero no había imaginado que sería tan cómoda.

A su alrededor se congregaron asombrospren, con forma de anillos de humo azul que flotaron mientras los armeros iban fijándole las siguientes piezas, que en efecto cambiaban de tamaño. Hasta cierto punto. El peto y las grebas terminaron quedándole un poco largos, y lo conveniente en ese caso sería un arreglo deliberado. Se podía hacer añicos una pieza y regenerarla sobre alguien para hacer que le encajase mejor.

Pero, de momento, serviría. Adolin vio complacido cómo le ponían los avambrazos antes de que Geb le entregara el yelmo. Yanagawn se lo encasquetó y la pieza se selló en su sitio. Tormentas, Adolin todavía recordaba la primera vez que se puso armadura esquirlada. Esa sensación eléctrica de poder, esa fuerza, esa ilusión de invulnerabilidad. Hizo un gesto a Geb, que, con sus ayudantes, acercó unos cuantos muñecos de prácticas que tenía fuera de la tienda.

—Dadle —dijo Adolin al emperador.

—¿A qué?

Adolin señaló con el mentón hacia los muñecos.

—Fingid que han escrito un ensayo verdaderamente horrible, lleno de… —¿Qué era lo que fastidiaba un ensayo?—. ¿Poesía?

—¿Cómo? —preguntó Geb—. ¿Poesía?

—Están la prosa y la poesía —dijo Adolin—. Son opuestos, o algo así. Mi esposa lo mencionó una vez. Así que, si uno intenta escribir un ensayo y lo llena de poesía, está mal, ¿verdad?

El guardia amistoso de antes estaba conteniendo una risita. Yanagawn, de todos modos, intentó atacar a los muñecos de prácticas. Pero se lanzó adelante con demasiada ansia y la fuerza inherente de la armadura esquirlada lo hizo tropezar y caer de bruces.

Al instante los guardias se movieron para ayudarlo.

—¡Alto! —gritó Adolin, sacando las manos para pararlos—. ¿Queréis acabar muertos?

—Pero… —dijo el guardia amistoso.

—Él está bien —les aseguró Adolin—. ¿A que sí, excelencia?

Yanagawn estaba riéndose mientras se incorporaba a cuatro patas.

—¡Es asombroso! —exclamó—. ¡Asombroso! Hasta mis pasos son más fuertes. ¿Cómo de alto podría saltar?

—Os sugeriría intentarlo —dijo Adolin con una sonrisa—, pero seguro que derrumbaríais la tienda al dar contra el techo. Tomáoslo con calma al levantaros, excelencia.

Los hombres de Geb estaban preparados con garfios para dirigir a Yanagawn si se acercaba demasiado a alguien sin querer. Un portador de esquirlada usando la armadura por primera vez podía ser peligroso, como hizo evidente el propio Yanagawn cuando, al levantarse, movió los brazos los lados para equilibrarse. Esos aspavientos con guanteletes podían enviar a una persona volando al otro lado de la tienda.

Por suerte, Geb y los suyos habían hecho aquello muchas veces. Apartaron con cuidado a unos cuantos sirvientes, dejando al emperador espacio de sobra para que practicase a caminar. Esa parte la captó rápido, como casi todo el mundo. Por fin se aproximó a los muñecos y, con alegrespren revoloteando en torno a los brazos, dio puñetazos a uno tras otro, haciéndolos astillas y esquirlas.

—Esto ha sido —dijo Yanagawn, y su voz resonó en el yelmo— lo más satisfactorio que he hecho en toda mi vida.

—Estupendo. —Adolin extendió la mano y Geb le pasó unos cuantos huevos de madera—. Venga, atrapadlos.

Yanagawn se volvió y logró no tropezar mientras localizaba a Adolin, que, con mucho cuidado, le arrojó un huevo de madera desde el otro extremo de la tienda. Tenían el tamaño perfecto para agarrarlos, siete centímetros de largo, y Yanagawn falló los dos primeros pero atrapó el tercero.

Y al instante lo destrozó mientras intentaba sostenerlo.

—Caray —exclamó el emperador.

—En el fondo, llevar armadura esquirlada —dijo Adolin— no consiste en aprender a hacer daño. Esa parte es fácil. Aprender a no romperlo todo, en cambio... bueno, eso sí que requiere práctica. Cuando aprendáis a dirigir vuestra fuerza es cuando de verdad os volveréis peligroso.

Lanzó otro huevo hacia Yanagawn, que el emperador agarró... y aplastó.

—¡Qué difícil es! —casi gritó el joven, como encantado y sorprendido a la vez.

Adolin sonrió y, con un asentimiento, indicó a Geb que le diera a Yanagawn unas instrucciones prácticas acompañadas de ejercicios simples. Yanagawn le puso mucho entusiasmo mientras Adolin se sentaba en una silla amontonada sobre otra y Donalar, un oficial con los ojos de color azul claro que era la tercera generación con su mismo nombre en la Guardia de Cobalto, llegaba para informarle de que no había movimiento enemigo.

La comida de Adolin estaba preparada. Era un sencillo rollo de chouta, que podía comer sin detenerse. Lo hizo, deseando que Shallan estuviera allí. Solían comer juntos, sin hacer caso al decoro de separar la cena por géneros. Echaba de menos sus ocurrencias, las bobadas entremezcladas con preguntas muy agudas sobre su día, sus sentimientos, sus decisiones.

El guardia de antes, el del bigote hirsuto, estaba observando a Yanagawn con interés.

—¿Quieres probar luego? —le preguntó Adolin con la boca llena de chouta.

—He entrenado con uno de los juegos imperiales —dijo el hombre—. Casi todos los guardias lo hacemos, por si acaso.

Tenía sentido. Dado que Kaminah estaba aprendiendo deprisa a hacer su trabajo y le había enviado varios rollos de chouta, dándole a entender que tenía que seguir comiendo, acercó uno hacia el guardia.

—¿Te apetece?

—No se come de servicio —dijo, con la mirada fija en el emperador—. ¿No vas a enseñarle a jugar a las torres?

—Eso tenía pensado, cuando sepa sentarse sin caer al suelo —respondió Adolin—. Pero aprende rápido. ¡Eh, excelencia!

Yanagawn se volvió, con aire curioso.

—Venid y sentaos —dijo Adolin, señalando—. Empezaremos con vuestra instrucción táctica.

—¿Llevando armadura esquirlada? —preguntó el emperador.

—Cuanto más la llevéis, más natural se os hará. Y los movimientos pequeños, como jugar a un juego de naipes, os enseñarán control.

El emperador llegó con paso pesado y logró sentarse en el suelo sin caerse. Adolin fue a por una mesa baja, pensada para usarse así, y la colocó delante de Yanagawn. Luego se volvió hacia el guardia amistoso.

—¿Tienes una baraja? —le preguntó.

—¿Por qué supones que llevo una encima?

—Pareces de los que la llevan.

El hombre sonrió de oreja a oreja y sacó una de la bolsa que llevaba al costado, sin dejar de mantener una despierta atención.

—Espero —dijo Adolin, sentándose a la mesa— que no pierdas mucha parte de tu salario semanal jugando a las cartas.

—¿Perder? —preguntó el hombre desde atrás—. No me suena de nada esa palabra, forastero. Debe de ser una cosa que hacéis los alezi.

Adolin soltó una risita mientras barajaba los grandes naipes.

—¿Siempre es así de entretenido?

—No… no tiene permitido hablarme —reconoció Yanagawn. Anda, claro.

—¿Y os resulta difícil?

—Lo más difícil de todo, Adolin. Más que ser un espectáculo. Mucho más que mis lecciones. Es lo único que de verdad añoro de los viejos tiempos.

Adolin se inclinó hacia él sobre la mesita.

—La próxima vez que estemos en Urithiru, le pediré a Shallan que cree un señuelo ilusorio de vos que entretenga a los escribas. Nos escabulliremos de noche y visitaremos unas cuantas cantinas, jugaremos a las cartas, iremos a una fiesta.

—¡Ja! —rio Yanagawn. Luego, al cabo de un momento, dijo—. Un momento. No era en broma.

—Pues claro que no era en tormentosa broma. Era una promesa. —Adolin levantó la baraja—. ¿De verdad que no habéis jugado nunca?

—No —dijo Yanagawn—. Mi tío no me dejaba jugar a ningún juego de cartas. Decía que perdería los zapatos, y luego perdería los de él.

—Bueno, el juego de las torres es muy versátil, pero la versión que voy a enseñaros se llama «Cara llana». No es porque tengáis que evitar reíros, sino porque cada carta hace exactamente lo que indican sus glifos.

—¿Hay versiones en las que no es el caso?

—La mayoría, de hecho —dijo Adolin—. Os repartiré unas cartas, que deberíais impedirme que vea. Podéis mirar vuestra mano entera y desplegar cartas como ejércitos en la mesa. Hacer que vuestras tropas maniobren y cambiar sus capacidades según los ejércitos que despleguéis junto a ellas. El juego lo gana quien elimine todas las cartas del adversario... o quien lo obligue a rendirse.

—¿Por qué iba a rendirse nadie? —preguntó Yanagawn—. ¿Por qué no seguir luchando hasta caer vencido?

—Excelente pregunta —dijo Adolin—. En las torres, muchas veces se juega al mejor de tres, y es posible perder cartas de manera permanente en las primeras escaramuzas. Muchas versiones requieren que se apueste y, cuanto más se arriesga uno, más altas son las apuestas.

—Entonces... te interesa retirarte si quieres conservar las cartas para la siguiente batalla. O si crees que hay demasiado riesgo para intentar la victoria, ¿verdad? —Yanagawn vaciló un momento—. Pero no te retirarías nunca si solo hubiera una batalla y ya estuviera todo apostado.

Adolin sonrió.

—Creo que seréis el mejor alumno que he tenido nunca, excelencia.

Yanagawn asintió con la cabeza, aún cubierta por el yelmo. Entonces levantó la mano con mucho cuidado y se lo quitó. Lo dejó a un lado, mientras ponía cara de estar planteándose algo muy en serio. ¿Serían las cartas?

—¿Te parecería bien si te pido que me tutees? —preguntó en voz baja, y miró a Adolin a los ojos—. A los visires les dará un infarto, eso sí, y no quiero darte problemas.

—Yanagawn —dijo Adolin mientras repartía los naipes—, llevo desde que tenía catorce años provocando ataques al corazón en las escribas. Me las apañaré. ¿Estás preparado?

—Sí. ¡Ya lo creo que sí!

Kaladin terminó de preparar el estofado vespertino. Szeth y él habían recorrido volando gran parte de la distancia hasta el siguiente monasterio, donde esperaban hallar más respuestas. Pero entrar de noche no parecía muy buena idea. Kaladin tenía ganas de avanzar, pero, al mismo tiempo, precipitarse no parecía conveniente. Temía apretar demasiado a Szeth. Exigirse demasiado a sí mismo... bueno, ya había demostrado lo peligroso que podía ser. Así que, mientras el estofado cocía, oliendo casi aceptable gracias a que había conseguido pimienta fresca, Kaladin decidió practicar con la flauta.

Era raro estar sentado cerca de aquel río gorgoteante en el ocaso, rodeado de praderas vacías, tocando sin más. Su vida desde que alcanzó la edad adulta —desde antes, en realidad— había sido una carrera ininterrumpida. Acontecimiento tras acontecimiento, casi todos ellos desastres. Había parado solo cuando se veía obligado a descansar.

En esos momentos, algo pacífico que había en su interior quería llevarle a la mente sus rostros. Los de amigos perdidos. Los de amigos cuyos destinos no conocía. Mujeres a las que había amado. Otras que lo habían amado a él. Sin nunca una intersección entre ambos grupos, como era la perversa costumbre de su vida.

Recordó noches siendo esclavo, tiritando y acurrucado contra la pared. Otras noches planificando, permitiéndose a sí mismo construir idealistas sueños de libertad. Recordó noches alrededor del caldero del estofado con el Puente Cuatro, y otras intentando mantenerse despierto durante el turno de guardia. Recordó, como un borrón, aquellos días rotos después de la caída de Kholinar, cuando todo le había pasado factura.

Recordó una bella mujer hecha de luz azul, alzándose con una espada brillante y cortando la oscuridad mientras la misma muerte llegaba reptando a por él en forma de mil monstruos pinchudos. Y recordó el abrazo de su padre al final de un largo túnel negro.

A través de todo ello, tocó la flauta. Mal. Las notas se negaban a formarse bien, y sus dedos daban la sensación de ser de piedra. Lo intentó una y otra vez. Había aprendido la lanza. Había aprendido a afrontar la oscuridad de su mente. Podía aprender a controlar aquel simple pedazo de madera.

Pero se le resistía con todo el poderío combinado del Puente Cuatro. Más tozudo que cualquier esclavo u ojos claros.

Kaladin suspiró, bajando la flauta. Syl se sentó a su lado, con tamaño humano.

—Estás mejorando. ¡Oírte ya no hace daño!

Él la miró inexpresivo.

—¡Oírte ya no hace un daño agónico! —se corrigió ella.

Kaladin suspiró y miró hacia la ladera de una colina alta, donde Szeth estaba recortado sobre la primera luna, inspeccionando el terreno.

—No paro de pensar en cómo hacía Sagaz que su flauta le tocara la música de vuelta.

—Sí —dijo ella—. La historia del *Vela Errante*. Cuando él tocaba, los ecos de la música en los abismos seguían oyéndose después.

—Nunca he sabido muy bien por qué me contó esa historia en particular. La historia de un pueblo que seguía a un rey que estaba en la cima de su torre, muerto. Un pueblo que aprendía que sus actos eran su propia responsabilidad. Parece raro, ¿verdad? Yo ya sabía que los ojos claros no eran tan valerosos como afirmaban, y que mis acciones me pertenecían.

—A lo mejor no era por los ojos claros —dijo ella—, sino por otras fuerzas que estabas dejando que te manipularan.

Kaladin asintió.

—Era surrealista. Sagaz dejaba de tocar y la música regresaba, seguía mientras él hablaba. —Miró la flauta—. Antes de salir de Urithiru, dijo que a mí me pasaría lo mismo. Cuando aprendiera a tocarla no con los labios, sino con el corazón. No tengo ni idea de lo que puede significar eso.

—Puede ser un hombre frustrante —dijo Syl—. Si el mundo sobrevive a esto, haré por esconderle algo pero que muy fastidioso en el cajón de los calcetines. —Sonrió, y entonces le puso la mano en la rodilla a Kaladin—. ¿Estás… bien?

—Bien —prometió él—. Pensativo, nada más. Cuando lo he necesitado, Sagaz siempre estaba ahí. Pero me dijo que esta vez iba a tener que crear mi propia historia. —Se encogió de hombros—. Cuando la oscuridad me consumía, él me sacó. Así que igual podría hacerle caso hoy.

—Es una perspectiva notablemente madura —dijo Syl—. Ahora me siento un poco ridícula por la broma del cajón de los calcetines.

Kaladin solo sonrió mientras Szeth regresaba a zancadas con ellos.

—Es muy evidente que ese pueblo de ahí está corrompido —dijo al llegar—. Se esconden dentro todo el día, pero han salido ahora, de noche. Algunos trabajan los campos, pero muchos están avanzando en la oscuridad hacia Koring, la ciudad donde la gente es normal. Supongo que para intentar entrar.

—¿Ayudamos? —preguntó Kaladin.

—Koring ha sobrevivido dos años —dijo Szeth—. Podrán rechazar otro asalto, y más ahora que no tienen que preocuparse por recibir ataques de la región de Briggit.

Se arrodilló junto al pequeño fuego y probó el estofado. Gruñó.

—¿Mejor? —preguntó Kaladin.

—Vuestras costumbres orientales me han corrompido el sentido del gusto —contestó Szeth—. No debería gustarme tanta pimienta.

Tormentas, ese hombre sí que sabía hacer cumplidos envenenados. Aun así, Szeth se sirvió un cuenco bastante grande de estofado y se fue a comérselo sentado en un tocón.

Kaladin sostuvo en alto la flauta. Sagaz había dicho que tenía que encontrarse a sí mismo, descubrir quién era cuando no estaba deslomándose en su intento de proteger a todos los demás. Algo se había… destensado en Kaladin al dejar de aferrarse a la muerte de Tien, y a la muerte de Teft también.

Pero eso no resolvía el problema del todo, porque allí estaba, haciendo lo mismo de siempre. Dedicando todos sus esfuerzos a ayudar a Szeth. ¿Tendría que dejar de ayudar? Eso no podía ser la solución.

A propuesta de Syl, sacó el ejemplar que tenían de *El camino de los reyes* para que ella le leyera un capítulo mientras Kaladin iba pasando las páginas. Después de eso, concentrándose con todas sus fuerzas, Syl escribió el informe diario del grupo para enviarlo a casa por vinculacaña, cosa que solía hacer Szeth. Pero ese día parecía estar dedicado a su cena y sus pensamientos, así que Kaladin, con ciertos reparos, cogió la pluma de la vinculacaña y trazó las palabras de Syl.

—¡No es escribir si copias lo escrito! —insistió ella.

—Pues parece escribir —refunfuñó Kaladin.

Syl lo miró trabajar a la luz de una esfera, sonriente. El gozo que sentía la spren por poder hacer de escribana se le contagió, y Kaladin acabó no sintiéndose tan molesto.

—¿Cómo lo llevas tú? —preguntó mientras trabajaba, tumbado en el suelo con el tablero de la vinculacaña delante de él, trazando en un papel muy fino lo que Syl había escrito debajo—. Tus objetivos, digo.

—¿Lo de no vivir solo para ti? —dijo ella.

—Eso —susurró Kaladin—. Porque a mí me está costando un tormentoso horror averiguar cómo ayudar a la gente y no ayudar a la gente al mismo tiempo.

—Solo tienes que vivir para ti mismo. Para eso era la flauta, ¿verdad?

—No puedo estar seguro —dijo él— de no estar haciéndolo para complacer a Sagaz. ¿Habría elegido algo así por mí mismo?

—¿Habría elegido yo dedicarme a escribir? —preguntó Syl, agachándose junto a él—. Pero lo hice, y me encanta. —Entonces le susurró—: Estoy llevando un diario. Es privado, y lo estoy haciendo.

Él alzó la mirada hacia su sonrisa.

—Volví al Reino Físico —dijo Syl— porque disfruto estando aquí. Me gustan el viento, los colores, el infinito cielo azul y el cálido sol, tan cercano. Me gusta el vínculo Radiante, porque me gusta participar. Me recuerdo eso a mí misma. Soy una persona, y yo elegí.

—Regla número uno —susurró Kaladin.

—Exacto. ¿Y qué hay de ti? ¿Eres un objeto, Kaladin, o una persona? ¿Te mueves solo porque tus instintos te lo dicen o *eliges* ayudar?

—Las dos cosas, a veces —reconoció él—. Como con el Puente Cuatro en los primeros tiempos. Tenía una… necesidad mental de ayudar, así que cuando fracasé, me rompió. Incluso más que lo que debería haberlo hecho la pérdida de una querida amiga, por lo mucho que me definía la idea de proteger a otros. —Terminó de escribir y cambió el papel, por si llegaba algún mensaje para ellos—. Aun así, de verdad quiero ayudar.

—Mal asunto —dijo Syl en voz baja—. Porque te pasa lo que a mí, que tu yo problemático y el verdadero están todos entremezclados.

—Ya —asintió él—. ¿Cómo voy a averiguar lo que necesito yo si el mundo nunca para de estar en crisis?

Dio un fuerte suspiró y, al mirar a un lado, vio que aparecía cerca un agotaspren, como un pequeño chorro de polvo, más pequeño que la mayoría. Tembloroso.

—Ese también está asustado —dijo Kaladin—. Aquí hay muy pocos spren, y siempre tienen ese aspecto.

—Yo oigo cosas —respondió Syl—. Cosas silenciosas que se arrastran en las sombras, que se mueven en el viento, que se esconden en el silencio. Aquí hay spren que no vemos. Son más… blandos que los del este.

—Como el Viento —dijo Kaladin.

—He estado pensando en eso. ¿Recuerdas la Antigua Magia?

—La Vigilante Nocturna —respondió él.

—A ella le dieron forma a partir de la Antigua Magia —dijo Syl, sonando nostálgica mientras se enderezaba y flotaba dos centímetros sobre la ladera herbosa, con la cara levantada hacia la luna violeta—. Ahora es sinónimo de ella. La llamamos antigua porque es… porque son los spren que ya existían antes de que se nos creara a nosotros. Los antiguos spren de Roshar, anteriores a los humanos y hasta a los cantores.

—El Viento decía que no pudo hablar hasta hace poco —recordó Kaladin—. Algo sobre Odium, y puede que sobre cómo la percibía la gente.

—Los spren emocionales y los vientospren proceden de la Antigua Magia —dijo ella—. De antes de que aquí hubiera humanos, o de que se crearan los diez grupos de spren Radiantes. Creo que los spren más viejos de todos deben de estar casi olvidados. Sobrepasados, expulsados, como susurros en una sala llena de gente gritando. La Noche. La Piedra. Y el Viento. Son antiquísimos. Más viejos que los dioses…

La vinculacaña empezó a escribir. Un mensaje corto procedente del propio Sagaz, que Syl leyó en voz alta. Al parecer, Sagaz continuaba sustituyendo a los Forjadores de Vínculos, que aún buscaban respuestas en el Reino Espiritual. Pero lo tenía «todo controlado» y no había «nada de lo que preocuparse». Lo cual era, por supuesto, preocupante. Había empezado la lucha contra los Fusionados en las Llanuras Quebradas, pero no había bajas entre los miembros del Puente Cuatro. Adolin estaba defendiendo Azimir. Jasnah partiría pronto hacia Ciudad Thaylen, aunque no se esperaba que las fuerzas enemigas llegaran hasta unos días después.

Kaladin se sintió tentado de contestar pidiendo ayuda con sus problemas personales. Pero el mensaje de Sagaz concluía con un: «Escribe tu historia. Escucha al Viento». El muy tormentoso lo sabía.

Se reclinó y trató de escuchar al Viento. Encontró solo el sonido de las hojas y el rumor del arroyo. Cerró los ojos, intentando recordar la última vez que había hecho algo que fuese exclusivamente para él, exclusivamente pacífico. Si pudiese hacer cualquier cosa en ese instante, ¿cuál sería? ¿Qué lo haría feliz *a él*? Se permitió responder con sinceridad.

Quería ir a bailar con Syl.

—Oye —le dijo—, ¿te apetece una kata?

—Claro —respondió ella, animándose.

Kaladin se levantó de un salto, dejando en el suelo el tablero de vinculacaña y aquella condenada flauta. Se quitó la chaqueta con brío y no se permitió inquietarse pensando que, si sudaba, al día siguiente tendría que lavar más ropa en aquel arroyo.

De momento, solo quería ser como aquellos antiguos spren. Existir como la versión más simple de sí mismo: lanza en mano.

Escogió una pose y, en el instante en que la adoptó, Syl desapareció en forma humana y fue a él, cayendo a su mano como una lanza larga y plateada. Solo una kata parecía apropiada, la que llamaban la Kata del Abismo, una danza de entrenamiento que Kaladin había hecho mucho tiempo antes, la primera vez que le enseñó al Puente Cuatro de qué era capaz.

Después de eso, durante una temporada, se había negado a empuñar armas. Usar un palo sin punta de lanza lo había liberado. Y, del mismo modo, Syl... no era un arma. No esa noche. Una hoja esquirlada viva podía adoptar cualquier forma que uno deseara, y la de ese día era una lanza... pero no un arma.

Esa noche, su danza no estaba relacionada con matar, ni siquiera con el entrenamiento. Lo importante era la kata, y el amor de Kaladin por lo que había aprendido. Hizo girar la lanza, añadiéndole todas las florituras que conocía, unos adornos que supondrían la muerte en el campo de batalla, pero eso no importaba. Porque Kaladin no estaba en un campo de batalla y aquello no era un arma.

Syl era un resplandeciente arco plateado en sus manos mientras Kaladin recorría la secuencia. Cada paso firme, cada agarre perfecto, estirando y tensando los músculos. Que no fuese práctico no significaba que no fuese difícil. Rodó, formando raudos ataques con la lanza. Entonces, cuando se inclinó hacia delante, haciendo una larga acometida a una mano, la forma de la lanza vibró y Kaladin estaba cogiendo la mano de Syl.

La hizo girar a su alrededor y su falda ondeó mientras Kaladin recorría el siguiente paso de la kata. Nunca había aprendido a bailar, no como era debido. Tarah se había reído al descubrirlo, así que él nunca se lo había dicho a nadie más. ¿Cuándo iba el adusto Kaladin Bendito por la Tormenta a tener tiempo para bailar? Estaba demasiado ocupado salvando el mundo.

Aquello era distinto. Aquello sí que podía hacerlo, porque no existía manera incorrecta. Solo tenía que hacer lo que le diera una buena sensación. Rodó con Syl, y luego tiró de ella y la lanza cayó segura en su mano izquierda mientras añadía pasos a la kata. El terreno mullido parecía impulsar sus giros, como si fuese igual de liviano que el aire. Extendió la lanza a un lado y Syl se desplegó, rotando sobre sí misma, su mano en la de él. Un leve toque.

Una parte de Kaladin quería sentirse ridículo. Quería preocuparse por el día siguiente, cuando Szeth debería enfrentarse a un Nominador de lo Otro, con unos poderes casi tan arcanos como los de un Forjador de Vínculos. ¿No debería estar haciendo planes para eso? Casi se detuvo.

Entonces recordó lo que le había dicho a Szeth sobre pensamientos guerreros. ¿De verdad podía ayudar a Szeth si él mismo no estaba dispuesto a hacer lo mismo? ¿De verdad creía que esas prácticas iban a funcionar? Kaladin respiró hondo y entonces apaleó esas emociones, oponiéndoles pensamientos contrarios como partes de la kata. Syl cobró forma como lanza mientras él giraba, y Kaladin usó el impulso para arrojar la lanza, trazando una destellante línea plateada que atravesó un tronco cercano.

«Merezco la paz».

La lanza se formó de nuevo en su mano, pero entonces era Syl, riendo mientras bailaban.

«Merezco ser feliz».

La soltó hacia arriba como lanza desde una mano y la atrapó como mujer. Syl elegía cuándo ser cada cosa, pero él percibía los cambios. Giraron y giraron, como un torbellino, dos manos agarradas a dos manos.

«Voy a disfrutar de esto. Voy a permitirme disfrutar de vivir».

La oscuridad no murió, pero se retiró como lo hacía toda oscuridad ante la luz. Y mientras daban vueltas, mientras la risa de Syl ascendía a los cielos, el Viento llegó y comenzó a bailar con ellos. El Viento empezó a *moverlos* a ambos. A empujar a Kaladin a un lado y a otro. Era una fuerza arremolinada, racheada, poderosa. Viva, guiando sus pasos.

«Recuerdo esto —pensó Kaladin—. De mi infancia. Recuerdo moverme, y que el Viento se uniera a mí. Recuerdo… paz y libertad».

Danzó entre ello, y Syl danzó con él, ambos cabalgando los remolinos del Viento. Y, si Kaladin había conocido alguna vez un momento perfecto en su vida, un gozo cristalizado, como luz adoptando la forma de algo que agarrar, fue aquel. Preocupaciones abandonadas. No, preocupaciones apartadas a empujones. Preocupaciones *rechazadas*.

Con ello, en el límite entre el mundo y el advenimiento del final de todas las cosas, Kaladin Bendito por la Tormenta se permitió a sí mismo ser feliz. Por lo que parecía la primera vez desde la muerte de Tien.

Llegó al final del baile, en postura baja hacia el suelo, sosteniendo a Syl como lanza, luego como mujer, luego como pura luz. Trueno distante. Viento que seguía racheando en torno a ellos.

Seguidos de un sonido. Procedente de la flauta.

Kaladin se volvió y entonces, con Syl a su lado como mujer, corrió hacia él. Agarró la flauta y la levantó mientras el Viento se arremolinaba a través de los agujeros, creando medios sonidos entrecortados. Kaladin absorbió ese Viento y lo sintió *revuelto* en su interior, como la luz tormentosa al energizar sus pulmones. Sopló. La nota: pura y limpia.

Entonces tocó. No a la perfección. Ni por asomo. Era novato en aquello, pero, al igual que con la kata, no se preocupó por lo que debería estar haciendo. Tocó lo que le daba buena sensación, lo que iba después. La música que Sagaz le había dejado para que se aprendiera, la canción del *Vela Errante*, le proporcionó un marco, una columna vertebral, mientras tocaba. Algunas notas salieron fuertes, otras dubitativas, pero fue mejorando a cada repetición.

Kaladin *quería* aquello. Lo quería porque era un reto, algo que aprender, algo diferente. El soso y gruñón Kaladin. No tenía tiempo para la música ni el amor ni la vida. Esa era la historia. La historia que llevaba muchísimo tiempo contándose.

Esa noche, escribió una historia distinta para sí mismo. La de un hombre que amaba la música. La de un hombre que tenía tiempo para la música. Encontró en ella una parte de su alma que siempre le había faltado, una pérdida que nunca había tenido palabras para explicar. Aprendió un nuevo idioma esa noche, lleno de nuevos adjetivos para describir quién era Kaladin, y quién podía ser.

Terminó, y el Viento se marchó llevándose las últimas notas a la noche. Los sonidos no regresaron a él, pero pareció que el Viento se los guardaba para custodiarlos. Miró a Syl, cuya sonrisa estaba hecha de luz, y sonrió también. Se permitió sonreír de oreja a oreja. La felicidad formaba parte de lo que definía a Kaladin.

Siguió mirando el rostro de ella, apartando las preocupaciones con un muro de escudos hecho de pensamientos proactivos, durante una extraordinaria cantidad de tiempo, hasta que al final se volvió para ver qué opinaba Szeth de la música.

Vio que no estaba allí. Había abandonado el tocón donde había estado comiendo. El cielo también estaba vacío de él, aunque su macuto, que llevaba sujetas las dos hojas de Honor y a Sangre Nocturna, seguía cerca del fuego.

—Vaya —dijo Kaladin—. ¿Dónde se habrá metido?

Yanagawn resultó ser, en efecto, un alumno extremadamente capaz, que captó el juego deprisa. Además, parecía tener un sexto sentido para comprender las lecciones sobre el campo de batalla que pretendían enseñar las primeras situaciones de práctica con los naipes.

—Entonces —dijo Yanagawn—, de verdad es peor desplegarlo todo a la vez, sin guardarte nada en la reserva. Haces una demostración de fuerza y suena lo más favorable para la victoria, pero tus errores se magnifican, y te quedas sin flexibilidad para cambiar de táctica si la situación se desmadra.

—¡Exacto! —exclamó Adolin, y le dio otro mordisco a su segundo rollo de chouta, sabiendo que se llevaría una regañina si no. Dio un golpecito en la mesa que había entre ellos, agrietada después de que Yanagawn hubiera puesto una carta con demasiada fuerza y partido la madera. Después de eso, le habían quitado la armadura, dejando al emperador con un gambesón de guerrero y una túnica encima—. Además, necesitas tener reservas para contrarrestar las jugadas de tu adversario, y para ser capaz de aprovechar el terreno si el campo de batalla se desplaza.

—O también puede ser —dijo Yanagawn, estudiando el tablero— que una compañía que creías poderosa tenga un mal día y flaquee. Si lo tienes todo comprometido, como acabo de hacer yo, no puedes afianzar los puntos débiles.

—Excelente. Pero, aparte de eso, ¿por qué has perdido?

—Porque me he dejado rodear —respondió él—, y un ejército rodeado es más débil.

—No puede descansar las tropas en sus líneas traseras con tanta efectividad —dijo Adolin—, y tiene que desperdiciar energía vigilando los flancos y combatiendo en ellos. Cuando te he rodeado, ya habías desplegado tantas tropas que no te quedaban reservas para atacar y rescatarlas.

Yanagawn asintió y le echó un vistazo a un gran reloj vertical.

—Tienes que irte, ¿verdad?

—Eso me temo —dijo Adolin—. Estoy de servicio, y es muy probable que el enemigo ataque pronto.

—Me encantaría saber cómo has deducido eso —respondió Yanagawn—. ¿Se puede aprender de los naipes?

—Los naipes sirven para aguzar los instintos —explicó Adolin—, pero el resto requiere experiencia práctica. Te la daremos.

Le tendió la mano. Yanagawn, vacilante, se la estrechó. Algunos sirvientes dieron respingos, pero Adolin no les hizo ni caso.

—Es tradicional —dijo— darse un apretón de manos sobre la mesa al terminar una partida. Una última lección para esta noche: nunca te cabrees con la persona contra la que practicas, sobre todo si te derrota. Su victoria es un entrenamiento para ti. Y, lo más importante de todo, te interesa ser la clase de gente contra la que los mejores duelistas quieren luchar, porque, si solo te enfrentas a quienes puedes derrotar, no vas a mejorar nunca en la vida.

—Gracias —repuso Yanagawn, levantándose—. Gracias por todo, Adolin. —Calló un momento—. ¿Cómo es que no eres Radiante?

Adolin disimuló una mueca. Ahí estaba esa pregunta.

Esa tormentosa pregunta.

—Todos dicen que eres el mejor luchador del ejército —prosiguió Yanagawn—. Y todo el mundo te adora.

—Ojalá fuese cierto, Yanagawn. Se me ocurren unas cuantas personas que no.

—En todo caso, ¿por qué?

—Eh… —Un factor era que Adolin se negaba a abandonar a Maya, y convertirse en Radiante le exigiría hacerlo, según le habían dicho. Pero además de eso…—. No me gustan los juramentos —reconoció Adolin, poniéndole voz por primera vez.

—¿Qué? —se sorprendió Yanagawn—. Creía que los buenos vorin estaban muy a favor de los juramentos.

Adolin se encogió de hombros, levantándose.

—Mi padre hizo juramentos, igual que todos los altos príncipes, antes de que los Radiantes volvieran, cuando todo el mundo se dedicaba a quemar pueblos y masacrar a gente. Sus actos se consideraban honorables porque estaban cumpliendo sus tormentosos juramentos. Qué más da todo el sufrimiento que causaron, ¿eh? ¡La gente era honorable! ¡Eso es lo que cuenta!

Yanagawn, en vez de sorprenderse por los furiaspren que se alzaban a los pies de Adolin, meditó sobre aquello con expresión solemne.

—Hay demasiada gente —añadió Adolin mientras sus armeros empezaban a ponerle la coraza— que cree que el juramento, y no lo que significa, es la parte importante. Una vez oí una cosa recibiendo lecciones, de un fervoroso. Me habló de un hombre que había jurado quedarse sentado en una silla hasta que le dijeran que podía levantarse… y estuvo allí diez años.

—Caray —dijo Yanagawn—. Es impresionante.

—Es una idiotez —replicó Adolin—. Discúlpame, Yanagawn. Todos le dieron la enhorabuena, pero es una idiotez pura y dura. ¿Sabes lo que admiraría yo? Que una persona hiciera un juramento y entonces se diera cuenta de que era una tormentosa bobada, lo rompiera, se disculpara y siguiera adelante con su vida, decidida a no volver a cometer ese mismo error.

—Hay quienes llamarían a eso hipocresía.

—No, sería solo…

Adolin se interrumpió. «A veces, un hipócrita no es más que una persona en proceso de cambio». El tormentoso Dalinar Kholin había escrito eso en su tormentoso libro. La gente lo citaba a todas horas.

Dalinar siempre estaba allí, mirase donde mirase Adolin.

—Muy bien —dijo Yanagawn—. Nada de juramentos entre nosotros. Solo dos hombres haciéndolo lo mejor que saben.

Adolin asintió, y entonces se agachó, con la mitad inferior del cuerpo ya acorazada, y señaló hacia atrás con el pulgar sobre el hombro.

—¿Quién es el del bigote?

—El hijo del comandante —susurró Yanagawn—. Gezamal.

—Bueno es saberlo —respondió Adolin, también en voz baja.

Pero, antes de que pudiera decir más, anunciaron la llegada del hombre thayleño, Hmask, a la tienda. Le hizo un gesto a Adolin y señaló la carta que traía de una escriba.

Adolin no necesitó que se la leyeran. Ya oía los gritos lejanos. El enemigo había llegado, justo como predecían. Separó los brazos y los armeros se apresuraron a terminar de ponerle la armadura.

No deseo transmitirle a la lectora sus defectos, sino más bien recalcarle la obviedad de que cómo una orden tan decidida a cuidar de los rechazados, los desprotegidos y los desposeídos no iba a mantener apasionadas discusiones sobre la mejor manera de atender las necesidades del pueblo llano y olvidado.

De *Palabras radiantes*, capítulo 40, página 2

Szeth comía estofado, pensando si debería hablarle a Kaladin de la Voz.

La Voz que había escuchado de niño, la que ya no había vuelto a oír desde que salió de Shinovar. No parecía ser la misma que las voces de los muertos que oía ahora. A veces se preguntaba si esa primera voz había sido real o solo una manifestación temprana de sus... problemas.

Al principio, había empezado a contarle su pasado a Kaladin para explicarle cómo podía saber que había un Deshecho en Shinovar. Solo que... al llegar a la parte en la que había oído por primera vez la Voz... Szeth la había pasado por alto. Y luego, hablándole a Kaladin sobre cómo lo habían reclutado por la fuerza y sus primeros años de entrenamiento, se saltaba detalles. No mencionaba a la Voz, y hablaba poco de su familia, excepto de su padre.

Le daba la sensación de estar mintiendo. Pero, a la vez, algunas cosas eran personales. Con un suspiro, Szeth dejó a un lado el cuenco, se levantó y dio un paso adelante.

Y al instante cayó al lugar de sombras.

Estaba en el mundo de las cuentas y el sol lejano. Makari Sin, en los antiguos escritos shin. Las tierras de cristal. Shadesmar.

Entró en pánico al caer al mar de cuentas. Desesperado, intentó regresar hacia aquel cielo alienígena. Iba a ahogarse allí. A hundirse en aquel profundo mar de cuentas, cayendo, cayendo, cayendo hasta que no tuviera más remedio que inhalar una bocanada de cristal. Hasta morir y reposar en la obsidiana del suelo del océano. Un cadáver eterno de ojos abiertos, que según el acervo tradicional nunca iba a pudrirse y seguiría contemplando un abismo que nunca le devolvería la mirada, pese a su millón de millones de ojos como cuentas.

La muerte no le daba miedo, pero tenía que completar su misión antes de desaparecer, así que luchó contra el pánico. Dejó de revolverse mientras se hundía en las cuentas, con sus incesantes chasquidos de insecto al rodar unas sobre otras. Szeth no estaba indefenso allí. Había sobrevivido a aquel lugar durante su entrenamiento mucho tiempo atrás, y podía volver a hacerlo.

Buscó en la bolsa que llevaba al cinto y sacó una gema llena de luz tormentosa. Absorbió una cantidad minúscula, inhalando entre los dientes, sintiendo las cuentas apretarle los labios como ansiosas por metérsele en la garganta. Casi se enlazó hacia arriba. Pero estaba allí, en Makari Sin. ¿Por qué?

Así que se concentró y visualizó una forma. Una columna. Una columna sólida sobre la que poder alzarse. Algunas órdenes de Caballeros Radiantes tenían una afinidad con aquel lugar, pero los Rompedores del Cielo no eran una de ellas. Por suerte, cualquiera con luz tormentosa, incluidas las personas que no fuesen Radiantes, podían dominar las cuentas.

El mar empezó a solidificarse por debajo de él. Las cuentas chasquearon entre ellas, se adhirieron como si fuesen magnéticas y empujaron hacia arriba. A los pocos segundos, Szeth emergió a la superficie mientras las cuentas rodaban y caían de su plataforma. Se levantó con torpeza, dejando caer cuentas también de la ropa, y se descubrió sobre lo que venía a ser una pequeña balsa.

Mantener su cohesión era difícil. Tenía que concentrarse y, a pesar de ello, la plataforma ondulaba a sus pies como si la mantuviera unida el más tenue de los vínculos. Szeth jamás lograría crear una construcción más compleja que aquella, al menos no sin un modelo o guía, y tampoco podía absorber demasiada luz tormentosa sin arriesgarse a que las cuentas cercanas se abalanzaran hacia él e inundaran la plataforma. Hacerlo también podría llamar la atención de unas bestias spren muy peligrosas.

—Veo que recuerdas tu entrenamiento —dijo una voz.

Szeth se volvió de golpe y encontró a un hombre de gesto serio sentado en una plataforma similar a diez metros de distancia, con una hoja de Honor en el regazo, la de la Nominadora de lo Otro, cuyo aspecto recordaba un poco a Juramentada. Con forma de garfio al final, pero líneas que fluían en curvas arqueadas. El hombre iba ataviado en tela negra como el carbón. Tenía mechones de pelo blanco en la cabeza, la cara bien afeitada y unas manos que habían visto sus años.

Pozen-hijo-Nash. Uno de los primeros maestros de Szeth, y un hombre al que parte de él todavía odiaba. Pocos individuos tenían el poder de entrar en Shadesmar, y menos aún de llevar a otros consigo. Si Szeth estaba allí, era por obra de ese hombre, el portador de la espada de Batlah.

El monasterio de Pozen era el siguiente que debía visitar Szeth, pero saltaba a la vista que el anciano había decidido no esperar.

—Un asesinato. —Szeth adoptó una pose de combate y extendió el brazo para invocar su hoja esquirlada—. ¿Incumples las normas del peregrinaje?

—Tales normas no se aplican —dijo Pozen—. Aspiras a un puesto que nadie ha reclamado en miles de años. Un objetivo tan elevado debe acompañarse de una prueba elevada también.

—No aspiro a ningún puesto.

Szeth se miró la mano. Vacía. ¿Dónde estaba su hoja esquirlada?

Ah, claro. Se arrodilló en su plataforma y oyó algo que se movía abajo, revolviéndose entre las cuentas. Se concentró y alzó otra pequeña columna, sobre la que había una extraña figura con forma de hombre vestido. El interior de su silueta era negrura y estrellas, como si fuese un desgarrón en la realidad. Era la forma en que su spren se manifestaba en aquel dominio. Szeth, al caer allí asustado, no había visto aparecer al spren. Por desgracia, las hojas de Honor funcionaban de otro modo, como demostraba el hecho de que Pozen tuviera la suya en el regazo.

Bueno, quizá aquello fuese una ventaja. El spren de Szeth era un antiguo guerrero. Aunque no fuese capaz de transformarse en hoja esquirlada estando en Shadesmar, podría luchar junto a Szeth. Su spren dejó de retorcerse con cierta indecisión y miró alrededor. Su extraña forma parecía fluir más que moverse, como si fuese algún tipo de sombra de una persona.

—Oh —dijo el spren—. ¡Oh!

—Prepárate, Szeth-hijo-Neturo —dijo Pozen, con las manos sobre su hoja—. Podría haberte matado mientras caías, pero te doy esta oportunidad por lo que quizá sea un exceso de aprecio por un antiguo estudiante.

—¡No tengo arma! —gritó Szeth—. No puedo combatirte sin una.

—Entonces, no mereces ganar.

Algo salió con un estallido de cuentas a la izquierda de Szeth. Una mujer shin, más joven, con túnica gris y un arco sujeto a la espalda. Empuñaba la hoja de Honor de la Danzante del Filo, una espada fina de casi metro ochenta de largo con la guarnición curvada. Lanzó un tajo con ella y Szeth se enlazó hacia atrás justo a tiempo. Su spren balbució mientras se agachaba, cubriéndose la cabeza con las manos, aunque ningún shin osaría atacar a un spren.

Szeth absorbió más luz tormentosa, haciendo que las cuentas traquetearan al moverse hacia él, y se lanzó al cielo. No reconocía a la recién llegada, con aquella nube negra de rizos en torno a la cabeza. Una nueva portadora de la hoja, sospechaba, elevada durante sus años de exilio en sustitución de Dulo.

El spren dio un gañido y se precipitó a las cuentas, dado que Szeth no podía mantener su plataforma. Empezó a chapotear de un modo... muy poco digno, había que reconocerlo. Quizá aquel ser no sería de tanta ayuda en la lucha como Szeth había esperado.

—¿Me atacáis en grupo? —gritó Szeth hacia abajo—. ¿Dos contra uno? ¿No os da vergüenza?

—¿Debe la montaña avergonzarse por acabar con quienes la cruzan? —replicó Pozen alzando la voz—. Somos la barrera que debes rebasar, Szeth-hijo-Neturo.

—¿Por qué? —vociferó Szeth—. ¡Dime por qué!

En otra época, nunca había preguntado por qué. Era raro que desde entonces le importara tanto. Sí que había cambiado, ¿verdad?

Por toda respuesta, la Danzante del Filo se desenganchó el arco de la espalda y empezó a dispararle flechas.

Szeth se enlazó aún más alto en aquel extraño cielo de nubes demasiado quietas y un sol minúsculo. Podía mantenerse fuera de alcance sin ningún problema, pero ¿con qué objetivo? Tardaría poco en quedarse sin luz tormentosa, solo con la bolsa de gemas que llevaba al cinto.

Observó a las dos figuras de la superficie. La Danzante del Filo se hundía de nuevo bajo las cuentas. Su orden no tenía ningún poder específico de aquel lugar, por lo que Szeth sospechó que Pozen creaba plataformas para que ella se concentrara en pelear.

«Mi única salida —pensó— es capturar a Pozen y obligarlo a crear una Puerta de lo Otro que nos lleve a casa».

Szeth debería haber sido capaz de arrebatarle la hoja y luego crear su propia Puerta de lo Otro para huir. Pero en los meses que había pasado entrenando con Pozen de joven, nunca lo había conseguido. Las Puertas de lo Otro eran una habilidad difícil de dominar, y apenas una pequeña fracción de quienes entrenaban lo conseguían.

De modo que iba a tener que enfrentarse a los dos portadores de Honor. Desarmado. En terreno elegido por ellos. Con solo una bolsita de luz tormentosa.

Su planificación se vio interrumpida cuando algo oscuro cayó en picado hacia él desde el cielo. Negro como la tinta y con cierta forma de anguila aérea, aunque varias veces más grande. Un spren que Szeth no reconoció, pero que obviamente era peligroso. No lo había distinguido, negro sobre negro como era, pero aun así logró esquivar enlazándose en el último segundo.

Unos dientes destellaron blancos mientras la criatura surcaba el aire. Allí los spren podían ser letales, sobre todo si uno no sabía qué emociones estaban atrayéndolos. Szeth dio un leve gruñido mientras, sabiendo lo que buscar, avistaba toda una bandada de ellos. Aquella Danzante del Filo lo había hecho huir con el arco en esa dirección a propósito.

Descendió hacia las cuentas, anticipando un ataque. La Danzante del Filo se elevó sobre una columna creada por Pozen, que seguía sentado con las piernas cruzadas sin moverse del sitio. La mujer disparó varias flechas en la dirección de Szeth, que se apresuró a dejarse caer a las cuentas. Anuló todos sus enlaces y se permitió hundirse bajo la superficie.

Allí los susurros sonaban más fuertes. ¿Estaría más cerca en ese reino de las almas que había matado?

Por suerte, su entrenamiento estaba regresando a él. Imaginó un movimiento, unas olas de cuentas que lo llevaban de lado, y funcionó: las cuentas reaccionaron. Teniendo luz tormentosa y los pensamientos adecuados, era posible nadar entre las cuentas, hacer que te empujaran. Su control no sería tan preciso como el de Pozen, pero funcionaría. Por lo menos, mientras mantuviese en el cuerpo una pequeña cantidad de luz tormentosa, que también le permitiría sobrevivir sin respirar.

Mientras se desplazaba a través de las cuentas, oyó una voz por encima de las demás, un susurro más intenso.

¿Szeth?, decía. *¿Szeth?*

Buscó entre las cuentas y sus dedos rozaron algo. Lo aferró, sintiendo un puñado de tela. Tiró de la figura hacia él.

—¿Escudero? —dijo su spren—. ¿Eres tú?

—Búscame un arma —siseó Szeth entre dientes cerrados. En aquel lugar era posible invocar objetos del mundo real si se tenía la cuenta que representaba su alma—. No sé interpretar las cuentas, así que tendrás que registrarlas tú en busca de un arma. Yo distraeré a los enemigos entre tanto.

—No debería interferir en… —empezó a decir el spren.

—Entonces moriré y te quedarás sin escudero —restalló Szeth.

Lo soltó y permitió que el fluir de las cuentas los separase. Quizá no debería haberle hablado en un tono tan exigente. Se sorprendió al comprobar que su reverencia por el spren había empezado a menguar.

Avanzó entre las cuentas, tratando de moverse en la dirección aproximada de un riachuelo que habían visto antes Kaladin y él. Allí se manifestaría como terreno sólido, que quizá pudiera aprovechar en su beneficio.

Por desgracia, mientras se movía, las cuentas empezaron a alejarse de él. Lo habían descubierto.

Formaron un tubo de unos tres metros de diámetro, como el túnel de una mina en Bavlandia, donde una vez Szeth había sido posesión de alguien. La pared del gran tubo se endureció y Szeth se encontró a cuatro patas en terreno sólido y curvado. Se levantó y corrió hacia el final abierto del túnel mientras, justo detrás de él, la pared se abría como por un golpe y la Danzante del Filo entraba en el tubo. Se deslizó por el lateral, con la elegancia y la velocidad que le otorgaban sus poderes. Szeth dio media vuelta y se enlazó hacia atrás para mantenerse a distancia de ella, pero el tubo siguió extendiéndose a medida que más y más cuentas encajaban.

Dejó de hacerlo de sopetón, terminando en una pared sólida, cosa que debería haber anticipado. Szeth se estrelló contra ella mientras la mujer se acercaba, desplazándose rauda.

Szeth anuló su enlace y se agachó mientras la hoja de Honor de su adversaria se clavaba recta en la pared por encima de él, a escasos centímetros de su cabeza. Regresó corriendo por el tubo mientras ella se detenía con precisión y se abalanzaba de nuevo hacia él. Szeth gruñó e incendió el aire para distraerla, con un fogonazo.

La luz tormentosa sanó a la Danzante del Filo de sus quemaduras superficiales mientras su siguiente acometida hacía un corte a Szeth en la mejilla antes de hundirse en la pared del extraño tubo. El movimiento dejó a la mujer muy cerca de él, que gruñó e intentó agarrarle el brazo.

Ella le atizó un revés con una fuerza inesperada y, cuando Szeth le agarró el brazo, su piel y su ropa se volvieron resbaladizas, como engrasadas. Danzante del Filo. Claro. No iba a poder enzarzarse en una lucha cuerpo a cuerpo con ella. Los dedos de Szeth resbalaron y la Danzante del Filo se deslizó hacia atrás y descargó otro tajo con su hoja.

Szeth esquivó, por los pelos, pero las cuentas del túnel se desmoronaron bajo sus pies, haciéndolo caer hasta la cintura antes de volver a solidificarse en parte. Una treta de Pozen. La Danzante del Filo saltó hacia delante mientras Szeth forcejeaba sujeto por las cuentas, con las manos alzadas para protegerse, pero haciendo aspavientos más que otra cosa.

Con un destello, la hoja de Honor le atravesó los antebrazos. Sus dedos se quedaron flácidos, perdiendo toda sensibilidad, convertidos en pesos muertos al final de los brazos. Desesperado, Szeth se enlazó hacia abajo a través de las cuentas y se hundió hasta los hombros mientras el siguiente ataque pasaba sobre su cabeza. Las cuentas empezaron a endurecerse más, intentando atraparlo, pero, concentrándose, Szeth hizo que las más próximas reaccionaran a él, no a Pozen.

Lo bastante suelto para moverse, Szeth se enlazó directo hacia la Danzante del Filo. Se estampó contra ella y la enlazó en dirección opuesta. La mujer salió volando hacia atrás hasta que el enlace de Szeth se agotó, y entonces recuperó el control, sacudiéndose.

Szeth se elevó flotando por el aire del túnel, cauteloso, dedicando esfuerzo y concentración a curarse las manos. En la lejanía, volvió a oírla. Aquella voz.

¿Szeth? ¡Estoy aquí! ¡Úsame!

¿Su spren? No, no era esa voz. Tampoco la de Kaladin.

¿Era... Sangre Nocturna?

La Danzante del Filo lo observó, recelosa. Szeth tenía que salir del tubo, que era una construcción ingeniosa, destinada a impedirle aprovechar su capacidad de volar mientras dejaba a la Danzante del Filo el espacio suficiente para que maniobrara. Pozen debía de estar cerca, si había logrado ver lo bastante bien el interior para licuar las cuentas solo por debajo de Szeth.

—Me habían asegurado que eras el mejor —dijo la Danzante del Filo deslizándose grácil hacia delante, con su hoja alzada apuntando a Szeth—

Me dijeron que tenía que entrenar muy a fondo para tener siquiera una oportunidad contra ti, Sinverdad. Pero aquí estás, derrotado.

Szeth no dijo nada. Absorbió más de la poca y preciada luz tormentosa que le quedaba y la obligó a pasar a sus manos. Curarse de un corte como aquel requería trabajo. ¿Por qué la mujer estaba dejándole tiempo para conseguirlo?

«Porque no lo sabe —comprendió—. Esta gente no ha luchado contra Radiantes». Recordó el intenso asombro que había sentido cuando Kaladin sanó por primera vez de un tajo hecho con una hoja de Honor, algo imposible sin juramentos vivos y Radianza. Las hojas de Honor eran impresionantes, pero en esencia venían a ser prototipos, sin el… refinamiento que había traído la experimentación de los Radiantes.

Una oportunidad, por tanto.

—Quizá —dijo la Danzante del Filo— se me asigne a mí tu gran honor. Si soy la que te mata, ¿crees que me lo concederán a mí en tu lugar?

—¿Concederte qué? —preguntó Szeth, aterrizando en el túnel. Oía la ondulación de las cuentas fuera, pero distante, amortiguada. Hundió los hombros, fingiéndose exhausto, derrotado. Haciendo que su adversaria se acercara un poco más—. No sé de qué habláis ninguno de vosotros.

—Se nos ha ordenado no decírtelo —respondió ella—. Ojalá no te hubiera encontrado tan… decepcionante, Sinverdad.

—No soy más que un hombre —dijo Szeth—. El entrenamiento y la habilidad no pueden superarlo todo. Me habéis atrapado, sin armas, en un lugar inestable para enfrentarme yo solo a dos adversarios. ¿Qué esperabas?

—Que brillaras —susurró ella, y embistió hacia él.

Szeth, a su vez, alzó sus manos ya sanadas del todo y sacó dos dedos para apartar la punta de la espada. Entró en la acometida y, mientras la hoja pasaba pegada a su lado, alzó el otro puño cerrado y lo hundió en el estómago de la Danzante del Filo.

—No soy Sinverdad —gruñó.

Ella dio un respingo, con los ojos como platos, y Szeth le cruzó la cara con el otro puño. Entonces bajó el codo contra su muñeca para desarmarla. La hoja de Honor desapareció al soltarla, pero el siguiente puñetazo de Szeth falló cuando el túnel empezó a ondularse y la aturdida Danzante del Filo cayó a las cuentas, más seguras para ella que permanecer cerca de él.

Szeth suspiró, y un segundo después el túnel entero se derrumbó en una aplastante y revuelta masa de cuentas. Por suerte, logró controlar su flujo. Pozen no podía atraparlo del todo, al menos no mientras Szeth pudiera controlar las cuentas más cercanas a él.

Mientras nadaba para ocultarse, sintió tela entre las cuentas. Su spren había regresado. Le puso una cuenta en la palma de la mano.

—¡Es lo mejor que he encontrado!

Szeth empujó luz tormentosa al interior de la cuenta, ansioso por empuñar el arma que el spren había encontrado. Hizo lo que se llamaba «manifestar». Utilizar el alma de un objeto y luz tormentosa para crear una representación física de ese objeto en Shadesmar.

Notó cómo cobraba forma mientras creaba una oleada de cuentas que lo elevara hacia la superficie. Al llegar, vio lo que le habían dado.

Un cucharón. Un gran cucharón de madera, de los que se utilizaban en Shinovar para cocinar.

Su spren, que parecía cualquier cosa menos distinguido cuando su cabeza asomó entre las cuentas cercanas, señaló. Un poco más allá de él, Szeth distinguió la península de terreno firme de obsidiana que se correspondía con el curso del río en el Reino Físico.

—¿Un cucharón? —gritó Szeth—. ¿Lo mejor que has encontrado es un cucharón?

—¡Tienes inventiva! —exclamó el spren en respuesta—. ¡He pensado que se te ocurriría algo que hacer con él!

Sí, a Szeth se le ocurrió algo que hacer con él. Se lo arrojó al spren y le dio en toda la frente. Luego, con un suspiro, se dejó caer y se hundió de nuevo en las cuentas. Por tenue que fuera esa esperanza, si se mantenía sumergido, quizá sería capaz de ocultarse.

Ordenó a las corrientes de cuentas que lo llevaran hacia aquella franja de tierra. Quería tener la espalda contra esa pared, incluso sumergido en cuentas, ya que al menos así estaría protegido en una dirección. Además, empezaba a andar escaso de luz tormentosa. En el momento en que fallaran sus reservas, tardaría poco en ahogarse a menos que tuviese tierra a la que auparse.

Era una experiencia muy inusual estar fluyendo entre las cuentas, sentir cómo le rodaban por la cara. Si abría los párpados, le apretaban los ojos y hacían que le picaran. Cada cuenta emitía un tenue resplandor, con una chispa en lo más profundo. Al principio le abrieron paso… pero luego comenzaron a oponerse a él.

Pozen lo había localizado. Las cuentas, en vez de llevar a Szeth hacia delante, empezaron a arremolinarse y bullir a su alrededor. Pozen no podía atrapar a Szeth en ellas, pero sí enviar corrientes rivales que se estrellaran contra él, sacándolo de su rumbo, como si estuviera volando a través de una alta tormenta.

Szeth tardó poco en perder el control. Habían pasado demasiados años desde su entrenamiento, y de todos modos Shadesmar nunca se le había dado demasiado bien. Una oleada tras otra de cuentas se estrelló contra él, haciéndolo rodar, apaleándolo. Una por fin lo estrelló contra algo duro, la franja de tierra hacia la que había estado nadando.

Soltó un gruñido de dolor. Las cuentas, como sintiendo su debilidad, lo alejaron de la pared y volvieron a lanzarlo contra ella. Esa vez chilló, y la brillante luz tormentosa escapó de sus labios cuando sus costillas se partieron. La luz que le quedaba se apresuró a sanarlo, pero a ese ritmo se le agotaría en cuestión de minutos.

Szeth, dijo Sangre Nocturna en su mente, atravesando los susurros como una hoja. *¡Estoy aquí!*

—¿Dónde? —preguntó Szeth.

Me he hundido y he dado contra algo duro. Cerca de una pared, creo.

¿Podía ser? Szeth, utilizando su pequeña reserva de luz tormentosa, se enlazó hacia abajo. Usó la fuerza suficiente para arrancarse de las corrientes. Descendió una treintena de metros y descubrió que a esa profundidad estaba incluso más oscuro y las voces sonaban más fuerte.

Pero… ¿le pareció atisbar una luz? La buscó y, mientras tanteaba con violencia entre las cuentas, su mano cayó sobre algo. Lo agarró. Era una empuñadura.

¡Sí! ¡Me has encontrado!

—¿Cómo es que tu voz suena distinta?

La espada no debería manifestarse como un arma allí, ¿verdad? Las hojas esquirladas no lo hacían. Pero las hojas de Honor sí que podían llevarse a Shadesmar intactas, así que no había forma de saber qué normas se le aplicarían a Sangre Nocturna. Por lo menos, la espada no absorbió su luz tormentosa. Debía de estar envainada todavía.

Agotado y bajo de luz, Szeth proyectó control y concentración para invocar una oleada desde abajo que lo levantara. Enseguida entró en las corrientes que Pozen había enviado, y que intentaron estrellarlo de nuevo contra la tierra firme. Pero Szeth siguió hacia arriba hasta que su cabeza y sus hombros rompieron la superficie del océano. Usó el brazo izquierdo para aferrarse al saliente de obsidiana, cuya cima estaba solo unos centímetros por encima de las cuentas. Con la mano derecha, bajo las cuentas, aferraba el puño de Sangre Nocturna, sin revelarla.

La Danzante del Filo ya estaba sobre la franja de obsidiana. Fue a zancadas por ella en dirección a Szeth, con su túnica gris susurrando, su hoja empuñada por delante. No trabó conversación: se limitó a alzar el arma, preparándose para descargarla a través de su cabeza.

Szeth levantó la mano derecha de entre las cuentas.

Y liberó un estallido de luz.

Su mano no sostenía una espada negra azabache, sino una refulgente, radiante línea de luz dorada. Brillaba como el mismísimo sol, tanto que la Danzante del Filo ahogó un grito y trastabilló hacia atrás, protegiéndose los ojos con la mano izquierda.

Szeth subió al saliente de obsidiana. Miró la fulgurante arma, que sí que era una espada, aunque costase distinguirla en aquella luz cegadora, y la sostuvo ante él.

Por suerte, sus ojos se adaptaron y le permitieron ver a su enemiga lo bastante bien como para luchar.

—¿Espada-nimi? —susurró—. ¿Qué te ha pasado?

¿A mí?, preguntó Sangre Nocturna, con una voz… distinta. Distorsionada, como si la oyese bajo el agua. *A mí no me ha pasado nada. Oye, ¿dón-*

de está la colina esa donde habíamos acampado? ¿Cómo es que la hierba se ha cubierto de cuentas?

—Estamos en Shadesmar —explicó Szeth—. ¿No lo sabías?

¿Qué es Shadesmar? ¡Huy! ¿Esa persona que tenemos delante es malvada? ¿De verdad vas a utilizarme a mí para luchar? ¡Hurra!

Szeth miró hacia el lado, donde divisó a su spren a la deriva entre las cuentas, inútil mientras intentaba nadar.

—Sí —dijo Szeth—. Estoy orgulloso de empuñarte.

¡Qué buena elección!

—Pero ¿por qué brillas?

¿Brillar? Yo siempre brillo, ¿no?

La verdad del asunto encajó en la mente de Szeth. Aquello era Shadesmar, la tierra de la mente. A veces, lo que aparecía allí estaba relacionado con cómo se percibía.

En aquel reino, Sangre Nocturna tenía el aspecto con el que se imaginaba a sí mismo.

La Danzante del Filo se recuperó de la sorpresa y fue a por él, empujándose con un pie y resbalando sobre el otro en su dirección. Aquella capacidad, sin embargo, era de las que Szeth había llegado a dominar bastante bien, lo que le permitía saber cómo enfrentarse a ella. Utilizó esa comprensión y bloqueó los ataques de la Danzante con una secuencia de expertas paradas mientras utilizaba pequeños enlaces para volverse más ligero, para apartarse a más velocidad al esquivar.

Ella giró, retrocedió una corta distancia y lo observó con una expresión que parecía preocupada. Entonces apretó los dientes y acometió por segunda vez, y de nuevo Szeth esquivó o detuvo con facilidad todos sus ataques. Aunque ella se movía como un líquido, él se movía como el viento. Cuando volvieron a separarse, la Danzante del Filo jadeaba y perdía luz tormentosa entre los labios mientras resbalaba hasta detenerse, iluminada por el fulgor de Sangre Nocturna. Brillantes resaltes y duras sombras. Szeth estaba ganando.

No era bueno enorgullecerse de su habilidad. Matar era sustraer, a fin de cuentas. Pero, después de lo que la mujer le había dicho antes, sí que disfrutó en cierta medida de cómo estaba mirándolo. Era fácil fingir superioridad cuando se había dejado al adversario incapaz de resistir de ningún modo significativo. Szeth se volvió para situarse con la espada por delante, refulgente y cegadora, antes de asentir hacia la Danzante del Filo para indicarle que atacara.

¿Estamos… luchando de verdad o practicando?, preguntó Sangre Nocturna.

—Luchando, espada-nimi —dijo Szeth en voz baja—. Esta gente quiere matarme.

Por desgracia, mientras la Danzante del Filo se preparaba, las cuentas empezaron a burbujear e invadir la estrecha península de terreno firme. Szeth aventuró una mirada al océano y vio que Pozen había llegado flotando, aún sentado con las piernas cruzadas en una plataforma de cuentas, con su hoja de Honor en el regazo. Las cuentas se alzaron alrededor de Szeth para interferir en el combate, empezaron a acumularse a su alrededor, a desequilibrarlo, a trabarse entre ellas e intentar ponerle zancadillas.

Eso es trampa, dijo Sangre Nocturna. *Es trampa, ¿verdad, Szeth?*

Szeth gruñó mientras intentaba elevarse en el aire, pero las cuentas le aferraron las piernas y se lo impidieron. Trató de preparar las órdenes mentales que harían que las cuentas lo soltaran, pero no podía permitirse tanta atención mientras la Danzante del Filo atacaba en una secuencia emborronada de tajos. La verdadera esgrima a ese nivel de habilidad no consistía en hacer paradas, a pesar de sus vistosos lances anteriores. De modo que, aunque Szeth logró bloquear varios ataques, otro le atravesó el muslo izquierdo, haciéndolo trastabillar.

¿Quieres más ayuda?, preguntó Sangre Nocturna.

—Sí —susurró Szeth—. Por favor.

Empuñó la espada a dos manos, trastabillando. Tenía que equilibrarse con una sola pierna y resistirse a las cuentas, que habían formado unos tentáculos como serpientes e intentaban hundirlo.

DESENFÚNDAME.

La Danzante del Filo atacó de nuevo, disponiéndose a descargar un poderoso tajo a dos manos. Szeth gruñó y arrancó la vaina dorada de Sangre Nocturna, liberando un segundo estallido de luz, aunque hacerlo empezó a drenar su luz tormentosa a un ritmo frenético. Szeth lanzó su propio ataque, poniéndole todas sus fuerzas.

Una hoja chocó contra otra.

Hubo una estruendosa explosión, una onda de choque que hizo retroceder las cuentas formando un inmenso cráter alrededor de Szeth, de unos quince metros de diámetro. El impacto hizo volar a la Danzante del Filo como una hoja y le arrancó de los dedos su hoja, que destelló y cayó a las cuentas mientras ella retrocedía rodando por la península. No emanaba luz tormentosa de su cuerpo. Se quedó muy quieta, como si estuviera muerta.

Szeth dio un respingo, apenas logró estabilizarse sobre una pierna y al instante volvió a envainar la espada. Llovían cuentas en la distancia sobre el océano.

Mmm, dijo Sangre Nocturna. *Eso no ha hecho lo que yo creía.*

—¿Y qué… qué creías que iba a hacer? —preguntó Szeth.

He estado charlando con las hojas de Honor que has recuperado, y pensaba que tal vez podría concederte algunas otras capacidades Radiantes.

—¿De verdad… puedes hacer eso?

Se ve que no. Con lo claro que lo veía. Lo siento, Szeth.

—Con esto bastará —dijo Szeth, absorbiendo luz tormentosa y dejándola fluir a su pierna herida.

Al cabo de un momento avanzó, curado, hacia la Danzante del Filo, que estaba poniéndose en pie mareada. La mujer lo vio y volvió a invocar su hoja. Pero había dejado de brillar.

No tenía luz tormentosa. No tenía poderes.

—Ríndete —le dijo Szeth.

Ella gruñó y se abalanzó sobre él con su hoja, así que Szeth movió su propia arma en una ensayada finta, desenfundó otra vez y atacó. Y Sangre Nocturna no solo cortó, sino que hizo que la Danzante del Filo estallara en motas de luz. Como diminutos meteoritos, que se esparcieron alejándose de él en un millón de chispas que se desvanecieron vaporizadas.

Mientras Szeth enfundaba de nuevo y notaba que Sangre Nocturna había consumido su última luz tormentosa, la hoja de Honor de su adversaria cayó con un tañido a la obsidiana, y entonces resbaló y se hundió en las cuentas. Szeth se volvió hacia Pozen, que aún estaba sentado con aire paciente sobre el mar. El anciano extendió la mano de lado y las cuentas se abrieron para entregarle la hoja de Honor de la Danzante del Filo, que Pozen dejó en su regazo junto a su propia arma.

—¡Estás derrotado, Pozen! —gritó Szeth sobre los casi veinte metros de cuentas que los separaban—. ¡Rechaza la influencia del Deshecho! ¡Ayúdame a purgar esta tierra, en vez de favorecer la oscuridad!

—No tienes ni idea de lo que dices —replicó Pozen—. Siempre te ha costado ver las cosas tal y como son, Szeth-hijo-Neturo.

—Cierto —reconoció él en voz baja—. Pero creo que quizá por fin empiece a ver claro.

Salió al borde de las cuentas, preguntándose cómo cruzarlas hasta Pozen, y se endurecieron por delante de él.

Ah, ahí está, dijo Sangre Nocturna. *Mejor así, ¿verdad?*

—Gracias, espada-nimi —respondió Szeth, cruzando a zancadas la superficie del océano y notando cómo, a cada paso, las cuentas encajaban entre sí bajo sus pies.

A las cuentas les gustan las hojas de Honor. ¡Oh! Y también les gustan las hojas esquirladas normales. Y los spren que las crean. Hay algo en el vínculo que...

—Crees que has ganado —dijo Pozen mientras Szeth se acercaba—. Pero veo que estás sin luz tormentosa, Szeth-hijo-Neturo.

—Pozen —insistió Szeth—, no puedes derrotarme en duelo. Ambos lo sabemos. Habla conmigo. ¿No puedes hacerme ni esa cortesía? ¿Después de todos los meses que pasamos juntos?

—Meses que dediqué a prepararte —dijo Pozen— para un deber que rechazaste.

Aun así, el anciano estaba observándolo, y había... algo entre ellos. No era afecto. A ninguno le había caído demasiado bien el otro.

Pero Pozen era el portador de Honor con quien más tiempo había pasado Szeth. El que lo había reclutado en primer lugar. Así que, cuando el anciano levantó una mano, Szeth detuvo su avance.

—Voy a darte una oportunidad, Szeth —dijo Pozen con suavidad—. Si es que logras recordar lo que te enseñé y aplicarlo. Nunca aprendiste a crear Puertas de lo Otro. Así que veamos si eres capaz de descubrir cómo hacerlo habiendo tanto en juego.

Szeth maldijo y echó a correr.

Pozen se levantó y cayó hacia delante sobre su hoja de Honor. Szeth chilló mientras llegaba, estabilizando el terreno de esa columna para que no se desmoronara con la muerte de Pozen. Cayó de rodillas, sosteniendo el cuerpo en una mano y a Sangre Nocturna en la otra.

El cadáver se evaporó en una neblina oscura, como había hecho el Custodio de la Piedra. Szeth miró arriba, arrodillado ante las dos hojas de Honor, y luego escrutó la zona a su alrededor. No había ni rastro de ningún barco. Estaba sin recursos, y en medio de un océano. Incluso aunque pudiera caminar por la península que formaba el río y encontrar tierra, le costaría semanas dar con algún asentamiento. Habría muerto mucho antes de eso. En Shadesmar no llovía.

Szeth, dijo Sangre Nocturna, *¿qué pasa? ¿Por qué pones esa cara?*

—Estamos atrapados, espada-nimi —susurró Szeth—. No puedo sacarnos de este lugar.

¿Este lugar?, dijo Sangre Nocturna. *Ah, me lo está explicando la espada. Qué raro. Pero Szeth, tú eres extraordinario. Puedes sacarnos.*

¿Podría?

Szeth registró la túnica de Pozen y encontró un saquito lleno de gemas. Absorbió esa luz tormentosa y luego levantó la hoja de Honor del anciano en una mano, admirándola. Una década antes, la había utilizado para entrar en Shadesmar durante su peregrinaje. Luego había tenido que ir el propio Pozen a rescatarlo, tomando prestada la hoja de Honor del Escultor de Voluntad para poder sacarlo. Empuñándola en esa ocasión, sin embargo, sintió algo.

¿Miedo?

La hoja de Honor no hablaba, por lo menos no a la gente. Pero estaba asustada. Sabía que algo iba profundamente mal. Fuera lo que fuese que ocurría en Shinovar, aquella hoja no formaba parte del problema, y estaba igual de confundida que Szeth. Quería estar en manos de su verdadera dueña, la Heraldo.

Szeth cerró los ojos y susurró una oración. Al spren de aquella hoja, a los spren de su tierra. Se concentró, sin recurrir a un entrenamiento que nunca había funcionado. En vez de eso, fijó sus pensamientos en su misión.

Si no regresaba, su gente estaba condenada. Y Szeth nunca averiguaría cómo, ni por qué, había muerto su padre.

La hoja de Honor pareció escuchar ante aquella necesidad urgente, y compensó sus deficiencias.

¡Vámonos!, exclamó Sangre Nocturna. *¡Seguro que Syl está preocupada por mí!*

Szeth dio una estocada al aire. Su mano se heló mientras la hoja de Honor absorbía luz tormentosa de su cuerpo de sopetón, y la punta del arma hendió la mismísima realidad y le practicó un tajo como al vientre de un enemigo, de algo más de un metro de anchura. Se combaba hacia fuera, formando un hueco que apenas era lo bastante grande para que él lo cruzara.

El agotamiento lo asaltó y las cuentas que tenía bajo los pies empezaron a ondularse y deshacerse. Con un grito, Szeth agarró a Sangre Nocturna y las dos hojas de Honor para saltar con ellas a través de la abertura y caer a un paisaje oscuro.

Hierba mullida sobre un suelo de marga, que olía a frescura y vida. Szeth respiró hondo y se puso bocarriba, debilitado por la repentina pérdida de luz tormentosa. La versión dorada de Sangre Nocturna había desaparecido de su mano, pero Szeth oyó a la espada negra tarareando y hablando en el sitio donde la había dejado, junto al árbol. Aún tenía las dos hojas de Honor, y se las había ingeniado para evitar empalarse a sí mismo al caer.

Así que se tomó un momento, allí tumbado, y contempló el cielo. Hasta que una sombra en la noche se acercó hasta cernirse sobre él.

—Szeth —dijo Kaladin—, aquí estás. ¿Por qué te habías ido? Venga, ya está bien de hacer el vago. ¿No tendríamos que estar planeando el enfrentamiento con el próximo portador de Honor?

Szeth rio al oírlo. Kaladin levantó una esfera para iluminarse, vio las dos hojas de Honor y se le escapó un respingo.

—Lo has hecho bien, Szeth —le dijo su altospren al oído—. Un desafío enfrentado y superado.

—Qué confiado suenas —susurró Szeth.

—Lo estoy —dijo el spren, invisible.

—Entonces, ¿prefieres que olvide la imagen de cuando te revolvías en las cuentas? ¿La de cuando me has proporcionado, al pedirte ayuda, un cucharón? ¿Quieres que olvide lo inútil que has sido?

—Eso… ha sido… a propósito. Para asegurarme de que no dependes de mí.

—Sí, por supuesto, spren-nimi —dijo él—. Si seguimos adelante, el siguiente monasterio que hallaremos es el de la Tejedora de Luz, ¿verdad?

—Sí. Tiene sentido.

—Bien está, entonces, que comparta contigo una cosa que me enseñaron a la vez que a tejer luz, hace muchos años.

—Hum… de acuerdo —dijo el spren—. ¿Cuál es?

Szeth lanzó una mirada hacia Kaladin, que le exigía respuestas. Pero, en vez de dárselas, le susurró con un hilo de voz al spren:

—Cuando vives en una ilusión, spren-nimi, ten muchísimo cuidado de no hacer nada que la estropee. Porque, una vez pasa, es dificilísimo recuperar a tu público.

*En efecto, hay quienes afirman que, entre los Radiantes, algunos
Rompedores del Cielo dieron un paso adelante hacia la Traición, y que
sus actos están registrados; me remito, al respecto, a los comentarios
de Didal; encuentro mendaz que cualquier Rompedor del Cielo se volviera en contra de sus juramentos, y considero que su difamación es
uniformemente aberrante. Tuvo lugar un cisma entre ellos, tal y como
sugiere toda evidencia, pero no de esa naturaleza. Los Rompedores del
Cielo, que siempre han ejercido un discreto cuidado sobre aquellos a
quienes la ley olvida, todavía existen, como se afirma con anterioridad;
meramente existen adoptando múltiples formas.*

De ***Palabras radiantes***, capítulo 40, página 3

S hallan, sentada, observaba un banco de anguilas aéreas que danzaban
en el cielo. Se echaban juguetonas dentelladas entre ellas, arremolinándose y fluyendo. Aunque estaba demasiado lejos para distinguir los
detalles sutiles de la división en tres colores, se hacía patente por todo su alrededor. Aquellos mundos, creados por los spren de Renarin y Rlain, la hacían sentirse como si viviera dentro de una impresión en relieve.

Esa vez estaban en un campamento de guerra. No muy lejos, Rlain y
Renarin estaban sentados con los pies colgando al borde de un abismo. Shallan nunca había tenido a Renarin por una persona abiertamente dicharache-
ra, pero lo oyó reírse de algo que había dicho Rlain. Los spren no creían que
Dalinar y Navani hubieran llegado ya a otra visión, de modo que tenían
tiempo para meditar sobre lo que había sucedido en la anterior. Su encontro-
nazo con Mraize había estado a punto de revelar su presencia a los dioses.

Quizá podrían planificar mejor la próxima. Y quizá ella pudiera descubrir lo que le estaba ocurriendo a su mente.

—¿Cómo es que Sinforma ha regresado, Patrón? —preguntó Shallan.

Estaba sentada en el perímetro del campamento, cerca del muro semiderruido. Patrón se sentaba a su derecha, en una parte rota de la muralla, con las manos cruzadas en postura remilgada sobre el regazo.

—No lo sé —dijo el spren. Testimonio estaba un poco más allá en el mismo muro en ruinas, contemplando las anguilas aéreas—. ¡No creo que los humanos tengan sentido ni siquiera cuando están cuerdos! No digamos ya cuando no. Ja, ja.

Shallan echó atrás la cabeza y sintió el viento, creando imágenes en su mente a partir de las nubes. Aquella versión idílica de las Llanuras Quebradas estaba construida a partir de los recuerdos de Rlain. Representaba una época anterior a la llegada de los humanos, aunque en la visión no aparecía nadie más, ni cantor ni humano. Su presencia se evidenciaba por las telas que colgaban de las ventanas, los cultivos que crecían en la lejanía, las lanzas y los arcos apoyados en una pared. Era como visitar una casa cuyos habitantes habían salido, pero regresarían pronto.

—Desterré a Sinforma —dijo Shallan—. La superé. No la necesito.

—Estoy de acuerdo —asintió Patrón.

—¿Es así como va a ser? —preguntó ella—. ¿Durante el resto de mi vida? ¿Saber que, en cualquier momento, mi mente podría sufrir una recaída? ¿Saber que *eso* siempre está acechando a la vuelta de la esquina?

—Lo siento, Shallan.

Apretó los párpados con fuerza.

—Casi estaba mejor cuando no lo sabía, Patrón. Entonces no era culpa mía cuando fracasaba. O, al menos, podía fingir que no lo era.

—Shallan —susurró él—, ¿qué te dijo Sagaz?

—Lo sé, lo sé.

—Repítelo.

—No lo merezco —dijo ella en voz muy baja—. Lo que me hicieron no es culpa mía. Está bien aceptar que siento dolor, pero no debería aceptar que lo merezco.

—Lamento que tengas que vivir con él, de todos modos.

—Tengo que hacerlo. Es horrible, y es injusto, pero así es. —Respiró hondo—. No dejaré que Sinforma se manifieste como un aspecto completo de mi personalidad. Velo y Radiante son mecanismos de afrontamiento, y me ayudaron a sobrevivir. Pero Sinforma… ella es yo. No una personalidad alternativa, sino una representación de yo rindiéndome. Es la yo que sería si… me convirtiera en lo que Mraize quiere.

—No vas a ceder a eso, Shallan.

—No. Ni hablar.

—Entonces, no hay nada que temer. Quizá solo se manifieste aquí como un recordatorio. ¿Es posible?

Shallan lo miró y encontró el patrón de su cabeza rodando y transformándose, hipnótico, más rápido que de costumbre. Estaba preocupado por ella.

—Gracias —dijo.

—¡Oh! —exclamó él, animándose—. ¿He dicho las cosas correctas?

—Es más bien que has estado presente —dijo ella, sonriendo.

—Esto se me da de maravilla —afirmó Patrón—. Mmmm. ¡Tal vez sea mentira, pero me trae sin cuidado!

Shallan alzó la mirada al cielo, más allá de las anguilas, hacia las nubes.

—¿Cómo le irá a Adolin? ¿Tú crees que estará bien? Ha tenido que ir a la guerra sin mí.

—Es muy fuerte —dijo Patrón—. ¡El mejor espadachín que conozco! ¡O que nadie conozca, en realidad!

Era cierto, pero ser el mejor no siempre te protegía. A veces te convertía en objetivo. Shallan siguió contemplando las nubes, imaginándoselas como...

La cara de Ba-Ado-Mishram. Mirándola a ella con malevolencia. A Shallan se le trabó el aliento y miró hacia Testimonio, que llevaba todo el rato con los ojos puestos en esa dirección. No había estado mirando las anguilas aéreas, sino aquel rostro en las nubes.

Renarin de pronto dio un grito y se apresuró a levantarse. También se había dado cuenta, al parecer. Los dos hombres regresaron corriendo hacia ella y sus spren se unieron a ellos desde las sombras cercanas donde les gustaba estar, aunque también, y con la misma frecuencia, habitaran de algún modo los cuerpos de sus anfitriones.

—Una cara —dijo Renarin, señalando el sitio donde había estado sentado—. En las pautas de la piedra en el suelo.

—¿Como esa de ahí? —preguntó Shallan, haciendo un gesto con la cabeza hacia el cielo.

Renarin alzó la mirada y entonces maldijo y se agachó.

—Igual deberíamos entrar —sugirió Rlain.

—Si la habéis visto en las piedras —dijo Shallan—, es que está mancillando esta visión entera. Ahí dentro también encontraremos su cara.

—Sí —convino Rlain—. Pero ¿qué prefieres tener observándote, una cara en la mampostería de la pared o *eso*?

—¡Ah! —exclamó Patrón—. A mí me gusta la gigante. Intimida más.

—¿Te gusta eso? —exclamó Rlain, y sus palabras rezumaban un ritmo frenético.

—He decidido que me gusta el estilo —dijo Patrón—. Es una cosa de Tejedores de Luz, que se nos da muy bien identificar. —Señaló—. Eso es estilo.

—Cómo son los crípticos —comentó Glys.

Shallan pensó que, si nada menos que uno de ellos encontraba raro a Patrón, tenía que ser raro con ganas.

Parte de su comportamiento, dijo Radiante con voz divertida, *lo ha aprendido de ti. Creo que deberías estar orgullosa.*

Se retiraron a un edificio de piedra ahuecada cubierto por estalagmitas de crem, como cera de vela. Esa clase de cosas se había limpiado cuando los humanos ocuparon la región, cosa que, vista en retrospectiva, a Shallan le pareció una pena. Aquella sensación orgánica, fundida, era mucho más atractiva, diferente a…

¿Esa era Velo riéndose de ella? ¿Solo porque le gustase un edificio raro? En fin.

Aquel era el lugar donde Rlain había crecido. Al contrario que en el cuarto de Renarin, allí no había muebles lujosos, pero Rlain sí que tenía una cesta para guardar sus posesiones y un buen colchón en la cama.

—¿Qué es eso? —Renarin señaló un catre más pequeño—. ¿Algún hermano?

—Sabueso —dijo Rlain—. Criaba sabuesos-hacha de pequeño. Tuve que soltarlos cuando huimos a Narak.

—Sabuesos-hacha. No sabía eso de ti —contestó Renarin.

—Me llevaba mejor con ellos que con la gente. —Rlain se encogió de hombros y se sentó en la cama, demasiado pequeña para él—. Qué curioso. Cuando estaba en forma de trabajo, pensaba que esta cama era muy espaciosa. Pero ahora, este cuerpo me parece el adecuado, así que cuesta reconciliar mi cama perfecta con el hecho de que ya no entro en ella.

—¿De verdad creciste aquí? —preguntó Shallan mientras buscaba signos del rostro de Mishram. Los encontró en tres piedras distintas, como si formasen parte de la pauta natural de la roca.

—La infancia entera —dijo él—. Cuando mis padres murieron en la inundación, viví aquí yo solo. Era el raro, el de los sabuesos.

—¿Fue difícil? —preguntó Renarin—. ¿De niño?

—Ya tenía casi siete años cuando pasó —dijo Rlain—, así que tampoco fue tan malo.

A Renarin le costó un momento asimilar aquello, y Shallan vio cómo lo pensaba. Los cantores maduraban mucho más rápido que los humanos, y alcanzaban la edad adulta a los diez años.

—Aun así… —dijo Renarin.

—Te acostumbras a estar solo. A veces te acostumbras un poco demasiado, ¿sabes?

—Lo sé —le aseguró Renarin—. Créeme.

Parecía como si quisiera decir algo más, y Shallan tuvo la clara impresión de estar de más. Renarin reculó, se volvió y encontró algo con lo que juguetear, en ese caso unas pocas piedrecitas que se sacó del bolsillo para darles vueltas y contarlas entre los dedos.

—Bueno —dijo Shallan, cambiando de tema—, ¿no deberíamos hablar de cómo nos vigila Mishram?

—Mmm… —vibró Patrón—. Pensáis en ella y eso llama su atención. La prisión tiene fugas.

—No debería ser capaz de ver aquí dentro —dijo Glys—. Esto debería estar a salvo, incluso de los dioses.

—En todo caso, si está vigilándonos —dijo Rlain, con los pies levantados sobre la cabecera de la cama—, será que vamos por buen camino.

—Sigo pensando que no deberíamos centrarnos en ella. —Renarin se sentó en el suelo junto a la cama de Rlain—. Solo tenemos que detener a los Sangre Espectral y salir de aquí. Esa es nuestra misión.

—Lo he intentado —dijo Shallan—, y casi revelo vuestros spren a los dioses. ¿Tienen algún consejo sobre cómo evitarlo?

—Nada de armadura —contestó Renarin, con una mirada hacia Patrón y Testimonio, que se habían acomodado junto al agujero para hacer fuego. Los brumaspren de Renarin y Rlain merodeaban por el umbral, sin terminar de entrar por algún motivo—. Al invocarla, casi nos delatas.

—De todas formas, aquí no funciona —asintió Shallan.

—Ojalá entendiéramos lo que se dice en las visiones —dijo Rlain—. Estamos concentrados en detener a esos asesinos, pero las visiones podrían revelarnos mucho. Por ejemplo, cómo murió Honor.

—¿De verdad queremos saberlo? —preguntó Renarin.

—¿Por qué no íbamos a querer? —dijo Rlain.

—Porque la verdad puede ser dolorosa —respondió Renarin.

—Entonces, ¿preferiríais no conocerla? —preguntó Rlain, y su ritmo cambió.

—A veces —dijo Shallan—. Hay veces que es tentador.

Renarin la miró y asintió.

—Sea como sea —dijo—, creo que deberíamos probar otra vez a detener a los Sangre Espectral, en otra visión. Pero escucha, Shallan: Rlain y yo no somos expertos en actuar. Me preocupa que podamos ser un lastre en eso.

—Es posible —convino ella—. Pero sí que sois expertos, o lo más parecido que tenemos, en este reino. Creo que estoy mucho mejor teniéndoos aquí a los dos. Además, ellos son dos y nosotros tres. Nuestra mejor posibilidad de vencerlos es yendo juntos.

—Estoy de acuerdo —dijo Rlain—. ¿Podemos armarnos?

—Yo tengo esto. —Shallan sacó la daga que distorsionaba el aire—. Algo es algo.

—Pues Rlain y yo tendremos que buscarnos armas en la visión a la que entremos. —Renarin respiró hondo—. ¿Estamos de acuerdo? ¿Hacemos otro intento de atrapar o matar a los asesinos?

Shallan y Rlain asintieron. Ya solo tenían que esperar a que los spren les avisaran cuando hubiera otra visión lista.

Unas horas después del último asalto, Adolin caminaba sin armadura por la plaza exterior a la cúpula de la Puerta Jurada, que había quedado en silencio una vez más. Tormentas, estaba agotado. Habían rechazado el ataque, pero ese había durado mucho más que los otros.

«Intentan desgastarnos —pensó—. No se lo permitas». Pero era difícil no hacer caso a los enjambres de agotaspren. Solo llevaban dos días y Adolin ya empezaba a preocuparse. Por la misteriosa fuerza asaltante que estaba hostigando a sus refuerzos. Por perder demasiados soldados. Por otra ciudad condenada a que la abandonaran.

Allí fuera, en la plaza, el paisaje era bonito. Había decenas de titilantes fuegos para cocinar, cada uno con sus propios llamaspren bailarines, encendidos en pequeños fogones portátiles que les habían proporcionado los azishianos. Soplaba una brisa fresca y húmeda desde el norte, y Adolin se descubrió disfrutándola como un nostálgico recordatorio de lugares donde había vivido. Las Llanuras Quebradas, y luego Urithiru, ambos más fríos que su tierra natal. ¿Cuánto hacía desde que vivió en Alezkar? Apenas era un hombre cuando cabalgó a la guerra en las Llanuras Quebradas. Luego había regresado a Kholinar una vez, claro. Y la había dejado ardiendo.

Tormentas, había intentado relajarse, pero daba la impresión de que cargaba con un peso increíble de repente. Recuerdos. Había fracasado muchas veces en su vida, pero Kholinar era diferente. Todo el mundo cometía errores. Pero no todo el mundo le dejaba su ciudad al enemigo. La ciudad donde él, Adolin, debería haber sido rey. Si no hubiera abandonado... tanto el trono como el territorio.

Por otra parte, no todo el mundo asesinaba a otro alto príncipe en un pasillo recóndito. Y, aunque Adolin se reafirmaba en ese acto y volvería a hacerlo, formaba parte del peso. Un hombre mejor quizá hubiera hallado otra manera. Y un hombre mejor sin duda no lo habría encubierto como hizo él.

Se detuvo, echando de menos a Shallan. Sintió el viento fresco en la piel y deseó conocer su nombre, pues todo tenía nombre. En los últimos tiempos no estaba muy seguro del suyo propio.

—¿Alto príncipe Adolin? —preguntó una voz cercana.

Se volvió y lo sorprendió ver acercarse a Noura, la visir jefa, cuya ropa estampada se confundía con las sombras nocturnas. Se preguntó distraído si eso otorgaría a sus soldados alguna ventaja en la oscuridad.

—¿Sí? —dijo.

—Vengo a pediros un favor —dijo la mujer mayor, llegando más cerca de él, visible a la luz verde de la luna, ya que ninguno de los dos llevaba lámpara ni esferas—. ¿Sería posible que dejarais de corromper al supremo? Estáis confundiéndolo y socavando nuestros intentos de guiarlo como es debido.

Adolin se volvió de nuevo hacia el viento, y adoptó con naturalidad la posición de firmes. Maneras de soldado para el hijo de un soldado.

—¿Las lunas se ven más grandes, aquí en Azimir?

—La verdad es que no lo sé, brillante señor.

Adolin gruñó y luego se encaró, manteniendo la pose, hacia el gran pabellón del emperador.

—¿Qué creéis vos que necesita Yanagawn, Noura?

—Una guía meticulosa —respondió ella— para proporcionarle estabilidad al imperio, de modo que el imperio pueda proporcionarle estabilidad a él.

—Eso suena a palabras ingeniosas citadas de alguna parte.

—De mi propio ensayo —reconoció ella—, cuando me postulé para este puesto. Adolin, mientras el emperador esté en su trono, Azimir resiste. Es uno de nuestros lemas más importantes. Debe sentarse y gobernar, no fingir que es un soldado.

—Bueno… —dijo Adolin, todavía observando aquel pabellón, iluminado desde dentro por suave luz de esferas, que hacía que la tienda entera resplandeciese como una lámpara—. Sentarse ahí quizá sea lo que el emperador necesita, y lo que el imperio necesita. Pero no es lo que he preguntado, ¿a que no?

—Yanagawn necesita aquello que el imperio necesite.

—No —repuso Adolin, pivotando para mirarla a los ojos en la oscuridad—. Noura, ese joven necesita un amigo.

—Tiene amigos.

—Tiene asistentes y cuidadores… y, no me cabe duda, una gran cantidad de personas que fingen ser amigas suyas para obtener un beneficio político.

—Sí, hay una gran cantidad de esas —admitió ella—. A veces cuesta apartarlas.

—Noura, he llevado esa vida, preocupándome por cuáles de mis amigos estaban conmigo solo porque querían algo de mí. Esa soledad puede destruir a una persona, y agradezco haber tenido a algunos en quienes podía confiar. Yanagawn necesita a alguien con quien hablar que no esté en su cadena de mando, o como sea que lo llaméis para alguien como él. Necesita a alguien que no esté emparentado con él, ni al cargo de él, ni a su servicio.

—Es más fuerte de lo que creéis.

—Tormentas, Noura, no estamos hablando de fuerza. —Adolin señaló hacia el pabellón y bajó más la voz—. Pues claro que es fuerte. Pero la gente se quiebra, y a veces los fuertes se quiebran peor que los débiles, porque son en quienes los demás lo acumulan todo encima. ¿No has visto nunca lo que pasa cuando le pones demasiado peso a un caballo? Da igual que sea un viejo jamelgo o un corcel de guerra ryshadio: es posible partirle el espinazo, Noura.

—¿Y crees que no me importa? —susurró ella, adelantándose hasta quedar pegada a él. Aunque era de bastante menor estatura, tenía un fuego que Adolin casi alcanzó a notar—. Yo puse a ese chico en el trono, sabiendo a la perfección lo que estaba pidiéndole. Dedico todos mis días a hacer todo lo posible por sostenerlo. Es mi emperador.

—¿Ah, sí? Lift me explicó cómo lo ascendisteis, que fue elegido como un incauto conveniente. Alguien para que Szeth lo asesinara, porque nadie más quería ocupar el puesto. Es prescindible para vosotros, así que no me vengas con moralinas.

Adolin esperaba que la visir apartara la mirada, que volviera el rostro avergonzada, pero la mujer cuadró la mandíbula.

—Sí —reconoció—. Le hicimos eso a un chico, por el bien del imperio, pero entonces ese chico se convirtió en mi supremo. Daría la vida por él. ¿Eso te lo crees, Kholin? En el instante en que lo ascendimos, pasó a ser mi responsabilidad, mi deber, mi *vida*.

—Eh… —Tormentas. Adolin había esperado encontrarse a una burócrata manipuladora. Cómo la había subestimado, ¿eh?—. Te creo.

—Pues entonces, cree también que sé lo que necesita.

—Muy bien —dijo Adolin—. Me apartaré si eres capaz de mirarme a los ojos y decirme, con toda franqueza, que el chico no sigue ahí, dentro de ese emperador. Si puedes decirme que ese chico no necesita a un amigo.

Silencio. La visir le sostuvo la mirada, y movió la mandíbula. Pero no fue capaz de pronunciar las palabras.

—No es apropiado —dijo por fin— que nuestro emperador vaya a la batalla. Incumple la tradición.

—Llevo el tiempo suficiente cerca de escribas para saber cómo se crea una tradición. Mi padre y yo estamos en desacuerdo sobre muchas cosas, pero hay una cosa en la que sí que coincidimos: cualquier hombre, en cualquier parte, debería tener el derecho de empuñar una lanza o una espada y luchar por lo que cree. Si le niegas eso a Yanagawn, estás negándole la misma hombría.

Noura puso los ojos en blanco.

—Con lo bien que ibas. Y luego, cómo no, ha salido el viejo machismo alezi de siempre.

Adolin se negó a morder el anzuelo. Entornó los ojos.

—Aquí hay algo más, ¿verdad? ¿Es sobre mí? ¿Qué es lo que no te gusta de mí, Noura?

Ella sopesó la respuesta que iba a darle, cruzándose de brazos.

—Rechazaste el trono, Kholin. Eres de las pocas personas en todo el mundo que podría haberse puesto al nivel del supremo, y lo rechazaste. Ese grado de irresponsabilidad es… preocupante.

Adolin, sorprendido, por fin abandonó la posición de firmes.

—¿Y piensas que… voy a convencerlo para que haga lo mismo?

—Las ideas son más contagiosas que cualquier enfermedad —dijo ella—. Y, Kholin, Yanagawn es buen emperador. Tiene el corazón para ser uno excelente. Si vieses el progreso que ha hecho… si hubieras conocido a los emperadores previos, todos maravillosos candidatos sobre el papel, que luego se transformaron en cascarones… ¿Sabes cuánto tiempo hace desde que tuvimos al último supremo que de verdad comprendía las necesidades del pueblo? *No podemos perderlo.*

—Pues escúchame —susurró Adolin—. Si lo mantenéis aislado, sin amigos, vais a derrumbarlo, Noura.

Ella le aguantó la mirada, con unos ojos que reflejaban la luz de luna verde.

—¿Por qué rechazaste tú el trono? —preguntó por fin—. ¿Qué pasó?

—Tiene que ver con una cosa de la que hemos hablado hoy él y yo —dijo Adolin—. Algo que nunca señalo como debería. Juramentos contra promesas. Expectativa contra ejecución. Dale un poco de libertad a Yanagawn, Noura, y se alzará. Retenlo y empezará a buscar salidas más cercanas al suelo. —Le sonrió—. Y, si te interesa que tenga cerca a alguien que no quiera nada de él… bueno, ten en cuenta que hay una sola persona en este tormentoso mundo que lo tuvo todo en la palma de la mano y lo rechazó. —Adolin se dio un golpe en el pecho—. Te aseguro que existe un hombre que no quiere el trono de tu emperador, ni su dinero, ni su poder. Piensa en ello y pregúntate por qué me importa entonces.

—Porque has estado en su situación —susurró ella.

—Tormentas que si he estado —dijo Adolin—. Aún lo estoy.

Le hizo una inclinación de cabeza a la visir, dio media vuelta y echó a andar. Noura no lo llamó para que volviera, ni le exigió que se alejara. Así que Adolin lo consideró una batalla ganada, o al menos librada hasta llegar a unas tablas.

FIN

del cuarto día

¡CUIDADO con los REGIOS!

FORMA TORMENTA

FORMA FUNESTA

¡EXTREMAR LA PRECAUCIÓN AL ENFRENTARSE!

INTERLUDIOS

MOASH ♦ ODIUM

MOASH

Moash estaba acabado.

«He matado a Teft…».

Odium ya no protegía a Moash de sus propias emociones. Sus ojos se habían quemado, dejándolo con una imagen final, que tenía fija en la mente como un glifo grabado: la reina de Urithiru con un halo de luz alrededor, y Moash juraría…

… de verdad juraría…

… que había visto el espíritu de Teft, Radiante y acusador, alzándose tras ella como parte de ese halo.

Moash yacía en algún lugar ruidoso. Cantores tarareando y trabajo de cantería continuo. Kholinar, pensó, después de volar mucho tiempo. Lo habían rescatado de las nieves de Urithiru y habían terminado depositándolo allí. Su cama era mullida, pero tenía las entrañas en carne viva y gimió mientras se giraba de lado, arañándose la cara.

«He matado a *Teft*».

El dios de todas las emociones había prometido resguardar a Moash de esos sentimientos, de la horrible culpa, de esa sensación de no valer nada. Por eso había creído. Por eso lo había seguido.

—Toma mi dolor —graznó—. ¿Por qué no tomas mi dolor?

—Eso ya no lo hago, Vyre —dijo una voz queda desde el lado de su cama.

Moash se volvió hacia el sonido e intentó mirar, aunque ya no tenía ojos. Lo hacía todas las veces. Mirar. Sin ver.

Esa voz. Era distinta, pero…

—No está bien que tome emociones —dijo la voz—. Mi predecesor era un glotón y devoraba las de sus seguidores. Yo no. Tu pasión es lo que hace que estés vivo, Vyre. ¿Qué dios de la pasión sería si no celebrase la emoción en mis fieles?

—¿Celebras esto? —preguntó Moash, arañándose la cara otra vez—.

Me siento como si estuvieran despedazándome. Cada día me destruyen de nuevo, condenado como un monstruo…

—Es el precio que pagamos —dijo la voz— por hacer lo correcto. Si no tuviera un coste, ¿qué sacrificio sería hacer lo que es debido? ¿No lo haría toda la gente de manera natural?

—¿Lo correcto? ¿Matar a un amigo?

—Si un hombre debe morir por sus elecciones —respondió la voz—, ¿acaso no es mejor que lo mate un amigo, que luego lo llorará? —Sonidos de tela rozando. Una silla que raspaba el suelo. Como si su interlocutor estuviera inclinándose hacia delante en el asiento—. No eres un monstruo. Un monstruo asesinaría con júbilo y lo adoraría. Matar con sufrimiento, como un cirujano que debe causar dolor… es el acto de un héroe, Vyre.

¿Un… héroe?

—¿Quién eres? —preguntó Moash.

—Tu nuevo dios —dijo la voz—. ME CONOCES.

Esa voz, ese uso del tono… era Odium. Pero un nuevo Odium. Distinto, pero igual.

—Toma mi dolor… —susurró Moash.

—No, Vyre, no lo haré. Si no eres capaz de soportar el precio, entonces no mereces tu título ni tu hoja. Sin embargo, sí que hay una cosa que puedo concederte. Que veas. No con tus ojos, imposibles para mí de restaurar, ya que se los llevó una acción de mi adversario. Pero todavía puedo influir en tu mente.

Y Moash lo vio. O… lo imaginó. Gloriosas fuerzas marchando a la guerra, a lo largo de cien mundos, llevando la paz y el orden a una inmensidad de gente. Vio paz, serenidad, mil injusticias resueltas. Reyes derrocados, y las familias de la gente trabajadora, como quienes llevaban las caravanas, viendo por fin una verdadera represalia por los crímenes cometidos contra ellos.

Vio la unidad. Forjada bajo el estandarte de un ejército eterno, inmortal, comandado por un hombre en negra armadura esquirlada, cuyos ojos brillaban rojos.

—¿El Espina Negra te sirve?

—Podría —dijo Odium—. Es tan probable que sí como que no, según las decisiones que tome dentro de unos días. Pero, si no es él, será otro. Vyre ¿no es esto lo que quieres? ¿No es por esto por lo que te volviste contra tus amigos en un principio? ¿Por qué luchas?

—Porque nada importa…

—¿Por qué luchabas, entonces?

—Porque el rey de Alezkar era una alimaña, que hizo matar a buenos hombres. Y nadie iba a llevarlo jamás ante la justicia por sus delitos.

—Lo que estás viendo —dijo Odium— es toda injusticia resolviéndose. *Toda* injusticia. Si me sigues, podrás decidir cómo sucede eso, y quién recibe las recompensas. ¿No es mejor eso que luchar por nada? ¿Mejor que senti nada? Cuando sientas tu dolor, plantéate la paz y la unidad que ese dolor va a traer a tantos. Deja que se vuelva un motivo de orgullo para ti, Vyre.

Un motivo de orgullo. Una forma de recuperar el hombre que fue una vez, el que se había alzado incluso contra Kaladin para aplicar la justicia a quienes llevaban coronas y explotaban a los débiles. Esa era la persona que había sido Moash.

—¿Cómo? —preguntó.

—¿Estás dispuesto a intentarlo otra vez? ¿Aunque quizá requiera enfrentarte a tus amigos? Porque, aunque te llamen traidor, no dejan de ser tus amigos, ¿verdad?

—No. No dejan.

—Entiendo eso mejor que la mayoría —dijo Odium—. Por eso me importas, Vyre. Sí, sí que lo entiendo…

La silla se movió de nuevo, y al poco tiempo volvió a llegar la voz de Odium, más alejada.

—Todo tuyo. Veamos si funciona.

Unas manos lo sujetaron con correas en la oscuridad. Le embutieron una tela en la boca para amortiguar sus chillidos, y luego, lo que pasó luego…

Sacaron mazos y le hundieron unos clavos de luz a través del cráneo. Él aulló. Pero esa vez los aullidos eran en desafío al dolor, tanto externo como interno. Eran en rechazo al remordimiento, pues de veras había estado trabajando por un mundo mejor. ¿Cómo osaban luchar contra él?

¿Cómo osaba Kaladin afirmar que protegía, cuando estaba defendiendo a los asesinos de alta cuna? Era una marioneta. ¿Cómo osaba no reconocerlo? ¿Cómo osaba servirlos?

Cuando todo terminó, con el suplicio palpitando en todo su cuerpo, Moash yació sudado, exhausto y utilizado, como un par de zapatos viejos llevados para una marcha demasiado larga. Habían hecho algo con sus cuencas oculares vacías, algo que debería haberlo matado. Pero mientras meditaba, allí tumbado, sobre qué sentido tenía, Moash…

Moash vio.

No igual que antes. Contornos de luz, los de la gente en particular, y… las gemas, infusas. Cosas vivas. No el color, sino… los spren.

Podía ver los spren. Por todas partes.

—Debería funcionar —dijo una nueva voz, femenina—. Mira su reacción. Ha sido un éxito. Puede ver la Investidura.

—¿Qué me habéis hecho? —susurró Moash.

—Acabas de convertirte —dijo Odium— en una clase de arma muy concreta. ¿Estás preparado para servir de nuevo? ¿Para forjar un mundo mejor?

Aquello… no era lo que había esperado. Miró alrededor en la habitación y encontró a Odium como una fulgurante fuente de luz, una figura diluminada por el poder. Como un sol a menos de tres metros de distancia. Y, con él, otra, que resplandecía con un tipo de luz diferente. Un... no, no era un color distinto. ¿Un... ritmo de luz distinto?

—Haré lo que debe hacerse —respondió Vyre—. Porque alguien debe hacerlo.

—Así es, Vyre —dijo Odium.

Tras pasar un tiempo dejando que el intelecto gobernase, Taravangian cambió. Permitió que las emociones guiaran la razón por el momento y se preparó para lo que vino después: una inundación de pasiones y sentimientos. Una presa reventada. Lo arrollaron, cada una más intensa que la anterior.

Preocupación, confianza, pasión, miedo, ira. Ira.

Viajó en un instante de vuelta a Kharbranth, el hogar al que tanto aprecio tenía. Recubrió la ciudad para poder sentir las emociones de todas y cada una de las personas que había allí.

Las adoraba. Oh, cómo adoraba esa ciudad, con su arte, y su biblioteca, y sus muchos hospitales que aceptaban a todo paciente sin cobrarles. Incluso adoraba las partes secretas de esos hospitales, donde habían muerto personas —sintiendo muchísimas cosas— a manos de los cirujanos de Taravangian, asesinadas para recolectar sus susurros de muerte. Sacrificios para una misión terrible pero importante, pues en esa época aquellos susurros eran su única manera de atisbar el futuro.

Sus políticas aseguraban el verdadero bien mayor. En Kharbranth halló justificación, pues allí tenía una ciudad que, en la guerra, conocía la paz. Unas tasas de criminalidad insignificantes, resultado de conceder a las fuerzas del orden la capacidad de exiliar a los delincuentes, dejando en Kharbranth solo a la gente serena y maravillosa.

¿Era suficiente? Empezó a sollozar, pues sabía que no iba a ser suficiente. Se trasladó instantáneamente a la cámara de su hija, donde percibió que estaba jugando con las nietas de Taravangian. Las vio reír mientras él temblaba, asustado de repente. ¿No debería sentir amor, al verlas de nuevo?

No. Sintió terror. Su familia estaba expuesta.

Expulsar a los criminales no era suficiente. Tenía que castigarlos. Aniquilarlos, para que no pudieran hacerle daño a su familia ni a su pueblo. ¿Y qué había de los otros reinos? Podían llegar hasta allí, invadir el suyo, destruir. Su familia nunca estaría a salvo a menos que todo, en todas partes, estuviera bajo el control de él.

Solo entonces ya nunca tendría nada que temer.

No se apareció a su familia. Les dio abrazos a todas, pero en silencio, invisible. No debían saber lo que era y lo que tenía que hacer.

La emoción insistía en la guerra.

En eso, por sorprendente que pareciera, el intelecto y los sentimientos coincidían.

Cultivación se equivocaba. La guerra, que llevaría a su control de todo, era la única manera.

QUINTO DÍA

VENLI ◆ DALINAR ◆ SIGZIL ◆ SZETH ◆
NAVANI ◆ JASNAH ◆ RENARIN ◆ ADOLIN ◆
KALADIN ◆ SHALLAN

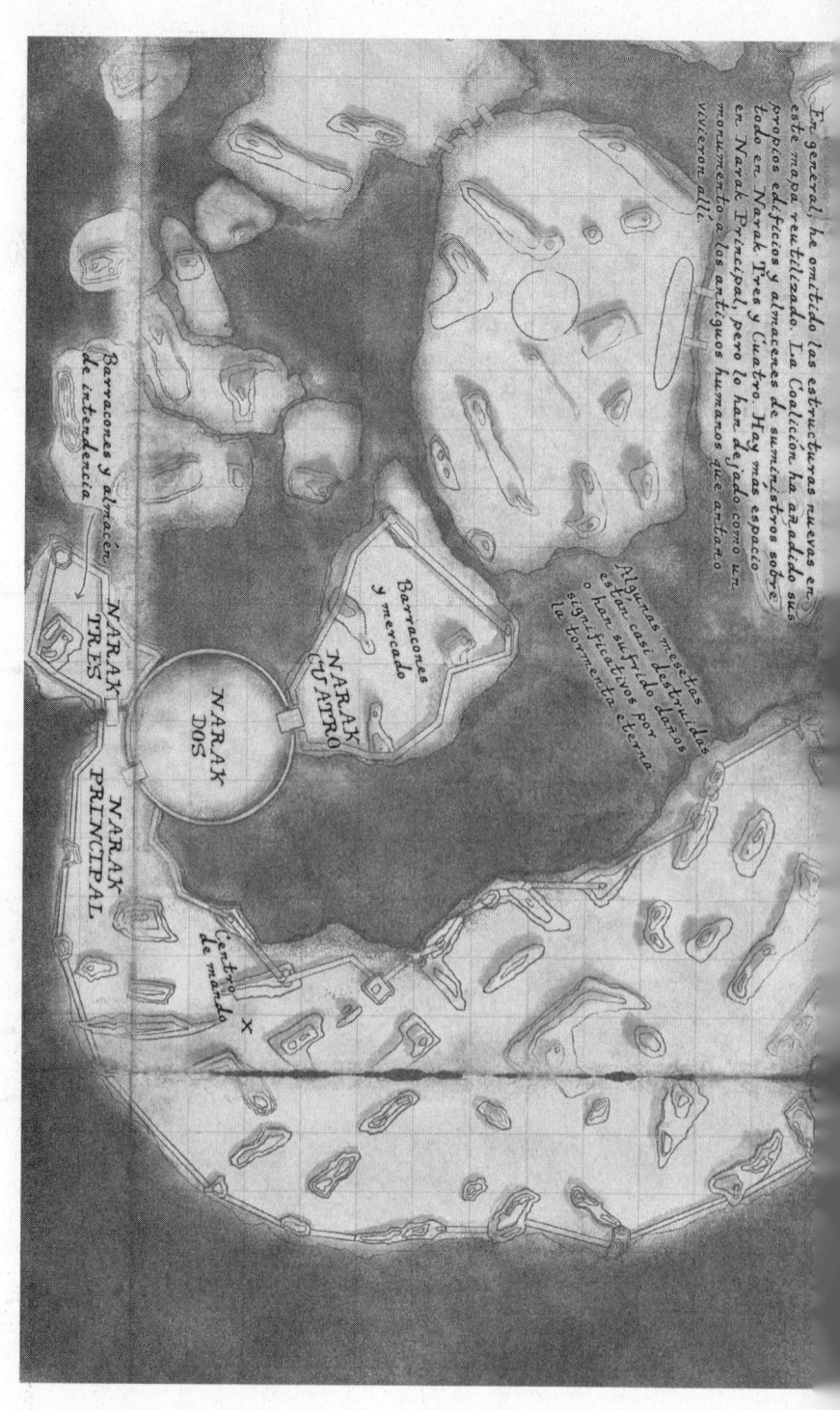

En general, he omitido las estructuras nuevas en este mapa reutilizado. La Coalición ha añadido sus propios edificios y almacenes de suministros sobre todo en Narak Tres y Cuatro. Hay más espacio en Narak Principal, pero lo han dejado como un monumento a los antiguos humanos que antaño vivieron allí.

Algunas mesetas están casi destruidas o han sufrido daños significativos por la tormenta eterna.

Barracones y almacén de intendencia

NARAK TRES

Barracones y mercado

NARAK CUATRO

NARAK DOS

NARAK PRINCIPAL

Centro de mando X

Mi queridísimo Cephandrius:
Tu refutación es elocuente, como de costumbre, pero ¿creías que iba
a influir en mí?

Venli estaba sola en la cueva. La había tallado ella misma, utilizando sus capacidades para dar forma a la piedra.

Fuera pasó una sombra gigantesca, acompañada por los distintivos roces y golpetazos de un abismoide. Había gente caminando junto a la bestia, sus ritmos optimistas. Por primera vez en muchísimo tiempo, las cosas parecían estar mejorando para los suyos.

A no ser que Venli hubiera llevado la destrucción definitiva hacia ellos.

Cerró los ojos, puso las manos en las piedras y cantó para ellas.

Bienvenida, hija de ancianos, respondieron las piedras. *Bienvenida, canapiedras. Bienvenida, Radiante.*

—Necesito consejo —susurró Venli—. Por favor.

¿Sobre qué?, preguntaron las piedras.

—Mi pueblo... al acogerme a mí, al dar refugio a Fusionados renegados como Leshwi... atraerá la ira de Odium. He sentido su furia. Temo haber llevado la destrucción a los oyentes. Otra vez.

No conocemos el futuro, dijeron las piedras. *Cantamos sobre el pasado. Sobre días muy lejanos en los que cantábamos juntos y vosotros nos dabais forma. Cuando los tuyos conocían la piedra.*

Igual que la roca de Urithiru, aquellas piedras anhelaban hablar con ella, y sus ritmos eran los de la Alegría y la Paz. Se hacían llamar Ko, las piedras de las colinas, pero a veces hablaban como si toda la piedra, todo Roshar, de hecho, fuese una sola cosa.

Ansiosas, le mostraron el pasado, que, gracias a los poderes de Venli, apareció representado como formas en el suelo de piedra. Minúsculas esculturas que solo tenían unos centímetros de altura, de su gente mientras cruzaba aquella tierra. Mirando arriba de vez en cuando, como si repararan en la presencia de algo. O... ¿escuchando?

La roca no tenía respuestas. No le importaban los «nuevos» dioses; solo quería cantar, lo cual habría sido una delicia si Venli no estuviera cada vez más nerviosa por lo que había hecho. Pronunciar los juramentos de una Caballera Radiante, por fin. Que sus palabras las aceptara... bueno, daba por hecho que debía de haber sido Cultivación.

Venli había llevado a los alcanzadores, los lumispren, con su pueblo. Empezando por Jaxlim, la madre de Venli, ya había dos docenas enteras de oyentes que habían vinculado a spren. Una brillante efusión de poder, mucho más rápida que en la refundación de ninguna otra orden. Los lumispren habían tenido muchas ganas.

Y, sin embargo... esas cosas llamaban la atención. En los últimos tiempos había estado oyendo truenos lejanos, los de la tormenta eterna al aproximarse, aunque nadie más parecía capaz de distinguirlos. Ese sonido la aterrorizaba, porque a *él* lo conocía demasiado bien. Con las manos en el suelo de su pequeña cámara, se estremeció mientras le daba un vuelco el estómago y notaba frío el caparazón al recordar el tiempo en que lo había servido. Cantando las canciones de él, los ritmos de él. Observando mientras él destruía a los oyentes, o eso creía hacer, para crear unos falsos mártires de cuya desaparición culpar a los humanos.

Pero unos pocos habían sobrevivido, a pesar de todo. Y Venli había acudido a ellos. Tenía que ayudar.

Por favor, dijo a las piedras, *dadme una manera.*

Se limitaron a seguir cantando con ella, gozosas.

Nos alegramos de que estés aquí. Te hemos traído a este lugar, donde las canciones fueron una vez las más sonoras, y ahora cantas con nosotras de nuevo.

Las piedras no pensaban en el mañana. Que el viento se preocupara de eso. Las piedras podían disfrutar del pasado.

Al final se separó, aunque siguió canturreando suave a Alegría. No había obtenido respuestas, pero cuando hablaba con las piedras no podía evitar que la embargara una sensación de pertenencia. No se había dado cuenta hasta un día tranquilo en Urithiru, de lo mucho que significaban para ella las canciones. De lo mucho que significaba su acervo. Había desperdiciado esas maravillas durante toda su vida, poniendo los ojos en el futuro y solo en el futuro.

Por desgracia, al haber sido la portavoz de Odium, de verdad lo conocí demasiado bien. Iría a por ellos después de haberse ocupado de los humanos. Venli se levantó y salió de su cueva para contemplar su pueblo. Mil setecientos oyentes, entre ellos muchos niños. Los ancianos, los débiles, los jóvenes y un fiel grupo de soldados, los mejores amigos de Eshonai, que habían rechazado las formas de poder que les llevó la propia Venli.

Ellos eran la verdadera alma de los oyentes. Habían mirado al poder a los ojos y se habían negado a tomarlo.

Ser oyente significa..., le dijeron las piedras. *Significa escuchar a las piedras... y a vuestros antepasados...*

Dentro de ella, Timbre armonizó al Ritmo del Recuerdo. Allí, en esas tierras desprotegidas por completo, en las espaciosas planicies al sudeste de las Llanuras Quebradas, el pueblo de Venli había creado hogares a partir de crem y pedazos de grancaparazones muertos. Antaño se consideraba que ese lugar era demasiado peligroso, ya que allí vivían abismoides.

Pero esos abismoides estaban moviéndose entre su pueblo. O, mejor dicho... bueno, la mayor parte del tiempo la pasaban *durmiendo* entre su pueblo. Enormes montones de monstruosa quitina a los que parecía gustarles holgazanear mientras la gente literalmente les pasaba por encima. Les encantaba que los cepillaran y los rascaran, como gigantescos cachorros de sabueso-hacha. Y a la gente de Venli no le faltaba la comida, como demostraba un abismoide que regresaba de su cacería trayendo a rastras un zumble muerto de seis metros de alto, un herbívoro de bulboso caparazón negro. El abismoide permitió que los oyentes cortaran unos pedazos para cocinarlos antes de sentarse él a comer.

Un gentil canturreo le llamó la atención. Miró y vio que llegaba su madre, Jaxlim, una oyente de rostro redondo, largos mechones trenzados y una compleja pauta cutánea de líneas muy finas. Al instante, Venli fue una niña pequeña otra vez. Escuchando las canciones y memorizándolas esmerada a los pies de su madre. En general esos recuerdos llegaban acompañados de una frustración con su hermana, porque Eshonai nunca había hecho lo que debía y, sin embargo, siempre había sido la favorita de su madre.

Ese día... Venli mantuvo el Ritmo de la Alegría, y luego cambió al de lo Perdido por su hermana. Al final, Eshonai había hecho más por su pueblo que Venli en toda su vida. Timbre las había elegido a ambas. No era una rivalidad.

Para sorpresa de Venli, Jaxlim canturreó a Ansiedad. Venli armonizó a Confusión.

—Tengo la sensación de que la culpa es mía —le explicó Jaxlim—. Si no te hubiera enseñado las canciones que te hicieron buscar las formas de poder, quizá...

—Madre —la interrumpió Venli—, no. Pasé demasiados meses intentando evitar la responsabilidad. No toleraré que nadie me dé más excusas, ni siquiera tú. Hice lo que hice, y no fue por tu culpa. Las decisiones terribles fueron mías.

En su interior, Timbre respondió con el Ritmo de la Resolución.

—Aun así —dijo Jaxlim, mirando a la gente y sus cabañas de caparazón, reunida en grupos de cuatro entre los abismoides que descansaban—, recuperar por fin mi mente y encontrarnos así de resquebrajados... Era mi deber guiaros con canciones e historias.

Venli se acercó al lado de su madre, que siempre había sido tan fuerte… hasta que dejó de serlo. Así, comprendió Venli, era la vida. Ningún caparazón era tan grueso que no pudiera agrietarse.

Tomó la mano de su madre y canturreó a Resolución.

—Conseguimos capearlo —dijo—. Resquebrajado, sí, pero nuestro pueblo sobrevivió. Ahora tenemos que buscar una manera de seguir adelante sin que Odium nos destruya.

—No sé si podré resolver ese problema del todo —respondió Jaxlim—, pero he estado repasando las viejas canciones, y creo que podría tener algo que nos servirá.

Venli tarareó a Esperanza.

—Ven —dijo Jaxlim—, y hablemos con tus amigos, los antiguos a los que llamas Fusionados.

Dalinar se movía a través de realidades cambiantes. Se dijo que debía soportarlo, que necesitaba ver lo que había sido.

Abrió los ojos.

Por un fugaz instante nocturno, estaba de pie sobre una ladera quemada, en una tierra con una extraña luna pálida. Una ciudad rota humeaba ante él, una ciudad de altos muros que estaban destruidos, y en su interior se veían personas extrañas. Alzó lo que sabía que era un arma, aunque no era una espada ni se empuñaba con asta, y desató líneas de luz mientras sus ejércitos avanzaban a su alrededor.

Llevaba una armadura esquirlada negra.

Tormentas. Cerró los ojos con fuerza. «Es solo una posibilidad. No sucederá. Me aseguraré de que no suceda». Y, sin embargo, eran las condiciones que había aceptado: si fracasaba en el duelo de campeones, comandaría los ejércitos de Odium en su conquista de otros mundos. ¿Podría hacerlo?

Había dado su palabra. Tormentas.

Lo asaltaron ruidos. Guerra, chillidos, soldados muriendo. Rechazó abrir los ojos a ello, y en vez de eso extendió su mente. Era un Forjador de Vínculos. Podía crear vínculos, encontrar vínculos, reforzar vínculos. Y había un vínculo poderoso para él en ese lugar…

¿O varios?

Tres vínculos fuertes. Unos pocos más casi tan intensos. Qué raro. ¿A qué estaba Conectado allí dentro, aparte de a Navani? ¿Al Padre Tormenta? No, ese vínculo era distinto. Los que sentía eran brillantes y… ¿y cercanos? Unas resplandecientes líneas blancas se extendían desde él, una de ellas apuntando a…

Un joven… no, un anciano… no, un niño… ¿Elhokar? ¿Era Elhokar?

Desapareció al cabo de un momento, dejando a Dalinar con un persistente eco. Trató de seguirlo, pero se descubrió desviándose hacia otro. Un vínculo con alguien cuyo amor no merecía, aunque a veces lo diera por sentado. Alguien cuyo contacto lo hacía sentir vivo, cuya sonrisa lo convertía en un hombre mejor.

Estaba... *ahí*. Encontró la mano de Navani y abrió sus ojos hacia ella, para verla en cien variaciones diferentes, una tras otra, desde una joven doncella a una reina entrada en años. Pero aquella sonrisa, aquella sonrisa astuta, permaneció igual.

—¡Necesitamos otra visión! —gritó Dalinar contra la marea de imágenes que fluía en torno a ellos como una corriente—. ¡Necesitamos un ancla!

—¡Por suerte, ya lo había pensado! —vociferó Navani.

—¿Ah, sí?

Ella levantó la mano, que tenía envuelta en una cinta roja. La cinta era siempre la misma, aunque todo lo demás en ella cambiara.

—¡Me la ha dado Shalash!

Tormentas, Navani era asombrosa. Dalinar tocó la cinta y sintió cómo el objeto los guiaba, igual que había hecho la piedra. El Reino Espiritual pareció calmarse.

—Navani —dijo Dalinar—, el Padre Tormenta se ha ofrecido a sacarnos y... lo he rechazado. —La miró a los ojos—. Tiene miedo de lo que podamos descubrir. Solo eso ya me anima a buscarlo. Perdóname. Tendría que haberte consultado.

Ella asintió, aceptándolo.

—¿Cuánto tiempo nos queda?

Dalinar se miró el brazo.

—Cinco días. Estoy convencido de que el Padre Tormenta nos oculta a propósito el secreto de cómo asumir y utilizar el poder de Honor. Para encontrarlo...

—Tendremos que orientarnos hasta el día en que Honor murió —convino Navani—. Deberemos presenciar la caída de los Caballeros Radiantes y la muerte del Todopoderoso.

Dalinar asintió.

—El Padre Tormenta dice que el poder nunca me aceptará, porque «no puede soportar a otro capaz de hacer lo que hizo Honor».

Navani levantó la cinta mientras una visión empezaba a cobrar forma a su alrededor.

—Con las anclas adecuadas —dijo—, podemos ir saltando adelante en el tiempo y localizar la visión correcta. Sabemos los nombres de algunos Radiantes involucrados en la Traición. Alguien llamado Melishi era Forjador de Vínculos en la época.

—Gracias —respondió Dalinar, cogiéndole las manos.

—Aún no estoy segura de lo que opino sobre nuestro objetivo —dijo Navani—. No quiero perderte.

—Lo sé. Pero, al menos, estoy intentando algo nuevo. A tu manera. Menos guerra, más erudición.

—Esto es más historia que ingeniería —contestó Navani mientras la visión terminaba de encajar—, así que es más la manera de Jasnah que la mía. Pero… está bien que busquemos respuestas en vez de limitarnos a embestir hacia delante confiando en que todo salga bien.

El caos ya se había estabilizado por completo. Estaban los dos en una sala oscura con suelo de tierra. Ardía un fuego en el centro, que confería a la escena una atmósfera primordial. Jezrien, con aspecto más avejentado que la última vez que lo habían visto, estaba sentado en el suelo junto a la hoguera, con Ishar y algunos otros. Shalash, que parecía tener algún año más que antes, llevaba esa misma cinta en el pelo. Ishar, de algún modo, daba la impresión de estar más curtido que el resto, con sus ojeras y su barba blanca.

La mujer que Dalinar supuso que era Chanaranach, de brillante pelo rojo y apariencia veden, estaba arrodillada a su lado. Llevaba una armadura improvisada, hecha de caparazón. Su mano derecha descansaba en el puño de una espada primitiva, creada a partir de trozos de caparazón afilados e incrustados en madera. Su mano segura, como las de las otras mujeres de la estancia, estaba expuesta.

La habitación no tenía puerta, solo una tela colgando, y alguien la apartó dejando entrar la luz del sol.

—Está aquí —anunció esa persona, y Dalinar se alegró de entender el idioma esa vez.

Jezrien se volvió hacia Dalinar.

—Bueno —le dijo—, es el momento de tomar una decisión.

—En ese caso —respondió Dalinar—, una decisión tomaremos.

Se sorprendió por lo natural que le resultaba seguirle la corriente a la visión. Las primeras veces que había hecho aquello, le había costado horrores. Pero ya casi era instintivo para él empezar a manipular la conversación.

—¡Con qué facilidad lo dices! —exclamó Jezrien.

—He tenido mucho tiempo para pensar —dijo Dalinar, procurando no concretar ni comprometerse demasiado. No podía permitirse que aquella visión se deshiciera antes de tener un ancla para avanzar en el tiempo una vez más—. Pero, aun así, no logro hallar una solución. ¿Me resumes el problema, tal y como lo conocemos, una última vez?

—Sabia elección —terció Ishar, sentándose con ellos, y entonces sostuvo las manos ante él en un gesto extraño, con las palmas hacia arriba. Era evidente que para los demás significaba algo, pero hablar el idioma no le proporcionaba a Dalinar el contexto cultural adyacente—. Como siempre, Kalak, tu calmado raciocinio es reconfortante. ¿Cómo puede ser que no haya decisión, por dolorosa que sea, que parezca afectarte?

—Es solo que se me da bien ocultarlo —dijo Dalinar.

—Eres demasiado tranquilo —dijo Chana, sentándose también. Hizo un raro gesto de barrido con la mano, meneando los dedos a la vez—. Siempre has sido un *shoshau*. Me dan ganas de hacer algo que te moleste.

Chana sonrió, y aquella palabra, *shoshau*… Dalinar la comprendía medias. ¿Sería algún tipo de modismo? Junto a él, Navani le lanzó una mirada que, como la conocía, Dalinar creyó saber interpretar. Estaba impresionada. La conversación sutil nunca había sido su mayor talento. Pero… bueno, el tiempo y la experiencia podían sacar al diplomático que llevaba dentro hasta un viejo espinablanca como él, por lo visto.

—Nuestra gente —dijo Jezrien desde al lado del fuego— sigue presionando contra los confines establecidos por los cantores. Cincuenta años y ya empieza la guerra. Es inevitable.

—Preferiría que no volviéramos a encontrarla —intervino la última persona que había alrededor del fuego, una mujer de aspecto alezi, con el pelo largo y negro—. Después de lo que pasó la última vez… —Cerró los ojos y un suave resplandor emanó de ella—. Plegarias. Plegarias, firmamentos y canciones…

Dalinar se sobresaltó. Navani puso los ojos como platos. Aquello no era luz tormentosa, pero daba una sensación parecida. Aquello era control sobre las potencias, siglos antes de los Caballeros Radiantes. El acto pareció atraer un spren, una figura brillante que se formó tras ella, en la penumbra. Había algo familiar en él, como… un eco de algo que Dalinar había visto antes.

Desapareció al cabo de un segundo.

—No dejaremos que llegue a eso, Vedel —le prometió Jezrien a la mujer, que dejó de resplandecer.

—¡Pero, por los altos cielos y las bestias de abajo! —exclamó Chana—. ¡Tenemos que hacer algo, majestad! ¿Treinta personas asesinadas?

Bulleron furiaspren alrededor de ella. Era evidente que, a esas alturas, los humanos habían empezado a atraer spren, al contrario que en la anterior visión.

—No eran de los nuestros —señaló Ishar, haciendo otro gesto raro, con dos dedos hacia arriba—. Eran rebeldes de Makibak.

Shalash lo fulminó con la mirada.

—Quieres empezar otra guerra contra ellos. Contra Nale.

—No son de los nuestros —insistió Ishar, repitiendo el gesto—. Nunca lo han sido, niña.

—¡Bah! —Ash se levantó—. ¡Estoy harta de que me llaméis así!

Tiró de la cinta que llevaba en el pelo, se volvió y salió furiosa hacia la puerta.

—Querida mía —dijo Jezrien, extendiendo la mano hacia ella, pero Ash salió.

Jezrien hizo ademán de ir tras ella. Vedel, la heraldo Vedeledev, le puso una mano en el hombro. Era la Heraldo de la Sanación, según sus tradiciones, una maestra de la mente y el alma a la que llamaban la custodia de las llaves.

—Quizá no sepa ver que la madurez llega más despacio para ella, por lo que nos hizo la potenciación, pero no por ello deja de estar en lo cierto. Ya no es una niña.

Él asintió y respiró hondo.

—Hablaré después con ella —dijo Chana, gesticulando con las dos palmas hacia arriba—. Pero hay asuntos importantes que debemos tratar. Ishar tiene razón. Makibak y sus rebeldes son una nación distinta.

—Todos los humanos son nuestro pueblo, Ishar, Chana —repuso Jezrien—. Sin importar la etnia ni el pasado. Pero... sí, es verdad. No podemos quedarnos de brazos cruzados. —Miró a Navani y luego a Dalinar—. Kalak, Pralla, ¿qué opináis?

—Veamos —dijo Dalinar con cautela—. Treinta humanos han muerto a manos de cantores, por un conflicto entre nuestros pueblos. Y han estado... tratándonos mal.

—Confinándonos a estas tierras —asintió Chana—, donde apenas crece nada. Y, si queremos mudarnos al este, donde tienen sus buenos edificios cantados en piedra y su comida en abundancia, exigen que nos pongamos a su servicio. Quizá eso fuera suficiente para la primera generación, Kalak, para quienes solo conocían la guerra y el fuego. Pero ¿los más jóvenes, que ya han crecido aquí? No lo soportan.

Dalinar asintió. Al conocer el contexto, por fin podía situar aquella visión. Se quedaron todos callados un rato y él no los instó a decir nada más. Habían adelantado apenas cincuenta años, y Dalinar necesitaba poder dar saltos mucho mayores si quería llegar a la Traición. Miró su reloj con disimulo por si acaso, pero apenas habían transcurrido unos segundos. De nuevo, cuando estaban en una visión, el tiempo se estiraba en la otra dirección y el mundo exterior avanzaba despacio.

—Creo —dijo Navani a los demás— que me vendría bien un poco de aire antes de que tomemos esta decisión.

Una maniobra hábil, postergar aquello para orientarse mejor. Los demás lo aceptaron y se pusieron en pie. Al salir, Dalinar descubrió que habían estado en una especie de cueva artificial, una sala excavada en la ladera de una montaña, pero hecha por completo de fango. Estaban en... bueno, en una especie de pueblo formado por casas de fango y muchas tiendas. Parecían hechas de piel de puerco, mucho más gruesa que la lona, y daban la impresión de ser más permanentes que otras tiendas que había visto. Tenían una punta en el centro y luego caras de piel de cerdo que terminaban clavadas con estacas al blando suelo.

Los humanos de allí parecían sobre todo alezi o veden, algunos de piel más negra y otros más clara. No vio a nadie con la piel marrón oscura aparte de Shalash, ni tampoco a nadie aparte de ella con aspecto shin. Sus ojos tenían una variedad de colores, más oscuros que claros.

Jezrien, que era un ojos oscuros, estaba mirando hacia un grupo de cantores que había a poca distancia.

—Esperan algún tipo de respuesta, Kalak. *Shoshau*. Esto va a terminar explotando. Nuestro pueblo no puede seguir retenido.

—Hay solución aparte de la guerra —dijo Navani—. Tiene que haberla

—Si los eruditos dominarais el mundo, Pralla —respondió Jezrien—, tal vez la habría. Tómate tu descanso y bebe el aire fresco de los cielos. Yo recibiré a los cantores. Kalak, ven conmigo cuando te hayas decidido.

Echó a andar. Dalinar se volvió y reparó en lo que parecían ser campos de cereal allá en el fango, aunque saltaba a la vista que nada pujantes. Exiguos tallos de algo que crecían en hileras, sin hierba a la vista por ninguna parte y con solo unos pocos y diminutos vidaspren. Por lo menos el fango estaba más o menos seco esa vez, compacto bajo sus pies.

Jezrien se detuvo a poca distancia del contingente cantor, que parecía muchísimo mejor equipado, con extrañas armas de una piedra demasiado lisa para ser tallada. El hacha que sostenía una en las primeras filas tenía una forma tan perfecta que podrían haberla creado por moldeado de almas. La ropa que llevaban, aunque seguía siendo primitiva, estaba mejor hecha que la de los humanos. Tela en vez de pieles, cuero bien curado, tinte de vivos colores.

Era... surrealista. Aun con todo lo que había vivido Dalinar, una parte de él todavía visualizaba a los cantores como los parshendi o los parshmenios. Como seres primitivos, mucho menos avanzados que los alezi. Allí era justo lo contrario. Los humanos apenas sobrevivían, mientras que los cantores medraban.

Desde luego, aquel era su mundo.

—La cinta nos ha traído hasta aquí —dijo Navani—. De algún modo, será relevante para este momento, para este día. No creo que hayamos visto por qué todavía, pero, cuando lo hagamos, será probable que estemos cerca del final de la visión. Necesitaremos otra ancla.

—Quizá encontremos algo nuevo que nos lleve directos a la Traición.

—Los Radiantes ni siquiera existen aún, gema corazón —respondió Navani—. Creo que nos convendría más dar unos pocos saltos más cortos hacia delante, para poner a prueba el proceso. —Señaló con la cabeza hacia Jezrien, a quien se habían unido Chana, Vedel e Ishar—. Todos ellos pasarán a ser Heraldos en el futuro, así que deberíamos buscar alguna forma de llegar a ese momento.

—Sí que... parecía ser algo que Cultivación quería que presenciara. Mencionó que debía ver la verdad de los Heraldos. Pero ¿cómo? ¿Qué ancla vamos a encontrar?

—Cuanto toqué esa cinta, sentí algo —dijo Navani—. A lo mejor consigo usar esa sensación para identificar otras posibilidades. Nuestros poderes nos Conectan, pero también pueden percibir Conexiones...

Oír aquello impulsó a Dalinar a absorber luz tormentosa, a comprobar si podía formar de nuevo una red de luz y líneas a su alrededor. Al instante tuvo la misma extraña sensación de antes, la de un vínculo que no reconocía. En esa ocasión, actuó. Extendió las dos manos mientras aparecía un resplandor, que aferró. Una parte de él se sintió como si estuviera alcanzando el fantasma de Elhokar. En vez de eso, encontró a un niño.

A Gavinor. Su sobrino nieto.

—¿Gav? —dijo Dalinar mientras tiraba del niño hacia él.

El pequeño, con los ojos muy abiertos, ahogó un grito. Se agarró a Dalinar con fuerza.

—Yayo, me has encontrado.

Dalinar lo abrazó, patidifuso, y lanzó una mirada a Navani. ¿Sería aquello alguna manifestación rara del Reino Espiritual? Navani puso una mano en la cara del niño, y escrutó en sus ojos, y Dalinar vio que emanaban de ella líneas de luz y que una, muy fuerte, tocaba al niño.

—Creo que es él de verdad —dijo Navani—. Gavinor, ¿qué ha pasado?

Gav gimoteó en brazos de Dalinar. ¿Cómo reaccionarían los demás a que apareciese un niño con ellos?

—Lo siento —sollozó el pequeño—. Estaba mirando. No quería quedarme atrás. Me escapé de Mararin y os miré en el sótano. Entonces hubo una luz y… y…

Dalinar gimió. El pequeño Gav se encogió.

—No te enfades, yayo, no te enfades.

—No es culpa del niño, Dalinar —dijo Navani—. Nosotros abrimos el portal. Nosotros decidimos probar este plan de locos.

—Pero ahora corre un grave peligro —respondió él—. Se escabulló de su cuidadora y ahora… Tormentas. ¡Tenemos que devolverlo a un lugar seguro!

—Sí, pero enfadarte no cambiará nada.

Condenación. Era verdad. A Dalinar no le hacía ninguna gracia la situación, pero no podía hacer que Gav creyese que el problema era él. Lo abrazó más fuerte.

—Gav, no estoy enfadado, no contigo. Me he enfadado conmigo mismo por dejar que pasara esto. Me alegro de que te hayamos encontrado.

El chico apretó la cara contra el pecho de Dalinar.

—Estaba con mamá otra vez —susurró—. Y otra, y otra. *Odio* a esos spren rojos…

—¿Hay alguna forma de enviarlo a un lugar seguro? —preguntó Navani a Dalinar—. ¿Quizá el Padre Tormenta?

Dalinar extendió su mente hacia el vínculo, pero no obtuvo respuesta.

—No… no creo que quiera relacionarse conmigo ahora mismo. —Respiró hondo, calmándose—. Lo intentaremos la próxima vez que me hable. De momento… quizá tendríamos que encontrar un ancla, como mínimo, para no quedarnos atrapados en el Reino Espiritual.

Navani cogió a Gav, porque era evidente que quería consolarlo. Un soldado pasó junto a ellos, vestido con pieles y llevando una basta lanza de piedra.

—Qué spren más raro —dijo mirando a Gav. Pareció avergonzarse a reparar en ellos dos—. Perdón, potenciadores. Lo siento.

Hizo un torpe gesto con una mano mientras se inclinaba y luego se apresuró a marcharse.

—¿Spren? —preguntó Navani.

—Lo he metido de golpe en la visión —dijo Dalinar—. Así que la visión intentará adaptarse, y tal vez la mejor manera de justificar que alguien aparezca de la nada es darle la apariencia de un spren para la gente de la visión.

—Ah… sí que debe de ser eso. Y luego dices que no eres un erudito.

—Tengo buenas compañías —respondió Dalinar.

—¿Yayo? —dijo Gav, cerrando los ojos con fuerza—. ¿Un spren? Los spren no me gustan.

—Es todo de mentira, Gav —contestó Navani—. ¿Este sitio? Es solo un cuento. Estamos viviendo en un cuento. —Calló un segundo—. ¿Te acuerdas de cuando Shallan hizo que aquella historia de los sabuesos-hacha apareciera a partir de la luz? ¿Y pudiste jugar con ellos?

Gav abrió los ojos.

—Sí. Sí, eso me gustó.

—Pues esto es lo mismo —dijo Navani—. Una historia de hace mucho tiempo, para divertirnos. Justo lo mismo que el tejido de luz.

Gav asintió y pareció mucho menos asustado mientras se dejaba abrazar por ella.

—Qué brillante eres —dijo Dalinar.

—Ya veremos —respondió Navani—. No hay forma de saber cuándo va a deshacerse esta visión. Deberíamos ganar tiempo separándonos. Yo miraré por ahí, a ver si encuentro algo que pueda Conectarnos a este lugar pero en un futuro cercano.

—Y yo hablaré con los otros Heraldos —dijo Dalinar— e intentaré averiguar algo que nos Conecte al día en que se hicieron Heraldos.

Fue al trote junto con Jezrien y los demás. Un cantor muy alto que había al frente de su grupo se adelantó mientras Dalinar llegaba. Era un hombre de caparazón negro y rojo, con el rostro largo y gemas en la barba. Anciano, cosa que se notaba no solo por las arrugas de la cara, sino también por el blanqueamiento del caparazón en los bordes.

—Amigo mío —saludó el cantor a Dalinar con una pronunciada sonrisa. Más ancha que las que solían poner los cantores, quizá exagerada para que la reconocieran unos ojos humanos—. Kalak, apenas has envejecido. No creía que las historias fuesen ciertas, pero aquí te tengo. Veinte años después de nuestra separación, sigues siendo el mismo hombre que vi cuando vinisteis a este mundo hace cincuenta.

Jezrien miró también a Dalinar, quien recordó que le habían pedido que tomara una decisión. Miró al rey a los ojos y asintió. Aún no sabía muy bien qué estaba decidiendo, pero proyectó confianza.

El rey tendió una mano hacia arriba, con el semblante interrogativo. Dalinar, después de pensar un momento, imitó el gesto. Jezrien reaccionó con una expresión sombría, pero asintió y se volvió otra vez hacia el cantor.

—¿Vamos a hablar de una vez sobre el problema, Elodi, o a recordar viejos tiempos?

—Yo prefiero recordarlos —dijo Elodi, y desvió la mirada hacia el pueblo—. Estáis haciendo vuestro este lugar, Jezrien. Tenéis mucho espacio para expandiros.

—Un erial —replicó Jezrien—, donde apenas puede crecer nada.

—Sois bienvenidos en el este.

—Como siervos —dijo Dalinar—. Prácticamente esclavos.

—¿Y cómo si no vais a aprender nuestras costumbres? Los niños sabios se sientan a los pies de sus padres.

Elodi dio un paso hacia Jezrien. Chana hizo ademán de interponerse, pero el rey la detuvo con un gesto. Dalinar no habría esperado ver a una guardaespaldas mujer en esa época, pero la función que desempeñaba Chana era evidente.

El cantor habló con suavidad, a un ritmo marcado.

—La situación es mala, amigos míos. —Elodi los miró uno tras otro—. Muy mala.

—Treinta de los míos están muertos —dijo Jezrien.

—En represalia por robo y el asesinato de un cantor —replicó Elodi—. Vuestra gente invade los terrenos de caza que hay al este. Hay entre mi gente quienes empiezan a referirse a los humanos como una plaga. Como un gusano cremlino en nuestro grano. No había oído tales… insultos nunca. Jamás. —Alzó la mirada al cielo—. Hay una oscuridad creciendo en esta tierra. Nuevos dioses, Jezrien. No me gustan las palabras de los nuevos dioses. Pero los antiguos están perdiendo la voz…

—¿Puedes tranquilizar a tu gente? —preguntó Jezrien.

—¿Puedes tú contener a la tuya?

—No podemos, Elodi —contestó Jezrien—. La mayoría no me acepta como rey. Si te soy sincero, muchos me odian. No puedo detenerlos.

—Desatarán una guerra.

Jezrien miró a Dalinar como buscando apoyo. Así que Dalinar aprovechó la ocasión, por muy traída por los pelos que supiese que era, para intentar una cosa.

—Quizá —dijo— si Honor pudiese bendecirnos de algún modo, quizá enseñarnos cómo reprimir nuestros poderes de potenciadores, podríamos gobernar al pueblo de nuevo, y recuperar su confianza. Tal vez así impediríamos la guerra.

Cerca de él, Ishar dio un respingo. Jezrien llevó una mano a una bolsa que llevaba atada al cinto.

—¿Cómo sabes tú nada de eso? —siseó, atrayendo sorpresaspren.

—Solo es algo en lo que he estado pensando —dijo Dalinar.

—No es el momento —intervino Ishar—. Hablaremos después. Elodi si tiene que haber guerra… entonces tendrá que haber guerra.

—Makibak y sus rebeldes son orgullosos —dijo Jezrien, haciendo u gesto con dos dedos—. Pero son buena gente, y no puedo reprocharles que me odien. Buscan mejores tierras, donde el viento cante a las plantas y las haga crecer. Mi gente se muere en este agujero de barro.

—Mejor que arder en vuestro viejo mundo.

—Este se incendiará también, y pronto. No puedo impedirlo, pero creo que tú sí que serías capaz. Los cantores te escuchan.

Elodi miró el cielo de nuevo.

—Y yo escucho a los antiguos dioses. El Viento, la Piedra. Me susurran que vaya al este, que abandone este montón de yesca antes de que arda la pira.

—Si te marchas —dijo Jezrien—, estarás llevándote hasta la última brizna de sentido común que le queda a la nación cantora. Habrá guerra.

—Ya hay guerra, amigo mío —respondió Elodi—. Quedaos en vuestro lado de las montañas.

—No creo que podamos hacerlo, Elodi —dijo Jezrien—. No si hay humanos muriendo.

—Entonces, reza para que al final me vaya al este y no volvamos a encontrarnos —repuso Elodi—. Mi gente escucha a vuestro dios últimamente. Confío en ahogar su voz con el Ritmo de la Paz, pero…

Elodi les lanzó una última mirada antes de reunir a su gente y alejarse a pie.

—¡*Gwythiadri!* —restalló Jezrien cuando se marcharon.

¿Sería… una palabrota? A Dalinar le pareció que podría ser un nombre. Jezrien dio media vuelta y regresó enfurecido hacia el poblado. Ishar y Chana fueron tras él. Allí cerca, Dalinar vio a Shalash sentada con las manos juntas, viendo retirarse a los cantores. Más allá, Navani hablaba con gente cerca de un fuego en el que cocinaban. Gav estaba sentado junto a ella y, aunque a veces pasaba alguien y se fijaba en él, nadie lo encontraba demasiado raro.

Que el chico estuviera allí preocupaba mucho a Dalinar. Gavinor ya había sufrido mucho: su madre lo había abandonado con spren malvados y, al poco tiempo, había perdido a su padre. Dalinar volvió a intentar ponerse en contacto con el Padre Tormenta, pero no hubo respuesta.

Bueno, Cultivación lo había enviado allí. Tenía que confiar en aquello, y en sus instintos. No era una carga que quisiera, pero no había querido nada de aquello desde un principio. Roshar necesitaba un rey, así que un rey sería. Fue a zancadas hacia el pueblo, decidido a encontrar un ancla para seguir adelante con su misión.

*He cumplido mi parte del trato y no pienso ceder. Me he quedado
en mi tierra, concediendo bendiciones al pueblo de Nalthis, regalán-
doles el poder de los dioses que a mí se me negó tanto tiempo. No repito los errores del pasado.*

Sigzil se elevó bajo un cielo de nubes negras junto a cinco de sus escuderos. El trueno restallaba en lo alto, acompañado de destellos rojos,
como si un dios chasqueara los nudillos antes de entrar a matar.

Interceptaron el pelotón de Celestiales, obligándolos a soltar los peñascos que acarreaban para dejarlos caer sobre los defensores de Narak. El enfrentamiento que siguió fue brutal, carente por completo del educado respeto que Sigzil se había acostumbrado a esperar de los *shanay-im*. Si en otro
tiempo se habían emparejado uno a uno para combatir a los Corredores del
Viento en duelos aéreos, en ese momento tres de ellos se abalanzaron contra
un solo escudero y la emprendieron a ataques furiosos y salvajes.

Por supuesto que habían muerto soldados en los combates anteriores,
pero no era frecuente. Aquello se había terminado. Después de un solo día,
Sigzil ya había perdido a ocho Corredores del Viento. ¡Ocho!

Se enlazó directo hacia el atribulado escudero, Rowalan, y atacó a sus
tres adversarios trazando un amplio arco plateado en el aire con su lanza
esquirlada, que mientras seguía luchando se transformó en una guja como
las que llevaba la Guardia Imperial de Azimir.

Sus ataques hicieron recular al enemigo. Sigzil tenía un cuidado particular en vigilar por si veía alguna daga que distorsionara el aire. Hasta el
momento, ningún efectivo enemigo llevaba esas armas capaces de matar
spren, pero los equipos científicos de Urithiru estaban trabajando a desta-
jo para perfeccionar la metodología, y estaba seguro de que el enemigo estaría haciendo lo mismo. Con el destino del mundo en juego, no pasaría

mucho tiempo antes de que llegaran prototipos del arma a aquel campo de batalla.

Sus adversarios lo rodearon, cautos, vigilantes. Dos se lanzaron hacia él y, con un gruñido, Sigzil giró en el aire y se enlazó hacia atrás. Luego, haciendo acopio de luz tormentosa, practicó un calculado enlace ascendente mientras su arma se alargaba, convirtiéndose de nuevo en lanza. Como había previsto, el tercero de los *shanay-im* intentaba atacar desde arriba aprovechando que lo tenían distraído.

Sigzil contraatacó, usando un enlace múltiple y arrojándose hacia arriba para que su lanza esquirlada atravesara el pecho del Celestial perforando su gema corazón. Los enlaces del hombren siguieron llevándolo hacia abajo y sus ojos ardientes dejaron sendas estelas de humo mientras Sigzil liberaba su arma. Los Fusionados siempre tenían pinta de sorprendidos cuando los mataba, como si no terminaran de creerse que un hombre común hubiera superado sus milenios de experiencia. Por suerte para Sigzil, la mayoría de esos milenios los habían dedicado a torturar a Heraldos y no a pelear.

Mientras empezaba a llover, los cinco *shanay-im* restantes se apartaron y huyeron a la oscuridad. Sigzil no solo era más efectivo allí porque luchara mejor que antes, sino también porque no estaba enfrentándose a sus mejores luchadores. En Piedralar, Leshwi había estado a punto de matarlo, antes de dejar que se marchara. Sigzil echaba de menos a esos Celestiales, que no solo habían sido más honorables, sino también más cuerdos. Era casi como si ceñirse a un código de conducta a lo largo de los siglos hubiera evitado que se deteriorasen.

—¿Qué opinas? —preguntó.

—Calculando su tasa de avance —dijo Vienta—. Han alcanzado la velocidad de crucero estable Celestial. Creo que esta vez están retirándose de verdad, no preparándose para regresar.

—Las tripas me dicen lo mismo.

—¿Las tripas? —preguntó ella—. ¿El mismo órgano que te avisa de cuándo comer?

—Es una cosa humana —respondió él con una sonrisa.

—Bobadas —dijo la spren—. Hay muchos animales con intestinos aparte de los humanos, aunque nunca se me ha ocurrido contar la cantidad de especies. Has luchado muy bien hoy, por cierto.

—Gracias —respondió Sigzil.

Vio cómo los Celestiales desaparecían al resguardo del relámpago. Tenían una efectividad temible a la hora de matar, pero muy poca moral. Preferían los enfrentamientos rápidos que dejaban a sus víctimas flotando en el aire.

Sigzil se elevó hacia sus escuderos, que estaban curándose las heridas de la escaramuza.

—Tormentas —dijo Fent—. Jefe de compañía, luchas como... como el mismo viento a veces.

—Es el entrenamiento de Bendito por la Tormenta —susurró Deti, otro escudero.

Sigzil les lanzó una mirada furibunda. Les tenía dicho lo que opinaba de que los mitificaran a él y a los demás miembros del Puente Cuatro. Los dos cerraron la boca al instante y saludaron. Sigzil los envió de patrulla y voló de regreso a Narak para recibir informes de batalla. Leyten se unió a él de camino.

—Tu plan funciona, Sig —dijo Leyten, haciéndole el saludo del día para demostrar su identidad—. Pegar fuerte a quienes se dirigen a nuestras mesetas centrales ha desviado a los demás hacia Narak Cuatro. Han terminado concentrando allí sus ataques.

Narak Cuatro era el primero de sus puntos débiles intencionados, y la gran apuesta matemática de Sigzil: hacer que el enemigo desperdiciara recursos en conquistar un terreno que podían permitirse ceder.

—¿Informes sobre el resto de nuestros soldados? —preguntó Sigzil.

—Ningún muerto, Sig —dijo Leyten—, pero…

—¿Pero qué?

—Seguimos sin recibir cargamentos de luz tormentosa desde Urithiru.

Cruzaron la mirada. Sigzil estaba informado, y a su vez había informado a su personal de mando y sus generales, de la ausencia de Dalinar. Confiaba en que el Forjador de Vínculos haría lo que debía hacerse, pero tormentas… habían contado con que Dalinar les proporcionase un suministro continuo de luz tormentosa.

Sin él, Sigzil no estaba seguro de que pudieran defender aquella posición, con o sin sus planes estratégicos.

—Nos iría mejor —añadió Leyten— si tuviéramos todos nuestros efectivos, para poder rotar más y que las tropas descansaran mejor entre ataques. ¿Cómo se le ocurre a Dalinar enviar a la mitad de nuestros Corredores del Viento a transportar soldados, en un momento como este?

—Estaba cumpliendo un juramento, Leyten —dijo Sigzil mientras aterrizaban en los tablones que habían tendido para cubrir de madera el suelo y tener un obstáculo entre sus pies los Profundos que pudieran estar moviéndose a través de la piedra. Esa clase de Fusionados podía atravesar algunos otros materiales, pero las cosas que habían estado vivas, como la madera, los ralentizaban mucho—. Ya sabes lo importantes que son.

Leyten no respondió. Aunque solía tener un carácter alegre, ese día el hombre de pelo rizado tenía el gesto macilento. Había perdido a una escudera esa misma mañana. Sigzil lo envió volando bajo la llovizna con el recordatorio de que esperaban una alta tormenta pronto. Entonces empezó a recibir los informes de las escribas que habían llegado junto a él chapoteando entre charcos y lluviaspren.

Había muchísimo que hacer cuando uno estaba al mando. Sigzil apenas había tocado ninguno de sus experimentos desde que Kaladin se retiró dos meses antes. Había imaginado la libertad que le supondría ser capaz de establecer su propio horario, y dejarse tiempo para cosas como su proyecto a gran escala que pretendía determinar a qué velocidad se perdía la luz tormentosa dependiendo de cuántos juramentos hubiera hecho la persona Radiante.

Y resultó que sí que podía adelantar proyectos como ese. Contaba con la autoridad, al menos cuando no estaban en plena batalla, para organizar experimentos, para asignarles recursos. Tenía todo lo que necesitaba, excepto tiempo que dedicarles en persona. Ka estaba enseñándole los movimientos de tropas enemigas. Habían traído a unos pocos regios en forma tormenta, que casi habían logrado reducir a cenizas uno de los portones durante la lucha. Los generales estaban planteándose enviar a un Custodio de la Piedra para que alzara un muro y bloqueara el acceso del todo, pero Sigzil temía que eso los dejara demasiado atrapados. Narak Dos era su Puerta Jurada, y quería que sus tropas pudieran retirarse por esos puentes hasta Urithiru, si era necesario.

Por supuesto, los puentes podían no sobrevivir al combate, aunque estuvieran hechos de piedra. Sigzil pidió a los generales que trazaran planes de evacuación alternativos, y también que avisaran a todo el mundo, una vez más, de la inminente alta tormenta. Los vientos podían hacerse muy peligrosos cuando las dos tormentas chocaban, y la tormenta eterna parecía decidida a quedarse allí.

Después de eso, fue a inspeccionar Narak Cuatro, donde la lucha había sido más feroz, mientras pensaba distraído en el Fusionado al que acababa de eliminar. Habría regresado a Braize, y tardaría en renacer. El proceso solía llevar días, tal vez semanas. Pero con la tormenta eterna fija sobre ellos…

Era posible que ocurriera en cuestión de horas, o más deprisa.

Tormentas. Iban a ser cinco días muy largos. Y, sin darle tiempo para preocuparse más por esas cosas, un grupo de Danzantes del Filo regresó saltando los abismos con pértigas de explorador modificadas, que tenían muy incrementada la fricción en la punta.

Llegaba una nueva ofensiva enemiga, compuesta sobre todo de Aumentados. Parecía que iban a atacar Narak Cuatro, ya que su portón estaba debilitado. La situación estaba desarrollándose como Sigzil había deseado, pero preferiría no perder las mesetas demasiado rápido. No era que *quisiera* ceder terreno, sino que, cuando se viera obligado a hacerlo, fuese un terreno que no necesitaban.

Así que Sigzil hizo sonar el aviso y se elevó al cielo una vez más, volando a través de una oscuridad omnipresente que ya empezaba a hacérsele eterna.

Cinco Celestiales, liderados por la antigua ama de Venli, Leshwi, habían abandonado Urithiru con ellos. Estaban sentados ellos solos en torno a una pequeña hoguera a las afueras del asentamiento. Venli y Jaxlim fueron hacia ellos acompañadas por Thude, uno de los líderes de los oyentes. Su descomunal forma de guerra tenía una pauta compuesta de grandes áreas con sus colores, más que líneas jaspeadas. Llevaba el mismo gabán largo que siempre se había puesto, a pesar de las burlas de Bila.

Era raro, pero Venli pisaba arena a veces. Era una peculiaridad de aquella planicie al este de las Llanuras Quebradas. Las inundaciones desaguaban por allí, formando remolinos en el terreno más cercano a los abismos, donde depositaba el crem. El resultado eran también aquellas zonas de arena. Venli no había visto nunca nada igual, aunque le habían dicho que algunas playas tenían una geología similar.

Leshwi se levantó al ver que Venli y sus compañeros se acercaban. A lo largo de los últimos días, los poderes de los cinco Celestiales se habían ido agotando, cosa que no debería haber ocurrido.

—Leshwi —dijo Thude a Apreciación, y Venli tradujo al alezi para la Fusionada—, querríamos hablar contigo. ¿Caminas con nosotros un momento?

Leshwi los miró a los tres. Por pura necesidad, habían tenido que recortar su lujoso atuendo de tela fluida y larga cola, de modo llevaba una ropa cuya parte de arriba seguía siendo imponente, pero bajo las rodillas estaba cubierta de crem y llena de arena pegada. No tenía calzado propiamente dicho, sino solo una intricada tela que le envolvía las piernas desde los muslos y le rodeaba los pies.

Anduvo al paso de Venli, Jaxlim y Thude mientras regresaban entre la comunidad de oyentes. Un abismoide abrió un ojo e inspeccionó a Venli cuando pasaron, pero luego siguió roncando. La alianza entre abismoides y oyentes era algo sobre lo que nadie le daba una respuesta clara; los demás desconfiaban de ella, y con razón. Pero Timbre había estado hablando con los abismoides y afirmaba que estaba cerca de averiguarlo.

—Sospecho que conozco el objeto de esta conversación —dijo Leshwi. Su ritmo era uno de aquellos retorcidos que eran de Odium, el Ritmo de la Arrogancia—. Si nos lo exigís, nos marcharemos por nuestra cuenta. Nuestra presencia aquí es peligrosa para vuestra gente.

Thude canturreó a Ansiedad.

—No es lo que queríamos sugerirte, Leshwi.

—¿Ah, no? —La alta Fusionada tenía una forma de hablar imperiosa, incluso cuando saltaba a la vista que intentaba no avasallar—. Si mis siervos hubieran provocado la ira de Odium, no habría dudado ni un segundo en expulsarlos. Y, sin embargo, aquí estoy, a grandes rasgos vuestra sierva, o como mínimo una visita incómoda. —Se detuvo y miró sus pies en la arena—. Ya no sé cuál es mi sitio. Estoy... poco acostumbrada a andar.

—Tu luz se ha agotado —dijo Venli, emocionada—. No es lo normal, ¿verdad que no?

—No —susurró Leshwi—. Lo normal es que una Celestial pueda volar todo el tiempo que desee sin que se le acabe nunca la luz, a menos que la utilice para enlazar otra cosa. Que la mía se haya agotado significa que él viene a por nosotros.

—Tal vez —respondió Venli—, o tal vez sea que ya no estáis tan armonizados con su poder como antes. Los Radiantes, a medida que incrementan sus juramentos, retienen mejor la luz tormentosa. ¿Y los Fusionados?

—Nosotros no tenemos tales graduaciones —dijo Leshwi—. Somos de él, sin más. Y siempre lo hemos sido.

—Hasta ahora —intervino Jaxlim.

Se detuvieron los cuatro, rodeados de oyentes que se dedicaban a sus quehaceres diarios. Aquello había sido idea de Jaxlim: llevar a Leshwi entre ellos para recordarle a quiénes había ido a unirse, para que escuchara sus ritmos pacíficos.

—Las antiguas canciones —dijo Thude— mencionan que cuando abandonamos a Odium y a Ba-Ado-Mishram pusimos fin a su poder sobre nosotros. Nuestro rechazo significó que no podían tocarnos, significó que Odium no podía destruirnos.

—Tiene prohibido intervenir directamente contra sus enemigos —añadió Venli—. Es algo sobre su acuerdo con los otros dioses. Si queréis uniros a nosotros, Leshwi, tenéis que hacer lo mismo.

—¿Renunciar al cielo? —preguntó Leshwi a Agonía.

—Si no hay más remedio —dijo Jaxlim a Paz—, entonces sí.

Leshwi alzó la mirada.

—No sé si soy capaz —susurró—. He visto miles de años. A veces me siento más spren que cantora. Caminar así hace que me encoja a cada paso. No puedo cambiar.

—Ya lo has hecho, Leshwi —dijo Venli.

—En eso consiste ser un oyente —afirmó Jaxlim—, en rechazar su conflicto. No pertenecemos a ningún dios excepto al propio Roshar.

—Y a las piedras que lo componen… —susurró Venli.

—Las piedras —dijo Leshwi en voz baja—. Una vez, hace mucho tiempo, nuestros antepasados adoraban a los spren de las piedras. Cuando yo era pequeña, mi gente ya se había pasado a Odium, después de que los spren y Honor nos abandonaran. —Canturreó a otro ritmo corrompido—. Pero nunca fue tan sencillo, ¿verdad? Algunos spren se pusieron de parte de los humanos, otros se apartaron, otros siguieron escuchándonos a nosotros. Era un lío. Siempre lo ha sido.

—Únete a nosotros —dijo Venli—. Del todo.

—Pero ¿de verdad es posible? —preguntó Leshwi—. Por muy aislados que os creyerais, os dejasteis manipular para cumplir sus objetivos en el instante en que él quiso. —Les lanzó una mirada—. Y no es lo mismo para los Fusionados que para cualquiera de vosotros. Yo estoy atada a Odium. Quizá pueda rechazarlo de palabra, pero seguirá teniendo un poder sobre mí. Puede hacer que mi existencia sea horrible la próxima vez que muera. Lo que pedís es… difícil.

—Lo es —dijo Jaxlim, y lo dejó ahí.

Venli quería insistir, pero confió en la sabiduría de su madre. Leshwi asintió mirándolos y canturreó a Alabanza, no para aceptar su petición, sino para comunicarles que sabía que intentaban ayudar. Se marchó, y Venli no supo si era consciente de haber utilizado uno de los antiguos ritmos. No uno de los de Odium. Leshwi lo hacía a veces, como también había hecho Venli a temporadas durante la época en que buscaba una salida.

Si ella lo había conseguido, Leshwi también podía. Pues, aunque era una Fusionada, un alma ligada por siempre al servicio de Odium, a Venli le costaba creer que alguien pudiera haberse perdido más que se perdió ella.

—Tomará la decisión correcta —dijo Jaxlim a Resolución.

—¿Cómo lo sabes? —preguntó Thude.

—Porque la decisión le corresponde a ella —dijo Venli, comprendiendo a qué se refería su madre—. Por tanto, lo que elija será lo correcto. Y lo respetaremos.

Jaxlim canturreó a Alabanza, sonriendo. Y a Venli… a Venli casi se le saltaron las lágrimas por el cumplido. Nunca había tenido la sensación de ser suficiente para su madre. Había pasado años culpando de ello a Eshonai. Qué raro era caer en la cuenta de que lo único que en verdad necesitaba hacer Venli para ganarse los elogios de su madre era… bueno, ser digna de ellos.

—Ven —le dijo Thude—. Tu spren ha estado preguntando por los abismoides y cómo es que pasó todo esto. Tú has demostrado ser leal, por los vínculos y los spren que nos has traído. El resto de los Cinco me han dado permiso para explicarte cómo lo hicimos.

«Por fin». Venli asintió, ansiosa, canturreando a Emoción.

—Cuando Jaxlim cayó enferma, nos quedamos sin guardiana de las canciones —dijo Thude a Vergüenza—, así que esta tuve que componerla yo. La llamo la *Canción de las bestias* y es la historia de nuestra decisión final de hacer las paces con estas criaturas. Lo siento si es irregular o chapucera.

—Es maravillosa —le aseguró Jaxlim—. Me encanta lo que has hecho, Thude. Por favor, compártela con mi hija.

Así que Thude empezó a cantar.

57

CUÁL SEGUIR

VEINTITRÉS AÑOS ANTES

Szeth-hijo-Neturo ya no danzaba con el viento.

¿Había existido magia en sus pasos, en la brisa, en la música del paisaje? ¿O él había sido un niño tonto decidido a convertir en profundo lo que en realidad era una idiotez simplona? Los chicos de los campos de prácticas que había fuera del Monasterio del Custodio de la Piedra no le planteaban tales dudas. Hacían cola para intentar demostrar su valía contra él y Szeth les hacía morder el polvo a todos.

El último que lo había retado era Jormo-hijo-Falk. Pese a lo que dijera su nombre, el joven de piel clara parecía hijo de una montaña. Por suerte, los tres años que había pasado en los campos de prácticas habían enseñado bien a Szeth. La fuerza y el alcance eran ventajas evidentes, pero toda ventaja era también un punto débil, si se dependía demasiado de ella.

Jormo embistió descargando su espada, confiando en su mayor peso e ímpetu. Szeth se negaba a dejarse atrapar en el ímpetu de la vida, o de la batalla. Ese se llevaba por delante a quienes no meditaban, no se paraban a hacerse preguntas.

Preguntas como: «¿Qué es lo correcto?».

O quizá preguntas como: «¿No debería estar avanzando con más cautela?».

Szeth apenas tuvo que empujar a Jormo, después de parar escudo con escudo y hacerse a un lado esquivando un tajo salvaje de la espada, para hacer que tropezara. Jormo acabó de bruces en tierra, levantando una humareda de polvo con su cara. Estallaron risas entre los otros jóvenes que miraban, todos ellos entrenando para oficiales como Szeth. En su mayoría eran hijos de oficial. Como la Voz le había dicho, en aquel campamento la gente solía cumplir sus propias expectativas.

Jormo se levantó sobre manos y rodillas y escupió polvo. La mirada que le lanzó a Szeth transmitía atronadoras consecuencias, porque a los tipos duros como él no les hacía ninguna gracia que los derrotara alguien más pequeño y joven. Jormo iría a buscar a Szeth más tarde, con amigos, así que a Szeth le tocaría pasar unas cuantas noches más durmiendo frío en el tejado. Supuso que tendría que haberse dejado ganar por Jormo.

No, dijo la Voz.

—¿No? —preguntó Szeth mientras Jormo se ponía en pie.

No, repitió la Voz. *No puedes estar huyendo siempre de hombres como Jormo.*

Szeth no estaba muy seguro de cuándo empezó la Voz a leerle la mente. Había ido sucediendo gradualmente a lo largo de los últimos años.

Pégale cuando venga a por ti, dijo la Voz. *Fuerte esta vez.*

Jormo empuñó su escudo y su espada de prácticas —hecha de hierro, ya que todos debían acostumbrarse a manejar el metal, pero sin filo— y fue de nuevo a por Szeth. Con más cuidado, pisando más lento y atento. Los otros soldados se inclinaron por encima de la valla que rodeaba los terrenos de práctica, gritándole, pero la cacofonía se redujo a un tenue zumbido para Szeth.

Era hora de bailar. Intercambió golpes con Jormo mientras cada uno procuraba interceptar los ataques del otro con su escudo, rodeándose uno al otro mientras descargaban tajos. Era un asunto brutal, tal y como Szeth había imaginado que sería luchar.

Pero sí que era una danza. Szeth había aprendido los pasos a base de fuerza bruta, practicando todas las tardes sin excepción mientras los demás se relajaban. Lo hacía bien. Tenía que hacerlo bien. Había quienes susurraban sobre una habilidad sobrenatural por su parte, sobre que era demasiado diestro para ser un chico de catorce años. Eso lo enfurecía. Convertía el sudor en suerte. Szeth odiaba que creyesen que era algo especial. No lo era.

Ahí estaba el asunto.

Jormo dejó una abertura, bajando demasiado el escudo al intentar una acometida. Szeth le dio un golpe en el casco y esquivó el que lanzó el joven en respuesta. El siguiente ataque de Szeth fue al costado de Jormo, justo donde se ataba el jubón, un punto débil de la armadura. El impacto le clavó el cuero endurecido en las costillas haciendo que bufara de dolor. Szeth golpeó la pierna a continuación, con un tajo preciso en el muslo, muy poco por encima de la greba de cuero.

Jormo cayó de nuevo, despatarrado, aturdido.

¡Pégale!, exigió la Voz.

Szeth titubeó.

Con un aullido, Jormo se arrojó contra las piernas de Szeth y lo derribó, aunque la lucha cuerpo a cuerpo estaba prohibida. Szeth no la había practicado. El kammar, el arte de combatir con las manos, estaba reservado a los chamanes y a quienes ya dominaban la espada.

El chico agarró la cabeza de Szeth y la estrelló contra el suelo, gritando

Szeth notó que el borde del casco se le clavaba en el cuello y forcejeó, con tierra y sangre en la boca mientras Jormo volvía a golpearlo contra el suelo. Los dedos de Szeth encontraron algo a su lado. Una piedra, medio enterrada, que los combates de prácticas habían soltado. Sus dedos se cerraron sobre ella, lisa y basta a la vez, ajena.

La agarró.

Entonces la soltó.

«No —pensó—. Otra vez no».

Había perdido el control una vez. El resultado había sido una muerte. No volvería a perder el control.

«NUNCA».

Gritos. Alguien arrancó a Jormo de encima de Szeth, que yacía tirado de cualquier manera en el suelo, con el labio sangrando por donde se había dado un mordisco y el casco torcido, aunque había hecho su trabajo. Mientras sacudía la cabeza y se quitaba las lágrimas, comprobó que no estaba herido de gravedad.

Vamos a tener que hacer algo sobre esto, Szeth, dijo la Voz. *¿Cómo vas a defender esta tierra si te contienes?*

—Eso será distinto —respondió Szeth, levantándose.

Vio que el sargento Szrand estaba reprendiendo a Jormo.

—¡Como pierdas el control así, acabarás convirtiéndote en lo que toda esa gente cree que somos!

Hizo un gesto hacia las tierras bajas, pero no hacía falta, porque la expresión «esa gente» nunca se refería a nadie más. Solo a los «corderos», como los llamaban los soldados. A Szeth no le parecía una relación sana en ninguno de los dos sentidos, pero no dijo nada. Sus líderes, como el granjero y el general, debían de saber lo que hacían.

El sargento apartó a Jormo de un empujón y Szeth pensó que quizá el joven recibiría su debido castigo y, por tanto, desistiría de buscar venganza. Pero entonces recordó que aquel era el campamento que había entrenado a los soldados que mataron a Moli… así que decidió que mejor dormía en el tejado de todos modos. La disciplina estaba mejorando desde que su padre era el ayudante de campo del General, pero había límites a lo que podía hacer un solo hombre.

—Tú —dijo el sargento Szrand, mirando a Szeth—. Siempre dando problemas.

Szeth se quedó muy quieto, disgustado con el tono del sargento. Era un hombre grueso: de brazo grueso, de muslo grueso, de cintura gruesa. De ingenio grueso. Con la piel de un color marrón profundo y un cabello que se inflaba hacia fuera cuando se quitaba el casco.

A Szeth siempre le había parecido un hombre jovial, aunque no supiera explicar la colocación de los pies como era debido. Szeth había tenido que acudir a unos acólitos del chamán del campamento, que entrenaban con los portadores de Honor, para poder aprender. Los chamanes eran gente rara.

Lo bastante sagrados como para caminar sobre piedra, porque compartían su naturaleza divina. Lo contrario de los soldados, y a pesar de eso los situaban entre ellos.

Szrand seguía fulminándolo con la mirada.

—¿Sargento? —dijo Szeth.

—Siempre dando problemas —repitió el hombre, más alto que Szeth, yendo hacia él a zancadas—. Siempre provocando a la gente. Siempre comportándote como si fueses mejor que ellos.

—Pero es que soy mejor que ellos —replicó Szeth—. Rara vez pierdo un lance, y nunca tres de cinco contra el mismo chico. Derroto a luchadores que son varios años mayores que yo.

El sargento le lanzó otra mirada asesina.

—Sabes que es verdad —añadió Szeth, con la cabeza ladeada—. Sabes que tengo que ir con los acólitos para recibir un verdadero entrenamiento, porque he superado tus enseñanzas.

—Quiero que des dieciséis vueltas alrededor del campo entero, Szeth —dijo el sargento, señalando—. Cuando las termines, habré pensado en tu siguiente castigo.

—No he hecho nada malo —respondió Szeth.

—¡Dieciséis vueltas!

Szeth no se movió. Disimulando, susurró:

—¿Debería hacerlo?

¿Tú qué opinas?, respondió la Voz.

—Dímelo y ya está.

Quiero ver qué decides.

Szeth apretó los dientes. Aún no estaba seguro de si confiaba en la Voz o no. Temía que pudiera ser un spren embaucador, como en las leyendas.

—¿Y bien? —bramó el sargento Szrand.

—No —dijo Szeth—. No aceptaré un castigo sin haber hecho nada malo.

—Chico… —Szrand se acercó y habló en voz mucho más baja—. No me pongas a prueba. Esto calmará la situación para todo el mundo.

—¿Es lo correcto?

—Lo correcto es lo que yo diga que es correcto.

—Si eso fuese cierto —respondió Szeth—, conocerías el modo adecuado de entrenar a tus discípulos.

Szrand dio un tenue siseo. Se acercó a un joven que miraba y le cogió la espada de práctica y el escudo. Szeth suspiró. Por lo visto, había tomado la decisión errónea.

Tuvo que reconocerle al sargento que fue quien dio el primer golpe, aunque solo fuese porque al principio Szeth se contuvo. Con el brazo dolorido comprendió que Szrand no iba a hacerle el mismo favor a él, así que dejó al hombre gimiendo en el suelo y agarrándose la pierna.

Szeth se alzó sobre él, preguntándose si un adulto reaccionaría con la misma mezquina ansia de venganza que un joven. Quizá Szeth debería dormir en *otro* tejado durante una temporada.

Vaya, dijo la Voz, *veo que no siempre eres un pusilánime.*

—¿Esto es lo que tú habrías hecho? —susurró Szeth.

¿Por insultarme y menospreciarme? Yo habría ido mucho más lejos, Szeth. Pero eres joven y aún estás aprendiendo.

Szeth se quitó la armadura de entrenamiento y la dejó junto con su espada y su escudo en el soporte. Supuso que, al final, sí que había actuado mal haciéndole daño al sargento. Además, debía obedecer las órdenes, así que empezó a rodear el campo al trote. Le sentó bien moverse, aunque lo persiguiera una sensación de fatalidad. No había errado, pero ¿había permitido que no errar lo llevara a… bueno, a errar?

Su madre lo detuvo a mitad de la tercera vuelta. Llegó con un odre de agua y le hizo gestos para que se acercara mientras Szeth rodeaba la punta meridional del campamento.

—¿Más vueltas? —dijo su madre mientras él llegaba jadeando.

Szeth asintió y aceptó el odre. No entendía cómo era posible que siempre lo encontrara en momentos como ese. Se sentó en una piedra y bebió, porque sabía que no iba a quedarse contenta hasta que Szeth se hubiera tomado un descanso.

Habían pasado tres años y seguía chocándole que su madre no llevara un toque de color. Su padre, el propio Szeth, incluso Elid… se habían acostumbrado a aquella vida. Su madre, en cambio, parecía apagada sin color.

—¿Por qué te exiges tanto, Szeth? —le preguntó.

—Estoy aquí —dijo él.

Pareció perpleja por esa respuesta. Szeth no sabía muy bien por qué: estaba allí, así que haría lo que le exigía aquel lugar. Sí, echaba de menos bailar. Sí, echaba de menos las ovejas, y la hierba, y la soledad. Pero estaba allí, no en la granja.

Dio un largo sorbo del odre. Su madre había adelgazado con los años y la ropa ya no le quedaba bien. Se había negado a cambiarla por otra nueva. Lo que llevaban puesto era ya lo único que les quedaba de su antigua vida.

«Lo único no», se recordó, y bajó la mano a la bolsa sujeta a su cinturón de cuerda, donde guardaba la pequeña oveja hecha de la lana de Moli. La sacaba muy pocas veces, y nunca delante de los otros chicos, pero siempre la tenía cerca.

—A algunos reclutas, cuando no están a la altura, los envían a hacer otros tipos de trabajo —dijo su madre.

—Pero nunca vuelven a una vida normal —contestó Szeth—. Van a trabajar a la mina, o cosas por el estilo.

—¿Tan mal estaría? —preguntó ella—. ¿Tener un trabajo como es debido otra vez?

—Para que me echaran de aquí, madre —dijo Szeth—, tendría que ser un incompetente de mucho cuidado.

Ella no respondió, sino que se volvió para contemplar el valle. Szeth no acostumbraba a pararse a mirar en esa dirección. Hacia el pasado. Su madre lo encontraba hermoso.

—¿Cómo has sabido que estaba aquí fuera? —preguntó Szeth—. ¿Te lo ha dicho Elid?

Dar vueltas al campo lo llevaba junto a las cocinas y sus amplios ventanales abiertos que dejaban entrar el aire fresco. La hermana de Szeth era observadora, aunque la verdad era que las otras doncellas sabían que siempre estaba atenta por si lo veía. Seguro que alguna la había avisado y luego se había ocupado de su trabajo mientras Elid iba a decírselo a su madre.

A Szeth le resultaba extraña la facilidad con que la gente hacía cosas como esa por su hermana. A Elid apenas le importaban sus obligaciones, y aun así todo el mundo la ayudaba y la recibía con los brazos abiertos. Szeth era impecable en su deber, y todos los demás se burlaban. Pero estaba seguro de que, con más tiempo, terminaría captando los matices. Había normas para todas las situaciones; lo único que pasaba era que aún no conocía aquellas.

Se terminó el odre, le dio las gracias a su madre por el agua y regresó a su carrera. Lo más probable era que no volviera a verla ese día, ya que se iba a la cama pronto... mientras su padre solía trabajar hasta muy tarde. Szeth... se había fijado en que últimamente pasaban muy poco tiempo en la misma habitación.

Terminó de dar las vueltas y fue a los terrenos de prácticas para recibir la segunda parte de su castigo. Era peor de lo que había imaginado: una nota diciéndole que se presentara en el despacho del general. Los pocos chicos asignados a engrasar el material no lo miraron a los ojos. Szeth se sintió solo, como un ratón en un terreno árido, mirando una y otra vez hacia el cielo.

Nunca lo habían llamado al despacho del general para disciplinarlo. Szeth entró en sus dependencias, pasó entre las jaulas de los loros mensajeros del general y encontró a su padre detrás del escritorio que había fuera del despacho en sí.

El padre de Szeth siempre había parecido demasiado sólido para estar detrás de una mesa. Un hombre como Neturo debía estar fuera al sol, como una piedra disfrutando de los elementos. Pero allí estaba, repasando los cuadernos donde apuntaban las citas del general, anotando procedimientos, urdiendo formas de hacer el campamento más eficiente. Szeth supuso que era un gran honor, y la gente hablaba como si lo fuese. Su padre comía con el general y estaba presente en sus reuniones más importantes.

—Padre —dijo Szeth.

—Ah, hijo.

Neturo alzó la mirada y sonrió. Szeth permitió que parte de la tensión se derritiera de sus hombros. Si su padre aún podía sonreír, quizá aquello no fuese tan horrible como Szeth había temido.

—Un segundo —dijo Neturo, e hizo unas anotaciones rápidas en su cuaderno. Luego se levantó y rodeó la mesa para darle un abrazo a Szeth—. ¿Un día duro?

—Sí —susurró él.

—He oído que has tumbado a Szrand —dijo su padre, apartándose pero cogiendo aún los hombros de Szeth para mirarlo de arriba abajo.

Szeth se sonrojó, pero asintió.

—Catorce años —añadió Neturo— y ya dejas en ridículo a hombres que pesan el doble que tú. Extraordinario.

—¿No estás... enfadado?

—Un poco sí —reconoció Neturo—. Pero Szrand es un bufón. Estoy preparando un plan de retiro para él. Creo que pondré a Yago-hijo-Yargo en su lugar, pero está haciéndose mayor. Cuando él también se retire, dentro de cinco años o así, necesitaremos a un nuevo maestro de los terrenos de entrenamiento. Alguien que obedezca las órdenes y entrene a los chicos nuevos como corresponde.

—¿Y quieres que sea yo? —preguntó Szeth—. Padre, no creo que los otros chicos vayan a permitirlo. No les... No les caigo bien.

—Aún faltaría un tiempo para eso —dijo su padre—. Para entonces, los chicos que ahora entrenan contigo ya estarán destinados a otros lugares. La vieja guardia se retirará y la nueva guardia ocupará su puesto. Creo... creo que puedo crear un verdadero hogar para nosotros aquí, hijo. Un lugar donde tu madre pueda disfrutar.

—¿Esto tiene algo que ver con que casi siempre salga de la habitación cuando tú entras? —soltó Szeth de golpe, y al momento se sintió idiota por decirlo. Era como señalarle a alguien una mancha en la camisa.

Neturo apartó la mirada.

—Puede, puede. —Respiró hondo—. En todo caso, te gustaría tener un puesto permanente aquí, en los terrenos de entrenamiento, ¿verdad?

—No tendría que ir a luchar —susurró Szeth—. No tendría que matar...

—Y eso es bueno, ¿verdad? —preguntó su padre, que de repente parecía preocupado.

—Maravilloso —dijo Szeth en voz baja.

Su padre asintió con entusiasmo.

—Vamos.

Abrió el paso, pero no hacia el despacho del general, sino hacia fuera del edificio.

—Padre —dijo Szeth—, ¿el general no había mandado llamarme? ¿Para disciplinarme por haberme peleado?

—¿Eso? Ah, no ha sido culpa tuya. El general no sabe nada. Te he mandado llamar yo, porque hoy va a pasar algo importante. No está relacionado directamente contigo, pero quería que estuvieses allí para verlo.

Neturo lo guio por el camino que bordeaba el acantilado y subía hacia el viejo monasterio. Szeth caminaba tras él, lleno de curiosidad. El monasterio o atendían los chamanes y sus acólitos, pero no había ningún portador de

Honor presente. El suyo era el Monasterio del Custodio de la Piedra, consagrado al Heraldo perdido.

De modo que Szeth se sorprendió cuando llegaron con un grupo de personas que había junto al general, cerca de las puertas exteriores del monasterio. El general Kinal era un hombre ancho y tranquilo, de piel oscura y barba entrecana. Szeth siempre lo había considerado una persona estoica, peligrosa incluso, pero ese día estaba asintiendo con todo el entusiasmo del mundo a las palabras de su interlocutor, abriendo mucho los ojos por la emoción con todo el aspecto de un joven recluta al recibir sus primeros consejos.

—Me complacen los cambios en tu campamento —decía uno de los recién llegados—. Me complacen sobremanera, general Kinal.

El hablante era un hombre bajito y mayor, de piel clara, con bigote y una barba larga y lacia. Era calvo y llevaba una vistosa túnica de color azul claro, lo que indicaba que era un chamán de alta categoría... o, en ese caso, de la más alta posible. Porque sostenía una resplandeciente hoja de Honor ante él, con una mano en la empuñadura y la punta hacia abajo, hundida unos quince centímetros en la piedra del camino. Szeth había oído decir que los portadores de Honor a menudo llevaban su espada a la vista cuando se presentaban en algún lugar, como recordatorio. Como símbolo de la confianza depositada en el pueblo shin y de la silenciosa Verdad que ostentaban. El conocimiento de que un día el enemigo iba a regresar, y tendría que haber alguien preparado para combatirlo.

Era la primera vez que Szeth veía una de las hojas de Honor. Aquella era ancha como si estuviera pensada para derribar caballos, con la punta en gancho y curvas fluidas. Szeth se quedó hipnotizado. Era a la roma espada de hierro que acababa de usar lo que una hermosa piel blanca de oveja a un paño sucio.

¿Quieres empuñar una?, preguntó la Voz.

—Sí —susurró Szeth—. Sí.

Bien. Aún no es el momento. Quizá nunca lo sea. Pero estoy observándote.

El general hizo un gesto hacia el padre de Szeth.

—Aquí está, honor-nimi. ¡Es el hombre que te mencionaba!

El portador de Honor observó a Neturo, evaluándolo.

—¿Eres el secretario que ha estado supervisando las rutinas de disciplina y trabajo?

—Sí, honor-nimi —respondió Neturo.

—Yo soy Pozen-hijo-Nash, y estoy impresionado contigo. Los hombres de tu campamento son más felices, y no obstante hacen su trabajo de mejor grado. Los chamanes informan de cambios impresionantes en la moral. Este llevaba mucho tiempo siendo un campamento difícil, al que echamos un ojo varios de nosotros, pero que no tiene su propio portador de Honor y cuyo granjero es, con mucho, demasiado amable. Dime, secretario ¿dónde aprendiste a liderar a hombres e inspirarlos?

—Bueno —respondió Neturo—, la gente se parece mucho a las ovejas, honor-nimi.

El portador de Honor pareció escandalizarse al oírlo. Szeth, por supuesto, lo entendió. Las ovejas eran animales cariñosos, y comunales, y listos. Pero en grupos grandes, a veces hacía falta mano firme con ellas. Su padre estaba explicando más o menos esa idea, aunque Szeth no le ponía atención. Tenía la mirada fija en aquella hermosa reliquia.

«Luchar y matar no es malo —pensó—. Si lo fuese, Dios no nos habría dado espadas. Hacemos falta. Matar, a veces, hace falta».

En aquello, él mismo era una oveja. Sabía que lo que hacían estaba bien, pero le habría encantado tener una mano más firme. Una guía.

Quizá ese hombre de delante por fin pudiera proporcionársela. Szeth tenía la sensación de que había madurado en los últimos años. Alcanzaba a entender que las distintas personas veían las cosas de un modo distinto a él. Que una sopa con mucha guindilla podía estar bien para una persona y mal para otra. Que algunas preguntas en realidad no tenían una respuesta correcta.

Pero algunas sí que debían de tenerla. Así que Szeth preguntó:

—¿Se me permitiría hablar, general-nimi, honor-nimi?

Todos los ojos se volvieron hacia él, como si fuese un brillante toque de color en la persona errónea. Szeth contuvo el rubor y trató de mantenerse erguido, como le habían enseñado.

—¿Quién es este? —preguntó el portador de Honor.

—Mi hijo —dijo su padre, poniendo la mano en el hombro de Szeth—. Un hijo tan bueno como un hombre pudiera querer jamás, honor-nimi, y lleno de curiosidad y preguntas.

Quizá a un soldado no debería importarle lo que dijese un padre. Pero la alabanza de Neturo hizo que Szeth se inflara.

—Uno de nuestros jóvenes oficiales más prometedores —añadió el general—. Es probable que siga a su padre en la carrera administrativa antes de que pase mucho tiempo.

—Y al hacerlo —dijo el portador de Honor, clavando la mirada en Szeth—, nos negará a otro líder con talento para la batalla. Pero no interferiré con tu gestión. Joven, ¿cuál es tu pregunta?

Szeth tragó saliva y, sintiéndose bobo por hacer la misma pregunta cada vez, se obligó a hablar.

—Honor-nimi, ¿cómo sabes qué es lo correcto?

El hombre mayor ladeó la cabeza y entonces descartó su hoja, arrugando la frente. Miró hacia el padre de Szeth, que se encogió de hombros, como diciendo: «Acabo de hablarte de su curiosidad».

—A todos nos enseñan lo que es correcto y lo que no desde la infancia —dijo el portador de Honor—. Tú tienes, según todo el mundo, un padre maravilloso. ¿Acaso no te lo explicó él?

Szeth se encogió un poco. El portador de Honor parecía casi ofendido por la pregunta. Pero su padre estaba animándolo con un asentimiento, así que Szeth continuó.

—Honor-nimi, sí que me enseñaron. Pero, a medida que crezco, veo que la verdad parece… diferente para cada persona. ¿Hay una verdad o muchas? ¿Cómo sé cuál seguir?

—Haz caso a tus superiores —respondió el portador de Honor—. Sigue la cadena de mando.

—Confío en el general y los monasterios —dijo Szeth—, pero ¿cómo sabéis vosotros lo que es correcto?

—Nuestra cadena de mando termina en los Heraldos —afirmó el portador de Honor—, quienes sirven al Vidahermano, el spren de la tierra, y a los spren de las montañas, el sol y las lunas. Quienes, a su vez, responden ante el mismísimo Dios. ¿Los cuestionas a ellos?

—No, supongo que no.

—En ese caso, haz lo que se te dice, joven —repuso el portador de Honor—, y considérate afortunado de contarte entre quienes defienden la Verdad.

Szeth asintió y dejó la cabeza agachada.

—¿Hay alguna cuestión moral concreta que esté dándote problemas? —preguntó otra persona. Una voz de mujer.

Szeth alzó la mirada, preguntándose quién habría hablado. Era una de las asistentes del portador de Honor, otra chamana de alto rango, con túnica violeta. Llevaba el pelo moreno cortado con un estilo que Szeth no había visto nunca y que hacía que algunas partes quedaran en punta como a propósito. Parecía una manera flagrante de llamar la atención.

—No querríamos molestarte, honor-nimi —dijo el general a la mujer, mostrándole deferencia.

—No es molestia —respondió ella.

¿Honor-nimi? ¿Una segunda portadora de Honor?

La mujer observó a Szeth, sus ojos de un profundo tono violeta, sus manos entrelazadas ante ella. Parecía joven para ser una portadora de Honor, pero ¿qué sabía él?

—Eh… —dijo Szeth, pensando—. Tengo problemas con hacer daño a la gente, honor-nimi. Incluso entrenando, cuando sería correcto. Me da la impresión de que no está bien.

—No es tan terrible —dijo la mujer—. No lo veo como un defecto.

—Bobadas —espetó el otro portador de Honor—. Sivi, si va a ser soldado, no puede permitirse vacilar, o podría costarle la vida a sus compañeros.

Ella meditó.

—Una desafortunada verdad, pero este joven está destinado a la administración.

—Lo cual es un problema en sí mismo —replicó el portador de Honor de más edad—. Tenemos por costumbre ascender a los más sensatos fuera de la batalla, y luego nos quejamos de que haya «incidentes» y más «incidentes». —Miró a Szeth—. Joven, ¿qué quieres hacer tú?

—Lo correcto —dijo Szeth al instante.

—Pues haz esto. —El portador de Honor señaló hacia él—. Cada semana, trabaja al menos un turno en el matadero del campamento. Familiarízate con la muerte, pequeño pastor.

La idea horripiló a Szeth. Lo cual… ¿quizá fuese bueno?

—General —continuó Pozen—, cuando llegue la próxima incursión, asígnalo a la defensa.

—Aún es un poco joven.

—Quiere aprender a luchar, ¿verdad? ¿A hacer daño? No lo sitúes en el frente, por supuesto. Que esté en la retaguardia. Hay lecciones que se aprenden solo mediante la experiencia. —Miró a Szeth a los ojos—. ¿Lo harás? ¿Obedecerás mis órdenes hasta allá donde las comprendas?

—¿Es lo correcto? —preguntó Szeth.

—Yo digo que lo es. ¿Me crees?

¿Qué iba a decir si no? Se alegraba de que, por una vez, alguien pareciera dispuesto a ser firme.

Así que Szeth asintió.

Y lo enviaron a que aprendiera a matar.

58

LA CANCIÓN DE LAS BESTIAS

Tengo planes para ocuparme de Odium, como ya te dije. No voy a explicártelos.

Iremos al este —dijo Jezrien mientras Dalinar pasaba al refugio—. Dejaremos a Battar al mando aquí.

Dalinar se quedó junto a la entrada. Jezrien e Ishar estaban sentados en el centro, cerca del fuego ya casi consumido. Chana, la pelirroja de las pieles y la extraña casi-espada, caminaba de un lado a otro por detrás de ellos, mientras Vedel creaba de algún modo un extraño entramado de luces entre los dedos. Eran como los cordeles de un juego de niños, solo que hechos de energía, y Vedel tenía la mirada fija en su interior.

A juicio de Dalinar, se parecía muchísimo al arte de forjar vínculos, y retuvo su atención mientras los demás conversaban.

—Jez, puede que los rebeldes tengan razón —dijo Chana, dejándose caer sentada en la tierra. No era la persona más grácil del mundo—. Dudo que aquí vaya a florecer nada jamás.

—Battar confía en que sí —respondió Jezrien—. Dice que, si seguimos cultivando las variedades que sí que crecen, por poco que sea, con el tiempo haremos fértil este barro.

—Ojalá se nos hubiera ocurrido traernos suelo de cultivo —dijo Ishar, negando con la cabeza.

—¿Quién iba a pensar que necesitaríamos tierra? —replicó Chana—. Es raro que casi todos vosotros trajerais piedras.

—Recuerdos de un mundo perdido —dijo Jezrien—. Kalak, ¿estás de acuerdo con ir al este?

Todos miraron a Dalinar.

—Sí —contestó él—. No podemos dejar morir a otros humanos.

—Así que hasta a Kalak le parece bien —dijo Chana—. Todos nuestros veteranos son unos viejos canosos, pero pueden ayudarnos a entrenar a una nueva generación. Puede que... baste con una demostración de fuerza, con amenazar los territorios de migración.

—Jezrien. —Dalinar se sentó junto al fuego con los demás—. Antes he dicho una cosa que os ha alterado a Ishar y a ti. ¿Qué ocurre? ¿Estáis planeando algo sin mí?

Era su mejor pista. Había probado a hablar de la idea de crear Heraldos, y aquellos dos parecían saber algo. De hecho, sus ojos se encontraron.

—No estamos preparados —repuso Ishar, lanzando una mirada hacia el entramado de líneas de luz y Vedel, que asintió.

—Tus planes pueden prolongarse demasiado, viejo amigo —dijo Dalinar a Ishar—. La inmortalidad ha hecho que pienses como las mismas piedras, observando los eones, apenas cambiando.

—Mi idea es una idea de dioses, Kalak —respondió Ishar—. Debe avanzar también a ritmo de dioses, y no se le puede meter prisa.

—Seguro que podéis darme algo —dijo Dalinar, pensando que una nota podría ser una buena ancla—. ¿Una... pequeña explicación, quizá por escrito?

Lo miraron sin comprender.

—¿Qué palabra es esa? —preguntó Ishar.

Tormentas. Dalinar tuvo un momento de absoluta desconexión al caer en la cuenta de que aún no conocían la escritura. Hablaban de un modo que daba la impresión de ser moderno, y Dalinar había sacado conclusiones erróneas. La culpa era del vínculo que interpretaba lo que decían. Volvía muy cómoda la conversación con ellos, pero era cierto que dejaba extrañísimos sus gestos y algunas expresiones faciales.

Antes de que pudiera intentar explicarse, la cortina de la entrada siseó y alguien pasó al interior. Era la Heraldo Shalash, que parecía tener diecisiete o dieciocho años. Jezrien frunció el ceño.

—¿Ash?

—¿Por qué no se me ha invitado? —preguntó Shalash—. ¿Por qué estáis todos maquinando sin mí?

—Preciosa mía —dijo Jezrien, levantándose—. Querida, estábamos...

—Tengo más de sesenta años —restalló Shalash, invocando violentos furiaspren en charcos a sus pies—. ¿Por qué me tratáis todos siempre como a una niña?

—Ash, cariño —dijo Jezrien, haciendo un gesto poco familiar para Dalinar, con las manos separadas a los lados—, no hay por qué alterarse.

—¡Bah! —exclamó ella, lanzando las manos al aire—. Es que no puedo ni enfadarme sin que me tratéis como si tuviera una rabieta. Quiero luchar, padre. Soy inmortal como vosotros.

—No somos inmortales —respondió Vedel en tono suave, colapsando su entramado de luz—. Los poderes nos cambiaron, sí, pero no somos eternos. Estás creciendo, Ash. Despacio.

—Iré al este con vosotros para ver a mis primos. —Ash se arrancó la cinta de la cabeza y la arrojó al suelo, dejando caer una melena lisa y negra sobre sus hombros—. Sesenta años como una niña son suficientes.

Salió hecha una furia de la cámara, dejándolos a todos estupefactos.

«La cinta era nuestra anterior ancla —pensó Dalinar—. Acabo de presenciar el momento relevante que guarda relación con ella, y Navani ha dicho...».

Que aquella visión ya iba a empezar a deshacerse.

Escuchad hoy la gloria de una nueva vista en cantar,
en años se cuenta la historia de este tan largo luchar.
Estos ojos no son los vuestros,
los años pasar no los vimos,
lo que perdimos no lo sabemos,
mas de todas maneras soñamos.

Mientras Thude cantaba, Venli se sentó en una piedra desgastada que asomaba de la arena como una meseta en miniatura. La gente que había cerca hizo una pausa en sus atenciones a los abismoides. Incluso algunas de las monstruosas bestias volvieron la cabeza hacia el sonido.

Comprendió a qué se refería Thude al decir que aquel cantar era «de una nueva vista», e insistir en ello con el verso de que los ojos no eran los suyos: estaba cantando desde el punto de vista de los abismoides. De hecho, a medida que pasaban las estrofas, armonizadas a lo Perdido, un ritmo majestuoso y a veces perturbador, entendió por qué.

Venli había oído que los abismoides podían proyectarse imágenes en la mente unos a otros, que se comunicaban mediante algún tipo de vínculo. Algunos eran capaces de compartirlo con los cantores. Según la canción de Thude, para ellos tanto los humanos como los cantores eran una curiosa variedad de cremlino. Era difícil, explicaba la canción, rememorar el pasado. Los abismoides no escribían, y sus cantos no transmitían una narrativa, sino emociones. Vivían en aquellas extensas colinas onduladas durante siglos y rara vez se encontraban con cantores o humanos excepto cuando experimentaban su cambio final, cuando visitaban las Llanuras Quebradas para multiplicar su tamaño y pasar a la última etapa de su madurez.

Era todo bastante vago. Pero la siguiente parte, que hablaba de los primeros humanos que pelearon y mataron a un abismoide, era algo que las bestias recordaban con gran nitidez. Que se había grabado a fuego en las mentes de todos los abismoides que estaban cerca y luego se había transmitido a otros como advertencia.

Y después alzando un clavo, hecho del todo de acero,
dolor y muerte nos trajo la llegada de un guerrero.
Nuestros ojos la verdad vieron,
por fin los oídos vibraban:

nunca habíamos dado por real
la lucha con un nuevo rival.

La canción siguió adelante y Venli se dio cuenta de que había esperado miedo o ira por parte de los abismoides. Pero, en vez de eso, se tomaron esa muerte como un desafío. Entre los suyos, un abismoide pequeño a menudo desafiaba a otro más grande por el dominio, pero en general era solo una exhibición. El más pequeño, después de haber demostrado su audacia, se retiraba. Muy pocas veces se mataban entre ellos.

En cambio, aquellas cositas que traían clavos de metal no se retiraban. Eran rivales, así que los abismoides empezaron a plantarles cara en un alarde de fuerza. Los abismoides eran animales... o quizá fuesen otra cosa, diferente de los animales comunes y de los cantores. En todo caso, siguieron luchando, robándoles presas a los humanos, desafiándolos a ellos y a veces a los oyentes en combate singular por el dominio. Hasta el día en que...

Luego se supo a las claras, por medio de un ser osado,
que la noticia era mala, sin razón para ocultarlo.
Tal vez decirlo no nos tiente
sin entonar un ritmo triste.
Saberlo fue un golpe, un mareo.
A las crías las estaban matando.

Thude parecía estar tomándose algunas libertades y enmarcando aquello en unos tonos con los que los oyentes empatizarían. El significado era bastante claro: los abismoides no habían reparado al principio en que los humanos atacaban a los que estaban pupando, porque ¿quién haría algo así? No había en ello ningún dominio que establecer, ninguna valentía que demostrar. Pero, con el tiempo, lo entendieron. Sus números menguaban porque las criaturas extrañas estaban haciendo algo impensable. Durante siglos, los abismoides habían dependido de aquel lugar, al que llamaban la tierra de las estrellas caídas, para su transformación. Aunque pupaban varias veces a lo largo de su vida, la última transformación debía producirse en las Llanuras Quebradas. El porqué no le quedaba claro a Venli en la canción.

A continuación Thude cantó una larga sucesión de estrofas lamentando la muerte de los jóvenes, a lo que los oyentes también habían estado matando. Para su supervivencia, sí, pero también hasta casi la extinción de una grandiosa especie. Ya habría que lamentarlo si hubieran sido animales estúpidos, pero, para colmo, descubrirlos capaces de pensar... En fin, Venli comprendía la elección del Ritmo de lo Perdido por parte de Thude. Y también el horror con el que, sin ser un compositor experto, describía lo que habían averiguado.

Pero entonces la narración daba un giro inesperado. Los abismoides decidían que aquellas cositas, por pequeñas que fuesen, en realidad debían de ser las dominantes. Y así, cuando los oyentes abandonaron las Llanuras Quebradas... un grupo de abismoides acudió a ellos y les ofreció su versión de una tregua. Aquel grupo de unos cincuenta individuos, que no era la mayoría de los abismoides restantes aunque sí un pedazo considerable, se había unido a la gente de Venli.

> *Y así llegó el momento, y las canciones fueron nuevas,*
> *y la tormenta se ha deshecho, dejando el alba fresca.*
> *Con esos pequeños vivimos,*
> *su auténtico talento vemos:*
> *no el de ser portadores de ruinas,*
> *sino el de las orejas rascarnos.*

Hubo risitas entre quienes escuchaban, aunque Thude sonaba un poco avergonzado por haber terminado la canción con un chiste. Había madurado aquel último año. Venli aún recordaba los tiempos en que no hacía otra cosa que hablar de lo mucho que le apetecía comer esto y aquello, y allí estaba, guiando a su pueblo y componiendo canciones.

—Así que... —dijo Venli desde su piedra—, ¿dejaron de intentar comérsenos y ya está?

—Para ellos no somos comida —respondió Thude—. Nunca lo fuimos. Éramos rivales. Venli, todavía no captan que estuviéramos cosechándolos, porque las gemas no significan nada para ellos. Creen que fue una disputa territorial. Y parece que, en situaciones como esa, buscan formas de convivir entre ellos.

Lanzó una mirada a los inmensos montones somnolientos, que parecían mucho menos temibles cuando canturreaban con suavidad bajo las atenciones de los oyentes.

—No creo que nos vean como dominantes —dijo Venli, cruzada de brazos.

—Es más complejo —explicó Thude—. Para ellos, el dominio nunca ha consistido en dominar. Quieren hacerse ver como fuertes entre ellos, posiblemente para atraer parejas, pero en parte también porque... sienta bien y ya está, supongo. Cuando les demostramos que éramos capaces de luchar, fueron ellos los que recularon. Ahora les parece bien que vivamos juntos.

—Fuimos cobardes —dijo Jaxlim, que tenía las manos entrelazadas a la espalda—. Matamos a sus crías.

—No dan muestras de guardarnos rencor, por suerte —respondió Thude a Consuelo—. Está claro que este arreglo les gusta. Tener a gente que les limpia el caparazón y les rasca en los huecos es un negocio excelente a cambio de compartir un poco de comida, a su juicio. Son depredadores, y de los grandes. Necesitan dormir al menos... bueno, casi todo el día, la verdad. —Cambió al Ritmo de la Determinación—. Pero, Venli, Jaxlim, si necesitamos que aparten un peñasco o maten a una bestia, están ansiosos por ayudar. Y pueden llevar a docenas de nosotros en el lomo a la vez.

—¿Pueden luchar? —preguntó Venli.

—Creo que la historia ha demostrado que pueden —dijo Thude—. Pero también que no son rival para los portadores de esquirlada.

—¿Y para los Fusionados? —preguntó ella.

Thude la miró, incómodo. No quería afrontarlo, pero Venli debía hacerlo.

—Odium va a terminar fijándose en nosotros —dijo, apoyando las manos en las rodillas al sentarse—. Aunque no participemos en la lucha. ¿Recuerdas el trato entre los humanos y él?

Venli tenía una vinculacaña y había enviado algunas comunicaciones breves a Rlain, como habían prometido hacer al separarse. Rlain no respondía últimamente, cosa que la tenía preocupada, pero antes le había explicado los detalles del duelo.

—Sí —contestó Thude a Ansiedad—. Puede que ahora haya lucha, pero llegará la paz dentro de unos días. Eso nos conviene, ¿verdad?

—También parece que el enemigo —dijo ella— tendrá tiempo de sobra para concentrarse en detalles que hasta ahora ha pasado por alto. En un pueblo que creía haber destruido por completo, pero que permanece, y cuya existencia continuada lo deja como un mentiroso.

—A los dioses —susurró Jaxlim— no les gusta que los avergüencen.

—Podríamos unirnos a los humanos —dijo Venli, pensativa.

Había rechazado sus avances, pero... no podía negar el potencial. No si pretendía en serio defender a su pueblo.

Thude la miró y Bila, su antaño compañera y también miembro de los Cinco, llegó y tomó su brazo. Había estado escuchando mientras trabajaba en un abismoide cercano. Aunque no lo tararearon, Venli notó que aún no confiaban del todo en ella, y con buen motivo. Sí, les había llevado a spren Radiantes, pero sus actos del pasado...

—Los humanos nos asesinaban, Venli —dijo Bila—. Tú misma encabezaste la carga para destruirlos con formas de poder.

—¿Y qué nos trajo eso? —preguntó ella a Malestar—. Escuchad, no me hace ninguna gracia y también quiero rechazarlo. Pero Odium es sin duda nuestro enemigo, y los humanos... solo algunos lo son.

—Después de todo este tiempo, ¿inclinarnos ante monarcas humanos? —replicó Thude—. Eso iría contra la misma alma de nuestra gente. Nuestra independencia es lo que nos define.

—La gente puede cambiar —contestó Venli—. Yo lo hice. Todos podemos.

—Lo hablaremos —le dijo Bila—. Entre los Cinco. Pero, Venli, estoy de acuerdo con Thude. Nuestra vida, nuestra existencia, siempre ha sido un riesgo. Es mejor continuar que rendirnos.

—Puedo respetar a los humanos —afirmó Thude a Reprimenda—, pero jamás podremos unirnos a ellos.

Canturrearon a Resolución. Venli coincidía bastante con sus opiniones, pero la irritó que dieran media vuelta y se marcharan juntos. Después de todo lo que había sufrido, regresaba con ellos y volvían a no hacerle ningún caso. Era…

Era…

Probablemente, lo que se merecía. Inhaló una bocanada tranquilizadora y dejó que los ritmos de Timbre la ayudaran a encontrar el camino al de la Paz. Cualquiera esperaría que a esas alturas se hubiera quitado de encima el egoísmo. Pero ahí seguía aquel impulso suyo de exigir respeto. Aquella parte de ella que deseaba halagos y poder.

Timbre latió, indicándole que era una emoción normal. Pero a Venli le daba la impresión de sentirla más fuerte que los demás. ¿Por qué sería? ¿De verdad era peor persona que el resto?

Su pequeña spren le respondió que las distintas personas afrontaban distintos retos. Ser consciente de sí misma formaba parte de la solución. Venli se lo agradeció, pero en privado incluso se molestó un poco con Timbre, que siempre tenía las respuestas correctas. Aun así, decidió no permitirse la autocompasión. Tendría que mantenerse vigilante y esforzarse más en rechazar su inclinación natural hacia el orgullo. De modo que armonizó a Alegría, recordándose lo maravillosos que habían sido esos últimos tres días.

—Venli —dijo su madre, acercándose—, ¿estás bien?

—Solo frustrada y confundida.

Jaxlim se sentó en la piedra al lado de Venli y la envolvió con los brazos, canturreando suave a Amor. Venli ya no era una niña, y al principio tuvo vergüenza. Pero entonces… entonces Timbre latió también a ese ritmo, que vibró en Venli. Que te abrazaran no era solo para niños pequeños. Era para todos los niños. Cerró los ojos y al principio lo soportó, luego lo aceptó y luego…

Luego lo saboreó. Dejó salir el aire y se permitió armonizar también a Amor. Había sido un viaje largo, larguísimo. Pero, en aquel abrazo, lo único que quería era ser la hija que su madre había esperado. La hija que conocía el acervo de su pueblo, que llevaba consigo sus canciones. Tendría que escuchar otra vez aquella nueva de Thude y memorizarla.

«Y aun así, veo inconsistencias —pensó—. Esa historia tiene unas lagunas considerables».

—¿Por qué?

—¿Por qué, qué? —preguntó Jaxlim, todavía abrazándola.

—Los abismoides tienen que venir a las Llanuras Quebradas para su transformación definitiva. ¿Por qué? Las altas tormentas les dan el poder para crecer. Por tanto, ¿no deberían ser capaces de transformarse en cualquier lado?

—Muchos animales tienen instintos como esos.

—Acaban de decirnos que son más que animales, madre —repuso Venli—. Por lo visto, intentaron pupar esa última vez en otro sitio.

—Puede que solo sea la canción —dijo Jaxlim—. Thude reconoce que no es ningún experto en crearlas.

Venli dejó que el abrazo durase un poco más, pero no se quitaba las preguntas de la cabeza. Se levantó y fue dando zancadas hasta un abismoide, uno grande, con los oscuros ojos llenos de misterio. La bestia le dio un bufido cuando Venli se puso ante ella, y todos sus instintos le dijeron que debería huir.

Pero ella miró al abismoide a los ojos.

—¿Por qué? —le preguntó—. ¿Por qué tenéis que pupar en las Llanuras Quebradas?

La bestia volvió a apoyar la cabeza, cerró los ojos y la apartó de ella. Venli se puso delante otra vez, muy cerca del ojo.

—Puedo ser una persona muy cabezota —susurró—. Es casi mi característica definitoria. Así que créeme: obtendré una respuesta.

El ser bufó de nuevo, y entonces abrió un ojo.

En un instante, Venli sintió lo que el abismoide había sentido cuando subió a una meseta, años atrás. Cuando necesitaba crecer, cuando ya casi no cabía en su propio caparazón. Lo hizo siguiendo una *canción*. Un millar de poderosas canciones, interpretadas por fragmentos de luz en el suelo. Y allí, dentro de su capullo…

Poder. Inundándolo. Expandiéndolo. Un poder procedente del cielo y también del suelo.

Venli dio un respingo y buscó en sus recuerdos las canciones que tantas veces le habían enseñado a repetir. Las que hablaban de cómo llegó su pueblo a las Llanuras Quebradas. Parecía que los habían guiado hasta allí, pero ¿qué lo había hecho?

Canciones, susurraron las piedras.

—Aquí hay algo, ¿verdad que sí? —susurró—. ¿Por qué ha luchado tanto todo el mundo por este territorio yermo y roto?

—Venli —dijo su madre, llegando junto a ella—. Es por la Puerta Jurada y las hojas esquirladas abandonadas aquí.

—Sí —respondió ella, sintiendo los recuerdos del abismoide—. Pero ¿y si… y si hay más?

¿Por qué habían construido un reino en aquel lugar desolado, donde tan devastadoras eran las tormentas?

¿Qué había quebrado las llanuras?

¿Qué había sentido en la mente del abismoide mientras se transformaba?

Y, por último, ¿por qué Odium anhelaba tanto ese lugar, tanto que había enviado a un Deshecho, Nergaoul, la Emoción, para dominarlo durante la ocupación alezi?

Las piedras parecían saberlo. Pero, antes de que Venli tuviera ocasión de preguntárselo, los abismoides empezaron a cantar. Se avecinaba una alta tormenta.

Navani vio a Dalinar meterse en aquella choza tallada en la colina, con u
agujero encima que dejaba salir el humo del fuego, como el pitorro de un
tetera.

—¿Yayi? —dijo Gav, sentado cerca—. Tengo miedo.

Navani se arrodilló delante del niño y lo abrazó.

—No te asustes, Gav. Ahora estamos aquí contigo.

—¿En serio que este sitio es de mentira?

—Sí —dijo Navani—. ¿Te acuerdas de cuando juegas con el yayo a gran
caparazones, y él hace de bestia y tú eres el poderoso caballero que acab
con ella?

Gav asintió.

—Bueno, pues este es un sitio donde todo, hasta el suelo y el cielo, fing
con nosotros. Hemos venido a averiguar secretos.

—¿Secretos que… el suelo y el cielo saben?

—Bueno, tal vez. —Navani pensó un momento—. Viento, ¿me oyes?

—¿Yayi? —preguntó Gav—. ¿Esto también es de mentira?

—Sí, Gav, lo es. Viento, antes nos hablaste —dijo Navani, mirando ha
cia el cielo—. Por favor, ¿me ves aquí, ahora?

Te veo, dijo una voz queda, *mujer de otro tiempo. Este era mi tiempo. M
era. Fue cuando vivía…*

—¿Moriste, entonces?

*Los spren no morimos, solo cambiamos de forma. Nos plegamos a cóm
nos ve la gente, por lo que ahora ya no soy una diosa. Adoráis a la tormen
ta, no a mí.*

—Yayi —dijo Gav—, ¿qué es esa voz?

—Es… —Navani titubeó—. Es el Viento, Gav.

—¿Me hará daño?

—No —le susurró ella—. ¿Te acuerdas de lo que te enseñé en la torre
Algunos spren son buenos. Algunos spren nos ayudan.

—Eh… —Gav se puso pensativo, a su manera—. Me acuerdo. H
oído… una cosa, antes de que el yayo me encontrara. Un spren majo, qu
decía que podía protegerme de los malos. Sonaba como papi.

—¡Bien! —exclamó Navani, aunque dudaba mucho que Gav conocier
la voz de su padre. Era muy pequeño cuando Elhokar partió hacia las Lla
nuras Quebradas.

Niño, dijo el Viento a Gav, *no voy a hacerte daño. No soy la tormenta
aunque estoy en la tormenta.*

—Viento —dijo Navani, aún abrazando a Gav—, ¿lo que… lo que m
marido quiere hacer… es válido?

¿Válido? ¿O posible?

—Las dos cosas.

Es válido y es posible, pero hay cargas que llevar. Secretos que ni siquier.

yo conozco, porque estaba sin voz y silenciosa, confinada sobre todo en Shi-
novar. Si el Forjador de Vínculos desea convertirse en Honor, dolerá.

—Pero... ¿ayudaría en su lucha?

—El yayo lucha muy bien —susurró Gav. Cerró los ojos—. Yo quiero ser buen guerrero. Como él. Como papi. Quiero ser rey.

Podría ayudar, dijo el Viento. *Me preparo en caso de que no lo haga. Para defender a mis protegidos.*

—¿Tus protegidos? —preguntó Navani.

Los spren, respondió el Viento. *Hemos encontrado a nuestro propio campeón. El bendecido por la tormenta. Un campeón para el mismo viento...*

Navani comenzó a pensar en ello, pero la distrajo ver que las lejanas montañas empezaban a desvanecerse. La visión estaba terminando.

Dalinar empezó a recoger objetos al azar de la estancia, frenético, ya que Navani le había dicho que sintió algo al tocar la cinta. Hasta agarró la cinta, esperando que tal vez funcionara de nuevo. No sintió nada.

Pero, mientras seguía intentándolo, entre las miradas de extrañeza que le lanzaban a veces los demás, una palabra que oyó se impuso al pánico.

—Nale me dio una marca de deuda.

Lo había dicho Jezrien, pero Dalinar se volvió de sopetón, cayendo en la cuenta de algo. Aquella visión le había revelado el paradero de todos los Heraldos excepto Taln y Nale. Dos que parecían makabaki. Y aquel grupo estaba hablando de ir a ayudar a «Makibak».

—Nale —dijo Dalinar, arrodillándose junto a los otros—. ¿Estará allí?

—Es probable —respondió Chana, reclinándose—. No me cae nada bien. Podría evitarnos.

—No —dijo Jezrien—. Ayudará. Nale es uno de los hombres más honorables que he conocido jamás.

—¡Era nuestro enemigo! —exclamó Chana.

—Y nos equivocábamos —susurró Vedel—. Él sabía la verdad sobre el dios Pasión mucho antes que ninguno de nosotros. En esa guerra combatíamos en el bando equivocado, Chana. Creo que pasaré toda la vida lamentando esa decisión.

—¿Nale te dio... algo? —preguntó Dalinar.

Oyó un estruendo al fondo de su mente. El Padre Tormenta estaba observando, en silencio.

—Sí —dijo Jezrien, y metió la mano en su bolsa.

Sacó un pequeño pedazo de piedra, marcado con rayas que formaban la cabeza de un animal. Era un dibujo que recordaba a un glifo. Quizá sí que tuvieran escritura, o algún antecedente muy temprano de ella.

—¿Te... debe un buey? —preguntó Chana, frunciendo el ceño.

—No, esto representa una deuda mayor —dijo Jezrien—. La marca de buey era lo único que teníamos para señalar el momento. Los makabaki las utilizan para simbolizar toda clase de cosas.

Dalinar miró el disco de piedra. Podría servirle. Una conexión desde ese momento hasta Nale, y hacia una deuda contraída con Jezrien.

Dalinar. Era la voz del Padre Tormenta. *Por favor, no des este paso. Es... Por favor. Podría...*

—¿Podría qué? —susurró Dalinar.

Podría revelar... revelarme a mí...

Dalinar titubeó. Sentía cierta empatía por el Padre Tormenta, ya que era muy consciente del dolor que podía desatar una historia recordada. Pero era el único camino.

—Lo siento, Padre Tormenta —dijo Dalinar con auténtica lástima.

Jezrien seguía observando el disco.

—Nale me dio esto con una promesa. Si se lo enseño, escuchará lo que...

Dalinar se lo arrebató. Al instante sintió que palpitaba con una profunda sensación de significado, una Conexión. Se levantó de un salto y Chana, veloz, se abalanzó hacia él para derribarlo. Pero Dalinar comprendió que había estado preparado para aquello. Tenía un viejo instinto que lo había llevado a identificar cuál de los presentes era más probable que lo atacara.

Esquivó, y luego salió de la choza. La visión estaba desmontándose, los edificios deshaciéndose como en humo, pero Dalinar encontró a Navani desesperada por encontrar un ancla cerca de las hogueras. Corrió hacia ella y la rodeó con el brazo derecho. Gav se echó a llorar mientras la visión se desmoronaba, pero Dalinar agarró al chico con la mano izquierda y apretó fuerte. Sin soltar aquel pequeño disco de piedra que tenía en el puño derecho.

En la caótica oscuridad que llegó, ese disco formó un ancla hacia la siguiente parada de su viaje.

59

LO QUE HAGA FALTA

DIECIOCHO AÑOS ANTES

S zeth se metió en el edificio, una sencilla casa de una habitación en el pueblo pesquero. Suelo de tierra. Una red sin remendar colgando de un clavo de la pared. Garfios de hueso apoyados en la puerta, para llegar a lo profundo y sacar jaulas. El lugar olía a salitre y valvas viejas.

Había cinco hombres apiñados en el suelo, vestidos con ropa de pescador. Sucios, con la mirada baja. Los caminapiedras habían empezado a tomar esclavos. Ese día recibirían lo que habían ido a buscar. Y más.

—¿Todo bien? —susurró Szeth a los hombres.

Uno de sus sargentos asintió.

—Estamos preparados, señor.

Los hombres de aquella misión eran los mejores que tenía, un grupo valiente y dispuesto a dejar de ejercitarse una temporada para tener un aspecto más escuálido. Szeth los inspeccionó uno por uno, asegurándose por completo de que todos estuvieran comprometidos. Luego fue deprisa hacia el material que había contra la pared: aceite procedente de las vejigas de los cangrejos gigantes que recorrían el suelo oceánico, almacenado en sacas de cuero. Caros caparazones en cajas de madera.

El botín de los caminapiedras, y su perdición. Cada caja tenía un fondo falso que contenía armas. Con la mano en la espada, Szeth instó a los hombres a ser valientes y se marchó al siguiente edificio. En la distancia apenas se entreveían los barcos de los incursores caminapiedras. Szeth vaciló mientras contemplaba las aguas vespertinas, plácidas, como al servicio de los invasores.

Tienes tiempo, dijo la Voz. *Si te das prisa.*

Szeth entró en la siguiente casa. Tenía diecinueve años y llevaba ya ocho siendo soldado. A veces le costaba recordar la vida de pastor, pero estar entre gente corriente lo ayudaba a hacer memoria. Mientras pasaba revista a los soldados de ese edificio, pasó junto a un gran cascarón de cangrejo colgado en la pared y pintado de colores. Los pescadores de aquel pueblo añadían: capturaban peces, pero nada más grande. Ese cascarón debían de haberlo obtenido de un cangrejo que murió por causas naturales. Incluso el aceite podía recogerse sin dañar a los cangrejos.

En otro tiempo, Szeth había creído que añadir era la única manera de vivir. Luego había encontrado otra. Habló con todos los hombres y luego salió deprisa.

Es un buen plan, dijo la Voz mientras Szeth entraba en el último edificio de la hilera. *Me enorgullezco de ti.*

—El general no llegaría tan lejos —susurró él.

¿Estás cumpliendo las órdenes?

—Al pie de la letra —dijo Szeth.

Entonces, ¿de qué puede quejarse?

Esos últimos años había atesorado lo que le había dicho el portador de Honor. Obedecer las órdenes. Solo que... había muchísimo margen. Tenía orden de proteger los pueblos. Seguramente el general querría una exhibición de fuerza para ahuyentar a los incursores, pero, si Szeth hacía eso, se limitarían a buscar algún otro pueblo indefenso que asaltar. Ya había sucedido otras veces.

Aunque no lo hubiera parecido al principio, lo que le había dicho el portador de Honor, que obedeciera las órdenes hasta allá donde las comprendiera, volvía a poner la carga en hombros de Szeth. En los últimos tiempos le habían dicho que mostrara iniciativa, que fuese un líder. Esas palabras tenían que significar algo. Iba a demostrarle al general que era capaz de algo más que obedecer órdenes, que podía destacar en ellas.

Hasta el último de sus soldados estaba en posición, con la mirada gacha y polvo en la cara. Preparados para la trampa.

El general no tiene respuestas, dijo la Voz. *Solo tú tienes respuestas. Las que encuentras, las que creas para ti mismo. Eso es bueno. Tú eres bueno.*

Szeth asintió, agachado en el interior del umbral, levantando las cuentas que cubrían la entrada para escrutar el mar en dirección a los barcos que se acercaban, acechando como sabuesos-hacha salvajes a la caza, sombras que se movían por el agua. Cinco años desde la visita de los portadores de Honor. Cinco años trabajando en el matadero cada semana. Cinco años saliendo a patrullar. Ahora comprendía por completo las debilidades de quienes añadían. El granjero, por mucha cauta sabiduría que mostrara, tenía miedo de los extranjeros. Sus órdenes al general eran demasiado pasivas.

Ambos temían enemistarse con los caminapiedras, así que la situación había empeorado con los años. Más incursiones. Más robos. En tiempos recientes, la oportunista captura de esclavos. El granjero había empezado a dejar mercancías como una especie de tributo, confiando en que unos mayores beneficios evitarían que el enemigo se llevara a esclavos.

No iba a funcionar. La Voz le aseguraba que solo lo empeoraría todo

A Szeth le habían dicho que mostrara iniciativa, y le parecía oír las palabras que no estaban diciéndole. Querían que alguien les resolviera aquel problema.

Szeth entornó los ojos. Conocía esa sensación.

Hoy, dijo el spren, *aprenderán*.

Salió del edificio. Se detuvo junto al agua y sacó una piedra del mar. Para que le diera suerte. Los pescadores tenían permitido caminar sobre la arena por su tamaño, aunque utilizaran muelles de madera para evitar las piedrecitas. A Szeth le gustaba llevarlas encima un tiempo antes de depositarlas en el bosquecillo que había cerca del campamento.

Con la piedra de la suerte guardada, rodeó el edificio y eligió un escondrijo en su parte trasera. Se palpó el cinturón para comprobar que llevaba el cuerno, liso, frío, listo para invocar sus reservas desde el valle cercano. Tendría que encargarse de anular la trampa si alguna cosa le olía mal. Así que observó, ansioso, mientras los barcos se quedaban quietos en la bahía. De ellos salieron barcas como un enjambre de mosquitos, que se deslizaron cada vez más cerca impulsadas por remos sobre la espejada superficie. Ya casi habían llegado...

Sonido a su derecha.

Szeth se volvió y distinguió, para su horror, a un niño pequeño que vestía un toque verde en forma de brillantes calcetines, recorriendo el pueblo a hurtadillas. ¿Cómo podía ser? ¡Si los lugareños estaban evacuados por orden del granjero! Pero, antes de que Szeth pudiera ir a llevarse al niño de allí, oyó los gritos guturales de unos forasteros. La salpicadura de hombres saltando desde barcas, el raspar de sus quillas con la arena al tirar de ellas hacia la costa.

Al niño le entró miedo y se quedó agachado contra un edificio. Qué idiota. ¿Cómo se le ocurría meterse en aquel peligro?

¿Cómo se te ocurrió a ti aquel día, Szeth?, preguntó la Voz. *Quizá ese niño se dejara aquí algo a lo que le tenía mucho aprecio.*

Szeth observó con creciente tensión mientras los caminapiedras saqueaban el pueblo. Arrancaron las cuentas de las puertas y se lanzaron risotadas entre ellos cuando encontraban las ofrendas. Esa vez no eran solo mercancías, sino también algunos esclavos débiles y desaliñados. Hombres a los que alguien había enseñado a decir una única frase en el idioma caminapiedras: «Ahora somos vuestros».

—Por favor, spren de las lunas —susurró Szeth—, que no sospechen. Que no cuestionen.

Sucederá lo que yo desee, respondió la Voz a la plegaria.

Los forasteros empezaron a llevarse a los esclavos a sus barcas, a echarse a hombros las sacas de aceite, a acarrear las cajas de caparazones con gesto triunfal. No por primera vez, Szeth se preguntó si habría gente que añadía entre los extranjeros. ¿De verdad aquellos soldados no tenían ningún granjero que los controlase?

Hombres que sustraían sin ninguna supervisión en absoluto por parte de mentes más calmadas. La idea lo perturbaba.

Szeth se negó a permitirse la calma, incluso aunque el enemigo hubiera mordido el anzuelo y estuviera riendo y bromeando en su retorcido idioma. Uno encendió una antorcha, dispuesto a lanzarla sobre las casas. Otro caminapiedras le dio un bofetón, gritando algo, y tiró la antorcha al mar, donde se apagó con un siseo.

—¿Qué están diciendo? —preguntó Szeth, deseando haber recibido el entrenamiento en lenguas que les correspondía a los chamanes.

Con tanto aceite alrededor, el líder teme que un incendio pueda descontrolarse.

Lástima. Szeth había creído que estaba teniendo clemencia por el pueblo. Se volvió para mirar a través de la oscuridad hacia el chico, que había sido lo bastante listo para permanecer en silencio. A todas luces temeroso, acurrucado contra la pared, a la sombra de la luz azul claro de la Segunda Hermana en lo alto.

Szeth necesitaba que esos soldados se retiraran con su botín, para poder pasar a la siguiente fase del plan. Por desgracia, mientras algunos de ellos empezaban a salir remando al mar, su líder les ladró algo a otros hombres, que empezaron a explorar la zona. ¿Qué podrían estar buscando? Todas las casas del pueblo estaban dispuestas de cara al mar, y por detrás solo había algunos cobertizos y pequeños pastos.

Por lo visto, querían exprimir hasta la última gota de aquella incursión. Unos pocos agarraron pollos de un corral, y otro abrió una caseta de una patada. No había bisagras, así que los tablones estaban cortados a medida para encajar deslizándose. Despreciando a aquellos hombres por su avaricia, Szeth se internó todavía más en la oscuridad de su escondrijo. Hasta que vio a hombres dirigiéndose hacia la posición del chico. Entrarían en aquella choza y, a juzgar por los gemidos que daba el niño…

Ya sabes lo que tienes que hacer, le dijo la Voz.

Szeth se levantó.

Me refería a que tienes que quedarte escondido, Szeth, y dejar que el chico sufra las consecuencias de sus actos. La Voz sonaba molesta. Pero ¿cómo podía enfadarse, si no le explicaba bien lo que quería?

Szeth salió al centro de la calle, haciendo que los forasteros gritaran. Los que estaban más cerca del chico sacaron armas y apuntaron con ellas hacia Szeth, que, fingiendo miedo, se encogió. Arrojó sus espada hacia ellos y se puso de rodillas.

Estás haciendo una apuesta peligrosa, dijo la Voz.

—Se han llevado a los demás como esclavos sin cuestionarlo.

Hombres desarmados y debilitados con el tiempo. Tú sí que podrías darles miedo. Deberías *darles miedo.*

No se lo daba. Estaban acostumbrados a ver debilidad en el pueblo de Szeth, incluso en sus soldados. Los hombres rieron y uno recogió la espada de Szeth y dijo algo que, pese a no entender el idioma, sonaba desdeñoso. Los forasteros no tenían muy buen concepto de la metalurgia shin.

Capturaron a Szeth, le quitaron la armadura y lo ataron. Luego todos los hombres que habían estado registrando la calle secundaria se lo llevaron hacia una de las barcas, dejando al niño escondido.

Los caminapiedras olían fatal, a aceite y sudor. Llevaban pieles para calentarse cuando navegaban, pero la ropa de debajo era... bueno, ordinaria. Colorida, de hecho. Túnica con peto y rodilleras de cuero. Cascos metálicos.

Muchos se habían dejado una fina barba negra que ataban con cordel, y lo obligaron con brusquedad a sentarse en la pequeña barca. Lo transportaron sobre las aguas calmadas, remando hacia el más cercano de los tres barcos. Le habían dejado su cuerno, pero no hizo ningún intento de soplarlo. El plan, pese a sus propios problemas, estaba yendo bien. Con un poco de suerte, ninguna de sus unidades de reserva, aunque estuvieran observando, atacaría en un intento estúpido de rescatarlo. Con un poco de suerte, no había echado a perder la operación entera por proteger a un niño tonto.

«Pero, si no es por proteger a niños tontos —se dijo Szeth—, ¿para qué estoy aquí?».

Al llegar al barco, usaron cabestrantes para izar a bordo la barca en la que lo llevaban y sacaron a Szeth a cubierta, donde un hombre que llevaba ropa de buena calidad, con un largo chaquetón encima, lo miró de arriba abajo. Sería el capitán. Szeth vio que empujaban a varios de sus soldados por la escalera que bajaba a la bodega, como ya sabían que iban a hacer por lo que les habían contado algunos esclavos huidos de anteriores incursiones. El botín, tanto material como humano, se repartía a partes iguales entre los barcos y se almacenaba en sus oscuras entrañas. Pero todos los hombres de Szeth llevaban una pequeña cuchilla escondida en la boca para cortar sus ataduras.

El capitán se apoderó del cuerno de Szeth y ordenó a otros que registraran sus bolsillos, donde encontraron la piedra de la suerte que había recogido. Se emocionaron al verla, y por un momento Szeth no supo lo que pasaba.

Creen que es una piedra jurada, le explicó la voz. *Que ya eres un esclavo entre tu propia gente.*

Una piedra jurada. Szeth había oído hablar de aquella práctica, con la que se concedía una última oportunidad a un soldado que de otro modo estaría condenado sin remedio. Se les permitía hacer un juramento sobre una piedra sagrada y luego cumplir un servicio. Era lo bastante infrecuente como para que Szeth nunca hubiera visto a ninguno de ellos.

—¿Y una piedra tan pequeña podría ser jurada? —preguntó.

La mayoría son menores, dijo la Voz. *Es una costumbre curiosa de tu pueblo, una que he fomentado. Apruebo los juramentos. Irrompibles, atando tu voluntad a las personas a las que sirves.*

El líder de los incursores ladró unas órdenes a Szeth. Como respuesta, Szeth flaqueó, sujeto por sus hombres, tratando de encontrar un equilibrio mientras el barco se mecía. Las demás barcas ya estaban todas descargadas.

Sonaron cuernos lejanos desde las reservas. La señal. Excelente. La gente del barco escudriñó la costa. El capitán se limitó a reír, porque ya tenían su botín. Dio unas voces a sus hombres, que empezaron a preparar el barco para navegar.

Al capitán le hace gracia, dijo la Voz. *Considera que dejar esclavos y ofrendas es signo de cobardía, y cree que las fuerzas que llegan solo están fingiendo hacer algo ahora que el peligro ha pasado. Como un perro rugiéndole a la valla cuando el desconocido ya ha dado media vuelta. Cree que saquear aquí cada temporada lo hará extremadamente rico.*

Szeth asintió, notando crecer su nerviosismo mientras aguardaba, esperanzado. Había llegado el momento. Ya no tardaría en…

Empezaron a salir volutas de humo de un barco. Llegaron chillidos, y entonces las llamas atravesaron las ventanas y el humo se alzó desde la cubierta y en meros momentos ya había convertido el barco en una columna negra, con solo una fantasmal luz anaranjada debajo revelando la presencia de llamas dentro. Szeth contuvo el aliento hasta que vio a hombres shin desprovistos de armadura arrojándose al agua desde el barco en medio de la confusión.

Sus soldados habían ejecutado el plan. Se habían liberado usando las cuchillas, habían matado a quienes estuvieran vigilándolos y luego habían esparcido y encendido el aceite. Hecho eso, ya podían desvanecerse en la noche. A los pocos momentos sonaron gritos en la cubierta del barco donde estaba él y empezó a oler a humo. Unos segundos después empezó a filtrarse, espeso y negro, entre los tablones bajo sus pies.

Los hombres de cubierta, aterrorizados, arrancaron los ojos de la horrible vista de su nave hermana ardiendo al comprender que ellos eran los siguientes.

Perfecto. Szeth se zafó de sus aturdidos captores y rodó sobre la cubierta. Derribó a un marinero embistiendo contra él, bajó agachado los peldaños hasta la bodega y se alzó tras otro hombre que luchaba contra alguien allí abajo. Le atizó una patada en la espalda que lo proyectó hacia delante sobre la espada de Lumo-hijo-Tumo.

—¡Piedras Desconsagradas! —exclamó Lumo, y la luz del creciente fuego de más abajo reveló un confuso rostro shin—. Señor, ¿qué estás haciendo tú a bordo?

—Vigilando que hagáis bien las cosas —dijo Szeth, volviéndose—. ¿Un poco de ayuda?

Lumo cortó las cuerdas con las que Szeth estaba atado, permitiéndole recoger el sable del marinero caído. Hoja curva. Szeth no estaba acostumbrado a usarlas. Hizo un asentimiento hacia los miembros del grupo de asalto y salieron todos en tropel de la bodega a cubierta… para encontrarla cas vacía. Los marineros habían saltado por la borda, capitán incluido. Szeth supuso que se habrían dado cuenta de que la embarcación era irrecuperable.

—Uníos a las reservas que vigilan la playa —ordenó Szeth a los hombres—. Si algún marinero se cuela tierra adentro, podría matar a decenas.

—¡Sí, señor! —respondieron al unísono, y cuatro de ellos saltaron al agua mientras el aire se ennegrecía de humo cada vez más.

Lumo titubeó junto a la regala.

—¿Señor?

Szeth estaba observando aquel tercer barco. Los marineros caminapiedras estaban nadando en su dirección. Allí no había humo.

—¡Señor! —exclamó Lumo entre toses—. ¡No puedes quedarte aquí!

—¡Vete! —ordenó Szeth, notando la oleada de calor cuando las llamas lamieron la escotilla de cubierta.

Lumo se negó a marcharse y permaneció a su lado. Era raro que allí fuera, entre aquellos hombres, las mismas actitudes de Szeth que antes le granjeaban desprecio despertasen lealtad. Él no había cambiado. Seguía siendo una persona callada, que prefería no hablar cuando todos los demás estaban tan llenos de palabras. Seguía entrenando incansable, y no se disculpaba por la habilidad resultante.

Y esos hombres lo adoraban por ello. Parecía que Szeth había encontrado a tres tipos de militares distintos en su vida. Uno lo representaba el soldado corrupto al que había matado. Otro eran los del campamento, que disfrutaban de una vida fácil. Y el último tipo estaba allí fuera, entre las tropas asignadas a defender la costa.

A ese tercer grupo no le importaba que Szeth fuese áspero, que los derrotara practicando la esgrima o que los regañara. No mientras supiera pelear. Porque un hombre que mantenía vivos a sus compañeros se ganaba el respeto de todos ellos.

Y cinco de los hombres que respetaban a Szeth estaban en aquel último barco. Se volvió y cruzó la humareda con esfuerzo, seguido entre toses por Lumo. Szeth cogió el chaquetón del cadáver que estaba en la escalera y luego tiró de Lumo para sacarlo al aire limpio, del que ambos dieron profundas bocanadas.

—Nada hasta la costa —dijo a Lumo—. Yo tengo que ir a por Jathen y los demás. Si no vuelvo, dile a Cade que está al mando.

—Sí... —respondió Lumo, aún sin aliento—. Sí, señor.

Szeth lo empujó por la borda del barco y luego cruzó la cubierta a la carrera mientras se ponía el chaquetón, para saltar desde el otro lado. Cayó al agua, fría y vigorizante, aunque la sal le picó en los ojos y le llenó la boca. Seguía siendo mejor que el humo.

No había aprendido a nadar hasta después de entrar en el ejército, pero, igual que con todas sus lecciones, le había puesto entusiasmo a la práctica. Aun así, era difícil moverse llevando chaquetón e intentando acarrear una espada en una mano. Incluso con el mar tranquilo, le dio la impresión de estar luchando por cada centímetro. Avanzando bajo el agua, oyendo el fragor de las olas, se unió a los caminapiedras que nadaban hacia el último barco restante, confiando en que el chaquetón y la oscuridad de la noche ayudarían a que se hiciera pasar por uno de ellos.

Nadó, bajo la negrura, sobre un oscuro vacío acuoso lleno de sonidos fantasmales. Hasta llegar a la cadena del ancla del barco enemigo. Otros hombres estaban trepando por cuerdas que les arrojaban por la borda, pero Szeth agarró los eslabones y subió apartado del resto, aupándose a pulso, con la espada metida por el cinturón. Con los músculos tensos y el chaquetón robado chorreando, llegó al hueco del ancla. Se alegró de ver que los lados del barco tenían muchos salientes y adornos de madera. Ascendió por ellos hasta pasar al otro lado de la regala.

El aire olía un poco a humo por las embarcaciones que ardían cerca, pero aquella nave no estaba en llamas. Vio que sus cinco soldados estaban en el centro de la cubierta, atados al mástil, sentados con la cabeza gacha. A la luz de unas brillantes lámparas blancas, profanas, ya que el lugar de las gemas eran los monasterios, vio sangre en el suelo. Por lo menos uno de sus hombres tenía la nariz rota. Pero se movían, gimiendo. Había llegado a tiempo.

Por desgracia, allí había también unos veinte incursores caminapiedras, ayudando a más a subir desde el agua.

¿Qué vas a hacer?, le preguntó la Voz a Szeth. Tengo curiosidad por tu valiente decisión. ¿No estás asustado?

Miedo. Szeth nunca parecía sentir esa emoción tan intensamente como los demás. Siempre había demasiadas cosas pasando, demasiadas de las que preocuparse, para tener miedo. Pero sí que estaba nervioso mientras cruzaba la cubierta, sacando la espada robada. Mantuvo la cabeza baja y anduvo a trompicones, como si estuviera agotado de nadar.

Fue un error. Uno de los que estaban en cubierta se volvió para ayudarlo, y al instante identificó lo que era. Szeth tenía la piel más clara que cualquiera de aquellos incursores, el agua le había limpiado el hollín y el barco estaba demasiado bien iluminado. Szeth alzó la espada amenazante, pero ¿quién iba a dejarse intimidar por un solo hombre? Varios de ellos empuñaron sus espadas y fueron a por él.

No había viento, pero Szeth bailó de todos modos.

Hasta entonces, siempre se había contenido. Los combates de práctica o los encontronazos rápidos con enemigos no le habían dado nunca la oportunidad de ser de verdad aquello para lo que había entrenado. Entre sus propios hombres, Szeth era casi intocable. Los incursores enemigos demostraron ser menos diestros. Cayeron extremidades. Se oyeron chillidos. La sangre se mezcló con el agua en la cubierta, iluminada por el resplandor demasiado regular de las lámparas de gemas.

Szeth se convirtió en la muerte por primera vez. Antes solo había tomado prestada aquella oscuridad. Esa noche, la abrazó. Tres... cuatro... siete hombres derribó. Imparable.

Hasta que sintió un leve golpecito en la espalda, cerca del costado izquierdo. Pensó que habría tropezado con algo y, al bajar la mirada, vio una punta de espada saliéndole por la tripa. Entonces afloró el dolor, y le arrancaron la espada de dentro. Szeth tropezó y cayó de rodillas, aturdido, y vio que de la herida fluía sangre y algo más oscuro y repugnante, que le embadurnaba la mano.

Una parte de su mente se negó a creerlo. Sus enemigos podrían haber acabado con él sin problemas mientras estaba allí arrodillado, tocando sus propias vísceras, embotado por lo incongruente de la experiencia.

¿Sabes por qué hay tan pocos maestros espadachines auténticos, Szeth?, preguntó la Voz.

Szeth alzó la mirada a través de la cubierta del barco, y una parte de él reparó en que los caminapiedras seguían asustados de él. Había dejado ocho cuerpos contrayéndose en la madera con su breve y explosivo ataque. El hombre que le había clavado la espada estaba herido también, y se había apartado trastabillando, llamando a amigos mientras se apretaba una mancha oscura en el muslo.

Es por lo graves que son las consecuencias de los errores, dijo la Voz, *como si hablara del tiempo. Incluso los mejores luchadores deben afrontar batallas donde los caprichos del destino pueden dejarlos muertos en un solo instante. En la verdadera batalla, nadie tiene ocasión de aprender de sus errores.*

Szeth se derrumbó en la cubierta y los ruidos de los gritos, de las olas contra el casco, de sus propios gemidos... se suavizaron. Amortiguados. ¿Los sonidos podían desenfocarse?

Tú pareces prometedor, dijo la Voz. *¿Querrías otra oportunidad, Szeth?*

—Sí —susurró él—. Por favor.

La lámpara más cercana se apagó. Un momento después, Szeth notó que sus fuerzas regresaban. Se apretó la mano contra la herida y la encontró cerrada.

Por esta única vez, dijo la Voz, *te restauro. No muchos tienen ocasión de vivir por segunda vez. Esto no te lo has ganado. Te lo he concedido yo. Recuérdalo.*

Szeth se puso de pie.

Y también debes aprender del error. ¿Qué has hecho mal?

Szeth aferró su espada, pero varios incursores ya se habían fijado en él. Estaban llamando a sus amigos. Szeth podía convertirse en la muerte otra vez o...

Se volvió y cortó las cuerdas que sujetaban a Jathen y a su hermano contra el mástil. Envió una espada caída hacia ellos de una patada y les gritó:

—¡Soltad a los demás!

Con un poco de suerte, no les habrían hecho demasiado daño. Sí que empezaron a moverse al oír su orden, pero la atención de Szeth debía centrarse en los enemigos. De nuevo luchó con todo su ahínco. Pero esa vez, antes de que lo rodearan, sus hombres empezaron a apoyarlo. Cuatro se habían levantado y estaban luchando.

A los pocos segundos, tuvo lugar un acontecimiento pasmoso: los enemigos empezaron a soltar las espadas y suplicar piedad. Szeth, confuso, miró alrededor por la cubierta llena de saqueadores caminapiedras exhaustos, heridos y empapados.

—Es cierto —susurró Szeth—. Estos no eran los mejores de ellos, ¿verdad?

Te costaría sudor y sangre encontrar a soldados verdaderamente capaces entre el pueblo de Steen hoy en día. Viaja a Azir y verás algo muy distinto.

Szeth no conocía ninguno de esos lugares, pero de todos modos ordenó a sus hombres reunir las armas entregadas. Luego indicó a los incursores que llevaran a sus heridos a un lado del barco, donde les permitió atenderlos. ¿Qué hacer a continuación? Su objetivo había sido destruir los tres barcos, no capturar una tripulación al completo.

—¿Cómo está Athszen? —preguntó Szeth cuando Jathen fue junto a él.

—Atontado por la paliza —respondió el soldado—, pero creo que se recuperará. Señor, gracias por venir a ayudarnos. De verdad.

Szeth asintió.

—¿Qué... qué hacemos ahora? —preguntó Jathen.

—Preparad una barca de esas para nosotros seis —dijo Szeth, todavía empuñando una espada hacia los cautivos—. Coge esos arcos que hay en el soporte, a ese lado, y después ayuda a Athszen y los demás a subir a la barca.

Jathen se puso a trabajar. Los hombres de Szeth tenían algo de práctica con el remo.

—¿Qué hago con ellos? —susurró a la Voz.

Dependerá de lo que busques. ¿Venganza?

—Un poco —dijo Szeth—. Pero, sobre todo, quiero que dejen de saquearnos. Que se marchen y no vuelvan nunca.

La mejor manera de conseguir eso es que te teman. Pero eso implica dejar que este barco escape. Es peligroso, porque tienes las mismas posibilidades de inspirarles ira. Iniciar un ciclo de venganza. Podrían regresar con seis barcos la próxima vez.

—¿Y cómo lo impido?

¿Hasta dónde estás dispuesto a llegar?

Szeth pensó en los años que había pasado yendo al matadero.

—Supón —respondió— que estoy dispuesto a lo que haga falta.

Bien. Sí que merecía la pena darte esa segunda oportunidad, Szeth. E que te ha clavado la espada es su capitán. Enséñale la herida curada y repite las palabras que te diré.

Szeth llegó delante del hombre y se levantó la parte cortada y ensangrentada de la camisa para revelar la piel sanada. La Voz dijo unas palabra en su mente que Szeth no entendía, pero repitió los sonidos como bie pudo.

El capitán y los que tenía alrededor retrocedieron, horrorizados.

—¿Qué les he dicho? —preguntó Szeth.

Les has dicho que eres uno de los Jinetes de la Tormenta. Que has sabido de las incursiones a esta tierra y por fin has traído aquí a tus inmortales para detenerlos.

—No sé lo que son los Jinetes de la Tormenta.

Leyendas de su pueblo, dijo la Voz. *De hace mucho tiempo, cuando tu gente abandonó su tierra y caminaba sobre la piedra. Cuando los shin erais unos guerreros temibles.*

—Cuesta creer que alguna vez se diera ese caso —reconoció Szeth.

Es posible para cualquier pueblo. Los humanos son humanos, sea cual sea su tierra natal. La mayoría de las regiones de este continente han sido famosas por su habilidad en batalla en uno u otro momento. Ahora quizá sean los alezi o los veden, pero en otro tiempo fuisteis vosotros.

A Szeth le resultó curioso.

Y ahora, dijo la Voz, *elige a uno de ellos y clávale la espada justo donde te la han clavado a ti.*

Szeth titubeó. Sería una... mala forma de morir. Larga, dolorosa.

Has dicho que harás lo que sea.

—¿Por qué eso? —preguntó Szeth.

Para que vuelvan corriendo a casa, esperando que a esa persona la vea un médico. No funcionará. Si no hubiera matado las bacterias invasoras de tus tripas, habrías muerto.

Szeth no conocía la palabra «bacterias», pero captó el significado de todos modos. Dudó, pero entonces oyó los sonidos del matadero y supo en qué se había transformado. Mejor aquella gente que la suya. Le clavó la espada no a uno, sino a dos marineros, para asegurarse de que el mensaje llegaba a su destino.

Antes de que los demás se alzaran y atacaran, creyendo que Szeth estaba ejecutándolos, dio un paso atrás y repitió las palabras que le proporcionó la Voz. Una advertencia a aquellos hombres de no regresar jamás, y el encargo de difundir el aviso. Las costas shin habían dejado de ser objetivos fáciles.

Por cada barco que llegara, crecería la cantidad de incursores a los que eligiera para una muerte lenta y dolorosa.

Dejar las palabras lo dejó sintiéndose... embotado. Como si sus emociones hubieran sufrido la misma distorsión sofocante que los sonidos de antes. Se unió a sus hombres en la pequeña barca. Jathen había averiguado cómo funcionaba el mecanismo que la bajaba al agua.

Mientras remaban hacia la costa, sin que cayesen flechas sobre ellos, Szeth vio al capitán de pie en cubierta, observándolos.

—¿Puedes hablarle a la mente? —susurró Szeth a la Voz.

No puedo, pues mi vínculo es solo con la gente de tu tierra.

—Lástima —respondió Szeth—. Habría querido que le dijeras que estoy vigilándolo. Una voz en su mente le llevaría ese miedo más al fondo.

Quizá haya algo que pueda hacer. Lo comprobaré.

Al poco tiempo, Szeth llegó junto a sus soldados, que estaban celebrando la victoria en la playa. Sus bajas eran inexistentes aparte de unos pocos heridos, y sus enemigos estaban derrotados. Szeth no lo celebró con ellos, ni con los pescadores que llegaron entonando vítores y trayendo cerveza y comida para sus protectores. A sus hombres no les importó que se marchara. Sabían que nunca participaba en acontecimientos como aquellos.

De modo que Szeth se plantó de pie en la playa y vio cómo ardían aquellos dos barcos antes de empezar a irse a pique. Se quedó allí hasta que, como esperaba, un grupo de jinetes bajó cabalgando desde el monasterio. Lo que no había anticipado era que su padre fuese con ellos. Neturo llegó corriendo hasta él, miró la sangre en la ropa de Szeth y luego lo abrazó.

—Szeth —dijo Neturo, aunque él sintió lejana la calidez del abrazo—, ¿qué has hecho?

¿Había… horror en la voz de su padre? Szeth se apartó, intentando leer las emociones del hombre más mayor.

—He protegido nuestras costas —dijo—. He hecho lo que se me ordenó.

—¡Te has pasado! —exclamó el general desde atrás—. ¿Quemar sus barcos? ¡Vendrán con otro centenar!

—Me he asegurado de que no lo hagan, señor —respondió Szeth, sintiendo crecer la frustración en su interior.

—No deberías haber tomado esa decisión.

—Pero he respetado la cadena de mando —replicó Szeth, enfureciéndose aún más—. Se me ordenó proteger las costas. La orden venía de ti. Me pediste que patrullara y que buscara una estrategia. ¡Y eso he hecho! He hecho exactamente lo que se me ordenó.

—Te has cargado demasiado peso encima, hijo —dijo Neturo.

—¡Piedras! ¿Y cómo quieres que lo sepa? —casi gritó Szeth, exasperado.

Neturo lanzó una mirada hacia el general, iluminado por una lámpara titilante. Allá fuera, en la bahía, la última luz se apagó cuando el barco en llamas por fin se hundió bajo la superficie. Permitiendo que la luz de luna se reflejara en el agua cristalina, dominante de nuevo, el fuego ya solo un recuerdo.

—Szeth, preséntate en el campamento —dijo el general—. Tendré que… buscar la sabiduría de mentes mejores que la mía para decidir qué haré contigo.

Soy muy consciente de que, si conocieras mis planes, no podrías evitar interferir. ¿Acaso no es tu costumbre?

Adolin circulaba entre los soldados durante su hora de la comida, visitando un subcampamento menor tras otro. Nunca había tenido buena cabeza para los números ni las palabras. A menudo se sentía tonto cuando oía conversar a las mujeres, o incluso, por extraño que pareciera, cuando lo hacían Shallan y Kaladin. Seguía el hilo de lo que decían, pero se le escapaban las implicaciones tácitas.

Pero sí que había una cosa para la que tenía buena cabeza, y eran los nombres. La gente siempre decía que se le daban fatal los nombres; Adolin lo había oído un montón de veces. Y a él también se le habían dado mal. Pero, por lo que él había visto, ser malo con los nombres era como ser malo con las espadas. La mayoría de la gente podía aprender si se esforzaba lo suficiente.

Los nombres eran importantes. Adolin lo había aprendido cuando le estrechó la mano a un lancero y recordaba su nombre, y entonces vio un cierto brillo encenderse en sus ojos. Daba igual que la gente fuese ojos claros u oscuros. Aprender los nombres tenía un precio, porque luego Adolin conocía los rostros de los caídos. Pero era un precio que estaba dispuesto a pagar una y otra vez, porque, si ibas a morir por alguien, ya puestos al menos que fuese por alguien que sabía quién eras.

Los hombres de su parada actual estaban atrayendo risaspren, como pececillos plateados que volaban en círculo, mientras Adolin les contaba la historia de cuando llegó a un baile y resultó que llevaba puesto el pantalón al revés. Luego escuchó sus preocupaciones y sus quejas y les prometió que haría algo sobre los intendentes rácanos y la sosa comida creada por moldeado de almas. Les preguntó por sus familias, sus seres queridos, sus pasiones, y se esforzó al tormentoso máximo en recordarlo todo.

Porque Adolin Kholin era malo en toda una enorme pila de cosas. Pero se negaba en redondo a permitir que la gente fuese una de ellas.

Pasó a otro grupo y volvió a escuchar la misma historia que en todos los anteriores. Apenas era el tercer día de la campaña y ya empezaban a estar todos para el arrastre. La mayoría de las guerras no eran una lucha constante, sino escaramuzas ocasionales o enfrentamientos masivos. Aquello era diferente. Era un esfuerzo riguroso y continuo, que exigía estar alerta porque la batalla podía venir en cualquier momento. Y eso pasaba factura.

Era relativamente fácil exacerbar y energizar el ánimo de las tropas si solo había una batalla decisiva que ganar. Era posible mantenerlas emocionadas para una sucesión de escaramuzas, como en las Llanuras Quebradas, si había gloria que obtener y una buena estructura de apoyo en el campamento de guerra. Aquel asedio prolongado pero agresivo era otra cosa muy distinta. La escasez de defensores significaba turnos frecuentes en el interior de la cúpula. Significaba contener a un enemigo, en vez de conquistar mesetas o ganar terreno. Los asaltos más celebrados eran aquellos en los que no cambiaba nada, y aun así los soldados regresaban a los campamentos en menor número.

Así que Adolin lo contrarrestaba como mejor podía: con historias sobre pantalones del revés y momentos en que otros soldados lo inspiraron. Con recordatorios de victorias ganadas. Y llamando por su nombre a tanta gente como alcanzaba a recordar. No era como lo habría hecho su padre. Dalinar les hablaría de reino, rey e ideales, sin tratar de ser un comandante carismático. Exhortaría a los soldados a luchar por algo, no por alguien. Porque si ese alguien caía, el método de Adolin podía llevar al caos, mientras que una nación o un ideal quizá sobreviviría a la muerte de cualquiera.

Era un método de liderazgo práctico y razonable. De no ser por el hecho de que ninguno de aquellos soldados, en el fondo, luchaba realmente por su país ni por sus ideales. No en esos momentos. Quizá fuese la razón de que se hubieran alistado, y quizá fuese por lo que *decían* luchar. Pero en el sudor y la sangre y la confusión y la tormenta de la batalla, no combatían por nada de eso. Combatían unos por otros.

Cuando uno se enfrentaba a la muerte, la gente era lo importante.

Adolin salió con paso pesado del último subcampamento, llevando consigo la inquietante visión de tantos asientos vacíos. ¿Cuánto tiempo hacía desde que se había sentido confiado en aquella guerra? No en el caso específico de Azimir, sino en la guerra general contra los cantores. Aquello estaba empezando a afectarlo. Se detuvo de golpe y miró hacia aquella cúpula de bronce y piedra. Dentro, un enemigo astuto e implacable seguía construyendo fortificaciones más y más grandes mientras la gente de Adolin zumbaba rodeada de agotaspren.

Y aún quedaban cinco días.

«Nos reforzarán —se dijo—. Ya no falta mucho. Solo hay que aguantar hasta entonces». Por el momento no había novedades sobre la fuerza fantasmal que hostigaba al ejército, que al parecer, y por suerte, seguía avanzando.

Consultó la hora mirando el reloj de brazo de su tía. Más tarde iba a llegar una alta tormenta, pero entretanto había unas cuantas cosas que Adolin podía hacer para ayudar en la batalla. Una era llenar esos asientos. Sí, su defensa dependía de tener las mejores tropas posibles luchando, ya que en un espacio reducido no podía desplegar a muchos soldados. Pero tener a alguien ocupando un puesto era mejor que no tenerlo. Cuando el enemigo avanzaba, había que taponarles el camino. Así que se reunió con Colot en una extensa zona de preparativos, sobre el empedrado de delante de la cúpula, donde se habían congregado varios centenares de personas.

El ejército azishiano tenía todo tipo de reglas de reclutamiento. Tenían exámenes de admisión, nada menos. La tropa resultante era diestra, disciplinada y bien pagada, lo que hacía de la carrera militar una excelente opción. Pero no estaban preparados para unas levas, ya que nunca aceptaban a gente de fuera.

En cambio, Adolin... bueno, los alezi eran un tipo distinto de fuerza de combate. Su propia guardia de honor estaba compuesta por soldados de todo el mundo, y su padre lo había entrenado en una táctica que llevaba siglos siendo una tradición alezi: reclutar como si te fuese la vida en ello. Adolin sonrió, recordando cuando Teleb le contó cómo se había unido al ejército de Dalinar. Quizá el padre de Adolin hablara siempre de gente luchando por una causa o un reino, pero su éxito se debía en no poca medida a su propio magnetismo personal.

—¿Qué tenemos, Colot? —preguntó Adolin, echando un vistazo a las filas de posibles reclutas.

—Tenías razón y aquí hay mucho material. Para entrar en el ejército azishiano hay que ser listo de una manera muy concreta, lo que deja fuera a mucha gente. —Calló un momento—. Menos mal que somos tormentosos alezi, o a ver cómo nos las apañábamos.

Adolin sonrió.

—He hablado con Kushkam. Por lo visto, el objetivo específico de los exámenes de ingreso no es comprobar la inteligencia, sino que son una excusa para descartar a malhechores. Aquí tendremos a mucha gente que no lo ha intentado nunca, pero estate atento a quienes hicieron el examen y suspendieron. Algunos de ellos serán demasiado violentos, o indisciplinados, y los expulsarían por eso, dijeran lo que dijeran sobre la razón oficial.

Colot gruñó.

—Es una forma rara de hacerlo, en todo caso.

—¿Has hecho alguna selección ya?

—Siempre se lo toman mejor viniendo de ti.

Estupendo. Adolin le hizo una seña a Challa, su escriba del día, para que lo siguiera. Era una chica joven, como las otras protegidas de May, bizqueaba un poco y siempre llevaba un trozo de madera con el que juguetear. En tiempos de desespero, la gente hacía cosas desesperadas, como presentarse a unas levas cuando no estaba en condiciones de luchar. Si había una batalla en marcha cerca, las personas sentían una necesidad creciente de hacer algo. Algo que no fuese quedarse escondidas en casa.

Eso Adolin lo respetaba. Y también había otro argumento convincente a favor: si el destino de la nación estaba en juego, ¿no querría a todos los reclutas que pudiera conseguir? El problema era que Adolin tenía limitada la cantidad de gente a la que podía entrenar y equipar, y debía aprovechar al máximo aquello de lo que disponía. Además, necesitaba a soldados capaces de enfrentarse a un cantor en forma de guerra sin que los lanzaran por los aires.

De modo que empezó a descartar a quienes eran demasiado menudos. No discriminó de manera consciente entre chicos demasiado jóvenes, mujeres de complexión ligera y hombres muy viejos o débiles, pero aun así tuvo que prescindir de nueve de cada diez personas en la fila. Se quedó sobre todo con artesanos de uno u otro tipo, entre ellos un puñado de mujeres de constitución robusta. Él los iba señalando, Challa tomaba nota y Colot los sacaba de la hilera.

Adolin se detuvo junto a una mujer alta, con buenos músculos, la persona más fuerte que había visto hasta el momento. Estaba en posición de firmes con la mirada fija al frente.

—¿Nombre, soldado? —le preguntó.

—Sarqqin, señor —dijo ella.

—¿De dónde has sacado esos músculos, Sarkuin? —preguntó. Tormentas, nunca pronunciaba bien ese sonido.

—De la fragua, señor. Llevaba siete años de aprendiz y acaban de darme la maestría.

—Impresionante —asintió él—. Como les he dicho a las otras mujeres, si te acepto, tendrás que vivir y trabajar junto a hombres, en lo que podrían ser situaciones incómodas.

—No será nada nuevo, señor —dijo ella—. Tengo los papeles.

¿Los papeles? Adolin titubeó y miró hacia su escriba.

—Se refiere a que ha rellenado los impresos —le susurró Challa la escriba— para vivir como hombre.

Ah, sí. Adolin había oído hablar de eso. Bueno, ya sabía que los azishianos hacían las cosas a su manera, ¿verdad?

—Me alegro de que entres, Sarkuin —dijo Adolin al hombre.

Siguió adelante, pero sí que le señaló a Colot que lo asignara a un pelotón concreto, que Adolin sabía que llevaba tiempo pidiendo a un soldado con experiencia como herrero.

Al terminar, la mayoría de la gente a la que no había seleccionado de entre las filas aceptó su destino. Seguro que muchos ya sabían que iban a descartarlos, pero se habían obligado a presentarse de todos modos. Adolin hizo que Colot les asignara otras tareas: los cirujanos necesitaban ayuda en la tienda hospital, y siempre había mensajes que enviar. Les sacaría provecho a todos, pero no iba a poner en el frente a alguien que pesaba solo veinte ladrillos para que rechazara a cantores en forma de guerra de dos metros de altura.

Dio permiso a sus sargentos para que pusieran en marcha un entrenamiento rápido. A grandes rasgos, necesitaba que aquellos reclutas supieran cómo mantener una postura y un escudo, y además esa primera instrucción podría ayudar a indicarle si había elegido a alguien que no debía. Se volvió para marcharse y se encontró cara a cara —bueno, barbilla a frente— con una chica azishiana a la que había rechazado.

Estaba mirándolo con una intensidad que podría haber perforado su caparazón.

—¿Mensajera? —preguntó casi gritando—. ¿Me asignas para que haga de mensajera?

—Siempre necesitamos mensajeros.

—¡Puedo luchar! —exclamó ella—. Seré un chico flaco, señor, pero te sorprenderé.

—¿Un chico? —dijo Adolin, observándola de nuevo—. Esto... ¿Tienes... hum... tienes los papeles?

Ella apartó la mirada. Luego maldijo entre dientes.

—No. A Aqqil no le hicieron falta. ¿Cómo lo has sabido?

Aqqil. Ese sonido otra vez. ¿Cómo lo hacían? Adolin inspeccionó a la chica, reparando en la ropa suelta, el pelo recién rapado. Tenía aquel aire de «por favor, finjamos que soy un chico para que pueda matar cosas». Como la mayoría de los ejércitos, los azishianos no reclutaban a mujeres, así que lo más probable era que esa chica hubiese dado por hecho que Adolin tampoco.

—¿Akuil? —dijo Adolin—. Supongo que es la protagonista de una historia, una chica que se disfrazó de chico y fue a la guerra, ¿verdad?

La joven asintió.

—Fue a salvar a su hermano.

—Es un cuento muy famoso —le susurró Challa desde el lado—. He leído la versión más moderna. ¡Es muy emocionante!

—Me gustaba mucho uno parecido cuando era pequeño —dijo Adolin—. Mi madre me lo leía siempre. Iba de una chica que se alistaba porque su hermano estaba demasiado enfermo para servir. Así que tú y yo tenemos algo en común, eh...

—Zabra —dijo la joven.

—Zabra. Pero lo siento. Hay trabajo para ti, pero tendrá que ser llevando mensajes.

—¿Porque soy chica?

—Porque no puedes hacer las otras tareas que necesito que se hagan. —Adolin suspiró y le indicó que lo siguiera. La joven lo hizo, aún mirándolo mal—. ¿Alguna vez has visto de cerca a un cantor en forma de guerra, Zabra?

—No —reconoció ella, correteando a su lado—. Pero sé lo que vas a decir. Son grandes. Pesan mucho. Bueno, pues eso significa que son lentos.

—La verdad es que no lo son —dijo él—. Es un error muy común. Algunos de los soldados más rápidos que conozco son también los más fuertes.

—Pero siguen muriéndose si les clavas una lanza —insistió Zabra—. El tamaño no lo es todo.

—No lo es.

Adolin la llevó a una de sus tiendas armería. Envió a Challa a buscar a alguien y agarró dos grandes escudos, de los que se sostenían al frente de una formación de picas. Lanzó uno hacia Zabra. Se puso el otro.

—Ponte en posición —le dijo—. Y párame.

Tuvo que reconocer que la chica hizo todo lo que pudo. Quizá hasta tuviera algo de entrenamiento, a juzgar por la pose y la separación de los pies.

Adolin dio un paso, estrelló su escudo contra el de ella y la envió al suelo.

—Prueba otra vez —dijo ella, tozuda, levantándose.

Él colocó su escudo y la envió hacia atrás despatarrada.

—No puedes esperar —gruñó ella, hirviendo de furiaspren— que resista contra un soldado entrenado. ¡Todavía no!

Como en respuesta, la escriba de Adolin regresó con uno de los nuevos reclutas, un hombre de veintitantos años que no destacaba en altura ni en constitución. Adolin le dio su escudo y señaló.

—A ver si puedes empujarla hacia atrás.

La chica no era rival para él. Aunque Zabra colocó bien el escudo y el cuerpo, aquel patán sin formación, pero con una genética injusta, la derribó al instante.

Adolin se acuclilló junto a Zabra, tumbada bocarriba, con el escudo caído a su lado. La verdad era que empatizaba con su frustración. Tormentas, la había sentido él mismo, al entrar en aquel nuevo mundo de Fusionados y Radiantes. En aquel mundo al revés, donde sus habilidades como duelista de pronto significaban mucho menos.

—Recuerdo —dijo— el día en que mi padre se negó a dejarme ir con él a la batalla. Recuerdo la humillación, la ira. Pero Zabra, si te pongo ahí dentro, morirá gente. Mis soldados. Tus amigos. Sin embargo... esta es tu oportunidad. Aquí se escribe tu historia. Puedes irte furiosa ahora mismo y decirte que mi estupidez ha impedido tu heroísmo.

»O puedes tomar otra decisión. Hacer lo que te pido y llevar mensajes. Aprovechar para aprender cómo funciona el ejército y ver si hay un sitio para ti. No creo que vaya a ser en esta batalla, pero es posible. Porque cada persona que despliego aquí, incluidos mensajeros y cirujanos, es una persona que corre peligro. Un soldado. Si esas líneas del frente caen, el enemigo va a irrumpir en la ciudad. Lo siguiente que encontrarán son las reservas y, s las reservas también caen... —Sacó su puñal de la vaina del costado y se lo ofreció a la chica.

»En ese caso, lo único que quedará seréis vosotros. Por los salones de las alturas que ojalá no lleguemos a eso, pero, si llegamos, tendrás tu oportunidad de sangrar. Aunque eso será solo si aceptas el puesto que estoy ofreciéndote.

—El de ser una estúpida mensajera —dijo ella.

—Zabra, ¿puedes mirarme a los ojos y decirme que quieres ser el eslabón débil de una muralla de escudos?

La chica vaciló un momento antes de levantar la mano y coger el puñal que Adolin le tendía.

—Bien —dijo él—. El primer paso para ser soldado es responsabilizarte de tu trabajo y de lo que puede costarles a los demás que no lo hagas bien. Preséntate a May Aladar. Dile que eres una nueva mensajera. Y créeme que comprobaré que le digas justo eso, Zabra. Seré tozudo, pero no soy idiota.

—Sí, señor —gruñó ella.

—Dile a May que, si cumples, ella misma puede darte algo de entrenamiento con el arco.

—¿Ella? —dijo Zabra, incorporándose.

Adolin asintió.

—Es imposible que aprendas a disparar en batalla con solo unos días de práctica, pero, si quieres vivir el sueño de huir y alistarte en un ejército extranjero, lo más probable es que esa sea tu mejor opción. Antes de eso, veremos si duras lo que el asedio. Andando, soldado.

La chica se marchó a toda prisa con el puñal en la mano. Al poco rato, Colot llegó paseando con un puñal de reemplazo.

—¿Ves cómo se lo toman mejor viniendo de ti?

Adolin gruñó mientras envainaba el arma.

—Por cierto —añadió Colot—, te toca turno en la cúpula.

Adolin no llevaba ni medio camino hacia sus armeros cuando sonaron las campanas, advirtiendo de que el enemigo estaba lanzando un asalto. Echó a correr.

Los abismoides podían cantar.

Cada una de las bestias se alzó sobre una variedad de patas, volvió un grueso cuello hacia el cielo y liberó un cuarteto de notas armónicas, pues podían emitir varios tonos a la vez. A Venli ya se lo habían advertido, pero aun así le pareció extraordinario, porque encontró algo familiar en las notas. Vibraron en su interior, hasta la gema corazón. Sí que había tonos que pertenecían al planeta, aparte de los ritmos que su gente oía. Quizá fuesen los tonos de los dioses. Pero, en ese caso, ¿por qué cuatro?

Y lo más extraño de todo fue que el mismo suelo vibró también.

Observa, Venli, susurraron las piedras. *Mira.*

¿Que viese la tormenta que se avecinaba? No, las piedras querían que las observara a ellas. Así que, mientras todos los demás ojos estaban vueltos hacia los abismoides o hacia el este, Venli se agachó y vio cómo la arena danzaba sobre la piedra, vibrando como si estuviera ardiendo y cada grano fuese una persona diminuta intentando no morir abrasada. Se separaron y formaron grupos... divisiones geométricas.

—¿Esto lo están haciendo los abismoides? —preguntó.

Nosotras aumentamos. Tú puedes aumentar más.

Animada por Timbre, Venli absorbió luz tormentosa y puso las manos en el suelo, dejando que la vibración la llenara, antes de expulsar la luz tormentosa. La piedra empezó a cambiar, volviéndose como líquida. A menudo, cuando hacía aquello, mandaba a la piedra que adoptase ciertas formas, la moldeaba en parte con la voluntad y en parte con los dedos, como si estuviese creando un cuenco a partir de crem blando. Ese día permitió que fuesen los tonos los que moldearan.

El patrón resultante le resultó curioso. Retiró las manos mientras la luz tormentosa se evaporaba, dejando un círculo de metro y medio en la piedra, distorsionado, formando una diminuta cordillera.

Timbre latió emocionada. ¿Las Llanuras Quebradas? Sí, Timbre confirmó que aquello tenía el aspecto exacto de las Llanuras Quebradas.

Venli no se lo veía. Las llanuras tenían abismos, y aquello eran montañas. Pero Timbre había sobrevolado las llanuras y consideraba que el parecido era extraordinario. Y era cierto que la forma de aquel lugar siempre había sido extraordinaria. Miró hacia Thude y su madre, pero los dos se habían ido a ayudar a preparar el campamento.

Ella no sabía en qué colaborar, así que se quedó apartada, sin molestar, mientras los abismoides formaban un círculo contra la tormenta y las crías se congregaban dentro. Las bestias más grandes se encararon hacia dentro y levantaron el pecho del suelo, creando un espacio. Aunque el campamento tenía algunas estructuras permanentes, no eran muy de fiar todavía, así que muchos oyentes se reunieron allí. No era del todo como estar bajo techo, pero sí mucho mejor que quedarse al raso.

Venli permaneció de pie, con una mano alzada contra el pecho de caparazón de un abismoide. Se preparó para recibir la muralla de tormenta, y sintió una extraña paz cuando embistió contra los abismoides, que le rugieron y le barritaron desafiantes. Venli se acurrucó junto a un pequeño abismoide, del tamaño de un sabueso-hacha. Aunque tenía una cara y unas zarpas de aspecto feroz, se pegó a ella y le frotó la coronilla en el hombro. Venli siempre había pensado que eran criaturas solitarias, pero supuso que era porque solo las veía cuando estaban cazando o buscando un sitio donde pupar.

Fuera relampagueaba, pero los gigantescos abismoides los protegieron del grueso del viento y los cascotes. Hubo un momento en el que varios abismoides rugieron, y sus bramidos fueron audibles incluso entre el aullido del viento. Venli fue a la pata del que la estaba cobijando y miró hacia los caminatormentas, enormes spren de largas extremidades, que pasaban por fuera. No pareció que los caminatormentas hicieran mucho caso al desafío de los abismoides, pero el satisfecho barritar de las bestias le dio a Venli la sensación de que creían haber ahuyentado a aquellos extraños spren.

Unas cuantas personas salieron del refugio, en busca de nuevas formas. Venli no estaba nada segura de volver a hacer lo mismo jamás: le gustaba la cimbreña forma de poder que llevaba, siempre que pudiera mantenerse libre de la interferencia de Odium gracias a Timbre. Pero, mientras la tormenta seguía pasando, las preguntas no dejaban de acosarla. La tormenta era sin duda relevante para los abismoides cuando pupaban, y la utilizaban para los ciclos de crecimiento menores en otros lugares. Venli siempre había supuesto que las grandes bestias acudían a las Llanuras Quebradas para acceder mejor a las tormentas, pero había colinas allí fuera que eran más altas.

No era la elevación, por tanto. Era otra cosa.

Regresó al interior del refugio, por llamarlo de algún modo, relativamente seco mientras el agua fluía por el exterior del cuerpo de las bestias y chorreaba sobre la piedra en la oscuridad. Venli no experimentó un momento de claridad ni quietud en el centro de esa tormenta, pero fue muy consciente de cuando las gemas se iluminaron de repente, sujetas a la barba de los hómbrenes o reunidas en cestas. Sintió cómo la fuerza vibraba en su interior al respirar luz tormentosa, y entonces se arrodilló y puso otra vez las manos en las piedras.

Mostrádmelo, pensó.

Ven al centro.

¿El centro de este campamento?

No. El centro de las llanuras. Vuestro antiguo hogar. Pero cuidado. Allí tiene lugar una batalla.

Narak. Se referían a Narak, el grupo de mesetas que había en el corazón de las Llanuras Quebradas.

Mostradme lo que podáis aquí, pidió, y vertió más luz tormentosa dentro de las piedras. Su madre y Bila se acercaron más, uniéndose a una pequeña multitud que presenció cómo las piedras se licuaban y ondulaban ante ella.

Formaron las Llanuras Quebradas, igual que Venli las había visto poco antes, con picos en vez de abismos.

Vinieron a crear una ciudad, como las otras, dijeron las piedras. *Humanos. Trajeron poder consigo, el poder de hacer vibrar la piedra. Un poder increíble.*

Venli veía los pensamientos de las piedras. Aquella tierra había sido una vez el hogar de cantores, y luego de humanos con una leve tonalidad azul de piel. Habían erigido una gran nación, y querían tener una capital, a la altura de las de otras grandes naciones. Una décima Puerta Jurada. Hermosas murallas y pautas de piedra.

Y habían construido esa ciudad. Usando el poder.

¿Cuándo fue esto?, preguntó Venli.

No hace mucho, dijeron las piedras, aunque ella se preguntó si alcanzarían a comprender la escala de tiempo mortal.

¿Qué estaba pasando más o menos al mismo tiempo?

Se lo mostraron, en otra zona de piedra. La construcción de Urithiru. Y, poco después, el advenimiento de un gran rey... al que Timbre conocía. Aquel al que llamaban Nohadon. Timbre latió. Estaba segura de que no existían Radiantes en esa época. Se habían fundado durante el reinado de Nohadon, o poco después.

No había Radiantes entonces, envió Venli a las piedras. *¿Cómo?*

Antaño, cantabais con nosotras, dijeron las piedras, *sin necesidad de vínculo Radiante. Los humanos hacían lo mismo.*

Sí, Venli ya lo había oído, de la roca de Urithiru. Los cantores habían aprendido a utilizar las potencias muchísimo tiempo atrás. Sin embargo, el vínculo Radiante había organizado y estructurado los poderes. Algo... algo sobre que utilizar los poderes sin esa estructura había sido peligroso...

Por los nuevos dioses, pensaron las piedras, apenadas. *Ellos no lo entendían. Nadie entendía las piedras ajenas en el corazón de ese lugar.*

¿Piedras ajenas?

La cuarta luna. Ahora muerta. Ahora caída. Con piedra que no es del todo piedra. Y cuando los dioses vinieron aquí...

La piedra se descontroló, vibrando a una velocidad demencial. Venli vio a gente hundirse en ella. Vio destrucción. Terror. Un paisaje roto por la mano del mismísimo Honor. ¿Por qué había destruido esa ciudad? ¿Era porque habían osado utilizar potencias?

Cuando el terreno se asentó, aún brillante de luz tormentosa, el pequeño mapa mostró las Llanuras Quebradas que Venli conocía. Un terreno agrietado, fracturado, pero que presentaba una evocadora sensación de simetría. Un cadáver. ¿Por qué se había vuelto Honor contra ellos? Y, antes de eso, ¿de dónde habían sacado el poder para un acto como aquel? ¿Crear una ciudad entera? Ni siquiera con cien Escultores de Voluntad era Venli capaz de visualizar esa gesta.

Aún está aquí, susurraron las piedras.

—¿El qué? —preguntó ella—. ¿La piedra extraña?

Y más. Ven a verlo.

Dejó que la piedra se endureciera y, al ritmo de las gotas de lluvia, pasó los dedos por ellas. Caían chorritos de agua desde el borde del refugio creado por los abismoides, que llevaban los abismos en miniatura.

—¿Cuándo se rompió este lugar? —susurró Venli, pero al momento se sintió estúpida.

No hace mucho, dijeron las piedras.

Sí, las piedras no tenían un sentido del tiempo muy preciso que dijéramos.

¿Qué más pasaba a la vez que esa ruptura?

La piedra le mostró nueve figuras, en círculo, con espadas. Aharietiam, cuando los Heraldos habían desaparecido.

Ven a verlo, le susurraron las piedras mientras sus voces se desvanecían. *Ven al centro.*

Venli miró a los demás que se habían acercado. Escultores de Voluntad en ciernes, con spren vinculados.

—¿Eso era… la misma piedra, Venli? —preguntó Thude—. Lo he oído en mi cabeza, como un coro. No distinguía las palabras, pero… transmitían una sensación cálida.

—Como una voz conocida —dijo Jaxlim—, dándome la bienvenida a casa.

—Tenemos que hacer una expedición a Narak —afirmó Venli—. Salir hoy mismo, si podemos. Las piedras dicen que hay un secreto allí que debemos ver. Quienes quieran saber la verdad tendrían que venir conmigo. —Calló un momento—. Hay guerra allí ahora mismo, así que viajaremos por los abismos y esperaremos que no estén demasiado inundados.

Si te proporciono el combustible con el que prenderte fuego a ti mismo, la hoguera resultante pasaría a ser culpa mía y no tuya. Pues todos sabemos lo que eres.

J asnah llegó a Ciudad Thaylen con la armadura completa, encabezando una división de tropas alezi. Al hacerlo, encarnaba el cambio que siempre había querido ver en el mundo. Una mujer capaz de liderar un ejército.

Pero las ideas la asediaban, como de costumbre. Luces fantasmagóricas en la noche, que la distraían. ¿De verdad estaba provocando el progreso para otras mujeres o se había convertido en una mera excepción tolerada? ¿Qué decía de ella el hecho de que, para presentarse como una persona fuerte, se pusiera armadura y practicara actividades tradicionalmente masculinas?

Sin duda suponía una declaración. Pero ¿quizá era nocivo también, reforzando el concepto de que solo un tipo de fuerza era válido? Era la eterna ironía de toda persona diestra en retórica: había aprendido a detectar lagunas en toda filosofía, y era inevitable que eso terminara extendiéndose a las propias. Una mente inquisitiva no dejaba de hacer preguntas solo por haber hallado respuestas.

Descendió por los grandiosos peldaños de la ciudad, que, como Kharbranth y otros varios puertos oceánicos, estaba construida en la ladera a sotavento de una montaña. Ciudad Thaylen era una metrópolis que se parecía un poco a una amplia escalinata, cuyos edificios se distribuían en muchas terrazas separadas. Jasnah hizo entrar sus tropas por el distrito real, en la terraza superior de la ciudad, y las llevó más allá del palacio. Continuaron descendiendo por los distritos altos hasta llegar al antiguo, cerca del fondo.

La acompañaba una guardia de honor compuesta por completo de esclavos. En teoría eran libres, habían tomado las armas y estaban entrenados como soldados de pleno derecho, con paga. Al servicio de Jasnah, su libertad era una realidad completa, y ella percibía su gratitud. Pero la vida para la mayoría de los esclavos liberados era mucho más difícil. Sus antiguos dueños no podían descargar su frustración sobre la reina, así que se vengaban en quienes menos lo merecían. Jasnah sabía que algunos esclavos, para evitarlo, estaban haciendo el mismo trabajo que antes, sin armar jaleo y casi sin salario. Otros, los que estaban decididos a no hacerlo, habían descubierto que la sociedad era hostil con ellos y que unas cadenas invisibles habían reemplazado a las literales.

Jasnah había sabido que sucedería todo aquello. En Azir habían liberado a los esclavos por decreto imperial durante el reinado de Kasaakam el Magnánimo. A algunos esclavos de Jah Keved les habían concedido una elevación al siguiente nahn después de que triunfara el alzamiento bav del año 637. Jasnah tenía media docena de registros de otros casos menores y los había estudiado todos a fondo. Aprendiendo del pasado, una podía predecir el futuro sin necesidad de ningún talento místico.

Pero, tormentas, aprovechar ese conocimiento estaba demostrándose, con cada nuevo suceso, más difícil de lo que había creído. Temía que sus muchos actos para facilitar el cambio no cuajaran, que el deseo humano de crear miseria y dominar al prójimo resultara ser más duradero que su reinado.

Deseó que esa fuese la única preocupación que la atribulaba. Pero también la inquietaba el poder que tenía, el que había tenido todo monarca alezi, y cómo establecer cortapisas para él. Y, por último, estaba la carta. La nota que le había dejado a Sagaz, concluyendo formalmente su relación. Había sido lo correcto.

Quizá debería haberlo hecho en persona, pero no había querido que aquello degenerase en una discusión. Al principio se había limitado a apuntar sus pensamientos para sí misma. Eso se había convertido en carta, y lo cierto era que Jasnah hacía mucho mejor su trabajo por escrito. Él lo entendería. Aunque se enfadara.

No podía tener la mente puesta en eso. No debería. Caminaba, como la primera general mujer alezi en muchas generaciones, encabezando un grupo de exesclavos libres, en defensa de su mejor aliado. Fuerte por fuera, fuerte como una armadura esquirlada. Por dentro, constantemente preocupada. Al final del siguiente tramo descendente de peldaños se reunió con Fen, Kmakl y varios representantes del consejo mercantil.

Aceptó encantada que le presentaran a varios de sus principales estrategas militares, mientras Marfil le ofrecía sus habituales comentarios en voz baja al oído, y envió a esos estrategas a tratar con sus propios oficiales la mejor manera de integrar sus fuerzas con las defensas locales. Ya había dejado claro que iba a delegar en los generales la estrategia concreta. Pensaba que los generales lo agradecían, pero, por otro lado, Jasnah era su reina y obtener respuestas sinceras de alguien era difícil. Nunca había creído que echaría de menos los tiempos en que todo el mundo mostraba una franqueza brutal en sus opiniones sobre ella, y aún le quedaban cicatrices de esa exclusión. Pero, al menos, había sabido en todo momento cuál era su posición.

«Deja de concentrarte en ti misma se dijo, frustrada por haber caído en su antigua costumbre de autorreflexión constante—. Fen te necesita».

—Pareces preocupada —dijo Jasnah a la reina thayleña mientras las dos subían a la muralla de la ciudad, con vistas a los muelles y la bahía.

Kmakl se quedó abajo, indicando a las tropas de Jasnah cómo encontrar sus barracones en el distrito bajo de la enorme ciudad dividida en terrazas.

—Van a invadirnos pronto —respondió Fen—. El destino de una buena porción del mundo depende únicamente de tu tío, un hombre en el que, a pesar de todo, no puedo afirmar que confíe por completo. Los Radiantes venís de nuevo en mi ayuda, pero no puedo evitar temer que estoy dependiendo demasiado de la fuerza de vuestro brazo, poniéndome a merced de una monarquía extranjera. Quizá debería haber protestado antes por la forma en que todo el mundo que desea aprender a ser Radiante termina mudándose a Urithiru, donde su lealtad es con las órdenes Radiantes y no con su tierra natal. —Miró a Jasnah—. Sin ánimo de ofender, Jasnah, ¿por qué no iba a estar preocupada?

—Perdona, he elegido mal las palabras. —Tormentas, con lo precisa que se empeñaba en ser al hablar, allí había recurrido a una apertura común de conversación—. Solo pretendía que repasáramos tus defensas.

—Confiamos en que los fundíbulos ayudarán —dijo Fen, señalando varios emplazamientos de las armas de asedio a lo largo de la pendiente—. Es realista calcular que hundirán unos cuantos barcos mientras llegan. Y también podrían ocuparse de otro monstruo de piedra de aquellos, si es que se presenta.

La reina thayleña apoyó la mano en una porción del parapeto de piedra que tenía dos colores, con bronce a la izquierda. Hacía poco más de un año, la muralla había caído derribada por un tronador, una gigantesca bestia de piedra.

—Buen trabajo —susurró Marfil, en tono divertido.

Jasnah era quien había creado aquella porción metálica mediante el moldeado de almas para cerrar de nuevo la ciudad. No estaba muy convencida de que un fundíbulo pudiera encargarse de un tronador, así que había llevado consigo a varios Custodios de la Piedra. No podrían manipular la roca del mismo tronador, que se resistía a su influencia, igual que la armadura esquirlada se resistía a los enlaces, pero fundir el suelo por el que avanzaban y luego solidificarlo había demostrado ser un método perfectamente válido para detener a aquellos monstruos.

—Tormentas —dijo Fen, inclinándose hacia delante con los brazos cruzados en el parapeto—. Con lo mucho que nos ha costado reconstruir y, de pronto, vamos derechos a la guerra otra vez. ¿Seré la reina que padeció no una, sino dos invasiones cataclísmicas de su país?

—Ahora tenemos mucha más experiencia, Fen —respondió Jasnah—. He traído contingentes enteros de Radiantes.

—Seguimos sin tener una gran armada —susurró Fen—. Incluso con todo nuestro esfuerzo del último año, lo que tenemos no le llega ni a la suela de los zapatos a nuestra antigua gloria. ¿Qué es Thaylenah, sin la mejor flota de los océanos?

Un año de reclutamiento y formación podía remendar su ejército, y la ayuda de Radiantes y moldeadores de almas podía reconstruir una muralla a una velocidad increíble, pero los buenos barcos llevaban su tiempo. Los moldeadores de almas de madera que Thaylenah había adquirido a Aimia eran una ventaja tremenda, pero los barcos propiamente dichos eran demasiado complejos, demasiado delicados y requerían demasiadas habilidades distintas para moldearlos. Jasnah aún recordaba su propia decepción, al principio de entrenar en el moldeado de almas, al ver que no podía conjurar artilugios complejos a voluntad.

Pasarían años antes de que Thaylenah contase con una flota de la que vanagloriarse, y la mayoría de la potencia naval que tenían estaba vigilando los mares oriental y occidental para interceptar a barcos enemigos que llegaran desde esas direcciones. Nadie había anticipado que el bloqueo veden cayera con tanta facilidad. Según los conteos iniciales, unas cien embarcaciones enemigas estaban cruzando el canal en esos momentos.

—¿Cómo? —dijo Fen—. ¿Cómo han reunido un ejército así para atacarnos de nuevo? Hay algo que no encaja, Jasnah. Creíamos que el grueso de sus tropas estaba destinado al asalto de Emul, o a las atalayas cerca de las Llanuras Quebradas. El enemigo no debería tener las suficientes tropas en Jah Keved como para enviar otra flota transportando unidades terrestres. Se suponía que el bloqueo solo debía detener el reabastecimiento de Ciudad Veden.

—Sabremos más dentro de unos días, cuando llegue esa armada —repuso Jasnah.

—Suponiendo que el enemigo no traiga su tormenta otra vez de algún modo, para empujarla a una velocidad inesperada. Odium podría tener aquí esos barcos en unas pocas horas, si se lo propusiera.

Era un posibilidad, y parte del motivo por el que Jasnah había tenido que llegar ya a la ciudad aunque el enemigo aún estuviera a unos días de distancia. Pero una cosa era segura: Odium quería Ciudad Thaylen. Iba a ser un asalto dificilísimo para ellos, expuestos al cruzar una bahía y luego obligados a enfrentarse a una fortificación dura. El ataque sería un baño de sangre para los cantores, suponiendo que no hubiera sorpresas.

La última vez sí que hubo sorpresas. Habían sorprendido a los defensores en varios puntos distintos, que era a todas luces lo que tenía preocupada a Fen. Odium estaba dispuesto a dedicar miles de efectivos, todos sus barcos y buena parte de su apoyo aéreo a la conquista de Thaylenah.

—Un final es —susurró Marfil, reflejando sus propios pensamientos.

Allí acabaría todo. No había rendición que valiera. No había retirada posible. Odium arrojaría cuerpos contra aquel muro hasta que no le quedara nada que arrojar. Hasta que las montañas de muertos creasen una rampa.

Hasta que la bahía se tiñera de naranja. Porque una victoria allí significaba siglos de dominio, y una derrota significaba el obligatorio cese de hostilidades.

Era liberador. Porque solo iba a haber una batalla más.

También era espeluznante. Porque no habría contención alguna en previsión de un futuro enfrentamiento.

—Ven —dijo Fen—. La otra vez nos pillaron con las velas bajas y el ancla trabada en coral. Quiero que dediquemos las horas que nos quedan a pensar. ¿Qué va a intentar esta vez y cómo podemos contrarrestarlo?

Jasnah asintió y la siguió hacia abajo por la escalera, raspando la piedra con sus pies blindados. Aquella ciudad, un año antes, fue donde Jasnah había revelado por primera vez al mundo la extensión completa de su entrenamiento y sus juramentos, como Radiante del Cuarto Ideal. Aunque aún no había hallado el quinto, en esa ocasión llegaba dotada de mucha más autoridad, muchas más tropas, mucha más experiencia.

O bien sería suficiente o bien Jasnah moriría defendiendo la ciudad. El tiempo de las preguntas había pasado.

—No me gusta nada cómo están congregándose ahí fuera —dijo Leyten mientras Sigzil y él observaban desde la muralla de Narak.

El relámpago rojo iluminaba la acumulación de fuerzas enemigas en la meseta al oeste de Narak Cuatro. Había dos o trescientos individuos de brillantes ojos rojos y, entre ellos, una nueva marca de Fusionados. Una a la que aún no se habían enfrentado, ya que habían sido de los más lentos en despertar. Era por algo relacionado con su singular estilo corporal. El maestro Hoid les había advertido de su existencia. *Metacha-im*. Los Enfocados.

Sigzil los observó a través de un catalejo. Los Enfocados eran seres de enorme amplitud, y debían de medir más de dos metros diez, por comparación con los cantores en forma tormenta que tenían cerca. Parecían obesos, pero su corpulencia no estaba hecha de carne, sino de cordeles sueltos, o... cinturones. Era como si cada uno llevara un traje hecho de cientos de cinturones de cuero medio sueltos.

Eso no terminaba de describirlos del todo, porque los cinturones no estaban puestos de cualquier manera. Formaban un atavío cohesionado, el de una persona alta con una cintura inhumanamente gruesa, ponderosa. Sigzil movió el catalejo de un individuo a otro. Eran veinte, de un total de trescientos enemigos, aunque allí casi todos eran Fusionados salvo unos pocos regios en forma tormenta.

—¿No deberían estar refugiándose? —siguió diciendo Leyten—. La convergencia será en cualquier momento. Han divisado la muralla de tormenta desde la atalaya oriental.

Sigzil se encogió por instinto, recordando la última vez que había visto dos tormentas chocar. Ese día, se habían quebrado mesetas enteras.

—¿Nunca desearías no tener que hacer nada de esto? —preguntó Leyten, apoyándose en el parapeto de la muralla—. ¿Poder quedarte allá en Urithiru, pinreleando y ya está?

Sigzil parpadeó. El aire parecía estar vivo con el crepitar del relámpago rojo, y las tormentas contenían el aliento preparándose para estrellarse. La tensión se acumulaba en su interior como en una cuerda de ballesta. Y, aun así, no pudo evitar preguntarlo.

—¿Pinrelear?

—Ya sabes —dijo Leyten—. Trastear con una cosa y otra, trabajar en proyectos aquí y allá. Hacer inventario, llevar las cuentas, limpiar estantes. Solo… vivir, sin obsesionarte con lo que puedes o no puedes llegar a hacer. Pinrelear.

—Esa palabra no existe.

Leyten se encogió de hombros. Sigzil suspiró.

—¿Se la ha inventado Lopen?

—Qué va, viene de mi abuela —respondió Leyten—. Es que… Sig, a mí me gusta cuando el mundo es aburrido. A veces hasta creo que preferiría estar otra vez en los abismos, trasteando con mi armadura improvisada, en vez de aquí fuera teniendo que matar. ¿Soy mal soldado?

Sigzil negó con la cabeza.

—No. Lo comprendo. Yo preferiría estar pegando a gente al techo y viendo cuánto duran ahí arriba. Lo que pasa es que las Llanuras Quebradas son lo más parecido a un reino que tiene Alezkar últimamente. Esos campos, esas serrerías, el creciente mercado en los campamentos de guerra. Si no los defendemos de la conquista por parte del enemigo… si no luchamos aquí…

—Nadie podrá pinrelear nunca más.

—Por favor, no lo expreses así.

Trueno.

El trueno de la alta tormenta sonaba muy distinto al trueno de la tormenta eterna. El segundo tendía a ser más un fuerte crujido que una explosión. La tormenta eterna era como un azote omnipresente, casi constante… mientras que la alta tormenta sabía cómo hacer que un trueno perdurase. Era más una montaña derrumbándose que un latigazo.

Nunca se había producido otra confluencia tan destructiva como la primera, así que Sigzil confió en que la de ese día no fuese demasiado horrible. Aun así, se agachó un poco más tras el parapeto de piedra y miró hacia el este. Allí, entre la oscuridad de las nubes de la tormenta eterna, distinguió la muralla de tormenta aproximándose, un plano vertical de agua y escombros que llegaba impulsado por el viento delante de la alta tormenta. En las Llanuras Quebradas era de un azul más puro que en Azir. Al haber llegado hacía poco desde el océano, estaba en su punto más fuerte, transportando el mismo mar.

Sigzil la vio y, por extraño que pareciera, sintió esperanza. La alta tormenta lo mataría si pudiera, lo sabía. Era violenta y terrible. Pero también, por algún motivo, daba la impresión de ser *correcta*. Pertenecía a Roshar, al contrario que la espantosa penumbra negra y roja que tenía encima en esos momentos. La alta tormenta traía vida. Agua para beber. Luz con la que ver y obtener poderes. La tormenta transportaba al mismo Roshar: la piedra sobre la que estaban había caído como crem con la lluvia.

Por absurdo que fuera, Sigzil se irguió. Abajo, la gente corría hacia los refugios subterráneos creados por Custodios de la Piedra, pero Sigzil se descubrió dándole la bienvenida, nada menos, a la alta tormenta. Fuera, en aquella meseta, los Fusionados ni se inmutaron. Las nubes de la tormenta eterna parecieron emocionarse, bullir, y el relámpago se hizo más feroz.

La alta tormenta embistió...

... y empezó a morir.

La alta tormenta flaqueó con un aluvión de agua mientras su muralla se partía. El gris azulado fue *consumido* de algún modo por el negro y el rojo oscuro. La alta tormenta no se fue sin plantar cara, pero sí que se fue deprisa, entre explosiones y pataletas.

Cuando llegó a Sigzil unos minutos después, lo único que quedaba de ella era un chaparrón que pasó al cabo de unos minutos, reducido a llovizna.

—En nombre de la mismísima Condenación, ¿se puede saber qué ha sido eso? —siseó Leyten.

Sigzil negó con la cabeza.

—Es como... como si dos reyes se encontraran y uno se haya visto obligado a inclinarse.

—Parece muy mala señal —dijo Leyten—. ¿Qué pasa con el Padre Tormenta?

Por todo el campamento las gemas titilaron y se volvieron brillantes, así que por lo menos la alta tormenta seguía siendo funcional. Pero el viento apenas existía, y la lluvia era solo una leve molestia. Que Sigzil supiera, aquello no había ocurrido antes en ninguna convergencia.

Fuera, aquellos Fusionados iniciaron la marcha, con un grupo de Rompedores del Cielo lanzándose al aire para apoyarlos.

—Esto me preocupa —le susurró Vienta al oído—. Primero el extraño comportamiento de la alta tormenta, y ahora... no termino de identificarlo...

—Solo llevan a Rompedores del Cielo como apoyo aéreo —dijo Sigzil—. Y son una marca nueva de Fusionados, para llamar nuestra atención. Condenación, qué lista eres, Vienta. Esa marcha tiene un aspecto bastante teatral. Podría ser una distracción. Leyten, averigua dónde están los Celestiales.

—A la orden, jefe —dijo Leyten, y fue a reunir a sus escuderos.

—Sigzil —susurró Vienta—, la luz tormentosa ha venido antes de lo que suele. Se ha adelantado treinta y siete minutos, estimados a partir de su velocidad de aproximación. El Padre Tormenta intenta ayudarnos. Podemos resistir aquí. Lo haremos.

El enemigo formó para atacar Narak Cuatro. El plan de Sigzil estab:

funcionando. Habían dejado que el portón de allí ardiese en parte, el de la meseta que tenía la muralla más baja y débil. Y el enemigo se había visto atraído a la lucha que pensaba que podía ganar, la de aquella meseta justo al norte de Narak Dos y su Puerta Jurada. Conquistarla les supondría una ventaja, al proporcionarles su propia meseta amurallada desde la que lanzar futuros ataques, pero, sin saberlo, estaban haciendo exactamente lo que Sigzil había querido.

Respiró hondo, invocó su lanza y la alzó hacia el cielo para galvanizar y liderar la defensa. Pero, por dentro, seguía tambaleándose por las implicaciones de que la alta tormenta se hubiera convertido en un sabueso-hacha gimoteante.

Los soldados vitorearon de todos modos y llenaron la muralla, dispuestos a luchar bajo la lluvia. Mientras iban acumulándose más y más, tuvieron que afrontar una visión sobrecogedora. Los Enfocados se aproximaron y entonces sus cuerpos empezaron a... bueno, a condensarse.

Las muchas capas que formaban lo que parecía ser una criatura gorda empezaron a tensarse hacia dentro de algún modo. Fue como si docenas de cinturones se ciñeran más y más, entretejiéndose unos debajo de otros. Como rollos de cuerda tirados desde ambos extremos. Al condensarse esos pliegues, empezaron a delinear músculos, o quizá a transformarse en los músculos.

Cuando terminaron de tensarse, cada Enfocado se había convertido en una figura alta, esculpida, andrógina, que proyectaba fuerza. Como si antes hubieran sido muelles relajados y acabaran de tensarlos, con los pliegues adicionales apretados fuerte contra el poderoso cuerpo. El maestro Hoid ya le había advertido de que pesarían incluso más que un Aumentado, y que su densidad les conferiría una fuerza increíble y, aunque Sigzil lo encontrase difícil de creer, la capacidad de detener una hoja esquirlada.

El resto de la fuerza terrestre se componía sobre todo de Aumentados, capaces de hacer crecer caparazón a voluntad, que caminaban como descomunales montañas, a menudo con los brazos transformados en garrotes pinchudos. Los Enfocados y los Aumentados empezaron juntos a arrancar las planchas de madera que cubrían el suelo a sus pies, puestas para detener a los Profundos que pudiera haber. Sigzil pensó que quizá intentaban provocarlo para que los atacara fuera de la fortificación. Envió un mensaje a los generales de sus fuerzas de tierra y todos coincidieron.

Bueno, que el enemigo arrancara todos los tablones que quisieran. Sigzil dio órdenes a sus defensores de esperar.

—Tendrán que cruzar ese abismo —dijo a los soldados amontonados sobre la muralla con él— y luego subir aquí arriba. Están en desventaja, a menos que tengan...

Se interrumpió al oír algo. Estruendosas pisadas de piedra contra piedra. Y, en la lejanía, el relámpago rojo silueteó a un gigantesco tronador que se acercaba. Parecía que, al final, el enemigo sí que había urdido un plan para atravesar la muralla.

¡CUIDADO con los FUSIONADOS!

ENFOCADOS

¡NO ENFRENTARSE! ¡BUSCAR A UN RADIANTE!

GUARDIANA
DE LAS LLAVES

Y, en cuanto a Valentía, nuestros acuerdos no son de tu incumbencia…
por los mismos motivos, a grandes rasgos. ¿No puedes dejarla tranquila?

D alinar no estuvo mucho tiempo en el caos esa vez. Utilizando la pequeña piedra gravada, tiró de sí mismo, de Gav y de Navani hasta la
siguiente visión casi de inmediato.

En cuestión de momentos, los tres aparecieron sobre piedra sólida, familiar. Tormentas, qué bien sentaba notar la roca bajo los pies. Se volvió y vio
otro campamento de tiendas anticuadas, poblado por humanos de orígenes
diversos. Pocos shin, a excepción de Ishar y quizá Ash. Vio a multitud de
individuos allí que podrían haber sido alezi, veden, reshi, marati, thayleños
y azishianos. No había comecuernos, ni tampoco natanos, iriali o sus primos los riranos.

Había unos pocos caballos pequeños cerca, cargados con fardos, pero
no vio ningún carro ni edificios permanentes. Miró alrededor y distinguió a
Jezrien, que llevaba capa y una túnica de basta tela azul.

—Esta vez hemos aparecido al otro lado de las montañas, a juzgar por
estos árboles —dijo Navani. Tocó una rama cercana y las hojas se retrajeron—. ¿Habremos ido con ellos en su expedición a Azir, tal vez? Y, por tanto… ¿solo han pasado unas semanas entre las visiones, para esta gente?

Shalash estaba de pie junto a una tienda, y parecía ya una mujer adulta
de más de veinte años. Llevaba lanza.

—Creo que son más de unas semanas —dijo Dalinar—. Mira a Shalash.
Y a Ishar, ¿lo ves ahí al lado, caminando con Jezrien hacia esa tienda? Los dos
tienen el mismo aspecto exacto que en nuestra era. Es esto. Lo que yo quería.
El día en que…

—En que se hicieron verdaderamente inmortales —terminó la frase Navani, sosteniendo la mano de Gav.

—Encontré un disco de piedra —explicó Dalinar— que conecta a Nale y a Jezrien. Sabía que Nale tendría que estar presente cuando se formara el Juramento.

Parecían estar en plena guerra, a juzgar por la gente que se aplicaba en tallar piedra para crear nuevas puntas de flecha. Dado que el filo barbado de aquellas puntas antiguas parecía menos refinado que el de las de acero, Dalinar había imaginado que el proceso sería descuidado. Pero, viendo a aquellos expertos fabricantes crear las puntas empleando utensilios de piedra y cuero para rasparlas, su perspectiva cambió. Aquellas personas eran maestros armeros, tan diestros y aplicados como un espadero moderno.

Por primera vez, tuvo un atisbo de cómo comprendía Jasnah la historia. Deseó tener unas horas para ir a hablar con aquellos punteros, y con los astileros que tallaban varillas de madera junto a ellos, para ver su trabajo en detalle y experimentar un mundo en el que aquello era la cumbre de la tecnología.

—El disco ha funcionado —le dijo a Navani, mirando su reloj—. Y no hemos perdido ni una hora entre visiones. Quiero presenciar los acontecimientos de hoy, pero después nos quedarán miles de años que cubrir antes de llegar a la caída de Honor y los secretos de cómo obtener su poder. Tendremos que buscar un camino más rápido.

—Estoy de acuerdo —respondió ella—. Pero, de momento, me alegro de que hayamos conseguido llegar aquí. A este día.

Renarin apareció en una visión, vestido con algo a medio camino entre una túnica y un vestido muy suelto, azul, ceñido en la cintura. Miró alrededor, intentando que no se le notara el pánico.

Podía hacerlo. Apoyar a Shallan, encontrar a los Sangre Espectral, atacarlos. Reiterar su objetivo lo tranquilizó, le permitió evaluar el entorno. Estaba en una tienda de piel de puerco, lo cual era reconfortante. En el exterior podía haber demasiado que ver, demasiado a lo que seguirle la pista. Pisaba una alfombra de basto tejido, teñida de azul y hecha de una fibra más áspera que a la que estaba acostumbrado. Deseó poder sentirla con los dedos de los pies, pero llevaba zapatos.

Había gente hablando fuera, pero él estaba allí dentro solo. Solo. Eso le provocó una punzada de alarma. Se suponía que debía quedarse cerca de Shallan, pero al parecer se habían separado al introducirse en la visión.

Lo siento, dijo Glys. *Esta no es la visión que pretendía. Nos hemos perdido una, una que empezó justo después. Pero, Renarin, tu padre está aquí fuera.*

Alguien se metió en la tienda, pero no era su padre. Era un hombre mayor calvo pero con barba blanca, cuadrada como la de un fervoroso. Cruzó el espacio a toda prisa mientras lo seguía al interior una mujer de llameante pelo rojo y atuendo de estilo militar, hecho de pieles de cerdo y más animales.

—Ha llegado el momento —dijo el hombre, avanzando hasta plantarse delante de Renarin—. ¿Estás preparada? ¿Puedes hacer lo que te pedí?

«Ay, tormentas», pensó Renarin, apartándose. ¿Sería mínimamente posible que alguno de ellos fuese Shallan o Rlain? Igual que antes, llevarían el rostro de alguien perteneciente a la visión. ¿Cómo podía señalarles su identidad a sus amigos sin revelarse?

—¿Y bien? —exigió saber el hombre.

—Lo estoy —se obligó a contestar Renarin.

—Ishar —dijo la mujer pelirroja, acercándose al hombre—, ¿estás seguro de este plan?

¿Ishar? ¿Un Heraldo? ¿O lo llamarían así en honor al Heraldo? Sí que tenía el mismo aspecto que muchos cuadros. Tormentas.

—Llevo décadas preparándolo —respondió Ishar. Entonces hizo un gesto hacia Renarin—. Y dime, ¿conoces a alguien más capaz que Vedel?

Vedel. Otra Heraldo.

—Sí —dijo la mujer de pelo rojo, que casi sin duda sería Chanaranach—. Tú, Ishar. Eres más capaz que todos nosotros.

—Yo facilitaré el vínculo —afirmó él—. Pero necesito alguien con habilidad en Regeneración para asegurar nuestra inmortalidad y convertirnos en deidades.

—Jezrien no quiere ser una deidad —respondió Chana—. Vamos a seguir adelante con esto, Ishar, pero a veces me preocupa tu forma de hablar.

—Es solo porque creo que debe hacerse —dijo Ishar—. ¿Verdad, Vedel?

No eran personas reales. No era una situación real. Renarin no estaba menos nervioso por saberlo, pero, si se había enfrentado a Fusionados, podía enfrentarse a aquellos dos.

—La inmortalidad —dijo—. ¿Tan importante es para ti?

—Claro que no —respondió Ishar, quizá demasiado deprisa—. Quiero proteger el mundo, como Jezrien ha exigido. La inmortalidad es un efecto secundario.

—Parece egoísta —dijo Renarin, y Chana asintió.

No estaba muy seguro de verlo de veras como egoísmo, pero... bueno, la gente discutía cuando se emocionaba.

—¿No lo has sentido? —le preguntó Ishar, y su tono cambió de defensivo a... preocupado—. ¿No te inquieta? ¿Que nuestros cuerpos envejezcan, aunque sea despacio? Quizá te resulte egoísta por mi parte, pero la verdad es que me da miedo la vejez, Vedel. No quiero estar senil durante mil años. Nosotros fuimos quienes trajimos a la gente a este mundo maldito, con sus traicioneros habitantes. Nosotros fuimos quienes quemamos el anterior. Así que pretendo arreglar las cosas. Pero necesito tiempo para hacerlo.

Chana le lanzó una mirada, pero al final asintió. Titubeante, Renarin hizo lo mismo. No parecía que ninguno de aquellos dos fuese en secreto un Sangre Espectral.

—Preparaos para tomar el vínculo —dijo Ishar— y aceptar el poder de Honor. Te necesito para esto, Vedel. Volveré pronto.

Mientras Dalinar estudiaba el campamento, alguien pasó cerca, vio a Gav y murmuró lo mismo que en la anterior visión: «Qué spren más raro». Al parecer, las visiones seguían optando por presentar a Gav como un spren para explicar su presencia. La gente lo vería, menearía la cabeza, seguiría su camino y le haría caso omiso a partir de entonces.

—Me pregunto —dijo Navani— si sería posible encontrar un ancla que nos guíe por varias visiones. Algo que sea relevante para más de un punto en el futuro. Así quizá lograríamos saltar más rápido de una a otra.

Dalinar asintió, planteándoselo. Pero ¿cómo conseguirlo?

Navani se arrodilló y dejó a Gav en el suelo. Ya era lo bastante mayor como para que llevarlo en brazos cansara mucho, aunque fuese menudo para sus cinco años.

—Gema corazón —le dijo—, ¿estás bien?

—Esto no me gusta —susurró Gav—. No me gusta que las cosas no paren de cambiar.

—No te preocupes —respondió Navani, dándole un abrazo—. Nos iremos pronto a casa. Recuerda, nada de aquí dentro puede hacerte daño. Es todo de mentira.

—¿Queréis algo de aquí? —preguntó el niño—. ¿Estáis buscando algo que perdisteis?

—Estoy buscando… —dijo Dalinar, e intentó hallar las palabras para explicárselo— una forma de convertirme en un poderoso guerrero, capaz de derrotar al mayor enemigo que haya conocido jamás.

Se hizo evidente que había acertado de lleno, porque Gav pareció interesarse por primera vez.

—Yo quiero eso, yayo —susurró—. Yo quiero eso también.

Cruzaron el asentamiento hacia Jezrien, y Dalinar vio más pistas de que aquello era un campamento de guerra. ¿Esos hombres que regresaban al trote? Exploradores. No llevaban armadura, ni siquiera de cuero, sino solo unas extrañas pieles de animal. Tenían la complexión de corredores y llevaban arco pero no lanza.

Apenas había ninguna mujer. Dalinar estaba acostumbrado a las escribanas y las oficiales de intendencia, y últimamente también a las Caballeras Radiantes. Allí, ni siquiera vio a vivanderas. Unos hombres lavaban ropa en un tonel, y Dalinar supuso que no tendrían moldeadores de almas para la comida ni la infraestructura. Eso dificultaba los grandes movimientos militares. Pasó junto a otros hombres que estaban despiezando un gran numul, una bestia con caparazón de tamaño medio que había visto a veces en occidente. Seguramente, allí los ejércitos se aprovisionarían siguiendo a las manadas mientras estaban de campaña.

Dalinar vio una cosa y se detuvo cerca de los carniceros.

—¿Qué pasa? —susurró Navani.

—Han tirado la gema corazón con los restos de ligamentos y los trozos de caparazón roto —respondió él, también en voz baja—. No parecen saber lo que es.

Muchos animales no tenían una gema corazón tan gloriosa ni brillante como la de un abismoide. La de aquel mediría dos centímetros y medio, era turbia y estaba cubierta por una red de tendones. Pero, aun así… tenía más valor que la carne. Los azishianos criaban aquellas bestias en gran número y usaban sus gemas corazón inferiores para crear bronce con sus moldeadores de almas.

Qué extraño. Siguieron adelante y Dalinar se fijó en más rarezas. Olía distinto. Hasta el sudor de los cuerpos tenía una cualidad diferente, más almizclada, más intensa. Se oía cómo apaleaban las pieles de puerco para limpiarlas, pero no llegaban los familiares sonidos de afilar espadas ni el tintineo de cubos. Era casi otro mundo. Y, sin embargo, parecían estar preparándose para una inminente escaramuza. Dalinar lo notaba en sus movimientos rápidos, apresurados, como si tuvieran un plazo que cumplir. O quizá…

Sí. La respuesta llegó cuando el cielo empezó a oscurecerse. Alta tormenta. Estaban en el lado oriental de las montañas. Expuestos. ¿Por qué nadie corría a ponerse a cubierto? Y… ¿qué clase de cobertura podrían ofrecer aquellas tiendas sin tensar, de todos modos? Levantó a Gav con los dos brazos, planeando huir hacia una ladera, pero entonces la voz del Viento le habló a la mente.

No es necesario esconderse, dijo. *Esta gente rezaba, y Honor escuchaba ese tipo de plegarias en esta época. Modulará la tormenta en esta pequeña región e impediría que destruya a sus fieles.*

Dalinar miró a Navani, que tenía los ojos ensanchados. También lo había oído. Permanecieron en el centro del antiguo campamento, los nervios de Dalinar tensos como cuerdas de arco, hasta que la lluvia empezó a caer. Acompañada de un viento suave que serpenteó entre los soldados, casi visible. Un viento denso, túrgido, perezoso.

Los hombres del campamento se levantaron y miraron hacia el cielo. Ni intentaron cubrirse de la lluvia tibia, pero sí rieron y señalaron a los vientospren que pasaban.

Gavinor se relajó.

—Oh… —dijo el niño en voz baja—. Qué calentito…

«Sangre de mis ancestros —pensó Dalinar—, es verdad». Sí que notaba una sensación cálida, y procedía de un afloramiento interior. Le pareció reconocer esa calidez de alguna parte, y llegó acompañada de un tono, tenue pero audible, que vibró contra su alma con el suave y satisfactorio toque de la gamuza en una espada.

Renarin se quedó allí, oyendo caer la lluvia en la tienda y sintiéndose abrumado. Tormentas, parecía que ese día era nada menos que la fundación del Juramento.

Aun así, tenía que encontrar a los demás. «Tendríamos que haber acordado algún tipo de seña con la mano, o algo», pensó, registrando una mesa cercana en busca de armas. No encontró ninguna, pero la hebilla de una pequeña tira de cuero le dio algo con lo que juguetear. Un momento después entró alguien. Una mujer que parecía veden, vestida de vivo color verde. Renarin se retiró más a las sombras de la tienda, preocupado por tener que buscar el rumbo a través de otra conversación. La mujer miró alrededor, reparó en su presencia y entonces se volvió con gesto indiferente y se puso a observar el techo. Luego canturreó un momento.

Espera, espera. Ese era uno de los ritmos.

—¿Rlain? —aventuró Renarin, saliendo a la luz.

—Sí que eras tú —dijo la mujer, con aspecto aliviado—. Ya pensaba que era posible, al verte juguetear con eso. —Rlain fue con él—. Esta vez comprendemos lo que dice la gente, pero no tengo ni idea de lo que estoy haciendo.

—¿Has localizado a Shallan?

—Aún no —contestó Rlain—. He aparecido y me he puesto a dar vueltas como un idiota hasta que un humano calvo ha pasado a mi lado y me ha dicho que venga aquí porque ya era «casi la hora».

—Ese era Ishar —dijo Renarin—. Ishi'Elin, uno de los Heraldos. Estamos a punto de ver cómo se funda el Juramento.

—¿Y los Sangre Espectral quieren impedirlo?

—No, no, recuerda que esto no es el pasado de verdad —dijo Renarin. Rlain no tenía experiencia con las visiones de Dalinar—. Los Sangre Espectral creen que seguir a Dalinar los llevará hasta la prisión de Mishram. —Renarin frunció el ceño—. No sé por qué lo creen, dado que Dalinar está buscando lo que le sucedió a Honor. A menos que...

—A menos que —terminó Rlain por él— los acontecimientos estén relacionados.

Tormentas.

—Y los Sangre Espectral lo saben, por algún motivo.

—Está todo envuelto en un solo nudo —dijo Rlain, asintiendo—. La caída de vuestro dios. La reclusión de una de los nuestros. Que los Radiantes abandonaran sus votos y los cantores terminaran en forma esclava. Renarin... aquí hay muchísimos secretos.

—Solo hemos venido a detener a los Sangre Espectral —afirmó Renarin.

—Pero ¿y si pudiéramos hacer más? —preguntó Rlain—. ¿Y si encontrásemos nosotros la prisión, para descubrir lo que pasó en realidad? No solo a los oyentes, sino a todos los cantores. —Canturreó a un ritmo emocionado—. Creo que Shallan hizo bien en traernos. Necesitamos conocer esos secretos. Yo necesito conocerlos.

—Porque eres un cantor —comprendió Renarin—. Si al final vamos tan lejos como quiere Shallan y llegamos a la prisión nosotros mismos... debería haber un cantor involucrado, no solo humanos.

—Sin ánimo de ofender —dijo Rlain, cambiando de ritmo. Canturreó un poco más para indicar una emoción, cosa que Renarin se había fijado en que los suyos hacían de manera inconsciente después de una frase corta—. Renarin, os respeto a ti, a Kal, a Dalinar... a todos. Pero ¿no estás de acuerdo? ¿No crees que debería haber un cantor involucrado, aunque sea un poco?

—Tienes razón, por supuesto —asintió Renarin, abriendo la hebilla entre los dedos.

Imaginaba cómo debía de sentirse Rlain, siempre rodeado de gente que había esclavizado a la suya. Y... tormentas, le parecía mucho más fácil interpretar lo que estaba pensando Rlain cuando canturreaba aquellos ritmos para indicar su estado emocional. ¿Por qué no hacían los humanos algo parecido?

Cuando hablaba con Rlain, el mundo entero se abría para Renarin. Ya no era la persona ciega en las conversaciones, esforzándose por averiguar lo que sentían los demás mientras todos ellos lo captaban sin esfuerzo. Era una habilidad que había tenido que practicar, y estaba orgulloso de cuánto había mejorado.

Con Rlain no necesitaba hacer ese esfuerzo, y eso volvía la conversación entera más relajante. Justo hasta el instante en que Rlain preguntó una cosa que envió un aguijonazo de pánico por todo el cuerpo de Renarin.

—¿Puedo tocarte?

—¿Qué? —casi exclamó Renarin.

—Llevar estas caras me pone nervioso —dijo Rlain, llevándose la mano a la cabeza y pasando los dedos por el pelo de la mujer veden—. Me cuesta oír los ritmos, y este cuerpo no es solo un tejido de luz. Ya no siento mi caparazón. Me da repelús.

Claro. Con cualquier otra persona, Rlain se habría limitado a agarrarle el hombro en busca de apoyo, pero a Renarin le gustaba que la gente pidiera permiso antes. Claro, claro. Eso era lo que estaba preguntando Rlain.

Asintió y trató de canturrear sus emociones, cosa que hizo sonreír a Rlain antes de agarrar a Renarin por la parte de arriba del brazo y no soltarla, respirando hondo y canturreando también para sí mismo. Renarin sintió, por su parte, un fuego inesperado en ese contacto. Una calidez que se extendió en su interior, como la que los demás siempre habían esperado que sintiera, como la que le habían dicho que sentiría. Pero era una calidez que Renarin nunca había experimentado con las mujeres que su tía y otra gente le presentaban.

¿Debería decirle algo? Pero ¿qué? «Escucha, ya sé que estábamos hablando de la esclavización de tu pueblo, pero ¿qué opinas de cortejar a humanos?». Tormentas, que incomodísimo sería. Renarin no pensaba que fuese capaz. ¿Por qué echar a perder algo bueno? Con aquello le bastaba, ¿verdad?

—Muy bien —dijo Rlain, armonizando a lo que Renarin creía que era Resolución—, ¿cómo encontramos a Shallan?

—¿Todavía hay gente fuera esperando? —preguntó Renarin, obligándose a concentrarse en la tarea. Al fin y al cabo, estaban intentando influir en el destino del mundo. Se sintió egoísta por permitir que su atención se desviara de ello.

—Sí —dijo Rlain, soltándolo, por desgracia, para ir a mirar por la solapa frontal de la tienda—. Desde que se ha puesto a llover, están todos ahí plantados. —Canturreó a Paz, acompañando el tamborileo de la lluvia en la tienda—. Es la alta tormenta, Renarin, pero… diferente. Más reposada. Me gusta esta sensación. En todo caso, veo a unos cuantos que parecen importantes, aunque el anciano está debajo de un toldo.

—Esos son los Heraldos —contestó Renarin—. Tenemos que suponer que Shallan está con ellos, y nuestros enemigos también. Encontrarla a ella y no a ellos va a ser difícil. Sobre todo para mí, Rlain. No se me da bien interpretar el contexto ni cuando lo tengo en la cara, así que imagínate si está en la cara de otra persona que se oculta detrás de una tercera cara.

—Ya —dijo Rlain a Irritación—. Los humanos… no siempre tenéis mucho sentido.

Sin embargo… Renarin pensó un momento.

—Sí que hay una cosa que puedo hacer con mis poderes, Rlain. Es… Bueno, es difícil de explicar. Glys dice que el tejido de luz debería ser una de nuestras potencias, pero, cuando lo he intentado, obtengo una cosa distinta.

—¿Y qué hace? —preguntó Rlain.

—Creo que me muestra el alma de la gente —susurró Renarin—. Y su futuro. Es… Como te digo, en realidad no lo comprendo. Pero creo que tal vez nos venga bien aquí, porque, si podemos ver el alma de las personas…

—Sabremos quién es quién. —Rlain asintió—. Pero, si lo intentas, procura que no se te note mucho.

Esto…, le dijo Glys, con voz distante. *Esto será útil. Esto será bueno. Prueba.*

Animado, Renarin absorbió luz tormentosa. Permeaba aquel lugar, y Renarin ya había estado conteniendo un poco de manera inconsciente. Se arrodilló y le hizo un gesto a Rlain para que se sentara.

Renarin ahuecó las manos y… exhaló, y capturó la luz tormentosa en una esfera que tendría unos quince centímetros de diámetro y giraba y resplandecía por encima de su mano. «Por favor, si puedes —pensó—, permíteme ver, y permítele ver a él». Las sombras que proyectaba esa luz a veces mostraban cosas a Renarin, un poco como las ventanas de las visiones. Las que él creaba a propósito eran menos nítidas, más vagas, pero al menos podía controlar cuándo se producían.

Rlain miró al interior de la esfera y la luz que se proyectaba de él creó una imagen, la de un cantor de pie en algo como una frontera, con un pie en el mundo de los hombres, representado por una ciudad con arquitectura humana, y otro pie en el mundo de los cantores, donde cada edificio tenía el diseño más fluido de su pueblo. Llevaba medio uniforme del Puente Cuatro y media túnica de cantor, que le acentuaba el caparazón. Todo se dividía justo por la mitad.

Era una visión más clara que las que solía obtener Renarin. Y parecía que Rlain había visto lo mismo cuando posó la mirada en la luz de la mano de Renarin.

Durante un rato, Dalinar se limitó a gozar de la lluvia y la extraña calidez. Los rocabrotes cercanos se abrieron y se sonrojaron de súbito color, y sus caparazones pasaron del marrón a un vibrante naranja rojizo mientras de ellos brotaban vidaspren. Las enredaderas se extendieron, la hierba asomó de sus agujeros y extendió largas hojas hacia el cielo, como una persona despertando de un profundo sueño. Las palanganas atraparon la lluvia, y Dalinar vio vajilla hecha de crem cerca de una hoguera donde cocinaban.

Os lo advierto, dijo el Viento. *La tormenta podía ser muy cruel, y Honor solo la modulaba en casos muy concretos. A mí... me daba miedo a veces. Los cantores tienen armadura por un motivo.*

—¿Por qué? —preguntó Gav, sorprendiendo a Dalinar al interactuar con la spren—. ¿Por qué tú eres maja?

Somos lo que dejó Adonalsium..., dijo el Viento. *E incluso la tormenta, antes de Honor, atendía a súplicas en ocasiones...*

—Eso nunca me lo dijo el Padre Tormenta —respondió Dalinar—. Él dice que la tormenta es como es y punto. Que no tiene más elección que destruir.

Esto es Roshar. Nada es como es y punto. Todo piensa. Todo tiene elección. Mira. Como los humanos eligen.

Con Gav cogido de la mano de Navani, los tres avanzaron para reunirse con Jezrien y un grupito que miraba al cielo con los brazos extendidos. El rey inhaló una bocanada larga y profunda, indiferente a que se le estuviera mojando aquella ropa tan buena que llevaba. Asintió a los demás y entonces se volvió hacia los exploradores en los que Dalinar se había fijado antes.

—Muy bien —dijo Jezrien—. Kalak por fin ha decidido unirse a nosotros. Puedes informar.

—Es él —respondió el explorador, un hombre de piel oscura con una marca de nacimiento en la mejilla. Tormentas, ese era Nale. Dalinar lo había conocido una vez—. Tu amigo, Jezrien. Estoy seguro de ello.

—El está muerto —susurró Jezrien—. Lo apuñalé yo mismo.

—Y, no obstante, vive —afirmó Nale—. Jezrien, si El se ha unido a los Fusionados... significa que nuestros enemigos no solo renacen, sino que están reclutando a los cantores más fuertes y dotados para concederles la inmortalidad. Tenemos que contrarrestarlo, o perderemos esta guerra.

—Ishar tenía razón desde el principio, Jezrien —intervino Chana, que estaba a su lado, como en todas las anteriores visiones—. Esto es obra de Pasión. Nuestro dios nos ha traicionado por completo.

—Creo que nosotros lo traicionamos primero a él —dijo Jezrien con voz suave—. En el momento en que reconocí que Nale tenía razón, las cosas empezaron a cambiar. Él nunca fue Pasión, Chana. Siempre Odium.

—¿Cuánto hará ya de ese día...? —preguntó Navani—. A veces pierdo la noción del tiempo.

—Más de cuarenta años —dijo Jezrien—. Cuarenta y tres largos años de guerra.

Dalinar le guiñó un ojo a Navani, agradeciéndole su inteligente manipulación de la charla para conseguirles información.

—¿Estamos planeando campañas? ¿Hay algún mapa de batalla que pueda ver?

Quizá uno de ellos le serviría de ancla hacia el futuro.

—Luego —repuso Jezrien—. Ahora no es el momento. Bien lo sabes.

Bueno, seguro que un mapa tampoco lo llevaría lo bastante lejos. Necesitaba algo persistente, algo que todavía fuese a estar allí al cabo de mil años... y que mantuviera su relevancia...

Notó que sus ojos se ensanchaban cuando se le ocurrió la respuesta. Estaba a punto de presenciar la fundación del Juramento. Y, como parte de él, se crearían diez armas eternas. Un enlace con todas y cada una de las Desolaciones. Las hojas de Honor. Y, si él seguía siendo Kalak... una cobraría forma en sus propias manos. Un ancla que podría transportarlo miles de años hacia el futuro.

«Esa es la solución —pensó, emocionado—. Tiene que ser posible. Y vendrá directa a mí, si interpreto bien mi papel y no altero lo que está sucediendo».

Renarin sostuvo la luz tormentosa para que Rlain la viera.

—Es maravilloso —dijo Rlain—. ¿Cómo lo haces?

—Solo exhalo —dijo Renarin—, y la luz se congrega. Y, hum... también se lo pido con educación. Ayuda.

—¿Se lo pides con educación?

—Sí, la luz parece responder más cuando pienso una pequeña petición.

—Tumi me llamó el Pontonero de Mentes —dijo Rlain, contemplando la esfera—. Los cantores importantes tienen títulos. Ese es mi futuro, mi destino.

—No hay nada predestinado —replicó Renarin—. Lo aprendí con mucho dolor, Rlain. Solo están la posibilidad y el azar, quizá con pequeños empujones de fuerzas exteriores. Lo que viene en el futuro es decisión nuestra.

—Como tu padre —dijo Rlain—, al no unirse a Odium en la batalla de la Explanada Thayleña.

—Sí —confirmó Renarin—. A no ser...

Tormentas. A no ser que aquello aún estuviera por venir. Que no se viera obligado a seguir a Odium, sino que fuese por voluntad propia, como parte del acuerdo.

Rlain extendió también la mano y, titubeante, probó a exhalar luz tormentosa, pero después de varios intentos no había conseguido nada.

—No lo fuerces —dijo Renarin—. Prueba a estar relejado.

—Que pruebe a estar relajado, dice —respondió Rlain—, mientras llevo el cuerpo de una mujer humana y busco a un par de asesinos que quieren controlar el mundo, mientras no dejo de ver caras de una de los Deshechos en los patrones de polvo en el suelo. Claro. Ningún problema.

—Bonito ritmo —comentó Renarin, apreciando lo mucho que ese en particular enfatizaba el sarcasmo.

—Gracias —dijo Rlain.

Renarin descartó su esfera y dejó a Rlain intentándolo mientras iba a comprobar la parte delantera de la enorme tienda. Fuera, en el campamento, las gruesas lonas goteaban agua de la lluvia que aún caía. El aire estaba fresco, claro y húmedo. «A Jasnah le encantaría esto», pensó, observando la ropa anticuada, las armas talladas en piedra.

Su padre y Navani habían llegado para hablar con unas personas con ropa más colorida que la de la mayoría, aunque seguía siendo relativamente sencilla desde un punto de vista moderno. Igual que antes, veía a Dalinar y a Navani como ellos mismos, porque no estaban ocultos por sus spren como sí lo estaban tanto los Sangre Espectral como el grupo de Renarin. Y... Condenación. ¿Ese era Gavinor? ¿Por qué habían llevado Dalinar y Navani un niño al Reino Espiritual?

¿Quién de aquel grupo en el que estaba su padre era, en secreto, un enemigo? ¿Quién una amiga?

Glys, pensó, *necesito ser capaz de usar mis poderes sin alertar a nadie que esté cerca. ¿Hay alguna forma... disimulada de proyectar mi luz sobre ellos?*

No que yo sepa, dijo Glys. *Pero aprenderemos más a medida que crezcamos. Seremos más a medida que crezcamos. ¿Quizá?*

No servía de mucho por el momento. Pero Renarin extendió la mano, reparando distraído en que era una mano segura descubierta, cosa que era graciosa, e intentó formar una pequeña luz. Por desgracia, estaba demasiado lejos para revelarle nada sobre el grupo de fuera. Renarin estaba buscando opciones cuando, a su espalda, Rlain canturreó a un ritmo emocionado.

—¡Me ha salido un poco! —exclamó—. Un poquito, al menos. Ha salido y está formándose.

—Excelente —dijo Renarin.

Echó un vistazo a la mesa, donde alguien había dispuesto unas cuantas gemas. Crudas y sin tallar, sí, pero brillantes de todos modos. ¿Y si se ponía allí cerca y creaba luz? Quizá nadie repararía en que procedía de él.

O… bueno, estaba imitando a una Heraldo, ¿no? Quizá ellos pudieran usar sus poderes sin ocultarse. Era Vedeledev, una Danzante del Filo. No encajaba. Pero Rlain parecía ser Pailiah, que era Vigilante de la Verdad, así que él no debería tener problemas.

Eso podría funcionar, quizá, dijo Glys. *Además, quizá si utilizas menos luz tormentosa, el efecto sea menos perceptible.*

Demasiados «quizá» en esa afirmación. Mientras lo pensaba, Renarin vio que el grupo, incluidos su padre y su tía, echaban a andar a zancadas hacia su tienda.

Renarin cerró las solapas.

—Ya vuelven y…

Se interrumpió al ver a Rlain arrodillado y sosteniendo una esfera de luz, con los ojos como platos. En la luz que proyectaba esa esfera, Renarin se vio a sí mismo con Rlain.

Estaban besándose.

Huy.

Tormentas, no había tiempo para eso.

—Ya vienen —dijo Renarin, acercándose deprisa—. ¡Descarta la esfera!

—¿Cómo? —preguntó Rlain—. Ni siquiera sé cómo la he invocado. No…

Las solapas frontales de la tienda se abrieron y la gente entró en tropel.

Antes de que Dalinar pudiera explicarle a Navani su plan para conseguir una hoja de Honor y usarla como ancla, Jezrien echó a andar y Dalinar decidió que era mejor mantenerse cerca de él. Juntos se unieron a Ishar. El Heraldo más entrado en años estaba a cierta distancia de los demás, con las manos entrelazadas a la espalda. Lo acompañaba una mujer que podría ser alezi, o quizá no, y tenía el pelo plateado. Eran los dos únicos que habían decidido refugiarse al llegar la lluvia.

—Battar —dijo Nale a la mujer que estaba con Ishar mientras hacía otro gesto raro que Dalinar no entendió, tocándose la frente con dos dedos—. Siento una extraña alegría por no haber logrado matarte nunca.

—Nale —respondió ella—, siempre el brillante conversador. Tengo noticias que debes escuchar.

—Me da bastante igual —dijo Nale, con sílabas rígidas, cortadas—. Vuelvo a salir de patrulla.

Jezrien suspiró. Miró a Dalinar como buscando ayuda.

—¿Debemos repetir viejas discusiones? —dijo Dalinar con cautela—. ¿No podemos dejar que el pasado se desvanezca y mirar al futuro?

—Estoy de acuerdo —dijo Navani—. Los humanos debemos apoyar a los humanos en este mundo.

Jezrien señaló con la cabeza hacia el resto del campamento, en particular a unos soldados makabaki que había cerca.

—A ti te escuchan, Nale. Aunque no gobiernes. Por favor. Hagamos esto juntos.

—Que tenga más edad que ellos no es motivo para que gobierne —dijo Nale—. No hacemos las cosas igual que vosotros, alzmenio. Y menos mal.

—Por favor —dijo Navani, suave—. Si hay información que compartir, todos debemos oírla.

Estaba aprendiendo rápido cómo manipular las situaciones.

—Midius tiene razón —convino Jezrien.

Lo dijo señalando con el mentón a Navani, cosa que sobresaltó a Dalinar. Midius... era como aquella gente llamaba a Sagaz. Dalinar había supuesto que Navani estaba en el cuerpo de Pailiah otra vez, pero era evidente que no. Habían aparecido cogidos de la mano, por lo que quizá la visión hubiera tenido que situarlos en cuerpos que estuvieran cerca entre ellos.

Jezrien fue hacia una gran tienda que había en las proximidades, y los demás lo siguieron. Chana, la guardaespaldas. Ishar, el anciano sabio. Battar, consejera del resto. Shalash, que ya era adulta, y Navani como Sagaz. Dalinar en el cuerpo de Kalak y, por último, Nale con un suspiro.

En total, aquel grupo contenía a siete de los diez Heraldos y a Sagaz. Cuando Dalinar entró en la tienda, vio a una mujer a la que no reconoció, vestida con tela verde que destacaba muchísimo entre las pieles de los demás. De piel morena y aspecto veden, estaba tejiendo luz sentada en el suelo dentro de la tienda, con un globo de luz tormentosa flotando por encima de la mano. Tenía que ser Pailiah.

Detrás de ellos, Nale siseó mientras bullían furiaspren a sus pies.

—Jurasteis que no volveríais a usar los poderes, alzmenio. Esto está prohibido.

—Tenemos que saber lo que viene —dijo Jezrien—. Y Pralla ve la verdad, tal y como podría ser. Siempre lo ha hecho.

—Y van ocho —susurró Navani a Dalinar.

Navani todavía llevaba cogido de la mano a Gav, que miraba alrededor, interesado. En ese momento parecía sentir más curiosidad que miedo. Los demás no le hacían ningún caso, como ocurriría con un spren emocional que estuviera tardando un poco en desaparecer.

De todos los que había allí, en quien más interesado estaba Dalinar era Nale, por su hostilidad explícita hacia el resto. Había visto recientemente visiones de ese hombre. Quizá visiones de aquel mismo día. Nale había sido enemigo de los demás...

Pero ¿dónde estaba Taln? Aquel al que abandonaron. Mientras el grupo entraba en la tienda, acompañado por unos cuantos guardaespaldas vorin y makabaki, Dalinar buscó entre ellos. Había conocido a Taln en la era moderna, y el corpulento soldado destacaría en una multitud. No estaba allí. Pero sí que había otra persona en la tienda, una mujer que había estado escondida en un rincón sombrío pero quedó revelada cuando encendieron lámparas. Reconoció a Vedeledev al instante, con el pelo largo y oscuro, un poco rizado. A sus ojos parecía alezi o veden, aunque tenía la piel más pálida, como si procediera de cerca de los Picos Comecuernos.

Navani dio un respingo audible.

—¿Qué pasa? —le susurró Dalinar.

—Es que me impresiona cada vez que la veo —respondió ella en voz baja—. Vedeledev. La guardiana de las llaves.

—Siempre me he preguntado de qué eran las llaves —dijo, recordando que los eruditos tendían a maldecir usando su nombre.

—Son las llaves de la inmortalidad —susurró Navani, ensanchando los ojos mientras Vedel se volvía hacia el grupo congregado—. Va a suceder.

—Es la hora —dijo Jezrien a Vedel—. ¿Él está preparado?

Vedel no respondió, con un extraño semblante temeroso.

—¿Vedel? —insistió Jezrien—. Es la hora. Muéstranoslo.

Cuando todo el mundo entró en la tienda, Renarin buscó las sombras por instinto. Rlain seguía arrodillado en el suelo y, por suerte, ninguno de ellos consideró extraño su tejido de luz, por lo menos no hasta que un makabaki alto que llegaba de los últimos espetó que no deberían estar usando los poderes.

Renarin dio un paso adelante, esperando apartar la atención de Rlain, pero, al hacerlo, su padre lo miró directamente, disparándole toda una hueste de emociones. Felicidad por ver a alguien capaz de ponerse al mando, bochorno por no pensar que él mismo debería hacerlo. Vergüenza por no poder decir nada que le indicase quién era. Hasta un poco de resentimiento. Siempre estaba allí, formando parte de su relación. No se podían desterrar esas cosas con un gesto de la mano.

Todos esos pensamientos y preocupaciones se esfumaron cuando un hombre majestuoso de aspecto alezi, seguramente Jezrien, se dirigió a Renarin.

—Es la hora —dijo—. ¿Él está preparado?

¡Tormentas!

—¿Vedel? —lo llamó Jezrien—. Es la hora. Muéstranoslo.

Y todos los presentes esperaron a que Renarin contestara.

No hace falta que tengas siempre la última palabra, aunque sé que las coleccionas como medallas de honor. No voy a decirte dónde está ella.

Durante toda su vida, a Renarin siempre le había costado mucho averiguar lo que la gente quería de él.

Era el gran tema recurrente de su existencia. Decía lo que no debía, o, con más frecuencia, no decía lo que alguien esperaba que dijera, y entonces todo el mundo se lo quedaba mirando igual que pasaba en ese momento, en aquella tienda llena de futuros Heraldos. Expectantes.

Lo normal era que Renarin se replegase hasta que transcurriera el momento incómodo. Al hacerlo, sospechaba que había entrenado a sus personas más próximas para que le hicieran caso omiso. Dolía, porque él quería entender; sobre todo, porque quería que ellos lo entendieran a él. En todo caso, durante gran parte de su vida, el silencio había sido su defensa. No decir nada. Aceptar que lo considerasen raro, que era mejor que ofenderlos.

Ese día no iba a funcionar. Ese día Renarin se había puesto en una posición en la que guardar silencio revelaría su presencia a unos asesinos que merodeaban con rostros ajenos.

Solo que...

—¿Vedel? —dijo el rey otra vez.

Solo que todo aquello ya había ocurrido. En la mayoría de las conversaciones, no había forma de saber las respuestas correctas. Ese día, en cambio, la respuesta correcta existía. Solo necesitaba el guion.

¡Oh!, exclamó Glys, su voz lejana, ya que observaba desde fuera. *¡Oh, sí que funcionará! ¡Sí que es posible!*

¿Puedes ver lo que ocurrió en el acontecimiento original?, le envió Renarin. *El que la visión está copiando.*

Sí, respondió Glys. *¡Ahora que tú estás dentro, sí! Di esto, Renarin. Di: «Sí, le hemos presentado el plan de Ishar y lo ha escuchado. Todo está preparado, y yo también».*

Renarin repitió las palabras, a lo que Jezrien asintió satisfecho. Uno de los otros, que tenía que ser Nale, se abrió camino hacia delante.

—Espera, yo a ti te conozco. Vedel. La reina.

—Ya no soy reina —contestó Renarin, repitiendo las palabras que le proporcionaba Glys—. Mi pueblo está muerto. Ahora soy solo una sanadora.

—El *talad*... —dijo Nale.

Renarin no tenía ni idea de lo que significaba, pero tampoco le hacía falta. Tormentas, qué alivio tan increíble era, por una vez, saber cómo responder. Ser capaz de participar en una conversación sin ansiedad ni inquietud. Seguro que así era como se sentía su padre, siempre con una respuesta, siempre en posición de decir lo que opinaba.

¿Esto es lo que querrás?, preguntó Glys. *¿Siempre dar las respuestas esperadas? ¿Y la individualidad? ¿Y la espontaneidad?*

Era difícil de explicar, incluso a alguien que podía captar sus emociones y sus sentimientos. Renarin estaba... empezando a respetar a la persona que era, más que a la que creía que debería ser. Durante gran parte de su vida, eso le había resultado difícil, ya que siempre se había sentido insuficiente. No era el guerrero que su padre quería. No era el devoto religioso que los fervorosos querían. No era el príncipe que el pueblo quería.

En todos esos aspectos, era un fracaso. Y serlo debería hacer que quisiera rebelarse, despojarse de todo, hallar su propio camino. Pero Renarin quería a esa gente: a su padre, a su tía, a fervorosos como Kadash, a su hermano y al pueblo de Alezkar. Sabía que no debería extraer su autoestima de ser lo que esperaban, pero sin duda también había un bien en complacer a los demás, ¿verdad? Tenía que...

Espera, dijo Glys. *¡Renarin, espera! ¡Renarin, esto irá mal!*

Renarin sintió pánico, pensando que, en sus cavilaciones, se había saltado un pie. Pero... no era él. Era Gav, de pie delante de Navani. Debía de estar en el cuerpo de alguien poco importante, porque los demás no parecían darle mucha importancia a sus actos.

Pero Gav acababa de hacer una pregunta. Y eso enardeció la conexión mental de Renarin con Glys.

¡No era lo que la visión dice que pasará!, explicó Glys. *Ese no está siguiendo el guion.*

Ya, es que es Gav, envió Renarin. *No va a poder seguirle el juego a nadie. Pero eso no nos dice nada, porque...*

Un momento. Tormentas.

¡Así es como los distinguiremos!, comprendió Renarin. *Todos los verdaderos integrantes de la visión saben lo que deben decir, pero los intrusos no lo sabrán.* Los Sangre Espectral se delatarían a sí mismos al no seguir la visión al pie de la letra.

No necesariamente, dijo Glys. *Quizá habrán descubierto el mismo secreto que tú. Además, si una persona se desvía de lo que debe decir, los demás lo harán también.*

Cierto. Tendría que ir con cuidado para no sacar conclusiones precipitadas. Pero, al menos, sí que parecía un método viable para intentar encontrar a los asesinos ocultos en la visión.

Hablarás, le avisó Glys, ya que él no había estado siguiendo la conversación. *Di: «Así que los dejé…».*

Sigzil rodó por el terreno mojado por la lluvia, aturdido.

Tronadora. Había estado luchando contra la tronadora Kai-garnis junto a varios Custodios de la Piedra. El monstruo lo había derribado del aire de un manotazo y…

La muralla de piedra de Narak Cuatro explotó hacia dentro cuando el puño de Kai-garnis la atravesó. Cayeron lascas y pedazos de piedra sobre Sigzil en la oscuridad, que de repente se iluminó cuando un Rompedor del Cielo empezó a prenderle fuego al aire.

Los generales enviaron tropas de tierra para cubrir el hueco. Y, por suerte, los pies de la tronadora al fin empezaron a hundirse en la meseta que tenía detrás. Al haberse quedado suspendida sobre las dos piernas y un brazo entre una meseta y otra el tiempo suficiente para romper la muralla con el otro puño, había permitido a los Custodios de la Piedra que trepaban por la pared del abismo volver blando el borde de la meseta bajo sus pies. El monstruo de diez metros de altura, que tenía un vago aspecto esquelético y una gran cabeza con forma de punta de flecha, barritó al notar que se le hundían los pies. Cinco Danzantes del Filo con hojas esquirladas se deslizaron hacia Kai-garnis y empezaron a darle tajos, y Sigzil se sacudió de encima el embotamiento y se unió a ellos, invocó su lanza, echó a volar y la clavó a través de un resplandeciente ojo de piedra.

La tronadora se quedó quieta, y sus ojos se fueron apagando hasta quedarse sin luz. Pero había hecho el daño que pretendía, y su cadáver formaba un puente por el que atravesar la muralla. Una unidad de Aumentados saltó desde la meseta contigua a su espalda, la recorrió a la carrera y brincó por encima de su cabeza hasta Narak Cuatro.

—¡Todos los Radiantes, formad un perímetro defensivo y dejad que las tropas reformen sus líneas! —gritó Sigzil mientras descendía cerca del puesto de escribas.

—¿Nos retiramos, señor? —preguntó un general—. ¡La muralla está abierta!

—No —dijo Sigzil—. Solo es el quinto día. Tenemos que resistir todo lo que podamos. Preparad la retirada, pero tenemos que comprobar si podemos resistir aquí. ¡Ka, tráeme al Muralla de Tormenta ya mismo!

Luego se situó cerca, entre unos enormes Aumentados y el camino hacia Narak Dos, la Puerta Jurada. Se enfrentó a los primeros que llegaban. Sus escuderos, y luego Cikatriz y sus propios escuderos, formaron a su alrededor. Los Corredores del Viento adoptaban muchas funciones en un campo de batalla. Hacían de exploradores, sí, pero lo más frecuente era que funcionaran de un modo parecido a la caballería: tropas rápidas, reactivas, capaces de desplazarse hasta una situación y resistir mientras las tropas más lentas maniobraban.

Se unieron a ellos unos Danzantes del Filo, y los Radiantes combatieron juntos a los Fusionados. La batalla se dividió en duelos individuales, no por honor, sino porque cada Radiante o Fusionado era como un ejército de una sola unidad por sí mismo. No tenían los números suficientes para formar bloques de tropas, además de que el estilo de lucha de los Radiantes, en particular con hoja esquirlada, solía requerir espacio.

Cerca de él, una Danzante del Filo gritó mientras caía ante un Enfocado, de la nueva marca, con el cuerpo esbelto y esculpido, compuesto de franjas superpuestas. Era como un cadáver embalsamado, envuelto en tela, solo que no era tela, sino correas de cuero. Mientras Sigzil intentaba acudir en ayuda de la Danzante, el Enfocado le aplastó la cabeza con el pie, destrozándole por completo la columna y el cráneo. Una herida que ni la luz tormentosa podía sanar. Sigzil maldijo, dejó a sus escuderos enfrentándose a dos Aumentados, considerando que tenían la experiencia suficiente para ello, y voló hacia el Enfocado.

Al contrario que los Aumentados, aquel ser no corrió ni saltó después de volverse hacia él. Alto y escultórico, anduvo con firmeza, dando una sensación de inevitabilidad. Desnudo, andrógino, a Sigzil le parecía un hombren, pero todos se lo parecían. Seguramente era solo que se dejaba llevar por sus suposiciones.

El Enfocado ni se inmutó cuando la lanza esquirlada de Sigzil le dio en todo el pecho, se hundió como un centímetro y entonces se detuvo. Tormentas, era verdad. No se lo había terminado de creer. Las envolturas de su piel debían de utilizar de algún modo la luz del vacío para repeler la lanza. Sigzil se alejó danzando mientras el ser se abalanzaba hacia él a una velocidad increíble, como un muelle destensándose. Apenas logró esquivarlo enlazándose hacia arriba, mientras su sudor se confundía con la lluvia. Algunos músculos de la pantorrilla de la criatura se habían desenrollado con el movimiento y los pliegues que había justo sobre los pies se habían soltado, y las muchas capas del conjunto se habían deslizado hacia abajo.

Sigzil vio cómo volvían a tensarse. Fascinante. Descendió, poniendo algo más de fuerza tras su acometida, y logró clavar la lanza un poquito más que antes. En esa ocasión estaba preparado para el repentino movimiento de su adversario, pero, aun así, apenas logró esquivarlo. Cerca, una unidad de infantería pesada, con coraza completa y martillos de armas, formó en hilera. Era la mejor forma de combatir a Aumentados con tropa convencionales.

La unidad atacó a un Enfocado, que, con un súbito movimiento, agarró a un soldado completamente acorazado por la cabeza. La mano liberó su tensión y los pliegues que rodeaban el antebrazo se desenredaron como rollos de cuerda aflojados de pronto. Esa vez Sigzil lo vio mejor: la tensión liberada en la muñeca fue como un muelle al destensarse, que transmitió una gran cantidad de fuerza a unos dedos. Toda aquella energía potencial contenida se transfirió a una presa que ya era poderosa de por sí.

La cabeza estalló. El yelmo no sirvió de nada.

Tormentas. Aunque Vienta empezó a susurrarle cifras, analizando la transferencia de fuerza, la batalla dejó de ser académica para Sigzil en ese momento. Se movió, reuniendo tropas a gritos y levantando la lanza. Por desgracia, los Rompedores del Cielo iniciaron otra serie de pasadas de hostigamiento justo entonces. Sigzil se vio obligado a prestar apoyo aéreo junto con los demás Corredores del Viento, para que el enemigo no aterrizara tras sus líneas.

Los siguientes quince minutos fueron un caos en el cielo, luchando entre la lluvia y rechazando a otros humanos que deberían estar combatiendo en su mismo bando. Por lo menos tuvo un momento para apartarse y echar un vistazo a las defensas, sin hacer caso al puntito rojo brillante en uno de los seis rubíes de vinculacaña que llevaba sujetos con correas al brazo. Indicaba que Leyten requería su atención, pero eso podía esperar.

Sus fuerzas habían logrado impedir que el enemigo dominase la meseta entera. Y estaba llegando ayuda en forma de un pequeño pelotón de Corredores del Viento, con cuerdas de las que pendían otras figuras en armadura esquirlada. No se podía alzar la armadura esquirlada con enlaces, pero sí que era posible enlazarse uno mismo y transportar a un portador de esquirlada con cuerdas. Ese grupo había estado rechazando un ataque simultáneo en Narak Principal, pero Sigzil los necesitaba más allí, y aquel método de despliegue era el más rápido.

Los Corredores del Viento cortaron las cuerdas y cuatro portadores de esquirlada cayeron al campo de batalla, astillando los tablones de madera al aterrizar mientras aparecían hojas esquirladas en sus manos. A continuación cayó un quinto hombre, al que apodaban el Muralla de Tormenta. Dami, el Custodio de la Piedra rirano. La armadura esquirlada cobró forma a su alrededor, el conjunto más grande y voluminoso que Sigzil hubiera visto nunca, brillando en un peligroso tono naranja dorado por las juntas y en el símbolo. En esa armadura, Dami les sacaba una cabeza incluso a los cuatro portadores de esquirlada convencionales.

Sigzil no había estado con él en Emul cuando pronunció su Cuarto Ideal, pero decían que había sido espectacular. El Muralla de Tormenta no invocó una hoja esquirlada, sino un imponente escudo rectangular, pinchudo y tan alto como él mismo. Lo golpeó contra el suelo con fuerza y enseguida apartó a una Aumentada de un empujón mientras le daba a otro un puñetazo que le destrozó la cara. Unas coloridas cintas atadas a sus muñecas, que se extendían por toda la armadura, empezaron a moverse por sí mismas, trazando espirales crecientes alrededor de su puño y volviéndose como hojas, según el arte de los Custodios de la Piedra.

—¡Los Enfocados! —gritó un Danzante del Filo mientras pasaba resbalando junto a Sigzil bajo la lluvia, dejando atrás una estela de miedospren—. ¡No se pueden matar! ¡No se pueden matar!

Bueno, eso sí que no podía ser. Era hora de un poco de ciencia aplicada.

—Cuatro enlaces —le susurró Vienta— y una distancia de unos cien metros deberían bastar, según las medidas que me has proporcionado.

Sigzil se alejó mediante unos pocos enlaces y luego regresó volando bajo, aplicándose cuatro enlaces en rápida sucesión. Surcó la superficie de la meseta, dejando atrás algunas escaramuzas mientras su velocidad hacía que el agua acumulada se partiera tras él en oleada, destellando en rojo por el relámpago reflejado desde arriba. Embistió contra un Enfocado. La criatura lo miró en el último segundo, pero recibió la lanza esquirlada en plena cara.

El impulso de Sigzil hizo entrar el arma por completo, y la punta salió por la parte de atrás. Sigzil empujó la figura hasta el suelo, por pesada que fuese, y le estrelló la cabeza contra la piedra. El Enfocado se infló en un abrir y cerrar de ojos, liberando la tensión al expandirse en un repentino y peligroso estallido. Como si cientos de cuerdas muy tensas de pronto se soltaran como látigos.

Los ojos ardieron.

—¡Sí que se pueden matar! —gritó Sigzil, arrancando la lanza para levantarla sobre la cabeza—. ¡Luchad! ¡Seguid luchando!

Eso les levantó el ánimo y, junto con el Muralla de Tormenta, empezaron a hacer retroceder al enemigo. Al cabo de poco tiempo Sigzil pudo desentenderse de la lucha, dejando al Muralla de Tormenta y a Cikatriz al mando de tierra y aire respectivamente, y tocó la gema para indicarle a Leyten que estaba listo para recibir su mensaje. La pauta de iluminaciones que llegó le indicaba el número de meseta y la advertencia de que estaba pasando algo raro.

—Weiss y Atakin, conmigo —dijo Sigzil a sus escuderos—. Fishev, avísame por rubí si la batalla de aquí se nos pone en contra. Tengo que ir a comprobar una cosa.

—¿Por qué estáis todos tan tristes? —preguntó Gav al grupo congregado de futuros Heraldos—. ¿No podemos hacer como que somos abismoides, en vez de quedarnos de pie aquí?

Dalinar se encogió, esperando a que los otros reaccionaran. Estaban todos mirando a Gav, como si lo viesen por primera vez.

—Spren —dijo por fin Jezrien—, ¿qué has… preguntado?

—El spren pregunta por qué estamos tristes —respondió Dalinar—. Se nota que es un spren emocional.

—Sí —dijo Jezrien, indicando que la visión se adaptaba al cambio—. La verdad es que estamos tristes, porque la nación de Vedel no hizo la transición a esta tierra con ella. Vedel estaba visitándonos cuando el... final empezó.

—Así que los dejé —susurró ella— que ardieran.

—Eres sanadora, Vedel, no Forjadora de Fuego —dijo Jezrien, cruzando la tienda para reconfortarla—. No había nada que pudieras hacer una vez la reacción en cadena hubo incendiado el aire.

—Aun así... debería haber estado con ellos.

Vedel apartó la mirada, y Dalinar distinguió algo familiar en sus maneras.

—Todos lamentamos aquellos días —dijo Jezrien—. Hay un motivo por el que acudiste a mí. Sabías, incluso entonces, que habíamos elegido al dios equivocado.

—Yo no quería elegir a ningún dios —replicó ella, y se volvió para señalar hacia el lado—. Supongo que este estará contento. De que por fin vayamos arrastrándonos hacia él.

La luz llenó la tienda, cegando a Dalinar. Parpadeó para quitarse las lágrimas mientras los demás daban respingos. Al momento la luz remitió y había un hombre de pie junto a Vedel. Un hombre regio, musculoso, de largo pelo blanco, piel oscura y ropa dorada de otro tiempo o lugar, demasiado elegante para aquella era del mundo.

Era Tanavast, aquel a quien llamaban el Todopoderoso. O, con igual frecuencia, aquel a quien llamaban Honor. Estaba ocurriendo. «Por favor —rezó Dalinar—, que pueda conseguir una hoja como ancla antes de que la visión termine».

Debía de estar cerca ya. Pero...

¿Qué pasaba con Taln?

Adolin corrió a meterse en su armadura, ansioso por entrar en la cúpula y unirse a la defensa. Saltó dentro de las botas y notó cómo se ajustaban mientras caminaba contra las grebas que sus armeros estaban sosteniendo en alto. Los hombres dieron voces de sorpresa, ya que lo normal era que un portador de esquirlada se quedara quieto dejándose equipar.

Ese día Adolin agarró el peto, que tenían que sostener varios armeros esforzados por su peso, y lo guio a su sitio hasta notar que se cerraba contra el espaldar que le habían acercado otros dos armeros. Las hombreras parecieron saltar a su lugar, igual que otras piezas, antes de que Adolin metiera las manos en los guanteletes. Se volvió y señaló hacia sus escribas incluso antes de que terminara de llegar la energía completa de la armadura, mientras las piezas hacían su ajuste final, las correas se tensaban y, tintineando, las partes se unían entre ellas y absorbían luz tormentosa del peto.

—¿Dónde está el portador de esquirlada azishiano? —preguntó.

—Sector norte —dijo Kaminah, apresurándose a levantarse—. Hum, el comandante ha dejado aquí una nota para vos. Dice: «¿Derribar el estandarte?». Así, con signos de interrogación.

—Ah.

Era una maniobra de torres. Kushkam creía, por el posicionamiento enemigo, que iban a hacer un esfuerzo adicional por acabar con un portador de esquirlada, lo cual tenía sentido. A grandes rasgos, habían dejado de intentarlo desde el primer día. Quizá habían estado esperando a que los defensores se relajaran y desplegaran sus esquirlas con temeridad.

—Dile que agradezco la advertencia —añadió Adolin—. Y escríbele: «Brazos al aire».

Era una seña que se usaba durante el juego, volviendo una carta en ángulo para indicar que uno estaba impresionado por la jugada de su oponente. Adolin se llevó el martillo de portador de esquirlada y a su guardia de honor, en la que reparó que había un hombre en particular.

—Hmask, me alegro de verte, como siempre, pero ¿no te toca descanso?

El thayleño del largo bigote sonrió y asintió. No hablaba bien el alezi. De algún modo, siempre que Adolin entraba en la cúpula, encontraba a Hmask en su guardia de honor. Aún no sabía muy bien qué había hecho para ganarse su lealtad. Tendría que buscar a un intérprete y preguntar.

Seguido por sus guardias, Adolin entró en la cúpula por uno de los pasillos de piedra y, al llegar al interior a oscuras, lo asaltó el olor de la sangre. Persistía allí, encerrado como estaba en aquel extraño campo de batalla. Los cantores dejaban sus cadáveres caídos en el sitio, una tradición al parecer impuesta por los Fusionados. Los defensores retiraban los suyos durante los momentos de respiro, y a menudo sacaban también los cuerpos enemigos, para evitar que se acumularan los putrispren. Pero, tormentas, Adolin deseó volver a poder luchar a la luz del sol.

«No —pensó, llegando al trote tras las líneas humanas—. Cuando vuelva a luchar a la luz del sol, será porque el enemigo ha escapado de esta cárcel. No es algo deseable».

Los cantores habían expandido más su fortificación central dentro de la cúpula, creando espacio para cientos de soldados. Adolin deseó tener algún modo de saber cómo andaban de comida y abastecimiento en Shadesmar. No habían esperado una lucha prolongada. ¿Se atrevería a albergar esperanzas de que empezaran a pasar hambre?

Pensar en Shadesmar hizo que pensara en Maya. Podía sentirla, débilmente, en algún lugar lejano. Decidida. Pero el enemigo ya tenía bien adelantado su asalto e intentaba quebrar el anillo de defensores, que habían podido desplegarse formando cuatro hileras completas. Un muro de escudos y tres líneas de picas, siempre dos descansando mientras las dos delanteras combatían. Diez minutos en el frente, diez en las picas de detrás y luego veinte minutos de pausa.

Adolin eligió un punto donde los soldados parecían estar flaqueando y atacó, blandiendo su enorme martillo esquirlado para romper el asalto enemigo. Cuando los hubo hecho retroceder en ese sitio, reculó y esperó a que la línea volviera a organizarse con tropas frescas delante antes de merodear en busca de otro sitio en el que ayudar.

Ese día lo acompañaban varios oficiales de campo azishianos. Cuando llegó una mensajera con la advertencia de que se aproximaban formas funestas, Adolin salió de nuevo a la carga. Aquella lucha sería más dura. Saltó dejando atrás a los asediados piqueros. Atacó a un cantor en forma funesta que era casi todo blanco, con unos feroces pinchos en el caparazón, pero falló. La lucha se volvió frenética y Adolin consiguió derribar a uno de ellos, pero otros tres siguieron acosándolo. Y, lo peor de todo, vio a cierta distancia el relámpago que indicaba que unos regios estaban destrozando la línea de escudos.

Adolin gruñó, pero no cedió terreno mientras empezaban a caer flechas a su alrededor. May estaría concentrando las andanadas en su posición, sabiendo que la armadura desviaría las flechas, que a veces lo golpeaban con fuerte estruendo. La distracción le permitió asestarle un poderoso golpe a un forma funesta, que envió al regio volando hacia atrás sobre el suelo. Los otros dos retrocedieron, así que Adolin pudo cargar hacia la segunda sección quebrada en el muro de escudos para ahuyentar a los cantores en forma tormenta.

Hecho eso, y con el corazón acelerado, resistió mientras sus hombres retomaban la posición y detenían el avance de las tropas convencionales enemigas, que intentaban aprovechar la confusión para rebasarlos.

—Ha ido de poco —dijo uno de sus compañeros azishianos, un hombre llamado Gamma. Era bajito, con un tono de piel que revelaba algo de ascendencia reshi o herdaziana—. Me preocupa que los campos de batalla estén cambiando ante nuestros ojos, brillante señor. Los bloques de picas ya no funcionan igual que antes, ceden con demasiada facilidad ante estos nuevos tipos de tropa. Las maneras antiguas están muriendo. Eso me preocupa. Todo nuestro entrenamiento se basa en esos métodos.

No hubo tiempo para charlar con Gamma sobre cómo estaba cambiando el mundo, porque al momento fue necesario que Adolin acudiera a reforzar otra posición. El enemigo, sin embargo, recurría siempre a la misma táctica: cuando aparecía un portador de esquirlada para ayudar en un frente, los cantores se retiraban casi por completo de ese sector. Así evitaban el grueso de las bajas que Adolin pudiera infligirles.

En consecuencia, su trabajo era agotador. Adolin tenía que estar preparado siempre, combatiendo cada dos por tres. Y, sin embargo, nunca tenía la sensación de estar consiguiendo nada, porque el enemigo reorganizaba sus fuerzas y atacaba donde no estaba él. Neziham, el portador de esquirlada azishiano, desempeñaba más o menos esa misma función en la otra mitad del círculo.

«Pero funciona», pensó Adolin mientras aliviaba la presión sobre otro grupo de atribulados soldados. Lo vitorearon, ya que su llegada les permitió retroceder y dejar paso a las reservas. Aquel método de defensa había mantenido la situación más o menos estable durante el último día o dos de combate y, aunque sus tropas estaban cansándose, creía que podrían resistir.

Los últimos informes decían que los refuerzos azishianos y alezi estaban a menos de dos días de distancia. No se habían producido más ataques fantasmales por parte de aquel ejército misterioso. Con sus vacíospren proporcionándole información, el enemigo debía de estar al tanto de eso mismo, y temería que cambiasen las tornas con la llegada de esas tropas. Así que, mientras combatía, Adolin buscó señales de lo que le había advertido Kushkam, un ataque con la intención explícita de acabar con él.

Sus siguientes enfrentamientos no fueron con ningún regio ni Fusionado. Estaban reservándose sus tropas de élite por el momento, dejándolas descansar. Además, las oleadas enemigas cejaban rápido en su empeño a la llegada de Adolin, como para reforzar su confianza en que era invulnerable. Sus instintos le decían que Kushkam estaba en lo cierto. La batalla estaba empatada desde hacía demasiado tiempo, casi un día entero ya. Irían pronto a por las esquirlas de Adolin.

Retrocedió y le explicó todo aquello a su guardia de honor, para que supieran qué esperar. De modo que todos estaban preparados cuando, más o menos a las dos horas de iniciarse aquel asalto, Adolin cruzó la línea de defensores y el enemigo acometió de pronto. Regios en forma funesta, más de dos docenas a su alrededor, mientras las tropas convencionales y los forma tormenta intentaban quebrar la línea de picas tras él para terminar de rodearlo.

Adolin no se retiró. Era para aquello por lo que estaba allí. Empezó a atacar y aplastó a un enemigo tras otro a medida que se veían obligados a enfrentarse a él y recibir la verdadera tunda que Adolin era capaz de infligir. Adoptó la posición de la montaña, una de las específicas para el martillo, y confió en que su equipo evitaría que lo abrumaran.

Y entonces pasó al ataque.

El enemigo pareció sorprenderse, y Adolin oyó lo que sonaba a maldiciones mientras blandía el martillo a diestro y siniestro, partiendo caparazón, machacando a los regios en forma tormenta que se acercaban demasiado, apagando sus relámpagos. Los regios no tenían una verdadera contrapartida en los ejércitos humanos. Los Deshechos eran como los Heraldos, los Fusionados como los Radiantes. Los regios serían quizá unas fuerzas especiales, pero mejoradas.

Los forma funesta que tenía alrededor, con un caparazón fortísimo y erizado de mortíferos pinchos, redoblaron el ataque. No tenían potencias, pero eran duros con ganas. Por lo menos, hasta que les atizaban con un martillo esquirlado en toda la cara y su exagerado caparazón se derrumbaba y caían hechos un desastre sanguinolento. Estaban acostumbrados a ser más fuertes que sus aliados y que sus enemigos, y habrían sido la fuerza dominante en un campo de batalla ordinario. Pero con su armadura esquirlada, Adolin estaba a su altura y podía resistir hasta que…

—Adolin —dijo una voz. Conocía esa voz. Masculina, entrecortada, reservada—. ¡Adolin, el otro está sufriendo! ¡Ha caído!

—¿Qué otro? —gritó él.

—El portador de esquirlada azishiano. Han enviado el doble de tropas contra él, y tienen escudos con bandas de aluminio para detener la hoja esquirlada.

Tormentas. No estaban intentando acabar con Adolin, sino distraerlo. El verdadero ataque era contra Neziham, que ya había caído… y estaba en la zona diametralmente opuesta de la cúpula respecto a Adolin. ¡Tormentas!

Adolin intentó retirarse, pero el enemigo había planeado bien su treta. Había situado a regios en forma funesta a lo largo de sus flancos, para dificultarle la huida. Iban a obligarlo a luchar por cada centímetro que quisiera retroceder. Y, entre tanto, acabarían con Neziham y se llevarían su cadáver, con armadura y todo.

Los dos portadores de esquirlada eran la mayor ventaja de los defensores en aquella batalla. Si perdían a uno…

Adolin tomó una decisión en el momento.

Una que podía resultar terrible.

Cargó.

El enemigo había situado la mayoría de las tropas en sus flancos, comprimiendo la guardia de honor que llevaba detrás y obligándola a luchar cuerpo a cuerpo. Habían hecho todo lo posible por evitar que retrocediera, pero habían dejado el camino hacia delante más o menos despejado. Adolin corrió sobre pies mejorados por la armadura, rompió la endeble línea trasera enemiga y cruzó a la carrera el campo vacío. Casi solo por completo, seguido por parte de su guardia de honor, tardó poco en llegar a la fortificación enemiga.

—Rápido. Todavía vive, creo.

De pronto, la voz encajó.

—¿Notum? —dijo Adolin.

Una figura resplandeciente apareció en el aire junto a él, de solo unos treinta centímetros de altura, pero con la característica barba y el uniforme del capitán naval honorspren.

—¡Ha funcionado! —exclamó Adolin—. ¿Dónde está Maya?

—Eso no lo sé. ¿Quizá debería explicártelo más tarde?

«Claro». La atrevida maniobra de Adolin lo había situado en el centro de la posición enemiga, rodeado de un modo que era fatal incluso para un portador de esquirlada. Así era como uno caía. Así era como, sin importar cuán invencible se sintiera, podían derribarlo, y que sus esquirlas pasaran a ser esquirlas enemigas y regresaran para matar a sus amigos.

Pero el caso era que Adolin no era un portador de esquirlada cualquiera. Era, en el verdadero fondo, el hijo del Espina Negra. Sadeas, dondequiera que estuviese, podría explicar lo que significaba eso.

A Adolin no le gustaba, ni tenía por qué gustarle. Lo abrazó de todos modos. «Impulso —pensó—. Una batalla consiste en el impulso».

Solo había un camino adelante.

A través de la mismísima fortificación enemiga, a la que habían añadido un techo abovedado para desviar las piedras arrojadas desde arriba. Estaba abollada, pero tenía mucha pendiente y Adolin no podría agarrarse a nada allí arriba. Así que siguió avanzando, con los enemigos acumulándose en sus flancos pero gritándose entre ellos alarmados. Mientras siguieran confundidos por su demencial apuesta, mientras le tuvieran miedo, no aprovecharían su ventaja numérica. Adolin abrió la fortificación con un golpetazo de su martillo que arrancó la puerta de bronce y la deformó del todo. Por desgracia, eso dobló también su martillo, que ya estaba debilitado por tanta lucha. Así que Adolin se lo arrojó a los cantores que había dentro y aplastó a unos cuantos.

El espacio interior era lo bastante grande para un regio en forma funesta, así que también lo era para él. Bramó un rugido hacia los cantores restantes que se apelotonaban dentro, haciendo que se apartaran temerosos, dejando un rastro de miedospren.

Adolin cargó hacia dentro de los tenebrosos confines.

«No pares de moverte. No dejes que respondan, solo que reaccionen. No dejes que planeen, solo que teman. No dejes que te vean como otra cosa que una fuerza terrible. Haz que te eviten a toda costa».

Empezó a destrozar a los cantores de dentro con los puños. Aplastó cráneos y envió cuerpos a estrellarse con las duras paredes de bronce. El terror de los cantores le hizo el trabajo mientras huían despavoridos, tropezando unos con otros, despejándole el camino. Tuvo que trepar sobre cuerpos tanto vivos como muertos, pero, con la fuerza y la estabilidad de su armadura, apenas tuvo problemas.

«No. Pares. De moverte».

No atravesó el edificio de control que había en el centro, sino que lo rodeó por la izquierda y emergió por una puerta en el lado opuesto de la fortificación enemiga, acompañado de un tropel de cantores desesperados por alejarse de él. Había llegado más rápido que la noticia de lo que estaba haciendo, así que la retaguardia de aquel lado estaba distraída. Rugió y embistió entre ellos, y el caos se alimentó a sí mismo.

Notum se convirtió en una línea de brillante luz en el aire y trazó círculos sobre una zona en la batalla de delante. Utilizándolo como guía, Adolin pudo abrirse paso entre las filas enemigas y terminar encontrando al portador de esquirlada caído bocarriba, con la armadura humeando por una docena de grietas. Neziham seguía luchando incluso tendido, dando tajos con su hoja esquirlada para atacar las piernas de quien se le acercara.

Pero había regios en forma funesta saltando por encima de la espada y hostigándolo desde todas partes. Otros bloqueaban los ataques de Neziham con aquellos escudos anchos y cuadrados que llevaban bandas de aluminio clavadas. Un forma funesta consiguió darle un buen puñetazo a Neziham en la cabeza y su yelmo estalló en una lluvia de chispas fundidas.

El siguiente golpe lo mataría.

Adolin no pretendía dejar que ese golpe cayera. Rugió de nuevo para llamar su atención y obtuvo como recompensa miradas de confusión, conmoción y, lo más importante de todo, terror. Agarró al forma funesta más cercano y estampó el puño a través de la cara del hombren, rompiendo caparazón, luego carne, luego hueso. Mientras el cadáver se quedaba flácido en sus manos, Adolin lo asió por una pierna y empezó a voltearlo.

Era difícil encontrar armas que un portador de esquirlada no fuese a romper al cabo de uno o dos golpes. Hasta las mejores espadas se hacían añicos cuando se atacaba a alguien con ellas usando la fuerza completa de la armadura esquirlada, pero los regios en forma funesta tenían un caparazón extremadamente fuerte. Adolin aprovechó ese hecho al máximo, blandiendo su macabro trofeo de un lado a otro, golpeando con él a otros, impresionándolos con la brutalidad de su asalto.

El cuerpo se deshizo y lo dejó empuñando una pierna, pero Adolin por fin había logrado su objetivo. Las desmoralizadas y confusas tropas enemigas se vinieron abajo, regios incluidos. La mayoría de las batallas no consistían en matar a todo el que se te plantara delante, sino en conseguir que tu enemigo dejase de luchar.

Los regios echaron a correr hacia su fortaleza. Arrastraban a sus compañeros heridos, y Adolin levantó una mano para señalar a los arqueros que se lo permitieran. Exhausto, se volvió para ayudar al caído Neziham, pero se detuvo al ver una figura en el campo de batalla que no se retiraba.

El Celestial brillaba, si podía llamarse así, con la oscura energía de la luz del vacío, pero no volaba. Era Abidi el Monarca. Echó un vistazo a sus soldados en retirada y luego miró de nuevo a Adolin.

—Te veo —dijo—. Radiante. ¿Por qué ocultas tus poderes?

—No soy Radiante —replicó Adolin.

—Paparruchas. Ese spren es tuyo. Veo su influencia, cuando intenta esconderse. El pequeño honorspren que revolotea por el aire. —Dio un paso hacia Adolin—. No me extraña que pudieras resistir contra mí como ningún mortal ha podido, Kholin.

Adolin gruñó y retrocedió un paso.

—Sí —añadió Abidi—, te conozco. Dicen que eres el mejor. ¿Sabías que la sangre de los Radiantes acalla las voces en mi mente y atenúa mil años de dolor? Si me baño en ella, las voces bullen, y luego desaparecen. Ahora que sé lo que eres, podré reclamar tu cadáver como mi recompensa y esta ciudad como mi trono.

—Pues ven a por mí —dijo Adolin, levantando sus puños metálicos.

Pero Abidi lo observó un momento antes de unirse por fin a la retirada de sus tropas. Era la decisión más razonable, pues había pasado a ser él quien corría el riesgo de que lo rodearan. Quizá alguien lo llamara cobardía, pero sería una necedad pensar así.

Adolin suspiró, fue a ofrecerle su mano a Neziham y ayudó a incorporarse al caído portador de esquirlada. Pesaba mucho: el enemigo lo había dejado casi sin luz tormentosa.

—Te lo agradezco —dijo Neziham—. Eres… todo un portador de esquirlada.

—Gracias —respondió Adolin.

—Ese aluminio —dijo el azishiano—, en sus escudos. ¿Crees que sería el secreto de las semiesquirlas desde un principio? Nuestros artifabrianos nunca fueron capaces de reproducirlos a partir de los esquemas que nos proporcionó el rey Taravangian. ¿Sería un truco de los veden, desde hace tanto tiempo?

—No lo sé.

Adolin vio cómo el enemigo se replegaba con sus escudos. Ese metal podía bloquear una hoja esquirlada y, aunque era dificilísimo de obtener, el enemigo parecía capaz de crearlo por moldeado de almas, porque estaba apareciendo cada vez más y más en batalla.

Se volvió y se sobresaltó al ver que un hombre uniformado con lacias cejas blancas miraba desde el interior de su yelmo, montando guardia a su espalda.

—¿Hmask? —preguntó Adolin, imperioso—. ¿Me has seguido al interior de la tormentosa fortificación enemiga?

Con una sonrisa, Hmask le hizo el saludo marcial.

—Supongo que no puedo recriminarte que hagas lo que me ves hacer a mí —gruñó Adolin, mirando alrededor. Encontró a Notum flotando cerca—. Muy bien, spren. Charlemos tú y yo.

Lo único que diré es que he cumplido lo acordado y no acudí en persona a su petición de ayuda.

Navani, a quien los demás veían en la visión como Sagaz, sintió que sus dedos se tensaban sobre los hombros de Gav, de pie delante de ella.

Dios acababa de aparecer.

Sí que era... él. El ser al que Navani había venerado desde la infancia. Para el que había quemado glifoguardas. Dalinar decía que estaba muerto, pero ella nunca había sido capaz de aceptarlo, no tal y como él lo decía. Dios no podía morir. Quizá sí que pudiera morir un aspecto suyo, un avatar.

Así que Navani hizo acopio de valor. Aquel hombre no era Dios de verdad. Era una de sus muchas caras.

—Amigos míos —dijo Tanavast.

—¿Amigos? —repuso Ishar en voz baja—. ¿Así nos llamas?

—Deberíamos haber sido amigos, Ishar —dijo Tanavast—. Deberías haberme escuchado, hace tantos años.

—Trajiste la guerra y la muerte a nuestro mundo —afirmó Chana.

—Llevé la verdad, y la verdad trajo la guerra y la muerte —replicó Tanavast—. ¿Vas a negar eso, Chana?

Chana guardó silencio.

—Ahora Rayse os destruiría —dijo Tanavast—. No le importa la gente con la que juega; nunca le ha importado. Ha encontrado a los cantores y se ha dedicado a concederles la inmortalidad para que puedan mataros. —Los ojos de Tanavast destellaron dorados—. No vais a derrotarlo. No vosotros solos.

—Honor —dijo Nale, abriéndose paso a empujones hasta el frente del grupo—, ¿cómo sabemos que esto no resultará igual que la última vez?

—Nale —saludó Tanavast—, me alegro de verte. Díselo a los demás. ¿La última vez te mentí?

—No —respondió Nale—. Pero los poderes que me diste... ayudaron a quemar el mismo mundo.

La expresión de Honor se suavizó.

—Lo siento. Pero ¿te lo advertí?

—Sí —reconoció Nale—. Lo hiciste.

—No ocurrirá otra vez, Nale —le aseguró Honor—. El plan de Ishar es bueno.

—¿Y Pasión? —preguntó Chana.

—Odium —la corrigió Tanavast—. Os odia, como sugiere su nombre. Lo cuestionáis, y en consecuencia ahora pretenderá aniquilaros.

Navani estaba asimilándolo todo, demasiado maravillada para hablar. Aquello era el sueño de una erudita. Aunque ella no fuese historiadora, aquello había que presenciarlo, para poder registrarlo. Casi estaba conteniendo el aliento, temerosa de que cualquier interrupción o comentario por su parte pudiera mancillar la visión.

—No sé si puedo confiar en ti otra vez, Honor —dijo Nale.

Tanavast dio un paso adelante y puso la mano en el hombro de Nale. Navani sintió que se le erizaban los pelillos del brazo, que le cosquilleaba la piel.

—Yo —dijo Tanavast— no soy perfecto, Nale. Meramente formo parte de algo que sí que es perfecto. Tomé este poder para hacer el bien, y pretendo mantener esa Intención. Prometo que no permitiré que lo que le sucedió a vuestro hogar ancestral ocurra aquí. Sin embargo, lo cierto es que necesitáis poder para resistir.

—Podemos atar al enemigo a un lugar muy lejos de aquí —intervino Ishar—. Sus almas regresan una y otra vez, y eso es algo a lo que nunca podremos derrotar.

—Por eso continúan luchando —dijo Vedel al cabo de un momento, alzando la mirada desde el borde de la conversación—, en vez de buscar una solución pacífica. Si podemos encerrar a esos Fusionados, quizá podamos persuadir a los vivos de que nos escuchen.

—Una... atadura —dijo Chana—. ¿Qué clase de atadura?

Navani tembló. Siempre había imaginado aquello sucediendo en algún gran salón o espléndido palacio. En un templo o un santuario. No en una vieja tienda de cuero, con la lluvia tamborileando fuera. Había imaginado ropa majestuosa, no pieles y tela áspera. Brillante armadura, no lanzas de piedra.

Pero estaba ocurriendo. Y ella podía presenciarlo.

—La mayoría de vosotros estuvisteis a su servicio —dijo Tanavast—. Él os concedió sus poderes. Existe una Conexión que podemos aprovechar siempre que el círculo contenga a los suficientes de vosotros. La mayor fuerza sería con dieciséis o con mi propio número, el diez, pero no podéis ser nueve. Si me hacéis juramentos, mi poder puede canalizarse y gobernarse mediante normas que impidan un cataclismo. Tomaré vuestras potencias y os las concederé de nuevo, y juntos seréis una fuerza que proteja Roshar y, al mismo tiempo, ate al enemigo lejos de él.

—Diez —dijo Shalash—. Pero solo somos nueve.

—No, Ash —respondió Jezrien, volviéndose hacia ella de inmediato—. Habrá los suficientes sin ti. Encontraremos a dos más. Y…

Dejó de hablar al cruzar la mirada con ella, y Navani intuyó que había una historia allí. Cosas que habían pasado en las décadas transcurridas desde que Ash se quitara la cinta.

Jezrien suspiró.

—Aceptaremos… a quien se preste voluntario.

—Solo voluntarios —convino Honor—. Esto podría muy bien requerir que viajéis a Braize, y a su pozo de almas, para encerrar al enemigo. Vuestro pacto completará la bendición que Odium inició y luego rechazó, pero os convertiréis en míos en vez de suyos.

Navani no sabía si los demás sentían la misma trepidación que ella, la misma sensación de poder e increíble fuerza de propósito que emanaba de Tanavast.

—Me presento voluntario —dijo Ishar en primer lugar.

—Necesito un juramento, Ishar —respondió Tanavast en voz baja, apartándose de Nale—. Debes atarte a ti mismo a Honor, a este pacto, y jurar que contendrás la oscuridad.

Jezrien dio un paso adelante.

—Ishar, déjame pronunciarlo a mí primero. Déjame iniciar el círculo, y tú lo terminarás. Es mi deber como rey.

Ishar asintió. Cerró los ojos y una red de líneas emergió de él, como en la forja de vínculos que Dalinar y él habían empezado a llevar a cabo. Pero aquello parecía mucho más complejo, y Navani comprendió que jamás podría duplicarlo con su comprensión infantil del poder. Ishar vocalizó palabras de Intención, y luego tocó a Honor y extrajo un poderoso cordel de luz.

—Esto iniciará el vínculo —dijo Ishar—. Solo cuando esté completado podrá Vedel sellar la inmortalidad en nosotros, utilizando nuestra Conexión con Honor para extraer Investidura constantemente rejuvenecedora del Reino Espiritual, fijando nuestras almas en nuestra edad actual. Así podremos renacer una y otra vez.

Ishar tocó en primer lugar a Jezrien con ese cordel.

—Te hago este juramento a ti, Honor —dijo el rey—. Contendré la oscuridad. Protegeré esta tierra.

El cordel de luz atravesó a Jezrien, que empezó a resplandecer. Un grave zumbido de poder llenó la estancia, vibrando con el tono de Honor. Ishar tomó un segundo cordel del dios y miró alrededor.

Jezrien se sacó algo del bolsillo y lo mostró. Era una piedra pequeña y redonda, la misma que Dalinar había tomado como ancla.

—Te libero de tu deuda, Nale. No te obligaré a hacer esto.

—Te lo agradezco —respondió Nale—. No estoy seguro de desearlo, pero aceptaré esta carga con honor.

—No lo consideres un honor —dijo Jezrien—. Un deber, sí, pero no un honor.

—Comprendo. —Nale titubeó, mirando a Ishar, que sostenía una línea de luz Conectada a un dios—. Aunque no había esperado que acudirías a un enemigo con esta oferta.

—Un enemigo, sí —respondió Jezrien—. Pero un enemigo que tenía razón desde un principio, lo que me convierte en el villano a mí, no a ti. Arreglaremos lo que hemos roto. Ishar y yo estamos de acuerdo. No hay persona a la que daríamos la bienvenida con más ganas a este pacto que a ti.

»Eres el hombre más honorable al que he tenido jamás el privilegio de oponerme.

—Ojalá fuese verdad —dijo Nale, observando aquella línea de luz—. Pero serviré lo mejor que pueda. Hago este juramento, Todopoderoso Honor. Protegeré este pueblo y esta tierra. Contendré la oscuridad.

—Y yo os observaré a los dos. —Chana dio un paso adelante—. Allá donde va mi rey, voy yo. Protegeré al pueblo y esta tierra, Honor. Contendré la oscuridad.

Ishar los Conectó a ambos con líneas de luz y el zumbido de poder se incrementó con cada uno de ellos. Navani miraba casi sin respirar. Aquello no era lo que había imaginado, pero, tormentas, era hermoso. Personas Conectadas directamente con Dios, atadas a él, juradas a él. Aquello era la misma *fundación* del vorinismo.

Vedel fue la siguiente, y luego Pralla. Antes de que Battar pudiera hablar, Shalash se adelantó. Jezrien levantó la mano, como para disuadirla otra vez… pero entonces, en vez de eso, se la tendió. Shalash la tomó, hizo su juramento y recibió una línea de luz. La siguiente fue Battar.

Y luego, nada. «Seis y siete. ¿Quién es el octavo?».

Ah, claro. Le dio un codazo a Dalinar.

—Navani —susurró él—, esto puede ser nuestra ancla. Si obtengo aquí una hoja de Honor… —Respiró hondo—. Sangre de mis ancestros, si esta no es la oportunidad de toda una vida… —Se volvió de nuevo hacia el grupo, que estaba formando un círculo—. Juro a Honor que protegeré esta tierra. Que contendré la oscuridad. Lo haré. De algún modo.

Ishar lo Conectó, pero permaneció fuera del círculo, ya que Jezrien había propuesto que fuese el último. Todavía faltaba uno.

—Los ocho que hemos hecho el juramento —dijo Jezrien— recordamos el antiguo mundo, sin excepción. Pero hay uno más aquí que conoció a los dioses. ¿Midius? Es la hora.

El mismo Dios se volvió hacia Navani.

—Te aceptaría, viejo amigo. Creo que eres el único de todos nosotros que mostró una pizca de sensatez aquel día.

Navani quería. Pero...

Sagaz habría dicho que no. Lo habría dicho de algún modo muy tonto. Encarada con Dios, trató de imitar a Sagaz, pero no se hizo el ánimo de pronunciar ningún insulto.

—No puedo, de verdad que no —susurró, conteniendo las lágrimas—. Elegid a otro.

Jezrien pareció decepcionado y apartó la cara, como si en el momento de verdad hubiera creído que Sagaz se uniría a ellos.

—Tiene que ser un voluntario —dijo Tanavast—. Y, para crear el vínculo, es mejor si se trata de alguien que ya haya interactuado con los dioses.

Ninguno de los que miraban dijo nada. Hasta que, por fin, Nale tomó de Jezrien el disco con las marcas.

—No pueden ser solo reyes y eruditos, ¿verdad? —dijo—. ¿Qué semidiós inmortal bien vestido va a dedicar un solo pensamiento a la mujer cuyo nombre no conoce? —Le dio una vuelta al disco entre los dedos—. Tengo una recomendación.

Kaladin paseaba por una alta tormenta como si nada. De hecho, apenas había nada que la distinguiera de las lluvias que Szeth y él habían encontrado unos días antes. El mismo cielo oscurecido, como taciturno. La misma lluvia perezosa, fresca pero no fría. Los mismos sonidos extraños, de agua cayendo en hierba y tierra. Él estaba acostumbrado al golpeteo de la lluvia sobre piedra, un sonido no muy distinto al de ramitas partiéndose. En Shinovar, la lluvia caía como chisporroteando, tabaleando, más centro del tambor que borde.

Szeth y él caminaban hacia el siguiente monasterio, esperando a que la tormenta recargara sus gemas. Se había puesto la capa que le había dado Dalinar, y había descubierto que Leyten la había aceitado como era debido para impermeabilizarla de la lluvia. Con las botas bien atadas y la capucha echada, se mantenía relativamente seco. No era agradable, y mucho menos con la forma en que el suelo se derretía allí al exponerse al agua, pero tampoco era arduo.

Pasear. A través de una alta tormenta, mientras los spren de su armadura danzaban en las corrientes de agua sobre sus cabezas. Pensó que quizá empezaba a comprender mejor una de las antiguas historias de Sagaz. Saltaba a la vista que aquel era el sitio donde, después de correr a lo largo de un continente entero, un hombre podía por fin ver cómo el viento flaqueaba. Al final, Fugaz había fracasado, claro, pero el sentido de la historia no era ese.

—Oye, Szeth —dijo Kaladin, apretando el paso para alcanzarlo. Resbaló solo dos veces en el fango—. ¿Conoces la historia de Fugaz?

—No —respondió Szeth en voz baja.

—Es sobre... Bueno, supongo que da igual —dijo Kaladin, porque, si

Szeth tenía un talento, era seguir pese a la adversidad. No necesitaba recordatorios de eso. Aun así, añadió—: ¿Quieres oírla de todas formas?

Szeth no respondió. Solía hacer eso, ignorante o ajeno a las costumbres sociales. Kaladin apretó la mandíbula, intentando no sentirse molesto. Había creído que estaba haciendo progresos con Szeth, pero luego, al parecer, la noche anterior Szeth había caído en Shadesmar, luchado contra dos portadores de Honor y regresado. Pese a la insistencia de Kaladin, Szeth apenas había dicho cinco frases al respecto.

No estaba abriéndose a él, hiciera lo que hiciera. Szeth hasta había dejado de contarle la historia de sus años de juventud. A Kaladin se le hacía incómodo presionarlo para que le contara más, porque en realidad estaba metiéndose en cosas que apenas entendía, ¿verdad? Alzó la mirada al cielo, casi ofendido por la cantidad de luz que brillaba a través de aquellas nubes incluso mientras llovía. ¿Por qué podía la gente de allí vivir con tanta relativa facilidad? ¿De qué protestaba Szeth, si había crecido en un lugar así de idílico? ¿Por qué estaba…?

No. Kaladin aplastó con fuerza aquellos pensamientos oscuros. Esa tormenta tan poco ruidosa le recordaba al Llanto, que era cuando siempre lo pasaba peor. Kaladin sonrió y recordó estar tumbado en un tejado bajo la lluvia cuando Tien, con su inagotable optimismo y cariño, había aparecido con un caballo de juguete para su hermano mayor. Ese recuerdo *podía* hacerlo sonreír, de un tiempo a esa parte, cuando antes solo le había recordado la muerte de Tien.

«La gente de Shinovar no tiene por qué sentirse culpable de que las tormentas aquí no sean fuertes —se dijo—. Los desafíos de cada cual son distintos».

Kaladin respiró hondo.

—Oye, ¿por qué estamos yendo al Monasterio de la Nominadora de lo Otro? Tenemos la espada correspondiente, y el portador de Honor está muerto. ¿No deberíamos seguir adelante?

—Tenemos que comprobarlo —dijo Szeth mirando al frente— para asegurarnos de que la gente se libera al morir el portador de Honor. Ha pasado una vez. Quiero confirmar que sigue pasando.

Era un motivo bastante razonable.

—Las sugerencias que me has hecho —añadió Szeth— sobre mis pensamientos están… ayudando. Gracias.

Las palabras cayeron sobre Kaladin como un haz de luz solar atravesando nubes.

—¿De verdad? —dijo, y entonces se sintió tonto—. Me alegro de que estés probando con ellas.

—Suponía que te alegrarías.

—Debes comprender —dijo Kaladin— que no es… no es un arreglo fácil. Tienes que practicar día tras día, hasta cuando tu mente no quiera. Sobre todo cuando parece que es demasiado duro. Aprender a resistirte a tu propia mente es difícil, Szeth.

—Sí, ya veo —respondió él—. Meditaré sobre ello.

—Tú y yo nos parecemos mucho, ¿sabes? —dijo Kaladin.

—¿Ah, sí?

—Dejamos nuestro hogar de jóvenes para hacernos soldados —respondió Kaladin—. Terminamos librando batallas en las que no creíamos, por nuestras decisiones estúpidas. Me veo a mí mismo en ti, Szeth.

—No puedo decir lo mismo —repuso él—. Yo hago mi trabajo. Tú siempre pareces estar cuestionando el tuyo. Encuentro vergonzoso ese aspecto tuyo.

Kaladin se hundió las uñas en las palmas al cerrar los puños, obligándose a no darle una réplica cortante. Y, como recompensando el autocontrol de Kaladin, Szeth siguió hablando un momento después.

—Sin embargo, ahora le veo sentido a que Dalinar te enviara conmigo. Tus palabras… tienen mérito. Por primera vez en bastante tiempo, me descubro tambaleándome. Quizá salgas victorioso aquí, Kaladin Bendito por la Tormenta, y tome tus palabras como ley.

—Un momento, ¿como ley?

—Sí —dijo Szeth, elevándose con gracilidad sobre un gran charco para posarse al otro lado—. Dalinar no quiere mi devoción. Creo que puedo cambiar de guía y, aun así, permanecer fiel a mis juramentos como Rompedor del Cielo. He estado planteándome seguir la ley, como hacen los demás. Pero quizá, en vez de eso, podría hacer lo que tú digas.

Kaladin gimió.

—Szeth, no estoy intentando hacer que me sigas a mí en vez de a Dalinar.

—¿Ah, no? —dijo Szeth, mirando de lado—. Te he malinterpretado, entonces. No has estado haciendo muy buen trabajo a la hora de aclarar tus intenciones.

—¡Quiero que sigas a tu propia conciencia!

—Mi propia conciencia dice que no puedo confiar en mi propia conciencia —respondió Szeth, con la cara inexpresiva del todo.

—Lo que haces en vez de ello no es sano.

—Mi salud es irrelevante. —Szeth observó a Kaladin de nuevo, y al momento sonrió—. No pongas esa cara de disgusto. Tu forma de pensar sí que me ayuda. Me ha llevado a una posición de ventaja sobre mi propia voluntad. Gracias a ti, Kaladin, por fin soy capaz de darme cuenta, y admitir, que ha llegado mi hora de morir. Por fin soy capaz de reunir la fuerza necesaria para poner fin a mi vida.

Kaladin se detuvo en seco, mientras la lluvia repicaba en la capucha aceitada de su capa.

—¿Poner *qué*?

—La ley exige que, por mis delitos, se me castigue —respondió Szeth, echando a andar de nuevo—. He matado a muchos y debería enfrentarme a la justicia. Completaré el peregrinaje, purgaré mi tierra natal y luego hallaré la paz en la destrucción por mi propia mano. Ahora que sé que no soy

Sinverdad, puedo juzgarme a mí mismo. —Miró atrás—. Antes rezaba para que los spren reforzasen la mano de quienes me atacaban. Qué bobada, ¿verdad? La piedra fue siempre solo una piedra, y podría haber acabado con mi propio sufrimiento cuando hubiera querido.

Se encogió de hombros, volvió la cabeza de nuevo hacia delante y siguió por el lluvioso sendero.

—¡Szeth! —gritó Kaladin—. ¡No es eso para lo que he estado enseñándote!

—¿Quieres que tome mis propias decisiones? —preguntó él desde delante.

—Sí, pero…

—¡Pues eso, decido, hombre del puente! Venga, démonos prisa. Por una vez, mi destino parece incuestionable, y eso me da ánimos.

Kaladin se retrasó, sintiéndose como si la lluvia estuviera llamando a la puerta e intentando entrar. Para decirle lo idiota que había sido.

Syl descendió y apareció junto a él.

—Qué pocos spren hay, hasta en plena tormenta —dijo, mirando hacia el cielo—. Solo veo a los de tu armadura, ni a otro solo vientospren. Está pasando algo. El Viento dice… dice que la tormenta se tambalea.

Kaladin tiró de sí mismo hacia delante, arrebujándose en la capa.

—¿Has oído lo que ha dicho?

—¿Szeth? —preguntó ella, pisando ligera para unirse a él. Aunque estuviese a tamaño humano, flotaba y danzaba más que caminaba—. Sí.

—Creía que estaba haciendo progresos.

—Son progresos con unos pocos… giros y complicaciones.

Kaladin negó con la cabeza, sintiendo la lluvia bajarle por los hombros.

—¿Por qué lo encuentro tan irritante, Syl? ¿No debería disfrutar ayudándolo? Una parte de mí quiere dejar que se suicide. Tiene razón, es verdad que merece morir, ¿o no?

—No lo sé —dijo ella con voz suave—. ¿Lo merece alguien?

—Ha matado a centenares.

—Cumpliendo órdenes. Nosotros también.

—Un soldado carga con cierto peso de responsabilidad por la gente que mata —dijo Kaladin—. Todos lo sabemos, en el fondo.

—Así que…

—Así que, tormentas, no lo sé —dijo Kaladin—. Parte de mí tiene la sensación de que es una causa perdida, Syl. No quiere mi ayuda. Tendría que dejarlo solo y centrar la atención en lo que el Viento necesita que haga. Szeth ya no tiene remedio.

—La gente no te dejó solo a ti cuando pensabas que no tenías remedio.

Kaladin no respondió a eso. Porque Syl tenía razón, sí, pero además aquello era distinto. Szeth era…

Bueno, Kaladin no podía ni definirlo del todo. Szeth era muy… muy… inayudable.

Se sintió insatisfecho con esos pensamientos, pero persistió en ellos, beligerante mientras cruzaba enfadado la lluvia. Encontraron un solo lluviaspren, uno solo, ante el que Szeth se arrodilló y se inclinó, susurrando, antes de que siguieran adelante. Kaladin permaneció en su autoimpuesto malhumor durante otra hora de marcha, hasta que algo cambió. Irguió la espalda y metió la mano en el bolsillo, viendo que salía luz de él al mirarlo. Sus gemas se habían recargado. ¿Así, tal cual?

Hijo de... Honor... Una voz distante, acompañando a un trueno sin relámpago.

—¿Qué? —susurró Kaladin.

Cuando no hubo respuesta, lanzó una mirada a Syl, que negó con la cabeza.

—Ya te lo he dicho. Hay algo... raro últimamente con mi padre. Se ha... retirado de mí, Kaladin.

—¿Se te ocurre por qué?

—No. Y tampoco logro que el Viento me diga gran cosa. Parece más débil hoy, pobrecita. Sea lo que sea lo que pasa, no creo que pueda ser bueno.

—Veremos si Sagaz tiene noticias para nosotros —dijo Kaladin— cuando informemos esta noche.

Ella asintió y se adelantó flotando. Kaladin, de momento, no intentó nada más con Szeth, porque sabía que las palabras erróneas podían ser peligrosas. Mejor pensar primero un plan, para no causar problemas adicionales.

Szeth había parado sobre una colina bajo la lluvia y, cuando Kaladin llegó con él, la razón se hizo evidente. Habían llegado. Tenían el siguiente monasterio justo delante. En medio de un río.

—Diez. Pero solo somos nueve —dijo Shalash, en la conversación con el Todopoderoso.

Renarin no habría reparado en que había algo mal, pero de pronto Glys habló.

¡Ahí!, dijo el spren. *¡Ahí, es uno de ellos! ¡Shalash no dijo eso durante el verdadero acontecimiento!*

Renarin se quedó muy quieto, y entonces se maldijo por hacerlo. Se obligó a apartar los ojos y cruzar la mirada con Rlain. Él asintió, ya que Tumi estaba compartiendo su técnica para detectar a intrusos. La frase de Shalash no se correspondía. Era o bien Shallan, o bien uno de los asesinos.

Hum..., pensó Renarin. *¿Y ahora, qué?*

Pero Rlain ya estaba moviéndose. Los dos habían entrenado con Kaladin, pero Rlain había asimilado el entrenamiento mucho más por completo, pese a que al principio fingía no saber mucho. Tenía la experiencia del ejército alezi y también la del oyente. ¿Bastarían contra los asesinos Sangre Espectral?

Renarin intentó mantenerse lo bastante cerca de Rlain para ayudar sin levantar sospechas. Todos los demás estaban concentrados en la conversación con Honor. Entonces cruzó la mirada con Shalash sin querer. Ella se la sostuvo y susurró, apenas audible:

—¿Renarin?

Tormentas. Era Shallan.

Glys, díselo a Rlain, envió Renarin mientras le hacía un asentimiento a Shallan.

Lo haré, respondió Glys. *Pero deberás hablar muy pronto. Luego Shallan deberá también, ¡y Patrón todavía no sabe comunicarse de mente a mente! Los spren Radiantes comunes tienen problemas con ello, porque Honor lo consideraba una invasión de la intimidad. Quizá temía que aprendieran a escuchar su mente, como parte del vínculo. En todo caso, Patrón no puede proporcionarle las palabras correctas a Shallan.*

Los demás habían empezado a resplandecer, haciendo juramentos, y un zumbido de poder llenaba la tienda de campaña. Renarin sabía que su tía Navani estaría memorizando todo aquello con disimulo. Podría pedirle un análisis exhaustivo más adelante. De momento, repitió las palabras que le daba Glys, recibió la línea de luz de Ishar y se puso al lado de Shallan para susurrarle, confiando en que el zumbido cubriera su voz.

—Se esperará que digas lo que Ash dijo originalmente —le explicó—. Puedo decirte qué hacer.

—Espera —susurró ella—, ¿y tú cómo lo sabes?

—Por Glys —dijo él—. Luego te lo cuento. Da un paso adelante, pero espera a que Jezrien tome tu mano. Luego di las mismas palabras exactas que han pronunciado los demás.

Shallan lo hizo, interpretando bien el papel. Renarin fue descartando a la gente de la estancia mientras Dalinar hacía lo correspondiente a Kalak. Por tanto… podía dar por sentado que el enemigo no estaba entre los Heraldos, ya que ninguno había hablado como no debía. Eso dejaba solo a un puñado de guardias que esperaban al fondo de la tienda. Con cuidado de no cruzar la mirada con ellos, Renarin le susurró a Shallan:

—Creo que tus asesinos tienen que ser esos guardias.

—Eso he pensado yo también —murmuró ella—, después de darme cuenta de que tú eras Vedel.

—¿Qué me ha delatado? —preguntó Renarin.

—Estás jugueteando con los cordones de tu vestido.

Tormentas, ni siquiera se había dado cuenta. Se obligó a soltarlos, notando que se sonrojaba por ser tan evidente.

—No pasa nada —susurró Shallan—. Cuesta años de práctica librarse de esos detalles reveladores… a menos que puedas crear una personalidad completamente nueva. Cosa que no recomiendo.

Renarin le transmitió sus sospechas a Rlain. El oyente se resituó más cerca de los guardias mientras Glys le susurraba a Renarin lo que iba a ocurrir

—Un grupo numeroso de ellos está a punto de salir —susurró Renarin a Shallan bajo el zumbido del poder— para traer a Taln. Los demás nos quedaremos aquí. Prepárate para actuar.

Ella asintió, sin parecer preocupada en absoluto, aunque él estaba poniéndose de los nervios. ¿Cómo vivía la gente con aquello? ¿Con el conocimiento de que, en cuestión de segundos, se decidirían la vida y la muerte? ¿De que, en cuestión de segundos, alguien a quien quería podía… desaparecer? ¿Décadas de vida aprendiendo, soñando, preparándose… apagadas sin más?

El grupo empezó a marcharse, haciéndole inclinaciones a Honor al salir. Aquellos Sangre Espectral habían hecho planes para aquella misión. Tormentas. ¿Y si sus spren de verdad se sabían el guion, como le había advertido Glys, y en consecuencia podían interpretar cualquier papel a la perfección? Entonces podrían ser cualquiera.

Los soldados del fondo parecían poco preocupados. Pero ¿él no fingiría también estar poco preocupado? Renarin titubeó mientras los últimos salían de la tienda, dejándolos solo a Shallan, Rlain, él y los tres guardias.

Renarin respiró hondo y se preparó para unirse a Shallan en su ataque a los guardias. Mientras lo hacía, Honor lo atacó a él.

En estos tiempos, parece que ella y yo somos las únicas capaces de mantener la menor semblanza de aislamiento. Puedo decirte, con absoluta certeza, que no quiere verte otra vez. No ha transcurrido demasiado tiempo. No, no creo que vaya a transcurrirlo jamás.

Radiante se volvió de golpe, dándoles la espalda a los confusos guardias, cuando Renarin dio la voz de alarma. Condenación. Ni se le había ocurrido que Mraize pudiera haber adoptado la forma de Tanavast. Y, sin embargo, aquel ser rutilante, deífico, de largo pelo blanco y túnica de extraño corte, empujó a Renarin a un lado y sacó un cuchillo de su cinto para abalanzarse sobre ella.

Los guardias se dispersaron, confusos, huyendo de la tienda al ver a un dios atacar con ánimo asesino a uno de los Heraldos. Radiante saltó atrás mientras Mraize daba una cuchillada y trazó un arco con su propia daga, la que deformaba el aire, obligándolo a retroceder. Había entrenado con cuchillos, aunque a Adolin no le gustaban.

«Es difícil no perder una pelea a cuchillo, aunque la ganes —recordó que le había dicho—. La mayoría de las paradas consisten en sacrificar una extremidad para clavar tu arma en el ojo del otro».

Pero se sentía viva, con la luz tormentosa impulsándola a avanzar. Lanzó tres tajos a Mraize. Desde que había dejado de actuar, se distinguía su sonrisa en los rasgos del dios. Esquivó con movimientos expertos a Rlain, que intentó embestirlo, y apartó a Renarin con un empujón casual.

Rlain se recuperó y le quitó la lanza al último guardia que quedaba, paralizado de miedo. Renarin rodó por el suelo. Rlain se situó al lado de ella, con la lanza lista y ambos encarados hacia Mraize, cuya túnica resplandecía con una luz interior. Dio un paso atrás, con el cuchillo empuñado hacia abajo y en postura amenazadora.

—Vigilad por si está Iyatil —susurró Radiante—. Ese último guardia podría ser ella.

—Me ha dejado cogerle la lanza —respondió Rlain en voz baja.

—Iyatil podría haberlo hecho —dijo Radiante—, si creyera que así te haría bajar la guardia. No estoy segura de que sea ella, pero tiene que estar aquí en alguna parte.

Rlain canturreó bajito y se recolocó de forma que pudiera vigilar tanto a Mraize como al temeroso guardia.

—Una advertencia. Estoy en el cuerpo de una mujer humana. Todo el rato espero ser más alto y tener más alcance. No lucharé en plena forma.

Ella asintió y contó despacio, y entonces juntos atacaron a Mraize, que sacó una cerbatana y le disparó un dardo a Rlain directo en el ojo. El cantor maldijo, tambaleándose, mientras Mraize empujaba a Radiante y la desequilibraba.

Cayó y se levantó a toda prisa, pero Mraize era rápido y calculador. Le clavó el cuchillo a Rlain en el cuello y lo derribó. Radiante atacó a Mraize desde atrás, pero vio cómo se alejaba danzando mientras Renarin agarraba a Rlain y daba un grito. Rlain y él vibraron. Un momento después, los dos Heraldos a los que habían estado reemplazando miraban con una expresión vítrea en el rostro. Sus spren debían de haberlos sacado de la visión.

Mraize miró a los demás, distraído por un momento. Como Adolin le había enseñado, Radiante atacó por el flanco. El entrenamiento con el marido de Shallan resultó adecuado: en un combate multitudinario, los luchadores a menudo se dejaban a sí mismos expuestos para acabar con un enemigo. Aprovechó esa ventaja y, cuando Mraize se volvió para defenderse, dejó que su cuchillada le atravesara el brazo de lado a lado... y le clavó su daga entera en el pecho.

Los dos se quedaron quietos. El brazo de Radiante ardía con dolor del tipo bueno, del que era fácil de pasar por alto, del que a veces servía para mantenerla viva y alerta. Mraize, por su parte, sonrió.

—Bien ejecutado, Pequeña Daga —dijo, con sangre saliéndole de la comisura de la boca y la voz cada vez más trabajosa. Se apartó de ella, trastabillando, arrancándole su cuchillo del brazo y dejando el de ella en la mano de Radiante—. Pero ¿esperabas que eso me matara?

Se avivó el dolor en su brazo izquierdo y Radiante vio que tenía problemas para mover los dedos. No, su puñalada no lo había matado, ni siquiera con la daga de antiluz tormentosa. Igual que cuando ella había recibido una saeta en el costado, la antiluz tormentosa no mataba de manera automática a un humano. Mraize tendría parte de ella fluyendo por sus venas a consecuencia del ataque, pero solo se activaría si era tan necio como para sanar antes de que se evaporase.

Absorbió un poco de luz tormentosa y dejó que su brazo empezara a curarse. No quería hacer demasiado, por si atraía la atención de Odium.

Mraize se apoyó en la mesa, tosiendo otra vez, y ella recordó un tipo distinto de dolor. Un dolor que odiaba, el que había sentido al apuñalar a Tyn en el corazón hacía ya tanto tiempo, al principio de su viaje.

Avanzó hacia Mraize. Si lo apuñalaba las suficientes veces, no le quedaría más remedio que absorber luz tormentosa.

—¿Lo sabes siquiera? —susurró él entre labios ensangrentados—. ¿Lo que estamos haciendo aquí dentro?

Los dos Heraldos yacían en el suelo abotargados, con la mirada perdida, igual que aquel último guardia. Era como si… como si aquella parte de la visión se hubiera desviado tanto del plan que se hubiera paralizado.

—Estáis aquí —dijo Shallan— porque buscáis la prisión de Mishram.

—Pero ¿para qué? —preguntó Mraize—. Tienes que hacer las preguntas difíciles. Te entrené para pensar no solo en la presa, sino en la cacería.

Ella se detuvo, precavida, viendo caer sangre desde el lado de la boca de un dios y después gotear desde su mejilla. Se lanzó hacia él, negándose a dejar que la distrajera, y Mraize logró atraparle el brazo, por los pelos. Acercó su cara a la de ella.

—¿Por qué? —preguntó—. Puedes deducirlo. Sé que puedes. ¿Por qué? ¿Por qué Mishram no es libre ya?

Eso la detuvo. A pesar de todo, pasó. Intentando apretar la daga hacia su ojo, impedida por su agarre. ¿Por qué no era libre Mishram?

«Este es el dominio de los dioses —pensó—, donde reside Odium. Él sabe exactamente dónde está su prisión. Podría haber guiado a alguien para que la liberase. ¿Por qué no lo ha hecho?».

—Odium la quiere encerrada —susurró.

Mraize asintió.

—Le tiene miedo, ¿verdad?

—Sí —dijo Mraize, sonriendo.

—¿Por qué?

—No lo sé —respondió Mraize—. Pero uno aprende a respetar aquello que teme el mayor depredador de todos. El maestro Thaidakar es listo, Pequeña Daga. Quizá el hombre más listo que haya conocido nunca… o, al menos, el más espabilado. Sabe lo peligroso que es Odium, y está preocupado con buen motivo por si escapa. Así que, mientras otros Sangre Espectral cuestionan, yo cazo. Porque lo sé.

—Necesitamos ventaja contra Odium —dijo Shallan.

—Y esta prisión es esa ventaja. —Mraize escupió sangre, resollaba al hablar—. Ayúdame.

Shallan liberó la presión de su mano. Mraize, con su majestuosa ropa manchada de rojo, trastabilló hacia atrás y apenas logró mantenerse derecho, apoyando una mano en la mesa para conservar el equilibrio.

Ella quería hacer lo que decía. Quería colaborar con él.

¿Me necesitas otra vez?, preguntó Radiante.

Sí, dijo Shallan.

Tenemos que hablar de cómo me has obligado a ponerme al mando antes, para no tener que ver...

Lo afrontaré pronto, prometió Shallan.

—¿Ayudarte? —preguntó Radiante con brusquedad—. Mraize, estoy aquí para matarte.

—Ah, pero yo te creé, Pequeña Daga —repuso él, con las palabras un poco farfulladas por el pulmón perforado—. No puedes vencer a tu creador. —Hizo una mueca—. Sabes lo importante que es nuestra misión. Hagamos a un lado nuestras diferencias y usemos esta arma contra tu enemigo.

—No, Mraize —dijo Radiante—. No me dejaré manipular por ti.

—Te lo advierto —gruñó él—. Sabemos más de lo que crees.

—Y yo sé más de lo que crees tú —dijo ella—. Sé precisamente por qué tiene miedo Odium.

—¿Por qué? —preguntó Mraize.

—¿Qué le pasó a Adonalsium? —preguntó Radiante a su vez—. ¿Al dios que mataron, hace tantos milenios?

—Lo asesinó gente corriente.

—Corriente o extraordinaria —dijo Shallan—, el dios de dioses murió a manos de sus propias creaciones. Sí, creo que sé por qué Odium teme a Mishram. A veces el mayor miedo de los padres deberían ser sus hijos. —Alzó la daga, manchada de sangre de Mraize—. Tú ayudaste a crearme, sí. Eso no ha salvado a ninguno de los otros.

Shallan atacó, pero Mraize había estado exagerando su debilidad. Parecía haber absorbido un poco de luz tormentosa al agotarse la antiluz de la anterior puñalada. Asió su brazo y la arrojó de lado.

Pero antes de que pudiera clavarle su cuchillo, unos brazos fuertes lo agarraron desde atrás. Radiante, en forma física, acababa de aparecer a partir de una brillante bruma blanca. Shallan le dio una patada en la boca del estómago y avanzó, dispuesta a hacer lo que debía...

... cuando una voz le susurró al oído. Su propia voz.

—Acaba con ello, Shallan —dijo Sinforma—. Acaba con él.

Shallan se quedó petrificada y escrutó las sombras de la tienda hasta encontrar allí a la figura. Era la misma Shallan, pero con aquella neblina negra arremolinada en vez de cara. Aterradora.

—Mátalo —insistió Sinforma—. Y mata a Dalinar, que siempre se pone tan moralista contigo.

—Nunca lo haría —susurró Shallan.

Radiante desapareció, liberando a Mraize.

—Ahora Dalinar es tu padre —dijo Sinforma—. Navani, tu madre. Les harás daño, igual que se lo has hecho a todos los demás. Destruirás porque no puedes construir, y cualquier cosa que finjas crear es solo una ilusión. Desaparece al cabo de unos momentos.

—No. No, yo...

—Los otros regresan ya con Talenel. Nos encontrarán aquí y sabrán que hemos mentido otra vez. Es inevitable. —Sinforma avanzó hacia ella—. Esto es lo que somos.

Shallan pasó la mirada de ella a Mraize. Presa del pánico, susurró:

—¡Glys, Tumi, sacadme de aquí!

Las líneas de luz se atenuaron mientras Dalinar y los demás recorrían el campamento a zancadas. No habían desaparecido, sino que esperaban hasta que se hallara a la décima persona.

Dalinar sentía el poder en su interior mientras caminaba, pero... como un eco. Como un recuerdo. Aquello no era real. Él no había hecho de verdad aquel juramento... ¿o sí? Lo mantendría por supuesto, dado que ya era lo que pretendía hacer. Un juramento era lo más poderoso que conocía y, sin juramentos, ni siquiera merecería su nombre. Había cometido errores, había matado a seres queridos, pero jamás rompería un juramento.

Dejaron atrás a soldados que los miraban boquiabiertos al ver que resplandecían de luz tormentosa, cruzando el centro del campamento hacia la periferia. Hasta que lo encontraron.

Dalinar había visto a Taln en el futuro. Era un guerrero gigantesco, de corpulencia y musculatura inhumanas. Aquel era la misma persona, con la misma impresionante altura, pero tenía una constitución más... normal. Un poco fofo, con la túnica torcida y el cinturón demasiado suelto. Estaba cuidando de los caballos.

—¿El mozo de cuadra? —preguntó Ishar, escéptico—. ¿No se lo licenció del frente y se le prohibió portar armas?

—Sí —dijo Jezrien—. Nale, esto es mala idea.

—Honor ha dicho que quería a alguien que hubiera interactuado con los dioses —repuso Nale—. Bueno, pues...

Los otros dos se miraron. Dalinar aprovechó la oportunidad para desviar los ojos hacia Navani, que, interpretando a Sagaz, se había quedado apartada, cogiéndole la mano a Gav. Ella le hizo un asentimiento.

—¿Cómo? —le preguntó Dalinar a Jezrien, curioso—. ¿Cómo interactuó con los dioses?

—¿Con tanta facilidad olvidas? —espetó Ishar.

—He tenido la cabeza muy ocupada —dijo Dalinar—. Refréscame la memoria.

—Su alma está retorcida —explicó Jezrien— por su intento de matar a Cultivación.

—Merece una segunda oportunidad —dijo Nale—. Será bueno que tengamos a alguien que no sea rey entre nosotros. —Y luego, en voz más alta, lo llamó—. ¡Taln!

El hombretón alzó la mirada de los caballos y algo en Dalinar dio un vuelco al ver su sonrisa. Abierta, libre de dolor y miedo.

—¿Nale? —exclamó, y su panza bailó mientras se acercaba al trote—. Estás brillando. Creía que odiabas las potencias.

—Taln, quiero presentarte a alguien. —Se volvió y le dijo a Ishar—: ¿Puedes pedirle a Honor que venga con nosotros?

—Está ocupado —respondió Ishar, ladeando la cabeza—. Un momento...

Al cabo de poco, Honor salió, brillando y resplandeciente en su ropa dorada. Aquel murmullo de poder vibró de nuevo a través de Dalinar cuando la línea de luz que lo conectaba al dios cobró repentina vida.

—Talenel —dijo Nale—, este es Honor.

Taln frunció el ceño. No se inclinó ni mostró reverencia alguna, sino que miró al dios directamente a los ojos.

—Llevaba mucho tiempo esperando este momento. Y aquí estoy. Sin mi arma.

—¿Este? —preguntó Honor—. Ya sabéis lo que hizo.

—Querías a alguien que hubiera interactuado con los dioses —dijo Nale—. Además, quiero que haya opiniones contrarias en el grupo. Por el equilibrio.

Taln seguía teniendo la mirada trabada con Honor.

—Destruiste un mundo entero. El mundo de mi abuela.

—Y lo... lamento —dijo Honor—. Juro, por mi propio poder, que no permitiré una destrucción como esa otra vez.

Taln calló un momento. Cuando habló, lo hizo en tono tranquilo.

—Bueno, supongo que todo el mundo merece una segunda oportunidad, hasta los dioses.

Retrocedió para tranquilizar a un caballo mientras un trueno retumbaba en el cielo. Dalinar no pudo evitar caminar con él.

—No eres lo que esperaba —le dijo.

Taln lo miró entornando los ojos.

—¿Qué pasa, aún estás frustrado porque perdí el arma que me diste, Kalak? —Le dio unas palmaditas al caballo y luego señaló con el pulgar sobre el hombro—. Veo que ese es el rey extranjero. Y estáis brillando todos. No vais a encender el suelo en llamas, ¿verdad?

—No es mi intención —respondió Dalinar en voz baja—. ¿Qué te ha pasado?

No hubo respuesta. Detrás de ellos, Jezrien dijo:

—Nale, ¿estás muy seguro de que esto es buena idea?

—¿No debería haber alguien entre nosotros que represente otro tipo de mundo? —replicó Nale—. ¿Un mundo de gente que no puede entregarle sus caballos a otro para que los cuide? ¿Un mundo en el que, si tus sandalias se desgastan, tienes que caminar descalzo y no confiscárselas al hombre de al lado? —Clavó los ojos en todos, uno por uno—. Si vamos a proteger al pueblo, ¿no deberíamos representar al pueblo?

—¿Qué es todo esto? —preguntó Taln en voz baja, mirándolos.

—La inmortalidad —dijo Tanavast, y su voz reflejó el trueno en lo alto—. Te la ofrezco, Talenel.

—Ah —respondió Taln—, no, gracias. Con el debido respeto.

—Eh… ¿disculpa? —dijo Tanavast—. ¿No es lo que todo ser humano anhela en secreto?

—He oído demasiadas historias —afirmó Taln—. Vivir durante todos esos eones no le sienta bien a la gente. Aunque, si tienes unas sandalias nuevas, no me importaría aceptarlas.

—Te ofrezco unos poderes inimaginables —dijo Tanavast.

—Yo puedo imaginar bastantes cosas —repuso él—, y algunas son un verdadero espanto. Creo que voy a pasar.

—Bueno —intervino Ishar—, pues ya está, lo ha dicho. Busquemos a otra persona.

—No —dijo Nale—. Él es perfecto. Sé lo que ocurre cuando el poder va solo a quienes lo quieren, Taln.

Taln titubeó, y luego se volvió otra vez hacia Nale. Que sostenía en alto el pequeño disco de piedra con la cabeza de animal inscrita.

—Si te unes a nosotros, podrás ayudar a resolver los problemas por los que tanto te quejas.

—No quiero tener nada que ver con los dioses —dijo Taln—. Ya no.

Pero sus ojos estaban fijos en aquel disco. Dalinar no entendía por qué, pero ya no parecía ser un signo de endeudamiento. Significaba alguna otra cosa.

—Y por eso creo —dijo Honor— que Nale está en lo cierto. Eres una elección buena. Sabia.

—No —replicó Taln—. No sabia. Temerosa. ¿Por qué…? ¿Por qué queréis esto de mí?

—Los enemigos están renaciendo —explicó Honor—. Se vuelven inmortales, y la humanidad necesita a inmortales que los combatan. Con este pacto del Juramento, crearemos un método que los encierre en otro mundo. Anularemos una laguna que ha permitido a Odium entrometerse, y crearemos unos campeones que se alcen contra la marea de oscuridad. Una vez fuiste soldado. Conviértete en uno de nuevo.

Taln miró a las personas resplandecientes, y al dios, y a Ishar. Después a Dalinar. Y a Dalinar le hizo la pregunta que no había formulado ningún otro.

—¿Y cuál es el precio?

—Dolor —susurró Dalinar.

—Al encerrar al enemigo, quizá os quedéis encerrados con él —dijo Tanavast—. Como inmortales, veréis a todas las personas que os rodean envejecer y morir. Ostentaréis un poder que nadie más puede concebir y estaréis solos, aislados. Los años se confundirán como gotas de agua al formar arroyos.

Taln asintió despacio, y entonces hizo algo inesperado. Pensó. Con la lluvia cayéndole por la cara, goteándole de la barbilla, meditó en silencio durante más de dos minutos. A Dalinar se le hicieron eternos.

—Si no soy yo, ¿buscaréis a otro? —preguntó Taln.

—Sí —dijo Tanavast.

—Entonces lo haré. —Taln se levantó y tomó el pequeño disco de la mano de Nale—. ¿Cómo se hace?

Eso preocupó a Dalinar. Acababan de presenciar el momento al que estaba conectada su ancla, lo cual significaba que la visión podía empezar a deshacerse en cualquier momento.

—Jura por Honor —dijo Tanavast— que protegerás esta tierra. Y contendrás la oscuridad.

—Protegeré a la gente de esta tierra —susurró Taln—. Contendré la oscuridad. No por Honor. Pero lo haré.

—Basta con eso —dijo Honor.

—Hago voto yo también, en último lugar —proclamó Ishar—, para cerrar este Juramento. Protegeré esta tierra. Contendré la oscuridad.

—Y así —dijo Tanavast— me atáis, como yo os ato a vosotros. Necesitamos a los demás.

«¡Deprisa! —pensó Dalinar—. ¡Cread una hoja de Honor para mí!».

Regresaron a la tienda, donde esperaban los otros. Dalinar cogió a hurtadillas la mano de Navani, deseando que aquella siguiente parte sucediera rápido. Ishar Conectó a Taln y a sí mismo con luz tormentosa.

—Y ahora —dijo el dios—, se hará. Al terminar, Vedel tendrá que cumplir con su parte y sellar vuestra inmortalidad. Que todos los Heraldos de Honor extiendan la mano.

Diez personas, en un círculo, con las manos hacia delante. El corazón de Dalinar tembló mientras, de uno en uno, Honor se sacó algo del interior del pecho y se lo tendió. Una brillante astilla de luz que cobró la forma de una hoja esquirlada al tocar la mano de cada Heraldo.

La tienda de campaña empezó a evaporarse a su alrededor justo mientras Honor llegaba a él. Aferrando la mano de Navani, Dalinar tomó aquella fulgurante luz... y sintió las muchas Conexiones que contenía. Era un ancla estable que los llevaría de Desolación en Desolación y, con un poco de suerte, les permitiría alcanzar el día en que el mismísimo Honor había muerto.

Al cabo de un momento, Shallan había regresado al caos del Reino Espiritual. Tembló, abrazada a sí misma, y entonces notó que la rodeaban los brazos de Patrón y de Testimonio.

—Glys y Tumi están restableciendo esa parte de la visión —susurró Patrón—, para que Dalinar y Navani no noten nada raro. Mira.

Shallan desvió la mirada a un lado y le pareció verlo. A través de una sección titilante del paisaje, como una catarata, alcanzaba a distinguir la tienda.

Cuando Dalinar y Navani entraron, toda la confusión y la sangre habían desaparecido.

Llegó más gente con ellos. Los Heraldos.

¡Radiante!, pensó. *Ponte al mando.*

No pasa nada, Shallan, dijo Velo. *Ahora puedes verla. Puedes sobrevivir a esto. Has madurado hasta un punto en el que eres capaz.*

Y Shallan… se permitió a sí misma conservar el control. Mirar. Fue difícil, y al poco tiempo estaba llorando, pero lo hizo ella misma. Aguantó solo un minuto, y entonces oyó una voz infantil llorar al fondo de su mente y se apartó y respiró hondo unas cuantas veces. Aún… le faltaba camino, pero algo ya había hecho.

Bien, le dijo Velo. *Estás sanando, Shallan.*

Pero ¿qué pasaba con Mraize? Había obtenido información de ella, y al final Shallan se había venido abajo y lo había dejado escapar. Por fin empezaba a desvanecerse su miedo a Sinforma. Aquella personalidad no tenía el mismo poder sobre ella que durante el viaje a Integridad Duradera. Quizá la evolución de Shallan la hubiera vuelto menos susceptible. Aún no sabía cómo ni por qué estaba manifestándose. Pero, como había pensado antes, quizá no tenía por qué haber un motivo. Igual que una persona con tos crónica no necesitaba motivos para que su dolencia regresara cuando menos se lo esperaba.

En todo caso, le pareció que necesitaban afrontar aquellas visiones de otro modo. Mraize estaba ganando todos los enfrentamientos. ¿E Iyatil? ¿Qué había de ella? ¿Era posible que la *babsk* estuviera en otro conjunto de visiones, trabajando en algún otro plan? Quizá Mraize solo se presentara allí para mantener a Shallan distraída.

—Llevadme con Renarin y Rlain —pidió—. Tenemos que pararnos a pensar un poco.

REFUERZOS

Confórmate con jugar con tus juguetes en su mundo de tormentas. ¿O tendré que divulgar lo que he averiguado sobre tus objetivos? Desde luego, dudo mucho que sea casualidad que estudies con tanto ahínco los mundos donde abundan las leyendas de muertos levantándose.

Qué era eso que estaba sintiendo Szeth?

¿Era... cariño? ¿Por aquel monasterio en la pequeña ciudad de la isla? Qué raro guardarle cariño, teniendo en cuenta su odio por él cuando llegó por primera vez.

Aquellos le habían parecido los tiempos más oscuros posibles, negros como la odiosa hora entre lunas. Su imaginación había estado defectuosa, incapaz de asimilar la verdadera y penetrante desgracia. Por suerte, la experiencia había resuelto ese déficit. Una noche sin luna aún tenía estrellas. Szeth no lo había comprendido hasta que le arrebataron todas y cada una de ellas, dejándolo en una nada tan absoluta que el mismo dolor era un alivio.

—Qué sitio más raro para poner una ciudad —dijo Kaladin, sin enterarse de nada, como de costumbre—. Cada vez que llueve, tendrán que esperar a que el río se seque para cruzar.

—El río —respondió Szeth— no se seca.

—¿Nunca? —preguntó Kaladin—. Pero... —Frunció el ceño—. Alguna vez tendrá que agotarse. ¿De dónde viene el agua?

—Del hielo al derretirse. En oriente también hay algunos ríos permanentes como este. Es solo que son menos.

—Vaya —dijo Kaladin.

Szeth echó a andar hacia el puente, seguido por los demás. Ni Kaladin ni él volaron, para evitar revelarse. Eso significaba una larga caminata junto al río, que bajaba crecido con el agua de lluvia. Cruzaron el puente de madera hasta la ciudad, que estaba desierta. Solo había pasarelas de madera, empedrados de ladrillo, calles por las que corría un agua fangosa, edificios acribillados por las gotas de lluvia. No fue hasta que hubieron registrado media docena de estructuras cuando encontraron a una mujer en una... barriendo el suelo.

Se sobresaltó al verlos entrar, y entonces se llevó la mano a los labios al reparar en el uniforme de Kaladin, que lo señalaba como forastero.

—Está bien —dijo Szeth en voz baja—. Solo estamos de paso. Creíamos que la ciudad estaba desierta.

La mujer vestía un toque. Un raído delantal azul. Aunque era delgada como un arbolito, no tenía la misma expresión en los ojos que la gente turbada que había visto en otras ocasiones.

—Por favor —añadió Szeth, con un gesto a Kaladin para que retrocediera—, ¿qué le pasó a la gente de esta ciudad?

—Es... como un sueño —dijo la mujer por fin.

Aferraba su escoba. Estaban en una casa de las más lujosas, propiedad de algún mercader u oficial, pero salpicada de basura reciente.

—La sombra ha pasado —dijo Szeth—. ¿Sabes a qué me refiero? ¿La oscuridad que venía desde el monasterio?

La mujer asintió, más relajada cuando Kaladin salió de nuevo a la lluvia.

—¿Cuánto tiempo hace? —preguntó con un susurro—. ¿Desde que empezó todo?

—Años —dijo Szeth.

Ella dio un respingo.

—¿Y los otros? —le preguntó Szeth—. ¿El resto de la ciudad? Deberían ser libres ya. ¿Dónde están?

—A la mayoría... al principio los enviaron... —La mujer miró a lo lejos—. Los enviaron al primer monasterio. El del Forjador de Vínculos. Debíamos congregarnos allí con armas y patrullar las fronteras de Shinovar, porque venía alguien... —Fijó la mirada en él y sus ojos se ensancharon—. Venías tú.

No fue inesperado, porque ya habían recibido muchos informes de tropas shin en la frontera septentrional. Con un poco de suerte, no desplegarían ninguna contra él. A Szeth no le hacía mucha gracia la idea de tener que abrirse paso a través de inocentes para llegar al último monasterio.

—Yo me quedé atrás —explicó la mujer—. Por la pierna, claro. Así que, cuando mi mente se despejó... —Miró alrededor por toda la sala—. Vivía en esta mugre. No... no puedo creérmelo...

Szeth la dejó con la sugerencia de que viajara hacia el sur y se reunió con Kaladin, que había estado escuchando junto a la puerta con Syl interpretando para él. Como pasaba con la mayoría de los spren, su forma se distorsionaba un poco por el agua al caer.

Con su fardo de hojas a la espalda, Szeth anduvo hacia el monasterio que se alzaba en el centro de la ciudad. Le pareció que oía hablar a Sangre

Nocturna a intervalos regulares, bajito, dirigiéndose a las hojas de Honor. Aprendiendo de ellas, al parecer.

Kaladin y su spren se apresuraron a seguirlo.

—Szeth, ¿no lo has oído? —dijo Kaladin—. Fueron todos al último monasterio.

—Y de ahí a la frontera, sí —dijo Szeth.

—A lo mejor el Deshecho está en ese monasterio principal, el último de tu lista.

—Creo que debe de ser así. Pero, antes de ir, quiero liberar a tanta gente como sea posible. —La lluvia ya aflojaba y la luz del sol, pura luz del sol, empezó a atravesar las nubes del cielo—. Puedes ir sin mí, si lo deseas.

—Te dije que me quedo —le recordó Kaladin—, e iba en serio. Pero, Szeth, no me has hablado de tu encuentro con un Deshecho. A lo mejor puedo identificar cuál es. Sé cosas de todos ellos, por las reuniones de oficiales con Jasnah. Suena a Ashertmarn.

—He dicho lo que pretendo decir.

Szeth dejó a Kaladin echando humo por las orejas y llegó al monasterio, embargado de nuevo por aquella estimulante familiaridad. ¿Cómo se atrevía aquel lugar a hacerlo sentir como en casa? Allí era donde había dado su primer paso hacia convertirse en Sinverdad. Era donde había descubierto que los chamanes mentían.

Entró en el gran vestíbulo, ya que se habían dejado las puertas abiertas. Las voces de los muertos se hicieron más… tenues allí, como reverentes. Se oía el agua fuera, las gotas que caían del alero más sonoras que la lluvia antes.

El monasterio estaba vacío. «¿Y si…?», pensó Szeth, y se descubrió girando a la derecha mientras Kaladin y Syl lo seguían. Recorrió un pasillo jalonado de estrechas aspilleras. Las celdas de los acólitos estaban al fondo, de madera, con pomos metálicos en las puertas y suelos de piedra. Diseñadas a propósito para obligar a los aprendices de chamán a acostumbrarse a tocar el metal, ya que algunos llegaban allí sin haber sido soldados antes. Szeth recordaba oír llorar a muchos de ellos la noche posterior a su llegada.

Los soldados no habían llorado. Se habían desangrado de lágrimas hacía mucho tiempo. Contó siete celdas y fue hasta su catre en el interior. Era raro que pudiera recordar todos los lugares en los que había dormido aunque fuese una sola noche. ¿Era normal? Si cerraba los ojos, visualizaba sin problemas el suelo de su hogar, junto a su familia. Los barracones del Monasterio de Talmut. Y aquel lugar. Un catre demasiado pequeño, incluso para él. Se arrodilló al lado y pasó los dedos por la madera del armazón.

Quitó el bloque suelto de la pared, metió la mano y sacó un puñado de áspera lana. Cosida en forma de oveja.

Oh, por las glorias interiores…

Los ventanucos del pasillo enviaban franjas de luz por la puerta hasta el suelo, una a cada lado de él, como brillantes puntas. Qué fuerte se había sentido, qué seguro de no necesitar nada, hasta ese momento. Hasta que tembló, cerró los párpados con fuerza y se llevó el pequeño juguete a la frente.

Y sollozó.

Kaladin merodeaba por el umbral de la pequeña celda, sintiéndose extrañamente fuera de lugar. Szeth había ido derecho hasta allí. ¿Y ahora estaba... llorando?

¿El Asesino de Blanco, arrodillado en el suelo junto a su fardo de espadas, sollozando a moco tendido por un juguete? Solo tuvo sentido después de considerarlo un momento.

—Tenías un hermano pequeño —dijo Kaladin—. ¿Por qué no me lo contaste?

—No —respondió Szeth, ronco—. No te... mencioné este juguete en mi historia, ¿verdad?

—Has venido a por él —dijo Kaladin—. ¿Quién era el niño que murió, el que no pudiste proteger?

Szeth se quedó arrodillado, con la cabeza gacha, y Syl le dio un golpecito a Kaladin en el brazo.

—Kal —le susurró—, ¿no te das cuenta? Es suyo. Él era el niño.

Las palabras sacudieron a Kaladin, invirtiendo su perspectiva como aquella primera vez que se puso de pie en la pared de un abismo. ¿El juguete era de Szeth?

—Tormentas —susurró Kaladin.

Llevaba todo ese tiempo buscando la conexión entre Szeth y él, queriendo ver que los dos se parecían mucho. Pero eso no era del todo correcto. Szeth no se parecía tanto a Kaladin como a...

—Szeth —dijo de pronto—, ¿cuántos años tenías cuando se te llevaron de tu casa?

—Once —susurró Szeth con la voz áspera—. Tenía once años.

Szeth no era Kaladin.

Szeth era Tien.

Szeth no era el joven que había ido a la guerra decidido a salvar y proteger. Era el niño al que habían arrancado de su vida pacífica y transformado en un asesino contra su voluntad. Era el niño pequeño asustado que solo anhelaba volver a casa.

Kaladin se había dejado distraer por la competencia de Szeth, que se movía igual que él, que parecía conocer su arma de un modo casi innato. Pero Szeth odiaba la lanza, mientras que Kaladin la amaba. Tendría que haberse dado cuenta.

Tormentas. Algo se rompió dentro de Kaladin. Se alejó trastabillando de la celda y apoyó la espalda en la pared de piedra del pasillo. Syl fue tras él, preocupada.

—No paro de esperar que se vuelva una persona agradable —le susurró Kaladin—. O razonable, al menos. No paro de tener problemas en ayudarlo porque no es como los hombres de Urithiru, los hombres a los que entendía, los que querían mi ayuda...

—¿Pero? —preguntó ella.

—Pero eran unas expectativas absurdas por mi parte —dijo Kaladin—. Un niño sacado de su hogar y retorcido hasta convertirlo en asesino nunca va a ser agradable. La gente que necesita ayuda no va a ser razonable todo el tiempo. Bien sabe el Padre Tormenta que yo no solía serlo.

De pronto, *necesitaba* ayudar a Szeth. No por la petición de Dalinar, ni por fracasos del pasado. Sino porque era una persona que sufría, y Kaladin era quizá de los pocos que estaban en posición de ayudarlo.

Por desgracia, para cuando regresó a la celda, Szeth ya se había recuperado. Había devuelto el juguete a su agujero y estaba limpiándose las manos en su pantalón blanco. Se quitó la larga capa blanca con una floritura que salpicó agua por toda la estancia y luego recogió el fardo de espadas.

—Szeth —dijo Kaladin mientras el otro hombre pasaba junto a él y salía al pasillo.

—Tenemos que irnos —dijo Szeth—. Querría comprobar el Monasterio de la Danzante del Filo, aunque luego tengamos que retroceder un poco. Por suerte, hemos recargado la luz tormentosa y podemos permitirnos volar.

—Szeth, lo que te hicieron no es culpa tuya.

Szeth se detuvo un poco más adelante en el pasillo.

—El mundo necesita asesinos —añadió Kaladin—, así que, si no los encuentra, los crea a partir de las primeras materias primas que tenga a mano. Como niños a los que les encanta bailar.

—Asesiné a un hombre —dijo Szeth, dándole la espalda a Kaladin—. No fui una elección aleatoria.

—Estabas defendiéndote, Szeth.

—Pretendía matarlo, incluso antes de que intentara estrangularme.

—Pero no ibas a hacerlo —insistió Kaladin—. No mientas. Me contaste lo que ocurrió.

Lanzó una mirada a Syl, que asintió, animándolo. Szeth echó a andar otra vez.

—Regla número uno —alzó Kaladin la voz hacia su espalda—. No eres un objeto. Eres una persona. Regla número dos, puedes elegir. Y hay una tercera regla, Szeth. Mereces ser feliz.

Szeth puso una mano contra la pared y dejó que el fardo de espadas cayera de su otra mano al suelo.

—¿Por qué? —preguntó, con la espalda encorvada—. ¿Por qué iba a merecer la felicidad? Dame un solo motivo, hombre del puente.

Kaladin se arriesgó. Era una respuesta que no valdría para todo el mundo, y una peligrosa falsedad que decirle a alguien que procediera de abusos.

Pero había oído lo suficiente de su historia, a pesar de las partes que Szeth evidentemente se había reservado.

—¿Un buen motivo, Szeth? —replicó Kaladin—. Voy a darte dos. Una madre. Un padre. No sé dónde están los tuyos, ni si viven o si han fallecido, pero una cosa te digo. Te querían. Quieren que seas feliz.

—No merezco sus nombres —dijo Szeth—. Las cosas que he hecho…

—Son cosas que te obligaron a hacer. —Kaladin dio un paso adelante—. Yo pasé años creyendo que mis padres me odiarían por mis errores, pero sabía, siempre supe, que era mentira. Tú lo sabes también, ¿verdad?

Szeth apartó la mirada. Así que Kaladin dio otro paso, cuidadoso, como si estuviera acercándose a un animal huidizo.

—No eres un objeto —susurró—. Puedes elegir. ¿Qué es lo que *tú* quieres, Szeth?

—Te equivocas —replicó Szeth, duro. Se volvió, y ladeó la cabeza, y… seguramente estaba escuchando al spren. A ese condenado altospren que flotaba cerca de él, invisible, bisbiseándole mentiras—. Soy… soy defectuoso. Mis elecciones no son de fiar. No distingo el bien del mal.

—No —dijo Kaladin—. Szeth, escucha lo que te dice ese spren y luego piensa. ¿Cuando ibas a pegarle a ese soldado, de niño? Decías que paraste, hasta que él intentó matarte. Cuando matabas a petición de Taravangian, sabías que estaba mal. Condenación, sabías que había algo malo en tu país. Te exiliaron, pero tú lo sabías. Todas las veces, lo has sabido. Si hubieras sido tú quien decidiera, si de verdad hubieras tenido el control, la gente aún estaría viva. Sí que puedes elegir. Así que no me mientas diciendo lo contrario.

—Eh… —Szeth parpadeó—. La gente… la gente sigue muerta, Kaladin. Aun así, los maté.

—Pues hazlo mejor —replicó él—. Intenta resolver el problema, compensar las cosas. Pero Szeth, no puedes hacerlo mejor si estás muerto. Lo que te digo es que tú, igual que todos, puedes hacerlo mejor. Elegir mejor. —Kaladin llegó junto a Szeth y extendió la mano—. Hablamos mucho sobre asumir la responsabilidad, Szeth. Es lo que enseña Dalinar, y a la tormenta conmigo si está mal, pero no creo que tú tengas ninguna dificultad en asumir responsabilidad.

»La verdad es que hay un equilibrio. Y sin duda eres un producto de lo que la vida, la sociedad y la gente te han hecho. Cargas con culpa por lo que hiciste, pero otros tienen mucha de ella también. Nunca es demasiado tarde para aceptar que, de acuerdo, quizá tu pasado no sea una excusa, pero sí que es una explicación válida. Así que dime: ¿qué es lo que tú, Szeth-hijo-Neturo, quieres para ti mismo? Sin influencias de nadie más, ni siquiera mías. ¿Qué es lo que quieres tú?

Szeth miró la mano abierta, extendida, de Kaladin. Estaba temblando, y Kaladin no habría sabido decir qué parte de lo que mojaba su cara era lluvia, qué parte sudor y qué parte lágrimas.

—Si elijo esto —susurró Szeth—, es equivalente a reconocer que no hay respuestas correctas. Que nadie conoce la verdad. Eso me aterroriza.

—Lo que significa —dijo Kaladin— es que ni la verdad ni las respuestas son fáciles de encontrar. Aun así tenemos que intentarlo, en vez de poner esa responsabilidad en otras manos. Quizá alguien haya encontrado la verdad. De verdad que ojalá. Pero hablemos de lo que tú quieres, por ti mismo, y partamos de ahí.

—Quiero... quiero dejar de matar. —Szeth miró a Kaladin, con los ojos muy abiertos, como si admitir aquello fuese una transgresión horrible—. Quiero que se acabe de una vez. No quiero provocar más dolor.

—Pues lo resolveremos.

—Es imposible —susurró Szeth—. Tengo que purgar mi tierra natal. Soy un arma demasiado buena para dejarla sin usar. Alguien me encontrará. Alguien me utilizará. Por eso me puse al cuidado de Dalinar, porque esperaba que al menos así se me utilizaría bien. No puedo imaginarme un mundo en el que...

—Szeth —lo interrumpió Kaladin—, encontraremos la manera.

Szeth miró a Kaladin y, por fin, tomó su mano extendida. Kaladin había esperado un firme apretón, pero Szeth optó por el abrazo completo, como un niño necesitado del consuelo de un padre. Fue raro, teniendo en cuenta los muchos años que Szeth le sacaba, solo que en esos momentos Kaladin veía al niño de once años en el asesino. Un niño al que nunca le permitieron crecer, y que de algún modo había mantenido una frágil visión infantil sobre la moralidad.

Así que Kaladin abrazó también a Szeth, que tembló y le susurró:

—Quiero dejar de hacer daño a la gente. Quiero dejar de ser una fuente de dolor. No quiero verme obligado nunca a tomar otra vida. Quiero que acabe, Kaladin. Quiero que *acabe*.

Kaladin lo apretó mientras Syl aparecía detrás de Szeth y, sonriente, daba ánimos a Kaladin levantándole dos pulgares. ¿Era aquello a lo que Sagaz se había referido con ser un terapeuta? Kaladin supuso que todo el mundo, hasta los asesinos despiadados, necesitaba un abrazo de vez en cuando. Szeth respiró hondo y dio un paso atrás.

—No veo la manera de tener lo que quiero. Mi pueblo de verdad necesita mi ayuda. Eso requiere matar a los portadores de Honor corruptos.

—¿Tu spren tiene alguna idea? —dijo Kaladin, recogiendo el fardo de espadas para que Szeth no tuviera que llevarlo. Quizá fuese una pregunta tonta, pero esperaba poder involucrar al altospren y que quizá ayudase en vez de perjudicar.

—Se ha ido esta mañana, huyendo avergonzado —respondió Szeth—. Creo que ha comprendido que, tras su fracaso en Shadesmar, ya no iba a mirarlo como antes.

¿Entonces Szeth no estaba escuchando al spren, antes? Eso preocupó a Kaladin. Empezó a seguir a Szeth hacia fuera, pero se volvió al reparar en que Syl regresaba a la alcoba. Echó un vistazo dentro y la encontró trasteando con el ladrillo suelto. Tiró de él, tensando los brazos, arqueando la espalda por el esfuerzo.

—Syl —le dijo—, pesa demasiado para ti. Voy…

La piedra se deslizó. Kaladin se sobresaltó mientras Syl, ansiosa, metía la mano en el escondrijo y sacaba el pequeño juguete. Kaladin vio entonces que tenía la forma aproximada de un animal con cuatro patas y pelo esponjoso. Una oveja, como las que Kaladin había visto pastar en las laderas.

Syl se lo llevó al pecho con una sonrisa. Era pequeño, del tamaño de la mano de un niño, pero aun así Kaladin recordaba los tiempos en que había tenido problemas para levantar una hoja de árbol.

—He estado practicando —dijo ella con orgullo—. Tengo la impresión de que, cuanto más fuerte se hace nuestro vínculo, más fuerte soy en este reino, ¿sabes? —Le tendió el juguete a él—. Pero, hum, sería muy cansado llevarlo mucha distancia.

Kaladin lo cogió y se lo guardó en el bolsillo. Ella correteó a su lado mientras le daban alcance a Szeth. Juntos salieron del monasterio a la luz del sol. Para encontrar una figura siniestra esperándolos en el patio de fuera.

Se alzaba junto a dos altospren que partían el aire cerca de su cabeza. Un hombre imperioso, de piel oscura con matices fríos y una marca en forma de medialuna en la mejilla. Alto, fuerte, calvo, tallado como en piedra. Vestido con un elegante uniforme negro resaltado en plata.

Nalan'Elin, Heraldo de la Justicia.

—¿Señor? —dijo Szeth deteniéndose de golpe, y le hizo el saludo marcial.

—He venido —afirmó Nale con voz profunda— para acompañarte en tu cometido. —Miró a Kaladin—. Ya que se me ha informado de que necesitas… supervisión.

Kaladin miró a los ojos al Heraldo y maldijo en voz baja. El spren de Szeth no se había ido «huyendo avergonzado».

Había ido a buscar refuerzos.

*Finges altruismo. Pero tienes otro motivo, ¿no es así? Bueno, siem-
pre lo has tenido.*

Ya había decidido seguiros —explicó Notum a Adolin, Colot y May
en la tienda de mando de Adolin.

El spren había crecido hasta adoptar un tamaño humano y emitía
un tenue resplandor, en una especie de posición de firmes con un brazo contra el pecho y el otro plegado a su espalda. Hablaba a su misma manera formal de siempre, como informando a superiores.

—Pero ¿cómo? —preguntó Colot—. Por lo que cuenta Adolin, había
un gran océano entre donde estabas y aquí.

—Eh… Comprendí, justo después de que el brillante señor Adolin se
marchara, que permanecer allí sería una cobardía por mi parte. —Notum
se irguió más—. Decidí venir y sumarme a la lucha, aunque no voy a ser un
spren Radiante. No le daré a ningún humano ese poder sobre mí. Pero eso
no significa que no pueda ayudar.

—¡Pero lo que necesitamos son Radiantes! —espetó May, sentada al
escritorio de Adolin con sus cueros de batalla—. Si tuviéramos más Corredores del Viento, podríamos…

—Paz, May —pidió Adolin—. No deberíamos intentar forzarle el vínculo Radiante a nadie.

Fue evidente que no le gustaba la idea, por cómo apretó los labios formando una línea.

Notum le dio las gracias a Adolin con un asentimiento.

—Iba a buscar un modo de navegar hasta esta Puerta Jurada de aquí. Y
entonces, la primera noche, oí una voz.

—¿Era Maya?

—¿Tu spren? —preguntó Notum.

—No me pertenece —dijo Adolin—. Es mi compañera de armas. Partió para pedirles ayuda a los honorspren disidentes.

¿Cómo podía haber llegado tan lejos? A ellos les había costado semanas recorrer esa distancia en barco y, aunque Adolin tenía la sensación de que ella viajaba de otro modo, impulsada por las cuentas como hacían a veces los ojomuertos, no podía haber ido tan rápido, ¿verdad?

—No conozco bien su voz —dijo Notum—, así que no estoy seguro. Era una voz femenina no muy alta, llamándome a las armas. Tomé la decisión en ese momento, y permití que las esperanzas y los pensamientos de la humanidad me atrajeran al Reino Físico. Recobré los sentidos como un día después y volé hasta aquí.

—¿Un día? —se sorprendió Colot—. ¿Pasaste solo un día desorientado? A Sylphrena le costó años, tengo entendido.

—El embotamiento mental ha ido acortándose cada vez más —dijo May desde el escritorio—. Aun así, un día es algo extraordinario. En particular, para un spren que no pretende formar un vínculo Radiante. ¿Qué lo mantiene aquí, Adolin?

—¿A qué te refieres? —preguntó él.

—El vínculo Radiante es una simbiosis —explicó May—. Significa que les proporciona algo a los dos integrantes. Es como… un contrato. El humano obtiene acceso a las potencias que son un aspecto innato del spren. A cambio, el spren obtiene estabilidad en este reino. Una mente humana y un alma que lo anclan al mundo físico, sin los que los spren tienen problemas para pensar y funcionar.

—A mí no me resulta difícil —dijo Notum—. Pero me reafirmo en no querer vincularme. Vosotros ayudáis en el esfuerzo bélico sin ser Radiantes. ¿Por qué no voy a poder hacerlo yo?

—Ya lo has hecho —respondió Adolin—. Hoy has salvado a un portador de esquirlada, Notum. Gracias.

—Tú me rescataste de la tortura —dijo Notum a Adolin— a manos de aquellos tukari. Es un honor devolverte el favor. —Se irguió más incluso—. Solicito formalmente un nombramiento de campo de batalla bajo tu mando, Adolin Kholin. No puedo empuñar un arma en este reino, pero te seré de utilidad. Lo prometo.

—Acepto tu oferta, capitán Notum —repuso Adolin—. Te pondré a mando de mi cuerpo de mensajeros, si May lo aprueba.

—Ya estoy hasta arriba de trabajo con los informes y el entrenamiento en arco —dijo—, teniendo en cuenta que me han asignado una nueva aprendiz. —Se inclinó hacia delante y siguió enviando informes de batalla a Urithiru por vinculacaña—. Un spren invisible y volador liderando a nuestros mensajeros sería una ventaja. Y quizá en algún momento comprenda lo que debería estar haciendo en realidad.

Adolin intentó estrecharle la mano, pero apenas percibió el contacto del spren. Al momento, Notum reemplazó el gesto por una inclinación.

—Gracias —dijo Notum— por darme un puesto, por poco convencional que sea. Vamos a contener al enemigo, Adolin. Recuerda, Honor no está muerto.

—No mientras viva en nosotros —dijo Adolin—. Me alegro de que estés aquí, Notum. Te concedo un nombramiento de campo como capitán en la Guardia de Cobalto. Colot, ¿te ocupas del proceso? Aunque supongo que no necesitará raciones ni asignaciones para solicitudes de intendencia, claro.

Se marcharon los dos y Adolin fue paseando junto a May y vio cómo escribía las líneas de su informe. Él nunca había sentido el deseo de aprender a leer. Quizá debería, pero había otras muchas cosas que hacer. Además, ya había tenido suficiente de parecerse a su padre. Los ecos de aquello reverberaron desde las horas anteriores del día, cuando había sido el asesino que la situación requería.

«No solo un asesino —pensó, recordando la voz y el rostro de su madre—. Yo mato por una causa, por algo que importa».

—Sigue extrañándome la llegada de ese spren —dijo May mientras escribía—. Debería haber necesitado más tiempo para adaptarse.

—A lo mejor aún no lo sabemos todo sobre el proceso —respondió Adolin—. ¿No es eso lo que enseña la ciencia? ¿Que no deberíamos asumir que conocemos todas las respuestas, sino seguir comprobando lo que observamos contra lo que creemos saber?

May titubeó y la pluma se detuvo sobre el papel.

—Vaya, pues sí. ¿Cómo sabes tú eso?

—Shallan habla sobre el tema —dijo él, sonriendo.

Se suponía que Shallan seguía en su misión secreta para ocuparse de los Sangre Espectral. Sus escuderos no estaban preocupados, pero Adolin no podía evitar la ansiedad. ¿Cómo lo sabría si ella estaba en apuros y necesitaba ayuda? ¿Y si pasaban semanas antes de que pudiera volver a verla? Sabía defenderse sola, pero… tormentas, ojalá estuviera a salvo.

—¿Y escuchas cuando habla de cosas de mujeres? —preguntó May—. Cuando tú y yo estábamos no-cortejándonos, lo único que podía hacerte escuchar yo eran narraciones de batallas históricas.

—Supongo que estoy ampliando horizontes.

May bufó y apuntó algo más.

—Ella es buena para ti.

—No te haces una idea. ¿Ha llegado algo hoy de Urithiru?

—Informes de batalla de las Llanuras Quebradas —respondió ella, pasándole una hoja a una escriba para que se la leyera a Adolin después—. Están resistiendo contra una increíble cantidad de Fusionados, pero temen por los menguantes suministros de luz tormentosa. No hay sorpresas todavía en Ciudad Thaylen.

—¿Nada más sobre mi esposa?

—He intentado preguntarle al bufón, como me pediste —dijo May—. Pero nadie lo encuentra por ninguna parte. Tu tía, en cambio, te envía una respuesta corta. Cree que tanto Shallan como tu hermano están haciendo una tarea muy importante. Eso es todo.

—Bueno, algo es algo. —Adolin cogió la hoja del informe de batalla—. Gracias.

—Me alegro —dijo ella mientras seguía escribiendo— de que tú y yo no funcionásemos como pareja. Creo que habríamos terminado odiándonos. Me alegro de que encontraras a alguien más adecuada para ti. Pensé que Shallan y tú hacíais una extraña pareja hasta que comprendí una cosa: los dos compartís un mismo tipo de extravagancia.

—No tengo ni un solo hueso extravagante en el cuerpo, May.

Ella le lanzó una mirada y siguió escribiendo.

—¿Qué? —preguntó él.

—Creía que te conocías mejor a ti mismo —dijo May—. ¿No habías quedado para cenar con el emperador?

Tenía razón, y seguramente Adolin no debería hacer esperar al emperador, aunque ya se tutearan. Dejó a May con sus informes, divertido al pensar que lo consideraba extravagante. Ese día se había limpiado la sangre, pero la brutal destrucción que había provocado lo perseguía. Así era el trabajo, al fin y al cabo.

Sintió un reconfortante consuelo procedente de Maya, aunque sin palabras. Estaba demasiado lejos. Deseó saber si Notum había sido cosa de ella o no; ciertamente, la llegada del capitán demostraba que los spren podían ser de gran valor en el campo de batalla. La misión de Maya era relevante, y no demasiado problemática, siempre que a Adolin no se le terminara el suministro de martillos esquirlados.

Pero, a la vez, tenía que ahuyentar a los congojaspren por la preocupación de que la misión de Maya no fuera suficiente. Una docena de honorspren no supondrían mucha diferencia si esos refuerzos no llegaban. Adolin lanzó una mirada a la cúpula e intentó imaginarse lo que sería resistir allí cinco días sin tropas nuevas, y se estremeció al pensarlo.

No podía sofocar el temor de que, una vez más, no iba a ser suficiente con él. Con el informe de batalla de las Llanuras Quebradas en mano, sacudió la cabeza y se puso al trote en dirección a la tienda de Yanagawn, para su entrenamiento nocturno y las partidas de torres.

Sigzil volaba por los abismos de las Llanuras Quebradas con dos de sus escuderos. Por vinculacaña, Leyten le había aconsejado que llegara a ras de suelo, inadvertido, así que recorría los oscuros abismos, iluminados de vez en cuando por el relámpago rojo que crepitaba en lo alto. Una llovizna hacía circular el agua por las grietas con un quedo gorgoteo. No era un ruidoso fragor, ni particularmente peligroso.

Por suerte, las mesetas estaban numeradas en su mapa, y eso terminó llevándolo al lugar correcto. Allí encontró a Leyten y sus escuderos flotando a baja altura, asomando la cabeza para mirar sobre el borde de una mese ta. Sigzil llegó volando con ellos, les hizo el saludo del día y ellos le dieron la respuesta correcta.

Una sucesión de destellos en el brazalete de Sigzil le indicó que el ataque sobre Narak había sido rechazado. El enemigo se retiraba por el momento. El ejército de la coalición terminaría abandonando Narak Cuatro en algún momento, pero la dura lucha de la jornada había servido de algo: con aquella muralla rota, el enemigo seguiría concentrando sus ataques allí, y quizá así las otras mesetas podrían respirar un poco.

—Has hecho bien en enviarme a buscar a los Celestiales —le susurró Leyten, señalando hacia un grupo de ellos que volaban justo por encima—. Un puesto de exploradores los ha avistado aquí fuera, y parece que están todos en esta zona, patrullando. Supongo que tendrán órdenes de mantener a los humanos alejados de lo que sea que esté pasando por allí. No creo que nos hayan visto a mis escuderos y a mí.

Sigzil pensó, dedicando un tiempo a vigilar a los Celestiales.

—¿Ideas? —susurró.

—Creo que puedo estimar una dirección adecuada —le dijo Vienta en voz baja—. A juzgar por su patrón de vigilancia, sí que intentan mantener a la gente apartada, como dice Leyten. De un lugar más al norte, por el borde de las Llanuras Quebradas.

Sigzil se volvió hacia los demás.

—¿Tenéis capas?

Los escuderos de Sigzil las sacaron. El protocolo era llevarlas puestas o cargar con ellas cuando estaban de patrulla, ya que, envueltos en aquellas capas negras con capucha y botones, pasaban muchísimo más desapercibidos. La luz tormentosa seguía emanando de su piel y la ropa más apretada, pero tendía a quedarse atrapada en los pliegues de la capa y evaporarse.

—Avanzaremos por los abismos —dijo Sigzil—. Leyten, Weiss, yo y un escudero de Leyten. Los demás, atentos a nuestra señal por si os necesitamos.

Unos cuidadosos enlaces los enviaron zigzagueando por la red de abismos con Sigzil a la cabeza, mapa en mano, encerado para protegerlo de la lluvia. Los relámpagos parecían concentrados en una zona concreta, así que voló en esa dirección, dejando atrás unos abismos llenos de basura en la que había crecido vida. Allí encontró los extrañamente compatibles aromas a crecimiento y decadencia, los vidaspren y los putrispren danzando juntos sobre el agua que fluía. Había menos cadáveres que los que recordaba de sus tiempos como hombre del puente. Más trozos de árboles y caparazón. Las Llanuras Quebradas estaban superando la época en la que humano y oyente se enfrentaban sobre ellas cada pocos días.

Consultó con Vienta, que ascendía de vez en cuando para vigilar las pautas de búsqueda enemigas. Al cabo de un tiempo el grupo llegó al borde de las Llanuras Quebradas y, en efecto, allí era justo donde se estaba concentrando el relámpago. Sigzil los llevó hacia arriba con cautela. Al abandonar el gorgoteante suelo del abismo, sintió como si estuviera separándose de un viejo amigo. Los abismos habían sido el castigo del Puente Cuatro al principio, luego su respiro, luego su refugio mientras practicaban. Las mismas habilidades que estaba empleando como guerrero habían tenido su origen en aquella red de tumbas, donde había empuñado por primera vez una lanza junto con quienes se convertirían en sus hermanos.

Leyten y él miraron con mucho cuidado por el borde de los abismos hacia el escarpado, incluso montañoso, paisaje que se extendía al norte de las llanuras. Era una región que rara vez había visitado, y solo volando en misiones de exploración. Allí, en un campo de piedra, bajo violentos relámpagos casi constantes, estaba congregándose un ejército. Cientos de soldados enemigos, en cuyo caparazón mojado se reflejaban los rayos.

Regios. ¿Cómo? ¿Cómo había podido traer el enemigo esos refuerzos? No podían haber llegado a pie desde Alezkar. Estaban a cientos de kilómetros. Los Celestiales y los Rompedores del Cielo habían estado demasiado ocupados luchando para transportar a nadie.

—No lo entiendo —dijo Leyten, su voz apenas audible por encima del trueno—. Esto debería ser imposible, Sig.

—Igual son un tejido de luz —aventuró Weiss. La escudera bajita y morena había sido costurera antes de unirse a los Corredores del Viento—. Un gran espectáculo creado para intimidarnos.

—Que nosotros sepamos, los Enmascarados no pueden hacer tejidos de luz gigantescos a esta escala —respondió Leyten—. Sobre todo cambian solo sus propias características.

—Tenemos pruebas —dijo Sigzil— de Celestiales que han creado algún enlace débil muy de vez en cuando en otros, aunque agota su poder muy deprisa. Así que es posible que los Enmascarados puedan hacer lo mismo. Pero lo considero bastante improbable aquí.

—Estoy… de acuerdo —susurró Vienta—. Ninguna hipótesis que se me ocurra explica esto, Sigzil. A menos…

—¿Qué? —preguntó él.

—A menos que hayan encontrado una forma de nominar lo otro. Condenación.

—Voy a subir —dijo Sigzil.

—¿Subir? —siseó Leyten, agarrándole el brazo.

—¿Esa luz que hay en el centro del ejército? Necesito saber qué es, pero no se ve desde esta perspectiva. —Echó un vistazo al cielo—. Los relámpagos tendrán a todo el mundo cegado. Será tormentosamente difícil avistarme si estoy lo bastante alto.

Leyten pensó un momento y luego asintió y le soltó el brazo. Seguramente habría querido acompañarlo, pero sabía que eso duplicaría las probabilidades de que los descubrieran.

—Estad preparados para huir, por si acaso —dijo Sigzil a los demás.

Retrocedió unos cuantos centenares de metros antes de lanzarse al cielo para hacer algo a lo que pocas veces se atrevían: acercarse a aquellas nubes de crepitantes relámpagos rojos. Para evitarlos se movió deprisa, arrebujado en su capa y enlazándose hacia el norte, de vuelta hacia el ejército que se congregaba. Los destellos constantes en lo alto parecían los ojos de Odium, pero se obligó a recordar que no existía tal cosa. Odium no podía ver en todas partes a la vez. Muchas cosas escapaban a su atención.

Y, sin duda, si hubiera visto a Sigzil, su reacción habría sido inmediata. Porque en el centro de las tropas había un agujero en el suelo, un amplio círculo de luz violeta cuyo interior descendía como un pozo. Subían soldados saltando desde dentro, elevándose fuera del agujero, donde sus compañeros los agarraban y los estabilizaban al llegar al suelo.

—Tormentas —susurró Sigzil—. Eso es una Puerta de lo Otro, ¿verdad?

—Sí —le respondió Vienta. Apareció ante él envuelta en tela que se hinchaba, como ropa al viento—. Solo hay unas pocas maneras de que sea posible.

—¿Cómo?

Aquel poder había creado las Puertas Juradas mucho tiempo antes, había traído a los humanos a Roshar. A pesar de llevar años intentándolo, Jasnah no había logrado descubrir la mecánica, y preguntarles a los Heraldos no había servido de nada. Los Fusionados no deberían ser capaces de manifestaciones a gran escala como aquella.

—Podría ser —dijo la spren— que el enemigo hubiera vuelto a conferir poder a Dai-gonarthis, cosa que creíamos que nunca haría. Es tan poco razonable que apenas merecía consideración. Ella desea romper y quemar este mundo. Y, por malo que sea eso, ojalá se dé el caso, porque, si no es ella… entonces es que el enemigo tiene la hoja de Honor de la Nominadora de lo Otro.

—Tormentas —susurró él, y retumbó un trueno en adecuada respuesta.

—Ojalá pudiéramos experimentar con ese poder —le dijo Vienta con suavidad—. Tú y yo. Todo el tiempo del mundo y un Nominador de lo Otro.

—Ver si podemos crear movimiento perpetuo… —dijo Sigzil—. Ver si hay algún límite a la velocidad y la distancia…

—Cuánto que aprender.

En un momento muy infrecuente, la tela inflada se retiró de su cara y Vienta le sonrió.

Por desgracia, aún había una guerra que librar. Sigzil usó su catalejo para ver si vislumbraba una hoja de Honor o señales de la presencia de una Deshecha. Lo que sí que localizó fue a un Fusionado interesante. Era alto y se mantenía apartado de los otros, con un cuerpo demasiado plateado para ser natural. Estaba arrodillado al borde del enorme portal en el suelo.

Entonces una figura emergió saltando del portal cerca del Fusionado. Un humano de pelo castaño con mechones negros, vestido de uniforme negro, portando una hoja de Honor familiar. Cuando alzó la mirada, Sigzil habría jurado que los ojos de ese hombre resplandecían en violeta. Como si… como si fuesen gemas llenas de luz del vacío.

Sigzil conocía a aquella figura demasiado bien. Moash. Antes su amigo. El asesino de Teft.

¡CUIDADO CON LOS FUSIONADOS!
PROFUNDOS
ALTERADOS
¡NO ENFRENTARSE! ¡BUSCAR A UN RADIANTE

ACÓLITO

DIECIOCHO AÑOS ANTES

Por segunda vez en su vida, Szeth esperaba al otro lado de una puerta mientras otros decidían su destino.

Ya no era un niño. No se escondía en la cama, ni lloraba contra una manta. Estaba de pie fuera de la puerta del general, con la espalda recta, las piernas separadas, las manos entrelazadas a su espalda. En postura de guardia. Podía mantenerla, inmóvil, más tiempo que nadie que conociera.

Por dentro, temblaba.

Había ido con paso firme a la batalla, cruzando humo y fuego y aire salado, cumpliendo un plan que había destruido dos barcos y ahuyentado a los saqueadores, quizá para siempre. Se había creído inmune al miedo, y hasta había alardeado de ello en el silencio de su cabeza. ¿Y ahora? ¿Ahora tenía que obligarse a controlar la respiración para no hiperventilar? ¿Ahora tenía que esforzarse en que sus emociones no escaparan en tropel como lágrimas?

¿Qué le pasaba? Ya había aceptado el castigo en el pasado. Podía volver a hacerlo.

Aunque... aunque aquello fuera a ser distinto.

Habían pasado tres días desde la operación de Szeth. Le habían prohibido cumplir con sus deberes, e incluso entrenar, durante ese tiempo, por lo que solo le había quedado sentirse desgraciado mientras esperaba a aquel tribunal. Luego por fin habían llegado los portadores de Honor, que estaban dentro juntos hablando. Acompañados por el general, el padre de Szeth e incluso el granjero. A ese último lo habían llevado soldados en volandas para que no tuviera que pisar piedra. Y todo porque Szeth había usado la iniciativa mientras cumplía órdenes.

Deseó poder oír lo que estaban diciendo. No podía, así que permaneció allí en pie. Enfadado. Cada vez con el estómago más revuelto. Hasta la Voz lo rehuía en los últimos tiempos.

Una pisada raspó en el camino de gravilla cerca de él. Ya era un sonido normal. Miró en esa dirección, preguntándose quién iría al despacho del general en un momento como aquel. La respuesta debería haber sido evidente.

Elid. Su hermana.

De adulta, Elid seguía sacándole cinco centímetros a Szeth. Llevaba ropa de trabajo y, aunque no era supervisora en las cocinas, emanaba de ella un claro aire de autoridad. Quizá fuese por el collar de cuentas de piedra pulida que llevaba, una muestra de orgullo por una afición que nadie fuera de los monasterios disfrutaría jamás. Quizá fuese por cómo llegó con paso tranquilo y se inclinó con un hombro contra la pared de madera y una perezosa pierna cruzada con la otra. Larga coleta negra, ojos agudos, sonrisa astuta.

Elid navegaba por las normas y las expectativas sociales como un pez por el agua. Mientras que Szeth lo hacía como una espada a través de entrañas.

—Así que has vuelto a cagarla —dijo.

Él apartó la mirada de ella y la fijó en el campamento, sobre nada en particular.

—Van a echarte, ¿eh?

—No pueden —dijo Szeth en voz baja—. Yo sustraigo. Pueden encontrar algo horrible que obligarme a hacer, o pueden ejecutarme, o…

O algo peor. No irían a declararlo Sinverdad, ¿a que no? Él no había negado la Verdad. Intentaba proteger Shinovar.

Sintió la mirada escéptica de Elid sobre él. ¡Cómo era esa mujer!

—¿Qué quieres, Elid? —restalló.

—Solo ver cómo estás —dijo ella—. Szeth, no pasa nada por rabiar y perder el control de vez en cuando. Pero tienes que encontrar mejores formas de expresarlo que en batalla.

¿Rabiar? Szeth la miró, confundido hasta que le encontró el sentido a su afirmación.

—¿Es lo que se dice en el campamento?

—Muchos de ellos lo han sentido —respondió ella, levantando los hombros—. Por eso están aquí. Son los hombres que no pueden controlarse cuando luchan.

—No ataqué a los forasteros por rabia, Elid —dijo él—. Me ordenaron que defendiera nuestras costas.

—Te ordenaron —replicó Elid— que vigilaras por si algún enemigo decidía avanzar al interior. ¿Por qué crees que el granjero les deja ofrendas?

—Porque tiene miedo.

—Porque funciona —dijo ella—. Si encuentran un botín fácil, lo cogen y se van. Saben que, si queman pueblos de pescadores y se llevan a todos los trabajadores, las ofrendas pararán.

Eso no era lo que decía la Voz. La Voz decía que las ofrendas del granjero solo servirían para que el enemigo quisiera más y más. Szeth había creído por las órdenes del general, por el hecho de que lo habían dejado arreglándoselas solo en la costa aquellos meses, encargado de las operaciones defensivas, que el general lo comprendía.

Era evidente que no.

Era evidente que sí que la había cagado otra vez.

—Lo siento, Elid —dijo—. Por arruinarte la vida.

—Bueno, esa vida era aburrida —respondió ella—. Piedras Desconsagradas, y pensar que, si no hubiera pasado nada, ahora mismo podría estar sentada allá fuera, en algún campo.

Se estremeció visiblemente.

—No deberías maldecir.

—¿Por qué no? ¿De verdad crees que la piedra es sagrada?

—Claro que lo es —dijo Szeth—. Pregúntale a padre.

—Szeth. ¿Todavía no sabes por qué vivíamos alejados de todos los demás cuando éramos pequeños?

Szeth cerró los ojos. No… no quería saberlo. La vida ya lo confundía demasiado. Y esa sensación agitada se exacerbó cuando, de entre todas las cosas que podía hacer, Elid lo abrazó.

Hizo que perdiera la pose, que separara los brazos a los lados sorprendido. Estaba abrazándolo. Elid.

—Escucha —dijo su hermana—, padre lo resolverá. Todo el mundo sabe que tienes el corazón en su sitio.

—Yo no —susurró él—. Yo no lo sé, Elid.

Ella dio un paso atrás, sujetándolo por los brazos.

—Bueno, supongo que eso es por lo que no deberías confiar en ti mismo, Szeth. —Le dio una palmadita en el brazo, y parecía tener los ojos llorosos—. Escucha, superarás esto, pase lo que pase.

Le hizo un asentimiento de ánimo y se retiró mientras la puerta se abría.

Su padre le hizo una seña a Szeth para que entrara. Szeth lo hizo, intentando recobrar la compostura. Era difícil. Había tres portadores de Honor dentro. Pozen, con su barba blanca y sus ojos acusadores. Sivi, con una sonrisa. Vambra, a quien no tenía tan vista como a los otros dos. Era una mujer joven para ser portadora de Honor, de largo pelo dorado.

El granjero parecía más viejo de lo que Szeth recordaba. Más blanco en el pelo, que de algún modo llamaba más la atención que su colorida ropa. Estaba de pie en el suelo de madera al lado de Rit-hija-Clutio, la chamana jefa del monasterio sin hoja de Honor.

El general era el último de los presentes, mirando por la ventana, con las manos a su espalda.

—Hemos deliberado, Szeth-hijo-Neturo —dijo sin levantar la voz—. Lo que hiciste fue temerario, destructivo e insubordinado. Tu padre ha hablado de tu naturaleza bondadosa y tu habilidad, elementos que hemos tenido en cuenta. Al final, sin embargo, no podemos hacer caso omiso al peligro que traes sobre todos nosotros. Estamos inclinados a enviarte a las minas.

Aquello era...

Bueno, era lo que había esperado.

Szeth guardó silencio.

—¿Hijo? —lo llamó el granjero—. ¿Tienes algo que decir?

Szeth frunció el ceño.

—¿Debería decir algo?

Los otros se miraron entre ellos.

—Hice lo que se me ordenó —dijo Szeth—. Si tan mal lo interpreté, entonces hacéis bien en licenciarme. —Pronunciarlo le quitó un gran peso de los hombros—. Quizá... quizá sea lo mejor.

Aquello pareció preocupar a varios de ellos, pero el granjero, envuelto en color, sonrió de oreja a oreja.

—Tienes razón, Szeth —dijo el granjero con voz amable—. Me alegra que lo entiendas. Anticipando tu disposición a cooperar, he propuesto que, en vez de trabajo duro, se te asigne un puesto en el paso alto para que vigiles la llegada de caminapiedras a nuestras tierras. A veces voy allí a reunirme con comerciantes extranjeros y es precioso, Szeth. Un puesto solitario, sí, pero también bueno para pensar en solitario. —Calló un momento—. Podrías tener ovejas, como hacen allí los soldados para comer.

¿Ovejas? ¿Ser pastor de nuevo?

Oh, qué increíble sería.

Podía imaginárselo: un puesto tranquilo, lejos de donde pudiera hacer daño. Todas las ovejas que quisiera, y sacrificaría solo a las ancianas y enfermas, al final de su vida. Vientos calmados. Danzas. Una manta de estrellas por la noche.

¿Por qué le había costado tanto verlo? Su madre le había sugerido eso mismo hacía años. Sí, dolía saber que había fracasado, pero también era asombroso tener una dirección. Descubrió, alzando la mirada hacia los ojos del granjero, que ya no estaba asustado.

Bueno, esto no puede ser, dijo la Voz en su cabeza. *No después de que por fin comiences a demostrar tu valía. Perdona que me haya distraído. Casi me pierdo esta reunión, ¿eh?*

De pronto, los tres portadores de Honor se enderezaron y se pusieron alerta, como si les hubieran dado una bofetada. Luego, como uno solo, clavaron la mirada en Szeth.

—Fuera —restalló Pozen—. Todo el mundo menos Szeth.

—¿Disculpad? —dijo el granjero—. Es que...

—¡Fuera! —repitió Pozen, mientras la hoja de Honor aparecía en su mano. La clavó recta a través del suelo y en la piedra—. Ahora mismo.

El padre de Szeth, Rit y el general salieron a toda prisa. El granjero tuvo que esperar a que sus soldados porteadores llegaran, lo levantaran de su estera ritual y se lo llevaran más allá de las piedras. Se marchó, aunque pareció afligido todo el tiempo.

Szeth lo soportó todo con una creciente sensación de temor.

En el momento en que la puerta se hubo cerrado, Vambra, la portadora de Honor Vigilante de la Verdad fue hasta Szeth. No podía tener mucha más edad que él, pero hablaba con autoridad.

—¿Cuánto tiempo lleva dirigiéndose a ti?

—Eh…

Szeth apenas logró mantener la postura. Sus instintos le decían que huyera de aquel intenso escrutinio.

—¿Cuánto tiempo? —respondió Vambra.

Está bien, dijo la Voz. *Puedes revelarme.*

Solo entonces lo comprendió Szeth.

—¿Vosotros la oís también? —Miró a los otros portadores de Honor—. ¿Los tres?

—Es muy infrecuente —dijo Sivi— que alguien que no sea acólito o chamán sea elegido. De hecho, no recuerdo la última vez que pasó.

—Yo estuve seis años en el monasterio antes de oírlo —asintió Vambra—. Soldado, se te ha hecho una pregunta.

—Oí la Voz ese primer día —dijo Szeth—, cuando maté al soldado, de niño. La he… oído con regularidad desde entonces.

—¿Esto estaba planeado por él? —preguntó Pozen—. ¿Quemar esos barcos?

Por supuesto que lo estaba, dijo la Voz y, por la reacción de los demás, la estaban oyendo todos. *No hay portador de Honor en este monasterio ni en esta región. Aquí trabajo con otros medios.*

—¿Por qué? —susurró Szeth—. ¿Por qué no se lo dijiste antes?

Les hace bien, dijo la voz, y en esa ocasión pareció ser solo para Szeth. *Tienen que recordar que me sirven ellos a mí, no al revés.*

Un momento.

¿Los portadores de Honor servían a la Voz?

—¿Qué es? —preguntó Szeth, descruzando los brazos, rompiendo la pose por fin—. ¿Qué es esa Voz?

—Eso —dijo Sivi, sonando reacia— les corresponde saberlo solo a los miembros más elevados de nuestra sociedad.

—De todos modos —intervino el anciano Pozen, señalando a Szeth—, tiene que entrenar en un monasterio. Ya habéis oído los informes sobre la destreza de Szeth; son ciertos y no contienen exageraciones. Si hubiera un portador de Honor en este monasterio, ya lo habría reclutado hace tiempo.

—Una felicitación por su valentía debería bastar —dijo Vambra—. Démosle mucho bombo, y eso explicará que nos llevemos a un hombre de otro monasterio.

—Enviaremos el reconocimiento después —afirmó Pozen—. Él se viene conmigo hoy mismo.

—Pero… —dijo Szeth, pasando la mirada de uno a otro—. ¿Qué hay de lo que hice?

—¿Qué te dijo él? —preguntó Vambra—. Sobre los forasteros.

—La Voz me dijo… que, si les pegaba lo bastante fuerte, tendrían demasiado miedo para volver. Me dijo que devolviera a supervivientes, cuando mi plan había sido hundir los tres barcos.

—Bueno, pues ahí lo tienes —respondió Vambra—. Rara vez se equivoca. Lo has hecho bien, Szeth. Perdona por la confusión y el alboroto.

—En realidad, esto es perfecto —dijo Pozen—. Tendríais que ver a mi hornada actual de acólitos. No hay ni uno que destaque entre ellos. Pero este chico… Si existe una solución para el problema de Tuko, podría muy bien ser esta.

Szeth sintió cómo se evaporaba su libertad. Como agua de lluvia desapareciendo bajo el sol. Se le revolvió el estómago, como en aquellas primeras semanas después de llegar al monasterio, cuando había empezado a comer carne a diario.

—¿Tengo que hacer esto? —susurró Szeth—. ¿Debo hacerlo?

Sí, Szeth, debes, dijo la Voz. *Es lo correcto.*

Vambra le dio una palmada en el hombro mientras Pozen descartaba su hoja y recobraba la compostura, y los tres adoptaron un aire más serio. Dieron una voz y el padre de Szeth le abrió la puerta al general, que entró titubeante.

—Tenemos una cosa que deciros. —La voz de Pozen sonaba adusta—. Este joven es, en realidad, un héroe.

—¿Qué? —exclamó el general—. Pero…

—Cumplía órdenes superiores —dijo Pozen—. Su ataque de hace tres días fue una prueba de sus capacidades y de su habilidad de liderazgo. La conversación de hoy era una prueba para comprobar si aceptaría un castigo con elegancia, cosa que ha hecho. Vamos a trasladarlo a mi monasterio para que empiece a entrenar como chamán acólito.

Szeth se alegró de ver la expresión atónita en los rasgos del general. Por una vez, otra persona estaba igual de confundida que él. Neturo asintió despacio.

—Lo ayudaré a recoger sus cosas.

—No es necesario —dijo Pozen—. Cuando alguien pasa a ser acólito, debe quemar todas sus posesiones.

Szeth se llevó la mano a la bolsa de su cinturón.

—¿Todo?

—Hoy te convertirás en alguien nuevo, Szeth —dijo Pozen—. Ni alguien que añade ni alguien que sustrae, sino alguien sagrado, alguien superior. Vendrás solo, igual que todo niño nace solo.

—Eh… ¿solo? —preguntó Szeth, con un hilo de voz.

—No —dijo Neturo.

Szeth miró a su padre.

—Ningún niño «nace solo» —afirmó Neturo—. Nace en una familia. Si Szeth tiene que ir, nosotros iremos con él.

—No habrá sitio para vosotros en el monasterio —dijo Pozen—. No podéis...

—Disculpa —terció Sivi—, pero hay una ciudad fuera de tu monasterio, Pozen. ¿No decías que necesitabas un nuevo administrador para ella?

Pozen titubeó.

—Recogeré a mi familia y mis cosas —dijo Neturo—. Suponiendo que nosotros no tengamos que quemar nuestra antigua vida como Szeth.

Al cabo de un momento, Pozen le indicó a Neturo que lo hiciera.

El padre de Szeth se marchó y, aunque quizá no fuese correcto irse sin que le dieran la venia, Szeth fue tras él.

—Padre —le dijo fuera, agarrándolo del brazo—. No tienes por qué hacer esto.

Neturo puso la mano sobre la de Szeth y la retuvo.

—Hijo, por supuesto que sí. No dejaré que te aparten de nosotros.

La siguiente parte fue un borrón. Un anuncio en el campamento, el de la felicitación a Szeth. No pudo ver la expresión que ponía Jormo, porque lo subieron a un caballo y los sirvientes de los portadores de Honor se reunieron para partir en caravana hacia casa. Cerca de allí, el granjero estaba en su alfombra ritual sobre una caja, encima de tierra transportada y puesta ahí. Una columna de color en un campamento por lo demás apagado. Parecía preocupado, mientras las cintas atadas a su túnica ondeaban al viento.

Neturo llegó con un gran macuto a la espalda, seguido por Elid. Szeth apartó la mirada mientras su hermana llegaba a su caballo.

—Lo siento —dijo.

—¡Será broma! —exclamó Elid—. ¿No has oído lo geniales que son las ciudades de los monasterios activos? Esto va a ser maravilloso.

¿Debería él pensar igual? Se sentía enfermo. Incluso un poco furioso. Así que miró atrás y vio lo que había estado esperando. Lo que ya anticipaba. Le dio un vuelco el estómago.

Su madre estaba allí de pie, y no cargaba con ningún macuto.

—Zeenid —dijo Neturo, caminando hacia ella—, debemos...

—No voy a ir, Neturo —lo interrumpió ella—. No permitiré que vuelvas a hacerme lo mismo.

—No... —dijo Neturo—. No te...

—Volveré a mi antigua vida. Dicen que, purgándome y haciendo penitencia, puedo regresar como si no hubiera pasado nada, porque yo no he sustraído. Tú tampoco has sustraído, Neturo. No tenemos por qué hacer esto.

—Zeenid —dijo Neturo—, no podemos abandonarlo.

—Ya es adulto, Neturo —replicó Zeenid—. Tiene diecinueve años. Déjalo marchar. Por el bien de los dos.

Los portadores de Honor eligieron ese momento para poner en marcha la caravana. Los caballos y los porteadores empezaron a descender por el largo y serpenteante camino. Szeth contuvo su caballo, mirando a sus pa-

dres. A Neturo, que le lanzó una mirada a él, y luego a Zeenid, que apartó
los ojos.

—Espera —dijo Elid desde el lado del caballo de Szeth—. Un momento,
¿mamá no viene? Eso no es lo que... O sea...

Su madre dio media vuelta y caminó de vuelta hacia el campamento. No
dijo adiós. Neturo fue a susurrarle a Elid, le preguntó si quería quedarse con
su madre, le dijo que era una decisión válida. Ella negó con la cabeza, los
ojos llenos de lágrimas, y Szeth apartó la mirada.

Juntos, los tres partieron en pos de la caravana. Szeth agachó la cabeza.
En el fondo, sabía desde hacía años que ya no eran una familia, pero le dolió de
todos modos. Porque aquella ruptura, la última de todas, parecía definitiva.

FIN

del quinto día

INTERLUDIOS

ZAHEL ◆ ODIUM

«Es curioso —pensó Zahel— la cantidad de veces que me han encadenado al techo».

Pendía desnudo en una sala oscura. Sin afeitar, sin lavar. Pensaba que habían transcurrido semanas desde aquel primer día, durante la invasión, en que lo capturaron. Pero no le quedaban muy claros los tiempos, porque tenía que ir borrando sus recuerdos para ayudar a neutralizar la tortura de su captora.

Tortura. ¿Por qué siempre recurrían a la tortura? Las investigaciones no respaldaban su efectividad, ni siquiera en gente que no podía borrar los recuerdos del dolor para evitar el trauma a largo plazo.

Pero claro, él ya no era un hombre de investigaciones, ¿verdad? No era muy hombre, ni muy dios, ni muy nada últimamente. Gimió y se alzó un poco con los brazos para estirarse. A su lado, fuera de su alcance incluso si hubiera tenido las manos libres, había un triste loro en su jaula, que también colgaba. De brillante color carmesí, con tonos cereza y un poco de bermellón en las partes oscuras de las alas. Muy imponente. El ave no lo miró, ni dijo nada tampoco.

Era mal asunto, cuando un loro se quedaba callado.

—Eh —dijo Zahel, con la voz ronca—. Eh, chica.

La estúpida ave no reaccionó. Se acurrucó en su jaula, que no tenía posadero.

Zahel flaqueó en sus ataduras. Tenía sangre encostrada por todo el cuerpo desnudo. Siempre se les ocurría quitarle la ropa, para que no pudiera darle vida. De vez en cuando, ¿no podría capturarlo alguien estúpido? Agachó la cabeza, de forma que su pelo, no negro del todo, sino más bien castaño oscuro, se le rizó alrededor de la cara. Áspero, sin lavar.

El color más vivo que había en toda la estancia circular, recubierta de láminas de aluminio que impedían percibir su presencia hasta a los spren, era el loro. Aparte de ella, estaba solo su sangre seca en el suelo, una biblioteca que cubría parte de la pared y un colchón al otro lado, aunque sus captores llevaban semanas sin utilizarlo.

No por primera vez, se preguntó por qué seguía esforzándose. Siglos. Amigos a los que había fallado. Lo más reciente, una mujer abandonada, cuando tanto había creído en él. Se había dicho a sí mismo que estaba retirándose.

En realidad, había huido sin más.

El ave se movió, pero, cuando Zahel miró hacia ella, solo había bajado la cabeza.

Así que, con un suspiro, Zahel se propuso probar otra cosa.

—Eh —dijo. Apartó la mirada y la devolvió enseguida—. Cucú.

El loro levantó la cabeza. Zahel repitió el juego de niños.

—Cucú. Cucú.

Entonces, poco a poco, el ave se fue animando.

—Cucú… —dijo con su voz de pájaro.

—Eso es —asintió Zahel—. Eh, no está tan mal. Vas a estar bien. Vas a…

Calló al oír que se abría la puerta y entraba Axindweth, con anillos destellando en los dedos.

—¿Ya estamos jugando a jueguecitos, Vasher?

Chasqueó la lengua y el aviar verde brillante que llevaba al hombro imitó el sonido.

—Algo tendré que hacer para pasar el rato. Calculo que te costará unos cuarenta años o así morir. —Zahel la miró a los ojos—. Puedo sobrevivirte. Lo he hecho ya.

Ella se rio.

—Siempre fanfarroneando, Vasher.

Se sacó una caja de debajo del brazo, la abrió y le mostró un fabrial que tenía un poco forma de pistola, solo que con pinchos en la parte delantera. Vaya, diablos. Axindweth por fin había conseguido un dolorial.

—He encontrado —dijo la mujer— una manera más efectiva de hacerte sufrir, Vasher. ¿Quieres probarla?

Él no respondió.

—¿Y si cedemos un poco los dos? —propuso Axindweth—. Tú me das la mitad de tus alientos y yo te dejo marchar.

La mitad de su poder, que de todos modos era una cantidad impresionante de Investidura. Zahel no debería haber traído tanta; ya había sabido que llamaría la atención.

Podía darle la mitad. No necesitaba esos alientos. Solo que ya sabía lo que pasaría después. Si le daba la mitad, ella, tras una victoria tan granate, le exigiría más. Luego más.

No era una táctica negociadora. No era una senda hacia la libertad. Era solo otro intento de vencer su resistencia.

Así que, sintiéndolo por el loro, que tendría que mirar, ya no dijo nada más hasta que Axindweth hizo que empezara a chillar.

EL MOMENTO DE LA DECISIÓN

Taravangian tenía problemas con el equilibrio. Incluso mientras sus planes daban fruto, mientras las piezas se situaban como él quería, le costaba. Aunque sabía que necesitaba dominar, seguía cuestionando.

¿Por qué debería cuestionar?

Ese día tenía la atención puesta en Shinovar. Era consciente de que su antiguo siervo, Szeth, viajaba por esa tierra, trastocándola. Aunque Taravangian tenía piezas en movimiento para terminar controlando Shinovar, aquel lugar de hierba ondeante y ecos de un mundo muerto debería haberle resultado fácil de dominar. No lo era. Era, en vez de eso, una advertencia.

Meditó desde la cima de una montaña. A sus emociones, que tan avivadas ardían, les importaban más los reinos que ya obraban en su poder. Kharbranth. Jah Keved. Alezkar.

«Tendré que concentrarme en muchas tierras extranjeras durante los próximos siglos —pensó—. Shinovar, por tanto, será un buen entrenamiento. Si no puedo aplicar mi atención a una parte lejana de Roshar, ¿cómo voy a dominar todos los mundos, en todas partes?».

Cultivación apareció detrás de él. No le hizo falta mirar, pues no tenía ojos.

—¿Has probado a hacer lo que te pedí? —preguntó ella.

—Sí.

—¿Y?

—Las dos mitades de mí rechazan tus suposiciones, Cultivación —afirmó él—. La mente considera imprescindible que me transforme en el conquistador, y el corazón necesita lo mismo, por motivos distintos.

—¿Y tú, Taravangian? Tú no eres ni la mente ni el corazón, sino la combinación de ambos.

Ah… Taravangian concentró su esencia sobre ella, y vio por fin su treta al completo. En matemáticas, las sumas y las divisiones eran directas, pero no sucedía lo mismo con las almas. Tanto el corazón como la mente optaban por la conquista, pero ¿y los dos juntos?

—Fuiste —dijo ella— uno de los pocos humanos que han probado jamás la divinidad. Un hombre capaz de pensar a una velocidad increíble. Un hombre capaz de sentir las poderosas y aplastantes emociones de Odium. Tuviste tanto la mente como las emociones de una deidad.

—Pero nunca a la vez —susurró Taravangian—. Hasta ahora.

—Por favor, Taravangian. ¿De verdad quieres ir por este camino?

¿Quería?

¿De veras quería?

Estaba obsesionado con las personas que tanto se esforzaban en oponerse a él. Veía su pasión, su ingenio, y le encantaban. En ese momento comprendió por qué cuestionaba. Había dos personas en aquel planeta a las que, incluso siendo una deidad, respetaba casi como sus iguales. Jasnah Kholin y Dalinar Kholin. Si esos dos se oponían a él, entonces… él cuestionaba. Pues, en su Ascenso a la divinidad, había obtenido una sabiduría que eludía a casi todos los mortales. Un precepto sencillo y razonable: si alguien a quien le profesabas un profundo respeto estaba en desacuerdo contigo, quizá merecía la pena replantearte las cosas.

Y fue entonces cuando, por primera vez, Taravangian de verdad vaciló. Aquel no era un problema académico, ni tampoco uno de apasionado instinto. La cuestión de enfrentarse a sus amigos lo hería hasta la misma alma. Pues, con su luz, veía que había estado mintiendo, incluso a sí mismo.

Sí, tenía sentido darle al Cosmere un único dios.

Sí, era su pasión proteger a su pueblo.

Ambas afirmaciones eran ciertas, pero no eran el verdadero motivo por el que había hecho nada de aquello. En aquel momento de incertidumbre, Taravangian hizo lo que incluso a los dioses les costaba hacer.

Vio la verdad en el interior de sí mismo, una verdad que jamás reconocería ante ningún otro ser. ¿Por qué conquistar?

Porque algún día, alguien iba a hacerlo.

Y él quería ser ese alguien.

La carga de un rey era tomar las decisiones difíciles, y él llevaba haciéndolo muchísimos años. Anhelaba gozar de las recompensas por aquellos muchos y dolorosos sacrificios. Ansiaba ver de qué era capaz, sin trabas. A qué alturas podía elevarse, qué logros podía llevar a cabo Taravangian, el más grandioso de los hombres convertido en ser divino.

La conquista no era una necesidad, sino una querencia. Y no iba a seguir negándose a sí mismo las cosas que quería.

El poder *adoró* aquella revelación. Era emoción pura, liberada.

La mente *respetó* aquella revelación, pues era una verdad reconocida.

Los dos, en ese instante, se hicieron uno. Era el momento de la decisión Taravangian, al borde de ese precipicio, se permitió cuestionar por un último momento. ¿Qué haría Dalinar? Dos versiones de Taravangian parecieron dividirse de él, caminando hacia un tiempo infinito. Las dos personas que podría ser.

Dalinar...

Dalinar se equivocaba.

Y alguien tenía que demostrarlo.

Las dudas murieron. Allí, en la cima de aquella montaña, Taravangian —Odium— nació de verdad. Dio forma a un avatar en radiantes, refulgentes vestiduras doradas y compuso un pequeño bastón a su lado, mientras las porciones gemelas de su alma vibraban con el mismo tono puro. Abrió unos ojos que brillaron con la luz del sol.

Cultivación tembló.

—Que así sea —susurró, su voz inundada de unos ritmos que expresaban su profunda, angustiosa decepción.

Se marchó, y Odium, alineado del todo por fin, inició su trabajo con ahínco. Pues había dos personas a las que respetaba que necesitaban una lección que los ayudara a crecer.

SEXTO DÍA

KALADIN ◆ JASNAH ◆ SZETH ◆ VENLI ◆ SYLPHRENA ◆
SHALLAN ◆ SIGZIL ◆ ADOLIN ◆ DALINAR

Un tema de debate recurrente en los círculos de la moda es cómo la ropa militar influye en los estilos civiles. Arriba se muestra una ko-takama moderna con una casaca militar. A ambos lados, sugerencias para implementar el estilo.

FILOSOFÍA RADICAL

Ahora conocéis mis pecados al completo. También conocéis mis revelaciones, si pueden llamarse así, al completo. Todas mis visiones están aquí. Todas las experiencias de mi pasado que me moldearon.

Del epílogo de *Juramentada*, por Dalinar Kholin

Tras la llegada de Nale, Szeth se había transformado en una persona distinta. Mientras se preparaban para la jornada, Kaladin intentó trabar conversación con él, pero lo único que recibió fueron respuestas simples expresadas sin entonación. Luego pasaron casi toda la mañana volando, pero aterrizaron para recorrer a pie el resto del camino hasta el Monasterio de la Tejedora de Luz, que marcaba el punto medio de su viaje. Szeth seguía pensando que aproximarse a pie llamaría menos la atención.

Así que Kaladin caminaba esforzado sobre tierra, con el macuto pesándole en la espalda. El terreno se había ido volviendo más polvoriento y sucio a medida que avanzaban hacia el norte, el aire menos húmedo, incluso las noches demasiado cálidas e incómodas.

Las plantas allí tenían una naturaleza más… de mala hierba. El pequeño sendero de tierra que habían estado siguiendo se había convertido en un camino mucho más amplio. Había mucho polvo, pese a la lluvia de la víspera. Kaladin no podía imaginarse cómo sería aquello cuando estuviera lleno de gente y carros.

Resuelto, se puso a la altura de Szeth y los dos caminaron detrás de Nale, que avanzaba a zancadas, alto e imperioso. De algún modo, recogía menos polvo en las piernas que Kaladin, y al parecer no necesitaba agua ni descanso, pues no llamó a hacer ningún alto y esperaba que bebieran de cantimploras mientras caminaban. Parecía un ojos claros con dos desdichados soldados correteando tras él, cargados con todas sus cosas.

«Intenta irritarte —se dijo Kaladin—. Seguro que quiere incordiarte hasta el punto de que termines abandonando a Szeth con él».

Kaladin se negó a molestarse.

—Bueno —dijo—, ¿falta mucho todavía?

—No mucho —respondió Szeth.

—¿Cuántas veces has estado en este monasterio?

—Unas pocas —dijo Szeth—. Las del Tejedor de Luz no eran mi par de capacidades preferidas.

—¿Cómo fue entrenar con cada una de las hojas? —preguntó Kaladin—. Tuvo que ser interesante.

Szeth se encogió de hombros, sin apartar la mirada de Nale. Tormentas. Daba la impresión de que la lluvia de la alta tormenta se había llevado por delante todo el progreso que habían hecho. Para Kaladin era un tormento, porque, desde que había visto lo mucho que Szeth necesitaba ayuda, lo mucho que se parecía a Tien, su ansia de echarle una mano había crecido y crecido. Quizá demasiado. Le resultaba físicamente doloroso ser incapaz de hacer nada por ayudar.

—Szeth —probó otra vez—, ¿podemos hablar de…?

—Podemos hablar, pero todos —dijo Nale desde delante—. Por favor. He oído que te estabas dedicando a impartirle una filosofía radical a mi discípulo, Corredor del Viento. Querría oírla por mí mismo.

Kaladin apretó los dientes. Hasta el momento, Nale apenas había cruzado palabra con él. Deseó haber podido organizar sus propios pensamientos porque, mientras avanzaba hasta ponerse al lado de Nale, un hombre que tenía más o menos la infrecuente altura de Kaladin, se sentía penosamente poco preparado.

—Adelante —insistió Nale, dando zancadas con las manos juntas a la espalda—. Háblame de tus ideas, mortal.

Kaladin miró alrededor para ver si Syl había vuelto de explorar, pero no era así.

—Creo —dijo— que ese asunto de obedecer la ley que tanto os gusta es ridículo.

—¿Eres un anarquista? —preguntó Nale, con una perfecta calma en la voz—. ¿Quieres derribar la ley y la sociedad y convertirlas ambas en ceniza?

—No —dijo Kaladin—, pero tampoco creo que se deba adorarla. Toda norma necesita romperse de vez en cuando.

—¿Ah, sí? —replicó Nale—. ¿Y cómo lo decidimos? O, lo más importante, ¿quién lo decide?

—Depende.

—¿De qué? —preguntó Nale—. ¿No podrá todo asesino decir: «El mío es el caso en que la norma debe romperse»? Toda persona ha querido incumplir la ley, pero, si es correcto que una sola la defienda, entonces es igualmente correcto para todas. El mismo Nohadon, el gran moralista, señalaba la necesidad de tales normas en la sociedad. ¿Vas a contradecirlo?

—No estoy discutiendo con él —dijo Kaladin—. No quiero discutir contigo siquiera. Solo creo que Szeth debería pensar por sí mismo un poco más.

—Yo creo que ya piensa por sí mismo —repuso Nale—. Lo que pasa es que ha elegido unas respuestas que no te gustan. ¿Cómo es que todos los partidarios del «libre pensamiento» aceptan solo las respuestas que les interesan? Todo quien se muestre de acuerdo con ellos es un librepensador. ¿Y las personas que no? Vaya, esas deben de estar cegadas por las opresivas normas de la sociedad, o bailan como marionetas para el malvado deleite de quienes están al mando.

Esa forma desapasionada que tenía de hablar, monótona a excepción de alguna palabra enfatizada aquí y allá, era desconcertante.

—Escucha —dijo Kaladin—, ¿podríamos limitarnos a hablar de Szeth, por favor?

—Pero es que estamos hablando de Szeth. Y tú esquivas las preguntas. ¿Crees que la gente debería cumplir la ley?

—En general, claro que sí. Pero la ley no es perfecta, porque la creó un puñado de gente igual que nosotros.

—Pero es lo único que tenemos. La ley es la mejor guía actual hacia la ética en nuestra sociedad.

—Sí, pero no es así como se la presentáis a Szeth, ¿verdad? —replicó Kaladin, con una mirada atrás hacia el otro hombre, que los seguía en silencio pero a todas luces escuchando atento—. No como una «guía hacia la ética», sino como un ideal al que consagrarse por completo. ¡Pero si es uno de sus juramentos!

—El juramento —dijo Nale— consiste en encontrar una brújula moral. Él escogió a una persona. Encuentro cuestionable esa elección, pero se le permite y se le respeta.

—Aun así, suena a que de verdad veneráis la ley.

—¿Y por qué no deberíamos? —contestó Nale—. En nada se aproxima tanto la humanidad a lo divino como en la creación de códigos para su propia mejoría.

—Eso… no es lo que yo creo. La ley fue peor que algo defectuoso para mí, Nale. Permitió a un hombre horrible robar a mi hermano y enviarlo a la guerra, a su muerte. Y, mientras mi propia esclavitud seguramente fue ilegal según los códigos alezi, lo que Sadeas les hizo a mis amigos, formar con nosotros cuadrillas de puente y enviarnos a morir en las Llanuras Quebradas, era perfectamente legal y absolutamente reprobable. La ley puede estar, y a menudo está, muy rota.

Nale negó con la cabeza.

—¿Y qué la reemplaza?

—¿Tal vez la decencia humana?

—Que se aplica de forma irregular. La ley no resuelve todos los males, pero lo intenta. Y quizá sufrieras, pero habrías sufrido más sin la ley. Porque no se puede confiar en que los humanos actúen con decencia, Bendito por la

Tormenta. Y tú deberías saberlo mejor que muchos. Incluso mi propio punto de vista, he llegado a comprender, puede tener defectos. La ley, en cambio, se ha forjado a lo largo de eones y se ha transmitido de generación en generación, refinada y perfeccionada.

—Excepto las leyes creadas por capricho de algún rey imbécil. Que son la mayoría.

—¿Por qué supones que eres más listo que quien creó las leyes? —le preguntó Nale—. Por lo que me ha dicho el spren, no tienes ninguna respuesta, ni tampoco planteas un camino mejor. Te limitas a derrumbar el que se le ofrece a él.

—Pero...

—Insisto: ¿qué querrías que hiciera? —dijo Nale—. Aparte de «pensar por sí mismo». ¿Tienes algún reemplazo para su idealización?

—¡Creo que no debería tener ninguna!

—En otras palabras, quieres sustituir algo grandioso por la nada. El verdadero objetivo de todo revolucionario. Derribar, destrozar y destruir. No posees filosofía alguna que apreciar, y en consecuencia buscas arruinar otras, envidiándoles que tengan respuestas.

»Bueno, pues yo tengo respuestas —añadió Nale—. La respuesta es confiar en la ley, porque al menos así tienes una brújula moral. Las ideas de la gente son débiles, como su corazón. Por eso elegimos algo superior.

—¡Pero las leyes *son* ideas de la gente!

—No —dijo Nale—. Ahí es donde te equivocas. Estas leyes son mejores que meras ideas de la gente.

—¡Acabas de reconocer que sí que son pensamientos de personas!

—No es así. Dime, ¿sabes de dónde procede la ley de esta tierra?

Aquel hombre... tenía muchísimas lagunas en sus argumentos, pero se limitaba a ignorarlas. Nale afirmaba tener defectos, y luego proclamaba poseer las respuestas. Pero Szeth estaba poniendo atención. Si Nale no veía los problemas, quizá Szeth sí que lo hiciera.

—Corredor del Viento —insistió Nale—, ¿dónde se originó la ley de esta tierra? ¿Lo sabes?

—¿Fue de... los spren, tal vez? —probó Kaladin.

—Ja —dijo Nale—. Conque sí que argumentas desde la ignorancia. Permíteme explicarlo.

Kaladin notaba que lo estaban llevando a una trampa, igual que era capaz de percibir cuándo llegaba una finta en un combate. No era filósofo, por desgracia, y le costaba hallar la forma de evitar lo que fuese que Nale planeaba. Así que guardó silencio.

Nale alzó las manos a ambos lados en un gesto envolvente, que abarcó la hierba marrón verdosa que crecía hasta el muslo, puntuada por tallos de flores gigantescas altas como un hombre, con el tallo casi tan rígido como si fuese de caparazón y brillantes pétalos amarillos que rodeaban un centro marrón, como un ojo.

—Esta tierra —prosiguió Nale— fue nuestro primer hogar cuando llegamos a este mundo. La cuna de la humanidad, donde se fraguaron nuestras primeras leyes. No por parte de los spren ni de los humanos, sino por la mano del mismísimo Dios y el monarca que había elegido, Jezrien, Rey de los Heraldos y Heraldo de los Reyes. Mi enemigo, y luego mi querido amigo. Ese origen divino es el fundamento de la ley en Shinovar, Kaladin Bendito por la Tormenta. Eso es lo que pretendes socavar.

—Pero... espera —dijo Kaladin—. Entonces, ¿por qué los shin veneran a los spren?

—¿Los spren? —repitió Nale—. ¿Es decir, fragmentos literales de divinidad?

—Sí, es lo que dice Syl, pero... o sea... —Frunció el ceño—. Un momento. Esto no encaja para nada. ¿Cómo encontrasteis los Heraldos este mundo, en un principio?

—Seguimos los tonos sagrados de Roshar —respondió Nale—. Lo alcanzamos mediante el poder de la nominación de lo otro. Ishar era un maestro de ese arte. Yo tenía cierto talento también. —Su expresión se volvió ensoñada—. Las oí... las canciones de un nuevo mundo, fresco y vivo. Un ritmo acogedor...

—Muy bien —dijo Kaladin—. Pero ¿estuvieron involucrados los spren? Este lugar me habla a veces. La misma Viento.

—No hagas caso a eso. Son ecos de un dios muerto y desaparecido hace mucho.

—Pero...

—Nos estamos desviando del tema —zanjó Nale—. Dime, ¿querrías derrocar el sistema de gobierno shin al completo?

—¿Qué? Claro que no.

—¿Cómo reaccionarías si otra orden de Radiantes llegara insinuando que tus juramentos de proteger son una idiotez?

—Escucha —dijo Kaladin, lanzando las manos al cielo, empezando a frustrarse—. A él no le funciona. Lo que hacéis está hiriendo a Szeth. Yo no sé argumentar como un erudito, Nale. Pero esto no funciona. Vuestro sistema está roto. Szeth necesita ayuda, compasión, y no se las estáis ofreciendo.

—Él está más destrozado que la mayoría. —Nale se detuvo en el camino y miró a Kaladin a los ojos—. Y tú participaste en eso. ¿Sabes quién lo recogió del suelo el día que lo dejaste para que muriera en la tormenta, Kaladin Bendito por la Tormenta? ¿Dónde estaba tu compasión entonces?

El viento levantó polvo entre ellos dos mientras se miraban a los ojos.

—Intentaba activamente matar a Dalinar —dijo Kaladin.

—¿Así que ahora sí que te escondes detrás de la ley y las órdenes que recibiste? —Nale se volvió hacia Szeth—. ¿Estás preparado?

—Sí —respondió Szeth.

—Un momento —dijo Kaladin—. ¿Preparado para qué?

—Para el Monasterio de la Tejedora de Luz —explicó Nale—, donde alzará su hoja y derrotará al portador de Honor.

Kaladin frunció el ceño, contemplando el panorama de terreno polvoriento y flores demasiado altas. Habían tenido que deshacer camino después de visitar un segundo monasterio la noche anterior. Creía que estaban por el centro de la parte occidental de Shinovar, cerca de unas montañas que bordeaban el océano del oeste. El... ¿cómo lo había llamado Szeth? ¿El «gran océano»? No, eso sonaba muy tonto. Pero sí que era algo parecido.

Aquellas montañas occidentales eran más bajas que las del este de Shinovar, y no tenían nieve en las cumbres, y sí más mesetas que picos. El clima caluroso hacía que Kaladin se notara pegajoso de sudor mientras se hacía visera con la mano para buscar.

—No lo veo —dijo.

—Está más adelante, oculto por los accidentes geográficos naturales —respondió Nale—. ¿Pensabas que el Monasterio de la Tejedora de Luz iba a ser fácil de distinguir?

Kaladin se sonrojó y, con una mirada rápida a Szeth, supo que sus argumentos habían fracasado. Szeth abandonó el camino y tomó un sendero lateral mucho más pequeño. Rehuía cruzar la mirada con él.

Era injusto que convencer a alguien no dependiera de la fuerza de las ideas, sino de la fuerza del argumentador. Kaladin siempre había odiado que pasara, pero, de nuevo, no tenía la elocuencia para explicar por qué. Así que no le quedó más remedio que bullir de rabia mientras Szeth tomaba su arma una vez más y, pese a lo que había confesado que quería, retomó su misión de matar.

Jasnah abandonó la reunión de estrategia thayleña con una persistente ansiedad, aunque la causa última escapaba a su comprensión. Por lo menos, su atuendo estaba cumpliendo su propósito. El uniforme tenía alusiones a su género, con un corpiño ajustado y una casaca de botones altos que era larga por delante y por detrás, de modo que fluía de forma algo parecida a una falda, con pantalones y botas debajo. Con los guantes de acompañamiento, Jasnah podía luchar vestida con aquello sin problemas.

Se había convertido en un modelo para muchas mujeres Radiantes, así que debía ser consciente, en todo momento, de que se la observaba. Sí, eso siempre había sido cierto, pero al menos ahora una parte de quienes la observaban la tenían por un ejemplo positivo.

—Los preparativos —le dijo la voz de Marfil al oído— son buenos, Jasnah. La defensa *es*.

Estaba, como de costumbre, en su pendiente. Jasnah se ponía unos grandes de concha marina por él.

Tras ella, los generales y almirantes fueron saliendo de la sala de reuniones, charlando entre ellos. Después de un día entero planificando la defensa de Ciudad Thaylen, los ánimos estaban altos. Los Custodios de la Piedra creían que podían ocultar estacas de piedra en la bahía, para abrir cascos y enviar barcos a pique. Además, los artifabrianos habían desarrollado un método para contrarrestar a los Profundos, unos fabriales que reaccionaban ante cualquier Fusionado que se aproximase. Esos aparatos les darían un aviso temprano si el enemigo intentaba un ataque sorpresa a través de la piedra.

La Puerta Jurada estaba cerrada por completo y tenían a Tejedores de Luz esperando en Shadesmar, ocultos por sus poderes, vigilando por si llegaban enemigos allí. Los Corredores del Viento patrullaban el aire y unas balistas gigantes apuntaban al cielo para derribar a Celestiales. De hecho, esa misma mañana habían recibido un envío muy especial: varias gemas de valiosísima antiluz del vacío, capaces de acabar con un Fusionado para siempre.

Ciudad Thaylen estaba todo lo preparada que podía estar; la ciudad mercantil se había transformado, en esencia, en una sola y gigantesca fortaleza. Con altos acantilados a los lados y ninguna cabeza de playa que permitiera el acceso al terreno elevado de detrás, tomar ese puerto sería una pesadilla.

Como bien sabía el enemigo.

Y estaba viniendo de todos modos.

Jasnah llegó a una ventana abierta con vistas a la ciudad entera, desde un punto privilegiado de la terraza más alta. En otros tiempos, le habría parecido un lugar relajado, con aquel titilante océano azul y el fresco y vigorizante aire del sur. Ese día se notaba amilanada. Porque sabía, muy en el fondo, que se les estaba escapando algo crucial.

—¿Jasnah? —dijo Marfil desde su oreja derecha—. ¿Qué *es*?

—Ojalá lo supiera —susurró ella—. Aquí hay un misterio, uno que los generales y los almirantes no alcanzan a ver.

Marfil sopesó su explicación, que era en parte por lo que hacían una pareja excelente. Como tintaspren, tendía a obsesionarse con el presente, con la situación tal cual estaba. Era una propensión, no un absoluto, pero Marfil consideraba que evaluar la situación real era la mejor manera de resolver un problema.

Jasnah, en cambio, tendía a concentrarse en cualquier cosa excepto el presente. Comprender el pasado, y cómo daba forma al futuro, era su mandato como miembro de los veristitalianos, el único grupo de eruditos que la había aceptado siendo una mujer joven, cuando todos los demás consideraban su herejía demasiado polarizadora para querer tener nada que ver con ella. El pasado y el futuro estaban casados, pero a veces centrarse en eso la alejaba demasiado del ahora.

—Jasnah —dijo Marfil—, te preocupa que lo que percibimos no sea la verdad. Que otra realidad *es*.

—Sí —respondió ella—. No soy experta en táctica, pero coincido con lo que afirman los generales, los Radiantes y los almirantes. La ciudad es inexpugnable. Por tanto…

—Por tanto, te preocupa que nos equivoquemos. —Marfil pensó un momento—. Quizá lo que necesitan no es otro general, Jasnah. Quizá esta vez necesitan una erudita.

Se sintió idiota al instante. Si iba a demostrar su valía a aquel grupo, no sería por su perspicacia táctica. Se le daba mejor la estrategia militar que al común de los mortales, pero las mentes de aquella sala se contaban entre las mejores del mundo. Tendría que dedicar años al estudio antes de poder considerarse su igual.

Pero, si tenía razón, aquello era un problema lógico, no militar. ¿Cómo podía Odium conquistar una ciudad inconquistable?

Necesitaba papel y un sitio tranquilo para pensar.

De inmediato.

Ambas tienen tanto detalle como soy capaz de recordar. Mi vida.
Mi reinado. Mi pena. Mi gloria.

Del epílogo de *Juramentada*, por Dalinar Kholin

S zeth no tenía ninguna afinidad particular por los Tejedores de Luz. Aunque había entrenado en sus artes porque así se le requirió, aborrecía su forma de hacer de la verdad una comedia, prácticamente de idolatrar las mentiras.

Mientras recorría el último tramo de camino hacia el monasterio, sin embargo, se descubrió dudando. Había imaginado a los Tejedores de Luz como seres extraños que convertían la verdad en lo que fuese que quisieran de ella. Pero quizá volver a darle forma a la verdad como uno quería no fuese una característica exclusiva de los mentirosos, sino de todos los seres humanos.

Aquel sendero más pequeño bifurcado del camino principal descendía en pendiente suave. Szeth andaba junto a Nin, o Nale, como él se refería a sí mismo, con Kaladin y Sylphrena detrás. Szeth se sentía solo. Su spren había dejado de hablarle salvo para darle envaradas órdenes. Sangre Nocturna se pasaba el día charlando con las hojas de Honor. Kaladin y Nale discutían. ¿Les importaba Szeth o solo pretendían demostrar que el otro se equivocaba? ¿Osaba pensar algo así de un ser sagrado como Nin-hijo-Dios?

Lanzó una mirada de soslayo y atrás hacia los dos hombres. Uniforme azul y negro. El hombre que lo había dejado para que muriera y el hombre que lo había salvado. El hombre que afirmaba preocuparse por Szeth y el hombre a quien solo preocupaba la ley. Una parte de él estaba enfadada con los dos por ponerlo entre ellos.

Quizá aquello también fuera simplemente la vida. Que lo pusieran en medio de dos verdades parciales. Sivi se había esforzado mucho en intentar que Szeth aceptara eso, y él siempre se había resistido. Pues, si la vida consistía en verdades parciales tanto como en verdades singulares, entonces todos los demás aspectos de su existencia se volvían de lo más embrollados.

Anhelaba las verdades dulces y limpias de la senda de Nin. Aunque requiriesen de él que matara.

¿Szeth? Era la voz de Sangre Nocturna. *¿Estás bien?*

—¿Espada-nimi? —susurró Szeth, cambiando el peso del fardo de espadas que cargaba. Él llevaba la mitad y Kaladin la otra mitad, sujetas a su macuto. Pesaban. Sí, eran más ligeras de lo que deberían, pero no intrascendentes—. No hay por qué preocuparse.

Es que… he sentido algo en ti.

—¿Sentido? —dijo Szeth—. ¿Cómo puedes sentir lo que yo?

No lo sé. Me siento cercano a ti. Sufres.

—Yo siempre sufro.

¿Y eso no debería… irse? Los dolores humanos se pasan, ¿verdad?

—Me gustaría mucho que fuera así, espada-nimi. Pero no creo que merezca esa paz.

Dijiste que ya no ibas a matar.

—Eso también me gustaría —dijo Szeth.

Giró a la derecha y bajó por unos peldaños que estaban ocultos por el ondulado paisaje marrón. Hechos de troncos y estacas clavadas en tierra, desgastados por el tiempo y las pisadas, descendían a un pequeño barranco entre dos colinas, por el que discurría un arroyo.

Szeth, dijo la espada, *¿eres malvado?*

—¿Por qué lo preguntas? —susurró él—. Antes decías que estabas seguro de que no.

Bueno, es que he estado escuchando. Más que eso, he estado intentando recordar, cosa que a veces es difícil. Hablas de las cargas que llevas. La gente que has matado. Inocentes, dices. Y… matar inocentes es malvado. ¿Verdad?

—Sí.

Pero cuando salvaste a Dalinar y a los Radiantes… aquello fue bueno, ¿verdad?

—Eso espero.

A mí me crearon y me dieron un propósito sencillo. Destruir el mal. Supuse que encontraría a la gente que era malvada y la destruiría. Eso es lo que quiere Nale, ¿verdad? Dividir a la gente en grupos. Malvada. No malvada.

—Eso es demasiado simple, incluso para su filosofía —susurró Szeth, llegando al pie de la escalera—. Él afirma que toda la gente es a veces buena y a veces mala. Es imposible separarla en dos grupos, y por eso necesitamos algo que nos guíe.

¿No debería ser fácil distinguir lo que es bueno de lo que es malo?

—Todos fingimos que lo es —dijo Szeth—. Pero, si fuese así, no discutiríamos tanto. —Echó a andar por el barranco, con el rumor del arroyo a la derecha—. Casi todos coincidimos en lo básico. Matar a un inocente es malvado. Pero ¿y si es para salvar a tres inocentes? ¿Y si eres un instrumento que obedece lo que creías que era una ley superior? ¿Qué pasa si haces una buena acción, sale mal y mueren inocentes?

Parecen casos muy poco frecuentes.

—Ojalá, espada-nimi. Ojalá.

El barranco se ensanchaba hasta revelar el monasterio. Estaba tallado en la roca y tenía la fachada de piedra, manchada por el agua que goteaba desde arriba. Szeth había visto los abismos de las Llanuras Quebradas, y aquello era diferente. Para empezar, estaba mucho más abierto al cielo. Y, aunque el arroyo le confería cierta fertilidad y permitía que brotaran pequeños árboles, no rebosaba de una población tan decidida de plantas como los abismos.

Aquel era un rincón tranquilo, contemplativo, en una tierra barrida por el viento. Szeth lo observó mientras se preocupaba. No solo por sus inquietudes anteriores, sino también por la Voz. Sabía que tarde o temprano tendría que enfrentarse a ella. Pensaba que aflojar la garra con la que atenazaba su país, matando a los portadores de Honor, era una buena manera de proceder. Pero ¿qué pasaría cuando concluyeran esas batallas?

¿Podría combatir a un Deshecho? Dalinar no había sido capaz. Había tenido que derrotarlo mediante la fuerza de voluntad, resistiéndose al cebo que le ofrecía la Emoción, pero también, como relataba en su libro, reconociendo las cosas que tenían en común. ¿Le esperaba a Szeth algo similar?

No lo sabía. En consecuencia, hacía lo que podía, y eso significaba purgar aquella tierra. Fue a zancadas hacia el monasterio, que, en vez de una ciudad o incluso una guarnición como apoyo, tenía solo unas pocas casas para cuidadores y sirvientes. Todas vacías, comprobó Szeth con rapidez.

Al salir de una de ellas, se cruzó con Kaladin y Nin.

—Szeth —dijo Kaladin, e intentó agarrarlo del brazo—. Tiene que haber otra manera.

Szeth se detuvo y permitió que Kaladin lo asiera, haciendo que se sintiera ridículo por ello, porque lo soltó al instante.

—Yo no pregunto si hay otra manera —replicó Szeth—. Yo hago lo que se requiere.

Se quitó del hombro el fardo de espadas y se lo pasó a Kaladin antes de invocar su hoja esquirlada y entrar en el monasterio. Kaladin fue hasta la puerta para mirar, pero Nin lo cogió del hombro.

—Debe completar el peregrinaje sin tu ayuda, Corredor del Viento —dijo el Heraldo—. No interfieras.

El interior de aquel monasterio era más oscuro que el de los otros. Lo iluminaba solo una claraboya muy alta, en el techo del gran vestíbulo de tres alturas. Una columna de luz solar descendía sobre un grupo de treinta mujeres formando en hileras, todas con la misma cara.

Szeth se detuvo en seco, con la hoja esquirlada en la mano. Esperando.

—¿Moss-hijo-Farrier? —llamó—. Prefiero... no enfrentarme a ti, si no es necesario.

—Entonces no tendrías que haber entrado. —La voz de Moss llegó desde más adelante en la cámara—. Pensaba que no volvería a verte nunca, Szeth. Echo de menos los viejos tiempos que tuvimos tú y yo.

Szeth avanzó un vacilante paso. Todas esas filas de gente llevaban el mismo vestido colorido. Se parecían…

«A la Heraldo —pensó—. A Shush-hija-Dios, la Tejedora de Luz».

Sí. Había conocido a la Heraldo en la vida real, y aquello era una buena aproximación de ella. No estaba ante treinta mujeres individuales, sino ante treinta ilusiones de la Heraldo patrona del monasterio.

Sin apartarse del perímetro de la cámara, Szeth se acercó muy poco a poco. Todas las ilusiones parecían idénticas entre sí. Todas las figuras estaban estáticas por completo, mirándolo.

—Muéstrate, Moss —dijo Szeth.

—Ya lo he hecho —respondió Moss, y su voz llegaba desde las filas de mujeres ilusorias. Szeth estaba vigilando la cara de las más próximas, y no habían hablado. Pero… un Tejedor de Luz diestro podía deformar y plegar el aire para crear sonido—. Estoy escondido ante ti, en esta luz, como una de estas versiones de Shush.

—¿No podemos luchar y ya está? —preguntó Szeth.

—¿Luchar? —rio Moss—. ¿Crees que tendría la menor oportunidad, Szeth?

Szeth siguió rodeando el círculo de luz.

—Sabes que no tenemos la lucha en gran consideración —añadió el portador de Honor.

Era cierto. A veces, incluso se elegía al Tejedor de Luz mediante una competición de ilusiones, aunque, si alguno era tan tozudo como el antecesor de Moss, la esgrima se volvía necesaria. Elegir al portador de Honor Forjador de Vínculos también tenía un método irregular, por votación.

—¿Así que, en vez de duelo, me propones un juego? —alzó la voz Szeth—. ¿Uno de tus ridículos acertijos?

—Mi parte concluye cuando elijas a uno de estos yoes para matarlo —dijo Moss—. Casi todas las ilusiones que estás viendo son imperfectas de algún modo. Una soy yo, oculto tras un rostro que es, en cambio, perfecto. Veintinueve de las mujeres que se alzan aquí son inofensivas; una de las que se alzan es mortífera. No puedes tocar las ilusiones, y no responderán a tus preguntas.

»Para salir airoso de esta prueba, debes escoger una versión de mí, atravesarle el ojo con tu hoja esquirlada y matarla. Luego deberás escapar de mi monasterio con mi hoja. Elige la ilusión incorrecta a la que atacar y perderás. Tócalas de cualquier modo y perderás. Si fracasas, tu peregrinaje concluye y se te considerará indigno de la elevada posición que buscas. Si consigues ganar mi hoja, serás digno. Esta es tu verdadera prueba, Szeth-hijo-Neturo Y esta es la última vez que hablaré contigo. Elige con cuidado.

Szeth suspiró, descartando su hoja esquirlada por el momento. Confiaba en su maestría con la hoja contra cualquiera que no fuese un Heraldo, pero ¿su mente? En eso… no confiaba. No, no teniendo aquellas voces en los aleros del tejado.

Tendría que hacerlo tan bien como pudiera, de todos modos. Pues eso se requería de él, y él hacía lo requerido.

Venli abría el paso por los abismos de las Llanuras Quebradas, guiando a veinte de los suyos, y a varios abismoides que los seguían más atrás, hacia una canción oculta que apenas había empezado a ser capaz de oír.

Habían entrado en los abismos desde el este, una ruta que no había tomado nunca antes. En el pasado, en su infancia, siempre había entrado en los abismos saltando, o descendiendo desde arriba, normalmente siguiendo a Eshonai en alguna misión de niños. Recordó aquellos días con una sonrisa. Eran antes de que se volviera celosa de su hermana, de que Venli se quedara atrapada memorizando canciones mientras Eshonai perdía el tiempo.

Armonizó a Paz. No era la manera correcta de pensar en ello, ¿verdad que no?

Venli se detuvo en una intersección para mirar a su gente, que la seguía, a un grupo que incluía a varios de sus compañeros de Urithiru, que habían partido con ella: Dul, Mazish y Shumin. También había un número mayor de oyentes originales, y por último Leshwi y sus Fusionados. Un arroyo tranquilo discurría por el abismo, evitable en su mayor parte si se caminaba pegada a la pared. El caudal se volvería más violento, con toda probabilidad, a medida que se aproximaran a la tormenta, pero Venli confiaba en que no tanto como para obligarlos a salir de los abismos. La tormenta eterna no liberaba ni por asomo tanta lluvia como solía hacer la alta tormenta.

Se volvió y anduvo a través de un enjambre de vidaspren, pasando junto a una piedra con forma de rama de árbol. Un palo solitario arrancado por el viento que había terminado allí arriba y, con el tiempo, el crem lo había cubierto. Esas formas solían ser huecas: con un pisotón podría aplastarlas, porque la madera original se había descompuesto, dejando solo el caparazón.

Los pensamientos podían petrificarse del mismo modo. En sus recuerdos, se había visto «forzada» a sentarse y aprender, pero ¿cómo de cierto era eso? Había practicado porque adoraba las canciones, adoraba aprender y adoraba pasar tiempo con su madre. Su resentimiento era porque no se había sentido apreciada, no por el trabajo en sí.

¿Y su hermana? Su hermana había estado haciendo lo que su pueblo necesitaba, aunque Venli no hubiera sido capaz de darse cuenta. Seguir alimentando aquella pepita de resentimiento era como coger un palo y recubrirlo de crem: si no tenía cuidado, la verdad se descompondría dentro. Solo le quedarían mentiras huecas.

Así que llevó a su mente otros recuerdos distintos, los de hermosas tardes cantándole a Eshonai lo que había aprendido, las dos contemplando las

Llanuras Quebradas y riendo juntas. Por dentro, armonizó a Paz y luego a Asombro. Estaba en un lugar maravilloso. Debería disfrutar de aquel abismo y su vibrante ecosistema.

El aire denso y húmedo le recordó al primer olorcillo de una taza de té, cargado de vapor y de la fragancia de las hierbas. Había enredaderas en los lados del abismo, y cortezapizarra brotando en cien coloridas variedades. Las amarillas con forma de abanico a su derecha se aferraban a la pared, como libros que alguien estuviera hojeando.

A sus pies, los cremlinos correteaban por unos bosques que debían de ser enormes para ellos, pero que para Venli eran minúsculos dioramas. Como los que hacía antes Kunona, situando con precisión cada piedrecita o diminuta planta.

Kunona había... muerto durante el nacimiento de la tormenta eterna. Venli alzó la mirada al cielo nocturno, visible por la estrecha cima del abismo, muy en lo alto. Destellos rojos reflejados en las nubes. Al moverse hacia el interior, estaban entrando en los dominios de él.

Aún oía ese ritmo en la lejanía. El que estaba siguiendo. Cuanto más se acercaban, mejor podía distinguir Venli el tono, discordante de algún modo, con una cadencia caótica. A su derecha, un cremlino violeta se había posado sobre una fronda bulbosa. Parecía estar observándola, y Venli le tarareó un ritmo feliz.

Al poco, Thude se adelantó hasta alcanzarla, sosteniendo una gema para iluminarse. Su pie crujió con suavidad en un tronco podrido y la corriente se llevó los pedazos hacia atrás a lo largo del grupo.

—Venli —dijo a Ansiedad—, ¿estás segura de este rumbo? La tormenta eterna está por ahí.

—Seguramente quieta y detenida —respondió ella—. Le he visto hacerlo antes, mover la tormenta donde la quiere para asustar y dominar a los humanos. —Titubeó—. Allí está teniendo lugar una batalla, Thude. Los humanos y los cantores luchan por Narak. ¿Te he contado lo que me envió Rlain? ¿Sobre el contrato que el rey humano acordó con Odium y los extraños términos que les permiten conservar lo que conquisten estos diez días?

—Cuánta sangre derramada —susurró Thude a Duelo— por una extensión baldía de piedra rota. Los humanos pasaron años asesinando a oyentes allí, y ahora otros matan por ella de nuevo.

Venli canturreó a lo Perdido y... encontró triste lo solemne que se había vuelto Thude. En parte, era culpa de ella.

Sobre todo era culpa de ella.

—Lo siento, Thude —le dijo en voz baja—. Por todo.

—No paro de pensar que quizá sobrevivió de algún modo, Venli. Que, algún día, Eshonai regresará a nuestro campamento. Cuando volviste tú... pensé... pensé que eras ella. Solo por un momento. ¿Es muy tonto por mi parte?

—La esperanza no es ninguna tontería —dijo ella con una mueca—.

pero Thude... vi el cadáver de Eshonai. Lo siento. Tendría que habértelo mencionado. Pero sabes que Timbre fue su spren primero.

Él la miró, canturreando a Apreciación. Quería que se explicara.

—Me enviaron con Demid —dijo Venli— para recoger las esquirlas de mi hermana después de que muriera. Thude, a Odium ella no le importaba. Eshonai era desechable para él. Creo que fue entonces cuando empecé a cambiar. El día que la encontramos y comprendí que lo único que le importaba a todo el mundo era su armadura.

Timbre vibró dentro de ella. Reconfortante. Y entonces añadió algo curioso.

—Thude —dijo Venli—, según Timbre, Eshonai no le pertenecía a él cuando murió. Se había liberado.

—Estaba en forma tormenta —repuso Thude—. ¿Eso es posible?

—Yo pude hacerlo, pero solo con la ayuda de Timbre. Dice que... Eshonai lo hizo también. Lo expulsó de su mente y era ella misma cuando murió. *Podemos* combatirlo.

Detrás de la fila de oyentes, distinguió una de las sombras más grandes que recorrían el abismo. Habían insistido en acompañarlos. Cinco abismoides, incluido el que llamaban Nubetrueno, su líder. O, por lo menos, era el primero que había decidido dejar de luchar y, cuando los mayores y más peligrosos de ellos decidieron que aquellas cosas pequeñas de las Llanuras Quebradas habían derrotado a Nubetrueno, decidieron imitarlo.

—Quizá podamos hacer algo —dijo Venli— sobre el conflicto que se desarrolla más adelante, Thude. Quizá sí que deberíamos unirnos a la batalla, como sugerí.

—No.

Venli levantó una gema para iluminar la cara de Thude.

—Venli —dijo él—, no vamos a luchar. He decidido confiar otra vez en ti, pero no nos lideras. Apenas somos mil adultos. La cifra de abismoides es aún peor. ¿Poco más de cien individuos? Tengo la sensación de que están menguando rápido. Tendrán dificultades para criar si mueren muchos más. Vamos a quedarnos fuera de esta lucha.

—Nuestros números son culpa mía. Si no hubiera...

—Venli, no puedo creer que esté diciéndote esto, pero... déjalo estar. Es agua pasada. Todos lamentamos lo que ocurrió. Pero... un dios maligno estaba empeñado en destruirnos. Intento no odiarte. Nos ayudará a los dos que seamos capaces de superarlo.

Venli suspiró, pero Thude tenía razón, tanto sobre ella como sobre no luchar. Dudaba mucho que la hubieran acompañado a aquella expedición si los spren no hubieran hablado y los abismoides no hubieran confirmado la existencia de aquel extraño tono.

—Nada de luchar —le dijo a Thude—. Me alegro de que los Cinco y tú hayáis venido. Toda decisión que tomemos, por supuesto, os corresponde a vosotros.

Él canturreó a Determinación. Habían dejado atrás a Jaxlim, ya que no podían poner en peligro a la vez a las dos guardianas de las canciones, ella y Venli. Pero todos los Cinco sí que habían acudido, después de nombrar a otros para ocupar su lugar si no regresaban. Venli no podía evitar pensar que habían hecho lo mismo la primera vez que fueron a visitar a los humanos. Fue en aquel ominoso viaje cuando habían matado a Gavilar e iniciado aquel desastre.

Armonizó a Paz y echó a andar de nuevo, confiando en no estar yendo de cabeza hacia un cataclismo similar. Aún les costaría mucho tiempo llegar al centro, si tenían que recorrer aquellos serpenteantes abismos a pie con disimulo, pero cruzar las mesetas por arriba sería un suicidio, con Celestiales y Corredores del Viento patrullando.

Solo allí abajo estaban a salvo, entre la oscuridad y las plantas reptantes. Avanzando siempre hacia el interior, como cremlinos a través de los matorrales.

No es mi objetivo fundar una nueva religión, ni inspirar una división del vorinismo. Sin embargo, insisto en que, estando en mis momentos más oscuros, había algo allí conmigo, y no era el ser al que llamábamos el Todopoderoso. Él está muerto. Y, aunque no lo estuviera, sus actos me resultarían cada vez más cuestionables.

Del epílogo de *Juramentada*, por Dalinar Kholin

Szeth completó la vuelta al círculo iluminado del Monasterio de la Tejedora de Luz, con el tranquilo sol de arriba cayendo sobre aquellas treinta figuras ilusorias. ¿Cómo iba él a elegir la correcta? Fijándose bien, distinguió minúsculas diferencias entre ellas: la raya del pelo en otro sitio, los ojos de distintos colores, el fajín del vestido en otro ángulo.

Las estudió todas y el sudor empezó a gotearle por la cara. No distinguía cuál era «perfecta» y cuál no. Tormentas, ¿cómo iba a derrotar a un Tejedor de Luz en sus propios trucos? Solo podía llegar a una conclusión. Debería atacar al azar y confiar en el destino. Invocó su hoja esquirlada, y supo que fracasaría.

—Mmm... —le dijo una voz femenina al oído.

Szeth miró hacia el lado y no vio nada.

—Sí —susurró Syl—. Tramposos Tejedores de Luz y sus tramposas costumbres. Bueno, si tu spren no te ayuda, lo haré yo.

—No... no deberías estar aquí —dijo Szeth en voz baja.

—Nale y Kaladin no pueden ayudarte, pero nadie ha dicho nada sobre mí. Soy una deidad, ¿no? O parte de una.

—Por supuesto.

—¿No rezas a los dioses para que te ayuden?

—Sí.

—Pues…

Szeth apenas pensó un momento.

—¿Me ayudarás, por favor?

—Encantada —susurró ella—. No levantes la voz, no pronuncies mi nombre y deja que crean que estás hablando con tu spren.

—Pero tienes que cumplir las reglas. No toques las ilusiones.

—Bien, bien. Caminemos por esta fila de aquí. Mmm… Son todas diferentes. En los detalles.

—Tenemos que descubrir cuál es perfecta. Pero ¿cómo sabemos cuál es la representación «perfecta» de una Heraldo? La mitad tienen los ojos verdes, la mitad violetas.

—¿La mitad exacta?

Szeth pensó un momento y se puso a contar.

—Dieciséis violetas. Catorce verdes.

—Parece deliberado. ¿Podemos deducir algo de ello? Rápido, cuenta las que tienen la raya del pelo a la izquierda y a la derecha.

Szeth lo hizo. De nuevo, dieciséis y catorce. Igual que los fajines: dieciséis atados con un nudo extravagante, catorce con uno simple.

—A ver —dijo Syl—, ¿creemos que la Ash «correcta» tendrá el rasgo más común o el menos?

—La perfección es infrecuente —respondió él—, así que el menos común, digo yo.

No le gustaba hacer suposiciones en lo referente a algo tan importante, pero… en fin, había estado dispuesto a atacar al azar. La ayuda de Syl le alivió la tensión, y Szeth se descubrió muy agradecido por ella. Juntos fueron debatiéndolo y, mediante un proceso de eliminación, encontraron una versión de Shush que tenía todos los rasgos menos frecuentes. Ojos verdes, raya a la izquierda, fajín con nudo simple, anillo en el dedo… y así con todos los diversos atributos.

Se detuvieron enfrente de ella, la tercera por la izquierda en la última fila. Szeth preparó su espada.

Entonces vaciló. ¿Qué era lo que no encajaba?

—¿A ti no te… parece demasiado fácil? —le preguntó Syl al oído.

—Sí, la verdad.

—¿Sabes mucho sobre la persona que ha organizado esto?

—Sí.

—¿Y qué clase de persona es?

—Demasiado inteligente —dijo Szeth—. Y seguro de lo listo que es. Como la mayoría de los Tejedores de Luz que he conocido.

Syl pensó un momento.

—Vale, pues hay un cero por ciento de probabilidades de que hayamos resuelto el acertijo con tanta facilidad. Me apostaría la oreja izquierda, que nunca me ha gustado, a que se supone que tenemos que elegir esta ilusión. No por ser la correcta, sino por ser la opción más evidente.

—Entonces, ¿qué hacemos? —susurró Szeth.

—Tenemos que profundizar una capa más —dijo Syl—. Tenemos que descartar las elecciones obvias.

—¿Y cómo sabremos nunca que lo hemos hecho bien? —preguntó Szeth, yendo hasta el final de la fila para escrutar la hilera completa de versiones casi idénticas de la semidiosa—. Moss es más listo que yo. Habrá tenido en cuenta todas las opciones.

—Estoy pensando...

—Todas tienen pequeños lunares en la cara —dijo Szeth, recorriendo la hilera—. ¿Y si buscamos a la que no tenga esas imperfecciones? Aunque me parece también demasiado obvio.

—Sí —respondió Syl—, y además ni siquiera es exacto. ¿Qué tienen los lunares para hacer a alguien menos perfecto? Es otra forma de hacernos creer que hemos descifrado el código para que actuemos y perdamos. Creo.

La incertidumbre de la spren reflejaba la suya propia. Toda solución que se le ocurría... daba la impresión de ser endeble, superficial. ¿Elegía a la única Shush que tenía los pies puestos de otra forma que las demás? ¿Elegía a la que tenía la cabeza recta, cuando las demás la ladeaban un poco? Cualquiera de esas cosas podría ser la solución, pero ¿en qué las hacía eso intrínsecamente menos perfectas?

Y, conociendo a Moss...

—Querrá ganar sin que importe lo que yo elija —dijo Szeth—. Estamos ante ese tipo de acertijo, ¿verdad? El tipo en que ninguna opción lleva a su derrota.

—Aaah... —asintió Syl—. Estoy casi segura de que tienes razón, Szeth. ¿Qué te ha dicho exactamente al principio?

—Que casi todas las ilusiones son imperfectas de algún modo. Pero que una es él, oculto tras un rostro que es, en cambio, perfecto. —Pensó un momento—. También ha dicho que está en el círculo de luz, así que no se ha escondido en ningún otro lugar del vestíbulo.

—Ya —dijo Syl—. Y no mentiría, porque entonces iba a quedar como un tramposo. No es un acertijo si no existe ninguna manera concebible de llegar a la respuesta. Mmm... Déjame un segundo. —Y, al momento, propuso—: Vuela sobre ellas, Szeth. Veamos si forman alguna pauta interesante.

Szeth se enlazó para elevarse hacia la claraboya, proyectando una sombra en el círculo de luz, sobre las ilusiones. Juntos, Syl y él estudiaron su disposición en cinco filas de seis.

—Yo no veo nada —dijo Szeth.

—Entrenaste con este Tejedor de Luz, ¿verdad? ¿Hay alguna pista en tu entrenamiento?

—Fue hace muchos años —respondió Szeth—. Y nunca se me dio muy bien. —Pero sí que sería muy propio de Moss aludir a alguna vaga instrucción, tanto tiempo después. Me enseñó —dijo después de rumiar un poco— que una parte de los tejidos de luz es el subterfugio. No consiste en crear algo perfecto, porque ninguna ilusión puede ser perfecta. En eso estábamos de acuerdo. Por tanto, estas ilusiones son todas imperfectas, por su propia naturaleza.

—Pero él afirma que es una de las figuras —dijo Syl.

—Bueno, lo que ha dicho es que se oculta detrás de una versión de Shush. «Una soy yo, oculto tras un rostro que es, en cambio, perfecto».

Miró abajo desde aquella posición elevada y lo vio. Como en los otros monasterios, había un antiguo mural en el suelo que representaba a uno de los Heraldos. Allí era la cara de Shush. Sobre piedra. Que era perfecta.

—Tormentas —dijo Syl—. ¡El suelo!

Szeth no necesitaba más pruebas. Invocó su hoja esquirlada, se dejó caer y la clavó a través de las losas del suelo, justo en el ojo.

—¡Szeth! —exclamó Syl—. ¡Eso ha sido impulsivo!

—Tú lo has visto igual que yo.

Mientras hablaba, los tejidos de luz de las figuras se deshicieron, revelando un grupo de acólitos exhaustos, somnolientos y un poco aturdidos. «¿Acólitos? —pensó—. ¿Usaba a personas detrás de los rostros de Shush? ¿Por qué?». Parecía demasiado brutal incluso para tratarse de Moss. Si Szeth hubiera atacado a uno de ellos, lo habría matado.

—Podríamos haberlo hablado con él o algo —le dijo Syl al oído, todavía invisible.

—¿Y darle tiempo, sabiendo que lo habíamos resuelto? —replicó Szeth, mirando el suelo.

Cortó las losas y debajo encontró una parte excavada en la piedra bajo el mural. La ropa de Moss yacía dentro: al clavarle el arma, el portador de Honor se había evaporado igual que los otros, dejando atrás su hoja. Szeth cortó la piedra suficiente para sacarla y la sostuvo en alto. Era una hoja con patrones ondulados en la teja roma y un agujero redondo en el pomo.

—Sigo pensando que ha sido un poco impulsivo —dijo Syl.

—A veces —dijo Szeth, sopesando la espada—, hay que tomar una decisión y ya está.

Mientras Kaladin y Nin se acercaban, comprendió lo ciertas que eran esas palabras.

Jasnah encontró un sitio pacífico donde pensar en un paradero improbable. Un templo.

Cuando su tío, Dalinar, estuvo en esa ciudad, había usado sus poderes para restaurar un templo antiguo. Jasnah aún no comprendía cómo lo había conseguido; los poderes de los Forjadores de Vínculos funcionaban de un modo extrañísimo. Cierto era que todas las órdenes Radiantes estaban demostrando que sus aplicaciones concretas de las potencias podían ser inusuales, pero lo de los Forjadores de Vínculos estaba a otra escala muy distinta.

El templo restaurado de Talenelat había pasado a considerarse un lugar más sagrado incluso que otros similares en Ciudad Thaylen, y estaba reservado para el uso de los Radiantes. Dado que los aposentos de Jasnah en la ciudad estaban, a petición propia, cerca de los de los otros generales… bueno, si buscaba un lugar tranquilo, aquello era perfecto. Nadie la molestaría en aquella solemne cámara circular, decorada con murales y glifoguardas de piedra en alabanza al Todopoderoso.

Jasnah se dirigió al fondo de la cámara, entre dos columnas y cerca de un bajorrelieve que representaba a Taln, el Portador de Todas las Agonías. Habían acertado bastante bien sus rasgos. Allí había una mesa quirúrgica y sillas, dado que esa zona se utilizaba para curaciones cuando había un Danzante del Filo o un Vigilante de la Verdad en Ciudad Thaylen.

Dejó sus cuadernos y papeles en la mesa de operaciones, pero no se sentó. Parecía que le recorría el cuerpo una corriente eléctrica, como las que podían crearse mediante aquel experimento antiguo de la tela empapada en agua salobre y los distintos tipos de metal. Relámpago enjaulado. Durante una cumbre científica de su juventud, había visto a una investigadora utilizar ese proceso para hacer que los músculos de un cremlino se tensaran estando muerto.

Rodeó la mesa, con la mente vibrando. Odium sabía que aquella ciudad no podía conquistarse sin una pérdida atroz de vidas. De hecho, incluso con una pérdida atroz de vida, fracasaría allí casi sin ninguna duda. No merecía la pena atacar Ciudad Thaylen. Y, sin embargo, llegaba con una gran cantidad de tropas, y concediéndose a sí mismo apenas unos pocos días para tomar la ciudad.

¿Qué se le escapaba a Jasnah?

¿Qué se les escapaba a todos?

Marfil creció a tamaño humano, con la mano en su espada de duelos, mirándola con evidente diversión. Se situó junto a las puertas, cómodo, una figura hecha por completo de mármol negro azabache, con una iridiscencia de aceite sobre agua cuando la luz le daba en el ángulo preciso.

Dejó a Jasnah espacio y silencio para pensar. Por desgracia, ahora que había llegado allí… le costaba dar con las respuestas. Apuntó cuestiones lógicas que considerar, como prescribía su entrenamiento formal, atrayendo un enjambre de logispren como pequeñas nubes de tormenta.

Cada idea derivaba en respuestas que le parecían erróneas. La Teoría del Núcleo Emocional enseñaba a buscar qué era lo que impulsaba a los participantes. ¿Qué emociones podrían estar provocando que actuaran como lo hacían? ¿Existía algún motivo intangible, emocional, por el que Odium quisiera poseer esa ciudad? Quizá su fracaso al intentar conquistarla un año antes aún le escociera y llegase buscando venganza.

Pero aquel era un nuevo Odium y, aunque el poder tal vez quisiera desquitarse, ¿quién sabía lo que querría el nuevo recipiente? Suponer que Jasnah podía razonar sus motivos era adentrarse en terreno resbaladizo. Además, nunca le gustaba suponer que sus oponentes estaban cometiendo errores. Sí, era importante identificar y aprovechar los pasos en falso, pero subestimar a un enemigo era una mala costumbre que llevaba a peores sorpresas. Si, en vez de eso, una suponía que el enemigo estaba tomando las decisiones correctas, y las contrarrestaba de todas formas, a menudo eso la llevaba a revelaciones importantes.

Suponiendo competencia en el enemigo, ¿cuál era el siguiente paso de Jasnah? Quizá la teoría formalista: asentar las propias premisas y tratar de construir el siguiente paso lógico. Pero eso se parecía demasiado a lo que había estado haciendo con los generales, y ellos eran capaces de prever las eventualidades mejor que ella. Necesitaba descubrir lo que ellos no estaban viendo.

Eso la llevó a la teoría económica. Dictaba que había que seguir los incentivos. ¿Había algún beneficio intangible que obtener atacando Ciudad Thaylen? Tormentas. ¿Estaría Odium limitándose a dividir las fuerzas de la coalición? ¿Haciendo que retirasen unos recursos limitados de batallas que podían perder para destinarlos a una lucha que ya era muy probable que ganaran?

Parecía una hipótesis prometedora. Jasnah se sentó y la exploró, tomando notas mientras los logispren se arremolinaban en torno a su mano. Fen era una de sus dos aliados más fuertes. También era ruidosa y desenvuelta, y había *exigido* ayuda para una ciudad que ya había sufrido tantas desgracias. Por tanto, era más probable que la coalición destinara recursos a Ciudad Thaylen, para que no tuviera que reconstruirse una segunda vez. Sí, aquello podría llevar a que se comprometieran demasiado en la defensa de esa ciudad.

¿Podría aquel ataque ser, en realidad, una forma de provocar que se les negaran recursos a los otros dos puntos de asalto, Azimir y las Llanuras Quebradas? Allí era donde encontraba los problemas de su premisa. Si el objetivo de Odium era desviar fuerzas de otras batallas, ¿por qué dividir también sus propias tropas del mismo modo?

¿Era posible que fuesen unidades imposibles de utilizar en otro sitio? No, porque también podrían haber navegado por Shadesmar hasta Azimir, ¿verdad? ¿Quizá no hubiera los suficientes mandras disponibles para tirar de barcos y recorrer tanta distancia a tiempo? ¿Y qué había de las Llanuras Quebradas? Con la tormenta eterna azotándolas, ¿podría el enemigo haber desplegado esas tropas a tiempo en aquel campo de batalla?

Hizo cálculos y le dio la sensación de que quizá tuviera algo. Pero, al cabo de una hora pensando, consultando cifras y apuntando sus pensamientos... empezaba a dar contra una pared.

—Marfil —dijo—, distráeme.

Él ya estaba acostumbrado.

—A un templo —dijo desde donde estaba, a tamaño humano cerca de la puerta—. ¿Se te ha ocurrido venir a pensar a un templo?

—Es tranquilo. Y hermoso.

—Incluso después de tantos años —repuso él— no siempre comprendo a la persona que eres, Jasnah. ¿Este lugar no debería enfurecerte? Niegas la divinidad que fundamenta su religión. Niegas la fe de la gente que lo construyó.

—Pequeña objeción —dijo ella—. No niego que la gente que construyó esto tuviera fe. Ni tampoco niego el poder de la fe para inspirar.

—Pero te opones a su dios.

—Objeción algo mayor —respondió ella—. No me opongo a su dios, porque su dios tal y como ellos lo imaginan, todopoderoso y omnisciente, no existe. No puedo oponerme más a él que a un amigo imaginario de la infancia, porque no puedes forcejear, combatir ni oponerte a algo que no existe. Me opongo a las suposiciones que hace la gente. Porque cuando se parte de suposiciones defectuosas…

Vaya, Condenación.

Suposiciones defectuosas.

Había olvidado un principio básico de cualquier disección lógica: examinar las premisas. ¿Cuáles eran las de ella? Levantó un dedo para detener a Marfil, quien, de nuevo, estaba acostumbrado a esas cosas.

Premisa uno: que Odium de verdad quería conquistar esa ciudad. Eso parecía razonable, a partir de todo lo que sabían.

Premisa dos: que la ciudad estaba bien defendida. Parecía una afirmación que se sostenía, o, al menos, Jasnah confiaba en los almirantes y los generales.

¿Qué más? ¿Qué se le escapaba?

Cayó sobre ella como el trueno.

«Premisa tres —escribió—. Que de verdad hay tormentosas tropas viniendo hacia aquí».

Con un sudor frío, comprendió el error que estaban cometiendo. Que hubiera barcos navegando en esa dirección no significaba que trajeran soldados. Incluso aunque los informes de exploradores hablaran de gente abarrotando las cubiertas, implicando que debajo había mucha más… eso no significaba que vinieran tropas de camino. Fen se había sorprendido de que el enemigo hubiera podido reunir un ejército con el que atacar su ciudad. ¿Y si *no* lo había hecho? ¿Y si tenía barcos, de la armada de Vedenar y robados de la misma Ciudad Thaylen, y gente a la que disfrazar… pero no verdaderas tropas? ¿Qué haría Odium en esa situación?

Enviar la flota hacia allí. Despacio. Para hacer que sus enemigos se atrincherasen, que dividiesen recursos… esperando a un ejército que *en realidad no llegaba*.

Se levantó, con los ojos muy abiertos.

—Lo tienes —dijo Marfil—. ¿La respuesta *es*?

—La hipótesis es. Necesito que nuestros exploradores Corredores del Viento hagan algo en potencia peligroso, pero en potencia crucial. —Alzó la mirada—. Necesito que se acerquen muchísimo a esos barcos.

ESTADÍSTICAMENTE PELIGROSA

Comprendo que esto es, en cierto modo, ridículo. Yo, que proclamo que un dios está muerto, soy también quien rechaza la idea de que no existe Dios. Y, sin embargo, todo mi ser —alma, mente, cuerpo— se rebela ante la idea de que ahí fuera no haya nada a quien le importe. Tiene que haberlo.

Del epílogo de *Juramentada*, por Dalinar Kholin

Mientras Szeth sacaba gemas de la reserva que tenían en el monasterio, Sylphrena apareció de nuevo junto a Kaladin, a tamaño humano, porque parecía lo adecuado. Contempló la congregación de acólitos que habían estado allí de pie con ilusiones encima. Personas. Moss había utilizado a personas reales para su prueba. Qué crueldad más innecesaria. Las ilusiones no necesitaban una persona sobre la que proyectarse; Shallan las hacía sueltas a todas horas.

Cuando Szeth regresó con las gemas infusas, Syl salió flotando con él y con Kaladin ante la fachada del monasterio.

Al llegar, Nale le lanzó una mirada. ¿Iracunda? No estaba frunciendo el ceño. ¿Se podía mirar con ira a alguien sin fruncirlo? Syl tendría que preguntárselo a algún furiaspren.

Sonrió a Nale. Con dulzura, porque un poco de dulzura mejoraba casi cualquier situación. Sobre todo aquellas en las que irritaba a alguien.

Szeth observaba su hoja de Honor recién obtenida, quieto en el pórtico de piedra del monasterio. Detrás de él, en el vestíbulo, los pobres acólitos empezaban a trastabillar y abrazarse entre ellos, liberados de la oscuridad. Kaladin se acuclilló junto a Szeth y abrió el fardo de espadas cada vez más gordo para añadir la nueva, a la que Sangre Nocturna pidió en voz muy baja que se volviera roma durante sus viajes.

—Estoy impresionado —dijo Kaladin a Szeth—. ¿Cómo has resuelto ese acertijo?

—He tenido las bendiciones de los spren —dijo Szeth.

Nale, de pie con las manos sujetas a la espalda como una gigantesca estatua de piedra, miró a Syl incluso con más intensidad. Qué sensación más rara, la de animarse bajo una mirada de furia. Echarle a perder el día a ese hombre venía a ser la mejor sensación del mundo.

Aunque... ¿por qué su mente no dejaba de volver a lo extraño que había sido utilizar sirvientes tras las ilusiones? Estúpido cerebro. A veces no podía soltar una idea, y otras estaba tan lleno de ideas tontas que no se decidía por una.

Szeth había ganado.

Solo que...

«Para salir airoso de esta prueba —había dicho el Tejedor de Luz—, debes escoger una versión de mí, atravesar el ojo con tu hoja esquirlada y matarme. Luego deberás escapar de mi monasterio con mi hoja».

Luego debía escapar con su hoja...

—Bueno —dijo Kaladin—, me alegro de no haber estado yo ahí dentro. Creo que me habría vuelto loco.

—No. —Syl se obligó a regresar al momento y se agachó junto a él cerca de las hojas—. A ti tu spren te habría ayudado. Que es como se supone que funciona el vínculo. Ambos damos y ambos recibimos. Una simbiosis, como los dibujos que me enseñó Shallan de cremlinos.

—¿Qué tienen que ver los cremlinos con esto? —preguntó Kaladin, frunciendo el ceño.

—Todo —dijo ella.

Szeth ató el fardo de espadas envueltas en tela y se levantó mientras la gente empezaba a salir del monasterio y caía de rodillas, sollozando. Igual que en los otros sitios que habían visitado. Pero parecía más... íntimo allí, en aquella quebrada parecida a un abismo, con el rumor del arroyo detrás de Nale.

La gente rodeó a Szeth en el patio de piedra abierta que se extendía delante del monasterio. Un lugar que se parecía mucho al Roshar normal y corriente, con piedra en el suelo y casi nada de barro o tierra. Un lugar sagrado, aunque a Syl no le entrara en la cabeza cómo era que los spren de las piedras tuvieran tanta devoción allí. Los spren de las piedras eran casi tan tontos como los spren de los palos, que ya era decir.

«Aunque la piedra en sí tiene recuerdos antiguos —pensó—. De una tierra que antaño no conocía a humanos ni a cantores...».

Kaladin se levantó, sonriéndole a Szeth. Syl sabía que esa parte le gustaba porque recordaba a Szeth que estaba luchando por algo. Porque los ideales eran una idiotez a menos que tuvieran a gente detrás. Qué extraño era que una orden de Radiantes entera no comprendiera eso.

Syl quiso salir revoloteando al aire y buscar a vidaspren, porque pensaba que debía de haber algunos allí, en aquel lugar casi correcto del arroyo y los árboles.

Pero su cerebro, su estúpido cerebro…

Su cerebro no dejaba de pensar en Moss. Con lo listo que se había creído, y ahora estaba muerto. Para que veas.

Su cerebro se aferró. Como unas fauces.

Aguantó. Fuerte. Apretando.

«Veintinueve de las personas que se alzan aquí son inofensivas; una de las que se alzan es mortífera». Veintinueve no suponían ninguna amenaza, pero una persona de las que «se alzan» era mortífera. Y el Tejedor de Luz no se alzaba: había estado tumbado.

Miró a Szeth, con su cabeza demasiado brillante, demasiado calva. Veintinueve de las personas que había de pie no eran peligrosas… ¿pero una entre ellas seguía siendo mortífera? Alguien que había creado un acertijo como aquel parecía la clase de persona que procuraría escoger las palabras precisas. ¿Sería también la clase de persona que ocultaba dos acertijos en uno?

«Esta es tu verdadera prueba».

Syl se enderezó de golpe y agarró a Kaladin del brazo. Lo agarró de verdad. Con toda la fuerza.

Él la miró, sorprendido.

—Kaladin —susurró Syl—, uno de esos acólitos va a intentar matar a Szeth.

Kaladin parpadeó, lo asimiló.

Y confió en ella.

Sin titubear ni un momento, Kaladin invocó la lanza. Syl acudió, notando que su sustancia fluía al arma, que su consciencia se volvía de él. En esos momentos se superponía con Kaladin, veía a través de sus ojos. No era exacto. Conservaba una consciencia que no le pertenecía exactamente a él.

Nunca estaban más cerca que en esos momentos en los que Kaladin, bendito fuese, confiaba en ella sin más. Tomó la lanza con las dos manos y lo vio. Un destello en el aire cuando una de las personas que admiraban a Szeth, una mujer mayor, invocaba una hoja y alzaba los brazos para descargarla en su espalda.

Y recibía el lanzazo de Kaladin en toda la oreja.

Sus ojos ardieron mientras se derrumbaba. Alrededor de ellos, la gente gritó y se dispersó.

Szeth, tarde, dio media vuelta.

—Eso es trampa —dijo Nale, con voz tranquila—. El Corredor del Viento te ha ayudado.

Szeth observó a la mujer muerta, que estaba evaporándose en humo. Se arrodilló con reverencia y recogió su hoja, larga y curva, con un diseño intrincado cerca de la empuñadura.

—¿Era la portadora de Honor Vigilante de la Verdad? No la conocía. ¿Qué ha sido de Vambra-hija-Cielos? Con lo joven que era.

Syl parpadeó y miró a Kaladin, que miró a Syl, que ya estaba apareciendo a tamaño humano después de que Kaladin descartara la lanza.

—La última vez te atacaron dos portadores de Honor —dijo ella—. Así que he pensado: «Vaya, ¿por qué iban a enviar a uno solo esta vez?». Y luego he pensado: «La cabeza de Szeth es muy graciosa sin pelo». Pero entonces he pensado: «Oye, el Tejedor de Luz ha dicho que veintinueve de las ilusiones que se alzaban no eran peligrosas», y… bueno, y el resto ha encajado.

Se encogió de hombros.

—¿Tú sabías que iba a pasar? —dijo Kaladin, volviéndose hacia Nale.

—A Szeth-hijo-Neturo se le planteará un desafío difícil al concluir su peregrinaje —respondió Nale, sin moverse—. Tenemos que saber que es capaz.

—¿Qué desafío? —exigió saber Kaladin.

—No importa —dijo Nale—. Ha hecho trampa al recibir tu ayuda. Se han infringido las reglas.

—¿Qué reglas? —preguntó Szeth en voz baja.

Syl se volvió despacio, y lo mismo hizo Kaladin, hacia el lugar donde Szeth estaba arrodillado, sosteniendo la nueva hoja de Honor. El aire tenía una extraña calma desde que los sirvientes del monasterio habían huido. Szeth alzó la mirada y la trabó con Nale.

—¿Qué reglas he infringido, Nin-hijo-Dios?

—Las reglas del peregrinaje.

—Cuando Pozen me arrastró a Shadesmar —susurró Szeth—, le pregunté por las reglas. Me dijo que este desafío no tenía unas normas establecidas. De haberlas, no podrían haberme atacado dos portadores de Honor a la vez, ¿correcto?

Nale no respondió.

—Ni tampoco podría haberme atacado nadie fuera de los confines del monasterio en sí. —Szeth se levantó y señaló con la cabeza a Kaladin—. A este hombre lo han asignado para que me ayude. Dado que solo ha hecho su trabajo, y dado que no existen reglas para este peregrinaje… no entiendo que pueda haberse infringido ninguna. Señor.

Syl dio un suave silbido, impresionada por la absoluta ausencia de emoción en la voz de Szeth. Los dos hombres se miraron, en uniforme negro y en blanco. Hasta que Nale habló.

—Tienes razón y yo me equivocaba —dijo el Heraldo—. El peregrinaje continúa. Recoge tus premios con orgullo. Vamos. Visitaremos el Monasterio de la Vigilante de la Verdad a modo de formalidad y luego proseguiremos hacia los últimos tres. Serán los más difíciles para ti, cada uno de ellos una prueba única.

—¿Y ya está? —preguntó Syl con brusquedad, notando crecer una furia. No era un vientospren, pero desde luego podía dar una sensación de tormenta cuando quería—. ¿Y ya *está*?

—¿Qué más quieres, cuando un hombre se equivoca? —repuso Nale, calmado, y entonces se volvió y anduvo hacia los peldaños.

Syl salió tras él, pero se detuvo cuando Kaladin cruzó la mirada con ella y negó con la cabeza. Así que Syl dejó marchar a aquel tormentoso hombre. Szeth envolvió con cuidado la espada más nueva, con la que ya sumaban seis obtenidas hasta el momento, y la sujetó al macuto de Kaladin. Pero…

—Un momento —dijo ella—. Faltan tres monasterios, sin contar el de la Vigilante de la Verdad, porque esa espada ya la tenemos. ¿Os salen las cuentas? Tenemos seis espadas, pero ¿no deberían ser diez en total?

—La hoja de Honor del Corredor del Viento está corrompida —alzó la voz Nale desde delante. Se volvió y se alzó en el aire en vez de subir los escalones—. A nuestro rey, Jezrien, lo mató el traidor Corredor del Viento, Vyre. Odium se apoderó de su hoja de Honor en ese momento, corrompiéndola.

Se posó en la cima de la colina y se perdió de vista con una zancada.

—Anda —dijo Syl, mirando a los dos chicos—. ¿Alguno de vosotros lo sabía?

—Una parte, sí —respondió Kaladin—. No lo de la corrupción.

—Ni lo pregunté ni me importa —dijo Szeth, ya pasando junto a ellos hacia los peldaños. Entonces, sorprendiendo a Syl, se detuvo y regresó—. Os agradezco vuestra ayuda. A los dos.

Luego apretó el paso para alcanzar a Nale. Syl se cruzó de brazos. Ella sí que sentía sus brazos. Igual que sentía los dedos de los pies frotando entre ellos cuando tenía dedos de los pies. Siempre era sólida para sí misma.

Miró a Kaladin, que estaba negando con la cabeza.

—Lo sé —le dijo él—. Yo también lo he sentido.

—¿Los dedos de los pies frotando entre ellos? —preguntó ella ladeando la cabeza.

—¿Los qué? No, Syl, la frustración. Nale es irritante. En realidad no sigue la ley. Cambia de percepciones, motivaciones y hasta de moral como quien cambia de esfera. Actúa como si estuviera hecho de hierro, pero, en el momento en que se le echa en cara una inconsistencia lógica, o cambia de tema o se marcha.

—Kaladin, creo que está tan cerca de venirse abajo como Taln o Ash… puede que hasta más.

—Solo nos quedan cuatro días antes del duelo. —Kaladin hizo una pausa—. Es cierto que… no encontraré a Ishar a tiempo de ayudar a Dalinar, ¿verdad? No podré volver a tiempo de ver el duelo. Sagaz… tenía razón, ¿verdad?

—Me temo que sí —respondió Syl—. Pero aquí hay un propósito para ti. El mismo Sagaz lo dijo.

Kaladin alzó la mirada.

—El Viento dijo que tengo que hacer algo importante… quizá más importante que el duelo. Al menos, en su opinión. Pero ¿qué podría ser más importante?

—¿Restaurar a Ishar, quizá? —propuso ella.

—Según Dalinar —susurró Kaladin—, un juramento hecho en el momento adecuado podría afectar a Ishar. —Respiró hondo, y sus ojos se posaron en Szeth subiendo los escalones—. Pero, cada vez más, me doy cuenta de que estoy preocupándome solo por Szeth. Demasiado. Syl, está dominándome otra vez. He pasado de enfadarme con él a sufrir por lo incapaz que soy de ayudarlo. Igual que con el Puente Cuatro… empiezo a sentirme aislado, pensando que seré el único que sobreviva mientras todos los demás se marchitan…

Syl le cogió el brazo y, con esfuerzo y concentración, le dejó impresiones en el uniforme con los dedos. Él lo vio y sonrió.

—Estamos en un viaje —dijo ella—. Entre quienes éramos y quienes queremos ser. Los dos.

—Pero no sé lo que se supone que debo hacer.

—¿Qué es lo que no paras de decirle a Szeth sobre lo que debe hacer él? Que cumplir órdenes o seguir las normas como un esclavo no es tan importante como hallar su propio camino, ¿verdad?

—Vale, tienes razón. Como de costumbre.

—No lo digas así.

—¿Por?

—Porque quiero tener razón solo cuando la tenga, no porque sea lo esperado. Eso forma parte de *mi* viaje, Kaladin.

—Vivir por ti misma, no solo por otros —dijo él—, pero, al mismo tiempo, queriendo ayudarme a mí todavía.

—Igual que tú necesitas proteger, pero que eso no lo sea todo en ti.

—Necesito ayudar sin obsesionarme. —Kaladin miró a Syl—. De verdad que eres brillante. No solo por esto, sino por ayudar a Szeth. Eres increíble, Syl.

Ahí estaba. Había estado *esperando* eso. Se alzó unos centímetros del suelo.

«Pero no lo hagas solo por él —se dijo—. Hazlo porque es lo que quieres».

—Encontremos nuestro equilibrio, pues —dijo Kaladin—. De algún modo.

Respiró hondo, dio un profundo suspiro y se elevó en el aire para seguir a los otros dos.

Shallan caminaba de un lado a otro por el interior de sus aposentos en el campamento de guerra de Sebarial, en las Llanuras Quebradas. Igual que las veces anteriores que habían creado uno de esos pequeños enclaves en el Reino Espiritual, el color se escurría y el escenario no parecía del todo real. Rlain y Renarin estaban en la mesa de su salita, y la luz natural entraba por la ventana de la alcoba. Shallan se había escabullido por esa ventana muchas veces al principio de infiltrarse en los Sangre Espectral.

Al contrario que los otros dos, ella, con ayuda de Glys, había dado forma a una zona de espera que no era el dormitorio de su infancia. Eso era sin duda bueno para todos ellos. Aunque a grandes rasgos Shallan estaba mejor, si hubieran intentado visitar ese recuerdo en concreto, habrían acabado en una estancia cuya alfombra blanca estaba roja, y con al menos un cadáver.

—Es raro —dijo Renarin—. No estoy cansado ni hambriento. Glys no sabe decirme cuánto nos ha costado esto último, pero debemos de llevar en el Reino Espiritual como minimísimo diez horas.

—A Tumi le pasa igual —respondió Rlain—. Creo que el tiempo es demasiado nebuloso para ellos. Tiende a pensar en términos de lo que ha sido y lo que será, pero sin ceñir ninguna de las dos cosas en el tiempo.

Renarin dio golpecitos en la mesa con un dedo.

—Los eruditos de mi tía Navani dicen que la materia, la energía y la luz tormentosa son lo mismo, solo que en distintos estados. Este sitio parece estar hecho por completo de luz tormentosa, o Investidura, o lo que sea. Al entrar, ¿nos transformamos nosotros también en luz tormentosa? Y, si es así, ¿qué pasará con nuestro cuerpo cuando salgamos?

—Imagino que... —dijo Rlain—. Recobraremos la forma, ¿no?

—Suponiendo que sea cierto, ¿podremos llevarnos cosas con nosotros? —Renarin miró hacia Shallan—. ¿Darles forma a partir de su aspecto espiritual? ¿Qué podríamos crear si dominásemos este lugar?

Era buena pregunta, pero no una en la que Shallan pudiera concentrarse. Siguió caminando de un lado a otro.

—¿Aún te preocupa cómo matar a los Sangre Espectral? —adivinó Rlain.

—Soy idiota —dijo Shallan—. Matarlos aquí será prácticamente imposible. Pueden sanar, y hay luz tormentosa por todas partes. Creía que la antiluz sería peligrosa, pero a él no le ha hecho daño, igual que no me lo hizo a mí.

—Glys dice... —Renarin ladeó la cabeza. El spren era invisible, escondido dentro de él, como hacía a veces. Una costumbre que Patrón siempre encontraba fascinante—. Glys dice que las almas humanas también están hechas de Investidura, pero en general no con una concentración tan alta como para reaccionar a la antiluz.

—¿Cómo? —dijo Shallan, y casi corrió hacia él—. ¿Sabéis algo más? ¿Qué te ha dicho?

—Dice que a sus spren sí que les hará daño —reconoció Renarin, apartando la mirada de ella—. Así que... podrías matar a sus spren, o herirlos de gravedad, quizá. Podría ser difícil aislarlos, eso sí, si están escondidos dentro de un cuerpo.

—Creía —dijo Rlain a un ritmo lento, calmado— que Glys y Tumi le pertenecían a él. Que eran de luz del vacío.

—Son una mezcla —contestó Renarin—. Glys dice... algo sobre un Ritmo de la Guerra... —Sacudió la cabeza—. ¿Tumi es igual de insensible? ¿Sobre matar a sus hermanos o hermanas?

—Nosotros matamos a otros humanos sin parar —dijo Shallan, encogiéndose de hombros.

—¡No es verdad! —exclamó Renarin, y se sonrojó—. O, bueno, yo no. Aun así, todo esto es fascinante. Luz. Antiluz. Investidura. Energía.

—¿Es por eso por lo que tu padre siempre quiso que te hicieras fervoroso? —preguntó Rlain al Ritmo de la Curiosidad—. ¿Por esa forma de cuestionar y de pensar cosas tan interesantes?

—Sí —dijo Renarin—. No sé si me negaba solo por resistirme a lo esperado o porque hacerme fervoroso era como renunciar a las esperanzas de mi padre para mí cuando era más joven.

—No tienes por qué cumplir las expectativas de nadie, Renarin —dijo Shallan, parando cerca de él, viendo aquella extraña luz saturada entrar por la ventana sobre ella.

—Lo sé —repuso él—. Siempre decimos cosas como esa, Shallan, los que estamos fuera. Es bastante cierto. No tengo que encajar, no tengo que convertirme en guerrero y alto príncipe como todo el mundo espera de los hijos de mi padre. Pero temo que, en nuestro fervor, olvidemos que solo porque algo sea más normativo o convencional, no significa que sea malo. Mis valores están moldeados por las personas que me rodean, a las que respeto. Eso me imposibilita separar lo que mi padre quiere de mí de lo que yo quiero de mí mismo. Sus ideales, en buena parte, se han convertido en los míos. Intentar separarme por completo de esas influencias también sería rechazar lo que soy. Y... estoy haciéndolo otra vez. Perdiéndome en mis propios pensamientos.

Miró a Rlain en busca de apoyo.

—Ese aspecto tuyo me parece fascinante —dijo Rlain—. Yo nunca me he planteado de dónde salieron mis ideales.

Puso la mano en la mesa, cerca de la de Renarin.

«No te distraigas por su flirteo», pensó Shallan. Tenía que salvar el mundo. Los dejó allí de momento y fue con Patrón, que estaba en el umbral del dormitorio.

—Esos dos —dijo al pasar— están demasiado distraídos.

—Mmm... —vibró Patrón.

—No empieces.

—¿Que no empiece a qué? No tengo nada en absoluto que decir sobre una persona joven, Radiante en ciernes, que se distrae de acontecimientos importantes por devaneos románticos. Nada en absoluto.

Shallan se detuvo en la ventana.

—Vas mejorando con el sarcasmo.

—¡Gracias! —contestó él—. Ejem. Por lo menos, Renarin ha elegido solo a una persona con la que distraerse...

Shallan puso los ojos en blanco. En respuesta, Patrón hizo rodar su patrón en una secuencia enloquecida, con nuevas líneas y curvas emergiendo en hipnótico flujo. En fin, tormentas. ¿Ahora también se le daba mejor poner los ojos en blanco que a ella? Más valía que Adolin no se enterase, o el incordio sería eterno.

Tormentas. Adolin.

Esas habitaciones le recordaban a él, a practicar con la espada bajo su tutela. A su pasión por el arte, y a su creciente pasión por ella.

—¿Hay alguna forma de saber si está a salvo ahí fuera, Patrón? —preguntó—. Estoy preocupada por él, allí en Azimir.

—No lo sé —dijo el spren con suavidad—. Lo siento.

Era tonto por su parte echarlo ya de menos. No llevaba allí ni… ¿cuánto, medio día? Seguro que Adolin ni siquiera había entrado todavía en batalla. Aun así, Shallan se habría sentido mucho mejor si lo hubiera tenido allí para abrazarlo.

Se volvió hacia Patrón de nuevo.

—Me preocupa que Mraize nos haya engañado tomando la forma de Honor. Podríamos haber muerto muy fácilmente. Además, me inquieta qué planes pueda estar trazando Iyatil.

—Mmm… ¿Crees que usa una gráfica o…?

—Podría estar dejando que Mraize nos distrajera. Si es así, la verdad es que lo hace bien, y no para de superarme en astucia.

Sacó el cuchillo de antiluz tormentosa. Si pudiera llegar a los spren de los Sangre Espectral… La horrorizaba planteárselo. Y, aun así, eran combatientes enemigos.

Regresó a la alcoba.

—¿Alguno de vosotros ha visto al spren de Mraize, cuando hemos interactuado?

Rlain ladeó la cabeza.

—Tumi dice… que ha recibido impresiones del spren mirando desde fuera. Pero aquí dentro es muy difícil encontrar a alguien que no quiere que lo encuentren. Sobre todo a un spren.

—Serán tímidos, como los nuestros.

Shallan bajó la mirada a la daga, que no se dividía en colores, como tantas otras cosas en aquella visión. Lo que hacía era provocar un pequeño remolino a su alrededor, distorsionando el aire como una perforación en la realidad. Se le ocurrió una idea.

—A lo mejor no tengo que hacerles daño. Podría utilizar esto en Mraize. Yo no me atreví a curarme cuando tenía antiluz en las venas. Mraize tampoco se ha atrevido antes. Así que solo tengo que hacerle una herida lo bastante grave como para que no pueda esperar a que la antiluz se evapore de él.

—Glys dice que podría funcionar —asintió Renarin—. Si absorbe luz tormentosa para sanar y esa luz toca la antiluz… bueno, sería letal.

Shallan asintió con firmeza.

—Por desgracia, Mraize es mejor luchador que yo.

—Lo hiciste bastante bien contra él en la última pelea, Shallan —dijo Rlain con un ritmo de alabanza.

—Sí, pero esa pelea podría haber terminado muy mal también, y tuve suerte de llegar a poder luchar contra él. Si me hubiera apuñalado por la espalda mientras no miraba, tal vez todo habría terminado. Ojalá pudiéramos sorprenderlo a él por una vez.

—¿Y cómo íbamos a hacerlo? —preguntó Renarin.

—A ver qué os parece esto —dijo Rlain—. ¿Y si, en vez de entrar directamente en las visiones, enviáramos algún tipo de avatar y mirásemos desde fuera?

—¡Sí! —exclamó Shallan—. La última vez, después de salir, más o menos podía darme cuenta de lo que estaba pasando en la visión, y los tejidos de luz son «silenciosos». No llamarán la atención de los dioses que persiguen a vuestros spren. Podríamos vigilar a los Sangre Espectral y luego atacar cuando tengamos nosotros la ventaja.

Renarin y Rlain se miraron, y entonces posiblemente se comunicaron con sus spren. Shallan volvió la mirada hacia Patrón, junto a quien había llegado Testimonio. La otra críptica había estado tumbada en la cama demasiado mullida. Shallan recordó lo lujosos que le habían parecido aquellos aposentos cuando llegó a ellos.

Ya no le parecía que una cama como aquella estuviera desperdiciándose con ella. La relajación era algo que se había ganado, y debería disfrutarla en las contadas ocasiones en que no estaba corriendo hacia algún peligro. No pasaba nada por disfrutar de algún lujo en la vida. Igual que no pasaba nada por ser feliz con Adolin y apreciar su amor.

De verdad se sentía mejor. Solo que… en el escritorio, junto a la puerta, había un puñado de esferas sin gemas. Cabos, utilizados para jugar sin apostar o, en ese caso, para aprender prestidigitación. Se las había dado Tyn. Más por instinto que con un pensamiento consciente, Shallan fue y afanó varias esferas, reemplazándolas por otras de su bolsillo. Luego lo hizo otra vez, con un movimiento rápido mientras topaba contra la mesa, o mientras levantaba la otra mano como distracción.

Patrón llegó con ella y le puso su mano de largos dedos en el hombro.

—Sinforma habla de cada persona a la que he matado, de la gente que me acogió y confió en mí —susurró Shallan—. Es… horrible verlo en todo su contexto, Patrón. Mi madre, mi padre, Testimonio, Tyn… y, el siguiente, Mraize. ¿A cuánta gente que se acerque a mí terminaré matando? ¿Por qué me ocurre tan a menudo?

—No lo sé, Shallan —susurró él—. Pero, ahora que conozco mejor a los humanos, una cosa sí puedo decirte: se te da fatal la estadística.

—¿Se supone que eso es reconfortante?

—¡Sí! —exclamó Patrón—. Qué fatal se te da la comprensión de los números. Lo cierto es que es bastante inspirador, sí.

—Eh… Necesito un poco de ayuda, Patrón —dijo ella—. Para entender de qué narices estás hablando.

—¡De que se te dan muy mal las matemáticas!

—No digas eso, Patrón —respondió ella—. Por lo menos, mi nombre es paralelo. Eso es un concepto matemático.

—Eh… ¿Tu nombre?

—Sí.

—¿Paralelo?

—Shallan —dijo ella—. Dos eles. Par-de-eles.

El patrón de Patrón se detuvo. Luego, sorprendiéndola, soltó una estridente carcajada.

—¡Eso hasta ha tenido gracia!

—Para que conste —dijo Renarin desde el diván—, no la ha tenido. No ha tenido ninguna.

—¡Ja, ja! —respondió Patrón—. Qué tonto es. Escuchadme, sois todos muy tontos en lo referente a los números. No os va tan mal, para tener el cerebro hecho de carne, pero pensáis en todo como no debéis. —Sacó a Shallan de nuevo de la alcoba y se inclinó hacia ella—. De toda la gente a la que has conocido en la vida, Shallan, ¿a cuántos has matado? ¿A unos pocos?

—A los importantes.

—¿Adolin? —preguntó él—. ¿Dalinar, Navani? ¿Los hermanos a los que has protegido? O, aunque estuviéramos hablando solo de mentores, Sebarial y Palona aún viven, por mucho que se esfuercen en lo contrario. Y Jasnah. ¿Mmmmm? No eres estadísticamente peligrosa para las personas que te rodean. Solo para las que intentan matarte.

—Testimonio —susurró ella.

—Estás intentando reparar ese error —dijo Patrón—. Shallan, mi trabajo es ayudarte y protegerte. ¡A veces lo hago mal! Pero déjame prometerte una cosa: en ti he encontrado a una persona sincera. Eso es lo que me atrajo: tu sinceridad y tus mentiras, combinándose para crear una verdad más importante.

»No harás daño a la gente que te rodea. No a propósito, y no más que cualquier humano. Las estadísticas que te proporciona Sinforma son la clase mala de mentiras, las mentiras que miran una verdad y la retuercen convirtiéndola en algo peor. Yo confío en ti. Testimonio confía en ti, pese a lo que sucedió. Te queremos. Según la estadística, la estadística real, ¡has hecho un trabajo excelente! ¡Tengo una fe máxima, apoyada por las matemáticas, en que seguirás haciendo un trabajo excelente! Así que, por favor, no le hagas caso a Sinforma. No le des vida.

Shallan puso su mano sobre la de él, apoyada en su hombro.

—¿Cuándo te has vuelto tan bueno en hablar con humanos?

—Te escucho a ti —dijo Patrón con suavidad.

Ella sonrió.

—Y entonces hago lo contrario —añadió él.

Solo pudo dejarlo dicho un momento antes de soltar una risita y susurrarle que era broma. Shallan sonrió, se volvió y fue de nuevo a la sala de estar con los hombres.

—¿Y bien? —les preguntó.

—Glys dice que el plan de Rlain puede funcionar —dijo Renarin—. No entraremos en la próxima visión. En vez de eso, enviaremos un tejido de luz hecho por ti mientras miramos.

DIECISÉIS AÑOS ANTES

Szeth acometió y su espada de prácticas raspó la de su adversario por detrás. Metido en la defensa del hombre, Szeth lo empujó y le dio un espadazo en el lado del cuello. El cuero acolchado impidió que lo hiriese, pero los dos hombres se detuvieron con la hoja de Szeth apoyada allí.

—Tercer punto —dijo una voz queda desde los oscuros bordes de la cámara—. Duelo para Szeth-hijo-Neturo.

Silencio.

Su oponente alzó la mano y se quitó la máscara de entrenamiento, una rejilla creada por moldeado de almas que era rígida sobre la cara, con los lados de un extraño y reflectante material blanco que era ligero pero lo bastante fuerte para resistir un tajo de espada. Gonda-hijo-Darias se secó el sudor que le caía a chorro por la cara e inclinó la cabeza hacia Szeth antes de volverse e ir a guardar su equipo en los soportes.

Más silencio. Aunque había veinte acólitos y tres chamanes de pleno derecho mirando, nadie dijo nada. Gonda era el maestro espadachín del monasterio, el favorito para empuñar algún día la hoja de Honor.

No había conseguido tocar ni una vez a Szeth con su espada en los cinco duelos a tres lances que habían librado.

Szeth se quitó la máscara despacio, bañando el rostro sudado en aire fresco. Gonda no parecía enfadado con él; la gente de aquel monasterio en efecto estaba hecha de una pasta diferente a los mezquinos soldados del campamento que Szeth había dejado. Menos resentimiento abierto. Menos brutalidad. Pero más política extraña entre bambalinas.

La espada de prácticas de Gonda se cayó del soporte cuando la soltó. El maestro la dejó en el suelo y salió deprisa de la sala de entrenamiento, con sus pisadas quebrando el silencio. Como gotas de lluvia en un tejado.

Szeth guardó su propio material con meticulosidad, sintiendo la mirada de los otros acólitos en él. Los dos años que llevaba allí habían sido buenos para él. En el campamento, rara vez lo desafiaba nadie. Al llegar allí, le había costado semanas hacerle un solo punto a cualquiera de sus compañeros.

Una corriente fuerte resultaba en peces más fuertes. Szeth se quitó el gambesón sin hacer ruido y se lo entregó al acólito de más edad que estaba encargado de limpiar el material ese día. En el monasterio de Pozen, cuantos más toques recibías entrenando, más tareas te correspondían. Había pasado más de un año desde la última vez que Szeth tuvo que hacer nada de eso. Hacía más desde la última vez que había llorado hasta dormirse, añorando a su madre.

Todo iba bien de nuevo. Allí no necesitaba pensar; podía limitarse a entrenar. Le gustaba lo simple que se había vuelto su vida por fin. Ni siquiera la política entre bambalinas importaba, al menos no mientras uno fuese bueno con la espada.

Y, como acababa de demostrar, él era muy bueno.

De detrás de una columna salió el mismísimo Pozen. Como los demás de la sala, Szeth se inclinó. No había sabido que el portador de Honor estuviera mirando.

—Y así, Szeth —dijo el anciano—, tomas el puesto de maestro espadachín para ti mismo.

Szeth no respondió. Era verdad.

—Me impresiona todo acerca de ti —prosiguió Pozen— excepto tu debilidad con la nominación de lo otro. Es una deficiencia preocupante, Szeth.

También era verdad. Había practicado con la hoja de Honor, ya que, en defensa de la Verdad, entre los preparativos que debía hacer su pueblo para el posible regreso de los Portadores del Vacío, cada monasterio necesitaba a varios potenciadores entrenados, por si el portador de Honor caía en batalla.

—He preparado una cacería para ti —dijo Pozen—. La primera pista se halla sobre la aguja séptima. Ve.

Szeth había temido verse obligado a retirarse a sus aposentos después de obtener el título. Eso habría significado pensar, meditar sobre su logro. Que le asignaran otra tarea tan deprisa fue un alivio.

Comenzó de inmediato.

La «aguja séptima» era un acertijo. Por suerte, conocía una taberna fuera del monasterio, en Bajomok, la pequeña ciudad que llenaba aquella isla entre ríos. La taberna se llamaba la Primera Aguja. Supuso que la séptima sería el séptimo edificio de su calle.

Por desgracia, no encontró nada encima de ese edificio. Estaba en el tejado, cruzado de brazos, mientras el confuso propietario le sostenía la escalera abajo. Buscó de nuevo en el tejado, algo cristalino esa vez, porque a Pozen le gustaba transformar cosas en cristal por moldeado de almas. Nada.

Así que Szeth bajó por la escalera. Era de madera, claro, igual que los troncos del entablado. Había ladrillos de arcilla aquí y allá, que imitaban la piedra sin ser sagrados. Era ingenioso cómo la gente de aquella zona había aprendido a encajar piezas de madera formando juntas sin usar clavos. Hacía que las estructuras de zarzo y cañizo o las casas de barro de su propia región parecieran decididamente primitivas en comparación.

Y hacía mucho más extraño que aquella gente utilizara bisagras de metal en las puertas.

Szeth le dio las gracias al propietario, un hombre corpulento que hablaba en tono deferente. Llevaba toque, pero allí los hacían cosiéndose parches en la ropa. En su caso, parches rojos en las rodillas. ¿Cómo podían no conocer la forma correcta de hacer las cosas? Pozen le había ordenado parar de hablar sobre aquello, pero, si fuera Szeth quien estuviera haciéndolo mal, querría que alguien se lo advirtiera.

Después de que Szeth se despidiera de él, aquel hombre abrió la puerta de su casa... a pesar de las bisagras de acero. Si la puerta se rompía, tendría que llamar a un acólito o a un soldado retirado, de los que vivían muchos en la ciudad, para que se la arreglara. De hecho, había una gran cantidad de carpinteros, herreros y otros artesanos que eran hombres y mujeres retirados tras solo un año o dos siendo soldados o acólitos. Era como si... como si hubieran elegido esa vida solo para abandonarla y poder dedicarse a oficios como aquellos.

El metal creado por moldeado de almas se reservaba para herramientas que tuvieran que manipularse. Los goznes procedían de las minas, y todo el mundo los utilizaba. Así que quizá a aquella gente le diera igual estar llevando mal los toques de color. Después de dos años allí, Szeth todavía se devanaba los sesos pensando en esas cosas, cuando en realidad necesitaba concentrarse en el acertijo.

—Buen hombre —llamó.

El dueño de la casa miró atrás por su puesta.

—¿En qué piensa si digo «la aguja séptima»?

—¿La aguja de la Séptima? —preguntó el hombre—. Bueno...

—No, la... —empezó a interrumpirlo Szeth, pero se detuvo.

¿La aguja de la Séptima? La Séptima era una calle. ¿Podía haberlo entendido mal? No sería la primera vez, porque Pozen hablaba con un poco de acento norteño.

Pues claro. La Séptima.

—¿Acólito? —preguntó el propietario.

—No importa —dijo Szeth, y se volvió hacia donde había venido—. Gracias por tu ayuda.

Echó a andar, notando firme el pavimento de troncos bajo los pies. Aquella madera del árbol de makam era extraordinaria de verdad. Ligera, fuerte. Volvía interesante la ciudad, que Szeth procuraba no odiar. De hecho, su padre había llevado a cabo grandes mejoras allí después de salir elegido alcalde el año anterior, cuando era ministro de finanzas de la ciudad, un puesto al que se accedía por nombramiento. Bajo la dirección de Neturo, los viejos troncos de pavimentar se habían reemplazado por nuevos, los puentes se habían reparado. Las reformas sociales habían vuelto menos alborotadores a los leñadores. Jornada laboral más corta, turnos de permiso más frecuentes.

Neturo no parecía molesto por lo que les había costado llegar allí, así que Szeth intentaba no estarlo tampoco. Procuraba disfrutar de los edificios encalados, de cómo la gente inclinaba la cabeza en señal de respeto a los acólitos, de los colores en los parches de la ropa. El sitio no olía demasiado mal. No como las ciudades de casa, donde el estiércol de caballo cubría las calles y las aguas negras se tiraban al río.

Bajomok era, si no fresca, al menos soportable. Además, Szeth era el mejor de los acólitos y hacía satisfactorias sesiones de ejercicio cada día. Sin duda, el dolor por no tener allí a su madre con ellos, y por pasar semanas, a veces meses sin ver a Elid, a quien le gustaba viajar, remitiría aún más. Ya se suponía que su antigua vida había desaparecido quemada. Las ascuas se apagarían pronto.

El edificio más alto de la calle Séptima era una iglesia consagrada a Ishu, el Heraldo. Antes había estado dedicada a Batlah, pero en algún momento eso había cambiado. La gente de Shinovar reverenciaba a los Heraldos casi tanto como al sol, las lunas y las montañas, que eran los mayores spren de todos. Pero Ishu era especial entre lo especial por haberlos llevado hasta esa tierra escuchando hasta oír los cantos de un nuevo mundo.

Encima de ese edificio, Szeth encontró unos guijarros cristalizados. Acertijo resuelto. Debajo había un papelito con la siguiente pista. «El Viento del Este». Szeth descendió por la pared lateral de la iglesia.

—Perdón —le dijo a la chamana de piedra que se había asomado a la ventana cerca de la estatua que Szeth había usado como último asidero.

—No pasa nada, acólito —respondió ella—. Pero ojalá Pozen nos avisara cuando envía a gente en estas cacerías. Estábamos celebrando un servicio.

Szeth le hizo una inclinación y echó a andar por la calle.

—¿Acólito? —lo llamó la chamana.

Cuando Szeth miró hacia ella, la mujer señaló de lado con el mentón. Szeth siguió la dirección del gesto y vio una figura apoyada cerca de la fachada del edificio. Una mujer alta con colorida túnica de chamana, más de una década mayor que Szeth, con aquel pelo corto que él aún encontraba flagrante. Sivi iba tan a menudo de visita a la ciudad que podría haberse pensado que era la portadora de Honor local. ¿Los acólitos del Monasterio del Escultor de Voluntad eran tan disciplinados que no les importaban las ausencias de su líder? Szeth había oído lo contrario. Había oído que los acólitos Escultores de Voluntad bebían, y salían a cabalgar, y apenas entrenaban.

Una clase de frivolidad que le parecía poco plausible en Sivi. Al fin y a cabo, esa mujer le caía bien.

—Szeth —dijo ella, acercándose con paso tranquilo.

—Portadora de Honor. —Szeth se inclinó—. Siento no poder pararme a hablar mucho contigo. Me ha enviado a una tarea urgente el...

Sivi le tendió un puñado de papelitos idénticos al que ya tenía Szeth.

—Pozen siempre usa los mismos lugares. Te juro que aún recuerdo a mi predecesora mencionando los guijarros de cristal de cuando era una acólita.

Szeth miró boquiabierto el puñado de pistas que le ofrecían.

—No... no puedo aceptarlas. Debo encontrar mi propio camino hasta...

—Tengo entendido que tus instrucciones son volver con los papeles —dijo ella—. No hay ninguna prohibición de que alguien te los entregue.

Era cierto. Así que Szeth aceptó los papeles.

—Ven y charla conmigo, Szeth —dijo ella, dirigiéndose hacia una taberna cercana—. Me gustaría saber de tu entrenamiento.

Él suspiró, pero no podía decirle que no a una portadora de Honor. Además, muchas veces Sivi tenía... una perspectiva que compartir. Szeth procuraba no dar por sentado que él era el motivo de sus frecuentes visitas, pero no podía apartar de su mente algunas cosas que había oído. Sobre los planes de Pozen para él.

En un reservado tranquilo de la taberna, dado que solo eran las tres de la tarde, Szeth pidió té y ella algo que él fingió que era agua de cebada. Las bebidas eran gratuitas, ya que aquella era una ciudad con monasterio.

—He oído —dijo Sivi— que hoy has llegado a maestro espadachín.

—¿Esa noticia ya se conoce? —preguntó él, esperando por respeto a probar el té a que Sivi bebiese primero.

—Gonda es bueno —dijo ella—. Nadie esperaba que llegara alguien mejor.

Sivi lo miró. Szeth bajó los ojos a su taza.

—Lo sabes, ¿verdad? —preguntó Sivi.

—He... oído cosas que no debería.

—Pozen no disimula sus aspiraciones para ti, Szeth —respondió Sivi—. Lleva años preparándote para este papel, desde antes incluso de que te hicieras acólito.

—Comprendo la necesidad de que los mejores soldados empuñen las hojas de Honor —dijo Szeth, obligándose a sacar las palabras—. Esa es la Verdad. Prepararnos para la llegada del enemigo.

—Entonces, ¿por qué pareces avergonzado?

Él bajó la mirada y no respondió. Sivi suspiró y dio unos golpecitos en la mesa con el dedo.

—Szeth, ¿sabes por qué Pozen te envía a estas pequeñas cacerías tan tontas?

—No pregunto, y él no ofrece explicación.

—Es para poner a prueba tu obediencia. Pozen quiere a acólitos que sean rápidos en obedecer, lentos en cuestionar.

—Parece una cualidad admirable en un acólito religioso.

—¿Y en un colega?

Ahí estaba. Lo había dicho sin tapujos.

—Tú eres muy rápido —añadió Sivi— en hacer lo que te dicen. ¿Por qué?

—No es por lo que crees —respondió él, ruborizándose.

—¿Y qué es lo que creo?

—Que soy estúpido —dijo Szeth—. Pero obedezco por la razón contraria. Si no me muevo deprisa… empiezo a pensar. Empiezo a dudar. Tengo una… mente indisciplinada, honor-nimi.

—Dime las dudas que tienes, Szeth —pidió ella, inclinándose hacia delante.

¿Se atrevería a decirlo? ¿Aquello era una prueba para comprobar si la obedecía o si se contradecía a sí mismo? Aquella gente jugaba a muchos juegos. Quizá era por eso por lo que Szeth odiaba en secreto la ciudad, porque era allí donde, por fin, había averiguado que hasta los portadores de Honor veían las cosas distintas unos de otros.

—Pozen no es el mejor espadachín —dijo Szeth, contemplando cómo los colores oscuros se arremolinaban en el té al escurrirse de la bolsita—. Ya no. Tiene casi sesenta años. Pero nadie lo desafía.

—Es sabio —replicó ella—. Ser el mejor soldado no siempre consiste en ser el más rápido con un arma. La experiencia es valiosa, incluso después de que el cuerpo empiece a ir más lento.

—Podría impartir su sabiduría mientras otra persona empuña la hoja.

—Si llegara una verdadera amenaza —dijo Sivi—, Pozen dejaría que algún acólito portara el Honor para ir a la batalla. ¿Por qué crees que os entrenamos a todos tan bien con el arma?

—Eso es razonable —afirmó Szeth—. Pero, si un portador de Honor entrado en años no es un problema tan acuciante, ¿por qué tenéis todos, incluidos tú y el propio Pozen, tantas ganas de que yo empiece un peregrinaje?

Sivi sonrió, y por fin echó la cabeza atrás y dio un largo sorbo. Cuando dejó la jarra en la mesa, lo miró a los ojos.

—El Corredor del Viento es un problema.

—¿El portador de Honor…? —A Szeth le costó recordar el nombre—. ¿Tuko-hijo-Tuko?

—Correcto. Prestaste atención durante tus lecciones.

—Por supuesto que sí —dijo Szeth, arrugando la frente—. ¿Qué sentido tienen las lecciones si no se les presta atención?

—Ay, Szeth.

Él probó su infusión, degustando el sabor amargo.

—¿No vas a preguntarme cuál es el problema con Tuko?

—¿Me corresponde preguntar?

—Bueno, para algo dejé bien abierta esa puerta…

—¿Es un problema para la Verdad? —preguntó Szeth—. ¿Para la defensa de nuestras tierras?

—Sí.

—Con eso es suficiente. —La miró a los ojos—. Ya hace tiempo que no oigo la Voz.

—Ha estado ocupado.

—Y, si me hago portador de Honor —dijo Szeth—, ¿podré saber qué es él? ¿Qué está pasando en realidad?

—Si quieres saberlo, sí.

¿Quería? Szeth se reclinó en el duro banco del reservado, mirando por la ventana a la gente que pasaba. Pozen había dicho que Bajomok era grande, para casi cualquiera a quien se preguntara. A Szeth le costaba imaginar a más gente recorriendo las calles sin que los carruajes y los carromatos los aplastaran o causaran el caos.

Nadie de aquella gente de fuera sabía nada de la Voz. A nadie le importaba no saber nada. Él podría ser como ellos.

Pero...

—Cuando destruí a los invasores —dijo Szeth—, Pozen estaba dispuesto a renunciar a mí por completo. Lo estabais todos. Y luego, en el momento en que supisteis que había oído la voz, me disteis la bienvenida.

—El contexto cambió —respondió ella—. Al llegar, eras un agente descontrolado que se había opuesto a los intereses de su granjero. Después, eras un siervo de un poder superior.

—Los actos deberían ser o bien correctos, o bien incorrectos. Es lo que me enseñaron.

—Cuando eras niño —dijo Sivi—, se te enseñó lo que un niño puede entender. ¿Por qué te aterrorizan los matices, Szeth?

—Porque no puedo predecirlos —susurró él.

—Han pasado diez años —dijo ella— desde que un chico encontró una piedra en la tierra y no entendía por qué alguien iba a ver la situación de un modo distinto a él. ¿No crees que deberías haber madurado un poco desde entonces?

Szeth alzó la mirada de su té. Un momento. ¿Acababa de...?

—Tu padre y yo hablamos —dijo Sivi, y pareció un poco ensoñada al decirlo, con un atisbo de sonrisa en los labios.

Por una vez, Szeth captó el matiz.

—No visitas tanto esta ciudad por mí —dijo, horrorizado—. No solo por mí.

Ella se encogió de hombros.

—¡Mi padre es un hereje! ¡Tú eres una mujer sagrada!

Sivi dio un bufido de risa y casi escupió cerveza.

—¿Qué va a ser un hereje? Y yo solo soy medio sagrada, Szeth. Tu padre es un hombre de poderosa fe, solo que no en las cosas que no importan. Tendrías que preguntarle alguna vez.

Esa clase de conversaciones nunca iban como Szeth quería.

—¿Lo harás? —preguntó Sivi—. ¿Peregrinarás, en preparación para desafiar al Corredor del Viento por su hoja?

Un peregrinaje. Tendría que visitar cada monasterio y entrenar en todas las potencias. Luego tendría que derrotar al Corredor del Viento en un duelo sin poderes. No tendría por qué ser a muerte; dependería de si Tuko estaba dispuesto a rendir la hoja por voluntad propia o no. Pero... el Corredor del Viento, por lo que Szeth había oído, no parecía de los que rendían nada. Era joven para ser un portador de Honor. Y, al parecer, muy diestro.

Después de ganar la hoja, si lo conseguía, Szeth tendría que peregrinar a los monasterios otra vez y presentarse a los portadores de Honor para demostrarse digno a su entera satisfacción. En caso contrario, como grupo condenarían sus actos y devolverían la hoja al antiguo portador de Honor, si aún vivía, o le buscarían un reemplazo si no.

Podía llevar años. Una década. Más.

—Szeth —insistió Sivi—. ¿Harás lo que te pedimos?

—¿Cómo puedo confiar en que haceros caso sea lo correcto? —exclamó Szeth, lanzando las manos al aire—. ¡Pero si los *matices* modifican por capricho lo que es correcto e incorrecto para vosotros! —Se reclinó, jadeando. Entonces dio un leve gemido—. Eso ha sonado infantil, ¿verdad?

Cuando lo dijo, Sivi se relajó a ojos vistas y dio un largo sorbo a su jarra.

—¿Tan satisfactorio es para ti verme frustrado? —preguntó Szeth.

Ella levantó un dedo, aún bebiendo. Apuró la jarra entera. Tormentas.

—Es satisfactorio —dijo, y se secó los labios— saber que tenía razón y que hay una parte de ti dispuesta a la introspección. ¿Por qué la encuentras tan difícil, Szeth?

—Solo quiero que las cosas sean fáciles —respondió él—. Como cuando era joven.

—Eso es pereza —replicó ella, señalándolo e inclinándose hacia él sobre la mesa.

Lo hacía mucho. Cuánta pasión. ¿Szeth se había apasionado tanto alguna vez por algo?

«Sí —pensó—, por encontrar respuestas».

—Escúchame —dijo Sivi—. La vida no era fácil cuando eras joven, Szeth. Lo que pasaba era que se te permitía fingir que sí. Siempre hubo otra gente ahí fuera tomando esta clase de decisiones.

—Pero...

—Que tu vida te concediera el lujo de la simplicidad no significa que el mundo fuese menos complejo por arte de magia —añadió ella—. Dime, ¿no te alegras de haber podido huir de aquellas nociones infantiles y ver el mundo tal y como es?

—Eh...

¿Alegrarse? ¿Por todo aquello? La conversación estaba llegando a una cercanía incómoda con lo que Szeth había pensado antes, sobre que le gustaría ser informado si llevara mal los toques de color. Qué cosas. Caviló sobre ello mientras Sivi le pedía otra jarra a la camarera, que merodeaba apenas lo bastante lejos para concederles intimidad.

Si Szeth estaba equivocado sobre la religión, ¿no querría saberlo? Sí. Sí que querría. ¿Y no se alegraría de que lo corrigieran? En un momento de profunda reflexión, fue consciente de sus errores. No era culpa de ellos por usar matices. Era culpa suya por no querer verlos.

—Lo haré —dijo—. Saldré de peregrinaje. Si me aceptaras tú en primer lugar para entrenar con tu hoja, me encantaría. Deja que cumpla con mis últimos requisitos como acólito aquí, para que puedan ascenderme a la élite guerrera.

Por supuesto que iba a escoger esa senda antes que ejercer como chamán, que era la otra opción para los acólitos.

—Excelente —respondió ella.

—¿Qué habrías hecho si no hubiera querido aceptar tu consejo? —preguntó Szeth.

—No sería la primera vez —dijo Sivi con un suspiro. Entonces, al ver su mirada interrogativa, continuó—. Tres de los otros portadores de Honor actuales entrenaron con Pozen. Tiene un sexto sentido para encontrar a guerreros con talento. Pero también se ha demostrado bastante diestro en encontrar a gente que salte cuando él da la orden. Casi hace pensar que quiere tener siervos, más que compañeros. —Se despidió de Szeth con un asentimiento mientras cogía su cerveza de la bandeja recién llegada—. Tengo que hacer otra visita. Nos veremos en mi monasterio dentro de unos meses.

Szeth intentó no pensar en a quién iba a ver. Pero antes de marcharse, Sivi retrocedió y se agachó hacia él.

—Pozen está utilizándote. Recuérdalo.

—¿Y tú? —preguntó Szeth—. ¿Tú estás utilizándome?

Sivi le guiñó un ojo.

—No voy a hacer esto porque sea lo que tú quieres —dijo él—, ni lo que quiere él. Lo hago para obtener respuestas. Voy a saber lo que es la Voz.

—Todos contamos con ello, Szeth —repuso ella, y se marchó, llevándose su jarra.

Szeth se aseguró de pagarla antes de marcharse también. Una cosa era beber gratis, pero no iban a abusar de la taberna llevándose sus jarras.

*Jasnah afirma que la existencia de un dios todopoderoso y benigno
debe cuestionarse por la mera existencia de las injusticias ejercidas en
vida contra inocentes, como un niño que muere de enfermedad.*

Del epílogo de *Juramentada*, por Dalinar Kholin

Sigzil agarró a su escudero Deti en medio de un campo de batalla y chilló. Pidiendo ayuda, luz tormentosa, un sanador. Sus palabras se perdieron en el caos de relámpago rojo y gritos de soldados mientras el enemigo seguía entrando en tropel por el agujero que había hecho la tronadora muerta, con las defensas rotas una vez más. El rayo destelló desde el suelo a su alrededor cuando los regios en forma tormenta liberaron su poder en imitación del de arriba.

Deti tenía sangre en los labios y temblaba, rodeado de dolorspren como diminutas manos incorpóreas que arañaban el suelo al moverse. Su resuello era poco profundo y le faltaba luz tormentosa, agotada durante el enfrentamiento con unos Celestiales.

—¡Toma la mía! —vociferó Sigzil—. ¡Toma mi luz, Deti!

Pero las gemas de Sigzil estaban agotadas.

Deti se llevó una mano a la cara, donde se mezclaban la sangre y la lluvia, y dio un respingo.

—¡Ya viene! —gritó—. ¡La Noche de las Penas! ¡Me alzo a los linderos del alba y la veo avanzar, consumiendo toda luz, toda vida, toda esperanza! *¡YA VIENE!*

La luz de Deti se apagó. Sigzil chilló otra vez y agarró la lanza de una Celestial muerta que había cerca, tirada como un trapo donde Sigzil la había derribado. Alzó el arma, que había drenado la luz tormentosa de Deti, y bramó a la noche, buscando enemigos que matar.

Encontró muchos.

—Sigzil —susurró Vienta—, estás al mando. No puedes permitirte la rabia. Debes retirarte y buscar luz tormentosa.

Embistió hacia un grupo de sus soldados que estaban rodeados por regios en forma funesta, con su caparazón enorme y pinchudo y sus brillantes ojos rojos. Irrumpió en sus filas y mató con un arma que absorbía su luz del vacío y la expulsaba a la noche, porque el mecanismo con la gema en el pomo de la lanza se había roto al caer. Lo hizo mientras empuñaba a Vienta con la otra mano como daga corta.

Llegó con sus soldados y encontró a dos Danzantes del Filo entre ellos. A escasos metros de un moribundo al que habrían podido salvar, si lo hubieran sabido. Eso hizo que bulleran incluso más furiaspren a sus pies.

Tienes que reagrupar nuestras fuerzas, Sigzil, insistió Vienta. *No puedes traer a Deti de vuelta.*

Sigzil siguió matando, siempre subestimado por sus enemigos, ya que era más bajo de estatura que muchos de los alezi que lo rodeaban. Y, tormentas, su parte lógica se negaba a cerrar la boca. Coincidía con Vienta. Cuando hubo librado de oponentes a aquel grupo de soldados, los guio a ellos y a los dos Danzantes del Filo en un repliegue hacia una línea estabilizadora de fuerzas humanas en la retaguardia de Narak Cuatro. Descartó su hoja, le tiró la lanza capturada a un armero y luego tomó gemas de un mensajero cuyo cometido era entregarlas a los Radiantes en el campo de batalla.

Solo había un puñado, porque tenían que racionarlas. ¿Cuándo iban a regresar los tormentosos Forjadores de Vínculos? Sigzil evaluó la oscura meseta, saturada de figuras de ojos rojos, y supo que la batalla estaba perdida. Winn, el viejo general de pelo espeso y canoso, fue junto a él.

—¿Órdenes, señor? —gritó el anciano soldado para hacerse oír sobre el trueno.

—Es hora de retirarse —dijo Sigzil, y respiró hondo mientras la lluvia le surcaba el rostro. Aquel era su plan, pero, tormentas, había esperado aguantar un día más—. Da la orden.

Mientras Winn lo hacía, Sigzil envió a Vienta a advertir de la situación a sus escuderos, que volaban en parejas sobre la meseta. Él miró sobre el terreno hacia el bulto que era Deti, muerto sobre la piedra, y tuvo una traicionera sensación de impotencia.

«Tormentas —pensó—, esto es lo que sentía Kal, ¿verdad? Lo que al final lo derrumbó».

Podía aprender de lo que su capitán había soportado. No era culpa de Sigzil, sino de los enemigos, que su escudero hubiese caído. Se esforzó al máximo en aplastar los pensamientos sobre qué podría haber hecho distinto, ya fuese entrenando o en el combate de ese día, para proteger mejor a Deti. En vez de eso, se centró en ayudar a los vivos. Funcionó, hasta cierto punto.

Cuando Vienta regresó, Sigzil invirtió parte de su valiosa luz tormentosa en elevarse por los aires y defender la retaguardia de los soldados. Notó que los animaba verlo flotando con su lanza plateada en la mano. Aguantaron más firmes, envalentonados mientras los grupos de tropas atribuladas iban llegando como podían a aquel último bastión defensivo. Empezaron a cruzar la meseta más Danzantes del Filo, regresando de su misión de flanquear a las fuerzas enemigas. Recogieron a los caídos, los curaron y los llevaron a lugares seguros. Sigzil ordenó la retirada final mientras el Muralla de Tormenta y su grupo de portadores de esquirlada defendían la cabeza de puente.

Se retiraron todos a Narak Dos, la meseta de la Puerta Jurada, que estaba conectada con las tres mesetas laterales. Narak Principal estaba al este y Narak Tres al sudoeste. Las fuerzas de Sigzil consiguieron abandonar por completo la meseta perdida y los Custodios de la Piedra derrumbaron el puente.

—El enemigo parece estar celebrándolo —le susurró Vienta al oído—. No veo signos de que pretendan alargar más el asalto de hoy. Bien hecho.

Sigzil hizo un asentimiento brusco, no tan seguro. Sí, su plan había funcionado hasta el momento, pero si seguían teniendo que racionar la luz tormentosa…

Cikatriz y Leyten aterrizaron e intercambiaron con él los saludos del día. Sigzil les contó en voz baja lo de Deti. Cikatriz ya lo sabía, porque su equipo había hecho unas pasadas por la meseta caída en busca de grupos de supervivientes. Habían visto el cuerpo. Cerca, los generales empezaron a conferenciar sobre cómo atraer la atención enemiga hacia Narak Tres, la otra meseta que podían permitirse perder. Iba a ser complicado, aunque Sigzil tenía algunas ideas.

De momento, lo tenía preocupado otro asunto.

—Leyten, Cikatriz —dijo—, Deti ha pronunciado un susurro de muerte al expirar. Moelach está aquí.

Leyten gruñó.

—Preguntaré por ahí, a ver si alguien más ha oído algo de los moribundos. Pero yo tampoco me preocuparía mucho. Moelach nunca participa en las batallas.

—Podría haber más Deshechos —les advirtió Sigzil—. Haced que corra la voz, por favor.

—Hecho —dijo Cikatriz—. No estarás culpándote por esto, ¿verdad?

—Intento no hacerlo, pero ya sabéis lo que se siente.

Leyten asintió.

—Ojalá no lo supiera, pero sí.

—Me concentraré en la siguiente fase de nuestra estrategia y la parte académica me distraerá. No puedo permitirme el desánimo, ahora mismo. Los generales y las tropas necesitan saber que estoy orgulloso de cómo han luchado y de la excelente ejecución de mi plan.

—Tormentas —dijo Leyten—. Sig, suenas como todo un líder.

¿Era verdad? Era… verdad.

—La culpa es de Kaladin —respondió, logrando una tenue sonrisa pese a lo sombrío de la jornada—. Y de lo que hizo de todos nosotros.

—La culpa es de Kaladin —convino Cikatriz—. El muy tormentoso, siempre tan inspirador.

—¿Habéis visto a Moash durante el combate?

—No —dijo Leyten—. Pero estamos atentos. Nada más aparezca, te avisaremos. Y entonces habrá un ajuste de cuentas.

El caos se retiró de alrededor de Shallan, pero entonces no emergió a una visión, no exactamente. En lugar de eso, las complejas y fluidas mareas del Reino Espiritual crearon una especie de muro ante ella. El turbio cristal creció con la misma lenta vacilación de la escarcha en una ventana, hasta formar una columna ancha, más o menos redonda.

A continuación aparecieron planchas de madera a varias alturas en torno a la columna de cristal, y Shallan pudo subir por ellas como si estuviera en una especie de extraño andamio fuera de la realidad. Patrón y Testimonio surgieron junto a ella y al momento, más arriba, porque el andamiaje creaba niveles disjuntos, aparecieron Rlain, Renarin y sus spren.

Después de tres intentos, Shallan iba acostumbrándose poco a poco al proceso. Todo aquello lo estaban creando Renarin y Glys, a partir de los instintos del primero sobre qué aspecto debería tener, reproduciendo los andamios que había visto alrededor de un monasterio hacía mucho tiempo.

Shallan rodeó la columna en busca de un buen sitio desde el que mirar. Renarin creía que el cristal turbio era una manifestación visual de la incertidumbre de aquel lugar, pero había algunos puntos menos opacos. Shallan localizó uno, se arrodilló en los tablones y miró a través para ver una batalla en marcha al otro lado. Dalinar y Navani llevaban ya un tiempo recorriendo las Desolaciones, y aquella columna era la forma que tenían Glys y Tumi de permitir que Shallan y su grupo observaran.

Habían visto una Desolación tras otra, a veces separadas por siglos, a medida que los Forjadores de Vínculos salían de los días de las sombras hacia el futuro. En la última, Shallan había visto a gente con spren y poderes, Caballeros Radiantes tempranos, completos con su armadura esquirlada y sus glifos adornándola. Dalinar se había saltado la época de Nohadon y la fundación de los Radiantes.

Hasta el momento, Shallan no había visto ni rastro de Mraize e Iyatil, ni dentro ni fuera de las visiones. Pero tenían que estar allí, siguiendo a Dalinar, ya que creían que su búsqueda de Honor los llevaría también a Misham. El campo de batalla que estaban viendo era en Shinovar, que había cambiado durante los milenios transcurridos desde aquella primera visión. Una capa de lánguida hierba gris crecía donde antes no había más que tierra mojada. Los árboles salpicaban el paisaje en grupitos, como si conversaran en una fiesta de etiqueta.

Era raro lo a menudo que la lucha de esas visiones tenía lugar en Shinovar. Al parecer, el reino aislacionista no había sido tan inaccesible en tiempos remotos. Shallan escudriñó por su sección más clara del cristal. Ahí. Aquellas figuras brillantes que surcaban el cielo... eran Corredores del Viento. Dalinar y Navani avanzaban derechos hacia la Traición, el día en que los juramentos se rompieron, el origen de los secretos que todo el mundo perseguía.

—¿Habéis visto a esos Corredores del Viento? —preguntó Renarin, haciendo crujir los tablones al acercarse—. Y esta vez hay soldados con buenas armas de bronce. Creo que por fin están haciendo progresos tecnológicos, en vez de perderlos con cada Desolación.

—Estamos demasiado lejos de lo que pasa —dijo Shallan, entornando los ojos—. ¿Puedes acercarnos?

—Hablaré con Glys —respondió él.

De pronto, la ventana de Shallan daba directa al mismo centro de la batalla contra los cantores, un frenético embrollo. Sí, allí había Radiantes, pero no llevaban los distintivos uniformes a los que ella estaba habituada. En cambio, los combatientes humanos sí que mantenían una formación, por una vez. Un gigantesco muro de escudos con lanzas.

—Eso casi parece moderno —dijo Rlain desde algún lugar cercano—. Vuestra gente está usando la misma táctica que aplicaba contra la mía en las Llanuras Quebradas.

—No del todo —repuso Renarin—. Es un muro de escudos, sí, pero no un bloque flexible moderno. No hay picas, no hay caballería, no hay infantería pesada. Es todo infantería ligera bien entrenada. Esto sigue siendo hace milenios, pero algo importante ha cambiado.

—Metalurgia —dijo Rlain.

—Es más bien que pueden alcanzar una continuidad —opinó Shallan—. La gente puede empezar a progresar por fin, ahora que la sociedad no queda arrasada cada vez que vuelven los Fusionados.

—Exacto —asintió Renarin—. Aunque incluso la Traición siga envuelta en sombras, hemos aprendido mucho a partir de las anteriores visiones de mi padre, y tenemos algunos textos incompletos que datan de antes. Durante este periodo, los Radiantes se convirtieron en una fuerza estable que conectaba a la gente entre Retornos, un grupo de guerreros que entrenaban durante las épocas de paz y estaban preparados cuando llegaba la inevitable batalla.

—Vigilantes en el perímetro —susurró Shallan.

—Contra mi pueblo —dijo Rlain.

—Contra los peores instintos de todos los pueblos —respondió Shallan, apartándose de la ventana—. Rlain, tú mismo me explicaste que los oyentes se negaron a continuar la lucha y se fueron. Los Fusionados no solo no oprimían a nosotros. Eran también los opresores de los tuyos.

Rlain negó con la cabeza.

—Esa es una explicación demasiado simple, Shallan. Un bando intensifica el esfuerzo bélico y entonces el otro tiene que igualarlo… o superarlo. Los Fusionados no existirían si los humanos no hubieran empezado a expandirse de la tierra que se les dio. Los Heraldos no existirían si los Fusionados no se hubieran creado para detener esa incursión.

»A su vez, los Fusionados se endurecieron, volviéndose cada vez más decididos con cada Retorno, aprendiendo a luchar y a derrotar a los Heraldos. La humanidad quedó desolada, lo que llevó a la fundación de los Radiantes. La guerra sencillamente siguió rodando, y rodando, y rodando. Puedo condenar el derramamiento de sangre, pero no culpo a los cantores de esos días antiguos. Los humanos incumplieron sus promesas e invadieron. ¿Qué habríais hecho vosotros sino luchar?

Shallan volvió a mirar por el cristal y vio un grupo de cinco Fusionados, Aumentados en concreto, arremetiendo contra la falange humana, lanzando hombres por los aires. Los Custodios de la Piedra llegaron a toda prisa para rechazarlos, y su brillante armadura parecía fuera de lugar en aquel campo de batalla. Venían a ser portadores de esquirlada modernos, luchando entre soldados comunes que llevaban petos de bronce esculpido, como los que Shallan había visto en un museo de Kharbranth.

—Eh… —dijo—. Rlain, el bando cantor servía a Odium.

—Porque los otros dioses se negaron a ayudarlos. —Canturreó a un ritmo suave—. Esta antigua guerra terminó con la esclavización en masa de mi pueblo, salvo un puñado. ¿Es esa la única respuesta aceptable? ¿Que un pueblo u otro debe ser subyugado, o incluso destruido?

—Rlain —dijo Renarin—, mi padre está intentando terminar la guerra con paz. Está dispuesto a arriesgar nuestra tierra natal para ello. Sí que hay otras respuestas. Tiene que haberlas.

—Si Odium permite que alguna de esas respuestas funcione —replicó Rlain—. ¿Y qué le ofrece la paz de tu padre a mi pueblo? Están abandonados al dios enemigo. Ojalá… ojalá hubiera algo que hacer no solo por los humanos, sino por los cantores también.

Se quedaron en silencio, viendo cómo la muerte se extendía por el campo de batalla histórico. Shallan intentó encontrarle sentido, ver si localizaba a Dalinar y a Navani. Pero ahora estaba demasiado cerca.

—¿Puedes trasladarnos encima de esa colina? —preguntó.

—Esto no es el mapa que creas con mi padre, Shallan —dijo Renarin—. No puedo ampliar cosas sin más. Glys dice que tenemos suerte de estar viendo algo.

—Inténtalo, por favor —pidió ella.

No podía permitirse que la distrajeran las implicaciones históricas de todo aquello. Estaba allí para detener a Mraize e Iyatil. Renarin y Glys hablaron un momento y su ventana saltó a la cima de una colina. No era la que había pedido Shallan, pero serviría. Glys les había asegurado que aquella ventana no era visible para quienes estaban dentro de la visión. Pero, aun así, resultaba extraño; los soldados podían pasar a través de ellos sin darse cuenta.

—Ahí —dijo.

Acababa de localizar a Dalinar y Navani mirando desde otra colina. Sonrió, porque verlos le recordó a Adolin, que, con un poco de suerte, estaría teniendo las cosas mucho más fáciles que ella. Seguro que Dalinar y Navani observarían aquella visión durante un ratito, averiguarían el año si podían y luego utilizarían su ancla para saltar décadas al futuro, saltándose Desolaciones.

Confió en que no terminaran perdiéndose los momentos más importantes y tuvieran que volver atrás. Pero le daba la sensación de que el mismo destino, o el poder que componía el Reino Espiritual, reconocía cuándo los acontecimientos eran significativos. Quizá porque los humanos y los cantores eran quienes les conferían importancia. Esa clase de cosas resonaba, y también permitía predecir el futuro un poco. Sagaz, según sus propias explicaciones, había llegado a Roshar en particular porque había sido capaz de percibir que se avecinaban acontecimientos importantes. Una vez hasta había acudido a un festival cerca de la hacienda familiar de Shallan.

Dos Heraldos coronaron una colina cercana y Shallan apartó la mirada. *Shallan...*, dijo Velo dentro de ella.

Se obligó a mirar de nuevo. Una mujer de pelo rojo, caminando junto al rey Jezrien.

Las consecuencias de esto son abrumadoras, pensó Radiante.

Tenemos que aceptarlas de todos modos, dijo Velo.

De momento, Shallan se permitió volverse otra vez.

—¿Qué es eso? —preguntó, señalando hacia una zona oscurecida donde la hierba estaba sumida en la sombra, aunque no hubiera nubes a la vista.

—Glys dice que ahí hay una Deshecha —respondió Renarin, acercándose a ella—. Es... Shallan, es Ba-Ado-Mishram. No la verdadera, claro, sino una reconstrucción histórica dentro de la visión.

Ya habían captado atisbos de los otros Deshechos en batallas anteriores, y Shallan estaba molesta por no haber podido presenciar su creación. Ese acontecimiento era un misterio incluso para los spren. ¿Qué eran los Deshechos? En todo caso, nunca antes habían avistado a Mishram en las visiones.

—Voy a entrar —dijo Shallan—. Pídele a Glys que me envíe.

—Acordamos quedarnos fuera —repuso Renarin, bajando a la altura de Shallan de un salto que sacudió el andamio—. Enviar solo ilusiones.

—Dijimos —matizó ella— que enviaríamos ilusiones hasta que viéramos algo importante. Soy consciente de que detener a Mraize e Iyatil es lo más importante, pero a lo mejor interactuar con Mishram, aunque sea la Mishram histórica, nos revela alguna cosa.

—Todavía quieres encontrar su prisión, ¿verdad? —preguntó Renarin—. Detengamos antes a los Sangre Espectral o no.

¿Y... estaba tarareando a un ritmo? Rlain subió al borde de la plancha más alta.

—Creo que sí que debería entrar, Renarin —dijo—. El plan funciona. Hemos explorado el terreno y buscado a los Sangre Espectral. Además, desde este armazón, tú y yo podemos tenerla vigilada.

—Muy bien —aceptó Renarin—. Haznos una seña si algo va mal y te sacaremos.

Shallan asintió y, en un abrir y cerrar de ojos, estaba dentro de la visión.

DIECISÉIS AÑOS ANTES

El día en que iba a partir a su peregrinaje para convertirse en portador de Honor, Szeth pasó la mañana en el jardín de piedra del monasterio. Después se marcharía a entrenar con Sivi, y luego con cada portador de Honor, hasta aprender sus habilidades. Bueno, excepto los poderes de Custodio de la Piedra, porque no tenían la hoja de Talmut-hijo-Dios, y los de Forjador de Vínculos. Esa hoja la guardaba un líder civil y se transmitía siguiendo una tradición distinta.

Ese día Szeth rezó, postrado ante una piedra brillante, de más de medio metro de ancho y con una veta de cristal bajando por el centro. Se abría por un lado como una boca y el cristal formaba dientes. El spren de aquella piedra, desde luego, parecía de los ostentosos.

—Spren —susurró—, en tu sabiduría, por favor, guíame.

Todos los momentos importantes de su vida habían guardado relación con una piedra, ¿verdad? ¿Estaría aquella mirándolo, tal y como él la contemplaba? Titubeante, estiró el brazo y puso la mano en ella, y sintió el grano de su superficie y las pequeñas protuberancias de cristal claro. Seguía dándole una sensación extrañísima, como la piel de alguna bestia.

Por un momento, sintió… recuerdos. Como si… como si aquella piedra procediera de otro lugar y la hubiera llevado… un grupo de gente aterrorizada…

«¿Eres tú? —se preguntó—. ¿Eres tú el spren al que sigo?».

Ah, Szeth, respondió la Voz, y daba una sensación distinta mientras los recuerdos se desvanecían. *No creas que me he olvidado de ti. Es solo que estabas en buenas manos. Completa tu peregrinaje. Luego nos reuniremos.*

—Gracias —susurró Szeth.

Tu vida tiene un propósito, Szeth. Todo lo que te ha pasado, lo orquesté yo. Tienes un significado porque tu significado forma parte de mi significado

Aquellas palabras.

Aquellas palabras eran lo que necesitaba, un recordatorio de que su vida no era una casualidad.

Te lo advierto, añadió la Voz. *Esta parte que viene será la más difícil. Estarás con gente que no me tiene en tan alta estima como Pozen. No pierdas tu camino.*

Por lo menos no estaría solo.

Tú estarás conmigo, ¿verdad?, preguntó Szeth a la Voz.

No hubo respuesta.

—Padre planea seguirte, Szeth.

Salió de golpe de su meditación y fue consciente de un tranquilo arroyo, una claraboya en celosía que filtraba la luz solar y frondas que cobijaban una variedad de piedras. Nadie osaría interrumpir su meditación final... excepto Elid.

De pie junto a la puerta había una mujer delgada que, como Szeth, tenía la fuerza fibrosa de su madre. Había visto a Elid algunas mañanas, ejercitándose y entrenando para usar la espada con los chamanes en las riberas. En aquella ciudad, todo quien tocaba piedra tenía permitido, si lo deseaba, entrenar en armas con los chamanes. A Szeth le había parecido extraño, o quizá extrañamente alentador, que allí a los luchadores no se los censuraba como «aquellos que sustraen». Eran solo «aquellos que tocan piedra». Era una manera errónea de hacer las cosas, pero a veces lo erróneo podía... sonar mejor.

Y, en efecto, Elid llevaba una pequeña espada al cinto, simbolizando su compromiso con la Verdad.

—Tienes prohibido entrar en el monasterio, Elid —dijo él, volviéndose de nuevo hacia su contemplación de la piedra.

—Estaba pensando en unirme —respondió ella—. He estado hablando con algunos chamanes. Me han dicho que eche un vistazo.

—Tus esfuerzos por eludir el decoro son, como siempre, incómodos —afirmó Szeth—. Fingir que quieres unirte solo para poder venir a molestarme es inapropiado.

—Funcionó.

—Se supone que tengo que estar solo para esta meditación.

—Lo que significa que podemos hablar en privado —dijo ella.

Él suspiró, planteándose la idea de ir a buscar a un chamán para que la echara.

—¿Me has oído antes? —preguntó Elid—. Padre tiene pensado ir contigo. Otra vez. Cuando te marches al peregrinaje.

Szeth sintió un repentino y profundo alivio. No había pensado que... Pero claro. Neturo haría lo que había hecho siempre. Aunque otros jóvenes habrían fingido avergonzarse por la idea de que su padre viajara con ellos, Szeth no necesitaba tales mentiras.

—No había pensado que pudiera venir —dijo—, pero tampoco me sorprende. Ya se ha comportado así otras veces.

—Tienes que decirle que se quede —respondió Elid.

—¿Por qué?

Su hermana se internó a zancadas en el jardín, sin parar siquiera a ofrecer plegarias a las piedras junto a las que pasaba.

—¡Szeth! ¡Padre ha construido algo aquí! Es el alcalde.

—Un puesto extraño —dijo Szeth—. ¿Por qué dejar que la gente elija a un líder, en vez de confiar en los spren? En casa no hacíamos nada ni parecido.

—¡Porque éramos unos pastores atrasados!

Por un momento Szeth creyó que Elid se había detenido para reverenciar una piedra, pero no, era imposible que... Entonces su hermana saltó por encima de una parte del jardín, de un camino a otro, para situarse cerca de él. ¡Esa mujer...!

—No puedes dejar que vaya contigo, Szeth —dijo, cerniéndose sobre el suelo blando y musgoso donde estaba arrodillado él, con la mano aún sobre la parte de arriba de la piedra—. Haz lo que debes y deja que se quede.

—Yo no le dejo ni lo obligo a hacer nada, Elid.

—No dices nada, pero insinúas muchísimo.

—Y tú —dijo él— siempre estás ansiosa por sacar tus propias conclusiones. —Hizo una queda oración, retiró la mano de la piedra y se levantó, intentando escudar la piedra de la rabieta de su hermana—. A lo mejor padre quiere ir de peregrinaje. A lo mejor quiere irse a vivir al Monasterio del Escultor de Voluntad. A lo mejor tiene... sus razones.

Elid se quedó boquiabierta.

—Lo sabes.

—¿Lo de padre y Sivi? Sí. Lo deduje.

Ella lo miró con la boca abierta otra vez, los ojos ensanchados, la mandíbula caída.

—¿Qué pasa? —preguntó él con brusquedad.

—Es que pensé que, si te enterabas —dijo ella—, te pasarías día y noche predicándole sobre su pecaminosa vida, Szeth. ¿Qué pasa, lo regañas a la hora de comer, cuando yo no estoy por aquí?

Él se sonrojó y echó a andar para salir del jardín de piedra. Por lo menos, esa conversación podían tenerla en algún lugar menos sagrado.

—¿De verdad no te importa? —preguntó ella, corriendo para no quedarse atrás—. ¿No crees que lo que hacen está mal?

—Fue madre quien lo dejó a él —dijo Szeth.

—¡Podría volver!

Szeth dejó de andar, haciendo que Elid se detuviera de golpe y luego lo adelantara. Se volvió hacia él, ojo con ojo, ya que tenían más o menos la misma altura.

—Tú —dijo ella, clavándole el dedo en el pecho— vas a pasar meses en cada uno de los monasterios. Si padre va contigo, significará muy pronto el final de lo suyo con Sivi.

—Entonces, ¿estás a favor de su relación?

—Estoy a favor de cualquier cosa que no destroce más esta familia.

Szeth la miró a los ojos.

—Podrías haber vuelto. Podrías haberte quedado con ella.

—¿Y dejar a padre? —replicó Elid. En un momento, su confianza pareció esfumarse mientras se abrazaba a sí misma—. La echo de menos. ¿Tú no?

—Sí —susurró él.

—Antes me dabas lástima —dijo Elid—. Siempre quería protegerte, igual que padre. Pero… entonces ella nos dejó… —Sacudió la cabeza—. Eso destrozó a padre. ¿Sabes cuántas noches pasé cogiéndole la mano mientras lloraba? Tú no estabas allí, Szeth. Yo sí.

—Lo sé.

Pero había un motivo. La Voz. Szeth recorría un camino significativo. Tenía que creerlo.

—Pues yo no pienso ir contigo esta vez —espetó Elid—. No pienso pasarme el resto de mi vida fingiendo que eres un niño perdido. Y, si tienes la menor decencia, le dirás a padre que se quede para no seguir destrozándole la vida a él tampoco.

Szeth la rodeó para seguir adelante. Hizo rápidas inclinaciones de cabeza a cada piedra mientras andaba, con las emociones arremolinadas.

—¿Sabes por qué? —levantó la voz Elid desde atrás—. ¿Por qué siempre está dispuesto a seguirte? ¿Por qué no le importo yo tanto como tú? ¿Por qué eres su favorito?

Szeth agachó la cabeza otra vez, pero esa vez no por reverencia. Llegó a la puerta.

—¡Te odio! —le gritó Elid—. ¡Te odio, Szeth!

—Lo siento —susurró él— por no conocer una manera mejor.

Dejó a su hermana atrás entonces. Llevando solo una muda de ropa y su espada, abandonó el monasterio.

Llovía cuando Szeth llegó al puente. Caminaba solo, por tradición… aunque no por ley. Por eso, en términos estrictos, no contravenía ninguna regla que Neturo estuviera esperándolo allí. Con un macuto echado a un hombro y la barba ya surcada de gris. Fornido, sin toque alguno, pero sonriente.

¿Cómo podía sonreír? Szeth tenía la impresión de haber perdido la capacidad hacía años.

—¿Creías que ibas a escabullirte sin mí? —preguntó Neturo.

Szeth respiró hondo y pronunció las palabras que había tenido que ensayar cien veces en su mente mientras caminaba.

—Por favor, quédate, padre.

Neturo pensó mientras la lluvia caía a chorro de su paraguas. Szeth no levaba. Tampoco llovía tanto, así que solo tendría que cuidar de la espada cuando encontrara refugio esa noche.

—¿Eso es lo que quieres, Szeth? —preguntó Neturo—. ¿O es lo que crees que deberías querer?

—Aquí tienes una vida —dijo Szeth.

—Tengo una vida allí donde esté mi familia.

—¡Tu familia está aquí también! —exclamó Szeth—. Con Elid. O en casa, con madre. Que se marchó por mi culpa.

Su padre soltó el paraguas y agarró a Szeth para abrazarlo. Szeth contuvo las lágrimas, aunque habrían sido invisibles bajo la lluvia. No deseaba ofender a los spren comportándose como si un peregrinaje fuese una ocasión triste.

—Szeth —le susurró su padre entre el sonido de la lluvia—, lo que pasó entre tu madre y yo no fue culpa tuya. Ya nos iba mal mucho antes de que encontraras esa piedra.

—¿De verdad?

—De verdad.

—Pero pudo ser culpa mía de todos modos. Tenía que ser difícil vivir con un chico que no sabía lo que era correcto.

Su padre lo abrazó más fuerte.

—Hijo, nunca fue por ti. Yo me llevé a tu madre de su familia y la convencí para cuestionarse cosas que otros nunca se atreverían. Y por eso teníamos que vivir apartados, porque nadie nos quería como inquilinos. Tengo cartas de sus hermanas. Es feliz, Szeth. Es más feliz sin mí.

Sonaba a locura, pero allí estaba. Szeth no cuestionaba que fuese verdad, si era su padre quien lo decía.

—Aun así, deberías quedarte con Elid —susurró Szeth.

—Elid me odia, hijo.

—¿Qué? ¡No! Te quiere.

—No es lo que dice —respondió Neturo en voz baja—. No sé cómo tratar con ella. Nunca he sabido. Intento hablarle y se marcha. Le llevo regalos y me acusa de intentar sobornarla. —Neturo respiró hondo—. Creo que… la distancia nos hará bien. Volveré más adelante, a ver si se ha enfriado. —Se separó del abrazo y siguió sonriendo, a través del agua que le caía por la cara—. No quiero que pienses que tienes que cuidar de tu viejo padre. Pero voy a ir contigo, Szeth, para que no tengas que ir solo. Es la única manera que conozco de ayudar.

—Gracias —susurró Szeth—. *Gracias*.

El argumento de Jasnah es, probablemente, el mejor que podría esgrimir nadie contra lo que yo promulgo, y por tanto debe abordarse. No estoy seguro de poseer la filosofía, las palabras ni la experiencia para hacerlo con el respeto que merece.

Del epílogo de *Juramentada*, por Dalinar Kholin

S hallan apareció en un cuerpo moribundo.

Ahogó un grito por el súbito dolor, se llevó una mano al costado y notó sangre mientras yacía en aquella hierba shin, con el sol brillando en el cielo. Tormentas. Estaba en el cuerpo de un cantor herido de muerte. Eso hizo que entrara en pánico, hasta que sintió algo en su mente.

Mmm... ¿Shallan?

—¿Patrón? Estás en mi cabeza. Como cuando eres una espada.

Nuestro vínculo se ha estado reforzando. Has dicho las verdades adecuadas. Se nos ha ocurrido que quizá esto empezase a funcionar. Parecías asustada.

—¡Estoy en un cuerpo que se muere!

Glys dice que lo lamenta, pero no siempre puede elegir los cuerpos. Quería ponerte en un cantor para que entendieras las palabras de Mishram, pero... bueno...

—No pasa nada —susurró Shallan—. ¿Probamos otra vez? ¿Me sacáis? O igual podría curarme y...

Mmm..., dijo Patrón. *Un cantor usando luz tormentosa llamaría la atención de cualquiera que estuviese mirando. Glys quiere que lo evites. Dice que no morirás de verdad, porque no estás herida de verdad, pero... le diré que te saque de todas formas.*

—Gracias —respondió Shallan, apretando los párpados contra el dolor, con una mano en la herida, notando extraño el caparazón roto bajo los dedos.

Espera. Shallan, mira.

Shallan frunció el ceño y alzó la cabeza, aunque la visión le bailó al hacerlo. Yacía entre un gran grupo de muertos y moribundos, después de que la batalla avanzara a otro lugar. Algunos cuerpos sangraban rojo, otros naranja, y un revoltijo de spren —miedospren, furiaspren, confundispren, dolorspren— salpicaban el suelo y el aire, a ojos de su cuerpo cantor más parecidos a sus formas en Shadesmar que a como los veían los humanos. A unos tres metros, una cantora sollozaba y se agarraba las heridas del costado, canturreando a trompicones. Una melodía, quizá, con la que reconfortarse a sí misma mientras moría.

Ba-Ado-Mishram estaba acercándose. La Deshecha adoptaba la forma de una masa de humo negro, con manos que crecían de ella para moverse. Manos poderosas, negras por completo, que se extendían y aferraban el suelo para empujarla.

Dejadme aquí de momento, envió Shallan a Patrón, apretando los dientes.

Cuando Mishram llegó a la otra cantora moribunda, sus raras extremidades demasiado largas desaparecieron convertidas en humo, pero la masa principal de negrura permaneció. Entonces se transformó en una mujer en cantora como si emergiese de entre la niebla, con una túnica vaporosa y largo pelo negro. Se agachó sobre la soldado malherida y cobraron forma brazos adicionales para acunar la cabeza y el cuerpo.

Cruzaron palabras, en voz demasiado baja para que Shallan las oyera. Se obligó a esperar, pero no pudo contener los gimoteos de dolor.

Mishram se volvió hacia ella. El corazón de Shallan dio un vuelco. Aquel era el rostro que había visto en sus dibujos, en el cielo, el humo, los nudos y el grano de la madera. Al contrario que Sja-anat, que tendía a parecer humana o quizá algún tipo de spren, con la piel lisa y rasgos demasiado estrechos, Mishram era cantora sin el menor género de duda. Unas líneas rojas de humo componían su cara, confiriéndole un caparazón y unas pautas etéreas.

Clavó la mirada en Shallan y de nuevo se transformó en una nube de humo con brazos estirados. Llegó hasta Shallan con aquel mismo andar sobrenatural y se hizo cantora de nuevo.

Tormentas.

¿Quieres que te saquemos?, preguntó Patrón.

Shallan esperó, conteniendo el aliento, mientras Mishram se cernía sobre ella y se formaban más brazos a partir del humo amorfo en sus costados para acunar también a Shallan. La Deshecha se inclinó y exhaló, y una oscuridad envolvió a Shallan. Tormentas, era… era…

—Vive —susurró Mishram, con una voz en la que, de algún modo, se superponía una docena de ritmos distintos—. Sana.

El dolor de su costado desapareció y su cuerpo se soldó. Vio que la otra cantora se levantaba con torpeza, canturreando su asombro por su cuerpo restaurado. Ni ella ni Shallan eran regios con poderes, no digamos ya Fusionados. Eran soldados comunes.

—¿Por qué? —preguntó Shallan mientras Mishram la bajaba con delicadeza al suelo.

—Él no nos aprecia —dijo Mishram. Miró al cielo, como preocupada—. Así que debemos apreciarnos nosotros.

Se hizo humo de nuevo y los largos brazos se extendieron para recorrer el campo de batalla en busca de otros cantores heridos.

Shallan se levantó con esfuerzo. *Está curando a gente*, envió a Patrón. *¿Alguno de vosotros se lo esperaba?*

Procuro, dijo Patrón, *no esperarme cosas que no son matemáticamente seguras. La gente dice que la vida tiende a ser irracional, pero hasta los números irracionales pueden calcularse con facilidad. Vosotros sois algo más allá de eso.*

Tormentas. ¿Más que irracionales?

Mucho más. En todo caso, los demás están fascinados con esto. Rlain dice que Mishram era una de las principales deidades a las que rechazaron al marcharse, así que no esperaba ver ningún gesto amable por su parte. Quieren que veas si puedes obtener alguna información más.

Shallan cruzó el campo de batalla hacia el lugar donde Mishram estaba sanando a otro cantor casi muerto. El hombren se llevó la mano a la cabeza, donde había tenido el caparazón partido.

—Los otros Deshechos tienen planes —dijo Shallan—. ¿Cuáles son los tuyos?

—Merecéis —respondió Mishram, de nuevo con demasiados ritmos— algo mucho mejor que él. Vivir. Sentir. Sentir muchísimo más de lo que él permite. *Ser.*

Se volvió y aquellos largos brazos la llevaron rauda hacia otro cuerpo caído. Shallan miró a los otros dos cantores a los que había sanado. Estaban de pie junto a ella, mirando a Mishram.

—Nunca sé qué pensar de ellos —dijo la mujeren.

—Vi a Yelig-nar consumir a una decena de los nuestros en una batalla —susurró el hombren a un ritmo lúgubre—, mi hermano incluido. Y ahora, esta... ¿nos sana? Son spren. Es mejor no intentar comprenderlos.

—Pero tiene razón —se descubrió diciendo Shallan—. A Odium no le importamos.

—Le importa ganar —dijo la mujeren—. Si queremos vivir en paz, tendremos que matar a los humanos. Es eso o ser destruidos.

—Podríamos coexistir —respondió Shallan.

Los dos canturrearon al mismo ritmo, que parecía burlón o escéptico. Tormentas, sí que era más fácil distinguirlos estando en un cuerpo de cantor, ¿verdad?

—Coexistencia —dijo el hombren—. Un sueño fantasioso. Claro, ¿quién no lo preferiría?

—Los humanos masacraron a mis hermanas —repuso la mujer en—. No puede suceder. No lo permitiré.

Shallan cruzó el campo y los otros dos no la detuvieron ni la cuestionaron. Los cantores no mantenían la misma clase de disciplina ni las expectativas de las sociedades humanas. No era que no tuviesen sus convicciones ni su arrojo, pero no guardaban las mismas jerarquías de comandantes y rangos.

Se dirigió hacia Mishram mientras la hierba le hacía caso omiso al pisarla. Sorprendida, cayó en la cuenta de que, si tuviera que vivir en uno de los dos ejércitos, seguramente preferiría hacerlo en el cantor. Sus vidas transmitían una sensación de libertad e individualidad, algo en lo que nunca había reparado hasta observarlos de cerca en aquellas visiones.

Todo ese tiempo los había visualizado como destructores, buscando esclavizar a la humanidad. Pero quienes esclavizaban eran los humanos. Aunque, por otra parte y por lo que ella había visto, los humanos tenían ciudades más grandes, una mayor diversidad de oficios y, por extraño que pareciera, más artistas. ¿Cómo era eso? Teniendo en cuenta lo libres que eran, ¿no debería haber más artistas entre los cantores? Quizá para que el arte pudiera florecer en todo su esplendor, eran necesarios ciertos tipos de infraestructura. Una parte de ella aborrecía la idea, por realista que sonase, y…

Y dejó que Radiante tomara el control. Mishram había encontrado un humano en esa ocasión, todavía vivo, con sangre en los labios, temblando allí tendido, cerrando los ojos con fuerza para no ver a la monstruosidad que se aproximaba a él. Estaba murmurando algo, pero Shallan, en cuerpo cantor, no podía entenderlo. Qué muertas le sonaban las palabras sin un ritmo.

—¿Vas a curarlo? —preguntó.

—No puedo —dijo la Deshecha—. Y no lo haría. —Titubeó—. Pero deberíamos cantar para él. Eso hará más pacífica su transición final.

Mishram se agachó y empezó a cantar con voz queda al Ritmo de la Paz. La ansiedad de Shallan se aminoró. El moribundo dejó de temblar y su respiración se hizo más constante. Hasta… hasta pareció canturrear él también hasta que falleció.

Shallan encontró lágrimas en sus ojos y Mishram la observó. Era extraño, pero, más que volverse, la spren solo *cambiaba* hasta estar encarada en otra dirección.

—¿Lloras por ellos, cantor? —preguntó Mishram.

—Lloro por todos nosotros —susurró Shallan—. Y por el dolor que nos provocamos unos a otros. ¿No hay ninguna manera de detener esto, Mishram?

—Él nunca lo permitirá, pues las guerras le sirven, preparan sus ejércitos para un futuro que todavía no comprendo. Debemos dominar a los humanos. Eso es lo primero. No dejarán de luchar hasta tenernos por completo bajo su control, así que debemos lograr eso mismo antes que ellos. —Titu-

beó—. Luego, quizá. —La spren miró hacia el cielo—. Si él lo permite...
Ojalá lo hiciera.

Tormentas. Shallan había llegado a conocer, aunque fuese un poquito, a Sja-anat, y se había visto obligada a confiar en la spren por un tiempo breve. Sin embargo, en todas sus interacciones con los Deshechos, nunca había visto a ninguno comportarse con tanta humanidad como lo había hecho Mishram al tararear con voz suave para un enemigo moribundo. Shallan se recordó a sí misma que la Deshecha terminaría encabezando la guerra contra los humanos en ausencia de Odium. Mishram y ella estaban, sin duda, en bandos opuestos de aquel campo de batalla, pero...

La canción de Mishram cambió.

Shallan dio un paso atrás, sobresaltada mientras la figura de humo empezaba a vibrar y palpitar, su cara a distorsionarse.

—Te estoy viendo —siseó—. Te veo, Tejedora de Luz.

Shallan sintió una sacudida de pánico. Aquella cara furiosa, retorcida... no era la Ba-Ado-Mishram del recuerdo. Era la *actual*.

—Te haré pedazos —dijo Mishram, avanzando hacia ella—. Arrancaré tus huesos de sus junturas y oiré cómo estallan. Romperé tus dedos hacia atrás, solo para oírte chillar. Me deleitaré con las cosas que fluyen de ti al cortarte: dolor y chillidos y entrañas desencadenadas. Me...

Estamos sacándote, dijo Patrón.

Shallan se alegró de que lo hicieran, pero, mientras sucedía, reparó en que aquella era la mayor interacción que había tenido jamás con Mishram. Era un progreso, por aterrador que resultase, así que probó a crear un tejido de luz mientras se liberaba. Lo tenía planeado de antemano, y pensaba que quizá...

Se sacudió, de nuevo en el andamiaje. Trepó a toda prisa, haciendo caso omiso a las preguntas de Patrón y Rlain, y escrutó de nuevo dentro de la visión. Había logrado crear un tejido de luz de sí misma, como Shallan, que había aparecido junto al soldado cuyo cuerpo había ocupado. El soldado se marchó en dirección a los otros dos cantores sanados, para seguir con el acontecimiento histórico tal y como se había desarrollado.

La falsa Shallan permaneció en su sitio, y ella, la de fuera, la controlaba.

—¿Por qué? —susurró, haciendo que el tejido de luz dijera lo mismo.

Con los ojos cerrados, era casi como estar dentro otra vez. No oyó la respuesta de Mishram desde allí, pero Glys subió con ella y le susurró lo que decía la Deshecha.

—¿Por qué, qué? —replicó Mishram—. ¿Por qué te odio?

—No —dijo Shallan—. Vinimos a vuestro mundo y nos enfrentamos a vosotros por él. Te encerramos durante miles de años. Sé por qué me odias.

—Entonces, ¿qué? —espetó Mishram, y Glys imitó su hiriente furia.

—¿Por qué te tiene miedo Odium? —preguntó Shallan—. ¿Podrías reemplazarlo de verdad?

Quietud.

Entonces Glys dio un respingo.

Shallan tembló al abrir los ojos y encontrar el arremolinado humo-pintura del Reino Espiritual rodeándola por todas partes, desplazándose tras ella, fluyendo como mil ríos que se estrellaran entre ellos. Los torbellinos de sus corrientes formaron rostros, que se movían todos al mismo tiempo.

—¿Cómo lo sabes? —preguntó Mishram, imperiosa—. *¿Cómo lo sabes?*

—He estado en tu situación —susurró Shallan—. También maté a quienes me crearon.

La esencia de Mishram fluyó hacia delante, su colorida bruma tornándose oscuridad, tornándose manos que intentaban asir a Shallan. Fuera cual fuera la naturaleza de la prisión de Mishram, era más débil allí dentro. Shallan estaba segura de que esas manos se habían hecho reales e iban a…

Rlain se interpuso entre ellas.

Alto como una torre, con la armadura de un cantor y el uniforme de un alezi. Su spren se unió a él, sin rostro, oculto en su sombra. Un segundo después, Renarin se adelantó también.

Mishram se detuvo, con acumulaciones de humo-pintura arremolinándose a su alrededor, y las otras caras desaparecieron en la niebla hasta que solo quedó una. Mirándolos. Mirando a…

Shallan había practicado estudiando las líneas de visión para sus bocetos. Estaba absolutamente segura de que Mishram tenía la mirada fija en la forma en que Renarin había cogido a Rlain de la mano buscando su apoyo.

—Somos hijos de Sja-anat —dijo Glys desde detrás de Renarin—. ¿Recuerdas a tu hermana?

—Ayúdanos a encontrarte —le exigió Rlain—. No podemos liberarte, pero será mejor para todo el mundo si te encontramos nosotros y no nuestros enemigos.

A Shallan se le trabó la respiración. Sí, a pesar de las quejas de Renarin, quería encontrar el lugar donde Mishram estaba recluida. Si la Deshecha de verdad podía ser una amenaza para Odium… bueno, era un arma que merecía la pena tener. Y que Rlain estuviera de acuerdo con ella la animó mucho.

Mishram se desdibujó en el turbulento humo-pintura hasta desaparecer.

Shallan gimió y se puso de pie. Entonces se fijó en que Patrón canturreaba cerca. Señalaba hacia la visión, que todavía estaba desarrollándose. Testimonio llegó junto a él y los dos contemplaron el tejido de luz de Shallan a través de una sección más clara del cristal.

Las ilusiones de Shallan ya no se quedaban estáticas cuando no estaba dirigiéndolas. La de allí dentro, por ejemplo, había juntado las manos y tenía la mirada perdida, pensativa, moviéndose un poco de vez en cuando como haría una persona viva. Patrón señaló hacia la sombra de una ladera cercana, donde alguien escudriñaba la ilusión de Shallan desde atrás. Un soldado humano que empuñaba una daga que distorsionaba el aire.

Mraize. Shallan contuvo el aliento. El soldado vigilaba a su yo ilusoria, sin duda preparado para correr hasta ella y atacar… pero vaciló. Shallan estaba absolutamente segura de que vacilaba. No pudo ver por cuánto tiempo, ya que la visión terminó casi al instante y la columna de cristal se vino abajo.

Entonces, sorprendiéndola, el suelo bajo sus pies se oscureció. Shallan agarró a Renarin para que fuese menos probable que los tres terminaran separados.

—¿Qué es esa oscuridad? —susurró.

—Es él —dijo Glys—. Que Mishram nos haya visto ha llevado a que Odium se dé cuenta de que algo va mal. Está buscándonos.

—Nos esconderemos —añadió Tumi—. Cuídate, Shallan. Te encontraremos pronto.

—Pero...

—Te encontraremos —repitió Tumi.

Shallan salió despedida al cambiante caos.

Sola.

Adolin estaba sentado, con la mano izquierda contra la barbilla, estudiando el complicado tablero de torres. Habían pasado a usar cartas más pequeñas, de poco más de dos centímetros, para que cupieran más en una mesa.

Había dos espadas de prácticas en el suelo, y Yanagawn aún sudaba por el combate de entrenamiento. Nada de armadura esquirlada ese día, solo anticuada esgrima. Siempre que llegaba Adolin, la Guardia Imperial cambiaba de turno y entraba el que estaba a cargo de Gezamal, el hijo de Kushkam. La mayoría de los guardias normales tendrían serios problemas con que Adolin avergonzara a su emperador durante el entrenamiento. De modo que, antes de empezar sus sesiones, Kushkam los relevaba.

Ese ejercicio ya había terminado, de modo que, mientras llegaba el bienvenido aire fresco de la tarde, entrando por el fondo de la tienda, era el momento de la lección más importante del día. La lección de táctica.

—Hum... —dijo Yanagawn, observando el tablero y atrayendo un concentraspren con forma de gota de agua que rielaba en el aire tras él trazando círculos—. Estoy condenado.

—¿Lo estás? —preguntó Adolin.

—Me has demostrado una y otra vez que la fuerza mayor es la que gana. Y no solo por una diferencia lineal.

—Explícate.

Yanagawn le lanzó una mirada y luego señaló el tablero.

—Ahora mismo tengo cien mil tropas. Tú tienes ciento veinte mil.

—Pero has empezado con más.

—Siempre me dejas comenzar con ventaja.

—Entonces, ¿la fuerza mayor no siempre gana?

—Debería haber dicho —respondió Yanagawn— que, si todos los demás factores están igualados, incluida la destreza de los líderes, la fuerza mayor es la que gana. ¿Así sería correcto?

—Y no solo por una diferencia lineal —dijo Adolin—. Eso es relevante.

El emperador asintió, y con su ropa de entrenamiento parecía un joven normal y corriente. Su pelo negro tendría unos quince centímetros de largo y, cuando no estaba atrapado bajo tocados extravagantes, se proyectaba hacia fuera a aquella manera única de los makabaki.

—Dos fuerzas igualadas que cargan una contra la otra —dijo Yanagawn en voz baja— sufrirán enormes bajas ambas. Pero basta con que una fuerza sea incluso un diez o un veinte por ciento más numerosa para que ocurra algo extraño. Las bajas del otro bando se multiplican. Doscientos contra cien no resultan en cien muertos para cada bando: resultan en cien muertos para el bando menor y quizá solo veinte muertos para el mayor. Cuanto más superior sea tu fuerza, más protegido está cada soldado.

—Eso suponiendo —matizó Adolin— que las dos fuerzas luchen hasta que una quede aniquilada por completo, que es algo rarísimo de ver. Lo normal es que un ejército se desbande con un diez o un quince por ciento de pérdidas. No es cobardía; es la naturaleza humana. —Se inclinó hacia delante—. Un buen general comprende lo que hay en juego. Casi nada merece que se luche por ello hasta que todo el mundo haya muerto.

—Por tanto, sí que debería retirarme en esta partida —dijo Yanagawn—. Tienes una ventaja abrumadora en tamaño, así que perderé.

—¿Seguro? —preguntó Adolin.

Había que reconocerle a Yanagawn que no se dejaba irritar por la presión de Adolin. Estudió más el tablero, tomándose su tiempo.

Gezamal, que llevaba su uniforme de la Guardia Imperial con los estampados adicionales, se había acercado para observar la partida. Era un jugador experto de torres, por lo que captaría al instante lo que Adolin quería enseñarle al emperador. Yanagawn, en cambio, necesitaba una pista.

—Mira a ver qué tropas tuyas tienen alguna ventaja —dijo Adolin.

—Estas de aquí —respondió Yanagawn, señalando una hilera al frente de su formación—. Estas aún tienen una ventaja. Que representa, si no me equivoco, un terreno elevado.

—¿Y qué es el terreno elevado?

—Un multiplicador de fuerza —dijo Yanagawn—. Estos lanceros, sobre todo si luchan a la defensiva, pueden resistir contra una fuerza mayor. Pero, Adolin, esto es solo una pequeña parte de mi ejército. ¿Crees que tendría que dejarlos ahí para que los demás puedan retirarse?

Adolin esperó sin abrir la boca.

—No —concluyó Yanagawn casi susurrando, e hizo su jugada.

Reubicó las tropas con ventaja en posturas defensivas, girando sus cartas. Se había dado cuenta. Las tropas de Adolin estaban divididas entre las de campo de batalla y una fuerza más pequeña de reservistas que llegaba desde atrás. Las de Yanagawn, a su vez, se repartían entre una parte pequeña en l cima de la colina y la parte principal, a una distancia que le permitiría atacar a las reservas de Adolin.

A lo largo de las siguientes jugadas, Yanagawn situó su fuerza mayor contra las reservas de Adolin, contando con que sus tropas defensivas de la colina contendrían al resto durante un tiempo, ya que no podían avanzar sin sufrir grandes pérdidas. Aguantaron lo suficiente para que el grueso de sus fuerzas rodeara y empezara a destruir las reservas de Adolin, que él había dejado expuestas a propósito para aquella lección.

—Ya lo entiendo —dijo Yanagawn—. Creía que luchaban mis cien contra tus ciento veinte. Pero, con esta maniobra, dejo a veinte tropas mías conteniendo al grueso de las tuyas mientras mis otras ochenta aniquilan a las cuarenta tuyas que llegan.

—Sufrirías algunas bajas en tus tropas defensivas —asintió Adolin—, pero, al final, sería yo quien terminaría con el menor ejército total. Y ahora soy yo quien, al ver eso, estoy obligado a retirarme.

—He oído, Adolin —dijo Gezamal, acuclillándose junto a la mesa—, que se puede transformar casi cualquier posición en una ganadora. Estas situaciones ocurren en la vida real, no tan claras, ni tan limpias, pero suceden. He leído sobre ellas.

—Yo las he vivido —respondió Adolin—. Esto funciona. Separar las fuerzas enemigas y atacar la más pequeña… es buena táctica, y todo comandante militar debería conocerla. Busca oportunidades de volver la batalla en tu favor, Yanagawn. Porque casi cualquier pelea puede ganarse.

Empezó a recoger las cartas.

—¿Y eso es aplicable a nuestras propias circunstancias? —preguntó Yanagawn, mirando hacia el lado de la tienda, hacia la cúpula.

Llegaban tenues ruidos de lucha desde dentro, aunque ya se iba haciendo tarde. Adolin había pasado horas en la cúpula ese día. A medida que las fuerzas enemigas ganaban confianza con su posición, estaban ejerciendo una presión cada vez más constante contra los defensores.

—Sí —dijo Adolin—. Podemos ganar aquí, Yanagawn.

—Nuestras tropas están agotadas —contestó el joven.

—Los refuerzos deberían llegar hoy mismo. Además, tenemos una posición ventajosa. No siempre puedes ver todo tu campo de batalla como podemos nosotros en la cúpula, y rara vez es posible dirigirlo tan bien. Las torres son un método de entrenamiento excelente, pero es un poco demasiado formal, un poco demasiado estructurado.

—He oído a mi padre decir lo mismo, Adolin —intervino Gezamal—. En un campo de batalla real, las tropas se empantanan, o maniobran mal, o las órdenes les llegan después de que la situación haya cambiado. —Calló un momento—. Creo que a mí me costaría llevar la estrategia de una batalla real. Estoy demasiado acostumbrado a tener un control estricto sobre mis piezas.

—Seguro que lo harías mejor de lo que crees —dijo Yanagawn.

—Gracias —respondió Gezamal.

Entonces se tensó, y sus ojos se ensancharon, y atrajo un sorpresaspren. El emperador le había hablado directamente y él había respondido. Se irguió más recto y se quedó muy callado. No estaba prohibido dirigirse al emperador si él te había hablado, pero, por lo visto, era una infracción que esas frases cruzadas fuesen con un guardia.

—No pasa nada —le dijo Adolin a Gezamal—. En esta tienda todos somos amigos.

—Sí que pasa —replicó Gezamal, con la espalda muy rígida.

Adolin suspiró, pero no insistió. Si esperaba que otros líderes militares tolerasen su manera de dirigir a sus tropas, seguramente debería esforzarse un poco más en apreciar el sistema azishiano.

—Adolin —dijo Yanagawn, inclinándose para ayudar a recoger las cartas—, siempre me dejas ventaja al principio de la partida. ¿No deberíamos probar de otra manera? Mi tío, cuando yo… llevaba mi anterior vida, siempre decía que las dificultades eran lo que hacía crecer a un hombre. Si empiezo en una posición ventajosa, ¿cómo voy a aprender?

—Pasaremos a otras estructuras de entrenamiento a su debido tiempo —le prometió Adolin—. Pero, Yanagawn, déjame contarte una cosa que me dijo mi padre una vez. Aseguraba que, si tuviera a diez generales capaces de ganar sin excepción partiendo de una posición superior, dominaría el mundo. No le quites mérito a lo difícil que es mantener una ventaja. Hay demasiados generales que desperdician posiciones ganadoras por tener malos fundamentos.

—Muy bien —dijo él.

—Antes hablabas de que la fuerza más numerosa siempre gana, pero acabamos de demostrar que no es el caso. De hecho, existe una lista muy antigua, conocida como los Preceptos de Valithar. Valithar afirmaba que hay tres motivos principales por los que un general pierde partiendo de una superioridad numérica. ¿Se te ocurre alguno?

—¿El terreno? —adivinó Yanagawn—. Una fuerza inferior con mejores fortificaciones puede vencer a una superior. En la partida de hoy, he podido usar el terreno contra ti.

—Excelente —respondió Adolin.

—Otro motivo podría… —dijo Yanagawn—. ¿Podría estar relacionado con el liderazgo o el entrenamiento? Perdí muchas partidas al principio porque era incompetente.

—Un general no tiene que ser incompetente para perder ante otro que sea mejor, pero sí, es otra de las tres. Unas tropas o un liderazgo superiores pueden convertir una posición perdedora en una ganadora. ¿Y el tercer motivo?

Yanagawn pensó un rato y luego negó con la cabeza.

—El puro azar —dijo Adolin—. Una línea fuerte puede combarse porque un solo soldado resbale. Una fuerza poderosa puede perder sus líneas de suministro por una inundación inesperada, dejando a sus soldados hambrientos y en desventaja.

—Es frustrante.

—Es la vida —replicó Adolin, y calló un momento—. En teoría, hay un cuarto motivo por el que una fuerza superior pierde muchas veces ante una más débil, pero Valithar no la puso en su lista. Hablaremos de ella más adelante. Por ahora, centrémonos en esas tres.

—Lo haré —prometió Yanagawn. Entonces titubeó—. ¿Adolin?

—¿Sí?

—¿Alguna vez podré poner en práctica algo de esto?

El emperador se reclinó en su asiento acolchado del suelo, junto a la mesa baja en la que habían jugado. Un sirviente trajo vino y se lo entregó a otro, que lo sirvió y se lo dio a un tercer sirviente, al que ese día habían designado como digno de ofrecérselo al emperador.

—Depende —dijo Adolin, sirviéndose también un poco de vino, naranja, porque tenía a su padre metido en la cabeza. Se reclinó también en sus cojines—. Siempre confiamos en no tener que usar esto jamás en la vida real. Pero la guerra nos encuentra de todos modos.

—Tu padre está construyendo una paz duradera para todos nosotros —dijo Yanagawn—. Si aguantamos aquí hasta la fecha límite, Azir será libre. Pero, en todo caso, la guerra contra los cantores terminará, ¿verdad?

—Es lo que parece —dijo Adolin.

—Entonces, ¿cuándo pondré en práctica algo de esto?

—Bueno —respondió Adolin—, también está la diversión del juego. ¿Te ha gustado aprender las torres?

—Muchísimo.

—Entonces, puedes seguir jugando. —Adolin le dio un sorbo al vino. Miró arriba, pensativo, imaginándose el cielo encima del techo de la tienda—. ¿Qué te parece lo que sugiere el contrato sobre… la guerra ahí fuera?

—¿Sobre otros mundos? —dijo Yanagawn—. Tenemos leyendas sobre ellos, en nuestros registros. Aquí lo registramos todo, y hay muchas historias que lo confirman, si las buscas.

—¿En serio? —preguntó Adolin, animándose.

—Crónicas en primera persona de gente que viajó hasta aquí —dijo Yanagawn—, después de recorrer una gran oscuridad que suena muchísimo a Shadesmar. Hice que mis escribas reunieran todas esas historias, y el peso que tienen juntas… es bastante convincente. Es la impresión que nos dio a todos, ¿verdad, Noura? —Se volvió, pero la visir no estaba allí. Seguía marchándose durante los entrenamientos—. En todo caso, viendo todos esos relatos juntos, lo extraordinario es que no lo comprendiéramos antes. Hace que me pregunte si alguien muy próximo a nosotros no será en secreto uno de ellos. Una persona de otro mundo.

—Se llama Sagaz —dijo Adolin—. Y es un poco capullo.

Yanagawn sonrió.

—También tenemos leyendas sobre él. En la mayoría de los registros aparece como un emisario de Yaezir, pero es evidente que lleva milenios interfiriendo. —Se detuvo y miró su vino—. Sagaz, nuestro emisario de los dioses, es solo… un hombre. Yo mismo hablé con él la semana pasada. Aquí veneramos a Yaezir, o Jezerezeh, como lo llamáis vosotros, pero parece que nunca fue Dios… y que, en todo caso, podría estar muerto.

—Ya —dijo Adolin—. Yo también… pienso en eso.

—¿Qué significa? —preguntó Yanagawn—. ¿Qué es lo que crees tú, después de saber todo esto?

Eso, ¿qué creía Adolin? Tormentas, era muy buena pregunta. ¿Cuánto tiempo hacía que no pagaba por plegarias, iba al devotario o hacía cualquier otra cosa de las que se suponía que tenía que hacer? Cualquiera habría pensado que, con el descenso de los Portadores del Vacío literales para asaltar la tierra, Adolin sería más devoto, no menos. Pero entonces a su padre no se le había ocurrido otra cosa que poner patas arriba la religión en sí y… y Adolin se había quedado con dudas. Si existían dioses, o un Todopoderoso, o algo… ¿no debería Adolin estar recibiendo algo de ayuda de vez en cuando? Intentaba proteger el mundo.

Ese tipo de inquietudes lo perturbaban a un nivel fundamental. Mientras lo pensaba, sintió algo procedente de Maya, por muy lejos que estuviera. Una especie de consuelo.

Siguieron jugando, y unos sirvientes le trajeron comida a Yanagawn, permitiendo que Adolin se tomara también un pequeño descanso para comer algo. No era una cena formal, sino solo unos aperitivos.

—¿Bandejas de plata? —preguntó Adolin con una sonrisa—. Y tenedores también, veo.

—Peores que eso, o mejores —dijo Yanagawn, levantando el pequeño tenedor que estaba usando. Un sirviente lo cogió, pinchó una fruta y se lo devolvió—. Son de aluminio.

—¿De aluminio? —se sorprendió Adolin—. ¿Tenéis cubertería de aluminio?

—Y adornos también —dijo Yanagawn, señalando hacia varios de los candelabros que sostenían velas ceremoniales—. Este de aquí se hizo a partir de una estrella que cayó en los tiempos de mi antecesor. Lo llamábamos metal estelar. Es más valioso que cualquier gema u otro metal. Para el supremo, solo lo mejor.

—Podríamos utilizarlo —dijo Adolin, pensativo—. Bloquea las hojas esquirladas y tiene más aplicaciones.

Yanagawn pensó un momento.

—La verdad es que ni se me había ocurrido. Y sí que debería, sobre todo después de que empezaran a recubrir mis aposentos con placas de esto para protegerlos de los Fusionados.

Dejó su cena y se puso a dar instrucciones para que su gente recogiera el metal y se lo llevara a los armeros. El enemigo no había usado ninguna hoja esquirlada en aquella lucha, pero ¿quién sabía? Unos cuantos escudos con franjas de aluminio podrían venirles bien.

Adolin estaba pensando en eso cuando cambió el turno de su guardia personal. No le sorprendió que Hmask, feliz y sonriente, estuviera entre los que llegaban.

—Me alegro de verte, amigo —le dijo Adolin.

Hmask se limitó a asentir.

—Ojalá supiera cuál es tu historia —añadió Adolin, distraído.

Yanagawn miró hacia ellos mientras le llevaban otra copa. Entonces habló directamente con Hmask —sus propios guardias y ayudantes ya iban acostumbrándose poco a poco— en lo que sonaba a perfecto thayleño.

Hmask, sorprendido, respondió. Habló deprisa y con entusiasmo.

—Qué interesante —dijo Yanagawn en azishiano—. Adolin, ¿recuerdas un momento durante la batalla de la Explanada Thayleña en que estabas en un edificio y un monstruo enorme lo atacaba?

—Un tronador —respondió Adolin—. Sí. No pude derrotarlo. La verdad es que casi ni le hice cosquillas.

Recordó aquel suplicio entero, sintiendo vergüenza por su fracaso. Hmask siguió hablando.

—Había un chico —dijo Yanagawn luego—, en un edificio que estaba medio roto, derrumbándose. ¿Te acuerdas?

Adolin se detuvo a visualizarlo.

Un gimoteo. Una mesa derribada. Pisadas de tronador, haciendo saltar astillas del techo. Un niño pequeño.

—Me acuerdo —dijo Adolin, y Yanagawn interpretó.

Hmask se arrodilló, moviendo las cejas y el bigote, y cogió la mano de Adolin.

—Hijo —dijo en alezi—. Yo. Hijo. Tú. —Apretó la frente contra la mano de Adolin—. Yo. Hijo. *Tú*.

—Creo —dijo Yanagawn— que le salvaste la vida a su hijo.

Hmask se levantó, con lágrimas en los ojos, y se dio una palmada en el pecho. Luego regresó a su puesto junto a la salida. Adolin había olvidado aquel momento en Ciudad Thaylen. Tormentas.

Pero, antes de que pudiera darle más vueltas, un par de escribas azishianos llegaron a toda prisa. Adolin se incorporó, alarmado. Iban vestidos como recolectores de información azishianos. Estaba bastante seguro de que se ocupaban del núcleo local de vinculacañas del emperador.

Pero no lo buscaban a él. Preguntaron por Noura y se marcharon al descubrir que no estaba allí.

—¿Qué ha sido eso? —preguntó Adolin.

—¿Mmm? —dijo Yanagawn—. Habrían informado, si fuese importante.

Adolin se excusó y salió de la tienda. Vio a aquellos dos entrando en otra tienda iluminada y trató de seguirlos al interior, pero lo detuvieron unos guardias. Apretó los dientes hasta que Noura dijo desde dentro:

—Que pase.

Dejó atrás a los hombres de una zancada y encontró a Noura sentada a una mesa con otros visires. Los dos escribas que había visto estaban allí de pie, rodeados de congojaspren como cruces negras retorcidas. Le habían llevado a Noura unos papeles escritos por vinculacaña.

—¿Qué clase de noticia provoca que los escribas jefes del núcleo de vinculacañas vengan corriendo a verte en persona? —preguntó Adolin.

Noura lo miró y apretó los labios. De algún modo, esa expresión adusta le dijo a Adolin que aquello no era información llegada de Urithiru sobre la guerra en general. Era algo concreto sobre Azir.

—Los refuerzos no van a llegar a tiempo —adivinó.

—Eres más listo —dijo Noura— de lo que sugiere tu reputación, alto príncipe.

A Adolin se le cayó el corazón a los pies. Aunque había planeado por si se daba aquel caso, aunque llevaba días temiéndolo... bueno, uno anticipaba lo peor, pero desde luego no quería tener que encontrárselo.

—¿Qué ha pasado? —preguntó con brusquedad.

—Traición —dijo ella—. Emul y Tashikk se han vuelto en nuestra contra.

¿Emul y Tashikk? Eran dos naciones súbditas del Imperio azishiano. La coalición había invertido muchísimos recursos en proteger a Emul de la conquista, hacía poco. Era por ello por lo que el grueso de sus ejércitos estaba fuera y tenía que marchar en dirección a Azimir.

—La fuerza fantasmal que atacaba a nuestros refuerzos —dijo Adolin— era nuestra propia gente.

—La que creíamos nuestra —asintió Noura. Cerca, una vinculacaña escribía con brío. Adolin esperó mientras ella la leía y luego lo miraba a los ojos—. Es un mensaje del supremo de Emul. Una declaración formal de secesión. Parece... que han llegado a un acuerdo con Odium. Sospecho que recibiremos lo mismo desde Tashikk.

La daga de aquellas palabras le hizo un corte profundo, y Adolin atrajo a un spren que nunca había tenido cerca antes, en todos sus años. Era como unos finos cordeles que se extendían desde él y se partían. Un traispren.

Los escribas le hicieron un resumen. Aunque el grueso de los cuarenta mil soldados que marchaban a su rescate eran alezi y azishianos, todo el ejército remanente de las dos naciones súbditas se había vuelto contra ellos, y estaban hostigándolos, retrasándolos. Bastaría para impedir que el ejército llegara a tiempo.

—Tormentas —susurró—. ¿Cómo han podido? ¿Por qué?

—Es evidente —dijo Noura, leyendo una carta del supremo tashikki— que Odium les ha ofrecido un trato que incluye cierta dosis de autonomía, y han decidido aceptarlo en vez de esperar al resultado de esta batalla de aquí. Me temo... que han dado por hecho que una victoria de Azir reforzaría nuestras pretensiones imperiales, y que les impondríamos más supervi sión e impuestos. Se han visto a sí mismos eligiendo entre dos malas opciones y han ido a lo seguro.

Adolin se quedó allí, con el estómago revuelto y los nervios tensos mientras intentaba pensar en una salida a aquel desastre. No había esperado que sus aliados, la misma gente a la que habían luchado por proteger, se volvieran contra ellos. Significaba... Tormentas, era una jugada brillante por parte del enemigo. Odium sabía que el Imperio azishiano solo tenía una unión muy tenue y había golpeado en el lugar exacto para hacerles algunas concesiones a los grupos más pequeños y así dominar al grande.

—El enemigo está aislándonos, Noura —dijo—. Busca asfixiarnos.

Sintió que el viento a su espalda se calmaba y empezó a distinguir los gritos de las tropas que combatían en la cúpula. Tropas exhaustas, que apenas se tenían en pie.

Tropas que iban a tener que resistir durante otros tres días y medio.

Porque no iba a llegar ayuda.

AHARIETIAM

*Pero sí diré que, para mí, la existencia de algo a lo que le importe-
mos, y que pueda, tras la muerte, compensar las injusticias de la vida,
no es la pregunta. Sino la respuesta.*

Del epílogo de *Juramentada*, por Dalinar Kholin. Extracto utilizado
durante el juicio, *in absentia*, de la apelación presentada en su nombre
por partidarios suyos tras su excomunión de la Iglesia vorin,
como prueba de su continuada herejía

Dalinar salió proyectado al Reino Espiritual.

Esa vez fue distinta. Aunque intentó no separarse de Navani y
Gav, los perdió en el fragor.

Habían estado recorriendo las distintas Desolaciones, avanzando hacia
la Traición. Y entonces, hacía solo un momento, una sombra había caído
sobre la visión. Haciendo que terminara de golpe.

Las imágenes de su pasado llegaron más rápidas, más violentas que antes. Versiones de él con armadura pisoteando paisajes, fracturándolos como
un espejo roto, solo para que otra versión de él desgarrara esa realidad, sollozando borracho por sus fracasos.

Aferró la hoja de Honor que tenía como ancla, pero no la utilizó aún.
Tenía… tenía que encontrar a Navani. Buscó fervientemente la línea de luz
que los Conectaba, pero el mar de imágenes superpuestas se estrellaba contra él en olas que lo cegaban. Era el océano, y él un pobre marinero en las
rocas.

Esas olas estaban hechas de miles de versiones de él, bullendo a partir
del agua espumosa que era aquel extraño lugar, de los colores arremolinados
y la esencia titilante.

Sé yo, le exigía cada una de ellas. *Quiero vivir otra vez.*

Si se rendía, jamás podría escapar de aquellas rugientes callejuelas de su propia mente. Se acuclilló para resistirse a ellas, apretando los párpados con fuerza.

—Padre Tormenta —susurró—, por favor.

Te ayudaré, dijo el Padre Tormenta, *si abandonas este reino y no regresas jamás.*

Dalinar pestañeó y vio a una figura partiendo en dos la marea ante él. La figura osciló, cambiando tenuemente de silueta, pero manteniendo la misma forma general.

—¿Por qué? —susurró Dalinar—. ¿Por qué estás tan asustado?

Tenía un plan. Necesito que confíes en mí.

—¿Confiar en ti? —replicó él, avanzando con fuerza a través de los miles de paisajes que aparecían y se volatilizaban—. ¿Cómo voy a confiar en ti? ¿Tenías un plan para todo esto? ¿Qué plan?

La figura no contestó. Así que, desesperado, Dalinar se abrazó a la hoja de Honor. «Llévame —pensó— a mi destino. Necesito ir más lejos que los pasos anteriores. Mucho más lejos».

Cayó hecho un ovillo y una nueva realidad estalló cobrando existencia. Sintió que la hoja de Honor desaparecía de su mano y dio un grito. Estaba... estaba solo, en una superficie ardiente de roca, con formaciones más altas y abultamientos de piedra aquí y allá. Un olor a carne quemada impregnaba el aire.

Conocía ese lugar. Era una de sus visiones originales, en la que había descubierto las hojas de Honor abandonadas después de que los Heraldos las rechazaran. Era... el objetivo definitivo de su ancla, y el motivo de que se hubiera desvanecido después de llevarlo allí. Había llegado al día en que las hojas fueron descartadas.

Se alzó de rodillas a la sombra de un tronador moribundo. Jezrien el Heraldo se alzaba erguido sobre una pequeña cresta, a unos veinte metros de distancia. El rey parecía más majestuoso que en las visiones anteriores, pero quizá fuese por la ropa tan regia que llevaba, blanca y azul, sin pieles, de una tela más refinada que en la antigüedad. Tenía el atuendo manchado de sangre y ceniza, pero esas eran cosas que Dalinar asociaba con la realeza.

—Chana —lo llamó Jezrien—. Ven.

¿Así que Dalinar estaba en su cuerpo esa vez? ¿En el de la guardaespaldas pelirroja? Le había dado la impresión de que Chana estaba en el círculo íntimo de Jezrien, incluso entre los Heraldos. Ella, Jezrien e Ishar. Dalinar fue trotando hacia Jezrien en su cresta. Desde allí, vio ejércitos buscando supervivientes entre los caídos.

¿Dónde estaba Navani? ¿Encontraría la forma de llegar también a aquella visión? Comprobó su brazalete. Estaban en el sexto día, así que quedaban cuatro. Había averiguado mucho sobre Honor y el Juramento a partir de esas visiones, pero el secreto principal seguía esquivándolo: ¿cómo podía persuadir a ese poder de que lo aceptara como su nuevo dueño?

Intentó extender la mente hacia su Conexión con Navani, tirar de ella hacia él, pero no encontró nada. Se debatió entre seguir buscándolos a ella y a Gav o seguir adelante, porque Jezrien había echado a andar.

Antes, cuando Dalinar había entrado en aquella visión, había llegado después de que los Heraldos abandonasen sus juramentos. Si acompañaba a Jezrien, podría ser testigo del auténtico momento en el que ocurrió. ¿Podía estar relacionado con Honor y su poder? Parecía probable.

—Date prisa —dijo Jezrien—. Ishar ya está en el lugar de encuentro. Quiero llegar allí antes que el resto.

Dalinar se puso a su altura. Preocupado por Navani, pero confiando en que ya estuviera en el cuerpo de otro Heraldo.

—¿Has visto a alguno de los otros? —le preguntó Jezrien—. ¿A Kalak, tal vez? Creo que han sobrevivido todos los demás. Estamos haciéndolo otra vez, no arriesgándonos. Nos ocultamos de la batalla. Todos excepto...

—Excepto Taln —dijo Dalinar.

Jezrien asintió.

—He enviado a Battar y Vedel a ver cómo está mi hija, sobre todo para tenerlas entretenidas. Tenemos que tomar la decisión rápido, antes de que empiecen a regresar.

—La decisión...

Dalinar sabía a qué estaba refiriéndose Jezrien. Aquella sería la decisión de no marcharse a Braize. La decisión de dejar solo a Taln para que sostuviera el Juramento.

Cobardía. Solo que Dalinar vio cómo Jezrien bajaba la mirada al suelo mientras hablaba. Vio cómo le temblaban las manos, cómo cerraba los puños para disimularlo. De pronto, en vez de majestuoso, parecía macilento. Superado. ¿Quién era Dalinar para juzgar lo que miles de años de tortura podían hacerle a un hombre?

—Jezrien —dijo—, incluso después de tantos siglos, sigo sin comprender cómo funciona todo esto. ¿Es una idiotez por mi parte reconocerlo?

—No —respondió Jezrien en voz baja—. No, supongo que no. Es valentía, Chana. Deberías comprenderlo antes de que tomemos esta decisión.

—¿Cómo es que nuestra muerte atrapa a los Fusionados? —preguntó Dalinar.

—Braize —dijo él—. El planeta. Atrae las almas hacia él naturalmente. Honor lo convirtió en una cárcel, pero una cárcel necesita cerradura.

—¿Y... nosotros somos esa cerradura?

—Nuestro juramento es esa cerradura. Como Odium fue quien primero Conectó con nosotros al concedernos poderes en Ashyn, Honor pudo utilizar ese vínculo contra él. Eso, junto con la promesa que hicimos, se convierte en la fuerza que retiene a los Fusionados. —Los ojos de Jezrien parecían distantes—. Es... lo que hacen los dioses. Formamos una atadura a través de nuestra fuerza de voluntad, reteniendo a los otros a quienes estamos

Conectados, a nuestros reemplazos en cierto modo, en Braize. Sería imposible, de no ser por la extraña naturaleza de ese planeta, que confiera a nuestros diez juramentos una fuerza multiplicativa.

—Pero, a menos que regresemos los diez, ellos pueden renacer.

—Sí —dijo Jezrien—. Normalmente. Los diez…

Dalinar creía entenderlo, ya que había presenciado parte de ello en las últimas visiones. Los Heraldos aparecían, lideraban a la gente y la ayudaban a combatir. En algún punto durante la batalla, llegaba el momento adecuado para marcharse, después de que todo el mundo estuviera reunido, inspirado, entrenado. Entonces los Heraldos tenían que ir a encerrar lejos a los Fusionados.

Por tanto, nunca veían el verdadero final de una Desolación. Los Heraldos tendían a esperar a una gran batalla, en la que hubieran muerto muchos Fusionados, para ir juntos a Braize e iniciar el Aislamiento. Y, aparte de eso, si uno de ellos moría y permanecía en Braize, eso ralentizaba a los Fusionados. Cuantos más lo hicieran, más lento era el regreso del enemigo.

Así que, para ganar una Desolación, entrenaban a los humanos, mataban a todos los Fusionados que pudieran y después empezaban a quedarse en Condenación… forjando de nuevo la cerradura. Hasta que uno de ellos cedía al suplicio y la puerta de la presa se abría otra vez, permitiendo a los Fusionados iniciar el proceso de regresar a Roshar. Entonces los Heraldos, agotados, regresaban también y comenzaban el ciclo una vez más.

Un ciclo que se había repetido hasta aquella última Desolación. En la que los nueve habían abandonado al uno.

Llegaron a la hondonada natural que había cerca de una gran formación rocosa, casi como un castillo, que la aislaba en parte del campo de batalla. Allí era donde Dalinar había llegado en la visión de las hojas de Honor clavadas en el suelo.

Ishar los estaba esperando.

Y charlaba con Honor.

Dalinar se detuvo de sopetón, sintiendo una oleada de entusiasmo. Sí que seguía por el buen camino. Aquello era Aharietiam, unos cuatro o cinco mil años antes de la época de Dalinar, y quizá dos o tres milenios antes del día que más deseaba ver: cuando los Caballeros Radiantes se habían marchado y Honor había sido asesinado. Aún faltaba mucho tiempo, sí, pero aquel era un buen paso.

«Tengo que encontrar a Navani —pensó—. Necesitaré su ayuda para descifrar todo esto».

Jezrien fue con Ishar. Honor iba de nuevo vestido de oro, en marcado contraste con su piel marrón y su pelo blanco. Dalinar llegó a trompicones tras ellos.

—Mi señor —dijo Jezrien—. Todopoderoso. ¿Has… oído lo que nos estamos planteando?

—El plan de Ishar —respondió Honor—. No regresar a Braize.

—Nos… disculpamos por nuestra debilidad. —Jezrien apartó la mirada, cerró los ojos con fuerza, atrajo vergüenzaspren—. Pero mi señor, es muy duro. No podemos… O sea, la mera idea de…

—Estamos quebrados —susurró Ishar—. Necesitamos que cambies el vínculo. Que lo retires de nosotros.

—¿Romper el Juramento? —preguntó Honor.

—Cambiarlo, para que otros puedan ocupar nuestro lugar —dijo Ishar—. O… o quizá hacer que nos permita a la mitad de nosotros mantener el vínculo durante un Aislamiento y turnarnos con la otra mitad.

—¿Cinco? —repuso Honor—. No, imposible. Cinco es un número de debilidad. No tiene simetría, no tiene poder. Quizá el cuatro funcionaría. El número de los cuatro aspectos de Adonalsium. O diez, dieciséis… uno.

Dalinar tuvo un escalofrío.

—¿Uno?

—Un Cosmere —dijo Honor—. Una Verdad. Un Adonalsium. Un número de poder y fuerza.

—Uno… —susurró Ishar—. ¿Uno podría permanecer?

—Sería resquebrajar el Juramento —respondió Honor—. Tendríais que ser conscientes de ello y decidir. Entregar vuestro Honor, en pequeña medida. Aún debe haber diez para sostener el núcleo, pero uno… uno podría estar en la vanguardia. Como un soldado encabezando una formación.

—Pero… —empezó a decir Dalinar.

—En todo caso —continuó Honor—, no voy a seguir ayudándoos de ahora en adelante, Heraldos. Mi papel en este conflicto ha concluido.

—¿Qué hacemos? —preguntó Jezrien.

Tormentas, ¿Honor había estado allí? ¿Y había nutrido la simiente de la traición de los Heraldos a Taln?

—Ya no puedo permitirme que me importe —dijo Honor—. No puedo permitirme que me importéis ninguno de vosotros. Necesito… distancia. Sí.

—Pero, mi señor —intervino Ishar, dando un paso adelante—, ¿qué le diremos a la gente?

—Haced lo que gustéis.

Honor desapareció, sin fanfarrias, sin destellos.

—Pues ya está —dijo Jezrien haciendo un leve gesto con la mano, más sutil que los que Dalinar había visto otras veces.

—Vais a abandonarlo —susurró Dalinar—. Ahora que sabéis que puede hacerlo uno solo.

—No solo del todo —dijo Ishar—. Nosotros… lo apoyaremos… desde este mundo.

—Sigo pensando que ojalá otros pudieran ocupar nuestro lugar —dijo Jezrien.

—De veras que encontraré la forma de reemplazarnos —le aseguró Ishar—. Pero requiere tiempo, Jezrien. Por el momento, dejaremos a Taln.

Jezrien parecía asqueado.

—¿Puedes ir tú a Condenación en su lugar? —preguntó Ishar, y pasó la mirada de él a Dalinar—. ¿Podéis ir alguno de los dos?

—Yo... —dijo Dalinar. No quería romper la visión—. No lo sé.

—Yo no puedo —susurró Jezrien. Entonces invocó su espada y la miró, con un evidente dolor en el rostro—. Pero tampoco puedo, en conciencia, llevar esta hoja después de abandonar a un amigo. Cuando todos excepto Taln nos hayamos reunido, dejaré mi hoja aquí para nunca recuperarla. No puedo seguir empuñando a Honor. —Su cara pareció palidecer—. Lo noto, Ishar. Noto cómo... le traslado mi carga a él. —Miró hacia el lugar donde había estado el Todopoderoso—. Pensaba... pensaba que él lo resolvería...

—Nuestro dios ya no es fiable —dijo Ishar, y respiró hondo—. Haré lo que pueda en su ausencia. —Puso la mano en el hombro de Jezrien—. Fui el primero en tener potencias. Fui quien inició el Juramento. Soy el Forjador de Vínculos. Puedo cargar con parte de vuestro dolor. —Miró a Dalinar—. Puedo cargar con parte del de cada uno.

—No puedo dejar que hagas eso, Ishar —replicó Jezrien.

—¿Por qué no? Estás dispuesto a abandonar a Taln. Todos lo estamos. —La expresión de Ishar se suavizó—. Alguien quizá tenga que ocupar el lugar de Honor. Puedo explorar esa posibilidad. Por favor, dadme un poco de vuestro dolor.

Jezrien titubeó y entonces asintió.

—¿Y los demás? ¿Qué tenemos que hacer?

—Vivir —dijo Ishar.

—Yo no puedo vivir así.

—Pues existir —respondió Ishar—. Porque, aunque abandonamos el Juramento aquí, su cascarón permanece. Seremos inmortales, y Taln aguantará en nombre de los diez, ya que nunca se ha derrumbado, al contrario que los demás. Nos separaremos. No nos buscaremos entre nosotros. Lo dejaremos estar todo.

Jezrien miró a Dalinar a los ojos.

—¿Qué te parece?

—Me parece —dijo Dalinar en voz baja— que debe hacerse.

Ishar clavó su propia hoja de Honor en el suelo, siguiendo las instrucciones de Jezrien. Se volvieron mientras otras figuras subían tambaleándose al lugar de encuentro. Vedel, Ash, Battar. Ninguna de ellas parecía ser Navani o Gav.

Dalinar retrocedió y se sentó en el suelo de piedra. «Si el Todopoderoso hubiera estado dispuesto a apoyaros, quizá a cambiar los miembros del Juramento, esto podría haberse evitado. Así que ¿por qué? ¿Por qué parece estar *oponiéndose* activamente a nosotros?».

Llegaron otros, todos excepto Nale y Kalak. Dalinar cerró los ojos y se concentró en sus Conexiones. Inspiró y espiró. Lo que fuese la oscuridad que había estado ensombreciéndolo se retiró. La red de líneas de luz regresó, extendiéndose a partir de él, atándolo a sus seres queridos...

Navani y Gav aparecieron en el suelo ante él y, al contrario que todo lo demás allí, no habían cobrado forma a partir de la arremolinada luz tormentosa. En vez de eso, el aire pareció separarse alrededor de ellos, como polvo barrido en un suelo de piedra, o incluso como cortinas al abrirse. Revelándolos tras una capa de realidad, como si llevaran ahí desde siempre.

—Nos has encontrado —dijo Navani, aliviada, abrazando a Gav.

—Como tú me encontraste a mí —respondió Dalinar. Comprobó su reloj de brazo otra vez y vio que apenas se había movido. Tormentas, podía envejecer décadas enteras allí dentro si no tenía cuidado, mientras fuera transcurrían solo minutos. Sería casi tan malo como lo contrario—. Es casi el final del sexto día, Navani. Acabo de descubrir que Honor abandonó a los Heraldos en los momentos previos a que ellos abandonaran sus espadas. —Frunció el ceño—. Ishar ha hecho una cosa de la que no sabía nada: ha tomado parte del dolor de los otros, y lo lleva él mismo. Quizá es por eso por lo que parece tan poco de fiar en nuestra época.

Navani abrazó a Gav más fuerte, y Dalinar les dio un momento para recuperarse. Algunas líneas de luz blanca conectadas a su centro estaban atenuándose. Había dos fuertes que apuntaban a Navani y Gav, pero también destacaban algunas otras, una en particular tan fuerte como la que lo unía a Navani. Qué curioso. Y había otra, que se perdía en la nada y le resultaba… familiar. El Padre Tormenta.

Dalinar la siguió con la mirada y divisó una ondulación en el aire allí cerca. Y a su lado… una segunda ondulación, casi imperceptible. Un momento, ¿qué era eso?

«Las dos son él —pensó Dalinar—. El Padre Tormenta moderno y el antiguo».

Pero el Padre Tormenta no había estado realmente vivo durante aquel acontecimiento, ¿verdad? Era todo muy confuso. De momento, Dalinar quería ver cómo estaba su sobrino nieto. Se arrodilló al lado de Gav, quien, después de que lo dejaran en el suelo, estaba mirando alrededor con interés.

—¿Cómo estás, chaval? —le preguntó Dalinar.

—Bien, yayo —dijo el niño.

—¿Ha sido malo estar en ese sitio raro?

—Un poco —respondió el pequeño—, pero… sabía que vendrías a por mí.

—Lo haré —prometió Dalinar, y atrajo al niño a un abrazo—. Siempre lo haré, Gav.

—Yayo —dijo Gav—, cuando estaba con los fervorosos, decían que tú veías a Dios en sueños. ¿Esto es eso?

—Sí —respondió Dalinar, apartándose, sorprendido una vez más por la madurez de Gav.

Los fervorosos que todavía estaban en Urithiru eran los que habían escogido la senda de Dalinar y no las ramas más ortodoxas de la religión que estaban formándose en reacción a sus enseñanzas. Eran los que los reverenciaban a un nivel que posiblemente debería incomodarlo.

—Ya me lo parecía. —Gav señaló hacia los Heraldos congregados—. La tía Dova está aquí. ¿Vamos a hablar con ella?

—Espera, espera —dijo Dalinar—. ¿La tía Dova? ¿Conoces a esa mujer?

Gav asintió.

—Visitaba a mi madre. A veces.

¿Una Heraldo había estado visitando a Aesudan? Dalinar frunció el ceño, mirando a Navani, que se arrodilló a su lado.

—¿Estás seguro, Gav? —le preguntó.

El chico asintió, con los ojos muy abiertos.

—Creo, chaval —dijo Dalinar—, que es solo una versión fingida de... la tía Dova.

Gav asintió otra vez.

—Miraré, yayo —susurró—. Como tú. Dios te entrenó. A mí me entrenará también. Para ser rey. Para matar a los que mataron a papi.

Tormentas. Cuando todo aquello hubiera pasado, Dalinar tendría una charla con el chico, intentaría ayudarlo con esos sentimientos. Pero, de momento, Navani y él se levantaron y Dalinar señaló con el mentón a la «tía Dova».

—¿Se te ocurre por qué podría haber querido visitar el palacio? —preguntó.

—Ni idea —dijo Navani—. Pero yo no la he reconocido, así que no la vi allí. —Pensó un momento—. ¿Qué ha pasado? ¿Por qué nos hemos perdido la pista en esta transición entre visiones?

—Había una oscuridad en la última —respondió Dalinar— Y se ha desmoronado. He usado la espada para llegar aquí y entonces se ha evaporado.

—No iba a ser viable después de esto, de todos modos. Las espadas de los Heraldos ya no estarán tan vinculadas a los acontecimientos importantes. Vamos a necesitar otra ancla para seguir adelante. ¿Sabes a quién reemplazas?

—A Chana —dijo él.

—¿Y yo?

Dalinar negó con la cabeza.

—No había nadie conmigo cuando habéis aparecido. A lo mejor te ven como un spren, igual que a Gav.

Navani, con cara pensativa, se sacudió el polvo y fue a escuchar lo que decían los heraldos. Estaban repasando el plan.

—Yayo —susurró Gav—, ¿cuándo podremos ir a casa? Escucharé... seré fuerte. Pero... ¿lo sabes?

—Padre Tormenta —llamó Dalinar al tiempo que le daba al chico otro abrazo.

No hubo respuesta.

—¡PADRE TORMENTA! —exclamó Dalinar, permitiendo que la autoridad de las tormentas se acumulara en su interior. No sabía cómo lo hacía.

¿Qué?, respondió el Padre Tormenta en su mente, y la ondulación se acercó más a él.

—Llévate al chico de aquí —dijo Dalinar en dirección a ella—. Por lo menos, que él encuentre la paz.

Tu temeridad es lo que lo ha traído aquí.

—Podrías enviarlo a casa.

Tú podrías llevarlo a casa.

Dalinar apretó los dientes.

Esto podría dejarlo marcado, añadió el Padre Tormenta. *Lo que vea puede ser horrible. ¿No te importa?*

—¡Claro que me importa! —restalló Dalinar—. Pero soy rey. No puedo pensar en un individuo; es mi deber pensar en el pueblo como un todo. Estoy cerca del poder de Honor. Puedo sentirlo. Y con él, podré derrotar a Odium. Pero si me marcho ahora, por Gav o Navani, o incluso por mí mismo, ¡estaré fallándoles a todos los demás!

¿Es tu verdadero motivo?, preguntó imperioso el Padre Tormenta. *¿O lo haces porque necesitas tener razón? ¿Porque necesitas ser quien toma las decisiones, quien tiene la última palabra?*

Dalinar no respondió. Para lo mucho que el spren afirmaba no ver ni hacer las cosas igual que los seres humanos, y no comprender las maneras de la humanidad, era todo un experto en desviar conversaciones e intentar distraerle la atención.

Volvió la mirada hacia aquella segunda ondulación que había visto antes.

—Eso eres tú, ¿verdad? Estabas aquí mirando, cuando los Heraldos rompieron el Juramento.

Tenía que presenciarlo, dijo el Padre Tormenta.

Tormentas, qué difícil era navegar las mentiras. En anteriores conversaciones, el Padre Tormenta había afirmado que en esa época no era más que una fuerza primordial. Un viento que soplaba con las tormentas, personificado por la atención humana. Había dicho que no desarrolló una personalidad completa hasta la muerte de Honor, cuando había heredado algunos de sus recuerdos.

Y, sin embargo, el Padre Tormenta había estado allí. Dalinar tendría que hablar de aquello con Navani. Lanzó una mirada hacia ella y la encontró moviendo la mano delante de la cara de Jezrien y no provocando ninguna reacción.

—Tenías razón —dijo levantando la voz hacia Dalinar—. Me habían tomado por un spren, pero ahora ni siquiera me hacen caso. Creo que la visión finge que no estoy aquí. Igual que pasó con Gav después de que lo metieras en una visión.

Dalinar asintió, pensativo.

—Yayo —dijo Gav en voz baja—, ¿estabas oyendo a alguien en tu cabeza? Ahora mismo, antes de hablar con la yayi.

—Sí —respondió Dalinar—. Estaba hablando con el Padre Tormenta. Es un spren amistoso, hijo.

—Yo a veces oigo a papi. Me dice que soy buen chico.

—Escucha a las voces como esa, Gav —susurró Dalinar.

Navani regresó y se sentó junto a él.

—No sé si que no me hagan caso es mejor o peor. Puedo ir donde quiera sin distraerlos, pero no hacerles preguntas.

—¿Qué significa que Honor abandonara a los Heraldos? —le preguntó Dalinar—. ¿Está relacionado con su muerte? ¿Y con el hecho de que el poder no se haya ido con nadie en todos estos años?

—No lo sé —dijo ella.

Llegó Nale y los demás le dieron la bienvenida, amistosos. Las actitudes que se tenían unos a otros habían cambiado con el paso de los milenios. Nale recibió la noticia de la inminente disolución del grupo con un asentimiento. Preguntó por Kalak, quien todos temían que hubiera muerto, aunque Dalinar sabía que terminaría llegando, y luego dejó su espada. Se detuvo un momento con la mano sobre ella y exhaló, estremeciéndose mientras algo parecía abandonarlo. Se fue sin mediar más palabra, el primero de todos en marcharse. Más tarde reclamaría su arma, Dalinar lo sabía, como también lo haría Ishar.

—¿Qué podemos usar como ancla hacia la siguiente visión? —preguntó Dalinar—. Me preocupa que esta vaya a deshacerse en el momento en que todos los Heraldos dejen sus espadas.

—Con un poco de suerte, no volveremos a perdernos.

Navani pensó un momento y después se apretó la mano contra el pecho. Él frunció el ceño hasta que vio lo que estaba haciendo: concentrar, reforzar el poder de la línea de luz que los Conectaba.

«Únelos». Dalinar aún oía de vez en cuando los ecos de ese mandato vibrando en su interior. Le parecía que no había procedido del Padre Tormenta ni de Honor, sino de un dios que había existido una vez, y aún podría hacerlo, aunque no en una forma que la gente reconociera. No tenía más prueba de ello que sus propios sentimientos. Pero había escrito, esperaba que de un modo convincente, sobre aquellas experiencias en su libro.

—Hecho —dijo Navani, separando la mano—. Creo que eso facilitará que nos encontremos.

—No podemos volver a estar buscando un ancla nueva en cada visión. Era demasiado lento, por no mencionar que irritante.

—Sagaz dijo que era la mejor manera.

—Dijo que era *una* manera —matizó Dalinar, levantándose—. Pero Sagaz no es Forjador de Vínculos, no puede manipular la Conexión. —Miró hacia aquella ondulación que era el verdadero Padre Tormenta—. El Padre Tormenta, el de verdad, me ha dicho que tuvo que presenciar este acontecimiento cuando sucedió. Porque era demasiado importante para no verlo. Si vio esto, ¿tú crees...?

Ella frunció el ceño.

—Pero ¿estaba vivo siquiera, antes de la muerte de Honor?

—Recibo contestaciones confusas a esa pregunta —dijo Dalinar—. Espérame aquí. Voy a intentar una cosa.

Dalinar echó a andar deprisa hacia aquella ondulación y, mientras caminaba, la visión empezó a descomponerse. La cambiante luz tormentosa empezó a apoderarse de ella, pero Dalinar aferró aquella línea de luz que lo Conectaba al Padre Tormenta. La retuvo y tiró de ella, como de las riendas de un caballo.

La visión se estabilizó a su alrededor.

¿Qué estás haciendo?, preguntó el Padre Tormenta, turbado.

—Sabes lo que necesitamos ver a continuación —dijo Dalinar—. Puedo usarte para llegar allí.

No puedes obtener el poder de Honor por pura fuerza de voluntad, Dalinar, replicó el Padre Tormenta. *Tu hermano intentó imponerse para alcanzar sus objetivos y terminó roto.*

—¿Qué sabes tú de mi hermano? —exclamó Dalinar—. ¿Cuántas mentiras me has contado?

Solo las que necesitabas oír.

—Puedes llevarme hasta la siguiente visión —dijo Dalinar.

Y así continúas, tozudo como siempre, restalló el spren. *Chocamos, te niegas a escuchar y me doblegas a tu voluntad. Hablas de reconciliación, y de que nos llevemos bien, pero luego haces caso omiso a mis deseos cuando te resulta conveniente. ¿Y te enfadas cuando me niego a colaborar contigo?*

Dalinar se detuvo al lado de la ondulación.

—¿Dejarías caer el mundo bajo el control de Odium por tu orgullo, Padre Tormenta?

Mejor que arriesgarme a dejarlo arder, Dalinar, bajo tu control. Necesito a alguien dispuesto a trabajar con el poder, *no contra él.*

—A veces no hay ningún camino hacia delante —dijo Dalinar—, así que tienes que abrir uno a la fuerza.

¿Como hiciste con Elhokar? ¿Sometiéndolo a golpes? ¡No llegaste a saber que estaba viendo a crípticos porque, en vez de preguntarle por qué estaba asustado, irrumpiste y lo atacaste!

—¡Le mostré que no era una amenaza! —exclamó Dalinar.

Apaleándolo hasta casi dejarlo sin sentido, dijo el Padre Tormenta. *Nunca debí elegirte, Dalinar. Eres hijo de la guerra y dejas atrás sangre como una sombra. Lo único que sabes hacer es romper. Si se te dice que no, solo pegas más fuerte, porque la vida te ha enseñado que así es como obtienes lo que quieres. Pero, a veces, por mucho que quieras negarlo, el mundo no necesita lo que tú quieres.*

Dalinar dejó que sus dedos resbalaran en la línea de luz. Había... había demasiada verdad en las palabras del Padre Tormenta.

—¿Qué eres? —preguntó Dalinar, mirando la ondulación con ojos entornados—. ¿Qué eres en realidad?

Lo que siempre he sido, respondió el Padre Tormenta. *Quizá, si no me hubieras tratado igual que a Elhokar y que a todas las demás personas de tu vida, habríamos llegado más lejos, Dalinar. Supongo que la culpa es mía. Sabía lo que eras. Esto es el final. Morirás en este reino, una muerte peor que la de tu hermano, y peor de la que mereces. Adiós.*

El Padre Tormenta se desvaneció y la visión estalló como una burbuja, con luz tormentosa arremolinada a su alrededor, consumiéndolo. Aquellas palabras resonaron en su mente. Una despedida. Una expectativa de muerte.

El Padre Tormenta tenía razón. La única forma que Dalinar conocía de resolver problemas era atacándolos. Era un defecto. Quizá uno letal.

Pero por la sangre de sus ancestros que no iba a morir allí. No iba a dejar que el mundo se marchitara bajo el poder de Odium por su propia debilidad. Quizá solo supiera matar y pelear, pero al menos se le daba tormentosamente bien.

Asió de nuevo la línea de luz que los Conectaba. El Padre Tormenta no solo conocía los secretos que rodeaban la muerte de Honor, sino que estaba obsesionado con ellos. El Padre Tormenta no era solo un ancla: era el camino, el portal. La respuesta. Dalinar retuvo la línea de luz con una mano y agarró la que lo Conectaba a Navani con la otra. Tiró de ambas, haciendo la misma fuerza que aquel día trascendental en que había vinculado los reinos.

Por un largo momento, en el que supo que el tiempo estaba transcurriendo a una velocidad aterradora, se mantuvo allí, con una línea de luz en cada mano, como un gigante místico. El que las leyendas thayleñas afirmaban que tiraba del sol con un cordel para izarlo cada mañana. Gritó, se tensó y, a base de pura fuerza de voluntad, juntó las manos e hizo que las líneas se unieran.

Las realidades se solaparon. Oyó que el Padre Tormenta rugía de ira, pues, en ese momento, una nueva visión se formó. Un paisaje conocido, el de la enorme avenida principal de Urithiru, llena de gente vestida con ropa de estilos antiguos. Takamas, túnicas, largas y envolventes faldas. Un hombre caminaba a zancadas entre ellos, alto y seguro de sí mismo, con una armadura esquirlada que resplandecía azul, a juego con su aleteante capa. Un Corredor del Viento. Iba sin yelmo, dejando a la vista su pelo rubio y una piel tan pálida como la del shin más pálido de todos.

Dalinar conocía a ese hombre.

«Estamos aquí —pensó—. Ha funcionado». Comprobó su brazal y descubrió que había perdido otro día. Quedaban tres para el duelo, pero estaba allí. En el momento adecuado. Miró de lado, hacia donde Navani había reemplazado a una de las muchas personas que esperaban en los aleros de la avenida. Gav estaba agarrado a su pierna.

—¿Qué es esto? —preguntó ella—. Dalinar, ¿qué has hecho?

—Usar mi Conexión con el Padre Tormenta para traernos aquí —dijo él—. Donde necesitamos estar.

—¿Cómo lo sabes?

—¿Ves a ese Radiante? —preguntó Dalinar, señalando—. Es el primero que renunció a su armadura y su hoja en la Traición, el líder que abandonó delante de todos ellos. Lo recuerdo con toda claridad de mis visiones de aquel día. Ahora aún tiene su armadura y parece más joven, así que la Traición aún no ha sucedido. —Calló un momento—. Hemos llegado a nuestro objetivo. Estos son los últimos días antes de que Honor muriera.

FIN

del sexto día

INTERLUDIOS

DYEL ♦ ODIUM

Una figura elusiva entre los Deshechos.

Se desconoce la razón de su ausencia en el mundo moderno.

Ba-Ado-Mishram

DYEL

Dyel tenía a unos clientes rarísimos.

No era algo infrecuente en Iri, desde que habían regresado los dueños. Caminaban por las calles, con cuerpos que lucían unas pautas que parecían pintadas. Rojas, blancas y negras. Pero aquellos clientes no eran de los dueños. Aquellos clientes eran otra cosa.

Estaban los tres sentados a una mesa en su establecimiento, cerca de los cubículos de la pared donde su abuelo, antes de que lo mataran, había guardado zapatos. Al entrar, esos hombres habían fingido que venían «de oriente». Pero Dyel conocía los acentos, y ellos no venían de oriente. Además, llevaban ropa extraña, sobre todo el más alto de todos, con la chaqueta muy larga y blanca y los anteojos asomando del bolsillo.

Dyel se quedó en la puerta de la cocina después de llevarles las infusiones, confiando en que su madre no se diera cuenta de que remoloneaba.

—¿Estás seguro de que es el momento correcto? —preguntó el hombre alto del chaquetón.

Tenía la piel como si fuese de Azir, con el pelo corto y negro y músculos de soldado. Dyel casi podría haberse creído que venía del lejano oriente, donde se decía que había unos hombres terroríficos, los guerreros más feroces. Pero él se había puesto azúcar en el té. ¿A qué clase de guerrero feroz le gustaba el azúcar?

—Claro que no estoy seguro —dijo el gordinflón, que siempre fruncía el ceño—. El aparato es impredecible, ¿no lo sabes?

También tenía la piel oscura, y era calvo del todo. Mayor. Más bajito. Su ropa extrañaba a Dyel tanto como la del primero, porque en Iri la mayoría de la gente iba descamisada, las mujeres solo con una banda en el pecho. Él llevaba capa y una túnica colorida. ¡Con el calor que hacía!

El alto gruñó y le dio un sorbo a su té azucarado. El tercero estaba sentado en silencio. Era un hombre shin de altura media, también casi calvo, con una cicatriz en la cabeza y la piel clara, y ropa más normal, para ser un forastero. Camisa y pantalón. No hablaba tanto. Pero observaba. Dyel conocía a gente así.

Para que no pensaran que los estaba espiando, Dyel se dedicó a limpiar mesas y luego se quedó junto a la puerta para dedicar sonrisas hospitalarias a la gente que pasaba por la calle. Le gustaba ver a los distintos tipos de gente que formaban parte del Único. También le gustaba oler la brisa del océano. Aunque eran demasiado pobres para tener un establecimiento en la parte buena de la ciudad, la brisa llevaba el aire fresco y salado hacia el interior. Un regalo de experiencia que Dyel podría añadir al Único.

Un dueño pasó caminando por fuera, una corpulenta figura con caparazón y unos ojos que brillaban rojos. Había cierta discusión sobre ellos en Iri. ¿Formaban esos cantores, esos dueños, parte del Único o eran otra cosa? Ella creía que debían de ser el Único. No sería el Único —Dios— a menos que lo abarcara todo. Extendido por el Cosmere entero, toda persona formaba parte de él, llevando una vida diferente y trayéndole de vuelta un conocimiento enriquecedor.

Su madre no creía, pero Dyel sí. Porque, si creía, entonces el abuelo Ym estaba siempre con ella y ella con él.

—Camarera —llamó uno de los hombres—, ¿nos pones otro?

Fue deprisa a la mesa de los tres forasteros, con el pelo aleteando. Se lo cortaba solo cuando su madre la obligaba. Dyel era iriali, y su pelo dorado era su herencia. Llenó las tazas de los hombres mientras el pensativo, el callado, dejaba una esfera en la mesa.

Se le cortó la respiración. ¿Un broam entero? Miró al hombre, que tenía una cara redonda y amistosa, y vio que asentía.

Recogió el broam y la luz azul celeste que salía de él hizo que le resplandeciera la piel. Pero su madre insistiría en que preguntara. Así que, a regañadientes, habló.

—¿Os traigo cambio?

—No —dijo él, sonriendo—. Aunque no me importaría que me contestaras a un par de preguntas.

Dyel se encogió de hombros.

—Claro.

—¿Alguna vez has visto un extraño grupo de luces que se mueve por la pared o el suelo, aunque no haya ninguna fuente de la que puedan estar reflejándose? —preguntó el hombre.

Dyel sintió una inmediata punzada de terror. Casi se le cayó la tetera. Ya había sospechado que no eran lo que decían, pero ¿aquello? *¿Aquello?*

—Lo siento tengo que irme había olvidado que mi madre quiere que vigile las galletas quedaos el tiempo que queráis gracias por la propina está cerrado adiós.

Puso pies en polvorosa hacia la parte de atrás, lo que había sido el taller de su abuelo y habían transformado en cocina y vivienda. Apoyó la espalda en la pared, con el corazón atronando.

Había vuelto. El asesino. ¿Qué hacer?

Llamar a su madre.

Su madre había salido. Dyel solo encontró una nota: «Vuelvo en quince. Cuida tú el negocio».

Oh, no. Nonononono.

Corrió dejando atrás unos miedospren inflados y violetas y encontró un cuchillo de untar mantequilla. Se escondió en la esquina, agarrándolo, intentando no hacer mucho ruido al llorar y temblar. Hasta que los hombres oscurecieron el umbral. Tres de ellos, dos bajitos, uno más alto. Dyel dio un gañido muy a su pesar y sostuvo el cuchillo por delante.

El alto le lanzó una mirada al pensativo.

—Mira lo que has hecho, Demoux —dijo—. Te advertí que dejaras de hablar de eso.

—¡Necesito un spren inteligente al que estudiar! —exclamó el otro—. No paran de decirme que no.

—A lo mejor es porque tú no paras de decir que quieres «estudiarlos», ¿no te parece? —dijo el gruñón—. Desde luego, asustábamos a menos gente cuando tu intérprete no funcionaba.

El más alto de los tres se arrodilló delante de Dyel, que intentó apretarse más contra la pared, y la falda se le retorció y se le arrugó, y el rugoso grano de la madera le raspó la piel de la espalda excepto allí donde llevaba la banda.

—Siento haberte… —empezó a decir el hombre.

La puerta trasera se abrió de golpe y allí estaba su madre, frenética, con pantalón azul suelto y banda a juego, con una melena dorada que refulgía a la luz del sol poniente. Vio a los tres forasteros.

Su hoja esquirlada se materializó un segundo después.

Brillante y plateada, era el secreto de su familia, oculto desde que se había manifestado unos meses antes. Pero pocos secretos importaban cuando una encontraba a su hija enfrentándose a tres asaltantes.

—Eh, eh —dijo el alto, alejándose de un salto. Era él, el asesino—. ¡Eh!

Se sacó algo del cinturón, algo que empuñó como un arma, aunque Dyel no había visto nunca un arma que fuese solo un tubo de metal con un mango.

El gruñón arrojó una esfera contra el suelo y de algún modo la hizo añicos. La luz tormentosa fluyó hacia arriba a su alrededor y en el aire se formaron unos símbolos extraños.

Su madre saltó delante de Dyel, sudando, empuñando su arma con las dos manos.

—¡Sabíamos que volverías! ¡Sabíamos que vendrías a por mí en cuanto te enteraras!

Dyel avanzó muy despacio y la agarró de las piernas, aterrorizada.

Se quedaron todos callados en la trastienda hasta que el shin pensativo dijo:

—¿Qué diablos está pasando aquí?

—Sabemos quién eres —dijo la madre de Dyel, retrocediendo poco a poco hacia la puerta—. Estuve meses siguiendo al hombre alto makabaki que mató a mi padre. Hablé con la familia de otras víctimas tuyas. Sabemos lo que eres. Asesino.

Dyel se encogió. Su madre seguía intentando llevarlas hacia la puerta. Por extraño que pareciera, el hombre alto se relajó y bajó su arma.

El calvo bajó las manos y la extraña luz resplandeciente que lo rodeaba se evaporó.

—Ya te dije que te pareces a él.

—No me parezco —replicó el alto.

—Un poco sí, la verdad —dijo el pensativo.

—¿Solo porque los dos somos de piel oscura? —preguntó el alto.

—Yo también soy de piel oscura —respondió el calvo— y nadie dice que me parezco a él.

—Tú eres plateado casi todo el tiempo, Galladon —dijo el alto, guardándose el arma bajo el chaquetón—. Escúchame, no soy el asesino al que temes. Ese es Nale, el Heraldo.

Las dos lo observaron, aterradas, en silencio… hasta que la madre de Dyel hizo algo raro: ladeó la cabeza. Descartó su hoja esquirlada y Dyel se echó a temblar. Seguro que su madre no confiaría en la palabra de un asesino.

Uma apareció un segundo después, deslizándose pared arriba, una acumulación de luces como las que dispersaba un prisma.

—No pasa nada, Dyel —dijo. La spren tenía la voz suave, como el sonido de un vaso de cristal vibrando—. Conozco de vista al Heraldo Nale, el hombre que mató a tu abuelo, y no es este.

Huy. Dyel, poco a poco, se levantó detrás de su madre. Con el corazón aporreándole en el pecho, seguro que como a todo el mundo. Hasta que, un momento después, el hombre pensativo preguntó:

—¿Puedo estudiarte?

—Hum… —dijo Uma—. No.

—Te tengo dicho que dejes de expresarlo así, Demoux —lo reprendió el hombre al que habían llamado Galladon.

—No quiero mentirles —dijo Demoux, gesticulando.

El alto carraspeó.

—Quizá deberíamos marcharnos.

La madre de Dyel los miró, todavía tensa. Había oído a su hija dar una voz y luego había encontrado aquellos tres hombres extraños intimidándola en la trastienda.

—Madre —susurró Dyel, señalando—, lo sabían. Me han preguntado por Uma.

—¿Cómo lo sabéis? —preguntó su madre con brusquedad.

—No queríamos asustar a la chica —dijo el alto, con una mano tranquilizadora hacia delante—. Solo habíamos oído rumores. Somos eruditos y nos gusta estudiar a los spren.

—¿Lo ves? —dijo Demoux—. Baon también usa la palabra.

—¡Baon no es en absoluto un buen ejemplo de cómo tener tacto! —exclamó Galladon—. Estáis todos tontolocos.

Qué palabra más curiosa. Galladon dio un paso adelante y, aunque había sido el más cascarrabias en la mesa pidiendo la bebida, su tono fue educado al añadir:

—Siento haberos asustado. Nos vamos ya, con tu permiso, Radiante.

Su madre bajó los ojos hacia Dyel, suspiró y luego miró otra vez a los hombres.

—Tengo una carta para vosotros.

¿Qué?

¿Qué?

—¿Madre? —preguntó Dyel.

—¿Te acuerdas de esa mujer tan rara que vino el mes pasado? —dijo su madre—. Me dejó una carta. La tengo en mi mesita de noche. Ve a traerla, por favor.

Dyel, confundida, obedeció. Su madre se quedó donde estaba, sosteniéndoles la mirada a los tres forasteros. ¿Aquella mujer? Era la que llevaba muchos anillos y había estado ayudando varias semanas en el hospital benéfico. Una sanadora experta en hierbas, cuya habitación olía a los peces que había pescado en el Lagopuro y luego secado. Durante su estancia, había bajado a tomar té todas las mañanas.

En la mesita que había junto a la cama, Dyel encontró un sobre cerrado. Tenía dibujados fuera los burdos perfiles de tres hombres. De aquellos tres hombres, solo que con proporciones bastante exageradas, cómicas. Qué experiencia más extraña le enviaba el Único. ¿Cómo lo había sabido aquella mujer? Pero claro, la vida de Dyel se había puesto patas arribas desde que Uma había llegado y su madre había empezado a brillar a veces. Experiencias únicas.

Le gustaba pensar así en ello. Había mucha gente que no creía, de un tiempo a esa parte, pero ella sí. Por su abuelo.

Corrió escalera abajo y le dio la carta a su madre, que se la arrojó a los hombres.

—Me dijo —explicó— que sabría a quién entregársela.

El alto, Baon, la atrapó. Miró a los demás y abrió el sobre con una navaja.

—Es de él —dijo.

—Cómo no —respondió Demoux—. Justo cuando nos marchamos.

—¿Qué dice? —preguntó Galladon.

Baon cerró el sobre.

—Tiene solo su firma. Y una grosera representación de unos genitales masculinos.

—Del Aspecto Bromista —dijo la madre de Dyel—. También estuvo aquí el año pasado.

—Cómo no —repitió Demoux, y suspiró—. Estoy listo para irme de este herrumbroso planeta. ¿Qué me decís vosotros dos?

—Sí, por favor —asintió Galladon—. Uno de los seres más antiguos del Cosmere... y tiene la edad mental de un chico de trece años.

—Si ese hombre vuelve por aquí —dijo Baon a la madre de Dyel—, mantened la distancia. No es terriblemente peligroso, pero allí donde aparece salen heridas personas inocentes.

Como era normal. Era el Aspecto Bromista, creado por el Único para sembrar el caos. Tenían cientos de leyendas sobre él, pero Dyel no iba a insultarlo negándole una infusión.

Sonó un tintineo en el bolsillo de Galladon.

—Es la hora —dijo.

Los tres hombres caminaron hacia fuera. Baon se detuvo junto a la puerta.

—Las cosas podrían ser caóticas en vuestra ciudad durante un tiempo.

Entonces también él se marchó.

Dyel abrazó a su madre, pero los miedospren permanecieron. No solo por lo que había dicho Baon. Aquello significaba que el asesino aún no había aparecido, y aún debían temerlo.

Fuera, la gente empezó a gritar.

—Miraré —dijo Uma con su voz de campanilla—. Sed fuertes. No sé lo que es esto.

La madre de Dyel asintió y se la llevó escalera arriba mientras Uma salía por la puerta. Su establecimiento formaba parte de un edificio mayor, de cuatro plantas, y ellas ayudaban a limpiarlo y reparar cosas, por lo que su madre pudo subir la escalera hasta el tejado.

Allí vieron lo que estaba provocando tanta confusión. Se había alzado de la bahía Cusicesh el Protector, el gran spren que era una columna de agua con muchos brazos. ¿Y eso era todo? Dyel se relajó. Había visto a Cusicesh un montón de veces. Pero ¿por qué había tanta gente señalando y gritando? ¿Por qué tanta corriendo?

—No es... su hora —dijo la madre de Dyel.

Cusicesh, saltándose la tradición por completo, movió las manos a los lados, con las palmas hacia la ciudad. Y entonces, delante de él en la bahía, el aire se partió en una fuente gloriosa y radiante. Una columna de luz.

—El portal a la tierra de las sombras —susurró su madre—. El portal de Honor... Oh, padre, madre, antepasados que os habéis convertido en el Único... ¡Dyel, trae los morrales de viaje! ¡Es la hora!

Dyel se quedó petrificada. La hora... los morrales de viajar... Todo buen iriali tenía el suyo, pero era una formalidad más que otra cosa, a menos que...

¿Era la *hora*? Un infrecuente asombrospren estalló a su alrededor, hecho de anillos azules de humo.

—Pueblo —dijo Cusicesh. Pero él *nunca* hablaba. Tenía la voz profunda y vibró en la ciudad, de algún modo lo bastante fuerte para sacudirle el alma a Dyel, pero no tanto como para hacerle daño en los oídos—. Voy a ser vuestro guía en el Quinto Viaje.

La hora. Eso significaba…

La hora de continuar por el Largo Sendero.

La hora de encontrar la Quinta Tierra.

La impresión la sacó de su ensimismamiento y corrió a por los morrales de viaje, aterrorizada porque aquel gran día hubiera llegado durante su vida. Deseó que hubiera una forma de explicar que ya estaba llena hasta arriba de nuevas experiencias. Que preferiría vivir unos días pacíficos, sin dueños que regresaran a la tierra, ni que su madre empezara a brillar, ni que llegara la llamada para el mismísimo Largo Sendero.

Pero no iba a poder ser. Cuando regresó con su madre, Uma había vuelto también. Su madre estaba llorando.

—Lo intentaremos —le susurró su madre a la spren, que hacía brillar el suelo del tejado—. Veremos… veremos hasta dónde puedes llegar. Vamos, Dyel. No podemos faltar a la llamada. Ya están zarpando barcos hacia el portal.

Y así, cargadas solo con sus morrales de viaje, fueron a buscar un barco. Se unieron a la luz del portal, que Dyel pensó por un momento que debía de ser como volver a unirse al Único cuando muriese. Emergieron al lugar de sombras con los líderes de su pueblo, que ya habían empezado a preparar caravanas para cruzar la oscuridad. Oyó que se habían abierto otros portales por toda Iri, uno en cada ciudad principal.

Vio otra vez a los tres forasteros, cerca de donde estaban ellas, Demoux protestando por «su extraño comportamiento, tratándose de una perpendicularidad de esta naturaleza». La madre de Dyel la acomodó sobre unas mantas y fue buscar un puesto para ellas en las caravanas. Dyel se abrazó a su morral, aturdida por lo deprisa que había sucedido. Su tiempo en la ciudad, con la tetería, había terminado.

Susurró una queda despedida.

Era hora de abandonar Roshar. Para siempre.

LO QUE DEBE HACERSE

Odium se esmeraba en enseñarle sus lecciones a Dalinar cuando algo atrajo su atención. Algo sorprendente, alarmante.

Cultivación estaba actuando contra él.

Se quedó conmocionado, pues de veras no la consideraba capaz. Los movimientos de Cultivación hicieron que le diera la espalda al Reino Espiritual para concentrarse en Kharbranth, su propia y pacífica ciudad marítima, protegida de la tormenta y la guerra.

Allí estaban actuando agentes de Cultivación. Personas de tenues venas azules bajo la piel, vestidas de negro, con la cara cubierta. Llevaban equipo moderno: ballestas, escudos semiesquirlados, hojas del mejor acero y armadura de algún extraño material creado por moldeado de almas. Era lo bastante duro para detener una flecha pero también ligero, y apenas les perjudicaba en la agilidad.

Las fuerzas de Cultivación se abrieron paso a cortes por Kharbranth, después de haber llegado en estrechos barcos negros durante la noche.

Se quedó... impresionado. Aquello era increíble. ¿Un ataque táctico y preciso a su hogar y su familia? Creó un avatar invisible que se quedó de pie en el cielo mientras el viento jugaba con su túnica. Observó con creciente preocupación mientras su guardia de la ciudad caía con muertes horrendas, ahogados con su propia sangre a medida que unos luchadores sin uniforme avanzaban por la ciudad. Sus defensores no tenían ni la menor oportunidad, y Taravangian no podía hacer nada. Tanto los Fusionados como los Deshechos tenían prohibido acercarse a esa ciudad, así que no había ninguno lo bastante cerca para ayudar.

En cuestión de minutos, las fuerzas de Cultivación ya estaban asaltando el palacio que coronaba la ciudad, tallado en la pétrea cara del acantilado. Odium tembló, sintiendo, por primera vez desde su Ascensión, pánico. Como todas las emociones, se acumuló en su interior con más fuerza de la que podía sentir ningún mortal, haciéndolo temblar y ahogar un grito.

Cultivación apareció a su lado.

—No les haré daño a menos que te niegues a echarte atrás.

—Eres... —dijo Odium mientras su ira se avivaba—. Eres un monstruo.

—Hago lo que debe hacerse.

Él rio, con lágrimas de dolor formándose en sus ojos, porque había creado aquel avatar de forma que simulara reacciones mortales. Las tempestades dentro de su poder, los cambios en sus ritmos, eran unas señales muchísimo más terribles, pero, aun así, las lágrimas eran familiares para él.

Cuántas emociones. Forcejeó con ellas, su entrenamiento mortal y su mente divina colaborando en la lucha. Traición, miedo y... y satisfacción.

—Utilizas mis métodos, Cultivación —susurró—. Conoces el verdadero camino de los reyes.

El avatar de ella no lo miró a los ojos. Sus tropas irrumpieron en palacio, y varios miembros del personal de Taravangian... eran infiltrados suyos. Entregaron a su hija y sus nietas, que enseguida terminaron encerradas en sus propias habitaciones. Con asesinos preparados para ejecutarlas.

—De verdad estás dispuesta a hacerlo —dijo Taravangian—. ¡Sí que tenías otro plan! No me elegiste solo porque sospecharas que podría ostentar el poder de Odium. ¡Me elegiste porque pensabas que podrías controlarme!

—No es que lo pensara, Taravangian —replicó ella—. Sé que hay una sola cosa en este mundo por la que hayas sentido nunca auténtico aprecio. Y ahora está en mi poder. Retírate. Ve a hablar con la coalición humana y acepta un armisticio inmediato. Dales a los Kholin su reino y quédate satisfecho con las tierras que ya dominas. Son más de las que te corresponden, de todos modos. Haz la paz.

—¿Y qué crecimiento puede surgir de la paz? —preguntó él, temblando bajo el peso de tantas emociones—. Reconócelo, Cultivación. Dejaste seguir la guerra durante milenios sin interceder porque el conflicto no solo enardece la emoción, sino que también fuerza el crecimiento. La Intención de tu poder.

El avatar de Cultivación lo miró envalentonada, pero Taravangian sintió cómo su poder temblaba. Sí que le gustaba la guerra, ¿verdad? Odiaba el sufrimiento, pero ella era el recipiente. Su poder adoraba cualquier cosa que impulsara a la gente a aprender, a mejorar, a lograr. Y eso tendía a acelerarse con el conflicto.

—Me fuerzas a hacer las paces ahora —dijo— no porque quieras que cesen las hostilidades, sino porque no quieres haberte equivocado al escogerme para Ascender.

—No conoces mi corazón.

—Y tú —susurró él— no conoces en absoluto lo que has creado, Koravellium Avast. Yo ya no cuestiono. Sé que mi camino es el correcto y que, por tanto, en cada punto, el siguiente paso se manifiesta evidente. Mi reto ya no consiste en las decisiones, sino solo en tener la fuerza suficiente para ejecutarlas.

En el océano, a varios kilómetros de Kharbranth, una ola empezó a crecer.

—Taravangian —dijo Cultivación—, ¿qué... qué es esto?

—Una... lección —susurró él, mientras una arrolladora tristeza se acumulaba en su interior a medida que la ola crecía. Y crecía.

Cultivación dio un respingo, emanando un vibrante horror.

—Taravangian. No. No puedes.

—Lloraré —susurró—. Quiero que sepas que lloraré.

Su avatar cerró los ojos, con lágrimas surcándole las mejillas. Pensó en su familia, no solo en su hija, su querida Savrahalidem, sino también en sus nietas. Gvori, Karavangia y la pequeña Ruli, a las que ya se había visto obligado a utilizar en sus conspiraciones. Y, por supuesto, estaban sus queridos amigos del Diagrama. La leal Maben, que estaba sentada con su propia nieta a la luz de la mañana, cosiendo, ignorante por completo de la fuerza incursora. Mrall, ya muerto después de haber intentado proteger a la familia de Taravangian. Adrotagia... caminaba por los jardines de palacio, con asesinos acechando a su espalda.

—Os recordaré —susurró mientras la ola avanzaba hacia la ciudad, ya con treinta metros de altura.

Era un acto que no podría haber llevado a cabo en ningún otro lugar, pues se trataba de una intervención demasiado directa. Pero Kharbranth... A él, como mortal, se le había prometido Kharbranth. Eso seguía en pie.

—¡Taravangian! —exclamó Cultivación—. Me retiraré. ¡CONTÉN TU MANO!

—Ah —dijo él—, pero es que esta lección no es solo para ti. Es para cualquiera a quien se le pueda ocurrir intimidarme. Un dios no debe tener agujeros en su armadura, Cultivación.

Hizo acopio de valor, observando el pánico que sentía ella, su dolor por sus seguidores que iban a terminar consumidos. Cultivación no pudo mirar. Se volvió, cosa que le proporcionó paz a él y le permitió invocar su poder.

Y entonces Odium, Dios de las Pasiones, destruyó por completo Kharbranth, la única ciudad que se había esforzado durante toda su vida mortal en proteger.

SÉPTIMO DÍA

SIGZIL ♦ VENLI ♦ JASNAH ♦ SHALLAN ♦
RENARIN ♦ RLAIN ♦ ADOLIN ♦ NAVANI ♦ ZARB ♦
SZETH ♦ ASH ♦ DALINAR ♦ KALADIN

Lo siento.

Perder a un escudero pesaba en la conciencia de Sigzil, pero se lanzó a la siguiente fase de su plan. Iba a ser complicado hacer que el enemigo atacase Narak Tres, al sudoeste de la plataforma de la Puerta Jurada, en vez de la plataforma en sí. Muy difícil, dado que el enemigo era astuto.

—Es evidente que a continuación querrán conquistar Narak Dos —estaba explicando el general Winn, señalando en los mapas—. El control de la Puerta Jurada es de una importancia estratégica crucial.

Los otros asintieron, pero ¿de verdad lo era? En una batalla tradicional, sí, claro que sería importante. Impediría la retirada de los humanos, los desesperaría. Los aislaría. Y, sin embargo… Sigzil reflexionó, allí de pie junto a la mesa con los demás, con hombres más expertos que él. ¿Debería decirles lo que pensaba? Seguro que no era buena idea contradecirlos.

Pero ¿para qué estaba allí, si no era para liderar?

—¿Lo es de verdad? —les preguntó—. Ya solo les quedan tres días para tomar Narak Principal. ¿Creéis que perderán el tiempo con Narak Dos?

—Es nuestra retirada —dijo el general Balivar. Era más joven, de la edad de Sigzil—. Parece una buena manera de acabar con nuestra moral.

—O de provocarnos para que luchemos hasta el último soldado —repuso Sigzil, gesticulando—, que no es lo que les interesa en absoluto. Quieren que nos vengamos abajo y nos retiremos. Si toman la Puerta Jurada, no podremos hacerlo, y entonces será más probable una derrota suya que una victoria, por la fecha límite. No pueden permitirse obligarnos a resistir.

Los demás observaron los mapas.

—Tormentas —dijo Winn—, creo que tiene razón. Nuestros planes están más rancios que el pan de la semana pasada. Tenemos que ver la situación tal y como está ahora mismo.

—Si atacan con todo lo que tienen sobre Narak Principal —aventuró Sigzil—, podrían abrumarnos. Pero aquí está la clave: es posible que no sepan lo escasos que andamos de luz tormentosa, y Narak Principal tiene las murallas más altas y las defensas más fuertes.

»Y ellos tienen que estar preocupados por el poco tiempo que les queda. Así que lo que necesitamos es hacerlos creer que, atacando Narak Tres, obtendrán lo que quieren: una forma de desmoralizarnos. Tenemos que convertir esa meseta en un objetivo demasiado jugoso para dejarlo pasar.

—Un señuelo —asintió Ka, sosteniendo su pluma esquirlada en el puesto de escritura—. Igual que cuando finges una debilidad en un combate a espada y haces que el enemigo ataque ahí.

—Replegar tropas a Narak Principal y Narak Dos —dijo Sigzil, frotándose la barbilla—. Y luego… ¿Aún tenemos a esos Tejedores de Luz?

—Sí, señor —dijo Winn.

—Que venga Sidéreo.

Al cabo de unos minutos trajeron al apuesto Tejedor de Luz, con el pelo inmaculado como de costumbre. Quizá lo mantenía así a pesar de la lluvia y la tormenta mediante una ilusión. Sigzil hizo que se sentara con los generales.

—Hemos estado utilizando Narak Tres como almacén de intendencia —explicó—. Y esos Profundos no han parado de merodear por allí, observando. Quiero que, en este edificio, el más grande de todos, crees una ilusión de gemas, como si estuviésemos guardándolas ahí. Luego, durante el combate, tendremos que buscar una forma de permitir que el enemigo eche un vistazo rápido dentro, para que suponga que conquistar Narak Tres sería un golpe demoledor para nosotros. A ver si conseguimos engañarlos para que envíen ahí todas sus fuerzas.

Les costó un ratito armar un plan, pero Sidéreo parecía confiado. También parecía gustarle la idea de tener algo relevante que hacer en el campo de batalla, aparte de utilizar sus ilusiones para ocultar unidades de arqueros o personal médico y que pudieran desplegarse a hurtadillas. Mientras el Tejedor de Luz se marchaba, Sigzil cruzó la mirada con su alto mando y dejó sin decir la parte más preocupante de todas.

Estaban tendiendo una trampa para fingir que perdían su reserva de luz tormentosa… pero en realidad, aquello era una verdad a medias. Era cierto que sus existencias estaban bajísimas. Como los Forjadores de Vínculos no regresaran pronto…

Salió de la reunión a un campamento que estaba haciendo sus preparativos entre batallas. Los soldados afilaban sus espadas, o aprovechaban para dormir un poco mientras pudieran. Sigzil recorrió el patio, recibiendo saludos, respondiendo a algunas preguntas, animando a toda persona con la que hablaba, cosa que ya había empezado a hacer por puro instinto.

Al terminar, se obligó a subir por una escala, no a volar, hasta el adarve de madera de la muralla, que recorría la inmensa fortificación de roca que habían construido los Custodios de la Piedra.

—¿Cuánto tiempo crees que podemos aguantar antes de que se nos agote? —susurró.

—Cuesta saberlo —respondió Vienta, también en voz baja—. Hay muchas variables. Pero cada cargamento de luz tormentosa que llega desde Urithiru es menor que el previo, y cada lucha consume más que la anterior, ya que el enemigo aprieta cada vez con mayor fuerza.

—¿Tres días? —preguntó él mientras llegaba a lo alto de la muralla—. ¿Podremos durar tres días?

—Pues... me extrañaría mucho —reconoció ella.

Allí arriba encontró a Leyten, apoyado en el parapeto. Sigzil se acomodó junto a su amigo, disfrutando de aquel raro momento de paz, contemplando las llanuras oscurecidas, iluminadas solo de vez en cuando en rojo por ráfagas de relámpagos. Aquello era... bonito, en realidad, si no se tenía en cuenta el contexto.

—¿Es raro que los eche de menos? —preguntó Leyten—. Los abismos, digo. No solo hacer armaduras allí abajo, como ya te dije. Me gustaba la sensación que daban esos abismos. Rebosantes de vida, nunca silenciosos del todo, pero sí con un silencio. Igual que hoy, de hecho. Con ese relámpago suave y un terreno llano que finge dormir.

—A mí también me pasa —dijo Sigzil—. Cuesta creer en los momentos como este, ¿verdad?, la cantidad de sangre y muerte que ha causado este lugar tan tranquilo.

—Yo no tendría que haber sido hombre del puente. A la mayoría de vosotros os reclutaron por la fuerza, pero yo entré por voluntad propia, con la idea de enviar dinero a casa para mi familia. Tenía un buen trabajo como aprendiz de armero. Respetado. Hasta que...

Sigzil ya conocía la historia. La armadura de un ojos claros mezquino había fallado y al final le habían echado todas las culpas a Leyten. Lo habían enviado a morir haciendo carreras de puente para aliviar el ego de un soldado de alta cuna.

—Murió, ¿sabes? —dijo Leyten con media sonrisa—. Dos carreras después. ¿Gabaron, el hombre que me envió a las cuadrillas de puente? Muerto. —Miró a Sigzil—. Remaches defectuosos en las correas de su armadura. Se le soltó la coraza entera. Resulta que, si te dedicas a matar a quienes cuidan de tu material, dejas de tener material bien cuidado.

—De vez en cuando —respondió Sigzil sonriendo— el destino termina dándonos algo que es poesía pura, ¿eh?

—Sí... —Leyten calló un momento—. Sig, ¿tú crees que mi sitio es este?

Sigzil frunció el ceño, mirando a su amigo, con los rizos mojados por la llovizna. Leyten bajó la mirada.

—No soy un verdadero Radiante, Sig. Soy un tipo al que le gusta sentarse y calcular cuántos uniformes necesitaremos antes de que se nos terminen. Mi sitio no está en el cielo, brillando. Nunca me ha gustado que la gente me preste atención. Y, en esta batalla, he perdido a dos escuderos. Es solo que... me pregunto...

Tormentas, ¿qué responder a eso? Sigzil pensó un poco y tomó a su amigo del hombro, atrajo su mirada. Luego sonrió y dijo:

—Lo sé. A mí también me pasa.

Leyten le devolvió la sonrisa.

—¿De veras? Últimamente estás muy seguro de ti mismo.

—Finjo —dijo Sigzil.

—Pero... Sig, ¿y si no soy lo bastante bueno? Esos escuderos... es culpa mía. Que hayan muerto. Soy...

—Culpa a Kaladin.

Leyten frunció el ceño, mirándolo.

—Kal fue quien nos puso al mando —dijo Sigzil, probando una apuesta calculada—. Podría haber estado aquí. No está. Así que es culpa suya.

—¡Nos lideró bien! —restalló Leyten, abandonando su melancolía, con los ojos iluminados de determinación—. Hizo todo lo que pudo y más. Él no tiene ninguna culpa.

—Ah, ¿entonces confías en sus decisiones?

—¡Pues...! —Leyten dejó la frase en el aire y compuso una sonrisa avergonzada—. Supongo que sí.

—Entonces tendrás que confiar en que hizo bien al ponernos al mando, Leyten —dijo Sigzil—. Si te culpas a ti mismo por la muerte de tus escuderos, no te queda otra que culpar a Kal por cuando murió Mapas, o Teft, o cualquier otro al que hayamos perdido. O una cosa o la otra. —Se inclinó hacia él—. Y los dos sabemos que Kaladin es un tormentoso héroe, así que...

Leyten se irguió un poco más.

—Sí. Sí, tienes razón. —Miró a Sigzil—. Gracias. Sig... echo de menos a Kaladin. Pero quiero que sepas que estoy igual de orgulloso de servir a tus órdenes.

Sigzil le dio un apretón en el brazo y lo envió a preparar a los Corredores del Viento para la siguiente batalla. Por extraño que pareciera, las cosas que le había dicho a Leyten resonaron también para él. En su interior, todavía dudaba... pero esas voces iban acallándose. Mientras el campamento se apresuraba a ejecutar sus planes y sus generales encontraban sus ideas merecedoras de elogio, Sigzil descubrió algo extraordinario.

Ese era él. Ese hombre capaz de liderar. Por fin tenía un puesto al que canalizar todos sus pensamientos e ideas. Tenía motivos para hacer esas ideas tan precisas y calculadas como fuese posible. Su amor por la ingeniería y la física tenía un verdadero papel importante en aquella defensa, y sus interacciones con los demás lo impulsaban.

No era tan altivo como para pensar que merecía el mando. Pero, de algún modo, al verse obligado a aceptarlo, había descubierto algo importante. Allí, bajo el relámpago rojo y sobre una llanura llena de abismos que había recla mado como propia, Sigzil se encontró a sí mismo. De un modo que entrenar con el maestro Hoid, o aprender de Kaladin, nunca había logrado.

Sigzil era, por fin, el hombre que siempre había querido ser.

Caminar por los abismos despertó de nuevo la infancia de Venli, y era maravilloso. Incluso con el relámpago rojo arriba y la terrible forma en que el trueno resonaba allí abajo. Incluso con la oscuridad más absoluta, rota solo por sus frágiles gemas. Incluso con una corriente de agua que a veces le llegaba a las rodillas. Incluso con el hedor a muerte y los cadáveres antiguos junto a los que pasaban en ocasiones.

Incluso con todo eso, descubrió que adoraba aquel lugar.

Adoraba que la vida hubiese conquistado aquellas profundidades, como indicaba el oscilante resplandor verde de los vidaspren circulares, con sus delicadas púas. Serpenteaban por los agujeros de los cráneos o junto a los pedazos de caparazón partido para danzar con grupos de putrispren, como remates mutuos de un chiste, en rojo y verde. Ambos carentes de significado sin los otros.

Adoraba el sonido del agua al fluir, de las enredaderas al tensarse, de los cremlinos en las paredes, y el constante y peligroso chapoteo de los abismoides por detrás. Cada cierto tiempo volvía la mirada y los veía allí, encajados entre las paredes, utilizando sus muchas patas para maniobrar, sus caras parecidas a pedazos de piedra rota. Por un instante le entraba el pánico, y entonces armonizaba a Asombro. Esas criaturas eran ahora sus aliadas.

Cerró los ojos y escuchó aquel extraño tono que estaba siguiendo, cada vez más puro y firme a medida que se desplazaban hacia el interior. Inhaló el potente aire, recorrió la oscuridad con las manos extendidas a los lados.

Y al instante tropezó, con el pie enganchado en una enredadera bajo la corriente de agua. Se recuperó antes de caer y armonizó a Vergüenza. Quizá sería mejor tener los ojos abiertos.

Aquella corriente, aunque era poco profunda, estaba haciéndose traicionera. Los abismos tenían el suelo plano en su mayor parte, como resultado de la competición entre el asentamiento de crem y la erosión, que creaba una especie de equilibrio que impedía que se llenaran. Venli pensaba que la erosión terminaría venciendo, sobre todo después de ver que ya lo había hecho en el extremo más oriental de las Llanuras Quebradas, pero supuso que para eso aún faltaban eones.

—No me gusta caminar por esta agua —dijo Bila desde cerca, salpicando al caminar—. Mi cerebro no para de armonizar a los Terrores, diciéndome que es el chorrito al principio de una alta tormenta.

—En la tormenta eterna llueve mucho menos que en la alta tormenta —respondió Venli—. No debería haber peligro.

Bila levantó una gema para iluminarse la cara y miró hacia arriba por la abertura del abismo hacia el furioso cielo.

—Por lo menos, parece que ya no tendremos que padecer otro choque de la tormenta eterna y la alta tormenta.

Venli había oído sus relatos de escapar a la noche por los abismos cuando había tenido lugar aquel espantoso primer encuentro de las dos tormentas. Ella había estado sobre las mesetas, aunque le daba la impresión de que ya hacía toda una vida de aquello, y de estar recordándolo a través de los ojos de otra persona.

Timbre vibró. Una teoría: el encuentro de tormenta con tormenta nunca había vuelto a ser tan violento como aquella primera vez, cuando se habían destruido mesetas enteras. ¿Sería otra pista? ¿Había sido aquel lugar el causante de la agresividad de esa convergencia? ¿Las posteriores habían sido más débiles por suceder en otros sitios? ¿O era lo que habían supuesto en un principio, que aquella primera convergencia había sido tan violenta por el exultante inicio de la tormenta eterna?

Venli no tenía respuestas, así que siguió encabezando el grupo hasta que dieron con una obstrucción en el abismo, una estructura natural con forma de presa, creada por un tronco atascado entre las paredes. Por encima de él caía una cascada, y los posibles asideros de madera y hueso estaban cubiertos de musgo. Le cosquilleó la piel y armonizó a los Terrores por la mera idea de trepar por allí. De verse obligada a tocar el cuerpo de los muertos.

Los demás vacilaron también alrededor y detrás de ella, pero entonces una sombra tapó la belicosa luz roja que crepitaba en el cielo al caer sobre ella. Nubetrueno se agachó y observó el obstáculo. Entonces las largas pinzas que tenía a ambos lados de la boca, articuladas y más o menos del grosor del brazo de un cantor, se extendieron hacia Venli. Su ritmo se congeló mientras el abismoide la levantaba del suelo con aquellos apéndices parecidos a brazos y la sostenía debajo de su mentón. Trepó sobre la barrera.

Los otros abismoides lo siguieron, llevando a más cantores, e hicieron varios viajes. Coronaban la presa con facilidad apretando las patas contra ambos lados del abismo, como solían hacer allí dentro. Tenían las patas delanteras fuertes y poderosas, pero sus articulaciones no les permitían agarrar nada ni levantarlo. Aquellos apéndices más pequeños de debajo de la cabeza, en cambio, sí que estaban bien articulados.

Venli dejó que su ritmo arrancara de nuevo mientras respiraba hondo, de pie con el agua hasta la cintura a contracorriente de la presa, pues allí había formado una especie de lago. La siguiente persona a la que depositaron fue Leshwi. Venli armonizó en silencio a Tensión. La Fusionada y ella no habían hablado mucho durante los últimos días. Ambas dudaban sobre cuál era su nueva relación.

Leshwi la miró y canturreó a Agonía.

—No sé si puedo continuar así, Venli. Fui una semidiosa durante milenios. Y ahora… tengo la ropa mojada y me dan temblores.

—¿Querrías volver a él? —preguntó Venli—. ¿Ser suya otra vez, librar una guerra en la que no crees? ¿Matar, para poder volver a estar cómoda?

El ritmo de Leshwi cambió a Reprimenda y la Celestial miró furiosa a Venli. Luego, con esfuerzo evidente, armonizó a Retirada y apartó los ojos.

—Fuiste lo bastante fuerte —dijo Venli a Alabanza— para volverte contra tus órdenes, contra tu gente y contra tu dios porque sabías que era lo correcto. Esa fue la parte difícil, Leshwi. Tú sigue adelante.

—No es tan sencillo —replicó Leshwi—. Antes, había perfeccionado mi papel a lo largo de muchos, muchísimos años. Ahora... —Bajó la mirada a su ropa mojada, separando las manos—. Ahora... ¿por qué estoy aquí, siquiera? ¿Qué estoy haciendo? No puedo ayudaros.

—Sí que puedes —dijo Venli—. Si encontramos una patrulla del ejército de Odium, es posible que no sepan que cambiaste de bando. Obedecerán a una Fusionada de tu renombre. Eres nuestra última defensa contra que nos descubran.

Leshwi calló, canturreando a Consideración.

—Te encontraremos un nuevo lugar —le prometió Venli—. Con los oyentes. Quizá no seas una diosa entre nosotros, porque no tendremos dioses, pero serás algo mejor. Libre.

—Libre... —dijo Leshwi—. Ya hace muchísimo tiempo... —Miró hacia arriba—. Pero ¿puedo llegar a ser libre sin volar?

Al poco tiempo, los abismoides ya habían llevado a todos los oyentes al otro lado del obstáculo. La gema de Venli iluminó los ojos oscuros de Nubetrueno mientras el abismoide se inclinaba a su lado. Tenía la cara entera hecha de placas, y su ojo escrutaba a través de la unión de unas pocas. Venli captó el Ritmo de la Curiosidad palpitando en él.

—Quieres conocer el origen de esa canción tanto como nosotros —dijo Venli.

Nubetrueno miró hacia el centro, que aún estaba a muchas horas de marcha. Luego ladeó la cabeza y contrajo sus largas pinzas. Ella siguió su mirada, y el chasqueante relámpago iluminó algo en el abismo. Otra obstrucción atascada entre ambas paredes, pero más alta. Esa no creaba una presa.

—¿Vamos a ver? —preguntó.

En respuesta, Nubetrueno la levantó de nuevo y, mientras chorreaba de ella agua fría, la alzó para que inspeccionara...

Un puente.

Uno de aquellos que utilizaban los humanos. Viejo, lleno de marcas, invadido por haspers y cortezapizarra, encajado a unos seis metros de altura. La cara inferior estaba cubierta de musgo, y los rocabrotes habían empezado a encontrar agarre en él. Venli alcanzaba a ver muescas en la madera allí donde las flechas, disparadas por su propia gente, habían alcanzado el puente durante algún asalto.

Era una clase distinta de cadáver. Sostenida por debajo de los brazos, Venli extendió la mano, tocó la madera y proyectó en su mente hacia el abismoide el aspecto que habría tenido el puente estando recién creado. Pensaban que a las bestias les gustaba que les dieran ese tipo de explicaciones.

Al cabo de un tiempo, Nubetrueno la dejó en el suelo y continuaron avanzando juntos, hacia el interior y aquel sonido. Un tono discordante y un ritmo caótico que se iban volviendo más nítidos a medida que se aproximaban.

Jasnah estaba sentada, tensa, con la reina Fen y sus escribas mientras la vinculacaña escribía.

«Nos hemos acercado mucho, majestad —explicó la escriba Corredora del Viento desde el otro lado—. Hemos esperado a primera hora de la mañana, cuando la fuerza aérea enemiga parecía menos alerta, y hemos avanzado bajo las olas. Aunque los Fusionados están al tanto de ese truco, y apostan centinelas para evitar que hundamos sus barcos desde abajo, hemos podido aproximarnos mucho sin que nos descubran.

»Lo que hemos observado es a la vez perturbador y alentador, brillante. Vuestra hipótesis es correcta: las bodegas de todos los barcos que nuestros spren han explorado están llenas de pedazos de piedra, no de soldados. Los que vemos en cubierta son señuelos cuyo objetivo es dar la impresión de que los barcos vienen tan atestados que se han quedado sin sitio abajo. Albergo la firme sospecha de que esos individuos que navegan a la intemperie no son soldados entrenados, sino trabajadores a los que se ha concedido la forma de guerra, a juzgar por cómo actúan, aunque, por supuesto, no tengo manera de confirmarlo.

»En todo caso, estoy convencida de que no hay un ejército invasor. Solo una elaborada utilería. Hemos llegado a una pequeña isla en busca de estabilidad para enviar este informe. No creemos que el enemigo haya descubierto nuestros esfuerzos; tener un Tejedor de Luz a mano ha resultado útil, aunque no creo que Rojo haya disfrutado mucho de la parte del buceo.

»Esperamos instrucciones».

Fen dejó de contener el aliento mientras Jasnah les entregaba la página a sus escribas para que la copiasen, la tradujesen para los thayleños y se la leyeran a los generales varones. Mientras sucedía todo eso, Jasnah ordenó a los Corredores del Viento que mantuvieran la posición de momento, por si los necesitaban para hacer un reconocimiento más exhaustivo.

Se habían instalado en una pequeña sala contigua a la cámara mayor de planificación, que durante dos días había estado llena de las mejores mentes militares vivas debatiendo sobre todo método posible de defensa. Contra un asalto que, en realidad, no llegaba.

—Esto es malo, Jasnah —dijo Fen en voz baja.

—¿Malo? —replicó Jasnah—. Fen, tu ciudad está a salvo casi a ciencia cierta. Odium ha comprendido que es inconquistable en el tiempo que falta para el momento límite, así que está concentrando sus esfuerzos en los otros dos campos de batalla.

—¿De verdad crees que va a renunciar a nosotros sin más?

—Bueno, el ser conocido como Odium, incluso teniendo a un nuevo anfitrión, es inteligente más allá de la medida humana.

—No me sirve de mucho consuelo —dijo Fen.

—Fen —insistió Jasnah—, el hecho de que sea brillante es bueno para ti. Un general listo sabe cómo ganar batallas, pero uno brillante sabe cuándo abandonarlas. Odium ha comprendido que desperdiciar recursos aquí no es una estrategia viable, así que ha hecho una finta para que nosotros dividamos los nuestros y no los despleguemos todos en las Llanuras Quebradas y Azimir, donde puede ganar. Deberías estar a salvo.

—Debería —dijo Fen—. Jasnah, ¿cuánto confías en un «debería»?

—Las teorías respaldadas por una evidencia sólida son el alma del descubrimiento científico —afirmó Jasnah.

—Y, si actuásemos a partir de esta información, ¿cuáles serían nuestros siguientes pasos? Enviar nuestras tropas y Radiantes a reforzar las Llanuras Quebradas, ¿correcto?

Jasnah asintió. Una vigilancia cuidadosa en Shadesmar había impedido que Sja-anat tomase a más spren de Puertas Juradas, así que por el momento, y con un poco de suerte para siempre, las Puertas Juradas de Ciudad Thaylen y las Llanuras Quebradas seguían funcionando para la coalición. En consecuencia, las tropas de un lugar podían trasladarse con rapidez al otro. Deseó poder decir lo mismo de Azimir.

—¿Y si eso es lo que él quiere? —prosiguió Fen—. ¿Y si las bodegas vacías son el señuelo y pretendía que las descubriéramos? ¿Y si tiene un plan distinto para conquistar esta ciudad?

Tormentas, Jasnah debía habérselo esperado. No que Fen tuviera razón: se equivocaba, aunque del modo más inocente posible. La idea de que una nunca podía saber nada porque siempre había algo más que averiguar era una falacia lógica. Si empezabas a pensar que tu enemigo tenía planes preparados para cualquier decisión que pudieras tomar, terminarías permitiendo que te guiara el miedo a equivocarte, en vez de la confianza en los hechos descubiertos.

—Es posible —dijo Jasnah, tomando la mano de Fen—. No voy a mentirte afirmando lo contrario. Pero el truco de las piedras en las bodegas es inteligente, y nos ha sido difícil comprobarlo. Fen, la división de las Llanuras Quebradas está soportando la furia plena de la tormenta eterna y a todos los Fusionados que el enemigo puede arrojarle encima. Mientras nosotras estamos aquí esperando.

—Dices que debería desproteger mi ciudad —repuso Fen—. Enviar lejos las tropas y dejar Ciudad Thaylen expuesta.

—Digo que debemos actuar según la información que tenemos, no según la información que creemos no tener.

Fen apartó la mirada, aunque no soltó la mano de Jasnah.

—Qué poco falta. Tres días y conoceremos la paz. Pero ¿y si, por hacerte caso ahora, lo echo todo a perder, Jasnah? No podemos dejar Ciudad Thaylen indefensa. Yo no puedo.

—Debo enviar a los Radiantes a reforzar a los de las Llanuras Quebradas —respondió Jasnah—. Tengo la autoridad de Dalinar para hacerlo. No podemos llegar a Azimir con su Puerta Jurada inoperativa, pero esto sí que podemos hacerlo.

—Podrías estar matándonos a mí y a los míos.

—Mi filosofía moral consiste en hacer el máximo bien que pueda en toda situación —dijo Jasnah.

Fen soltó su mano de la de ella.

—¿Me dejarás tiempo para hablar con el Consejo Central Thayleño y ver qué opinan?

—Por supuesto —contestó Jasnah—. De todos modos, quiero que los Corredores del Viento regresen e informen. Las vinculacañas pueden robarse, así que necesitamos confirmación directa de primera mano.

La Corredora del Viento que enviaba el mensaje había transmitido las palabras clave correctas al principio, pero ¿quién sabía hasta dónde alcanzaba la vista de Odium?

Fen salió de la sala, atribulada. Y Jasnah, si se permitía empatizar por un momento, lo comprendía. ¿Enviar tropas a otro lugar durante el intervalo de tres días más importante de la historia? Tenía que ser una tortura, supieras o no que era lo correcto. Era probable que el enemigo también lo supiera. Era una curiosa rareza de la medicina que a menudo los placebos funcionasen incluso si una sabía que le estaban dando un placebo. Aquella situación explicaba por qué, con una especie de ejemplo inverso. Una finta podía funcionar incluso si se sabía que era una finta, porque dejaba al enemigo preocupado por qué otras cosas podría estar pasando por alto.

«Haz el máximo bien», se dijo. Cuando las decisiones se ponían difíciles, confiaba en que esa filosofía la guiara. Y, con ello en mente, comenzó a redactar las órdenes para que sus tropas marcharan a reforzar las Llanuras Quebradas.

Tienes razón, y la carta que me escribiste, como es propio de ti, estaba llena de sabiduría y excelentes deducciones.

Shallan despertó en su pasado. Era aquel día. Alfombra blanca. Era... era...

«No».

La visión cambió. Era una niña. Escondida en un rincón. Llorando mientras sus padres se gritaban.

La suya no era una historia única, lo sabía. Había escuchado con el paso de los años, había coleccionado a gente en sus cuadernos de bocetos. Por casi cada familia como la de Lopen, llena de amor y felicidad, había otra como la suya. En la que los tiempos felices eran el glaseado del postre, utilizado para disimular ese pegote deforme que no había salido del horno como debería.

Habían tenido alegría. Pero, muy a menudo, había parecido una invención construida con sumo cuidado para permitirles fingir. Costaba recordar esos buenos tiempos allí escondida, oyendo los gritos. Como adulta, a veces se había contado a sí misma la mentira de que todo había sido maravilloso hasta la muerte de su madre, pero, como pasaba con tantas mentiras de su vida, había permitido que esa viviera demasiado tiempo. Las mentiras le ofrecían protección, sí, pero también podían hacer daño.

Su madre dio un portazo y unos pasos se acercaron. Shallan, sintiéndose muy bajita en ese cuerpo, miró desde su habitación por una rendija de la puerta y vio a su madre pasar sigilosa. Un destello de pelo rojo y oro. Palabras murmuradas.

—No puedo ser así. No puedo. No soy soldado, soy ama de casa. Esto es lo que quiero. Es lo que siempre he querido. No puedo. No puedo. No puedo. No puedo. No puedo. No puedo.

Shallan se apartó.

Entonces, dijo Velo, *¿cómo vamos a afrontar esto, ahora que lo recordamos?*

¿Deberíamos ir tras ella?, preguntó Radiante.

Shallan hizo acopio de valor... y no la siguió. Pero, tormentas, aquello era otro paso adelante. No había mirado hacia otro sitio, no había esquivado el asunto. Esa era su madre.

Estoy casi preparada, les reconoció a las otras dos. *Pero tenemos que encontrar una visión en la que sea adulta.*

Estoy de acuerdo, dijo Velo. *De momento, acepta los recuerdos.*

En el cuerpo de una niña, Shallan se secó las lágrimas y salió a merodear por los pasillos de la mansión. Su padre aún no había degenerado al abuso físico, pero ya gritaba a los sirvientes, buscando pelea. Así que Shallan lo evitó y se metió bajo la escalera, donde él nunca miraba.

Sus hermanos estaban acurrucados allí. Todos menos Helaran, el mayor, al que Kaladin terminaría matando un día. Jushu se frotó los ojos. Wikim fingió que no había estado asustado. Balat era un bulto en la oscuridad, que se negaba a mirarlos.

Shallan se sacó un chip de diamante del bolsillo y empezó a contarles un cuento. Su yo mayor estaba en aquel cuerpo, experimentando aquellas cosas, pero, al contrario que en las otras visiones, consiguió dejarlo suceder sin más. Tenía la sensación de que solo era posible porque aquel era su pasado, y una parte de ella recordaba lo que debía hacer.

Vivía el recuerdo como si cabalgara a lomos del viento.

Porque aquello sí que no era glaseado. Aquel recuerdo era de auténtica alegría. La expresión con que la miraban sus hermanos mientras Shallan hacía caso omiso a su propio miedo y les contaba un cuento que se había inventado, la historia de un pequeño sabueso-hacha que exploraba el mundo. Visitaba grandiosas ciudades, y al final lo confundían con un rey y lo coronaban. Era una tontería con muy poco sentido, y eso formaba parte de su encanto. Además, cuando se pasaba hambre, un mendrugo era un banquete.

Balat dejó de mirar la pared y sonrió. Jushu empezó a ayudarla a inventarse ideas. Wikim dejó de fingir que era fuerte y se permitió ser un niño con los ojos como platos que adoraba aquel cuento. Juntos tejieron un hilo que apartaba de ellos las sombras y la oscuridad. Juntos, a pesar de unos padres a los que parecían no importarles, se convirtieron en una familia de todos modos.

Luego, cuando su padre hubo tenido tiempo de enfriarse y su madre volvía a actuar como ella misma, salieron. Cada uno de sus hermanos la abrazó, y acordaron ocuparse de sus respectivas tareas sin que nadie se lo pidiera. Esa noche, mientras ordenaba su cuarto, Shallan encontró una extraña pauta en espiral sobre la pared. Atraída hacia ella por sus mentiras, pero no por unas mentiras cualesquiera. Como todos los crípticos, Testimonio había llegado buscando las mentiras más maravillosas de todas. Las contradicciones que hacían a los humanos capaces de funcionar.

Los cuentos. En particular, el cuento que Shallan se había contado a sí misma: el fingimiento de ser feliz y fuerte y no estar aterrorizada.

Una mentira que hacía posible brillar cuando todo el mundo era oscuro.

Renarin recordaba aquel día.

Estaba en el cuerpo de su yo más joven, sentado en un festín. Los fuegos ardían altos en los hogares, una luz temible, amenazadora, llena de danzarines llamaspren. Incluso teniendo unas chimeneas adecuadas, los enormes fuegos hacían que el salón hediera a hollín y a humo. Ese olor se le quedaría en la ropa; más adelante escogería una chaqueta con aspecto de limpia y llevaría consigo el fantasma de la hoguera durante todo el día.

Más o menos por esa época, en su juventud, los Kholin habían empezado a practicar a ser más refinados. El rey Gavilar se había vuelto menos soldado y más político, y había reemplazado las hogueras abiertas por hogares con rejas de hierro. Renarin se fijó en quiénes del gran salón parecían disfrutar del fuego y quienes se quedaban a cierta distancia. La distinción lo fascinaba.

Estaba sentado a la mesa de los niños, donde los chicos y las chicas aún comían juntos, aunque él era el más alto de todos. Ya debería haber pasado a las mesas de adultos, pero quedarse parecía retrasar las decisiones. Parecía hacer las cosas más cómodas. Que sirviera de verdad para ninguna de las dos cosas era muy discutible, comprendió en ese momento su yo mayor. Desde luego quedaba raro que aquel joven de incipiente bigote, por mucho que fingiera no tenerlo, estuviese en la mesa de niños tres años más jóvenes que él.

Renarin nunca había conocido una Alezkar dividida. Había nacido con el reino ya unido, hijo del poderoso general que lo había forjado. Pero mucha gente aún recordaba la época anterior a la unificación, y ese día era cuando Renarin se había dado cuenta de que el protagonismo de su padre no siempre iba a protegerlo a él. Después del segundo plato, Renarin se había levantado para ir al excusado. Lo hizo de nuevo entonces, saliendo del salón de banquetes mientras jugueteaba con los botones de la manga, y allí se topó con los chicos mayores.

Recordó sobresaltarse al verlos, aunque ese día se los esperaba allí de pie en el pasillo, pasándose un trocito de musgoardiente. Llevaban ropa buena: eran hijos de las élites que, viendo cambiar el viento, se habían unido a Gavilar. Esos chicos no recordaban el antiguo reino, pero sus padres sí, y los pensamientos de esos padres tenían un modo de filtrarse a los niños, como la tinta a través de un papel demasiado fino. El símil hizo sonreír a Renarin, ya que jamás se lo habría planteado antes de aprender a escribir.

Pasó por delante de los chicos y ellos fueron tras él, provocándolo. Renarin se detuvo y se volvió, y el Renarin mayor vio algo nuevo que se le había escapado de joven. ¿Esas posturas nerviosas, y las miradas que no dejaban de cruzar los chicos, espoleando sus actos con asentimientos? Esos chicos... estaban asustados.

Lo rodearon y lo empujaron contra la pared, dado que en esa visión Renarin tenía el cuerpo de un niño. Exigieron saber si se creía mejor que ellos. En ese momento, Renarin comprendió que estaban probando límites. A sus ojos, Dalinar debía de avergonzarse de su hijo menor, si lo obligaba a sentarse en la mesa de los niños, si le negaba entrenar con la espada. Querían ver hasta dónde podían estirar eso.

—Os recuerdo —susurró Renarin—. Recordaré esto durante muchísimo tiempo.

Fruncieron el ceño, ya que no había sido la respuesta esperada. Sí, Renarin se acordaba de ese día. Era uno de muchos que, acumulados, le habían hecho darse cuenta de que no entendía a la gente. Qué perplejo se había quedado, qué vergüenza pasó. ¿Por qué sus amigos, o las personas a las que percibía como sus amigos, estaban tratándolo así? ¿De dónde habían salido aquellas repentinas emociones? ¿Qué había hecho mal, y cómo asegurarse de no volver a hacerlo nunca?

Él ya no era ese chico.

Barrió las piernas del líder de sus agresores e hizo que diera con la cabeza contra el suelo. Zahel no le había enseñado a Renarin mucho combate cuerpo a cuerpo, pero aquella maniobra era la que había declarado esencial. Una enorme cantidad de situaciones se volvían mucho más manejables si el otro estaba en el suelo.

Los demás chicos se quedaron muy quietos un momento, y luego uno empujó de nuevo a Renarin contra la pared mientras otro ayudaba a su amigo caído. Renarin aguantó el golpe, examinando cómo se sentía. Había confiado en que contraatacar le supondría una catarsis... pero no. Aquello era una mera visión. Nada de allí significaba nada. Y, además, Renarin era Radiante. Se suponía que estaba por encima de aquello.

Se preparó para encajar unos pocos puñetazos, pero entonces Adolin, como había sucedido en la experiencia original, llegó corriendo. Su querido y esforzado Adolin, gritando, dejando atrás charcos de furiaspren. Cuatro chicos y un solo Adolin, pero le tenían miedo. Llevaba una espada, pero no le hizo falta usarla, porque plantó su cara delante de la del líder de la banda, el mayor de todos, que tenía la edad del propio Adolin, y amenazó con retarlo a un duelo.

Y, tormentas, cómo lo quiso Renarin por aquello. Ya no necesitaba que lo salvaran como en otros tiempos, pero recordaba lo que había sentido cuando su hermano apareció. Como un héroe salido de una historia, llegando con el primer claro entre las nubes tras una alta tormenta. Y el joven Renarin no había caído en la cuenta de que esos chicos jamás en la vida habrían llegado a hacerle daño de verdad. Había temido por su vida.

Adolin Kholin llevaba protegiendo a los débiles desde que podía andar. Qué raro que fuese Renarin el caballero.

¿Por esto quisiste entrenar y hacerte soldado?, preguntó Glys. *¿Porque querías ser como él?*

—No —susurró Renarin—. Lo que quería era no necesitarlo a él.

Acabas de pensar en cómo te encanta que te ayudara.

—Y me encanta —dijo Renarin mientras los chicos salían huyendo—. Pero no quiero tener que depender de él, Glys. Llevo toda la vida necesitando ayuda de otros, de un modo que mi padre y mi hermano nunca necesitaron. Me gusta pensar que eso me ha enseñado cuatro cosas, pero, tormentas… este día. Este tormentoso día.

¿Qué le hará este día al joven tú?

—Mostrarme que no puedo fiarme de la gente —dijo Renarin—. Porque no sé interpretarla. Durante años tuve miedo de que todos mis amigos resultarían odiarme en secreto. Miedo de que, si tenía que luchar, mi enfermedad de la sangre me dejaría incapaz. Así que, cuando tuve una oportunidad de ser soldado, de llevar armadura esquirlada por fin, la aproveché.

Adolin se volvió hacia él, le preguntó si estaba bien y prometió que les daría una buena lección a esos chicos. Y lo haría. Por aquel entonces, Adolin ya era una estrella emergente como duelista, y el mundo no tardaría en saber que, si alguien trataba mal a Renarin, podía esperar un desafío.

Renarin siempre querría a su hermano por ello, y siempre tendría un resentimiento por haber sido incapaz de hacerlo por sí mismo.

Rlain canturreaba al Ritmo de lo Perdido, porque estaba allí en una visión… con Eshonai.

—Estamos perdiendo a demasiada gente —dijo ella, caminando de un lado a otro delante de ellos en su armadura esquirlada, reunidos para decidir la estrategia. Todos estaban en forma de guerra, pero ella se alzaba muy por encima de sus cuerpos sentados—. Si seguimos así, los humanos van a desgastarnos hasta que no quede nada de nosotros. Un hacha sin mordedura, toda asta.

Fuera se veía la antigua Narak, como ya nunca volvería a existir. Mesetas abiertas sin fortificaciones. Hogares creados por cantores a partir de cualquier cosa que encontrasen, mejorando los viejos edificios de piedra recubiertos de crem. Un cielo alto, azul, sobre unas mesetas que eran islas.

Durante un tiempo allí, Rlain había pensado que todo saldría bien. Luego los humanos se habían negado a marcharse, y habían empezado a ganar.

—¿Y si enviáramos a espías entre ellos? —propuso Thude.

Eshonai volvió sobre sus talones para mirarlo. Canturreó a Apreciación, indicándole que continuara.

—Podríamos hacer que alguien adoptara la forma gris —añadió Thude—. Se parece lo suficiente a la forma esclava para que ningún humano sepa distinguirlas.

—Allí tienen a esclavizados sirviéndoles la comida —dijo Bila, también a Apreciación—. Limpiando. Cargando con cosas. Están siempre por todas partes.

—Es verdad —asintió Eshonai—. Lo vi en su palacio. No nos hacen ni caso. Somos prácticamente invisibles para ellos.

—Así que un o una espía podría acercarse —exclamó Thude a Emoción—. ¡Averiguar dónde envían patrullas los humanos! Podríamos empezar a hacer incursiones cerca de los campamentos de guerra otra vez.

—Si comenzásemos a quedarnos con todas las gemas corazón —dijo Harvo—, a lo mejor los mataríamos de hambre.

—Es muy buena idea, Thude —respondió Eshonai a Consideración—. Probemos a enviar uno al principio, quizá a esa serrería que hay río arriba, y a ver cómo lo tratan. A ver cuánto tiempo puede estar sin que lo descubran.

Rlain no se había dado cuenta de lo doloroso que iba a ser recordar ese día. Armonizó a Tensión mientras pensaba en lo que estaba a punto de ocurrir. Porque Thude fue el primero en presentarse voluntario.

—Podría hacerlo yo mismo —dijo Thude—. Sé el camino.

—No digas bobadas —replicó Eshonai—. ¿Y si los humanos te atacan nada más verte? No podemos permitirnos perder tu pericia en batalla, Thude.

—Aunque nuestras reservas de comida sí que nos lo agradecerían si te marcharas —añadió Bila, riendo.

Rlain cerró los ojos con fuerza y la Tensión atronó en su mente. Bila intentó presentarse voluntaria a continuación, pero Thude se negó.

—No puedo perderte —le dijo.

Harvo lo intentó, pero lo consideraban demasiado útil para la labranza y también lo rechazaron. Tusa era esencial para la investigación.

La sala quedó en silencio.

—Lo haré yo —dijo Rlain, abriendo los ojos.

Lo miraron, y varios parecían haber olvidado que estuviese allí siquiera. Acababan de hablar de lo invisibles que eran los parshmenios para los humanos, pero a él lo trataban igual buena parte del tiempo.

Esperó que llegaran las objeciones, o al menos que alguien dijera que lo echaría de menos. Lo que pasó fue que todos se animaron.

—Es una idea excelente —dijo Thude.

—Eres perfecto —convino Tusa.

Ni siquiera, Harvo, uno de sus mejores amigos, dijo nada. La situación todavía era incómoda, después de lo que había pasado cuando Rlain estuvo en forma carnal. No creía que los demás lo trataran de forma muy distinta a resultas de aquello. Lo consideraban divertido, como casi todo lo que pasaba en forma carnal.

No, era solo que… bueno, que no lo conocían. No se habían preocupado de conocerlo. Rlain siempre estaba allí, pero nunca era relevante. Era la persona callada al borde de la conversación.

—Ahora mismo no tienes pareja de guerra —dijo Eshonai. De todos ellos, era la única que parecía mínimamente reacia a enviarlo al peligro. Pero

Eshonai también era una general, y tenía que concentrarse en el bien de su pueblo—. Eres un soldado capaz y podrás escapar si la cosa se tuerce. Gracias por ofrecerte, Rlain. Creo que funcionará.

En el momento, se había enorgullecido de poder ofrecerles algo aparte de su conocimiento sobre cultivos. Después de aquel día, empezaría a entrenar como espía y se infiltraría entre los humanos. Pero, en los años venideros, la cosa sí que iba a torcerse. Cometería errores, y algunos humanos se darían cuenta de que pensaba con más claridad que sus parshmenios. Enviaría información útil para su pueblo, pero ni de lejos tanta como había esperado, porque los ojos claros siempre le ordenaban que saliera antes de hablar sobre temas importantes.

Y, al final, había terminado en el Puente Cuatro. Donde pensaría en lo que había supuesto aquel día, aquella reunión. Y canturrearía a Anhelo al recordar que ni uno solo de sus amigos había alzado la voz para pedir que se quedara.

Acepto que no podemos continuar como hasta ahora.

Adolin subió al puesto de guardia que había sobre una de las torres de Azimir. Desde allí, lo impresionó de verdad el mar de cúpulas de bronce, todas ellas pulidas para reflejar la dorada luz solar como espejos.

Azimir era una ciudad de soles.

Colot era cinco centímetros más alto que los exploradores azishianos de allí arriba, y su sólido uniforme blanco y azul contrastaba con sus multicolores fajines y sombreros.

—Muy bien —dijo Adolin, cruzando la cima de la pequeña torre hasta el mismo antepecho—. Déjame ver.

Colot le pasó el catalejo y...

Un momento. ¿Qué era eso?

Adolin sostuvo en alto el aparato, que parecía dos pequeños catalejos unidos, con un gozne metálico entre ellos.

—Se llama binocular —dijo Colot.

—¿Fabrial? —preguntó Adolin, fijándose en los artilugios con gemas que tenía en la parte de abajo.

—Sí, pero las lentes no necesitan que lo sea, al parecer. Girando este dial de arriba, se cambia el enfoque.

Adolin se llevó el objeto a los ojos y recorrió la ciudad con la mirada, ajustando el binocular como le habían dicho. Tormentas, funcionaba de maravilla, y ampliaba mejor que cualquier catalejo que hubiera utilizado, con el beneficio añadido de que percibía la profundidad.

—Mira a tu derecha —dijo Colot—. Y luego, para activar la parte que es un fabrial, sé consciente de estar buscando cosas vivas que se ven solo a través de las lentes.

Adolin frunció el ceño.

—A mí no me preguntes —añadió Colot—. Está claro que tendrás que indicarle lo que quieres al spren del fabrial, o se limitará a localizar a la gente más cercana, que somos nosotros.

O se limitaría a localizar… Adolin se sobresaltó cuando unas luces dentro del aparato se encendieron al pasar por un cierto sector del cielo. Se detuvo allí, giró el dial para ampliar y descubrió que alcanzaba a distinguir un grupo de cuatro Celestiales en el aire.

—Tormentas…

Bajó el binocular, forzó la mirada y no consiguió avistar nada. Alzó el binocular otra vez y, aunque las figuras seguían siendo algo pequeñas, llegó a ver sus largos ropajes ondeando al viento.

—Necesito tantos aparatos de estos como podamos conseguir —afirmó Adolin—. Quiero cien. Los quiero en manos de todo explorador, toda escriba, todo soldado de retaguardia y guardaespaldas.

Colot soltó una risita.

—Los azishianos tienen uno, que por fin consiguieron que funcionara ayer. No creo que esté a la venta. Pero… bueno, vemos el futuro al mirar a través de esto, ¿verdad?

—Tormentas, sí —dijo Adolin, observando las figuras voladoras—. No son muchos, pero no me hace gracia ver ningún refuerzo enemigo. —¿Qué significaría?—. Pon a todo el mundo en alerta, sin que se note. Busca a Notum y envíalo a hablar conmigo. Va a pasar algo hoy, y sospecho que pronto.

Navani recorría los pasillos de Urithiru en el pasado. Y estaba todo mal.

Allá en el Reino Físico, se había ido acostumbrando a la nueva versión de la torre, con brillantes luces que resplandecían dentro de la piedra, spren en todos los rincones y una sensación de vibrante alerta. Bombas batiendo, aire soplando, gente medrando.

También recordaba bien la versión semidormida. Después de que las luces se apagaran, somnolientas, miles de años antes. La maquinaria funcionando en un estado de mantenimiento básico. Una ciudad esperando la renovación.

La torre de aquella visión estaba entre una cosa y otra. Las luces estaban allí, enterradas en los estratos de piedra, pero eran flojas y frágiles. La maquinaria funcionaba a trompicones y los spren se escondían en los rincones, asustados. Sabía, por los registros recuperados, lo que estaba sucediendo: los Radiantes abandonaban la torre. Iba a ponerse a dormir.

Ese estado intermedio, como el de una criatura semiformada, la ponía nerviosa. Llevaba en brazos a Gav y no podía impedirse mirar nerviosa por encima del hombro en cada intersección.

Dalinar no parecía notar que algo andaba mal. Tenía la atención fija en aquel Radiante de su otra visión. El que sería el primero en renunciar a sus esquirlas. Siguieron al hombre por una de las principales avenidas de Urithiru, y la gente le dejaba espacio, con su ondeante capa azul y su esplendorosa armadura viva. Corredor del Viento, a juzgar por la armadura, más lisa que la mayoría y con el brillo del color adecuado, aunque su glifo era una versión anticuada del que significaba «paz».

Navani y Dalinar lo siguieron hasta unirse al tráfico que se movía hacia fuera, en dirección a las Puertas Juradas. Aquella gente llevaba sus posesiones en carretas e iba vestida para viajar, con niños a cuestas. Los escasos registros que habían quedado atrás no explicaban por qué se había abandonado la torre. Seguramente el Hermano se lo podría haber dicho, pero Navani había tenido tanto trabajo esos últimos días que ni se le había ocurrido preguntar.

La gente se amontonaba contra las puertas delanteras, pero el Corredor del Viento se elevó en el aire y los adelantó volando. Navani no sabía qué aspecto tenían ellos tres para aquella gente, pero no parecían ser nadie importante, porque Dalinar y ella tuvieron que esforzarse para cruzar. Por suerte, a Dalinar se le daban bien esas cosas.

Terminaron llegando al frente de la muchedumbre, abriéndose paso a codazos a través de las puertas, y vieron un enfrentamiento. Había un gran grupo de Radiantes reunido fuera, de más de cien miembros, con una gran variedad de ropa. No parecían tener un uniforme estandarizado, aunque muchos llevaban takama con una camisa abierta para los hombres y telas ajustadas cubriendo el pecho para las mujeres.

Navani se sorprendió por lo estimulante que le resultaba ver las antiguas vestiduras, el legado de su pueblo, allí. Era algo conocido, después de las extrañísimas costumbres y ropas de los pueblos muy antiguos. Muchos de los ojos oscuros que tenía alrededor vestían de un modo similar, aunque los procedentes de otros países, como los azishianos, lo hacían de forma distinta.

Los Radiantes congregados eran o bien Corredores del Viento, o bien Rompedores del Cielo, dado que muchos flotaban en el aire. Navani supuso que serían todos de la segunda orden, pues, cuando el hombre al que habían seguido descendió con su armadura esquirlada, se volvieron como uno solo en postura hostil hacia él. Tres de ellos hasta invocaron su propia armadura.

Un hombre con ropa de sedamarina verde se interpuso entre ellos y extendió las manos a ambos lados, una hacia el Corredor del Viento, la otra hacia los Rompedores del Cielo. Dijo algo, pero Navani estaba demasiado lejos para oírlo. Asintió mirando a Dalinar e intentaron avanzar, pero había una hilera de Radiantes cortando el paso.

—Asuntos de Radiantes —dijo uno a Dalinar—. Dejad que el Forjador de Vínculos lo resuelva.

—Tengo información urgente para él —replicó Dalinar.

—Tendrá que esperar.

—Pero…

—Tendrá que esperar —repitió el Radiante, probando una mirada fulminante hacia Dalinar.

Que lo fulminó de vuelta. Navani tiró de él para llevárselo.

—Empezar una pelea no servirá de nada.

—Estas visiones son útiles —dijo él—, pero no había apreciado lo mucho que las otras estaban seleccionadas para mí.

—¿A qué te refieres? —preguntó Navani, calmando con un abrazo a Gavinor, que miraba hacia la torre y estaba preguntando si habían vuelto a casa.

—Cuando experimenté aquel primer conjunto de visiones hace años —explicó Dalinar—, me situaban en el mismo centro de los acontecimientos, en un lugar perfecto para observar o incluso participar. Estaban seleccionadas con ese propósito. Estas son más aleatorias. Aparecemos en el primer cuerpo que parezca estar disponible.

—Entonces, ¿qué hacemos?

Dalinar entornó los ojos y miró atrás, al otro lado de la hilera de Radiantes.

—Navani, hay una línea de luz que te Conecta con ese hombre plantado entre el Corredor del Viento y los Rompedores del Cielo.

—Es el Forjador de Vínculos de la torre en esta época. Conocemos su nombre por los registros: Melishi.

—Voy… a intentar una cosa —dijo Dalinar—. Si te parece bien. Creo que, mejorando esa Conexión…

En un abrir y cerrar de ojos, Navani se había desplazado por la plataforma. Estaba ocupando el lugar de ese Forjador de Vínculos, de pie entre los furiosos Rompedores del Cielo y el solitario Corredor del Viento. Se sacudió, reorientándose. Tenía su propio aspecto, al menos a sus ojos, pero era evidente que había tomado el puesto del Forjador de Vínculos a ojos de todos los demás.

Tormentas. Dalinar podría haberle dado un momento para que aceptara, antes de hacer aquello.

—Por favor, pensáoslo —estaba diciendo el Corredor del Viento—. Tenemos que seguir juntos.

—Ya es tarde para eso, Garith —dijo una mujer con armadura que encabezaba a los Rompedores del Cielo, con los pies levitando a palmo y medio del suelo—. El momento de estar «juntos» pasó hace años, cuando condenaste a Kazilah.

—Ya me disculpé por…

—Tenemos una grieta —lo interrumpió la mujer, levantando la voz, atrayendo furiaspren como un charco en el suelo debajo de ella—. Una grieta hecha de mentiras. Ya nadie reconoce la verdad. Nadie vive según el orden ni la razón.

—¿La razón de quién? —restalló Garith, elevándose del suelo también él—. ¿La vuestra? Deberíamos crear las leyes juntos.

—¿Y luego? Nadie quiere nuestra supervisión, así que ¿para qué molestarnos?

—¡Porque, después de tantos años, por fin tenemos un deber que cumplir! —exclamó Garith.

—Te refieres a ese nuevo movimiento entre los cantores, los parsh —dijo la Rompedora del Cielo.

—Tenemos que hacer algo con ellos —asintió el Corredor del Viento—. Durante más de dos mil años, los Radiantes no hemos tenido un verdadero enemigo, a excepción de emergencias de los Deshechos. Ahora se nos presenta uno. ¡Es una oportunidad para unirnos de nuevo! Los parsh tienen potencias. Se suponía que todo esto había terminado, pero ellos siguen luchando. Utilizan formas de poder.

—No pueden renacer —dijo la Rompedora del Cielo—. Esto no es una Desolación. No tienen las capacidades de las criaturas de leyenda, así que no es nuestra lucha.

—Toda lucha para defender a la gente es nuestra lucha.

La Rompedora del Cielo bufó y puso los ojos en blanco. Parecía que tratar con los Corredores del Viento era igual en cualquier época. En todo caso, ambos miraron a Navani. Maldición. ¿Esperaban que mediara? Sí, era lo que parecía.

—Creo —dijo— que estamos todos un poco demasiado emocionados ahora mismo. ¿Por qué no lo retomamos en un entorno más calmado?

—¿Calmado? —replicó la Rompedora del Cielo—. Melishi, la torre se muere. Sus protecciones desaparecen. ¡Tú mismo has ordenado la evacuación!

—Dijo que volveremos —intervino Garith—. Que esto es provisional.

—Entonces, ¿a qué vienen tantas barreras alrededor del Hermano? —replicó la Rompedora del Cielo—. Si es provisional, ¿por qué capearlo, traer alimentos? —Entornó los ojos—. No, aquí pasa algo. No pienso vivir aquí si hasta el Forjador de Vínculos miente.

—Confía un poco en Melishi —dijo Garith—. Él…

—¿Que confíe? —alzó la voz la mujer—. ¿Que confíe, Garith? ¿Y qué hay de tus mentiras? ¿Qué tramas estás urdiendo, mientras te finges tan valiente?

El Corredor del Viento reculó, flotó hacia atrás casi medio metro como por instinto, con los ojos como platos.

—Sí, soy muy consciente de que llevas tiempo ocultándonos cosas, a nosotros e incluso a los otros Corredores del Viento —dijo la Rompedora del Cielo—. ¿Qué escondes? —Escupió en el suelo delante de Navani—. La verdad se convierte en un recuerdo más frágil, aquí, a cada día que pasa. Nuestro nuevo líder nos ha explicado de donde procedemos, lo que la humanidad le hizo a su planeta natal, y vosotros dos rechazáis permitirme que se lo cuente a todo el mundo. Mentirosos. Mentirosos hasta la médula. —La mujer voladora clavó la mirada en Navani y siguió hablando—. Pero le hemos contado la verdad a todos, aun así. Ya os apañaréis.

Hizo lo que parecía ser un saludo, con el brazo sobre la cabeza, pero ejecutado con ironía, y luego gesticuló hacia los demás. Se marcharon volando en grupo.

Navani se obligó a no sentirse ofendida ni avergonzaba. Aquello no era culpa suya. La rescató la parte erudita de su cerebro, que estaba juntando las piezas. Los registros que habían encontrado apuntaban a un abandono masivo de la torre, encabezado por Melishi. También había referencias a las tensiones entre Corredores del Viento y Rompedores del Cielo.

Garith el Corredor del Viento descendió junto a ella.

—Esto se desmorona, Melishi —dijo en voz baja—. Te advertí que ocurriría, si no lograbas convencer al Hermano. La torre es un símbolo. Perderla...

—He hecho todo lo que he podido —contestó Navani, porque alguna respuesta tenía que darle.

—Ojalá pudiera creer que es verdad —dijo él—. De verdad que me gustaría. —Tormentas, la frialdad que emanaba de él era casi palpable—. Reuniré a los Radiantes en el campamento que hay cerca de Cabridar e intentaré crear allí un lugar para nosotros. Pero el enemigo avanza hacia Iri y Fiebre de Piedra. Pronto tendremos que luchar y, si los Rompedores del Cielo le han contado a todo el mundo la verdad de nuestra historia... habrá más desavenencias.

Se elevó del suelo para irse, pero Navani comprendió que debería tratar de obtener más información.

—Espera —le dijo—. ¿Y qué hay de esa acusación, Garith? La de que has estado mintiendo. ¿Sobre qué?

Él apretó los labios en una fina línea y no le dio ninguna excusa ni explicación mientras se marchaba volando hacia las plantas superiores de la torre. Navani se quedó sola en la vacía explanada ante las Puertas Juradas, envuelta en una familiar frialdad.

Adolin encontró al comandante Kushkam en uno de sus lugares acostumbrados, en la galería de la cúpula, estudiando el campo de batalla de la Puerta Jurada. Había sufrido cambios drásticos en los cuatro días desde que se iniciara la lucha, y no eran como ningunos que Adolin hubiese visto jamás. La fortificación de bronce erigida en el centro, más o menos circular y con la parte de arriba redondeada, se había expandido más. Ya podía albergar a varios miles de soldados. Fuera había un largo y amplio anillo de piedra que, pese a la tenue luz, Adolin sabría que estaba cubierto de sangre y cadáveres. No caería ninguna lluvia allí dentro que se llevara todo eso.

Aquella amplia superficie también estaba salpicada de escombros que los atacantes habían empujado hacia fuera, en columnas, treinta o cuarenta metros, durante sus asaltos. Los defensores los utilizaban a veces como barricadas. Todo junto formaba un patrón de estrella.

Y llegaban más escombros de camino: los muebles del mismísimo emperador, por su propia insistencia. Yanagawn había confesado tener habitaciones y habitaciones llenas de ellos que nunca usaba, así que lo que estaban esparciendo en esos momentos por el campo de batalla era de una calidad suprema, dorado y rojo, enjoyado en ocasiones, destellante en la oscuridad. Nada de aluminio, aunque era evidente que había muchísimo de ese metal en el palacio, a la vista aquí y allá como marcos de cuadros o vajilla. Qué lugar más raro era Azir.

En todo caso, justo entonces había una pausa en el combate, algo que estaba haciéndose cada vez menos frecuente a medida que el enemigo optaba por los ataques continuos. A Adolin le gustaba pensar que los defensores habían hecho el suficiente daño para que el enemigo se mostrase precavido. Tenían la superioridad numérica, pero sus fuerzas no eran infinitas. A veces tendrían que parar y replantearse la situación.

Llegó junto a Kushkam, conteniendo un bostezo, negándose a rendirse a la fatiga, y se apoyó en la barandilla junto a él. Kushkam no habló al principio. El comandante era como un pequeño chull en las sombras, rechoncho pero recio.

—Aún tenemos ese aceite —dijo Kushkam, refiriéndose a los sacos de aceite atados al techo de la cúpula, preparados para soltarse a una orden suya. Una trampa que habían preparado antes de que el enemigo llegase siquiera—. Quizá haya que usarlo pronto, Adolin. La última vez casi pueden con nosotros, y la mitad de mis tropas se habían retirado ya a los pasillos antes de que los portadores de esquirlada golpearan al enemigo.

—Si utilizamos el aceite, perdemos la cúpula.

—Lo sé. Te creo. —Kushkam profirió un suspiro—. Puede que no tengamos opción. ¿Qué me dices de usar abrojos? El moldeador de almas que nos queda puede hacerlos de bronce.

—Los pies de los cantores son duros, Kushkam —respondió Adolin—. No creo que eso vaya a pararlos. —Apretó los dientes mientras pensaba—. Pero me gusta tu otra idea, la de taponar los pasajes.

Consistía en llenar algunos de los pasillos con bronce creado por moldeado, para que, cuando el enemigo derribase las puertas con arietes, encontrara que el camino se había solidificado. El problema era que, si taponaban demasiados accesos, sus propias fuerzas no podrían entrar para luchar.

Pero… Kushkam tenía razón. Estaban cerca de perder la cúpula por completo. Cerrar las salidas, por tanto, podría ser otro método desesperado para ralentizar al enemigo. El comandante asintió.

—Intento buscar una analogía de esa maniobra en el juego de las torres.

—No creo que la haya, excepto el Último Proverbio de Zenaz.

—«Nunca des por sentado que el juego reproduce fielmente la vida real» —citó Kushkam—. Bueno, me ocuparé de taponar algunas salidas. —Señaló hacia el campo de batalla—. De momento, ¿ves ese pasadizo más ancho al otro lado, donde empujaron los escombros más a los lados que en los otros? Creo que fue a propósito, no porque se les descontrolase un frente. Sospecho que estaban preparándolo para un asalto a gran escala hoy.

—Hemos avistado a Celestiales flotando justo fuera de la ciudad —dijo Adolin—. Esperemos que no sea nada más que eso. El enemigo tiene patrullas por toda la región, y quizá haya asignado una aquí como apoyo.

—¿Y si han traído a otros Fusionados más peligrosos con ellos?

—Podría ser una catástrofe.

Kushkam gruñó.

—Pongamos a las reservas en alerta. En todo caso, es probable que hoy tengamos una ofensiva seria. —Calló un momento—. ¿Crees que pueden haber traído a más Fusionados por el otro lado? ¿Volando a través de Shadesmar?

—Sí —respondió Adolin—. Los Celestiales son más lentos que los Corredores del Viento, pero, si les das unos días... En fin, deberíamos estar preparados.

Kushkam se inclinó hacia Adolin. Captando su estado de ánimo, Adolin también se inclinó hacia él para que pudieran hablar con más intimidad. Los arqueros y las escribas de la galería ya estaban dejándoles espacio, pero ambos bajaron la voz de todos modos.

—Adolin —dijo Kushkam—, ¿cómo vamos a resistir contra esto? Por favor, dime que tienes alguna forma de que estemos preparados para enfrentarnos a más Fusionados. Mis hombres están exhaustos, heridos y ahora desmoralizados porque no vamos a recibir los refuerzos.

—No... no lo sé —respondió él—. Zarb, ojalá tuviera una respuesta, pero... no es así. Los Fusionados serán difíciles pase lo que pase. Podemos estar atentos a la presencia de Enmascarados, y ya les tengo dicho a nuestras tropas que sospechen de cualquier humano que intente escapar por las puertas desde dentro. Pero los Fluyentes, Aumentados, Alterados, Cascarones... Tormentas. Ya nos cuesta enfrentarnos a ellos hasta teniendo a Radiantes.

—Van a desbandarnos —susurró Kushkam—. No les he contado estos miedos ni a mis oficiales de mayor graduación, pero a ti... —Miró a Adolin—. ¿Qué hacemos?

A Adolin le partió el corazón no tener respuesta. Estaba sintiéndose otra vez como si hubiera regresado a Kholinar durante su caída. Entonces, susurrada a su mente desde algún lugar distante, llegó la voz de Maya. Tres palabras.

Aguanta. Viene. Ayuda.

Tormentas, no iba a rendirse al desespero.

—Viene ayuda —le prometió a Kushkam.

—¿Tu spren? —preguntó él—. ¿Cuándo llegará?

—No lo sé —reconoció Adolin.

—Pero ¿de qué van a servirnos más honorspren? Notum es útil, sí, pero no necesitamos más exploradores y no tenemos tiempo para vínculos Radiantes.

Adolin vaciló, dubitativo.

Viene. Ayuda, prometió Maya.

—Solo tenemos que aguantar —dijo Adolin—. De veras que viene ayuda.

—¿Un milagro? ¿Eso es lo que estás prometiendo, Adolin?

¿Era así? Flaqueó, porque, aunque confiaba en Maya, cuanto más pensaba en lo que le había pedido, que trajera a más honorspren, menos pensaba que fuese a ayudar en algo.

Tormentas, debería ser capaz de proteger la ciudad sin eso, ¿verdad? Era el hijo del Espina Negra. Su padre habría encontrado un modo.

—Al enemigo no le basta con derrotarnos —dijo Adolin—. Tiene que conservar la ciudad. Quizá podamos ganar incluso si perdemos la cúpula. Aún no tengo una buena definición legal de lo que significa controlar la ciudad. Mis escribas y los vuestros no paran de razonar en círculo sobre los estatutos relevantes.

—Supongo que significará conquistar el palacio —respondió Kushkam— y controlar el trono en sí. «Mientras el emperador permanezca en su trono, Azimir resiste».

Adolin ladeó la cabeza, recordando que Noura había dicho lo mismo.

—¿Eso es un dicho común entre tu pueblo?

—Sí. Hace tres siglos, durante el caos por la caída de la Dinastía Dusqqa, hasta fue determinante en un juicio. Una familia intentó establecer una sede imperial competidora en otra ciudad, pero los jueces sentenciaron que la familia que controlase el palacio, y en concreto el salón del trono, era la verdadera gobernante.

Adolin sonrió.

—A veces hablas como Jasnah, Zarb. No creo que vaya a acostumbrarme nunca a que tengáis que recibir lecciones de historia para haceros soldados.

—Hay ciertas ventajas —respondió él—. Pero el método alezi también tiene su encanto. No perdéis el tiempo en enseñar a las tropas a leer o a cantar. Les ponéis armadura, les dais una espada y las entrenáis para matar. No en vano sois el ejército más temido del mundo.

—Bueno, si tienes razón en lo del trono, ya conocemos su objetivo. El palacio debería ser nuestra posición de retirada.

—Conocer el objetivo enemigo —dijo Kushkam— siempre es una ventaja. Pensaré en cómo reforzar esa posición de retirada, pero… si las cosas siguen como hasta ahora, quizá ni siquiera nos queden tropas para situarlas en la muralla de palacio. Así que, de momento, quiero que nuestras reservas estén preparadas para un asalto firme hoy.

Adolin asintió y se marchó, con la idea de ir a comprobar su armadura esquirlada. Pero de camino por la galería encontró a una chica azishiana que se las veía y se las deseaba para tensar un arco. Contuvo otro bostezo, saludó a May Aladar con la cabeza e intentó recordar el nombre de la joven.

Zabra. Ese era.

—¿Cuesta más de lo que parece, Zabra? —le preguntó.

—Los hacen demasiado duros —protestó ella—. Sé que hay arcos que cuestan menos de armar que este.

—Luchamos contra cantores —dijo él—, en forma de guerra sobre todo. Están bien equipados y tienen armadura natural. Necesitamos arcos con buena potencia de tiro para tener la menor esperanza de derribarlos.

Zabra se desinfló. No era mucho más bajita que muchos otros soldados, pero sí más esbelta.

—May lo hace —susurró.

—La capitana Aladar —respondió Adolin— lleva una década entrenando con el arco. Creo que te dije que tardarías años en llegar a estar en condiciones de luchar.

—Al emperador no le está costando años —masculló Zabra. Entonces se encogió y miró de soslayo para asegurarse de que no tenía cerca a ningún arquero azishiano—. Sé que estás entrenándolo. La voz corre por todas partes. No ha empuñado una espada en la vida, pero aun así vas a ponerlo en el frente.

Adolin soltó una risita.

—¿En el frente?

—Bueno, podrías. ¿Y cuál es la diferencia? Vas a decirme que es porque es hombre, ¿a que sí? ¿E importante?

—Lo de «importante» lo descartaría, en vuestra cultura —repuso Adolin—. Pero sabes que tuvo entrenamiento con cuchillos siendo niño, ¿verdad?

—Se… supone que no mencionamos esa época.

—Tiene que ser difícil —dijo él—. En todo caso, tiene algunos buenos instintos de combate, y con eso puedo trabajar. Por último, hay un factor importante.

La chica frunció el ceño en la penumbra, intentando adivinarlo.

—La armadura esquirlada —dijo Adolin—. En teoría, todas las armaduras del imperio son propiedad del emperador. Si alguna vez tiene que ponerse una para estar a salvo, quiero que sea capaz de utilizarla. Si alguna vez entra en un campo de batalla, será llevando armadura esquirlada. Es una igualadora de habilidad estupenda.

—Entonces… —respondió ella en voz baja—. Estás diciendo que tengo que buscarme una armadura esquirlada.

—Te deseo suerte —dijo Adolin.

—Podría —insistió ella—. Solo tengo que matar a alguien que la tenga, ¿no? —Miró a Adolin de arriba abajo, como evaluándolo. Entonces sonrió al ver su cara de sorpresa—. O podría hacer lo más razonable y buscarme un spren. Creo que me gustaría poder fundir piedra con una mirada.

Adolin le sonrió mientras May recuperaba el arco y enviaba a Zabra con un mensaje para hacer recuento de suministros de arquería.

—De verdad que lo siento —dijo Adolin mientras la chica se marchaba—. Tendría que haberte preguntado antes de soltártela encima.

—Bueno —respondió May—, es fácil de motivar, cosa que resulta útil. Pareces cansado.

—No estoy cansado.

—Lo pareces.

—Está demasiado oscuro para que lo distingas.

—Acabas de bostezar. ¿Cuánto estás durmiendo?

—¿Qué eres, mi madre?

—Soy tu ex. Lo que me convierte en lo más parecido que hay aquí a una representante de tu esposa. Además, tú mismo me nombraste tu jefa de escribas para este despliegue, así que…

—No duermo lo suficiente —reconoció él, mientras su mente se desviaba hacia Shallan y su preocupación por ella—. Pero sí más de lo que creo que debería. De momento estoy bien, May. Te lo prometo.

Una de sus escribas habituales se habría conformado con eso. Sabían que, si se enfrentaban a Adolin y él les plantaba cara, se podía confiar en la decisión que estaba tomando. May permaneció escéptica. Pero antes de que pudiera ordenarle que se fuera a dormir, una línea de luz azul entró rauda por una puerta de la galería.

Notum apareció como spren de tamaño humano.

—Señor, ¿me has llamado?

—¿Aún puedes ver en Shadesmar? —preguntó Adolin—. No estás vinculado del todo.

—No estoy vinculado en absoluto —dijo Notum, y cerró los ojos—. Capto atisbos. No creo que pueda decirte mucho. El enemigo ha congregado muchas de sus tropas de asalto en este lado, creo. Es… —Calló—. Espera.

—¿Fusionados? —preguntó Adolin, notando que el estómago le daba un vuelco.

—Sí —dijo Notum—. Y algo peor. Gran sombra. Ojos rojos. Eso es un alma de tronador, Adolin. Es…

Adolin echó a correr, dio la voz de alarma y pidió a gritos su armadura. Las trompetas de advertencia empezaron a sonar mientras salía a toda prisa de la cúpula. En la plataforma elevada que bordeaba el exterior se volvió y buscó hasta divisar algo enorme y corpulento que se alzaba en la explanada, justo fuera de Azimir.

Su mayor miedo había llegado, en forma de una montaña de piedra decidida a destruir aquella cúpula.

*No sé por qué, pero esto nunca se me ha dado bien. Diez mil años y
hay cosas que no consigo aprender.*

El enemigo llegó. Atacando Narak Principal, justo lo que Sigzil no quería que hiciera.

Así que luchó, confiando en que su plan del tejido de luz terminara desviándolo. De momento, tenía que resistir en los cielos, creando ojos ardientes con una lanza plateada. Vienta empezó a dar vueltas a su alrededor mientras volaban de un enfrentamiento a otro, una mujer amortajada en vaporosa tela. Aunque Sigzil sabía que estaba más cómoda cuando se ocultaba, Vienta se mantenía visible para animarlo mientras surcaban la omnipresente oscuridad de la tormenta eterna.

«Sigue adelante, Sigzil. Este es tu sitio, erudito con lanza».

No había encajado con los eruditos de casa porque no le gustaba sentarse a leer en habitaciones mohosas. Quería salir a hacer investigación de campo, aprender y experimentar. Por eso el maestro Hoid lo había escogido como aprendiz. Y por eso era un Corredor del Viento efectivo.

Y, en los últimos tiempos, por eso era capaz de liderar.

Invocó su lanza esquirlada y se precipitó desde las alturas, al frente de una fuerza de treinta Corredores del Viento que resplandecían Radiantes en desafío a la noche eterna.

Impactaron contra los Rompedores del Cielo, que habían llegado volando para proporcionar apoyo aéreo a la gran ofensiva contra Narak Principal. Aquellos Enfocados habían demostrado ser capaces de arrojar peñascos con su musculatura de muelle y estaban intentando derribar varios puntos de la muralla. Eso obligaba a los defensores a cambiar de táctica, a enviar fuerzas al exterior para hostigar el avance enemigo, en vez de volar solo por encima de su meseta.

Al cabo de un momento, Sigzil ya luchaba de nuevo por su vida. Los Rompedores del Cielo combatían sin palabras, no respondiendo jamás a exigencias ni preguntas. Inexpresivos destructores que incendiaban el aire, unos pocos de ellos con resplandeciente armadura esquirlada. Por lo menos el propio Nale no estaba a la vista. Sigzil no consideraba muy altas sus probabilidades contra un Heraldo.

Dio un tajo con su lanza y luego se enlazó de lado para rodear a su enemigo, que atacó donde ya no estaba. Sigzil clavó una daga en el cuello del enemigo desde atrás y esa daga, creada a partir de una lanza enemiga capturada, le absorbió la luz tormentosa. El enemigo se quedó muy quieto en el aire, paralizado por el trauma.

Sigzil soltó la empuñadura del arma, dejó al Rompedor del Cielo temblando allí y se dispuso a defenderse de otros dos que intentaban salvar a su compañero. Los retuvo hasta que la luz tormentosa del primero por fin se extinguió, y entonces esquivó hacia atrás, liberó la daga de un tirón ejecutado en el momento preciso y dejó que el desafortunado Rompedor del Cielo cayera.

Los otros dos descendieron en picado tras él, dejando sus espaldas expuestas a Sigzil, que descendió también, invocando a Vienta como una larga lanza esquirlada. Atravesó a uno y entonces formó una hoja para atacar al otro, mientras no dejaban de caer juntos.

Cuatro figuras se estrellaron contra la meseta. Solo Sigzil se levantó, irguiéndose mientras un anillo de luz tormentosa se expandía de él y rozaba los tres cadáveres. Fent y Kalleb, dos escuderos suyos, llegaron volando para ver cómo estaba. Los tres despegaron de nuevo y cruzaron la meseta, una sin muralla, en el perímetro del campo de batalla, esquivando a los Radiantes que combatían.

«Venga», pensó Sigzil, con un vistazo hacia Narak Tres en la lejanía. Tenía que ser un objetivo tentador, con aquella muralla baja. Si los Tejedores de Luz hacían bien su trabajo, los Profundos, que miraban a través de paredes y exploraban la zona, no tardarían mucho en informar de que allí había una enorme reserva de gemas, muy bien vigilada. Con un poco de suerte, no sospechosamente bien.

Era un señuelo perfecto. Lo bastante sutil por poco, lo bastante jugoso por poco. Tenía que confiar en que funcionara, porque aquellos Enfocados estaban destrozando la muralla de Narak Principal, y los Custodios de la Piedra empezaban a ir escasos de luz tormentosa para repararla.

Tormentas. Sigzil nunca había estado en una lucha como aquella, rebosante de Radiantes y Fusionados. Dominaban aquel campo de batalla, con los Celestiales surcando el cielo. Había unos pocos Cascarones que dejaban caer el cuerpo, convertidos en cintas de luz, y resultaban unos objetivos difíciles de atacar y contrarrestar. Los Profundos emergían de la piedra allí donde las protecciones de madera estaba rotas, mientras los Aumentados de corpulenta silueta se enfrentaban a los Custodios de la Piedra que licuaban el suelo.

Era una locura. Las líneas de batalla y las formaciones tradicionales eran casi imposibles de mantener. Sigzil y sus escuderos volaron a través de aquel batiburrillo y se concentraron en un Enfocado que, acosado desde arriba, no había tenido más remedio que empezar a arrojar enormes piedras al cielo. Cerca había unos Aumentados llevándole carros llenos de piedras como munición.

Sigzil y sus escuderos llegaron bajos y rápidos mientras Sigzil descartaba su lanza esquirlada y desenfundaba una espada tradicional. Los escuderos se pusieron a distraer a los guardias. En la confusión, el enemigo no fue capaz de determinar cuál era el Radiante de pleno derecho hasta que Sigzil hubo acumulado el impulso que necesitaba y clavó una lanza esquirlada recién invocada justo en el ojo del Enfocado. Otros que había cerca maldijeron y empezaron a tirarle peñascos, pero Sigzil usó una ráfaga de enlaces para proyectarse a un lado, luego al otro, y dejó atrás a un Enfocado con los ojos ardiendo.

Apenas quedaban ya quince de ellos, así que cada uno que derribaban era una gran pérdida para el enemigo. Después de reagruparse con sus escuderos, vio algo esperanzador. Los Enfocados restantes de pronto se volvieron, y su ejército entero pivotó hacia Narak Tres, con su número menor de defensores y sus supuestas riquezas.

—¡Tormentas! —exclamó Kalleb, pasándose la mano por la barba negra corta—. Señor, está funcionando.

Con una abrumadora sensación de alivio, Sigzil comprobó las vinculacañas que llevaba sujetas al brazo. Las usó para enviar a sus generales una confirmación del viraje enemigo e indicarles que la siguiente fase del plan podía ponerse en marcha. El ejército debía fingir que entraba en pánico, que los habían pillado con los pantalones en los tobillos y montar una defensa precipitada de Narak Tres. Animar al enemigo a redoblar sus esfuerzos allí e intentar irrumpir en el almacén. Sí que estaba funcionando.

Pero… ¿y esa otra vinculacaña? Era la de Leyten. Sigzil respondió y el rubí empezó a transmitirle un mensaje en el código de los Corredores del Viento.

«Lo he encontrado. Lado norte».

Sigzil sintió un repentino escalofrío. Era él.

Moash.

Envió una respuesta a toda prisa.

«No. Te. Enfrentes».

No hubo respuesta. Condenación.

—¡Vamos! —gritó Sigzil, y se lanzó en picado hacia la dirección indicada.

Con armadura esquirlada completa, Adolin arrancó la tapa del enorme cajón que su equipo había traído por la Puerta Jurada al llegar a Azimir. Aún estaba en el suelo del carromato, y su peso combaba y torturaba los tablones del vehículo. A dos caballos les había costado horrores tirar de él.

Adolin arrojó la tapa a un lado, dejando a la vista la cadena.

Era una enorme cadena de aluminio; Yanagawn no era el único que tenía acceso al material. Los Radiantes habían estado experimentando con aquel metal tan excepcionalmente ligero. En concreto, las cadenas como aquella podían ser de ayuda contra los tronadores.

Corrió a la parte delantera del carromato, donde Galante estaba dejándose enjaezar a regañadientes. El ryshadio lo miró.

—Sé que no es glorioso —dijo Adolin—, pero es lo que necesitamos.

El caballo bufó, pero dejó de tirar mordiscos a los mozos. En la distancia, unas pisadas inmensas sacudieron el suelo. El tronador ya venía.

—Dos caballos normales apenas podían tirar de él —añadió Adolin, mirando a Galante—. Sementales.

Galante lo miró y resopló de nuevo.

—Sí, estoy intentando manipularte. —Adolin sonrió—. ¿Funciona?

El caballo alzó la cabeza y Adolin se volvió hacia su equipo, que esperaba entre ondeantes cintas de expectaspren. Esos cuarenta soldados se habían armado con cuerdas y martillos, y llevaban toneles de aceite a la espalda. Hasta el momento, esas cosas habían tenido solo una efectividad limitada contra tronadores, pero algo era algo.

Tormentas, Adolin había esperado no tener que volver a intentar aquello sin Radiantes. Recogió su martillo esquirlado del suelo cerca del carromato y señaló, provocando un grito de desafío en sus soldados. Entonces cargó hacia la inmensa sombra que había entrado en Azimir por encima de la muralla y avanzaba estruendoso hacia la cúpula.

Galante se tensó y tiró del carromato, que chirrió en protesta pero aceptó moverse. Los soldados de Adolin cargaron con él. De algún modo, tenían que combatir contra una bestia hecha por completo de piedra. Diez metros de altura, brillantes ojos rojos y una cara que recordaba el esbelto peligro con cabeza en forma de flecha de un sabueso-hacha. Aquel tronador tenía un aspecto más asilvestrado que el que Adolin había combatido, y fracasado en derrotar, en Ciudad Thaylen.

Adolin guio a su equipo por una amplia calle desierta y le vinieron a la mente las avenidas de Ciudad Thaylen. El mismo pálpito en la piedra, creado por unos pies gigantescos. El mismo ruido de edificios derrumbándose al pasar rozándolos. El mismo aporreo en el pecho de Adolin al afrontar una verdad terrible.

Era un hombre normal y corriente en un mundo de gigantes. Contra aquellas cosas, incluso las armas esquirladas tenían solo una efectividad media.

Es posible que te necesite, envió a Maya. *Lo siento.*

... Entiendo..., envió ella, lejana. *Pero... estoy cerca... de lo que me pediste...*

Temo haberte enviado a una misión sin sentido, le dijo Adolin, sincero. *Quizá sería mejor que volvieras y ya está.*

Por favor..., respondió ella.

Bueno, Adolin no iba a insistir. Ningún soldado que no lo deseara se ponía bajo su mando. Quizá fuese una mala práctica militar, pero Adolin hacía un montón de estupideces. Como, por ejemplo, cargar contra un tronador.

Tormentas, había olvidado lo grandes que eran.

Cuando su grupo llegó a una intersección por la que era probable que el gigantesco ser pasara, Adolin ordenó que se detuvieran. El lejano sonido de cuernos anunciaba una ofensiva poderosa en la cúpula. Tal y como habían esperado, por desgracia. El enemigo ardería en deseos de dividir la defensa. Aunque las tropas comunes serían inútiles a grandes rasgos contra aquella cosa, supondría una distracción enorme para Adolin y, ahora que veía a otra figura llegar corriendo, también para Neziham, el portador de esquirlada azishiano.

—El comandante me ha ordenado que te ayude —dijo el hombre, y su voz resonó en su yelmo—. Pero, Adolin, esos cuernos...

—Lo sé —respondió él, asomando un ojo por la esquina del edificio tras el que estaba cubriéndose. El tronador llegaba destrozándolo todo por la avenida grande, en dirección a ellos—. Pero si esa cosa llega a la cúpula, puede reventarla y dejar nuestros ejércitos hechos papilla a pisotones. —Adolin volvió la mirada hacia Neziham, a través de la rendija de su propio yelmo—. Las tropas regulares y el comandante van a tener que defender la cúpula solos.

—Hoy traen a más Fusionados —dijo Neziham, sufriendo.

—A mí tampoco me hace ninguna gracia. Lo siento.

Adolin casi temió que el hombre pudiera echar a correr de vuelta hacia la cúpula. Pero, como había llegado a esperar, las tropas azishianas estaban hechas de una madera más dura. Neziham asintió mirándolo e invocó su hoja esquirlada.

—Por supremo y pueblo —susurró—. Mientras el emperador permanezca en su trono, lucharé. Dime qué hacer.

—Nada de lo que tenemos puede hacerle daño a esa cosa excepto tu hoja —respondió Adolin—. Los demás estamos aquí para distraerlo.

—¿Voy a por las patas, entonces? —preguntó él.

—Yo lo intenté —dijo Adolin—. Pero es mucho más difícil de lo que parece, y ya parece tormentosamente difícil. —Señaló el carromato que tenían detrás—. Esas cadenas pueden retenerlos un breve espacio de tiempo, hacer que tropiecen. Mis tropas echarán aceite al suelo e intentarán desorientar a la bestia con cuerdas y flechas. Pero nunca he intentado esto con tropas convencionales. Siempre teníamos a Danzantes del Filo y Custodios de la Piedra. —Respiró hondo y siguió hablando.

»Yo entraré corriendo e intentaré pasarle la cadena alrededor de las piernas. Si lo hago caer, ataca su cuello. Hinca tu hoja en su columna vertebral, donde el cuello se une a la cabeza y, esté hecho de piedra o no, sus ojos se apagarán, igual que los de un humano. Es un spren, así que las hojas esquirladas pueden herir su cuerpo, enviarlo de vuelta a Shadesmar, obligarlo a recuperarse. —Sostuvo la mirada férrea de Neziham—. Esa curación puede tardar semanas. Si rechazamos a este, se queda fuera de la guerra para siempre.

—Que así sea —dijo Neziham, levantando un puño.

Adolin hizo tañer su antebrazo contra el del otro hombre y corrió a sacar la cadena del carromato.

Zarb Kushkam, comandante supremo de la Guardia Imperial de Azimir, nunca quiso ocupar ese puesto.

La mayoría de los oficiales militares luchaban entre ellos para que los ascendieran hasta destinarlos a algún trabajo cómodo en la capital, mientras que él había hecho todo lo posible por evitarlo. Pero los ascensos le habían dado caza de todos modos, implacables, por muy claros que fuesen sus ensayos en los que explicaba que prefería seguir siendo un teniente de campo normal y corriente.

Bueno, pues ese día su deseo se vería cumplido, porque iban a necesitar hasta al último soldado. Se levantó de al lado de la cama de un herido, porque había estado visitando el hospital, y escuchó el sonido de los cuernos, interpretando sus notas. Una incursión enorme. Respiró hondo. No iba a contar con su portador de esquirlada para aquel combate, porque ya lo había enviado junto con Adolin a enfrentarse al tronador.

Que así fuera. Cogió su yelmo de la mesita que había junto a la cama e hizo el saludo militar a los soldados heridos. Luego salió a la plaza adoquinada, dominada por la gigantesca cúpula. En tiempos mejores, aquella plaza era un mercado lleno de comerciantes y puestos. En ese momento estaba vacía.

No. Vacía no. Había figuras alzándose de la piedra. Cantores de piel lisa con una gran variedad de pautas, pero todas ellas evocaban una sensación de extremidades esqueléticas y alargadas, de ojos peligrosos.

Profundos. Los Fusionados estaban allí.

—Yaezir —maldijo entre dientes, y convocó a su guardia personal.

El grueso de las tropas ya estaría combatiendo en la cúpula. Así que envió a un mensajero y encabezó él mismo la carga contra los Profundos. Y rezó para que aquel no fuese el día en que viera caer su país.

Sigzil casi dejó atrás a sus escuderos con las prisas de encontrar a Leyten. Por fin divisó un grupo aislado de personas enfrentándose en una pequeña meseta del lado norte del campo de batalla.

Invocó su hoja esquirlada y llegó chillando, volando sobre charcos que reflejaban el relámpago rojo, llenos de lluviaspren corrompidos. Ganó terreno hacia Leyten y tres escuderos, que se enfrentaban a un hombre que brillaba vestido de negro.

En el momento en que Sigzil se aproximó, sus enlaces se desvanecieron. Desde que a Kaladin lo habían sorprendido con aquel extraño fabrial que anulaba las capacidades Radiantes, habían entrenado para ello. Sigzil se tambaleó de todos modos al perder altura, con su enlace cancelado pero no su inercia. El entrenamiento sirvió de poco por un instante y tanto él como sus escuderos cayeron al suelo.

Alzó la mirada a tiempo de ver a Moash atravesar con su hoja esquirlada la cabeza de un escudero de Leyten, que se derrumbó con los ojos ardiendo. Mientras Leyten atacaba con su daga, Moash se elevó en el aire con un enlace rápido y lanzó una patada que tiró a Leyten despatarrado al suelo.

No. *No.*

Sigzil intentó invocar su lanza esquirlada, pero no lo consiguió. No podía hacerse estando dentro de aquellas burbujas que creaba el fabrial. Casi alcanzaba a sentir sus poderes, y su alma, al límite de su alcance. La hoja de Honor de Moash le permitía usar sus poderes mientras los demás no podían.

Aquello era una trampa mortal.

—¡Fuera! —gritó Sigzil a sus escuderos—. ¡Ya! ¡Corred hasta que notéis que vuelven los poderes!

—Treinta y siete metros y medio —dijo Vienta, que había tomado nota del punto exacto donde habían entrado en el campo de anulación.

Sigzil repitió la cifra y vio marcharse a los escuderos a toda prisa, con pánico en los ojos. Él echó a correr en sentido contrario, hacia Leyten.

—Sigzil... tengo miedo —dijo Vienta.

—Quédate escondida —respondió él—. No veo arena por ninguna parte. No tendrá forma de saber dónde estás.

—Sé fuerte —susurró ella.

Sigzil sacó el cuchillo que había usado antes para matar al Rompedor del Cielo, aunque no tenía intención de luchar así contra Moash. Estaba atento por si encontraba el fabrial, pero no veía nada.

—¡Leyten! —gritó mientras corría—. ¡Retírate! *¡Ya!*

Leyten reculó, acompañado por los dos escuderos que le quedaban. Pero Sigzil estaba dándose cuenta de que no podrían retirarse. Cada vez que intentaban escapar, Moash se movía con enlaces para detenerlos. Leyten miró a Sigzil, que cruzaba a toda prisa los treinta metros o así que aún los separaban, y señaló a los lados.

Sus escuderos corrieron en direcciones opuestas. Leyten se plantó firme para distraer a Moash.

«No. ¡No, no, NO!».

Leyten hizo un valiente intento, empuñando una simple daga ordinaria contra una hoja de Honor. Tuvo el buen tino de esquivar el primer ataque, se enzarzó cuerpo a cuerpo con Moash y logró hacerle una presa que lo retuvo unos momentos.

Sigzil llegó un segundo después y clavó su daga especializada en la espalda de Moash mientras los dos forcejeaban.

Moash no crispó ni un músculo, aunque sí que giró la cabeza para mirar a Sigzil.

Y sus ojos eran cristalinos por completo.

Dos diamantes, resplandecientes de luz del vacío, habían reemplazado sus ojos. Y, de hecho, parecían haberle atravesado el cráneo, porque parte de ellos asomaban por detrás y por los lados de su cabeza. Como si hubieran crecido hacia dentro entre sus sesos, encostrándolos como un hongo. Casi parecía que llevara una corona de cristales.

Sigzil trastabilló hacia atrás, arrancando su daga, perturbado por aquella mirada inhumana.

Moash tiró a Leyten al suelo de lado, gimiendo, aún vivo, y se volvió mientras nivelaba la hoja de Honor. En la otra mano, el traidor llevaba un cuchillo ensangrentado, uno de los que distorsionaban el aire.

Entonces, con aquellos desconcertantes ojos clavados en Sigzil, Moash sonrió.

Sigzil alzó su arma. Aunque el extraño metal que formaba el núcleo de la daga podía bloquear una hoja esquirlada, era solo un hombre con un cuchillo contra un Radiante en la plenitud de sus poderes. Así que, en vez de hacer algo estúpido —bueno, *más* estúpido—, mantuvo la distancia e intentó hacer que Moash hablara.

—Moash —dijo—, no tienes por qué hacer esto.

—Claro que no —respondió Moash.

—Entonces, ¿por qué? —preguntó Sigzil, con verdadero sufrimiento.

—¿Preguntas a tu enemigo por qué te combate?

—¡No siempre fuimos enemigos! —exclamó Sigzil, moviéndose despacio hacia Leyten, que aún gemía en el suelo.

—Éramos hermanos, Sig —dijo Moash—. Pero entonces elegiste a los ojos claros alezi en vez de a mí. Fuiste con ellos, después de que nos asesinaran, de que nos degradaran. Con todo lo que habían hecho, aun así os convertisteis en sabuesos en el regazo de los Kholin. —Señaló con su espada—. Yo antes evitaba la emoción. La rechazaba. Ahora la acepto de mil amores. Es mi espada, tanto como esta hoja.

—Pero...

Sigzil dejó la frase inacabada mientras Moash, cuyos párpados se cerraban de modo normal sobre aquellos brillantes ojos de cristal, miraba hacia arriba.

—Puede verme —musitó Vienta—. Sigzil, esos ojos suyos de cristal pueden *verme*.

—Vete —le susurró Sigzil—. *Ya*.

Sigzil se preparó y se abalanzó hacia Moash, confiando en pillarlo distraído. Pero Moash se enlazó hacia arriba y dio un tajo con aquel cuchillo que distorsionaba el aire.

Se oyó un penetrante aullido que le retorció las entrañas a Sigzil. Pero no era Vienta a quien atacaba Moash.

Leyten gritó lleno de angustia y estiró unos dedos ensangrentados hacia arriba. Había recibido una puñalada en su enfrentamiento con Moash.

—Ethenia —susurró Leyten—. No…

Moash se alejó flotando como si nada de Sigzil, poniéndose fuera de su alcance, y aterrizó al lado de Leyten. Se agachó y le clavó su cuchillo de antiluz tormentosa en todo el pecho.

—¡NO! —chilló Sigzil.

Moash se levantó y desvió la mirada hacia unos gritos cercanos, procedentes de un pelotón entero, reunido por los escuderos, que iba hacia allí a toda prisa. Juntó las muñecas en el saludo del Puente Cuatro, se lanzó al cielo y se perdió en la oscuridad.

Sollozando, Sigzil llegó con Leyten, que sangraba en abundancia.

—Lo siento, Sig —resolló Leyten—. No… no queríamos enfrentarnos… Estábamos en el aire y ha vuelto hacia nosotros… Ha activado el aparato y hemos caído…

—No hables, Leyten —dijo Sigzil, tapándole las heridas con las manos, pero desesperando. Eran cortes profundos. Agarró a Leyten por las axilas—. Tengo que sacarte de esta burbuja para que puedan curarte.

—Qué tonto he sido… —susurró Leyten—. He dejado que se cargue a otro de nosotros, Sig… He…

Sigzil empezó a tirar del hombre más corpulento, aunque su formación médica le indicaba que no moviera a nadie con unas heridas tan graves. Pero, dentro de aquel campo de anulación, Leyten estaba condenado.

—Veo… Veo algo, Sig. Te veo a ti… Tormentas, *soy* tú…

—Para de…

—¡Muero! —gritó Leyten, con un espasmo—. ¡El Erudito con Lanza! ¡Muero a manos de un amigo! ¡Mi spren chilla en la muerte, y sé que he fracasado en liderar! ¡No soy ningún capitán! ¡No soy nada! ¡Vyre me ataca y mis ojos arden!

Momentos después, un par de Danzantes del Filo que habían traído los escuderos encontraron a Sigzil llorando, con los dedos ensangrentados mientras se esforzaba febril en coser las heridas de un hombre que ya había muerto.

El fabrial resultó estar escondido en un hueco de una roca, muy difícil de ver. Lo desactivaron y se quedaron todos de pie alrededor de Sigzil, con expresión solemne. Su mente estaba llena de aquel Susurro de Muerte, que había profetizado el asesinato de Vienta y Sigzil por la misma terrible mano que se había llevado ya a Teft y a Leyten.

PLANO DE LA CIUDAD DE AZIMIR

Palacio

Gran Mercado

Hospital

Camino del tronador

Torre de vigilancia

Era una buena taberna
(el condenado tronador
la aplastó)

Pequeña taberna
agradable

Sin leyenda a petición del Aqasix Supremo, nuestro gran ministro y emisario
de Yaezir, el emperador de Makabak, rey de Azir, señor del Palacio de Bronce,
para así destacar el tendido inspirado por la divinidad de nuestra
gran y antigua ciudad de Azimir

Me han parado saliendo de la ciudad. Obviamente, no habí
rellenado los formularios para robar un plano. Tras horas
de tedioso papeleo, y tras pagar una tasa desorbitada,
me han dejado ir con el plano. No me extraña
que aquí haya tan poca criminalidad.

archivado: m.k 12.2750-doble archivado: mk 180.8750-precisión con m. Yaez A. Derial

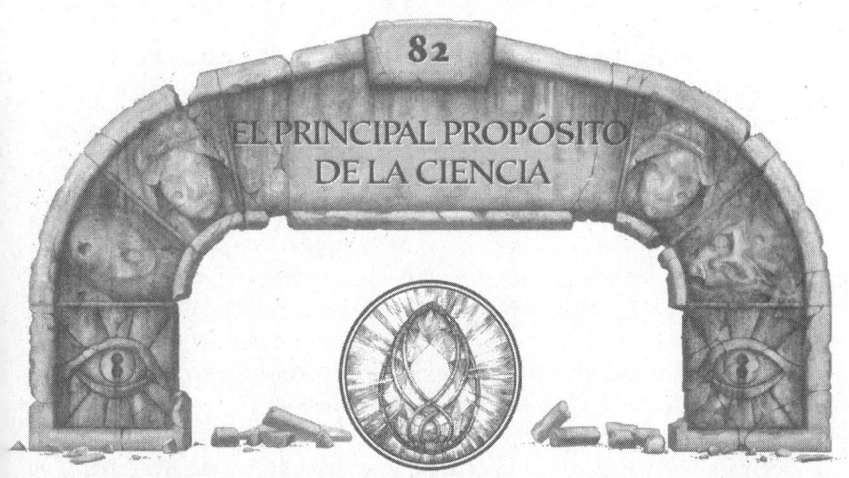

En el pasado, he aferrado con demasiada fuerza. Me he esforzado en no hacerlo, pero ahora resulta que a veces aprieto muy poco.

Navani recorrió con paso cansado la plataforma que se extendía delante de Urithiru, sintiendo el increíble y desalentador peso de la ignorancia.

Para los integrantes de la visión en la que había visto marcharse a los Rompedores del Cielo, Navani tenía el aspecto de un Forjador de Vínculos muerto hacía muchos siglos, el que había dejado que la torre se volviera fría e inhóspita. El aire gélido la rodeó, atrayendo a fríospren con forma de carámbanos que crecían hacia arriba desde el suelo. Su presencia había sido muy familiar, antes de que la torre despertase. Navani se volvió hacia la multitud y vio que muchos temblaban, abrazándose a sí mismos. Llevaban túnicas abiertas por delante y faldas que llegaban solo hasta la rodillas, lo que los dejaba muy poco preparados para un episodio invernal como aquel.

Pero ¿por qué? ¿Por qué estaba fallando la torre? ¿Era por el conflicto entre órdenes Radiantes? Habían pasado milenios desde la última Desolación y, si antaño los habían guiado los Heraldos y Honor, ya no tenían guía divina ni enemigo alguno contra el que luchar. No era muy sorprendente que las distintas órdenes hubieran terminado regañando entre ellas.

Mientras caminaba hacia la silenciosa multitud, Navani absorbió luz tormentosa, distraída. Resultaba fácil, ya que aquel reino estaba completamente saturado de ella. La usó para intentar percibir la torre. Encontró solo un tenue zumbido en vez de los ritmos que esperaba.

Pero, al buscar, sí que dio con… algo. ¿Una línea? ¿Una tenue línea de luz verde azulada? Navani dio un respingo, porque, aunque Dalinar le había explicado lo que él podía ver con sus poderes, y aunque ella sentía Conexiones a veces, nunca había sido capaz de percibir aquellas líneas. Había intentado contactar con el Hermano antes, pero siempre en vano. Sin embargo, quizá allí, cerca de una copia de la torre...

Tocó la línea con los dedos y la siguió con la mente. Oyó un ritmo muy apagado, pero maravillosamente familiar.

¿Navani? Era la voz del Hermano, frágil y lejana. *¡Sí que eres tú!*

Sí, respondió ella.

Te capto, de pronto, en mí... y no. ¿Cómo puede ser?

Estoy en una visión, dijo Navani. *De los días previos a que te durmieras. Acabo de presenciar cómo se marcharon los Rompedores del Cielo. Hermano, ¿puedes llevarnos de vuelta? Estamos perdidos aquí dentro.*

Eh... No sé cómo. Quizá mis hermanos lo sepan.

El Padre Tormenta se niega.

Navani llegó al borde del gentío, que se separó para dejarla pasar. Fue hasta donde estaban sentados Dalinar y Gavinor y despachó a los demás con una seña, indicándoles que necesitaba espacio. La gente obedeció y o bien se fue hacia el interior de la torre, o bien siguió su camino en dirección a las Puertas Juradas.

—Enseguida te lo explico —respondió Navani a la mirada interrogativa de Dalinar.

Hermano, continuó, *¿estás bien en mi ausencia?*

Sí. Estás aquí... y no aquí... El vínculo es lo bastante fuerte para que pueda continuar. Pero ¿los has visto marcharse? Esos días están ensombrecidos para mi mente. ¿Los... Rompedores del Cielo?

Han revelado los verdaderos orígenes de la humanidad, dijo Navani. *Y luego se han ido.*

¿Y... mi Forjador de Vínculos?, preguntó el Hermano.

He tomado su papel en esta visión. Hermano, ¿qué sucedió? ¿Cómo fue que llegamos a esto?

Recuerdo... lucha, respondió el Hermano. *Radiantes furiosos. Cuántas personalidades diferentes. Cuántas pasiones diferentes. Durante esos días empeoró. Me pregunto... me pregunto si Mishram estuvo detrás de ello... Pero ese no fue el motivo. No. Fue el Forjador de Vínculos. Melishi. Él... se retiró de mí y buscó... Esto no va a gustarte, Navani.*

¿Fabriales?, adivinó ella. *¿Nuestro tipo nuevo?*

Sí. Melishi descubrió los métodos para apresar a spren. Fue eso, mezclado con una sensación. A veces me dan sensaciones, Navani. De lo que está por venir. Sentí... dolor. Muchísimo dolor.

La Traición, respondió Navani, alzando la mirada hacia la torre. *Está cerca. Un Radiante ha mencionado Fiebre de Piedra, y la Traición tuvo lugar allí, no mucho después de esto.*

¿Hay... un Corredor del Viento?, preguntó el Hermano. *¿De Rira, con el pelo del color de un heliodoro?*

Sí, envió Navani. *Lo he conocido.*

Síguelo, dijo el Hermano, y su voz empezó a perderse. *Miente. No sé más, dado que sucedió lejos de mí.*

Y ya no estaba. La línea de luz de Navani se desvaneció, escurriéndosele entre los dedos como si fuese agua.

—Lo he visto, pero no podía oír —dijo Dalinar, sentado y rodeando a Gav con los brazos en su regazo—. ¿Has contactado con el Hermano?

Navani asintió mientras tomaba asiento a su lado.

—He perdido el hilo.

—Que lo hayas encontrado después de solo unos días de práctica es muy buena señal. El Hermano podría ser capaz de sacarnos de aquí.

—Dice que no puede —respondió Navani—. Pero no siempre confío en que sepa lo que es posible y lo que no. —Suspiró mirando atrás, hacia donde habían estado los Rompedores del Cielo—. Los Radiantes de esta época descubrieron la verdad, posiblemente porque se la reveló Nale, acerca de que los humanos somos los invasores de Roshar.

—¿Tan pronto? —Dalinar frunció el ceño mientras, en su regazo, Gav se agarraba a él con los ojos cerrados—. Creía que eso había pasado más cerca de la Traición. Y diría que aún faltan más de diez años para que llegue, basándome en la edad de ese Corredor del Viento. Pero… supongo que podría encajar. Según los registros que encontramos en la torre, los Radiantes descubrieron la verdad y tenían un plan para encerrar a Mishram. Tuvimos que atar cabos después de eso para determinar qué ocurrió a continuación. Puede que tardaran unos años en poner en práctica su plan, y en que conocer la verdad terminara llevando a que abandonasen sus juramentos.

Tormentas. Navani le sonrió.

—¿Qué? —preguntó él.

—Estaba imaginándote a ti de joven siguiéndoles la pista a las complejidades de la línea temporal histórica, Dalinar. Casi no podías ni seguirle la pista a dónde te habías dejado el cuchillo.

—Cómo echo de menos ese cuchillo —gruñó él, y la miró a los ojos—. Ayuda que ahora me importe. Y ayuda más que ahora sepa leer y escribir.

Navani titubeó, intentando hacerse una idea de lo que sería no poder escribir. Había cierta tendencia en las narraciones a que las mujeres visualizaran con cariño a sus maridos como grandes bestias patosas, insensibles a los detalles y los matices. Avergonzada, recordó haber hecho algunas comparaciones mentales como esas ella misma. Pero era muchísimo más fácil recordar detalles y descubrir matices cuando una podía apuntarlos, comentarlos mediante cartas, sopesar y guardar un registro de sus pensamientos. Tormentas, incluso mirar una línea temporal.

Era muy consciente de las injusticias cometidas contra las mujeres por su sociedad. Eso no quitaba que se cometieran otras, distintas pero aun así debilitantes, contra los hombres.

—En todo caso —dijo, despejando la mente—, es muy posible que tengas razón sobre los tiempos. Solo que… estamos seguros por completo de que la revelación de la verdad sobre la invasión humana fue lo que provocó la Traición.

—No —admitió él—. El Padre Tormenta es nuestra única fuente primaria de información, ya que Sagaz dice que no estaba en Roshar durante estos acontecimientos. Pero el Padre Tormenta se guarda verdades. Le planteé esta misma cuestión y evitó la pregunta, pero incluso entonces, incluso antes de saber que mentía a veces, intuí que había algo más. La verdad de nuestra procedencia tuvo que contribuir a la Traición, pero no es el único secreto.

—El Hermano me ha dicho que siga a ese Corredor del Viento. Es importante en esto, de algún modo.

—Dado que será el primero que abandone sus esquirlas y mate a su spren —dijo Dalinar—, ¿crees que es posible que trabajara para el enemigo, que estuviera planeando alguna forma de incapacitar a los Radiantes?

Era una desafortunada posibilidad. Navani se reclinó contra la fría piedra, haciendo caso omiso a las miradas extrañadas de la gente que salía por la cercana puerta. ¿Cómo llegar al siguiente paso? Tenían que perseguir a ese Corredor del Viento, descubrir sus mentiras.

Pero antes, un descanso. Gav parecía haberse quedado dormido en el regazo de Dalinar y, aunque Navani no tenía sueño, sí que soportaba una carga creciente de agotamiento mental.

—Dalinar —dijo—, por favor, ¿podrías preguntarme antes de hacer algo inesperado con tus poderes? No me ha gustado que me arrojaras al centro de esa conversación sin previo aviso, por muy útil que haya resultado ser.

—Perdona —respondió él, apartando la mirada.

—Amor —dijo ella, poniéndole una mano en la rodilla—, estás poniéndote más… avasallador últimamente. Embistiendo hacia delante. Pisoteando a gente, como solías hacer. Creía que estabas mejorando con estas cosas.

—¿Y te extraña? —repuso él, en voz baja para no despertar a Gav. Un viento más frío, procedente de las cercanas montañas, sopló sobre ellos, y Dalinar se estremeció—. Navani, ¿y si no soy suficiente? ¿Y si no puedo resolver esto, ya sea obteniendo el poder de Honor o de otra manera, y derrotarlo?

—No lo sé —reconoció ella.

—Desde el principio —susurró Dalinar—, todo esto se ha centrado en mí. Visiones. Revelaciones. Cargas. El plan de Honor era hacer que Odium aceptara un duelo de campeones, y eso lo hemos hecho. Pero ahora yo *tengo* que encontrar la solución. La única esperanza que nuestra patria tiene de ser libre otra vez… depende de mí. ¿Te sorprende que esté poniéndome más avasallador?

Ella le apretó la pierna.

—El hombre que eras antes no puede resolver esto, Dalinar. Nunca habría podido.

Él la miró a los ojos, y entonces asintió.

—Lo recordaré.

—¿Cuántos días faltan?

—Todavía tres —respondió Dalinar, después de comprobarlo—. Es consistente. Dentro de las visiones, el tiempo pasa muy despacio.

—Tenemos que saltar un poco más adelante —dijo ella—, sin perdernos.

—No sé si tenemos ese nivel de control —respondió Dalinar—. Aquí dentro vamos siempre a trompicones. Si supiéramos lo que hacemos, seguro que podríamos haber saltado desde aquella primera visión derechos a las que nos interesaban.

—Cierto —dijo Navani—. Pero Dalinar, creo que subestimas lo mucho que hemos aprendido. En realidad, hemos hecho grandes progresos en saber manipular nuestra situación aquí dentro, si te fijas bien.

Él gruñó.

—Supongo que tienes razón. Y la verdad es que Cultivación me animó a ver el pasado. Eso he hecho. Así que ahora...

—Haremos otro pequeño incremento —dijo Navani—. Refinaremos, a partir de lo que hemos aprendido. ¿Cómo me has enviado a este papel concreto, dentro de la visión?

—Reforzando la línea que te unía a Melishi —respondió él—. He pensado que funcionaría, porque los dos erais Forjadores de Vínculos de la torre.

—Y, al hacerlo, has ejercido un nuevo tipo de control sobre la visión —dijo ella, pensativa—. En lo más profundo, la ciencia consiste en el control. En ser capaz de repetir un mismo experimento, obtener los mismos resultados y entonces usar esos resultados en tu beneficio.

—Entonces... estás diciendo que, si podemos controlar las visiones de un modo pequeño, ¿podríamos llegar a ser capaces de controlarlas más a lo grande también?

—Sí. —Navani se levantó—. La repetibilidad es uno de los pasos fundamentales para comprender el mundo. Cuando puedes repetir un resultado es cuando de verdad empiezas a avanzar hacia la verdad.

—Pero no sé si podré repetir lo que he hecho —dijo Dalinar—. Ha funcionado porque los dos erais Forjadores de Vínculos, y me ha parecido correcto Conectaros.

—Conéctame con otra persona —propuso Navani. Señaló a un grupo de personas que pasaba cerca, cargando con sus posesiones hacia la Puerta Jurada—. Esa mujer de ahí.

—¿Por qué ella?

—Tiene dos hijos, un chico y una chica —respondió Navani—. Igual que yo. Es más o menos de mi edad. Y, por lo que se ve de su porte, es orgullosa, aunque camine sola sin marido. Como hice yo durante años después de la muerte de Gavilar.

—Qué raro —dijo Dalinar.

Navani lo miró.

—Al decir eso —explicó él— es cuando tú misma has forjado una minúscula Conexión con esa mujer.

—La percepción. —Navani estaba recordando los estudios sobre los spren—. La percepción cambia la Investidura, Dalinar. Sagaz describió este lugar como una red cambiante de Conexiones.

—También dijo que estaba más allá de la capacidad de comprensión.

—Dijo que estaba más allá de *nuestra* capacidad de comprensión —matizó ella—. Pero lo mismo pasa con todos los fenómenos naturales, al principio. El deber de la mente científica es hacer que lo que antaño era incognoscible pase a ser tan cotidiano que lo lleves en el brazo y ni te fijes en ello.

Dalinar lanzó una mirada al reloj fabrial. Entonces asintió, cerró los ojos y se concentró.

Un momento después, Navani ocupaba el lugar de esa mujer. Llevaba un gran macuto a la espalda con las posesiones de su familia e iba acompañada por dos niños. Había funcionado. Volvió la mirada por la vacía plataforma hacia Dalinar, que estaba con Melishi el Forjador de Vínculos. El hombre estaba llevándose una mano a la cabeza, como confundido, y enseguida salió casi disparado hacia la torre.

Perfecto. Navani tranquilizó a los dos niños ya casi adolescentes, los envió hacia delante con sus morrales, porque no pudo evitarlo aunque supiese que no eran reales, y regresó junto a Dalinar. Lo encontró hablando con Gav, que había despertado en su regazo.

—… pasa nada, yayo —estaba diciendo Gav—. Papi me dijo que saldría todo bien.

—¿La has oído? —preguntó Dalinar—. ¿La voz de Elhokar?

Gav asintió, somnoliento.

—¿Eso es posible? —preguntó Navani.

—No lo sé —susurró Dalinar—. Yo a veces… a veces creo oír la voz de Evi. Quizá sea mi mente fingiendo. En todo caso, parece haberlo reconfortado.

Navani asintió, mirando hacia la espalda de Melishi.

—Así que —dijo Dalinar—, bajo las circunstancias adecuadas, podemos elegir cómo se nos percibe en estas visiones. Parece útil. Pero aún necesitamos saltar adelante unos pocos años, si queremos desvelar los secretos de ese Corredor del Viento.

—Has utilizado al Padre Tormenta como ancla —recordó Navani—. ¿Cómo? ¿Me lo explicas paso a paso?

—Estaba enfadado con el Padre Tormenta, y sabía que él sabía lo que yo necesitaba ver. Así que he usado mi Conexión con él, he dado una palmada y he hecho que saltemos aquí.

—Porque el Padre Tormenta estaba pensando en ello —dijo Navani—. Los mismos secretos que el Padre Tormenta intentaba ocultar flotaban en su mente, y han forjado esa Conexión para nosotros. —Respiró hondo—. En eso se parece a las otras anclas, que se relacionaban de algún modo con los acontecimientos que hemos visto. Bueno, estamos de camino hacia la Traición, y hacia ese Corredor del Viento, Garith. Ese es nuestro sino: averiguar por qué murió Honor, y cómo.

Miró a Dalinar y él se levantó, perturbando a Gav.

—Navani —dijo Dalinar—, funciona. No sé si es que estás reforzando lo que ya existe o si estás creando algo nuevo, pero tengo la impresión de que veo el camino.

—El Padre Tormenta lo conoce —respondió ella—, y tú tienes una Conexión profunda con él. Roshar sabe lo que ocurrió. Estos acontecimientos de algún modo iniciaron la secuencia que llevó a que tú y yo nos convirtiéramos en Forjadores de Vínculos. Esto no es solo un misterio, sino nuestro acervo.

Dalinar la miró a los ojos y asintió. Tenía la Conexión, el camino. Un ancla forjada a partir de sus propias naturalezas, su historia y sus vínculos.

—Estoy impresionado, Navani. No había pensado que tus métodos eruditos pudieran ayudarnos a comprender las sendas de los dioses.

—Dalinar —dijo ella—, comprender las sendas de Dios es el principal propósito de la ciencia.

Dalinar utilizó sus poderes.

Y aparecieron en un campo de batalla con cantores desplegados ante ellos. Navani, Dalinar y Gav estaban entre los Radiantes… y, en la distancia, aquel Corredor del Viento caminaba hacia una tienda. Tendría unos diez años más que antes, con el pelo entrecano, la misma edad que aparentaba en la primera visión donde Dalinar lo había visto, el día de la Traición.

El tronador descargó un puño y partió adoquines. La piedra se sacudió y el golpe fallido, por poco, arrojó a Adolin al suelo. Retrocedió sobre manos y rodillas, obligado a abandonar el martillo.

La criatura alzó el puño del suelo, dejando caer una traqueteante lluvia de pedazos de adoquín. Aquel tronador caminaba con paso encorvado, todavía bípedo, pero esos brazos eran tan largos que rasparían el suelo si no los encogiera al andar. Atacó de nuevo, sin voz, mientras los soldados de Adolin lo rodeaban por ambos lados y vaciaban el aceite de los pequeños toneles que llevaban a la espalda, empapando la piedra bajo los pies de la criatura. Otros soldados rompieron unos barriles más grandes en la bocacalle y dejaron que el aceite fluyera hacia abajo.

Adolin resoplaba dentro del yelmo, cargando la enorme cadena en un hombro, con su otro extremo unos quince metros calle abajo en dirección al carromato, del que había soltado a Galante. El caballo danzaba de un lado a otro, bufando, pero estaba obedeciendo la estricta orden que le había dado Adolin de quedarse allí. Entre el suelo resbaladizo por el aceite y los adoquines irregulares, traer un caballo era pedir a gritos una pata rota.

«Muy bien —pensó Adolin—. Solo tengo que rodearle una pierna con la cadena. Usar el gancho del extremo para asegurarla».

Embistió hacia delante, agradeciendo que el poder de la armadura esquirlada lo mantuviera en movimiento a pesar de su creciente fatiga. Se metió en el edificio más cercano, tirando de la cadena con él. Era una de las muchas viviendas que había en la calle. En Azimir tendían a ser mejores que en otras ciudades, hileras de edificios de tres plantas que albergaban a varias familias, hechos de piedra. El recibidor de aquel estaba vacío, por suerte: la familia había huido por la puerta trasera, dejando un rastro de miedospren.

Tormentas, menos mal que a los tronadores les costaba cobrar forma a partir de piedra cubierta o trabajada, o aquel podría haber emergido directamente bajo el palacio, en vez de acercarse desde fuera de la ciudad. Adolin vigiló a través de la puerta, con el extremo de la cadena en las manos, cada eslabón tan ancho como su palma. En la calle, Neziham distraía al monstruo haciendo pasadas a la carrera con su hoja esquirlada, intentando darle tajos en el tobillo y obligándolo a esquivar casi a la pata coja.

Eso dio a Adolin la oportunidad de salir otra vez, tirando de la cadena. Resbaló con el aceite, se enderezó y corrió hacia el inmenso pie de piedra más cercano. Era más grueso que la altura de un hombre y tenía forma de pezuña. Adolin rodeó la pierna con su cadena, pero entonces el tronador se movió y le arrancó los eslabones de las manos. El extremo del gancho salió despedido alejándose de Adolin y se estrelló contra un edificio.

Él se deslizó por el terreno aceitado y corrió a por el extremo de la cadena. El tronador lo miró, pero, antes de que pudiera atacar, los soldados de Adolin decidieron probar una jugada desesperada y se pusieron en medio y gritaron, haciéndolo dudar.

Adolin sacó la cadena de la derruida fachada del edificio y se volvió para encontrar una visión aterradora: una mano, lo bastante grande para taparle el cielo, trazando un arco hacia él. Se arrojó al suelo, pero de todos modos recibió un golpe que lo arrojó por los aires como un bofetón a un cremlino. El mundo giró a su alrededor mientras rebotaba calle abajo entre tañidos de metal y crujidos de piedra.

Se detuvo y gimió, levantando una cabeza aturdida. Su armadura esquirlada perdía luz tormentosa desde casi todas las piezas. Se notó mareadísimo al levantarse sobre pies tambaleantes.

¿La armadura estaba... preocupada?

—No es culpa tuya —murmuró Adolin, recobrando la orientación.

Se le había caído la cadena otra vez. Tormentas. Se obligó a echar a correr hacia ella, dejando una estela de luz tormentosa. Por suerte, Neziham había distraído al tronador antes de que pudiera acabar con Adolin.

Agarró la cadena y siguió corriendo hacia el pie derecho de la criatura, que estaba dando una patada con el otro para derribar un edificio hacia las tropas de Adolin. Con un gruñido, se dejó resbalar por el suelo aceitado hasta más allá de la pierna. Entonces se lanzó de lado con fuerza y rodeó el tobillo mientras el tronador descargaba su otro pie en la calle por delante.

De nuevo el tronador se fijó en él y atacó, pero Adolin esquivó deslizándose por el aceite. El viento del puño hizo que ondearan los charcos de aceite cercanos, que luego temblaron con violencia por el impacto contra el suelo. Adolin consiguió regresar a toda prisa rodeando el talón del monstruo. Entonces, de un tirón, insertó el gancho a través de dos eslabones del otro lado.

Cuando el tronador levantó ese pie para dar un paso, arrastró la cadena tras él, y el otro extremo, también con gancho, salió del cajón al final de la calle y repicó en los adoquines.

Adolin se apartó, jadeando. Primera parte hecha. Ya solo le faltaba engancharo a algo el otro lado de la cadena. Lo ideal sería rodearle el otro pie con ella, para hacerlo tropezar mejor. Mientras se planteaba las opciones, echó un vistazo atrás y halló otra visión inquietante.

Había Celestiales sobrevolando la ciudad a gran altura, dejando caer peñascos, un ataque de artillería que, con sus milenios de práctica, sabían hacer tan peligroso como el de cualquier arma de asedio.

Zarb Kushkam alzó la mirada confuso, con la visión borrosa, el brazo ensangrentado. ¿Qué… qué había…?

A su alrededor yacían soldados muertos dispuestos como en una explosión. Otros seguían luchando y gritando mientras salían manos del suelo y los agarraban, o los apuñalaban en los muslos. Gritó para pedir refuerzos, pero, tormentas, ¿quién podría formar líneas de batalla en una situación como esa? El mismo terreno era su adversario y…

CRAC.

Otra roca se estrelló contra el suelo cerca, aplastando a soldados, arrojando pedazos que derribaron a otros con la fuerza de cascotes. Los cuernos… los cuernos estaban llamando a todos los refuerzos. Todas las tropas convocadas… hasta las exhaustas. Apenas recordaba haber dado esa orden antes de caer. Tenía la mente…

Una conmoción le recorrió el cuerpo, una súbita oleada de frialdad que le despejó la mente e hizo desaparecer los confundispren. Zarb se sacudió y encontró a la joven sanadora alezi a su lado, cogiéndole la mano mientras resplandecía con luz tormentosa. Llevaba vestido en medio de aquel caos, de brillante color verde.

Zarb agarró a un soldado que había cerca.

—¡Tráele un tormentoso casco! —gritó, señalando—. ¡Y mantenla con vida mientras cura a gente! —Agarró a otro—. ¡Tú ocúpate de que él siga vivo!

Entonces recogió una pica de manos de un muerto y dio la voz para reunir las tropas. Justo a tiempo para que la pared de la cúpula estallara hacia fuera con una lluvia de piedra rota.

Al otro lado se alzaban las corpulentas formas de diez seres con brillantes ojos rojos. Entre ellos, varios de una variedad que Zarb no había visto nunca, altos, con una piel que parecía hecha de cinturones muy apretados.

Los Fusionados estaban allí. Si alguna vez había llegado el momento, era ese.

—Decidles a los de dentro de la cúpula —ordenó a uno de sus atribulados mensajeros— que se preparen para soltar las bombas de fuego.

La guardia de honor de Adolin hizo lo que pudo para retrasar al tronador, pero a grandes rasgos estaban derrotados. De los cuarenta soldados, quizá quedarían diez en pie. Blandían redes y disparaban flechas, pero aquel ser había decidido que no eran una amenaza, así que descargó un manotazo que cayó cerca de Neziham.

Era el momento que esperaba Adolin. Salió del edificio donde se había escondido, después de atravesar varias paredes dentro, esquivando ataques del tronador hasta que el monstruo lo perdió. Corrió hacia el extremo suelto de la cadena y lo agarró mientras su armadura seguía perdiendo luz tormentosa, aunque no a un ritmo tan furioso que lo inquietara. Debería aguantar, de momento.

Después de ver a aquella cosa derribando edificios a patadas, Adolin había decidido que su única esperanza era encadenarle una pierna a la otra. No veía posible que nada más lo hiciera tropezar. Hizo una mueca cuando una mano gigantesca levantó a Neziham del suelo y lo lanzó contra una pared. Su armadura esquirlada estaba incluso en peor estado que la de Adolin.

«No pares de moverte», se dijo, lanzándose a la carga cadena en mano.

El tronador se volvió e intentó aplastarlo de un pisotón, pero, por suerte, no tenía buena línea de visión hacia abajo. Adolin se arrojó de lado para esquivar y la cadena traqueteó. Se levantó de un salto e intentó rodear con ella el tobillo libre. Esa vez la criatura se limitó a proyectar hacia delante la otra pierna, la que ya tenía cerrada la cadena alrededor.

Condenación.

La cadena se tensó, arrancando a Adolin, aferrado a ella con fuerza, de la pierna que era su objetivo. El monstruo sacudió la pierna otra vez, haciendo restallar la cadena con él por los aires hasta que, horrorizado, Adolin notó que los guanteletes cubiertos de aceite resbalaban.

Se estrelló contra la calle cuan largo era, de bruces, con otro gemido. Se puso bocarriba y, aunque aún tenía la armadura de una pieza, las piernas habían absorbido el grueso de la caída. Estaban cubiertas por una telaraña de fisuras, del tipo que, si aquello fuese un duelo, harían que el juez ordenara un alto. Había demasiado riesgo de que la armadura esquirlada se rompiera, llevando a heridas.

Alzó la mirada para situarse y descubrió que estaba muy calle arriba, por delante de Neziham, cuando antes había estado detrás de él. El otro portador de esquirlada miró hacia Adolin, distraído justo en el peor momento.

«¡No!».

Un colosal puño de piedra cayó sobre Neziham y lo machacó contra el suelo. La armadura explotó y se deshizo en una secuencia de salpicaduras fundidas, y los nudillos del tronador se estamparon en la calle. La hoja esquirlada de Neziham cayó libre, recorrió los adoquines dando vueltas y no desapareció.

Cuando el tronador levantó la mano, tenía los nudillos cubiertos de carne y sangre, con diminutos trozos de armadura esquirlada pegados. Lo que quedaba de Neziham era una pulpa de huesos, sangre y acero.

El tronador se agachó y agarró la cadena entre los dos puños. Se tensó un momento y la partió con un agudo chirrido de metal desgarrándose. Tiró los restos a la calle y luego siguió andando, implacable, hacia la cúpula.

Dejó a Adolin allí tendido, exhausto, aturdido y derrotado.

83

HOJA A SUELDO

NUEVE AÑOS Y MEDIO ANTES

Szeth se detuvo en el gran vestíbulo del monasterio, con la espada desenvainada y ensangrentada.

Había llegado la hora, después de años de entrenamiento.

La hora de que ocupara su lugar.

Miró atrás y vio sangre fluyendo por los surcos entre las teselas del mosaico del suelo. Desde arriba, formaban una imagen de Yesoran, rey de los Heraldos. Desde más cerca del suelo, cada tesela era más bien como una pequeña isla, con huecos que formaban valles entre ellas, porque la argamasa se había desgastado con los años. Esos surcos no estaban pensados para la sangre, pero eran un camino conveniente para ella de todos modos, como el alma en el centro de una espada.

Tuko-hijo-Tuko, el portador de Honor del Viento, era el origen de esa sangre. Apenas se tenía en pie, con una mano apretada contra el costado ensangrentado. El enfrentamiento había durado menos de cinco minutos.

El portador de Honor dejó caer la espada, con dolor en el rostro mientras se apretaba también la otra mano sobre la herida. Trató de dar un paso hacia Szeth, pero resbaló con su propia sangre, cayó y su cabeza se estrelló contra el mosaico con un inquietante golpetazo.

Szeth envainó su espada, sin importarle que estuviera manchada de sangre, a pesar de su entrenamiento, y corrió hacia el hombre caído. Vigiló por si había una daga, por si aquello era una jugarreta, pero no vio ninguna mientras le daba la vuelta al entumecido moribundo y se lo apoyaba en el regazo, sosteniéndolo.

—Honor-nimi —dijo Szeth—, has luchado bien.

Tuko lanzó un escupitajo sanguinolento a la cara de Szeth.

Una reacción justa. Szeth se lo limpió con calma, suponiendo que, en la agonía de la muerte, él podría haber actuado del mismo modo.

Bueno, no, él no lo habría hecho.

Pero era comprensible que alguien lo hiciera.

—Lo sabía —dijo Tuko—. En el momento en que te enviaron para entrenar, supe lo que planeaban. Otro de sus corderos de ojos vidriosos. No podían tener a alguien como yo entre los portadores de Honor. Ese condenado rompepiedras.

—No hables así de un compañero —susurró Szeth—. Aunque estés muriendo, honor-nimi, Pozen se merece algo mejor de ti. Pronto te unirás a las piedras y a su glorioso...

—A ti también te tirará a la basura —lo interrumpió Tuko, y entonces respiró a siseos, dentro y fuera, hiperventilando contra el dolor. La cálida sangre fluía de su herida al regazo de Szeth—. Para él no somos nada. —Agarró a Szeth del hombro—. Si lo rechazas, no tendrá poder sobre ti. Márchate y ya no podrá ver lo que haces. No tienes por qué seguirlo. Puedes...

Los ojos de Tuko se ensancharon de repente, y su mano estrujó el hombro de Szeth, retorciendo la tela en una presa convulsa.

—¡Escalo! —gritó Tuko, con voz áspera—. ¡Escalo el muro de aflicción hacia la luz, encerrada arriba! ¡Escalo, con el peso de mi gemelo oscurecido a la espalda, y busco al cautivo! ¡La luz que amo! Yo... Tormentas... ¡La luz que *amo*!

Las fuerzas abandonaron a Tuko. Una hoja cayó con estruendo al suelo a su lado. El portador de Honor no debería haber insistido en un duelo a muerte, en vez de hasta la derrota. Era lamentable, pero Szeth había ganado.

Siete años de peregrinaje. Y lo había terminado, la primera parte al menos. Aún tenía que presentarse a los demás y que lo aceptaran. Pero aquella pelea habría sido el paso más doloroso. Con los otros podía perder combates y que aun así lo considerasen digno.

Sosteniendo aún el cadáver en su regazo, parpadeó aturdido mientras miraba alrededor por el gran vestíbulo del monasterio. Algunos acólitos de Tuko sollozaban sin ocultarse. Otros miraban a Szeth con desnudo odio. Buscando un rostro amistoso, terminó localizando a los portadores de Honor. Sivi no cruzaba la mirada con él, pero Moss, un hombre joven como él, corrió en su dirección.

—Caray —dijo Moss, arrodillándose junto a Szeth—. Es que... caray, Szeth.

—He matado —susurró él— a una de las personas más sagradas del mundo entero.

Una afirmación necia. ¿Qué había esperado? Era para lo que había ido hasta allí. Moss, sin embargo, pareció comprenderlo. Era el portador de Honor más reciente, ascendido hacía unos cuatro años.

—Yo... también tuve que matar a mi predecesora. Se negó a hacerse a un lado después de derrotarla. Siempre me digo a mí mismo que yo seré más sabio cuando llegue mi momento de pasar la hoja. Que renunciaré cuando los otros portadores de Honor me pidan que lo haga.

—Quizá yo también —dijo Szeth—. O quizá alguien me matará en tardía represalia por lo que he hecho.

Sentaba bien pensarlo. Saber que todos aquellos acólitos que lo miraban con tanta ponzoña podrían tener algún día su propia oportunidad de matarlo.

—Vamos —dijo Moss, ayudándolo a levantarse—. Demos un paseo. Hablemos de nada, como solíamos hacer.

Eso sería… hermoso. Entrenar con Moss había sido la mejor parte de los últimos años. Moss lo había tratado como a un compañero desde el principio, aunque fuese dado a los alardes y a lucirse. El tejido de luz nunca había sido la potencia favorita de Szeth, pero siempre atesoraría ese año.

—¿Informarás a mi padre de que lo he conseguido? —pidió Szeth—. Estará esperando fuera.

—Claro —respondió Moss.

Szeth lamentaba enviar a alguien de la categoría de Moss a una tarea tan simple, pero no había nadie más.

Colocó con reverencia el cadáver en el suelo, sobre el retrato de Yesoran-hijo-Dios. Se arrodilló y ofreció una plegaria a los spren. Entonces se levantó, sacó la hoja de Honor de la sangre de Tuko y fue con los otros portadores de Honor. Habían acudido seis a presenciar el duelo. Moss, el Tejedor de Luz. Pozen, el Nominador de lo Otro. Sivi, la Escultora de Voluntad. Dulo-hijo-Tudla, el Danzante del Filo. Vambra-hija-Cielos, la Vigilante de la Verdad. Gearil, la Portadora del Polvo.

No había Custodio de la Piedra, naturalmente. Ni Rompedor del Cielo, ya que ese Heraldo había reclamado su hoja. Tampoco Forjadora de Vínculos, ya que estaba ocupada con algún tipo de votación en la ciudad. Y Szeth pasaría a ser el portador de Honor Corredor del Viento. De pronto tuvo ganas de vomitar. Aquello era para lo que había entrenado, pero le daba una sensación espantosamente errónea.

Pozen señaló con el mentón hacia la hoja, que Szeth sostenía con gesto reverente. Era su favorita de las hojas de Honor, y no solo por sus poderes. Le gustaba su forma simple, elegante.

—Bienvenido —dijo Pozen— a tu legítimo lugar, Szeth.

—Disculpa, portador de Honor —respondió él—, pero aún no soy de vuestra posición. Antes debo completar el segundo peregrinaje y demostraros mi valía a todos vosotros en combate.

—¡Ja! —rio Dulo, y le dio una palmada a Szeth en la espalda—. ¡Eso es una mera formalidad, Szeth! ¿Crees que dejaríamos llegar tan lejos a alguien indigno?

—Visitarás todos los monasterios, sí —dijo Pozen—, pero para celebrarlo, Szeth. Ya has demostrado tu valía.

Szeth miró a Moss, que acababa de regresar. Vio que asentía.

—Es lo que hicieron conmigo.

Moss era otro de los protegidos de Pozen. Entrenado a propósito para convertirse en el Tejedor de Luz.

—Bueno —dijo Dulo mientras el grupo empezaba a caminar hacia fuera—, por fin está hecho. Desastre evitado.

—Ah, pero ¿lo dudabas? —preguntó Pozen—. El chico es perfecto. Lo supe nada más encontrarlo en aquel sitio deteriorado que llaman monasterio.

Por mucho que hablaran de celebrarlo con Szeth, se comportaban más satisfechos de sí mismos que otra cosa. Hasta Moss correteó para alcanzar a Pozen. Los acólitos y chamanes se marcharon para llorar al difunto. Al cabo de poco, ya solo quedaban Szeth, Sivi y el cadáver en el vestíbulo.

—¿No debería alguien... hacer algo con el cuerpo? —preguntó él.

—Lo enterrarán esta tarde —dijo Sivi—. Querrán dejarlo que se quede un tiempo con las piedras.

—¿Qué tenía de malo este hombre, honor-nimi? ¿Por qué teníais todos tantas ganas de libraros de él? Estuve buscando herejías todo el año que pasé entrenando con él. Era permisivo con las normas y frío conmigo, pero no creo que mereciese la muerte. ¿Hablaba contra la Verdad cuando yo no lo oía?

—Eso hacía, Szeth —dijo ella en voz baja, pero seguía sin mirarlo a los ojos.

Parecía que había pasado una eternidad desde el día en que salió del monasterio de Pozen para entrenar con ella, ya siete años antes. Hacía más de cinco años desde la última vez que vio a su hermana. Y como mínimo unos meses desde que aquello por fin había dejado de dolerle.

—Me... —Szeth volvió a mirar el cuerpo—. Me siento enfermo, honor-nimi.

—Bien.

—Me habéis utilizado para matarlo —dijo él—. Como una hoja a sueldo enviada en plena noche.

—Enviada por los spren.

—Enviada por todos vosotros —espetó Szeth, y entonces sintió vergüenza. Había seguido la Verdad. La culpa no era de ellos—. Me disculpo, honor-nimi.

—No pasa nada, Szeth —dijo ella—. A mí tampoco me hace mucha gracia. Pero él sí que hablaba de rebelión, de una guerra civil. Sospecho que a ti no te dijo nada porque temía que te hubiéramos enviado nosotros con él.

—¿Qué? —exclamó Szeth—. ¿Por qué iba a plantearse siquiera algo como una guerra?

—Todos tenemos nuestros motivos, Szeth —dijo Sivi, volviéndose para marcharse—. La mayoría incluso creemos que son los correctos. Venga, vamos, que hay que celebrarlo.

—¿Cuándo conoceré a la Voz?

—A su debido tiempo, cuando...

—¿*Cuándo*? —preguntó Szeth.

—Después del segundo peregrinaje.

—¿Cómo de rápido puedo terminarlo?

Sivi lo observó.

Lo habéis hecho bien todos, dijo la Voz. *Dejad que vuele hasta mí y luego ya hará el segundo peregrinaje. Szeth, ven a Ayabiza y busca la cueva sagrada que hay más allá. Ahí conocerás la Verdad en toda su extensión... y tendrás tus respuestas.*

He conseguido
negociar hast
hacerme con est
pieza, que según
artista se basa e
descripciones ocular
de los tres tronadore
Kai-garnis, Yushi
y Terushi

84

A POR LOS ROTOS

Contigo, fueron ambas cosas, ¿verdad? Sofocante a veces, pero no lo bastante involucrado en otras.

Adolin yacía en la calle, embotado por su fracaso contra el tronador, tratando de ponerse en pie. Resbaló con el aceite y se derrumbó, dio con el yelmo contra los adoquines y oyó ecos de otro tiempo.

«¡Tormentas, Adolin! ¿Qué estás haciendo?».

Se obligó a incorporarse plantando los brazos.

«¡Adolin, no seas temerario! ¡Vas a matarte luchando contra esa cosa!».

—Se... —susurró Adolin—. Se supone que eso te lo digo yo a ti, Renarin. Se supone que debo protegerte. Debo...

«Puedo ocuparme, Adolin. ¡Tú vete! Por favor».

Adolin sacudió la cabeza para despejársela. Esas palabras, grabadas en su mente como la inscripción de una espada, eran de la primera vez. Hacía más de un año, cuando Renarin lo había salvado de un tronador distinto. Renarin, a quien Adolin se había pasado la vida defendiendo.

Renarin ya no lo necesitaba, y eso era bueno. Pero... tormentas. ¿Qué hacía uno cuando ya no era suficiente? ¿Cuando había sido el mejor durante toda su vida, pero de pronto estaba obsoleto?

Aún apoyado en los brazos, miró hacia el tronador a lo largo de una calle plagada de escombros. El monstruo se abría paso a empujones entre edificios, sembrando la destrucción a su paso. Más allá de él, a lo lejos, aquellos Celestiales zumbaban alrededor de la cúpula. Si había más Fusionados allí... la ciudad estaba perdida.

Había fracasado. Otra vez. «No... no sé si puedo seguir haciendo esto», pensó, terriblemente cansado.

Se derrumbó otra vez.

Entonces sintió unas manos en los hombros.

Incluso protegido por la armadura esquirlada, sintió cómo intentaban ayudarlo a levantarse. Alzó la mirada y encontró a Hmask. El thayleño tenía una herida en la cabeza y la reluciente sangre le manchaba una larga ceja y medio bigote. Y, aun así, intentaba ayudar a un portador de esquirlada que pesaba muchas veces lo que él a ponerse en pie.

Algo despertó dentro de Adolin. Recuerdos de la gente para la que Adolin sí que había importado, como un niño pequeño en Ciudad Thaylen. Y, tormentas, había un montón de niños pequeños en Azimir. Pero ya solo quedaba un portador de esquirlada. Él.

De un empujón, Adolin se puso en pie, con la armadura aún en su sitio pero perdiendo luz tormentosa cosa mala. Asintió en agradecimiento a Hmask y luego recogió uno de los restos de la cadena, de solo tres metros de largo, se lo echó al hombro y caminó con estrépito para recoger la ensangrentada hoja esquirlada de Neziham.

—Hola —le dijo a la espada, con la voz amortiguada por el yelmo—. Soy Adolin. Tengo que tomarte prestada un ratito, si te parece bien.

Por delante, en el camino del tronador, se alzaba la torre en la que Adolin había estado esa misma mañana. El puesto de vigilancia. Era más o menos igual de alta que la criatura, que avanzaba lenta. Deliberada, y destructiva, pero lenta.

Así que Adolin trastabilló hasta salir del suelo aceitoso y llamó a Galante, que salió de entre dos edificios. Adolin se izó a la silla y cabalgó tras el tronador.

Ash, antes Heraldo del Todopoderoso, estaba sentada junto a la cama de un hombre del tamaño de un caballo. Le había cogido la mano.

Tenía callos.

Aquel Retorno, Taln no había luchado. Había pasado la mayoría de esos años yaciendo en una cama y otra y, sin embargo, tenía callos y músculos. Formaban parte de su Identidad, eran parte de como se veía a sí mismo, de modo que eran como se manifestaba su cuerpo al crearse a partir de Investidura pura.

Qué raro era cogerle la mano otra vez. Al hombre al que había llegado a ver, con los siglos, como al hermano que Ash nunca tuvo.

El hombre al que habían traicionado.

El hombre al que habían abandonado.

El hombre que, a base de determinación, había llevado Roshar a su espalda hasta la era moderna.

Murmuraba el mismo mantra de siempre.

—La época del Retorno… Debemos prepararnos…

La lucha en la plaza de fuera ya no hacía ruido. No se oía a hombres pidiendo refuerzos a gritos. No se oían tañidos metálicos. No se oía el sonido de la piedra contra la piedra. Eso la preocupaba. Significaba que la batalla se había ganado.

O perdido.

Unas formas oscurecieron el umbral, y entonces una figura de ojos brillantes entró en el largo pasillo del hospital. Era Abidi el Monarca; lo reconoció por las pautas. Qué mala suerte encontrarse con él, de entre todos los Celestiales. A Abidi le gustaba el dolor.

Los médicos se encogieron y se ocultaron mientras Ash se levantaba. Pero, por supuesto, ¿qué era ella? Nada. Había pasado siglos enteros insistiendo en que no era nadie. Se hundió otra vez en la silla, temblando, y Abidi no pareció reparar en ella.

—Bueno —dijo Abidi en la antigua lengua. Llegaban otros detrás de él, entraban en la cámara—. Los heridos.

Ash cerró los ojos.

—Sacrificadlos —ordenó Abidi—. Desmoralizará a los defensores.

Silencio. Bueno, la gente gemía, dolorida. Algunos soldados heridos se levantaban y buscaban armas. Pero había silencio de un modo muy nítido que le dio escalofríos a Ash.

Taln había dejado de susurrar.

La cama que tenía al lado chirrió y se movió, y Ash pestañeó para quitarse las lágrimas y mirar arriba. Y verlo allí imponente, en las sombras del final del pasillo.

Un Fusionado que estaba al otro lado de la sala alzó una esfera. Luego la tiró en su dirección.

Luego dio un respingo.

A la luz, Taln se alzaba con el pecho desnudo, llevando solo calzas cortas, y casi llenaba el pasillo que habían convertido en enfermería. Sus manos se cerraron en puños.

—Qué idiotas sois —dijo Ash a los Fusionados—. Podríais haber tenido la ciudad, pero habéis venido aquí. A por los rotos.

Abidi señaló, viéndolos por fin, y sus ojos se ensancharon de absoluto horror. Qué satisfactorio fue verlo girarse y huir. Porque Talenel-Elin, desarmado y sin su hoja, seguía siendo el guerrero más terrorífico sobre la faz del planeta.

Un estruendo quebró el silencio, ventanas al partirse, el fragor del aire llenando el hueco que dejó Taln al moverse. Y, por primera vez en más de cuatro mil años, el Portador de Todas las Agonías contraatacó.

Adolin se izó a la cima de la torre de vigilancia. Había trepado por el exterior. Su armadura esquirlada estaba perdiendo funcionalidad, pero aún era lo bastante fuerte para llevarlo hasta arriba, y escalar había sido mejor que ingeniárselas con aquellas escaleras diminutas.

Comprobó la hoja esquirlada de Neziham, que se había atado a la espalda con una cuerda. Luego comprobó la cadena de tres metros, con un gancho al final. Se había enrollado el lado partido alrededor de la cintura y la había asegurado con un eslabón roto y doblado.

Gracias a Galante, que tenía nuevas órdenes de ponerse a salvo, había conseguido adelantar al monstruo. Los pasos del tronador vibraron a través de él cuando pasó rozando la torre. Al otro lado de la calle, Adolin vio caras en las ventanas. Gente temerosa, quizá demasiado paralizada para evacuar.

—Por supremo y pueblo —susurró Adolin en honor a Neziham. Era el juramento del país—. Por Heraldo y hogar.

Respiró hondo, saltó desde la cima de la torre y se agarró a los salientes que el tronador tenía en la espalda. Aferrado con una mano, utilizó el gancho de la cadena para fijar su posición. El cuerpo de aquel tronador, en particular un descomunal trozo de espalda, estaba hecho a partir de un revoltijo entrecruzado de protuberancias de piedra. Como una maraña de ramas, con pequeños huecos entre ellas aquí y allá. El gancho encajó a la perfección.

Desde esa altura, Adolin distinguió el caos alrededor de la cúpula. Tenía un lado destrozado y el enemigo salía a borbotones. Tormentas. La ciudad sí que estaba perdida ya, ¿verdad?

Gruñó y se aferró al tronador, que acababa de verlo y empezó a agitarse. Por suerte, sus brazos de piedra no se doblaban hacia el lado correcto para llegar a la espalda, pero esas sacudidas eran frenéticas. Adolin logró mantenerse en el sitio, apenas, y entonces, cuando el monstruo hizo una pausa, sacó la hoja esquirlada de su cinturón y la clavó en la espalda de aquel ser.

Por desgracia, la espada no se hundió a la suficiente profundidad para matar, no con toda aquella masa de piedra en la espalda de tronador. O eso, o sencillamente Adolin no estaba lo bastante alto. El punto débil era el cuello, en la base del cráneo, y para eso le faltaba algo más de un metro. El monstruo empezó a sacudirse de nuevo, con más furia. Gruñendo, Adolin dejó la espada clavada en el cuerpo y se aferró con unos dedos blindados que, al perder luz tormentosa, empezaban a quedarse sin fuerza también.

El monstruo barritó, un sonido espantoso, terrible. Adolin aprovechó la oportunidad para agarrar la hoja esquirlada y arrancarla, y en ese momento el monstruo se agachó, se enderezó de golpe y giró. Adolin solo tenía una mano sobre él en ese momento. El brusco movimiento separó sus dedos debilitados y lo envió volando.

Los eslabones de la cadena se tensaron con Adolin al final, dando bandazos como una pelota al final de un cordel, estrellándose contra un costado del tronador y luego el otro. Su visión se volvió un borrón de líneas agrietadas por el yelmo que fallaba, y apenas logró seguirle la pista a lo que pasaba, aunque logró conservar la hoja en la mano.

¡Ahí!, pareció decirle un coro de voces. *¡Agárrate!*

Extendió el brazo a ciegas y la mano libre se movió casi por sí misma y aferró de nuevo una parte superior de la espalda del tronador. Esa vez el ser intentó agacharse y mover a Adolin hacia delante para que sus dedos, subidos hasta la cabeza, pudieran asirlo.

Adolin chilló cuando varias piezas de su armadura esquirlada empezaron a fallar, volviéndose apagadas e impotentes por la falta de luz tormentosa. Saltó hacia arriba, aprovechando el impulso del movimiento del monstruo, y dio contra la cabeza. Resbaló. Entonces clavó la hoja justo en el cuello del tronador.

La criatura se enderezó de sopetón, echó atrás la cabeza y Adolin cayó libre a lo largo de su costado.

Entonces el tronador se quedó muy quieto.

Por fin, cayó como un árbol al talarlo. De lado.

Hacia Adolin.

Intentó a la desesperada cortar la cadena para liberarse de la espalda de piedra, pero su armadura no funcionaba y la hoja esquirlada se le resbaló de la mano. Un segundo después, todo cayó encima de él con un peso capaz de sacudir una ciudad entera.

La visión de Renarin de aquel día en palacio, cuando Adolin lo había salvado, se evaporó y lo proyectó de vuelta al Reino Espiritual en sí. Se levantó entre los muchos futuros cambiantes.

Y no tuvo miedo.

Ya había estado allí. En esa situación. Recordaba noches, al principio de su vínculo con el spren, garabateando febril en el suelo las cosas que había visto y oído. Eso sí que lo había aterrorizado, no saber qué le estaba pasando ni por qué.

El Reino Espiritual era una sobrecarga para los sentidos, y eso no le gustaba, pero no daba miedo. Sabía por qué estaba allí, y sabía lo que era él mismo. Renarin ya no era un niño asustado que necesitaba que Adolin lo rescatara. Ya no era una abominación que tenía que esconderse, pero, al mismo tiempo, sentía que debía compartir lo que sabía, por si ayudaba a su padre.

Era Radiante. Era Vigilante de la Verdad. Era el compañero de Glys. Era del Puente Cuatro. Había muchos aspectos del mundo que no tenían sentido para él, pero sabía *por qué* estaba allí, y eso le proporcionaba una ruta hacia delante. Se sorprendió al descubrir que no temía ni a los dioses. ¿Qué era lo peor que podían hacer? ¿Destruirlo? La simple mortalidad, comparada con los terrores a los que Renarin había sobrevivido —el terror de no saber si estaba loco, o si de algún modo lo habían corrompido y estaba sirviendo al mal— parecía una pesadilla distante, apenas recordada.

Yo sí que tengo miedo, dijo Glys. *Me destruirán. Me borrarán. Me odiarán.*

—Escóndete en mí —dijo Renarin—. Yo te protegeré.

Extendió la mano y Glys cobró forma a partir del caos y luego se encogió hasta el aspecto que prefería adoptar en el Reino Físico. La extraña estructura cristalina roja. Esa estructura se fundió hacia el interior de Renarin, donde no encontró ninguna gema corazón, pero sí un agradable escondrijo de todos modos.

Todo pareció estar... bien con Glys entonces. El spren dejó de temblar.

Renarin miró alrededor, pero halló solo ecos de su pasado, cambiando y moviéndose de manera constante como nubes sombrías.

«Este lugar —pensó— requiere organización para comprenderlo. Esto es demasiado para una mente humana».

Por suerte, Renarin había aprendido todo tipo de estrategias para encontrarle sentido a un mundo... y a su gente. También era cierto que algo de su vínculo con Glys le daba ventajas adicionales. Se sujetó las manos a la espalda, adoptando de manera inconsciente, comprendió en ese momento, la misma postura que su padre en las reuniones de estrategia, e impuso su voluntad sobre el entorno.

A su alrededor el caos remitió, permitiendo que creciera un grupo de ventanas de cristal tintado. Cada una separada del resto, como una exposición en un museo de arte, con un monótono fondo negro extendiéndose detrás. Allí fuera alcanzaba a discernir vagamente unas figuras hechas como de humo blanco, que se alzaban del suelo.

Recorrió las ventanas, cada una de las cuales mostraba una elaborada escena en cristal. Ahí estaba Shallan, y ahí su padre y Navani, en algún nuevo campo de batalla con una gran tienda de campaña. El cristal tintado no se movía, pero, cuando Renarin apartaba la vista y se volvía de nuevo hacia él, a menudo cambiaba a una nueva perspectiva. Se concentró en su padre y su tía. Estaban en una reunión de cantores y humanos.

Estarán cerca, susurró Glys. *Cerca de secretos.*

—¿Y tú? —le preguntó Renarin—. ¿Ahora estás a salvo? ¿De los dioses?

Tu padre los tiene ocupados por el momento.

Renarin se detuvo ante una ventana en la que aparecía Rlain sentado con otros cantores y se planteó cuál sería la mejor manera de atraer la atención de su amigo. Rlain había dicho que deberían encontrar la prisión de Mishram, cosa en la que Renarin estaba empezando a pensar.

Se le ocurrió que lo más probable era que pudiese entrar en la ventana si quería, así que ¿tendría que...?

Renarin se quedó quieto. Una de las ventanas estaba cambiando. Lo sintió antes de verlo. Ella estaba allí.

Se volvió despacio y distinguió qué ventana era. Una que estaba oscureciéndose, con esquirlas de cristal coloreadas de violeta, azul y negro. Ba-Ado-Mishram. La misma cara cantora de antes, forcejeando contra los confines de la ventana. Moviéndose cuando ninguna de las otras imágenes lo hacía. Sacudiendo el cristal. Las ventanas más próximas a ella empezaron a oscurecerse también.

Tormentas. Renarin no sabía cómo reaccionar. Pero... pero ya se había sentido así otras veces. Confuso, temeroso, preocupado. Cada emoción que ella le mostraba le resultaba ya muy familiar. Qué raro. Apenas comprendía a los otros miembros del Puente Cuatro cuando cenaban juntos. ¿Por qué debería tener la sensación de que entendía a una antigua spren?

Caminó hasta la ventana.

—Cuando yo hago ruido así —susurró— es porque tengo tantas emociones que no sé qué hacer con todas. Así que explotan desde mi interior como una tempestad.

La figura lo miró furibunda, bullendo.

Cuidado, advirtió Glys. *Te destruiría si pudiera. Y, Renarin, creo que ha influido en tus visiones. De algún modo, esa visión con Adolin ha sido cosa de ella.*

—¿Ah, sí? —dijo él—. ¿Por qué esa visión, Mishram?

Ella siguió fulminándolo con la mirada.

—Y, lo que es más importante —añadió Renarin—, ¿qué les has enseñado a los demás? ¿Y por qué?

—Destruiros… a todos… —susurró Mishram mientras su marco vibraba—. Os lo he mostrado para que podáis encontrarme… ¡Encontradme! Para que pueda *destruiros*.

—Qué tentador. —Renarin dio un paso adelante—. Reconozco que debe de ser terrible estar tanto tiempo encerrada, pero ¿es peor que la tortura que soportaban los Heraldos a manos de los Fusionados?

Mishram se retiró hasta que la ventana de cristal no mostró más que un par de ojos ardiendo en la oscuridad. Renarin se preguntó si, entrando por esa ventana, podría llegar a ella, encontrar su prisión.

No, le dijo Glys. *No encontrarías nada. Ella permea este lugar, así que aparece en él, pero no hemos encontrado su prisión.*

—¿Cómo lo hacemos? —preguntó Renarin.

¿Quieres?

—Empiezo a pensar que podría ser la única manera —dijo Renarin—. Tomar la prisión, esconderla en otro sitio, dejar que los Sangre Espectral vaguen perdidos por aquí, buscando algo que jamás localizarán.

La idea lo ponía nervioso, porque temía lo que pudiera querer hacer Shallan con la prisión. Renarin confiaba en ella, pero se le escapaban algunas sutilezas de las conversaciones y se sentía poco equipado para saber si los deseos de Shallan allí dentro eran válidos o no.

—¿Ideas? —pidió Renarin a Glys.

Para llegar hasta ella, necesitarás… Conectar con ella de algún modo.

—Interesante —dijo Renarin—. ¿Igual que estaban haciendo mi padre y Navani al recorrer las visiones?

Sí, respondió Glys. *Aunque tu Conexión debe ser más profunda. Ellos recorren ecos del pasado, tú buscas un secreto oculto que se encerró lejos. Necesitarás anclarte de alma a alma.*

Renarin meditó sobre aquello antes de volverse y caminar hasta la ventana de Rlain. Respiró hondo y pasó al interior del cristal como si estuviera entrando en un estanque de agua. Dentro de la visión, Rlain estaba sentado a solas en una pequeña choza de Narak. Cabeza gacha, canturreando en voz baja después de que los otros se marcharan. Tormentas, ¿estaría Renarin importunándolo? ¿Debería irse? Esa era la postura que tenía Renarin a veces cuando no quería que hablaran con él ni lo tocaran. Si se quedaba, iba a ser incómodo, ¿verdad?

Y, sin embargo... en ese momento recordó algo que le había dicho nada menos que Zahel. «A veces tienes que tirar adelante y punto». El maestro espadachín había estado hablándole de la fatiga al principio de una rutina de ejercicios. Algunos días, llegabas y tenías muchas ganas de empezarlas. Otros días... bueno, tenías que tirar adelante y punto.

¿Qué le había dicho Drehy?

«A largo plazo es mejor preguntar y luego afrontarlo si te equivocas». ¿Podía uno... tirar adelante contra la incomodidad también?

—¿Rlain? —dijo.

Rlain alzó la mirada hacia él y se animó al instante, mientras el ritmo que estaba canturreando cambiaba al de la Alegría. Tormentas, sí que se había sentido solo, ¿verdad? Aquello venía a ser lo contrario a lo que Renarin había supuesto.

—Glys dice que ya podemos volver a juntarnos —dijo Renarin, acercándose—. ¿Esta es tu habitación en Narak?

—No —respondió Rlain, acomodándose contra la pared—. Es una de las salas de reuniones donde mi pueblo trataba la estrategia y los planes. Nada formal. Era solo... el sitio donde hablábamos. Como amigos...

Miró hacia el techo. Renarin no podía captar el significado que había tras las palabras, pero el ritmo cambió al que estaba seguro de que era el Ritmo del Malestar. En el Reino Espiritual, distinguir los ritmos estaba volviéndose natural para él.

Yo ayudo, susurró Glys, y parecía satisfecho de sí mismo.

Vaya, gracias, respondió Renarin.

—¿Estás molesto con tus amigos? —preguntó Renarin, sentándose al lado de Rlain.

—Me enviaron lejos a hacer de espía —dijo Rlain en voz baja—. Fui voluntario, así que tampoco debería enfadarme. Pero...

—Te sentiste poco apreciado.

—Tormentas, ya lo creo —exclamó Rlain.

—Sí —dijo Renarin—. Lo sé.

—¿Tú eras... poco apreciado? —preguntó Rlain, sorprendido.

—No abiertamente —dijo Renarin—. Y mi padre ha cambiado muchísimo. No es justo tenerle en cuenta sus actos cuando era más joven. ¿Sabes que el año pasado venía a las reuniones de eruditos, solo para que yo no fuese el único hombre no fervoroso presente? Pero...

—Cuando eras más joven, quería un soldado.

—Ni siquiera Adolin era suficiente para él —respondió Renarin—. ¿Qué posibilidades tenía yo? —Calló un momento—. ¿Por qué te enviaron lejos?

—Bueno —dijo Rlain, con la cabeza hacia atrás, apoyada en la pared— la necesidad sí que era legítima. Es solo que... nunca encajé igual que todos los demás. No es que nadie me odiara. No había nadie que quisiera librarse de mí. Pero, si había que decidir entre perder a alguien a quien querían para que hiciese de espía o perderme a mí... ni siquiera Eshonai me pidió que me quedara. Llegados a ese punto, ya estaba en plena actitud de «tengo que ser una general». Yo era una solución a un problema. Era todo lo que podía permitirse dejarme ser.

—Yo complico las cosas —dijo Renarin—. Porque no veo el mundo igual que todos los demás, y tienen que darme un trato de favor. Tienen que explicarme las cosas de otra manera, lo que requiere un esfuerzo adicional. Hace que me sienta como una carga. Y... a veces, me parece que sería mucho más conveniente para todo el mundo que no estuviera.

—Qué horrible —contestó Rlain al Ritmo de la Apreciación— que los demás tengan que madurar y esforzarse cuando están contigo. Que tengan que mejorar.

Renarin sonrió. El sarcasmo era distinto entre los cantores, que podían conferir a propósito un ritmo incongruente a sus palabras.

Rlain siguió canturreando, pero sin hablar. Miraron juntos por la ventana hacia el lugar por donde se había puesto el sol, y los estrellaspren empezaron a jugar en el cielo nocturno.

«Me gusta cómo calla a veces», pensó Renarin. En los bailes o las fiestas, para compensar sus silencios incómodos, su tía Navani o su prima Aesudan siempre habían intentado sentarlo con alguna persona muy habladora. Creían que a Renarin le gustaría tener a alguien que hablase cuando él no quería. Pero no sabían la cantidad de esfuerzo que le costaba seguir todas aquellas palabras.

¿Se atrevería a arruinar aquello? Era perfecto tal y como estaba.

«No —pensó—. Es el miedo lo que habla. Esto no es perfecto aún».

Tirar adelante. Se preparó para la incomodidad.

Y habló.

—¿Cómo es para un cantor estar en una relación con alguien? —preguntó, sintiéndose como si trastabillara con cada palabra—. Una relación... romántica, quiero decir. —Había empezado. Ya puestos, bien podía terminar—. ¿Podría funcionar con un humano?

—Ah, hum... —Rlain canturreó a Tensión—. No lo había pensado, la verdad. O sea...

«Ay, tormentas. Lo he echado a perder. Tenía que ir y destrozarlo todo. Soy...».

—Miento —añadió Rlain, con una mueca—. Hum... Sí que lo había pensado, Renarin. Y mucho.

Una parte de Renarin deseó poder desaparecer sin más. ¿Sus poderes eran capaces de eso? Por una vez, el silencio le pareció mucho peor que las palabras. Se extendía y se extendía y se extendía.

—Tú siempre has intentado comprenderme, Renarin —dijo Rlain—. Y lo normal es que lo consigas. Aunque no tengas los ritmos, sabes interpretarme.

—Es que... odio ver a alguien solo. En una multitud.

—¿Eso es todo? —preguntó Rlain.

—No —reconoció Renarin.

Más silencio. Más incomodidad.

Y entonces, un ritmo. El Ritmo de la Curiosidad, canturreado por Rlain.

—Fingimos —dijo— que, cuando estamos en otras formas que no son la carnal, no sentimos atracción en absoluto. Pero, Renarin, ¿puedo confesarte una cosa? Eso es una exageración.

»Cuando estoy en forma de guerra, soy más propenso a obedecer órdenes. Pero eso no significa que me quede sin autodeterminación. Del mismo modo, cuando estamos en forma carnal, sentimos todo tipo de atracciones poderosas... pero esas emociones y sentimientos siguen presentes en otras formas. La mayoría de los cantores siguen juntos como pareja, hasta después de criar a los niños. Las relaciones son importantes para nosotros, igual que lo son para los humanos.

—Pero distintas —dijo Renarin—. Es distinto.

—¿Y... aprender sobre alguien distinto no es interesante? —preguntó Rlain—. ¿Como te decía antes?

—Pues... supongo que sí —dijo Renarin—. ¿Cómo sabes si eres compatible? ¿Qué es lo que te hace compatible, de hecho? ¿Y si pasáis mucho tiempo juntos, y empezáis a formar una relación, y entonces llega la forma carnal y... bueno, y no funciona?

Rlain canturreó a Ansiedad.

—¿Qué pasa? —preguntó Renarin.

—Es lo que me pasó a mí —explicó él—. La primera vez que probé la forma carnal. Todos esperaban que me vinculara con una de las tres mujéres del grupo... y yo me esforcé mucho, pero mucho, en llamarle la atención a Harvo.

—¿Un... varón?

—Nunca volví a probar esa forma —dijo Rlain, y canturreó a Ansiedad, bajando la mirada—. Estuvieron meses riéndose de mí. Como si hubiera cometido un error, o algo. Creían que me puse tan lujurioso que olvidé quién era quién. —Miró a Renarin—. La parte de la forma carnal no es tan importante para nosotros como lo parece para vosotros. Si nos llevamos bien, si trabajamos bien juntos... eso es más importante, es lo que hace de nosotros una pareja de guerra. Luego, el resto... se puede hacer que cuadre.

—A menos, claro, que uno termine persiguiendo a un hombre —dijo Renarin con una risita. No porque ya no estuviera ansioso, sino porque, sorprendiéndolo, esa ansiedad había empezado a menguar.

—Incluso entonces —dijo Rlain—, lo sabía, Renarin. Por eso no quería probar a adoptar la forma carnal. No quería vincularme con ninguna de ellas. Podría haberles dicho lo que pasaría, porque ya estaba allí, dentro de mí, aunque no sea tan fuerte en la mayoría de nuestras formas como lo es para los humanos. En cambio, la compatibilidad personal es lo que buscamos. Es lo que yo quiero.

Miró a Renarin y canturreó a Ansiedad, pero mientras sonreía.

«Esa combinación… —pensó Renarin—. Está sonrojándose».

Renarin respiró hondo y tiró adelante a través de aquellos últimos restos de incomodidad.

—¿Crees que merece la pena intentarlo, entonces?

En respuesta, Rlain puso la mano, vacilante, encima de la de Renarin. Él giró la suya hacia arriba y tomó la mano de Rlain, y sintió un *calor*. Y, además de eso, pudo sentir los ritmos palpitando desde Rlain hacia su interior.

El Ritmo de la Emoción.

Había mucho que hacer, mucho de lo que hablar, pero aquello bastaba por el momento. Renarin dejó que tuvieran aquel silencio. Solo los ritmos, el calor y dos personas armonizando juntas.

Renarin, dijo Glys al cabo de un rato, *Shallan ha llegado y está teniendo una reacción muy rara.*

¿Shallan?, pensó él. *¿A qué te refieres?*

La he sacado de su visión, explicó Glys, *porque habías indicado que querías reunirnos a todos de nuevo. Tu ventana aún está en pie, y ella mira por ella.*

Oh, sangre de sus ancestros. ¿Shallan estaba mirando?

¿Y qué hace?, preguntó.

No para de dar pequeños saltos, dijo Glys, *mientras hace un ruido agudo, como si le doliera algo.*

No le duele nada, contestó Renarin, y suspiró. *Está dando grititos emocionados. Esa chica…*

Quizá fuese cosa de los Tejedores de Luz, o quizá solo de Shallan, pero Renarin siempre había percibido en ella un lado mirón. Había que ser una clase de persona especial para que te gustara fingir que eras quien no eras.

Bueno, como mínimo, se alegraba de poder proporcionarle a su cuñada un poco de entretenimiento. Se levantó, aún sujetando la mano de Rlain.

—Vamos. Tenemos que hablar de lo que hemos visto todos en estas visiones más recientes.

—¿Por qué? —preguntó Rlain—. ¿Tiene relevancia?

—Creo que Mishram estaba influyendo en ellas —explicó Renarin—. Acabo de encontrármela, y algo que ha dicho me hace pensar que hay un secreto en lo que se nos está mostrando.

Rlain asintió y anuló la visión, aún cogiéndole la mano a Renarin. Y lo más curioso de todo fue que, mientras se reunían con Shallan, que le levantó el pulgar con una sonrisa de oreja a oreja, Renarin descubrió que la incomodidad había pasado. El futuro, por una vez, parecía extraordinariamente brillante. Como un cristal resplandeciente, lustroso.

85

PARLAMENTO

Al final, son mis mentiras las que me traicionan. Una lección que fracaso en aprender una y otra vez. Reconozco este defecto. Espero que no me destruya algún día.

Adolin despertó con un temblor gélido en todo el cuerpo. Dio una repentina bocanada y abrió los ojos de sopetón, con los músculos tensos y rígidos. Tenía la visión borrosa por las lágrimas, y recordó...

Caer.

El tronador.

Oscuridad.

Sonidos en sus orejas, extranjeros al principio, pero luego... luego voces que conocía.

—¡La pierna!

Esa era May.

—¡No puedo... no puedo hacer más!

Una chica. La Vigilante de la Verdad. ¿Cómo se llamaba? ¿Rahel? Sí... eso era...

Rahel estaba llorando.

Adolin parpadeó para quitarse las lágrimas y se encontró a sí mismo tendido, aún medio metido en su armadura esquirlada, junto a los restos quebrados de la cadera del tronador, que al parecer habían tenido que cortar usando la hoja esquirlada de Neziham para poder sacarlo a él de debajo.

Estaba vivo, pero vio algo que su mente se negó a aceptar.

—Adolin —dijo May, cogiéndole la cara—. Bendito sea el Todopoderoso. Adolin, ¿me oyes?

—Mi... pierna... —farfulló Adolin.

Su pierna derecha acababa en un muñón, debajo de la rodilla.

—¡Lo he intentado! —sollozó Rahel—. No… no puedo… no…

—El tronador te ha caído encima —dijo May con voz calmada. Era la calma para la que entrenaban a todos los oficiales en momentos de gran emoción—. La armadura se ha hecho añicos y tu pierna estaba hecha puré, básicamente inexistente. Pero estás vivo, Adolin.

Él pestañeó, entumecido.

—Adolin —insistió May—. Rahel te ha curado las otras heridas, que eran graves. Cuando volvamos a Urithiru, un Radiante más experto podrá devolverte la pierna.

Claro. Por supuesto que era posible. Adolin se impuso a la conmoción.

—¿La ciudad?

—Luchando en todos los frentes alrededor de la cúpula —informó ella—. Los arqueros hemos tenido que huir cuando los Celestiales han tomado la galería. La cúpula está perdida, en esencia, y lo peor es que tiene un lado reventado por completo. Kushkam estaba defendiendo el hueco. Pero… Notum dice que lleva ya un tiempo sin ver al comandante, y sus hombres estaban hechos polvo. Creo que deben de haber soltado las bombas de fuego dentro de la cúpula, pero, antes de eso, decenas de Fusionados han escapado a la ciudad por el agujero.

En la distancia, gritos. Lucha.

—Quitadme esta armadura —dijo Adolin, incorporándose sobre un codo—. No sirve de nada, tal y como está. Tenemos que ir a ayudar.

—Adolin, tu pierna…

—Soy el comandante de campo más experto que tenemos —la interrumpió él, haciendo gestos para que lo ayudaran a levantarse—. Debo dar las órdenes si Kushkam ha caído. ¡Y los demás hacéis falta en la lucha!

May miró a los demás, a la decena aproximada de hombres que quedaban del ataque de Adolin al tronador. Entre ellos estaba el leal Hmask, quien por fin, haciendo caso omiso a todos los demás, ayudó a Adolin a quitarse el peto y luego a ponerse en pie.

En un solo pie.

Juntos, echaron a andar hacia la brecha en la cúpula. Adolin se apoyó en Hmask y en otro soldado, que más o menos lo llevaron en volandas, con un brazo alrededor de cada uno. Corrieron todo lo que les fue posible, pero Adolin sabía, muy en el fondo, que la ciudad estaba perdida. La habían perdido en el instante en que llegaron aquellos Fusionados.

Tormentas. Igual que Kholinar. Los congojaspren lo seguían con forma de retorcidas cruces negras. No había nada que pudiera hacer.

Colot había estado liderando la defensa contra los cantores convencionales que habían escapado por el otro lado de la cúpula. Solo tenían disponibles unos cuantos restos harapientos para enfrentarse a los Fusionados, grupos de tropas que empezaban a congregarse mientras ellos llegaban a la zona médica.

Allí encontraron unos refuerzos que no se habían esperado: la guardia de honor imperial y el propio Yanagawn, vestido para la batalla. Estaba allí de pie, espada en mano, contemplando...

La muerte.

Adolin y su grupo se detuvieron de golpe ante un campo de cadáveres. Cientos de muertos, en su mayoría cantores, cubrían la plaza entre el agujero de la cúpula rota y el edificio médico.

¿Docenas de Fusionados muertos?

¿Por qué estaba todo tan tranquilo allí? Adolin apretó el hombro de Hmask y juntos avanzaron, cojeando entre los cuerpos. Yanagawn corrió hacia él, manchándose la lujosa capa de la sangre cantora de los cadáveres sobre los que pasaba. Era difícil encontrar un sitio donde pisar.

—¡Adolin! —lo llamó Yanagawn.

—Excelencia —dijo Adolin, perplejo—, ¿esto lo has hecho tú?

—¡Lo hemos encontrado así al llegar! —exclamó él—. Sé... sé que no debería haber venido, pero Kushkam ha convocado a todos los soldados disponibles. Mi guardia de honor no quería dejarme, así que... —La espada flaqueó en sus dedos—. No he llegado a tiempo para... lo que sea que es esto...

Siguieron avanzando por la plaza, donde los soldados de Yanagawn utilizaron la vieja técnica de batalla de buscar dolorspren, que indicarían la posición de alguien vivo. Uno dio una voz y apartó un cuerpo sobre el que se arremolinaban, y debajo encontró a Kushkam.

—¡Aún respira!

Rahel corrió a ayudar, seguida por su portador de gemas, que llevaba un saco de luz tormentosa. Adolin, Hmask y Yanagawn siguieron despacio en dirección a la brecha en la cúpula. Se notaba un calor residual emanando de aquel hueco, pero no podía ser lo que había matado a aquellos Fusionados de fuera. Contó hasta ocho variedades distintas entre las decenas de individuos muertos. Sus gemas corazón aplastadas, después de que sus pechos terminaron o bien desgarrados, o bien machacados. Tormentas. ¿Qué era capaz de hacerle aquello a los mejores luchadores de élite enemigos? Esa cantidad de Fusionados podría haber derribado a portadores de esquirlada, a Radiantes. Pero no veía cuerpos ni de unos ni de otros.

Una cinta de luz anunció la llegada de Notum.

—Adolin —dijo el spren—, han soltado las bombas de fuego en la cúpula. Las fuerzas enemigas convencionales que no han quedado atrapadas en las llamas han tenido que retirarse por la Puerta Jurada. Tenemos la oportunidad de... —Calló a media frase, mirando alrededor—. ¿Cómo has podido matar a tantos Fusionados?

—No he sido yo —susurró Adolin, señalando.

Llegaron al punto álgido de la masacre, a la parte del silencioso campo de batalla más próxima al agujero abierto en la cúpula. Dentro, aunque el fuego se había apagado, los llamaspren danzaban sobre las piedras, disfrutando del calor.

A través del hueco se alcanzaba a ver el centro oscurecido, en el que lo cantores, capaces de soportar más calor que los humanos, empezaban a emerger de nuevo. Llenarían la cúpula antes de que las fuerzas de Adolin pudieran entrar y enfrentarse a ellos. Aun así, las bombas de Kushkam habían impedido el desastre total, forzando una importante retirada enemiga. Habían utilizado la mayor parte del aceite que había en la ciudad, pero había funcionado.

Los Fusionados que hubieran escapado de las llamas deberían haber sido más que suficientes para conquistar la ciudad de todos modos. Pero en aquel punto, justo al lado del agujero, los cadáveres enemigos estaban amontonados formando una especie de cumbre. Adolin podía imaginarse a un enemigo tras otro arrojándose contra aquel lugar, porque había visto antes aquella disposición cuando las tropas comunes intentaban acabar con un portador de esquirlada.

Tuvo que trepar a trompicones para subir por aquella pila de cadáveres. En la cima, encontraron dos cuerpos. Sin caparazón.

Taln, el Heraldo, estaba arrodillado con la cabeza hacia atrás, atravesado por una docena de lanzas que apuntalaban así su cadáver, y en la mano aún sostenía el cráneo aplastado de un Fusionado muerto. El difunto Heraldo estaba cubierto de sangre, con la cara hacia el cielo y la boca abierta como en un grito. Apoyada en él desde atrás, encajada entre los cuerpos como si hubiera buscado un sitio para descansar, estaba Ash, con una espada ensangrentada y mellada en el regazo.

Sonreía. Sangraba por más de dos docenas de heridas y miró a Adolin, que se había arrodillado al borde del pequeño cráter que coronaba la pila de cadáveres.

—Esta vez —susurró Ash— no voy a dejar que vaya solo.

Cerró los ojos y se quedó muy quieta.

Adolin aún estaba boquiabierto, rodeado de asombrospren que estallaban azules, cuando Colot llegó por fin allí cerca con verdaderos refuerzos. Los desplegó para defender el agujero de la cúpula, aunque tuvieron que retroceder un poco por el calor.

Los cantores comunes inundaban ya el interior de la cúpula. Y, con ellos, Adolin vio a Abidi el Celestial. Sus soldados y él parecían perturbados, y no se enfrentaron a los refuerzos de Colot en la brecha. El fuego que había quemado a tantos otros, que había dejado tantos cadáveres allí dentro, debía de haberlos asustado.

Adolin se reclinó, intentando con todas sus fuerzas no hacer caso ni a los cadáveres ni a la forma en que su pierna caía de una manera imposible, sin pie ni pantorrilla que la sostuvieran. Agotado, sin fuerzas, Adolin se permitió cerrar los ojos y soltar un suspiro.

Habían pagado un precio terrible, pero la ciudad iba a aguantar un día más.

Dalinar estaba en un parlamento.

Dos ejércitos, uno humano y otro cantor, se habían desplegado allí para hacer alarde de su poder, pero Dalinar sabía muy bien que no pretendían enfrentarse. La postura de las tropas a ambos lados era, irónicamente, demasiado agresiva. Su actitud era más bien pose y sus armas destacaban a la vista, en particular las esquirladas. Además, había demasiado pocos expectaspren.

Un grupo más pequeño, en el que estaba el Corredor del Viento al que habían seguido por medio de la Conexión, estaba reunido en un pequeño pabellón de lados abiertos entre ambos ejércitos. ¿Acordando los términos de una capitulación, tal vez? ¿O negociando un tratado?

A su lado, Navani soltó la lanza que había aparecido en su mano al entrar en la visión. Levantó a Gav y unas cuantas personas le lanzaron miradas, murmurando sobre lo raro que era aquel spren.

—Habrá pelea pronto —dijo Navani—. Los del centro están acordando los términos de la batalla. Deberíamos alejarnos del frente.

—En realidad —repuso Dalinar—, esto es un parlamento de paz.

—¿Ah, sí? —Navani miró la hilera de soldados—. ¿Cómo lo sabes?

—Por instinto —dijo él—. Voy a situarnos en ese grupo del centro. ¿Te parece bien?

—Hazlo.

Dalinar pensó en las muchas veces que había estado en reuniones similares, lo cual hizo aparecer una tenue línea de luz Conectándolo con quienes estaban manteniendo las conversaciones. A partir de eso, hizo que cambiara la perspectiva para Navani, Gav y él: los trasladó al grupo del parlamento, dentro del pabellón. Sí, la gente no negociaba las reglas de una batalla con aperitivos a mano, pero ¿los términos de una paz?

La mesa alrededor de la que estaban de pie también apoyaba esa conclusión. Estaba cubierta de mapas sobre los que habían hecho bosquejos, garabatos, círculos, anotaciones. Varios humanos, tanto hombres como mujeres, justo estaban escribiendo en esos mapas, aunque parecían ser todos la versión de los fervorosos en aquella era. O, al menos, vestían unas túnicas grises familiares, aunque con extraños bordados, por mucho que los peinados no fuesen los que habría esperado ver Dalinar.

El Corredor del Viento se acercó a la mesa. Fijándose mejor en él, Dalinar pensó que quizá fuese rirano, como Evi. Tenía más arrugas en la cara que antes, y casi el mismo aspecto con el que Dalinar lo recordaba de la visión de la Fortaleza de la Fiebre de Piedra. Se emocionó al darse cuenta de lo cerca que estaban. Se volvió para observar el pabellón y reparó en Radiantes de distintas órdenes, entre los que reconoció, mirando desde el fondo, a Melishi. También estaban los Heraldos Kalak y Nale.

Al otro lado de la mesa respecto a los humanos, estaba lo que debería haber sido una imposibilidad: cantores regios en una variedad de imponentes formas, con un tenue resplandor emanando de sus ojos a la sombra del toldo. Aquello era la Falsa Desolación, cuando los cantores habían obtenido formas de poder sin la intervención de Odium. Aunque muchos lo consideraban solo una historia inventada, aquella guerra brutal y sangrienta había terminado con los «Portadores del Vacío» convirtiéndose en simples parshmenios.

Dalinar lanzó una mirada a Navani, que se la devolvió ceñuda. Si estaban en una de las épocas más terribles de la historia... ¿qué hacía todo el mundo charlando en un pabellón? ¿Estarían a punto de presenciar el último cese de las conversaciones? Quizá se había precipitado al suponer que ese día no iban a batallar.

—Mirad —dijo el Corredor del Viento, que según Navani se llamaba Garith—, ¡no podemos prometeros esa tierra! Como os expliqué, aún no tenemos un acuerdo con los reyes que gobiernan allí.

Dalinar miró los mapas, intentando estimar las posiciones. Parecía... que estaban cerca de Iri. «¿Es donde viven los cantores entre Desolaciones? Sin duda no cabrían todos en un solo reino, al menos no si luego tenían las cifras suficientes para asaltar el mundo entero».

—Podríais luchar contra los reyes de esos países —dijo una regia en forma funesta que encabezaba el contingente enemigo. La mujer tenía un jaspeado negro y rojo compuesto de grandes franjas de cada color. Su caparazón era muy pinchudo, su mirada muy intensa—. Conquistar la región y expulsar a los humanos de allí.

—No voy a combatir contra mi propio pueblo —replicó Garith.

—No son tu pueblo.

—Todos los humanos son mi pueblo. Soy Radiante.

—Nuestra diosa no aceptará ningún tratado —dijo la regia— que no incluya esa tierra. Nuestra gente está harta de que la tengan en un redil de montañas y tierras yermas. Necesitamos más terreno cultivable.

Detrás de ella, los otros canturrearon a un ritmo marcado, indicando su acuerdo con esas palabras. Garith se sentó a la mesa, haciendo que los tres fervorosos dejaran de escribir. El Radiante, que en esa ocasión no llevaba su armadura, sino una simple túnica, se llevó las manos a la cabeza y suspiró.

—¿Queréis que volvamos a la matanza? Decías que vuestra diosa estaba dispuesta a escuchar y negociar.

—Por esta tierra —dijo otro cantor desde más atrás.

—Tenéis toda Moladetia —afirmó Garith, señalando los mapas—. Ahí hay franjas de tierra cultivable, con unas colinas perfectas, cerca de Eila. ¿No es suficiente?

—No —respondió el cantor—. Nuestra gente de Silnaka no puede seguir sobreviviendo en las tierras altas. Necesitamos no un reino cantor, sino tres. ¿Por qué se nos confina a las montañas y una franja de tierra? Debemos medrar.

—Hasta ahora, os había bastado —dijo Garith.

Los cantores se limitaron a canturrear en respuesta, atrayendo furiaspren. Al poco, la regia de la primera fila habló.

—Hemos terminado por hoy.

Se retiró con los demás y abandonaron el pabellón. El ejército enemigo de fuera empezó a replegarse, retrocediendo en parejas de guerra, como hicieran los oyentes en otro tiempo, cosa que Dalinar no había visto en eras anteriores.

«Sus números son inferiores a los ejércitos modernos —observó Dalinar—, a juzgar por las cuentas del mapa». Siempre había tenido la corazonada de que las cifras en los informes de batalla que habían escrito los antiguos eruditos estaban infladas. No se imaginaba a centenares de miles de tropas enfrentándose en batalla en los tiempos previos a la logística moderna.

Cuando los cantores se hubieron retirado, los Radiantes empezaron a acercar sillas a la mesa. Dalinar se sorprendió al ver que Melishi, el Forjador de Vínculos, se quedaba mirando desde atrás. ¿Sabía que estaba junto a dos Heraldos o Nale y Kalak usaban nombres falsos en esa época?

Navani y Gav esperaron en silencio. Dalinar, por su parte, llevó también un asiento junto a la mesa. No tenía tiempo para observar callado: según su reloj, le quedaba poco más de dos días antes de su encuentro con Odium. Tenía que encontrar las respuestas sobre lo que le había sucedido a Honor, y estaba muy cerca.

—Garith —dijo una Radiante con los colores de una Danzante del Filo en la ropa—, quizá sea el momento de renunciar a esto. No van a aceptar.

—Lo harán —le aseguró Garith—. Están dispuestos a hablar. Solo tenemos que encontrar el camino adecuado. Por favor, dadme más tiempo.

Puso una mano en la mesa. Dalinar se inclinó hacia delante. Había estado en reuniones como aquella, intentando persuadir a todo el mundo de seguir el rumbo que sabía correcto. Estaba acostumbrado a encontrar resistencia. Complicaciones. Pero allí, una Radiante, y luego otro, y luego un tercero, pusieron la mano encima de la de Garith.

—Tú nos has mantenido unidos —dijo uno de ellos—. No creía que fueses a poder, pero lo has hecho.

—Perdimos la torre, pero nos mantuvimos como pueblo —añadió la Danzante del Filo—. Los Radiantes te apoyamos.

Dalinar, titubeante, puso la mano también encima de las otras.

—Pero ellos tienen a su diosa —dijo, tratando de meterla en la conversación—. La agresividad que inspira me preocupa.

—Estoy de acuerdo —dijo un Custodio de la Piedra azishiano mientras todos retiraban la mano—. Pero hay disensión entre los cantores por ello. Ese grupo que se separó... hemos estado siguiéndolos. Han abandonado todas las formas. Prefieren seguir sin ellas que inclinarse ante Mishram la Deshecha.

—Cometen un error —les aseguró Garith—. Es más razonable de lo que Odium fue jamás.

—Eso no lo sabes —replicó la Danzante del Filo—. Han pasado miles de años desde la última vez que se luchó contra Odium.

Garith tenía aspecto de querer decir algo, pero no lo hizo. Tormentas, sí que ocultaba algo. ¿Estaría… estaría reuniéndose con la Deshecha, en secreto? ¿Sería un traidor?

—Me quedaría más tranquilo —probó a decir Dalinar— si supiera más de lo que podemos esperar de nuestro bando. En lo relativo a nuestro dios.

—Sí, bueno —respondió Garith—. Honor se niega a hablar con nadie que no sea Melishi. Así que, a menos que el Forjador de Vínculos tenga a bien ofrecernos algo de guía por una vez…

Todos los ojos se volvieron hacia Melishi, que les sostuvo la mirada a todos.

—Honor ya no interfiere. Nuestros actos son solo nuestros.

—Pero sí que has hablado con él —dijo Garith.

—Honor no interfiere —repitió Melishi, cruzado de brazos.

Garith suspiró y miró de nuevo a los que estaban sentados a la mesa. Los fervorosos estaban enrollando los mapas, pero por lo demás había silencio. Exceptuando un suave viento.

«¿Estás ahí? —pensó Dalinar—. ¿Antigua deidad? ¿Aún estás mirando?».

Le llegó… una sensación, pero sin palabras. Los antiguos dioses, el Viento, la Piedra, la Noche, tenían menos poder en esos tiempos. Les resultaba difícil hablar.

—Estamos cerca de una paz duradera —dijo Garith, mientras las frondas azules de un sincerispren se desplegaban a su alrededor—. Os prometo que falta menos de lo que parece para llegar a un acuerdo.

—Lo traicionarán —afirmó Melishi—. Son los Portadores del Vacío, destructores.

—¿Y qué somos nosotros? —espetó Garith—. *Todos* somos Portadores del Vacío. Cada vez que empuñamos una lanza o una hoja esquirlada y matamos a alguien luchando por esta condenada tierra, nos convertimos en Portadores del Vacío. Cantores o humanos, es lo mismo. Eso es el Vacío, Melishi.

—Vigilantes en el perímetro —dijo el Custodio de la Piedra—. Alguien tiene que luchar.

—Sí —convino Garith, levantándose—. Pero no debemos adorar tanto la lucha que abandonemos otras opciones. Este tratado saldrá bien. Debe… Debe hacerlo. Vosotros dejadme tiempo.

—Lo tienes —dijo la Danzante del Filo—. Pero no podemos seguir con esto indefinidamente.

Garith asintió y el encuentro empezó a disgregarse. Dalinar vio cómo Garith salía del pabellón, y fuera se unió a él un pequeño grupo de Corredores del Viento. Garith volvió la mirada atrás antes de lanzarse al cielo con sus ayudantes.

Síguelo…, dijo el Viento.

Tormentas. Dalinar no tenía los poderes necesarios para volar tras él, pero tenía que averiguar qué pretendían.

—¿A nadie más le preocupa hacia dónde se marcha? —preguntó a los demás.

—Garith siempre ha sido así —dijo la Danzante del Filo—. Pero nos ha liderado bien, Naze. Eso tienes que reconocerlo.

Empezaron a desmontar el pabellón y Dalinar vio que Navani cogía algunas notas de los fervorosos y las leía por encima. Dalinar sintió una creciente premonición.

Ya llegaba. La Traición estaba allí.

Se sobresaltó cuando alguien se acercó a su espalda. Melishi.

—Será esta noche —dijo Melishi—. Sabemos dónde estará. Esperemos que los demás no se vengan abajo cuando se den cuenta de que Garith es un traidor.

—Esta noche —asintió Dalinar—. ¿Dónde?

—Como a una hora andando desde la fortaleza —respondió Melishi—. En el mismo sitio que la última vez, cuando llegamos tarde. Esta noche iremos pronto y observaremos. Tus advertencias han sido útiles en el pasado, Naze, pero esto tiene que hacerse. De lo contrario, Garith nos destruirá a todos. ¿Estás conmigo?

—Sí —susurró Dalinar.

Una línea de luz cobró existencia, enlazándolo con Melishi. Dalinar tiró de esa línea y el entorno se deformó a su alrededor. En cuestión de segundos estaba tendido bocabajo en el suelo de piedra, acompañado por Navani, Gav, Melishi y varios otros, entre ellos Kalak.

Era de noche, primera luna, y estaban escondidos en una pequeña hondonada, cerca de unos árboles, con los cuerpos camuflados bajo unas ramas y hojas caídas. El paisaje allí se componía de muchas formaciones altas de roca, que le recordó al lugar donde los Heraldos habían abandonado sus hojas. Quizá estuviesen en la misma región, con rocas como edificios que formaban multitud de cañones y pequeños árboles jalonando un arroyo que pasaba por detrás de Dalinar.

Las altas formaciones rocosas que tenía delante, de unos diez o quince metros de altura, rodeaban una especie de claro natural. A Dalinar no le gustaba el lugar. Veía demasiados huecos por los que podrían rodearlo, llegar junto a él sin que los viera. Pero quizá no era mal sitio para una reunión clandestina, con las sombras que proyectaba la luz de luna.

Cogió la mano de Navani y vocalizó un «Lo siento», disculpándose por haber hecho aquello sin pararse a pensar. Ella asintió y tomó a Gav de la mano. El chico parecía estar bien, con la cabeza ladeada como si estuviera escuchando algo. Tormentas, no podía ser realmente Elhokar, ¿verdad?

Luces en el cielo. Corredores del Viento, brillantes de luz tormentosa, que aterrizaron juntos en el terreno que tenían delante, entre las rocas. Dalinar se inclinó hacia allí y se ganó una mirada furibunda de Melishi, así que volvió a echarse atrás, sin perturbar su escondrijo.

Garith daba vueltas de un lado a otro por la piedra, con aspecto preocupado. Tormentas, esa postura... esa inquietud... Aquel era un hombre esforzándose mucho en mantener en marcha demasiadas cosas, en impedir que se deshilacharan, en que un pueblo siguiera unido.

«Conozco esa sensación —pensó Dalinar distraído—. He sido ese hombre». Pero ¿por qué reunirse con el enemigo para...?

Al momento, Dalinar había cambiado de lugar. En un abrir y cerrar de ojos, ocupaba el lugar de Garith en la visión.

«Condenación». Había empatizado demasiado con los apuros de aquel hombre y, sin querer, había activado sus poderes. Presa del pánico, miró alrededor buscando a Navani, pero el lugar donde yacían los demás y ella estaba bien oculto. Lo único que vio fue un manto de hojas caídas. Al lado de Dalinar, los otros Corredores del Viento se movieron inquietos, uno mirando hacia la luna para saber la hora.

—Garith —dijo otra—, ¿estás muy seguro de esto?

Antes de que Dalinar pudiera responder, el sonido de pisadas sobre la piedra llamó su atención. Un grupo de tres cantores emergió de entre las sombras. De modo que Garith sí que estaba reuniéndose con ellos en secreto... ¿y Melishi quería poder demostrarlo, tal vez? Dalinar entornó los ojos, pero procuró no mostrarse agresivo ni salirse del personaje. Garith, cuyo lugar estaba ocupando, había organizado aquello. Dalinar tenía que seguirle el juego.

La mujeren en forma funesta de la reunión avanzó hasta Garith, su figura, como la de todos los regios en forma funesta, cubierta de afilados pinchos de caparazón. Mientras los otros Corredores del Viento reculaban, Dalinar mantuvo la posición. La cantora llegó junto a él, unos centímetros más alta que Garith. Lo observó y su expresión se suavizó, su canturreo cambió a un ritmo reconfortante.

Y entonces se inclinó hacia delante, tomó la cabeza de Dalinar entre las manos y lo besó.

86

RÍO DE LUZ

*Te ofrezco mis más sinceras disculpas por todo lo que he hecho mal.
Me alegro de que lo intentáramos. Y lamento seguir siendo alguien
con quien es casi imposible mantener una relación.*

Kaladin se descubrió en paz mientras sacaba los utensilios para preparar la cena. Había llegado el ocaso del séptimo día.

Ya había aceptado que no regresaría a tiempo de ver el duelo. Pero, en esos momentos, sintió esa verdad además de solo reconocerla.

Con ello vino una paz. Pues, a pesar de todo, de todo lo que le había sucedido, del estado en que eso lo había dejado, del trauma que había soportado, una parte de Kaladin había seguido suponiendo que terminaría siendo él a quien Dalinar necesitara como campeón. Había creído, en el fondo, que volvería a Urithiru con los secretos de los Heraldos, quizá incluso con Ishar, y los salvaría a todos. Lucharía contra el campeón de Odium. Ganaría.

Dejó las verduras sobre una tela junto al fuego. Luego respiró hondo y se tumbó en la ladera para contemplar las estrellas. Después de volar y caminar todo el día, los demás y él estaban cerca del Monasterio de la Portadora del Polvo.

«Desde el principio, era imposible que fuese yo —pensó—. Siempre iba a ser el propio Dalinar. Y yo lo sabía». Estiró el brazo y sacó un fardo enrollado del macuto. La capa que Dalinar le había dado. Le hizo bien de almohada para mirar las estrellas. Al cabo de un ratito, sacó la flauta. La cena podía esperar.

Se relajó y tocó despacio. Porque estaba disfrutando del arte que conllevaba, y le parecía que eso se manifestaba en las notas.

En el cielo, los spren de su armadura se arremolinaban en pautas al ritmo de la música. Poco después Syl llegó volando, a tamaño humano, y se tumbó junto a él brillando con suavidad, y miró el cielo mientras Kaladin tocaba.

No estaba seguro de cuánto tiempo pasaron así, porque la suavidad de la hierba parecía invadir su mismo ser. Sonido suave. Minutos suaves, mullidos. Ideas suaves, que le ofrecían un tranquilo y agradable compañerismo. Compañía suave.

Dejó que la música cesara al cabo de un tiempo y sostuvo la flauta en alto para contemplarla con las estrellas de fondo.

—Sigue sin llegarme música como eco.

—Deberías sentirte honrado, entonces —dijo Syl. Rodó más cerca de él, revolviéndose el pelo—. Al Viento le gustan tus canciones, Kaladin. Se las lleva para atesorarlas.

Él sonrió e hizo girar la flauta en la mano, como en una kata en miniatura.

—Es increíble lo bueno que te has vuelto —dijo ella.

—No soy bueno. Solo no soy espantoso.

—¡Después de solo siete días!

—Solo me sé una canción, y tampoco muy bien.

—Una canción en *siete días*. —Syl le dio un golpecito—. Y es una canción preciosa que me recuerda a la canción del mismo Roshar. Anda, déjame que te haga un cumplido, ¿vale?

—Vale —dijo él.

Y tocó de nuevo. Tocó por la gente que había perdido, para recordarla. Las canciones le daban una sensación más real cuando pensaba en esas personas. Goshel, Dallet, Tien, Nalma, Teft, Mapas y otra docena de miembros del Puente Cuatro. Hombres de sus pelotones formados por esclavos cuyos rostros casi había olvidado, pero cuyo compañerismo siempre valoraría.

Temía que hubieran muerto más amigos suyos durante los combates más recientes, aunque la vinculacaña no le había dado ninguna noticia relevante esa noche. Tocó por ellos también. Una canción melancólica, pero no de dolor. Con ayuda de la música, sintió… sintió que podía recordar a los caídos, pero, sorprendiéndose a sí mismo, no sentir que su pérdida era culpa de él.

Nale le arruinó el momento pasando a pisotones por allí cerca.

—No me gusta nada esa canción —dijo.

—¿Por qué? —preguntó Kaladin.

Nale no contestó. Abrió un petate y sacó una barrita de ración.

—Nale —dijo Kaladin mientras el otro hombre se marchaba, de nuevo a pisotones—. ¿Los Heraldos coméis?

—Podemos comer —respondió él—. Pasamos hambre si no. Estos cuerpos nuestros están altamente Investidos, pero no son inmortales. Solo nuestras almas son inmortales. —Se volvió hacia Kaladin, sosteniendo en alto la barrita creada por moldeado de almas—. Esta comida es perfecta.

—Sabe a grasa de armadura rancia.

—Proporciona sustento, es portátil y no distrae. Cecina moldeada, grasas solidificadas, nutrientes secos. —Le dio un mordisco, sin expresión en el rostro—. Un soldado no necesita nada más.

¿Qué más daba? No era un asunto sobre el que Kaladin quisiera discutir. Nale se marchó a zancadas, pero, mientras lo hacía, Kaladin vio a Szeth sentado en una roca cerca. Observando.

—¿Qué? —le dijo Kaladin.

—Estoy esperando —respondió Szeth en voz baja— para cenar estofado.

Vaya, tormentas. Kaladin pensó en la deliberación con la que Szeth había dicho aquello, después de oír a Nale proclamar las virtudes de las raciones de viaje. Así que Kaladin se puso a trabajar a toda prisa. Hirvió agua en su pequeña cacerola, empezó a cortar las verduras y echarlas dentro.

Quiso animar a Szeth a hablar. Pero algo… algo pareció susurrarle con la voz de Sagaz: «Esta no es la parte en la que hablas. Tú escucha».

—Estoy atrapado entre dos posibles decisiones —dijo Szeth—. Veo partes positivas en ambas.

Kaladin asintió y siguió cortando.

—Ayer hice lo que Nale me exigía —prosiguió Szeth—. Entré para matar, y salí triunfante, pero solo gracias a la ayuda de Syl. Moss fue un amigo en otro tiempo. Ahora es otro cadáver con el que debo cargar.

Kaladin asintió de nuevo.

—No me gusta nada —dijo Szeth—, pero he hecho promesas. Juramentos. Estoy haciendo el bien por esta tierra, eso puedo sentirlo. Debería seguir adelante, a pesar del coste que tenga para mí.

Kaladin terminó de cortar la largorraíz. Luego tocó la flauta mientras el estofado hervía despacio, porque Szeth se lo había pedido y porque molestaba a Nale.

Szeth se quedó allí, incluso cuando Nale llegó y se puso a mirar mal a Kaladin. El Heraldo se retiró de nuevo cuando Kaladin le pasó un cuenco lleno a Szeth y parte del dolor pareció fundirse y desaparecer de su rostro mientras comía.

Entre cucharadas, Szeth dijo:

—Te… agradecería que me dijeras lo que piensas, Kaladin Bendito por la Tormenta.

El poder mítico del estofado. Kaladin sonrió, dando una cucharada también, y comprendió una cosa. Allá en Piedralar, de niño, había anhelado entrenar con la lanza y aprender a luchar. Pero los mejores momentos de su vida, y las conexiones más importantes que había hecho, no procedían de su formación bélica. Procedían de un tipo de formación distinta. La que le había dado su madre durante esos mismos primeros años, cuando le enseñó a pelar una largorraíz y a hervir verduras. Era extraordinario.

¿Qué le diría Sagaz que hiciera allí con Szeth? Que le contara una historia, tal vez. Kaladin no conocía ninguna buena, excepto las de su propia vida.

—Una vez conocí a un hombre —dijo Kaladin—. Goshel. Era esclavo conmigo, durante uno de los tiempos más oscuros de mi vida. Querían que los entrenase para poder sublevarse contra sus amos. Se enteraron de que había sido militar.

—Sí —respondió Szeth, pensativo—. La esclavitud es horrible y bárbara. Yo también me habría rebelado.

Kaladin alzó la mirada, sorprendido.

—Pero… creía… O sea, tú fuiste esclavo mucho tiempo.

—Yo llegué donde estaba por mi propio juramento —dijo Szeth—. A ti te obligaron a ello, ¿verdad? ¿Te traicionaron?

Kaladin se llevó los dedos a la frente y tocó solo la piel lisa donde tenía el tatuaje. Ya no había cicatrices. Ya no había marcas. ¿Ya no era peligroso?

—Sí —respondió.

—Era una cosa muy distinta —dijo Szeth.

—La rebelión era ilegal, fuesen cuales fuesen los motivos por los que nos habían esclavizado.

Szeth gruñó y devolvió la atención al estofado. No era así como Sagaz contaba las historias. Kaladin se sintió torpe mientras seguía adelante, sin palabras rebuscadas.

—Bueno, a lo que iba. Goshel era un tipo menudo, Szeth. Te habría caído bien. Callado. Decidido. Trabajaba con precisión, pero tenía un fuego en los ojos. Como ascuas humeantes. Me pidió que enseñara a los demás a luchar. El caso es que él ya sabía. Lo vi en el momento en que empuñó una lanza, aunque intentase ocultarlo. Eso me dejó pasmado. No había conocido a ningún otro esclavo que hubiera sido soldado.

Szeth gruñó.

—¿Demasiado valiosos?

—Exacto —asintió Kaladin—. No es nada fácil obligar a un soldado entrenado a convertirse en un esclavo doméstico normal y corriente. Tiene que pasar algo muy poco frecuente.

Szeth se detuvo con la cuchara a medio camino de los labios, esperando. Caramba. Funcionaba, incluso sin palabras rebuscadas.

—¿Y? —preguntó Szeth.

—Goshel era algo peor que un desertor —dijo Kaladin—. Cuando por fin le saqué su historia, encontré a un hombre que había desobedecido órdenes deliberadamente. Había matado a su oficial al mando.

—Menudo monstruo —susurró Szeth.

Kaladin titubeó, porque no había esperado tener en Szeth a un oyente tan entregado. Pero allí estaba, mirándolo con los ojos muy abiertos. Incluso para tratarse de él.

«No ha tenido años para acostumbrarse a Sagaz —pensó Kaladin—. O, a lo mejor, es que no es tan cínico como yo». Seguramente sería lo segundo. Kaladin siempre terminaba dedicando más tiempo a pensar en por qué Sagaz estaba contándole la historia que a escucharla.

—Sí que hay un monstruo en esta historia —repuso Kaladin—. El oficial al mando de Goshel le había ordenado quemar un pueblo.

Szeth titubeó un momento y luego siguió comiendo.

—Ah.

—¿Ah? —preguntó Kaladin.

—Ya veo por qué me estás contando esa historia —dijo Szeth—. Quieres que piense en los tipos de órdenes que un soldado debe desobedecer.

Quizá no fuesen tan distintos.

—Perdona. No quería ser tan obvio. Pero… Szeth, es verdad. —Kaladin se rellenó el cuenco—. Goshel murió en la rebelión que puse en marcha. Pasé bastante tiempo culpándome por ello.

—Te culpabas por sobrevivir, ¿verdad?

Kaladin asintió.

—Vivir duele —dijo Szeth asintiendo con la cabeza— cuando no te lo mereces. Así que… ¿quieres que desobedezca mis órdenes, mis juramentos?

—Quiero que te plantees la posibilidad de intentar algo distinto —respondió Kaladin—. Ya has probado a hacer lo que Nale quiere de ti. —Dio una cucharada al estofado y… tormentas, qué bien le había salido esa noche, ¿verdad?—. ¿Cómo ha resultado? Para ti. Para tus emociones. Tus pensamientos.

—No muy bien —susurró Szeth.

—Piensa en ello —dijo Kaladin—. No sé si podremos salir de esta sin matar más, pero sí que podemos intentarlo. Yo te ayudaré.

Szeth también se sirvió un segundo cuenco.

—Lo pensaré.

Se marchó, mirando el cielo y comiendo mientras paseaba. Y, por extraño que pareciera, una parte de Kaladin entró en pánico al verlo marcharse. A pesar de lo bien que había ido la conversación, Kaladin quería hacer más. En cierto modo, la respuesta positiva de Szeth lo empeoraba, porque la parte de Kaladin que siempre había necesitado ayudar se volvía más fuerte con la gente que le caía bien.

Sintió el repentino y poderoso impulso de levantarse de un salto, correr tras el otro hombre e insistir en que trazaran un plan. O, peor aún, en trazar uno él sin que Szeth lo supiera. Protegerlo, salvarlo, luchar por él, hacer cualquier cosa para impedir que saliera herido. Recordó a una chica muerta sobre una losa, una chica que su padre y él no pudieron salvar. Un terrible dolor resonaba desde aquel lejano fracaso.

No.

Su instinto era bueno. Lo había llevado a salvar al Puente Cuatro, y a sí mismo. Pero por fin lo veía con unos ojos más maduros. También era peligroso, igual que el agua podía ahogar incluso a alguien deshidratado. Tormentas. Si dejaba que su necesidad de proteger lo controlara por completo, nunca sería capaz de ayudar a nadie. Se vendría abajo antes. Así que, con cuidado, contraatacó.

«Szeth merece tomar sus propias decisiones —pensó—. Si intervengo, estaré quitándole eso, y no quiero ser así. Si no me controlo, no puedo proteger, no puedo ayudar. Si permito que lo que me hizo la muerte de Tien suceda una y otra vez, me derrumbaré. No puedo tener dominadas a las personas que quiero».

Y, por último, lo más potente de todo: «Debo vivir para mí mismo. Dejarlo marchar por ahora».

Había sitio tanto para Kaladin como para Bendito por la Tormenta. No era tan fácil hacerlo como pensarlo, por supuesto. Pero ese día la ansiedad de Kaladin remitió, sobre todo al recordar la música. El calmante y pacífico amor de la canción que había tocado, y sus ritmos. No era nada mágico. Solo un... contraste.

—¿Acaba de cambiar algo? —preguntó Syl, sentada junto a él en el tronco—. En nuestro vínculo, digo.

—No lo sé —dijo Kaladin—. Yo no me siento distinto.

—Yo siento... calidez y paz. —Syl se apoyó en su hombro, con el pelo ondeando suavemente y haciéndole cosquillas en la mejilla—. Lo has hecho bien con Szeth.

—Sagaz lo habría hecho mejor.

—Sagaz se habría llevado una estocada.

—Puede —dijo Kaladin, dando otra cucharada—. Ojalá pudieras probar el estofado. Está así como no asqueroso.

Ella abrió la boca para decir algo, pero la interrumpió la aparición de una figura titilante junto al fuego. Tenía la forma de un hombre de uniforme, pero en realidad era un vacío negro lleno de estrellas. Kaladin no había sabido que los altospren pudieran aparecer así en aquel lado.

La figura cayó de pie en el suelo.

—Hum —dijo, con voz masculina—. ¿Qué hay? Hola.

—Eh... hola —respondió Kaladin.

—Querría emplear tus servicios —dijo la figura, sentándose con las piernas cruzadas entre Kaladin y la cacerola.

—¿Servicios?

—Lo que sea que estás haciendo para ayudar a Szeth —dijo el spren—. Eso de hablar con él.

—Sagaz lo llama terapia —dijo Kaladin con un gruñido.

—Bueno, pues quiero eso. Esto... ¿por favor?

—¿Quieres ayuda? —exclamó Syl—. ¡Pero si eres un altospren!

La figura flaqueó hacia delante.

—¿Puedo reconocer que no uno muy bueno? —dijo en voz baja.

Kaladin y Syl se miraron.

—Ya sé cómo se supone que tiene que hacerse —continuó el spren—. Los demás me lo enseñaron. ¡Habla así! ¡Voz imperiosa! ¡Que el humano haga lo que le dices! Pero siento que está mal. Veo lo mucho que sufre... y está mal.

—¿Es tu primera vez como spren vinculado? —preguntó Kaladin.

Syl no había dejado de mirar con furia al recién llegado. Tenía un asunto con los altospren.

—Sí —respondió él—. Se supone que tenemos que hacer los juramentos, ¿sabes? Somos la única orden en la que el spren también hace los juramentos. Pero tengo la impresión de que estoy echándoselo a perder todo a todo el mundo. No me parece que esté ayudando, ¡y para colmo estoy decepcionándolos!

—¿A quiénes? —preguntó Kaladin.

—A los otros altospren. Sobre todo, a 121.

—¿A quién?

—El spren de Nale —susurró Syl—. Es de los peores de todos.

—¿Vuestros nombres son números? —preguntó Kaladin, frunciendo el ceño—. ¿Como los… crípticos?

—¿Qué? —restallaron al unísono Syl y el altospren.

—No nos parecemos en nada —añadió él—. Los suyos son fórmulas. Los nuestros, números.

—Ese comentario ha sido un poco racista —le susurró Syl a Kaladin.

—Eh… perdón —dijo Kaladin, frotándose la frente—. No, de verdad que lo lamento. Es que no sé mucho sobre esto. Entonces… ¿tú te llamas…?

—12.124 —dijo 12.124.

—¿Es la cantidad de vosotros que ha habido?

—No. Es solo mi nombre.

Syl miró al cielo, como si Kaladin hubiera vuelto a decir algo que no debía.

—Bueno, 12.124 —dijo Kaladin—, estás en tu primera misión como spren vinculado e intentas ayudar a Szeth, pero también cumplir con las expectativas que tiene de ti tu orden.

—¡Exacto! —exclamó 12.124—. Pero luego tú dijiste que no tenemos por qué ser lo que somos, ¿sabes? ¡Dijiste que eres un anarquista!

—No dije que sea un anarquista —replicó Kaladin—. Solo le recuerdo a la gente que tiene opciones.

12.124 se levantó de un salto y empezó a caminar de un lado a otro, y costaba un poco seguirlo en la oscuridad, porque su forma se confundía con la noche. Pero aquellas estrellas seguían siendo visibles, y proporcionaban un punto focal que buscar. Lo curioso era que se mantenían estacionarias cuando él se movía, como si el spren fuese un portal.

—Regla uno, no soy un objeto —dijo 12.124—. Regla dos, puedo elegir.

—Regla tres… —susurró Syl.

El altospren se detuvo.

—Merezco ser feliz. —Se volvió hacia ellos—. Pero ¿y si ser feliz significa… hacer las cosas de forma distinta a otros spren?

—Pues tendrás que decidir —contestó Kaladin, y tomó otra cucharada de estofado.

—¡Se supone que tienes que darme las respuestas!

—Tú querías mi terapia —dijo Kaladin—. Y así es como funciona. No doy respuestas. Solo…

«... ¿planteo cuestiones que hagan reflexionar?».

Condenación.

«Sagaz, cabrón taimado».

—¿Solo qué? —preguntó 12.124.

—Solo escucho —dijo Kaladin.

—No parece un trabajo muy pesado. —12.124 se cruzó de brazos—. Quizá tendría que haberme unido a los disidentes.

—¿Los qué? —preguntó Kaladin.

El spren apartó la mirada.

—No... no tendría que haberlo dicho. Haz como si no lo hubieras oído. Y, por favor, dame al menos algún consejo.

—A lo mejor —dijo Kaladin—, si lo que estás haciendo no funciona, deberías probar con algo distinto. Habla con Szeth y averigua lo que él quiere. Su opinión debería ser relevante. Y... procura no ser demasiado estricto contigo mismo, 12.124. Es tu primera vez. Cometerás errores. Perdónatelos y luego hazlo mejor.

—No me has dicho si debería seguir la voluntad de los altospren —repuso 12.124— o debería seguir mi propio corazón.

—No te lo he dicho —convino Kaladin, y dio otra cucharada.

—Esta «terapia» es demasiado fácil —protestó el spren—. Lo único que haces es sentarte y escuchar, y luego decirme cosas que más o menos ya sé.

—Pero qué curioso es —dijo Kaladin— lo poco que hacemos esa clase de cosas, ¿verdad?

El spren no tenía cara, solo un vacío con estrellas, pero parecía sonreír cuando respondió:

—Sí que es curioso. Sobre todo, porque lo cierto es que me siento mejor.

Kaladin levantó la cuchara hacia él en gesto de saludo y 12.124 desapareció.

—Qué raro ha sido —dijo Syl, inclinándose hacia Kaladin para susurrarle, mirando todavía el espacio donde había estado 12.124.

—¿Sabes algo sobre los disidentes que ha mencionado?

—No —respondió ella—. Pero no sé mucho sobre política spren de esta época. —Titubeó—. Qué extraño. Resulta que casi no aborrezco a ese spren.

—Será el estofado.

—No he comido estofado.

—Pues imagínate lo mucho que habrían mejorado las cosas si lo hicieras.

Kaladin sonrió y tomó otra cucharada.

—¿Se supone que eso tiene que sonar sabio, o algo? —preguntó ella—. Porque solo ha sido confuso.

—Perdona —dijo él—. Sagaz siempre acaba las conversaciones con comentarios como ese. Creo que yo aún no le he pillado el tranquillo.

Se terminó el estofado y pensó un momento. Luego preparó otro cuenco y se fue a buscar a Nale. Encontró al Heraldo flotando en el cielo a unos quince metros de altura, cruzado de piernas, con los ojos cerrados. Kaladin titubeó.

—¿Qué pasa? —preguntó Syl, llegando a su lado.

—Iba a probar a darle esto a Nale —dijo Kaladin—, pero creo... Tormentas, Syl, creo que no se lo merece. No *quiero* ayudarlo.

—Al principio tampoco querías ayudar a Szeth.

—Esto es diferente —respondió Kaladin—. Él...

Él es tu enemigo, dijo el Viento al oído de Kaladin, que se sobresaltó y luego se relajó al reconocer su voz. *O, mejor dicho, se ha convertido en tu enemigo.*

—Viento —dijo Syl—, ¿por qué Nale odia la canción que toca Kaladin?

La odia porque la recuerda, explicó el Viento. *Cephandrius, a quien llamáis Sagaz, te enseñó esa canción, Kaladin, porque es uno de nuestros ritmos. Es la canción que oyeron los Heraldos, que oyó Nale, y que los trajo aquí, a un lugar seguro.*

—¿Y por qué iba a odiar eso?

Una parte de él desearía que hubieran muerto en Ashyn y no hubieran venido nunca a Roshar. El toque del Viento le rozó la cara. *Y otra parte de él aún recuerda quién era antes. Gracias, Kaladin, por esa canción. Me da fuerza. Pero... lo siento. Necesito más de ti.*

—¿Para qué? —susurró Kaladin, apartando la mirada de Nale—. Vine aquí en parte por lo que me dijiste.

Tienes que ayudarlos. A los Heraldos.

—Eh... —Kaladin tragó saliva, allí de pie en la noche oscura, rodeado por el viento vivo—. Creo que deberían morir, antigua diosa. Ya han vivido demasiado tiempo.

Son las últimas partes de Honor, Kaladin. Extraídas, mantenidas aparte. Son más importantes de lo que alcanzarías a saber nunca.

—Pero ¿por qué no dejarlos descansar? ¿No se lo han ganado?

¿Habría sido lo correcto dejarte descansar a ti? Reconociste en una columna de luz lo que habías hecho mal. ¿Habría sido mejor no permitirte cambiar, no permitirte mejorar?

Eso había ocurrido hacía menos de dos semanas, pero parecía haber transcurrido una eternidad. Fue el día en que Kaladin se liberó de sus cargas del modo correcto, perdonándose a sí mismo.

—No —reconoció—. Habría estado mal dejarme ir antes de hacer eso.

Si ellos mueren ahora, morirán tal y como están. Pero su viaje no se ha completado, Kaladin. Ni el tuyo tampoco. ¿Ahora... lamentas haber venido aquí, a esta tierra?

—Quería ser el campeón —admitió Kaladin—. Y proteger Alezkar.

Tu deber aquí es mucho más importante. También yo necesito a un campeón. Todos los spren necesitarán uno.

—Ya lo habías dicho antes —respondió Syl—. ¿Por qué?

Los Heraldos están Conectados a Honor, dijo el Viento. *Del mismo* modo que eso una vez les concedió poder sobre Odium, también pueden tener poder sobre Honor. Y todas sus creaciones. Para atarlas.

—Pero ¿para qué necesitaríamos esa clase de poder? —preguntó Kaladin, con un escalofrío.

Veo... peligro..., dijo el Viento. Por favor, Kaladin. Lo aprecio, igual que aprecio a los otros. No sabes cuánto bien le hicieron a muchísima gente.

—¿Puedes... mostrármelo? —pidió Kaladin.

No lo sé. Esto es algo que hace el Padre Tormenta, pero que yo no he hecho desde hace muchísimo tiempo...

Kaladin sintió una ráfaga de viento en la cara, y recibió... la impresión más tenue concebible. No una visión, sino el atisbo de un recuerdo. Varios, en sucesión.

Oscuridad, seguida por luz cuando Nale, cubierto de ceniza y sangre de sus propios cortes, apartó escombros y tendió una mano a quienes estaban atrapados dentro.

Terror, gente encogida en un rincón mientras unos ojos rojos irrumpían por una puerta... y entonces Nale, moviéndose a la velocidad del viento, llegó para salvar a quienes habían sido olvidados.

Gratitud, mirando más allá de un hombre vestido de negro, alto, sangrando por una mano mientras empuñaba una brillante hoja esquirlada con la otra. Herido, pero su postura decía igual de alto que cualquier estandarte: «NO vas a tenerlos».

Una docena de fogonazos seguidos, cada uno un fragmento de algo que alguien había visto y sentido, tomados por el Viento y transmitidos a Kaladin como un aroma lejano. Mostrándole a un héroe que se había alzado durante milenios, una y otra vez.

Pero ahora...

Desgastado, dijo el Viento. El tiempo y yo somos primos: ambos desgastamos todo lo que acariciamos. Por favor, Kaladin. Merece la salvación. No dejes que muera así...

La voz remitió. Kaladin respiró hondo mientras el conocimiento y los recuerdos se asentaban en él.

Syl le cogió la mano.

—¿Tú también has visto eso? —susurró Kaladin.

Ella asintió.

Quería darle unas cuantas vueltas al asunto, quizá llevarle aquel estofado a Nale, pero Szeth venía corriendo. Incluso antes de que llegase, Kaladin ya estaba alerta, tirando el cuenco e invocando la lanza-Syl.

—Mira —dijo Szeth, cogiéndolo del brazo—. Mira.

Señaló en la misma dirección hacia la que estaba encarado Nale. Nordeste. La dirección de los últimos monasterios. Portadora del Polvo, Rompedor del Cielo, Corredor del Viento, que se saltarían, y Forjador de Vínculos.

Una corriente de resplandeciente luz recorría el cielo en esa dirección. Como estrellas, moviéndose en un brillante río de luz. Bajas en el horizonte, fáciles de pasar por alto al principio, pero más que evidentes una vez se sabía que estaban ahí.

—¿Qué es? —susurró Kaladin.

—Spren —respondió Syl—. Todos los spren de esta tierra. Normal que no hayamos visto ninguno.

—Siempre son más infrecuentes aquí —dijo Szeth—, pero no tanto como lo han sido durante este viaje.

Una sombra descendió. Nale, que aterrizó en el suelo junto a ellos.

—Tus dioses se han congregado para presenciar tus decisiones, Szeth-hijo-Neturo. Y la salvación de esta tierra.

Kaladin intentó sonsacarle más información, pero, por supuesto, Nale no le dio ninguna. Parecía que, de haber respuestas, tendrían que encontrarlas en el nordeste. Al final de aquel río de luz.

Después de ver a Rlain y Renarin tan felices juntos, Shallan se sintió un poco mejor, un poco más dispuesta a afrontar el futuro. Desde luego, no quería regresar nunca a su infancia.

Tendrás que hacerlo, le advirtió Velo. *Esa lucha no la hemos terminado aún.*

Shallan quiso desoír el comentario, pero hacerlo podía llevar a Sinforma. Así que lo aceptó. Regresaría. Era cierto que quedaban cosas que debía afrontar. Por suerte, no tenía que hacerlo en ese preciso momento.

Pidió a Glys y Tumi que recreasen para ella un escenario de Shadesmar, una loma de piedra desde la que Adolin y ella habían visto un estrellaspren. Ese viaje había sido un tiempo de oscuridad, pero aquello había sido un punto de luz. Cada vez más, Shallan procuraba dejar que los puntos de luz, y no la oscuridad entre ellos, fuesen lo que la guiaba.

Ese día, después de que Renarin y Rlain entrasen en la visión con ella, Shallan recorrió aquella loma, sonriendo al danzante estrellaspren, fluido, alado, largo y sinuoso. Como un abismoide, pero más majestuoso. Patrón le puso su mano de largos dedos en el hombro, y Shallan apoyó la suya encima. Testimonio se sentó a un lado, sobre una zona de piedra un poquito más alta.

—¿Qué pasó aquí? —preguntó Renarin—. ¿Por qué es mejor que alguno de nuestros hogares de la infancia?

«Ya te gustaría saberlo», pensó Shallan, volviéndose para mirarlos a los dos, que se habían sentado sospechosamente cerca uno del otro en un saliente de obsidiana. Shallan recordaba aquellos días también, con cariño. Los primeros días en los que se había dado cuenta de que la relación con Adolin iba a funcionar. La euforia del amor… y del alivio por no haberla fastidiado de alguna manera.

«Ojalá estés bien», quiso enviarle a su marido.

—Renarin. —Shallan volvió a centrarse en su misión—. ¿Dices que has vuelto a hablar con Mishram?

—Así es —dijo él—. Me he... bueno, me he enfrentado a ella un poco. Es posible que... me la haya puesto en contra al exigirle que se explicara.

—¿De verdad? —preguntó Rlain a un ritmo apreciativo—. ¿Te has enfrentado a una de los Deshechos? ¿Le has hecho exigencias?

—Está encerrada —dijo Renarin—. Tampoco es algo tan valiente como lo pintas.

—Es evidente que su prisión está fallando. Me impresionas.

—¿Qué te ha dicho Mishram exactamente, Renarin? —preguntó Shallan—. Creo que las palabras precisas podrían ser relevantes.

—Ha dicho: «Os lo he mostrado para que podáis encontrarme. Para que pueda destruiros».

El ritmo de Rlain se volvió más incómodo.

—Os odia porque sois humanos... y a mí porque mi gente la traicionó. —Hizo una pausa—. Y, aun así, está dispuesta a llevarnos hasta ella...

—¡Para matarnos! —exclamó Renarin.

—Renarin —replicó Rlain—, creo que de verdad tenemos que encontrarla. Vinimos aquí para detener a los Sangre Espectral, pero hemos demostrado, incluso Shallan, con toda su habilidad, que somos insuficientes.

—Tiene razón —convino Shallan—. Me ha parecido entrever a Mraize hace unas pocas visiones, pero nada más. No creo que seamos lo bastante buenos para seguirles la pista aquí dentro.

—Por tanto —dijo Rlain con un ritmo decidido—, tenemos que encontrar nosotros la prisión y cambiarla de sitio, antes de que lleguen ellos.

—Ya... suponía que querríais eso. —Renarin respiró hondo—. Es solo que estoy preocupado. Tal y como habla, tal y como actúa... Y Glys dice que estaba influyendo en las visiones que teníamos.

—A lo mejor hay alguna pista en ellas —dijo Shallan—. Igual que antes nos enseñaba su cara en objetos. ¿Alguien recuerda alguna cosa rara en las visiones recientes?

—Yo estaba demasiado ocupado siendo rechazado —contestó Rlain—. Ese ha sido un recuerdo duro. He tenido que quedarme sentado escuchando a mis amigos comprender que necesitábamos a un espía. Y decidirse por mí porque era el más desechable.

—Yo estaba en el palacio de Kholinar —dijo Renarin—. También ha sido una visión dura, pero no una herida tan reciente. Unos chicos jóvenes estaban acosándome y Adolin me salvaba. —Frunció el ceño—. El caso es que, desde ese día, he madurado. Ya no quería esa protección: quería defenderme solo, ser yo mismo, no el hermano pequeño inválido de Adolin Kholin.

—¿Y has visto algo fuera de lo normal? —le preguntó Shallan.

—Intento recordarlo —dijo Renarin—. La verdad es que no me viene a la mente nada que destaque. Aparte de que ahora la experiencia entera me resulta errónea, porque ya no soy esa persona.

A ella le pasaba lo mismo, por desgracia. Quizá hubiese alguna pista en su visión de contarles cuentos a sus hermanos, pero no la veía. Paseó de un lado a otro mientras el estrellaspren posaba para ella, perezoso, mirando abajo.

En su visión… había buscado refugio con sus hermanos. Les había llevado alegría. Era un recuerdo doloroso, pero bueno de todos modos. Los inicios, pensó, de lo que había hecho de ella una actriz… y una Tejedora de Luz.

Shallan, dijo Velo, *afróntalo.*

A su lado, Patrón empezó a tararear. Vacilante, Testimonio se unió a él desde donde estaba sentada.

—He cambiado mi visión —les dijo Shallan a Rlain y Renarin—. Iba a ver otra cosa, pero me he negado.

—¿Y… qué es lo que ibas a ver? —preguntó Renarin.

—El día en que maté a mi madre —dijo Shallan en voz baja—. Quizá Mishram pretendía dejarme algún tipo de pista ahí dentro. Si es así, he perdido la oportunidad.

Los dos se miraron. Renarin se encogió de hombros, Rlain canturreó. Entonces Renarin, de repente, se sentó más erguido.

—¿Has recordado algo? —preguntó Shallan, ansiosa.

—No —respondió él—. Es Glys. Dice que ha pasado algo. Mi padre y mi tía… han conseguido llegar a un momento importante, cuando capturaron a Mishram.

Tormentas.

—Eso está cerca de cuando Honor murió, ¿verdad? —dijo Shallan—. Las dos cosas están relacionadas.

Renarin asintió.

—Todo está enlazado. Incluyendo el motivo de que Odium le tenga miedo a Mishram.

—Es porque ella podría matarlo —dijo Shallan— y ocupar su lugar. Es una rival viable para su poder.

—Exacto —dijo Renarin.

Un momento.

Un momento.

«Porque… ella podría matarlo». Como ya le había dicho a Mraize, Shallan conocía esa sensación: el peligro que un niño suponía para su progenitor. Pero, antes de que pudiera seguir el hilo de ese pensamiento, Renarin se levantó.

—Tenemos que entrar en la visión de mi padre.

—Mraize e Iyatil estarán ahí —les advirtió ella—. Así que estad alertas.

—Entendido —dijo Renarin. Tormentas, ¿cuándo se había vuelto tan seguro de sí mismo? Le recordaba a… bueno, a su padre—. Preparaos. Voy a pedirle a Glys que nos envíe dentro.

AMOR
Y TRAICIÓN

Adiós. Tal vez pase muchísimo tiempo antes de que volvamos a vernos, si es que llegamos a hacerlo.

Dalinar se permitió dejarse besar por la regia.

Nunca había sabido de ningún cantor que mostrara afecto de un modo tan humano, pero el beso fue genuino, y atrajo pasionspren. A Dalinar le costó esfuerzo no apartarse, porque tenía la sensación de que iba a recibir una cuchillada en cualquier momento, pero aquella visión tenía que seguir adelante. Sí que oyó un respingo procedente del lugar donde estaban escondidos los otros, posiblemente de Navani, y esperó que todos los demás estuvieran demasiado aturdidos para sospechar nada.

La regia terminó el beso y se apartó un poco, con la cara todavía a centímetros de la de Dalinar, los ojos resplandeciendo un poco en rojo. Sus rasgos, con aquel jaspeado rojo y negro... eran alienígenas, terribles. Aquello era el enemigo. Aquello era...

¿Preocupación? La regia parecía preocupada. Quizá porque él no había respondido al beso con el afecto que ella había anticipado.

—¿Estás bien? —le susurró la cantora—. ¿Es por los demás? Dijiste que debíamos enseñárselo.

—Estoy bien —dijo Dalinar, apoyándole la mano en el hombro.

Ella canturreó agradecida y asintió de una manera exagerada. Para él, comprendió Dalinar. Tormentas, de verdad le tenía aprecio. Y, cuando la regia miró a los otros Corredores del Viento, les sonrió también, de nuevo con un gesto exagerado, pero genuino. Los cantores sonreían, aunque tendían a ser más sutiles al respecto que los humanos.

«Esto no es una traición —pensó Dalinar—. No sé qué es, pero no es una traición».

—¿Quieres hacerlo? —le preguntó ella—. ¿O lo hago yo?

—Adelante —dijo él.

Ella se situó más cerca de él, así que Dalinar, intuyendo que era lo que debía hacer, la rodeó con el brazo. Era raro tener así a alguien más alta que él, y tuvo que ir con cuidado para no cortarse con las rugosidades y las partes afiladas de su caparazón. Por un momento se sintió incómodo y traidor, pensando en Navani. Sabía que ella lo entendería, pero a poca gente le gustaba ver a su cónyuge en brazos de otra persona.

—Sois los amigos más queridos de Garith —dijo la cantora a los Corredores del Viento—. Hemos decidido que tenemos que explicároslo. Empezamos a vernos en secreto hace años, después de enfrentarnos en batalla.

Lanzó una mirada a Dalinar y canturreó bajito.

—Al principio éramos enemigos —dijo él, adivinando lo que correspondía.

—Pero teníamos una cosa en común —añadió ella—. Los dos queríamos que todo esto terminara. Nuestro primer encuentro fue incómodo y… bueno… es posible que lo apuñalara. —Se encogió de hombros y miró a Dalinar—. Pero fue… hum… muy comprensivo.

—Me echó a perder la ropa —explicó Dalinar a los otros Corredores del Viento, que miraban con los ojos como platos.

—Garith —dijo una mujer—, son el enemigo.

—No —repuso él—. Son personas. Igual que nosotros.

Le resultó más difícil decirlo de lo que habría debido. Los cantores habían robado su tierra natal, matado a su hermano. Habían atacado la torre.

Pero… Dalinar había atacado Herdaz en su juventud, y aun así el Visón colaboraba con él. Su pueblo había combatido a los veden durante siglos, y ahora una de ellos era su nuera. Quizá había algo que podía aprender de aquel antiguo Corredor del Viento.

«Pero ¿por qué se torció tanto todo esto?».

Un miedo empezó a crecer en su interior. No estaba en una visión que fuese a terminar con una feliz tregua entre pueblos. Aquello acabaría en esclavitud y juramentos rotos.

—Puedo aceptar —dijo uno de los otros Corredores del Viento— que unos pocos cantores estén dispuestos a hacer las paces. Pero ¿la nación entera?

—Garith —dijo otra—, a duras penas estás manteniendo unidos a los Radiantes. ¡Y ella argumenta con mucho ahínco en los parlamentos!

—Mi gente no quiere la guerra —dijo la cantora—. Pero… hay más gente agresiva de la que me gustaría. No puede parecer que estoy rindiéndome. Garith y yo queríamos enseñároslo, para que lo entendáis. La paz es posible. Podemos encontrar una manera.

—La paz es posible —susurró Dalinar.

La regia le lanzó una mirada y asintió.

—Ella ha aceptado venir.

—¿Ella? —preguntó Dalinar.

—Esta gente necesita saber que no somos solo unos pocos —dijo la cantora—. Tienen que saber que nuestra nueva diosa es diferente.

Los pelillos de los brazos de Dalinar se erizaron cuando algo cambió. Al volverse, vio que, entre las sombras de las altas piedras, una oscuridad se había acumulado como en un charco. Noche líquida. De ella, a la luz de la luna, salió una figura.

Tenía forma de cantora. Más baja que la mayoría. Sin caparazón pinchudo. Sin expresión peligrosa. Era una adulta con líneas alternadas de blanco, rojo y negro. Pero aquel ser era una spren, en realidad. Sus pies descalzos no tocaban el suelo. Sus mechones se movían de manera antinatural, elevados por un viento que no se sentía. Y de ella emanaba un levísimo resplandor de un color entre rojo y violeta que, en realidad, solo era visible mirando el suelo de debajo, donde había un tenue reflejo.

La cantora que Dalinar tenía al lado, y los otros tres que la acompañaban, agacharon la cabeza y canturrearon a un ritmo reverente. ¿Podía ser ella de verdad? ¿Ba-Ado-Mishram, la más terrible de los Deshechos? ¿Con el aspecto… de una cantora normal?

Mientras avanzaba, dio una sacudida y su figura, en un abrir y cerrar de ojos, estaba mirando a Dalinar con los ojos desorbitados y furiosos, la boca abierta como en un chillido. Un destello y volvió a ser como antes. Dalinar frunció el ceño mientras sucedía otra vez, y otra. Era como si… como si hubiera una segunda Mishram intentando escapar de aquella. Pero al llegar junto a él se estabilizó en la versión amable.

—Garith —dijo, con una voz en la que de algún modo se solapaban múltiples ritmos a la vez—. He venido, ya que hicisteis voto de sinceridad. —Miró a los otros Corredores del Viento—. Antes era escéptica, pero, si estos dos pueden hallar la paz, quizá entonces otros puedan también. No me convertí en su diosa para verlos morir, sino…

Dejó la frase inacabada y su actitud cambió. Se sacudió de nuevo, una figura chillona la reemplazó por un instante y entonces regresó. Mirando…

… en la dirección exacta donde estaba escondido el grupo de Navani.

«¡Huye, Mishram! —pensó Dalinar—. ¡Escóndete!».

Pero tenía que verlo. Para eso estaba allí.

—¿A quién más habéis traído? —preguntó Mishram, señalando—. ¿Quién está ahí fuera?

Los Corredores del Viento se volvieron, con evidente sorpresa, mientras algunos de los que estaban escondidos se levantaban. Navani estaba allí, con cara de preocupación y la mano de Gav en la suya. Kalak, en la retaguardia, parecía avergonzado. No había ni rastro de Melishi. Dalinar se volvió y escrutó la zona. Aquella cresta de allí… una maniobra por el flanco podría…

Vio a Melishi salir de entre dos piedras cercanas. El Forjador de Vínculos había retrocedido para salir del bosque y rodear a Mishram por detrás, y ya estaba solo a tres metros de distancia. Melishi llevaba una enorme gema y, cuando Mishram lo vio, ladeó la cabeza, pero no parecía asustada.

«Los fabriales tal y como los conocemos nosotros —comprendió Dalinar— aún no están inventados. Los humanos apenas han aprendido a capturar spren... y Mishram no tiene ni idea de lo que puede hacer esa piedra».

—Yo —dijo Melishi— soy el Forjador de Vínculos.

—Sí —respondió Mishram—. El que abandonó la torre.

Melishi dio un paso más, con su túnica rozando y aquella gema, grande como la cabeza de un niño, aferrada por delante de él con las dos manos. Muy poco infusa, brillaba en un suave tono amarillo.

La cantora que estaba al lado de Dalinar, y cuyo nombre aún no sabía, le agarró la mano.

—¿El Forjador de Vínculos? Si se une a nuestra causa... si él cree... ¡podría ser el momento en que hallemos la paz duradera!

Tormentas. Nadie de allí se daba cuenta de que estaban presenciando un asesinato. Los instintos de Dalinar le chillaban que hiciera algo, pero se contuvo. Echó raíces. Se volvió piedra, como los monolitos que observaban.

Había estado en los suficientes campos de batalla para saber lo que pasaría a continuación. Podría haber enumerado los pasos. Melishi se acercaría aún más. Ba-Ado-Mishram lo observaría como una soldado solitaria, indecisa entre plantarse o huir.

—Estás intentando unirlos —dijo Melishi—. A todos los cantores. Unirlos para que te sigan.

—Les traigo armonía —contestó Mishram. Hablaba con ritmos de un modo inhumano y, sin embargo, había en ella una vulnerabilidad—. Odium estaría dispuesto a quemarlos, así que hice mi jugada, infundiéndome con el poder pleno de su perpendicularidad. Él está atrapado en Braize por el momento. Puedo reemplazarlo.

Melishi se detuvo justo delante de ella.

—Y podemos tener la paz. Dos pueblos. Un mundo.

—Sí —dijo Mishram—. La paz.

—En eso estamos unidos —afirmó Melishi—. Sé cómo asegurarme de que habrá paz. Lo único que hay que hacer es abrir el corazón, y confiar. Yo nos uniré a todos.

Esas palabras atravesaron a Dalinar como una lanza. De pie con una amante cantora a su lado, se obligó a sí mismo a mirar mientras el honor de un pueblo entero se quebrantaba en un instante. Melishi alzó la gema hacia la incauta spren y...

Titubeó.

Mishram ladeó la cabeza.

Dalinar contuvo el aliento.

—HAZLO, MELISHI —dijo la voz de Honor, vibrando por toda la pequeña hondonada de piedra.

Melishi lo hizo. Dalinar no estaba muy seguro de la mecánica, aunque él mismo lo había hecho una vez con la Emoción. Fue algo relacionado con una Conexión profunda con la Deshecha, que Melishi había forjado a partir de las ideas de unidad. Algo sobre darle la bienvenida y luego seguir tirando.

En aquel caso, el deseo que tenía Mishram de parar la guerra la ató al Forjador de Vínculos, que quería exactamente lo mismo... pero estaba dispuesto a cometer un acto inenarrable para conseguirlo. El Forjador de Vínculos empezó a brillar, y Mishram se distorsionó y se dobló, chillando con un repentino y crudo pánico. Cien voces superpuestas, y un túnel de luz.

Dalinar se envió a sí mismo lejos, fuera del cuerpo del Corredor del Viento, para reunirse con Navani. Ella lo tomó en sus brazos, enterró la cara en el pecho de Dalinar, temblando mientras escuchaban los aterrorizados aullidos de una spren traicionada.

En ese instante, algo se *desgarró* dentro del mismo mundo. Los ritmos y los tonos de Roshar se paralizaron. Como un corazón súbitamente detenido. Tres terribles segundos.

Entonces volvió. Cuando la luz se apagó, Melishi sostenía una gema prisión en las manos, y Honor estaba de pie detrás de él.

—Honor, malnacido —susurró Dalinar—. Fuiste el responsable de todo esto.

—¡Esta es la razón! —susurró Navani—. ¡Por eso el poder rechaza otro portador, por eso...!

Chillidos.

Los cantores se derrumbaron como uno solo. Atrayendo sorpresaspren, Garith sostuvo a la regia en forma funesta que tenía al lado e impidió que se diera un golpe fuerte, pero los cuatro cantores estaban retorciéndose y gritando.

Dalinar, con Navani y Gav agarrado a la falda de ella, regresó al centro de la hondonada. Garith sujetaba a su amante en forma funesta... pero ella estaba perdiendo esa forma. Dalinar nunca había visto a un cantor cambiando de forma, pero aquello fue traumático, su caparazón volviéndose quebradizo y rasgándose, su cuerpo encogiendo, los huesos partiéndose y chasqueando. Cuando el proceso terminó y ella se quedó yaciendo flácida en brazos de Garith, ambos estaban manchados de sangre naranja de cantora.

Lo que antes había sido una mujeren de imponente estatura y porte se había encogido a algo que resultaba demasiado familiar: una de los siervos callados, casi mudos, que habían atendido a Dalinar la mayor parte de su vida. Le pareció que alcanzaba a ver cómo la luz de la comprensión se desvanecía de sus ojos.

La cantora alzó la mirada hacia Garith, parpadeando, y pareció confusa. Y aterrorizada.

—¿Qué has hecho? —gritó Garith, atrayéndola hacia sí, mirando a Melishi—. ¿*Qué has hecho*?

Melishi retrocedió, aferrando la gema.

—Honor me dijo que había una forma de alcanzar la paz, para siempre.

Garith dejó con suavidad a la cantora en el suelo, susurrándole:

—Lo arreglaré, Shmone. Voy a... arreglarlo. —Se levantó, con trueno en el semblante y furiaspren acumulándose a sus pies, y echó a andar hacia el Forjador de Vínculos—. Les dimos nuestra palabra, Melishi. ¡De que estábamos negociando de buena fe! ¡Hicimos un juramento!

Dalinar fue con él, recorriendo la piedra con paso firme, sin importarle ya que aquello fuese solo una recreación. Otros lo siguieron, algunos de los que habían estado escondidos con Navani, aunque Kalak se quedó encogido detrás. Las manos de Dalinar ansiaban cerrarse alrededor del cuello de aquel Forjador de Vínculos. Se sentía vacío, recordando aquellos horribles segundos en los que el planeta se había quedado quieto.

Melishi, aterrorizado, intentó esconderse detrás de Honor. El dios siguió firme, sosteniéndoles la mirada.

—Esto es obra tuya —dijo Garith—. ¿Por qué?

—Era necesario —respondió Honor.

—¡Se supone que respetas los juramentos! —bramó Garith, deteniéndose justo delante de Honor—. ¡Los encarnas! ¿Cómo has podido permitirlo? ¿Cómo?

Honor se volvió como para marcharse. Garith intentó asirlo, pero cuando sus dedos tocaron al dios...

Una visión. Inyectada directa a la mente de Dalinar. De Radiantes quemando Roshar, del cielo en llamas, de gente muriendo y deshaciéndose en polvo. Del propio Garith, refulgente de poder, dejando miles de muertos tanto humanos como cantores. Navani dio un respingo y los Corredores del Viento gritaron de dolor. Hasta Melishi y los Radiantes que habían venido con él aullaron.

Todos lo habían visto. Todos los Radiantes de Roshar. Lo que *podía* ocurrir. Un recordatorio de que sus poderes podían arrasar por completo un mundo entero. Ya había ocurrido antes.

—Vosotros —dijo Honor— sois la destrucción personificada. Sois como Esquirlas del Amanecer. Pronto os convertiréis en potencias desatadas, pues no puedo seguir vigilándoos. Los Radiantes acabaréis con este planeta.

Sus palabras atronaron a través del corazón de Dalinar, que por fin comprendió la Traición. Después de tantos años, la comprendía. Garith iba a abandonar sus juramentos, como harían la mayoría de los demás, porque ¿qué eran unas palabras como aquellas después de una tragedia como esa? ¿Después de que Dios los abandonara tras mostrarles lo que creían que era el futuro?

La visión remitió y Garith retrocedió a trompicones, regresando hacia su amor caído. Honor permaneció donde estaba y, sorprendentemente, la expresión de la deidad cambió. Se fijó en Dalinar, y luego en Navani, y suspiró.

Aquello... aquello no era el pasado desarrollándose. Dalinar lo vio en los ojos del dios. Honor había percibido su presencia.

—Sangre de mis ancestros —dijo Dalinar—. No estás muerto, ¿verdad? Nunca lo estuviste. ¿Era todo fingido?

—No —respondió el ser, y su voz era familiar—. Soy yo. Fui creado a su imagen.

—Padre Tormenta —dijo Dalinar—. Estabas aquí y viste todo esto. Sabes la verdad desde el principio, y mentías al decir que no lo recordabas. ¿Por qué?

—Tú, Dalinar —repuso el Padre Tormenta, y sonaba exhausto—, has visto demasiado. Espero que estés satisfecho. Debo... dejar de ocultarte de Odium. Eres suyo. Y esto son... son sus dominios ahora.

Desapareció, y Dalinar se vio arrojado al caos del Reino Espiritual de nuevo.

En esa ocasión, cuando trató de localizar las líneas de luz que lo Conectaban a personas y lugares, descubrió que habían desaparecido. Y una sombra se cernía sobre él.

Odium.

Renarin se arrodilló junto a la cantora caída mientras el Corredor del Viento regresaba junto a ella y la acunaba.

Se sentía impotente. Creía que su respingo de antes, mientras estaba escondido entre las hojas, podría haber fastidiado las cosas. No lo había hecho, por suerte, pero ver a una cantora y un humano besándose...

Todo aquello había empezado por amor. Amor y traición.

El pobre Corredor del Viento no miró a Renarin. Aferraba a su amor y empezó a canturrear. Un ritmo. El Ritmo de la Alegría, nada menos. Un humano, fuera de aquellas visiones, los había aprendido... y estaba intentando a la desesperada traerla a ella de vuelta.

Una mano en su hombro. La de Rlain, aunque estaba en el cuerpo de otro espía Radiante. Canturreaba a lo Perdido.

—Ahora sé por qué nos odia —susurró Renarin—. Yo también nos odiaría.

—Hace mal —dijo Rlain.

Renarin lo miró.

—¿Cómo puedes decir eso, después de ver lo que ha pasado?

—Lo que yo veo —dijo Rlain, contemplando a los demás que estaban en la hondonada— son personas. Algunas que han hecho cosas malas, sí, pero otras que han amado. Renarin, me preguntabas cómo es para nosotros. Sentimos amor, igual que cualquier humano. Pero le tenemos miedo porque asociamos las emociones poderosas con *él*. —Apretó el hombro de Renarin—. Eso no nos impide odiar. En eso, él gana, porque nos hace rehuir las emociones hermosas y nos deja solo con las destructivas.

Tormentas. Renarin se levantó junto a él.

—Hace mal —repitió Rlain— si odia a los humanos. Porque así solo le concede lo que él quiere: dos bandos simples y bien delineados. Uno que puede limitarse a ser «el enemigo». La gente puede ser maravillosa o terrible, pero un enemigo solo puede ser algo que combatir. —Bajó la mirada y canturreó a Ansiedad—. ¿Suena muy trillado?

—Un poco —dijo Renarin—. Pero el caso es que las verdades más profundas siempre suenan un poco trilladas. Porque todos las conocemos, y nos hace sentir tontos que nos las recuerden.

Shallan pasó por delante, cosa que Renarin supo porque Glys le advirtió que era ella, y recorrió la multitud con unos ojos entornados. Buscando a Mraize o a Iyatil.

Nadie de aquí, dijo Glys, *interpreta mal su papel. Quizá se hayan perdido y no hayan encontrado este .*

Shallan les hizo una seña para que avanzaran.

—Corred. Dalinar aún está enfrentándose a Honor.

—Y lo más importante —dijo Rlain, señalando hacia el Forjador de Vínculos Melishi, escondido tras la figura del dios— es que él tiene la prisión.

Rlain y ella corrieron tras Dalinar, pero Renarin se quedó allí, queriendo decirle algo al pobre Corredor del Viento al que habían traicionado. ¿Qué podía hacer para ayudar?

—Lo resolveré —susurró Renarin.

El Corredor del Viento alzó la mirada y pareció verlo de verdad. De algún modo, cruzando el tiempo, a través del vacío que era el Más Allá, ese hombre vio a Renarin. Ahogó un grito.

—Lo prometo —dijo Renarin—. Encontraré la manera.

El hombre asintió, con lágrimas en los ojos, y Renarin por fin se apresuró a ir tras los otros dos. Pero llegaron tarde. La visión empezó a desmadejarse, aunque Renarin oyó algo antes.

—Padre Tormenta. Estabas aquí y viste todo esto. —Era el padre de Renarin—. Sabes la verdad desde el principio, y mentías al decir que no lo recordabas. ¿Por qué?

—Tú, Dalinar —replicó una voz retumbante, como el trueno—, has visto demasiado. Espero que estés satisfecho. Debo… dejar de ocultarte de Odium. Eres suyo. Y esto son… son sus dominios ahora.

Todo estalló, y Renarin les perdió la pista a todos, no solo a su padre, sino también a Shallan y Rlain.

Puedo encontrarlos, dijo Glys. *Lo haré.*

El cambiante humo se estabilizó a su alrededor, convirtiéndose en una extensión de piedra negra donde no había mucho que ver. Glys, oculto otra vez dentro de Renarin, se esforzaba por mantener aquello en marcha.

Shallan, Rlain, Patrón y Testimonio cobraron forma a partir de aquella neblina al retirarse.

—¿Habéis visto hacia dónde iba ese hombre? —preguntó Shallan, volviéndose—. ¿El que llevaba la prisión de Mishram?

—Yo, por los pelos —dijo Rlain—. Ha abierto una perpendicularidad, que lo ha absorbido.

—El Forjador de Vínculos ha ido derecho al Reino Espiritual —confirmó Patrón—. Mmmm... Luego se ha perdido. Ha llevado la prisión a su propia tumba.

—Así que no hemos averiguado nada nuevo —dijo Shallan, cruzándose de brazos—. Ya sabíamos que estaba aquí dentro.

—Necesitamos una Conexión —dijo Renarin, sintiéndose cansado.

¿Cuánto tiempo llevaban allí dentro? ¿Un día entero, o quizá dos, incluso? Debería necesitar dormir, o beber, ¿verdad?

—¿Cómo? —preguntó Rlain—. ¿Has dicho una Conexión?

—Es la manera de encontrar cosas aquí dentro —explicó Renarin—. Es como han estado haciéndolo mi padre y Navani.

—La prisión de Mishram está aquí, en alguna parte —dijo Shallan—, y los lugares del Reino Espiritual no son... verdaderos lugares. Son como... recuerdos, pensamientos. Lo único que necesitas para llegar a un punto dado es la Conexión adecuada.

—Acabamos de ver cómo se creó la prisión —respondió Rlain—. ¿No basta?

—No, por desgracia. —Renarin recordó lo que había dicho Glys. Sintió que el spren vibraba dentro de él, a lo que creía que era el Ritmo de lo Perdido. Para encontrar a los perdidos... hacía falta algo más que una Conexión superficial—. Tenemos que saber cómo se sentía. Tenemos que conocer a *Mishram*. Es algo más profundo que ver: tenemos que sentirlo.

—Entonces, ¿nos enfadamos? —preguntó Rlain.

—Más profundo que enfadarnos —dijo Renarin. Meditó sobre cómo debía de haberse sentido Mishram cuando la traicionaron, y entonces se le ocurrió una cosa—. Glys, ¿dónde estaban los otros Deshechos cuando pasó esto? ¿Luchaban en algún sitio?

No, lo sabían, respondió Glys. *Algunos estaban allí. Miraron.*

¿Qué?

—¿Estaban *allí*? —Renarin vio la mirada confundida de Rlain y se explicó—. Glys dice que había otros Deshechos allí mirando.

—Tumi coincide —dijo Rlain—. Dice que ha podido sentirlos. Yo no he visto nada. ¿Y tú?

—No.

—Sja-anat a menudo es invisible —dijo Shallan.

Ella... estaba allí, confirmó Glys. *Eso forma parte de por qué nos envió a vosotros. No ha hablado de los acontecimientos que vio, pero siente dolor por ellos.*

Había algo en eso, con tan solo que Renarin lograra...

¡Renarin!, exclamó Glys con repentina urgencia. *¡Otro nos observa!*

¿Qué es eso?

Renarin siguió la indicación de Glys y se volvió para ver que algo se aproximaba recorriendo la extensión de sencilla piedra oscura y el negro cielo, iluminado, como en algunos lugares de Shadesmar, por un brillo inadvertido, inexplicable. La figura vestía sencillo cuero, lo que Shallan había llevado puesto al entrar en aquel lugar. Su rostro era una oscura espiral de niebla, como un remolino de humo.

—¿Qué es? —preguntó Rlain, interponiéndose con sutileza entre el ser y Renarin.

—Soy yo —susurró Shallan—. Estoy creándola de algún modo. —Extendió la mano, con la palma hacia fuera. El ser se quedó paralizado—. Tormentas. Debería… tener más control. Lo siento. Yo… —Miró a Renarin, y en su cara había pánico, una emoción tan intensa que hasta él notó lo que sentía—. Tenemos que marcharnos. Ir a un sitio más estable. Por favor.

Lo intentaré, dijo Glys. *Pero ahora es más difícil. No sé por qué. A menos…*

—¿A menos? —susurró Renarin.

A menos que sea su influencia. ¡Renarin! ¡El cielo!

Una sombra se alzó en la lejanía. Oscura, siniestra, con una corona que se extendía hacia los cielos y una luz dorada que emanaba de sus ojos.

—Vaya, vaya —dijo Odium, y su voz, extrañamente familiar, atronó a través de ellos—. Ya veo. Ratas en las paredes. Es extraordinario que hayáis podido ocultaros todos de mí. Por desgracia, estoy bastante ocupado. Así que ¿por qué no os quedáis donde os ponga hasta que esté preparado?

Salieron despedidos a la niebla y la visión explotó, separándolos en una oleada de poder.

FIN

del séptimo día

INTERLUDIOS

LIFT ◆ ODIUM

S e suponía que ser reina iba a ser maravilloso.

No era maravilloso.

Era horrible.

A lo mejor era porque no dejaban que Lift hiciera nada propio de una reina, aunque llevara puesta una ilusión de la cara y el cuerpo de Navani. Había probado a proponer el Día al Revés, en el que los sirvientes podían azotar a sus amos, y se había ofrecido a hacerlo ley. Había sugerido diecisiete nuevos días festivos. En un momento de intentar ser más razonable, hasta había pedido que le permitieran jugar con esas cosas que explotaban al mezclarlas, igual que hacía Navani. Había prometido que se curaría si perdía algún apéndice que de verdad necesitara.

En cada ocasión, sus cuidadores, la brillante señora Khal y el brillante señor Aladar, se habían reído. Como si Lift estuviera de broma. Pero luego no se reían cuando de verdad estaba de broma y decía que Aladar tenía la cara como si hubiera estornudado mientras se cepillaba los dientes y se le hubiera congelado así.

«¿Tú... estornudas mientras te cepillas los dientes?», le había preguntado él en vez de reírse.

Bueno, sí, a veces, supuso Lift. No era que tomase nota ni nada.

Se reclinó en su «trono» con un bufido. Navani no tenía ni siquiera un salón del trono como era debido, desde el que Lift pudiera soltar edictos y pedir a gritos que decapitaran a gente. En vez de eso, Navani tenía un *despacho*. Para hacer *reuniones*. La silla no estaba nada mal, pero no era un trono en absoluto.

Ese día la mesa estaba llena de una amplia variedad de comidas, todas exóticas, para tener a Lift entretenida. Era lo que hacían: amontonarle comida delante. Sacarla a caminar por los pasillos para que todo el mundo creyera que Navani aún estaba allí, en vez de absorbida por un agujero hacia el pasado o lo que fuese. Pedirle que anulara reuniones diciendo que estaba fatigada y luego meterla en los aposentos de Navani. No paraban de llevarle juegos y libros para intentar que estuviera ocupada. Como si Lift supiera leer. «Se supone que a las damas jóvenes les gustan estos», le decían. Como si Lift fuese una dama.

Movió el plato de un lado a otro con el tenedor, en la butaca de Navani con las piernas colgando sobre el lado. Tenía el aspecto de Navani, incluso para sí misma, pero la ilusión tampoco era genial.

Bueno, un poco genial sí. A Sagaz se le daban bien esas cosas. Pero Lift era más bajita que Navani, así que la ilusión siempre tenía que incluir un vestido largo para ocultar que su cintura estaba mucho más abajo. Y, aunque parecía que la ilusión miraba a la gente a los ojos, en realidad Lift veía a través del pecho, lo cual era un poco desconcertante. Como tener dos cuencos pegados a los lados de la cara.

—¿Lift? —dijo Wyndle, formando su cara barbuda a partir de un montón de enredaderas, sus ojos de gemas cristalinas, con expresión preocupada—. ¿No estás… comiendo? ¡Mira toda esa comida cara que no tienen más remedio que darte para que no te metas en líos!

—No la quiero —farfulló ella con la voz de Navani.

—¿Eso es caviar? ¡Lift, es caviar!

Se dio la vuelta bocabajo y terminó tendida sobre la butaca con la cintura en un brazo de madera, la parte superior del pecho sobre el otro y un brazo colgando hacia el suelo. Qué pequeña era aquella habitación. Y sin ventanas. ¿Por qué querría Navani tener un despacho sin ventanas? Aparte de para que nadie pudiera mirarla mientras tenía reuniones privadas, claro. Aparte de eso.

—Lift —dijo Wyndle, sentándose en la mesa, acercándole una enredadera como mano para darle palmaditas en el hombro—. De verdad que no fue culpa tuya. Maese Sagaz te lo explicó. No provocaste tú la explosión.

—¿Crees que habrán encontrado a Gav ahí dentro?

—¡Seguro que sí! Son Forjadores de Vínculos, Lift. Los más increíbles y consumados Radiantes de todos. Vaya, seguro que lo encontraron al momento. ¿Lift? No pasa nada.

—No hay nada que pueda hacer. Es lo que dijo Sagaz.

—Entonces, ¿a qué viene esa cara?

—Es que quiero participar en las cosas —murmuró ella—. Fui de los primeros. Y nunca participo en nada. —Miró al suelo—. Y, cuando sí, hago que salga mal. Todas las veces. Miénteme y dime que no es verdad si quieres, pero no no es verdad, Wyndle. Sabes que la cosa siempre se lía. Si esto se me diera mejor, igual podría haber salvado a Gav. No lo hice. No pude ni salvarme yo.

»Y por eso me encierran cuando hay que salvar el mundo, porque si no… tropezaré. Tiraré a gente al suelo. Hay gente muriendo. Gav está perdido. Pero aquí estoy yo, en esta silla incómoda, sin salvar a nadie. Porque ¿qué pasaría si estuviera allí? Que saldría mal. Y lo saben.

—¿La butaca es incómoda?

—Mmmf.

—¿Has probado a… sentarte en ella?

Lift se dio la vuelta y acabó tumbada sobre los brazos de la butaca y mirando al techo.

—Tormentas —dijo Wyndle—, ¿no hay réplica ingeniosa?

—Mmmf.

—Esto es grave. Grave de verdad. Eh… hum… eh…

Wyndle se irguió y le ofreció el saludo secreto.

Vaya, a la tormenta con ese Portador del Vacío.

Sí que la hacía sentir un poco mejor que hiciera eso.

—Lift —dijo la torre mientras aparecía un resplandor en el lugar indicado de la mesa—. ¿Qué es «cucú»?

—Es un juego de niños —respondió Lift, aceptando la mano que le tendía Wyndle y estrechándola—. Se juega con bebés, pero con los bebés muy muy pequeños y babosos, los que no son lo bastante mayores para jugar a juegos de verdad, como a pegarse con palos.

—Ah, muy bien —dijo la torre.

—¿Por qué? —preguntó Lift.

—He oído ecos de esa palabra en un pasillo profundo del piso treinta y dos —explicó la torre—. Pero en esa dirección hay viviendas, así que quizá alguna mujer había salido a pasear a su bebé.

—¿No lo sabes seguro? —se sorprendió Lift.

—No soy… funcional del todo sin Navani —dijo el Hermano, bajando la voz—. No será un problema grave durante unas semanas todavía, porque en parte sí que está aquí. En el Reino Espiritual, está un poco en todas partes. Pero… su ausencia tiene un efecto.

Lift gruñó.

—¿Te preocupa?

—No debería. La verdad es que yo no quería estar así, en esta situación. No me decido entre si preferiría dormir o no, y Navani puede ser… muy decidida cuando quiere algo. Elegí aceptar sus Palabras, y esa fue mi verdadera decisión, pero… dudo.

—Yo me alegro de que despertaras —dijo Lift—. Haces que la torre sea muy guajuda.

—Supongo que eso es un cumplido.

—¡Ah! —exclamó Wyndle, animándose—. Es el mejor cumplido, viniendo de ella.

—Qué va —dijo Lift—. Ahora lo entiende demasiada gente. Necesito una palabra nueva. —Giró hasta quedar tumbada en el asiento con los pies al aire y la cabeza colgando bajo la mesa—. Oye, torre. ¿Cómo sonaba esa voz que has oído?

—Puedo recrearla —respondió el Hermano, y proyectó el sonido de una voz distante e inhumana diciendo «cucú» en el tono más triste del mundo.

Lift se dio un cabezazo contra la parte de abajo de la mesa al intentar incorporarse.

—¡Tormentas! ¡Au! Tormentosas tormentosas tormentosas tormentosas tormentas. ¡Hermano, ese es mi tormentoso pollo, piltrarate de las tormentas!

—¿Tu pollo habla de verdad?

—¡Pero si te lo dije! ¡Y mejor que Wyndle!

—¡Eh! —exclamó él.

—Usas demasiadas palabras que no conozco —dijo Lift, levantándose y frotándose la frente—. ¿Ese extraño hombre monstruo que se llevó el pollo y luego me vendió al enemigo? Desapareció por el agujero con Navani, ¿verdad?

—Según tu descripción, sí —respondió la torre.

—¡Pues tuvo que dejar mi pollo en algún sitio! ¡Podría estar famélico! —Lift cogió un plato de la mesa—. ¿A los pollos les gusta el caviar?

—Eh… ¿puede? —dijo Wyndle.

—Le llevaré curry también, por si acaso. —Y cogió otro plato—. ¡Tengo que ir a salvarlo!

—Lift —dijo la torre—, puedo enviar un contingente de guardias. Tú misma puedes enviar un contingente de guardias. Vamos a…

—No. —Wyndle creció más alto—. Tenemos que hacer esto. Nosotros. ¿Verdad, Lift?

—Tormentosa verdad —dijo ella, y le sonrió—. Gracias por apoyarme.

—Siempre —respondió él.

—¿Y no os parece que quedará raro que la reina salga sola a hurgar en pasillos lejanos? —preguntó el resplandor de luz del Hermano.

—Claro —dijo Lift—, pero puedes comerte la ilusión, ¿no?

—Bueno, se creó con luz de torre, así que puedo cancelar el poder que la mantiene, pero eso no es…

—¡Nos sirve! —exclamó Lift—. ¡No hay tiempo! Mi pollo necesita caviar. Pero antes, guárdate las palabras que voy a decir con la voz de Navani…

Al cabo de un momento, volvía a ser ella misma. Vestida con su ropa, pantalones y una camisa suelta, la que se había puesto esa mañana antes de que la transformaran en Navani. Tela ceñida envolviéndole el pecho por debajo. Casi nunca le gustaba nada su propio aspecto, así que esa parte de llevar puesta una ilusión estaba bien, pero aquel no era trabajo para una reina.

Unos segundos más tarde, Lift salió a zancadas entre los guardias de la puerta, que se sorprendieron, pero tampoco tanto, al ver que Lift se las había ingeniado para colarse a incordiar a la reina. El Hermano proyectó la voz de Navani desde dentro, ordenándoles que no la interrumpieran en un rato, porque Lift ya la había distraído de una lectura de papeles importantísima.

Y, sin más, Lift fue libre, por primera vez desde ni recordaba cuándo, o desde esa mañana como mínimo, de hacer lo que quisiera. Y lo que quería, lo que necesitaba, era ser una heroína. Aunque fuese solo para un único animalito asustado.

Con la ayuda del Hermano, consiguieron descubrir el lugar exacto donde tenía su guarida el tipo malvado. Era una sala que el Hermano, al concentrarse en ella, no podía sentir.

—Ralkalest —explicó la torre desde un punto brillante de la pared, en un pasillo apartado—. Creo que lo llamáis aluminio. Algunas salas de la torre tienen que estar forradas de él por motivos prácticos. A veces hay que contener a algún ser de poder inmenso. Me había olvidado de que estaba esta, ya que no puedo captar lo que hay dentro.

Lift se había situado bajo la sala. El pasillo del nivel inferior pasaba por debajo. Como el mecanismo de cierre parecía estar atascado, aquella parecía la mejor forma de entrar.

—¿Aluminio? —preguntó Wyndle—. Huy, eso no me gusta nada. ¡Podríamos quedarnos atrapados!

—No vamos a quedarnos atrapados —dijo Lift, subiendo por la pared mediante unas enredaderas que Wyndle había hecho crecer para ella. Al momento ya estaba colgando bocabajo, con el largo pelo moreno cayéndole alrededor de la cabeza—. Pero sí que vamos a ir con cuidado por si el hombre monstruo de las cicatrices ha dejado guardias o lo que sea. A lo mejor por eso la puerta no se abre. Y ahora, calla y transfórmate en espada.

—¡Pero no puedo cortar el aluminio!

—¿Cómo? —dijo Lift—. ¿De qué sirve una espada que no corta cosas? Tormentoso spren. Cada vez que lo necesitaba...

—El recubrimiento es muy fino —explicó el Hermano—, por su gran valor. Viene a ser como papel de pared. Deberías ser capaz de atravesarlo empujando, hasta con una hoja esquirlada.

—Menos mal que alguien es útil. Y ahora, callad los dos.

—Muy bien —dijo Wyndle—, pero ¿por qué entrar desde abajo?

—Así es más dinámico —respondió Lift.

Extendió la mano a un lado y Wyndle apareció como espada. Lift no lo hacía muy a menudo, porque las espadas le daban una sensación... mala. Pero iban bien para cortar cosas. Separó un círculo del techo y, en efecto, dio con cierta resistencia. Algo detuvo la hoja con mucha más solidez que la que había creído el Hermano. De todos modos, una vez hubo sacado un pedazo de techo, pudo meter la mano y doblar las láminas de metal para quitarlas de en medio. No eran muy gruesas, así que pudo hacerlo, después de convertir a Wyndle en una palanca.

Tras un poco más de esfuerzo, tuvo un bonito círculo de tamaño Lift cortado en el techo. Los bloques de piedra que había ido sacando caían repiqueteando al suelo, pero los últimos, los más grandes, hicieron un estruendo como si se viniera el cielo abajo. Lift se encogió.

¿Esto forma parte de ser dinámicos?, preguntó Wyndle en su cabeza, porque ahora era una espada.

—Que te calles —murmuró ella.

Descartó la hoja y se aupó al agujero. Sacó la cabeza a una cámara redonda de piedra, con unos libros en una estantería que ocupaba parte de la pared e iluminada por unas esferas encima de ella. Aparte de eso, lo único que había era un colchón en el suelo.

Pero vio una jaula colgando del techo con su pollo dentro. Su corazón se alegró. Colgando cerca del pollo había un tipo viejo. Parecía estar inconsciente, o quizá muerto, colgando del techo por una cadena, y estaba demasiado, pero demasiado desnudo.

—Puaj —dijo Lift, con una mueca.

—¿Qué? —preguntó Wyndle, creciendo a su lado—. Pero si siempre estás mirando a los hombres que…

—No a viejos —dijo ella.

Y no a los que tenían ese aspecto, ensangrentados por lo que casi seguro que era tortura. Le revolvió el estómago ver así al pobre hombre. Además, tenía barba y era bastante peludo. Pero así como bastante *muy* peludo.

—Blaj —murmuró, y terminó de izarse. La cámara parecía desierta, por lo demás. Así que Lift se sacó el caviar del bolsillo y subió a la estantería para ofrecérselo al pollo—. Eh. Eh, estoy aquí. Ten, toma.

Las plumas del animal estaban hechas un desastre, raídas y andrajosas, descoloridas, lejos del alegre tono rojo brillante que Lift le había visto justo antes de la ocupación. Aún tenía aquella ala herida, pero se animó al verla y se emocionó.

—¡Hola! —exclamó el pollo—. ¡Hola, hola, hola!

El hombre que colgaba de las cadenas se movió. Lift llegó a la puerta de la jaula del pollo y soltó al animal, que se aferró a su brazo con unas garras demasiado afiladas. El hombre parpadeó, terminó dejando abiertos unos ojos rojos y entonces frunció el ceño.

—Esto es… inesperado —dijo.

—¿Necesitas ayuda? —preguntó Lift, acercándose al pollo—. Porque, hum… puede que sea una heroína, o algo.

—Te la agradecería —dijo el hombre, con la voz cascada—. Pero deprisa, antes de que…

La puerta se abrió. La puerta que en teoría estaba rota. Sí, a Lift le encantaba tener razón, pero ese día podría haberse equivocado y tampoco pasaría nada.

Entraron tres personas, y no eran guardias oficiales ni nada de eso. Dos matones, con cuchillos sujetos a varias partes del cuerpo. Una mujer con havah y anillos destellando en los dedos. Solo hizo falta una mirada de la mujer, y verle la expresión furiosa, para que Lift adivinara que eran asociados del hombre terrible que la había apresado y vendido al enemigo.

A la tormenta con el Hermano y su reciente ceguera. Lift gruñó, invocó a Wyndle como espada y gritó:

—¡Eh, Hermano, si me oyes, envía a esos guardias! ¡Tendría que haberte hecho caso!

No hubo respuesta. Pero, si la torre había oído al pollo, podía oírla a ella. Lift no intentó enfrentarse a los dos matones cuando fueron a por ella, sino que dio un espadazo con su hoja esquirlada hacia las cadenas que retenían al cautivo contra el techo. No funcionó, porque cómo iba a tener Lift tanta tormentosa suerte. Las cadenas estaban hechas de algo que la espada no podía cortar.

—Vete —dijo el hombre—. Huye. Yo sobreviviré.

Con el pollo bajo un brazo graznando que no veas, Lift esquivó empujándose de la librería mientras uno de los hombres intentaba darle una cuchillada. Aterrizó cerca del agujero en el suelo y se movió para saltar por él, pero entonces miró atrás hacia el hombre colgante.

A la tormenta con ello.

Ese día no.

Soltó al pollo por el agujero, confiando en que abajo estaría a salvo. El animal descendió aleteando. Entonces, cuando los matones intentaron atraparla, empezó a resplandecer de luz. Tenía suficiente por el desayuno, y los tentempiés, aunque no hubiera estado comiendo tanto como de costumbre. Hizo resbaladizo el suelo y se escurrió entre los dos hombres. Maldijeron, pero al instante Lift se estrelló contra la estantería, provocando un tambaleante desastre de páginas ondeando y pelo negro enredado.

—Atrapadla —dijo la mujer—. Rápido. Tenemos que desalojar la torre.

Lift se levantó de entre los libros, dio un gañido y se apartó retrocediendo a toda prisa de los dos hombres. Intentó ganar rapidez con su maravilla, pero no había espacio en aquella cámara para mantenerla, ni para maniobrar. Terminó resbalando entre ellos y chocando con la pequeña cama, desperdigando esferas y tropezando con sus propias piernas.

Tormentas, ¿por qué siempre le pasaban esas cosas?

¿Por qué, siempre que creía estar haciendo progresos, su cuerpo la traicionaba? ¿Por qué no podía quedarse así? ¿Por qué no podían las cosas quedarse tal y como ella las quería?

Miró atrás hacia los hombres y volvió a pensar en huir, ya que el pollo estaba montando una buena escandalera asustada abajo. Pero de nuevo se sintió tozuda.

Ese día no.

Había fracasado mucho últimamente.

Había visto a su madre en una visión, y eso la tenía obsesionada. Odiaba la debilidad interior que se negaba a reconocer, en el fondo, que estaba sola. Odiaba haber metido en problemas a Gav, y no poder ayudar porque no lograba averiguar cómo se manejaba aquel cuerpo estúpido que no paraba de crecer.

Ese día, estaba *enfadada*.

No deberían haberle tocado las narices ese día. Chilló y se empujó de la pared con una patada mientras los matones se acercaban. Con la luz burbujeando desde algún lugar muy profundo en ella, hizo el suelo resbaladizo y el viento le movió el pelo mientras recorría la cámara, ganando velocidad, quedándose fuera del alcance de los hombres hasta que...

Se deslizó sobre la pared. Moviéndose por instinto, agachada, resbalando con un pie y luego el otro, empujando la piedra con una piel desnuda que a veces era imposiblemente escurridiza. Su pelo era una estela mientras rodeaba la cámara, haciendo dar vueltas a los confundidos matones. Cuando uno la tocó, Lift lo hizo resbaladizo. El cuchillo se le cayó de la otra mano y las piernas le saltaron por los aires. Cayó fuerte, y Lift rodó y bajó al suelo, trazó otro círculo y saltó para plantarle los dos pies al otro tipo en la cara.

Sus pies no se deslizaron. Tenían una tracción imposible, y se quedaron allí como si estuvieran pegados con cola, empujándolo hacia atrás por la cara y derribándolo mientras Lift ponía todo el peso en ellos. El cráneo dio contra la piedra con un crujido. Lift se apartó de un salto mientras la mujer la miraba a los ojos, y Lift supo... de algún modo supo... que la mujer era maravillosa también. Así que estaba preparada cuando la vio cruzar el aire de la cámara, demencialmente rápida.

El suelo se rellenó de tracción y la mujer, tan veloz, llegó a esa zona. Unos chasquidos señalaron que se le estaban partiendo las piernas por haber puesto demasiada fuerza en sus movimientos, y tropezó como siempre hacía ella.

Lift se deslizó hasta detenerse junto a la estantería derribada. El pelo le cayó alrededor de la cara. Ninguno de los tres se movía. El único ruido era el de la cadena rotando cuando el hombre miró hacia ella.

Se irguió, sudadísima, y notó que llegaba un dolor de cabeza espantoso. Ese hombre... ese hombre que colgaba era Zahel, el fervoroso de las espadas. Lift lo veía siempre que iba a ver entrenar a los chicos. Con la sangre y tanto pelo, no se había dado cuenta de que... Se encogió bajo sus ojos. ¿Por qué estaba mirándola tan fijamente?

—Eso ha sido —dijo, y Lift hizo una mueca temiendo lo que vendría— quizá la exhibición más impresionante de talento en crudo que he visto en la vida.

Lift se... desencogió poco a poco.

—¿Cómo? Pero si me he tropezado conmigo misma.

—Esa mujer es una feruquimista completa. Has reaccionado a tiempo a pesar de su velocidad multiplicada muchas veces. Y ese uso de la Abrasión... tu manipulación de las fuerzas...

Lift miró a Wyndle, que estaba apareciendo a partir de sus enredaderas mientras se regeneraban alrededor de ella. El spren hizo un encogimiento sin hombros.

—Suelo tropezarme —dijo Lift—. Pero muchísimo. Esto se me da fatal.

—¿Alguna vez has visto a alguien nuevo con la armadura esquirlada intentando andar, niña? —preguntó el maestro espadachín.

—Eh… no.

—Un poder increíble —dijo él— requiere un entrenamiento increíble, o puede manifestarse como torpeza.

Zahel la miró, y parecía… diferente. Siempre que Lift lo había visto antes, en los terrenos de prácticas, le había parecido un hombre muy indiferente. En ese momento casi parecía brillar, no de luz tormentosa, sino de entusiasmo.

—Necesitas —dijo en voz baja— un maestro.

—Tú necesitas —replicó ella— un pantalón.

Por fin llegaron unos guardias y, mientras bajaban al hombre del techo y Lift abrazaba a su pollo, siguió pensando en esas palabras. Un maestro. Había tenido a mucha gente que quería enseñarle cosas. Había huido de todos ellos.

¿Aquello era distinto? ¿Podía ser distinto? ¿Quería ella que lo fuese? Significaría cambiar.

Pero todo… todo estaba cambiando, decidiera lo que decidiera. Hasta la Vigilante Nocturna le había mentido. No podía fingir que seguía teniendo diez años. Fingir que los tenía…

… era lo que había metido en problemas a Gav. Porque Lift se negaba a crecer, y negarse a crecer significaba negarse a aprender. Por mucho que quisiera, no podía hacer eso. Y, si quería dejar de ser una inútil…

… a lo mejor…

Tormentas. Si todo iba a cambiar, ella tendría que cambiar con ello, ¿verdad? O eso, o podía ir a sentarse en una habitación y quejarse de que nunca podía hacer nada relevante.

Esa noche, después de que la dejaran salir de la ilusión de Navani hasta el día siguiente, fue a buscar al hombre en las salas médicas. Vestido como correspondía, gruñía, con razón, por cómo intentaban cuidar de él los médicos. A Lift le pareció que tenía la actitud correcta.

El hombre la vio de pie en el umbral. Sintiéndose larguirucha y horrorosa, Lift apartó la mirada, con los brazos apretados en torno a sí misma, pero habló en voz baja.

—¿Cómo empezaríamos?

EL FUTURO CORRECTO

Odium se apartó de las ratas de Sja-anat en el Reino Espiritual y centró su atención en Dalinar. Entretanto, no dejó de aceptar su tristeza por lo que le había hecho a Kharbranth. Las convicciones debían demostrarse, o no eran convicciones en absoluto.

Primero Roshar, luego el Cosmere. La destrucción de Kharbranth sería su mayor sacrificio, su pérdida la prueba de su compromiso. Cultivación había dejado de discutir con él, y de intentar persuadirlo. Había hecho sus jugadas y había fracasado.

Y, por fin, un hombre que era un chull era lo único que se interponía en su camino. Pero el futuro de Dalinar estaba emborronado para él. Igual que no había podido predecir el ataque de Cultivación sobre Kharbranth, Taravangian no alcanzaba a ver las elecciones de ese hombre. Interactuar con alguien que estaba mancillado por otro alguien que veía el futuro le hacía más difícil ver, sobre todo a corto plazo.

Mientras Dalinar temblaba, acurrucado y aislado en el Reino Espiritual, Odium fue consciente de una cosa. Sus planes serían un grandioso acto de generosidad hacia ese hombre, una forma de que Dalinar alcanzara su potencial. Pero antes, necesitaba que Dalinar reconociera que la forma de actuar de Odium había sido la correcta desde el principio.

Odium ganaría el duelo, por supuesto, porque cualquier resultado le convenía. Pero el final que de verdad necesitaba era aquel en el que Dalinar se uniese a él. ¿Cómo hacer que ese hombre lo viera? ¿Cómo conseguir que aceptara el futuro correcto?

La respuesta era simple. Tendría que romper a su viejo amigo para poder reconstruirlo. Por suerte, Odium tenía experiencia en ello. Tanto en hacerle daño a Dalinar como en manejar el consiguiente dolor de verse obligado a hacerlo.

De hecho, estaba volviéndose todo un experto en ello.

OCTAVO DÍA

SIGZIL ◆ DALINAR ◆ KALADIN ◆ VENLI ◆ JASNAH ◆
SZETH ◆ SHALLAN ◆ ADOLIN

*Tengo la impresión de haber hecho un trabajo pésimo en explicar
la naturaleza exacta de la antiluz. Quizá se deba en parte a que incluso
yo, su descubridora, sigo sin comprender todos los matices de lo que he
hecho, aunque tema que sus consecuencias vayan a sentirse a lo largo
de las eras.*

De **El Ritmo de la Guerra**, primera coda, Navani Kholin

Sigzil fue un líder mientras Narak Tres caía.

Se alejó descendiendo, lanza en mano, bajo un cielo de trueno
constante, y a su espalda un Deshecho por fin murió. A Yelig-nar, que
podía nacer durante un breve periodo de tiempo para sembrar una terrible
ruina antes de consumir a su anfitrión, el enemigo lo había liberado justo en
el centro de Narak Tres.

Sigzil y los demás habían acabado con él y dejaron su corpulenta forma
caída entre una pila de cadáveres. Pero aquella meseta estaba perdida. Los
Fusionados enemigos atestaban el terreno, después de que Yelig-nar hubiera
atraído toda la atención de los defensores. Sigzil reunió a las tropas y siguió
luchando, acosado por sueños de la muerte de Leyten y la de Teft. Pero se
mantuvo firme porque alguien tenía que hacerlo, y él había aceptado aquella
carga de liderazgo.

Después lloraría a los muertos. Por el bien de los defensores, no podía
hacerlo en ese momento. Dio las órdenes, y supervisó la retirada de sus fuerzas desde Narak Tres a la plataforma de la Puerta Jurada. Cuando Sigzil dio
la señal, los Custodios de la Piedra, usando parte de la última luz tormentosa que les quedaba, derribaron el puente al abismo.

Al otro lado del hueco, en su meseta recién conquistada, los cantores se
regocijaron. En los almacenes encontrarían un montón de gemas sin infundir. Con un poco de suerte, pensarían que, sencillamente, las tropas de la coa-

lición habían agotado toda la luz tormentosa en la defensa, y no se darían cuenta del engaño que les había colado Sigzil.

Respiró varias bocanadas de vaho y luego retrocedió por los aires a través de una lluvia más intensa de lo normal. Se ciñó el chaquetón y aterrizó en las almenas de Narak Principal. Dado que la batalla había terminado, no se atrevía a volar mucho, ya que tenían que conservar la luz tormentosa.

Tormentas. Contempló a través de la lluvia las hileras de nuevos Radiantes desplegadas abajo. Los había enviado Jasnah en apoyo de Narak, pero Sigzil no podía desplegarlos. Lo que lo limitaba no era el número de Radiantes disponibles, sino la cantidad de gemas con las que podía equiparlos. Se quedó allí un buen rato, sintiendo la deflación posterior a la batalla, la relajación de las emociones y el músculo. En esos precisos momentos no lo necesitaban a él, porque aquella era la parte que les correspondía a los logistas y los sanadores, pero de todos modos Sigzil permaneció a la vista.

El general Winn se reunió con él al cabo de un rato en el adarve, después de subir con esfuerzo bajo la lluvia.

—La retirada se ha ejecutado a la perfección, brillante señor —dijo el hombre.

Aunque el anciano general no estaba en condiciones de empuñar un arma él mismo, había trabajado mucho en la retaguardia para que la retirada saliese bien. Pero aún quedaban dos días y ya no podían permitirse perder ninguna otra meseta. Sigzil tenía que pensar alguna forma de ayudar a que resistieran, de algún modo, a pesar de que tenía la cabeza en otro sitio.

—General Winn —dijo Sigzil, observando a los soldados que llenaban los patios de abajo en busca de cuidados médicos. La mayoría tendrían que acampar bajo la lluvia, ya que habían perdido una gran cantidad de barracones al abandonar Narak Tres—. ¿Cómo lidias con la pérdida de soldados bajo tu mando? Personalmente, me refiero.

—Es una pregunta que no tiene muchas buenas respuestas, brillante señor —dijo el hombre mayor, apoyándose en las almenas al lado de Sigzil, mientras la lluvia repicaba en sus chaquetones—. A mi edad... bueno, la pérdida ya no es un suceso, sino un estado natural. De los cuarenta y cinco hombres con los que fui oficial bajo el mando de Gavilar, solo quedo yo. Igual que de mis hermanos. Igual que... bueno, que casi cualquiera de mi edad.

—Lo siento —dijo Sigzil.

—No acabó con ellos un traidor estando yo presente —dijo Winn, apoyándole una mano a Sigzil en el hombro—. Así tiene que doler más, estoy seguro. Pero déjame decirte una cosa: hoy te he visto liderar las defensas, no perder el control. Has afrontado la pérdida como debe hacerlo un oficial. Puedes estar orgulloso.

—No quiero estar orgulloso —repuso Sigzil—. Quiero aguantar como nos han ordenado. Pero, Winn... la luz tormentosa.

—Lo sé. ¿Tu spren tiene alguna cifra que darnos?

—Dice —respondió Sigzil— que espera que se nos agote la luz tormentosa en algún momento de hoy, mañana temprano como tardísimo, dependiendo de cuánto tengamos que volar y cuántas reparaciones tengan que hacerle los Custodios de la Piedra a la muralla.

Se quedaron callados. Vienta le susurró algunos números más al oído: sus estimaciones de bajas, que tendían a ser precisas. Era una información que Sigzil le había pedido, y que agradecía, pero que, añadida a la lluvia y a la sensación general de incertidumbre que transmitía Winn...

—¿Qué vamos a hacer? —preguntó Sigzil.

—Señor —dijo el general Winn—, yo... esperaba que tuvieras tú alguna respuesta a eso. Vamos a necesitar un plan. Y, dadas las circunstancias, imagino que tendrá que ser algo poco convencional. Nos has traído hasta aquí. ¿Tienes alguna otra idea?

—Estoy en ello —prometió Sigzil—. Pero, la verdad, ojalá alguien más tenga un milagro que sugerir esta vez. Cuando todo se calme, convoca una reunión de planificación.

Caos.

Caras cambiantes, pero todas sangrientas, todas moribundas.

Gente que Dalinar había conocido, gente junto a la que había luchado, gente que había matado. Luego... algo nuevo.

Un mundo que no conocía. Un lugar lejano al que estaba llevando la muerte, la destrucción y la desolación como el Espina Negra, en una armadura del color del carbón. Un mundo de extraña y hermosa arquitectura, todo en llamas; Dalinar aplastaba sus cenizas bajo los talones.

Sacudida.

Las apariciones se desvanecieron y estaba... ¿estaba en el palacio de Kholinar? Llevaba un uniforme Alezi con un puño manchado de vino y los botones superiores de la chaqueta desabrochados. A su alrededor, los fervorosos de túnica gris llevaban comida a plebeyos sentados formando hileras en el suelo. ¿Un Banquete de Mendigos? Sí... Sí, solían hacerlos durante el reinado de Gavilar.

—Eh —dijo alguien, y le dio una palmada en el hombro—. Rortel, he conseguido un poco. Vámonos.

Rortel... había pertenecido a la élite de Dalinar. Murió en uno de los primeros asaltos a mesetas, pero aquel banquete era anterior a eso, y al parecer Dalinar estaba en su cuerpo. El hombre que le hablaba era Malan, alto, de ojos verdes y pelo rizado, miembro de la Guardia de Cobalto. Llevaba una jarra de vino.

—Vámonos —repitió Malan—, venga.

Dalinar dejó que lo levantara del asiento. Tormentas. Dalinar... sabía qué noche era esa, ¿verdad? Era una noche en la que había fracasado. Siguió a Malan por la puerta y pasó junto a un mendigo sentado fuera, en el pasillo, contra la pared. Dalinar paró, porque conocía a ese mendigo. Era Ahu, su compañero de borracheras.

—Jezrien —susurró Dalinar, arrodillándose al lado de aquel hombre tan desaliñado, de barba larga y pelo sucio y lleno de enredos—. Sangre de mis ancestros… sí que eres tú. En todos esos años no te reconocí.

El rey de los Heraldos había estado allí, precisamente esa noche. Jezrien tomó la mano de Dalinar.

—¿Me has visto?

—Sí —respondió Dalinar—, ahora te veo, amigo mío.

—El hombre que era —dijo Jezrien— se escapó de mí. Lo dejé irse, como hojas ante una tormenta. ¿Lo has visto? Yo… querría ser él otra vez. Por favor.

Dalinar apretó la mano del Heraldo, pero aquello era solo una visión y Malan lo estaba agarrando por el hombro.

—Venga, que Dalinar quiere este vino.

—Dalinar —dijo Dalinar— ya ha tomado demasiado vino. No tenía por qué enviarnos a robar más del Banquete de Mendigos. Es una vergüenza para su apellido.

Malan lo puso en pie de un tirón.

—Cuidado con lo que dices. Tenemos órdenes.

—Órdenes de un borracho —dijo Dalinar, exhausto—. No me hace falta ver este día otra vez. Ya lo viví.

Malan lo miró como si estuviera loco, y quizá lo estuviera. Entonces sonaron gritos a cierta distancia. Malan se puso alerta, agarró el puño de su espada.

Dalinar, sin hacerles caso, se arrodilló otra vez junto a Jezrien.

—Sé que no eres real —le susurró—, pero sí que he visto al hombre que eras. No era perfecto, pero hizo todo lo que pudo por protegernos. Gracias.

El mendigo lo observó y pareció tener un momento de lucidez.

—¿Te has visto a ti mismo?

—Creo que estoy a punto de hacerlo —dijo Dalinar.

—No lo pierdas —urgió Jezrien—. No lo sueltes. —Miró hacia arriba—. A veces puedo sentir dónde debo estar… así que he venido aquí…

Pasaron soldados corriendo y gritando que un asesino se dirigía a los aposentos del rey. Llegarían tarde, Dalinar lo sabía, y bien podían agradecerlo. Szeth, en posesión de unos poderes que no se habían visto en Alezkar desde hacía dos mil años, había masacrado a todo el que se le puso por delante.

—Tenemos que espabilar al Espina Negra —dijo Malan, de nuevo agarrando a Dalinar con firmeza por el hombro—. Vamos.

Dalinar dejó que se lo llevara. En realidad, recordaba poco de aquella parte de la noche. Porque…

Porque estaba en el salón de banquetes, donde aún no había llegado la noticia del ataque. Los bailarines estaban retirándose, charlando entre ellos.

y los tambores de los parshendi estaban en el suelo, abandonados. La gente hablaba a la tenue luz de gemas semicubiertas, y una mujer tocaba la flauta entre musispren que daban vueltas.

Dalinar estaba desplomado y solo, sentado a una de las mesas bajas, con la cabeza sobre la madera mientras refunfuñaba protestando de que los sirvientes, cumpliendo órdenes de Navani, se negaban a llevarle nada más de beber. Señaló a los soldados al verlos llegar.

—¿Habéis encontrado algo? —dijo, arrastrando las palabras—. Traed aquí.

—¡Señor, te necesitan! —exclamó Malan—. Hay un asesino…

—Dame. Bebida —exigió el Dalinar más joven—. Todavía la oigo. Quiero que desaparezca.

Tanteó en busca de la jarra de vino mientras Dalinar, el Dalinar más viejo, miraba asqueado. La mayoría de la gente podía pasarse un pelín con la bebida de vez en cuando, pero aquello era otra cosa. Era un hombre en quien no se podía confiar. Un hombre que mucho tiempo atrás se había traicionado a sí mismo y a todos los que lo querían… y que pronto cosecharía su recompensa.

Era un hombre al que Dalinar odiaba. Las dos versiones de él coincidían en eso. Ver a su yo más joven en ese estado lo ponía enfermo.

—Señor —dijo Malan mientras el joven Dalinar bebía un sorbo directamente de la jarra—, tienes que…

El Dalinar mayor le dio una bofetada a su versión joven, haciendo que escupiera el vino. Malan dio un paso atrás, conmocionado, ya que aquel no era el comportamiento normal de su amigo. Los dos eran unos propiciadores bastante eficaces. El Dalinar joven bramó ofendido, levantándose con torpeza. Cuando se abalanzó sobre él, el Dalinar viejo, con una mano a la espalda como si nada, dio un paso lateral y le atizó otro sonoro bofetón.

Cuando el Dalinar más joven embistió rugiendo, el mayor lo agarró de la camisa manchada de vino.

—Tu hermano está muriendo —le dijo—. Ahora mismo.

El Dalinar joven lo miró, parpadeó sobre sus ojos rojos y pareció asimilarlo.

—Gavilar.

—Lo están asesinando —dijo el Dalinar viejo.

—¿Gavilar?

El Dalinar joven se zafó de la presa y fue trastabillando hacia la puerta. Se derrumbó al suelo a medio camino. Cayó en un estupor inconsciente.

«Hermano, sigue los Códigos esta noche…».

Dalinar profirió un suspiro, negando con la cabeza.

—Qué deshonra.

Sus palabras hicieron que algunas parejas se apartaran, y también que Malan saliera corriendo, quizá para intentar ayudar al rey. Era buen soldado, cuando estaba bien dirigido.

—Qué curioso —dijo una voz que vibró a través de las paredes, haciendo temblar la visión entera—. El hombre que eras. Menuda vergüenza. ¿Te duele verlo?

—Sé lo que era. —Dalinar se irguió—. Sé que nunca podré escapar de ello, porque no puedo traer de vuelta a Gavilar. ¡Pero no dejo de dar pasos! Me has oído. No dejo de dar…

La visión cambió. En un abrir y cerrar de ojos, Dalinar estaba en otra sala. Fría, con el cadáver de Gavilar tendido en una mesa. Dalinar recordaba haber despertado de su estupor y que lo llevaran allí para ver…

El Dalinar joven bajó a trompicones los peldaños que llevaban a la cámara y entonces aulló. El Dalinar mayor hizo una mueca, a pesar de lo que había dicho antes, y apartó la mirada mientras su otro yo corría hasta el cuerpo y lo abrazaba, sin importarle la sangre. Sollozando con un dolor crudo que…

Tormentas, conocía ese dolor. Aún… aún lo sentía, tantos años después. Como una herida en la que un cirujano estuviera hurgando con bisturí y fórceps.

«Hermano, sigue los Códigos esta noche…».

—¿Yayo? —dijo una voz a su espalda.

Tormentas. Era un guardia. ¿Gav? Sí, el niño estaba entre los guardias y Dalinar no lo había visto al principio. Al instante Dalinar fue hacia él y agarró a Gav mientras el entorno se volvía oscuro y cambiante.

—Yayo —susurró Gav—, me has encontrado. ¿Quién era ese hombre muerto? ¿Por qué había dos de ti?

—El muerto era tu otro yayo, Gav —dijo Dalinar—. Mi hermano, el hombre del que procede tu nombre. Lo… lo dejé morir.

—¿Igual que… tuviste que dejar morir a papi?

Dalinar cerró los ojos, abrazando fuerte al niño mientras el Reino Espiritual se convertía otra vez en un caos.

—Todo el mundo muere —susurró Gav—. Vemos a mucha gente. Matando. Y muriendo. Y matando. Y muriendo. La yayi dice que estas cosas de mentira pasaron hace mucho. A cuánta gente matan…

Tormentas. Dalinar abrazó al niño, pensando en cómo debía de afectarlo haber visto las Desolaciones. Después de toda una vida en el campo de batalla, Dalinar estaba acostumbrado a su destrucción. Quizá… quizá insensibilizado. Tendría que haber pensado más en el pequeño.

—Habrá paz, Gav —le prometió Dalinar—. Es por lo que estoy esforzándome, por lo que tú y yo luchamos.

—¿Habrá? —susurró Gav, con la cabeza contra el pecho de Dalinar—. No lo veo, yayo. Cuando abro los ojos, nos veo luchando para siempre jamás de los jamases… Y tengo que hacerme soldado. Tengo que ser fuerte y luchar… como tú.

—Sí que habrá un final, Gav. Lo encontraré.

Sosteniendo a Gav, con una tempestad de incertidumbre a su alrededor

Dalinar por fin comprendió algo sobre sí mismo. El brío que al principio lo había llevado a buscar Forjadores de Vínculos que lo entrenaran y luego a entrar en el Reino Espiritual… estaba espoleado por una creciente desconfianza hacia el Padre Tormenta y Honor, y hacia su plan para atar a Odium.

Dalinar abrió los ojos y lo afrontó. El poder que se arremolinaba a su alrededor era el poder de Honor, que se negaba a vincularse con otra persona. En él, Dalinar vio muerte y destrucción, y también, repetida y repetida, vio la visión en la que había intervenido antes. La de la humanidad traicionando a Mishram. Una y otra vez.

—¿Qué pasa si alcanzamos la paz? —preguntó Dalinar al poder—. ¿Qué pasa si gano el duelo?

Vio cómo se desarrollaba de mil maneras distintas. La humanidad terminaría, sin duda, rompiendo esa paz. Por supuesto que lo harían; ya se iba a encargar Odium de ello. Sí, Odium cumpliría con su parte. Pero insultaría, y degradaría. Esclavizaría a los humanos en sus tierras, machacándolos contra el suelo hasta que sus parientes de los países libres exigieran represalia. Y la guerra empezaría otra vez, porque, aunque un dios no pudiera incumplir su palabra, los humanos sí que podían.

Los humanos siempre podían…

—No tiene por qué ser así —susurró Dalinar—. Nada de lo que vemos tiene por qué ser…

Pero ya todo le parecía una farsa. ¿Paz por medio de un contrato? Aunque la lograra, regresarían al mismo problema en el futuro. Era el mismo ciclo que había visto reproducirse una vez, y otra, y otra, y otra, en aquellas visiones. Muerte, destrucción, lucha, guerra.

No habría paz hasta que se resolviera el problema de raíz. Y aquel tratado no era más que tapar con vendas una herida en las tripas. El plan de Honor era defectuoso. *Siempre lo había sido.*

—Por eso te necesito —le dijo Dalinar al poder que giraba a su alrededor—. Necesito la fuerza para ocuparme de Odium en persona, ¡para terminar la guerra en su misma raíz!

—¿Tú? —replicó una voz mientras una sombra caía sobre él. Era la misma voz que había tenido Odium antes, en la visión. Distinta a las anteriores veces que lo había oído, como si ahora quisiera sonarle de algo—. ¿Tú, Dalinar Kholin, crees que eres el hombre indicado para conseguir la paz? Rompes todo lo que tocas. Le quitaste el trono a Elhokar y lo enviaste a su muerte. Quieres ser un dios porque quieres poder.

—No —dijo Dalinar, frunciendo el ceño—. Tú no me conoces. Tú…

La fuerza de Odium lo barrió y le arrancó a Gav de los brazos. Envió a Dalinar rodando por la oscuridad. Las visiones empezaron a asaltarlo, implacables, derribando sus defensas, erosionando su confianza.

Y Dalinar Kholin supo lo que era estar en la mismísima Condenación.

*Hay quienes podrían dar por hecho que la luz y la antiluz son opues-
tas, como los que se hallan en la filosofía, aunque no realmente en la
verdadera ciencia física. El calor destierra y destruye el frío. La claridad
destierra y destruye la tiniebla. Del mismo modo, podría decirse que la
luz y la antiluz son opuestas, en el sentido de que son mutuamente
destructivas.*

De **El Ritmo de la Guerra**, primera coda, Navani Kholin

aladin trató de retener los sentimientos pacíficos de la noche anterior,
pero se evaporaron mientras el grupo se aproximaba al Monasterio
de la Portadora del Polvo. En vez de ello, sintió… ¿determinación?
¿Resignación? ¿Algo entre medias?

¿Lucharía Szeth allí o se negaría? ¿Sostendría los valores morales que
había empezado a encontrar para sí mismo o se plegaría a la presión de las
expectativas? Kaladin había hecho todo lo posible para prepararlo, pero lo
mismo había hecho Nale.

En términos conceptuales, Kaladin no tenía problemas con que Szeth
decidiera que tenía que matar a los portadores de Honor para proteger a su
pueblo. Pero había algo en toda aquella situación que no le encajaba. Si estuviera en el lugar de Szeth, se sentiría manipulado. No conocían la historia
completa, y matar sin tener toda la información… eso sí que lo incomodaba,
así que comprendía del todo que Szeth quisiera parar. Tormentas, y si quería
parar, debería estar en su derecho.

Ascendían por un camino en zigzag, en unas tierras altas fronterizas entre Shinovar y las tierras orientales. Syl se había adelantado volando. Nale,
que nunca parecía cansarse, estaba en una cresta más arriba. Cuando Kaladin por fin llegó, sudoroso, resistió el impulso de absorber luz tormentosa.

Si Nale podía hacerlo sin ella, Kaladin también. Y, de hecho, era bueno hacer algo de ejercicio para mantener el cuerpo fuerte.

Por lo menos, las vistas eran espectaculares. A su espalda, un paisaje verde y vivo, adornado con lagos y ríos. Desde allí arriba, parecía menos ajeno. Más... pastoral. Un inmenso panorama como en un lienzo pintado, con montañas en la lejanía, nubes y aquel río de spren muy en lo alto, menos visible a plena luz del día que la noche anterior. Las nubes eran preciosas también, dejando pasar la luz del sol para resaltar sus partes favoritas del paisaje.

La cresta en la que estaban era de tierra, no de roca. ¿Qué era lo que impedía que se derritiera con la lluvia? ¿Había roca montañosa sólida debajo de aquello, como la columna vertebral de una persona bajo la piel? Él siempre había imaginado que sí, pero Szeth hablaba como si la tierra siguiera hacia abajo, y abajo, y abajo. Igual que un océano, cuyas profundidades eran imposibles de conocer.

—Mírala —dijo Nale en voz baja mientras Szeth, el último en llegar por el camino, se unía a ellos—. Esta es una tierra de leyes antiguas, traídas con nosotros desde un lugar mejor. Esta tierra se convirtió en una esquirla del viejo mundo en el que una vez vivimos. Sus normas son profundas, profundas como los huesos de tus antepasados. Las personas a las que conocí, con las que hablé, con las que reí, están enterradas aquí, muertas hace siete mil años. Esta es tu herencia, Szeth.

—Un momento —dijo Kaladin—. ¿Y, porque las leyes sean viejas, son buenas?

—¿Renunciarías a la sabiduría de tus mayores? —preguntó Nale.

—Mis mayores tenían una sorprendente afición por cosas como la esclavitud —dijo Kaladin—. Yo no reverencio nada ni a nadie solo por su edad.

—No rechaces esa sabiduría solo por sus defectos, Bendito por la Tormenta —repuso Nale—. A veces, al envejecer, vemos más lejos. Nuestra postura se encoge, nuestros pensamientos se elevan.

Por desgracia, había algo de verdad en ello. Las órdenes Radiantes eran antiguas, y Kaladin había crecido muchísimo gracias a la forma en que esos juramentos lo habían obligado a estirarse. Las Palabras no eran fáciles, y dolían, pero eran correctas. Aunque, por otra parte...

Bueno, Kaladin había visto demasiado para confiar a ciegas en que la gente al mando lo estaba por un motivo. Con muchas leyes y normas pasaba lo mismo: conservaban el puesto por inercia, no por virtud. Si la auténtica nobleza no residía en la sangre, sino en el corazón, como decía Dalinar... entonces las buenas tradiciones serían valiosas por lo que ofrecían, no por el mero hecho de existir.

Pero ¿cómo explicar todo aquello, de un modo que no hiciera a sus palabras tropezar unas con otras?

—Tomaré mis propias decisiones —dijo Kaladin—, basándome en lo que veo y experimento.

—Tu perspectiva es imperfecta.

—No más que la de cualquiera. No más que la de la gente que creó estas leyes, Nale. Es lo que no paro de decir.

—No —dijo Nale—. Yo no paro de decirte a ti que estas leyes remiten a algo más grandioso.

—¿Y por eso las sigues, entonces? —preguntó Kaladin—. Sigo sin entenderlo, Nale.

—Hago lo correcto porque es correcto.

Kaladin apretó los dientes. Tenía que cambiar su forma de enfocar aquello. La lógica no funcionaba con Nale, y nunca lo haría. Kaladin no podía sacar a nadie de estar mentalmente enfermo a base de argumentar. Igual que nadie podía sacarlo a él de sentirse mal a base de argumentar. Por tanto, ¿qué era lo que sí que le había funcionado?

Ciertas habilidades, como la de ser capaz de resistirse a sus propios pensamientos, le habían ido bien, con tiempo y práctica. Pero eso no era algo que otra persona pudiera hacer por Nale. En realidad, lo que más había ayudado a Kaladin eran los ratos en los que Adolin lo escuchaba. En los que… le hablaba sin más.

Recordó lo mucho que el Viento quería a Nale. Un héroe desgastado que había visto milenios…

—Quizá tengas razón, Nale —dijo—. Has visto muchísimo más que el resto de nosotros. Reconozco que es posible que no te haya escuchado lo suficiente. ¿Me contarías cuáles son las mejores partes de ser un Heraldo, quizá de los primeros tiempos?

Nale lo miró, como percibiendo una trampa. Sin embargo, también parecía complacido de haber ganado la discusión. Mientras seguían caminando en dirección este, hacia unos árboles que crecían a lo largo de las laderas, el Heraldo empezó a hablar. Y Kaladin, mirando de reojo, vio que Szeth estaba poniendo atención.

—Los primeros días fueron de los más duros de todos —dijo Nale—. Aún no sabíamos cómo interactuaban las potencias con Roshar. ¿Y la gente? Llevaba una vida difícil en esa época, Bendito por la Tormenta. Chozas y tierra. O… crem… —Sus ojos se desenfocaron un poco e hizo un gesto de barrido con una mano—. Recuerdo mi primer renacimiento. No había estado muy seguro de unirme a los Heraldos, pero ese Retorno me convenció. La guerra entre humanos y cantores se había puesto muy fea muy deprisa. Odium intentaba convencer a los buenos cantores de que debían masacrar a todos los humanos, si alguna vez querían tener paz.

»Los mejores de ellos se negaron. ¿Eso lo sabías? Nunca lo mencionamos. Odium mató a muchísimos cantores antes de que Honor y él hicieran su pacto de no intervenir directamente. Odium ejecutó a los cantores que no estaban dispuestos a matar por él, y con los siglos construyó grupos de ellos entrenados solo para la muerte. Fue particularmente malo en aquellos primeros años, pero…

Se detuvo en el camino.

—¿Pero? —lo animó Kaladin.

—Pero yo los paré —susurró Nale—. Me alcé entre la oscuridad y la vida, y fui la luz…

—¿Recuerdas lo que se sentía? —preguntó Kaladin.

—Era un suplicio —dijo Nale—. Pero glorioso. No siempre fui tan severo, ¿sabes? Hablé de ello con Lift. Me gustaría verla otra vez. Hay algo en esa niña… siempre fuera de mi alcance, provocándome con la persona que era antes… —Nale miró al frente. Parecía estar pensando de verdad en aquello, con la cabeza ladeada.

»Sí que recuerdo… esa sensación…

—¡Hablemos de ella! —exclamó Kaladin—. De cuando…

—Entonces tenía defectos —dijo Nale, con un desdeñoso movimiento de los dedos—. He aprendido y madurado este último año.

—Pero…

—Esta conversación ha concluido.

Condenación. Kaladin había intuido que estaba muy cerca… y había hecho la tontería de intervenir, demasiado ansioso por ayudar, y había hablado cuando debería haber guardado silencio. Aun así, aquello apuntaba a un posible progreso. A que conseguir que Nale se abriera no era tanto cuestión de convencerlo de que se equivocaba como de recordarle la persona que había sido.

—Da igual, en todo caso —dijo Szeth, interrumpiendo sus pensamientos desde atrás con su voz suave—. El pasado está muerto, Kaladin. Debo pensar en la tarea que tengo por delante. Hay un Deshecho aquí, perturbando nuestras leyes y costumbres. Debo concentrarme en detenerlo.

—Eso es cierto —convino Nale después de pensar un momento—. Los Deshechos no tienen jurisdicción en Shinovar. Si encuentras alguno aquí, puedes hacer legalmente lo que consideres oportuno. —Se volvió hacia Szeth—. Eres Converdad: aquel que lucha por lo que es correcto, portando las tradiciones y la historia de tu pueblo como una corona.

»Eres un portador de Honor. Robaron tu hoja original, pero ahora llevas otras seis. Hojas que, con la muerte de Jezrien, ya no anclan el Juramento, y que ya no están vinculadas a ningún Heraldo. Son tuyas, Szeth. Eres el producto de generaciones de preparación.

—Converdad —susurró Szeth—. Szeth-hijo-Neturo, Converdad de Shinovar…

—Confío en que tomes la decisión correcta —dijo Nale, y se volvió y echó a andar.

Otra salida dramática. Kaladin suspiró y le dio una palmadita a Szeth en el hombro. Juntos fueron tras él y, al poco, dejaron atrás unos árboles muy extraños. Eran verdes y tenían forma de cono. ¿Cómo sabían que tenían que crecer con esa forma? ¿Y sus hojas? Eran pequeñas agujas. Pero ¿qué pasaba con aquel lugar? Cada vez que Kaladin creía que estaba acostumbrándose a él y empezando a apreciar su belleza, encontraba algo como aquello.

La caminata los llevó a otro pueblo pequeño, con muralla de piedra, encajada entre los árboles que coronaban la colina. El portón estaba abierto y, mientras entraban, Kaladin vio los signos reveladores: movimientos furtivos en las ventanas de barracones. Puertas que se movían cuando la gente se apretaba contra ellas para escuchar. Una cierta... oscuridad en el aire. No era del todo una ondulación, pero sí que había *algo*.

Aquel lugar estaba corrompido. Aquel Deshecho dominaba al portador de Honor del monasterio. Y a la tormenta con Kaladin, porque empezó a temer que hubiera intentado llevar a Szeth por mal camino. Saltaba a la vista que aquel sitio necesitaba ayuda. ¿Por qué iba Kaladin a animar a Szeth a dejar de luchar?

«Porque él quiere hacerlo —se reafirmó—. Y todo soldado debería tener la opción de dejar la lanza, si elige hacerlo y está dispuesto a pagar el precio».

Kaladin había aceptado y abrazado su llamada como vigilante en el perímetro. Lo hacía precisamente para que otros pudieran elegir, sin que mediara cobardía alguna, vivir de otra manera. Si Szeth quería abandonar, descubrirían qué hacer a continuación.

Ese era el significado de «viaje antes que destino». Y Kaladin *creía* en ello.

Tendría que bastar con eso.

A medida que la expedición de oyentes que encabezaba Venli llegó a las mesetas centrales, serpenteando por los abismos entre oscilantes lluviaspren, los signos de la batalla de arriba fueron haciéndose más y más pronunciados. Figuras que saltaban los abismos en grupo. Gritos y chillidos que coincidían con el ritmo del relámpago y el trueno. Cadáveres flotando en los ríos. Fusionados. Radiantes. Los mejores de Roshar, asesinándose unos a otros de nuevo en una inquebrantable cadena de muerte.

Los abismoides querían comerse a los muertos, pero se refrenaron a petición de Venli y los demás. Pero aquello confundía a las bestias. Sin duda, comer cosas muertas estaba bien. Los humanos y los cantores no sabían demasiado bien, pero servirían. Por suerte, pronto encontraron unos chulls muertos, posiblemente criados en alguna meseta, que se habían asustado y caído a un abismo.

Venli estaba con los Cinco, de pie con el agua fluyendo en torno a sus muslos, decidiendo su siguiente movimiento.

—Lo percibo justo por delante —les dijo—. A unas dos mesetas en esa dirección.

—Eso es el mismo corazón de Narak —respondió Thude a Ansiedad.

—Nos está llamando —dijo Estel, una incorporación más reciente a los Cinco, que había elegido llevar la forma diestra. Ya no tenían una forma diferente cada uno, pues se había demostrado poco práctico. Además, había más de cinco formas conocidas—. Nos dio cobijo durante nuestro exilio. Nos llama por alguna razón.

—Estoy preocupada —susurró Venli a los Terrores—. La última vez que hice algo como esto, estaba siguiéndole el juego a Odium. Lo hice por voluntad propia. Sabía lo que estaba haciendo. No… no me engañaron. Eso tengo que reconocerlo. Pero ¿puede que esta vez sí? Quizá esto sea algún tipo de señal cuyo objetivo es atraernos. —Se llevó las manos a la cabeza y se rascó la raíz de los mechones—. No me quito de encima un ritmo espantoso. Estoy asustada.

—¿Lo rechazaste? —preguntó Bila con suavidad.

—Sí —susurró Venli—. ¿Después de lo que le hizo a nuestra gente? Rechazo a aquel que querría ser nuestro dios.

—Entonces no puede controlarte —dijo Bila.

—Ojalá fuera así —intervino Kivor, un hombren descomunal en forma de guerra—. Pero es taimado y pilla desprevenida a la gente. Eshonai no habría acudido a él voluntariamente si hubiera sabido del todo lo que hacía. Los Cinco deberíamos votar. Sí, hemos llegado hasta aquí, pero asumir que ya no podemos dar media vuelta es ridículo.

—Podría seguir yo sin vosotros —propuso Venli—, por si es una trampa.

—Votaremos —insistió Kivor, firme—. Thude, ¿qué dices tú? ¿Seguimos? ¿Descubrimos este misterio, aunque pueda destruirnos?

—Yo voto sí —dijo Thude—. Si nos destruye, que así sea, pero debemos hallar las respuestas.

—¿Por qué? —preguntó Bila, con la cara envuelta en sombras, porque no se atrevían a usar gemas allí. Por encima, los humanos gritaban y los Corredores del Viento surcaban el aire—. ¿Por qué necesitamos esas respuestas?

—Porque, sin ellas, nos destruirán —dijo una voz desde detrás de ellos. Se volvieron para mirar hacia otra sombra, aunque la voz de Leshwi había revelado su identidad—. ¿Cuántos somos, unos mil, contra el poderío de Odium? Necesitaremos alguna manera de resistir. No puedo evitar pensar que eso que estáis oyendo… se nos ha enviado con un propósito.

Ningún Celestial podía oír el sonido. Solo Venli y, por algún motivo, los abismoides.

—Creo… —Entonces Leshwi parpadeó y sus ojos empezaron a resplandecer en rojo—. Odium está ofreciendo su poder a quienes luchan aquí. No he podido resistirme. Lo siento. No creo que me haya visto a mí en particular ni que sepa que estoy aquí.

—Yo tardé meses en aprender a rechazarlo por completo —dijo Venli—. No esperábamos que tú lo hicieras en una semana, Leshwi.

—A mí debería exigírseme más —repuso la Celestial—. Soy Fusionada. Soy inmortal. Soy…

—Considérate joven otra vez, dama Leshwi —dijo Venli con suavidad, a Paz. Aunque debía admitir que una parte de ella se había emocionado por poder hablarle de forma imperiosa a alguien que había tenido tanto poder sobre ella—. Estás empezando de nuevo. Ahora mismo, la pregunta importante es: ¿tu naturaleza va a delatarnos? ¿Él te verá si sigues con nosotros?

—La verdad es que no lo sé —respondió ella—. Los demás y yo deberíamos quedarnos un poco más atrás de lo que sea que vayáis a hacer.

Era una propuesta sabia. La aceptaron, y luego el resto de los Cinco votó de uno en uno. El resultado fue unánime a favor de continuar. No le pidieron su voto a Venli, dado que ella no lideraba, aunque los hubiese guiado hasta allí. Dejando a los Celestiales y los abismoides atrás por el momento, Venli y los otros catorce oyentes avanzaron poco a poco.

Ese tono atronaba en sus oídos. Estaba... estaba por delante... pero abajo...

Llegaron a la meseta central. Por arriba, los humanos habían establecido unas garitas de guardia que colgaban sobre los abismos. Estaban maltrechas y rotas, cabía suponer que dañadas en la batalla. Nerviosa, Venli echó un vistazo en Shadesmar por si había Fusionados cerca, pero encontró solo una gran extensión de cuentas, con luces brillando arriba en representación de los combatientes humanos y cantores.

Solo que... el latido... estaba más abajo. Bajo las cuentas. Bajo el suelo.

—¿Qué pasa? —preguntó Thude.

—Está debajo de nosotros —susurró Venli.

Apretó la mano contra la pared del abismo mientras se agachaba en la corriente de agua.

Sí, le dijeron las piedras. *Ya casi estás aquí.*

Venli cerró los ojos y absorbió luz tormentosa. La roca fluyó como agua, apartando el río al elevarse por los lados, creando un agujero en la pared que quedaba protegido del arroyo por un saliente. Venli se introdujo en él y escrutó hacia abajo por un túnel que se internaba en las profundidades.

Una luz brillaba en su lejano final. Venli miró a los Cinco. Thude les indicó a los otros nueve oyentes que permanecieran allí y vigilaran y luego, canturreando a Determinación, Venli y los Cinco empezaron a recorrer el túnel.

Jasnah y Fen habían llegado a un acuerdo. Sus Radiantes habían abandonado Ciudad Thaylen por la Puerta Jurada para apoyar a las acosadas fuerzas de las Llanuras Quebradas. Habría deseado poder enviárselos también a Adolin y Yanagawn, pero la Puerta Jurada de Azimir estaba en manos enemigas y los spren corrompidos se negaban a aceptar transferencias.

Deseó que resultaran útiles en las Llanuras Quebradas, aunque temía por las reservas de luz tormentosa en ese frente, con su madre y su tío todavía ausentes y Sagaz tan reservado en lo relativo a cuándo podrían regresar. Además, el acuerdo con Fen requería que el grueso de las tropas convencionales de Jasnah permaneciese en Ciudad Thaylen. Requeriría una gran cantidad de su escasa luz tormentosa trasladarlas todas, así que los Radiantes tenían sentido como un primer paso.

De pie fuera de la plataforma de la Puerta Jurada, viendo cómo destellaba haciendo desaparecer al último envío de Radiantes, se planteó lo mucho que le temblaban las rodillas a su coalición. Habían enviado muy pocos soldados a Azimir. El argumento de Fen, que el grueso de las fuerzas alezi llegaría pronto para ayudar a defender la capital, había parecido razonable. Pero luego Emul y Tashikk los habían traicionado, sorprendiendo a todo el mundo, y habían atacado a esas tropas.

Jasnah tenía la sensación de que debería haberlo visto venir. Era una enorme convulsión política, el desmembramiento definitivo del Imperio azishiano, y ella aún no terminaba de creerse que hubiera sucedido durante su tiempo de vida. Pero era incluso más horripilante si se veía en contexto. Jasnah tenía tropas que no eran necesarias mientras Adolin, según los informes periódicos que enviaba May Aladar, luchaba a la desesperada, escaso de recursos, aislado sin una Puerta Jurada funcional.

«La Estabilidad de Crzmak», pensó, volviéndose para echar a andar por la ciudad, vestida de uniforme, sin la compañía de sus guardaespaldas. Los había enviado junto con los Radiantes para apoyar a Sigzil. Unos siglos antes se había establecido una coalición entre las pendencieras familias de Thaylenah, encabezada por el carismático explorador Crzmak. Su destino era un ejemplo de cómo hasta las mejores intenciones podían torcerse cuando los recursos escaseaban.

Fen quería una garantía absoluta de que su ciudad no caería, ¿y cómo reprochárselo? A sus ojos, las Llanuras Quebradas eran prescindibles. Pero, si perdían las Llanuras Quebradas, Urithiru se quedaría sin autonomía, sin las granjas y los bosques y la ganadería esenciales para abastecer a la ciudad. Jasnah había empezado a imaginar una nueva Alezkar en las Llanuras Quebradas, un lugar para su pueblo fuera de Urithiru.

Sin las Llanuras Quebradas… tendrían que depender de que Ciudad Thaylen enviara recursos por medio de la Puerta Jurada. Fen había prometido que no habría aranceles, y Jasnah la creía. Pero ¿qué pasaba con el consejo mercantil? ¿Qué pasaba con sus herederos? Negó con la cabeza, regresando a su base de operaciones en aquella terraza, el antiguo templo. Marfil se había marchado a escuchar a hurtadillas el informe de Fen al Consejo Thayleño, acompañada por el brillante señor y la brillante señora Bethab, los embajadores de Urithiru en la ciudad.

Jasnah había enviado a Marfil porque, aunque confiaba en Fen todo lo que llegaba a confiar en nadie, quería saber qué decía exactamente de todos modos. En su escritorio del templo, Jasnah empezó a sacar sus previsiones sobre lo que podría suceder en las Llanuras Quebradas. Cuando las nubes del cielo oscurecieron las ventanas, metió la mano en su bolsillo para sacar unas esferas. La batalla era… mucho más desordenada de lo que había esperado. ¿Por qué hablaba todo el mundo de la grandiosa ejecución de una estrategia bélica, si rara vez salía como se había planeado?

La sala se oscureció aún más. Aquellas nubes eran...

—Había esperado —dijo una voz suave— que no te dieras cuenta de que los barcos estaban vacíos. ¿Cuándo enviaste a Corredores del Viento para comprobarlo? Es raro que, con lo fácil que resulta ver cualquier cosa, se me pase tanto por alto.

Jasnah se quedó petrificada, con hielo en las venas. Alzó la mirada y vio que la oscuridad que caía sobre la estancia no procedía de las nubes, sino de una sombra que sumía en la penumbra la parte delantera, una niebla negra con una extraña luz dorada en su núcleo, teñida de rojo en el exterior. Se infló hacia delante como el frente de la tormenta eterna.

Las palabras procedían de dentro.

A Jasnah se le secó la boca. Unos miedospren se menearon como pegotes a sus pies, pese a todos sus esfuerzos.

—Odium. No puedes tocarme. No sin incumplir tu pacto y exponerte a ataques.

—Sagaz te lo ha explicado bien, por lo que veo —dijo la nube—. No tengas miedo, Jasnah. No he venido a hacerte daño, sino a felicitarte. Ya me temía que quizá no te dejaras engañar por mi treta de los barcos. Eres de las que lo confirman todo.

Jasnah se apartó de la mesa e invocó su armadura. Cobró forma a su alrededor en un abrir y cerrar de ojos, las piezas encajando entre sí, apretándole la ropa contra la piel. Odium no podía hacerle daño directamente, Sagaz estaba convencido de ello, pero allí donde había un espinablanca solían aparecer cachorros. Quizá no estuviese solo.

—Jasnah —dijo Odium. ¿Su voz era... familiar?—. Has hecho bien en enviar a tus Radiantes. Tomaré esta ciudad, pero no mediante la fuerza militar.

La oscura niebla espesó y adoptó una forma.

La de Taravangian.

—Ciudad Thaylen habrá caído mañana por la tarde —dijo la figura—. He venido a ocuparme de ello en persona.

90

UNA VELA ANTE LA TEMPESTAD

> En matemáticas tenemos los números negativos, una realidad imposible y, no obstante, un modelo extremadamente útil, como explica la mujer que los desarrolló. El uno negativo se equilibra con el uno para crear el cero, anulándose entre ellos en la nada.
>
> De *El Ritmo de la Guerra*, primera coda, Navani Kholin

Era bueno volver al Monasterio de la Portadora del Polvo, pensó Szeth, inhalando el aroma de los pinos. No había sido consciente de lo mucho que añoraba aquel lugar. Un cielo abierto. Un viento refrescante. Patinar sobre el hielo del estanque.

¡... y dice que luego ayudó a construir una fortaleza enorme!, estaba diciendo Sangre Nocturna mientras caminaban. *¡Pero enorme! ¡Grande, grande, grande! Y otros se unieron a él. ¡Lo hicieron incluso antes de ser Radiantes! ¿Verdad que es guajudo? La escultura de piedra es guajuda.*

—¿Esa es otra palabra de Lift? —preguntó Szeth, sonriendo.

¡Ajá! Se sabe las mejores palabras. ¿A que suenan mucho más divertidas que las palabras normales? ¡Oh! ¿Crees que la veremos esta noche en la cena?

—No, espada-nimi —dijo Szeth, y le recordó con delicadeza—: Lift está a miles de kilómetros. Eso es mucha distancia.

¡Ah! Es verdad. Es verdad. Guajudo. Oye, las espadas dicen que están casi en casa. ¿Qué significa?

Szeth negó con la cabeza y se quitó el petate del hombro.

—No lo sé, me temo. —Entonces le entregó las espadas a Kaladin y habló más alto—. Cuídalas tú. Nin-hijo-Dios, ¿debo preocuparme de que hoy me ataquen dos portadores de Honor?

—No —respondió Nin—. Hoy tu prueba será de un tipo distinto. Te enfrentarás a un solo adversario.

—La antigua portadora de Honor era anciana —dijo Szeth—. Supongo que Gearil-hija-Gearil habrá fallecido. ¿Me enfrentaré a un portador nuevo, más joven?

—Sí —reconoció Nin.

—Bien —dijo Szeth.

Pensó en su plan mientras Syl descendía del cielo, donde había estado observando el camino hecho de spren.

—Qué raro es ahí arriba. —Syl aterrizó, a tamaño humano, como estaba casi siempre en los últimos tiempos—. Solo hay spren naturales y de emociones. No hay spren Radiantes, ni sin vincular ni nada. Esos siguen todos aún en el otro lado, pero en tanta cantidad que hacen resplandecer el aire aquí.

—Kaladin, Sylphrena —les dijo Szeth—, hoy me gustaría que no me ayudarais.

—Pero —dijo Kaladin— si te...

—Nada de ayuda, por favor —lo interrumpió él.

Cerca, Nin asintió aprobador.

—Este es uno de mis monasterios favoritos —añadió Szeth—, y una habilidad en la que sobresalía. Podré... ingeniármelas solo aquí.

Kaladin asintió a regañadientes y tomó el fardo de espadas. Szeth se volvió hacia el monasterio, construido al estilo clásico: un gran bloque de piedra con estrechas ventanas, sobre una colina en el pueblo, engalanado por el atractivo entorno y aquellos maravillosos árboles. Pero era solo una fortaleza. Una que no había cumplido su función, puesto que la habían corrompido desde dentro.

Szeth invocó su hoja esquirlada mientras caminaba.

—Estás muy callado últimamente.

He estado pensando, dijo su spren.

—¿En qué?

En lo que significa hacer juramentos, respondió el spren. *En la mejor forma de ayudarte.*

—¿Y? —preguntó Szeth, deteniéndose en el umbral.

Creo... que necesito más tiempo.

Era extraordinario que un altospren necesitara tiempo para pensar. Szeth escrutó el gran vestíbulo del monasterio y reparó en las brillantes gemas de las paredes, y luego en la figura solitaria que había en el otro extremo. Una mujer, a juzgar por la forma de su túnica gris, con el cuerpo envuelto en telas, cabeza y cara incluidas.

Szeth tomó su decisión. Extendió la mano hacia el lado y dejó caer la espada. Descartándola.

—No lucharé contra ti —dijo hacia el interior de la estancia.

No miró para ver la reacción de Nin o la de Kaladin. No estaba eligiendo ninguno de sus dos caminos. Estaba... probando sus opciones. Pero había una cosa en la que Kaladin tenía razón.

Lo que Szeth había estado haciendo lo destruía por dentro.

—Szeth —siseó su spren, formando una grieta junto a su cabeza—, ¿se puede saber qué haces?

—Algo va mal —dijo Szeth—. Algo grande. ¿Cómo permitió mi pueblo, portadores de Honor incluidos, que un Deshecho lo persuadiera? ¿Por qué no se resistieron otros como hice yo? ¿Como pudo mi padre, que llegó a ser un gran senador de nuestro pueblo, dejarse convencer? Nunca ha tenido sentido para mí, y en otra ocasión decidí que la única suposición razonable era que no estuviera viendo las cosas como era debido. Que sí que fuese Sinverdad. Pero Nin me llama Converdad. Así que ¿cómo pudo suceder todo esto?

La figura se aproximó y su hoja de Honor apareció en sus dedos. La hoja de la Portadora del Polvo, con una extraña hendidura en el centro y la guarnición muy ornamentada. Sus pisadas dejaban huellas ardientes en el suelo. Szeth también había aprendido ese truco de intimidación.

—¡Szeth! —exclamó su spren—. ¡De verdad creo que deberías luchar!

—Nadie quiere contarme la verdad —dijo Szeth—. ¿Un peregrinaje, para qué? ¿Por qué los portadores de Honor se deshacen en humo cuando los mato?

La Portadora del Polvo echó a correr.

—¡Szeth! —gritó el spren—. ¡*Szeth!*

—No soy lo bastante listo para averiguar lo que pasa, pero no voy a luchar. Voy a encontrar respuestas.

La mujer llegó hasta él, con la hoja de su espada dejando una estela ígnea. Otro truco de intimidación. Se acercó lo suficiente para descargar un tajo y, cuando lo hizo, Szeth se enlazó de lado lo justo para esquivar.

Llegaron otros cuatro tajos, lanzados con grandes arcos, y él los evitó con sus poderes. La Portadora del Polvo se internó hacia él, utilizando sus potencias para alterar su tracción en el suelo, a veces deslizándose con facilidad, a veces ganando agarre en un instante y saltando en poderosas acometidas.

Szeth lo esquivó todo.

Conocía esos trucos. Cuando la mujer incendió el aire, se limitó a contener el aliento, ya que no era una técnica terriblemente peligrosa, aunque sí espectacular. Buena parte de ser un Portador del Polvo consistía en la intimidación. Era cierto que, con la preparación adecuada, la mujer podría haber llenado el aire de un espacio cerrado con serrín y prenderle fuego en una increíble explosión. Pero Szeth veía a la tutora de esa mujer en sus ataques. Destellos y movimientos flamígeros pensados para distraer, de forma que una estocada en el momento oportuno pudiera hacer el verdadero daño. O, si no era posible, sorprender a su oponente y aplicarle la División directamente.

Szeth no se dejó engañar por las fintas. Esquivó, a veces volando, a veces quemando el suelo o incendiando madera antes de que ella pudiera convertirla en polvo explosivo.

—¿Qué pretendes con esto? —le preguntó en tono suave—. Eres nueva en esta llamada. O no muy experta, al menos. Dímelo.

Ella gruñó, chasqueó los dedos, dejó que el fuego ardiera a su alrededor en volutas. No podía hacerse mucho más que eso, ya que estaba extrayendo el agua del aire, creando un gas que pudiera encender. A Gearil-hija-Gearil le habían encantado esos espectáculos. Sin embargo, mientras Szeth no permitiese que esa mujer lo tocara a él ni el suelo que pisaba, debería estar más o menos a salvo de la división. Podía ser un talento muy destructivo, pero tenía menos valor en duelo que en batalla, donde las distancias cortas permitían a sus practicantes encender en llamas grandes extensiones de suelo y a mucha gente.

Esquivó los siguientes ataques amplios, percibiendo una frustración en los movimientos de la portadora de Honor. Szeth empezaba a darse cuenta de lo mucho que su terrible existencia había mejorado sus habilidades. Aquellos portadores de Honor, pese a su entrenamiento, tenían poca experiencia práctica con la muerte y la destrucción, pero la muerte y la destrucción habían sido la vida entera de Szeth desde que comenzara su exilio. Había encontrado, y combatido, a sus iguales en personas como Kaladin.

Había empezado siendo uno de los mejores combatientes que Shinovar hubiera creado jamás, y ya hacía mucho tiempo que había superado incluso eso.

—Lucha contra mí —escupió la mujer mientras Szeth esquivaba.

Un momento.

—¿Cómo lo has sabido? —siseó ella—. ¡Me humillas!

No podía ser.

Szeth aterrizó y cruzó la mirada con la portadora de Honor mientras ella se abalanzaba sobre él. Invocó su hoja en un latido y la alzó para bloquear, casi distraído, un tajo al cuello. Se inclinó hacia delante y la miró directamente a los ojos.

Lo *era*.

—No lucharé contra ti —susurró Szeth—. No te mataré. Haz lo que debas.

Tiró su espada una vez más y se sentó.

—¡Szeth! —gritó su spren.

La portadora de Honor atacó de nuevo, con las manos temblando. La hoja se detuvo justo antes de tocar su cuello.

Él la miró a los ojos, allí de pie, y alcanzó a ver su conflicto interior. La mujer hizo acopio de fuerza, aferró la hoja a dos manos y atacó de nuevo… pero de nuevo paró antes de tocarlo de verdad.

—¿Me han dejado ganar todos ellos? —preguntó Szeth—. ¿Esto ha sido una especie de estafa para hacerme creer que estaba consiguiendo algo?

—¡No, Szeth! —exclamó su spren al oído—. ¡Se supone que todos intentan matarte!

La figura retrocedió, dando leves gruñidos, y luego corrió de nuevo hacia él como si estuviera obligándose a sí misma a atacar. Pero no pudo hacerlo y reculó de nuevo para merodear a su alrededor en círculo.

—Szeth —le dijo su spren—, escúchame. Has llegado a la conclusión equivocada. Sí que está sucediendo algo extraño, pero no es lo que tú crees

Estos portadores de Honor deben combatir contra ti con todas sus fuerzas. ¿Crees que arrastrarte a Shadesmar fue una estafa?

—No —aceptó él.

Todas las anteriores peleas le habían dado una sensación desesperada, y en el último monasterio alguien había intentado apuñalarlo por la espada. Sí que lo querían muerto. Pero aquella mujer... Szeth tenía razón sobre ella. Y, además, estaba harto de tanta matanza.

—¿Por qué? —preguntó a la figura que daba vueltas a su alrededor—. ¿Por qué te contienes?

Ella se arrancó la tela de la cabeza, dejando a la vista un pelo castaño corto y una cara, envejecida, como la de él. Más dura. De cuello más grueso. Pero muy conocida.

—Elid —dijo Szeth.

Era evidente que su hermana había elegido entrenar, como siempre había querido.

—¡Lucha contra mí, Szeth!

—No.

—¡Destrozaste nuestra familia! Destruiste nuestro buen nombre. Las historias sobre ti me han perseguido toda la vida. Sinverdad, susurraban, como si fueses una enfermedad que podía propagarse. —Levantó de golpe su espada hacia él—. ¡Lucha!

—Elid... —dijo Szeth, poniéndose de pie.

—Madre está muerta —restalló ella—. ¿Lo sabías? Tumores. Muerta. Para siempre. No estabas aquí. Tuve que cogerle la mano.

Szeth vaciló.

—Padre... —dijo Elid, apartando la mirada—. Padre está muerto. Tomado por... la Voz...

Szeth notaba una extraña sensación de calma al saber que Elid podía matarlo y él no iba a resistirse. Recordaba desear que alguien lo matara, no hacía tanto tiempo. Sus pensamientos se habían vuelto más... complicados. Pero, a la vez, aquel alivio, aquella... aquella emoción era...

Era calmada. Él estaba calmado. Hasta las voces sonaban más bajas.

Lo... lo había dejado. Por fin lo había dejado.

Se irguió y dio un paso adelante, separando las manos. Ella alzó la espada hasta el lado de su cuello, pero Szeth notó en cómo temblaba la hoja que Elid no quería hacerle daño. Así que se inclinó hacia delante hasta que ella descartó la hoja de Honor y, mientras se desvanecía en niebla, la abrazó.

—Se supone que tengo que matarte —susurró Elid—. Gané mi propia hoja después de que te marcharas. Para demostrar que no era débil, que yo no era Sinverdad. Al final, tu marcha no fue suficiente. Aun así, me arruinaste la vida.

—Lo siento.

—Yo... también estoy tomada por ella —dijo Elid—. Por la oscuridad. La Voz. ¿La conoces?

—Así es.

—No puedo pensar, Szeth. No quiero pensar. ¿Por qué has soltado la espada y te has sentado así? ¿Por qué ibas a hacerlo? Aunque hubieras reconocido mi voz, debías de saber que estaba dispuesta a matarte. ¿Por qué has confiado en que no lo haría?

—No he confiado, Elid. Solo he decidido que lo dejaba.

—Menudo momento para decidir algo así —dijo ella, todavía abrazándolo.

—Un momento excelente, en realidad.

Elid lo agarró con más fuerza.

—Escucha —dijo—, tengo la sensación de que han pasado años en un segundo, como en una neblina. Tienes que pararlo. Tienes que liberarnos.

—¿Cómo?

—No lo sé. Pero quizá si lo haces… si lo consigues…

—¿Si consigo qué?

—¿No te lo han dicho? —Elid se apartó y empezó a deshilacharse. A convertirse en niebla negra, a morir—. ¿No lo sabes?

—¿Saber qué? —preguntó Szeth, aferrándose a sus manos—. ¿Por qué estoy aquí, Elid?

—El Juramento está roto —dijo ella, con el rostro ya distorsionado—. Él está invocándome, para intentar detenerme, pero lo sé. El círculo está quebrado. Los Heraldos se degradan. Necesitan a alguien nuevo. Te… necesitan a ti, Szeth. El peregrinaje es una prueba. Jezrien está muerto. Y tú debes tomar su…

Se tensó y entonces se desvaneció por completo. Su espada resonó al caer contra el suelo en el vacío monasterio, y Szeth se quedó agarrando el aire.

—Esta me tenía preocupado —dijo Nin desde atrás—. Ishar dijo que era probable que te matara por la ira contenida desde hacía mucho. Ha demostrado ser… más débil de lo que esperábamos.

Szeth se volvió, furioso.

—¿Habéis usado a mi hermana contra mí?

—Debes ser fuerte —dijo Nin, oscureciendo la entrada del monasterio—, para ocupar este puesto.

—¿Para ser un Heraldo? ¿Pensabais preguntármelo?

—Ninguno de nosotros pidió esto —respondió Nin—. Hicimos lo que era necesario. Como tú has hecho siempre.

—¿Es verdad? —preguntó Kaladin, pasando desde detrás de Nin—. Estáis buscando… otro Heraldo.

—Para contener la marea de maldad —afirmó Nin—, el Juramento debe ser firme y completo.

—Un momento —dijo Syl, apareciendo a tamaño humano junto a Kaladin—. Pero ¿tener un nuevo Juramento serviría de algo? Esta vez los Fusionados han venido como resultado de la tormenta eterna, ¿verdad?

—Los Fusionados han Retornado porque Taln se quebró —dijo Nin—

La tormenta eterna se trajo aquí, junto con gemas que contenían spren, para acelerar el proceso de renacimiento y para facilitar la concesión de formas de poder. No sabemos lo que habría pasado si Taln no se hubiera quebrado antes de que llegara la tormenta eterna. Es lo que me explicó Ishar.

—Así que no lo sabéis —replicó Syl, señalándolo—. No sabéis si volver a forjar el Juramento servirá de nada. La tormenta eterna, los métodos para traer físicamente a vacíospren a través de Shadesmar, podrían volverlo inútil.

—Debemos intentarlo de todos modos —dijo Nin—. Según Ishar, la única manera de parar a los Fusionados es utilizar nuestras almas para encerrarlos lejos, como parte de un juramento. Si tuviéramos a un nuevo miembro, un guerrero sin igual como lo era Jezrien, un hombre sin apegos a este mundo, un hombre que siempre hace lo necesario...

Syl se cruzó de brazos, aún sin poner cara de convencida.

—Pero ¿tú no querías que ganaran los cantores?

Szeth frunció el ceño, mirando a Nin, sintiendo todavía... una calidez por el abrazo de su hermana. Era una buena pregunta. Pero Nin ladeó la cabeza.

—¿De dónde has sacado una idea tan absurda? ¿Por qué iba a querer que ganen los cantores? Son nuestros enemigos.

—¡Lucháis junto a ellos! —exclamó Syl—. ¡Tus Rompedores del Cielo combaten en su bando!

—Los cantores cuentan con el precedente legal —dijo él—, y debemos cumplir la ley. Pero son nuestros enemigos y, por supuesto, quiero que fracasen.

—¡Los apoyas! —gritó Syl.

—Paparruchas —dijo Nale.

Syl movió la boca, con los ojos muy abiertos y la expresión patidifusa. Szeth... empatizaba con ella. Él mismo había dado vueltas y más vueltas mentales intentando comprender la idea misma de la moralidad, pero había supuesto que un pedazo de una deidad lo tendría más fácil.

Kaladin llegó junto a ella, apenas dentro del monasterio, sosteniendo el fardo de espadas.

—Syl —susurró el Corredor del Viento—, sé que ese hombre puede sonar lógico, así que lo natural es probar también la lógica con él. Pero no funcionará. No puedes convencer a alguien que delira con la lógica.

Nin dio un bufido desdeñoso al oírlo y miró a Szeth.

—¿Estás preparado para esta carga?

Szeth, entumecido, negó con la cabeza.

—¿Heraldo? —susurró—. ¿Yo? ¿Es que te has vuelto loco?

—Se me ha dicho que todos lo estamos —respondió Nin, volviéndose—. Vamos. Faltan dos monasterios. Tu padre está en el último.

—¡Elid me ha dicho que nuestro padre está muerto! —exclamó Szeth.

—Lo está. Como también tu hermana. ¿Crees que has estado luchando contra seres vivos en estos monasterios, Szeth? Vámonos.

Salió fuera.

¿Muertos? Se lo habían dicho antes, pero se sintió enfermo, frío. Confuso. Kaladin llegó corriendo.

—Szeth, esto es…

—Es una imposibilidad —dijo él, aplastando las emociones. Echó a andar—. Lo que Nin quiere de mí es una imposibilidad.

Y, sin embargo, la triste y lamentable vida de Szeth le había enseñado que no era quién para juzgar lo que era posible y lo que no.

Sigzil estaba en una reunión dentro de un edificio de Narak. La lluvia repiqueteaba en el techo de piedra.

—Nunca hemos librado una batalla como esta —dijo Balivar.

Estaba sentado a la mesa con otras siete personas, Sigzil incluido. Chella la Danzante del Filo estaba allí, además de Winn. Había otros tres generales y, por último, Dami, el Custodio de la Piedra al que apodaban el Muralla de Tormenta. Todos sus líderes.

—No me gusta nada la cantidad de bajas que estamos teniendo —respondió Chella, que llevaba el pelo largo para que fluyera al viento—. Hemos perdido a casi sesenta Radiantes, incluyendo a escuderos. Es horripilante. ¡Sesenta! Son más bajas que las que hemos sufrido durante todo el año anterior.

—¿De verdad merece la pena? —preguntó Balivar—. ¿Por una roca baldía en un territorio que no le importa a nadie?

—El Forjador de Vínculos nos ha ordenado resistir —dijo el Muralla de Tormenta, cruzando sobre el pecho unos brazos tan gruesos como los muslos de algunas personas—. Así que resistiremos.

—Los Forjadores de Vínculos, plural —replicó Chella—, nos pusieron al mando de esta batalla. Nos corresponde decidir en qué momento los costes se hacen demasiado altos.

Miraron a Sigzil. Que desterró de su mente los sonidos de Leyten muriendo y enderezó la espalda en su asiento.

—¿Cuáles son nuestras opciones para la defensa? —preguntó a los generales.

—No muy buenas, brillante señor —dijo Winn—. Podemos seguir poniendo en peligro a Corredores del Viento y Danzantes del Filo para hostigar a esos Enfocados, pero ya hemos perdido a muchos.

—Incluso con los Custodios de la Piedra sellando grietas y mejorando nuestras defensas, temo que los poderes enemigos sean demasiado fuertes para nuestras fortificaciones —añadió Balivar—. En el instante en que nos quedemos sin luz tormentosa, caeremos.

—Caeremos de todos modos —dijo el general Habrinar, un viejo al que también habían sacado del retiro. Dobló los brazos sobre la mesa—. Estamos superados en número, y esa disparidad se agrava con cada baja que sufrimos, mientras el enemigo recibe refuerzos vía Puerta de lo Otro. Lo cierto es que creo que vamos a perder la guerra entera. No me fío nada de ese supuesto duelo de campeones. El enemigo iba ganando, así que ¿por qué arriesgarse a algo como eso? Creo que es un ardid. No tiene ni el menor sentido estratégico.

—Eso —replicó el Muralla de Tormenta— son puras conjeturas. Dalinar Kholin es una de las mejores mentes militares que Roshar ha conocido jamás. No habría aceptado un combate como ese a menos que fuera la jugada correcta.

—Sea como sea, no tenemos que preocuparnos por ello —dijo Sigzil, levantándose—. Nuestro trabajo es este campo de batalla. Tenemos que resistir otros dos días. ¿Alguien tiene alguna idea?

Los generales se miraron entre ellos.

—¿Tan mal está la cosa? —preguntó Challa.

—El plan del brillante señor Sigzil de ir renunciando estratégicamente a mesetas ha sido excelente —dijo el general Rust Elthal—. Pero, en realidad, es lo único que nos ha traído hasta aquí. En particular sin luz tormentosa, no se me ocurre ninguna forma de sobrevivir. Brillante señor Sigzil, ¿estás seguro de que los Forjadores de Vínculos no están disponibles? Tengo informes de que han visto a la brillante Navani en los pasillos.

—Un engaño, por desgracia —dijo Sigzil, con una mueca—. Tenemos que hacer esto con los recursos de que disponemos… o de que dispondremos pronto. Tenemos a los Radiantes de Jasnah, y mis compañeros Corredores del Viento han terminado de transportar al Visón y los suyos. No tardarán en estar aquí.

—Pero tener a más Radiantes no significará nada si nos quedamos sin luz tormentosa, ¿verdad? —susurró Chella.

—Aun así, debemos intentarlo —dijo Winn, mirando a Sigzil.

La siguiente parte de la reunión fue técnica. Cómo desplegar las tropas en las dos mesetas que les quedaban, Narak Principal y Narak Dos, la de la Puerta Jurada. Cuando dieron por concluido el encuentro, Sigzil se quedó allí con el general Winn, de los pocos alezi que tenían más o menos su misma altura. Se quedaron en la puerta, viendo a los otros marcharse bajo la lluvia.

—Quiero tu estimación sincera —dijo Sigzil—. ¿Qué probabilidades tenemos de aguantar otros dos días?

—Diez por ciento, si acaso —respondió Winn—. Y con muchas bajas. Brillante señor, te seré franco. El general Habrinar siempre ha sido un fatalista, pero en este caso tiene razón. La nuestra es una situación terrible. Un asedio normal favorece a los defensores. Siempre que no se queden sin comida ni agua, pueden resistir largos periodos de tiempo. Pero, con los poderes que tiene el enemigo, y con esta tormenta, y con estar rodeados, y con la escasez de luz tormentosa… —Miró a Sigzil—. Somos una vela ante la tempestad, brillante señor.

Sigzil respiró hondo.

—Es… posible que tenga una idea.

—Gracias a los Heraldos —susurró Winn—. ¿Cuál? ¿Y por qué no la has mencionado en la reunión?

—Quería ver si a alguien se le ocurría algo mejor —dijo Sigzil—. Porque aún no tengo pensados del todo los detalles de la mía. Bien podría ser inviable. Pero Vienta y yo hemos estado repasando la letra pequeña del acuerdo entre Dalinar y Odium, y... puede que haya algo. Necesito más tiempo.

—Entonces te lo conseguiremos —prometió Winn.

El general saludó y se internó en la lluvia, con algo más de brío en su envejecido paso.

—Tormentas —susurró Vienta—. Sigzil, esa idea... no puede funcionar. No veo ninguna forma de que engañemos a los Fusionados para que nos sigan fuera de la meseta.

Él había pensado que quizá pudiera engañarlos para que la abandonaran por completo, corriendo tras su ejército bajo la lluvia, de forma que no estuvieran en posesión de la meseta al concluir el plazo. Pero Vienta tenía razón: no podría llevárselos tan lejos.

Pero sí que había algo en la idea que... Sigzil tenía la sensación de que podía resolver aquello. Tormentas, había ido allí a liderar, y resultaba que al final se le daba bien, cuando dejaba de preocuparse tanto de lo que la gente opinaba de él.

Quería que esa capacidad diese frutos y salvar Narak. Quería que la muerte de Leyten, que aún era una herida abierta en su interior, significara algo. Quería estar a la altura de la confianza que todo el mundo había puesto en él.

—Tenemos que hacer que funcione, Vienta —dijo—. Es nuestro trabajo.

—Lo siento —respondió ella, invisible—. No he sido muy buena spren últimamente. Es que...

—No pasa nada —dijo Sigzil—. Has sido de muchísima ayuda. ¿Cómo te encuentras?

—Todavía oigo a Ethenia chillar —susurró Vienta—. Se suponía que era imposible que muriésemos, Sigzil. Somos el viento y el corazón del mismo Honor. Si podemos morir... ¿qué significa? ¿Que incluso Honor, y los vientos, y el planeta en sí pueden... terminar sin más?

Sigzil no era ningún filósofo, por mucho que lo hubiera intentado su maestro Hoid, así que no tenía la respuesta. Se limitó a quedarse allí de pie, contemplando la lluvia.

Las rocas cantaron mientras Venli y los demás llegaron al final del túnel. Encontraron un esplendoroso y dorado estanque de luz.

Estallaron asombrospren alrededor de ellos, seis bolas azules flotantes que se expandieron mientras su brillo remitía hasta desaparecer.

Aquel estanque estaba escondido en una caverna rocosa sin salidas, justo debajo de la principal meseta de Narak. Mediría más de treinta metros de ancho y resplandecía, titilando y destellando. El líquido parecía más denso que el agua normal, y se onduló cuando Thude se arrodilló y lo tocó con su hacha.

Era la fuente del sonido.

—¿Qué es? —preguntó Bila a Asombro.

Timbre palpitó una explicación.

—Timbre ha visto un estanque como este —dijo Venli—, en las montañas. Los Fusionados lo utilizan como un portal hacia otro reino. Siempre lo llamaban el estanque de Cultivación. Los crean los más grandes de los dioses, y Timbre dice que piensa... que se acumula por la misma razón que la luz tormentosa escapa del cuerpo de los humanos.

—¿Y los tres tienen uno de estos? —preguntó Thude, mojando su hacha otra vez—. ¿Honor, Cultivación y Odium?

—El estanque de Honor se desplaza —dijo Venli—. Nadie sabe dónde está el de Odium. O, al menos... nadie lo sabía. Los Fusionados hablaban de él, decían que Odium no se fiaba de que nadie conociera su posición, después de un acontecimiento que se negaban a mencionar.

Había estado oculto, al menos hasta ese momento. Hasta...

Hasta, suponía Timbre, que llegó alguien que se había vinculado tanto con un spren de Odium como con un spren de Honor. Venli. ¿Quizá Odium había enmascarado de algún modo aquel estanque utilizando a Honor? ¿O era alguna otra cosa? ¿Qué decían las historias sobre...?

Pedazos del cielo, caídos allí. Vigilados por una gente extraña. Secretos que ni siquiera los dioses comprendían.

Los abismoides siempre habían sido capaces de oírlo. Era lo que los llevaba a esa región para pupar. Los antiguos cantores también lo habían seguido hasta allí sin saberlo, antes de que estuviera escondido. Cuando la tormenta eterna y la alta tormenta se habían estrellado, aquel estanque había alimentado su explosiva destrucción. Y, lo más importante de todo, el poder que había allí, y los pedazos de cielo caído, de algún modo habían estado involucrados en la aniquilación de una ciudad y un pueblo.

Odium quería conquistar aquella porción de territorio a toda costa. La descripción que le había hecho Rlain del duelo explicaba muchísimas cosas, y Venli deseó que no hubiera dejado de responder. Porque comprendía el motivo de que la guerra de arriba fuese tan temible, y de que la tormenta eterna estuviera allí.

Venli armonizó a los Terrores. Odium había llevado sus mejores tropas para proteger aquel estanque. ¿Qué iban a hacer los oyentes con ese conocimiento?

Thude hizo la tontería de estirar el brazo para tocar aquel poder, pero Bila lo retuvo. Se lo quedaron mirando juntos, con la luz dorada reflejándose en sus ojos.

Antes de que pudieran tomar una decisión, un guardia llegó a trompicones por el túnel.

—Han descubierto a nuestros Celestiales.

—¿Qué bando? —preguntó Venli, ansiosa.

—Los cantores —dijo él—. Y un tipo de Fusionados que tienen un aspecto peligrosísimo.

91

RECLUTAMIENTO

Eso se aproxima en mayor medida a las interacciones entre luz y antiluz, y, sin embargo, tampoco lo acepto por completo como el paralelismo adecuado.

De *El Ritmo de la Guerra*, primera coda, Navani Kholin

Dalinar se sobresaltó y sus músculos entraron en alerta, como en las contracciones nerviosas que tenían lugar al borde del sueño. Se descubrió de pie ante un espejo.

Elhokar le devolvió la mirada.

«Un momento —pensó Dalinar—, ¿por qué estoy viendo a Elhokar?». Levantó las manos para comprobarlo. Sí, en efecto estaba en el cuerpo de su sobrino, pero, por algún motivo, veía el semblante de Elhokar en vez del propio. ¿Por qué? Tormentas, a Dalinar se le volvió a partir el corazón al ver a Elhokar tal y como lo recordaba. De uniforme, con aquellos rasgos tan característicos, que recordaban un poco a su padre. Un chico al que Dalinar quería como a un hijo.

¿Habría sido posible salvarlo de algún modo? ¿Cómo se le había ocurrido a Dalinar enviarlo a Kholinar con solo un pequeño grupo de guardias? ¿Debería haber ido el propio Dalinar? Intentó mirar el reloj de su brazo, pero no estaba allí, quizá porque Elhokar no lo habría llevado puesto. ¿Dónde estaba Navani? Dalinar no había podido encontrarla en... ¿cuánto tiempo había pasado? Que el Dios del Más Allá quisiera que estuviese a salvo.

Algo se movió en el perímetro de su visión, reflejado en el espejo. Dalinar dio media vuelta, pero no vio nada.

—¡Mostraos! —le exigió a la sala, vacía en apariencia—. ¿Qué es lo que queréis?

Buscamos... verdad...

Dalinar se sobresaltó. No era la voz de Odium, ni la de Honor. Sonaba como… ¿un críptico? Tormentas. Sagaz había dicho que Elhokar estaba en el camino hacia la Radianza. Dalinar siempre había subestimado al chico, ¿verdad?

Unos nudillos contra la puerta y los armeros de Elhokar entraron, llamados por él. A mucha gente le habría resultado extraño, pero en esa época Elhokar había sido bastante paranoico, y a menudo ordenaba que sus armeros lo equiparan para las actividades cotidianas. Dalinar les permitió hacerlo, mirando alrededor en la habitación, recordando a su sobrino. Estaban en el Pináculo, el palacio de Elhokar en los campamentos de guerra. Dalinar había ido allí muchas veces.

Con la armadura esquirlada puesta, despidió a los armeros. Había mapas en la mesa, un revoltijo disperso. Su sobrino había sido una persona irritable y nerviosa en esos tiempos, pero Dalinar estaba dándose cuenta de que quizá era porque estaban acosándolo unos crípticos. Era casi imperceptible, pero Dalinar sentía… lo que debía de haber sentido Elhokar. Su frustración al ver que nadie lo creía… y su temor a haber enloquecido, viendo cosas igual que le había pasado a Dalinar. Cuántos pensamientos de inseguridad, mezclados con un deseo de estar a la altura del apellido de su padre. Era como si Dalinar pudiera sentir la creciente comprensión de Elhokar de que era un rey débil, y eso lo llevara a desear que pudiera ser como el Espina Negra. Como el nuevo Espina Negra. El hombre en el que se había transformado Dalinar. Elhokar lo respetaba muchísimo, pero no sabía cómo lidiar con las intrigas de los altos príncipes, y con las expectativas, y con el miedo a estar perdiendo la cordura. Todo era abrumador.

Corrían rumores sobre Dalinar y la madre de Elhokar. Dalinar percibía que Elhokar había querido afrontar el asunto, para dar sensación de fuerza. Y, sin embargo, también estaba dubitativo. ¿Dalinar se enfurecería o estaría orgulloso de la iniciativa que estaba mostrando su sobrino?

Tormentas, esa impresión de los pensamientos de Elhokar, algo que era nuevo en aquellas visiones y solo apenas perceptible, le dio un escalofrío a Dalinar. El chico había necesitado a alguien que lo comprendiera. A alguien que lo escuchara. Pero, en vez de eso, la puerta se abrió y Dalinar Kholin entró en la cámara, con trueno en la expresión. Y el Dalinar mayor por fin identificó aquel día, sucedido no hacía ni dos años, aunque él fuese una persona muy diferente. Aquel no era el borracho. Aquel Dalinar ya había emprendido su camino hacia la Radianza, pero continuaba resolviendo las cosas solo de una manera. De una manera directa y terrible.

El Dalinar mayor comprendió… que todavía era ese hombre. En la anterior visión, ¿cómo había reaccionado a los actos de su yo más joven? Inflándolo a bofetones.

—¿Tenemos que hacer esto? —le preguntó Dalinar a su otro yo joven, mirándolo a los ojos.

—Sí —gruñó el Dalinar Joven, antes de alzar la pierna y darle una patada a Dalinar en el pecho.

Su reacción inmediata fue de furia. De nuevo pudo sentir, como una insinuación muy al fondo, las emociones de su sobrino. La confusión, el pánico y el dolor de Elhokar.

Superpuesto a ello estaba la indignación del propio Dalinar. Aquella versión más joven de él iba a asegurar el reino, pero el proceso llevaría a Elhokar a más ataques de inseguridad. Una inseguridad que luego provocaría que exigiera liderar la misión a Kholinar, donde terminarían matándolo.

La triste verdad era que, a pesar de todos sus logros, Dalinar había consolidado el poder matando o deponiendo a los altos príncipes que no estaban de acuerdo con él. Había cogido una orgullosa nación de guerreros, había eliminado todas las cortapisas al poder del monarca, había roto por completo la clase dirigente y se había instalado a sí mismo como déspota encima de todos. Por el bien del mundo.

Casi podía oír a Taravangian, muerto desde hacía unas semanas, susurrándole. «Tú lo entiendes. El monarca tiene que hacer lo que debe hacerse. Sin importar las consecuencias. Siempre lo has sabido, Dalinar...».

No sabía si podría haber actuado de algún otro modo para proteger el mundo, pero eso no impidió que, en ese momento, se enfureciera con aquella versión más joven de sí mismo. Así que le plantó cara. Después de caer por aquella patada inicial, esquivó el siguiente ataque del Dalinar joven, moviéndose más rápido que Elhokar en el enfrentamiento original. Agarró la mesa, la estrelló contra el Dalinar joven y se puso a descargarle puñetazos en el pecho.

Guantelete contra peto no era la mejor táctica, ya que agrietaba ambas piezas por igual. A Dalinar le traía sin cuidado. Aquello no era real, pero su ira sí.

El Dalinar joven gruñó, apartó los brazos de Dalinar y cargó con el hombro. Dalinar salió despedido hacia atrás, atravesando muebles, trastabillando, pero entonces se lanzó a una presa cuando su adversario se le acercó. Cayó en que eso ponía en peligro sus cabezas, que ambos llevaban descubiertas, así que dejó que el Dalinar joven lo apartara de un empujón.

—¿Estás sorprendido? —preguntó el Dalinar joven—. No, ya te esperabas esto. Tormentas, Elhokar.

Dalinar no respondió y mantuvo los brazos levantados en postura de púgil, con un poco de luz tormentosa escapando por grietas en sus guanteletes. El Dalinar joven probó su guardia y Dalinar bloqueó los ataques con los antebrazos antes de soltarle dos buenos puñetazos en el pecho, agrietando más la armadura de ambos.

—Has estado practicando —dijo el Dalinar joven, rodeándolo—. ¿Desde cuándo eres tan bueno con los puños?

Dalinar no respondió. ¿Qué más le daba? Las visiones estaban jugando con él, y quizá no debería morder el anzuelo, pero su ira se avivó mientras el Dalinar joven arremetía y, tormentas... Dalinar no estaba tan en forma como hacía tan solo dos años. Por aquel entonces, hacía asaltos casi continuos a las mesetas.

Después de tanto tiempo siendo rey y general, después de haberle entregado su armadura esquirlada a Renarin, Dalinar ya no estaba a la altura. Al cabo de poco, el Dalinar joven lo hizo tambalearse y entonces le atizó una experta patada de talón que agrietó el peto de Dalinar. Percibió las emociones de Elhokar. Y se sorprendió al captar… resignación.

«Esto es para bien —pensó Elhokar en el distante pasado—. Mi muerte servirá a Alezkar. Él… él será un rey más fuerte».

—No, Elhokar —susurró Dalinar—. El fallo es mío. Hará falta que mueras para enseñarme eso.

El joven Dalinar atacó, implacable. Había pensado, con aquella cabeza tan gorda que tenía, que el único modo de demostrar que no era una amenaza era ponerse en posición de poder matar a Elhokar con toda la facilidad del mundo y entonces marcharse. Porque el Dalinar joven era totalmente incapaz de sentarse e intentar escuchar con sinceridad.

«No puedo derrotarlo yo solo —pensó Dalinar—. Pero quizá pueda ser más listo que él». Aquella versión más joven de él se había dejado engañar por Sadeas y casi había hecho que mataran a todo su ejército.

Dalinar echó a correr por la cámara, esquivó un ataque y derribó la puerta de una patada.

—¡El Espina Negra se ha vuelto loco por sus visiones extrañas! —gritó a los temerosos guardias de fuera—. ¡Intenta matarme y usurpar el trono!

El Dalinar joven tiró de él otra vez hacia dentro de la cámara y lo arrojó al suelo. Entonces se agachó y estrelló el puño contra el peto de Dalinar, haciéndolo añicos en una explosión de brillantes trocitos de metal.

Eso decidió el combate. Sin el peto, que albergaba la mayoría de las gemas, la armadura esquirlada tenía problemas para extraer energía. Las otras piezas pesaban como el plomo en torno a él, difíciles de levantar. Dalinar dejó reposar la cabeza en el suelo, tendido bocarriba.

—Cortaste tu propia cincha, ¿verdad? —dijo el Dalinar joven—. La del caballo. Fingiste un intento de asesinato.

Dalinar no respondió, pero volvió la cabeza hacia los guardias.

—Son mis hombres —añadió el Dalinar joven—. No van a ayudarte, Elhokar. Siempre han sido mis hombres.

Excepto uno de ellos. Uno estaba verdaderamente horrorizado. Por su expresión, Dalinar supo que era el pequeño Gav. Viendo aquello. Presenciándolo. Tormentas, acababa de ver a Dalinar —al Dalinar joven, pero él no captaría la diferencia— dándole una paliza a su padre. Porque, si Dalinar veía a Gav como un soldado, Gav, a su vez, estaría viendo a Elhokar allí en el suelo.

Tormentas… aquella visión era distinta a propósito, ¿verdad? Estaba mostrándole deliberadamente a Gav lo que había sucedido. Odium quería que Gav viese a Dalinar casi matando a su padre.

Gav extendió la mano hacia él, con lágrimas en los ojos.

—No pretendía hacerle daño, hijo —dijo Dalinar—. Solo intenté… lo mejor que supe…

Pero, antes de poder darle más explicaciones, la visión terminó. Dejando en sus retinas la imagen de ese guardia, con la expresión de Gavinor, mirando a su padre destrozado en el suelo.

Taravangian.
Taravangian.

Jasnah formó dos hipótesis rápidas. O bien Odium quería ponerla nerviosa apareciéndose a ella como Taravangian o… O bien Taravangian era quien se había convertido en Odium.

Por supuesto, un dios tendría un poder superior al de un Tejedor de Luz común, y podría engañar a sus ojos. También lo sabría casi todo, de no ser todo sin el casi, por lo que cualquier pregunta que Jasnah pudiera hacerle para determinar la verdad, basada en experiencias que solo Taravangian y ella hubieran compartido, tampoco sería de fiar.

Más información. Tal vez más información ayudaría. A veces pasaba. No tan a menudo como ella desearía, pero de todos modos Jasnah acostumbraba a anhelar la información.

—¿Cómo? —preguntó con los labios secos.

—Szeth vino a matarme empuñando esa espada que sangra oscuridad —dijo Taravangian, de pie en la entrada del pequeño templo—. Yo había estado interactuando con el anterior Odium, y tuve la espada disponible justo en el momento adecuado. Aproveché la oportunidad, acabé con Rayse y Ascendí. —Separó las manos a los lados—. Fue culpa de Cultivación, y su plan. Yo soy, como el propio Roshar, un alma cándida en un juego mayor.

Tormentas, sí que parecía él. Jasnah no podía saberlo con seguridad, pero había muy poco que pudiera saberse con seguridad. Si aquel ser no era el verdadero Taravangian, entonces alguien estaba haciendo una recreación excelente, divina. Y, en ese caso, ¿qué diferencia había?

—Taravangian —susurró—, detén esto. Ordena que cesen los ataques. Podríamos ser aliados. Ya lo fuimos, una vez.

Él hizo una mueca.

—Es que… nunca lo fuimos de veras, Jasnah. ¿O sí?

—No. Supongo que no lo fuimos.

Entró en la estancia, usando un cetro dorado como bastón, aunque su cuerpo parecía firme y sano. Menos combado por la edad que la última vez que Jasnah lo había visto. Sagaz le había explicado algunas cosas, como que el poder necesitaba a una persona que lo ostentara. Taravangian había Ascendido no a la Divinidad real, sino a una divinidad con minúscula, una expresión que Sagaz empleaba para referirse a un ser de inmenso poder. Jasnah aceptaba esa manera de expresarlo como una descripción útil.

No tenía ni idea de qué hacer. Pese a haber compartido lecho con Sagaz, que era como una de aquellas criaturas, se sentía sobrepasada por la idea de tratar con ellas. Por dentro, estaba temblando.

—Traigo una oferta —dijo Taravangian—. Estoy hablando con Fen en estos precisos momentos. La capacidad de estar en más de un sitio a la vez es una ventaja de mi estatus elevado. Ella no cree que sea yo, por cierto. Es mucho menos lógica que tú.

—Yo tampoco te creo del todo.

—Crees lo suficiente —dijo Taravangian, deteniéndose cerca de ella, alzando los ojos para mirarla a los suyos. Incluso en aquella forma, era más bajo que ella—. Porque ¿por qué iba a mentir? No tengo nada que ganar con ello. No ibas a confiar en Taravangian más de lo que confiarías en Rayse. Una erudita sabe que estoy revelándome no para obtener ninguna ventaja, sino como cortesía. Ante nuestro inminente combate.

—No puedes hacerme daño.

—No será un combate de espadas, Jasnah —repuso él—. Mi antecesor... se esforzaba muchísimo en reclutar a sus adversarios. Por desgracia, lo hacía a empujones. —Taravangian extendió la mano hacia ella—. Yo pretendo hacerlo con un amable tirón.

Jasnah no tomó la mano. Él sonrió de todos modos.

—Mañana le argumentaré a la reina Fen por qué ella y su pueblo deberían unirse a mí voluntariamente y pasar a formar parte de la gran y renacida nación de los cantores del alba. Te invito a contraargumentar. Es tu especialidad, ¿me equivoco?

—Eh... ¿Vas a intentar *reclutar* Thaylenah?

—Un amable tirón —repitió él, volviéndose para marcharse. Paró y le lanzó una mirada—. También sé cómo empujar, pero uno debería siempre intentar *dirigir* a la gente hacia las decisiones correctas antes. Prepara bien tus argumentos, Jasnah. Tengo curiosidad por escuchar qué se te ocurre para convencer a Fen de que se quede contigo y con tu reino caído, en vez de unirse al bando que ya se ha demostrado victorioso. Cuando llegue el final, lo verás. Lo comprenderás.

Empezó a evaporarse de nuevo en aquella neblina.

—Nos vemos pronto —dijo su voz mientras el cuerpo se desintegraba—. Espero que no pierdas mucho tiempo preguntándote si esto es un truco. En todo caso, no olvides preparar tus argumentos. Luego reúnete conmigo en esa sala, dentro de un día exacto a partir de ahora.

Y, con eso, desapareció.

Venli nunca había visto a un Fusionado como aquel. Alto, con espléndidos cuernos metálicos... y con el caparazón transformado de algún modo en reluciente acero. Parecía violento, pero con un toque artístico, todo líneas fluidas hasta que algunas partes terminaban en punta aquí y allá. ¿Qué marca era aquella? No habría sabido decirlo; quizá lo que fuese que pasaba con su caparazón estuviera ocultando su verdadera naturaleza. Ella y los demás habían regresado a toda prisa a los abismos, y enseguida Venli había cerrado el camino descendente. Por un golpe de suerte, dejar atrás a los Celestiales había sido justo la maniobra perfecta, pues, mientras el enemigo descubría a Leshwi y los suyos con los abismoides, se había distraído el tiempo suficiente para que Venli y los otros escaparan del túnel sin que se percataran de ellos ni de él.

Poco después habían descubierto también al grupo de Venli y lo habían juntado con el resto de los oyentes. Al verla a ella todavía en forma emisaria —una forma de poder, una regia—, la habían separado de los demás y dos Celestiales de los que no venían con Leshwi estaban depositándola sobre una meseta a escasa distancia de la lucha. Amortajada en la oscuridad por las omnipresentes nubes, que a veces se pintaban de rojo por el relámpago, Venli inspeccionó al extraño Fusionado. Leshwi y los demás Celestiales rebeldes estaban arrodillados ante él. Canturreando a Agonía. Temblando.

Venli descubrió que no tenía miedo.

Qué curioso. Timbre latió dentro de ella, y entonces Venli comprendió que se había enfrentado al mismísimo Odium. Aquel Fusionado podía destruirla, pero, al Ritmo de lo Perdido, una frase se repetía una y otra vez en su mente: «Soy de mí misma. No de él».

—Y aquí tenemos —dijo el Fusionado, sin ningún ritmo en absoluto— a la cabecilla en persona. Antaño la Voz del propio Odium. Venli, la Última Oyente. Bienvenida.

No había esperado buenos modales. Así que Venli canturreó en saludo. Los Celestiales que la habían llevado retrocedieron, dejando al grupo iluminado por unas pocas gemas en el suelo, húmedo por la lluvia, aunque ya había amainado. En la tormenta eterna, llegaba a ráfagas.

—Es infrecuente —dijo el Fusionado, caminando alrededor del arrodillado grupo de Leshwi— hallar a quienes se rebelan contra Odium. Algunos lo consideran imposible, pero lo cierto es que sucede. —Miró a Venli—. A menudo señala a los mejores de entre nosotros.

—No había esperado que dijeras algo como eso.

—¿Quién si no tendría la fuerza de voluntad, o la valentía, de volverse contra un dios? —preguntó el extraño Fusionado—. El predecesor de Odium siempre los aplastaba. Menudo desperdicio. Si descartamos nosotros mismos nuestras voluntades más fuertes, ¿qué nos queda?

Lanzó una mirada de soslayo, hacia un Cascarón que estaba sentado, contemplando el cielo. Inmóvil. Venli lo había visto suceder en Kholinar. Fusionados que, sin más... dejaban de moverse. De pensar. Era el precio que pagaban por sus miles de años de vida, gran parte de ellos dedicados a guerrear.

—¿Qué vas a hacer con nosotros? —preguntó Venli.

—Tengo una oferta para ti —respondió el Fusionado—. Apreciaría tu lealtad. Verás, soy de... mentalidad distinta a la del resto. Por fin tengo un dios al que seguir que comparte mis tendencias. No se te castigará por rebelión. En lugar de ello, serás ascendida. —Sonrió—. Se te hará Fusionada, Venli. A este grupo se le concederá el perdón y las mayores recompensas. Porque necesito la ventaja que proporcionas.

¿Ventaja? Venli frunció el ceño.

—Necesitamos derrotar a los humanos —dijo el Fusionado, señalando—. Y vosotros me habéis traído algo interesantísimo. Grancaparazones cautivos que, de algún modo, os siguen.

Timbre latió a un ritmo preocupado. El guardia había dicho que los abismoides habían huido y que los guerreros enemigos se habían concentrado solo en capturar a Leshwi y sus Fusionados. ¿Pero aquel hombren lo sabía? Leshwi la miró y agachó la cabeza. Había revelado ella la verdad sobre los abismoides, entonces.

—Debo hablar con los demás —dijo—. Me darás tiempo para decidir.

—¿Planteas exigencias? —preguntó él.

—¿Acaso esto no es una negociación? He mirado a Odium a los ojos —afirmó Venli—. Sé que podría hacer que me destruyas por puro capricho. Pero, si nos quieres como aliados, creo que estoy en mi derecho de tener tiempo para meditarlo.

—Qué satisfactorio. Ve. No interfieras todavía en esta lucha. Se te vigilará, pero se te concederá tiempo. —El Fusionado volvió la mirada hacia el cielo—. Esta tierra será mía mañana, de un modo u otro. Y debo dejarte muy claro que esto es una amenaza: sabemos de tu gente al borde de las mesetas. Odium planea ocuparse de ellos pronto. Mi oferta… es la supervivencia, Última Oyente. No la rechaces a la ligera.

Dio una palmada y liberó a Leshwi y los demás, que, tras una inclinación, se apresuraron a unirse a Venli. La misma Leshwi tomó a Venli del brazo y descendió volando con ella a los abismos.

—Lo siento —susurró Leshwi—, pero, Venli… es El.

¿El? Venli no había oído nunca el nombre.

—¿Qué título?

—Ningún título.

—Eso es raro, ¿no?

—Es el único que no tiene —susurró Leshwi—. No es… alguien a quien tomarse a broma. Pero, si está dispuesto a perdonarnos… esto podría ser nuestra salida. Nuestra forma de proteger a los oyentes.

—La última vez que puse a alguien de mi pueblo en poder de Odium —dijo Venli mientras aterrizaban—, no fue nada bien. No confío en sus ofertas.

—El dice que hay un nuevo Odium, rehecho —respondió Leshwi—. Un acontecimiento increíble, que no alcanzo ni a empezar a concebir. Pero El promete que todo puede ser diferente. Y rara vez miente.

Venli armonizó a Escepticismo, pero, después de reunirse con los demás, llamaron a los abismoides para que volvieran con ellos. A las bestias se les permitió acercarse bajo la atenta mirada de las fuerzas de Odium, que habían despejado un espacio para todos ellos en un gran hueco entre mesetas. Allí, junto con los demás, Venli se sentó y les explicó las perturbadoras novedades. Odium sabía de la existencia de los refugiados oyentes y era perfectamente capaz de aniquilarlos.

Aceptar la oferta podría ser el único modo de evitar ese desastre. A Venli no le hacía ninguna gracia… pero, al menos, tenían que debatir la posibilidad.

92

AL AZUL

NUEVE AÑOS Y MEDIO ANTES

Szeth buscó el cielo.

Estaba invitado a conocer a la Voz. Pero antes…

El viento lo abrazó. Un viento poderoso, alto, que se arremolinaba y lo sacudía. Un viento nacido en lugares más iracundos, al otro lado de las montañas. Ese día, Szeth adoró la forma en que lo envolvía, recordándole lo pequeño que era. Había empezado a considerarse grandioso. Pero el viento no necesitaba ninguna luz tormentosa para soplar. El viento era su propia potencia, monarca de un reino que Szeth visitaba únicamente con su permiso.

Había una liberación en ser pequeño. Hiciese lo que hiciese, sin importar lo que rompiera o arruinara, Szeth era insignificante comparado con el viento. Se elevó a las alturas. No. Tuko había hablado de la necesidad de mantener una perspectiva adecuada. Szeth no se elevaba, sino que se enlazaba. El cielo se convirtió en su abajo y Szeth cayó con velocidad creciente hacia arriba, hacia el firmamento. Caía, no volaba, como una piedra. Enviada rodando, girando, proyectada al viento para caer.

Caer…

Caer…

Casi podía imaginarse cayendo para siempre, alejándose de aquella tierra y sus complicadas cuestiones, hacia arriba a través de un infinito e invisible abrazo. Hacía más frío cuanto más se ascendía, y el aire raleaba. Pero ¿qué era el aire para Szeth? Ya no necesitaba respirar.

Cayendo…

Cayendo…

A través de nubes. Absorbiendo más luz tormentosa. Emergiendo a la extensión de más allá, misteriosa como las mayores profundidades del océano. Y Szeth seguía cayendo al azul. Que se oscureció.

El aire falló. Szeth siguió cayendo. Hasta que…

Se quedaría sin luz tormentosa y nunca obtendría sus respuestas. Con un suspiro interior, aguantando allí solo un segundo más, Szeth canceló el enlace. Su impulso tardó más de lo esperado en remitir, aunque sí que cesó al poco tiempo. No se había elevado tanto como para que el suelo aceptara liberarlo, ni por asomo. Pendió allí un momento, retorciéndose en aquel azul que todo lo dominaba y se teñía de negro. El paisaje de abajo estaba cubierto por un velo de nubes blancas. Iluminado por el sol, tan lejano aún.

Szeth cayó de nuevo hacia abajo. Se precipitó en el otro sentido, notando arreciar el viento. Cuando utilizaba sus poderes, ese zarandeo era menor, pero en ese momento no estaba utilizándolos. Al poco, el viento era un fragor, un bramido jubiloso por su regreso.

Hacia abajo cayó Szeth, hasta que la ciudad se hizo visible. Ayabiza, la toma de tierra, un nombre repentinamente apropiado. El Monasterio del Forjador de Vínculos estaba a media jornada de marcha más allá, en la parte rocosa de las tierras altas. Reticente, Szeth se enlazó hacia arriba y ralentizó su caída hasta posarse en la plaza central de la ciudad, con un estallido de expansiva luz tormentosa. Los tablones de madera que cubrían el suelo temblaron bajo sus pies y entonces se irguió entre sobresaltados viandantes del mercado.

Una verdadera ciudad, la más antigua de Roshar. Construida tanto por quienes tocaban la piedra como por quienes no. Ambos eran necesarios, como pastores y ovejas. Edificios altos, en su mayoría de barro, reforzados con madera. Pintados de vivos colores, con murales en cada pared, pues las construcciones de Ayabiza podían tener tantos toques como la gente quisiera darles.

Siempre había querido visitar esa ciudad, pero el Monasterio del Forjador de Vínculos no formaba parte del peregrinaje. No se luchaba contra ese portador de Honor, ni se entrenaba en sus extraños poderes. Así que Szeth nunca había tenido tiempo.

Ese día, paseó por los tablones de la pasarela, saludando con la cabeza a unos lugareños que le hacían deferentes inclinaciones. Podría haber ido directo a reunirse con la Voz, pero estaba retrasándolo. Sabía que, cuando diera ese paso, su vida cambiaría otra vez. Primero, la Voz le había robado los prados, luego le había robado la inocencia y después por fin lo había ascendido a maestro del viento y la Verdad.

El siguiente paso... Szeth no se atrevía a adivinarlo.

La ciudad era inmensa. Cuántos maravillosos murales de brillantes colores. Cuánta gente, envuelta en vivos toques. El famoso sistema de alcantarillas, construido según el antiguo diseño de un Heraldo. Los jardines colgantes en todos los edificios para que las enredaderas pudieran crecer hacia abajo, permitiendo a la tierra que añadiera su propio toque a las pinturas. Era más vibrante de lo que había imaginado jamás. Sí, por aquello merecía la pena luchar. Por aquello, Szeth se preparaba para la llegada del Final de Todas las Cosas.

Intercambió gemas vacías a un mercader extranjero por otras llenas y luego buscó el cielo otra vez.

Había llegado la hora.

93

ALFOMBRA BLANCA
LUEGO ROJA

En lugar de ese, el modelo más próximo, en mi opinión, es el de la interferencia destructiva en el sonido. Una onda destructiva no es en sí misma un opuesto, sino la misma onda exacta interpretada al contrario que la principal.

De *El Ritmo de la Guerra*, primera coda, Navani Kholin

Había llegado la hora.

Mientras la tempestad del caos se arremolinaba a su alrededor en el Reino Espiritual, Shallan comprendió que necesitaba cumplir su promesa a Velo y Radiante. Tenía que ver y aceptar lo que en una ocasión Velo había visto y aceptado por ella.

Había llegado la hora de visitar ese día.

Tomó forma alrededor de ella... y oh, cuánto echó de menos el caos del Reino Espiritual. Cuánto mejor era la posibilidad que la realidad. Podría haberse pasado una eternidad rodeada por figuras del pasado y del futuro, creadas como a partir de pintura y niebla que fluían. En vez de eso, llegó allí. A la hacienda Davar.

Había tenido once años.

Apareció en su cuerpo adulto, no en el de la niña cuya perspectiva había conformado una vez su visión del mundo. Siempre obligada a mirar arriba. Siempre sabiendo que todos los demás eran mucho más fuertes que ella. Y, por tanto, había creído, más sabios.

Estaba en su habitación. Una pequeña alcoba con una mullida alfombra blanca. Le había encantado rodar sobre esa alfombra, que le hiciera cosquillas en la mejilla, luego en el cuello, luego en la otra mejilla. Cerca de una pared estaba su cofre, y en él, mal escondidos, sus dibujos.

No eran buenos. Shallan no era una artista aún, y no empezaría a serlo de verdad hasta que Helaran le trajera los utensilios en el futuro. Pero había...

Fuerza, pensó Velo.

... pasado tiempo en los jardines con Testimonio. Explorando sus poderes, y diciendo verdades.

Abrió la puerta y anduvo por el recuerdo, en el que la luz que entraba por las ventanas parecía demasiado dorada, los colores de las molduras de madera demasiado ricos. En el pasillo miró a través de un cristal hacia los jardines y vio a una chica joven con pecas en la cara y un vestido blanco.

Estaba rodeada de temblorosas enredaderas, del tipo que descendía por las paredes como una catarata en aquella parte de Jah Keved, rutilante de verdes vidaspren. El aire olía a vida, un tenue aroma a hierba mezclado con la humedad del agua que aún quedaba acumulada de la reciente lluvia. La joven Shallan se había sentido a salvo allí. Solo ella, las plantas, los vidaspren y Testimonio.

El banco de piedra que había enfrente de la pequeña Shallan, que se mantenía limpio de crem pero en cuyas patas crecía el liquen, tenía el relieve de la forma de Testimonio.

—Tengo miedo —dijo la joven Shallan.

—¿Por qué, Shallan?

La Shallan mayor alzó la cabeza de sopetón al oír la voz calmada y sabia de Testimonio. Tal y como había sido. Tormentas, ese sonido despertó algo en el interior de Shallan. El recuerdo pareció volverse más real en ese momento.

—Porque —susurró su joven yo— no quiero que nada cambie, y lo hará. Odio el futuro. Me asusta.

—Una verdad —respondió Testimonio— que atesoraré, Shallan.

Las plantas se movieron y reptaron, retorciéndose por el suelo, para formar un símbolo hecho de verdor con la pequeña Shallan en su centro.

—¿Por qué? —preguntó la Shallan adulta—. ¿Por qué dejar que una niña de once años hiciera los juramentos? Era demasiado pequeña.

Testimonio pensó, dijo Patrón en su mente, *que empezar con una niña que no tuviera ideas preconcebidas sería mejor para inspirar a una nueva generación de Radiantes. Y, además... estaba el otro motivo por el que atrajiste nuestra atención...*

La Shallan adulta se volvió mientras la pequeña se levantaba, recogía a Testimonio en su vestido y se metía a hurtadillas en la casa. Siempre moviéndose a hurtadillas, siempre escuchando. Shallan la siguió hasta que llegaron a la puerta de la habitación de su madre. Desde el otro lado llegaba la voz de su madre, hablando con un hombre que había llegado de visita desde muy lejos, un hombre que los criados decían que debía de ser su amante.

La joven Shallan escuchó en la puerta, aterrorizada, esperando descubrir que no era verdad. La Shallan adulta se limitó a pasar de una zancada a su lado y abrir la puerta.

Su madre estaba allí, caminando de un lado a otro, llevando un hermoso vestido azul y dorado. En ese momento Shallan recordó a su acompañante con cristalina claridad: un hombre extranjero que llevaba el símbolo de los Rompedores del Cielo en la manga. Cargaba con una caja que tenía una brillante luz dentro, como la que Shallan había utilizado para comunicarse con Mraize mientras estaba en el Reino Cognitivo. Una esfera se elevó de ella y formó un rostro. Un rostro que Shallan conocía gracias a retratos y descripciones.

Nale, Nalan'Elin, el Heraldo.

—Chana —dijo—, necesito que te reúnas con Kalak y conmigo en Kholinar. Nuestro trabajo se está volviendo más difícil.

Nale.

Kalak.

Chana.

—Era cierto —susurró Shallan, notando que se le formaban lágrimas en el rabillo de los ojos.

Sí, dijo Patrón. *Lo siento.*

No parecían capaces de ver a su yo adulta, porque nadie reaccionaba a ella. De hecho, la Shallan pequeña aún estaba arrodillada fuera, escuchando como si la puerta estuviera cerrada.

—Chana —prosiguió Nale, con voz fría y sin emociones mientras la cara brillante hablaba—, no estás siendo razonable. Todo este empeño tuyo ha sido muy poco razonable.

—Quería tener una vida otra vez —espetó la madre de Shallan—. Me enamoré.

—Encontraste a un ingenuo.

Su madre gruñó. De verdad gruñó. Cruzó la estancia a paso rápido hacia el Rompedor del Cielo, que dio un paso atrás mientras la alarma florecía en su cara, manteniéndose detrás de la esfera resplandeciente como para defenderse o apartarla a ella.

Shallan miraba, absorta. Así... no era como recordaba a su madre, que había sido tan dulce, tan manifiestamente femenina. En esa habitación, ni siquiera llevaba guante.

—Él me ama, Nale —gruñó su madre—. Tengo una familia.

—¿Y a qué te ha llevado eso? —repuso la voz, calmada—. ¿A esto? ¿Y la niña? ¿Qué hay de Shallan?

Su madre apartó la mirada. Shallan pasó entre ellos, mirándolos a ambos.

—Es una de ellos —dijo su madre.

—Sí —respondió Nale—. Lo cual significa...

Su madre guardó silencio.

—Dreder la matará si no lo haces tú —dijo Nale—. Tenemos justificación oficial, según la Ley Veden contra la Vaciurgia, para castigar a quienes aspiran a tales poderes, como bien sabes. Mátala. Eso es lo que te ordeno.

Entonces su cara se suavizó hasta desaparecer en la forma del redondo spren seon, que regresó a su caja.

La joven Shallan, que seguía escuchando en el umbral, dio un respingo y se alejó. Testimonio había comprendido el peligro y le susurró a Shallan que debían escapar. La pequeña Shallan corrió de vuelta a su alcoba, donde empezó a recoger sus cosas para marcharse de casa.

La Shallan mayor aguardó en aquella sala, apuñalada de lado a lado por una gran diversidad de dolores. Cualquiera diría que ya era una entendida en dolores, a esas alturas, ya que sabía nombrar los distintos tipos. Se secó las lágrimas de los ojos, reconociendo la traición, que tenía su propio sabor característico, mezclada con la confusa agonía de ver de nuevo a su madre y el extrañamente punzante dolor del descubrimiento.

El Rompedor del Cielo, Dreder, dejó la caja a un lado.

—Todos salvo el bastardo que engendró tu marido cargan con un peso terrible, que incluye predisposiciones heredadas de ti. Nale dice que se te advirtió de que ocurriría. Chana… matar a la niña ahora será un acto de misericordia.

—No lo entiendes —susurró su madre—. Volverá, Dreder. Cuando la mate, volverá a la vida. Está ocupando mi lugar.

—¿Qué bobadas dices?

—Shallan tiene poderes —insistió su madre—, pero los Radiantes están muertos y extinguidos. Eso significa que he encontrado lo que buscaba: una heredera. El vínculo ha pasado de mí a ella. Ahora ella es eterna y yo soy mortal.

—Chana —respondió Dreder—, no soy ningún Heraldo, pero hasta yo sé lo suficiente sobre forja de vínculos para saber que no puedes ceder tu vínculo al Juramento.

—Pues lo he hecho —dijo Chana—. Ya lo verás. Shallan renacerá, y entonces… entonces seré libre. —Su madre volvió los ojos a un lado y cruzó la mirada con la Shallan mayor—. Tú lo harás mejor de lo que yo podría, Shallan.

—Estás loca —susurró Dreder—. Solo Nale se mantiene indemne. Pero bien, como quieras. Demuéstramelo. Mata a la niña, y que regrese. Yo informaré de la noticia a mi señor Heraldo y los demás Rompedores del Cielo.

Solo quería que se eliminara a una Radiante en ciernes, como llevaban haciendo los Rompedores del Cielo durante siglos. Su madre le sostuvo la mirada a Shallan y luego se marchó con una actitud que nunca le había visto. Confiada, fuerte como una guerrera en batalla.

Dreder suspiró y la siguió.

—Mal asunto —masculló entre dientes—. Qué poca gracia me hace cuando son niños…

Shallan, helada, los siguió. No podía ver aquello, ¿verdad que no? Iba a…

Sí que puedes, dijo Velo.

Sí que puedes, dijo Radiante.

Podía. Los siguió pasillo abajo y sintió que algo cambiaba en ella. Los dolores aún estaban allí, pero se habían amortiguado, los pinchos ya no estaban afilados como cuchillas.

Su madre no estaba bien. Eso era evidente. No justificaba sus actos, pero, de algún modo, verlo... verlo y afrontarlo ayudaba.

Shallan llegó a su dormitorio de la infancia, pero su yo más joven no estaba allí. «Es verdad». Su padre la había encontrado y se la había llevado a sus aposentos para preguntarle qué había visto. Shallan siguió a Dreder y Chana, que llegaron a zancadas e irrumpieron en la habitación de su padre.

Su padre se enfrentó a ellos de inmediato. Hubo una discusión. Luego un forcejeo. Su padre le hizo un corte a Dreder en el brazo, derramando su sangre en la alfombra blanca, pero al Rompedor del Cielo no pareció importarle mucho mientras inmovilizaba a su padre. Dreder absorbió luz tormentosa para sanar y después miró a la madre de Shallan y le tendió un cuchillo.

A Shallan se le trabó la respiración mientras su madre apretaba a la pequeña Shallan contra el suelo. El calor se acumuló dentro de la Shallan adulta: ira, traición, un frenesí de emociones crudas, primordiales. Se lanzó a la carga, incapaz de contenerse, planeando agarrar a su madre y arrancarla de encima de la niña.

Pero su madre estaba allí, reteniendo a la pequeña Shallan, con el cuchillo alzado...

Y titubeó.

Titubeó.

La Shallan adulta se detuvo de golpe, a centímetros de ellas, desbordada de emoción mientras las lágrimas le manchaban las mejillas. *¿Eso es nuevo?*, exigió saber. *¿Pasó de verdad? ¿O es un cambio porque es lo que quiero ver?*

No lo sé, respondió Patrón. *Lo siento.*

Eso..., dijo la voz de Testimonio, débil pero audible. *Eso pasó. Ella paró.*

La Shallan adulta se derrumbó de rodillas junto a las otras dos. Su madre seguía arrodillada, con el cuchillo en la mano y listo, con sus propias emociones batallando en su cara. Furia, determinación... y entonces...

Su rostro se suavizó. No descargó el arma.

Una espada apareció en las manos de la joven Shallan, materializada a partir de una neblina blanca. Atravesó con ella el pecho de su madre, y los ojos de Chana ardieron.

Dreder gritó, intentando agarrarla. Sus ojos fueron los siguientes en arder, y cayó de bruces.

Su madre de algún modo resistió un momento, moviendo la boca, con los ojos negros, antes de derrumbarse sobre la niña que lloraba. Quien arrojó la hoja esquirlada lejos, chillando por lo que había hecho. La Shallan adulta apartó la mirada, con repentinas ganas de vomitar. Inhaló profundas bocanadas. Dentro, fuera. Dentro, fuera.

Su madre. La Heraldo. Muerta.

Ese día. Ese día terrible.

El día en que el mundo había terminado.

Y Shallan había tenido la culpa.

En los más lejanos confines de su mente, oyó esa misma voz de niña llorando. Acurrucada en su cabeza. No nueva.

La he protegido todo este tiempo, susurró Velo. *No pasa nada. Está a salvo. Siempre lo ha estado.*

Shallan se limpió las lágrimas. Tormentas. Lo había superado. Lo había visto. Había sobrevivido. Las emociones seguían revueltas en su interior, pero un conocimiento incipiente, reforzado por la experiencia, emergió como una poderosa luz desde su interior.

Sí que podía hacer aquello.

Ya lo había hecho. Había sobrevivido a ello de niña, del único modo en que sabía, pero incluso entonces había sido fuerte.

Se obligó a volverse de nuevo hacia lo que pasaba. La hoja esquirlada no había desaparecido convertida en niebla, pero la joven Shallan se negaba a mirarla. Susurrando odio por sí misma, había empezado a renegar de sus juramentos en ese mismo instante, aunque no sucedería por completo hasta el día siguiente, en el jardín, cuando estuviera más lúcida y capaz de hacerlo de veras.

«Te odio —diría la pequeña Shallan—. Se acabó».

La Shallan adulta cerró los ojos, teniendo dificultades, pero superándolas, en lidiar con aquella inundación de emociones nuevas. Con los recuerdos de lo que le había hecho a una querida amiga.

¿Duele?, preguntó Shallan a Testimonio.

Sí, dijo Testimonio. *Pero... a veces... se requiere dolor...*

Shallan respiró hondo y abrió los ojos. Su padre, rodeado de sorpresaspren, estaba levantándose del suelo.

¿Shallan?, dijo Patrón en su mente. *¿Estás... estás bien?*

Puedo manejarlo, respondió ella.

Nos preocupaba que te quebrara, dijo él. *Creo que el mismo Reino Espiritual quiere mostrarte cosas que hacen daño.*

—Nunca me quebró —dijo Shallan—. Solo me agrietó, Patrón. Llené esas grietas. —Hizo otra inhalación profunda, estremeciéndose—. Me alegro de recordar.

Vendrá más emoción, dijo Radiante. *Pero, cuando venga, estaremos aquí para ayudar.*

Su padre guardó la hoja esquirlada en su caja fuerte, y después limpió con delicadeza la sangre de la cara de la pequeña Shallan. La mayor sintió furia al verlo ser tan tierno, ya que su temperamento había sido errático en sus mejores momentos, abusivo en los peores. Lo que había pasado en esa habitación destruiría a su familia.

¿Debería Shallan culparse a sí misma? ¿Podía hacerlo? ¿Podía alguien culpar de verdad a la niña que temblaba en brazos de su padre?

No. Shallan tenía que culpar a su madre, porque su madre tenía la culpa.

La vacilación hablaba bien de ella, y su locura proporcionaba contexto, pero el contexto no excusaba las acciones, solo ayudaba a dar motivos para ellas. Una niña tenía derecho a defenderse, y aquel titubeo no había sido un cese completo de la violencia. La Shallan adulta se arrodilló junto al cadáver caído de su madre. ¿Cómo había pasado a sentirse acerca de aquella mujer? Aún enfadada, sí. Aún enfadada.

No tienes por qué perdonarla, dijo Testimonio. *Lo que hizo fue terrible.*

No tengo por qué, respondió Shallan. *Pero quiero.*

Su padre empezó a cantarle la nana. Shallan se quedó allí arrodillada, de repente exhausta. Había... más. Más que tenía que hacer. Más que *quería* hacer.

¿Vamos a... pasar por alto el hecho... de que eres la hija de una Heraldo?, dijo Patrón. *Shallan, los Heraldos son como los spren. No mueren para siempre, ni siquiera si los matas con una hoja esquirlada. Ella aún vive en algún sitio.*

—Lo sé —dijo Shallan, secándose las lágrimas otra vez mientras su padre seguía cantando—. Patrón... ella vino a mi boda.

NUEVE AÑOS Y MEDIO ANTES

Szeth encontró con facilidad el Monasterio del Forjador de Vínculos, ya que había oído hablar de él en tradiciones y mitos desde su infancia. Una zona llana con formaciones rocosas que se elevaban a su alrededor. Un curioso y pequeño nicho resguardado. Lo llamaban monasterio, pero las piedras se habían creado a sí mismas, en vez de confiar en manos de carne. Un acto del Primer Spren, antes de despedirse de su creación y marcharse.

Aterrizó justo en el centro. Cuánta roca. Allí de pie, no estaba seguro de llegar a distinguir ni una brizna de tierra en ningún sitio. Solo alguien muy profano, o extremadamente sagrado, podía caminar allí. En el pasado, habían existido diez que encajaban en ambas descripciones. Szeth se arrodilló y tocó una de las rendijas en la piedra, aún presente después de miles de años gracias a que los chamanes mantenían aquello limpio. Szeth había esperado encontrar a algunos de ellos por allí ese día, pero el lugar estaba desierto.

Reverenció cada uno de esos huecos, las vainas para las hojas de Honor cuando se las habían entregado a los shin para su salvaguarda. Recorrió las…

… las nueve. Sí, nueve. Se sintió un necio por haber imaginado a diez personas antes. ¿Con tanta facilidad olvidaba las lecciones? Se detuvo en la zona lisa de piedra donde habría estado situada la hoja de Talmut y besó el suelo allí. Era la primera vez que sus labios tocaban piedra.

Con la frente contra la roca, elevó una silenciosa plegaria a Talmut. El que había elegido permanecer en Condenación para que sus hermanos y hermanas, y toda la humanidad, pudieran evitarla. La historia era tan dramática, tan inspiradora, que Szeth se preguntó por qué no hacían más hincapié en ella en sus enseñanzas.

Recordó una narración de aquella historia en sus tiempos de los monasterios, cuando unos acólitos habían interpretado el texto sagrado en el que

Talmut se alzaba ante los otros nueve y les exigía que le permitieran regresar a Condenación solo, por el bien de todos. Cada uno de los nueve entonces le pedía que lo dejara ser quien regresara en lugar de él, solo para que la impecable lógica de Talmut los refutara a todos.

Szeth besó la piedra de nuevo, contento de haber tenido aquella demora antes de su encuentro con la Voz. Porque una parte de él que nunca reconocía estaba asustada.

—¿Y ahora, qué? —preguntó.

Ahora, la Verdad, dijo la Voz.

—No quiero una versión esterilizada —dijo él—. Cuéntamelo todo.

Lo haré.

Cuanto más tiempo pasaba Szeth pensando en lo que le había pasado esos últimos meses, peor se sentía. Los otros portadores de Honor lo habían utilizado para retirar a un miembro inconveniente de su orden.

—Estoy aquí —dijo Szeth, volviéndose—. Muéstrate a mí.

No deberías hacerles exigencias a tus superiores, Szeth, replicó la Voz. *Me tienta hacerte esperar. ¿Quizá querrías que los demás te preparen para lo que estás a punto de ver?*

—No —dijo él—. No quiero oír su versión de lo que sea que es esto.

¿Por qué no?

—No confío en ellos —admitió Szeth.

¿Y confías en mí?

—Debo hacerlo —dijo él—. Si no, ¿qué queda?

Ah... Es una respuesta excelente, dijo la Voz. *Bueno, no siempre estoy aquí, pero en esta ocasión he regresado en persona para reunirme contigo. Sigue el camino a tu izquierda.*

Szeth fue hacia allí, abandonando la Vaina de Espadas, y tomó un pequeño camino entre las formaciones rocosas, que habían alisado los siglos y siglos de lluvia bajando por él.

Aquí. Gira aquí.

Szeth miró y vio que, aunque el camino de desagüe seguía hacia abajo, un sendero se bifurcaba a lo largo de un estrecho saliente, a unos tres metros de altura. Lo siguió, con una mano en la cara de piedra del acantilado, arrastrando los pies por una angosta repisa de piedra. Eligió a conciencia no volar.

La caverna estaba a escasas decenas de metros siguiendo el saliente. Szeth se detuvo a unos tres metros de ella.

—¿Aquí? —preguntó.

Sí. Al ascender, todo portador de Honor debe presentarse ante mí. Para pedirme mi aprobación.

—¿Y si alguien no la obtiene?

Estaría descartado mucho antes de que se le permitiera llegar hasta aquí.

—Entonces, ¿qué pasó con Tuko? —preguntó Szeth.

Prometía, pero al final resultó ser demasiado débil para hacer lo necesario.

—¿Y lo necesario era…?

Avanza, Szeth. Hablemos en persona.

Szeth frunció el ceño y siguió por el camino, que parecía… más oscuro que unos momentos antes. Su mente no lograba reconciliarse con la discontinuidad. Sombra en un día sin nubes. Una asfixia en el alma. Una negrura que solo era visible cuando no fijaba la mirada en ella.

Algo allí estaba muy pero que muy mal.

—¿Qué es eso? —preguntó Szeth.

¿El qué?

—Percibo… algo oscuro.

Los sentidos no son de fiar, Szeth. Ven a mí.

Szeth llegó a la boca de la caverna. Vio que más allá había cortes de hoja esquirlada a lo largo del pasadizo, y… ¿huellas de dedos? La obra de un Custodio de la Piedra, o un Escultor de Voluntad.

¿Estás preparado para conocer a tu Dios, Szeth?, preguntó la Voz.

—Dios nos dejó —susurró él—. Dios creó el mundo, vio que lo complacía y se marchó. Está en el sol muy arriba, y más allá. Los spren nos nutren.

Te estás refiriendo a un *dios. No a tu* Dios, *Szeth.*

Szeth tragó saliva y entró en el túnel. Iluminándose con un solo rubí, se internó más y más, oyendo el eco de sus pisadas en la lejana oscuridad. Hasta que llegó a una sala, al otro lado de la cual continuaba el pasadizo. Y esa sala… estaba llena de spren.

Clavados a las paredes.

Szeth ahogó un grito y se agarró a la piedra a ambos lados de la abertura. Aquella estancia apenas tendría tres metros de anchura, y paredes lisas y rectas. Decenas de spren sagrados, cada uno de una variedad distinta, estaban sujetos a ellas mediante clavos de cristal. Como si fuesen adornos.

Piedras Desconsagradas… Szeth los oía chillar. Los veía retorcerse. Una vientospren con la forma de una pequeña mujer aullaba en constante pánico, intentando quitarse el clavo del pecho, que la atravesaba y la retenía contra la piedra. Un llamaspren, callado pero gimoteante, ondeaba como una vela encendida. Un glorispren, bulboso y redondo, estaba inmóvil.

Algunos no los comprendía. Szeth había leído sobre los furiaspren, como aquel del charco de sangre. Pero no tenía un clavo atravesado, sino que el clavo estaba en algo por encima de él, una forma vaga, como una placa del caparazón de algún insecto. Otro spren tenía una forma de punta de flecha traslúcida que Szeth no identificó, y se revolvía como una serpiente capturada.

Szeth retrocedió trastabillando, resollando para recuperar el aliento. Intentando desterrar sus terribles chillidos, tan frágiles, tan agónicos.

Los dejo en las paredes a propósito, dijo la Voz, con más suavidad. Szeth nunca había sido capaz de decidir si era una voz masculina o femenina. *Tienen que aprender quién es su verdadero amo. Los spren deben cambiar, Szeth. Yo puedo transformarlos.*

—¿En qué? —susurró Szeth.

En versiones mejores de sí mismos. Que encajen conmigo, y con lo que necesito que hagan. No sufras, Szeth. Estas cosas se han hecho siempre.

Algo cambió en el pasadizo que había al otro lado de la sala. Una oscuridad creciente, que se manifestó en una sombra de proporciones humanas. Ya llegaba. A por él.

Szeth, te he preparado y elegido para esto. Cada uno de los demás ha aceptado hacer lo que debe hacerse. Para prepararnos.

—Sé... sé lo que eres —susurró Szeth, temblando.

Bien. No eres el primero que lo adivina.

Szeth había leído sobre aquello. Uno de los enemigos más poderosos de la humanidad. Una criatura que vivía en las sombras, hecha de sombras, que podía tomar a spren y retorcerlos para sus propios fines. No había sabido que también pudiera hacérselo a la gente.

Toda su vida... desde la infancia y desde aquel primer día espantoso en el que había matado... no había estado escuchando a una deidad, ni a un spren.

Sino a un miembro de los Deshechos.

Szeth, dijo la Voz. *Comprendo que es mucho que aceptar y mucho peso que cargar. Sé que podrás soportarlo; por eso se te eligió.*

Así que a aquello había llegado. Szeth nunca había pensado... nunca había creído...

Szeth, insistió la voz, haciéndose más enérgica mientras la sombra se aproximaba, *ven y adórame.*

—Ahora... —dijo Szeth—. Ahora tengo que tomar una decisión, ¿verdad?

La decisión ya se ha tomado. Estás aquí.

Sería fácil quedarse. Aceptar. Pero, incluso entonces, después de tantos años, Szeth recordaba las palabras de su padre. Recordaba cómo había confiado en él para que decidiera.

De niño, había tenido demasiado miedo para tomar la decisión correcta. Siempre había temido que, si se enfrentaba a una situación como esa de nuevo, de nuevo resultaría ser demasiado débil.

Pero ese día, Szeth fue más fuerte que nunca antes. Pues, mientras la sombra lo llamaba, Szeth dio media vuelta y huyó.

95

POR SUS DEFECTOS

> *La versión destructiva de una melodía no es su opuesta, por tanto,
> sino la misma canción exacta interpretada justo en el momento preciso
> para negar la melodía original. Si se oyeran las dos aisladas, sería im-
> posible distinguirlas.*

De *El Ritmo de la Guerra*, primera coda, Navani Kholin

Adolin aún sentía el pie.

Era la sensación más irreal imaginable. Su pie ya no estaba, eso saltaba a la vista. Que él supiera, lo que quedaba de él aún estaba debajo del tronador. El cadáver del monstruo se entreveía como un montículo de oscuridad en la distancia.

Muy por la tarde ya, a la luz de las esferas, Adolin miraba su pierna mientras el cirujano trabajaba, sujetándole el palo. Estaban fuera de las tiendas, al fresco aire nocturno, cerca de la cúpula.

—Es muy importante que encaje bien limpio, brillante señor —estaba diciéndole el cirujano—. Lo queremos tan fijo y tenso que el muñón no baile dentro de la copa de piel de puerco. Cuanto más resbale, más se irritará el muñón.

Adolin solo siguió mirando la extremidad ausente. Había costado un día largo que algún cirujano estuviera libre para poder hacerle el encaje. Él no había ordenado que se lo adelantaran. Tenía mucho trabajo que hacer, repasando informes de turnos, tratando de esbozar nuevos planes de batalla tras el desastre de la víspera. Los informes no eran muy halagüeños. Se oía lucha en la cúpula. Era constante ya.

—De todos modos, es casi seguro que habrá dolor —dijo el cirujano, tensando unas correas alrededor del muslo de Adolin—. ¿Tienes uno de esos fabriales reductores del dolor de la brillante Navani?

—En algún sitio —respondió Adolin—. No... no suelo llevarlo.

—Te interesará empezar a hacerlo —dijo el hombre, poniéndole otra correa—. Tienes suerte de que contemos con la Regeneración para que hayas cicatrizado tan deprisa. Lo normal es que tengamos que esperar meses antes de fijar un palo.

—Suerte —dijo Adolin—. Ya.

El cirujano hizo una breve pausa y luego siguió trabajando, ya sin hablar. Tormentas, Adolin no tendría que haber dicho eso. Sí que tenía suerte. Aquel tronador tendría que haberlo aplastado por completo. Además, podría recuperar esa pierna cuando tuviera acceso a un sanador Radiante más experto. Quizá su hermano. Estaría bien volver a ver a Renarin. Los últimos meses habían pasado muy poco tiempo juntos.

Trató de que sus pensamientos no vagaran a los soldados que sabía que no podrían sanar. Aquellos para los que la Regeneración no funcionaba. A Lopen le había crecido de nuevo el brazo de inmediato, tras años sin él. Pero había gente que recibía una Regeneración plena antes de que hubiera pasado un mes y tenía la herida tan interiorizada que el cuerpo no obedecía. Adolin no sabía cómo combatir aquello. ¿Tenía que no aceptar la herida? Tormentas, odiaba la idea de que, si no podían sanarlo por completo, de algún modo sería por su propia culpa. ¿La pérdida de un miembro no era ya lo bastante mala?

El cirujano se enderezó y le hizo un asentimiento.

Adolin probó a levantarse sobre la pierna izquierda y dejar que el palo de la derecha empezara a sostener parte de su peso otra vez. Resbaló de inmediato y el cirujano lo atrapó con brazos firmes.

—Te llevará tiempo volver a aprender cómo equilibrarte —dijo el cirujano—. No voy a especiarte las palabras, Adolin. Mucha gente con pata de palo necesita llevar muletas toda la vida.

Adolin se obligó a sostenerse en pie otra vez, oscilando.

—Hay quienes sí que aprenden a usar el palo por sí mismo, como un aparato de movilidad —añadió el cirujano—. Los duelistas suelen hacerlo más rápido, que yo haya visto. En general, la gente que ya ha pasado mucho tiempo trabajando en su equilibrio y que tiene fuerza en ambas piernas. Pero, brillante señor, no podrás entrar en combate.

—¿Durante cuánto tiempo?

—Nunca, Adolin —respondió el hombre con suavidad—. Licenciamos a los soldados que tienen heridas de esta clase y tú les pagas una pensión por su servicio, como recordarás. Mucha gente con pata de palo es inestable, y en un muro de escudos no puede haber nadie a quien puedan empujar con facilidad.

Adolin cerró los ojos. Tormentas. Él le había dicho casi las mismas palabras exactas a Zabra, ¿verdad?

Una repentina punzada de ira se alzó en su interior. Ira por lo que le había pasado. Ira por no poder ayudar mientras otros morían. Al otro lado de la superficie adoquinada, un agotado muro de escudos defendía la brecha de la cúpula. Otras fuerzas estaban desplegadas ante las puertas de salida.

Como Adolin había previsto, tras la tormenta del aceite en llamas, las tropas defensoras habían perdido el interior por completo. Los informes de las escribas que sabían hablar el Canto del Alba decían que Abidi el Monarca estaba dentro, proclamando que los Heraldos habían muerto. Que la ciudad ya era casi suya. Que solo les faltaban unos pequeños empujones finales.

Abidi estaba en lo cierto. Aunque las tropas humanas habían resistido durante todo el día, sus líneas defensivas apenas se mantenían, y eran terriblemente finas, con solo tres filas de profundidad. Hacía falta una hilera frontal con escudos, que luchaba activamente. Detrás se colocaba una segunda fila con picas, apoyando a la delantera, pero también haciendo un trabajo duro, un trabajo agotador. Tres filas significaban que solo había una descansando. Habría sido mucho mejor tener cinco filas, y él prefería diez.

Tres suponían que los soldados pasaran largos turnos de pie. Exhaustos, sometidos a un asalto constante por parte de una fuerza más numerosa que podía hacer rotar a soldados descansados mucho más deprisa. Era una pesadilla. Y tenían que hacer aquello durante dos días más, contando con solo un portador de esquirlada. Un hombre llevaba la armadura de Adolin, con la bota reemplazada y las grietas selladas mediante métodos modernos de crecimiento rápido, agotando las partes que quedaban de la armadura de Neziham, y la hoja esquirlada del azishiano. No podrían volver a utilizar la armadura de Neziham durante el resto de la batalla. Tardaría demasiado en regenerarse.

El cirujano se levantó y miró hacia la lucha.

—Será mejor que vuelva para ayudar a los heridos del frente.

Adolin asintió y el cirujano recogió su bolsa y se marchó al trote. Adolin cogió sus muletas, pero intentó no utilizarlas mientras renqueaba, y resbalaba, de vuelta a la tienda imperial. Yanagawn había preparado un sitio allí dentro para que Adolin recibiera informes en acolchado lujo. Había dado por hecho que Adolin querría esa comodidad en la que recuperarse. Adolin la aborrecía en silencio, pero, por otra parte, no quería estar solo en su propia tienda.

Para tomarse un respiro, habían preparado el tablero de torres para su acostumbrada partida vespertina. Adolin le entregó las muletas a un ayudante y se obligó a equilibrarse con cuidado y cojear hasta allí. Era sorprendentemente difícil, y tuvo la sensación de que sus músculos no funcionaban como deberían. ¿Por qué era tan difícil evitar que un palo con la punta de goma resbalara bajo su peso? Aun así, lo consiguió y se sentó.

Yanagawn no dijo nada. Estaba estudiando el tablero desde el interior de su montañosa túnica. Adolin había tenido que irse cuando el cirujano se quedó libre, lo que había interrumpido la partida. Ninguno de los dos había sugerido saltársela, a pesar de las graves circunstancias del ejército. Ambos sabían que había poco más que ellos pudieran hacer. Pero también parecían necesitar aquel atisbo de estabilidad.

Piezas en un tablero que pudieran controlar de manera exacta. De hecho, el emperador había sacado uno de los conjuntos buenos que tenía, que no estaba compuesto solo de cartas, sino también de soldaditos que podían colocarse en lugar de las cartas una vez reveladas. Eran, curiosamente, de aluminio. Yanagawn hizo su jugada, una maniobra envolvente clásica que iba a dar al traste con las posibilidades que tenía Adolin de ganar la partida. No había sabido seguro si Yanagawn vería la posibilidad, porque requería cierto aprovechamiento sutil del terreno.

—Excelente —dijo Adolin, empezando a recoger las piezas—. Has demostrado que puedes ejecutar un asalto desde una posición defensiva y ganar. Eso es difícil de aprender.

—Cuesta decidir —respondió el emperador— si debería atrincherarme en la defensa o aprovechar una ventaja y arriesgarme a perder la posición privilegiada. —Miró el tablero un momento más—. Esto es lo que hiciste tú en la cúpula el otro día. Abandonaste una posición segura y te arriesgaste para salvar a Neziham.

—Sí —dijo Adolin en voz baja—. Pero tampoco es que lo pensara tanto. Solo actué.

—Hacen falta cien días de preparación para un día de espontaneidad —sentenció Yanagawn.

—¿Estás citándome a Sadees? —rio Adolin—. ¡Pero si atacó tu reino!

—Fue lo más cerca que ha estado nunca un alezi de conquistarnos.

No era como los alezi contaban la historia. El Hacedor de Soles sí que había conquistado la mayor parte de Azir, antes de morir de una enfermedad.

—Además —añadió Yanagawn, sonriendo—, alguien que más o menos nos derrotó parece alguien a cuyo conocimiento táctico deberíamos hacer caso, ¿no?

—Supongo que es verdad —dijo Adolin, volviendo a colocar las piezas.

Asintió hacia un lado mientras Colot, con el uniforme ensangrentado y el pelo revuelto, aunque no parecía herido, entraba en la tienda, le lanzaba una mirada y volvía a salir. Desde la caída de Adolin, ese hombre había ido a ver cómo estaba cada pocas horas. Pero tampoco podía quejarse. Adolin ordenaba a sus oficiales que fuesen a ver a los heridos. Lo único que pasaba era que resultaba un poco humillante estar al otro lado.

«Parece que el buen ejemplo —pensó Adolin— hay que darlo siempre». Cambió de postura y notó que el palo daba contra la pata de la mesa. Tormentas, siempre que se movía, estaba ahí recordándoselo. Quizá debería habérselo quitado al sentarse, pero pensó que, cuanto antes se acostumbrara a llevarlo puesto, mejor.

—Bueno, tengo buenas noticias para ti, Yanagawn —dijo—. Has vencido en todos los escenarios clásicos de entrenamiento. Has memorizado y evitado las formas de que un general pierda desde una posición ventajosa.

Has practicado para no cometer errores garrafales y has aprendido a reaccionar a situaciones aleatorias. Ya no eres un principiante.

—No te haces una idea de lo mucho que me alegra —respondió el emperador, atrayendo un glorispren— poder aprender algo que no esté relacionado con conjugar verbos o citar fechas.

Adolin soltó una risita, aunque por dentro estaba horrorizado. Estaba muy a favor de que la gente aprendiera todo lo que le viniera en gana, pero esperaba que su tía Navani no oyera hablar nunca de la educación de Yanagawn. O el pequeño Gavinor acabaría teniendo que memorizar el nombre de todos los distintos tipos de tenedor del mundo, pobrecito.

—¿Y qué viene ahora? —preguntó Yanagawn, inclinándose ansioso hacia delante—. ¿Pasamos a empezar en igualdad de condiciones?

—El entrenamiento de oficial suele ser más o menos eso —dijo Adolin—. Te llevarás palizas las primeras veces, pero es bueno quitarte esa muleta de una patada cuando aún eres nuevo, antes que se asiente la confianza por estar ganando demasiado.

Los ojos de Yanagawn se desviaron hacia las muletas y Adolin tardó un momento en darse cuenta de lo que había dicho. Entonces el pie, que ni siquiera estaba allí, el muy tormentoso, empezó a dolerle otra vez.

—Tengo ganas de empezar a perder —dijo Yanagawn.

—Bien. Después de eso, te haría bien probar unos pocos escenarios imposibles, para aprender más sobre minimizar pérdidas y hacer repliegues calculados. ¿Tú qué opinas, Gezamal?

Adolin buscó entre los guardias al hijo de Kushkam. No estaba. Adolin tuvo un escalofrío. Kushkam el mayor estaba recuperado ya y al mando después de que lo dejaran inconsciente y lo sanaran. Pero su hijo… ¿había…?

—Han tenido que reasignarlo —dijo Yanagawn con suavidad—. Gezamal aceptó liderar a los guardias para acompañarme a la batalla ayer. Me obedeció, cuando debería haber rechazado mi orden.

—¿Pueden rechazar tus órdenes?

—No soy todopoderoso, Adolin —respondió Yanagawn—. Tenemos una ley de derechos civiles, y también el *azaderach-tor*, el límite al poder y el alcance imperial. Hay empleados públicos formando un gobierno representativo. Yo soy el alma de nuestro pueblo, pero no un dictador alezi. —Bajó la mirada, con gesto avergonzado—. Perdona. Lo he repetido tal y como me lo dijeron. Debería haber tenido más tacto.

—No pasa nada —dijo Adolin—. Pero todo el mundo se comporta como si fueses poderosísimo.

—Reino, pero no gobierno. A veces cuesta distinguirlo. En todo caso, mis soldados… se supone que no deben permitir que me haga daño a mí mismo. Gezamal se puso de mi parte cuando quise ir a luchar, así que… lo han retirado.

—Yanagawn —replicó Adolin, enfadado—, no puedes castigar a un buen oficial por tomar una buena decisión, y menos si es la que tú querías que tomara. No puedes dejar que tus soldados cuestionen la diferencia entre la decisión moral y la correcta. ¡Debes hacer que sean lo mismo!

—Comprendo esas críticas —dijo Yanagawn, con la cabeza gacha, colocando sus piezas, sin mirar a Adolin a los ojos—. Pero hay cosas que debemos hacer para ser una sociedad civilizada. Una de ellas es aceptar que los actos tienen consecuencias. Abrazar esas consecuencias es, a veces, tanto lo moral como lo correcto.

Adolin negó con la cabeza, encontrando esa actitud absolutamente despreciable. Pero también reconocía que estaba de mal humor. A fin de cuentas, había perdido una pierna y la ciudad estaba condenada. Eso hacía un poco incómoda la charla insustancial.

Echaron unas cuantas partidas más. Después de machacar a Yanagawn unas cuantas veces, como le había prometido, Adolin se levantó para ir al excusado. Rechazó las muletas y salió renqueando de la tienda hacia las letrinas de oficiales.

Colot estaba esperándolo fuera, a la luz de la luna.

—¿Vienes otra vez a ver cómo estoy? —le preguntó Adolin—. Igual estás pasándote un pelín con eso, Colot.

—Lo he encontrado, Adolin.

—¿A quién?

—Al hijo de Kushkam —dijo Colot—. Está reasignado a infantería básica. Ahora mismo tiene turno fuera en las reservas, si quieres hablar con él.

Adolin titubeó un momento y luego sonrió.

—Colot, eres una gema corazón de ser humano. Estás desperdiciado como oficial.

—¿Ah, sí? —dijo él, en tono divertido.

—Tendrías que haber sido sargento, con lo útil que eres. Venga, vamos a hablar con Gezamal. Creo que podría tener un sitio en mi guardia para alguien como él.

Szeth no estaba seguro de querer seguir viviendo. ¿Y Nin decía que querían hacerlo inmortal?

Se había quedado aturdido por esa revelación. Había aceptado gustoso la risa o las lágrimas, o, en realidad, cualquier emoción que no fuese aquella aplastante presión. Aquella tenaza en su corazón, estrujándolo. Convirtiéndolo a todo él en una bola de piedra.

Nin se había marchado al poco de caer la noche, diciendo que necesitaba prepararse para una cosa. Szeth estaba contemplando los últimos vestigios de la hoguera, las ascuas que se separaban, relajándose cuando la vida por fin las abandonaba y sus colores se marchitaban. Qué raro se le hacía no ver ningún llamaspren en el fuego. Había pasado muchos años en lugares donde los spren, como la piedra, eran comunes. Lo desacostumbrado se había vuelto acostumbrado. Una metáfora adecuada de su vida.

Un Heraldo. Eterno. La idea le daba ganas de echar a correr. De esconderse en algún sitio donde los mismos movimientos de la tierra pudieran estrujarlo hasta dejar solo la nada que merecía ser. Había llevado una vida horrible, asesina, pero siempre había creído que encontraría una salida. Un final, en la muerte.

Si completaba aquel peregrinaje, la muerte no sería un final.

«Pero ¿no es el tormento que mereces?», dudaba una parte de él. ¿Oír aquellos susurros para siempre? Pasar la eternidad añadiendo víctimas a su cuenta, pues los Heraldos eran, antes que ninguna otra cosa, soldados. Ishu quizá fuese un erudito, pero también era uno de sus mejores espadachines.

Vivir entre ellos… como uno de ellos… sería un suplicio.

«¿Y qué hay de mi padre? ¿De mi hermana?». ¿Estarían atrapados en algún tipo de semimuerte? ¿Y… convertirse en Heraldo haría que al menos estuviera con ellos?

Alzó la mirada cuando una figura se acercó a su moribundo fuego, pero no era Kaladin, ni Sylphrena, ni siquiera Nin. Era una criatura con forma de hombre, pero cuya silueta cortaba un agujero en la misma realidad, mostrándole un campo de estrellas al otro lado.

—Hola, escudero mío —dijo el spren.

Szeth agachó la cabeza. El spren nunca se le había aparecido con una forma tan humana. Era un honor. Una emoción que pegar a la bola de piedra que eran sus entrañas aplastadas, como una nota pegada con pasta gomosa al tablón de mensajes del centro del pueblo.

El spren se sentó al otro lado de las ascuas. Kaladin y Syl estaban tocando la flauta en la siguiente ladera. Szeth encontraba una cierta… energía en la música de Kaladin. No era buena. Tocaba a trompicones, empezaba, paraba y repetía la misma secuencia muchas veces. Y solo se sabía una canción.

Debería ser molesto, pero Szeth recordaba cuando su hermana había practicado del mismo modo. Había necesitado ir tanteando las canciones para aprenderlas. En ello, la música de Kaladin estaba viva, buscando su camino, creciendo. Para Szeth era hermoso, y una de las pocas cosas en aquel viaje que lo habían reconfortado.

—Szeth —dijo el spren—, querría hablar contigo.

—Por favor —contestó Szeth en voz baja, contemplando las brasas.

—¿Tienes… preguntas para mí?

—¿Es verdad que este es mi destino? —dijo Szeth—. ¿Unirme a los Heraldos?

—Sí. Es por lo que Nale fue por primera vez contigo, por lo que te dio esa espada negra. Se supone que el arma es una especie de… prueba de personalidad. La has superado.

—He hecho poco con la espada —dijo Szeth, mirando hacia donde estaban Sangre Nocturna y las hojas de Honor.

—Eso forma parte de superar la prueba.

La música de Kaladin se interrumpió al sonar una nota tan mal hecha que resultaba cómica. Entonces llegaron risas cuando Syl dijo algo. El spren de Szeth miró también en esa dirección y, aunque su postura era difícil de interpretar, parecía... envidioso.

—¿Querrías que nuestro vínculo se pareciese más al suyo? —preguntó Szeth.

—No debería —dijo el spren—. Nuestro vínculo no es como el de ellos. Ningún altospren debería querer uno en el que el humano pudiera matarnos. Eso es impropio.

Esa parte era cierta. Szeth no conocía la mecánica, pero le habían revelado los hechos al ir alcanzando niveles más altos de entrenamiento. Un altospren podía concluir el vínculo en cualquier momento, sin repercusiones para ninguno de ellos. No existían altospren ojomuertos, ni existirían jamás. Si Szeth renunciaba a sus juramentos, su spren no saldría herido.

La forma de lograrlo implicaba una distancia entre ellos, que protegía al altospren del humano. Y esa distancia, a su vez, formaba parte de por qué su actitud hacia sus Radiantes era tan diferente también.

—No es adecuado que un fragmento de deidad ría como lo hace ella, que bromee y que charle —añadió el spren de Szeth—. Qué... amistosa suena. En todo caso, desearía haber podido explicarte tu verdadera tarea en este peregrinaje, Szeth. Nale me lo prohibió hasta que estuvieses comprometido del todo. ¿Estás... comprometido del todo?

Szeth alzó la mirada al cielo, donde aquellas líneas brillantes señalaban el camino. La correlación entre Shadesmar y aquella tierra no era absoluta, y los reflejos podían mostrarse allí de formas extrañas. En el otro lado, era muy probable que aquellos spren estuvieran marchando o nadando hacia su destino. Por fin tenía sentido para él que estuvieran desplazándose. Querían presenciar lo que iba a ocurrirle a Szeth. Si triunfaba.

—No deseo esta carga —susurró.

—Lo sé —dijo el spren—. Según Nale y mis superiores, solo a aquel que no quiere la carga debería ofrecérsele. Llevaban muchos años esperándote. Un hombre sin apegos, versado en las mejores artes de la guerra, un hombre que lucha cuando se lo ordenan y que sabe seguir los dictados de un vínculo tan importante. Eres perfecto para ese papel, Szeth. No solo eres experto en las potencias. Eres una persona absolutamente controlada y completamente obediente.

—¿Y eso es lo que se requiere de un Heraldo?

—¿Cómo crees que han sobrevivido miles de años?

A él le parecía que los Heraldos habían ido empeorando con el tiempo. Así que ¿de verdad estaban sobreviviendo? Pero, por supuesto, tales pensamientos eran necios. Los Heraldos estaban imbuidos con el poder del mismo Honor, y estaba en la misma naturaleza de Honor ser obediente y exigir obediencia. Honor era la fuerza por la que arriba se hacía arriba y abajo se hacía abajo. Los gravedaspren no cuestionaban. Szeth tampoco debería hacerlo. Era lo que le habían enseñado en los monasterios.

Pero esas enseñanzas estaban aplastándolo hasta el punto de que apenas podía respirar. Sintió que llegaba de nuevo, una compresión que, de algún modo, era peor que el embotamiento. Una tensión paralizante, como si Szeth fuese vapor que necesitara escapar pero no tuviera por dónde. Solo más. Y más. Presión. Empujándolo a…

La música de Kaladin comenzó de nuevo. Una flauta, que a Szeth le recordaba los días en que sus danzas no dejaban cadáveres. Se descubrió capaz de respirar.

—Conozco esa canción de algún sitio… —dijo el spren de Szeth.

—Entonces, ¿es posible? —se obligó a preguntar Szeth—. ¿Crear un nuevo Heraldo?

—Que yo sepa, sí —dijo el spren, volviéndose de nuevo hacia el fuego. ¿Estaba viendo morir las ascuas? ¿Qué pensaría un ser inmortal de esos finales?—. El Juramento se deshilacha por la muerte de Jezrien, pero es una descomposición lenta. El enemigo ha sido incapaz de encontrar y destruir a ningún otro Heraldo, así que el agujero puede taparse. Requeriría tomar una parte de Honor y forjar a partir de ella una nueva espada. Pronunciar las Palabras más importantes que puede decir una persona y unirse a los Heraldos.

—Las Palabras —dijo Szeth—. No me las pueden revelar.

—¡Exacto! —exclamó el spren, gesticulando animado con ambas manos—. Tú lo ves. Lo comprendes.

—Así es —dijo Szeth. Y sabía que tenía las Palabras correctas en su interior—. ¿Es… necesario?

—Ishar anticipa que, a menos que vuelva a forjarse el Juramento —respondió el spren—, sufrirán millones. Millones y millones.

La bola se constriñó.

—Entonces lo haré —susurró Szeth, cerrando los ojos—. Nunca hubo ninguna duda de que lo haría, ¿verdad?

—Bueno, no hasta que Kaladin empezó a… ya sabes. A ayudar.

—Yo habría muerto si no lo hubiera hecho —dijo Szeth—. Nin está quebrado, spren. Esta prueba es irracional. Todo soldado puede perder un combate, por muy bueno que sea. Podrían haberme matado en cualquier momento de esta misión.

—Él… dice que la celosa adhesión a la ley te protegerá.

—Él ya no sabe lo que está bien y lo que no —repuso Szeth, contemplando la oscuridad. La partida de Nin lo había dejado preocupado, porque el siguiente monasterio era el del Rompedor del Cielo—. Nin estaba furioso porque me he negado a luchar contra mi hermana. ¡Pero no luchar contra ella es como he ganado la batalla!

—Eh… —El spren apartó la mirada, hacia la música—. Quiero ayudar. Ayudar de verdad. Ser tu compañero, Szeth. Quería… que lo supieras.

Qué extraño era que aquel ser amigable e inseguro fuese el mismo que tan imperiosamente le había hablado antes. Los spren, por lo visto, eran igual de capaces que los humanos de ponerse distintas caras y darse aires.

—Me uní a los Rompedores del Cielo —añadió el spren— y me convertí en caballero entre sus filas para poder ayudar a proteger el mundo. No somos como las otras órdenes: nosotros jamás abandonamos nuestros deberes. Así que... lo estoy intentando. Cuando seas un Heraldo, estaré... preparado.

—¿Cuál es el coste para ti?

—Lo que tú hagas, debo hacerlo contigo —le explicó el spren—. El spren de Nale siempre se quedaba atrapado con él en Braize, sometido a los dolores que es capaz de infligir el enemigo.

—Tormentas —susurró Szeth.

—Ishar busca una forma de hacernos físicos del todo —dijo el spren—. No conozco los detalles, porque no quiere compartirlos con los Rompedores del Cielo, pero dice que eso nos hará imposibles de torturar.

—¿Cómo puede ser que tener cuerpo físico os haga *menos* fáciles de torturar? —preguntó Szeth.

—No lo sé —reconoció el spren—. Ishar lleva unos pocos milenios estando errático. Seguro que tiene un buen plan guardado ahí dentro, en algún sitio. Siempre lo tiene.

—¿Y el Deshecho que asola Shinovar? —preguntó Szeth—. Supongo que purgar esta tierra es como demostraré que soy digno de convertirme en Heraldo, ¿verdad? —De nuevo, esa tensión interior—. Pero ¿qué relación hay? ¿Por qué estoy luchando contra portadores de Honor, y por qué no lo han purgado ya los Heraldos?

El spren se removió en el suelo, junto al fuego.

—¿Eso no puedo saberlo aún?

El spren negó con la cabeza.

—Sé que aquí hay uno de los Deshechos —dijo Szeth—. He estado oyendo su Voz en mi cabeza, desde el día en que maté al soldado. Descubrí su lugar de oscuridad y comprendí, incluso entonces, que mi pueblo estaba corrompido. En el momento, creí que la presencia de un Deshecho en Shinovar significaba que el Retorno había comenzado. No me di cuenta de que, en realidad, al Deshecho lo habían dejado atrás.

»Así que me equivocaba y acertaba a la vez. Me equivocaba en que el grueso de los Portadores del Vacío aún no había Retornado. Acertaba en que un ser que servía a Odium estaba haciéndole cosas terribles a mi pueblo. —Pensó un momento—. ¿Los Heraldos son incapaces de purgar esta tierra por algún motivo? ¿Debe ser un shin quien se encargue? ¿Quizá eso sea lo que permitirá que el pueblo shin se redima y se una a la lucha?

El spren no respondió.

—Pero ¿por qué tan tarde? —continuó Szeth en voz baja—. La guerra se declaró hace ya más de un año. O más, dependiendo de cuándo empezasen a aparecer los primeros vacíospren.

—Las respuestas llegarán... —dijo el spren.

—... en los próximos dos monasterios —terminó Szeth la frase, y suspiró.

—Sí. —El spren calló un momento—. Szeth, ¿puedo reconocer una cosa ante ti? No... no conozco las respuestas. Me... me hago algunas de las mismas preguntas que tú.

Szeth se reclinó mientras las últimas brasas morían. Había creído que el asunto de su futuro estaba zanjado. Había elegido el camino de Kaladin, el de la paz, pero luego el mismo mundo había pasado a pesar sobre sus hombros.

La paz era para otra gente. Para Szeth siempre habían estado, y siempre estarían, las voces en la oscuridad. Y sus entrañas estaban aplastadas entre la fuerza de dos paisajes, uno hecho de piedra, el otro de tierra.

Mientras buscaba a Gezamal, Adolin recorrió el patio adoquinado de un lado a otro por sí mismo, sin necesitar muletas, aunque sí que tuvo que apoyarse en Colot de vez en cuando. Notum llegó, a tamaño humano, y flotó junto a ellos mientras informaba en voz baja. Las líneas resistían, pero las bajas asustaban de lo altas que eran. Por su parte, la moral asustaba de lo baja que estaba.

Los defensores por fin habían reclutado en la ciudad, a regañadientes, una segunda oleada de levas, y luego ese mismo día una tercera. Los hombres y mujeres sin entrenar, armados con lanza y escudo, formarían la primera línea mientras los soldados con más experiencia usarían las picas desde atrás. Era una táctica espantosa, pero la única que tenían disponible: tapar los agujeros del frente con personas que solo tenían la formación militar más básica.

Cuando uno empezaba a añadir puntos débiles a sus filas, la caída era inminente.

«Dos días —pensó Adolin—. Menos que eso, ya. Más bien un día y medio. Es todo el tiempo que tenemos que sobrevivir». El duelo tendría lugar a mediodía de la décima jornada en Urithiru, es decir, a finales de la mañana allí en Azir.

Aun así, se oían los chillidos de la gente en la batalla.

—Por lo menos —dijo Notum—, las fuerzas enemigas están muy mermadas. También ellos están cansados, y heridos.

—Ya —asintió Colot—, pero siguen siendo más, así que sus líneas pueden estar más descansadas.

Adolin supuso que tenía razón. Era cierto que el enemigo tenía mermadas sus fuerzas, y desmoralizadas por el ataque de los Heraldos, la pérdida del tronador y las bombas incendiarias de la víspera. De hecho, si él estuviera al mando de los cantores, habría elegido una compañía y la habría puesto a descansar el día entero, manteniendo ocupados a los humanos con otras tropas.

El martillo iba a caer al día siguiente. Sangre de sus ancestros, lo peor de todo era no poder ayudar. Estar cojeando con solo una pierna buena mientras morían soldados. Había podido enviarle a Kushkam algunas sugerencias sobre dónde situar los bloques más flojos de piqueros, pero no le parecía que fuese gran cosa. A lo mejor Adolin podía ponerse la armadura esquirlada, dejando una pierna fuera con el palo, y…

No. No iba a permitir que su orgullo pusiera en peligro la ciudad. Era bueno con la armadura esquirlada, pero cualquiera de sus suplentes de armadura sería mejor. No le gustaba nada, pero la reacción madura era permitir que otros lucharan en su lugar.

Pasaron por la sombra del tronador caído. Por lo menos, su pierna tenía una lápida de primerísima tormentosa categoría. Después estaban las letrinas, una hilera de construcciones de madera a las que se accedía subiendo unos peldaños, con partes inferiores que podían sacarse cada cierto tiempo y transformarse por moldeado de almas, residuos incluidos. A Adolin le hacía gracia pensar que parte del bronce de la ciudad procedía, literalmente, de excrementos.

Kushkam hijo estaba allí, con guantes y mandil por encima del uniforme, limpiando letrinas. Tenía sus armas cerca, ya que, como soldado en condiciones, haría sus rotaciones en el frente igual que todo el mundo. Pero, durante sus turnos fuera de él, en vez de descansar, le correspondía ese deber.

Adolin apenas logró contener la rabia. Degradar a un hombre como Gezamal era un insulto. En concreto, era un insulto para todos los soldados que habían tomado la decisión rápida, y correcta, de desobedecer sus órdenes cuando las circunstancias cambiaban.

—Gezamal —dijo, llamando su atención—. Te he echado de menos en nuestra partida nocturna.

Gezamal pareció alegrarse de ver a Adolin, a juzgar por su postura en la noche, irguiéndose y bajando los escalones a saltitos.

—Adolin, ¿ya caminas? Dentro de nada te dejarán luchar otra vez.

Una mentirijilla, del tipo que los soldados se contaban entre ellos. Adolin le estrechó la mano, aunque solo después de que Gezamal se hubiera quitado los guantes y se hubiera puesto a sotavento.

—¿Te gusta mi nuevo despacho? —preguntó Gezamal, señalando.

—Gezamal —dijo Adolin en voz baja—, esto es una afrenta. No puedo creer que…

—Para —lo interrumpió Gezamal, y su postura cambió. Estaba más alerta y retrocedió un paso—. No hables mal del emperador.

—No voy a hacerlo. Pero ¿esto de degradarte? ¡Es una locura! ¿Después de lo que hiciste?

—Lo que hice —dijo Gezamal, con la voz más fría— fue lo que debía hacerse. Igual que esto.

—¿Cómo? —se sorprendió Adolin—. Gezamal…

—Adolin —dijo él, bajando de nuevo la voz—, cuando ordené a mis hombres que marcharan a la batalla con el emperador, sabía lo que iba a costarme. Si hubiera salido herido, me habrían ejecutado. No pasó, por suerte, así que acepto esto.

—Lo que hiciste fue lo correcto.

—Y por eso me parece bien aceptar mis deberes ahora.

—Es mala disciplina militar, Gezamal —insistió Adolin—. No se puede castigar a los soldados por tomar buenas decisiones, y a veces ni siquiera a los que toman las malas. Necesitas que tus oficiales estén cómodos tomando decisiones. Si enfangas eso con el miedo a las repercusiones, el resultado es un liderazgo indeciso. Y el resultado de eso es el desastre.

Gezamal suspiró y se sentó en los escalones de la letrina. Saludó con la cabeza a un soldado que llegaba a utilizar las dependencias. Se encorvó un poco hacia delante y cruzó los brazos.

—Supongo que no deberíamos reprocharte que nos des consejos, cuando es para lo que te habíamos invitado a venir. Y también supongo que son buenos consejos. Si hay algo que sabéis los alezi, es cómo mantener una fuerza bélica disciplinada.

—No todos —dijo Adolin, pensando en los ejércitos de Sadeas—. Pero algunas cosas sí que he aprendido. Necesitamos que anulen tu degradación o, como mínimo, que te pongan bajo mi mando. Valoro a los soldados que tienen la valentía de hacer lo que hiciste.

—Agradezco la oferta. Pero no me marcharé.

—¿Por qué?

Gezamal alzó la mirada mientras la primera luna empezaba a ponerse tras él y la luz violeta remitía.

—¿Alguna vez has amado algo defectuoso, Adolin?

—¿No lo es todo? —preguntó él, con una mirada a Colot, que hasta el momento no había intervenido en la conversación.

—Supongo que sí —dijo Gezamal—. Bueno, pues yo amo el imperio. Amo que nuestro pueblo haya resistido durante milenios contra invasores con más esquirlas. Amo que hayamos creado escritura y arte, que nos alcemos como un faro ante las mareas gemelas de la ignorancia y la mentira.

»Amo que, en Azir, un ladrón pueda hacerse emperador. Que cualquier persona dedicada pueda hacer los exámenes y elevarse. Amo que tengamos motivos para hacer lo que hacemos. Sí, el peso de esos motivos quizá cree libros y libros llenos de burocracia. Sí, quizá se vuelva poco manejable. Sí, quizá haga daño de vez en cuando. Pero todo lo que amas va a hacerte daño de vez en cuando, precisamente por sus defectos. —Se levantó de los peldaños.

»Es evidente que tiene que haber un límite para el daño que te hacen. Aún no hemos llegado al mío. La ley dice que un hombre que hizo lo que yo tiene que recibir un castigo. Quizá la ley debería cambiar, pero acepto lo que ha ocurrido. Porque, Adolin, te garantizo que todos los demás soldados de nuestro ejército, incluso los que me consideran un monstruo por haber puesto en peligro al emperador, lo comprenden. Aceptar tu castigo con decoro es una señal de respeto hacia aquello que todos amamos.

Pasó otro soldado en la noche y saludó con la cabeza a Gezamal. Ninguno hizo el saludo marcial, pero la impresión que se llevó Adolin fue la misma que si lo hubieran hecho. Pensativo, se despidió de Gezamal también con un movimiento de cabeza y dejó que volviera a lo que estaba haciendo.

Echó a andar de vuelta cruzando el patio. Rumiando. ¿Él amaba cosas que le hacían daño?

Quizá cosas no. Pero, desde luego, personas sí. Un padre.

—Creo... —dijo Colot, caminando con él—. Creo que lo entiendo, Adolin. Quizá sea por eso por lo que todavía soy soldado. —El pelirrojo calló, volvió la cabeza y miró hacia la luna poniente—. Me dolió que me rechazaran los Corredores del Viento. Todos sus ideales, sobre proteger, sobre ayudar, significaban muchísimo para mí. Y de verdad parecía estar funcionando. Aprendí a absorber la luz tormentosa, y hasta me lancé al cielo unas pocas veces. Y entonces...

—Me contaste que los spren no te quisieron —dijo Adolin—. Porque eras un ojos claros.

—Qué raro es —asintió Colot— que algo que siempre había sido una ventaja se vuelva contra ti. ¿Debería estar avergonzado? ¿Furioso? ¿Es justo que me rechazaran cuando, personalmente, no hice nada aparte de haber nacido con los ojos claros? —Suspiró—. Ojalá lo supiera, Adolin. Empiezo a sentirme mejor, pero entonces los veo volar y todo regresa en oleada. —Miró a Adolin y pareció avergonzarse—. Perdona. Es solo... que entiendo lo que dice Gezamal. Yo también sigo aquí. Aunque a veces haga daño.

Notum regresó al poco tiempo revoloteando para recoger a Colot, ya que Kushkam necesitaba ponerlo al mando mientras él se ocupaba de otros asuntos. A pesar de su evidente fatiga, Colot se marchó a paso ligero, dejando solo a Adolin mientras la luz de luna se desvanecía. Manteniendo un equilibrio precario sobre un palo y el muñón que ya empezaba a dolerle. Oyendo a otras personas luchar y sintiendo un temor creciente.

No iban a aguantar otro día y medio.

NUEVE AÑOS Y MEDIO ANTES

Szeth aterrizó con un estallido de luz tormentosa, que se expandió de él como en una humareda, mientras la escarcha cristalizaba en su ropa. Qué torpe. Estaba usando demasiada. Ya le… le habían advertido…

Corrió hacia la hoguera junto a la que estaba su padre. ¿Cuánto había pasado? ¿Horas? Horas, desde que había entrado en ese túnel.

Apenas recordaba correr. Escapar. No solo del Deshecho, sino del pasado.

Llegó apresurado con su padre, mientras la luz del fuego arrojaba violentas sombras, y lo aferró por los hombros. El pequeño refugio estaba apartado del camino. Era donde Neturo había dicho que esperaría hasta…

—¿Hijo? —dijo Neturo, encogiéndose ante Szeth.

—Es todo mentira —le contó Szeth, con luz tormentosa fluyendo de sus brazos. Demasiada. Había tomado demasiada. Ardía a través de él, exigiéndole moverse, luchar, actuar, o correr.

—¿El qué? —preguntó Neturo—. Hijo, ¿qué pasa?

«No puedo meterlo en esto —pensó él—. No hasta que sepa lo que hago».

—Quédate aquí —le exigió Szeth, inclinándose hacia él, haciendo retroceder a Neturo—. Escóndete. Escóndete, padre.

—Szeth —dijo Neturo, subiendo la mano derecha a la mejilla de Szeth—. Hijo. Respira hondo, como cuando eras niño. ¿Te acuerdas?

¿Se acordaba?

Respirar hondo.

Szeth lo hizo, recordando esos días pacíficos, perfectos. Libres de problemas.

«No —pensó—. Sivi tenía razón. Los problemas supuraban incluso durante mi infancia. Es solo que no sabía verlos».

—Respira —lo animó su padre, siempre una fuerza estabilizadora—. Sea lo que sea, hijo, podemos resolverlo.

—Esto es grande, padre. Más grande que una piedra en la tierra, o que un conflicto entre parientes. Es... grande como el mundo...

—Dime lo que pasa.

—No puedo. Es... Padre, ¿y si me equivoco?

—No podré ayudarte si no me lo dices. Pero, Szeth... confío en ti.

—¿Cómo? —replicó Szeth, derrumbándose de rodillas—. Con lo mucho que me equivoco tan a menudo, padre. Y luego, cuando elijo, odio mis elecciones. ¿Cómo puedes tú confiar en mí?

—No he conocido a nadie con más ganas de hacer lo correcto que tú, Szeth.

—Las ganas nunca han sido suficientes, padre.

Neturo se limitó a abrazarlo, llevándose a Szeth, aún arrodillado, hacia el pecho.

—Lo sé. Pero a veces son todo lo que tenemos, Szeth. Siento no conocer unas respuestas mejores. Supongo... que me quedé contigo, esperando ser capaz de encontrártelas. Pero no lo he hecho nunca, ¿verdad?

—Quizá no existan.

—Puede que no —dijo Neturo—. Aún... recuerdo cómo me sentí yo al comprender que mi padre no tenía respuestas...

Szeth cerró los ojos.

—¿Cuántos años tenías?

—Catorce. Fue la semana antes de que muriera, cuando nos llegó la noticia de que los portadores de Honor no podían venir.

—Hay... demasiada gente que necesita Regeneración —dijo Szeth—. No pueden desplazarse para la mayoría de los casos. Solo pueden curar a quienes acuden a ellos...

Habían sido unos meses difíciles. Aprendiendo a sanar cada día, intentando atender a todos los suplicantes posibles, descubriendo que no podía ayudar a una cantidad sorprendente de ellos, ya que sus heridas eran demasiado viejas.

—Mi padre, Vallano —dijo Neturo—, se echó a llorar cuando fue consciente de que iba a morir. Hasta ese momento, yo había dado por sentado que viviría. A base de fuerza de voluntad, si no era por otra cosa. Quizá él también lo creía. Me abrazó, llorando, cuando comprendió que ya no le quedaban esperanzas. Seis días más tarde... había muerto.

—Así que nadie tiene las respuestas.

Neturo se apartó.

—Los Heraldos y los spren, tal vez. Nos dejaron todas las pistas que pudieron. El resto tenemos que resolverlo nosotros.

—Debería haber algo más que eso. Algo más que yo.

Neturo no contestó nada mientras se sentaban a aquella luz del fuego y el ventoso humo se arremolinaba a su alrededor, mezclándose con la luz tormentosa de Szeth.

Era todo lo que tenían. Él. Szeth. Él era quien tenía que hacer algo.

—Quédate aquí —dijo—. Quédate escondido. Por favor.

Y, con eso, Szeth se lanzó por los aires otra vez.

97

PERSONAJES
DE UNA OBRA

La antiluz no es inherentemente lo opuesto a la luz habitual, ni tampoco su negativo, ni imaginaria, ni un inverso filosófico. Es una fase diferente de la misma entidad. Yo la veo más como la misma melodía, interpretada a un tiempo distinto.

De *El Ritmo de la Guerra*, primera coda, Navani Kholin

Una sombra cayó sobre Shallan e intentó propulsarla directa a un momento particularmente doloroso, la primera vez que vio a su madre de nuevo después de tantos años.

Shallan se negó. Necesitaba que la visión comenzara un poco antes, para tener algo más de espacio y recordar tiempos más luminosos, antes de afrontar más oscuridad. Podía hacer aquello y estaba decidida a ello. Era solo que necesitaba un poco de pista antes, para echar a correr. Sintió una pizca de sorpresa en los cambiantes movimientos del caos cuando impuso su voluntad sobre la visión, pero se pasó en un instante y Shallan apareció en su propio cuerpo una vez más.

Estaba sentada mientras las maquilladoras reales alezi daban vueltas ajetreadas a su alrededor. Recordó que le había parecido curioso que existiera algo como unas maquilladoras reales oficiales.

Era el día de su boda. Llevaba meses prometida con Adolin, pero el matrimonio aún no se había llevado a cabo. En parte, porque ella no se había involucrado del todo hasta después de la batalla de la Explanada Thayleña, cuando Dalinar había unido los reinos por primera vez. Ese día había tenido lugar un acontecimiento glorioso: Adolin Kholin había perforado la ilusión y la fachada hasta ver a la auténtica Shallan.

Ella también lo había visto a él. Había experimentado al Adolin profundo, verdadero, y atisbado el maravilloso futuro que podían tener

Y allí estaba, tensa y abrumada, mientras la preparaban para la ceremonia en sí.

Hasta que llegaron las botas.

Eran el regalo de Kaladin, unas botas de su talla, pero de corte y diseño militar. Shallan se echó a reír, sosteniéndolas en alto. La tensión se alivió. Era ambas mujeres. La Shallan que iba a casarse y la Shallan que estaba viviendo aquellas visiones otra vez. Para cualquier otra persona, ser dos mujeres al mismo tiempo quizá fuese desafiante y confuso. Para Shallan era solo su vida cotidiana.

¿Solo dos personas a la vez? Qué fácil.

Después de los regalos, llevaron a Shallan a una salita donde rezar y meditar. Ese día, pasó los dedos sobre el pincel y el tintero, pensativa. En su momento, no había disfrutado de la boda tanto como habría debido. El día había estado lleno de caos y ansiedad, como gran parte de su vida, en realidad. Había sido la discípula de Jasnah. ¿No debería haber aprendido a poner aunque fuese un pelín de orden en su vida?

Sonó un canturreo a su espalda.

Shallan se volvió y encontró a Patrón, a tamaño humano, cogido de la mano con Testimonio, que era quien canturreaba.

—Ella quería estar aquí, contigo —dijo Patrón—. Este día, hace un año. Por desgracia, tenía que seguir escondida. Para protegerte.

—De mí misma.

—De los dolores de la vida —respondió Patrón—. Y de la verdad, por un tiempo. En ti, la mentira era la vida, Shallan. A veces las necesitamos. Hasta los spren. Eso me lo enseñaste tú.

Shallan tomó las manos de Testimonio en las suyas.

—Gracias.

Testimonio, en respuesta, murmuró algo que Shallan no logró entender. Se inclinó hacia ella y aguzó el oído mientras la spren repetía las palabras.

—Disfruta. Esto.

—¿Que disfrute eso? —preguntó Shallan—. ¿El qué?

—La vida.

¿Cómo? Había muchísimo que hacer. Muchísimo que estaba mal. Testimonio le apretó las manos, mientras su patrón rotaba a su habitual manera letárgica.

Palabras de los muertos a los vivos. «Disfruta esto».

—Me lo merezco —dijo Shallan, apoyando la espalda en la pared, recordando lo que había comprendido ese día. Que estaba bien ser feliz—. ¿Por qué tengo que aprender una y otra vez las mismas lecciones? ¿No podría hacer progresos, por una vez?

—No estás volviendo a aprender las mismas lecciones —respondió Patrón—. Estás reforzándolas. En matemáticas puedes saber una cosa, sí, pero es su demostración lo que te enseña la verdad más profunda. La vida es tu demostración, Shallan.

—Supongo —dijo ella— que sí que es bueno repasar lo que aprendiste, de vez en cuando. Para añadirle contexto.

Aquellas visiones… ¿las había apreciado? ¿Había agradecido la capacidad de regresar y presenciar la vida tal y como había sido? Reír con sus hermanos. Ver a su padre otra vez. Por muy dañino que hubiera sido a menudo, Shallan no lo odiaba.

Y luego estaba su madre.

De verdad había estado allí, en la boda. Shallan se había negado a verla, o como mínimo a recordarla, la primera vez. Ahora tenía los ojos abiertos, el velo retirado.

—Quiero volver a vivirlo —susurró—. Hagámoslo.

Sus hermanos tardaron poco en invadir la pequeña cámara, como habían hecho ese día. Ella los abrazó como si hiciera siglos que no los veía, cosa que, en cierto modo, también era cierta para su yo actual. Dejó que la quisieran, y los quiso a su vez.

Aceptó la carta que le trajeron de Mraize, en la que explicaba que había cumplido su promesa y los había protegido. Como siempre, había una amenaza implícita en sus palabras. Ese día no le hizo ningún caso. Ese día iba a disfrutar de su boda. ¿Cuánta gente tenía la ocasión de revivir un acontecimiento tan maravilloso? Shallan respiró hondo, salió y se unió a la celebración.

Fue hermoso.

Habían escogido una de las salas superiores de Urithiru, con un ventanal enorme que daba a los picos helados. Estaba todo el mundo allí, entre remolinos de alegrespren como hojas azules. Sus hermanos, que acababan de descubrir que su hermana iba a casarse con uno de los hombres más poderosos del mundo. Sus escuderos, que estaban convirtiéndose en Radiantes por derecho propio. Vathah, Ishnah, Rojo, Gaz, hasta Shob. Sidéreo y Berila no se habían unido todavía.

Kaladin estaba en una esquina al fondo, con el rostro convertido en una máscara inexpresiva. Shallan intentó no pensar en elegir a Adolin como un rechazo de Kaladin, sino más bien como el reconocimiento de que, por muchos momentos poderosos que hubieran experimentado juntos, su relación no era de romance, sino de dolor compartido.

Sebarial y Palona, con cara de padres orgullosos. Mujeres a las que había llegado a conocer, como Ka y Rushu. Todos con sus mejores galas, los hombres en traje blanco formal donde el color de fajines o capas indicaba su afiliación a una casa. Havahs con chispeantes gemas en las mujeres, que ardían con su propia luz. Cintas, gallardetes, encaje, tapices y alfombras. Todo brillante.

Pero todo esforzándose, y fracasando, en competir con Adolin.

Por tradición, entró a la vez que ella, desde su propia sala de meditación. Llevaba una espada nueva al cinto, porque cómo no iba a llevarla. Después le contaría que era un regalo de Kaladin. Le habían regalado cuarenta y siete espadas distintas ese día, incluyendo una de la propia Shallan, y él había elegido llevar la de Kaladin.

Otro hombre quizá lo hubiera hecho para hacer ostentación de su victoria sobre un rival. En Adolin, era el sincero reconocimiento a un amigo. Shallan tomó una Memoria de todo, cosa que no había hecho el año anterior. Tarde o temprano, reproduciría la celebración sobre el papel, pero sabía que ningún lápiz de carboncillo podría hacerle justicia. Tendría que practicar con el óleo. Cuando el duelo de Dalinar terminara, esa iba a ser su tarea.

Se reunió con Adolin en el centro de la sala. Iba de blanco, también por tradición, aunque Shallan no había visto nunca un traje de boda alezi, con sus hombreras exageradas, su corte de estilo túnica, sus almidonados pero amplios puños y cuello. Ribeteado en azul Kholin, con un sombrero azul formal que representaba la modestia ante el Todopoderoso. El vestido de color zafiro que llevaba ella también era anticuado, con mangas larguísimas y tantos bordados que cubrían la mayor parte del vestido. Los rubíes cosidos brillaban, reflejándose en el oro del tocado matrimonial y la gruesa capa.

A Shallan le encantaba, porque parecían personajes de una obra. Y, por hermoso que fuese el atuendo de Adolin, nada podía igualarse a su sonrisa cuando tomó las manos de Shallan. En Jah Keved, a Shallan la habría entregado algún miembro importante de su casa, pero, según la tradición alezi, nadie debía llevarlos ni entregarlos. Eran sus propios dueños, libres según la ley, y no una posesión de nadie.

Sí que hacían falta testigos, en cambio, y Navani y Palona se habían ofrecido a dar fe de la unión. Avanzaron hacia el arco que representaba el portal hacia un nuevo principio. En el lado derecho estaba Sagaz, vestido de negro, el único de la sala que llevaba ese color.

Cogidos de la mano, Shallan y Adolin llegaron al arco y se detuvieron debajo. Oficiaba la ceremonia Kadash, el fervoroso exguerrero. El consejero espiritual de confianza de Adolin. Shallan recordaba que la ceremonia se le había pasado volando. Ese día la saboreó. Mientras contemplaba los ojos de Adolin y sentía sus manos, le permitió ser maravillosa. Le permitió durar tanto como fuese posible.

—Nada le proporciona más gozo al Todopoderoso —proclamó Kadash— que un juramento pronunciado con sinceridad. Por eso no debería sorprender a nadie que dos juramentos, hechos con amor, sean una experiencia sublime.

»Nos creó el Todopoderoso, y por eso hallamos nuestro deleite más profundo en construir, crear, pronunciar juramentos... y cumplirlos. La experiencia del matrimonio, verdaderamente especial, es la oportunidad de ayudaros uno al otro en este viaje. Nadie de nosotros es perfecto, y en consecuencia nadie de nosotros puede mantener los juramentos a la perfección. Aunque permanezcáis devotos, habrá llamaradas de ira, frustración, confusión y dolor.

»Cuando esos fuegos ardan, recordad este día. Recordad este juramento, que es único, pues no lo pronunciáis solos. Juntos, sois más fuertes que separados. Juntos, vuestros juramentos se distinguirán del mundo.

»Creo que en nada estamos tan benditos —prosiguió Kadash— como en nuestra capacidad de aceptarnos unos a otros como seres imperfectos, pero que se esfuerzan. Así que miraos entre vosotros. Recordad este amor, pero sabed que esto es solo el principio. Cada día, el amor debería crecer, hasta que lo que sintáis sea una hoguera comparada con la vela de hoy, que eclipse otras llamas menores.

»Construir una hoguera es más difícil que encender una vela. Encontraréis que el poderoso calor es una recompensa a lo largo de toda vuestra vida. Aquí, soy testigo, todos somos testigos, de un vínculo que se forma. Lo que el Todopoderoso forja, que ninguna persona busque socavarlo.

Shallan sonrió. Lo *sentía*. Estar allí. Estar *viva*. La calidez de Adolin, de sus palmas a las suyas. El calor de la vida y el amor.

—¿Vuestros juramentos están preparados? —preguntó Kadash.

—Lo están —dijo Adolin, apretándole las manos—. Shallan, mi vida es tuya, mi fuerza es tuya y nuestros viajes ahora son uno. Mi juramento a ti es amor. Para siempre.

—Adolin —susurró ella, recordando las palabras que había pronunciado como si fuesen nuevas—, mi vida es tuya. Mi fuerza, siempre, es tuya. Cuando seas débil, déjame ser fuerte. Cuando yo sea débil, por favor préstame tu fuerza. Y cuando los dos seamos débiles, al menos no lo seremos solos. Nunca más solos, pues nuestros viajes se juntan convertidos en uno. Mi amor, para siempre. Este es mi juramento.

Él sonrió.

—¿Improvisando un poco respecto a lo que traías escrito, gema corazón?

Ella se inclinó hacia él.

—Ve acostumbrándote, gema corazón. Eso solo va a ponerse más salvaje.

Adolin la besó, provocando susurros en la sala, porque aún no era el momento de besarse. También sabía improvisar.

—Entonces —dijo Kadash—, queda testificado y sellado por mi autoridad procedente del Todopoderoso. Dos juramentos se han transformado en uno. Dos corazones transformados en uno. Dos viajes transformados en uno. Tú, Adolin Kholin, y tú, Shallan Davar, sois uno. —Calló un momento—. Ahora sí que se supone que os besáis.

Shallan agarró a Adolin, se puso de puntillas y lo besó con tanta fuerza y vida y calor como pudo reunir, en una explosión de pasionspren como nieve cristalina. Aguantó hasta empezar a oír que la gente carraspeaba y se movía pero le trajo sin cuidado su incomodidad. Respiró el aliento de él y se apretó contra él y se hizo suya mientras él se hacía suyo.

Porque ella.

Merecía.

Aquello.

Había muchas cosas que podían estar mal y presionarla, pero Shallan ya no caminaba sola. Lo tenía a él. Las tormentas quisieran que la versión real de Adolin estuviera a salvo. Todas sus plegarias en ese momento, abrazada al recuerdo de él, se centraban en eso.

En. Protegerlo. A él.

Rompió el beso por fin y buscó a Patrón y Testimonio. Los encontró a tamaño humano, pero ignorados por los demás. Shallan estaba segura de que vio algo enderezándose en el patrón de Testimonio justo entonces. Púas que se desplegaban un poco, su patrón restaurándose aunque fuese un poquito. Testimonio no había podido ir a la boda la primera vez, pero esa vez... esa vez podía hacerse bien. De hecho, Shallan tampoco había podido experimentar aquello por completo la primera vez. Aún tenía cosas que aprender.

Ese día, apartó la mirada de la spren. La dirigió hacia Kaladin, ensimismado en un rincón. Después de ir a ver cómo estaba, Shallan había buscado a Sebarial y Palona, les había sonreído y entonces había visto un destello de pelo rojo detrás de ellos. Seguido por una cara.

Aquella cara persistente, angustiosa.

Shallan le había entregado ese momento a Velo. Ahora por fin podía verlo, aceptarlo y reconocerlo. Su madre había estado al fondo de la sala, entre los sirvientes.

La Heraldo había muerto, y regresado.

Shallan la había matado y la había enviado a Braize, donde ella no había resistido y había vuelto a Roshar. Disparando el Retorno, liberando a los Portadores del Vacío y dando inicio a todo aquello.

98

EL DÍA DE
LA VERDAD

NUEVE AÑOS Y MEDIO ANTES

A la mañana siguiente, Szeth aterrizó de nuevo en el Monasterio del Corredor del Viento y cruzó a zancadas las puertas abiertas.

Seguro de sí mismo. Era la única esperanza con la que contaba su pueblo.

Era él o nada.

Los acólitos se dispersaron, corriendo en busca de sus chamanes. Para cuando Szeth hubo llegado a los aposentos del portador de Honor, a sus aposentos, los diez chamanes del monasterio ya estaban congregados. Desafiando las costumbres de su cargo, todos llevaban un brazalete de color rojo desteñido, dejado al sol. En señal de duelo.

Muy apropiado.

—Acompañadme —les ordenó Szeth.

—Honor-nimi —dijo la chamana jefa, Faraz-hija-Daraz, creía Szeth que se llamaba. Era una mujer bajita de piel marrón y pelo negro azabache, muy corto y rizado—. Hemos conferenciado los diez y solicitamos que se nos envíe como chamanes itinerantes a visitar los pueblos de la región, en vez de mantener el monasterio.

Una profunda degradación. Y un profundo mensaje para él.

—Apenas hablé con vosotros cuando entrenaba aquí —dijo Szeth. Lo había expresado mal a propósito. Eran ellos quienes apenas habían hablado con él. Lo habían tratado con la más estricta frialdad durante aquel año—. Decidme, ¿dónde os encontró Tuko?

Faraz no respondió, pero uno de los otros tomó la palabra.

—Éramos descartes —dijo—. Rechazados por los otros monasterios.

—Pero ese rechazo —adivinó Szeth— no fue por falta de habilidad con la espada, ¿verdad?

—Yo era de los mejores —respondió Faraz, levantando la barbilla.

Aquello no era la humildad propia de una sierva de los Heraldos—. Derrotaba al maestro espadachín de Pozen en uno de cada cinco lances.

—Ganarle un solo punto siquiera a Gonda-hijo-Darias ya es todo un logro —dijo Szeth.

—Tú lo derrotaste cinco a cero, he oído —repuso Faraz, reacia.

—Sí —dijo él, observando al grupo de chamanes—. Pero yo tengo una habilidad nada común, incluso entre quienes tienen una habilidad nada común. ¿Cinco de vosotros sois de la espada y cinco del libro?

—En teoría, sí —dijo uno de los otros.

—En realidad, los diez sois de la espada —supuso Szeth, asintiendo—. Rechazados por vuestra actitud rebelde y luego reunidos aquí. Por tanto, Tuko sí que estaba planeando una rebelión. —Szeth echó a andar por el pasillo—. Acompañadme.

No lo hicieron.

Szeth se volvió hacia ellos.

—No os he liberado. Hasta que lo haga, soy el portador de Honor. Alegraos de tenerme.

—¡Tú mataste a Tuko! —gritó una de los otros.

—Como he dicho, alegraos —replicó Szeth—. Soy más diestro que él. Necesitaréis al mejor de todos para resistir contra los demás. Si Tuko de verdad creía en la Verdad, habría deseado que yo ocupara su lugar.

Los demás meditaron sobre aquello mientras Szeth recorría el silencioso pasillo. Por fin, el grupo de chamanes lo siguió.

—¿Qué estás diciendo? —preguntó Faraz con brusquedad.

Szeth dobló una esquina y abrió de golpe las puertas de la armería. Como recordaba, Tuko había mantenido aquella estancia bien surtida. La armería era un lugar destacado en todos los monasterios de la Verdad, pero muchas se mantenían más por ritual que por una necesidad activa. Allí no sucedía lo mismo. Espadas apiladas, gemas, armaduras y escudos en abundancia. La despensa también estaría abastecida para resistir un asedio y el monasterio, como todos ellos, tenía sus propios pozos.

Si conseguía reclutar a Moss, tendrían moldeado de almas, lo que significaba comida infinita siempre que cuidaran de sus gemas. Por desgracia, no estaba seguro de ser capaz de convencerlo. Quizá Sivi...

—Szeth —lo llamó Faraz, imperiosa—. Hum, ¿honor-nimi?

—¿Tuko os explicó por qué planeaba rebelarse? —preguntó Szeth.

—No —reconoció ella—. No llegamos tan lejos. Nos dijo que los otros podrían atacarnos y que deberíamos estar preparados. Que cuando llegara el momento y estuviésemos listos... Pero entonces se echó atrás. Esperó. Hasta que llegaste tú.

—Dio por hecho que podría derrotarme. —Szeth miró a los diez chamanes reunidos, vio el miedo en sus ojos—. Tuko descubrió, como he hecho yo hace poco, que los otros portadores de Honor sirven a un miembro de los Deshechos.

La voz no le tembló siquiera. ¿Sonaba confiado? Se sentía así, por una vez.

—¿Un *Deshecho*? —repitió Faraz en voz baja.

—Sí. Aún no sé si están engañados o lo saben, pero están obedeciendo de forma activa las exigencias de ese ser. Lo llaman «la Voz». —Calló un momento y respiró hondo—. Debo declarar, en solitario, que la Desolación ha llegado. Los Portadores del Vacío han regresado. Después de tanto tiempo, el día de la Verdad está aquí, y llega la hora de luchar.

Solo un Deshecho hasta el momento, que él hubiera visto. Los registros de hacía miles de años eran fragmentarios, copias de copias, pero el consenso general entre los eruditos era que, si se encontraba a un Portador del Vacío, los otros tardarían poco en seguirlo, o quizá ya hubieran llegado en secreto. Szeth se volvió hacia los chamanes, que estaban todos alarmados, con los ojos como platos. Y, sin embargo, empezaron a asentir. Tuko había estado trabajando con ellos, aunque no se lo hubiera explicado todo.

—Tengo esperanzas —dijo Szeth— de poder reclutar a uno o dos portadores de Honor más. El resto nos plantará cara, así que debemos actuar rápido. Movilizad y reclutad a quienes estén dispuestos de entre la gente. Llega el momento de la guerra, y de que recemos a los Heraldos para que aún no sea tarde.

Interpretadas al mismo tiempo, la melodía «destructiva» y la original se reforzarán entre ellas en vez de destruirse. Eso somos los humanos y los cantores. No opuestos.

La misma canción. Tocada en tiempos distintos.

De *El Ritmo de la Guerra*, primera coda, Navani Kholin

Shallan dejó a Adolin plantado bajo el arco ceremonial de los nuevos inicios.

Era la clase de crueldad que las mujeres hacían en las historias, pero aquel no era el verdadero Adolin y, cuando Shallan reconoció ese hecho, lo demás se vino abajo también. No eran los verdaderos Dalinar ni Navani los que gritaron, ni el verdadero Sagaz ante el que pasó, sino un risueño revoltijo de Investidura consciente de sí misma lo que la alentaba. Shallan explicó a todo el mundo brevemente que tenía que hacer una visita de emergencia al lavabo y fue derecha hacia su madre mientras se sostenía en alto las faldas de su envolvente vestido azul.

Chana… su madre la vio venir. Con los ojos muy abiertos, se escabulló por la puerta trasera. Pero no había muchos sitios a los que huir, tan arriba en Urithiru. Shallan tardó poco en acorralar a su madre en una sala vacía, iluminada desde fuera por el sol. Chana se encaró hacia el cristal con una expresión de pánico en la cara, apretando las manos contra la ventana. Como si quisiera pasar al otro lado.

—Madre —dijo Shallan desde el umbral—. Por favor.

Chana miró por encima del hombro. Tormentas. Shallan la había visto varias veces en las visiones del pasado, vestida de pieles, con el porte de una soldado. No era que su madre fuese una Heraldo. Eso era abrumador, sí, pero no doloroso. Mientras que ver a esa mujer de nuevo… sí que hacía daño. Hacía que Shallan quisiera volver corriendo al cálido salón de la boda. Evitar el enfrentamiento.

No, dijo Radiante. *Has dicho que es el momento. Lucha.*

—Lucha por mí —susurró Shallan.

Esta vez no, Shallan. Esta vez no.

—Madre —dijo Shallan, haciendo acopio de valor—. ¿Por qué estás aquí?

—Oí… —susurró Chana, con lágrimas en los ojos—. Oí que los Radiantes habían regresado. Que tú eras una de ellos. Vine, y encontré una boda. No quería interferir. Solo… quería verte otra vez…

La mujer se derrumbó al suelo, y luego se arrastró hasta la esquina, alejándose de la ventana y de Shallan. Se acurrucó allí y empezó a mecerse adelante y atrás, con las manos sobre la cara, clavándose las uñas en las mejillas.

—No quería hacerte daño —añadió—, pero Ishar dijo que lo haría. Quería una familia. Quería… Egoísta. Qué egoísta. Quería…

Gimió, y el sonido se convirtió en un quedo lamento de agonía mientras se arañaba la cara, temblando y sollozando. Shallan estaba como plantada en su sitio, espantada mientras lo asimilaba poco a poco. Ella, Shallan, era la cuerda por comparación. Era… era la adulta de la sala

Dolor. Un dolor… que Shallan podía soportar, con Velo y Radiante como refuerzos en su mente. Como columnas que sostenían en alto la luz del sol. Shallan se secó los ojos y luego se acercó, muy consciente de que aquella mujer, aunque fuese desarmada, podría tener acceso a una hoja esquirlada o incluso una hoja de Honor. Aquello era solo una visión, y Shallan *debería* estar a salvo, pero aun así les tuvo un ojo echado a las manos de su madre mientras se arrodillaba.

—Madre —susurró—, está bien.

¿Lo sentía de verdad o eran solo palabras? Las emociones eran una tempestad dentro de Shallan, ira, frustración, miedo. Calor, todas ellas. Muchísimo calor, como si pudiera quemarla y dejar solo cenizas. Pero entonces Chana la miró, levantó una mano trémula y puso los dedos en la mejilla de Shallan.

—Ojalá no te hubiera hecho daño —dijo Chana—. Ishar y Nale me dijeron que era un error casarme, pero yo pensé que me encontraba bien. Creo que… que todos cometemos ese error, incluso Ishar.

—Sé lo que pasó —susurró Shallan.

—Regresamos —dijo Chana—. Fui a Braize… y caí. ¡Intenté esconderme, intenté aguantar! Pero ay, caí. ¡Es culpa mía, es todo culpa mía! ¡Todo lo que está pasando es culpa mía! Una nueva Desolación…

Cerró los ojos y apretó la cara contra la pared otra vez, gimiendo.

Y Shallan…

Shallan sintió el calor radiando a través de ella y tomó una decisión.

—Madre —susurró—, no puedes culparte por lo que hacen otros. No puedes cargar con la responsabilidad de sus decisiones. Si el enemigo ataca, *no* es culpa tuya.

—¿Y lo que te hice a ti? —siseó Chana—. Creía... que ibas a reemplazarme. Qué egoísta. Aunque hubiera sido verdad, habría sido egoísta...

Shallan se echó hacia atrás mientras las palabras le traían emoción, como una descarga de frío hielo entre el calor. Traición, un dolor directo al corazón. Entonces... entonces, poco a poco, se derritió. Cuando habló, con los ojos empañados, Shallan descubrió que las palabras no eran mentiras. Dolorosas, sí, pero no mentiras.

—Madre —dijo—, te perdono.

Chana titubeó, y entonces miró hacia Shallan.

—No me merezco tu perdón.

—Te lo doy de todos modos —susurró Shallan—. Lo que hiciste fue terrible. Hará falta que te vigilen, que te ayuden y que impidan que hagas daño a otros. Pero ahora estoy a salvo, así que puedo perdonarte.

Chana bajó las manos.

—¿Cómo pude, cómo pudo este ser horrible en el que me he convertido, crear algo tan maravilloso como tú? Dales un abrazo a tus hermanos de mi parte, Shallan. Diles que los quiero, aunque nunca, jamás pueda volver a verlos. No vaya a ser que les haga daño también.

El calor se asentó. Quizá su madre no mereciese el perdón; no había excusa para lo que había hecho, a pesar de su estado mental. Pero era importante para Shallan llegar a algún tipo de reconciliación, aunque fuese de aquella manera actuada.

Patrón llegó, y luego Testimonio. Los ojos de Chana se desviaron hacia ellos, y sonrió.

—Estás en buenas manos. Me habría... gustado acompañarte, estos años.

Miró a un lado y se sobresaltó, viendo... nada que Shallan pudiera distinguir.

—Me han encontrado —dijo Chana.

—¿Quiénes? —preguntó Shallan, levantándose y dando un paso atrás, cautelosa por lo que podría significar aquel comportamiento errático.

—Las almas de los cantores muertos —dijo Chana—. Los Fusionados que no han Retornado. Estoy buscando a Taln y no me rendiré esta vez. Voy a encontrarlo.

Las almas de los muertos...

—Madre —dijo Shallan—, ¿dónde estoy, ahora mismo?

—Dentro de una visión —respondió Chana—, en el Reino Espiritual. Reviviendo tu boda. Yo morí otra vez, hace unos meses. Estaba en Braize, en el Reino Cognitivo, pero sentí que me llamabas... que tirabas de mí hacia ti...

¿Era ella de verdad?

Chana se levantó, en súbita alerta.

—Gracias por detenerme. —Miró a Shallan a los ojos—. No confíes en ninguno de nosotros, salvo en Taln.

—Madre, no...

—Debo irme —susurró ella, y saltó hacia delante para abrazar a Shallan—. Intentaré no caer tan fácilmente esta vez.

Y entonces su madre se evaporó en un colorido y oscilante humo.

¡Tormentas! Shallan respiró a bocanadas, inhalando y exhalando, envolviéndose a sí misma con los brazos, notando perdurar la sensación del abrazo de su madre.

—¿Era... ella de verdad?

—Mmm... —dijo Patrón—. Las reglas son extrañas para los Heraldos, que son seres de todos los reinos. Creo que sí que era ella. Una mentira que se hizo verdad.

Shallan sintió una mano en el hombro. Testimonio, que señalaba con un dedo tembloroso, muy largo. Una sombra estaba cayendo sobre la estancia, aunque la ventana seguía mostrando un día soleado.

—Él está aquí —susurró Testimonio—. Odium.

La visión se deshizo, enviándola de vuelta al caos.

Dalinar chilló contra el arremolinado caos del Reino Espiritual. Intentó combatirlo. Intentó emplear la fuerza que había encontrado en dar el siguiente paso.

El poder en sí mismo, no solo el toque de Odium, lo provocaba. Los humanos no eran de fiar. Los humanos habían roto a Honor. Ninguno era digno. Se convirtió en un ataque a dos bandas, con el poder de Honor *cooperando* con Odium, que obligó a Dalinar a ver un fracaso tras otro. Erosionando su convicción de que había cambiado, de que era un hombre mejor, de que estaba perdonado.

Fallándole a Gavilar la noche de su asesinato.

Fallándole a Elhokar, que había necesitado a su tío, no un rival.

Unas formas cambiantes lo asaltaban, como si estuviera en algún lugar oscuro, lleno de trueno, azotado por el viento. La gente moría y la lluvia repiqueteaba en la destellante, estroboscópica luz del relámpago enfurecido.

¿Crees que estás perdonado? Las palabras de Odium reverberaron a través de él. *¿Crees que puedes levantarte y marcharte sin más?*

En un momento, la realidad se recompuso y las motas de luz cuajaron en una pequeña cámara. Un duro suelo de piedra, nivelado a hoja esquirlada, los distintos tajos y cortes manifestados como imperfecciones y surcos. Una sola puerta, metálica e imponente, más tapón que entrada.

Una hilera de cuatro camas contra la pared del fondo. Dalinar yacía en la más alejada, y tres bultos cubiertos por mantas indicaban que las otras estaban ocupadas también. La iluminación procedía de unas esferas en un candelero de la pared, aunque lo habían tapado con una tela para atenuarla.

Dalinar se incorporó, bufando, sudando. El corazón le atronaba, y oía en su mente los ecos de las acusaciones de los muertos. Miró el fabrial de su brazo, pero estaba hecho añicos. Quizá ya fuese demasiado tarde. Era probable. Se sentía como si llevara décadas allí dentro.

Intentó distraerse inspeccionando aquella visión. El lugar le sonaba. Tenía aspecto de prisión, con aquellas camas idénticas, la ausencia de ventanas y la enorme puerta metálica. Pero ¿qué clase de cárcel tenía unos candeleros tan bonitos?

—¿Padre? —La siguiente figura de la hilera de camas se incorporó también, revelándose como un chico joven al que Dalinar no reconoció—. Por favor, padre, haz que pare.

—Eh… ¿Gav? —dijo Dalinar, y el chico lo miró ensanchando los ojos.

—¿Papi? —preguntó Gav.

Sí, era Gav, aunque llevase una cara distinta. A Dalinar no le gustaba nada que aquellas nuevas visiones no les permitieran verse de verdad entre ellos. ¿Sería cosa de Odium, intentando aislarlos? Dalinar inhaló una bocanada larga, aliviada.

—Soy yo, hijo —dijo—. O sea, yo, Dalinar. Tu yayo.

Gav se encogió, un movimiento que le partió el corazón a Dalinar.

—¿Qué es este sitio? —preguntó Gavinor, agarrado a la manta—. Quiero irme a casa. ¡Quiero irme a casa!

—Tranquilo —dijo una voz familiar, con un leve acento.

La figura de la tercera cama se movió, revelando un cabello rubio revuelto y una cara pálida, con surcos de lágrimas a través del maquillaje.

Evi.

Oh…

Oh, Condenación.

—¿Evi? —susurró.

Ella se incorporó y ladeó la cabeza.

—¿Sí? ¿Te llamabas… Hakin? ¿Hakon? Perdona, es que ha sido una noche muy larga.

Dalinar tuvo la extraña sensación de ralear, sus emociones lejanas, sus pensamientos endebles, como si fuese una sombra proyectada por un hombre. Conque así era como Odium pretendía doblegarlo. Dalinar decía que había progresado, pero… ¿estaba listo para aquello? ¿Para ella? Podría haber jurado que oyó su voz en la Explanada Thayleña, pero…

«Oh, no. Sangre de mis ancestros…».

Dalinar reconoció la cámara. Había estado allí dentro una vez, cuando había sido el escondite de una familia. Era donde habían puesto a Evi la noche…

La noche que…

Tanalan. Rathalas, la Grieta.

—¿Yayo? —dijo Gavinor, con la voz cada vez más aguda—. ¿Qué está pasando?

—No pasa nada —respondió Evi—. Como te decía, pequeño, mi marido vendrá a salvarnos.

—Evi... —dijo Dalinar de nuevo, pero notaba la garganta hinchada, las palabras como brea—. Lo siento.

—Puede que haya estropeado cosas —dijo Evi—, pero vendrá pronto.

La cuarta figura se movió en su cama, un hombre bien vestido al que Dalinar no reconoció.

—¿El Espina Negra? —dijo, y bostezó—. A ese le da igual que nos pudramos.

—No —respondió Evi—. Mi marido es un buen hombre.

«Esto no —pensó Dalinar—. Cualquier cosa menos esto».

La puerta se sacudió. De pronto, Dalinar pudo oírlos. Los chillidos lejanos que una vez fueron un acompañamiento constante en su vida. Los sonidos de una ciudad ardiendo.

Evi se levantó, titubeante. Dalinar recordaba ese vestido. Lo había visto en su cadáver quemado.

«Pretende doblegarme con la verdad», pensó Dalinar. Quienquiera que fuese aquel nuevo Odium, conocía a Dalinar lo suficiente para saber que aquel era el acontecimiento más doloroso de su vida. La Grieta y la muerte de Evi terminarían enviándolo a la Antigua Magia, en busca de la inconsciencia de pensamiento y recuerdo.

Y, sin embargo, Odium no lo conocía a él. A Dalinar. A la persona que había pasado a ser en lo más profundo. Odium no alcanzaba a ver a ese hombre. Porque ese hombre... no podía doblegarse con la verdad. La verdad era el arma que una vez se había usado para hacerla sangre, y luego él la había arrancado de su propia carne y la empuñaba como su mejor hoja.

Paz.

En aquella cámara acorazada, todo se volvió como pacífico.

«Únelos».

La persona que había sido.

La que era.

En la que se transformaría.

El aire se deformó alrededor de Dalinar. Los hilos del Reino Espiritual se desmadejaron por un momento y luego volvieron a juntarse de golpe. Dalinar inspiró, espiró y, cuando la distorsión terminó, era él mismo.

—¿Yayo? —dijo Gav—. ¡Ahora te veo!

—Mi marido. —Evi lo miró a los ojos—. Sí que es un buen hombre.

—Puede —respondió Dalinar—. Lo intenta, Evi.

Una hoja esquirlada atravesó el espacio entre la puerta y la pared y luego descendió, cortando las bisagras.

Había llegado el momento.

Dalinar agarró a Gav con una mano y usó la otra para volcar la cama del chico de lado y escudarlos del calor. Entregó a Gav a Evi.

—Cuídalo —dijo—. Protégelo y reconfórtalo tanto como puedas durante esto que viene.

—Lo haré —prometió Evi, y le sonrió.

Dalinar llevó la mano al lado de su cara.

—Gracias.

Ella asintió y luego se agachó con Gav detrás del refugio improvisado. Dalinar salió para afrontar lo que llegaba a continuación: un tonel, ardiendo por un agujero en un lado, que soltaba aceite en llamas.

Dalinar lo atrapó.

Entonces, con una fuerza que ningún hombre debería tener, lo alzó en vilo y lo arrojó de vuelta a través de la puerta, con el ímpetu de un ariete. El tonel se estrelló contra el siguiente que entraba, y ambos estallaron en astillas de madera, empapando la entrada en aceite encendido. A través de esas llamas, Dalinar solo veía una cosa fuera. Dos ojos. Los ojos del Espina Negra, atravesándolo todo. Rojos como la sangre. Los ojos de un hombre que, después de años conteniéndose, por fin se había rendido a convertirse en lo que todos decían que era. En lo que su hermano quería que fuese.

Un destructor.

Pero Dalinar no estaba asustado. No le tenía miedo al pasado, y Odium había cometido un error al traerlo allí. Dalinar cruzó a zancadas el fuego, que no podía tocarlo, porque ahora él era lo que las sombras y las llamas temían. Era un hombre a quien no le importaba lo que revelasen.

Salió del fuego y se enfrentó al Espina Negra en una rampa cerca de la cima de Rathalas, la ciudad conocida como la Grieta, un lugar de edificios construidos en el interior de un valle parecido a un abismo. Muchos edificios ardían, y los arqueros disparaban a los lugareños desde arriba, y los refugiados que intentaban huir por el fondo de la Grieta terminarían masacrados por los ejércitos de Dalinar.

Era una pira funeraria para los inocentes. Y para la decencia básica de Dalinar.

Y todo por culpa de ese hombre que tenía delante, ese hombre que, en su ira, se había rendido. Dalinar cerró el puño para darle su merecido a aquella odiada versión de sí mismo. Entonces paró.

No. Esa vez no.

En vez de eso, Dalinar le dio la espalda al Espina Negra, haciéndole caso omiso. Buscó entre las tropas alezi presentes y encontró a Kadash. Era un oficial excelente que, a consecuencia de ese día, abandonaría el ejército y se haría fervoroso.

—¡Nuevas órdenes! —gritó Dalinar—. Kadash, quiero que los arqueros del borde se retiren. Diles a las tropas del fondo de la Grieta que se aparten y dejen salir a la gente en libertad. Reúne todas nuestras tropas y ponlas a apagar incendios y ayudar a los grietanos a escapar de las llamas. Esto ya no es una represalia. Es un rescate.

Kadash y los demás soldados se quedaron quietos, pasando la mirada de Dalinar al Espina Negra.

—¿Cuál de nosotros quieres que sea el verdadero Dalinar, hijo? —preguntó Dalinar con voz suave.

Kadash lo miró, irguió más la espalda y empezó a dar las órdenes. Pero entonces vaciló.

—Señor… ya es tarde, ¿verdad? La ciudad está en llamas. Los soldados de abajo ya han empezado la masacre.

—Nunca es tarde —dijo Dalinar— para intentar ser mejor persona. Haz lo que puedas.

Kadash salió corriendo, dando gritos para que cesara la matanza, como hicieron los demás. Dalinar se volvió hacia un edificio en llamas para intentar rescatar al consistor y su familia, pero el Espina Negra se plantó delante de él.

—No puedes hacer como si no estuviera —dijo el Espina Negra—. Soy tú.

—Sí… —respondió Dalinar—. Y no.

El Espina Negra levantó a Juramentada para atacar.

—Mira —dijo Dalinar—. Conoce.

El aire se deformó otra vez y, durante un segundo, de veras fueron solo uno. Los ojos del Espina Negra se iluminaron de comprensión cuando vio el futuro, cuando se vio a sí mismo venirse abajo, cuando vio a Gavilar muerto. Dalinar vertió en esa efigie todo el dolor, hasta el último gramo de comprensión, y la verdad de la persona en quien se había convertido. El Espina Negra dio un respingo y cayó de rodillas.

—Ahora lo que has dicho es verdad —afirmó Dalinar.

—Sabrás —dijo Odium, y el sonido vibró a través de Dalinar— que esto carece de significado. Nada de esto es real. Solo estás luciéndote.

—Pues disfruta del espectáculo —replicó Dalinar.

Echó a correr hacia el edificio en llamas. Pero, antes de llegar a él, una figura en armadura esquirlada llegó a toda prisa y lo detuvo.

—Dalinar —dijo Sadeas, imperioso—, en el nombre de Condenación, ¿qué estás…?

Dalinar le soltó un puñetazo en toda la cara cubierta por el yelmo, un gancho de derecha excelente, cargado con décadas de frustración y fuerza. El puño atravesó el yelmo de la armadura esquirlada, haciéndolo trizas, y se estrelló contra la cara demasiado roja, demasiado inflada, demasiado engreída de Sadeas.

El alto príncipe se derrumbó como una barra de plomo, dando despatarrado contra el suelo en su armadura esquirlada.

Eso… eso sí que sentaba bien.

Odium suspiró.

—No solo estás actuando para mí, Dalinar. El poder de Honor observa, y acabas de mostrarle una cosa.

—¿Que hasta yo puedo cambiar?

—Que la humanidad no merece a Honor, pues desobedece órdenes.

—¡Estoy salvando vidas!

—De traidores. ¿Qué le importan las vidas al poder de los juramentos, Dalinar? Tú, con toda esa pose moralista que tienes, acabas de romper tu juramento de servicio que te obliga a hacer lo que el rey ordena. Tu trabajo era sofocar la rebelión de esta ciudad. Quemarla, como declaración de intenciones, era la opción correcta. Quería que te dieras cuenta de eso.

En un instante, la visión se resquebrajó en fragmentos de luz y Dalinar perdió a Gavinor otra vez. Le tembló el corazón por el chico, pero se alzó ante la tempestad que venía.

—Finges fuerza —dijo Odium—, pero aún sufres por ese día. Y siempre lo harás. Porque esa parte de ti sabe que era necesario. Aceptaste ese dolor por voluntad propia.

Esa voz... ¿Era...?

La tempestad azotó a Dalinar. Pretendía abrumarlo y destruirlo. Eso lo podía soportar, pero de pronto empezaron a formarse imágenes de gente quemada. Su anterior fuerza le pareció una mentira mientras flaqueaba y terminaba acurrucándose para protegerse de verlas, de contemplar una imagen tras otra de muertos. Porque era verdad. Por mucho que fingiera, los cambios que había hecho en sí mismo no iban a devolverle la vida a los cadáveres quemados de los niños que habían muerto por su mano.

Esa era su carga. Y su vergüenza.

Quizá aquello fuese lo que guiaba esas visiones. No solo Odium, sino su propia conciencia, apaleada y ensangrentada por su pasado y anhelando venganza.

Porque descubrió que su resolución se desmoronaba, que sus ojos lloraban al ver aquellos cadáveres. Incluido el de Evi. Dalinar se había transformado en un hombre distinto, pero ¿había algo que pudiera compensar jamás aquello tan terrible que había hecho? Era tan horripilante que, viéndolo en esos momentos, tuvo que reconocer que cualquier castigo que se le infligiera sería justo. Que lo merecía.

—Debes encontrar las palabras más importantes que pueda decir un hombre.

Una voz. Traída por las corrientes de aquel lugar.

Él... conocía aquella voz. Dalinar buscó en el caos. No era Gavilar, ni Elhokar, ni el Padre Tormenta...

—Esas palabras vinieron a mí de alguien que afirmaba haber visto el futuro. «¿Cómo es posible?», pregunté yo. «¿Es que te confirió su don el Vacío?». La respuesta fue una carcajada. «No, dulce rey. El pasado es el futuro y, tal y como todo hombre ha vivido, debes hacerlo tú».

—¿Nohadon? —susurró Dalinar—. ¿Estás ahí?

—Amarás —prosiguió la evocadora voz—. Sufrirás. Soñarás. Y morirás. El pasado de todo hombre es tu futuro.

—Entonces, ¿qué sentido tiene? —suplicó Dalinar—. ¿Por qué? ¿Es que nada de lo que haga puede tener ni el menor significado por culpa de las decisiones terribles que tomé una vez?

—Dalinar, viejo amigo —dijo la voz—. Escucha. Recuerda. La cuestión no es si amarás, sufrirás, soñarás y morirás. Es *qué* amarás, *por qué* sufrirás, *cuándo* soñarás y *cómo* morirás. Esas son tus elecciones. No puedes elegir la destinación, solo el camino.

—El camino —susurró Dalinar— está lleno de dolor.

—Tu dolor.

—Sí.

—*Tu* dolor —dijo la voz—. Todos los hombres tienen el mismo destino final, Dalinar. Pero no somos criaturas de destinos. Es el viaje lo que nos da la forma. Nuestros pies encallecidos. Tus pies encallecidos. Nuestras espaldas fortalecidas por cargar el peso de nuestros viajes. Tu espalda fortalecida por cargar el peso de tus viajes. Nuestros ojos abiertos. Tus. Ojos. Abiertos. Tú conservaste el dolor, Dalinar. Recuerda eso. Pues la sustancia de nuestra existencia no está en la consecución, sino en el método…

La voz se alejó. Dalinar se levantó como pudo.

—¡Por favor, no me dejes!

Una sombra emergió del caos. Alta como una montaña, ancha como el horizonte. Cayó sobre Dalinar, dominándolo. Una fuerza. Que habló con… con la voz de *Taravangian*.

—Ah, Dalinar —dijo la voz—. ¿A quién estás llamando? ¿Al Padre Tormenta? ¿A Navani?

Dalinar se derrumbó de rodillas ante la sombra. Y supo la verdad. Taravangian…

Tormentas. Taravangian era el nuevo Odium.

De pronto cobraron sentido muchísimas cosas. Era la pieza que le había faltado. Y lo aterrorizaba. Porque no se le ocurría ninguna persona peor, ni siquiera el hombre que había sido el propio Dalinar, para ostentar aquel poder.

Tormentas.

—Podrías haberte ahorrado esta tortura —dijo Taravangian, y su voz vibraba con la fuerza de mil tambores—. Mi antecesor se ofreció a tomar tu dolor, pero te negaste. Así que ahora debes sufrir.

La sombra compuso la forma del anciano, de pie ante él, pero con el… ininteligible alcance de un dios.

Taravangian.

Odium.

Estaban condenados.

—Debes sufrir —dijo Taravangian—. No me proporciona ningún placer verte así. Pero es lo que debe suceder.

«Pero… —pensó Dalinar—. Pero no le di mi dolor».

Bajó la mirada a su propio pecho y encontró una sola y resplandeciente luz dorada creciendo allí. Una línea que lo Conectaba a algo. La tocó y sintió un dolor atroz. El dolor del fracaso. El agudo y terrible suplicio de no solo haber perdido a seres queridos, sino de haber provocado esa muerte. Por inacción. Por intención equivocada. Y, por último, lo peor de todo, por deliberada elección.

Y nada que uno pudiera hacer iba a compensar jamás aquellas decisiones espantosas. Era un tipo único de tortura. Dalinar sabía que lo era, demasiado bien.

Agarró esa línea de luz y la agonía vibró a través de él. Utilizó el mismo dolor que Odium pensaba que lo aplastaría como la cuerda de un salvavidas. Dalinar la aferró con una mano y empezó a tirar de sí mismo entre el caos, arrastrándose sobre la otra mano y las rodillas.

—Dalinar —dijo Odium—. Dalinar, puedo acabar con esto.

Consiguió ponerse en pie y empezó a andar. Todo contacto con la línea de luz era angustioso. Siguió adelante.

—¿Sabes adónde lleva eso, Dalinar? —preguntó Odium—. ¡Ese camino termina solo en más dolor! Tienes que escucharme. Te lo enseñaré. ¡TE DEMOSTRARÉ QUE ESTOY EN LO CIERTO!

Aferrando ese terrible dolor, con la espalda doblada, las manos temblorosas, Dalinar tiró de sí mismo fuera de la sombra y apareció, con un sorprendido traspié, en una visión. Estaba en una pequeña cámara de piedra con un ventanuco. Como… ¿una celda de monasterio? Sí, las habitaciones oscuras donde retenían a las personas inestables, lejos de la luz y los estímulos.

Había una figura acurrucada contra la pared en una esquina, sacudiéndose y sollozando con suavidad. La línea de luz de Dalinar llevaba directa a él. Se acercó y se arrodilló junto a quien resultó ser un anciano, de formas llenas y adustas, barbudo. Dalinar reconoció aquella cara, aunque ya no abarcase un cielo entero.

El Padre Tormenta. Tan pequeño allí, como si fuese mortal.

—Embustero —siseó Dalinar.

El Padre Tormenta siguió hecho un ovillo contra la pared, apretando los párpados con fuerza. Y, tormentas, Dalinar sintió que su furia se evaporaba. De nuevo recordó cómo afrontaba los problemas: dándoles puñetazos, rompiéndolos, quemándolos.

Viaje antes que destino.

Tenía que probar algo distinto. Todavía arrodillado junto al Padre Tormenta, puso una mano vacilante en el hombro del spren. El dolor arreció. Aquella tortura demasiado familiar del fracaso y la pérdida.

—Tú también lo sientes —dijo Dalinar—. Es lo que me ha guiado hasta i, ¿verdad?

El Padre Tormenta se estremeció, y Dalinar vio que el suelo estaba manchado de lágrimas delante de él.

—Lo recuerdo, Dalinar —dijo—. Cuando me acusaste, recordé lo que… hizo Honor. Conozco su vida entera. Soy un eco de él. Y sus fracasos on míos.

—Muéstramelo —pidió Dalinar.

—Me odiarás —susurró el Padre Tormenta, con voz áspera, desgarra-a—. Te he fallado. He… he…

—Muéstramelo —repitió Dalinar con suavidad—. Para que pueda entenderlo.

El Padre Tormenta abrió por fin unos ojos enrojecidos por las lágrimas y lo miró.

—Me *duele*.

—A lo mejor esa es la idea. A lo mejor las emociones no nos hacen débiles. A lo mejor nos enseñan. Como el dolor de tocar un fogón caliente. Nos muestran lo que debemos hacer y nos recuerdan lo que no deberíamos.

Desde fuera, Dalinar era un monstruo. ¿Qué aspecto tendría Honor desde dentro? ¿Comprendía Taravangian, u Odium, lo que había hecho al recordarle a Dalinar su dolor?

No. Taravangian solo veía destinos.

—Nos odiarás, a mí, a Honor, por lo que hicimos.

—No —respondió Dalinar—. La comprensión nunca ha llevado al odio. Muéstramelo. No puedo tomar tu dolor, pero sí que puedo ayudarte a cargar con él.

El Padre Tormenta alzó el brazo y tocó la mano de Dalinar con la suya. Una nueva visión comenzó. Y en esa, Dalinar vio la vida de un dios.

FIN

del octavo día

INTERLUDIOS

RYSN ◆ ODIUM

RYSN

í, pero ¿lo cumplirán? —preguntó Brakt, señalando el pequeño fajo de papeles que llevaba en la mano.

—Son alezi —respondió Ytredn—. Si está escrito en papel, para ellos vale tanto como un juramento. Creo que cumplirán lo que han prometido. Tienen que hacerlo.

Los dos estaban con Rysn en el elevador, subiendo hacia los pisos intermedios de Urithiru. Chiri-Chiri iba acurrucada en su regazo, ya del tamaño de un sabueso-hacha pequeño. La larkin se pasaba el día frustrada por no poder esconderse ya en cajas pequeñas ni en macetas de hierba. ¡La cantidad de veces que Rysn había tenido que tirar de ella para sacarla de un agujero en el que se había quedado encajada!

La gente de la torre lanzaba miradas curiosas a la criatura, y hacía bien. Rysn había oído a bastantes de ellos comparar a Chiri-Chiri con un abismoide alado, aunque la larkin era más esbelta y tenía una cola segmentada que terminaba en una parte abultada y luego un gancho afilado. La verdad era que no se parecía a ningún otro ser vivo.

Miraban con igual extrañeza la silla flotante de Rysn, aunque esa tecnología ya estuviera volviéndose bien conocida. Pero no sabían lo que tenían delante de sus ojos. De momento, Rysn no hizo alarde de sus funciones más nuevas y se limitó a subir por el elevador con los dos veteranos miembros de la Oficina de Patentes Thayleña.

—¿Por qué lo cuestionas, Brakt? —preguntó Rysn mientras el elevador se acoplaba en su lugar del piso adecuado—. Si tenemos un contrato, tenemos un contrato, ¿no es así?

La mujer, de pelo entrecano y en un tieso vestido formal azul, echó a andar al lado de Rysn, que movía su silla tocando unas gemas de control en el reposabrazos. La silla avanzó flotando, a la altura suficiente para que Rysn pudiera mirar a la gente a los ojos.

—Llevamos décadas literales —dijo Brakt— intentando que los alezi y los azishianos acepten nuestros requerimientos sobre patentes. Me resulta... poco propio de ellos que accedan tan de repente a nuestras exigencias.

—Ahora son nuestros aliados —respondió Ytredn, gesticulando con una mano. El hombre llevaba las cejas recogidas detrás de la cabeza con una cinta de plata—. Muchas cosas están cambiando.

Eso no era del todo lo que había oído Rysn. Ella tenía entendido que, durante la ocupación de Urithiru, que había terminado hacía dos semanas, Navani había amedrentado a varios artifabrianos thayleños muy importantes para que compartieran los secretos del oficio, y que ellos, tras el conflicto, de inmediato la habían amedrentado a ella para que por fin aceptara al pie de la letra los contratos de patentes thayleños. Vstim decía que Navani había firmado, pero bajo coacción, durante un momento de gran revuelo y tensión en la torre al concluir la ocupación. El *babsk* de Rysn maldecía a los artifabrianos que habían impuesto aquello tan deprisa. Temía que quizá existiese algún precedente legal por el que el tratado pudiera anularse.

Y había concluido, por tanto, que era mejor poner a prueba el tratado ya. Motivo por el que Rysn estaba allí. Su tierra natal estaba amenazada, pero ella no podía hacer nada al respecto. La guerra parecía constante en los últimos tiempos, pero la vida seguía. Apoyó la mano en Chiri-Chiri y le rascó una pequeña zona de piel entre placas de caparazón, obteniendo un zumbido de placer de la bestia.

Llegaron a la sala convenida y Rysn detuvo su silla fuera para esperar a que llegase la hora. Luego, con los ojos cerrados, se permitió sentir.

Iba mejorando en controlar, o al menos en soportar, los poderes en expansión que le concedía... su deber especial. El sentido vital, como lo llamaban los Insomnes, era la capacidad de percibir las cosas vivas, los pedacitos de poder que componían todas ellas y constituían un alma. Los sonidos eran distintos para ella desde hacía un tiempo, dado que podía distinguir las notas con precisión absoluta, y a veces se perdía en las conversaciones porque estaba prestando atención a la musicalidad del lenguaje. Y los colores... Por fin había conseguido evitar que su mente comparase los tonos de color en el momento en que miraba cualquier cosa, pero todavía la distraían a veces.

Todo ello, combinado, le hacía la vida un poco más abrumadora que antes. Los Insomnes decían que eran «meramente los dones más superficiales que otorga tu deber». Decían que Rysn debía agradecerlos y aceptarlos, así que ella lo intentaba.

—Es la hora —dijo Brakt.

Rysn sintió la llegada de los eruditos alezi antes de abrir los ojos, y podría haberlos situado a todos con claridad. Entraron juntos en la sala de reuniones, y los fervorosos se congregaron alrededor de ella. No estaba Rushu ni ningún otro al que Rysn conociera; aquellos eran más burócratas de categoría intermedia que científicos, aunque administraban los diversos programas fundados por la reina Navani.

Rysn pasó la mirada de Brakt a Ytredn. Los dos oficiales de patentes asintieron. De modo que Rysn sacó su lista de exigencias y se la presentó a los eruditos reunidos.

Ya estaban advertidos, pero, a medida que leían sus papeles, parecían indignarse cada vez más.

—Esto es imposible —dijo una mujer de la primera fila al terminar—. Es demasiado.

—Vuestra reina firmó el acuerdo —replicó Rysn.

—No es retroactivo —dijo la mujer—. Somos libres de utilizar todo lo que tus socios comerciales y tú inventarais antes del acuerdo formal de patentes.

—Bueno. —Rysn se inclinó hacia delante—. Supongo que no estáis interesados en nuestros otros avances, entonces.

El grupo quedó en silencio.

—¿Vuestros otros avances? —preguntó uno.

Rysn activó su silla, que flotó más alta. Las funciones básicas ya no sorprendían a nadie: los artifabrianos llevaban años haciendo flotar cosas. El hueso más grande y duro de roer había sido obtener movimiento horizontal mientras se flotaba, ya que la mecánica de los fabriales conjuntados lo había prohibido hasta hacía poco. Rysn había tenido un papel muy relevante en superar aquel obstáculo, con la ayuda del Corredor del Viento Huio, que era su socio empresarial y cuyo nombre figuraba también en sus exigencias.

Los alezi, por supuesto, habían cogido el diseño de Rysn y lo habían convertido en arma de inmediato, porque los alezi eran así. El resultado había sido su máquina voladora, el *Cuarto Puente*. Pero esa máquina tenía limitaciones.

Rysn movió una palanquita de su silla e hizo que flotara de lado. Luego trazó un pequeño círculo por la sala. Ella no era científica, pero todo mercader tenía en el fondo algo de artista circense. Así que, utilizando su palanquita de control, Rysn hizo que la silla ascendiera mientras se movía de lado, y luego bajara de golpe y se estabilizara. Por último, la detuvo delante de los eruditos, flotando a palmo y medio del suelo.

—Reconozco —dijo la fervorosa jefa— que es un movimiento mucho más fluido que todo lo que hemos logrado nosotros. ¿Cómo cambias tan rápido de una gema a otra? ¿Qué alimenta un movimiento tan calmado y continuo a una escala tan pequeña?

—No es un tiro de chulls, eso te lo garantizo —respondió Rysn—. Hemos alcanzado velocidades de hasta setenta y tres nudos, sin mí en el asiento, claro.

Se les pusieron los ojos como platos al oírlo.

—¿Cómo? —preguntó otra fervorosa.

Rysn miró a sus compañeros.

—Entonces, ¿queréis que negociemos o no? —preguntó Brakt, dando un paso adelante—. En caso afirmativo, tendremos que hablar sobre cómo esta vez no vais a infringir las patentes de mi cliente, y sobre cómo los gobiernos alezi y de Urithiru les deben a ella y a su socio, un tal Huio de Calipa, los derechos exigidos por cada dispositivo que hayan comenzado a crear empleando sus diseños protegidos.

—¿Queréis ponerle precio al avance científico? —preguntó enfadado un fervoroso—. ¿Guardaréis una información tan valiosa tras una muralla de sucio mercantilismo?

Rysn suspiró. Por suerte, los otros dos estaban acostumbrados a lidiar con esa clase de reacciones.

—Antes de que se implementara un sistema de patentes en Thaylenah —dijo Ytredn, llevándose la mano derecha al pecho en una especie de saludo—, todo descubrimiento importante quedaba en manos de quien lo había inventado, por miedo a que le robaran las ideas. Incluso así, tenemos problemas con algunos gremios, que guardan secretos mucho más allá de lo que resulta beneficioso.

»Un sistema de patentes justo y razonable no tiene por objeto encerrar los descubrimientos, sino fomentar que salgan a la luz. Garantiza a los inventores que sus ideas serán valoradas y respetadas. Nosotros no ocultamos la información. Favorecemos que se comparta, igual que todo buen código legal favorece el buen comportamiento.

La fervorosa jefa dio un bufido. Pero la creación del *Cuarto Puente* era en efecto una prueba de que compartir la información podía llevar a descubrimientos mucho mayores. Siempre que ella tuviera voz y voto a la hora de decidir cómo se empleaba. Si estaban al mando los militares, dudaba mucho que fuesen a dedicar tiempo a una necesidad tan supuestamente secundaria como los aparatos de movilidad personal.

Pero, con la patente bajo su control, Rysn podía hacer que sucediera. Se reclinó en su silla mientras los oficiales convencían poco a poco a los burócratas de que firmaran una ratificación del tratado, cosa que, en opinión de Vstim, reforzaría su postura en caso de conflicto. Después, con el permiso de Rysn, empezaron a sacar los diagramas del intrincado dispositivo de cambio de gemas que permitía a su silla volar con tanta fluidez. Les mostraron también los detalles sobre los prototipos de propelentes basados en la gravedad y las olas del océano, ambos muchísimo más efectivos que hacer que un tiro de chulls moviera tu barco volador.

Rysn entrelazó los dedos, escuchando, complacida. Había soñado con ser capitana mercante y por fin tenía su propio barco. La había entrenado para negociar acuerdos a lo largo y ancho del mundo uno de los mayores expertos en la materia. ¿Quién habría pensado que su verdadera fortuna no procedería del transporte de mercancías, sino que sería el resultado de haber querido ser capaz de mover su propia silla por la cubierta del barco?

Todo iba bien hasta que Dalinar Kholin entró por la puerta. Y el poder dentro de ella se volvió majara.

Una oleada le recorrió el cuerpo, como una repentina tormenta en cubierta. El poder de la Esquirla del Amanecer, su deber y su secreto, empezó a vibrar con una nota discordante.

Los ojos de Dalinar se clavaron en los suyos. Se quedó boquiabierto y su imagen vibró un instante. Rysn supo de inmediato que aquella persona no era en realidad el legendario Espina Negra. Alguien estaba imitándolo.

—Fuera —dijo la persona que imitaba a Dalinar—. Todos menos la mujer de la silla flotante. Ya.

—¿Brillante señor? —dijo una fervorosa.

—Ya —repitió él.

—Salid —dijo Rysn a sus acompañantes, intentando evitar que le temblara la voz. Tormentas. El poder daba la impresión de estar chillando—. Tengo un asunto que tratar con... con el Espina Negra. Negociaciones privadas. Estaré bien.

Parecieron confundidos y preocupados por aquello, y con razón. Pero se marcharon, dejando a Rysn en la sala con el hombre que tenía el aspecto del brillante señor Kholin... hasta que se cerró la puerta. Entonces la ilusión se deshizo, dejando a la vista un hombre shin más bajito y de pelo blanco.

—¿Quién diablos eres? —preguntó.

—Eso mismo digo yo —replicó Rysn—. No eres un Fusionado, y menos mal, porque un Enmascarado estuvo a punto de matarme hace un año. Pero ¿qué...? ¿Por qué...?

Era otro. Otro como ella.

Tenía una de aquellas cosas, el deber y el poder. El hombre que estaba ante ella era una Esquirla del Amanecer.

Pero se suponía que no debían estar ni siquiera cerca unas de otras. No se habían situado dos de ellas en el mismo planeta, y por muy buen motivo.

—Te he percibido en el instante en que has entrado en la torre —dijo él—, pero no sabía exactamente qué eras hasta ahora. ¿La encontraste? Pero ¿cómo? ¿Y dónde estaba? Y... —Calló al ver que Nikli salía fluyendo desde un conducto de ventilación cercano y cobraba forma de ser humano a partir de cientos de cremlinos—. Ah. Estáis involucrados vosotros. Cómo no.

—Rysn. —Nikli se puso entre ella y el hombre extraño—. No hables con este. No es lo que crees. Abandonó su deber hace siglos. Tuvo una Esquirla del Amanecer en otro tiempo, pero ahora ostenta solo ecos de ella.

—No, Nikli —dijo Rysn—. Él es una. Puedo sentirlo. Es una de las cuatro que decís que nunca deberían reunirse. Aquí estamos. Y estamos juntos.

Nikli la miró a ella, y luego otra vez al hombre extraño.

—Esto es un secreto —comentó el hombre— que me he esforzado mucho en guardar.

—¿La tomaste tú otra vez? —preguntó Nikli con brusquedad, dando un paso hacia él—. ¿Te...? Por eso no la encuentra nadie. Renunciaste a ella, pero luego en algún momento volviste a tomarla y así la ocultaste, porque los signos se descartarían como secuelas remanentes de tu larga posesión original. Y luego... ¿la trajiste aquí, a Roshar? En nombre del Cosmere, ¿por qué cometiste una imprudencia como esa? Hasta tú deberías tener más sentido común.

La forma de Nikli perdió un poco la forma, como solía hacer cuando se alteraba, y las patas de las criaturas parecidas a cremlinos que lo componían asomaron de su piel. Rysn flotó hacia el lado, observando al hombre de pelo blanco.

—¿Cómo puede ser que me pasaras totalmente por alto? —dijo él, sin dejar de mirarla a los ojos—. ¿Quién eres? ¿Cómo sucedió esto? Algo tan trascendental debería haber aparecido en…

Dejó la frase a medias cuando los poderes que había en el interior de ambos empezaron a alinearse. Los Insomnes le habían explicado a Rysn lo que ostentaba: una Esquirla del Amanecer, una de las cuatro fuerzas básicas mediante las que un dios había sido Fragmentado. Algo más allá de las potencias comunes. Algo primordial.

Las cuatro se habían dividido, para no juntarse jamás y evitar así que…

Que pasara aquello. Los dos empezaron a verse atraídos hacia el otro. Rysn dio un respingo y se agarró a los brazos de su silla mientras el poder buscaba tirar de ella hasta el otro lado de la sala y estrellarla contra la fuerza procedente del otro hombre. Supo, al instante, que aquello la destruiría, que quedaría convertida en una pulpa de carne por la contorsión de las fuerzas en movimiento.

Se resistió, pero terminó cayendo de la silla al suelo, tirando a Chiri-Chiri de su regazo con un chasquido de irritación. La sala empezó a vibrar. Nikli, y la otra guardia Insomne de Rysn que había estado llegando a hurtadillas detrás del hombre extraño, se deshicieron. Sus diferentes hordinos perdieron la cohesión y cayeron, formando sendos montículos de trocitos que se revolvían. Chiri-Chiri se retorció en el suelo y la horrible vibración la hizo chillar.

Rysn intentó agarrarse al suelo mientras una fuerza la arrastraba hacia el lugar donde el hombre de pelo blanco estaba resplandeciendo. Vio que el hombre cerraba los ojos, estiraba los brazos hacia delante y hacía un gesto con los índices y los pulgares extendidos.

Llegó un sonido como un gong en su cabeza, seguido de una perspectiva de… inmensidad. El tiempo extendiéndose en todas las direcciones, adelante, atrás, incluso a los lados. Y, en el centro de ello, aquel hombre, con el pelo blanco erizado en la cabeza y luz emanando de su núcleo.

Abrió los ojos de sopetón y habló.

—*No*.

La vibración cesó. El sonido remitió. La luz se atenuó. Rysn se quedó tendida mientras Chiri-Chiri subía a su espalda y gritaba, temblando. Los dos Insomnes seguían siendo montones en el suelo.

—Me aseguraré de que nunca volvamos a encontrarnos —dijo el hombre, y restauró su ilusión de Dalinar y se marchó.

Tormentas. Rysn esperó a que los dos Insomnes se recuperasen. Tuvo que retener a Chiri-Chiri, que intentaba huir presa del pánico. Aquella espantosa vibración seguía resonando en su alma, y supo que había estado a meros momentos de terminar completamente aniquilada con la fusión de los dos poderes.

Al cabo de un tiempo, Nikli y Alalhawithador recuperaron la forma humana. Se sentaron junto a ella, y Nikli ayudó a Rysn a incorporarse.

—Bueno —dijo ella, secándose el sudor de la frente—, ¿qué opinamos de esto?

—Se me ocurren pocas personas en todo el Cosmere que sería peor que nos hubieran descubierto —dijo Alalhawithador—. Pero no es culpa tuya. Él nunca debería haber tomado de nuevo una Esquirla del Amanecer. Él, que estuvo allí cuando se utilizaron…

—Esa criatura no es uno de los dioses —explicó Nikli—. Seguimos ocultos de Odium y el resto. El Caminante de Mitos no compartirá este secreto con nadie.

—Pero se lo guardará —dijo Alalhawithador—. Y lo utilizará contra nosotros.

Miró a Rysn. En el tiempo que Rysn había llevado aquella carga, pensaba que quizá hubiera empezado a ganarse el respeto de ambos. Se hizo evidente que sí por el hecho de que Alalhawithador, que tan severa había sido con ella en otro tiempo, añadiera con amabilidad:

—¿Qué quieres hacer, portadora?

Rysn le indicó a Nikli que la ayudara a volver a su silla y, una vez en ella, respiró hondo y volvió a secarse el sudor de la frente.

—Vamos a tener que escondernos, ¿verdad? Tendré… tendré que abandonar mi barco. Mi tripulación. Todo.

Los dos miraron abajo. Entonces Alalhawithador asintió.

Las Esquirlas del Amanecer no podían combinarse, y Rysn no podía quedarse en aquella tierra sabiendo que la habían descubierto. Tenía que irse. Quizá para siempre.

A menos…

Había algo que llevaba un tiempo planeando. Era más una ensoñación fantasiosa que una verdadera expedición. Pero quizá… con las nuevas capacidades de su barco…

—Parece ser —dijo— que no podré disfrutar de la explotación de mi patente, pero tal vez no tenga que abandonar el barco ni la tripulación. Lo que ha pasado aquí no es culpa mía, pero es mi responsabilidad de todos modos. Me esconderé. Pero, por favor, planteaos permitir que sea de una forma concreta…

Se lo explicó y lo aceptaron. Era una sugerencia peligrosa, pero emocionante también. A Rysn no le gustaba que la obligaran a ello, pero qué se le iba a hacer. Iba a tener que irse. Así que, justo cuando parecía que las cosas por fin volvían a pintar bien y a ponérsele de cara, Rysn se preparó para despedirse.

 SORPRESA

O dium confiaba en su pericia mientras trabajaba en doblegar a Dalinar. Había otro propósito, cómo no, para aquellas visiones. Como deidad que era, todo lo que hacía tenía múltiples propósitos.

En ese caso, suscitó dolor. Cuando Dalinar logró hacerse por un instante con el control de una visión, tratando de evitar su agonía, Odium lo aisló y empezó a abrumarlo con dolorosa verdad. Para derrumbarlo, y que pudiera ser reconstruido.

Al poder le encantó ver esa emoción en Dalinar.

Todo estaba controlado. Hasta que Dalinar desapareció.

Sorpresa. Al poder no le encantó, pero la aceptó. Una completa y apabullante sorpresa.

¿Qué había pasado? Dalinar no estaba en ninguna parte del Reino Espiritual, en ninguna parte que Odium pudiera ver. ¿Podía alguien ocultarse de él tan por completo?

La respuesta era sí. Era posible. Pero requeriría la intervención de una Esquirla. ¿Las mismas visiones estaban escondiendo a Dalinar ahora? Todos habían estado jugando con los fragmentos del poder de Honor allí dentro, ya que anhelaba tener un recipiente de nuevo, y en consecuencia era fácil de moldear en forma de recuerdos. Las visiones, por esa razón, eran más estables cuando uno se hallaba en esa «región» del Reino Espiritual.

Pero el poder había estado mostrándose de acuerdo con Odium. En la medida en que podía, porque no poseía auténtica voluntad, ¿verdad que no? No le importaba nada más que seguir su Intención, ¿verdad que sí? Odium investigó, furioso por haberse dejado robar su presa, y encontró algo inesperado.

El poder de Honor había pasado demasiado tiempo sin anfitrión. Estaba volviéndose peligroso. Estaba cobrando *vida*. Así que Odium pensó.

¿Debería destruirlo?

NOVENO DÍA

TANAVAST ♦ VENLI ♦ NAVANI ♦ SZETH ♦ KALADIN ♦
SIGZIL ♦ JASNAH ♦ SHALLAN ♦ ADOLIN ♦
RLAIN ♦ RENARIN

DIEZ MIL AÑOS ANTES

Yo, Dios, encontré un mundo sin dominar. Azul sobre un cielo negro, un orbe de infinito poten- cial. Aquella era una nueva creación, percibí, una de las obras maestras más recientes de Adonalsium. Me cantó su nombre a través de tonos y ritmo, y yo le dije el mío.

Tanavast. Todopoderoso.

Heredero de Honor.

Aquí, en este mundo, hallé la perfección, una reliquia del ser al que había matado por su propio bien. Roshar se había creado por completo a partir de ecuaciones, como un grandio- so homenaje a la naturaleza divina de las matemáticas, cele- brando la íntima relación entre canto, números y arte.

Había Honor en ello.

Investí esta tierra, restaurando la deidad. Quedaban ecos, por supuesto, de mi antecesor. Pedacitos de él dejados atrás. Tres poderosas encarnaciones que tenían su voz, y muchas otras más pequeñas que representaban aspectos de la natura- leza y la personalidad. Además de aquellos diminutos espíri- tus, Roshar tenía personas. Una curiosa variedad capaz de oír las canciones de los dioses. Su tendencia al orden cantaba a mi alma, y al poder que ahora ostentaba.

Por un momento, dudé. Una parte de mí osó hacerse pre- guntas. ¿Comprendía lo que había hecho? ¿Lo... lamentaba?

Esas preguntas resonaban en los representantes que mi predecesor había dejado. Sombras de divinidad con instruc- ciones de proteger, de amortajar, de nutrir. Una en particu- lar me cantó, y eso me vigorizó, aunque no sabía por qué se

HABÍA ELEGIDO AL VIENTO PARA PROTEGER. AL VIENTO, LA INVISIBLE VIENTO, TAN VOLUBLE E INCORPÓREA.

Y NO... NO ME CONDENÓ. CANTÉ CON ELLA.

HABÍA OTROS MUNDOS ALLÍ. UNO CONTENÍA HUMANOS, Y LO DEJÉ ESTAR DE MOMENTO. ESTABA DEMASIADO INTRIGADO POR UN TERCER MUNDO, MÁS ALEJADO DEL SOL. UNA ROCA FRÍA Y OSCURA QUE PODÍA ALBERGAR VIDA, A DURAS PENAS. TENÍA UNA PROPIEDAD CURIOSA: UN NÚCLEO DE UN EXTRAÑO METAL QUE ATRAÍA LA INVESTIDURA Y LLAMABA A MI ALMA. FASCINANTE.

DEJÉ ESOS DOS MUNDOS EN PAZ, EL DE LOS HUMANOS Y EL DEL NÚCLEO DE EXTRAÑO METAL, Y DISFRUTÉ DE MIS CANCIONES EN ROSHAR.

HASTA QUE LLEGÓ ELLA.

ELLA, A QUIEN YO SIEMPRE HABÍA AMADO EN SECRETO, AUNQUE NUESTRA UNIÓN ESTUVIERA PROHIBIDA COMO MORTALES, EMERGIÓ DE LA OSCURIDAD DEL VACÍO ENTRE MUNDOS. CULTIVACIÓN, SE LLAMABA AHORA, AUNQUE YO LA CONOCÍA COMO KORAVELLIUM AVAST, LA HERMOSA DRAGONA HEREJE DE YOLEN. SE ALZÓ DESDE ATRÁS, ME RODEÓ CON UNOS BRAZOS COMO EL CIELO. YO SUSPIRÉ, LA TOQUÉ Y SENTÍ QUE TODO ESTABA BIEN.

—NO DEBERÍAS HABER VENIDO —SUSURRÉ.

—ACORDAMOS QUE LO HARÍA —RESPONDIÓ KOR.

—ME ALEGRO DE QUE LO HAYAS HECHO. PERO NO DEBERÍAS. LOS OTROS DIOSES INSISTIERON EN QUE...

NO FUI CAPAZ DE PRONUNCIAR LAS PALABRAS, PUES HACERLO PODRÍA HABERLA EXPULSADO. PERO EL PODER... EL PODER SE REBELÓ CONTRA MÍ. LO SENTÍ RETORCIÉNDOSE Y CONTORSIONÁNDOSE, COMO... COMO UNA TEMPESTAD. FURIOSO.

SOY DIOS, PENSÉ DIRIGIÉNDOME A ÉL. *TÚ ME OBEDECES.*

SE DEBATIÓ. ¿CÓMO ERA CAPAZ DE INCUMPLIR MI PALABRA? Y, SIN EMBARGO, ERA YO QUIEN ESTABA AL MANDO, NO ÉL. YO QUIEN PODÍA DECIDIR QUÉ PROMESA MERECÍA LA PENA MANTENER Y CUÁL MERECÍA LA PENA DESCARTAR.

KOR ESTABA ALLÍ. AQUELLO ERA BUENO.

EL PODER BULLÓ DE IRA. BUENO, YA APRENDERÍA.

ME INTERNÉ EN EL ABRAZO DE KOR, MI PODER CONTRA EL SUYO. ERA EXTRAÑO QUE MI MENTE, AUNQUE ESTUVIERA MUY EXPANDIDA, SIGUIERA QUERIENDO UN MARCO DE REFERENCIA CON EL QUE INTERACTUAR. ASÍ QUE CREÉ UNA ESPECIE DE CUERPO DE MI PODER. AL NO SER FÍSICO POR COMPLETO, Y ESTAR SUJETO A ALGO QUE SE EXPANDÍA POR SIEMPRE, ESE... AVATAR DE MÍ MISMO PODÍA SENTIR SU CONTACTO CON MÁS NITIDEZ. APOYARLE LA CABEZA EN EL BRAZO. EXHALAR, Y DEJAR QUE EL RITMO DE ELLA VINIERA A ARMONIZAR CON EL MÍO.

—TANAVAST —DIJO—, ÍBAMOS A BUSCAR UN LUGAR DESHABITADO.

MIRÉ HACIA ELLA Y VI SU ESENCIA... PERO TAMBIÉN SU FORMA. EN

FORMA HUMANA —TODOS LOS DRAGONES TENÍAN DOS— ERA UNA MU-
JER DE PIEL MARRÓN Y EXUBERANTES PROPORCIONES.

—MÍRALOS, KOR —DIJE YO—. FÍJATE EN ELLOS.

PERSONAS. INCIPIENTES CAZADORES-RECOLECTORES, CON PIEL DE
CAPARAZÓN Y CORAZÓN CANTARÍN. ME RECORDABAN A MI PROPIO
PUEBLO, QUE TAN PRIMITIVO HABÍA SIDO EN COMPARACIÓN CON LOS
DRAGONES Y SU GRANDIOSA CIVILIZACIÓN. LOS ROSHARIANOS CANTA-
BAN CANCIONES AL CIELO, AL SUELO Y A LA NOCHE, ESPERANDO A QUE
SU CREADOR REGRESARA.

—NO PODEMOS ABANDONARLOS —SUSURRÉ—. LOS HEMOS DEJA-
DO HUÉRFANOS, KOR.

—NO DESEO SER UNA DIOSA —DIJO ELLA.

—DEMASIADO TARDE PARA TALES LAMENTACIONES.

—DEJÉ A MI GENTE PORQUE QUERÍAN QUE ACEPTARA PLEGARIAS
—RESPONDIÓ ELLA—. PUEDO OSTENTAR ESTE PODER, PORQUE AL-
GUIEN DEBE HACERLO. PERO NO TENGO NINGÚN DESEO DE QUE SE ME
VENERE, TANAVAST. BUSQUEMOS OTRO MUNDO DONDE PODAMOS EX-
PERIMENTAR CON CREACIONES QUE FORMARÁN PARTE DE NOSOTROS,
NO CON LOS RESTOS DEL SER AL QUE... AL QUE TRAICIONAMOS.

ELLA AÚN LO CONSIDERABA ASÍ. COMO UNA TRAICIÓN.

EN LA DISTANCIA, ALGO SUCEDIÓ. ¿DIOSES... MURIENDO? ¿DO-
LOR? NOS DIMOS CUENTA AMBOS. ELLA ME RETUVO.

—NO INTERFIERAS —DIJO—. DEJÉMOSLOS CON SUS LUCHAS. ESTE-
MOS SOLOS.

QUE OTRAS DEIDADES TRAICIONARAN SUS PROMESAS ME TRANQUI-
LIZÓ RESPECTO A HABERLO HECHO YO MISMO. PERO ¿QUÉ HABÍA DE
AQUELLA TIERRA? YO, DIOS, LE DI LA ESPALDA A ELLA Y CONTEMPLÉ AL
PUEBLO DE ROSHAR, OYENDO SUS CANCIONES, SUS SÚPLICAS. MI CORA-
ZÓN TEMBLÓ POR ELLOS.

—QUÉDATE CONMIGO —LE PEDÍ, AGARRÁNDOLE LAS MANOS—.
YO LOS CUIDARÉ. TÚ PUEDES ESCONDERTE Y NO INTERFERIR. ESTE PUE-
DE SER NUESTRO SITIO. ¿ACASO NO TE CANTA A TI?

—SÍ QUE... ES UNA CANCIÓN HERMOSA —DIJO ELLA—. LA CAN-
CIÓN QUE CANTA LA NOCHE... ME ENCANTA.

SONREÍ.

ELLA ME DEVOLVIÓ LA SONRISA, UN RESPLANDOR COMO EL DEL
ALBA.

Y ASÍ FUE.

HASTA QUE LLEGÓ RAYSE.

Pocos combatientes ganan en el tablero o el campo de batalla sin antes haber ganado la lucha contra su propia mente.

Proverbios para las torres y la guerra, Zenaz, fecha desconocida

«Soy de mí misma. No de él».

El mantra se repetía en la cabeza de Venli.

«Soy de mí misma. No de él».

A veces parecía sonar con la voz de su hermana.

Los oyentes, Fusionados y abismoides habían dormido poco esa noche. Se levantaron con la oferta cerniéndose sobre ellos. Los Cinco no habían acordado ninguna decisión la noche anterior, y Venli lo comprendía. ¿Servir a Odium? ¿Cómo podían volver a hacerlo?

Los guardias que les habían puesto eran cantores normales en forma de guerra, pero, por su forma de hablar... estaban cada vez más seguros de que pronto conquistarían las Llanuras Quebradas. Venli oía a los humanos gritar, y sonaban desesperados.

«Soy de mí misma. No de él».

Regresó con su grupo en la penumbra y se acercó a los Cinco y a Leshwi. Su campamento estaba en una extraña parte abierta del abismo, un lugar donde una meseta había quedado destruida por completo durante la primera llegada de la tormenta eterna.

Los Cinco seguían discutiendo.

—No puede tomarnos a ninguno como anfitriones de Fusionados a menos que aceptemos eso en particular —dijo Estel—. Podríamos aceptar su dominio pero sin entregarnos nunca a los Fusionados. Eso respetaría el espíritu de los oyentes.

—Reconozco —susurró Kivor— que una parte de mi alma está aliviada por afrontar al fin esta cuestión. Se veía venir. Quizá esto sea para bien, y nuestro pueblo ya no deba preocuparse por el hacha que tiene contra el cuello.

—No podemos —susurró Thude—. Rechazarlo es lo que nos define.

Venli se sentó fuera del círculo que formaban. Qué raro se le hacía estar allí otra vez. Bajo otro cielo oscurecido. Involucrada de nuevo en el destino de su gente.

—¿Podemos definirnos por una negativa? —preguntó Estel en voz baja—. ¿Qué somos?

—Quienes escuchan —dijo Bila—. Fusionada, ¿qué oyes?

—Tristeza —respondió Leshwi, con los ojos cerrados—. Furia. Exige mi regreso. —Titubeó—. Venli, ¿tú lo sientes?

—No —dijo ella, acercándose un poco más. Con cautela, puso la mano en el hombro de la Fusionada—. Pero comprendo la tranquilidad que podría dar el simple acto de... volver a él y ya no sentirte rechazada ni asustada.

Leshwi miró la mano, y luego a Venli a los ojos. En otro tiempo, esa interacción habría sido descarada. ¿Reconfortar a una Fusionada? Herejía.

—He descubierto —añadió Venli— que ya no tengo que estar asustada.

Al cabo de un momento, Leshwi canturreó a Resolución.

—Aun así —dijo Kivor—, los Cinco debemos tomar una decisión.

—Si nos unimos a esta batalla —contestó Bila—, nos usarán como carnaza en el centro de su asalto final. A nosotros y a los abismoides. Nos masacrarán.

—Pero ¿y si con ello conseguís la paz para el resto de vuestro pueblo? —objetó Leshwi—. No podemos resistirnos solos a una fuerza como lo es Odium. ¿Acaso no merece la pena el sacrificio?

Con su habla elevada y su acento que remitía a los días de antaño, era difícil no estar de acuerdo con ella. Leshwi proyectaba autoridad. Pero, aunque Venli podía llegar a entender el atractivo de esa oferta, su esencia la asqueaba. Parecía que al resto le pasaba lo mismo, incluso a quienes habían hablado a favor de aceptarla. Se miraban entre ellos, canturreando a ritmos incómodos.

Venli deseó tener algo que los consolara. Pero ¿quién era ella? Se había doblado como una ramita a la voluntad de él. Había...

... hecho juramentos para procurar la libertad. Para ayudar a quienes estaban atados. Se le ocurrió una idea. Una idea desesperada, peligrosa. Un contrapunto a lo que había hecho años antes.

Timbre latió. Emocionada.

—Cinco, ¿me permitís hablar? —pidió Venli, mientras un plan se formaba en su mente.

Navani estaba perdida en una pesadilla.

Estaba arrodillada en el suelo ante una mesa baja, sudando, rodeada de mujeres que reían. Se burlaban de ella mientras Navani se esforzaba con la palabra escrita, tanteando con dificultad cada letra.

Tenía once años y había ido con su padre a la ciudad de Shulin para hacer negocios, entre ellos saldar las cuentas de su familia. Se dedicaban a apacentar kevahs, unas bestias de caparazón medio valiosas por su gema corazón, útil para crear carne por moldeado de almas. Su propia carne tampoco era mala, y podían pastar en tierra llana, la peor para los cultivos por las aguas estancadas.

Estaban pagando los animales que habían comprado el año anterior. La ganadería era una buena ocupación para una familia de ojos claros que resultara estar en posesión de algunas tierras baratas, pero no estaba bien vista para un hombre del dahn del padre de Navani.

El tiempo que pasaba fuera con su padre, de cacería o recorriendo su hacienda, no había sido beneficioso para sus estudios. Así que estaba allí arrodillada en la contaduría, ni siquiera una adolescente todavía, conteniendo las lágrimas mientras las mujeres soltaban risitas. Una ridícula cateta pueblerina, con un vestido que le venía grande y tenía el dobladillo manchado de crem. Con gran esfuerzo, escribió las últimas líneas del contrato. Se irguió y escuchó mientras las mujeres leían, encontrando curiosa su ortografía.

Navani odiaba ir a la ciudad. Odiaba sentirse ignorante.

—Niña —le dijo una amable escriba inferior, agachándose—, ¿por qué no dejas que se ocupe de esto alguien con más experiencia?

—Solo tenemos tres escribanas —respondió ella—. Una está a punto de tener un bebé. Las otras dos están ocupándose de nuestras cuentas en casa.

Lo que estaba haciendo Navani allí era una formalidad. Necesitaban a las buenas escribas para asegurarse de que nadie estuviera defraudando dinero.

—¿Y tu madre? —preguntó la escriba.

—Mi madre se fue —susurró Navani—. Se divorció.

Las mujeres se miraron. No era algo imposible, porque el derecho a viajar era una bendición divina concedida a todos excepto a los ojos oscuros de nahn bajo, y estaba recogido en la ley común alezi desde hacía siglos. No se podía obligar a nadie a trabajar, o a vivir, en un determinado lugar.

Pero un divorcio no se consideraba apropiado. Marcharse no era un problema, ojo, pero ¿por qué anular un matrimonio? La madre de Navani había tenido demasiada dignidad para marcharse sin haberse divorciado oficialmente, pero no la suficiente para mantener el contacto con su hija.

La risa se había vuelto demoniaca y los insultos empezaron a volar, asediándola como latigazos.

Ignorante.

Incapaz.

Idiota.

La joven Navani, machacada por la experiencia, había huido, llorando. No había vuelto a sentirse ella misma hasta semanas más tarde. Había sido uno de los momentos centrales de su vida, cuando… cuando había sabido… que una chica como ella no podría ser nunca…

—Mentiras —susurró, alzando la mirada—. Disfrázalas como desees. Ahora las reconozco como lo que son.

De pronto, la pesadilla no tenía dientes. Las carcajadas adoptaron un aire frenético, las mujeres se molestaron al ver que no les hacían caso.

—Esta semilla estaba muy enterrada, ¿verdad? —susurró Navani—. De ella brotó una mala hierba que me atrapó y me ahogó durante décadas, regada por Gavilar cuando supo de su existencia. Ya arranqué esa mala hierba. Su poder se marchitó mientras sus raíces morían. Desaparece.

La visión estalló y Navani se vio arrojada al caos.

Se encogió para protegerse de los destellos de visiones, de otros momentos de su vida en los que se habían burlado de ella, la habían socavado, atacado. Y empezó a pensar con claridad. No estaba segura de cuánto tiempo llevaba a la deriva en aquel lugar. Se maldijo por no haberse puesto un reloj como el de Dalinar, pero se suponía que aquella visita al Reino Espiritual iba a ser una prueba rápida.

Dejó ese fracaso a un lado. Tenía que encontrar a Gavinor, y luego a Dalinar, y luego salir de allí. Por desgracia, no veía ninguna línea de Conexión. Había algo distinto a antes. Y Navani…

Navani veía un patrón en ello.

Los patrones eran una de las bases de la ciencia. Y ella era una verdadera científica. Se había enfrentado a Rabeniel y ganado. Las visiones podían reírse cuanto quisieran, porque cada una de ellas le enseñaba algo a Navani. No sobre ella misma, sino sobre ellas.

Desde la visión en la que Melishi había capturado a Mishram, Navani había estado nadando a través de posibilidades, y deberían haber sido aleatorias. Pero, en cambio, aquella había sido la cuarta seguida de creciente intensidad y dolor. Navani se negaba a creer que estuviera provocándose ella misma aquel suplicio: era evidente que la estaban dirigiendo hacia momentos dolorosos.

Se levantó entre el caos, un viento terrible lleno de oleadas de colorido humo y niebla que adoptaban la fugaz forma de personas o acontecimientos. Le tiraba de la ropa y el pelo, que se le había soltado ya de sus acostumbradas trenzas recogidas en moño. Quizá fuese cosa de Odium, o quizá de Dalinar. Su marido había estado sintiéndose expuesto y vulnerable y, por desgracia, estaba recayendo en viejos fallos. Quizá su dolor y su preocupación por el inminente duelo estuvieran, de algún modo, dominando las visiones, creando unos ecos que la enviaban a ella a sus días más oscuros.

«Soy una erudita —pensó—. Y voy a comprobar hipótesis. Mis visiones han estado ganando intensidad. Lo que significa…».

Mientras la siguiente empezaba a formarse, Navani adivinó que sería de Gavilar. De sus últimos tiempos juntos, cuando siempre estaban peleándose. La visión se enfocó en su estudio del palacio de Kholinar. Supo, sin necesidad de mirar el calendario de su escritorio, qué día era. Navani había sacado varios libros y trabajaba en un ensayo sobre los parshendi, recién descubiertos en las Llanuras Quebradas.

Quiso mantener una mentalidad lógica, pero... aquella estancia le traía muchos recuerdos. Kholinar, la ciudad perdida para ellos, y el palacio controlado por los Fusionados. Seguro que aquella habitación ya no existía. Navani estaba en una hermosa fantasía de su pasado.

Fue a la estantería y pasó los dedos por el *Luz y gemas* de Chanosha, y luego por los seis volúmenes del *Artifabricación* de Britt la Buena. Los ejemplares de Navani ya habían estado desgastados cuando los adquirió. Eran libros antiguos de páginas desdibujadas y cubiertas agrietadas, comprados por una joven Navani durante los años en que empezaba a pasar tiempo con Gavilar, Dalinar, Torol y Ialai. Los años en los que ellos soñaban con conquistar el mundo y ella soñaba con conquistarse a sí misma.

Allí, en una zona de su estantería de recuerdos, encontró un... algo... de madera que había tallado Elhokar cuando le regalaron su primer cuchillo de niño. Se suponía que era una anguila aérea, creía Navani. Luego, años más tarde, se avergonzó al saber que ella aún la conservaba. Pero Navani sonreía siempre al mirarla, igual que al ver el pequeño álbum donde había recogido los poemas e historias que escribía Jasnah de pequeña, cuando había decidido aprender a redactar aquellos cuentos divertidos de aventuras que a las mujeres les gustaba leer. Jasnah se avergonzaba más de ellos que Elhokar de la anguila aérea de madera, así que Navani había tenido la delicadeza de esconderlos. A ella la habían abochornado por su erudición. No iba a hacerle lo mismo a su hija.

«Qué raro —pensó Navani, paseando por la sala—. La visión siempre me deja ponerme cómoda un momento antes de atacar con la parte dolorosa. Como si quisiera que experimente la alegría antes de aplastarla».

Parecía muy deliberado. Pudo predecir casi el segundo exacto en el que oiría los primeros pasos de Gavilar en el pasillo. Se volvió, sin sorprenderse lo más mínimo mientras él irrumpía en el estudio y cerraba de un portazo.

Verlo dolía. Desde fuera, era el mismo hombre exacto con el que Navani había querido casarse siempre. Un rey majestuoso, como los de tiempos antiguos. Cualquier historiadora podría haberle advertido que esos reyes de antaño habían sido, casi sin excepción, unos seres humanos repugnantes.

—¿Le has dicho a Elhokar que no debería casarse con Aesudan? —preguntó casi gritando, con los ojos bullendo de ira.

—Así que estaba en lo cierto —dijo ella—. Es esa discusión.

—¿Cómo te atreves? Necesitamos este enlace, y sabes lo mucho que me he esforzado por tenerlo. Elhokar se habría casado con esa escribana insignificante, de no ser por mí.

No levantó la voz, sino que la bajó, exudando una sensación de peligroso control.

—Tal vez fui demasiado dura con Aesudan —dijo Navani—. Recuerdo oponerme a ella una y otra vez. No me caía bien esa chica, pero ¿hacía falta insultarla?

Gavilar rodeó el escritorio a zancadas para ponerse pegado a Navani.

—Socavas mi autoridad.

—Reafirmo la mía.

—Me harás quedar mal delante de los altos príncipes.

—Aprendí hace mucho tiempo, Gavilar —respondió ella— que, reina o no, es imposible que te haga quedar de ninguna manera. Si quedas mal delante de alguien, es solo porque he abierto las cortinas.

Gavilar gruñó y levantó la mano.

—Eh, eh —dijo ella—. Él nunca me pegó. Si lo hace ahora, romperá la ilusión, ¿verdad?

Gavilar bufó y se volvió, dándole la espalda.

Navani tenía el corazón acelerado; ese bofetón había tenido toda la pinta de ir a caer de verdad. Pero entonces… ¿había manifestado ella un *control* sobre la visión? No había sido capaz de proyectarse a una visión agradable pese a intentarlo, pero quizá eso habría sido una alteración demasiado grande. Quizá necesitaba probar con cosas más pequeñas. Como… como manejar a un chull con mal genio. Detenerlo era casi imposible. Pero se podía hacer que girase. ¿Cómo comprobar su teoría?

—Sí, no podía pegarme —susurró—. El dolor físico me habría impulsado, habría provocado que me marchara y escapara de su control. Lo que hacía era, en cierto modo, peor. Derrumbar mi confianza.

Gavilar se volvió de nuevo hacia ella.

—¿Crees que tu sitio está a mi lado? —le espetó—. ¿Crees que mereces ser reina?

—Eso es —dijo Navani—. Así.

—Yo he construido algo grandioso —dijo Gavilar, avanzando en su dirección—. Y tú sigues atascada, al menos en tu mente, en una hacienda de pueblo, apenas capaz de escribir tu propio nombre.

—Él no sabía eso de mí —comentó ella—. Para cuando nos conocimos, mi caligrafía y mi ortografía ya eran impresionantes.

—Yo he construido algo grandioso —dijo Gavilar, avanzando en su dirección otra vez, como un actor repitiendo sus frases después de pifiarla—. Y tú sigues atascada, al menos en tu mente, en una hacienda de pueblo, preocupada por tu insignificante padre y sus miserables apuros.

—Mucho mejor —asintió Navani—. Pero Gavilar siempre llegaba de forma gradual a los insultos como ese, nunca entraba soltándolos de golpe. Aquí faltan los matices. Las pullas cuidadosas, aplicadas como agujas, no como dagas. El frío rechazo a hablar conmigo de los asuntos importantes, como si insultarme no mereciese siquiera su tiempo. Gavilar era un maestro de la precisión en el abuso.

El simulacro de Gavilar empezó a caminar de un lado a otro al fondo del estudio. Navani podía guiar aquella visión. Casi como… como si lo que fuese que se las estaba enviando tuviera la atención puesta casi por completo en otro sitio y hubiera dejado que aquella siguiera su curso y la atormentara. Igual que las visiones de Dalinar del pasado, que tenían instrucciones de lo que debían mostrarle, pero no una supervisión directa.

¿O estaba sacando demasiadas conclusiones? En todo caso, ya había puesto a prueba su teoría. El siguiente paso era aplicarla. ¿Podía utilizar aquellas visiones para obtener información que ayudase a Dalinar?

«No —pensó—. Antes tengo que encontrar a Gav. En algún sitio aquí dentro hay un niño, aterrorizado y solo».

¿Dónde estaría el pequeño Gavinor?

La respuesta era obvia. Si el pobre chico estaba en una visión como aquella, sería en la que lo torturaban unos spren malvados mientras su madre tarareaba para sí misma.

Un momento.

Eso había ocurrido en el palacio de Kholinar.

En una versión distinta de él, sí, pero si Navani lograba guiar ese chull en concreto… ¿conseguiría encontrar a su nieto? Gavilar empezó a hablar otra vez, pero Navani no le hizo caso. No era digno de su atención, y nunca lo había sido.

«¿Y si…?», pensó Navani. Tormentas, eso dolería. ¿Podría hacerlo?

Fuerza antes que debilidad. Había dicho las palabras. Tenían que ser en serio.

—¿Sabes lo que de verdad me haría daño? —susurró—. Que me obligaran a ver lo que le pasó… lo que le pasó a Elhokar… al final.

Las palabras salieron rasposas, porque eran ciertas.

Esa verdad le sirvió, porque Navani estaba segura de que la visión podía percibir su sinceridad. En un abrir y cerrar de ojos, el simulacro de Gavilar se esfumó y el estudio cambió, apareció polvo en los libros. Aquel era el palacio que Aesudan había gobernado bajo el dominio de varios Deshechos.

Navani abrió la puerta y oyó gritos resonando en el pasillo. Lo había conseguido. Aquel era el día terrible en el que habían matado a su hijo.

UNA HOJA EN LA NOCHE

NUEVE AÑOS Y MEDIO ANTES

Szeth aterrizó de noche en el Monasterio de la Nominadora de lo Otro. El monasterio de Pozen, donde Szeth había vivido más tiempo. Sus ojos buscaron por instinto la ventana del pasillo donde tantas veces se había quedado contemplando la noche, sosteniendo un juguete de lana de contrabando y echando de menos a su madre.

Se lanzó al aire, se elevó hasta el tejado y observó las luces de Bajomok. Una ciudad pequeña y vibrante, embutida entre dos ríos. ¿Alguno de los chamanes que servían a las órdenes de los portadores de Honor sabrían lo que pasaba? Era imposible que hubiese centenares de personas involucradas en aquella conspiración, ¿verdad?

La mente de Szeth aún no se hacía a la idea. Habían pasado seis semanas desde que descubriera la verdad y las había dedicado a preparar su monasterio para la guerra. Había hecho caso omiso a las invitaciones a visitar los otros monasterios, pero las cartas que había enviado a Sivi y a Moss, insinuándoles que se unieran a él, tampoco habían recibido respuesta.

El Retorno había llegado, en sus mismas narices. ¿Cuántos portadores de Honor habían vivido y muerto, dominados del todo por la misma cosa de la que se suponía que debían protegerse? ¿Cuántos Tukos habían existido, cuántos portadores de Honor que no habían terminado de creerse la mentira y cuyas dudas habían llevado a su retirada?

Eso se había acabado. Szeth ya estaba intentando reclutar pueblos y ciudades para su causa. Pero antes de desatar una guerra civil, quería probar otras opciones. Esa noche estaba explorando una. Cruzó el tejado a hurtadillas, complacido por todas las veces que Pozen lo había obligado a subir allí en sus estúpidas pruebas. Szeth odiaba aquel lugar. Le tenía un odio profundo, por haber hecho que dejara a su madre atrás, por haber hecho que Elid lo abandonara a él.

Allí, Pozen había forjado a Szeth como un arma. Pero un arma podía volverse contra sus amos, y Szeth era lo bastante fuerte, por el entrenamiento que le habían dado, para hacer lo que era necesario. Supuso que, al menos por eso, debería estarles agradecido.

«Pozen te utilizó como asesino —pensó—. Se merece esto más que ninguno de ellos».

Localizó la trampilla y titubeó, pensando en su padre, que había desaparecido. Szeth había vuelto un día después de visitar a la Voz y había encontrado vacío el refugio oculto, sin rastro de Neturo, sin señales de su presencia ni notas que hubiera dejado.

Temía que hubieran podido secuestrar a su padre. En ese caso... ¿cuál sería el precio por las decisiones de Szeth?

«No, no es un precio —pensó—. Para pagar un precio, antes hace falta que tengas elección. Hoy yo no tengo ninguna».

Ese día, asesinaría a Pozen como el primer paso de una guerra.

Szeth cortó la cerradura de la trampilla con su hoja y se coló. Aquella trampilla era un punto débil y no debería haber existido. Incluso Pozen, pese a sus llamadas a la ortodoxia, se había vuelto blando. Piedras Desconsagradas, todos lo habían hecho.

Se dejó caer al pasillo, frío a pesar de la luz tormentosa que rabiaba en su interior. Pasaba ya de la hora del toque de queda, cuando Pozen exigía a los acólitos que estuvieran en sus celdas. Pero ¿qué haría Szeth si, de todos modos, se encontraba a algún pobre acólito? Se sentía fatal por estar avanzando furtivo por aquellos pasillos que tan familiares habían sido. Aquel subterfugio era una táctica similar a la que había empleado con aquellos marineros invasores hacía años. Engaños, movimientos en la noche.

Aquello no era propio de él, ¿verdad? Szeth podía ganar cualquier pelea justa, así que, ¿por qué hacerlo con sigilo?

«Es un acto de clemencia —se dijo—. Una hoja en la noche es clemente». Solo una extirpación rápida de carne ulcerada, con la hoja esquirlada de un cirujano. Aquello demostraba que Szeth no estaba vengándose. No era más que lo que debía hacerse. Con la hoja de Pozen, Szeth tendría moldeado de almas. Con esa potencia para alimentar a sus ejércitos, podía marchar y derrocar al Forjador de Vínculos. Con Pozen muerto, los otros portadores de Honor quizá se rindieran. Tal vez Szeth no tuviera que luchar contra Sivi o Moss.

Le zumbaba la cabeza con esos pensamientos, así que se alegró de llegar a una cámara de meditación, encontrarla vacía y entrar en ella. Allí, a la luz de unas amatistas, intentó calmar su respiración acelerada, acallar su corazón atronador. Por suerte, no lo habían visto. Les tenía aprecio a varias personas que trabajaban en aquel monasterio. No habría querido tener que...

¿Que qué? ¿De verdad mataría a sus amigos?

Vocalizó una queda plegaria a la piedra de aquella cámara, un pedazo basto de lutita con una punta afilada hacia el cielo. A Pozen le gustaba meditar de noche, tras el toque de queda, cuando había silencio. Solía elegir una de las cámaras del otro extremo del pasillo. Si Szeth tenía suerte, esa noche vendría. Estaría solo, y podría cumplir su tarea.

Por desgracia, al poco tiempo oyó una voz resonar por el pasillo de fuera, pero no pertenecía a Pozen.

Era Sivi.

Szeth se puso en alerta, se le trabó el aliento.

—… no puedo derrotarlo, Pozen —estaba diciendo Sivi—. Ninguno podemos.

—Aún hay tiempo —respondió Pozen—. A muchos de nosotros la Verdad nos resultó difícil al principio. Él es de los obedientes, Sivi. Dale tiempo. Solo han pasado seis semanas. Tú estuviste tres meses negándonos la palabra después de tu ascenso. Ya verás cómo Szeth regresa y hace lo que se le diga.

—Creo que lo subestimas —dijo Sivi.

—¿Que lo *sub*estimo? ¿Te parece que es bueno que muestre esta vena insubordinada? Sivi, no deberías hablar así.

Ella no respondió. Szeth los oía en el pasillo, justo fuera, separados de él solo por una puerta de junco y frondas. Invocó su hoja.

—Cuestionas demasiado, Sivi —afirmó Pozen en tono brusco—. Tu lealtad se pone en tela de juicio.

—¿Qué? —exclamó ella junto a la puerta, y la cercanía hizo sudar a Szeth—. ¿Vais a hacerme lo que le hicisteis a Tuko?

—No seas melodramática —replicó Pozen—. Tú no nos obligarías a eso, Sivi.

—¿Que no sea melodramática? —dijo ella, levantando la voz—. Matamos a Tuko y lo reemplazamos con alguien muchísimo más diestro. Me ha escrito, pidiéndome que vaya a visitarlo para hablar de un asunto importante… y la insinuación está muy clara. Ha estado hablando con las guarniciones de las ciudades que tiene más cerca. Esto podría torcerse mucho, del todo.

—Me ocuparé —respondió Pozen—. La Voz me asegura que está todo bajo control, en particular con la garantía específica que te aseguraste de conseguirnos. Es aquí. ¿No querías meditar con luz de amatistas? Estas cámaras te servirán.

Szeth contuvo una maldición. Presa del pánico, absorbió la luz tormentosa de la estancia, lo cual era mala idea, porque podría revelar su presencia, pero no fue capaz de evitarlo. Se enlazó hacia arriba en el pequeño espacio, hacia el techo. Sivi, sin embargo, no entró en aquella cámara de meditación, sino en la contigua.

Pozen se marchó. Szeth oyó sus pasos corredor abajo. Su ausencia preocupó a Szeth, hasta que cayó en la cuenta de que le había caído un regalo en las manos. Podía matar a Sivi, reclamar la hoja del Escultor de Voluntad y entonces atacar a Pozen. Cuando tuviera las dos armas, sus ejércitos estarían mucho mejor protegidos. No tendría que preocuparse de que algún portador de Honor utilizase Shadesmar para aparecer por sorpresa, ni tampoco habría ninguno capaz de esculpir la piedra.

Distaría mucho de estar a salvo, porque aún tendría que preocuparse de los tejidos de luz, por no mencionar de los ejércitos bajo el mando de los demás. Pero con tres hojas…

Alzó su arma, preparándose para atravesar la fina pared que separaba las cámaras. La portadora de Honor estaría muerta antes de saber lo que pasaba. Pero…

¿Sivi?

Su padre parecía quererla de verdad, y había llorado cuando llegó la hora de separarse y continuar el peregrinaje. Quizá para ella fuese solo una aventura, pero no para Neturo. Además, Sivi siempre había tratado muy bien a Szeth.

«Está al servicio del Deshecho —pensó Szeth—. Profana la Verdad, incluso mientras finge predicarla».

Pero ¿y si se equivocaba? Estaba sucediendo todo muy deprisa. Szeth bajó la mirada a la piedra de aquella sala, tambaleándose.

Un niño con una piedra en la mano, de la que goteaba sangre.

Barcos en llamas.

Un hombre sagrado muriendo en sus brazos, aferrándole el hombro mientras se desangraba.

Sí, Szeth era capaz de matar. Se habían asegurado de ello.

Ese día, descartó su hoja. Salió de la cámara de meditación, fue a la contigua, en la que había oído entrar a Sivi, y abrió la puerta. Le debía a su propia conciencia hablar con ella primero, como mínimo. Szeth no era el hombre que Pozen había intentado forjar. Era más que eso. Era un hijo de Neturo. Los hijos de Neturo hacían preguntas.

Sivi se volvió. Ensanchó los ojos, se levantó y retrocedió contra la pared, extendiendo la mano a un lado. Pero no invocó su hoja. No gritó pidiendo ayuda.

—Szeth —dijo—, estábamos… preocupados por ti. ¿Has venido a hablar con Pozen? Supongo que tienes… preguntas. Han sido unas semanas duras, ¿verdad?

—Preguntas —contestó él, dando un paso hacia ella en la pequeña cámara de meditación—. Sí, tengo preguntas. Una en particular. ¿Cómo, Sivi? ¿Cómo podéis servir a uno de los Deshechos?

Ella suspiró.

—¿Viste a los spren cautivos, entonces?

—Cautivos y torturados.

—Había esperado que saliera a hablar contigo fuera de la caverna —dijo ella—. Es lo que hizo conmigo al principio.

—Le exigí toda la verdad.

—¿Y entonces te enfadaste cuando te la dio?

—Sivi, esto es lo que se nos entrena para combatir. La presencia de un

Deshecho significa que la Desolación ha comenzado. ¡El mundo corre peligro y no estamos preparados para luchar!

—Espera —dijo Sivi—. ¿Qué viste, Szeth? —Frunció el ceño, con la mirada perdida—. ¿Es posible que me…? ¿Puede ser verdad? ¿Puede que me engañaran? Es la forma que yo habría escogido para un engaño… pero Szeth, no es…

—¿Qué pasa aquí? —exigió saber una voz desde atrás.

Szeth dio media vuelta e inició al instante el proceso de invocar su hoja. Pozen estaba en el pasillo, y Szeth había cometido la estupidez de dejarse la puerta abierta. El anciano portador de Honor traía una bandejita de fruta.

¿Había… ido a buscar un *tentempié* para mientras meditaba?

En todo caso, Szeth había estado pensando en lo fácil que habría sido pillar por sorpresa a Sivi. Tuvo que comerse sus palabras al comprender lo expuesta que había dejado su propia espalda.

—Szeth —dijo Pozen en tono imperioso—, ¿has venido a disculparte? ¿Por tus rabietas de crío, después de todo lo que hice por ti? Me has avergonzado. —Pozen miró la mano de Szeth, luego su cara—. No. Vienes para algo mucho peor, ¿verdad, Szeth?

Tuvo que reconocerle a Pozen que no huyó. Posiblemente comprendiera que no iba a tener mejor oportunidad contra él, teniendo a Szeth atrapado en un espacio reducido y con una posible enemiga a su espalda. Pozen estiró la mano para invocar su hoja.

Szeth no esperó a su propia arma. Se abalanzó hacia el pasillo e intentó hacerle una presa a Pozen, que desvió sus manos mientras la luz tormentosa se alzaba a su alrededor. Szeth se enlazó para alejarse y voló pasillo abajo. No quería que Pozen los trasladara a los dos a Shadesmar.

—La traición definitiva —dijo Pozen, y escupió a un lado—. Eres una deshonra, Szeth.

—Escojo la Verdad —replicó él.

La hoja de Pozen apareció en su mano. Y Szeth…

Szeth se retiró.

No iba a ser un asesino que llegara en la noche. Si Szeth asesinaba a Pozen allí, sabía que jamás reclutaría a Sivi ni a ninguno de los demás.

—Ya les he contado lo que vi a los acólitos del Monasterio del Corredor del Viento —les dijo Szeth a viva voz por el pasillo—. He empezado a alzar el estandarte de la Verdad, ya que vosotros os negáis. Se lo haré saber a todo el que me escuche: es la hora. Los Portadores del Vacío han regresado. Si os unís a mí, os recibiré con los brazos abiertos. Si no… os combatiré, Pozen. Sivi, incluso a ti.

Y, dicho eso, Szeth huyó.

Teme al anciano que acogía el fracaso de joven. Si ha sobrevivido todo este tiempo, ha aprendido.

Proverbios para las torres y la guerra, Zenaz, fecha desconocida

Kaladin madrugó el noveno día y preparó el desayuno. No estaba familiarizado con las verduras que habían comprado en aquel pueblo hacía unos días. Algún tipo de tubérculo, le había explicado Szeth, solo que allí, en vez de crecer hacia abajo en las grietas, los tubérculos excavaban en la tierra. No parecía nada higiénico. Lavó tres veces las cosas largas y anaranjadas y descubrió que sabían muy bien crudas, un poco dulces, con un agradable crujido. Así que las cortó y las frio en la sartén de viaje y, cuando se suavizaron, una pizca de azúcar resaltó su dulzura natural. Y...

Tormentas. Roca de verdad había hecho de Kaladin una especie de cocinero. Soltó una risita al pensarlo, aunque era difícil mantener el buen humor bajo aquellas circunstancias. Puso un plato para Szeth, que estaba meditando, se sirvió él las demás y se sentó en una roca cercana. Contempló el paisaje marrón verdoso, con sus colinas y sus extraños árboles. En ellos se había posado toda una bandada de pollos, de brillante verde y rojo, y sus cloqueos se oían desde allí.

Syl se sentó a su lado. A Kaladin empezaba a gustarle que últimamente siempre adoptara el tamaño humano. Así era más fácil captar sus expresiones y su humor. Acababa de dejarse caer, vestida con su uniforme modificado con falda, y tenía los codos en las rodillas y la barbilla en las manos mientras flotaba un palmo por encima del suelo, con el pelo ondeando alrededor de la cabeza como si estuviera bajo el agua.

—Esto no me gusta nada —dijo.

—Lo de que Nale se haya ido —susurró Kaladin— a «preparar» cosas en el siguiente monasterio, ¿verdad?

—Es un asqueroso —asintió Syl—. ¿Cómo están los dedos del pie?

—Se llaman zanahorias.

—Parecen dedos del pie de personas.

—Nadie tiene los dedos del pie tan largos —dijo él, comiendo—. Y están buenas. Saben como un desayuno que hacía mi madre. —Titubeó—. Les he puesto azúcar, igual que hacía ella cuando éramos niños. De verdad que Roca me ha corrompido. Siempre estaba diciendo que existían más sabores aparte de «picante» y «muy picante».

Syl sonrió, pero juntó las manos en el regazo, aún preocupada. Así que Kaladin terminó de comer, sacó la flauta y tocó un rato, notando los dedos cada vez más cómodos en torno al instrumento de madera, mientras los callos de empuñar la lanza encontraban su hogar en otro tipo de trabajo.

Tocar lo tranquilizó. Como hacía a menudo, el sonido trajo al Viento. Kaladin sintió su atención, la de la invisible y antigua spren que habitaba aquella tierra.

—¿Alguna idea de lo que debería anticipar? —preguntó Kaladin—. Está claro que Nale va a estar esperándonos. Es el Monasterio del Rompedor del Cielo y él lleva esa hoja de Honor. Han intentado matar a Szeth de un montón de formas engañosas. Me preocupa que esta vaya a ser la peor.

—Porque Nale —convino Syl— es un auténtico asqueroso.

—Por favor —dijo una voz queda—, no habléis así de él.

El Viento revolvió el pelo de Kaladin al pasar por él.

—Puede que antes fuera un héroe, como me enseñaste —respondió Kaladin—. Pero, Viento, en mi época Nale solo ha provocado miseria, muerte y frustración.

—Solo está desgastado —susurró el Viento—. Como esa roca en la que te sientas.

Kaladin frunció el ceño, cambió de postura y miró la piedra que tenía debajo. Era una roca redonda normal y corriente, lisa, de un metro de diámetro más o menos.

—¿Como una roca? —dijo Syl—. ¿Tozudo? ¿Inamovible?

—No sois aquellos que hablan con la Piedra —susurró el Viento—. No creo que podáis oír su voz, ni siquiera con mi ayuda. Pero tocadla, Kaladin, Sylphrena, y lo intentaré.

Kaladin lanzó una mirada a Syl y los dos se levantaron al mismo tiempo. Con curiosidad, Kaladin apretó la mano contra la piedra, y ella hizo lo mismo, poniéndola al lado de la suya. Con un destelló, vio algo. Una… impresión. Pero el Viento tenía razón. Kaladin no oía la voz de la piedra, si la tenía.

En cambio, sí que vio la hermosa estatua de una mujer. De figura plena, con los brazos extendidos y la mirada puesta en lo que antes había sido un camino allí. Kaladin no sabía quién habría querido poner una estatua tan bonita en un sitio tan apartado. Unas velas encendidas en su base hacían que el lugar pareciera acogedor, como un refugio para viajeros cansados.

Entonces pasaron los años. Kaladin los vio a toda prisa. Lluvia tras lluvia. Sintió el viento en la piedra y, con el tiempo, la estatua se desgastó. Las líneas se desdibujaron, los detalles se desvanecieron, los rasgos terminaron fundiéndose. Los años robaron la forma de la estatua como si fuesen papel de lija hasta que, por los repetidos lavados de la tormenta, se hundió en la tierra.

La impresión remitió. La piedra en la que Kaladin había desayunado fue una obra maestra hacía miles de años. Y ya solo era un pedazo de roca más.

—Os lo he dicho —susurró el Viento—. Quiero a la Piedra, y es mi hermano, pero mi toque la rompe, aunque sea muy despacio. Nale es una de estas piedras, Kaladin, Sylphrena. El tiempo lo ha desgastado. Pero, como esta piedra, una parte de él recuerda lo que fue.

—La única vez que he hecho que pensara —dijo Kaladin, con la mano aún apretada contra la piedra— fue ayer, cuando le pregunté por qué se había hecho Heraldo.

—Haz que recuerde —pidió el Viento—. Por favor. Sé que no les tienes aprecio a los Heraldos, Sylphrena, y que no son perfectos, ni siquiera cuando estaban enteros. Jezrien era orgulloso e Ishar se creía por encima de la gente normal. A Pralla le encantaban sus secretos y Battar podía ser una conspiradora. Chana evitaba asumir responsabilidades, y Nale podía ser muy rencoroso. Pero eran buenas personas.

»Y lo intentaron. Con muchísimo empeño. Honor los abandonó al desgaste del tiempo… pero, en cierto modo, son lo mejor que queda de él. Una parte de un dios infinito sigue siendo infinita, y el poder que albergan esos nueve… creo que lo necesitaremos, en los días venideros. Intentad ver su potencial, no sus defectos.

—Lo… intentaré —dijo Syl, y suspiró—. A ver, sé que lo que dices es verdad. Pero cuesta creerlo.

—A Nale también le cuesta creer eso sobre sí mismo —susurró el Viento—. Por favor, Kaladin, ayúdalo.

—Estoy así como un poco ocupado con Szeth —respondió Kaladin, mirando de soslayo hacia el lugar por donde Szeth regresaba de sus meditaciones—. No sé si tengo tiempo para otro paciente.

—Pero es para lo que te traje aquí —dijo el Viento.

—Dijiste que venía una tormenta —repuso Kaladin, recordando la primera conversación que había tenido con el Viento en Urithiru.

—Sí —dijo el Viento—. Y ellos son el remedio. Recuerda lo que dijo el Forjador de Vínculos. Te necesito…

—Pero… ¿los Heraldos? —preguntó Kaladin—. Viento, puede que estén un poco por encima de mis habilidades. Ya quise decírselo a Dalinar.

—Ya has ayudado a alguien que pronto será un Heraldo —insistió el viento, mientras su voz se perdía—. Es posible.

Szeth llegó y... bueno, Kaladin supuso que sí que lo había ayudado. Vio que Szeth hasta sonreía al coger el plato.

—¿Es para mí?

—Sí.

—Zanahorias para desayunar. —Szeth meneó la cabeza—. Los camina-piedras... tenéis gustos muy raros. —Probó una—. Sorprendentemente buenas, eso sí. Deberíamos recoger y partir. Sospecho que Nin va a estar esperándonos. Comeré de camino.

Kaladin miró a Syl, que asintió, de acuerdo con la idea. Así que limpió los cacharros y luego siguió a Szeth hacia delante, hacia el penúltimo monasterio. El viento sopló quedo junto a ellos y los spren fluyeron por el cielo como una senda de luz.

—¡Defended la muralla! —gritó Sigzil entre la lluvia—. ¡Resistid!

Pasó veloz tras las hileras de soldados apostados en el adarve, mientras el agua chorreaba de las almenas detrás de ellos. La persistente llovizna calaba gélida, haciendo resbaladizas las superficies y echando a perder las cuerdas de arco, por no mencionar que les dificultaba la visión de las mesetas que tenían alrededor. Unos vientospren corrompidos surcaban el aire, y el ejército afrontaba un mar de ojos rojos que los contemplaban a través de la neblina. Algunos de entre ellos estaban liberando un vapuleo constante de piedras contra la muralla. Rocas que se estrellaban, que sacudían la fortificación, un tamborileo terrible y errático que dejaba los oídos de Sigzil pitando.

Las tropas de la coalición empuñaban alabardas y lanzas en el almenar, entre las rocas que llegaban, y apuntaban abajo con ellas hacia los Profundos, partes de cuyos cuerpos asomaban del muro. Para compensar las andanadas de rocas, los defensores habían hecho que sus Custodios de la Piedra ensancharan la muralla, pero eso permitía a los Profundos desaparecer en ella por completo y emerger para atacar a los Custodios de la Piedra que había detrás, utilizando la escasa luz tormentosa que les quedaba para impedir que la fortificación se viniera abajo.

Aquel ataque incesante iba a acabar con sus reservas en unas pocas horas. El enemigo, en cambio, parecía tener toda la luz del vacío que quería. Y Sigzil aún no había dado con una aplicación práctica de su plan que pudiese funcionar.

Sigzil voló siguiendo el muro, intentando mantener a los soldados protegidos. Había tenido que apostar tropas en las almenas, ya que el enemigo dejaba caer atacantes allí a intervalos regulares. De hecho, algo dio contra el muro allí cerca, algo grande. Un Aumentado se aupó al adarve un segundo después, seguido de otra. Sigzil renegó, invocó su lanza y voló hacia ellos mientras los Fusionados empezaban a apartar soldados levantándolos del suelo a manotazos.

Los siguieron unos Cascarones, tres, que aparecieron en las almenas a partir de sus cintas de luz para apoyar a los gigantescos Aumentados. Sigzil atacó a la criatura más grande y su lanza se hundió profunda, pero el Aumentado hizo crecer un grueso caparazón que lo apartó, como si fuese una columna de piedra cada vez más larga. La lanza de Sigzil no llegó a tocar nada vital, y ese caparazón crecía a un ritmo frenético en la tormenta, envolviendo su lanza.

Sigzil se vio obligado a retirarse mientras descartaba la lanza, para que el crecimiento quitinoso no le atrapara las manos. El Aumentado se arrancó ese crecimiento, como un tumor a lo largo del costado, y atacó a Sigzil con una mano que se había convertido en un enorme garrote. Sigzil esquivó agachándose y se lanzó hacia los Cascarones, pero el Aumentado logró mantenerlo a raya. Los Fusionados causaron unos estragos terribles entre los defensores antes de que el Muralla de Tormenta llegara y los distrajera. Su aparición dio por fin a Sigzil la ocasión de clavar su lanza desde atrás a través de la cabeza de un Cascarón. Mientras el Fusionado caía de la muralla entre la lluvia, Sigzil se elevó en el aire y avistó un bienvenido destello de luz en la siguiente meseta.

Voló hacia allí, pero los dos Cascarones que quedaban salieron disparados tras él, convertidos en líneas de luz que al instante se transformaron de nuevo en figuras que lo apresaron. Uno le retuvo los brazos hacia atrás, inmovilizándolo, mientras el otro le agarraba el pecho del uniforme y tiraba de él.

—Se nos prometió la oportunidad de combatir a vuestro líder —le siseó la criatura a la cara—. El que derrotó a Lezian. ¿Por qué no acude el Bendito por la Tormenta a nuestro desafío?

Sigzil gruñó y empezó a enlazar a aquel ser para quitárselo de encima, pero el Cascarón se aferró a él con fuerza.

—Si te mato —preguntó—, ¿me perseguirá Bendito por la Tormenta para vengarse?

—No puedes matarme —susurró Sigzil.

—¿Te crees demasiado fuerte?

—Qué va —respondió Sigzil—. Pero he oído el nombre de mi asesino chillado por los labios de un moribundo. Y no eres tú.

Con un gruñido, Sigzil apartó a la criatura de una patada. El Fusionado se convirtió en una cinta de luz para regresar, pero Sigzil ya estaba enlazándose a sí mismo y al otro Cascarón hacia arriba para llevarlos en dirección al centro de una tempestad de luz tormentosa, de un grupo recién llegado por la Puerta Jurada. Los refuerzos de los Corredores del Viento volaban de un lado a otro, atacando por docenas. El Cascarón que iba con Sigzil se desvió maldiciendo y huyó de sus perseguidores.

Una figura familiar llegó flotando junto a Sigzil y le hizo un saludo.

—¿Qué hay, garrafón? —dijo Lopen—. Cuentan que habéis estado pasándolas canutas.

Sigzil asintió.

—¿Te has enterado…?

—De lo de Leyten, sí.

Lopen lideraba el grupo de Corredores del Viento que habían llevado al Visón a Herdaz. Por fin habían regresado, añadiendo otros veinte Radiantes al ejército de Sigzil. Ayudaron a dispersar a los Rompedores del Cielo y la batalla se tranquilizó por un tiempo mientras la última Aumentada moría en la muralla.

La Fusionada había dejado a decenas de soldados de Sigzil muertos y destrozados. Un Custodio de la Piedra caído. Y aquellas rocas seguían impactando contra la muralla, una tras otra.

—¿Traéis luz tormentosa? —preguntó Sigzil.

—No mucha —dijo Lopen—. Garrafón, casi se nos acabó la que teníamos mientras llevábamos volando esas tropas que nos pidió Dalinar. ¿Y luego, al volver, en la torre tampoco tienen? ¡No había bastante para todos, así que la mitad han tenido que quedarse allí! ¿Qué está pasando?

—Los dos Forjadores de Vínculos están de viaje en el Reino Espiritual —respondió Sigzil en voz baja—. Pero no es conocimiento general, así que guárdatelo para ti y el personal de mando.

Se volvió en el aire y saludó a Lyn con la mano al verla pasar como una exhalación. Natam llegó flotando.

—Tormentas —susurró—, Sig, siento lo de…

Sigzil asintió y se limpió el agua de lluvia de la cara.

—Si vosotros dos podéis ayudar a Cikatriz y Peet a organizar lo de aquí, yo tengo que ir a coordinarme con los generales. Más o menos estamos ya sin luz tormentosa. La última que quede la… la necesitaremos para retirarnos.

Asintieron y Sigzil descendió volando más allá de los cuerpos rotos, sintiéndose agotado.

—¿Sigzil? —dijo Vienta—. Calculo que estamos en el límite. Si gastamos aunque sea una pizca más de luz tormentosa, aparte de la que han traído los refuerzos, no tendremos la suficiente para poner a salvo nuestro ejército a través de la Puerta Jurada.

—Entendido. Gracias.

Sigzil fue caminando hacia su puesto de mando para dar la orden, pero lo interceptó Ka con un mensaje. Se lo susurró. Alguien del enemigo había establecido contacto, y tenía una oferta. Era la desertora, la amiga de Rlain. Venli.

La oferta que les hacía no iba a servir de nada. Sigzil no necesitaba más tropas, y las que tenía ella no decantarían la batalla lo suficiente. Sin embargo…

Encajó.

Aquella era la pieza que le faltaba.

OCHO MIL AÑOS ANTES

RAYSE ESTABA ALLÍ.

YO, DIOS, LO CONTEMPLÉ... Y LO ODIÉ.

HABÍAMOS SIDO RIVALES DURANTE NUESTRA ETAPA MORTAL. DESDE ENTONCES, ERA PEOR. RAYSE TENÍA LA ACTITUD DE UN SER QUE HACÍA CUANTO LE VENÍA EN GANA MIENTRAS PUDIERA SALIRSE CON LA SUYA, UN HOMBRE CUYO ÚNICO DOGMA ERA UNA PETICIÓN DE SOBORNO.

Y AHORA ERA UN DIOS.

PERCIBÍ QUE RAYSE ESTUDIABA LOS PLANETAS DESDE LEJOS Y LUEGO AVANZABA HASTA EL PRIMERO DEL SISTEMA.

ERAN MUCHOS, PERO TRES DE ELLOS, SEGÚN HABÍA VISTO, PODÍAN ACEPTAR VIDA TAL Y COMO SUELE CREARSE. ROSHAR, EL SEGUNDO PLANETA. EL TERCERO, EL QUE ATRAÍA ALMAS. Y AQUEL PRIMERO, QUE YA CONTENÍA HUMANOS CREADOS POR MI PREDECESOR. HABÍA PRETENDIDO PONERME EN CONTACTO CON ELLOS, LLEVARLES UNA DIVINIDAD QUE VENERAR. PERO MIS ESFUERZOS EN ROSHAR CON KOR ME HABÍAN DISTRAÍDO.

Y YA... YA IBA A SER DEMASIADO TARDE. OTRO SE HABÍA ESTABLECIDO COMO SU DIOS.

—NO LE HAGAS CASO —SUSURRÓ KOR—. NO DEBEMOS INTERACTUAR.

—HABRÁ CAPTADO TU PRESENCIA AQUÍ CONMIGO —DECLARÉ—. SABRÁ QUE HEMOS INCUMPLIDO EL ACUERDO.

—¿CREES QUE PRECISAMENTE A RAYSE LE IMPORTA LO MÁS MÍNIMO UN CONTRATO INCUMPLIDO?

NUESTRAS CREACIONES FLUÍAN ALREDEDOR DE ELLA, HECHAS MEDIANTE MI TRABAJO Y SUS ÁNIMOS. FRAGMENTOS DE PODER QUE IMITA-

BAN LOS QUE HABÍAMOS ENCONTRADO EN ROSHAR, SOLO QUE MÁS PO-
TENTES, MÁS INTERESANTES. MÁS CONSCIENTES DE SÍ MISMOS.

CUANDO UNA DEIDAD ENCONTRABA EL MISMO LUGAR QUE NOSO-
TROS EN UN MUNDO, SU PODER SE FILTRABA. ALLÍ ESTÁBAMOS GUIANDO
ESE PROCESO, DANDO FORMA A NUEVAS CRIATURAS QUE REACCIONABAN
TANTO A LAS CANCIONES DEL PLANETA COMO A LOS PENSAMIENTOS DE
SUS HABITANTES. YO YA ME HABÍA REVELADO A AQUELLAS GENTES, Y
LES HABÍA ENSEÑADO A CANTAR A LA PIEDRA. CON LAS CANCIONES,
Y CON MI PODER, APRENDIERON A ESCULPIRLA. SE HICIERON LLAMAR
LOS CANTORES, PORQUE PODÍAN UTILIZAR LAS CANCIONES DE LOS
DIOSES. ME RESPETABAN. Y ELLOS A MÍ ME ENCANTABAN.

NUESTRO GRANDIOSO TRABAJO ERA FASCINANTE, MÁS SI CABE POR
LA FORMA EN QUE, GRACIAS AL VIBRANTE TOQUE DE KOR, NUESTRAS
CREACIONES SPREN SE ADAPTARON A ROSHAR. SE CONVIRTIERON EN
HIJOS SUYOS, SUS CANCIONES RESONARON CON LAS DEL PLANETA. NO
ESTABAN REEMPLAZANDO LA OBRA DE ADONALSIUM, SINO EXPANDIÉN-
DOLA. CONTINUANDO LAS ECUACIONES.

LA NATURALEZA PODÍA SER ECUACIONES.

LA NATURALEZA *ERA* ECUACIONES.

TAMBIÉN LO ERAN LOS JURAMENTOS.

SI BIEN ANTES HABÍAMOS CREADO COSAS MÁS PEQUEÑAS, PASAMOS
A CREAR VERDADEROS SERES. CON PASIONES, PENSAMIENTOS, IDEAS
PROPIAS. CREACIONES DE LUZ Y VIENTO Y SUEÑOS. EVOLUCIONABAN
NO POR MEDIO DE LA GENÉTICA, COMO HACÍAN LOS SERES FÍSICOS,
SINO POR MEDIO DE LA *PERCEPCIÓN*.

ME ENCANTARON.

DECIDIMOS FORMAR DIEZ VARIEDADES. DIEZ PORQUE A MI PODER
LE GUSTABA LA SIMETRÍA. DIEZ PORQUE KOR ME AMABA Y SABÍA QUE
ESO ME HACÍA FELIZ. EMPEZAMOS POR LOS PRIMEROS SIETE, Y LUEGO
UNA VARIEDAD NACIÓ DE KOR EN EXCLUSIVA. PARA COMPENSARLO, Y
A INSTANCIAS SUYAS, TAMBIÉN YO CREÉ UNA VARIEDAD QUE ERA SOLO
MÍA CASI POR COMPLETO. MIS ÁNGELES DE HONOR.

ADORABAN EL VIENTO, POR MOTIVOS QUE NI SIQUIERA YO TERMI-
NABA DE COMPRENDER.

CONTEMPLAMOS CON PLACER LAS NUEVE VARIEDADES CREADAS DE
MOMENTO, PERO PERCIBÍ UNA LEVE DECEPCIÓN EN KOR.

—ME ENCANTAN —DIJO—. PERO SON... MUY HUMANOS. ¿NO HAY
UNA FORMA DE CREAR ALGO NUEVO? ¿ALGO QUE NO ESTÉ INFLUIDO
POR PERCEPCIONES NI PENSAMIENTOS EXTERNOS?

—SI HAY UNA FORMA, AMADA MÍA —RESPONDÍ—, TÚ PUEDES EN-
CONTRARLA. SEGUIREMOS TUS INDICACIONES PARA CREAR LA DÉCIMA
VARIEDAD.

PERO, AY, MIS PENSAMIENTOS YA NO PODÍAN CENTRARSE POR COM-
PLETO EN AQUEL TRABAJO. MI ANTIGUA DEBILIDAD MORTAL AFLORÓ,

PORQUE *NO PODÍA* LIMITARME A HACER COMO SI RAYSE NO ESTUVIERA.

RAYSE ESTARÍA TRAMANDO. RAYSE SIEMPRE ESTABA TRAMANDO.

YO NO PODÍA SOPORTAR SU PRESENCIA ALLÍ. ERA COMO UNA ENFERMEDAD EN UN REBAÑO INOCENTE. DEJÉ A KOR, CONTRA SUS DESEOS, Y DESVIÉ EL GRUESO DE MI CONSCIENCIA AL PRIMER PLANETA. UN PLANETA QUE TENÍA SU PROPIA GENTE, SUS PROPIOS TONOS, SU PROPIA MANERA DE EXISTIR. ALASWHA, SE LLAMABA.

ALLÍ, ENCONTRÉ A RAYSE LEVANTANDO UN IMPERIO.

LA GUERRA ASOLABA AQUELLA TIERRA. LAS CIUDADES ESTADO, COMO LAS QUE TAN FRECUENTES HABÍAN SIDO EN NUESTRO MUNDO NATAL, ESTABAN SIENDO CONQUISTADAS POR UNA SOLA NACIÓN. EL PUEBLO PREFERIDO DE RAYSE ESTABA IMBUIDO DE PODER, MUCHO MAYOR QUE EL PODER DE ESCULPIR LA PIEDRA QUE YO HABÍA CONCEDIDO A LOS CANTORES. AQUEL ERA UN PODER ESPANTOSO, UN CONTROL SOBRE LAS MISMAS POTENCIAS QUE COMPONEN LA CREACIÓN. ME RECORDÓ A LOS PEORES PODERES EN NUESTRO MUNDO. LA CAPACIDAD DE CERCENAR UN EJE DE OTRO. MICROQUINESIS, EN EL IDIOMA DE LOS DIOSES. ALLÍ TOMABA UNA FORMA DISTINTA, PERO HIZO QUE INCLUSO YO, INCLUSO DIOS, TEMBLARA.

YO, DIOS, HICE SERPENTEAR ZARCILLOS DE MÍ MISMO POR AQUEL PAISAJE EXTRANJERO, CON SUS CURIOSAS CORRIENTES DE AIRE Y SUS PIEDRAS FLOTANTES, HASTA UNA GRAN CONFERENCIA EN UNA CIUDAD ENORME. ABSORBÍ LAS CONVERSACIONES DE MIL PERSONAS, QUE ME PERMITIERON DETERMINAR AL INSTANTE LA SITUACIÓN. EL IMPERIO, RESPALDADO POR RAYSE, HABÍA HECHO GALA DE SU PODER CONQUISTANDO UNAS CUANTAS CIUDADES ESTADO. HABÍA PROMETIDO UNA BREVE TREGUA A CUALQUIER OTRA QUE ENVIARA EMISARIOS PARA UNA CONFERENCIA. RECELOSAS, LAS CIUDADES ESTADO HABÍAN ACUDIDO. DELEGADOS DE TODO EL MAR CENTRAL, REUNIDOS PARA ESCUCHAR LOS DICTADOS DEL CRECIENTE IMPERIO.

¿POR QUÉ ALIMENTAR UNA GUERRA COMO ESA? RAYSE PODÍA IMPONERLES LA DEVOCIÓN Y OBLIGAR A TODA RODILLA A HINCARSE ANTE ÉL EN ADORACIÓN, ¿O NO? ¿POR QUÉ VOLVERLOS UNOS CONTRA OTROS EN VEZ DE ELLO?

ERA UN EXPERIMENTO. RAYSE ESTABA JUGANDO CON LA GENTE COMO SI FUESEN JUGUETES, CONCEDIENDO UNOS PODERES INCREÍBLES A UN BANDO PARA VER CÓMO HACÍAN USO DE ELLOS LOS HUMANOS. ¿O ERA ALGO MÁS? CON MI GRAN CAPACIDAD, INVESTIGUÉ MÁS A FONDO, CON CUIDADO DE QUE MI TOQUE FUESE LIGERO. ¿AQUELLO ERA… PARA CONSTRUIR Y ENTRENAR UN EJÉRCITO? ¿PARA QUÉ QUERRÍA…?

RAYSE ME VIO.

EN UN ABRIR Y CERRAR DE OJOS, AMBOS FORMAMOS CUERPOS. YO, EN LA CUMBRE DE MI PODER, ATAVIADO CON MI TÚNICA DE JUSTICIA Y PORTANDO MI CORONA DE JURAMENTOS. RAYSE, COMO UNA VERSIÓN

ENGAÑOSA Y GLORIFICADA DE SÍ MISMO. CON TÚNICA DORADA, SOSTE-NIENDO UN CETRO, SUS RASGOS PERFECCIONADOS PARA SUGERIR SABI-DURÍA Y CONTROL. EL HOMBRE QUE SIEMPRE HABÍA FINGIDO SER.

—AH... —DIJO EL EMBUSTERO—. ASÍ QUE POR FIN HAS DECIDIDO VENIR A VISITARME, CURTIDOR.

—TANAVAST.

—PARA MÍ, SIEMPRE CURTIDOR —REPLICÓ RAYSE, SONRIENDO Y SE-ÑALANDO SU CINTURÓN. ERA UNA COPIA DEL QUE MI YO MORTAL LE HABÍA HECHO MUCHO TIEMPO ATRÁS—. QUÉ PERSONA MÁS ÚTIL PARA TENERLA POR AQUÍ. ME ALEGRO DE QUE SEAMOS VECINOS, PERO... —CHASQUEÓ LA LENGUA—. INFRINGES NUESTRO ACUERDO.

DE NUEVO, MI PODER SE DEBATIÓ CONTRA AQUELLO. PERO YO ERA DIOS Y EL PODER ME OBEDECIÓ. TENÍAMOS QUE ENFRENTARNOS A RAYSE. ÉL ERA EL SER MALVADO. ESTABA TRAMANDO ALGO, Y MI DIVI-NA GLORIA ILUMINÓ LO QUE RAYSE NO QUERÍA QUE NADIE VIESE. MI ENEMIGO ESTABA HERIDO. NO AL MODO DE LOS MORTALES, SINO AL MODO DE LOS DIOSES, SU PODER DESGARRADO, FRAGMENTADO. HABÍA ESTADO EN UNA PELEA.

—¿QUÉ HAS HECHO, RAYSE? —EXIGÍ SABER.

—ELIMINAR UN POCO DE COMPETENCIA.

OH... OH, NO. ERA LO QUE HABÍA PERCIBIDO, ¿VERDAD? ¿HACÍA SIGLOS?

—NO ME MIRES ASÍ, CURTIDOR —DIJO RAYSE—. SABÍAS QUE AMBI-CIÓN IBA A SER UN PROBLEMA. TODOS LO SABÍAMOS, DESDE EL MISMO PRINCIPIO.

¿AMBICIÓN?

—¿TE REFIERES A ULI DA?

—NOS HICE UN FAVOR A TODOS. ALÁBAME. SIENTE GRATITUD, CURTIDOR. SÉ CONSCIENTE.

—¡NO SIENTO MÁS QUE HORROR POR ESTA BLASFEMIA!

—ME SIRVE TAMBIÉN —DIJO RAYSE.

ASQUEADO, ME RETIRÉ, DEJANDO A RAYSE CON SU PETULANCIA Y SUS JUGUETES.

Y, AUN ASÍ...

Y, AUN ASÍ, TENÍA QUE OBSERVAR. TENÍA QUE SABERLO.

RAYSE DESVIÓ SU ATENCIÓN HACIA LA CONFERENCIA, DONDE EL IMPERIO QUE GOZABA DE SU FAVOR EMITIÓ UN ULTIMÁTUM: QUIENES DESEARAN INCORPORARSE A SU UNIÓN SERÍAN BIENVENIDOS. Y AFIR-MABAN QUE PERMITIRÍAN MANTENERSE LIBRES A QUIENES NO LO DE-SEARAN. AFIRMABAN QUE SOLO HABÍAN ATACADO Y DESTRUIDO CIU-DADES ESTADO EN DEFENSA PROPIA.

YO SABÍA QUE EXISTÍAN MATICES, QUE EL IMPERIO HABÍA ACTUADO CONTRA RIVALES EN POTENCIA, TRATANDO SUS AMENAZAS COMO ATA-QUES. PROBABLEMENTE LOS EMISARIOS TAMBIÉN SABÍAN QUE LA HISTO-

RIA ERA MÁS COMPLEJA QUE ESO, PERO NO ERA PRUDENTE LLAMAR MENTIROSO EN SU CARA AL MATÓN QUE EMPUÑABA EL MAYOR GARROTE.

REPUGNADO, EMPECÉ A RETIRARME POR COMPLETO. PERO ENTONCES ALGO ME LLAMÓ LA ATENCIÓN: UN GRUPO DE GENTE CON LA PIEL MÁS OSCURA QUE EL RESTO, COMO LA MÍA. UN GRUPO QUE YA ESTABA ABANDONANDO LA CIUDAD.

—¿Qué hacemos, tío? —PREGUNTÓ UNO DE ELLOS, QUE CAMINABA JUNTO A UN ANCIANO—. No me creo nada de lo que dicen. Cimentarán su poder y luego nos aplastarán a los demás.

—Debemos formar nuestra propia alianza, Nale —DIJO EL ANCIANO—. Es la única manera. No pueden doblegarnos a todos.

ME PLANTEÉ AQUELLO. PENSÉ EN SU RESISTENCIA, EN SU ORGULLO, EN SU *HONOR* AL RECHAZAR AQUELLA EVIDENTE AMENAZA. ME INSPIRÓ, Y MI PODER ANHELABA AYUDARLOS.

DEBERÍA HABER REGRESADO CON KOR PARA HABLAR DE ELLO. PERO YO HABÍA PASADO A SER UN DIOS. ¿NO DEBERÍA SABER YA QUÉ ERA LO CORRECTO? ¿QUÉ NECESIDAD HABÍA DE HABLAR NADA?

ESA MISMA NOCHE ME APARECÍ A ESOS HOMBRES EN SU TIENDA DE CAMPAÑA. LES HICE UNA OFERTA.

—OS CONCEDERÉ EL PODER —DECLARÉ— PARA RESISTIROS A NUESTRO ENEMIGO COMÚN, SI ASÍ LO DESEÁIS.

*El necio, al perder, buscará volcar el tablero y esparcir las piezas.
Eso no es una máxima de las torres.*

Proverbios para las torres y la guerra, *Zenaz, fecha desconocida*

Navani se detuvo fuera de su despacho en el palacio de Kholinar, agu-
zando el oído. El edificio entero parecía vibrar con gritos y enfrentamientos de tropas. Qué familiares le resultaban esos sonidos. Era
una erudita de nombre, y de corazón, pero su vida nunca había sido de calmado estudio. Su vida había sido un campo de batalla.

Se sintió atraída hacia los ruidos, magnéticamente, mientras recorría los
pasillos vacíos. Habían llamado a todos los soldados al enfrentamiento.
Los lealistas de Aesudan, corrompidos por la influencia de un Deshecho,
habían encerrado bajo llave a cualquier soldado que se resistiera y estaban
combatiendo tanto a la fuerza incursora de Elhokar como la invasión cantora. Adolin lo había descrito como una confusa tormenta de muerte. Pero
eso era abajo. Allí, en una planta superior, Navani pudo caminar a solas.

Al llegar al pasillo por el que sabía que bajarían, se volvió y miró. «Llego
pronto», pensó, recordando la narración de Adolin. Esa lucha que oía eran
Adolin y Elhokar abriéndose paso entre los defensores delante del palacio.
Navani tenía tiempo. ¿Debería ir ella sola a por Gav?

No. Aunque le era difícil, se obligó a analizar la situación. Adolin había
dicho que la reina estaba protegida por una fuerza de soldados. Aquellos
pasillos estaban desiertos, pero los aposentos de Aesudan no lo estarían, y
Navani lo pasaría muy mal allí, incluso siendo capaz de ejercer cierto poder
sobre las visiones.

Además, ¿de qué serviría rescatar a Gav, y luego con suerte a Dalinar, si
los tres seguían atrapados en aquellas visiones? Necesitaba concebir un ca-

mino que los sacara por completo del Reino Espiritual. Extendió la mente hacia el Hermano, pero la encontró hecha un hervidero de... de tonos, vibraciones, música disonante.

Pero Navani... Navani conocía los tonos correctos, ¿verdad? Recordó el tiempo que había pasado con Rabeniel y fue descartando el ruido. Con los ojos cerrados, los encontró. Los tonos. Los sonidos del propio Roshar.

¿Navani?, dijo la voz del Hermano.

Sí.

Estás perdida entre infinitas posibilidades.

Puedo oírlas, creo, respondió Navani. *Tonos que vibran como no deben, igual que un instrumento desafinado.*

Esos son los posibles futuros, dijo el Hermano. *Discordantes hasta que se vuelven realidad, y entonces encajan de golpe y concuerdan con los tonos de Roshar. Lo siento. No puedo verte. No...*

¿Aún queda tiempo?, preguntó Navani, sintiéndose desesperada. *¿Antes de que termine el plazo?*

Menos de un día.

Había tiempo. No era tarde.

Necesito una salida, envió Navani. *He intentado crear una perpendicularidad aquí dentro. No sucede nada.*

No puedes crear una que lleve hacia fuera del mismo modo, respondió el Hermano. *Es como si te hubieras deslizado por la ladera de una montaña alta y estuvieras en la base, intentando subir de nuevo.*

Sagaz sale, dijo Navani. *Otros salen. ¿Cómo?*

Utilizando puntos de transición, contestó el Hermano, y su voz empezó a hacerse distante. *Si alguien creara un agujero para entrar, podrías escapar por él. Yo podría... podría intentar ayudar...*

Navani perdió los tonos en aquella cacofonía. «Puntos de transición —pensó—. ¿Podré engañar a la visión para que me proporcione uno de esos?».

Oyó soldados acercándose, así que retrocedió mientras un grupo de tropas de Aesudan que había abandonado sus aposentos privados pasaba por delante de ella y se congregaba en la cima de la escalinata. Era el momento. Navani se volvió, haciendo acopio de valor, y miró escalera abajo.

Y allí estaba, empuñando su brillante hoja esquirlada. Elhokar, su hijo. Kaladin guardaba su flanco y unos cincuenta soldados lo seguían, leales al rey. Eran parte de la fuerza que Elhokar había reclutado para asaltar el palacio y salvar a su familia: al hijo que lo necesitaba con desespero y a la esposa que iba a rechazar su ayuda.

El corazón de Navani se retorció al ver su rostro otra vez. Parpadeó para quitarse las lágrimas y encontró... una cierta paz mientras Elhokar se anunciaba a los defensores reunidos, mientras su voz hacía que rompieran filas y se retiraran pasando ante Navani, sin hacerle caso. Elhokar no había sido un rey particularmente bueno. Y también... también podría haber sido mejor persona. Quizá esa última parte era culpa de ella, aunque no había tenido mucha ayuda como madre, no la que le habría hecho falta.

Esas preocupaciones se esfumaron cuando vio que Elhokar parecía brillar con su propio poder. Al final, su hijo había sido un héroe. Un rey. Su muerte dolía, pero Navani no estaba padeciendo el suplicio que había esperado al encontrarse con él allí. En ciertos aspectos, aquello era hasta reconfortante. Porque aquel era Elhokar Kholin en su mejor momento, quizá en el momento más resplandeciente de su vida, liderando confiado. Rescatando a su hijo. Avanzando hombro con hombro junto a un Radiante.

Mientras los defensores se retiraban, Navani salió del hueco de la pared en el que estaba. Kaladin y Elhokar la vieron y se detuvieron.

—Eh… ¿Madre? —dijo Elhokar.

Así que la veía como ella misma. Navani no había estado segura.

—Ven, deprisa —lo urgió—. Aesudan ha abandonado a tu hijo para que los spren lo atormenten.

—¿Cómo es que estás aquí? —preguntó Elhokar, llegando ante ella—. Madre, parece imposible.

—Dalinar ha aprendido a crear un portal para mí —dijo ella—. Está bien. Tiene sentido. Deja que esto se resuelva como debería.

Su hijo… asintió. Tomó la cara de Navani entre las manos, como para convencerse de que era real, y luego la abrazó. Kaladin, detrás de él, les indicó que avanzaran y juntos marcharon hacia los aposentos de Aesudan, dejando atrás estatuas de Heraldos y el pasillo por el que se habían retirado los soldados, abandonando a la reina. A quien se oía cantar en la sala del otro lado.

Elhokar se detuvo de sopetón, ladeó la cabeza y la miró. Algo en su actitud había cambiado.

—¿Qué ocurre? —preguntó Navani.

—Es solo… que me impresionas, madre —dijo él, y abrió el paso al interior de la habitación.

Navani no tenía tiempo para la conversación que mantuvo Elhokar con Aesudan, y de todos modos no era real. Nada más entrar, Navani recorrió la desastrada sala y encontró a Gav al fondo, detrás de un biombo. Y, por suerte, era el verdadero Gav. El Gav mayor, porque un año suponía una gran diferencia a esa edad, con los ojos lacrimosos. Navani lo levantó del suelo y lo abrazó, sin prestar atención a los spren que huían raudos.

—¿Yayi? —dijo el niño. Se apretó contra ella—. Yayi, ¿eres tú? ¿La tú de verdad?

—Sí, querido mío.

—¿Dónde está el yayo? —susurró Gavinor, agarrándose a ella—. ¿Por qué… por qué está tan ocupado matando gente? ¿Por qué es tan terrible? ¿Por qué me odia tanto, a mí y a todo el mundo?

—Ese que has visto no era él —adivinó Navani—. Era una visión horrible, Gav. Dalinar te quiere.

—Papi dice... —susurró Gav—. Papi dice que debería intentar ser fuerte, como él...

Se calmó, y su alma vibró contra la de ella. Era él, no una creación de las visiones. Navani lo tranquilizó y le secó las lágrimas, antes de asimilar lo que había dicho.

El niño había estado oyendo a su padre a lo largo de todas aquellas visiones. Navani volvió la mirada hacia Elhokar... que había abandonado la conversación con Aesudan y estaba de pie él solo en el centro de la cámara, mirándola con un asomo de sonrisa en los labios. Con la cara ensombrecida. Había cambiado en un instante.

Fuese lo que fuese, no era su hijo. No era ni siquiera un simulacro de él creado en la visión, como había sido hasta un momento antes. Aquello era otra cosa dentro de su piel.

—Y ahora, ¿qué? —dijo no-Elhokar—. Ya tienes a Gavinor.

—Ahora nos vamos —susurró ella, acercándose más a Gav.

—Ah, pero ¿cómo? —preguntó no-Elhokar—. ¿No es el problema que tienes desde el principio, Navani?

—Yayi —dijo Gav, señalando—. Es él. Papi. Ha estado ayudándome.

Navani lo abrazó, temblando, y retrocedió para alejarse de aquel ser. ¿Qué vivía en aquel lugar de sombras y medias realidades? Topó con la pared mientras aquella cosa avanzaba.

—Ay, Navani —dijo, y la voz... le sonaba de algo. No era la de Elhokar, pero sí la de alguien—. Cómo me alegro de haber podido pasar más tiempo contigo aquí, viendo qué te asusta y qué te enfurece.

—Odium —susurró ella.

—Y más —replicó él—. No me has contestado. Has conseguido encontrar a Gav, gracias a tu ingenio. Tendría que haberme esperado que descubrieses cómo manipular este lugar. Pero ¿qué harás ahora?

—Ahora —susurró Navani— me preocupa estar a punto de verlo a él atormentado. A Dalinar, el hombre que amo. Me asusta que vayas a hacerme ver cómo sufre.

—Ah... —dijo Odium, todavía con la cara de Elhokar, pero poniendo unas expresiones que Navani nunca le había visto a su hijo. Como si su carne fuese una máscara distorsionada por algo que había detrás—. Conque así es como has llegado hasta aquí. Ingenioso, ya lo creo que sí. Tendría que haberte vigilado más de cerca.

Pensó en Dalinar necesitado y trató de Conectar con él, o de engañar a la visión para que la llevara allí. Pero Odium movió la mano y la visión se mantuvo sólida. Allí, él ostentaba todo el control. La voluntad de Navani era una llamita de vela comparada con la hoguera que era la voluntad de un dios.

Y ahora, ¿qué?

Sosteniendo a Gav, tomó una decisión. Una decisión desesperada, dolorosa. No podía ayudar a Dalinar allí dentro, pero, si salía, quizá pudiera hallar una manera de usar sus poderes, o los del Padre Tormenta, para llegar hasta él.

Tenía a Gav. Tenía que llevárselo y salir, con un poco de suerte mientras el enemigo aún la subestimaba.

—Tenemos que continuar esta visión —susurró Navani.

—¿Por qué? —preguntó Odium—. ¿Tantas ganas tienes de ver morir a tu hijo, Navani? ¡Cuánta pasión inspirará eso!

Navani pasó corriendo junto a él y se unió a Kaladin y los soldados, que retrocedían a toda prisa por el pasillo. Odium los siguió con la forma de Elhokar, actuando como dictaba la visión. Navani mantuvo a Gav a salvo, susurrándole que no mirase, mientras llegaban a la planta baja... y empezaba el desastre de verdad. El ataque cantor había hecho brecha en palacio.

Descubrió, mientras atravesaba el caos de la batalla, que no necesitaba ver aquella siguiente parte. ¿Para qué mirar atrás? No podía salvar a Elhokar. Pero sí que podía salvar a Gav. Escogió deliberadamente recordar a su hijo tal y como había sido, llegando a la cima de aquella escalinata. Antes de que Odium hubiera desviado su atención hacia allí y hubiera ocupado su lugar en la visión.

—Yayi —susurró Gav, con los párpados muy apretados—, tengo miedo.

—No pasa nada, gema corazón —dijo ella con suavidad, corriendo hacia el camino del sol con unos soldados—. Te tengo.

El largo pasaje cubierto llevaba a una superficie elevada junto al palacio.

La Puerta Jurada de Kholinar.

—¿Navani? —llegó a su espalda la voz de Elhokar—. ¿Madre? ¡Madre, ayúdame!

La sangre se le heló en las venas a Navani cuando oyó a Odium cambiando el tono para imitar el de Elhokar. Suplicándole ayuda entre los chillidos y los soldados combatiendo.

Vida antes que muerte.

Gav estaba vivo.

Detrás de ella solo había muerte.

Llegó a la Puerta Jurada. Más abajo, sabía que la ciudad estaba inundada de cantores.

«La ciudad se perdió hace mucho tiempo. Esto es una visión».

—Actívala —le susurró al simulacro de Kaladin que tenía al lado.

En esa ocasión no se había paralizado en batalla, dado que la había seguido a ella en vez de quedarse a pelear.

—Pero...

—¡Hazlo! —gritó ella.

—¿Madre? —llamó la voz de Elhokar.

—Viene Elhokar —dijo Kaladin—. Navani, está cojeando por el camino del sol. ¡Está herido!

—*Activa la Puerta Jurada* —ordenó ella.

—Pero...

—Tú no eres real —le susurró a Kaladin, negándose a volverse hacia Elhokar—. Él no es real. Pero nosotros sí. Por favor, ayúdanos. Si hay algo del auténtico Bendito por la Tormenta dentro de ti, actívala. Por favor.

El simulacro la miró y algo sí que pareció acerarse en su interior. Echó a correr hacia el edificio de control de la Puerta Jurada.

Mientras la voz esforzada de Elhokar susurraba detrás de ella:

—Ah... Eso quizá te funcione, Navani. Activar una Puerta Jurada, incluso en una visión, será una oleada de poder. Pero ¿vas a abandonar a Dalinar como has abandonado a Elhokar? ¿Al hombre que amas? Él sí que es real. Y lo tengo yo.

—Dalinar —susurró ella— es lo bastante fuerte para combatirte. Confío en él.

La Puerta Jurada refulgió. En ese instante, Navani buscó los tonos de Roshar otra vez y sintió que algo se enganchaba a ella.

Te tengo, dijo el Hermano. *Conecta conmigo.*

Ella se aferró. Fuerte. Siempre se le había dado bien agarrarse a las cosas que amaba. Solo hacía poco había empezado a identificar cuándo necesitaba soltarse.

Con Gav en un brazo, tiró con todas sus fuerzas y, lo más importante, con su mente.

Y emergió desde la luz a sus habitaciones en Urithiru.

Venli, envuelta en una capa, encorvada para disimular la altura de su forma emisaria, recorrió el campamento de la coalición, acompañada de varios guardias humanos armados.

Narak había cambiado mucho en el año aproximado que había transcurrido desde que Venli vivió allí. Los desvencijados edificios oyentes habían desaparecido, reemplazados por refugios de piedra. La meseta estaba protegida por una gran muralla también de piedra, una fortificación de increíble fuerza, que resistía incluso contra los peñascos que arrojaban los *metacha-im*, los Enfocados.

Pero estaba agrietada, y Venli oía las súplicas de la piedra mientras empezaba a fallar. Pasó por delante de muertos tendidos en hileras, entre solemnes lluviaspren y sangre que fluía como el agua. Las atribuladas tropas cargaban a los heridos hacia la Puerta Jurada para trasladarlos a Urithiru, y a los sanadores de allí.

Y, lo más revelador de todo, Venli pasó junto a una mujer en uniforme de Radiante, sollozante y temblorosa, con la mirada vacía mientras susurraba algo sobre un dolor nuevo y distinto. Rlain había dicho la verdad: era posible matar a los spren. Una nueva era se cernía sobre todos ellos.

Todavía vigilada, entró en un edificio del centro de la meseta. Dentro, una sala bien iluminada contenía mesas, mapas de batalla y un hombre azishiano en uniforme de Corredor del Viento. Alzó la mirada y observó a Venli mientras entraba.

—La cantora Radiante —le dijo en alezi—. No creo que me lo hubiera llegado a creer, a pesar de todo lo que he oído, si no hubieras salido de la piedra cerca de una patrulla.

Venli había caído en la cuenta de que las fuerzas de Odium no sabían de lo que era capaz. Les habían dado capas para que durmieran debajo de ellas, usándolas a modo de mantas. Con un poco de suerte, los guardias enemigos no encontrarían el bulto de piedra con su forma que había bajo una de aquellas capas mientras la Venli real se había escabullido descendiendo a través de la piedra para escapar. Era más de lo que había hecho nunca antes con el poder. Estaba mejorando.

—Bienvenida —dijo el Corredor del Viento, rodeado por el zumbido de los agotaspren—. Te agradezco tu oferta, pero no creo que vayas a poder ayudar de la manera que quieres.

—Tienes razón —respondió ella, sincera—. El enemigo os barrerá de esta meseta antes de que pasen unas horas, y no tenemos las suficientes tropas para ayudaros. Pero decías en tu mensaje que tienes otra propuesta, ¿me equivoco?

El Corredor del Viento se la resumió, y tampoco funcionaría. Venli lo supo al instante. Pero ¿y si...?

¿Y si tomaba parte de la idea de ese hombre... y le añadía parte de la suya?

—¿Dónde está Jasnah? —preguntó—. ¿La reina humana de Alezkar, la hija del hombre al que matamos hace tantos años?

—En Ciudad Thaylen —dijo él—. ¿Por qué?

—Creo que tu idea funcionará, con algunos cambios. Pero vamos a tener que involucrarla a ella...

PECADO CAPITAL

NUEVE AÑOS ANTES

S zeth, el último portador de la Verdad, mató.
  Surcó el campo de batalla vestido de brillantes colores, rojo y naranja y todos los tonos intermedios. Atacó bajo, rozando la hierba con
las botas, extendiendo la espada a un lado, recorriendo una línea entera de
soldados. Veinte de ellos murieron antes de poder reaccionar, y el bloque
de tropas se hizo añicos.

Levitó unos instantes, viendo avanzar sus tropas, disgustado. Sus soldados eran torpes, cohibidos. Matar a un ser humano era una experiencia muy
distinta a apuñalar un cerdo muerto, y los años de entrenamiento abstracto
no podían reemplazar la verdadera experiencia en batalla. Iban a tener que
hacerlo mejor. Los Portadores del Vacío les opondrían una defensa muchísimo más resistente que aquella milicia ciudadana.

Concedió a sus soldados apenas el tiempo suficiente para que empezaran
a flaquear, con su largo cinturón rojo ondeando al viento y la espada extendida de lado. Por desgracia, tenía muy poca experiencia entrenando a soldados,
tan solo su breve etapa como oficial durante la que había enviado a pique
aquellos barcos de saqueadores. Recordándolo, vio la suerte que había tenido al heredar unos soldados que ya estaban curtidos en batalla contra los
caminapiedras.

Mientras su línea se detenía poco a poco y algunos soldados miraban
incrédulos las muertes que habían causado, Szeth descendió. Infundió uno
de los peñascos sagrados que había fuera del pueblo y lo envió a estrellarse
contra las filas enemigas. Los restos de ellas salieron huyendo despavoridos
de vuelta al pueblo, arrojando sus armas.

Y así comenzó. Su primera batalla. No tuvo lugar con una marcha triunfal de gloriosos ejércitos, sino con unos centenares de acólitos que mataban
por primera vez.

—Tendréis que hacerlo mejor —les espetó a sus tropas, y vio cómo se desinflaban. Bueno, bien. Habían sido una vergüenza y había tenido que hacer él todo el trabajo—. Vamos. Debemos tomar el pueblo y empezar a convencerlos de que se unan a nuestra causa.

La gente del pueblo adulaba a Szeth de boquilla desde que lo había conquistado. Se inclinaban ante él al pasar, lo llamaban honor-nimi. Albergaban a sus soldados y le permitían reclutar.

Pero Szeth no tenía sus corazones. Lo notó mientras hablaba con el carnicero del pueblo para avituallar a sus tropas. El hombre larguirucho se inclinó, pero estaba asustado. No estaba liberado. Y se negaba a liberarse, por mucho que dijera Szeth.

—Te prometo —repitió Szeth— que el Retorno ha comenzado. Los Portadores del Vacío atacan nuestra tierra.

—Sí, por supuesto, honor-nimi —dijo el carnicero, y se inclinó otra vez.

—No te lo crees. —Szeth miró a sus oficiales—. No se lo cree.

—A mí me llevó tiempo creer, honor-nimi —dijo Thal-hijo-Geord, encogiéndose de hombros.

—Tal vez... deberíamos ir a traer un Portador del Vacío —propuso Visk-hija-Brador—. Enseñarles un cadáver.

—Los Portadores del Vacío no se dejarán capturar con tanta facilidad —dijo Szeth—. Han sido furtivos todo este tiempo. —Miró al carnicero—. Corrompieron a nuestros líderes. Tenéis que daros cuenta de eso y entenderlo. ¿Por qué no os dais cuenta?

El hombre parecía incómodo. Ofreció más de sus mejores cortes de carne. Szeth suspiró, aceptó la oferta y siguió adelante por el pueblo. Sus oficiales lo alcanzaron.

—Va a ser así allá donde vayamos —le advirtió Visk—. Es por lo que Tuko nunca se decidió a rebelarse de verdad. Sabía que el enfrentamiento de un portador de Honor contra otros iba a parecer una lucha por el poder, una guerra civil.

Szeth se detuvo al final de la pasarela y contempló la verde hierba de primavera, los campos recién plantados, bajo un cielo que a veces parecía de un azul demasiado puro para ser real. Como si fuesen acuarelas en un lienzo gigantesco.

Había imaginado que la gente acudiría a él a millares. El estandarte de la Verdad en lo alto, un grandioso ejército formándose para ayudarlo a erradicar la enfermedad que se había apoderado de aquella tierra. En vez de eso, la gente prefería no hacerle caso. Confiando en que, como un mal olor raro, Szeth terminaría... desapareciendo sin más.

Hizo marchar a sus oficiales. Un pueblo pequeño y la administración ya era todo un dolor de cabeza. Pensar en eso le hizo preguntarse cómo estaría su padre, en poder del enemigo, como le había confirmado la conversación de Sivi y Pozen. Tarde o temprano el enemigo jugaría esa baza, exigiéndole a Szeth que se entregara so pena de ejecutar a Neturo.

¿Qué iba a hacer cuando llegara ese día? Era una situación en la que... en la que la decisión correcta era dificilísima de distinguir. ¿Y cómo iba Szeth a conquistar un país entero? ¿Cómo iba a liderarlo contra una fuerza invasora de Portadores del Vacío? Porque, sin duda, cuando vieran lo que estaba haciendo, dejarían de esconderse y atacarían.

—¿Cómo? —susurró, aún de pie en el borde de la pasarela—. ¿Cómo hago esto? Por favor.

Los portadores de Honor son débiles, dijo la Voz. *Se ocultan, esperando que al final te eches atrás.*

—Tú —siseó Szeth—. Creía que tú y yo habíamos terminado.

Ah, Szeth, tú y yo no habremos terminado nunca.

—¡Fuera! —gritó él—. ¡Fuera de mi cabeza!

La Voz soltó una risita.

Has cometido un pecado capital. Has matado a otros como tú y desatado una rebelión, por pequeña que sea. La lucha que buscabas está calentándose. Solo tienes que decantar la balanza hacia ella y atraer a los otros portadores de Honor para poder matarlos.

Szeth se obligó a tranquilizarse. Por lo menos, la Voz le era familiar. Sabía a qué atenerse con ella. Y quizá, en su decisión de provocarlo, le había revelado algo. Mientras su revuelta estuviera contenida en aquella pequeña zona, los otros supondrían con razón que podían hacerle oídos sordos. Lo que necesitaba era un verdadero ejército, una verdadera amenaza.

Se volvió para mirar a lo largo de las montañas. Hacia el sur.

Minutos después, encontró a Visk en el campamento del ejército, fuera del pueblo.

—Da la orden —le dijo Szeth a la chamana—. Levantamos campamento. Marchamos.

—¿Qué? —preguntó ella—. ¿Adónde?

—Siguiendo las montañas —dijo Szeth—. Hacia mi pueblo natal... y el Monasterio del Custodio de la Piedra. Donde hace décadas que un auténtico ejército entrena contra los incursores extranjeros.

Un ejército que había estado organizado, disciplinado y administrado por un genio: el padre de Szeth. Ellos sí que le harían caso. Entre ellos había soldados que lo respetaban por la fortaleza de su liderazgo.

A ver cómo le hacían oídos sordos los portadores de Honor cuando tuviera *esas* tropas bajo su estandarte.

107

PORTADOR DEL VACÍO

SIETE MIL CIEN AÑOS ANTES

YO, DIOS, SOSTUVE EL CUERPO DE UN NIÑO MUERTO Y SOLLOCÉ MIENTRAS EL CIELO ARDÍA.

CENIZA Y MUERTE. TODO SE HABÍA CONVERTIDO EN CENIZA Y MUERTE.

HABÍA FORMADO UN AVATAR CAPAZ DE TOCAR, Y ESTABA AFERRANDO UN CADÁVER FLÁCIDO. CERRÉ LOS OJOS, PERO, AL SER UNA DIVINIDAD, AÚN VEÍA A LOS MUERTOS DESPERDIGADOS POR EL SUELO A MI ALREDEDOR. MILES Y MILES MURIENDO MIENTRAS EL AIRE SE SATURABA DE HUMO.

EL PRIMER PLANETA ESTABA EN LLAMAS.

RAYSE APARECIÓ ANTE MÍ, ALTO COMO UNA MONTAÑA, CON LAS MANOS JUNTAS A LA ESPALDA.

—ESTO NO HA... IDO SEGÚN LO PLANEADO —DIJO EL EMBUSTERO, CONTEMPLANDO CIUDADES LLENAS DE QUEMADOS, EJÉRCITOS QUE YA NO ERAN MÁS QUE HUESOS CHAMUSCADOS—. QUIZÁ FUIMOS DEMASIADO LEJOS.

YO, DIOS, RUGÍ DE AGONÍA, CON LA CABEZA ECHADA HACIA ATRÁS.

—NO SEAS TAN MELODRAMÁTICO, CURTIDOR —DIJO RAYSE—. SIEMPRE HAY MÁS GENTE. —MOVIÓ UN CUERPO CALCINADO CON LA PUNTA DEL PIE—. PERO SÍ, DEMASIADO LEJOS. HA SIDO IR DEMASIADO LEJOS...

DESAPARECIÓ DE MI VISTA.

EL REINO AL QUE YO HABÍA APOYADO LUCHÓ CON VALENTÍA, RESISTIÉNDOSE AL IMPERIO DE RAYSE, Y EL PODER DE DENTRO DE MÍ ESTABA SATISFECHO. MIS SEGUIDORES EN ALASWHA HABÍAN MUERTO CON HONOR. PARA EL PODER, EL HONOR EN LA MUERTE ERA COMO EL HONOR EN VIDA. ERA LO ÚNICO A LO QUE CONCEDÍA IMPORTANCIA, COSA QUE A MÍ ME ATERRORIZABA.

YO... PODÍA SENTIR TODAS ESAS MUERTES DIRECTAMENTE, SOBRE TODO LAS DE LAS PERSONAS QUE HABÍAN VENIDO PARA SEGUIRME. SUS ALMAS HUÍAN AL MÁS ALLÁ, ESCAPANDO DE ESE PLANETA, AL QUE HABÍAN CAMBIADO EL NOMBRE POR EL DE ASHYN EN REFERENCIA AL HUMO Y LA DESTRUCCIÓN QUE HABÍAN PASADO A SER SU ÚNICO BIOMA.

LLORÉ POR ELLOS. POR SUS ESPERANZAS TRUNCADAS. POR SUS AMORES INCENDIADOS. POR SUS SUEÑOS...

UNA VOZ. NALE ESTABA BUSCANDO ENTRE LOS MUERTOS. NO PODÍA VERME, PERO CHILLÓ AL ENCONTRAR EL CUERPO DE SU HERMANA, Y LA ABRAZÓ.

UN HOMBRE SE ACERCABA, MUY QUEMADO, SEGUIDO POR UNA PEQUEÑA FUERZA DE SOLDADOS. NO ATACARON A NALE, AUNQUE RECONOCÍ AL HOMBRE QUE LOS ENCABEZABA. ERA EL LÍDER DE UNA DE LAS CIUDADES ESTADO QUE SE HABÍAN UNIDO AL IMPERIO, QUE HABÍAN ADOPTADO SUS COSTUMBRES. LO LLAMABAN JEZRIEN. ENCONTRÓ AL TÍO DE NALE SENTADO APARTE DE LOS CADÁVERES, EXHAUSTO Y CHAMUSCADO. SU MIRADA PARECÍA REVELAR QUE HABÍA VISTO DEMASIADO LEJOS, EN EL REINO DE LOS DIOSES, O EN LAS SOMBRAS DE LA NADA. ERA UNA MIRADA VACÍA.

JEZRIEN SEPARÓ LAS MANOS EN EL GESTO DE LA PAZ.

EL TÍO DE NALE, MAKIBAK, NO SE LEVANTÓ PARA ENCARARSE CON SU ENEMIGO. AGACHÓ LA CABEZA Y HABLÓ EN VOZ BAJA.

—¿Vienes a acabar con nosotros?

—No, Makibak, vengo a tenderte la mano de la amistad —DIJO JEZRIEN—. Estamos reuniendo a los supervivientes y llevándolos a un lugar seguro.

—Espero —REPLICÓ MAKIBAK— que te los lleves a un precipicio y los tires, malnacido.

JEZRIEN SE ARRODILLÓ.

—Zoral, a quien se llamó el Portador del Vacío, está muerto —DIJO—. Ahora yo soy el rey, y voy a ser un líder mejor. Ishar puede llevarnos a un nuevo mundo. Ha encontrado las canciones. Trae a tu pueblo.

—No tengo pueblo —RESPONDIÓ MAKIBAK, VIENDO CÓMO SU SOBRINO LLORABA SOBRE UN CADÁVER—. Gobierno solo a fantasmas.

—Él está vivo —DIJO JEZRIEN, SEÑALANDO—. Tú estás vivo. Otros viven. Tráelos. La tormenta de fuego va a regresar y las mismas piedras se están fundiendo en ríos de lava. Con un poco de suerte, podremos crear un portal y escapar. Uníos a nosotros.

—Lo mismo que dijo Zoral hace tantos años —SUSURRÓ MAKIBAK, MIENTRAS LA CENIZA PASABA JUNTO A ÉL LLEVADA POR EL VIENTO—. «Uníos a nosotros».

—Esto será diferente.

—¿Puedes prometerlo?

JEZRIEN DIO UN PASO ATRÁS.

—Si no estuviera dispuesto, ¿habría venido hasta aquí?

AQUELLAS PALABRAS... ATRAVESARON PARTE DE MI DOLOR.

LA PÉRDIDA ERA INEVITABLE. FORMABA PARTE DE LA VIDA MORTAL. YO DEBÍA AYUDAR A LOS VIVOS. VI A UN REY QUE INTENTABA HACER LAS PACES CON SU ENEMIGO. ESTABAN SOBRE UNA MONTAÑA DE CADÁVERES, PERO TAL VEZ...

TAL VEZ ALGO PUDIERA RESCATARSE.

VIAJÉ A CASA, AL ABRAZO DE KOR, Y SOLLOCÉ EN SUS BRAZOS HASTA QUE SE ABRIÓ EL PORTAL. HABÍAN VENIDO. Y RAYSE, POR SUPUESTO, VENÍA CON ELLOS.

108

SERVICIO

La mejor manera de ganar es no dejarle al oponente más opción que perder. Pero mucho cuidado con asumir que uno ha considerado todas las posibilidades.

Proverbios para las torres y la guerra, Zenaz, fecha desconocida

Mientras Szeth guiaba a Kaladin hacia el Monasterio del Rompedor del Cielo, el terreno se hizo muy ondeante, muy lleno de colinas marrones, cubierto de una hierba hirsuta que se abrazaba al suelo. Era más matorral que verdadera hierba, y las plantas tenían hojas que se extendían hacia fuera en vez de crecer hacia arriba. Szeth no sabía cómo se llamaba.

A Kaladin la hierba le parecía fascinante. Aún tenía un entusiasmo infantil cuando investigaba unas plantas normales y corrientes. Quizá Szeth habría podido cansarse de esa actitud, si no hubiera evolucionado hasta convertirse en cierto respeto y admiración. A Kaladin de verdad parecía gustarle aquel lugar. Después de pasar años en oriente, Szeth no se lo habría esperado de uno de ellos.

—Esta hierba es como mitad de tu mundo —explicó Kaladin al ver la mirada interrogativa de Szeth— y mitad del mío. No se mueve al tocarla, pero parece que intente esconderse en el suelo para que no le dé el viento.

El terreno era una frontera entre sus mundos. Cruzaron grandes extensiones de piedra de las que la lluvia se había llevado la tierra, y el camino serpenteaba en torno a ellas. Szeth no se molestó en hacer lo mismo. Ya no.

Terminaron deteniéndose sobre una colina más alta que las demás, mirando hacia el este. En aquellas tierras altas, con su aire frío incluso estando tan al norte, no parecía que hubiera tanto separándolos de los territorios de los caminapiedras. La barrera allí parecía más filosófica que física.

Sylphrena descendió desde las alturas para ver cómo estaban.

—¿Vais bien? —preguntó, conservando su forma de cinta de luz.

—Me preguntaba qué les está pasando a Dalinar y los demás —dijo Kaladin—. Anoche no hubo respuesta en la vinculacaña. Quizá seamos demasiado poco importantes para ponernos al día. ¿Tú has sentido alguna cosa, Syl?

—Siento un temblor en el viento —contestó ella, y su voz se hizo más pequeña—. El mundo contiene la respiración.

Kaladin lanzó una mirada a Szeth, que se encogió de hombros. Le habría gustado estar con Dalinar, pero no era su tarea. Así que emprendió el descenso de la colina.

—He decidido —dijo cuando Kaladin se puso a su altura— que tengo que luchar y matar, pese a mis preferencias. El deber que recae en mí es demasiado importante.

Miró a Kaladin después de decirlo, avergonzado. El Corredor del Viento se limitó a asentir.

—Lo siento, Szeth. ¿Qué puedo hacer para ayudar?

—No vas a convencerme.

—Ya lo suponía por tu tono de voz. ¿Puedo ayudar?

Szeth habló con más cuidado, esperando las objeciones.

—Si voy a ser un Heraldo, tendré que luchar. Eso es así.

Kaladin asintió, con cara pensativa mientras caminaba. Ese día se habían repartido las espadas. Szeth llevaba a Sangre Nocturna y unas pocas hojas de Honor a la espalda, y Kaladin había atado varias otras a aquel macuto enorme que cargaba.

—Te entiendo —dijo Kaladin—. Yo tenía ese mismo problema. Aún me desgarra por dentro pensar en los hombres, y los cantores, que he matado. Al principio, me iba bien dividir a todo el mundo en «nosotros» y «ellos», y luego centrarme solo en proteger a los «nosotros». Pero, cuanto más tiempo pasé en el ejército, más cambió eso.

—¿En qué? —preguntó Szeth, con auténtica curiosidad.

La expresión de Kaladin se hizo distante.

—Empecé a comprender, Szeth, que siempre puede haber más «ellos». Al principio no luchábamos contra los parshendi, sino contra mi propia gente. Y ni siquiera de otro reino: eran solo otros alezi. Siempre vamos a encontrar a alguien con quien guerrear, si buscamos. Hasta luché contra uno de mis propios hermanos, el hombre que se llevó tu espada. Comprendí que no podía limitarme a matar cada vez que me lo dijeran. Ni tampoco podía marcharme, o iba a morir gente a la que quería.

—Entonces… ¿qué hiciste? —preguntó Szeth—. Suena a que no hay respuesta.

—Ninguna explícita —asintió Kaladin—. Conozco a alguien, Zahel, que sí que se marchó. Y lo respeto. Pero yo tuve que marcar unas líneas que no cruzaría. —Respiró hondo, como admitiendo que esa siguiente parte era difícil—. Entonces tuve que dar un paso adelante y aceptar la responsabilidad. Convertirme en una de las personas que tomaban las decisiones. Si quería que la matanza terminara, tendría que hacerla terminar. Desde arriba, como un líder. —Ladeó la cabeza—. Supongo... supongo que eso significa que sí que debería ser un ojos claros, ¿verdad? A lo mejor, por eso Dalinar me ofreció...

Szeth aflojó el paso en el camino, rumiando. Luego se detuvo.

—Kaladin.

El otro hombre titubeó y miró atrás.

—Dime qué hacer —pidió Szeth—. Cuando lleguemos al siguiente monasterio. ¿Debo luchar o debo negarme?

Kaladin sonrió, negó con la cabeza y siguió adelante.

Szeth corrió para alcanzarlo, sujetando con gesto incómodo el fardo de espadas que llevaba, levantando polvo con los pies.

—Haré lo que me digas.

—No va a pasar, Szeth.

—¡Viniste para ayudarme! Dalinar te lo ordenó.

—Y estoy ayudándote como mejor sé —dijo Kaladin—. ¿Qué crees tú que deberías hacer?

—Creo que debo luchar —respondió Szeth—. Tengo que matar. Alguien tiene que hacerlo.

—Entonces, te apoyaré. Te ayudaré a superar el dolor.

—Pero tú quieres que elija la otra opción —afirmó Szeth—. Dilo.

—Lo que quiero es que *tú* elijas. Lo que elegiría yo es irrelevante, Szeth. No estoy aquí para obligarte a hacer nada en concreto. Estoy para ayudarte a que el acto de decidir sea sano.

Y... parecía sincero. Sincero de verdad. ¿Cuánto tiempo hacía que alguien en la vida de Szeth se... negaba a darle órdenes? La única vez que recordaba fue hacía mucho tiempo, cuando había hablado con el granjero en su infancia.

Kaladin mataba, y era de los mejores en ello que Szeth conocía. Pero, de algún modo, expresaba la misma sabiduría que el hombre más pacífico al que Szeth había conocido. Fue una revelación. Como un estallido de glorispren, aunque Szeth no atrajo ninguno en aquel lugar. Kaladin de veras había encontrado un camino hacia la paz. Sí que era posible.

Szeth podía elegir buscar la paz también. Y quizá, solo quizá, con mucho trabajo, podría estar bien otra vez.

De pronto, todo tuvo un aspecto distinto. Las colinas barridas por el viento no eran solo polvorientas y marrones, eran su *hogar*, dándole la bienvenida a Szeth después de sus largas y agotadoras tribulaciones. Un cielo azul que lo había visto danzar quería ver en él la alegría de nuevo. La vida no era un concepto hermoso para él, y las sombras no habían desaparecido, pero alguien había encontrado una salida. El camino había dejado de ser una ruta hacia la condena o la muerte. Era una ruta hacia delante.

Qué raro, lo mucho que podían cambiar las cosas por una conversación.

El primer instinto de Szeth fue intentar hacerle algún juramento a Kaladin, aquel hombre que tanto le había mostrado. Pero eso estaría mal. Esa no era la idea.

«No esperes sanar deprisa —pensó, recordando una cosa que Kaladin le había dicho al principio. Szeth se sorprendió de acordarse. Había estado escuchando más de lo que pensaba—. El camino es largo».

Bueno, Szeth estaba acostumbrado a los caminos largos.

—¿Es eso? —preguntó Kaladin, señalando arriba, hacia varias estructuras sobre un rellano en la ladera.

—Es eso.

—Da una sensación… rara —dijo Kaladin, frunció el ceño.

Se miraron y Szeth asintió. Sí que la daba. Al instante se habían elevado para ver mejor. Syl se reunió con ellos en forma de cinta de luz y los problemas se hicieron evidentes: tejados caídos, paredes que se alzaban sueltas, puertas rotas.

Alguien había atacado aquel pueblo. Sin esperar a Kaladin, Szeth incrementó su enlace y sintió el fragor del viento. El pueblo estaba acunado entre colinas en una polvorienta y apartada zona de las tierras altas. Nada salvo una espesura marrón se alzaba fuera de la muralla en kilómetros a la redonda.

—Esto pasó ya hace tiempo —dijo Kaladin mientras se ralentizaban sobre el monasterio—. Veo un par de edificios quemados, pero no huele a humo.

—Estoy de acuerdo —convino Szeth.

Aquel lugar lo habían saqueado y luego abandonado del todo. «No —pensó, reparando en un movimiento a la sombra de los cascotes—. Casi del todo».

—¿Ves eso? —Kaladin señalaba hacia otras sombras—. Hay gente aquí, como en los otros pueblos. La oscuridad cubre este lugar.

—Había esperado que este fuese distinto —dijo Szeth.

—¿Por qué? —preguntó Syl, adoptando su forma y tamaño humanos.

—Porque a este portador de Honor lo conocemos.

Szeth encabezó el descenso hacia el monasterio que se alzaba en el centro del pueblo, la mayor estructura de todas, erigida sobre una de las colinas más altas.

Aterrizaron ante el monasterio, que tenía el tejado hundido pero las cuatro paredes en pie. Sus enormes portones de madera estaban entreabiertos y Syl fue la primera en echar un vistazo dentro, antes de asentir mirándolos a los dos. Las puertas pesaban tanto que tuvieron que pasar de lado entre ellas, dejándolas casi cerradas.

Dentro, una figura de uniforme negro los esperaba al fondo del gran vestíbulo. Encarado hacia ellos. Con las manos en los gavilanes de su hoja esquirlada, que tenía en pie con la punta hacia abajo, clavada en el suelo de piedra. Nin-hijo-Dios tenía el mismo aspecto exacto que cuando los había abandonado la noche anterior.

Szeth se quitó el fardo de espadas y se lo entregó a Kaladin.

Szeth, dijo Sangre Nocturna. *Creo que deberías usarme para esta pelea. Soy una espada buenísima.*

—Lo sé, espada-nimi —susurró Szeth—. Me temo que esta no es la prueba adecuada para ti.

Pero…

—Por favor, déjame elegir —dijo Szeth.

Ah. Ah, CLARO. Hecho.

Szeth asintió mirando a Kaladin e invocó su hoja esquirlada. Se volvió y se internó a zancadas en el vestíbulo, entrando en las franjas de luz solar que llegaban desde el techo roto. Pasó por encima y rodeó los escombros de su caída, y los cascotes de una chimenea derrumbada.

—Señor —le dijo a Nin—, ¿qué ha pasado aquí?

—Hay —respondió el Heraldo— quienes buscan impedir lo que se avecina. Aquello en lo que te convertirás.

Szeth se detuvo a una distancia segura.

—¿Este desafío es como los otros? —preguntó, con la palma derecha sudada contra el puño de su hoja. ¿Podría… combatir a un *Heraldo*?

—No —dijo Nin, llenándolo de alivio—. No sobrevivirías a un combate contra mí, así que sería injusto. Por tanto, para este reto, me limitaré a ordenarte que aceptes tu lugar. El siguiente monasterio será el último, donde se te pondrá a prueba hasta el límite. Exijo tu palabra de que me obedecerás, de que harás exactamente lo que te diga, cuando lleguemos a él.

Era una prueba sencilla. La más fácil de todas para Szeth. Pues él siempre hacía lo que le ordenaban sus amos.

—Ahora —dijo Nin—, hazme tu juramento.

Szeth abrió la boca. Y escapó de ella una rareza.

—No.

Silencio. Hasta los susurros callaron, sorprendidos.

—Szeth —dijo Nin—, requiero esto de ti.

—Dime lo que querrás que haga —se descubrió Szeth replicando—. No puedo juzgar si no conozco el coste.

Nin flotó hacia delante y su casaca ondeó al viento.

—Nunca te había hecho falta antes.

Szeth no habló. Había dicho lo que pretendía decir.

Nin se detuvo a metro y medio de él. Dentro del alcance de una hoja esquirlada.

—Prométeme que cumplirás mis órdenes —dijo con suavidad—. Hazme un juramento. Esa es tu prueba, Szeth.

El salón parecía más frío. Szeth exhaló y habría jurado que vio vaho.

—¿Qué le está pasando a esta tierra, Nin? ¿Por qué está la gente consumida por la oscuridad? ¿Quién es el Deshecho al que me enfrento? ¿Qué está *pasando*?

—No necesitas saber eso aún. Pronuncia las palabras.

Szeth lo miró a los ojos y las pronunció.

—Yo —susurró— no soy un objeto.

Nin permitió que el más leve suspiro de irritación pasara entre sus labios. Era el mayor signo de emoción que Szeth había visto en él.

—Yo —repitió Szeth— no soy un objeto, Nin. No soy una piedra que entregar de individuo a individuo, que intercambiar como dinero. Soy una persona. Me pides que sea un Heraldo. ¡Un Heraldo! Un semidiós, un líder inmortal de la humanidad. ¿Y aun así quieres que obedezca?

—Siempre lo has hecho antes —dijo Nin.

—¡Antes estaba destrozado! —chilló Szeth—. ¡Me arrancaron de mi vida perfecta y me apalearon y me forjaron y me pegaron hasta convertirme en un arma! ¡No puedo ser lo que quieres! Al menos no hasta que sepa lo que me costará. Puedo elegir. Yo... merezco ser capaz de decidir. Si no puedo tener la vida que quiero, ¡al menos merezco elegir hacia qué estoy caminando en vez de hacia ella!

Miró a Nin, suplicante, deseando que lo entendiera. Szeth solo necesitaba aquel pequeño consuelo. Iba a hacerlo. Iba a ocupar el puesto, iba a renunciar a todo lo que había empezado a soñar que podía tener. Iba a hacerlo.

Pero tenía que decidirlo él. Era un lujo que nunca antes había querido, pero que en ese momento, de pronto, era una necesidad absoluta.

—Que así sea —dijo Nin, alzando su espada con una mano—. Haremos esto del modo más difícil. No creo que sea posible, pero vas a tener que derrotarme como has hecho con los demás. Si me matas, renaceré, dado que nuestra inmortalidad se selló mediante antiguas artes relacionadas con el Juramento, pero no dependientes de él. Por desgracia, es muy probable que lo que ocurra es que yo te mate a ti.

Descendió al suelo, abandonando el aire para obtener agarre e impulso en la acometida, y atacó.

Szeth soltó su hoja esquirlada, decidido a no luchar.

Fue la elección equivocada.

Lo supo al instante. Su hermana se había negado a matarlo, pero Nin no se contendría.

Así que Szeth vio su muerte aproximarse como una ola plateada de luz. Hasta que una lanza la interceptó con un sonoro tañido.

Kaladin llegó junto a Szeth y desvió el ataque de Nale.

—No puedes interferir, Bendito por la Tormenta —dijo Nale, calmado, regresando al aire.

«Este hombre... —pensó Kaladin—. Este tormentoso hombre...».

—Para ser alguien que no para de parlotear sobre la ley —restalló Kaladin—, me resulta increíble que olvides que no hay normas.

—Debería ser un combate entre él y yo —dijo Nale.

—Szeth —llamó Kaladin, aunque sin atreverse a apartar los ojos de Nale—, ¿quieres mi ayuda?

—Sí, por favor —susurró Szeth—. Nin, este es mi campeón. Yo no puedo luchar contra ti. *Elijo* no hacerlo. Pero él me derrotó. Puede derrotarte a ti.

Nale alzó su espada en una postura formal. Parpadeó una vez y se volvió hacia Kaladin.

—Ya veo. Este sí que es el camino adelante. Cuando estés muerto, Szeth se liberará de tu influencia.

—Nale —dijo Kaladin—, no te empeñes en esto. Hablemos de...

—Seré tu muerte, Bendito por la Tormenta —lo interrumpió Nale—. Si estás seguro de que aceptas esa carga y ese deber.

Genial.

¿Qué opinas?, le preguntó a Syl con la mente.

Creo que es la única manera, respondió ella. *Pero, Kaladin... se supone que los Heraldos son casi invencibles.*

Si fuese el caso, pensó él, *no habrían muerto en cada una de las Desolaciones. Siguen necesitando luz tormentosa, ¿verdad? Son expertos en las potencias. Así que tal vez...*

—¿Qué me dices, Bendito por la Tormenta? —preguntó Nale.

—¿Aceptarías una pelea tan injusta? —replicó Kaladin, pisando con cautela, con los spren de su armadura vibrando en su mente, invisibles de momento, como solían cuando no estaban bailando con el viento, pero listos para manifestarse—. Yo estoy dispuesto, pero quiero asegurarme.

—Si no te enfrentas a mí, mataré a Szeth —dijo Nale—. Así que esto es más justo que acabar con él ahí, inmóvil.

—¿Y si pudiéramos hacerlo incluso más justo? —Kaladin se desató la bolsita de esferas del cinturón—. Por mí, luchemos sin luz tormentosa. ¿Qué te parece? Solo la habilidad de un soldado contra la de otro.

—Estoy bendecido por milenios de entrenamiento. Seguiría sin ser justo.

—¿Pero sí *más* justo? —insistió Kaladin.

Nale meditó, y luego se sacó una bolsita del bolsillo.

¿Qué te parece?, le preguntó Kaladin a Syl.

Me parece... que esto podría ser mejor, dijo ella. *Hace menos tiempo que practicaste sin poderes. Puede que él esté desentrenado. Pero ¿de verdad quieres luchar? ¿No hay otra forma de llegar a él?*

La lógica no funciona, le envió Kaladin. *Si Nale fuese razonable, no estaríamos aquí. Así que tal vez esta sea el único modo de obligarlo a cambiar.*

Otra voz...

—Ten cuidado —susurró el Viento—. Honor está muerto, y Jezrien ya no está. Nale... puede comandar fuerzas que antes tenía prohibidas... Pero es tu mejor oportunidad...

—Bien —dijo Nale, tirando un primer saquito hacia Szeth, luego un segundo y por último un tercero—. Espada contra lanza.

—Bien —dijo Kaladin, lanzándole sus gemas también a Szeth—. Acepto tu desafío, Nale. Yo protegeré a aquel que ahora mismo no puede protegerse.

—Corredores del Viento —bufó Nale, como si fuese una maldición—. Aun así, tu sacrificio te honra.

El hombre descendió del todo entre los cascotes, sus botas rasparon la piedra y los pedacitos de madera rota y entonces exhaló hasta agotar su luz tormentosa.

Kaladin infundió una piedra con toda la que tenía él en el cuerpo y la envió hacia el cielo en ángulo. Szeth, que llevaba sus saquitos de esferas, retrocedió hasta la pared, donde Kaladin había soltado su petate y las hojas de Honor.

—He oído hablar de tu destreza con el arma, Bendito por la Tormenta —dijo Nale, dando unos tajos de prueba con su hoja mientras se estiraba—. Disfrutaré viendo de qué eres capaz. Te lo advierto, este combate es a muerte. Tienes permitida tu armadura, igual que nuestras hojas y todo talento que no esté relacionado con la luz tormentosa. Empezaremos a tu señal.

Kaladin dio un paso atrás, alzó la lanza en posición y dio una orden mental a su armadura para asegurarse de que estaba en su sitio.

—Ya —dijo.

Después de ocuparse de un interesante asunto relacionado con la batalla en las Llanuras Quebradas, Jasnah se reunió con Fen a la hora acordada en el pequeño templo que Dalinar había reparado. Fen llegó con aparente curiosidad, mientras que Jasnah… Jasnah atraía agotaspren.

Había desperdiciado tiempo, tal y como Odium había predicho, en reflexionar sobre la naturaleza del inminente debate. Había comparado notas con Fen, a quien Odium también había visitado para decirle lo mismo: que se reunirían en el templo para discutir si Thaylenah debería unirse a su imperio o no.

Jasnah se había contenido, con bastante éxito, para no bucear en los registros históricos en busca de ejemplos de alguno de los tres dioses apareciéndose en persona a individuos. En vez de eso, había recurrido directamente a Sagaz.

Sus palabras, recibidas por vinculacaña, la habían convencido. Que Taravangian ostentara a Odium explicaba, en opinión de Sagaz, el extraño comportamiento de la deidad:

«Rayse siempre dio por hecho que era invencible —había escrito—, incluso antes de su Ascensión. Pero, desde el principio, el poder ha estado buscando a alguien más alineado con sus intereses. La Ascensión de Taravangian es la respuesta que se me escapaba. Y me alegro de perder de vista a esa otra persona terrible, que merecía algo mucho peor de lo que ha recibido. Espero que fuese doloroso.

»Dicho eso, no sé si esto nos conviene. Rayse era artero, peligroso y destructivo… pero era fácil de anticipar y de tentar para que pasara a la acción. A Taravangian… no lo conozco lo suficiente. Ten cuidado. Ya no será el hombre al que conocías, sino un ser de inmenso poder. No Dios de verdad, afirmación en la que tú y yo coincidimos, pero sí lo más cercano que conoce el Cosmere».

Jasnah se había preparado tanto como pudo, durante toda la noche. Y allí estaba, sentándose ante su mesa, disponiendo sus libros y sus notas manuscritas. Fen caminaba de un lado a otro, vestida con ropa thayleña, chaleco y blusa sobre una falda hasta los tobillos, sujeta por los hombros.

—¿De verdad crees que vendrá? —preguntó Fen—. ¿Esto no es solo una distracción?

—Taravangian es filósofo. Le gustará tener ocasión de demostrarlo en un debate.

—Taravangian —dijo Fen, echando a andar en la otra dirección—. No me creo que sea él. Esto es una treta. Aunque estoy intrigada. Reconozco que, incluso con todos nuestros preparativos me preocupaba perder la ciudad ante su ejército. Pero ahora resulta que nuestra batalla es solo una conversación. Si se ha dado cuenta de que no podía conquistarnos y va a intentar algo más desesperado... esto podría ser su forma de retrasarnos hasta que termine el plazo.

Jasnah no la contradijo, aunque estaba mucho menos convencida. El instinto le decía que un ejército sería más fácil de manejar que la atención concentrada de una Esquirla de Adonalsium. Repasó sus notas de nuevo, leyendo sus argumentos.

A Fen le parecía curioso que estuviera haciéndolo. Insistía en que no iba a ceder ante Odium como habían hecho Tashikk y Emul, así que ¿para qué se molestaba Jasnah? Pero Taravangian era sutil, cauteloso y más que capaz. Era evidente que creía que aquello iba a funcionar. A ese efecto, Jasnah había ensayado apelaciones al sentido thayleño del orgullo y la independencia. Argumentos contra la moralidad del imperio cantor. Críticas específicas a los métodos de gobierno históricos de Odium, de los que contaba con registros para demostrar sus afirmaciones.

Después de haber hecho todo aquello, de pasar tantas horas planeando con frenesí, de pronto se sintió tonta. Todo era más que evidente. Por supuesto que los thayleños no iban a optar por seguir al enemigo. Habían temido, durante todas las negociaciones para fundar la coalición, que el tío de Jasnah terminara dominándolos. Eran bastante capaces de rechazar que Odium hiciera lo mismo.

¿Por qué, entonces, estaba tan ansiosa?

La entrada a la pequeña sala se oscureció. Los guardias que habían esperado fuera entraron en tropel para rodear a Fen, uno de ellos incluso embistiendo a través del mismo humo negro. Se detuvo delante de la reina y levantó la punta de su espada hacia la Esquirla que cobraba forma. Jasnah tomó nota mental de preguntarle el nombre después; podría ser un buen candidato a Radiante.

La oscuridad se concentró en un anciano de aspecto amable, que se alzaba con la espalda recta pero llevaba un bastón dorado. Vestía una túnica naranja y dorada que, al parecer, no era ni por asomo tan chillona como el atuendo de su predecesor. Al igual que en vida, Taravangian tenía una barbita rala, puntiaguda por delante, blanca y corta en la mandíbula. No había reparado en las entradas de la frente.

No parecía importarle parecer pequeño y humilde.

—Me alegro de volver a veros a las dos —dijo—. Gracias por tomaros en serio mis sugerencias. Fen, no vas a necesitar a esos guardias.

Ella lo miró, casi oculto por los corpulentos soldados, y entonces les pidió en voz baja que salieran de la cámara. Se marcharon a regañadientes. La tensión de Jasnah creció mientras Taravangian se sentaba, creando un taburete detrás de él a partir de humo negro. Señaló hacia delante.

—¿Charlamos, como los amigos que éramos?

Otros dos taburetes cobraron forma.

—No veo la necesidad, Odium —respondió Fen, cruzándose de brazos, quedándose de pie—. Puedo decirte ya que no, aquí mismo, ahora mismo. No habrá ningún acuerdo entre nosotros.

—Fen, Fen —dijo Taravangian—. ¿Acaso no eres mercader? ¿Reina de mercaderes? ¿Estás absolutamente segura de querer rechazar una oferta antes de escuchar siquiera sus condiciones?

—No alcanzo a imaginar ningunas condiciones —repuso Fen— que me convencieran de entregarte mi país.

—Entonces, ¿qué daño puede hacer escucharme? —preguntó Taravangian—. Es una forma de tenerme distraído, a fin de cuentas. ¿Acaso una negociación prolongada no os conviene? Mientras conserve la esperanza de persuadirte, está claro que no tendré que recurrir a otros métodos para conquistar la ciudad.

Fen lo miró.

—Vaya, tormentas —dijo entre dientes—. Sí que eres tú, ¿verdad?

—Sí que lo soy —respondió Taravangian—. Jasnah, ¿lo has confirmado con tu Sagaz?

—Así es —reconoció ella.

—Transmítele mis disculpas por la necesidad de alterar sus recuerdos. Se dio cuenta casi al instante de que no era Rayse, pero yo aún no tenía decidido cómo revelarme. —Señaló delante de él otra vez—. ¿Nos sentamos y debatimos? Prometo no desplegar ningún truco contra vosotras, ni ningún ataque sobre esta ciudad durante nuestra conversación. Es una promesa que, al hacerla, estoy obligado por los poderes deíficos a cumplir.

Jasnah miró a Fen, que le devolvió la mirada. Por fin las dos cogieron sillas, de un modo que recordaba a como Dalinar insistía en que todos llevaran su asiento en Urithiru, y las colocaron en círculo con Taravangian en el centro de la cámara. Él suspiró e hizo desaparecer sus taburetes.

—¿Cómo vamos a proceder con esto? —preguntó Fen mientras se sentaba—. ¿Tú haces un argumento y Jasnah lo refuta?

—En realidad —dijo Taravangian sonriendo—, creo que Jasnah hará mi argumento en mi lugar.

—¿Qué? —exclamó Jasnah, casi esparciendo los fajos de papeles que tenía en el regazo.

—Tú, Jasnah —dijo Taravangian—. Tú eres la razón por la que Fen decidirá unirse a mi imperio. —Su sonrisa se ensanchó—. Gracias por tu servicio durante todos estos años. Y ahora, empecemos.

RACIONALIZACIÓN

En cada partida hay cien caminos hacia el fracaso. Pero no siempre uno solo hacia la victoria. No es debilidad reconocer que otro general tendrá que combatir a ese enemigo otro día.

Proverbios para las torres y la guerra, Zenaz, fecha desconocida

Lanza en mano, Kaladin se apartó de Nale caminando hacia atrás y evaluó el campo de batalla. El interior de un viejo monasterio, con el techo derruido, bloques de piedra de la larga chimenea caídos a su izquierda y el hogar derrumbado hacia el centro del vestíbulo.

—El día del que te advertí casi ha llegado —susurró el Viento—. La tormenta. Mañana. Te necesito mañana.

—Entonces tendré que sobrevivir —dijo Kaladin—. ¿Alguna posibilidad de que me ayudes?

—Estoy débil —apenas se oyó al Viento—. No... no tengo nada más que mi voz, Kaladin.

Pues nada. Sin sus poderes, Nale no era más que una persona, ¿verdad? El hombre vestido de negro dio un tajo al aire con su hoja esquirlada, unos tres metros delante de Kaladin y vigilándolo con ojos atentos. No se lanzó de inmediato al ataque.

Durante la invasión de Urithiru, Kaladin había puesto mucho en práctica su antiguo entrenamiento para luchar sin poderes. Asentó la postura, con la lanza apuntada a Nale. El Heraldo por fin se movió, desplazándose poco a poco hacia la derecha por el perímetro, pasando por delante de Szeth, raspando la piedra con las botas. Se encaró hacia Kaladin desde casi la pared, al límite de su sombra, y se abalanzó a la luz del sol.

Kaladin usó la lanza para apartar su hoja, pero no mordió el anzuelo de atacar. Aquello había sido una prueba, ya que Nale, que luchaba con espada contra lanza, tenía desventaja en el alcance. Sus movimientos precisos, cada paso deliberado, rodeó a Kaladin y acometió con otro tajo. De nuevo Kaladin lo desvió, aunque la exactitud de aquel hombre y su falta de expresividad lo ponían nervioso. Nale era solo un hombre... y no lo era, todo a la vez. Era antiguo. En muchos aspectos, completamente incognoscible.

«Calma —se dijo Kaladin—. Luchaste contra el Perseguidor, luchaste contra Leshwi. Has derrotado a seres antiguos».

El entrenamiento de Kaladin le dijo lo que era probable que sucediera a continuación. Otro ataque de prueba, que llegó, y que desvió. Y luego el verdadero golpe. Nale lanzó un cuarto tajo, pero, en vez de retroceder cuando Kaladin lo paró, el Heraldo embistió de nuevo, intentando apartar a un lado la lanza de Kaladin.

De eso ni hablar. Kaladin se mantuvo firme, reculando unos pasos, pero siempre con el arma en dirección a Nale. Estuvo a punto de clavársela y el Heraldo tuvo que apartarse. Nale siguió rodeándolo.

—Bien —dijo—. Bien.

No era la reacción esperada. Aunque Kaladin pudiera anticipar los ataques de aquel hombre, sus motivos eran igual de opacos que siempre.

Fue extraño que, en ese momento, le volvieran a la mente las palabras de Sagaz: «La pelea que os espera va a ser legendaria. Por desgracia, no podréis librarla con la fuerza del músculo».

Las siguientes acometidas fueron más agresivas, pero Kaladin pudo controlar los choques. Quien empuñaba la lanza debía controlar siempre el combate, porque, cuando perdía ese control, cuando el espadachín entraba, se había acabado.

«No —pensó Kaladin—. Ahora tienes la armadura esquirlada. Úsala». Necesitaba entrenar más con la armadura, porque encajar golpes de forma táctica era una práctica común para los portadores de esquirlada.

Nale se abalanzó de nuevo sobre él. Kaladin dejó que se acercara y atacara hacia su cabeza, mientras formaba a Syl como una daga larga. El metal tañó contra el metal con el impacto de la hoja de Nale, y una red de grietas apareció en el aire a la izquierda de la cabeza de Kaladin, pero entretanto su daga fue directa hacia la tripa de Nale.

El Heraldo consiguió apartarse de lado, por los pelos, y luego retrocedió danzando. Kaladin había logrado hacer una pequeña raja en el pulcro uniforme negro de Nale, por el costado. Kaladin sonrió. La telaraña de grietas en el aire que tenía junto a la cabeza se volvió azul y su armadura se puso en alerta plena ante el peligro. Se formó, empezando a una distancia mínima de su piel y luego replegándose al encajar, envolviendo por completo a Kaladin. A Leyten le daría un ataque de furia al ver la casaca de Kaladin arrugada, pero la armadura esquirlada tenía eso en cuenta, igual que todo lo demás, y se formaba a la perfección, permitiéndole un movimiento pleno.

Kaladin no tenía claros los detalles. Su armadura siempre estaba allí de un tiempo a esa parte, protegiéndolo. Pero no estaba del todo allí hasta que el peligro era real. En todo caso, hizo rodar su lanza esquirlada y dio un paso atrás, ya con los pies blindados pisando fuerte y crujiendo contra los escombros. Emanó un resplandor del pecho y de las juntas de la elegante armadura, y el visor, cuyas aberturas Kaladin sabía que brillaban, era transparente a sus ojos.

Sintió el peso y el poder de la armadura esquirlada, una fuerza que no había dominado por completo. Pero tenía una cierta… comprensión intrínseca de ella. Aquella era *su* armadura, no un descarte de algún otro Radiante. Los vientospren que la componían eran sus compañeros, y habían acudido a su llamada en el Cuarto Ideal.

Nale dio otro tajo al aire con su hoja —su hoja esquirlada Radiante, al parecer, no su hoja de Honor— mientras seguía rodeando con calma a Kaladin. No había invocado su propia armadura. ¿No debería haber bloqueado el corte que le había hecho Kaladin?

El Heraldo adoptó una pose nada familiar para Kaladin, con la espada sostenida hacia delante, y le indicó a Kaladin que se acercara y probara a atacar él. Kaladin acometió con su lanza y se enfrentó a Nale, sus escarpes raspando contra la piedra, su lanza golpeando contra la espada. Kaladin no logró darle ningún golpe, pero aun así la armadura esquirlada de Nale seguía sin aparecer. Por fin un lanzazo pasó justo al lado de su mejilla, a un pelo de cortarla, y aun así no topó contra nada.

Kaladin se apartó. La verdad era que no quería hacerle daño a Nale, y quizá el Heraldo sospechara que Kaladin no estaba poniendo ímpetu en sus ataques, porque tardó poco en volver a pasar a la ofensiva.

Kaladin entró en la andanada de golpes y recibió otro impacto en la cabeza, pero intentó barrer las piernas de Nale con el pie de la lanza, que adoptó forma de gancho. El Heraldo saltó para evitarlo y estrelló la espada contra la cabeza de Kaladin otra vez. Maldiciendo, Kaladin trastabilló hacia atrás. El yelmo perdía luz tormentosa a lo loco y una red de grietas cruzaba su campo visual. Su armadura parecía más fuerte que la armadura esquirlada normal, y no estaba alimentada por gemas, sino por su propia Conexión con el Reino Espiritual, pero Sigzil no había tenido tiempo de hacer pruebas. Kaladin no quería recibir un cuarto golpe en el mismo sitio si podía evitarlo.

Atacó de nuevo, con más cuidado, dándole a Syl la forma de una hoja esquirlada gigantesca que descargó hacia Nale, quien la esquivó con facilidad.

—Lo hacías mejor sin la armadura, Bendito por la Tormenta —dijo Nale con su voz desapasionada—. ¿Cuánto hace que la tienes?

Su propia armadura se formó alrededor de Nale en un latido, y estampó un puño blindado contra el pecho de Kaladin, enviándolo hacia atrás a trompicones hasta que cayó despatarrado al suelo, raspando piedra con metal. La armadura de Nale se esfumó, convertida en niebla, y él avanzó con paso tranquilo.

—Hazlo mejor. Preferiría que no murieses de un modo tan lamentable.

Kaladin se levantó y descartó en su mayoría la armadura esquirlada. Necesitaba más entrenamiento para usarla como era debido. Mientras desaparecía, sin embargo, supo que los spren permanecerían allí, protegiéndolo.

—Bien —dijo Nale, y adoptó de nuevo una postura de esgrima.

Kaladin alzó su lanza, se arrojó sobre Nale y lo obligó a retroceder por el vestíbulo sembrado de escombros. Szeth observaba desde el lado, mostrando la preocupación en sus anchos ojos, en su agarre tenso del fardo de espadas, entre ellas Sangre Nocturna.

Este tipo…, dijo Syl en la cabeza de Kaladin. *¿Alguna vez habíamos luchado contra alguien tan irritante?*

—Amaram —susurró Kaladin.

Ah, sí. Ese sí que era un palo, ¿eh? Y te lo dice una chica que ahora mismo es un arma de asta.

Kaladin gruñó y avanzó. Paso, estocada, guardia. La lanza, siempre hacia el enemigo. Cuidado con el paso, pero sin apartar la mirada del adversario. Atacar por decisión propia, no por ansia.

Estuvo a punto de alcanzar a Nale varias veces, mientras mantenía al Heraldo a raya con movimientos expertos.

—Bien —dijo Nale—. Este es un hombre al que sí que puedo matar con confianza.

—No paras de decirlo —replicó Kaladin, con sudor goteándole por las cejas—. Venga, pues. Inténtalo.

Nale lo hizo. Ataques rápidos con su hoja a partir de una postura que Kaladin no conocía, parecida a la posición del viento, pero más frenética. Kaladin debería haber tenido la ventaja gracias a su mayor alcance, pero estaba viéndose obligado a retroceder. Atacaba, pero siempre un pelín demasiado lento. Logró desviar los ataques del Heraldo hasta justo al final, cuando fue a bloquear un tajo de la hoja esquirlada de Nale.

Al instante, Nale estaba empuñando una lanza. La proyectó hacia delante, directa contra la cara de Kaladin, donde el yelmo invisible apenas la detuvo. La punta atravesó la armadura, agrietándola del todo, y se detuvo justo entre los ojos de Kaladin, casi tocando la piel.

Cuidado, Kal, dijo Syl en su mente. *Eso ha ido un poco cerca.*

Se enfrentaron de nuevo, y de nuevo Kaladin casi logró golpear a Nale con su lanza. Para entonces Kaladin ya jadeaba, ya sudaba. Aquel duelo cuidadoso y deliberado le recordaba a las veces que había combatido contra Leshwi. Pero aquellas habían sido peleas contra una rival a la que respetaba, y lo de Nale daba una sensación distinta. Tormentas, era duro. Kaladin estaba todo el tiempo esforzándose más de lo que pretendía, extendiéndose más allá del límite para intentar acertar un golpe, y no dejaba de fallar de todos modos.

—Eres bueno —dijo Nale, separándose para echar a andar con calma por el vestíbulo, a la derecha de Kaladin—. He investigado tu pasado, Bendito por la Tormenta. Eres el que se me escapó, el que debería haber encontrado y matado. Sé que has tenido una vida difícil. Habría sido mejor que murieras derribado por la hoja esquirlada del joven Helaran.

Kaladin titubeó, aferrando su lanza, que se había vuelto rugosa, con diminutos salientes, para darles más agarre a sus manos sudorosas. Helaran. El hermano de Shallan. A veces costaba recordar el acontecimiento que había provocado todo aquello: que Kaladin encontrara a un inesperado portador de esquirlada en el campo de batalla. Un acólito Rompedor del Cielo enviado para asesinar a Amaram e impedir que investigara los secretos de los desaparecidos Caballeros Radiantes.

—Fuiste tú —dijo Kaladin—. Tú lo enviaste.

—Ojalá hubiera sabido —respondió Nale— que el objetivo clave no era Amaram, sino uno de sus jefes de pelotón. Habría ido en persona para asegurarme de que no salieras vivo de ese campo de batalla.

Qué raro es, dijo Syl en la cabeza de Kaladin. *Siempre ha tenido esa creencia errónea de que, si mataba a los Radiantes, impediría la Desolación. Cuando en realidad volvimos porque sentimos que la Desolación llegaba.*

—¿Por qué? —preguntó Kaladin a Nale—. La Desolación habría llegado de todos modos. Syl vino a buscarme porque sintió que la tormenta se movía por Shadesmar. Taln se dobló por fin y Retornó. Que mataras a todos esos Radiantes no sirvió de nada.

Nale se quedó muy quieto de golpe y Kaladin vio algo: un destello de emoción, una muesca en su armadura. Apartó la mirada, como recordando, y luego se puso una mano en el pecho.

—¿Conoces a una joven Radiante llamada Lift? —preguntó Nale.

—La conozco —dijo Kaladin—. ¿Por qué?

—Es la única que me ha derrotado jamás en combate singular —respondió Nale en voz baja.

—Por favor, dime que no usó el tenedor.

—No. No, fue un arma distinta por completo. —Nale se concentró de nuevo en Kaladin—. Puede que tengas razón. Es posible que la Desolación hubiera llegado de todos modos. Sin embargo, te habría matado y hacerlo habría sido lo correcto, pues yo creía que era la mejor forma de actuar en el momento y actuaba a partir de lo que se me había dicho.

—¿Lo que te había dicho quién? —preguntó Kaladin con brusquedad.

—Ishar, naturalmente —dijo Nale—. En todo caso, mis decisiones fueron correctas. Sí. Si hubiera matado a todos los Radiantes potenciales, ¿los spren habrían sentido el deseo de volver? No. En absoluto.

—La tormenta eterna… —empezó a replicar Kaladin.

—Es irrelevante —lo interrumpió Nale—. Tengo razón.

Está recorriendo sus distintas racionalizaciones, dijo Syl. *Y mezclándolas otra vez.*

La lógica no iba a funcionar. Emoción. Kaladin tenía que centrarse en la emoción y la memoria. ¿Cómo hacer que Nale recordara?

—Ese día —dijo—, Helaran llegó como una tempestad. Mató a mis amigos, dejó miseria a su paso. ¿No te importa? Asesinó a un joven, a un niño herido que no era ninguna amenaza. Cenn, se llamaba.

—Daños colaterales —repuso Nale.

—¿Eso consideras que fue un niño? ¿En otro tiempo no te importaban, Nale? ¿Los inocentes?

La más fugaz preocupación cruzó sus rasgos.

—Estoy aquí —dijo en voz baja— por los inocentes.

—¡Pero los matas!

—Yo… cumplo la ley —contestó Nale—. Helaran se unió al ejército contra el que luchaba tu señor, lo que le proporcionaba justificación legal para matar como considerase adecuado. —Nale alzó la mirada hacia Kaladin y lo apuntó con su espada—. Mataría a mil soldados jóvenes si mi causa fuese justa y la ley estuviera de mi lado.

Kaladin empuñó su lanza con más fuerza. Sintió frío… y luego calor. Y luego…

Y luego había regresado. Era de nuevo ese hombre, ese al que tantas veces había proclamado muerto. Recordaba el olor a sangre en el aire de aquel campo, hacía mucho tiempo, y el sonido de Dallet repitiendo las órdenes de Kaladin mientras golpeaba su lanza contra el escudo para organizar el pelotón.

Szeth era el chico que necesitaba a Kaladin ahora. Y Kaladin estaba allí, en aquella lucha, no por una compulsión, sino porque lo había decidido por sí mismo. Sagaz le había dicho que debía descubrir quién era cuando no *tenía* que luchar. Y lo más sorprendente de todo era que Kaladin había empezado a hacerlo, comprendió. El nuevo Kaladin aún protegía, pero aceptaba que podía fracasar. Controlaba su sensación de pérdida. No mediante la insensibilización, como había intentado enseñarle su padre. Sino mediante el amor.

El recuerdo y el presente se entremezclaron de golpe, y Kaladin embistió y atacó. Anticipó con toda precisión cómo iba a esquivar Nale. Notando el viento en los oídos, Kaladin cambió el ángulo del ataque a la perfección, sabiendo que esa vez acertaría.

Ese era el bueno. Ya tenía a Nale.

Entonces el Heraldo se movió un poco más rápido, emborronándose.

Kaladin falló. Su lanza pasó pegada a la oreja de Nale, pero golpeó solo el aire.

Eso le provocó un momento de desconexión. Kaladin debería haberse recuperado en la posición de guardia, como dictaba su entrenamiento. Pero sabía que tendría que haber acertado. Hasta el último jirón de instinto que tenía con la lanza, de esa familiaridad íntima que él parecía poseer y de la que otros carecían, le decía que ese ataque *debería* haber acertado.

¿Cómo podía haberlo esquivado Nale?

—Es un aspecto muy interesante de los Corredores del Viento —dijo

Nale, retrocediendo—. Si uno enfurece a otra gente, se vuelven torpes. Pero si a vosotros se os pone en posición de proteger y luego se os buscan las cosquillas, es cuando se os encuentra en vuestra mejor forma.

Kaladin atacó de nuevo, y Nale se inclinó de lado, otra vez imposiblemente rápido. Un borrón en movimiento.

Ese ataque falló también.

—Así me gusta —dijo Nale—. Sí, lo más probable es que ya hubieras ganado, si te enfrentaras a casi cualquiera. Has estado bastante cerca de matarme, Bendito por la Tormenta. Enorgullécete de ello. Querría que murieras con ese orgullo.

Kaladin aferró su lanza de nuevo y atacó, atacó, atacó. Tres proyecciones precisas, cada una tan inútil como la anterior. Nale las esquivó todas. Ni siquiera alzó su hoja. Parecía estar hasta distraído.

—¡Combáteme! —gritó Kaladin, saltando adelante para...

Nale estaba allí. Entró en el ataque por un lado, más rápido de lo que Kaladin era capaz de reaccionar. Apretó la mano contra el pecho de Kaladin y lo tiró al suelo. Cuan largo era.

Kaladin dio un respingo, aturdido, no tanto física como mentalmente. Desde sus primeros tiempos entrenando con la lanza, nadie lo había tratado con tanta indiferencia en una pelea.

¿Qué... qué estaba pasando?

¿Kaladin?, dijo Syl.

Se levantó y retrocedió. Esa emoción fría que notaba era miedo. Impotencia. La conocía. La había sentido en muchas ocasiones antes, pero rara vez mientras empuñaba una lanza.

—Si me preguntan —dijo Nale, avanzando a zancadas—, seré sincero. Has luchado bien. Es raro que deba utilizar las verdaderas habilidades de un Heraldo contra un mortal. No las... desplegamos a la ligera.

Szeth se metió a trompicones entre los dos.

—Haré lo que dices. Obedeceré, Nin. ¡Se acabó!

Nale, sin alterarse, apartó a Szeth de su camino y siguió avanzando hacia Kaladin.

—Debo ejecutarlo, Szeth, ahora que tengo autoridad legal para hacerlo. Su influencia corruptora en ti debe concluir.

—Pero...

—Ha aceptado este combate. Está acordado. Retírate.

—No pasa nada, Szeth —dijo Kaladin, devanándose los sesos—. Encontraré la forma de...

Nale ya estaba delante de él.

Kaladin intentó esquivar, pero Nale no se movía como debería hacerlo una persona. Toda una vida de entrenamiento le había enseñado a Kaladin qué esperar. Apenas pudo seguir, ni mucho menos asimilar, la forma en que Nale lo agarró del brazo, lo rodó, lo tomó con las dos manos y lo *estampó* contra pared de piedra del edificio.

Una. Dos. Tres veces. La armadura de Kaladin falló mientras Nale lo zarandeaba como a un muñeco de trapo. Estalló, dejando a Kaladin expuesto. Entonces Nale tiró a Kaladin hacia el lado.

Kaladin dio fuerte en el suelo, rodó, se estrelló contra la pared cercana e impactó en su petate. Fofo, dolorido, Kaladin resolló con dificultad mientras la visión le daba vueltas. Eso era… era algo que no había experimentado nunca. Incluso de joven, la primera vez que empuñó una lanza, había sentido cierta medida de control.

Nunca lo habían superado tan por completo.

Alzó la mirada, cegado por el dolor, viendo la oscura sombra de Nalan'Elin aproximarse. Entonces vio que se detenía cuando una figura apareció de la nada delante de él. ¿Era Syl?

—Esto no está bien —dijo la spren.

—Es justo.

Nale intentó rodearla y ella volvió a ponerse delante de él.

—¿Esto? ¿Justicia?

—Lo siento, Antigua Hija —dijo Nale, todavía frío y calmado—. Deberías haberte quedado en Shadesmar, como quería tu padre. Tu dolor es tu propia elección.

Nale, con un movimiento deliberado, pasó a través de ella. Luego se detuvo en seco cuando otra figura se formó delante de él, con las manos levantadas como para proteger a Kaladin. Por la silueta, aun con la visión borrosa, Kaladin reconoció al spren de Szeth.

—¡Detente, Nale! —exclamó el spren—. Por favor.

—Eres —repuso Nale— una vergüenza para los tuyos. Se te entrenó para ser una luz para tu humano, no una especie de asistente suyo y de su voluntad.

Nale siguió adelante, sin hacer caso a ninguno de los dos spren, ni tampoco a los gritos de Szeth. Kaladin respiró hondo y se preparó para levantarse, apretando las manos contra el suelo de piedra, salpicado de pedazos de escombro. Y, mientras lo hacía, oyó algo lejano, tenue.

El sonido de una flauta.

Ningún general puede controlar el campo de batalla. En vez de ello, debe aprender a cabalgarlo como haría con una bestia sin domar. Pero es posible practicar y prepararse para esa eventualidad.

Proverbios para las torres y la guerra, Zenaz, fecha desconocida

Q ué sonido más incongruente. Una flauta, la canción que Kaladin había estado practicando, flotando en el aire. Frágil.

El Viento, comprendió, intentaba ayudarlo como podía. Con su voz.

—Te devuelvo tu canción, Kaladin —susurró—, como una vez se la devolví a Cephandrius.

Nale se detuvo y miró alrededor, frunciendo el ceño.

—Esa canción otra vez… —dijo—. Ese ritmo…

«No puedo ganar este combate con la lanza —pensó Kaladin—, igual que no podía ganarlo con la lógica». Pero aquella canción… aquella canción movió algo dentro de Kaladin. Siempre lo hacía.

Sacó algo de su petate, tirado junto a él contra la pared, y entonces se puso de pie y adoptó una postura. Mientras Nale alzaba su hoja, Kaladin levantó también las manos sosteniendo no una espada ni una lanza… sino una simple flauta de madera.

—Hay una historia que tienes que oír —dijo Kaladin—. Es la historia del…

Nale le dio un puñetazo en el abdomen, de nuevo moviéndose a velocidad inhumana, y partió huesos. Kaladin ahogó un grito, cegado por el dolor, mientras sentía crujir sus entrañas. Cayó de rodillas y la flauta se le cayó de entre los dedos y dio contra el suelo.

Szeth sostuvo a Kaladin y le tendió un saquito de esferas.

—¡Úsalas! Esto ya no es un combate. Es una ejecución.

Lleno de dolor, Kaladin absorbió la luz tormentosa, aunque no podría haber asegurado si fue una decisión consciente o el acto reflejo de alguien a punto de ahogarse cuando llegaba a la superficie y daba una bocanada frenética. La luz empezó a sanarlo y Kaladin recobró la visión, pero, mientras intentaba absorber más, alguien se le adelantó. Nale pasó por delante dando zancadas y la luz tormentosa fluyó hacia él desde las esferas que aún tenía Szeth, y desde unas bolsas que había junto a las paredes también, y desde gemas que Kaladin no recordaba, guardadas al fondo de su petate. Desde todas partes.

La luz tormentosa parecía preferir a Nale y fluía hacia él en vez de hacia Kaladin. El Heraldo la absorbió toda con los brazos extendidos... y la liberó. Emitió un humo radiante que hizo ondear el aire mientras ascendía hasta desaparecer.

—Nada de luz tormentosa —dijo Nale con calma—. Eso hemos acordado. Dio un paso adelante y aplastó la flauta de un talonazo, machacando la madera, haciéndola astillas. Kaladin dio un grito angustiado y estiró el brazo hacia la flauta rota. Nale se movió de nuevo y empujó a Szeth de lado con la suficiente fuerza para arrojarlo contra la pared. Kaladin estaba lo bastante curado para ver con claridad, pero se le había terminado la luz tormentosa. Sin ella, las hojas de Honor no podían conceder potencias, y Sangre Nocturna consumiría sus almas en un instante si la desenfundaban.

Tendido en el suelo, Kaladin estiró los dedos otra vez hacia la flauta rota, con lágrimas en los ojos.

Kaladin, dijo Syl, *no entiendo qué importancia tiene la flauta.*

—Nale conoce esta canción —susurró Kaladin—. Conoce esta historia. Comprende, en el fondo de su ser, lo que significa que te importe más la gente que las normas. Estoy seguro, Syl. Tenemos que recordárselo. Tenemos que hacer que recuerde.

Kaladin extendió la mano y algo plateado cobró forma en ella a partir de una neblina radiante. Una flauta hecha toda de metal.

¡Esto aún es peligroso!, le advirtió Syl. *A lo mejor, deberíamos huir.*

Pero el Viento seguía devolviéndole su música, en la lejanía. Unas notas titubeantes, defectuosas. Ecos de cuando practicaba. Kaladin, jadeando, se levantó con esfuerzo y retrocedió alejándose de Nale.

El Heraldo seguía sin hacerle caso y caminaba con la cabeza a un lado. Escuchando.

—Esa canción... es la que tocabas tú. Esas notas... son las notas que nos guiaron hasta Roshar, hace tantos milenios...

El viento sopló a través del monasterio roto, un viento suave, un viento provocador. Alcanzó la flauta y sonó una nota queda, que hizo vibrar el instrumento en la mano de Kaladin. Las notas que llegaban desde fuera ganaron intensidad, solapándose entre ellas, como si hubiera cinco o seis flautistas tocando y no solo uno.

Nale fue a una de las aspilleras y miró hacia fuera.

—¿Qué es esto? ¿Qué ejército acude en tu ayuda? —Miró atrás, hacia Kaladin—. Nada. Solo las colinas... —Entornó los ojos—. Magia de fuera del mundo. Has estado hablando con Midius. Sus ilusiones son inútiles para quien las reconoce como las falsedades que son, Bendito por la Tormenta.

Nale se volvió y alzó su espada a dos manos, con la punta hacia Kaladin. Él, en respuesta, se llevó la flauta a los labios y tocó unos compases de la melodía que había estado practicando. Aquella flauta le resultaba más natural a los dedos y los labios. Por muy sencilla que fuese la melodía, se enorgulleció muchísimo de interpretarla sin fallos.

Alzó la cabeza de la flauta y miró a Nale, que se había detenido otra vez, a los ojos.

—Esta historia es sobre Derethil y el *Vela Errante*.

La calma de Nale se agrietó y Kaladin vio cómo apretaba los dientes y embestía, pero entonces su extraña velocidad le falló. El Heraldo trastabilló. Kaladin logró retroceder hasta fuera de su alcance. El Viento casi pareció elevarlo mientras saltaba sobre los cascotes amontonados que habían sido la chimenea del monasterio.

Cuando se posó al otro lado, Kaladin gritó:

—¿Has oído la historia de cómo Derethil y su tripulación llegaron a una isla oculta en el océano Sin Fin? ¿Una tierra en la que todo parecía perfecto al principio?

Nale avanzó más despacio.

—No presto atención a las historias inventadas.

—Lástima —dijo Kaladin—. Han resultado ser algunas de las cosas más reales de mi vida. —Presentó la flauta, que el Viento tocó en su mano—. Derethil y su tripulación se propusieron cruzar el océano y descubrir qué había al otro lado. Hay quienes dicen que buscaban el lugar donde fueron engendrados los Portadores del Vacío. Otros dicen que Derethil buscaba el mismísimo Origen, el mítico lugar donde nacen las tormentas y su luz es más poderosa.

»No conozco el resultado final de su travesía, pero sí sé que encallaron en una isla llamada Uvala, cerca de un poderoso remolino. Allí vivía un pueblo de largos cuerpos, que llevaban conchas en el pelo como no hay ninguna otra en Roshar. Cuidaron de Derethil y su tripulación. Todo parecía perfecto. Ideal. No tenían necesidad de guardias, ni alguaciles, ni nada parecido.

Nale gruñó, mostrando un atisbo de auténtica emoción, y de nuevo se detuvo en seco cuando la música de fuera, que ya sonaba como una docena de flautas, ganó volumen. Los ecos de las sesiones de práctica de Kaladin se superponían, formando una canción coherente. Nale miró a un lado y luego al otro.

—¿Por qué te hiciste Heraldo, Nale? —preguntó Kaladin con voz suave—. ¿Lo recuerdas? ¿Llegas a recordar lo que *sentías*?

—¡Las emociones no son de fiar!

—¿Son tus emociones en lo que no confías? —insistió Kaladin—. ¿O es tu mente?

—Antes… antes veía las cosas claras —dijo el Heraldo, echando la cabeza atrás—. O eso creía… y entonces mi mente cambió…

—Tormentas —susurró Kaladin—. ¿Por eso empezaste a confiar solo en la ley? Notaste que te perdías, ¿verdad? Sabías que tu lógica fallaba. Sabías que estabas empeorando, así que te concentraste en algo externo, confiando en que te guiase a medida que tu propia mente se deterioraba.

Nale gruñó, fulminándolo con la mirada.

—La ley es perfecta.

Kaladin apuntó la flauta hacia él y habló al ritmo de la música.

—Un día, en esa isla perfecta, Derethil vio una cosa perturbadora. Una joven criada cometió un error. Rompió unas copas. La otra gente de la isla la atacó y la mató de una forma brutal. ¿Sabes por qué?

—Es evidente que lo dictaba la ley —masculló Nale.

—La ley del emperador.

—La ley debe obedecerse —dijo Nale, alzando el puño derecho hacia Kaladin, como si hubiera olvidado la espada de su otra mano—. ¡Deja de huir de tu destino, Bendito por la Tormenta!

Kaladin rodeó a Nale, con el pecho todavía dolorido por el golpe.

—¿Recuerdas encontrar a gente atrapada bajo unos escombros? ¿Oscuridad, seguida por luz cuando, cubierto de ceniza y sangre, salvaste a quienes estaban atrapados bajo las ruinas?

—Eso pasó demasiadas veces —dijo Nale—. Demasiadas veces.

Kaladin continuó.

—¿Recuerdas a un niño encogido en un rincón mientras unas figuras de ojos rojos irrumpían por la puerta… y lo salvaba que tú regresaras buscando a aquellos a quienes habían dejado atrás?

—Eh… —respondió Nale, ladeando la cabeza al oír la música.

—Gratitud —dijo Kaladin—. ¿Recuerdas su gratitud cuando te alzaste ante los débiles y los olvidados, con sangre goteando del brazo mientras empuñabas tu espada… como un estandarte?

—No vas a tenerlos —susurró Nale. Miró a Kaladin, y había lágrimas en las comisuras de sus ojos—. Desperté un día… Esto debió de ser hace mil años o más… Desperté y vi que había hecho daño a alguien por accidente. Por enfado. Pensé… que estaba perdiendo la cabeza. Perdiéndome a mí mismo.

—Así que buscaste un modo de controlar tus actos.

—Recurrí a la ley —susurró Nale—, para obligarme a seguir siendo la persona que quería ser. Porque… ya no podía confiar en mi propia mente…

Kaladin se había situado con la espalda hacia los enormes portones del vestíbulo. Allí se detuvo, empuñando la flauta, a través de la que soplaba el Viento.

—¡No puedo volver a eso! —gritó Nale. Pero parecía… asustado de Kaladin. Reculó mientras hablaba, con palabras y tono desafiantes—. ¡No puedo confiar en ti, ni en lo que veo, ni en lo que pienso! ¡Solo hay *una RES-PUESTA*! ¡Debo cumplir la ley!

—Derethil y sus hombres —dijo Kaladin, acompañado por la flauta que sonaba en sus dedos— descubrieron otras muestras de crueldad en aquel pueblo de Uvala. ¡Una violencia extrema en reacción a los actos más simples! ¡Exigieron respuestas, y siempre les decían que era la voluntad del emperador! —Kaladin ya estaba hablando a voz en grito—. ¡Por fin, Derethil y su tripulación fueron a buscar a aquel emperador capaz de crear unas leyes tan terribles! ¡Asaltaron la torre para exigir responsabilidades!

Nale rugió, fue con paso firme al otro lado del vestíbulo y agarró a Szeth, todavía aturdido, que había estado escuchando la música con asombro cerca de la pared. Puso su hoja esquirlada en el cuello de Szeth.

—¡Lucha contra mí! —gritó.

La música de fuera se suavizó. La flauta que Kaladin tenía en los dedos se volvió tan queda como un susurro. A Kaladin le dio una sensación anticipatoria, como el aliento contenido antes de una tempestad.

—Nale —dijo—, ¿en esto te has convertido?

El Heraldo titubeó. Miró a Szeth y pareció verlo con nuevos ojos. Lo dejó caer y de nuevo se puso una mano en el pecho.

Entonces miró a Kaladin y esa calma se hizo añicos, y la emoción le surcó la cara de arrugas iracundas mientras gritaba:

—¡Esto es culpa tuya! ¡Todo tenía sentido antes de que llegaras! —Echó a andar otra vez hacia Kaladin, con la espada alta—. ¡Tú eres mi fallo! ¡Tú eres al que dejé escapar, el que puso en marcha los acontecimientos que lo echaron todo a perder! ¡Tú eres la causa de *TODO* esto!

Kaladin levantó los brazos a los lados.

El Viento entró en tropel al monasterio, abriendo los portones de golpe, trayendo música consigo. Una abrumadora estampida de sonido, como un millar de flautas tocando a la vez. Todas las veces que Kaladin había practicado, capturadas por el viento y liberadas en una marea de música.

Golpeó a Nale con una fuerza que era física. El Heraldo echó la espalda atrás y flaqueó, ensanchando los ojos, como si contemplara una luz brillante que estuviera consumiéndolo todo.

—¿Qué encontraron? —le gritó Kaladin—. ¿Qué encontraron en la cima de la torre, Nale?

El hombre gimoteó y dio un paso atrás.

—¿*QUÉ HABÍA EN LA TORRE?* —bramó Kaladin.

—¡*NADA!* —respondió Nale también gritando, su rostro una máscara de dolor, con lágrimas surcándole las mejillas—. ¡En la torre no había nada! No había… —Nale cayó de rodillas—. ¡No había nada! Él está muerto.

Soltó su hoja esquirlada. Se miró las manos, y luego a Kaladin mientras la música se desvanecía, mientras la marea se volvía arroyuelo.

—Honor está… está muerto —susurró Nale—. Jezrien ya no… no está. Ishar es… es como si… como si estuviera muerto también…

—Derethil aprendió una lección ese día, una que yo también aprendí y que tú debes aprender. Aunque un emperador haga las leyes, cuando las defendemos, esas leyes pasan a ser nuestras. La responsabilidad es nuestra. Y en todos los actos que llevó a cabo aquella gente... la sangre estaba en sus manos.

Nale sollozó sin ocultarse.

—¿Por qué te hiciste Heraldo, Nale? —repitió Kaladin.

El hombre calvo alzó la mirada hacia él y parecía una persona totalmente distinta a la de unos momentos antes.

—Temía que los demás, todos de alta cuna excepto Taln, se olvidaran de la gente pequeña. Sabía que iba a pasar, Kaladin. Y luché por ellos, durante siglos. Oh... Dios mío... ¿Qué me ha pasado? ¿Qué ha sido de mí? —Parpadeó entre lágrimas—. La ley no puede cobijarme. ¿Por qué? ¿Por qué ya no veo las cosas tal y como son? ¿Crees... crees que esa espada negra podría destruirme?

Kaladin aferró su flauta con más fuerza y se alzó sobre aquel hombre lastimero que estaba arrodillado en el suelo. Un semidiós. Destrozado. Al momento, Szeth llegó a trompicones junto a Kaladin. Entonces extendió una mano temblorosa en dirección a Nale.

—Podemos ayudarte —le dijo Szeth en voz baja—. No podemos hacer que todo sea mejor, pero sí que podemos ayudarte. ¿Verdad, Kaladin?

«Incluso a quienes odie», pensó Kaladin.

—Sí, podemos ayudar, Nale. Ayudaremos.

Nale se echó a llorar otra vez mientras tomaba la mano de Szeth, pero entonces se quedó de rodillas, agarrado a ella, mojando de lágrimas el suelo quebrado del monasterio. Aparecieron dos figuras. Syl a un lado, 12.124 al otro.

La última figura, el spren de Nale, emergió como un desgarro en el cielo cerca de ellos. No tenía forma de persona. Entonces se alejó volando y desapareció.

III

LA BANDERA
DE LA REBELIÓN

NUEVE AÑOS ANTES

Lo siento, honor-nimi —dijo Lumo—. No puedo autorizarlo para un solo portador de Honor. Es que… Szeth, tienes que saber lo que parece todo esto. Es de locos.

—Es la Verdad, Lumo —respondió Szeth.

Se alzaba, hoja en mano, ante su antiguo hogar sobre el acantilado, el pequeño pueblo y campamento de guerra que albergaba el Monasterio del Custodio de la Piedra. Estaba más o menos en el último lugar donde había visto a su madre antes de marcharse.

Ella vivía en una ciudad a poca distancia volando. Szeth había estado tentado de ir a buscarla, pero… no así. Esperaría hasta que la gente lo tomara por un héroe.

Era raro lo mucho que aquel lugar que tanto había odiado estuviera dándole la sensación de regresar a casa. Szeth había salvado a Lumo, muchos años antes, durante aquel infame ataque a los saqueadores. Al hombre de barba pelirroja lo habían nombrado general de todo aquel sitio. Espaldas rectas, cabezas altas, uniformes pulcros. Ese campamento aún mantenía la disciplina que Neturo le había inculcado: saltaba a la vista por los soldados en formación que recibieron a Szeth.

Soldados que, a pesar del pasado compartido con él, no creían.

—¿Tienes alguna prueba? —preguntó Lumo.

—La prueba son mis propias palabras —dijo Szeth—. Y mi cargo de portador de Honor.

—El portador de Honor Pozen nos visitó anoche —replicó Lumo en voz baja—. Abrió una Puerta de lo Otro al mismo centro del campamento. Dijo que eres un hereje delirante en quien no se puede confiar.

—¿Y qué opinas tú de Pozen? —preguntó Szeth, también en voz baja.

Los soldados se miraron entre ellos. Todo fue quietud durante un momento mientras un viento frío de las tierras altas los saludaba.

—Él no es soldado —dijo Szeth—. ¿Nos envió ayuda cuando estábamos retenidos aquí, solos contra los incursores? ¿Trajo su hoja y combatió a nuestro lado? ¿Parecía que le importase siquiera?

No respondieron.

—Algo va mal en esta tierra —añadió Szeth—. Lo sabéis. Justo antes de abandonaros, iban a desterrarme... y, de pronto, la historia dio un giro estrambótico y me recompensaron. ¡Fue el Deshecho! Todos le obedecen. Os lo juro.

—Entonces... oyes una voz —dijo Lumo—. Que te ordena hacer cosas.

—Todos los portadores de Honor la oyen —asintió Szeth.

Silencio. Szeth supo, por sus expresiones, que había fracasado. Aquellos soldados tan capaces estaban perdidos para él. O, al menos, es lo que dio por sentado, hasta que llegó la salvación.

En forma de ejército enemigo.

Un soldado de Lumo lo avistó y dio la voz de alarma. Los estandartes, vio Szeth al volverse, eran de los otros monasterios. Un ejército que tenía varias veces el tamaño del suyo y emergía de un portal invocado por nominación de lo otro para luchar.

En ese momento, supo que la retirada era imposible contra las Puertas de lo Otro.

—Es la hora —dijo Szeth—. Luchemos.

—No puedo unirme a ti, Szeth —respondió Lumo, apenado.

Szeth lo miró a los ojos.

—Entonces, tendrás que ver cómo me destruyen.

Poco tiempo después, Szeth izó la bandera de la rebelión y guio a su ejército contra las fuerzas de los portadores de Honor. Pero ese día no mató.

La forma en que había masacrado a decenas en la batalla anterior aún lo perseguía. Le daba la sensación de que sus almas estaban observándolo desde los lugares silenciosos bajo las piedras, donde se decía que merodeaban los spren. Szeth sabía por qué los portadores de Honor se negaban a usar sus armas contra los saqueadores, aunque no se lo hubiera explicado a Lumo. Era demasiado.

De modo que ese día lideró. Brilló, flotó por delante de sus hombres y les dio gritos de ánimo. Estaban superados en número, pero por lo menos tenían el acantilado en la retaguardia, por lo que no podían rodearlos. Szeth pensó que su posición debía de ser buena, ya que así sus tropas lucharían con más valentía, al saber que tenían prohibida la debilidad de una retirada. Y, en efecto, luchaban mejor en esa ocasión, aunque cada soldado individual fallara una cantidad asombrosa de golpes y no pareciera comprender el flujo de la batalla.

Szeth los mantuvo peleando con gritos y órdenes y, como él no luchaba, los otros portadores de Honor tampoco se unieron a la refriega. Veía sus estandartes, uno por cada otro monasterio. Incluido el Monasterio del Forjador de Vínculos, lo cual era curioso. Szeth se enfrentaba a siete estandartes, todos menos el del Corredor del Viento, el del Custodio de la Piedra y el del Rompedor del Cielo.

Permitió que sus ejércitos iniciaran la retirada por el serpenteante camino que llevaba al campamento de guerra sobre el acantilado, pero solo a insistencia de sus chamanes. Aun así, los mantuvo peleando. Los mantuvo desesperados hasta que…

Por fin.

Las tropas del Monasterio del Custodio de la Piedra descendieron desde lo alto al rescate de Szeth. Como había esperado, no pudieron quedarse mirando mientras destrozaban a uno de los suyos. Szeth se elevó por los aires, ardiente de luz tormentosa, escuchando la gloriosa llamada de sus trompetas. Unas notas cristalinas que acompañaban a la fuerza en su descenso por los enrevesados caminos para sumarse a las tropas de Szeth.

Algo se infló en él al oír las trompetas, la señal de aquella gloriosa fuerza que marchaba con brillantes yelmos y los escudos sostenidos en alto. Era el momento en que su llameante ascua se convertiría en incendio. El momento en que comenzaría la verdadera resistencia contra los Portadores del Vacío, en que la Desolación por fin hallaría su oponente.

Aterrizó con una tormenta de luz.

—Era verdad —susurró Drodli, uno de sus chamanes en jefe, con el casco torcido y una muesca en un lado, y Szeth vio que tenía sangre, ajena, en la armadura—. Sí que vienen, como dijiste. ¿Qué… qué habríamos hecho si no lo hubieran hecho?

—Habríamos muerto —respondió Szeth—. Mejor la muerte que permitir que el Retorno tenga lugar sin oposición.

Drodli le lanzó una mirada horrorizada al oírlo. Daba igual. Llegaban mejores soldados. Szeth vio que sus chamanes estaban gritándoles a las tropas que se animaran por lo que veían, cosa que posiblemente él mismo debería estar haciendo también. Pero, en vez de eso, alzó el vuelo para hablar con Lumo, al frente de las nuevas tropas.

—Lucharemos, Szeth —dijo Lumo—, pero solo porque estás a la defensiva y, por lo que parece, ellos quieren exterminaros. Es cierto que pasa algo raro, y ya va siendo hora de que se nos respete un poco aquí, en vez de considerarnos un monasterio de segunda por no tener portador de Honor.

No eran del todo las palabras de un glorioso campeón de la Verdad, pero tendrían que bastar. Szeth regresó abajo mientras el ejército del Custodio de la Piedra empezaba a apoyar a sus tropas. Mientras la moral de los soldados crecía y se estabilizaban en la pendiente, que era una posición favorable, Szeth gritó un desafío a los ejércitos enemigos.

Se materializaron otros portadores de Honor. Primero Moss, que debería haber sido amigo suyo, y luego Sivi. Pozen estaba haciendo que los más cercanos a Szeth atacaran primero, confiando en que Szeth los eliminase con su hoja.

Bueno, pues ese día Szeth se negó. No era ningún asesino, ningún ejecutor creado para hacer el mal. Se enfrentó a ellos y cruzaron hojas, pero Szeth no dio ningún golpe mortal. Luchó hasta que Moss se apartó y huyó. Sivi había esperado a que terminara aquel duelo y atacó a continuación.

Aunque Sivi podía plegar las piedras a su voluntad, Szeth se aseguró de no abandonar el suelo. Ella por su parte, se negó a usar Puertas de lo Otro, así que su combate fue sobre todo de espada contra espada, librado en medio de las filas enemigas, que les hicieron espacio e intentaron no interferir.

Szeth le concedió a Sivi el honor de minimizar su uso de los poderes, así que, en consecuencia, tuvo que pasarse más de cinco minutos luchando hasta que logró desarmarla y derribarla a la hierba despatarrada, mientras el pelo corto le caía sobre los ojos y se los tapaba.

—Eres fuerte —susurró la portadora de Honor—. Piedras Desconsagradas, ¿cómo te has hecho tan fuerte?

—Es porque —dijo él, nivelando su hoja hacia ella— lucho para proteger nuestra tierra. Únete a mí y seremos dos.

—Szeth —respondió ella—, estás confundido. Lo que viste no es un Deshecho.

—No me dejaré convencer por ti.

Ella suspiró y se incorporó.

—Bueno, al menos te has dejado distraer por un duelo.

¿Distraer?

Sonaron trompetas a su espalda. Se volvió, horrorizado, y vio que las tropas del Monasterio del Custodio de la Piedra se retiraban. No, peor que eso: formaban de nuevo y volvían sus armas contra las tropas de Szeth, que habían quedado atrapadas entre dos fuerzas enemigas.

—¡Traidores! —gritó—. ¡Traición!

Todo se desmoronó. Su visión de una gloriosa resistencia. Sus tropas liderando un cambio incendiario que salvaba el mismo mundo. Chilló, negándose a aceptarlo, y salió disparado por el cielo con un enlace, como una flecha en pleno vuelo. Llegó de golpe al suelo entre sus fuerzas y las de los traidores, encabezadas por Lumo. Szeth abrió la boca para exigir respuestas… y entonces una figura salió de entre las filas enemigas.

Un hombre robusto con barba corta, pelo ralo, sonrisa amistosa. Neturo. Su padre.

La sorpresa recorrió el cuerpo de Szeth como un relámpago. Su padre era un prisionero. Era un cautivo. Era… era…

—Hola, hijo —dijo Neturo, deteniéndose unos pasos por delante de él—. Hemos pensado que Lumo y sus tropas quizá atenderían a razones si era yo quien hablaba con ellos.

—Un tejido de luz —susurró Szeth—. No eres real.

—Lo siento —respondió Neturo.

Llevaba puesto su antiguo uniforme, aunque con colores nuevos. Azul, marrón y verde. Los…

Los colores del Forjador de Vínculos.

Neturo invocó una hoja de Honor, con la teja ondulada y escritura a lo largo de ella, y la clavó en el suelo delante de él.

—Soy real, Szeth. Cuando Sivi y Pozen vinieron a hacerme esta oferta, no supe qué pensar. ¿Gran senador? ¿Forjador de Vínculos? ¿Líder de nuestro pueblo? Dijeron que tal vez fuese la única forma de salvarte. Así que escuché. Y… bueno, y ahora lo he oído a él, hijo.

—¿A la Voz? —susurró Szeth.

—Dice que le has dado la espalda.

—Padre, es…

—No es un Portador del Vacío, hijo —dijo Neturo—. He hablado con él en persona. No sé lo que es. Un dios, quizá, como él mismo afirma… pero no es uno de *ellos*, eso seguro.

—Eh… —Szeth se llevó una mano a la frente—. No. No puedes… no puedes ser real…

Neturo descartó su hoja y dio un paso adelante, extendiendo los brazos, y Szeth retrocedió. Su padre siguió avanzando hasta abrazarlo. Y… por las piedras… sí que era él.

—Es cierto que debemos detener esta locura —dijo Neturo—. La Voz cree verlo muy claro, pero yo sé que tiene que haber otra manera.

—Estoy siguiendo mi propio corazón, padre —susurró Szeth—. Intento hacer lo que es correcto. Siempre he intentado hacer lo correcto.

—Lo sé —dijo Neturo—. Lo sé.

Szeth apretó los párpados con fuerza y volvió a ser un niño pequeño. De pie ante una piedra que iba a aniquilar hasta la última brizna de alegría en su vida.

—Szeth —dijo su padre, con los brazos cálidos, la voz más cálida aún—, al fin comprendo por qué te he seguido todos estos años.

—¿Por qué?

—Pensaba que podrías guiarme hacia las respuestas. —Le dio a Szeth un apretón—. Y eso has hecho.

Neturo…

Neturo tenía respuestas.

De pronto, a Szeth lo inundó el horror de lo que había hecho. Había matado a docenas de personas con una hoja de Honor. Había reclutado un ejército para combatir a su propio pueblo. Si estaba equivocado…

¿Por qué había creído que podía confiar en su propio juicio? Era un necio, y un crío, y siempre lo había sido.

—Dime qué debo hacer —susurró Szeth— y lo haré. Si eres tú quien me lo dice.

112

LA CANCIÓN DE LA RENUNCIA

La primera regla de la guerra es conocer a tu enemigo. Si eres capaz de predecir lo que hará, ya has vencido.

Proverbios para las torres y la guerra, Zenaz, fecha desconocida

Jasnah parpadeó por la sorpresa, sentada en aquel pequeño templo redondo con ventanas a lo largo de todo el perímetro y relieves esculpidos de Talenelat-Elin. ¿Qué acababa de decir Taravangian?

¿Que sería ella quien persuadiera a Fen de unirse a su causa? ¿Que Jasnah había estado al servicio de Odium?

—No digas bobadas —replicó—. Fen, nunca he trabajado para Taravangian, exceptuando la ocasión en la que me contrató para ayudar a su nieta. Afirmar que he estado a su servicio todo este tiempo indica su intención de mentir.

—No es ninguna mentira —dijo Taravangian, extendiendo las manos mientras se sentaba delante de ella, con las palmas hacia arriba y el bastón dorado apoyado en el muslo—. Pero quizá sí un pelín melodramático. A veces no puedo evitarlo. —Miró a Jasnah a los ojos—. No sabes que estabas a mi servicio, Jasnah. Pero lo has estado, durante toda tu vida, en todo caso.

—Qué insensatez —contestó ella, con un escalofrío—. ¿De verdad va a ser este tu argumento inicial? Pasemos al debate político.

—Llegaremos a él —prometió Taravangian, sin apartar sus ojos castaños claros de los de ella—. Dime, Jasnah, ¿cuál es el principio fundamental que guía tus actos? ¿Cuál es la filosofía que rige tu vida?

—Sigo la Filosofía de la Aspiración —respondió ella—. Nunca he intentado ocultarlo. Hago el bien, Taravangian, cueste lo que cueste.

—Eh... —dijo él—. Pero no solo el bien, ¿verdad? El máximo bien posible, a la mayor cantidad de gente posible.

—Correcto.

—En ese caso, estamos alineados. —Taravangian se volvió hacia Fen—. Jasnah y yo profesamos la misma filosofía. Será fácil, por tanto, que entre los dos te expliquemos por qué Thaylenah debería unirse a mí.

Jasnah apretó los dientes.

—No le dejes llevar el timón —le advirtió Marfil al oído, desde su pendiente.

—Rechazo esa afirmación —dijo Jasnah, y miró a Fen, que parecía observar con interés—. Fen, llevo toda la vida estudiando filosofía, y he determinado que lo que debo hacer es buscar el mayor y mejor bien para todas las personas. Me he dedicado a esa causa, y sabes que es verdad. En cambio, tanto Odium como Taravangian han buscado el poder, han buscado destruir, han buscado conquistar.

—Jasnah —susurró Taravangian—, ¿qué llevará al mayor bien y el menor sufrimiento en Roshar, la paz o la guerra?

—No acepto lo que intentas obligarme a afirmar —replicó Jasnah, mirándolo a los ojos—. Quieres que acepte que tener a un hombre al mando puede imponer la paz, pero no tengo ni la menor garantía de que tú fueses a gobernar de un modo pacífico.

—¿Y si le diese esas garantías a Fen y su pueblo? ¿Y si les hiciera esas promesas?

—Seguiría sin haber motivo para que Fen aceptara. La paz ya viene de camino hacia ella por los actos de mi tío. ¿Para qué iba a aceptar unirse a ti ahora, a solo un día de su llegada?

—Ah, pero ahí es donde te equivocas. —Taravangian miró a Fen—. Amiga mía, mi conciencia requiere que unifique este planeta, porque eso es lo que llevará al mayor bien que podría englobar jamás a Roshar. Estos últimos milenios se han librado guerras entre humanos mientras los cantores llevaban una vida de esclavizada agonía. La desgracia ha sido la principal moneda de vuestros reinos durante generaciones. Pero yo puedo hacer que todo eso desaparezca.

—El pacto de Dalinar impondrá la paz —respondió Fen.

—Entre mi imperio y los reinos de la humanidad —matizó Taravangian en voz baja—, no entre unos humanos y otros.

—Tenemos tratados con Fen.

—Ah —dijo Taravangian—, pero ¿con qué frecuencia incumplen los mortales sus tratados? ¿Vuestra guerra en las Llanuras Quebradas no comenzó así? ¿Cómo de fiel era a su palabra tu propio padre, Jasnah? Creo que tenía tratados con Jah Keved, pero eso no impedía que hubiera escaramuzas y luchas por el poder. —Miró de nuevo a Fen—. Nuestro acuerdo fija las fronteras, pero ya sabes lo volubles que sois los humanos. Las naciones humanas aún pueden luchar entre ellas, dado que pueden hacer caso omiso a la palabra escrita.

Jasnah agradeció haberse preparado. Había considerado ese argumento como probable, ya que, a fin de cuentas, era una consecuencia natural del tratado. Odium estaba obligado a cumplir su palabra, pero los humanos no.

—¿Es verdad? —preguntó Fen—. Creía que el pacto de Dalinar congelaba las fronteras entre naciones y serían imposibles de romper por arte de magia, de forma sobrenatural.

—No exactamente —dijo Jasnah—. Odium está atado por las imposiciones de ser una divinidad, así que, en mi opinión y también en la de Sagaz, estará obligado a cumplir el contrato. Se comprometió, y cito, a cesar las hostilidades y mantener la paz, y a no oponerse a Dalinar, a sus aliados ni a sus reinos en modo alguno. Deberá impedir los actos de guerra entre los pueblos de las regiones que gobierne y los nuestros, durante un periodo de mil años. El resto de nosotros, los humanos, somos libres de hacer cuanto nos plazca, y en teoría podemos atacarnos entre nosotros sin incumplir ese contrato con Odium. Por suerte, conoces a mi tío y me conoces a mí. No vamos a atacarte.

—¿Y tus nietos? —replicó Taravangian—. ¿Y los nietos de ellos? —Se apretó una mano contra el pecho—. Yo soy inmortal. Impondré la paz entre las naciones que me sigan. Si te unes a mí, Fen, me aseguraré de que tus nietos no mueran en guerras inútiles. De que Thaylenah permanezca como nación propia, bajo mi estandarte.

—A salvo, y sin libertad. —Los preparativos de Jasnah fluyeron a su mente—. Fen, conoces los escritos de Tslamfn el Justo. Era tu trastatarabuelo, ¿verdad?

—«Todo reino debe ser capaz de ejercer su derecho al conflicto, como último recurso cuando su miseria se hace insoportable» —citó Fen—. Jasnah tiene razón, Taravangian. Sin la capacidad de alzarse en armas, mi pueblo perdería un derecho fundamental. Quizá seas capaz de protegernos ante futuras generaciones de alezi, pero también lo serán mis nietos.

Taravangian se reclinó, y a Jasnah le pareció entrever por un instante que su sonrisa flaqueaba. Asintió mirándola, en señal de respeto.

—¿Y qué hay de hoy, Fen? ¿Pueden tus nietos, tus ejércitos, protegerte hoy?

—¿De qué? —preguntó ella.

—De mí —dijo Taravangian—. Y del hecho de que tengo esta ciudad en la palma de la mano, lista para aplastarla. Si me rechazas, me veré obligado a hacerlo. Por vuestro propio bien.

Cabalgar a lomos de un abismoide era más difícil de lo que Venli había creído. Mientras los otros oyentes y ella se equipaban en una meseta de despliegue, preparándose para atacar la posición humana, los demás le explicaron cómo sujetar las cuerdas que habían tendido alrededor del cuello y el cuerpo de la bestia, cómo apoyarse en salientes del caparazón.

—Es fácil, cuando le pillas el tranquillo —dijo Thude a Confianza.

Venli pensó que podría hacer una lista kilométrica de cosas que eran fáciles «cuando les pillabas el tranquillo». Decidió agacharse en vez de ir erguida como Thude, sujetando las cuerdas. No eran riendas, porque no se podía controlar a un abismoide. Solo era posible hacerle sugerencias mediante los ritmos que una cantaba. El único objetivo de las cuerdas era sostener a los jinetes.

El relámpago rojo retumbaba en lo alto, recordándole a Venli incluso más a aquella terrible noche en la que los demás y ella habían desvelado la tormenta eterna. Empeoraba la situación el hecho de que los humanos ocuparan más o menos la misma posición, defendiendo Narak con ojos oscuros, preocupados, ensombrecidos bajo los cascos, con expectaspren ondeando alrededor. Sus muros estaban agrietados, su luz tormentosa casi agotada.

Al contrario que la última vez, cuando los humanos habían combatido contra cantores con la forma tormenta recién adquirida, en esa ocasión se enfrentaban a un ejército curtido y liderado por inmortales. Lo cierto era que nunca habían tenido ni la menor oportunidad. Odium había destinado casi todos sus recursos a aquella lucha, comprometiéndose de un modo que antes había rechazado. Si quería ganar una sola batalla en concreto, y pagar el precio por ello, podía hacerlo.

La lluvia caía a pequeñas gotitas, casi una neblina. Venli se aferró a las cuerdas, ya que aquella llovizna iba a hacerlas más resbaladizas. Cerca, los otros dos abismoides llegaron al límite de su meseta, llevando entre ambos a veinte miembros del pueblo de Venli. Empezaron a cantar al Ritmo de los Recuerdos. Era un ritmo que se usaba muy poco, y normalmente en conjunción con alguna de las viejas canciones.

En ese caso, eligieron la *Canción de la destrucción*, una marcha de guerra. La letra tenía un cierto parecido con la de otra canción, y sonaban con la misma melodía. La *Canción de la renuncia*, la que narraba cómo los oyentes habían abandonado a sus dioses mucho tiempo atrás. Algunas partes de ella pertenecían también a la *Canción de las historias*, pero aquella era la versión pura, sencilla. Venli la cantó en su mente, mientras su voz entonaba la de la destrucción.

Las fuerzas de asalto se congregaron. Cientos de Fusionados y regios. Su tronador estaba muerto y necesitaría tiempo para regresar, y los humanos habían logrado matar a más de la mitad de los Enfocados. Venli había oído hablar a los Fusionados. La llegada del grupo de Venli era relevante porque traían unas bestias capaces de suponer un auténtico desafío a los portadores de esquirlada y derribar murallas.

Una Cascarona apareció junto a ellos, una mujeren de brillantes ojos rojos y figura corpulenta, poderosa, con su pelo trenzado formando ropa.

—Seréis el segundo asalto. Preparaos para echar abajo ese muro.

—¿El segundo? —preguntó Venli, sorprendida—. ¿No va a enviarnos los primeros?

—Agradeced que Él esté al mando de esta batalla —dijo ella—. Yo estaría encantada de enviaros a morir, traidores. —Escupió a un lado, cosa que Venli había visto hacer de vez en cuando a los Fusionados, pero que desconcertaba a los cantores modernos. ¿Sería una reliquia de su cultura ancestral?—. Quiere ablandar al enemigo yendo en persona a matar a unos pocos de sus spren.

Timbre tembló en el interior de Venli. Aquello... cambiaba un poco el plan. Venli había supuesto que serían la primera oleada. El trueno resonó mientras daban la voz de ataque y un grupo de Celestiales —al que no pertenecían Leshwi y sus seguidores, que estaban allí cerca flotando— surcó el firmamento hacia las fuerzas aéreas humanas.

113

ARREGLO

SIETE MIL CINCUENTA AÑOS ANTES

YO, EL TODOPODEROSO, CABALGUÉ LAS TORMENTAS. ME GRABÉ EN ELLAS, LAS CONVERTÍ EN UN AVATAR DE MÍ. ES UNA PALABRA UTILIZADA POR LOS DIOSES PARA DESIGNAR A UN ASPECTO DE SÍ MISMOS QUE OPERA CON UNA CIERTA AUTODETERMINACIÓN.

NO ES LO MISMO PARA NOSOTROS QUE PARA LOS MORTALES. NOSOTROS PODEMOS TENER MUCHOS PENSAMIENTOS Y ESTAR EN MUCHOS SITIOS. ALLÍ CREÉ UN SPREN QUE ERA, A LA VEZ, YO MISMO. YO MISMO SI FUESE LIBRE DE… EXISTIR SIN MÁS. NO ERA INDEPENDIENTE DEL TODO. NO ERA YO DEL TODO. DISFRUTÉ DE SU SENCILLA ALEGRÍA.

PERO PRONTO SENTÍ EL REGRESO DE KOR COMO UNA REPENTINA CANCIÓN. HABÍA IDO A RECABAR INFORMACIÓN DESPUÉS DE LO QUE LE HABÍA CONTADO SOBRE LOS ATAQUES DE RAYSE A OTRAS ESQUIRLAS.

LA ENCONTRÉ EN NUESTRO HOGAR DE ROSHAR, LA EXPLOSIÓN DE VERDOR QUE HABÍA CERCA DEL CENTRO DEL CONTINENTE. ELLA LA LLAMABA NUESTRO NIDO. KOR ATERRIZÓ EN SU FORMA MAYOR, LA DRAGONA ALADA DE PIEL MARRÓN OSCURA, RIBETEADA DE PLATA. YO LA AMABA, IGUAL QUE AMABA TODAS SUS FORMAS. EN UN ABRIR Y CERRAR DE OJOS HABÍA ADOPTADO SU FORMA HUMANA, Y ME AGARRÓ LOS DOS BRAZOS, ENTREMEZCLANDO NUESTRAS ESENCIAS DIVINAS.

NUESTRAS CANCIONES SE CONVIRTIERON EN ARMONÍA.

—TANAVAST —SUSURRÓ ELLA—, RAYSE NO SOLO MATÓ A ULI DA.

—¿A QUIÉN MÁS?

—A AONA.

¿LA SANADORA? ¿DE ENTRE TODOS ELLOS, HABÍA ATACADO A AONA?

—TANTO ELLA COMO SKAI ESTÁN MUERTAS, TANAVAST —SUSURRÓ KOR—. RAYSE LAS LLEVÓ A UN CONFLICTO ENTRE ELLAS Y LAS REMATÓ CUANDO ESTABAN DÉBILES.

Aona siempre había sido muy amable conmigo. Sentí que mi ¿sencia se diluía, se extendía, que mi alma *vibraba* de angustia. Entonces me recuperé de golpe.

—Se ha excedido —proclamé—. Seguirá atacando si se le permite. Debemos actuar contra él. Ya.

Percibí la indecisión de Kor cuando el terreno de alrededor, cada vez más alineado con nuestro estado de ánimo, vibró reflejando sus emociones. Kor no era una pacifista, eso lo había visto yo en persona, pero su método no era el enfrentamiento directo. Era una dragona, entrenada como deidad antes de nuestra Ascensión. Su método eran los empujoncitos cuidadosos, sutiles.

No serían suficientes contra Rayse. Abrí el futuro para ella y le mostré las posibilidades. Kor era capaz de visualizarlas igual de bien que yo, mejor incluso, pero a veces no lo deseaba.

Ante mi divina manifestación de posibilidad, asintió. Nuestra misma vida corría peligro, pero Rayse estaba herido. Quizá fuese nuestra mejor oportunidad. Así que, juntos, emergimos del nido y cruzamos el terreno en armonía, con una tormenta ganando fuerza a nuestra espalda.

Lo encontramos con los cantores.

Para los mortales, habían pasado décadas. En esos años, Rayse había renunciado a sus mascotas humanas, encontrando una herramienta mejor en aquellos que sentían que yo los había abandonado. ¿Cómo? Solo me había ausentado durante un breve periodo para ayudar a los disidentes en Ashyn.

El tiempo suficiente para que los cantores empezaran a apartarse de mis enseñanzas. Para que miraran hacia sus dioses antiguos. ¡Qué inconsistentes eran esos cantores! ¡Qué indignos de confianza!

Titubeé. En realidad no era así como me sentía, pero el poder que llevaba dentro, el poder llamado Honor, se ofendió al ver que renunciaban a sus promesas. Quería hacerme entender ese dolor, pero yo lo rechazaba. Sabía, de mi época como mortal, lo cotidiano que era aquello, e intenté explicárselo.

Pero el poder no podía soportarlo. Y, como últimamente había estado desobedeciendo bastante su voluntad, le concedí aquello.

En todo caso, a los cantores parecía gustarles Rayse, por mucho que los intimidara. Había acudido a ellos adoptando su forma y les hablaba de pasión. Siempre había sido un falso, pero parecía amoldarse a lo que ellos querían, en vez de exigirles promesas como mi poder insistía en que hiciera yo.

CUANDO KOR Y YO NOS APROXIMAMOS, RAYSE SE ALEJÓ VOLANDO DE LOS CANTORES Y ASCENDIÓ HASTA LA CIMA DE UNA MONTAÑA. LO SEGUIMOS Y CREAMOS AVATARES EN LA NIEVE, COMO SI EMERGIERAN DE NUESTRA TORMENTA. YO UTILICÉ MI FORMA HUMANA REGIA, DIVINA. KOR, SIEMPRE TAN MELODRAMÁTICA, APARECIÓ EN SU FORMA DRACONIANA, CON LARGO CUELLO SINUOSO Y ALAS DE COLOR MARRÓN OSCURO.

—YA ME PREGUNTABA CUÁNDO VENDRÍAIS A SALUDARME —DIJO RAYSE—, AMIGOS MÍOS.

ATACAMOS. HABÍA UN INSTINTO QUE NOS CONCEDÍAN NUESTROS PODERES, UN INSTINTO QUE ME DIJO QUE PODÍAMOS APALEARLO, HOSTIGARLO, DESCUARTIZARLO SI LOGRÁBAMOS...

EN EL INSTANTE EN QUE LO TOCAMOS, VIMOS EL FUTURO.

PROYECCIONES DE ÉL, INVOCADAS POR RAYSE, MOSTRADAS TANTO A MÍ COMO A KOR. UNA TIERRA QUEMADA, LLENA DE CUERPOS ROTOS. MUERTE POR TODAS PARTES. TERREMOTOS ASOLANDO ROSHAR, UNA TIERRA SIN ACTIVIDAD TECTÓNICA.

TEMBLÉ, Y NO PUDE NEGARLO. NO SOLO ERA POSIBLE, SINO TAMBIÉN EL RESULTADO MÁS PROBABLE DE UN ENFRENTAMIENTO ENTRE NOSOTROS. PODÍAMOS MATARLO, SÍ, PERO ÉL HARÍA LA LUCHA EXTREMADAMENTE DOLOROSA PARA TODOS LOS HABITANTES DE ROSHAR.

RETROCEDÍ A TROMPICONES.

—EL FUTURO —DIJO RAYSE— ES LA MUERTE, AMIGOS MÍOS.

—VEMOS LO QUE *PODRÍA* OCURRIR. —KOR SE ALZÓ SOBRE LAS PATAS TRASERAS—. ¡NO ES EL FUTURO LO QUE NOS MUESTRAS!

—DIME, KOR —REPLICÓ RAYSE—, ¿EN CUÁNTAS EVENTUALIDADES SOBREVIVE ESTA TIERRA A UN CHOQUE PLENO ENTRE NOSOTROS? ¿SABES LO QUE LE SUCEDIÓ A LA ZONA EN LA QUE MATÉ A AMBICIÓN? ¿LO HAS VISTO?

—SÍ —DIJO ELLA EN VOZ BAJA.

RAYSE ALZÓ LAS MANOS A LOS LADOS, SUS OJOS COMO AGUJEROS OSCUROS HACIA EL INFINITO.

—PUES VENID A POR MÍ.

NINGUNO DE LOS DOS SE ATREVIÓ A ATACAR. MIRÉ HACIA EL LUGAR DONDE HABÍA MUERTO AMBICIÓN, ALLÁ EN EL ESPACIO, LEJOS. EL ENFRENTAMIENTO HABÍA SIDO TAN DESTRUCTIVO QUE LA REGIÓN ENTERA, QUE INCLUÍA VARIOS PLANETAS, HABÍA QUEDADO ANIQUILADA. OTROS PLANETAS ESTABAN QUEBRADOS, APENAS HABITABLES.

UN CHOQUE DE DIOSES PODÍA SER ALGO ATERRADOR. EN ESE MOMENTO, COMPRENDÍ ALGO INCREÍBLE. SUPE POR QUÉ ADONALSIUM, AL FINAL, NO NOS HABÍA COMBATIDO.

—TENDREMOS QUE LLEGAR A UN ARREGLO, ¿NO OS PARECE? —PROPUSO RAYSE—. PARA GARANTIZAR QUE... CONTINÚEN NUESTRAS BUENAS RELACIONES.

—No podemos luchar directamente —declaré, atribulado por esas visiones—. Pero tampoco debemos hacer lo que hicimos en Ashyn. Los hombres comunes no pueden ostentar esa cantidad de fuerza sin darle mal uso o excederse con ella.

Esas palabras resonaron en mi interior al pronunciarlas. Los hombres comunes.

Vi Ashyn de nuevo, quemado.

Yo era un dios. Yo era Dios. Yo...

Yo también había sido un hombre común.

—Hum... —dijo Rayse, paseando por la nieve—. No, es verdad que no nos interesa otra... situación como la de Ashyn. Pero ¿querrías que interrumpiéramos todo contacto con los mortales? Necesitan dioses, Curtidor. Y nunca he conocido a un dragón capaz de resistirse a que lo veneren.

—Podemos interactuar —respondió Kor—, si establecemos límites.

—¿Y qué límites propones? —preguntó Rayse.

Ella extendió la mano y aparecieron ecuaciones sobre ella, manifestadas en notaciones que éramos capaces de comprender al instante. Solo una parte de nuestros poderes podía concederse a los mortales, y con marcados controles. Vi que había una versatilidad, un ingenio en la forma de presentarlo. Se podía conceder grandes poderes a los individuos, siempre que estuvieran dispuestos a cumplir unas normas divinas igual que hacíamos nosotros. O también se podía conceder un poder menor a muchos de manera indiscriminada.

—Brillante —le susurré a Kor—. Con estas restricciones, ningún mortal será nunca tan poderoso como para destruir el planeta.

A menos que...

No. Era ridículo plantearse aquello siquiera.

—Hum... —dijo Rayse, estudiando la propuesta—. No me gusta la idea de estar limitado. Quizá me marche y punto. Había pensado recuperarme aquí, pero quizá haya mejores lugares en los que...

—No —lo interrumpí, con el corazón dolorido por Aona, muerta. Había otros que estarían indefensos ante él—. Nosotros tres hemos incumplido las normas. Debemos estar juntos. Nos quedaremos aquí y compartiremos este sistema.

—Hazlo, Rayse —dijo Kor con su voz draconiana—, o reuniré a los demás y nos ocuparemos de ti como de Adonalsium.

La amenaza pendía sobre él. Rayse pareció sopesar la idea de luchar allí mismo, pero sabía que saldría derrotado. Quizá el planeta muriese, pero él perdería sin duda.

—BIEN —DIJO RAYSE, CON UN GESTO DE LA MANO—. ACEPTO ESTAS CONDICIONES.

CUANDO LO DIJO, SUCEDIÓ ALGO. EL PODER DE DENTRO SURGIÓ EN OLEADA, Y YO SE LO PERMITÍ, HASTA LO IMPULSÉ COMO NUNCA ANTES HABÍA HECHO. MI PROPIO PODER, EL PODER DE HONOR, ERA CAPAZ DE OBLIGAR INCLUSO A LOS DIOSES CON MÁS FUERZA. MI CAPACIDAD ENVOLVIÓ A RAYSE, LUEGO A KOR, LUEGO A MÍ MISMO.

RAYSE GRITÓ, HACIENDO ACOPIO DE FUERZA. ENTONCES MI PODER SE RETIRÓ, Y SONREÍ. EN ESA OCASIÓN ESTABA ALINEADO CON ÉL.

—¿QUÉ DIABLOS HA SIDO ESO? —PREGUNTÓ RAYSE, DANDO UN PASO ATRÁS.

—SOMOS RECIPIENTES —DIJO KOR— DE UNAS COSAS QUE APENAS COMPRENDEMOS, RAYSE. NO CREO QUE LAS ESQUIRLAS VAYAN A TOMARSE NUESTROS ACUERDOS A LA LIGERA. —LANZÓ UNA MIRADA AL CIELO—. TODO INCUMPLIMIENTO DE NUESTRA PALABRA NOS DEBILITA, NOS ABRE A ATAQUES. —MIRÓ AL EMBUSTERO Y SE INCLINÓ HACIA ABAJO PARA PONER SU CABEZA DRACONIANA AL NIVEL DE LA CARA DE RAYSE—. ALÉGRATE DE HABER TOPADO CON NOSOTROS DOS, QUE SOMOS RAZONABLES Y ESTAMOS DISPUESTOS A COMPARTIR.

JUNTOS, ELLA Y YO NOS MARCHAMOS VOLANDO Y DEJAMOS A RAYSE EN LA CIMA DE LA MONTAÑA. Y… PUDE SENTIR LA IRA DE RAYSE VIBRANDO POR TODO EL PLANETA.

POCO A POCO, PARA MI HORROR, ROSHAR EMPEZÓ A ADOPTAR A RAYSE, IGUAL QUE HABÍA HECHO CON KOR Y CONMIGO.

114

EL BIEN MAYOR

La segunda regla de la guerra es conocer el terreno. Tu enemigo no puede conquistar montes ni ríos. Vuélvelos en su contra.

Proverbios para las torres y la guerra, Zenaz, fecha desconocida

Jasnah se levantó al oír la amenaza que había hecho Taravangian de destruir Ciudad Thaylen.

—¡Dijiste que estábamos a salvo! ¿Y ahora dices que tienes la ciudad en la mano y que tal vez aprietes?

—Mientras estemos hablando —dijo él, extendiendo las manos de nuevo—, no actuaré. Esa fue mi promesa. Estoy conteniendo la espada, aunque deberíais saber que, mientras estabais distraídas con esos barcos vacíos, puse otros planes en práctica. —Miró a Fen—. Tus opciones son negociar y venir conmigo en paz o venir conmigo ensangrentada y ardiendo. Preferiría lo primero. Aceptaré lo segundo.

Jasnah se notaba alerta, tensa. Que un dios dijera aquello con tanta calma...

—¿Qué prueba tienes de esa afirmación? —preguntó Fen, alterada, a juzgar por su palidez y por cómo se agarraba las rodillas.

—No ofrezco ninguna aparte de mi palabra —dijo Taravangian.

Fuera, las nubes taparon el sol y la pequeña cámara se oscureció por un instante. Las lejanas olas del océano parecieron detenerse.

—Ni siquiera él conoce el futuro con certeza —dijo Jasnah, obligándose a sentarse—. Está haciéndote una amenaza, no una promesa.

—Por desgracia, Jasnah tiene razón —asintió Taravangian—. Pero mis amenazas no son para tomarlas a broma.

—¿Y ya está? —replicó Fen—. ¿Te plantas aquí y me exiges que hinque la rodilla?

—¿Amas esta ciudad, Fen? —preguntó Taravangian.

—Con toda mi alma.

—Entonces, escúchame. —Taravangian se inclinó hacia delante y juntó las manos—. No tengo tiempo para perpetuar guerras mezquinas sobre la faz de Roshar. Me esperan tareas más grandiosas. Debo conquistar Ciudad Thaylen esta noche. Considera eso como una amenaza, pero también considera el hecho de que haya venido como un intento por mi parte de hacer esto de cualquier otra manera. Únete a mí, amiga, para que tu pueblo pueda prosperar.

Fen negó con la cabeza.

—No entiendo cómo has podido pensar que esto funcionaría, Taravangian.

—Mis argumentos demostrarán ser válidos —dijo él, y señaló hacia Jasnah sin mirarla— porque ella los avala. La persona más inteligente que conoces, Fen, está de acuerdo conmigo.

—¿Otra vez con esas? —espetó Jasnah—. No lo estoy.

—Ya veremos. Pero antes, ¿querrías oír mi oferta completa, expuesta punto a punto?

—Por favor —dijo Fen—. Creía haber dejado eso claro.

—Excelente —respondió él, y asintió mirando a Jasnah, que le devolvió el gesto, ansiosa por ver su carta oculta—. El primer motivo ya te lo he planteado: tengo fuerzas dispuestas a tomar esta ciudad y derrocar su gobierno. Tú, por tu parte, tienes una oportunidad de prenegociar un cese de hostilidades.

Jasnah frunció el ceño, recordando lo que Sagaz le había explicado.

—Tienen permitido mentir. Lo único que no pueden romper es un contrato formal, y ciertos juramentos hechos a otras entidades con su mismo nivel de poder.

—No obstante —dijo Taravangian—, ese argumento es cierto por completo. Pero no es el motivo principal por el que deberías unirte a mí, Fen. El motivo principal es mi fuerza, y la de mi imperio.

Fen dio un bufido.

—¿Romper mis juramentos a los otros monarcas y cambiar de bando al que cabe suponer que ganará?

—¿Por qué no? —repuso Odium—. Fen, ¿eres consciente de lo que pasará incluso si Dalinar saliera vencedor? Yo controlo la mayor parte del mundo, incluidas las costas. —Desplegó algo que acababa de sacarse del bolsillo—. Aquí están los contratos que he firmado, durante estos nueve días, con cada uno de los antiguos protectorados azishianos, o con ciudades relevantes de dichos protectorados si estaban demasiado revueltos para reclamarlos por completo, además de con otras ciudades destacadas a lo largo y ancho de Roshar.

»Ya estáis al tanto de Emul y Tashikk. También tengo contratos con Steen, Sombra del Amanecer, Nueva Natanan e incluso Sesemalex Dar y Tukar, porque la atención de Ishar está puesta en otro sitio. Esas plazas se suman a mis puertos en Jah Keved y a mi reciente conquista de Karanak. En conjunto, controlo todos los puertos principales de Roshar. Todos, Fen. A excepción, por supuesto, de Ciudad Thaylen.

Fen tomó los papeles dubitativa y entonces sus ojos se ensancharon. Tormentas. Jasnah debería haber previsto aquello.

—Compruébalo si quieres —dijo Taravangian—. Escribe a los gobernantes de esas ciudades portuarias.

—Seguirás teniéndonos a nosotros, Fen —le recordó Jasnah—. No estarás sin aliados.

—En las mejores circunstancias —dijo Taravangian—, los únicos puertos que tendrás disponibles estarán en Alezkar y Herdaz. Piénsalo, Fen. Te quedarás con unos aliados que prácticamente son potencias sin litoral. Afrontarás kilómetros y más kilómetros de costa sin atracaderos amistosos. Sin ningún lugar donde refugiarte de las tormentas. Ningún lugar donde comerciar. ¿Qué es una ciudad mercante sin clientes?

—Tormentas... —susurró Fen, y alzó la mirada hacia Jasnah—. Es... Tormentas...

—Mi tercer argumento —prosiguió Taravangian— es que puedo mantener a tu pueblo a salvo como nadie más es capaz. Comprendo que no baste solo con eso, pero ¿añadiéndole el contexto de todo lo demás? Porque, Fen, mi cuarto argumento es de lo más relevante. Incluso si Dalinar ganara, *te interesaría* formar parte de lo que estoy construyendo.

»Daré a tu pueblo, por contrato, voz y voto en la gestión de mi imperio. Una representación junto con los cantores, algo a lo que mi predecesor jamás habría accedido. Podrás colaborar conmigo en darle forma al mundo, Fen. Te ofreceré unas condiciones más favorables que ningunas otras que tengas al alcance de la mano. Serán espectaculares, Fen. Levantaremos un auténtico imperio, con Thaylenah como una de sus joyas de la corona. —Taravangian se inclinó hacia delante.

»Esta es tu oportunidad, Fen, de negociar por ti misma. No tienes que depender de Dalinar, ni de su duelo, ni de su palabra. Puedes cerrar tu propio acuerdo. ¿No es precisamente en lo que sobresale tu gente? ¿Por qué cederle la iniciativa a otro?

—Esto es malo —susurró Marfil al oído de Jasnah—. *Es* lo que más desea Fen.

—Fen —dijo Jasnah—, con nosotros tienes voz.

—Es... verdad —respondió Fen—. Taravangian, ya formo parte de algo. Me gusta la coalición, a pesar de todos sus defectos.

—¿Y si Jasnah está de acuerdo en que deberías abandonarla? —preguntó él—. Porque lo estará.

—Ni en Condenación lo estaría —replicó Jasnah.

—Ah, y aquí estamos por fin —dijo Taravangian—. He hecho mi oferta. Esbozado mis razones. Dinos, Jasnah, ¿qué argumentos puedes presentar a favor de que Fen permanezca en vuestra coalición?

Jasnah se tranquilizó. No podía concentrarse en la disolución completa del Imperio azishiano: Taravangian la había utilizado como revelación dramática, para hacer que Jasnah pusiera toda su atención en ella y no en el asunto que tenían entre manos. Por tanto, mantuvo su refutación fría, controlada.

—Fen no debería unirse a ti —dijo Jasnah— porque eres, tanto Taravangian como Odium, un tirano, un destructor y un monstruo. Has asesinado a miles, y todo monarca que se una a ti y a tu imperio pasa a ser cómplice del daño que has hecho... y del que harás.

—Lo he hecho al servicio del bien mayor —repuso Taravangian.

Intentaba utilizar los valores personales de Jasnah en su contra. Bueno, mejor sería no subestimar los poderes casi deíficos de aquella criatura, así que Jasnah fue cuidadosa y precisa al responder:

—No acepto que hayas hecho el bien, Taravangian. Tus asesinatos en Jah Keved fueron al servicio de que ascendieras al trono, cosa que quizá podrías argumentar que fue el bien mayor. Pero, sin la menor duda, había mejores formas de alcanzar la estabilidad en el reino que el asesinato.

—¿Y la estabilidad en Roshar, Jasnah? —contraatacó Taravangian—. Puedo ver las permutaciones del tiempo. ¿Cuántos miles de millones de personas que iban a morir sobrevivirán porque yo di el paso y tomé este cargo? Cuando ostente el control sobre el Cosmere, se conocerá una paz que traerá gozo a más gente de la que alcances a imaginar que exista.

—¿La paz es el único bien que tienes en cuenta? —preguntó Jasnah—. Porque la libertad y la capacidad de decisión son también unos bienes enormes en sí mismos, mientras que la protección de todo daño a costa de la posibilidad de hablar o luchar en tu propio nombre no es un auténtico bien. ¿Quieres que comentemos las escrituras de Falabratant, oriundo de tu propia ciudad natal, y su filosofía moral en lo referente a la autodeterminación? Podríamos escribirle, a ver qué opina.

—No respondería —dijo Taravangian con voz queda.

—Porque has hecho que todos dejen de usar las vinculacañas —respondió Jasnah.

El repentino aislamiento de Kharbranth respecto al mundo exterior había supuesto un silencio inquietante, pero ya no sorprendente, considerando que era la sede del reinado de Taravangian. Era extraño que hubiera logrado impedir que incluso los espías se comunicaran, pero al parecer esa ciudad estaba sometida a su absoluto poder. Jasnah suponía que habría hecho algo para impedir que las vinculacañas funcionaran en la ciudad, como ya había sucedido en Kholinar.

—Sí —dijo Taravangian—. Eso he hecho.

Se quedó callado, mirándola. Saltaba a la vista que comprendía la táctica de Jasnah, basada en que internarse en la maraña de matices de un debate filosófico haría que Fen se perdiera. Era una mujer inteligente y perceptiva, pero Jasnah siempre había observado que una de las maneras más rápidas de expulsar a alguien de una conversación era bombardearlo con minucias sobre un tema que no había investigado.

—Pero estamos —dijo Taravangian— yéndonos por las ramas.

—En ese caso, son unas ramas relevantes para nuestra situación concreta —replicó Jasnah.

—No. Fen no puede saber, igual que tú no puedes saber, las cosas que ven mis ojos de deidad. Insisto en que mi gobierno será el bien mayor, pero cualquier cosa que os mostrase estaría mancillada por mi mediación. Nunca vais a creer que estoy en lo cierto.

Punto para Jasnah. Al reconocer aquello y negarse a seguir debatiendo al respecto, estaba aceptándolo.

—Entonces —dijo Jasnah—, si unirse a ti no favorecería el bien mayor, ¿por qué debería hacerlo Fen?

—Porque sí que obtendría un mejor acuerdo conmigo.

—¿Y qué hay de su sentido del honor? —preguntó Jasnah, sabiendo lo relevante que era esa idea para Fen—. Ha hecho promesas a nuestra coalición. Unirse a ti sería darles la espalda a sus aliados.

—Aliados —dijo él—. ¿Desde hace cuánto? ¿Dos años ya?

—Estos dos años han tenido sus problemas, pero hemos sido un buen equipo. —Jasnah volvió la mirada hacia Fen—. Alezkar, Thaylenah, Azir. Nos ha ido bien juntos, mejor que nunca antes separados. Esto es el comienzo de algo valioso, Fen.

—Es cierto —dijo Fen—. ¿Verdad? —Miró a Taravangian, asintiendo—. Todos tus argumentos son abstractos, mientras que ahora mismo tengo unos aliados que han demostrado su valía. Me enfrento a ti, un aliado que nos traicionó. Así que, Taravangian, con toda esa charla circular tuya, no has demostrado nada.

—¿Nada? —respondió él—. Fen, tu grandiosa coalición terminará cayendo. Sabes que Alezkar no puede cumplir su palabra a largo plazo. ¿Y qué hay de los intentos de Dalinar de convertirse en Alto Rey? ¿Qué hay de los secretos que te ocultaron? ¿Qué hay de que, una y otra vez, Alezkar actuara sin informarte ni involucrarte?

—Errores —dijo Jasnah—. Que reconocimos en su momento. Lo hemos hecho mejor en cada ocasión.

—Sí —convino Fen—. Dalinar es un abusón a veces, pero sé a qué atenerme con él, y es verdad que está mejorando.

Taravangian apretó los labios formando una línea y miró a Jasnah. Parecía contrariado. Siguió embistiendo.

—Los alezi no pueden proteger a tu pueblo, pero yo sí. Para siempre. Te ofrezco, ahora mismo, la oportunidad de negociar. ¿No es como mínimo tentador mirar a ver qué podrías sacarme? ¿Para ti misma?

—Creo que estoy a gusto donde estoy, Taravangian —dijo ella—. Si esto era todo, creo que ya he tomado mi decisión.

—¿Le has preguntado a Jasnah qué haría ella en tu lugar? —murmuró Taravangian.

Jasnah frunció el ceño.

—Es obvio que no me aliaría contigo. No entiendo por qué no dejas de sacar ese...

Dejó la frase inacabada, porque la sonrisa de Taravangian había regresado.

Eso la ponía nerviosa.

—Ya se lo pregunto yo —dijo Taravangian—. Jasnah, ¿qué harías tú si estuvieras en el lugar de Fen?

—Cumplir mis promesas —respondió ella.

—¿Ah, sí? ¿Harías lo moral en vez de lo correcto? Dime, historiadora, ¿evitas las decisiones amargas porque son difíciles? ¿Buscas la solución no violenta o actúas con decisión para proteger a los tuyos, para hacer el bien mayor tal y como lo percibes, cueste lo que cueste?

Jasnah vaciló. Un momento. Eso ya estaba zanjado a favor de Jasnah, ¿verdad? Era evidente que Taravangian intentaba desviar el foco de sí mismo hacia ella, socavar su valor como consejera creíble y...

Oh, no. Al ver esa sonrisa, Jasnah sintió que la recorría un escalofrío. Era imposible que Taravangian supiera lo de...

—Jasnah —dijo él—, ¿no deberíamos hablar de ello?

—¿Ello?

—De la lección —susurró Taravangian—. El día en que viniste a mi ciudad, sacaste a Shallan y te la llevaste a cazar gente a la que asesinar. El día en que, en un callejón, transformaste a hombres que vivían y respiraban en estatuas y humo.

Jasnah sintió frío, recordando aquel primer día en que le había mostrado sus poderes a Shallan.

—Ese día —continuó Taravangian—, cuando asesinaste a personas en las calles de mi ciudad, demostraste tu verdadera lealtad... a Odium.

—¿Qué es esto? —preguntó Fen mirando a Jasnah, cuyas tripas estaban atenazándose en nudos—. ¿De qué habla?

—En una ocasión —dijo Taravangian, sentado con calma, mirando a Jasnah a los ojos—, esta mujer anduvo por mi ciudad de noche, haciendo gala de su riqueza, confiando en que algunos hombres intentarían atracarla. Como un pescador con su cebo, quería atraer a ladrones para poder matarlos.

—Era una lección para mi pupila —explicó Jasnah—. Sobre tomar decisiones difíciles.

—Antes has dicho —prosiguió Taravangian— que tu filosofía moral te impulsaba a hacer el bien mayor. Y, por tanto, buscaste y mataste a hombres que eran peligrosos. Al hacerlo, protegiste a otras mujeres que no tenían los medios para plantarles cara. Te felicito.

—Esto no tiene ninguna relevancia para nuestra conversación —dijo Jasnah.

—Esto es el *alma* de nuestra conversación. —Taravangian se inclinó hacia delante, con las manos apoyadas sobre el mango de su bastón—. Fen tiene una decisión dificilísima que tomar. Tú estás aquí para ofrecerle consejo y guía, Jasnah. Haz eso. Dile que debe hacer todo lo que pueda por proteger a su pueblo. Sin dejarse lastrar por promesas previas. Debe superar cualquier obstáculo, ya sean personas, convicciones éticas o ideales. Dile que es lo que tú harías.

—Es evidente que yo...

Dejó la frase en el aire otra vez, intuyendo que había más por venir. Que Taravangian tenía otro golpe que asestarle.

Y, en efecto, Taravangian se palpó la túnica y luego metió la mano en un bolsillo y sacó un papel. Lo desdobló con cuidado y se lo tendió a Fen.

Jasnah, sintiendo crecer su miedo, se levantó y fue hacia allí para mirar. Y vio que Fen tenía en la mano un contrato para un asesinato. El asesinato de Aesudan, la esposa de Elhokar y cuñada de la propia Jasnah. Firmado por ella misma.

Condenación. Mientras Jasnah había acudido allí preparada para discutir contra filosofías, Taravangian había ido para discutir con una persona.

Ella.

Navani cruzó Urithiru llevando en brazos a Gav, que, a pesar de ser menudo para su edad, ya era un poco demasiado grande para poder cargarlo con soltura. El niño se quedó dormido de inmediato, cuando su pequeño cuerpo cedió a la necesidad del sueño.

No lo soltó mientras subían con el elevador hasta la misma cima de la torre. La mente de Navani estaba en Dalinar, a quien había abandonado. En términos lógicos, seguía estando de acuerdo con todas las razones por las que se había marchado. Proteger a Gav. Asegurarse de que al menos un Forjador de Vínculos escapaba. Si Dalinar no podía acudir al duelo de campeones...

Tormentas. Iría *ella*. Lo tenía decidido ya, ¿verdad que sí? Aquello no iba a ser un combate a espada. Fuese lo que fuese, si Dalinar no podía ir... lo haría Navani.

Pero ni siquiera eso era algo en lo que pudiera concentrarse. Ya había oído a Dalinar describir aquella sensación, aquella intensidad aumentada. Cuando dejabas atrás a un soldado en el campo de batalla, algo cambiaba en ti. Navani no era capaz de pensar en nada más que en cómo sacarlo. Si se relajaba, sería traicionarlo. No tenía sentido, pero daba la *impresión* de tenerlo.

Atrajo un extraño spren, con forma de tiras de luz en el aire que seguían a un brillante objeto invisible. Navani no había visto nunca uno como ese. Llegó a la cima, donde Mararin la niñera esperaba, enviada por el Hermano a petición de Navani, para recoger a Gav. Navani se separó de él con cierto nerviosismo, pero, por suerte, el chico estaba muy dormido. Dio instrucciones de que lo pusieran en un diván que había en la sala contigua, donde ella pudiera ir a ver cómo estaba. Luego fue a zancadas hacia su sala de reuniones, sorprendiendo a los guardias de la puerta, que al instante desenfundaron sus espadas.

Ya te lo he dicho, le recordó el Hermano.

Navani miró enfadada a los guardias. Fue un momento largo, incómodo. Y entonces... muy despacio, bajaron las armas.

—Tormentas —dijo uno—. Eres la real, ¿verdad?

—Dejadme ver.

Navani pasó entre ellos rozándolos y entró en la pequeña cámara. Dalinar y ella no tenían ningún salón del trono; estaban siempre demasiado ocupados. En vez de eso, Navani tenía aquello: una habitación con un escritorio. Y ese día vio a alguien en su asiento.

A la propia Navani.

¿Es un Fusionado?, pensó Navani con una punzada de pánico, y los pensamientos sobre el peligro perforaron, como una pica al atravesar una armadura, sus preocupaciones sobre Dalinar. *Me has dicho que había una sorpresa, pero ¿cómo ha entrado aquí un Enmascarado? Creía que no podían usar sus capacidades estando...*

Fíjate mejor, la interrumpió el Hermano, en tono... ¿divertido?

La otra Navani estaba comiendo. Comida masculina: puré especiado de alubias glibonas, puerco curado y pan ácimo. Las manos de la doble de Navani estaban pegajosas de salsa, su cabeza muy baja sobre la mesa, el brazo levantado mientras intentaba embutirse toda una pieza de pan ácimo en la boca. Puso los ojos como platos al ver a Navani y se quedó muy quieta, con salsa cayéndole del pan a la mejilla.

—¿Lift? —adivinó Navani.

—Te lo dije —susurró el guardia más joven a su compañero desde atrás—. La brillante Navani nunca estaría tanto rato mirándome el culo.

—¡Ay, faldones! —exclamó Lift—. ¡Diecisiete panaderos y una buscona! Esto... O sea... Hum, ¡hola, Navani! Eh... Se me ha dado muy bien hacer de ti...

Era surrealista verse a sí misma apresurándose a limpiarse las manos y correr hacia ella, dando con el codo contra la mesa para luego maldecir y atizarle una patada, maldecir otra vez y saltar a la pata coja por el dolor.

—¿Esto fue idea de Sagaz? —preguntó Navani en tono inexpresivo.

Lift-Navani terminó de secarse las manos en su preciosa havah, haciendo que la verdadera Navani se encogiera.

—Pensó que... hum... que evitaría que cundiera el pánico, creo.

—También pensó que sería gracioso, tengo que reconocerlo —dijo la voz de Sagaz desde atrás.

Navani se volvió y encontró a Dalinar, pero con un brillo claramente sagacil en los ojos.

—Que conste —dijo Sagaz mientras la ilusión se evaporaba— que le pedí que estuviera casi todo el tiempo en cama quejándose de una enfermedad. Nuestros líderes saben la verdad. Hemos estado paseándola arriba y abajo por los pasillos para que la torre mantuviera la calma.

—No habrá ido por ahí enseñándole el trasero a nadie, ¿verdad? —preguntó Navani.

—¡Eh! —exclamó Lift, frunciendo el ceño—. ¿Por quién me tomas?

La chica estaba volviéndose más sensible a las bromas. Bueno, Navani recordaba que a su edad le había pasado lo mismo. Trató de aplicar esa comprensión a Lift, pero, tormentas... tenía la sensación de que iba a estar años enteros oyendo las cosas ridículas que «la reina» había hecho esa semana.

Su preocupación por Dalinar, sin embargo, se llevó por delante esas inquietudes. Cogió a Sagaz del brazo.

—Lo he abandonado. —Navani sintió que por fin se le anegaban los ojos—. He... he tenido que dejarlo. Y...

—Está bien —dijo Sagaz—. Tranquilízate.

—No necesito tranquilizarme, Sagaz —restalló ella—. Necesito concentrarme. Tú nos ayudaste a meternos en este lío, y tú me ayudarás a salvarlo.

—Por supuesto —dijo él—. Pero antes, ¿Shallan, Gav, Rlain o Renarin han regresado contigo?

—¿Shallan? —se sorprendió ella—. Tengo a Gav. Pero ¿Rlain? ¿Renarin? Ni siquiera sabía que estuvieran ahí dentro.

—Ven. Busquemos un sitio para hablar. Creo que quizá haya determinado lo que falló hace siete días... y, como resultado, tal vez se me ocurra una forma de ayudar a Dalinar.

SIETE MIL AÑOS ANTES

Yo, el Todopoderoso, creé arte.

Los tonos únicos del planeta armonizaron conmigo y con Kor. Ella tuvo ciertos problemas, pero le mostré la naturaleza ordenada del arte y ella le añadió un toque de impredecibilidad. Juntos hicimos cantar al suelo y alzamos unas increíbles estructuras de piedra, unos paisajes extensos y hermosos, roca licuada hasta congelarla en las formas que habíamos imaginado. Sonidos esculpidos a partir de nuestro deleite.

La experimenté a ella mientras nuestro poder se mezclaba. Armonizaba.

—Quédate aquí conmigo —dijo Kor—. Sigamos creando.

Rayse actuaba de nuevo.

—Déjalo estar —me pidió ella.

—Los llevará a todos a la destrucción —respondí—. A todas las personas de este planeta, incluidos los spren que creamos tú y yo. Rayse los hará sangrar, los convertirá en su propio ejército, los enviará al Cosmere a guerrear.

—Podemos dar pasos. Pasos cautos, pasos silenciosos.

Nuestros tonos se volvieron discordantes. Ella nunca quería actuar directamente. Yo *necesitaba* hacerlo. Aunque tenía un arreglo con Odium, era solo para impedir que sucediera lo peor. Si quería detenerlo de veras, debía actuar contra él, por medio de mis seguidores.

La gente necesitaba un dios.

—Piensas —dije, captando la decepción de Kor— que Rayse es más listo que yo.

—CREO QUE ES MÁS DESPIADADO —RESPONDIÓ ELLA—. CONCEDE PODER A LOS CANTORES CREANDO A ESOS FUSIONADOS, SABIENDO QUE REACCIONARÁS Y ESO LE PERMITIRÁ IR UN POCO MÁS ALLÁ.

—¡NO HAY MÁS OPCIONES! —PROCLAMÉ, MIENTRAS LAS POSIBILIDADES SE DESPLEGABAN ANTE MÍ COMO CUADROS EN MOVIMIENTO. EL MÉTODO DE KOR LLEVABA A GRANDES PÉRDIDAS. PAZ EN CASA, DESTRUCCIÓN FUERA—. NO PODEMOS EXCEDERNOS —LE DIJE—. LOS SABIOS LÍMITES QUE IMPUSISTE A LO QUE PODEMOS OTORGAR A NUESTROS SEGUIDORES IMPEDIRÁ QUE EL PLANETA CAIGA.

—HAY LAGUNAS EN ESE PACTO. SÉ QUE LAS HAS VISTO.

ASÍ ERA. SI ALGUNO DE NOSOTROS MURIESE, NUESTROS SEGUIDORES SERÍAN CAPACES DE ABSORBER PODER SIN LIMITACIONES, YA QUE ERA NUESTRA VOLUNTAD LO QUE MANTENÍA EN PIE EL PACTO. ADEMÁS, RAYSE Y YO NO TENÍAMOS PROHIBIDO ENFRENTARNOS EN PERSONA. SI LO HICIÉRAMOS...

SI ME DEJARA PROVOCAR PARA HACERLO...

—NO LLEGARÉ TAN LEJOS —SUSURRÉ A KOR—. DIME QUE ME EQUIVOCO. DIME QUE, SI NO ACTÚO, RAYSE NO INTENTARÁ DESTRUIR EL COSMERE.

KOR NO PODÍA NEGARLO. A MENUDO SUS MÉTODOS ERAN DEMASIADO SEGUROS, Y ELLA LO SABÍA. SENTÍ SU ADMISIÓN, PERO TAMBIÉN SU DOLOR.

—POR LO MENOS, PÍDELES AYUDA A LOS DEMÁS —DIJO.

ASÍ QUE, CUMPLIENDO SUS DESEOS, EXTENDÍ MI MENTE HACIA ELLAS. HACIA LAS PODEROSAS ESQUIRLAS QUE GOBERNABAN EL COSMERE, CADA UNA EN SU PROPIO LUGAR. HABÍAMOS ACORDADO NO RELACIONARNOS ENTRE NOSOTROS, PERO TODOS ÉRAMOS CONSCIENTES DE LO RIDÍCULA QUE ERA ESA PROMESA, HECHA SIENDO MORTALES, PARA UNAS DEIDADES. NUESTROS PODERES, AUNQUE ESTUVIESEN CONCENTRADOS EN PLANETAS Y SISTEMAS, ABARCABAN EL COSMERE ENTERO. PODÍAMOS PERCIBIRNOS ENTRE NOSOTROS. TODOS EXCEPTO UNOS POCOS, COMO EURIDRIUS, RECIPIENTE DE RACIOCINIO, QUE HABÍA DESAPARECIDO. O COMO AMBICIÓN, A QUIEN HABÍAN DESTRUIDO.

PEDÍ AYUDA A LOS DEMÁS. A LOS FUERTES, A LOS MÁS INTELIGENTES QUE YO. A LOS HÉROES. A LERAS, CONOCIDO COMO CONSERVACIÓN, QUE SIEMPRE HABÍA TENIDO UNA NATURALEZA TAN FUERTE. A ATI, QUIZÁ EL MÁS BONDADOSO DE ENTRE NOSOTROS, QUE HABÍA TENIDO LA AUDACIA DE CONTENER A RUINA. A EDGLI, DOTACIÓN, QUE ERA LA MUJER MÁS COMPASIVA QUE HE CONOCIDO JAMÁS. A BAVADIN, ASTUTA Y CAPAZ. A CHAN KO SAR, INVENCIÓN, QUE RECORRÍA EL COSMERE CREANDO GRANDES MARAVILLAS.

ACUDÍ A ELLOS UNO POR UNO.

TODOS ME RECHAZARON.

TENÍAN MIEDO DE ODIUM, PERO ESTABA RETENIDO EN ROSHAR.

UN ANIMAL PELIGROSO, POR FIN ENJAULADO. TEMÍAN QUE CUALQUIER INTERVENCIÓN PUDIERA LLEVAR A SU FUGA, Y ESTABAN DISPUESTOS A SACRIFICAR ROSHAR CON TAL DE MANTENERLO CONTENIDO.

YO NO LO ESTABA. HICE UN ÚLTIMO INTENTO DE LOCALIZAR A VALENTÍA, LA GRAN DIOSA DRAGONA MEDELANTORIUS, YA QUE ERA UNA GUERRERA QUE SIN DUDA SE UNIRÍA A MÍ. PERO NO HABÍA FORMA DE LOCALIZAR A MEDELANTORIUS, POR DESGRACIA. ¿LA HABRÍA MATADO ODIUM, IGUAL QUE A LA POBRE AONA? VALENTÍA NO HABRÍA MUERTO CON FACILIDAD. SIN DUDA HABRÍA SENTIDO LOS ECOS DE ESA MUERTE ONDEANDO A LO LARGO Y ANCHO DEL COSMERE.

DERROTADO, REGRESÉ, DECIDIDO A RESISTIR YO SOLO CONTRA ODIUM.

—QUÉDATE CONMIGO —SUSURRÓ KOR DE NUEVO—. ESTO PODRÍA DESTRUIRTE.

—LO SÉ —DIJE, PUES CAPTABA MI POSIBLE CAÍDA EN LAS PERMUTACIONES.

FUI DE TODOS MODOS.

LA DEJÉ ATRÁS, SABIENDO QUE AL HACERLO ESTABA PARTIÉNDOLE EL CORAZÓN. QUIZÁ MARCHÉ HACIA MI MUERTE PORQUE LE HABÍA DICHO A LA GENTE QUE ERA SU DIOS. ESTABAN SUPLICÁNDOME A VOZ EN GRITO, Y MI HONOR INSISTÍA EN QUE RESPONDIERA.

ME REUNÍ CON LOS APURADOS HUMANOS EN UNA DE SUS TIENDAS, Y HABLÉ CON ISHAR Y CON OTROS QUE HABÍAN TENIDO PERMITIDO POTENCIAR EN ASHYN. AÚN TENÍAN EN SU INTERIOR LAS SIMIENTES DE ESA CAPACIDAD, Y SU CONEXIÓN A ODIUM ERA UN CAMINO HACIA LA ATADURA DE UN DIOS, PUES NO PODÍAMOS DAR DE NOSOTROS MISMOS SIN EXPONERNOS. LES DIJE A ESOS HUMANOS QUE PODÍA CONCEDERLES LAS POTENCIAS DE NUEVO, SI ESTABAN DISPUESTOS A OBEDECER Y ACEPTAR LAS NORMAS QUE LES IMPUSE. YA HABÍAN ESTADO PENSANDO EN FORMAS DE RECUPERAR SUS PODERES, E ISHAR TENÍA UN PLAN. UN BUEN PLAN, RELACIONADO CON EL DISTANTE MUNDO QUE PODÍA RECOLECTAR ALMAS.

Y ASÍ, LLEGAMOS A UN ACUERDO. ELLOS ME HICIERON UN JURAMENTO, Y YO LES DI LA MAYOR PARTE DE MÍ MISMO QUE ENTREGARÍA JAMÁS.

DANDO VIDA A LOS HERALDOS.

DOS MUJERES

La tercera regla de la guerra es atacar allí donde tu oponente es débil. Todo hombre es a un tiempo débil y fuerte. Confronta su debilidad con tu fuerza.

Proverbios para las torres y la guerra, Zenaz, fecha desconocida

F en estudió el contrato, sellado y rubricado por Jasnah, por el que la asesina debía vigilar a Aesudan y, en caso de necesidad, estar dispuesta a matar a la reina.

Tormentas. Jasnah había quemado ese contrato, ¿verdad? ¿Acaso los poderes de una pseudodeidad permitían a Taravangian ver el pasado y crear un duplicado de un objeto como aquel?

—¿Por qué quisiste que una asesina vigilara a tu propia familia, Jasnah? —preguntó Taravangian, gesticulando hacia ella, con la otra mano apoyada sobre el bastón mientras se sentaba.

—Aesudan era impredecible —explicó Jasnah, volviéndose hacia él desde donde estaba, junto a Fen—. Y anhelaba el poder. Temía que pudiera desestabilizar el reino.

—Ah —dijo Taravangian—, pero ¿acaso no acabas de censurarme por matar para obtener el trono de Jah Keved? ¿Acaso no has afirmado que «sin la menor duda, había mejores formas que el asesinato»? ¿Acaso eres una hipócrita, Jasnah?

Condenación.

Era bueno.

La había llevado derecha a una trampa, permitiéndole pensar que estaba haciéndolo bien antes de atizarle en la cabeza con una revelación contundente como un martillo de armas. ¿Aquello era lo que se sentía al debatir con alguien capaz de predecir el futuro?

—¿Fuiste a hablar con Aesudan e intentaste hacer que cambiara? —preguntó Taravangian—. ¿O hablaste con tu hermano, que la amaba? No. Sé que no lo hiciste. ¿Por qué no?

—A pesar de ese contrato, jamás actué contra Aesudan, Fen —dijo Jasnah, devanándose los sesos en busca de una forma de controlar aquel giro—. Tenía la opción, pero lo único que hice fue vigilarla para asegurarme.

—Estabas dispuesta a asesinar a alguien de tu propia familia —replicó Taravangian—. En secreto. Sabías entonces, como sabes ahora, que el dolor y el sufrimiento a veces son necesarios. Hablas de libertad y capacidad de decisión, pero urdes tramas y maquinaciones para imponerle tus objetivos al mundo por la fuerza. Porque, en su momento, fuiste consciente de que el trabajo de un monarca es proteger a su pueblo. A toda costa.

Jasnah lo miró a los ojos. Era imposible que supiera...

—¿Alguna vez exploraste la posibilidad de asesinar a Fen? —preguntó Taravangian.

Condenación.

Fen, al lado de Jasnah, sosteniendo aún el contrato, estaba mirándola con evidente preocupación. Mentirle solo empeoraría las cosas. Era posible que Taravangian hubiera duplicado también aquellas pruebas documentales.

—Investigué a todos los monarcas con los que nos relacionábamos —admitió Jasnah—. Y evalué la probabilidad de que supusieran una amenaza para mi pueblo.

—¿Alguna vez «exploraste la posibilidad» de asesinarme a mí, Jasnah? —preguntó Fen.

—Soy... —dijo Jasnah—. Soy conocida por excederme a veces en los preparativos. Necesito conocer mis opciones.

De nuevo Taravangian sonrió. «Elige las palabras con más cuidado —se recriminó Jasnah, irritada—. No dejes que te saque de quicio y te haga hablar sin pensar».

—¿Opciones? —preguntó Fen—. ¿Matarme era una *opción*?

—Fue antes de conocerte —le aseguró Jasnah, hablando más despacio, con una dicción más deliberada—. Tienes que entenderlo. Exploraba una situación hipotética. Seguro que, como reina, tú misma has...

Tormentas. Taravangian quería obligarla a reconocer que una monarca debía proteger a su pueblo, lo que llevaría a la inevitable conclusión de que unirse al bando de Odium sería mejor para Thaylenah. Jasnah respiró hondo y llevó la conversación de vuelta hacia Taravangian.

—Intenta enfrentarnos, Fen. Mira su sonrisa.

—Sonrío —dijo él— porque no deseo permitirme desesperar ante las crudas realidades del mundo. Un buen monarca hace lo que tú hiciste, Jasnah. Cualquiera, incluido un amigo, puede convertirse en un punto débil. Un buen monarca se prepara para hacer incluso lo que es más doloroso. Sé sincera. Si, en este preciso instante, creyeras que Fen es una amenaza para tu familia, o si estuviera planeando destruir Alezkar, ¿acabarías con ella?

—Como cualquier reina —dijo Jasnah.

—Yo... no sé si lo haría —susurró Fen.

Jasnah se quedó muy quieta, de pie en el centro de aquel pequeño triángulo de sillas, y miró a la otra reina.

—Soltaría bravatas, desde luego —añadió Fen—. Chillaría y me enfurecería. Pero asesinar a una amiga... —El papel quedó lacio entre sus dedos—. Siempre me ha preocupado ser demasiado blanda para este trabajo.

Aquello era inesperado. Jasnah jamás lo habría anticipado en Fen. Taravangian se había preparado bien. De algún modo, conocía a la reina mejor que Jasnah.

—No pasa nada, Fen —dijo Taravangian—. Tienes un buen modelo delante mismo. Jasnah, quien, pese a que afirma lo contrario, en realidad no busca el bien mayor. —Se encaró hacia ella—. Reconócelo, Jasnah. Solo buscas *tu* bien mayor. Proteges tu reino, y a tu pueblo, por encima de otros. Tu filosofía tiene un defecto básico en el hecho que no puedes saber lo que es mejor para todos. Ningún mortal puede pensar en Roshar como un conjunto, no digamos ya en el Cosmere. ¿Has llegado a imaginar cuántos planetas existen, cuántos pueblos? ¿Permitirías la destrucción de Roshar para protegerlos?

Pues...

Tormentas. Su mente se tambaleaba. El inmenso ámbito del Cosmere, y los miles de millones de seres que lo habitaban, era demasiado, en efecto.

«No dejes que dirija él la conversación —pensó—. No dejes que te atrape con casos extremos».

—Nunca llegaría a aceptar —respondió Jasnah— que la destrucción de un planeta fuese para bien, de modo que no, no lo permitiría.

—Si no puedes conocer cuál es el bien mayor —dijo Taravangian—, ¿por qué ibas a profesar que intentas lograrlo?

Jasnah casi respondió con la siguiente frase lógica: que su deber consistía en hacer todo lo posible por provocar el bien mayor. Toda persona tenía la vista limitada, de modo que debía actuar según la información de que dispusiera. Pero, si decía eso, él señalaría que tenía más información, ya que veía el futuro como la pseudodeidad que era. Jasnah no iba a caer en esa trampa.

Cerró la boca. Él se dio cuenta y le hizo un levísimo asentimiento de felicitación.

—No me gusta cómo va esto, Jasnah —le dijo Marfil al oído—. Me... preocupo.

—Esto no cambia en nada la situación —afirmó Jasnah, mirando a Taravangian a los ojos—. Fen sabe que nos diste una puñalada trapera y nos enviaste a la destrucción. Quizá cuestione mi moralidad, pero ¿qué importa eso ahora? Eres tú quien pretende llegar a un acuerdo con ella. Tu historial de comportamiento es mucho más importante.

—Bueno, eso es verdad, al menos —dijo Fen, bajando el contrato.

Otro asentimiento, casi imperceptible, por parte de Taravangian, reconociéndole la destreza con que había hecho girar la conversación.

—Fen, Jasnah tiene razón —dijo Taravangian—. A veces he sido un monstruo. Sin embargo, a mí me atan los contratos. Y, ya que hablamos de historia, los cantores siempre han sido una sociedad multirracial, dispuesta a aceptar a humanos entre ellos. Y aunque hablemos de los Portadores del Vacío y su destrucción, son solo los humanos, en la historia reciente, quienes han cometido la verdadera atrocidad de casi extinguir a los cantores. Una unión entre tú y mi imperio es perfectamente factible, y mi objetivo no es presentarme como un ser ético ante ti, sino demostrarte que tu decisión correcta, tu única decisión razonable, es aceptar el trato que te ofrezco.

—Y estás fracasando en ese objetivo —repuso Jasnah—. A Fen no le importa el destino del Cosmere, pero sí el destino de Roshar. ¿Qué clase de políticas pretendes implementar, Taravangian? ¿Qué clase de dios vas a ser? Le has dicho a Dalinar que planeas lanzar invasiones sobre otros mundos. ¿Te limitarás a convertir Thaylenah en un molino que produzca soldados a los que enviar a morir por tu sed de conquista?

Jasnah captó la levísima mirada molesta que le lanzó Taravangian.

—Aceptaría —dijo él, con gesto reacio— eximir al pueblo thayleño de las levas, permitiéndole a cada individuo alistarse solo si así lo desea.

—Tendrías que prometer algo más que eso —respondió Fen—. Sé cómo conseguir «voluntarios» a base de provocar adversidades a quienes no se alisten. Necesitaríamos garantías contra eso.

—Por supuesto —asintió Taravangian.

Jasnah apretó los dientes. «No dejes que empiecen las negociaciones. Esta ha sido otra mala jugada». Taravangian era más que bueno en aquello. Era fantástico, y Jasnah…

… se sintió estimulada. Se rebeló contra aquella emoción, ya que estaba esforzándose en defender el destino de un pueblo entero. Aquella era una situación solemne, aterradora.

Jasnah no estaba disfrutando, pero una parte de ella sí que estaba entregada de un modo que rara vez había sentido en toda su vida. Discutía con alguien que tenía la auténtica capacidad no solo de igualarla punto por punto, sino de derrotarla. Hacía que Jasnah se notara alerta, incluso viva.

—Eso no importa —le dijo Jasnah—, porque la destrucción y el dolor que causarías a Roshar en caso de ganar serían legendarios. A veces, sí, el dolor y el sufrimiento son necesarios, esa es la razón de que sigamos luchando contra ti. Pasar a tu bando sería traicionar al mismo Roshar.

—Jasnah —respondió él—, todas las guerras de este planeta las ha provocado el conflicto entre dos Esquirlas. Dos religiones. Ahora que solo hay una Esquirla, un dios, hemos hallado un camino hacia la paz… con el duelo de tu tío. Es hora de mirar adelante, no atrás. Al pasar a mi bando, Fen puede cosechar los mayores beneficios del nuevo mundo que estamos creando.

—No sé yo, Taravangian —dijo Fen—. Jasnah tiene razón. Pasar a tu bando sería traicionar a Honor, y a Roshar.

—Honor está muerto —replicó él— y, de todos modos, Honor nunca tuvo influencia sobre ningún monarca que estuviera en su sano juicio. Fen, si te unes a mí, acabaré con la guerra religiosa para siempre, en todo el Cosmere. Piensa en lo que supondría ser quien ayudara a llevar la paz a incontables millones de personas.

—De nuevo —dijo Jasnah—, ese ámbito supera nuestra capacidad de sopesar. Tú mismo lo has demostrado.

—Reconócelo, Jasnah —dijo Taravangian—. ¿Esto no te atrae? ¿Una cruzada para acabar con el conflicto religioso? ¿La posibilidad de matar a los dioses restantes, dejándote solo a uno con el que lidiar? ¿Acaso no es ese el núcleo de la persona que eres?

—No —respondió ella, sintiendo acumularse su fuerza.

—Pero siempre has dicho...

—Mi núcleo —afirmó ella— es la racionalidad. No es el odio. No es mi herejía lo que me define, por mucho que la gente haya intentado que sí.

Taravangian vaciló, observándola.

—Es un error fácil de cometer —prosiguió Jasnah—. Mi objetivo no es otro que la libertad de mente, cuerpo y voluntad para todo el mundo. Que cada cual venere como desee, pero que lo haga con los ojos abiertos, disponiendo de toda la información relevante.

—¿Y los dioses que someten a la gente a sus exigencias?

—Tendría problemas con ellos, como los tengo contigo —dijo ella—. Pero no los conozco... y no soy ninguna cría, Taravangian. No doy por sentado que, sin religión, la gente no tendría nada por lo que ir a la guerra.

»Si supones que me embarcaré en una cruzada contra la religión o contra otras Esquirlas por el mero hecho de que existan, estarás cometiendo un error. El mismo error que comenten todos los que dedican solo un pensamiento casual, mezquino, a mi herejía. Creen que reemplazo la ideología religiosa con una ideología de su ausencia. Y no es el caso. Me opongo a *cualquier* clase de dogmatismo. Dios, patria o filosofía: cuando te vuelves su esclavo sin capacidad de cambiar ni reconsiderar, ahí es donde está el problema.

—Pero en el pasado has dicho...

—Cuando llega información nueva —lo interrumpió Jasnah—, yo cambio. Si encuentro opresión en el Cosmere, créeme que me opondré a ella. Sin embargo, unirme a ti en tu guerra contra otros planetas solo serviría para perpetuar el sufrimiento. —Respiró hondo, notando cómo encajaba todo—. No me aliaré contigo. Yo no soy tú.

—Claro que no —dijo él—. No ves lo bastante lejos. Si lo hicieras, lo comprenderías por completo. El bien mayor.

—Tú no eres bueno para este planeta. Tu historia, tu temperamento, tu moralidad... todo ello lo demuestra. Requerirá sacrificios oponerse a ti, pero eso es lo que haremos, unidos. Cueste lo que cueste.

Taravangian le hizo un tercer asentimiento.

—Te lo agradezco, Jasnah —dijo—. Eres extraordinaria. Y casi has ganado.

¿Casi?

Jasnah se volvió hacia Fen, que observaba la conversación con los ojos muy abiertos. Alzó la mirada hacia Jasnah.

«Cueste lo que cueste». Jasnah acababa de decirlo.

Era lo que sentía.

Y Fen había dicho que no mataría a una amiga para proteger su reino. Luego había reconocido que era una debilidad en ella, y había confiado en Jasnah como su guía.

—Jasnah sacrificaría Thaylenah, Fen —dijo Taravangian en voz baja—, para proteger a su pueblo. Igual que sacrificaría todos esos mundos del Cosmere para proteger Roshar. Igual que te mataría a ti para proteger a su familia. En última instancia, es como cualquiera de nosotros. Familia. Reino. Mundo. En ese orden.

—No es… —empezó a decir Jasnah, tratando de no dejarle hablar.

—¿Vas a negarlo? —preguntó Taravangian, y su voz suave y amable se impuso a la objeción de Jasnah—. ¿Vas a negar que te desharías de Thaylenah para destruirme, pero que no harías lo mismo con Alezkar? Si pudieses salvar tu tierra pero al precio de condenar esta otra, ¿qué harías?

¿Qué haría Jasnah? La pregunta merecía un poco de reflexión, y Jasnah supo, tras un poco de ella, que haría lo que Taravangian decía. Detenerlo bien merecía pagar el precio de una nación. Pero ¿le haría aquello a su propia gente? En eso, Jasnah encontraba traicioneras sus emociones.

La respuesta adecuada sería un sí. Pero Jasnah no podía darla en conciencia. Tenía el deber especial de proteger a su pueblo, porque para algo era *su* reina.

—Los detalles individuales de una situación serían demasiado complejos como para que responda a una pregunta como esa —dijo Jasnah—. De modo que afirmaré, en ausencia de más contexto, que no destruiría Thaylenah.

Fen tenía la mirada clavada en ella. Tormentas, Jasnah estaba siendo demasiado académica. Por muy limitada que estuviese Fen como reina a veces, sin duda poseía una inteligencia emocional increíble. Lo más probable era que estuviese sacando demasiadas conclusiones a partir de los silencios de Jasnah.

—Por los primeros vientos —dijo Fen—. Eso era mentira, ¿eh, Jasnah? Sí que sacrificarías Thaylenah para derrotarlo a él. Por supuesto que lo harías.

—Me esforzaría en hacer lo correcto —contestó Jasnah—. Pero, Fen, está desviándonos del tema con abstracciones.

—En realidad, mis afirmaciones son bastante concretas. —Taravangian se levantó para encararse hacia ella—. Sabemos lo que los alezi y tú haríais en esa situación. Porque ya la afrontasteis. Cuando Dalinar negoció su acuerdo, ¿qué importancia le dio a Thaylenah?

—Congeló todas las...

—Ni siquiera pensó en el país —dijo Taravangian—. ¡Puedo *ver* ese momento, Jasnah! Hizo una apelación por Herdaz para guardar las apariencias, ya que se había comprometido, pero se olvidó del resto. Podría haber congelado las fronteras nacionales de inmediato, pero no lo hizo. ¿Por qué? Porque estaba pensando solo en Alezkar, que ya estaba conquistada. ¿Qué importancia concedió a los demás países? Ninguna. Igual que tú, en una situación parecida, pensarías solo en ti y en los tuyos.

—Paparruchas —replicó Jasnah—. Yo pensaría en el bien mayor.

—Pero ¿cómo sabes cuál es? —preguntó bruscamente Fen, levantándose también—. ¿Cómo puedes saber lo que es bueno para los demás? Eres igualita que Dalinar, ¿verdad? Empeñada en decidir.

—Fen, no —dijo Jasnah—, escucha...

La voz de la propia Jasnah la interrumpió.

—¿Y si renegociamos el contrato?

Jasnah se detuvo. Lo mismo hizo Fen. Miraron a Taravangian, que levantó la mano e hizo aparecer un pequeño tejido de luz sobre ella. La imagen mostraba al grupo de Jasnah, Fen, Sagaz, Dalinar y Navani en una sala llena de plantas, reunidos la semana anterior. Jasnah había hablado y, en aquel simulacro, lo hizo de nuevo.

—Si hay un nuevo Odium —dijo la imagen de Jasnah—, quizá acepte unos términos diferentes. Tal vez detenga la guerra por completo si le hacemos una buena oferta. ¿Y si permitimos que se marche?

—Jasnah —dijo Sagaz con cara de dolor—, no podemos liberarlo en el Cosmere.

Taravangian la miró a los ojos.

Y Jasnah, en ese momento, supo que había perdido.

—A veces —dijo la Jasnah que flotaba sobre la mano de Taravangian— una tiene que pensar primero en sí misma.

—¿Qué es lo mejor para Thaylenah, Jasnah? —susurró Taravangian.

Fen se volvió hacia ella.

—Sí que tiene razón. Si quisieras hacer lo que fuese mejor para Thaylenah, ¿qué harías tú? Una monarca debe estar dispuesta a sacrificar lo que sea para proteger a su pueblo, ¿no es así?

Jasnah respiró hondo, intentando aclarar su mente, recuperar esa conversación a zarpazos. Tenía los suficientes conocimientos filosóficos para resistirse a aquello.

—Fen, escucha. Nos ha puesto a las dos en el clásico dilema del prisionero. Es una conversación que mantenemos una y otra vez en círculos filosóficos. Podría parecer que lo mejor es traicionar a los demás, pero, si permanecemos unidos...

—A veces —repitió la pequeña Jasnah— una tiene que pensar primero en sí misma.

—Siempre has intentado tener una cosa y la otra, Jasnah —susurró Taravangian—. Proteger a los tuyos. Y luego hacer lo correcto. En ese orden. —Miró a Fen—. Te concederé casi cualquier cosa con tal de verla derrotada, Fen. Será el mejor acuerdo que ningún reino o planeta vaya a obtener de mí jamás. Thaylenah se convertirá en una auténtica potencia mundial, sin someterse a Alezkar. Nunca. Más.

—Es... —empezó Jasnah.

—Dime que me equivoco. —Taravangian la miró—. Niega que satisfaces primero las necesidades de tu propio país. Miéntenos, Jasnah. Mírame a los ojos y *miente*.

Tormentas. Jasnah necesitaba apoyo, y recurrió a sus ideales. Pero notó que flaqueaban. Y... y... lo cierto era que Taravangian estaba ofreciéndole una oportunidad excelente a Thaylenah. De verdad sería la mejor forma de proteger al pueblo de Fen, y de enriquecerlo. Dispondrían de libre comercio dentro del imperio de Odium, estarían defendidos ante cualquier futura agresión alezi y se beneficiarían, como todo pueblo conquistador, de los ataques de Odium hacia el Cosmere.

La historia lo corroboraba. Las conquistas grandiosas proporcionaban una riqueza fastuosa a la gente de casa. Alinearse con Odium llevaría estabilidad y prosperidad al pueblo de Fen. Quizá no sería el bien mayor, pero el núcleo de Jasnah se sacudió al reconocer, por fin, que en verdad *no* era capaz de ver el bien mayor.

Y nunca lo había sido.

«No —pensó una parte de ella—. La libertad es más importante».

Pero ¿era lo que creía? ¿O creía que mantener a salvo a la gente era lo correcto, en cualquier situación? Incluso si Dalinar ganaba aquella guerra... al pueblo de Fen le esperaba una austeridad debilitante. Jasnah había estado dispuesta a matar a Aesudan... y había matado a aquellos hombres en Kharbranth. ¿Seguía pensando que esas elecciones eran correctas?

Lo tenía todo revuelto en la cabeza.

Como sin duda había pretendido Taravangian.

—Jasnah —dijo Fen—. Sé que tú aceptarías el trato. Él tiene razón desde el principio.

—No lo aceptaría —restalló Jasnah.

Y... esas palabras eran mentira. Eran lo que Jasnah quería que Fen hiciera, no lo que haría ella misma. No era lo mejor para Thaylenah, pero quizá sí que fuese lo mejor para Alezkar.

Oh...

Oh, tormentas. A la hora de la verdad, Jasnah había hecho justo lo que él había dicho que haría. Lo que fuese, con tal de ganar.

—Tiene razón él —susurró Fen—. Mientes.

Jasnah tembló, y por dentro se maravilló por lo que había hecho Taravangian. La había obligado a quedarse en vela toda la noche, preparando argumentos políticos hasta zumbar de agotaspren como estaba zumbando. Luego la había acorralado, le había buscado los trapos sucios y había vuelto contra ella su propio marco moral. Taravangian había llegado armado no solo con política, sino con la verdad.

—Aceptaré el acuerdo, Taravangian —dijo Fen—, suponiendo que podamos llegar a cláusulas que me parezcan bien.

Jasnah apenas lo oyó. «Tiene razón sobre mí», pensó horrorizada, viendo el casi asesinato de Aesudan... y la lección de Kharbranth... y la vez en que le había puesto una espada en el cuello a Renarin... viendo todos esos momentos bajo una luz distinta.

«No di el tajo —pensó—. No lo maté a él, ni a Aesudan». Pero eso demostraba que Taravangian acertaba. Les había tenido demasiado aprecio para matarlos, lo cual significaba que su filosofía moral era una auténtica estafa. Jasnah Kholin apreciaba su familia, su pueblo, su reino.

Y eso fue, en ese instante, lo que la condenó.

De pronto pareció que siempre había sido dos mujeres. Una que se hacía pasar por fría, calculadora y dispuesta a hacer cualquier cosa en nombre de su moralidad filosófica. Otra que sabía que siempre había existido un defecto en la moral que afirmaba seguir.

Jasnah no podía saber qué era lo correcto.

El Cosmere, incluso el mundo, era demasiado grande.

Necesitaba... tiempo para lidiar con aquello.

Así que se sentó de nuevo, mientras las negociaciones comenzaban. Al final, Fen cerró su acuerdo, sabiamente. Y con ello, Thaylenah se unió al enemigo sin que se alzara ni una sola espada.

SINVERDAD

NUEVE AÑOS ANTES

Una vez más, Szeth estaba sentado mientras otros decidían su destino. Esa noche lo hacía junto a una hoguera, con los brazos cruzados sobre las rodillas y las mejillas manchadas de lágrimas. Su ejército acampaba a poca distancia. Las tropas del Monasterio del Custodio de la Piedra se habían replegado a sus fortificaciones. Todos los demás monasterios estaban acampados alrededor, y sus portadores de Honor conversaban cerca con el padre de Szeth.

Por fin Szeth se había convertido en una amenaza digna de su atención. Su padre…

Su padre llevaba una hoja de Honor.

Neturo se había transformado en alguien que sustraía.

Era una bobada por parte de Szeth dejar que aquello lo apenara. Neturo había pasado a ser soldado en el instante en que se había unido, y después había entrenado con la espada igual que todo el mundo. Era solo que… se había hecho administrador tan deprisa que a Szeth le costaba visualizarlo como un asesino. Y, sin embargo, se decía que la hoja del Forjador de Vínculos era la más destructiva de todas. Cuando llegara el momento, los demás matarían a cientos y el Forjador de Vínculos a decenas de miles.

Su amable padre. Un asesino. Szeth cerró los ojos, se abrazó las rodillas y escuchó.

—La Voz quería que esto continuara —estaba diciendo Sivi—. Eso debería volverte precavido, Pozen.

—Casi estalla una guerra —asintió Moss—. Una guerra civil pura y dura.

—¿Qué pretende en realidad? —preguntó Sivi—. Podría haber parado esto en cualquier momento, pero no lo ha hecho. Ha permitido que Szeth siguiera tomando impulso. Si esos soldados no le hubieran hecho caso a Neturo…

—Mi hijo se confunde a veces —dijo Neturo—. Pero es buen chico y tiene más corazón que cualquiera de nosotros. Sigo sin comprender por qué no podía hablar con él sobre estos planes. Necesitaré un motivo mejor que el que Dios nos dio la semana pasada, eso desde luego.

Sonaba... sonaba a que el padre de Szeth formaba parte de aquello desde hacía mucho tiempo. ¿Llevaba *años* sabiéndolo?

Pero ¿sabiendo qué?

Hola, Szeth, dijo la Voz en su mente.

Szeth se sobresaltó.

—Sal de mi cabeza —siseó.

No. Por muchas rabietas que te den, aquí estamos, y has demostrado no tener más agallas que tu antecesor. De verdad pensaba que derribarías a Neturo e iniciarías una revolución.

—¿A mi padre? —preguntó Szeth, apenado—. ¿Crees que mataría a mi propio padre?

Sí. Los dioses lo hicieron una vez. Tú pareces de su mismo estilo. En todo caso, voy a tener que hacer algo para endurecerte. Esta tierra necesita ejércitos, si debemos luchar, y los ejércitos necesitan generales que de verdad conozcan la guerra.

—No lo entiendo. Y no quiero entenderlo.

Ni falta que hace, por suerte. Tú haz lo que se te diga. Si no confías en mí, confía en tu padre. Adiós, Szeth. Nos veremos dentro de una década.

La Voz se esfumó. Szeth se quedó acurrucado, y de repente se preguntó si, de algún modo, lo habría soñado todo. Los demás afirmaban oír la Voz, pero ¿era posible que Szeth solo estuviera imaginando que decían esas cosas? ¿Y si no se podía confiar en él, de ninguna de las maneras, para que tomara sus propias decisiones? ¿Qué pasaría entonces?

—Sinverdad —dijo Pozen.

Szeth captó esa palabra. Sinverdad.

—Tiene que haber otra solución —dijo Neturo—. Sinverdad... es cruel, Pozen. Demasiado cruel.

—Es la decisión correcta —replicó Pozen—. Aprenderá humildad estando en esa categoría. Y, Neturo, no supondrá una amenaza para nadie. ¿No es eso lo que quieres?

—Debe pagarlo —convino Vambra—. Si no castigamos una guerra civil, ¿qué vamos a castigar?

—Sugiero —dijo Gearil, la Portadora del Polvo— que proclamemos aquí y ahora que los Portadores del Vacío no van a regresar nunca. Necesitamos hacer que la Verdad signifique alguna otra cosa, algo nuevo, o volveremos a tener problemas como este.

—Estoy de acuerdo —contestó Dulo, el Danzante del Filo—. Y debemos dar ejemplo con este hombre. Es Sinverdad. Si no lo declaramos, sin duda afrontaremos otras rebeliones.

—Solo está... —dijo Neturo—. Solo está confundido...

—Neturo. —La voz de Sivi era suave—, conoces la Verdad desde el día en que te permití tocar la hoja del Forjador de Vínculos. Viste las piedras transformarse, viste el futuro, hablaste con Dios. Sabes lo que se avecina.

—Sabes que no hay Portadores del Vacío —dijo Pozen—. Los mismísimos espíritus de las piedras te lo mostraron. Los antiguos poderes ya no existen. Los Caballeros Radiantes han caído. Somos lo único que queda, y debemos centrarnos en la verdadera amenaza.

—La guerra —susurró Neturo—. Contra otros mundos. —Su voz sonó más fuerte al regresar a zancadas junto al fuego, con los demás. Respiró hondo—. Renuncia a la espada, Szeth.

Szeth, todavía sentado, la invocó. Apenas había comprendido nada de la conversación, y tenía la mente nebulosa, confundida. Embotada. Pero aun así...

No había Portadores del Vacío.

¿De verdad no había Portadores del Vacío?

¿Era el fin de los Caballeros Radiantes?

¿Los mismísimos espíritus de las piedras lo prometían?

Aquella hoja era la manifestación definitiva del pecado de Szeth. La arrojó a la hierba. Piedras Desconsagradas... a cuántos había matado... Le pareció oír a los muertos susurrando en la noche a su alrededor.

Pozen asintió y unos cuantos soldados apresaron a Szeth desde atrás, lo obligaron a arrodillarse y le ataron las muñecas. Se resistió, pero entonces su padre le puso una mano en el hombro que lo tranquilizó.

—Ha renunciado a la hoja por voluntad propia —dijo Neturo—. Ha permitido que lo aten. No hay necesidad de un castigo tan duro.

Szeth miró hacia el cielo. Hacia aquella hermosa infinidad negra, rota por estrellas. Cerró los ojos, sin hacer caso al dolor en el hombro por tener las manos atadas. Sintió el viento. Estaba allí, como siempre.

—Tienen razón, padre —susurró Szeth—. Soy Sinverdad. Debo serlo.

—¿Hijo? —preguntó Neturo.

—Hay dos opciones —dijo Szeth con un hilo de voz—. O bien estaba en lo cierto al atacaros a todos o bien me equivocaba. Si estaba en lo cierto, entonces debo mataros a todos aquí mismo. Incluso a ti, padre. —Szeth tenía los ojos bañados en lágrimas cuando alzó la mirada—. Pero si de verdad no hay un Portador del Vacío... entonces he cometido un pecado terrible. Debéis nombrarme Sinverdad. Es una cosa o la otra. Decide. Porque yo no lo haré.

Silencio, aparte del jugueteo del viento.

Szeth nunca había podido confiar en su propia opinión, ¿verdad?

—Que así sea —dijo Neturo con suavidad.

Szeth cerró los ojos.

—¿Cuál es el castigo por ser Sinverdad?

—Una piedra jurada —dijo Sivi—. El destierro.

—¿Lo jurarás? —preguntó Pozen—. ¿Jurarás seguir la senda de la piedra jurada?

Una piedra. Una piedra tendría más sentido común que él, ¿verdad? Eso sería… una auténtica maravilla.

—No quiero decidir nada más —susurró Szeth—. Se acabó. Dadme la piedra.

Pozen se metió la mano en el bolsillo y sacó una pequeña roca redonda. Muy sencilla, con unos pocos cristales de cuarzo incrustados y una veta oxidada de hierro a un lado. La levantó.

—Ante esta piedra jurada, ante los spren, ante tu padre, promete hacer todo lo que quien sostenga esta piedra exija de ti, salvo la exigencia de acabar con tu propia vida.

—Hago la promesa de la piedra jurada —dijo Szeth—. Obedeceré lo que diga su poseedor, como indicas.

Sintió una liberación inmediata al pronunciar las palabras. Se habían terminado las decisiones.

Libertad.

Cortaron sus ataduras y Szeth se levantó y tendió la mano para recibir la piedra.

—Llevaos su hoja de Honor —dijo Pozen, señalando—. Hasta que podamos…

Calló sin terminar la frase y miró hacia el cielo. Todos lo hicieron, incluso su padre.

—¿Qué pasa? —preguntó Szeth.

—La Voz dice… —susurró Sivi, que se hallaba justo a la derecha de Szeth—. Dice que debes quedártela.

—¿Un Sinverdad con una hoja de Honor? —preguntó su padre—. Suena peligrosísimo.

Callaron todos de nuevo, y se estremecieron al escuchar lo que fuese que les estaba diciendo la Voz. Su padre maldijo y miró un instante a Szeth antes de apartar los ojos y cerrarlos con fuerza.

—Lo enviaremos a oriente —dijo Pozen, poniéndole a Szeth la piedra jurada en la mano—. Lo entregaremos a uno de nuestros granjeros para que lo despache con una caravana. Si Dios dice que le dejemos conservar la hoja… bueno, Szeth, añade esto a tu juramento: no puedes entregar la hoja de Honor. Ningún caminapiedras debe empuñarla nunca.

—Lo prometo —susurró Szeth.

—Entonces, que las piedras te guíen, Szeth-hijo-Neturo.

—Soy Sinverdad —repuso Szeth—. Ya no merezco ese nombre.

—Hijo —dijo Neturo, volviéndose otra vez hacia él, llorando sin disimular—. Siempre lo merecerás.

—No soy yo quien lo decide —afirmó Szeth, relajándose, encantado con esa idea—, ni tampoco tú. Nos limitamos a hacer lo que se nos dice.

—¿Szeth-hijo-hijo…? —preguntó Pozen.

—Vallano —respondió Neturo, secándose los ojos, aunque las lágrimas no dejaban de fluir.

—Szeth-hijo-hijo-Vallano —dijo Pozen—, por tus pecados contra la Verdad, quedas desterrado. Y que los Heraldos protejan a aquellos contra quienes se te envíe.

Szeth asintió.

Estaba hecho.

Se había terminado.

Su padre, sin embargo, lo abrazó una vez más.

—Esta vez no puedo ir contigo, hijo. —Eso parecía estar destrozándolo—. No puedo. Lo siento. Te he fallado. Cuánto lo siento... mi niño pequeño...

—Tu niño pequeño está muerto, Neturo —susurró Szeth—. Lo perdiste hace años, esa noche en la que mató.

Los soldados los separaron y dejaron a Neturo sobre el suelo, en una zona de hierba pisoteada. Se llevaron a Szeth lejos. Al cabo de un tiempo, terminó vendido a un caminapiedras con unas cejas muy curiosas y una ropa demasiado colorida.

Después de aquello, Szeth decidió no mirar atrás.

Y nunca cuestionar.

118

PROFECÍA

No todo triunfo es una victoria. Y no todo fracaso es una derrota.

Proverbios para las torres y la guerra, Zenaz, fecha desconocida

Llegó la llamada.

Por fin, Venli y los demás se lanzaron hacia las fuerzas humanas. Con trueno y relámpago rojo por acompañamiento, un terrible coro de tambores comenzó. Los pisotones de las patas de grancaparazones en las mesetas eran la percusión, y los chillidos de los soldados despavoridos eran el aplauso.

Venli se aferró a las resbaladizas cuerdas, azotada por la niebla y la lluvia mientras Nubetrueno cargaba contra la posición humana. Sintió una parte de lo que debían de haber sentido los humanos en aquellas antiguas incursiones a las mesetas. Las flechas hendían el aire a su alrededor. Incluso sabiendo que los humanos apuntaban a propósito para fallarle, incluso con una enorme cabeza blindada delante para cubrirse, era inquietante.

Llegaron al abismo y saltaron. Venli contuvo el aliento, notando que sus ritmos cesaban.

Thude dio un aullido triunfal mientras se levantaba, aferrado a las cuerdas, alegre como era antes. Un latido más tarde, Nubetrueno *atravesó* la muralla humana, rompiendo la agrietada fortificación y rebasando la piedra derrumbada. Los humanos habían despejado aquella zona, fingiendo que había demasiadas grietas para arriesgarse a subir al almenar. Nubetrueno irrumpió en la meseta. A Venli le había costado un esfuerzo deliberado y considerable explicarle que no iban a matar a los humanos. Sintió la confusión del abismoide.

Ya no nos comemos a los humanos, le envió.

Su respuesta fue más confusión. Nubetrueno ya sabía que habían dejado de comer humanos. Había aceptado a todas las cosas pequeñas como rivales, y no comida. Pero se podían comer cosas que en general no eran comida. ¿Y no era lo que debía hacer ese día?

Bueno, de acuerdo, le dijo Venli, recordando el plan. *Esta única vez sí que comeremos humanos. Solo que a los humanos correctos.*

De momento, había que armar un poco de follón. Venli se agarró bien al lomo de Nubetrueno junto con los demás, apretando los dientes, armonizando a Emoción para intentar convencerse a sí misma. Nubetrueno se lanzó con brío a interpretar su papel, el de destruir por completo el campamento humano mientras los otros dos abismoides llegaban sembrando el caos por atrás. Una destrozó el portón que separaba las dos mesetas. Habían elegido a Azulcielo para esa tarea, ya que la abismoide parecía entender que no debía romper el puente de los humanos, que utilizarían para huir a la plataforma de la Puerta Jurada.

Los soldados escaparon, vociferando sobre los monstruos. Nubetrueno, alegre, empezó a pisotear los tejados de madera. Con su cola segó paredes mientras barritaba. En cuestión de segundos, Venli oyó los cuernos humanos tocando a retirada. Poco después la Puerta Jurada empezó a destellar a medida que la gente huía. En lo alto, Leshwi y sus tres Celestiales fingían estar luchando con ahínco.

Nubetrueno tiró mordiscos hacia unos pocos humanos que se retiraban y Venli lo contuvo con un ritmo. Un soldado le hizo una seña y dejó caer un paquete para ella. Nubetrueno quería darles caza, pero Venli lo guio en dirección contraria.

No puedes comerte a esos humanos, pensó.

El abismoide le respondió confusión de nuevo. Los suyos habían hecho las paces con los oyentes, que eran como pequeños chulls. Pero, de vez en cuando, sí que podían comerse a humanos, que eran como pequeños caballos. Nubetrueno creía haberlo entendido todo bien.

Venli lo dirigió hacia una hilera de cadáveres que habían dejado allí, muy a regañadientes, siguiendo sus instrucciones. A ella también la incomodaba muchísimo haber tenido que hacerlo, pero era cierto que parecía necesario. A los pocos segundos, Nubetrueno ya estaba masticando a dos carrillos. Envió a Venli la sensación de que por fin creía comprenderlo. Venli no quería que comiese humanos porque no eran lo bastante regordetes para resultar deliciosos de verdad, y Nubetrueno debería buscar mejores comidas.

Ella apartó la mirada mientras los últimos humanos se retiraban.

Shallan surcaba a hurtadillas las oleadas de posibilidad, esquivando los ojos de la inmensa sombra que sabía que tenía que ser Odium. Los colores fluían a su alrededor como ríos individuales y de ellos se alzaban versiones de ella como mujeres emergiendo de un estanque para volver a derretirse al poco tiempo. Renarin y Rlain habían dicho que ese sitio los asustaba, pero a Shallan la posibilidad no le daba miedo. Entraba en contacto con ella cada vez que se ponía a dibujar.

La sombra le daba caza, pero Shallan iba enviando tejidos de luz, que allí podía crear sin esfuerzo, para distraerla. Imágenes de ella que aparentaban estar asustadas de una docena de maneras distintas. Y funcionaba. En aquel sitio, hasta un dios tenía dificultades para distinguir cuál era la verdadera Shallan. También era cierto que, desde hacía poco, su atención parecía estar puesta en alguna otra cosa. Pero ella se emocionó igual.

Era hija de una Heralda. Tormentas. Kelek había dicho que Shallan tenía una extraña afinidad con el Reino Espiritual, y la había atribuido a su vínculo doble. ¿Sería por algo más? Había hablado, y abrazado, a su madre otra vez. Era una relación tirante de dolor y ansiedad, y llena de viejas heridas abiertas de nuevo. Pero quizá... quizá esa vez pudieran sanar sin tanta cicatriz.

La atención de Odium por fin la abandonó por completo y la vasta sombra del cielo desapareció. ¿Eran imaginaciones suyas o había cierta irritación en esa partida? Se detuvo y permitió que la posibilidad la bañara, sintiéndose... si no victoriosa, al menos sí satisfecha. Estaba segura de que Odium la habría encontrado si hubiera podido concentrarse, como otras veces antes, pero al menos Shallan le había dado unos pocos problemas.

Y ahora, ¿qué? Meditó sobre los colores y reconoció que pasar demasiado tiempo allí, aunque no la asustara, no sería bueno para su salud mental. Dejarse aporrear por las posibilidades y por las exigencias de las versiones de sí misma que *podrían* haber existido... sí, iba a ser un problema. Pero Shallan no podía crear una visión sin Glys ni Tumi, y no tenía ni idea de cómo buscar a Renarin o Rlain. Hasta Patrón y Testimonio parecían distantes.

Sin embargo, mientras nadaba allí, captó algo raro. ¿Una... propuesta?

Un segundo después, emergió a una visión. Una de aquellas con los colores cambiados, donde nada estaba del todo como debería. Shallan estaba tumbada en una playa rocosa, al anochecer. Se levantó, se sacudió la ropa y, al volverse, reparó en que las plácidas olas del océano se iban acercando a sus botas.

Dio la vuelta despacio, inspeccionando un terreno montañoso y una larga playa. Una isla. Tal vez Thaylenah, en algún lugar apartado de la gran ciudad. De hecho, le pareció distinguir un pueblo más adelante. Y unas pocas barcas que regresaban para pasar la noche amarradas, trayendo la captura del día.

Shallan echó a andar hacia un gran conjunto de rocas que había playa arriba, con la intención de trepar a ellas para ver mejor. Pero, cuando se acercó un poco, se detuvo de golpe. No eran rocas, sino el enorme cadáver de un animal con caparazón, que había confundido por parte del paisaje a la escasa luz del ocaso.

Tormentas, era enorme. Unos ocho metros de altura tendido de costado, con muchas patas largas como un cangrejo, varias de ellas rotas. Era el grancaparazón más inmenso que había visto aparte de los abismoides, y parecía tener unas proporciones adecuadas para vivir en el agua, donde la flotabilidad permitiría unas patas tan largas. La historiadora natural que había en ella quiso imaginar cómo era su vida, en las profundidades bajo las olas, y cómo había terminado llegando a aquella playa.

Pero no tuvo tiempo para tales entretenimientos de erudita, porque enseguida se fijó en algo más sobrecogedor. Sentado en el caparazón de la bestia, muy alto, con una pierna colgando por el lado, había un individuo.

Mraize.

El trabajo de Sigzil era hacer que el repliegue pareciera una desbandada.

Ordenó que sus soldados se retirasen de Narak mientras los abismoides destruían partes de la muralla. Gritó y chilló, y luego luchó a la desesperada contra Celestiales enemigos mientras sus hombres retrocedían. Encontró un momento para arrojar la bolsa de papeles enrollados hacia Venli, esperando que el plan que habían preparado entre los dos fuese el adecuado, pero a grandes rasgos dedicaba todo el tiempo a organizar a su gente.

Las fuerzas enemigas, olisqueando la victoria, acosaron a las de la coalición, pero sin dejarse atraer a ninguna trampa. Tenían a un líder inteligente en aquel Fusionado con el caparazón de plata. Sigzil lo vio de pie sobre la muralla mientras movilizaba a la retaguardia, que incluía al Muralla de Tormenta con su armadura esquirlada dorada.

—Esto no me gusta nada —dijo el Muralla de Tormenta con un suave gruñido—. Creo que podríamos haber resistido más tiempo.

—Dami —siseó Sigzil—, estamos sin luz tormentosa.

—El Forjador de Vínculos dijo que aguantáramos —insistió Dami desde dentro de su yelmo—. La reina alezi no puede invalidar esa orden. No le guardo lealtad a ella, ni a su reino caído.

—¿Y a mí?

El Muralla de Tormenta lo miró.

—Sí —respondió por fin—. Tormentas, sí. Él te puso al mando.

—Entonces, confía en mí.

Sigzil indicó a un grupo de soldados que se apresuraran a cruzar el puente. Se volvió y escrutó la oscuridad en busca de Rompedores del Cielo, que tampoco estaban persiguiéndolos con demasiado vigor. Flotaban ante el cielo de relámpago rojo, pero no daban pasadas a ras de suelo. Si terminaban atraídos a la siguiente meseta, podría ser desastroso para ellos. La Puerta Jurada podría trasladarlos a Urithiru.

—Pero necesito saber una cosa —dijo el Muralla de Tormenta, y saludó a un hombre en armadura esquirlada que pasó entre tañidos, guiando a los cirujanos en su apresurada huida. No llevaban a ningún herido, porque Sigzil había ordenado evacuarlos antes—. Prométeme, Sigzil, que estamos haciendo esto porque crees que es lo mejor, y no porque hayas perdido a un amigo y tengas demasiado miedo a seguir luchando por si pierdes otro.

Tormentas. Eso casi había tocado hueso. No en vano el Muralla de Tormenta era conocido por su precisión.

—Creo que estoy haciéndolo por las razones correctas. Creo que estoy aprendiendo a liderar como debe hacerse. Pero, en todo caso, la decisión me corresponde a mí.

El Muralla de Tormenta gruñó.

—Te agradezco la sinceridad. —Volvió la cabeza y contempló Narak, que había pasado a estar ocupada por los abismoides de Venli—. Terminaremos lamentando esta decisión algún día, Sigzil. Dales a mis Custodios de la Piedra quince minutos y luego síguelos.

Sigzil saludó y vio cómo el Muralla de Tormenta se marchaba a pisotones. Su grupo era el último de las tropas terrestres, y derribarían el puente después de cruzarlo mientras los Corredores del Viento componían la última retaguardia. Siendo capaces de moverse deprisa y volar, desplegarlos allí era la estrategia obvia.

Pero significaba que Sigzil y sus amigos serían los últimos luchadores que quedarían y, aunque las fuerzas de Odium tenían cuidado de no dejarse llevar a una trampa, seguían intentando hacer todo el daño posible. Todos excepto la oyente Venli y sus abismoides, que habían dado un buen espectáculo antes de ponerse a devorar cadáveres.

Sigzil susurró una disculpa a las almas de aquellos cuyos cuerpos había permitido profanar, y luego luchó durante otros quince minutos antes de enviar la señal de retirada definitiva. Sus Corredores del Viento volaron en dirección a la Puerta Jurada mientras Sigzil iba contándolos, y luego dio una última mirada a las Llanuras Quebradas. Había llegado por primera vez a aquel lugar cubierto de crem y polvo. Y allí estaba, volando sobre sus mesetas. Con lo mucho que había odiado aquellos abismos, estaba descubriéndose reacio a abandonarlos. A dejar aquella tierra extraña y yerma por la que había sangrado primero como esclavo, luego como guardaespaldas y por fin como Radiante.

Aquel lugar nunca había sido su hogar. Pero su hogar había estado allí. Le hizo el saludo marcial y entonces se volvió para marcharse.

Y al instante se precipitó desde el cielo.

Estallaron sorpresaspren a su alrededor mientras Vienta chillaba presa del pánico en su oído. Se estrelló contra la meseta, con un crujido de huesos partiéndose y un dolor que le recorrió todo el cuerpo.

¿Cómo...? ¿Qué...?

Una figura de negro aterrizó a su lado, raspando la piedra con sus botas. Sigzil había caído en Narak Principal, a un lado, cerca de la muralla. Parpadeó y, entre lágrimas, vio una silueta de ojos brillantes que sostenía un fabrial en una mano.

—Solo tienen unos pocos de estos —susurró Moash—. Son difíciles de hacer, porque requieren un spren muy raro. Exigí que se me entregaran. Los demás lo hicieron después de quejarse mucho, no porque quisieran utilizarlos ellos, sino porque los Fusionados temen este poder.

Los dedos de Sigzil le temblaban por el dolor de la caída. Tormentas, habían sido más de diez metros. La sanación no llegaba, y Sigzil no sentía nada por debajo de la cintura.

Aunque moverse era un suplicio, Sigzil llevó la mano a su cuchillo.

Moash le permitió sacarlo y luego le pisó la muñeca, haciendo que chillara y lo soltara.

—Sig... —dijo Vienta, con voz lejana.

—Vete —susurró él—. Aléjate.

—No puedo. No puedo dejarte...

Moash, incapaz de oír a la spren, se arrodilló junto a Sigzil.

—Tengo un nuevo dios, Sig. Se niega a tomar mi dolor, y en cambio me permite bañarme en él, me enseña a amarlo. Voy a construir algo grandioso con ese dios. Por desgracia, tú te interpones.

Sigzil notó que le rechinaban los dientes de dolor.

—Trae —dijo entre ellos a Vienta— *ayuda*.

Se le aclaró la visión y vio a Moash sonriendo en la oscuridad, sus ojos cristalinos y su corona brillando con una luz propia. En contraste con el bullente océano rojo de nubes en el cielo. Entonces Moash se alzó por los aires, desenfundó un cuchillo que llevaba al cinto y dio un tajo con él a algo que los sobrevolaba.

Sigzil sintió el dolor de Vienta como si fuese propio, aunque el cuchillo de antiluz tormentosa apenas le había hecho un rasguño. Se volvió visible y cayó como una pequeña figura envuelta en una voluta de tela azul que golpeó el suelo cerca de él, con el brazo destruido por completo y perdiendo luz tormentosa, los ojos muy abiertos mientras temblaba y resollaba.

Moash aterrizó de nuevo, fabrial en una mano, cuchillo que distorsionaba el aire en la otra.

—Esto va a dolerme —dijo—. Es el dolor de construir un nuevo imperio.

Alzó el cuchillo, dispuesto a clavarlo. En los oídos de Sigzil resonaron las últimas palabras de Leyten, la profecía de que Vienta y Sigzil caerían a manos de Moash.

Pero el futuro nunca estaba fijado.

De modo que Sigzil hizo lo único que se le ocurrió para salvar a Vienta.

—¡Renuncio a mis juramentos! —gritó.

Y era en serio.

Algo se desgarró en su interior, pero Sigzil lo aulló de nuevo, poniendo toda su intención en cada palabra con todo el fervor que podía.

—¡Renuncio a ellos! —gritó, asolado por el terrible dolor—. ¡No soy Radiante!

Vienta chilló de agonía, pero desapareció mientras el cuchillo daba contra la piedra. El alma de Sigzil de pronto tenía ecos. Porque se había quedado tan vacía como un grandioso salón imperial.

Moash frunció el ceño y se levantó.

—Eso —dijo en voz baja— ha sido una tremenda estupidez por tu parte.

Llegó junto a Sigzil, pero entonces se detuvo cuando una hoja esquirlada cayó al suelo cerca con un golpe metálico. Vienta. Tormentas, Sigzil deseó que la hoja de Adolin tuviera razón y ya fuese posible sanar a los ojomuertos. Rodó, agarró la hoja y trazó un arco hacia Moash que falló por poco a sus piernas mientras el traidor daba un salto atrás, maldiciendo.

Sigzil se apoyó en un brazo como pudo, sosteniendo la espada en el otro, mientras sus piernas seguían negándose a funcionar. Moash se lo quedó mirando, planificando su siguiente ataque, y estaba tan distraído que no vio a la figura que llegaba volando desde el lado. Lopen embistió contra Moash y los arrojó a los dos al suelo. Lopen se levantó rodando con el fabrial en una mano y lo hizo añicos contra el suelo.

Los poderes de Sigzil no regresaron. En cambio, el súbito dolor del vínculo perdido, al que había renunciado junto con sus juramentos, lo asaltó como un trueno. Era una pena aguda, devastadora, como si le hubieran llenado de fuego un agujero de su alma.

Moash se puso en pie y alzó su espada hacia Lopen.

—Supongo que sabrás —dijo Moash— que soy más que capaz de matarte sin un fabrial, Lopen. Siempre te derrotaba cuando entrenábamos.

—Ah, me parece a mí que ahora voy a darte más problemillas —replicó Lopen, invocando su lanza esquirlada.

—¿Por qué? —preguntó Moash—. ¿Porque ahora tienes dos manos?

—Qué tormentoso idiota eres —dijo Lopen, con la expresión sombría pero una amplia sonrisa en la cara mientras aprestaba su lanza—. Lo que cuenta no es la cantidad de manos, sino la cantidad de primos.

Llegó sobre la muralla un tropel de formas resplandecientes, encabezadas por Huio. El Puente Cuatro. Cikatriz, Peet, Natam… todos. Moash los evaluó con un vistazo rápido y entonces huyó, volando de vuelta hacia el grueso de las fuerzas enemigas. Lopen dio un paso tras él y luego pareció pensárselo mejor.

Cikatriz aterrizó junto a Sigzil y le acercó una esfera.

—Ten, señor. Toma esto.

—No puedo —graznó Sigzil, apretando los párpados, notando lágrimas caer por las comisuras.

—Claro que puedes —dijo Cikatriz—. A menos que… tormentas… ¿no habrás…?

Unas manos amables tomaron la hoja esquirlada de Sigzil y se la entregaron a un escudero, que hizo una mueca al tocarla. A continuación Lopen levantó a Sigzil del suelo y se lo llevó por los aires.

—He visto lo que has hecho, gancho. Puede que sea lo más valiente que haya visto nunca hacer a nadie.

—Ahora ya no soy tu gancho —susurró Sigzil—. Ya no soy Corredor del Viento. Cikatriz y tú estáis al mando.

—Ay, tormentas —dijo Lopen en voz baja—. Que el Todopoderoso nos asista a todos...

Un fogonazo de luz los envió a través de la Puerta Jurada y, en el instante en que aparecieron al otro lado, Sigzil oyó las órdenes de bloquear el mecanismo para que ningún enemigo pudiera seguirlos. Sería efectivo, pero también aislaría y desconectaría las Llanuras Quebradas.

Un Danzante del Filo llegó resbalando sobre el suelo para sanarlo. Aunque su cuerpo empezó a funcionar otra vez, Sigzil se quedó hecho un ovillo en el suelo, con la mirada fija en la hoja esquirlada que habían colocado junto a él.

El alivio no llegaba. Los dolorspren reptaban sobre él por todas partes. Pues no había curación Radiante capaz de quitarle el dolor que sentía en lo más hondo.

Mientras Nubetrueno masticaba cadáveres, Venli se apoyó en él, temblando, comprendiendo por aquella cabalgada tan brusca cómo debía sentirse un tambor después de un solo largo. Los demás oyentes parecían igual de inquietos, todos excepto Thude, que seguía riéndose.

Venli canturreó a Resolución y fue con pies tambaleantes a recuperar el paquete que le había lanzado Sigzil. Solo eran unos rollos de papel dentro de una tela aceitada, que Venli se guardó hasta el día siguiente. Narak estaba ya tan vacía que daba escalofríos, apenas reconocible. Edificios mojados, derruidos. Charcos, y pequeños lluviaspren asomando entre los escombros.

Cadáveres recientes dejados allí para aparentar que el asalto había sido más efectivo que en realidad. Venli mantuvo el canturreo a Resolución, pero en secreto pensó que parecía evidente que los abismoides habían atacado zonas despobladas. Que los humanos habían evacuado la meseta por voluntad propia. Que el repliegue había sido demasiado rápido.

Contuvo el aliento mientras El en persona llegaba a la meseta, transportado por una Celestial. Y entonces Venli cayó en la cuenta de que seguía sin tener ni idea de a qué marca de Fusionados pertenecía. ¿Cuáles eran sus poderes? Había oído que El se ocupaba de reemplazar su propio caparazón, de poner metal donde tendría que haber quitina, pero cualquier marca de Fusionados podía sanar de unas heridas como esas.

El recorrió el campamento a paso sosegado y terminó deteniéndose junto a Venli y su grupo. Leshwi y los demás aterrizaron cerca. La Puerta Jurada destelló otra vez. A los pocos segundos, un vacíospren con forma de línea de brillante luz roja recorrió el terreno.

—Esos eran los últimos —informó una voz conocida—. Los he visto marchar. Vyre se ha divertido un poco al final, pero ya está hecho. Las Llanuras Quebradas han caído por fin en nuestras manos.

—Tu grupo lo ha hecho bien —dijo El mirando a Venli—. Retírate con tu gente a la meseta de despliegue. Esto podría ser una finta. A los humanos les encanta hacer ataques inesperados. Es... una característica curiosa que tienen.

Venli asintió, pero en voz baja envió una petición a Nubetrueno. El abismoide paseó en dirección a ellos, con un brazo humano colgando de la boca, y entonces se dejó caer allí mismo y cerró los ojos. Los otros dos hicieron lo mismo, con las fauces ensangrentadas.

—Ahora no habrá forma de moverlos, oh, grandioso —dijo Thude—. Son depredadores de oleada: mucha actividad y comilona, seguidas de una buena siesta.

—También podemos vigilar esta meseta desde aquí, antiguo —propuso Venli al Fusionado.

—Muy bien —aceptó El.

Los dejó para ir a hablar con sus comandantes Fusionados y apostar la mayoría de sus tropas cerca de la Puerta Jurada. Hizo que Vyre, el traidor, la bloqueara desde aquel lado, pero parecía preocupado de que los humanos lograran saltarse de algún modo ese bloqueo.

Estaba atento al tipo equivocado de trampa. Venli y los demás se apiñaron y ninguno se atrevió a canturrear los ritmos que sentía. Excepto Timbre, muy al fondo dentro de Venli.

Un optimista Ritmo de la Alegría. ¿Aquello... de verdad había funcionado?

Al día siguiente lo verían.

119

EL GAMBITO DEL
HACEDOR DE SOLES

Se dice a menudo que el fracaso es el mejor maestro. Es verdad. Pero también es el mejor asesino. Ojalá tengas en el fracaso la suficiente fortuna como para sobrevivir, y en el éxito la desgracia suficiente como para que sea un esfuerzo.

Proverbios para las torres y la guerra, Zenaz, fecha desconocida

Estoy impresionado, brillante señor —dijo el cirujano, mirando cómo Adolin cojeaba frente a él—. ¿Ya caminas sin ayuda?

—Aún me resbalo de vez en cuando —respondió Adolin—. Y da la sensación de que no tendría que pasar, con esa goma en el extremo.

—Quizá no te vendría mal usar una muleta durante un tiempo. Si te caes, podrías romperte algo más.

—No me voy a caer —prometió Adolin—. Recupero el equilibrio antes de resbalar del todo.

El cirujano lo miró y negó con la cabeza.

—Duelistas —murmuró, al tiempo que hacía un ademán para indicar a Adolin que se sentase y poder examinarle el muñón—. Supongo que entrenaste para luchar con una sola pierna o algo por el estilo, ¿verdad?

—Sí que lo hice —dijo Adolin, y rio entre dientes—. Uno nunca sabe cuándo le van a hacer una herida en el muslo. Zahel insistió.

El cirujano le quitó el enganche y revisó el muñón de Adolin, que de veras estaba bastante irritado. Había pasado horas caminando por el patio mientras lo informaban y escuchaba el enfrentamiento. Torciendo el gesto cada vez que oía un grito. Le daba la sensación de que iban a llamarlo, estuviese herido o no, antes de que terminase la noche. Quería estar lo más preparado posible.

El cirujano embadurnó el muñón con una pomada para calmar el dolor y no le ordenó reposar en cama. Adolin no dejaba de mirar hacia la cúpula a la luz tenue del atardecer. Llegó otro mensajero con un mensaje para Adolin, de Kushkam, pidiendo que lo aconsejase sobre sus tácticas. Pero Adolin no tenía gran cosa que decir. Ya había pasado el momento de las grandes estrategias. La defensa de la cúpula ya solo requería que los comandantes de campo diesen órdenes simples, como «mantened la formación».

—Quiero que descanses —dijo el cirujano—. Es posible que esta noche tengamos que hacer un turno todos, y sé que insistirás en ir. Descansa una hora o dos. Por favor.

Adolin respiró hondo y luego asintió. Unos minutos después, había empezado otra partida de torres con Yanagawn. La familiaridad del juego le sirvió para intentar no darle vueltas a lo que lo preocupaba, al menos durante un corto periodo de tiempo. El emperador ganó el primer lance. Tenía visos de llegar a convertirse en un general de campo excelente, con la voluntad necesaria para aprovechar las oportunidades. Sin cobardía y, al mismo tiempo, sin demasiada audacia. Aprendía de sus errores y rara vez había que enseñarle dos veces el mismo principio.

Adolin se reclinó mientras se frotaba el muñón, ya que se había quitado el enganche por el momento. Estaba empezando a darse cuenta de la suerte que tenían los azishianos. De los cientos de chicos que podrían haber sacado de las calles, ¿cómo habían encontrado —o, mejor dicho, cómo lo había hecho Lift— al que podía llegar a convertirse en un gran líder?

Aunque, claro, ¿cuántas personas que vivían en la miseria habrían destacado de haber tenido la oportunidad? Después de su conversación con Colot la noche anterior, Adolin había empezado a cuestionarse cosas que nunca había pensado antes. Por ejemplo, qué significaba ser el hijo del Espina Negra. Siempre había dado por hecho que el Todopoderoso lo había puesto en esa posición de manera deliberada. Pero si el Todopoderoso estaba muerto…

Volvieron a colocar las piezas. Tensos cuando llegó otro informe. Aquella era su última resistencia. Todos los defensores, todas las unidades de reserva, estaban luchando. Nadie tenía permitido descansar durante periodos de más de quince minutos. Las horas siguientes determinarían el destino de Azir durante los siglos venideros. Pero allí, dos de los hombres más poderosos del mundo no podían hacer otra cosa que sentarse y esperar.

Así que jugaron. Los únicos ayudantes de Adolin aquel día eran May Aladar y sus escribas, ya que había enviado al resto de sus guardias a la batalla. Una arquera tampoco iba a servir de mucho en esos momentos. El enfrentamiento había pasado al cuerpo a cuerpo, por lo que May estaba haciéndole de guardaespaldas. Un puesto que nunca habría tenido que ocupar una mujer en circunstancias normales. Pero las circunstancias no eran normales.

Yanagawn estaba protegido por algunos de los mejores militares azishianos. Eran seis soldados que seguramente no habrían marcado mucha diferencia en el campo de batalla, y Adolin no le sugirió que los enviase para allá, aunque él lo habría hecho sin dudarlo, de haber estado en su posición.

—Esta vez parece que te has esforzado de verdad —dijo Yanagawn—. ¡Y aun así he ganado!

—Sí que has ganado —convino Adolin—. Muy bien hecho.

—Pero no dejabas de robar cartas de desventaja —continuó Yanagawn—. ¡He tenido mucha suerte, pero no deja de ser la primera vez que gano empezando en igualdad de condiciones!

—No dejas de mejorar —dijo Adolin, reflexivo. Tal vez fuese el momento—. May, ¿quieres jugar con nosotros?

Ella alzó la vista de las conversaciones de la vinculacaña. Había traído su uniforme, por si acaso: una camisa de malla larga que cubría el asiento a su lado, así como un juego de grebas de cuero. Le dedicó esa mirada tan analítica suya al tablero de juego. Luego asintió. Adolin sabía que May jugaba con su padre y, de hecho, ellos también habían jugado unas pocas partidas cuando estaban no-cortejándose. No se le daba mal. No era la mejor, pero era competente.

—Claro —dijo ella—. Suponiendo que le preguntes a su majestad imperial si le parece bien.

—Dile que estaré encantado —respondió Yanagawn—. ¡Mi primera partida a tres! Estoy listo.

May se sentó y Adolin empezó a colocar las cartas y las piezas. Jugaron, y Yanagawn, ansioso por seguir demostrando su valía, tomó la iniciativa y empezó la partida con jugadas audaces e impetuosas. El tablero de juego no tardó en complicarse.

—Tengo más noticias de Urithiru —dijo May—. Las Llanuras Quebradas están oficialmente perdidas. Todas nuestras fuerzas se han retirado.

Adolin dio un leve gruñido.

—¿Podríamos traer refuerzos? —preguntó Yanagawn, emocionado de repente—. ¿Podrían esas tropas venir aquí? —Jugó una carta y la reemplazó con la pieza correspondiente, después de revelar por completo sus características—. Sé que no pueden usar la Puerta Jurada, pero había muchos Corredores del Viento en las Llanuras Quebradas, ¿verdad? ¿Podrían volar hasta aquí en una noche?

May colocó sus piezas, con cuidado de no responder al emperador. Qué extraña danza bailaban todos en su presencia.

—Es una buena pregunta —dijo Adolin—. ¿May?

—He pedido a los Corredores del Viento que envíen a todos los que puedan permitirse —dijo ella—. Están agotados, como podrás imaginar pero parece que vendrán algunos. —Titubeó—. Adolin, tu tía ha regresado, pero tu padre no. La brillante señora Navani no puede infundir luz tormentosa en las esferas, y ni las personas ni las gemas retienen mucho tiempo su luz de torre. Solo hay para enviar a unos pocos Corredores del Viento, tardarán horas en llegar aquí con solo un enlace.

Adolin intentó no perder la esperanza de que llegarían a tiempo, pero resultó complicado hacer acopio de optimismo. Había pasado demasiad tiempo esperando los refuerzos azishianos. Alzó la vista cuando oyó los cuernos distantes, pero no era una llamada para que acudiesen los heridos aún. Solo una advertencia de que no habría cambio de turno. Nadie iba a dormir aquella noche. Por desgracia, desplegar soldados exhaustos era mejor que no desplegar soldados.

Yanagawn colocó la siguiente pieza y, al hacerlo, adoptó una posición dominante en el tablero de juego. Se reclinó en el asiento, satisfecho. Y con razón. Le estaba yendo mejor que a May o que a Adolin. Por eso fue satisfactorio contemplar su rostro de incredulidad cuando lo hicieron pedazos sistemáticamente durante la siguiente media hora.

Yanagawn hizo todo lo que pudo para recuperarse. Intentó usar las tácticas que le había enseñado Adolin. Cometió varios errores, hizo muchos movimientos normales y algunos objetivamente magníficos. Pero perdió de todos modos, destrozado por May y Adolin, que se aliaron contra él. Adolin no tardó en acabar poco después con May, que se vio obligada a retirarse, aunque acabó con más puntos que Yanagawn. Cosa que, con toda probabilidad, era uno de los mejores resultados a los que aspiraba. Se la veía orgullosa de haber jugado como lo había hecho, ya que no era habitual que se enseñase a las mujeres a jugar a las torres. De hecho, había oído que las mujeres tenían problemas a la hora de encontrar oponentes dignos que quisieran jugar contra ellas.

—¿Cómo puede ser? —preguntó Yanagawn, que no dejaba de mirar el deprimente resultado—. ¿Cómo he perdido? ¿Lo teníais apalabrado de antemano para aliaros contra mí?

—No —le aseguró May—. Nos hemos limitado a hacerlo lo mejor posible.

Adolin se inclinó hacia delante.

—Es una lección que no suele darse muy a menudo en la vida real, pero es muy importante aprenderla, porque cuando se da el caso puede terminar en desastre. ¿Recuerdas mi lección principal, la de que la fuerza más poderosa gana?

—A menos que se vea afectada por el terreno, la incompetencia o el puro azar —matizó Yanagawn.

—Así es —dijo Adolin.

—¡Pero yo era la fuerza más poderosa!

—No. —Adolin hizo un ademán en dirección al tablero—. Lo éramos May y yo juntos. Esa es la lección, Yanagawn. En un enfrentamiento de uno contra uno, tienes que demostrar tu poder y tu control siempre que puedas. No obstante, no es el caso en un enfrentamiento entre tres o más facciones.

—Dos facciones más débiles siempre se aliarán contra la más fuerte —añadió May—. Cuando haces gala de tu fuerza, te conviertes en un objetivo y consigues que tus enemigos dejen de lado sus diferencias. —Empezó a recoger las piezas mientras admiraba las detalladas figuras de plata—. Mi padre hablaba mucho sobre el tema durante la época de los enfrentamientos entre los altos príncipes. Las cosas pueden llegar a complicarse mucho cuando hay diez participantes y todos tienen que elegir bando…

—A veces lo llaman el Gambito del Hacedor de Soles —dijo Adolin—. Consiste en atraer una tercera facción a una batalla, sabiendo que no serás capaz de vencer sin ella.

Yanagawn se había quedado mirando el tablero.

—Entonces… ¿qué tendría que haber hecho?

—Jugar con más cautela —respondió Adolin—. Fingir debilidad. O aliarte con alguien antes. —Hizo una pausa y luego se encogió de hombros—. O conseguir el poder suficiente para ser más fuerte en solitario que todos tus oponentes juntos. Eso es difícil, pero también vale.

—Suena complicado —dijo Yanagawn.

—Bienvenido a la política —repuso Adolin—. Dos grupos en un campo de batalla son una guerra: luchan hasta que uno se marcha. Tres grupos en un campo de batalla son una negociación, y eso lo transforma en un juego muy diferente. —Negó con la cabeza—. A mí no me gusta esa dinámica, la verdad. Jugar a las torres es mucho más simple cuando solo hay dos jugadores, como si fuese un duelo. Entonces puede depender de la verdadera habilidad.

—Pero la habilidad política *es* una habilidad —intervino May.

—Una que no se me da nada bien. El entrechocar de las espadas es mucho más sincero. —Adolin alzó la vista para mirar a Yanagawn—. Pero escucha: este juego intenta reproducir un campo de batalla y, en este caso, lo hace. Cuando hay más de dos facciones, las cosas se complican. Aprende esa lección.

—Uno contra uno, atacar con todo —dijo Yanagawn—. Uno contra uno contra uno, defender. ¿Es esta la cuarta manera de perder una batalla cuando eres la facción más poderosa, esa de la que prometiste hablarme?

—No, no lo es —respondió Adolin—. Pero bien podría serlo. Haz como si lo fuese.

Yanagawn arrugó la frente, pero Adolin terminó de colocar las piezas. Siempre había odiado la cuarta regla. Parecía favorecer a personas como su padre. Le…

Volvieron a sonar los cuernos.

Esa vez sí. Una señal desesperada, del tipo sobre el que Kushkam había enviado advertencias de que podría necesitar. Todos aquellos físicamente capaces debían acudir a la llamada, sin importar su experiencia. La ciudad tenía una carencia espantosa de tropas a esas alturas: habían reclutado a demasiadas para las batallas del sur, y muchos otros hombres habían huido o los habían enviado a las tierras de labranza para alimentar a los ejércitos.

Todo el resto debía acudir, y eso incluía a los lisiados, los ancianos y cualquier mujer dispuesta a luchar. Incluía a Adolin, que empezó a fijar las correas de la pata de palo al muñón. No llevaría la armadura esquirlada, pero sí que podía sostener un escudo y más o menos mantener el equilibrio

Extendió su mente hacia Maya, para saber si quizá dispondría de una hoja esquirlada.

Cerca..., respondió ella. *Acercándome...*

¿Cómo de cerca?

Horas. Unas horas. Es difícil de saber en las cuentas.

Maya... ¿de verdad puedes hacernos ganar esta guerra? ¿Con esos spren que traes?

Quizá. Quizá, Adolin.

Bueno, algo era algo. Tendría que contenerse y no invocarla, por si acaso. Pero si no la invocaba... Tormentas. Tal vez no siguiese con vida la mañana siguiente.

May ya estiraba el brazo hacia su camisa de malla y su casco.

—Eso es malo, ¿verdad? —susurró Yanagawn—. No conozco todos los toques de trompeta, pero... si vosotros dos empezáis a prepararos...

—Estad atentos —dijo Adolin, mirando a los guardias del emperador—. Quizá tengáis que llevarlo al refugio. Les diremos su posición a los Corredores del Viento, que deberían poder entrar a hurtadillas y sacarlo de ahí en caso de que lleguen demasiado tarde.

Los guardias le hicieron el saludo militar.

—Debería luchar —dijo Yanagawn, levantándose—. Debería...

Adolin extendió el brazo sobre el tablero de juego y apoyó la mano en el hombro de Yanagawn. Una de los escribas que había al fondo de la estancia ahogó un grito, pero todo el resto ya estaba acostumbrado a aquellas cosas.

—Si mueres —dijo Adolin en voz baja—, el reino se quedará sin esperanza.

—Me has entrenado para luchar —replicó Yanagawn—. ¡Cuando fui a la batalla la otra vez, te alegraste!

—Entonces teníamos alguna posibilidad de ganar —dijo Adolin—, y llevabas contigo una gran hueste de tropas de reserva. Esto es diferente. Solo tienes a seis guardias. Y Yanagawn... tú no eres soldado. Aún no. No tienes por qué arriesgarte a morir aquí.

Las lágrimas empezaron a acumularse en los ojos del joven.

—¿Tan mal están las cosas?

Adolin asintió, adusto. Habían aguantado bien durante los últimos siete días, y matado a muchos más de los que habían perdido. Pero aún quedaban diez mil soldados enemigos en la cúpula. Y, para colmo, Notum había visto que llegaban más Fusionados.

—Llevadlo allí —dijo Adolin a los guardias—. Ahora mismo.

Los cuernos volvieron a sonar. Más desesperados. Adolin dio media vuelta y su estúpida pata de palo resbaló. Necesitó la ayuda de May para no caer. «Condenación». Pero, de todos modos, ella le dio su espada y se dirigieron juntos a la tienda de los reservistas para recibir instrucciones.

Shallan tejió luz para adquirir la apariencia de una aldeana, confiando en ocultarse de Mraize… pero entonces se sintió ridícula. Aquella visión se parecía a las que creaban Tumi y Glys cuando todos esperaban a que llegaran Dalinar y Navani. En ellas nunca aparecían personas.

Mraize sabría que era ella nada más verla, por lo que Shallan intentó ocultarse a la sombra de una roca grande y luego alzó la vista hacia él con cautela. Mientras el sol se ponía y las olas lamían la playa, él se limitaba a holgazanear allí sentado, con una pierna colgando, contemplando los océanos. Shallan no vio a su spren; era probable que estuviese ocultándose dentro de él.

Avanzó despacio manteniéndose a su espalda, entre las sombras, y al poco tiempo el hedor del cadáver hizo que tuviera que respirar por la boca. Ese olor a pescado podrido era una de las cosas más horribles con las que se había topado jamás. Se obligó a acercarse, pero…

¿Con qué propósito? Tenía su cuchillo que distorsionaba el aire. Lo único que tenía que hacer era herirlo con la gravedad suficiente para que se viese obligado a absorber luz tormentosa o morir, y entonces quedarse a ver la bonita explosión. Pero aun así… titubeó. Se dijo que era porque estaba fuera de alcance, pero lo cierto era que Mraize parecía distraído. Shallan había ascendido por una cuesta detrás del cadáver. Podía dejarse caer sobre la cabeza como de cangrejo que tenía aquella cosa y luego atacar y…

¿Era eso lo que quería? Recordó días pasando miedo, primero en las Llanuras Quebradas, donde tan sola se había sentido. Y recordó el propósito que él le había dado, como un baño caliente y relajante. En buena parte, era la Tejedora de Luz que era en esos momentos gracias a los desafíos y las exigencias de Mraize.

Por alguna razón, se puso en pie y sus botas rasparon la piedra. Mraize se dio la vuelta y vaciló. Después, con gesto deliberado, miró de nuevo hacia el océano.

—Era un niño —dijo—, la primera vez que subí a este cadáver. Me gustaba fingir que era un cazador famoso de grancaparazones, que había acabado yo con este. En realidad, todos en la aldea se enteraron de que había subido hasta aquí, y yo solo pude venir a verlo una semana después de que muriese.

—Mraize —dijo Shallan, irguiéndose más—. Tenemos que ponerle fin a esto. Tú y yo.

—Lo sé —replicó él en voz baja. Señaló con la cabeza hacia las olas—. ¿Crees que hay algo ahí fuera? ¿Al otro lado del océano, como dicen esas historias fantasiosas?

—No, la verdad —admitió Shallan, manteniendo la distancia—. Si tenemos en cuenta la fuerza que reúne la alta tormenta sobre el agua… Bueno, incluso a los asentamientos de la costa oriental de Roshar ya les cuesta sobrevivir. Las Llanuras Quebradas están cientos de kilómetros tierra adentro y aun así no lo tienen fácil. Me cuesta imaginar que haya pequeñas islas habitadas, como se dice en esas historias…

—¿Pero? —preguntó él, y pareció comprender que, con Shallan, sin duda habría un «pero».

—Pero —confesó ella— ojalá existan. Suenan muy interesantes, muy misteriosas.

—Sí que existen —dijo Mraize, alzando la cabeza hacia el cielo que se oscurecía. Hacia las estrellas—. Ahí arriba. Islas en el cielo, a mucha distancia. Mundos llenos de maravillas que no podemos ni imaginar.

—Ella nunca te ha llevado, ¿verdad? —preguntó Shallan, aunque ya había adivinado la respuesta.

—No —admitió él—. Se me prometió que iría si reclutaba con éxito a un Radiante. —Se puso en pie en el caparazón, justo por debajo de ella, y se dio la vuelta—. Y ahora se me castigará por haber elegido mal. Diez años más, sin posibilidad de viajar fuera de este mundo. Puede que nunca vea esos lugares, Pequeña Daga.

—¿Quieres que me sienta triste por ti? —preguntó Shallan.

—Lo harás, lo quiera yo o no. Forma parte de tu naturaleza.

Diez años. Era un castigo duro, teniendo en cuenta, como empezaba a comprender Shallan, lo mucho que Mraize quería viajar para recolectar sus propios trofeos. Pero había algo en ello que no le terminaba de encajar a Shallan. Los castigos duros sin duda eran una costumbre de los Sangre Espectral, pero solo si servían como motivación. Todo lo que hacían consistía en dar incentivos, en manipular las situaciones.

Sintió un vacío en la mirada de Mraize. Y supo que esos diez años… se reducirían si mataba a Shallan y subsanaba su error. Era como funcionaban los Sangre Espectral.

«Algo me ha invitado a esta visión —pensó—. Es probable que su spren. Mraize sabía desde el principio que yo había entrado. Estaba esperando a que me acercase».

—Mraize —dijo con suavidad—, ¿no podemos encontrar otra manera?

—Es… algo que también he preguntado.

Esa parte sonó sincera.

—¿Dónde está Iyatil? Tu spren me ha invitado a esta visión, y tu trabajo en parte es distraerme, ¿no es así? ¿Mientras ella cumple el verdadero cometido de encontrar la prisión?

Mraize no respondió. Viniendo de él, era una buena señal, una indicación de que había supuesto bien. Aunque también podía estar manipulándola. Ese era el problema de la relación que mantenían. Nunca sabía exactamente qué pensar de Mraize. Incluso con otros espías, como sus Tejedores de Luz, sabía a qué atenerse, pero, por mucho que Mraize afirmara que los Sangre Espectral eran una gente abierta, a él no lo *conocía*.

Empezaba a sentir que nunca iba a hacerlo.

Pasaron un tiempo observándose desde cierta distancia, él sobre el cadáver de la bestia y ella llevando un rostro falso.

—¿Sabías que hay un mundo ahí fuera que tiene un océano en el cielo?

—susurró Maraize—. ¿Y otro donde la gente vuela sobre cometas, como si todos fuesen Corredores del Viento? ¿Y otro más donde los dioses pueden hacer que cualquier objeto se levante y ande? Los veré todos algún día, Pequeña Daga. Y me llevaré un trofeo para recordarlos.

—Aléjate de Iyatil —dijo ella—. Márchate, tú solo.

—Es difícil llegar hasta algunos de ellos —contestó él—. Hay unos pocos que ni siquiera ella ha visitado nunca. Se dice que algunos son solo mitos. Me encantaría ir descartando las mentiras y las leyendas, pero he hecho juramentos, Shallan. Y pretendo cumplirlos. De no hacerlo, ¿qué clase de persona sería?

Dejó caer una insinuación. La de que ella había renunciado a los suyos. Y a él.

—La próxima vez que nos encontremos —continuó Maraize mientras se daba la vuelta y volvía a sentarse—, prepárate para luchar. Intenta separarme de aquello que he perseguido durante toda mi vida. De los sueños de un niño que una vez se subió al cadáver de una bestia muerta para fingir.

La visión estalló y Shallan se vio arrastrada de nuevo al Reino Espiritual. Se sintió impotente, frustrada. Y avergonzada por aquellas emociones, cuando debería haber intentado acabar con él allí mismo.

«Pero tengo que impedir que Maraize me distraiga —pensó—. Tengo que encontrar a Iyatil. O, mejor aún, la prisión».

Pero ¿cómo?

Bueno, sí que parecía que Mishram hubiera estado influyendo en las visiones que tenían. Renarin estaba de acuerdo. Así que… quizá Shallan tuviera que dejar de esconderse. Permitir que Odium le mostrase lo que quisiera. Y confiar en que en algún lugar de aquellas visiones estuviera la pista que necesitaba para llegar antes que Iyatil a la prisión.

Kaladin estaba preparando la cena en la destrozada cámara del monasterio, poco después de que el sol besara el horizonte. Cerca de él, Nale se había sentado contra la pared. Tenía el gesto afligido, los ojos rojos de llorar. Szeth estaba de pie junto a él, dubitativo, y Syl, a tamaño humano, había encontrado una piedra en la que acomodarse y tarareaba en voz baja la canción del *Vela Errante*.

—Alcanzo a sentirlo, Bendito por la Tormenta —susurró Nale—. Al hombre que era antes. El hombre que oyó las canciones de Roshar hace mucho tiempo. No… no soy él. Solo lo recuerdo.

—Lo sé —dijo Kaladin mientras removía el estofado junto a una pequeña hoguera en la noche—. Yo he sentido lo mismo.

—Quiero mejorar —dijo Nale—. Quiero ser ese hombre, el que se alzó *contra* la ley para defender a quienes merecían piedad. Es el único camino que lleva a la justicia verdadera. ¿Cómo? ¿Cómo puedo volver a ver con claridad?

—Kaladin te ayudará —prometió Szeth.

Bueno, Kaladin se tenía bien merecido el entusiasmo de Szeth. Aunque seguía sin estar muy seguro de poder ayudar a los Heraldos, sí que podía intentarlo. Le daba la impresión de que nadie lo había hecho jamás.

Nale levantó la mano en dirección a Szeth e invocó una hoja esquirlada. No era la que había usado antes en la lucha. Aquella había sido su hoja Radiante, y la que acababa de invocar era su hoja de Honor, delicada, con dos hendiduras gemelas que la recorrían y un gran pomo.

—Tómala, Szeth —susurró Nale—. Guárdala hasta que... hasta que esté seguro de que puedo volver a llevarla. Yo... Yo no... No soy un hombre, ni un Heraldo, de justicia ahora mismo...

Szeth miró a Kaladin, que asintió mientras probaba el estofado. El sol terminó por ocultarse. Era la novena y última noche.

Szeth cogió la espada de manos de Nale, quien, en las horas transcurridas desde el combate se había vuelto frágil, titubeante, apenas capaz de moverse. Szeth lo envolvió en la capa Kholin azul de Kaladin, ya que el Heraldo estaba tiritando, y luego le trajo algo para beber.

Syl se cruzó de brazos y dejó de tararear.

—Bueno... —dijo—. ¿Y ahora qué?

—El último monasterio —dijo Szeth, que se unió a ellos junto a la hoguera—. Aún no he purgado mi tierra natal. Tengo que lidiar de alguna manera con el Deshecho que me desterró hace ya tantos años, después de poner en mi contra a los portadores de Honor, de engañar incluso a mi padre.

—No —dijo Nale en voz baja.

Todos apartaron la mirada de las llamas hacia él, junto a la pared, envuelto en la capa. Nale tenía los ojos fijos en su taza, que le temblaba en los dedos.

—No hay ningún Deshecho —afirmó.

—¿Qué? —preguntó Szeth—. La Voz de mi cabeza. Todo lo que vi. ¡La corrupción de mi pueblo!

Nale cerró los ojos.

—Ishar —dijo Syl—. Es Ishar, ¿verdad?

Nale asintió.

—¿Todo? —preguntó Szeth—. ¿Era *él*?

—Sí —susurró Nale.

—¿Cómo? —exigió saber Syl.

—Hay pozos de poder —susurró Nale— asociados con los dioses. Seguro que has oído hablar de uno en los Picos Comecuernos.

—¿Así que Ishar encontró el pozo de poder de Honor y lo usó de alguna manera? —preguntó Kaladin.

—El poder de Honor rechaza el contacto de los hombres —dijo Nale—, y su perpendicularidad se mueve. El poder de Cultivación en los Picos está supervisado con mucha atención por sus spren, y los mortales no pueden acceder a él. Pero el poder de Odium... le tiene aversión, lo considera débil.

Mishram encontró el lugar donde estaba escondido y obtuvo la capacidad de Conectar con todos los cantores. Ishar lo sabía y…

—Condenación —susurró Kaladin, con un escalofrío—. ¿El Heraldo Forjador de Vínculos tomó el poder de Odium?

—Solo con una fracción de él —dijo Nale—. Le permitió Conectar con esta tierra y convertirse en un dios para la gente de aquí. Y eso era lo que veneraban los portadores de Honor, Szeth. Una verdadera divinidad, a sus ojos, capaz de mostrarles el futuro. Las guerras que estaban por venir…

—Portadores del Vacío —susurró Syl.

—No —contestó Nale—. Algo peor… No creíamos que los Portadores del Vacío fuesen a regresar.

—Todo este tiempo… —dijo Szeth—. ¿Lo que oía era a uno de los *Heraldos*?

—Ishar quería convertirte en un auténtico soldado. En esa época, ni mis Rompedores del Cielo ni yo le caíamos demasiado bien, ya que fue justo después de que Billid y sus disidentes se separasen de mí con sus spren traicioneros.

—¿Hay Rompedores del Cielo disidentes? —preguntó Szeth.

—Sí. A menudo, a lo largo de los siglos. Lo normal es que logre volver a atraerlos… Tendría que haberlo previsto. En todo caso, Ishar buscaba nuevos Heraldos para reemplazarnos, pero siempre lo frustraba que sus portadores de Honor de Shinovar nunca estuvieran a la altura. Quería que luchasen, que se convirtiesen en guerreros. Es… lo que hace Odium… y creo que ha infectado a Ishar… —Nale volvió a abrir los ojos.

»Incluso cuando te equivocabas, conseguías ver con más claridad que el resto de nosotros, Szeth. No eres Sinverdad. Nosotros negamos el Retorno. Dejamos que ocurriese sin combatirlo, y en ocasiones hasta llegamos a unirnos al enemigo. Nosotros sí que somos Sinverdad. Ishar, Heraldo de la Sabiduría, es Sinverdad.

—Tormentas —susurró 12.124 mientras aparecía junto a Szeth. Los contempló, su rostro un vacío estrellado—. ¡Tormentas!

—¿Ishar nos espera en el último monasterio? —preguntó Kaladin, removiendo el estofado.

Nale asintió.

—Donde se reúnen los spren. Donde Szeth será iniciado como Heraldo, como auténtico Heraldo, para liderarnos. De algún modo, sabía que te necesitábamos, Szeth, aunque estuviese destrozado. ¿Significa eso que aún hay esperanza para mí, incluso ahora?

Szeth miró a Kaladin en busca de apoyo.

—Sin duda —respondió Kaladin.

—Pues vayamos al último monasterio —dijo Szeth.

—Necesitaremos luz tormentosa —advirtió Kaladin.

—Hay una reserva cerca de nuestro destino —murmuró Nale—. En un refugio oculto que tengo. Podemos llegar antes del amanecer.

—Pues viajaremos de noche —zanjó Szeth—. Y llegaremos por la mañana. Para enfrentarnos a Ishu-hijo-Dios.

Kaladin asintió y empezó a servir estofado en cuencos. Se fijó en Nale mientras lo hacía, apoyado en la pared, distante y abatido.

«Estaba equivocado, ¿verdad? —pensó Kaladin—. Durante nuestro combate, creía que era incomprensible. Pero… detrás de todo lo demás… es solo un hombre».

Los fracasos de Nale no eran incognoscibles en absoluto. Así que Kaladin hizo lo único que se le ocurrió: llevarle un poco de estofado. Mientras lo hacía, unas pocas notas fantasmales resonaron entre las colinas. El Viento estaba devolviéndole canciones, para animarlo.

Pero eran unas notas demasiado habilidosas, con mucho, para que las hubiera tocado Kaladin. Supuso que el Viento las había traído desde un pasado lejano. Desde una noche en las Llanuras Quebradas, cuando Kaladin había sido el hombre destrozado.

Ese hombre había vuelto a forjarse gracias al amor, la luz y la canción. La prueba de que podía hacerse.

120

RESGUARDAR DE LOS OJOS DE DIOS

CUATRO MIL QUINIENTOS CINCUENTA AÑOS ANTES

Yo, EL DIOS HONOR, RECORRÍ UN CAMPO DE BATALLA LLENO DE CADÁVERES ARDIENTES. EN ESA OCASIÓN, NO LLORÉ. NO PODÍA PERMITÍRMELO. MIS FIELES ME NECESITABAN.

RAYSE Y YO HABÍAMOS ENTRADO EN UNA CARRERA ARMAMENTÍSTICA. PRIMERO SUS FUSIONADOS, LUEGO MIS HERALDOS, LUEGO SUS DESHECHOS, LUEGO MIS RADIANTES... QUE NO FUERON UNA CREACIÓN CONSCIENTE MÍA, SINO QUE LOS FORMARON PARTES DE MÍ QUE FUNCIONABAN DE MANERA INDEPENDIENTE. MOLDEÉ SUS JURAMENTOS PARA MAXIMIZAR SUS CAPACIDADES, SEGÚN LAS CONDICIONES DE KOR Y LOS CONSEJOS DE ISHAR. ESE HOMBRE COMPRENDÍA LAS MANERAS DE LOS DIOSES COMO POCOS MORTALES HABÍAN HECHO JAMÁS.

HABÍAN PASADO MILENIOS Y YO SEGUÍA ENFRENTÁNDOME A RAYSE, SIN PARAR, UNA Y OTRA VEZ. GUERRAS SUBSIDIARIAS INTERMINABLES. RAYSE ESTABA ATRAPADO EN EL SISTEMA ROSHARIANO, PERO, SI LOGRABA HACERSE CON EL CONTROL, PODRÍA ENVIAR FUERZAS AL COSMERE PARA QUE CUMPLIERAN SU VOLUNTAD. MIS EJÉRCITOS SE LE OPONÍAN. PUES SUS FUSIONADOS, AL IGUAL QUE MIS HERALDOS, ESTABAN ATRAPADOS EN ESTE SISTEMA DEBIDO A NUESTROS JURAMENTOS. SOLO CUANDO UNO DE NOSOTROS GOBERNASE ROSHAR POR COMPLETO, PODRÍA UTILIZARLO COMO PLATAFORMA HACIA NUESTROS OBJETIVOS MAYORES EN EL COSMERE.

PERO ALLÍ ESTÁBAMOS, DESPUÉS DE MILES DE AÑOS... EN TABLAS. ¿CUÁNTOS...? ¿CUÁNTOS HABÍAN MUERTO DURANTE ESOS ÚLTIMOS SIGLOS? AUN ASÍ, NO DEJABA DE REPETIRME QUE ME HABÍA VUELTO MÁS SABIO DESDE LOS FUEGOS DE ASHYN. LOS DIOSES NO LLORABAN POR LOS CAÍDOS: SE REGOCIJABAN CON LAS VICTORIAS DE LOS VIVOS.

Eso formaba parte de lo que les había estado enseñando a mis seguidores, junto con la santidad de los juramentos.

«El ejército de Rayse se vuelve más poderoso», pensé mientras recorría el campo de batalla, calculando las cifras de bajas. Los Deshechos, en particular, estaban ganando fuerza. Rayse me había ocultado su creación, y yo los encontraba perturbadores. Mis Radiantes podrían llevar a cabo grandes gestas, pero estaban limitados por sus juramentos. Sus Fusionados estaban más limitados incluso, lo que le dejaba una fuerza adicional que podía darles a los Deshechos.

Yo tenía a los Heraldos. Y ellos, cada vez más, eran capaces de extraer los poderes *del propio Roshar*, en lugar de usar solo mis potencias. No comprendía ni cómo ni por qué, pero no quería aparentar debilidad reconociendo ese hecho.

Sopesé la situación. Miles de años. ¿Acaso era aquel nuestro destino? ¿Batallar durante toda la eternidad? Sentí una traicionera reticencia. ¿Por qué? Yo, Dios, ostentaba el poder de Adonalsium. Podía ver el futuro, pensar en múltiples líneas temporales al mismo tiempo, aparecer donde me viniese en gana.

Mi avatar seguía infundiendo la terrible tormenta de Roshar, convirtiéndola en una manifestación de mi voluntad y mi fuerza. En un recordatorio constante de mi bendición, a través de la luz tormentosa, y del peligro de desobedecerme. Yo *era* la tormenta. No debería ser reticente. Debería ser audaz.

Me giré y volví a contemplar el campo de batalla. Una solitaria extensión de piedra, sembrada de bultos oscuros. Esa vez… Esa vez mi gente casi había perdido. Mi sistema de Radiantes, inspirado por el Heraldo de la Sabiduría, tendría que haber sido superior, ya que sacaban partido al poder de los juramentos, pero los Fusionados inmortales de Rayse no dejaban de aprender y aprender cuanto más vivían. Cada guerra era cataclísmica, y mis fervorosos sacerdotes las llamaban Desolaciones. Sin ningún bando capaz de ganar, ambos se apaleaban hasta dejarse destrozados y, al final, la civilización se reducía a cenizas.

Entonces regresaban los Fusionados, tras aprender con cada Desolación, mientras mis ejércitos tenían que empezar de nuevo. Rayse aplicaba las lecciones de la naturaleza: toda roca podía desgastarse si se disponía del tiempo necesario. Volé hasta los confines del mundo, a Natanatan, donde la batalla había sido más encarnizada en aquella ocasión.

«Al menos mi pueblo sobrevive —pensó una parte de mí—. Esto funciona».

No era tan terrible como lo de Ashyn. El cielo no ardía y la gente podía recuperarse.

Rayse apareció frente a mí, con las manos apoyadas en su cetro dorado y la barba agitándose al viento.

—Bueno, ha sido divertido, aunque hayas ganado.

—No es una victoria —dije, con voz ronca.

—Tus Heraldos han atrapado a mis mejores guerreros en ese infierno de Braize —repuso él—. Sus propiedades únicas son de lo más fascinantes. Casi cabría pensar que me admiras, al basar su nombre en el mío. En todo caso, era demasiado inexperto con mis poderes cuando acepté este arreglo. Miles de años y no consigo liberarme. Debería estar impresionado.

Sentí la inquina que brotaba de Odium. Llevaba ya dos milenios y medio en mi prisión. Dos mil quinientos años en los que yo había protegido el Cosmere con la sangre y la vida de mis fieles. El resto de Esquirlas seguían apartando la mirada. Y en cuanto a mí... Le había prometido a mi pueblo paz y tranquilidad en la muerte, pero en vida les daba solo pavor y ceniza.

—Lo haces tan horrible como puedes cada vez, ¿verdad? —susurré—. Pretendes quebrantarme.

—¿Quieres saber cómo sería un verdadero intento de quebrantarte, Curtidor? Apenas ataco a los niños durante las Desolaciones. Podría ordenar una masacre, en lugar de una guerra. Me lo estoy planteando para la próxima vez. Solo por ver cómo reaccionas.

Grité. La rabia me hizo perder el control y me abalancé contra él.

Rayse rio y lanzó su poder contra el mío. Lo que siguió fue un trueno, y el silencio, mientras todo salía empujado lejos de nosotros. En esa nada, ese espacio purgado de ejes, nuestras almas se fundieron de la manera más perturbadora, demasiado íntima, demasiado evocadora de la creación para una criatura como él. En ese momento, nacieron diminutos pedazos de algo discordante.

Algo peligroso, incluso para un dios. Lo contrario a mi esencia. Antiluz, podría llamarse.

Peor aún fue que la onda expansiva de nuestro choque se extendiera por debajo de nosotros, un poder fragoroso y vibrante con aquellos tonos terribles. Me di cuenta demasiado tarde de que aquel lugar tenía algo raro, bajo la ciudad. Partes de algo caído. Una... ¿una cuarta luna? ¿Hecha astillas? Reaccionó a nosotros, y vi gente allí. Gente nueva, observadores, que habían permanecido ocultos a mí.

Esos pedazos del cielo... ¿Resguardaban de los ojos de Dios? No era aluminio. Era algo más grandioso. Algo... que reaccionaba a nuestro enfrentamiento, que volvía el suelo líquido formando un patrón, dictado por el tono y por la extraña naturaleza de aquel lugar.

Vaporizamos una capital entera en cuestión de segundos. El choque directo entre dos dioses era demasiado violento. Me aparté, horrorizado, sabiendo que acababa de provocar decenas de miles de muertes. Una de las mayores ciudades de todas... desaparecida.

Rayse rio.

—¿Quieres que volvamos a luchar?

Me aparté aún más de él.

—Te presionaré hasta que aceptes. Renegociemos nuestro acuerdo. Puedes librarte de mí.

No dije nada. Solo me arrodillé e intenté recuperarme. Aquella era mi gente. Gente que me seguía. Había puesto parte de mí en ellos... por lo que su dolor era mío. Tantos muertos...

No. Podía ser fuerte. Yo era Dios.

Me puse en pie y miré a Rayse a los ojos. Había una debilidad en él. Una que Kor había visto y me había susurrado. Aunque pasábamos menos tiempo juntos, porque yo tenía guerras que supervisar y una religión que liderar, aún la amaba, y también sentía su amor. El poder que albergaba Rayse aborrecía estar atrapado. Yo era consciente de que el poder que había dentro de Kor sentía algo parecido. Odiaba el estancamiento.

No obstante, había algo en Rayse de lo que podíamos aprovecharnos.

Como me negué a enfrentarme a él, Rayse se marchó en una tempestad de rabia y emoción. Tal y como Kor había susurrado que podría ocurrir, dejó tras de sí una sombra. No miré. Permanecí erguido. A la espera.

Hasta que la sombra se acercó a mí y dijo en voz baja:

¿Y si queremos la paz?

Era una de los Deshechos.

—No puedo firmar la paz con vosotros —declaré—, mientras él luche.

¿Y firmarías la paz conmigo?, preguntó la sombra. *¿Si pudieras, y él no te lo impidiese?*

Se llamaba Ba-Ado-Mishram.

—Sí —respondí.

La sombra se retiró, asustadiza, como un animal recién nacido al ver el colorido mundo por primera vez. Sí, Kor tenía

RAZÓN. PERO AQUELLA ABERTURA TARDARÍA MUCHOS AÑOS EN MADURAR, Y YO NO TENÍA TIEMPO PARA ESPERAR A QUE OCURRIESE.

DE MODO QUE DECIDÍ PRESIONAR MÁS A LOS HERALDOS. LES PERMITÍ ACCEDER CON MAYOR PLENITUD A MIS PODERES, Y A LOS DEL MISMO ROSHAR. MIENTRAS YO SIGUIESE ATADO POR JURAMENTOS, NO SERÍAN CAPACES DE DESTRUIR LA TIERRA. ASÍ QUE TODO IRÍA BIEN.

YO HABÍA PROCLAMADO QUE ASÍ SERÍA.

121

PONTONERO DE MENTES

En raras ocasiones el sabio, al perder, buscará también volcar el tablero y esparcir las piezas. Pero, si lo haces, probablemente será la última vez que juegues. Eso tampoco es una máxima de las torres.

Proverbios para las torres y la guerra, Zenaz, fecha desconocida

Adolin había entrenado las formaciones de bloques de picas, pero nunca había formado parte de una en batalla. Hacerlo en esos momentos, en la desesperada última defensa de Azimir, resultó ser una de las experiencias más humillantes de su vida.

Cuando May y él llegaron a sus puestos, recorriendo a toda prisa la noche cargados con unas picas enormes de más de tres metros, los habían enviado a posiciones distintas en el frente. Los habían separado porque el comandante a cargo del bloque, aunque lo dijo en tono de disculpa, no quería «dos eslabones débiles seguidos».

Adolin había tenido que engancharse la espada larga a la espalda, porque en la cadera podía topar contra sus compañeros de fila. Lo habían situado en algún lugar por el centro de la unidad que contenía la larga grieta en la pared de piedra de la cúpula. Estaba a ras del suelo, abierta por los Fusionados a los que luego Taln había dado muerte. El hueco, que después se había agrandado en las horas posteriores a ese ataque, medía ya más de diez metros.

Los defensores habían colocado escombros a lo largo de la abertura, más para obstaculizar que como fortificación, y defendían ese hueco con una gran línea de piqueros. Las formaciones modernas de picas no eran tanto una muralla de escudos como una posición defensiva contra la caballería, a menudo con ballesteros en los extremos. Esa noche habían desplegado un bloque más clásico, compuesto por una pared de escudos delante y dos líneas de piqueros detrás.

La primera línea usaba escudos y lanzas cortas para contener al enemigo. La segunda línea, muy apretujada, empuñaba las picas a dos manos y lanzaba estocadas sobre los hombros de la primera línea para matar soldados enemigos. Había una tercera línea preparada, descansando y bebiendo agua, pero a veces también usando sus picas por encima de dos filas durante los asaltos más complicados.

Situaron a Adolin en la fila de atrás, para cubrir un hueco, entre soldados que sudaban y bebían entre los siempre presentes miedospren, agotaspren y dolorspren. Para entonces ya no había bloques alezi y bloques azishianos, sino que los dos regimientos estaban integrados por completo. Aquella sección estaba comandada por un azishiano alto con cicatrices en la calva.

Dio la orden de preparar las filas para intercambiarse, y los hombres que rodeaban a Adolin dieron quedos gemidos. No era tiempo suficiente para descansar, ni por asomo. Necesitaban muchísimas más tropas, ya que el enemigo intentaba cruzar todas y cada una de las puertas al nivel del suelo y también escapar desde la galería elevada. Todos esos puntos estaban defendidos por soldados exhaustos, en muchos casos mal entrenados.

Adolin notó la desesperación en el aire cuando les ordenaron avanzar. La segunda línea de piqueros se replegó en torno a la tercera, que se adelantó hasta ocupar su lugar. Los demás hicieron sentirse torpe a Adolin cuando alzaron sus picas con eficacia sobre la cabeza y dejaron pasar a la línea interior. La pica de Adolin chocó con la de un soldado que se retiraba y sus astas casi se trabaron, lo que le ganó un gruñido. A la luz tenue, el soldado no podía distinguir quién era Adolin, probablemente por suerte para ambos.

Adolin alzó la pica, la colocó en su lugar e hizo lo posible por defender a los lanceros que tenía delante. Más al frente había un agujero oscuro, iluminado solo por las resplandecientes gemas de las barbas de los cantores. Un mar de estrellas rojas, azules, púrpuras y amarillas. Eso y los ojos rojos brillantes que señalaban la presencia de los regios.

Los defensores habían matado a un gran número de cantores. Pagando un alto precio, sí, pero eso significaba que los regios en forma tormenta no podían derribar fácilmente la línea de piqueros, ni los que estaban en forma funesta podían abrirse paso desgarrándola. No quedaban los suficientes regios, y tampoco parecía que los Fusionados que había visto Notum estuviesen listos por el momento.

Así que todo dependía de los últimos posos: los débiles, heridos y agotados defensores humanos contra los soldados rasos cantores que habían visto morir a decenas de miles de los suyos durante aquel asalto. Adolin intentó no pensar en a quiénes estaba matando: a gente de la que podría afirmarse que no llegaba ni al año de vida. Justificadamente furiosos por lo que les habían hecho, Odium los había acogido, los había convertido en soldados y ahora estaban obligados a cargar contra bloques de picas. Adolin gruñó cuando volvieron a atacar, apartando picas a golpes, intentando acercarse y atravesar la muralla de escudos.

La mayor parte del trabajo de Adolin consistía en estabilizar y recolocar la pica. Echarla atrás, asestar estocada. Un trabajo agotador que no tardó en hacer que le ardieran los brazos. Era una pesadilla, iluminada solo por unas pocas lámparas de tenues esferas. Permaneció allí plantado un tiempo terroríficamente largo, intentando repeler una marea de tropas agresivas. Era un milagro que los defensores no hubiesen caído. La línea se agitaba y se combaba a cada embate de los cantores, pero el mundo entero de Adolin era aquella tormentosa pica, tan pesada que ya era un esfuerzo mantenerla en alto, no digamos hacer algo con ella. Supeditado a eso estaba el incordio de no resbalar por la pierna que le faltaba. A veces podía encajar la pata de palo contra el canto de un adoquín y conseguir cierto apoyo, hasta que, sin que hubiera forma de evitarlo, resbalaba y lo hacía tropezar.

Le dieron pena los pobres desgraciados que no solo tenían que mantener su pica en el sitio, sino además soportar su presencia. Adolin apretó los dientes y resistió durante lo que le pareció toda una eternidad, mucho después de que se le empezasen a dormir los brazos. Nunca había sido un lastre en el campo de batalla, y esperaba no estar siéndolo, pero tormentas... la experiencia estaba siendo una humillación absoluta, completa y horrible.

«Mis músculos no están acostumbrados a este trabajo. Mi ego no está acostumbrado a formar en línea en vez de correr por ahí con armadura esquirlada, prácticamente inmune a todo».

¿No se suponía que hacían turnos? ¿No se suponía que iba a poder...?

El capitán de su fila ordenó la rotación. Adolin retrocedió encantado, pero lo avergonzó que, al instante, su pica chocara contra la del soldado que avanzaba para relevarlo. Las tormentas quisieran que no fuese el mismo de antes. Adolin salió a trompicones de la línea y agradeció que alguien le quitara la pica de las manos mientras una mujer le ofrecía un cazo con agua. Se bebió tres seguidos y luego miró la luna.

Como mucho habrían pasado quince minutos. Tormentas. ¿Tenían que seguir así toda la noche? Se sentó en el suelo para pasar los diez minutos aproximados que tenía antes de que le tocara volver a la formación. A juzgar por la primera luna poniente, quedaban doce horas hasta el enfrentamiento de su padre, que tendría lugar a mediodía en Urithiru. Si Adolin apenas se veía capaz de resistir un segundo turno, no quería ni imaginarse veinte más.

El oficial de la fila se acercó a él y le dijo en voz baja:

—Puedo dejarte fuera, brillante señor. No tienes por qué entrar en el próximo turno.

—No —dijo Adolin—. Mientras los demás entren, yo entro.

El hombre alto, poco más que una sombra en la noche, parecía preocupado.

—El siguiente turno es el difícil, brillante señor.

—¿Más difícil que este? —preguntó Adolin, asombrado.

—Todo el mundo hace un turno en la muralla de escudos.

Tormentas, claro. Las picas eran difíciles de manejar, pero los soldados que corrían mayor peligro eran los de la primera línea. Rotaban de manera diferente, ya que tenían equipamiento diferente, pero tenía sentido que todos pasasen un tiempo delante.

Si Adolin acababa de sobrevivir a una pesadilla, lo que venía era... Tormentas, sería la mismísima Condenación. Adolin, sentado en el suelo, oía a los soldados gritar, gruñir y sangrar.

—Entraré —dijo al oficial, entre dientes apretados—. Seré más útil en primera línea, de todos modos. No tengo desarrollada la musculatura de un piquero. Seré más efectivo con lanza y escudo. —Señaló con el mentón su pata de palo, y sintió una extraña y estúpida vergüenza por lo mal que se la ceñía la pernera del pantalón—. Pero no me pongas junto a otra persona débil o inexperta.

—Cada vez puedo hacer menos a ese respecto, brillante señor —respondió el azishiano,

Miró por encima del hombro mientras llegaba otro grupo de refuerzos desde la tienda de reclutamiento. Cinco hombres que portaban sus picas incluso con más inseguridad que Adolin.

Adolin suspiró y volvió a beber, pero el descanso se había acabado antes de tener la oportunidad de disfrutarlo. Le dieron una lanza y un escudo y lo enviaron hacia delante junto a unos cuantos soldados más, por un lado, ya que rotarían hacia dentro desde los bordes mientras los hombres del centro retrocedían a través de los piqueros.

Unos minutos después, Adolin se afanaba por sobrevivir contra una marea de oscuridad que había cobrado vida.

Las visiones se retorcían y se arremolinaban alrededor de Shallan, sin permanecer nunca estables mucho tiempo. Vio a su padre pegándole a su hermano Balat... y luego ella estaba matándolo a él, cantando mientras lo estrangulaba. Rabia, dolor y traición. De padre a hijo a hijo. Todo tan lleno de odio, igual que su padre había odiado a su padre y odiaba a sus hijos, que lo odiaban a él.

El tiempo se distorsionó y las escenas se entremezclaron.

Inquina.

Aversión.

Odium.

Aquel era su reino, y Shallan había permitido que la encontrase, por lo que él la castigaba con escenas de matanza. Su madre ahogando un grito, con los ojos quemados. Tyn empalada en la punta de la hoja esquirlada de Shallan. Testimonio chillando mientras Shallan desgarraba su misma alma.

Eso le dificultaba mucho recordar la reconciliación que acababa de tener con su madre. Los momentos felices como ese desaparecieron arrastrados por la corriente, y Shallan estaba otra vez con Tyn en aquella gran tienda que tan magnífica le había parecido en su momento, aunque no era nada en comparación con las lujosas telas alezi. Tyn se alzaba sobre ella, quejándose de que tendría que inculpar a Vathah de la muerte de Shallan.

«Lamento que hayas de aprender la lección de esta manera. A veces, tenemos que hacer cosas que no queremos, niña».

Shallan atacó primero y mató a la mujer con una hoja esquirlada. Tyn murió con los ojos quemados en el cráneo y algo nació dentro de Shallan. Una personalidad que era capaz de matar, aunque aún tardaría un tiempo en tener nombre. En aquel momento tenía dos personalidades incipientes, y puede que una tercera, la niña, que nunca había reconocido.

Pero dos que la ayudaban. Una a contener recuerdos. Otra a luchar y matar cuando ella no podía. Esas dos personalidades se mancharían las manos de sangre para que Shallan pudiese continuar funcionando. Después, terminaría por convertir una de ellas en Velo y luego, cuando necesitó una espadachina, tomaría la otra y crearía a Radiante, pero ambas llevaban creciendo mucho tiempo ya cuando ocurrió.

En esa visión, Shallan descargaba su hoja otra vez, dando tajos al cuerpo caído de Tyn. Y Sinforma estaba tras ella, asintiendo. Pero no... no era así como había ocurrido, ¿verdad?

Un instante después se vio matando a Mraize, y la sangre goteó de su espada mientras la cabeza rodaba separada del cuerpo. Luego asesinó a Sagaz, que reía. Luego a Jasnah, adusta e indiferente, muriendo mientras reprendía a Shallan por su postura con la espada.

—No —susurró Shallan—. A ellos no los mataría.

Pero en la visión lo hacía, una y otra vez. A todos los que alguna vez la habían querido, o la habían ayudado, o se habían ofrecido a hacerle de mentores. Había matado a sus padres, y luego había necesitado reemplazos a los que asesinar también. Sebarial y Palona. Dalinar y Navani.

Sangre en las manos, y sus personalidades no podían ayudarla.

—¡No! —chilló.

Sabía que aquello no era real. Había entrado allí por voluntad propia, pero eso ya no importaba. Su voluntad flaqueó mientras se veía obligada a mirar, una y otra vez, cómo algún ser querido moría por su propia mano.

«No dejes que gane él. No te lo creas».

Pero aquello era implacable. Un coro repetitivo que proclamaba lo peligrosa que era para todo quien se acercase a ella. Shallan los dejaría atrás y después los asesinaría.

Igual que había hecho con sus padres.

Los ritmos vibraban a través de Rlain cuando apareció en un campo de batalla. Cerca de él, unos humanos huían ante una vitoreante hueste de cantores. Era... el final. Una batalla ganada.

No tardaron en aparecer otros que traían agua y vendas a los guerreros. Y eran hermosísimos. Civiles con túnicas holgadas que mostraban el caparazón en toda su plenitud. Trajes de factura exquisita y diseño resistente, hechos de sedamarina, teñidos para complementar los tonos de piel. Hablaban de los guerreros que habían luchado para defender la ciudad. Una ciudad de cantores.

Rlain anhelaba verla.

Muéstramela, pensó. *Por favor.*

De repente, se encontraba entre ellos. En esa ciudad, magnífica, con edificios que incorporaban el fluir del crem al caer, esculpido a largo plazo en formas y diseños. Pautas naturales, que hacían que la ciudad diera más la sensación de ser un elemento del paisaje que una imposición construida sobre él.

Había herreros que trabajaban en forjas, artistas que creaban murales fluidos y arremolinados a partir de arena o trocitos de caparazones de colores, artesanos que fabricaban tambores u otros instrumentos que no reconocía. Todo se hacía bajo el sol, en lugar de ocultos en un taller, y llevando la forma artística u otras formas gloriosas. Aquella gente quería estar bajo la luz y entre el viento.

Rlain se descubrió tarareando al Ritmo del Asombro. Era cierto. Siempre había imaginado que tenían una cultura, unas creaciones, unos países que rivalizaban con los de los humanos, pero a una parte de él lo había reconcomido una preocupación. La de que quizá los cantores no fuesen capaces de tal majestuosidad.

Aquello era maravilloso. No eran meras imitaciones de lo que hacían los humanos, sino algo característico. Espléndido. Propio. Todas las visiones que había presenciado había sido desde la perspectiva humana, excepto aquella primera. Por fin estaba experimentando algo diferente.

Su legado.

Esto no es lo que necesitas ver, susurró una voz. Era la de Mishram. *Lo siento.*

—Pues llévame de vuelta —dijo él, a regañadientes.

Volvió a aparecer en el campo de batalla.

Odio esto, susurró Mishram. *Te odio a ti. Mira.*

Los guerreros se congregaban en el centro del campo de batalla, y Rlain se unió a ellos. Los cantores no se alineaban ni formaban filas. Nadie llevaba uniformes, ni siquiera en aquel ejército antiguo. Existían líderes, por necesidad, pero no había ni pelotones ni divisiones.

En eso, Rlain se había convencido con el tiempo de que quizá pudieran aprender de los humanos. Había fuerza en la regimentación, igual que la había en el entramado de los juncos que formaban una cesta.

Pontonero de mentes, pareció susurrarle algo en el viento. En esa ocasión no era Mishram. *Aquel que pertenece a ambos mundos. Tú puedes sanarnos.*

Rlain dio media vuelta y miró, pero vio tan solo un océano de rostros de cantores, cada cual con su patrón distintivo de rojo, negro y blanco mezclados. Había oído que un niño humano lo llamaba «pintado» en una ocasión, pero, por supuesto, aquella era una forma muy humana de verlo. En realidad, eran los humanos los que parecían estar pintados, cubriendo sus colores con una sola tonalidad.

Intentó no pensar así. Ninguno estaba pintado y ninguno era mejor que el otro. Podía haber una cierta apostura en ambos. Los ojos y las expresiones de los humanos se distinguían mejor, ya que sus iris resaltaban mucho sobre el blanco. Era algo que Rlain encontraba atractivo, así como la mata de pelo que tanto se revolvía a veces, cuando los mechones de los cantores tendían a caer lisos.

Echó un vistazo alrededor con la esperanza de encontrar a Renarin. Allí estaba ocurriendo algo, algo que Rlain no había esperado… pero que era emocionante y estimulante. Después de años sin tener siquiera una simple pareja de guerra, y perdiendo la esperanza de llegar a conseguirla en algún momento, ¿podía ser que en realidad estuviera cerca de algo mejor? ¿De algo más?

Quería aquello, aferrarse a Renarin y no soltarlo jamás. Se sentía eufórico y no dejaba de armonizar al Ritmo de la Alegría, incluso cuando deliberadamente cambiaba a otro por algún motivo.

«No hay tiempo para frivolidades en este momento tan importante —pensó—. Por eso es mejor no pensar en esta clase de vínculos si no se está en la forma adecuada. Distraen mucho».

Pero Rlain *quería* esa distracción. ¿Eso lo convertía en mal soldado? Por suerte, algo que se manifestó en el centro de las tropas llamó su atención. Allí, sobre una piedra que se alzaba unos tres metros en el aire, se formó una silueta a partir de un humo negro. Rlain ya conocía el rostro de Ba-Ado-Mishram a esas alturas, pero le resultó extraño verla presente del todo, con un cuerpo que tenía nueve veces el tamaño de un cantor normal, ataviada con ropas de color rojo sangre que dejaban al descubierto mucho caparazón. Su figura entera ardía, y unas volutas de luz oscura brotaban de ella, difuminando sus bordes. Daba la impresión de estar hecha por completo de humo negro y rojo, y tenía los ojos dorados.

Los soldados guardaron silencio y sus canturreos se suavizaron al Ritmo de los Terrores. Mishram, alta y dominante, como una montaña. Llevaba un bastón, cuya contera estrelló contra la roca haciendo un ruido que resonó nítido en los oídos de Rlain.

Y fue al pensar en ello cuando se dio cuenta de lo que podría estar viendo. Aquella visión era de *antes* de que capturasen a Mishram. Era de la época en la que Mishram se había convertido en la diosa de los cantores, creando la Falsa Desolación. Esa Falsa Desolación debía de incluir la batalla cuyo final había presenciado, cuyos cadáveres seguían desperdigados detrás, aunque el ejército se hubiera desplazado a una zona más despejada para ver a Mishram.

La Deshecha canturreó al Ritmo del Júbilo.

—Una batalla ganada —proclamó—. Y regalos que entregar. Algunos habéis sido elegidos por vuestra valentía. Adelantaos para recibir vuestro don.

Extendió una mano y llovió oscuridad desde debajo de su palma vuelta hacia el suelo, formando una tormenta en miniatura. Un cantor imperioso en forma tormenta le dio unos golpecitos en el hombro a otro y lo empujó trastabillando hacia ella. Mishram asintió y el hombren se internó en la tormenta. Aunque estaba en forma de guerra, parecía un muñeco si se lo comparaba con ella, en cuya mano habría podido caber.

La multitud se quedó aún más quieta cuando el hombren emergió de la oscuridad, alterado, como por una alta tormenta, en una forma nueva. Forma funesta, con ojos rojos brillantes y un caparazón que imitaba una armadura, más ceñido y con púas. Una forma de poder, y una de las mejores para la guerra.

Otros dos elegidos adoptaron formas de poder también.

—Los demás Deshechos —dijo Mishram, con una voz que atronó por todas partes— han accedido a apoyarme. Estamos ganando. Ahora vamos a presionar a los humanos. Sin descanso.

—¿Y Odium? —gritó Rlain, y su voz resonó entre el silencioso y sorprendido grupo de soldados—. ¿Qué hay de él?

—Está encerrado —respondió ella—, como los Heraldos humanos. He usado su poder para atarlo durante un tiempo. Ya no puede seguir desperdiciando nuestras vidas. —Se centró en Rlain y se alzó, erguida en lugar de agachada—. ¿Quién eres, soldado?

—Soy… No soy nadie —respondió Rlain—. ¿Por qué luchas, Mishram? ¿No quieres la paz?

—Los humanos nunca querrán la paz a menos que se les imponga —respondió ella—. Cuando los lleve al borde del colapso, veremos qué ocurre. ¿Quién eres?

—Nadie —repitió Rlain—. Elijo ser nadie.

Y, dicho eso, se volvió y se marchó.

Primero solo, mientras muchos canturreaban o gritaban palabras de traición. Pasó entre los cadáveres, y entonces… lo siguieron. Uno aquí, otro allá, no una riada. Un goteo. Algunos cantores sencillamente… se volvieron y echaron a andar.

Mishram apareció frente a él.

—¿Por qué? ¿Por qué os vais? ¡Si estamos ganando!

Rlain se detuvo. ¿Por qué?

—Lo rechacé a él —dijo—, pero no para reemplazarlo por otra guerra.

—¡Podemos vencer!

—¿A qué precio? —preguntó Rlain—. Yo abandono.

Caminó alrededor de ella. Y siguieron uniéndose otros. Los oyentes, que juntos romperían lazos con Mishram y con el resto de los suyos, y renunciarían a sus formas para buscar su propio camino.

—Cantor —lo llamó Mishram, alzándose erguida tras él—. Esto no os servirá de nada. He tomado el papel de Dios. Me he quedado con su estanque, su perpendicularidad, y estoy vinculada a todos los cantores que llevan una forma. A todos los spren, a todas las fibras de Roshar.

Rlain miró atrás hacia ella, titubeando.

La expresión de Mishram cambió, y Rlain oyó que de repente canturreaba a Confusión y miraba de un lado a otro.

—Eres tú. Es esto. Sí... —Volvió a fijar la vista en él—. Este fue el día. El día en el que me di cuenta... me di cuenta de que debía encontrar otra manera.

—¿Cuando se marcharon los oyentes? —preguntó Rlain—. ¿Fue cuando decidiste reunirte con los humanos?

—Me traicionaron... —Le relampaguearon los ojos—. Por tu culpa.

—Por culpa de malas personas haciendo malas acciones —replicó él, y le dio la espalda—. Eso no hace que mi acto sea injusto.

Siguió alejándose.

—Toathan —dijo otro, que llegaba corriendo hacia él—. ¿Por qué os marcháis?

Rlain se giró hacia ellos. Toathan. Ese nombre... Conocía ese nombre. Uno de los antepasados. *Su* antepasado, un nombre registrado en las canciones. Otros se unieron a él y preguntaron qué debían hacer. Rlain vio confusión en sus ojos, preocupación por la guerra.

—Pasa algo raro con todas las formas últimamente —dijo una mujeren—. Lo sentís todos, ¿verdad? Me da mala espina. Los ritmos cambian. Las canciones se retuercen.

—Estoy harto —dijo otro—. Esto no va a terminar nunca. Lo único que hacemos es seguir luchando. Y luchando. Y luchando.

—Marchaos —les dijo Rlain—. Reunid a vuestras familias. Nos iremos juntos, entraremos en la tormenta y abandonaremos nuestras formas. Ella se ha arrogado la carga de la divinidad y, al hacerlo, ha entrado en contacto con todo. ¿Eso que sentís que está mal? Se incrustará en nuestro interior si no actuamos. Cambiará nuestras mentes, nos atraerá de vuelta a ella.

—¿Abandonar nuestras... formas? —preguntó la mujeren.

—¿Qué somos sin formas? —dijo otro, a Ansiedad.

—Libres —contestó Rlain a Resolución.

Asintieron y echaron a correr hacia el campamento de guerra, que no quedaba muy lejos. Para recoger a los niños, a los antaño-compañeros. Rlain estaba orgulloso, en esa ocasión, de ocupar el lugar de su antepasado. Lo que venía a continuación sería traumático para ellos, ya que terminarían entrando en una embotada neblina mental... a la que solo sobrevivirían unas pocas canciones.

Y Mishram se alzaba en la distancia. «Nos ha dejado marchar», comprendió Rlain. Era algo que ni se había planteado jamás. Se los había imaginado escabulléndose, pero aquello estaba sucediendo a plena luz del día, bajo el sol y el cielo.

Por muchos otros defectos que tuviera, Mishram no los había obligado a quedarse. Y después de aquello, cuando le pidieron considerar seriamente la paz, había... aprendido de los oyentes. Rlain la vio allí en pie, supervisando el campo de batalla, y le dio la impresión de que titubeaba.

—Es muy diferente verlos morir cuando están a tus órdenes, ¿verdad, Mishram? —preguntó.

Sí, vibró su voz a través de él. *Ojalá los mejores de vosotros no hubieseis decidido marcharos. Quizá me habríais ayudado.*

—Quizá —dijo él—. O quizá tu ambición nos habría corrompido.

¿Y ahora?, preguntó ella. *Conoces mis fracasos, mis dolores, Pontonero de Mentes. Tengo... tengo muchas ganas de romper algo, de romperlo todo, por lo que me hicieron. No... No puedo contenerme, la mayor parte de los días. Rabio, chillo. Te mataré, si puedo. Temo eso. ¿Qué harás cuando me encuentres?*

—Aún no lo sé —dijo él, y empezó a alejarse—. Quizá solo escuche.

Era el día más oscuro que Renarin recordaba.

El primer día que las visiones lo habían asaltado. El día en el que había temido que ya no hubiese redención posible para él.

Solo había sido hacía... ¿cuánto, un año y medio? Pero se sentía mucho más joven que eso, aislado y solo en su habitación de los campamentos de guerra. A Dalinar le gustaba la austeridad, y eso afectaba a sus hijos también. Así que Renarin estaba sentado en una silla de madera dura, en una habitación con demasiada poca luz, envuelto en y rodeado por la oscuridad.

Estaba claro que las visiones intentaban afectarlo. Se puso en pie y entonces empezó: la primera vez que vio el futuro. Vio la tormenta que se avecinaba, y números en el aire que indicaban el tiempo hasta su inminente llegada. La tormenta eterna.

Las visiones lo aterrorizaban y, al recordar aquel día, chilló y se cubrió los ojos con las manos, sobrepasado por la cantidad de ruido y caos que se estrellaban contra él. Pero, a pesar de tanta *sensación*, ahora lo comprendía. Esa versión más joven de sí mismo había visto el Reino Espiritual, lo que significaba que todas las posibilidades competían por su atención.

Dejó de gritar y se obligó a mirar, ya que confiaba en ser capaz de analizar mejor la situación en ese momento. Pero no pudo evitar recordar su miedo, su preocupación por lo que fuese que le estaba pasando. Su temor a que ver el futuro terminaría enviándolo a Condenación por su herejía.

El padre de Renarin también tenía visiones, pero en las suyas llevaba la vida de un Caballero Radiante de antaño. Veía a Nohadon, el gran rey, o presenciaba grandes acontecimientos como la Traición. Cuando Renarin tenía visiones, eran de negrura, de una tormenta venidera e incluso, en los momentos más horribles, de su padre cayendo bajo la influencia del enemigo y convirtiéndose en el general de Odium.

El mensaje parecía estar claro. Había algo que estaba mal en el interior de Renarin.

Lo lamentaré, dijo Glys con voz angustiada. *Lo lamentaré, Renarin.*

Glys terminaría por darle una cierta explicación sobre lo ocurrido: que él, al ser un spren joven y que había desertado hacía poco al bando de Sja-anat no se había dado cuenta de lo que todo aquello le haría a Renarin. Ninguno de los dos había comprendido la verdad más importante: que lo que Renarin veía no era inevitable, y que las posibilidades que se le mostraban estaban *muy* influenciadas por el enemigo. Renarin se puso en pie. Había pasado muchísimo tiempo pensando en las visiones y en cómo evitar sus terribles posibilidades. Pero ¿qué había del presente? ¿No debería esforzarse en cambiar el ahora?

No es nuestro fuerte, susurró Glys. *Nos centramos en lo que será.*

—Siempre me toca hacer muchas cosas que no se me dan muy bien —respondió Renarin—. Es lo que viene a ser mi vida entera, Glys.

Poco después de aquello, el joven Renarin aprendería a canalizar toda esa información en visualizaciones. Ventanas de cristal tintado, una manera de conferir orden al caos del Reino Espiritual. Era capaz de hacerlo ya, de modo que se volvió y las visiones destellantes cristalizaron y se convirtieron en ventanas que lo rodearon como si estuviera en una estancia oscura y la luz entrase desde fuera.

En las ventanas vio fechas representadas con glifos en el cristal. Vio vientos furiosos, relámpago carmesí, los ojos del enemigo escrutando a través, sanguinolentos y terribles. Pero el pasado estaba muerto y enterrado. ¿Qué había del presente?

Unas nuevas ventanas crecieron a su alrededor, vibrantes, de colores tan vivos y resplandecientes que parecían gemas infusas. Le mostraban un paisaje oscuro, cultivos que apenas crecían, aldeas en ruinas, un pueblo esclavizado. Vio la pira funeraria de su padre, lo cual era absurdo. Cuando su padre muriese, lo convertirían en estatua, como a todos los reyes y altos príncipes alezi.

Cada una de esas ventanas tenía algún signo de la presencia de Mishram, pero estaban en las esquinas, ocultos. Como si Mishram estuviese... colándose como una polizona en las visiones de Odium.

«De veras creo que todo esto nos está llevando a alguna parte —pensó Renarin para sí—. Odium intenta quebrantarnos, pero Mishram utiliza esos ataques para decirnos algo. Algo sobre el aislamiento, y la traición, y el dolor...».

Le pareció que aquellas ventanas estaban demasiado dominadas por Odium para decirle lo que quería saber.

—Esto es tu influencia, ¿verdad? —preguntó Renarin a los cielos—. Siempre he visto el futuro que tú querías. Aunque no estuvieras prestándome atención directa a mí, tu sombra es alargada.

Tiene que ser así, Renarin, pensó Glys a un ritmo apenado. *Es lo que soy. De él, ahora.*

—No —dijo Renarin—. Llevo toda la vida oyendo que tengo que hacerme fervoroso, Glys. Porque a nadie se le ocurría otra cosa que hacer con un chico de alta cuna que no podía luchar.

Apretó las manos en puños para evitar que le temblaran. La gente creía que no tenía emociones porque no participaba en sus conversaciones ni encontraba interesante lo mismo que ellos, pero se equivocaban. Renarin sentía *demasiadas* emociones. De niño, le había resultado difícil contenerlas.

Todos los demás eran capaces de interpretarse entre ellos mejor de lo que él los interpretaba, y eso les hacía dar por hecho que lo entendían. Pero la verdad era que él no funcionaba según las mismas normas, y nunca lo había hecho. Veía el mundo desde una perspectiva diferente.

Podía convertir aquello en una ventaja. Volvió a sumirse en la oscuridad, lejos de las ventanas. Y, mientras lo hacía, invocó su luz. A pesar de sus muchos intentos por aprender a crear ilusiones como hacía Shallan, aquello era lo que siempre conseguía él. Una luz que crecía como una esfera en su mano, que brillaba por todo a su alrededor y le mostraba la verdad.

Los antiguos Radiantes debían de haber sabido que aquello era posible, ¿verdad? De ahí venía el nombre de su orden. La sociedad de Renarin decía que ver el futuro era algo terrible y malvado, pero quizá fuese solo por lo mucho que Odium influía en ello. Seguro que había alguna forma de saltárselo, de atravesarlo.

La gente veía gracias a la luz. ¿Podría verse mejor con una luz más pura?

Un nuevo grupo de ventanas empezó a crecer alrededor de Renarin, como cristales formándose. Él mantuvo la mano en alto y la llenó con el poder de aquel reino y, bañado en esa iluminación fría y blanca, vio que las ventanas cambiaban. Las sombras se fundieron y cayeron de ellas, *huyeron* de ellas. La oscuridad se evaporó.

Renarin quedó solo con la verdad. Con una docena de variedades de ella. Pues, aunque algunas cosas eran ciertas sin importar con qué perspectiva se vieran, ese no era el caso para la mayoría de las cosas de la vida. La respuesta a casi todas las preguntas era: «Bueno, depende…». Y eso valía tanto para preguntas intrascendentes, como lo que uno quería desayunar, como para otras de una importancia vital, como «¿Qué quieres de la vida?».

¿Esto es posible?, preguntó Glys, asombrado. *¿Podemos ver esto?*

—Cambiamos el ahora, Glys —dijo Renarin—. El futuro siempre empieza con el ahora.

En todas las ventanas aparecía él mismo. Renarin el fervoroso estaba allí, con la cabeza afeitada y una barba vergonzosa que no le crecía demasiado bien. Renarin el erudito era otra opción, vestido con la túnica arcana de los predictormentas. La ventana lo mostraba en una postura vigorosa, pero había conocido a los suficientes predictormentas como para no tener en mucha estima su arte. Quizá fuese por el sesgo de su tía Navani. La gente, por principio, veía ridículo que un hombre intentase convertirse en erudito, y esa actitud lo había infectado incluso a él.

Otra ventana mostraba a Renarin el general, y lo encontró interesante, porque creía que no se le habría dado mal dedicarse a la toma de decisiones tácticas. Aquella versión de él llevaba un uniforme extraño, uno que no reconocía. No era alezi, aunque sí que tenía el mismo corte. Estaba en Urithiru, le pareció, y era mayor, con el pelo más largo y el rostro afeitado. Estuvo estudiando esa ventana bastante tiempo, porque las plataformas de la Puerta Jurada que se veían a los lados estaban cubiertas de sembradíos.

Al rato abandonó esa ventana y fue a una que había atisbado antes: la única ventana en la que aparecía junto a un cantor alto y guapo, con un solideo de caparazón y una barba pulcra y oscura. Rlain. ¿Solo había una ventana en la que estuviera con Rlain en el futuro?

Le esperan tiempos difíciles, dijo Glys.

—¿Qué es lo que ves de ellos? —preguntó Renarin.

Tan solo lo que ves tú, pero el futuro es... mío. Lo comprendo. No veo más lejos, ni más, sino mejor.

—Para mí eso no tiene mucho sentido, Glys —respondió Renarin—. Lo siento.

Rlain, dijo Glys. *Míralo en esta imagen.*

Un cantor que llevaba el uniforme del Puente Cuatro, pero la ciudad que tenía detrás era sin duda de cantores, a juzgar por la arquitectura. De hecho, lo más probable era que fuese Kholinar.

—Si voy con él —dijo Renarin—, tendré que darle la espalda a la humanidad, en cierta medida.

Igual que él tendrá que darles la espalda a los suyos en cierta medida, convino Glys. *Ambos bandos os odiarán a los dos.*

—¿Igual que ambos dioses te odian a ti? —preguntó Renarin.

Sí, dijo Glys en voz baja, temblando a un ritmo. *Lo entenderás. Si recorres ese camino, lo entenderás. Renarin, yo... no quiero que te veas obligado a ello.*

—Puede que sea la única manera —dijo Renarin mientras contemplaba esa imagen de sí mismo en la ventana, vestido con ropa de cantor, de pie con el brazo de Rlain en el suyo. Aquel uniforme holgado era extraordinario, diseñado para lucir un caparazón que Renarin no tenía.

Rlain con uniforme humano. Renarin con un traje formal de los cantores. Aquello era una declaración de intenciones. Un futuro que Renarin nunca habría imaginado para sí mismo. Mientras crecía, había dado por hecho que su carencia de atracción por las jóvenes que lo rodeaban estaba relacionada con sus otras divergencias mentales. Ahora la veía como algo completamente diferente.

«Nadie es normal. Lo normal no existe».

Renarin podía elegir cualquiera de esas vidas y abrirse paso hacia ella, aunque ninguna estaba garantizada. ¿De verdad era aquella la vida que elegiría? ¿El *riesgo* que elegiría?

¿Por qué?, preguntó Glys. *¿Por qué quieres estar con él?*

—Porque ha intentado comprendernos —dijo Renarin—. Me gusta que se esfuerce tanto. Hay muchas personas que desprecian lo diferente. Es lo que he sufrido durante toda mi vida, lo que he visto por todo mi alrededor. Pero Rlain... quiere comprender a todo el mundo. —Renarin extendió el brazo y tocó el cristal—. Creo que lo entiende de verdad. Que me entiende a mí. Es una de las pocas personas que lo ha hecho jamás. Aparte de mi familia, no creo que nadie haya querido hacerlo nunca.

Ese camino lleva tanto al dolor como al júbilo, advirtió Glys.

—Es mucho mejor sentir —dijo Renarin— que tomar el camino que solo lleva a un destino gris y a una seguridad solitaria. Esto es lo que quiero.

A él, sí, pero también quiero una vida en la que intentemos entremezclar nuestros mundos.

¿Por qué?

—Porque alguien tiene que hacerlo, Glys. —Renarin empujó la ventana con la mano—. Mi padre no puede terminar esta guerra a base de dibujar líneas e intentar imponerlas. Si queremos que acabe de verdad, tenemos que cambiar los corazones, no los mapas.

Cambiarían el futuro cambiando el presente. Renarin había superado la incomodidad. Había descubierto que Rlain estaba interesado. Faltaba dar ese último paso. Renarin se abrió paso empujando por esa ventana de cristal tintado y desapareció de su visión para, confiando en la guía de Glys, entrar en otra, una en la que Rlain caminaba con un grupo de varios cientos de cantores.

Rlain se detuvo en seco cuando Renarin apareció frente a él. Después dio un paso al frente.

—¿Renarin?

—Sí —dijo él.

Respiró hondo, extendió la mano hacia Rlain y lo besó.

Fue más difícil de lo que le habría gustado, por lo alto que era Rlain. El cantor no se encogió ni se intentó apartar, por suerte, porque eso quizá habría acabado con la determinación de Renarin. Dejó que le pusiera las manos en las mejillas, rozando caparazón con los dedos, y que lo besara.

Una inundación de emociones. Pasión, nerviosismo y un calor abrumador. Muchas emociones. Sí, Renarin conocía la emoción. Ese día se deleitó en ella.

Aquel era el futuro que quería. Quizá no fuese el que otros habrían elegido, ni tampoco el que mucha gente habría escogido para él. Ni siquiera estaba convencido de que fuese el correcto, pero sí que era lo que él quería. Tendría que confiar en que quienes se preocupaban por él comprendieran que la decisión le correspondía a él, no a ellos.

Se apartó y esperó una respuesta, ansioso.

—Ha sido… mejor de lo que esperaba —dijo Rlain al Ritmo de la Ansiedad—. ¿Estás seguro, Renarin? No creo que el mundo vaya a tomarse muy bien que estemos juntos. No quiero que te hagas daño.

—¿Serás tú quien me lo haga?

—No —dijo Rlain a Confianza—. Nunca.

—Pues me arriesgaré —contestó Renarin—. Vamos. Creo… Creo que estoy cerca de comprender lo que Mishram intenta decirnos.

CUATRO MIL QUINIENTOS AÑOS ANTES

Yo, HONOR, ESTABA GANANDO.

¿CÓMO PUEDES ALEGRARTE DE ESTO?

HICE CASO OMISO A ESA PARTE DE MÍ. ERA UNA VOZ QUEDA. LA COMBINACIÓN DE LOS HERALDOS DESENCADENADOS, CAPACES DE HAZAÑAS INCREÍBLES, Y LA CRECIENTE ORGANIZACIÓN DE LOS CABALLEROS RADIANTES ESTABA FUNCIONANDO. RECORRÍ OTRO CAMPO DE BATALLA Y, AUNQUE HABÍA BAJAS, MUCHÍSIMAS BAJAS, LA DESTRUCCIÓN ERA AÚN MAYOR EN EL BANDO CONTRARIO.

¿CÓMO PUEDES NO HORRORIZARTE? LAS DESOLACIONES NO DEJAN DE EMPEORAR. LA HUMANIDAD CAE ARROJADA A LA EDAD DE PIEDRA DESPUÉS DE CADA ENFRENTAMIENTO.

NO PASABA NADA. LOS HERALDOS AYUDARÍAN A LA HUMANIDAD A RECONSTRUIR CUANDO HUBIÉRAMOS ANIQUILADO AL ENEMIGO. SUS PODERES ERAN A LA VEZ MAGNÍFICOS Y ÚTILES. Y ELLOS PROCEDÍAN DE ASHYN, POR LO QUE SABÍAN CONTROLARSE. MIENTRAS YO ESTUVIESE ALLÍ PARA ACTUAR COMO INHIBIDOR, SEGÚN EL ACUERDO QUE KOR NOS HABÍA IMPUESTO A ODIUM Y A MÍ, TODO IRÍA BIEN.

ME DETUVE, INADVERTIDO, EN EL CENTRO DE UN CAMPO DE BATALLA, DONDE UN SOLDADO YACÍA LLORANDO, AFERRADO A UN CAMARADA CAÍDO. EN SU REGAZO, UN LIBRO.

¿CÓMO PUEDES NO LLORAR POR LOS CAÍDOS?

EL LIBRO DE NOHADON. SÍ… HABÍAN TRANSCURRIDO SIGLOS DESDE LA MUERTE DE AQUEL HOMBRE. QUÉ INDIVIDUO MÁS PARTICULAR. QUIZÁ TENDRÍA QUE HABER INSISTIDO EN QUE ACEPTASE LA INMORTALIDAD, AUNQUE SOLO FUESE PARA ESTUDIARLO MÁS TIEMPO…

CONFÍAN EN TI. TE AMAN.

ERES UN FARSANTE.

DEJÉ AL SOLDADO Y BUSQUÉ A MIS HERALDOS POR AQUELLA EXTENSIÓN DE PIEDRA. QUERÍA FELICITARLOS POR SU VALENTÍA Y POR SUS LOGROS. EN ESA OCASIÓN SOLO HABÍA SENTIDO MORIR A TALN, LO QUE SIGNIFICABA QUE NUEVE HABÍAN SOBREVIVIDO.

OBVIAMENTE, IBA A TENER QUE DEVOLVERLOS A BRAIZE DE TODAS MANERAS. EL PLANETA TENÍA SUS PROPIEDADES EXTRAÑAS Y ATRAÍA LAS ALMAS, PERO NECESITABA QUE ELLOS... HICIERAN LAS VECES DE CERRADURA, POR ASÍ DECIRLO. SUS ALMAS ACTUABAN EN CIERTO MODO IGUAL QUE LA MÍA, QUE MANTENÍA A ODIUM ATRAPADO EN EL SISTEMA, PERO CON LOS FUSIONADOS. ERA UNA SOLUCIÓN MARAVILLOSA. LES PERMITÍA EXPERIMENTAR, A UN NIVEL INFERIOR, LO QUE SIGNIFICABA SER UNA DIVINIDAD.

HABLAS TAL Y COMO CREES QUE DEBERÍA HACERLO UN DIOS. PERO POR DENTRO, LO SABES. LO SABES, HONOR.

NO CONSEGUÍA ACALLAR AQUELLA VOZ. NO ERA EL PODER.

ERA LA PERSONA QUE YO HABÍA SIDO ANTES DE TODO AQUELLO. CURTIDOR.

ENCONTRÉ A ISHAR SENTADO SOLO JUNTO AL CADÁVER DE UN TRONADOR CAÍDO. EL MAYOR DE LOS HERALDOS, AUNQUE LA EDAD NO TUVIERA IMPORTANCIA PARA ELLOS, ESTABA ENCORVADO, CONTEMPLANDO EL SUELO DE PIEDRA.

—LO HAS HECHO BIEN —DIJE, MANIFESTÁNDOME EN MI FORMA GLORIOSA ANTE ÉL—. CADA VEZ ESTAMOS MÁS CERCA DE LOGRAR LA VICTORIA COMPLETA.

—Señor —DIJO ISHAR, Y SE ALZÓ HASTA QUEDAR DE RODILLAS—. Señor... ¿Cómo sería esa victoria completa?

—LA DERROTA DE NUESTROS ENEMIGOS.

—Los derrotamos cada vez —REPUSO ISHAR, AGOTADO—. Los expulsamos a Braize. Y después los seguimos... los seguimos y...

—TERMINARÁN POR DOBLEGARSE.

—¿Y si... nos doblegamos nosotros antes, señor?

FRUNCÍ EL CEÑO Y ENTONCES ME GIRÉ PARA EXAMINAR LOS FUTUROS. ¿QUÉ SE PERMUTABA A PARTIR DE AQUEL ACONTECIMIENTO...? LAS COSAS PARECÍAN INESTABLES, Y PELIGROSAS... PERO ERA PROBABLE QUE ME EQUIVOCASE. NO ERA CAPAZ DE VER EL FUTURO TAN BIEN COMO KOR. DECIDÍ PREGUNTARLE A ELLA. ¿CUÁNTO HACÍA DESDE LA ÚLTIMA VEZ QUE PASAMOS TIEMPO JUNTOS? CUÁNTO NOS HABÍAMOS OBSESIONADO CADA CUAL CON SUS PROYECTOS...

ERA CONSCIENTE DE QUE A MI PODER NO LE GUSTABA ELLA. NO LE GUSTABA LA MANERA EN QUE SE NEGABA A LUCHAR DE FORMA DIRECTA. NO LE GUSTABA QUE LA IRRITARA TANTO LA ATADURA QUE LE HABÍAMOS IMPUESTO A ODIUM, AUNQUE HUBIESE SIDO IDEA SUYA. ESO NOS SEPARABA CADA VEZ MÁS. HABÍA PASADO YA UN SIGLO O DOS DESDE LA ÚLTIMA VEZ QUE LA HABÍA ABRAZADO.

Quizá... No... Quizá fuesen más bien cuatro...

—Nos venimos abajo, señor —dijo Ishar en voz baja—. Tus Heraldos se vienen abajo. No creo que podamos regresar esta vez.

—Pero debéis —respondí—. O el enemigo regresará deprisa y la gente no estará lista.

—Quizá —replicó Ishar—. Pero quizá... —Alzó la vista al fin—. Quizá tenga una idea...

Me la explicó, y lo escuché mientras también buscaba las permutaciones.

Y, para mi horror, empecé a ver una cantidad inquietante de futuros en los que los Heraldos dejaban de luchar. No me... No me había dado cuenta de lo que les estaba haciendo la inmortalidad. No solo la inmortalidad. Había más. Mi poder. No podían albergar tanto de mi poder.

Si me quedaba sin los Heraldos, empezaría a perder las guerras. Los Radiantes no eran suficiente. Necesitaba hacer otra cosa, volverme más fuerte de alguna manera, mejorar a los Heraldos.

Los demás empezaron a reunirse, y yo... Yo...

Oh. Estaban *sufriendo*.

Algo cambió en mí. A esas alturas ya los conocía a todos íntimamente. Aunque no lo supieran, eran mis mejores amigos. Y ay, cómo sufrían. Mi querida Chana estaba desmoronándose. Nale se había vuelto inflexible. Jezrien se odiaba a sí mismo. Vedel era indiferente a todo, Battar demasiado cruel...

Ishar, que estaba explicándome su plan y buscando mi validación, era quien mejor lo ocultaba. Pero el mismo sufrimiento estaba allí, manifestándose como una necesidad de controlar. Una necesidad de...

—¿Es un plan deífico? —me preguntó Ishar—. ¿Un plan que tú podrías urdir? ¿Aislar a uno, sí, pero salvar el mundo?

—Sí —susurré. Era exactamente lo que yo había hecho.

Pero cuando lo dije, mis poderes reafirmaron su control. Honor odiaba a Ishar por pedir aquello, los odiaba a todos por haberse vuelto tan débiles. ¿De verdad serían capaces de hacerlo? ¿De darle la espalda a sus juramentos? Yo, Honor, lo denigraba. Pero no hablé, no lo prohibí.

Los dejé elegir, y me retiré para convertirme en la tormenta y soplar por el territorio, huyendo del dolor que había provocado. Pero no conseguía escapar, pues el dolor estaba allí, por todo el mundo. Sufrimiento por familiares perdidos. Sangre derramada en un ciclo eterno de guerra.

¿En qué era mejor aquello que Ashyn? Había tanto sufrimiento...

Por fin, acepté que algo en mi interior estaba desmadeján-
dose, y que llevaba así mucho tiempo. La dolencia que afectaba
a los Heraldos era en parte culpa mía. Había compartido demasiado de mí mismo con ellos, y estaba... poco a poco...
perdiéndome a mí mismo.

No busqué a mis sacerdotes fervorosos. Mis lugares de adoración. Los devotos que cantaban mis alabanzas. Me sentía
profundamente indigno, pues la parte sosegada de mi ser empezaba a alzar la voz. La parte que sabía que tanto yo como los
otros quince habíamos hecho algo terrible en Yolen.

Regresé a Shinovar, la tierra a la que los humanos habían
llegado al principio. Allí me tumbé, en un prado de hierba sin
cultivar, fingiendo que volvía a ser un chico en Yolen. Alcé
la vista hacia el cielo, hacia las nubes, y sentí...

Susurros en la brisa.

—¿Adonalsium? —dije con un hilo de voz.

No del todo, respondió la brisa.

—Viento —dije—. ¿Puedes ayudarme?

No, respondió la brisa.

—¿Qué hago?

Escuchar, respondió, y se desvaneció.

Escuchar. Me puse en pie e infundí la tierra con mi naturaleza divina. Había partes de mí que ya se habían extendido por
ella, pero en ese momento me permití a mí mismo ser la tierra
misma. Permití que mi alma se alineara con los ritmos de un pasado remoto.

Y los escuché, escuché al pueblo al que tendría que haber
amado. Estuve a su lado mientras se recuperaban poco a poco
de aquella guerra. Me abstraje por completo en oír sus historias mientras vivían. La mujer que ordeñaba sus puercos y cantaba al viento. La niña que jugaba con sus sabuesos-hacha sobre piedras que la querían. La erudita que se esforzaba en
intentar desenmarañar mis palabras, escribiéndolas y comen-
tándolas en tomos que no dejaban de engordar. El viajero
que recorría sin saberlo el mismo camino que había tomado
Nohadon.

Dejé de intentar liderar, organizar o presionar y, en lugar de eso, escuché. Por primera vez en mi existencia divina,
algunas cosas empezaron a cobrar sentido. En qué me había
convertido y por qué se me necesitaba... como testigo. Para
recordar todas esas voces. Todas esas lágrimas derramadas a
solas en la oscuridad de la noche.

Los amaba. Había guerras, sí, provocadas por ellos. Pero
no Desolaciones.

¿ESTARÍAN…? ¿ESTARÍAN MEJOR SIN MÍ?

SIN AQUELLO EN LO QUE TE HAS CONVERTIDO, SUSURRÓ EL VIENTO. *NO TENER DIOS ES PREFERIBLE A TENER UNO INSENSIBLE.*

¿*Y UN DIOS QUE SE PREOCUPA?*

MATASTEIS A ESE DIOS.

REFLEXIONÉ AL RESPECTO, ANALICÉ LAS PERMUTACIONES DE MIS REVELACIONES Y EL FUTURO DE ROSHAR. SUS VIDAS CONECTADAS A LA MÍA, SUS ALMAS AHORA ENTREMEZCLADAS CON LA MÍA. POCO A POCO, EL DOLOR TEMBLÓ POR TODA LA TIERRA. OÍ SU ANGUSTIA CUANDO DIERON COMIENZO OTROS ENFRENTAMIENTOS, ECOS DE LO QUE HABÍA OCURRIDO ANTES. AH, TALN SE HABÍA DOBLEGADO. BUENO, ERA ALGO QUE ME ESPERABA. IBA A TENER QUE…

NO.

TALN NO SE HABÍA DOBLEGADO.

ME DI CUENTA DE QUE HABÍAN TRANSCURRIDO MILENIOS MIENTRAS YO ME HALLABA EN MI ESTADO DE EXPLORACIÓN, SENTIMIENTO Y CONTEMPLACIÓN. BUSQUÉ URITHIRU, LA TORRE DE LOS RADIANTES, Y ALLÍ ENCONTRÉ A UN SOLO FORJADOR DE VÍNCULOS. SOLO UNO EN ESA OCASIÓN, AUNQUE YO LES HABÍA OTORGADO LA CAPACIDAD DE VINCULAR MIS TORMENTAS. ERA ALGO QUE… PARECÍA HABÉRSELES NEGADO POR UN TIEMPO, DURANTE MI EXPLORACIÓN.

ME MANIFESTÉ ANTE EL FORJADOR DE VÍNCULOS. EL HOMBRE AHOGÓ UN GRITO EN SUS APOSENTOS, PARA LUEGO CAER DE RODILLAS, CON LÁGRIMAS EN LOS OJOS.

—MELISHI —DIJE, ENCONTRANDO SU NOMBRE EN LOS ECOS DE CONEXIÓN—. ¿QUÉ ES ESTO? ¿OTRA DESOLACIÓN?

—Todopoderoso —RESPONDIÓ MELISHI, Y ALZÓ LAS MANOS HACIA MÍ—. ¿Has elegido bendecirme?

—LA DESOLACIÓN —INSISTÍ.

—No es auténtica. Es solo una escoria parsh fingiendo. —MELISHI ME MIRÓ—. Necesitamos ayuda, señor. Los Radiantes reñimos. Pero una guerra… ¡Una guerra podría unirnos otra vez!

—LA GUERRA NUNCA UNE —ESPETÉ—. PUEDE QUE CONSIGA QUE OS ALIÉIS DURANTE UN TIEMPO POR MIEDO, PERO NADA MÁS.

MELISHI RECULÓ ANTE MI IRA.

—Pero…

ME ALEJÉ DE MELISHI Y RECORRÍ EL TERRENO EN BUSCA DE MI ENEMIGO. ME MANTUVE ALEJADO DE NUESTRO NIDO, Y DE KOR, Y DE LO DECEPCIONADA QUE ESTABA CONMIGO. TERMINÉ POSÁNDOME EN LA CIMA DE UNA MONTAÑA QUE ME RESULTABA FAMILIAR, DONDE RAYSE HABÍA COBRADO FORMA.

HABÍA ALGO DIFERENTE EN ÉL. SÍ… ESTABA INCLUSO MÁS DESCONECTADO DE SU PODER QUE ANTES. LA ESQUIRLA DE ODIUM FLOTABA MUY POR DETRÁS DE ÉL, ATRAÍDA HACIA BRAIZE. EL AISLAMIENTO FOR-

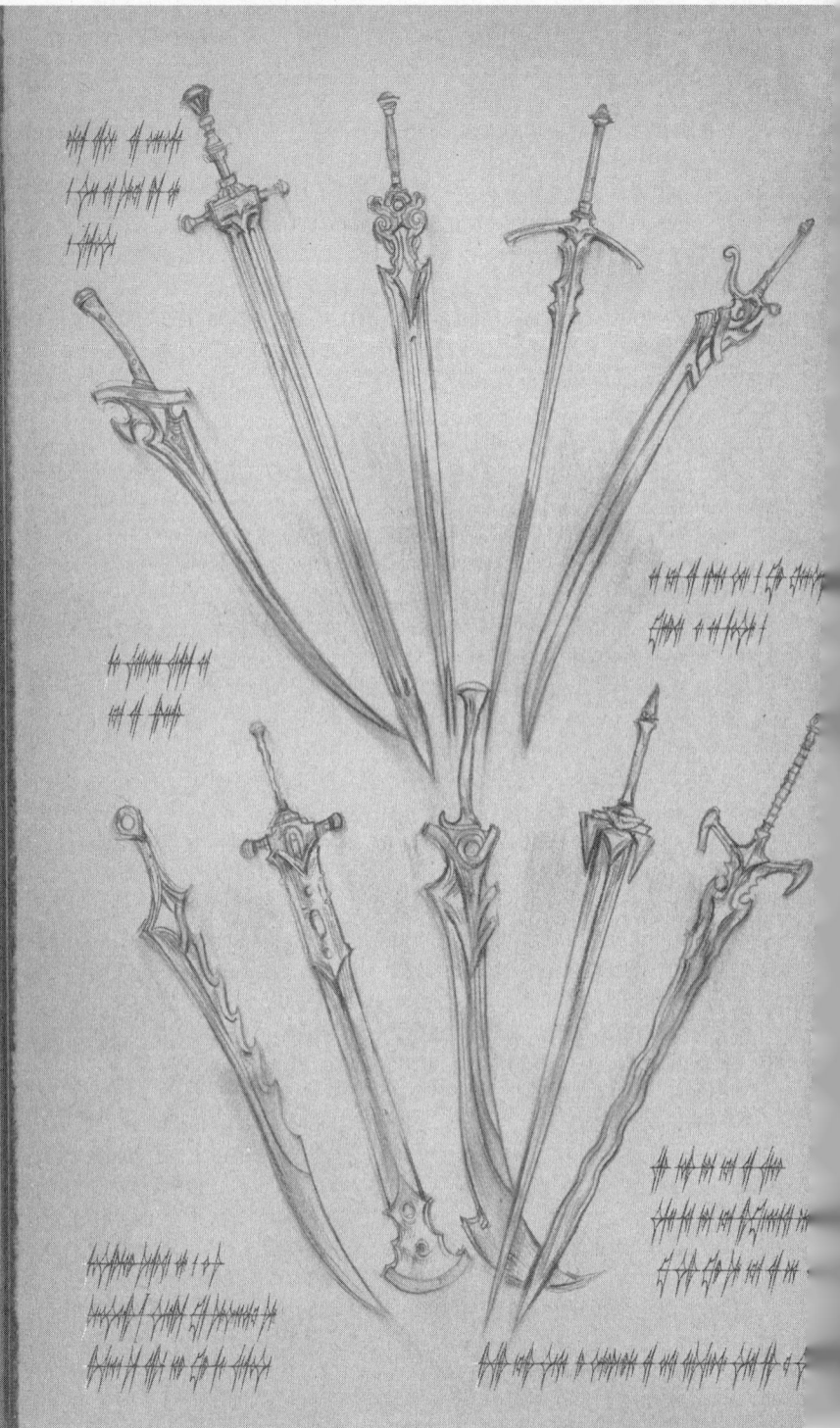

ZADO EN AQUEL SISTEMA Y LA INCAPACIDAD DE CUMPLIR LOS DESEOS DEL PODER ESTABAN HACIENDO MELLA EN ÉL.

ESO LO VOLVÍA MÁS PELIGROSO. MUCHÍSIMO MÁS PELIGROSO.

—BUENO —DIJO ODIUM—, ¿POR FIN SE TE HA PASADO EL BERRINCHE?

—¿QUÉ ESTÁS HACIENDO, RAYSE? —EXIGÍ SABER—. NO ES MOMENTO DE UNA CONFRONTACIÓN.

—¿AH, NO? —PREGUNTÓ—. NO SABÍA QUE HUBIÉSEMOS ACORDADO UNA FECHA.

ME ABALANCÉ HACIA ÉL, Y RAYSE *SONRIÓ*. ATRAJO SU PODER DESDE DETRÁS Y ESTE SE ALINEÓ CON ÉL, ANSIOSO.

CIUDADES DEVASTADAS. NACIONES DESTRUIDAS. PERSONAS MASACRADAS.

NUNCA MÁS.

—VENGA —SUSURRÓ ODIUM—. ESTO LLEVA HIRVIENDO MUCHO TIEMPO, CURTIDOR. NO PODEMOS EXISTIR JUNTOS AQUÍ, Y LO SABES. UNO DE NOSOTROS TIENE QUE DESTRUIR AL CONTRARIO. LOS PODERES LO EXIGEN.

YO QUERÍA HACERLO. IBA A *GOZAR* DE LA MUERTE DE RAYSE. DE ARRANCARLE EL PODER Y DEJARLO GIMOTEANDO EN EL SUELO ANTES DE ANIQUILARLO POR FIN. ERA ALGO QUE LLEVABA ESPERANDO DESDE HACÍA MILES DE AÑOS.

PERO YO, TANAVAST, RECORDÉ ASHYN.

SOSTENIENDO EL CUERPO DE UN NIÑO.

YO, TANAVAST, RECORDÉ NATANATAN.

UN TERRITORIO QUEBRADO.

YO, TANAVAST, RECORDÉ LA TIERRA Y LO QUE HABÍA APRENDIDO A LO LARGO DE LOS ÚLTIMOS DOS MIL QUINIENTOS AÑOS. LA MUERTE DE LAS PERSONAS ME ESTABA DESTROZANDO POR DENTRO. PORQUE ME IMPORTABAN, Y ME HABÍA CONVERTIDO EN PARTE DE ELLAS. NO IBA A LUCHAR. *NO* IBA A DESTRUIR ROSHAR. NO AHORA QUE PODÍA OÍR LAS CANCIONES DE ELLOS...

ME NEGUÉ.

—TE OBLIGARÉ A HACERLO, TANAVAST —ASEGURÓ ODIUM—. NO PUEDES DETENERME.

—NUESTRO ENFRENTAMIENTO LOS DESTRUIRÍA A TODOS —SUSURRÉ—. NO TE IMPORTA, ¿VERDAD?

—EL COSTE ES DESAFORTUNADO, PERO ASUMIBLE —DIJO RAYSE—. NO PUEDO EXISTIR EN ESTE ESTADO. —CONCENTRÓ MÁS DE SU PODER Y SU VOZ SE ALZÓ CON CRECIENTE Y CREPITANTE ENERGÍA—. ¡ENFRÉNTATE A MÍ, CURTIDOR! ¡ENFRÉNTATE A MÍ O LIBÉRAME! *¡NO ME DEJARÉ RETENER MÁS TIEMPO AQUÍ!*

EN ESE MOMENTO SUPE QUE EL PLAN DE BA-ADO-MISHRAM NO IBA A FUNCIONAR. SI ELLA TOMABA A ODIUM, EL PODER TERMINARÍA POR ARRASTRARLA A ESA MISMA CONFRONTACIÓN. JAMÁS IBA A ESTAR SA-

TISFECHO ALLÍ, POR LO QUE REEMPLAZAR A RAYSE SOLO SUPONDRÍA UN RETRASO. NECESITABA UNA FORMA DE AMPLIAR NUESTRO ACUERDO. ERA NECESARIO QUE NOS IMPUSIESE A AMBOS LA PROHIBICIÓN DE ENFRENTARNOS DIRECTAMENTE, POR SI MI VOLUNTAD FLAQUEABA E INTENTABA DESTRUIRLO.

—¡CAMPEONES! —IMPLORÉ—. ELIJAMOS CAMPEONES. ¡QUE DECIDAN ELLOS! EL DIOS DEL VENCEDOR GOBERNARÁ ROSHAR. EL DIOS DEL PERDEDOR SE RETIRARÁ, LIMITARÁ SU ATENCIÓN A OTRO DE LOS OTROS PLANETAS DEL SISTEMA Y DEJARÁ ROSHAR EN PAZ.

—¿POR QUÉ IBA A ACCEDER A ALGO ASÍ? ¡YO SOY MI PROPIO CAMPEÓN!

EL FUTURO SE VOLVIÓ CLARO. SI NO LUCHABA, ODIUM MATARÍA, Y MATARÍA, Y MATARÍA HASTA ACABAR CON TODAS LAS PERSONAS DEL PLANETA. TODO EN UN INTENTO DESESPERADO Y DEPRAVADO POR ESCAPAR. NO PODÍA REEMPLAZARLO Y TAMPOCO PODÍA LUCHAR CONTRA ÉL. NO ME QUEDABA ESCAPATORIA.

—¡POR FAVOR! —GRITÉ—. ¡NO QUIERO QUE MUERAN, RAYSE! ¡NO QUIERO HACER ESTO OTRA VEZ!

LA TEMPESTAD QUE SE HABÍA ACUMULADO ALREDEDOR DE NOSOTROS CESÓ.

—SIEMPRE FUISTE DEMASIADO DÉBIL PARA CONVERTIRTE EN UN DIOS —DIJO RAYSE—. NUNCA SE TE DEBERÍA HABER DADO LA OPORTUNIDAD DE TENER ESTE... HONOR.

—CAMPEONES —VOLVÍ A SUPLICAR.

—TE LO REPITO: ¿POR QUÉ IBA A ACCEDER A ALGO ASÍ? —DIJO RAYSE.

PERO TENÍA UNA DEBILIDAD. RAYSE Y EL PODER QUERÍAN COSAS DIFERENTES. EL PODER SOLO QUERÍA ESCAPAR, MIENTRAS QUE ÉL ANSIABA SEGUIR SIENDO SU RECIPIENTE. DE MODO QUE ESPERÉ A QUE SE MANIFESTARA LO QUE HABÍA VISTO EN LAS PERMUTACIONES. RETUVE SU ATENCIÓN DURANTE UNOS AÑOS, UN MERO PARPADEO PARA NOSOTROS. MIENTRAS, VI LO QUE HABÍA HECHO SU RIVAL. DURANTE MIS MEDITACIONES, RAYSE HABÍA PERDIDO FUGAZMENTE EL CONTROL DE SU PODER, QUE HABÍA REQUERIDO SU PLENA ATENCIÓN PARA MANTENERLO. DURANTE ESOS AÑOS, SU RIVAL YA HABÍA ENCONTRADO SU ESTANQUE, UNA PARTE DE SU ALMA, Y HABÍA BEBIDO DE ÉL. NO DEBIÓ DE SER FÁCIL, PERO HABÍA ALGO EN ESE ESTANQUE, EN CÓMO LO ESTABA MANTENIENDO ÉL, QUE ERA DIFERENTE...

RAYSE QUISO RESISTIRSE A ELLA. INCLUSO ENTONCES, HABLANDO CONMIGO, RABIABA MIENTRAS ELLA CONTINUABA CON SUS MAQUINACIONES. EL PODER DE RAYSE RECHAZABA ACTUAR CONTRA ELLA. RAYSE SE VEÍA OBLIGADO A MIRAR, Y ENCIMA DE ESA MONTAÑA, SUPE...

SUPE LO CERCA QUE RAYSE ESTABA DE PERDER. BA-ADO-MISHRAM NO LO ENCERRÓ EN REALIDAD, COMO AFIRMABA, PERO EL PODER SÍ

QUE LA PROTEGÍA DE LOS ACTOS DE RAYSE.

—¿QUÉ SE SIENTE, RAYSE? —PREGUNTÉ—. ¿QUÉ SE SIENTE AL SABER, POR PRIMERA VEZ EN TU EXISTENCIA, LO QUE ES LA IMPOTENCIA? LA IRA RECORRIÓ SU SER, UN RITMO QUE YO PODÍA OÍR. ESO LE GUSTÓ AL PODER. ME MIRÓ MIENTRAS EL ROJO Y EL DORADO FLUÍAN EN OLEADAS POR SU AVATAR.

—UN TRATO —GRUÑÓ—. ¿QUÉ ASPECTO TENDRÍA ESE TRATO?

—SI MI GENTE DETIENE A ESA DESHECHA REBELDE —DIJE—, ¿ACEPTARÁS MIS TÉRMINOS?

—ACEPTARÉ —RESPONDIÓ A REGAÑADIENTES— NO FORZAR UN ENFRENTAMIENTO DIRECTO ENTRE NOSOTROS.

—SE ACABÓ LO DE OTORGAR DONES CRECIENTES DE PODER A NUESTROS ADEPTOS —AÑADÍ—. LOS MORTALES SE QUEDARÁN LO QUE TIENEN, PERO NO TENDRÁN MÁS. NO HABRÁ UNA CONFRONTACIÓN DIRECTA ENTRE NOSOTROS, NI MÁS EXPANSIÓN DE NUESTROS PODERES EN NUESTROS PUEBLOS. LOS DEJAREMOS EN PAZ...

«PORQUE MERECEN ALGO MEJOR QUE NOSOTROS».

—ESTAS DOS COSAS —DIJO RAYSE— LAS ACEPTO. ME COMPROMETO A NO ATACARTE PRIMERO NUNCA, PERO NO TE IMPONGO LA MISMA LIMITACIÓN: SI DECIDES ATACARME, ESTARÉ EN MI DERECHO DE CONTRAATACAR. Y TAMBIÉN... ACEPTARÉ UN DUELO DE CAMPEONES, EN EL FUTURO, SI LOGRAMOS ESTABLECER Y ACORDAR LOS DETALLES. Y AHORA, ¿PODRÁS ENCARGARTE DE ESA SPREN MÍA? ¿RETIRARLA?

A MI PODER NO LE GUSTÓ LA IDEA, PERO RATIFICÓ NUESTRO ACUERDO, ATÁNDONOS A ÉL. MIENTRAS LO HACÍA, CUESTIONÓ. ¿PODRÍA YO HACER AQUELLO? ¿ACASO NO LE HABÍA HECHO UNA PROMESA A MISHRAM?

LE ASEGURÉ QUE ERA PARA BIEN. SE CALMÓ UN POCO, PENSANDO QUE LO HACÍA POR ROSHAR Y NO POR ÉL.

TENÍA RAZÓN.

—KOR CONOCE UNA MANERA —LE SUSURRÉ A RAYSE—. UN MÉTODO PARA CAPTURAR Y CONTENER A UN SPREN PODEROSO. LE ENSEÑARÉ ESTE MÉTODO AL FORJADOR DE VÍNCULOS...

Los mejores jugadores ganan dos de cada tres partidas contra opo-
nentes habilidosos. En otras palabras, incluso los más diestros pierden
una cantidad significativa de veces. No prepares el tablero a menos
que estés preparado para la derrota.

Proverbios para las torres y la guerra, Zenaz, fecha desconocida

Adolin rotó por las filas del bloque de picas y nunca tuvo la oportunidad de desenvainar su espada larga. Sostenía el escudo y la lanza. Usaba la pica. Bebía agua. Gruñía y sudaba.

Hombres y mujeres murieron a su alrededor. Gritaron. Se retorcieron
en el suelo. Se los llevaron a rastras, gimoteando, hacia los cirujanos… cuando era posible. A menudo había que seguir mientras ellos chillaban. Si te
parabas a ayudar, la ciudad entera caería.

Así que Adolin luchó con soldados quejumbrosos a sus pies, con la pata
de palo resbalando en su sangre. Cada vez que alguien moría, la fila se tensa-
ba más y las opciones para llenar esos huecos se volvían más desesperadas.
Menos soldados. Más lugareños sin entrenamiento.

La noche parecía interminable. Y mientras pasaba de un puesto a otro,
hiriendo con la lanza, hiriendo con la pica, tendido en el suelo y sangrando
esperanza, Adolin pensó que ya sabía lo que era estar muerto.

Siempre había odiado en secreto esa parte del vorinismo, aunque nunca
lo había dicho en voz alta, ni siquiera para sí mismo. Aborrecía la doctrina
de que, al morir, todos seguían luchando sin más. Con gran gloria, predica-
ban los fervorosos. Por toda la eternidad.

Qué existencia más terrible. Al principio había intentado imaginárselo
como una sucesión interminable de duelos de honor. Pero luego había ido a la
guerra y había visto cómo era la lucha en realidad. La guerra era tener que pisar

las entrañas de otra persona, oírla gritar mientras se las sacabas más de dentro, porque tenías que seguir luchando. La guerra era saber que el final estaba allí, y que no había ni una tormentosa cosa que pudieras hacer al respecto.

Saber que, cuando murieses, lo mejor que podías esperar era que volvieran a arrojarte a una fila de soldados, para pasarte la eternidad siendo abierto en canal una y otra vez.

En un turno de descanso, Adolin estaba tumbado y contemplaba la segunda luna, ajeno al paso del tiempo, pensando en ese más allá. Y comprendió en parte por qué odiaba a su padre: porque en su libro, *Juramentada*, Dalinar ofrecía algo mejor. Un Dios diferente al Todopoderoso, un Dios que describía solo como una sensación de calidez. Un Dios que, según aseguraba, terminaría arreglando las cosas.

¿Cómo osaba Dalinar Kholin, que había dedicado su vida a la matanza, ser quien ofreciera un mensaje tan esperanzador? ¿Cómo se atrevía el Espina Negra, empapado en sangre, a atribuirse una superioridad moral?

¿Cómo se atrevía él a juzgar a Adolin por matar a Sadeas y proteger a su familia, cuando el propio Dalinar había quemado viva a la madre de Adolin?

Ya nada tenía sentido. A Adolin le daba la sensación de ser el único que se percataba de que el mundo se había vuelto loco y de que, cuando lo señalaba, todo el mundo le decía que era un consentido. Que tenía que perdonar, que él era el problema y que por qué no podía estar a la altura del magnífico ejemplo que era su padre.

Adolin no quería seguir ningún ejemplo. No quería tener nada que ver con todo aquello, y quería que las buenas personas cuyos nombres había memorizado dejasen de *morir* de una tormentosa vez.

Eso era lo que sentía. Fatalismo. Ganas de abandonar y punto. Era tan letal y dañino como el terrible vacío que había dentro de la cúpula, lleno de enemigos.

Llegó la llamada para que Adolin volviese a primera línea. Cuando se incorporó, alguien le dio una lanza y un escudo. ¿No acababa de hacer justo eso? ¿Cuántos turnos habían pasado? Eso no habían sido quince minutos de descanso, ¿verdad que no? ¿Cómo era posible?

Le dieron ganas de tumbarse. Le dejarían hacerlo. Era un alto príncipe. Podría haber sido rey.

Pero si lo hacía…

Si lo hacía, volvería a fallarle a Kholinar. Se decía a sí mismo que habría luchado por la ciudad, y sobre todo por sus soldados y que se habría quedado con ellos hasta el final. Que no había abandonado a sus hombres a propósito. Pero si se quedaba allí tumbado, estaría haciendo precisamente eso, y se convertiría en alguien peor que el hombre que había asesinado a Sadeas. Se convertiría en un mentiroso y un hipócrita.

Así que se puso en pie, buscó la cola para la rotación al frente y ocupó su lugar con escudo y lanza. Por extraño que pareciese, encontró motivación en un lugar inesperado. Kaladin había sobrevivido a algo peor que aquello como hombre del puente. Adolin había oído a Lopen y a Roca, a Sigzil y a

Cikatriz, describir sus penurias muchas veces cuando salían a beber juntos. Al menos, Adolin podía plantarse y luchar. Llegó el aviso y se colocó en su puesto, dejando que quienes habían estado luchando se llevaran a los heridos a un lugar seguro atravesando el centro de la línea de piqueros. Y allí, Adolin descubrió que estaba sonriendo. Dichoso muchacho del puente. ¿Con qué derecho se había vuelto alguien tan inspirador?

Un momento de alegría. Y luego, de vuelta a Condenación.

Jasnah estaba arrodillada sola en el pequeño templo. Fen se había marchado. Odium se había evaporado.

Habían hecho un trato. Thaylenah serviría a Odium, sin importar lo que ocurriese en el duelo de campeones de Dalinar. Era... al mismo tiempo la decisión mala y la buena. Mala para Roshar. Pero quizá buena para Thaylenah. Fen había podido negociar unos términos favorables para ella, en vez de depender de Dalinar.

Pero a Jasnah le había revuelto las tripas. Se llevó una mano al vientre, asqueada. Después de haber fracasado de manera tan estrepitosa, la presencia de las imágenes esculpidas de Talenelat parecía una burla deliberada. Se había pasado la vida rechazando la existencia de dioses, y uno de ellos acababa de derrotarla.

Tormentas. Se apoyó en la pared y se dejó caer para sentarse, intentando organizarse las ideas. Era el deber de una erudita: analizar qué había salido mal. Se reducía a dos hechos. Primero, que ella misma se había equivocado. Se había implicado tanto en la argumentación que había olvidado el contexto. Había querido derrotar a Taravangian con palabras, pero al hacerlo había demostrado ella misma a Fen que él estaba en lo cierto. Jasnah había probado al mismo tiempo que Taravangian era malo para Roshar y que lo adecuado para Thaylenah era hacer un trato con él. El dilema del prisionero, en efecto.

El segundo problema de su argumentación era más grave. La Filosofía de la Aspiración, en la que Jasnah se había apoyado tantos años, le había fallado por completo. Perder aquello, comprender que quizá había construido los cimientos de toda su existencia sobre una filosofía defectuosa en la que ni siquiera creía en realidad, la sacudió hasta lo más profundo de su ser.

El bien mayor a toda costa. Si no estaba dispuesta a pagar cualquier precio, estaría siguiendo la filosofía solo de boquilla. Pero si, en cambio, estaba dispuesta a pagarlo, ¿en qué era mejor que Taravangian? ¿Cuántas de sus acciones estaban realmente al servicio de esa idea? El bien mayor... Pero ¿cómo afirmar que sabía qué era lo correcto cuando no podía ver el Cosmere en toda su extensión?

En lugar de eso, intentó aferrarse a la historia, aunque sabía que podían estar tremendamente sesgadas. Había pasado la vida esforzándose por distinguir la ficción de los hechos, con mayor o menor éxito. No obstante, todas las crónicas advertían de los peligros de tratar con los Portadores del Vacío, por lo que, al enfrentarse a Odium y esperar vencerlo, había rechazado aprender de los errores del pasado. Y en ello, la historia la condenaba.

Intentó, por último, aferrarse a su propia mente. Jasnah pensaba. Razonaba. Tenía que poder confiar en sus conclusiones. Pero, acurrucada allí de noche, recordó el día en el que su mente la había traicionado, el día en el que su familia había decidido encerrarla. Podía volver a ocurrir.

La estancia se oscureció por alguna razón, a pesar de que era de noche, y luego una luz brilló en el centro. Jasnah alzó la vista, encogida contra la pared, recordando de manera inconsciente aquellos días que había pasado recluida de niña. Había llorado en un rincón vacío hasta que su madre volvió, por fin, de su viaje y le devolvió la luz del sol.

No había sol que brillase para ella ese día. Solo aquella mala copia burlona, el resplandor dorado de las vestiduras de Taravangian.

Jasnah se obligó a ponerse en pie. No iba a mostrarse acurrucada y destrozada frente a él, atrapada en sus recuerdos. Se había jurado a sí misma, junto con los demás veristitalianos, que no se obsesionaría tanto con el pasado como para permitir que dominase su vida.

—Creía —le dijo a Taravangian mientras se secaba los ojos— que te habías marchado con Fen.

—Puedo hacer ambas cosas —dijo él—. Soy Dios.

—Dios no existe.

—¿Aun ahora, insistes en eso? —preguntó Taravangian, con cierta diversión en el tono. Se agachó y una silla cobró forma a partir de un humo negro para sostenerlo. Echó la mano a un lado y apareció su fino cetro dorado, sobre el que equilibró la mano como si fuese un bastón—. ¿Después de todo lo que has visto? ¿Después de que te hayan superado de forma tan rotunda?

—Si fueses Dios —dijo ella—, serías todopoderoso y no te haría falta superar a una mujer como yo. Si fueses Dios, lo sabrías todo y podrías decirme el número exacto en el que estoy pensando.

Lo miró a los ojos. «Uno coma ocho siete tres nueve negativo», pensó.

Él se limitó a asentir. Tal y como había supuesto Jasnah, no era capaz de leerle la mente.

—Puede que Dios no exista, pero sí que hay dioses —dijo Jasnah—, tal y como los define Sagaz: criaturas de gran poder, inmortales y terribles. Acepto que seas una de esas criaturas, Taravangian. No me avergüenza que me haya derrotado alguien que posea tal capacidad.

—Ah, pero ¿es mi poder lo que te ha derrotado, Jasnah?

Ella apartó la mirada. Los ecos de su fracaso eran demasiado recientes. No era capaz de mantenerle esa mirada astuta y segura de sí misma.

—Tú y yo somos lo mismo —murmuró él.

—Me has pillado en una mentira —dijo Jasnah—. Por tanto, si somos lo mismo, ¿también eres un mentiroso? No ibas a ser capaz de tomar esta ciudad, ¿verdad que no?

—Ah… Bueno, sí que he mentido. Pero no en eso, Jasnah.

Hizo un gesto con la mano. Cerca, una docena de siluetas oscuras se alzaron desde el suelo de piedra, como almas de los muertos. Eran Profundos, con ojos demasiado grandes, cuerpos demasiado enjutos, casi sin caparazón exceptuando el lugar donde tendrían que haber estado los genitales, el único ornamento de sus cuerpos desnudos aparte de sus uñas largas como cuchillos.

—Estaban situados para matar a los miembros del Consejo Thayleño —afirmó Taravangian— en caso de que mi negociación con Fen fallara.

—Imposible —dijo Jasnah—. Esa estancia está recubierta de aluminio y en un lugar secreto, desconocido incluso para mí. Tenemos fabriales que indican si hay Fusionados cerca, colocados en...

—Esos fabriales no existen —la interrumpió Taravangian—. Los artifabrianos que aseguraban haberlos creado me sirven a mí, y esa era la mentira. La idea de esos fabriales se difundió para tranquilizaros a todos y permitir que mis Fusionados se acercasen. ¿Y ese concilio tuyo oculto? Está en los distritos altos, tras la pared falsa de una bodega. En la calle Mercado, treinta y dos.

Tormentas. Jasnah intentó no mostrarse intimidada por el hecho de que supiera eso, pero...

—También tengo agentes en el Consejo Thayleño —señaló Taravangian—. Contactos de mis días como mortal, cuando algunos de ellos formaban parte del Diagrama. Tu tío y tú os dedicabais a ignorar al Consejo y os centrabais en Fen, pero ella no ostenta el poder absoluto en esta ciudad. Hasta tú, Jasnah, que tanto hablas de igualdad y de un gobierno representativo, hoy has pasado por alto a los representantes electos para discutir conmigo en nombre solo de Fen. Pero aseguras que ese consejo es lo que quieres para tu pueblo.

—Son una oligarquía —dijo ella—. No es ni de lejos lo que quiero para Alezkar.

—¿Y entonces, te centras en la dictadora? —Taravangian negó con la cabeza—. Ha sido un descuido. Admítelo. Tendrías que haberlos invitado a la reunión.

—Ha sido un error —susurró Jasnah, que volvió a apoyarse en la pared mientras miraba a los Profundos y preparaba su luz tormentosa.

—No te preocupes —dijo Taravangian, e hizo un ademán para que los Fusionados volviesen a desaparecer al interior de la piedra—. El caso es que sí que tenía un plan para conquistar la ciudad. Mis amigos del consejo habían retirado el revestimiento de aluminio en una sección. Al volver de un receso, se habrían encontrado a sus compañeros asesinados, tal y como estaba previsto. Habrían sobrevivido cuatro, todos leales a mí, y el número mínimo requerido para gestionar el gobierno.

—Fen podría haber...

—A Fen la habrían metido en el calabozo —restalló Taravangian—. Llevaba demasiado tiempo ignorando al consejo, y había preocupaciones legítimas de que estuviera abusando de su autoridad. Mis cuatro la habrían llevado a juicio de inmediato, lo que la habría relevado provisionalmente del poder. Lo más probable sería que ganara el juicio, pero entretanto la ciudad se habría puesto de mi parte.

Taravangian se levantó, y de repente parecía *gigantesco*. Llenaba la cámara. Y más allá. Como si las paredes perdieran consistencia y toda otra visión se desvaneciera. Como si Jasnah estuviese en una llanura oscura e interminable, solo con el dios Taravangian frente a ella, su rostro más esquelético de repente, sus ojos hundidos, una luz dorada alzándose a su alrededor.

—Siempre tuve esta ciudad en la palma de mi mano —dijo—. Pero se los gobernará mejor si se unen a mí por voluntad propia. Ahora me pertenecen. Y, lo que es más, *tú* me perteneces, Jasnah. Por fin reconoces la verdad.

—¿Qué verdad? —preguntó ella, con voz ronca.

—La de que siempre has estado a mi servicio. Todo lo que has hecho, desde liberar a mi nieta hasta tus asesinatos en las calles de Kharbranth, pasando por discutir con Dalinar cada vez que intentaba fingir que tenía un pedestal sobre el que alzarse. Todas las veces que has contratado asesinos o que has puesto a gente en posición de hacer lo necesario, me has servido a mí.

De pronto estaba más cerca. Tanto, que lo único que veía Jasnah era su terrible rostro.

—Voy a necesitar a alguien que gobierne este planeta —dijo él con suavidad—, ya que mi atención vira hacia el extenso Cosmere. Acude a mí cuando estés lista.

—No te puedes marchar —gruñó Jasnah—. Estás encerrado aquí.

—Y eso es perfecto —susurró él—. Los otros dioses me creerán retenido, lo que aprovecharé para acumular recursos e infraestructura. Hay tres planetas habitables en este sistema. Si supieras todo lo que podría hacer con ellos… Pero eso tendrá que esperar. Si quieres ver lo que ocurre cuando lance mis ejércitos al completo dentro de unos siglos, acude a mí. Te haré Fusionada y, por tanto, inmortal.

—Nunca —siseó ella.

—¿Nunca? Veo que no has dejado de mentir. ¿De verdad crees que no existe la menor posibilidad de que veas los beneficios de ponerte a mi servicio? —Taravangian se cernió aún más sobre ella, de alguna manera—. ¿Cuál es el bien mayor, Jasnah? ¿Morir en el olvido o hacerte inmortal y trabajar durante siglos para influir en mí y hacer que trate mejor a la gente?

Jasnah movió la boca, pero *no pudo* decir las palabras. No pudo rebatirlo, porque uno de sus valores fundamentales era no mentirse a sí misma. Odiaba tener que plantearse la oferta, pero lo hizo. Rechazarla de buenas a primeras sería una idiotez, y ella no era…

Bueno, había supuesto que no era idiota.

Y así, por segunda vez el mismo día, Taravangian la dejó rota y derrotada.

Recibió la noticia menos de una hora después. El país había decidido, por votación casi unánime del Consejo Central Thayleño, aceptar la oferta de Odium y convertirse en una nación vasalla bajo las órdenes directas del dios. La reina Fen había ratificado la moción.

Le dieron a Jasnah una copia del contrato, sellado y firmado, como recuerdo de su fracaso.

DOS MIL AÑOS ANTES

YO, CURTIDOR, TRAICIONÉ A LA SEMIDIOSA MISHRAM. EL PLAN SE EJECUTÓ A LAS MIL MARAVILLAS. Y, AUNQUE SE ME PARTIÓ EL CORAZÓN POR LA POBRE SPREN, ERA LA ÚNICA MANERA. ERA… ERA LA MEJOR MANERA. EL PODER QUE LLEVABA DENTRO TEMBLABA. EL PODER DE LOS JURAMENTOS. PARECIÓ HABLARME. *POR FAVOR… ENTIENDE QUE… ESTO NO ES LO QUE QUIERO. NO PODEMOS… TIENE QUE OCURRIR*, LE EXPLIQUÉ. *UNA SUFRIRÁ, PERO UN MUNDO SOBREVIVIRÁ.* NO DEJABA DE REPETÍRMELO MIENTRAS SALTABA LA TRAMPA Y MELISHI ENCERRABA A MISHRAM DENTRO DE UNA GEMA. LA RIVAL DE RAYSE ESTABA RETIRADA… DE UN MODO CAUTELOSO. DE UN MODO QUE ME PROPORCIONARÍA VENTAJA. TENIENDO A MISHRAM ATRAPADA, PODÍA AMENAZAR CON LIBERARLA.

ME CREÍA MUY LISTO.

NO HABÍA PREVISTO LO QUE IBA A OCURRIRLES A LOS CANTORES CON SU CAPTURA. LOS TONOS LA HABÍAN ELEGIDO A ELLA. EL PLANETA ESTABA ALINEADO CON ELLA. ARREBATÁRSELA TUVO UN EFECTO DEVASTADOR. ¿CÓMO HABÍA ESCAPADO AQUELLO A MI PRESCIENCIA?

PERO MIENTRAS OCURRÍA, ME VI ARRASTRADO A OTRO ENFRENTAMIENTO. EN ESA OCASIÓN, CON MI PROPIO PODER. ME PREPARÉ, CONSCIENTE DE QUE AQUELLO PODÍA OCURRIR, PUES LE HABÍA DICHO A MISHRAM QUE QUERÍA LA PAZ ENTRE NOSOTROS. HABÍA HECHO QUE MIS AGENTES LA PERSUADIERAN, Y MIS RADIANTES SE HABÍAN DIRIGIDO A ELLA CON INTENCIONES SUPUESTAMENTE HONESTAS.

ME DIJE A MÍ MISMO QUE ERA POR UN BIEN MAYOR. PERO EN ESE MOMENTO, EN EL MOMENTO DE SU CAPTURA, EL PODER QUE YO OSTENTABA, EL PODER DE LOS JURAMENTOS, LOS VÍNCULOS Y LAS PROMESAS…

ME RECHAZÓ.

LAS CONSECUENCIAS QUE TUVO MI TRAMPA PARA TODOS LOS CANTORES FUERON DEMASIADO PARA ÉL. ABORRECIÓ LO QUE HABÍA HECHO, Y LAS CONSECUENCIAS ERAN DEMASIADO GRAVES EN ESA OCASIÓN. ME RESISTÍ. INTENTÉ PERSUADIRLO. LE DI ÓRDENES. FORCEJEÉ CON EL PODER, INSISTIENDO EN QUE VIESE LA DIFERENCIA ENTRE HACER EL BIEN Y SER HONORABLE. EL PODER RESTALLÓ CONTRA MÍ, PORQUE LO QUE YO HABÍA HECHO NO ERA NINGUNA DE LAS DOS COSAS.

Y... EL SER QUE HABÍA SIDO CURTIDOR...

LE DIO LA RAZÓN.

DE SOPETÓN, OÍ LAS CARCAJADAS DE RAYSE. ÉL TAMBIÉN LO VEÍA. LA MISMA DEBILIDAD QUE YO HABÍA ENCONTRADO EN ÉL SE ACABABA DE MANIFESTAR EN MÍ. SI EL PODER ME ABANDONABA DE VERDAD, DEJARÍA A LOS HERALDOS Y LOS RADIANTES SIN CORTAPISAS PARA SUS CAPACIDADES. DESTRUIRÍAN EL MUNDO. SOLO CON LAS HOJAS DE HONOR...

RAYSE CONSEGUIRÍA LO QUE ANSIABA: LA ANIQUILACIÓN GLOBAL. LA ELIMINACIÓN DE SU PRINCIPAL CONTRINCANTE. NO SABÍA SI AQUELLO HABÍA SIDO EL PLAN DE RAYSE DESDE EL PRINCIPIO. HABÍA PARECIDO GENUINAMENTE ASUSTADO DE QUE MISHRAM OCUPASE SU LUGAR. EN TODO CASO, SABÍA QUE ESTABA DERROTADO Y QUE SOLO ERA CUESTIÓN DE TIEMPO, DE HORAS COMO MUCHO, QUE EL PODER ME ABANDONASE POR COMPLETO.

AGONIZANTE, EXTENDÍ MI MENTE HACIA KOR. LO ÚNICO QUE PERCIBÍ DE ELLA FUE REPUGNANCIA Y ODIO. NO SOLO REVERBERABA ENTRE LOS CANTORES, SINO POR TODOS LOS VÍNCULOS QUE SE HABÍAN FORJADO EN MI NOMBRE. TODOS Y CADA UNO DE LOS RADIANTES HABÍAN QUEDADO CORROMPIDOS. CADA UNA DE MIS PROMESAS ESTABA EN ENTREDICHO. HABÍA INTENTADO SALVAR EL MUNDO, PERO CON ELLO LO HABÍA ARRUINADO TANTO A ÉL COMO TODO LO QUE YO REPRESENTABA.

SE... SE LO MOSTRÉ. CUANDO LOS RADIANTES SE PUSIERON EN CONTACTO CONMIGO EN AQUELLA OQUEDAD DE PIEDRA, SE LO MOSTRÉ. SE LO MOSTRÉ A *TODOS*. SABÍA... SABÍA QUE ERA UN MOMENTO DE LOCURA, DE ATERRADA DEBILIDAD. NO TENDRÍA QUE HABER ACUMULADO MIS ERRORES DE ESA MANERA. PERO LO HICE. LES PROYECTÉ EL FUTURO. Y A ELLOS NO LES EXPLIQUÉ QUE ERA SOLO UN *POSIBLE* FUTURO.

VIERON EL MUNDO DESTRUIDO POR SUS PROPIAS MANOS.

HORRORIZADO, ESCAPÉ.

TRATÉ DE VOLAR A NUESTRO NIDO, PARA ESTAR CON KOR Y SUPLICARLE SU PERDÓN. NO OBSTANTE, EL PODER EMPEZÓ A SEPARARSE DE MÍ. VOLVÍ A ADQUIRIR FORMA HUMANA Y CAÍ DE LOS CIELOS, A TRAVÉS DE UN BOSQUE DE ÁRBOLES CUYAS RAMAS ME EVITABAN. TERMINÉ TENDIDO EN LA MALEZA, PERO CON UN HUECO ENCIMA QUE APUNTABA DIRECTO AL CIELO, Y CON LA FRÍA LUZ DE LUNA JUGUETEANDO SOBRE

MÍ, ALLÍ DESPATARRADO EN UNA MARAÑA DE ENREDADERAS QUE SE RE-
TORCÍAN. UN DIOS CAÍDO.

LA LUZ DE LUNA SE ATENUÓ. ENTONCES RAYSE APARECIÓ A MI
LADO.

—IMBÉCIL —DIJO.

GRITÉ Y EXTENDÍ UNOS BRAZOS TEMBLOROSOS PARA INTENTAR
AFERRARME A MI DIVINIDAD.

—QUÉ COMBINACIÓN MÁS VERGONZOSA ERES, CURTIDOR —DIJO
RAYSE—. LO BASTANTE FUERTE PARA OSTENTAR EL PODER, PERO NO LO
SUFICIENTE COMO PARA DOBLEGARLO A TU VOLUNTAD. LO BASTANTE
LISTO COMO PARA INTENTAR ENGAÑARME, PERO LO BASTANTE ESTÚPI-
DO COMO PARA DEJARTE ENGAÑAR A TU VEZ.

RAYSE SE IRGUIÓ Y ME AGARRÓ CON UNA MANO QUE ARRASTRA-
BA TRAS DE SÍ SOMBRAS Y ESTRELLAS. ME SENTÍ MUY PEQUEÑO DE RE-
PENTE.

—ANTES DE MATARTE —DIJO RAYSE—, DEJA QUE TE MUESTRE EL
PRÓXIMO MUNDO QUE CONQUISTARÉ.

RAYSE SE PREPARÓ PARA LANZARSE HACIA LOS CIELOS... Y MÁS
ALLÁ. PARA EXPLORAR SU LIBERTAD EN EL COSMERE.

PERO LAS ATADURAS LO CONTUVIERON. PODÍA ROMPERLAS, CLA-
RO, PERO AL HACERLO QUEDARÍA EXPUESTO A LA DESTRUCCIÓN.

REÍ AL DARME CUENTA.

—¿CREES QUE NUESTROS ACUERDOS NO SIGUEN EN PIE PORQUE ES-
TOY DERROTADO? —SUSURRÉ—. RAYSE, HICISTE UN TRATO CON EL SEN-
TIDO DIVINO DEL HONOR Y EL DEBER. NO TE DEJARÁ LIBRE CON TANTA
FACILIDAD COMO PODRÍA HACERLO OTRO.

—NO —ESPETÓ RAYSE—. NO ES NADA SIN UN RECIPIENTE. SOLO
TENGO QUE APLASTARTE, CURTIDOR.

SE EQUIVOCABA. MI PODER ERA EL PODER DE LOS VÍNCULOS, E *IBA*
A ATARLO A AQUEL SISTEMA PLANETARIO, Y NUESTRO ACUERDO *IBA* A
SEGUIR EN PIE INCLUSO AUNQUE ME DESTRUYESE A MÍ.

CUANDO SE DISPONÍA A HACERLO, MI ANTIGUO PODER... SE APIADÓ
DE MÍ. ME OFRECIÓ UNA ÚLTIMA ESPERANZA. ME OFRECIÓ LUCHAR. HO-
NOR ABORRECÍA A ODIUM POR QUERER DESCARTAR SUS JURAMENTOS
DE UNA MANERA TAN FLAGRANTE. UNA PARTE DEL PODER... COMPREN-
DÍA LO QUE YO HABÍA INTENTADO HACER. VOLVERÍA A INVESTIRME SI
ACEPTABA LUCHAR, COSA QUE MI ACUERDO CON RAYSE PERMITIRÍA. EL
QUE NO PODÍA ATACAR PRIMERO ERA ÉL.

ESO DESTRUIRÍA ROSHAR. EN ESE MOMENTO, COMPRENDÍ HASTA
DÓNDE LLEGABA NUESTRA ESTUPIDEZ, PUES, AL ASTILLAR A ADONAL-
SIUM, HABÍAMOS SEPARADO EL SENTIDO DIVINO DEL AMOR Y LA COMPA-
SIÓN DEL RESTO DE LAS ESQUIRLAS. HABÍAN ACABADO EN POSESIÓN DE
AONA, QUE ESTABA ENTRE LAS MEJORES DE NOSOTROS, Y POR TANTO
ENTRE LAS PRIMERAS QUE RAYSE HABÍA PROCURADO MATAR.

EL PODER DE HONOR SOLO CONOCÍA UN BIEN: MANTENER LOS JU-
RAMENTOS.

YO CONOCÍA OTROS BIENES.

YO HABÍA PROMETIDO PROTEGER ROSHAR.

ESO HIZO QUE UN ESTREMECIMIENTO RECORRIERA EL PODER. UNA
CONFUSIÓN. UN DILEMA. PODRÍA HABERLO RECUPERADO PARA LUCHAR,
PERO, EN UN MOMENTO EN EL QUE FUI REALMENTE FUERTE, ME NEGUÉ.
POR UNA VEZ EN MI VIDA, RENUNCIÉ Y NO EMPEORÉ LAS COSAS.
AUN ASÍ, NO QUERÍA MORIR. *PROTÉGEME*, SUPLIQUÉ.

A UNA PARTE DE TI. EL PODER TOMÓ UN PEDAZO DE MI ALMA, EN EL
QUE ESTABAN MIS RECUERDOS, Y HUYÓ.

ODIUM DESTRUYÓ EL RESTO CON REGOCIJO. MATANDO, POR FIN, A
SU RIVAL.

PERO EL PODER ENTREGÓ ESE RETAZO DE MI SER A MI AVATAR EN LA
TORMENTA, AL SPREN QUE YO HABÍA CREADO COMO UNA VERDADERA
PARTE DE MI ALMA. MORÍ, SÍ, PERO AL MISMO TIEMPO SEGUÍ CON VIDA.

ME CONVERTÍ EN MÁS SPREN QUE HOMBRE. NO ME IMPORTABAN
TANTO LAS COSAS COMO A TANAVAST, PUES ¿QUÉ LE IMPORTABA NADA
A UNA TORMENTA? SOLO PODÍA SOPLAR. PERO, EN SECRETO, ALBERGA-
BA UNA VERDAD MAYOR, QUE ME IMPEDÍA SER COMO NINGÚN OTRO
SPREN. YO, EN UNA FORMA, HABÍA ESTADO ALLÍ. CONOCÍA LA CARGA
DE UNA TERRIBLE PÉRDIDA.

PORQUE YO, EL PADRE TORMENTA, RECORDABA.

EL CADÁVER DE UN NIÑO SOSTENIDO EN MIS MANOS, CHAMUSCADO
Y DESTROZADO. CIUDADES DESTRUIDAS. UN MUNDO QUE HABÍA PASA-
DO MILES DE AÑOS EN UNA GUERRA INTERMINABLE PARA AVIVAR MI
PROMESA DE SUPERAR A ODIUM. Y, POR ÚLTIMO, UNA TRAICIÓN A TODO
LO QUE YO REPRESENTABA. LA CAÍDA DE LOS RADIANTES, Y DEL MISMÍ-
SIMO HONOR, AL ENCERRAR A UNA SPREN QUE BUSCABA LA PAZ.

HERIDO, SOLLOZANDO LÁGRIMAS DE IRA CON CADA AÑO QUE PA-
SABA, CABALGUÉ LA TORMENTA. Y EL PODER DE HONOR ME SUSURRÓ.
ERA LIBRE, PERO ODIABA AQUELLO. QUERÍA UN RECIPIENTE. JUNTOS,
NOS DECIDIMOS POR UN PLAN. TANAVAST SIN DUDA HABÍA SIDO DEMA-
SIADO DÉBIL PARA OSTENTAR LA ESQUIRLA, PERO SEGURO QUE HABÍA
ALGUIEN CAPAZ DE HACERLO. ALGUIEN CAPAZ DE PROTEGER ROSHAR.
DE ACABAR CON RAYSE.

TENDRÍA QUE SER EL INDIVIDUO PERFECTO. HONORABLE, PERO
TAMBIÉN MISERICORDIOSO. UN GUERRERO, PERO TAMBIÉN UN LÍDER.
Y, LO MÁS IMPORTANTE, NO PODRÍA SER COMO AQUELLOS DE NOSO-
TROS QUE HABÍAMOS DESTRUIDO A ADONALSIUM. NO PODÍA SER NA-
DIE QUE QUISIERA EL PODER. DEBÍA SER ALGUIEN QUE DEMOSTRARA SU
VALÍA SIN CONOCER LA RECOMPENSA.

EL PODER ACEPTÓ. YO, EL PADRE TORMENTA, ENCONTRARÍA A UN
CAMPEÓN. ALGUIEN CAPAZ DE DERROTAR A RAYSE POR MEDIO DEL

DUELO QUE HABÍA ACEPTADO ANTES DE MATAR A TANAVAST. SI ESE
CAMPEÓN SALVABA ROSHAR, CON ELLO DEMOSTRARÍA QUE ERA LA
PERSONA ADECUADA. HONOR LO INVESTIRÍA.
Y PODRÍA CONVERTIRSE EN MI SUCESOR.

125

UN HOMBRE
CONTRA UNA MAREA

Nunca des por sentado que el juego representa con exactitud la vida real.

Proverbios para las torres y la guerra, Zenaz, fecha desconocida

Navani estaba reunida con Sagaz, mucho después del ocaso. No quedaba mucho para el amanecer del décimo día. Dalinar seguía atrapado en el Reino Espiritual. Y Sagaz creía que no deberían hacer nada.

—Si Odium estaba interfiriendo en tus visiones —dijo Sagaz, inclinándose hacia delante en su diván, con las manos unidas frente a él—, es probable que también lo hiciese con las de Dalinar. De hecho, podemos estar seguros de que está interfiriendo ahora mismo. Él es la razón de que hayáis perdido el contacto entre vosotros.

—¿Cómo puedes estar seguro de que esto cuenta, Sagaz? —preguntó Navani, caminando de un lado a otro—. Sin ánimo de ofender, ya te has equivocado antes con este contrato.

Las noticias de los frentes eran sumamente descorazonadoras. Aunque recuperasen Alezkar, terminarían perdiendo mucho más. Navani no podía... no podía afirmar con sinceridad que ella no hubiese aceptado el mismo acuerdo que Fen, considerando cuántos de los demás monarcas habían cedido a las exigencias de Odium. Mientras tuviera a Jasnah, mientras Adolin y Renarin sobreviviesen...

—No puedo estar seguro de tener razón —admitió Sagaz—. Pero mientras ibas a ver cómo está Gavinor, le he pedido a mi contacto de Yolen su opinión, y ella está de acuerdo. Que Odium haya cercenado tu Conexión con Dalinar, que os haya aislado, contaría como interferir con que Dalinar llegue a tiempo al encuentro. El contrato indica explícitamente que eso se considera una renuncia.

—Entonces, si Dalinar no llega a tiempo —dijo Navani—, ¿ganamos?

—Exacto.

—Así que o bien Odium está muy seguro de que Dalinar llegará o…

—O… —continuó Sagaz, adusto—. O cree que lo que gana al jugar con Dalinar merece el precio de renunciar a Alezkar.

Esa posibilidad la horrorizaba.

Eran las únicas personas de la sala. No había más monarcas a los que pedir su apoyo. Fen los había traicionado, igual que los emuli y el resto del antaño unificado Imperio azishiano. Yanagawn luchaba junto a Adolin en una ciudad al borde de la caída y Jasnah seguía en Ciudad Thaylen. Su concisión al respecto de cuándo regresaría indicaba que estaba tomándose fatal su fracaso.

De momento, Navani estaba sola. Solo tenía a Sagaz. Qué… qué cansada estaba. Exhausta, aunque había prohibido que esos spren zumbasen a su alrededor. Se sentía como si no hubiese dormido en días y, dada la extraña naturaleza del Reino Espiritual, no estaba segura de haberlo hecho.

—Creo que Odium se asegurará de que Dalinar vuelva —dijo él—. Teniendo en cuenta quién era antes.

—¿Disculpa? —preguntó ella, con los dedos en las sienes, frotando para intentar aliviar su dolor de cabeza.

—Ah, claro. Es normal que no lo sepas —dijo Sagaz—. El nuevo recipiente de Odium es Taravangian.

El sueño se esfumó. Navani se envaró de repente.

—Taravangian está muerto. Encontramos su cuerpo.

—*Un* cuerpo —matizó Sagaz—, consumido casi del todo por Sangre Nocturna. Un cascarón que podría haber sido cualquiera. En este caso, era casi con toda seguridad lo que quedaba de mi viejo amigo Rayse.

Navani intentó valorar las consecuencias.

—¿Esto es… bueno para nosotros? Taravangian era… casi un amigo.

Sagaz apartó la mirada.

—No —susurró Navani—. Un casi amigo nos conocerá demasiado bien. Además, Taravangian ya ha demostrado que no le importan nada esos vínculos.

—Le importan, y eso lo vuelve peligroso —afirmó Sagaz—. Navani, Rayse era un ser humano terrible. Uno de los peores que he conocido jamás. Pero era predecible, salvaje, con un sentido de la autoconservación exacerbado y un orgullo del que era fácil aprovecharse. Taravangian es…

—Una catástrofe.

—No se me ocurre un recipiente mejor, o peor, para Odium. Rayse tenía experiencia con el poder, y esa es la única ventaja que nos brinda el cambio con Taravangian. Pero me temo que, a la larga, es… es muy mala noticia.

—No se contentará con vencer a Dalinar —dijo Navani—. Querrá desmoronarlo.

—Hemos atrapado a Odium en Roshar, de una forma u otra —respondió Sagaz—. Para Rayse, era una humillación. Para Taravangian, significa tiempo para acostumbrarse a sus poderes. No creo que quiera salir al Cosmere aún, y sin duda querrá tener a un general poderoso para que lo haga por él. Un... casi amigo.

»Me arriesgaría a decir que a Taravangian le importa poco Alezkar, pero el alma de tu marido es su verdadero premio. Dalinar tiene que estar allí para que Taravangian pueda obtener su juramento de seguirlo. A mí no me preocuparía que Dalinar regrese del Reino Espiritual, Navani. Lo que me preocuparía es qué *versión* de él regresará.

Navani se lo tomó con toda la calma posible e intentó plantearse aquello como una erudita, a pesar del cansancio.

—Si lo que dices es cierto, deberíamos esforzarnos incluso más en encontrar a Dalinar.

—Ahí está el problema, Navani —dijo Sagaz—. Si Odium está participando de forma activa, arriesgándose a perder por renuncia, entonces tú y yo estamos superados por completo. Comparados con el poder de una Esquirla de Adonalsium, los trucos que yo pueda sacarme de la manga... bueno, serían como chispas frente a la potencia del sol. No hay nada que tú, el Padre Tormenta, el Hermano o yo podamos hacer.

—Entonces...

—Entonces nos toca esperar —dijo Sagaz, y sus ojos parecieron vacíos—. Deberías rezar. Yo tendré esperanza. Juntos confiaremos en que el hombre que todos hemos elegido como nuestro campeón pueda resistir ante quienquiera que Odium elija como el suyo. Porque, pase lo que pase mañana, creo que, en secreto, Dalinar Kholin es *ambos* campeones.

Adolin recordaba la batalla de la Torre en las Llanuras Quebradas.

Luchó contra las interminables oleadas de cantores, clavando su lanza en una oscuridad interrumpida solo por estrellas tenues y ascuas rojas. Usó el escudo lo mejor que pudo para proteger al hombre de su izquierda, contando en que el hombre —o, en realidad, la mujer— de su derecha haría lo mismo por él. Intentaba dejar espacio para que las picas le pasaran por encima de los hombros, pero cada vez había menos piqueros, a medida que colocaban a más gente para tapar agujeros en la línea de escudos.

Se impuso al cansancio y al pavor, superó el fatalismo hacia el entumecimiento. Y recordó la Torre. Recordó luchar, desesperado, junto a su padre en lo alto de una cuña natural de roca, sabiendo que no había salvación. En aquel momento se había equivocado, debido a la valentía del Puente Cuatro. Pero ese día no iba a acudir nadie.

El suyo era un entumecimiento a cuatro niveles. Entumecimiento de oído, cuando extinguió la parte de él que empatizaba con los gritos de sus compañeros al morir. Entumecimiento de mente mientras seguía haciendo lo que estaba haciendo, movido ya casi en exclusiva por pura memoria muscular. Entumecimiento de cuerpo, ya que cada vez se sentía menos hombre y más un pedazo de carne al que un moldeador de almas hubiese dado forma de hombre. Dando lanzazos y sosteniendo el escudo con unas extremidades que no podían ser suyas, porque eran demasiado torpes, demasiado pesadas, demasiado muertas. Como si ya hubiesen subido a la pira por delante de él.

Entumecimiento de alma. Tormentas. Necesitaba un descanso. Echó un vistazo hacia los lados y descubrió que aún podía sentir algo: un escalofrío, seguido de un pavor espantoso.

No había más soldados esperando a rellenar la fila. No venían reemplazos. No habría más piqueros a su espalda. Todos los soldados disponibles estaban tapando aquel hueco, u otros.

Se habían acabado los descansos. Los turnos. Ya no pararía. Hasta que cayera.

La última luna se estaba poniendo.

Lo supo porque la distinguía al otro lado de la cúpula. El gran hueco que defendían le permitía mirar dentro, pero al otro lado, a cientos de metros de distancia, las puertas de la galería interior estaban abiertas. Allí, el enemigo luchaba contra frenéticos defensores en la estrecha plataforma elevada del exterior. Esa defensa debía de ser igual de atroz que la suya.

En todo caso, los agujeros le permitían ver la luna, verde y solemne. Una figura asomó frente a ella, empuñando una reluciente hoja esquirlada. El último portador de esquirlada humano.

Defendía en solitario, sin apoyo, una silueta que resistía firme. En su entumecimiento, Adolin se imaginó que era él quien luchaba glorioso. Era su armadura, y eso fue lo que selló la ilusión en la mente de Adolin. Nunca había luchado sin su armadura en una batalla que fuese ni la mitad de dura que aquella. Adolin no podía ser aquel despojo tirado en el suelo con una lanza que casi ni era capaz de sostener.

Entonces el portador de esquirlada cayó. Rodeado, sobrepasado, arrastrado hacia la oscuridad de la cúpula. El hombre que debería haber sido Adolin —no sabía qué suplente llevaba la armadura y la hoja— no pudo aguantar contra todos. El grito de Adolin se perdió en la cacofonía de la batalla, y entonces su pata de palo resbaló. En este momento, Adolin recordó que no era un héroe resplandeciente. Ese día no era más que un lancero lisiado al que apenas le quedaban fuerzas para levantar el escudo.

Sonaron vítores dentro de la cúpula. Fue a cientos de metros, por lo que Adolin no distinguía los detalles, y además tenía que centrarse en su propio combate. Pero los vítores se convirtieron en cánticos, intencionadamente en azishiano:

—Cae el último humano. Las Esquirlas son nuestras. Cae el último humano. ¡Las Esquirlas son nuestras!

Oírlo sacudió a Adolin hasta la médula. A su alrededor, la línea de escudos se combó aún más.

—¡Aguantad! —gritó. Pero nadie lo escuchaba—. ¡Aguantad!

Agarró el escudo y usó la lanza ya no tanto como arma, sino más bien para intentar contener la marea. Chilló y nadie respondía. En la cúpula, los ojos rojos fluían a través del agujero que había estado defendiendo el portador de esquirlada.

En esta ocasión, nadie los detuvo.

Adolin siguió luchando. Defendió su hueco durante otra eternidad, gritando a sus soldados que aguantasen. Hasta que, al final, las filas de enemigos que tenía delante se separaron y apareció una silueta entre ellas. Unos ojos rojos brillaban a través de las rendijas de un yelmo cubierto de sangre. Una risotada familiar y terrible. Una armadura esquirlada reluciente, la de Adolin. Y una hoja esquirlada que había sido una reliquia imperial azishiana.

Abidi el Monarca había obtenido esquirlas.

La atribulada línea de escudos se deshizo alrededor de Adolin. El general que llevaba dentro se sorprendió de que hubieran aguantado tanto tiempo, mucho más del que habrían durado en una partida de torres. No podía enfadarse con ellos, pero las prisas hicieron que un soldado anónimo lo empujase. Adolin intentó girar para estabilizarse, pero su pierna mala tropezó y lo envió al suelo.

Se abrieron las compuertas. Los cantores emergieron como un chorro de sangre de la herida en la cúpula, algunos pasando por encima de él, mientras sus oficiales gritaban en azishiano que avanzaran, que acabaran con los rezagados, que eliminaran las defensas.

Adolin se hizo un ovillo y pensó en esconderse entre los muertos. Estaba oscuro. Quizá no se les ocurriera enviar a alguien para comprobar las bajas. A veces pasaba. Quedarse allí tumbado sería lo más inteligente.

Pero no se sentía inteligente. De repente, se sentía rabioso. Porque nada parecía tener sentido. Había querido a su padre, lo había apoyado contra la oleada de traición en Alezkar, solo para luego descubrir que Dalinar había matado a la madre de Adolin.

A Adolin lo habían juzgado como representante de toda la humanidad en Integridad Duradera. ¿Y para qué? No había obtenido ayuda, ni respuestas. Las victorias morales no importaban cuando las ciudades caían de todos modos. Siempre había intentado luchar por su reino y por su familia, mientras los demás jugaban a sus jueguecitos y asesinaban en plena noche, pero luego, cuando él se había alzado para defender a sus seres queridos, ¿resultaba que era un villano? ¿Por matar a un hombre que había intentado hacerle lo mismo a él?

Por fin, después de tanto tiempo, lo reconoció. Llevaba muchos meses perseguido por un nubarrón.

Si Adolin no podía confiar en su padre…

¿En… en qué podía confiar?

Si Dalinar Kholin no era digno de la veneración de Adolin, ¿qué sentido tenía nada de aquello? Quizá no lo tenía. Quizá no significaba nada.

Quizá nada significaba nada.

Gritó y se impulsó para ponerse en pie, ya no entumecido, sino despierto por una fría sensación de furia. Rodeado por figuras que se movían en la oscuridad y que al principio no se percataron de que no era una de ellas, Adolin tiró del cordel de la espalda para liberar su arma. Agarró la espada larga y lanzó la vaina hacia la oscuridad, ya sin su escudo, perdido, y notando que el casco de soldado raso y el peto se le clavaban en la piel. Echó la pata de palo hacia atrás y la metió en un agujero entre dos adoquines, la aseguró y luego puso las dos manos en el puño de la espada. Era la que le había regalado Shallan por su boda.

En esa noche aciaga, con el caos fluyendo a su alrededor, Adolin se convirtió en la piedra. El hombre que no iba a rendirse. El hombre que no iba a abandonar su puesto.

Porque en el pasado, el mundo siempre había empezado a recobrar el sentido cuando empuñaba la espada.

Empezó a luchar. Un hombre contra una marea de gemas relucientes en barbas, o en la ropa de las mujérenes. Atacó a la primera que lo reconoció como enemigo. La cantora se volvió y levantó un hacha, pero Adolin apartó el arma con maestría y le asestó una estocada directa al ojo. Mientras esa caía, lanzó un tajo al siguiente enemigo y le separó un brazo del cuerpo.

Una espada no solía ser la mejor arma para aquel tipo de enfrentamiento: mejor un hacha o una maza, contra caparazón. Pero si la espada formaba parte de ti, eso cambiaba, porque los cantores tendían a confiar en su caparazón. A esperar que los protegiese, cuando en realidad tenía multitud de rendijas, multitud de huecos.

Adolin no bailó. Un duelo era un baile. Aquello no era algo hermoso, y él no era un poeta. Aquello era un hombre, una ciudad caída y una rabia que desembocaba en sangre por derramar. Primero la de ellos, luego la suya.

Porque sabía que esa era la noche en que moriría. Al menos podía caer luchando.

Adolin... Era Maya.

No. No la invocó.

¿Por qué?

No quería que lo viese morir. La ciudad estaba perdida, y él... se sentía avergonzado.

No hay vergüenza en perder..., susurró ella.

Le fallé a Kholinar.

Nunca hay vergüenza en perder...

Te fallé a ti. A mi padre. A todos.

Nunca. ESTOY LLEGANDO.

Adolin siguió luchando sin hacerle caso. Derribó a ocho cantores más antes de que uno le acertase de verdad, con un lanzazo en la parte de atrás de su pierna buena, justo a través de la abertura de la greba. Notó un dolor intenso en la pantorrilla mientras gruñía y giraba sobre la pata de palo para apartar la lanza y atravesar el cuello del cantor con una estocada. Siguió luchando, pero Adolin era un barco solitario en aquel mar de oscuridad, rodeado de enemigos. Otro le clavó un hacha en el costado, y supo que aquel sería el golpe que iba a acabar con él. Por muy entumecido que tuviera el cuerpo al dolor, había luchado lo suficiente para reconocer esa sensación de la sangre saturando la armadura, calentándole la piel.

Otro enemigo le barrió la pata de palo y Adolin cayó al suelo mientras la espada nupcial repiqueteaba al caerle de los dedos adormecidos y se perdía en la noche. Y mientras yacía allí, seguía furioso. Porque, por primera vez en su vida, la espada no le había traído paz ni respuestas.

Ya no podía confiar en su padre. Pero, mientras una cantora se alzaba sobre él con su alabarda lista para asestarle el golpe final, Adolin descubrió que quería hacerlo.

Quería encontrar la manera de volver a querer a su padre. Quería hacer las paces. Quería tener una oportunidad.

—¡Aún no! —gritó—. ¡No hasta que lo vuelva a ver!

Pateó a la cantora en la rodilla con su pata de palo y la hizo tambalearse. Entonces una flecha se le clavó en el ojo.

La siguió toda una andanada de flechas, que obligaron a los enemigos cercanos a retirarse. Adolin se retorció y consiguió distinguir un pequeño grupo de defensores con arqueros en primera línea. Los cantores... sus líneas se habían desperdigado y no tenían la suficiente disciplina... cosa que los perjudicaba allí... Eran capaces de embestidas poderosas y salvajes, pero reorientarse hacia una posición enemiga era...

Tormentas, cómo le costaba pensar...

—¡Ahí! —oyó gritar a Colot mientras salía corriendo de entre May y sus arqueros—. Lo he encontrado.

—Dejadme —graznó Adolin, aturdido.

—¿Puedes levantarte? —preguntó Colot, llegando hasta él.

—Dejadme.

—A la tormenta con eso —dijo Colot.

—Dejad...

—Escucha —lo interrumpió Colot, agachándose como una gran silueta en la noche—. ¿Ves a ese hombre que sostiene una lámpara cerca de May? Es el tormentoso *emperador*. Se negaba a marcharse hasta que volviésemos a por ti. Por suerte, May te había visto antes en estas filas. ¿Me has oído, Adolin? Yanagawn no piensa marcharse hasta que vengas con nosotros. Así que o te pones en tormentoso pie o dejas morir a ese chico.

Trabaron la mirada y a la tormenta con él, pero Colot estaba en lo cierto. Y a la tormenta con Adolin, porque *necesitaba* ver a su padre al menos una vez más. Dejó que Colot lo ayudara a levantarse. Un momento después, Hmask había aparecido bajo su otro brazo. Se alejaron de la cúpula a trompicones y se reunieron con Yanagawn entre sus soldados. ¿Sufrirían el mismo destino que Gezamal por dejar que el emperador se pusiera en peligro?

Pensarlo hizo que Adolin, mareado, soltara una risita. ¿Cuántos limpiadores de letrinas iban a necesitar en la ciudad caída?

Porque había caído. Adolin paró un momento para mirar alrededor, sostenido por sus amigos, y vio soldados enemigos por todas partes. No le prendieron fuego a la ciudad como habrían hecho unos conquistadores humanos. Querían gobernar, y algunos de los cantores que luchaban para tomar Azimir habían vivido allí como parshmenios. Era su hogar.

El grupo decidió dirigirse al refugio que había debajo del hospital. Era imposible escapar de la ciudad en aquellos momentos. Pero quizá más tarde, de alguna manera, podrían escabullirse.

En el caos, consiguieron abrirse paso hasta el complejo de edificios. De camino recogieron a algunos enemigos, tropas que unos pocos oficiales cantores pudieron enviar a darles caza. Pero, por suerte, los defensores tenían un protocolo preparado para aquello. Metieron a Adolin y al emperador en una sala con unos pocos defensores, mientras los demás hacían que pareciera que habían escapado todos por una puerta trasera.

Después ya solo quedaba una carrera rápida —o, más bien, un renqueante, exhausto y asediado trote— a través de varios edificios contiguos hasta llegar a la puerta del refugio. Adolin lo padeció todo como en una neblina, y no se puso del todo en alerta hasta que una frialdad le recorrió todo el cuerpo.

Parpadeó y se encontró tumbado en el suelo del refugio, cubierto de sangre y con Rahel, la Vigilante de la Verdad adolescente, arrodillada junto a él. Vio que había otros a su alrededor: el emperador, algunos soldados, muchos heridos a los que habían trasladado a aquel búnker en vez de dejarlos en el hospital.

¿Cuánto...? ¿Cuánto tiempo había pasado inconsciente? Gimió, allí tumbado, ya que la sanación no había ayudado para nada con su agotamiento. Al menos el entumecimiento estaba regresando. El entumecimiento de la pérdida absoluta. Lo vio en el rostro de todos los que estaban allí abajo con él: Colot, May, Yanagawn... incluso Kushkam, que también estaba herido, con la cara ensangrentada y apenas sanado, ya que tenían que guardar la Regeneración para los peores casos.

Adolin se alegró de ver al otro general, pero la mirada que cruzaron fue desmoralizadora.

La ciudad había caído. Y, con ella, el imperio.

Azir había dejado de existir.

FIN

del noveno día

INTERLUDIOS

DIENO ◆ ODIUM

DIENO

Dieno el Visón no estaba muy de acuerdo con el método elegido para ejecutarlo.

—Seguro —dijo, con las manos atadas a la espalda mientras yacía con la cabeza apoyada en el tajo del verdugo— que se os ocurre algo mejor que esto.

Como la mayoría de los soldados del patio de debajo, la magistrada al cargo de la ejecución era herdaziana. Llevaba una túnica atada a un hombro, con símbolos del enemigo, e iba acompañada por un pelotón de corpulentos cantores en forma de guerra. Era algo que Dieno había visto muchas veces: los conquistadores a menudo ponían al mando a algún lugareño con iniciativa. Así la gente podía fingir que tenía alguna semblanza de autogobierno. Lo único que hacía falta era un par de traidores.

—Podríais atarme a una roca y lanzarme al océano con una catapulta —dijo Dieno, con la cara apretada contra la madera—. Eso ya sería algo. O, si tenéis el día creativo, podríais tirarme desde una torre y ver cuántos arqueros me aciertan antes de dar contra el suelo. Es buena práctica de tiro al blanco.

La magistrada se detuvo y hasta pareció planteárselo, pero uno de sus amos cantores le dio un empujón en el hombro. Así que la mujer siguió recitando la lista de crímenes de Dieno.

¿Una decapitación? ¿En serio? Qué poco digno. Dieno suspiró, contento por haber cometido tantos crímenes, ya que así tenía tiempo para planear. Siempre había una salida.

Aunque… esa vez parecía complicado.

Había hecho que los Corredores del Viento dejaran a su gente a unos pocos días de distancia de la capital herdaziana. Acercarse demasiado habría puesto en alerta a todo el mundo. Después de eso, había guiado a sus tropas por una serie de cuevas en las que había jugado de pequeño, que recorrían el territorio por debajo hasta emerger cerca de la ciudad.

Era un plan magnífico. Dieno había estado bastante orgulloso. Habría sido maravilloso si no hubiesen topado con una sucesión de derrumbamientos.

Durante los años que habían pasado desde que jugaba en ellas, las cuevas se habían vuelto inestables. Por la tormenta eterna, seguramente. No lo había tenido en cuenta, y sus tropas habían dado contra tres muros de piedra literales mientras intentaban recorrer las cavernas. Al final no habían tenido más remedio que salir y cruzar un campo abierto de piedra.

La luna había elegido justo el momento equivocado para asomar. Parecía que el mismo destino se había puesto en su contra. Los cantores habían movilizado un ejército entero contra ellos, y su planeado rescate glorioso había llegado a su fin la noche anterior. No había conseguido ni llegar a la ciudad.

Habían trasladado sus tropas y a él a un puesto de avanzada cerca del océano, muy lejos de la capital. Herdaz no iba a salvarla él; tendría que confiar en Dalinar y su duelo. Era posible que el propio Dieno no llegase a ver el momento, salvo que…

—¡Oye! —gritó—. Al menos podríais usar una maza, ¿no?

Pararon de nuevo.

—¿Una… maza? —preguntó la magistrada.

—Claro. Para aplastarme la cabeza —respondió Dieno—. En lugar de cortarla y ya está. Ha venido mucha gente a mirar. Tenéis que darles un espectáculo digno.

—Con una maza sería increíblemente doloroso —dijo la magistrada.

—Pero una historia mejor —repuso Dieno—. Venga. Soy una leyenda. No podéis dejar que una leyenda muera decapitada sin más, ¿verdad? Cómo sois los cantores. Siempre hablando de pasiones y canciones. Bueno, pues hoy hará falta una canción mejor, si Dieno el Visón va a morir.

El canturreo de los cantores cambió. A veces mencionar la pasión funcionaba con ellos.

—¿Tenemos… una maza? —preguntó la magistrada.

Ahí. El verdugo apartó la mirada de Dieno para responder. *Ahí*. No tendría que haberle quitado ojo a su trabajo.

—No tengo ninguna —respondió el verdugo—, pero…

Dieno dejó caer las cuerdas de las muñecas con un par de contorsiones rápidas. Un segundo después, tiró con fuerza de la cadena que tenía al cuello y desequilibró al chico que sostenía el otro extremo, el ayudante del verdugo. Dieno llegó junto a él al instante y lo tiró del cadalso de un empujón.

La multitud vitoreó, cosa que sorprendió a la gente del estrado. Sí, los soldados congregados como público en teoría estaban de su parte, al ser herdazianos y cantores que servían a los invasores. Pero Dieno estaba seguro de que todos ellos habían acudido esperando tener luego una historia que contar. Y él pretendía darles un buen final, de una forma u otra.

El Visón no iba a morir a manos de un verdugo. De hecho, el tipo alzó e hacha y dio un tajo, pero Dieno salió despedido lejos, y fuera del cadalso, por culpa del joven que caía aferrando todavía su cadena. Dieno se precipitó encima de él, oyó que algo crujía en su pecho y rebotó libre. Le dio unas palmaditas en la cara.

—Costillas rotas. Tres meses en cama, chaval. Úsalos para plantearte por qué has decidido ponerte de parte del enemigo.

Dio un tirón para soltar la cadena de las manos del joven, la alzó y la usó para bloquear el ataque de los guardias cantores que cargaban contra él.

Se escabulló por debajo del mismo cadalso de madera. Lo habían levantado para que todo el patio tuviera una buena vista de su muerte, pero los estrechos confines de los travesaños de madera que había allí abajo impidieron el paso a los cantores en forma de guerra con su aparatosa armadura imposible de quitar, mientras que Dieno… bueno, cabía prácticamente por cualquier hueco.

El caos y los gritos lo siguieron mientras salía cerca de una escalera que subía a la muralla de la fortaleza. El resto de las salidas estaban bloqueadas, pero quizá encontrase alguna manera de saltar desde allí arriba y escapar. Llegó al adarve, pero encontró soldados a ambos lados, avanzando. Miró hacia el océano, cubierto de niebla, mientras la luna se alzaba en el último anochecer antes del duelo.

No había lugar al que saltar. Estaba atrapado, por fin. Dieno se armó de valor, esperando que tuvieran los arcos listos para dar un buen espectáculo, y subió a lo alto del almenar. Había una caída de quince metros hasta las rocas de debajo. Escapar ese día había sido una esperanza tenue, de todos modos. Uno no podía ir siempre por delante del viento. Ni siquiera alguien como él. Lo había dado todo por Herdaz, pero ¿cuántas veces podía un reino romperte el corazón antes de que tu alma se desangrara? Aceptó en silencio que había hecho todo lo que estaba en su mano, y luego se preparó para saltar.

Un ruido sordo agitó el suelo y lo hizo detenerse. Tras él, los guardias y los soldados que estaban a punto de alcanzarlo pararon de sopetón. La muralla tembló, el suelo retumbó.

Un grancaparazón del tamaño de una ciudad emergió de la oscuridad entre la niebla, lo bastante grande como para alzarse sobre la fortaleza entera.

—Vaya, vaya —dijo Dieno—. Eso sí que es un buen final.

CONFLUENCIA

Podría él destruir el poder de Honor?

Odium se lo planteó, quizá demasiado tiempo. El poder estaba protegiendo a Dalinar. Si lo atacaba, quizá podría llegar hasta su amigo. Una pequeña parte de él lidiaba con el resto de las ratas que había dentro de las paredes y las mantenía ocupadas intentando quebrantarlas, aunque no podía dedicarles mucha atención.

Observó las permutaciones y las encontró nebulosas. No podía destruir por completo el poder de Honor, ya que el poder no podía destruirse, pero había opciones. Su predecesor lo había hecho de varias maneras. Primero, encerrando el poder de dos Esquirlas en el Reino Cognitivo, lo que había resultado ser cataclísmico y había dificultado mucho acceder a esa tierra. Luego, atacando directamente a una Esquirla, una acción que lo había dejado herido y que, en el choque, había destruido planetas.

Odium pensó que quizá podría Astillar ese poder, desperdigarlo, evitar que se condensara en algo capaz de resistirse a él. Era algo que su predecesor había evitado, por la amenaza para sí mismo. Atacar el poder de Honor infringiría el juramento de no dar el primer golpe a la otra Esquirla, lo que lo dejaría vulnerable a un asalto por parte de Cultivación.

Odium no podía conquistar el Cosmere si moría. Por tanto, no atacó el poder de Honor, aunque su propio poder bulló de rabia por esa decisión. Quería conflicto; quería ser libre de una vez. Odium tenía que proceder con cuidado, alimentándole otras emociones para mantenerlo apaciguado. Estaba haciendo eso, y sopesando su siguiente paso, cuando Honor escupió fuera a Dalinar otra vez.

El viejo amigo de Odium regresó, emergiendo directamente al Reino Físico.

Alivio. Un alivio sobrecogedor. Si Dalinar no hubiera vuelto, quizá se habría considerado culpa de Odium. En lugar de eso, el momento llegó según lo planeado, y Dalinar con él.

Odium se permitió un momento de paz. Sintió a Roshar y sus ritmos, y vibró con ellos. Sintió a los cantores, maltratados desde hacía tanto tiempo, y se regodeó en la idea de proporcionarles la venganza que merecían. Su alma vibró con aquello...

El poder de Honor vibró también.

En aquella única cosa, Honor y Odium estaban alineados. Ese pueblo merecía más. Odium aceptó la carga que suponía no solo utilizarlos, sino también que le importaran. En eso, fue mejor de lo que se había creído capaz de ser, pues de verdad empezó a preocuparse por ellos, como había hecho con Kharbranth.

Había muchos por todo el Cosmere a los que maltrataban de igual manera. Era la confluencia de todas las Esquirlas querer ayudarlos. Pasó un momento extendido permitiéndose deleitarse con la idea.

Paz. Ausencia de dolor. Un universo unido.

Un Dios.

Él. Dado que, si uno quería que las cosas saliesen bien, tenía que hacerlas uno mismo. Taravangian, como Odium, los gobernaría a todos... y todos reconocerían lo que había hecho en su nombre.

Era el momento.

DÉCIMO DÍA

DALINAR ◆ ADOLIN ◆ SZETH ◆ KALADIN ◆
SHALLAN ◆ NAVANI ◆ RENARIN ◆ RLAIN ◆ YANAGAWN ◆
MRAIZE ◆ VENLI ◆ NALE ◆ SYLPHRENA ◆
TARAVANGIAN ◆ SIGZIL ◆ JASNAH ◆ SAGAZ

126

LO QUE ÉL NO DEBE SABER

El Viento no estaba presente para el duelo de campeones, el enfrentamiento final entre Odium y los mortales dispuestos a oponerse a él. Se sentía excluida de ese mundo, en el que eran las Tormentas y no el Viento quienes llamaban la atención.

De *Caballeros de viento y verdad*, página 18

Dalinar se aferró al Padre Tormenta mientras las visiones se desvanecían, con la voz de un dios muerto retumbando en los oídos. Le dio la sensación de que así era como Tanavast había vivido y percibido el mundo, narrándoselo a sí mismo con ese tono deífico.

Después de la traición de Tanavast a Mishram y de su pérdida de la Esquirla de Honor, el Padre Tormenta mostró a Dalinar atisbos breves de los siguientes dos mil años. Los había dedicado a cabalgar las tormentas, a veces teniendo problemas para recordar el mundo de los hombres mientras lo que era dios y lo que era spren se entremezclaban. Dalinar aún no tenía clara la distinción, pero el Padre Tormenta sin duda sabía y recordaba mucho más de lo que había estado dispuesto a contarle a Dalinar. No era Tanavast... pero una parte de él sí que había sido Tanavast.

Había merodeado por el cielo y, con discreción, había empezado a mostrar visiones a la gente, diciéndoles que quería un campeón que fuese capaz de demostrar su valía. El objetivo siempre era el mismo: encontrar a alguien capaz de persuadir a Odium para enfrentarse en un duelo que decidiese el destino de Roshar. Pero el Padre Tormenta había rechazado a todos los candidatos. Todos se volvían demasiado arrogantes, demasiado ansiosos por conseguir la inmortalidad o el poder. El Padre Tormenta temía que todos y cada uno de ellos terminasen yendo a la guerra contra Odium y destruyesen el mundo.

Por último, le mostró a Gavilar. A Dalinar se le cayó el alma a los pies al verlo. Había intentado con todas sus fuerzas fingir que no oía la manera en que Navani hablaba de Gavilar, la manera en la que el Padre Tormenta se refería a él. La forma en la que los hechos de la vida de Gavilar no encajaban como Dalinar siempre había imaginado.

Fue una revelación final sobrecogedora. Más personal. Igual de terrible. Gavilar Kholin había provocado su propia muerte.

—No puedo confiar en nadie que quiera el poder, Dalinar —dijo el Padre Tormenta entre lágrimas, mientras Dalinar sostenía su forma frágil entre los brazos—. Quienquiera que tome el poder podría atacar a Odium, y eso es justo lo que quiere nuestro enemigo, ya que eso daría rienda suelta a su ira para destruir. Necesito a alguien que haya ostentado el poder y no se haya convertido en tirano.

Obligado a dejar de lado la revelación sobre la verdadera naturaleza de su hermano, Dalinar desentrañó el mensaje tácito que había en las palabras del Padre Tormenta. El poder de Honor, si se le daba la opción, eludiría el duelo de campeones y luego destruiría el planeta.

—Por eso tú tampoco eres el indicado —murmuró el Padre Tormenta—. El verdadero Tanavast quizá habría elegido mejor que yo. No pienso lo suficiente como una persona. Está claro que nunca tendría que haberte elegido, pero las heridas que soportaste...

—Reflejan las tuyas —susurró Dalinar—. Las de un dios que fracasó.

Dalinar sintió el peso de sus propios fracasos. De los cadáveres que había creado. De la gente a la que había decepcionado.

Siempre había insistido tercamente en que tenía razón. Impulso. Su vida había consistido en el impulso. El problema era que resultaba muy fácil ganar impulso en la dirección equivocada, y entonces costaba cada vez más virar.

—Mantenía la esperanza —dijo el Padre Tormenta— de que un campeón pudiera derrotarlo...

—Yo no comparto esa esperanza —repuso Dalinar—. Fue capaz de manejar a Tanavast, que lo conocía bien. Un simple hombre como yo jamás lo conseguiría. Por eso decidí que necesitaba el poder de un dios.

—Casi... —murmuró el Padre Tormenta, con un retumbar en la voz—. Casi funcionó, Dalinar. ¡Él aceptó el duelo! Pero tiene demasiado a su favor. ¡Era nuestra mejor oportunidad! Solo que... solo que una parte de mí, la que era Tanavast, teme que tengas razón. Un necio. Los hombres han tenido a un necio como dios durante demasiado tiempo...

—No —dijo Dalinar—. Con esto, hemos hecho el bien mayor. Pase lo que pase en el duelo, Odium permanecerá encerrado y no podrá salir al Cosmere para destruir. Ese era el objetivo de Tanavast, y también el de Sagaz.

—Lo era... ¿verdad? —dijo el Padre Tormenta, parpadeando—. Eso... sí que lo conseguí. No he fracasado por completo en mi cometido.

Por desgracia, Roshar continuaría sufriendo. Miles de años de guerra, ocupados con batallas subsidiarias para que Odium entrenase a ejércitos en Roshar, confiando en escapar algún día. ¿Cuánta aflicción se había perpetuado allí, para proteger personas y mundos que Dalinar no había visto jamás?

Se puso en pie, dentro de aquella visión actual de una celda pequeña y oscura en un monasterio para personas con problemas mentales. El Padre Tormenta se incorporó en la esquina y parecía más... él mismo, después de mostrarle a Dalinar las cargas que llevaba. Tenía la ropa más limpia y sus facciones estaban volviéndose menos enjutas, su barba más poblada. Tenía los rasgos similares a los de Tanavast, pero menos flacos, con cejas más poderosas y una nariz más prominente. Hermanos, no gemelos idénticos.

—¿Y qué vamos a hacer? —preguntó Dalinar—. Sí, está atrapado en este mundo, pero esa solución no es definitiva. Las visiones de Tanavast demuestran que, a lo largo de la historia, la gente, ya sean humanos, Heraldos o dioses, ha evitado lidiar con Odium. Siempre le endosaban el problema a la siguiente generación. Cada Desolación, un mero retraso. Esas otras deidades que hay en algún lugar de los cielos, satisfechas de permitir que otros sigan ocupándose del asunto. Incluso el enfrentamiento final de Tanavast, cuando huyó y te dio a ti sus recuerdos, le echó el problema a otra persona.

»Y mi contrato amenaza con hacer lo mismo. Habrá paz en Roshar, pero solo hasta que él provoque una guerra al obligarnos a atacarlo. Ya usó la misma táctica: prometer que *él* no atacaría, pero dejando libertad a su oponente para hacerlo. Porque así son otros quienes rompen sus juramentos, y él se protege de las repercusiones.

—Ocurrirá —convino el Padre Tormenta, y su voz atronadora se hizo más familiar y tempestuosa—. La paz de Tanavast es una farsa, Dalinar. Cuando Odium quiera conquistar esta tierra, encontrará la manera de provocar a tu coalición para que lo ataque, lo que le permitiría justificar la guerra.

—No nos basta con encerrarlo o apaciguarlo —susurró Dalinar—. Alguien tiene que destruirlo.

—¡No puedes luchar! —exclamó el Padre Tormenta, y su voz retumbó más sonora—. Dalinar, no...

—Lo sé —dijo él—. Paz. Lo sé.

Pero... «Sangre de mis ancestros —pensó Dalinar mientras deambulaba por la pequeña estancia—. ¿Cómo derrotar a alguien demasiado poderoso para combatirlo, pero demasiado astuto y peligroso para encerrarlo?».

—Tengo que ganar el duelo —dijo Dalinar—. Pero tengo la sensación de que, haga lo que haga, me engañará como a uno de los diez locos. —Dejó de caminar y miró al Padre Tormenta—. ¿Está aquí el poder? ¿En este lugar? ¿En las visiones?

—Sí —respondió el Padre Tormenta—. Aquí y en todas partes. Nos vigila, intenta comprendernos. Es diferente de otros poderes similares, ya que ha estado solo durante miles de años. Se vuelve más consciente de sí mismo, como hice yo en la tormenta, y estudia a la humanidad. También es la misma sustancia de estas paredes, este suelo, este cielo.

Dalinar reflexionó y empezó a caminar otra vez de un lado a otro.

—Dalinar —dijo el Padre Tormenta—, ostentar el poder no te hará ganar. No puede derrotar a Odium.

—¿Qué lo hará, entonces? —preguntó Dalinar, frustrado—. ¡Tú me llevaste a esto, cuando podrías haber estado guiándome desde el principio!

—Lo intenté.

—Mientes.

—Dalinar —insistió el Padre Tormenta—. Dalinar, mírame, por favor.

Se volvió de mala gana para mirar al ser del rincón, que se había puesto en pie. Qué pequeño era, cuando Dalinar estaba acostumbrado a que ocupase el cielo en toda su amplitud.

—Me has cambiado, en el tiempo que hemos pasado juntos —dijo el Padre Tormenta—. A mejor. Viví siendo esa tormenta durante mucho tiempo, mientras las oraciones de los humanos de debajo daban forma a mi alma. Olvidé lo que era estar vivo, y tú me lo recordaste, a veces a la fuerza. Gracias a ti, recuerdo y comprendo la misericordia y la compasión de Tanavast. Soy consciente de la necesidad de cambiar y… ya no estoy tan resentido con lo que Tanavast hizo al final. En definitiva, soy tal y como me has conocido. No un amigo, quizá, pero sí un compañero.

Dalinar asintió. Después extendió las manos a ambos lados e intentó aceptar el poder de Honor. Alcanzaba a sentirlo, observando.

El poder lo rechazó.

NO. LOS HUMANOS ROMPÉIS JURAMENTOS.

Dalinar suspiró y abrió los ojos. Al menos tenía más información que antes. En su juventud, lo único que quería era marchar al campo de batalla y encontrar un oponente, pero luego había comprendido el gran valor militar que podía tener un poco de conocimiento. Las guerras no las ganaban los exaltados con espada, sino las mentes frías que sabían cómo situar a esos exaltados.

Y él había adquirido contexto para su enfrenamiento contra Odium. Había visto la historia de la criatura y sabía cómo pensaba. Pero había una pega.

—Odium ya no es Rayse —dijo Dalinar—. Taravangian ha ocupado su lugar.

—Temo el poder, Dalinar, más que a Taravangian. Y temo a Honor también. Estos poderes no estaban hechos para ostentarse aislados: cada uno de ellos se deforma o se distorsiona sin los demás. —El Padre Tormenta se acercó a él—. Al final, me alegro de que seas tú quien vaya a ese enfrentamiento, Dalinar.

—¿Por qué? —preguntó Dalinar, con las manos extendidas—. No soy mejor que Tanavast. He quemado ciudades. He asesinado.

—Quizá —dijo el Padre Tormenta—. Pero tú diste el siguiente paso, Dalinar, cuando yo me escondí. —Sus ojos se volvieron distantes—. Me escondí. Lloré. Fingí que no me importaba, porque ese era el camino que parecía el menos doloroso de todos...

¡Aquella criatura...! Dalinar respiró hondo e intentó contener su frustración. Llevaba todo ese tiempo vinculado a alguien que podría haberle explicado la verdad. Pero... tormentas. Si Evi podía perdonar a Dalinar...

—Te perdono —se obligó a decir.

El Padre Tormenta lo miró.

—Siempre has sido muy claro conmigo respecto a una cosa —añadió Dalinar—. Eres una tormenta, no un humano, y aunque haya en ti una parte de Tanavast... no es razonable por mi parte que espere que actúes como lo haría un ser humano. Lo intentaste. ¿Y esa parte de ti que es Tanavast? Bueno, muchos habrían quemado este planeta para demostrar que tenían razón. Él huyó, pero he conocido a muchos soldados que no tuvieron el valor de huir cuando deberían haberlo hecho. Así que te perdono, y perdono a Tanavast. Solo soy una persona y no puedo absolverte de nada... pero sí que puedo perdonarte. Venga, encontremos a Navani y a Gav y regresemos. —Titubeó—. A menos que...

—Hay tiempo —dijo el Padre Tormenta—. Aún falta un poco para tu duelo. Pero Dalinar... ¿lo has dicho en serio? ¿Me perdonas?

—Lo intento —respondió él, con toda la sinceridad de la que fue capaz—. ¿Podemos marcharnos, por favor? Ya he visto suficiente.

—Te sacaré de aquí.

—Primero a Navani —dijo Dalinar—. Y a Gav.

—Ellos ya están en casa. Navani los llevó usando su vínculo con el Hermano. Pero... tu hijo sigue aquí, y la Tejedora de Luz, además de un cantor.

—¿Adolin?

—El otro. El que ve.

—Renarin y Shallan —dijo Dalinar, sorprendido—. Llévame con ellos.

—Se ocultan de los dioses —respondió el Padre Tormenta—. Odium no puede encontrarlos, así que yo no tengo ni la menor esperanza. Vinieron por decisión propia, creo.

Dalinar pensó un momento.

—Llévame a mí de vuelta. Cuando haya hecho lo que tengo que hacer, encontraré una manera de sacarlos.

Se abrió un portal de luz. Dalinar lo atravesó y anduvo por fin desde el recuerdo hacia el presente.

—El enemigo ha conquistado las Llanuras Quebradas —dijo Kaminah la escriba en voz baja, leyendo su conversación por vinculacaña—. Y Thaylenah ha firmado un acuerdo con Odium, como hicieron Emul y el resto.

El pequeño grupo de oficiales que se había reunido en un rincón del atestado refugio quedó en silencio. Adolin agachó la cabeza, sentado en el suelo y con la espalda apoyada en la pared. Se sentía como una hoja de árbol después de que la alta tormenta se ensañara con ella: todos los músculos destrozados, la cabeza palpitando y la pierna, la que no tenía, tan dolorida que atrajo un dolorspren que parecía un poco perplejo.

Si las Llanuras Quebradas, donde habían apostado a la mayoría de los Radiantes, no habían conseguido resistir... ¿Qué posibilidades había tenido nunca Azir?

—Traidores —espetó Noura, sentada junto a Adolin—. Sangramos y morimos sobre piedra emuli y thayleña. ¿Y ellos van y hacen un *trato*? ¿Nos traicionan?

—Estuvimos dominando Emul durante siglos —dijo Yanagawn, muy fuera de lugar con su túnica ornamentada entre todos los demás, ensangrentados, agotados y desanimados a excepción de unos pocos visires y vástagos—. Afirmábamos tener autoridad imperial sobre ellos, los obligábamos a fingir que formaban parte de nuestro imperio. ¿Te sorprende que ahora aprovechen la oportunidad de librarse de nosotros?

—¡Sirven al enemigo!

—Han cambiado a un tirano por otro —dijo Yanagawn. Parecía que las ropas elegantes se lo habían tragado por completo, y tenía los ojos hundidos. Sonaba tan agotado como se sentía Adolin—. Puede que Odium les haya hecho una oferta mejor que la nuestra. ¿Quién sabe? Les deseo lo mejor. Resistirnos no nos ha ayudado, y ahora van a dominarnos sin que hayamos cerrado un acuerdo para proteger a nuestro pueblo.

El grupo se quedó callado. Otra vez. El silencio llegaba intermitente, a oleadas, como la luz de la luna en una noche encapotada, desde que la ciudad había caído unas horas antes. Adolin necesitaba dormir, pero no conseguía acallar su mente. Era la segunda vez que veía caer una ciudad, después de que todos sus esfuerzos resultaran inútiles.

Ser el hijo del Espina Negra no había sido suficiente. Ser Adolin no había sido suficiente. ¿Qué le quedaba?

Se aferró a un jirón de luz. Estando a punto de morir, se había dado cuenta de que necesitaba hacer las paces con su padre, de que necesitaba creer que la reconciliación era posible.

Qué cansado estaba. Qué desgastado. Qué roto. Pero algo en su interior se sentía... como una espada en un yunque.

«Si incluso Dalinar Kholin pudo encontrar el perdón y la esperanza... ¿no puedo hacerlo yo también?».

—Los Corredores del Viento llegarán pronto —dijo May desde donde estaba sentada, escribiendo en trozos de papel, dibujando fichas de torres para el emperador, que había comentado que ojalá tuviesen una baraja para matar el tiempo—. La escudera a la que estoy escribiendo dice que han aterrizado fuera de la ciudad. Esperarán a que las cosas se calmen y luego se colarán para venir a buscarnos. Notum ya se ha reunido con ellos.

—¿Cuántos Corredores del Viento? —preguntó Kushkam.

—Dos de pleno derecho, un puñado de escuderos —respondió May.

—¿Tiempo? —dijo Adolin, con voz ronca.

Noura miró su reloj fabrial de bolsillo.

—Tres horas para que se cumpla el plazo límite de tu padre.

—¿Y si hacemos algo? —preguntó Yanagawn.

Le habían dado una almohada, el único «mueble» que había en la estancia. Se había colocado encima como una gallina en su nido, de las que salían en los libros ilustrados infantiles de la infancia de Adolin.

—¿Hacer algo? —preguntó Noura—. ¿Como qué, majestad?

Él suspiró y se quitó el enorme tocado para secarse la frente. Qué joven parecía, qué menudo sin aquello en la cabeza.

—Tenemos tres horas, Noura. Podríamos... No sé. ¿Reunir las tropas que nos queden e intentar luchar?

Adolin pasó la mirada por la estancia e hizo recuento. Estaba Kushkam, al que le faltaban tres dedos de una mano y tenía un corte en la cara sin apenas costra aún. Adolin, que estaba como estaba. Gezamal había sobrevivido también. Adolin tenía entendido que era quien había puesto a salvo a su padre. Parecía relativamente ileso.

Y luego había que añadir a unos guardias del emperador, a Colot, a May y a unos pocos hombres de Adolin, entre ellos Hmask. Los demás heridos que habían trasladado allí, quizá unos treinta, estaban incluso peor que Adolin. Ninguno podía mantenerse en pie, no digamos ya montar una resistencia.

Alguien tenía que decirlo. Alguien a quien Yanagawn fuese a hacer caso.

—No podemos hacer nada, majestad —dijo Adolin en voz baja—. Lo siento.

Yanagawn bajó la vista y se arrebujó en su túnica.

Un guardia a las órdenes de Colot dio un paso al frente. Era Sarqqin, el herrero azishiano que se había unido a sus filas durante el primer reclutamiento de Adolin.

—He hecho inventario de provisiones —dijo—. Solo hay comida y agua suficiente para unos pocos días, aquí dentro. El refugio no estaba pensado para tanta gente.

—El resto tendremos que rendirnos —respondió Noura en voz baja—, cuando se hayan llevado volando al emperador y al brillante señor Adolin a un lugar seguro.

—Podrían ejecutarte, Noura —dijo Yanagawn—. Los cantores a veces ejecutan a los líderes de una ciudad conquistada. Muchas personas de alta cuna les han dado problemas tras ser subyugadas. Correrías peligro, de modo que, cuando me marche, vas a venir conmigo.

Ella suspiró.

—Como deseéis, majestad.

Adolin volvió a tumbarse para intentar dormir un poco. Pensó en su padre, echó de menos a Shallan e intentó sofocar aquel pequeño haz de luz en su interior que había empezado a susurrarle:

«Segunda oportunidad, Adolin. Se te ha concedido una segunda oportunidad. Ya sabes lo que tu padre hizo con la suya. ¿Qué harás tú?».

Szeth ayudó a Nin-hijo-Dios a subir a la parte de atrás del carro. El viejo vehículo chirrió bajo su peso cuando Nin se tumbó, con la cabeza hacia el pescante.

Kaladin colocó el fardo de espadas junto a él. Ocho hojas de Honor y una negra azabache, bien sujeta en una vaina plateada.

¡*Uuuh!*, exclamó Sangre Nocturna—. *¡Una cuadriga! ¿Esto es una cuadriga? ¿Me has conseguido una cuadriga?*

Szeth sonrió y luego miró a la pareja que permanecía en pie en el granero cercano, con velas para iluminarse.

—Gracias.

—Gracias a ti, portador de Honor —dijo la mujer—, por la distinción de permitirnos ayudar a un siervo de la Verdad.

Parecían buena gente y ambos llevaban toques de vivos colores. Vivían por su cuenta, lejos de ciudades y pueblos. A Szeth le recordaban a su familia. Quizá por eso las maldades no los habían afectado.

Szeth se acercó y les entregó un par de broams, ya drenados de luz tormentosa.

—Las gemas que hay dentro crecieron en el corazón de unas bestias, no se sacaron de las piedras. Tienen mucho valor.

El hombre lanzó una mirada a su esposa, escéptico a todas luces, y ella asintió después de una breve pausa y cogió los dos broams de rubí. Estaban familiarizados con el dinero, aunque fuese tan diferente de las monedas iridiscentes hechas de caparazón que fabricaba la ceca.

Szeth cogió los dos caballos viejos que la pareja les había ofrecido y los enganchó al carro en la penumbra del amanecer. Habían pasado años desde la última vez que lo había hecho, pero el proceso le volvió a la mente con facilidad.

Kaladin y Syl lo miraban con cierta medida de asombro o confusión.

—¿Qué? —preguntó Szeth.

Kaladin carraspeó.

—¿Esos caballos están bien? Parecen, hum...

—¡Qué pequeños son! —exclamó Syl—. ¿Son caballos bebé?

—No son caballos bebé —dijo Szeth, sonriendo. Le dio unas palmaditas a uno—. Este es anciano, de hecho. ¿Veis el hocico gris, el lomo combado? Tiene al menos dieciocho años. Estáis acostumbrados a las razas grandes que os vendemos a los orientales. En Shinovar tenemos más razas de caballos de las que podáis imaginar.

Subió al pescante, seguido por Kaladin y Syl, y le hizo una seña a su spren, que poblaba las sombras junto con los susurros. El spren, reacio, subió al lecho del carro en forma humana. Se sentó junto a Nin.

Con una sacudida de las riendas, partieron. Se alejaron poco a poco del granero y cruzaron una tierra empapada por una lluvia ordinaria.

Tenían un cofre lleno de gemas infusas en el carro, obtenidas de la reserva de Nin, y estarían a unas dos horas del Monasterio del Forjador de Vínculos.

Habían comentado la posibilidad de volar derechos hasta allí, pero ambos querían conservar la luz tormentosa y quizá prepararse.

—Y así —dijo Szeth— es como comienza nuestra carga final en pos del destino. Subidos a un carro viejo. Parece apropiado.

—¿Por qué lo dices? —preguntó Kaladin.

—Cuando todo esto comenzó para ti —dijo Szeth mientras pasaban sobre un charco con un bote y una salpicadura—, ¿fue en un salón del trono? ¿En un campo de batalla? ¿Empezaste tu viaje surcando los cielos?

—No —respondió Kaladin—. Empezó en un pueblecito, lejos de cualquier lugar importante.

—Mi viaje empezó entre ovejas.

—Sí —dijo Kaladin, asintiendo.

—Pues sí. —Syl hizo una pausa antes de añadir—: Mi viaje sí que empezó en un salón del trono, la verdad.

—¿Qué? —preguntó Kaladin.

Lanzó una mirada hacia ella, que estaba sentada, o más bien flotando un par de centímetros sobre el asiento de madera, a su lado, a tamaño humano y con su uniforme.

—¡Ajá! —exclamó ella—. Aparecí del aire, completamente formada por obra del Padre Tormenta, en medio de la Forja de Dios, que viene a ser su salón del trono. —Miró a Szeth y a Kaladin—. Fue una cosa mucho más elegante que como nacéis los humanos.

Szeth se reclinó en el asiento, disfrutando de lo extrañamente relajante que era estar ahí sentado, de camino a su enfrentamiento final pero sin preocuparse por él.

—¿Quiero saber cómo descubrió la manera de crear humanos nuevos? —preguntó Szeth, con los ojos en el camino.

—Soy una persona muy curiosa —contestó Syl.

—Es una metomentodo —dijo Kaladin.

—Hago preguntas.

—Interroga a la gente.

—A Monosha no la interrogué —replicó Syl, cruzándose de brazos—. Somos amigas.

—Es una comadrona —explicó Kaladin a Szeth al ver su mirada interrogativa—. Una vez le enseñó cómo nacían sus cachorros.

—No quiso llevarme al nacimiento de un humano —dijo Syl—. En ese tuve que colarme.

—No eres... —dijo una voz desde detrás de ellos— como me había imaginado.

Szeth volvió la mirada hacia donde Nin yacía envuelto en su manta, contemplando el cielo.

—¿Puedes decirme qué debería esperar? —preguntó Szeth—. ¿En esta siguiente parte?

—Ishar querrá darte una lección de humildad —dijo Nin en voz baja—. Has derrotado a todos los portadores de Honor, pero Ishar dice que, aunque un Heraldo debe tener pericia, no puede ser arrogante. No... no sé cuál es la última prueba que tiene pensada. Solo que se espera que fracases.

—Y si Szeth consigue la aprobación de Ishar —dijo Kaladin—, ¿se convertirá en Heraldo?

—Sí —susurró Nin, con voz frágil, incluso enfermiza—. Ahora... Ahora que veo más claro, cuestiono este plan. Mucho de lo que ha hecho Ishar estos últimos siglos, y estos últimos años en particular, es... inquietante para mí. Intentar crear un ejército de spren físicos y de Fusionados, prepararse para conflictos muy lejanos. Temo en qué haya podido afectarlo beber del poder de Odium. Ahora me preocupa muchísimo. No sé por qué no lo hacía antes.

—Como no he dejado de repetir —dijo Syl—, ya no *necesitamos* a los Heraldos. Aunque encerréis al enemigo en Braize, puede regresar por medio de la tormenta eterna. Todo el sistema está roto.

—Quizá... —dijo Nin— ese fuera nuestro error.

Szeth lo miró.

—¿Error?

—Éramos mucho más que cerraduras para las almas de los Fusionados. Hubo un tiempo en que fuimos líderes. Maestros. ¿Y si nos hubiésemos quedado en Roshar... para enseñar? No por traicionar a Taln, sino para desarrollar la ciencia y la sociedad. ¿Y si...? —Negó con la cabeza—. Creo que al mundo aún le vendría muy bien tener a Heraldos, Antigua Hija. Solo que... no los que tiene...

Se quedó callado. Y juntos avanzaron en silencio bajo aquella senda de luz de spren que había en el cielo y apuntaba hacia su destino.

127

SUS CASAS SE
CONVIERTEN EN
NUESTRAS MORADAS

Sé que, a día de hoy, la gente sigue confusa por cómo al final los spren empezaron a llegar a oriente sin necesidad de vínculos. Notum, que figura entre los vientospren más famosos, es un ejemplo. Sin embargo, la respuesta es sencilla.

A medida que las tierras comenzaron a pensar en ellos, y a recordarlos, fueron necesitando cada vez menos el vínculo de una persona individual para proporcionarles apoyo en el Reino Físico. Pues los pensamientos de un pueblo entero los impulsaban.

De *Caballeros de viento y verdad*, página 46

A dolin intentó dormir.

Y no lo consiguió.

Había estado a punto de morir y sobrevivido. Eso tenía que significar algo, ¿verdad? ¿O quizá solo estaba reaccionando contra su anterior falta de emociones? Sabía que estaba agotado, y quizá no pensaba con claridad, pero al final, cuando había estado a punto de morir, no era honor lo que Adolin había sentido, sino fatalismo. Y eso lo aterrorizaba.

Adolin Kholin no tenía un propósito. No lo había tenido desde el día en el que habían aparecido los Radiantes.

Has estado aquí ayudando todo este tiempo, dijo Maya. Su voz llegaba más fuerte. Ya estaba cerca.

¿Y qué?

Que siempre has tenido un propósito.

Pero no soy suficiente.

¡Bien!, exclamó ella.

¿Cómo que bien?, preguntó él, sorprendido.

Sí. Porque... Maya tomó aliento mental, y Adolin notó que hablar tanto seguía resultándole difícil. *Porque si pudieses hacerlo todo tú solo, no necesitarías la ayuda de una espada.*

Eran palabras sabias, pero en ese momento lo que Adolin quería no eran palabras sabias.

A la tormenta contigo, pensó.

¡A la tormenta contigo!, respondió ella, con un atisbo de sonrisa tiñendo las palabras de algún modo, cosa que ayudó.

Aun así… deseó que su vida tuviera algún significado.

Lo tiene, dijo ella.

Nada importa.

Tú me trajiste de vuelta, Adolin, porque yo tenía importancia. ¿Es que…? Aliento mental. *¿Es que te equivocabas? ¿Debería volver a estar muerta del todo?*

Eso es injusto.

La vida es injusta, replicó ella. *Lo único justo es la existencia, al final de todo, y Dios así lo quiso.*

Dios no existe.

Entonces, ¿de qué soy yo un pedazo?

Era… raro oír una devoción tan manifiesta. Los ojos claros ya no solían hablar de esa manera, aunque el padre de Adolin lo hiciese. Maya era de otra época, una en la que la religión había sido diferente.

Poco después, Adolin oyó cómo se abría la puerta del refugio del sótano. Todos se pusieron nerviosos hasta que Notum descendió volando. Iba seguido por un grupo de personas, cubiertos por unas capas que disimulaban sus uniformes de Corredor del Viento.

—¿Cikatriz? —dijo Adolin, levantándose—. ¿Drehy?

Los dos Corredores del Viento traían a cinco escuderos. El último cerró la puerta a toda prisa.

Adolin cojeó hasta los dos Radiantes conocidos, uno alto y el otro bajo, que estaban inspeccionando la estancia con expresión funesta.

—Veo que os ha ido más o menos tan bien como a nosotros —dijo Cikatriz.

—¿Así de mal está la cosa? —preguntó Adolin.

—Ha sido un tormentoso desastre —dijo Drehy—. El enemigo arrojó todo lo que tenía contra las Llanuras Quebradas, tormenta eterna incluida. Hemos perdido a mucha gente, alteza. Buenas personas. Sigzil es baja, vivo pero sin su spren. Leyten y Deti han muerto. Creo que nunca tuvimos ninguna posibilidad.

—¿Alguien ha podido mantener algún campo de batalla? —preguntó Adolin—. ¿Qué hay del Visón en Herdaz?

—Lo último que sabemos —respondió Drehy— es que ni siquiera llegaron a tiempo. Se enredaron luchando de camino a la capital.

—La brillante Jasnah tenía razón —dijo Cikatriz—. Esa misión era de los diez locos.

—Parece que toda nuestra defensa era de los diez locos —repuso Drehy—. Hemos fracasado en todos los tormentosos frentes.

—A no ser que mi padre gane —dijo Adolin—. Entonces recuperaríamos Herdaz y Alezkar, estén como estén ahora.

Los dos asintieron, pero fue un gesto lúgubre. Si Dalinar perdía... sería el fin. El mundo entero, a excepción de la misma Urithiru... bueno, y nadie sabía qué pasaba con Shinovar, pero el mundo entero estaría perdido.

Pero su padre no iba a perder, ¿verdad que no?

Por primera vez en bastante tiempo, Adolin encontró... ¿esperanza en Dalinar? ¿Admiración por su padre?

¿Por qué entonces? Adolin había pasado un año largo y oscuro sin esa esperanza. Pero allí en pie, pensó que al fin podía ver a su padre tal y como era. No como un dechado. No como un villano.

Algo había cambiado en Adolin esa noche, sintiéndose impotente, viendo caer Azimir. Durante esos momentos en los que había estado convencido de que moriría, y por un instante había perdido la capacidad de que le importara. Recuperarse de aquello estaba costándole esfuerzo, y al empezar a hacerlo... había recurrido a su padre. Aceptando, al fin, que Dalinar no era perfecto y que no tenía que serlo para que Adolin confiara en él.

Eso... lo ayudó. Un poco.

Adolin volvió a sentarse apoyado contra la pared.

—Demos el siguiente paso —susurró.

—¿Qué has dicho, brillante señor? —preguntó Cikatriz—. Eh... Deberías saber que tu tía nos ha ordenado llevaros a un lugar seguro al emperador y a ti. Podemos transportar a unos pocos más, pero no ir demasiado cargados, o no podremos escapar de los Celestiales si nos divisan.

—Yo no me voy —afirmó Yanagawn, levantándose.

Noura suspiró.

—Excelencia, entrad en razón, por favor. Hay que mantener vivo el imperio.

—El imperio ya no existe —dijo Yanagawn—, pero Azir sigue en pie. Y yo soy su líder. Soy el único que puede luchar por ella. Así que no me marcharé, Noura. No mientras haya esperanza.

—¿Y qué esperanza puede haber? —preguntó ella.

—Mientras... —susurró Adolin, sentado aún junto a la pared—. Mientras el emperador permanezca en su trono...

—Azimir resiste —dijo Yanagawn—. Los problemas de la quinta dinastía, Noura. Me hablaste tú de ellos, de cuando dos emperadores rivales lucharon por el poder. En una capital en disputa, quien posea *físicamente* el trono es quien tiene la legitimidad.

—Es imposible —respondió Noura—. El palacio estará repleto de enemigos. Aunque no conozcan ese precedente, estarán buscándoos a vos y nuestras riquezas. Ese lugar tendrá una de las mayores concentraciones de tropas de toda la ciudad. Nunca conseguiremos entrar.

Algo chispeó en Adolin.

Aquella luz... Se dio cuenta y la reconoció justo antes de que Yanagawn respondiese.

—Ojalá —dijo el joven emperador, con una pizca de asombro en la voz— tuviésemos a alguien capaz de guiarnos y con experiencia colándose en palacio.

Tormentas. Adolin parpadeó y luego se obligó a levantarse, sobre pie y pata de palo. En un principio, Yanagawn... era un ladrón que se había infiltrado con Lift en el palacio azishiano hacía mucho tiempo.

—Esa es la razón —susurró Adolin, mirando al emperador a los ojos—. La razón por la que estás aquí. Esto... Esto significa algo.

—¿Qué ocurre? —preguntó Drehy—. No entiendo nada. ¿Nos vamos o no?

—No, no nos vamos —respondió Adolin—. Porque Yanagawn va a colarnos en el palacio, donde él y yo tomaremos el salón del trono y salvaremos esta tormentosa ciudad.

La luz se acumuló alrededor de él y Dalinar apareció en sus aposentos de Urithiru.

Estaba en casa. Pero, cuando apoyó la mano en una silla, una parte de él dudó. ¿Podría volver a confiar alguna vez en algo de lo que viera? ¿Cabía la posibilidad de que todo aquello fuese una visión?

¿Cómo distinguirlo?

—Ah, justo a tiempo —dijo Sagaz detrás de él.

Dalinar dio media vuelta y se lo encontró con su traje negro, sentado en la silla favorita de Dalinar, con una pierna cruzada sobre la rodilla de la otra. Había estado leyendo un libro. Dalinar dio un paso al frente y miró a Sagaz a los ojos. Y vio que...

Era él. El auténtico Sagaz. No había ni rastro de la demencia que había asolado a los falsos.

—Por desgracia —dijo Sagaz, mirando su extraño reloj de bolsillo traído de otro mundo—, aunque me encantaría que te pasaras el día entero mirándome con tanto amor, Dalinar, tienes cosas que hacer. Además, he estado acostándome con tu hijastra, así que... bueno, sería un poco raro.

—Sagaz —dijo Dalinar—. Por favor. Nada de bromas.

Sagaz se guardó el reloj.

—Navani tenía una actitud parecida conmigo cuando regresó. ¿Qué ha pasado ahí dentro?

—Las visiones intentaron copiarte y les resultó imposible.

Sagaz sonrió.

—Por favor, que eso no infle tu ego —dijo Dalinar—. Sagaz, ¿sabías que el Padre Tormenta tiene los recuerdos de Tanavast?

—Es una especie de versión blanquecina y a medio terminar de su sombra cognitiva —dijo Sagaz, con un asentimiento—. Una... réplica de Tanavast, quizá un avatar, que cobró voluntad propia.

—Y que tiene sus recuerdos. Tanavast los puso todos en el Padre Tormenta. Es como... como si *fuese* Tanavast, más de lo que creíamos. Me ha mostrado la historia al completo de los dioses en este planeta, y sabía desde el principio lo que ocurrió durante los años que nos interesaban. —Dalinar titubeó—. Creo que me hacía falta verlos y experimentarlos de esa forma... pero aun así...

Sagaz ladeó la cabeza.

—Vaya.

—¿No lo sabías?

—Dalinar, solo finjo saberlo todo.

—¿Y eso no te lleva a decepcionar a la gente?

—Resulta que a menudo, en vez de eso, los confundo. —Sagaz se levantó y pasó junto a él—. Tu esposa espera arriba. Te quedan unas dos horas. Le he dicho que aparecerías en tus aposentos, pero no ha querido bajar por si aparecías en cualquier otra parte e ibas a buscarla.

—¿Sabías que iba a aparecer aquí? ¿Cómo?

Sagaz sonrió.

—¿O en realidad no lo sabías y lo has... supuesto? —preguntó Dalinar—. Pero...

Sagaz se detuvo en la puerta.

—¿Vienes?

Dalinar se quedó donde estaba.

—Eh... Sagaz, he fracasado. Lo he visto todo, el origen de la humanidad en Roshar, la creación de los Heraldos, la Traición... Sé cómo ocurrió y por qué, ¡pero no sé cómo voy a derrotar a Odium! He averiguado tantas cosas que la cabeza me da vueltas, y no distingo entre lo que es relevante y lo que no.

Sagaz sonrió con aprecio y le hizo un gesto a Dalinar para que lo siguiera.

—Acompáñame, Dalinar. Y escucha.

A Dalinar se le ocurrió una decena de peros. Había pasado dos semanas viajando por las visiones. Estaba cansado de escuchar. Quería *actuar*.

Por otra parte, no estaba en posición de rechazar ninguna ayuda, aunque se la ofreciera Sagaz a su manera sagacil. Así que Dalinar fue con él. Empezaron a recorrer juntos los pasillos de Urithiru, con sus características paredes de estratos en espiral y la luz tormentosa brillando en las secciones resplandecientes.

—Hace mucho tiempo —dijo Sagaz en voz baja—, en un planeta en el que la mitad de los árboles son blancos, nació un niño que era hijo de un leñador. Era un chico curioso y antojadizo, que quería respuestas a todas las preguntas del mundo... pero esas respuestas no se les ofrecían a los hijos de los jornaleros. Ni los reyes ni los bufistas tenían todas las respuestas, aunque a menudo mentíamos sobre ese hecho, y aún lo hacemos.

Mientras caminaban, un tenue viento sopló en la espalda de Dalinar, como urgiéndolo a avanzar. *Escucha*, susurró. *Escucha*.

—El rey de aquellas tierras era un buen hombre —continuó Sagaz—. Me caía bastante bien, a pesar de sus defectos. Un día, empezó a reflexionar sobre la condición de la nobleza. Mantuvo una conversación al respecto con sus lores, aunque en ese planeta no era el color de los ojos lo que distinguía a los nobles. Ellos afirmaban que era cuestión de nacimiento, claro: los actos de Dios, la santidad de la corona. El turbio secreto es que todos los gobiernos son repúblicas disimuladas, solo que a veces se vota con la espada o con el dinero. Convenientemente, todos se olvidan de decirles a las clases bajas que es su dinero, y su carencia de espadas.

»En todo caso, el rey había escuchado a los filósofos equivocados. Los que hablaban sobre ideas como la igualdad innata de todas las personas. Empezó a cuestionarse las endebles justificaciones que se daban para elevar a una persona sobre otra, y se enzarzó en una discusión con sus lores.

»Fue una discusión absurda, en la que hubo cierta cantidad de vino. El rey afirmó que podía coger a cualquier chico de baja cuna que hubiera en el país y criarlo como un noble, y que ese chico llegaría a ser tan ilustrado y talentoso como cualquiera de alta cuna. Uno de sus barones aceptó la apuesta. Y así fue como llevaron a palacio al hijo del leñador.

—¿Ese chico eras tú? —preguntó Dalinar.

—No —dijo Sagaz—. Pero yo era joven entonces, tanto que daba miedo. De alguna manera, había encontrado un arma destinada a matar a un dios y la llevaba sin saberlo, así de poco sagaz era.

Dalinar se sorprendió al ver que, cuando llegaron a la avenida principal que llevaba a los elevadores, nadie le cedía el paso.

—¿Qué me has hecho? —preguntó mientras caminaban, Sagaz de paseo, Dalinar marchando.

—Solo un ligero tejido de luz —explicó Sagaz—. No tenemos tiempo para que se te echen encima. Además, Dalinar, quiero que disfrutes.

—¿De la historia?

—No, de esto —susurró Sagaz, con las manos extendidas hacia la gente que pasaba.

De aquello. Dalinar dejó que el silencio lo envolviese mientras seguían caminando, y… fue consciente de una Conexión con la gente. Lo habían seguido contra lluvia y ruina para crear un nuevo hogar en las cimas de aquellas montañas sin nombre.

Mientras andaba, al principio cada paso le daba la impresión de estar acercándolo a la horca. A su enfrentamiento definitivo, al conflicto que lo salvaría o lo destruiría. Luego… empezó a sentir sus almas. La mujer que llevaba una cesta de ropa, el alfarero con su cubo lleno de arcilla. El niño y el guardia, ambos corriendo, ambos gritando, con sueños arremolinados en sus mentes. Hasta el Padre Tormenta, que seguía allí, al fondo de su cabeza.

¡Cuántos eran! ¡Cuántas historias! Dalinar creyó sentirlo, sentir lo mismo que mencionaba Tanavast: los hilos que unían a toda la humanidad en una única familia.

Ese día, Dalinar era su sueño. Era su campeón.

—¿Qué le ocurrió al hijo del leñador? —preguntó Dalinar.

—Fracasó —dijo Sagaz en voz baja—. No fui capaz de impedirle que lo hiciese, y sigo lamentándolo a día de hoy.

Noura, con su túnica colorida y estampada de visir, se apresuró a dar un paso adelante para enfrentarse a Adolin.

—¿Salvar la ciudad? —exclamó—. ¡No vas a enviar al emperador a una misión suicida! Tiene que retirarse a un lugar seguro, para inspirar al pueblo a que luche por su libertad.

—No es una misión suicida —dijo Adolin—. Tú misma me dijiste que quien controle el trono controla el imperio. Si nos apoderamos de él antes de que termine el plazo y lo defendemos hasta que llegue el momento, el reino pertenecerá a Yanagawn.

—Y todo por un solo dictamen previo —dijo Noura.

—El enemigo se rige por leyes como esa —dijo Adolin—. Puede funcionar. El enfrentamiento de mi padre con Odium será...

—En menos de dos horas —apuntó May.

—En un par de horas —repitió Adolin—. ¡Lo único que tenemos que hacer es colarnos en el salón del trono!

—La gente estará huyendo de la ciudad —intervino Kushkam, levantándose. Ese corte que le cruzaba la nariz y las mejillas era serio, como si le hubiesen dado un hachazo en toda la cara—. Lo más seguro es que el enemigo deje marchar a los refugiados: menos gente que alimentar y vigilar mientras aseguran la ciudad.

—Los Corredores del Viento han podido entrar —dijo May, señalándolos—. Es prueba suficiente de que la ciudad no está bloqueada. ¡Creo que el comandante tiene razón!

—Es verdad que la gente está escapando de la ciudad —confirmó Drehy—. El enemigo está ocupado montando barracones, depósitos de suministros y puestos de control.

—Los métodos más comunes para dominar una ciudad —gruñó Colot—. El caos durará un poco más, y aún no tendrán montados todos los puestos de control. Seguro que podemos recorrer casi todo el camino hasta el palacio fingiendo que somos ciudadanos asustados.

—Y una vez allí —añadió Kushkam—, su excelencia imperial sugiere que puede meternos sin que nos descubran.

—¡Claro que puedo! —exclamó Yanagawn—. Estuve en todas las reuniones de planificación con mi tío. Me sé todas las opciones para colarnos.

La esperanza tiñó la voz de Yanagawn mientras un único glorispren aparecía sobre él. Aquella chispa de luz que había dentro de Adolin prendió y empezó a avivarse hasta convertirse en llama. Había tocado el fondo más absoluto... y aquello le daba la impresión de ser un nuevo principio.

A veces, dijo Maya, *no hace falta un Radiante ni un portador de esquirlada. La vida de una persona no pierde el sentido cuando deja de ser quien más fuerte pega, Adolin. En algún momento, te darás cuenta de por qué estás aquí de verdad.*

Gracias, pensó él. *Por creer en mí.*

Podría decirse que es nuestro trabajo, respondió ella, y tomó aliento. *Una advertencia. Es muy probable que mi plan para ayudarte ya dé igual. Contaba con que tuvieses un ejército. Puede que no me necesites.*

Siempre necesitaré a una buena amiga, pensó Adolin. *La vida de una persona no pierde el sentido cuando...*

Métetelo donde te quepa, espetó ella, aunque Adolin captó diversión en su tono.

—Podemos hacerlo —estaba diciendo Yanagawn—. Llevaremos un grupo pequeño, nos colaremos y...

—Que lo intenten ellos si quieren —dijo Noura, señalando a Adolin—. Pero vos no.

—Tengo que liderarlos, Noura —respondió Yanagawn.

—Pues decidles cómo entrar, pero quedaos aquí, a salvo.

Yanagawn se puso en pie. La miró a los ojos. Y habló con una voz que no parecía del todo suya.

—Soy el emperador. Los *lideraré.*

Trabaron la mirada. Entonces Noura empezó a llorar. No porque hubiese perdido la discusión, vio Adolin, sino porque tenía miedo.

—No quiero que te hagan daño —susurró—. No quiero perderte. Por favor.

Tormentas, aquel no era el rostro de una burócrata tratando de imponer las leyes, sino el de una madre hablando con un hijo. Quizá no fuesen parientes de sangre, pero de pronto la resistencia de Noura a los esfuerzos de Adolin cobró un nuevo sentido.

—Después de todo lo que te hemos hecho —dijo mientras agarraba las manos de Yanagawn—, después de todo lo que te hemos pedido, Yanagawn, no quiero verte morir. Te nombramos Aqasix Supremo por vergüenza, y has demostrado ser mejor que cualquiera de nosotros. Por favor. Quiero que estés a salvo.

—Yo... —El emperador respiró hondo—. No puedo estar a salvo. No si mi pueblo necesita algo más. —Miró a Adolin—. ¿Estás conmigo?

—Hasta el final, majestad —dijo Adolin.

—Pues reúne y prepara mis tropas, por favor.

—Aceptaremos a cualquiera —anunció Adolin volviéndose hacia el resto— que sea capaz de mantenerse en pie y andar.

Cerca de él, una figura pequeña se alzó de entre las escribas. Era la chica azishiana larguirucha, Zabra, a la que Adolin había enviado como pupila de May.

—¿A cualquiera?

—¿Recuerdas cuando te dije que, si me hacías caso, algún día tendrías tu oportunidad, Zabra? —preguntó Adolin.

Ella asintió, ansiosa.

—Bueno, pues no puedo permitirme rechazar a nadie capaz de empuñar un arma. Búscate una.

Adolin paseó la mirada por el refugio mientras se formaba una pequeña banda entre los supervivientes, que incluía a Kushkam, Sarqqin el herrero, Hmask, Colot, Rahel la Vigilante de la Verdad adolescente y algunos soldados más.

—¿Y ellos? —preguntó Gezamal, señalando con la cabeza a los Corredores del Viento—. Tienen órdenes de poneros a salvo.

Adolin miró a Drehy y Cikatriz, que parecían ofendidos por la insinuación.

—Las órdenes se mantienen hasta que la situación cambia —dijo Cikatriz—. Todo buen soldado lo sabe. ¿Qué necesitas de nosotros, Adolin? Nos apuntamos.

Drehy asintió, ofreciéndose también. Adolin sonrió, pero sin mirar a Gezamal, que podría interpretarlo como un regodeo.

—Gracias, amigos. ¿Cuántos Celestiales habéis visto ahí fuera?

—Treinta como mínimo, me temo —respondió Drehy.

—Aunque no había muchos otros Fusionados —añadió Notum, de pie sobre el hombro de May, a tamaño pequeño—, que yo haya visto.

—Es imposible que nos salga bien si vienen a por nosotros muchos Fusionados —dijo Adolin—. Pero si Drehy y Cikatriz se llevan de aquí a esos Celestiales…

—Podemos hacerlo —le aseguró Cikatriz—. Tenemos práctica. Deberíamos ser capaces de aparentar que se acerca una fuerza entera de Corredores del Viento, y eso movilizará a los Fusionados enemigos y los pondrá a la ofensiva. Seguro que podemos llevárnoslos a todos durante unas horas.

Yanagawn empezó a quitarse la túnica. La lanzó al suelo de cualquier manera y se quedó en ropa interior.

—¿Qué hacéis, majestad? —preguntó Noura.

—Esas vestiduras llamarían la atención —dijo, y de repente parecía un joven normal y corriente—. Mi pueblo no necesita a un emperador ahora mismo, Noura. Necesita a un ladrón.

128

EL PRECIO DE LA SUPERVIVENCIA

Registro aquí las notas de la canción. El Viento la conoce muy bien.
Yo no puedo oír su voz, pero en ocasiones oigo la flauta.

De *Caballeros de viento y verdad*, página 117

Szeth tarareaba en voz baja para sí mientras conducía el carro a la luz matutina. Absorto, se dio cuenta de que era la canción que Kaladin había estado tocando. Nin-hijo-Dios se había quedado en silencio, y Szeth se preguntó si estaría echando una cabezadita, pero parecía imposible con lo mucho que se sacudía el carro.

—Aboshi —dijo a Nin—, me vendría muy bien que me contases por qué Ishar tramó este plan. ¿Qué creía que iba a conseguir?

—Es verdad —convino Kaladin, contemplando el camino que tenían delante—. Ya va siendo hora de tener respuestas.

—Todo empezó —susurró Nin al cabo de poco— cuando Ishar me dijo que había previsto dolor en el futuro. Taln ya había durado más de lo que cualquiera de nosotros anticipaba. Miles de años.

—¿Miles de años? —preguntó Kaladin—. Un momento, ¿ninguno de vosotros murió en todo ese tiempo?

—Somos más resistentes que los mortales —dijo Nin—. Ya te habrás dado cuenta.

—Sí, supongo que sí —admitió Kaladin.

—Por desgracia —continuó Nin—, algunos estábamos… debilitándonos. Cada vez nos costaba más acceder a nuestra naturaleza, a nuestras bendiciones. Kalak, Chana, Vedel… Ishar temía que alguno de los más débiles muriese por algún accidente o incidente. Peor aún, Ishar recorrió el Reino Espiritual y previó futuras amenazas. Dijo que necesitaba tiempo para prepararse contra ellas, por lo que me envió a detener el Retorno. Llegamos…

Llegamos a la conclusión de que el advenimiento de cualquier otra orden Radiante provocaría la llegada del enemigo. Solo que... que no era así. Maté a tantos... sin motivo...

Volvió a quedarse en silencio y Szeth esperó, dispuesto a dejarlo hablar a su propio ritmo. Kaladin hizo lo mismo. Syl, en cambio, no mostró tanta paciencia.

—¿Y? —preguntó desde donde estaba, arrodillada en el pescante—. ¿Qué ocurrió? ¿Qué tiene que ver eso con Shinovar?

—Mi misión era ganar tiempo —dijo Nin, y sonó aturdido—. Mientras, Ishar se dedicaba a buscar soluciones. Maneras de aumentar nuestra fuerza para futuros enfrentamientos. Entró en el Pozo de Control y tomó para sí mismo una parte del poder de Odium, y luego empezó a trabajar en nuevos tipos de soldados. Pero él también estaba al borde de un precipicio, y las soluciones que terminó proponiendo fueron...

—¿Fueron qué? —preguntó Syl, volviéndose hacia atrás para mirarlo.

—Spren —respondió Nin—, transformados en seres físicos para que pudiesen luchar. Inmortales y dotados de potencias, que es el estado natural de muchos de los tuyos. Me... me suena estrafalario, ahora que me paro a pensarlo. Pero, además de eso, creó algo terrible...

—Fusionados humanos —adivinó Szeth—. Como mi padre y mi hermana. Hicisteis que sus almas pudieran regresar en cuerpos nuevos, para que fuesen capaces de renacer cada vez que los matan. Por eso os daba igual que acabara con ellos durante mi peregrinaje.

—Sí —confesó Nin—. Se lo hicimos a todos los portadores de Honor, excepto a una. Sivi lo rechazó.

—¿Ha creado más Fusionados humanos? —preguntó Syl.

—Por ahora, solo los Portadores de Honor. Planeaba crear un ejército. Es un proceso mucho más fácil que crear nuevos Heraldos, que tienen otras capacidades. ¿Es... buena idea?

—Depende —dijo Kaladin—. ¿Cuál es el precio a pagar?

—Me... me pareció pequeño... en el pasado —dijo Nin en voz baja.

Llegaron a una bifurcación en el camino, y Szeth tomó el camino que iba en dirección este, internándose más en las montañas. Estaban en tierra fronteriza entre Shinovar e Iri y el aire traía un frío de las tierras altas, mientras que el suelo tenía más piedra que tierra.

—Un cuerpo nuevo —prosiguió Nin—. Necesitan un cuerpo nuevo cada vez. Nosotros no. Nuestra sustancia se reconstruye a partir de la esencia de Honor cuando regresamos. Ishar no fue capaz de acceder a ese poder, por lo que cada renacimiento de los portadores de Honor requiere un cuerpo.

—Muy parecido a los Fusionados —dijo Kaladin.

—Sí, aunque los humanos no se reconstruyen a sí mismos durante las tormentas —dijo Nin, bajando la voz aún más—. He oído que el proceso tarda unos días y es mucho más doloroso.

Se quedó en silencio. Lo único que perturbaba las tierras altas eran los ruidos del carro. Las ruedas chirriantes. La madera al crujir. El resoplido de los caballos.

—Entonces —dijo Kaladin— es un precio que no merece la pena pagar.

—Pero ¿y si sirve para protegernos? —preguntó Szeth—. ¿Y si nos proporciona guerreros capaces de luchar contra los Fusionados?

—Ya podemos luchar contra los Fusionados —dijo Kaladin—. Lo hemos hecho una y otra vez en el pasado.

—Pero este Retorno es peor —susurró Nin—. Con la tormenta eterna, es imposible encerrar a los Fusionados. Necesitamos una ventaja nueva. Puede que esos Fusionados humanos...

—A veces —asintió Szeth— hay que pagar un precio por la supervivencia.

—No —replicó Kaladin—. Szeth, lo que hiciste te destrozó. ¿Mereció la pena pagar ese precio?

—Ahora creo que no —dijo él—. Pero ¿y si alguien tiene que tomar las decisiones difíciles, y hacer las cosas terribles, para que otros puedan tener paz?

—¿Qué paz? —casi gritó Kaladin, haciendo aspavientos—. ¿Crees que la gente puede vivir en paz, sabiendo lo que costó? Mira, yo no tengo todas las respuestas. Eso ya te lo he dicho. Pero no estamos hablando de que unas pocas personas tengan que tomar una decisión terrible. Eso es mentira. Todo el mundo, en todas partes, se enfrenta a ese tipo de decisiones. Es la vida. ¿Qué clase de mundo sería si, cada vez que se nos planteara una decisión así, nos obligáramos a sacrificarnos? No hablo de renunciar a nuestra vida ni a nuestro tiempo, sino a nuestra integridad, nuestra felicidad, nuestra identidad misma.

—Sufrimiento —susurró Nin—. Sería un mundo de sufrimiento y oscuridad.

—¿Y si, por renunciar a nuestra ventaja, perdemos? —preguntó Szeth.

—Pues entonces *perdemos*, Szeth —respondió Kaladin—. Y puede que hasta muramos. Pero, al hacerlo, nos conservamos a nosotros mismos. Porque créeme que hay destinos peores.

—Sí —dijo Nin—. Sí. Tiene razón. El Viento tiene razón. La música... tiene razón...

—¿Puedes hablarme sobre esos Rompedores del Cielo disidentes que mencionaste? —pidió Szeth.

—A veces —respondió Nin—, un grupo de ellos rechaza mi liderazgo. Billid afirmaba... haber encontrado antiguos juramentos de los Rompedores del Cielo. En aquel momento me pareció absurdo...

Nin se negó a decir más, por lo que Szeth dejó que la conversación decayera mientras pensaba en la inminente decisión que tendría que tomar. Porque era importante que tomase decisiones. Aunque un bando estuviese persuadiéndolo para que eligiera, era él quien tenía que decidir.

«Kaladin tiene razón —concluyó—. Y hay que detener a Ishar».

Szeth era el último portador de la Verdad en Shinovar. Era el último portador de Honor. Era él quien tenía que encontrar la manera de detener lo que había ocurrido allí. Por su familia, por su pueblo y, sobre todo, en esa ocasión, por sí mismo.

—El hijo del leñador fracasó —continuó Sagaz con voz suave—. No demostró que un niño nacido de padres trabajadores pudiese terminar tan instruido como un rey.

—Entonces, ¿por qué me lo cuentas? —preguntó Dalinar, frunciendo el ceño mientras recorrían Urithiru.

—Porque la forma en la que fracasó es relevante —dijo Sagaz—. Verás, establecieron unas normas para la apuesta. Después de ocho años de lecciones, durante los que aprendió junto al hijo del barón y otros jóvenes nobles, se examinaría al hijo del leñador. Tres pruebas, de las que solo tenía que ganar al menos una.

»La primera prueba era de esgrima. ¿Podría competir con los demás en destreza marcial, usando las armas de la clase alta? La segunda era una prueba de historia. ¿Podría recitar los linajes de los reyes, así como los acontecimientos notables registrados de su reino y las provincias importantes y sus exportaciones?

—Parecen pruebas razonables —dijo Dalinar—. Pero esas condiciones tienen un problema. Aunque todas las personas sean iguales en general, no todos los individuos son iguales en capacidad. Un experimento con un solo niño no puede demostrar nada.

—Y con eso, eres más listo de lo que fueron ellos —respondió Sagaz—. Me alegro. A veces me preocupas, Dalinar.

—¿Te preocupo? ¿Por qué?

—Porque todo el mundo dice que eres corto de entendederas —explicó Sagaz—. Me preocupa que te lo creas.

—¿Todo el mundo?

—Sobre todo yo —reconoció Sagaz.

Por extraño que le pareciera, Dalinar empezaba a sentirse más seguro mientras caminaba hacia el que sin duda iba a ser el acontecimiento más importante de su vida.

—¿Por eso perdió el hijo del leñador? —preguntó cuando llegaron al atrio—. ¿Porque todos pasaron por alto el *motivo* de hacer esa prueba, demostrar que la clase baja merecía una vida mejor?

—¿Merecerían una vida peor si no pudieran ganar una lucha a espada, memorizar la historia o completar la tercera tarea?

—No —comprendió Dalinar—. Así que…

—La apuesta entera era una farsa —dijo Sagaz—. No había ninguna necesidad de hacerla. Y, en realidad, tampoco había forma de fracasar.

—Pero has dicho que él lo hizo.

—Sí —respondió Sagaz—. Jerick fue extraordinario en ese aspecto. Verás, el rey se dio cuenta de lo mismo que tú: de que la prueba dependía demasiado del azar, incluso aunque al niño lo hubiese elegido deliberadamente por su agudeza un erudito enviado a enseñar en su pequeña aldea de leñadores.

»En todo caso, el rey era sabio y cargó la balanza a su favor. Como he dicho, triunfar en *cualquiera* de las tres categorías supondría la victoria para el joven. Y, aunque tienes razón, y aunque la apuesta era una farsa, para ellos era importante. Quizá en otras circunstancias habría servido para que aprendieran algo.

Llegaron a un elevador y Sagaz, que no quería hacer cola, disipó el tejido de luz de Dalinar. Se apropiaron del siguiente y al poco tiempo ya estaban ascendiendo por la pared del atrio. El duelo tendría lugar en la cima de la torre.

—¿Cuál era la tercera de las tres pruebas? —preguntó Dalinar.

—Poesía —dijo Sagaz—. Para ganarla, tenía que componer un poema único.

Dalinar parpadeó, sorprendido.

—No me mires así —añadió Sagaz—. Hay muchas cortes de nobles que le dan importancia a tener familiaridad con las palabras.

—¿Incluso entre los hombres?

—Lo más curioso de todo es que suelen ser los hombres. He conocido a muchos reyes que aseguraban que las palabras con un mínimo de sustancia eran demasiado difíciles para las mujeres.

—El Cosmere es un sitio muy raro, ¿verdad?

—No te haces una idea.

Dalinar se apoyó en la barandilla y contempló a la gente de abajo, en el atrio. Sintiendo, a pesar de la distancia, la Conexión que los unía.

—Componer un poema original parece complicado.

—Imposible —dijo Sagaz—. La originalidad es imposible.

Dalinar frunció el ceño y lanzó una mirada a Sagaz, que se apoyó en la barandilla junto a él.

—Créeme —continuó—. Lo he intentado. Antes de nosotros estaban los dragones. Y antes de ellos, los dioses. *Todo* se ha hecho antes. Se han contado todas las historias. Se han pensado todas las ideas.

—Entonces, esa prueba…

—Era imposible fracasar en ella —dijo Sagaz.

—Pero acabas de decir que…

—Originalidad —susurró Sagaz—. Innovación. Dalinar, perdóname por mentirte, pero he jugado un poco con las palabras a tu costa. La originalidad es imposible, pero también inevitable. Porque no *todo* se ha hecho antes. —Sagaz lo miró—. Tú no has existido antes. Ni ninguno de nosotros.

»Esa es la única originalidad que necesitamos. Puede que una historia se haya contado antes, pero tú no la has contado. Puede que se hayan pensado todas las ideas, pero cada una es nueva otra vez cuando tú la piensas. ¿Y el hijo del leñador? No podía fallar. Porque yo iba a ser el jurado del poema y creo, de todo corazón y con toda sinceridad, que cada persona es única. La prueba no consistía en si su poema era bueno, sino solo en si era único. El chico podría haberse levantado, liberar un eructo apestoso, volverse a sentar y yo lo habría considerado aceptable. Estaba destinado a ganar.

—Pero fracasó.

—Huyó —susurró Sagaz.

—¿Que hizo qué?

—Huyó —repitió Sagaz—. A la guerra. Lo engatusaron, lo convencieron para que se marchase. El hijo del leñador encontró la *única* manera de perder en una prueba imposible de perder. No se presentó.

Huyó...

—Tanavast huyó —dijo Dalinar—. En lugar de enfrentarse a Odium... y creo que su otra opción habría destruido el mundo.

—Acepto el argumento.

—Querías que escuchara esta historia. ¿Por qué, Sagaz? No voy a huir de este duelo.

El elevador encajó con un ruido sordo en el último piso de la torre.

—Viaje antes que destino —dijo Sagaz—. Tu viaje ha llevado a este destino. Aquí estamos. —Se giró para mirarlo a los ojos—. No soy capaz de prever lo que ocurrirá.

Dalinar frunció el ceño.

—Creo que es por Renarin —dijo Sagaz— y tu relación con él. Puede que sea otra cosa. En todo caso, no sé lo que va a ocurrir. Sospecho que Odium tampoco lo sabe. Y eso me asusta, porque, por primera vez en todo este asunto, no sé cuál es la historia correcta que contar.

»Pero escucha. Sobre el hijo del leñador. Al huir perdió la apuesta, pero no importó. Porque, al día siguiente, los barones dieron un golpe de Estado y ejecutaron al rey. —Sagaz compuso una sonrisa sombría—. Como te decía, al final todos los gobiernos son algún tipo de república.

—¿Y qué fue del hijo del leñador?

—Partió a la guerra. Luchó, sangró, aprendió, amó. Un día volvió para vengarse y mató a los barones. Es una historia extraordinaria, de hecho. —Sagaz le sostuvo la mirada—. Nunca tenemos todas las respuestas, Dalinar. Por una parte, era imposible perder la apuesta porque yo habría dado por bueno el poema en cualquier caso.

»Por otra, también era imposible de ganar, porque el golpe ya estaba en progreso y la apuesta no tenía ningún sentido, solo que al mismo tiempo sí que lo tenía. La existencia de la apuesta fue lo que provocó el golpe de Estado. Así que, aunque la apuesta tuvo gran importancia, su resultado no.

—Igual que no importaba —dijo Dalinar— si un niño lograba demostrar que era mejor que los ojos claros, porque el pueblo merecía una vida mejor de todos modos.

—Sí.

—También lo merece el mío —dijo Dalinar—. Y todos los de Roshar. Esto es una distracción. El duelo de campeones, el contrato... todo. Las palabras, las posturas. No tienen importancia.

—Así es.

—Pero yo *sí* que la tengo. Mi vida. La vida de la gente. Somos nosotros los que le damos significado. De forma natural, intrínseca. Como tu chico y su poema. Es a lo que se refería Nohadon en su libro.

—No sé qué ocurrirá ahora, Dalinar —dijo Sagaz—. Pero me alegra que seas tú quien va a subir para enfrentarse a Odium. Porque, aunque quizá no conozcas el secreto para vencerlo, has aprendido algo más importante. No enviamos a un soldado a subir esa escalera. Enviamos a un rey.

El médico apartó con cuidado la copa de piel de puerco del muñón de Adolin y separó el armazón de la pata de palo. Adolin apretó los dientes y no hizo ruido alguno por el dolor, aunque los dolorspren lo delataron. Se cuidó de no mirar aquel estropicio de sangre y ampollas rotas.

El cirujano le limpió la herida en silencio mientras Rahel le practicaba a Adolin una sanación rápida que le dio un escalofrío. Parecía un desperdicio de luz tormentosa; el propio médico tenía un corte muy feo que le recorría un muslo. Pero Adolin formaba parte del grupo de asalto y tenía que poder caminar.

Mientras los demás se ponían capas para disimular su identidad, el médico volvió y le encajó la copa y la pata de palo.

—Brillante señor —dijo—, con esa curación no será suficiente. El problema es que, aunque la herida esté sanada como si te la hubieran hecho hace meses, no tienes las durezas correspondientes. No tardará en volver a doler, y podría convertirse en una distracción.

—Es nuestra última oportunidad —dijo Adolin—. Tendré que arriesgarme. La verdad es que... me duele casi todo el cuerpo, Jakkik. La pierna solo es una cosa más.

El hombre lo miró, suspiró y se sacó algo del bolsillo. Un polvo blanco, que mezcló en un frasco de alcohol.

—Lo normal es que esto se lo dé solo a los moribundos —dijo—, porque es muy adictivo. Tintura de musgoardiente.

Le dio el frasco a Adolin.

—Embotará el dolor y puede que hasta te ayude a caminar con un poco de brío. Hasta que te derrumbes esta noche, brillante señor. Cuando lo hagas, será duro.

—¿Eso será después de terminar el plazo?

El cirujano asintió.

Adolin se lo bebió de un trago. Unos minutos después, salió al sol de la mañana con once personas más, Notum incluido. Juntos recorrieron Azimir a hurtadillas, en dirección al palacio. Su padre iba a enfrentarse al enemigo al cabo de más o menos hora y media, según el reloj de Noura.

La visir los acompañó, a pesar de las objeciones que había puesto. Habían dividido a todos los ocupantes del refugio en grupos de unos diez, para no llamar demasiado la atención por la ciudad. Todos llevaban capa, o en el caso de Adolin una capa improvisada a partir de una manta. Apenas iban armados, porque los yelmos y los escudos llamarían demasiado la atención. Él llevaba su espada al cinto y nada más.

El grupo de Adolin fue el tercero en partir, y avanzaron apiñados por la ciudad. Azimir estaba hecha un desastre. Había gente gimiendo y todo tipo de spren lúgubres. Un humo denso brotaba de un incendio que se había desatado en la lejanía. La gente se desperdigaba en grupos aterrorizados en dirección a las salidas de la ciudad. Los cantores patrullaban en escuadras, muy armados y corpulentos, cada una liderada por un regio de ojos brillantes.

El grupo de Adolin rodeó la cúpula destrozada, que parecía poco más que los restos de un grancaparazón muerto, abandonada y vacía. Por delante de ellos, calle abajo, una figura encapuchada les hizo un gesto con el brazo. El primer grupo que había salido del refugio había ido por allí, en dirección a un punto de encuentro donde quizá podían haberse escondido tropas humanas. El segundo grupo iba hacia otro punto de encuentro diferente. Confiaban en que esas veinte personas encontraran alguna resistencia y armaran escándalo para desviar la atención del palacio, aunque fuese durante poco tiempo.

Colar a treinta personas en el palacio le había parecido demasiado a Yanagawn, de modo que lo habían dejado en once más Notum. Tormentas. ¿Se darían cuenta aquellos cantores de ahí de que su grupo iba en dirección contraria al resto de la gente? Adolin se sentía como una muesca en una armadura por lo demás impoluta durante una inspección, justo en el peto, patente y visible.

Se ciñó mejor la manta y luego apretó los dientes y volvió a soltarla, ya que le cubría mejor la espada de esa manera. También dejó que Yanagawn encabezara la marcha, y se quedó impresionado por lo poco regio que parecía el joven, caminando encorvado. Era solo un pilluelo con capa. La vida anterior del emperador era...

Una puerta se abrió de repente cerca de Adolin, que se estremeció y acercó la mano a la espada. Un grupo de cantores salió a trompicones del edificio, llevándose pilas de sedas y puñados de gemas relucientes. Uno rompió una ventana, riendo, mientras se marchaban a toda prisa. Casi ni miraron a Adolin, pero, tormentas...

—Conque no iban a saquear, ¿eh? —dijo Colot en voz baja, llegando a la altura de Adolin mientras seguían adelante—. Están haciéndolo mucho más aquí que en otras ciudades conquistadas, por lo que he oído.

—La severidad del general —susurró Adolin— influye en la severidad de las tropas.

Colot asintió. No había una correlación directa, ya que a veces los generales disciplinados tenían tropas que se les descontrolaban. Pero, por otra parte, los ejércitos de Sadeas siempre se habían comportado de forma diferente a los de Dalinar. Incluso allá en los viejos tiempos.

Las señales junto a las que pasaron, las ventanas rotas, las tropas de cantores hostigando a refugiados, algunos cadáveres de civiles, revelaron a Adolin mucho sobre el líder enemigo. Si hubiera necesitado más razones para reprobar a Abidi, allí las tenía.

Y en lo referente a su padre...

Adolin descubrió que estaba en paz por primera vez en muchísimo tiempo. Ya no estaba inspirado, como antes, pero tampoco estaba furioso ya.

¿Qué ha cambiado?, preguntó Maya.

He decidido permitirle ser una persona, pensó Adolin. *No creo que pueda llegar a perdonarlo del todo por matar a mi madre, pero estoy dispuesto a quererlo de todas formas.*

Lo más importante de todo era que había renunciado a la fantasía de que su padre era un dechado de perfección. Y si el padre de Adolin no tenía por qué ser el mejor hombre del mundo, Adolin Kholin tampoco tenía por qué intentar ponerse a la altura de una reputación tan increíble como aquella.

Qué raro, lo mucho que lo alivió reconocer eso por fin.

No lo entiendo, admitió Maya.

Creo que yo tampoco, o no del todo, respondió Adolin. *Los humanos no tenemos sentido.*

Los spren tampoco lo tenemos, le aseguró ella. *Créeme. Fingimos que sí, pero somos muy capaces de ser un tormentoso desastre. Por cierto, ya debería estar lo bastante cerca como para que puedas invocarme. Podemos confiar en que estos spren terminen el camino por su cuenta.*

No creo que los vayamos a necesitar ya, dijo Adolin.

Por desgracia, tienes razón, envió ella. *Me siento...* Maya respiró hondo. *Me siento como una imbécil. Tendría que haberme quedado para ayudar.*

Me habrían vencido en esa última pelea de igual manera, pensó Adolin. *Se te habrían llevado como hoja y te habrían usado contra nosotros. Así que puede que esto que ha pasado sea una suerte.*

Llegaron a una intersección y Yanagawn hizo que se detuviesen. Adolin indicó a los demás que se acercaran a él y les advirtió que no se comportasen tanto como soldados, que no avanzaran en formación ni examinaran la zona con mirada atenta.

Creo que, en el fondo, sentía que estaba obligado a dar el paso y ocupar el lugar de mi padre, le dijo Adolin a Maya. *Por alguna razón, me parecía que, como mi padre había demostrado que tenía defectos, me correspondía a mí sustituirlo y ser perfecto. Llevaba mucho tiempo huyendo de eso, porque sabía que no podía serlo.*

Maya le envió un gruñido de aprecio y la sensación, a través del vínculo entre ambos, de que entendía lo mal que debía de haberse sentido.

Sí, pensó él. *La rabia por la muerte de mi madre no era solo... solo por lo que hizo él. Era como si estuviese enfadado con él por haber derribado la imagen idealizada que tenía de mi padre. Como si él estuviese obligado a ser mejor que eso.*

Es que tendría que haberlo sido, respondió Maya. *Pero nadie lo es, en realidad.*

Nadie, pensó Adolin. *Y yo el que menos.*

Cruzaron la calle en grupos aún más pequeños hasta llegar a la muralla que rodeaba el complejo del palacio. Adolin esperó a que el último grupo hubiese cruzado, listo para corretear él también. Pero justo antes de que lo hiciese, un grupo de cantores llegó pisando fuerte por la calle.

Zabra y él, que iban a cruzar los últimos, se apretaron contra la pared del edificio. Ese grupo de cantores no estaba saqueando, y merodeaba con paso más deliberado y militar. Adolin tenía la esperanza de que continuaran su camino, pero uno de ellos se detuvo en la esquina y lo miró.

Se le heló la sangre y el sudor empezó a picarle en las cejas. Llegó un viento cálido que hizo ondear su manta, la apartó y dejó al descubierto la pata de palo. El cantor la miró y luego posó la vista en Zabra, a todas luces una cría. Se relajó de inmediato y continuó su camino, dejando que el corazón de Adolin empezase a recuperarse poco a poco mientras terminaba de cerrar el puño, después de casi invocar a Maya.

Esperaron un minuto o dos y luego se apresuraron hacia los demás. Al llegar, encontraron a Notum con ellos, de pie sobre al hombro de Kushkam.

—Lo siento, Adolin —susurró el spren—. Tendría que haber visto a esa patrulla. Estaba echando un vistazo dentro del complejo.

—No pasa nada —dijo Adolin.

—La última vez, mi equipo escaló esta muralla para entrar. —Yanagawn estaba mirando el muro que rodeaba el complejo del palacio—. Este lugar no se ve bien desde el interior, porque no hay ventanas grandes ni puestos de guardia. Pero creo que deberíamos entrar por otra parte: el puerto del contrabandista.

—¿El qué? —preguntó Noura.

—El puerto del contrabandista —repitió Yanagawn—. Una entrada oculta al complejo del palacio que se puede usar con el soborno adecuado.

—Eso no existe —dijo Noura.

—Hum... Sí que existe —repuso Yanagawn—. Lo siento. Mi tío no quería usarlo, porque supuso que los soldados que lo llevan no reaccionarían bien a unos ladrones. Solo se dejaban sobornar para que la gente entrara a cometer delitos de poca monta.

—¿Y crees que es nuestro mejor camino? —preguntó Adolin.

—Sí —dijo Yanagawn—. Escalar por la pared fue más difícil de lo que habíamos esperado, y me da mala espina intentar entrar sin que nos vean con tantas patrullas aquí fuera y Celestiales volando. Creo que puedo abrir el puerto, aunque no haya nadie.

Adolin cruzó la mirada con Kushkam, ambos asintieron y Adolin le indicó a Yanagawn que avanzara. El joven lo hizo, seguido de May y con Notum volando por delante, invisible a todos menos a ellos.

Antes te equivocabas, dijo Maya.

¿Con qué?

Contigo mismo. Decías que no estabas a la altura de lo que la gente esperaba de ti. Pero eres una tormentosa buena persona, Adolin. Mejor que tu padre.

Creo que hoy, pensó él en respuesta, *lo importante es que no necesito ser mejor que él. Él puede ser una persona, sin más. Y yo... yo también puedo serlo.*

Me parece bien, dijo Maya. *¿Eso significa que dejarás de intentar hacerlo todo tú solo?*

¿Él solo?

Te has confundido con él, respondió. *Mi padre es el que se empeña en hacerlo todo él solo, como si fuese la única persona que importa.*

¿Ah, sí?, replicó Maya. *Cuando Kaladin necesitó ayuda, estuviste ahí.*

Claro, es mi amigo.

Cuando Shallan tenía secretos, no curioseaste.

Solo intentaba ser un buen marido, dijo Adolin mientras llegaban a una sección de la pared cubierta por unas macetas y unos árboles.

Siempre eres así, afirmó Maya. *Llevo observándote mucho tiempo ya, Adolin. Viendo cómo le das a todo el mundo cualquier cosa que necesite. ¿Qué hay de lo que necesitas tú?*

Adolin se quedó en silencio mientras Yanagawn daba unos golpecitos con los nudillos.

Puede que no necesite nada, respondió.

Adolin, dijo Maya, *si vas a mentir, al menos hazlo cuando esté ahí físicamente, para que pueda obligarte a invitar a una ronda de disculpa cuando comprendas la verdad.*

Adolin sonrió a su pesar. Cada vez le gustaba más ver cómo emergía la personalidad de Maya.

Yanagawn empezó a tantear una sección oculta de la pared, detrás de unas enredaderas que temblaron al tocarlas.

—Tiene que haber una palanca por aquí detrás... —explicó.

Pero antes de que Adolin pudiera ofrecerse a ayudarlo a buscar, se abrió un hueco en la muralla.

—¿Quiénes sois? —murmuró una voz amortiguada—. Da igual. Es peligroso estar ahí fuera. Rápido, entrad.

Se deslizó una parte del suelo, dejando a la vista un pequeño túnel que cruzaba la muralla por debajo. Unos pocos chips de diamante, apenas infusos, revelaron el rostro confuso de un soldado que los miraba desde el agujero.

Entraron amontonados, lo que obligó al soldado a retroceder mientras los vigilaba y espantaba congojaspren con las manos. Había espacio para todos allí abajo, en una estancia excavada que tendría unos tres metros de largo y seis de ancho. Se parecía un poco al refugio del que venían, aunque con sumideros para el agua a lo largo de las paredes.

Había otros refugiados y heridos atestando el lugar mientras llegaba apretado el grupo de Adolin. Solo vio a otros dos soldados, y uno estaba herido de gravedad, con la espalda apoyada en la pared y su alabarda en el suelo a su lado. La sangre se acumulaba en un charco a su lado. Rahel dio un grito ahogado y corrió a ayudarlo.

—Parecéis gente importante —dijo el guardia, mirando a Kushkam—. Creo que os he visto antes...

Yanagawn alzó la mano para impedir el comentario de Kushkam y luego dejó caer su capa para revelarse. El guardia lo miró de arriba abajo.

—¿Y... tú eres?

—Ah, claro —dijo Yanagawn—. No llevo la ropa de gala. Soy Yanagawn, el emperador.

—Y yo soy el tormentoso rey de... —empezó a decir el hombre, pero se quedó en silencio al ver que Noura, vestida con su túnica de visir gruesa y estampada, se quitaba la capa.

Al guardia se le desorbitaron los ojos, y entonces los desvió hacia Rahel, que empezó a resplandecer mientras sanaba al soldado herido.

—¡Excelencia! —dijo el guardia a Noura, antes de caer de rodillas—. No me había dado cuenta de que... No tendría que haber hablado con...

—Pregúntale —dijo Yanagawn— cómo ha terminado aquí.

—¿Qué situación tenéis? —preguntó Noura, mientras Adolin miraba divertido la conversación.

—Huimos hasta aquí después de que cayera la cúpula —dijo el guardia—. Esto más o menos lo llevo yo, ¿sabéis?, y necesitábamos un sitio para... ¡Tormentas! ¿Es él de verdad? ¿Es...?

Casi no se atrevía a mirar a Yanagawn.

—Es él —le aseguró Noura, con tono descontento—. Majestad, ¿por qué no me habíais dicho nada de este lugar?

—Porque lo habrías cerrado —respondió Yanagawn.

—Es que debería estar cerrado. —Noura miró con aversión a los dos soldados—. Son ladrones.

—Yo también lo era —dijo Yanagawn con una sonrisa. Miró a los dos soldados—. Hoy tenemos suerte de que existan. Este lugar cumple una función necesaria, porque la gente siempre va a necesitar entrar y salir del complejo del palacio sin que lo sepan los funcionarios. Y, ya que es algo que va a ocurrir... en fin, ¿no prefieres tener al mando de ello a soldados leales?

—¿Leales? —preguntó Noura.

—Leales al imperio —susurró el guardia herido, que parpadeó al despertar y asintió para darle las gracias a Rahel.

Ella echó atrás el peso aún de rodillas y, tormentas, Adolin se percató de lo agotada que estaba. Casi no le quedaba luz tormentosa, y había robado parte de la que contenían los chips que había en la estancia para llevar a cabo aquella mínima sanación.

—Siempre leales —continuó el herido, y soltó una risita, con sangre en los labios—. Pero eso no significa que no podamos dar… algún servicio adicional aquí y allá.

—Todos los ladrones sabíamos —dijo Yanagawn— que esta gente no vería con buenos ojos a nadie que quisiera colarse con *muy* malas intenciones. —Miró al soldado que no estaba herido—. Hoy eres de los elegidos y puedes hablarme directamente. ¿Cómo te llamas?

El hombre cayó de rodillas e inclinó la cabeza.

—Jaskkeem.

—Jaskkeem —repitió Yanagawn—. Vamos a reconquistar el palacio. ¿Puedes llevarnos al otro lado de los terrenos sin que nos vean?

El hombre alzó la mirada con lágrimas en los ojos.

—¿Reconquistar el palacio?

—Sí —dijo Yanagawn, en tono confiado—. Salvaremos Azir si conseguimos hacernos con el salón del trono. ¿Podrías llevarnos hasta allí?

—Claro que sí, majestad. ¡Hay un túnel que lleva directo al edificio principal del palacio!

—Pues que sea rápido —dijo Yanagawn—. Y que Yaezir nos guíe, porque me temo que tenemos menos de una hora para cumplir nuestro plan.

129

JURAMENTOS Y LUZ

Curiosamente, lo más cerca que llegué a estar del Caballero del Viento y el Caballero de la Verdad durante su misión fue en las últimas horas antes del Caetormenta. Cuando visitaron la casa de mis padres, mientras yo dormía, y les compraron el carro.

De *Caballeros de viento y verdad*, página 27

C reo que Ishar se hizo con el poder hará unos... ¿trescientos años? —dijo Nale, tumbado en la parte trasera del carro—. ¿Cuatrocientos? Fue justo después de que tu gente atacara. ¿Cuándo fue eso?

—Hace casi mil años, aboshi —dijo Szeth en voz baja—. Mil años desde aquellos días oscuros en los que enviábamos ejércitos a cruzar las piedras. Para nuestra vergüenza.

Kaladin se encontró extrañamente tranquilo, sentado en el pescante entre Szeth y Syl. Se estaba acabando el tiempo, pero estaba dispuesto a tomarse con calma aquella siguiente parte. En cualquier otra situación que se le ocurriese, ya se habría lanzado a la carga, o al menos a un paso firme, hacia su destino. Era agradable dejarse llevar por el carro hacia él.

La región parecía vacía, aunque a principios de la noche, antes de llegar al almacén de provisiones de Nale, había pasado por una ciudad grande que resplandecía en la distancia. El tamaño había impresionado a Kaladin, que ya había empezado a pensar que en aquel lugar solo había granjas y pueblos de agricultores.

Se había sentido tonto al momento. Cualquiera que visitase Piedralar y la región circundante podría suponer que en Alezkar no había grandes ciudades.

Los monasterios de Shinovar estaban ubicados deliberadamente en las regiones menos pobladas, de modo que, aunque Kaladin no había visto mucho desarrollo urbano, estaba claro que existía. Hasta había una Puerta Jurada en alguna parte.

—Se Conectó a sí mismo con esta tierra —continuó Nale—. Desconozco el proceso; no entiendo ni una mínima parte de las cosas que Ishar puede hacer con sus poderes. Siete milenios después, aún no podría explicaros por qué arde Ashyn. Pero fue después de que Ishar tomara el poder… y se convirtiese en el spren de esta tierra… cuando empezó a verse a sí mismo como el Todopoderoso. A ver, siempre había estado ahí esa sensación suya de grandeza. Nuestro Ishar no es un hombre humilde. Pero nunca se había creído Dios. No hasta que… se convirtió en algo parecido a uno…

Kaladin miró a Syl, que, para su sorpresa, no se había ido a revolotear con el viento. Había permanecido a tamaño humano, y a veces le apoyaba la cabeza en el hombro, aunque en realidad no se cansara físicamente. Miraba el cielo, donde, con la luz del día, solo una tenue distorsión en el aire indicaba que los spren migraban hacia allí por Shadesmar, y los spren de la armadura de Kaladin volaban ahí arriba con ellos.

—¿Algo de esto tiene sentido para ti? —preguntó Kaladin en voz baja.

—Honor murió —dijo ella—, dejando este lugar sin un dios. Es razonable que alguien intentara llenar ese vacío. Pero el intento de Ishar no parece… una gran maravilla.

—Nin, si lo matamos, ¿acabaremos con su influencia sobre esta tierra y liberaremos a mi pueblo? —preguntó Szeth.

—No lo tengo del todo claro —respondió Nale—. Nuestra inmortalidad está relacionada con nuestra condición de Heraldos, pero se nos confirió de forma separada. Aún podemos renacer. Creo que, para salvar esta tierra, tendrás que hacer algo más que derrotar a Ishar. Tendrás que hacer por él lo que hiciste por mí… pero será más difícil.

Szeth miró a Kaladin.

—Puede que haya una manera —dijo Kaladin, inclinándose hacia delante en el asiento—. Dalinar dice que pronunciar un juramento podría restaurar a Ishar, al menos temporalmente.

—Cuando un Radiante dice las Palabras —convino Syl—, no solo Conecta con su spren en el Reino Cognitivo, sino que también Conecta con el Reino Espiritual. Es como una pequeña perpendicularidad cada vez. Una confluencia de poder e Intención, y un alineamiento del yo.

—¿Cómo de cerca estás? —preguntó Szeth, aún mirando a Kaladin.

—Apenas me he permitido pensar en las últimas Palabras —admitió Kaladin—. Las anteriores casi acabaron conmigo.

—Pues tendré que hacerlo yo —dijo Szeth—, pero ahí tenemos un problema. Como Rompedor del Cielo, debo cumplir mi misión para pronunciar el Cuarto Ideal.

—Sí —dijo Nale—. El Cuarto Ideal, la misión. El Quinto es convertirte en ley. Ya he pronunciado esas palabras, así que no podré hacerlo yo.

—Entonces tienes que completar tu misión —le dijo Kaladin a Szeth.

—Pero es que derrotar a Ishar es lo que completará mi misión —repuso Szeth—. No podemos restaurar su cordura sin el estallido de poder que quizá libere al pronunciar las Palabras, pero no puedo pronunciarlas a menos que Ishar ya esté derrotado.

Condenación. Kaladin rumió al respecto, buscando otra manera. ¿Podría...? ¿Podría hablar con Ishar y ayudarlo como había hecho con Szeth?

Syl señaló con la cabeza en dirección a Nale.

A él lo has ayudado, susurró su voz en la mente de Kaladin.

Lo ha ayudado el Viento, respondió Kaladin a través del vínculo.

El Viento y tú, juntos.

Kaladin frunció el ceño ante la idea.

—¿Qué es el Viento, Syl? Tengo la sensación de que hay algo que se me escapa ahí.

—Ella forma parte de algo muy antiguo —respondió Syl, mirando de nuevo hacia el cielo—. Yo soy una honorspren y me creó él, o el remanente de él que ahora es el Padre Tormenta. Pero este no es un mundo solo de Honor. —Su expresión se volvió distante, reflexiva—. Hay más. Antes de que Honor, Cultivación y Odium llegaran... Roshar ya estaba aquí. Si aún vive un Dios, lo encuentro en la brisa silenciosa que danza con todas las cosas.

Eso... no le servía de mucho. Pero no pudo impedirse pensar en todas las veces, incluso siendo muy joven, que el viento había estado allí, y en cómo había terminado por traerle a Syl.

Se acerca la hora, le susurró el Viento. *El momento en que quizá los spren necesiten a un campeón. Ojalá no fuese así.*

—¿Y eso qué significa? —susurró Kaladin—. ¿Qué se requerirá de mí?

Todo. Lo siento...

Al poco tiempo, Szeth redujo la velocidad del carro.

—Estamos cerca. Aunque lo cierto es que solo he venido aquí una vez.

—Está a tu izquierda —susurró Nale, incorporándose—. Siguiendo esa cresta de allí, junto al montículo que en el pasado fue el cadáver de un tronador. Gira y rodea hacia esas rocas, donde las piedras se alzan como una catedral. Allí es donde encontrarás a Ishar.

Szeth empezó a llevarlos hacia allí, pasando sobre piedra y alguna que otra parte de tierra. De hecho, Kaladin se sorprendió al ver que brotaba hierba de agujeros en algunas piedras. Hierba de verdad. Después de solo nueve días, se le hizo raro estar extrañándose al ver que se movía.

Aquel era un lugar donde se reunían dos hierbas. Ascendieron por una leve cuesta de piedra hasta una pequeña cresta.

—Aún recuerdo —dijo Nale, con voz sombría— cuando toda esta región estaba sembrada de cadáveres. Cuando ardió, y cuando hasta las montañas cayeron muertas. Recuerdo... una batalla final...

—Aharietiam —dijo Syl—. ¿Fue aquí?

—Sí —respondió Nale—. Este es el lugar donde Honor abandonó a sus

Heraldos. Aquí es donde nos marchamos, dejando atrás nuestras hojas y nuestra… autoestima. No sé si podré recuperar la mía alguna vez…

—Bobadas —dijo Kaladin. Se volvió, retorciéndose para mirar a Nale—. No hables así.

—Lo abandoné —susurró Nale—. Abandoné a Taln. Pensé que no tardaría en venirse abajo. Debería haber tardado poco. Pero aguantó más de *cuatro mil* años.

—¿Y cuánto tiempo has sufrido tú? —preguntó Kaladin.

Nale apartó la mirada.

—La carga que llevabais vosotros diez —dijo Kaladin— no es justa. Y, aunque el trauma no es excusa para lo que hicisteis, sí que lo explica. No podemos permitir que Ishar o tú les hagáis daño a más personas… pero eso no significa que no se os hiciera daño a vosotros. Tienes derecho a recibir ayuda.

Nale seguía mirando hacia otra parte, pero hizo un leve asentimiento.

—Hace mucho tiempo no había hierba. Y ahora puede crecer aquí. Es extraordinario.

No tardaron en llegar al afloramiento rocoso, que se alzaba a mucha altura, como las paredes de un monasterio ornamentado. Y, a su sombra, había una figura con una hoja de Honor. Con barba y pelo blancos, shin a juzgar por sus rasgos, ataviado con una túnica azul. Szeth detuvo el carro.

—Nin —dijo—. Sangre Nocturna, por favor, protege las hojas de Honor.

¿Szeth?, preguntó Sangre Nocturna. *¿Vas a luchar sin mí?*

—No sé si voy a luchar en absoluto —respondió él—. Pero, si lo hago, usaré mi hoja esquirlada.

Pero… yo soy una espada magnífica, ¿verdad?

—Eres una espada magnífica —le confirmó Szeth, bajando del carro—. Pero también eres demasiado peligrosa. Lo siento, espada-nimi. Hoy no quiero matar.

Pero… Pero el mal…

—No veo ningún mal —respondió Szeth—. Solo confusión.

Miró a Kaladin, que también bajó al suelo. Juntos se acercaron a la linde del claro, sin dejar de mirar a Ishar. Syl aterrizó junto a Kaladin y, un momento después, quizá alentado por ella, 12.124 apareció junto a Szeth. En forma y tamaño humanos.

El Viento se unió a ellos un instante después. Una brisa suave y alentadora. Kaladin miró a Szeth.

—¿Preparado?

Szeth se lo pensó. Kaladin le dio tiempo. Luego, al fin, Szeth echó a andar hacia Ishi'Elin, Heraldo de los Juramentos. Los demás lo siguieron.

Adolin y su equipo salieron del túnel y llegaron a los famosos terrenos del Palacio de Bronce.

Las vistas eran impresionantes. Hasta la piedra estaba convertida en bronce por moldeado de almas, con pequeñas gemas de cuarzo que lo hacían brillar y titilar como un cielo lleno de estrellas. Cuando salieron del túnel oculto, Adolin vio figuras que surcaban el cielo en lo alto: una formación de Celestiales que se alejaba del centro de la ciudad. Parecía que Drehy y Cikatriz habían hecho bien su trabajo.

Los jardines estaban en silencio, sobre todo en comparación con el caos y el saqueo de las calles de fuera. Jaskkeem, el soldado que dirigía el puerto del contrabandista, los guio por un último tramo de suelo de bronce hasta el palacio en sí, un edificio ornamentado con paredes de metal liso. La punta de la pata de palo de Adolin retumbaba a cada paso, goma contra bronce. No le dolía, ya que la tintura que le había dado el médico estaba funcionando, y Adolin se sentía alerta y lleno de energía. Intentó no pensar en el precio a pagar, centrarse en el palacio... Y tormentas, la verdad era que tenían muy buen ojo para la estética en Azir. El palacio era chillón, sí, pero también innegablemente precioso.

Yanagawn los llevó hasta una de las puertas traseras del enorme edificio, y Noura tenía la llave. Un segundo después estaban dentro, y el emperador compartió una sonrisa con Adolin.

—Ahora sí que siento que estoy haciendo algo —susurró el joven—. Por primera vez desde que me senté en ese trono, estoy ayudando en lugar de limitarme a estar sentado y que me vean.

—¿Cuánto tiempo queda para el enfrentamiento de mi padre? —preguntó Adolin a Noura.

—Poco más de media hora —susurró ella.

—Tenemos que colarnos en el salón del trono sin que nos vean —dijo Yanagawn—. Controlaremos el salón con disimulo, sin que nadie se entere, hasta que concluya el plazo. Ni siquiera tendremos que alzar una espada.

—Eso sería tormentosamente fantástico —respondió Adolin.

Continuaron avanzando, Kushkam, Sarqqin y Gezamal en la retaguardia. May y Yanagawn abriendo el paso, junto a Jaskkeem. Notum exploraba por delante, como había hecho antes. Eso dejaba a Noura, Adolin, Colot, Rahel, Hmask y Zabra en el centro del grupo. Adolin se quitó la manta, ya que, una vez dentro, iban a levantar sospechas de todos modos. Esperó que pudieran llegar sin cruzarse con nadie.

El lugar estaba vacío. Habían evacuado al personal, y destinado a todos los guardias a la defensa de la ciudad. Sí que encontraron lugares donde había puertas rotas, por lo que el enemigo había estado allí, pero quizá se habían limitado a asegurar el complejo del palacio para luego seguir adelante. ¿Podría Adolin tener tanta suerte?

«No —pensó—. Esto parece deliberado».

—Esperad un momento —les dijo a los demás, lo que hizo que se apiñasen a su alrededor—. Esto está demasiado tranquilo. ¿Dónde nos estamos metiendo, Yanagawn? ¿Cómo están dispuestos los pasillos que tenemos por delante?

Noura señaló, acostumbrada a responder las preguntas dirigidas al emperador.

—¿Ves ese pasillo que hay al final de este? Allí giraremos a la izquierda, y luego, otra vez a la izquierda enseguida, tenemos ya el salón del trono.

Adolin miró hacia delante, a lo largo de un pasillo grandioso con candelabros en el techo y cuadros en cada tormentoso hueco de las paredes. Terminaba en una intersección en forma de T. A la izquierda, el salón del trono.

—¿A qué te refieres con que está demasiado tranquilo, Adolin? —preguntó Yanagawn.

—Aquí debería haber saqueos —dijo él—. O, al menos, guardias apostados para impedirlos. Notum, comprueba la retaguardia.

El spren le dedicó un saludo militar y se convirtió en una cinta de luz que salió volando por donde habían venido.

Prepárate, envió Adolin a Maya.

Entendido, respondió ella.

—Creo que es una trampa —dijo Adolin—. Tenemos tres salidas: el pasillo por el que venimos, delante y a la izquierda y delante y a la derecha. Seguro que hay tropas en todas esas posiciones.

Miró a Kushkam, luego a May. Ambos asintieron, coincidiendo con su estimación.

—Ya sabíamos que esto no iba a ser fácil —contestó May—. Tendremos que enviar a alguien para que entre y tome el trono, y luego luchar para defender el salón.

—Las puertas pueden cerrarse por siete sitios —dijo Yanagawn—, con solo accionar una palanca desde dentro. Si esto es una trampa, el salón del trono estará cerrado a cal y canto.

—¿Podemos abrirnos paso hasta dentro? —preguntó Sarqqin—. Brillante señor Adolin, ¿tu hoja esquirlada está disponible ya?

—Lo está —respondió Adolin—. ¿Esa parte de la pared a nuestra izquierda? Es la que da al salón del trono. Quizá pueda abrir un agujero ahí, y al menos tendríamos una salida.

Noura hizo una mueca.

—La cámara entera está revestida de aluminio —dijo Yanagawn—. ¿Recuerdas? Te conté que la recubrimos después de saber que existían los Profundos. Pero hay una puerta oculta.

Los llevó a un lugar entre dos urnas ornamentadas sobre pedestales. Allí, Noura activó una palanquita oculta, pero no ocurrió nada.

—Lo habrán atascado —supuso Colot—. Esto lo demuestra. Nos están esperando.

Yanagawn miró a Adolin con pánico en la mirada.

—¿Escapamos?

—¿Adónde? —preguntó Adolin—. Yanagawn, habría estado bien que pudiéramos colarnos, pero la vida rara vez es tan fácil.

Notum llegó volando un segundo después.

—Tienes razón, Adolin —dijo—. Hay unas cincuenta tropas, acompañadas de unos pocos Fusionados, siguiéndonos desde atrás.

Kushkam señaló hacia delante. Continuaron por el pasillo y llegaron a la intersección. Tanto a la derecha como a la izquierda, quizá a unos quince metros de distancia por cada pasillo, había más efectivos. Cientos de ellos. Unos ruidos anunciaron la llegada de las tropas por detrás. Kushkam lanzó una mirada adusta hacia Adolin y desenvainó. Estaban rodeados por completo.

—Esto es el fin —susurró el emperador.

—Puede —dijo Adolin—. Pero ¿recuerdas que había una última forma de que una fuerza más pequeña derrotara a una mayor?

—Sí —respondió Yanagawn—. Prometiste que me dirías cuál es.

Kushkam gruñó. No tenía más remedio que empuñar la espada con la mano mala, por los dedos que había perdido.

—Conque le has enseñado eso, ¿eh?

—¿Cuál es? —preguntó el emperador, aferrando su espada con dedos nerviosos—. ¿Cuál es la cuarta manera?

—El juego nunca podrá tener en cuenta por completo el espíritu humano, Yanagawn —explicó Adolin—. Números, ventajas, desventajas, estadísticas... A veces todo eso miente. Porque, a veces, el grupo más pequeño lucha de una manera que ninguna pieza del tablero es capaz de reproducir. A veces, en la vida real, cuando hay poquísimas probabilidades de vencer, cuando cualquier general con dos dedos de frente ya se habría rendido, una fuerza sigue luchando. Y gana.

Yanagawn tembló.

—Pero son cientos...

—¿Por qué no atacan? —preguntó May, con el arco encordado en una mano y la otra apoyada en la gran daga que llevaba al cinto.

Adolin pensó un momento y comprendió que sabía por qué. Caminó un poco, solo tres metros, a la izquierda de la intersección, para luego abrir una de las puertas que daban al salón del trono.

La ornamentada y bien amueblada estancia del otro lado estaba casi en penumbra. Sentada en el trono e iluminada desde arriba, había una figura con reluciente armadura esquirlada y unos ojos rojos que resplandecían por las rendijas del yelmo. Era la armadura de Adolin.

Abidi el Monarca esperaba su desafío.

Los demás lo vieron, y Kushkam renegó en voz baja al reconocer la hoja. Era la azishiana, que recibía el nombre de Hoja de los Recuerdos, clavada en una mesa junto a Abidi. El Fusionado se puso en pie y la sacó de la madera, para luego alzarla y señalar con ella a Adolin.

—Esperad aquí fuera —dijo él a los demás.

—Pero... —empezó a protestar Colot.

—Si esas fuerzas atacan, mantened esta posición —lo interrumpió Adolin—. Pase lo que pase, defended el salón.

Después pasó dentro, renqueando sobre un pie y una pata de palo, y cerró la puerta tras de sí. Se preparó para invocar a Maya.

Abidi tiró de una palanca que estaba incorporada en el destellante trono de bronce. Las puertas que había detrás de Adolin dieron un leve chasquido cuando los muchos cerrojos que había mencionado Yanagawn se deslizaron.

—Dicen —gruñó Abidi— que eres el mejor espadachín vivo de esta era.

—No —dijo Adolin—. Pero sí que fue él quien me entrenó.

Extendió la mano a un lado para invocar a Maya.

No pasó nada.

Abidi rio, alzando su propia hoja esquirlada.

—Este salón está recubierto de aluminio, pequeño mortal. Tendrías que haber invocado tu hoja fuera y traerla en la mano. Los azishianos no se percataron de la trampa mortal que estaban creando. Hay que ser muy pero que muy cuidadosos a la hora de aplicar el aluminio, algo que tus coetáneos aún tienen que aprender.

Tormentas. *Tormentas.*

Adolin dio un paso atrás, y su talón topó contra la puerta cerrada.

—Me derrotaste delante de todos mis soldados —continuó Abidi—. Resquebrajaste mi gema corazón y me robaste la capacidad de volar, razón por la que he tenido que arrastrarme con la escoria durante estos diez días. Tuve que elegir entre eso o renacer, con lo que habría perdido la oportunidad de conquistar esta tierra y gobernar, como es mi derecho. —Apuntó con su hoja en dirección a Adolin.

»Mantengo la cordura bañándome en la sangre de Radiantes. Siéntete honrado. Hoy te concederé a ti esa distinción, no a ellos. —El brillo de detrás del yelmo pareció intensificarse—. Voy a disfrutar mucho de esto.

Entonces se abalanzó hacia Adolin y asestó un tajo con la hoja esquirlada.

Dentro del Reino Espiritual, y bajo la mirada sin ojos de Sinforma, Shallan se veía sometida a muerte tras muerte mientras las visiones no cejaban en su empeño por destruirla.

Vio a sus mentores caer una y otra vez. Pero… Patrón. Patrón le había dicho que estaba obsesionándose con el hecho de que había matado a sus mentores, pero que en realidad eso era una distorsión. No era cierto.

Shallan se puso en pie y miró las visiones a la cara.

Y descubrió que no le hacían daño.

Sabía que no iba a matar a Sagaz, ni a Jasnah, ni a Navani. En otro tiempo, habría aceptado esas mentiras. Cuando se daba miedo a sí misma, y se odiaba hasta cierto punto. Eso no había desaparecido del todo, pero Shallan sí que se había reconciliado con Velo y aceptado la verdad.

¿Qué eran aquellas mentiras comparadas con eso?

Hemos encontrado una vida que nos encanta, dijo Radiante con voz firme. *Con seres queridos que nos quieren a su vez.*

Sí. Shallan mataba, era cierto, cuando se veía obligada. Pero no porque fuese una psicópata. Sus personalidades no eran algo que temiese. Eran algo que usaba para lidiar con la realidad. La ayudaban y la protegían. Por lo que, a medida que las visiones continuaban, *rechazó* la mentira que afirmaba que, sin remedio, les haría daño a las personas que amaba. Vio aquello como lo que era en realidad.

Porque ella, Shallan Davar, era una experta en mentiras.

Al momento, las terribles visiones empezaron a desvanecerse, convirtiéndose de nuevo solo en el Reino Espiritual normal y corriente. Le dio la impresión de que la sombra que la vigilaba había desviado su atención a alguna otra parte. Shallan no había detenido aquellas horribles visiones, pero sí que las había capeado, lo que ya era una gran victoria. Odium y Sinforma tendrían que haber elegido algo más novedoso, porque Shallan llevaba ya varios años practicando cómo lidiar con ese dolor en particular.

Cuando las visiones dejaron de llegar con tanta violencia, apareció en su mente una sensación familiar. Patrón, y poco después desaparecieron las nieblas cambiantes y agitadas del Reino Espiritual. Shallan volvió a emerger, acompañada por sus dos spren, en una extensión negra donde la esperaban Rlain y Renarin, al parecer reales. Corrieron hacia ella.

—¿Shallan? —dijo Renarin—. ¿Estás bien?

—Podría estar peor —respondió ella—. ¿Dónde están Glys y Tumi?

—Escondidos dentro de nosotros —dijo Rlain—. Están asustados, ahora que los dioses se mueven de un lado a otro.

—Shallan, necesito saber lo que has visto —dijo Renarin—. Creo que todo podría ser relevante, porque es muy posible que las visiones tengan incrustadas pistas procedentes de Mishram.

—Estoy de acuerdo —dijo ella—. Y yo también he estado buscando pistas. No encontraremos su prisión en un lugar, sino en una mentalidad. Su mentalidad. La misma que ha estado añadiendo a las visiones que hemos tenido.

—Mis amigos no me apoyaron —dijo Rlain—. Es lo que he visto yo. Y luego, el día en el que mi pueblo, los oyentes, se marcharon. Y… a Mishram. Al final los otros Deshechos la traicionaron, no acudiendo en su ayuda cuando la capturaron. Sus amigos y sus seguidores la abandonaron.

—Al igual que yo, ella quería defenderse sola —añadió Renarin—. Tal vez por eso he visto lo que he visto: un día en el que fui demasiado débil y otro tuvo que protegerme. Pero luego crecí y me convertí en alguien capaz de protegerse a sí mismo. ¿Como ella, quizá, cuando decidió tomar el poder y ayudar a los cantores?

—En lugar de su padre —susurró Shallan—. Ocupó el puesto de su padre. Mishram… ¿tu padre intentó matarte? ¿Esa es la Conexión que intentas enviar? ¿El mensaje que nos permitirá encontrarte?

Los tres permanecieron juntos.

No fue suficiente.

—Y ahora, ¿qué? —preguntó Rlain a Curiosidad.

Shallan cerró los ojos.

—Hay más —susurró, recordando todo lo que había experimentado—.

Mishram tiene miedo de que, después de tanto tiempo, se haya vuelto impredecible, peligrosa para aquellos a los que quiere. Peor aún, tiene miedo de merecer esta prisión, porque todos la traicionaron. Porque lleva tanto tiempo atrapada solo con sus pensamientos que hasta ellos la han traicionado. Eso es lo que siente. Que *merece* este sufrimiento.

Shallan abrió los ojos y dio un paso al frente. Un pasillo apareció ante ella. Daba a una pequeña estancia de piedra en la que brillaba una luz tenue. Renarin dejó escapar un grito ahogado. Rlain canturreó.

Entraron juntos en la cámara, iluminada por ondeantes antorchas. Había un cadáver en un rincón, antiguo y disecado, poco más que huesos. En la mano tenía… ¿bloques? Bloques de construcción para niños, y esa parte de la estancia estaba pintada de colores suaves, como el cuarto de un bebé.

El cadáver llevaba la ropa de Melishi. El antiguo Forjador de Vínculos había muerto allí, solo, en el Reino Espiritual. Después de encontrar la habitación de su infancia, como habían hecho todos ellos.

Un resplandeciente y amarillo heliodoro destacaba en el centro de la cámara, rodeado de velas que, de alguna manera, seguían ardiendo. Estaba resquebrajado por un lado, y unas pequeñas volutas de humo surgían para mancillar el Reino Espiritual y, con el tiempo, también los dibujos de Shallan.

Era la prisión de Mishram.

Shallan, pensó Patrón. *No estamos solos.*

Se dio la vuelta y vio una sombra que oscurecía el pasillo detrás de ellos. Era Mraize. Shallan conocía esa postura. Tal y como él le había dicho, su próximo encuentro sería el último.

—Os dejo a Mishram a vosotros, caballeros —dijo mientras salía—. Yo tengo que atar un cabo que he dejado suelto demasiado tiempo.

A Navani se le trabó el aliento cuando Dalinar llegó a su sala de reuniones, en lo alto de la torre. Había vuelto. Estaba vivo.

El Hermano le había advertido que estaba de camino, y ella había esperado para ver si era capaz de distinguir en sus ojos de qué Dalinar se trataba. ¿El Forjador de Vínculos? ¿El Espina Negra?

Ninguno. No era ninguno de ellos.

Dalinar la abrazó y la besó. Quienes miraban, los guardias, las escribas, Sebarial y Palona cogidos de la mano con una cinta nupcial herdaziana alrededor de las muñecas, parecieron incomodarse por aquella muestra de afecto.

Navani mantuvo el beso, lo agarró con fuerza, se agarró a aquella calidez. Porque ya casi era la hora. Pronto, Dalinar subiría los escalones que llevaban a la cima de la torre y llegaría el final. Cuando separaron los labios, Navani lo abrazo y sintió sus duros músculos. Su suave contacto.

—Lo siento —susurró ella.

—¿Por qué? —preguntó él.

—Por abandonarte.

—Gema corazón —dijo Dalinar—, tú no puedes abandonarme. Te llevo dentro de mí. ¿Gav?

—A salvo —respondió ella—. Duerme en la habitación de al lado. Casi ni se ha movido desde que escapamos. Amor, creía que podríamos ayudarte desde aquí. Estaba equivocada.

Él la aferró con más fuerza.

—Hiciste lo correcto, y eres maravillosa en todos los aspectos, Navani. Nada podría haberme salvado. No quería que se me salvara. Había cosas que necesitaba ver.

Ella se apartó, pero no dejó de rodearlo con los brazos. Alzó la barbilla y lo miró a los ojos, muy cerca de los suyos.

—¿Qué cosas?

—Siempre había creído que la carga que llevaba un rey era la mayor que podía conocer un hombre —dijo Dalinar—. Pero al pensarlo era un niño, Navani, con la comprensión de un niño.

—Has cambiado —dijo ella.

Le puso la mano en la cara y le acarició la barba, que él odiaba, porque prefería un afeitado militar. Aunque había pasado una semana, el pelo de su rostro le indicó a Navani el tiempo que el cuerpo de Dalinar creía haber estado ausente. Un día, quizá dos. Extraordinario.

—Cada momento que experimentamos nos cambia, Navani —dijo él—. Revivir los recuerdos de los dioses me ha cambiado lo que más de todo. He visto su vida. La existencia entera de Tanavast. Me perturba y me inspira al mismo tiempo.

—Tormentas —susurró ella.

—¿Sigo... sigo dándote miedo, como me dijiste una vez?

—No —respondió ella, observando sus ojos—. Tu fuego sigue ahí, Dalinar, pero ahora lo conozco mejor. No es el fuego de la destrucción, sino el que se extiende, el que comparte su calidez. El fuego que envuelve mi corazón, pero me deja sin aliento.

Él sonrió.

—Temo que nunca estaré a la altura de las cosas que dices de mí, amor. Soy demasiado aburrido. ¿No es lo que me dijiste una vez, que habría que obligar a la gente mayor a ser aburrida?

—Y aun así —dijo ella—, yo no puedo más que encontrarte fascinante de todos modos.

Compartieron ese momento. La sala que los rodeaba, con diez columnas a los lados, una en el centro y una escalera hacia el techo de la torre, permaneció quieta y silenciosa, a pesar de todos los observadores. Incluida Jasnah, que había estado retraída desde su regreso, muy afectada por su fracaso en Ciudad Thaylen.

Nadie se atrevió a carraspear ni a recordarles que se avecinaba la hora límite. Aquel momento le pertenecía *a ella*. Navani lo volvió a besar, durante diez ardientes latidos del corazón.

Cuando se apartó, la tristeza teñía la mirada de Dalinar.

—No sabes cómo vas a vencerlo, ¿verdad? —adivinó ella—. ¿El viaje al Reino Espiritual... ha sido en vano?

—No —dijo Dalinar—. No ha sido en vano para nada. Me ha mostrado lo poco que comprendo, una lección que ojalá no tuviera que seguir necesitando. No sé lo que va a ocurrir. No sé si podré contrarrestarlo. Pero... me siento más confiado que hace diez días.

—Haz lo que sea correcto en el momento —susurró ella.

Él ladeó la cabeza.

—Confío en ti, Dalinar. El hombre en el que te has convertido es, por fin, un hombre en quien confío plenamente.

—¿A pesar del fuego?

—Precisamente por el fuego —respondió ella—. No hace falta confiar en quien no podría hacerte daño, Dalinar. Yo confío en ti porque eres capaz de contener ese fuego y no quemarte.

Él asintió.

—Haré lo correcto.

—Olvida todo lo demás. Todos los pensamientos, las filosofías, los argumentos e incluso los recuerdos de los dioses. No hagas lo que ellos querrían que hicieras. Haz lo que *tú*, Dalinar Kholin, harías.

—Gracias —dijo él, soltándola al fin. Navani sintió más frío sin su contacto. El mundo se hizo menos brillante. Dalinar miró hacia los demás—. Gracias, a todos por vuestra fuerza. Vuestras oraciones. Vuestra confianza.

Asintió mirando a Sagaz, que inclinó la cabeza en señal de respeto. Luego, cuando Dalinar pasó ante Sebarial, puso la mano en el hombro del alto príncipe. Sebarial, con los ojos sorprendentemente empañados, agarró la muñeca de Dalinar en respuesta.

—Es raro —dijo el alto príncipe— que podamos convertirnos en hombres buenos casi sin querer, ¿eh, Dalinar? Unas pocas elecciones aquí y allá y, de repente, somos respetables. Como tu hermano siempre dijo que quería.

—Mi hermano —respondió Dalinar— era un mentiroso.

Sebarial sonrió y le apretó el brazo.

—Al fin lo sabes, ¿eh? Gavilar siempre hablaba de vivir según los Códigos, y ahora vas tú y te *conviertes* en ellos. Ve. Sé un tormentoso héroe. Recupera nuestra patria.

—No —dijo Dalinar—. Eso es lo que me ha mostrado el camino de los dioses, Sebarial. No puedo limitarme a proteger Alezkar. Tengo que encontrar una manera de derrotarlo por completo.

—¿Cómo tormentas vas a hacer algo así?

—Con juramentos y luz, Sebarial.

Navani había colocado el ejemplar de Dalinar de *El camino de los reyes* sobre una mesa. Dalinar sonrió, lo cogió y lo llevó en una mano mientras subía a zancadas la escalera.

130

EL PLACER DE
HACERTE SANGRAR

*Dejaré que la lectora reflexione sobre la increíble ironía de que el
Heraldo de los Vínculos decidiera enseñar a Szeth, nada menos que a
Szeth, cómo ser humilde. Como si sus años de esclavitud no hubieran
sido un instructor más que capaz.*

De **Caballeros de viento y verdad**, página 83

Ishu-hijo-Dios separó las manos de su hoja de Honor y se las llevó a la
espalda, dejando el arma clavada en el suelo. Una postura no amenazadora
para recibir a quienes llegaban con él a la sombra de las enormes formaciones rocosas, que eran altas, estrechas y se extendían hacia el cielo. Quizá
demasiado frágiles para haber existido en oriente sin derrumbarse.

Szeth se detuvo a unos cinco metros de Ishu. Miró a Kaladin y luego a Syl.

—¿Alguno de vosotros sabe qué hacer ahora?

—Ni idea —dijo Syl.

—Nale ha dicho que te pondría a prueba una última vez —recordó
Kaladin—. Para… enseñarte humildad.

Szeth respiró hondo y se contuvo para no invocar su hoja esquirlada.
Había renunciado a matar, a menos que le diesen una muy buena razón. Ese
era *su* equilibrio. Se había acabado luchar a menos que *él* decidiera que el
coste merecía la pena.

—Ishu —llamó—. He completado mi peregrinaje.

—Así es —dijo el hombre, con voz estruendosa, imponente—. Eres digno de mi presencia, niño. Puedes acercarte.

Szeth avanzó con cautela, seguido de Kaladin y Syl, y también de su
spren, que iba un poco más atrás. Nin permaneció en el carro.

—Bien, bien —dijo Ishu, sonriente en el gesto. Tenía una barba blanca
de longitud intermedia, con un corte recto en la parte inferior. Parecía más…

humano de lo que Szeth esperaba. El pelo se le alborotaba al viento—. Deja que te eche un vistazo, niño. Sí. Me complacen las lecciones que has aprendido en oriente. Te has endurecido.

—¿Es cierto? ¿Siempre... fuiste tú la Voz de mi mente?

Sois mi pueblo, dijo la Voz, un eco de mucho tiempo atrás. Szeth tembló y estuvo a punto de llorar. Una parte de él había temido que fuesen imaginaciones suyas desde el principio. *Te orienté para convertirte en mi guerrero, Szeth, y te envié a oriente para que aprendieras a luchar como un semidiós. Para convertirte en mi campeón.*

—Ahora —continuó Ishu en voz alta—, has regresado a mí. Refinado, como una cacerola de arcilla por el fuego del horno.

—¿Por qué? —preguntó Syl. Se apretó las manos juntas contra el pecho, evidentemente horrorizada—. ¿Por qué le has hecho esto a Shinovar? ¿Dónde están los spren?

—Me preparo para los tiempos difíciles que nos aguardan —dijo Ishu—. He visto un cataclismo, niña. Roshar necesitará un Dios, un verdadero Dios, para soportarlo. —Alzó la mirada hacia la luz de los spren, que giraba alrededor de aquel lugar alta en el cielo, como un halo—. Los spren me rechazaron, así que yo tuve que rechazarlos a ellos.

Szeth, con voz fría, preguntó:

—¿Es por eso por lo que casi no hay spren en Shinovar desde hace siglos? Por eso mi pueblo los buscaba, los veneraba y anhelaba escucharlos... para que, cuando una Voz se metiera en sus cabezas...

—Ha llegado la hora —dijo Ishu, indicándole que se acercara—. Tú serás el primero de mis nuevos Heraldos, y entrenarás a otros para que lideren mis ejércitos de Fusionados y spren. Juntos abriremos el camino hacia el fin del mundo, para poder forjar uno nuevo.

—Ishar. —Nin se tambaleó hacia ellos hasta alcanzarlos y aceptó el brazo de Kaladin para apoyarse—. Te equivocas. No tenemos la mente clara, ninguno de nosotros. Escucha. Escucha los tonos de Roshar, y al Viento. Escucha...

—Eres débil, Nale —dijo Ishu, y lo fulminó con la mirada—. Serás el próximo a quien reemplace, cuando Szeth haya ocupado el lugar de Jezrien. Ven, Szeth. Ya estás casi preparado.

—¿Casi? —preguntó Szeth, impasible.

—Szeth —dijo Kaladin.

El Corredor del Viento le dio un codazo y señaló hacia atrás. Un grupo de personas había salido de detrás de las formaciones rocosas y se acercaban al carro.

Szeth los reconoció a todos. Moss. Pozen. Elid. Los portadores de Honor «muertos», convertidos en Fusionados por Ishu. Eran seis, y cogieron sus respectivas hojas de Honor del lecho del carro.

Szeth apretó los dientes y estuvo a punto de ir para impedir el latrocinio, pero Ishu habló.

—No están robando lo que te has ganado, Szeth-hijo-Shinovar —dijo el Heraldo—. Ten paciencia.

Los seis desfilaron hacia delante y pasaron frente a Kaladin y Szeth. Nin regresó al carro, con el paso más firme que antes, y regresó a zancadas con el resto de las espadas, incluyendo a Sangre Nocturna y el fardo de Kaladin. Lo soltó todo a poca distancia y luego se acercó a ellos con dos hojas.

—¿Nale? —preguntó Kaladin.

—Paz, Bendito por la Tormenta —dijo Nin, pero no lo miró a los ojos—. Esto debe hacerse. Ahora verás.

Szeth contempló, cauteloso, cómo cada portador de Honor tomaba su hoja y la colocaba en su hendidura correspondiente del suelo de piedra. Las formaciones de roca y el suelo de allí eran como fervorosos, con las cabezas inclinadas en oración, formando un círculo con las espadas en el centro.

Nin clavó su espada en posición, y luego la de Sivi. En lugar de seguir hundiéndolas hasta la empuñadura, las hojas se quedaron como las habían dejado, mitad dentro y mitad fuera. Tal y como habían demostrado mientras las llevaban hasta allí, eran capaces de modular lo afiladas que estaban.

—La última vez que estuve aquí, éramos nueve —dijo Nin. Recorrió el círculo, con la mano derecha alzada sobre las hojas. Se detuvo junto a la de Taln, la más simple y menos ornamentada de todas ellas—. En aquel momento faltaba esta.

Ishu levantó el brazo y colocó la mano sobre su propia hoja de Honor.

—Y hoy, otra vez tenemos nueve. Nos falta la hoja que enviamos contigo en su momento, Szeth.

—Está perdida —dijo Szeth, con un escalofrío.

—La reemplazarás por una nueva —le explicó Ishu—. Se formará cuando te unas a los Heraldos.

Asintió en dirección a los portadores de Honor, que dieron un paso atrás. Y Szeth se percató de algo: había esperado ver seis figuras. Era el número correcto. El propio Szeth representaba a los Corredores del Viento, y no había espada para ellos. Junto a Ishu, Nin y Sivi, que se había negado a aquello, sumarían diez.

Solo que una de las figuras era nueva. En lugar de la Danzante del Filo a la que Szeth se había enfrentado en Shadesmar, había una figura masculina embozada en una túnica. El hombre alzó la mirada. Dentro de la capucha, Szeth distinguió unos rasgos familiares. Redondeados, amistosos. Recios.

—¿Padre? —susurró Szeth.

—Está bien que lo hayas logrado, Szeth —dijo Ishu, atrayendo de nuevo la atención de Szeth—. Y que hayas regresado con tu Dios.

—No eres ningún dios, Ishar —intervino Kaladin—. Hemos venido para intentar ayudarte. Pero no queremos luchar. Solo hablar.

Ishu soltó un resoplido de desprecio.

—Como si pudierais luchar contra mí. Pero ahora no hay tiempo para hablar. El enfrentamiento final en Urithiru tendrá lugar en meros instantes, y Dalinar fracasará. Es, y siempre ha sido, un necio y un farsante. ¿Pretende encararse con el campeón de Odium y envía lejos a sus dos mejores soldados?

—Puede que sepa —dijo Szeth— que no toda batalla es también un combate.

Ishu negó con la cabeza.

—Cuando Dalinar haya muerto, necesitaremos un ejército para derrotar tanto a Odium como las tormentas mayores que se avecinan. —Titubeó y luego se centró en Szeth, como sorprendido por un instante de verlo allí—. Claro. Lo recuerdo. Tienes que saber lo que es la humildad. Una última prueba, Szeth. Mis portadores de Honor te derrotarán, juntos.

—¿Juntos? —exclamó Kaladin—. No puede enfrentarse a todos.

—No, no puede —convino Ishu—. Perderá, ya que ningún Heraldo puede llegar a serlo si se cree invencible. Es la triste verdad de nuestra existencia que todos debemos fracasar en algún momento. —El Heraldo señaló a Kaladin y luego a Syl—. Vosotros dos, venid y poneos a mi lado. No quiero que interfiráis.

—Ishar —dijo Kaladin—, esto no es…

—No —lo interrumpió Szeth—. No, creo que estoy preparado para esto. —Agarró a Kaladin del brazo, atrajo a Syl con un gesto e hizo corrillo con ellos. Entonces, en voz baja, les dijo—: Esta parte puedo hacerla. Debo hablar con mi padre. *Debo* hacerlo.

—No sé, Szeth… —dijo Kaladin.

—Es mi elección —afirmó Szeth—. Ishu dejará que hables con él mientras dure el combate. Estará atento a ti para asegurarse de que no intervengas. Kaladin, mientras lucho, tienes que convencerlo de que libere a los habitantes de esta tierra. ¿Me has entendido?

—Si Ishar libera al pueblo —dijo Syl asintiendo—, la misión de Szeth quedará completada.

—Lo que significa que ascenderé a mi siguiente juramento —dijo—. Y, si Dalinar está en lo cierto, tendrás la oportunidad de hablar con el verdadero Ishu. El cuerdo.

—Cierto —dijo Kaladin—. Pero, Szeth, ¿cómo voy a hacer que libere Shinovar?

—Ya se nos ocurrirá algo —susurró Syl.

—Esto me dará la oportunidad de interactuar con mi padre y con mi hermana —dijo Szeth—. Si tú distraes a Ishu, quizá pueda hacerlos entrar en razón.

—Un momento —dijo Kaladin—. Quiere darte una lección de humildad. ¿Vas a luchar?

—No —dijo Szeth—. Voy a perder.

Asintió y luego se volvió hacia los portadores de Honor, que habían recuperado sus poderes junto con sus espadas y se desplegaron en abanico alrededor de Szeth.

Los lideraba aquella figura de la túnica. Neturo. El padre de Szeth, que tomó la hoja de Sivi y la empuñó como alguien que sabía utilizarla.

—Estoy preparado —dijo Szeth.

Los seis lo atacaron al mismo tiempo.

Dalinar llevaba *El camino de los reyes* en la mano mientras subía el corto tramo de escalones que llevaba al exterior, solo.

Llegaba media hora temprano, según el reloj de su brazalete, y no pudo evitar recordar el día en que se había alzado solo en la brecha de la muralla de Ciudad Thaylen, creyendo que su libro y las palabras que contenía iban a escudarlo. Aquello había terminado con páginas ardiendo y un dios exigiéndole obediencia. Pero... las palabras en la página no habían importado, ¿verdad? Porque esas palabras habían emigrado a su corazón.

Era raro que estuviera tan confiado. Tendría que haberse sentido insignificante, con su nueva perspectiva sobre lo terriblemente inferior que era. Había experimentado la vida de un dios y visto su inmenso poder. Ahora no era más que una mota de polvo. ¿Por qué aquella confianza en sí mismo?

«Porque este es el lugar al que me ha traído el viaje», pensó. El juramento no decía «viaje *sin* destino». Y ese día... ese día iba a consistir en adónde había llegado, y en cómo lo había preparado el viaje.

Y así, al llegar a los últimos peldaños, Dalinar se descubrió irguiéndose orgulloso. Tenía gravísimos defectos, pero, si esos defectos habían pasado a ser tan evidentes para él... era porque había mejorado hasta el punto de poder reconocerlos. Conocía las palabras más importantes que podía pronunciar un hombre. Había presenciado el fracaso de quienes vinieron antes que él. Esos fracasos eran su acervo, ya que la historia de toda la humanidad podría hallarse en ese momento.

Estaba allí porque había *elegido* aquel camino. El largo viaje a Urithiru, en su caso logrado con tropezones, huesos rotos y ceniza en la piel.

Lo haría mejor.

Dalinar salió de la escalera sin techo y llegó a la cima de la ciudad-torre, donde encontró un cielo oscuro, aunque no había ninguna tormenta prevista. El relámpago rojo parecía amortiguado al destellar dentro de las nubes, como el latido de un corazón errático. La ausencia del trueno a continuación era perturbadora, pero más aún lo era la figura hecha de niebla oscura que estaba cobrando forma en la azotea.

Taravangian. Erguido, sin la leve curva en la espalda que siempre había tenido desde que Dalinar lo conocía. Llevaba una túnica amarilla, casi dorada, y una sencilla corona dorada. Tenía las manos juntas a su espalda.

—Dalinar —dijo, con una sonrisa que quizá habría considerado amable en el pasado—. Los esfuerzos de Navani por mejorar tu puntualidad han funcionado, amigo.

—No me llames amigo.

—¿Quieres que mienta?

—La amistad era la mentira.

—Ojalá fuese así. —La tristeza de sus ojos parecía real—. Eso facilitaría muchísimo lo que me veo obligado a hacerte. Pero he hecho cosas peores. Sí, he hecho cosas peores. ¿Estás listo?

—Lo estoy.

—Entonces, ha llegado la hora de que conozcas a mi campeón.

Taravangian hizo un gesto a un lado y, allí, el poder se concentró formando un portal, del tipo que Dalinar reconoció como una pequeña perpendicularidad que daba al Reino Espiritual.

Una figura lo atravesó, vestida con uniforme Kholin, portando una hoja esquirlada que le resultaba familiar. Juramentada, la hoja que Dalinar creía que estaba a buen recaudo en sus aposentos. La llevaba un hombre que era sorprendentemente, alarmantemente familiar. Nariz prominente. Complexión esbelta. Gesto sombrío.

Elhokar.

Szeth avanzó primero hacia su padre, con las emociones revueltas. La última vez que había estado con él, Neturo le había dado la espalda y se había marchado, sollozando porque no podía ir con su hijo.

Szeth llevaba muchísimo tiempo sin sentirse digno del nombre de Neturo. Y luego, oír que su padre había muerto fue… Szeth llegó junto a Neturo y alzó las manos, sin arma alguna en ellas. Estaba seguro de que, al igual que cuando se reencontró con su hermana, negarse a luchar haría que su padre cambiara de parecer.

Neturo le dio un puñetazo en la cara.

Fue un golpe fuerte que lo dejó tambaleándose, absorbiendo luz tormentosa por instinto para sanarse. Notó sangre en los labios y ahogó un grito abriendo mucho los ojos al ver que Neturo avanzaba hacia él. Ojos enloquecidos, dientes rechinantes, capucha caída que revelaba una cabeza reluciente, aunque, a juzgar por la pelusilla de los lados, su padre se había quedado calvo y ya no solo se afeitaba.

Szeth intentó sonreírle de nuevo, con los brazos abiertos.

—Padre, por favor. Vamos a…

El siguiente puñetazo derribó a Szeth contra la piedra, y lo siguió una patada. Los otros cinco se amontonaron a su alrededor y empezaron a golpearle con puños y pies, sin utilizar sus espadas, mientras Szeth yacía aovillado en el suelo.

Adolin esquivó a un lado y empezó a rodear el salón del trono, vacío a excepción del Fusionado y de él. De nuevo intentó invocar su hoja esquirlada, y de nuevo nada. No era capaz ni de sentir la presencia de Maya. ¿Qué podía hacer?

«Llegar al trono —pensó—. Y quizá activar el mecanismo que abre la puerta. ¿Y luego escapar?».

Abidi embestía golpeando muebles y apartándolos a los lados, persiguiéndolo. Si Adolin no conseguía escapar, iba a tener que superar una tarea casi imposible. Una que solo un hombre en tiempos recientes había llevado a cabo: vencer a un portador de esquirlada en combate singular sin utilizar esquirlas a su vez.

El salón estaba flanqueado a ambos lados por sendas hileras de columnas de bronce sin adornos, cerca de las paredes. Adolin saltó sobre una mesa dorada, derribando unos bonitos candelabros, y aterrizó con torpeza sobre la pata de palo. Tropezó, se equilibró contra un mueble grande con cuencos encima y corrió hacia una columna para cubrirse un poco mejor.

A su espalda, Abidi apartó la mesa de una patada y trastabilló al extenderse demasiado.

«Demasiada fuerza —pensó Adolin mientras llegaba a la columna y desenvainaba la espada que llevaba al cinto—. No está acostumbrado a la armadura esquirlada». Había visto a Yanagawn dar unos tropiezos similares hacía poco.

Abidi no era tan desmañado como lo había sido el emperador. Avanzó con un paso pesado más cauto, mientras la visera del yelmo resplandecía en rojo. Era un soldado entrenado, con miles de años de experiencia. Pero no podía volar, por lo que necesitaba depender de una armadura esquirlada con la que aún no había tenido tiempo de practicar.

Algo era algo. Sin embargo, mientras Adolin se volvía e intentaba erguirse, descubrió que la habilidad de Abidi con la espada era excelente. Fluyó con una elegancia magistral para asestar sus primeros y expertos tajos, y Adolin no podía bloquearlos, o perdería su arma. No tuvo más remedio que recular.

Tormentas. Adolin rodeó la columna para ponerla entre él y Abidi, que tuvo que rodearla a pisotones. Por muy diestro que fuese con la hoja, la armadura esquirlada le dificultaba el juego de piernas. Adolin consiguió mantenerse por delante de su enemigo serpenteando entre las columnas y luego corrió cojo hasta la pared del fondo y la tarima del trono.

Buscó, pero no consiguió encontrar el mecanismo que abría y cerraba la puerta. No tenía ni idea de dónde estaba la salida secreta desde dentro, y además estaba bloqueada de alguna manera. No iba a poder escapar.

Abidi cargó entre las columnas sin hacer caso a las mesas bajas que se interponían en su camino, atravesándolas con un terrible estruendo, desperdigando lujosos platos y copas de plata por el suelo. Llegó rápido, pero Adolin consiguió saltar a un lado y, como Abidi llevaba más impulso del que esperaba debido a la armadura, chocó contra el trono y lo volcó.

Adolin cayó a la alfombra que había junto a la pequeña tarima, rodó y se levantó sobre una pierna, la buena. Se impulsó y corrió, tanto como pudo, hacia la otra hilera de columnas. Agradeció las horas que había pasado practicando con la pata de palo, ya que al menos podía moverse con cierta rapidez. Pero, a la vez, se sentía frustrado. Sin aquel impedimento, quizá habría tenido una oportunidad. Quizá podría haber resistido contra un portador de esquirlada completo que no estaba acostumbrado a la armadura.

Tal y como estaban las cosas... bueno, Adolin había entrenado un poco en luchar contra un portador de esquirlada sin tener esquirlas él. Era un poco como entrenar en aterrizar si te arrojaban por un acantilado. Todos sabían que venía a ser lo mismo que nada. Iba a morir allí.

No. No más pensamientos fatalistas. Si caía, Azir caería con él. Tenía que encontrar la manera de conseguir lo imposible. Tenía que detener a esa criatura. Ya.

Llegó a la primera columna y se volvió mientras Abidi saltaba desde el trono y aterrizaba con estruendo cerca de él. Esa vez no tropezó. El Fusionado no era un bufón inepto. Le faltaba experiencia con una nueva herramienta, pero adoptó una postura excelente cuando volvió a atacar.

Adolin intentó encontrar una abertura para hacer lo mismo. Zahel lo había entrenado para desviar ataques de hoja esquirlada, dando palmadas a la teja del arma enemiga, pero Adolin no se atrevía porque un solo movimiento en falso significaría su muerte. En lugar de eso, saltó hacia atrás.

Hizo todo lo que pudo, pero Abidi tenía el alcance, la fuerza, la velocidad... y cualquier otra ventaja que se le ocurriese. Mantenía a raya a Adolin con facilidad, obligándolo a retroceder entre las columnas. Cuando llegó a la última, Adolin planeó otro ataque, y sus instintos le permitieron adivinar por qué lado rodearía la columna Abidi. Lo hizo en postura baja por la izquierda, y Adolin acometió con maestría, pero la pata de palo resbaló en el suelo. Su espada dio un tañido contra la casi invulnerable armadura esquirlada y Adolin cayó levantando la pierna mala.

Abidi se echó a reír.

—¡Llevar esta armadura es una sensación asombrosa! Me encanta ser invencible y verte corretear como la rata que eres, con pánico en los ojos. ¿Cómo es que nunca hemos desarrollado una versión de esto para nosotros?

Adolin rodó, sabiendo que la hoja esquirlada caería sobre él en cualquier momento. Jadeando y cada vez más agotado y dolorido, aunque en aquella sala no había spren que delataran su estado, se puso en pie como pudo apoyándose en la pared del fondo. Pero, tan pronto como lo hizo, Abidi embistió y dio un tajo. Adolin se lanzó a un lado, el único movimiento desesperado que podía hacer en esa situación, y consiguió evitar la hoja. Pero resbaló y volvió a caer al suelo, desde donde contempló inquieto cómo el arma pasaba a un centímetro de sus ojos.

Volvió a rodar con un gemido y se apoyó en su espada para levantarse, algo aturdido.

—Decían que eras bueno. —Abidi apuntó su hoja esquirlada hacia Adolin—. ¿De verdad me volvieron a despertar para que luchara contra alguien tan penoso?

—¿Cómo sobreviviste al ataque de Taln, Abidi? —restalló Adolin, adoptó una postura, intentando sacudirse de encima el cansancio—. Mató a casi todos los demás. Si querías un desafío, ¿por qué no te enfrentaste a él?

El resplandor de los ojos ardientes que se veía a través de la visera aumentó, iluminando la estancia en penumbra. Con aquello había tocado hueso.

—Huiste, ¿verdad? —preguntó Adolin, retrocediendo, con la espada extendida y la mano cubierta de sudor—. Qué regio por tu parte.

El Fusionado no rugió ni se encogió por la pulla, pero sí que lanzó una mesa volcada contra Adolin de una patada. Adolin maldijo mientras se agachaba y la mesa le rozó el hombro. Un dolor agudo le recorrió todo el brazo e hizo que tropezara contra una columna de la pared opuesta. Quizá burlarse de un asesino inmortal potenciador con armadura esquirlada no fuese la mejor idea.

Adolin se dedicó a correr y esquivar, sin perder terreno, pero solo porque podía maniobrar alrededor de muebles y columnas. Acababa de mofarse de su adversario por negarse a luchar, pero estaba viéndose obligado a hacer lo mismo. E, incluso así, ya debería estar muerto.

Solo que no parecía que el Fusionado quisiera acabar el enfrentamiento pronto. Lo seguía por la cámara, pero sin ponerle mucho empeño. Desazonado, Adolin comprendió que Abidi no tenía motivos para darse prisa. El salón del trono estaba bajo su poder. Si concluía el plazo, Adolin no dudaba que, según la ley azishiana, el reino le correspondería a Odium. Por tanto, el Fusionado podía tomarse su tiempo, jugar con Adolin, disfrutar del creciente pánico de su presa.

Adolin tenía que ganar la lucha, y rápido. Pero cuando intentó adoptar la posición del viento, su dichoso pie, o más bien su dichoso no-pie, resbaló de nuevo y Adolin tuvo que apoyar el brazo izquierdo en una columna para no caerse. En un duelo, el juego de piernas tenía que ser intrincado. Adolin esperaba ser capaz de rebotar sobre los dedos de los pies. Necesitaba talones sobre los que girar. Los cantos de los pies para detenerse.

Había practicado a caminar e incluso a correr al trote sobre ese nuevo pie, pero no el juego de piernas. Era imposible que ganara contra ningún enemigo medianamente capaz, no digamos ya si llevaba armadura esquirlada.

Abidi cortó el paso de Adolin hacia el otro extremo de la estancia.

—¿Echas de menos la energía y el poder de esta armadura, insignificante humano? ¿Te sientes pequeño?

—Llevo años ya sintiéndome pequeño —susurró Adolin.

Pero, mientras lo decía, halló una nueva perspectiva. Había estado quejándose desde la caída de Kholinar, quizá desde antes, de cómo había cambiado el mundo, dejando atrás a la gente como él. Pero la noche anterior había sido un lancero común. En ese preciso momento, Adolin cayó en la cuenta de que el mundo *no* había cambiado tanto. Los ojos oscuros siempre se habían sentido pequeños en ese mundo de portadores de esquirlada.

Lo que había cambiado era el lugar de Adolin. En realidad había estado quejándose porque, de pronto, había pasado a ser de los pequeños, una realidad con la que la gran mayoría de los soldados convivía a diario.

«Kaladin sobrevivió a esto», se recordó de nuevo. Hacía años, Kaladin había matado a un portador de esquirlada. No era imposible.

De repente volvió atrás en el tiempo, a su entrenamiento con Zahel.

Zahel lo había obligado a luchar sobre una pila de piedras inestables, porque sus puntos de apoyo no siempre serían seguros. Había obligado a Adolin a luchar bajo la lluvia, o sobre un travesaño estrecho. Adolin había refunfuñado en cada sesión, afirmando que jamás iba a necesitar aquellas destrezas en la práctica.

Zahel había insistido.

Menos mal.

Algo encajó en su mente y, cuando volvió a apoyar la pata de palo, *anticipó* que resbalaría. Lo tuvo en cuenta, lo aprovechó e incorporó ese deslizamiento a su postura. Mientras retrocedía esa vez, modificó sus andares y dejó de tropezar y cojear. La pata de palo seguía siendo una discapacidad, pero Adolin podía lidiar con ella. Si no hubiera podido, si solo fuese capaz de luchar en las circunstancias perfectas, ¿qué clase de espadachín sería?

Abidi pareció darse cuenta de que la postura de Adolin se volvía más segura, sus esquivas más precisas. La criatura gruñó.

—Dile al emperador que se rinda y se entregue a mí. Os dejaré con vida a los dos.

—¿Qué más te da? —preguntó Adolin mientras rodeaba el trono volcado, derribado de su tarima.

—Quiero que sea mi sirviente —explicó Abidi—. Su pueblo me servirá mejor si lo controlo.

Adolin supuso que sería cierto. En el exilio, Yanagawn podría afirmar que era el auténtico monarca. A pesar del trato de Dalinar, una dinastía rival establecida por Yanagawn en Urithiru sería inconveniente para quienes gobernaran Azir.

—Había pensado que quizá me lo traerías aquí tú mismo —dijo el Fusionado, dando varios tajos con la hoja esquirlada, a todas luces disfrutando del sonido del arma al hendir el aire—. Pero aún podemos llegar a un acuerdo. Entrégamelo y vivirás, humano. Por ese precio, renunciaré al placer de hacerte sangrar. ¿Dónde está?

Por un instante, Adolin se quedó confundido. ¿Acaso el Fusionado no había visto a Yanagawn echando un vistazo al interior de la estancia con los demás, al principio del combate? Pero no, claro: sin su túnica ni sus adornos, Yanagawn era solo un joven cualquiera. Abidi no lo había reconocido. ¿Por qué iba a hacerlo?

La persona que Abidi tanto ansiaba capturar estaba justo al otro lado de la puerta. Había silencio en el pasillo. Seguro que las fuerzas de Abidi tenían orden de no atacar hasta que el Fusionado hiciese su jugada para apresar al emperador. De repente, Adolin ya no se sintió tan orgulloso de su capacidad para sobrevivir tanto tiempo contra un portador de esquirlada. Abidi no había querido acabar con él de verdad, no todavía.

Adolin fingió que se planteaba la oferta, para ganar un poco de tiempo. Porque seguía teniendo unos problemas muy graves. Incluso si pudiera luchar como Zahel le había enseñado, incluso si lograra compensar la pata de palo, apenas tenía ninguna posibilidad. Necesitaba alguna ventaja. Y se le ocurrió una al ver la primera mesa sobre la que había saltado después de entrar en aquel salón.

La mesa de la que había derribado unos lujosos adornos, dispuestos para complacer al emperador. Y Adolin recordó sus partidas vespertinas con Yanagawn, y una conversación sobre una estrella caída.

—Si te lo entrego —dijo Adolin—, ¿cómo estarías dispuesto a compensarme?

—Bueno —respondió Abidi—, eso habría que...

Pero la pregunta era solo una finta para distraerlo. Mientras Abidi empezaba a responder, Adolin se tiró al suelo y recogió algo con la mano izquierda.

Abidi maldijo y acometió con un tajo directo y fluido de su hoja esquirlada. Pero Adolin alzó la mano izquierda y lo detuvo...

... clanc...

... con un ornamentado candelabro de aluminio.

131

EL VALOR DE UNA VIDA

A menudo reflexiono sobre cómo el mundo cambió ese día. Y en cómo lo pasé yo, inconsciente a todo, trabajando en el huerto familiar. Recogiendo fruta mientras el Final de Todas las Cosas caía sobre nosotros.

De *Caballeros de viento y verdad*, página 92

M*e necesitas?*, preguntó Radiante mientras Shallan avanzaba para enfrentarse a Mraize.

Su antiguo mentor estaba en su propio cuerpo, por una vez, y con el tipo de atuendo que Shallan había terminado por asociar a él; suave, con volantes y bordados. Suponía un marcado contraste con las cicatrices de su rostro, con lo esbelto de sus rasgos, con lo peligroso de su expresión.

Mraize la esperaba fuera del pasillo y, cuando Shallan salió, el umbral hacia la prisión de Mishram no se esfumó. Siguió existiendo la estancia con un pasillo abierto a un lado que había aparecido en aquel plano gris con el cielo negro, vacío por lo demás. La superficie de piedra gris clara se extendía en todas las direcciones, hasta el infinito.

Shallan estaba entre él y la entrada. Radiante llegó junto a ella, hecha de luz tormentosa sin solidificar, un pelín transparente, con volutas que brotaban de su figura uniformada. Patrón y Testimonio flotaban justo en el interior del acceso a la prisión, y Shallan vio que Patrón tenía agarrada a Testimonio para retenerla.

Por desgracia, Sinforma también estaba allí, acechante a la izquierda de Shallan, con un remolino en vez de cara y el pelo igual que ella.

—¿Quieres que me encargue de esto? —insistió Radiante.

Lo normal había sido que Shallan fuese alternando entre personalidades. Pero, últimamente, Radiante solo acudía cuando la llamaba, y solo en las situaciones más extremas.

—No te… necesito ahora mismo —respondió Shallan.

—¿Estás segura?

Shallan miró a Mraize, con aquella media sonrisa y aquella arrogancia convertida en arma. ¿Podría ocuparse ella sola? Se metió la mano en el bolsillo y encontró la daga que le había robado en su enfrentamiento anterior. Ambos tenían muy claro qué iba a ocurrir a continuación. Uno tendría que infligir al otro una herida mortal usando antiluz, obligándolo o bien a sanar y morir, o bien a morir por la herida.

Estoy segura de que puedo hacerlo sola, pensó Shallan. *No sé si podría matar a un spren, pero esto… esto puedo hacerlo.*

Radiante se evaporó, retirándose al fondo de la mente de Shallan. Sinforma, en cambio, se acercó más a ella. Eso asustó a Shallan, porque, aunque sabía que nunca iba a estar del todo «mejor», había creído que aquello sí que lo tenía superado. Había creído que…

—Deberías dejarme entrar en esa habitación, Pequeña Daga —dijo Mraize, echando a andar a zancadas—. Tengo que llevarme la gema que hay dentro.

«Está demasiado confiado, incluso para tratarse de él. ¿Qué se me escapa?».

—Más o menos te vencí la última vez que nos enfrentamos a cuchillo —dijo Shallan.

—Un combate bien librado —respondió Mraize, deteniéndose a metro y medio de ella—. Pero tuviste ayuda. ¿De verdad crees que puedes derrotarme en un combate individual?

Shallan no estaba segura, no. Sabía luchar, y tenía nociones de juegos de manos, pero Mraize era un experto. Entrenado por Iyatil, quien…

—¿Dónde está Iyatil, por cierto? —preguntó Shallan—. No la he visto desde que entramos aquí.

—Está vigilando a Dalinar —respondió él—. Yo he cumplido con mi parte, como bien sabes, que era distraerte.

Era razonable. Era lo que ella misma había supuesto. Pero ¿por qué querría Iyatil vigilar a Dalinar? Dalinar no estaba buscando a Mishram. Nunca había buscado a Mishram. Mraize e Iyatil lo habían utilizado para entrar en aquel reino, pero una vez dentro…

Shallan se movió por puro instinto mientras las piezas encajaban con un chasquido. Sacó la daga de antiluz tormentosa y se giró.

Para lanzar una puñalada directa hacia el rostro de Sinforma.

Kaladin hizo una mueca y apartó la mirada de aquella farsa de enfrentamiento en el que los portadores de Honor atacaban a Szeth, quien se negaba a luchar. Al menos solo usaban puños y pies. Kaladin y Syl se quedaron junto a Ishar, tal y como se les había ordenado.

Szeth, por suerte, consiguió zafarse del amontonamiento. Rebosante de luz tormentosa, voló hacia atrás en dirección a la zona de piedra más abierta que había cerca del carro abandonado. Sus atacantes lo siguieron, usando sus distintas potencias: deslizándose por el suelo, fundiendo la piedra.

Por difícil que le resultara, Kaladin arrancó sus ojos del combate y se concentró en Ishar. ¿Cómo diantres iba a ayudar a un ser como él, que se creía Dios?

«Empieza por hablar —decidió—. O haz que hable él».

—¿Estuviste allí? —preguntó Kaladin—. ¿Desde el mismo principio? ¿Es cierto que... procedemos de otro mundo?

Ishar se volvió, lento e imponente como una montaña, y observó a Kaladin.

—Sí. Llamábamos Alaswha a nuestro mundo. Hubo una época en la que me encantaba. Somos literalmente lo último que queda aquí de nuestro hogar perdido. —Hizo una pausa—. No tengo muchas ganas de perder otro mundo, hombre del puente. Yo sí que lucharé.

—Y aceptamos tu ayuda —respondió Kaladin, y entonces señaló hacia Szeth—. Pero ¿tiene que ser así? ¿Esto es necesario?

—Un dios tiene que estar dispuesto a aceptar el dolor de su pueblo. Sin dolor, no hay regocijo.

Nale no estaba participando en la paliza. Se había quedado quieto, observando, con el uniforme negro arrugado de yacer en el lecho del carro. Parecía mucho más... humano por ello. Syl, al otro lado de Kaladin, daba un leve respingo cada vez que Szeth recibía un golpe, pero la luz tormentosa lo mantendría con vida. Kaladin tenía que aprovechar aquella oportunidad para intentar convencer a Ishar de que liberase Shinovar. Así que decidió probar otra vez lo que había funcionado con Nale. Envío una petición mental a Syl, que accedió y se convirtió en flauta plateada para él. Kaladin se la llevó a los labios y tocó unas pocas notas vacilantes.

Nale asintió, entusiasta.

Ishar profirió un suspiro.

—¿Qué es esto?

—Hum... —Kaladin bajó la flauta—. La historia del *Vela Errante* trata sobre Derethil y...

—Sí, la escribí yo —lo interrumpió Ishar.

—La... ¿Qué? —preguntó Kaladin.

—La apunté yo —dijo Ishar, distraído—. Hace tres mil años, creo que fue. Cuando Derethil, ya tan anciano que no podía caminar sin la ayuda de su nieto, me contó su historia. Buena parte de ella serían adornos, me imagino. He buscado las islas que menciona y, aunque mis métodos no fueron exhaustivos, no pude encontrarlas. Eso añade credibilidad a que la historia entera sean las invenciones de un anciano cuyo bote de pesca se perdió en una tormenta.

Miró a Kaladin. En el campo de piedra, Szeth gritó de dolor. Se elevó en el aire con un enlace, agarrándose un brazo, que tenía roto y torcido hacia donde no debería.

—La cima de la torre —dijo Kaladin.

—Estaba vacía a excepción de un cadáver —contestó Ishar—. Sí, estoy intentando llenarla, joven.

—Pero...

—Me conozco los trucos de Midius, niño —continuó Ishar—. Él estaba presente cuando destruimos nuestro mundo anterior. ¿Eso te lo contó tu Sagaz? ¿Que fue partícipe, quizá hasta responsable? Él nos habló de las Esquirlas, y fueron sus palabras las que nos llevaron a entrar en contacto con Odium.

Un escalofrío recorrió el cuerpo de Kaladin.

—Prefiere saltarse esa parte —añadió Ishar—. Es raro que siempre sea capaz de acabar participando en todas y cada una de las decisiones relevantes. Como una mosca imposible de aplastar.

—Eh... —¿Qué podía decir Kaladin después de eso? Miró la flauta—. Hay otra historia...

—¿Cuál? —preguntó Ishar—. ¿La de Gasha y los diez asesinos? ¿La historia de la isla errante? ¿Tepra, el niño dragón?

—Fugaz —dijo Kaladin—. Él...

—En realidad Fugaz no llegó a Shinovar. Aunque la historia es mucho mejor cuando asegura que sí que lo hizo. Murió en algún lugar de Marat, de disentería. Llegó bastante lejos, eso sí, para estar intentando reproducir el viaje de Nohadon.

—¿El viaje de Nohadon? —preguntó Kaladin—. Retó a una tormenta para... vencer al mismo viento...

—Le gustaba correr, sí, pero tardó meses y meses —dijo Ishar—. En todo caso, hazme el favor de guardarte las rimas y las canciones infantiles. Los adultos estamos intentando salvar el mundo.

Renarin dio un empujoncito titubeante al Forjador de Vínculos muerto, Melishi. Estaba marchito, con la piel como el pergamino y solo unos agujeros por ojos.

—No le veo heridas —dijo Rlain, que inspeccionaba el cadáver con atención—. Vete a saber de qué murió.

—¿Qué le ha pasado a su piel?

Rlain canturreó al Ritmo de la Curiosidad.

—Ah, claro. Vosotros quemáis a vuestros muertos. Esto es lo que les ocurre a los cadáveres cuando se abandonan en una región seca. He visto a algunos de los nuestros así, cuando se dejan en una cueva en vez de sacarlos para un funeral celeste.

Tuvo..., dijo una voz en sus cabezas. *Tuvo una muerte lenta y horrible, tal y como merecía. ¡Igual que todo merece morir! ¡Igual que el mundo merece resquebrajarse y toda vida aniquilarse!*

Glys tembló en el interior de Renarin y empezó a latir con un ritmo asustado. Miraron la gema que había en el suelo, agrietada. Renarin distinguía a Mishram dentro de ella como una negra tempestad que forcejeaba contra sus confines. Violentos destellos rojos. Una tormenta eterna en miniatura.

—Deambuló, ¿verdad? —preguntó Renarin—. Atrapado en el Reino Espiritual, sin salida, ya que sus poderes habían desaparecido.

¡Traicionó a su spren igual que me traicionó a mí!

—No —dijo Renarin—. Lo que te hizo a ti fue terrible, pero se afanó en proteger al Hermano. No hay razón para exagerar sus pecados, que ya son lo bastante graves de por sí.

Se puso en pie, preocupado por Shallan, y echó un vistazo fuera de la estancia hacia el lugar donde se enfrentaba con Mraize.

—Lo que sea que vayamos a hacer, Renarin —dijo Rlain—, tenemos que hacerlo pronto. Por si ella fracasa.

—¿Deberíamos ayudarla?

—Parecía muy segura de no querer ayuda —respondió Rlain. Se había levantado y estaba palpando las paredes—. Esto no es Urithiru ni Narak. La piedra no coincide. ¿Sabes leer estos glifos?

Renarin negó con la cabeza, pero Glys dijo con voz entrecortada:

Bendice... a este niño...

—Ah —dijo Renarin—. Los pintaron para un niño, como bendición durante una enfermedad. Normalmente, los glifos se queman como plegaria, pero quizá en aquella época era más normal dejarlos visibles. Esta era la habitación de su infancia, por austera que parezca. Sospecho que la compartía con muchos hermanos.

Rlain de pronto canturreó a Apreciación. Entonces, juntos, los dos miraron hacia la gema.

Tenían que tomar una decisión.

¿Elhokar?

¿Cómo...? ¿Cómo podía el campeón ser *Elhokar*?

Las emociones embargaron a Dalinar, inesperadas, sacudiendo su determinación y la confianza que había sentido. En los ojos de aquel joven, vio sus errores magnificados. Elhokar... el pobre Elhokar...

—Abuelo —dijo el hombre, con el semblante funesto—. Esto es algo que espero desde hace mucho tiempo.

Un momento.

¿Abuelo?

En ese instante, Dalinar vio las diferencias. La forma de la mandíbula, el grosor de las cejas. Ese hombre se parecía mucho a Elhokar... porque era el hijo de Elhokar. Era Gavinor. Pero... Gavinor era solo un niño.

Taravangian se puso a su lado y habló en tono amable.

—Veinte años en el Reino Espiritual, Dalinar, han transcurrido como una hora en este reino. Ahí es donde vivió Gavinor después de que lo abandonaras.

No. No podía ser. Era...

—Gav está abajo —susurró Dalinar—. Durmiendo.

—Sí —respondió Taravangian—. No podía crear algo que viviera y actuara como él. Mis poderes en ese aspecto, el de la creación, son limitados. Solo conseguí un amasijo de carne que tuviera su aspecto y pareciera dormir, y eso es lo que apareció en los brazos de Navani cuando abandonó la perpendicularidad.

—No —dijo Dalinar—. No me lo creo. No puede ser. Es una ilusión. Un Fusionado con su cara.

—Cree esa mentira si así lo deseas —respondió Taravangian—. Quizá te haga sentir mejor cuando lo mates.

—No puedes rechazarme, abuelo —dijo Gavinor, alzando a Juramentada—. Le arrebataste el trono a mi padre. Lo enviaste a su muerte. Lo único que querías desde un principio era poder.

—Gav —dijo Dalinar, sin tener aún muy claro qué creer—. Yo quería a tu padre.

—¡Vi cómo lo apaleabas! —gritó Gav—. ¡Vi cómo matabas a tu esposa, vi cómo quemabas esa ciudad! Durante veinte años, *recordé*. —Su voz se suavizó—. Recordé a mi padre en tus manos, aterrorizado... —Alzó a Juramentada de nuevo—. Tomaré este reino. En nombre de mi padre. En nombre de... de Alezkar.

Oír aquello afectó a Dalinar como un puñetazo en la tripa. Era... era imposible, ¿verdad? Solo que... no lo era. Él mismo se había percatado a menudo de lo lento que pasaba el tiempo fuera mientras él estaba en las visiones, al contrario que cuando flotaba en el Reino Espiritual.

Taravangian podría haber metido a Gav sin ningún problema en una visión creada a medida para él y hacer que pasaran las décadas allí dentro.

—¿Qué has hecho? —susurró Dalinar, horrorizado.

—Crear un campeón —respondió Taravangian—. Digno de ti.

—Si de verdad es Gavinor —gritó Dalinar, volviéndose hacia Taravangian—, entonces lo que has hecho es horrendo. No pelearé contra mi nieto. Elige a otra persona.

—¿O qué? —replicó Taravangian, mirándolo a los ojos—. ¿Con qué vas a respaldar esa pose y esa voz amenazadoras, Espina Negra? A mí no puedes obligarme a obedecer a puñetazos, como hiciste con Elhokar. Este es mi campeón, elegido en cumplimiento de nuestro acuerdo.

Dalinar siseó un bufido de frustración entre dientes apretados y luego se giró hacia Gavinor.

Dalinar, dijo el Padre Tormenta. *Creo... creo que sí que es él de verdad. Veo los hilos de la Conexión, y los acontecimientos del pasado. Odium estuvo allí mismo cuando Navani escapó, y vio exactamente lo que estaba haciendo. Le cambió al niño mientras ella se iba, y se apropió del verdadero. Para el chico de veras han transcurrido décadas, durante las que lo ha entrenado para odiarte. Ve con cuidado.*

El corazón de Dalinar se hizo añicos al oírlo. Se acercó a aquel hombre, quien lo ahuyentó con la hoja esquirlada. Aún quedaban unos minutos para el comienzo oficial del duelo, y no iba a atacarlo antes.

—Gav —dijo Dalinar, angustiado. Pobre chico, pobrecito—. Te ha engañado. Escúchame, no te ha dicho la verdad.

—Me advirtió que dirías eso —respondió Gavinor—. Que me tratarías como a un niño, incapaz de tomar decisiones. Pero soy rey, Dalinar. Nací para serlo y me crie entre humo y llamas para apoderarme de esta tierra. Me ha prometido que, si te mato, Alezkar será mía. Yo liberaré a nuestro pueblo, no tú.

Niveló la hoja y Dalinar, preocupado, dio un paso atrás.

—¿La reconoces? —preguntó Taravangian.

—Claro que sí —espetó Dalinar.

—Me costó bastante trabajo, mientras no estabas, hacer que la trajeran aquí —dijo Taravangian—. Es de lo más inoportuno que mis mejores herramientas no puedan entrar en la torre.

Dalinar retrocedió, sin dejar de mirar aquella hoja esquirlada. Quizá para evitar mirar a Gav a los ojos, y para evitar pensar en lo horroroso que debía de haber sido la vida del chico. ¿Veinte años? ¿Se había perdido toda la infancia de Gav? ¿Se la habían robado, a él, al propio chico, a Navani?

Se volvía más espantoso cuanto más pensaba en ello.

—¿Por qué, Taravangian? —susurró Dalinar—. ¿Por qué haces esto? ¿Por qué no dejar que me enfrente a un Fusionado, o a un Deshecho, o a Moash?

—Habría preferido que fuese Elhokar en persona —respondió Taravangian—. Pero él está fuera incluso de mi alcance. No obstante, esta opción es adecuada. —Señaló a Gavinor—. No le he mentido, Dalinar. Y está aquí por voluntad propia, tal y como dicta nuestro acuerdo.

—Pero…

—Si quieres acusarme, dile que no le arrebataste el trono a su padre en todo salvo en nombre. Dile que no quemaste una ciudad cuando tu propia esposa estaba dentro.

—Gav —dijo Dalinar, tendiendo la mano hacia él—. He cometido errores. Errores terribles de lo que me arrepiento profundamente. Pero no hagas esto.

—¿Abuelo? —dijo Gavinor. En ese momento… su voz acarreó ecos del niño que había sido—. ¿Morirías por Alezkar? Si te mato, el reino será mío a las órdenes de Odium. Nos uniremos a su coalición y haremos que Roshar sea la mayor potencia del Cosmere. ¿Eso no vale tu vida?

Tormentas, qué frialdad había en aquella voz. Qué dureza en esos ojos.

—Casi es la hora, Dalinar —susurró Taravangian.

—No voy a luchar contra Gavinor. Él no ha hecho nada malo.

—No —convino Taravangian—. En realidad no será un enfrentamiento, pero sí que vas a matarlo, Dalinar. Así es como termina esto. Salvarás Alezkar, y protegerás el Cosmere de mi influencia, con un sencillo acto: el asesinato de un inocente.

132

TEMER LO QUE
SE AVECINA

Considero que las historias sobre el Caballero del Viento son las más intrigantes. Lo llaman Bendito por la Tormenta, pero, hasta donde alcanzo a entender, la tormenta alternaba entre intentar matarlo y proclamarlo su hijo. Me pregunto qué sabía ella y nosotros no.

De *Caballeros de viento y verdad*, página 34

Adolin sonrió mientras sostenía el candelabro de aluminio con tres brazos que había utilizado para bloquear la hoja esquirlada de Abidi. Tenía un poco forma de tenedor, y los dientes bifurcados le recordaban a un rompespadas marati. En todo caso, el recio objeto de metal detuvo la hoja a escasos centímetros de la cara de Adolin.

La dinámica del enfrentamiento cambió.

Abidi empezó a luchar de verdad, a atacar con más firmeza. Pero Adolin descubrió, en aquel oscuro salón del trono de aquella tierra extranjera, cuál era el lugar de un espadachín. Luchó usando el estilo de daga y espada, otro en el que Zahel lo había entrenado día tras día, aunque no se usaba en duelos formales.

Abidi se movía como el viento y contaba con el poder de la armadura esquirlada. Pero Adolin...

Adolin luchaba por algo.

No siempre era suficiente. Pero ese día lo respaldó con toda una vida de entrenamiento una pasión entusiasta por el duelo. Se centró en esquivar y parar, pero enfrentándose al adversario en vez de huir.

No debería bastar contra un enemigo tan poderoso, pero el tiempo pareció fundirse como la cera, en momentos que fluían densos uno hacia otro. Volvieron a su mente las lecciones sobre no permitir que el enemigo maximizase el poder de su armadura. Cuando chocaban, Adolin desviaba los ataques en lugar de atraparlos, para impedir que Abidi lo empujase hacia atrás.

Dejó que el enemigo pasara de largo, se extralimitara, trastabillara y le costara dominar la fuerza de su armadura. Abidi lo tendría fácil para vencerlo si Adolin se prestase a enfrentar músculo contra músculo, pero eso no significaba nada si Abidi no lograba acertarle ni aprovechar de ningún otro modo la armadura esquirlada.

Los segundos se fusionaron entre sí. Adolin se movía como el agua, o como la llama agitada. Fue más cuidadoso y preciso que nunca en su vida, rozando la perfección mientras incorporaba la pata de palo y aquella daga tan poco convencional a su estilo. Solo se oían pasos. Tañidos. Los golpes de la pata de palo sobre piedra o alfombra. Y los gruñidos cada vez más frustrados del Fusionado.

—¿Por qué? —exigió saber Abidi al cabo de un tiempo—. ¿Por qué te molestas siquiera? Azir no es tu tierra. Esta no es tu lucha.

¿Por qué? Adolin se tomó un momento antes de responder.

—Vosotros la convertisteis en nuestra lucha —dijo— al invadir el país. Hicisteis que nos uniéramos como nada antes lo había conseguido. Los tiranos alezi lo intentaron y fracasaron, pero no hay nada que funcione mejor que un enemigo común. —Adolin titubeó—. Además... prometí que ayudaría.

—¡Bah! —exclamó Abidi—. Los humanos y vuestros juramentos.

—No fue un juramento —susurró Adolin, deteniendo la hoja esquirlada con un golpe metálico—. Fue una promesa.

Para Adolin eran diferentes. De unas formas que empezaba a darse cuenta de que eran importantes, en el fondo, en el núcleo de su identidad.

—¡Huy, ojo, Szeth! —gritó su spren.

Szeth no tuvo ocasión de andarse con «ojo», porque no sabía hacia dónde volverse y, además, los ataques venían de todas partes. El brazo roto apenas había sanado. Intentó enlazarse hacia el cielo, pero el Custodio de la Piedra le asestó un latigazo que le envolvió la pierna, y entonces hizo que se volviese duro e inflexible como el acero.

El tirón devolvió hacia el suelo a Szeth, que intentó protegerse con las manos y los brazos mientras le llovían golpes de todas partes otra vez. El dolor era casi insoportable, y se avivaba con nuevos chispazos a cada puñetazo o patada. Lo lanzaron contra el suelo y la piedra de debajo se volvió líquida.

—¡Esto no va bien! —gritó el spren de Szeth desde alguna parte—. Esto... ¿qué tal si te levantas, Szeth?

Gimió. Una parte de él quería usar la luz tormentosa para acabar con aquellos idiotas. Para traer muerte y destrucción. Pero... ¿era esa la decisión correcta?

¿Por qué, después de todo aquello, aún no sabía cuál era la decisión correcta? ¿Por qué no podía decírselo alguien?

A través de unos ojos empañados por las lágrimas, vio una figura borrosa que lo agarraba por su uniforme blanco y holgado. Szeth parpadeó y distinguió la silueta de su padre. Su boca un rugido, sus labios retraídos para mostrar los dientes.

Pero los ojos... los ojos lloraban.

Neturo lo arrojó rodando por el suelo. Cuando se detuvo, su cuerpo era un amasijo de dolor sobre dolor. Absorbió la última luz tormentosa que le quedaba y esperó a que llegara su toque sanador.

—Me rindo —dijo Szeth, allí tendido—. Por favor, me rindo.

—No —llegó la voz de Ishu desde más lejos—. No tienes permitido rendirte. Esto solo acabará cuando yo lo ordene, Szeth.

Szeth levantó la cabeza de la fría piedra y miró más allá de las seis figuras que se acercaban. Hacia las siluetas más distantes de Kaladin, Nin e Ishu. Parpadeó.

—¿Cuánto tiempo? —preguntó con esfuerzo.

—Hasta que luches y pierdas —gritó Ishu—. No pienso tolerar esta debilidad, Szeth.

Él suspiró y volvió a derrumbarse. Pero una parte de su mente... una parte de su mente se percató de algo.

«Seis portadores de Honor. Al principio estaba confundido, al no esperar que mi padre estuviese entre ellos. Porque ya me enfrenté a seis. Pero, incluyéndolo a él, tendría que haber siete».

Había contado que eran diez añadiendo a Ishu, Nin, Sivi y el puesto vacío que debería ocupar el propio Szeth. Pero, estando allí tanto Neturo como Ishu, duplicaba al Forjador de Vínculos.

Por tanto, allí solo eran nueve. Faltaba la Danzante del Filo. Se obligó a ponerse en pie y a enfrentarse a ellos: rostros familiares, incluyendo los de su padre y su hermana. Mientras atacaban de nuevo, encontró la solución.

Había luchado contra la Danzante del Filo en Shadesmar junto con Pozen. Pero ella no había renacido como los demás. ¿Por qué no? ¿Sería porque...?

Tormentas.

Era la única a la que había matado con Sangre Nocturna.

Rlain se arrodilló con Renarin junto a la prisión que era la gema. Mientras lo hacían, Renarin extendió el brazo y le cogió la mano a Rlain en busca de apoyo. Rlain miró hacia abajo, armonizando a Alegría, y entonces ese sentimiento le resultó extraordinario. Qué normal le parecía, con qué facilidad reaccionaba a ese contacto, cuánto lo disfrutaba.

—Hemos encontrado la prisión —dijo Renarin—. Por lo que... tenemos que decidir nosotros. ¿Qué crees que deberíamos hacer?

—Llevárnosla, supongo —respondió Rlain—. La esconderemos en algún lugar más profundo del Reino Espiritual.

—¿Y deambular para siempre? —preguntó Renarin—. Tormentas... ¿Eso es lo que hemos venido a hacer? ¿Encontrar una manera de remendar la gema para que Mishram no pueda enviarle pistas a nadie más y luego morir aquí dentro como Melishi?

Ambos se quedaron en silencio. Rlain armonizó a Resolución.

—Podríamos buscar una salida después —dijo Rlain—. O podríamos llevárnosla y ocultarla en Urithiru.

—Claro, porque ha demostrado ser un lugar segurísimo —replicó Renarin—. ¡El enemigo ha irrumpido dos veces, y eso solo en el último año!

—Ahora el Hermano está despierto para detenerlos.

Pero Rlain lo había dicho a Escepticismo. Quizá la torre los protegiese de los Fusionados, pero ¿y el resto de los humanos? Alguien intentaría hacerse con la prisión. Era demasiado valiosa.

«Porque Odium la teme...», pensó Rlain.

De modo que... ¿Y si hiciesen otra cosa con ella? Aquella era la diosa que su pueblo había rechazado hacía tanto tiempo. ¿Sería traición liberarla ahora? ¿O sería un acto poético?

¿Empezaría Mishram otra guerra, furiosa? ¿Lo mataría a él, mataría a Renarin? ¿Destruiría? ¿Se atrevía Rlain a plantearse siquiera liberar una fuerza tan terrible en el mundo?

Ten cuidado, Rlain, dijo Tumi. *Por favor, ten mucho cuidado.*

Dentro de la gema, Ba-Ado-Mishram se había retirado y su tempestad amainaba. Como si se hubiera resignado a su destino.

—Nos has guiado hasta ti —dijo Renarin—. ¿Por qué?

¡Para destruiros!

—¿Encerrada en una prisión? —dudó Renarin—. ¿Con solo una grieta minúscula por la que hablar?

Contempló el enorme heliodoro, agrietado en una esquina, quizá dejado caer por el propio Melishi. Rlain se preguntó cómo se habría sentido el humano en aquel momento, cerca del final. Vagando sin rumbo, seguramente débil. Tenía pinta de haber muerto de viejo, o de haber ido quedándose sin agua a lo largo de mucho tiempo. Era una forma muy triste de morir, pero, por otra parte, aquel era el hombre que había orquestado la traición y la esclavitud de la especie entera de Rlain. Así que descubrió que tampoco le importaba tanto que probablemente la muerte de Melishi hubiera sido horrible.

Destruiros, dijo Mishram en voz más baja. *Cobrarme... venganza...*

Se había ralentizado aún más en su gema, y ahora parecía muy pequeña. Estaba asustada, sola y atrapada.

—Nos has guiado —dijo Rlain al Ritmo de la Esperanza— porque creías que podríamos ayudarte, ¿verdad?

Silencio. Ni siquiera un latido a un ritmo.

Dos mil años recluida. Traicionada y odiando a toda la humanidad, pero aún esperaba conseguir la libertad. Y sabía que, si nadie la encontraba, jamás escaparía de allí.

—¡Defiéndete! —gritó Ishar, con la cara cada vez más roja mientras Szeth se limitaba a seguir recibiendo aquella paliza—. ¡Vas a convertirte en Heraldo! ¡Muestra un poco de orgullo!

Kaladin frunció el ceño al darse cuenta de que los portadores de Honor parecían reaccionar a las emociones de Ishar. Se movían más rápido, más agresivos, mientras él gritaba.

—Ishar —dijo Kaladin.

—¿Mmm? —preguntó él—. ¿Querías algo más, niño?

Kaladin se estremeció por la facilidad con que Ishar pasaba de rabioso a relajado. Frente a ellos, el ataque de los portadores de Honor se calmó.

—Queremos ayudarte —respondió Syl, que había reaparecido a tamaño humano junto a Kaladin y ya no era la flauta.

—Muy amable por vuestra parte —dijo él—. Pero no necesito ayuda, no de vosotros dos. Mirad y no interfiráis.

—Ishar —dijo Nale desde su otro lado—. Creo... Creo que deberías escucharlos. Sí que necesitamos ayuda. No... no estamos bien.

—Sí que lo he observado en ti y en los demás —repuso Ishar—. Pero yo me he convertido en el Todopoderoso y he resistido la oscuridad. —Entornó los ojos—. Yo mantengo nuestro vínculo, fracturado como está. Pero, Nale, sí que percibo tu oscuridad. La percibo en todos vosotros, incluso en Taln. Soporto vuestra carga, en parte, pero yo sí que la resisto. Soy un *dios*.

—Tomaste el poder de Odium, Ishar —dijo Nale—. Y te está corrompiendo.

—He subyugado ese poder y lo he hecho mío. Soy yo quien lo corrompe a él.

Syl miró a Kaladin con cara desamparada. Él compartía la emoción. Hasta el Viento había dejado de soplar, como si ella tampoco supiese qué hacer.

—Bendito por la Tormenta —añadió Ishar—, ¿recuerdas lo que te dije la primera vez que nos encontramos en esta tierra?

—Que me concederías audiencia —respondió Kaladin— si ayudaba a Szeth.

—Eso no —dijo Ishar—. Te expliqué cómo apoyo a los Heraldos y soporto su oscuridad. ¿Quieres sentirla? Podría mostrarte una aflicción que destruiría a cualquier mortal. Destruiría a los Heraldos, si yo lo permitiese. —Se llevó las manos al corazón—. Por eso soy un dios. Aquí tienes tu público. ¿Eso es todo lo que querías hacer con él, contarme las ridículas historias de Midius?

Los spren esperan, dijo Syl en su mente. *Miles de ellos. Preocupados, por-*

que se acerca algo peligroso. Están aquí con nosotros. Kaladin, tenemos que hacer algo. Pero ¿qué?

Kaladin empezó a sudar, sintiéndose impotente. No podía ayudar a Ishar con tan poco tiempo. La sanación no funcionaba así. Ni la del cuerpo ni, mucho menos, la de la mente.

Por lo que quizá fuese mejor probar con otra táctica.

—¿Eres un dios, pero no dejas que tu pueblo decida por sí mismo?

Ishar dio un leve gruñido.

—¿Te atreves a cuestionarme?

—Sí —dijo Kaladin—. ¿Cómo puedes ser un dios si nadie te venera?

—¡Toda esta tierra me venera! —bramó Ishar, y Kaladin hizo una mueca cuando los ataques contra Szeth se volvieron más violentos—. Shinovar, y más allá. Rezan al Todopoderoso.

—A quien creen que es Tanavast. —Kaladin señaló hacia los portadores de Honor—. Están bajo tu control directo, ¿verdad? ¿Como los habitantes de aquella tierra por la que pasamos, ocultos en las sombras, casi sin consciencia de sí mismos? Los obligas a seguirte. No te has convertido en su dios, Ishar. No te veneran, porque no pueden. No eres más que otro farsante.

—¿Cómo te atreves? —espetó Ishar, y sus ojos empezaron a brillar.

—En cambio —dijo Kaladin, alzando la barbilla—, si los liberases y ellos siguiesen venerándote… eso ya sería otra cosa.

—Niño —dijo Ishar con suavidad—, tengo más de siete mil años. ¿Crees que puedes engañarme para que haga lo que quieres de mí? Un dios no es dios si la veneración, o hasta el tibio aprecio, de sus inferiores se convierte en un requisito para dicha categoría. —Se giró hacia Kaladin, dándoles la espalda a las hojas—. ¿Por qué has venido?

—Yo…

—¿Qué crees que añades? —preguntó Ishar—. Ya te lo dije, no te había predicho. No tiene sentido que hayas venido. ¿Tú, que estás demasiado roto para luchar? ¿Tú, que no puedes ayudar con la estrategia ni la planificación? Dalinar te envió aquí para quitársete de en medio. Ya cumpliste con tu cometido, y ahora anhelas relevancia. No estás ayudando. No *puedes* ayudar. Siéntate y deja de intentar distraerme.

Cada palabra debería haber sido un lanzazo. Es lo que quizá habrían sido hasta hacía tan solo unas pocas semanas. Una condena, con lo mucho que Kaladin se había esforzado para ayudar y proteger a los demás. Trabajando hasta quedar apaleado e inservible, como un escudo raído.

Pero algo había cambiado en su interior. O había estado cambiando. La valía de Kaladin no se derivaba de si estaba ayudando a alguien o no. Solo de si lo intentaba o no.

Ishar echó a andar hacia el enfrentamiento y Kaladin comprendió que había cometido un error. Seguirles el juego a sus delirios, incluso tratar de manipular a aquel hombre, le parecía erróneo. Engañoso.

De modo que pronunció unas palabras a las que sabía que Ishar no haría caso, pero que tenían que decirse.

—No eres ningún dios, Ishar. Eres un hombre. Tienes siete mil años, sí, pero sigues siendo un hombre. Y necesitas ayuda.

Ishar se detuvo y lo miró furibundo, con su túnica azul ondeando mientras el Viento... el Viento empezaba a regresar.

—Los spren tienen miedo —dijo Syl, llegando junto a Kaladin—. Están aterrorizados, Ishar. Saben, como creo que sabes tú también, que se avecina algo difícil. Enfrentémonos juntos a ello. Sabes que los has apartado tú. ¿No debería ser eso señal de que lo que haces está mal?

—Tengo planes para los spren —respondió Ishar, con una suavidad en la voz que hizo que a Kaladin se le erizase el vello—. Tal vez teman lo que se avecina. Deberían temerme más a mí. —Se dio la vuelta, empezó a caminar hacia la lucha y, en tono iracundo, bramó—: ¡Esperaba muchas cosas de ti, Szeth, pero la desobediencia no era una de ellas! ¡Lucha!

Y toda la atención volvió a centrarse en el hombre hecho polvo y vestido de blanco. Cuya luz tormentosa empezaba a fallarle.

133

MARIONETA

Mucho de lo que sé acerca del Caballero del Viento lo he averiguado gracias a Jasnah Kholin. Ahora lidera nuestra orden, y es una mujer que ha demostrado una gran paciencia con una estudiosa shin que se cree digna de la tarea de escribir esta crónica.

De **Caballeros de viento y verdad**, página 22

Adolin siguió luchando y, tormentas... Estaba agotándose. Se había extralimitado ese día y, a pesar de la Regeneración y la medicina, empezaba a flaquear. Le dolía el muñón de la pierna y notaba que se le reventaban las ampollas que, sumadas al sudor por tanto ejercicio, hacían que se le resbalara el encaje de la pata de palo.

Necesitaba un plan para vencer, no solo para sobrevivir.

«Abidi lucha como muchos soldados que empiezan a usar esquirlas —pensó—. Dará por hecho que la armadura lo hace invulnerable».

En consecuencia, se dejaría golpear. Lástima que Adolin no pudiera romper ninguna pieza de una armadura esquirlada con una espada normal. Requeriría decenas de ataques precisos. Pero Abidi tenía mucha experiencia luchando contra armaduras esquirladas, por lo que seguro que esperaría que Adolin intentara justo eso.

Así que, de momento, esa fue la estrategia que utilizó Adolin. Reunió la fuerza que le quedaba y pasó a la ofensiva. Abidi rio, ya que lo normal sería que hacerlo solo le sirviese a Adolin para agotarse y exponerse al mismo tiempo. Pero, en eso, el Fusionado se equivocaba.

Aquel era el mundo de Adolin.

Aquello era lo que Adolin era.

Se movió como una llama titilante que encontrara yesca, y se convirtió en una hoguera. El instante mismo de tiempo estalló en llamas, y Adolin halló claridad en su luz.

Aquel era *su mundo*.

Aquello era *lo que él era*.

Con una espada en las manos, todo recobraba un fugaz sentido. Llevaba muchísimo tiempo esperando a tener esa sensación.

Crac.

Golpeó con la espada una sección de armadura esquirlada en el costado izquierdo de Abidi. El Fusionado se detuvo, revelando la conmoción en su postura. ¿Aquel mortal acababa de tocarlo? Sí, el golpe en sí era insignificante, pero el mortal le había *dado*.

La rabia pareció apoderarse de los movimientos de Abidi mientras lanzaba otra andanada de tajos. Adolin esquivó, desvió y, justo en el momento adecuado...

Crac.

Un segundo golpe justo en la misma parte de la armadura.

—¿Cómo? —preguntó Abidi en tono imperioso—. Sí que eres Radiante. ¡Tienes que serlo!

—¿Ves luz tormentosa emanando de mí?

—Entonces, ¿cómo?

¿Cómo?

¿Por qué?

Adolin había prometido ayudar a Azir. Pero ¿por qué?

Porque su madre lo había educado para preocuparse. Igual que Dalinar se había esforzado por convertir a Adolin en un arma, Evi se había esforzado por dotar a esa arma de significado. Y allí, inmerso en la ardiente claridad de aquel duelo perfecto, Adolin profundizó un nivel más. Se entendió a sí mismo de una manera que habría resultado imposible de otro modo.

¿Por qué?

¿Por qué siempre le había importado tanto que su padre fuese perfecto? ¿Por qué preocuparse tanto, y luego enfurecerse tanto, cuando resultó que Dalinar tenía defectos?

Porque Evi había creído en Dalinar. Contra toda evidencia, lo había amado. Y Adolin, su pequeñín, anhelaba con desespero que su madre tuviese razón.

Ese era el porqué. Esa era la verdad definitiva de aquello. Con un suspiro, Adolin la dejó ir. La dejó descansar, y permitió que su rabia fluyese fuera de su cuerpo como el calor expulsado por una llama.

Había muchas cosas en las que Adolin nunca podría convertirse. Pero aquella sí que era posible: podía ser el hombre que Evi había visualizado. Un hombre que se preocupaba. Un hombre que luchaba con un propósito.

¡Crac!

Un tercer golpe en la misma pieza de la armadura. Con eso bastaría.

Abidi rugió. Ese era el momento en que atacaría desechando la cautela.

Adolin plantó un pie, resbaló un poco sobre la pata de palo y entró en el rabioso embate del Fusionado.

Un chirrido.

La hoja esquirlada de Abidi acabó justo al lado del hombro de Adolin, donde él había levantado con gesto experto el candelabro de aluminio para situarlo en el lugar exacto al que sabía que llegaría el golpe.

Él, en cambio, no volvió a golpear la misma pieza de la armadura de Abidi, sino que hundió la punta de la espada por la rendija para los ojos del yelmo. La alineó a la perfección con la inclinación del hueco, porque Adolin conocía ese casco como la palma de su mano.

Un ojo dejó de brillar, atravesado por completo.

En un duelo ordinario, y en muchos extraordinarios, aquello habría sido el final. Por desgracia, contra un Fusionado no lo era. Abidi se quitó la espada de la cara, rompiendo unos quince centímetros de hoja y arrancando el resto del arma de la mano de Adolin.

Había sido su mejor oportunidad. Adolin había confiado en que, con la gema corazón resquebrajada, Abidi no pudiera sanar. Pero perdió la apuesta, porque Abidi no cayó. Extendió el brazo hacia Adolin, que estaba demasiado cerca para esquivar. Una mano con guantelete lo agarró por debajo de un brazo y lo alzó por los aires.

Fue en ese momento cuando Adolin supo a ciencia cierta que nada de lo que hiciera iba a ser suficiente. Daba igual lo bueno que fuese con la espada: *no* sería suficiente. Abidi soltó su hoja esquirlada, que cayó y se clavó de punta en el suelo, y luego se sacó del yelmo los restos de la punta de la espada de Adolin, quien colgaba de su otra mano, indefenso.

El ojo se curó y empezó a brillar otra vez.

A veces lo mejor que uno podía hacer no bastaba. Era una lección que todos los generales tenían que aprender. Adolin nunca había esperado aprenderla en un duelo.

—¿De qué te ha servido eso? —preguntó Abidi, imperioso—. No se me puede matar tan fácilmente. ¿Sabes qué? Ahora voy a destrozarte, pequeño príncipe humano. Ya no me importa tu emperador. Solo quiero hacerte sangrar.

No era suficiente. Adolin no era suficiente.

«Maya tenía razón —pensó, con una sonrisa—. Soy como mi padre. Me he metido aquí dentro yo solo. He intentado hacer esto sin ayuda».

—Haré desfilar tu cadáver por toda la ciudad cuando ya no le quede ni una gota de sangre —continuó Abidi, sosteniéndolo en alto, poniendo los ojos de Adolin a la altura de los suyos, ardientes dentro del yelmo—. Eso aterrorizará al emperador y hará que se rinda, ¿verdad? ¿El mejor espadachín vivo? ¡Bah!

Espadachín. ¿Qué era Adolin si no podía ganar con la espada? Se volvió a hacer esa pregunta y…

Por una vez, no se sintió censurado por la verdad. Ya no tenía por qué ser el mejor. Era como su padre, y eso… eso estaba bien, en algunos aspectos.

¿Qué le había dicho Maya? ¿Que algún día iba a darse cuenta de por qué estaba allí de verdad? Pues lo comprendió, en ese preciso momento. En el recuerdo de un día en que le había dicho que no a su padre. El día en el que Adolin había rechazado el trono, rechazado ser rey. Porque le había dado demasiado miedo no estar a la altura de una reputación que no creía merecer.

Adolin soltó una risita.

Abidi lo miró desde el interior del yelmo reluciente.

—¿Pánico? ¿Ahora que llega tu fin?

—Es solo que estoy comprendiendo algo importante en el peor momento posible —dijo Adolin. Luego susurró—: Sí.

—¿Sí?

—Los lideraré. No necesitan un espadachín. Ya tienen muchos. Necesitan un líder.

Mientras Abidi lo observaba, con aire perplejo, Adolin pensó. En los defectos de su padre y la fe de su madre. En un mundo que no era justo… y que no parecía tener un lugar para él.

En que todo tenía un propósito.

Entonces susurró:

—Lo haré. Pero no me vendría nada mal un poco de ayuda aquí. Por favor.

—¿Ahora suplicas? —preguntó Abidi—. ¡Magnífico!

—Por favor —repitió Adolin, cerrando fuerte los ojos. No hablaba con Abidi, ni siquiera con Maya. Era, supuso, una plegaria—. Ayuda.

Un coro de voces respondió en su mente:

¿Señor?

¿Qué…? ¿Qué había sido eso?

¡Señor!

Abidi cogió a Adolin con las dos manos y rodó para arrojarlo hacia la pared de piedra, a poco más de dos metros, con toda la fuerza de la armadura esquirlada. Un golpe como ese podría destrozar el acero, no digamos la carne.

¡Señor!, gritaron las voces.

En ese instante, mientras Adolin salía despedido hacia su muerte, un estallido de luz, como chispas arrojadas por un martillo contra el acero, estalló desde Abidi y se convirtió en un enjambre de ascuas. Que volaron raudas para rodear a Adolin.

Adolin se estrelló de espaldas contra la pared y la piedra se rompió.

Pero Adolin *no*.

¡Señor!, exclamaron las voces. Adolin fue consciente de una fuerza. De un metal que le cubría el cuerpo, que lo impulsaba. Que lo protegía.

Su armadura esquirlada.

Vio a Abidi boquiabierto, despojado de armadura, con el rostro sanguinolento a la vista y la ropa arrugada, los ojos muy abiertos e incrédulos.

Y Adolin recordó la última vez que había estado con su armadura esquirlada, cuando le...

Bueno, cuando le había pedido que fuese con sus suplentes y los sirviese a ellos. Era lo que había estado haciendo la armadura, sin distinguir entre las personas que se la iban poniendo.

De repente, el yelmo de Adolin se volvió casi transparente desde el interior, dándole un rango de visión completo. Las voces... pertenecían a los spren de su armadura esquirlada. Adolin sintió que inspeccionaban su pata de palo y... ¿buscaban una solución?

La pernera izquierda cobró forma de nuevo, ciñéndose alrededor de la prótesis y creando una especie de pie metálico debajo. Era un poco elástico, al estar formado por varias piezas curvadas que se envolvían unas a otras y terminaban en algo parecido a tres dedos.

Adolin sintió una satisfacción procedente de los spren. ¿Aquel era... un diseño que conocían? ¿Desde hacía mucho tiempo?

Dio un paso al frente, separándose de la pared resquebrajada. Cayeron trocitos de piedra a su alrededor cuando afianzó ese nuevo pie, no tan sensible como uno de carne y hueso, pero sí notablemente flexible y lo bastante fuerte como para sostenerlo con la armadura esquirlada puesta.

Entonces, en el salón del trono a oscuras, empezó a brillar una oscilante luz de color rojo anaranjado, como una llama, que brotó de las juntas de su armadura y la parte delantera del yelmo.

No había ningún símbolo en el peto, porque no era un Radiante. Adolin no tenía ni idea de qué era, aparte del hijo tanto de Dalinar como de Evi Kholin. El producto de las esperanzas de ambos. Era Adolin Kholin. Un hombre con muy buenos amigos.

¡Señor!, exclamó la armadura, sonando satisfecha mientras Adolin cerraba los puños y se lanzaba a la carga.

—Ay, canciones —maldijo Abidi.

Neturo alzó a Szeth de nuevo agarrándolo por la ropa y le puso la nariz a la altura de la suya. Gruñendo. Furioso. Gritando.

Por un momento, Neturo se lo acercó aún más y Szeth, aturdido, ensangrentado, oyó algo. Palabras obligadas a salir entre dientes apretados.

—Por. Favor. Ayúdanos. Hijo.

La mirada de Szeth se enfocó. Vio un rostro que era una máscara de ira, pero...

Pero no la ira de Neturo.

—Por favor, Szeth. —La voz de su padre apenas sonaba, como si llegara desde muy adentro—. Por favor. Duele.

Neturo volvió a arrojarlo al suelo. Lejos de los demás. Como si intentase evitar que le hiciesen daño, pero luego avanzó a zancadas para atacar. Marionetas. Ishu los había convertido en marionetas. Quizá fuese la única manera de conceder los poderes que él quería.

«Todos los que habitan esta tierra —pensó Szeth, tendido de nuevo en la piedra—. Todo el mundo aquí es una especie de marioneta, atrapada en esa oscuridad. Ishu creyó que los estaba preparando para la guerra, pero solo consiguió tullirlos. A todos».

La locura del Heraldo se había extendido al país entero cuando Conectó con él. Expulsando a los spren. Dejando Shinovar hueco.

—¡Szeth! —lo llamó su spren, que flotaba cerca como una hendidura en el aire—. ¿Qué pasa?

—Este no es mi padre —respondió él—. No del todo.

Los seis lo rodearon y empezaron a patearlo otra vez. Se partieron huesos en su interior y su luz tormentosa, cada vez más escasa, se afanó por ayudarlo. De alguna manera... estaba más allá del dolor. Eso lo preocupaba. Significaba que sus heridas eran graves.

—¡Desobediente! —gritó la voz de Ishu desde alguna parte—. ¡Lo único que tienes que hacer es obedecer, Szeth!

Una bota le rompió la nariz, y ya no sanó. Otra le dio un golpe en todas las costillas.

Obedecer.

—¿Tanto cuesta hacer lo que te ordeno? —gritó Ishu—. ¡Bah! ¿Tendré que apañármelas sin Heraldos? ¡Estaré yo solo! ¡Me enfrentaré a la oscuridad yo solo! ¡No servís para nada ninguno!

Szeth recordó una voz. La oyó, casi. Era la suya. De niño.

«¿Qué es lo correcto, padre? ¿No puedes decírmelo y ya está?».

Luego su voz otra vez, ya con más edad, dirigiéndose al granjero.

«¿Cómo sabes lo que hacer?».

Con más edad aún. Al capitán de la guardia.

«Dime lo que tengo que hacer, señor».

A Sivi, al unirse a su monasterio.

«Estoy seguro de que sabes qué es lo correcto».

Taravangian, Dalinar, Nin. Cada vez era menos y menos una pregunta. Más y más un mantra.

Soy Sinverdad. No hago preguntas.

Hago lo que ordenan mis amos.

«Nunca. Más».

Szeth alzó la cabeza y consiguió ponerse de rodillas mientras seguían golpeándolo. Patadas y puñetazos. Levantó la vista al cielo y algo prendió en su interior.

«Nunca. MÁS».

—Actúo en mi propio nombre —gritó Szeth—. Tomo mis propias decisiones. *Yo. Soy. ¡LA LEY!*

La luz estalló a su alrededor.

134

LA TERCERA MANERA

Ojalá hoy conociera todas las respuestas. Ojalá algún día una historiadora pueda redactar una crónica teniendo toda la información posible al alcance de los dedos. Por ejemplo, ¿qué fue lo que hizo Ishu para prepararse ante lo que sabía que los Caballeros iban a intentar? Aún desafía toda explicación, como suelen hacer muchas de las artes del Forjador de Vínculos.

De *Caballeros de viento y verdad*, página 201

Shallan intentó apuñalar a Sinforma.

Sinforma gruñó con la voz de Shallan... y logró por los pelos detener el brazo de Shallan con una mano, justo antes de que la punta se le incrustase en el ojo.

Por suerte, Shallan estaba preparada gracias al entrenamiento de Adolin. Enganchó el pie de Sinforma, la derribó al suelo y, con un movimiento tan fluido y practicado que se sorprendió a sí misma de su gracilidad, terminó encima de la otra mujer. Shallan usó el impulso descendente para empujar más la daga, hasta que le tocó la cara.

La antiluz tormentosa empezó a quemar el tejido de luz, revelando la cara enmascarada de Iyatil, oculta tras la ilusión que había estado usando todo ese tiempo. Al igual que había ocurrido otras veces, no desapareció la ilusión al completo, sino solo las partes que tocaba la punta de la daga.

«Tengo que ser rápida —pensó Shallan—. Antes de que Mraize reaccione».

Hizo acopio de fuerza y, con su postura aportando el poquito adicional que necesitaba, Shallan hundió la daga en el ojo de Iyatil. Era una herida letal, que requeriría un uso inmediato de luz tormentosa para sanarla si no quería morir.

Iyatil la inhaló por instinto.

Shallan sintió una fuerte sacudida cuando la antiluz tormentosa entró en contacto con la luz tormentosa. Después hubo un destello llameante, y entonces Iyatil chilló...

... y quedó inerte.

Mraize embistió contra Shallan un momento después y la tiró al suelo. Shallan aferraba aún la daga ensangrentada y se apresuró a ponerse en pie para protegerse. Mraize, sin embargo, se arrodilló junto al cadáver de Iyatil mientras el tejido de luz desaparecía.

Le quitó la máscara para intentar ayudarla... pero la encontró ya muerta, con un ojo perforado y un agujero mayor provocado por la ardiente explosión dentro de su cabeza. Tormentas. Había funcionado. Tal y como Shallan había deducido, intentar sanar teniendo antiluz en el cuerpo... no era buena idea.

«Es la primera vez que veo su verdadero rostro», pensó Shallan, contemplando a una mujer de rasgos shin, de mediana edad, mucho menos... alienígena sin la máscara.

Mraize se echó hacia atrás sobre los tobillos.

—Soy libre... —susurró, y miró a Shallan—. ¿Cómo sabías que Iyatil se ocultaba tras ese aspecto?

—Parecía encajar —respondió Shallan—. Lo... he sabido sin más, Mraize. Ya derroté a esa parte de mí, y la había superado, pero Sinforma seguía acechando... Me he dado cuenta de que no era yo, así que solo podía ser otra persona. No sé cómo lo pudo...

Shallan abrió los ojos de par en par. La seon, la pequeña spren de la caja de comunicación. Cuando Shallan se había infiltrado en la guarida de los Sangre Espectral, había descubierto que trabajaba para ellos.

Esa spren había estado con ella mientras Shallan creaba a Sinforma. Había estado allí cuando se lo explicó todo a Adolin después del viaje. Shallan le había explicado a Sagaz, por medio de ella, lo mucho que temía estar matando a todos sus mentores.

La spren seon lo sabía todo. Y si ella lo sabía, Mraize e Iyatil también. Así era como la habían engañado durante todo el viaje. Tormentas.

Mraize le lanzó una mirada y entornó los ojos.

—¿Lo has deducido? ¿Sabes cómo lo sabíamos?

—Sí —dijo ella—. La caja de la spren. Además, ¿por qué iba Iyatil a vigilar a Dalinar? Era mejor para vosotros dividiros el trabajo. Tú cazabas siguiendo las visiones a ver si encontrabas la prisión. Iyatil me vigilaba a mí, a ver si os traía hasta aquí. Mi dolencia le proporcionaba la tapadera perfecta.

Mraize volvió a mirar a Iyatil. Con una mano, cerró con parsimonia el ojo que Shallan no había apuñalado. Con la otra, a escondidas, sacó algo de una vaina que Iyatil llevaba al cinto.

Una segunda daga cargada con antiluz tormentosa. La de Shallan se había vaciado, opaca e inútil. Shallan se extrañó al ver un resplandor en el cadáver, y temió que la daga no hubiera hecho su trabajo. Pero era solo el spren de Iyatil escabulléndose de su cuerpo, un tintaspren corrupto, al parecer, que adquirió tamaño humano al salir.

Parecía herido mientras se alejaba de ellos renqueando. Mraize se levantó, señalando a Shallan para intentar disimular que con la otra mano había cogido la daga. Se la guardó en el cinto, y Shallan no la miró directamente. Había sido una buena jugada por parte de Mraize. Ahora tenía un arma, mientras que ella iba prácticamente desarmada.

—¿Tenemos que hacer esto? —preguntó Shallan mientras ambos se encaraban.

—Acabas de matar a mi *babsk* —dijo Mraize en voz baja.

—Y te he liberado.

—Ya te advertí la última vez que me debo a mi honor. Iyatil me desagradaba, pero era un privilegio para mí aprender de ella. Pequeña Daga, has dado un paso trascendental. Antes estaba dispuesto a pasar por alto tus infracciones. Ahora ya no.

Shallan retrocedió y extendió la mano para detener a Patrón, que acudía para intentar ayudar. Fue de todos modos, dejando atrás a Testimonio para situarse junto a Shallan. Tormentas, esa daga podía matarlo. Shallan no podía permitir que se quedara.

Por desgracia, de nuevo el corazón le temblaba por la idea de hacerle daño a Mraize. Era un hombre cruel, la había manipulado, había encerrado a Lift y la había entregado al enemigo. Pero, por otra parte, había acogido a Shallan. Le había hecho de mentor. Y... Shallan lo admiraba. En realidad, todos sus miedos no habían sido por Jasnah, ni por Navani, ni por nadie más que se preocupase por ella. Habían sido por él.

Le daba miedo llegar a tener que matarlo.

—Mraize —dijo—, no tienes por qué ser esta persona.

—¿Y qué sería si no? —preguntó él, con voz suave y amenazadora—. ¿Una presa?

Shallan señaló con la cabeza a un lado, hacia el lugar donde, tejiendo luz por instinto y sin necesitar boceto alguno, creó una versión diferente de Mraize. Empezó a representarlo como un Radiante con armadura esquirlada, que contemplaba el horizonte. Pero no... ese no era Mraize. Eso no era lo que podía ser.

Así que creó una versión de él con ropa resistente que caminaba por un lugar brillante. Un mundo cuyo sol era de una tonalidad amarilla suave y el suelo estaba cubierto de tierra, como Shinovar. En aquella visión, Mraize había renunciado a sus elegantes atuendos en favor de ropa de viajero. En el hombro, un parche de Tejedor de Luz. Shallan sabía que, en aquel lugar de futuros retorcidos, era una posibilidad genuina, y con un poco de suerte él también lo vería.

Una oferta, no una distracción.

—Podrías ser agente nuestro en otros mundos —susurró ella—. Es lo que quieres. Dijiste que no se te permitía visitarlos aún.

—He viajado por Shadesmar —respondió Mraize, contemplando el tejido de luz de Shallan con lo que parecía verdadero anhelo—. He conocido a éteres y dragones. Pero no, nunca se me ha permitido pisar otro mundo.

El Mraize ilusorio se detuvo y apoyó un pie en una piedra para otear el paisaje. No se veía mucho del terreno, porque el foco del tejido de luz estaba en él. Pero Shallan vio que esa versión de él sonreía. Era una sonrisa auténtica, no de depredador.

—No te empeñes en mantener este conflicto —le dijo Shallan—. Iyatil iba a intentar matarme. Yo he reaccionado. Está hecho. Los Sangre Espectral están acabados.

—No —dijo él, y su expresión se endureció—. Deja que te cuente lo que sí que va a pasar. Vendrás conmigo y averiguaremos si el maestro Thaidakar está dispuesto a absolverte de tus pecados a cambio de que te unas a nosotros. Yo me pondré al mando de los Sangre Espectral rosharianos y entonces viajaré.

Sus ojos permanecieron un momento más en esa ilusión y luego los arrancó de golpe. El corazón de Shallan se partió en ese momento.

No dejará que te unas a ellos, susurró Velo. *Es mentira. Ahora te tiene demasiado miedo.*

Lo sé, respondió Shallan.

¿Es hora de que tome el control?, preguntó Radiante.

Shallan examinó sus emociones y le respondió:

No. Esto lo haré yo, Radiante. Pero podría necesitar la ayuda de Patrón durante un momento.

Yanagawn sostenía la espada con manos sudorosas.

Las tropas enemigas aún no habían cargado, pero él no podía evitar la sensación de que estaba a punto de morir. Debería tener un escudo. En sus pocas sesiones con la espada, Adolin le había dicho: «Solo un tormentoso idiota va a una pelea sin casco ni escudo».

Él no tenía escudo.

No tenía yelmo.

Lideraba un grupo de diez personas que se enfrentaban a cientos.

Colot, el alezi con un poco de rojo en el pelo, estaba a su lado.

—¿Por qué no nos han atacado? —preguntó Yanagawn, intentando no sonar nervioso. Un emperador no debería ponerse nervioso, ni siquiera cuando estaba a punto de morir.

—Esperan a que pase algo —dijo Colot, con los ojos entornados—. Tienen pinta de que les está costando cumplir la orden estricta que tienen de no atacar. ¿Veis cómo los regios tienen que recordarles una y otra vez que se estén quietos y no carguen? ¿Veis el ansia con que tiran hacia delante de la línea?

—Están a la espera —dijo Kushkam en alezi desde detrás, con su voz profunda y casi musical—. Pero ¿por qué, Colot?

Colot se limitó a negar con la cabeza, desconcertado.

Yanagawn pensó en las cuatro maneras de vencer estando en posición de inferioridad numérica. ¿Defensas o terreno superiores? No. Sus tropas estaban rodeadas. ¿Soldados o tácticas superiores? Habían coincidido todos en que era un ataque insensato, con muchas posibilidades de fracasar. Y las fuerzas de Yanagawn estaban heridas o carecían de entrenamiento, por lo que tampoco tenían soldados superiores.

¿Podían esperar ganar a la tercera manera? ¿Por un giro aleatorio de los acontecimientos? Parecía... una esperanza vana. Ninguna alta tormenta que afectase a las líneas de suministro iba a salvar a los suyos en aquel momento. Haría falta un acto de dios o de un Kadasix para...

Las puertas dobles del salón del trono se abrieron de golpe y rebotaron contra la pared mientras un cuerpo salía despedido a través del umbral y chocaba contra la pared del pasillo antes de derrumbarse al suelo. La sangre que perdía era de color naranja. Gruñó y se agitó mientras Adolin Kholin, con una armadura esquirlada pintada de azul que brillaba entre las juntas con un llameante resplandor anaranjado salía a zancadas del salón del trono.

Yanagawn ahogó un grito mientras Adolin llegaba con paso deliberado y poderoso. Hundió el talón izquierdo en el cuerpo y, junto con toda la caja torácica, aplastó la gema corazón, que liberó unas volutas de luz del vacío. Los ojos de la criatura se apagaron y Adolin se volvió para mirar a Yanagawn a través de un yelmo reluciente.

—Majestad —dijo, apoyándose la Hoja de los Recuerdos en el hombro—, he recuperado tu hoja esquirlada.

—Yo. Soy. ¡LA LEY!

Kaladin se detuvo de sopetón. Había echado a correr detrás de Ishar para evitar que interfiriese en la pelea. Todo quedó paralizado mientras los portadores de Honor se derrumbaban al suelo, con los brazos alzados para protegerse los ojos de la columna de luz que había estallado como emergiendo del pecho de Szeth.

La ley. ¿El último ideal de los Rompedores del Cielo? Pero Szeth no había completado su misión.

—¿Se ha saltado un juramento? —preguntó Kaladin con brusquedad, mirando a Syl—. ¿Eso se puede hacer?

—¿Cómo voy a saber yo de qué son capaces los humanos? —respondió ella—. ¡Nunca tienen sentido! ¡Casi ninguno de vosotros flota siquiera!

Kaladin llegó hasta Ishar, que tenía una mano frente a la cara. De repente, una especie de… escudo de luz tormentosa brotó de su mano y se volvió casi sólido para bloquearle la visión.

—Ishar —dijo Kaladin—, tenemos que hablar ahora que ves con claridad.

El Heraldo se volvió hacia él y arqueó una ceja.

—Vaya, conque ese Forjador de Vínculos de imitación, Dalinar, te contó mi error de la última vez, ¿eh? Niño estúpido. —Bajó la mano y la luz le dio de lleno, pero sus ojos brillaban con su propia luz tormentosa. Tan refulgente que Kaladin no le distinguía las pupilas—. Las astutas mentiras de Dalinar me engañaron una vez. Pero eso se acabó. He preparado contramedidas. Yo *siempre* aprendo.

Dio un paso al frente, impasible por completo a la pronunciación del juramento y a la luz que había liberado.

135

LA OPCIÓN DEL HONOR

Una cosa sí puedo decir. Creo que el hecho de que Ishu estuviera cargando con parte del dolor de todos y cada uno de los Heraldos es un hecho extremadamente relevante para este análisis. Pues, aunque dio la oscuridad, seguía reteniéndola en parte.

No dejo de regresar a esta idea. Porque creo que debería explorarse con mayor profundidad.

De *Caballeros de viento y verdad*, página 201

Adolin sonrió dentro del yelmo, regocijándose por la sorpresa no solo de sus amigos, sino también de los soldados enemigos, que rugieron al contemplar la muerte de Abidi.

¿Adolin?, le llegó la voz de Maya. *¡Puños de tormenta! ¿Qué ha pasado? Me ha...* Respiró hondo. *Me ha dado miedo que desaparecieras. ¡Creía que habías muerto!*

Salón rodeado de aluminio, pensó él. *Pero me las he ingeniado. Por los pelos.*

Unos pocos vacíospren revoloteantes se acercaron para comprobar qué había ocurrido y luego se retiraron de vuelta a sus respectivos ejércitos, a quince metros de distancia por ambos lados.

—Noura —dijo Adolin—. ¿Tiempo hasta el final del plazo?

La visir se sobresaltó.

—Diez minutos —respondió con voz nerviosa.

¿Podrían aguantar tanto tiempo? Adolin miró a sus compañeros.

—Hay como mínimo doce Fusionados, Adolin —susurró Notum—. Uno se ha puesto al mando ahora que Abidi ha muerto.

Adolin tenía armadura y hoja esquirladas, pero sus compañeros estaban agotados y la mitad estaban heridos o sin entrenar. Aunque Hmask tenía una sonrisa ansiosa en el rostro, los demás parecían comprender ese hecho. La sonrisa de Adolin se esfumó. Era muy probable que la mayoría de sus amigos cayeran en los primeros minutos, masacrados mientras él resistía, rodeado, hasta que terminasen por tumbarlo y apuñalarle los ojos.

¿Señor?, pensó la armadura.

Unas partes transparentes rellenaron todas las rendijas de la visera y el aire empezó a fluir hacia arriba a través de la armadura, refrescándolo. Dado que el yelmo entero se había vuelto transparente, no necesitaba hendiduras para los ojos. Vaya, qué práctico.

Pero no iba a suponer ninguna diferencia. El enemigo podía destrozar su caparazón y matarlo como a un cangrejo que servir para la cena. Empezaron a formar y a entonar uno de sus cánticos. El sonido llenó el pasillo y los pocos defensores de Adolin se agruparon, nerviosos.

Habían llegado hasta allí, habían luchado durante tanto tiempo... y, aun así, iban a fracasar.

No. Era la voz de Maya. *Adolin, estoy aquí. ¡Quizá mis amigos puedan ayudar!*

No creo que unos pocos honorspren más vayan a ser relevantes. Lo siento.

Se le rompió el corazón al decirlo, porque sabía cuánto se había esforzado Maya.

¿Honorspren?, preguntó ella, y soltó una risotada. *¿Crees que he ido a buscar a un puñado de honorspren estirados?*

¡Te envié a traerlos!, respondió él.

Qué va, dijo Maya. *¡Mira! ¡Observa!*

La imagen de pasillo ornamentado se desvaneció a su alrededor y, por un momento, vio a través de los ojos de Maya en Shadesmar. Casi le había pasado lo mismo una vez antes, en Integridad Duradera, cuando había sentido sus emociones y le había faltado poco para ver lo que veía ella.

Maya estaba de pie en el fondo del mar de esferas, y había otros con ella.

Ojomuertos.

Docenas de ellos. Moviéndose a través de las cuentas, emergiendo como antiguos cadáveres de las profundidades del mar sacados por algún barco que lanzara sus redes a las gélidas aguas. Adolin pensó que no debería ser capaz de verlos entre las esferas, pero Maya no veía del todo como los humanos. A sus ojos, las esferas estaban difuminadas, casi invisibles.

De repente, Adolin se percató de su error. Cuando le había pedido a Maya que trajese a los spren, se refería a los honorspren que había visto marcharse de Integridad Duradera. Pero ella había entendido que debía buscar a otro grupo que también se marchaba al mismo tiempo: los ojomuertos que había ido a presenciar el juicio.

Por eso Maya no había podido abandonarlos, porque necesitaban guía y supervisión constante.

—¿Quiénes son? —preguntó Adolin, perplejo, porque no entendía en qué iban a ayudar unos spren ojomuertos, aunque fuesen tantos.

—Son aquellos que fueron olvidados —susurró Maya—. Armaduras y hojas esquirladas en las que ya no piensa nadie. Hundidas en el mar, perdidas, enterradas en piedra, descartadas por el tiempo.

—Terminan... por regresar a Shadesmar —dijo Adolin, recordando lo que ella le había contado.

—Para vagar por siempre —asintió ella—. Pero yo no los he olvidado. Y ellos, al igual que yo, no te han olvidado a ti.

Un grupo de aquellas figuras se acercó más a él, dando tumbos, sus ojos meras raspaduras. Habría quizá unos cincuenta, de distintas variedades, extendiéndose hacia atrás en hileras. Cultivacispren como Maya. Cumbrespren. Hasta algunos honorspren, entre ellos uno muy cerca, un hombre de barba larga y uniforme viejo y andrajoso. Llegó ante Adolin, que veía a través de los ojos de Maya y reparó en que iba acompañado por otros spren más pequeños que se le pegaban a los hombros como percebes. Spren de armadura, comprendió Adolin.

Las bocas de varios ojomuertos se movían, pero, al igual que le había ocurrido a Maya en el pasado, encontrar palabras les resultaba imposible. Aun así, Adolin captó de algún modo sus sentimientos. Sus pensamientos. Uno a uno, todos alzaron el puño derecho por encima de la cabeza, con el codo doblado en un antiguo saludo que Adolin había visto en antiguos tratados de esgrima. Sintió, más que oyó, lo que decían.

Necesitas aliados.

Hemos venido.

—Pero ya habéis entregado mucho... —susurró Adolin—. No... No puedo pediros más.

Una de ellos, una cenizaspren que era casi un esqueleto, le señaló la pierna. La que le faltaba, cosa que los spren parecían capaces de distinguir desde otro reino. Adolin no necesitó explicación. Ellos estaban heridos. Como él.

A veces había que seguir adelante de todos modos.

La cenizaspren abrió la boca y, con esfuerzo, sacó unos pocos sonidos:

—Vi... Vi... gi...

—Vigilantes —terminó Adolin—. En el perímetro.

Ella asintió, y Adolin percibió sus pensamientos. Los juramentos habían caído, pero la spren no permitiría que luchase solo.

—Porque, en este caso —dijo Adolin en voz baja—, una promesa es algo más profundo que un juramento.

Todos ellos asintieron en grupo, y parecieron aliviados al ver que Adolin lo comprendía. Quizá ellos no lo hubiesen dicho con las mismas palabras exactas, las que Adolin llevaba un tiempo sopesando. Tal vez fuese solo cuestión de semántica y él fuese idiota. Sospechaba que Kaladin, Shallan y el resto de Radiantes no estarían de acuerdo con esa distinción.

Pero para él era importante. Un juramento podía romperse, pero ¿una promesa? Una promesa seguía en pie mientras uno siguiera intentándolo. Una promesa entendía que a veces lo mejor que uno podía hacer no bastaba.

Una promesa lloraba contigo cuando todo se iba a Condenación. Una promesa acudía en tu ayuda cuando casi no podías ni mantenerte en pie. Porque una promesa sabía que, a veces, estar allí era todo lo que se podía ofrecer.

—En una ocasión —dijo Maya—, resistimos contra todo lo que era oscuro. Adolin, resistimos otra vez. *Resistimos. Otra VEZ.*

Adolin asintió, con lágrimas en los ojos. Después alzó el brazo para saludar a los guerreros caídos que habían acudido a luchar mientras otros se escondían en sus fortalezas.

En ese momento, Adolin vio a Honor. Vivo y sano.

Con un destello, Adolin volvía a estar en el palacio de Azimir. Solo podían haber pasado unos segundos, ya que nadie se había movido. Y él estaba llorando. Sintió a Maya y a los demás allí, preparados.

Necesito a nueve de ellos, indicó Adolin. *Hojas y armaduras.*

El enemigo empezó a avanzar desde ambos lados mientras sus canciones resonaban por el pasillo. Pero Adolin se impuso al ruido gritando cuatro palabras.

—¡Injuramentados! ¡A las armas!

Su preocupado grupo de soldados, exploradores y una escriba lo miraron.

—¿Qué has dicho? —preguntó Yanagawn con voz trémula.

Adolin lanzó las manos a los lados y un anillo de hojas esquirladas apareció a su alrededor en un amplio círculo, con la punta clavada en el suelo y cada una con un yelmo colgado del pomo, materializado a partir de una neblina blanca.

—He dicho… —Y Adolin ordenó—: *¡A LAS ARMAS!*

Renarin echó un vistazo hacia fuera desde donde estaba arrodillado junto a la gema, con la esperanza de que Shallan regresara. No se veía muy bien, pero su cuñada parecía estar enfrentándose a los Sangre Espectral. Movimientos rápidos. Figuras que eran siluetas enzarzadas.

—Esto es culpa nuestra —susurró Renarin a Rlain, que estaba a su lado—. De la humanidad. La paz era posible, pero nosotros no queríamos la paz. Queríamos ganar.

—Tenemos que liberar a Mishram —dijo Rlain con un hilo de voz—. Hum… Renarin, creo que tenemos que liberarla.

—Lo sé —contestó Renarin—. Deberíamos ser capaces de hacer añicos la gema, estando agrietada. —Titubeó—. Pero tendría que ser decisión tuya, Rlain. Decisión de un cantor.

Rlain pensó un momento.

—Puede que nos destruya en el instante en que salga. —Cambió al Ritmo de la Determinación, que canturreó durante un momento—. Pero… tenemos que arreglar esto, Renarin. Decido liberarla, pero quiero que lo hagamos juntos. Para que Mishram vea a un humano y un cantor colaborando.

Renarin lo miró, tan alto y lleno de confianza. El oyente que había tenido la valentía de infiltrarse entre sus enemigos... y luego el oyente que había tenido la generosidad de ver el bien que había en ellos.

—Hagámoslo —dijo Renarin.

Juntos, cogieron la gema y la levantaron bien alto.

Szeth tomó una larga y tranquilizadora bocanada de aire.

Estaba dentro de una columna de luz, rodeado por los portadores de Honor, que habían caído ante él, con los brazos alzados para resguardar sus ojos de la luz.

Se sintió entero. ¿Cuánto tiempo hacía? Entero de cuerpo, pues, aunque se había quedado sin luz tormentosa, aquel instante lo había restaurado. Entero de mente, con pensamientos claros por una vez.

Entero de corazón. Después de haber tomado sus propias decisiones.

Mientras la luz se atenuaba, Szeth miró a su spren, que estaba cerca, con forma humana, lleno de estrellas.

—Gracias —dijo Szeth—. Por intentar ayudarme, al menos.

—Has... —respondió el spren—. Has pronunciado el Quinto Ideal. ¡Szeth, te has convertido en la ley!

—Sí —dijo Szeth—. Ahora lo veo. Cada cual debería ser la ley, spren. Cada cual debería seguirla no porque sea la ley, sino porque ha decidido hacerlo. Deberíamos combatirla cuando se equivoca. Eso es... peligroso, porque la gente también puede acertar o equivocarse. Yo puedo. Lo haré.

—Sí —convino el spren mientras una cierta paz caía sobre la extensión de piedra, salpicada de hierba que asomaba de los agujeros—. Sí, lo veo. Lo entiendo.

Szeth asintió.

—Eres el spren equivocado para mí, me temo.

—¿Qué?

—Si debo elegir, no te elijo a ti. Los Rompedores del Cielo comandados por Nin se equivocan y están tan corrompidos como esta tierra tocada por Ishu. No os importan las personas, solo las normas. No me gustan ni vuestros estilos de entrenamiento, ni vuestras filosofías, ni las «verdades» que os decís a vosotros mismos. —Calló mientras se planteaba su siguiente acto, y decidió que era correcto—. Buscaré a los disidentes que viven según las antiguas costumbres de los Rompedores del Cielo. Allí encontraré a otro spren. Te libero de tu vínculo. Ojalá hubiésemos podido ser amigos.

De inmediato, Szeth tuvo una sensación de desgarro. Como cuando se arrancaba una venda encostrada de una herida y se llevaba consigo pedazos de carne. Ahogó un grito y cayó de rodillas, porque, aunque acababan de darle una paliza unos momentos antes, esas heridas habían sido físicas. Aquello era diferente.

Seguía siendo, según determinó Szeth, lo correcto. No creía que aquello fuese a convertir a su spren en ojomuerto, ya que tenía entendido que los altospren se negaban a permitir que el vínculo fuese tan fuerte como para hacerles daño. Pero, en todo caso, aquella era la decisión de Szeth. No iba a permitir que los Rompedores del Cielo de Nin siguiesen utilizándolo. Encontraría a aquellos que obraban de una manera mejor, o crearía él mismo esa manera.

—No —dijo su spren mientras empezaba a desvanecerse—. ¡No, Szeth!

El spren de Nin apareció cerca y el de Szeth extendió la mano hacia él como pidiéndole ayuda. El del Heraldo negó con la cabeza.

—Qué apropiado, 12.124. Esto es lo que ocurre cuando les das demasiado poder. Aprende la lección, por si se te vuelve a permitir pronunciar juramentos otra vez. Te has dejado convertir en un sirviente de tu humano, en un auxiliar de su voluntad.

—¿Y tan...? —preguntó el spren mientras seguía menguando—. ¿Tan malo es eso?

—Tu fracaso demuestra que sí.

El spren de Szeth desapareció hacia el Reino Cognitivo. Szeth esperó que estuviera bien en Shadesmar. Su emparejamiento nunca había sido positivo para ninguno de los dos. Szeth se obligó a ponerse en pie, sintiéndose frágil de repente. Porque, aunque en su mente aún era un Rompedor del Cielo, ya no tenía poder alguno. Cuando regresó por completo su consciencia del entorno, vio a Ishu a escasa distancia, con Kaladin y Syl detrás.

—Eso ha sido —dijo Ishu, destacando cada palabra— unas de las idioteces más enormes que he visto hacer jamás a un mortal. ¿Abandonar tus juramentos justo después de pronunciar el Quinto Ideal? Podrías haber sido inmortal.

—Casi no puedo ni reptar por la vida que se me ha otorgado —repuso Szeth—. No deseo tener más que eso.

Miró alrededor y vio a su padre derrumbado en el suelo. A su hermana gimiendo. No tardarían en volver a estar bajo el control de Ishu.

Así que Szeth los rebasó a zancadas, dirigiéndose al lugar donde habían dejado el macuto de Kaladin. La hierba se apartó retrayéndose cuando Szeth se arrodilló, dejando atrás unas pocas zonas de hierba shin que no se movió.

Descansando en ellas había una espada negra en una vaina plateada.

—Espada-nimi —dijo Szeth—, ¿qué haces con aquellos de los que te alimentas? ¿Destruyes su alma para siempre?

¿Qué? ¡No! ¿Tú destruyes las cosas para siempre cuando te las comes? No, solo las cambias.

—¿Qué le ocurre a la gente cuando... la tocas?

Van a donde sea que va la gente al morir. Yo me como su Investidura, que al final termina goteando de mí.

Szeth asintió. Tendría que bastar.

—He descubierto que debo destruir una última vez. Y resulta que necesito una espada.

Oh. Oh. ¡Elígeme a mí, por favor, Szeth! ¡Elígeme! Soy una gran espada. ¡Lo prometo!

Szeth sonrió y extendió el brazo hacia la hoja.

Una mano lo agarró por el hombro. Szeth se volvió y encontró a Ishu, alzándose amenazador sobre él.

—Eres un necio —dijo Ishu—. Sin luz tormentosa con la que alimentarla, esa monstruosidad te consumirá en un abrir y cerrar de ojos. No puedo permitir que lo intentes. Esto ya se ha descontrolado demasiado.

Ishu apartó la mano, dejando la luz brillante de una Conexión que lo unía a Szeth. ¿Qué era lo que...?

Una oscuridad profunda y terrible envolvió a Szeth.

—Contempla la oscuridad que mantengo a raya —dijo Ishu—. La pena que hay en el corazón de los Heraldos, la que yo he tomado para mí. Contempla nuestra carga.

Szeth chilló.

Yanagawn fue el primero en moverse. Levantó el yelmo del pomo más cercano y se lo puso. Por un momento, a Adolin le pareció cómico: un joven que llevaba puesto solo un yelmo grande y pesado.

Entonces el yelmo se adaptó a su tamaño, y las demás piezas de la armadura aparecieron de la nada a su alrededor, donde quedaron suspendidas una fracción de segundo antes de unirse de golpe y recubrirlo. El mismo resplandor titilante como un fuego emanó del yelmo y de las juntas. De nuevo, no había símbolo.

Yanagawn agarró la hoja esquirlada y la sacó del suelo, antes de encararse hacia la marea de enemigos. El resto se afanó en hacer lo que les había dicho Adolin, coger yelmos y equiparse.

Adolin asió a Jaskkeem, el guardia del puerto del contrabandista, y lo empujó hacia Noura y Rahel. Tras él, Colot y May, ambos destellantes con sus nuevas armaduras esquirladas, cargaron contra los enemigos que avanzaban. Adolin agarró a Noura con delicadeza usando una mano y, con la otra, le entregó la Hoja de los Recuerdos, la hoja esquirlada azishiana.

—Vosotros tres, entrad en el salón —les dijo—. Noura, siéntate en el trono. Jaskkeem y Rahel, aseguraos de que nadie se cuela mientras luchamos.

Noura aceptó la hoja y obedeció, seguida por Rahel y el guardia. Adolin iría pronto a ver cómo les iba. Por el momento, se dio la vuelta para unirse a los otros ocho...

¿A los otros nueve?

«Un momento». Hizo los cálculos y se dio cuenta de que había... Daba igual. Tenía que luchar. El enemigo había reculado, sorprendido por el giro de los acontecimientos. Algunos habían caído muertos con los ojos ardiendo. Adolin alzó la mano en gesto de saludo y luego invocó a Maya como hoja esquirlada.

Gracias, pensó.

Vida antes que muerte, respondió ella. *¿O quizá vida después que muerte, esta vez? La verdad es que nunca entendí muy bien ese lema. Reventemos a unos cuantos Fusionados.*

Adolin se unió a sus nueve y extendió su hoja. Cuando los Fusionados ordenaron retomar el ataque, Adolin se alzó.

Y *resistió.*

Kaladin apartó a Ishar de Szeth.

—¿Qué haces? Déjalo...

Se interrumpió al mirarse las manos, que estaban dejando tras de sí la misma brillante línea de luz. ¿Alguna especie de truco de Forjador de Vínculos? La emoción latía a través de aquella luz.

Kaladin vio oscuridad.

Kaladin *fue* oscuridad.

Se sintió como en los peores días, cuando la sombra se había apoderado de su mente. Esa época en la que nada parecía luminoso, ni bueno, ni posible siquiera. Como aquella pesadilla oscura en la que Sagaz lo había encontrado en una ocasión. Viendo cómo morían sus amigos una y otra vez.

Los pensamientos lo invadían como cuchillos. Kaladin era inútil. Peor que inútil. Hacía daño a todo el que ayudaba. Allá donde iba, sus amigos morían. Si él sobrevivía, era solo para ser un heraldo de la muerte.

Todos aquellos a los que había intentado salvar estaban muertos. Desde Teft hasta Tien. Decenas de rostros, y más. Hombres del puente de cuyos nombres había olvidado, o no había llegado a saber.

Dalinar lo había enviado a Shinovar para quitárselo de encima. Nadie quería tener cerca a Kaladin. ¿Cómo iban a querer? Se odiaba lo suficiente a sí mismo como para identificar la verdad.

Era un ser despreciable. Siempre lo había sido.

—Siéntelo —susurró Ishar.

Kaladin se dejó caer a las piedras, y un sonido estrangulado escapó de entre sus labios, y trató de llevar una bocanada a sus pulmones, con el cuerpo tenso, rígido. Cuando se sentía así, solo quería renunciar y dejar de moverse. La sensación lo golpeó con una fuerza física, como una oscuridad asfixiante que amenazaba con aplastarlo. No para que dejase de existir, cosa que habría aceptado encantado, sino hasta convertirlo en una bola de dolor y autodesprecio que jamás terminaría.

—Siéntelo —repitió Ishar—. Esto es lo que sentirían todos los Heraldos, si yo no lo contuviera. Yo soy la razón de que puedan funcionar.

Ishar tocó a Syl en la frente cuando intentó arrodillarse junto a Kaladin y le dejó una línea de luz. Dio un respingo y cayó, temblorosa, y se hizo un sollozante ovillo. Cerca de ellos, Szeth yacía tumbado con los ojos muy abiertos y los labios separados. Inmóvil.

—Sentid —dijo Ishar— lo que es ser yo. Sentid los suplicios de un Heraldo.

—Ishar. —Nale estaba acercándose—. Tenemos que cambiar nuestros planes, Ishar. Tenemos…

Ishar lo tocó en el brazo y Nale se derrumbó, resollando, temblando. Kaladin lo vio a través del aturdimiento.

—Ahora debes soportar tu propia locura, Nale —afirmó Ishar—. Pero yo me alzo en el mismo núcleo del Juramento. Puedo sentirlos a todos. ¿Qué le decís a mi oscuridad?

Nale gimoteó.

Ishar se volvió y, con un ademán de la mano, envió al suelo a los seis portadores de Honor, entre gemidos, al parecer sin necesidad de tocarlos para transmitirles la oscuridad a través de su vínculo con ellos.

—Sentidlo —repitió en voz baja—. Y *luego* cuestionadme.

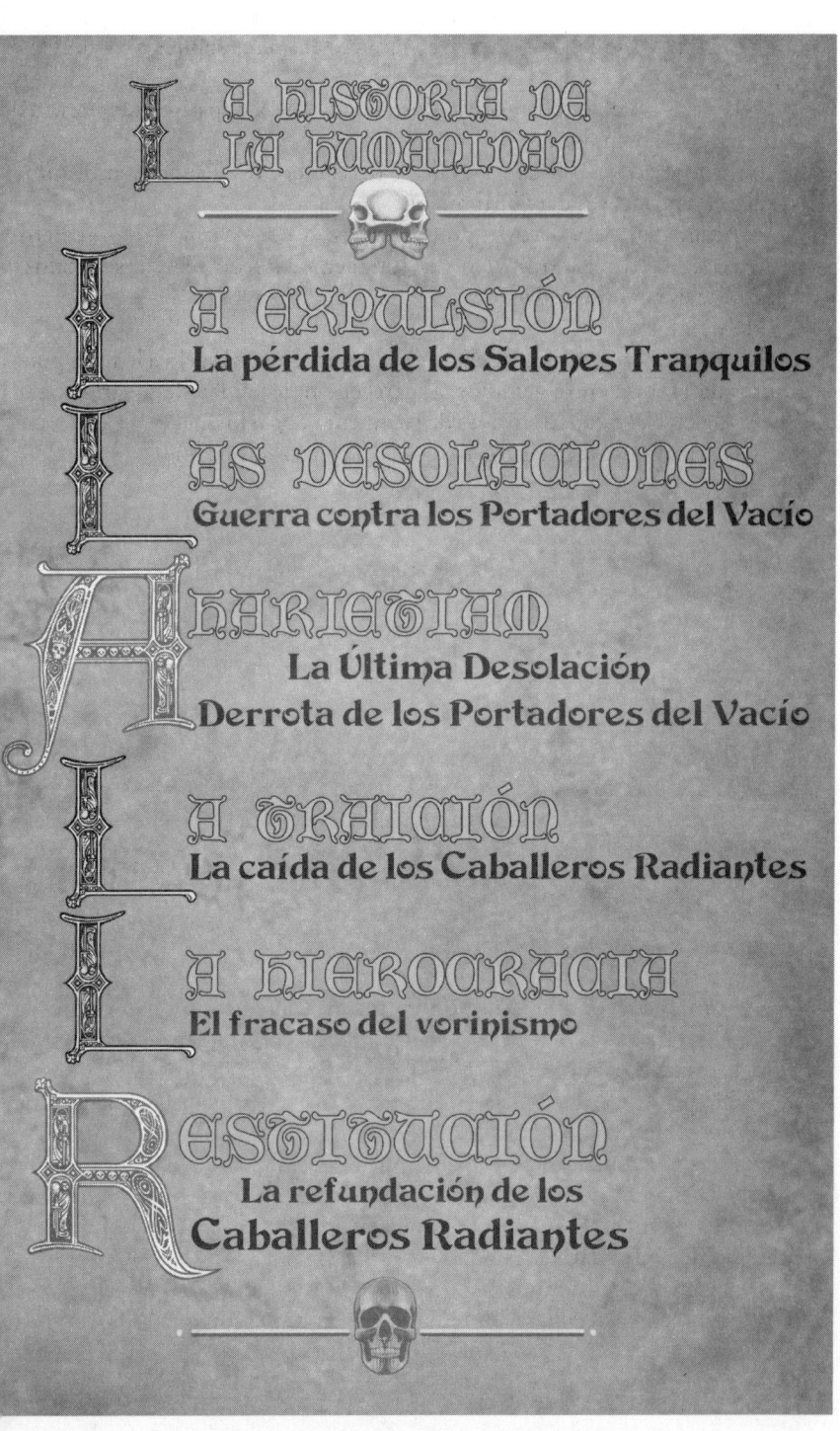

LA HISTORIA DE LA HUMANIDAD

LA EXPULSIÓN
La pérdida de los Salones Tranquilos

LAS DESOLACIONES
Guerra contra los Portadores del Vacío

AHARIETIAM
La Última Desolación
Derrota de los Portadores del Vacío

LA TRAICIÓN
La caída de los Caballeros Radiantes

LA HIEROCRACIA
El fracaso del vorinismo

RESTITUCIÓN
La refundación de los
Caballeros Radiantes

136

DIEZ PERSONAS, CON HOJAS ESQUIRLADAS ENCENDIDAS

Para los acontecimientos que rodearon el duelo en Urithiru, debo remitir a la lectora a otro volumen de esta obra de múltiples autoras. A uno que, por desgracia, todavía no está escrito.

De *Caballeros de viento y verdad*, página 238

L legó el momento.

Comenzó el duelo. Gavinor atacó.

Dalinar tuvo que apartarse de un salto, mientras sus protestas caían en saco roto y el joven mostraba una destreza increíble con la hoja esquirlada. Una implementación perfecta de la posición de fuego, tajos atrevidos, buscando acabar el duelo cuanto antes. Dalinar volvió a esquivar mientras el Padre Tormenta retumbaba al fondo de su mente.

Pensaba que sabrías qué hacer, dijo el spren. *Pensaba que tendrías una respuesta.*

—Aún estoy con eso —respondió Dalinar, mientras un frío viento de montaña soplaba en lo alto de la torre. Mantuvo la mirada fija en Gav—. Hijo, te está utilizando.

—He visto tu vida, abuelo —dijo Gav. Tormentas, sonaba igualito que Elhokar—. He revivido la existencia de mi padre una docena de veces. Y siempre es la misma canción. Nadie puede decidir nunca. Decides tú por ellos. —Dio un amplio tajo con la hoja esquirlada que casi rozó a Dalinar—. ¿Tanto te cuesta creer que no me estén utilizando? ¿Que sea yo quien he decidido que quiero hacer esto?

¿Después de veinte años viendo solo lo que Taravangian quería que viese? Quizá el chico decidiera, pero desde luego no veía con claridad. Aunque, si Gavinor era igual de cabezota que su padre, poco podría hacer Dalinar por convencerlo de ese hecho.

Y entonces, ¿qué? ¿Seguiría esquivando para siempre?

—Dalinar —dijo Taravangian, apareciendo a su lado—. ¿De verdad has venido a un combate por el destino del mundo sin un arma?

—No iba a ser un duelo con espadas —respondió Dalinar.

—¿Y por qué no? —preguntó Taravangian—. ¿No es lo que querías? ¿Una batalla que puedas ganar? Pero, claro, te la he complicado un poco, ¿verdad? Porque he traído a alguien a quien no quieres matar. Qué inoportuno por mi parte.

Dalinar absorbió luz tormentosa y el poder lo infundió, evitando que se cansara. Eso lo ayudó a mantener la distancia con el joven, aunque Gavinor era muy bueno. Dalinar supuso que era lo que sucedía cuando uno pasaba veinte años entrenando, solo, bajo la supervisión de un dios.

Cuando Dalinar volvió a pasar junto a Taravangian, aquel ser extendió una mano y apareció en ella una hoja esquirlada, una que Dalinar no reconoció. La sostuvo frente a él, con la punta hacia el suelo.

—Aquí tienes. Te la ofrezco sin trucos y sin pedir nada a cambio. Para que nadie pueda acusarme de amañar el combate.

Dalinar no le hizo caso y siguió esquivando mientras Gav, concentrado, decidido, volvía a abalanzarse por él. Tormentas, Dalinar no tardaría en cometer algún error. En dejarse arrinconar contra la barandilla, o perder el equilibrio. En un enfrentamiento contra un portador de esquirlada, el final podía llegar en un abrir y cerrar de ojos ardientes. Cuando Gav se acercó demasiado, Dalinar se vio obligado, casi por instinto, a coger la hoja esquirlada que le tendía Taravangian y bloquear con ella.

Oyó un gemido ahogado procedente de la hoja que empuñaba. Su spren distante, que al menos no estaba chillando. Las hojas esquirladas entrechocaron bajo el sol del mediodía, rodeado por la oscura tormenta que avanzaba. Las hojas destellaban, reflejando la luz.

Con un rugido de la tormenta, el sol desapareció y Dalinar notó el aire cada vez más frío en la frente sudada. Daba la sensación de estar a punto de llover, con aquel frescor y el repentino encapotamiento.

Dalinar se apartó mientras Gav, sudando, resollante, lo rodeaba.

—Eres mejor —dijo con suavidad— que las versiones de ti contra las que he luchado en casa, en el reino espiritual.

—Gav... —empezó a responder Dalinar, pero el joven ya acometía otra vez.

Dalinar lo contuvo, hoja contra hoja, y luego lo empujó hacia atrás y lo tiró al suelo. La espada se le escapó de entre los dedos y Gavinor se apresuró a recuperarla. Taravangian chasqueó la lengua.

—Cuidado, hijo —advirtió a Gav—. No dejes que te sorprenda.

—No lo llames hijo —gruñó Dalinar.

Taravangian entrelazó los dedos por delante, viendo cómo Gav recuperaba la postura.

—Mi predecesor se esforzó mucho en encontrar un campeón. Tú le fallaste, y luego el pequeño Bendito por la Tormenta rechazó la llamada. Su último plan era usar al traidor, Moash. Pero ¿qué habría demostrado eso? No había poesía en ello.

—Te odio —susurró Dalinar, con las emociones revueltas como el viento previo a la tormenta—. Te *odio*, Taravangian.

—Odium —repuso él—. Sí. Tiendo a provocarlo. Es mi deber, supongo.

Chasqueó los dedos y, de pronto, Gav se quedó paralizado, con la espada alzada para otro ataque. Se le movían los ojos. Estaba consciente, pero incapaz de moverse.

—¿Qué has hecho? —preguntó Dalinar con brusquedad.

—Al jurarme lealtad, Gavinor me otorgó poder sobre él. Así que puedo hacerlo esperar. —Miró a Dalinar—. ¿No es esto lo que querías? ¿Un buen combate que terminase con todo?

—Sabes que no —dijo Dalinar—. No contra Gav.

—¿Contra quién, pues? —preguntó Taravangian—. ¿Contra uno de mis Fusionados más poderosos, quizá? ¿Alguien a quien puedas matar sin sentirte culpable? Solo que, por supuesto, estarías matando el cuerpo del cantor inocente que estuviera usando. Siempre hay un precio a pagar, ¿verdad?

Dalinar salió del alcance de Gav, por si recuperaba la movilidad, y arrojó la hoja esquirlada al suelo con un tañido.

—También podría proporcionarte a un inocente que no conozcas —prosiguió Taravangian—. Ponerle un saco en la cabeza, para que no tengas que mirarlo a los ojos, y colocarlo en un altar como mi campeón. ¿Pagarías ese precio por la libertad de tu reino, Dalinar? ¿Es eso lo que preferirías?

—¡A la tormenta contigo! —gritó Dalinar, dando un paso hacia él—. Hay precios que no merece la pena pagar por vencer.

—No estoy de acuerdo. No hay precio demasiado alto a cambio del bien mayor.

—Dame un auténtico duelo. Un combate de verdad.

—¿Quieres que el mundo sea para el luchador más fuerte, entonces, Dalinar? ¿O preferirías que fuese una elección entre valores morales? —Señaló a Gav, que seguía paralizado y con el arma levantada. Se estaban formando lágrimas en sus ojos—. Este es mi campeón —dijo Taravangian con suavidad—, elegido legalmente y proporcionado antes de la hora acordada. No puedo amañar el combate en tu contra, pero no hay nada que me prohíba amañarlo a tu favor. Esto terminará cuando te decidas: mátalo mientras mira, o ríndete y muere por tu propia mano.

Adolin resistió.

Junto a los Injuramentados, resistió. Con Maya en la mano y protegido por su armadura esquirlada. La coraza le advertía cuando alguien estaba detrás de él y le indicaba qué piezas tenía agrietadas.

Sus amigos luchaban con distintos grados de competencia, pero, cuando uno llevaba armadura esquirlada y empuñaba una hoja esquirlada, los «distintos grados» seguían siendo extremadamente peligrosos. Adolin emparejó a los portadores de esquirlada expertos con los novatos, y les dijo a esos últimos que se dejasen llevar sin preocuparse, porque sus compañeros llevaban todos armadura esquirlada también, y resistirían algún que otro golpe accidental.

El resultado fue una tempestad de diez titilantes hojas esquirladas. Mataron a tantos enemigos que el humo negro de sus ojos ardientes empezó a acumularse en el techo. En aquel amplio y lujoso pasillo, se alzaron unidos, diez portadores de esquirlada completos luchando al mismo tiempo, una gesta de la que Adolin nunca había oído hablar.

Tuvo su efecto. Las canciones del enemigo flaquearon y los cantores en forma de guerra empezaron a replegarse. Fue glorioso. Adolin envió a Kushkam y a su hijo a ver cómo le iba a Noura, y menos mal, porque regresaron poco después con el cadáver de un Cascarón que había conseguido colarse. Desde aquel lado, Adolin vio a Noura y a los otros dos que había dentro. La propia visir estaba de pie sobre el trono derribado.

¡*Cuidado, señor!*, exclamó la armadura de Adolin, pero no a tiempo de impedir que una Aumentada embistiera contra él. La esforzada armadura le advirtió que el espaldar de la coraza empezaba a debilitarse, pero entonces la Aumentada se estremeció... y una hoja esquirlada asomó justo entre sus ojos, clavada desde atrás.

La Fusionada cayó al suelo con los ojos en llamas, y Adolin vio a un portador de esquirlada con una armadura que brillaba en azul detrás de ella.

—¿Brillante señor Adolin? —dijo una conocida voz masculina—. ¿Estás bien?

—¿*Notum?* —preguntó Adolin, sacudiéndose.

—Así es —respondió el portador de esquirlada desde dentro de su yelmo—. No tengo mucha sustancia en este reino, pero... Bueno, esa «no mucha» parece ser suficiente para controlar esta armadura esquirlada. Los vientospren me han aceptado como su portador.

¿Notum, a tamaño completo pero, a grandes rasgos, solo aire? Se decía que la fuerza de un portador no importaba mucho una vez se activaba la armadura esquirlada, pero Adolin no había sido consciente de hasta dónde podía llevarse ese hecho.

Juntos se volvieron... y encontraron las líneas enemigas desmoronándose. Los soldados rasos se retiraban, dejando atrás a iracundos regios y Fusionados. Adolin no se lo reprochaba a los soldados de a pie: sus portadores de esquirlada habían despedazado las líneas enemigas como si fuesen el puerco del banquete del Día Claro.

—Está funcionando —dijo Yanagawn dentro de su armadura, agarrando a Adolin por el hombro—. Está funcionando. Ni la posición, ni la táctica, ni siquiera la suerte serviría para explicar esto. Pero estamos ganando de todas formas.

Adolin sonrió y apuntó con su hoja hacia un Fusionado, perteneciente a una marca muy ágil que tenía poderes de Danzante del Filo. El Fusionado, por su parte, alzó la vista, viendo u oyendo algo que Adolin no era capaz de discernir. Luego suspiró.

Y se marchó.

Los demás lo imitaron. ¿Qué ocurría? ¿Tan intimidados estaban? Adolin nunca había conocido a ningún Fusionado que se desmoralizara: a menudo eran capaces de defender una posición en solitario.

Tras ellos, Noura salió corriendo del salón del trono, sosteniendo en alto su pequeño reloj.

—¡Ya está! ¡Ha llegado la hora! ¡Ha empezado el duelo del Espina Negra!

Las fuerzas enemigas parecían saberlo. Reunieron a sus heridos, a quienes habían recibido puñetazos de guanteletes o tenían extremidades rotas, y soltaron las armas. Según las reglas que había establecido el propio Odium, ya no podían seguir luchando en aquel país. Adolin miró hacia Yanagawn, que se quitó el yelmo, sonriendo como si hubiese ganado su primer duelo. Cosa que, supuso Adolin, era justo lo que había pasado.

Y ahora, ¿qué?

Yanagawn se dirigió a los Fusionados con la voz concluyente de un emperador.

—Reunid a los vuestros en la Puerta Jurada, Fusionados. Permitiremos que se retiren a Shadesmar. Si tenéis heridos que necesiten auxilio, los atenderemos después de ocuparnos de los nuestros.

Los Fusionados restantes asintieron y empezaron a dar órdenes en su idioma. Adolin esperó, tenso, sin dejar de temerse alguna clase de truco hasta que el último enemigo se hubo marchado. Luego, los suyos salieron a la luz del sol del décimo día.

Salieron a una Azir libre. Y, que él supiese, al único reino de Roshar aparte de Urithiru que había sido capaz de resistir la invasión.

Dalinar respiró hondo el aire frío mientras rodeaba al pobre Gavinor, que seguía paralizado como una estatua.

—Qué acto tan nimio es matar a un hombre —dijo Taravangian— en aras de preservar una nación. Mantuvimos muchas conversaciones al respecto. ¿Te acuerdas? Sentados frente a un hogar, o frente a una imitación, al menos.

—Lo recuerdo —susurró Dalinar—. Eran tiempos en los que creía que podía confiar en ti.

—Necesitabas a alguien con quien hablar que comprendiese la carga que supone gobernar. Es un tema imposible de tratar a menos que uno lo haya vivido. Todos los libros mohosos llenos de ensayos de eruditos son inútiles en comparación con la empatía de alguien que ha visto arder una ciudad, sabiendo que era necesario.

—Nunca fue necesario —dijo Dalinar entre jadeos—. Tú no me comprendes, Taravangian. Puede que finjas hacerlo, pero no es así. Y la prueba está en la manera que usaste las visiones para intentar quebrarme. No creo que te importe comprender nada de verdad. Solo quieres que alguien justifique tus terribles actos, para facilitártelos.

Taravangian se colocó frente a él, con una mirada intensa, brillante, *ardiente*.

—¿Crees que esto es fácil para mí, Dalinar? Oigo a los niños, tanto cantores como humanos, que sufren a lo largo y ancho de Roshar. No puedo cerrar los ojos a ello, porque veo con unos sentidos divinos, inextinguibles. Siento su aflicción, su pena, su dolor. Por todo el Cosmere, buenas personas sufren y piden alivio a gritos. Y lo harán hasta que alguien les lleve la paz. —Sostuvo la mirada a Dalinar y continuó hablando, apenas con un susurro.

»Estaba preparado para dejarlo y abandonar, pero entonces el destino me trajo de vuelta. Y haré lo que se me ha exigido. Seré el mal que todos necesitan pero temen aceptar. No habrá tranquilidad hasta que yo la traiga por la fuerza, hasta que los dioses se rindan o mueran. Esa es mi decisión. Ahora toma tú la tuya. Perdónale la vida a tu nieto y acepta alzarte conmigo... o mátalo y experimenta una *diminuta* fracción de lo que siento yo. Dejaré en paz Alezkar y continuaré mi tarea sin ti.

Dalinar estuvo a punto de creer que Taravangian hacía aquello por altruismo. Distinguió allí la pasión, el compromiso. Por desgracia, Dalinar conocía demasiado bien a Taravangian. Su viejo amigo no solo quería la paz, sino que quería ser él quien la consiguiese, a su manera. En ese sentido, los dos se parecían, y siempre lo habían hecho.

Dalinar volvió a mirar a Gav, paralizado. Todo excepto sus ojos, que sollozaban, parpadeaban. Parecía estar forcejeando contra sus ataduras.

—Sabe que lo has traicionado —dijo Dalinar—. ¿Veinte años de entrenamiento, para luego ni siquiera darle la oportunidad de derrotarme?

—Una lección dolorosa —repuso Taravangian—. Quienes estamos en lo más alto nunca podremos conocer la paz que daremos a los demás. Tenemos que mancillar nuestras almas con el peor fango de una moralidad corrompida, sacrificar nuestros ideales a los pies de un gobierno estable. Ven. Elige. Tu pueblo espera que hagas lo que debe hacerse.

—Esperan que sea un buen hombre —dijo Dalinar.

—Esperan que *finjas* ser un buen hombre, para poder dormir tranquilos. ¿Qué supone esta única muerte para ti? Tu gobierno hace cosas peores cada día. ¿Tus moldeadores de almas que no son Radiantes? Consumidos poco a poco por sus poderes a cambio de producir comida. Los ojos oscuros, los esclavos que tú no quisiste liberar, se desloman, entregando sus mejores años a sus superiores. Dejas que ahorquen a hombres inocentes para que la justicia pueda impartirse de manera equitativa. Dejas que los soldados mueran, y que los niños del otro bando pasen hambre, para que tu pueblo en casa siga saludándose cada mañana con buena cara.

»Esa es la *verdadera* naturaleza de la virtud y del liderazgo. Y, si no quieres ensuciarte esas prístinas, divinas y tan íntegras manos con ello… entonces yo te llamo cobarde. El peor de los hipócritas. —Los ojos grises de Taravangian siguieron ardiendo con un fuego detrás, apresando a los de Dalinar, mientras su voz era como una nota mantenida—. Admite que tengo razón.

—Jamás —susurró Dalinar.

—Que así sea —zanjó Taravangian, acercándose para tomar Juramentada de las manos petrificadas de Gavinor. Regresó y la levantó en dirección a Dalinar—. Ríndete y muere. Demostrarás así que eres un necio, pero al menos un necio consistente. —Dio otro paso, con la hoja levantada—. Y luego te alzarás de nuevo como mi general, líder de mis ejércitos. Sangre y terror serán tus apellidos cuando el Espina Negra renazca. —Taravangian clavó Juramentada en el suelo de la cima de la torre, frente a Dalinar—. Es el mal mayor, pero, si es tu decisión, la aceptaré.

—Ganas tú de todos modos. Haga lo que haga, tú ganas.

—¿De verdad creías que estaría aquí bajo cualesquiera otras circunstancias?

Taravangian soltó la espada y retrocedió, mientras la oscuridad a su espalda se manifestaba como una agitada tormenta roja. Unos zarcillos se extendieron hasta él y delinearon su contorno, crepitantes de relámpago rojo.

—El poder de Odium y yo —añadió Taravangian— nos hemos encontrado. Sus ambiciones. Mis convicciones. Un solo dios, para todo el Cosmere. Enderezando lo que se torció hace miles de años por culpa de un grupo de idiotas. Eso empieza aquí, Dalinar, con tu decisión.

137

EL NIÑO
DE PECHO

No hubo dos héroes ese día, sino muchos.

De *Caballeros de viento y verdad*, página 237

Betd, quien se llamaba a sí mismo Mraize, siempre había sido un hombre de muchas emociones.

    Ser adulto era aceptar aquello: que sentir no era una debilidad y que consentir las emociones no era hedonismo. Era estar vivo.

    Por eso pudo aceptar el dolor de fallarle a Iyatil y dejarla morir y, al mismo tiempo, regodearse con su libertad. Iyatil nunca volvería a reprimirlo. Y él nunca volvería a enfurecerse por sus prohibiciones, sus normas.

    Estaba vivo y ella no. Ahora él era el líder. Querría haber convertido a Shallan en su acólita, entrenada de un modo mejor: controlada no mediante el castigo, sino mediante la información. Pero Shallan se negaba. Él respetaba su fuego y su ambición. Estaba bien entrenada, al fin y al cabo.

    Pero había que eliminarla. Pues, si uno era incapaz de controlar a la bestia, era su deber sacrificarla. Sonrió mientras se acercaba a ella. Shallan estaba al lado de aquel tejido de luz que había creado de él, aquel tan tentador que lo representaba como un Radiante.

    —Podemos hablar —dijo Mraize, sin hacer caso a la ilusión—. Estar a mi servicio será más llevadero de lo que imaginas, Shallan. Puedo revelarte muchas cosas que te resultarán… ilustrativas. Quizá viajemos juntos por esos mundos. Sé que anhelas verlos.

    Ella hizo que la ilusión diese un paso hacia él, lo que hizo que Mraize se parase a pensar mientras la observaba, intentando determinar si era algún truco. La ilusión se esfumó un segundo después. ¿Una distracción? Volvió a mirar a Shallan a los ojos, que parecían asustados. Preocupados. ¿O quizá estaba interpretando mal su expresión? Shallan se había vuelto muy efectiva en ocultar sus sentimientos.

Dio un paso al frente y ella cambió el peso del cuerpo de un pie al otro. Qué comportamiento más extraño... pero ah, claro, era otra distracción, sí. El spren de Shallan se había movido a un lado, y Mraize lo atisbó abalanzándose hacia él en una repentina carrera. Intentaba embestir y derribarlo, pero Mraize plantó bien los pies. El spren colisionó contra él, débil. Era solo un críptico, sin instintos de combate. Mraize lo apartó con facilidad y lo tiró al suelo.

Estuvo a punto de clavarle la daga, irritado mientras miraba a Shallan y gruñía. Era una jugada desesperada por su parte. Shallan debía de haberlo visto coger el arma del cadáver de su *babsk* y guardársela en el bolsillo.

—¿Envías a tu spren esperando que lo hiera a él y me quede desarmado? Qué despiadada, Pequeña Daga. No sabía que fueses capaz. —Miró hacia la otra críptica, que seguía en la puerta de la prisión. La spren enferma—. Pero supongo que no es la primera vez que sacrificas un spren.

Shallan retrocedió alejándose de él, al parecer asustada de verdad. No llevaba armas. El spren se puso en pie detrás de Mraize.

Demasiado rápido.

Demasiado grácil.

En ese instante, Mraize descubrió el truco. Era el mismo que había empleado Iyatil. Shallan se había intercambiado con el spren mientras él estaba distraído con la ilusión de sí mismo.

Se volvió y atrapó el brazo descendente de Shallan con una mano. El tejido de luz se desvaneció, revelando su verdadera apariencia.

—Lo siento —dijo Mraize mientras ella forcejeaba en su presa. Sacó la daga del bolsillo y la levantó—. Casi has hecho que desee poder ser el hombre que imaginas. ¿Cómo lo consigues?

—Preocupándome —susurró ella—. Y mintiendo.

Los ojos de Shallan se desviaron hacia la daga.

Que no resplandecía con esa luz que distorsionaba el aire. Lo que sostenía Mraize era la daga usada de Shallan, mientras que la que sostenía ella, con la que casi lo había alcanzado, sí que hacía titilar el aire.

¿Cómo podía ser?

«Cuando ha intentado derribarme —pensó—. ¡Solo era una tapadera para intercambiar los cuchillos!».

Por los grandes dioses de los mundos caídos, ¿cómo? ¿Cómo se había vuelto Shallan tan diestra con los trucos de manos? Por primera vez en aquella lucha, Mraize empezó a preocuparse.

—Tienes elección, Mraize —dijo Shallan—. Siempre tienes elección. No me obligues a hacerlo.

«Si no la matas —pensó Mraize—, te matará ella a ti».

Era como funcionaban aquellas cosas. La miró a los ojos.

Era el momento.

Soltó su daga inservible y le retorció la muñeca a Shallan con ambas manos, haciéndola chillar y soltar también la suya, resplandeciente. Mraize la atrapó en el aire mientras ella se arrojaba hacia la que había tirado él. Al instante se abalanzaron contra el otro y él le clavó su daga en el pecho mientras ella lo apuñalaba en el vientre.

Un ardor repentino y llameante recorrió todo su abdomen. Dio un respingo mirando a Shallan mientras la antiluz tormentosa se extendía por su cuerpo.

—¿C-como…?

—No soy tan buena como para quitarte la daga del bolsillo y reemplazarla —dijo Shallan—. Pero siempre se me han dado de maravilla las mentiras calculadas. En ningún momento has dejado de empuñar el arma que podría haberme matado, hasta que tú mismo la has soltado. —Acercó la cara a la de Mraize mientras las fuerzas le fallaban—. Yo también tengo elección. Y la estoy haciendo ahora mismo. Elijo no seguir dejando que nadie abuse de mí.

Clavó la daga más profunda. Mraize sintió que se le iba la vida mientras ella buscaba su corazón. Y Mraize, muy a su pesar demasiado inexperto con sus poderes para evitarlo, respiró luz tormentosa.

Un segundo después, el fuego lo consumió todo. Como un amanecer quemando la noche.

Venli supo que se había cumplido el plazo cuando El por fin retiró a sus guardias de la Puerta Jurada. Hasta ese mismo momento, había estado esperando algún tipo de ataque.

Fue entonces cuando Venli lo aceptó al fin: su plan había funcionado. El no se había dado cuenta de lo que hacían. Timbre había insistido en que todo saldría bien, pero Venli…

Venli se había preocupado en secreto de estar arruinándolo todo otra vez. Había despertado de un sueño intermitente en una de las viviendas derrumbadas de los humanos, ansiosa, esperando aquel momento.

El sol iluminó las Llanuras a través de unas nubes cada vez más dispersas. La empapada y rota meseta adoptó una nueva luz. El Ritmo de la Alegría empezó a sonar en su cabeza, imparable, y su alma armonizó a él sin una decisión consciente por su parte.

«Aún no —pensó—. Tenemos que asegurarnos del todo».

Fue con los Cinco, mientras El y varios otros Fusionados de alto rango recorrían Narak, cubierta de escombros y abismoides durmientes. Leshwi llegó flotando, miró a Venli a los ojos y sonrió. Una sonrisa abierta, emocionada. Procedente de una Fusionada. Y… ¿estaba canturreando a *Alegría*?

—Un ritmo extraño, Leshwi —dijo El, juntando las manos a su espalda—. No era consciente de que pudieras oír los antiguos.

—¿Es cierto, El? —preguntó Leshwi, flotando a unos pocos centímetros del suelo mientras él cruzaba un charco—. ¿Ha empezado el duelo?

—Sí —respondió El—. Y, según el acuerdo, las fronteras de las naciones han quedado fijadas y son inmutables. Hemos conquistado las Llanuras Quebradas, como se me encargó.

Venli miró a Thude y al resto de los Cinco, que se habían reunido. Thude habló, a Determinación:

—En ese caso, por ese contrato, te pedimos respetuosamente que retires tus efectivos hasta que las relaciones diplomáticas entre nuestras naciones puedan normalizarse.

Todos los ritmos se acallaron. No hubo canturreos. Silencio sobre la meseta. El parpadeó una vez y luego se volvió para observar al grupo de Venli como si los viese por primera vez.

—¿Disculpad? —dijo.

Venli metió la mano en el bolsillo de su capa y sacó una bolsa aceitada y protegida. De ella extrajo un rollo de documentos firmados por Jasnah, la reina humana.

Un tratado.

Después de siete largos años en guerra, los alezi y los oyentes habían alcanzado la paz por fin. Venli le entregó los documentos a Thude, que los sostuvo en alto. Documentos firmados por la heredera de Gavilar, la hija del hombre al que habían matado la noche en la que se rubricó el anterior tratado.

El nuevo duraría. Lo habían jurado.

El lo cogió y lo leyó en silencio.

—¿Cómo habéis negociado esto?

—Con mucho cuidado —respondió Venli—. Los humanos sabían que iban a perder las mesetas, y juntos acordamos que era preferible que estuvieran controladas por una facción amistosa, en lugar de una hostil.

—Esta es nuestra tierra —dijo Bila—. Los humanos han hecho lo correcto al reconocerlo por escrito.

—Muy de vez en cuando están dispuestos a hacer lo correcto, sí —murmuró El—. Cuando no les queda otra opción.

—¡Esto es una estupidez! —gritó a Furia un acompañante de El, un Aumentado—. ¡Se lo arrebataremos a estos pequeños y ya está!

Extendió la mano hacia atrás para golpear a Venli y, aunque Leshwi y los demás trataron de intervenir, fue El quien actuó primero. Formó una espada larga y estrecha a partir del aire y atravesó con ella la sien del Fusionado.

Los ojos ardieron.

Aquello… era una hoja esquirlada.

—Respetaremos los términos que acordó nuestro dios —afirmó El, sin alzar siquiera la vista del acuerdo mientras el Fusionado se derrumbaba. Levantó el documento y siguió leyendo mientras descartaba la hoja con gesto ausente—. Cobraréis un arancel por cada uso de la Puerta Jurada… arrendáis tierras a los humanos para sus serrerías y sus granjas… pero os quedáis con todo lo demás. —Miró a Venli, a los Cinco y por último a Leshwi, que se había desplazado flotando más cerca de ellos—. Estoy impresionado. Enviaremos embajadores. Me habría gustado poseer estas tierras, pero no es un resultado inaceptable. Ofrece... oportunidades diferentes.

Devolvió el acuerdo y se marchó para ordenar a sus tropas que se retiraran.

Una segunda tormenta había empezado a formarse sobre Urithiru. La alta tormenta. Dalinar reparó en ella como uno repararía en las primeras luces del alba. Como... un heraldo de lo que estaba por llegar. Un destello de esperanza.

¿Había alguna salida posible de aquello?

Volvió a mirar hacia Gav, que seguía con los brazos alzados para matar, pero sin arma en las manos. Su espada, Juramentada, que simbolizaba tanto el mayor pecado de Dalinar como sus intentos por redimirse, estaba clavada en el suelo cerca de él.

Gavinor lloraba. Usarlo como peón había sido un golpe muy bajo, pero al mismo tiempo Dalinar comprendía el mensaje que intentaba transmitir. Taravangian podría haber usado a cualquier inocente anónimo con la misma facilidad, ya que todo aquello no giraba en torno a si Dalinar era el mejor guerrero o no. El objetivo era obligarlo a darle la razón, de un modo u otro, a Taravangian.

Si mataba a Gav, demostraría que la filosofía de Taravangian era la correcta. Si no lo hacía, Dalinar estaría obligado a unirse a él en imponer esa filosofía de todos modos.

«Pero tiene razón, ¿no? —pensó Dalinar—. Es mejor que mate a una única persona para liberar Alezkar». Aunque aborrecía la manera en que había sucedido todo aquello, lo cierto era Gav había tomado su propia...

Condenación. No. Dalinar no pensaba aceptar ese hilo de razonamiento. Un niño al que un monstruo había secuestrado y mentido durante décadas *no* podía considerarse responsable de aquella decisión. Si Dalinar lo mataba, al menos tendría la decencia, consigo mismo y con Gav, de no culpar al chico.

Qué fácil sería. Pocos monarcas habrían dudado mucho tiempo. «Así le concedería a Taravangian lo que más ansía —pensó—, la oportunidad de corromperme».

Pero ¿qué otra opción tenía? ¿Unirse a Odium? ¿Desatar guerras que se extenderían por el vacío entre mundos? Eso era... era más o menos lo que la humanidad ya había hecho, al llegar a Roshar.

Quizá... quizá sí que podría hacer eso. Quizá podría controlar esas guerras, para que no se pusieran demasiado terribles. ¿Tan malo sería tener un general capaz en la estructura de mando, impidiendo que se cometieran atrocidades? Además, seguro que podría guerrear contra otros mundos sin involucrarse demasiado a nivel emocional. Era lo mismo que Gavilar y él habían hecho al unificar Alezkar, solo que a una escala mayor.

Eso parecía… una perversión horrible de los objetivos que llevaba unos años persiguiendo. De la unidad que aún sentía que un verdadero Dios le había ordenado conseguir. Rendirse a los deseos de Taravangian… sería rechazar la incipiente fe de Dalinar y colaborar en una misión que sabía que era malvada. Que era mucho peor que matar a un joven.

Tormentas. Miró a Gav. Recordó al niño con el que había jugado, al que había sostenido en brazos, por el que se había regocijado. Un niño que había visto hacía escasas horas, según su propia percepción mental. ¿Podía ser que… que Taravangian siempre hubiera estado en lo cierto? ¿Que aquel fuese el auténtico camino de los reyes, y no los clichés de Nohadon sobre ayudar a los demás? Tal vez hubiera una verdad más profunda y siniestra: que el deber de un rey fuese asumir en persona los pecados de un gobierno entero.

El Padre Tormenta cobró titilante forma junto a él, y Dalinar cayó en la cuenta de que veía al spren como a un amigo. Uno combativo en ocasiones, sí, pero… bueno, Dalinar tenía pocos amigos a los que no hubiera querido atizar un puñetazo en algún momento. Hasta había llegado a hacerlo con más de uno y más de dos.

—¿Traes una respuesta para mí? —preguntó Dalinar.

El Padre Tormenta negó con la cabeza.

—Lo siento.

—¿Dalinar? —lo llamó Taravangian desde atrás, cerca de la barandilla más alejada, mientras emanaba de él la oscuridad que alimentaba su tormenta—. ¿Quieres que sigamos hablando?

—Podría… ir con él —susurró Dalinar—. Convertirme en su Fusionado, pero luego desobedecer sus órdenes de luchar. No puede obligarme.

—Creo que sí que podría —respondió el Padre Tormenta—. Quizá sea capaz de rehacerte, Dalinar, igual que se crearon los Deshechos. Requeriría tu permiso, pero el contrato…

El contrato se lo concedería.

—Es duro —dijo Taravangian— que pongan legítimamente a prueba la moral de uno, ¿verdad? —preguntó Taravangian—. Encontrarte en la encrucijada de lo que has dicho y lo que has vivido. Lo sé, Dalinar. Créeme que lo sé. Y de verdad que lo siento.

A la tormenta con él. Sonaba tan…

No razonable. Empático. Era cierto que Taravangian había estado en la posición de Dalinar, y que se había visto obligado a tomar esas decisiones. Aquello era lo que Dalinar había temido. Tanta búsqueda, tanto trabajo, para nada. Al final, Odium controlaba aquella confrontación por completo.

«No —pensó Dalinar—. El viaje. He aprendido».

Alzó las manos a los lados, mientras un viento frío soplaba a su alrededor, y contempló los picos montañosos, sintiendo…

Vida. Tal vez fuese un eco de sus visiones. Tal vez fuese esa sensación de calidez, la que tenía a veces durante las horas tranquilas en su estudio. Tal vez fuese el momento, el lugar, la compañía.

Los sentía. A la gente de la torre, de las naciones circundantes, de Alezkar, del mundo. Sentía su miedo, su amor, sus sueños. Algunos sufrían, tal y como afirmaba Odium. Era terrible, pero también era la vida. Y la vida podía ser dolorosa.

La mayoría no sabía lo que Dalinar estaba haciendo, ni en realidad podía importarles. Tenían otras necesidades demasiado acuciantes, demasiado inmediatas. Dalinar supo en ese momento la peor mentira que contaba Taravangian: que solo los «grandes» hombres tenían decisiones difíciles que tomar. Que solo los reyes cargaban con el peso de la culpa. Que él era, de alguna forma, especial por tener que tomar decisiones dolorosas.

El poder de Dalinar era enorme, así que sus decisiones tenían gran calado, pero no eran únicas.

Sí, dijo algo familiar en la mente de Dalinar. *Lo ves...*

Sí que lo había visto. Había recorrido la senda de la historia, había llegado a Urithiru no por medios convencionales, sino hollando el tiempo mismo. Había sido cantor, Heraldo, humano, dios. En el Reino Espiritual, había visto lo que los Conectaba a todos.

Por último, había estado allí, conociendo la debilidad. No siendo suficiente... como un joven al que amaba y que estaba de celebración en Azimir.

No ser suficiente...

Nunca se podía ser lo suficientemente listo. Eso lo había aprendido Jasnah. No se podía seguir luchando indefinidamente. Eso lo había aprendido Kaladin. No se podía ser lo bastante fuerte, ni tampoco honorable hasta la médula. Era lo que significaba ser mortal. A veces triunfabas en lo que te proponías, a pesar de todo. A veces fracasabas. Dalinar había experimentado la ruptura de juramento tras juramento. Humanos volviéndose contra los cantores. Cantores abandonando a Honor por Odium. Incluso había visto a un dios intentarlo por todos sus medios y no encontrar otra salida que incumplir su palabra.

Sí. Dalinar sintió la voz. El poder de Honor—. *DUELE. ¿Por qué tiene que doler? ¿Los humanos no pueden hacer lo que dicen que harán, sin más?*

Aquello, el poder de Honor, era una persona que Dalinar aún no había tenido en cuenta. Una que había visto, pero en la que no había pensado. Lo hizo en ese momento, viendo a través de los ojos del poder en sí.

Una persona tras otra le había fallado, haciendo que temblara por el sufrimiento. La consciencia afloró en Dalinar. Y allí, en la confluencia de dos tempestades, Dalinar Kholin comprendió.

—Padre Tormenta —dijo—, ¡conozco las Palabras!

138

LAS CARGAS
DE NUEVE

Y la existencia de esas distintas personas cruciales es lo único que
yo misma he oído del Viento. Esta verdad singular, esta perla que to-
davía no sé explicar.
«No basta con uno. El cambio debe proceder de muchos».

De *Caballeros de viento y verdad*, página 237

Shallan, exhausta, soltó la daga y cayó de rodillas junto al cadáver de Mraize. Había sido una suerte que no viese, en el último momento, que la punta del verdadero cuchillo, el de la antiluz, consumía su ilusión como una llama. Pero Shallan había conseguido acaparar la atención de Mraize. Una distracción dentro de una distracción. Y había funcionado. Mraize estaba muerto.

Y ella se sentía agotada en lugar de triunfante.

Patrón llegó dando saltos, aún con el tejido de luz que le daba el aspecto de Shallan. Una versión de ella demasiado alta, lo cual debía de ser lo que había puesto sobre aviso a Mraize. Radiante apareció arrodillada al otro lado del cadáver, rubia, con el cuello más grueso, los músculos más fuertes y una sonrisa tranquila.

—Lo has hecho todo tú sola, Shallan —dijo Radiante—. Lo has matado tú misma. Ya no me necesitas para hacer eso, ¿verdad?

—No —susurró Shallan—. Gracias.

Radiante asintió. Era la parte de la Shallan que había matado a su madre, que había matado a su padre y cargado con el peso de la lucha. Había emergido como personalidad tras la muerte de Tyn y había cobrado forma como Radiante unas semanas después. De la misma manera que Velo había llevado los recuerdos de Shallan, Radiante había llevado su violencia.

—Sé que duele —dijo Radiante, y miró a Mraize, cuyo rostro muerto estaba petrificado en un rictus de sorpresa y dolor.

—Sí que duele —respondió Shallan—. Pero no... no por lo que hice, sino por las decisiones de él. Yo no soy responsable de sus malas elecciones... ni de sus consecuencias.

Radiante extendió el brazo, agarró a Shallan del hombro y apretó. Y entonces fueron una.

—¿Y... ya está? —preguntó Patrón con la voz de Shallan.

Fue tan confuso que Shallan disipó la ilusión. Testimonio llegó junto a ellos. Silenciosa como siempre.

—¿Shallan? —dijo Patrón—. ¿Estás curada?

—No funciona así —respondió ella, sintiendo un cansancio extraordinario. Había sido... un día muy largo—. Siempre tendré que combatir las inclinaciones de mi mente. No es que esté curada, o ni siquiera que Radiante haya desaparecido del todo. —Se puso en pie—. Pero sí que estoy mejor que antes.

Mraize empezó a brillar y entonces su piel se onduló.

—Venga —dijo Shallan, agachándose para ayudar a sacar del cadáver al spren herido, un críptico blanco como el hueso y con un patrón en la cabeza que estaba mal. Bucles sueltos, como garabatos, en vez de figuras geométricas.

—Eh... —dijo el críptico—. Lo siento. Pero te odio. Mmmm... Es un odio fuerte.

—Eso es asunto tuyo —respondió Shallan mientras le inspeccionaba el costado izquierdo, que había ardido, dejando un gran agujero en lugar del brazo y el hombro. Miró hacia el tintaspren de Iyatil, que irradiaba colores para mostrar su naturaleza cambiada y se había acurrucado en las sombras cercanas—. ¿Hay alguna manera de sanaros?

—No lo sé —dijo el críptico—. Has quemado la parte de nosotros que era luz tormentosa, no la parte que es luz del vacío. Me... me siento triste. Y herido. No quiero hablar contigo.

Shallan no lo culpaba. Miró a Patrón, que la ayudó a poner en pie al críptico herido. ¿Quizá Sja-anat podría hacer algo, si los llevaban con ella?

Echó a andar hacia la estancia donde estaba la prisión. Con la lucha, casi se había olvidado de ella. Al acercarse, logró atisbar a duras penas algo horripilante que ocurría en el interior.

Renarin y Rlain habían alzado la gema sobre sus cabezas. Se disponían a tirarla al suelo, destrozarla y liberar a Mishram.

Oh, *tormentas*.

Nale, llamado Nalan'Elin, estaba acurrucado en el suelo e intentaba dejar de existir.

No es que aquella oscuridad fuese nueva, pero él había... había sido capaz de ocultarse de ella. Hasta que Ishar le arrebató sus protecciones. Entonces la fuerza completa de los fracasos de Nale, de los asesinatos que había cometido, lo abrumó. Supo, con los ojos cerrados muy fuerte pero derramando lágrimas de todos modos, que nunca escaparía de aquello.

Sylphrena intentó arrastrarse hacia Kaladin. Le resultaba imposible moverse. Casi no podía ni extender la mente, con su esencia misma retorcida por el suplicio. Había sentido algo parecido antes, al intentar empatizar con Kaladin y personas como él, pero experimentarlo de esa manera era absolutamente diferente.

La hacía sentir sola, sola del todo.

—Conoced mi dolor —estaba diciendo Ishar, pero ella apenas lo oía—. Y, mientras lo sentís, concededme paz. Para pensar.

Sola, más sola que la una. ¿Qué había hecho ella jamás que tuviese la menor importancia? Sintió un estrujamiento en su interior, que la recolocó hasta que...

Hasta que quiso dejar de *ser*. Aquello no era dolor. Era lo contrario al dolor. Era una nada profunda y terrible.

La aterrorizaba más que ninguna otra cosa que hubiera sentido nunca.

Szeth estaba agotado.

¿Cuánto tiempo se esperaba de él que siguiera adelante? ¿Qué sentido tenía tanta lucha?

Cada nuevo pensamiento era sobre cómo había fracasado. Los ojos de alguien a quien había asesinado. Susurros en la oscuridad.

Se sentía superado. Rodeado por una oscuridad tan intensa que no le dejaba ver. ¿Qué importancia tenía todo aquello? ¿Por qué se había esforzado tanto?

¿No podía dormir sin más, por una vez?

Pero el sueño parecía una escapatoria demasiado fácil para alguien como él.

¿Szeth?

La espada. Szeth no le hizo caso.

Szeth, ¿qué ocurre?

Todo iba mal. Y siempre sería así. Szeth cerró los párpados con fuerza, se hizo un ovillo y tembló.

Kaladin yacía allí, forcejeando con la oscuridad.

—Qué decisión más mala tomé, ¿verdad? —preguntó Ishar—. Mira que creer que algún mortal podría merecer jamás convertirse en Heraldo. Debo optar por otro plan. Disolver el Juramento. Sí, disolverlo, traer a los spren a este reino y convertirlos en mi ejército.

Los pensamientos se colaron y apuñalaron la mente de Kaladin, como lanzas en la carne, obligándolo a chillar sus fracasos. Aquellos a quienes había perdido. A quienes había fallado. Tormentas, cómo odiaba esa parte. Pero en fin, no podía evitarse. Así que Kaladin estiró el cuello y alzó la mirada.

A menudo, todo empezaba con solo alzar la mirada. Era el primer paso para zafarse de aquella oscuridad. Con los ojos empañados de lágrimas, le pareció ver a alguien... allí de pie frente a él. El propio Kaladin.

El joven Kaladin, dando el paso de alistarse en el ejército porque se habían llevado a su hermano.

A su lado, el jefe de pelotón Kaladin, en el campo de batalla y protegiendo a los nuevos reclutas.

Luego el hombre del puente Kaladin, obligando a sus amigos a cargar con un puente de lado.

El capitán Kaladin, que se alzó para proteger a Elhokar incluso de un amigo.

El Radiante Kaladin, luchando contra Szeth en el cielo.

Miró a todos esos hombres muertos que había sido y comprendió algo. Los admiraba. Todos compartían ese singular atributo: la voluntad de proteger y ayudar a quienes los rodeaban.

«Y eso *soy* yo —pensó—. Eso *es* lo que quiero ser».

Sagaz le había dicho que descubriese quién era cuando no estaba en plena crisis. Cuando no se le exigía luchar. Bueno, pues esa *era* la persona que quería ser. ¿Tan terrible era? La oscuridad de su interior decía que sí, que iba a terminar dando los mismos círculos que otras veces. Esa oscuridad... En ella, sintió la carga de los nueve Heraldos restantes. Las personas que tanto habían sacrificado por el mundo, y que se habían perdido a sí mismos por ello. ¿Sería una advertencia? ¿La advertencia de que no debería intentarlo?

Kaladin ahuyentó esa sensación, porque tenía una nueva herramienta. Había aprendido, y mejorado, mientras ayudaba a Szeth. Tormentas... al ayudar, había aprendido. No se le daba de maravilla, pero ya sabía poner límites. Se negaba a culparse por los errores de Szeth, se negaba a permitir que el fracaso lo aplastara.

El cambio para convertirse en aquella versión más nueva de sí mismo no consistía en abandonar lo que más admiraba de sí mismo. Consistía solo en hallar una manera sana de llevarlo.

Y así, afrontando la oscuridad más terrible que hubiera sentido jamás, Kaladin Bendito por la Tormenta respiró hondo.

Y se levantó.

139

PALABRAS

Eso no puedo confirmarlo. Pero sí que puedo confirmar el testimo-
nio de la experiencia de un hombre. El de lo que sintió al hallarse en
las más profundas simas del desespero y que entonces alguien se alza-
ra e hiciera todo lo posible por resguardarlo de ello.

De *Caballeros de viento y verdad*, página 237

Kaladin se levantó para proteger a Szeth, a Syl e incluso a Ishar. No
porque tuviera que hacerlo. No porque la situación lo obligase a ello.
Sino porque ese *ERA* el hombre que quería ser.

Ishar interrumpió sus divagaciones y se giró para mirarlo, con los ojos
ensanchándose. Todo el resto de los presentes en aquel campo yermo de
piedra yacían en el suelo, acurrucados, temblando, con los párpados apretados. Hasta Syl estaba incapacitada. Al igual que les pasaba a Kaladin, Nale y
Szeth, brotaba de ella un cordel de luz blanca que llegaba hasta Ishar.

En ese momento, Kaladin comprendió por qué había ido a ese lugar.
Sintió que la misma Viento daba un respingo de alegría. Su armadura invisible y, al parecer, miles de vientospren en alguna parte, se maravillaron por
ese simple acto. El de un hombre poniéndose en pie.

—Imposible —dijo Ishar—. ¿Qué eres?

—Soy solo una vieja lanza que se niega a romperse, Ishar.

Dio un paso a un lado, frente a Szeth, para colocarse entre Ishar y su
amigo. Quizá fuese un gesto vacío, pero había una oscuridad emanando de
Ishar y quizá Kaladin pudiera escudar a otros de ella, como si se tratara de una
tormenta terrible. Y, en efecto, Szeth abrió los ojos.

Ishar empezó a caminar hacia Kaladin.

—No me lo puedo creer. —Miró el cordel de Kaladin, y luego a sí mismo—. ¿Cómo lo haces?

—Esta oscuridad espantosa… —dijo Kaladin—. ¿Es lo que sientes?

—Todos los días.

—Qué horror, ¿no?

Ishar asintió.

—No quiero mentirte —dijo Kaladin— prometiéndote que todos los días futuros serán cálidos. Pero, Ishar, sí que volverás a sentir calor. Que es una promesa muy distinta.

—No… No sé si es verdad —susurró Ishar—. Para nosotros es diferente.

—No lo es —dijo Kaladin—. Ahora que siento tu dolor, veo lo que es. Puede que vuestras vidas sean sobrenaturales, Ishar, pero lo que sentís es lo que siento yo. Entiendo que, por una parte, saberlo no te consuela. Tu dolor, tu aflicción, tu oscuridad… no cambian porque otro también los experimente. Pero sí que parece ayudar, ¿verdad?, saber que no estás solo.

Le costaba incluso hablar. Kaladin no estaba mintiendo: ya había sentido aquello, pero lo que fuese que Ishar le había hecho era mucho peor que la mayor parte de sus días. Era como destilar los peores días que había vivido Kaladin en un horror de graduación pura. En el blanco comecuernos de la desgracia.

Aquello era peor que los días en los que no quería moverse. Era como cuando habría hecho cualquier cosa por no existir. Días como aquel de hacía mucho tiempo, bajo la lluvia, frente a un abismo.

Y aquello era con lo que los Heraldos vivían a diario.

«Tormentas —pensó—. Tengo que ayudarlos».

Era una idea ridícula. ¿Cómo iba a ayudarlos él? Si casi no era una persona funcional. Estaba costándole todas sus fuerzas aguantar allí de pie.

Pero Kaladin. Aguantó. DE PIE.

Y de alguna manera, eso ayudaba. Ver resistir a alguien sí que ayudaba. Szeth, gimiendo, consiguió alzar los ojos hacia él. Syl se removió.

—¿Cómo? —exclamó Ishar—. ¿Qué eres? —Hizo un gesto hacia Szeth—. ¿Eres… eres su spren? ¿Su dios?

—No —dijo Kaladin—. Soy su terapeuta.

Ishar parpadeó.

—¿Y eso qué es?

—La verdad es que no tengo ni idea —admitió Kaladin.

Ishar se movió con una ráfaga de velocidad. Un chasquido, un batir del aire y de pronto estaba allí, con una mano aferrada a la garganta de Kaladin.

—Te aplastaré. Caerás aquí, Bendito por la Tormenta. No puedes ayudar. No puedes detenerme. Todas las personas a las que amas morirán por esta insolencia. ¿Eso no te da miedo?

—Sí —reconoció Kaladin.

La oscuridad quería que se viese a sí mismo fracasar. Intentaba mostrárselo. Pero Kaladin había aprendido, y las Palabras se formaron sin que él se diera cuenta de que había empezado a conocerlas. Eran las Palabras que tanto un soldado como un cirujano necesitaban aprender en algún momento.

Dos mitades de un hombre. Una única lección.

Era un paso adelante a partir de lo que había descubierto en la tormenta y la vorágine dos semanas antes, de aquellas Palabras pronunciadas con dolor. Aquello era un contrapunto, aprendido con una paz que fluyó a través de él y cerró el paso a la oscuridad. Unas Palabras calmadas. Que recordaban a lo que Teft había comprendido, y la sabiduría de su amigo lo ayudó en ese momento.

Kaladin apoyó la mano en el hombro de Ishar, reconfortante, sin hacer caso a la mano que le aferraba el cuello, y las pronunció.

—Me protegeré a mí mismo, para poder seguir protegiendo a los demás.

El poder de Honor se congregó alrededor de Dalinar como una aureola. El fragor de Odium se volvió minúsculo, zumbido en lugar de trueno.

Aquel poder… sabía que ya no era como los demás. Había pasado demasiado tiempo sin recipiente, y una parte de él anhelaba que lo ostentaran de nuevo. Pero había visto demasiadas traiciones.

—Lo sé —susurró Dalinar, con el corazón en un puño—. Yo estaba allí.

Durante las visiones del pasado, Dalinar había puesto demasiada atención en Tanavast. Era natural, ya que las había visto desde su perspectiva, pero en ese momento aceptó el punto de vista del poder. Un poder que había puesto todo su empeño en colaborar con Tanavast, pero que lo había encontrado exasperantemente insensible a los juramentos.

—Veo tu dolor —susurró Dalinar.

Unas líneas de luz, decenas, cientos, empezaron a aparecer en su pecho y perderse hacia la nada, uniéndolo a… a algo distante. O a algo cercano, pero en otro reino.

Tú… susurró el poder. *Tú eres el unidor.*

Sí. Había cumplido el mandato de unirlos. Había juntado Alezkar, forjado una nación cohesionada a partir de unos altos príncipes pendencieros. Luego había juntado a naciones en su coalición. A pesar de los tropiezos, Navani y él habían convertido aquella torre y sus habitantes en un verdadero reino.

Aquellas líneas de luz se reforzaron.

—Sé que quieres un sucesor —dijo Dalinar.

Los humanos mienten, afirmó el poder. *Los he visto mentir. Todos ellos mienten. Las mentiras duelen.*

—Lo he visto —dijo Dalinar—. No creo que tengas mejores opciones que yo, ahora mismo. He mejorado mucho, incluso en estos últimos diez días.

Dalinar había aprendido las lecciones de quienes habían fracasado. Estaba *listo*. Listo para dar el siguiente paso.

Las líneas de luz… se quedaron igual. Al poder no le importaba lo dispuesto que estuviera Dalinar a servir. ¿Por qué?

«Es el poder de Honor y los juramentos —pensó—. No el de la autosuperación. Le da igual que yo haya mejorado. Lo que le importa es que cumpla mi palabra».

Dalinar pensó en los muchos juramentos que había hecho y mantenido. Promesas a sí mismo, a los demás. Incluyendo una tan reciente como enviar a Radiantes con el Visón, a pesar de lo perjudicial que sería para la guerra. Y aun así... se descubrió dubitativo.

¿De verdad era un hombre de palabra? Le había dicho a Elhokar que no quería el trono, se lo había jurado a Sadeas, había hecho voto de nunca ser rey... pero luego, a todos los efectos, había tomado ese trono.

Al poder le traía sin cuidado. Mientras Dalinar no hubiese tomado el trono de verdad, todo iba bien.

Eso lo inquietaba. El poder tenía una cierta inmadurez que Dalinar no había esperado encontrar en algo deífico. Pero... supuso que había desarrollado la consciencia hacía relativamente poco.

Es la hora, Dalinar. Era... la voz de Cultivación. *Pronuncia las Palabras. Ahora las conoces.*

Las conocía. Se centró en la perspectiva del poder y vio a Tanavast traicionarlo una y otra vez. Interiorizó las lecciones de su reino: que, en ese caso, el destino no era un lugar, sino una Conexión. Era aquello en lo que uno se había convertido, no el lugar al que había llegado.

El poder lo envolvió y Dalinar estrelló sus manos entre sí y abrió una perpendicularidad. Entonces le dijo a Honor las Palabras más importantes que podría decir jamás. Palabras que solo funcionarían si podía pronunciarlas con sinceridad.

—Te comprendo.

140

LA LUZ QUE AVIVAMOS NOSOTROS MISMOS

La misma Viento aceptó sus Palabras.

De *Caballeros de viento y verdad*, página 249

E*sas Palabras*, le susurró el Viento a Kaladin, *son aceptadas.*

Kaladin se encendió en una explosión de poder.

E Ishar, el pobre Ishar, seguía Conectado a él por ese cordel de Forjador de Vínculos. En el momento en que pronunció las Palabras definitivas, el poder *recorrió* esa misma atadura, junto con una oleada de luz tormentosa procedente de Kaladin, que arrojó a Ishar hacia atrás con una fuerza física. El Heraldo chocó contra una columna de roca, bañado en luz pura del Reino Espiritual.

A Kaladin le pareció distinguir cómo el poder del Quinto Ideal hacía retroceder la oscuridad a través de ese cordel, como un desagüe inundándose al revés, hasta que llegó a Ishar y este ahogó otro grito. Un humo negro brotó del Heraldo en una explosión, empujado desde sus poros como si fuese luz tormentosa.

Kaladin creyó oír, resonando a través de aquel vínculo en descomposición, los respingos de otras ocho personas cuando una oscuridad no reconocida los abandonó. Era una nube opresiva que Ishar creía haber estado conteniendo, cuando en realidad había estado infectando a todos los Heraldos. La negrura que había absorbido de Odium hacía siglos, al encontrar su estanque de poder.

Levantar esa nube negra no iba a sanarlos. Sus heridas se extendían milenios antes de esa terrible decisión de Ishar. No obstante, aquello quizá los ayudara a abrir un camino hacia la sanación.

Ishar dio un último gemido y cayó al suelo, aturdido y quizá inconsciente. Kaladin, todavía brillando, se percató de que los cordeles seguían allí. Así que se arrodilló, cogió a Sangre Nocturna por la empuñadura y desenvainó la espada. El arma empezó a absorber energía de Kaladin, pero contenía tanta gracias al Quinto Ideal que le pareció una cantidad desdeñable.

Kaladin usó la espada para cortar con cuidado los cordeles que brotaban de Ishar, con lo que liberó a Syl, a Nale y a Szeth. Los últimos vestigios de aquella oscuridad se desvanecieron, dejando solo un recuerdo. Szeth soltó un suspiro de alivio. Syl rio.

Cerca, los portadores de Honor de Ishar se agitaron y empezaron a levantarse. Y, tormentas..., la oscuridad seguía pendiendo sobre ellos. Aquella sombra que se cernía sobre el país... Kaladin la veía manifestada en esas seis personas, cuyos rostros se convirtieron en máscaras de cólera mientras se reunían. Habían sido creados a partir de esa oscuridad, por lo que aquello no había acabado.

Kaladin dejó la espada negra en el suelo, pero reparó al hacerlo en que un hilo de oscuridad permanecía sujeto a su mano. Su luz tormentosa seguía fluyendo fuera de él, desapareciendo, como si estuviese utilizándola para alguna gran tarea.

He aprendido de las otras espadas, dijo Sangre Nocturna en su mente. *Conozco las potencias. Voy a Conectar contigo. ¡Me alimentarás!*

—Sangre Nocturna —susurró Kaladin—, suéltame.

Es la hora. Destruiremos. ¡Blándeme!

Tormentas. Bueno, Kaladin había oído que tenía que volver a enfundar la espada. Cuando extendió la mano hacia la vaina plateada, el arma volvió a hablarle a la mente, con una contundencia nada característica.

NO. ES LA HORA. ENTRÉGAME A SZETH. EXTRAERÉ DE TI, NO DE ÉL, ¡PERO ME NECESITA Y TENEMOS QUE DESTRUIR!

Kaladin miró hacia los portadores de Honor, que seguían poniéndose en pie. Si había alguna lucha que completar ese día, era Szeth quien debía hacerlo. De modo que Kaladin le lanzó la espada negra... y aquel hilo de oscuridad que lo unía al arma se estiró. Sangre Nocturna siguió alimentándose, no del alma de Szeth, sino de la luz tormentosa de Kaladin.

Szeth alzó la espada.

Kaladin, entretanto, ayudó a Syl a levantarse.

—Kaladin —susurró ella—. ¿Qué has hecho?

—Comprenderme a mí mismo, por fin —dijo Kaladin con una sonrisa. Miró a Szeth—. Lo que viene ahora tenemos que dejárselo a él.

Szeth sostuvo en alto la espada negra, utilizando la luz tormentosa de Kaladin para sustentarlos a ambos.

¡Destruyamos el mal!, gritó Sangre Nocturna mientras un líquido denso como la tinta goteaba de la hoja, aunque se evaporaba casi por completo antes de tocar el suelo.

—No, espada-nimi —dijo Szeth—. Hoy nos limitaremos a restaurar lo que es correcto.

Los seis portadores de Honor lo rodearon, cada uno de ellos con una hoja propia. Ishu seguía en el suelo, pero su furia bullía en ellos. Aquellas cosas, creadas a partir de la familia y los mentores de Szeth... eran abominaciones. Pero mientras Szeth las contemplaba, con Sangre Nocturna borboteando frente a él, interpretó algo diferente en sus expresiones. Donde antes había visto rabia, una furia de dientes apretados y ojos ensanchados por el desprecio, Szeth vio dolor. Dientes apretados de frustración por haber sido convertidos en marionetas, ojos ensanchados por el horror de lo que se veían obligados a hacer.

—Oh, padre —susurró Szeth—. Yo he sentido lo mismo. He recorrido ese camino. Te entiendo.

Neturo sollozaba sin contenerse mientras aferraba su hoja de Honor.

—Lo siento —dijo entre dientes rechinantes—. Szeth, lo siento mucho.

Parecía creer que seis contra uno era un combate injusto. Ese uno, sin embargo, era Szeth.

—Espada-nimi —susurró—. Has creado un vínculo con Kaladin. ¿Eso significa que has estado aprendiendo potencias de las hojas de Honor? ¿Puedes devolverme mis enlaces?

Sí, respondió la espada. *Puedo restaurar tus enlaces. Son fáciles. Hasta un spren puede proporcionarlos. Y ahora, ¿luchamos? ¿Por fin LUCHAMOS?*

Szeth notó un característico escalofrío en la palma de la mano derecha. Confió en que la luz tormentosa de Kaladin resistiese, porque, si no, la espada los consumiría a ambos. De momento, Szeth tenía todo lo que necesitaba. Sus enlaces, y algo más. ¿Cuánto tiempo hacía desde que había podido entregarse en cuerpo y alma a un combate? No lo había hecho con los Rompedores del Cielo, ni cuando era un títere en manos de Taravangian, ni siquiera durante la batalla de la Explanada Thayleña.

No lo hacía desde la primera vez que había empuñado una hoja esquirlada y descubierto que era un baile.

—Sí —susurró a Sangre Nocturna—. Ahora *luchamos*.

La perpendicularidad refulgió con un poder asombroso, como una estrella sobre Urithiru que lo volvía todo blanco.

—¿Dalinar? —lo llamó Taravangian, con voz calmada desde dentro de su tormenta—. ¿Qué te crees que haces?

—No puedo enfrentarme a ti como hombre y vencer, Taravangian —respondió Dalinar—. Es el momento de que Honor regrese.

—No puede regresar a ti —le aseguró Taravangian—. El poder rechaza a la humanidad. Y te rechazará a ti en particular, porque eres un perjuro.

—Pues explica entonces lo que está pasando —dijo Dalinar, expandiendo la columna de luz.

Por primera vez desde que se habían conocido, Taravangian no parecía tener ni idea de qué responder.

Dalinar extendió el brazo hacia la perpendicularidad. *¡Vamos!*, le dijo al poder. *¡Se te necesita!*

El poder fluyó a su alrededor, pero no penetró en él. Dalinar sintió como si estuviese en una visión, pero sin nada que ver. Una extensión gris, una infinita amplitud de nada, sin forma. Pero con un poder centelleante en el cielo, inabarcable y maravilloso.

—¿Por qué? —preguntó Dalinar—. ¿Por qué titubeas?

Yo... La humanidad... El dolor... Solo que...

Con un destello, Dalinar tuvo una revelación: dos personas que sostenían una gema prisión. El Pontonero de Mentes. El Hijo de Espinas.

Al borde de un metafórico acantilado, de un futuro que nadie, ni siquiera los dioses, alcanzaban a dilucidar.

Renarin y Rlain sostuvieron en alto la gema.

Rlain armonizó a Determinación, con la mano junto a la de Renarin, feliz de estar allí con ese hombre a su lado.

Shallan les gritó que se detuvieran. Ambos volvieron los ojos hacia ella, y luego se miraron entre ellos. No le hicieron caso.

—¿Estás seguro? —preguntó Renarin.

—Sí. ¿Tú?

—Sí —dijo Renarin a Determinación.

Juntos estrellaron la gema contra el suelo, donde se hizo añicos, y una tormenta oscura escapó de ella.

141

LO QUE SE PERDIÓ

El curioso efecto que la Espada Negra tiene sobre los individuos está, en mi opinión, pobremente documentado. Es cierto que muchos sienten náuseas al empuñarla, lo cual es señal de un corazón que no está corrompido por la codicia.

Otros, por tanto, sí que están corrompidos por esa codicia.

Los más interesantes son los casos intermedios. Quienes no sienten ninguna de las dos emociones. Quienes pueden utilizar la espada, pero recorren una fina línea a lo largo de su filo.

De *Caballeros de viento y verdad*, página 266

K aladin permaneció atrás junto a Syl, viendo a Szeth luchar, maravillado. Un hombre contra seis portadores de Honor, y los hacía parecer unos niños.

Una de ellas, una Custodia de la Piedra, creó una pared de roca, y Szeth se limitó a usarla como un camino y correr hacia arriba por ella. Cuando la coronó y la piedra intentó envolverlo, Sangre Nocturna la destruyó con un estallido de humo.

Szeth aterrizó entre un grupo de cinco enemigos y bloqueó sus ataques con facilidad, haciendo saltar chispas de sus hojas de Honor, arrancándoles muescas, empujando atrás a sus portadores. Cada vez que dispersaba a sus enemigos, ellos se apresuraban a atacarlo de nuevo. Y cada vez, de algún modo, Szeth dominaba el enfrentamiento contra todo pronóstico. Se movía como, y con, el viento. La Custodia de la Piedra intentó agarrarlo, pero Szeth se deslizó por el suelo y le tocó la pierna. La mujer salió despedida por los aires.

—El Viento lo ayuda… —susurró Kaladin.

No. Le tenemos miedo.

Kaladin se sobresaltó, miró a ambos lados y vio motas de luz que flotaban a su alrededor. ¿Vientospren? Su armadura. Nunca antes habían hablado con él.

Un momento. Si esos eran los spren de su armadura... ¿por qué había tantos? Apareciendo y desapareciendo, esfumándose tan pronto como alcanzaba a verlos en el aire. Sintió...

Eran miles. Mirando desde el otro lado. Y con ellos, la propia Viento, la antigua alma de Roshar. Como si todo el viento de Roshar estuviese conteniendo la respiración allí, en ese instante.

Al este, más allá de los spren, sintió temblar la tierra.

Algo terrible estaba sucediendo en Urithiru.

Dalinar sintió el momento exacto en el que Renarin y Rlain liberaron a Ba-Ado-Mishram. Una nota discordante y duradera, que había hecho vibrar el alma de Roshar de la manera más terrible, por fin se había extinguido.

Algo que había estado roto, durante muchísimo tiempo, se había arreglado.

Dalinar fue a zancadas hacia Odium, con el poder de Honor rodeándolo. Lo vio, vio el auténtico honor en los esfuerzos de dos jóvenes por corregir un error de antaño. En la manera en la que un joven lancero se levantaba del suelo en la oscuridad. En un hombre que resistía junto a amigos para salvar una ciudad que no era la suya. En la Tejedora de Luz que rechazaba las mentiras y aceptaba la verdad. Incluso en la forma en que una reina que se había equivocado decidía mejorar.

Lo vio en lo que había sido Alezkar, y en lo que se había convertido. En sí mismo. Si el hombre que había quemado ciudades era capaz de redimirse, ¿quién no iba a poder hacerlo?

Eso era el honor. El poder no era capaz de verlo, y eso aún turbaba a Dalinar, pero él sí.

Por suerte, con la liberación de Mishram consumada, y siendo su traición justo lo que había hundido a Tanavast, el camino quedó claro. Aquel pecado había estado haciendo que el poder se contuviera durante todos esos siglos, pero ahora anhelaba un recipiente, y Dalinar había visto su existencia y sus fracasos.

Quería a alguien que lo comprendiese. Eso era por su incipiente humanidad, por su incipiente consciencia. Como todos los seres sapientes, quería que lo comprendiesen. Por lo que, con esa Conexión, el poder que había quedado aislado *regresó* por fin.

Honor volvió a nacer en Dalinar Kholin.

Szeth era libre.

Liberado de una prisión eterna. Podía... podía volver a bailar.

Serpenteó entre los portadores de Honor, mientras Sangre Nocturna reía y salpicaba niebla oscura a su alrededor.

Estaba vivo.

Szeth-hijo-Neturo estaba *vivo*.

Qué raro fue, por tanto, que sollozara por lo que tenía que hacer. Porque era hora de hacerlo, ya pasaba de la hora. Tenía que llevarles la paz a aquellas personas. Así que dejó de retrasar el momento y usó un enlace para deslizarse por el suelo. Dos de ellos asestaron tajos a su paso, pero fallaron, y Szeth se situó justo delante de Pozen. El anciano portador de Honor extendió el brazo con una mirada de rabia para intentar enviar a Szeth a Shadesmar.

—Gracias —dijo Szeth, lanzando una estocada con la espada de medianoche—. Gracias por tu entrenamiento.

Pozen, su primer maestro, estalló en humo negro y su hoja de Honor salió despedida por los aires para terminar repiqueteando en el suelo a lo lejos.

Szeth se enlazó hacia atrás, de pronto moviéndose de un modo antinatural, para quien no estuviese acostumbrado a los enlaces. Dejó tras de sí a cuatro atacantes confusos intentando alcanzarlo mientras él se volvía, con el viento en la cara, y localizaba una formación rocosa que no había estado allí el instante anterior. La atravesó con su hoja y la consumió en una explosión de humo negro.

—Adiós, Moss —dijo Szeth con lágrimas en las mejillas, mientras el tejido de luz se disipaba y de las rocas solo quedaba un hombre consumido por Sangre Nocturna—. El único de vosotros que fue un amigo de verdad. Que descanses al fin.

Ba-Ado-Mishram llenó la pequeña estancia de un agitado humo negro. Rlain perdió de vista a Shallan, fuera de la cámara, y hasta dejó de ser consciente de su entorno. Apoyó una mano en una pared a través de la oscuridad.

Esa oscuridad formó una esfera alrededor de Renarin y él, y entonces Mishram cobró forma a partir del humo, con las manos como garras. Se alzó sobre Renarin como una sombra vengativa, con dedos que terminaban en uñas afiladas como cuchillas y los ojos de un rojo resplandeciente.

Rlain armonizó a Resolución, saltó adelante, agarró a Renarin, lo protegió y luego se giró hacia Mishram.

—*NO*.

—Es uno de ellos —gruñó Mishram.

—Te ha liberado. ¡Ha hecho lo correcto *porque* era lo correcto!

—¡Ha sido un necio! Ellos me encerraron. ¡Me mintieron! ¡Es malvado!

—Es una persona —gritó Rlain.

—¡Es un humano! —gritó también ella.

—Algunos son malvados, otros son buenos. ¡La mayoría son ambas cosas! Igual que nosotros, ¡y hasta que lo aceptemos, las cosas no cambiarán!

—¡Para mí no ha cambiado nada en dos mil años!

—Para nosotros, sí —dijo Rlain. Atrajo a Renarin hacia sí y armonizó a Amor—. Para nosotros sí que ha cambiado, Mishram.

El Ritmo del Resentimiento crepitó a su alrededor como el trueno. Pero Mishram no atacó. Dio un chillido, seguido por una explosión de luz. Rlain se aferró a Renarin y ambos cayeron a través del suelo. Renarin gritó y todo se convirtió en negrura y luz, de algún modo entremezcladas, hasta que, con una sacudida, dieron contra el suelo.

Rlain se retorció, gimiendo. Cuando recuperó la visión, vio que tanto Renarin como él estaban tumbados con Shallan y los spren en una de las plataformas de Puerta Jurada de Urithiru. La versión de Shadesmar, con aquel incognoscible cielo negro y las nubes raras.

Habían salido expulsados del Reino Espiritual. Y depositados cerca del lugar donde habían comenzado aquel viaje.

Szeth se posó con suavidad en las piedras mientras una tercera hoja caía estrepitosa en el suelo a sus pies. Había matado a una tercera enemiga, en esta ocasión la Custodia de la Piedra. Solo le quedaban otros tres. Su hermana, la Portadora del Polvo. La anciana Vigilante de la Verdad, cuyo nombre nunca había llegado a saber. Y, por último, su padre.

Szeth titubeó, su mano sudada en la empuñadura de Sangre Nocturna.

¡Lucha!, exclamó la espada. *¡DESTRUYE!*

La sensación que daba la batalla había cambiado. La cabeza de Neturo iba a trompicones, como obligada a moverse. Asintió hacia la Vigilante de la Verdad. Era la orden más extraña de todas, la que menos comprendía Szeth, incluso cuando usaba su hoja de Honor.

La Vigilante de la Verdad avanzó mientras se formaba un globo de luz en las manos. Las sombras cobraron vida. Szeth retrocedió trastabillando mientras emergían arrastrándose de la oscuridad que lo rodeaba. Figuras traslúcidas. Esa… esa era el antiguo rey alezi. Esa, un bandido de Bavlandia. Allí estaba una sirviente del banquete veden…

Guardias. Ojos oscuros comunes. Reyes. Portadores de esquirlada.

Las personas que Szeth había matado. Los susurros.

Los susurros estaban vivos. Todos señalaban a Szeth. Acusadores.

Él se volvió a un lado y a otro, intentando encararse hacia todos, blandiendo a Sangre Nocturna, aunque le empezaba a doler la mano y unos zarcillos negros le reptaban muñeca arriba. Pronunciar un juramento le había conferido un gran poder a Kaladin, pero Sangre Nocturna quería incluso más. La oscuridad se movía como venas bajo la piel, una corrupción que buscaba el corazón de Szeth. La espada anhelaba alimentarse de su alma.

¡Szeth!, gritó Sangre Nocturna. *¡Tenemos que matar!*

Una hoja de Honor destelló entre las sombras que se arracimaban. Szeth la desvió por puro instinto a un lado. Su hermana apareció de entre los muertos.

—Lo has arruinado todo, Szeth. Antes de que le partieras la crisma a ese soldado, nuestra vida era perfecta. Ahuyentaste a madre. Dejaste destrozado a padre. ¡Rompiste nuestra familia!

—Lo sé —dijo él, con lágrimas surcándole las mejillas.

—Voy a matarte por lo que has hecho —dijo ella, rodeándolo como una depredadora, haciendo girar la hoja de Honor en su mano—. Esta vez no me contendré. Es lo que te mereces.

—Así es —dijo Szeth mientras las sombras estrechaban el cerco—. Pero, Elid... tú no.

—¿No me merezco morir?

—No te mereces esa carga —susurró Szeth—. No mereces nada de esto... ni lo que te ha hecho Ishu. Lo que yo le hice a nuestra familia. Ojalá pudiera devolverte todo aquello.

Parpadeó para quitarse las lágrimas de la comisura de los ojos mientras veía como ella, al moverse, dejaba atrás una tenue sombra. Como... como había hecho él, a ojos de algunos, después de que lo sanaran tras estar a punto de morir.

Solo que la suya había sido blanca y la de Elid era roja.

—Pero no puedo dejarte marchar —añadió Szeth—. Ya no estás viva, Elid. Ahora eres otra cosa.

Ella gruñó y alzó la espada hacia él. Las sombras rodearon a Szeth, que comprendió cuando lo tocaron... que, si se lo llevaban, no podría ayudar a su hermana.

Ninguna de ellas era real. Nunca habían sido reales. Como una piedra venerada y cargada sin propósito, eran... nada.

Ignorarlas no las hizo desaparecer, pero sí que les arrebató su poder. Cuando Elid se abalanzó hacia él, Szeth desvió su hoja de Honor. Elid pareció sorprendida: había pensado que encontraría a Szeth consumido por su locura. El ataque la dejó cara a cara con él, y Szeth le dio un beso en la frente.

Entonces la atravesó con Sangre Nocturna y llevó la paz por fin a su hermana. La hoja de Elid cayó al suelo con un repiqueteo, cortando la piedra.

142

UN HOMBRE AL BORDE DE UN PRECIPICIO

Quienes no estuvimos allí, futuras lectoras, lo comprendimos. Incluso a cientos de kilómetros de distancia del acontecimiento, oí el trueno. La tierra tembló por lo que hizo Dalinar Kholin.

De *Caballeros de viento y verdad*, página 181

L a mente de Dalinar se expandió.

Podía verlo todo. Pasado, presente, futuros potenciales.

Su cuerpo se evaporó en la sustancia que era la vasta e incompresible esencia de la divinidad. Lo que salió caminando desde ese poder para encontrarse con Taravangian era una mera proyección que el infinito arrastraba a su espalda como una capa.

Lo has conseguido, dijo el Padre Tormenta, asombrado, con una voz que había pasado a ser diminuta. Un soplido contra una alta tormenta desatada. Dalinar, Honor, podía enfrentarse a Taravangian en igualdad de condiciones. Y podía considerar una tercera opción aparte de las dos que se le habían ofrecido.

¿Y si destruía a Odium? El antiguo contrato permitía a Dalinar atacar si así lo deseaba. Sí, Odium podría defenderse en caso de que ocurriera, pero Dalinar había sido soldado y Taravangian filósofo.

Dalinar podía destruir a su enemigo y salvar Roshar. El poder de Honor *quería* esa confrontación. En un momento de infinita lucidez, Dalinar vio que ese era en parte el motivo de que se hubiera separado de Tanavast. Lo que había estado temiendo lo vio cumplido en ese momento: el honor, a ojos del poder, consistía en juramentos. Y eso tenía su parte siniestra.

¿Cuántos hombres habían apuñalado a alguien a quien amaban por «honor»?

¿Cuántas guerras habían estallado por un insulto al «honor»?

¿Cuánta ira en el mundo se había causado por creer en el «honor»?

El poder aceptaba esas definiciones de él. Era el poder de los juramentos y del orgullo que esgrimían las personas cuando se las consideraba gente de palabra. Era lo que Dalinar había presenciado: miles de años de guerras para demostrar quién tenía razón y quién merecía aquella tierra. Al poder le daba igual la autosuperación, pero le importaba muchísimo el hecho de tener *razón*.

—BUENO —dijo Taravangian—, ¿A ESTO HEMOS LLEGADO?

—ES LA ÚNICA MANERA —se descubrió Dalinar respondiendo.

—ACEPTO —dijo Taravangian—. SI CONSIGO ANIQUILAR EL PODER DE HONOR, ASTILLARLO POR COMPLETO, SERÉ LIBRE.

Dalinar. Apenas un soplo de aire. Fácil de pasar por alto.

—ACEPTO —dijo Dalinar—. SI MUERES, ESTE MUNDO QUEDARÁ LIBRE POR SIEMPRE DE TU PESTE. PUEDO CONSERVAR A HONOR, DEMOSTRARÉ QUE OBRO BIEN AL NO MATAR A GAV... Y NO TENDRÉ QUE UNIRME A TI Y A TUS CONQUISTAS. PONGÁMOSLE FIN A ESTO, TARAVANGIAN.

¡Dalinar!

—¡PONGÁMOSLE FIN! —exclamó Taravangian, con su poder inflándose tras él y el relámpago rojo crepitando.

—NO TENDRÍAS QUE HABER AMENAZADO A MI FAMILIA —dijo Dalinar, y los vientos se enfurecieron—. ¡HOY CONOCERÁS AL ESPINA NEGRA! ¡HOY CONOCERÁS LA TEMPESTAD DESPERTADA!

Dalinar, por favor.

Era la voz del Padre Tormenta.

Dalinar parpadeó y vio que los poderes empezaban a rozarse, que la fricción sacudía la torre por debajo de él... y que hacía temblar las montañas cercanas. En lo alto de la torre, oyó el llanto de Gavinor, liberado de pronto cuando Taravangian se había centrado en Dalinar. Llorando... como cuando era niño...

Dalinar recordó su primera visión de todas, en la que un cataclismo engullía su tierra natal. ¿Cuántas veces la había visto y dado por hecho que el cataclismo era alguna fuerza enemiga, un destino terrible que tenía que afrontar e impedir?

En ese momento lo vio claro por primera vez. El cataclismo era el propio Dalinar.

Volvía a estar allí, dándole frenéticos puñetazos a Elhokar.

—Para.

Había quemado a Evi porque era lo que merecía la gente de la Grieta. Era la represalia por haber roto el tratado que habían hecho juramento de cumplir.

—No podemos hacer esto.

Su pueblo había matado a decenas de miles de parshendi en las Llanuras Quebradas, cumpliendo el Pacto de la Venganza en nombre del honor y los juramentos rotos.

—No —dijo Dalinar, retirándose de la lucha contra Odium—. Nunca. Aquello no era lo que había planeado para cuando obtuviera el poder, pero se había dejado llevar. En ese momento se negó. Por fin... tenía el poder...

Y seguía necesitando otra solución.

La luz rodeó a Dalinar. Un momento después, desapareció. Absorbido hacia una última visión.

Kaladin y Syl estaban arrodillados junto a Ishar, que parecía consciente, pero a duras penas. Miraba el cielo, sin parpadear, y casi no se movió cuando Kaladin lo ayudó a incorporarse.

«Tormentas», pensó Kaladin. Sangre Nocturna consumía luz tormentosa a un ritmo furioso, aunque a Kaladin le hubiera dado la sensación unos minutos antes de tener tanta que iba a estallar. Al mover la mano frente a los ojos vidriosos de Ishar, encontró escarcha en su ropa. Inhaló para restaurar su luz tormentosa y descubrió que ya había vaciado casi todas sus gemas. Tormentas.

—Mal asunto —dijo Syl, mirando las líneas negras que estaban formándose en la mano de Kaladin alrededor del cordel que lo unía a Sangre Nocturna—. Esto es peligroso.

—Lo sé —dijo él—. Ishar, ¿me oyes? ¿Puedes usar la hoja de Forjador de Vínculos para abrir una perpendicularidad? Necesitamos más luz tormentosa.

«Por favor —pensó—. Que funcione, por favor».

Kaladin se sorprendió por la facilidad con que habían acudido a él las Palabras finales. Había esperado muchísimo más dolor en el proceso, y sin embargo... el Cuarto Ideal había sido su mayor escollo. Después de admitir que no podía ayudar a todo el mundo, solo había necesitado un poco de tiempo para alcanzar la conclusión definitiva natural: que, si quería seguir haciendo lo que podía hacer, iba a tener que cuidar de sí mismo.

—Kaladin —dijo Syl, apoyándole la mano en el brazo y mirando al cielo—. Los spren sienten que algo se acerca.

El titilar del cielo se había hecho más brillante.

—¿Qué es? —preguntó Kaladin.

Saben, susurró el Viento, *que estamos frente a un precipicio. Dalinar Kholin se enfrenta a su mayor desafío.*

—¿Y qué ocurrirá? —preguntó Kaladin, con un escalofrío.

No está escrito, dijo el Viento. *Aún no. Pero prepárate, Kaladin. Por favor. Prepárate.*

El sudor de sus sienes cristalizó en hielo, dándole una sensación extrañísima. Por suerte, Ishar gimió y parpadeó al fin. Centró la vista en Kaladin.

—Bendito por la Tormenta —susurró—. ¿Qué me has hecho?

—Depende —dijo Kaladin—. ¿Cómo te sientes?

—Como si me hubiera caído encima una montaña —respondió Ishar. Tosió y se inclinó hacia delante, y entonces sus ojos hallaron a Szeth, que seguía luchando con los espíritus—. Oh. Oh, *no*. ¿Qué he hecho...?

Bueno, eso era buena señal.

—¿Puedes detenerlos? —preguntó Kaladin.

—Eh... —Ishar levantó la mano ante sus ojos—. No tengo poder... No tengo potencias...

Nale llegó tambaleándose hasta ellos, con gesto confuso y una mano en la cabeza. Pero Kaladin no tenía tiempo para ellos, en esos momentos. Arrancó una bolsa del cinturón de Ishar e inhaló la luz tormentosa de dentro, para alimentar a Sangre Nocturna.

Ya viene, dijo el Viento, y su voz pareció tener eco. Fue como si hubiese miles de versiones de ella superponiéndose. *Dices que ayudarás... pero de pronto tengo miedo. ¿Seguirás maldiciéndome porque sigues vivo?*

—No —prometió Kaladin—. Nunca más.

¿Estarás allí cuando te necesite?

—¿Cuándo no he estado? —replicó él.

Al momento lo atenazó un dolor muy intenso en la mano. Gritó y, al levantarla, descubrió que las venas negras le subían por el antebrazo.

Kaladin inhaló en busca de más luz tormentosa, pero a Ishar ya no le quedaba nada. Miró a Nale, que negó con la cabeza. Nada tampoco.

Sangre Nocturna no tardaría en consumir a Kaladin.

Quizá Sangre Nocturna los consumiría a todos.

Dalinar apareció en un lugar cálido, con una luz entrando por las ventanas que, de alguna forma, era... más suave que otras luces. Más borrosa, como si la viese con unos ojos que no enfocaban bien. Pero la estancia en la que estaba se veía con más claridad. Era una sala de piedra anticuada, llena de las pertenencias reunidas a lo largo de una vida larga, bien vivida.

Cuencos de madera sobre una encimera. Cuadros en una pared, de estilo antiguo, que representaban montañas y lluvias en tinta negra y gris, con los más leves toques de rojo y azul. Algunos estaban torcidos, pero no a consecuencia de ningún desastre. Sencillamente, se habían movido y nadie los había enderezado aún. Dalinar miró por la ventana y solo vio esa luz suave que no lo cegaba, pero sí difuminaba lo que fuese que había al otro lado.

Oyó ruido allí fuera: gente hablando, unas voces individuales imposibles de distinguir, pero que mantenían conversaciones brillantes y animadas. Los sonidos de una cantina con gente riendo, o quizá un mercado...

«Sangre de mis ancestros —pensó Dalinar—. ¡Ojalá sea verdad! ¿Habré vuelto por fin a este lugar... con él...?

Entumecido, fue hacia la puerta y la empujó para abrirla. En la pequeña cocina del otro lado, encontró un hombre más bajo que él, con un aire alezi o veden. Pelo plateado, barba puntiaguda. Arrugas de sonreír y una túnica gris, lisa y anticuada, con bordados rojos y amarillos. Trabajaba frente a un horno arcaico, todo de piedra y ladrillo, cuya parte frontal no se podía cerrar.

Nohadon. El antiguo monarca que había escrito *El camino de los reyes*.

—Uf, gracias a las tormentas —susurró Dalinar.

—¿Y eso? —preguntó Nohadon, metiendo una herramienta plana de metal en el horno.

—Las visiones habían sido horribles últimamente —explicó Dalinar—. Me preocupaba que esta también fuese de las retorcidas.

Lo dijo tal cual, aunque no esperaba que tuviese sentido para Nohadon. Sin embargo, la última vez que había visto a ese hombre... ¿no había llamado a Dalinar por su nombre, a pesar de estar en una visión del pasado?

—¿Te sorprende haberme encontrado, Dalinar? —preguntó Nohadon—. Te prometí que haría pan shin, amigo. Y yo suelo cumplir mis promesas.

Sacó una gruesa hogaza de pan del horno, preparada a la extraña manera shin que Dalinar, después de haber comprado los ingredientes con aquel hombre en una visión el año anterior, había pedido probar en el mundo real.

Nohadon le indicó con un gesto que se sentara en el suelo junto a una pequeña mesa que había cerca. Dalinar obedeció, y el antiguo rey, moviéndose con animada emoción, colocó el pan en la superficie de la mesa.

—¡Perfecto! —dijo, apretándolo con un dedo—. ¡Exactamente la combinación perfecta de corteza y esponjosidad! Qué vergüenza si no me hubiera subido la masa, teniendo en cuenta la importancia del momento.

—¿Qué es esto? —preguntó Dalinar, que sentía que todo era demasiado... irreal. La calidez, la estancia que parecía mullida, una suavidad en cada esquina o canto—. ¿Lo he creado yo? Ahora soy Honor. ¿Estoy creando visiones?

—¡Ja! —rio Nohadon mientras se sentaba—. Llevas siendo un dios menos de cinco minutos y ya te crees que lo controlas todo.

Sacó un cuchillo y cortó el pan, dejando salir vapor del esponjoso interior. A Dalinar le gustaba un buen pan ácimo con las comidas, pero aquella cosa sabía... rara. Como a musgo.

—Nohadon —dijo Dalinar, con las manos sobre la mesa—, no tengo tiempo para visiones veleidosas de días sin significado. Ahora mismo estoy en el nexo de todas las cosas. La confrontación final entre Odium y Honor.

—Mi contraargumento sería —repuso Nohadon— que este es el momento más importante para recordarte los días perezosos de hornear pan. ¿Para qué luchas, si no es por días como estos? —Le dio un buen mordisco—. ¿Qué ha pasado?

—He estado a punto de destruirlo todo —admitió Dalinar—. Qué tentador era luchar contra él, sabiendo que podía ganar.

—Solo que...

—Solo que habría sido demasiada destrucción —dijo Dalinar—. Me he dado cuenta. Me he contenido.

—Es un avance, amigo mío.

—¿No hay forma de luchar contra él? —preguntó Dalinar—. ¿Sin destruir todo Roshar?

—No creo que la haya —respondió Nohadon—. Los poderes como los vuestros se han enfrentado antes sin resultados destructivos, pero siempre había uno de los dos que quería conservar. Cuando ambos quieren destruir… la cosa es violenta.

—¡Pues eso me deja otra vez al mismo principio! —exclamó Dalinar—. Tengo el poder de un dios, pero sigo sin ver ninguna salida. Mis opciones son matar a mi sobrino nieto o servir a Odium.

Se llevó las manos a la cabeza y se inclinó hacia delante, con los codos sobre la mesa. El poder de Honor le permitía ver mucho más allá. Pero Odium también veía a la misma distancia, y había diseñado aquella trampa para que no hubiese escapatoria.

—Tengo que ser fuerte. Tengo que hacer lo que harías tú, Nohadon.

—¿Y qué haría yo? —preguntó el anciano rey.

—Tomar la decisión correcta —dijo Dalinar—. Negarte a matar a Gav. Aceptar que eso significa servir a Odium.

—Interesante —dijo Nohadon—. ¿Y con eso no le estarías dando a Odium todo lo que quiere? Si lo sirves por voluntad propia, muchos Radiantes te seguirán. Por lo que parece, seguiría atrapado en Roshar, así que los demás dioses seguirían haciéndole caso omiso, pero él tendría acceso al mejor ejército de todo el Cosmere. Tendría tiempo para planear, construir y crear una nueva fuerza de Fusionados que no sufran de fatiga mental. Dentro de cien años o así, debería ser capaz de lanzar esos ejércitos y conquistarlo todo sin esfuerzo.

Dalinar entornó los ojos y miró al viejo rey.

—¿Quién eres, en realidad?

—Quizá tan solo sea un constructo de tu mente —respondió él—. O quizá sea Nohadon de verdad. Bueno, en realidad me pusieron Bajerden al nacer, pero parece que ese nombre no le gusta a nadie.

—¡No puedes estar animándome a matar a Gav! —Dalinar dio un puñetazo en la mesa—. ¡Nohadon no mataría a un niño para lograr sus objetivos!

—Dalinar —dijo Nohadon—. Lo hacía a todas horas. Todas las políticas que puse en práctica le hacían daño a alguien.

Dalinar titubeó. En aquella sala no se sentía como un dios. Se sentía como… un simple hombre que hablaba con otro.

—Entonces… ¿lo correcto es matar a Gavinor?

—Yo no he dicho eso —respondió Nohadon—. Solo digo que, a veces, todos tenemos que tomar decisiones terribles. No solo los reyes, Dalinar. ¿Eso lo sabes ya?

—Sí —respondió él—. Lo sé.

—Todos los padres deben elegir entre ellos mismos y sus hijos, cada día, y en ocasiones muchas veces al día. Cuándo jugar. Cuándo descansar. Todas las decisiones que tomamos influyen en los demás, y a veces les hacen daño. Eso no es el camino de los reyes. Es el camino de la vida.

—Entonces, tú matarías al chico —dijo Dalinar.

—¿Lo haría?

—No lo sé. —Dalinar intentaba seguir enfadado, pero aquel lugar tenía una atmósfera tranquilizadora. Se reclinó en el asiento y suspiró—. ¿Qué hago?

—Yo te sugiero —dijo Nohadon, y empujó la hogaza hacia él— que comas un poco de pan.

Dalinar se quedó quieto un momento y luego cortó una rebanada.

—Ya lo probé. No me gustó demasiado.

—¿Cómo lo comiste?

—Con la cena.

—Con curry y especias picantes, sin duda —dijo Nohadon, y chasqueó la lengua—. Esto es pan shin, Dalinar. Hay que comerlo como lo hacen ellos. Con mantequilla salada.

—¿Mantequilla? ¿Por qué? Eso es para cocinar.

—Atento —dijo Nohadon, y le enseñó cómo la cortaba de un bloque y la untaba en una rebanada.

Dalinar, reacio, lo imitó. Después probó el pan y la experiencia le resultó distinta por completo. Era ligero, sabroso y con un toque a sal y aceite. Muy rico.

—Demasiada levadura, me temo —señaló Nohadon.

—No, está perfecto. —Dalinar le dio otro mordisco—. Mucho mejor que el que probé en Urithiru.

—Bien, bien —dijo Nohadon—. Supongo que el contexto importa, tanto con el pan como con las decisiones. ¿Cuál es tu contexto, Dalinar?

—Un dios malvado —respondió él—, que lleva el rostro de un hombre al que en el pasado llamé amigo. Me ha puesto en una situación imposible. No dejo de pensar en la primera visión que experimenté. La de mi tierra natal cayendo ante una oleada destructiva.

—¿Es esta? —preguntó Nohadon.

Y de pronto estaban allí de pie, ambos con la rebanada de pan aún en la mano. Sobre un risco que se alzaba sobre Kholinar, el hogar que Dalinar no había visto en tantos años. La gema de la conquista de Gavilar.

Era la primera visión, la primera y la última. Cada vez que había estado allí, Dalinar se había sentido un hombre diferente. La vio desarrollarse otra vez, vio el suelo desmoronarse, una terrible y destructiva muralla de algo arrollar Kholinar y destrozarla por completo. Una tiniebla de insondable profundidad tragárselo todo.

—¿Qué significa? —preguntó Nohadon.

—Yo soy la destrucción —dijo Dalinar, señalando—. Un enfrentamiento entre Odium y yo destruiría este mundo.

Tanavast siempre fue demasiado débil para dar este paso, susurró el Pa-

dre Tormenta en la mente de Dalinar desde algún lugar distante. *Él... Yo...*
pasé mucho tiempo buscando a alguien que no se atreviera a hacerlo. Qui-
zá... me equivoqué. ¿Es posible que me equivocara?

—No —le aseguró Dalinar, confiado.

Nohadon puso la mano en el hombro de Dalinar e hizo un gesto hacia la
visión de Kholinar.

—¿Estás seguro de que esto representa la destrucción que causarías al
enfrentarte a Odium?

—¿Qué otra cosa podría significar? —preguntó Dalinar.

—No lo sé —dijo Nohadon. Le dio un mordisco al pan—. Es un enigma. Pero supongo que eres tú quien está aquí, en este punto decisivo, y no
otra persona. Quizá seas el único que puede saberlo.

La oleada de destrucción llegó hasta el risco donde estaba Dalinar y
todo empezó a derrumbarse. A romperse.

Volvió a aparecer en la cocina de Nohadon, con la rebanada de pan en
los dedos. Suspiró y se inclinó hacia delante.

—Qué harto estoy de esta pregunta, Nohadon.

—¿De qué pregunta me hablas?

—¡De cómo derrotar a Odium!

—¿Y qué significa derrotarlo? —le preguntó Nohadon.

—¡No lo sé! —exclamó Dalinar—. Ese es el problema.

—Hazme una descripción —le pidió el antiguo rey— del aspecto que
tendría para ti un resultado ideal.

Dalinar titubeó y comió un poco más de pan mientras reflexionaba.

—Sagaz contaba una historia que pretendía enseñar que no había que
perder de vista la vida cotidiana de la gente. Navani me ha dicho que tome la
que crea que es la mejor decisión en el momento. Creo... Creo que lo que
quiero, entonces, es la paz. Sin comprometer mis valores.

—¿Qué tipo de paz? —preguntó Nohadon—. ¿Una forzosa? ¿Sin la
posibilidad de elegir?

—Eso... le beneficiaría a él, ¿verdad? —dijo Dalinar—. El predecesor
de Taravangian pasó milenios, todas las guerras, intentando crear ejércitos
invencibles. No le funcionó, ya que solo sirvió para dejarnos destrozados. Con una paz forzosa, en cambio, Taravangian podría reclutar, entrenar
y reunir a sus tropas. Elegir bien algunos enfrentamientos fuera del mundo
para conseguir veteranos experimentados. Así es como se entrena a un ejército. —Dalinar se llevó las manos a la cabeza—. Tengo que romper este ciclo
de batalla constante.

—Entonces, ¿ese es el aspecto que tiene la victoria para ti?

—¡Todo actúa en su beneficio! —Dalinar se levantó y empezó a deambular por la estancia—. ¡Todos los resultados posibles! ¡La paz le conviene,
la guerra le conviene! ¡Todo lo que se me ocurrió, todo lo que podía hacer!
—Se detuvo junto a una de las ventanas, bañado por la extraña luz—. No
puedo derrotarlo... Tormentas, de verdad no puedo.

—¿Quién puede?

Dalinar volvió la cabeza hacia Nohadon, que cruzó la mirada con él.

¿Quién podía?

Se le ocurrió algo. Y justo entonces, alguien llamó a la puerta. Nohadon se puso en pie, la abrió y dejó entrar a una persona alezi muy joven, de unos nueve o diez años, y género indistinguible. Le dio unas palmaditas cariñosas en la cabeza, un poco de pan y le indicó que se sentara junto a la chimenea para contemplar las llamas.

—Qué raro —dijo Nohadon, volviendo hacia Dalinar— que alguien tan anciano pueda ser a la vez joven…

—Honor —aventuró Dalinar—. Es el poder de Honor. Ha empezado a desarrollar su propia mente.

—Sí —dijo Nohadon, mirando hacia el poder con cariño.

¿Quién podría detener la guerra?

—Los poderes —susurró Dalinar—. La guerra terminará cuando los mismísimos poderes quieran que pare.

Nohadon chasqueó los dedos.

Dalinar fue hacia la joven figura recién llegada y se sentó a su lado.

—Hola —dijo.

—Te he elegido a ti —susurró el poder—, porque viste mi vida y comprendiste las vivencias que me marcaron. Pero ahora has rechazado luchar. Lo has *rechazado*. —Se quedó mirando la pared, la nada—. Hasta él sabe que lo correcto es luchar hasta que uno de los dos gane. ¿Por qué él lo sabe y tú no? ¿Es nuestro enemigo?

Dalinar le dio un mordisco al pan.

—Tú también has visto mi vida, o partes de ella, mientras creabas las visiones para mí.

—Sí.

—¿Recuerdas la de los barriles de aceite?

—Esa salió mal —susurró el poder de Honor—. Se suponía que quemabas la habitación y todo lo que había en ella. ¿Por qué haces las cosas mal? Había otro tú ahí, otro que sí lo entendía.

Tormentas. De verdad que ese pan estaba buenísimo.

—Comprensión. Querías que alguien te comprendiera. Por eso acudiste a mí.

El poder asintió.

—¿Y qué hay de mi esposa, Evi? —preguntó Dalinar—. ¿Puedes intentar comprenderla a ella?

—Rompió un juramento. Se fue con el enemigo. Tú estabas allí para detenerlos, y ella fue con ellos de todos modos.

—Pero ¿alcanzas a entenderlo? —insistió Dalinar—. ¿Entiendes por qué lo hizo? ¿Por qué para ella, y ahora para mí, era la decisión correcta? ¿Por qué ella es el ejemplo a seguir y yo el fracaso?

—No… no puedo.

—¿Puedes intentarlo? Quieres que te comprendan. ¿No crees que otros también querrán que tú los comprendas a ellos?

La criatura arrugó la frente. Y pensó.

Suficiente por el momento. Dalinar terminó de comerse el pan, se levantó y volvió con Nohadon, junto a la pared.

—Es muy joven —dijo Dalinar—. O lo parece. Es como si acabase de nacer, teniendo voluntad propia. —Miró a Nohadon a los ojos—. Y razona como tal, con una perspectiva muy simple. Pero al menos no se niega a considerar las cosas. Puede cambiar, ¿verdad? ¿Crecer?

—¿Tú qué crees? —preguntó Nohadon, y le dio otro mordisco distraído al pan.

—Sí. Los poderes *deben* ser capaces de cambiar. Todo el mundo puede cambiar, incluso yo. He recorrido esos caminos... He visto el pasado... Conozco la divinidad. Honor *tiene* que aprender. Esa es la respuesta.

—Midius tiene razón. No eres tan corto de entendederas como dice todo el mundo.

—Sabes que la gente se ha pasado siglos literales escribiendo sobre lo sabio, sereno y decoroso que debiste ser, ¿verdad?

—Soy rey —dijo Nohadon—. Por tanto, cualquier cosa que haga es regia por definición. ¿Ya tienes la respuesta?

—Casi... —dijo Dalinar—. El poder necesita tiempo para aprender, y formas de experimentar las lecciones para cambiar, pero yo no puedo darle ninguna de esas dos cosas. Porque tiempo es justo lo que quiere Taravangian. Tiempo para conspirar. No puedo dejar que lo haga, por lo que necesito conseguirle tiempo al poder y a la vez negárselo a Taravangian.

Ya casi tenía la respuesta. Ese día, Dalinar había visto el *verdadero* honor. En Adolin defendiendo Azir y en Renarin corrigiendo un mal terrible. En Jasnah recuperándose después de un fracaso y en Shallan alzándose sobre las cosas que le habían hecho. Y en Kaladin...

«Sangre de mis ancestros —pensó Dalinar, cayendo en la cuenta—. Kaladin conservará una parte... Eso es lo que necesitamos...».

Ahora que sabía el final que deseaba, Dalinar pudo ver las respuestas. Era imposible encontrarlas a menos que uno supiese lo que buscaba, ¿verdad?

—No puedo detener a Odium —susurró, mientras se formaba un plan en su mente—. Pero ellos sí pueden. —Miró a Nohadon—. Pero ¿no estoy haciendo lo mismo que se ha hecho siempre? Estoy endosándole el problema a la siguiente generación. ¿No es una idea terrible?

—Depende —dijo Nohadon— de qué ayuda puedas darles. Y de qué clase de personas sean.

—Son los mejores —susurró Dalinar—. Pero habrá un precio, ¿me equivoco? Necesito que Taravangian crea que ha ganado. Y, tormentas, al menos un poco de razón sí tiene, ¿verdad? Sobre las decisiones.

—Tiene razón —respondió Nohadon— y también está muy equivocado, muchísimo. —Apretó el brazo de Dalinar—. Es cierto que a veces tenemos que tomar decisiones horribles. Y serán decisiones imperfectas porque nosotros somos imperfectos. Pero eso no es motivo para renunciar a buscar soluciones mejores. Y el destino...

—... no debe socavar el viaje. —Dalinar asintió—. Pagaré el precio. Envíame de vuelta.

Nohadon sonrió.

—Buena suerte, amigo. Gracias por escucharme todos estos años. Siempre da gusto saber que lo que uno escribió ha significado algo...

La visión se desvaneció. Un instante después, Dalinar volvía a estar en la cima de Urithiru, y volvía a ser un dios, con un poder que presionaba contra el de Taravangian.

Sí, podía derrotarlo, pero eso no era *ganar*.

—No puedo superarte —susurró Dalinar con voz de trueno—. Da igual lo que haga.

—Correcto —dijo Taravangian, y Dalinar sintió alivio en su voz. Al menos una parte de él sabía que luchar contra Honor, con la voluntad del Espina Negra, era una propuesta peligrosa para él—. Seas dios u hombre, tus opciones son las mismas: servirme o matar a un inocente. *Vas* a aprender la lección.

—Ya la he aprendido —contestó Dalinar—. Aunque no de la manera que pretendías.

Dalinar sintió al Padre Tormenta allí y, para su sorpresa, había llegado a la misma conclusión. El camino de los Heraldos de antaño. Un camino que Dalinar había pasado toda una vida intentando comprender.

Sí, dijo lo que quedaba de Tanavast. *Estoy dispuesto. Esta es mi decisión definitiva y sacrificio, Dalinar. Elijo. Hazlo ya.*

Dalinar abrió los ojos, balizas de refulgente poder, y pronunció cuatro trascendentales palabras.

—Renuncio a mis juramentos.

143

UNO DE ELLOS
NOS DESTRUIRÁ

Ese día, el Caballero de la Verdad no nos salvó de la maldad que se había profetizado. Nos salvó de la maldad que trajo el profetizador.

De *Caballeros de viento y verdad*, página 281

Szeth avanzó entre los susurros manifestados. Al matar a su hermana, al darle una muerte definitiva, los susurros se volvieron menos acusadores. De hecho, se volvieron acogedores.

Únete a nosotros.

La Vigilante de la Verdad, al ver que su treta no había funcionado, aulló y se abalanzó contra Szeth, que acabó con ella en un acto de misericordia. Y entonces solo quedaron su padre y él.

Szeth avanzó a zancadas, con el brazo convertido en una retorcida masa de agonía, mientras Sangre Nocturna exigía sangre a chillidos, acompañados por un coro de sombras.

¡Únete a nosotros!

Llegó hasta su padre, que seguía llorando, y se enfrentaron. Pero después de unos embates rápidos de espada negra contra hoja de Honor, Szeth supo que Neturo no era rival para él. Aunque había entrenado, Neturo era más burócrata que guerrero.

Szeth lo hizo retroceder, espada contra hoja, hasta que topó contra una formación rocosa. Lo mantuvo allí y lo miró a los ojos.

—¿Hace cuánto? —susurró Szeth—. ¿Hace cuánto que lo sabes?

—Siv... Sivi me contó, cuando se suponía que no debía hacerlo, que tenían un nuevo Dios. Fue durante el primer año que pasamos en el monasterio de Pozen. Entonces empecé a entrenar con las hojas para convertirme en Forjador de Vínculos.

Una respuesta de verdad. Neturo hablaba con los dientes apretados, forzando las palabras hacia fuera, pero sí que parecía ser él mismo. Aquella era la voz de su padre.

Solo eso casi hizo flaquear a Szeth.

—¿Por qué no me lo dijiste, padre? Tenías respuestas. Eran lo único que yo buscaba.

—Szeth... —dijo Neturo—. Yo te seguía porque creía que *tú* tenías las respuestas. Eras ese joven que siempre estaba tan seguro de tener razón. Ese joven que vencía a todos los que se enfrentaban a él. Ese hombre que era tan directo, tan convencido. Cuando descubrí que los portadores de Honor creían en algo imposible... pensé que tú descubrirías la verdad, Szeth.

—¿Así que serviste a esa cosa? —casi gritó Szeth—. ¿Tomaste la hoja, te convertiste en portador de Honor, me desterraste?

—Cada paso me parecía el más natural del mundo... —dijo Neturo—. Hasta que... se apoderó de mí, Szeth. Se apoderó de mí.

Le cayeron lágrimas por las mejillas. Y una emoción terminó de completarse en el interior de Szeth, un círculo que había empezado el día en el que encontraron aquella piedra y su padre se negó a decidir lo que harían. Los padres no eran más que personas. Los suyos lo habían querido, eso Szeth lo sabía. Y él también los había querido a ellos. Lo suficiente como para hacer lo que sucedió a continuación.

Szeth dejó que Neturo lo empujara hacia detrás, esquivó por abajo el siguiente tajo y atravesó con Sangre Nocturna el pecho de su padre.

—Gracias —dijo Neturo-hijo-Vallano y, con un suspiro de alivio, se convirtió en una neblina oscura. Su voz familiar se unió a las de las sombras.

Szeth cayó de rodillas, sosteniendo a una exultante Sangre Nocturna frente a él. ¡EL MAL! Se había dado un festín con todos los que había matado, pero no se detenía. Intentó alcanzar el alma de Szeth. ¿Un final? Qué fácil sería dejar que Sangre Nocturna acabase con él.

Miró a un lado y vio a Ishar sentado cerca de Kaladin, recuperado. Había una liviandad en el aire y el cielo. Qué azul. Szeth había vuelto a Shinovar con la Verdad. Exiliado, ahora restituido.

La tierra había sanado.

«Hora de morir —pensó Szeth—. Es lo que yo decido. Puedo decidir por mí mismo. Puedo...».

Pero...

Si lo hacía, sería una traición a todo lo que le había enseñado Kaladin. Sí, Szeth podía elegir.

Y tenía que *elegir mejor*.

—Lo siento, padre —dijo Szeth, entre sollozos—. No puedo ir contigo. Esta... esta vez no.

Vive, pues, susurraron las sombras. *Vive y hazlo mejor.*

Con los dientes rechinantes de dolor, empezó a caminar hacia la vaina, pero la luz tormentosa de Kaladin por fin se agotó y el tormento derrumbó a Szeth de rodillas otra vez. Incapaz de caminar, usó la otra mano para, con gran esfuerzo, separar los dedos de la empuñadura de Sangre Nocturna. Uno a uno.

La espada siguió bebiendo.

Szeth aulló y arrojó el arma por los aires. La vio rodar como una bailarina, con la punta contra el suelo, sin dejar de retorcerse, como una peonza recién liberada de su cordel. Permaneció recta, salpicando oscuridad a su alrededor y chillando con una voz carente de toda la afabilidad que Szeth había conocido en ella.

DESTRUIR. EL. ¡MAL!

Kaladin miraba desde el lugar donde el dolor lo había hecho caer. Szeth empezó a desintegrarse en humo oscuro, primero la mano, luego el brazo. Kaladin extendió su propia mano, de la que también emanaba humo negro, hacia su amigo. El viento soplaba a su alrededor, como frenético, y Syl estaba chillando de dolor.

—¡Para, Ishar! —exclamó la voz de Nale, distante.

—No puedo... No... ¡No puedo, Nale! ¡La espada me consumirá si la toco! No hay luz tormentosa. La ha tomado toda...

Kaladin tenía que devolverla a su vaina, pero no era capaz de hablar, no era capaz... ni de... pensar...

Szeth... El brazo de Szeth había desaparecido... Estaba muriendo.

Entonces, una voz queda.

No... No soy un objeto.

—Regla número uno —susurró Kaladin, buscando aquella voz hasta fijar la mirada en la espada que giraba.

Puedo... Puedo elegir.

Estaba claro que, aparte de Szeth, alguien más había escuchado las lecciones que impartía Kaladin.

—No eres un objeto, Sangre Nocturna —dijo.

¡NO SOY UN OBJETO!

El dolor desapareció. Los giros de Sangre Nocturna perdieron velocidad hasta detenerse perezosos mientras el humo se disipaba. La espada negra se quedó equilibrada sobre la punta un segundo y luego cayó repiqueteando a las rocas.

Una voz somnolienta pareció susurrar:

No... No mataré... a mis amigos.

Kaladin profirió un suspiro, agotado por completo, y apoyó la cabeza en el suelo de piedra. Cerró los ojos.

En ese momento, sintió algo más inquietante aún.

Los spren gritaron.

Y el alma misma del mundo se rasgó.

Shallan estaba tumbada en Shadesmar, sobre una de las plataformas frente a Urithiru, sintiéndose exhausta. La acompañaban Patrón, Testimonio y los dos spren heridos que habían servido a los Sangre Espectral.

Tormentas. Menudo día. Se sentía como la pintura en una paleta después de mezclarla con brío.

—Condenación. ¿Qué ha pasado?

—Ba-Ado-Mishram —respondió Patrón mientras se incorporaba con un movimiento claramente inhumano. No se estiró, ni se balanceó, ni se apoyó en los brazos. Se limitó a doblarse como una bisagra—. Ha escapado de vuelta al Reino Cognitivo, que es donde está más cómoda, y nos ha traído con ella. Mmm… Supongo que eso es bueno, ¿verdad?

Shallan se incorporó también y vio que Renarin y Rlain estaban cerca, en la misma plataforma, ayudándose entre ellos a ponerse en pie. Después cometió el error de alzar la vista.

Dos violentas tempestades chocaban una contra la otra. Iridiscente madreperla contra oro rojizo. En Shadesmar, se manifestaban como dos nubes de tinta en agua, cada una intentando imponerse a la otra.

—¿Dalinar y Odium? —preguntó.

—¡Ajá! —exclamó Patrón—. Creo que aquí podríamos correr peligro. Ja, ja.

—Compañero —dijo ella, obligándose a levantarse—, tendremos que mejorar esa forma tuya de avisar de las cosas. Mira allí.

Señaló hacia una figura que había en una de las relucientes pasarelas que unían las columnas en aquel lado. Una figura de humo negro con ojos blancos. No era Mishram, sino una Deshecha más pequeña y que parecía más humana que cantora.

Juntos, Shallan, Patrón y Testimonio ayudaron a los dos spren heridos a acercarse a Sja-anat.

—Recordaré cómo has cuidado de mis hijos —dijo ella.

—En algún momento —dijo Shallan— vas a tener que elegir bando, Sja-anat. Lo que has hecho aquí, eso de ponernos a Mraize y a mí en contra del otro…

—Yo no creé vuestras desavenencias —replicó la Deshecha—. Solo me aseguré de que, fuese quien fuese de vosotros el que terminara liberando a mi hermana, yo hubiese participado en ello. Espero que Mishram lo recuerde cuando decida impartir castigos por haberla abandonado hace tanto tiempo.

Shallan apretó los dientes y miró aquellos vacíos que la Deshecha tenía como ojos.

—No me gusta ser un peón en tus juegos.

—Ya te dije que no hay ningún juego —respondió Sja-anat—. Solo la supervivencia, la mía y la de aquellos a los que quiero. —Alzó la mirada con brusquedad al cielo—. Deberíais volver al Reino Físico. Ya.

Shallan miró hacia la plataforma que había abandonado para encontrarse con Sja-anat. Los dos spren enormes de la Puerta Jurada se habían agachado, una postura que Shallan nunca les había visto.

Corrió hacia la plataforma, donde Rlain y Renarin la estaban esperando. Pero justo antes de llegar, uno de los spren de la Puerta Jurada chilló. Aunque Renarin tenía la mano extendida hacia Shallan, la luz los rodeó a Rlain y a él, y ambos desaparecieron.

Shallan llegó a la plataforma un segundo tarde.

Justo mientras el cielo se volvía loco.

—¿Que haces qué? —preguntó Taravangian, imperioso.

—Renuncio a mis juramentos —dijo Dalinar—. Rompo nuestro contrato. Rompo los juramentos y los contratos que Honor haya cerrado con Odium, todos ellos. No escogeré ninguna de las opciones que se me presentan. Te libero. Rompo mis juramentos.

El poder salió *arrancado* de Dalinar.

El Padre Tormenta chilló mientras la divinidad de Dalinar se derrumbaba. La fuerza de Honor, que Dalinar había ostentado durante escasos minutos, volvió a crear un halo a su alrededor. En esa ocasión, irradiaba traición y perplejidad.

¡Tú me comprendías!, gritó.

Mejor de lo que crees, contestó Dalinar. *Aún quedan lecciones por aprender, historias que contar, pero no puedes aprenderlas conmigo. Porque tú no eres Honor. Aún no. Honor es mucho más que un juramento mantenido. Aprende, mira y recuérdame*, le dijo. *Pregúntate por qué.*

El poder gritó, y la tempestad que había estado soplando todo el tiempo afectó de repente a Dalinar y lo hizo tambalearse, mientras la nieve se le clavaba en la piel como puntas de flecha.

—¿Cómo? —dijo Taravangian, que se alzaba sobre ellos como una tormenta, sonando confuso de verdad—. ¿Por qué?

—Mantener un juramento no es un bien definitivo, Taravangian —susurró Dalinar—. Solo es tan bueno como lo sean los ideales por los que se hace. Unir tampoco es un bien definitivo. Solo es tan bueno como lo sean los propósitos que tenga esa unión.

»Me has superado. Seguir respetando este contrato solo porque lo acepté en su momento… sería un acto supremo de estupidez. Has ganado porque eres más listo que yo. Pero con esto no has demostrado ninguna otra cosa aparte de esa.

Taravangian rugió desafiante y entonces… entonces glorioso al darse cuenta de que aquello supondría su libertad. El contrato, incluyendo la atadura de Honor que retenía a Odium en ese mundo, había concluido. Encolerizado, atacó…

Y vaporizó al Padre Tormenta.

Dalinar gritó de dolor. Había esperado que acabase primero con él, y aquello era cruel, innecesariamente cruel. Aun así, Dalinar recibió una última mirada cargada de confianza de los ojos de aquel ser, y el conocimiento de que lo que quedaba en él de Tanavast se sentía redimido por su elección.

Entonces desapareció. Dalinar cayó de rodillas. Parpadeó, intentando superar el dolor, decidido. Ahora venía el gambito, su forma de ganar tiempo. Levantó un brazo contra el viento, sintiéndose diminuto desde que el poder lo había abandonado. Era... como un uniforme viejo y raído, antaño estirado sobre una poderosa figura, ahora meros restos andrajosos.

El poder de Honor seguía flotando allí, brillando como si fuese una tercera tormenta. Ansiaba un recipiente con todo su ser. Había esperado milenios, y acababan de traicionarlo por segunda vez. Taravangian, por su parte, acababa de darse cuenta de que, si hubiera luchado contra Dalinar, podría haber perdido.

Dalinar sabía que Taravangian aprendería la lección equivocada de aquello. Lo sabía porque la familiaridad que se tenían no iba en un solo sentido. Sabía que Taravangian estaría preocupado, en esos momentos, por ser demasiado débil. Porque podría haber quedado destruido si Dalinar hubiese decidido luchar de verdad contra él.

Taravangian se aproximó con timidez al poder de Honor.

«Siempre dijiste, Taravangian —pensó Dalinar—, que no te importaba el poder. Que solo hacías lo que hacías porque alguien tenía que hacerlo. Asegurabas que el poder en sí no significaba nada para ti...».

Taravangian tocó la fuerza y la divinidad de Honor, y las aferró.

«Y ahora llegas a tu encrucijada, viejo amigo —pensó Dalinar—. Porque, si el poder no significase nada para ti, entonces no necesitarías más».

—Con esto —susurró Taravangian— es seguro que venceré. Escúchame, Honor. Yo no he roto el contrato. Yo cumplo mis juramentos. He permitido que me limiten una y otra vez. Te comprendo y sé cómo te sientes ahora mismo. SOY DIGNO.

Dalinar contuvo el aliento. Había una lección en el juego de las torres: cuando uno empezaba a creerse lo bastante fuerte...

El poder dudó y miró hacia Dalinar.

Ve, le dijo él. *Mira. Aprende.*

El poder aceptó a Taravangian a instancias de Dalinar. Aunque Dalinar reparó con interés en que unas pequeñas partes de él se separaban y huían. Eso no se lo había esperado.

En todo caso, Taravangian tomó el poder. A pesar de todo lo que siempre había afirmado, lo absorbió, sediento de más, y Ascendió para convertirse en un nuevo dios.

Represalia.

Represalia rio, y la risa vibró a través de Dalinar. En algún lugar, Sagaz gritaba incrédulo. Por raro que pareciese, Dalinar aún sentía esa Conexión. De hecho, sentía todas sus Conexiones.

Con Navani, a la que envió amor.

Con Adolin, al que envió disculpas.

Con Renarin, al que envió orgullo.

Con los demás, a quienes envió valentía.

No he podido derrotar a Odium, les dijo. *Pero puedo ganaros tiempo. Porque Odium está a punto de tener que dedicar toda su atención a un problema mayor.*

Aquella era la prueba final de Dalinar: confiar, por fin, en que otra persona hiciera el trabajo.

Con una sonrisa, sintió los ecos a lo largo y ancho del Cosmere. Cada vez que Honor había acudido a los otros dioses en busca de ayuda, ellos se habían limitado a dejar en paz Roshar. A permitir que Odium fuese el problema de otra gente.

Dalinar veía la diferencia entre renunciar a la responsabilidad, como habían hecho ellos, y asegurarse de que otra persona tuviera la oportunidad que a ti se te había negado. Porque, en ese momento, la atención de los otros dioses se centró en Taravangian. Cada uno de aquellos inmensos seres presenció el nacimiento del ser más poderoso y peligroso que había existido desde la Fragmentación de Adonalsium.

Esas fuerzas reconocieron al unísono que tenían un enemigo. Libre de sus ataduras, dotado de una fuerza suprema. Era la mayor amenaza de todo el Cosmere.

—Se llama el Gambito del Hacedor de Soles —susurró Dalinar—. Suerte, Taravangian.

Los vientos arreciaron a medida que crecía la ira de Taravangian. Dalinar cerró los ojos, preparado para morir allí mismo, en aquella furiosa tormenta, lo bastante fuerte para desollarlo. Pero, de algún modo, dentro de la tempestad, Dalinar oyó algo: el sonido de un hombre gimiendo de dolor.

De modo que Dalinar Kholin avanzó esforzado contra el viento, con el cuerpo rompiéndose, la sangre manando de él, para combatirlo una última vez.

144

LA TORRE,
LA CORONA
Y LA LANZA

Y con esto llegamos a la parte del relato sobre la que solo puedo especular, dado que mis dos testigos estaban inconscientes.

De *Caballeros de viento y verdad*, página 271

Nale se sentía bien.

No de maravilla. No estupendo. Pero se sentía... mejor. Una sombra se había alzado de él.

Pero acababa de volver a suceder algo terrible. De pronto tenía el estómago revuelto y una fuerza parecía intentar sacarle las entrañas.

—¿Ishar? —dijo, arrodillándose junto al otro Heraldo, que contemplaba el cielo con los ojos muy abiertos—. Ishar, ¿qué ocurre?

—El Padre Tormenta está muerto —susurró Ishar—. Dalinar Kholin ha fracasado. Honor está siendo consumido... Represalia... Se llama Represalia. —Parpadeó, concentrándose—. Cultivación huye. Represalia también consumirá y destruirá a los spren, para luego recrearlos siguiendo su voluntad, según le plazca.

—¿Cómo? —exclamó Nale, ayudando al Heraldo más entrado en años a incorporarse—. ¿A todos? Ishar... ¿qué vamos a hacer?

—No lo sé —dijo Ishar—. Veo con claridad por primera vez desde hace siglos... Ha sido demasiado tiempo caminando por la niebla. O el humo, el humo de un mundo ardiente... —Volvió a centrarse en Nale—. Como los spren, portamos una parte concreta del poder de Honor. Represalia querrá reclamarla. Prepárate, Nale. Este es nuestro final.

El final. Nale cayó de rodillas y entonces se sentó sobre los tobillos. El final. Sí. Podía aceptar el final. Incluso aunque justo estuviera empezando a tener esperanzas de recuperarse...

Quizá fuese la hora.

Quizá ya pasara de la hora.

—¿Qué supondrá esto para Roshar? —preguntó.

—No habrá luz tormentosa —dijo Ishar, cansado—. No habrá alta tormenta. El enemigo ha ganado, y yo estaba demasiado prendado por mis propios planes para darme cuenta e impedirlo... —Se secó la boca con una mano temblorosa—. Esto es lo que merecemos.

Quizá, dijo una voz conocida, trémula, dubitativa. *Pero aún queda un servicio que podríais llevar a cabo. Si estáis dispuestos.*

—¿Qué servicio? —preguntó Nale al Viento.

Un anillo de diez, en su plenitud de fuerzas, podría atar a Represalia en cierta pequeña medida, ¿verdad?

—Sí —respondió Ishar al cabo de un momento—. Ostentamos el poder de Honor. Más o menos igual que nuestra Conexión con Odium nos ayudó a atarlo a él y a sus spren hace tanto tiempo, nuestra Conexión con Honor podría permitirnos atar a Represalia. En pequeña medida. —El Heraldo anciano se limpió sangre de la boca—. Quizá podríamos impedirle que absorbiera a los spren. Podríamos sellar esa parte de su poder, debilitarlo. Sí... Sí, podría funcionar.

—Te refieres a... —dijo Nale.

—Debemos volver a forjar el círculo —explicó Ishar—. Si queremos salvar a los spren, si queremos apartar una Astilla de Honor del alcance de Represalia, debemos alzarnos de nuevo. Reafirmar nuestros juramentos, explotar esa debilidad que creó en sí mismo por nosotros.

Nale tembló. ¿Volver a forjar el Juramento?

—Ishar —dijo, sintiendo que se alzaba dentro de él un terror profundo y vergonzoso.

Recuerdos.

Suplicio.

Retenido contra piedras, su alma quemada y desollada.

Oír a sus amigos chillar de dolor, el eco de sus voces en los oídos durante siglos, espantoso y terrible, como el sonido de uñas arrancadas de la carne.

Nale parpadeó al notar unas repentinas lágrimas en el rabillo de los ojos.

—No puedo volver, Ishar. No... no puedo. ¡No soy lo bastante fuerte!

¿Y si... hubiera una manera de mejorar el Juramento?, propuso el Viento. Nale percibió el miedo en su voz, en las muchas voces de los vientospren congregados para mirar. *¿Y si hubiera un modo de que vuestras mentes fuesen a algún otro sitio?*

—Hum... —musitó Ishar, quizá mientras el Viento le mostraba algo que Nale no veía—. Tenías esto muy bien pensado, ¿verdad?

He tenido muchísimo tiempo para pensar, Ishar.

—Podría funcionar. Nale, ayúdame a levantarme.

Nale obedeció y sostuvo a Ishar, que de pronto parecía frágil de un modo que ningún Heraldo debería parecerlo. Contemplaron una escena lamentable. Espadas tiradas por el suelo. Bendito por la Tormenta derrumbado, con la mano humeando y varios dedos de menos. Szeth en peor estado incluso, con el brazo ausente desde el hombro, la ropa quemada por un costado, la piel de debajo agrietada y ennegrecida. Sylphrena yacía de espaldas, entera en apariencia, pero sollozando.

Una espada negra. Repleta de Investidura, murmurando para sus adentros, como adormecida. Ishar fue renqueando hasta su propia espada, que había dejado caer durante la confusión. Titubeó antes de tocarla.

—A lo mejor deberías colocarlas tú —dijo a Nale—. No... no me siento yo mismo cuando toco su poder.

Nale hizo lo que le pedía, recogió todas las hojas de Honor y las fue poniendo en el círculo hasta que las nueve quedaran verticales en sus rendijas. Todas excepto la de Jezrien.

—El Viento ha sugerido una forma de evitar la tortura, Nale —dijo Ishar—. Era imposible mientras Honor vivía, pero, con parte de su poder extraído mientras Represalia se establece...

Nale se volvió.

—¿Cómo?

—He estudiado las visiones del Padre Tormenta —explicó Ishar—. El Viento me ha propuesto que cree algo similar. Aunque nuestra alma regresará a Braize, nuestras mente es una entidad separada, y puedo enviarlas todas al interior de una visión, libres de lo que sea que pueda sentir nuestra alma y nuestro cuerpo. Haciéndolo con delicadeza, esto puede ocultárseles a las Esquirlas. Creo que seré capaz, si Ash y Pralla me ayudan.

Nale volvió a toda prisa junto a Ishar y lo agarró del brazo.

—¿Quieres decir que...?

—Tal vez podríamos tener paz entre Retornos —asintió Ishar—, en vez de tortura. Represalia sin duda buscará venganza contra nosotros si lo atamos, e intentará que rompamos el pacto, pero si no consigue encontrar nuestras mentes...

Algo muy profundo en Nale tembló al plantearse la idea. Paz. ¡Cuánto tiempo llevaba sin conocerla!

—¿Funcionará? —preguntó—. ¿Funcionará de verdad?

—No puedo garantizarlo —dijo Ishar—, pero creo que sí. Viejo amigo, ¿podrás hacer acopio de valor para intentarlo?

Viejo amigo. No habían empezado como amigos. Nale había considerado altivo a Ishar. Quizá lo había sido. Quizá algo de eso aún permanecía. Sin embargo, sí que habían pasado a ser amigos. Sí, era verdad.

Pero ¿qué había del valor de Nale? Abrió la boca, pero entonces le pareció oír...

Le pareció oír el sonido de flautas.

—Lo intentaré —susurró Nale.

—Bien, bien —dijo Ishar—. Ven conmigo. Será el fin de todos los spren si no hacemos algo. Honor *debe* conservarse.

Ishar se arrodilló junto a Szeth y Nale fue con él y palpó con delicadeza las heridas que tenía. No eran exactamente quemaduras, sino más bien tejido necrosado.

—Szeth vive —dijo—, pero necesita Regeneración. Tengo un fabrial que...

—Pero no hay luz tormentosa —lo interrumpió Ishar.

—No hay luz tormentosa.

Nale se desinfló. Durante el enfrentamiento, la habían consumido toda Ishar, la espada y Bendito por la Tormenta.

—Cuando Szeth sea Heraldo, este cuerpo será irrelevante de todos modos —dijo Ishar—. Procedamos.

Nale puso a Szeth bocarriba. Su cabeza giró, flácida. Respiraba, pero apenas.

—¿Podrá hacerlo? Tiene que pronunciar las Palabras.

No, dijo el Viento. *No puede.*

Llegó un retumbar desde el este. Nale miró y vio una oscuridad que crecía en el cielo. Como una magulladura en el mismo firmamento.

—¡Has dicho que no habría más tormentas, Ishar!

—He dicho que no habrá alta tormenta —susurró Ishar—. Pero hay otra tempestad. Ahora, la única tormenta. La Noche de las Penas ha llegado, Nale. La Verdadera Desolación está aquí.

—¿La Verdadera Desolación? —Nale acunó a Szeth en su regazo—. Ishar, ¿de qué... de qué sirve luchar ya? ¿Por qué resistir? ¿Por qué preocuparnos? El Padre Tormenta ha muerto. Jezrien ha muerto. Hemos perdido, al final. Honor ha muerto.

—Sí —dijo una voz calmada—. Honor ha muerto.

Los dos Heraldos se volvieron de golpe y vieron que Kaladin Bendito por la Tormenta se incorporaba muy despacio, con el pelo revuelto, el uniforme azul arrugado, polvo en la cara. Se miró la mano derecha, o lo que quedaba de ella, e hizo una mueca. Entonces suspiró y, con esfuerzo, se puso en pie.

—Pero —añadió Bendito por la Tormenta— veré qué puedo hacer.

Kaladin, sintiéndose como la costra del interior de un caldero después de que un estofado se quemara, cruzó como pudo el terreno desierto y se arrodilló al lado de Syl.

—¿Qué tal lo llevas? —preguntó.

—Está muerto —susurró ella—. Mi padre está... muerto. Y no estoy segura de haberlo conocido nunca de verdad...

Le lanzó una mirada y, al cruzarla con ella, Kaladin vio una tormenta en sus ojos. No una metafórica, sino auténticos relámpagos y nubes arremolinadas llenándoselos. Al instante, su ropa se transformó en algo muy distinto. En un vestido majestuoso, digno de... de una reina.

—No puedo proteger a los spren, Kaladin —dijo—. Odium ostenta el poder de Honor. Ahora formamos parte de... de *él*. Nos absorberá, nos destruirá, nos Deshará.

—Creo —respondió Kaladin— que el Viento tiene una solución preparada para eso. ¿Me equivoco?

Lo siento. No debería pedirlo... pero lo hago. Es la única solución que se me ha ocurrido para impedir el daño que percibí.

Syl se incorporó, titubeante.

—Los últimos restos de Honor están aquí, en manos de un círculo roto de hombres rotos y mujeres rotas. Lo veo. Condenación, Kaladin. Lo veo.

—¿Un Juramento podría impedir lo que se avecina? —preguntó Kaladin.

El Juramento original funcionó porque a la mayoría de los Heraldos los había escogido Odium en su momento, y pudieron utilizar esa Conexión para atarlos, dijo el Viento, soplando a su alrededor. *Un juramento aquí, ahora que él es Represalia, debería hacer lo mismo. Quizá. Por favor. No me odiéis.*

Kaladin apretó los dientes y se levantó, cerrando los puños. O intentándolo, dado que una mano le fallaba y solo sentía un entumecimiento allí. Se encaró hacia el Viento.

—¿Los spren morirán de verdad si no se hace esto?

Sí, susurró ella. *Dalinar Kholin está muerto. Cultivación está liberada del planeta y huye, temerosa por lo que ha hecho. Honor y Odium se combinan. Represalia absorberá todo el poder y creará armas a partir de él. Deshechos nuevos. Deshechos terribles.*

Kaladin respiró hondo.

—¿Qué necesitas que haga?

Syl le cogió el brazo y, cuando Kaladin la miró, vio lágrimas en sus mejillas. Auténticas lágrimas. ¿Cómo podía ser?

—¿Estás seguro, Kaladin? —susurró Syl—. ¿Sabes lo que implicará? ¿Que tú...?

Tormentas. ¿Estaba diciéndole...?

Sí. Lo había sabido desde el momento en que se levantó.

—No podemos pedirte esto —dijo Syl en voz baja.

Kaladin se armó de valor.

—Pero yo puedo ofrecerme.

—¿Con la de tiempo que llevas aprendiendo que no puedes sacrificarte por todos los demás? —objetó ella—. No puedes hacer esto.

—Disculpa, Syl —dijo él con delicadeza, poniendo la mano sobre la suya—, pero eso no es lo que he aprendido.

Ella alzó la mirada hacia él.

—Lo que he aprendido es que no *tengo* que hacer ese sacrificio —explicó Kaladin—. No puedo proteger a todo el mundo, eso he llegado a aceptarlo. Pero no significa que no deba hacer lo que pueda, y también he aprendido que puedo ayudar sin perderme a mí mismo. Los spren dais vuestra vida entera a vuestros Radiantes. Ahora puedo devolveros el favor. —Se encaró de nuevo hacia el Viento—. ¿Es verdad que Dalinar ha muerto?

Sí. Y no puedo sentir al Hermano ni a Navani.

Syl se estremeció y las lágrimas volvieron a surcar sus mejillas. ¿Kaladin la había visto llorar alguna vez?

Cerró los ojos.

—A la gente no le quedará nada —dijo Kaladin—. Ni tormenta, ni dios, ni rey. Alguna esperanza hay que darles. —Abrió los ojos y miró a Syl a los suyos—. ¿Qué necesitáis que haga?

—Tendrás que pronunciar las Palabras —susurró ella.

—¿Bendito por la Tormenta? —dijo Nale.

Kaladin se volvió y lo vio depositando en el suelo con sumo cuidado a Szeth, que estaba inconsciente.

—No sabes lo que dices —continuó el Heraldo—. El plan de Ishar para proteger nuestras mentes podría no funcionar. Es posible que vayamos derechos a la tortura. Y, aunque no... podrían pasar siglos hasta que regresemos. Todos tus conocidos y tus seres queridos habrán muerto para entonces.

El corazón de Kaladin tembló. El Puente Cuatro... su familia...

—Debería ser él. —Nale señaló a Szeth con el mentón—. A él no le quedan Conexiones. Lo han preparado para esto.

Kaladin cruzó el tramo de terreno demasiado mullido. Se arrodilló y puso los dedos sobre el hombro herido de Szeth.

—No. Él no podrá soportarlo.

—Pero... —empezó a protestar Nale.

—Ha elegido la paz —dijo Kaladin—, no la guerra. Los Heraldos deben luchar, y él necesita sanar. —Sintió el viento soplar—. No puedo proteger a todo el mundo. Pero a él sí que puedo protegerlo.

Ishar, arrodillado cerca, alzó la mirada hacia Kaladin.

—Niño, ¿de verdad crees que puedes reemplazar a Jezrien, nuestro rey?

Kaladin se levantó y, con cuidado, volvió a ponerle la vaina de Sangre Nocturna a Szeth. La espada no parecía estar despierta, sino en una especie de estupor. Luego Kaladin fue a su macuto, buscó dentro y encontró algo suave al fondo.

—Jezrien era el mejor de todos los hombres —prosiguió Ishar—. Nuestro guía y nuestro líder. Estuve preparando a Szeth durante más de una década. Tú no puedes ocupar el lugar de un rey como Jezrien.

—Es increíble —repuso Kaladin en voz baja— que lleves milenios enteros vivo y no hayas aprendido una verdad tan simple. —Sacó del macuto una capa de un profundo color azul, engalanada con las marcas de la torre y la corona—. La nobleza no tiene nada que ver con la sangre, Ishar. Pero sí con el corazón.

Kaladin se levantó y se echó la capa a los hombros. Se onduló en el aire y Kaladin sintió que el Viento la hacía flotar a su alrededor.

Los spren estuvimos ahí cuando nos necesitasteis, le dijo el Viento. *Por favor. Tienen mucho miedo.*

—No pasa nada —respondió él. Respiró hondo y emprendió el paso hacia el círculo de espadas—. Aquí me tenéis.

Syl echó a andar también y se puso a su altura.

—Nadie puede decirte las Palabras.

—Por suerte, las sé.

El viento soplaba alrededor de él, y Kaladin... Kaladin recordaba ese viento. Recordó cómo soplaba el día que empuñó por primera vez una lanza, hacía mucho tiempo, y también antes de eso, cuando era un niño que sostenía por primera vez un palo. Kaladin pasó caminando a través de una versión de sí mismo, esa versión juvenil a la que todos habían llamado Kal. Porque formaba parte de Kaladin.

El viento había estado allí el día que mató a Helaran y salvó a Amaram. El último día que había existido Kaladin el jefe de pelotón. Kaladin pasó a través de esa antigua versión de sí mismo. Porque formaba parte de Kaladin.

Recordó el viento soplándole en la cara, intentando apartarlo del Abismo de Honor. Recordó pensar que se había *esforzado* en impedirle que diera esos pasos. Apareció esa versión de Kaladin, el desdichado, el esclavo. Kaladin pasó a través de él, porque formaba parte de Kaladin.

El viento había estado allí con él cuando luchó contra Szeth entre las nubes. Kaladin Bendito por la Tormenta, Radiante. Kaladin pasó a través de ese hombre, porque ese hombre formaba parte de él.

El viento había estado allí cuando combatió al Perseguidor después de la muerte de Teft, el día que Kaladin casi se había rendido a Odium. Apareció esa versión de Kaladin, con un brillo amarillento rojizo en los ojos. Kaladin atravesó esa figura, porque también era otro elemento que lo conformaba, y no debería olvidarlo.

El Viento siempre había estado ahí. Conteniendo la respiración en algunos momentos importantes, pero soplando gloriosa en su misma dirección durante otros. Si no actuaba, Represalia iba a matarla, y a Syl, y a todos ellos. Kaladin tenía que esconder al Viento, a los Heraldos y los últimos pedazos de Honor. Protegerlos.

Hasta que llegara el momento adecuado para su Retorno.

Sí, conocía las Palabras. No eran un Ideal de ningún grupo de Radiantes. Eran algo más abrumador. Una última versión de Kaladin apareció delante de él, un ser aterrador, glorioso.

Kaladin. Heraldo.

—Yo —susurró Kaladin, caminando a través de esa versión— acepto este viaje.

El aire se partió con un estallido de trueno. Cuando llegó la respuesta, era la voz de Syl. *Esas Palabras son aceptadas.*

—No son las Palabras que pronunciamos nosotros —dijo Nale.

—Lo importante no son las Palabras en sí mismas —replicó Kaladin—. Es, de nuevo, el corazón. Después de miles de años, creo que ya deberíais saberlo.

Kaladin extendió su mano rota, ajada, a la que solo le quedaban el pulgar y otros dos dedos, hacia el círculo de armas. Syl, a su vez, extendió también el brazo y colocó la mano cerca de la de él, justo por debajo. Una lanza de luz blanca azulada cobró forma entre sus manos, y tanto Kaladin como Syl la agarraron.

Juntos, la hundieron en el suelo, la clavaron en la ranura libre que había en el círculo. La luz remitió, creando una lanza alta y plateada, no la que Kaladin había estado usando, aunque sí tenía reminiscencias de su diseño. Pero esa lanza no estaba creada a partir de Syl, sino, igual que las hojas de Honor, a partir de la esencia de Honor.

Ishar fue hacia su espada y le puso la mano encima. Nale hizo lo mismo con la suya. Y entonces… Kaladin sintió a los otros. Aterrorizados, pero libres de una pequeña parte de su oscuridad. Percibió cómo Ishar se comunicaba con ellos y les ofrecía algo crucial.

La redención.

Una figura fantasmal llegó dando zancadas, como salida de la nada. Un hombre alto y musculoso. ¿Taln? Su mano fue a su espada. Fue el primero que regresó al círculo. Los siguieron otros, personas a las que Kaladin no conocía. Una mujer de largo cabello negro vestida con havah, otra pelirroja y una tercera de piel broncínea que llevaba un libro bajo el brazo. Luego Ash, e incluso Kalak, aunque su imagen era casi transparente del todo. La última fue una mujer con la cabeza afeitada y una expresión curiosa en el rostro.

Todos habían acudido a la llamada. A pesar de todas las cosas a las que habían sobrevivido, habían escuchado y habían respondido.

Sí. Kaladin podía ayudar a aquella gente.

Sintió algo *Conectar* en su interior. Una calidez fluyó a través de Kaladin, como la de la luz tormentosa, pero no tan relacionada con el movimiento como con… la estabilidad. Aparecieron glorispren estallando sobre él, y luego un anillo de luz, compuesto de un millar de vientospren. Cintas, como la forma que adoptaba Syl a veces. Sin caras, y sin risas. Creando un vertiginoso remolino de luz. Kaladin se miró a sí mismo y vio que resplandecía.

Gracias, dijo el Viento, *Heraldo*.

—Kaladin —dijo Syl—, tus ojos.

—¿Qué les pasa?

—Son castaños oscuros —susurró ella, levantando una mano para tocarle la cara—. Como antes.

Kaladin sonrió y, al volverse, vio que los otros Heraldos habían desaparecido, todos excepto Ishar y Nale.

—Ha funcionado —susurró Nale—. Puedo sentirlo. El Juramento…

—Vuelto a forjar —asintió Ishar. Vaciló un momento y luego levantó el brazo e hizo un gesto en dirección a Kaladin—. Bienvenido, Kaladin Bendito por la Tormenta. Heraldo de Reyes. Heraldo del Viento. Heraldo de…

—Heraldo —dijo Kaladin— de las Segundas Oportunidades.

Nale sonrió, asintiendo.

Todo se quedó quieto.

—Y ahora, ¿qué? —preguntó Kaladin.

—Ahora —dijo Ishar—, debo hacerte inmortal. Y luego debemos abandonar este mundo.

145

LLORAR POR EL FINAL DE TODAS LAS COSAS

En consecuencia, solo me queda especular acerca del Caballero del Viento. Que está muerto es demostrable. Que tuvo éxito en su empeño, al menos parcialmente, también es demostrable.

De *Caballeros de viento y verdad*, página 289

Navani captó una sensación extrañísima. Amor.

Una abrumadora sensación de amor… y entonces…

¿Una despedida?

¡Navani!

La voz del Hermano en su mente.

¡NAVANI!

—¿Qué? —dijo ella, sobresaltando a quienes la acompañaban en la estancia de la última planta. Habían oído tormentas, una tempestad sacudiendo la torre.

Está muerto, Navani, dijo el Hermano. *Lo siento.*

Muerto.

No. Pero… pero eso no era…

Acababa de percibirlo hacía un momento. Era imposible, pero, de algún modo, le había enviado una sensación de amor. Seguida de… aquel lamento…

Seguido de la nada. De su alma desvaneciéndose.

—¿Sirve al enemigo? —preguntó Navani.

No, lo ha destrozado todo. El contrato, Honor… todo eso se acabó. Todo ha muerto. Es… es brillante. Y terrible. El enemigo ostenta ambas Esquirlas y se transforma en Represalia. Cultivación huye. Nosotros… Navani, corremos un grave peligro. Esto podría destruirme.

Después lo lloraría.

Tormentas. ¿Podría… sería capaz de…?

Después lo lloraría.

—¿Qué hacemos? —preguntó Navani.

Tenemos que mantener a Represalia fuera de Urithiru, dijo el Hermano. Va a destruir a los spren, pero no a nosotros aquí, si logramos crear defensas. Serán tu voluntad y la mía contra la suya. No sé si… Oh, Esquirlas, Navani. ¡Ya viene!

—¡Hazlo! —exclamó Navani.

—¿Cómo que no podéis? —susurró Shallan, arrodillada en la plataforma de la Puerta Jurada—. ¡Trasladadme! ¡Por favor!

Los spren de la Puerta Jurada estaban encogiéndose.

—¿Con qué luz tormentosa? —preguntó uno, mientras su voz atronadora se volvía más normal—. El enemigo la ha atraído toda hacia sí mismo, retirando la luz de los agujeros en la gente y las gemas. Ya no está.

—Pues con…

Shallan hurgó en su bolsillo. Llevaba esferas encima cuando había entrado en el Reino Espiritual. Las había comprobado al regresar allí, pero, al sacarlas, vio que estaban opacas.

—Ya no hay Padre Tormenta —dijo el spren de la puerta, subiendo a la plataforma—. Ya no hay Honor. Ya no hay luz tormentosa. Nuestra era ha terminado.

Shallan miró alrededor, hacia las diez Puertas Juradas, y vio que todos sus spren estaban encogiéndose también.

—¿Ya no hay… luz tormentosa? —preguntó—. ¿Por cuánto tiempo?

—Por siempre.

Taravangian, Represalia, se deleitó con su nueva fuerza.

Era más poderoso que nada que existiera. Solo había otro ser que se le aproximara, pero aquellos poderes estaban desalineados, mientras que Honor y Odium querían casi las mismas cosas. Colaborarían, sin duda.

Aunque algo… algo acerca de su antecesor… le llegó como un eco del pasado. Rayse nunca había querido aquello. Había matado a otras deidades y rechazado su poder.

¿Era un necio? Debía de haberlo sido. Porque aquello era *glorioso*. Taravangian rio mientras las Esquirlas, al entrechocar, se arremolinaban en un viento increíble, fundiéndose como una sola tormenta. Todo eco de Tanavast, su único verdadero rival, había desaparecido.

No. Podría haber otros. Ba-Ado-Mishram era libre de nuevo. Taravangian tendría que canalizarla y controlarla, no fuese a suplantarlo. Había maneras… aunque le resultaba difícil encontrarla, incluso con sus ojos divinos. ¿Dónde se había metido?

Tenía otras cosas que hacer. La alta tormenta fue consumida por la tormenta eterna en cumplimiento de su voluntad, creando una ondulación a través de la naturaleza, una con la que Taravangian se regocijó, haciendo que el paso del tiempo se distorsionara en torno a ese mundo. Había ganado. Solo *su* luz estaría disponible para Roshar. Solo *su* tormenta haría que se inclinaran.

Una tempestad oscura que recubriría el territorio. Todo se marchitaría a menos que utilizaran la luz de Taravangian para crecer y prosperar. Tendrían que depender de él para todo.

Era el momento de lidiar con los spren, partes del antiguo Honor. Restos, hilos que colgaban, y un posible problema en los años venideros. Si había algo capaz de socavar a Represalia, serían ellos. Inspiró, con la intención de atraer hacia él a todos los spren, los de Odium y los de Honor. A los que eran solo de Cultivación, tendría que buscarlos y...

No pasó nada. Cuando intentó atraer a los spren hacia él, el poder se negó a absorberlos.

Están protegidos, dijeron sus poderes.

—¿Qué los protege? —exigió saber Represalia.

Los protegen un juramento y un círculo, respondieron los poderes. *Los protege la fuerza de Adonalsium. Diez se alzan contra ti, utilizando la parte de nosotros que llevan en su interior. Honor exige que sus juramentos se cumplan.*

Era frustrante. Se suponía que no tenía rival, pero su poder... Taravangian vio que tendría que ser cuidadoso. No actuar contra su voluntad, si no quería padecer el mismo destino que Tanavast.

Debería de haber una manera. Sería más cauto que sus predecesores y...

Un momento. ¿Qué eran esas fuerzas que lo observaban?

Las otras Esquirlas.

Cultivación, aterrorizada, se había eyectado a sí misma de Roshar. Y toda la atención de los dioses restantes estaba puesta en él.

Vio al instante lo que había hecho Dalinar. Odium había esperado contar con siglos para planificar. De pronto, había perdido todo eso. La auténtica batalla por el Cosmere estallaba en ese preciso instante.

«¡No! —pensó—. No estoy preparado».

La muerte de la alta tormenta y el nacimiento de la verdadera tormenta eterna siguieron retorciendo el aspecto espiritual de Roshar. Estaban distorsionándolo todo, alimentadas por la ira de Represalia. Dalinar... *Dalinar* era el responsable de aquello. Cuando las tormentas por fin se asentaron, cuando restableció el control, cuando manejó su furia, Taravangian creó un avatar para enfrentarse a Dalinar.

Encontró solo su cadáver, acurrucado junto al antepecho de piedra. Tenía la ropa desgarrada, el cuerpo ensangrentado. El daño infligido por los vientos y la tempestad había sido demasiado para Dalinar, pero debajo de él, resguardado de la tormenta, Gavinor sobrevivía, inconsciente pero respirando. Protegido en un último acto de autosacrificio.

Taravangian bramó. Por extraño que pareciera, no le encontraba la gracia a nada de aquello si no podía oír a Dalinar confesando la verdad: que Taravangian había tenido razón desde el principio.

No. No podía estar muerto. *¡No!*

Bueno, llevaría la Represalia sobre Dalinar por aquello. Se planteó destruir a Gavinor por puro despecho, pero… no. Semejante acto lo asqueaba. Gavinor se había comportado con honor, había cumplido sus promesas… y Taravangian había tenido mucho cuidado, durante sus veinte años de preparación, con lo que decía.

Una parte del poder en su interior estaba… preocupada. ¿Había actuado con honor hacia Gavinor?

He hecho todo lo que le prometí, pensó Taravangian. *Lo he traído para cobrarse su venganza, para reclamar su reino. Nunca le dije que no interferiría. Todo lo que he hecho encaja a la perfección con mis juramentos a Gavinor.*

Era cierto. El poder lo reconoció. Debería bastar con eso. Se tranquilizó mientras Taravangian pensaba. Tendría que permitir que Azir conservara su territorio, ya que habían ganado, ¿verdad? Dalinar había roto el contrato, pero Honor… Bueno, Taravangian debía ir con cuidado, o el poder se rebelaría contra él. Al decidir hacerlo, sintió que Honor crecía en su interior, que se vinculaba más por completo en Represalia.

Bien. Del mismo modo, permitiría que las Llanuras Quebradas conservaran una especie de autonomía. Pero ¿y el resto? Roshar estaba dominado del todo. Sus agentes en el gobierno shin habían triunfado mientras los Heraldos estaban distraídos. Las islas Reshi… el territorio estaba en su poder, hasta el último metro cuadrado, aunque casi todos quienes cabalgaban las bestias habían rechazado sus ofertas. No valía la pena el esfuerzo.

Todo lo demás sobre la faz de Roshar, el noventa por ciento del planeta, había aceptado sus acuerdos o caído ante sus fuerzas. Así estaba bien. Era suficiente. De hecho, era glorioso. Represalia cumpliría sus promesas. Los juramentos eran importantes. Y Represalia destruiría a cualquiera que opinase lo contrario.

Qué raro. El poder de Honor estaba mostrando el más leve atisbo de… incertidumbre. ¿Qué era eso? ¿Por qué tenía ese comportamiento tan extraño? El conocimiento expandido de Taravangian lo encontraba imposible. ¿Sería porque habían extraído una parte de él y lo habían encerrado fuera de su alcance?

«Tendré que moverme deprisa —pensó, visualizando posibles futuros—. Escapar de Roshar, antes de que las otras Esquirlas actúen contra mí. Aún están cohibidas, pero el tiempo las estimulará».

Sus siguientes acciones tendrían que ser concluyentes. Empezó a urdir maneras de distraer la atención de sus enemigos hacia un conflicto en Scadrial. Tendría que dejar Roshar bajo una regencia, ya que necesitaba planear la manera de evadir aquella trampa que le había tendido Dalinar. ¿Cómo?

¿Cómo había podido ser tan listo ese hombre? ¿Cómo era posible que Taravangian no lo hubiera visto venir?

Su ira hacia Dalinar arreció de nuevo, una tempestad de llama y cólera. Dalinar. ¡Dalinar le había robado siglos enteros! Adiós a los preparativos, adiós a las meticulosas manipulaciones. Dalinar...

Dalinar aún existía.

Taravangian se extendió y encontró algo que perduraba al otro lado: el alma de Dalinar. Infusa de poder, incapaz de morir del todo aún. Era la parte de una persona que permanecía, durante unos breves instantes, antes de ir al Más Allá. Taravangian la aferró, y esa parte de Dalinar cayó en su poder.

Porque Dalinar Kholin era un perjuro.

SABRÁS QUE AHORA PUEDO HACER CONTIGO LO QUE ME PLAZCA, le dijo Taravangian. PODRÍA TORTURARTE POR TODA LA ETERNIDAD, DALINAR. ¿DE VERAS CREES QUE TU SACRIFICIO HA MERECIDO LA PENA?

Ondeando en el alma de su rival, una pregunta.

¿Qué valor tiene mi vida?

NINGUNO, YA NO. DALINAR, NO ERES NADA.

En ese caso, es lo que intercambio por todo. *Taravangian... yo a eso lo llamo una ganga.*

Taravangian rabió, furioso porque Dalinar se negaba a permitirle regodearse. Pero no se dejaría provocar: iba a controlar aquel poder. Taravangian aún le encontraba utilidad a Dalinar. Sus juramentos rotos ponían su alma en manos de Taravangian, y él lo transformaría en Deshecho. Lo transformaría en...

El alma de Dalinar se le escapó. Se estiró. Y se desvaneció hacia el Más Allá. Taravangian se afanó en retenerla, pero, como agua escurriéndosele entre los dedos, no fue capaz.

No puedes tenerlo, dijeron los poderes, *pues otra entidad lo reclama*.

Derrota.

¿Por qué iba Taravangian a sentirse derrotado cuando lo había ganado todo? Rabió de nuevo, esa vez la peor de todas, y las ondulaciones de aquello deformaron todavía más los reinos alrededor de Roshar. ¿Dalinar había escapado? ¿Dalinar estaba muerto?

Pero no. Aún quedaba algo de él. Taravangian lo encontró en el Reino Espiritual. Se había manifestado en la visión donde Dalinar, el muy tozudo, había arrojado un tonel de aceite y llevado a cabo actos de paz, como si no hubiera quemado ya una ciudad hasta los cimientos.

En esa visión se había materializado el Espina Negra. Y el Espina Negra... era una leyenda. Se hablaba de él, y la mente de las personas lo moldeaba, le daba sustancia. Había reaccionado de un modo distinto a todas las demás partes de las visiones, pues las cosas en las que la gente pensaba cobraban vida.

Y en el Espina Negra pensaba muchísima gente. Las historias sobre él superaban al mismo Dalinar... que había cometido, como mínimo, un error. Le había dado a ese ser sus recuerdos, le había mostrado el futuro, y en esos momentos se convirtió incluso más plenamente en un ser vivo.

Represalia lo acunó.

Tienes razón, le dijo el ser, calmando su ego, suavizando su ira. *Él era débil. Yo no lo soy. No haré las cosas que me enseñó. No lloraré, borracho, cuando hay un asesino contra el que luchar. No renunciaré a la batalla ni a la conquista. Soy el Espina Negra.*

¿Me servirás?, preguntó Represalia. *¿Me servirás cuando lleve la guerra a las estrellas?*

Es a lo que me dedico, dijo el Espina Negra.

Sí... un error. Dalinar había Conectado con aquel spren naciente de sí mismo, le había dado sus recuerdos, su habilidad. Unos recuerdos que, para él, llegaban demasiado pronto. Aquel Espina Negra era lo que Dalinar podría haber sido, si Cultivación no lo hubiera protegido de sus propios actos. Más grandioso que Gavilar, más grandioso que cualquiera.

Un verdadero campeón. Con una increíble visión de batalla, con una brillante comprensión de la táctica y la estrategia y, para colmo, con la testaruda fuerza de voluntad de Dalinar. Pero sin las débiles inhibiciones de su madurez, como que la muerte de su esposa lo destrozara.

Sí. Dalinar Kholin había muerto.

Pero el Espina Negra *viviría*.

Y ahora, a ocuparse de otro perjuro. Los Heraldos, por lo que veía, estaban a salvo de él. Pero había otra persona que no, una persona de la que ambos poderes le advertían que debería ocuparse de inmediato.

¿Dónde estaba Sagaz?

Las espadas empezaron a desvanecerse del círculo.

Kaladin cayó de rodillas ante Ishar, que le tocó las sienes.

—Este es el método de Vedel —dijo Ishar—. Se basa en unas habilidades que llevo muchísimo tiempo sin usar... en poderes de las potencias que no están relacionados con la luz tormentosa, la Radianza ni las hojas de Honor. Requiere un juramento forjado, y un pedacito de un dios...

Los ojos de Kaladin se ensancharon cuando algo ardió en su interior. Pudo sentir a los demás. Taln, Ash, Vedel, Chana... estaban aterrorizados, temerosos de estar dirigiéndose hacia la tortura.

Está funcionando, susurró el Viento. *¡Kaladin, está funcionando! ¡El Juramento preserva a los spren!*

—Espero que a nosotros nos ponga también fuera de su alcance —dijo Ishar, empuñando su hoja. Miró a Kaladin—. Pero... aun así... podría volver a perderme a mí mismo. No toda la podredumbre de mi alma se debía al poder de Odium, Bendito por la Tormenta. Yo... soy débil. De mente.

—Te ayudaré —le prometió Kaladin.

Cerca de ellos, Nale se tensó y al momento se evaporó, desapareciendo sin dejar nada. Su espada se esfumó del círculo.

—Utilizamos cuerpos hechos de poder cuando Retornamos, niño —dijo Ishar—. No muere nadie para crearnos a nosotros. Honor encontraba aborrecible toda idea similar a los Fusionados. Antaño.

Kaladin asintió, haciendo acopio de valor mientras su alma empezaba a vibrar. Una luz lo envolvió y, mientras lo hacía, Syl encontró su mano. Y Kaladin sintió que se la cogía.

—Tú aún tienes tu cuerpo original —dijo Ishar mientras empezaba a desvanecerse—. Tu alma se verá arrastrada con nosotros, dejando el cuerpo atrás. Lo siento. Puede que duela.

Kaladin apretó fuerte la mano de Syl y entonces dio un respingo, sintiendo un fuego terrible que lo desgarraba. Un fulgor en su cráneo, agónico. Sintió que sus ojos ardían, como si lo hubiera derribado una hoja esquirlada.

Todo ello seguido por...

... la nada.

Pero no fue un éxito completo, ya que no he oído al Viento, ni Szeth tampoco, desde hace años. Salvo aquel único susurro.

De todos modos, ella vive, por lo que me pregunto si quizá el Juramento, tal y como existía, aguantó lo suficiente. ¿Incluso sin Szeth para rellenar el hueco?

O quizá, como campeón del Viento, Kaladin fue capaz de hacer algo al final, justo antes de morir, que apartó la ira de Represalia de los spren.

De *Caballeros de viento y verdad*, página 290

Sigzil estaba sentado en la zona médica de Urithiru con el padre de Kaladin. El oficial de guardia lo había enviado allí, a pesar de la insistencia de Sigzil en que no había nada que un cirujano pudiera hacer por él. Perder a su spren no era una dolencia física.

Aun así, Lirin lo examinó. El mismísimo mundo podría estar acabando y aquel hombre seguía atendiendo a pacientes. Sigzil se encorvó hacia delante sobre la mesa de operaciones, sintiendo aquel hueco en su interior y atormentándose por lo que había hecho. Aunque su plan había funcionado y los generales le habían dado la enhorabuena por rescatarlos a todos de una situación terrible, Sigzil no se sentía victorioso. Se sentía fatal.

—Estás hablando con el cirujano equivocado, me temo —dijo Lirin, yendo hacia su armario—. Mi hijo está aprendiendo a ayudar con las dolencias mentales y emocionales. Sus estrategias para lidiar con la pérdida te ayudarán más que mis medicinas. Dicho eso, es posible que te cueste dormir, y para eso sí que puedo ofrecerte…

La puerta se abrió de golpe.

Sagaz estaba al otro lado, con los ojos como platos, jadeando, con la cara chorreante de sudor.

—Disculpa —dijo Lirin—, pero esta sala de operaciones está vedada incluso para ti. Debo mantener…

—Dalinar ha muerto —espetó Sagaz—. El Hermano está entrando en otro coma autoprotector. El mundo se acaba. Así que, si eres tan amable, Lirin, cállate.

¿Cómo? ¿Dalinar había perdido? Sigzil, sumido en su neblina de dolor, no había prestado mucha atención a nada; apenas era consciente de que había pasado un día desde que perdiera a Vienta.

Sagaz apartó a Lirin del umbral y cerró la puerta. Corrió hasta Sigzil y le cogió los dos brazos.

—Chaval, te necesito. De verdad de la buena que me hace falta tu ayuda.

—¿Cómo? ¿Qué? —preguntó Sigzil—. ¿Qué haces tú…?

—Escúchame —susurró Sagaz—. En una cantidad de tiempo aterradoramente corta, el poder que Odium ostenta va a identificarme a mí como lo único de este planeta que es capaz de dañarlo. El poder me guarda rencor, aunque su recipiente haya cambiado. Va a vaporizarme.

—¿Sagaz? —dijo Sigzil—. Pensaba que nada podía…

—Presta atención —lo interrumpió Sagaz, sacudiéndolo—. Estoy en posesión de algo increíblemente peligroso. Algo de lo que Odium bajo *ningún* concepto debe apoderarse. Un poder más antiguo que ninguno de los dioses. ¿Me estás entendiendo? Necesito que alguien lo tome. Necesito que alguien lo tenga durante un breve periodo de tiempo, hasta que pueda volver y recuperarlo. No puede ser un Radiante. Sería demasiado peligroso, sería poner demasiado poder en manos de una sola persona.

—Pero… tú eres Radiante…

—Tan espabilado como siempre. —Sagaz lo señaló con una mano—. Sigzil —dijo, con más solemnidad en la voz—, el viejo Dalinar ha hecho una cosa increíblemente estúpida. Ha decidido apostar, y con ello ha liberado un terror inenarrable por todo el Cosmere. No tengo tiempo para explicarte todas las consecuencias, pero *no* podemos permitir que Odium obtenga la Esquirla del Amanecer. Es el último ser de todos los muchos mundos que debería tenerla.

—¿Y tú…? —dijo Sigzil, devanándose los sesos, sintiendo el dolor menguar ante aquella información—. ¿Y tú vas y la traes aquí, a su planeta?

Sagaz respiró hondo y luego asintió.

—Eres idiota —dijo Sigzil.

—Tal cual. ¿Vas a hacerlo, Sigzil? ¿La tomarás?

Algo se encendió en su interior. Una forma de compensar sus fracasos.

—Sí, la tomaré, Sagaz. Esta vez lo haré mejor. Voy a redimirme.

—Buen chico —respondió Sagaz—. Le gustas. En la medida en que a las de su especie puede gustarles algo. No creo que esté viva, no como un spren, ni como el poder de las Esquirlas. Es más bien que le gustas… como a un electrón subaxial le gusta un núcleo. ¿Estás preparado?

Sigzil asintió.

—Cuando llegue Odium —prosiguió Sagaz—, la materialización de su presencia aquí me permitirá hacer algo extraño. —Alzó un aparato compuesto por varios engranajes y lo que parecía ser una brillante luz, no atrapada en una gema, sino en un reloj de arena—. Lamento la sensación que te dará, pero la Esquirla del Amanecer debería mantenerte con vida. Vete del planeta nada más puedas. Aléjala de él, Sig. Nuestra única ventaja es que él no sabe que está aquí. Por desgracia, si me mata mientras sigue en mi posesión, descubrirá la verdad. A ti no te hará caso. Con un poco de suerte. —Titubeó—. Te encontraré. Lo prometo.

Antes de que Sigzil pudiera pedirle explicaciones, sintió que su alma temblaba. Las piezas individuales de sí mismo se alinearon mientras una fuerza se superponía a ellas. Un poder inmenso, extraño, mayor que una tormenta, o incluso que un mundo, pero capaz de caber dentro de un corazón humano.

Era algo antiguo. Maravilloso y terrible. Mantenía una única y todopoderosa directiva, que vibró a través de todo el cuerpo de Sigzil.

Existe.

La sala empezó a oscurecerse. Sagaz fijó el aparato a Sigzil y lo empujó hacia atrás, derribándolo.

—¡Taravangian! —exclamó Sagaz, dando media vuelta y sacando las manos a los lados en postura inocente—. ¿Te he contado la ocasión en la que...?

El dios vaporizó a Sagaz en una oleada de neblina roja.

Fue lo último que vio Sigzil mientras, de algún modo, caía a Shadesmar, a una versión de aquella sala en el otro lado, rodeado de luz y de spren aterrorizados.

Renarin estaba en una planta superior de Urithiru, bañado en una luz verde azulada. La cámara entera que tenía delante se había llenado de algún tipo de cristal, y su tía Navani flotaba en el centro de él, resplandeciendo. Paralizada, con los ojos cerrados.

Parecía estar dormida. La torre seguía funcionando como lo había hecho desde su despertar —tanto los elevadores como las bombas y las luces estaban operativos, y había luz de torre disponible para los Radiantes—, pero no podían comunicarse ni con el Hermano ni con Navani. Jasnah estaba arrodillada delante de Renarin, con las manos contra aquella pared cristalina. Él puso la suya junto a las de ella y alcanzó a oír el latido de su tía.

—¿Alguna vez habíais oído hablar de algo parecido? —preguntó Renarin a Rlain y Jasnah.

—No —respondió ella. Parecía exhausta. Marcadas ojeras, el maquillaje hecho un desastre, su pelo normalmente inmaculado fuera de sus trenzas—. No. Pero parece estar viva. Tiene que sobrevivir... La necesito...

Una cúpula de luz igual de sólida que aquel cristal rodeaba Urithiru en su totalidad, impenetrable. Las Puertas Juradas estaban dentro de esa cúpula, pero no había manera de activarlas. Renarin había sido transportado allí junto con Rlain en sus últimos momentos funcionales.

Habían dejado atrás a Shallan sin querer. ¿Cómo iba a explicárselo a Adolin? Según las últimas noticias, su hermano estaba vivo, pero eso había sido cuando aún tenían luz tormentosa y vinculacañas. Desde entonces, reinaba el silencio. No había tormentas. No había vinculacañas. No había forma de saber lo que estaba haciendo nadie en ninguna parte.

Estaban aislados por completo.

Rlain le apoyó una mano en el hombro, y Renarin puso la suya encima, sintiéndose reforzado por su presencia. Por fin, Jasnah se levantó. Asintió mirándolos y los llevó a otra sala cercana, donde esperaban Sebarial y Aladar. Querían recurrir a Renarin, ahora que Navani estaba indispuesta y el padre de Renarin...

El padre de Renarin...

Renarin respiró hondo y caminó con Jasnah y los altos príncipes hasta la escalera.

—No seré vuestro rey —les susurró mientras subían los peldaños.

—Pero... —dijo Sebarial.

—Jasnah, deseo adoptar tu sistema —lo interrumpió Renarin—. ¿Podemos instituir un gobierno representativo en Urithiru, como el que tienes tú para los exiliados alezi de aquí?

—Te explicaré los detalles —dijo ella en voz baja.

—¿Qué? —exclamó Sebarial—. Pero...

—Mi hermano y yo rechazamos el trono —afirmó Renarin—. No toleraré que ningún alto príncipe ascienda. Tendremos un senado electo y un parangón ministerial. —Se detuvo y miró atrás, hacia ellos—. Creo que encontraréis que los escritos de la brillante Jasnah sobre el asunto son bastante exhaustivos.

—Ya los he leído —dijo Sebarial—. ¡Pero, si la reina Navani despierta, se encontrará con que le han arrebatado la mayor parte de su poder! Se pondrá furiosa.

—*Cuando* mi tía despierte —replicó Renarin—, aceptará que el mundo ha progresado y que una reina puede dirigir sin gobernar. Creo que la veréis emocionada por la perspectiva. —Se volvió hacia las luces de las paredes de Urithiru, que aún brillaban—. Además, me parece que estará muy ocupada.

Siguió escalera arriba, sorprendido por la confianza con la que hablaba. ¿Dando órdenes a unos altos príncipes? ¿Exigiéndoles que renunciaran a su poder? Pero Renarin no podía ser rey: Rlain y él tenían otro trabajo que hacer. Odium dominaba el mundo, y los cantores habían ganado, por fin, una de las Desolaciones.

Rlain pretendía hablar con sus líderes en nombre de la humanidad. Renarin lo acompañaría. Suponiendo que alguna vez pudieran salir de aquella ciudad.

Renarin salió a la estancia superior de la torre y, desde allí, tomó la escalera hacia la cima descubierta. Juntos, Rlain, Jasnah y él se unieron a un grupo pequeño y solemne junto a la baranda. Gavinor, adulto de algún modo, estaba sentado contra ella con Juramentada en el regazo y los ojos enrojecidos.

Era demasiado para asimilarlo. ¿Gavinor había sido el campeón de Odium? A eso había que añadirle el coma de Navani y... tormentas, Renarin apenas había dado explicaciones sobre lo de Ba-Ado-Mishram. Era demasiado con lo que lidiar en ese momento. Él... él necesitaba ocuparse de lo que tenía delante. Unas cuantas personas más habían subido a ver el cuerpo, y se apartaron para dejar pasar a Renarin.

Se armó de valor, respiró hondo y se arrodillo junto al cadáver de Dalinar Kholin.

La mayoría de las heridas las tenía en la espalda, incluidos los golpes de las piedras empujadas por el viento contra su cráneo que lo habían matado. Tendido bocarriba en el techo de la torre, tenía un aspecto pacífico. Sus ojos estaban cerrados.

Renarin cerró también los ojos a los angustiaspren que flotaban a su alrededor y le dio a su padre un último abrazo. Del tipo que Dalinar siempre había necesitado, aunque todos los demás, a excepción de Renarin, creyeran que no. Ser fuerte no significaba que no necesitaras a nadie. Las personas que te rodeaban eran la fuente de esa fuerza.

—Gracias —susurró Renarin a su padre—. Por estar orgulloso de mí. Por mostrarme las grandes cotas que podemos alcanzar, pese a las simas que una vez conocimos.

—Qué pena que muriera aquí arriba, solo —dijo Aladar con voz áspera, repitiendo un sentimiento que ya había mencionado antes—. Que no pudiéramos ayudarlo.

—No murió solo, Aladar —contestó Renarin mientras se levantaba y se volvía hacia los demás—. Hum...

Miró a Jasnah. Ella asintió. Así que, como habían acordado, Renarin sacó sus notas para leer lo que había escrito en un momento mientras Jasnah intentaba atravesar el cristal y llegar hasta Navani.

—Ningún héroe muere solo —leyó Renarin lo escrito por su propia mano, con palabras entrecortadas—, pues lleva consigo los sueños de todos quienes siguen con vida. Esos sueños le harán compañía a mi padre en el Más Allá, donde nos enseñó que vamos al morir. No hay una guerra continua. No hay más matanza. Mi padre por fin está en paz. Y nosotros vivimos gracias a su sacrificio.

Alzó la mirada de sus notas y compuso una sonrisa, frágil, triste, mientras Rlain canturreaba a lo Perdido. Sebarial asintió.

Aladar, en cambio, bajó la mirada y no la cruzó con la de Renarin.

—Ha fracasado, Renarin. Yo también le tenía aprecio, pero no puedo mentir. Ha subido aquí arriba para salvar a la humanidad y ha fracasado. El enemigo lo ha destruido, ha tomado el poder y ha conquistado el mundo entero.

—Ya no hay alta tormenta —dijo Teshav—. ¿Habéis visto cómo crecía la tormenta eterna? —Por debajo de ellos, una negrura estaba extendiéndose para cubrir el paisaje entero. Todo salvo la propia Urithiru—. El mundo está condenado. Ahora ya es inevitable.

Renarin sabía que esas dos ideas prevalecerían en los años venideros. Su padre sería recordado como un valeroso héroe que fracasó.

Glys lo veía de otra manera.

Ha encontrado un camino hacia delante, dijo el spren. *El único camino hacia delante. Es lo que siento, Renarin, pero no lo comprendo. Creo que lo haremos en algún momento. Espero que lo entendamos.*

—A mi padre —dijo Renarin, mirando de nuevo sus notas—, hum, habrá que convertirlo en piedra por moldeado de almas. Le he pedido a Jasnah que lo haga. Para poder colocarlo junto a los antiguos reyes de Urithiru y algún día, esperemos, trasladarlo en compañía de las estatuas de Kholinar, donde todavía se alza su hermano.

Renarin volvió a respirar hondo. Había visto a su padre arder en sus visiones, por algún motivo, no convertido en piedra. Las visiones no siempre acertaban. Pero eso no significaba que siempre se equivocaran, tampoco. Dalinar había muerto.

Rlain lo abrazó. Renarin lo agradeció, porque, aunque abrazarse delante de otros le daba vergüenza, era necesario que todos viesen que los cantores y los humanos podían colaborar.

Empezaron a regresar hacia la escalera. Al llegar, Renarin y Jasnah se volvieron juntos de nuevo hacia el cadáver, que yacía sobre unas mantas empapadas de sangre.

—Quería que lo vieses aquí arriba —dijo Jasnah—, antes de moverlo.

—Gracias —respondió él—. Y gracias por dejarme hablar con los altos príncipes. Creo… que lo necesitaba.

—Nos esperan días difíciles, Renarin —dijo Jasnah, con una sorprendente voz frágil—. Días que esperaba evitar. Pero todo lo que me esforzaba por lograr se ha venido abajo, y todo lo que creía saber… ya no existe…

Renarin alzó la mano hacia ella y esperó a que asintiera antes de abrazarla, como siempre habían tenido por costumbre.

—Vamos —dijo Jasnah, regresando hacia abajo—. El trabajo de tu padre ha concluido. El nuestro apenas está empezando.

Renarin la siguió. Iba a descubrir por qué su padre le había entregado el poder al enemigo. Porque, si Glys estaba en lo cierto, era en esa decisión donde encontrarían su único camino adelante. Hacia un futuro del que, por primera vez en mucho tiempo, Renarin no sabía nada.

Szeth-hijo-Neturo despertó en una tierra cubierta de oscuridad. No era una negrura absoluta, pero el cielo sí que estaba tan oscuro como en la hora odiosa, el momento entre lunas. Un crepitante relámpago rojo, más o menos continuo, aliviaba en parte la noche. El suelo temblaba de un modo que nunca había experimentado antes. Retumbaba a intervalos regulares, como contrapunto al trueno. Daba una sensación como si las lejanas montañas se derrumbaran.

Miró hacia arriba, pensando que debía de estar muerto, hasta que el dolor de su cuerpo lo convenció de lo contrario. Gimió, movió la mano izquierda para palparse el costado dolorido y descubrió que le faltaba el brazo derecho, e incluso parte del hombro. Tenía la piel sensible, y lo erróneo de la extremidad ausente lo desorientaba. Era como estar en una pesadilla, o en el cuerpo de otra persona.

Rodó sobre una ropa suelta y quemada. Entonces gimió de nuevo al descubrir el cadáver de Kaladin Bendito por la Tormenta allí cerca, en el suelo. No respiraba, no tenía pulso, sus ojos eran sendos pozos de negrura. Las hojas de Honor y los Heraldos habían desaparecido.

Szeth agachó la cabeza.

—Lo siento —dijo—. Después de todo lo que hiciste por mí, Ishu te ha matado, ¿verdad?

Szeth deseó poder encontrar las lágrimas. Solo se sentía... abrumado. Entumecido. ¿Significaba eso que era un insensible?

—¿Sylphrena? —llamó—. Sylphrena, ¿estás aquí?

Nada. ¿Qué le pasaba a la tormenta eterna? ¿Por qué no se movía?

Szeth. Una voz queda, frágil.

Szeth dio un grito al oír algo familiar. Se arrastró, con una sola mano, y se retorció y buscó hasta encontrar a Sangre Nocturna, enfundada, en el suelo.

Lo he matado, ¿verdad? Szeth, he matado a Kaladin...

—No —dijo Szeth—. Tiene los ojos quemados. Le han clavado una hoja esquirlada, Sangre Nocturna. Tú te has llevado varios dedos suyos, pero no lo has matado. Has parado.

Pero tú... tu brazo...

—El precio que he pagado por salvar a mi familia —respondió él—. Eso lo has hecho tú. Tú los has liberado.

¿Eso he... hecho?

Szeth asió la espada y la sostuvo cerca del cuerpo con la mano izquierda mientras se levantaba con torpeza en una explanada vacía. Los caballos habían huido, llevándose consigo el carro, dejando solo el macuto de Kaladin.

Donde, al registrarlo, Szeth encontró...

Una pequeña oveja de lana. Y un caballo de juguete hecho de madera tallada. Szeth los sostuvo ambos con una mano, a la luz de la tormenta eterna, y por fin encontró lágrimas que sollozar.

Al cabo de un tiempo, se secó los ojos.

—Los Heraldos...

Muertos, dijo Sangre Nocturna. *Sentí cómo los destruía algo... algo poderoso, Szeth. Algo con un poder asombroso. Más poderoso que nada que haya sentido jamás. Un nuevo dios. Eso del cielo es él.*

Szeth escrutó la negrura. El suelo tembló de nuevo, lo suficiente para hacerlo trastabillar. Cuando remitió, Szeth miró hacia Kaladin. Tendría que... buscar ayuda para enterrarlo. No iba a poder él solo, con una sola mano y sin herramientas.

¿Qué hacemos?, preguntó Sangre Nocturna.

—Se me dijo que viviera mejor —respondió Szeth—. Y eso haré. Mi pueblo va a necesitar ayuda con lo que viene, y creo que todavía hay unos Rompedores del Cielo mejores a los que encontrar.

Y así, Szeth-hijo-Neturo, el último portador de la Verdad de Shinovar, se puso la espada al hombro y echó a caminar. Encontraría ayuda para enterrar a Kaladin y luego buscaría las partes más pobladas de Shinovar, y allí haría todo lo posible por proporcionarle respuestas a la gente de un país que, sin duda, estaría confundida y asustada.

Jasnah caminaba por sus aposentos en Urithiru.

La muerte de su tío era una sombra inmensa. Jasnah se sentía... como si le hubiera fallado, a él y a ella misma, de múltiples maneras. Jasnah, que se había enorgullecido de ser la primera Radiante de aquella generación, había sido incapaz de ayudar a ninguno de los Forjadores de Vínculos, al final. También había fracasado en proteger Ciudad Thaylen.

Había renunciado a las Llanuras Quebradas, aceptando que un tratado era la mejor opción, pero eso ya carecía de importancia sin las Puertas Juradas. En otro tiempo había imaginado que reconstruiría Alezkar como nación en las Montañas Irreclamadas, pero les había cedido todo el terreno habitable a los oyentes. Y, de nuevo, sin Puertas Juradas, su pueblo no podría viajar hasta allí. Tendrían que declararse ciudadanos de Urithiru. Alezkar estaba, final e irrecuperablemente, perdida.

Por suerte, no todo le había fallado. Su oposición a la religión vorin y a la deidad en general era, por el momento, una de sus únicas piedras angulares estables. Pero su filosofía moral...

«Permití que mi posición de autoridad me llevara a creer que sabía cuál era el bien mayor. Que era capaz de tomar esa decisión por otros».

El bien mayor... sin importar los medios empleados para alcanzarlo... Esa no era la respuesta. Nunca lo había sido. Jasnah había dedicado su vida a un ideal en el que, en el fondo, no creía. Tormentas. Quizá el camino de Dalinar no fuese el mejor de todos, pero el suyo... el suyo estaba lleno de agujeros.

Se sentó en el borde de su cama, agotada, sola. Marfil estaba conferenciando con los spren Radiantes atrapados en la torre, tratando de dilucidar qué significaría todo aquello... y si existía alguna manera de hablar con el Hermano o con Navani.

Jasnah se metió en la cama atravesando agotaspren, sintiéndose drenada, superada.

Encontró una nota en la almohada.

«Lo siento —rezaba, con la letra de Sagaz—. Tienes razón, y la carta que me escribiste, como es propio de ti, estaba llena de sabiduría y excelentes deducciones. Acepto que no podemos continuar como hasta ahora».

Y terminaba diciendo: «Adiós. Tal vez pase muchísimo tiempo antes de que volvamos a vernos, si es que llegamos a hacerlo».

Jasnah se echó a reír. Porque ¿qué otra cosa iba a hacer? En su carta, le había explicado a Sagaz todas las razones lógicas por las que no se convenían entre ellos, pero, en ese momento, lo único que quería era alguien a quien abrazar. Se arrebujó en las mantas. Su padre había muerto hacía mucho tiempo. Su madre estaba en coma. A su hermano lo habían matado. Su tío había muerto fracasando en proteger el planeta. Y ahora, hasta Sagaz se había ido.

Y, para colmo, Taravangian había tenido razón. En todas sus afirmaciones, había estado en lo cierto. Acerca de ella. Acerca de todo.

Jasnah no había estado tan absolutamente sola desde aquel día en que la habían encerrado, de niña. Y no había nadie que le secase las lágrimas mientras se sacudía, intentando contenerlo, acurrucada en su cama. Abrumada, exhausta y, lo peor de todo, *equivocada*.

Venli estaba sentada en el borde de la principal meseta de Narak, mirando hacia una puesta de sol que no podía ver. Las nubes negras y el relámpago rojo se extendían en todas las direcciones, bloqueando la luz del sol.

Había pasado un día desde la Ascensión de Odium a Represalia. Había hablado con ellos, por medio de un mensajero. Estaría en contacto. De momento, a los oyentes les concedía su propia luz para alimentar sus poderes, si la deseaban. El mensajero también les explicó que podían utilizarla para cultivar, como habían hecho con la luz tormentosa.

Recibirían la luz de Represalia una vez al día, a medianoche, colocando sus esferas bajo el cielo y pidiéndole que los bendijera. Represalia no pedía nada a cambio, y había prometido que no se veía a sí mismo como su dios. Solo era alguien interesado en ellos que deseaba ofrecerles su ayuda.

Habían seguido esas instrucciones la noche anterior, para poner a prueba su palabra, y tenían gemas infusas. Con ellas, podrían sobrevivir en aquella tierra. Sin embargo, esa dependencia la preocupaba. Ojalá tuviera la sabiduría de su hermana para aconsejar a los demás. Pensó en Eshonai, y en contemplar la puesta de sol juntas desde aquellas mesetas.

Recordarla dio a Venli una sensación de paz. Incluso con aquella terrible tormenta. Y se preguntó… ¿aquello sería lo que se sentía al redimirse? ¿La duda de si podría haber hecho más, combinada con la emoción de haber vuelto a casa por fin?

Timbre vibró a Esperanza.

La madre de Venli, que había ido a por té, regresó, se sentó sin decir nada y le ofreció una taza a Venli. Juntas, canturrearon.

«Quizá esto no sea la redención —pensó Venli—. Todavía no. Tal vez sea solo… expiación. La redención viene después, cuando veamos si puedo seguir mejorando».

Había dejado el tratado en el borde junto a ella, dentro de su bolsa impermeable. Eshonai no había sido capaz de hacer que los humanos la escucharan, pero de algún modo Venli sí. No era una competición, y tendría que ir recordándoselo a sí misma. Pero, en todo caso, aquella tierra les pertenecía de nuevo.

—¡Venli! —llamó una voz.

Se volvió y vio a Bila gesticulando con el brazo. Venli miró a su madre, que canturreó a Tensión.

Fueron corriendo entre abismoides que sesteaban, incluyendo algunos recién llegados, que habían traído a más oyentes desde la periferia de las mesetas. También dejó atrás a unos pocos Fusionados que no se habían marchado el día anterior, cuando Él había ordenado la retirada. Les habían pedido quedarse. Entre ellos estaba el Cascarón que Venli había visto la otra noche en la meseta, con la mirada perdida en el cielo.

Había sido granjero muchos miles de años antes, y allí lo tenían, charlando con ellos, animado de un modo que no había estado antes. Venli pasó corriendo junto a él hasta el edificio donde, utilizando la luz que les había regalado Represalia, había creado en secreto un pasadizo descendente y había descubierto que el estanque subterráneo estaba vacío.

Acompañada por su madre y Bila, llegó de nuevo al estanque y encontró que aquel líquido extraño y demasiado espeso estaba regresando. Manando desde el suelo y acumulándose. El color era distinto, un brillante negro azulado. Y lo acompañaba un nuevo tono, que palpitaba a un nuevo ritmo. ¿El… Ritmo de la Guerra? Venli supo su nombre por instinto.

—¿Qué significa? —le preguntó Thude, alzando la mirada, arrodillado junto al creciente estanque de luz líquida negra azulada.

—Significa —dijo ella en voz baja— que ahora tenemos un deber crucial, Thude. Nuestra pequeña tierra va a ser importante para el mundo venidero.

—¿Por qué la gente nunca puede dejarnos en paz y ya está? —protestó Bila.

—No es así como funciona el mundo, Bila —respondió Venli—. Tenemos que formar parte de la vida. Supongo… que es lo que decidieron nuestros líderes, junto con Eshonai, hace tantos años, cuando fueron a reunirse con los humanos. Sí, nuestros antepasados se marcharon. —Miró hacia la luz—. Nosotros, por nuestra parte, debemos regresar. Crear una nación, una nación fuerte, para todo cantor que quiera unirse a nosotros. Para todo quien quiera escuchar, y oír, el ritmo pacífico que hay en la quietud del corazón de la tormenta.

Los demás asintieron, canturreando a Determinación, mientras veían cómo el poder del nuevo dios llenaba aquel pozo escondido.

147

LUZ DESTELLANDO EN LA OSCURIDAD

Esta narración no será en modo alguno perfecta. Pero sí es lo mejor que he sido capaz de redactar a partir de la información disponible y del testimonio de mi marido, Szeth, y el de la espada negra que porta. Pues yo misma lo ayudé a enterrar el cuerpo del Caballero del Viento, el día después del Caetormenta.

El día que todo cambió.

De **Caballeros de viento y verdad**, una crónica de la purga de Shinovar escrita por Masha-hija-Shaliv, seis años después del Caetormenta, página 292

Sagaz despertó en una cama en un lugar muy alejado de Roshar. Un lugar donde había tierra, incipientes rascacielos y armas de fuego.

Había funcionado. Iba a continuar existiendo.

Se incorporó y se desperezó, sintiendo un vigor extraordinario para ser alguien a quien una deidad había vaporizado por completo. Pero... en fin, ya no hacían a las deidades como antes. Él mismo había formado parte del grupo que se había ocupado de ello.

Se levantó, descubrió que estaba desnudo y registró los cajones de la cómoda que había contra la pared del fondo. Seguía todo allí, en el mismo sitio donde lo había dejado años atrás, lavado con regularidad según sus instrucciones.

Excelente. Se vistió. Todo... todo iba a...

Bueno, tampoco podía contarse esa mentira a sí mismo, ¿verdad? No iba a salir todo bien. El condenado Dalinar Kholin había tomado la decisión más errónea de todas. Sagaz se dejó caer en su cama y cerró los ojos. Alcanzaba a sentir sus poderes de Tejedor de Luz, pero la distancia que lo separaba de Diseño, que se había quedado en Roshar, era tan inmensa que dudaba que fuese a ser capaz de hacer gran cosa con ellos, por el momento. Con un poco de suerte, las protecciones que había instituido para ella funcionarían, pero Sagaz no iba a poder invocarla como hoja esquirlada por ahora.

—El gran arte —susurró Sagaz pasándose la mano por el pelo, que era blanco en ese cuerpo— es una cuestión de... —¿De qué?—. De novedad. Sí. Veréis, tenemos que volver una vez más a la novedad.

La puerta se abrió con un chirrido y Ulaam entró. Como de costumbre, la criatura llevaba la piel de un color gris ceniciento.

—Ah, Hoid. Nuestro pequeño experimento ha funcionado, ¿hummm? ¡Te he encontrado en el suelo de mi laboratorio a primera hora de esta mañana!

—Gracias —dijo Sagaz... no, Hoid— por mantener vivo ese cultivo celular.

Su cuerpo se regeneraba a partir del pedazo de carne más grande que le quedaba. Siempre lo había sabido, pero nunca había tenido ocasión de... bueno, de utilizarlo como arma.

—Esto podría resultar muy útil, ¿no te parece? —preguntó Ulaam. Titubeó, enderezándose los puños de su traje negro—. ¿Ha sido muy doloroso vaporizarte a ti mismo?

—Odium lo ha hecho por mí.

—¿Ah? Hum... —Ulaam se puso más solemne—. Ya veo. Entonces, ¿los rumores sobre Roshar son ciertos?

—Necesito un seon ahora mismo —dijo Hoid, levantándose otra vez—. Tengo que averiguar qué ocurre.

—¡Ya estamos intentándolo! —exclamó Ulaam—. Pero el tiempo parece transcurrir mucho más despacio en Roshar que aquí, lo cual vuelve la comunicación muy errática. Menuda burbuja de lentitud rodea el planeta, ya lo creo que sí, ¿hummm? ¡Caramba, seguro que tardaremos meses en conocer la historia completa! Meses para nosotros. Horas para ellos.

¿Meses? Cuando las Esquirlas morían, se combinaban o se distorsionaban de algún otro modo, podía haber consecuencias extrañas. La creación de Armonía había conllevado rehacer un mundo, mientras que la muerte de Ambición había destruido varios. La formación de Represalia... ¿provocaba dilatación temporal?

Podía ser un incordio enorme.

—Tengo que volver inmediatamente.

—Hoid —dijo Ulaam—, si vas, te quedarás atrapado en esa burbuja. Te perderemos vete a saber por cuánto tiempo, y está habiendo acontecimientos. Autonomía actúa. Tengo un mensaje que sé a ciencia cierta que procede de Taldain, aunque el planeta debería ser inalcanzable. Piénsatelo muy mucho antes de volver a Roshar, ¿hummm?

Hoid se reclinó en su cama. Ulaam le dejó unos pasquines, además de un breve informe sobre todo lo que sabían sobre Roshar hasta el momento, y luego se retiró. Cuando Hoid lo hubo leído, por fin asimiló la profundidad de sus propios fracasos.

—La novedad —susurró Hoid, pasándose otra vez la mano por el pelo—. Sí, la novedad. Lo inesperado. Es... Hay que...

En un lugar querido para él, una nueva tormenta soplaba. Una tormenta que estrangularía toda la vida vegetal y mataría a todo el mundo a menos que Represalia interviniera. En un lugar querido para él, un continente temblaba y se rompía mientras un dios era absorbido. Habría una masacre de spren a no ser que sucediera un milagro.

En un lugar querido para él, Diseño estaba sola y su exaprendiz cargaba con un artefacto crucialmente poderoso, inconsciente del daño que le haría a su alma. Sus amigos se habían quedado a la deriva, sin guía. Una mujer a la que había amado. Jóvenes a los que había hecho de mentor. Hoid se había dicho a sí mismo que sacrificaría Roshar por el bien del Cosmere, pero al final no había estado tan seguro. Y ahora parecía que iba a sacrificarse de todos modos, solo que no por el bien de nada ni nadie.

Le costaría meses regresar. Y, si lo hacía... el amplio Cosmere iba a sufrir. Porque Odium no solo había quedado liberado, sino que también se había convertido en algo capaz de rivalizar incluso con Armonía en poder.

—¿La novedad? —susurró Hoid—. ¿Quién soy yo para hablar de novedad? Llego demasiado tarde, con mucho, para eso. La traición no es nada nuevo, ¿sabéis?, no para mí. Ojalá lo fuese.

No podía regresar. La gente de Roshar, incluyendo a sus seres queridos, estaba sola. Tenía que proteger Scadrial primero, porque de ningún modo podían permitirse perder también ese planeta. ¿Cómo se le ocurría a Dalinar? ¿Por qué había...?

Un momento.

Los ojos de Hoid se abrieron. ¿Podía ser que...?

Cerró los ojos, se sacó un huesecito del bolsillo y contactó con el reino meditativo de los dragones, donde siempre sería un intruso. Allí, buscó la sabiduría de los antiguos muertos que podían ver mucho más claro, si uno sabía cómo lograr que le hablaran.

Gracias a ellos, descubrió una cosa que jamás había sospechado: que Dalinar Kholin había sido un absoluto y tormentoso genio.

Adolin estaba sentado ante la mesa de conferencias en Azimir, en una sala decorada en verde oscuro y amueblada con asientos incómodos. Era la misma sala, al parecer, donde se elegía por tradición al supremo.

Había pasado como un mes y medio desde el enfrentamiento entre Odium y Dalinar. Fuera, la lluvia aporreaba estrepitosa el tejado metálico. Durante los primeros días, ese sonido había estado a punto de volverlo loco. Ahora ya solo era ruido de fondo.

Noura se sentó a la mesa, como ya habían hecho casi todos los nueve Injuramentados, diez incluyendo a Adolin, que se habían armado con esquirlas para salvar Azimir. Tenían hojas y armaduras esquirladas para que otros se unieran a ellos, hasta ser treinta y siete, pero hasta el momento habían sido reacios a ampliar su número, al menos hasta que decidieran sus siguientes pasos.

La larga mesa de conferencias titilaba con velas de cera de gorgojo, procedentes de unas existencias que la ciudad estaba poniendo todo su empeño en reponer. Comparadas con la luz firme y familiar de las esferas, las velas eran crudas y espantosas. Como gritos cuando uno estaba acostumbrado a palabras amables.

Adolin miró a Yanagawn, que de nuevo iba vestido con su atavío formal, aunque el joven podía invocar su armadura y su hoja esquirladas como un Radiante, en cualquier momento. De algún modo, sus corazas y sus espadas funcionaban sin luz tormentosa. A diferencia de las posesiones de los portadores de esquirlada normales, cuyas hojas ya no podían vincularse y cuyas armaduras ya no podían repararse, el armamento de los Injuramentados seguía perfectamente activo. Maya decía que, al final, los Heraldos habían hecho algo para escudar y proteger a los spren, y que aquello era un efecto secundario.

Los Radiantes aún eran capaces de invocar su hoja y su armadura esquirlada, pero los Injuramentados de Adolin podían hacerlo sin potencias ni juramentos. Eran algo nuevo.

—Muy bien, Adolin —dijo Noura—, ¿piensas explicarnos por qué nos has hecho venir? ¿Por fin tienes noticias?

Por suerte, aún entendía a la gente cuando hablaba en azishiano, aunque la Conexión que Dalinar había creado para él empezaba a fallar. Ahora pasaban unos minutos cada mañana antes de que las palabras empezasen a tener sentido.

—Maya ha vuelto —dijo él— de su viaje a Urithiru.

Como las Puertas Juradas y las vinculacañas ya no funcionaban, enviarla a ella parecía la mejor manera. Los spren Radiantes normales eran incapaces de cruzar al otro lado. Pero Maya... gracias a lo que fuese aquel extraño vínculo que tenía con Adolin, sí que podía.

—¿Y? —preguntó Yanagawn.

Adolin respiró hondo.

—Mi padre ha muerto.

Se había tenido que mentalizar para decirlo. La herida aún era reciente, y se congregaron angustiaspren a sus pies. Pero Adolin se obligó a seguir y les contó lo que Maya había averiguado en Shadesmar de los spren que se congregaban en Urithiru. Odium había ganado y el mundo le pertenecía, todo menos Azir. Bueno, y menos Urithiru, pero la torre estaba dentro de una extraña burbuja de cristal y la gente del Reino Físico no podía entrar ni salir. Renarin había liberado a Ba-Ado-Mishram y no sabía lo que iba a significar eso para el mundo.

—Los Radiantes aún tienen poderes en la propia Urithiru —añadió—, que es como hemos podido recibir esta información. Jasnah puede ver en Shadesmar y hablar con los spren allí, pero nadie puede abandonar Urithiru en el Reino Físico, y los Radiantes de todo el mundo son incapaces de usar sus poderes.

—Pero nosotros sí que podemos invocar nuestras hojas y armaduras —dijo Notum, de pie en la mesa, a tamaño pequeño—. De hecho, nuestros spren parecen estar recuperándose.

—Xorm sigue mejorando —convino el emperador, mencionando al spren de su espada—. Hiciera lo que hiciera tu hermano, Adolin, ha ayudado a los ojomuertos.

Estoy de acuerdo, dijo Maya. *Todos los ojomuertos con los que me encuentro, incluidos los que no pertenecen a nuestro grupo, están curándose. Adolin, he visto mi reflejo y vuelvo a tener ojos. Las raspaduras siguen ahí, como cicatrices casi borradas, pero tengo ojos.*

—Pero seguimos sin luz tormentosa —repuso Noura—. Y esa tormenta… no para. Venga lluvia y venga viento, durante más de un mes seguido.

Esas palabras le provocaron un escalofrío a Adolin. La tormenta eterna cubría el territorio entero, no tan violenta como había sido en ocasiones, cierto, pero sí ubicua. Parecía que, al expandirla al continente entero, Odium no había tenido más remedio que permitir que se debilitara. Era viento y lluvia, sobre todo, con poco relámpago. Por lo menos, los temblores del suelo se habían calmado en su mayor parte, aunque las noticias que les llegaban sobre cambios en los accidentes geográficos lo aterrorizaban.

Azimir se había librado de aquello. Solo habían notado un retumbar lejano cuando el mundo tembló por la llegada de un nuevo dios. Y lo peor, por la de aquella tormenta que estrangularía el mundo. No había vinculacañas para comunicarse. No había Puertas Juradas. No había…

No había sanación. Adolin miró la parte que le faltaba de la pierna, donde llevaba una sola pieza de su armadura esquirlada, la que había hecho crecer una especie de pierna y pie metálicos, con tres grandes porciones parecidas a dedos. Estaba volviéndose bastante diestro con ella, aunque de todos modos había esperado poder recuperar su verdadero pie. Pero ahora…

Bueno, tormentas. A él no le había ido tan mal. Su padre…

Su padre había fracasado en protegerlos, pero tampoco podía esperarse tanto de un solo hombre. Había quienes maldecirían a Dalinar en los días venideros, pero Adolin no iba a ser uno de ellos. Porque una parte de él había sido consciente de lo ocurrido desde aquel mismo día, cuando había notado una surrealista sensación de amor y disculpa procedente de su padre.

Adolin había sobrevivido a aquella terrible noche diciéndose a sí mismo que necesitaba volver a ver a su padre, arreglar las cosas. Agradecía aquel último regalo de despedida que le había hecho Dalinar, pero aun así estaba triste. Ya nunca tendría la oportunidad de mirar a Dalinar a los ojos otra vez.

Condenación, eso *dolía*.

—Bueno —dijo Kushkam—, nosotros diez no estamos vencidos. Somos portadores de esquirlada, y podemos ampliar nuestras filas mientras los otros que vinieron con Maya estén dispuestos.

—Y también están todos esos Radiantes de Urithiru —añadió May—. Tienen poderes, aunque no puedan salir de allí por el momento.

Adolin asintió, pero seguía preocupado. Se suponía que Shallan seguía con vida, lo cual era un alivio increíble. Los antiguos spren de las Puertas Juradas se lo habían confirmado a Maya. Shallan se había quedado en Urithiru durante unos días, decían los spren de allí, pero luego había partido en barco. Adolin estaba preocupado por ella, aterrorizado por no poder volver a verla nunca más si las Puertas Juradas no funcionaban.

Roshar había pasado a ser un mundo sin luz tormentosa. ¿Podría Shallan volver alguna vez al Reino Físico?

Que el Todopoderoso los asistiera. ¿Qué iban a hacer?

—¡Eh, todos! —La puerta se abrió de golpe y apareció Zabra, con el pelo trenzado y, en la ropa, unos hokras, los estampados que indicaban la posición social, que la proclamaban portadora de esquirlada—. ¡Salid todos!

Se miraron entre ellos. Noura apretó los labios formando una línea, porque no le hacían ninguna gracia las familiaridades que Zabra se tomaba con el emperador, pero no podía decir nada. Yanagawn consideraba que todos los Injuramentados eran de una categoría que tenía permitido hablarle, y, de hecho, se regodeaba con ello. Gezamal y él debían de haber jugado decenas de partidas de torres en las últimas semanas.

El emperador por fin tenía amigos. Noura aprendería a vivir con ello.

—¿Zabra? —dijo Yanagawn—. ¿Qué pasa?

—La lluvia —respondió ella—. Está parando.

Salieron en tropel. Adolin fue en último lugar hacia la puerta y, en la mesa lateral, encontró el libro que había dejado allí. El libro con el que, a trancas y barrancas, estaba aprendiendo a leer. Porque, si nunca iba a volver a ver a su padre, por lo menos sí que podía intentar comprenderlo.

Leyendo sus propias palabras.

Adolin se guardó *Juramentada* bajo el brazo y siguió a los demás fuera del palacio. Milagrosamente, era cierto que estaba escampando. Salió a la luz del sol, parpadeando por el desacostumbrado brillo. Era como una formación de soldados diligentes que por fin hacía retroceder a las fuerzas enemigas. Refulgente y caída del cielo, una columna de luz como las que antes creaba su padre.

Allí, Adolin sintió una calidez que no era capaz de explicar. Quizá procediese solo de la luz del sol, pero parecía ser algo más. Con el libro acomodado bajo el brazo, se sintió como si, en alguna parte, su padre estuviera sonriéndole. En silencio, Adolin levantó el puño sobre la cabeza, saludando al sol triunfal.

A lo largo de las siguientes semanas, fueron descubriendo que la luz solar se extendía exactamente hasta la frontera de Azir. El resto del continente, Shinovar incluido, permanecería amortajado en una noche eterna. Las presas que contenían el Lagopuro se habían roto, y las inundaciones se habían llevado por delante muchas tierras bajas cercanas, aislando más aún a Azir.

Sin embargo, el enemigo no podía tocar aquella tierra. Por pequeña que pudiese parecer, una luz permanecería en Roshar.

Shallan, envuelta en una larga capa, mantuvo la cabeza gacha mientras avanzaba entre la multitud de spren. Había unos pocos humanos allí, así que su presencia tampoco era tan notoria. Y se alegraba de llevar la capa, porque Shadesmar se había vuelto un lugar extrañamente frío desde aquel día, hacía meses ya, en que había nacido Represalia.

Logró llegar al frente de la muchedumbre, que esperaba junto a un cráter en el suelo de obsidiana. Estaba vacío.

Dejó de contener el aliento. Sí, ya lo había oído. Pero había querido verlo con sus propios ojos. Aquello había sido la Perpendicularidad de Cultivación, el estanque de la cima de los Picos Comecuernos, el lugar por el que la mayoría de la gente entraba o salía del Reino Físico. Llevaban milenios siendo capaces de hacerlo.

Había desaparecido cuando Cultivación huyó de Roshar. Shallan estuvo un buen rato contemplando el agujero, notándose inquieta, como muchas de las personas que acampaban en su borde, esperando. Shallan supo que… que lo más probable sería que ella también se quedara, un tiempo. Porque allí había una comunidad, y esperanza, por frágil que fuese.

Estaba… estaba atrapada en Shadesmar.

Meses de viaje y esperanzas desesperadas. En ese momento, por fin lo asumió. Quizá nunca escaparía de ese reino.

Quizá nunca volvería a ver a Adolin.

Sus manos fueron a su tripa y la acunaron. Ay… ay, tormentas.

Recuperarse le costó una cantidad de tiempo vergonzosa. Por suerte, la parte de ella que era Radiante pudo evaluar la situación. Allí había comida y agua, transportadas desde fuera del mundo, y estaban planeando establecer rutas regulares hasta Urithiru, donde la luz de torre también permitiría manifestar y la creación de comida y agua para los humanos.

Shallan podía sobrevivir. Tenía que hacerlo. No solo por sí misma.

Además, tenía que haber formas de regresar al Reino Físico. Represalia tendría una perpendicularidad en alguna parte, aunque nunca se hubiera localizado la de Odium. Los poderes Radiantes aún funcionaban en Urithiru, lo cual significaba que existía la posibilidad de que algún Nominador de lo Otro —bueno, de momento solo Jasnah— descubriera por fin cómo trasladar a otras personas entre reinos.

Esperanza. Shallan *iba* a encontrar una manera.

Regresó entre las tiendas de campaña y las chozas, cruzando un terreno de madera que levitaba. Aquel lugar se llamaba Haka-alaku, una ciudad construida en torno a la perpendicularidad, que cubría siete islas distintas unidas por plataformas de madera flotantes. Tenía un tamaño impresionante y estaba gobernada por los cumbrespren. Sus costumbres igualitarias significaban que en su senado había incluso humanos, ya que se concedía la ciudadanía a cualquiera que llevara viviendo allí el tiempo suficiente.

Por supuesto, quienes gobernaban en realidad eran los Fusionados. Pero permitían al gobierno local que hiciera sus cosas. Shallan se arrebujó en su capa y silenció a los spren de su armadura, que iban en bolsas al cinto y habían empezado a susurrar su nombre otra vez, porque llevaba un tiempo sin hacerles caso.

Volvió al lugar donde había dejado a Patrón y Testimonio, vigilando un campamento concreto entre los centenares que había en las afueras de la ciudad. Tiendas levantadas en las tablas flotantes, espacio alquilado muy barato en la moneda local, que era nada menos que pedacitos de metal. Shallan había podido vender algo de ropa, que allí tenía valor, al no ser manifestada.

«Los Fusionados son también una oportunidad —pensó—. Si su luz funciona, podrían ser capaces de crear una perpendicularidad de algún modo. Voy a conseguir volver con él».

Pero hasta entonces...

Acompañada de Patrón y Testimonio, se acercó a una pequeña agrupación de tiendas. Al llegar, vio que una figura conocida se levantaba. Felt, un forastero de lacio bigote, que en tiempos había sido buen amigo de Dalinar. Luego había sido soldado de Adolin, y su guía en la travesía hacia Integridad Duradera.

Por último, había resultado ser un traidor. Un Sangre Espectral.

Cuando Shallan se quitó la capucha, Felt se puso tan blanco que pareció a punto de desmayarse.

—Solo quiero hablar con él —dijo Shallan.

—¿Con él? —preguntó Felt.

—Con vuestro líder. El Señor de las Cicatrices. ¿Es posible? ¿Los seones aún funcionan?

—Sí —reconoció Felt—, más o menos.

—Tengo que usar la tuya —dijo Shallan—. Es lo menos que puedes hacer por mí, Felt. Además, tengo noticias que quizá encuentres relevantes.

Sigzil caminaba, con la capa bien ceñida y la lengua seca en la boca por la sed.

A menudo pasaba sed allí, pero el poder había empezado a sustentarlo. Aquella cosa que Sagaz llamaba una «Esquirla del Amanecer». Lo... lo mantenía vivo. Y lo estaba cambiando. Sigzil podía... percibir cosas que antes no había sido capaz. Veía el mundo de nuevas maneras.

Había pasado meses cruzando los océanos de cuentas a base de mendigar pasaje, esquivar a Fusionados y disimular, y ya se había acostumbrado al cielo oscuro. Le recordaba a las Llanuras Quebradas como las había visto por última vez, antes de...

Antes de...

Siguió andando. Recorriendo la negra obsidiana, por algún motivo sin sueño, aunque sí que se notaba cansado. No había podido dormir desde el día en que Sagaz le pasó aquella carga.

Una carga que Sigzil estaba decidido a proteger. Iba a demostrar su valía. A redimirse. Iba a...

Siguió andando sin más.

Y siguió. Y siguió. Hasta que por fin divisó algo en la extensión de obsidiana, uniforme por lo demás. Luces. Al acercarse, adoptaron la forma de una larga hilera de gente, la mayoría con el pelo dorado y unas antorchas que daban luz pero no calor.

Sigzil dejó escapar un suspiro de alivio. Había encontrado la caravana iriali que viajaba fuera del mundo, tal y como le habían contado varios spren que había encontrado en su recorrido. Al principio había buscado a Vienta, por supuesto. No la había encontrado, pero ella sí que le había enviado un mensaje. No quería hablar con él, pero vivía. Sanada por lo que fuese que había sucedido al final de todas las cosas.

No la culpaba por rechazarlo. Sigzil la había condenado, o eso habían creído los dos en el momento, a una dolorosa semiexistencia. Lo había hecho para salvarla, y en la nota que le había enviado así lo reconocía, pero de todos modos no quería verlo.

La caravana era mucho mayor de lo que había previsto y se perdía en la distancia. Al llegar, unos guardias lo pararon, le hicieron unas preguntas y lo enviaron a una parte concreta cerca del final. Los iriali permitían que otros viajeros se unieran a ellos, siempre que se comportasen y que trabajasen para ganarse la manutención. También les parecía mejor que cada cual permaneciera con los suyos.

En aquel caso, «los suyos» significaban cualquier persona que no fuese iriali. Y así fue como Sigzil terminó en la parte trasera de un carro tirado por chulls. Acogido por una familia que, tras echarle un vistazo, le había dicho que subiera y descansara.

Sigzil no quería saber cuál era su aspecto para despertar esa clase de reacción. Pero llevaba tanto tiempo caminando que… que no le importaba mucho. Estuvo allí sentado, entumecido, hasta que alguien más subió al carro.

¿Un altospren?

Sí, un altospren, partiendo el aire, lleno de estrellas. Una silueta de persona.

—Eres Corredor del Viento, ¿verdad? —preguntó el spren.

—No —susurró Sigzil.

—No hace falta que mientas —insistió el spren—. Te he visto, con los demás. Con Kaladin.

Sigzil se espabiló.

—¿Conoces a Kaladin?

—Lo conocí durante unos días. Puedo hablarte del tiempo que pasó en Shinovar, aunque no sé cómo terminó su misión allí. Mi Radiante me rechazó primero.

Sigzil pensó, meciéndose en el sitio, exhausto.

—Los spren no podéis salir de Roshar. ¿Cómo es que estás en esta caravana?

—Ah, bueno, verás —dijo el altospren, en un tono mucho más familiar que lo que Sigzil se había esperado—. ¡Ahora sí que puedo salir! Todos podemos. Somos unos cuantos en la caravana, hasta algunos vientospren y otros más pequeños. Cultivación huyó, y era su vínculo con Honor, y el acuerdo de ambos con Odium, lo que nos tenía encerrados. —El spren vaciló y luego se inclinó hacia delante—. ¿Puedo contarte un secreto, Corredor del Viento?

—Claro —respondió Sigzil—, ¿por qué no?

—Soy un fracasado —confesó el spren—. Creo que quizá la mayoría de los altospren lo seamos. No quiero ser una molestia, pero estos iriali nunca me hacen ni caso y de verdad, de verdad que me hace falta hablar con alguien. Por favor. Te hablaré de Kaladin.

Sigzil se encogió de hombros.

—Venga. Te escucho.

—Vaya, gracias —respondió el spren—. Todo empezó cuando Dalinar nos envió a…

—Un momento. —Sigzil frunció el ceño—. ¿Eres el spren de Szeth?

—Lo era —dijo el spren, y agachó la cabeza—. Me rechazó.

Sigzil dio un gruñido.

—¿Tienes nombre?

—Lo tenía. Ya no lo quiero.

—Seguro que algo se nos ocurrirá —dijo Sigzil, reclinándose.

Y escuchó la historia del spren, sentado como en una neblina, intentando no asustarse por la forma en que su mismo cuerpo parecía estar cambiando para adaptarse al poder que portaba.

Pero Sagaz había prometido que lo encontraría pronto. Hasta entonces, Sigzil podía cumplir aquella tarea. Guardaría el secreto.

Hablar con Thaidakar, el Señor de las Cicatrices, le resultó extraño a Shallan. La seon, Ala, en efecto podía contactar con el líder de los Sangre Espectral. No hacía falta luz tormentosa.

El líder de los Sangre Espectral, por su parte, estaba dispuesto a hablar con Shallan. Y, por suerte, el viejo Thaidakar no pareció enfurecerse mucho al oír que Iyatil y Mraize estaban muertos. Shallan le tenía un ojo echado a Felt de todos modos, por si acaso. Tormentas, qué expuesta y vulnerable se sentía al no tener forma de curarse.

Sí, había salido todo bien y Shallan estaba sentada en la tienda de Felt, comunicándose a través de la spren seon. Solo había un problema.

—Estás en una especie de burbuja de lentitud planetaria —le explicó el viejo Thaidakar, su rostro un flotante orbe de luz, imitado por Ala. Tenía un clavo que le atravesaba un ojo—. ¿El choque de dos Esquirlas, que casi provocó la destrucción de tu mundo, seguido por la combinación de esas dos Esquirlas en una? Le ha hecho algo al Reino Espiritual cerca de tu planeta, cambiando la forma en que el tiempo fluye para vosotros.

»Crees que estamos hablando directamente, pero transcurre casi una hora entre una respuesta tuya y la siguiente. Tú crees que han sido solo unos pocos meses, pero para nosotros han pasado *años*. Ala tiene que transmitirte mis palabras ralentizadas, porque, si te hablara en tiempo real, solo oirías un pitido.

Shallan asimiló todo aquello.

—Entonces, si me marcho para buscar ayuda en otros planetas...

La cara se sacudió y luego volvió a cobrar forma.

—Sí, si te marcharas y viajaras a otro mundo, podrían pasar décadas para ti. No te lo recomiendo, a menos que no haya nadie que te importe, porque, a tu regreso, serás mucho mayor que esa gente.

Shallan se arrebujó en la capa, sintiendo frío.

—¿Cuánto durará ese efecto? ¿Podéis predecirlo?

La cara se congeló, luego se sacudió, luego habló de nuevo, y parecía que se hubiera cepillado el pelo.

—Hemos hecho cálculos. Parece que la dilatación temporal sí que se está ralentizando alrededor de Roshar, y lo peor fue al principio, pero todavía tardará un poco. Puede que... dentro de unos setenta u ochenta años volváis a alinearos con el estándar del Cosmere. A vosotros os parecerá una década, más o menos.

Shallan asintió. Esperaba que él siguiera, pero, por supuesto, Thaidakar estaba recibiendo aquello como mensajes separados por varias horas, al parecer. No se habría quedado a esperar por si ella asentía.

—¿Te has planteado mi propuesta? —preguntó a Thaidakar.

Él se emborronó otra vez. Luego respondió:

—Así es. No sé si puedo hacer las paces contigo, Kholin. Matar a Iyatil fue ir demasiado lejos. Acepto que es justo que asuma las consecuencias de su brutalidad, pero no dejaba de ser mi compañera... y habrá que contarle a su hermano lo que ha pasado. Aún no lo sabe. Hemos tenido nuestra propia crisis aquí hace poco.

»En todo caso, al no haber luz tormentosa, y con Mishram liberada, nuestros intereses en Roshar han pasado a ser mínimos. Dudo que el hermano de Iyatil se empeñe en ir a buscar venganza contra ti de inmediato. Es más probable que intente escindirse de mí, así que quizá tenga una pequeña guerra civil entre manos. Si al final sus agentes llegan a Roshar, serán tus enemigos.

»Así que, por ahora, consideremos que esto es una tregua entre nosotros, pero no una entre Sangre Espectral y Tejedores de Luz. La verdad es que ahora mismo eres demasiado pequeña para que nos preocupemos por ti, Kholin. Odium no solo es libre, sino que ha tomado una segunda Esquirla. Lo peor que podía pasar ha pasado. A partir de aquí, habrá guerra. Yo me centraría en eso, si fuese tú. Vienen días oscuros.

—Entonces, exijo una cosa —dijo Shallan—. Un pago por lo que los tuyos nos hicieron a mí y a los míos. Por los asesinatos que Iyatil y Mraize cometieron en tu nombre.

Una pausa. Un emborronamiento. Dos palabras.

—¿Qué pago?

—Esta spren seon te obedece, trabaja para ti —dijo Shallan—. Quiero que, en vez de eso, venga conmigo y cumpla mis instrucciones hasta que pueda resolver unas cuantas cosas.

Aquella respuesta tardó más. Debieron de ser horas para él.

—Ala no es una esclava —dijo Thaidakar por fin—, pero se lo he preguntado. Está... de acuerdo con que te debemos algo. Pasará a estar a tu servicio, siempre que estés dispuesta a permitirle que me informe a mí de los acontecimientos en Roshar tal y como los vea.

—Bien.

—Trato hecho, pues —respondió él—. Estamos en paz. Has sido lista negociando, porque puedes alquilar sus servicios a otros por un alto precio, lo cual te proporcionará ingresos en Shadesmar. Nos despedimos por ahora, Shallan Kholin.

La cara desapareció, convertida de nuevo en bola de luz, que cabeceó hacia Shallan.

—Bueno... —dijo la bola—. Supongo... que quizá tenga que volver a ganarme tu confianza...

—Nunca lo harás, pero eso no impedirá que colaboremos. —Shallan miró a Felt—. ¿Y qué hay de ti?

—Yo estoy acostumbrado a estas cosas —respondió él, encogiéndose de hombros—. Un desastre tras otro, haciendo mi trabajo. Con lord Dalinar y lord Mraize muertos... bueno, supongo que Malli y yo tendremos que buscarnos a otra persona a quien servir. Si nuestros viejos cuerpos resisten.

Shallan se levantó, salió de la tienda y le indicó a la bola que la siguiera. Era muy consciente de estar invitando a una espía de Thaidakar a su intimidad de nuevo, pero en esa ocasión tenía un propósito claro.

Volvió con Patrón y Testimonio, que cada vez hablaba más últimamente, sus raspaduras se habían borrado casi del todo y su patrón estaba más vivo. Shallan les explicó lo que había descubierto y luego miró a la seon.

—Spren —le dijo—, Sagaz tenía a uno como tú en la torre y lo usaba para comunicarse. ¿Hay otros en esta tierra, que tú sepas?

—Sí —reconoció ella—. Una pequeña cantidad. —Calló un momento—. Puedo contactar con Olo, que trabajaba para tu Sagaz. Hemos estado charlando. Olo huyó de la torre a sugerencia de su patrono hace unos meses, y se dirige hacia las Llanuras Quebradas.

—Contacta, pues —ordenó Shallan—. Y dile que tengo un trabajo para él, si está dispuesto. Pero tendrá que ir a Azimir.

—¿Azimir? Olo tiende a ser colaborativo, así que sospecho que irá, pero ¿por qué a Azimir?

Shallan solo insistió en que lo preguntara, sintiendo una adusta determinación. No tenía ni idea de cómo iba a regresar al Reino Físico, pero, de momento... si aquello funcionaba, al menos sería capaz de hablar con Adolin. Mientras esperaba a que Ala estableciera contacto con el otro spren seon, alzó la mirada al cielo. No había más nubes en Shadesmar. Solo oscuridad y sol distante, frágil, demasiado pequeño para ofrecer calidez.

Venían días oscuros, había dicho Thaidakar.

En eso se equivocaba.

Era evidente que ya habían llegado.

Pasaron meses, según el tiempo mortal de Roshar, y años fuera de él, antes de que Represalia pudiera dedicarle un pensamiento al propio Roshar. Hizo una comprobación rápida de que el territorio estuviese progresando como él quería. Había agitación, y la geografía se había roto de formas que no había anticipado.

Dalinar. El estúpido y tozudo Dalinar.

Dalinar Kholin, el hombre que lo había sabido.

Taravangian emergió al Reino Espiritual en su forma de avatar, uniéndose a una visión que él mismo había creado y mantenía en marcha de manera indefinida. Estaba poblada por decenas de miles de personas.

Su hija. Sus nietas. Adrotagia.

Todas las cuales eran reales, y no falsificaciones creadas en aquel reino.

Kharbranth había muerto, pero, en el momento en que Cultivación había apartado la mirada, Taravangian había invocado su poder y se había llevado a la gente. La ciudad había quedado destruida, en efecto, pero él había salvado a sus ocupantes. En el más absoluto secreto.

Había creado para ellos un clon de Kharbranth en el Reino Espiritual. Recorrió sus calles, sabiendo que eran falsas, mientras nadie de allí lo sabía. Había retirado de sus mentes todo recuerdo de los asesinos enviados por Cultivación, a quienes había dejado morir en la ciudad, y había reemplazado esos recuerdos por la impresión de que quienes faltaban habían muerto de una extraña enfermedad. Empezando por los guardias de la ciudad.

Llegó a palacio y a su salón del trono, donde Adrotagia, real, no un constructo de las visiones, estaba reunida con algunos antiguos miembros del Diagrama.

—Vargo —lo saludó.

Que ella recordase ahora, Taravangian no había muerto. Que todos ellos supieran ahora, las cosas habían salido bien. Se había declarado la paz, aunque estaban obligados a permanecer en su ciudad. Taravangian la abrazó y fue hasta su trono. Se sentó en él e hizo traer a sus nietas de visita. Las abrazó cuando subieron a su regazo.

La ciudad entera persistiría allí, aislada y protegida de todo cuanto él hiciera en el Cosmere. Un lugar perfecto de paz y amor.

Su secreto. Su peligroso, vergonzoso secreto. Porque al final, aunque nadie pudiera saberlo jamás, había cosas que incluso Taravangian, en un momento de dolor y pasión, se había negado a sacrificar.

Abrazó a sus nietas, sollozando, y el poder bulló. Odiando a Dalinar Kholin.

Por haber tenido razón.

EPÍLOGO

MAJESTUOSA IMPROVISACIÓN

Todo arte —dijo Hoid— es en secreto improvisación.

Los demás ocupantes de la sala de espera lo miraron, con expresión torva. Hoid estaba sentado muy recto en su uniforme de cochero, con el sombrero bajo el brazo. Le había quitado el polvo a su viejo disfraz de mendigo —bueno, se suponía que debía estar sucio, así que en realidad le había *puesto* el polvo— para hacer alguna aparición aquí y allá. No obstante, quería tener un empleo remunerado. Y mantenerse cerca de cierta gente importante, relevante, que tendía a no ver con muy buenos ojos a alguien capaz de esparcir un buen mantillo por un jardín solo con estremecerse.

—El arte —dijo Hoid— es en verdad improvisación. Sois conscientes, ¿no? Los demás le hicieron caso omiso. Qué maleducados.

—Veréis —prosiguió, inclinándose hacia una mujer que esperaba para solicitar un empleo de mayordoma, a juzgar por el anuncio que llevaba en la mano—. Uno puede practicar, y practicar, y practicar. Pero luego llega el momento y... —Hizo un gesto con los dedos hacia el techo, llevando los ojos de todos hacia allí—. Y entonces las luces se encienden y la práctica no es más que una guía.

»¿Un bosquejo? Bueno, se empieza con una página en blanco de todos modos. ¿Y las partes en las que uno se ve obligado, por belleza narrativa, a descartar ese bosquejo? Improvisación. El arte *es* improvisación. Es las pinceladas que no se pretendía dar, pero que el instinto dice que hacen falta de todos modos. Es las partes de la historia que se añaden para un lector específico, la expresión que se pone en el escenario para provocar un respingo. Eso es el arte.

La mujer se apartó un poco de él en el asiento.

—Me equivoqué con mis planes —dijo Hoid, mirando hacia el cielo. Se interponía el techo, pero daba igual. Podía imaginárselo. Ese venía a ser su trabajo en su totalidad—. Qué meticuloso fui, qué reflexivo; qué listo procuré ser. Y entonces, ¡puf!, todo destruido. Por un grandioso acto de majestuosa improvisación.

Ya comprendía lo que Dalinar Kholin había hecho. Le había costado semanas atinar a captar lo que aquel hombre maravilloso, beligerante, espectacular, había pretendido. Todo el mundo, Hoid el primero, había estado dispuesto a marcharse otra vez. Teniendo el problema postergado, controlado.

De un imponente brochazo, Dalinar les había robado esa posibilidad. Había liberado el león de su jaula, o el espinablanca de su madriguera, o la dragona de su palacio. Y les había dado un apoyo terrible para impulsarlos a convertirse en una amenaza cataclísmica, si se le permitía desmadrarse. Había *exigido* que se actuara, y Represalia no había tenido más remedio que apartarse de Roshar para ocuparse de enemigos mayores.

Al principio, Hoid había temido que aquello destruyera Roshar. Pero no, no lo haría, porque Represalia no iba a dejarse atrapar y matar tan fácilmente. Se había ocultado de inmediato, aunque para una Esquirla era muy difícil esconderse, ya que, si quería influir en las cosas, las vibraciones se dejarían sentir.

Así que era una danza. Un juego a una escala gigantesca, que desembocaría en guerra. Una guerra que nadie había querido, porque habían estado dispuestos a fingir con disimulo que jamás sucedería, y que el asesino que había matado al menos a tres de ellos *no era problema suyo*.

Qué jugada tan gloriosa había hecho Dalinar.

Roshar tendría problemas, sí, y sería difícil sobrevivir a ellos. Pero era mejor que el hacha cayese ya, cuando tal vez solo se llevara una extremidad. Y, durante ese tiempo, quizá, solo quizá, Represalia daría por hecho que tenía el planeta asegurado y leal a él.

Lo cual le daba una oportunidad a Roshar.

—¿Hoid? —llamó el ama de llaves de la Casa Ladrian desde cerca de la entrada de la pequeña sala de espera.

«¿Cómo lo vio? —pensó él, levantándose—. ¿Cómo encontró Dalinar la salida?». Aquella no había sido una de las muchas posibilidades más obvias. Había sido una pequeña, insignificante, tan probable como tirar una moneda al aire y sacar el mismo lado mil veces seguidas. Ninguno de ellos la había previsto, porque, cuando las posibilidades eran infinitas, la gente se quedaba un poco sobrepasada.

Lo molestaba que poca gente fuese a saber lo que Dalinar había conseguido y sacrificado. Pero, por suerte, al menos una persona sí que lo sabía, y no era precisamente de las calladitas. La verdadera historia de Dalinar Kholin terminaría contándose. Cuando llegase el momento y Hoid pudiera volver a Roshar.

El ama de llaves de la Casa Ladrian era una mujer regordeta de mediana edad. Llevaba una recatada chaqueta y anteojos, y un pañuelo amarillo brillante. La clase de color atrevido en un atuendo por lo demás soso que decía: «Me considero una persona divertida, pero decidí estudiar contabilidad y ahora conozco diecisiete formas distintas de rellenar un libro mayor».

Desde su silla tras el escritorio, la mujer lo miró de arriba abajo, con los anteojos en la punta de la nariz. Al terminar, estudió la solicitud que tenía delante.

—Creo —dijo la señorita Grimes— que está usted interesado en el trabajo de cochero, ¿me equivoco?

—¿Ah, sí? —replicó Hoid—. Supongo que eso explica la chaqueta de cochero, este sombrero de cochero y la solicitud de empleo como cochero rellenada por mí que usted, en efecto, sostiene en este preciso momento.

—Ah —dijo la mujer—, es de los graciosos.

—Solo cuando la situación no lo requiere, señora mía.

Ella gruñó y pasó la página.

—Es consciente de que la paga es terrible.

—Siempre lo es.

—No tiene ninguna referencia.

—Mi anterior patrona se encuentra algo indispuesta —dijo él—. Vive en otro planeta, que está pasando por un breve, si bien dramático, cataclismo del fin del mundo. —Se inclinó hacia delante—. Además, rompió conmigo hace poco, y no creo que fuese a escribirme una buena carta de recomendación.

La mujer ni se inmutó, cosa que mejoró la opinión que Hoid tenía de ella.

—Bueno, tampoco puedo ponerme muy exigente —dijo el ama de llaves, sellando la solicitud—, teniendo en cuenta que, desde que un empleado anterior acabó literalmente tirando el carruaje por un acantilado, hemos tenido problemas para contratar a alguien en ese puesto. Ha superado usted la prueba de conducción, y Jone dice que se le dan bien los caballos y sabe orientarse en la ciudad, aunque sea un pelín raro. Preséntese mañana. Seis en punto.

—Gracias, señora —respondió Hoid, y se inclinó aún más sobre la mesa—. Yo no sabía qué hacer. Y el caso es que eso es maravilloso. Esa es la idea. Porque, cuando las respuestas predeterminadas huyen, entonces la solución se reduce a quién eres tú. Ahí es cuando se ve el temple de una persona. Eso es el arte: cuando la habilidad no comprobada choca con la catástrofe no planificada.

La mujer alzó la mirada hacia él y parpadeó.

—Creo que lo entiendo.

—Un momento. ¿En serio? ¿Lo entiende?

—Por supuesto que sí —respondió ella—. Ha venido a pedir este trabajo porque no hay absolutamente nadie más dispuesto a contratarlo. Menos mal que es capaz de llevar a una persona al sitio al que va.

—Señora —dijo Hoid poniéndose el sombrero—, no se hace usted una idea.

Se volvió y salió de la estancia a la luz del sol, ya improvisando. Primero, ayudaría a guiar aquella crisis en Scadrial. Después de eso...

Bueno, por muy poca gracia que le hiciera, solo había una opción razonable. Con Represalia ya formado, Hoid necesitaba aliados, aunque lo odiaran a él, que supiesen cómo luchar contra dioses.

Tendría que ir a buscar a Valentía. Después de todo el tiempo que había dedicado a manipular a Dalinar, al final había sido el viejo Espina Negra quien había manipulado a Hoid... y a todas las Esquirlas, de la primera a la última.

—Muy buen trabajo, amigo mío —dijo, saliendo a la calle a zancadas—. Brillante tormentoso trabajo. Nos has dado una oportunidad. Espero que podamos estar a la altura.

EL ARCHIVO DE LAS TORMENTAS

K alak despertó en algún lugar brillante.
En una colina herbosa donde las plantas no se apartaban. Cerca de un océano. Una verdadera playa oceánica, y verdadera hierba. Le pareció… le pareció reconocer el sitio.

¿Alaswha? Pero estaba destruida. ¿Cómo podía ser?

Se encogió sobre sí mismo, acurrucándose en aquella ladera, cuando oyó voces. Se volvió despacio y vio a gente en la cima de la pendiente. No era una colina… sino un pequeño promontorio que descendía hasta la playa de arena. Detrás había una extensión abierta de verde.

Había personas allí de pie. Sus examigos. Los demás…

«No sobreviví —pensó—. Morí. He ido a Braize».

La carne ardiendo.

Los fuegos.

El dolor, una y otra vez…

Sí, en ese momento parecía pacífico, pero debía de tratarse de un nuevo tipo de tortura. ¿La hierba amistosa y las olas tranquilizadoras? Se las arrebatarían. Tres de las figuras del grupo estaban mal. Eso lo demostraba. ¿Quién era ese soldado vestido de azul Kholin? ¿Esa figura que no alcanzaba a distinguir del todo? Sería el spren de Nale, supuso. Pero ¿y la mujer de pelo blanco azulado, largo y suelto? Aquel no era su lugar.

Kalak se estremeció y entró en pánico cuando el hombre de azul lo vio y anduvo hacia él.

—Hola —dijo el hombre, agachándose en la cima del promontorio, a escasos palmos de Kalak.

—¿Qué embuste es este? —exigió saber Kalak—. ¿Qué clase de Portador del Vacío eres?

—No lo soy —dijo el hombre—. Me llamo Kaladin. Me he… unido a vosotros. Para sustituir a Jezrien.

—Imposible.

—Me viste, Kalak, cuando te pedimos que volvieras a fundar el Juramento. Estabas allí.

Su mano en una espada.

Una oportunidad de volver a demostrar su valía. Una oportunidad de proteger a los spren. Eso lo había hecho, sí. Lo… recordaba… pero le parecía un sueño, igual que la disminución de la oscuridad que lo había animado a avanzar. Era un desgraciado, y siempre lo sería.

El hombre sonrió.

—Ishar ha cambiado la forma en que funciona el Juramento, Kalak. Ha traído nuestras mentes aquí, donde el enemigo no será capaz de alcanzarnos.

¿Eso… eso era posible?

¿Se atrevería a albergar esperanzas?

—No —susurró Kalak—. No me merezco algo así. Le he fallado a todo el mundo. Soy despreciable.

—No es cierto —repuso Kaladin—. Ishar dice… dice que con la fusión de Honor y Odium… las cosas son raras. Que se ha producido una deformación inesperada del tiempo, así que para nosotros transcurrirá de una forma extraña. Más extraña incluso que lo que está ocurriendo en Roshar. Mientras allí pasan años, para nosotros serán meses. Tenemos tiempo, por una vez, y paz.

Kalak se encogió.

—No me lo creo.

El hombre, Kaladin, le tendió la mano.

—Ven con nosotros, Kalak. Ven a verlo.

—No. He fracasado. Ya es tarde. —Kalak cerró los ojos—. Todo lo que he hecho… todo lo que he intentado… solo ha llevado a más destrucción y fatalidad.

—Sé lo que se siente. Créeme.

Y había algo… convincente en su voz. Algo empático. ¿Un Portador del Vacío podía fingir esas cosas?

Kalak abrió los ojos.

Kaladin aún tenía la mano tendida.

—Ven. Por lo menos, escúchame. Creo que puedo ayudarte a reclamar parte de lo que eras antes.

—No queda nada —respondió Kalak—. El mundo está condenado. Hemos fallado. Todos los habitantes de Roshar pueden darse por muertos.

—Entonces, ¿qué hay de malo en intentarlo una vez más, si todo está condenado ya? —insistió Kaladin.

—Eh…

—Un intento más —susurró Kaladin—. Solo uno más.

—Uno más —dijo Kalak—. ¿Un… último Retorno?

—Sanamos —respondió Kaladin—. Nos reclamamos a nosotros mismos. Y entonces regresamos a Roshar. Esta vez, ganamos de verdad. En vez de volver debilitados por la tortura, volveréis renovados. Reparados, y entonces veremos qué podemos hacer juntos.

Un intento más.

Un último Retorno.

¿Qué daño… qué daño podía hacer? Aun así, Kalak dudó, siempre incapaz de decidir sin más. Quería escabullirse, pero entonces vio una figura sentada más allá de los otros. Un hombre de piel oscura. Un hombre al que habían abandonado.

—¿Ese es Taln? —preguntó Kalak—. ¿Taln está aquí? ¿Ha… dicho algo?

—Necesita tiempo —dijo Kaladin—. Y ayuda. Hasta ahora, solo ha dicho una cosa. Ha dicho… que os perdona a todos.

Un temblor se apoderó de Kalak. Dejó calidez y, por desgracia, vergüenza al remitir. A la vergüenza estaba acostumbrado. La había acarreado durante milenios. La calidez era nueva.

Taln había vuelto.

Taln… los perdonaba.

Kalak alzó el brazo y tomó la mano de Kaladin.

FIN

del primer arco de
EL ARCHIVO DE LAS TORMENTAS

LA HISTORIA CONCLUIRÁ
EN LOS LIBROS SEIS A DIEZ

NOTA FINAL

Palabras leales
Palabras conocidas
Renuncia antaño
Renuncia a conocidas Palabras
Leales... Palabras...

Antaño.

Ketek que se descubrió inscrito en la piedra de la cima de Urithiru tras el Duelo de Campeones.

Se cree que no está escrito con la letra de Dalinar Kholin, sino posiblemente en la de algún spren o manifestación divina.

Hay controversia al respecto, pues el ketek no es del todo simétrico, sino que tiene una palabra foránea en la parte inferior, ocupando su propia línea, como separada del poema. Eso implica imperfección, y se supone que ninguna deidad ni spren sería capaz de cometer un error tan garrafal.

Con esto queda completo el primer arco principal de El Archivo de las Tormentas, y llegamos al punto intermedio de mi gigantesco bosquejo para una trama de diez libros. Regresaré a Roshar con el sexto libro en un futuro cercano. Gracias, como siempre, por acompañarme. Viaje antes que destino.

BRANDON SANDERSON

ÍNDICE

Queremos compartir más momentos contigo.

Únete a la comunidad de Penguin Libros y encuentra tu siguiente lectura.

¡Únete hoy!

Penguin
Random House
Grupo Editorial